東漢許愼著

清段玉裁注

圈點

說文解字

說文解字注序

說文之爲書以文字而兼聲音訓詁者也凡許氏形聲讀若皆與古音相準或爲古之正音或爲古之合音方以類聚物以羣分循而攷之各有條理不得其遠近分合之故則或執今音以疑古音或執古之正音以疑古之合音而聲音之學晦矣說文之訓首列製字之本意而亦不廢假借凡言一曰及所引經類多有之蓋以廣異聞備多識而不限於一隅也不明乎假借之指則或據說文本字以改書傳假借之字或據說文引經假借之字以改經之本字而訓詁之學晦矣吾友段氏若膺於古音之條理察之精剖之密嘗爲六書音均表立十七部以綜核之因是爲說文注形聲讀若一以十七部之遠近分合求之而聲音之道大明於許氏之說正義借義知其典要觀其會通而引經與今本異者不以本字廢借字不以借字易本字揆諸經義例以本書若合符節而訓詁之道大明訓詁聲音明而小學明小學明而經學明蓋千七百年來無此作矣若夫辨點畫之正俗察篆隸之緐省沾沾自謂得之而於轉注假借之通例茫乎未之有聞是知有文字而不知有聲音訓詁也其視若膺之學淺深相去爲何如邪余交若膺久知若膺深而又皆從事於小學故敢舉其犖犖大者以告綴學之士云嘉慶戊辰五月高郵王念孫序

說文解字注分卷目錄

目錄終

索引

圈點段注說文解字索引說明

一、本索引按照康熙字典分部，每部所屬之字，再按筆畫多寡之次序排列。

二、檢查時，先據部首表查明某部所屬之頁次（即每部首下面之號碼字），再查該頁，即得所查之部；然後再按筆畫檢尋所查之字。一查即得，極爲便利。

索引

二百十四部首

部首筆畫索引表

部首	頁
一畫	
一	一
丨	一
丶	一
丿	一
乙	一
亅	一
二畫	
二	一
亠	二
人	二
儿	四
入	四
八	五
冂	五
冖	五
冫	五
几	五
凵	五
刀	六
力	六
勹	七
匕	七
匚	七
匸	八
十	八
卜	八
卩	八
厂	八
厶	九
又	九
三畫	
口	九
囗	一一
土	一二
士	一三
夂	一三
夊	一三
夕	一四
大	一四
女	一四
子	一六
宀	一七
寸	一八
小	一八
尢	一八
尸	一八
屮	一九
山	一九
巛	二〇
工	二〇
己	二〇
巾	二〇
干	二一
幺	二一
广	二一
廴	二二
廾	二二
弋	二二
弓	二二
彐	二三
彡	二三
彳	二三
四畫	
心	二三
戈	二六
戶	二六
手	二六
支	二九
攴	二九
文	三〇
斗	三〇
斤	三〇
方	三〇
无	三〇
日	三〇
曰	三一
月	三二
木	三二
欠	三六
止	三六
歹	三七
殳	三七
毋	三七
比	三八
毛	三八
氏	三八
气	三八
水	三八
火	四二
爪	四三
父	四四
爻	四四
爿	四四
片	四四
牙	四四
牛	四四
犬	四四
五畫	
玄	四五
玉	四五
瓜	四七
瓦	四七
甘	四七
生	四七
用	四七
田	四七
疋	四八
疒	四八
癶	四九
白	四九
皮	四九
皿	四九
目	五〇
矛	五一
矢	五一
石	五一
示	五二
禸	五二
禾	五二
穴	五三
立	五四
六畫	
竹	五四
米	五六
糸	五六
缶	五九
网	五九
羊	五九
羽	六〇
老	六〇
而	六〇
耒	六〇
耳	六一
聿	六一
肉	六一
臣	六三
自	六三
至	六三
臼	六三
舌	六三
舛	六三
舟	六三
艮	六四

部首

部首檢字表

后 四三四

四畫

吞 五五 君 五七 听 五七 吾 五七 吭 五五 呎 六〇 启 五八 吟 五六 吠 六二 吳 四九八 告 五四 吹 五六 呈 五九 含 五六
吸 五六 谷 五七 吞 六一 呑 六一 吹 四一五 吺 六〇 否 六一 冏 八八 呂 三四六 否 五九〇 吻 五四 吷 四一八 吪 六一 叵 二〇四

五畫

呦 六二
咏 五五 命 五七 咈 五九 咆 六二 呪 六二 呼 五六 周 五九 呻 六一 咊 五七 呬 五六 呷 五八 呶 六〇 咀 五五 呭 五八 呧 六〇 咋 四九八
味 五六 咄 五八 咎 三八六 咏 九五 咢 一一八 咠 九二 杏 二一七 音 二一七

六畫

咍 四三四 咳 五五 咸 五九 呰 六〇 哆 五五 咨 五七 哇 六〇
咺 五五 咥 五七 哀 六一 咼 六一 咫 四〇六 咽 五五 咦 五六 哉 五八 咅 六〇 号 六三 咠 五八 咮 六二 品 八五 咷 五五

七畫

咉 六〇
咯 一八五 哺 五六 哯 五九 哲 五七 哽 五九 唏 五七 唐 五九 唉 五八 唇 六〇 哮 六二 哭 六三 員 二八一 唍 六一 唑 六一 哨 六一 哿 二〇六
唁 六一 哥 二〇六 哆 六一 書 七四一

八畫

唴 五五 唫 五七 唪 五八 啾 六一 啗 五六 唯 五七 啁 六〇 客 六三 唷 六〇 問 五七 唉 五九
啜 五五 喹 五六 唱 五七 啐 六〇 啄 六二 啍 五六 啞 五七 唸 六〇 唬 六二 喙 五四 啎 七五三 圅 二三三 商 八八 啙 六九 啫 九六 啚 二三三
啟 一二三

九畫

善 一〇二 喘 五六 啻 五九 喔 六二 喉 五四 啉 五五 哩 五八 喝 六一 喙 五四 啾 五五 喎 六二 啺 五九 啅 五五 喑 五五

土部

索引 言

言部

酉部

卷末

說文五百四十部首筆畫索引表

部首	頁
一畫	
一	一
丨	二〇
丶	二一六
〈	五七三
乙	五九〇
丿	六三三
𠂆	六三三
乀	六三三
亅	六三九
⺃	六四〇
乙	七四七
二畫	
八	四九
凵 音ㄎㄢˇ	六三
凵 音ㄑㄩ	二一五
丩	八九
十	八九
又	一一五
ナ	一一七
几	一二一
卜	一二八
刀	一八〇
乃	二〇五
丂	二〇五
入	二二六
冂	二三〇
𢎘	三一九
冖	三五六
人	三六九
儿	四〇九
匕	三八八
𠤎	三八八
卩	四三五
勹	四三七
厶	四四一
厂	四五〇
巜	五七三
匸	六四一
匚	六四一
二	六八七
力	七〇五
几	七一二
七	七四五
九	七四五
丁	七四七
了	七五〇
三畫	
上	一
三	九
士	二〇
屮	二二
小	四九
口	五四
彳	七六
廴	七八
干	八七
廾	一〇四
寸	一二三
幺	一六〇
刃	一八五
丌	二〇一
工	二〇三
亏	二〇六
亼	二二五
夊	二三五
夂	二三九
久	二三九
才	二七四
乇	二七七
囗	二七九
夕	三一八
宀	三四一
冃	三五七
巿	三六〇
尸	四〇三
彡	四二八
山	四四二
广	四四七
丸	四五二
彑	四六一

大 四九六
亣 五〇三
夨 四九八
夭 四九八
尢 四九九
卂 五七四
女 五八八
亡 六一八
弓 六四〇
土 六四五
勺 六六八
己 七二二
子 七四八
厶 七四九
巳 七五一
　 七五二

四畫

王 九
气 二〇
牛 五一
止 六八
牙 八一
卅 九〇
爪 一一四
丮 一一四
支 一一八
殳 一一九
攴 一二三
爻 一二九
予 一六一
丯 一八五
曰 二〇四
兮 二〇六
丹 二一八
木 二四一
之 二七五
帀 二七五
[illegible] 二七六
禾 二七七
日 三〇五
月 三一六
片 三二一
凶 三三七
朩 三三九
冃 三五七
市 三六六
从 三九〇
比 三九〇
壬 三九一
毛 四〇二
尺 四〇六
方 四〇八
先 四一〇
欠 四一四
旡 四一九
丏 四二七
文 四二九
卯 四三六
冄 四五八
勿 四五八
犬 四七七
火 四八四
亢 五〇一
夫 五〇四
心 五〇六
水 五二一
仌 五七六
不 五九〇
戶 五九二
手 五九九
毋 六三二
氏 六三四
戈 六三四
斤 七二三
斗 七二四
五 七四五
六 七四五
內 七四六
巴 七四八
壬 七四九
丑 七五一
午 七五三

五畫

示 二
半 五〇
正 七〇
疋 八五
冊 八六
只 八八
句 八八
古 八九
史 一一七
聿 一一八
皮 一二三

用 一二九
目 一三一
白 音ㄗˋ 一三八
音ㄅㄞˊ 三六七
丫 一四六
玄 一六一
冎 一六三
左 二〇二
甘 二〇四
可 二〇六
号 二〇六
皿 二一三
去 二一五
幷 二一八
矢 二二八
出 二七五
生 二七六
㐬 二七七
且 三一一
毌 三一九
禾 三二三
瓜 三四〇
穴 三四七
疒 三五一
玉 一〇
北 三九〇
丘 三九〇
兄 四一〇
司 四三四
卮 四三四
包 四三八
屵 四四六
石 四五三
本 五〇二
夰 五〇三
立 五〇四
永 五七五
民 六三三
氐 六三四
戉 六三八
瓦 六四四
它 六八四
田 七〇一
且 七二三
矛 七二六
四 七四四
宁 七四四
甲 七四七
丙 七四七
戊 七四八
卯 七五二
未 七五三
申 七五三

六畫

艸 二二
吅 六三
此 六九
行 七八
舌 八七
辛 一〇三
共 一〇五
聿 一一八
臣 一一九
自 一三八
羽 一三九
羊 一四六
華 一六〇
丝 一六〇
𠬪 一六二
死 一六六
冎 一六六
肉 一六九
㓞 一八五
耒 一八五
竹 一九一
旨 二〇四
虍 二一一
血 二一五
缶 二二七
舛 二三六
丞 二七五
㫃 三一一
有 三一七
多 三一九
東 三二〇
束 三二一
米 三三三
臼 三三七
赤 三三九
襾 三五八
网 三六〇
众 三九一
肙 三九二
衣 三九二
老 四〇二

七畫

八畫

明　三一七
彔　三三三
梳　三三九
帛　三六七
臥　三九二
長　四五七
希　四六〇
易　四六三
兔　四七七
犾　四八二
炎　四九一
灸　四九五
𣏟　五七三
雨　五七七
非　五八八
門　五九三
弦　六四八
金　七〇九
阜　七三八
叒　七四五
亞　七四五
庚　七四八

九畫

是　七〇
品　八五
音　一〇二
弇　一〇六
革　一〇八
旻　一三一
眉　一三七
盾　一三七
𦣻　一四六
壴　二〇七
食　二二〇
亯　二三一
畐　二三二
韋　二三七
鹵　三二〇
香　三三三
耑　三四〇
韭　三四〇
重　三九二
頁　四二〇
面　四二七
首　四二七
県　四二八
苟　四三九
皀　四七六
思　五〇六
泉　五七五
飛　五八八
風　六八三
垚　七〇〇
癸　七四九
孨　七五一
酋　七五九

十畫

哭　六三
羋　一〇三
鬲　一一二
鬥　一一五
殺　一二一
眀　一三七
烏　一五八
冓　一六〇
骨　一六六
豈　二〇八
𡇒　二一九
倉　二二六
高　二三〇
桀　二四〇
員　二八一
執　三一一
冥　三一五
秝　三三二
宮　三四六
彭　四三〇
鬼　四三九
馬　四六五
能　四八四
竝　五〇五
𠦬　六一七
𦬁　六三九
素　六六九
畕　七〇四

十一畫

異　一〇五
晨　一〇六
教　一二八
習　一三九
雈　一四五
鳥　一四九
麥　二三四

華 二七七
巢 二七八
桼 二七八
麻 三三九
瓠 三四一
豚 四六一
鹿 四七四
魚 五八〇
鹵 五九二
率 六六九
堇 七〇〇
寅 七五二

十二畫

茻 四八
品 八七
業 一〇四
晝 一一八
皕 一三九
雈 一四五
筋 一八〇
臸 二〇三
喜 二〇七
舜 二三六
晶 三一五
黍 三三二
㡀 三六七
毳 四〇三
須 四二八
辟 四三七
冡 四六三
象 四六四
萈 四七七
黑 四九二
焱 四九五
壺 五〇〇
壹 五〇〇
奢 五〇一
惢 五二〇
雲 五八〇
絲 六六九
蚰 六八一
黃 七〇四

十三畫

鼓 二〇八
豊 二一〇
䖒 二一〇
會 二二五
嗇 二三三
鼎 三二二
裘 四〇二
嵬 四四一
廌 四七四
鼠 四八三
黽 六八五

十四畫

蓐 四八
誩 一〇二
鼻 一三九
箕 二〇一
稽 二七八
𨛜 三〇三
齊 三二〇
覞 四一四
熊 四八四
辡 七四九

十五畫

犛 五三
齒 七九
履 四〇七
歓 四一八
嘼 七四六

十六畫

𩰲 一一三
雔 一四九
虤 二一三
𩫖 二二一
毇 三三七
燕 五八七
龍 五八八
龜 六八五

十七畫

龠 八五

十八畫

雥 一四九
瞿 一四九
豐 二一〇
橐 二七九
蟲 六八二

十九畫

瀕 五七三

二十一畫

廫 三五〇

二十二畫

鰲 五八七

二十四畫

廱 一四九

鹽 五九二

二十七畫

灥 五七五

二十八畫

爨 一〇六

三十三畫

麤 四七六

其他

非 一〇五

閔 一二三

田 四四一

甾 六四三

開 七四四

說文解字第一篇上

金壇段玉裁注

一

一 惟初大極道立於一。造分天地化成萬物。漢書曰元元本本數始於一凡一之屬皆从一。一之形於六書爲指事凡云凡某之屬皆从某者自序所謂分別部居不相襍廁也爾雅方言所以發明轉注假借倉頡訓纂滂熹及凡將急就元尚飛龍聖皇諸篇僅以四言七言成文皆不言字形原委以字形爲書俾學者因形以考音與義實始於許功莫大焉於悉切古音第十二部○凡注言一部二部以至十七部者謂古韵也玉裁作六書音均表識古韵凡十七部自倉頡造字時至唐虞三代秦漢以及許叔重造說文曰某聲曰讀若某者皆條理合一不紊故既用徐鉉切音矣而又某字志之曰古音第幾部又恐學者未見六書音均之書不知其所謂乃於說文十五篇之後附六書音均表五篇俾形聲相表裏因耑推究於古形古音古義可互求焉

弌。

弌 古文一。凡言古文者謂倉頡所作古文也此書法後王尊漢制以小篆爲質而兼錄古文籀文所謂今敘篆文合以古籀也小篆之於古籀或仍之或省改之仍者十之八九省改者十之一二而已仍則小篆皆古籀也故不更出古籀省改則古籀非小篆也故更出之一二三之本古文明矣何以更出弌式弍也蓋所謂卽古文而異者當謂之古文奇字

元 ㄩㄢˊ

元 始也。見爾雅釋詁九家易曰元者氣之始也从一兀聲。徐氏鍇云不當有聲字以髡从兀聲軏从元聲例之徐說非古音元兀相爲平入也凡言从某某聲者謂於六書爲形聲也凡文字有義有形有音爾雅已下義書也聲類已下音書也說文形書也凡篆一字先訓其義若始也顛也是次釋其形若从某某聲是次釋其音若某聲及讀若某是合三者以完一篆故曰形書也愚袁切古音第十四部

天 ㄊㄧㄢ

天 顛也。此以同部疊韵爲訓也凡門聞也戶護也尾微也髮拔也皆此例凡言元始也天顛也丕大也吏治人者也皆於六書爲轉注而微有差別元始可互言之天顛不可倒言之蓋求義則轉移皆是舉物則定名難假然其爲訓詁則一也顛者人之頂也以爲凡高之偁始者女之初也以爲凡起之偁然則天亦可以爲凡顛之偁臣於君子於父妻於夫民於食皆曰天是也至高無上。从一大。至高無上是其大無有二也故从一大於六書爲會意凡會意合二字以成語如一大人言止戈皆是他前切十二部

丕 ㄆㄧ

丕 大也。見釋詁从一不聲。敷悲切古音在第一部鋪怡切丕與不音同故古多用不爲丕如不顯卽丕顯之類於六書爲假借凡假借必同部同音○丕隸書中直引長故云丕之字不十漢石經作丕可證非與丕殊字也

吏 ㄌㄧˋ

吏 治人者也。治與吏同在第一部此亦以同部疊韵爲訓也从一从史。此亦會意也天下曰从一大此不曰从一史者吏必以一爲體以史爲用一與史二事故異其詞也史者記事者也史亦聲。凡言亦聲者會意兼形聲也凡字有用六書之一者有兼六書之二者力置切一部

文五 重一 此蓋許所記也每部記之以得其凡若干字也凡部之先後以形之相近爲次凡每部中字之先後以義之相引爲次顏氏家訓所謂櫽栝有條例也說文每部自首至尾次弟井井如一篇文字如一而元元始也始而後有天天莫大焉故次以丕而吏之从一終焉是也雍熙校刊部首某字說解爲大字巳下說解皆爲夾行小字絕非舊式

上 ㄕㄤˋ

二 高也。此古文上。古文上作二故帝下旁下示下皆云从古文上可以證古文本作二篆作丄各本誤以丄爲古文則不得不改篆文之上爲丄而用上爲部首使下文从二之字皆無所統示次於二之恉亦晦矣今正丄爲二上爲丄觀者勿疑怪可也凡說文一書以小篆爲質必先舉小篆後言古文作某此獨先舉古文後言小篆作某變例也以其屬皆从古文上不从小篆上故出變例而別白言之指事也。凡指事之文絕少故顯白言之不於一下言之者一之爲指事不待言也象形者實有其物日月是也指事者不泥其物而言其事上丅是也天地爲形天在上地在下地在上天在下則皆爲事凡二之屬皆从二。時掌時亮二切

丄。帝ㄉㄧˋ 帝。 旁ㄆㄤˊ 㫄。雱。旁。 下ㄒㄧㄚˋ 丅。

古音第十部。丄 篆文上。謂李斯小篆也。今各本篆作𠄞，後人所改。帝 諦也。見春秋元命苞、春秋運斗樞、毛詩故訓傳，曰審諦如帝。王天下之號。从二，朿聲。都計切。古音第十六部。帝 古文帝。古文諸丄字皆从一。篆文皆从二。二古文上字。古文从一小篆从古文上者古今[illegible]二古上字者明非二字也徐鍇曰古文上兩畫上短下長一之二則兩畫齊等。辛 俗本辛下有言非也言从辛擧辛可以包言。示辰龍童音章皆从古文上。古文示作𠀚古文禮作𥘅古文辰作[illegible]此古文从一小篆从二之證然則古文以一[illegible]二六[illegible]之假借也。旁 溥也。司馬相如封禪文曰旁魄四塞雲[illegible]曰旁[illegible]也廣雅曰旁大也按旁讀如滂與溥雙聲後人謂側其義偏矣。从二。闕。闕謂从冂之說未聞也李陽冰曰冂象旁達之形也按自序云其於所不知蓋闕如也凡言闕者或謂形或謂音或謂義分別讀之。方聲。凡徐氏鉉鍇二本不同各从其長者如此[illegible]作方聲闕闕字在方聲下於未聞从冂之說不瞭故不从之是也後不悉注。步光切。十部。

旁 古文旁。以許說推之，亦小篆从二，古文从一也。旁 亦古文旁。李斯改一為二則為小篆。雱 籀文。詩雨雪其雱故訓傳曰雱盛皃郎此字也籀文从雨家多如雨意也毛云盛與許云溥正合今人不知旁雱同字音讀各殊古形古音古義皆廢矣。丅 底也。底當作氐广部曰底者山尻也一曰下也許氏解字多用轉注轉注者互訓也底云下也故下云底也此之謂轉注全書皆當以此求之抑此底字當作氐广部一曰下也四字疑後人所襍何者許書無低字日部昏下曰从氐省氐者下也正與此下者氐也為轉注上高也下氐也高氐亦正相反相對今本氐篆解云至也亦當本作下也如是正之乃見許氏發揮轉注之恉有好學深思者當能心知其意也。从反二為二。有物在一之下也此古文下本如此如丅字从古文下是也後人改二為丅謂之古文則不得不改丅為下謂之小篆文矣。胡雅胡駕二切。古音在第五部。丅 篆文下。今各本篆文作丅，後人所改。

文四 重六

示ㄕˋ 𠀚。祜ㄏㄨˋ

示 天垂象見吉凶。見周易繫辭。所㠯示人也。从二。古文上。三垂謂川。日月星也。觀乎天文㠯察時變。見周易賁彖傳。示神事也。言天縣象著明以示人，聖人因以神道設教。凡示之屬皆从示。神至切。古音第十五部。中[illegible]小雅以示為寘。𠀚 古文示。所謂古文諸上字皆从一也。祜 上諱。[illegible]言上諱者五：禾部秀，漢世祖名也；艸部莊，顯宗名也；火部炟，肅宗名也；戈部肈，孝和帝名也；祜，恭宗名也。殤帝名隆，不與焉。伏侯古今注曰隆之字曰盛，亦當言上諱明矣。而五經異義云漢幼小諸帝皆不廟祭而祭於陵，既不廟祭矣，則不諱可知，此許沖奏上時於隆字不曰上諱所由也。諱止於世祖者，記曰既卒哭宰夫執木鐸以徇於宮曰舍故而諱新，故謂高祖之父當遷者。杜預亦言自父至高祖皆不敢斥言。計許君卒於恭宗已後，自恭宗至世祖適五世，世祖已上雖高帝不諱，蓋漢制也。此書之例，當是不書其字，但書上諱二字；書其字則非諱也。今本有篆文者，後人補之。不書，故其詁訓形聲俱不言。假令補之，則曰祜，福也，从示古聲。祜訓福，則當與祿禠等為類，而列於首者，尊君也。古音第五部。

禮ㄌㄧˇ 禧ㄒㄧ 禛ㄓㄣ

禮 履也。見禮記祭義、周易序卦傳。履，足所依也。引伸之凡所依皆曰履，此假借之法。屨，履也；禮，履也。履同而義不同。所㠯事神致福也。从示从豊。禮有五經，莫重於祭，故禮字从示。豊者，行禮之器。豊亦聲。靈啓切。十五部。𥘆 古文禮。禧 禮吉也。行禮獲吉也。釋詁曰禧，福也。从示，喜聲。許其切。一部。禛 㠯真受福也。从示，真聲。此亦當云从示从真，真亦聲。不言者，省也。聲與義同原，故諧聲之偏旁多與字義相近，此會意形聲兩兼之字致多也。說文或偁其會意，略其形聲；或偁其形聲，略其會意。雖則消文，實欲互見。不知此，則聲與義隔。又或如宋人字說，祇有會意，別無形聲。

祐ㄧㄡˋ
祿ㄌㄨˋ 禠ㄙ 禎ㄓㄣ 祥ㄒㄧㄤˊ 祉ㄓˇ 福ㄈㄨˊ 祺ㄑㄧˊ 禥○ 祗ㄓ 禔ㄊㄧˊ 神ㄕㄣˊ 祇ㄓˇ

其失均誣矣。側鄰切。十二部。
祿，福也。詩言福祿多不別。商頌五篇兩言福三言祿。大恉不殊。釋詁毛詩傳皆曰祿福也。此古義也。鄭既醉箋始爲分別之詞。从示，彔聲。盧谷切。三部。
禠，福也。見釋詁。張衡東京賦曰：祈福禳災。从示，虒聲。息移切。字林弋爾反。十六部。
禎，祥也。从示，貞聲。陟盈切。十一部。
祥，福也。凡統言則災亦謂之祥。析言則善者謂之祥。从示，羊聲。似羊切。十部。鉉本此下有一云善三字。淺人所增。一書中此類不少。
祉，福也。見釋詁。从示，止聲。敕里切。一部。
福，備也。祭統曰：賢者之祭也，必受其福。非世所謂福也。福者備也。備者百順之名也。無所不順者之謂備。按福備古音皆在第一部。疊韵也。鉉本作祐也。非。祐正世所謂福也。从示，畐聲。方六切。古音在一部。
祐，助也。古祇作右。从示，右聲。于救切。古音在一部。
祺，吉也。周頌曰：維周之祺。釋言曰：祺，祥也。祺，吉也。从示，其聲。渠之切。一部。
禥，籀文从基。基聲也。古其基通用。如尚書丕丕基，伏生作丕丕其是也。
祗，敬也。見釋詁。从示，氏聲。旨夷切。古音凡氐聲字在第十五部。凡氏聲字在第十六部。此廣韵祗入五支、祇入六脂所由分也。鉉所據唐韵祇旨移切，是孫愐祇入五支，遠遜於宋廣韵所改定矣。經典釋文於商頌上帝是祇諸時反，則又闕入七之。於孔子閒居諸夷反，則固不誤。此等學者所當審定畫一也。
禔，安也。本安下有福。今依李善文選注。从示，是聲。司馬貞引說文帀支反。此說文音隱所載也。唐韵切同。十六部。易曰：禔既平。周易坎九五祇既平。釋文曰：祇，京作禔。按許自序所偁易孟氏。京房受易焦延壽。延壽嘗從孟喜問易。虞翻自言臣高祖光、曾祖成、祖鳳、父歆皆治孟氏易。至臣五世。翻注此爻云：祇，安也。然則孟易作禔，訓安甚明。翻本作祇，讀祇卽禔之假借。與何人斯鄭箋正同。氏是同在第十六部，得相假借。
神，天神引出萬物者也。天神引三字同在古音第十二部。从示，申聲。食鄰切。
祇，地祇提出萬物者也。地祇提三字同在古音第十六部。地本在十七部，而多轉入十六部用。从示，氏聲。巨支切。古音十六部。凡假借必取諸同部。如周易无祇悔，釋文云：祇，辭也。馬同音之是反。此讀祇爲語辭適也。五經文字、廣韵作祇者是也。又云：鄭云病也。此讀祇爲疷，與何人斯同也。又云：王肅作禔，時支反。陸云：安也。九家本作㩼字，音支。韓伯祁支反。云大也。音讀皆在第十六部。通志堂刻作无祇悔，則誤。○又祇既平，唐石經作祇。釋文云：京作禔。說文同。音支。又上支反。安也。其讀亦皆在十六部。又云：鄭云當爲坻，小丘也。此則改爲第十五部字。古人云當爲者，皆是改其形誤之字。云當爲者以音近之字易之。云讀如者以同音之字攙之。此云當爲，則鄭謂祇爲字之誤也。○五經文字衣部曰：祇，止移切，適也。廣韵五支曰：祇，章移切，適也。唐石經祇既平、左傳祇見疏也、詩祇攪我心、詩論語亦祇以異字，皆从衣。正用張參字揉。而張參以前，顏師古注竇嬰傳曰：祇，適也，音支，其字从衣。豈師古太宗朝刊定經籍，皆用此說歟。宋類篇則祇祇皆云適也，不畫一。韵會則从示之祇訓適也。近日經典訓適者，皆不从衣，與唐不合。

祿禠禎祥祉福祐祺祇禔神祇祕齋禋祭祀

祕ㄅㄧˋ 齋ㄓㄞ [illegible]○ 禋ㄧㄣ [illegible]○ 祭ㄐㄧˋ 祀ㄙˋ

祕，神也。魯頌閟宮有侐。箋曰：閟，神也。此謂假借閟爲祕也。从示，必聲。兵媚切。古音在第十二部。質櫛韵。
齋，戒絜也。祭統曰：齋之爲言齊也。齊不齊以致齊者也。齋戒或析言，如七日戒三日齋是。此以戒訓齋者，統言則不別也。从示，齊省聲。謂減齊之二畫，使其字不緐重也。凡字有不知省聲，則昧其形聲者，如融蠅之類是。側皆切。十五部。
[illegible]，籀文齋从襲省。凡籀文多緐重。
禋，絜祀也。韋昭注周語同。釋詁：禋，祭也。孫炎曰：潔敬之祭也。各本作潔，依玉篇作絜。一曰精意以享爲禋。凡義有兩岐者，出一曰之例。山海經、韓非子、故訓傳皆然。但說文多有淺人疑其不備而竄入者。周語內史過曰：精意以享禋也。絜祀二字已苞之，何必更端。傳引乎，舉此可以隅反。从示，垔聲。於眞切。古音在十三部。尚書大傳以湮爲禋。
𥛷，籀文从宀。
祭，祭祀也。統言則祭祀不別也。从示，以手持肉。此合三字會意也。子例切。十五部。
祀，祭無巳也。析言則祭無巳曰祀。从巳而釋爲無巳，此如治

禩。　祡ㄔㄞˊ　禱。　禷ㄌㄟˋ　祪ㄍㄨㄟˇ

曰亂徂曰存終則有始之義也釋詁曰祀祭也**从示巳聲。**詳里切一部

禩　祀或从異。周禮大宗伯小祝注皆云故書祀作禩按禩字見於故書是古文也篆隸有祀無禩是以漢儒杜子春鄭司農不識但云當爲祀讀爲祀而不敢直言古文祀葢其慎也至許乃定爲一字至魏時乃入三體石經古文巳聲異聲同在一部故異形而同字也

祡　燒柴寮祭天也。此從爾雅音義寮各本作燎非也火部曰寮柴祭天也此曰祡寮祭天也是爲轉注取較然者柴與祡同此聲故燒柴祭曰祡釋天曰祭天曰燔柴祭法曰燔柴於泰壇祭天也孝經說曰封乎泰山考績柴寮郊特牲曰天子適四方先柴注所到必先燔柴有事於上帝**从示此聲。**仕皆切十五部凡此聲亦多轉入十六部**虞書曰。**虞書當爲唐書說見七篇禾部**至于岱宗祡。**許自序偁書孔氏知古文尚書作祡不从木作柴也王制郊特牲大傳同

禱　古文祡从隋省。此葢壁中尚書作禱也既偁古文尚書作祡矣何以云壁中作禱也凡漢人云古文尚書者猶言古本尚書以別於夏侯歐陽尚書非其字皆倉頡古文也儀禮有古文今文亦猶言古本今本非一皆倉頡古文一皆隸書也如此字壁中簡作禱孔安國以今文讀之知禱即小篆祡字改从小篆作祡是孔氏古文尚書出於壁中云爾不必皆仍壁中字形也綴禱於祡下者猶周禮既从杜子春易字乃綴之云故書作某也隋聲古音在十七部此聲古音在十六部音轉取近禱之爲祡猶玼瑳㜵傞皆同字

禷　以事類祭天神。五經異義曰今尚書夏侯歐陽說禷祭天名也以禷祭天者以事類祭之以事類祭之何天位在南方就南郊祭之是也古尚書說非時祭天謂之禷言以事類告也肆禷于上帝時舜告攝非常祭也許君謹按周禮郊天無言禷者知禷非常祭從古尚書說玉裁按郊天不言禷而肆師類造上帝王制天子將出類於上帝皆主軍旅言凡經傳言禷者皆謂因事爲兆依郊禮而爲之說文亦从古尚書說**从示類聲。**此當曰从示類類亦聲省文也力遂切十五部禮以類爲禷

祪　祔祪祖也。見釋詁祔謂新廟祪謂毀廟皆祖也說文併祔字連引之故次之以祔

祔ㄈㄨˋ　祖ㄗㄨˇ　鬃ㄅㄥ　祰ㄍㄠˋ　祊。　祏ㄕˊ

从示危聲。過委切十六部

祔　後死者合食於先祖。士虞禮卒哭明日以其班祔春秋左氏傳曰凡君薨卒哭而祔祔而作主特祀於主烝嘗禘於廟春秋穀梁傳曰作主壞廟有時日於練焉士虞禮注與穀梁同**从示付聲。**符遇切古音在第四部

祖　始廟也。始兼兩義新廟爲始遠廟亦爲始故祔祪皆曰祖也釋詁曰祖始也詩毛傳曰祖爲也皆引伸之義如初爲衣始引伸爲凡始也**从示且聲。**則古切五部

鬃　門內祭先祖所旁皇也。舊所下有以今依詩爾雅音義旁或作徬傍彷皇或作徨皆俗詩毛傳曰祊門內也郊特牲曰索祭祝於祊不知神之所在於彼乎於此乎或諸遠人乎祭於祊尚曰求諸遠者與此旁皇之說也鬃旁皇三字疊韵**从示彭聲。**補盲切古音在十部**詩曰。祝祭于鬃。**小雅楚茨文今作于祊

祊　鬃或从方。彭聲方聲同部

祰　告祭也。自祰以下六字皆主言祖廟故知告祭謂王制天子諸侯將出造乎禰曾子問諸侯適天子必告於祖奠於禰諸侯相見必告於禰反必親告於祖禰伏生尚書歸假於祖禰皆是也周禮六祈二曰造杜子春云造祭於祖也當許時禮家造字容有作祰者**从示告聲。**苦浩切古音在第三部

祏　宗廟主也。五經異義今春秋公羊說祭有主者孝子以主繫心夏后氏以松殷人以柏周人以栗今論語說哀公問主於宰我宰我對曰夏后氏以松夏人都河東河東宜松也殷人以柏殷人都亳亳宜柏也周人以栗周人都豐鎬豐鎬宜栗也古周禮說虞主用桑練主用栗無夏后氏以松爲主之事也許君謹按從周禮說論語所云謂社主也鄭君無駁五經要義曰木主之狀四方穿中央以達四方天子長尺二寸諸侯長尺皆刻謚於其背春秋左氏傳典司宗祏又曰使祝史徙主祏於周廟又曰反祏於西圃皆謂木主也主當同宀部作宔宔字下曰宗廟宔祏也祏字下曰宗廟宔也是爲轉注藝文類聚引作宗廟之木主曰祏**周禮有郊宗石室。**五經異義古春秋左氏說古者日祭於祖考月薦於高曾時享及二祧歲祫及壇墠終禘及郊宗石室終者謂孝子三年喪終則禘於大廟以

致新死者也又春秋左氏曰徙石主於周廟言宗廟有郊宗石室所以藏槀主也玉裁按郊宗石室蓋謂天子有之郊宗蓋謂郊鯀宗禹郊冥宗湯郊稷宗武王之類遠祖之主爲石室藏之至祭上帝於南郊祭五帝於明堂則奉其宔以配食故謂之郊宗石室祭法周語皆言禘郊祖宗此舉郊宗以包禘祖也其餘毀廟之主亦附藏焉至禘祫而升合食於大祖故曰禘及郊宗石室云周禮者說左氏家謂成周之禮非謂周官經有此也**一曰大夫㠯石爲主**○五經異義今春秋公羊說卿大夫士非有土子民之君不得祫享序昭穆故無木主大夫束帛依神士結茅爲菆許君謹按春秋左氏傳曰衛孔悝反祏於西圃祏石主也言大夫以石爲主今山陽民俗祭皆以石爲主鄭君駁之曰大夫士無昭穆不得有主少牢饋食大夫禮也束帛依神特牲饋食士祭禮也結茅爲菆大夫以石爲主禮無明文孔悝之反祏有主者祭其所出之君爲之主耳玉裁按異義先出說文晚成多所更定故說文之說多有異於異義同於鄭駁者祏以宗廟主爲本義以大夫石主爲或義是也**从示石**○許言周禮有石室言大夫以石爲主皆證明从石會意之恉玉裁謂宗廟本木宔而字从石者蓋取如石不可轉意石室自別是一事春秋之末大夫僭侈作宔不可知云反祏者猶言反宔耳不必以石爲之也擊虛決疑注曰凡廟之主藏於戶外北牖下有石函故名宗祏**石亦聲**○常隻切古音在五部

𥙊　㠯豚祠司命也○鄭注周禮曰求福曰禱得求曰祠此祠與春祭之祠異祭法注曰司命小神居人之閒司察小過作譴告者主督察三命今時民家或春秋祀司命風俗通義曰周禮司命文昌也今民閒祀司命刻木長尺二寸爲人像行者擔篋中居者別作小屋齊地大尊重之汝南餘郡亦多有皆祠以腊率以春秋之月按腊同豬許所謂豚也應說司命爲文昌鄭說人閒小神未知許意何居也許君竈字下說周禮以竈祀祝融用賈逵句芒祀於戶祝融祀於竈蓐收祀於門玄冥祀於井后土祀於中霤之說鄭則云老婦之祭報先炊之義竈非祝融然則許不必同鄭也**从示比聲**○卑履切初學記引作利反十五部**漢律曰**○**祠𥙊司命**○高帝時蕭何攈摭秦法取其宜於時者作律九

章至孝武時律令凡三百五十九章

祠　春祭曰祠○**品物少多文辭也**○上言祠司命故次以祠辭與祠疊韵周禮以祠春享先王公羊傳曰春曰祠注祠猶食也猶繼嗣也春物始生孝子思親繼嗣而食之故曰祠許與何異**从示司聲**○似茲切一部**仲春之月**○**祠不用犧牲**○**用圭璧及皮幣**○此引月令證品物少多文辭也禮記祠作祀呂覽同淮南作祭及禮記呂覽淮南皆作更鄭曰更猶易也高誘曰更代也以圭璧皮幣代犧牲也說文祠及二字疑皆字之誤或曰漢時月令鄭君謂之今月令或與記不同說文霖雨𣶏人皆今月令也○江沅曰言用不用代義已瞭或更字卽及字義許據本作及也鄭訓易高訓代實圭璧皮幣中間似未妥

礿　夏祭也○周禮以禴夏享先王公羊傳曰夏曰礿注始熟可汋故曰礿釋天曰春祭曰祠夏祭曰礿秋祭曰嘗冬祭曰蒸孫炎曰祠之言食礿新菜可汋嘗嘗新穀蒸進品物也汋與礿疊韵汋卽說文鬻字王制春曰礿夏曰禘禘與周禮異**从示勺聲**○以灼切古音在第二部礿亦作禴勺龠同部

禘　諦祭也○言部曰諦者審也諦祭者祭之審諦者也何言乎審諦自來說者皆云審諦昭穆也諦有三有時諦有殷禘有大禘時禘者王制春曰礿夏曰禘秋曰嘗冬曰蒸是也夏商之禮也殷禘者周春祠夏禴鄭礿秋嘗冬蒸以禘爲殷祭殷者盛也禘與祫皆合羣廟之主祭於大祖廟也大禘者大傳小記皆曰王者禘其祖之所自出以其祖配之謂王者之先祖皆感大微五帝之精以生皆用正歲之正月郊祭之孝經郊祀后稷以配天配靈威仰也毛詩言禘者二曰雝禘大祖也大祖謂文王此言殷祭也曰長發大禘也此言商郊祭感生帝汁光紀以元王配也云大禘者蓋諦其事大於宗廟之禘春秋經言諸侯之禮僖八年禘于太廟太廟謂周公廟魯之太祖也天子宗廟之禘亦以尊太祖此正禮也其他經言吉禘于莊公傳之禘於武公禘於襄公禘於僖公皆專祭一公僭用禘名非成王賜魯重祭周公得用禘禮之意也昭穆因有定曷爲審諦而定之也禘必羣廟之主皆合食恐有如夏父弗忌之逆祀亂昭穆者則順祀之也天子諸侯之禮兄弟或相爲後諸父諸子或相爲後祖行孫行或

相爲後必後之者與所後者爲昭穆所後者昭則後之者穆所後者穆則後之者昭而不與族人同昭穆以重器授受爲昭穆不以世系蟬聯爲昭穆也故曰宗廟之禮所以序昭穆也宗廟之禮謂禘祭也禘之說大亂於唐之陸淳趙匡後儒襲之不可以不正 **从示帝聲。** 特計切十六部 **周禮曰。五歲一禘。** 五經異義今春秋公羊說五年而再殷祭古春秋左氏說古者日祭於祖考月祀於高曾時享及二祧歲祫及壇墠終禘及郊宗石室許君謹案叔孫通宗廟有日祭月薦之禮知自古而然也三歲一祫此周禮也五歲一禘疑先王之禮也鄭君駁之曰三年一祫五年一禘百王通義以爲禮讖云殷之五年殷祭亦名禘也玉裁按此與公羊五年而再殷祭說正合今閩縣陳氏恭甫名壽祺云初學記藝文類聚引許異義文有譌脫當作三歲一祫五歲一禘此周禮也三歲一禘疑先王之禮也今脫四字譌一字陳說是也

祫 大合祭先祖親疏遠近也。 三春秋文二年八月丁卯大事于大廟公羊傳曰大事者何大祫也大祫者何合祭也毀廟之主陳於大祖未毀廟之主皆升句合食於大祖兼上二者五年而再殷祭鄭康成曰魯禮三年喪畢而祫於大祖明年春禘於羣廟自此之後五年而再殷祭一祫一禘春秋經書祫謂之大事書禘謂之有事商頌元鳥祀高宗也鄭云祀當爲祫高宗崩而始合祭於契之廟歌是詩焉曾子問祫祭於祖則祝迎四廟之主許言合祭先祖親疏遠近正用公羊大事傳禘之合食審同而以審禘會合分別其名亦分別其歲有三年五年之殊分別其時有夏秋之殊禘卽周禮之肆獻祼追亯祫卽周禮之饋食朝亯夏殷有時禘有時祫周禮禘祫皆爲殷祭非四時祭毛公傳曰諸侯夏禘則不禴秋祫則不嘗謂周禮諸侯禘在夏祫在秋則皆廢時祭天子則不廢時祭 **从示合。** 會意不云合亦聲者省文重會意也侯夾切古音弟七部士虞禮今文祫爲合 **周禮曰。三歲一祫。** 兩云周禮者以別於夏殷之禮兩曰字皆衍文也

祼 灌祭也。 詩毛傳曰祼灌鬯也周禮注曰祼之言灌灌以鬱鬯謂始獻尸求神時周人先求諸陰也 **从示果聲。** 古玩切按此字從果爲聲古音在十七部大宗伯玉人字作果或作淉注

禂。 ⿰馬壽。

兩言祼之言灌凡云之言者皆通其音義以爲詁訓非如讀爲之易其字讀如之定其音如載師載之言事族師師之言帥襢衣襢之言亶翣柳柳之言聚副編次副之言覆禋祀禋之言煙廿人廿之言礦皆是未嘗曰禋卽讀煙副卽讀覆也以是言之祼之音本讀如果廿之音本爲卵讀如鯤與灌礦爲雙聲後人竟讀灌讀礦全失鄭意古音有不見於周人有韵之文而可意知者此類是也

⿱毳示 數祭也。 廣雅釋詁曰⿱毳示謝也釋天曰⿱毳示祭也數讀數罟之數雙聲也 **从示毳聲。讀若舂麥爲⿱毳示之⿱毳示。** 凡言讀若者皆擬其音也凡傳注言讀爲者皆易其字也注經必兼茲二者故有讀爲有讀若讀爲亦言讀曰讀若亦言讀如字書但言其本字本音故有讀若無讀爲也讀爲讀若之分唐人作正義已不能知爲與若兩字注中時有譌亂爲⿱毳木之⿱毳木字从木各本譌从示不可解廣雅⿱毳木舂也楚芮反說文無⿱毳木字卽臼部舂去麥皮曰臿也江氏聲云說文解說內或用方言俗字篆文則仍不載⿱毳木此芮切十五部

祝 祭主贊詞者。从示从儿口。 此以三字會意謂以人口交神也 **一曰从兌省。易曰。兌爲口爲巫。** 此字形之別說也凡一曰有言義者有言形者有言聲者引易者說卦文兌爲口舌爲巫故祝从兌省此可證虙羲先倉頡製字矣凡引經傳有證義者有證形者有證聲者此引易證形也之六切三部

䄏 祝䄏也。 惠氏士奇曰素問黃帝曰古之治病可祝由而已祝由卽祝䄏也已止也玉裁按玉篇曰古文作袖 **从示留聲。** 力救切玉篇除霤切三部

祓 除惡祭也。从示犮聲。 敷勿切十五部

祈 求福也。 祈求雙聲 **从示斤聲。** 渠稀切古音在十三部音芹此如旂字古今音異

禱 告事求福也。 禱告求三字疊韵 **从示壽聲。** 都浩切古音在三部 **⿰示𠃓 禱或省。⿰示𧬈 籒文禱。** 以眞致福意疑下從夊非從夂也夊陟侈切

禜 設緜蕝爲營。以禳風雨雪霜水旱癘疫于日月星辰山川也。 史記漢書叔孫通傳皆云爲緜蕝野外習之韋昭云引繩爲緜立表

爲蕞蕝卽蕝也詳艸部凡環帀爲營禜營疊韵左氏傳子產曰山川之神則水旱癘疫之災於是乎禜之日月星辰之神則雪霜風雨之不時於是乎禜之許與鄭同皃周禮注引皆先日月星辰與今本不同也從示从營省聲下从字度他字下皆當有後人刪之爲命切十一部一曰禜衛使災不生此字義之別說也上言禳之於已至此言禦之於未來鉉本此下引禮記雩禜祭水旱誤用錯語爲正文也

禳磔禳逗祀除厲殃也厲殃謂厲鬼凶害各本作癘誤月令三月命國難九門磔禳以畢春氣注此月之中日行歷昴昴有大陵積尸氣佚則厲鬼隨而出行命方相氏毆疫又磔牲以禳於四方之神所以畢止其災又十二月命有司大難旁磔注此月之中日歷虛危虛危有墳墓四司之氣爲厲鬼將隨彊陰出害人也旁磔於四方之門磔禳也按許與月令注合周禮注曰卻變異曰禳禳攘也與許異古者燧人禜子所造未聞禜子爲其子禜災也从示襄聲汝羊切十部

禬會福祭也周禮注曰除災害曰禬禬刮去也與許異从示會聲此等皆舉形聲包會意古外切十五部周禮曰禬之祝號周禮詛祝文

禪祭天也从示單聲凡封土爲壇除地爲墠古封禪字蓋祇作墠項威曰除地爲墠後改墠曰禪神之矣服虔曰封者增天之高歸功於天禪者廣土地應劭亦云封爲增高禪爲祀地惟張揖云天高不可及於泰山上立封又禪而祭之冀近神靈也元鼎二年紀云望見泰一修天文襢襢卽古禪字是可證禪亦祭天之名但禪訓祭天似當與祡爲伍不當廁此時戰切十四部

禦祀也从示御聲後人用此爲禁禦字舉切五部古只用御字

祮祀也从示昏聲古末切周禮注禬刮去也疑祮乃禬字之或體也十五部已上三篆疑後人所增

禖祭也請祭名也商頌傳曰春分元鳥降湯之先祖有娀氏女簡狄配高辛氏帝率與之祈於郊禖而生契故本其爲天所命以元鳥至而生焉大雅傳曰古者必立郊禖焉元鳥至之日以大牢祀於郊禖天子親往后妃率九嬪御乃禮天子所御帶以弓韣授以

弓矢於郊禖之前玉裁按據此則禖神之祀不始於高辛明矣鄭注月令云元鳥媒氏之官以爲候高辛氏之世元鳥遺卵娀簡吞之而生契後王以爲媒官嘉祥而立其祠焉變媒言禖神之也注禮記時未專信毛詩故說鉏鋙爾鄭志焦喬之荅回護鄭公殊爲詞費从示某聲莫桮切古音在一部

⿰示胥祭具也山海經離騷經皆作糈王逸曰糈精米所以享神郭璞曰精祭神之米名疑許君所據二書作⿰示胥从示胥聲私呂切五部

祳社肉盛之以蜃故謂之祳五經異義曰古左氏說脤祭社之肉盛之以蜃鄭注掌蜃杜注左傳皆同蜃祳疊韵經典祳多从肉作脤詩緜箋掌蜃注徑用蜃爲祳字天子所以親遺同姓大宗伯以脤膰之禮親兄弟之國大行人歸脤以交諸侯之福从示辰聲時忍切古音在十三部春秋傳曰石尚來歸祳春秋經定公十四年文凡說文引春秋經皆繫諸傳謂左氏春秋有此文也

祴宗廟奏祴樂宗廟中賓醉而出奏祴夏故字從示从示戒聲古哀切一部

禡師行所止恐有慢其神下而祀之曰禡釋天曰是禷是禡師祭也王制注云爲兵禱周禮肆師甸祝皆作貉杜鄭讀貉爲十百之百云爲師祭造軍法者禱氣勢之十百增倍詩說不同者許時古今說具在五經異義今巳亾又賈氏周禮解詁亦亾不詳其所本也从示馬聲莫駕切古音在五部周禮禡於所征之地王制文

禂禱牲馬祭也甸祝禂牲禂馬杜子春云禂禱也爲馬禱無疾爲田禱多獲禽牲詩云既伯既禱爾雅曰既伯既禱馬祭也玉裁按此許說所本杜引詩者以伯證禱馬毛傳云伯馬祖也重物愼微將用馬力必先爲之禱其祖此周禮之禂馬也又云禱禱獲也此釋既禱周禮之禂牲也杜本毛說鄭君易杜說云禂讀如伏誅之誅今侏大字也爲牲祭求肥充爲馬祭求肥健鄭以上文既有表貉釋爲禱氣勢之十百而多獲不當禂牲又云禱多獲禽牲故必易爲侏大而後安今本爾雅周禮注馬祭之上皆脫伯字从示周聲都皓切五經文字直由反又音誅古音在三部

社ㄕㄜˋ 騔。

社禓祲禍祟祅祘

○鍇引詩曰旣禡旣禂詩無此語鉉又誤入正文

騔 鉉本作騔 或从馬壽省聲。此字从馬則不該云𠷎聲足矣不當取省聲

社 地主也。五經異義今孝經說曰社者土地之主土地廣博不可偏敬封五土以爲社古左氏說共工爲后土爲社許君謹案曰春秋稱公社今人謂社神爲社公故知社是上公非地祇鄭駁之云社祭土而主陰氣又云社者神地之道謂社神但言上公失之矣人亦謂雷曰雷公天曰天公豈上公也宗伯以血祭祭社稷五祀五嶽社稷之神若是句龍柱棄不得先五嶽而食又引司徒五土名又引大司樂五變而致介物及土示土示五土之總神卽謂社也六樂於五地無原隰而有土祇則上祇與原隰同用樂也玉裁按許訓社爲地主此用今孝經說而以地主也从示土之云先於左氏傳則與異義从左氏說者不符葢許君異義先成說文晚定往往有說文之說早同於鄭君之駁者如社稷昊天聖人感天而生三窓等皆是也 从示土。鍇土下木無聲字韵會所引是也地主爲社故字从示土 春秋傳曰。共工之子句龍爲社神。左氏傳昭公廿九年史墨曰共工氏有子曰句龍爲后土后土爲社許旣从今孝經說免又引古左氏說者此與心字云土藏也象形博士說以爲火藏一例兼存異說也鄭駁異義以爲社者五土之神能生萬物者以古之有大功者配之然則句龍配五土之神祭於社 周禮。二十五家爲社。風俗通義曰周禮說二十五家爲社但爲田祖報求許云周禮者周禮說也賈逵杜預注左傳高誘注呂覽薛瓚注五行志皆同晏子春秋桓公以書社五百里封管仲呂覽越以書社三百里封墨子史記將以書社七百里封孔子皆謂二十五家爲里里有社故云書社若千里鄭駁異義引州長職曰以歲時祭祀州社是二千五百家爲社也祭法大夫以下成羣立社曰置社注云大夫以下謂下至庶人也大夫不得特立社與民族居百家以上則共立一社今時里社是也引郊特牲唯爲社事單出里是鄭不用周禮說與許異 各樹其土所宜木。大司徒設其社稷之壝而樹之田主各以其野之所宜木遂以名其社與其野注所宜木謂若松柏栗也若以松爲社者則名松社五經

𩥎。

禍ㄏㄨㄛˋ 祟ㄙㄨㄟˋ 祅ㄧㄠ 祘ㄙㄨㄢˋ

桂。 禓ㄧㄤˊ 祲ㄐㄧㄣ

異義許君謹案論語所云謂社主也鄭無駁注周禮從許義按莊周書之櫟社高祖所禱之枌榆社皆以木名社之道韓非子云社木者樹木而塗之鼠穿其閒掘穴託其中熏之則恐焚木灌之則恐塗阤此可見樹木爲主之制。社爲地主而尊天親地二十五家得立之故字不與祡禷爲伍常者切古音在五部

社 古文社。各本從示非古文也今依夏氏竦古文四聲韵所引從木者各樹其土所宜木也

禓 道上祭。史游急就篇曰謁禓塞王伯厚曰周禮注行祭義之道中如今祭殤 从示昜聲。與章切十部按郊特牲鄉人禓孔子朝服立於阼即論語鄉人難朝服而立於阼階也注禓或爲獻或爲儺凡云或爲者必此彼音讀有相通之理易聲與獻儺音理遠隔記當本是禓字從示易聲則與獻儺差近徐仙民音禓爲儺當由本是禓字相傳讀儺也

祲 精气感祥。气氣古今字周禮眡祲注祲陰陽氣相侵漸成祥者魏志高堂隆傳孔子曰戾者修類應行精祲相感 从示優省聲。子林切七部 春秋傳曰。見赤黑之祲是。左氏傳昭公十五年梓愼知爲喪氛

禍 害也。禍害雙聲 神不福也。从示咼聲。胡果切十七部

祟 神禍也。釋元應衆經音義曰謂鬼神作災禍也 从示出。按出亦聲雖遂切十五部

𥜯 籀文祟从𩥎省。瀆於鬼神則致祟故从𩥎省

祅 地反物爲祅也。左氏傳伯宗曰天反時爲災地反物爲妖民反德爲亂亂則妖災生釋例曰此傳地反物惟言妖耳洪範五行傳則妖孽禍痾眚祥六者以積漸爲義按虫部云衣服歌謠艸木之怪謂之祅禽獸蟲蝗之怪謂之蠥此葢統言皆謂之祅析言則祅蠥異也祅省作祆經傳通作妖 从示芺聲。於喬切二部

祘 明視以筭之。从二示。示與視筭與祘皆疊韵也明視故从二示 逸周書曰。藝文志周書七十一篇周史記也劉向曰葢孔子所論百篇之餘故許君謂之逸周書亦以別於傳尚書之周書免學者惑也 士分民之祘。今逸周書無此語當在亡篇內 均分以祘之也。此釋逸周書語或曰本典解均分以利之

禁ㄐㄧㄣˋ 禫ㄉㄢˋ 三ㄙㄢ 弎。

則民安卽此句也讀若筭。蘇貫切十四部

禁示吉凶之忌也。禁忌雙聲忌古亦讀如記也曲禮曰入竟而問禁从示林聲。居蔭切七部禁當次祘之前

禫除服祭也。士虞禮記曰中月而禫注中猶閒也禫祭名也與大祥閒一月自喪至此凡二十七月禫之言澹澹然平安意也从示覃聲。徒感切古音在七部玉裁按說文一書三言讀若三年導服之導考士虞禮注曰古文禫或爲導喪大記注曰禫或皆作道許君葢從古文不錄今文禫字且祘字重示當居部末如顛瑱聶𣡽𣛕皆居部末是也祘字下出禫字疑是後人增益鄭君从禫許君从導各有所受之也

文六十三　重十三六十三鍇本作六十五禫下有禰䄍二字云禰秋畋也从示爾聲䄍祝也从示虘聲卽犬部之獮言部之詛也用此知說文多爲淺人增竄部末凡數多非原文示部鉉六十三鍇六十五可證又鉉新附有禰祧祅祚四字禰訓親廟泥米切據五經文字序若祧禰逍遙之類說文漏略今得之於字林禰廟之字許意葢欲以爾邇槩之爲禮故書祧作濯鄭司農濯讀爲祧或許君意在別裁謂祧字不古當從故書祅則後人杜撰祚則胙之俗也然則今可用乎曰祅於經無所用之祚則用胙祧則鄭時禮經固爾呂忱巳補入字林禰字自今文堯典早有此字何休云父死稱考入廟稱禰舊說云雖入廟而猶取近於己故从示旁爾行之久遠安可不用也

三數名。天地人之道也。陳煥曰數者易數也三兼陰陽之數言一下曰道立於一二下曰地之數王下曰三者天地人也老子曰一生二二生三三生萬物此釋三之義下釋三之形故以於文二字別言之於文一耦二爲三成數也。此依韵會所引韵會多據鍇本今鍇本又非舊矣耦各本作偶今正二下曰从一耦一以一偶一也此曰一耦二爲三以一偶二也今又皆脫一字三畫而三才之道在焉故謂之成數又字下曰手之列多略不過三凡三之屬皆从三。穌甘切古音在七部

弎古文三。

𤣩。 閏ㄖㄨㄣˋ 王ㄨㄤˊ 皇ㄏㄨㄤˊ

文一　重一

王天下所歸往也。見白虎通王往疊韵董仲舒曰。古之造文者三畫而連其中謂之王。三者天地人也。而參通之者王也。見春秋繁露引之說字形也韋昭注國語曰參三也孔子曰。一貫三爲王。又引孔子語證董說凡王之屬皆从王。雨方切十部

𤣩古文王。

閏餘分之月。五歲再閏也。戴先生原象曰日循黃道右旋邪絡赤道而南北凡三百六十五日小餘不滿四分日之一日發斂一終月道邪交乎黃道凡二十七日小餘過日之半月逡其道一終日月之會凡二十九日小餘過日之半以起朔十二朔凡三百五十四日有奇分而近歲終積其差數置閏月然後時序之從乎日行發斂者以正故堯典曰朞三百有六旬有六日以閏月正四時成歲言六日者舉成數玉裁按五歲再閏而無餘日告朔之禮。天子居宗廟。閏月居門中。从王在門中。周禮。閏月王居門中終月也。此說字形也周禮大史閏月詔王居門終月注謂路寢門也鄭司農云月令十二月分在青陽明堂總章元堂左右之位惟閏月無所居居於門故於文王在門謂之閏玉藻天子元端而朝日於東門之外聽朔於南門之外閏月則闔門左扉立於其中玉裁按古路寢明堂大廟異名而實一也當云告朔之禮天子居明堂如順切十三部

皇大也。見詩毛傳从自王。依韵會補王字自始也。始王者三皇王各本譌皇今正先鄭注周禮云四類三皇五帝九皇六十四民咸祀之尚書大傳燧人爲燧皇伏羲爲羲皇神農爲農皇譙周說同白虎通曰三皇者何伏羲神農燧人則改燧人居第三恐非舊也鄭依春秋緯伏羲女媧神農爲三皇皇甫謐說同大君也。始王天下是大君也故號之曰皇因以爲凡大之稱此說字形會意之恉幷字

王璙瓘璥琠瓇𤩽璠瑾瑜玒琜瓊

王ㄩˋ

義訓大之所由來也皇本大君因之凡大皆曰皇假借之法準此矣 自讀若鼻。自下曰鼻也則自鼻二字爲轉注此曰自讀若鼻言皇字所从之自讀若鼻其音同也 今俗以作始生子爲鼻子是。楊氏雄方言曰鼻始也嘼之初生謂之鼻人之初生謂之首許謂始生子爲鼻子字本作鼻今俗乃以自字爲之俓作自子此可知自與鼻不但義同而且音同相假借也今俗謂漢時也鉉本無作字誤鍇本有新刻刪之胡光切十部

文三　重一

王。石之美有五德者。者字新補 潤澤以溫。仁之方也。䚡理自外。可以知中。義之方也。其聲舒揚。尃以遠聞。尃鍇作專音敷布也玉裁按汲古閣毛氏刊鉉本初作尃後改作專非也管子曰叩之其音淸搏徹遠純而不殺搏古專壹字今本作搏益非此尃謂尃壹也上云舒揚矣則不必更云尃 智之方也。不橈而折。謂雖折而不橈管子孫卿皆作折而不橈 勇之方也。銳廉而不忮。忮很也 絜之方也。絜取圜轉之義凡度直曰度圜度曰絜管子孫卿皆作廉而不劌行也已上禮記聘義管子水地孫卿法行辭皆不同 象三玉之連。謂三也 丨其貫也。貫謂如璧有紐襍佩有組聘圭有繫璧有五采絲繩荀偃以朱絲係玉二瑴之類 凡玉之屬皆从玉。魚欲切三部

𤣩。璙ㄌㄧㄠˊ 瓘ㄍㄨㄢˋ 璥ㄐㄧㄥˇ 琠ㄉㄧㄢˇ 瓇ㄖㄡˊ

𤣩 古文玉。

璙 玉也。謂玉名也如毛傳崑山也嶧山也之例不言山名也古傳注多不言名 从王尞聲。洛蕭切二部

瓘 玉也。左氏傳齊有陳瓘字子玉 从王雚聲。工玩切十四部 春秋傳曰瓘斝。左氏傳昭公十七年裨竈曰我用瓘斝玉瓚鄭必不火

璥 玉也。从王敬聲。居領切十一部

琠 玉也。从王典聲。多殄切古音在十三部玉篇曰古文作[illegible]

瓇 玉也。从王夒聲。讀若柔。耳尤切三部

𤩽 玉也。从王毄聲。讀若鬲。郎擊切十六部

璠 璠與。逗與各本作璵鉉本有篆文璵字云說文闕載依注所有增爲十九文之一鍇本則張次立補之考左傳釋文曰璵本又作與音餘此可證古本左傳說文皆不从玉後人輒加篆文之璵可勿補也又各本作璵璠今依太平御覽所引作璠璵法言亦作璠璵 魯之寶玉。左氏傳定公五年季平子卒陽虎將以與璠斂今本左傳上與下璠許君所據不同 从王番聲。附袁切十四部 孔子曰美哉璠與。遠而望之奐若也。文采之皃御覽作爍 近而視之瑟若也。瑟同璱 一則理勝。謂奐若 二則孚勝。謂瑟若此蓋出逸論語御覽引正作逸論語

瑾 瑾瑜。逗 美玉也。左氏傳曰瑾瑜匿瑕山海經黃帝乃取密山之玉榮而投之鍾山之陽瑾瑜之玉爲良王逸注九章云瑾瑜美玉也 从王堇聲。居隱切十三部

瑜 瑾瑜也。凡合二字成文如瑾瑜玫瑰之類其義既舉於上字則下字例不復舉俗本多亂之此也字之上有美玉二字是 从王俞聲。羊朱切古音在四部

𤩽ㄌㄧˋ 璠ㄈㄢˊ 瑾ㄐㄧㄣˇ 瑜ㄩˊ 玒ㄏㄨㄥˊ 琜ㄌㄞˊ 瓊ㄑㄩㄥˊ 璚。

玒 玉也。从王工聲。戶工切九部

琜 琜瓄。逗 玉也。廣雅玉類有琜瓄按說解有瓄而無篆文瓄者葢古祇用賣後人加偏旁許君書或本說解內作賣或說解內不妨從俗而篆文則不錄也 从王來聲。落哀切一部瓄曹憲音瀆

瓊 亦玉也。亦各本作赤非說文時有言亦者如李賢所引診亦視也鳥部鷩亦神靈之精也之類此上下文皆云玉也則瓊亦當爲玉名偁是赤玉當廁璊瑕二篆閒矣離騷曰折瓊枝以爲羞廣雅玉類首瓊支此瓊爲玉名之證也唐人陸德明張守節皆引作赤玉則其誤已久詩瓊琚瓊瑤瓊華瓊瑩瓊英瓊瑰毛傳云瓊玉之美者也葢瓊爲玉之最美者故廣雅言玉首瓊支因而引伸凡玉石之美皆謂之瓊應劭曰瓊玉之華也是其理也 从王夐聲。渠營切古音在十四部招冤與㷀安軒山連寒溪蘭箋韻

璚 瓊或从矞。矞聲也矞爲夐之入聲角部觼或作鐍此十四部與十五部合音之理

瓗。琍 ㄌㄚˋ
珦 ㄒㄧㄤˋ 珣 ㄒㄩㄣˊ

璐 ㄌㄨˋ 瓚 ㄗㄢˋ

瑛 ㄧㄥ 璑 ㄨˊ

瓗 瓊或从巂。巂聲也。此十四部與十六部合音之理。虫部蠵亦作蠸。珦 玉也。从王向聲。許亮切十部 瑓 玉也。从王剌聲。盧達切十五部 珣 醫無閭之珣玗璂。爾雅曰。東北之美者。有醫無閭之珣玗琪焉。璂琪同。醫無閭山名。在今盛京錦州府廣寧縣西十里。屈原賦謂之於微閭。珣玗璂合三字爲玉名。玗璂二字又各有本義。故不連舉其篆也。葢醫無閭珣玗璂皆東夷語。周書所謂夷玉也。夷玉顧命文。鄭注云。東北之珣玗琪也。从王旬聲。相倫切十二部 一曰玉器。此字義別說也。周禮玉瑞玉器注曰。禮神曰器。爾雅璧大六寸謂之宣。郊祀志有司奉瑄玉。詛楚文設用吉玉寶璧。皆卽珣字。讀若宣。謂訓器則讀若宣也。音轉入十四部。如毛詩于嗟洵兮。韓詩洵作夐之比。璐 玉也。九章被明月兮佩寶璐。王逸注。寶璐美玉也。从王路聲。洛故切五部 瓚 三玉二石也。从王贊聲。徂贊切十四部 禮天子用全。純玉也。上公用駹。四玉一石。侯用瓚。伯用埒。玉石半相埒也。攷工記玉人曰。天子用全。上公用龍。侯用瓚。伯用將。注。鄭司農云。全純色也。龍當爲尨。尨謂雜色。元謂全純玉也。瓚讀如餐饔之饔。龍瓚將皆雜名也。卑者下尊。以輕重爲差。玉多則重。石多則輕。公侯四玉一石。伯子男三玉二石。按許君龍作駹。從先鄭易字也。埒許鄭同。皆不作將。倘是將字。鄭不得釋爲雜。鄭已後傳寫失之。鄭云公侯四玉一石。則記文不當公侯分別異名。許說爲長。戴先生曰。此葢汜記用玉爲飾之等。玉裁謂此與祼圭之瓚異義。許不言祼圭之瓚者。葢其字古祇作贊。黃金爲勺。不用玉也。詩謂之玉瓚。圭瓚者以贊助祼圭也。瑛 玉光也。山海經言玉榮。離騷、孝經援神契、雒書皆言玉英。淮南鴻烈曰。龍淵有玉英。高注。英。精光也。从王英聲。於京切。古音在十部 璑 三采玉也。周禮故書璑玉三采。注曰。璑。惡玉名。江沅曰。惡玉者。亞次之玉也。古惡亞字通。廣雅玉類有璑。玉裁按。天子純玉。公四玉一石。侯三玉二石。故書作璑。新書作珉。皆謂石之次玉者。諸公之冕璑玉三采。謂以璑雜玉備三采。下於天子純玉備五采也。許云三采玉謂之璑。誤矣。从王無聲。武無切。徐堅引說文音舞。五部

王。ㄒㄧㄡˋ

王 朽玉也。从王有點。讀若畜牧之畜。各本篆文作珛。解云从玉有聲。今訂正。史記公玉帶。索隱曰。三輔決錄注云。杜陵有玉氏。音肅。說文以爲从王。音畜牧之畜。此可證。啓本但作玉。不作珛。廣韻一屋云。玉音肅。朽玉。此說文本字。四十九宥云。珛音齅。此從俗字。玉篇玉。欣救、思六二切。此說文本字。珛許救切。引說文朽玉也。此後人據俗本說文所增。佩觿曰。玉有欣救、息足相逐四翻。俗別爲王。郭云。別爲王者。謂玉石字點在三畫之側。欣救、息足相逐三切。點在二畫之側也。葢後人以朽玉字爲玉石字。以別於帝王字。復高其點爲朽玉玉姓字。以別於玉石字。又或改說文从王加點爲从王有聲作珛。亦以別於玉石字也。朽玉者。謂玉有瑕玷。故从玉加點以象形。淮南書云。夏后之璜不能無考。考朽古音同。史記藺相如曰。璧有瑕。請指示王。从王加點。謂可指示也。畜牧字依說文本作嘼。許救、許六二切。玉音同之。杜陵玉姓音肅。雙聲也。三部

璿 ㄒㄩㄢˊ 琁。 壡。

璿 美玉也。山海經。西王母之山有璿瑰瑤碧。郭傳。璿瑰。玉名。竹書穆天子傳。重𨑊氏之所守曰枝斯璿瑰。郭注。璿瑰。玉名。引左傳贈我以璿瑰。按左傳成公十八年。今本作瓊瑰。僖公廿八年。璿弁。今本作瓊弁。張守節史記。璿璣作瓊璣。璿與瓊古書多相亂。璿瑰郭音旋回。合二字爲美玉名。山海經單言琁者。亦美玉也。从王睿聲。似沿切十四部 春秋傳曰。璿弁玉纓。見上。張衡西京賦璿弁玉纓。薛綜文解弁馬冠也。叉髦以璿玉作之。纓。馬鞅也。以玉飾之。鍇本弁作冠。諱李昪嫌名也。琁 璿或从旋省。各本廁瓊璚瓗三字之下。解云瓊或从旋省。攷文選陶徵士誄璿玉致美。李善注曰。山海經云。升山黃酸之水出焉。其中多琁玉。說文云。琁亦璿字。李氏以琁注璿。引說文爲證。然則李所據說文不同今本。今據以訂正。楊倞注孫卿引說文。琁。赤玉。音瓊。則同今本矣。中山經、海內西經言琁者。皆美玉也。郭云。琁。石次玉者也。又云。琁。玉類。又云。璿瑰亦玉名。是未知璿琁同字矣。壡 籀文璿。奴部曰。壡。籀文叡。疑此籀當作壡。叡聲。小篆叡字省大篆爲之。

珦瑓珣璐瓚瑛璑王。璿

球琳璧瑗環璜琮琥瓏琬璋琰玠瑒

璿 球 璆 琳 璧 瑗 環 璜 琮 琥

也。璿古文璿。疑當古文作璿，小篆作璿。球玉也。鉉本玉磬也，非。爾雅釋器曰：璆，美玉也。禹貢、禮器鄭注同。商頌小球大球，傳曰：球，玉也。按磬以球爲之，故名球，非球之本訓爲玉磬。从王求聲。巨鳩切，三部。璆球或从翏。求翏二聲同三部。琳美玉也。高注淮南、王注楚辭、李孫郭注爾雅皆曰琳美玉名。某氏注尚書曰琳玉名。从王林聲。力尋切，七部。璧瑞玉圜也。瑞以玉爲信也。釋器：肉倍好謂之璧。邊大孔小也。鄭注周禮曰：璧圜象天。从王辟聲。比激切，十六部。瑗大孔璧。釋器曰：好倍肉謂之瑗。孔大於邊也。人君上除陛以相引。未聞。瑗引雙聲。孫卿曰：聘人以珪，召人以瑗。爾雅曰：好倍肉謂之瑗，肉倍好謂之璧。釋器文。好謂孔，肉謂邊也。从王爰聲。王眷切，十四部。環璧肉好若一謂之環。亦見釋器。古者還人以環，亦瑞玉也。鄭注經解曰：環取其無窮止。肉上舊衍也字。从王睘聲。戶關切，十四部。環引伸爲圍繞無端之義，古祇用還。璜半璧也。鄭注周禮、高注淮南同。按大戴禮佩玉下有雙璜，皆半規，似璜而小。古者天子辟廱，築土雝水之外，圜如璧；諸侯泮宮，泮之言半也，蓋東西門以南通水，北無也。鄭箋詩云爾。然則辟廱似璧，泮宮似璜，此黌字之所由製歟。从王黃聲。戶光切，十部。琮瑞玉大八寸，似車釭。鄭注周禮曰：琮八方象地。玉人曰：大琮尺二寸，射四寸。注：射其外鉏牙。疏云：角各出二寸，兩相并四寸也。玉裁按：除去射四寸，則大琮八方之徑八寸。許云瑞玉大八寸者，謂大琮也。其他琮不言射，惟瑑琮大八寸。如車釭者，蓋車轂空中不正圜，爲八觚形，琮似之。琮釭疊韻。从王宗聲。藏宗切，九部。琥發兵瑞玉。周禮牙璋以起軍旅，以治兵守，不以琥也。漢與郡國守相爲銅虎符。銅虎符從第一至第五，國家當發兵，遣使者至郡國合符，符合乃聽受之。蓋以代牙璋也。許所云未聞。爲虎文。瑑虎爲文也。鄭注周禮：琥猛象秋嚴。从王虎聲。呼古切，五部。春秋傳曰：賜子家子雙琥。

瓏 琬 璋 琰 玠 瑒

是。昭公卅二年左傳文。瓏禱旱玉也。未聞。爲龍文。瑑龍爲文也。左傳昭公使公衍獻龍輔於齊侯，正義引說文爲說。从王龍聲。力鍾切，九部。琬圭有琬者。此當作圭首宛宛者，轉寫譌脫也。琬宛疊韻。先鄭云：琬圭無鋒芒，故以治德結好。後鄭云：琬猶圜也，王使之瑞節也。戴先生曰：凡圭剡上寸半，直剡之倨句中矩；琬圭穹隆而起，宛然上見。玉裁謂圜剡之，故曰圭首宛宛者，與丘上有丘爲宛丘同義。爾雅又云：宛中宛丘。此與毛傳四方高中央下曰宛丘、釋名丘宛宛如偃器正同，謂窊其中宛宛然也。二義相反俱得。云宛，爾雅兼采異說，郭說宛中失之。从王宛聲。於阮切，十四部。璋剡上爲圭，聘禮記曰：圭剡上寸半。雜記曰：剡上左右各半寸。半圭爲璋。見詩毛傳及公羊傳注、周禮注。从王章聲。諸良切，十部。禮六幣：圭以馬，璋以皮，璧以帛，琮以錦，琥以繡，璜以黼。見周禮小行人注。六幣所以享也。享天子用璧，享后用琮，皆有庭實，以馬若皮。皮，虎豹皮也。用圭璋者，二王之後也。二王後尊，故享用圭璋而特之。其於諸侯亦用璧琮耳。子男於諸侯則享用琥璜，下其瑞也。按六玉皆見上文，圭見璋字下。故引禮總言其所用之幣。琰璧上起美色也。璧當爲圭，也當爲者。周禮注云：凡圭剡上寸半，琰圭剡半以上，又半爲瑑飾。許云起美色，蓋與鄭意同，或當作圭剡上起美飾者。若高注淮南、顏注司馬相如傳皆云琬琰美玉名，此當合二字爲一名，別是一物。尚書玉五重琬琰，亦是一物，非周禮之二圭也。从王炎聲。以冉切，古音第八部。玠大圭也。攷工記：天子鎮圭。諸侯命圭。戴先生曰：二者皆謂之介圭。爾雅：圭大尺二寸爲玠。據鎮圭言也。詩：錫爾介圭，以作爾寶。據命圭言也。介者，大也。禮器：大圭不瑑，以素爲貴。亦謂此也。从王介聲。古拜切，十五部。周書曰：稱奉介圭。顧命曰：大保承介圭。又曰：賓稱奉圭兼幣。蓋許君偶誤合二爲一，如或簸或舀、竷竷舞我之類。韻會引介圭作玠玉。瑒圭尺二寸，有瓚，以祠宗廟者也。玉人曰：祼圭尺有二寸，有瓚，以祀廟。祼圭謂之瑒圭。瑒讀如暢。

魯語謂之鬯圭用以灌鬯者也祠玉篇作祀 从王昜聲 丑亮切十部

瓛ㄏㄨㄢˊ

瓛 桓圭公所執 大宗伯曰公執桓圭注公二王之後及王之上公雙植謂之桓桓宮室之象所以安其上桓圭蓋亦以桓爲瑑飾玉裁按鍇本作三公韻會引亦無三 从王獻聲 胡官切十四部

珽ㄊㄧㄥˇ

珽 大圭長三尺抒上終葵首 見玉人注曰王所搢大圭也或謂之珽終葵椎也爲椎於其杼上明無所屈也杼殺也按玉藻謂之珽注云此亦笏也珽之言挺然無所屈也典瑞曰王晉大圭以朝日魯語曰天子大采朝日管子曰天子執玉笏以朝日皆謂此司馬相如賦有晁采古朝字朝采卽朝日之大采也長三尺博三寸蓋自其中已上殺之其殺六分而去一至其首則仍博三寸而方之鄭云方如椎頭是也珽玉逸引相玉書作珵杼今周禮作杼玉藻注同杼是也 从王廷聲 他鼎切十一部

瑁ㄇㄠˋ

瑁 諸侯執圭朝天子天子執玉以冒之似犂冠周禮曰天子執瑁四寸 玉人曰天子執冒四寸以朝諸侯注名玉曰冒者言德能覆蓋天下也四寸者方以尊接卑以小爲貴尚書大傳曰古者圭必有冒不敢專達也天子執冒以朝諸侯見則覆之故冒圭者天子所與諸侯爲瑞也諸侯執所受圭以朝於天子瑞也者屬也犂冠爾雅注作犂錧謂耜也周禮匠人耜廣五寸二耜之伐廣尺耜刃方瑁上下方似之 从王冒冒亦聲 莫報切古音在三部考工記以冒爲瑁

玥。

玥 古文从冃 各本篆作玥云古文从目惟玉篇不誤此蓋壁中顧命字

瑞ㄖㄨㄟˋ

瑞 以玉爲信也 典瑞掌玉瑞玉器之藏注云人執以見曰瑞禮神曰器又云瑞節信也說文卩下云瑞信也是瑞卩二字爲轉注禮神之器亦瑞也瑞爲圭璧璋琮之總偁自璧至瑁十五字皆瑞也故總言之引伸爲祥瑞者亦謂感召若符節也 从王耑聲 耑聲在十四部而瑞揣圖字音轉入十五部唐韻是僞切又入十六部

璬ㄐㄧㄠˇ

璬 玉佩 璬珩玦三字鉉本在玥下瑞上鍇本則珩玦又綴於部末皆非舊次凡一書內舊次可考者訂正之此自璬至瑑九篆皆飾之類古者雜佩謂之佩玉見周禮玉府太戴禮保傳篇禮記玉藻亦謂之玉佩見詩秦風璬之言皦也玉石之白曰皦 从王敫聲 古了切二部

珩ㄏㄥˊ

珩 佩上玉也 詩毛傳曰雜佩者珩璜琚瑀衝牙之類韓傳曰佩玉上有蔥衡下有雙璜衝牙蠙珠以納其閒按衡卽珩字晉語白玉之珩六雙注珩佩上飾楚語楚之白珩注珩佩上之横者玉藻曰一命再命幽衡三命蔥衡注衡佩上之衡也其制珩上横爲組三繫於珩繫於中組者曰衝牙繫於左右組者曰璜皆以玉璜似半璧而小亦謂之牙繫於中者觿牙而成聲故曰衝牙蠙珠琚瑀貫於珩之下璜衝牙之上故毛韓大戴皆曰以納其閒云佩上玉者謂此乃玉佩最上之玉也統言曰佩玉析言則珩居首以玉爲之依玉藻所言則當天子白玉珩公侯山元玉珩大夫水蒼玉珩所謂三命蔥珩士瓀玟則以石月令春倉玉夏赤玉中央黃玉秋白玉冬元玉注凡所服玉謂冠飾及所佩之珩璜則又隨時異色矣 从王行 所以節行止也 依韻會所引訂从玉行者會意所以節行止也者謂珩所以節行止故字从玉行發明會意之恉也周語改玉改行注玉佩玉所以節行步也此字行亦聲戶庚切古音在十部

玦ㄐㄩㄝˊ

玦 玉佩也 九歌注曰玦玉佩也先王所以命臣之瑞故與環卽還與玦卽去也白虎通曰君子能決斷則佩玦韋昭曰玦如環而缺 从王夬聲 古穴切古音在十五部

珥ㄦˇ

珥 瑱也 戰國策孟嘗君進五珥以請立后李斯上書曰宛珠之簪傅璣之珥 从王耳耳亦聲 仍吏切一部

瑱ㄊㄧㄢˋ

瑱 㠯玉充耳也 詩毛傳曰瑱塞耳也又曰充耳謂之瑱天子玉瑱諸侯以石按瑱不皆以玉許專云以玉者爲其字之从玉也凡字从某爲某之屬許君必言其故 从王眞聲 他甸切十二部 詩曰玉之瑱兮 鄘君子偕老文今詩兮作也女部又引邦之媛兮可知此篇也字古皆作兮孫毓詩評亦引玉之瑱兮

䪻。

䪻 瑱或从耳 攷工記注引左傳縛一如瑱釋文曰瑱本或作䪻耳形眞聲不入耳部者爲其同字異處且難定其正體或體凡附見之例眡此

琫ㄅㄥˇ

琫 佩刀上飾也 小雅鞞琫有珌傳鞞容刀鞞也琫上飾珌下飾大雅鞞琫容刀傳下曰鞞上曰琫戴先生疑瞻彼洛矣之珌下飾當爲鞞下飾珌文飾皃

有珌與首章有鞞句法同說文訓鞞爲刀室誤也玉裁按鞞之言裨也言刀室所以裨護刀者漢人曰削俗作鞘琫之言奉也奉俗作捧刀本曰環人所捧握也其飾曰琫珌之言畢也刀室之末其飾曰珌古文作𤨲傳云鞞容刀鞞也謂刀削其云琫上飾珌下飾者上下自全刀言之琫在鞞上鞞在琫下珌在鞞末公劉詩不言珌故云下曰鞞擧鞞以該珌鞞琫有珌言鞞琫而又加珌也王莽傳瑒琫瑒珌孟康曰佩刀之飾上曰琫下曰珌若劉熙釋名曰室口之飾曰琫琫捧也捧束口也下末之飾曰琕琕卑也下末之言也琕卽鞞之譌劉意自一鞘言之故雖穀毛上曰琫下曰鞞之云而大非毛意至杜預本之注左傳云鞞佩刀削上飾鞛下飾又互譌上下字矣凡訓詁必考其源流得失者舉眡此許云佩刀上飾用毛說謂一刀之上非一削之上也凡刀劒以手所執爲上刀謂之顈亦曰環書刀謂之削劒謂之鐔

天子以玉諸侯以金○毛傳曰天子玉琫而珧珌諸侯璗琫而璆珌大夫鐐琫而鏐珌士珕琫而珕珌天子以玉故其字从玉 从王奉聲○邊孔切九部左傳作鞛音奉合音如榕字亦音聲之比

珌 ㄅㄧˋ

珌 佩刀下飾天子以玉○毛傳云天子以珧說文珧字下亦云天子珧珌此當云天子以珧諸侯以玉淺人妄竄改之 从王必聲○卑吉切十二部

𤨲○

𤨲 古文珌○各本無玉篇曰珌古文作𤨲汗簡古文四聲韻皆曰𤨲見說文今據補必畢古通用同在十二部

璏 ㄓˋ

璏 劒鼻玉也○各本篆文皆誤今正王莽傳美玉可以滅瘢欲獻其璏服虔曰璏音衛蘇林曰劒鼻玉也俗本脫玉字初學記埶文類聚引字林劒鼻謂之璏亦脫玉字 从王彘聲○直例切十五部

瑵 ㄓㄠˇ

瑵 車蓋玉瑵○司馬彪輿服志曰乘輿金根安車立車羽蓋華蚤劉昭注徐廣云翠羽蓋黃裏所謂黃屋車也金華施橑末有二十八枚卽蓋弓也又張衡東京賦羽蓋威蕤葩瑵曲莖薛綜注曰羽蓋以翠羽覆車蓋也威蕤羽貌葩瑵悉以金作華形莖皆低曲蔡邕獨斷云凡乘輿車皆羽蓋金華爪爪與瑵同又王莽傳曰造華蓋九重高八丈一尺金瑵師古曰瑵讀曰爪玉裁按瑵蚤爪三字一也皆謂蓋橑末說文指爪字作叉當云車蓋玉叉也瑵叉疊韻他家云華瑵金瑵者謂金華飾之許云玉瑵者謂玉飾之故字从玉也 从王蚤聲○側絞切古音在三部

瑑 ㄓㄨㄢˋ

瑑 圭璧上起兆瑑也○周禮先鄭注云瑑有圻鄂瑑起也後鄭云瑑文飾也許云起兆瑑與先鄭說合兆者垗也營域之象先鄭所謂垠塄也大圭不瑑者以素爲貴也 从王彖聲○彖聲依韻會所引鍇本今鍇本亦作篆省聲又淺人改之也直戀切十四部 周禮曰瑑圭璧○典瑞曰瑑圭璋璧琮疑此有脫誤

珇 ㄗㄨˇ

珇 琮玉之瑑○玉人駔琮五寸宗后以爲權駔琮七寸天子以爲權注駔讀爲組以組繫之因名焉許作珇蓋杜子春讀故書之駔爲珇鄭所不從不載其說者也記又云瑑琮八寸則駔琮非謂瑑明矣似讀駔爲珇訓琮玉之瑑失之方言曰珇好也美也許意謂兆瑑之美曰珇 从王且聲○則古切五部

璂 ㄑㄧˊ

璂 弁飾也○往往冒玉也○上也字依詩音義補弁師曰王之皮弁會五采玉琪鄭司農云故書會作膾膾讀如馬會之會謂以五采束髮也琪讀如綦車轂之綦按許謂以玉飾弁曰琪與司農說同後鄭則易琪爲綦綦結也皮弁之縫中每貫結五采玉以爲飾謂之綦蓋後鄭謂經琪字乃玉名故易爲綦字曹風其弁伊騏箋亦云騏當作綦自用其周禮說也許同先鄭說往往歷歷也鄭云皪皪而處是也 从王綦聲○渠之切一部

璂○

璂 或从基○

璪 ㄗㄠˇ

璪 玉飾如水藻之文○謂彫飾玉之文璪藻疊韻 从王喿聲○子晧切二部 虞書曰璪火粉米○古文尚書咎繇謨文按虞書璪字衣之文也當从衣而从玉者假借也衣文玉文皆如水藻聲義皆同故相假借非衣上爲玉文也凡說文有引經言假借者例此禮經文采之訓古文多用繅字今文多用璪藻字其實三字皆假借

瑬 ㄌㄧㄡˊ

瑬 垂玉也○冕飾○弁師掌王之五冕五采繅十有二就皆五采玉十有二諸侯之繅斿九就瑉玉三采繅斿皆就注繅雜文之名合五采絲爲之繩垂於延之前後就成也繩之每一帀而貫五采玉十二斿則十二玉也繅不言皆有不皆者衮衣之冕十二斿則用玉二百八十八鷩衣之冕繅九斿用玉二百一十六毳衣之冕七斿用玉百六十八希衣之冕五斿用玉百二十元衣之冕三斿用玉

瑀ㄩˇ 瓃ㄌㄟˊ 玼ㄘˇ 瑳ㄙㄜ 瑮ㄌㄧˋ

七十二侯當爲公字之誤也三采朱白蒼也繅旒皆就皆三采也每繅九成則九玉也公之冕用玉百六十二按弁師作旈玉藻从俗字作旒皆鎏之假借字**从王流聲。**力求切三部

瑀 玉器也。徐鍇曰爾雅璋大八寸謂之琡說文有瑀無琡宜同也**从王禹聲。讀若淑。**殊六切三部

瓃 玉器也。雋不疑傳帶櫑具劍晉灼曰古長劍首以玉作井鹿盧形上刻木作山形如蓮花初生未敷時霍渼治書云考古圖有玉轆轤玉具劍古樂府所云腰間轆轤劍也按古玉器爲鹿盧轉旋者不獨劍具先鄭注周禮云驂外有捷盧也捷盧亦謂鹿盧也**从王畾聲。**說文無畾字而云畾聲者畾卽畾之省也靁字下曰從雨畾象回轉形木部櫑字下曰刻木作雲靁象施不窮楊雄賦曰轠轤不絕凡從畾字皆形聲兼會意魯回切十五部

玼 新玉色鮮也。各本無新詩音義兩引皆作新色鮮也今補玼本新玉色引伸爲凡新色如詩玼兮玼兮言衣之鮮盛新臺有玼言臺之鮮明韻會引作玉色鮮絜也**从王此聲。**詩音義音此又且禮反十五部古此聲之字多轉入十六部十六部與十七部至近是以劉昌宗云倉我反也玼之或體作瑳瑳景瑳以爲名詩君子偕老二章三章皆曰玼兮玼兮是以二章毛鄭有注三章無注或兩章皆作瑳內司服注引瑳兮瑳兮其之翟也又引瑳兮瑳兮其之展也可證自淺人分別玼屬二章瑳屬三章盡爲二字二義又於說文增瑳爲訓釋今刪**詩曰。新臺有玼。**詩邶風文今本作泚韓詩作漼云鮮皃卽今璀璨字也

瑳 玉英華相帶如瑟弦也。左思吳都賦符采彪炳劉逵注曰符采玉之橫文也郭璞引王子靈符應曰赤如雞冠黃如蒸栗白如割肪黑如純漆玉之符采也瑟瑟疊韻**从王瑟聲。**所櫛切十二部**詩曰。瑟彼玉瓚。**詩大雅作瑟箋云瑟絜鮮貌孔子曰璠與近而視之瑟若也韻會引作瑟彼則引詩爲發明从瑟意

瑮 玉英華羅列秩秩。爾雅釋訓秩秩清也毛傳秩秩有常也瑮列雙聲瑮秩疊韻**从王㮚聲。**力質切十二部聘義說玉云縝密以栗**逸論語曰。玉粲之瑮兮。其瑮**

一篇上　羌

瑀瓃玼瑳瑮瑩璊瑕琢琱理

瑩ㄧㄥˊ 璊ㄇㄣˊ 玧。 瑕ㄒㄧㄚˊ 琢ㄓㄨㄛˊ 琱ㄉㄧㄠ 理ㄌㄧˇ

猛也。藝文志曰論語漢興有齊魯之說傳齊論者惟王陽名家傳魯論者安昌侯張禹最後而行於世然則張禹魯論所無則謂之逸論語如十七篇之外爲逸禮二十九篇之外爲逸尚書也齊論多問王知道二篇王伯厚云問王疑當作問玉按說文玉瑮瑩三字下所引蓋卽問玉篇歟

瑩 玉色也。謂玉光明之皃引伸爲磨瑩亦作鎣**从王熒省聲。**李善引說文烏明切唐韻烏定切十一部**一曰石之次玉者。**此字義之別說也齊風傳曰瑩石似玉也衛風傳曰瑩美玉也**逸論語曰。如玉之瑩。**此蓋引證玉色之義

璊 玉䞓色也。毛傳曰璊䞓玉也今本脫玉字**从王㒼聲。**莫奔切古音在十四部**禾之赤苗謂之虋。**各本从木作樠今依毛詩釋文宋槧樠卽艸部虋字之或體艸部不言或作樠而此見之亦可見或字不能悉載**言璊玉色如之。**虋聲在十三部與十四部㒼聲最近而又雙聲此璊穈字皆於虋得義也

玧 璊或从允。允聲在十三部

瑕 玉小赤也。子虛賦赤瑕駁犖張揖曰赤瑕赤玉也揚雄蜀都賦左思吳都賦皆云瑕英劉逵曰瑕玉屬也木華海賦瑕石詭暉廣雅玉屬有赤瑕若聘義瑕不揜瑜注瑕玉之病也高注淮南書曰瑕猶釁也此別一義釁同璺**从王叚聲。**乎加切古音在五部

琢 治玉也。釋器玉謂之琢石謂之摩毛傳同按琢琱字謂鐫鑿之事理字謂分析之事攷工記刮摩五工玉人記玉之用楖人雕人闕楖人蓋理之如楖之疏髮雕人蓋琢之如鳥之啄物左思賦水鳥曰彫琢蔓藻是其意**从王豕聲。**竹角切三部

琱 治玉也。釋器玉謂之雕按琱琢同部雙聲相轉注詩周禮之追大雅之敦弓皆與琱雙聲也**一曰石似玉。**此字義之別說**从王周聲。**都僚切古音在三部經傳以雕彫爲琱

理 治玉也。戰國策鄭人謂玉之未理者爲璞是理爲剖析也玉雖至堅而治之得其䚡理以成器不難謂之理凡天下一事一物必推其情至於無憾而後卽安是之謂天理是之謂善治此引伸之義也戴先生孟子字義疏證曰理者察之而幾微必區以別之名也是故謂之分理在

一篇上　手

珍ㄓㄣ 玩ㄨㄢˋ 貦。 玲ㄌㄧㄥˊ 瑲ㄑㄧㄤ 玎ㄉㄧㄥ

物之質曰肌理曰腠理曰文理得其分則有條而不紊謂之條理鄭注樂記曰理者分也許叔重曰知分理之可相別異也古人之言天理何謂也曰理也者情之不爽失也未有情不得而理得者也天理云者言乎自然之分理也自然之分理以我之情絜人之情而無不得其平是也 从王里聲 良止切一部

珍 寶也 宀部曰寶珍也是爲轉注 从王㐱聲 陟鄰切古音在十三部

玩 弄也 廾部曰弄玩也是爲轉注周禮曰玩好之用 从王元聲 五換切十四部

貦 玩或从貝

玲 玉聲也 甘泉賦和氏瓏玲大元以彼瓏玲皆謂玉聲法言廣雅作玲瓏 从王令聲 郎丁切古音在十二部

瑲 玉聲也 小雅有瑲蔥珩毛傳瑲珩聲也秦風佩玉將將玉藻然後玉鏘鳴皆當作此字 从王倉聲 七羊切十部 詩曰攸革有瑲 周頌載見文攸各本作鋚今正說見鋚字下有瑲今詩作有鶬亦作鎗按鸞鈴響飾之聲而字作瑲玉聲而字作鏘皆得謂之假借

玎 玉聲也 以椓之丁丁伐木丁丁例之蓋當作字言玎玎

琤ㄔㄥ 瑣ㄙㄨㄛˇ 瑝ㄏㄨㄤˊ 瑀ㄩˇ

从王丁聲 中莖當經二切十二部 齊大公子伋謚曰玎公 齊世家古今人表皆云師尚父之子丁公丁公之子乙公乙公之子癸公猶之魯禽父晉燮父衛康伯宋微仲皆無謚不聞謚玎也此當云讀若齊大公子伋謚曰丁公轉寫脫讀若字因改丁爲玎不直言讀若丁者古音丁公之讀當與凡丁異也丁乙癸皆非謚明矣而云謚丁公者古者以字爲謚之義也

琤 玉聲也 从王爭聲 楚耕切十一部按此字恐系瑲之俗

瑣 玉聲也 謂玉之小聲也周易旅瑣瑣鄭君陸績皆曰瑣瑣小也 从王𧴪聲 蘇果切十七部

瑝 玉聲 謂玉之大聲也 从王皇聲 廣韻云說文音皇十部

瑀 石之次玉者 次各本譌似依詩音義正義引訂鄭風傳曰雜佩者珩璜琚瑀衝牙之類又曰佩有琚瑀所以納閒者納於上珩下璜衝牙之中也韓詩傳蠙珠以納其閒保傅篇曰玭珠以納其閒琚瑀以雜之玭即蠙毛不言蠙珠韓不言琚瑀保傅篇兼言之蓋蠙珠居中琚瑀皆美石又貫於蠙珠之上下故曰雜佩雜集也集眾美也盧辨曰玭珠之赤者曰琚白者曰瑀誤矣 从王禹聲 王矩切五部

玤ㄅㄤˋ 玪ㄍㄢ 塾ㄌㄜˋ 琚ㄐㄩ

玤 石之次玉者㠯爲系璧 系璧蓋爲小璧系帶閒縣左右佩物也 从王丰聲 讀若詩曰瓜瓞菶菶 大雅生民文此引經說字音也補蠓切九部 一曰若盒蚌 今音蚌在講韻古音江講合於東董

玪 玪塾 逗 石之次玉者 鄭本尚書璆玪琨玕鄭注璆美玉玪美石子虛賦瑊玏元厲張揖曰瑊玏石之次玉者中山經葛山其下多瑊石郭傳瑊玏石似玉廣雅瑊玏石次玉也按玪瑊同字塾玏同字玪塾合二字爲石名亦有單言玪者如尚書中山經及穆天子傳是 从王今聲 古函切古音在七部廣韻瑊音箴是

塾 玪塾也 从王勒聲 盧則切一部

琚 佩玉石也 各本作瓊琚也今正詩鄭風正義釋文皆引說文琚佩玉名衛風釋文又引琚佩玉名按雜佩謂之佩玉見周禮大戴禮玉藻詩鄭風秦風衛風尚書大傳贅以名字語不可通琚乃佩玉之一物

璓ㄧㄡˋ 玖ㄐㄧㄡˇ

不得云佩玉名也毛公大戴皆云琚瑀以納閒許君以瑀字廁於石次玉之類然則名字爲石之字誤無疑佩玉石者謂佩玉納閒之石也木瓜毛傳云琚佩玉石也許君用之今毛傳石譌爲名莫能是正瑀下不言佩玉石琚下不言美石次玉互見也詩佩玉瓊琚謂佩玉之閒有美琚也瓊瑰玉佩謂美瑰在玉佩之閒也 从王居聲 九魚切五部 詩曰報之以瓊琚

璓 石之次玉者 衛風充耳琇瑩傳琇瑩美石也按琇瑩是二石名故都人士傳曰琇美石也者傳曰瑩石似玉也 从王莠聲 陸德明引說文弋久反唐韻息救切三部按說文从莠隸从秀猶从芙之多爲夭也 詩曰充耳璓瑩

玖 石之次玉黑色者 詩木瓜傳曰玖玉名丘中有麻傳曰玖石次玉者按不應同物異訓蓋木瓜傳本作玉石漢書西域傳于闐國多玉石注曰玉石石之似玉者也楊雄蜀都賦亦言玉石轉寫石譌名耳玖音近黝故訓黑色 从王久聲 陸德明引說文紀又反唐韻舉友切古音在一部詩久字在一部孔子易傳久在三部 詩

𤤀ㄧˊ 瑍ㄧˋ 珢ㄧㄣˊ 璅ㄗㄠˇ 瑨ㄓㄣ 璡ㄐㄧㄣ 璁ㄘㄨㄥ 𤩭ㄏㄠˊ

曰貽我佩玖。（貽當作詒。王風文）讀若芑。（此古音在一部之證）或曰若人句脊之句。（此又一音也。上句音鉤，下句當作痀。疒部曰：痀，曲脊也。古讀如苟。句聲在四部，此一部、三部、四部合韻最近之理）𤤀石之似玉者。（倉頡云：五色石也。似玉，玉篇作次，又引）从王匠聲。讀若貽。（與之切。一部）珢石之似玉者。从王艮聲。（語巾切。古音在十三部）瑍石之似玉者。从王臾聲。（余制切。古音在十六部。臾从申以象挹引之丿爲聲。按玉篇廣韻皆兼有瑍瑍字，訓釋同。瑍音臾，必有一誤）璅石之似玉者。从王巢聲。（子皓切。二部）璡石之似玉者。从王進聲。讀若津。（將鄰切。十二部）瑨石之似玉者。从王晉聲。（側岑切。七部）璁石之似玉者。从王悤聲。讀若蔥。（倉紅切。九部）𤩭石之似玉者。从王號聲。讀若鎬。（乎到切。二部）

𤩽ㄒㄧㄚˊ 堅ㄨㄢˋ 瓔ㄒㄧㄝˋ 珣ㄍㄡˇ 琂ㄧㄢˊ 璶ㄒㄧㄣˋ 琟ㄨㄟˊ 瑦ㄨˇ 瑂ㄇㄟˊ 璒ㄉㄥ 玜ㄙ

𤩽石之似玉者。从王𠦬聲。讀若曷。（乎捌切。十五部）堅石之似玉者。从王取聲。（烏貫切。十四部）瓔石之玉。（鍇本如此。下有言次玉者四字，葢注釋語。自瑍至玗十八字皆似玉者。鉉本作石之次玉者，與鍇本注皆非。玉篇廣韻皆云瓔石似玉）从王燮聲。（穌叶切。七部）珣石之似玉者。（似設古原本作次，非）从王句聲。讀若苟。（古厚切。四部）琂石之似玉者。从王言聲。（語軒切。十四部）璶石之似玉者。从王盡聲。（徐刃切。十二部）琟石之似玉者。从王隹聲。讀若維。（以追切。十五部）瑦石之似玉者。从王烏聲。（安古切。五部）瑂石之似玉者。从王眉聲。讀若眉。（武悲切。十五部）璒石之似玉者。从王登聲。（都騰切。六部）玜石之似玉者。从王厶聲。讀與私同。（凡言讀與某同

一篇上 二三

玗ㄩˊ 𤤰ㄇㄛˋ 瑎ㄒㄧㄝˊ 碧ㄅㄧˋ 琨ㄎㄨㄣ 瑻 珉ㄇㄧㄣˊ 瑤ㄧㄠˊ 珠ㄓㄨ

者，亦卽讀若某也。息夷切。十五部）玗石之似玉者。（鍇釋以珣玗琪非也。珣玗琪合三字爲玉名。單言珣者玉器也，單言琪者弁飾也，單言玗者美石也。齊風尚之以瓊華，傳曰：華，美石。華葢卽玗，二字同于聲也。玉篇引穆天子傳采石之山有𤤰瑤。凡言某屬者謂某之類）从王亏聲。（羽俱切。五部）𤤰玉屬也。从王叏聲。讀若沒。（莫悖切。十五部）瑎黑石似玉者。从王皆聲。讀若諧。（戶皆切。十五部）碧石之青美者。（西山經：高山其下多青碧。傳：碧亦玉類也）从王石，白聲。（从玉石者，淮南書崑崙有碧樹，注：碧，青石也。劉逵、常璩、郭樸皆曰越嶲會無縣東山出碧，似玉之石也。碧色青白，金克木之色也，故从白。云白聲者，以形聲苞會意。兵彳切。古音在五部）琨石之美者。（王肅及某氏注禹貢皆曰瑤琨皆美石。劉逵注吳都賦、顏師古注地理志皆曰琨美石。今本轉寫多譌。玉穆天子傳天子之瑤玉昆，傳：石似美玉。今本昆譌采。招魂昆蔽象棋，注：昆，玉也。當云昆同琨，石似玉）从王

昆聲。（古渾切。十三部）夏書曰：（夏各本譌虞）楊州貢瑤琨。瑻琨或从貫。（馬融尚書、漢地理志皆作瑻。貫聲在十四部，與十三部昆聲合韻最近，而又雙聲。如昆夷亦爲串夷。韋昭瑻音貫）珉石之美者。（弁師：珉玉三采）从王民聲。（武巾切。十二部。按凡民聲字在十二部，凡昏聲字在十三部，昏不以民爲聲也。聘義注曰：碈或作玟。凡文聲昏聲同部，瑉碈字皆玟之或體，不與珉同字，其譌亂久矣）瑤石之美者。（各本石譌玉，今依詩音義正。衛風報之以瓊瑤，傳曰：瑤，美石。正義不誤。王肅、某氏注尚書，劉逵注吳都賦，皆曰瑤琨皆美石也。大雅曰維玉及瑤，云及則瑤賤於玉。周禮享先王，大宰贊王玉爵，內宰贊后瑤爵。禮記尸飲五，君洗玉爵獻卿；尸飲七，以瑤爵獻大夫。是玉與瑤等差明證。九歌注云：瑤，石之次玉者。凡謂瑤爲玉者非是）从王䍃聲。（余招切。二部）詩曰：報之㠯瓊瑤。（衛風木瓜）珠蜯中陰精也。（蜯或蚌字。中各本作之，今依初學記。大戴禮曰：珠者陰之陽也，故勝火）从王朱

一篇上 二四

𤤀珢瑍璅璡瑨璁𤩭𤩽堅瓔珣琂璶琟瑦瑂璒玜玗𤤰瑎碧琨瑻珉瑤珠

聲。章俱切古音在三部春秋國語曰。珠足以御火災是也。足字依玉篇補御各本作禦今正楚語左史倚相曰珠足以禦火災則寶之韋注珠水精故以禦火災

玓 玓瓅。逗明珠光也。光各本作色今依李善所引史記司馬相如傳曰明月珠子玓瓅江靡應劭曰靡邊也从王勺聲。都歷切古音在二部

瓅 玓瓅也。从王樂聲。郎擊切古音在二部二字疊韻

玭 珠也。謂珠名也从王比聲。韋昭薄迷反十五部紕字下曰讀若玭珠宋宏曰。淮水中出玭珠。玭珠。珠之有聲者。此宋宏說伏生尚書語也宏字仲子能薦桓譚辟牟長者伏生尚書徐州之貢淮夷玭珠臮魚仲子謂淮水中出玭珠與鄭古文尚書說合玭珠珠之有聲者七字當作玭蚌之有聲者六字玭本是蚌名以爲珠名韋昭曰玭蚌也廣韻曰蠙珠母也西山經鮆魮之魚其狀如覆銚鳥首而翼魚尾音如磬之聲是生珠玉江賦所謂文魮磬鳴郭郭傳云蚌類按玭蚌蓋類是能鳴故曰蚌之有聲者

蠙 夏書玭从虫賓。謂古文夏書玭字如此作从虫賓聲古音在十二部故唐韻步因切其音變爲蒲邊扶堅二切小篆从比其雙聲也玭字蓋亦古文故伏生尚書作玭夏本紀地理志從之非伏生依小篆乃其壁藏本固爾也

珕 蜃屬。謂蜃之類其甲亦可飾物也从王劦聲。郎計切十五部禮記曰。記曰字依韻會所引補土部禮記曰天子赤墀今本亦删記曰字藝文志曰記百三十一篇七十子後學者所記也佩刀士珕琫而珧珌。詩正義作珕琫而珕珌

珧 蜃甲也。介物之殻曰甲所以飾物也。釋器曰以蜃者謂之珧按爾雅蜃小者珧東山經峄皐之水多蜃珧傳曰蜃蚌屬珧玉珧亦蚌屬然則蜃珧二物也許云一物者據爾雅言之凡物統言不分析言有別蜃飾謂之珧猶金飾謂之銑玉飾謂之珪金不必皆銑玉不必皆珪也从王兆聲。余昭切二部禮記曰。二字補佩刀天子玉琫而珧珌。見毛傳按天子玉琫珧珌備物也諸侯璗琫璆珌讓於天子也璆美玉也天子玉上諸侯玉下故曰讓於天子也大夫鐐琫鏐珌銀上金下也士珕琫珧珌珧有玉珧之價賤於珕自諸侯至士皆下美於上惟天子上美於下毛詩集注定本釋文皆作諸侯璆珌惟正義作諸侯鏐珌又集注定本釋文皆作大夫鏐珌惟正義作大夫鐐珌又說文作士珧珌正義作士珕珌與說文異

玟 玫瑰。逗火齊珠。各本作火齊玫瑰也今依韻會所引正子虛賦晉灼注呂靜韻集皆同吳都賦注曰火齊如雲母重沓而可開色黃赤似金出日南廣雅珠屬有玫瑰一曰石之美者。謂石之美者名玫此字義之別說也釋元應大唐眾經音義引石之美好曰玫聘義君子貴玉而賤碈注碈石似玉或作玟玉藻士佩瓀玟玟又作砇按史記子虛賦琳瑉琨珸砇珸瑉皆玫之或體與瑉各部从王文聲。二義古音皆讀如文在十三部今音則前義讀如枚入十五部後義讀如民入十二部

瑰 玫瑰也。从王鬼聲。公回切十五部玫瑰本雙聲後人讀爲疊韻一曰圜好。謂圜好曰瑰此字義之別說也眾經音義亦引圜好曰瑰玉篇圜好上增珠字誤後義當音回○按詩秦風傳曰瑰石而次玉疑詩失載

璣 珠不圜者。各本作也今依尚書音義後漢書注作者凡經傳沂鄂謂之幾門橜謂之機故珠不圜之字从幾从王幾聲。居衣切十五部

琅 琅玕。逗似珠者。尚書璆琳琅玕鄭注曰琅玕珠也王充論衡曰璆琳琅玕土地所生眞玉珠也魚蚌之珠與禹貢琅玕皆眞珠也本艸經青琅玕陶貞白謂即蜀都賦之青珠而某氏注尚書郭注爾雅山海經皆曰琅玕石似珠玉裁按出於蚌者爲珠則出於地中者爲似珠似珠亦非人爲之故鄭王謂之眞珠也从王良聲。魯當切十部

玕 琅玕也。从王干聲。古寒切十四部禹貢雝州璆琳琅玕。

古文玕。从王旱。蓋壁中尚書如此作干聲旱聲一也賈誼新書上有蔥珩下有雙璜捍珠以納其閒琚瑀以雜之捍必珵之誤

珊 珊瑚。逗色赤生於海廣韻引生海中而色赤也或生於山。廣雅珊瑚爲珠類故次於此上林賦注曰珊瑚生水底石邊大者樹高三

瑚ㄏㄨˊ　珋ㄌㄧㄡˊ　琀ㄏㄢˊ　𤪌ㄧㄡˊ　璗ㄉㄤˋ

尺餘枝格交錯無有葉石部曰上摘山巖空青珊瑚墮之珊瑚有青色者或云赤爲珊瑚青爲琅玕从王刪省聲。穌干切十四部瑚珊瑚也。从王胡聲。戶吳切五部珋石之有光者璧珋也。者字依李善江賦注補此當作璧珋石之有光者也恐亦後人倒之璧珋即璧流離也地理志曰入海市明珠璧流離西域傳曰罽賓國出璧流離璧流離三字爲名胡語也猶珣玗琪之爲夷語漢武梁祠堂畫有璧流離曰王者不隱過則至吳國山碑紀符瑞亦有璧流離梵書言吠瑠璃吠與璧音相近西域傳注孟康曰璧流離青色如玉今本漢書注無璧字讀者誤認正文璧與流離爲二物矣今人省言之曰流離改其字爲瑠璃古人省言之曰璧珋珋與流瑠音同楊雄羽獵賦椎夜光之流離是古亦省作流離也出西胡中。西胡西域也班固曰西域三十六國皆在匈奴之西故說文謂之西胡凡三見魏略云大秦國出赤白黑黃青綠縹紺紅紫十種流離師古曰此蓋自然之物采澤光潤踰於衆玉其色不恆今俗所用皆銷冶石汁加以衆藥灌而爲之尤虛脆不貞實从王丣聲。廣韻引說文音畱三部玉裁按古音卯丣二聲同在三部爲疊韻而畱珋茆聊駵騮劉等字皆與丣又疊韻中雙聲昴貿茆等字與卯疊韻中雙聲部分以疊韻爲重字音以雙聲爲重許君丣丣聲分而从丣之字俗多改爲从卯自漢已然卯金刀爲劉之說緯書荒繆正屈中止句馬頭人人持十之類許所不信也凡俗字丣變卯者今皆更定學者勿持漢人繆字以疑之琀送死口中玉也。典瑞曰大喪共飯玉含玉注飯玉碎玉以雜米也含玉柱左右顚及在口中者雜記曰含者執璧將命則是璧形而小耳穀梁傳曰貝玉曰含按琀士用貝見士喪禮諸侯用璧見雜記天子用玉从王含。含亦聲。胡紺切古音在七部經傳多用含或作唅𤪌遺玉也。謂贈遺之玉也蒙上送死言之何休曰知死者贈襚襚猶遺也大宰典瑞皆言大喪贈玉注云蓋璧也錯說以山海經遺玉儀是玉名則當廁於瑔已下十六字閒从王歔聲。以周切三部此字蓋在禮古經及記璗金之美者。釋器黃金謂之璗其美者謂之鏐許說小異與玉同色。从王謂光色如玉之符采故其字从玉湯聲。徒朗切十部禮記曰佩刀二字依韻會補諸侯璗琫而璆珌。詩毛傳同詩正義作璗琫而鏐珌也王莽傳瑒琫瑒珌瑒即璗字孟康云玉名非靈巫也。各本巫上有靈字乃複舉篆文之未刪者也許君原書篆文之下以隸複寫其字後人刪之時有未盡此因巫下脫也字以靈巫爲句失之今補也字屈賦九歌靈偃蹇兮姣服又靈連蜷兮既留又思靈保兮賢姱王注皆云靈巫也楚人名巫爲靈許亦當云巫也無疑矣引伸之義如諡法曰極知鬼事曰靈好祭鬼神曰靈曾子曰陽之精氣曰神陰之精氣曰靈毛公曰神之精明者稱靈皆是也以玉事神。依韻會無也字从王巫能以玉事神故其字从玉霝聲。郎丁切十一部靈靈或从巫。

文百二十四依鍇本　重十七鍇十六今增璊字則十七按自瑔己下皆玉名也瓚者用玉之等級也瑛玉光也璑已下五文記玉之惡與美也璧至瑞皆言玉之成瑞器者也璬珩玦珥至璛皆以玉爲飾也玼至瑕皆言玉色也瑑琱理三文言治玉也珍玩二文言愛玉也玲已下六文玉聲也瑀至玖石之次玉者也瑂至瑎石之似玉者也琨珉瑤石之美者也玓至珋皆珠類也琀𤪌二文送死玉也璗異類而同玉色者靈謂能用玉之巫也通乎說文之條理次第斯可以治小學

靈ㄌㄧㄥˊ　靈。　玨ㄐㄩㄝˊ　瑴。　班ㄅㄢ

玨二玉相合爲一玨。左傳正義曰瑴倉頡篇作玨云雙玉爲玨故字从雙玉按淮南書曰元玉百工注二玉爲一工工與玨雙聲百工即百玨也不言从二玉者義在於形形見於義也古岳切三部凡玨之屬皆从玨。因有班𤦡字故玨專列一部不則綴於玉部末矣凡說文通例如此瑴玨或从㱿。㱿聲也左傳納玉十瑴魯語行玉廿瑴字皆如此作韋昭杜預解同說文班分瑞玉。堯典曰班瑞于羣后从玨刀。會意刀所以分也布還切古音在十三部讀如文質份份之份周禮以頒爲班

瑚珋琀𤪌璗靈玨班

𨋕 ㄈㄨˊ

古頌班同部 𨋕車笭閒皮匧也。也字依玉篇補東京賦司馬彪輿服志皆曰𨋕李善曰𨋕車闌閒皮篋置弩於𨋕曰𨋕弩師古亦曰𨋕弩皮篋盛弩也今本輿服志𨋕弩二字譌爲轒輣弩三字 古者使奉玉所以盛之。依玉篇補正 从車珏。謂此皮篋漢時輕車以藏弩輕車古之戰車也其制沿於古者人臣出使奉圭璧璋琮諸玉車笭閒皮篋所用盛之此其字之所由从車珏會意也聘禮圭藏於櫝然則櫝藏於皮篋 讀與服同。房六切古音當在一部以服古在一部也

文三 重一

气 ㄑㄧˋ

气 雲气也。气氣古今字自以氣爲雲气字乃又作餼爲廩氣字矣气本雲气引伸爲凡气之偁 象形。象雲起之皃三之者列多不過三之意也是類乎從三者也故其次在是去既切十五部借爲气假於人之气又省作乞 凡气之屬皆从气。

氛 ㄈㄣ

氛 祥气也。謂吉凶先見之氣左傳曰非祭祥也喪氛也杜注氛惡氣也晉語曰見翟柤之氛注氛祲氛凶象也凶曰氛吉曰祥玉裁按統言則祥氛二字皆兼吉凶析言則祥吉氛凶耳許意是統言左傳又曰楚氛甚惡杜注氛氣也可見不容分別 从气分聲。符分切十三部

雰。

雰 氛或从雨。按此爲小雅雨雪雰雰之字月令雰霧冥冥釋名氛粉也潤氣著艸木因凍則凝色白若粉也皆當作此雰與祥氣之氛各物似不當混而一之

文二 重一

士 ㄕˋ

士 事也。豳風周頌傳凡三見大雅武王豈不仕傳亦云仕事也鄭注表記申之曰仕之言事也士事疊韻引伸之凡能事其事者偁士白虎通曰士者事也任事之稱也故傳曰通古今辯然不謂之士 數始於一終於十。从一十。三字依廣韻此說會意也 孔子曰推十合一爲士。韻會玉篇皆作推一合十鉉本及廣韻皆作推十合一似鉉本爲長數始一終十學者由博返約故云推十合一博學審問愼思明辨篤行惟以求其至是也若一以貫之則聖人之極致矣鉏里切一部 凡士之屬皆从士。

壻 ㄒㄩˋ

壻 夫也。夫者丈夫也然則壻爲男子之美稱因以爲女夫之稱釋親曰女子子之夫爲壻 从士胥。鉉本有聲字誤周禮注詩箋皆曰胥有才知之稱又曰胥讀如諝謂其有才知爲什長說文言部曰諝知也然則从胥者从諝之省 詩曰女也不爽士貳其行。士者夫也。此引衛風而釋之明从士之意 讀與細同。穌計切古音當在十六部

婿。

婿 壻或从女。以女配有才知者爲會意

壯 ㄓㄨㄤˋ

壯 大也。方言曰凡人之大謂之奘或謂之壯尋說文之例當云大士也故下云从士此葢淺人刪士字 从士爿聲。側亮切十部

壿 ㄗㄨㄣ

壿 士舞也。各本無士依詩爾雅音義補周禮大胥以學士合舞小胥巡學士舞列故其字从士也當爲皃毛傳壿壿舞皃古書也皃二字多互譌 从士尊聲。慈損切十三部 詩曰壿壿舞我。詩小雅文爾雅坎坎壿壿喜也今詩作蹲

文四 重一

丨 ㄍㄨㄣˇ

丨 下上通也。依玉篇 引而上行讀若囟。囟之言進也 引而下行讀若退。可上可下故曰下上通竹部曰篆引書也凡字之直有引而上引而下之不同若至字當引而下不字當引而上又若才中木生字皆當引而上之類是也分用之則音讀各異讀若囟在十三部讀若退在十五部今音思二切囟之雙聲也又音古本切 凡丨之屬皆从丨。

中 ㄓㄨㄥ

中 內也。俗本和也非是當作內也宋麻沙本作肉也一本作而也正皆內之譌入部曰內者入也入者內也然則中者別於外之辭也別於偏之辭也亦合宜之辭也作內則此字平聲去聲之義無不賅矣許以和爲唱和字龢爲諧龢字龢和皆非中之訓也周禮中失即得失 从口丨下上通也。按中字會意之恉必當从口音圍衞宏說用字从卜用則中之不从口明矣俗皆从口失之云下上通者謂中直或引而上或引而下皆入其內也陟弓切九部

中。

中 古

扵 扵 扵

文中。此字可疑豈淺人誤入以屈中之屮入此歟扵 旌旗杠皃。釋天曰素錦韜杠杠謂旗之竿也詩謂之干 从丨㫃。以丨象杠形加㫃㫃爲偏旁會意㫃亦聲。丑善切十四部

文三　重一 依鍇本張次立依鉉本增𠁩字云籒文中

說文解字第一篇上　　受業祁門胡文水校字

說文解字第一篇下

金壇段玉裁注

屮 ㄔㄜˋ

屮 艸木初生也。象丨出形有枝莖也。丨讀若囟引而上行也。枝謂兩旁莖枝柱謂丨也。過乎中則爲㞢。下垂根則爲𣎵。古文或以爲艸字。漢人所用尚爾。或之言有也。不盡爾也。凡云古文以爲某字者。此明六書之叚借。以用也。本非某字。古文用之爲某字也。如古文以洒爲灑埽字。以疋爲詩大雅字。以丂爲巧字。以臤爲賢字。以𡿪爲魯衛之魯。以哥爲歌字。以詖爲頗字。以𡞞爲靦字。籀文以㚖爲車轄字。皆因古時字少。依聲託事。至於古文以屮爲艸字。以疋爲足字。以丂爲亏字。以俟爲訓字。以臭爲澤字。此則非屬依聲。或因形近相借。無容後人效尤者也。讀若徹。上言以爲。且言或。則本非艸字。當何讀也。讀若徹。徹通也。義存乎音。此尹彤說。尹彤見漢人艸木字多用此俗誤謂此卽艸字。故正之言叚借必依聲託事。屮艸音類遠隔古文叚借尙屬偶爾今則更不當爾也。丑列切。十五部。凡屮之屬皆从屮。尹彤說。三字當在凡屮上。轉寫者倒之。凡言某說者。所謂博采通人也。有說其義者。有說其形者。有說其音者。

屯 ㄓㄨㄣ

屯 難也。屯韵會有象艸木之初生屯然而難。从屮貫一。屈曲之也。一地也。此依九經字樣眾經音義所引說文。多說一爲地。或說爲天。象形也。屮貫一者。木剋土也。屈曲之者。未能申也。乙部曰。春艸木冤曲而出。陰气尙彊。其出乙乙。屯字从屮而象其形也。陟倫切。十三部。易曰。屯剛柔始交而難生。周易彖傳文。左傳曰。屯固比入。序卦傳曰。屯者盈也。不堅固不盈滿則不能出。

每 ㄇㄟˇ

每 艸盛上出也。左傳輿人誦曰。原田每每。杜注。晉君美盛若原田之艸每每然。魏都賦。蘭渚每每。用此俗改爲莓。按每是艸盛。引伸爲凡盛。如品庶每生貪也。每懷懷私也。皆盛意。毛公曰。每雖也。凡言雖者。皆充類之辭。今俗語言每每者。不一端之辭。皆盛也。从屮母聲。武罪切。左傳音義。亡回梅對二反。古音在一部。

毒 ㄉㄨˊ

李善莫來反。毒 厚也。毒厚疊韵。三部四部同入也。毒兼善惡之辭。猶祥兼吉凶。臭兼香臭也。易曰。聖人以此毒天下而民從之。列子書曰。亭之毒之。皆謂厚也。毒與竺篤同音通用。微子篇。天毒降災。史記作天篤。民害人之艸往往而生。从屮字義訓厚矣。字形何以从屮。蓋製字本意。因害人之艸往往而生。往往猶歷歷也。其生蕃多則其害尤厚。故字从屮。引伸爲凡厚之義。毐聲。毐在一部。毒在三部。合韵至近。也。徒沃切。

䈞。

古文毒从刀䈞。从刀者。刀所以害人也。从䈞爲聲。䈞厚也。讀若篤。䈞字錯本及汗簡古文四聲韵上从竹不誤。而下譌从副从副。鉉本則竹又誤爲艸矣。古文築作䈞。亦䈞聲。

岁 ㄈㄣ

岁 艸初生其香分布也。衆經音義兩引說文。芬芳也。其所據本不同。按艸部。芳艸香也。詩說芬香多言苾芬。大雅毛傳曰。芬芬香也。然則元應所據正是古本。从屮分聲。撫文切。十三部。

芬。

芬 岁或从艸。

圥 ㄌㄨˋ

圥 菌圥。逗地蕈。釋艸曰。中馗菌。注。地蕈也。似蓋。今江東名爲土菌。亦曰馗廚。又出隧蘧蔬。注。蘧蔬似土菌。生菰草中。按馗廚蘧蔬菌圥三者。一音之轉語。菌圥玉篇作菌圥。叢生田中。陳藏器曰。地生者爲菌。木生者爲檽。按檽同茰。許云。蕈桑茰也。故謂地生者爲地蕈。从屮六聲。力竹切。三部。

𡴇。

𡴇 籀文圥从三圥。象叢生之狀也。籀文陸字从此。

熏 ㄒㄩㄣ

熏 火煙上出也。豳風曰。穹窒熏鼠。从屮 象煙上出。此於六書爲叚借。从黑。屮黑熏象。此恐學者不達會意。故發明之。曰屮而繼之以黑。此煙上出而煙所到處成黑色之象也。合二體爲會意。單言上體則爲叚借。與璗本金而从玉同意。故居部末。許云切。十三部。

文七 重三

艸 ㄘㄠˇ

艸 百芔也。芔下曰。艸之總名也。是謂轉注。二屮三屮一也。引伸爲艸稾艸具之艸。从二屮。倉老切。古音在三部。俗以草爲艸。乃別以皁爲草。凡艸之屬皆从艸。

莊 ㄓㄨㄤ

莊 上諱。見示

𤖫。 蓏ㄌㄨㄛˇ 芝ㄓ 萐 莆ㄈㄨˇ 虋ㄇㄣˊ 荅ㄉㄚˊ

部其說解當曰艸大也从艸壯聲其次當在薪蒴二字之閒此形聲兼會意字壯訓大故莊訓艸大古書莊壯多通用引伸爲凡壯盛精嚴之義論語臨之以莊苞咸曰莊嚴也是也側羊切十部

𤖫古文莊。莊字篆文本不書今書之者後人補也然則錄古文注之曰古文莊亦恐後人所加且其形本非莊字當是奘字之譌古文士或作亣譌爲卢也凡古文經後人轉寫菀昧難知者舉以蔚奘二字爲例求之

蓏在木曰果。在艸曰蓏。各本作在地曰蓏今正考齊民要術引說文在木曰果在艸曰蓏以別於許慎注淮南云在樹曰果在地曰蓏然則賈氏所據未誤後人用許淮南注臣瓚漢書注改之惟在艸曰蓏故蓏字从艸凡爲傳注者主說大義造字書者主說字形此所以注淮南作說文出一手而互異也應劭宋衷云木實曰果艸實曰蓏與說文合若張晏云有核曰果無核曰蓏臣瓚云木上曰果地上曰蓏馬融鄭康成云果桃李屬蓏瓜瓠屬高注呂氏春秋云有實曰果無實曰蓏沈約注春秋元命苞云木實曰果蓏瓜瓠之屬韓康伯注易傳云果蓏者物之實說各不同皆無不合高云有實無實郎有核無核也

从艸㼌。此合二體會意㼌者本不勝末微弱也謂凡艸結實如瓜瓞下垂者統謂之蓏郎果切十七部鍇本作㼌聲誤㼌窳聲蓋在五部此會意形聲之必當辨者也

芝神芝也。釋艸曰茵芝論衡曰土氣和故芝艸生 从艸之聲。止而切一部

萐萐莆。逗瑞艸也。堯時生於庖廚扇暑而涼。白虎通曰孝道至則萐莆生庖廚萐莆者樹名也其葉大於門扇不搖自扇於飲食清涼助供養也論衡作萐脯言廚中自生肉脯薄如萐搖鼓生風寒涼食物 从艸疌聲。山洽切八部

莆萐莆也。从艸甫聲。方矩切五部鍇本萐莆二字在莆下茶上

虋赤苗。句嘉穀也。大雅曰誕降嘉穀維虋維芑爾雅毛傳皆曰虋赤苗芑白苗按倉頡篇曰苗者禾之未秀者也禾者今之小米赤苗白苗謂禾莖有赤白之分非謂粟云嘉穀者據生民詩言之今詩作嘉種許君引誕降嘉穀維秬維秠虋芑下皆曰嘉穀 从艸釁聲。莫奔切十三部今詩作虋非

荅

其ㄑㄧˊ 藿ㄏㄨㄛˋ 莥ㄔㄡˋ 蓈ㄌㄤˊ 稂。 莠ㄧㄡˇ 萉ㄈㄟˋ 蕡。 芓ㄗˇ

小尗也。禮注有麻荅廣雅云小豆荅也叚借爲酬荅 从艸合聲。都合切七部

萁豆莖也。當云尗而曰豆從漢時語也或後人改之楊惲傳種一頃豆落而爲萁孫子兵法曰萁秆一石當吾二十石曹操注萁音忌豆稭也按萁即其字潘岳馬汧督誄曰萁稈空虛用萁秆字 从艸其聲。渠之切一部

藿尗之少也。少讀發幼少之少毛詩傳曰藿猶苗也是也李善引說文作豆之葉也與士喪禮注合 从艸靃聲。虛郭切五部

莥鹿藿之實名也。見釋艸 从艸狃聲。敕久切三部

蓈禾粟之莠生而不成者謂之蕫蓈。莠各本作采鍇音穗蕫各本作蕫今依詩爾雅音義生而不成謂不成莠也不成謂之童蓈已成謂之莠此蓈莠二字連屬之義云禾粟之莠者惡其類禾而別之也小雅曰不稂不莠爾雅毛傳皆曰稂童粱也童粱即童蓈陸璣疏云禾莠爲穗而不成崱嶷然謂之童粱今本莠作秀誤 从艸郎聲。魯當切十部

稂蓈或从禾。今詩爾雅皆作此字非禾而從禾非孔子惡莠意

莠禾粟下揚生莠也。禾粟下猶言禾粟閒也禾粟者今之小米莠今之狗尾艸莖葉采皆似禾故曰惡莠恐其亂苗也苗者禾也凡禾采下垂故淮南書謂之向根張衡賦美其顧本莠則采同而揚起不下垂故詩刺其驕驕桀桀此君子小人之別也七月傳曰揚條揚也 从艸秀聲。讀若酉。與久切三部古書多借爲秀字

萉枲實也。枲麻也枲實麻子也釋艸作黂周禮籩人艸人作蕡喪服傳云苴經苴麻之有蕡者也按麻實名萉因之麻亦名萉艸人用蕡說文䔢下云萉之總名皆是 从艸肥聲。房未切十五部

蕡萉或从麻賁。按賁聲本在十五部音轉入十三部故蕡亦符刃符分切

芓麻母也。見釋艸今爾雅作芓按釋艸云黂枲實枲實猶言麻實耳儀禮傳云牡麻者枲麻也然則枲無實芓乃有實統言則皆偁枲析言則有實者偁芓無實者偁枲麻母言麻子之母喪服所謂苴斬衰皃若苴齊衰皃若枲苴於枲矣詩九月叔苴則又誤麻子爲苴 [illegible] 从艸子聲。疾吏切一

蓏芝萐莆虋荅萁藿莥蓈莠萉芓

⿱艹異 ㄧˋ　蘇 ㄙㄨ　荏 ㄖㄣˊ　⿱艹矢 ㄕˇ　⿱艹豈 ㄑㄩˇ　葵 ㄎㄨㄟˊ　薑 ㄐㄧㄤ　蓼 ㄌㄧㄠˇ　蒩 ㄗㄨˇ

部。一曰芓卽枲也。此字義之別說也。芓枲不分，故云枲實。

⿱艹異 芓也。从艸異聲。羊吏切。一部。

蘇 桂荏也。桂上鍇本有蘇字，此複寫隸字刪之未盡者。蘇桂荏，釋艸文。內則注曰：蘇，荏之屬也。方言曰：蘇亦荏也。關之東西或謂之蘇，或謂之荏。郭樸曰：蘇，荏類。是則析言之則蘇荏二物，統言則不別也。桂荏，今之紫蘇。蘇之叚借爲樵蘇。从艸穌聲。素孤切。五部。

荏 桂荏逗蘇也。是之謂轉注。凡轉注有各部互見者，有同部類見者。荏之別義爲荏染。从艸任聲。如甚切。七部。

⿱艹矢 菜也。从艸矢聲。失匕切。十五部。

⿱艹豈 菜之美者。雲夢之⿱艹豈。呂氏春秋伊尹對湯曰：菜之美者，雲夢之芹。高注：雲夢，楚澤。芹生水涯。許作⿱艹豈，⿱艹豈殷微二韵轉移取近。許君宋自伊尹書與呂覽字異，音義則同。廣韵曰：⿱艹豈菜似蘇，生水中。說者謂豐水有芑，卽此。从艸豈聲。廣韵袪豨切，是唐韵作驅喜。蓋謂⿱艹豈卽芑字也。十五部。

葵 菜也。崔寔曰：六月六日可種葵，中伏後可種冬葵，九月可作葵菹、乾葵。齊民要術有種葵法、種冬葵法。从艸癸聲。彊惟切。十五部。今作葵。

薑 御溼之菜也。御鉉作禦。神農本艸經曰：乾薑主逐風溼痹腸辟匹辟切下痢。生者尤良，久服去臭氣，通神明。按生者尤良，謂乾薑中之不孰而生者耳。今人謂不乾者爲生薑，失之矣。从艸彊聲。居良切。十部。

蓼 辛菜。句 薔虞也。蓼爲辛菜，故內則用以和用其莖葉，非用實也。薔虞見下文。薔字下此云蓼薔虞也，下文云薔虞蓼也，是爲轉注，正與蘇桂荏也、桂荏蘇也同。特以篆籀異其處耳。顏注急就篇乃云：虞蓼一名薔。叔重云：蓼一名薔虞，非也。夫釋艸一篇，許君偁用，異其讀者往往而是。其萌虇蕍爲虇，灌渝也。鎬侯莎爲莎，鎬侯也。蒹月爾爲蒹，土夫也。須葑蓯爲葑，須從也。何所疑於蓼許薔虞哉。某氏、孫炎、郭樸皆薔爲句，虞蓼爲句。蓼借爲蓼蕭之蓼，長大皃。从艸翏聲。盧鳥切。古音在三部。

蒩 菜也。廣雅：蒩，蕺也。崔豹古今注曰：荊楊人謂蒩爲蕺。蜀都賦劉注曰：蒩亦名土茄，葉覆地生，根可食，人饑則以繼糧。風土記曰：蕺香菜，根似茅根，蜀人所謂蒩香。段

⿱艹豦 ㄐㄩˋ　薇 ㄨㄟˊ　蓶 ㄨㄟˊ　⿱艹近 ㄐㄧㄣˋ　⿱艹釀 ㄋㄧㄤˋ　莧 ㄒㄧㄢˋ

公路北戶錄曰：蕺，秦人謂之菹子。按蕺與蕺同，側立切。作菹者誤。蒩作蒩，蒩皆誤。說文無蕺字，卽今魚腥艸也。凶年人掘食之。从艸租聲。則古切。五部。

⿱艹豦 菜也。似蘇者。此齊民要術蘘荷芹⿱艹豦之⿱艹豦，本艸新補之苦苣也。野生者名褊苣，人家常食爲白苣。江外嶺南吳人無白苣，嘗植野苣以供廚饌。字或作⿱艹豦，俗譌作苣。廣雅云：蕒，⿱艹豦也。曹憲云：白⿱艹豦與苦蕒大異，恐非。廣韵曰：苦⿱艹豦，江東呼爲苦蕒。賈思勰引詩義疏云：⿱艹豦，苦葵也。青州謂之苣。从艸豦聲。其呂切。又彊魚切。五部。

薇 菜也。見毛傳。似藿。謂似豆葉也。陸璣詩疏曰：薇，山菜也。莖葉皆似小豆，蔓生，其味亦如小豆藿，可作羹，亦可生食。今官園種之，以供宗廟祭祀。項安世曰：薇，今之野豌豆也。蜀人謂之大巢菜。按今四川人掐豌豆嫩梢食之，謂之豌豆顛顛，古之采於山者，野生者也。釋艸云：垂，水薇之俗名耳，不當以生於水邊釋之。从艸微聲。無非切。十五部。籀文薇省。

蓶 菜也。齊民要術曰：蓶菜似烏韭而黃。从艸唯聲。以水切。十五部。

⿱艹近 菜類蒿。詩禮皆作芹。小雅箋曰：芹，菜也。可以爲菹。魯頌箋曰：芹，水菜也。釋艸及周禮注曰：芹，楚葵也。按卽今人所食芹菜。今說文各本於⿱艹矢⿱艹豈二字之下又出芹字，訓楚葵也，从艸斤聲。此恐不知⿱艹近卽芹者妄用爾雅增之。攷周禮音義曰：芹，說文作⿱艹近，則說文之有⿱艹近無芹明矣。且詩箋引周禮芹菹，說文引周禮⿱艹近菹，豈得云二物也。从艸近聲。周禮音義引說文音謹，唐韵巨巾切。古在十三部。本艸作蘄。

周禮有⿱艹近菹。見醢人。⿱艹近蓋周禮故書字。

⿱艹釀 菜也。方言曰：蘇，沅湘之南或謂之⿱艹釀。音車轄 其小者謂之⿱艹釀菜。許所說未必此也。齊民要術以爲藏菹之⿱艹釀，人丈切。內則注菜釀不从艸。从艸釀聲。玉篇引說文而丈切，唐韵女亮切。十部。

莧 莧菜也。上莧字乃複寫隸字刪之僅存者也。尋說文之例云：⿱艹矢菜、葵菜、蒩菜、⿱艹豦菜、薇菜、蓶菜、⿱艹近菜、⿱艹釀菜、莧菜，以釋篆文。葵者，字形；葵菜也者，字義。如水部河者，字形；河水也者，字義。若云此篆文是葵，葵菜也；此篆文是河，河水也。槩以爲複字而刪之，此不學之過。周易音義引宋衷云：莧，莧菜也。此可以證矣。爾雅：蕢，赤莧。郭注：今人莧赤莖者。按

芌ㄩˋ　莒ㄐㄩˇ　蘧ㄑㄩˊ　菊ㄐㄩˊ　葷ㄏㄨㄣ　蘘ㄖㄤˊ　菁ㄐㄧㄥ

人莧莧名。从艸見聲。侯澗切十四部

芌大葉實根駭人。故謂之芌也。口部曰吁驚也。毛傳曰訏大也。凡于聲字多訓大。芌之爲物葉大根實。二者皆堪駭人。故謂之芌。其字从艸于聲也。小雅君子攸芋。毛傳芋大也。謂居中以自光大。箋云芋當作幠。从艸亏聲。王遇切五部

莒齊謂芌爲莒。所謂別國方言也。借爲國名。从艸呂聲。居許切五部。顏氏家訓云北人之音多以舉莒爲矩。唯李季節云齊桓公與管仲於臺上謀伐莒。東郭牙望桓公口開而不閉。故知所言者莒也。然則莒矩必不同呼。此爲知音矣。按廣韵莒矩雖分語麌。然雙聲同呼。顏氏云北人讀舉莒同矩者。唐韵矩其呂切。北人讀舉莒同之也。李季節音譜讀舉莒居許切。則與矩之其呂不同呼。合於管子所云口開而不閉。廣韵矩俱雨切。非唐韵之舊矣。又按孟子以遏徂莒。毛詩作徂旅。知莒從呂聲。本讀如呂。是所以口開不閉。不弟如李季節所云也。

蘧蘧麥也。三字一句。釋艸曰大菊蘧麥。本艸謂之瞿麥。一名巨句麥。廣雅謂之紫萎。一名麥句薑。俗謂之洛陽花。一名石竹。从艸遽聲。彊魚切五部

菊大菊。逗蘧麥。从艸匊聲。居六切三部

葷臭菜也。謂有气之菜也。士相見禮夜侍坐問夜膳葷請退可也。注葷辛物葱薤之屬。食之以止臥。古文葷作薰。玉藻膳於君有葷桃茢。注葷薑及辛菜也。葷或作焄。按儀禮注謂葱薤之屬爲辛物。即禮記注所謂辛菜也。禮記注先以葷者。薑辛而不葷。金辛之臭腥。葱薤之屬皆辛而葷。實與葷同類也。葷古作薰或作焄。者殞得名。薰猶治曰亂。祭義注焄謂香臭也。从艸軍聲。許云切十三部

蘘蘘荷也。三字句。蘘荷見上林賦劉向九歎張衡南都賦潘岳閒居賦。一名蒚蒩。史記子虛賦作猼且。漢書作巴且。王逸作蓴菹。顏師古作蓴苴。名醫別錄作覆菹。皆字異音近。景瑳大招則倒之曰苴蓴。崔豹古今注曰似薑。宜陰翳地。師古曰根旁生筍。可以爲菹。又治蠱毒。宗懍荆楚歲時記云仲冬以鹽藏蘘荷以備冬儲。急就篇所云老菁蘘荷冬日藏也。从艸襄聲。汝羊切十部

菁韭華也。周禮菁菹。先鄭曰菁菹韭華菹也。今各本

蘆ㄌㄨˊ　菔ㄅㄛˊ　苹ㄆㄧㄥˊ　茞ㄔㄣˊ　薲ㄆㄧㄣˊ　藍ㄌㄢˊ　藼ㄒㄩㄢ　蕿。萱。　营ㄑㄩㄥˊ　芎。　藭ㄑㄩㄥˊ　蘭ㄌㄢˊ　葌ㄐㄧㄢ

脫華字。則何以別於上文之韭菹乎。廣雅曰韭其華謂之菁。若南都賦曰秋韭冬菁。則是二物。史游所云老菁冬日藏也。从艸青聲。子盈切十一部

蘆蘆菔也。一曰薺根。此字義別說。謂薺根謂之蘆也。从艸盧聲。落乎切五部

菔蘆菔。似蕪菁。實如小尗者。今之蘿蔔也。釋艸葖蘆萉。郭云萉當爲菔。蘆菔蕪菁屬。紫花大根。一名葖。俗呼雹葖。按實根駭人。故呼突。或加艸耳。蕪菁即蔓菁。从艸服聲。蒲北切一部

苹蓱也。無根浮水而生者。小雅呦呦鹿鳴食野之苹。傳曰苹蓱也。釋草苹字兩出。一曰蓱。一曰藾蕭。鄭箋以水中之艸非鹿所食。易之曰苹藾蕭也。於月令曰蓱萍也。於周禮萍氏引爾雅萍蓱。似分別萍爲水艸。苹爲藾蕭。鄭所據爾雅自作萍蓱。而毛詩夏小正以苹爲萍。皆屬叚借。許君則苹蓱萍三字同物。不謂苹爲叚借。李善注高唐賦引說文苹苹艸皃。音平。从艸平聲。符兵切十一部

茞艸也。謂艸名。从艸臣聲。稹鄰切十二部

薲大萍也。釋艸曰苹蓱。其大者蘋。毛傳曰蘋大蓱也。薲蘋古今字。从艸賓聲。符眞切十二部

藍染青艸也。小雅傳曰藍染艸也。从艸監聲。魯甘切八部

藼令人忘憂之艸也。見毛傳。藼之言諼也。諼忘也。从艸憲聲。況袁切十四部。詩曰安得藼艸。衛風文。今詩作焉得諼草。

蕿或从煖。煖聲。此字小徐無。張次立補。可刪。

萱或从宣。宣聲。

营营藭。逗香艸也。左傳作鞠窮。賈逵云所以禦溼。按今本左傳有山鞠窮乎。山字注疏皆不釋。疑衍。或本作藭而譌爲二字。从艸宮聲。去弓切九部

芎司馬相如說营从弓。葢凡將篇如此作。弓聲在六部。古音讀如肱。音轉入九部。如躬字亦或弓聲。

藭营藭也。从艸窮聲。渠弓切九部。营藭疊韵。

蘭香艸也。易曰其臭如蘭。左傳曰蘭有國香。說者謂似澤蘭也。从艸闌聲。落干切十四部

葌香艸也。依衆經音義補二字。出吳林山。中山經曰吳林之山

芋莒蘧菊葷蘘菁蘆菔苹茞薲藍藼营藭蘭葌

葰ㄙㄨㄟ　芄ㄨㄢˊ　虈ㄒㄧㄠ　蘺ㄌㄧˊ　茝ㄔㄞˇ　蘼ㄇㄧˊ　薰ㄒㄩㄣ　藫ㄉㄨˊ

其中多葌草又云葌山有葌水出焉又云有艸其狀如葌郭云葌即菅誤从艸姦聲。古顏切十四部

葰 薑屬可以香口。既夕禮實綏澤焉注綏廉薑澤澤蘭也皆取其香且禦溼按綏者葰之叚借字一名山辣今藥中三柰也吳都賦謂之薑彙从艸俊聲。息遺切十五部

芄 芄蘭。逗莞也。釋艸雚芄蘭此莞當爲雚說文莞與蘭蒲爲類芄蘭與香艸爲類割分異處斷非一物或曰莞衍字鄭陸郭說芄蘭皆同許君以芄蘭列於香艸未審其意同否也从艸丸聲。胡官切十四部詩曰芄蘭之枝。說苑亦作枝今詩作支

虈 楚謂之蘺。晉謂之虈。齊謂之茝。此一物而方俗異名也茝本艸經謂之白芷茝芷同字𦣞聲止聲同在一部也內則曰佩帨茝蘭掌禹錫曰范子計然云白芷出齊郡王逸九思曰芳虈兮挫枯埤蒼曰齊茝一曰虈按屈原賦有茝有芷又有葯王注曰葯白芷也廣雅曰白芷其葉謂之葯說文無葯字虈聲約聲同在二部疑虈葯同字耳但又曰楚謂之蘺下即系以蘺篆云江蘺蘼蕪以茝江離蘼蕪爲一物殊不可曉離騷曰扈江離於辟芷兮非一物明矣从艸嚻聲。許驕切二部

蘺 江蘺。逗蘼蕪。相如賦云芷若射干穹窮昌蒲江離蘼蕪又云被以江離糅以蘼蕪是各物明矣而說者云江離蘼蕪皆芎藭苗也有二種似藁本者爲江離似蛇牀而香者爲蘼蕪則芎藭江離蘼蕪爲一徐之才藥對亦云蘼蕪一名江離芎藭苗也而說文以蘼蕪釋江離且以江離即楚人謂茝者但楚謂茝爲離不云謂茝爲江離也葢因釋艸有蘄茝蘼蕪之文而合之茝與蘄茝又未必一物也从艸離聲。呂支切古音在十六部

茝 虈也。从艸𦣞聲。昌改切一部

蘼 蘼蕪也。三字句蘼蕪雙聲从艸靡聲。靡爲切古音在十五部

薰 香艸也。左傳曰一薰一蕕蜀都賦劉注曰葉曰蕙根曰薰張揖注上林賦曰蕙薰艸也陳藏器曰薰即是零陵香也郭注西山經曰蕙蘭屬也非薰葉从艸熏聲。許云切十三部

藫 水萹茿也。謂萹茿之生於水者謂之藫也統言則曰萹茿析言則有水陸之異

萹ㄅㄧㄢˇ　茿ㄓㄨˊ　藒ㄑㄧㄝˋ　芞ㄑㄧˋ　莓ㄇㄟˊ　茖ㄍㄜˊ　苷ㄍㄢ　芧ㄓㄨˋ　藎ㄐㄧㄣˋ　蒁ㄕㄨˋ　荵ㄖㄣˇ

異其名因異其字詩衞風綠竹猗猗音義曰竹韓詩作藫萹茿也石經亦作藫按石經者蔡漢一字石經魯詩也西京賦李注引韓詩綠䓯如簀玉篇曰䓯同藫从艸水毒聲。讀若督。徒沃切三部

萹 萹茿也。三字句釋艸云竹萹蓄按竹者釋毛詩衞風之竹也韓魯詩皆作藫毛詩獨叚借作竹爾雅與毛詩合茿蓄疊韵通用本艸經亦作萹蓄从艸扁聲。方沔切十二部

茿 萹筑也。从艸筑省聲。陟玉切三部按此不云巩聲而云筑省聲者以巩字工聲筑字竹亦聲也茿篆錯本在後菩下范上

藒 藒車。逗芞輿也。各本無藒車二字今依韵會所引補藒芞車輿皆疊韵爾雅本或無車字不得以之改說文也離騷上林賦皆作揭車廣志曰黃葉白華从艸楬聲。去謁切十五部玉篇作藒從木

芞 芞輿也。三字句从艸气聲。去謁切十五部

莓 馬莓也。莓篆不廁於此則非山莓也从艸母聲。母皋切古音在一部

茖 艸也。釋艸茖山葱按爾雅雖有此字然許君果用爾雅何以不云山葱而云艸也凡所不知寧從葢闕从艸各聲。古額切古音在五部

苷 甘艸也。所謂藥中國老安和七十二種石一千二百種艸者也从艸甘聲。此以形聲包會意古三切八部

芧 艸也。上林賦蔣芧青薠張揖曰芧三棱也郭樸音杼按三棱者蘇頌圖經所謂葉似莎艸極長莖三棱如削高五六尺莖端開花是也江蘇蘆灘中極多呼爲馬芧音同宁莖可繫物亦可辮之爲索南都賦藨芧薠莞李注引說文芧可以爲索葢賦文本作芧文選上林賦亦作苧苧者芧之別字从艸予聲。直呂切五部可以爲繩。

藎 艸也。蘇恭掌禹錫皆云俗名菉蓐艸爾雅所謂王芻詩淇澳之菉也按說文有藎又別有菉則許意藎非菉矣从艸盡聲。徐刃切十二部大雅以爲進字

蒁 艸也。陳藏器本艸蓬莪茂旬律切一名蓬莪二名蒁三名波殺徐鍇引之未知是否从艸述聲。食聿切十五部

荵 荵冬艸。三字句名醫別錄作忍冬今之金銀藤也其花曰金銀花从艸忍聲。而軫切十

二部。萇 萇楚。逗 銚弋。見檜風釋艸毛傳 一曰羊桃。陸璣張揖皆曰羊桃也 从艸長聲。直良切十部

薊 芙也。釋艸曰芙薊其實荂郭云芙似薊許以芙釋薊則爲一物而芙字又不類列於此未聞 从艸魝聲。古詣切十五部

堇 艸也。下文之苗也本艸經曰羊蹄小雅謂之蓫蓫卽苗字亦作蓄廣韻一屋堇許竹丑六二切羊蹄菜也 从艸里聲。讀若釐。里之切一部按廣韻堇讀許竹丑六切者因堇蓄同物而誤讀堇同蓄也

藋 堇艸也。依集韻類篇李仁甫本作堇廣雅堇蓳音藋也名醫別錄蒴藋一名堇草一名芨按下蘽文內有堇字云根如薺葉如細柳未知是一否○凡物有異名同實者釋艸曰芨堇艸陸德明謂卽本艸之蒴藋按郭釋以烏頭烏頭名堇見國語而芨名無見陸說爲長錯本堇作蘧 一曰拜商藋。釋艸商作蔏說文言一曰者有二例一是兼採別說一是同物二名此一曰未詳何屬疑堇艸爲蒴藋拜商藋爲今之灰藋也灰藋似藜左傳斬之蓬蒿藜藋李燾本商作啻宋麻沙大徐本亦作啻蓋許所據爾雅不同今本 从艸翟聲。徒弔切二部

芨 堇艸也。見上 从艸及聲。讀若急。居立切七部

葥 山莓也。見釋艸 从艸歬聲。子賤切古音在十二部

蓩 毒艸也。鉉鍇本篆皆作蓩從艸務聲鉉本蓩下又出蓩篆云卷耳也從艸務聲鍇本無蓩張次立依鉉補之攷後漢書劉聖公傳戰於蓩鄉注曰蓩音莫老反字林云毒艸也因以爲地名廣韻蓩毒艸武道切又地名據此則毒艸之字從力不從女明矣玉篇云蓩莫屋莫老二切毒艸也此顧野王原本而蓩下引說文卷耳也又出蓩字莫候切引說文毒艸也此孫強陳彭年輩據俗本說文增之今攷正篆文作蓩毒艸也而刪蓩卷耳也之云卷耳果名蓩則當與苓卷耳也同處矣又按韻會引後漢書注作菽鄉說文有菽字云細艸叢生也 从艸務聲。古音在三部

薓 人薓。逗 藥艸。句 出上黨。本艸經作人參 从艸浸聲。山林切七部

虊 鳧葵也。後又云茆鳧葵也二字不同處者以小篆籀文別之也虊茆雙聲廣雅曰虊茆鳧葵也按虊蓴古今字古作虊今作蓴作蒓 从艸攣聲。洛官切曹憲力船力眷二切十四部

菮 艸也。可㠯染留黃。糸部綟下曰帛菮艸染色也留黃辭賦家多作流黃皇侃禮記義疏作騮黃土尅水故中央騮黃色黃黑也漢諸侯王盭綬晉灼曰盭艸名出琅邪平昌縣似艾可染黃因以爲綬名玉裁按盭同音假借字也漢制盭綬在紫綬之上其色黃而近綠故徐廣云似綠或云似紫綬名綟綬者非也綟紫青色與綟不同 从艸戾聲。郎計切十五部

荍 蚍衃也。釋艸曰荍蚍衃毛傳曰荍芘芣也與說文皆字異音同陸璣曰一名荊葵似蕪菁華紫綠色可食微苦蚍衃一音毗浮 从艸收聲。渠遙切古音在三部

蓖 蒿也。从艸毗聲。房脂切十五部

萭 艸也。从艸禹聲。王矩切五部攷工記故書禹之以眡其匡先鄭讀爲萭鄭云萭蔞未詳何物

苐 艸也。鍇本作蕛夷聲鉉本作苐今鉉本篆體尚未全誤攷廣韻玉篇皆本說文云苐艸也知集韻合苐蕛爲一字之誤矣蕛見詩茅之始生也 从艸弟聲。杜兮切十五部

薛 艸也。子虛賦高燥生薛張揖曰薛藾蒿也按藾蒿卽藾蕭 从艸辥聲。私列切十五部

苦 大苦。逗 苓也。見邶風唐風毛傳釋艸苓作蘦孫炎注云今甘艸也按說文苷字解云甘艸矣倘甘艸又名大苦又名苓則何以不類列而割分異處乎且此云大苦苓也中隔百數十字又出蘦篆云大苦也此苓必改爲蘦而苓後蘦一卽畫一之又何以不類列也攷周時音韻凡令聲皆在十二部今之眞臻先也凡霝聲皆在十一部今之庚耕清青也簡兮苓與榛人韻采苓苓與顛韻倘改作蘦則爲合音而非本韻然則釋艸作蘦不若毛詩爲善許君斷非於苦下襲毛詩於蘦下襲爾雅而割分兩處前後不相顧也後文蘦篆必淺人據爾雅增而此大苦苓也固不誤然則大苦卽卷耳與曰非也毛傳爾雅皆云卷耳苓耳說文苓篆下必當云苓耳逗卷耳也今本必淺人刪其苓耳字卷耳自名苓耳非名苓凡合二字爲名者不可刪其一字以同於他物如單云蘭非芄蘭單云葵非鳧葵是也此大苦斷非苓耳而苦篆苓篆不類廁又其證也然則大苦

菩ㄆㄨˊ 薏ㄧˋ 茅ㄇㄠˊ 菅ㄐㄧㄢ 蘄ㄑㄧˊ 莞ㄨㄢ 藺ㄌㄧㄣˋ

菩薏茅菅蘄莞藺蒢蒲蒻蓡蓷茥著

何物曰沈括筆談云爾雅蘦大苦注云蔓延生葉似荷青莖赤此乃黃藥也其味極苦謂之大苦郭云甘草非也甘草枝葉全不同苦爲五味之一引伸爲勞苦**从艸古聲**康杜切五部

菩 艸也周禮注犯軷以菩芻棘柏爲神主郭樸注穆天子傳云萯今菩字按許書則菩萯各物各字也**从艸音聲**步乃切一部易豐其蔀鄭薛作菩云小席

薏 薏苢本艸經艸部上品有薏苡人陶隱居云生交阯者子取大彼土人呼爲𩊄音幹珠馬援大取將還人讒以爲珍珠也按𩊄與薏雙聲**从艸意聲**於力切一部**一曰薏英**未詳

茅 菅也按統言則茅菅是一析言則菅與茅殊許菅茅互訓此從統言也陸璣曰菅似茅而滑澤無毛根下當作上五寸中有白粉者柔韌宜爲索漚乃尤善矣此析言也**从艸矛聲**莫交切古音在三部**可縮酒爲藉**各本無此五字依韵會所引補縮酒見左傳爲藉見周易此與茷可以香口蒻可以爲苹席一例

菅 茅也詩白華菅兮釋艸曰白華野菅毛傳足之曰已漚爲菅按詩謂白華既漚爲菅又以白茅收束之菅別於茅野菅又別於菅也**从艸官聲**古顏切十四部

蘄 艸也釋艸蘄字四見不識許所指何物也**从艸靳聲**說文無靳字蘄當是從蕇斤聲如虫部蠲字當是從蜀益聲不立蕇部蜀部是以傳於艸虫二部而蘄聲不可通或曰當有從蕇斤聲之蘄字說文無蕇部因無蘄字也陸德明曰蘄古芹字然說文有芹字則非一字也汪氏龍曰蘄字蓋失收集韵渠希切古音當在十三部古鐘鼎欵識多借爲祈字**江夏有蘄春縣**見地理志縣各本作亭今正凡縣名系於郡亭名鄉名系於某郡某縣

莞 艸也可以作席小雅下莞上簟箋云莞小蒲之席也司几筵蒲筵加莞席正義以莞加蒲蒲者在下美者在上也列子老韭之爲莞殷敬順曰莞音官似蒲而圓今之爲席者是也楊承慶字統音關玉裁謂莞之言管也凡莖中空者曰管莞蓋即今席子艸細莖圓而中空鄭謂之小蒲實非蒲也廣雅謂之葱蒲**从艸完聲**胡官切在十四部

藺 莞屬可爲席依韵會所引補三字急就篇有藺席**从艸**

一篇下 十三

蒢ㄔㄨˊ 蒲ㄆㄨˊ 蒻ㄖㄨㄛˋ 蓡ㄕㄣ 蓷ㄊㄨㄟ 茥ㄎㄨㄟ 著ㄐㄩㄣ

閵聲良刃切十二部

蒢 黃蒢職也釋艸蘵黃除**从艸除聲**直魚切五部按鍇本無蒢莞藺皆蒲屬故次之以蒲也鉉本有之依郭注蘵似酸漿未審亦蒲屬否

蒲 水艸也或曰作席周禮祭祀席有蒲筵**从艸浦聲**此當云從艸水甫聲薄胡切五部

蒻 蒲子句**可以爲平席**蒲子者蒲之少者也凡物之少小者謂之子或謂之女周書蔑席首部曰纖蒻席也馬融同王肅曰纖蒻苹席也某氏尚書傳曰底席蒻苹也鄭注問傳曰芐今之蒲苹也釋名曰蒲苹以蒲作之其體平也苹者席安隱之偁此用蒲之少者爲之較蒲席爲細攻工記注曰今人謂蒲本在水中者爲弱弱即蒻蒻必媆故蒲子謂之蒻非謂取水中之本爲席也**世謂蒲蒻**太平御覽有此四字**从艸弱聲**而灼切二部

蓡 蓡蒲逗各本脫蓡字今補**蒻之類也**此釋周禮也加豆之實深蒲醓醢先鄭曰深蒲蒲蒻入水深故曰深蒲鄭曰深蒲蒲始生水中子是則深蒲即蒲蒻在水中者許君以蒲子別於蒲以蒻之類別於蒻謂蒲有三種似二鄭說爲長**从艸深聲**此當云从艸水深聲式箴切七部此字蓋出故書

蓷 隹也隹各本作萑誤今正王風中谷有蓷釋艸萑蓷毛傳曰蓷鵻蓋爾雅本作隹與毛傳鵻字同後人輒加卄頭耳蓷亦一名鵻皆謂其色似夫不也陸璣云舊說及魏周元明皆云菴閭韓詩及三蒼說苑云益母本艸云益母茺蔚也劉歆云蓷臭穢艸名臭穢即茺蔚也按臭茺雙聲穢蔚疊韵李郭注爾雅亦云茺蔚未知許意何屬**从艸推聲**他回切十五部**詩曰中谷有蓷**按鉉本此下有萑篆萑訓艸多皃則鍇本在茥蓷二篆間是也鉉乃移而類居之必萑訓蓷也則可矣

茥 缺盆也見釋艸郭云覆盆也實可食**从艸圭聲**苦圭切古音在十六部

莙 牛藻也見釋艸按藻之大者曰牛藻凡艸類之大者多曰牛曰馬郭云江東呼馬藻矣陸璣云藻二種一種葉如雞蘇莖大如箸長四五尺一種莖大如釵股葉如蓬謂之聚藻扶風人謂之藻聚爲發聲也牛藻當是葉如雞蘇者但析言則有別統言則皆謂之藻亦皆謂之莙顏氏字訓云莙

一篇下 十四

睆ㄏㄨㄢˊ 萬ㄌㄧˋ 苡ㄧˇ　蕁ㄊㄢˊ　蕁。薂ㄐㄧˊ 蓲ㄑㄧㄡ

艸細細葉蓬茸水中一節長數寸細茸如絲圓繞可愛東宮舊事所云六色罽緅者凡寸斷五色絲橫著緅股間繞之以象莙艸用以飾物卽名爲莙於時當縛六色罽作此莙以飾緄帶張敞因造糸旁畏耳據此則莖如釵股者亦謂之莙也 **从艸君聲。讀若威。** 渠殞切十三部按君聲而讀若威此由十三部轉入十五部張敞之變爲緄緄音隱說文音隱之音塢瑰反字林莙亦音巨畏反皆是也唐韵渠殞切則不違本部地有南北時有古今語言不同之故竊疑左傳薀藻卽莙字薀與藻爲二猶僅與筥錡與釜皆爲二也 **睆 夫離也。** 見釋艸睆釋艸亦作莞夫作苻 **从艸睆聲。** 胡官切十四部 **萬 夫離上也。** 見釋艸 **从艸鬲聲。** 力的切十六部按前既有莞艸可以作席之文復出睆字則爾雅睆苻離非可以作席之莞也 **苢 芣苢。** 逗 **一名馬舄。其實如李。令人宜子。** 釋艸芣苢馬舄馬舄車前說文凡云一名者皆後人所改竄爾雅音義引作芣苢馬舄也可證其實如李徐鍇謂其子亦似李但微而小耳按韵會所引李作麥似近之但未知其何本陸德明徐鍇所據巳作李矣令人宜子陸機所謂治婦人產難也 **从艸㠯聲。** 羊止切一部 **周書所說。** 示部曰逸周書此不言逸或詳或略錯見也王會篇曰康民以桴苡桴苡者其實如李食之宜子詩音義云山海經及周書皆云芣苡木也今山海經無芣苡之文若周書正文未嘗言桴苡爲木陶隱居又云韓詩言芣苡是木食其實宜子孫此蓋誤以說周書者語系之韓詩德明引韓詩直曰車前瞿曰芣苡李善引薛君曰芣苡澤瀉也韓詩何嘗說是木哉竊謂古者殊方之貢獻自出其珍異以將其誠不必知中國所無而後獻之然則芣苢無二不必致疑於許偁周書也 **蕁 芫藩也。** 今本篆文無彡誤芫當是本作允俗加艸本艸作沈直林切燔說爾雅者謂卽今之知母 **从艸尋聲。** 尋各本作蕁誤徒南切古音在七部 **蕁或从爻。** **薂 艸也。从艸毄聲。** 古歷切十六部 **蓲 烏蓲。** 逗二字依爾雅音義補 **艸也。** 廣韵曰烏蓲艸名本說文郭注爾雅菼薍云江東呼爲烏蓲音丘許不與蒹薍剡薕

一篇下　十五

菌ㄍㄨˋ 蘇ㄍㄢˋ 諸ㄓㄨ 蔗ㄓㄜˋ 蘐ㄋㄥˊ 藸ㄓㄨ 蕮ㄒㄧˋ 芇ㄓㄨㄥ 萯ㄈㄨˋ 芺ㄧㄠˇ 茲ㄒㄧㄢˊ 藺ㄧㄡˋ 莩ㄈㄨˊ 黃ㄧㄣˊ 荓ㄆㄧㄥˊ 蕕ㄧㄡˊ 荽ㄢˋ 綦ㄑㄧˊ

四字類廁則許意不同郭也 **从艸區聲。** 去鳩切古音在四部 **⿱艸固 艸也。从艸固聲。** 古慕切五部 **⿱艸榦 艸也。从艸榦聲。** 古案切十四部 **藷 藷蔗也。** 三字句或作諸蔗或都蔗諸蔗二字疊韵也或作竿蔗或干蔗象其形也或作甘蔗謂其味也或作邯睹服虔通俗文曰荊州竿蔗 **从艸諸聲。** 章魚切五部 **蔗 藷蔗也。从艸庶聲。** 之夜切古音在三部 **蘐 牂蘐。** 逗 **可㠯作縻綆。** 縻牛轡也綆汲井綆也 **从艸蘐聲。** 女庚切古音在十部牂蘐疊韵 **藸 艸也。从艸豬聲。** 直魚切五部鉉本移此字於莖篆下以莖藸二字當類列而不知許意單呼藸者別是一物也 **蕮 艸也。从艸賜聲。** 斯義切十六部 **⿱艸中 艸也。从艸中聲。** 陟宮切九部 **萯 王萯也。** 夏小正四月王萯秀月令四月王瓜生注云今月令云王萯秀豳風四月秀葽箋疑葽卽王萯管子地員有萯有大萯細萯 **从艸負聲。** 房九切古音在一部 **芺 艸也。味苦。江南食之㠯下气。** 名醫別錄云苦芺主桼瘡不云可下氣漢人謂豫章長沙爲江南 **从艸夭聲。** 烏浩切二部 **茲 艸也。从艸弦聲。** 胡田切十二部 **䒴 艸也。从艸囿聲。** 于救切古音在一部 **籀文囿。** **莩 艸也。从艸孚聲。** 芳無切古音在三部 **⿱艸寅 兔瓜也。** 見釋艸 **从艸寅聲。** 翼眞切十二部 **荓 馬帚也。** 見釋艸夏小正七月荓秀荓也者馬帚也廣雅曰馬帚屈馬荓也 **从艸并聲。** 薄經切十一部詩大雅荓使也 **蕕 水邊艸也。** 漢書子虛賦音義曰軒于蕕艸也生水中楊州有之釋艸莤蔓于莤卽蕕蔓于卽軒于 **从艸猶聲。** 以周切三部 **荽 艸也。从艸安聲。** 烏旰切十四部 **綦 土夫也。** 各本作綦月爾也今依爾雅音義攷今本釋艸芏夫王郭云芏艸生海邊綦月爾郭云卽紫綦也似蕨可食陸德明曰綦字亦作綦紫綦菜也說文云綦土夫也其所據說文必與爾雅殊異而偁之不則何

一篇下　十六

睆萬苡蕁薂蓲菌蘇諸蔗蘐藸蕮芇萯芺茲藺莩黃荓蕕荽綦

莃ㄒㄧ 夢ㄇㄥˊ 蕧ㄈㄨˋ 苓ㄌㄧㄥˊ ⿱艹贛ㄍㄨㄥˋ 藑ㄑㄩㄥˊ

容偁也今本說文恐是據爾雅郭本郭注改者但許君爾雅之讀今不可知矣 从艸綦聲○渠之切一部

莃 兔葵也○見釋艸 从艸希聲○香衣切十五部

夢 灌渝○今釋艸葭蘆菼薍其萌虇郭云今江東呼蘆筍爲虇音繾綣下文蔿芛莖華榮郭別爲一條許君所據爾雅夢灌渝句字皆與今本大乖今不可得其讀矣 从艸夢聲○讀若萌○古音在六部而讀若萌者轉入十部也今莫中切

蕧 盜庚也○見釋艸 从艸復聲○房六切三部

苓 苓耳○逗二字各本脫今補說見苦字下 卷耳艸○艸字各本作也今依韵會所引釋艸毛傳皆曰卷耳苓耳也 从艸令聲○郎丁切古音在十二部

⿱艹贛 ⿱艹贛艸也○从艸贛聲○古送切又古禫切古音在七八部轉入九部 一曰薏苢○本艸曰一名贛音感即此字陶隱居云交阯實大者名薢珠薢與贛雙聲字也

藑 茅○逗各本無藑字此淺人不知其不可刪而刪之如嶲周燕也今本刪嶲字其誤正同今補 葍也○釋艸曰葍藑茅 一名舜○舜字下曰楚謂之葍秦謂之藑是也今本作一名蕣是以木堇爲蕣矣 从艸夐聲○渠營切古音在十四部

⿱艹富ㄈㄨˋ 葍ㄈㄨˊ 蓨ㄊㄧㄠˊ 苖ㄉㄧˊ ⿱艹昜ㄔㄤˊ

⿱艹富 葍也○从艸富聲○方布切古音在一部布字依宋刻

葍 ⿱艹富也○見釋艸郭云大葉白華根如指正白可啖按邶風箋云葑菲二菜蔓菁與葍之類也皆上下可食此根可啖之證也郭又云葍華有赤者爲藑藑葍一種耳亦猶苕華黃白異名陸機云葍有兩種一種莖葉細而香一種莖赤有臭氣按毛公云葍惡菜殆因有臭氣與 从艸畐聲○方六切古音在一部

蓨 苖也○釋艸曰苖蓨也管子黑埴其草宜苹蓨按苹蓨二艸名 从艸脩聲○徒聊切又湯彫切古三部按小徐本無蓨

苖 蓨也○按小徐本苖字在後萹下茶上 从艸由聲○徒歷切又迪六切三部

⿱艹昜 ⿱艹昜艸也○也字各本無今補按說文凡艸名篆文之下皆復舉篆文某字曰某艸也如葵篆下必云葵菜也蓋篆下必云蓋艸也篆文者其形說解者其義以義釋形故說文爲小學家言形之書也淺人不知則盡以爲贅而刪之不知葵菜也蓋艸也河水也江水也皆三字句首字不逗今雖未復其舊爲舉其例於此此⿱艹昜篆之下本云⿱艹昜艸也各本既刪⿱艹昜字又去也字則⿱艹昜篆不爲艸名似爲凡枝枝相值葉葉相當之偁矣玉篇⿱艹昜下引說文謂即遂⿱艹昜馬尾蔏陸也蕩同⿱艹昜攷本艸經曰商陸一名⿱艹昜句根一名夜呼陶隱居曰其花名⿱艹昜是則絫呼曰遂⿱艹昜單呼曰⿱艹昜或謂其花⿱艹昜或謂其莖葉⿱艹昜也 枝枝相值○葉葉相當○从艸昜聲○褚羊切十部

薁ㄩˋ

薁 嬰薁也○嬰錯本作蘡俗加艸頭耳豳風六月食鬱及薁傳曰鬱棣屬薁蘡薁也正義曰劉稹毛詩義問云鬱樹高五六尺其實大如李本艸鬱一名棣則與棣相類蘡薁亦是鬱類晉宮閣銘車下李三百一十四株車下李即鬱也薁李一株薁李即薁也二者相類而同時熟玉裁按說文李棣皆在木部薁在艸部毛公但云鬱棣屬未嘗云薁鬱屬廣雅釋艸燕薁蘡舌也釋木云山李雀李二字今正未知是否鬱也然則薁之非木實明矣晉宮閣銘所謂車下李薁李皆非毛許之蘡薁也齊民要術引詩義疏曰櫻薁實大如龍眼黑色今車鞅藤實是按賈氏凡引詩艸木蟲魚疏皆謂之詩義疏陸璣本有釋薁云云今本脫之耳魏王花木志引詩疏亦同 从艸奧聲○於六切三部

葴ㄓㄣ ⿱艹魯ㄌㄨˇ 蓾。 ⿱艹𣪠ㄎㄨㄞˇ

葴 馬藍也○見釋艸郭云今大葉冬藍也釋艸又云葴寒漿郭云今酸漿艸江東呼曰苦葴子虛賦葴析苞荔張揖釋以馬藍郭樸云葴酸漿江東名烏葴 从艸咸聲○職深切七部

⿱艹魯 艸也○可㠯束○从艸魯聲○郎古切五部

蓾 ⿱艹魯或从鹵○釋艸云蓾蘆郭云作履苴艸按說文云苴履中艸謂以艸襯履底曰苴賈子曰冠雖敝不以苴履是也許云可用束郭云可苴履大約是一物

⿱艹𣪠 艸也○左傳引詩曰雖有絲麻無棄菅蒯李善引聲類曰蒯艸中爲索苦怪切史記馮驩有一劍蒯緱裴駰曰蒯茅之類可爲繩其劍把無物可裝以小繩纏之也 从艸𣪠聲○按說文無𣪠字而爾雅有之釋詁曰𣪠息也音義曰𣪠苦怪反又墟季反字林以爲喟丘愧反孫本作快郭又作蕢按𣪠字今不可得其左旁所從何等字之本訓何屬但其古音在十五部甚明說文聵⿱艹𣪠皆以爲聲而聵字亦作聵⿱艹𣪠字逸詩與萃匱爲韵皆在十五部也不

知何時蔽改作蒯從朋從刀殊不可曉葢本扶風郿鄉之字誤郿讀若陪在第一部第六部與十五部相隔絕遠而誤其形作蒯且用爲蔽字不可從也玉篇引無橥菅蔽不作蒯苦怪切

蔞艸也可目亨魚。召南言刈其蔞陸璣云蔞蔞蒿也爾雅購蔏蔞郭云蔞蒿也江東用羹魚楚辭曰吳酸蒿蔞按蔞蒿俗語耳古祇呼蔞釋艸古讀或於購蔏句絕 从艸婁聲。力朱切古音在四部

藟艸也。詩七言葛藟陸璣云藟一名巨荒似燕薁亦延蔓生葉如艾白色其子赤可食酢而不美幽州謂之椎藟開寶本艸及圖經皆謂郎千歲藟也按凡藤者謂之藟系之艸則有藟字系之木則有櫐字其實一也戴先生詩補注說葛藟猶言葛藤爾雅山櫐虎櫐山海經畢一作畢山多櫐古本從木皆是也然鄭君周南箋云葛也藟也分爲二物與許合葛與藟皆藤生故詩多類舉之左氏亦云葛藟猶能庇其本根藤古祇作縢謂可用緘縢也山海經傳曰櫐一名縢 从艸畾聲。力軌切十五部 詩曰莫莫葛藟。大雅旱麓文 一曰秬鬯也。此字義別說也秬鬯之酒鬱而後鬯凡字從畾聲者皆有鬱積之意是以神名鬱壘上林賦云隱轔鬱壘秬鬯得名藟者義在乎是其字從艸者釀芳艸爲之也

蒬棘蒬也。見釋艸本艸經云遠志一名棘蒬一名葽繞一名細艸 从艸冤聲。於元切十四部

茈茈艸也。三字句茈字僅得免刪可以證蔽下必云蔽艸也藟下必云藟艸也皆淺人刪之周禮注云染艸茅蒐橐盧豕首紫茢之屬按紫茢即紫䓞也紫䓞即茈艸也廣雅云茈䓞茈草也古列戾同音茈紫同音本艸經云紫草一名紫丹一名紫芙陶隱居云即是今染紫者說文云䓞艸可以染畱黃謂之紫䓞者以染紫之䓞別於染騮黃之䓞也西山經曰勞山多茈艸司馬彪注上林賦曰茈薑紫色之薑郭注南山經曰茈蠃紫色蠃故知古紫茈通用 从艸此聲。將此切古音在十五部轉入十六部

藐茈艸也。見釋艸 从艸䫉聲。莫覺切古音在二部古多借用爲眇字如說大人則藐之及凡言藐藐者皆是

萴烏喙也。廣雅蘮奚毒附子也一歲爲萴子二歲爲烏喙三歲爲附子四歲爲烏頭五歲爲天雄按本艸經有附子烏頭天雄三條云烏頭一名奚毒一名即子一名烏喙即子即萴子猶鯽鰂一字也名醫別錄又沾側子一條誤矣 从艸則聲。阻力切一部按茈藐蒬茜等字皆染艸也乃中隔以萴字恐後人妄移

一篇下 九

蒐茅蒐逗茹藘。藘音閭鉉本作藘鄭風茹藘在阪釋艸毛傳皆云茹藘茅蒐也陸璣云茹藘茅蒐蒨艸也一名地血齊人謂之茜徐州人謂之牛蔓今圃人或作畦種蒔故貨殖傳云卮茜千石亦比千乘之家按本艸經有茜根蜀本圖經蘇頌圖經言其狀甚悉徐廣注史記云茜一名紅藍其花染緗赤黃此即今之紅花張騫得諸西域者非茜也陳藏器云茜與蘘荷皆周禮攻蠱嘉艸之冣 人血所生可目染絳。云人血所生者釋此字所以從鬼也 从艸鬼。會意所鳩切三部茅古音矛茅蒐茹藘皆疊韵也經傳多以爲春獵字

茜茅蒐也。从艸西聲。倉見切古音在十三部蒨即茜字也古音當在十一部其音變適同耳

蕼赤蕼也。从艸肆聲。息利切十五部

薜牡贊也。見釋艸 从艸辟聲。蒲計切古音在十六部

莣杜榮也。見釋艸郭云今芒艸也似茅皮可以爲繩索履屩也按太平御覽引穠字解詁芒杜榮而芒譌作芸 从艸忘聲。武方切十部

苞艸也。曲禮苞屨不入公門注苞藨也齊衰藨蔽之菲也子虛賦葴析苞荔張揖曰苞藨也玉裁按當是藨是正字苞是叚借故喪服作藨蔽之菲曲禮作苞屨南都賦說艸有藨郎子虛之苞也斯干生民傳曰苞本也此苞字之本義凡詩云苞櫟苞棣書云艸木漸苞者皆此字叚借爲包裹凡詩言白茅苞之書言厥苞橘柚禮言苞苴易言苞蒙苞荒苞承苞羞苞桑苞瓜春秋傳言苞茅不入皆用此字近時經典凡訓包裹者皆徑改爲包字郭忠恕之說誤之也許君立文當云苞本也從艸包聲若不謂爲叚借則當云苞藨也下文即云藨蔽屬使讀者知曲禮之苞即喪服之藨葢艸木既難多識文字古今屢變雖曰至精豈能無誤善學古者不泥於古可也 南陽目爲麤履。藨各本不從艸誤藨艸屨也見後 从艸包聲。布交切古音在三部按曲禮音義曰苞白表反爲欲讀同藨耳

一篇下 十

蔞藟蒬茈藐萴蒐茜蕼薜莣苞

艾 蔁 芹 蘄 蔦 樢 芸 蔽 葎 茦 苦

艾 冰臺也。見釋艸張華博物志曰削冰令圜舉以向日以艾於後承其影則得火 从艸乂聲。五蓋切十五部古多借爲乂字治也又訓養也 蔁 艸也。玉篇曰蔁栁根即蔏陸也此非許意 从艸章聲。諸良切十部 芹 楚葵也。从艸斤聲。詳遊字下巨巾切古音在十三部 蘄 豕首也。釋艸曰茢薽豕首許無茢字者攷太平御覽引爾雅黃土瓜孫炎曰一名列也按叔然以茢上屬許君讀蓋與孫同鄭注周禮豕首爲染艸之屬呂氏春秋曰豨首生而麥無葉本艸經曰天名精一名豕首 从艸甄聲。側鄰切古音在十三部 蔦 寄生艸也。艸字各本脫依毛詩音義及韵會補小雅傳曰蔦寄生也陸璣曰蔦一名寄生葉似當盧子如覆盆子本艸經桑上寄生一名寓木一名宛童按寓木宛童見釋木毛陸皆曰寄生耳許獨云寄生艸者爲其字之從艸也 从艸鳥聲。詩音義云說文音弔唐韵都了切二部 詩曰。蔦與女蘿。小雅頍弁文 樢 蔦或从木。艸屬故從艸寓木故从木廣雅釋木作樢字

芸 艸也。似目宿。夏小正正月采芸爲廟采也二月榮芸月令仲冬芸始生注芸香艸高注淮南呂覽皆曰芸芸蒿菜名也呂覽曰菜之美者陽華之芸注芸芳菜也賈思勰引倉頡解詁曰芸蒿似斜蒿可食沈括曰今謂之七里香者是也葉類豌豆其葉極芬香古人用以藏書辟蠹採置席下能去蚤蝨 从艸云聲。王分切十三部 淮南王說。芸艸可㠯死復生。淮南王劉安也可以死復生謂可以使死者復生蓋出萬畢術鴻寶等書今失其傳矣 蔽 艸也。从艸敝聲。麤最切十五部 葎 艸也。唐本艸曰葛葎蔓宋本艸曰葛勒蔓似葛有刺 从艸律聲。呂戍切十五部 茦 莿也。茦刺見釋艸刺不從艸方言曰凡艸木刺人北燕朝鮮之閒謂之茦或謂之壯按木芒曰朿艸芒曰茦因木芒之字爲義與聲也但許君上下文皆係艸名不當泛釋凡艸之刺或因上文葎艸有刺聯及之或自有艸名茦一名莿與方言異義未可定也 从艸朿聲。楚革切古音在十六部 苦 苦蔞。

葑 薺 莿 董 蘻 蔜 芐

逗 果蓏也。果蓏宋鉉本作果蓏依鍇本與詩合豳風果蓏之實亦施于宇釋艸曰果蓏之實栝樓也毛傳同李巡曰栝樓子名也本艸經栝樓一名地樓玉裁按若果蓏皆雙聲蓏生蔓於木故今爾雅本艸字從木艸屬也故說文字從艸 从艸昏聲。古活切十五部 葑 須從也。邶風采葑采菲毛傳曰葑須也釋艸曰須逗葑蓯說文曰葑須從也三家互異而皆不誤葑須爲雙聲葑從爲疊韵單評之爲葑絫評之爲葑從單評之爲須絫評之爲須從語言之不同也或許所據爾雅與今本異矣坊記注云葑蔓菁也陳宋之閒謂之葑方言云蘴蕘蕪菁也陳楚之郊謂之蘴郭注蘴舊音蜂今江東音嵩字作菘也玉裁按蘴菘皆即葑字音讀稍異耳須從正切菘字陸佃嚴粲羅願皆言在南爲菘在北爲蕪菁蔓菁若菘葑讀去聲別是一物 从艸封聲。府容切九部 薺 蒺棃也。今詩鄘風小雅皆作茨釋艸傳箋皆曰茨蒺棃也易曰據于蒺棃陶隱居曰子有刺軍家鑄鐵作之以布敵路亦呼蒺棃 从艸齊聲。疾咨切十五部 詩曰。牆有薺。

莿 茦也。按方言祇作刺即從艸亦當與茦篆相屬恐後人增之 从艸刺聲。七賜切十六部 董 鼎董也。釋艸曰蘱薡蕫郭云似蒲而細按說文無蘱字者蓋許所據祇作類 从艸童聲。多動切九部亦作蕫古童重通用或用爲董蘱字誤 杜林曰。藕根。漢志有杜林倉頡訓纂一篇杜林倉頡故一篇此蓋二篇中語藕當從後文作蕅蕅根猶荷根也郭樸曰北方人以藕爲荷用根爲母號也然則杜林謂蕅爲董 蘻 狗毒也。見釋艸樊光云俗語苦如蘻 从艸繫聲。古詣切十六部 蔜 艸也。釋艸曰蔜蕿蘰未知許蔜句如此否 从艸嫯聲。蘇老切古音在三部說文無蔜字者蓋所據祇作數 芐 地黃也。見釋艸本艸經謂之乾地黃 从艸下聲。侯古切五部 禮記。依宋本及韵會補記字按下文公食大夫禮記文 鈃毛牛藿羊芐豕薇是。今儀禮毛作芼與許所據不同今儀禮曰羊苦注苦苦荼也今文苦爲芐然則許從今文鄭從古文也士虞禮特牲饋食禮二記鉶芼用苦若

薟 蘞。 菳 芩

薟注皆云今文苦爲芐特牲又正之曰芐乃地黃非也蘞白薟也○本艸經作白斂从艸僉聲○良冉切七部蘝蘞或从斂○唐風蘞蔓于野陸璣云似栝樓葉盛而細其子正黑如燕薁不可食陸疏廣要曰本艸蘞有赤白黑三種疑此是黑蘞也菳黃菳也○本艸經廣雅皆作黃芩今藥中黃芩也从艸金聲○巨今切七部芩艸也○小雅呦呦鹿鳴食野之芩傳曰芩艸也陸璣云芩艸莖如釵股葉如竹蔓生澤中下地鹹處爲艸眞實牛馬皆喜食之按如陸說則非黃芩藥也許君黃菳字從金聲詩野芩字從今聲截然分別他書亂之非也毛詩音義引說文云蒚也以別於毛公之艸也甚爲可據但訓蒚則與弟二章不別且說文當以芩與蒚篆類廁恐是一本作蒚屬釋文也字或屬字之誤又按集韵類篇皆曰莟嚴芩三字同魚音切菜名似蒜生水中攷字林齊民要術皆云莟似蒜生水中此則別是一物从艸今聲○巨今切七部詩曰○食野之芩○

蔍

蔍鹿藿也○前菹篆訓鹿藿之實此蔍訓鹿藿則當類處徐鍇曰釋艸蔨鹿藿藨麃二者各物疑字形之誤以藨麃爲鹿藿也玉裁按蓋藨麃誤爲鹿淺人因妄增藿字耳从艸麃聲○讀若剽○平表切二部一曰蔽之屬○此字義別說也南都賦其艸則蔍芋薠莞廣韵曰可爲席或作蔍苞

虉

虉綬艸也○艸字依韵會補陳風邛有旨鷊傳曰鷊綬艸也釋艸曰虉綬按毛詩作鷊段借字也今爾雅作虉與說文作虉不同者鶂鷊同在十六部也陸璣曰鷊五色作綬文故曰綬艸从艸鷊聲○五狄切十六部詩曰○邛有旨鷊是○

蔆

蔆芰也○周禮加籩之實有蔆注蔆芰也子虛賦應劭注同从艸淩聲○力膺切六部楚謂之芰○楚語屈到嗜芰韋曰芰蔆也秦謂之薢茩○釋艸曰薢茩芵光郭云芵明也或曰蔆也關西謂之薢茩按景純兩解後解與說文字林合釋艸又曰蔆蕨攗[illegible]居郡反郭云今水中芰按蕨攗芵光皆雙聲爾雅薢茩芵光或可以決明子釋之不嫌異物同名也而說文之芰薢茩卽今蔆爾本無疑義不知徐鍇何以滑惑

遴。

遴司馬相如說○蔆从遴○此當是凡將篇中字藝文志曰史游作急就篇李長作元尙篇皆倉頡中正字也司馬相如凡將篇則頗有出矣據是則倉頡篇正字作蔆凡將別作遴營芎同此蔆聲古音在六部遴聲古音在十二部而合之者以雙聲合之也今史漢文選子虛賦祇作蔆華

芰 茤。

芰蔆也○是謂轉注从艸支聲○奇寄切十六部茤杜林說芰从多○此蓋倉頡訓纂倉頡故二篇中語支聲在十六部多聲在十七部二部合音最近古弟十七部中字多轉入弟十六部

薢 茩

薢薢茩也○不云蔆也者已見上矣王注離騷曰芰蔆也秦人曰薢茩按薢與芰同在十六部徐言之則云薢茩从艸解聲○胡買切十六部茩薢茩也○从艸后聲○蔆以角得名蔆之言棱也茩之言角也茩角雙聲同在第三部唐韵胡口切薢茩雙聲

芡

芡雞頭也○周禮加籩之實有芡注同此方言芡雞頭也北燕謂之葰青徐淮泗之閒謂之芡南楚江湘之閒謂之雞頭或謂之鴈頭或謂之烏頭从艸欠聲○巨險切古音在八部

蘜

蘜日精也○以秋華○以各本作似今依宋本及韵會正本艸經菊花以一名節花又曰一名日精按一名節花卽許所謂以秋華也一名日精與許合夏小正九月榮鞠鞠艸也鞠榮而樹麥時之急也月令鞠有黃華離騷夕餐秋菊之落英字或作菊或作鞠以說文繩之皆段借也釋艸蘜治牆郭云今之秋華菊郭意蘜菊爲古今字玉裁謂許君剖析爲大菊蘧麥蘜爲治牆蘜爲日精分廁三所又恐學者以其同音易溷也著之曰以秋華言此蘜字乃小正月令之布華九月者也然則許意治牆別是一物種類甚殊如大菊之非蘜郭注爾雅與許全乖攷郭氏所注小學三書今存者二有時涉及字林而絕未嘗偁用說文也本艸經名醫別錄秋華有九名而無治牆則治牆之非秋華亦略可見从艸𥸨省聲○居六切三部𦽏蘜或省○按米部𥸨從米𥸨省聲省竹則爲鞠又省米則爲蓺卽奉部之蓺之省聲也

蘥 蓺。

蘥爵麥也○見釋艸爵當依今釋艸作雀許君從所據耳郭云卽燕麥也生故墟野林下苗實俱似麥或云爵麥卽穱麥誤也招搖七發皆云穱麥穱卽穛字之異者古爵焦聲同在

蓫ㄙㄨˋ　菍ㄙ　蒹ㄐㄧㄢ　薍ㄨㄢˋ　𦵹ㄊㄢˇ　菼　薕ㄌㄧㄢˊ　薠ㄈㄢˊ

蓫菍蒹薍𦵹薕薠茚䔖芀茢菡萏蓮茄

第二部許云樵早取穀也招魂王注云擇麥中先熟者也義正同从艸龠聲以勺切二部

蓫 牡茅也見釋艸此當與菅茅二篆類廁而不爾者葢其種類殊也从艸遬聲桑谷切三部遬籒文速凡速聲字皆從速則牡茅字作蓫可矣而小篆偶從遬與𨓈速聲字不畫一故箸之序曰小篆取史籒大篆或頗省改遬者大篆文應省改而不省改者也

菍 茅秀也廣雅曰𦺀菍芽穗也𦺀即荼字之變周禮儀禮注鄭風箋吳語注皆云荼茅秀當是荼爲茅之秀菍爲蓫之秀統言之則曰茅秀而已其色正白从艸私聲息夷切十五部

蒹 雚之未秀者蒙上茅秀而及雚之秀與未秀也凡經言雚葦言蒹葭言葭菼皆竝舉二物蒹菼雚一也今人所謂荻也葭葦一也今人所謂蘆也雚一名亂一名騅一名蒹葦一名華釋艸曰葭華蒹薕每二字爲一物又曰葭蘆菼亂亦每二字爲一物葭蘆即葭華也菼亂即蒹薕也夏小正傳毛公許君說皆同此舍人李巡樊光則云蘆亂爲一艸陸璣郭樸則又蒹葭菼爲三矣夏小正七月秀雚葦傳曰未秀則不爲雚葦秀然後爲雚葦又曰萑未秀爲菼葦未秀爲蘆按已秀曰雚未秀則曰蒹曰亂曰菼也於此不列雚篆者以小篆大篆隔之也从艸兼聲古恬切七部

薍 𦵹也从艸亂聲五患切十四部八月薍爲萑葭爲葦各本脫萑葭爲三字今補正按此正申明未秀爲𦵹既秀爲萑之恉凡月秀之時也言葭爲葦者類言之也豳詩八月萑葦傳云亂爲萑葭爲葦謂至是月而亂秀爲萑葭秀爲葦矣許正用毛語

𦵹 雚之初生一曰薍一曰騅騅各本作雖今依爾雅兩一曰謂𦵹之一名也釋言云菼騅也菼薍也王風傳云菼騅也蘆之初生者也箋云菼薍也按毛釋爲騅恐其與萑無別也故又申之曰蘆之初生者也菼別於蘆析言之也統言之則菼亦偁蘆鄭恐萑葦無別也故又申之曰薍也𦵹與騅皆言其青色薍言其形細莖稹密許云萑之初生亦以正毛也从艸剡聲土敢切八部

菼 𦵹或从炎經典皆作此字

薕 蒹也二字疊韵从艸廉聲力鹽切七部

茚ㄤˊ　䔖ㄧㄝˊ　芀ㄊㄧㄠˊ　茢ㄌㄧㄝˋ　菡ㄏㄢˋ　萏ㄉㄢˋ　蓮ㄌㄧㄢˊ　茄ㄐㄧㄚ

薠 青薠句佀莎而大者而大二字依韵會所引補子虛賦薛莎青薠張揖曰青薠似莎而大生江湖鴈所食按高注淮南曰薠狀如葴與張說不同楚辭有白薠殆與青薠一種色少異耳从艸煩聲附袁切十四部

茚 茚䔖逗二字各本脫今依全書通例補之昌蒲也周禮朝事之豆實有昌本注昌本昌蒲根切之四寸爲菹左氏謂之昌歜本艸經菖蒲一名昌陽按或單呼曰昌或曰堯韭或曰荃或曰蓀茚䔖之名今未見所出从艸卬聲五剛切十部益州云本艸經曰生上洛池澤及蜀郡嚴道云毛扆改生

䔖 茚䔖也从艸邪聲以遮切古音在五部

芀 葦華也釋艸曰葦醜芀顏注漢書云葦錐者是也取其脫穎秀出故曰芀方言錐謂之鍣音苕因此凡言芀秀者多借苕字爲之韓詩苕字作蒿釋艸蔈荂荼猋藨芀皆謂艸之秀豳風傳曰荼萑苕也夏小正傳曰荼萑葦之秀是與茅秀同名荼矣葦華大於葭華故葭一名華从艸刀聲徒聊切二部

茢 芀也檀弓君臨臣喪以巫祝桃茢執戈注茢雚苕可埽不祥玉藻膳於君有葷桃茢注茢菼帚也按許云華鄭云雚菼者此統言不別也芀帚花退用穎爲之芀一名茢故帚一名茢从艸列聲良薛切十五部

菡 菡萏也从艸函聲胡感切八部

萏 菡萏逗扶渠華句絕扶渠各本作芙蓉誤今從釋元應所引許意扶渠爲華葉莖實本根之總名爾雅說此艸以夫渠建首毛公亦曰荷扶渠也其華菡萏扶渠一作夫渠今爾雅作芙蕖俗字也未發爲菡萏已發爲夫容此就華析言之也陳風有蒲菡萏爾雅毛傳皆曰其華菡萏此統言之不論其未發已發也屈原宋玉言芙蓉不言菡萏亦猶是也許意菡之言含也夫之言敷也故分別之高誘曰其華曰夫容其秀曰菡萏與許意合華與秀散文則同對文則別夫容今本作芙蓉俗字也从艸閻聲徒感切八部

蓮 扶渠之實也陳風有蒲與蕳箋云蕳當作蓮蓮夫渠實也鄭意欲合三章爲一物耳本艸經謂之藕實一名水芝丹从艸連聲洛賢切古音在十四部

茄 扶渠莖

荷ㄏㄜˊ 蔤ㄇㄧˋ 蕅ㄡˇ 蘢ㄌㄨㄥˊ 蓍ㄕ

謂華與葉之莖皆名茄也茄之言柯也古與荷通用陳風有蒲與荷鄭箋夫渠之莖曰荷樊光注爾雅引詩有蒲與茄屈原曰製芰荷以爲衣襲芙蓉以爲裳楊雄曰衿芰茄之綠衣被芙蓉之朱裳漢樂府鷰何食食茄下亦謂葉下 从艸加聲。古牙切十七部

荷 扶渠葉。今爾雅曰其葉蕸音義云衆家無此句惟郭有就郭本中或復無此句亦竝闕讀玉裁按無者是也高注淮南云荷夫渠也其莖曰茄其本曰蔤其根曰藕其華曰夫容其秀曰菡萏其實蓮蓮之藏者菂菂之中心曰薏大致與爾雅同亦無其葉蕸三字蓋大葉駭人故謂之荷大葉扶搖而起渠央寬大故曰夫渠爾雅假葉名其通體故分別莖華實根各名而冠以荷夫渠三字則不必更言其葉也荷夫渠之華爲菡萏菡萏之葉爲荷夫渠省文互見之法也或疑闕葉而補之亦必當曰其葉荷不嫌重複無屬肊造蕸字又案屈原宋玉楊雄皆以芙蓉與芰荷對文然則芰者蔆之葉蔆者芰之實蔆之言棱角也芰之言支起 从艸何聲。胡哥切十七部

蔤 扶渠本。釋艸其本蔤郭云莖下白蒻在泥中者按蔤之言入水深密也蒲本亦偁蔤周書蔑席今作蔑席織蒻席也檀弓子蒲卒哭者呼滅注曰滅蓋子蒲名哭呼名故子臯非之蔑滅皆蔤之叚借也名蔤故字蒲 从艸密聲。美必切十二部

蕅 扶渠根。釋艸其根耦按釋艸以其本蔤系於荷扶渠其莖茄之下者謂此乃全荷之本今俗所謂藕者是也蔤之言滅沒於泥中也以其根藕系於其華菡萏其實蓮之下者謂此乃花實之根凡花實之莖必偕葉一莖同出似有耦然故下近蔤上近花莖之根曰藕本言其全根言其偏本在下根上於本下文的薏仍冡花實言之此作爾雅之精意也叔重列字次弟未得其解矣 从艸水會意禺聲。五厚切四部今訂之乃從艸從耦會意兼形聲

蘢 天蘥也。見釋艸 从艸龍聲。盧紅切九部

蓍 蒿屬。謂似蒿而非蒿也陸機曰似賴蕭青色 生千歲三百莖。艸木疏博物志說皆同尚書大傳曰蓍之爲言耆也百年一本生百莖 易目爲數。數筭也謂占易者必以是計筭也詳易數辭 天子蓍九尺。諸侯七尺。大夫

𦺴。 菣ㄑㄧㄣˋ 莪ㄜˊ 蘿ㄌㄨㄛˊ 菻ㄌㄧㄣˋ 蔚ㄨㄟˋ 蕭ㄒㄧㄠ 萩ㄑㄧㄡ 芍ㄕㄠˊ

五尺。士三尺。此禮三正記文也亦見白虎通儀禮特牲饋食筮者坐筮少牢饋食筮者立筮鄭注卿大夫蓍五尺立筮士之蓍短坐筮皆由便也賈公彥曰然則天子諸侯立筮可知 从艸耆聲。式脂切十五部

菣 香蒿也。詩食野之蒿爾雅毛傳皆云蒿菣也郭樸云今人呼爲青蒿香中炙啖者爲菣 从艸臤聲。去刃切十二部

𦺴 菣或从堅。按陸德明曰菣字林作𦺴

莪 莪逗蘿也。此三字舊作蘿莪二字今正莪系復舉不當倒於蘿下小雅菁菁者莪蓼蓼者莪釋艸曰莪蘿以蘿釋莪毛傳曰莪蘿蒿也以蘿蒿釋莪陸璣亦云莪蒿一名蘿蒿 蒿屬。凡言屬則別在其中故鄭注周禮每云屬別 从艸我聲。五何切十七部

蘿 莪也。是爲轉注 从艸羅聲。魯何切十七部

菻 蒿屬。郭樸曰莪蒿亦曰藘蒿按藘同菻許不言莪菻一物也 从艸林聲。力稔切七部

蔚 牡蒿也。小雅匪莪伊蔚釋艸毛傳皆云牡菣按牡菣猶牡蒿也郭云無子者陸璣云牡蒿七月華八月角一名馬薪蒿與郭異名醫別錄有牡蒿一條唐人注曰齊頭蒿也 从艸尉聲。於胃切十五部古多借爲茂鬱字

蕭 艾蒿也。大雅取蕭祭脂郊特牲焫蕭合馨香故毛公曰蕭所以共祭祀鄭君曰蕭薌蒿也陸璣曰今人所謂荻蒿也或云牛尾蒿許慎以爲艾蒿非也按陸語非是此物蒿類而似艾一名艾蒿許非謂艾爲蕭也齊高帝云蕭即艾也乃爲誤耳○又按曹風傳曰蕭蒿也此統言之諸家云薌蒿艾蒿者析言之 从艸肅聲。蘇彫切古音在三部音修亦與肅同音通用甸師共肅茅杜子春讀肅爲蕭蕭糟蕭斧皆訓肅

萩 蕭也。从艸秋聲。七由切三部古多以萩爲楸如左氏傳伐雍門之萩史漢河濟之閒千樹萩是也

芍 鳧茈也。見釋艸今人謂之葧臍即鳧茈之轉語郭樸云苗似龍須根可食黑色是也廣雅云葃姑水芋烏芋也名醫別錄云烏芋一名藉姑一名水萍藉與葃同音萍必芋之誤此專謂茨菰不必因烏字牽合鳧茈也茈徂各切 从艸勺聲。胡了切二部古勺聲與弱聲同芍之可食者其蒻也

藷 王彗也。釋艸字作

蔿　芄　蘜　蘠　芪　菀　莔　荒　蓂　菋　荎　葛　蔓

葥郭云似藜可爲彗按凡物呼王者皆謂大从艸湔聲○昨先切十二部蔿艸也○晉有士蔿
楚有蔿姓从艸爲聲○于委切古音在十七部大徐引唐韵于鬼切鬼字恐誤左傳蔿遠錯出遠卽蔿字
芄艸也○此與芄蕃各物从艸冘聲○直深切古在入部蘜治牆也○未詳何物
集韵七之曰菭蘠艸名从艸鞠聲○居六切三部蘠蘠靡○逗虋冬也○見釋艸按
本艸經有天門冬麥門冬未知爾雅說文謂何品也从艸牆聲○賤羊切十部芪芪母也○
三字一句按前已有蕁不與芪字爲伍則說爾雅者謂蕁卽芪母非許意也从艸氏聲○常支切十六部
一名蝭母一名知母一名蚳母皆同部同音菀茈菀○句本艸經作紫菀古紫茈通用茈見上唐本艸注
云白菀謂之女菀急就篇牡蒙甘艸菀藜蘆師古曰菀謂紫菀女菀之屬也出漢中房陵○本艸亦曰
生房陵山谷从艸宛聲○於阮切十四部詩菀彼北林有菀者柳假借爲鬱字也莔貝母
也○詩言采其蝱毛傳曰蝱貝母釋艸說文作莔莔正字蝱假借字也根下子如聚小貝韵會引作貝母艸療蛇毒
六字从艸朙省聲○武庚切古音在十部不曰囧聲而曰省聲者取皆讀如芒也荒山薊
也○見釋艸本艸經从艸朮聲○直律切十五部蓂析蓂○二字逗大薺也○此薺當作
齊許君薺爲蒺藜字則薺菜必當作齊如洛爲歸德水名則知豫州水名必作雒也說文字多與爾雅異後人依爾
雅改之釋艸曰菥蓂大薺郭云似薺葉細按此薺菜中之一種也从艸冥聲○莫歷切古音在十一部
菋荎藸也○見釋艸郭云五味也从艸味聲○無沸切十五部荎荎藸艸也○
四字句釋艸有味荎藸釋木有味荎著實一物也春初生苗引赤莖於高木長六七尺故又入釋木从艸至
聲○直尼切古音在十二部葛絺綌艸也○周南葛之覃兮爲絺爲綌从艸曷聲○古達
切十五部蔓葛屬也○此專謂葛屬則知滋蔓字古祇作曼正如蔓延字多作莚从艸曼聲○

藁　莕　荇○　菨　蘪　芫　藟　蕛　苵　芋　蔣　姑　苽　蒷

無販切十四部藁葛屬也○白華○南山經其名曰白䓘廣雅曰藁蘇白䓘也按未知卽此物與否
从艸皋聲○古勞切古音在三部䓘音同莕菨餘也○周南參差荇菜毛傳荇接余也釋艸
荇作莕从艸杏聲○何梗切古音在十部荇莕或从行同○各本作荇注云或從行今
依爾雅音義五經文字正菨菨餘也○三字句毛傳陸疏作接余按菜今江浙池沼閒多有葉不正
圜花黃六出北方以人莧當之南方以蓴絲當之皆非也从艸妾聲○子葉切八部蘪艸也
从艸鶤聲○古渾切十三部芫魚毒也○爾雅釋木杬魚毒郭云大木皮厚汁赤堪藏卵果顏
師古注急就篇芫華曰蕘綄所說乃左思吳都賦所謂綄杬杬檻者耳非魚毒也芫草一名魚毒煮之以投水中魚
則死而浮出故以爲名其華可以爲藥芫字或作杬玉裁按爾雅杬字本或作芫入於釋木本艸及許君皆入艸部
从艸元聲○愚袁切十四部藟大苦也○此與前大苦苓也相乖剌說詳苦字下从艸
靁聲○郎丁切十一部蕛蕛苵也○見釋艸郭云蕛似稗布地生邵氏晉涵云孟子之荑稗莊子之
稊稗皆是也从艸稊聲○按今本篆作蕛稊聲從禾考禾部無稊字則稊聲乃梯聲之誤蕛乃蕛之誤大
兮切十五部苵蕛苵也○郭於蕛字逗以苵釋蕛許合蕛苵二字爲艸名凡爾雅固有連其名而無
訓釋者不當強爲句絕也从艸失聲○徒結切十二部芋芋熒朐也○釋艸曰葋芋熒未知
許於熒字逗抑以芋逗熒朐也句與今爾雅異也从艸丁聲○天經切十一部蔣苽也○各本
作苽蔣也此蔣苽也之誤倒耳今依御覽正蜀都賦曰攢蔣叢蒲从艸將聲○子良切十部苽
雕胡○一名蔣○各本胡字作苽今依御覽正食醫內則苽食鄭云苽彫胡也廣雅曰菰蔣也其
之彫胡然則循扶渠實名蓮亦因以爲華葉名也彫胡枚乘七發謂之安胡其葉曰苽曰蔣俗曰茭其中臺如小兒
臂可食曰苽手其根曰葑封去聲从艸瓜聲○古胡切五部蒷艸也○从艸育聲○

蘢蘺莨蔞薖菌蕈萸葚蒟芘蕣茱萸茮莍荊菭

蘢ㄆㄧˊ 蘺ㄖㄢˊ 莨ㄌㄤˊ 蔞ㄧㄠ 薖ㄎㄜ 菌ㄐㄩㄣˋ 蕈ㄒㄩㄣˋ 萸ㄖㄨㄢˇ 葚ㄕㄣˋ 蒟ㄐㄩˇ

余六切三部 藣艸也 爾雅釋器旄謂之蘢作此字假借爲麾字也 从艸罷聲 符羈切古音在十七部 蘺艸也 从艸難聲 如延切十四部火部䕼以爲聲 莨艸也 子虛賦卑溼則生藏莨漢書音義曰莨莨尾艸也按釋艸曰孟狼尾狼與莨同音狼尾似狗尾而麤壯者也孟作盂者譌 从艸良聲 魯當切十部 蔞艸也 从艸要聲 於消切二部 詩曰四月秀葽 劉向說此味苦苦葽也 四月秀葽豳風文毛曰葽者葽艸也箋云夏小正四月王萯秀葽其是乎物成自秀葽始玉裁按小正四月秀幽葽一語之轉必是一物似鄭不當援王萯也劉向說此味苦苦葽也苦葽當是漢人有此語漢時目驗今則不識其味苦則應夏令也小徐按字書云狗尾艸夫狗尾即莠莠四月未秀非莠明矣 薖艸也 衛風碩人之薖假借此字毛云寬大皃鄭云饑意按毛鄭意謂薖爲款之假借爾雅款足者謂之鬲漢志作空足曰鬲楊王孫傳窾木爲匵服虔曰窾空也淮南書窾者主浮注窾空也讀如科條之科然則薖款古同音許君亦曰窠空也毛鄭說皆取空中之意 从艸過聲 苦禾切十七部 菌地蕈也 屮部所謂菌先也 从艸囷聲 渠殞切十三部 蕈桑萸也 萸之生於桑者曰蕈蕈之生於田中者曰菌先鄭司農注周禮云深蒲或曰桑耳 从艸覃聲 慈荏切七部 萸木耳也 內則記燕食所加庶羞有芝栭正義曰盧植云芝木芝也王肅云無華而實者名栭按芝栭猶攷工記之之而鄭君謂芝栭爲一物栭即萸字也今人謂光滑者木耳皴者蕈許意謂蕈爲木耳 从艸耎聲 而兗切十四部按耎從大而聲內則作栭又作輭賀氏云栭輭聚其所據本作輭也釋文云又作檽檽字誤 一曰萮茈 未聞說文亦無萮字集韻九麌萮勇主切萮茈木耳是謂萸之一名也 葚桑實也 見詩 从艸甚聲 常衽切七部 蒟果也 史記漢書有枸醬左思蜀都賦常璩華陽國志作蒟史記亦或作蒟據劉逵顏籀宋祁諸家說即扶留藤也葉可用食穪椰實如桑甚而長名蒟可爲醬巴志曰樹有蒟支蔓有辛蒟然則此物藤生緣木故作蒟從艸亦作枸從木要必一物也許君木部有枸字云可爲醬於艸部又有蒟字蓋不能定而兩存之次於葚者以其實似葚也其實名蒟故云果也果木實也當云蒟果也爲三字句 从艸竘聲 俱羽切五部 芘艸也 一曰芘尗木 尗鉉作茮芘尗木未聞王氏念孫曰芘茮木三字當是芘茮二字之譌玉裁謂說文菽字下作蚍虾不當此作芘茮蓋木名也 从艸比聲 房脂切十五部 蕣木堇 句 朝華莫落者 鄭風顏如舜華毛曰舜木槿也月令季夏木堇榮釋艸云椵木蕣櫬木堇鄭君曰木堇王蒸也莊子朝菌不知晦朔潘尼云朝菌木槿也 从艸 陸機疏入木類而爾雅說文皆入艸類者樊光曰其樹如李其華朝生莫落與艸同氣故入艸中 舜聲 舒閏切十三部 詩曰顏如蕣華 今詩作舜爲假借 茱茱萸 逗 茱屬 內則三牲用藙注藙煎茱萸也漢律會稽獻焉爾雅謂之榝本艸經吳茱萸味辛溫一名藙 从艸 本艸經廣雅入木類鄭君曰茱萸即榝也而爾雅椒榝在釋木許君則茱萸與榝爲二物木部曰揚州有茱萸樹正以見茱萸之本爲艸類也 朱聲 市朱切古音在四部 萸茱萸也 从艸臾聲 羊朱切古音在四部 茮茮莍也 此三字句茮莍蓋古語猶詩之椒聊也單呼曰茮絫呼曰茮莍茮聊唐風椒聊之實毛曰椒聊椒也釋木曰椒榝醜莍榝大椒神農本艸經有蜀椒又有秦椒 从艸 爾雅本艸陸疏皆入木類今驗實木也而說文正從艸此自古籀者凡析言有艸木之分統言則艸亦木也故造字有不拘爾 尗聲 子寮切古音在三部 莍榝茱實裹如裘也 依爾雅音義正誤裘莍同音也郭云茱萸子聚生成房皃詩箋作捄釋木櫟其實梂皆即莍字也 从艸求聲 巨鳩切三部求即裘之古文亦會意也 荊楚木也 林部曰楚叢木一名荊是爲轉注 从艸刑聲 舉卿切十一部 莿古文荊 菭水青衣也 依爾雅音義補青字醢人箈菹鄭司農曰箈水中魚衣元謂箈箭萌玉裁按先後鄭異字先鄭作菭從艸許說

芘ㄆㄧˊ 蕣ㄕㄨㄣˋ 茱ㄓㄨ 萸ㄩˊ 茮ㄐㄧㄠ 莍ㄑㄧㄡˊ 荊ㄐㄧㄥ 莿ㄐㄧㄥ 菭ㄊㄞˊ

正同後鄭作葱從竹郭注爾雅引葱菹鴈醢從後鄭也後鄭注當有菭當爲葱四字而佚今本周禮作箈混誤不成字所當正者也吳都賦注曰海苔生海水中正青狀如亂髮乾之赤鹽藏有汁名曰濡苔 从艸治聲 徒哀切沇重云北人丈之反一部今作苔

芽 ㄧㄚˊ

芽 芽逗 萌也 按此本作芽萌也後人倒之 从艸牙聲 五加切古音在五部古多以牙爲芽

萌 ㄇㄥˊ

萌 艸木芽也 木字依玉篇補說文以艸木芽艸木榦艸木葉聯綴成文萌芽析言則有別尚書大傳周以至動殷以萌夏以牙是也統言則不別故曰萌艸木芽也月令句者畢出萌者盡達注句屈生者芒而直曰萌樂記作區萌 从艸明聲 武庚切古音在十部

茁 ㄓㄨㄛˊ

茁 艸初生地皃 从艸出 依韵會所引鄒滑切十五部言會意以包形聲也 詩曰彼茁者葭 召南文毛曰茁出也按也當爲皃之譌

莖 ㄐㄧㄥ

莖 艸木榦也 依玉篇所引此言艸而兼言木今本作枝柱考字林作枝主謂爲衆枝之主也葢或用字林改說文而主又譌柱 从艸巠聲 戶耕切十一部

莛 ㄊㄧㄥˊ

莛 莖也 說苑建天下之鳴鐘撞之以莛 从艸廷聲 特丁切十一部

葉 ㄧㄝˋ

葉 艸木之葉也 凡物之薄者皆得以葉名 从艸枼聲 與涉切古音在八部

蘮 ㄐㄧˋ

蘮 艸之小者 从艸劂聲 劂古文銳字 按金部网部皆云劂籀文銳則此古字誤也當改籀 讀若芮 今居例切十五部

芣 ㄈㄡˊ

芣 華盛 詩言江漢浮浮雨雪浮浮皆盛皃芣與浮聲相近 从艸不聲 縛牟切古音在一部 一曰芣苢 疑前苢字下衹作不苢此於芣字下又明之曰不苢之不亦作芣也

葩 ㄆㄚ

葩 華也 古光華字與花實字同義同音葩之訓華者艸木花也亦華麗也艸木花取麗故凡物盛麗皆曰華韓愈曰詩正而葩謂正而文也葩亦散也通作皅靈樞經曰紛紛皅皅終而復始 从艸皅聲 普巴切古音在五部

芛 ㄨㄟˇ

芛 艸之皇榮也 皇當作葟或蘳字釋艸曰蕍芛葟華榮郭曰今俗呼艸木華初生者爲芛音䅳豬之䅳 从艸尹聲 羊捶切古音在十三部

蘳 ㄏㄨㄟˊ

蘳 黃華 後漢書馬融傳曰蓶扈蘳熒蘳或作蘳 从艸黊聲 此舉形聲見會意 讀若墮壞 此謂讀如墮壞之墮也墮隋聲在十七部音轉許規切入十六部凡圭聲字在十六部鉉本脫去墮字廣韵蘳有壞音誤矣唐韵胡瓦切十七部之音變也

蔈 ㄆㄧㄠ

蔈 苕之黃華也 釋艸苕陵苕黃華蔈白華茇郭云苕華色異名亦不同玉裁按許君茇字下云一曰艸之白華爲茇不云苕之白華則蔈字下亦當云艸之黃華不當如郭說也今本苕字恐是後人用郭說改之許於苕下云艸也亦不云陵苕 从艸㶾聲 方小切二部 一曰末也 金部之鏢木部之標皆訓末蔈當訓艸末禾部曰秋禾芒也秋分而秒定按淮南天文訓作秋分蔈定此蔈爲末之證也

英 ㄧㄥ

英 艸榮而不實者 見釋艸 一曰黃英 此別一義也疑郎權黃華 从艸央聲 於京切古音在十部

薾 ㄦˇ

薾 華盛 叕部曰麗爾猶靡麗也薾與爾音義同 从艸爾聲 此於形聲見會意薾爲華盛濔爲水盛皃氏切十六部 詩曰彼薾惟何 小雅文今作爾惟今作維

萋 ㄑㄧ

萋 艸盛 从艸妻聲 七稽切十五部 詩曰菶菶萋萋 大雅文謂梧桐也艸木同類

菶 ㄅㄥˇ

菶 艸盛 毛曰菶菶萋萋梧桐盛也 从艸奉聲 補蠓切九部說文兩引詩瓜瓞菶菶今生民作唪唪假借

薿 ㄋㄧˇ

薿 茂也 从艸疑聲 魚己切一部 詩曰黍稷薿薿 小雅文箋云薿薿然而茂盛廣雅釋訓薿薿茂也

蕤 ㄖㄨㄟˊ

蕤 艸木華垂皃 引伸凡物之垂者皆曰蕤冠緌系於纓而垂者也禮家定爲蕤字夏采建緌王制大綏小綏明堂位夏后氏之綏禮記以其綏復鄭君皆改爲緌緌字謂旄牛尾之垂於杠者也讀如冠蕤蕤賓之蕤白虎通說蕤賓曰蕤者下也賓者敬也 从艸甤聲 唐韵儒佳切非也當儒隨切入五支古音在十六部也甤從生豕聲豕聲在十六部緌緌字亦皆同部

蓌 ㄗㄨㄥ

蓌 青齊兗冀謂木細枝曰蓌 見方言引傳曰慈母之怒子也雖折䅕笞之其惠存焉 从艸㚇聲 子紅切九部

䔢 ㄧˊ

䔢 艸萎䔢 萎䔢疊韵萎平聲 从艸移聲 弋支切古音在十七部

蒝 ㄩㄢˊ

蒝 艸木

……形。从艸原聲。愚袁切十四部

莢 艸實。周禮曰墳衍植物宜莢物按莢物兼艸木言 从艸夾聲。古叶切八部

芒 艸耑也。說文無鋩字此即鋒鋩字也 从艸亾聲。武方切十部

蓨 藍蓼秀。从艸隨聲。羊捶切古音在十七部按蓨與芛字皆切羊捶蓋即芛字之異者且當與芣葩芛蘳蘤英蘤七字類列此非其次疑後人所沾也

蔕 瓜當也。曲禮削瓜士疐之釋木棗李曰疐之疐者蔕之假借字聲類曰蔕果鼻也瓜當果鼻正同類老子深根固柢柢亦作蔕西京賦蔕倒茄於藻井皆假借爲柢字 从艸帶聲。都計切十五部

荄 艸根也。見釋艸及方言郭曰今俗謂韭根爲荄 从艸亥聲。古哀切一部

荺 茇也。茅根也。荺見釋艸荺者茇也茇者艸根也文相承顧廣圻曰依許君所說是爾雅本云荺茇荄根郭誤茇爲荄遂以荺荄爲一義荄根爲一義茅根也之上當有一曰二字此別一義以荺專屬茅根也 从艸均聲。于敏切十二部

茇 艸根也。从艸犮聲。北末切十五部 春艸根枯引之而發土爲撥故謂之茇。此申明艸根爲茇之義也氾勝之書曰春土長冒橛陳根可拔耕者急發攷工記注曰ㄑ土曰伐伐之言發也詩駿發爾私箋云發伐也周語王耕一墢注一墢一耦之發也引之而發土者謂枱耜陳根土易解散其耕澤澤也爲墢之撥即攷工記之伐國語之墢說文土部之坺今韵書之坺實一字也其連根之土曰坺故艸根曰茇引伸爲詩禮艸舍之茇 一曰艸之白華爲茇。見釋艸郭連上文謂苕之白華許泛言艸

芃 艸盛皃。皃字依韵會鄘風芃芃其麥毛曰芃芃然方盛長 从艸凡聲。房戎切古音在七部衛彈碑芃芃黍稷隸變從林而葛洪字苑始有梵字潔也凡泛切 詩曰芃芃黍苗。曹風傳曰美皃小雅傳曰長大皃

⿱艹傅 華葉布也。與尃敷字義通從艸故訓華葉布 从艸傅聲。讀若傅。方遇切五部

蓻 艸木不生也。一曰茅根。蓻之言蟄也與⿱艹傅反對成文玉篇云艸木生皃未知孰是此別一義也 从艸執聲。姊入切七部

菥 艸多皃。从艸折聲。語斤切十三部 江夏平春見郡國志有菥亭。凡云有某亭有某縣者皆證其字形不必名縣名亭取字義也今說文艸部末有菰篆訓釋十四字全同此因菥誤爲菰或妄附之部末也

茂 艸木盛皃。依韵會訂茂之引伸借爲懋勉字 从艸戊聲。莫候切古音在三部

⿱艹暘 艸茂也。孟子史記艸木暘茂字皆作暘俗又作暢 从艸暘聲。丑亮切十部

蔭 艸陰地。左氏傳曰若去枝葉則本根無所庇蔭矣楚語玉足以庇蔭嘉穀引伸爲凡覆庇之義也釋言曰庇庥蔭也說文曰庇蔭也休止息也 从艸陰聲。依韵會無聲字此以會意包形聲於禁切七部詩桑柔以陰爲蔭

⿱艹造 艸皃。从艸造聲。初救切三部玉裁按左氏傳僖子使助薳氏之簉杜注簉副倅也釋文曰說文簉從艸五經文字艸部曰簉倅也春秋傳從竹攷李善注長笛賦簉弄曰說文簉倅字如此注江淹詩步櫚簉瓊弁曰說文簉襍字如此然則左傳文選從竹之簉皆從艸之簉之譌而說文艸皃之下本有一曰簉襍也五字今人言集簉人多言襍倅周禮作萃作倅亦湊集意也小徐注簉字云艸相次也蕤識此意

茲 艸木多益。詩小雅兄也永歎毛曰兄茲也戴先生毛鄭詩考正曰茲今通用滋說文茲字說云艸木多益滋字說云益也韋注國語云兄益也詩之解意言不能如兄弟相救空滋之長歎而已按大雅職兄斯引傳亦云兄茲也 从艸絲省聲。絲宋本作茲非也茲從二玄音玄字或作滋茲從絲省聲韵會作茲聲茲者古文絲字嵫孳鶿皆茲聲子之切一部經典茲此也唐石經皆誤作茲

蔋 艸旱盡也。此與艸木多益反對成文 从艸俶聲。徒歷切古音在三部 詩曰蔋蔋山川。大雅文今詩作滌滌毛云滌滌旱氣也山無木川無水按玉篇廣韵皆作蔋今疑當作蔋艸木如盪滌無有也叔聲淑聲字多不轉爲徒歷切詩踧踧周道踧字亦疑誤

藃 艸皃。从艸歊聲。許嬌切二部 周禮曰轂獘不藃。攷工記文獘字誤當依本書作敝鄭衆云藃當爲秏

康成云歁歁暴㑳柔後必橋滅幬革暴起按此荀卿及漢人所謂橋暴也橋滅爲橋木之橋輿革之暴相因而致木歁則革盈旗人注云暴者墳起也先鄭謂歁當是秏字之誤後鄭謂歁爲橋之假借其義則通不言歁讀爲橋者從先鄭作秏秏亦得也凡許君引經傳有證本義者如蔽菽山川是不證假借者如轂敝不歁非關艸皃也

蔇 艸多皃。木部概稠也音義同 从艸既聲。居味切十五部

薋 艸多皃。離騷曰薋菉葹以盈室王注薋蒺藜也菉王芻也葹枲耳也詩楚楚者薋三者皆惡艸也據許君說正謂多積菉葹盈室薋非艸名禾部曰穧積禾也音義同蒺藜之字說文作薺今詩作茨叔師所據詩作薋皆假借字耳 从艸資聲。疾茲切古音在十五部廣韵疾資切

蓁 艸盛皃。毛詩傳曰蓁至盛皃 从艸秦聲。側詵切十二部

莦 惡艸皃。从艸肖聲。所交切二部

芮 芮芮。疊字 艸生皃。芮芮與茙茙雙聲柔細之狀 从艸內聲。讀若汭。而銳切十五部

茬 艸皃。从艸在聲。仕甾切一部 濟北有茬平縣。茬俗作茌地理志泰山郡茬縣應劭曰茬山在東北音淄東郡茬平縣應劭曰在茬山之平地者也司馬彪郡國志茬平屬濟北國注曰本屬東郡

薈 艸多皃。引伸爲凡物會萃之義 从艸會聲。烏外切十五部 詩曰。薈兮蔚兮。曹風文毛曰薈蔚雲興皃謂南山朝隮如艸木蒙茸也

⿱艹敄 細艸叢生也。⿱艹敄與茂音義同廣雅曰蓩蓩茂也蓩即⿱艹敄之譌 从艸敄聲。莫候切古音三部曹憲以老反音之轉也

芼 艸覆蔓。覆地蔓延 从艸毛聲。莫抱切二部 詩曰。左右芼之。周南文毛鄭詩考正曰芼菜之烹於肉湆者也禮羹芼菹醢凡四物肉謂之羹菜謂之芼肉謂之醢菜謂之菹菹醢生爲之是爲醢人豆實芼則湆烹之與羹相從實諸鉶儀禮鉶芼牛藿羊苦豕薇皆用魚芼之以蘋藻內則雉兔皆有芼是也孔沖遠疑四豆之實無芼不知詩明言芼非菹也玉裁按芼字本義是艸覆蔓故從艸毛會意因之爾雅曰搴也毛公曰擇也皆於從毛得解搴之而擇之而以爲菜[illegible]

義實相成詩禮本無不合

蒼 艸色也。引伸爲凡青黑色之偁 从艸倉聲。七岡切十部

嵐 艸得風皃。从艸風。風亦聲。讀若婪。盧含切古音在七部

萃 艸皃。易彖傳曰萃聚也此引伸之義 从艸卒聲。讀若瘁。秦醉切十五部按鍇本無萃

蒔 更別種。方言曰蒔立也蒔更也堯典播時百穀鄭讀時爲蒔今江蘇人移秧插田中曰蒔秧 从艸時聲。時吏切一部

苗 艸生於田者。从艸田。武鑣切二部按苗之故訓禾也禾者今之小米詩誕降嘉穀維秬維秠維穈維芑爾雅毛傳說文皆曰穈赤苗芑白苗魏風無食我苗毛曰苗嘉穀也此本生民詩首章言黍二章言麥三章則言禾春秋莊七年秋大水無麥苗廿八年冬大無麥禾麥苗卽麥禾秋言苗冬言禾何休曰苗者禾也生曰苗秀曰禾倉頡篇曰苗者禾之未秀者也孔子曰惡莠恐其亂苗魏文侯曰幽莠似禾明禾與苗同物苗本禾未秀之名因以爲凡艸木初生之名詩言稷之苗稷之穗稷之實是也說文立文當以苗字次蘱字之前云禾也嘉穀也則蘱爲赤苗籒文芑爲白苗言之有序艸生於田皮傳字形爲說而已○古或假苗爲茅如士相見禮古文艸茅作艸苗洛陽伽藍記所云魏時苗茨之碑實卽茅茨取堯舜茅茨不翦也

苛 小艸也。引伸爲凡瑣碎之偁 从艸可聲。乎哥切十七部

蕪 薉也。从艸無聲。武扶切五部

薉 蕪也。从艸歲聲。於廢切十五部今作穢

荒 蕪也。荒之言尨也故爲蕪薉 从艸巟聲。呼光切十部 一曰艸掩地也。周南魯頌毛鄭皆曰荒奄也此艸掩地引伸之義也一本掩作掩

䓕 䓕薴。逗 艸亂也。从艸爭聲。側莖切十一部 杜林說。䓕薴艸皃。䓕薴疊韵此蓋出蒼頡訓纂蒼頡故

薴 䓕薴也。从艸寧聲。女庚切十一部此二篆及解舊譌舛今依全書通例正

落 凡艸曰零。木曰落。零爾雅音義作苓落亦爲籬落纝絡字木部杝落也系部纝落也是也 从艸洛聲。盧各切五部

蔽 蔽

芝ㄈㄢˊ 荋ㄦˊ 菜ㄘㄞˋ 茷ㄈㄚˊ 蔡ㄘㄞˋ ⿱艹縈ㄧㄥ 菸ㄧㄢ 蔫ㄧㄢ 薀ㄩㄣˋ 蘀ㄊㄨㄛˋ

蔽字小艸也○也當作皃召南蔽芾甘棠毛云蔽芾小皃此小艸皃之引伸也按爾雅釋言芾小也卷阿毛傳云芾小也芾茀同字說文有茀無芾甘棠本作茀或本作芾不可知蔽芾疊韵猶觱沸从艸敝聲○必袂切十五部沈重音必蘀艸木凡皮葉落陊地爲蘀○陊落也錯本作墮从艸擇聲○他各切五部詩曰十月隕蘀○豳風文毛曰蘀落也隕鉉作隕薀積也○左傳芟夷薀崇杜注薀積也又蘋蘩薀藻之菜注薀藻聚藻也小雅都人士禮記禮運借菀菀字爲之从艸溫聲○於粉切十三部俗作蘊春秋傳曰薀利生孽○左傳昭十年文蔫菸也○不鮮也从艸焉聲○於乾切十四部菸鬱也○鬱各本作鬰誤蔫菸鬱三字雙聲鬱者如釀鬱也王風中谷有蓷暵其乾矣毛曰暵菸皃陸艸生於谷中傷於水玉裁按暵即蔫字之假借故既云暵其乾又云暵其溼乾溼文互相足从艸於聲○央居切五部一曰痿也○痿病也菸痿雙聲九辯曰葉菸邑而無色按鬱殘二義互相足

一篇下　卅九

⿱艹縈艸旋皃也○⿱艹縈與縈音義同从艸縈聲○於營切十一部詩曰葛藟⿱艹縈之○周南文毛曰旋也今詩作縈陸德明作帶蔡艸丯也○丯讀若介丯字本無今補四篇曰丯艸蔡也此曰蔡艸丯也是爲轉注艸生之散亂也丯蔡疊韵猶箏藟此無丯字則蔡當爲艸名不廁此處矣从艸祭聲○蒼大切十五部茷艸葉多○詩白旆央央本又作茷泮水之其旂茷茷即出車之旟旐旆旆采菽之其旂淠淠也然則小弁萑葦淠淠亦當云萑葦茷茷本言艸葉之多而引伸之狀旌旗也从艸伐聲○符發切十五部春秋傳曰晉羅茷○見成十年左氏傳菜艸之可食者○菜字當冠於芑䓘等字之上从艸采聲○此舉形聲包會意古多以采爲菜蒼代切一部荋艸多葉皃○荋之言之而也如髵屬之之而从艸而聲○如之切一部沛城父見地理志有揚荋亭○芝艸浮水中皃○芝與氾音義同从艸乏聲○

蘀薀蔫菸⿱艹縈蔡茷菜荋芝薄苑藪

薄ㄅㄛˊ　藪ㄙㄡˇ 苑ㄩㄢˋ

孚凡切古音在七部薄林薄也○吳都賦傾藪薄劉注曰薄不入之叢也按林木相迫不可入曰薄引伸凡相迫皆曰薄如外薄四海日月薄蝕皆是傍各補各二切同也相迫則無閒可入凡物之單薄不厚者亦無閒可入故引伸爲厚薄之薄曹憲云必當作礡非也一曰蠶薄○月令季春具曲植籧匡注時所以養蠶器也曲薄也槌槌也方言云宋魏陳楚江淮之閒謂之苗或謂之麴自關而西謂之薄周勃傳勃以織薄曲爲生从艸溥聲○旁各切五部苑所目養禽獸○周禮地官囿人注囿今之苑是古謂之囿漢謂之苑也西部賦上囿禁苑西京賦作上林禁苑从艸夗聲○於阮切十四部藪大澤也○地官澤虞曰每大澤大藪中澤中藪小澤小藪注澤水所鍾也水希曰藪此析言則澤藪殊也職方氏云其澤藪曰某毛詩傳曰藪澤此統言則不別也職方氏注曰大澤曰藪與說文合蓋藪實兼水鍾水希而言爾雅十藪藪釋地不數釋水正謂地多水少艸木所聚从艸數聲○蘇后切四部九州之藪○見職方氏楊州具

一篇下　卌

區○鄭曰具區在吳南謂漢吳縣南屬會稽郡禹貢謂之震澤今謂之太湖荆州雲夢○夢今周禮作瞢鄭曰雲瞢在華容漢華容縣屬南郡豫州甫田○甫今本作圃汲古未改本宋本李燾五音韵譜本皆作甫毛詩東有甫草毛云甫大也箋云甫草者甫田之草也鄭有甫田俗本作圃田釋文及吳惠龍本不誤蓋鄭所據爾雅許所據周禮皆作甫田甫圃古通用故毛詩甫艸韓詩作圃艸詩箋說文作甫田今他書皆作圃田職方注曰圃田在中牟漢中牟屬河南郡青州孟諸○孟今周禮作望鄭曰望諸明都也在睢陽漢睢陽縣屬梁國兗州大野○鄭曰大野在鉅野漢鉅野屬山陽郡雝州弦圃○今周禮作弦蒲注曰弦或爲汧蒲或爲浦按許所據蓋即鄭之或本圃浦未知孰是今本說文作蒲汲古未改本宋本李燾本皆作圃職方注曰弦蒲在汧漢汧縣屬右扶風幽州奚養○周禮作貕養杜子春讀貕爲奚按說文大部奚大腹也豕部貕豚生三月腹奚奚皃也杜蓋說此藪名取大腹意不取豕意故易貕爲奚而班許從之鄭曰貕養在長廣漢長廣縣屬琅邪郡

菑ㄗㄞ　甾。　蘨ㄧㄠˊ　薙ㄊㄧˋ　萊ㄌㄞˊ　菿ㄉㄠˋ

冀州楊紆。郭曰楊紆所在未聞爾雅曰秦有楊陓呂氏春秋作陽華注曰陽華在鳳翔或曰在華陰西淮南作陽紆注曰在馮湖池陽一名具圃幷州昭餘祁是也。郭曰昭餘祁在鄔漢鄔縣屬太原郡徐鍇本餘作余淮南作燕之昭余無祁字凡職方氏之川寖說文散舉之藪則彙舉之

菑不耕田也。海寧陳氏鱣曰不當爲才才耕田謂始耕田也才財材皆訓始玉裁按不當爲反字之誤也爾雅田一歲曰菑毛詩傳馬融虞翻易注皆用之韓詩董遇易章句皆曰菑反艸也與田一歲義相成詩大田箋曰俶載讀爲熾菑時至民以其利耜熾菑發所受之地趨農急也攷諸經傳凡入之深而植立者皆曰菑如攷工記輪人菑訓建輻弓人菑訓以鋸副析公羊傳以人爲菑漢書揵石菑鄭仲師云泰山平原所樹立物爲菑聲如胾博立梟棊亦爲菑其他若毛傳木立死曰菑漢書事刃公之腹中急就篇分別部居不穰廁漢太學石經以人爲側皆此字之引伸假借又假爲𢦏害字从艸田巛聲。鍇本原有聲字惟田巛二字倒易又誤合爲一字鍇欲作從艸巛田無聲字非也初耕反艸故從艸田會意以巛爲聲也側詞切一部易曰。不菑畬。周易无妄六二爻辭周禮注作不菑而畬語較明言爲之無漸也畬二歲田也

甾菑或省艸。此取巛諧聲鄭所云利耜熾發地之意也

蘇艸盛皃。从艸繇聲。此以形聲包會意繇隨從也他書凡繇皆作繇蘇作蘇余招切古音在三部夏書曰。厥艸惟繇。依鍇本及宋本作繇馬融注尚書曰繇抽也故合艸繇爲蘇此許君引禹貢明從艸繇會意之恉引經說字形之例始見於此詳後䕻下

薙除艸也。明堂月令曰。季夏燒薙。从艸雉聲。他計切案周禮薙氏掌殺草雉或作夷古雉音同夷故鄭云字從類類謂聲類也大鄭從夷後鄭從雉而讀爲鬀作薙者乃俗字猶稻人芟夷字俗作芟薙也月令燒薙蓋亦本作燒雉許君說文本無薙字淺人所屛入也

萊耕多艸。从艸耒。耒所以耕也從耒艸會意耒亦聲。兼形聲盧對切十五部

菿艸大也。毛詩倬彼甫田韓詩作菿彼圃田釋故曰菿大也卓聲到聲古同在弟二部从艸到聲。都盜切○案各本篆作菿訓同玉篇廣韵皆無菿字菿之誤也後人檢菿字不得則於艸部末綴菿篆訓曰艸木倒語不可通今更正爾雅釋文廣韵四覺皆引說文菿艸大也

蘄ㄐㄧㄢ　蘄。　苾ㄅㄧˋ　蔎ㄕㄜˋ　芳ㄈㄤ　蕡ㄈㄣˊ　藥ㄧㄠˋ　䕻ㄌㄧˋ　蓆ㄒㄧˊ

蘄艸相蘄苞也。蘄苞即今禹貢之漸包釋文曰漸本又作蘄字林才冄反艸之相包裹也包或作苞叢生也馬云相苞裹也按叢生之義字作苞者是从艸斬聲。慈冄切八部今本有書曰艸木蘄苞六字此誤以鍇語入正文今依韵會訂

蘄蘄或从槧。此蓋兼從艸木也

茀道多艸不可行。周語火朝覿矣道茀不可行也注草穢塞路爲茀从艸弗聲。分勿切十五部毛詩借作蔽芾字

苾馨香也。見小雅韓詩作馥許君香部無馥字從毛不從韓也从艸必聲。毗必切十二部

蔎香艸也。香艸當作艸香前文莒芀已下十二字皆說香艸蔎芳蕡不與同列而廁苾下是非艸名可知也劉向九歎懷椒聊之蔎蔎王注椒聊香草也蔎蔎香貌从艸設聲。識列切又桑葛切十五部

芳香艸也。香艸當作艸香从艸方聲。敷方切十部

蕡穕香艸。當作穕艸香蓋此字之本義若有蕡其實特假借爲墳大字耳从艸賁聲。浮分切十三部

藥治病艸。玉篇引作治疾病之艸總名从艸樂聲。以勺切二部

䕻艸木生箸土。箸丈略切此依韵會引从艸麗聲。此當云從艸麗麗亦聲呂支郎計二切十六部易曰。百穀艸木麗於地。此引易彖傳說從艸麗之意也凡引經傳有證字義者有證字形者有證字音者如艸木麗於地說從艸麗豐其屋說從宀豐皆論字形耳陸氏易釋文乃云說文作䕻作寷不亦謬哉他如蘇字之引夏書荆字相字瞽字和字葬字庸字去字之引易巹字之引詩有字之引春秋傳公字之引孝經說冏字之引孟子易字之引祕書畜字之引淮南王公字之引韓非皆說字形會意之恉而學者多誤會

蓆廣多也。鄭風緇衣之蓆兮釋故毛傳皆云蓆大也韓詩云儲也廣義與大近多義與儲近从艸席聲。祥易切古音在

五部。

芟 刈艸也。見周頌周禮毛云除艸曰芟。从艸殳。鍇有聲字非此會意殳取殺意也所銜切八部。

荐 薦席也。薦見廌部艸也不云艸席云薦席者取音近也席各本譌薦薦席爲承藉與所藉者爲二故釋言云荐原再也如且爲俎几故亦爲加增之詈易作洊。从艸存聲。在甸切古音在十二十三部荐與薦同音是以承藉字多假借爲之如節南山傳薦重也說文云且薦也皆作荐乃合左傳云戎狄荐居外傳荐處服云荐艸也此謂荐同薦韋云荐聚也此與爾雅再訓近。

藉 祭藉也。稭字下禾稾去其皮祭天以爲藉也引伸爲凡承藉蘊藉之義又爲假藉之義。一曰艸不編狼藉。此別一義。从艸耤聲。慈夜秦昔二切古音在五部。

蒩 茅藉也。司巫祭祀共蒩館杜子春云蒩讀爲蒩蒩藉也元謂蒩之言藉也祭食有當藉者館所以承蒩士虞禮苴刌茅長五寸實于篚按鄭謂儀禮之苴即周禮之蒩也。从艸租聲。子余切又子都切五部。禮曰。此當云禮記曰脫記字記者百三十一篇文也。封諸侯目土。蒩目白茅。白虎通獨斷皆云天子大社以五色土爲壇封諸侯受天子社土以所封之方色東方受青南方受赤他如其方色皆苴以白茅授之歸國立社按班蔡作苴假借字許作蒩正字也。

蕝 朝會束茅表位曰蕝。晉語昔成王盟諸侯於岐陽置茅蕝設望表與鮮卑守燎故不與盟司馬貞引賈逵云束茅以表位爲蕝許用賈侍中說也史記漢書叔孫通傳字作蕞如淳曰蕞謂以茅翦樹地爲纂位尊卑之次也。从艸絕聲。子悅切又茲會切又音纂此十四部十五部合音何氏纂文云蕝今之纂字是也鄭注樂記作纂作管切今人編纂之語本此。春秋國語曰。致茅蕝表坐。

茨 茅蓋屋。俗本作以茅葦蓋屋見甫田鄭箋釋名曰屋以艸蓋曰茨茨次也次艸爲之也。从艸次聲。此形聲包會意疾資切十五部。

葺 茨也。从艸咠聲。七入切七部。

蓋 苫也。引伸之爲發端語詞又不知者不言論語謂之蓋闕漢書謂之巨蓋。从艸盍聲。古太切十五部盍在八部此合音也。

苫 蓋也。从艸占聲。失廉切今俗語舒贍切古音在七部。

蒚 蓋也。今人書字當用此。从艸渴聲。於蓋切十五部。

蔖 㕞也。㕞當作刷字之誤也㕞拭也刷捂杷也蔖之言掘也與捂杷義近今人謂以鈍帚去薉物曰蔖正是此字廣雅釋器蔖謂之刷。从艸屈聲。區勿切十五部。

藩 屏也。屏蔽也。从艸潘聲。甫煩切十四部。

菹 酢菜也。酢今之醋字菹須醯成味周禮七菹韭菁茆葵芹菭筍也鄭曰凡醯醬所和細切爲齏全物若牒爲菹少儀麋鹿爲菹則菹之稱菜肉通玉裁謂齏菹皆本菜稱用爲肉稱也。从艸沮聲。側魚切五部。蕰 或从皿。蕰 或从缶。䕎二篆今本從血李燾本注或從皿五篇血部有䀋䀋二字玉篇血部䀋字下引周禮醢人七䀋菹或從血者鄭君菜肉通稱之說是也從缶者謂䀋諸器中乃成也菹醢通稱故血部云䀋醢也此艸部䀋䀋二字蓋後人增之。

荃 芥脃也。黑部曰以芥爲齏名曰芥荃云芥脃者謂芥齏鬆脃可口也此字據上下文則非楚詞荃字也。从艸全聲。兆說之云唐本說文初劣切按集韵猶存其音全聲當在十四部此十四十五二部合音也。

䕩 韭鬱也。鬱同鬱廣雅䕩醢鬱厞幽也皆謂飲食也此許君䕩訓韭鬱鼓訓幽尗之證。从艸酤聲。苦步切五部。

濫 瓜菹也。从艸濫聲。各本篆作藍解誤作監聲今依廣韵集韵訂魯甘切八部。

菭 菹也。从艸泜聲。纏伊切十五部。菭 菭或从皿。皿器。

藤 乾梅之屬。鄭注周禮云乾藤乾梅也有桃諸梅諸是其乾者按鄭意周禮上文桃是濡者此若乾以別之。从艸橑聲。梅桃當從木而從艸者艸亦木也盧皓切二部。周禮曰。饋食之籩。其實乾藤。籩人文。後漢長沙王始煑艸爲藤。謂周禮之後至漢長沙王始煑艸爲藤不用梅桃也。藤 藤或从潦。

蘋 煎茱萸。內則三牲用藙鄭云藙煎茱萸也漢律會稽獻焉爾雅謂之榝玉裁謂許君云榝似茱萸出淮南則與鄭說異皇侃義疏曰煎茱萸今蜀郡作之九月九日取茱萸折其枝連其實廣長四五寸一升實可和十升膏名之藙也本艸圖經曰食茱萸蜀人呼其子爲艾子按艾卽藙字。从艸顡聲。魚旣切十五部。漢律會稽獻藙一斗。

䔂 羹菜也。謂取菜羹之也集韵有䔂字烹也卽此字。从艸宰聲。阻史子亥二切一部。

若 擇菜也。晉語秦穆公曰夫晉國之亂吾誰使先若夫二公子而立之以爲朝夕之急此謂使誰先擇二公子而立之若正訓擇擇菜引伸之義也。从艸右右手也。此會意毛傳曰若順也於雙聲叚借也又假借爲如也然也乃也汝也又兼及之詞五部。一曰杜若香艸。此別一義此六字依韵會恐是鉉用鍇語增今人又用鉉本改鍇本耳。

蓴 蒲叢也。本艸圖經引西京襍記曰太液池邊皆是彫胡紫蘀綠節蒲叢之類廣雅釋艸曰蒲穗謂之蓴大丸切謝靈運詩新蒲含紫茸亦謂蒲穗。从艸專聲。當從集韵徒官切十四部鉉本常倫切此蒓絲字。

茜 茅蒐也。从艸西聲。倉見切十三部。

茜 以艸補缺。廣雅釋詁四茜補也丈例反。从艸西聲。讀若俠。或作陸誤字也。或目爲綴。讀如俠在八部讀如綴在十五部古文西字亦沾茜兩讀鉉直例切。一曰約空也。此別一義約空未聞。

[艸尊] 叢艸也。[艸尊][艸尊]見魏都賦茂盛皃。从艸尊聲。慈損切十三部。

莜 耘田器。舊作艸田器今依韵會論語疏作芸田器毛傳曰芸除艸也孔安國曰除艸曰芸故其字從艸匸部有匠字金部有銚字皆云田器疑皆此字之古文也。从艸攸聲。舊作條省聲乃淺人所改條亦攸聲也徒弔切古音在三部。論語曰以杖荷莜。見微子篇謂子路見丈人手用杖莜加於肩行來至田則置杖於地用莜芸田植杖者置杖也云以杖荷莜置杖而芸則莜爲芸田器明矣集解包曰莜竹器此有脫誤。

萆 雨衣。一曰衰衣。謂萆一名衰也韋昭注齊語曰襏襫蓑薜衣也薜或作襞皆卽萆字廣雅釋器曰萆謂之衰。从艸卑聲。蒲歷切十六部。一曰萆藶似烏韭。此別一義艸名也烏韭在本艸艸部下品之下石衣也青翠茸茸長者可四五寸。

[艸是] 艸也。茋母前已見則此非茋母也。从艸是聲。是支切十六部案艸名之字不當廁此。

苴 履中艸。賈誼傳冠雖敝不以苴履引伸爲苞苴。从艸且聲。且薦也此形聲包會意子余切五部。

[艸麤] 艸屨也。方言曰以絲作之者謂之履以麻作之者謂之不借麤者謂之屨東北朝鮮洌水之閒謂之䩫角南楚江沔之閒總謂之麤急就篇屐屩絜麤儀禮喪服傳疏屨注云疏猶麤也按禮注方言急就之麤字皆[艸麤]字之省疏屨者藨蒯之菲則是艸爲之。从艸麤聲。倉胡切五部。

蕢 艸器也。孟子曰不知足而爲屨我知其不爲蕢也知蕢是盛物之器。从艸貴聲。求位切十五部。臾 古文蕢象形。論語曰有荷臾而過孔氏之門。此古文論語也憲問篇。

[艸㑴] 覆也。从艸侵省聲。七朕切七部。

茵 車重席也。秦風文茵文虎皮也以虎皮爲茵也。从艸因聲。於眞切十二部。鞇 司馬相如說茵从革。鞇亦凡將篇字廣雅釋器曰鞁鞴謂之鞇釋名曰鞁鞴車中重薦也。

芻 刈艸也。謂可飤牛馬者。象包束艸之形。叉愚切古音在四部。

茭 乾芻。柴誓曰峙乃芻茭鄭注同。从艸交聲。古肴切二部。一曰牛蘄艸。此別一義見釋艸蘄音靳。

荹 亂艸。玉篇曰牛馬艸亂稾也。从艸步聲。薄故切五部。

茹 飤馬也。从艸如聲。人庶切五部。

莝 斬芻。謂以鈇斬斮之芻。从艸坐聲。粗臥切十七部小雅秣之摧之以摧爲莝莝之者以莝飤馬也。

萎 食牛也。下文云以穀萎馬則牛馬通稱萎。从艸委聲。於僞切十六部今字作餧見月令。

蔌 以穀萎馬置莝中。以穀曰餘穀襍莝中曰蔌。从艸敕聲。楚革切古音十六部。

[艸曲] 蠶薄也。豳風毛傳曰豫畜萑葦可以爲曲也月令季春具曲植筥筐注曰曲薄也方言薄宋魏陳楚江淮之閒謂之苗或謂之麴自關而西謂之薄南楚謂之蓬薄案曲與苗同曲部云或說曲蠶薄也是許兼用此二形。从艸曲聲。丘玉切三

一篇下 卌三

一篇下 卌四

蔟ㄘㄨˋ　苣ㄐㄩˋ　蕘ㄖㄠˊ　薪ㄒㄧㄣ　蒸ㄓㄥ　蒸。　蕉ㄐㄧㄠ　菌ㄕˇ　蘳ㄇㄞˊ　蓡ㄕㄣ　斮ㄓㄨㄛˊ　折。斮。　卉ㄏㄨㄟˋ

部。

蔟　行蠶蓐。从艸族聲。千木切。三部。引伸爲六律大蔟字。七豆切。

苣　東葦燒也。後漢書皇甫嵩傳。東苣乘城。俗作炬。以此爲苣藤萵苣字。从艸巨聲。其呂切。五部。

蕘　艸薪也。艸字依詩釋文補。大雅詢于芻蕘。毛曰。芻蕘薪采。按說文謂物。詩義謂人。从艸堯聲。如昭切。二部。

薪　蕘也。从艸新聲。息鄰切。十二部。

蒸　析麻中榦也。析各本作折。誤。謂𣏟音匹刃切。其皮爲麻。其中莖謂之蒸。亦謂之菆。今俗所謂麻骨棓也。潘岳西征賦。李注云。菆井郎滑城。貢麻蒸示也。毛詩傳曰。粗曰薪。細曰蒸。周禮甸師注云。大曰薪。小曰蒸。是凡言薪蒸者。皆不必專謂麻骨。古凡燭用蒸。弟子職云。蒸閒容蒸。毛詩傳云。蒸盡㩜屋而繼之是也。从艸烝聲。煑仍切。六部。

蒸　蒸或省火。丞聲烝聲一也。大射儀注。既夕禮注。皆作此蒸。張淳葉林宗所見釋文皆爾。

蕉　生枲也。枲麻也。生枲謂未漚治者。今俗以此爲芭蕉字。楚金引吳都賦蕉葛竹越。按本艸圖經云。閩人灰理芭蕉皮。令錫滑。絹以爲布。如古之錫衰。爲左賦之蕉。正謂芭蕉。非生枲也。从艸焦聲。卽消切。二部。

菌　糞也。从艸胃省。會意也。式視切。十五部。左氏傳史記假借矢字爲之。官溥說。菌字之上佀米而非米者矢字。是漢人多用矢也。

蘳　瘞也。土部曰。瘞。幽薶也。从艸貍聲。莫皆切。古音在一部。周禮假借貍字爲之。今俗作埋。

蓡　喪藉也。从艸侵聲。按此字可疑。上文曰。蔓覆也。從艸侵省聲。不得以一省一不省畫爲二字。二義明矣。且鉉曰失廉切。則與苫音義同。苫固凶服覆席也。且以次第求之。不當厠此。

斮　斷也。从斤斷艸。譚長說。會意也。食列切。十五部。周禮折瘍。劉昌宗本作斮。此漢人之舊也。

折　籒文斮。从艸在仌中。仌寒故折。廣雅釋器。斷字從此。

折　篆文斮。从手。按此唐後人所妄增。斤斷艸。小篆文也。艸在仌中。籒文也。從手從斤。隸字也。九經字樣云。說文作斮。隸省作折。類篇集韵皆云。隸從手。則折非篆文明矣。

卉　艸之總名也。方言曰。卉。艸也。

蔟苣蕘薪蒸蕉菌蘳蓡斮卉艽蒜芥蔥萑

艽ㄑㄧㄡ　蒜ㄙㄨㄢˋ　芥ㄐㄧㄝˋ　蔥ㄘㄨㄥ　萑ㄩˋ

東越楊州之閒曰卉。从艸屮。三屮卽三艸也。會意。許偉切。十五部。

艽　遠荒也。艽之言究也。窮也。从艸九聲。詩曰。至于艽野。巨鳩切。三部。

蒜　葷菜也。菜之美者。雲夢之葷菜。爾雅音義。齊民要術。太平御覽引。皆作此九字。音義云。一本如是。今兩存之。大戴禮夏小正。十二月納卵蒜。卵蒜也者。本如卵者也。納者何。納之君也。案經之卵蒜。今之小蒜也。凡物之小者偁卵。禮之卵醬。卽鯤醬。詩之總角丱兮。謂幼稚也。丱者。說文卵字也。陶貞白云。小蒜名薍子。薍音亂。卽小蒜正卵字。其大蒜乃張騫始得自西域者。本艸大蒜名葫。小蒜名蒜。葢始以大蒜別於蒜。後復以小蒜別於大蒜。古祇有蒜而已。从艸祘聲。蘇貫切。十四部。案蒜字當聯葷字之下。今在此者。寫者脫而補於此。或曰。當下屬芥蔥字。亦大篆從茻之一也。

左文五十三　重二大篆从茻　左當作𠂇。葢許時已通用左。許從俗也。在左之字五十三。皆小篆從艸。大篆從茻。如芥作[茻介]。蔥作[茻悤]。餘同。省約其辭。總識於此。以目下文。是以苹與蓱一物而不相屬。蒹薍菼薕與萑葭一物而不相屬。蓼與薔一物而不相屬。蘗與葥一物而不相屬。蒸與菆一物而不相屬。皆由此分別。若汗簡古文四聲韵廣搜大篆。不知舉此五十三文。是爲疏矣。又案鍇本無此十一大字。而艽字之下。繫以蘇字芋字莫字。乃後系以蒜芥蔥字。蘇與荏一物不相屬。芋莫與葩同類不相屬。蒜與葷同類不相屬。又菩下出蓏字。茻下重出苗字。又出莆字。茸下出萑字。皆與鉉本不同。葢改竄者多。莫能肊說。鉉本十一大字。斷非鑿空。故仍鉉舊。而刪蕬薊之譌複萑字。從鍇本得五十二文云。

芥　菜也。借爲艸芥。纖芥字。从艸介聲。古拜切。十五部。籒文作[茻介]。

蔥　菜也。爾雅。茖。山蔥。管子。冬蔥。皆蔥之屬。从艸悤聲。倉紅切。九部。籒文作[茻悤]。

萑　艸也。爾雅。萑。山韭。郭

蕇苟蕨莎萍菫菲芴[艹鳱]萑葦葭萊荔蒙藻菉蓸[艹卣]菬[艹吾]范芿

蕇ㄉㄧㄢˇ 苟ㄍㄡˇ 蕨ㄐㄩㄝˊ 莎ㄕㄚ 萍ㄆㄧㄥˊ 菫ㄐㄧㄣˇ 菲ㄈㄟˇ 芴ㄨˋ [艹鳱]ㄏㄢˋ 萑ㄏㄨㄢˊ 葦ㄨㄟˇ

注謂山中多有此菜如人家所種者故許不謂之菜與从艸隺聲余六切古音在三部籀文作藿詩曰食鬱及藿宋掌禹錫蘇頌皆云韓詩六月食鬱及藿許於詩主毛而不廢三家也

蕇亭歷也釋艸文月令靡艸之一也从艸單聲多殄切十四部籀文作蕇

苟艸也孔注論語云苟誠也鄭注儀禮云苟且也假也皆假借也从艸句聲古厚切四部籀文作苟

蕨鼈也釋艸毛傳同陸機云周秦曰蕨齊魯曰鼈鼈俗從艸从艸厥聲居月切十五部籀文作蕨

莎鎬侯也夏小正正月緹縞縞也者莎隨也緹也者其實也先言緹而後言縞者何也緹先見者也釋艸薃侯莎其實媞按縞薃鎬同字許讀爾雅鎬侯爲句鎬侯雙聲莎隨疊韵皆絫呼也單呼則曰縞曰莎其根即今香附子从艸沙聲穌禾切十七部籀文作莎芯題省水從尐尐與少同也俗誤作芯

萍苹也此與萍苹字互訓而不類廁者以字體篆籀別之也小正於七月言苹生月令於三月言生萍郭璞云江東謂之薸从艸水并聲舊作從艸洴聲說文無洴字今改同薻藻字之例薄經切十一部籀文作萍

菫艸也根如薺葉如細柳蒸食之甘大雅菫荼如飴傳曰菫菜也夏小正二月榮菫采蘇傳曰皆豆實也菫采也內則菫荁注曰荁菫類也冬用菫夏用荁按釋艸菫有二齧苦菫詩禮之菫也芨菫艸晉語之置菫於肉即今附子也从艸堇聲居隱切十三部籀文作菫今經典通用菫字

菲芴也釋艸毛傳皆同釋艸又云菲蒠菜也从艸非聲芳尾切十五部籀文作菲

芴菲也音義皆同从艸勿聲文弗切十五部籀文作芴

[艹鳱]艸也从艸鳱聲呼旰切十四部籀文作[艹鳱]按鳥部鶾雗一字也而艸部萑[艹鳱]各字恐有誤

萑薍也薍之已秀者也薍已見前此以篆籀分別異處从艸雈聲胡官切十四部籀文作萑今人多作萑者蓋其始假雔屬之萑爲之後又誤爲艸多兒之萑

葦大葭也夏小正曰未秀則不爲萑葦秀然後爲萑葦毛傳曰八月薍爲萑葭爲葦許云大葭猶言葭之已秀者从艸韋聲于鬼切十五部籀文作葦

葭ㄐㄧㄚ 萊ㄌㄞˊ 荔ㄌㄧˋ 蒙ㄇㄥˊ 藻ㄗㄠˇ 藻 菉ㄌㄨˋ 蓸ㄘㄠˊ [艹卣]ㄧㄡˇ 菬ㄑㄧㄠˊ [艹吾]ㄨˊ 范ㄈㄢˋ 芿ㄖㄥˊ

葭葦之未秀者从艸叚聲古牙切古音在五部籀文作葭

萊蔓華也今釋艸作釐蔓華許所見作萊小雅北山有萊之萊未知即此與不也經典多用爲艸萊字从艸來聲洛哀切一部籀文作萊

荔艸也似蒲而小根可作刷月令十一月荔挺出鄭云荔挺馬薤也鄭以荔挺爲艸名蔡邕章句云荔似挺高注呂覽云荔艸挺出則以挺下屬讀程氏瑤田曰荔今北方束其根以刮鍋李時珍以馬帚之荔當之誤也按刷各本作㕞今依顏氏家訓正上文曰荔刷也从艸劦聲郎計切十五部籀文作荔

蒙王女也王或作玉誤釋艸云蒙王女又云唐蒙女蘿女蘿兔絲孫炎曰別三名按衛風爰采唐矣傳云唐蒙菜名小雅蔦與女蘿傳云女蘿兔絲松蘿也疑爾雅毛傳此二條皆不謂一物从艸冡聲莫紅切九部籀文作蒙今人冡冒皆用蒙字爲之

藻水艸也今水中莖大如釵股葉蒙茸深綠色莖寸許有節者是左氏謂之薀藻从艸水巢聲子晧切二部籀文作薻禮經華采之字古文用繅今文用藻璪詩曰于以采藻召南文

藻藻或从澡

菉王芻也見釋艸毛傳从艸彔聲力玉切三部籀文作菉詩曰菉竹猗猗今毛詩作綠大學引作菉小雅終朝采綠王逸引作菉

蓸艸也从艸曹聲昨牢切古音在三部籀文作蓸

[艹卣]艸也从艸卣聲以周切三部籀文作[艹卣]

菬艸也从艸沼聲昨焦切二部籀文作菬

[艹吾]艸也廣韵云似艾郭注方言云今江東人呼荏爲[艹吾]音魚从艸吾聲五乎切五部籀文作[艹吾]楚詞有[艹吾]蕭按今楚詞無[艹吾]蕭惟宋玉九辯云白露旣下百艸兮奄離披此梧楸梧楸蓋許所見作[艹吾]蕭正百艸之二也

范艸也从艸氾聲房𠂎切八部籀文作范

芿艸也按許謂芿爲艸名也廣韵云陳根艸不芟新艸又生相因仍所謂燒火芿此別一義其字亦作艿列子趙襄子狩於中山藉芿

䒸 萄 芑 藚 苳 薔 苕 䕯 萺 茆 荼 蘩

燔林是也今玉篇以舊艸不芟新艸又生曰艿係之說文此孫強陳彭年輩之誤也**从艸乃聲**如乘切六部乃在一部仍艿在六部者合韵最近也籒文作莽

䒸艸也蒨或謂之地藍許不云茜也則許意非一物也**从艸血聲**呼決切十二部籒文作莽

萄艸也今人爲蒲萄字**从艸匋聲**徒刀切古音在二部籒文作莽

芑白苗句**嘉穀也**釁字下詳之矣芑不類廁於釁者以字有篆籒別之管子其種藝杞字從禾**从艸己聲**驅里切一部籒文作莽**詩曰維藚維芑**今本無此六字依韵會所據補詩小雅采芑毛云菜也大雅豐水有芑毛云艸也

藚水舄也魏風毛傳同釋艸藚牛脣**从艸賣聲**似足切三部按詩釋文引說文其或反今本多改爲似足矣籒文作藚**詩曰言采其藚**

苳艸也从艸冬聲都宗切九部籒文作莽

薔薔虞句**蓼**當有也字蓼下云薔虞也故此云薔虞蓼也句絕與郭樸異薔不與蓼類廁者以字有篆籒別之**从艸嗇聲**所力切一部籒文作莽

苕艸也詩苕之華**从艸召聲**徒聊切二部籒文作莽

䕯艸也从艸楙聲莫厚切三部籒文作莽

萺艸也从艸冒聲莫報切古音在三部籒文作莽

茆鳧葵也魯頌毛傳同周禮醢人茆菹鄭大夫讀爲茅或曰茆水艸杜子春讀爲茆後鄭曰茆鳧葵也今周禮轉寫多譌誤爲正之如此漢時有茆茆二字經文作茆兩鄭皆易字爲茆也鳧葵名茆亦名蘩今之蓴菜也茆不與蘩類廁者以篆籒別之**从艸丣聲**力久切三部俗作茆音卯非也籒文作莽**詩曰言采其茆**今詩言作薄

荼苦荼也釋艸邶毛傳皆云荼苦菜唐風采苦采苦傳云苦苦菜然則苦與荼正一物也儀禮鉶芼牛藿羊苦豕薇記內則濡豚包苦亦謂之苦月令本艸易通卦驗皆謂之苦菜**从艸余聲**同都切五部詩荼蓼有女如荼及後世荼荈皆用此字籒文作莽

蘩白蒿也釋艸豳毛傳同召南傳曰皤蒿也皤亦白也夏小正曰蘩由胡由胡者蘩母也蘩旁勃也豆實也故記之**从艸緐聲**附袁切十四部儀禮采緐假緐字爲之籒文作莽

蒿 蓬 䔩 藜 蘬 葆 蕃 茸 萑 葏 藂 草

蒿菣也釋艸小雅毛傳同陸璣曰青蒿也**从艸高聲**呼毛切二部籒文作莽

蓬蒿也从艸逢聲蒲紅切九部籒文作莽**䔩籒文蓬省**按此籒文當作古文蚰部蠭古文作蠭可比例也

藜艸也左傳斬之蓬蒿藜藋藜初生可食故曰蒸藜不孰小雅北山有萊陸璣云萊兗州人蒸以爲茹謂之萊蒸按萊蒸即蒸藜如詩騋牝訓驪牝也**从艸黎聲**郎奚切十五部籒文作莽

蘬薺實也今釋艸紅龍古其大者蘬莖薺實許所據絕不同**从艸歸聲**驅歸切十五部籒文作莽蘬籒作蘬也

葆艸盛皃漢書武五子傳曰當此之時頭如蓬葆師古曰草叢生曰葆引伸爲羽葆幢之葆史記以爲寶字**从艸保聲**博裒切古音在三部籒文作莽

蕃艸茂也左氏傳曰其必蕃昌**从艸番聲**甫煩切十四部籒文作莽

茸艸茸茸皃茸之言茙也召南毛傳曰襛猶戎戎也韓詩何彼茙矣左氏傳狐裘尨茸即詩之狐裘蒙戎此形聲之取雙聲不取疊韵者而容切九部籒文作莽**从艸耳聲**今本作聰省聲此淺人所肌改

萑艸多皃此從鍇本廁此鉉本以萑廁萑篆後非也詳萑下**从艸隹聲**職追切十五部籒文作莽

葏艸皃集韵一先曰詩葏葏者莪李舟說**从艸津聲**子僊切古音十二部籒文作莽

藂艸叢生皃叢聚也則言之叢專謂艸今人但知用叢字而已爾雅釋魚音義引說文藂艸眾生也**从艸叢聲**此形聲包會意徂紅切九部籒文作莽

草草斗逗**櫟實也一曰象斗**木部栩柔也其皁一曰樣又曰柔栩實也按此言櫟者即栩也陸璣云栩今作櫟也徐州人謂櫟爲杼或謂之栩其子爲皁或言皁斗其殼爲汁可以染皁今京洛及河內多言杼汁或云像斗按草斗之字俗作皁作皂於六書不可通象斗字當從木部作櫟俗作櫟**从艸早聲**自保切古音在三部周禮大司徒其植物宜早物假借早晚字爲之籒文作莽

䒸萄芑藚苳薔苕䕯萺茆荼蘩蒿蓬藜蘬葆蕃茸萑葏藂草

菆ㄓㄡ　蓄ㄒㄩˋ　萅ㄔㄨㄣ　蓐ㄖㄨˋ　薅ㄏㄠ　茠。蔟。茻ㄇㄤˇ

菆麻蒸也。此不與上文蒸字類廁者以篆籀別之西征賦曰感市閭之菆井東方朔七諫曰菎蕗襍於廄蒸王逸注枲翮曰廄一作菆按枲翮枲莖也麻部出廄字云麻藍也鍇本無之俗添之耳从艸取聲。側鳩切三部籀文作莾一曰蓐也。此別一義蓐見下部蓄積也。从艸畜聲。丑六切三部籀文作莾萅推也。此於雙聲求之鄉飲酒義曰東方者春春之爲言蠢也尚書大傳曰春出也萬物之出也从日艸屯。日艸屯者得時艸生也屯字象艸木之初生屯亦聲。會意兼形聲此七字依韵會今二徐本皆亂以鍇語昌純切十三部籀文作莾

文四百四十五　重三十一　按鉉本文四百四十五鍇本少莔蓩蒢蘇蓨苹大字則爲四百三十九今仍鉉本惟復萮定菰鼓三字確是誤體刪去是爲四百四十二其列字之次第類聚羣分皆有意義雖少爲後人所亂而大致可稽如茶之非香艸於上下文得之也重三十一

一篇下　卌五

鍇少蘧字今亦仍鉉

蓐陳艸復生也。从艸辱聲。而蜀切三部一曰蔟也。此別一義艸部曰蔟行蠶蓐也蓐訓陳艸復生引伸爲薦席之蓐故蠶蔟亦呼蓐凡蓐之屬皆从蓐。蓐籀文蓐从茻。此不與艸部五十三文爲類而別立蓐部者以有薅字從蓐故也薅拔田艸也。大徐作拔去田艸衆經音義作除田艸經典釋文玉篇五經文字作拔田艸惟繫傳舊本作拔不誤拔者迫地削去之也木部曰槈薅器也从蓐好省聲。呼毛切古音在三部蔟籀文薅省。茠薅或从休。古好聲休聲同在三部詩曰既茠荼蓼。周頌文今詩作以薅

文二　重三

茻衆艸也。按經傳艸莽字當用此从四屮。凡茻之屬皆从茻。讀若與冈同。謂其讀若與冈之讀若同也模朗切十部莫日且冥也。且冥者將冥也木部曰杳者冥也夕部曰夕莫也引伸之義爲有無之無从日在茻中。會意茻亦聲。此於雙聲求之莫故切又慕各切五部莽南昌謂犬善逐兔艸中爲莽。从犬茻。此字犬在茻中故偁南昌方言說其會意之指也引伸爲鹵莽茻亦聲。謀朗切十部古音讀如模上聲在五部取諸雙聲也葬藏也。見檀弓从死在茻中。一其中所以荐之。荐各本作薦今正荐艸席也有藉義故凡藉於下者用此字易曰古者葬厚衣之以薪。此引易毄辭說從死在茻中之意也上古厚衣以薪故其字上下皆艸茻亦聲。此於疊韵得之則浪切十部

文四　此部不與五十三文同類者彼小篆從艸此小篆從茻也

十四部　文六百七十二　重八十　凡萬

一篇下　卌六

六百三十九字此第一篇部文重文解說字之都數也每篇末識之以得十四篇都數識於敘目之後云此十四篇五百四十部九千三百五十三文重一千一百六十三解說凡十三萬三千四百四十一字是也自二徐每篇分上下乃移之冠篇首非是小徐書轉寫尤舛誤今復其舊云

說文解字第一篇下

元和顧廣圻校字

小ㄒㄧㄠˇ　少ㄕㄠˇ　尐ㄐㄧㄝˊ

說文解字第二篇上

金壇段玉裁注

小　物之微也。从八丨。見而八分之。八別也象分別之形故解从八爲分之丨才見而輒分之會意也凡物分之則小私兆切二部　凡小之屬皆从小。

少　不多也。不多則小故古少小互訓通用　从小丿聲。丿右戾也房密匹蔑二切又於小切按上二切近是少之形聲蓋於古雙聲求之書沼切二部

尐　少也。方言曰尐杪小也孟子力不能勝一尐雛趙注尐爲小與方言同孫宣公音義得之作匹者非髟部曰鬣束髮尐小也廣韵十六屑曰𡭕尐小也方言㒓爵注言㒓𢧐也㒓𢧐即𡭕尐　从小乀聲。乀左戾也　讀若輟。子結切十五部今俗語說小往往言子結切之音

文三

八ㄅㄚ　分ㄈㄣ　尒ㄦˇ

八　別也。此以雙聲疊韵說其義今江浙俗語以物與人謂之八與人則分別矣　象分別相背之形。凡八之屬皆从八。博拔切古音在十一部

分　別也。从八刀。會意　刀以分別物也。此釋从刀之意也甫文切十三部

尒　詈之必然也。詈今作詞說文字體本作詈尒之言如此也後世多以爾字爲之凡曰果爾不爾云爾莞爾鏗爾卓爾鼎鼎爾猶爾聊復爾耳故人心尙爾皆訓如此亦有單訓此者如公羊焉爾之爲於此孟子然而無乎爾則亦有乎爾是也語助有用耳者與爾絶殊三國志云生女耳是也耳之言而已也近人爾耳不分如論語女得人焉爾乎唐石經譌爲焉耳詩陳風箋梅之樹善惡自爾宋本譌爲善惡自耳皆是也古書尒字淺人多改爲爾如手部引論語鏗尒考工記㙯尒小徐本不謬是也　从丨八。八象气之分散。从丨八與小同異　入聲。今本無此二字上文作从入丨八此依韵會所引小徐本訂正入聲在七部而尒在十五十六部閒者於雙聲求之也兒氏切

小少尐八分尒曾尚㒸詹介兆

曾ㄘㄥˊ　尚ㄕㄤˋ　㒸ㄙㄨㄟˋ

曾　詈之舒也。曰部曰朁曾也詩朁不畏明胡朁莫懲毛鄭皆曰朁曾也按曾之言乃也詩曾是不意曾是在位曾是在服曾是莫聽論語曾是以爲孝乎曾謂泰山不如林放乎孟子爾何曾比予於管仲皆訓爲乃則合語氣趙注孟子曰何曾猶何乃也是也足以朁訓爲曾朁不畏明者乃不畏明也皇侃論語疏曰曾猶嘗也嘗是以爲孝乎絶非語氣蓋曾字古訓乃子登切後世用爲曾經之義讀才登切此今義今音非古義古音也至如曾祖曾孫取增益層絫之意則曾層皆可讀矣　从八从曰。从八者亦象氣之分散　四聲。四者囟古文囟在九部此合韵之理也昨棱切六部昨當爲作

尚　曾也。尙之詈亦舒故釋尙爲曾曾重也尙上也皆積絫加高之意義亦相通也　庶幾也。釋言曰庶幾尙也　从八亦象氣之分散　向聲。時亮切十部

㒸　从意也。从相聽也㒸者聽从之意司部曰詈者意内而言外也凡全書說解或言詈或言意義或錯見言从意則知㒸者从詈也言詈之必然則知尒者必然意也隨从字當作㒸後世皆以遂爲㒸矣　从

詹ㄓㄢ　介ㄐㄧㄝˋ　兆ㄓㄠˋ

八有所从則有所背故从八　豕聲。豕在十六部㒸遂在十五部合韵取近也徐醉切

詹　多言也。莊子曰小言詹詹　从言从八多故可分　从厃。此當作厃聲淺人所改也厂部曰屋梠秦謂之楣齊謂之厃木部曰屋櫋聯秦謂之楣齊謂之檐楚謂之梠厃與檐同字同音詹厃聲職廉切八部

介　畫也。畫部曰畫畍也按畍也當是本作介也介與畫互訓田部畍字蓋後人增之耳介畍古今字分介則必有閒故介又訓閒禮擯介左傳介人之寵皆其引伸之義也一則云介特兩則云閒介　从人从八。人各守其所分也此依韵會所引古拜切十五部

𠔁　分也。此即今之兆字也廣韵兆治小切引說文分也此可證孫愐以前𠔁即兆矣又云𠧞灼龜坼也出文字指歸文字指歸者曹憲所作此可證孫愐以前卜部無兆𠧞字矣顧野王玉篇八部有𠔁兵列切卜部之後出兆部又云𠧞同兆此可證顧氏始不謂𠔁即兆字矣虞翻說尙書分北三苗云北古別字不知其所本要與重八之𠔁無涉豈希馮始牽合而岐誤與治說文者乃於卜部增𠧞爲小篆兆爲古

公ㄍㄨㄥ　必ㄅㄧˋ　余ㄩˊ　⿱余余ㄩˊ

文於𠔁下增之云八別也亦聲兵列切以證其非兆字而說文之面目全非矣𠔁从重八者分之甚也龜兆其一也凡言朕兆者如舟之縫如龜之坼**从重八。**此下刪八別也亦聲五字會意治小切二部楚金云或本音兆按此相承古說也**孝經說曰。**孝經說者孝經緯也後鄭注經引緯亦曰某經說鄭志荅張逸曰當爲注時時在文緯中嫌引祕書故諸所牽圖讖皆謂之說**故上下有別。**此引緯說字形重八之意也上別下別則二八矣集韵改爲上下有公非也

公 **平分也。从八厶。**八厶背私也今本从八从厶凡此等从字皆淺人所增**八猶背也。**鄭注堯典分北三苗云北猶別也證以韋昭吳語注云北古之背字然則許鄭之語正互相發明分別之乃相僢背其義相因相足故許不云八背也而云猶背鄭不云北別也而云猶別凡古訓故之言猶者視此古紅切九部**韓非曰。背厶爲公。**五蠹篇倉頡之作書也自環者謂之私背私者謂之公自環爲厶六書之指事也八厶爲公六書之會意也

必 **分極也。**極猶準也木部橴極二字互訓橴字下云帳極也凡高處謂之極立表爲分判之準故云分極引伸爲詞之必然**从八弋。**樹臬而分也弋今字作杙**八亦聲。**八各本誤弋今正古八與必同讀也卑吉切十二部

余 **語之舒也。**語匡謬正俗引作詈左氏傳小白余敢貪天子之命無下拜此正詈之舒亏部曰亏於也象气之舒亏然則余亏異字而同音義釋詁云余我也余身也孫炎曰余舒遲之身也然則余之引伸訓爲我詩書用予不用余左傳用余不用予曲禮下篇朝諸侯分職授政任功曰予一人注云覲禮曰伯父寔來余一人嘉之余予古今字凡言古今字者主謂同音而古用彼今用此異字若禮經古文用余一人禮記用予一人余予本異字異義非謂予余本即一字也顏師古匡謬正俗不達斯恉且又以予上聲余平聲爲分別又不知古音平上不甚區分重悂貤繆儀禮漢讀攷糾之詳矣**从八**象气之分散**舍省聲。**以諸切五部

⿱余余 **二余也。讀與余同。**五部按易困九四來徐徐子夏作荼荼王肅作余余皆舒意也許言⿱余余之形未言其義舉此以補之

文十二當云十三　**重一**按此二字誤衍⿱余余之音義同余非即余字也惟⿱余余從二余則說文之例當別余爲一部上篇蓐薅不入艸部是也容有省併矣

采ㄅㄧㄢˋ　𠂹。　番ㄈㄢ　蹞。　𤰕。　宷ㄕㄣˇ　審。　悉ㄒㄧ　恖。　釋ㄕˋ　半ㄅㄢˋ　胖ㄆㄢˋ

采 **辨別也。象獸指爪分別也。**倉頡見鳥獸蹏迒之迹知文理之可相別異也遂造書契采字取獸指爪分別之形**凡采之屬皆从采。讀若辨。**蒲莧切十四部

𠂹 **古文采。**惠氏棟云尚書平章平秩平字皆當作㸚與古文平相似而誤按此肊測不可从

番 **獸足謂之番。从采田象其掌。**下象掌上象指爪是爲象形許意先有采字乃後从采而象其形則非獨體之象形而爲合體之象形也附袁切十四部

蹞 **番或从足从煩。**此形聲也

𤰕 **古文番。**按九歌𤰕芳椒兮成堂王注布香椒於堂上也𤰕一作播丁度洪興祖皆云𤰕古播字按播以番爲聲此屈賦假番爲播也

宷 **悉也。知宷諦也。**諦廣韵引作諟古同部假借也**从宀采。**鍇曰宀覆也采別也能包覆而深別之也按此與敹字从攴同意式荏切七部

審 **篆文宷从番。**然則宷古文籒文也不先篆文者从部首也

悉 **詳盡也。从心采。**會意息七切十二部

恖 **古文悉。**此亦會意从心囟囟者窻牖麗廔闓明也

釋 **解也。**廣韵曰捨也解也散也消也廢也服也按其實一解字足以包之**从采。采取其分別。从睪聲。**考工記以澤爲釋史記以醳爲釋皆同聲假借也古音在五部音轉則廣韵在二十二昔施隻切是也徐鉉所引唐韵賞職切

文五　重五。鍇本作重四今刊本改作重五

半 **物中分也。从八牛。牛爲物大可㠯分也。**故取牛會意**凡半之屬皆从半。**博幔切十四部

胖 **半體也。**各本半體肉也今依元應訂周官經腊人注曰鄭大夫云胖讀爲判杜子春讀胖爲版又云膴胖皆謂夾脊肉又云禮家以胖爲半體元謂胖宜如脯而腥胖之言

片也析肉意也按許用禮家說一曰廣肉此別一義胖之言般也般大也大學心廣體胖其引伸之義也从肉半半亦聲普半切十四部

叛 ㄆㄢˋ

半反也反覆也反者叛之全叛者反之半以半反釋叛如以是少釋尟从半反半亦聲按各本云半也从半反聲轉寫者多奪字耳薄半切十四部古多假畔爲叛

文三

牛 ㄋㄧㄡˊ

事也理也事也者謂能事其事也牛任耕理也者謂其文理可分析也庖丁解牛依乎天理批大郤道大窾牛事理三字同在古音第一部此與羊祥也馬怒也武也一例自淺人不知此義乃改之云大牲也牛件也件事理也與吳字下妄增之曰姓也亦郡也同一紕繆像角頭三封尾之形也角頭三者謂上三岐者象兩角與頭爲三也牛角與頭而三馬足與尾而五封者謂中畫象封也封者肩甲墳起之處字亦作犎尾者謂直畫下垂像尾也羊豕馬象皆像其四足牛略之者可思而得也語求切古音讀如疑凡牛之屬皆从牛

牡 ㄇㄡˇ

畜父也从牛土聲按土聲求之疊韵雙聲皆非是葢當是从土取土爲水牡之意或曰土當作士士者夫也之韵尤韵合音冣近从士則爲會意兼形聲莫厚切古音在三部

犅 ㄍㄤ

特也今本作特牛也依詩正義訂公羊傳曰魯祭周公何以爲牲周公用白牡魯公用騂犅羣公不毛何休云騂犅赤脊按說文岡訓山脊故何謂犅爲牛脊但毛詩祇作剛許說犅同特與何異从牛岡聲亦可云从剛省會意古郎切十部

特 ㄊㄜˋ

特牛也鉉本云朴特牛父也按天問焉得夫朴特牛洪氏引說文特牛牛父也言其朴特皆與鍇本異葢言其朴特乃注說文者語鉉本改竄上移耳王逸張揖皆云朴大也玉篇犆訓特牛廣韵犆訓牛未劇此因古有朴特之語而製犆字特本訓牡陽數奇引伸之爲凡單獨之偁一與一爲耦故實維我特求爾新特毛云特匹也从牛寺聲徒得切一部亦作犆

牝 ㄆㄧㄣˋ

畜母也从牛匕聲毗忍切古音在十五部經典舊音多云扶死反是也易曰畜牝牛吉離卦辭也牝爲凡畜母之偁而牝牛冣吉故其字從牛也按鍇本無牝篆自是奪去耳麀字下曰从牝省則非無牝字也

犢 ㄉㄨˊ

牛子也見釋嘼从牛賣聲徒谷切三部

㸬 ㄆㄟˋ

二歲牛㸬字見爾雅釋畜牛體長也許君則曰二歲牛按犙字从參故爲三歲牛牭字从四故爲四歲牛則㸬字从貳當爲二歲牛矣而謂㸬爲籀文牭字二四既不同數且四之籀文作亖則牭之籀文當作牬凡此乖剌當由轉寫脫繆如鼎部鼐鼏馬部驫鬻衣部袗袀今皆奪其一其明論也宜易之曰㸬牛體長也㸬二歲牛犙三歲牛牭四歲牛牬籀文牭則可讀矣而非可無徵專輒也从牛市聲博蓋切十五部

犙 ㄙㄢ

三歲牛从牛參聲穌含切古音在七部

牭 ㄙˋ

四歲牛从牛四四亦聲息利切十五部

㸬∘

籀文牭从貳按鍇本此下有仁至反三字與十三篇二字反語同是朱翱不謂㸬即牭字而謂㸬乃二歲牛之正字也疑鍇本本不誤後人用鉉本改之未刪朱氏切音耳龍龕手鑑引玉篇直利反顧野王亦不云籀文牭

犗 ㄐㄧㄝˋ

騬牛也馬部曰騬犗馬也謂今之騸馬从牛害聲古拜切十五部

牻 ㄇㄤˊ

白黑雜毛牛古謂雜色不純爲尨亦作駹古文假借作龍亦作蒙周易說卦傳毛詩小戎周禮牧人巾車玉人皆可證也牻訓爲白黑雜毛然則凡謂雜色不純亦可用牻字从牛尨聲此以形聲包會意莫江切古音在九部

㹁 ㄌㄧㄤˊ

牻㹁牛也从牛京聲呂張切十部春秋傳曰牻㹁閔二年傳本作尨涼葢許引之證此二字所以從尨從京也京者涼之省也牻㹁同義如尨涼一理相似傳寫譌爲春秋傳曰牻㹁殊不可通

犡 ㄌㄧˋ

牛白脊也从牛厲聲洛帶切十五部

㭼 ㄊㄨˊ

黃牛虎文从牛余聲讀若塗塗當作涂同都切五部

犖 ㄌㄨㄛˋ

駁牛也馬色不純曰駁駁犖同部疊韵廣雅牛屬郭糾丁犖桓譚新論作郭椒丁櫟糾椒犖櫟皆同韵也从牛勞省聲呂角切古音讀如遼在二部天官書此其

叛牛牡犅特牝犢㸬犙牭犗牻㹁犡㭼犖

将犉犥犉㸸犟牧犨牟㹌牲牷牽牿牢犓犪犕犁

将ㄌㄟˋ 抨ㄆㄥ 犥ㄅㄧㄠ 犉ㄖㄨㄣˊ 㸸ㄧㄠˊ 犟ㄐㄧㄤ 牧ㄊㄠ 犨ㄔㄡ 牟ㄇㄡˊ 㹌ㄔㄢˇ 牲ㄕㄥ 牷ㄑㄩㄢˊ

犖犖大者謂參差甚少者也又卓犖超絕也

牛白脊也。牛惟脊白是亦駁屬廣韵曰将出字林不言出說文何也从牛寽聲。力輟切十五部

牛駁如星。駁文似星點从牛平聲。普耕切十一部

牛黃白色。黃馬發白色曰驃麃同聲然則犥者黃牛發白色也內則鳥皫色亦謂發白色从牛麃聲。補嬌切二部

黃牛黑脣也。釋畜云黑脣犉毛傳云黃牛黑脣曰犉按爾雅不言黃牛者牛以黃爲正色凡不言何色皆謂黃牛也从牛𦎫聲。如勻切十三部詩曰九十其犉。見小雅

白牛也。白部曰皠鳥之白也此同聲同義从牛隺聲。五角切古音在二部讀如堯

牛長脊也。廣韵犟牛長脊一曰白脊牛按一曰五字疑亦出說文今佚从牛畺聲。居良切十部

牛徐行也。俗謂舒遲曰牧牧从牛攴聲讀若滔。土刀切二部按舀聲字周時在尤幽部漢時已讀入蕭豪部故許云牧讀若滔也

牛息聲。心部曰息喘也从牛雔聲。赤周切三部按今本皆作犨雔聲而經典釋文唐石經作犨玉篇廣韵皆作犨云犨同五經文字且云犨作犨訛葢唐以前所據說文無不从言者凡形聲多兼會意犨从言故牛息聲之字从之錯鉉本皆誤也今正一曰牛名。此別一義廣韵手鑑皆云白色牛晉大夫郤犨不知取何義也初學記名作鳴

牛鳴也。从牛乚象其聲气從口出。此合體象形與芈同意韓愈詩曰椎肥牛呼牟柳宗元賦曰牟然而鳴黃鍾滿脰莫浮切三部

畜㹌畜牲也。依廣韵手鑑訂左傳內則皆云名子不以畜牲从牛產聲。所簡切十四部

牛完全也。引伸爲凡畜之偁周禮庖人注始養之曰畜將用之曰牲按如䶂鼠食郊牛角則非完全从牛生聲。所庚切十一部

牛純色。牧人注鄭司農曰牷純也按凡時事之牲用牷物凡外祭毀事用尨以尨與牷對舉則牷爲純色可知也大鄭注釋牷爲純也爲許所本後鄭則訓犧爲純毛牷爲體完具與許異

牽ㄑㄧㄢ 牿ㄍㄨˋ 牢ㄌㄠˊ 犓ㄔㄨˊ 犪ㄖㄡˊ 犕ㄅㄟˋ 犁ㄌㄧˊ

禮。上脫周字祭祀牷牲。此是引牧人祭祀之牲牷依韵會補从牛全聲。疾緣切十四部

引而前也。牽引疊韵引伸之輓牛之具曰牽牛人牽傍是也牲腥曰餼生曰牽又凡聯貫之屬曰牽从牛冂象引牛之縻也玄聲。苦堅切十二部

牛馬牢也从牛告聲。古屋切三部周書曰今惟牿牛馬。柴誓今惟淫舍牿牛馬大小徐本皆無淫舍二字今刊本妄增之此許偁遺二字非必許所據尚書少二字也惟大故牿牢之牛馬故令無以攫穽傷牛馬若牛馬在牢中攫穽害得傷之周易僮牛之牿許及九家作告鄭作牿劉陸作角不訓牢也

閑也。也字今補養牛馬圈也。充人注曰牢閑也必有閑者防禽獸觸齧牲繫於牢故牲謂之牢如柴誓呼牛馬爲牿禮呼牲爲牽也从牛冬省取其四周帀。从古文冬省也冬取完固之意亦取四周象形引伸之爲牢不可破魯刀切古音在三部

以芻莝養圈牛也。今本莝誤莖脫圈字依文選注訂莝斬芻也趙岐注孟子曰艸生曰芻穀養曰豢韋注國語曰艸食曰芻穀食曰豢孟子正義引說文牛馬曰芻犬豕曰豢今說文無此語經傳犓豢字今皆作芻豢从牛芻芻亦聲。測愚切古音在四部春秋國語曰犓豢幾何。見楚語

牛柔謹也。玉篇曰尚書擾而毅字如此按凡馴擾字當作此犪作擾廣雅擾柔也善也从牛夒聲。而沼切古音在三部按此以貪獸之夒爲聲爾雅注犪牛以有角之夒爲聲陸德明誤爲一字

易曰犕牛乘馬。此葢與革部之鞁同義鞁車駕具也故玉篇云犕服也以鞍裝馬也从牛葡聲。繫辭今作服古音𠬝聲葡聲同在第一部故服犕皆扶逼反以車駕牛馬之字當作犕作服者假借耳左傳王使伯服如鄭請滑史記鄭世家作伯犕後漢書皇甫嵩傳義眞犕未乎北史魏收嘲陽休之義眞服未正作服字此皆通用之證也今韵犕平祕切

耕也。山海經曰后稷之孫曰叔均是始作牛耕郭傳始用牛犂也按耒部耕訓犂是犂耕二字互訓皆謂田器今人分別誤也

⿱非牛 ⿰牛壽 牴 ⿱衛牛 ⿱臤牛 牼 ⿰牛今 犀

仲尼弟子列傳冉耕字伯牛司馬耕字子牛論語司馬牛孔注曰宋司馬犂也此可證司馬牛名耕一名犂也葢其始人耕者謂之耕牛耕者謂之犂其後互名之 从牛黎聲。郎奚切十五部俗省作犂音貍貍𥝩文也張參曰犂洛西反論語借以爲力之反張謂借犂爲貍文也犂貍異部而相借如爾雅釋駁牝爲牝

⿱非牛 兩壁耕也。壁當作辟辟是旁側之語莊廿一年左傳鄭伯享王于闕西辟服虔云西辟西偏也兩辟耕謂一田中兩牛耕一從東往一從西來也 从牛非聲。此形聲包會意非从飛下䎃取其相背非尾切十五部廣韵入去聲 一曰覆耕穜也。此耕字自人牛言之與木部六叉犂自器言之不同 此別一義未聞 讀若匪。

⿰牛壽 牛羊無子也。从牛𠷎聲。讀若糗糧之糗。糗糧見粊誓徒刀切古音在三部

牴 觸也。角部曰觸牴也亦作抵觝 从牛氐聲。都禮切十五部

⿱衛牛 牛踶⿱衛牛也。廣韵曰踶⿱衛牛展足按展足二字乃躗字之誤躗同踶足部曰踶者躗也躗與躗互訓踶躗猶踶蹋也 从牛衛聲。于歲切十五部

⿱臤牛 牛很不從牽也。从牛臤。臤者堅也故从牛臤會意臤亦聲。喫善切古音在十二部 一曰大皃。別一義 一讀若賢。

牼 牛厀下骨也。牛脛也厀者骹也 从牛巠聲。口莖切十一部 春秋傳宋司馬牼字牛。按仲尼弟子列傳宋司馬耕字牛左傳哀十四年兩書司馬牛不偁其名許云司馬牼豈即司馬耕與外此昭廿年廿一年宋有華牼孟子書有宋牼皆不傳其字

⿰牛今 牛舌病也。廣韵作牛舌下病舌病則禁閉不成聲亦作矜 从牛今聲。巨禁切七部

犀 徼外牛。各本有南字今依韵會楚語曰巴浦之犀犛兕象其可盡乎韋漢章帝紀疊夷獻生犀白雉 一角在鼻一角在頂。爾雅山海經郭注劉欣期交州記皆云有三角一在頂上一在額上一在鼻上鼻上角短小按諸角犀豐盈孟子注頟角犀厥地戰國策眉目準頞權衡犀角偃月此皆謂人自鼻至頂豐滿如相書所云伏犀貫頂

二篇上 九

牣 物 犧 犛

也。佀豕。見釋獸劉欣期云其毛如豕頭如馬郭璞云形似水牛豬頭說各不同也 从牛尾聲。先稽切十五部

牣 牣。此複字刪之未盡者 滿也。見大雅毛傳 从牛刃聲。而震切古音在十三部 詩曰。於牣魚躍。於如字

物 萬物也。牛爲大物。牛爲物之大者故物从牛與牛同意 天地之數起於牽牛。戴先生原象曰周人以斗牽牛爲紀首命曰星紀自周而上日月之行不起於斗牽牛也按許說物从牛之故又廣其義如此 故从牛勿聲。文弗切十五部

犧 宗廟之牲也。魯頌享以騂犧毛傳犧純也曲禮天子以犧牛鄭云犧純毛也牧人祭祀共其犧牲鄭云犧牲毛羽完具也僞孔注微子云色純曰犧體完曰牷杜注左傳又云牷純色完全也說犧皆與許異 从牛羲聲。許羈切古音在十七部 賈侍中說。他皆偁名獨賈逵偁官者尊其師也 此非古字。魯頌毛傳曰犧尊有沙羽飾也明堂位注曰犧尊以沙羽爲畫飾鄭注荅張逸曰刻畫鳳皇之象於尊其形娑娑然故曰沙按沙娑犧古音三字同在十七部犧牲犧尊葢本祇假犧爲之漢人乃加牛旁故賈云非古字許廁諸部末

二篇上 十

文四十五 錯四十四 重一 此部列字次第大致井井可玩

犛 西南夷長髦牛也。今四川雅州府清谿縣大相嶺之外有地名旄牛產旄牛而清谿縣南抵寧遠府西抵打箭鑪古西南夷之地皆產旄牛如郭璞注山海經所云背厀及胡尾皆有長毛者小角其體納黑土俗用爲茱其尾腊之可爲拂子云長髦者謂背厀胡尾皆有長毛下文犛字乃專謂尾也此牛名犛牛音如貍楚語巴浦之犀犛上林賦犛旄貘犛以其長髦也故史記西南夷傳謂之髦牛以其尾名犛也故周禮樂師注謂之犛牛以犛可飾旄也故禮注爾雅注北山經上林賦注漢書西南夷傳皆謂之旄牛犛犛旄三字音同因之讀犛如毛非也據上林賦則旄犛異物中山經荊山多犛牛郭曰旄牛屬 从牛𠩺聲。里之切一部按犛切里之

犛 ㄇㄠˊ

犛切莫交徐用唐韵不誤而俗本誤易之 **凡犛之屬皆从犛○**

氂 ㄌㄞˊ

氂 犛牛尾也○ 凡經云干旄建旄設旄右秉白旄羽旄齒革干戚羽旄今字或有誤作毛者古注皆云旄牛尾也旄牛即犛牛犛牛之尾名氂以氂爲幢曰旄因之呼氂爲旄凡云注旄干首者是也呼犛牛爲旄牛凡云旄牛尾者是也 **从犛省从毛○** 莫交切二部按周禮樂師音義氂舊音毛但許不言毛亦聲而左傳晏氂外傳作晏萊後漢書魏郡輿人歌岑熙狗吠不驚足下生氂與災時茲三字韵則是犛省亦聲在弟一部也

氂 彊曲毛也○ 也依廣韵補 **可㠯箸起衣○** 箸同褚裝衣也王莽傳以氂裝衣師古曰毛之彊曲者曰氂以裝褚衣令其張起也按此氂皆氂之誤劉屈氂亦當本作屈氂屈氂謂彊曲毛也 **从犛省來聲○** 洛哀切舊音力之切一部

𠩺○

𠩺 古文氂省○

文三　重一

告 ㄍㄠˋ

告 牛觸人角箸橫木所㠯告人也○从口从牛○ 如許說則告卽楅衡也於牛之角寓人之口爲會意然牛與人口非一體牛口爲文未見告義且字形中無木則告意未顯且如所云是未嘗用口是告可不用口也何以爲一切告字見義哉愚謂此許因童牛之告而曲爲之說非字意故木部楅下不與此爲轉注此字當入口部从口牛聲牛可入聲讀玉也廣韵告上曰告發下曰誥古沃切三部音轉古到切○又汪氏龍曰此因嚳字故立告部愚謂誠然嚳从數省數亦教也教之故急急告之告亦聲然則當立數部嚳屬焉不當有告部 **易曰僮牛之告○** 大畜爻辭僮牛僮昏之牛也告九家同王弼作牿 **凡告之屬皆从告○**

嚳 ㄎㄨˋ

嚳 急告之甚也○ 急告猶告急也告急之甚謂急而又急也釋元應說嚳與酷音義皆同按白虎通云嚳之帝嚳者何也嚳者極也敎令窮極也窮極卽急告引伸之義 **从告學省聲○** 苦沃切三部

文二

口 ㄎㄡˇ

口 人所㠯言食也○ 言語飲食者口之兩大耑舌下亦曰口所以言別味也頤象傳曰君子以愼言語節飲食 **象形○** 苦厚切四部 **凡口之屬皆从口○**

噭 ㄐㄧㄠˋ

噭 口也○ 口俗本譌吼今正史漢貨殖傳皆云馬蹄噭千徐廣曰噭馬八髎也小顏云噭口也蹄與口共千則爲馬二百也按以口釋噭此必本說文說文以口建首下噭喝喙吻字皆與口字轉注相接此全書之例也通俗文埤倉皆曰尻骨謂之八髎惟史記噭字從口故徐以八髎釋之尻亦得謂之口也各本史記作噭乃誤字耳噭與竅音義相同俗本說文作吼者葢或識孔字於口字之旁因誤併爲一字 **从口敫聲○** 徐廣苦弔反小顏江弔口鈞二反唐韵古弔切二部 **一曰噭呼也○** 此別一義呼當作嘑字之誤也嘑號也曲禮毋噭應鄭曰噭號呼之聲也呼亦當作嘑俗寫通用耳昭廿五年公羊傳曰昭公於是噭然而哭注噭然哭聲皃釋文皆古弔反

噣 ㄓㄨㄛˊ

噣 喙也○ 曹風不濡其咮毛曰咮喙也玉篇引不濡其噣咮噣二同朱聲蜀聲同部也亦假借作注爾雅咮星史記考工記注作注是也亦作啄詩韓奕傳厄烏噣也厄同軶烏噣釋名小爾雅作烏啄 **从口蜀聲○** 陟救切三部

喙 ㄏㄨㄟˋ

喙 口也○ 說卦傳爲黔喙左傳淚目而豭喙叚借爲困極之義廣韵引昆夷喙矣今詩作喙矣郭注方言引外傳余病喙矣今外傳作余病喙郭云江東呼極爲喙亦作豫 **从口彖聲○** 許穢切十五部彖聲在十四部合韵也

吻 ㄨㄣˇ

吻 口邊也○ 曲禮注云口旁曰咡廣雅云咡謂之吻考工記銳喙決吻鄭曰吻口腃也釋名曰吻免也抆也卷也 **从口勿聲○** 武粉切十三部勿聲在十五部合韵也

脗○

脗 吻或从肉从昏○ 昏聲也凡昏皆从氏不从民字亦作脗作脗皆脗之俗也凡言脗合當用此

嚨 ㄌㄨㄥˊ

嚨 喉也○ 釋鳥曰亢鳥嚨郭曰謂喉嚨 **从口龍聲○** 盧紅切九部

喉 ㄏㄡˊ

喉 咽也○从口侯聲○ 乎鉤切四部

噲 ㄎㄨㄞˋ

噲 咽也○ 噲者會也聲氣所會也 **从口會聲○或讀若快○** 苦夬切十五部小雅噲噲

吞 咽 嗌 喗 哆 呱 啾 喤 咺 唴 咷 喑 㘈 咳 嗛 咀 啜 噍 嚌 噍 吮

吞ㄊㄨㄣ 咽ㄧㄢ 嗌ㄧˋ 蒜○ 喗ㄩㄣˇ 哆ㄉㄨㄛ 呱ㄍㄨ 啾ㄐㄧㄡ 喤ㄏㄨㄤˊ 咺ㄒㄩㄢ 唴ㄑㄧㄤˋ 咷ㄊㄠˊ

其正箋云喑喑猶使使也謂同音假借盧氏文弨云淮南精神訓喑然得臥宋書樂志吳鼓吹曲我皇多喑事皆與使同 一曰喑嚘也○此別一義喑亦複舉字也凡一曰之下多複舉本字俗本作嚘喑也非集韵作一曰嚘也

咽也○今人以吞吐對舉據此則咽喉本名吞俗云喉吞是也猶之喉本名咽平聲今人以爲下咽字一見切 从口天聲○土根切古音在十二部

嗌也○咽者因也言食因於是以上下也 从口因聲○烏前切十二部

咽也○嗌者扼也扼要之處也咽嗌雙聲漢書昌邑王嗌痛爾雅注云江東名咽爲嗌 从口益聲○伊昔切十六部

籒文嗌上象口下象頸脈理也○此象形字與亢略同漢百官公卿表曰蒜作朕虞應劭曰蒜伯益也師古曰蒜古益字也按此假借籒文嗌爲益如九歌假借古文番爲播也趙宋時古文尚書益作蒜此本諸漢表耳○又按凡言項領頸亢胡者自外言之言嚨喉喑吞咽嗌者自內言之故皆从口自口而入也

大口也○从口軍聲○牛殞切十三部

張口也○小雅哆兮侈兮毛曰哆大皃 从口多聲○釋元應兩引說文殆可切此本音唐韵丁可切十七部

小兒嗁聲○咎繇謨啟呱呱而泣 从口瓜聲○古乎切五部 詩曰后稷呱矣○大雅

小兒聲也○倉頡篇啾衆聲也三年問啁噍之頃此假噍爲啾也 从口秋聲○即由切三部

小兒聲○啾謂小兒小聲喤謂小兒大聲也如離騷鳴玉鑾之啾啾詩鐘鼓喤喤喤喤厥聲則泛謂小聲大聲 从口皇聲○乎光切十部 詩曰其泣喤喤○

朝鮮謂兒泣不止曰咺○方言咺痛也凡哀泣而不止曰咺朝鮮洌水之閒少兒泣而不止曰咺 从口亘聲○此依韵會況晚切十四部

秦晉謂兒泣不止曰唴○方言自關而西秦晉之閒凡大人少兒泣而不止謂之唴哭極音絕亦謂之唴平原謂啼極無聲謂之唴哴 从口羌聲○丘尚切十部

楚謂兒泣不止曰噭咷○方言

喑ㄧㄣ 㘈ㄧˋ 咳ㄏㄞˊ 孩○ 嗛ㄒㄧㄢˊ 咀ㄐㄩˇ 啜ㄔㄨㄛˋ [口+集]ㄐㄧˊ 嚌ㄐㄧˋ 噍ㄐㄧㄠˋ 嚼○ 吮ㄕㄨㄣˇ

楚謂之噭咷按噭字見上 从口兆聲○徒刀切二部

宋齊謂兒泣不止曰喑○方言齊宋之閒謂之喑或謂之惄按喑之言瘖也謂啼極無聲 从口音聲○於今切七部

小兒有知也○大雅克岐克嶷毛曰岐知意也嶷識也按此由俗人不識㘈字蒙上岐字改从山旁耳高注淮南曰聆聽之聰讀如克岐克㘈之㘈太元作凝釋文凝牛力切又音擬凝然有所識別也 从口疑聲○魚力切一部 詩曰克岐克㘈○

小兒笑也○內則云孩而名之爲作小兒笑而名之也 从口亥聲○戶來切一部

古文咳从子○內則孟子皆作此字按亥部有古文亥𠀅亥而亦从𠀅者則右當作古文亥亦古文也於史趙之言知之

口有所銜也○夏小正曰田鼠者嗛鼠也爾雅鼸鼠古本亦作嗛故孫叔然云嗛者頰裹也廣韵曰嗛鼸藏食處也嗛鼠食積於頰人食似之故頰車或曰鼸車假借爲銜字如佞幸傳大后由此嗛韓嫣是也亦假借爲歉字商銘嗛嗛之食嗛嗛之德是也亦假借爲謙字如子夏周易漢藝文志謙卦作嗛是也志云合於易之嗛嗛一嗛而四益轉寫下句从言遂滋異說 从口兼聲○戶監切古音在七部

含味也○含而味之凡湯酒膏藥舊方皆云㕮咀廣韵九麌云㕮咀嚼也按㕮即哺字古父甫通用後人不知爲一字矣含味之上似當有哺咀二字 从口且聲○慈呂切五部

嘗也○孟子徒餔啜也 从口叕聲○昌說切十五部 一曰喙也○此別一義

噍也○也當作皃 从口集聲讀若集○雧省作集子入切七部

嘗也○見儀禮 从口齊聲○在詣切十五部 周書曰大保受同祭嚌○顧命文儀禮多言嚌肺啐酒據周書則酒至齒亦云嚌也

齧也○少儀侍食於君子小飯而亟之數噍按數噍句絕所謂亟之也 从口焦聲○才肖切二部古讀平聲如嚼今年尚可後年饒是也

噍或从爵○古焦爵同部同音唐韵乃分噍才肖切嚼才爵切矣今北音去聲南音入聲

欶也○欠部

啐 嚵 噬 啗 嘰 噂 含 哺 味 嗛 𡄷 噫

云歠吮也。从口允聲。徂沇切十四部。啐 小歠也。士冠禮注曰古文啐爲呼按呼與啐音義皆隔必是誤字當是古文啐爲啐之誤如古文醋作酢今禮酢皆誤酌也。从口卒聲。讀若𣢏。所劣切十五部。嚵 小啐也。从口毚聲。士咸切八部。一曰喙也。此別一義。噬 啗也喙也。喙上當有一曰二字各本作嗌今正說文有筮無筮則筮者𥮩變不當用爲譜聲周禮梓人慣殺援筮正作筮從筮聲而省卯也又周禮卜筮字皆作筮此則假借也从口筮聲。時制切十五部按詩噬肯適我毛曰噬逮也此謂噬爲逮之假借也釋言作逝方言亦作噬。啗 食也。从口臽聲。徒濫切八部。讀與含同。與今音異。嘰 小食也。大人賦曰噍瓊華按皀部有旣字云小食也嘰與旣音義皆同而各字玉藻進禨少儀注曰已沐飲曰禨皆當作此嘰。从口幾聲。居衣切十五部。噂 噍皃。按釋元應書三引說文皆云噂嘄噍皃也廣韵十九鐸廿六緝皆云噂嘄噍皃釋行均書同說文古本當先噂字云噂嘄噍皃也次嘄字云噂嘄也今噂字嘄字廁兩處無噂嘄之語葢口部脫譌多矣。从口尃聲。補各切五部。含 嗛也。从口今聲。胡男切古音在七部禮樂志吟青黃以吟爲含。哺 哺咀也。哺咀葢疊韵字釋元應引許淮南注曰哺口中嚼食也又引字林哺咀食也凡含物以飼曰哺爾雅生哺鷇。从口甫聲。薄故切五部。味 滋味也。滋言多也。从口未聲。無沸切十五部。嗛 食辛嗛也。嗛謂辛螫火部引周書味辛而不憀呂覽本味味辛而不烈嗛與憀烈同義玉篇云伊尹曰酸而不嗛此古伊尹書之僅存者酸疑當作辛辛而不嗛卽本味之辛而不烈也。从口樂聲。火沃切古音在二部。𡄷 口滿食。从口竅聲。丁滑切十五部。噫 飽出息也。各本作飽食今依玉篇眾經音義訂息鼻息也內則在父母舅姑之所不敢噦噫莊子大塊噫氣其名曰風靈樞經曰五藏氣心主噫按噫字亦作餩見廣雅玉篇廣韵於北烏克二反高注淮南書曰餩讀如人飲食太多

嘽 唾 涶 咦 呬 喘 呼 吸 嘘 吹 喟 嘳 啍

以思下垓之垓以思下垓之垓乃以息上餘之餩之誤高注多言心中滿該亦謂此也。从口意聲。於介切古音在一部論語子曰噫天喪予鄭氏毛詩噫此皇父噫感括嫦皆爲有所痛傷之聲。嘽 喘息也。小雅傳曰嘽嘽喘息也馬勞則喘息。一曰喜也。樂記其樂心感者其聲嘽以緩注嘽寬綽皃。从口單聲。他干切十四部。詩曰嘽嘽駱馬。證前一義。唾 口液也。曲禮讓食不唾內則不敢唾洟。从口垂聲。湯臥切十七部。涶 唾或从水。咦 南陽謂大呼曰咦。呼外息也大呼大息也。从口夷聲。以之切古音在六脂。呬 東夷謂息爲呬。方言呬息也東齊曰呬釋詁郭注亦云今東齊謂息爲呬疑許襲方言東夷當作東齊字之誤也。从口四聲。虛器切十五部按大雅民之攸塈毛曰塈息也塈不訓息此正謂塈卽呬之假借爾雅呬息也某氏引詩民之攸呬葢三家詩作呬毛詩作塈說文尸部有屆字鼻部有齂字皆臥息也亦皆虛器切凡古休息與鼻息同義。詩曰犬夷呬矣。大雅混夷駾矣維其喙矣合二句爲一句與日部引東方昌矣相似混作犬喙作呬葢亦用三家詩馬部引昆夷駾矣則毛詩也毛云喙困也方言餘喙呬息也按人之安寧與困極皆驗諸息故假樂緜之呬不嫌異義同偁喙與呬不嫌異字同義。喘 疾息也。此分別言之息下曰喘也渾言之也。从口耑聲。昌沇切十四部。呼 外息也。外息出其息也。从口乎聲。荒烏切五部今人用此爲號嘑評召字非也。吸 內息也。內息納其息也。从口及聲。許及切七部。嘘 吹也。从口虛聲。朽居切五部。吹 噓也。从口欠。口欠則气出會意昌垂切古音在十七部。喟 大息也。論語兩云喟然歎曰謂大息而吟歎也何晏云喟然歎聲也殊非是。从口胃聲。丘貴切十五部。嘳 喟或从貴。胃貴同部。啍 口气也。从口辜聲。他昆切十三部。詩曰大車啍啍。王風毛云啍啍重遲之皃按啍言口气之緩故引伸以爲重遲

嚏ㄊㄧˋ　⿰口質ㄓˋ　唫ㄧㄣˊ　噤ㄐㄧㄣˋ　名ㄇㄧㄥˊ　吾ㄨˊ

之皃

嚏　悟解气也。悟解气者欠字下云張口气悟是也悟覺也解散也通俗文曰張口運气謂之欠款鄭注周易百果艸木皆甲坼曰皆讀爲人倦解之解郭注方言䀹解曰解讀解悟聲之解皆是許意嚏與欠異晉同義玉裁按許說嚏義非是不必曲徇嚏之皃於月令內則者各一鄭氏終風箋曰嚏讀當爲不敢嚏咳之嚏今俗人嚏云人道我此古之遺語也月令民多鼽嚏謂鼻塞而妨嚏說文嚏下一曰歕鼻而釋嚏爲欠直以其字从口不从鼻故耳殊不思內則既云不敢嚏又云不敢欠其爲二事憭然素問說五气所病腎爲欠爲嚏亦分二事倘云嚏卽是欠則內則素問皆不可通矣故嚏解當改云歕鼻也爲安口與鼻同時气出此字之所以从口也至若詩願言則嚏毛傳云疐跲也釋文疐作疌跲作劫自是古字通叚觀狼跋傳疐跲也而其疐本又作疌可證崔靈恩集注乃改劫爲㰦訓以今俗人體倦則伸志倦則㰦音丘據反是蓋以附合許之嚏解而不知許自解嚏非解毛之疐也改疐爲嚏自鄭君始許在鄭前安得從鄭易毛各本有詩曰願言則嚏六字休寧汪氏龍以爲後人妄增者是也今識學者可以知毛許於詩本無㰦說唐石經作嚏者乃從鄭非從毛　从口疐聲。都計切古音在十二部

⿰口質　野人之言。論語曰質勝文則野此字會意兼形聲　从口質聲。之日切十二部

唫　口急也。从口金聲。巨錦切七部

噤　口閉也。史記淮陰侯傳雖有舜禹之智吟而不言此假吟爲噤也吟噤義相似　从口禁聲。巨禁切七部

名　自命也。祭統曰夫鼎有銘銘者自名也此許所本也周禮小祝故書作銘今書或作名士喪禮古文作銘今文皆爲名按死者之銘以緇長半幅赬末長終幅廣三寸書名于末曰某氏某之柩此正所謂自名其作器刻銘亦謂稱揚其先祖之德著己名於下皆祇云名已足不必加金旁故許君於金部不錄銘字從周官今書禮今文也許意凡經傳銘字皆當作名矣鄭君注經乃釋銘爲刻劉熙乃云銘名也記名其功也呂忱乃云銘題勒也不用許說　从口夕。夕者冥也。冥不相見也。冥幽也　故以口自名。故从夕口會意武幷切十部

吾　我

哲ㄓㄜˊ　悊　嚞　君ㄐㄩㄣ　命ㄇㄧㄥˋ　咨ㄗ　召ㄓㄠˋ　問ㄨㄣˋ　唯ㄨㄟˊ　唱ㄔㄤˋ　和ㄏㄜˋ　咥ㄒㄧˋ　啞ㄜˋ　噱ㄐㄩㄝˊ　唏ㄒㄧ　听ㄧㄣˇ

自偁也。偁各本作稱誤釋詁曰吾我也　从口五聲。五乎切五部

哲　知也。釋言曰哲智也方言曰哲知也古智知通用　从口折聲。按凡从折之字皆當作斷艸各本篆文皆作手旁用隸改篆也今悉正之陟列切十五部

悊　哲或从心。韵會引說文古以此爲哲字按心部云悊敬也疑敬是本義以爲哲是假借

嚞　古文哲从三吉。或省之作喆

君　尊也。此與羊祥也門聞也戶護也髮拔也之例　从尹口。尹治也　口以發號。此依韵會又補一口字尹亦聲擧云切十三部

𠸶　古文象君坐形。小徐本作凥

命　使也。从口令。令者發號也君事也非君而口使之是亦令也故曰命者天之令也眉病切古音在十二部令亦聲

咨　謀事曰咨。左傳曰訪問於善爲咨毛傳同　从口次聲。卽夷切十五部

召　評也。言部曰評召也　从口刀聲。直少切二部

問　訊也。言部曰訊問也引伸爲禮之聘問　从口門聲。亡運切十三部

唯　諾也。此渾言之玉藻曰父命呼唯而不諾析言之也　从口隹聲。以水切十五部

唱　導也。鄭風曰唱予和女　从口昌聲。尺亮切十部古多以倡字爲之

和　相應也。从口禾聲。古唱和字不讀去聲戶戈切十七部

咥　大笑也。衛風毛傳曰咥咥然笑周易履虎尾不咥人馬云齕也此別一義　从口至聲。許既切又直結切古音在十二部　詩曰咥其笑矣。

啞　笑也。馬融曰啞啞笑聲鄭云樂也　从口亞聲。於革切古音在五部按字林云謚笑聲呼益反此由笑言啞啞字音形皆變而云然啞俗訓爲瘖幺下切　易曰笑言啞啞。震卦辭

噱　大笑也。从口豦聲。其虐切五部

唏　笑也。廣雅唏唏笑也　从口希聲。依韵會訂虛豈切十五部　一曰哀痛不泣曰唏。方言唏痛也凡哀而不泣曰唏於方則楚言哀曰唏十二諸侯年表曰紂爲象箸而箕子唏

听　笑皃也。司馬相如賦亾是公听然

呭嘄咄唉哉噂咠呷嘒嘫唪嗔嘌嘑㗘嘯台嗂启

呭 嘄 咄 唉 哉 噂 咠 呷

而从口斤聲。宜引切。古音十三部。

呭　多言也。孟子毛傳皆曰泄泄猶沓沓也。曰部云沓語多沓沓也。言部又云詍多言也。引詩無然詍詍。从口世聲。余制切。十五部。詩曰。無然呭呭。今大雅作泄泄。

嘄　聲嘄嘄也。周禮大祝注所嘄也謂爲有災變號呼告神以求福嘄陸音叫。从口梟聲。古堯切。二部。按玉篇有噪無嘄噪古弔反聲也此以倒眥之県爲聲卽嘄字也廣韵引漢刑法志県首今志作梟首地理志鉅鹿鄡縣今說文作鄡縣鄡與梟疑皆淺人改作非許書本字。

咄　相謂也。請欲相語而先驚之之詞凡言咄嗟咄唶咄咄怪事者皆取猝作相驚之意倉頡篇曰咄啐也說文啐驚也李善注曹植贈彪詩引說文咄叱也。从口出聲。當沒切。十五部。

唉　應也。方言欸然也南楚凡言然者曰欸或曰醫按廣雅欸醫然譍也本方言許以唉訓應欠部欸訓訾與方言異盖唉欸古通用也玄應書引作譍聲也。从口矣聲。讀若塵埃。烏開切。一部。

哉　言之閒也。釋詁孔魄哉延虛無之言閒也許分別釋之曰哉爲言之閒鍇云若左傳遠哉遙遙論語君子哉若人是哉爲閒隔之詞按如鍇說則必句中乃爲言之閒豈句末者非耶句中哉字皆可斷句凡兩者之際曰閒一者之竟亦曰閒一之竟卽兩之際也言之閒歟多用哉字若哉生明初哉首基則又訓哉爲始凡竟卽爲始。从口𢦏聲。將來切。一部。

噂　聚語也。小雅傳曰噂猶噂噂沓猶沓沓。从口尊聲。子損切。十三部。詩曰。噂沓背憎。人部又引詩傳沓背憎詩釋文曰噂說文作僔五經文字亦云僔詩小雅作噂陸張皆不云說文有噂則知漢人依詩增也。

咠　聶語也。耳部曰聶附耳私小語也按聶从取兩耳附一耳咠取口附耳也。从口耳。七入切。七部。詩曰。咠咠幡幡。巷伯三章緝緝翩翩四章捷捷幡幡許引蓋云咠咠翩翩而云咠咠幡幡者誤合二章爲一耳咠咠今詩作緝緝毛云緝緝口舌聲。

呷　吸呷也。司馬相如賦曰翕呷萃蔡張揖曰翕呷衣起張也海賦猶尚呀呷餘波獨湧李善曰呀呷波相吞之皃吳都賦曰譩譁喤呷廣韵喤

嘒。嘫 唪 嗔 嘌 嘑 㗘 嘯。歗 台 嗂 启

呷衆聲也。从口甲聲。呼甲切。八部。

嘒　小聲也。小雅鳴蜩嘒嘒毛曰嘒嘒聲也按商頌嘒嘒管聲毛曰嘒嘒和也。从口彗聲。呼惠切。十五部。詩曰。嘒彼小星。

嘒　或从慧。

嘫　語聲也。方言欸然也廣雅欸醫然譍也按然卽嘫應聲也。从口然聲。如延切。十四部。

唪　大笑也。玉篇手鑑皆作大聲。从口奉聲。讀若詩曰瓜瓞菶菶。方蠓切。九部。按今生民作瓜瓞唪唪而玉口二部兩引皆作菶菶。

嗔　盛气也。門部曰闐盛皃聲義與此同今毛詩振旅闐闐許所據作嗔嗔玉藻盛氣顛實注云顛讀爲闐盛身中之氣使之闐滿孟子塡然鼓之是則聲同得相假借也古音陳今俗以爲謓恚字。从口眞聲。待年切。十二部。詩曰。振旅嗔嗔。小雅

嘌　疾也。檜風匪車嘌兮毛曰嘌嘌無節度也按無節度者卽上章所云發驅非有道之車也。从口票聲。撫招切。二部。詩曰。匪車嘌兮。

嘑　號也。号部曰號嘑也是爲轉注雞人夜嘑旦以嘂百官此嘑字之僅存者也若銜枚氏嘂呼歎鳴大雅式號式呼以及諸書云叫呼者其字皆當作嘑不當用外息之字嘑或作謼讙靈恩毛詩式號式謼。从口虖聲。荒烏切。五部。

㗘　音聲㗘㗘然。从口昱聲。余六切。古音在七部。

嘯　吹聲也。召南箋曰嘯蹙口而出聲也。从口肅聲。穌弔切。古音在三部。

歗　籀文嘯从欠。欠部重出歗字引詩其歗也謌今詩作條其歗矣作歗

台　說也。台說者今之怡悅字說文怡訓和無悅字今文尚書舜讓于德不台見漢書王莽傳班固典引而五帝本紀本之作舜讓于德不懌自序曰唐堯遜位虞舜不台惠之早賓諸呂不台皆謂不爲百姓所悅也古文禹貢祗台德先鄭注敬悅天子之德既先。从口㠯聲。与之切。一部。按湯誓高宗肜日西伯戡黎皆云如台殷本紀皆作柰何釋詁台予同訓我此皆以雙聲爲用何予台三字雙聲也。

嗂　喜也。从口䍃聲。余招切。二部。此字與䍃義相近。

启　開也。按後人用啟字訓開乃廢启不行矣。

嗿ㄊㄢˇ 咸ㄒㄧㄢˊ 呈ㄔㄥˊ 右ㄧㄡˋ 啻ㄔˋ

啟教也玉篇引堯典允子朱启明釋天明星謂之启明从戶口。會意康禮切十五部此字不入戶部者以口戶爲開戶也

嗿聲也。周頌傳曰嗿衆皃按許以字从口故釋與毛異从口貪聲。他感切古音在七部詩曰有嗿其饁。

咸皆也悉也。咸皆也見釋詁从口从戌。會意胡監切古音在七部戌悉也。此从戌之故戌爲悉者同音假借之理

呈平也。今義云示也見也从口壬聲。直貞切十一部壬之言挺也故訓平

右助也。从口又。又者手也手不足以口助之故曰助也今人以左右爲ナ又字則又製佐佑爲左右字于救切古音在一部

啻語時不啻也。玄應引倉頡篇曰不啻多也按不啻者多之辭也秦誓曰不啻若自其口出世說新語云王文度弟阿智惡乃不啻玉篇云買賣云不啻也可知爲市井常談矣不啻如楚人言夥頤啻亦作翅支聲帝聲同部也广部疷下曰病不翅孟子曰奚翅食重从口帝聲。施智切十六部一曰啻諟也。言部曰諟理也亦用諟爲審諦字讀若鞮。疑此謂後一義之讀

二篇上

吉ㄐㄧˊ 周ㄓㄡ 周。 唐ㄊㄤˊ 𠷎ㄔㄡˊ 啺。

吉善也。从士口。居質切十二部

周密也。密山部曰山如堂者引伸訓爲周緻也左傳晏子曰清濁小大短長疾徐哀樂剛柔遲速高下出入周疏以相濟也以周與疏反對又襄二十七年春晉梁帶使諸喪邑者具車徒以受地必周杜皆云周密也按忠信爲周謂忠信之人無不周密者从用口。善用其口則密不密者皆由於口職留切三部周古文周字从古文及。及之者周至之意

唐大言也。引伸爲大也如說尚書者云唐之爲言蕩蕩也見論衡又爲空也如梵書云福不唐捐凡陂塘字古皆作唐取虛而多受之意𨸏部曰隄唐也从口庚聲。徒郎切十部

啺古文唐从口昜。亦形聲

𠷎誰也。从口𠃬又聲𠃬古文疇。按此篆疑有誤白部曰𣈭詞也从白𠃬聲引唐書帝曰𣈭咨與此音義大同但其字从口𠃬聲足矣不當兼从又聲又在一部非聲也老部壽酉部醻巾部幬皆从𠃬聲竹部籌火部燽言部譸邑部𨞫皆从壽聲絕無从𠃬聲之字可知此正當作𠃬爲壽之聲直由切三部

嘾ㄉㄢˋ 噎ㄧㄝ 嗢ㄨㄚˋ 哯ㄒㄧㄢˋ 吐ㄊㄨˋ 噦ㄩㄝˋ

嘾含深也。莊子曰大甘而嘾从口覃聲。徒感切古音在七部

噎飯窒也。王風中心如噎毛曰謂噎憂不能息也噎憂雙聲憂卽終日號而不嚘之嚘氣逆也今本毛傳爲脫惟玉篇不誤鄭風傳憂不能息憂亦讀爲嚘欠部曰欭嚘也欭嚘卽噎憂劉氏台拱說从口壹聲。烏結切十二部

嗢咽也。咽當作噎聲之誤也欠部曰𣢷咽中息不利也與嗢音義同笑云噱者嗢在喉中噱在口也从口昷聲。烏沒切昷聲在十三部與十五部合音最近也

哯不歐而吐也。欠部曰歐吐也渾言之此云不歐而吐也者析言之歐以匈喉言吐以出口言也有匈喉不作惡而已吐出者謂之哯玉篇廣韵作不顧而唾非也从口見聲。胡典切古音在十四部

吐寫也。从口土聲。他魯切五部

噦气啎也。啎逆也通俗文曰氣逆曰噦內則曰不敢噦噫靈樞經說六府氣胃爲氣逆噦从口歲聲。於月切十五部

二篇上

咈ㄈㄨˊ 嚘ㄧㄡ 吃ㄐㄧˊ 嗜ㄕˋ 啖ㄉㄢˋ 哽ㄍㄥˇ

咈違也。違與韋同相背也从口弗聲。符弗切十五部周書曰。按說文引微子篇咈其耇長我興受其退皆系周書引子顛躋則曰商書未知孰是誤字洪範一篇商周說異微子則必是商書也咈其耇長。玉篇引易咈經于丘今易作拂益謨

嚘語未定皃。東方朔傳曰伊優亞者辭未定也集韵云優或作嚘又老子終日號而不嗄玉篇作不嚘云嚘氣逆也太元柔兒于號三日不嚘傅奕按定老子作歔歔同嚘从口憂聲。於求切三部師古一侯反

吃言蹇難也。从口气聲。居乙切十五部

嗜喜欲之也。此依韵會本喜當作憙憙悅也經傳多假耆爲嗜从口耆聲。常利切十五部

啖噍啖也。荀子王霸篇啖啖常欲人之有注啖啖幷吞之皃从口炎聲。徒敢切八部一曰噉。韵會無此三字云或作噉按口部無噉字玉篇廣韵皆正作噉云啖同以譬字例之葢說文本作噉

哽語爲舌所介也。哽介雙聲漢書祝哽在前从口更聲。讀若

嗿咸呈右啻吉周唐𠷎嘾噎嗢哯吐噦咈嚘吃嗜啖哽

嘐啁哇咅吺呧呰嗻唊嗑嗙噧咎嘮呶叱噴吒噊啐唇吁嘵嘖嗷唸吚

嘐 啁 哇 咅 吺 呧 呰 嗻 唊 嗑 嗙 噧 咎

幷汲綆。古杳切十一部

誇語也。孟子何以謂之狂也曰其志嘐嘐然曰古之人古之人夷考其行而不掩焉者也 从口翏聲。古肴切古音在三部

啁。此複舉字未刪者 嘐也。楚語鵾雞啁哳而悲鳴啁大聲哳小聲也 从口周聲。陟交切古音在三部倉頡篇嘲調也謂相戲調也今人啁作嘲

諂聲也。淫哇也王莽傳又假攜爲哇 从口圭聲。於佳切古音十六部 讀若醫。醫在第一部相隔遠甚疑是翳字翳在十六部

語相訶岠也。岠今之拒字訶岠者訶而拒之 从口辛。音愆 辛惡聲也。口辛以口拒惡聲也 讀若櫱。五葛切十五部

讘吺 逗 多言也。言部曰讘多言也讘吺玉篇作呱吺 从口殳聲。當侯切四部

苛也。苛者訶之假借字漢人多用苛爲訶亦用苛爲訶 从口氐聲。都禮切十五部按言部有詆字云訶也口部呧似複出集韵詆呧爲一字

苛也。苛亦當作訶呰應引作訶凡言呰毀當用呰喪服四制呰者莫不知禮之所生也鄭云口毀曰呰應引如此今禮記作訾按少儀注兩云訾思也 从口此聲。將此切十六部

遮也。廣韵嗻多語之皃然則遮者謂多言過遮人言也 从口庶聲。之夜切古音在五部

妄語也。廣韵唊唊多言也 从口夾聲。讀若莢。古叶切八部

多言也。从口盍聲。讀若甲。候榼切八部

訶聲嗙喻也。从口旁聲。補盲切十部 司馬相如說淮南宋蔡舞嗙喻也。上林賦巴渝宋蔡淮南干遮此所偁非賦文蓋凡將之一句也劉逵引黃潤纖美宜製禪歐陽詢引鐘磬竽笙筑坎侯知凡將七言爲句

高气多言也。廣韵曰高聲皃又多言 从口蠆省聲。按篆文作蠆此直云蠆聲可矣不當云省訶介切十五部 春秋傳曰噧言。未見所出惟公羊襄十四年經鄭公孫蠆二傳作蠆疑噧言二字有誤當云鄭公孫噧

高气也。从口九聲。巨鳩切三部詩咎矛

嘮 呶 叱 噴 吒 噊 啐 唇 吁 嘵 嘖 嗷 唸 吚

是此咎字 臨淮有咎猶縣。見地理志按韓子智伯伐仇猶非此縣地

嘮呶讙也。从口勞聲。敕交切二部

讙聲也。从口奴聲。女交切古音在五部 詩曰載號載呶。見小雅毛曰號呼呶讙也

訶也。訶大言而怒也 从口七聲。昌栗切十二部

吒也。从口賁聲。普魂切十三部 一曰鼓鼻。此別一義許稱嚏爲欠以鼓鼻鼻之噴

噴也。叱怒也。此三字明叱噴吒三字互訓也曲禮曰毋吒食謂當食而叱怒他事嫌於怒食故注云嫌薄之淮陰侯傳曰項王喑噁叱吒千人皆廢 从口乇聲。陟駕切古音在五部亦作咤

危也。見釋詁 从口矞聲。余律切十五部

驚也。从口卒聲。七外切十五部儀禮今文以爲啐酒字

驚也。後人以震字爲之 从口辰聲。側鄰切十三部

驚也。从口于聲。況于切五部按此篆當刪說見亏部

懼聲也。幽風毛傳曰嘵嘵懼也 从口堯聲。許幺切二部 詩曰予維音之嘵嘵。玉篇廣韵作予維音之嘵嘵本說文也今本說文作唯予音之嘵嘵

大呼也。呼當作嘑廣韵嘖嘖叫也左傳定四年嘖有煩言 从口責聲。士革切十六部

嘖或从言。百官公卿表典客太初元年更名大鴻臚應劭曰郊廟行禮讚九賓鴻聲臚傳之也今漢書譌讚

眾口愁也。董仲舒傳嚻嚻苦不足食貨志天下嚻嚻陳湯傳嗸嗸苦之皆同音假借字也 从口敖聲。五牢切二部按此字五經文字玉篇廣韵經典釋文皆下口上敖本說文也今說文作嗷從人所妄改 詩曰哀鳴嗷嗷。小雅

唸吚 逗 呻也。今本無唸者淺人以爲複字而刪之集呻者淺人所改也今依全書通例補正 从口念聲。都見切古音在七部郭音坫今切都見者因詩作殿也 詩曰民之方唸吚。大雅文今作殿屎

唸吚也。釋訓殿屎呻也毛傳殿屎呻吟也陸氏詩爾雅音義皆云殿屎說文

吚。嚴 呻 吟 嗞 哤 叫 嘅 唌 嘆 喝 哨 吪

作唸吚。从口，伊省聲。依詩爾雅音義、五經文字云㕧，說文作吚，然則今本說文作吚者，俗人妄改也。以虫部蛜字例之，亦爲伊省聲。於伊切，十五部。

㘖 呻也。从口，嚴聲。五銜切，八部。廣韵作㘙。

呻 吟也。按呻者吟之舒，吟者呻之急，渾言則不別也。从口，申聲。失人切，十二部。

吟 呻也。从口，今聲。魚音切，七部。 吟或从音。

嗞 嗟也。嗟，言部作謽，云：謽，嗞也。與此爲互訓。今本言部作咨也，淺人妄改耳。謀事曰咨，音義皆殊。戰國策秦策五：平原令見諸公，必爲言之曰：嗟嗞乎司空馬。詩綢繆：子兮子兮，如此良人何。毛傳：子兮者，嗟茲也。茲當作嗞。古言嗟嗞，今人作嗟咨，非也。廣韵：嗞嗟，憂聲也。从口，茲聲。子之切，一部。

哤 哤異之言。齊語曰：四民者勿使雜處，雜處則其言哤，其事易。韋注：哤，亂也。从口，尨聲。莫江切，九部。一曰雜語。漢人多用雜爲集字，集語猶聚語也。讀若尨。兩義讀同。

叫 嘑也。从口，丩聲。古弔切，古音在三部。按吅部嘂、言部訆，訓皆訓大嘑，與此音同義小異。疑叫字淺人所增。

嘅 嘆也。从口，既聲。苦蓋切，十五部。詩曰：嘅其嘆矣。王風。

唌 語唌嘆也。梁鴻傳：覽舉枉兮措直，咸先佞兮唌唌。注：唌，音延。讀言捷急之皃。郭注爾雅假爲次字。从口，延聲。夕連切，十四部。

嘆 吞歎也。九經字樣作吞聲也，非。按嘆歎二字今人通用，毛詩中兩體錯出。依說文則義異，歎近於喜，嘆近於哀，故嘆訓吞歎，吞其歎而不能發。詳欠部。从口，歎省聲。他案切，十四部。一曰大息也。此別一義，與喟義同。

喝 㵣也。疑當作歐音也。今㵣音字耳。莊子庚桑楚：終日嘷而嗌不嗄。崔譔本作不喝，云：啞也。子虛賦：榜人歌，聲流喝。郭璞曰：言悲嘶也。又謝希逸文：喝邊簫於松霧。从口，曷聲。於介切，十五部。

哨 不容也。鄭注考工記曰：哨，頭小也。記：从口，肖聲。才笑切，二部。按投壺曰：某有枉矢哨壺。

吪 動也。見釋詁、毛詩傳。从口，化聲。五禾切，十七部。詩曰：尙寐無吪。王風。又小雅或寢或吪。吪今各本作訛，非也。

二篇上

噆 吝 㖃。各 否 唁 哀 嗁 嗀 咼 㕭 嗼 昏

說即譖字。

噆 嗛也。元應引作銜也。嗛銜音義同。从口，朁聲。子荅切，七部。

吝 恨惜也。慳吝亦恨惜也。从口，文聲。按此字蓋从口文會意，凡恨惜者多文之以口，非文聲也。良刃切，十二部。易曰：以往吝。蒙初六爻辭。按辵部引以往遴，不同者，許易偁孟氏，或兼偁他家，或孟易有或本，皆未可知也。 古文吝从彣。

各 異詞也。詞者意內而言外。異爲意，各爲言也。从口夂。夂，陟侈切。夂者，有行而止之，不相聽意。夂部曰：從後至也。象人兩脛後有致之者。致之止之義相反而相成也。古洛切，五部。

否 不也。从口不。按否字見不部，此誤增也。

唁 弔生也。鄘風：歸唁衛侯。春秋：齊侯唁公于野井。穀梁傳、毛傳皆云：弔失國曰唁。此蓋弔生者以弔生爲唁，別於弔死爲弔也。何注公羊云：弔亡國曰唁，弔死曰弔，與此相發明。今本公羊注弔死國曰弔，衍國字。从口，言聲。魚變切，十四部。詩曰：歸唁衛侯。

哀 閔也。閔，弔者在門也。引伸之凡哀皆曰閔。从口，衣聲。烏開切，古音在十五部。

嗁 号也。号各本作號，今正。号下曰：痛聲也。此可證嗁号與嘑號不同字也。号，痛聲；哭，哀聲。痛在內，哀形於外，此嗁與哭之別也。喪大記：始卒，主人啼，兄弟哭，婦人哭踊。注：悲哀有深淺也。若嬰兒中路失母，能勿嗁乎。按鄭用嗁，記語也。嗁俗作啼。士喪禮作謕，古多假謕爲嗁。从口，虒聲。杜兮切，十六部。

嗀 歐皃。今俗語如此。从口，殸聲。許角切，三部。春秋傳曰：君將嗀之。左哀廿五年文。之，玉篇作焉。

咼 口戾不正也。通俗文：斜戾曰咼。从口，冎聲。苦媧切，古音十七部。

㕭 㕭嗼也。三字一句。俗本刪㕭字，非也。宀部曰：宗，無人聲。从口，叔聲。前歷切，古音在三部。

嗼 㕭嗼也。按宀部云宗寞，義略同。爾雅釋詁曰：嗼，定也。呂覽首時篇：嗼然。高注：嗼然，無聲也。今毛詩求民之莫，毛曰：莫，定也。又貊其德音，左傳、韓詩貊皆作莫。韓云：莫，定也。从口，莫聲。莫各切，五部。玉篇亾格切。

𠯑 塞口也。廣雅釋詁曰：𠯑，塞也。易巛六二括囊

嗾吠咆嘷喈哮喔呝咮嚶啄唬呦噳喁局㕣

昏。嗾ㄙㄡˋ

獋。喈ㄐㄧㄝ 嘷ㄏㄠˊ 咆ㄆㄠˊ 吠ㄈㄟˋ

无咎括即昏字也。从口氏省聲。氏即氏部昏字篆變或作氏或作凡昏聲字隸變皆爲舌如括刮之類古活切十五部。昏古文从甘。戴先生曰古文氏不省誤爲从甘按汗簡古文四聲韻云昏國昏同厥出古尚書昏即昏字不省者也。

嗾使犬聲。見左傳宣二年使犬者作之噬也方言曰秦晉之西部自冀隴而西使犬曰哨郭音騷哨與嗾一聲之轉公羊疏云今呼犬謂之屬。从口族聲。穌奏切三部釋文素口反。春秋傳曰公嗾夫獒。按嗾服本作取云取嗾也嗾夫獒使之噬盾也今本釋文正義皆譌亂取誤爲嗷。

吠犬鳴。从口犬。口犬者動口之犬也字林作吠則爲形聲字太元曰鴟鳩在林吠彼衆經文選注引戰國策作吠亦是形聲字符廢切十五部。

咆嘷也。廣韵曰咆虓熊虎聲。从口包聲。薄交切二部。

嘷咆也。廣韵嘷熊虎聲左傳曰狐貍所居豺狼所嘷。从口皋聲。乎刀切古音在三部。獋譚長說嘷从犬。公羊春秋經趙盾試其君夷獋。

嘐ㄒㄧㄠ 喔ㄨㄛ 呝ㄜˋ 咮ㄓㄡˋ 嚶ㄧㄥ

喈鳥鳴聲也。从口皆聲。古諧切十五部。一曰鳳皇鳴聲喈喈。按此八字蓋後人所增鳳皇亦鳥耳詩風雨曰雞鳴喈喈卷阿曰雝雝喈喈。

哮豕驚聲也。按哮亦作狗許角切吳都賦曰封豨䝞李云䝞豨聲呼學切亦即哮字但字形有譌耳。从口孝聲。許交切亦許角切古音在三部。

喔雞聲也。从口屋聲。於角切三部。

呝喔也。呝喔雙聲射雉賦良遊呝喔引之規裹廣韵廿一麥曰呝喔鳥聲發兩篆文下本皆云呝喔後人亂之耳。从口尼聲。烏格切十六部。

咮鳥口也。今人噣咮啄三字同音通用許分別甚明人口不曰咮。从口朱聲。章俱切古音在四部按廣韵十虞曰䳢咮多言皃四十九宥曰咮鳥口然則大徐用章俱一切誤也。

嚶鳥鳴也。小雅鳥鳴嚶嚶毛曰嚶嚶驚懼也釋訓曰丁丁嚶嚶相切直也鄭曰嚶嚶兩鳥聲也按詩鳥鳴嚶嚶出自幽谷本不言何鳥昔人因嚶嚶似離黃之聲出谷遷喬亦似離黃出蟄土而登樹故就嚶改鸎爲倉庚之名唐試士以鸎出谷

啄ㄓㄨㄛˊ 唬ㄏㄨˇ

命題本毛詩也古者倉庚名離黃名黧黃名楚雀名黃栗留黃鸝留不名黃鸎亦無鸎字也惟高誘注呂覽曰含鸎桃鸎鳥所含陸璣詩疏云黃鸝留幽州人謂之黃鸎字始見要因其聲製字耳果名依高誘作鸎桃爲是鄭注月令作櫻桃者乃俗人所改詩交交桑扈有鶯其羽毛公云鶯然有文章也鶯絕非鸎唐人耕韵鶯注鳥羽文也鸎注黃鸎也一韵中可竝用舊本唐詩黃鸎字皆如此元明以後淺人乃謂古無鸎字盡改爲鶯而鶯失其本義而人因嚶製鸎之理晦矣玉篇鶯鳥有文鸎黃鳥也分別亦是而謂倉庚爲黃鳥失詩之訓毛詩黃鳥非倉庚也至集韵類篇乃皆合鶯鸎爲一字斯謂不識字。从口嬰聲。烏莖切十一部。

啄鳥食也。鳥銳物似豖吳都賦說水鳥曰彫豖蔓藻。从口豖聲。丁角切三部。

唬虎聲也。鍇本誤鉉改爲唬聲誤甚自吠篆已下皆言鳥獸矣通俗文曰虎謂之哮唬當讀呼去聲亦讀如鎛字从虎口虎亦聲也部。从口虎。與吠意同主於說口故不入犬虎部⊙此下有一曰虎聲四字鉉本此四字在从口之上

㰯。呦ㄧㄡ 噳ㄩˇ 喁ㄩㄥˊ 局ㄐㄩˊ 㕣ㄧㄢˇ

淺人誤增。讀若蒿。說文無此字鉉用唐韵呼訏切玉篇呼交切與此讀合。

呦鹿鳴聲也。見小雅。从口幼聲。伊虯切三部。㰯呦或从欠。

噳麋鹿羣口相聚皃。大雅麀鹿噳噳毛曰噳噳然衆也小雅麀鹿麌麌毛曰麌麌衆多也按毛意麌麌即噳噳之假借也說文無麌。从口虞聲。魚矩切五部。詩曰麀鹿噳噳。

喁魚口上見。師古元應皆作衆口按魚是也淮南書水濁則魚噞喁劉逵注吳都賦曰噞喁魚在水中羣出動口皃喁本狀魚引伸他用如論語素王受命讖莫不喁喁延頸歸德淮南書羣生莫不喁喁然仰其德司馬相如傳延頸舉踵喁喁然皆是也。从口禺聲。魚容切蓋古音在四部。

局促也。以疊韵爲訓。从口在尺下復局之。尺所以指斥規榘事也口在尺下三緘其口之意。一曰博所目行棊。象形。博當作簙簙局戲也六箸十二棊簙有局以行十二棊局之字象其形此別一義渠錄切三部。

㕣山間陷

泥地。閒玉篇作澗陷當作㴸字之誤水部曰㴸泥水㴸㴸也从口。謂山閒从水敗皃。謂㴸泥谷字酉字皆从水半見谷亦从水半見出於口也水敗土而㴸泥多是曰谷讀若沇州之沇。按漢隸沇州字已多作兖以轉切十四部九州之渥地也。毛傳曰渥厚也故目沇名焉。此釋州名之意沇爲九州之渥地如谷爲山閒之渥地其義同其音亦同也容古文谷。按下蓋从谷上从列骨之殘歺字歺象水敗也漢人作兖字者蓋合和容沇二字爲之

文一百八十 鍇一百八十二 重二十一 張次立曰重二十補遺詝一字其重二十一按詝字今不補

凵張口也。象形。也廣韵作皃口犯切八部凡凵之屬皆从凵。

文一

吅驚嘑也。玉篇云吅與讙通按言部讙譁二字互訓與驚嘑義別从二口。凡吅之屬皆从吅。讀若讙。況袁切十四部

𤕦亂也。从爻工交吅。疑有譌脫寸部尋繹理也从口从工从又从寸工口亂也又寸分理之彡聲與𤕦同意是則从吅从爻从工者亦亂也从己分理之𤕦不云理尋不云亂者互見其義也乙部曰亂治也受部曰𤔔治也幺子相亂受治之凡言亂而治在焉易窮則變也莊子在宥傖囊崔譔作戕囊云戕囊猶搶攘晉灼注漢書曰搶攘亂皃也搶攘疊韵本在陽唐韵轉入庚韵攘即𤕦之假借凡髮亂曰鬡鬤艸亂曰𦳝薴皆搶攘同意一曰窒𤕦。𤕦玉篇作穰蓋誤窒𤕦蓋充塞之意周漢人語也讀若穰。穰網義同讀在十部唐韵女庚切𤕦籀文𤕦。

嚴教命急也。嚴急疊韵趙注孟子曰事嚴喪事急从吅。敢聲。語杴切八部嚴古文嚴。

咢譁訟也。引伸爲徒擊鼓曰咢又韋賢傳咢咢黃髮从吅屰。屰亦聲。五各切五部

單大也。當爲大言也淺人刪言字如誣加言也淺人亦刪言字爾雅廣雅說大皆無單引伸爲雙之反對大雅其軍三單毛云三單相襲也鄭云丁夫適滿三軍之數無羨卒也从吅甲。大言故从吅吅亦聲。都寒切十四部闕。當云甲闕謂甲形未聞也

𠰔呼雞重言之。當云𠰔𠰔呼雞重言之也淺人刪之耳夏小正正月雞桴粥粥也者相粥之時也案相粥之時也一本作相粥粥呼也粥𠰔古今字雞聲𠰔𠰔故人效其聲呼之風俗通曰呼雞朱朱俗說雞本朱公化而爲之今呼雞曰朱朱也謹按說文解字𠰔从二口二口爲讙州其聲也讀若祝祝者誘致禽畜和順之意𠰔與朱音相似耳今按應仲遠似當引小正爲原本从吅州聲。之六切三部讀若祝。依風俗通則祝當重讀𠰔𠰔讀若祝祝也左傳州吁穀梁作祝吁博物志云祝雞翁善養雞故呼祝祝

文六 重二

哭哀聲也。从吅。从獄省聲。苦屋切三部按許書言省聲多有可疑者取一偏旁不載全字指爲某字之省若家之爲豭省哭之从獄省皆不可信獄固从㹜非从犬而取㹜之半然則何不取穀獨倏俗之省乎竊謂从犬之字如狡獪狂默猝猥孏狠獷狀獳狎狃犯猜猛犺犴狷戾獨狩臭獘獻類猶卅字皆从犬而移以言人安見非哭本謂犬嘷而移以言人也凡造字之本意有不可得者如禿之从禾用字之本義亦有不可知者如家之从豕哭之从犬愚以爲家入豕部从豕省哭入犬部从犬吅皆會意而移以言人庶可正省聲之勉強皮傅乎哭部當廁犬部之後、凡哭之屬皆从哭。

喪亡也。亡部曰亡逃也亡非死之謂故中庸曰事死如事生事亡如事存尚書大傳曰王之於仁人也死者封其墓況於生者乎王之於賢人也亡者表其閭況於在者乎皆存亡與生死分別言之凶禮謂之喪者鄭禮經目錄云不忍言死而言喪喪者棄亡之辭若全居於彼焉己失之耳是則死曰喪之義也公子重耳自偁身喪魯昭公自偁喪人此喪字之本義也凡喪失字本皆平

聲。俗讀去聲以別於死喪平聲，非古也。从哭亡，亡亦聲。此從禮記奔喪之禮釋文所引。息郎切。十部。

文二

走ㄗㄡˇ

走 趨也。釋名曰：徐行曰步，疾行曰趨，疾趨曰走。此析言之，許渾言不別也。今俗謂走徐趨疾者，非。从夭止。夭止者，屈也。依韵會訂。夭部曰：夭，屈也。止部曰：止爲足。从夭止者，安步則足胻較直，趨則屈多。子苟切。四部。大雅假本奏爲奔走。凡走之屬皆从走。

趨ㄑㄩ

趨 走也。曲禮注曰：行而張足曰趨。按張足過於布武。大雅左右趣之，毛曰：趣，趨也。此謂假借趣爲趨也。从走芻聲。七逾切。古音在四部。

赴ㄈㄨˋ

赴 趨也。聘禮：赴者未至。士喪禮：赴曰君之臣某死。注皆云：今文赴作訃。按古文訃告字祇作赴者，取急疾之意。今文从言，急疾意轉隱矣。故言部不收訃字者，从古文不从今文也。凡許於禮經从今文則不收古文字，如口部有名，金部無銘是也。从古文則不收今文字，如赴是也。禮記作訃，不作赴者，禮記多用今文禮也。左傳作赴者，左丘明述春秋傳以古文，故與古文禮同也。从走卜聲。芳遇切。古音在三部。

趣ㄑㄩˋ

趣 疾也。大雅：來朝趣馬。箋云：言其辟惡早且疾也。玉篇所引如是，獨爲不誤。早釋來朝，疾釋趣馬也。又濟濟辟王，左右趣之。箋云：左右之諸臣皆促疾於事。周禮趣馬，大鄭曰：趣馬，趣養馬者也。按趣養馬謂督促養馬。古音七口反，音轉乃有清須、七句二反。後人言歸趣、言趣者，乃引伸之義，輒讀爲七句，以別於七苟，非古義古音也。从走取聲。七句切。古音在四部。

超ㄔㄠ

超 跳也。跳，一曰躍也。躍，迅也。迅，疾也。然則超與趣同義。从走召聲。敕宵切。二部。

趫ㄑㄧㄠˊ

趫 善緣木之士也。依二京賦注、衆經音義訂。吳都賦曰：趫材悍壯，此焉比廬。成公綏洛陽賦曰：趫才逸態，習水善浮。按張注列子說符篇異伎云：趫人。郭注山海經長股國言有喬國，今伎家僑人象此。僑人，今俗謂之蹻僑。僑即趫字，去囂切。从走喬聲。去囂切。二部。讀若王子蹻。王子蹻蓋即王子喬，周靈王太子晉也。又有王喬者，蜀武陽人也。淮南齊俗訓：王喬、赤誦子。誦同松。師古注王褒傳僑松云：王僑、赤松子。凡辭賦言喬松者，皆謂王喬，非王子喬。

赳ㄐㄧㄡˇ

赳 輕勁有才力也。周南傳曰：赳赳，武皃。釋訓曰：洸洸、赳赳，武也。詩書義引爾雅，武作勇。从走丩聲。居黝切。三部。讀若鐈。鐈，喬聲，在二部，合韵最近。

⿺走支ㄑㄧˊ

⿺走支 緣大木也。與蚑音義略同。一曰行皃。此別一義。小雅：鹿斯之奔，維足伎伎。玉篇作⿺走支⿺走支。从走支聲。巨之切。之當作支。十六部。

趮ㄗㄠˋ

趮 疾也。考工記：羽豐則遲，羽殺則趮。鄭云：趮，旁掉也。按今字作躁。从走喿聲。則到切。二部。

趯ㄊㄧˋ

趯 躍也。召南傳曰：趯趯，躍也。足部曰：躍，迅也。从走翟聲。以灼切。古音在二部平聲。

⿺走厥ㄐㄩㄝˊ

⿺走厥 蹷也。蹷，跳起也。足部曰：楚人謂跳躍曰蹷。从走厥聲。居月切。十五部。

越ㄩㄝˋ

越 度也。與辵部越字音義同。周頌：對越在天。箋云：越，於也。此假借越爲粵也。尚書有越無粵，大誥、文侯之命越字，魏三體石經作粵。說文引粵三日丁亥，今召誥作越三日丁巳。从走戉聲。王伐切。十五部。

趁ㄔㄣˋ

趁 𧽝也。从走㐱聲。讀若塵。丑忍切。十三部。按趁當平聲，同馬部駗，張人切。今人趁逐字作此，反語爲丑刃，非古義古音也。

𧽝ㄓㄢ

𧽝 趁也。按趁𧽝即屯六二屯如亶如。馬融云：難行不進之兒。亶，俗本作邅。葉林宗抄宋版釋文、呂祖謙音訓皆作亶。馬部作駗驙，駗驙，馬載重難也。皆雙聲疊韵字。疑兩篆下本皆作趁𧽝也。从走亶聲。張連切。十四部。

趞ㄘㄨㄛˋ

趞 趬趞也。从走昔聲。七雀切。古音在五部。一曰行皃。

趬ㄑㄧㄠ

趬 行輕皃。今俗語輕趬當用此字。从走堯聲。牽遙切。二部。一曰趬，舉足也。今俗語謂舉足正如此。按趬趞雙聲字。疑篆當先趬後趞。趬下曰：趬趞，行輕兒。一曰趬，舉足也。从走堯聲。趞下云：趬趞也。从走昔聲。今本蓋淺人所亂。

⿺走弦ㄒㄧㄢˊ

⿺走弦 急走也。从走弦聲。形聲包會意。从弦，有急意也。胡田切。十二部。

趀ㄗ

趀 倉卒也。倉俗从艹，誤。九四其行次且。次，鄭作趀。論語造次必於是。造次，馬云急遽也，鄭云倉卒也。然則次者，趀之假借字。錢氏大昕說。从走朿

趮ㄆㄧㄠ 𧺝ㄎㄢˇ 趥ㄑㄧㄡ 𧾩ㄓㄨˊ 𧼫ㄐㄧㄤˋ 𧾍ㄒㄩㄣˊ 趞ㄐㄧㄝˊ 䞆ㄑㄩㄣˋ 趖ㄙㄨㄛ

聲。讀若僉。取私切十五部。趮 輕行也。从走票聲。撫招切二部。𧺝 行皃。从走臤聲。讀若菣。棄忍切十二部。趥 行皃。从走酋聲。千牛切三部。𧾩 行皃。篇韵皆曰小兒行。从走蜀聲。讀若燭。之欲切三部。𧼫 行皃。从走匠聲。讀若匠。疾亮切十部。𧾍 走皃。走疾於行。从走叡聲。讀若紃。詳遵切十三部。按此字今篆作趣。說云叡聲。叡字讀若郗。郗部分絕遠。依廣韵十八諄作趣。則與玉部璿字同一諧聲。取韵與似沿分十三十四部而取近也。玉篇亦作趣。祀傳切。今改正。趞 走意。廣韵走皃。从走薊聲。讀若髽結之結。結者今之髻字。鄭注經少牢饋食追師弁師襍記用紒字。从禮古文。今文也。許造說文髟部四用結字。此一用結字。从禮古文也。士冠禮釆衣紒注云古文紒爲結。許不从今文。故糸部無紒。[illegible]古屑切十五部。䞆 走意。廣韵走皃。从走困聲。丘忿切十三部。趖 走意。

𧽝ㄒㄧㄢˋ 䟃ㄅㄧㄢ 𧾐ㄓˋ 趙ㄧㄡˋ 䞃ㄨˇ 趯ㄑㄩˊ 𧾍ㄐㄧㄢˇ 赶ㄘㄞˊ

花開詞曰荳蔻花開趖晚日。今京師人謂日跌爲晌午趖。从走坐聲。酥和切十七部。𧽝 走意。石鼓詩𧽝𧽝𧽝。从走憲聲。許建切十四部。䟃 走意。从走臱聲。布賢切十二部。按鍇本作臱省聲。而其篆文不省。𧾐 走也。从走戴聲。讀若詩威儀秩秩。此偁假樂威儀抑抑德音秩秩。誤合二句爲一。如東方昌矣昆夷駾矣亦然也。秩秩李仁甫本作䟄䟄。少牢饋食禮注曰古文替爲秩秩或爲𧾐。與𧾐讀如秩相似。直質切十一十二部合韵最近。趙 走也。篇韵皆作走皃。从走有聲。讀若又。于救切古音在一部。䞃 走輕也。从走鳥聲。讀若鄔。安古切五部。趯 走顧皃。从走瞿聲。此形聲包會意。瞿鷹隼之視也。記曰見似目瞿。讀若劬。其俱切五部。𧾍 走皃。从走寒省聲。今本寒作蹇誤。篇韵皆巨言虛言二切。鉉云九輦切。赶 疑之等赶而去也。等讀若蠶等。赶疊韵字。嚅滯之皃。疑之故等赶而去。

𧺆ㄘˇ 赹ㄑㄩㄥˊ 趣ㄩˊ 起ㄑㄧˇ 𧼯ㄏㄞˊ 迟° 𧽰ㄙㄨㄥˋ 趛ㄧㄣˊ

等在之止韵。音變入咍海韵。音轉入拯等韵。从走才聲。倉才切一部。𧺆 淺渡也。从走此聲。雌氏切十五十六部。赹 獨行也。唐風獨行煢煢。毛曰煢煢無所依也。煢聲勻聲合音取近。故煢趨同義。从走勻聲。讀若煢。渠營切十一部。勻聲古在十二部。趣 安行也。廣韵九魚趣趣安行皃。按欠部歟安气也。心部𢡎趣步𢡎𢡎也。馬部鸒馬行徐而疾也。論語曰與與如也。漢書長倩懙懙。从走與聲。余呂切五部。起 能立也。起本發步之偁。引伸之訓爲立。又引伸之爲凡始事凡興作之偁。从走巳聲。五經文字云从辰巳之巳是。字鑑从戊己之己非也。墟里切十五部。迟 古文起从辵。𧼯 留意也。从走里聲。讀若小兒咳。咳今本作孩誤。許用小篆也。戶來切一部。𧽰 行也。廣韵一送曰𧽰𧽰疾行皃。大人賦蚴蟉沛艾赳螑仡以佁儗兮。張揖曰赳螑申頸低卬也。按赳螑猶[illegible]趨。从走臭聲。香仲切古音在三部。趛 低頭

趌ㄐㄧㄝˊ 趨ㄐㄧㄝˊ 𧾍ㄒㄩㄢ 趉ㄧˋ 𧾩ㄧˋ 𧺾ㄐㄩㄝˊ 趩ㄔˋ 趆ㄉㄧˇ 趍ㄔˊ

疾行也。从走金聲。牛錦切七部。趌 趌趨。逗。怒走也。从走吉聲。去吉切十二部。趨 趌趨也。凡異部疊韵必部分相近。从走曷聲。居謁切十五部。𧾍 疾也。齊風子之還兮。毛曰還便捷之皃。按毛以還爲𧾍之假借也。或毛詩所據詩本作𧾍。从走瞏聲。讀若讙。況袁切十四部。趉 直行也。从走乞聲。魚訖切十五部。𧾩 趨進𧾩如也。有但引經文不釋字義者如此。及詞之計矣。結衣長短右袂是也。又色艴如也。又足躩如也。从走翼聲。與職切一部。𧺾 踶也。足部曰踶躛也。按踶蹋也。从走夬聲。各本作決省聲。非。古穴切十五部。趩 行聲也。石鼓詩其來趩趩。从走異聲。讀若敕。丑亦切一部。一曰不行皃。按趩字鍇本在部末。疑趩趩本一字而二之。如水部之㶕瀷也。趆 趍也。玉篇走皃。廣韵趆走皃。从走氐聲。都禮切十五部。篇韵皆去聲。趍 趍趙。二字句。夊

趙ㄓㄠˋ 赾ㄑㄧㄢˇ ⿺走臱ㄐㄩˊ 趠ㄔㄠˋ ⿺走龠ㄩㄝˋ ⿺走瞿ㄑㄩˊ ⿺走契ㄔˋ ⿺走幾ㄐㄧ ⿺走弗ㄈㄨˊ 趫ㄩˋ 趧ㄇㄢˊ 趉ㄑㄩ 趜ㄐㄩˊ 趑ㄗ

也。夊行遲曳夊夊也楚危切各本皆譌久玉篇廣韵不誤趍趨雙聲字與峙䠧篤箸躊躇字皆爲雙聲轉語从走多聲。直离切古音在十七部

趙 趍趙也。从走肖聲。治小切

赾 行難也。廣雅赾難也按今人靳固字當作此赾字从走斤聲。讀若堇。丘堇切十三部

⿺走臱 走意也。从走臱聲。讀若繘。居聿切十五部臱古音在十四部合音取近故臱繘亦同字

趠 遠也。辵部曰逴遠也音義同上林賦捷垂條逴希閒元應引如是史記作踔郭璞曰踔懸擲也吳都賦狖鼯猓然騰趠飛超按許云遠者騰躑所到遠也从走卓聲。敕角切李善吐教切今俗語如綽二部

⿺走龠 趠⿺走龠也。二字一句趠⿺走龠疊韵字廣韵趠⿺走龠行皃方言蹻行也蹻即⿺走龠字从走龠聲。以灼切二部

⿺走瞿 大步也。从走瞿聲。丘縛切五部

⿺走契 超特也。廣韵曰⿺走契同跇按足部有跇字迣也迣踰也禮樂志體容與迣萬里迣迾也於義隔史記樂書作跇吳都賦跇踰竹柏李善引如淳曰跇超踰也取曳切⿺走契與跇音義同从走契聲。丑例切十五部

⿺走幾 走也。从走幾聲。居衣切十五部

⿺走弗 走也。篇韵皆作⿺走弗云走皃从走弗聲。敷勿切十五部

趫 狂走也。東京賦捎魑魅斮獝狂薛曰獝狂惡戾之鬼按獝當作趫从走矞聲。余律切十五部廣韵趫同趨

趧 行遲也。今人通用慢字从走曼聲。莫還切十四部

趉 走也。玉篇曰卒起走也按今俗語有之从走出聲。讀若無尾之屈。尾部曰屈無尾也高注淮南云屈讀如秋雞無尾屈之屈方言隆屈郭音屈尾瞿勿切十五部

趜 窮也。毛傳鞫窮也說文竆窮也鞫竆治辠人也皆於雙聲疊韵求之廣韵曰趜困人也从走匊聲。居六切廣韵又巨竹切三部

趑 趑趄。逗行不進也。易其行次且釋文次本亦作趑或作歆馬云卻行不前也且本亦作趄或作跙馬云語助也王肅云趑趄行止之礙也按馬云卻行不前者於次本字得其義也云語助者王風毛傳所云且辭也馬鄭同用

趄ㄐㄩ ⿺走虔ㄑㄧㄢ ⿺走雚ㄑㄩㄢˊ 趢ㄌㄨˋ ⿺走夋ㄑㄩㄣ 趚ㄐㄧˊ ⿺走圭ㄎㄨㄟˇ ⿺走虒ㄔˊ ⿺走咅ㄆㄡˊ ⿺走斥ㄔˋ

費氏易而馬次鄭趑不同趑者後出俗字趄又因趑而加走旁者也許斷不錄鉉之前已有趑字注曰趑趄鉉因又補趑篆爲十九文之一今姑皆存之俟好學者深思焉从走次聲。取私切十五部

趄 趑趄也。从走且聲。七余切五部

⿺走虔 蹇行⿺走虔⿺走虔也。从走虔聲。讀若愆。去虔切十四部

⿺走雚 行⿺走雚趢也。廣韵⿺走雚曲走皃从走雚聲。巨員切十四部一曰行曲脊皃。玉篇無行字

趢 趢趗也。東京賦曰狹三王之趢趗薛云趢趗局小皃也从走彔聲。力玉切三部

⿺走夋 行速⿺走夋⿺走夋也。鍇本行速⿺走夋⿺走夋者行速皃鉉本改下⿺走夋爲也字非夊部曰夋行夋夋也廣雅釋室曰⿺走夋䠞也子緣反今本緣譌績从走夋聲。七倫切十三部

趚 側行也。側行者謹畏也从走束聲。資昔切十六部詩曰。謂地蓋厚。不敢不趚。小雅趚作蹐毛曰蹐累足也足部引不敢不蹐此不同者蓋三家文異也束聲脊聲同部

⿺走圭 半步也。今字作跬司馬法曰一舉足曰跬跬三尺兩舉足曰步步六尺从走圭聲。讀若跬同。丘弭切十六部讀若跬同當作讀若圭三字淺人所改也伍被傳作窺同部假借祭義作頃異部假借支與清轉移次近也荀卿子作蹞

⿺走虒 ⿺走虒隯。逗輕薄也。⿺走虒隯周漢人語从走虒聲。直离切十六部讀若池。鍇本作地

⿺走咅 僵也。僵僨也此與足部之踣音義竝同未審孰爲本字孰爲後增从走咅聲。讀若匐。朋北切一部

⿺走斥 距也。距當作歫歫止也一曰槍也按蹶弩主於堂歫故曰⿺走斥張从走庍聲。鍇本不曰省聲五經文字庍隸省作斥泝字林作泝九經字樣隸省作拆又鍇本譌鉉作訴是知今本篆作⿺走斥云庍省聲非也今正車者切古音在五部漢令曰。⿺走斥張百人。申屠嘉傳材官蹶張如淳曰材官之多力能腳蹋強弩張之故曰蹶張律有蹶張士孟康曰主張強弩蹶音其月反漢令蹶張士百人考許書⿺走厥⿺走斥二字竝出⿺走厥云蹠也⿺走斥云距也引漢令⿺走斥張百人與如孟引作蹶張不合今尋繹字義⿺走厥

趙赾⿺走臱趠⿺走龠⿺走瞿⿺走契⿺走幾⿺走弗趫趧趉趜趑趄⿺走虔⿺走雚趢⿺走夋趚⿺走圭⿺走虒⿺走咅⿺走斥

省跳起也。趆者拓也。如孟二家作蹶張。皆由認蹶趆爲一字耳。讀說文者因厤厥相似。合蹶趆爲一字。篇韵皆云趆同蹶。正誤合二爲一之證也。厥之省不得作厤。

䟤 動也。篇韵皆云躒同。大戴禮曰。騏驥一躒。不能千步。从走樂聲。郎擊切。古音在二部。讀若春秋傳曰輔䟤。當作春秋傳有輔䟤六字。見襄廿四年。今傳作躒。又有荀躒。

趡 動也。揚雄河東賦曰。神騰鬼趭。師古子笑才笑二反。按說文有趡無趭。廣雅釋室。騰趭犇也。曹音子肖。今疑趭恐誤字。子肖恐誤音耳。然大人賦曰。騰而狂趭。師古音醮。吳都賦狂趭獷猤。李子召反。則古非無趭字矣。从走隹聲。千水切。十五部。春秋傳曰盟于趡。見桓十七年。陸翠軌反。趡地名。此三字後人增。

⿺走亘 ⿺走亘田逗易居也。周禮大司徒。不易之地家百畮。一易之地家二百畮。再易之地家三百畮。大鄭云。不易之地歲種之。地美故家百畮。一易之地休一歲乃復種。地薄故家二百畮。再易之地休二歲乃復種。故家三百畮。遂人辨其野之土。上地中地下地。以頒田里。上地夫一廛田百畮萊五十畮。中地夫一廛田百畮萊百畮。下地夫一廛田百畮萊二百畮。注萊謂休不耕者。公羊何注曰。司空謹別田之高下美惡。分爲三品。上田一歲一墾。中田二歲一墾。下田三歲一墾。肥饒不得獨樂。墝埆不得獨苦。故三年一換主易居。財均力平。漢書食貨志曰。民受田。上田夫百畮。中田夫二百畮。下田夫三百畮。歲耕種者爲不易上田。休一歲者爲一易中田。休二歲者爲再易下田。三歲更耕自爰其處。地理志曰。秦孝公用商君制轅田。張晏云。周制三年一易。以同美惡。商鞅始割列田地。開立仟伯。令民各有常制。孟康云。三年爰土易居。古制也。末世浸廢。商鞅相秦。復立爰田。上田不易。中田一易。下田再易。爰自在其田。不復易居也。按何云換主易居。班云更耕自爰其處。孟云爰土易居。許云⿺走亘田易居。爰轅⿺走亘換四字音義同也。古者每歲易其所耕。則田廬皆易。云三年者。三年而上中下田徧。爲三年後一年仍耕上田。故曰自爰其處。孟康說古制易居爲爰田。商鞅自在其田不復易居爲轅田。名同實異。孟說是也。依孟則商鞅田分上中下而少多之。得上田者百畝。得中田者二百畝。得下田者三百畝。不令得田者彼此相易。其得中田二百畝者。每年耕百畝。二年而徧。得下田三百畝者。亦每年耕百畝。三年而徧。故曰上田不易。中田一易。下田再易。爰自在其田。不復易居。周禮之制。得三等田者彼此相易。今年耕上田百畝。明年耕中田二百畝之百畝。又明年耕下田三百畝之百畝。又明年而仍耕上田百畝。如是乃得有休一歲休二歲之法。故曰三歲更耕自爰其處。與商鞅法雖異而同也。鞅之害民在開仟伯。从走亘聲。羽元切。十四部。

⿺走眞 走頓也。足部曰。蹎跋也。此與音義同。从走眞聲。讀若顚。都年切。十二部。

⿺走甬 喪擗⿺走甬也。今禮經禮記皆作踊。足部曰。踊跳也。是二字義殊也。傳曲踊三百。三踊于幕庭之類。當从足。若卽位哭三踊而出之踊。當从走。擗鉉作辟。詩邶風爾雅諸家本多作擗。撫心爲擗。跳躍爲⿺走甬。从走甬聲。余隴切。九部。

⿺走畢 止行也。今禮經皆作蹕。惟大司寇釋文作⿺走畢。云本亦作蹕。是可見古經多後人改竄。亦有僅存古字也。五經文字曰。⿺走畢止行也。梁孝王傳出稱警入言⿺走畢。一曰竈上祭名也。篇韵皆有⿺走畢字。云竈上祭。从走畢聲。卑吉切。十二部。

⿺走斬 進也。按水部漸云漸水也。則訓進者當專作⿺走斬。許所見周易卦名當如是矣。从走斬聲。藏濫切。八部。廣韵作⿱斬走。慈染切。

趧 趧婁逗四夷之舞各自有曲。今周禮作鞮鞻氏。注云。鞻讀爲屨。鞮屨。四夷舞者扉也。今時倡蹋鼓沓行者自有扉。按今說文革部鞮革履也。無鞻字。釋文引說文鞮屨也。字林鞮革履也。鞻者鞥履。是則字林乃有鞻字。許鄭周禮所無。鄭注當本作婁。讀爲屨。革部之鞮。是常用之屨。走部之趧婁。乃四夷舞者之屨。曲當作屨。聲之誤也。四夷之舞各自有屨。正與鄭注說同。許意當亦婁讀爲屨。从走是聲。屨也。故从走。都兮切。十六部。

趒 雀行也。今人槩用跳字。从走兆聲。徒遼切。二部。

赶 舉尾走也。从走干聲。巨言切。十四部。按此後人所增。非許書本有也。衆經音義曰。通俗文曰。舉尾走曰揵。律文作赶。馬走也。然則唐初說文無赶。卽有赶亦不訓舉尾走。都人士鄭箋。蠆螫也。尾末揵然。似婦人髮末上曲卷然。釋文引漢書音義。揵舉也。

此舉尾用撻不用㢟之證

文八十五　重一

止 ㄓˇ

㞢下基也。與丌同部同義象艸木出有阯。止象艸木生有阯中象艸木初生形止象艸過中枝莖益大出象艸木益滋上出達也故目止爲足。此引伸假借之法凡以韋爲皮韋以朋爲朋黨以來爲行來之來以西爲東西之西以子爲人之偁皆是也以止爲人足之偁與以子爲人之偁正同許書無趾字止即趾也詩麟之止易賁其止壯于前止士昏禮北止注曰止足也古文止爲趾許同鄭从今文故不錄趾字如从今文名不錄古文銘也或疑銘趾當爲今文名止當爲古文周尚文自有委曲煩重之字不合於倉頡者故名止者古文也銘趾者後出之古文也古文禮今文禮者猶言古本今本也古本出於周從後出之古文今本行於漢轉從㝡初之古文猶隸楷之體時或有捨小篆用古籀體者也諸市切一部凡止之屬皆从止。

歱 ㄓㄨㄥˇ

𡏧跟也。足部曰跟足踵也跟踵雙聲釋名曰足後曰跟或曰踵踵鍾也上體之所鍾聚也按劉熙作踵許歱踵義別从止重聲。之隴切九部

𣥠 ㄔㄥ

㞷歫也。今音丑庚切古音堂今俗語亦如堂考工記維角𣥠之大鄭曰𣥠讀如牚距之牚牚距即𣥠距字之變體車𣥠急就篇釋名作車棠說文金部作車樘木部曰樘衺柱也今俗字𣥠作撐从止尙聲。丑庚切古音十部

歭 ㄓˋ

峙踞也。足部曰踞者峙踞不前也峙踞爲雙聲字此以踞釋峙者雙聲互訓也心部曰箸足部曰蹢躅毛詩曰踟躕廣雅曰蹢躅跢跦皆雙聲疊韵而同義从止寺聲。直离切按离當作蓋一部假借以峙爲偫以踞爲儲偫費誓峙乃糗糧峙即偫變止爲山如岐作歧變山爲止非眞有从山之峙从止之歧也峙踞之峙平聲峙具峙之峙亦作跱上聲

歫 ㄐㄩˋ

歫止也。許無拒字歫即拒也此與彼相抵爲拒相抵則止矣書傳云歫至也至則止矣其義一也漢石經論語其不可者距之字作距許歫與距義別从止巨聲。其吕切五部一曰槍也。木部曰槍歫也兩字互訓槍者謂牴觸也一曰超歫。史記投石超距超一作拔漢書甘延壽投石拔拒絕於等倫張晏曰拔拒超距也劉逵曰拔拒謂兩人以手相按能拔引之也

歬 ㄑㄧㄢˊ

歬不行而進謂之歬。从止在舟上。昨先切十二部按後人以齊斷之前爲歬後字又以羽生之翦爲前齊字

歷 ㄌㄧˋ

歷過也。傳也。引伸爲治厤明時之厤从止厤聲。郎擊切十六部

𣦸 ㄔㄨˋ

𣦸至也。从止叔聲。昌六切三部

壁 ㄅㄧˋ

𨂿人不能行也。王制瘖聾跛躃按跛說文作𤼲蹇也蹇行越越是能行而躃邪不正者也躃說文作躃有足而不能行者如有牟子而無見曰矇也荀卿書皆誼傳皆假躃字爲之服虔曰躃病躃不能行也从止辟聲。必益切十六部

歸 ㄍㄨㄟ

歸女嫁也。公羊傳毛傳皆云婦人謂嫁歸此非婦人假歸名乃凡還家者假婦嫁之名也从止婦省。當云从婦止婦省寫者奪之婦止者婦止於是也自聲。舉韋切十五部林罕亥改爲追省聲

婦。

𢜶籀文省。會意

疌 ㄐㄧㄝˊ

疌疾也。凡便捷之字當用此捷獵也非其義豫九四朋盍簪子夏傳云簪疾也鄭云速也晁說之云陰宏道按張揖古今字詁疌作揩埤倉云揩疾也說之案揩簪同一字王原叔謂即詩不疌字祖感反玉裁按釋詁疌速也本或作疌从又又手也。从止。鍇曰止足也手足共爲之故疾屮聲。疾葉切按屮聲在十五部疌在八部合音也

𡳿 ㄋㄧㄝˋ

𡳿機下足所履者。𡳿者躡也从止从又入聲。尼輒切八部

㲻 ㄊㄚˋ

㞢蹈也。从反止。讀若撻。廣韵引文字音義同他達切十五部

歰 ㄙㄜˋ

𣥯不滑也。从四止。色立切七部

文十四　重一

癶 ㄅㄛ

𣥚足剌癶也。剌癶疊韵字剌盧達切从止𣥚。凡癶之屬皆从癶。隸變作癶讀若撥。北末切十五部

登 ㄉㄥ

𤼷上車也。引伸之凡上陞曰登从癶豆。象登車形。都滕切六部

弆。

𤼹籀文登从𠬞。按籀文省弆之肉小篆併內𠬞省之

癹 ㄆㄛ

𤼵目足

步　歲

蹳夷艸。周禮夷氏掌殺艸一作薙氏从癶从殳。从癶謂以足蹳夷也从殳殺之省也艸部芟亦从殳癶亦聲普活切十五部春秋傳曰。發夷蘊崇之。隱六年左傳今發作芟音衫又班固荅賓戲夷險發荒晉灼曰發開也今諸本多作芟按發亦發之誤

文三　重一

步　行也。行部曰人之步趨也步徐趨疾釋名曰徐行曰步从止𡳿相背。止𡳿相竝者上登之象止𡳿相隨者行步之象相背猶相隨也薄故切五部凡步之屬皆从步。

歲　木星也。五星水曰辰星金曰太白火曰熒惑木曰歲星土曰塡星越歷二十八宿。歲越疊韵宣徧陰陽。宣歲雙聲此二句謂十二歲而周十二次也十二月一次。釋天云載歲也夏曰歲商曰祀周曰年孫炎云歲星行一次也賈公彥引星備云歲星一日行十二分度之一十二歲而周天从步行於天有常故从步戌聲。戌悉也亦是會意相銳切十五部律厤書名五星為五步。此釋从步之意漢書律歷志云五步

文二

二篇上

此　呰

此　止也。釋詁曰已此也正互相發明於物為止之処於文為止之詞从止匕。句匕相比次也。此釋从匕之故相比次而止也雌氏切十五部漢人入十六部凡此之屬皆从此。

呰　窳也。闕。將此切十五十六部按此非許本文史記貨殖傳云呰窳偷生無積聚漢地理志呰窳媮生而無積聚應劭曰呰弱也晉灼曰呰病也窳惰也徐廣曰呰窳苟且情嬾之謂也師古曰呰短也窳弱也言短力弱才不能勤作是皆呰窳為雙字不以窳釋呰小顏云呰短者本方言今說文以窳釋呰非史漢文義又凡云闕者或闕其義或闕其音或闕其形旣釋為窳則義非闕也其音則如淳音紫其形則从此从吅此亦聲音非盡闕無可言者許以呰入言部以呰入口部惟呰不入吅部入此部許必審知其說今本蓋許說亡後淺人補之也釋詁曰茲斯咨呰已此也疑呰本作呰訓此故許類諸此止也而入此部歟

𣦼

𣦼　識也。从此朿聲。遵誄切古音在十六部一曰藏也。藏今字也古作臧廣雅石鍼謂之𣦼與識訓相近又𣦼拲也與藏訓相近拲同舒卷之卷

文三

二篇上

正乏是韙尟辵迹達𨓈邁巡

說文解字第二篇下

金壇段玉裁注

正ㄓㄥˋ 正。 正。 乏ㄈㄚˊ 是ㄕˋ 是。韙ㄨㄟˇ 愇。尟ㄒㄧㄢˇ

正 是也。从一。一㠯止。江沅曰：一所㠯止之也。如乍之止亡、毋之止姦，皆㠯一止之。之盛切。十一部。凡正之屬皆从正。𤴓 古文正从二。二，古文上字。此亦同𠆢、示、辰、龍、童、音、章皆从二。𤴔 古文正从一足。足亦止也。止部曰：止爲足。

乏 春秋傳曰：反正爲乏。左傳宣十五年文。此說字形而義在其中矣。不正則爲匱乏。二字相鄉背也。禮受矢者曰正，拒矢者曰乏。以其禦矢謂之乏，以獲者所容身謂之容。房法切。古音在七部。

文二 重二

是 直也。直部曰：正見也。从日正。十目燭隱則曰直，以日爲正則曰是。从日正，會意。天下之物莫正於日也。左傳曰：正直爲正，正曲爲直。五經文字：是入日部，則唐本从日也。恐非。承言切。言當作紙。十六部。凡是之屬皆从是。𣆞 籀文是从古文正。按此知籀篆皆从日。

韙 是也。古文尙書曰：時五者來備。今文尙書作五是來備。李賢於李雲、荀爽傳皆引史記五是來備。可證凡史記多用今文尙書也。荀爽對策曰：五韙咸備。韙與是義同，六書之轉注也。李雲上書曰：五氏來備。氏與是音同，在十六部，六書之叚借也。从是韋聲。于鬼切。十五部。春秋傳曰：犯五不韙。左傳隱十一年文。

愇 籀文韙从心。玉篇云：愇，怨恨也。廣韵引字書：愇，恨也。皆不云同韙。

尟 是少也。易繫辭：故君子之道鮮矣。鄭本作尟，云少也。又尟不及矣，本亦作鮮。又釋詁：鮮，善也。本或作尟、作尠。尠者，尟之俗。是少，逗。俱存也。是少二字各本譌作尟字。此釋上文是少之意。是，此也。俱存而獨少此，故曰是少。从是少。於其形得其義也。賈侍中說。此字說得諸侍中也。穌典切。十四部。

辵ㄔㄨㄛˋ 迹ㄐㄧ 蹟。 速。 達ㄏㄞˋ 𨓈ㄕㄨㄛˋ 邁ㄇㄞˋ 邁。 巡ㄒㄩㄣˊ

文三 重二

辵 乍行乍止也。公食大夫禮注曰：不拾級而下曰辵。鄭意不拾級而上曰栗階，亦曰歷階；不拾級下曰辵階也。廣雅：辵，奔也。从彳止。彳者乍行，止者乍止。丑略切。古音葢在二部。讀如超。凡辵之屬皆从辵。讀若春秋傳曰：辵階而走。讀若二字衍。春秋傳者，公羊宣二年文。今公羊作躇。何休曰：躇猶超遽不暇以次。

迹 步處也。莊子云：夫迹，履之所出，而迹豈履也。从辵亦聲。迹本作速，束聲，故音在十六部。小篆改爲亦聲，則當入五部，而非本部之形聲矣。李陽冰云：李丞相持束作亦。謂此字也。資昔切。古音在十六部。

蹟 或从足責。責亦束聲也。小雅：念彼不蹟。毛傳：不蹟，不循道也。

速 籀文迹从朿。釋獸：鹿其跡速。釋文本又作𨔵，素卜反。引字林：鹿跡也。按速正𨔵字之誤。周時古本云其跡速，速之名不嫌專繫鹿也。廣雅：躔、踈、解、亢，跡也。即爾雅麋跡躔、鹿跡速、麕跡解、兔跡迒也。曹憲踈音四迹反。集韵云：迹或作踈。然則字林從鹿速聲素卜反之字，紕繆實甚。或以竄入爾雅，又或以𪋧入鹿部麢𪋧二字之閒，其誤可不辯自明矣。

達 無違也。舛部曰：舝，車軸耑鍵也。兩相背。从舛。達从舝而曰無違，猶祀從巳而曰祭無巳也。从辵舝聲。讀若害。胡葢切。十五部。廣韵音會。

𨓈 先道也。道，今之導字。𨓈，經典假率字爲之。周禮燕射帥射夫以弓矢舞，故書帥爲率，鄭司農云：率當爲帥。大鄭以漢人帥領字通用帥，與周時用率不同故也。此所謂古今字。毛詩率時農夫，韓詩作帥時。許引周禮率都建旗，鄭周禮作帥都。聘禮注曰：古文帥皆爲率。皆是也。又釋詁、毛傳皆云：率，循也。此引伸之義。有先導之者，乃有循而行者，亦謂之率也。从辵率聲。疏密切。十三部。

邁 遠行也。釋言、毛傳曰：邁，行也。从辵萬聲。莫話切。十五部。萬聲在十四部，合音也。

邁 邁或从蠆。按虫部蠆字上不从萬，而𠂇部厂部蠆皆从萬从虫。未闕其詳。

巡 視行也。視各本作見，今依篇韵訂。視行者，有所省視之行也。天子適諸侯曰巡狩。

[辶𣪊]ㄐㄧㄡ 徒ㄊㄨˊ 䢜ㄧㄡ [辶正]ㄓㄥ。征 隨ㄙㄨㄟˊ 𨑩ㄆㄟˋ 迋ㄨㄤˋ 逝ㄕˋ [辶且]ㄘㄨˊ 徂。𨖌。述ㄕㄨˋ

巡所守也視行一作延行延巡雙聲。从辵川聲。詳遵切十三部。[辶𣪊]恭謹行也。从辵𣪊聲。讀若九。居又切三部。徒步行也。賁初九舍車而徒引伸爲徒搏徒涉徒歌徒擊鼓。从辵土聲。同都切五部辻隸變作徒。䢜行䢜徑也。玉篇䢜疾行也按此當作行徑也或作行由徑也。从辵䌛聲。以周切三部。[辶正]正行也。釋言毛傳皆曰征行也許分別之征爲正行遵爲遠行。从辵正聲。形聲包會意諸盈切十一部廴部又有延字行也。征[辶正]或从彳。引伸爲征伐孟子曰征之爲言正也。隨從也。行可委曲從迹謂之委隨。从辵隋聲。旬爲切古音在十七部。𨑩行皃。从辵朮聲。按各本篆文作𨑩非也从卽禮切之朿則不得云朮聲云蒲撥切矣朮普活切隸變作市廣韻迹北末切急走也跡蒲撥切行皃趚上同此三字實一字二音實一音也許書言剌癶癶與迹音義同自下文遝譌爲迹因改此迹爲迹而以蒲撥北末分隸之其誤久矣十五部

〈二篇下〉 三

迋往也。迋往疊韻。从辵王聲。于放切十部。春秋傳曰子無我迋。左傳昭廿一年文鄭風無信人之言人實迋女毛曰迋誑也傳意謂迋爲誑之段借左氏此迋正同迋本訓往而經傳段借爲誑故傳之以明依聲託事如攷本人姓而無有作攷借爲好字狟本訓犬行而尚狟狟借爲桓桓莧本訓火不明而布重莧席借爲蓄字皆其理也。逝往也。釋詁方言同方言曰逝秦晉語也。从辵折聲。讀若誓。時制切十五部各本篆文不从斷艸非也。[辶且]往也。釋詁方言皆曰徂往也按鄭風匪我思且箋云猶非我思存也此謂且卽徂之段借釋詁又云徂存也是也。从辵且聲。全徒切五部。[辶且]齊語。方言文。徂[辶且]或从彳。𨖌籒文从虘。述循也。述循疊韻述或段借術爲之如詩報我不述本作術是也古文多段借遹爲之如書祗遹乃文攷詩遹駿有聲遹追來孝釋言毛傳皆曰遹述也是也孫炎曰遹古述字葢古文多以遹爲述故孫云爾謂今人用述古人用遹也凡言古今字者

[辶秫]。遵ㄗㄨㄣ 適ㄕˋ 過ㄍㄨㄛˋ 遦ㄍㄨㄢˋ [辶賣]ㄉㄨˊ 進ㄐㄧㄣˋ 造ㄗㄠˋ 艁。逾ㄩˊ 遝ㄊㄚˋ 迨ㄏㄜˊ 迮ㄗㄜˊ 逪ㄘㄨㄛˋ

視此。从辵术聲。食聿切十五部。[辶秫]籒文从秫。术者秫之省。遵循也。遵循疊韻見釋詁。从辵尊聲。將倫切十三部。適之也。釋詁適之往也方言逝徂適往也適宋魯語也按此不曰往而曰之許意葢以之與往稍別逝徂往自發動言之適自所到言之故女子嫁曰適人。从辵啻聲。施隻切十六部。適宋魯語。過度也。引伸爲有過之過釋言郵過也謂郵亭是人所過愆郵是人之過皆是分別平去聲者俗說也。从辵咼聲。古禾切十七部。遦習也。此與手部摜音義同。从辵貫聲。工患切十四部亦假貫或假串左傳曰貫瀆鬼神釋詁貫習也毛詩曰串夷載路。[辶賣]媟[辶賣]也。女部作媟嬻黑部作黷今經典作瀆。从辵𧶠聲。徒谷切三部。進登也。从辵閵省聲。卽刃切十三部。造就也。造就疊韻廣雅造詣也。从辵告聲。七到切古音在三部。譚長說造上士也。王制升於司徒者不征於鄉升於學者不征於司徒曰造士注造成也能習禮則爲成士按依鄭則與就同義。艁古文造从舟。釋水天子造舟毛傳同陸氏云廣雅作艁按艁者謂並舟成梁後引伸爲凡成就之言。逾越進也。越進有所超越而進也。从辵俞聲。羊朱切四部。周書曰無敢昏逾。顧命文昏从民者誤。遝迨也。廣韻迨遝行相及也文賦紛葳蕤以馺遝方言迨遝及也東齊曰迨關之東西曰遝或曰及公羊傳祖之所逮聞也漢石經作遝聞。从辵眔聲。目部云眔目相及也是遝亦會意徒合切八部按褱罤字皆眔聲是合韻之理也。迨遝也。迨遝疊韻。从辵合聲。侯閤切七部。迮迮起也。此與人部作音義同公羊傳今若是迮而與季子國何云迮起也倉卒意按孟子乍見孺子將入於井乍者倉卒意卽迮之段借也引伸訓爲迫迮卽今之窄字也。从辵乍聲。阻革切古音在五部子各切。逪迹逪也。迹各本作迹依廣韻玉篇正小雅獻醻交錯毛曰東西爲交邪行爲錯儀禮交錯以辯旅

〈二篇下〉 四

遄速迅适逆迎这遇遭遘逢遌迪遞通徙迻遷運遁遜返還選

遄ㄔㄨㄢˊ 速ㄙㄨˋ 遫。讋。 迅ㄒㄩㄣˋ 适ㄍㄨㄚ 逆ㄋㄧˋ 迎ㄧㄥˊ 这ㄐㄧㄠ 遇ㄩˋ 遭ㄗㄠ 遘ㄍㄡˋ 逢ㄈㄥˊ 遌ㄜˋ 迪ㄉㄧˊ 遞ㄉㄧˋ 通ㄊㄨㄥ

歬行禮一逪一逪也。从辵昔聲。倉各切五部。遄往來數也。數所角桑谷二切釋詁曰遄疾也速也崧高蒸民傳同。从辵耑聲。市緣切十四部。易曰已事遄往。巳依韵會虞翻曰祀舊作巳是也今本鉉作巳錯作以。速疾也。見釋詁。从辵束聲。桑谷切三部。遫籀文从欶。二傳作速公羊作遫如衛侯遫仲孫遫是也呂覽辨志注遫疾也玉藻見所尊者齊遫假遫爲肅也。𨘎古文从欶从言。籀古皆欶聲。迅疾也。見釋詁迅疾疊韵。从辵卂聲。息進切十二部。适疾也。从辵昏聲。讀與括同。古活切十五部。逆迎也。逆迎雙聲二字通用如禹貢逆河今文尚書作迎河是也今人假以爲順屰之屰逆行而屰廢矣。从辵屰聲。宜戟切古音在五部。關東曰逆，關西曰迎。方言逢逆迎也自關而西或曰迎或曰逢自關而東曰逆。迎逢也。夆牾也逢遇也其理一也。从辵卬聲。疑卿切古音在十部。这會也。東西正相値爲这今人假交脛之交爲这會字。从辵交聲。古肴切二部。遇逢也。从辵禺聲。牛具切古音在四部。遭遇也。見釋詁。从辵曹聲。作曹切古音三部。一曰邐行。衍云過遭是也。遘遇也。見釋詁易姤卦釋文曰薛云古文作遘鄭同按褋封傳遘遇也柔遇剛也可以遘全經皆當作遘矣遘遇疊韵。从辵冓聲。古候切四部。逢遇也。見釋詁。从辵夆聲。符容切九部按夆牾也牾逆也此形聲包會意各本改爲夆省聲誤說文本無夆。遌相遇驚也。釋詁遌遻也遻見也。从辵屰，屰亦聲。五各切五部。迪道也。見釋詁按道兼道路引導二訓方言由迪正也迪道疊韵。从辵由聲。徒歷切古音在三部。遞更易也。招䰟二八侍宿射遞代些王云遞更也遞易疊韵。从辵虒聲。特計切十六部。通達也。通達雙聲達古音同闥禹貢達于河今文尚書作通于河按達之訓行不相遇也通

徙ㄒㄧˇ 𨑢。 屎。 迻ㄧˊ 遷ㄑㄧㄢ 拪。 運ㄩㄣˋ 遁ㄉㄨㄣˋ 遜ㄙㄨㄣˋ 返ㄈㄢˇ 彶。 還ㄏㄨㄢˊ 選ㄒㄩㄢˇ

正相反經傳中通達同訓者正亂亦訓治徂亦訓存之理。从辵甬聲。他紅切九部。徙迻也。止各本有聲字非也止在一部徙在十六部從辵止會意者乍行乍止而竟止則移其所矣斯氏切。𨑢徙或从彳。彳者行也。屎古文徙。未詳其形聲會意韵會云說文古作徙集韵作屎然則此字不出說文也集韵字體亦不同。迻遷徙也。今人假禾相倚移之移爲遷迻字。从辵多聲。弋支切古音在十七部。遷登也。从辵䙴聲。七然切十四部。拪古文遷从手西。形聲。運迻徙也。釋詁遷運徙也。从辵軍聲。王問切十三部。遁遷也。此字古音同循遷延之意凡逡遁字如此今之逡巡也儀禮鄭注用逡遁十有一。一曰逃也。此別一義以遁同遯蓋淺人所增。从辵盾聲。徒困切十三部。遜遁也。从辵孫聲。蘇困切十三部按六經有孫無遜大雅孫謀聘禮孫而說學記不陵節而施之謂孫論語孫以出之皆愻之叚借也春秋夫人孫于齊公孫于齊詩公孫碩膚尚書序將孫于位皆逡遁遷延之意故穀梁云孫之爲言猶孫也公羊云孫猶孫也何休云孫猶遁也鄭箋云孫之言孫遁也釋言云孫遁也釋名曰孫遜也遜遁在後生也古就孫義引伸卑下如兒孫非別有遜字也至部孌字下云從至至而復孫孫遁也此亦有孫無遜之證今尚書左氏經傳爾雅釋言淺人改爲遜許書遜遁也蓋後人據今本爾雅增之非本有也。返還也。返還疊韵。从辵反。反覆也覆復同。反亦聲。扶版切十四部。商書曰祖伊返。西伯戡黎文各本作祖甲今依集韵訂。彶春秋傳返从彳。謂左氏傳也漢書曰左氏多古字古言許亦云左丘明述春秋傳以古文今左氏無彶字者轉寫改易盡矣。還復也。釋言還復返也今人還繞字用環古經傳祇用還字。从辵睘聲。戶關切十四部。選遣也。選遣疊韵左傳秦后子有寵於桓如二君於景其母曰弗去懼選鍼適晉其車千乘按此選字正訓遣后子懼遣故適晉實非出奔也。从辵巽。句巽

逗遣之。巽爲風故云遣之巽亦聲。思沇切十四部一曰擇也。此別一義邶風不可選也毛曰物有其容不可數也小雅選徒囂囂毛云維數車徒者爲有聲也數與擇義通選與算音同周禮注曰算車徒謂數擇之也

送遣也。从辵倂省。蘇弄切九部倂送也是會意

送籀文不省。

遣縱也。糸部曰縱緩也一曰舍也从辵䠩聲。去衍切十四部

邐行邐邐也。邐邐絫紓皃从辵麗聲。力紙切十六部

逮唐逮逗及也。唐逮雙聲蓋古語也釋言曰遏遾逮也方言曰東齊曰蝎北燕曰噬逮通語也从辵隶聲。隶部曰隶及也此形聲包會意徒耐切古音在十五部

遲徐行也。今人謂稽延爲遲平聲謂待之爲遲去聲从辵犀聲。直尼切十五部詩曰。行道遲遲。邶風文毛曰遲遲舒行皃

迡遲或从尸。按此字疑後人因揚雄傳而增也甘泉賦曰靈遲迡兮說者皆云上音棲下音遲迡即遲字也然文選作迟迟與漢書異玉篇汗簡亦皆作迡集韵引尚書迡任又未必眞壁中古文也

遟籀文遲从屖。兼會意形聲也五經文字曰今从籀文謂唐人經典用遟不用遲也

邌徐也。或假黎爲之史記衞霍傳遲明遲待也一作黎傅毅賦黎收而拜李注言舞將罷徐收斂容態而拜引倉頡篇邌徐也又或假犂爲之史記尉佗列傳犂旦城中皆降伏犂旦即黎明漢書犂旦爲遲旦晉世家重耳妻笑曰犂二十五年吾冢上柏大矣盇可見犂之爲遲也从辵黎聲。郎奚切十五部

遰去也。夏小正九月遰鴻鴈遰往也从辵帶聲。持計切十五部

遄行皃。从辵耑聲。烏懸切十二部

⿺辶䮰不行也。不上有馬者誤从辵䮰聲。按䮰馬小皃从馬垂聲讀若箠則䮰不得讀若住倘云會意則又無取馬小也疑此字當在十六十七部下文讀若住三字當在从辵豆聲之下豆主同部讀若住。按住當作侸人部曰侸立也立部曰立住也住即侸之俗也中句切四部

逗止也。逗遛从辵豆聲。田候切四部

迟曲行也。逗曲

雙聲乚部曰迟曲隱蔽孟康注子虛賦曰文理第鬱迟曲軍法有逗留有迟橈光武紀不拘以逗留法如淳曰軍法行而逗留畏愞者要斬此謂止而不進者史漢韓安國傳廷尉當恢迟橈當斬服虔曰迟音企應劭曰迟曲行避敵也橈顧望也軍法語也此謂有意一回遠遲誤者淮南書云兩軍相當屈橈者要斬是也漢書一本作逗橈蘇林逗音豆小顏小司馬從之而改服應之注作逗不可通矣迟通作枳明堂位注枳椇謂曲橈之莊子吾行郤曲郤曲即迟曲異部叚借也从辵只聲。綺戟切字林上亦反服子愼音企十六部

逶逶迆。逗疊韵衺去皃。从辵委聲。於爲切十六十七部

迆衺行也。从辵也聲。移尒切十六十七部夏書曰。東迆北會于匯。禹貢

遹回辟也。依韵會作辟小雅謀猶回遹毛曰回邪遹辟也按辟僻古今字大雅兩言回遹箋皆云回邪韓詩遹作穴或作泬或作歘皆叚借字也遹古多假爲述字釋言云遹述也言叚借也釋詁云遹遵率循釋訓云不遹不蹟也皆謂遹即述字也言轉注也不遹者今邶風之報我不述也从辵矞聲。余律切十五部

避回也。上文回辟之回訓衺亘之叚借字也此回依本義訓轉俗作迴是也然其義實相近从辵辟聲。毗義切十六部經傳多假辟爲避

違離也。邶風中心有違毛曰違離也从辵韋聲。羽非切十五部

遴行難也。漢書遴柬布章遴簡謂難行封也引伸爲遴選遴人必重難也从辵粦聲。良刃切十二部易曰。以往遴。見口部吝下

逡復也。彳部曰復往來也方言躔逡循也日運爲躔月運爲逡从辵夋聲。七倫切十三部

⿺辶氐怒不進也。一曰鷙也。惟鍇本有此四字而騺从鳥則誤馬部曰騺馬重皃艸部曰[illegible][illegible]不行也从辵氐聲。都禮切十五部

達行不相遇也。此與水部滑泰字音義皆同讀如撻今俗說不相遇尚有此言乃古言也讀徒葛切訓通達者今言也从辵羍聲。十五部詩曰。挑兮達兮。鄭風文挑當同又部作𡴆𡴆滑也

达達或从大。亦形聲也或

逯迵迭迷連逑退逭遯逋遺遂逃追逐迺近邋迫遷

逯ㄌㄨˋ 迵ㄉㄨㄥˋ 迭ㄉㄧㄝˊ 連ㄌㄧㄢˊ 迷ㄇㄧˊ 逑ㄑㄧㄡˊ

曰迭。下脫字字或曰此迭字之異體也鳥部隼一曰鶽字蚰部蠭一曰螟字彳部徶一曰此與驅同是其例也

逯 行謹逯逯也。張衡賦趢趗謂局小皃義與此同廣雅逯逯衆也女部娽隨從也蕭相國世家平原君列傳作錄錄義皆相近 从辵彔聲。盧谷切三部

迵 迵迭也。此複舉字之未刪者迭當作达玉篇云迵通達也是也水部洞疾流也馬部駧馳馬洞去也義皆相同倉公傳曰臣意診其脈曰迵風曰迵音洞言洞澈入四肢 从辵同聲。徒弄切九部

迭 更迭也。或假佚字迭字義字爲达 从辵失聲。徒結切十二部 一曰达。下脫字字一曰此达字之異體也蓋达迭二字互相爲用

迷 惑也。見釋言惑宋本作或心部曰惑亂也 从辵米聲。莫兮切十五部

連 負車也。負車各本作負連今正連即古文輦也周禮鄉師輦輦故書輦作連大鄭讀爲輦巾車連車本亦作輦車管子海王服連軺輦立政刑餘戮民不敢服絻不敢畜連負車者人輓車而行車在後如負也字从辵車會意猶輦从扶車會意也人與車相屬不絕故引伸爲連屬字耳部曰聯連也大宰注曰古書連作聯然則聯連爲古今字連輦爲古今字假連爲聯乃專用輦爲連大鄭當云連今之輦字而云讀爲輦者以今字易古字令學者易曉也許不於車部曰連古文輦而入之辵部者小篆連與輦殊用故云聯連也者今義也云連負車也者古義也 从辵車會意。依韵會訂力延切古力展切十四部

逑 斂聚也。勹部曰匊聚也音義略同 从辵求聲。巨鳩切三部 虞書曰。虞書當本是唐書轉寫妄改之耳凡許偁堯典曰唐書說詳禾部 旁逑孱功。今堯典之方鳩僝功也人部僝下作旁救僝功凡儀禮古文作旁今文作方凡尚書古文作方今文作旁然則此所偁者今文尚書也今堯典逑作鳩說者亦云鳩聚 又曰。怨匹曰逑。又曰與一曰同別一義也桓二年左傳曰嘉耦曰妃怨耦曰仇古之命也謂古者命名之法如是逑仇古多通用關雎君子好逑亦作仇兔罝云好仇毛傳逑匹也釋詁仇匹也孫炎曰相求之匹則孫本釋詁亦作逑可知逑爲怨匹而詩多以爲美譽者

退ㄉㄞˋ 逭ㄏㄨㄢˋ 遯ㄉㄨㄣˋ 䢙 逋ㄅㄨ 遺ㄧˊ 𨔣 遂ㄙㄨㄟˋ 逋 逃ㄊㄠˊ 逐ㄓㄨˊ 追ㄓㄨㄟ 迺ㄑㄧㄡˊ 近ㄐㄧㄣˋ 迺 邋ㄌㄧㄝˋ 岸 迫ㄆㄛˋ 遷ㄓˋ

取匹不取怨也渾言則不別爾雅仇妃匹也是也析言則別左氏嘉耦怨耦異名是也許所據左氏爾雅作逑大[元]方言之執即逑字

退 斀也。攴部曰斀毀也退與斀音義同 从辵貝聲。薄邁切十五部 周書曰。我興受其退。微子文云周書者葢許所據不系於商書也亦見口部唬下

逭 逃也。緇衣引大甲曰天作孽可違也自作孽不可以踖踖本又作逭鄭注逭逃也亦見釋言 从辵官聲。胡玩切十四部

讙 逭或从雚从兆。从兆者从逃省也从雚者雚聲也

遯 逃也。鄭注周易曰遯者逃去之名 从辵豚聲。徒困切十三部

逋 亡也。亡部曰亡逃也訟九二曰歸而逋 从辵甫聲。博孤切五部

𨔣 籒文逋从捕。亦形聲

遺 亡也。廣韵失也贈也加也按皆遺亡引伸之義也 从辵貴聲。以追切十五部

遂 亡也。廣韵達也進也成也安也止也往也從志也按皆引伸之義也 从辵㒸聲。徐醉切十五部

䢙 古文遂。按不得其所從疑是从艸木𠦝孛之𠦝

逃 亡也。亡逃互訓 从辵兆聲。徒刀切二部

追 逐也。詩禮假爲治金玉之追 从辵𠂤聲。陟隹切十五部

逐 追也。从辵豕省聲。按鉉本作从豚省錯本韵會作豕省二字正豕省聲三字之誤也直六切三部

迺 迫也。大雅似先公酋矣正義酋作遒按酋者遒之叚借字釋詁毛傳皆曰酋終也終與迫義相成遒與揫義略同也 从辵酉聲。字秋切三部

遒 迺或从酋。

近 附也。許附爲附婁字坿爲坿益字疑附近當作坿也經典釋文遠近上聲近之去聲古無此分別 从辵斤聲。渠遴切古音十三部廣韵其謹巨靳切

岸 古文近。

邋 搚也。手部曰搚摺也公羊傳曰搚幹而殺之邋搚疊韵 从辵巤聲。良涉切八部

迫 近也。釋言曰逼迫也逼本又作偪許無逼字葢祇用偪 从辵白聲。博陌切古音在五部

遷 近也。釋言馹傳也郭云本或作遷按此假遷爲馹也聲類云遷亦馹

邇ㄦˇ 迩。 遏ㄜˋ 遮ㄓㄜ 遴ㄌㄧㄢˊ 迣ㄓˋ 迾ㄌㄧㄝˋ 迀ㄍㄢ 𨒪ㄑㄧㄢ 遱ㄌㄡˊ 𨗨ㄒㄧㄝˋ 迦ㄐㄧㄚ

字則附會爾雅或本不合爲一字从辵臺聲。按至部臸到也重至與並至一也人質切十二部

邇 近也。見釋詁小雅毛傳从辵爾聲。兒氏切三百篇在十五部漢人在十六部 迩 古文邇。以尒形聲

遏 微止也。釋詁遏止也按微者細密之意从辵曷聲。讀若桑蟲之蝎。之字衍烏割切十五部桑蟲蝎見虫部蜀也亦名蝤蠐

遮 遏也。从辵庶聲。止車切古音在五部易用錫馬蕃庶鄭讀爲蕃遮

遴 遮遴也。此當是遴遮也之倒刪複字之僅存者从辵粦聲。于線切十四部

迣 迾也。晉趙曰迣。鮑宣傳部落鼓鳴男女遮迣此其義也禮樂志體容與迣萬里孟康迣音逝此叚借也从辵世聲。讀若寘。按許有寘無寘寘者寘之誤凡寘彼周行寘諸河之干皆當作寘眞聲而入十五部者合音也迣征例切十五部

迾 遮也。周禮假厲爲之山虞澤虞卝人迹人屬禁大鄭云遮列守之是也禮記假列爲之玉藻山澤列而不賦鄭云列之言遮列也是也漢書假迣爲之禮樂志鮑宣傳晉灼云迣古迾字是也西京賦迾卒清候李引禮記注迾遮也此可證玉藻注本作列之言迾遮也今本誤从辵列聲。良薛切十五部

迀 進也。干求字當作迀干犯字當作奸从辵干聲。讀若干。古寒切十四部

𨒪 過也。本義此爲經過之過心部愆寒愆爲有過之過然其義相引伸也故漢書劉輔傳云元首無失道之𨒪从辵侃聲。去虔切十四部

遱 連遱也。連遱雙聲集韵連遱謂不絕皃从辵婁聲。洛侯切四部

𨗨 前頓也。从辵枼聲。各本篆作迣汲古改本作誺解說作市聲皆非也今依玉篇正廣韵入三十怗先頰切云迎遱走也賈侍中說。一讀若拾。一疑衍錯本作一曰又若郅。手部揲字易音有時設息列思頰三反不同此讀若拾則在七部讀若郅則在十二部猶西茜音皆岐也玉篇口點竹季二切則十五部

迦 迦牙。逗令不得行也。牙各本作互今依玉篇正迦牙今音疊韵古音雙聲行篇韵皆

越ㄩㄝˋ 逞ㄔㄥˇ 遼ㄌㄧㄠˊ 遠ㄩㄢˇ 𨘢。 逖ㄊㄧˋ 逷。 迥ㄐㄩㄥˇ 逴ㄔㄨㄛˋ 迂ㄩ 𨗓ㄐㄧㄢ 邍ㄩㄢˊ

作進从辵枷聲。古牙切古音在十七部

越 踰也。足部曰踰越也踰與逾義小別从辵戉聲。王伐切十五部易曰。雜而不越。繫辭傳文

逞 通也。方言曰逞快也自山而東或曰逞江淮陳楚之閒曰逞又曰逞疾也楚曰逞又曰逞解也从辵呈聲。丑郢切十一部楚謂疾行爲逞。本方言春秋傳曰。何所不逞欲。左傳昭十四年文

遼 遠也。小雅山川悠遠維其勞矣箋云其道里長遠邦域又勞勞廣闊勞者遼之叚借也从辵尞聲。洛蕭切二部

遠 遼也。从辵袁聲。雲阮切十四部 𨘢 古文遠。

逖 遠也。釋詁逷遠也按集韵云說文引詩舍爾介逖王伯厚詩攷因之攷大雅作介狄毛訓遠也盭謂狄同逖言叚借也用逷蠻方云逷遠也則言轉注也集韵所據不足信从辵狄聲。他歷切十六部 逷 古文逖。大雅用逷蠻方牧誓逷矣西土之人郭璞注爾雅顏之推觀我生賦李善文選注引書皆作逷衛包始改爲逖也左傳古字後人多妄改如襄十四年豈敢離逷用古文僖廿八年糾逖王慝則用小篆豈非改之不盡一乎易狄同部

迥 遠也。見釋詁大雅洞酌彼行潦毛曰洞遠也謂洞爲迥之叚借也从辵同聲。戶穎切十一部

逴 遠也。哀時命曰處逴逴而日遠九章曰道逴遠而日忘从辵卓聲。敕角切古音在二部一曰蹇也。此別一義蹇𨒪也莊子夔謂蚿曰吾以一足踸踔而行謂腳長短也踔卽逴字今莊子作跉卓讀若掉苕之掉。掉苕未聞或曰苕者末也禽獸之趠於木杪曰掉苕葢漢時語

迂 避也。迂曲回避其義一也从辵于聲。憶俱切五部

𨗓 自進極也。𨗓進疊韵埤倉云𨗓至也从辵𦘔聲。子僊切古音在十二部廣韵則前切

邍 高平曰邍。此依韵會各本作高平之野非也大司徒山林川澤丘陵墳衍邍隰鄭云下平曰衍高平曰原下溼曰隰釋地廣平曰原高平曰陸此及鄭注皆以高平釋原者謂大野廣平偁原高而廣平亦偁原下文所謂可食者曰原也凡陸自陵阿皆高地其可種

道ㄉㄠˋ　遽ㄐㄩˋ ⿰首寸。　迒ㄏㄤˊ　䟘。 𨒪ㄉㄧˊ 邊ㄅㄧㄢ

數給食之處皆曰原是之謂高平曰原也序官邍師注云邍地之廣平者與大司徒注不同者單言原則爲廣平廣衍原隰並言則衍爲廣平原爲高平也邍字後人以水泉本之原代之惟見周禮 **人所登○从辵备** **彔○闕** 此八字疑有脫誤當作从辵从略省从彔人所登也故从辵十四字今本淺人所亂耳人所登蒙高解从辵之意也略者土地可經略也彔者土地如刻木彔彔然西都賦溝塍刻鏤是也蓋从三字會意愚袁切十四部

所行道也○ 毛傳每云行道也道者人所行故亦謂之行道之引伸爲道理亦爲引道 **从辵首○** 首者行所達也首亦聲徒晧切古音在三部 **一達謂之道○** 釋宮文行部偁四達謂之衢九部偁九達謂之馗按許三偁當是一例當作一達謂之道从辵首道人所行也故从辵此猶上文邍人所登故从辵也自邍以下字皆不系於人故發其例如此許書多經淺人改竄遂不可讀矣

古文道从首寸○ 从寸者如九軌七軌五軌

傳也○ 釋言馹遽傳也孫炎曰傳車驛馬也左傳僖卅三年使遽告於鄭遽與姜戎昭二年乘遽而至傳中變反 **一曰窘也○** 窘迫也 **从辵豦聲○** 其倨切五部

獸迹也○ 釋獸兔迹迒按序曰黃帝之史倉頡見鳥獸蹏迒之迹知分理之可相別異也是凡獸迹皆偁迒不專謂兔也 **从辵亢聲○** 胡郎切十部

迒或从足更○ 亦形聲更亢同在十部

至也○从辵弔聲○ 都歷切古音在二部小雅盤庚皆作弔釋詁毛傳皆云弔至也至者弔中引伸之義加辵乃後人爲之許蓋本無此字如本有之則不當與邍道遽迒爲伍

行垂崖也○ 釋詁曰邊垂也土部曰垂遠邊也厂部曰厓山邊也屵部曰崖高邊也行於垂崖曰邊因而垂崖謂之邊然則邊不當廁於此 **从辵臱聲○** 布賢切十二部

文一百一十八　重三十 張次立注小徐本曰重二十七補遺⿰蟜䚻二字

重二十九

彳ㄔˋ　德ㄉㄜˊ　徑ㄐㄧㄥˋ　復ㄈㄨˋ　𢓜ㄖㄡˊ　徎ㄔㄥˊ　往ㄨㄤˇ　迬。　忂ㄑㄩˊ　彼ㄅㄧˇ　徼ㄐㄧㄠˋ　循ㄒㄩㄣˊ

小步也○象人脛三屬相連也○ 三屬者上爲股中爲脛下爲足也單舉脛者舉中以該上下也脛動而股與足隨之丑亦切李斯作彡筆迹小變也 **凡彳之屬皆从彳○**

升也○ 升當作登辵部曰遷登也此當同之德訓登者公羊傳公曷爲遠而觀魚登來之也何曰登讀言得得來之者齊人語齊人名求得爲得來作登來者其言大而急由口授也唐人詩千水千山得得來得卽德也登德雙聲一部與六部合韵又取近今俗謂用力徒前曰德古語也 **从彳悳聲○** 多則切一部

步道也○ 周禮夫閒有遂遂上有徑鄭曰徑容牛馬畛容大車涂容乘車一軌道容二軌路容三軌此云步道謂人及牛馬可步行而不容車也 **从彳巠聲○** 居正切十一部按辵部道足部路皆廁部末此廁部首不同者錯見之意

往來也○ 辵部曰返還也還復也皆訓往而仍來今人分別入聲去聲古無是分別也 **从彳复聲○** 房六切三部

復也○ 此字引伸爲狃忕之義故玉篇云習也忕也或與狃同按狃行而𢓜廢矣左傳有愎字愎者狃忕之意卽復字之變也復之引伸之義亦爲狃忕 **从彳柔聲○** 人九切三部按廣韵女久切習也从廣韵是

徑行也○ 廣韵丈井切兩後徑也玉篇力整丈井二切徑也 **从彳呈聲○** 丑郢切十一部按依今本說文音義則徎與逞同

之也○从彳㞷聲○ 于兩切十部

古文从辵○ 按左辵右㞷㞷古文㞷也汗簡云迬尚書往字甘泉賦曰迬迬離宮般以相燭

行皃○ 此與足部躍音義同走部又有趯 **从彳瞿聲○** 其俱切五部

往有所加也○ 彼加疊韵 **从彳皮聲○** 補委切古音在十七部

循也○ 百官表曰中尉掌徼循京師如淳曰所謂游徼循禁備盜賊也按引伸爲徼求爲邊徼今人分平去古無是也 **从彳敫聲○** 古堯切二部

行也○ 各本作行順也淺人妄增耳依大學正義衆經音義所引訂行今音讀下孟反如月令循行國邑出行田原循行縣鄙周禮注行夜皆是也釋詁遹遵率循也引伸爲撫循爲循循有序 **从**

彶ㄐㄧˊ ⿰彳𥂁ㄐㄧˊ 微ㄨㄟˊ 徥ㄕˋ 徐ㄒㄩˊ ⿰彳夷ㄧˊ

彳盾聲。詳遵切十二部 彶 急行也。急彶疊韵凡用汲汲字乃彶彶之叚借也 从彳及聲。居立切七部 ⿰彳𥂁 行皃。吳都賦⿰彳𥂁[illegible][illegible]⿰彳𥂁當从彳廣韵⿰彳𥂁衆行皃 从彳𥂁聲。緐合切七部 一曰此與馺同。一說⿰彳𥂁即馺字也馺馬行相及也 微 隱行也。𢼸訓眇微从彳訓隱行叚借通用微而𢼸不行邶風微我無酒又假微爲非 从彳𢼸聲。無非切十五部 春秋傳曰。白公其徒微之。左傳哀十六年文杜曰微匿也與釋詁匿微也互訓皆言隱不言行𢼸之叚借字也此偁傳說叚借 徥 徥徥行皃也。方言徥用行也郭曰徥皆行皃度揩反集韵曰往徥行皃於佳度皆二切 从彳是聲。是支切十六部 爾雅曰。徥則也。今本釋言作是則也蓋古爾雅假徥爲是也此偁爾雅說叚借 徐 安行也。从彳余聲。似魚切五部 ⿰彳夷 行平易也。廣雅⿰彳夷⿰彳夷行也按凡平訓皆當作⿰彳夷今則夷行⿰彳夷廢矣 从彳夷聲。以脂切十五部

二篇下 十五

⿰彳甹ㄆㄥ 夆ㄈㄥ ⿰彳戔ㄐㄧㄢˋ 徬ㄆㄤˋ 徯ㄒㄧ 蹊。待ㄉㄞˋ

⿰彳甹 使也。疑使上當有⿰彳甹夆二字周頌莫予荓蜂蜂本又作夆毛曰荓夆摩曳也釋訓作甹夆摩曳也⿰彳甹夆甹夆之正字摩曳者使之也大雅傳曰荓使也 从彳𧦝聲。按此疑誤言部無𧦝當作从彳从言甹聲普丁切十一部玉篇云俗作⿰彳甹 夆 使也。疑當作⿰彳甹夆也三字 从彳夆聲。敷容切九部 讀若蠭。各本作蠭誤蠭者蠭之省 ⿰彳戔 迹也。豳風籩豆有踐箋云踐行列皃按踐同⿰彳戔故云行列皃 从彳戔聲。慈衍切十四部 徬 附行也。牛人共兵車之牛與其牽徬注曰牽徬在轅外輓牛也人御之居其前曰牽居其旁曰徬按徬附也从人徬附行也从彳此音同義微別也 从彳旁聲。蒲浪切十部 徯 待也。孟子引書徯我后趙曰徯待也 从彳奚聲。胡計切十六部按書孟音義廣韵玉篇集韵說文篆韵謚皆上聲疑胡計誤 蹊 徯或从足。左傳牽牛以蹊人之田孟子山徑之蹊月令塞徯徑凡始行之以待後行之徑曰蹊引伸之義也今人畫爲二字音則徯上蹊平誤矣 待 竢

退。
⿰彳由ㄧㄡˋ 徧ㄅㄧㄢˋ 徦ㄐㄧㄚˇ ⿰彳⿱日夊ㄊㄨㄟˋ ⿰彳內。後ㄏㄡˋ 𨑢。

也。立部曰竢待也 从彳寺聲。徒在切一部今人易其語曰等 ⿰彳由 行⿰彳由⿰彳由也。⿰彳由油蓋與小弁踧踧同行平易也皆徒歷切玉篇云⿰彳由除又切與宙同古往今來無極之名 从彳由聲。古音在三部 徧 帀也。帀部曰帀𠠬也勹部曰𠠬帀徧也 从彳扁聲。比薦切十二部禮禮記多假辯字爲之 徦 至也。方言曰假狢至也邠唐冀兗之間曰假或曰狢按狢古格字假今本方言作假非也集韵四十禡可證毛詩三頌假字或訓大也或訓至也訓至則爲假之假借尚書古文作格今文作假如假于上下是也亦假之假借 从彳叚聲。古雅切五部郭樸音駕 ⿰彳⿱日夊 卻也。从彳日夊。彳行也行而日日遲曳是退也夊行遲曳夊夊也他內切十五部 一曰行遲。四字疑後增 ⿰彳內 ⿰彳⿱日夊或从內。𨑢 古文从辵。今字多用古文不用小篆 後 遲也。从彳幺夊。幺夊者後也。各本奪二字今補幺者小也小而行遲後可知矣故从幺夊會意胡口切四部 𨑢

二篇下 十六

⿰彳犀ㄒㄧ 很ㄏㄣˇ ⿰彳重ㄓㄨㄥˇ 得ㄉㄜˊ 㝵。徛ㄐㄧˋ 徇ㄒㄩㄣˋ

古文後从辵。⿰彳犀 久也。久疑當作夊 从彳犀聲。讀若遲。杜兮切十五部按廣韵⿰彳犀杜奚切久待也無⿰彳犀字玉篇集韵有⿰彳犀無⿰彳犀未知孰是廣雅⿰彳犀⿰彳犀往來也丈尸反 很 不聽從也。一曰行難也。从彳艮聲。胡懇切十三部 一曰盭也。盭弼戾也韵會無此四字 ⿰彳重 相迹也。後迹與前迹相繼也元應合踵⿰彳重爲一字 从彳重聲。之隴切九部 得 行有所㝵也。㝵各本作得誤今正見部曰㝵取也行而有所取是曰得也左傳曰凡獲器用曰得 从彳㝵聲。多則切一部 㝵 古文省彳。按此字已見於見部與得並爲小篆義亦少異 徛 舉脛有渡也。釋宮曰石杠謂之徛郭曰聚石水中以爲步渡彴也音居義反 从彳奇聲。去奇切古音在十七部 徇 行示也。大司馬斬牲以左右徇陳曰不用命者斬之小子凡師田斬牲以左右徇陳陸德明引古今字詁曰徇巡也按如項羽傳徇廣陵徇下縣李奇曰徇略也如淳曰徇音撫

律　御　馭　亍　廴　廷　延　建　延　延

循之循此古用循巡字漢用徇字之證此古今字詁之義也**从彳勻聲**古勻旬同用故亦作徇詞閏切十二部**司馬法斬以徇**許引司馬法者凡八

律 **均布也**均律雙聲均古音同勻也易曰師出以律尚書正日同律度量衡爾雅坎律銓也律者所以范天下之不一而歸於一故曰均布也**从彳聿聲**呂戌切十五部

御 **使馬也**周禮六藝四曰五馭大宰注曰凡言馭者所以敺之內之於善此引伸之義也**从彳卸**按卸亦聲牛據切五部

馭 **古文御从又馬**惟見周禮

亍 **步止也**魏都賦曰澤馬亍阜白馬賦曰秀騏齊亍**从反彳讀若畜**丑玉切三部

文三十七　重七

廴 **長行也**玉篇曰今作引是引弓字行而廴廢也**从彳引之**引長之也余忍切十二部**凡廴之屬皆从廴**

廷 **朝中也**朝中者中於朝也古外朝治朝燕朝皆不屋在廷故雨霑服失容則廢**从廴壬聲**特丁切十一部甘祿字書佩觿音定廣韻同

延 **行也**此與彳部延征字音義同漢武帝年號延和字如此作今漢書多誤爲以然切之延又或改爲从㢟之延亦非也**从廴正聲**諸盈切十一部

建 **立朝律也**今謂凡豎立爲建許云立朝律也此必古義今未攷出**从聿**律省**从廴**延省也居萬切十四部

文四

㢟 **安步㢟㢟也从廴止**引而復止是安步也丑連切十四部魏志鍾會兒子毅及峻辿下獄裴曰辿勑連反按卽㢟字也止之隸變作山**凡㢟之屬皆从㢟**

延 **長行也**本義訓長行引伸則專訓長方言曰延長也凡施於年者謂之延又曰延徧也**从㢟丿聲**丿部曰丿象抴引

行　術　街　衢　衝　衕　衞　衙　衎　衒

之形余制切虒延曳皆以爲聲今篆體各異非也丿延虒曳古音在十六部故大雅施於條枚呂氏春秋韓詩外傳新序皆作延于條枚延音讀如移也今音以然切則十四部

文二

行 **人之步趨也**步行也趨走也二者一徐一疾皆謂之行統言之也爾雅室中謂之時堂上謂之行堂下謂之步門外謂之趨中庭謂之走大路謂之奔析言之也引伸爲巡行行列行事德行**从彳亍**彳小步也亍步止也戶庚切古音在十部**凡行之屬皆从行**

術 **邑中道也**邑國也引伸爲技術**从行朮聲**食聿切十五部

街 **四通道也**風俗通曰街攜也離也四出之路攜離而別也按此以疊韻爲訓**从行圭聲**古膎切十六部

衢 **四達謂之衢**釋宮文釋名曰四達曰衢齊魯閒謂四齒杷爲欋欋杷地則有四處此道似之也按中山經宣山桑枝四衢少室山木曰帝休枝五衢天問靡蓱九衢淮南書木大則根欋皆謂交遺岐出**从行瞿聲**其俱切五部

衝 **通道也**衝通疊韻引伸之義爲當也向也突也**从行童聲**昌容切九部今作衝**春秋傳曰及衝以擊之**左傳昭元年文各本以下有戈字李燾本無按上云子南執戈逐之則云以擊之不再出戈是也今傳作擊之以戈亦是淺人所改

衕 **通街也**衕通疊韻今京師衚衕字如此作**从行同聲**徒弄切九部

衞 **迹也**此與彳部後音義同**从行㦰聲**才綫切十四部

衙 **衙衙**依廣韻九魚穪二字**行皃**九辯導飛廉之衙衙王注風伯次且而埽塵也按衙衙是行列之意後人因以所治爲衙**从行吾聲**魚舉切又音牙五部

衎 **行喜皃**小雅毛傳曰衎樂也**从行干聲**空旱切十四部

衒 **行且賣也**周禮飾行價慝大鄭云價賣也慝惡也謂行且賣姦僞惡物者後鄭云謂使人行賣惡物於市巧飾之令欺誑買者**从行言**黃絢切十四部言亦聲也

衕。衛ㄕㄨㄞˋ　衛ㄨㄟˋ　齒。ㄔˇ　齗ㄧㄣˊ　齔ㄔㄣˋ

衛或从元。依或字諧聲則在十二部

將衛也。衛也今本作衛也誤將如鳥將衛之將古不分平去也衛導也循也今之率字率行而衛廢矣率者捕鳥畢也將帥字古祇作將衛帥行而衛又廢矣帥者佩巾也衛與辵部達音義同 从行率聲。所律切十五部

宿衛也。宮正夕擊柝而比之注莫行夜以比直宿者宮伯掌王宮之士庶子凡在版者大鄭云庶子宿衛之官後鄭云衛王宮者必居四角四中於徼候便也漢有衛尉掌宮門衛屯兵 从韋帀行。韋者圍之省圍守也帀翔也韋亦聲于歲切十五部 行逗列也。依韵會訂此釋从行之意行者列也今音讀如杭別於步趨之行衛从三字會意

文十二　重一

口齗骨也。鄭注周禮曰人生齒而體備男八月女七月而生齒 象口齒之形。⿱从凵者象齒餘凵字也 止聲。昌里切一部 凡齒之屬皆从齒。

古文齒字。从小徐也大徐本誤 古文獨體象形不加聲旁

齒本肉也。各本無肉元應兩引作齒肉也篇韵皆作齒根肉也今補齗為肉故上文齒為齗骨此骨出肉外故肉為骨本魯世家甚矣魯道之衰也洙泗之間齗齗如也地理志云魯瀕洙泗其民涉渡幼者扶老者而代其任俗既薄長老不自安與幼者相讓故曰魯道衰洙泗之間齗齗如也按彼此爭辯露其齒本故曰齗齗徐廣五鰥反又按曲禮笑不至矧鄭云齒本曰矧大笑則見矧矧正齗之近部叚借字也 从齒斤聲。魚斤切十三部

毀齒也。男八月生齒八歲而齔女七月生齒七歲而齔。从齒匕。各本篆作齔云从齒从七初忍初覲二音殆傅會七聲為之今按其字从齒匕匕變也今音呼跨切古音如貨本命曰陰以陽化陽以陰變故男以八月生齒八歲而毀女七月生齒七歲而毀毀與化義同音近元應書卷五齔舊音差貴切卷十一舊音羌貴切然則古讀如未韵之㸑蓋本从匕匕亦聲轉入寘至韵也自誤从七舅元應云初忍切孫愐云初堇切廣韵乃初覲切集韵乃初問恥問二切其形唐宋人又譌亂从乚絕不可通矣今當依舊音差貴切古音蓋在十七部

𪘂ㄗㄜˊ　齜ㄗ　齘ㄒㄧㄝˋ　齞ㄧㄢˇ　⿰齒兼ㄧㄢˊ　齺ㄓㄡ　齱ㄓㄡ　齵ㄡˊ　⿰齒虘ㄔㄩˊ

齒相值也。今左傳作幘譌字也古無幘則述傳時無此字也杜云齒上下相值也按謂上下齒整齊相對詩所云如瓠犀 从齒責聲。士革切十六部 一曰齧也。別一義 春秋傳曰晳𪘂。定九年文按晳謂人色白與𪘂二事

齒相齘也。齘各本誤齗李本不誤廣韵⿰齒厓齜齒不正上士佳下五佳切玉篇曰齜亦作⿰齒厓 一曰開口見齒之皃。管子曰東郭有狗嘊嘊旦莫欲齧我猳嘊嘊露齒之皃 从齒此聲。各本作柴省聲淺人改也 讀若柴。仕街切十六部

齒相切也。謂上下齒緊相摩切也相切則有聲故三倉云齘鳴齒也函人為甲衣之欲其無齘也大鄭云齘謂如齒齘不齘則隨人身便利方言齘怒也郭曰言噤齘也噤亦作類篇韵皆云類齘切齒怒 从齒介聲。胡介切十五部

張口見齒也。依文選注訂登徒子好色賦齞脣歷齒 从齒只聲。研蘚切古音在十六部

齒差也。差當作⿰齒差 从齒兼聲。五鹹切七部廣韵語廉切

齒搚也。搚今本作摺手部曰搚一曰拉也齒拉者謂齒折也 一曰馬口中橜也。司馬相如傳猶時有銜橜之變張揖曰銜馬勒銜也橜騑馬口長銜也司馬貞曰周遷輿服志云鉤逆上者為橜橜在銜中以鐵為之大如雞子鹽鐵論云無銜橜而禦悍馬是也 从齒芻聲。側鳩切四部廣雅廣韵及管子注士角切 一曰齰也。廣雅齺齧也本此按管子車轂齺騎連伍而行荀卿子齺然上下相信而天下莫之敢當二書於齺義差近齰則齒近物廣韵曰齺齒相近皃

齱齵逗疊韵 齒不正也。廣韵齱下曰齱齵齒偏齵下曰齱齵 从齒取聲。側鳩切四部

齱齵也。从齒禺聲。五婁切四部按二字疊韵各本譌亂今依廣韵正之

⿰齒虘齬逗疊韵 齒不相值也。廣韵曰⿰齒虘齬不相當也或作鉏鋙上牀呂切下魚巨切按金部鋙下云鉏鋙也鋙或作鋙周禮注作鉏牙左傳西鉏吾以鉏吾為名牙吾古音皆在

衛衛齒齗齔𪘂齜齘齞⿰齒兼齺齱齵⿰齒虘

二篇下　九

二篇下　十

齬齹齤齳齾⿰齒巨齯齮⿰齒出齰⿰齒咸齦⿰齒干⿰齒卒⿰齒列齩⿰齒差⿰齒吉⿰齒豈齝齕⿰齒聯齧齭

九魚古齬字有單用者東方朔傳曰齟者齒不正也許書各本齬訓齬齒也齬訓齒不相值也二篆自當類廁各本離之甚遠又齟側加切齬魚舉切全失古語疊韵之理葢由齟之字變爲齟齬之字變爲齬因以齟齬並入麻韵而與齬畫分異處耳今从齟齬之例正之不爲專輒也 从齒虘聲 大徐側加切按古音在五部當依廣韵牀呂切篆韵譜鉏阻反

齬 齟齬也 从齒吾聲 魚舉切五部

齹 齒差跌皃 差者不值也跌者踢也齒差跌謂參差踢跌不平正也 从齒佐聲 鉉曰佐當是𨒪傳寫之誤說文無佐字昨何切十七部 春秋傳鄭有子齹 見左傳昭十六年今傳作齹實一字也釋文曰齹字林才可士知二反說文作齹云齒差跌也在河千多二反是字林始有齹各本說文乃以齹篆先齹而別爲音義誤甚今刪之古人名字相應或以相反爲相應齹者不齊故爲嬰齊之字也

齤 缺齒也一曰曲齒 缺齒者齤也曲齒者上云齒差跌今俗云齒齤也按淮南道應訓若士齤然而笑謂露其齒病而笑也 从齒𢍏聲讀又若權 按云又者謂𢍏讀若書卷齤讀同又讀若權也大徐刪又非巨員切十四部

齳 無齒也 韓詩外傳以爲姣好邪則大公年七十二齳然而齒墮矣 从齒軍聲 魚吻切十三部

齾 缺齒也 引伸凡缺皆曰齾左傳曰兩軍之士皆未慭也杜曰慭缺也釋文慭魚覲反又魚轄反按慭得有魚轄反者正因本或作齾陸氏失於不分別言之耳正義曰慭者缺之皃今人猶謂缺爲慭所據本必作齾故如此云下文葢有一本作慭之語亦爲漢人刪之矣 从齒獻聲 五轄切十五部獻聲在十四部合音也

⿰齒巨 齗腫也 从齒巨聲 巨主切五部廣韵其呂切

齯 老人齒 魯頌黃髮兒齒釋詁曰黃髮齯齒壽也釋名曰九十或曰齯齒大齒落盡更生細者如小兒齒也按毛詩作兒古文他書作齯今文也 从齒兒聲 此形聲包會意五雞切十六部

齮 齧也 史漢田儋傳齮齕用事者墳墓如淳曰齮齕猶齚齧也齕齧也按凡从奇之字多訓偏如掎訓偏引齮訓側齧索隱注高紀云許愼以爲側齧 从齒奇聲 魚綺切古音在十七部

⿰齒出 齚齒也 謂齚物而外露之齒也故從齒出 从齒出聲 仕乙切十五部

齰 齧也 漢書灌夫傳齰舌自殺鄧通傳使大子齰癰 从齒昔聲 側革切古音在五部

齚 齰或从乍 乍聲亦五部也

⿰齒咸 齧也 从齒咸聲 工咸切廣韵苦洽切古音在七部

齦 齧也 此與豕部豤音義同疑古祇作豤齦者後出分別之字也今人又用爲齗字矣 从齒艮聲 康很切十三部

⿰齒干 齒見皃 廣韵曰齾齗齒不正 从齒干聲 五版切十四部

⿰齒卒 ⿰齒卒此複舉字之未刪者 齚也 从齒卒聲 昨沒切十五部

⿰齒列 齒分骨聲 从齒列聲 篇韵皆作齧 讀若剌 盧達切十五部

齩 齧骨也 俗以鳥鳴之咬爲齩齧 从齒交聲 五巧切二部

⿰齒差 齒差也 此與齹訓齒差義異謂齒相摩切也齒與齒相切必參差上下之差卽今磋磨字也引伸之義摩物曰𨯆衞風如切如磋如琢如摩釋器曰骨謂之切象謂之磋玉謂之琢石謂之摩切亦作𨯆磋亦作磋摩亦作磨差者正字磋磋皆加偏旁字也 从齒屑聲讀若切 千結切十二部

⿰齒吉 齧堅聲 齧各本作齒今依玉篇訂石部曰硈石堅也皆於吉聲知之 从齒吉聲 赫鎋切十五部按自齰至齩九文幷⿰齒吉十文皆謂齧也宜移廁齹文之上

⿰齒豈 齧牙也 𨯆牙猶差齒也亦引伸爲摩器之名刀部曰剴一曰摩也皆於豈聲知之 从齒豈聲 五來切古音在十五部

齝 吐而噍也 噍卽嚼字也見口部釋獸郭注曰食之已久復出嚼之 从齒台聲 丑之切一部 爾雅曰牛曰齝 釋獸文

齕 齧也 如淳注漢書曰齕齧也曲禮庶人齕之 从齒气聲 戶骨切十五部

⿰齒聯 齒見皃 从齒聯聲 力延切十四部

齧 噬也 口部曰噬啗也釋名曰鳥曰啄獸曰齧齧齾也所臨則禿齾也 从齒㓞聲 五結切十五部

齭 齒傷酢也 酢者今之醋字酸濇也 从齒所聲讀若

楚○創舉切五部亦作齼凡言痛楚楚澀意皆同

齨 老人齒如臼也○如臼者齒坳从齒臼○臼亦聲○其久切三部一曰馬八歲也○馬八歲曰駅齒亦如臼俗名之齨亦作駋

齛 羊粻也○釋獸曰羊曰齥郭曰齥音漏泄按唐人諱世作齛粻米部無此字食部引時乃餱粻从齒世聲○私列切十五部

齸 鹿麋粻○釋獸曰麋鹿曰齸釋文云字或作嗌按嗌咽也咽喉也郭云齸食之所在因名之是也然則齸與嗌同言其自喉出復嚼故字从齒嗌嗛嗛則皆自其藏食之處言之字祇从口嗌或作齸者蓋亦謂出嚼之也从齒益聲○伊昔切十六部

𪘩 齒堅也○玉篇𪘩堅皃廣韵𪘩聲各本𪘩作齒恐誤从齒至聲○陟栗切十二部

䶩 齧骨聲○曲禮曰毋齧骨鄭云爲有聲響不敬从齒骨○骨亦聲○戶八切十五部

䶜 噍聲○廣韵曰䯏骨端从齒昏聲○古活切十五部

𪙁 噍堅也○口部噂噍噍皃廣韵曰𪙁同噂从齒尃聲○補莫切五部按此蓋噂之或字後人竄入者也

文四十四 今刪齧字則四十三 重二

牙 壯齒也○壯各本譌作牡今本篇韵皆譌惟石刻九經字撲不誤而馬氏版本妄改之士部曰壯大也壯齒者齒之大者也統言之皆偁齒偁牙析言之則前當脣者偁齒後在輔車者偁牙牙較大於齒非有牡也釋名牙樝牙也隨形言之也輔車或曰牙車牙所載也詩誰謂雀無角誰謂鼠無牙謂雀本無角鼠本無牙而穿屋穿牆似有角牙者然鼠齒不大故謂無牙也東方朔說騶牙曰其齒前後若一齊等無牙此爲齒小牙大之明證象上下相錯之形○五加切古音在五部凡牙之屬皆从牙○

𤘯 古文牙○从齒而象其形也𠀤古文齒

𤘵 虎牙也○虎一本作武避唐諱耳今俗謂門齒外出爲虎牙古語也大招云靨輔奇牙宜笑嫣只淮南云奇牙出䶏䶨搖高注將笑故好齒出也按奇牙所謂𤘵也可部曰奇異也一曰不耦笑而露其齒獨好故曰奇牙从牙奇奇亦聲○去奇切古音在十七部

𤘷 齒蠹也○釋名曰𤘷朽也蟲齧之缺朽也史記齊中大夫病齲齒淮南斲木愈齲司馬彪五行志桓帝元嘉中京都婦女作齲齒笑从牙禹聲○邱禹切五部

齲 𤘷或从齒○

文三 重一

足 人之足也在體下○从口止○依玉篇訂口猶人也舉口以包足已上者也齒上止下口次之以足上口下止次之以足似足者也次之以品从三口今各本从口非也卽玉切三部凡足之屬皆从足○

蹏 足也○俗作蹄从足虒聲○杜兮切十六部

跟 足踵也○歱各本作踵誤止部曰歱跟也釋名曰足後曰跟一體任之象本根也从足艮聲○古痕切十三部

𧿹 跟或从止○

踝 足踝也○釋名曰踝确也居足兩旁磽确然也按踝者人足左右骨隆然圜者也在外者謂之外踝在內謂之內踝丮部曰𩰲擊踝也从足果聲○胡瓦切十七部

跖 足下也○今所謂腳掌也史記曰跖勁弩按弩以足蹋張之故曰跖跖或借蹠爲之又作蹠賈誼傳曰病非徒瘇也又苦䟤蹩䠥跖字之異者也足跖反戾不可行从足石聲○之石切古音在五部

踦 一足也○管子告堯之時一踦腓一踦屨而當死謂一足跀一足屨當死罪也引伸之凡物單曰踦方言倚踦奇也自關而西凡全物而體不具謂之倚梁楚之間謂之踦雍梁之西郊凡嘼支體不具者謂之踦公羊傳匹馬隻輪無反者何曰匹馬一馬也隻踦也又相與踦閭而語何云閉一扇開一扇一人在內一人在外戰國策必有踦重者矣踦重偏重也若衣部曰襱綺踦也毛傳曰𧊒蛸長踦也則皆謂足不必一足从足奇聲○去奇切古音在十七部

跪 拜也○手部曰𢷎首至手也按跪與拜二事不當一之疑當云所以拜也後人不達此書所以字往往刪之釋名跪危也兩膝隱地體危陧也从足危聲○去委切十六部

跽 長跽也○長跽

踧躣踖踽蹡躖趴踰跋蹻跾蹌踊躋躍跧蹴蹋躡跨

踧ㄊㄨˊ 躣ㄑㄩˊ 踖ㄐㄧˊ 踽ㄐㄩˇ

各本作長跪今正按係於拜曰跪不係於拜曰跽范睢傳四言秦王跽而後乃云秦王再拜是也長跽乃古語長俗作踞人安坐則形弛敬則小跪聳體若加長焉故曰長跽方言東齊海岱北燕之郊跪謂之䠒跜郭曰今東郡人亦呼長跽爲䠒跜釋名跽忌也見所敬忌不敢自安也徐廣注滑稽傳鞠䠒曰䠒其紀反與跽同謂小跪也廣雅䠒跜跪拜也此統言之許跪跽析言之 从足忌聲 渠几切古音在一部徐廣音是也

踧 行平易也 小雅毛傳曰踧踧平易也 从足叔聲 子六切三部 詩曰踧踧周道 小弁

躣 行皃 九辯右蒼龍之躣躣 从足瞿聲 其俱切五部

踖 長脛行也 小雅執爨踖踖毛曰踖踖言爨竈有容也 从足昔聲 資昔切古音在五部 一曰踧踖 見論語鄉黨馬融曰恭敬皃也廣韵一屋曰踧踖行而謹敬按左傳石碏漢石經公羊作石踖从石誤字也

踽 疏行皃 唐風獨行踽踽毛曰踽踽無所親也按許合經傳云爾疏通也引伸爲親疏孟子行何爲踽踽涼涼義同 从足禹聲 區主切五部 詩曰獨行踽踽

蹡ㄑㄧㄤ 躖ㄉㄨㄢˋ 趴ㄈㄨˋ 踰ㄩˊ 跋ㄐㄩㄝˊ 蹻ㄑㄧㄠ

蹡 行皃 聘禮衆介北面蹌焉鄭云容皃舒揚曲禮天子穆穆諸侯皇皇大夫濟濟士蹌蹌鄭曰皆行容止之皃也按許蹡爲行皃蹌訓動也然則禮言行容者皆蹡爲正字蹌爲叚借字廣雅蹡蹡走也 从足將聲 七羊切十部 詩曰管磬蹡蹡 周頌文今詩作磬筦將將毛曰將將集也

躖 踐處也 此與疃同義田部曰疃禽獸所踐處也王逸九思鹿蹊兮躖躖亦作斷按祇云踐處別於疃字專屬禽獸 从足斷省聲 不云𢇍聲者𢇍古文絕也徒管切十四部

趴 趣越皃 趣疾也小徐作趨趴與赴音義略同 从足卜聲 芳遇切古音在三部

踰 越也 越度也踰與逾音義略同 从足俞聲 羊朱切四部

跋 輕也 廣韵娍輕也字从女 从足戉聲 王伐切十五部

蹻 舉足小高也 蹻高疊韵各本作行高晉灼注漢書高帝紀作小高元應引文穎曰蹻猶翹也又引三蒼解詁云蹻舉足也巨消切按今俗語猶然 从足喬聲 巨消切大徐居勺切非也二部 詩曰小子蹻蹻 大雅文毛曰蹻蹻驕皃此引伸之義

跾ㄕㄨ 蹌ㄑㄧㄤ 踊ㄩㄥˇ 躋ㄐㄧ 躍ㄩㄝˋ 跧ㄑㄩㄢˊ

跾 疾也長也 二義相反而相成易其欲逐逐薛云速也子夏傳作攸攸荀作悠悠劉作跾云遠也按方言透驚也式竹切吳都賦驚透沸亂透即跾字音義正同今人以爲透漏字他候切 从足攸聲 式竹切三部

蹌 動也 从足倉聲 七羊切十部

踊 跳也 與走部踊別 从足甬聲 余隴切九部

躋 登也 从足齊聲 祖雞切十五部 商書曰 按口部引嗁其着長辵部引我興受其退皆系之周書此作商書恐此爲是 予顛躋 微子篇文今尚書作隮注家云顛隕隮墜按升降同謂之躋猶治亂同謂之亂俗作隮顧命由賓階隮毛詩朝隮于西南山朝隮周禮九曰隮皆訓升左傳知隮於溝壑矣則訓降

躍 迅也 迅疾也 从足翟聲 以灼切二部

跧 蹴也 蹴蹋也 从足全聲 莊緣切十四部 一曰卑也絭也 絭當爲拳曲之拳魯靈光殿賦狡兔跧伏於柎側注當引卑也絭也李善引蹴也非

蹴ㄘㄨˋ 蹋ㄊㄚˋ 躡ㄋㄧㄝˋ 跨ㄎㄨㄚˋ

蹴 躡也 元應云說文蹴蹋也以足逆蹋之曰蹴 从足就聲 七宿切三部

蹋 踐也 从足𦐇聲 徒盍切八部俗作踏

躡 蹈也 史記張良陳平躡漢王足是也耤田賦注引說文躡追也不同 从足聶聲 尼輒切八部

跨 渡也 謂大其兩股開以有所越也因之兩股開謂之跨下史記淮陰侯傳作胯下夂部曰𡕒跨步也苦瓦切 从足夸聲 苦化切按古音在五部音轉入於十七部耳五經文字云說文作跨經典相承隸省作跨此實不然夸聲在五部𡕒聲在十七部絕無夸字至肉部云說文胯隸省作胯則更誤說文有𡕒字無胯字胯即𡕒之俗廣韵曰兩股開也玉裁又按蹴蹋躡跳蹈躔踐七字一氣銜接不當中絕以跨字疑許書本無跨字夂部之𡕒釋曰跨步也跨步當爲夸步夸步者大步也大張其兩股曰𡕒必云夸步不云大步者𡕒夸雙聲也後人改𡕒作跨玉篇云𡕒與跨同其明證也又專言兩股開則作胯𡕒字之訓則改之曰跨步皆由後人增竄此所以張參本與今本參差乖異而皆

不必是歟

跦蹈也从足步聲旁各切又音步五部

蹈踐也釋名蹈道也以足踐之如道从足舀聲徒到切古音在三部

躔踐也方言躔歷行也日運爲躔从足廛聲直連切十四部

踐履也履之箸地曰履履足所依也从足戔聲慈衍切十四部

踵追也與止部歱別从足重聲之隴切九部一曰往來皃

踔踶也許意踔與蹈義同从足卓聲知教切二部廣韵丑教切蝯跳也漢書上林賦踔希閒史記作踔希閒是也又莊子一足踸踔而行謂脚長短也敕甚敕角切

蹛踶也元應曰蹛三蒼音帝郭訓古文奇字以爲古文逝字漢書韋昭音徒計切按蹛即躛字漢書躛憚作躛蹛林作蹛从足帶聲當蓋切十五部

蹩踶也集韵作蹩云反足踶也匹蔑切莊子蹩躠爲仁亦作弊薛从足敝聲蒲結切十五部一曰跛也

踶躛也李軌曰踶蹋也通俗文曰小蹋謂之踶从足是聲特計切十六部

躛衛也按此必有脫誤當云躛踶也牛部衛下云牛踶衛也然則躛衛義略同从足衛聲于歲切十五部

⿱執足⿱執足足也案此三字一句⿱執足即蹀字也叚借作嗻作喋文帝紀新喋血京師服虔曰喋音蹀屣履之蹀如淳曰殺人流血滂沱爲喋血司馬貞引廣雅喋履也然則喋血者蹀血也謂流血滿地汚足下也从足執聲徒叶切七部

⿰足氏對也與峙待雙聲義略同从足氏聲承旨切按旨當作紙十六部

蹢蹢躅各本奪此二字文選注四引皆有逗足也逗各本作住今正逗者止足也說文無住字人部有侸侸者立也立者侸也是爲轉注侸非蹢躅之義易曰羸豕孚蹢躅三年問鳴號焉蹢躅焉蹢躅之雙聲疊韵曰躑躅曰跢跦曰峙踞曰䠠箸俗用躊躇从足啻聲俗本作適省聲非是直隻切十六部或曰蹢躅按四字衍文賈侍中說足垢也賈謂足垢爲蹢躅

躅蹢躅也蹢躅雙聲从足蜀聲直錄切三部

踤觸也長楊賦帥軍踤陸漢

書音義曰踤聚也師古曰踤足蹴也从足卒聲昨沒切十五部一曰駭也一曰倉踤今人多用蒼猝古書多用倉卒

蹷僵也僵僨也方言跌蹷也左傳是謂蹷其本从足厥聲居月切十五部一曰跳也孟子今夫蹶者趨者是氣也而反動其心讀亦若橜亦者謂讀若厥矣又讀若橜也橜瞿月切

蹶蹷或从闕

跳蹷也方言自關而西秦晉之閒曰跳从足兆聲徒遼切二部一曰躍也躍迅也

⿰足辰動也與口部唇雨部震手部振音義略同从足辰聲側鄰切十二部

躇峙躇逗不前也峙見止部云峙躇也今按當云峙躇也淺人刪一字耳从足屠聲直魚切五部

⿰足弗跳也方言踏䠗⿰足弗跳也从足弗聲敷勿切十五部

蹠楚人謂跳躍曰蹠見方言从足庶聲之石切古音在五部

踏趿也按趿當作跳方言踏跳也自關而西秦晉之閒曰跳或曰踏从足荅聲他合切七部

䠗跳也方言䠗跳也陳鄭之閒曰䠗从足䍃聲余招切二部

⿰足及進足有所擷取也爾雅毛傳皆云執衽曰袺扱衽曰襭衣部云以衣衽扱物謂之襭襭或作擷从足及聲穌合切七部爾雅曰⿰足及謂之擷按所據爾雅扱作⿰足及無衽字與今本異亦與衣部說異蓋衣部用毛傳此據爾雅也

⿰足貝步行獵跋也獵今之躐字躐踐也毛傳曰跋躐也老狼進則躐其胡獵跋猶躐踏也从足貝聲博蓋切十五部

躓跲也釋言毛傳皆曰疐跲也疐者躓之叚借字从足質聲陟利切古音在十二部詩正義引竹二反詩曰載躓其尾豳風載疐其尾許所據作躓

跲躓也中庸言前定則不跲从足合聲居怯切七部

跇述也述當作迣字之譌也樂書騁容與兮跇萬里裴引如淳曰跇謂超逾也吳都賦說田獵曰跇踰竹柏獮猭杞柟从足世聲丑例切十五部鄭誕生云跇一作世

蹎跋也經傳多叚借顛字爲之如左傳子都

跦蹈躔踐踵踔蹛蹩踶躛⿱執足⿰足氏蹢躅踤蹷跳⿰足辰躇⿰足弗蹠踏䠗⿰足及⿰足貝躓跲跇蹎

自下射之顚是也貢禹傳誠恐一旦顚仆氣竭**从足眞聲**。都年切十二部豳風正義引丁千反 跋 **蹎也**。依豳風正義訂跋經傳多叚借沛字爲之大雅論語顚沛皆即蹎跋也毛傳顚仆也沛拔也拔同跋豳風狼跋亦或作拔馬融論語注曰顚沛僵仆也按豳風狼跋其胡謂躐也躐則仆矣引伸爲近人題跋字題者標其前跋者系其後也豳風傳神行曰跋別一義**从足犮聲**。北末切廣韵蒲撥切十五部

蹐 **小步也**。毛傳蹐絫足也按絫蹐謂絫足者小步之至也**从足脊聲**。資昔切十六部**詩曰不敢不蹐**。小雅走部引作趚

跌 **踢也**。**从足失聲**。徒結切十二部**一曰越也**。別一義

踢 **跌也**。今本作跌踢也恐是誤倒吳都賦魂褫氣懾而自踢跌者劉曰踢跌頓伏也李引聲類踢跌也漢書音義跌蹶也**从足昜聲**。徒郎切十部**一曰搶也**。別一義木部曰搶歫也止部曰歫槍也按踢與堂音義同堂歫也

蹲 **居也**。尸部曰居蹲也是爲轉注各本作踞也以俗改正又增一踞篆於蹲後今正而刪之左傳蹲甲而射之蹲居也引伸爲居積之義**从足尊聲**。徂尊切十三部山海經作踆

⿰足荂 **居也**。**从足荂聲**。苦化切按此恐又跨字之異體

躩 **足躩如也**。論語苞氏曰躩盤辟皃也**从足矍聲**。丘縛切五部

踣 **僵也**。僵卻偃也**从足音聲**。蒲北切按古音在四部爾雅釋文音赴或孚豆蒲侯二反是也然則踣與仆音義皆同孫炎曰前覆曰仆左傳正義曰前覆謂之踣對文則偃與仆別散文則通也走部趞同**春秋傳曰晉人踣之**。左傳襄十四年

文 蹇 **尳也**。尢部曰尳蹇也是爲轉注尳曲脛也易曰蹇難也行難謂之蹇言難亦謂之蹇俗作謇非**从足寒省聲**。九輦切十四部按各本尳作跛又於蹇篆之上出跛篆云行不正也从足皮聲一曰足排之讀若彼此後人不知跛即尳之隸變而增之耳今刪曲禮立毋跛鄭云跛偏任也此謂形體偏任一邊如尳者然凡經傳多作跛

蹁 **足不正也**。南都賦說舞曰蹴蹝蹁蹮即上林賦之便姍嫳屑也**从足扁**

聲。部田切十二部**一曰拖後足馬**。拖俗字當作拕**讀若苹**。此十一部十二部合韵**或曰徧**。讀如徧也

⿰足幷 **脛肉也**。**从足幷聲**。**一曰曲脛也**。廣韵作左脛曲**讀若逵**。渠追切古音在三部按一曰曲脛也橫梗不貫凡似此者疑皆後人所妄增

踒 **足跌也**。跌當爲胅字之誤也肉部曰胅骨差也踒者骨委屈失其常故曰胅亦曰差跌**从足委聲**。烏過切十七部

跣 **足親地也**。親跣疊韵古者坐必脫屨燕坐必褫襪皆謂之跣如趙盾侍君燕跣以下此褫襪之跣也如晉悼公跣而出此不暇屨之跣也喪大記主人徒跣亦謂褫襪**从足先聲**。穌典切十二部

跔 **天寒足跔也**。周書大子晉解師曠東躅其足曰善哉善哉大子曰大師何舉足驟師曠曰天寒足跔是以數也此許所本莊子音義亦引周書天寒足跔今本周書作足躅誤也跔者句曲不伸之意**从足句聲**。其俱切四部

⿰足困 **瘃足也**。疒部曰瘃中寒腫覈也據趙充國傳手足皆有皸瘃之患此字從足故訓爲瘃足**从足困聲**。困聲鍇本作囷聲非古音由魂而侈困聲字多轉入魂韵苦本切十三部

距 **雞距也**。左傳季氏介其雞郈氏爲之金距服曰以金沓距也按此如人與獸之叉此距與止部之歫異義他家多以距爲歫**从足巨聲**。求許切五部亦作鮔作艍

躧 **舞履也**。鄭注周禮曰鞮屨四夷舞者屝也史記貨殖傳躡利屣徐廣曰舞屣也躧一作跕跕吐協反地理志跕躧臣瓚曰躡跟爲跕按舞不納履故凡不著跟曳之而行曰躧躧履如雋不疑傳長門賦皆是也西京賦說舞曰振朱屣於盤樽薛曰朱屣赤絲履也**从足麗聲**。所綺切十六部

韆 **或从革**。

⿰足叚 **足所履也**。**从足叚聲**。乎加切凡叚聲古在五部按⿰足叚疑⿰足段之誤篇韵有踹字丁貫切今俗謂語用力踏地曰踹⿰足段音同也許書碫字譌碬鍛鍜錯出是其比矣

⿰足非 **跀也**。字亦作剕**从足非聲**。扶味切十五部

跀 **斷足也**。此與刀部刖異義刖絕也經傳多以刖爲跀周禮司刑注云周改臏作刖按唐虞夏刑用臏去其厀頭骨

𧿶。 趽ㄆㄤˊ 趹ㄐㄩㄝˊ 趼ㄐㄧㄢˇ 路ㄌㄨˋ 蹸ㄌㄧㄣˋ 跂ㄑㄧˊ 疋ㄆㄧ

也周用跀斷足也凡於周言臏者舉本名也莊子魯有兀者叔山無趾踵見仲尼崔譔云無趾故踵行然則跀刖卽漢之斬趾無足指故以足跟行也無足指不能行故別爲刖足者之屨以助其行左氏云踊貴屨賤是也髕則足廢不能行跀則用踊尙㠯行故跀輕於髕也跀一名跳跸一作剕鄭駁異義云臯陶改臏爲剕吕刑有剕周改剕爲刖此恐誤與司刖注不合 从足月聲。魚厥切十五部 𧿶跀或从兀。亦形聲莊子養生主注曰介偏刖之名崔本作兀又作踂云斷足也德充符申徒嘉兀者也李云刖足曰兀

趽曲脛馬也。廣雅曰趽跰䟤也跰見上䟤俱達切 从足方聲。讀與彭同。薄庚切古音在十部

趹馬行皃。戰國策史記云秦馬之良探前趹後蹄閒三尋西都賦要趹追蹤竇雅趹奔也 从足夬聲。各本作决省聲淺人改也古穴切十五部

趼獸足企也。釋嘼騉蹏趼善陞甗又騉駼枝蹏趼善陞甗趼者謂其足企企舉踵也故善登高趼本或作研研滑石也舍人李巡孫炎郭樸顏師古皆以蹄下平正如研釋之 从足幵聲。五甸切十四部

路道也。釋宮一達謂之道路此統言也周禮澮上有道川上有路此析言也爾雅毛傳路大也此引伸之義也 从足各聲。洛故切五部

蹸轢也。車部曰轢車所踐也 从足粦聲。良忍切十二部

跂足多指也。从足支聲。巨支切十六部按足部當終於路蹸字跂字不當廁此莊子駢拇枝指字只作枝跂葢俗體

文八十五 按去蹸跂二字則八十三

重四

二篇下 壬

疋足也。上象腓腸。肉部曰腨腓腸也 下从止。止下基也 弟子職曰。弟子職管子書篇名漢藝文志以列於孝經十一家是其單行久矣 問疋何止。謂問尊長之臥足當在何方也內則曰將衽長者奉席請何止止一作趾足也 古文吕爲詩大雅字。雅各本作疋誤此書古文叚借足爲雅字古音同在五部也 亦吕爲足字。此則以形相似而叚借變例也 或曰胥字。此亦謂同音叚借如府史胥徒之胥經作疋可也 一曰疋記也。記下云疋也是爲轉注後代改疋爲疏耳疋疏古今字此與足也別一義 凡疋之屬皆从疋。所菹切五部

𤴓ㄕㄨ 𤕟ㄕㄨ 品ㄆㄧㄣˇ 嵒ㄋㄧㄝˋ 喿ㄙㄠˋ 龠ㄩㄝˋ

𤴓門戶青疏窻也。青字依篇韵補於門戶刻鏤爲窻牖之形而以青飾之也去部曰疏通也薛注西京賦曰疏刻穿之也招蒐網戶朱綴刻方連些古詩曰交疏結綺窻 从疋。從疋者綺文相連如足迹相踵也 疋亦聲。囪象𤴓形。囪部曰在牆曰牖在屋曰囪則囪疋爲會意矣而云象形者正謂門戶刻文如囪囪牖也 讀若疏。所菹切五部

𤕟通也。此與去部疏音義皆同玉篇引月令其器𤕟以達今月令作疏諸書枎疏字太元作枎𤕟太元又有𤕟首轉寫譌作疑 从爻疋。爻者刻文相交也 疋亦聲。所菹切五部

文三

品眾庶也。从三口。人三爲眾故從三口會意丕飲切七部 凡品之屬皆从品。

嵒多言也。此與言部譶音義皆同 从品相連。會意 春秋傳曰。次于嵒北。僖元年左傳文今左作聶北邢地杜氏說 讀與聶同。音同也尼輒切七部

喿鳥羣鳴也。此與雧同意俗作噪方言假喿爲鍫臿字 从品在木上。蘇到切二部

文三

二篇下 壬

龠樂之竹管。此與竹部籥異義今經傳多用籥字非也 三孔。孔同空按周禮笙師禮記少儀明堂位鄭注爾雅郭注應氏風俗通皆云三孔惟毛傳云六孔廣雅云七孔 吕和眾聲也。和眾聲謂奏樂時也萬舞時祇用籥以節舞無他聲 从品侖。惟以和眾聲故從品 侖理也。亼部曰侖思也按思猶鰓鰓理一也大雅於論鼓鍾毛傳曰論思也鄭曰論之言倫也毛鄭意一也從侖謂得其倫理也以灼切二部

龠䶵龢龤冊嗣扁

龡ㄔㄨㄟ　䶵ㄔˊ　篪　龢ㄏㄜˊ　龤ㄒㄧㄝˊ　冊ㄘㄜˋ

凡龠之屬皆从龠。龡音律管壎之樂也。八字一句音律者如王者行師大師吹律合音是也竽笙簫篪蓬管皆竹屬獨言管者舉一以該六也土屬則惟壎可吹小師言鼓瞽矇言播笙師言龡者各因其文也以人氣作音曰吹从龠炊聲。昌垂切古音在十七部

䶵管樂也。管猶筩也故龠䶵簫皆曰管樂鄭司農注周禮云篪七空廣雅云八孔賈公彥引禮圖云九孔其言多轉寫錯亂疑不能明也世本云暴辛公作壎蘇成公作篪譙周云二人善壎善篪記者因以爲作謬矣按許於壎䶵下皆不引世本於鐘磬竽簫琴瑟則引之其匡謬不在允南之前乎从龠虒聲。直离切十六部

篪䶵或从竹。樂記又作篪

龢調也。言部曰調龢也此與口部和音同義別經傳多假和爲龢从龠禾聲。讀與咊同。未各本作和今正此言其音同而已戶戈切十七部

龤樂龢也。龤訓龢龢訓調調訓龢三字爲轉注龤龢作諧和者皆古今字變許說其未變之義今本龤下調下作和也則與龢下調也不爲轉注龤與言部諧音同義異各書多用諧爲龤从龠皆聲。戶皆切十五部虞書曰：虞書當作唐書八音克龤。堯典文

二篇下

文五　重一

冊符命也。諸侯進受於王者也。者字依韵會補尚書王命周公後作冊逸誥左傳王命尹氏及王子虎內史叔輿父策命晉侯爲侯伯王使劉定公賜齊侯命及三王世家策文皆是也後人多假策爲之象其札一長一短。謂五直有長短中有二編謂二橫之形。蔡邕獨斷曰策簡也其制長者一尺短者半之其次一長一短兩編下附札牒也亦曰簡編次簡也次簡者竹簡長短相閒排比之以繩橫聯之上下各一道一簡容字無多故必比次編之乃容多字聘禮記云百名以上書於策是也一簡可容書於簡每簡一行而已不及百名書於方則合若干行書之百名以上書於策方即牘也牘書版也簡冊竹爲之牘木爲之一冊不容則絫冊爲之國史冊書蓋如是鄭注禮云策簡也此渾言之不分別耳冊字五直象一長一短象其意而已其簡之若干未可肊定也蔡氏云長者一尺短者半之此漢法如是鄭引鉤命決云易詩書禮樂春秋策皆長二尺四寸孝經謙半之一尺二寸論語策八寸尺二寸者三分居二又謙焉此古制也見於聘禮左傳序正義者乖異不同今訂之如是未知然否鄭注尚書云三十字一簡之文服注左氏云古文篆書一簡八字漢志劉向以中古文校今文尚書古文簡有二十五字者有二十二字者是簡之長短不同而字數不同也楚革切十六部

𥬔　嗣ㄙˋ　孠　扁ㄅㄧㄢˇ

凡冊之屬皆从冊。𥬔古文冊从竹。左傳備物典筴釋文筴本又作冊亦作策或作𥬔按筴者策之俗也冊者正字也策者叚借字也𥬔者冊之古文也左氏述春秋傳以古文然則𥬔其是歟

嗣諸侯嗣國也。引伸爲凡繼嗣之偁从冊口。小徐曰冊必於廟史讀其冊故从口按當是从口音口者國象也故曰諸侯嗣國司聲。祥吏切一部

孠古文嗣从子。

扁署也。署者部署有所网屬也从戶冊。戶冊者，署門戶之文也。署門戶者秦書八體六曰署書蕭子良云署書漢高六年蕭何所定以題蒼龍白虎二闕方沔切古音在十二部

二篇下

文三　重二

三十部　文六百九十三三小徐作二　重八十七宋本七作八小徐作重七十九

凡八千四百九十八字此第二篇都數

說文解字第二篇下　受業長洲陳煥校字

㗊ㄐㄧˊ 嚚ㄧㄣˊ 嚻。囂ㄒㄧㄠ 𠾅。嘂ㄐㄧㄠˋ 嚾ㄏㄨㄢˋ 器ㄑㄧˋ 舌ㄕㄜˊ

說文解字第三篇上

金壇段玉裁注

㗊 眾口也。从四口。凡㗊之屬皆从㗊。讀若戢。阻立切七部 一曰呶。錯曰呶讙也鉉本作又讀若呶集韵五肴不載此字

嚚 語聲也。左傳曰口不道忠信之言爲嚚引伸之義也 从㗊臣聲。語巾切十二部 𡅧 古文嚚。

囂 聲也。左傳湫隘囂塵杜曰囂聲也廣韵曰喧也 气出頭上。欠部曰歊歊气上出皃歊與囂音同義近孟子人知之亦囂囂人不知亦囂囂言人自得無欲如气上出悠閒也 从㗊頁。聲出而气隨之故从㗊頁會意許嬌切二部 頁亦首也。頁部曰頁頭也 嚻 囂或省。

嘂 高聲也。此與口部叫噭聲同義異 一曰大嘑也。嘑各本譌呼今正此與叫噭義略同小雅或不知嘂號周禮禁嘂呼歎嗚于國中者夜嘑旦以嘂百官 从㗊丩聲。古弔切古音在三部 春秋公羊傳曰。言公羊者以別於凡傳左氏徑云春秋傳也序言其偁春秋左氏蓋主左氏而不廢公羊 魯昭公嘂然而哭。嘂各本作叫譌今正昭廿五年傳文今本昭公於是噭然而哭何云噭然哭聲皃

嚾 嘑也。嘑各本作呼今正嘑號也廣雅嚾嗚也玉篇云嚾荒貫切與喚同廣韵同按說文無喚字然則嚾喚古今字也 从㗊雚聲。讀若讙。呼官切十四部

器 皿也。皿部曰皿飯食之用器也然則皿專謂食器器乃凡器統偁器下云皿也者散文則不別也木部曰有所盛曰器無所盛曰械陸德明本如是 象器之口。謂㗊也與上文从㗊字不同 犬所㠯守之。會意去冀切冀當作旣十五部

文六　重二

舌 在口所㠯言別味者也。言下各本有也剩字者依韵會補口下曰人所以言食也口云食舌云別味各依文爲義舌后字有互譌者如左傳舌膚譌后膚周書美女破后譌破舌是也 从干口。干犯也言犯口而出之食犯口而入之 干亦聲。干在十四部與十五部合韵食列切十五部 凡舌之屬皆从舌。

𦧇ㄊㄚˋ 舓ㄕˋ 䑛。

𦧇 歠也。歠歙也曲禮曰毋嚃羹廣韵嚃歠也然則嚃卽𦧇也羹之無菜者不用梜直歠之而已禮禁𦧇羹者何也𦧇者流歠許渾言之耳 从舌沓聲。他合切八部

舓 㠯舌取食也。从舌易聲。神旨切按旨當作紙十六部 䑛 舓或从也。也聲古在十七部與十六部合韵取近或作舐或作狧漢書狧穅及米

文三　重一

干ㄍㄢ 羊ㄖㄣˇ

干 犯也。犯侵也毛詩干旄干旌假爲竿字 从一从反入。反入者上犯之意古寒切十四部 凡干之屬皆从干。

羊 撥也。撥剌也甘泉賦洪臺崛其獨出兮撥北極之嶟嶟 从干入一爲干。入二爲羊。說會意之恉 讀若飪。同音也如審切七部南从羊聲 言稍甚也。飪甚同音入二甚於入一故讀若飪卽讀若甚也

屰ㄋㄧˋ

屰 不順也。後人多用逆逆行而屰廢矣 从干下屮屰之也。屮口犯切凶下云象地穿交陷其中也方上干而下有陷之者是爲不順屰之也當作屰之意也魚戟切古音在五部

文三

谷ㄐㄩㄝˊ

谷 口上阿也。大雅有卷者阿箋云有大陵卷然而曲口上阿謂口吻已上之肉隨口卷曲毛傳臄函也㔾部函谷也與毛合晉灼注羽獵賦曰口之上下名爲嗛按通俗文云口上曰臄口下曰函服析言之毛許晉皆渾言之許舉上以包下耳今說文各本函下譌作舌也古者舌無函名特牲少牢禮脈組用心舌與加𣪠脾臄異用陸釋文云說文曰函舌也又云口次肉也似陸時說文已誤矣單行釋文口次譌口裏則義全非讀書之難如是

三篇上　一

三篇上　二

臄。丙ㄊㄧㄢˇ 㖦。 㐁。

从口。上象其理。文理其虐切五部卻谿从谷聲凡谷之屬皆从谷。㖦谷或如此。臄谷或从肉豦。二皆形聲豦見大雅丙舌皃。魯靈光殿賦元熊舑舕以斷斷善曰舑舕吐舌皃吐玷吐暫二切按舑舕卽丙之俗也从谷省象形。象形者謂口象吐舌也从谷省者謂人也舌出於谷外故內谷外舌他念切七部㐁古文丙。讀若三年導服之導。士虞禮注曰古文禫或爲導檀弓喪大記注皆曰禫或作道是今文禮作禫古文禮作導鄭从今文故見古文於注許从古文故此及木穴部皆云三年導服而示部無禫今有者後人增也導服者導凶之吉也棪突丙讀若導服皆七八部與三部合韵之理不於上文丙下言之者以舌皃之讀別下文竹上皮之讀使人易了也不云讀若導而云三年導服之導者三年導服之導古語蓋讀如澹故今文變爲禫字是其音不與凡導同也一曰竹上皮。此別一義竹上靑皮顧命禮器聘義皆謂之筍筍筠古今字讀若沾。沾古之添字他兼切一曰讀若誓。讀沾又讀誓此七八部與十五部合韵之理弼字从此。謂弼字从丙爲聲也弜部作弼然則从丙者小篆从丙作弼者古文也

文二　重三

只ㄓˇ

只語巳詞也。巳止也矣只皆語止之詞鄘風母也天只不諒人只是也亦借爲是字小雅樂只君子箋云只之言是也王風其樂只且箋云其且樂此而已按以此釋只與小雅箋同宋人詩用只爲祇字但也今人仍之讀如隻从口象气下引之形。語止則气下引也諸氏切十六部凡只之屬皆从只。

𠷎ㄒㄧㄥ

𠷎聲也。謂語聲也晉宋人多用馨字若冷如鬼手馨強來捉人臂何物老嫗生此寧馨兒是也馨行而𠷎廢矣隨唐後則又無馨語此古今之變也从只甹聲。讀若馨。呼形切十一部

文二

㕯ㄋㄚˋ

㕯言之訥也。檀弓作吶同其言吶吶然如不出諸其口注吶吶舒小皃此與言部訥音義皆同故以訥釋㕯从口內。內入也會意內亦聲女滑切十五部凡㕯之屬皆从㕯。

矞ㄩˋ

矞以錐有所穿也。从矛㕯。㕯者入意小徐作㕯聲會意兼形聲也余律切十五部一曰滿有所出也。矞雲蓋取此義

商ㄕㄤ

商从外知內也。从㕯章省聲。漢律厤志云商之爲言章也物成孰可章度也白虎通說商賈云商之爲言章也章其遠近度其有亡通四方之物故謂之商也按粊誓我商賚女徐仙民音章此古音也從外知內了了章箸曰商今式陽切十部

商。商古文商。

商。商亦古文商。

商。商籒文商。

文三　重三

句ㄍㄡ

句曲也。凡曲折之物侈爲倨斂爲句考工記多言倨句樂記言倨中矩句中鉤淮南子說獸言句爪倨牙凡地名有句字者皆謂山川紆曲如句容句章句餘高句驪皆是也凡章句之句亦取稽留可鉤乙之意古音總如鉤後人句曲音鉤章句音屨又改句曲字爲勾此淺俗分別不可與道古也从口丩聲。古矦切古音也四部又九遇切今音也凡句之屬皆从句。

拘ㄐㄩ

拘止也。从手句。手句者以手止之也句亦聲。舉朱切古音在四部讀如鉤

笱ㄍㄡˇ

笱曲竹捕魚笱也。邶風毛傳曰笱所以捕魚也周禮𩿟人掌以時𩿟爲梁大鄭云梁水偃偃水而爲關空以笱承其空偃堰空孔皆古今字魚梁皆石絕水笱曲竹爲之以承孔使魚入其中不得去者若以薄爲梁以笱承之則謂之寡婦之笱从竹句。曲竹故从竹句句亦聲。古厚切四部

鉤ㄍㄡ

鉤曲鉤也。鉤字依韵會補曲物曰鉤因之以鉤取物亦曰鉤从金句。句亦聲。鉤鑲吳鉤釣鉤皆金爲之故从金按句之屬三字皆會意兼形聲不入手竹金部者會意合二字爲一字必以所重爲主三字皆重句故入句部古矦切四部

文四

丩 相糾繚也。丩糾疊韵。糾繚亦疊韵字也。毛傳曰：糾糾猶繚繚也。繚，纏也。一曰瓜瓠結丩起。謂瓜瓠之縢緣物纏結而上。如詩言南有樛木甘瓠纍之。象形。象交結之形。居虯切。三部。眞誥一卷爲一弓。弓當即是弓字。一丩猶言一縛。丩卷雙聲。故謂卷爲丩也。凡丩之屬皆从丩。

茻 艸之相丩者。艸相糾繚。故从茻丩。丩不專謂秦艸也。从茻丩。丩亦聲。居虯切。三部。

糾 繩三合也。糸部曰：紉，單繩也。劉表易章句曰：兩股曰纆。按李善引字林：糾，兩合繩。纆，三合繩。與許不合。糸部綸下曰：糾青絲繩也。凡交合之謂之糾。引伸爲糾合諸侯之糾。又爲糾責之糾。从糸丩。丩亦聲。丩亦二字今補。居黝切。三部。詩音義引說文己小反。音之轉也。出音隱。按丩之屬二字不入茻糸部者，說與句部同。

文三

古 故也。邶風大雅毛傳曰：古，故也。攴部曰：故，使爲之也。按故者凡事之所以然。而所以然皆備於古。故曰古，故也。逸周書：天爲古，地爲久。鄭注尚書稽古爲同天。从十口。識前言者也。識前言者口也。至於十則展轉因襲。是爲自古在昔矣。公戶切。五部。凡古之屬皆从古。𠥍 古文古。

嘏 大遠也。釋詁、小雅大雅傳、少牢禮注皆曰：嘏，大也。少牢祝嘏于主人謂予主人以大福。許獨兼遠言之者，大則必遠。故郊特牲曰：嘏，長也，大也。此許所本也。經傳嘏字多謂祭祀致福。其本訓則謂大遠。爾雅毛傳假大也。假葢即嘏之假借。从古叚聲。古雅切。古音在五部。

文二 重一

十 數之具也。漢志：協於十。一爲東西，丨爲南北，則四方中央備矣。是執切。七部。凡十之屬皆从十。

丈 十尺也。从又持十。夫部曰：周制八寸爲尺，十尺爲丈。人長八尺，故曰丈夫。然則伸臂一尋，周之丈也。故从又持十。直兩切。十部。

千 十百也。从十人聲。此先切。十二部。

肸 肸蠁，逗。布也。李善注上林賦、甘泉賦皆引肸蠁布也。今據正。上林賦曰：肸蠁布寫。彪注曰：肸，過也。芬芳之過，若蠁之布寫也。甘泉賦：薌呹肸以掍批。薌蒸同。蠁，按虫部：蠁，知聲蟲也。肸蠁者，蓋如知聲之蟲，一時雲集。蜀都賦：翕響。響義同。春秋晉羊舌肸，字叔向。向，釋文許兩切。即蠁字。知肸蠁之語甚古。从十肹聲。羲乙切。十二部。

卙 卙卙，逗。盛也。小徐曰：詩宜爾子孫蟄蟄兮。毛曰：蟄蟄，和集也。與卙卙義近。从十甚聲。子入切。七部。按廣韵昌入切。玉篇又充入切。汝南名蠶盛曰卙。此汝南方言也。今江蘇俗語多云密卙卙。音如蟄。

博 大通也。凡取於人易爲力曰博。陳風鄭箋：交博，好也。从十尃。會意。尃，布也。亦聲。補各切。五部。

协 材十人也。十倍於人也。十人爲协，千人爲俊。王制：祭用數之仂。注：仂，什一也。按一當十爲协，故十取一亦爲仂。蓋仂本作协也。从十力。十人之材也。力亦聲。力亦二字今補。盧則切。一部。

廿 二十幷也。古文省多。省多者，省作二十兩字爲一字也。考工記：桯長倍之四尺者二，十分寸之一謂之枚。本於二字爲句絕。故書十與上二合爲廿。此可證周時凡言二十可作廿也。古文廿仍讀二十兩字。秦碑小篆則維廿六年、維廿九年、卅有七年皆讀一字，以合四言。廿之讀如入，卅之讀如㱿，皆自反也。至唐石經二十皆作廿，三十皆作卅，則仍讀爲二十、三十矣。人汁切。七部。

𠦃 詞之集也。此依廣韵玉篇訂。詞當作辭。此下當有詩曰辭之𠦃矣六字。葢詩作𠦃，許以集解之。今毛詩作輯。傳：輯，和也。許所偁葢三家詩。从十咠聲。秦入切。七部。按十部當終於二十幷之廿。𠦃字或寫者奪之而綴於末。

文九

丩茻糾古嘏十丈千肸卙博协廿𠦃

卅世言䛩謦語談謂諒詵請謁許諾讎諸

卅 世 言 䛩 謦 語 談 謂 諒

卅三十幷也。古文省。此亦當云省多聲古音當先立切七部今音蘇沓切凡卅之屬皆从卅。世三十年爲一世。論語如有王者必世而後仁孔曰三十年曰世按父子相繼曰世其引伸之義也从卅而曳長之。曳長之謂末筆也亦取其聲。末筆曳長卽爲十二篇之乀从反厂亦是推引之義世合卅乀會意亦取乀聲爲聲讀如曳也許書言取其聲者二禿取粟聲世取曳聲也曳从厂聲厂乀一也舒制切十五部毛詩世在十五部而枼葉以爲聲又可證八部與十五部合韵之理矣

文二

言直言曰言。論難曰語。大雅毛傳曰直言曰言論難曰語論正義作荅鄭注大司樂曰發端曰言荅難曰語注襍記曰言言己事爲人說爲語按三注大略相同下文語論也論議也議語也則詩傳當從定本集注矣衞雅毛傳言我也此於雙聲得之本方俗語言也从口辛聲。語軒切十四部凡言之屬皆从言。䛩聲也。思玄賦鳴玉鸞之䛩䛩原注䛩䛩聲也按篆下當有䛩䛩二字淺人刪之从言賏聲。烏莖切十一部謦欬也。欬屰气也通俗文曰利喉謂之謦欬按謦欬見莊子徐無鬼从言殸聲。去挺切十一部殸籒文磬字。見石部語論也。此卽毛鄭說也語者禦也如毛說一人辯論是非謂之語如鄭說與人相荅問辯難謂之語从言吾聲。魚舉切五部談語也。談者淡也平淡之語从言炎聲。徒甘切八部謂報也。卒部曰報當罪人也葢刑與罪相當謂之報引伸凡論人論事得其實謂之報謂者論人論事得其實也如論語謂韶謂武子謂子賤子謂仲弓其斯之謂與大學此謂身不脩不可以齊其家是也亦有借爲曰字者如左傳王謂叔父卽魯頌之王曰叔父也亦有訓爲勤者亦以合音取近也从言胃聲。于貴切十五部諒信也。方言衆信曰諒周南召南衞之語也經傳或假亮爲諒从言京聲。力讓切十部

詵 請 謁 許 諾 讎 諸

詵致言也。从言先。所謂先容也先亦聲。所臻切十三部詩曰。螽斯羽。詵詵兮。此引周南說假借也毛曰詵詵衆多也按以衆多釋詵詵謂卽甡甡之假借陸氏詩音義云詵詵說文作甡陸所據多部有甡字引詩螽斯羽甡甡兮葢三家詩此引毛詩或作駪駪莘莘侁侁皆同請謁也。周禮春朝秋覲漢改爲春朝秋請从言青聲。七井切十一部謁白也。廣韵曰白告也按謁者若後人書刺自言爵里姓名並列所白事从言曷聲。於歇切十五部許聽言也。聽從之言也耳與聲相入曰聽引伸之凡順從曰聽許或假爲所或假爲御下武傳許進也卽御進也東平王蒼正作昭茲來御又爲鄦之叚借字从言午聲。虛呂切五部諾譍也。譍者應之俗字說解中有此字或偶爾从俗或後人妄改疑不能明也大徐於此部增譍字誤矣口部曰唯諾也唯諾有急緩之別統言之則皆應也从言若聲。奴各切五部

讎猶譍也。心部曰應當也讎者以言對之詩云無言不讎是也引伸之爲物價之讎詩賈用不讎高祖飮酒讎數倍是也又引伸之爲讎怨詩不我能慉反以我爲讎周禮父之讎兄弟之讎是也人部曰仇讎也仇讎本皆兼善惡言之後乃專謂怨爲讎矣凡漢人作注云猶者皆義隔而通之如公穀皆云孫猶孫也謂此子孫字同孫遁之孫鄭風傳漂猶吹也謂漂本訓浮因吹而浮故同首章之吹凡鄭君高誘等每言猶者皆同此許造說文不比注經傳故徑說字義不言猶惟㠭字下云㠭猶齊也此因㠭之本義極巧視之於㠭从㠭義隔故通之曰猶齊此以應釋讎甚明不當曰猶應葢淺人但知讎爲怨詞以爲不切故加之耳然則爾字下云麗爾猶靡麗也此猶亦可刪與曰此則通古今之語示人麗爾古語靡麗今語魏風傳糾糾猶繚繚摻摻猶纖纖之例也。物價之讎後人妄易其字作售讀承臭切竟以改易毛詩賈用不讎此惡俗不可從也从言雔聲。此以聲苞意市流切三部諸辯也。辯當作辨判也按辨下奪詞字諸不訓辨辨之詞也詞者意內而言

外也自部曰者別事詞也諸與者音義皆同釋魚前弃諸果後弃諸獵諸卽者郊特牲或諸遠人乎亦作或者遠人乎凡舉其一則其餘謂之諸以別之因之訓諸爲衆或訓爲之或訓爲之於則於雙聲疊韵求之从言者聲。此以聲苞意章魚切五部

詩志也。毛詩序曰詩者志之所之也在心爲志發言爲詩按許不云志之所之徑云志也者序析言之許渾言之也所以多渾言之者欲使人因屬以求別也又特牲禮詩懷之注詩猶承也謂奉納之懷中內則詩負之注詩之言承也按正義引含神霧云詩持也假詩爲持假持爲承一部與六部合音取近也上林賦葴持持音懲从言寺聲。書之切一部

𧥥古文詩省。左从古文言右从之省寸

讖驗也。驗本馬名葢卽譣之假借讖驗疊韵有徵驗之書。河雒所出書曰讖。十二字依李善鵩鳥魏都二賦注補釋名讖纖也其義纖微也从言韱聲。楚蔭切七部

諷誦也。大司樂以樂語敎國子興道諷誦言語注倍文曰諷以聲節之曰誦倍同背謂不開讀也誦則非直背文又爲吟詠以聲節之周禮經注析言之諷誦是二許統言之諷誦是一也从言風聲。芳奉切古音在七部

誦諷也。从言甬聲。似用切九部

讀籒書也。籒各本作誦此淺人改也今正竹部曰籒讀書也讀與籒疊韵而互訓庸風傳曰讀抽也方言曰抽讀也葢籒抽古通用史記紬史記石室金匱之書字亦作紬抽繹其義薀至於無窮是之謂讀故卜筮之繇曰籒謂抽繹易義而爲之也尉律學僮十七已上始試諷籒書九千字乃得爲吏諷謂背其文籒謂能繹其義大史公作史記曰余讀高祖侯功臣曰大史公讀列封至便侯曰大史公讀秦楚之際曰余讀諜記曰大史公讀春秋厤譜諜曰大史公讀秦記皆謂紬繹其事以作表也漢儒注經斷其章句爲讀如周禮注鄭司農讀火絕之儀禮注舊讀昆弟在下舊讀合大夫之妾爲君之庶子女子子嫁者未嫁者是也擬其音曰讀凡言讀如讀若皆是也易其字以釋其義曰讀凡言讀爲讀曰當爲皆是也人所誦習曰讀如禮記注云周田觀文王之德博士讀爲厥亂勸寧王之德是也諷誦亦爲讀如禮言讀賵讀書左傳公讀其書皆是也諷誦亦可云讀而讀之義不止於諷誦諷誦止得其文辭讀乃得其義薀自以誦書改籒書而讀書者尟矣孟子云誦其詩讀其書則互文見義也从言賣聲。徒谷切三部

𧦝快也。快喜也从言中。會意中之言得也言而得故快於力切一部

訓說教也。說教者說釋而教之必順其理引伸之凡順皆曰訓如五品不訓聞六律五聲八音七始訓以出內五言是也从言川聲。許運切十三部

誨曉教也。曉教者明曉而教之也訓以柔克誨以剛克周書無逸胥訓告胥教誨是也曉之以破其晦是曰誨从言每聲。荒內切十五部

譔專教也。專教者專壹而教之也鄭注論語異乎三子者之撰撰讀曰譔譔之言善也廣韵曰譔善言也本鄭从言巽聲。此緣切十四部

譬諭也。諭告也譬與諭非一事此亦統言之也从言辟聲。匹至切十六部

謜徐語也。从言原聲。魚怨切十四部孟子曰。故謜謜而來。萬章篇文趙曰如流水之與源通據此源本作源源古作原葢許引孟原原而來證从原會意之恉淺人加之言旁如百穀艸木麗于地加艸頭之比

詇早知也。从言央聲。於亮切十部

諭告也。凡曉諭人者皆舉其所易明也周禮掌交注曰諭告曉也曉之曰諭其人因言而曉亦曰諭諭或作喻从言俞聲。羊戍切四部

詖辯論也。此詖字正義皮剝取獸革也被析也凡从皮之字皆有分析之意故詖爲辯論也古文㠯爲頗字。此古文同音假借也頗偏也从言皮聲。彼義切古音在十五部

諄告曉之孰也。大雅誨爾諄諄左傳年未盈五十而諄諄如八九十者孟子諄諄然命之乎大雅諄諄鄭注中屬引作忳忳云忳忳懇誠皃也按其中懇誠其外乃告曉之孰義相足也方言曰諄罩也又曰宋魯凡相惡謂之諄憎此則敦字之假借攵部曰敦怒也詆也詩王事敦我从言𦎧聲。讀若庉。章倫切十三部

謘語諄謘也。諄謘葢猶鈍遲也此諄字與上文不同鍇本謘本在訛篆下从言屖聲。

詩讖諷誦讀𧦝訓誨譔譬謜詇諭詖諄謘

讀若行道遲遲○直离切古音在十五部廣韵直利切

詻論訟也○訟當作頌論頌郎言容也玉藻曰戎容暨暨言容詻詻注詻詻教令嚴也周禮保氏六儀五曰軍旅之容注軍旅之容暨暨詻詻傳曰詻詻孔子容○未聞論語曰子溫而厲从言各聲○五陌切五部

誾和說而諍也○論語鄉黨孔注侃侃和樂皃誾誾中正皃先進皇侃亦云爾按侃侃爲和樂者謂侃侃卽衎衎之假借也誾誾爲中正者謂和悅而諍柔剛得中也言居門中亦有中正之意从言門聲○語巾切按此字自來反語皆恐誤凡斷斷爲辨爭狺狺爲犬吠皆於斤聲言聲得語巾之音若門聲字當讀莫奔切或讀如瞞如懣斷不當反從言之雙聲切語巾也楊子何後世之訔訔也司馬曰爭辨皃是訔訔同漢書之斷斷自來字書韵書與門聲之誾同又恐誤也誾誾與穆穆模模勉勉亹亹等爲雙聲古音在十三部

謀慮難曰謀○左傳叔孫豹說皇皇者華曰訪問於善爲咨咨難爲謀魯語作咨事爲謀韋曰事當爲難吳語大夫種曰夫謀必素見成事焉而後慮之口部曰圖畫計難也圖與謀同義从言某聲○莫浮切古音在一部

㖠古文謀○鍇本作㖠不誤从母非从毋也母聲某聲同在一部士冠禮古文某爲謀蓋古文禮某作㖠也

謩亦古文○上从母下古文言

謨議謀也○釋詁曰謨謀也許於雙聲釋爲議謀詩巧言假莫爲謨从言莫聲○莫胡切五部虞書曰○曰當作有咎繇謨○謂自曰若稽古咎繇至帝拜曰往欽哉一篇也

暮古文謨从口○此蓋壁中尚書古文如此作也上文言咎繇謨者孔安國以隸寫之作謨也

訪汎謀曰訪○汎與訪雙聲方與旁古通用溥也洪範王訪于箕子晉語文王諏於蔡原而訪於辛尹韋曰諏訪皆謀也本釋詁許於方聲別之曰汎謀从言方聲○敷亮切十部

諏聚謀也○左傳咨事爲諏魯語作咨才韋曰才當爲事按釋詁諏謀也許於取聲別之曰聚謀儀禮今文假詛爲諏大元辨从言取聲○子于切古音在四部

論議也○論以侖會意亼部曰侖思也龠部曰侖理也此

非兩義思如玉部䚡理自外可以知中之䚡靈臺於論鼓鍾毛曰論思也此正許所本詩於論正侖之假借凡言語循其理得其宜謂之論故孔門師弟子之言謂之論語皇侃依俗分去聲平聲異其解不知古無異義亦無平去之別也王制凡制五刑必郎天論周易君子以經論中庸經論天下之大經皆謂言之有倫有脊者許云論者議也議者語也似未盡从言侖聲○當云从言侖侖亦聲盧昆切十三部

議語也○上文云論難曰語又云語論也是論議語三字爲與人言之偁按許說未盡議者誼也誼者人所宜也言得其宜之謂議至於詩言出入風議孟子言處士橫議而天下亂矣一曰謀也○韵會引有此四字从言義聲○當云从言義義亦聲宜寄切古音在十七部

訂平議也○考工記注參訂之而平从言丁聲○他頂切十一部

詳審議也○審悉也經傳多假爲祥字又音羊爲詳狂字从言羊聲○似羊切十部

諟理也○左傳君與大夫不善是也國語作王弗是韋曰是理也是者諟之假借字韋注與許合理猶今

人言是正也臣之行諟者王不能是正也大學引大甲顧諟天之明命注諟猶正也某氏偁大甲傳諟是也皆與許合大學諟或爲題从言是聲○承旨切按旨當作紙十六部

諦審也○毛傳曰審諦如帝从言帝聲○都計切十六部

識常也○常當爲意字之誤也草書常意相似六朝以草寫書迨草變眞譌誤往往如此意者志也志者心所之也意與志志與識古皆通用心之所存謂之意所謂知識者此也大學誠其意卽實其識也一曰知也○矢部曰知識詞也按凡知識記識標識今人分入去二聲古無入去分別三者實一義也从言戠聲○賞職切一部

訊問也○釋言曰訊言也小雅訊之占夢毛曰訊問也鄭箋執訊皆兼言問爲訓从言卂聲○思晉切十二部

𧦝古文訊从鹵○鹵古文西西古音讀與十二部取近

詧言微親詧也○从言祭省聲○鉉祭作察誤楚八切十五部

謹慎也○心部曰慎謹也从言堇聲○居隱切十三部

訒厚也○因仍則加厚訒

諶信訦誠誡誋誥誓譣詁譪諫諝証諫諗課試諴謠

諶　信　㐰　訦　訫　誠　誡　誋　誥

與仍音義略同。从言乃聲。如乘切六部。

諶　誠諦也。釋詁諶信也。許曰誠諦。未詳。疑諦乃締之誤。从言甚聲。是吟切七部。詩曰：天難諶斯。大雅文。今詩作忱。毛曰忱信也。按諶忱義同音近。古通用。今詩其命匪諶。心部作天命匪忱。

信　誠也。釋詁誠信也。从人言。序說會意曰信武是也。人言則無不信者。故从人言。息晉切十二部。古多以爲屈伸之伸。

㐰　古文信省也。

訫　古文信。言必由衷之意。

訦　燕代東齊謂信訦也。方言允訦恂展諒穆信也。燕代東齊曰訦。从言冘聲。是吟切。古音在八部。

誠　信也。从言成聲。氏征切十一部。

誡　敕也。文部曰敕誡也。从言戒聲。古拜切。古音在一部。

誋　誡也。淮南繆稱注曰誋誡也。从言忌聲。渠記切一部。

誥　告也。見釋詁。按以言告人。古用此字。今則用告字。以此誥爲上告下之字。又秦造詔字。惟天子獨稱之。文選注卅五引獨斷曰：詔猶告也。三代無其文。秦漢有也。據此可證秦已前無詔字。至倉頡篇乃有幼子承詔之語。故許書不錄詔字。鉉補之。非也。从言告聲。古到切。古音在三部。

𧦝　古文誥。按此从言肘聲。是古音在三部之證。

誓　約束也。周禮五戒一曰誓。用之於軍旅。按凡自表不食言之辭皆曰誓。亦約束之意也。从言折聲。時制切十五部。

譣　問也。按言部譣驗也。竹部籤驗也。驗在馬部爲馬名。然則云徵驗者。於六書爲假借。莫詳其正字。今按譣其正字也。譣訓問。謂按問。與試驗應驗義近。自驗切魚窆之譣切息廉。二音迴異。茲識其關竅矣。从言僉聲。息廉切七部。周書曰：勿以譣人。立政文。按此偁周書說假借也。立政勿用譣人。其惟吉士。此譣正憸之假借。心部曰憸詖也。憸利於上佞人也。依今音訓問則魚窆切。譣人則息廉切。

詁　訓故言也。故言者舊言也。十口所識前言也。訓者說教也。訓故言者。說釋故言以教人。是之謂詁。分之則如爾雅析故訓言爲三。三而實一也。漢人傳注多偁故者。故即詁也。毛詩云故訓傳者。故訓猶故言也。謂取故言爲傳也。取故言爲傳是亦詁也。賈誼爲左氏傳訓故。訓故者。順釋其故言也。从言古聲。公戶切五部。詩曰：詁訓。此句或謂即大雅古訓是式。或謂即毛公詁訓傳。皆非是。按釋文於抑告之話言下云：戶快反。說文作詁。則此四字當爲詩曰告之詁言六字無疑。毛傳曰：詁言。古之善言也。以古釋詁。正同許以故釋詁。陸氏所見說文未誤也。自有淺人見詩無告之詁言。因改爲詩曰詁訓。不成語耳。

譪　臣盡力之美。釋訓曰譪譪萋萋。臣盡力也。大雅毛傳曰譪譪猶濟濟也。濟濟多威儀也。詩曰：譪譪王多吉士。卷阿文。从言葛聲。於害切十五部。

諫　餔旋促也。未聞。疑有誤字。廣雅諫從也。集韻手鑑云飾也。从言束聲。桑谷切三部。

諝　知也。周禮詩皆假胥爲之。天官胥十有二人。注胥讀爲諝。謂其有才知爲什長。秋官象胥注。胥其有才知者也。小雅君子樂胥。箋云胥有才知之名也。周易假須爲之。鄭云須有才知之稱。天文有須女。屈原之妹名女須。按荀爽一名諝。从言胥聲。私呂切五部。

証　諫也。呂覽士尉以証靜郭君。高曰証諫也。今俗以証爲證驗字。遂改呂覽之証爲證。从言正聲。讀若正月。之盛切十一部。按古音凡正皆讀如征。獨言正月者。隨舉之耳。

諫　証也。从言柬聲。古晏切十四部。

諗　深諫也。諗深疊韵。深諫者。言人之所不能言也。小雅是用作歌。將母來諗。箋云諗告也。以養父母之志來告於君。左傳昔辛伯諗周桓公。此皆於深諫義近。毛曰諗念也。此則謂諗爲念之同音假借。从言念聲。式荏切七部。春秋傳曰：辛伯諗周桓公。左傳閔二年文。桓十八年諗作諫。

課　試也。廣韵第也稅也。皆課試引伸之義。从言果聲。苦臥切十七部。

試　用也。从言式聲。式吏切一部。虞書曰：明試以功。堯典皋陶謨兩見。傳堯典則虞書當爲唐書。

諴　和也。和當作龢。某氏注尚書同。从言咸聲。胡毚切七部。周書曰：不能諴于小民。洛誥文。不今各本作丕。宋本說文。宋本集韵。皆作不。詩書丕多通不也。能鉉有鍇無。

謠

詮ㄑㄩㄢˊ 訢ㄒㄧㄣ 說ㄩㄝˋ

徒歌。釋樂曰徒歌曰謠魏風毛傳曰曲合樂曰歌徒歌曰謠又大雅傳曰歌者比於琴瑟也徒歌曰謠徒擊鼓曰咢今本或妄删之从言肉聲。各本無聲字缶部䍃从缶肉聲然則此亦當曰肉聲無疑肉聲則在弟三部故䌛卽由字音轉入弟二部故䍃搖䌛傜皆讀如遙䍃謠古今字也謠行而䍃廢矣凡經傳多經改竄僅有存者如漢五行志女童䍃曰檿弧萁服余招切二部篇韵皆曰䍃與周切從也此古音古義

詮具也。淮南書有詮言訓高注曰詮就也就萬物之指以言其徵事之所謂道之所依也故曰詮言欠部欥下曰詮詞也然則許意謂詮解从言全聲。此緣切十四部訢喜也。从言斤聲。許斤切十三部按此與欠部欣音義皆同萬石君傳僮僕訢訢如也晉灼引許愼曰訢古欣字蓋灼所據說文訢在欠部欣下云古文欣從言說說釋也。說釋卽悅懌說悅釋懌皆古今字許書無悅懌二字也說釋者開解之意故爲喜悅采部曰釋解也从言兌聲。儿部曰兌說也本周易此從言兌會意兌亦聲弋雪切十五部一曰談說。

計ㄐㄧˋ 諧ㄒㄧㄝˊ 詥ㄏㄜˊ 調ㄊㄧㄠˊ 話ㄏㄨㄚˋ 譮。 諈ㄓㄨㄟˋ

此本無二義二音疑後增此四字別音爲失蓺切計會也。筭也。會合也筭當作算數也舊書多假筭爲算从言十。會意古詣切十五部諧詥也。此與龠部龤異龤專謂樂和从言皆聲。戶皆切十五部詥諧也。詥之言合也从言合聲。候閤切七部調龢也。龢各本作和今正龠部曰龢調也與此互訓和本係唱和字故許云相應也今則龢用和而龢廢矣从言周聲。徒遼切古音蓋在三部話會合善言也。話會疊韵大雅愼爾出話毛曰話善言也从言昏聲。胡快切十五部傳曰告之話言。此當作春秋傳曰著之話言見文六年左氏傳淺人但知抑詩故改之刪春秋字妄擬詩可稱傳也抑詩作告之話言於詁下稱之又妄改爲詩曰詁訓譮籒文話从言會。昏會同在十五部故檜亦作栝諈諈諉絫也。絫累正俗字今人絫作累而絫廢矣見釋言孫炎曰楚人曰諈齊人曰諉郭璞曰以事相屬累爲諈諉从言垂聲。竹寘切音在十

三篇上 圭

諉ㄨㄟˇ 警ㄐㄧㄥˇ 謐ㄇㄧˋ 謙ㄑㄧㄢ 誼ㄧˋ

六十七部閒諉諈諉也。舊作絫也今依全書通例正从言委聲。女恚切音在十六十七部閒警言之戒也。冂部曰戒警也小雅徒御不警毛曰不警警也大雅以敬爲之常武旣敬旣戒箋云敬之言警也亦作儆从言敬。敬亦聲。己皿切十一部謐靜語也。今文尚書維刑之謐哉周頌誐以謐我釋詁曰謐靜也按周頌謐亦作溢亦作恤堯典謐亦作恤釋詁溢愼也溢愼謐靜也恤與謐同部溢蓋恤之譌體愼靜二義相成許云靜語者爲其從言也从言㿝聲。彌必切十二部一曰無聲也。今多用此義謙敬也。敬肅也謙與敬義相成从言兼聲。苦兼切七部誼人所宜也。周禮肆師注故書儀爲義鄭司農云義讀爲儀古者書儀但爲義今時所謂義爲誼按此則誼義古今字周時作誼漢時作義皆今之仁義字也其威儀字則周時作義漢時作儀凡讀經傳者不可不知古今字古今無定時周爲古則漢爲今漢爲古則晉宋爲今隨時異用者謂之古今字非如今人

詡ㄒㄩˇ 諓ㄐㄧㄢˋ

所言古文籒文爲古字小篆隸書爲今字也云誼者人所宜則許謂誼爲仁義字今俗分別爲恩誼字乃野說也中庸云仁者人也義者宜也是古訓也从言宜。宜亦聲也。儀寄切古音在十六部詡大言也。禮器德發揚詡萬物注詡猶普也按詡之本義爲大言故訓爲普則曰猶凡古注言猶者觀此詡之引伸之義爲大故周弁殷吁夏收白虎通吁作詡鄭注禮云吁名出於憮憮覆也義可相發明从言羽聲。況羽切五部諓善言也。善上當有諓諓二字古文秦誓截截善諞言諞字下引之今文秦誓戔戔戈部戔字下引之釋云巧言也戔戔公羊傳作諓諓云惟諓諓善竫言劉向九歎漢書李尋傳亦皆作諓諓王逸注楚辭引尚書諓諓靖言正皆今文尚書也諸家作諓許作戔者同一今文而有異本如同一古文而馬作偏許作諞不同也戔下旣引戔戔而諓下又云善言者此又用王逸所據諓諓竫言之本也善言釋竫言何休曰竫猶撰也撰同譔譔言善言也廣雅釋訓曰諓諓善也賈逵外傳注曰諓諓巧言也韋昭注曰諓諓巧辨之言然則此善言謂善爲

三篇上 夫

言辭者不同語下之善言也从言戔聲。慈衍切十四部一曰謔也。別一義

誐 嘉善也。誐嘉疊韵壹部嘉美也从言我聲。五何切十七部詩曰。誐以謐我。周頌文謐本作溢此用毛詩改竄也廣韵引說文作諡按毛詩假以溢我傳曰假嘉溢慎與誐謐字異義同許所偁葢三家詩誐謐皆本義假溢皆假借也然謐溢並見釋詁可知周時已有此二本之殊矣若左氏作何以恤我何者誐之聲誤恤與謐同部堯典惟刑之謐哉古文亦作恤

詷 共也。从言同聲。徒紅切九部周書曰。在后之詷。顧命文某氏尚書作在後之侗釋文曰馬本作詷共也許葢用馬說祭統鋪筵設詷几注詷之言同也祭者以其妃配之亦不特几也按此經注本如是假令經本作同几又何煩以詷釋之哉鄭必云之言者鄭意詷本不訓同於其疊韵訓爲同非若馬許徑云共也引書後作后者儀禮注引孝經說云后者後也此依韵會用鍇本一曰譀也。通俗文言過謂之謥詷麤痛徒痛二切按言過者言之太過也與譀訓合廣韵作書急恐誤

設 施陳也。設施雙聲㫃部曰施旗旖施也有布列之義自部曰陳列也然則凡言陳設者敶之假借字陳行而敶廢矣从言殳。會意言殳者以言使人也凡設施必使人爲之識列切十五部殳使人也。殳者可運旋之物故使人取意於殳般字下曰殳所以旋也

護 救視也。尚書中候握河紀堯受河圖伯禹進迎舜契陪位稷辨護注云辨護者供時用相禮儀周禮注亦云辨護蕭何世家數以吏事護高祖从言蒦聲。胡故切五部

譞 譞。此複舉字之未刪者慧也。與人部儇音義皆同从言睘聲。許緣切十四部

誧 大也。廣雅同从言甫聲。博孤切五部一曰人相助也。廣韵曰誧諫也讀若逋。

諰 思之意。廣韵曰言且思之疑古本作言且思之意也方言而又思之故其字從言思意者詞下意內言外之意也荀卿曰諰諰然常恐天下之一合而軋己也漢書諰作𦄡蘇林曰讀如慎而無禮則葸之葸𦄡懼兒也按又作𢡺又作偲皆訓懼與思訓義近从言思。會意思亦聲。思亦二字今補胥里切一部

託 寄也。與人部侂音義皆同从言乇聲。他各切五部

記 疋也。疋各本作疏今正疋部曰一曰疋記也此疋記二字轉注也疋今字作疏謂分疏而識之也廣雅曰註紀疏記學栞志識也按晉唐人作註記字註從言不從水不與傳注字同从言己聲。居吏切一部

譽 稱也。稱當作偁偁轉寫失之也偁舉也譽偁美也从言與聲。羊茹切五部

譒 敷也。手部播一曰布也此與音義同从言番聲。補過切十七部番聲本在十四部商書曰。王譒告之。般庚上篇文今尚書作播

謝 辭去也。辭不受也曲禮大夫七十而致事若不得謝則必賜之几杖此謝之本義也引伸爲凡去之偁又爲衰退之偁俗謂拜賜曰謝从言䠶聲。辝夜切古音在五部按經典無榭字祇作謝釋宮無室曰榭轉寫俗字也木部不錄

謳 齊歌也。師古注高帝紀曰謳齊歌也謂齊聲而歌或曰齊地之歌按假令許意齊聲而歌則當曰衆歌不曰齊歌也李善注吳都賦引曹植妾薄相行曰齊謳楚舞紛紛太平御覽引古樂志曰齊歌曰謳吳歌曰歈楚歌曰豔淫歌曰哇若楚辭吳歈蔡謳孟子河西善謳則不限於齊也从言區聲。烏侯切四部

詠 歌也。堯典曰歌永言樂記曰歌之爲言也長言之也說之故言之言之不足故長言之从言永聲。爲命切古音在十部

咏 詠或从口。

諍 止也。經傳通作爭从言爭聲。側迸切十一部

評 召也。口部曰召評也後人以呼代之呼行而評廢矣从言乎聲。荒烏切五部

謼 評也。依韵會訂此與口部嘑異義而通用大雅崔本式號式謼从言虖聲。荒故切五部

訖 止也。見釋詁穀梁傳毋訖糴范曰訖止也按孟子謂之遏糴从言气聲。居迄切十五部

諺 傳言也。諺傳疊韵傳言者古語也古字從十口識前言凡經傳所傳之諺無非前代故訓而宋人作注乃以俗語俗論當之誤矣元應引此下有謂傳世常言也葢庾儼默注从言彥聲。魚變切十四部按此與尚書乃逸乃

訝ㄧㄚˋ　詣ㄧˋ　講ㄐㄧㄤˇ　謄ㄊㄥˊ　訒ㄖㄣˋ　訥ㄋㄚˋ　謯ㄐㄧㄝ　⿱伿言ㄒㄧˇ　譥ㄐㄧㄠˋ　譊ㄋㄠˊ　謍ㄧㄥˊ

喭論語由也喭皆訓叛喭者各字衞包改尚書之喭爲諺大誤 訝 相迎也。周禮曰。諸侯有卿訝也。秋官掌訝職文惟周禮作訝他經皆作御如詩百兩御之毛曰御迎也以御田祖箋云御迎也書予御䆁乃命于天弗御克奔以役西土御衞不迷某氏皆訓迎故衞包遂皆改爲迓士昬禮媵御曲禮大夫士必自御之穀梁傳跛者御跛者眇者御眇者列子遇騶鹿御而擊之皆訓迎則皆訝之同音假借 从言 迎必有言故從言 牙聲。吾駕切古音在五部此下鉉增迓字云訝或从辵爲十九文之一按迓俗字出於許後衞包無識用以改經不必增也

詣 候至也。候至者節候所至也致下云送詣也凡謹畏精微深造以道而至曰詣關中記建章宮有馺娑駘盪枍詣承光四殿西京西都賦皆作枍詣俗作栺誤 从言旨聲。五計切十五部

講 和解也。和當作龢不合者調龢之紛糾者解釋之是曰講易曰君子以朋友講習史記虞卿甘茂二傳漢書項羽傳皆假媾爲講古音同也 从言冓聲。古項切古音在四部

謄 迻書也。今人猶謂謄寫 从言朕聲。徒登切六部

訒 頓也。訒頓疊韵頓之言鈍也 从言刃聲。而振切十三部 論語曰。其言也訒。顏淵篇文

訥 言難也。與訒義同與吶音義皆同論語君子欲訥於言而敏於行苞曰訥遲鈍也 从言內。內亦聲也內骨切十五部

謯 謯娽也。廣雅曰謯誺也篇韵皆曰謯誺也誺謯也按許書有娽無誺故仍之其義則未聞謯娽當是古語許當是三字句 从言虘聲。側加切廣韵子邪切古音在五部

⿱伿言 待也。小徐曰此與徯字義相通 从言伿聲。讀若翳。胡禮切古音在十六部

譥 痛呼也。嘑作呼誤譥與嗷義略同痛嘑若顏氏家訓所云北人呼羽罪反之音南人呼于來反之音也 从言敫聲。古弔切二部

譊 恚呼也。从言堯聲。女交切二部

謍 小聲也。小上當奪謍謍二字謍謍小聲也 从言熒省聲。余傾切十一部 詩曰。謍謍青蠅。小雅文毛詩作營營傳曰營營往來皃許

諎ㄗㄜˊ　唶　諛ㄩˊ　讇ㄔㄢˇ　諂　諼ㄒㄩㄢ　謷ㄠˊ　訹ㄒㄩˋ　訑ㄊㄨㄛˊ

所偁葢三家詩也 諎 大聲也。爾雅行葦唶唶釋文曰唶說文云借字也一云大聲也按說文人部無借字據陸則此大聲也之上今奪五字但借字也三字語不完且陸不分疏云唶說文作諎今未敢輒補要陸所據爲善本許書段下曰借也耤下曰古者使民如借序目曰六曰假借人部未必無借字而諎唶可以爲借字固非無徵矣借貲昔貲夜二切孔沖遠曰假借字在取者則假讀上聲借讀入聲在與者則皆讀去聲聲類曰嚄大笑唶大呼考工記侈則柞注柞讀爲咋咋然之咋聲大外也按咋咋諎諎同皆大聲 从言昔聲。讀若笮。莊革切古音在五部

唶 諎或从口。

諛 讇也。諛者所以爲讇故渾言之 从言臾聲。羊朱切四部

讇 諛也。讇者未有不諛 从言閻聲。丑剡切八部

諂 讇或从臽。

諼 詐也。公羊傳此伐楚也其言救江何爲諼也何曰諼詐也息夫躬傳虛造詐諼之策按師古注云諼詐辭也辭當是譌此葢小顏所據說文作詐譌也淺人刪譌耳衞風終不可諼兮傳曰諼忘也此諼葢蕿之假借蕿本今人忘憂之艸引伸之凡忘者曰蕿伯兮詩作諼艸淇奧詩作不可諼皆假借也許偁安得蕿艸葢三家詩也 从言爰聲。況袁切十四部

謷 不省人言也。省各本作肖今正言字依韵會補詩板我即爾謀聽我囂囂傳曰囂囂猶謷謷也箋云女聽我言謷謷然不肎受玉篇謷字下引廣雅不入人語也謷即謷之俗廣韵六豪曰謷不省人也奪言字五肴曰謷不肖也則依誤本說文而又少二字東方朔傳謷謷亦正謂其不省人言耳此條得諸鈕非石又按釋訓曰囂囂傲也囂囂即謷謷之叚借 从言敖聲。五牢切二部 一曰哭不止悲聲謷謷。此亦用朔傳爲說一說聲謷謷者謂其不勝痛呼號也當許時朔傳已有二解矣

訹 誘也。按晉語里克丕鄭告公子重耳曰子盍入乎吾請爲子鈢此假鈢爲訹也服鳥賦怵迫之徒兮或趨西東孟康曰怵爲利所誘怵然此假怵爲訹也 从言朮聲。思律切十五部

訑 沇州謂欺曰訑。此不見於方言方言秦謂之謾郭云言謾訑訑音大和切按戰國策曰寡

謾ㄇㄢˊ 譇ㄓㄚ 詐ㄓㄚˋ 謺ㄓㄜˊ 謰ㄌㄧㄢˊ 謱ㄌㄡˊ 詒ㄧˊ 謲ㄘㄢˇ 誑ㄎㄨㄤˊ 譺ㄞˋ 謑ㄐㄧㄚˊ 訕ㄕㄢˋ

人正不喜訑者言也从言它聲。託何切十七部

謾 欺也。宣帝詔欺謾季布傳面謾韋注漢書云謾相抵讕也从言曼聲。毋官切十四部

譇 譇拏。逗疊韵字羞窮也。方言嘐哰謰謱拏也拏揚州會稽之語也或謂之惹或謂之淹郭曰拏謂譇拏也奴加反按譇拏出此蓋窮者謂羞澀辭窮而支離牽引是曰譇拏从言奢聲。陟加切古音在五部

詐 慙語也。與心部怍音同義近論語其言之不怍則為之也難當作此詐从言作聲。鉏駕切古音在五部按玉篇云慙語也疑左傳定八年桓子咋謂林楚杜云咋暫也當作詐字

謺 謺讘也。謺讘當是疊韵雙字但不類列而讘在後讀字下蓋後人亂之从言執聲。之涉切七部

謰 謰謱也。方言嘐哰謰謱拏也東齊周晉之鄙曰嘐哰嘐哰亦通語也南楚曰謰謱或謂之支註或謂之詀謕按譇拏謰謱皆雙聲从言連聲。力延切十四部

謱 謰謱也。从言婁聲。洛侯切四部

詒 相欺詒也。金縢公乃為詩以詒王名之曰鴟鴞鄭曰詒說也周公恐其屬黨將死恐其刑濫又破其家而不敢正言故作鴟鴞之詩以詒王按尚書字本作詒鄭注說當讀輸芮切正義改為怡悅字誤矣周公善辭以誘王故史臣目之曰詒此鄭意也穀梁傳曰夫請者非可詒託而往也必親之者也注詒託猶假寄列子押偒欺詒郭注方言云汝南人呼欺亦曰詒音殆史漢多假紿為之一曰遺也。釋言毛傳皆曰詒遺也俗多假貽為之从言台聲。與之切按今音前義徒亥切一部

謲 相怒使也。从言參聲。倉南切七部玉篇千紺切

誑 欺也。从言狂聲。居況切十部

譺 騃也。騃馬行仡仡也此騃之本義也方言癡騃也騃吾駭反此騃之別義也廣雅譺調也謂相啁調通俗文大調曰譺按大相啁調者如癡騃然也从言疑聲。五介切古音在一部

謑 相謑也。廣韵相謑謑也謑謑蓋同詿謑从言奊聲。古黠切按䀠部作奊奊樂朱切不得奊聲讀古竭切

訕 謗也。論語惡居下而訕上者訕與女部姍誹也音義同从言山聲。所晏切十四部

譏ㄐㄧ 誣ㄨ 誹ㄈㄟˇ 謗ㄅㄤˋ 譸ㄓㄡ 詶ㄔㄡˊ 詛ㄗㄨˇ 䛆ㄓㄡˋ 誃ㄔˇ

譏 誹也。譏誹疊韵譏之言微也以微言相摩切也引伸為關市譏而不征之譏从言幾聲。居衣切十五部

誣 加也。元應五引皆作加言加言者架言也古無架字以加為之淮南時則訓樂加樂加樂者桀樂也毛詩箋曰譖之作樂冬至加之劉昌宗加音架李善引呂氏春秋注曰結交也構架也云加言者謂憑空構架聽者所當審慎也按力部曰加語相增加也從力口然則加與誣同義互訓可不增言字加與誣皆兼毀譽言之毀譽不以實皆曰誣也方言誣諂與也吳越曰誣荊楚曰諂與猶齊晉言阿與表記受祿不誣注曰於事不信曰誣从言巫聲。武扶切五部

誹 謗也。誹之言非也言非其實从言非聲。敷尾切十五部

謗 毀也。謗之言旁也旁溥也大言之過其實論語子貢方人假方為謗从言旁聲。補浪切十部

譸 詶也。按詶詛也則譸亦詛也从言壽聲。讀若醻。張流切三部周書曰。無或譸張為幻。無逸文釋訓曰侜張誑也毛詩作侜張侜書或作侜張或作輈張皆本無正字以雙聲為形容語此侜譸張訓誑不訓詶是亦假借之理也

詶 詛也。玉篇云說文職又切詛也元應六引曰祝今作呪說文作詶詛也之授切今各本作譸也乃因俗用詶為酬應字市流切不欲釋以詛遂改之耳詶詶以言荅之而詶詛作呪此古今之變也若經典則通用祝不用詶左傳雖其善祝豈能勝億兆人之詛此祝詛分言也大雅侯作侯祝傳云作祝詛也此祝讀呪祝詛不分也从言州聲。三部

詛 詶也。从言且聲。莊助切五部

䛆 詶也。禂字亦作䛆蓋與詶一字也从言由聲。直又切三部

誃 離別也。釋言曰斯誃離也郭云誃見詩今毛詩未見誃字疑析薪地矣容有作誃者別兵列切从言多聲。尺氏切古音在十七部讀若論語跢予之足。泰伯篇云啟予足啟予手鄭云啟開也跢當是啟誤或曰當作哆予之足哆猶開也周景王作洛陽誃臺。東京賦曰於南則謻門曲榭薛曰謻門冰室門也水經注穀水篇曰洛陽諸宮名曰南宮

謾譇詐謺謰謱詒謲誑譺謑訕譏誣誹謗譸詶詛䛆誃

詩䜌誤註誒譆詯謧詍訾䛌訮𧭈誻訮讗訇諞⿱頻言

誖　悖。　䜌　誤　𢡟。　註　誒　譆　詯　謧　詍

有謻臺臨照臺東京賦謻門卽宣陽門也門內有宣陽冰室按謻臺蓋謂謻門之臺也謻者謻之或體李善直移反周景王作大錢大鐘則其作謻臺也亦侈大之意釋宮連謂之簃郭云堂樓閣邊小屋今呼之簃廚連觀也鉉竹部新附有簃字按陸雲與兄書曰曹公所爲屋並其謻堂不可壞直以斧斫之其字亦作謻爾雅之簃蓋亦謻之異體

誖　亂也。从言孛聲。蒲沒切十五部　悖　誖或从心。　𧦝　籒文誖从二或。兩國相違舉戈相向亂之意也角部觲以爲聲

䜌　亂也。一曰治也。與爪部𤔔乙部亂音義皆同　一曰不絕也。別一義　从言絲。治絲易棼絲亦不絕故从絲會意呂員切十四部宋景公之名左傳作欒古今人表作兜欒宋世家作頭曼趙宋祕閣有宋公䜌鍊鼎與竹書宋景公䜌合

𢡟　古文䜌。

誤　謬也。按謬當作繆古繆誤字從糸如綢繆相戾也大傳五者一物紕繆是謬訓狂者妄言與誤義隔　从言吳聲。五故切五部

註　誤也。詿謂有所挂礙而然也史記吳王濞傳詿亂天下漢書景帝詔曰吳王濞爲逆詿誤吏民　从言圭聲。古賣切十六部

誒　可惡之詞。詞各本作辭誤今正詞者意內而言外也韋孟詩勤唉厥生漢書唉作誒師古曰誒歎聲項羽本紀索隱曰唉歎恨發聲之詞皆與許此義合　从言矣聲。許其切一部　一曰誒（逗）然。下當有也方言欸譍然也南楚凡言然者曰欸或曰譍口部曰唉譍也廣雅欸譍然也是則誒與欸唉音義皆同通用也　春秋傳曰誒誒出出。襄三十年文此證前一義也今傳作譆譆

譆　痛也。當作痛聲左傳或叫于宋大廟曰譆譆出出鳥鳴于亳社如曰譆譆甲午宋大災按譆與𧬈同音故云痛聲　从言喜聲。火衣切按火衣廣韵作許其爲是一部

詯　膽气滿聲在人上。从言自聲。今卽元曲所用咱字　讀若反目相睞。荒內切十五部

謧　謧詍（逗）多言也。玉篇云謧詍之言廣韵云弄言　从言离聲。呂之切按廣韵之作支爲是古音在十七部

詍　多言也。

訾　䛌　訮　𧭈　誻　訮　讗　訇　訇。　諞　⿱頻言

與口部呭音義皆同　从言世聲。余制切十五部　詩曰無然詍詍。口部偁詩作呭呭此作詍詍蓋四家之別也

訾　訾訾。逗二字今補　不思稱意也。釋訓云翕翕訿訿莫供職也毛傳云潝潝然患其上訿訿然不思稱其上不思稱其上者謂不思報稱其上之恩也大雅傳云訿訿窳不供事也二傳辭異義同意者意內言外之意按禮記少儀注訾思也凡二見此別一義　从言此聲。將此切十五十六部按訾毀字古作呰與訾別後人混用　詩曰翕翕訿訿。小雅文

䛌　往來言也。大牢切古音在三部　一曰小兒未能正言也。一曰祝也。从言匋聲。

詾　䛌或从包。匋聲包聲同在三部

訮　訮訮（逗）多語也。从言冄聲。汝閻切七部　樂浪有訮邯縣。地理志郡國志同孟康音男

𧭈　𧭈誻（逗）語相及也。此依玉篇訂眔及也眔目相及也然則此從遝訓語相及無疑　从言遝聲。此形聲包會意他合切八部

誻　𧭈誻也。與曰部沓字音義皆同荀卿書愚者之言誻誻然而沸注誻沓多言也　从言沓聲。徒合切八部

訮　諍語訮訮也。劉祥言事蒙遜曰汝聞劉裕入關敢研研然也訮之魏書作妍妍皆訮訮之同音也匡謬正俗所謂殿研郎此　从言幵聲。呼堅切十二部

讗　言壯兒。一曰數相怒也。从言巂聲。讀若畫。呼麥切十六部

訇　騃言聲。騃各本作駭依韵會訂此本義也引伸爲匉訇大聲　从言勻省聲。虎橫切古音在十二部變爲圁字則西河郡圁陰圁陽皆音銀是也西京賦沸卉軿訇與磕溫門論韵則入十三部今入耕韵非也　漢中西城有訇鄉。城俗本作域誤　又讀若元。謂讀若勻矣其訇鄉則又讀若元也

訇　籒文不省。

諞　便巧言也。諞便疊韵　从言扁聲。部田切十二部　周書曰截截善諞言。古文尚書秦誓文　論語曰友諞佞。季氏篇文今作便

⿱頻言　匹也。於此

三篇上

訆 誽 誂 譄 詄 謩

韵釋之 从言頻聲 符眞切十二部 訆 扣也 扣叩古今字說文有敂無叩此扣當作敂 如
求婦先訆叕之 此葢古語論語我叩其兩端而竭焉孔曰我則發事之始終以語之公羊傳吾爲子
口隱矣何曰卩猶口語發動也按猶卩當作猶叩句絕 从言卩 會意卩者叩也 卩亦聲 苦后切四
部 誽 言相誽司也 誽司猶刺探誽之言惹也司之言伺也 从言兒聲 女家切古
音在十六部 誂 相呼誘也 戰國策楚人有兩妻人誂其長者長者詈之誂其少者少者許之史
記吳王濞傳使中大夫應高誂膠西王按後人多用挑字 从言兆聲 徒了切二部 譄 加也
加下曰語相譄加也按譄加誣三字互訓 从言曾聲 作滕切六部 詄 忘也 廣雅誤也 从
言失聲 徒結切十二部 謩 忌也 廣韵七之曰謀也七志曰志也 从言其聲 渠記切一
部 周書曰上不謩于凶德 多方文上今書作爾尚二字謩今書作忌按宋本說文篇韵皆

譀 誇 誕 譪 謔 詪 訌 讃

作上不謩于凶德 譀 誕也 東觀漢記曰雖誇譀猶令人熱按誕也當作誇也譀與誇互訓 从言
敢聲 下闞切八部 𧩝 俗譀从忘 誇 譀也从言夸聲 苦瓜切古音在
五部 誕 詞誕也 此三字葢有誤釋詁毛傳皆云誕大也 从言延聲 徒旱切十四部
這 籒文誕省正 譪 譀也从言萬聲 莫話切十五部 謔 戲也
从言虐聲 虛約切古音在二部 詩曰善戲謔兮 衛風文 詪 很戾也 廣韵
難語皃 从言艮聲 乎懇切十三部 訌 讃也 大雅召旻傳曰訌潰也抑傳曰虹潰也虹者訌
之假借字釋言虹潰也亦作訌郭云謂潰敗按許作讃者許以讃與潰同也詩彼童而角實虹小子天降罪罟蟊賊
內訌皆謂禍由中出與中止之義合 从言工聲 戶工切九部 詩曰蟊賊內
訌 讃 中止也 中止者自中而止猶云內亂魏都賦李注引說文讃列中止也此依賦文

訆誽誂譄詄謩譀誇誕譪謔詪訌讃譏謌[言雖]譟訆謼讙譁謣譌謬謊謈

譏 謌 [言雖] 譟 訆 謼

衍列字賦云齊被練而銛戈襲偏褰以讃列非中止之訓也 从言貴聲 胡對切十五部 司馬法
曰師多則民讃 民各本作人今依廣韵所引 讃止也 此以止與中止義別也凡偁經傳而
又釋其義者皆必其義與字本義不同如堲讒說曰圖黄席皆是 譏 聲也 廣韵衆聲 从言歲
聲 呼會切十五部 詩曰有譏其聲 毛詩雲漢有嘒其星毛曰嘒衆星皃此作譏其聲葢三家詩也
如史所云赤氣亙天砰隱有聲是也或曰聲當是星之誤有譏其星如天官書天鼓有音天狗有聲之類也
謌 疾言也从言咼聲 呼卦切古音在十七部 [言雖] 譟也从言雖聲 穌
杜回切十五部按許書無雖字大徐據此補入鬼部 譟 擾也 手部曰擾煩也 从言喿聲 穌到
切二部 訆 大嘑也 與吅部嘂口部叫音義皆同 从言丩聲 古弔切三部 春秋
傳曰或訆于宋大廟 襄三十年文今傳作叫 謼 號也从言虎 此與号部

讙 譁 謣 䛕 譌 謬 謊 謈

號音義皆同口部唬从口虎亦讀若暠凡嘑號之聲虎爲冣猛故皆从虎會意乎刀切二部 讙 譁也
从言雚聲 呼官切十四部 譁 讙也从言華聲 呼瓜切古音在五部 謣 妄
言也从言雩聲 羽俱切五部 䛕 謣或从荂 玉篇云同謣 譌 譌言
也 疑當作僞言也唐風人之爲言定本作僞言箋云爲人爲善言以稱薦之欲使見進用也小雅民之訛言箋云
訛僞也人以僞言相陷入按爲僞譌古同通用尚書南譌周禮注漢書皆作南僞 从言爲聲 五禾切十
七部 詩曰民之譌言 今小雅作訛說文無訛有吪吪動也訛者俗字 謬 狂者之妄
言也 古差繆多用從糸之字與此謬義別 从言翏聲 靡幼切三部 謊 夢言也 夕部
曰夢不明也呂覽無由接而言見謊高曰謊讀爲誣妄之誣按讀謊爲誣者正如亡無通用荒幠通用也 从言
巟聲 呼光切十部 謈 大嘑自冤也 冤各本作勉今依廣韵正東方朔傳舍人不勝痛呼

訬諆譎詐訏⿰言差讋謵⿰言亞⿱隋言⿰言闒詾訟謓讘訶⿰言臣訐訴譖讒譴讁諯讓

訬 諆 譎 詐 訏 ⿰言差 讋 讋 謵 ⿰言亞 ⿱隋言

謈部展曰謈音瓜昫之昫按自冤者自稱己冤枉也田蚡疾一身盡痛若有擊者謼服謝罪晉灼曰服音昫關西俗謂得杖呼及小兒啼呼為呼昫然則謈亦作服作昫也潮傳呼字亦音饒蚡傳謼字亦音火交反皆與下一字疊韵廣韵曰嗃謈大呼也是也謈古音讀如豹从言暴省聲蒲角切古音在二部

訬訬此復舉字剸之未盡者擾也手部曰擾煩也今俗語云炒烎者當作此字一曰訬獊犬部獊狡也漢書曰江都輕訬吳都賦曰輕訬之客高注淮南曰訬輕利急疾也李善音眇从言少聲楚交切二部按此當爲前一義之音讀若毚此未詳蓋叡亦作毚之比顧氏炎武曰毚當作毚

諆欺也諆欺疊韵小徐引漢書詆諆然漢書自作詆欺也从言其聲去其切一部

譎權詐也益梁曰謬欺天下曰譎方言膠譎詐也涼州西南之閒曰膠自關而東西或曰譎或曰膠詐通語也按廣雅及爾雅釋文引方言皆有謬字此欺天下曰譎不可通當爲關東西曰譎从言矞聲古穴切十五部

三篇上

毛

詐欺也从言乍聲側駕切古五部

訏詭譌也从言于聲況于切五部一曰訏謩今字作吁嗟此別一義齊楚謂信曰訏按信當作大釋詁訏大也方言訏大也中齊西楚之閒曰訏訏語本鍚

⿰言差嗞也口部曰嗞蔦也此云⿰言差嗞也是爲異部互訓各本改作咨者淺人為之耳謀事曰咨義不相涉从言差聲子邪切古音在十七部一曰痛惜也此與嗞⿰言差義別

讋失气言此與慴音義同此从言故釋之曰失气言東都賦陸讋水慄一曰言不止也言字各本無依玉篇補謂讋讋沓沓也从言龖省聲傅毅讀若慴之涉切七部

讋籒文讋不省

謵言謵讋也疑上文失气言之上當有謵讋二字疊韵字也从言習聲秦入切七部

⿰言亞相毀也从言亞聲宛古切五部一曰畏⿰言亞此與惡惡之惡略同

⿱隋言相毀也从言隋聲雖遂切古音在十七部篇韵皆

訶 ⿰言臣 訐 訴 𧦝 愬 譖 讒 譴 讁 諯 讓

⿰言闒 詾 訩 說 訟 謓 讘

虛規切

⿰言闒嗑也口部曰嗑多言也玉篇曰⿰言闒譶多言也⿰言闒譶即⿰言闒嗑从言闒聲徒盍切八部

詾訟也詾各本譌說今依篇韵及六書故所據唐本正爾雅釋言小雅魯頌傳箋皆云詾訟也按下文系之云訟爭也說文之通例如是从言匈聲許容切九部

訩詾或省今詩如是作

說詾或从兇

訟爭也公言之也漢書呂后紀未敢訟言誅之鄧展曰訟言公言也从言公聲似用切九部此形聲包會意一曰歌訟訟頌古今字古作訟後人假頌皃字爲之

䛋古文訟从谷聲

謓恚也今人用嗔古用謓从言眞聲昌眞切十二部賈侍中說謓笑別一義一曰讀若振

讘多言也从言聶聲之涉切七部河東有狐讘縣見地理志按史漢表皆有狐讘侯徐廣小顏瓡皆音狐考漢志北海有瓡縣小顏云瓡即執字疑瓡讘二字疊韵瓡當從爪作瓡執之或體不音狐漢志說文作狐讘皆譌字也

三篇上

夭

訶大言而怒也从言可聲虎何切十七部

⿰言臣訐也訐或作許誤从言臣聲讀若指臣聲而讀若指十二十五部合音也職雉切

訐面相斥罪告訐也依韵會訂論語惡訐以爲直者从言干聲居謁切十五部

訴告也从言㡿聲桑故切五部凡从㡿之字隸變爲斥俗又譌斥論語曰訴子路於季孫憲問篇文

𧦝訴或从言朔

愬訴或从朔心今論語作此

譖愬也論語譖愬析言之此統言之从言朁聲莊蔭切七部

讒譖也从言毚聲士咸切八部

譴謫問也从言遣聲去戰切十四部

讁罰也从言啻聲陟革切十六部

諯數也謂數責也今音讀上聲一曰相讓也相責讓二義亦略同耳从言耑聲讀若專尺絹切十四部

讓相責讓經傳多以爲謙攘字从言襄聲

譙ㄑㄧㄠˋ 誚。 誎ㄘˋ 誶ㄙㄨㄟˋ 詰ㄐㄧㄝˊ 謹ㄨㄤˋ 詭ㄍㄨㄟˇ 證ㄓㄥˋ

人漢切十部譙嬈譊也嬈擾戲弄也譊恚呼也方言譙讓也齊楚宋衛荆陳之閒曰譙自關而西
秦晉之閒凡言相責讓曰譙讓从言焦聲讀若嚼才肖切二部誚古文譙从
肖周書曰亦未敢誚公漢人作譙壁中作誚實一字也金縢文誎數諫也
謂數其失而諫之凡譏刺字當用此从言束聲七賜切十六部誶讓也釋詁毛傳皆云誶告
也許云讓也釋詁毛傳泛言之許專言之也从言卒聲雖遂切十五部國語曰誶申胥
吳語文韋曰誶告讓也今國語毛詩爾雅及他書誶皆譌訊皆由轉寫形近而誤詰問也从言
吉聲去吉切十二部謹責望也太元冠謹其戶范曰謹責也按朢之古文作𡈼故謹之古文亦
作謹从言朢聲巫放切十部詭責也漢書況自詭滅賊孔融表云昔賈誼求試屬國詭係
單于从言危聲過委切十六部今人爲詭詐字證告也从言登聲諸應切六部今

三篇上 兲

詘ㄑㄩ 誳。 誽ㄩㄢˋ 詗ㄒㄩㄥˋ 譞ㄒㄩㄢ 詆ㄉㄧˇ

人爲證驗字詘詰詘也二字雙聲屈曲之意一曰屈襞此謂衣襞積見衣部从言
出聲區勿切十五部誳詘或从屈誽尉也尉各本作慰而集韵類篇及葉石君
抄本說文皆作尉則知大徐本作尉也火部曰尉者從上案下也誽訓尉未得其證攷毛詩凱風傳慰安也車舝傳
曰慰怨也二傳不同車舝傳一本作尉安也陸氏德明從怨謂作安乃馬融義今按此毛詩及傳正當作尉誽也爲
許所本後人以易議之字易之耳誽者以善言案其心如火申縟然誽尉雙聲从言夗聲於願切十四部
詗知處告言之史漢淮南傳王愛陵多予金錢爲中詗長安孟康曰詗音偵西方人以反閒爲
偵王使其女爲偵於中也服虔亦云偵伺之也如淳曰詗音朽政反按說文無偵字則從服孟說詗即偵是也从
言同聲朽正切十一部譞流言也从言夐聲火縣切十四部詆訶也
鉉本苛也一曰訶也從言氐聲鍇本荷也從言氐聲一曰訶今按二本皆誤漢人訶多假荷爲之如周禮宮正比長

誰ㄕㄨㄟˊ 譁ㄍㄜˊ 讕ㄌㄢˊ 讕。 診ㄓㄣˇ

注苛皆呼何反宋槧周禮及釋文可證淺人改爲苛此亦其比也不得其說乃訶苛竝存矣今依韵會刪正从
言氐聲都禮切十五部誰誰何也三字爲句各本少誰字誤刪之也敦字下云一曰誰何也
可證李善引有誰責問之也五字蓋注家語六韜令我壘上誰何不絕賈誼書陳厲兵而誰何史記衛綰傳歲餘不
誰何綰漢書作不孰何韋注國語譙弩注矢以誰何有單云誰者如五行志大誰卒易林無敢誰者揚雄箴閽樂撟
擭戟者不誰精田賦廣誰督而常勤有單云何者如[illegible]雖何問也賈誼傳大譙大何从言隹聲示隹切十
五部譁飭也作飾誤譁與誡音義同从言革聲讀若戒古覈切一部一曰
更也譁與革音義同讕抵讕也抵各本作詆誤文三王傳王陽病抵讕置辭師古曰抵距也讕
誣讕也文帝紀韋注曰漫抵讕也按抵讕猶今俗語云抵賴也从言闌聲洛干切十四部讕讕
或从閒診視也倉公傳診脈視脈也從言者醫家先問而後切也从言㐱聲直刃

三篇上 手

斳ㄙ 訧ㄧㄡˊ 誅ㄓㄨ 討ㄊㄠˇ 諳ㄢ 讄ㄌㄟˇ

切又之刃切十二部𧮰悲聲也斯析也澌水索也凡同聲多同義鍇曰今謂馬悲鳴爲嘶从言
斯省聲先稽切十六部按釋詁鮮善也釋文曰本或作𧩙訧罪也北風毛傳訧過也亦作郵
釋言郵過也亦作尤尤孟子引詩畜君何尤从言尤聲羽求切古音在一部周書曰報以庶
訧呂刑文誅討也凡殺戮糾責皆是从言朱聲陟輸切四部討治也
發其紛糾而治之曰討秦風傳曰蒙討羽也箋云蒙厖也討襍也畫襍羽之文於伐故曰厖伐據鄭所言則討者亂
也治討曰討猶治亂曰亂也論語世叔討論之馬曰討治也學記古之學者比物醜類醜或作討凡言討論採討皆
謂理其不齊者而齊之也从言寸寸法也或曰從肘省聲他皓切古音在三部諳悉也此與
宷義同音近从言音聲烏含切七部元應書卷廿一云說文諳於禁切大聲也豈所據本異與
讄禱也絫功德目求福也讄絫雙聲按讄施於生者以求福誄施於死者以作諡論

譙誎誶詰謹詭證詘誽詗譞詆誰譁讕診斳訧誅討諳讄

謚誄諱謑詬諜該譯訄譶誩譱競讟音響

讓。謚ㄕˋ　誄ㄌㄟˇ　諱ㄏㄨㄟˋ　謑ㄒㄧˇ　譔。詬ㄍㄡˋ　詢。諜ㄉㄧㄝˊ　該ㄍㄞ　譯ㄧˋ

語之讄曰字當从畾毛傳曰桑紀能誄字當 論語云。讄曰從耒周禮六辭鄭司農注二字已不分矣 禱介于上下神祇。述而篇文 从言畾聲。按本書無畾字靁從雨象形作此凡曰從畾聲者皆從靁省聲也力軌切十五部 讄或从纍。論語釋文或云作纍 諡行之迹也。周書謚法解檀弓樂記表記注皆云謚者行之迹也謚迹疊韵 从言益聲。按各本作從言兮皿闕此後人妄改也攷元應書引說文謚行之迹也從言益聲五經文字曰謚說文也謚字林也字林以謚爲笑聲音呼益反廣韵曰謚說文作謚六書故曰唐本說文無謚但有謚行之迹也據此四者說文從言益無疑矣自呂忱改爲謚唐宋之閒又或改爲謚遂有改說文而依字林厠入謚笑皃於部末者然唐開成石經宋一代書版皆作謚不作謚知徐鉉之書不能易天下是非之公也近宗說文者不能攷知說文之舊如汲古閣刊經典依宋作謚矣而謚竟改爲謚可歎也今正謚爲謚而刪部末之謚笑皃學者可以撥雲霧而覩青天矣神至切古音在十六部 誄謚也。當云所以爲謚也曾子問注曰誄絫也絫列生時行迹讀之以作謚 从言耒聲。力軌切十五部 諱忌也。鉉本諱誋也在誡誋二字之下淺人妄移也錯本廁此是矣而忌作誋仍誤誋誡也忌憎惡也故諱與謚誄爲類 从言韋聲。許貴切十五部 謑謑詬。二字今補 恥也。漢書賈誼傳頑鈍亡恥奊詬亡節師古曰奊詬謂無志分也 从言奚聲。胡禮切十六部奚聲圭聲同部是以或作奊或作謑也 䜁謑或从奊。詬謑詬也。依全書例訂 从言后聲。呼寇切四部 詢詬或从句。后句同部 諜軍中反閒也。釋言閒俔也郭云左傳謂之諜今之細作也按左傳諜輅之諜告曰楚幕有烏皆是大史公書借爲牒札字 从言枼聲。徒叶切七部 該軍中約也。凡俗云當該者皆本此 从言亥聲。古哀切一部 讀若心中滿該。該同餩飽息也詳口部噫下 譯傳四夷之語者。依李善徐堅訂方言譯傳也王制曰東方曰寄南方曰象西方曰狄鞮北方曰譯 从言睪聲。羊昔切古音在五部

訄ㄑㄧㄡˊ　譶ㄊㄚˋ　誩ㄐㄧㄥˋ　譱ㄕㄢˋ　善。競ㄐㄧㄥˋ　讟ㄉㄨˊ　音ㄧㄣ　響ㄒㄧㄤˇ

訄迫也。廣雅同 从言九聲。讀又若丘。謂九聲則讀如鳩矣而又讀如丘也今俗謂逼迫人有所爲曰訄音正同丘廣韵巨鳩去鳩二切三部 譶疾言也。从三言。讀若沓。文選琴賦紛譶譶以流漫注譶譶聲多也徒合切吳都賦譶譶聚僁交貿相競注引倉頡篇譶譶言不止也佇立切大徐引唐韵徒合切

文二百四十七　七宋本作五小徐作六於此可定謚字系後增今刪謚則二百四十六

重三十二　毛本卅三小徐本卅四

誩競言也。从二言。渠慶切古音在十部讀如彊 凡誩之屬皆从誩。讀若競。譱吉也。口部曰吉善也 从誩羊。此與義美同意。我部曰義與善同意羊部曰美與善同意按羊祥也故此三字從羊常衍切十四部 善篆文从言。據此則譱爲古文可知矣此亦上部之例先古後篆也譱字今惟見於周禮他皆作善 競彊語也。競彊疊韵彊語謂相爭 从誩二人。從二人二言也渠慶切古音在十部讀如彊 一曰逐也。別一義 讟痛怨也。方言讟謗也讟痛也二義相足 从誩𧶠聲。徒谷切三部 春秋傳曰民無怨讟。左傳昭元年曰民無謗讟八年曰怨讟動於民疑相涉而誤

文四　重一

音聲生於心有節於外謂之音。十一字一句各本聲下衍也字樂記曰聲成文謂之音 宮商角徵羽聲也。宋本無也 絲竹金石匏土革木音也。从言含一。有節之意也於今切七部 凡音之屬皆从音。響聲也。渾言之也天文

韽ㄢˋ　韶ㄕㄠˊ　章ㄓㄤ　竟ㄐㄧㄥˋ

志曰鄉之應聲析言之也鄉者假借字按玉篇曰響應聲也。从音鄉聲。許兩切十部

韽 下徹聲。周禮典同曰微聲韽此葢賈侍中周官解故說杜子春鄭康成說各異 从音酓聲。恩甘切古音在七部

韶 虞舜樂也。樂記曰韶繼也公羊疏引宋均注樂說云簫之言肅舜時民樂其肅敬而紹堯道故謂之簫韶按韶字葢舜時始製 書曰。書上當有虞字誤衍於上句 簫韶九成鳳皇來儀。咎繇謨文 从音召聲。市招切二部或作招周禮作磬皆假借

章 樂竟爲一章。歌所止曰章 从音十。會意諸良切十部 十數之終也。說從十之意

竟 樂曲盡爲竟。曲之所止也引伸之凡事之所止土地之所止皆曰竟毛傳曰疆竟也俗別製境字非 从音儿。此猶章從音十會意儿在人下猶十爲數終也故竟不入儿部居慶切古音在十部讀如疆

文六

辛ㄑㄧㄢ　童ㄊㄨㄥˊ　童。　妾ㄑㄧㄝˋ

辛 辠也。辠犯法也 从干二。會意 二古文上字。干上是犯法也 凡辛之屬皆从辛。讀若愆。去虔切十四部廣韵曰辛古文愆 張林說。

童 男有辠曰奴。奴曰童。女曰妾。女部曰奴婢皆古之辠人也周禮其奴男子入于辠隸女子入于舂藁 从辛重省聲。徒紅切九部今人童僕字作僮以此爲僮子字葢經典皆漢以後所改

童 籒文童中與竊中同从廿。句 廿。逗 吕爲古文疾字。當作古文以爲疾字廿本二十幷也古文假爲疾字此亦不同音之假借也竊字下曰廿古文疾則不言以爲童從疾者亦取有辠之意

妾 有辠女子給事之得接於君者。十二字一句妾接疊韵有辠女子給事若周禮女酒女漿女籩女醢女醯女鹽女冪女祝女史內司服女御縫人女御女工女舂抌女饎女槀各若干人各有奚若干人是也鄭注女酒女奴曉酒者古者從坐男女沒入縣官爲奴其少才知以爲奚今之侍史官婢或曰奚宦女云得接於君者如內司服縫人皆有女御鄭云有女御者以衣服進或當於王廣其禮使無色過是也奚女部作嫨 从辛女。辛女者有罪之女也七接切八部 春秋傳云女爲人妾。傳字今補左傳僖十七年卜招父曰男爲人臣女爲人妾越王句踐亦云身請爲臣妻請爲妾 妾。逗 不娉也。此釋左傳妾字之義別於上文有罪女子之得接者也內則曰聘則爲妻奔則爲妾不必有罪故云爾此與釋尚書莫席曰圖一例

丵ㄓㄨㄛˊ　業ㄧㄝˋ

丵 叢生艸也。象丵嶽相並出也。謂此象形字也丵嶽疊韵字或作族嶽吳語不經見者謂丵嶽 凡丵之屬皆从丵。讀若浞。士角切三部

業 大版也。見釋器 所吕飾縣鐘鼓。捷業如鋸齒。吕白畫之。周頌傳曰業大版也所以設栒爲縣也捷業如鋸齒或曰畫之植者爲虡橫者爲栒大雅毛云虡也栒也所以縣鐘鼓也設大版於上刻畫以爲飾按栒以縣鐘鼓業以覆栒爲飾其形刻之捷業然如鋸齒又以白畫之分明可觀故此大版名曰業業之爲言嶪也許說本毛毛傳或曰畫之或曰二字乃以自二字之譌未有正其誤者凡程功積事言業者如版上之刻往往可計數也 象其鉏鋙相承也。鉏鋙相承謂捷業如鋸齒也象之故從丵 从丵从巾。巾象版。巾版皆方正丵巾會意也魚怯切八部俗作牒 詩曰。巨業維樅。大雅文今詩作虡上林賦作鉅許作巨葢三家詩巨與鉅同也墨子貴義曰鉅者白也黚者黑也鉅業者葢謂以白畫之與

業 古文業。字形未詳其意

叢ㄘㄨㄥˊ　對ㄉㄨㄟˋ

叢 聚也。於疊韵得之 从丵取聲。徂紅切按古音在四部左傳僖三十年取瞀叟公羊作鄒亦作叢

對 譍無方也。聘禮注曰對荅問也按對荅古通用云譍無方者所謂善待問者如撞鐘叩以大者則大鳴叩以小者則小鳴也無方故從丵口 从丵口从寸。寸法度也

對。　菐　僕　𦍗　廾　奉

丵口而一歸於法度也。都隊切。十五部。

對　對或从士。漢文帝㠯爲責對而面言，依廣韵訂。多非誠對，故去其口㠯從士也。錯曰：士，事也。取事實也。按篇韵皆作士，未知孰是。趙氏明誠曰：據古鐘鼎皆作對，是漢文亦從古耳，非凥更也。

文四　重二

菐　瀆菐也。瀆菐曡韵字。瀆，煩瀆也。菐如孟子書之僕僕，趙云煩猥皃。从丵从廾，竦手也。音邛。廾亦聲。蒲沃切。三部。凡菐之屬皆从菐。

僕　給事者。周禮注曰：僕，侍御於尊者之名。然則大僕、戎僕以及昜之童僕、詩之臣僕、左傳人有十等，僕第九，臺第十，皆是。大雅景命有僕，毛傳：僕，附也。是其引伸之義也。大雅芃芃棫樸，毛曰：樸，枹木也。考工記樸屬，此皆取附箸之義，字當作僕。方言作樸。从人菐，人之供煩辱者也。菐亦聲。蒲沃切。三部。

䑑　古文从臣。

𦍗　賦事也。賦者，布也。魯語曰：社而賦事，蒸而獻功。从菐八。以煩辱之事分責之人也。八，逗。分之也。釋從八之意。八亦聲。讀若頒。按八古音如必，平聲如賓，在十二部。音轉乃入十三部。讀如頒者，如頒首之頒也。再轉入十四部，讀布還切矣。一曰讀若非。周禮匪頒之式，先鄭云：匪，分也。凡從非之字皆有分背之意。讀頒又讀非者，十三、十四部與十五部合韵之理。玉篇敷尾切。

文三　重一

廾　竦手也。竦，敬也。从𠂇又。按此字謂竦其兩手以有所奉也。故下云：奉，承也。手部曰：承，奉也，受也。五經文字其恭反，九經字樣音邛，廣韵引說文居竦切。以𦍌從廾聲求之，古音在三部。凡廾之屬皆从廾。

𢪱　楊雄說廾从兩手。蓋訓纂篇如此作。古文擇從二手，此以古文擇爲𢪱也。

奉　承也。手部曰：承，奉也，受也。从手廾，從手𠂇又，雙引也。丰聲。扶隴切。九部。

丞　奐　弇　𢍰　畁　异　弄

丞　翊也。翊當作翼，俗書以翊爲翼。翼猶輔也。哀十八年左傳曰：使帥師而行，請承。杜曰：承，佐也。承者，丞之假借。文王世子引記曰：虞夏商周有師保，有疑丞。百官公卿表：丞相，應劭曰：丞者，承也。相者，助也。按漢凡官多有丞者，皆以輔之。从廾从𠂇从山。四字當作從𠂇二字。山部曰：𠂇，高山之節。山高，逗。山高謂𠂇也。奉承之義。義當作意，字之誤也。凡高者在上，必竦手以承之。丞承曡韵。署陵切。六部。

奐　取奐也。未聞。一曰大也。大雅伴奐爾游矣，毛曰：伴奐，廣大有文章也。檀弓美哉輪焉，美哉奐焉，注：輪，輪囷，言高大；奐，言衆多。从廾夐省聲。鉉本去聲字而爲之說，不知古音故也。呼貫切。十四部。

弇　蓋也。釋言曰：弇，同也。弇，蓋也。此與奄覆也音義同。釋器曰：圜弇上謂之鼒。謂斂其上，不全蓋也。周禮一說鐘弇聲鬱，弇謂中央覺也。从廾合聲。廾合，鍇誤倒。古南切，又一儉切。七部。皿部有盦字，蓋弇之別體，後人所增也。

𢍰　依玉篇類篇作。毛刻初印本同。古文弇。

𢍰　引給也。篇韵此字皆作睪，非也。睪與睪不得合爲一字。各本引給也，不可通。惟廣韵作引繹皃，似是隨唐相傳說文古本。引繹而長之，蓋作僞之事與。數解也。斁，敗也。音義相通。或曰當作引給。給，絲勞也。从廾睪聲。羊益切。古音在五部。

畁　舉也。从廾由聲。各本作由聲，誤。或從鬼頭之甶，亦非也。此從東楚名缶之甾，故左傳作畁，今左作惎。系部綼從畁聲，或字作綦。甾聲、其聲皆在一部也。春秋傳曰：晉人或以廣隊，楚人畁之。宣十二年文。今傳畁作惎。黃顥說：廣車陷，楚人爲舉之。此許偁古本說，杜本作惎，云惎，教也。杜林以爲麒麟字。謂杜伯山謂畁爲麒字也。廣韵七志曰：畁，說文音其，是也。蓋蒼頡訓纂、蒼頡故二篇中語。綼可作綦，則騏可作畁，其理一也。麟當作麐。

异　舉也。从廾㠯聲。羊吏切。一部。按篆從㠯，隸作异，不合。疑篆隸皆從已而誤也。虞書曰：虞書當作唐書。嶽曰：异哉。堯典文。釋文曰：鄭音異。於其音求其義，謂四嶽聞堯言，驚愕而曰異哉也。謂异爲異之假借也。

弄　玩也。玉部

弄 𢍏 𢍎 戒 兵 偋 龏 弈 具 𠬜 攀 樊

曰玩弄也。小雅：載弄之璋。左傳曰：弱不好弄。又曰：君以弄馬之故。國語曰：還弄吳國於股掌之上。从廾玉。盧貢切。九部。

兩手盛也。从廾𠈇聲。余六切。三部。廣韵曰：說文音匊。

摶飯也。弆摶疊韵。曲禮：毋摶飯。从廾釆聲。釆古文辨字。釆下云：辨別也。此云：釆古文辨。互相足。讀若書卷。俱券切。十四部。

持弩拊。凡弓刀把處皆曰拊。今攷工記弓人作柎，从木。从廾肉聲。按肉聲故讀如逵，逵古音同仇。足部跡、頁部頯皆讀如仇也。小徐云：肉非聲。大徐徑刪聲字，謬矣。古音在三部，今渠追切。讀若逵。

警也。言部曰：警，戒也。从廾戈。會意。居拜切。十五部。持戈以戒不虞。說从戈之意。

械也。械者，器之總名。器曰兵，用器之人亦曰兵。下文云：從廾持斤，則製字兵與戒同意也。从廾持斤。并力之皃。補明切。古音在十部。

古文兵。从人廾干。干與斤皆兵器。

籀文兵。

慤也。心部曰：慤，謹也。此與心部恭音義同。从廾龍聲。紀庸切。九部。按紀庸似從廾得聲，未詳。

圍棊也。从廾亦聲。羊益切。古音在五部。論語曰：不有博弈者乎。陽貨篇文。博，說文作簙。

共置也。共、供古今字。當从人部作供。从廾貝省。會意。其遇切。古音在四部。古㠯貝爲貨。說从貝之意。

文十七　重四

引也。上林賦：仰𠬜橑而捫天。晉灼曰：𠬜，古攀字。按今字皆用攀，則𠬜爲古字。𠬜亦小篆也。从反廾。象引物於外。普班切。十四部。凡𠬜之屬皆从𠬜。

𠬜或从手从樊。樊聲也。今作攀。公羊傳作扳。

鷙不行也。鷙各本譌鷙。馬部曰：鷙，馬重皃。鷙不行，沈滯不行也。毛詩折柳樊圃，借爲棥字。莊子：澤雉畜乎樊中。樊，籠也。亦是不行意。从𠬜棥。會意。棥亦聲。附袁切。十四部。

奱 共 𠔏 龔 異 戴 𢦷

樊也。此與手部攣音義皆同。玉篇云：攣，攣也。从𠬜䜌聲。呂員切。十四部。

文三　重一

同也。从廿廾。渠用切。九部。廿，二十并也。二十人皆竦手，是爲同也。周禮、尚書供給、供奉字皆借共字爲之。衞包盡改尚書之共爲恭，非也。釋詁：供、峙、共，具也。郭云：皆謂備具。此古以共爲供之理也。尚書、毛詩、史記恭敬字皆作恭，不作共。漢石經之存者，無逸一篇中，徽柔懿共、惟正之共皆作共，嚴恭寅畏作恭。此可以知古之字例矣。毛詩溫溫恭人、敬恭明祀、溫恭朝夕皆不作共。靖共爾位，箋云：共，具也。則非恭字也。虔共爾位，箋云：古之恭字或作共。云或，則僅見之事也。史記恭敬字亦無作共者。凡共之屬皆从共。

古文共。體從小徐本。按𦯱有順從之象，𦯱有睽異之象。古文四聲韵引說文誤以𢍏爲共。

給也。糸部曰：給，相足也。此與人部供音義同。今供行而龔廢矣。尚書甘誓、牧誓：龔行天之罰。謂奉行也。漢魏晉唐引此無不作龔。與供給義相近。衞包作恭，非也。秦和鐘銘：龔𡩟天命。言奉敬天命也。从共龍聲。俱容切。九部。按俱容於共得聲，未詳。

文二　重一

分也。分之則有彼此之異。从廾畀。畀，予也。竦手而予人則離異矣。羊吏切。一部。凡異之屬皆从異。

分物得增益曰戴。釋訓曰：蓁蓁、孽孽，戴也。毛傳云：蓁蓁、孽孽，至盛皃。孽孽，盛飾。是皆謂加多也。引伸之，凡加於上皆曰戴。如土山戴石曰崔嵬，石山戴土曰砠，是也。又與載通用。言其上曰戴，言其下曰載也。釋山或本石戴土謂之崔嵬，土戴石爲砠，謂石載於土、土載於石，則與毛傳不異也。周頌：載弁俅俅。月令：載青旗。皆同戴。从異𢦏聲。都代切。一部。

籀文戴。弋聲、𢦏聲同在一部。葢非从戈也。

舁ㄩˊ　䙴ㄑㄧㄢ　𨐋。　與ㄩˇ　𦦂。　興ㄒㄧㄥ　舁。

文二　重一

舁　共舉也。从臼廾。謂有叉手者有竦手者皆共舉之人也共舉則或休息更番故有叉手者凡舁之屬皆从舁。讀若余。以諸切五部

䙴　升高也。升之言登也此與辵部遷𨍭音義同从舁囟聲。囟音信卷音遷合音也七然切十四部

𨐋　䙴或从卩。謂所登之階級也郊祀志湯伐桀欲䙴夏社不可地理志春秋經曰衛䙴于帝丘

𨑹　古文䙴。

與　黨與也。黨當作攩攩朋群也與當作与与賜予也从舁与。會意共舉而与之也舁与皆亦聲余呂切五部

𦦂　古文與。

興　起也。廣韵曰盛也舉也善也周禮六詩曰比曰興興者託事於物按古無平去之別也从舁同。會意同。逗此字補同力也。說從同之意虛陵切六部

文四　重三

臼ㄐㄩˊ　要ㄧㄠ　𡝐。　晨ㄔㄣˊ

臼　叉手也。叉部曰叉手指相錯也此云叉手者謂手指正相向也从𠂇ヨ。此亦從ナ叉而變之也居玉切三部凡臼之屬皆从臼。

要　身中也。象人要自臼之形。从臼。按各本篆作𡝐從臼下有交省聲三字淺人所妄改也今依玉篇九經字樣訂顧氏唐氏所據說文未誤也漢地理志北地大要縣注一遥反上黨沾縣大要谷清漳水所出說文水經注作大要谷今志誤爲黽字矣上象人首下象人足中象人要而自臼持之故從臼必從臼者象形猶未顯人多護惜其要故也於消切二部

𡝐　古文要。按今人變爲要以爲要約簡要字於消於笑切

文二　重一

晨　早昧爽也。日部曰早晨也昧爽旦明也文王世子注曰早昧爽擊鼓以召衆亦三字絫言之左傳僖五年正義解說文謂夜將旦雞鳴時也从臼辰。會意辰。逗時也。辰亦聲。食鄰切十二部

䢅　夕爲𡖍，臼辰爲晨，皆同意。聖人以文字教天下之勤凡晨之屬皆从晨。

農ㄋㄨㄥˊ　𨐍。　𨐎。　𦦂。　爨ㄘㄨㄢˋ

農　耕人也。各本無人字今依元應書卷十一補食貨志四民有業闢土殖穀曰農洪範次三曰農用八政鄭云農讀爲醲易其字也某氏因訓農爲厚矣从晨晨人明而動晦而休故從晨囟聲。鍇曰當從囟乃得聲玉裁按此囟聲之誤囟者明也

𨐍　籒文農从林。

𦦂　古文農。

𨐎　亦古文農。小徐從艸大徐從林夏竦曰農見古尚書

文二　重三

爨　齊謂炊爨。各本謂下衍之字今正火部曰炊爨也然則二字互相訓孟子趙注曰爨炊也齊謂炊爨者齊人謂炊曰爨古言謂則不言曰如毛傳婦人謂嫁歸是也特牲少牢禮注皆曰爨竈也此因爨必於竈故謂竈爲爨禮器燔柴於爨同楚茨傳曰爨饔爨廩爨也此謂竈又曰踖踖爨竈有容也此謂炊𦥑象持甑中似甑臼持之今本甑爲臼冂爲竈口，廾推林內火。林柴也內同納凡爨之屬皆从爨。七亂切十四部

𤍽　籒文爨省。然則爨本古文也

𦥷ㄑㄩㄥˊ　𤍽。　釁ㄒㄧㄣˋ

𦥷　所㠯枝鬲者。从爨省鬲省。渠容切九部

釁　血祭也。周禮大祝注云隋釁謂薦血也凡血祭曰釁孟子梁惠王趙注曰新鑄鐘殺牲以血塗其釁郄因以祭之曰釁漢書高帝紀釁鼓應劭曰釁祭也殺牲以血塗鼓釁呼爲釁呼同罅按凡言釁廟釁鐘釁鼓釁寶鎮寶器釁龜策釁宗廟名器皆同以血塗之因薦而祭之也凡坼罅謂之釁方言作㙔音問以血血其坼罅亦曰釁樂記作衅象祭竈也。从爨省。祭竈亦血塗之故從爨省爨者竈也从酉。酉所㠯祭也。酉者酒之省从分。取血布散之意分亦聲。分聲故釁或爲薰如齊語三釁三浴或爲三薰呂覽湯得伊尹釁以犧猳風俗通作熏以雈葦漢書豫讓釁面吞炭顏云釁熏也皆是也釁又讀爲徽如周禮女巫鬯人注先鄭說是也分聲讀徽此仰煇旂人徽幟之比古音十三部

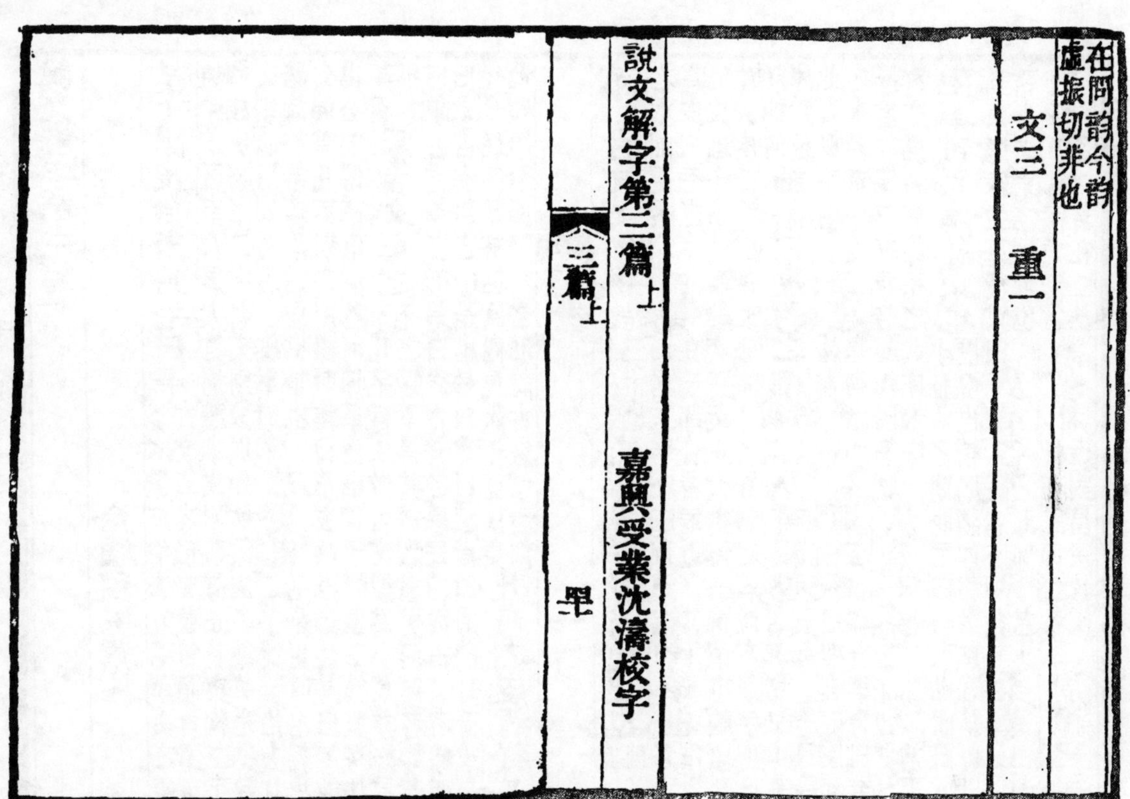
在問韻今韻
盧振切非也

文三　重一

說文解字第三篇上

嘉興受業沈濤校字

三篇上

罕

說文解字第三篇下

金壇段玉裁注

革 獸皮治去其毛曰革。各本獸皮治去其毛革更之象古文革之形文義句讀皆不可通今依召南齊風大雅周禮掌皮四疏訂正革與鞹二字轉注皮與革二字對文則分別如秋斂皮冬斂革是也散文則通用如司裘之皮車卽革路詩羔羊傳革猶皮也是也 革更也。二字雙聲治去其毛是更改之義故引伸爲凡更新之用襍卦傳曰革去故也鄭注易曰革改也公羊傳革取清者何曰革更也管子輕重革築室房注革更也 象古文革之形。凡字有依倣古文製爲小篆非許言之猝不得其於六書居何等者如革曰象古文革之形弟曰從古文之象民曰從古文之象酉曰象古文酉之形是也易臼爲臼䪞省頗爲簡耳而或云從卅從口音韋口爲國邑卅年而法更此蓋楊承慶字統之肊說古覈切一部 凡革之屬皆從革。

𦥑 古文革從卅。上卅下十是三十也 卅年爲一世而道更也。據此則革之本訓更後以爲皮去毛之字 臼聲。臼居玉切在三部革在一部合音最近

鞹 革也。各本作去毛皮也今依載驅韓奕正義正大雅傳云鞹革也論語孔注云皮去毛曰鞹此恐人不省詳言之若說文革字下已注明何庸辭費 論語曰虎豹之鞹。顏淵篇文 从革郭聲。苦郭切五部

靬 靬。此復舉字刪之未盡者 乾革也。乾古寒切 武威有麗靬縣。地理志張掖郡驪靬李奇曰音遲虔如淳曰靬音弓鞬郡國志驪靬亦屬張掖許系之武威未詳 从革干聲。苦旰切十四部

䩨 生革可㠯爲縷束也。小雅約之閣閣毛曰約束也閣閣猶歷歷也按閣讀如絡秦風五楘傳曰五束歷錄生革縷束曰䩨䩨者謂束之歷錄也 从革各聲。盧各切五部

鞄 柔革工也。从革包聲。蒲角切古音在二部 讀若朴。朴在三部合音最近劉昌宗音僕 周禮曰。柔

皮之工鮑氏。鮑卽鞄也。鮑鞄字舊互譌今正考工記攻皮之工五函鮑韗韋裘先鄭云鮑讀如鮑魚之鮑書或爲鞄蒼頡篇有鞄甍又鮑人之事後鄭云鮑故書或作鞄許云鮑卽鞄者謂周禮之鮑卽蒼頡篇之鞄鞄正字鮑假借𠫓部云易曰突如其來如不孝子突出不容於內也𠫓卽易突字也謂𠫓正字突假借文意正相似

韗 攻皮治鼓工也。考工記注先鄭云韗書或爲鞠皐陶鼓木也後鄭云韗者以皐陶名官也鞠則陶字從革按先後鄭韗鞠兩存許從韗不從鞠也 从革軍聲。讀若運。先鄭云讀如[illegible]運之運王問切十三部

韗 韗或從韋。今周禮如此作韗文曰韗或作韗

鞣 耎也。耎同偄弱也 从革柔柔亦聲。耳由切

靼 柔革也。柔當作鞣上文云柔皮之工謂治之使柔此云柔革謂革之柔耎者也 从革旦聲。旨熱切十五部旦聲在十四部合音也

䩢 古文靼从亶。

鞼 韋繡也。齊語管子曰輕罪贖以鞼盾一戟韋曰鞼盾綴革有文如繢也後漢烏桓傳曰婦人能刺韋作文繡 从革貴聲。求位切十五部

鞶 大帶也。易曰或錫之鞶帶。訟上九 男子帶鞶。婦人帶絲。鞶革帶也故字從革內則曰男鞶革女鞶絲注云鞶小囊盛帨巾者男用韋女用繒有飾緣之則是鞶裂與詩云垂帶如厲紀子帛名裂繻字雖今異意實同按小雅垂帶而厲箋云而亦如也而厲如鞶厲也鞶必垂厲以爲飾厲字當作裂說與禮記注同而毛傳云厲帶之垂者左傳鞶厲服云鞶大帶也賈逵杜預說同虞翻注易亦云鞶帶大帶皆與鄭異葢鄭以大帶用素天子諸侯大夫同士用練皆不用革也大帶所以申束衣革帶以佩玉佩及事佩之等故喪服以要絰象大帶又有絞帶象革帶也內則云男鞶革女鞶絲則鞶非大帶明矣周禮巾車疏引易注云鞶帶佩鞶之帶此葢鄭注與詩禮注同而內則施鞶袠注云鞶小囊也鞶袠言施爲箴管線纊有之則鞶亦與鞶同類 从革 此鄭知非大帶也 般聲。薄官切十四部

鞏 㠯韋束也。大雅藐藐昊天無不克鞏毛曰鞏固也此引伸之義也 易曰。

鞔ㄇㄢˊ 靸ㄙㄚˋ 䩕ㄧㄤˊ 鞮ㄉㄧ [革夾]ㄐㄧㄚˊ [革徙]ㄒㄧˇ 鞵ㄒㄧㄝˊ 靪ㄉㄧㄥ 鞠ㄐㄩˊ

鞏用黃牛之革。革初九爻辭王弼曰鞏固也按此與卦名之革相反而相成从革巩聲。居竦切古音在三部見詩瞻卬

鞔 履空也。小徐曰履空猶履殼也按空腔古今字履腔如今人言鞵幫也逋旁切呂氏春秋曰南家工人也爲鞔者也高曰鞔履也作履之工也高不云履空者渾言之也三蒼鞔覆也考工記注飾車謂革鞔輿也此鞔引伸之義凡鞔皆如綴幫於底从革免聲。母官切十四部

靸 小兒履也。急就篇有靸釋名曰靸韋履深頭者之名也从革及聲。穌合切七部

䩕 䩕角。逗鞮屬。方言禪者謂之鞮絲作之者謂之履麻作之者謂之不借麤者謂之屨東北朝鮮洌水之閒謂之䩕角南楚江沔之閒總謂之麤西南梁益之閒或謂之屨或謂之屩履其通語也徐土邳圻之閒大麤謂之䩕角按末句郭注今漆履有齒者顏注急就篇曰卬角形若今之木履而下有齒釋名則曰仰角屐上施履之名也當仰屐角舉足乃行也从革卬聲。五剛切十部

鞮 革履也。周禮釋文云許慎曰鞮屨也呂忱曰鞮革履也與今本異徐堅元應引與今本同曲禮鞮屨注無絇之菲也周禮鞮鞻氏注鞮鞻四夷舞者所屝也王制西方曰狄鞮注鞮之爲言知也胡人履連脛謂之絡鞮。各本無此九字韵會引有釋名曰鞮本胡服趙武靈王所服也从革是聲。都兮切十六部

[革夾] 鞮[革夾]沙也。謂鞮之名[革夾]沙者也䩕角[革夾]沙皆漢人語廣雅之[革蓋][革沙]也[革蓋]古匣切[革沙]音沙[革蓋][革沙][革穌][革釋][革殺]履也集韵履與[革釋]同廣韵[革蓋][革沙]索[革釋]胡履也釋名[革穌][革釋][革釋]之缺前壅者胡中所名也从革夾聲。古洽切八部

[革徙] 鞮屬。从革徙聲。所綺切十六部

鞵 生革鞮也。生革各本作革生今正从革奚聲。戶佳切十六部

靪 補履下也。原思納履則踵決故履下可補也今俗謂補綴曰打補靪當作此字从革丁聲。當經切十一部

鞠 蹋鞠也。劉向別錄曰蹵鞠者傳言黃帝所作或曰起戰國之時蹋鞠兵勢也所以練武士知有材也皆因嬉戲而講練之漢藝文志兵技巧十三家有蹵鞠二十五篇郭樸注三蒼云毛丸可蹋

鞔靸䩕鞮[革夾][革徙]鞵靪鞠鞀[革冤]鞞鞎鞃鞪[革必]

[革𥷚]。 鞀ㄊㄠˊ 鞉。 鼗。 [殸召]。 [革冤]ㄩㄢ [革宛]。 鞞ㄅㄧㄥˇ 鞎ㄏㄣˊ 鞃ㄏㄨㄥˊ 鞪ㄇㄨˋ [革必]ㄅㄧˋ

戲者曰鞠按鞠居六求六二切廣韵曰今通謂之毬子巨鳩切古今字也从革匊聲。三部

[革𥷚] 鞠或从𥷚。𥷚或字

鞀 鞀遼也。此複字刪之未盡者遼也此門閭也戶護也鼓郭也琴禁也之例以疊韵說其義也遼者謂遼遠必聞其音也周禮注曰鼗如鼓而小持其柄搖之旁耳還自擊从革召聲。徒刀切二部

鞉 鞀或从兆聲。

鼗 鞀或从鼓兆。

[殸召] 籒文鞀从殸召。周禮以爲鞀字

[革冤] 量物之[革冤]。一曰抒井[革冤]。小徐曰抒井今言淘井[革冤]取泥之器玉裁按依說文浚抒也則小徐說是依手部抒挹也則汲井亦可云抒井缶部曰罋汲缾也春秋傳言具綆缶周易言羸其缾是其物用缶久矣而其始用革也古以革。謂此二者古皆用革故從革从革冤聲。於袁切十四部

[革宛] [革冤]或从宛。宛者下也宛亦聲

鞞 刀室也。刀部曰削鞞也削鞘古今字音肖小雅大雅毛傳不同說詳玉部从革卑聲。并頂切古音當在十六部支清多合韵故今音入迥韵

鞎 車革前曰鞎。釋器曰輿革前謂之鞎郭曰以韋鞔車軾按李巡云輿革前謂輿前以革爲車飾曰鞎不言軾依毛傳韋鞔軾自名鞃不名鞎疑李注是从革艮聲。戶恩切十三部

鞃 車軾中把也。各本無中把二字韵會作中靶字誤今補正大雅傳曰鞹革也鞃軾中也此謂以去毛之皮鞔軾中人所凭處篇韵皆云軾中靶靶轡革不當以名軾蓋許本作把而俗譌從革軾中把者人把持之處也較毛多一字从革宏聲。丘宏切六部詩曰。鞹鞃淺幭。讀若穹。穹從穴弓聲弓古音讀如肱故鞃亦作[革弓]又作[革厷]

鞪 車軸束也。此與木部楘音同義近楘謂輈束鞪謂軸束分析易明而小戎音義曰楘本又作鞪玉篇亦曰鞪亦作楘曲轅束也疑本一字許書有楘無鞪後人補之又改輈爲軸从革敄聲。莫卜切三部

[革必] 車束也。考工記天子圭中必注必讀如鹿車縪之縪謂以組約其中央爲執之以備失隊方言曰車下鐵陳宋淮楚之閒謂之畢大者謂之綦郭注云鹿車也按

⿰革爨鞊鞁鞥靶韅靳⿰革蚩靷⿰革官⿰革豆⿰革亏⿰革專⿰革奄⿰革叕鞌

⿰革爨 ㄗㄨㄢ ⿰革贊。⿰革旨 ㄓˋ

鄭郭云鹿車者非小車財容一鹿之謂方言曰維車趙魏之閒謂之轣轆車東齊海岱之閒謂之道軌廣雅維車謂之麻鹿道軌謂之鹿車本方言益麻鹿卽毛詩傳之歷錄鹿車卽周禮注之鹿車鹿車與歷鹿義同皆於其圍繞命名也糸部縪止也古畢必通用故必祕縪同約圭與約車相類也**從革必聲**毗必切十二部[古文]

⿰革爨車衡三束也當作車句衡五束也秦風五楘梁輈毛曰小戎兵車也五五束也楘歷錄也梁輈輈上句衡也一輈五束束曰歷錄句衡謂⿰革爨也故下文言⿰革爨不言衡**曲轅⿰革爨縛直轅暴縛**曲轅謂兵車乘車田車皆小車也直轅謂牛車所謂大車也小車人所乘欲其安故暢轂梁輈大車任載而已故短轂直轅曲轅車蓋飾⿰革爨之言纘也以革縛之凡五歷歷錄然大鄭云暴車之轅率尺所一縛是也直轅車無飾以革縛不必五也暴之言纘也暴約也**从革爨聲**借官反十四部**讀若論語鑽燧之鑽**見陽貨篇按火部無燧**⿰革贊⿰革爨或从革贊**

⿰革旨蓋杠系也蓋杠考工記謂之桯桯讀如楹系各本作絲今正系係也係絜束也絜束者圍而束之⿰革旨用革故字從革**从革旨聲**脂利切十五部

鞁 ㄅㄟˋ 鞥 ㄥ 靶 ㄅㄚˋ 韅 ㄒㄧㄢˇ

鞁車駕具也晉語吾兩鞁將絕吾能止之韋曰鞁靷也按韋以左傳作靷故以靷釋之其實鞁所包者多靷其大者封禪書言雍五時路車各一乘駕被具西時畦時禺車各一乘禺馬四匹駕被具被卽鞁字也鞁與糸部紴緉各物**从革皮聲**平祕切按當依廣韵平義切古音在十七部

鞥轡鞥靲蓋古語轡亦名鞥也**从革弇聲**烏合切七部**讀若應**此蒸登與侵覃合韵之理**一曰龍頭繞者**龓各本作龍玉篇作龓而玉篇有部龓下曰馬龓頭吳都賦云馬龓則龓頭爲長龓近之龍非也龓頭卽羈也繞纏也者當作也鞥之言卷也

靶轡革也王褒傳王良執靶音義或曰靶音霸謂轡也吳都賦迴靶乎行邪睨劉曰靶轡革也按云轡革者毛傳云革轡首也**从革巴聲**必駕切古音在五部

韅箸亦鞥也亦鉉本作掖非其物也鍇作腋俗字也今正亦人之臂亦也箸亦鞥謂箸於馬兩亦

鞻。⿰革官 ㄍㄨㄢˇ ⿰革豆 ㄉㄡˋ ⿰革亏 ㄩˊ ⿰革專 ㄅㄛˊ ⿰革奄 ㄢ ⿰革叕 ㄓㄨㄟˋ 鞌 ㄢ

靳 ㄐㄧㄣˋ ⿰革蚩 ㄔㄥˇ 靷 ㄧㄣˇ

之革也箸亦謂直者當膺謂橫者鞥當作靷左傳釋文正義引皆作皮作鞥非也史記禮書鮫韅徐曰韅者當馬腋之革若釋名云橫經腹下杜注左云在背曰韅皆異說也**从革顯聲**呼典切十四部按古假顯爲之檀弓子顯公子縶也盧氏植云古者名字相配顯當作韅

靳當膺也左傳曰吾從子如驂之有靳杜曰靳車中馬也言己從書如驂馬之隨靳也正義曰驂馬之首當服馬之胸胸上有靳故云我從子如驂當服之靳按左傳晉車七百乘韅靷鞅靽杜曰在胸曰靷此正在胸曰靳之誤以秦風傳靳環或作靷環證之其誤正同矣游環在服馬背上驂馬外轡貫之以止驂之出故謂之靳環靳者驂馬止而不過之處故引伸之義爲靳固左傳宋公靳之咎其寵也**从革斤聲**居近切十三部

⿰革蚩驂具也上二文當是服馬鞁具此云驂具互文見義也**从革蚩聲**丑郢切十一部**讀若騁蜃**按虫部蚩讀若騁則此蚩聲讀騁宜矣不知何以多蜃字騁蜃連文不可通疑當爲又讀若蜃也廣韵廿八獮有蚩鑷韉三字

靷所吕引軸者也所以者字依楊倞注荀卿補凡許書所以字淺人往往刪之秦風毛傳曰靷所以引也毛不言軸許云軸以箸明之韅載於軸兩靷亦係於軸左傳兩靷將絕吾能止之駕而乘材兩靷皆絕此可見靷之任力幾與韅等靷在輿下而見於軓前乃設環以續靷而係諸衡故詩云陰靷沃續孔沖遠云靷繫於陰版之上令驂馬引之此非是驂在服外而後於服輿靷不正相當且軓非能任力不當係於軓也許云所以引軸說不可易**从革引聲**余忍切十二部**[古文]籒文靷**

⿰革官車鞁具也从革官聲古滿切十四部

⿰革豆車鞁具也从革豆聲田候切四部

⿰革亏⿰革官內環靼也⿰革官各本譌輨今依玉篇環靼者環之以靼**从革亏聲**羽俱切五部

⿰革專車下索也釋名縛在車下與輿相連縛也當作轉在車下**从革專聲**補各切五部

⿰革奄車具也从革奄聲烏合切八部

⿰革叕車具也从革叕聲陟劣切十五部

鞌馬鞁具也此爲跨馬設也左傳

䩸鞊鞈勒鞙䩃靲鞬韇𩏂䩯鞭鞅韄

䩸 鞊 鞈 勒 鞙 䩃 靲

趙旃以良馬二濟其兄與叔父左師展將以公乘馬而歸三代時非無跨馬者矣春秋經有鞌字 从革安聲。烏寒切十四部

䩸 鞌毳飾也。毳獸細毛也 从革茸聲。而朧切九部元應曰三蒼而用切

鞊 鞌飾。篇韵皆曰鞌鞊 从革占聲。他叶切七部

鞈 防汗也。此當作所以防捍也轉寫奪誤巾部曰幘馬纏鑣扇汗也與此無涉篇韵皆曰防捍是相傳古本捍亦作扞故譌汗荀卿曰犀兕鮫革鞈如金石管子輕罪入蘭盾鞈革二戟注曰鞈革重革當心箸之可以禦矢鼂錯曰匈奴之革笥木薦弗能支孟康曰革笥以皮作如鎧者被之木薦以木版作如楯一曰革笥若楯木薦之以當人心也此皆防捍之說鍇曰今胡人扞膺也知鍇本故作扞 从革合聲。當云从革合合亦聲古洽切七部按鼓部鞈古文磬而此作小篆訓防扞與上文鞌鞴鞊下文勒皆爲馬具者不相貫鍇本篆體作鞈獨從古文革則恐好事者增之仍从鼓部偏旁耳

勒 馬頭落銜也。落絡古今字糸部絡下云落也知許之不作絡矣釋名勒絡也絡其頭而引之按网部䍐馬落頭也金部銜馬勒口中此云落銜者謂落其頭而銜其口可控制也引伸之爲抑勒之義又爲物勒工名之義廣韵云石虎諱勒呼馬勒爲轡此名之不正也爾雅轡首謂之革革即勒之省馬絡頭者轡所係也故曰轡首毛詩鞗革皆當依古金石作攸勒鋚勒毛傳曰攸轡首飾也革轡首也自來上句奪首飾二字而莫得其解 从革力聲。盧則切一部

鞙 大車縛軛靼。大車牛車也縛軛者苞注論語云輗者轅端橫木以縛枙者也皇曰古作牛車先取一橫木縛著兩轅頭又別取曲木爲枙縛著橫木以駕牛脰也然則軛縛於橫木橫木縛於輗縛於轅者輗也軛縛於輗用靼鞙亦作鞙釋名鞙縣也所以縣縛軛也 从革肙聲。狂沇切十四部

䩃 勒靼也。謂馬勒之靼也勒在馬面故從面 從革面聲。此以形聲包會意彌沇切十四部

靲 鞮也。鞮革履也玉篇靲下云靲鞻也周禮鞮鞻氏音義吕忱云鞮者革履也鞻者靲鞻按鞮鞻走部作趧婁故革部無鞻字林有鞻釋之曰靲鞻則靲字亦字林始有之說文靲字殆後

三篇下 七

鞬 韇 𩏂 䩯 鞭 鞅 韄

人所增不與靳鞮鞻等爲伍 从革今聲。巨今切七部士喪禮繫用靲注靲竹䉤也陸云其闇反按鄭以爲紟字紟者係也蜀與重但當以竹䉤係之因謂䉤爲紟

鞬 所㠯戢弓矢。左傳左執鞭弭右屬櫜鞬杜曰櫜以受箭鞬以受弓方言弓謂之鞬釋名受矢之器馬上曰鞬鞬建也言弓矢竝建立其中也廣韵曰馬上藏弓矢器 从革建聲。居言切十四部

韇 弓矢韇也。方言弓謂之鞬或謂之𩌍丸左傳服注云冰櫝丸蓋也後書南匈奴傳引方言藏弓爲鞬藏箭爲韇丸廣雅鞬弓藏也𩌍矢藏也皆與今方言異按弓呼之曰鞬丸單呼之曰韇士冠禮筮人執筴抽上韇注韇藏筴之器今時藏弓矢者謂之𩌍丸也亦疑說文本有丸淺人刪之 从革賣聲。徒谷切三部

𩏂 綏也。蓋韵系部曰綏系冠纓也引伸凡垂者謂之綏廣雅韉謂之鞘鞘音稍玉篇云韉鞶帶是也 从革巂聲。山垂切十六部

䩯 急也。雙聲此亦鼓郭琴禁之例廣韵䩯皮鞭皃按䩯鞭二字相屬疑本作鞭急也轉寫奪鞭 从革亟聲。紀力切一部

鞭 毆也。毆各本作驅淺人改也今正毆上仍當有所以二字尚書鞭作官刑周禮條狼氏掌執鞭而趨辟凡誓執鞭以趍於前且命之司市凡市入則胥執鞭度守門左傳誅屨於徒人費弗得鞭之見血又公怒鞭師曹三百皆謂鞭所以毆人之物以之毆人亦曰鞭經典之鞭皆施於人不謂施於馬曲禮乘路馬載鞭策左傳左執鞭弭馬不出者助之鞭之皆是假借施人之用爲施馬之偁非若今人竟謂以杖馬之物杖人也蓋馬箠曰策所以擊馬曰箠以箠擊馬曰敕本皆有正名不曰鞭也擊馬之箠用竹毆人之鞭用革故其字亦從竹從革不同自唐以下毆變爲敺與驅同音謂鞭爲捶馬之物因改此毆爲驅不知絕非字義毆捶擊物也驅馬馳也 从革便聲。卑連切十四部 古文鞭 從亼攴

鞅 頸靼也。釋名鞅嬰也喉下稱嬰言嬰絡之也按劉與許合杜云在腹曰鞅恐未然也小雅鞅掌毛曰失容也 从革央聲。於兩切十部

韄 佩刀系也。系各本作絲今正此蓋系部所謂䋭也廣韵云佩刀飾莊子音義引三蒼云韄佩刀靶韋也莊

三篇下 八

子外韈內韈引伸之義也李云縛也从革蒦聲乙白切古音在五部

鞄 馬尾鞄也方言車紂自關而東周雒汝潁而東謂之緻或謂之曲綯或謂之曲綸自關而西謂之紂糸部曰紂馬紂也紂馬緧也考工記必緧其牛後鄭云關東謂紂爲緧按鞄鞠語相似鞄盍鞠之轉語从革它聲徒何切十七部今之般緧四字疑後人沾注

鞎 繫牛脛也繫當作系从革見聲按篇韵皆呼結切於見聲爲近古音在十四部鉉本作己彳切

文五十九宋本九作七　重十一

鬲 鼎屬也釋器曰鼎款足者謂之鬲實五觳考工記陶人爲鬲實五觳厚半寸脣寸斗二升曰觳大鄭云觳受三斗後鄭云觳受斗二升按旊人職云豆實三而成觳大鄭本之今俗本譌爲㲄受斗斗誤甚許必言觳所受者角部觳下無此義也魏三體石經以鬲爲大誥嗣無疆大歷服之歷同在十六部也象腹交文三足上象其口乂象腹交文下象三足也考工記圖曰款足按款足鄒云曲腳漢郊祀志則云鼎空足曰鬲釋款爲空郎激切十六部凡鬲之屬皆从鬲

䰛 鬲或从瓦楚世家楚武公曰居三代之傳器吞三翮六翼以高世主小司馬曰翮亦作甌同音歷三翮六翼謂九鼎空足曰翮翼即耳事見爾雅按翮者甌之假借字翼者釴之假借九鼎款足者三附耳於外者六也爾雅曰鼎款足謂之鬲附耳外謂之釴

㽁 漢令鬲从瓦厤聲謂載於令甲令乙之鬲字也樂浪挈令織作紈

䰙 三足鍑也鍑如釜而大口廣雅敲鬴也一曰滫米器也滫米猶淅米淅之以得其泔也从鬲支聲魚綺切十六部

鬹 三足鬴也廣雅鬹鬴也有柄喙有柄可持有喙可寫物此其別於敲者也讀若嬀嬀漢人已讀如規矣从鬲規聲居隨切十六部

鬷 鬴屬廣雅鬵鬲鬷也陳風越以鬷邁商頌鬷假無言毛曰鬷數也又曰鬷總也數讀如數罟之數數罟豳風作緵罟魚麗作緵罟然則二傳皆謂鬷者總之假借字也从鬲㚇聲子紅切九部

䰜 秦名土鬴曰䰜今俗作鍋土釜者出於匋也从鬲午聲夊部午夸步也讀若過古禾切十七部

鬵 大鬴也檜風誰能亨魚溉之釜鬵毛曰鬵釜屬按下文別一義一曰鼎大上小下若甑曰鬵釋器鼎絕大謂之鼐圜弇上謂之鼒附耳外謂之釴款足者謂之鬲䰝謂之鬵鬵鉹也按此六句皆說鼎故許以鼎大上小下若甑發明甑謂之鬵金部云鉹鬵䰝亦所以發明鬵鉹也釋爾雅者尠通此矣从鬲兓聲讀若岑才林切七部

𩰫 籀文鬵從彡

䰝 鬵屬从鬲曾聲按此篆淺人妄增也瓦部甑甗也甗甑也一穿䰝者甑之或體耳爾雅音義云䰝本或作甑篇韵皆云甑䰝同字可知古本說文不分入鬲瓦二部至集韵乃據徐鉉之書截然爲二字矣

鬴 鍑屬也升四曰豆豆四曰區區四曰鬴从鬲甫聲扶雨切五部

釜 鬴或从金父聲今經典多作釜惟周禮作鬴

鬳 鬲屬鬲甗甗也从鬲虍聲牛建切十四部按戴氏侗引唐本虍省聲似是然獻尊即犧尊車轙亦作钀歌元古通魚歌古又通虍聲即魚歌之合也

融 炊气上出也釋詁毛傳方言皆曰融長也此其引伸之義也通作彤思元賦展泄泄以彤彤廣成頌豐彤薱蔚从鬲蟲省聲以戎切九部

𩰢 籀文融不省

䰞 炊气皃㗊部曰嚻聲也气出頭上從㗊頁炊气亦上出故從嚻从鬲嚻聲舉形聲包會意許嬌切二部

鬺 煮也鬺亦作䰞亦作鬺韓詩于以鬺之惟錡及釜封禪書禹收九牧之金鑄九鼎皆嘗亨鬺上帝鬼神郊祀志作鬺亨亨許兩切謂煑而獻之上帝鬼神也毛詩假湘爲之毛曰湘烹也从鬲羊聲式羊切十部

鬻 涫也水部曰涫鬻也今俗字涫作滾鬻作沸非也上林賦曰湁潗鼎鬻嚴夫子哀時命曰氣涫鬻其若波从鬲沸聲芳未切十五部按此當云從水鬲弗聲非果沸字也

文十三按鬸宜刪　重五

歷也。二字淺人妄增此云古文亦鬲字卽介籒文大改古文之例何取以漢令鬲爲訓釋乎古文亦鬲字。鬲鬻皆古文也象孰飪五味气上出也。謂弜也鬲鬻本一字鬲專象器形故其屬多謂器鬻兼象孰飪之气故其屬皆謂孰飪凡鬻之屬皆从鬻。

鬻也。从鬻侃聲。諸延切十四部按此當去虔切鬻或作餰猶愆作𧨏也淺人謂卽饘字不分故同切諸延耳

鬻或从食衍聲。荀卿書酒醴餰鬻內則曰取稻米舉糔溲之小切狼臅膏以與稻米爲酏注此周禮酏食也此酏當從𩚘周禮醢人酏食注曰酏𩚘也引內則取稻米云云正作𩚘字按襍問志曰內則𩚘次糝周禮酏次糝酏在六飲中不合在豆且內則有𩚘無酏周禮有酏無𩚘明酏𩚘是一也故破酏從𩚘也據此則內則本作𩚘字注中此酏當從𩚘謂周禮此酏字當從內則作𩚘字言此酏者以別於六飲之酏也今本內則作酏淺人所改

鬻或从食干聲。孟子曰飦粥之食趙曰飦糜粥也糜同縻

鬻或从食建聲。韵會引左傳注饘於是鬻於是今未詳所據

鍵也。从鬻米。會意之六切三部按一音余六切是以賣鬻字作此賣之假借也鉉本作米聲武悲切此因誤衍聲字而爲之切音非眞唐韵有武悲切也爾雅鬻猶如𩝢之猶舍人本作鬻異文同部是可以定其非形聲矣廣韵集韵篆韵詘脂韵內皆無鬻玉篇云說文又音糜廣韵云說文本音糜者乃陳彭年輩誤用鉉本也玉篇糜字又糜之誤類篇抴皮切之誤本此鬻作粥者俗字也作鬻者樂記假鬻爲育而轉寫致誤也

鍵也。釋言餬饘也當作此字今江蘇俗粉米麥爲粥曰餬从鬻古聲。戶吳切五部

五味盉鬻也。皿部曰盉調味也內則注曰凡羹齊宜五味之和米屑之糝晏子曰和如羹焉水火醯醢鹽梅以亨魚肉宰夫和之齊之以味濟其不及以泄其過凡魚肉必用菜菜謂之芼儀禮鉶芼牛藿羊苦豕薇芼及醯醢鹽梅是之謂五味之和也實於鉶謂之鉶羹肉汁不和五味謂之大羹从鬻从羔。會意凡從羔者羔猶美也古行切古音在十部詩曰。亦有和鬻。商頌文鍇本鬻作羹

鬻或省。或从美鬻省。羔下從美今各本作兩羔非也

美小篆从羔从美。此是小篆則知上三字古文籒文也不先小篆者此亦丄部之例

鼎實惟葦及蒲。此有奪當云鼎實也詩云其鬻維何維筍及蒲或曰筍作葦者三家詩也爾雅其萌蘸今蘆筍可食者也按詩其殽維何炰鼈鮮魚此謂鼎中肉也其蔌維何維筍及蒲此謂鼎中菜也菜謂之芼釋器曰肉謂之羹菜謂之蔌毛曰蔌菜殽也殽對肉殽而言凡禮經之藿苦薇昏義之芼蘋藻二南之蔌皆是周易覆公餗鄭曰餗菜也凡肉謂之醢菜謂之菹皆主謂生物實於豆者肉謂之羹菜謂之芼皆主謂孰物實於鼎者說詳戴先生毛鄭詩考正陳留謂鍵爲鬻。周易馬注餗鍵也按鼎中有肉有菜有米以米和羹曰糜糜者鍵之類故古訓或舉菜爲言或舉米爲言正考父鼎銘饘於是鬻於是以餬余口亦單舉米言也許不以陳留語爲別一義鬻至鬻共七文皆謂鬻也分別之則有米和肉菜之鬻有不和肉菜之鬻从鬻速聲。桑谷切三部

鬻或从食束。束聲

鬻也。疊韵从鬻毓聲。余六切三部按此切余六鬻切之六本分別不同後人以鬻之切爲鬻之切而混誤日甚

鬻或省从米。

涼州謂鬻爲鬻。按此鬻鍇本作糜爲長糜鬻雙聲故也从鬻機聲。莫結切十五部

粖鬻或省从末。

粉餅也。周禮糗餌粉餈食部曰餈稻餅也此曰鬻粉餅也餈謂餈者不粉之稻米爲餅餌者稻米粉之爲餅文互相足經云糗餌者謂以熬米麥傳於餌粉餈者謂以他穀粉傳於餈此許意與先後鄭說異小徐云許說最精又內則注餌筋腱也又莊子以五十犗爲餌餌釣啗魚者从鬻耳聲。仍吏切一部

鬻或从食耳。耳聲

熬也。謂雅音義引三蒼熬也說文火乾物也與今本異玄應書引與今本同方言熬㷄煎煑聚火乾也秦晉之間或謂之聚按聚卽鬻字

鬻鬻鬻爪孚為𠬪丮埶孰䎽巩

鬻 一ㄠ　鬻 ㄓㄨ　煮。鬻。鬻 ㄅㄛ

或作鬻元應曰崔寔四民月令作炒古文奇字作𩱦从鬻芻聲尺沼切廣韵初爪切古音在四部

鬻內肉及菜湯中薄出之內今之納字薄音博迫也納肉及菜於鬻湯中而迫出之今俗所謂煠也元應曰江東謂瀹為煠煠音助甲切鬻今字作瀹亦作汋通俗文曰以湯煑物曰瀹廣雅曰瀹湯也孫炎說夏礿之義曰新菜可汋之从鬻翟聲以勺切古音在二部

鬻鬲也鬲普庚切鬻鬻也鬻下當云鬻也經傳用鬲用烹乃鬻之假借字耳鬲部曰獻也不訓鬻从鬻者聲章與切五部按惟周禮作鬻

鬻或从火鬻或从水水在鬲中會意

鬻炊釜鬻溢也炊各本作吹今從類篇釜鬻溢各本作釜溢宋本作聲沸今參合定為釜鬻溢今江蘇俗謂火盛水鬻溢出為鋪出鬻之轉語也正當作鬻字从鬻孛聲蒲沒切十五部

文十三　重十二

三篇下　圭

爪 ㄓㄠ　孚 ㄈㄨ

爪丮也丮持也覆手曰爪仰手曰掌覆手曰爪今人以此為叉甲字非是叉甲字見叉部蚰部蠿字下云叉古爪字非許語也象形側狡切二部凡爪之屬皆从爪

孚卵孚也卵即孚字依元應書補通俗文卵化曰孚音方赴反廣雅孚生也謂子出於卵也方言雞卵伏而未孚於此可得孚之解矣卵因伏而孚學者因即呼伏為孚凡伏卵曰抱房奧反亦曰蓲央富反从爪子鍇曰鳥裒恆以爪反覆其卵也按反覆其卵者恐煦嫗之不均芳無切古音在三部一曰信也此即卵即孚引伸之義也雞卵之必為雞鼀卵之必為鼀人言之信如是矣

𤓺古文孚从禾禾古文保保亦聲古音孚保同在三部

采。為 ㄨㄟ

為母猴也左傳魯昭公子公為亦稱公叔務人檀弓作公叔禺人由部曰禺母猴屬也然則名為字禺所謂名字相應也假借為作為之字凡有所變化曰為其為禽好爪內部曰禽者走獸捴名好爪故其字從爪也此下各本有爪母猴象也五字衍文下腹為母猴形腹當作復上既從爪矣其下又全象母猴頭目身足之形也王育曰爪象形也此博異說爪衍文王說全字象母猴形也蓮支切古音在十七部

𤔔古文為象兩母猴相對形左傳仲子生有文在其手曰為魯夫人手文必非若小篆為魯蓋作𤔔或相似也

𠬪 ㄓㄤ

𠬪亦丮也亦者亦上篆此亦持也从反爪對覆手言闕謂闕其音也其義其形皆可知而其讀不傳故曰闕後人肊為說曰諸兩切蓋以覆手反之即是掌也楊雄河東賦河靈矍踢爪華蹈衰蘇林曰掌據之足蹈之也云掌據之正合丮持之訓而小顏云爪古掌字酈注水經河水篇李注西京賦皆引賦作掌則自蘇林巳後皆讀掌也許曰其於所不知蓋闕如也何必許所闕而強為之辭乎爪之變為仉見廣韵

文四　重二

丮 ㄐㄧˇ　埶 一ˋ　孰 ㄕㄨˊ　䎽 ㄗㄞˋ　巩 ㄍㄨㄥˇ

丮持也持握也象手有所丮據也外象拳握形凡丮之屬皆从丮讀若戟几劇切按毛詩戟與擇作韵丮古音當在五部

三篇下　卣

埶種也齊風毛傳曰蓺猶樹也樹種義从丮坴會意土部曰坴土塊坴坴也丮字今補丮持種之說從丮之意魚祭切十五部唐人樹埶字作蓺六埶字作藝說見經典釋文然蓺藝字皆不見於說文周時六藝字蓋亦作埶儒者之於禮樂射御書數猶農者之樹埶也又說文無勢字蓋古用埶為之如禮運在埶者去是也詩曰我埶黍稷小雅文

孰食飪也飪大孰也可食之物大孰則丮持食之从丮𦎫亯部曰𦎫孰也此會意各本衍聲字非也殊六切三部孰與誰雙聲故一曰誰也後人乃分別孰為生熟孰為誰孰矣曹憲曰顧野王玉篇始有熟字易曰孰飪鼎彖傳曰以木巽火亯飪也許所據作孰飪

䎽設飪也宋本作食玉篇同廣雅釋言曰䎽設也又釋詁四曰䎽詞也錢氏大昕定䎽為𩙿字之誤古用為發語之𩙿也如石鼓詩𩙿作䎽从丮食才聲讀若𩙿作代切一部

巩𢹂也手部曰𢹂擁也擁褢也

挐。

欲ㄑㄩㄝˋ　𢦏ㄏㄨㄚˇ　𠬪　鬥ㄉㄡˋ　鬭ㄉㄡˋ　鬨ㄏㄨㄥˋ　鬮ㄌㄧㄡˊ　鬮ㄐㄧㄡ

从丮工聲。居竦切九部 丮或加手。又見手部

相踦谻也。當作掎谻玉篇作卻 从丮谷聲。其虐切五部

擊踝也。从丮戈聲。疑奪字讀若踝。胡瓦切古音在十七部

亦持也。从反丮。此亦謂𠂇亦謂又手之別 闕。音讀不傳也後人讀居玉切此因毛傳云拮据㦸挶也丮讀如㦸故反丮讀如挶手部云挶㦸持也不云𠬪挶同字然則寧從蓋闕

文八　重一

兩士相對。兵杖在後。象鬥之形。按此非許語也許之分部次弟自云據形系聯丮𠬪在前部故受之以鬥然則當云爭也兩丮相對象形謂兩人手持相對也乃云兩士相對兵杖在後與前部說自相戾且文從兩手非兩士也此必他家異說淺人取而竄改許書雖孝經音義引之未可信也都豆切四部

凡鬥之屬皆從鬥。

遇也。疊韵凡今人云鬭接者是遇之理也周語穀雒鬭將毀王宮謂二水本異道而忽相接合爲一也古凡鬭接用鬭字鬥爭用鬥字俗皆用鬭爲爭競而鬥廢矣 从鬥斲聲。都豆切四部

鬥也。舊作鬭今正 从鬥共聲。下降切張鎰胡弄切九部 孟子曰。鄒與魯鬨。梁惠王篇文趙曰鬨鬭聲也猶構兵而鬭也劉熙曰鬨構也構兵以鬭也按趙注長呂覽崔杼之子相與私鬨高曰鬨鬭也鬨讀近鴻緩氣言之

經繆殺也。手部曰摎縛殺也按轉殺若今以一繩勒死經繆殺若今絞罪以二繩絞死故從鬥此恐即摎之或體俗增之上下文皆言鬥中梗非其次也 从鬥翏聲。力求切玉篇吉了力求二切三部按

鬥取也。舊作鬮今正廣韵作鬮取按力取是此字本義今人以爲拈鬮字殆古藏彄之譌荆楚歲時記注曰藏彄之戲辛氏三秦記以爲鉤弋夫人所起周處成公綏並作彄字藝經庾闡則作鉤字其事同也 从鬥龜聲。讀若三合繩糾。見ㄐ部古

䰙ㄋㄧˇ　𩰭ㄅㄧㄣ　𩰭ㄈㄣ　鬩ㄒㄧˋ　䦧ㄒㄩㄢˋ　又ㄧㄡˋ　右ㄧㄡˋ

矦切廣韵居求居黝二切三部按龜古音如姬漢人多讀如鳩合音最近也

智少力劣也。莊子茶然疲役而不知其所歸郭云疲困茶然釋文乃結反按茶者闒之變也諸韵書皆於薺韵作闒屑怗韵作茶是不知爲一字矣 从鬥爾聲。奴禮切十五十六部

𩰭𩰭。逗 鬥連結繽紛相牽也。舊作闠今正繽各本作闠今按許云讀若繽則許時非無繽字也離騷時繽紛其變易王曰繽紛亂也 从鬥賓省聲。讀若繽。繽大徐作賓淺人以系部所無改之也匹賓切十二部

鬩鬩也。从鬥燹聲。按此下當有讀若紛三字撫文切十三部鎖紛闠闠皆合二部疊韵各本譌舛今依全書通例正之

恆訟也。恆常也故以小兒善訟會意 詩曰。兄弟鬩于牆。小雅文釋言毛傳皆曰鬩很也孫炎云相很戾也李巡本作佷非鄭注曲禮韋注國語可證 从鬥兒。會意兒亦聲許激切十六部 兒。逗 善訟者也。說從兒之意

試力士錘也。錘當作縋以繩有所縣鎮也下文云讀若縣知正當作縋錘非其義蓋轉寫失之呂氏春秋云硾之以石硾鎮也然則作錘亦可左傳曰主人縣布堇父登之及堞而絕之隊則又縣之蘇而復上者三又曰子占使師夜縋而登登者六十人縋絕 从鬥从戈。或从戰省。當作或曰從戰省聲六字 讀若縣。胡畎切十四部

文十

手也。象形。此即今之右字不言又手者本兼𠂇又而言以𠂇別之而又專謂右猶有古文尚書而後有今文尚書之名有後漢書而後有前漢書之名有下曲禮而後有上曲禮之名也又作右而又爲更然之詞穀梁傳曰又有繼之辭也 三指者。三岐象三指 手之列多略不過三也。記數以指者或全用或用三略者言其大略于救切古音在一部

凡又之屬皆从又。

助也。李燾本及集韵如是今二徐本皆作手口相助也 从又口。按又下曰厷曰又曰叉自𠂇指言之以又下象

谻丮𠬪鬥鬭鬨鬮鬮䰙𩰭𩰭鬩䦧又右

肘上象指也。不當曰肘。從口之字。口部有此字。云助也。從口又。主謂以口助手。不當入此。謂手助口。宜删。

臂上也。臂手上也。古假弓爲厷。二字古音同也。傳易者江東馯臂子弓。馯姓。臂名。子弓字。名臂故字厷。左穀梁邾黑肱。公羊作黑弓。鄭公孫黑肱字伯張。則肱卽弓也。从又。从古文厷。小篆以厶太古。故加又。古薨切。六部。古文厷。象形。象曲肱。左或从肉。今皆作此。

手指相錯也。謂手指與物相錯也。凡布指錯物閒而取之曰叉。因之凡岐頭皆曰叉。是以首笄曰叉。今字作釵。魚部鰸下云。大如叉股。譙周異物志曰。涪陵多大龜。其甲可以卜。其緣中叉似瑇瑁。俗名曰靈叉。劉逵注蜀都賦。常璩述華陽國志。郭璞注爾雅。皆用其語。緣中叉謂緣可爲釵也。今爾雅注譌作緣中文似瑇瑁。俗呼爲靈龜。自賈公彥周禮疏所引已然矣。从又一。此字今補。象指閒有物也。象叉之形。初牙切。古音在十六部。

手足甲也。叉爪古今字。古作叉。今用爪。禮經假借作蚤。士喪禮蚤揃如他日。士虞禮浴沐櫛搔揃。搔或爲蚤揃。大夫士去國不蚤鬋。蚤皆卽叉字也。鄭注皆云。蚤讀爲爪。讀爲者。易其字也。不易爲叉而易爲爪。於此可見漢人固以爪爲手足甲之字矣。釋名曰。爪紹也。筋極爲爪。紹續指端也。亦不作叉。从又。象叉形。側狡切。古音在三部。

巨也。以疊韵釋之。家長率教者。率同達。先導也。經傳亦借父爲甫。从又舉杖。學記曰。夏楚二物。收其威也。故從又舉杖。扶雨切。五部。

老也。疊韵。方言曰。傁艾。長老也。東齊魯衛之閒。凡尊老謂之傁。或謂之艾。从又灾。鉉本作從又從灾。闕。按此有義有音。則闕者謂從又灾之意不傳也。元應曰。叉音手。手灾者衰惡也。言脉之大候在於寸口。老人寸口脉衰。故從又從灾。也此說葢有所受之。韵會引說文從又灾。灾者衰惡也。葢古有此五字。而學者釋之。穌后切。三部。今字作叟。亦未聞其說。籒文从寸。叜或从人。今左傳如此作。

和也。見釋詁。从言又。會意也。言與手皆所以和之。炎聲。依小徐有聲字。穌叶切。八部。讀若溼。與今切音不同而雙聲。籒文燮从羊。羊音飪。籒文燮如此作。按此重文也。舊不分別出之。殊誤。炎部有燮字。云大孰也。從炎從又持辛。辛者物孰味也。廣韵謂此爲曹憲文字指歸之說。然則炎部葢本無燮字。俗用文字指歸說增之。因羊辛相似。羊音同飪。飪義訓孰。遂依又部之籒文加炎部之小篆。未爲典要。

引也。魯頌毛傳曰。曼長也。从又冒聲。此以雙聲爲聲也。無販切。十四部。

伸也。依宋本。从又冒聲。失人切。十二部。冃古文申。按申部曰。□古文申。□籒文申。然則此古當作籒。

分決也。易象傳曰。夬決也。剛決柔也。从又。屮象決形。鍇曰。コ物也。丨所以決之。古賣切。十五部。

治也。伊下曰。尹治天下。廣韵曰。正也。進也。誠也。从又丿。句 握事者也。又爲握。丿爲事。余準切。十三部。古文尹。各本乖異。今姑從大徐。

叉卑也。各本作叉取。今依類篇作叉。宋本作卑。正叉卑者。用手自高取下也。今俗語讀如渣。若手部云。揸者以鉏物刺而取之也。方言。柤摣取也。南楚之閒凡取物溝泥中謂之柤。或謂之摣。亦此字引伸之義。从又虘聲。側加切。古音在五部。

引也。从又𠩺聲。里之切。一部。

飾也。飾各本作拭。今依五經文字正。巾部曰。飾㕞也。彼此互訓。手部無拭字。彡下云。毛飾畫文也。聿下云。聿飾也。皆卽今之拭字。獨於㕞下改拭。與全書矛盾矣。按拭圭雖見聘禮。然必系俗改。古者拂拭字只用飾。以巾去其塵。故二字皆從巾。去塵而得光明。故引伸爲文飾之義。司尊彝說酌。大鄭云。涚拭勺而酌也。拭釋文作飾。㕞亦通用刷。刀部云。禮有刷巾。卽㕞巾也。从又持巾在尸下。屋字下云。尸象屋形。所劣切。十五部。

逮也。辵部。逮。及也。从又人。及前人也。巨立切。七部。古文及。句 秦刻石及如此。今載史記者。瑯邪臺刻石云。澤及牛馬。碣石刻石云。惠論功勞。賞及牛馬。按李斯作小篆。而刻石仍不廢古文也。亦古文及。按凡字從此。亦古文及。左從辵右。葢從筆。

禾束也。小雅。彼有遺秉。毛云。

反○

反ㄈㄢˇ 𠬝ㄈㄨˊ 叜ㄊㄠ 𠭥ㄓㄨㄟˋ 叔ㄕㄨˊ 村○ 𠬪ㄇㄛˋ 取ㄑㄩˇ 彗ㄏㄨㄟˋ

秉把也聘禮記四秉曰筥注此秉謂刈禾盈手之秉也左傳或取一秉秆焉按經傳假秉爲柄字从又持
禾○兵永切古音在十部反覆也○覆覂也从又必有覆之者厂○各本作厂反形未允韵會
無反形字然則當云厂聲而奪也厂呼旱切反府遠切十四部反古文反𠬝治也○从又
卪○手持節以治之卪事之節○說从卪之意房六切古音在一部叜滑也○詩云叜
兮達兮○今鄭風挑兮達兮乏部引亦作挑毛云挑達往來相見皃按往來相見卽滑泰之意達同泰水部泰
滑也从又屮○土刀切古音在三部按從屮未詳其意蓋從又昔省聲昔幬帳之象從冂㞢其飾也叜從昔
省而弢皷字從之云皆取垂飾意則從叜亦卽從昔也叜弢皆以昔爲聲則謂昔苦江切者非也一曰取
也○義別一𠭥楚人謂卜問吉凶曰𠭥○與祝雙聲从又持祟○讀若
贅○之芮切十五部叔拾也○豳風九月叔苴毛曰叔拾也按釋名仲父之弟曰叔父叔少也於其雙聲

三篇下 丸

疊韵假借之假借既久而叔之本義鮮知之者惟見於毛詩而已从又於此知拾爲本義也尗聲○式竹
切三部汝南名收芌爲叔○言此者箸商周故言猶存於漢之汝南也村叔或从
寸○又寸皆手也故多互用𠬪入水有所取也○从又在回下○莫勃切十五部
回古文回回淵水也○讀若沫○沬各本作沬沬荒內切凡未聲近於十三部凡末聲近於
十四部旻之平音在十三部故知必讀若沫也檀弓瓦不成味鄭曰味當作沬沬靧也此沬亦荒內切酒面也恐人
不了故又以古今字釋之云沬卽今內則之靧字謂瓦器之光澤如酒面然今俗所謂釉也釋文作沬亡葛反與此
沬作法同誤取捕取也○幸部曰執捕罪人也从又耳○七庾切四部周禮獲者
取左耳○大司馬職司馬法曰載獻聝聝者耳也○𠊱周禮又𠊱司馬法釋之以說
從耳之意彗埽竹也○从又持甡○甡衆生並立之皃從甡者取排比之意祥歲切十五部

反𠬝叜𠭥叔𠬪取彗段友度𠂇卑史事

篲○ 𥱊○ 叚ㄐㄧㄚˇ 𠬋○ 叚○ 友ㄧㄡˇ 𠬢○ 習○ 度ㄉㄨˋ

篲彗或从竹○凡帚柔者用荺施於淨處剛者用竹施於薉處𥱊古文彗从竹
習○蓋七部十五部合韵叚借也○人部假云非眞也此叚云借也然則凡云假借當作此字古多借叚
爲叚晉士文伯名匄字伯瑕楚陽匄鄭駟乞皆字子瑕古名字相應則瑕卽叚也禮記公肩假古今人表作公肩瑕
左傳瑕嘉平戎於王周禮注作叚嘉皆同音叚借闕○謂闕其形也其從又可知其餘則未解故曰闕古雅切古
音在五部𠬋古文叚叚譚長說叚如此友同志爲友○周禮
注曰同師曰朋同志曰友从二又相交○二又二人也善兄弟曰友亦取二人而如左右手也云久切三
部𠬢古文友習亦古文友○未詳度法制也○論語曰謹權量審法
度中庸曰非天子不制度今天下車同軌古者五度分寸尺丈引謂之制周禮出其淳制天子巡守禮制幣丈八尺
純三咫純謂幅廣从又○周制寸尺咫尋常仞皆以人之體爲法寸法人手之寸口咫法中婦人手長八寸仞

三篇下 手

法伸臂一尋皆於手取法故從又庶省聲○徒故切五部
文二十八 重十六今別出變字則十七
𠂇左手也○鉉本作𠂇手也非左今之佐字左部曰左𠂇手相左也是也又手得𠂇手則不孤故曰左
助之手象形○反又爲𠂇故相戾曰𠂇臧可切十七部俗以左右爲𠂇又字乃以佐佑爲左右字凡𠂇
之屬皆从𠂇卑賤也執事者从𠂇甲○古者尊又而卑𠂇故從𠂇在甲下甲
象人頭補移切十六部
文二
史記事者也○玉藻動則左史書之言則右史書之不云記言者以記事包之也从又持
中中正也○君舉必書良史書法不隱疏士切一部凡史之屬皆从史事職

𠭁。 支ㄓ 攲ㄑㄧ 𢻰。

也。壹韵職記微也古假借爲士字鄭風曰子不我思豈無他事毛曰事士也今本依傳改經又依經改傳而此傳不可通矣从史㞢省聲。鉏史切一部𠭁古文事。錯曰此則之不省

文二　重一

支去竹之枝也。从手持半竹。此於字形得其義也章移切十六部凡支之屬皆从支。𢻰古文支。上下各分竹之半手在其中攲持去也。支有持義故持去之攲從支宗廟宥座之器曰攲器按此攲當作戲危部曰戲戲䧟也竹部箸訓飯攲此攲亦當作戲箸必邪用之故曰飯攲廣韵攲不正也玉篇曰攲今作不正之攲从支奇聲。去奇切按廣韵曰說文居宜切此本音隨蓋後人借爲攲字從危讀去奇切也攲奇聲古在十七部攲支聲古在十六部

文二　重一

三篇下

聿ㄋㄧㄝ 肄ㄧˋ 𦘒。 肄。 肅ㄙㄨˋ 𢗞。 聿ㄩˋ

聿手之疌巧也。从又持巾。尼輒切八部凡聿之屬皆从聿。肄習也。从聿𣏟聲。羊至切十五部𦘒籒文肄。此依小徐右從聿左從籒文𣏟也肄篆文肄。按此條先以古文亦上部之例也必先古文者古文從聿篆不從聿也各本篆文右從聿則何不以篆文居首哉肄從隶而隸作肄肄亦同也類篇不誤今正矣古文矢字𠂤疑二字從之此亦從矣聲也肅持事振敬也。廣韵恭也敬也戒也進也疾也按訓進者𧗿之假借訓疾者速之假借皆見遽从聿在𣶒上。會意戰戰兢兢也。引詩說從𣶒之意也息逐切三部𢗞古文肅从心卪。聖達節次守節下失節故從卪

文三　重三

聿所以書也。以用也聿者所用書之物也凡言所以者視此楚謂之聿。吳謂之不律。燕謂之弗。一語而聲字各異也釋器曰不律謂之筆郭云蜀人呼筆爲不律也語之變轉按郭云蜀語與許異郭注爾雅方言皆不偁說文弗同拂拭之拂从聿一。各本作一聲今正此從聿而象所書之牘也余律切十五部凡聿之屬皆从聿。筆秦謂之筆。从聿竹。鄙密切古音在十五部𦘔聿飾也。飾今之拭字攴下詳之矣彡下曰毛飾畫文也象形謂以毛拭畫成文彡象其文形也𦘔者筆之所拭文成彡形故從聿從彡楚金以妝飾解之繆矣从聿从彡。會意俗語以書好爲𦘔。此別一義今人所謂津津𦘷𦘷者蓋出此歎羨其好則口流津液音義皆與𦘔通讀若津也。將鄰切十二部書箸也。此琴禁鼓郭之例以疊韵釋之也敘目曰箸於竹帛謂之書書者如也箸於竹帛非筆末由矣从聿者聲。商魚切五部

文四

三篇下

筆ㄅㄧˇ 𦘔ㄐㄧㄣ 書ㄕㄨ 畫ㄏㄨㄚˋ 𤱪。 劃。 晝ㄓㄡˋ 𦘠。 隶ㄉㄞˋ 隸ㄉㄞˋ

畫介也。介各本作畍此不識字義者所改今正八部曰介畫也從八從人人各有介从聿。二字今補象田四介。田之外橫者二直者二今篆體省一橫非也聿所以畫之。說從聿之意引伸爲繪畫之字胡麥切十六部凡畫之屬皆从畫。𤱪古文畫。古文從聿田此依錯本𢻻亦古文畫。依錯本按刀部有劃字晝日之出入與夜爲介。从畫省从日。按今篆體蓋亦少一橫陟救切四部𦘠籒文晝。按省下一橫者至夜則日在下未嘗息也

文二　重三

隶及也。此與辵部逮音義皆同逮專行而隶廢矣从又尾省。又持尾者從後及之也。徒耐切古音在十五部凡隶之屬皆从隶。隸及也。釋言毛傳方言

隸ㄌㄧˋ　𨽾。

皆曰迨及也此與歺部殆音義皆同殆危也危猶及也从隶枲聲。徒耐切一部詩曰。隸天之未陰雨。豳風文今詩作迨俗字也

隸附箸也。附當是本作坿淺人改也周禮注隸給勞辱之役者漢始置司隸亦使將徒治道溝渠之役後稍尊之使主官府及近郊左傳人有十等輿臣隸按隸與僕義同皆訓坿从隶柰聲。郎計切十五部𨽾篆文隸从古文之體。按此云篆文則上古文也先古後篆亦丄部之例但先古後篆必古從隶篆不從隶乃合各本隸𨽾俱從隶則何取爾有以知篆文必非從隶矣九經字樣云𨽾字故從又持米從柰聲又象人手經典相承作隸已久不可改正元應書曰字從米𣪊聲𣪊从又從祟音之紺切考楊君石門頌王純碑作𨽾與字樣合魯峻碑作隸與元應合二人所謂蓋皆謂說文而右旁皆作柰元應說似近是蓋即說文之篆文也說文因小篆作隸故不得先舉篆而系以古文以其形與古文略相似也故依革弟民酉之例云從古文之體至元應乃說之曰從米𣪊聲𣪊之芮切從米則唐元度說以

三篇下　一一五

周禮曰奴男子入于罪隸女子入于舂槀

文三　重一

臤ㄑㄧㄢ　緊ㄐㄧㄣˇ

臤堅也。从又臣聲。謂握之固也故從又凡臤之屬皆从臤。讀若鏗鏘之鏗。謂讀同鏗也鏗從堅聲堅從臤聲古音在十二部今音鏗在耕韵非也臤今音苦閑切古文㠯爲賢字。凡言古文以爲者皆言古文之假借也例見中部漢校官碑親臤賓智又師臤作朋圍三老袁良碑優臤之寵按漢魏人用優賢字皆本今文般庚優賢揚歷句蓋今文般庚固以臤爲賢也

緊纏絲急也。緊急雙聲此字別作経玉篇引成公四年鄭伯経卒古千古兩二切考左作堅公作臤穀作賢則別本作経必矣臣聲與臤聲一也而顧譽譌作経釋名云絹経也其絲経厚而疏也是其譌久矣集韵養韵作経舉兩切先韵作経緊也經堅河經天切是宋時故有経字特丁度等不能用正経之譌又不知即是緊字耳春秋鄭伯経經文不

堅ㄐㄧㄢ　豎ㄕㄨˋ　豎。　臣ㄔㄣˊ　𦣞ㄍㄨㄤˋ

載考經字者所當知从臤絲省。糾忍切十二部堅土剛也。土字今補周禮草人騂剛用牛九章筭術穿地四爲壤五爲堅三引伸爲凡物之剛如云臤堅也是也从臤土。按緊堅不入糸土部者說見丩部下古賢切十二部

豎豎立也。豎立謂堅固立之也豎與封音義同而豎從臤故知爲堅立周禮內豎鄭云豎未冠者之官名蓋未冠者才能自立故名之豎因以爲官名豎之言孺也从臤豆聲。臣庾切古音在四部豎籒文豎从殳。

文四　重一

臣牽也。以疊韵釋之春秋說廣雅皆曰臣堅也白虎通曰臣者繵也屬志自堅固也事君者。者各本作也今正象屈服之形。植鄰切十二部按論語音義惡植鄰切古臣字陸時武后字未出也武后埊恶二字見戰國策六朝俗字也凡臣之屬皆从臣。

𦣞乖也。从二臣相違。讀若誑。居況切十部按亣部奰以爲聲

三篇下　一一四

臧ㄗㄤ　臧。　殳ㄕㄨ

臧善也。釋詁毛傳同按子郎才郎二反本無二字凡物善者必隱於內也以從艸之藏爲臧匿字始於漢末改易經典不可從也又贓私字古亦用臧从臣戕聲。則郎切十部臧籒文。按宋本及集韵類篇皆從二今本下從土非

文三　重一

殳㠯杸殊人也。杖各本作杸依太平御覽正云杖者殳用積竹而無刃毛傳殳長丈二而無刃是也殊斷也以杖殊人者謂以杖隔遠之釋名殳殊也有所撞挃於車上使殊離也殳殊同音故謂之殳猶以近窮遠謂之弓也周禮。周字今補下文所說皆出於周禮也殳㠯積竹。以積竹者用積竹爲之漢書昌邑王道買積竹杖文穎曰合竹作杖也竹部曰籚積竹矛㦸矜也木部曰欑積竹杖也柲欑也考工記注曰籚謂矛㦸柄竹欑柲凡戈矛柄皆積竹而殳無金刃故專積竹杖之名籚人爲之八觚。考工記注云凡矜八觚此無刃

祋杸毄㱿炈𣪘𣪠豛毆敲殿殹

祋ㄉㄨㄟˋ　杸ㄕㄨ　毄ㄐㄧˊ　㱿ㄑㄩㄝˋ　炈ㄓㄣˋ　𣪘ㄊㄡˊ

竹八觚也。長丈二尺。建於兵車。考工記曰廬人爲廬器殳長尋有四尺車有六等之數車軫四尺戈崇於軫四尺人崇於戈四尺殳崇於人四尺車戟崇於殳四尺酋矛崇於戟四尺注云此所謂兵車也殳戟矛皆插車輢旅賁㠯先驅。周禮旅賁氏掌執戈盾夾王車而趨葢亦執殳矣詩曰伯也執殳爲王前驅从又几聲。市朱切古音在四部凡殳之屬皆从殳。

祋殳也。見毛傳从殳示聲。丁外切十五部或說城郭市里高縣羊皮有不當入而欲入者暫下㠯驚牛馬曰祋。此別一義祋與咄義同詩曰何戈與祋。曹風文此證前一義

杸軍中士所持殳也。軍中士所持殳不必皆用積竹故字從木从木殳。市朱切古音在四部司馬法曰執羽從杸。從字依廣韵

毄相擊中也。考工記毄兵同強兼戈戟殳言之秘弓毄摩注毄拂也手部曰拂過擊也惟記文用此字本義若司門祭祀之牛牲毄焉校人三皁爲毄毄一馭夫六毄爲廏廏一僕夫皆假借爲系字今之繫也易毄辭釋文作此字故云系也字從毄若直作毄下系者音口奚反非此謂繫乃說文繫𦃇字毄辭不當作繫也漢書景帝詔農桑毄畜注食養之音如車相擊。故从殳軎也。擊本從手今正擊車轄相擊也轄亦舝字車軸耑鍵也軎車軸耑也殳可用擊之物故從殳軎取意於車相擊也古歷反十六部

㱿從上擊下也。從上擊下正中其物確然有聲从殳青聲。苦角切三部凡榖㲉聲字以爲聲大小徐皆云青口江切今廣韵四江無㱿在三部則青古音亦在三部可知音轉讀如鞘土刀切一曰素也。素謂物之質如土坏也今人用腔字說文多作空空與㱿義同俗作殼或作㲉哭會閒音哭殼外堅也

炈下擊上也。廣雅四曰炈禁也謂禁上使不得下也从殳冘聲。知朕切八部

𣪘繇擊也。繇說文作繇隨從也說文無遙字此卽其遙字繇擊者遠而擊之如良與客狙擊秦皇帝博浪沙中也从殳豆聲。度侯切四部古

三篇下　廿五

𣪠ㄔㄡˊ　豛ㄓㄨㄛˊ　毆ㄡ　敲ㄑㄧㄠ　殿ㄉㄧㄢˋ　殹ㄧˋ

文投如此。投各本譌作殺今正投殳聲𣪘豆聲殳豆同在古音四部也此五字葢後人所註記語假令果是古文投則許之例當入手部投下重文矣投下云擿也此云遙擊則義固別

𣪠縣物𣪠擊也。此與手部擣音義同擣手椎也从殳𠭰聲。帀流切三部

豛椎毄物也。謂用椎擊中物與攴部𢾕木部椓音義略同从殳豖聲。各毒切廣韵竹角切三部

毆捶毄物也。捶以杖擊也因謂杖爲捶捶毄物者謂用杖擊中人物也按此字卽今經典之毆字廣韵曰俗作毆是也唐石經周禮射鳥氏以弓矢毆鳥鳶方相氏索室毆疫入壙以戈擊四隅毆方良冥氏以靈鼓毆之庶氏凡毆蠱則令之比之壺涿氏以炮土之鼓毆之今版本皆作毆唐刻獨不誤張參五經文字殳部毆一口反支部無毆殳部毆字正爲經典而出特未嘗著之曰又起俱反俗作毆耳毆謂捶毄物故以弓矢以戈以靈鼓以炮土之鼓皆捶擊意也區聲古音在四部讀一口反音轉入五部釋文讀起俱丁于反淺人乃分析一口爲毆打之字起俱丁于爲驅逐之字誤矣又云毆是馬部驅之古文夫毆在馬部爲古文驅在殳部爲俗毆字無緣牽合驅訓馬馳毆訓捶毄試思爲淵毆魚爲叢毆爵之類可改爲驅魚驅爵乎鄭注周禮曰凡言毆者所以毆之納之於善豈可改爲驅之納之於善乎卽古閒有假借通用唐石經閒不可易也。又按此部自殺而下言擊者八言毄者二不應錯出不倫葢擊字皆本作毄淺人改之而未盡擊攴也攴小毄也與毄字義異从殳區聲。烏后切四部

敲擊頭也。淮南書曰以年之少爲閒丈人說事救敵不給何道之能明也高注老人敎其頭自救不暇按敵當作敲呂氏春秋曰死而操金椎以葬曰下見六王五伯將敲其頭矣按敲今本譌毅从殳高聲。口卓切二部

殿擊聲也。此字本義未見假借爲宮殿字燕禮注人君爲殿屋疏云漢時殿屋四向流水廣雅曰堂堭殿也爾雅無室曰榭郭注卽今堂堭然則無室謂之殿矣又假借爲軍後曰殿从殳𡱂聲。堂練切古音在十三部

殹擊中聲也。此字本義亦未見酉部醫從殹王育說殹惡姿也一曰殹病聲也此與毄中聲義近

三篇下　廿六

段殻𣪊毅𣪘役𣪏殺弒几殳

秦人借爲語詞詛楚文禮使介老將之以自救殹薛尚功所見秦權銘其於久遠殹石鼓文汧殹沔沔權銘殹字琅邪臺刻石及他秦權秦斤皆作也然則周秦人以殹爲也可信詩之兮字偁詩者或用也爲之三字通用也 从殳医聲 於計切十五部

段 椎物也 用椎曰椎考工記段氏爲鎛器徐丁亂反劉徒亂反徐音是也鎛欲其段之堅故官曰段氏函人職曰凡甲鍛不摯則不堅鍛亦當作段金部曰鍛小冶也小冶小鑄之竈也後人以鍛爲段字以段爲分段字讀徒亂切分段字自應作斷叚古今字之不同如此大雅取厲取碫毛曰碫段石也鄭曰段石所以爲段質也古本當如是石部碫段石也從石段春秋傳鄭公孫段字子石古本當如是段石與厲石各物說文訓詁多宗毛傳 从殳耑省聲 徒玩切十四部

殻 擊空聲也 从殳宮聲 徒冬切又火宮切九部按亦作殺枯公切

𣪊 相𣪊鎗也 食貨志鑄錢之情非殺𣪊爲巧則不可得贏按殺謂𣪊以鉛鐵也董仲舒傳賢不肖混殺經典借爲脊字禮記借爲效字 从殳 取擸之意 脊聲 胡茅切二部

毅 妄怒也 坐下曰妄生也凡氣盛曰妄 一曰毅有決也 中庸曰發強剛毅左傳曰殺敵爲果致果爲毅苞注論語曰毅強而能決斷也 从殳 取用武之意 豙聲 按豙從辛五經文字曰從辛省非也豨省從辛省耳魚旣切十五部

𣪘 揉屈也 說文有揉無揉煣屈申木也煣屈謂柔而屈之廣韵曰強擊正與柔屈相反 从殳㿝 殳者有力之物而精謹也㿝小謹也居又切三部 㿝古𠧪字 當云古文𠧪斤部云㿝古文𠧪字是也 廏字从此

役 戍邊也 依韵會訂戍守邊也司馬法曰弓矢圍殳矛守戈戟助凡五兵長以衛短短以救長按圍古禦字今周禮注作圉謨殳所以守也故其字從殳引伸之義凡事勞皆曰役又生民詩禾役穟穟役者穎之假借禾部穎引詩作禾穎 从殳彳 彳取巡行之意營隻切十六部 𠈌 古文役从人 與戍從人持戈同意

𣪏 毅改 逗 大剛卯也目逐精鬽 鬽各本作鬼今正王莽傳剛卯金刀之利皆不得行服虔晉灼注司馬彪輿服志言其制詳矣按毅從殳者謂其可擊鬼也 从殳豕聲 古哀切廣韵音開一部

文二十 重一

殺 戮也 戈部曰戮殺也 从殳杀聲 鉉等曰說文無杀字相傳音察按張參曰杀古殺字張說似近是此如本作朮或加禾爲秫所八切十五部 凡殺之屬皆从殺 𢽸 古文殺 按鉉本宋刻無此字李燾本同 𢼛 古文殺 𣪩 古文殺 杀 古文殺 按此蓋即杀字轉寫譌變耳加殳爲小篆之殺此類甚多古文四聲韵杀爲𣪩𣪩裕爲𢽸古杀爲說文則夏氏所據說文爲善本正與張參說合首字下當云從殳從杀杀或譌爲杀聲也 𣫉 籀文殺 按鉉本宋刻無此字李燾本同類篇云史文殺作殺臣光曰說文失收故集韵今不載然則司馬公所據鉉本無殺信矣今版本依錯本增之耳考工記𢾋字不識何以從閃今據殳部古文役殺部籀文殺殳皆作殳求之知殳譌爲閃頗釋此疑學者觕類而長之可也

弒 臣殺君也 經傳殺弒二字轉寫旣多譌亂音家又或拘泥中無定見多有殺讀弒者按述其實則曰殺君正其名則曰弒君春秋正名之書也故言弒不言殺三傳述實以釋經之書也故或言殺或言弒不必傳無殺君字也許釋弒曰臣殺君此可以證矣殺在古音十五部弒在一部本不相通也弒漢石經公羊作試二字同式聲也白虎通引春秋讖曰弒者試也欲言臣子殺其君父不敢卒候閒司事可稍稍試之釋名曰弒伺也說同皆本文言傳之意 易曰臣弒其君 文言傳文 从殺省式聲 式吏切一部

文二 重五 宋刻作重四實重三李燾作重三錯本作重四實重五

几 鳥之短羽飛几几也 象形 凡几之屬皆从几 讀若殊 市朱切按以殳從几聲求之古音在四部

殳 新生羽而飛 此與彡部彡音同形似而義殊 从

几从彡 从几而象其形也之忍切十三部

舒鳧逗 鶩也 釋鳥曰舒鴈鵝舒鳧鶩內則注同舍人李巡云野曰鴈家曰鵝野曰鳧家曰鶩按野曰鴈鳧而畜於家者曰舒鴈舒鳧是爲鵝鶩舒者謂其行舒遲不畏人也詩弋鳧與鴈以及他言鴻鴈鳧鷖皆謂野鳧非舒鳧舒鴈也大雅傳曰鳧水鳥也鷖鳧屬也然則說文於鳧下舉舒鳧蓋謂統言可不別但云舒鳧則固析言之矣尋許意不以鳧入鳥部而入几部此句ㄐ二部之例鳧之羽短不能飛故其字從几豈知野鳧亦短羽而能飛乎 从几鳥几亦聲 各本作從鳥几聲今補正房無切古音蓋在四部

文三

十分也 度別於分忖於寸禾部曰十髮爲程一程爲分十分爲寸 人手卻一寸動𧖴謂之寸口从又一 卻猶退也距手十分動𧖴之處謂之寸口故字从又一會意也周禮注云脈之大候要在陽明寸口倉困切十三部 凡寸之屬皆从寸

廷也 廴部曰廷朝中也漢書注曰凡府庭所在皆謂之寺釋名寺嗣也治事者相嗣續於其內廣韵寺者司也官之所止有九寺按經典假寺爲侍詩瞻卬傳曰寺近也周禮注曰寺之言侍也凡禮詩左傳言寺人皆同若漢西域白馬駝經來初止於鴻臚寺遂取寺名初置白馬寺此名之不正者也 有法度者也从寸 考工記曰市朝一夫注云方各百步知天子三朝各方百步其諸侯大夫之制未詳步必積寸爲之言法度字多從寸又部曰度法制也 㞢聲 祥吏切一部

帥也 帥當作衛行部曰衛將也二字互訓儀禮周禮古文衛多作率今文多作帥毛詩率時農夫韓詩作帥說詳周禮漢讀考帥者佩巾漢人假爲率字率亦衛之假也許造說文當是本作將衛也以自伸其說經轉寫改竄而非舊矣後人謂將帥二字去聲與平聲之將入聲之帥別者古無是說也毛詩將字故訓特多大也送也行也養也齊也側也願也請也此等或見爾雅或不見皆各依文爲義亦皆就疊韵雙聲得之如願請是一義將讀七羊反故釋爲請也將讀即羊反故皇矣傳釋爲側釋言及楚茨傳釋爲齊齊徐仙民周禮音將細反皆雙聲也釋言將齊也郭云謂分齊也引詩或肆或將此甚明晝或肆蒙或剝言剝之乃陳於互也或將蒙或烹言烹之必劑量其水火及五味之宜故云齊其肉也如是乃以祼祭于祊詩爾雅疏皆不了故箸之 从寸 必有法度而後可以主之先之故從寸 酱省聲 即諒切十部

繹理也 謂抽繹而治之凡治亂必得其緒而後設法治之引伸之義爲長方言曰尋長也海岱大野之閒曰尋自關而西秦晉梁益之閒凡物長謂之尋周官之法度廣爲尋古文禮假尋爲㝷有司徹乃㝷尸俎注㝷溫也古文㝷皆作尋記或作尋春秋傳若可尋也亦可寒也案左傳服注尋之言重也溫也論語何注溫尋也互相發明俗本禮注作燖誤 从工口从又寸 工口亂也 又寸分理之也 彡聲 徐林切七部 此與𤔔同意 說見𤔔下 度人之兩臂爲尋八尺也 此別一義亦因从寸及之考工記曰澮廣二尋

六寸簿也 說文無簿有薄蓋後人易艸爲竹以分別其字耳六寸薄蓋笏也曰部云曶佩也無笏字釋名曰笏忽也君有命則書其上備忽忘也或曰薄可以簿疏物也徐廣車服儀制曰古者貴賤皆執笏即今手版也杜注左傳珽玉笏也若今吏之持簿蜀志秦宓見廣漢太守以簿擊頰裴松之曰簿手版也六寸未聞疑上奪二尺字玉藻曰笏度二尺有六寸此法度也故其字從寸 从寸叀聲 職緣切十四部 一曰專紡專 小雅乃生女子載弄之瓦毛曰瓦紡專也糸部紡綱絲也綱絲者以專爲錘廣韵曰鏄紡錘是也今專之俗字作甎塼以專爲嫥壹之嫥廣韵曰擅也單也政也誠也獨也自是也

布也 祭義溥之而橫乎四海釋文溥本或作尃同芳于反今刻云或作敷繆也集韵韵會可證說卦傳震爲尃鄭虞姚皆同王肅干寶作尃干云花之通名爲鋪花皃謂之藪漢書上林賦布結縷史記布作尃徐廣曰尃古布字按尃訓布也非一字 从寸 凡數敷必有法度而後行故从寸 甫聲 芳無切五部

導 此復舉字未刪者 引也 經傳

多假道爲導。義本通也。从寸。引之必以法度。道聲。徒皓切。廣韵徒到切。古音在三部。

文七

皮　剝取獸革者謂之皮。剝，裂也。謂使革與肉分裂也。云革者，析言則去毛曰革，統言則不別也。云者者，謂其人也。取獸革者謂之皮。皮被柀析也。見木部。因之所取謂之皮矣。引伸凡物之表皆曰皮。凡去物之表亦皆曰皮。戰國策言皮面抉眼。王褒僮約言落桑皮椶。釋名言皮瓠以爲蓄。皆是。从又，又手也。所以剝取也。爲省聲。符羈切。古音爲皮皆在十七部。凡皮之屬皆从皮。㞼　古文皮。篋　籒文皮。从竹者，葢用竹以離之。

皰　面生气也。玉篇作面皮生氣也。元應書一作面生熱氣也。淮南濆小皰而發痤疽。高曰：皰，面氣也。元應引作靤。从皮包聲。旁教切。古音在三部。

皯　面黑气也。列子曰：燋然肌色皯黣。从皮干聲。古旱切。十四部。

文三　重二

㼱　柔韋也。柔者，治之使鞣也。韋，可用之皮也。考工記注曰：蒼頡篇有㼱㼱。从北，鉉曰：從北者，反覆柔治之也。从皮省，謂㕙也，非耳非瓦。今篆下皆作瓦矣。从夐省聲。各本無聲，今補。夐古音在十四部，此省其上下，取冂爲聲也。而兖切。十四部。凡㼱之屬皆从㼱。讀若耎。一曰若儁。儁同俊，人部有俊無儁。㕙　古文㼱。从皮省从人，人治之。夐　籒文㼱从夐省。下從皮省，上從夐省。

𦐇　羽獵韋絝。羽獵見高唐賦、揚雄傳。服虔曰：士卒負羽也。从㼱，柔韋爲絝。弁聲。按火部二部無弁字，而此部有𦐇，人部有倂，舟部有朕，皆從弁聲。然則今本說文奪弁字無疑。其義未聞。其音則倂、朕、勝、騰、滕、縢皆在六部。𦐇本音葢在六部，轉入九部也。而隴切。

褎　虞書曰：虞書當作唐書。鳥獸褎毛。堯典文。今尚書作氄。毛部作毴，云盛毛也。此作褎，葢彼古文，此今文之異與。从朕从衣。小徐本如是，而注之曰此亦闕。字大徐因倒之，云或從衣從朕。虞書曰鳥獸褎毛。今依小徐者，仍舊也，闕疑也。朕聲古在六部，轉入九部。

文二　文三鉉作　重三　重二鉉作

攴　小擊也。手部曰：擊，攴也。此云小擊也，同義而微有別。按此字從又卜聲，又者手也。經典隸變作扑。凡尚書、三禮鞭扑字皆作扑。又變爲手，卜聲不改。葢漢石經之體。此手部無扑之原也。唐石經初刻作朴，從木者，唐元度覆按正之，從手是也。豳風八月剝棗，假剝爲攴。毛曰：擊也。音義曰：普卜反。从又卜聲。普木切。三部。凡攴之屬皆从攴。

啟　教也。从攴启聲。康禮切。十五部。論語曰：不憤不啟。述而篇文。

徹　通也。孟子曰：徹者，徹也。鄭注論語曰：徹，通也。爲天下通法也。按詩徹彼桑土，傳曰：裂也。徹我牆屋，曰：毀也。天命不徹，曰：道也。徹我疆土，曰：治也。各隨文解之，而通字可以隱栝。古有徹無轍。

从彳从攴从育。葢合三字會意，攴之而養育之，而行之，則無不通矣。毛傳所謂治也。丑列切。十五部。一曰相臣。疑有譌。鉉本無此四字。徹　古文徹。中從鬲。

敏　疾也。釋詁、毛傳同。从攴每聲。眉殞切。古音在一部。生民詩履帝武敏，釋訓：敏，拇也。謂敏爲拇之假借。拇，足大指也。古作母。

敃　彊也。釋詁：昬、暋，強也。按說文暋作𢼸，冒也，則許所據爾雅作敃，強也。昬字從氏省，不從民聲。自俗寫𢼸譌，音韵亦亂。玉篇謂敃、𢼸同字，是也。从攴民聲。眉殞切。十二部。

敄　彊也。从攴矛聲。亡遇切。古音在三部。

敀　迮也。迮，起也。敀者，起之也。與迫音義同。从攴白聲。博陌切。古音在五部。周書曰：常敀常任。立政篇文。按漢人所用皆作常伯。今尚書作伯，許所據絕異者，壁中古文多假借字也。以敀爲伯，如洪範以玫爲好，顧命以莫爲蔑，牧誓以恒爲桓，皆壁中古文假借。今尚書作伯、好、蔑、桓者，孔安國以今文字讀古文而易之，而漢世言古文尚書者因之，如杜子春、鄭司農讀周禮故書往往易其

字而許叔重鄭康成多因之其理一也杜子春已改之周禮其故書古字猶存於鄭注孔安國已改之尚書其壁中古文之字猶存於說文

整 齊也。齊者禾麥吐𥝩上平也引伸爲凡齊之偁 从攴从束正。正亦聲。之郢切十一部

效 象也。象當作像人部曰像似也毛詩君子是則是傚又民胥傚矣皆效法字之或體左傳引詩民胥效矣是也彼行之而此效之故俗云報效云效力云效驗廣韵云俗字作効今俗分別效力作効效法作效尤爲鄙俚效法之字亦作爻毄辭爻法之謂坤是亦作殽禮運殽以降命是亦作詨儀禮注引詩君子是則是詨是皆假借也 从攴交聲。胡教切二部

故 使爲之也。今俗云原故是也凡爲之必有使之者使之而爲之則成故事矣引伸之爲故舊故曰古故也墨子經上曰故所得而後成也許本之 从攴 取使之之意 古聲。古慕切五部

政 正也。論語孔子曰政者正也 从攴正。正亦聲。之盛切十一部

𢻫 敷也。今字作施施行而𢻫廢矣施旗旖施也經傳多假借 从攴也聲。讀與施同。式支切古音在十七部

敷 𢻫也。此與寸部尃音義同 从攴尃聲。芳無切五部俗作敷古寸與方多通用 周書曰。用敷遺後人。顧命文

敟 主也。廣韵典字下曰主也常也法也經也按凡典法典守字皆當作敟經傳多作典典行而敟廢矣 从攴典聲。多殄切十二部

𢿢 數也。大雅其麗不億毛曰麗數也方言作數亦云數也蓋𢿢是正字麗是假借字從麗者麗兩也兩兩而數之也 从攴麗聲。力米切古音在十六部曹憲引說文李衣反益本音隱

數 計也。六藝六曰九數今九章筭術是也今人謂在物者去聲在人者上聲昔人不盡然又引伸之義分析之音甚多大約遠與密二義可包之 从攴婁聲。所矩切古音在四部

潄 辟潄鐵也。張協七命乃鍊乃鑠萬辟千灌李注辟謂疊之灌謂鑄之引典論魏太子丕造百辟寶劍又引王粲刀銘灌辟以數質象以呈技辟者襞之假借也潄者段也㒸取精鐵不計數揩𡏟段之因名爲辟潄鐵也 从攴

湅。從攴者取段意湅者澗也從湅取簡擇之意湅亦聲郎電切十四部

孜 孜孜。二字今補 汲汲也。廣雅孜孜汲汲劇也按汲汲與彶彶同急行也 从攴子聲。子之切一部 周書曰。孜孜無怠。大誓篇文見詩文王正義引又見史記周本紀字作孳孳按伏生二十八篇本無大誓民間後得大誓博士習而讀之合二十八篇爲二十九篇司馬遷史記董仲舒對策劉向說苑及終軍班伯谷永匡衡平當奏對多用之此今文大誓也孔安國得壁中古文有大誓三篇古文家馬鄭王皆作注與今文字或異如旅爲雕馬曰雕鷙鳥此古文大誓作雕之證尚書大傳鄭所引禮說周本紀董仲舒傳皆作烏此今文大誓作烏之證鄭注云雕當爲雅雅烏也此據今文正古文也說文此及搯下族下所引皆古文大誓也許作孜史記作孳蓋亦古文今文之異也唐孔穎達賈公彥謂枚賾本三篇爲眞古文則不得不謂馬鄭王所注爲今文大誓詳見古文尚書撰異

攽 分也。从攴分聲。此形聲包會意 周書曰。乃惟孺子攽。雒誥文今尚書作頒蓋孔安國以今文字易之周禮亦作頒當是攽爲正字頒爲假借字鄭司農云頒讀爲班布之班據許所偁古文則當云頒當爲攽不爾者漢時攽字不行也馬注尚書頒猶分也云猶者頒訓大大則必分非可徑訓分也故云猶 讀與彪同。分聲彪聲本皆在十三部徐仙民於周禮頒音墳於書音甫云反是也音轉入十四部布還切

𢼂 止也。𢼂扞古今字扞行而𢼂廢矣毛詩傳曰干扞也謂干爲扞之假借實則干爲𢼂之假借也手部曰扞忮也 从攴旱聲。侯旰切十四部 周書曰。𢼂我于艱。文侯之命篇文今作扞

敳 有所治也。左傳八凱有隤敳 从攴豈聲。讀若豤。此十五部十三部合音也今音五來切非是豤鍇本作墾

敞 平治高土可以遠望也。惟平治故字從攴後人乃譌高土可以遠望爲敞而昧其本始矣 从攴尚聲。昌兩切十部

敒 理也。從攴伸聲。直刃切十二部按直刃乃誤同敒音耳東京賦振天維衍地絡衍謂申布也玉篇余忍切衍當是敒之或體

改ㄍㄞˇ 變ㄅㄧㄢˋ 更ㄍㄥ 敕ㄔˋ 敊ㄋㄧㄝˋ 斂ㄌㄧㄢˇ 敹ㄌㄧㄠˊ 敿ㄐㄧㄠˇ 敆ㄍㄜˊ 敶ㄓㄣˋ

改更也○从攴己聲○或無聲誤古亥切一部變更也○从攴䜌聲○祕戀切十四部更改也○更訓改亦訓繼不改爲繼改之亦爲繼故小雅毛傳曰庚續也用部庸下曰庚更事也列子云五年之後心庚念是非口庚言利害七年之後從心之所念庚無是非從口之所言庚無利害皆假庚爲更今人分別平去二音非古也从攴丙聲○古孟切又古行切古音在十部敕誡也○言部曰誡敕也二字互訓小雅毛傳曰敕固也此謂敕卽飭之假借飭致堅也後人用勑爲敕力部勑勞也洛代切又或從力作勑一曰二字今補臿地曰敕○此別一義凡植物地中謂之菑或作傳事剚鍤側吏初吏二切敕與初吏一切正同部雙聲也臿者今之插字漢人祇作臿从攴束○各本有聲誤今刪攴而收束之二義皆於此會意非束聲也恥力切一部敊使也○从攴耴省聲○而涉切八部斂收也○从攴僉聲○良冉切七部敹擇也○粊誓某氏注言當善簡汝甲胄與許說合鄭注敹謂穿徹之从攴宷○各本有聲誤今刪宷或罙字冒也從攴宷者敹其冒昧而擇之洛蕭切依今音在二部周書曰○敹乃甲胄○敿繫連也○繫當作系粊誓某氏注云施汝盾紛王云敿盾當有紛繫持之鄭云敿猶繫也按鄭云猶者鄭意敿是嬌拂之傳嬌之而後繫之非一事也敿不謂繫故云猶許云繫連者謂繫而連之秦風龍盾之合毛云合而載之左傳齊子淵捷從泄聲子射之中盾瓦繇朐汏輈匕入者三寸詳傳文盾正蔽車前必聯合之以爲車蔽故云繫連凡字有專釋經者敿敿是也从攴喬聲○周書曰○敿乃干○讀若矯○居夭切二部敆合會也○見釋詁今俗云敆縫从攴合○合亦聲○古沓切七部敶列也○韓詩借彼南山惟禹敶之爾雅郊外謂之田李巡云田敶也謂敶列種穀之處敶者敶之省素問注云敶古陳字是也此本敶列字後人假借陳爲之陳行而敶廢矣亦本軍敶字兩下云陳若軍敶之敶是也後人別製無理之陣字陣行而敶又廢矣从攴陳聲○直刃切廣韵十七眞曰敶

三篇下

敵ㄉㄧˊ 救ㄐㄧㄡˋ 敓ㄉㄨㄛˊ 斁ㄧˋ 赦ㄕㄜˋ 攸ㄧㄡ 赦○ 汥○

者陳之古文古文當作古字十二部敵仇也○仇讎也左傳曰怨耦曰仇仇者兼好惡之詞相等爲敵因之相角爲敵古多假借適爲敵襍記訃於適者史記適人開戶適不及拒荀卿子天子四海之內無客禮告無適也文子一曰一也者無敵之道也按後人取文子注論語曰敬者主一無適之謂適讀如字夫主一則有適矣乃云無適乎敬者持事振敬非謂主一也淮南書曰一者萬物之本也無適之道也與文子同正作敵从攴啻聲○徒歷切十六部救止也○論語子謂冉有曰女弗能救與馬曰救猶止也馬意救與止稍別許謂凡止皆謂之救从攴求聲○居又切三部敓彊取也○此是爭敓正字後人假奪爲敓奪行而敓廢矣周書曰○敓攘矯虔○呂刑篇文今尚書作奪此唐天寶衛包所改凡尚書之字有古文家改壁中相沿已久者有衛包所改者皆可分別考而知之詳見古文尚書撰異唐人尚用敓字陸宣公集有敓數是也从攴兌聲○徒活切十五部斁解也○此與釋音義同後人區別之从攴睪聲○羊益切古音在五部詩曰○服之無斁○周南文斁猒也○見釋詁毛傳按此三字釋所引詩之斁以別於上文解訓此全書之一例也猒同猒飽也經典亦假射爲斁一曰終也○此別一義赦置也○网部曰置赦也二字互訓赦與捨音義同非專謂赦罪也後捨行而赦廢赦專爲赦罪矣从攴赤聲○始夜切古音在五部赦或从亦○亦聲古在五部攸行水也○戴侗曰唐本作水行攸攸也其中從巛按當作行水攸攸也行水順其性則安流攸攸而入於海衛風傳滺滺流皃是也作滺者俗變也左傳說火曰鬱攸從之蒙葺公屋火之行如水之行故曰鬱攸大雅曰爲韓姞相攸釋言攸所也水之安行爲攸故凡可安爲攸又借爲逌字逌气行皃水行之攸气行之逌皆主和緩故或用攸或用逌从攴从人水省○攴取引導之意人謂引導者以周切三部汥秦刻石嶧山句石文攸字如此○人省水不省嶧山石文史記不載其文曰登于繹山羣臣從者咸思攸長今作攸者傳刻失眞也又史記

三篇下

改變更敕敊斂敹敿敆敶敵救敓斁赦攸

攺ㄈㄨˇ 敉ㄇㄧˇ 侎。 敡ㄧˋ 斁ㄨㄟˊ 敦ㄉㄨㄣ

贊會稽石文曰皇帝休烈平一海內德惠脩長小司馬云王劭按張徽所錄會稽南山秦始皇碑文脩作攸葢其字亦作𢼊也用此知小雅大雅毛傳皆云脩長也經文脩字皆攸之假借本作攸後改耳釋詁永悠迥違遐也悠當作攸

攺撫也。从攴亡聲。讀與撫同。亡在九部無在五部古借亡爲無故改讀如撫也芳武切

敉撫也。見釋言从攴米聲。周書曰。亦未克敉公功。雒誥文讀若弭。綿婢切十六部按米聲十五弭十六此合音也

侎敉或从人。

敡侮也。此與人部傷義略同从攴从易。易亦聲。以豉切十六部

斁戾也。王注離騷曰緯繣乖戾也廣雅釋訓曰緯繣乖剌也廣韵卅一麥曰徽纆乖違也說文無繣緯徽皆斁之假借也从攴𦎫聲。羽非切十五部

敦怒也。詆也。一曰誰何也。皆責問之意邶風王事敦我毛曰敦厚也按心部惇厚也然則凡云敦厚者皆假敦爲惇此字本義訓責問故從攴誰何見言部从攴𦎫聲。都昆切十三部

敳ㄑㄩㄣˊ 敗ㄅㄞˋ 𣪉。 亂ㄌㄨㄢˋ 寇ㄎㄡˋ 𢿫ㄓˇ 敷ㄉㄨˋ 劅。 敜ㄋㄧㄝˋ

敳朋侵也。从攴从羣。羣朋也攴侵也羣亦聲。渠云切十三部

敗毀也。从攴貝。會意貝亦聲薄邁切十五部敗賊皆从貝。二字同意古者貨貝故從貝會意攴部云賊從戈則聲與此不合

𣪉籀文敗从賏。從二貝也老子曰多藏必厚亡

亂煩也。煩熱頭痛也引伸爲煩亂按𢿨與𠬪部𤔔乙部亂言部䜌音義皆同煩曰𢿨治其煩亦曰亂也从攴𤔔聲。郎段切十四部

寇暴也。暴當是夲部之暴暴疾之字引伸爲暴亂也从攴完。此與敗賊同意苦候切四部

𢿫刺也。刺各本作刺今按𢿫與擉雙聲定作刺七迹切从攴黹聲。豬几切按几當作已古音在一部

敷閉也。杜門字當作此杜行而敷廢矣丹部引周書惟其敷丹雘此假敷爲塗也从攴度聲。讀若杜。徒古切五部

劅敷或从刀。按刀部剫判也則此當刪

敜塞也。柴誓某氏注云窒敜之按士喪禮綦人湼廁注湼塞也蓋敜其本字湼其假借字也異部雙聲相假借故敜亦音乃結反从攴念聲。奴叶切七部周書曰。敜乃穽。

戰ㄅㄧˋ 收ㄕㄡ 鼓ㄍㄨˇ

𣀔盡也。此蓋舉字之僅存者而斁廢矣畢田网也事畢之字當作此畢行从攴畢聲。卑吉切十二部

收捕也。手部曰捕取也从攴丩聲。式州切三部

鼓擊鼓也。从攴壴。壴者鼓之省攴者擊壴亦聲。壴古音在四部矦韵尤矦之入聲爲屋沃燭讀若屬。鉉本無此三字非也屬之欲切故鼓讀如鼓與擊雙聲大徐以其形似鼓讀公戶切刪此三字其誤益久矣玉篇云之錄切擊也此顧氏原文云又公戶切此孫強所增也佩觿云鼓之錄工五二切裕孫之繆至廣韵乃姥韵有鼓而燭韵無鼓至集韵類篇乃以朱欲殊玉二切歸之從豈聲之鼓字而不知二切皆本說文鼓讀如屬數安得有此二切也皆由沿襲徐鉉遂舛誤至此至乎南宋毛晃又云鼓舞字從攴與鐘鼓字不同岳珂刊九經三傳凡鼓瑟鼓琴鼓鐘于宮弗鼓弗考鼓之舞之皆分別作鼓經典釋文五經文字九經字樣開成石經皆無此例也周禮小師掌教鼓鼗柷敔塤簫管弦歌注云出音曰鼓按鼓郭也故凡出其音皆曰鼓若鼓訓擊也鼗柷敔可云鼓塤簫管弦歌可云鼓乎亦由鼓切公戶寖成異說滅裂經字以至於此

攷ㄎㄠˇ 敂ㄎㄡˋ 攻ㄍㄨㄥ 敲ㄑㄧㄠ 斀ㄓㄨㄛˊ

攷敂也。唐風子有鐘鼓弗擊弗考毛曰考亦擊也攷引伸之義爲攷課周禮多作攷他經攷擊攷課皆作考假借也攷敂疊韵从攴丂聲。苦浩切古音在三部

敂擊也。周禮凡四方之賓客敂關宋書山居賦敂弦江賦之叩舷也舟底曲如弓故其上曰弦自叩行而敂廢矣手部扣牽馬也無叩字从攴句聲。讀若扣。苦候切四部

攻擊也。考工記攻木攻皮攻金注曰攻猶治也此引伸之義从攴工聲。古洪切九部

敲橫擿也。擿今之擲字橫擿橫投之也左傳奪之杖以敲之釋文曰說文作毃此謂左字當作毃也橫投不必以杖又按公羊傳以斗摮而殺之何云摮猶擊也摮謂旁擊頭項摮即敲字摮即敲字其字義異故云猶擿或作擿誤从攴高聲。口交切二部

斀擊也。此與木部椓音義皆同从攴豖聲。竹角切三部

敳 斄 斀

敳放也○放部曰逐也廣韻曰敳曲侵从攴㞷聲○迂往切十部斄坼也○从攴厂○厂之性坼○山石之厓巖多坼裂故從厂果孰有味亦坼故从未○各本故謂之斄从未聲衍四字此說從未之意非說形聲未與斄不爲聲也未下曰味也六月滋味也利下曰從刀從未未物成有滋味可裁斷也未即味此云果孰有味亦坼故從未正同果坼者如左思賦云罅栗罅發石榴競裂也此合三字會意許其切一部斀去陰之刑也○敲斲也大雅昏椓靡共鄭云昏椓皆奄人也昏其官名也椓毀陰者也此假椓爲斀也从攴蜀聲○竹角切三部周書曰○刖劓斀黥○呂刑篇文刖當作刵尚書正義曰賈馬鄭古文尚書劓刵劅剠大小夏侯歐陽尚書作臏宮劓割頭庶剠按賈馬鄭皆作刵許必同釋文及正義卷二皆云劓刵本篇正義作刵劓唐初本罔不同耳斀黥椓正義賈馬鄭作劅剠劅同斀剠同黥衛包因正義云劅椓人陰乃易爲椓字而不知斀椓字義之不同椓擊也去陰不可

敯 敔 敤

云椓敯冒也○今本爾雅昏敯強也般庚不昏作勞鄭注昏讀爲敯勉也似鄭所據爾雅與今本亦不同康誥敯不畏死孟子作閔立政其在受德敯心部作忞昏聲文同部从攴昏聲○眉殞切十三部按昏從氏省不從民凡昏旁作昏者誤詳日部周書曰○敯不畏死○敔禁也○與圉禦音同釋言禦圉禁也說文禦訓祀圉訓囹圄所以拘罪人則敔爲禁禦本字禦行而敔廢矣古假借作御作圉一曰樂器椌楬也○形如木虎○按此十一字後人妄增也樂記椌楬注謂柷敔也椌謂柷楬謂敔柷形如桼桶敔狀如伏虎不得併二爲一木部椌云柷樂也楬下不云敔樂者敔取義於遏遏楬爲遏之假借耳敔者所以止樂故以敔名上云禁也已包此物無庸別舉用此知凡言一曰者或經淺人增竄从攴吾聲○魚舉切五部敤研治也○从攴果聲○苦果切十七部舜女弟名敤首○古今人表上下等敤手舜妹顏云淑俗本作擊者合敤手二字譌爲一字也按列女傳云舜之女弟繫則叉擊之譌矣首手古

鈙 敼 畋 改 敘 𢽹 𢾄

同音通用鈙持也○雙聲此與捦義略同从攴金聲○讀若琴○巨今切七部敼棄也○鄭風毛傳曰敼棄也許本毛也鄭乃讀爲醜从攴𠷎聲○𠷎口部作𠷎誤市流切三部周書㠯爲討○此言假借也今尚書周書中無討字惟虞書咎繇謨云天討有罪疑周當作虞討古音在三部詩曰○無我敼兮○釋文曰讀本亦作敼畋平田也○齊風無田甫田上田即畋字从攴田○田亦聲待年切十二部周書曰○畋介田○多方篇文改㱾改○逗大剛卯㠯逐鬼鬽也○見殳部从攴巳聲○讀若巳○余止切一本作古亥非一部巳小徐作㠯敘次弟也○咎繇謨曰天敘有典釋詁曰舒業順敘緒也古或假序爲之从攴余聲○徐吕切五部𢽹毀也○从攴卑聲○辟米切十六部𢾄𢽹也○按𢽹下當云𢽹𢾄毀也𢾄下當云𢽹𢾄也此全書之例多爲淺人亂之篇韵皆連舉𢽹𢾄字知爲疊韵無疑廣韵云𢽹𢾄擊聲也从

牧 敕 𣀈 𢿥

攴見聲○五計切當依篇韵五禮切十六部牧養牛人也○左傳曰馬有圉牛有牧引伸爲牧民之牧从攴牛○會意莫卜切古音在一部詩曰○牧人乃夢○小雅文敕擊馬也○所以擊馬者曰箠亦曰策以策擊馬曰敕策專行而敕廢矣从攴朿聲○楚革切十六部𣀈小舂也○臼部言舂者三字此云小舂謂稍舂之廣雅言舂者十一字有𣀈字亦作[illegible]从攴算聲○初業切十四部𢿥[illegible]田也○元應書卷六曰三蒼𢿥𢿥相擊也卷十三曰敲蒼頡訓詁作𢿥同苦交切下擊也說文橫擿也擊頭也擿此則說文本無𢿥字後人增之其訓益本作擊也擊者旁擊也一譌爲𢿥再譌又衍田莫能通矣李仁甫本尚無田字篇韵皆云𢿥擊也从攴堯聲○牽遙切廣韵苦幺切二部

文七十八宋本作七十七按古無𢿥數二字數者土部據之籀文擊者戈部擊之俗字玉篇云擊俗擊字五經文字云擊作擊譌可證也經典釋文開成石經擊皆從攴近經典皆改從攴妄人竄入說

敳斄斀敯敔敤鈙敼畋改敘𢽹𢾄牧敕𣀈𢿥

教斆卜卦卟貞⿰每卜占⿰召卜⿰兆卜

教 ㄐㄧㄠˋ　𡥈。　⿰爻言。　斆 ㄒㄩㄝˊ　學。　卜 ㄅㄨˇ　卜。　卦 ㄍㄨㄚˋ　卟 ㄐㄧ

文甚矣此書攷正之不可緩也今删二字以還古實七十六字 重六

教 上所施下所效也。教效疊韵。从攴孝。孝見子部。效也上施故從攴。下效故從孝。古孝切。二部。凡教之屬皆从教。𡥈 古文教。右从古文言。𡥈 亦古文教。從攴。從爻。

斆 覺悟也。斆覺疊韵。學記曰。學然後知不足。知不足然後能自反也。按知不足所謂覺悟也。記又曰。教然後知困。知困然後能自強也。故曰教學相長也。兌命曰。學學半。其此之謂乎。按兌命上學字謂教。言教人乃益已之學半。教人謂之學者。學所以自覺。下之效也。教人所以覺人。上之施也。故古統謂之學也。枚頤僞尚書說命上字作斆。下字作學。乃已下同玉篇之分別矣。从教冂。會意。冂。迥。尚矇也。冂下曰。覆也。尚童矇。故教而覺之。此說從冂之意。詳古之斆字作教。從教主於覺人。秦以來去攴作學。主於自覺。學記之文。學教分列。已與兌命統名爲學者殊矣。臼聲。胡覺切。三部。後人分別斆胡孝反。學胡覺反。學 篆文斆省。此爲篆文。則斆古文也。亦上部之例。

文二　重三　鉉本作二誤

卜 灼剝龜也。火部灼炙也。刀部剝裂也。灼剝者謂炙而裂之。灼雙聲。剝疊韵。象炙龜之形。直者象龜。橫者象楚焞之灼龜。一曰象龜兆之縱衡也。字形之別說也。博木切。三部。凡卜之屬皆从卜。卜 古文卜。

卦 所㠯筮也。所以二字各本刪之。今補。从卜圭聲。古壞切。按當從廣韵古賣切。十六部。

卟 卜㠯問疑也。左傳曰。卜以決疑。不疑何卜。問疑故從口。俗作乩。从口卜。當作卜口。卜而以口問也。凡若此等未能盡正。學者於此例之。可以三隅反矣。讀與稽同。古兮切。十六部。按小徐曰。尚書曰。明用卟疑。今文借稽字。徐語乩說耳。尚書無作卟疑者。卽有之。亦陸氏所謂穿鑿之徒務欲立異者也。大徐乃於何下沾書云卟疑四字。疑惑後生。其亦妄矣。

貞 ㄓㄣ　⿰每卜 ㄏㄨㄟˇ　占 ㄓㄢ　⿰召卜 ㄓㄠˋ　⿰兆卜 ㄓㄠˋ　兆。

貞 卜問也。大卜。凡國大貞。大鄭云。貞問也。國有大疑。問於蓍龜。後鄭云。貞之爲問。問於正者。必先正之。乃從問焉。引易師貞丈人吉。从卜貝。會意。貝。逗此字今補。㠯爲贄。說從貝之意。一曰鼎省聲。京房所說。一說是鼎省聲。非貝字也。許說從貝。故鼎下曰貞省聲。京說古文以貝爲鼎。故云從卜鼎聲也。陟盈切。十一部。

⿰每卜 易卦之上體也。今尚書左傳皆作悔。疑⿰每卜是壁中古文。孔安國以今文讀之。易爲悔也。或曰。據許則小篆有此字。玉裁謂不然。許書以先小篆後古文爲正例。以先古文後小篆爲變例。易爲先古文也。於其所從系之也。如數者古文學者小篆。數從教。則必先之。埶然也。然則⿰每卜本古文。非小篆。因其從卜則系之卜部。亦埶然也。不曰篆文作悔。亦不於心部悔下列⿰每卜云古文悔者。本非一字也。小篆無⿰每卜。而壁中古文有⿰每卜。不可以不存之於卜部。凡其存尚書古文之例如此。鄭注尚書云。悔之言晦。晦猶終也。商書曰。曰字今補。曰貞。曰⿰每卜。謂洪範也。按左傳三引洪範。說文五引。皆云商書。馬鄭本皆不如是。葢今文尚書說與許。謂堯典唐書。咎繇謨虞書。禹貢夏書。皆今文說也。而三引微子。兩云周書。一云商書。疑商系周謨。葢今文家以微子系周書。以洪範系商書。豈微子歸周故周之。箕子不臣故商之與。春秋時卿大夫所習洪範皆商書。則今文家說乃古說也。从卜每聲。荒內切。古音在一部。

占 視兆問也。周禮占人注曰。占蓍龜之卦兆吉凶。又占人掌占龜。注曰。占人亦占蓍。言掌占龜者。蓍短龜長。主於長者。此云視兆問。亦專謂龜卜。从卜口。職廉切。七部。按上文卟字疑占之變體。後人所竄入。

⿰召卜 卜問也。疑此卽後人杯珓字。後人所增。从卜召聲。市沼切。廣韵又音照。二部。

⿰兆卜 灼龜坼也。周禮注曰。兆者灼龜發於火。其形可占者。其象似玉瓦原之璺罅。是用名之焉。按凡曰朕兆者。如舟之縫。兆者如龜之坼。皆引伸假借也。从卜兆。象形。治少切。二部。兆 古文⿰兆卜省。按古文祇爲象形之字。小篆加卜。非古文減卜也。廣韵曰。⿰兆卜灼龜坼。出文字指歸。兆治小切。引說文分也。分也之訓見八部兆下。⿰兆卜出說文。則不得云出文字指歸。

葢古本說文卜部無𣅀兆字八部𠔁字卽龜兆字今𠔁音兵列切卜部𣅀中多一筆以殊於𠔁皆非古也玉篇卜部之外別爲兆部云兆事先見也形也𣅀同上假令顧氏所據說文早同今本何爲作此紛更乎是必說文無兆而增此一部曉然據篇韵以正說文可無疑矣尋此字之原委葢由虞翻讀尙書分北三苗爲𠔁云𠔁古別字由是信之者讀說文八部之𠔁爲兵列切又增𥨪八亦聲於說解中而說文乃無龜兆字矣說文無龜兆字梁顧氏作玉篇乃增兆部於卜部之後隨晉意作文字指歸乃又收𣅀爲龜兆字而改𥨪說文者乃於卜部增𣅀爲篆文兆爲古文又恐其形之溷於八部也乃加增一筆以殊之紕繆之由歷歷可見前注八部未能了然後之學者依此說而刪定可也。又按集韵類篇皆引說文𣅀古省或作兆臣光曰按𠔁兵列切重八也𣅀古當作兆是則勉強區分葢由司馬公始徐鍇徐鉉丁度等皆作兆司馬公所襲者夏竦輩之書也

文八　重二

用　可施行也。从卜中。衞宏說。卜中則可施行故取以會意余訟切九部凡用之屬皆从用。用　古文用。

甫　男子之美偁也。春秋公及邾儀父盟于蔑穀梁傳曰儀字也父猶傅也男子之美稱也士冠禮字辭曰伯某甫仲叔季惟其所當注伯仲叔季長幼之稱甫是丈夫之美稱按甫者男子美偁某甫者若言尼甫嘉甫孔甫謂之且字且者薦也五十以伯仲乃謂之字以下一字爲伯仲叔季之薦故曰且字也甫則非字凡男子皆得偁之以男子始冠之偁引伸爲始也又引伸爲大也从用父。可爲人父也父亦聲。鍇本無方矩切五部士冠禮甫作父他經某甫之甫亦通用父同音假借也

庸　用也。曡韵从用庚。會意余封切九部庚，更事也。庚更同音說從庚之意易曰：先庚三日。巽九五爻辭先庚三日者先事而圖更也引以證用庚爲庸與蘢下引易同意說見艸部蘢下

𤰈　具也。其供具也人部曰備愼也然則防備字當作備全具字當作𤰈義同而略有區

別今則專用備而𤰈廢矣从用苟省。苟己力切自急敕也敕誡也此會意平祕切古音在一部苟亦聲也

甯　所願也。此與丂部寧音義皆同許意寧爲願詞甯爲所願略區別耳二字古皆平聲故公孫寧儀行父公羊作公孫甯也漢郊祀歌穰穰復正直往甯師古曰言獲福旣多歸於正道克當往日所願也甯音寧从用寍省聲。此不云寍省聲云寧省聲者以形聲包會意也乃定切十一部隸變作寗非

文五　重一

爻　交也。曡韵繫辭曰爻也者效天下之動者也象易六爻頭交也。胡茅切二部凡爻之屬皆从爻。

棥　藩也。艸部曰藩屏也按齊風折柳樊圃毛曰樊藩也棥者棥之假借藩今人謂之籬笆籬說文作杝通俗文曰柴垣曰欐木垣曰柵字作欐六朝人謂之援謝靈運云激流植援是也从爻林。會意附袁切十四部詩曰：營營青蠅，止于棥。小雅文營營言部引作謍謍棥今詩作樊毛曰樊藩也三章曰榛所以爲藩也

文二

㸚　二爻也。二爻者交之廣也以形爲義故下不云從二爻珏𥝌疑皆此例無庸補從二玉從二余也玉篇力爾切廣韵力紙切云㸚介布明白象形也此附合爾之同韵爲音大徐力几切凡㸚之屬皆从㸚。

爾　麗爾，猶靡麗也。麗爾古語靡麗漢人語以今語釋古語故云猶毛傳云糾糾猶繚繚也摻摻猶纖纖也是此例也後人以其與汝雙聲假爲爾汝字又凡訓如此訓此者皆當作介乃皆用爾爾行而介廢矣从冂㸚。句㸚其孔㸚㸚。依韵會訂冂莫狄切幎其外也㸚㸚猶歷歷也从介聲。兒氏切周時在十五部漢時在十六部此與爽同意。爽之從大猶爾之從冂惟爽不諧聲耳

爽　明也。爽本訓明明之至而差生焉故引伸訓差也朝旦之時半昧半明故謂之早昧爽日部曰

爽。

昧爽旦明也昧之字三蒼作昒云昒爽早朝也司馬相如傳云曶爽不開曶奭得曜乎光明今本多譌昧二字乃用注家語盡之耳从㸚大。其孔㸚㸚明之霝者盡也藏兩切十部𤕤篆文爽。此字淺人竄補當斷爽之作爽爽之作爽皆隸書改篆取其可觀耳淺人補入說文云此爲小篆从㸚既同何不先篆後古籀乎凡若此等不可不辨

文三　重一當刪

五十三部　文六百三十七宋本無七　重百四十三

宋本三作五　凡八千六百八十四字此第三篇都數

三篇下

說文解字弟三篇下　江都汪喜孫校字

說文解字第四篇上

金壇段玉裁注

夏 舉目使人也。此與言部詠音同義亦相似項羽本紀梁眴籍曰可行矣籍遂拔劍斬首頭然則眴同夏也目部曰旬目搖也謂有目搖而不使人者 从攴目。動其目也會意 凡夏之屬皆从夏。讀若䰟。火劣切十五部

敻 營求也。營求者圍帀而求之也帀而求之則不遐遺矣故引伸其義爲遠也韓詩于嗟敻兮云遠也毛詩作洵異部假借字 从夏人在穴。依韵會訂讀舉目使人之人臨穴也合三字會意朽正切按古音在十四部招䰟挂曲瓊些與寒涉蘭筵韵夐字夐聲角部䰟或作鐍皆可證也 商書曰高宗夢得說使百工營求得之傅巖。書序文 巖穴也。此引書序釋之以說从穴之意營求而得諸穴此字之所以从夏人在穴也與引易先庚三日說庸从庚之意同鉉本改營求爲負求誤甚山部云巖岸也此云穴也者厂部曰山石之厓巖人可居也

閺 氐目視也。氐各本低按人部無低日部曰氐者下也 从夏門聲。無分切十三部俗作閺 宏農湖縣有閺鄉。後漢書鄭興客授閺鄉注曰閺建安中改作閺 汝南西平有閺亭。

𡙇 大視也。也廣韵作兒 从大夏。讀若齤。況晚切廣韵巨負切十四部

文四

目 人眼也。象形。重童子也。象形總言之嫌人不解二故釋之曰重其童子也釋名曰瞳重也膚幕相裹重也子小稱也主謂其精明者也或曰眸子眸冒也相裹冒也按人目由白而盧童而子層層包裹故重畫以象之非如項羽本紀所云重瞳子也目之引伸爲指目條目之目莫六切三部 凡目之屬皆从目。𡇂 古文目。口象面中象眉目江沅曰外象匡內象瞳目

眼 目也。釋名眼限也瞳子限限而出也 从目艮聲。五限切古音在十三部

䁵 兒初生蔽目者。蔽目二字各本作瞥今依篇韵正蔽目謂外有物壅蔽之非牟子之瞀也 从目瞏聲。方辯切十四部 讀若告之謂調。語有譌奪鉉遂刪之

眩 目無常主也。孟子引書若藥不瞑眩方言凡飲藥而毒東齊謂之瞑眩漢書借爲幻字聲軒眩人是也二字音義皆相似 从目元聲。黃絢切十二部

眥 目匡也。謂目之匡當也木部曰㮓匡當也字林作目厓 从目此聲。在詣切十五十六部

䀹 目旁毛也。元應曰睫說文作䀹釋名作睫云插接也插於目眶而相接也按大鄭周禮注云無目眹謂之瞽有目眹而無見謂之矇眹或作映無映有映即無眹有眹也 从目夾聲。子葉切八部

䁜 盧童子也。方言驢瞳之子謂之䁜宋衛韓鄭之閒曰鑠按方言䁜字當是縣之字誤郭釋爲縣邈云與上文縣同非也縣邈可言目而不可言子盧童子者方言所謂驢瞳之子也盧黑也俗作矑有單言矑者甘泉賦玉女無所眺其清矑是也童重也膚幕相裹重也子小稱也主謂其精明者也居䀠中如縣然故謂之縣也 从目縣聲。胡畎切又胡涓切十四部

瞦 目童子精瞦也。當作曰瞦也精謂精光也俗作睛 从目喜聲。讀若爾雅禧福。禧福也見爾雅釋詁許其切一部

矏 目旁薄緻宀宀也。矏宀宀疊韵自部曰宀宀不見按宀宀微密之兒目好者必目旁肉好乃益見目好矏蓋即方言之顅釋言曰矏密也引伸爲凡密之偁也 从目臱聲。形聲包會意武延切十四部

𥇍 大目也。从目非聲。芳微切十五部

䁂 大目也。从目臤聲。侯簡切古音在十二部

睅 大目也。左傳宋城者謳曰睅其目杜曰睅出目 从目旱聲。戶版切十四部按鉉本補睆篆云或睅字

暖 大目也。从目爰聲。況晚切十四部

瞞 平目也。平目對出目淚目言之今俗借爲欺謾字 从目㒼聲。母官切十四部

暉 大目出也。目本大而

夏敻閺𡙇目眼䁵眩眥䀹䁜瞦矏𥇍䁂睅暖瞞暉

矕睔盼盰眅睍矔瞵窅眊矘睒眮䀣瞴䀏睕眂

矕ㄇㄢˊ 睔ㄍㄨㄣˋ 盼ㄆㄢˋ 盰ㄍㄢˋ 眅ㄆㄢ 睍ㄒㄧㄢˋ 矔ㄍㄨㄢˋ 瞵ㄌㄧㄣˊ 窅ㄧㄠˇ

又出其目也考工記望其轂欲其眼也注眼出大兒也陸云魚懇反按此鄭謂眼爲暉之假借也从目軍聲。古鈍切十三部

矕 目矕矕也。廣雅曰矕視也馬融傳右矕三塗左概嵩嶽此廣雅義也班固荅賓戲矕龍虎之文孟康蘇林皆曰矕被也此雙聲之假借也从目䜌聲。武版切十四部

睔 目大也。从目侖聲。古本切十三部春秋傳有鄭伯睔。見襄二年三傳皆同古今人表作鄭成公綸顏曰工頑反又有淪淪服虔曰淪音鯀皆音之轉也

盼 白黑分也。元應書引如此詩曰美目盼兮。見衛風毛曰盼白黑分也韓詩云黑色也馬融曰動目兒按許从毛从目分聲。此形聲包會意从毛則以目分會意也匹莧切古音在十三部按盼晒盻三字形近多互譌不可不正

盰 目白兒。依玉篇訂从目干聲。古旱切十四部

眅 多白眼也。多白眼見說卦傳从目反聲。普班切十四部春秋傳曰。曰衍鄭游眅字子明。見左傳襄廿二年釋文古本五經文字開成石經皆从目今俗本从日誤戰國策田瞀高注瞀讀鄭游眅之眅姚宏曰瞀恐是瞀瞀同眅

睍 目出兒也。依元應訂考工記曰深其爪出其目也邶風睍睆黃鳥毛曰睍睆好兒韓詩有簡簡黃鳥疑毛作睍睍韓作簡簡睆說文無詩禮記有詩古本又多作晥杕杜傳云實兒大東傳云明星兒檀弓注云刮節目又許注淮南曰晥謂目內白眥也大徐謂晥爲或睅字从目見聲。胡典切十四部

矔 目多精也。矔之言灌注也从目雚聲。古玩切十四部左傳宋大夫鱗矔益州謂瞋目曰矔。此別一義方言曰梁益之閒瞋目曰矔轉目顧視亦曰矔

瞵 目精也。吳都賦鷹瞵鶚視射雉賦瞵悍目以旁睞徐爰曰瞵視兒从目粦聲。力珍切十二部

窅 深目兒。兒字依玉篇正靈樞經按其腹窅而不起漢禮樂志窅窊桂華蘇林曰窅音窅窅朕之窅按窅朕郎今坳突字元應云倉頡篇作𡩧突上烏交切墊下也下徒結切突也葛洪字苑上作凹陷也下作凸起也𡩧突凹凸許皆不收然則許用窅朕也孟康云窅出窊入盎對窊言之則訓窅爲出如徂之爲存苦之爲快从穴中目。烏皎切二部

眊 目少精也。孟子曾中不正則眸子眊焉趙曰眊者蒙蒙目不明之貌廣雅眊眊思也謂思勞而目少精也或作毣毣从目毛聲。亡報切二部虞書耄字从此。按虞書無耄字僞大禹謨有之非許所知也惟商書微子周書呂刑皆有耄呂刑耄荒周禮注引作秏荒漢刑法志作眊荒漢書多以眊爲耄豈許所據書作眊與當云尚書耄字如此此爲假借

矘 目無精直視也。後漢梁冀傳洞精矘眄注引說文目睛直視按章懷因既曰洞精遂改易說文爲目睛直視非也洞精者謂其目精洞達矘眄者謂其流眄矘瞱此因不妨竝行遠游曰旹曖曃其曭莽王曰日月晻黮而無光也曭瞱猶曭莽从目黨聲。他朗切十部

睒 暫視兒。大元曰酒作失德鬼睒其室此與高明之家鬼瞰其室語同也吳都賦踶跋乎紘中忘其所以睒睗江賦猶獺睒睗乎厲空从目炎聲。失冉切八部讀若白蓋謂之苫相似。讀與爾雅釋器之苫字音略同也

眮 吳楚謂瞋目顧視曰眮。方言矔眮轉目也梁益之閒瞋目曰矔轉目顧視亦曰矔吳楚曰眮按瞋目顧視是二事梁益皆曰矔吳楚皆曰眮也从目同聲。徒弄切九部

䀣 直視也。从目必聲。讀若詩云泌彼泉水。邶風文今詩作毖泌之假借也釋文云韓詩作祕說文作䀣陸氏此語蓋誤鉉本作泌乃古本也兵媚切十五部

瞴 瞴婁逗疊韵微視也。篇韵婁作瞜从目無聲。莫浮切古音在五部

䀏 蔽人視也。鍇曰映人而視也从目幵聲。讀若攜手。苦兮切按廣韵戶圭切十六部一曰直視也。

䀏 䀏目或在下。

睌 睌賢。逗目視兒。从目免聲。武限切十四部

眂 視兒也。馬融長笛賦特麠昏髟李曰昏視也髟振髮也按昏眂一字也與眡別眡古文視氏聲在十五部眂氏聲在十六部宋元以來尟有知氏氏之不可通用者从目氏聲。

睨ㄋㄧˋ　⿰目冒ㄇㄠˋ　眓ㄏㄨㄟˋ　眈ㄉㄢ　⿰目延ㄧㄢˊ　盱ㄒㄩ　睘ㄑㄩㄥˊ　䁴ㄓㄢˋ　⿰目勿ㄇㄟˋ　眕ㄓㄣˇ

汆言切李善昌夷切廣韵眂眂役目也是支切按古音在支紙韵

睨 衺視也。左傳余與褐之父睨之中庸睨而視之 从目兒聲。研計切十六部

⿰目冒 氐目視也。从目冒聲。亡保切古音在三部 周書曰。武王惟⿰目冒。君奭篇文今書作冒葢古文以⿰目冒爲冒也

眓 視高皃。豁目字當作此 从目戉聲。呼括切十五部 讀若詩曰施罟濊濊。許四引衛風此句而此與㞋下作濊濊不誤水部作濊濊大部作濊濊宋刻滅滅皆誤也說詳水部濊下

眈 視近而志遠。謂其意湥沈也馬云虎下視皃 从目冘聲。丁含切八部 易曰虎視眈眈。頤六四爻辭

⿰目延 相顧視而行也。从目从延延亦聲。于線切廣韵以然切十四部

盱 張目也。張載注魏都賦盱衡曰眉上曰衡盱衡舉眉大視也釋詁盱憂也此引伸之義凡憂者亦有張目直視者也毛詩卷耳曰盱憂也何人斯都人士皆無傳然則三詩皆作盱訓憂今卷耳作吁誤也鄭箋盱爲病又憂之引伸之義 从目亏聲。況于切五部 一曰朝鮮謂盧童子曰盱。方言驢瞳之子燕代朝鮮洌水之閒曰盱或謂之揚

睘 目驚視也。唐風毛傳曰睘睘無所依也許不从毛者許說字非說經也字之本義則尒於从目知之 从目袁聲。渠營切按袁聲當在十四部毛詩與青姓韵是合音也 詩曰獨行睘睘。

䁴 視而不止也。不字依廣韵補 从目亶聲。旨善切十四部

⿰目勿 目冥遠視也。冥當作瞑目雖合而能遠視也 从目勿聲。莫佩切廣韵莫拜切十五部 一曰久視也。依廣韵補視 一曰旦明也。玉篇引說文無此五字安人所增也漢書敘傳昒昕寤而仰思孟康曰昒昕早旦也韋昭曰音妹又音忽司馬相如傳曶爽闇昧得燿乎光明司馬貞引三蒼曶爽早朝也音妹字林音忽然則昒曶一字也與昧同故日部有昧無昒不知何人寫幽通賦譌作⿰目勿而仍其誤者於說文增⿰目勿五字

眕 目有所恨而止也。左傳曰夫寵而

瞟ㄆㄧㄠˇ　睹ㄉㄨˇ　䁟ㄑㄧˋ　覩。　眔ㄊㄚˋ　睽ㄎㄨㄟˊ　眜ㄇㄛˋ　⿰目般ㄆㄢˊ　⿰目辡ㄅㄧㄢˋ　眽ㄇㄛˋ　⿰目條ㄌㄧˊ　⿰目享ㄓㄨㄣˊ　瞤ㄖㄨㄣˊ　矉ㄆㄧㄣˊ

不驕騎而能降降而不憾憾而能眕者鮮矣許語葢古左傳說釋言眕重也重亦止意 从目㐱聲。之忍切十三部

瞟 䁟也。今江蘇俗謂以目伺察曰瞟音如飄上聲 从目票聲。敷沼切二部

䁟 察也。魏都賦有䁟呂眔䁟察臺韵 从目祭聲。戚細切十五部

睹 見也。从目者聲。當古切五部

覩 古文从見。按篇韵皆不言覩爲古文

眔 目相及也。隶及也石經公羊祖之所遝聞今本作逮中庸所以逮賤釋文作遝此眔與隶音義俱同之證 从目隶省。會意 讀若與隶同也。眔徒合切在八部隶在十五部云同者合音也

睽 目不相聽也。聽猶順也二女志不同行猶二目不同視也故卦曰睽人部傒郎睽 从目癸聲。苦圭切十五部

眜 目不明也。吳都賦相與眜潛險搜怪奇劉曰眜冒也李曰說文眜門撥切謂之潛隱之穴也撥俗本作廢 从目末聲。莫撥切十五部

⿰目般 轉目視也。般辟也象舟之旋故般目爲轉目戰國策有田⿰目般 从目般聲。薄官切十四部

⿰目辡 小兒白眼視也。依廣韵補視字 从目辡聲。蒲莧切廣韵匹莧切十四部

眽 目財視也。財當依廣韵作邪邪當作衺此與𠂢部覛音義皆同財視非其訓也𠂢者水之衺流別也九思目眽眽兮寤終朝注曰眽眽視貌也古詩十九首眽眽不得語李引爾雅眽相也郭璞曰眽眽謂相視貌按今釋詁無郭注釋文曰覛字又作眽五經文字有眽字文選眽眽皆系眽之譌 从目𠂢聲。形聲包會意莫獲切十六部

⿰目條 失意視也。魏都賦吳蜀二客⿰目條焉失所李引同 从目條聲。各本从脩聲作⿰目脩按⿰目脩音他狄反猶之切亭歷皆於條取聲脩聲不得切他狄也譌爲⿰目脩乃淵同脩字而篇韵皆曰敕周切矣今依魏都賦正古音在三部唐韵他歷切

⿰目享 謹鈍目也。从目享聲。之閏切十三部

瞤 目動也。素問肉瞤瘛注動掣也西京襍記陸賈曰目瞤得酒食 从目閏聲。如匀切十三部

矉 恨張目也。从目賓聲。符真切十

眢睢旬矆睦瞻瞀䁅䁺䁈相瞋䳼睗睊䁐睼䁙䁯

眢　睢　旬。眴　矆　睦

二部。詩曰。國步斯矉。大雅文毛詩作頻云頻急也鄭云頻猶比也哀哉國家之政行此禍害比比然矉字絕非假借此作矉者葢三家詩許偁毛而不廢三家也又按通俗文蹙頞曰矉矉者顰之假借

眢 目無明也。左傳目於眢井井無水若目無明故曰眢井 从目夗聲。讀若委。大徐一丸切刪讀若委二字非也此與小雅谷風怨讀如萎一例合音也左傳音義烏丸反引字林眢井無水也一皮反一皮即委之平音古讀如此集韵五支邕危切即一皮也近刊繫傳者益一字云讀若宛委而讀若宛誤甚

睢 仰目也。五行志萬衆睢睢莊子而目睢睢又恣睢蕭去聲綦戾也 从目隹聲。許惟切十五部

旬 目搖也。項羽本紀梁眴籍曰可行矣 从目勻省聲。黃絢切十二部

眴 旬或从目旬。旬聲

矆 大視皃。依廣韵作皃吳都賦矆焉失容李曰今本作矆大視也 从目蒦聲。按篇韵皆矍爲正字矆爲或字許縛切五部

睦 目順也。从目坴聲。莫卜切廣韵莫六切三部 一曰敬和也。五字疑後增古書睦穆通用如孟子注若臣集穆史記[illegible]睦畤漢書作[illegible]睦穆是也穆多訓敬故於睦曰敬和

古文睦。按此从古文目尤聲也各本作畬則从囧非字意也今依戴氏六書故正凡从畬之字皆當作此。江沅曰不必依

瞻 臨視也。釋詁毛傳皆曰瞻視也許別之云臨視今人謂仰視曰瞻此古今義不同也 从目詹聲。職廉切八部

瞀 氐目謹視也。氐各本作低今从宋本玉篇云目不明皃按洪範曰恒風若尚書大傳作瞀宋世家作霿漢書五行志作霿宋書隋書五行志作霿班志云區霿服虔云人備瞀荀卿云備稍瞀儒他書或云瞀瞀或云許瞀或云恂愁說文子部云𣪠瞀瞀謂目亂不明其字則瞀爲正字雨部云霿晦也 从目敄聲。莫候切三部

䁅 小視也。六元旌旗綷雜千戈蛾蛾師孕时之哭且瞯注瞯音麻稱視之解 从目買聲。莫佳切十六部大元與十七合韵

䁺 視也。釋詁監瞻臨涖頫相視也按釋文曰監字又作䁺然則小雅何用不

䁈　相　瞋。眓　䳼

監亦可作䁺䁺亦當爲臨視也 从目監聲。古銜切八部

䁈 省視也。如啓之明也 从目啓省聲。苦系切十五部

相 省視也。釋詁毛傳皆云相視也此別之云省視謂察視也 从目木。會意息良切十部按目接物曰相故凡彼此交接皆曰相其交接而扶助者則爲相瞽之相古無平去之別也旱麓桑柔毛傳云相質也質謂物之質與物相接者也此亦引伸之義 易曰。地可觀者莫可觀於木。此引易說从目木之意也目所視多矣而从木者地上可觀者莫如木也五行志曰說曰木東方也於易地上之木爲觀顏云坤下巽上觀巽爲木故云地上之木許蓋引易觀卦說也此引經說字形之例 詩曰。相鼠有皮。鄘風文

瞋 張目也。此與言部謓義略同 从目真聲。昌真切十二部

眓 祕書瞋从戌。祕書謂緯書易部亦云祕書說日月爲易象陰陽也戌聲與真聲同在十二部

䳼 目孰視也。孰熟正俗字 从目鳥聲。讀若雕。都僚切三部

睗　睊　䁐　睼　䁙　䁯

睗 目疾視也。鍇本疾作欸非古睒睗聯用雙聲字也韵會引鍇本作自急視毛晃增韵龍龕手鑑皆作急 从目易聲。施隻切十六部

睊 視皃也。孟子引晏子睊睊胥讒趙曰睊睊側目相視 从目肙聲。於絢切廣韵古縣切十四部

䁐 目深皃也。从目窅。會意於悅切十五部 讀若易曰勿卹之卹。見夬九二爻辭

睼 迎視也。小雅題彼脊令毛云題視也按題者睼之假借 从目是聲。他計切十六部 讀若珥瑱之瑱。此合韵也如祇振之比廣韵他甸切本此

䁙 目相戲也。方言䁙略視也東齊曰䁙吳揚曰略凡以目相戲曰䁙 从目晏聲。於殄切十四部 詩曰。䁙婉之求。邶風文按今詩作燕婉毛曰燕安也婉順也許所據作䁙豈毛詩䁙爲晏之假借後人轉寫改爲燕與抑三家詩有作䁙者與

䁯 短深目皃也。上文曰窅曰䁐皆謂深目此云短深者目匡短而目深望側皆然如指目也故从叕 从目叕聲。形聲包會意烏

眷ㄐㄩㄢˋ 督ㄉㄨ 看ㄎㄢˋ 翰。 睎ㄒㄧ 瞫ㄕㄣˇ 眝ㄓㄨˋ 眙ㄔˋ 睇ㄊㄧˋ

括切十五部

眷 顧也。大東睠言顧之毛曰睠反顧也睠同眷小明云睠睠懷顧皇矣云乃眷西顧凡顧眷竝言者顧者還視也眷者顧之深也顧止於側而已眷則至於反故毛云反顧許渾言之故云顧也引伸之訓爲眷屬史記作婘 从目𢍏聲。居倦切十四部 詩曰。乃眷西顧。

督 察視也。視字依師古漢書注補凡師古引說文多有不言說文曰者車千秋傳詔丞相御史督二千石求捕又曰宜有以敎督按六經但言董董即督也督者以中道察視之人身督脈在一身之中衣之中縫亦曰督縫 从目叔聲。冬毒切三部隸省作督 一曰目痛也。鍇本痛作病誤

看 睎也。从手下目。鍇曰宋玉所謂揚袂障日而望所思也此會意苦寒切十四部

𥄫 看或从倝。倝聲

睎 望也。西都賦曰睎秦嶺古多假希爲睎如公孫宏傳希世用事晉虞溥傳希顏之徒是也 从目希聲。說文無希篆而希聲字多有然則希篆奪也香衣切十五部 海岱之閒謂眄曰睎。方言睎眄也東齊青徐之閒曰睎

瞫 深視也。瞫深疊韵見其底裏曰深視 一曰下視也。別一義 又竊見也。又一義 从目覃聲。式荏切七部左傳有晉人狼瞫

眝 長眙也。外戚傳飾新宮以延貯此貯正眝之誤延眝謂長望也凡辭章言延佇者亦皆當作眝說文無佇字惟有宁字佇竚皆訓立延眝非謂立也九章思美人兮擥涕而竚眙王逸云竚立悲哀文選注佇眙立視也此則訓立然作眝眙亦無不可 从目宁聲。陟吕切五部 一曰張眼。廣韵亦作眼

眙 直視也。方言眙逗也西秦謂之眙郭曰眙謂住視也按眙瞪古今字敕吏丈證古今音廣韵七志作眙四十七證作瞪別爲二字矣而瞪下云陸本作眙攷元應引通俗文云直視曰瞪是知眙之音自一部轉入六部因改書作瞪陸法言固知是一字也 从目台聲。丑吏切一部

睇 小衺視也。依小雅小宛正義言小衺視者別於睨睥爲衺視也周易夷於左股夷子夏作睇鄭陸同云旁視曰睇京作眱按眱亦睇字也夏小正來降燕乃睇睇者眄也內則不敢睇視鄭曰睇傾視也 从目弟聲。特計切十五部 南楚謂眄睇。謂眄曰睇也眄爲衺視睇爲小衺視者析言之此渾言之方言曰睇眄也陳楚之閒南楚之外曰睇

略ㄌㄩㄝˋ 盻ㄒㄧˋ 睡ㄕㄨㄟˋ 瞑ㄇㄧㄢˊ 眚ㄕㄥˇ 瞥ㄆㄧㄝ 眵ㄔ 蔑ㄇㄧㄝˋ 眏ㄐㄩㄝˊ

略 眄也。方言略眄也吳揚江淮之閒或曰瞷或曰略 从目各聲。盧各切五部

盻 恨視也。孟子引龍子曰爲民父母使民盻盻然將終歲勤動不得以養其父母又稱貸而益之趙云盻盻勤苦不休息之貌按丁公著本盻作肹肹據趙注則肹近是作盻者譌字也 从目兮聲。胡計切十六部孫奭引說文五禮切。按自盻而下各本失其原次今正之

睡 坐寐也。知爲坐寐者以其字从垂也左傳曰坐而假寐戰國策讀書欲睡 从目垂。宋本無聲字此以會意包形聲也目垂者目瞼垂而下坐則爾是僞切古音在十七部

瞑 翕目也。釋詁毛傳皆曰翕台也莊子晝瞑據槁梧而瞑引伸爲瞑眩 从目冥。韵會引小徐曰會意此以會意包形聲也武延切按古音在十一部俗作眠非也

眚 目病生翳也。元應曰翳韵集作瞖眚引伸爲過誤如眚災肆赦不以一眚掩大德是也又爲災眚李奇曰內妖曰眚外妖曰祥是也又假爲減省之省周禮馮弱犯寡則眚之注眚猶人省瘦也四面削其地按省瘦亦作瘠瘦俗云瘦省 从目生聲。所景切十一部

瞥 過目也。倏忽之意莊子作覕 又目翳也。障蔽之意 从目敝聲。普滅切十五部 一曰財見也。財今之纔字此似前義足以包之

眵 目傷眥也。釋名曰目眥傷赤曰䁾䁾末也創在目兩末也許謂目傷眥曰眵與劉異 从目多聲。叱支切古音在十七部 一曰蔑兜也。蔑各本譌作瞢今依元應正蔑兜者今人謂之眼眵是也韓愈曰兩目眵昏此與上義別二病常相因而有不相兼者

蔑 蔑兜逗 目眵也。各本無蔑兜二字今依元應書卷十卷廿一補蒙上弟二義言之宋玉風賦中脣爲胗得目爲䁾呂氏春秋氣鬱處目則爲䁾高注䁾眵也按蔑者假借䁾者或體蔑兜見部作䁾云目蔑垢 从目蔑省聲。莫結切十五部

眏 睊也。按鍇作睊也鉉

作涓目也皆譌假令訓睊則當與睊字類廁自當而下皆系目病廣韵云眣目患可以得其解矣刀部曰剈一曰窒也此睊也當作剈目謂窒目也窒下也 从目𠂣聲○古穴切十五部

眼 目病也○急就篇眵䁾眼顏曰眼目視不正也雷公炮炙論序云目辟眼䁾有五花而自正注五加皮是也 从目良聲○力讓切十部

眛 目不明也○今音眛在末韵眛在隊韵玫从末之字見於公穀二傳及吳都賦从未之字未之見其訓皆曰目不明何不類居而畫分二處且玉篇於眼睊二字之閒云眛莫達切目不明蓋依說文舊次則知說文原書从末之眛當在此淺人改爲从未則又增从末之眛於前也 从目未聲○莫佩切十五部

瞯 戴目也○戴目者上視如戴然素問所謂戴眼也諸書所謂望羊也目上視則多白故廣韵云瞯人目多白也爾雅釋嘼一目白瞯瞯伺瞯亦作騆引伸爲瞯伺之義如孟子王使人瞯夫子是 从目閒聲○戶閒切十四部按此字諸書多从閑作瞯 江淮之間謂眄曰瞯○眄各本作眂依宋本及集韵正方言瞯眄也吳楚江淮之閒或曰瞯或曰路

眯 艸入目中也○莊子籤穅眯目字林云眯物入眼爲病然則非獨艸也 从目米聲○莫禮切十五部

眺 目不正也○按釋詁說文皆云覛視也然則覛望字不得作眺月令可以遠眺望系假借小徐注引射雉賦目不步體衺眺旁剔徐爰曰覛瞻不正常驚惕也此眺字本義 从目兆聲○他弔切二部

睞 目童子不正也○目精注人故从來屈賦所謂目成也洛神賦明眸善睞李曰睞旁視 从目來聲○洛代切一部

睩 目睞謹也○睩睩謹皃也故睩爲目睞之謹言注視而又謹畏也招魂蛾眉曼睩目騰光王曰好目曼澤時睩睩然視精光騰馳感人心也 从目彔聲○讀若鹿○盧谷切三部

䀹 眣也○唐人小說術士相裴大人目脩而緩主注俗謂脩長之脩 从目攸聲○敕鳩切三部

眣 目不從正也○鉉無從字非自眺至此皆狀目之邪所謂句中不正者也按公羊傳文六年眣晉大夫使與公盟也何云以目通指曰眣成二年卻克眣魯衛之使使以其辭而爲之請釋文字皆从失云眣音舜本又作眣丑乙反又大結反五經文字曰眣音舜見春秋傳開成石經公羊二皆作眣疑此字从矢會意从失者其譌體以譌體改說文淺人無識之故也陸云又作眣而已未嘗云說文作眣也許云目不从正者公羊兩言眣皆不以正也 从目失聲○丑栗切十二部

矇 童蒙也○此與周易童蒙異謂目童子如冡覆也毛公劉熙韋昭皆云有眸子而無見曰矇鄭司農云有目眹而無見謂之矇其意略同毛說爲長許主毛說也禮記昭然若發矇謂如發其覆 从目蒙聲○莫中切九部 一曰不明也○此泛言目不明爲別一義

眇 小目也○各本作一目小也誤今依易釋文正履六三眇能視虞翻曰離目不正兌爲小故眇而視方言曰眇小也淮南說山訓小馬大目不可謂大馬大馬之目眇謂之眇馬物有似然而似不然者按眇訓小目引伸爲凡小之偁又引伸爲微妙之義說文無妙字眇即妙也史記戶說以眇論即妙論也周易眇萬物而爲言陸機賦眇衆慮而爲言皆今之妙字也 从目少○鍇曰會意按物少則小故从少少亦聲亡沼切二部

眄 目偏合也○徧各本作偏譌今依韵會正徧帀也帀周也周密也瞑爲臥眄爲目病人有目皆全合而短視者今眄字此義廢矣 从目丏聲○莫甸切古音當在十二部讀如泯 一曰衺視也○秦語○方言瞯睇睎略眄也自關而西秦晉之閒曰眄薛綜曰流眄轉眼貌也

盲 目無牟子也○牟俗作眸趙注孟子曰眸子目瞳子也釋名曰眸冒也相裹冒也毛傳曰無眸子曰瞍鄭司農韋昭皆云有目無眸子謂之瞍許云目無牟子謂之盲說與毛鄭異無牟子者白黑不分是也今俗謂青盲 从目亾聲○武庚切古音在十部

䁍 目陷也○廣雅䁍陷也引伸爲凡陷之偁 从目咸聲○苦夾切古音在七部

瞽 目但有朕也○朕俗作眹誤朕从舟舟之縫理也引伸之凡縫皆曰朕但有朕者才有縫而已釋名曰瞽鼓也瞑瞑然目平合如鼓皮也眄者目合而有見瞽者目合而無見按鄭司農云無目朕謂之瞽韋昭云無目曰瞽皆與

許異。从目鼓聲。公戶切五部

瞍 ㄙㄡˇ

瞍無目也。無目與無牟子別無牟子者黑白不分無目者其中空洞無物故字林云瞍目有眹無珠子也瞽者才有眹而中有珠子瞍者才有眹而中無珠子此又瞽與瞍之別凡若此等皆對文則別散文則通如詩箋云瞽矇也史記云瞽叟盲皆是散文則通也人僻爲瞽叟其實則盲者也凡作瞽瞍者字誤也國語瞽獻曲瞍獻賦矇誦此對文則別也从目叜聲。穌后切古音在三部

䁝 ㄒㄩㄥˊ

䁝䁝惑也。䁝惑雙聲字各本誤刪䁝今依廣韵補淮南鴻烈漢書皆假營爲䁝高誘注每云營惑也不誤小顏多拘牽營字本義訓爲回遶非也營行而䁝廢从目熒省聲。熒各本作榮今正凡營塋瑩鎣嫈縈榮字皆曰熒省聲而此字尤當从熒會意熒者火光不定之皃火星偁熒惑戶扃切十一部

睉 ㄘㄨㄛˊ

睉小目也。从目坐聲。昨禾切十七部鉉等曰尚書元首叢脞哉今脞从肉非是按脞馬鄭皆以小釋之詩書無脞因改爲睉此恐肊決專輒攷元應書卷一於睉字云出字林不云出說文許書睉疑後增

𥄮 ㄨㄛˋ

𥄮捾目也。捾搯也吳語吳世家皆云子胥以手抉目是也从目叉。目叉者目爲叉捾也會意烏括切十五部

瞚 ㄕㄨㄣˋ

瞚開闔目數搖也。開闔目元應本作目開閉闔一曰閉也左傳與騎曰使者目動而言肆懼我也目動者開閉數搖也呂覽曰夫死其視萬歲猶一瞚也莊子兒子終日視而目不瞚此皆瞚字本義凡謂與公羊眣同者非也眴爲目搖瞚爲目數搖皆不必以目使人惟眣主以目通指从目寅聲。舒閏切按寅聲當在十二部莊釋文因或作瞬統音舜耳

𥆨 ㄈㄟˋ

𥆨目不明也。从目弗聲。普未切十五部按此疑卽[目勿]之或字

文百十三　重九宋本作八

䀠 ㄐㄩˋ

䀠左右視也。ナ又各本作左右非也今正凡詩齊風唐風禮記檀弓曾子問雜記玉藻或言瞿或言瞿瞿蓋皆䀠之假借瞿行而䀠廢矣瞿下曰䧹隼之視也若毛傳於齊曰瞿瞿無守之皃於唐曰瞿瞿然顧禮義也各依文立義而爲鷩遽之狀則一从二目。會意凡䀠之屬皆从䀠。讀若拘又若良士瞿瞿。九遇切五部

𥄕 ㄐㄩㄢˋ

𥄕目圍也。圍當作回回轉也从䀠ㄏ。會意厂下曰抴也明也讀若書卷之卷。𥄕與眷顧義相近故讀同書卷居倦切十七部古文㠯爲靦字。靦鉉本作醜誤靦與𥄕卷部分遠隔也靦者姡也面部曰面見人也从面見古文作𥄕蓋亦謂徒有二目見人而已古音同在十四部故得相假借

奭 ㄐㄩ

奭目衺也。从䀠从大大人也。大人也三字疑非是奭與爽奭同意爽之明大奭之盛大奭之目衺淫視者大故皆从大會意舉朱切斞字从此以小雅仇讀爲斞求之古音在三四部

文三

眉 ㄇㄟˊ

眉目上毛也。人老則有長眉豳風小雅皆言眉壽毛曰豪眉也又曰秀眉也方言眉黎耋鮐老也東齊曰眉士冠禮古文作麋少牢饋食禮古文作微皆假借字也从目象眉之形。謂ㄏ上象頟理也。謂仌在兩眉上也並二眉則頟理在眉閒之上武悲切十五部凡眉之屬皆从眉

省 ㄒㄧㄥˇ

省視也。省者察也察者覈也漢禁中謂之省中師古曰言入此中者皆當察視不可妄也釋詁曰省善也此引伸之義大傳曰大夫有大事省於其君謂君察之而得其大善也从眉省从屮。屮音徹木初生也財見也从眉者未形於目也从屮者察之於微也凡省必於微故引伸爲減省字說文有㛒媘二字然經傳多作省所景切亦息井切十一部

省○

古文省从少囧。按囧非也古文目作囧此與睿皆從之从少目者少用其目省之用甚微也

文二　重一

盾 ㄕㄨㄣˇ

盾瞂也。經典謂之干戈部作𢧵所㠯扞身蔽目。用扞身故謂之干毛傳曰干扞也用

瞂䀻自䑑白皆魯者𠷎智百

瞂

蔽目故字从目 **从目** 各本少二字今依元應補 **象形** 錯曰𠂆象盾形按今錯本或妄增𠂆聲二字食閏切十三部廣韵食尹切 **凡盾之屬皆从盾**

瞂 盾也 秦風蒙伐有苑毛曰伐中干也周禮司兵掌五盾鄭曰五盾干櫓之屬其名未盡聞也按木部及韋昭曰大楯曰櫓則中干次之盾之大小略見於釋名毛云中干析言之方言及許統言之方言曰盾自關而東謂之瞂或謂之干關西謂之盾作瞂者或體也作伐者假借字蘇秦傳作吠 **从盾犮聲** 扶發切十五部

䀻

䀻 盾握也 人所握处也其背脊隆处曰瓦見左傳 **从盾圭聲** 苦圭切十六部

文三

自

自 鼻也象鼻形 此以鼻訓自而又曰象鼻形王部曰自讀若鼻今俗以作始生子爲鼻子是然則許謂自與鼻義同音同而用自爲鼻者絕少也凡从自之字如尸部眉臥息也言部詯膽气滿聲在人上也亦皆於鼻息會意今義從也己也自然也皆引伸之義疾二切十五部 **凡自之屬皆从自**

𦣹 古文自

䑑

䑑 宀宀不見也 䑑宀疊韵宀宀交覆深屋也宀宀窈緻皃毛詩曰緜緜韓詩曰民民其實一也 **闕** 上从自下不知其何意故云闕謂闕其形也武延切古音如民十二部

文二 重一

白

白 此亦自字也省自者詞言之气从鼻出與口相助 詞者意內而言外也言从口出而气从鼻出與口相助故其字上从自省下从口而讀同自疾二切十五部 **凡白之屬皆从白**

皆

皆 俱詞也 司部曰詞者意內而言外也其意爲俱其言爲皆以言表意是謂意內言外人部俱下曰皆也是謂轉注又偕下曰一曰俱也則音義皆同 **从比从白** 从比會意古諧切十五部

魯

魯 鈍詞也 孔注論語曰魯鈍也左傳魯人以爲敏謂鈍人也釋名曰魯魯鈍也國多山水民性樸鈍按椎魯鹵莽皆即此 **从白魚聲** 各本作鮺省聲按鮺从差省聲在古音十七部今之歌麻韵魯字古今音皆在五部魯鮺字用爲鮺聲古文旅爲魯則鮺爲淺人妄改也今正郎古切五部 **論語曰參也魯** 先進篇文

者

者 別事詞也 言主於別事則言者以別之喪服經斬衰裳苴絰杖絞帶冠繩纓菅屨者注曰者者明爲下出也此別事之例凡俗語云者箇者般者回皆取別事之意不知何時以這代之這魚戰切 **从白𣥒聲 𣥒古文旅** 放部曰𣥒古文旅之偏旁乃全不類轉寫之過也之也切古音在五部讀如煑

𠷎

𠷎 詞也 凡毛傳之例云辭也如芣苢之薄漢廣之思草蟲之止載馳之載大叔于田之忌山有扶蘇之且皆是說文之例外欥爲詮詞矣爲語已詞㬜爲況詞曶爲出气詞[illegible]爲驚詞介詞之必然也曾詞之舒也皆是𠷎詞二字非例當作誰詞也三字堯典言疇若者二言疇咨若者二亦必同疇咨當先咨後疇語急故介壁中古文字作𠷎古字也爾雅疇孰誰也字作疇今字也許以疇爲假借字𠷎爲正字故口部曰𠷎誰也又𠷎疇爲古今字說文之例敘篆文合以古籀𠷎者古文非小篆也何以廁此也凡書禮古文往往依其部居錄之不必如上部之例先古文必系以小篆後古文亦不必先小篆所以尊經也倘書作疇不作𠷎者蓋孔安國以今文字讀之易之同爾雅也 **从白𠷎聲𠷎與疇同** 此與矢部直由切三部 **虞書曰** 書虞書當作唐書曰字今補 **帝曰𠷎咨** 此

智

𥏼 識詞也 此與矢部知音義皆同故二字多通用 **从白亏知** 鍇曰亏亦气也按从知會意知亦聲知義切十六部

𥏾 古文𥏼 此依鍇本匠郎切鉉郎知切也省白

百

百 十十也 从一白 五部數博陌切 句 **十十爲一百百白也** 白告白也此說从白之意數長於十百可以詈言白人也各本脫此八字依韵會補 **十百爲一貫貫章也** 此類皐之百白疊韵貫章雙聲章明也數大於千盈貫章明也各本下貫自白爲相依韵會正

𦣻 古文百 自白同

文七　重二

鼻　所㠯引气自畀也。所以二字今補口下曰所以言食也舌下曰所以言別味也是其例老子注曰天食人以五氣从鼻入地食人以五味从口入白虎通引元命苞曰鼻者肺之使按鼻一呼一吸相乘除而引氣於無窮自讀如今人言自家之自自本訓鼻引伸爲自家 从自畀。以義爲形也父二切十五部

凡鼻之屬皆从鼻。

齅　㠯鼻就臭也。玉篇引論語三齅而作 从鼻臭。臭亦聲。讀若畜牲之畜。各本畜作畜非許救切三部

鼾　臥息也。息鼻息也廣韵曰臥氣激聲許干切 从鼻干聲。讀若汗。侯幹切十四部按古讀平聲

鼽　病寒鼻窒也。月令民多鼽嚏窒塞也 从鼻九聲。巨鳩切三部

齂　臥息也。此與尸部眉音義並同篇韵皆祇云鼻息釋詁云齂息也 从鼻隶聲。許介切十五部 讀若虺。

四篇上　七

文五

皕　二百也。卽形爲義不言从二百 凡皕之屬皆从皕。讀若逼。逼各本作祕按五經文字皕音逼廣韵彼側切至韵不收李仁甫五音韵譜目錄云讀若逼本注云彼力切皆由舊也盡奭字以爲聲在弟五部逼音相近也

奭　盛也。釋詁赫赫躍躍赫赫舍人本作奭奭常武毛傳云赫赫然盛也按奭是正字赫是假借字小雅路車有奭韎韐有奭毛曰奭赤皃此當作赫赤部云赫火赤皃奭是假借字 从大从皕。皕與大皆盛意也 皕亦聲。詩亦切古音讀若郝在五部隸作奭 此燕召公名。讀若郝。三字當在皕亦聲之下 史篇名醜。此爲召公名徵古說也召公名奭見尚書史記而史篇云名醜史篇之作去周初未遠未審何以乖異敘目云及宣王大史籀箸大篆十五篇漢志史籀十五篇周宣王大史作又云史籀篇者周時史官教學童書也按省言之曰史篇王莽傳徵天下史篇文字孟康曰史籀所作十五篇也許三偁史篇姚下云史篇以爲姚易也匋下云史篇讀與缶同此云史篇名醜計度其書必四言成文教學童誦之倉頡爰歷博學實仿其體

奭　古文奭。古文百作𦣻則知皕作𦣻𦣻

文二　重一

習　數飛也。數所角切月令鷹乃學習引伸之義爲習孰 从羽白聲。按此合韵也又部彗古文作習亦是从習聲合韵似入切七部

凡習之屬皆从習。

翫　習猒也。猒飽也此與心部忨音同義近 从習元聲。五換切十四部 春秋傳曰翫歲而愒日。左傳昭元年文按心部忨下引春秋傳忨歲而㵣日當作春秋國語今晉語作忨日而㵣歲

文二

四篇上　六

羽　鳥長毛也。長毛別於毛之細縟者引伸爲五音之羽晉書樂志云羽舒也陽氣將復萬物孳育而舒生漢志曰羽宇也物聚藏宇覆之爾雅羽謂之柳 象形。長毛必有耦故竝𠃚乚部曰𠃚新生羽而飛也𠃚竝𠃚也王矩切五部

凡羽之屬皆从羽。

翨　鳥之彊羽猛者。按當作猛鳥也彊羽轉寫譌耳周禮翨氏掌攻猛鳥以時獻其羽翮此釋周禮故云猛鳥也猛鳥羽必彊故其字从羽此與赤羽尾長皆从羽文法正同大鄭翨讀爲翅翼之翅以是聲支聲皆在十六部翨當卽是翅之奇字後鄭以經云獻羽翮則訓翨爲鳥翮是聲鬲聲亦同十六部也翮羽莖舉翮以該羽許與二鄭說異 从羽是聲。居豉切十六部

翰　天雞也。也字依御覽補釋鳥鶾天雞鶾本又作翰鳥部鶾訓雉肥翰音者則此作翰是天雞樊光云一名山雞 赤羽。各本有也非今刪自翨至翠五字皆主謂鳥其鳥彊羽赤羽故其字从羽不从鳥 从羽倝聲。侯榦切十四部小宛傳云翰高也謂羽長飛高此別一義桑扈文王有聲崧高板傳皆云翰榦也此謂詩以翰爲楨榦字也同音假借 逸周書曰。此漢志周書七十一篇周史記也以別於尚書之周

鼻齅鼾鼽齂皕奭習翫羽翨翰

翟翡翠翦翁翄𦐔翹翭翮翑羿翥翕翾

翟ㄉㄧˊ

書故謂之逸周書文翰若翬雉一名鷐風周成王時蜀人獻之文或作大誤王會篇文今本作蜀人以文翰文翰者若皐雞孔晁云鳥有文彩者太平御覽皐作皇郭注爾雅皐作彩詩作翬雉疑有誤按許引王會者六魚部周成王時揚州獻鰅魚鳥部周成王時氐羌獻鸞鳥艸部芣苢其實如李令人宜子周書所說内部周成王時州靡國獻𥝩𥝩馬部[illegible]吉皇之乘周成王時犬戎獻之犬部匈奴有狡犬內四條文義略同此此不當有一名鷐風四字橫梗於其中也四字當在蜀人獻之之下一名當作一曰一曰者別一義也常武曰如飛如翰毛云疾如飛摯如翰鄭云翰飛鳥之豪俊也此鷐風曰翰之證釋鳥毛傳皆云晨風鸇也易林晨風文翰竝舉無緣文翰一名鷐風謬舛顯然矣翟山雉也釋鳥翟山雉郭曰長尾者按郭翰翟二注蓋取諸說文邶風右手秉翟毛曰翟翟羽也鄘風其之翟也毛曰翟褕翟闕翟翟羽飾衣也周禮王后五路重翟厭翟鄭曰重翟重翟雉之羽厭翟次其羽使相迫按翟羽經傳多假狄為之狄人字傳多假翟為之尾長故从

四篇上　十九

羽不入隹部者隹為短尾鳥總名又此鳥以尾長為異也从羽从隹徒歷切古音在二部鄘風韵於十六部合韵也

翡ㄈㄟˇ　翠ㄘㄨㄟˋ

翡赤羽雀也出鬱林漢郡从羽非聲房未切十五部翠青羽雀也釋鳥翠鷸郭曰似燕紺色按鳥部鷸下不云翠鳥也出鬱林从羽卒聲七醉切十五部

翦ㄐㄧㄢˇ

翦羽生也羽初生如前齊也前古之翦字今之歬字一曰矢羽矢舊作矢釋器金鏃翦羽謂之鍭骨鏃不翦羽謂之志翦者前也前者斷齊也鍭矢前其羽短之使前重志矢不前羽較長喪禮則鍭矢骨鏃異於金鏃志矢無鏃短衛異於骨鏃不前羽按鍭矢前羽謂羽為翦因之志矢之羽亦謂之翦故云一曰矢羽从羽歬聲即淺切十二部

翁ㄨㄥ

翁頸毛也山海經天帝之山有鳥黑文而赤翁漢郊祀歌赤鴈集六紛員殊翁襍五采文急就篇鳧翁按俗言老翁者假翁為公也𨠬禮酒人注假翁為滃从羽公聲烏紅切九部

翄ㄔˋ　𦐂

翄翼也飛部曰翼翄也翼篆文翼也从羽支聲施智切十六部𦐂或从羽氏支氏同部魏都賦𦐂𦐂𦐂精衛李云說文𦐂亦翄字叔或反今音祇𦐂𦐂飛貌也按廣韵𦐂飛皃巨支切小雅提提羣飛貌是移切

𦐔ㄍㄜˊ

𦐔翄也小雅如鳥斯革毛云革翼也韓詩作翄云翅也毛用古文假借字韓用正字而訓正同廣雅翄𦐂翼也魏都賦雲雀踶甍而矯首壯翼摛鏤於青霄注踶則舉羽翮用勢若將飛而尚住此如鳥斯𦐔之謂許不言詩曰者省文非有意也从羽革聲古翮切古音在一部

翹ㄑㄧㄠˊ

翹尾長毛也班固白雉詩發晧羽兮奮翹英射雉賦班尾揚翹按尾長毛必高舉故凡高舉曰翹詩曰翹翹錯薪高則危詩曰予室翹翹从羽堯聲渠遙切二部

翭ㄏㄡˊ

翭羽本也謂入於皮肉者也按詩周禮鍭矢士喪禮作翭矢蓋此矢金鏃候物而中如羽本之入肉故假借通用也从羽侯聲乎溝切四部一曰羽初生

翮ㄍㄜˊ

翮羽莖也莖枝柱也謂衆枝之柱翮亦謂一羽之柱莖翮雙聲唐風肅肅鴇行毛曰行翮也亦於雙聲求之上文云鴇羽鴇翼故不得以行列釋之也从羽鬲聲

四篇上　二十

下革切十六部

翑ㄑㄩˊ

翑羽曲也凡从句者皆訓曲釋木曰句如羽喬上句曰喬然則羽曲者謂上句反鄉从羽句聲其俱切古音在四部讀如鉤釋嘼云馬後足皆白翑

羿ㄧˋ

羿羽之羿風羿疑當為开开平也羽之开風謂摶扶搖而上之狀亦古諸侯也此謂有窮后羿邑部曰窮夏后時諸侯夷羿國也弓部曰𢏚帝嚳䠶官夏少康滅之一曰射師淮南書曰雖有羿之知而無所用之高云是堯時羿也能射十日繳大風殺窫窳斬九嬰射河伯之知巧也非有窮后羿按許云一曰射師亦謂堯時羿从羽开聲鍇本無聲鉉有蓋會意兼形聲也五計切十五部开合韵也俗作羿

翥ㄓㄨˋ

翥飛舉也方言曰翥舉也楚謂之翥郭云謂軒翥也西京賦鳳騫翥於甍標从羽者聲章庶切五部

翕ㄒㄧˋ

翕起也釋詁毛傳皆云翕合也許云起也者但言合則不見起言起而合在其中矣翕从合者鳥將起必斂翼也从羽合聲許及切七部

翾ㄒㄩㄢ

翾小飛也九歌翾飛兮翠曾按荀子喜則輕而翾假翾為儇也从羽睘聲許緣

切十四部 翬 大飛也。釋鳥曰鷹隼醜其飛也翬郭云鼓翅翬翬然疾 从羽軍聲。許歸切古音在十三部 一曰伊雒而南雉五采皆備曰翬。釋鳥伊洛而南素質五彩皆備成章曰翬王后褘衣刻繒爲之形而采畫之 詩曰有翬斯飛。小雅斯干文今詩有作如唐元度徐鍇說文皆作有按毛詩作有則與如鳥斯革合爲一事翬訓大飛或許所據毛詩如此與鄭不同未可知也鄭云此章四如又云翬者鳥之奇異者則作如顯然翬訓後一義

翏 高飛也。从羽㐱。㐱新生羽而飛也羽毛新生豐滿可以高飛也莊子翏翏謂長風之聲此引伸之義力救切三部匡謬正俗云翏古文戮字湯誓云予則孥翏女按翏正翏之譌假借字

翩 疾飛也。魯頌傳曰翩飛皃泰六四翩虞曰離飛故翩翩 从羽扁聲。芳連切古音在十二部

翜 捷也。釋詁曰際接翜捷也郭云捷謂相接續也按翜捷皆謂敏疾敏疾則際接無痕其義相成也許舉其本義故下云飛之疾也以釋从羽今俗語霎時者當作此止部曰疌疾也俗通用捷疌翜霎廢 飛之疾也。从羽夾聲。讀若濇。濇不滑也與翜同義而雙聲讀若濇即讀若澀山洽切七部 一曰俠也。人部曰俠俜也漢人多用俠爲夾此俠當爲夾或當爲挾

翊 飛皃。漢郊祀歌神之來泛翊翊甘露降慶雲集師古曰翊音弋入切又音立按翊字本義本音僅見於此經史多假爲昱字以同立聲也釋言曰翌明也尚書五篇翌日皆訓明日一言翌室訓明室天寶閒盡改爲翼凡尚書翼字訓敬訓輔與訓明者淆同無別自衛包始漢魏晉唐初皆有翌日無翼日郭璞元應李善引尚書皆作翌日自同其字又同其音以七部立聲之字讀一部異聲之與職切字書韵書承譌襲繆小顏弋入入力入之音無有採者矣又吳都賦云翋㩼廣雅翋㩼飛也力荅徒合二切㩼同翊此亦翊之本義本音也 从羽立聲。大徐用唐韵與職切非也

⿱冃羽 飛盛皃。按廣雅𢶍㩼即說文之翊⿱冃羽蟲韵字也 从羽冃。鉉曰犯冒而飛是盛也按从冃者莊子所云翼若垂天之雲也土盍切八部

⿱山羽 羽盛皃也。羽大徐作飛集

韵翡翡羽翼盛 从屮羽聲。侍之切一部

翱 翱此複舉字之未刪者翔也。釋名翱敖也言敖遊也翔佯也言彷徉也按彷徉徘徊也左傳作方羊方蒲郎切 从羽皐聲。五牢切二部

翔 回飛也。釋鳥鳶烏醜其飛也翔郭云布翅翱翔高注淮南曰翼上下曰翱直刺不動曰翔曲禮室中不翔鄭曰行而張拱曰翔此引伸假借也按翱翔統言不別析言則殊高注析言之也夏小正黑鳥浴浴也者飛乍高乍下也此所謂翼上下曰翱也 从羽羊聲。似羊切十部按古多讀如羊

翽 飛聲也。詩釋文引說文羽聲也字林飛聲也此俗以字林改說文之證毛傳云翽翽衆多也此謂鳳飛羣鳥從以萬數毛比傳下文多吉士多吉人爲說許說其字義故不同也 从羽歲聲。呼會切十五部 詩曰鳳皇于飛翽翽其羽。大雅文

翯 鳥白肥澤皃。大雅白鳥翯翯毛傳曰翯翯肥澤也釋文引字林亦云鳥白肥澤曰翯高毛則言肥澤而白在其中也白部曰皠鳥之白也何晏賦皠皠白鳥翯與皠音義皆同賈誼書作皜皜孟子作鶴鶴趙注與毛傳合 从羽高聲。胡角切古音在二部 詩曰白鳥翯翯。

⿱羽王 樂舞。以羽翿自翳其首以祀星辰也。翿同翳猶覆也周禮舞師云教皇舞帥而舞旱暵之事注鄭司農云⿱羽王舞蒙羽舞書或爲皇或爲義樂師云有皇舞注故書皇作⿱羽王鄭司農云⿱羽王舞者以羽冒覆頭上衣飾翡翠之羽⿱羽王讀爲皇書亦或爲皇按大鄭從故書作⿱羽王後鄭則從今書作皇云襍五采羽如鳳皇色持以舞許同大鄭惟不云衣飾翡翠羽又不同經文舞旱暵之事而云祀星辰耳蓋本賈侍中周官解故○禮注文今攷定 从羽王聲。讀若皇。胡光切十部按此等字小篆皆未必有之專釋古經古文也

翇 樂舞。執全羽以祀社稷也。樂師有帗舞有羽舞注故書帗作翇皇作⿱羽王鄭司農云翇舞者全羽羽舞者析羽社稷以翇元謂帗析五采繒今靈星舞子持之是也按今本脫帗作翇三字又將大鄭注翇改爲帗非也舞師注亦有脫大鄭及許皆從故書作翇以字从羽故知爲全羽後鄭從今書作帗以字从

巾故知析五采繒也。从羽犮聲。讀若紱。文選注引倉頡篇曰紱綬也許無紱字而見於此翇分勿切十五部。翿翳也。所以舞也。釋言曰翢纛也纛翳也王風毛傳曰翿纛也翳也翳翢翿同字毛傳本釋言翳也之上當本有纛字此熠燿粦也粦熒火也之例也陳風傳則約之云翿翳也許本之許無纛字者無毒部亦無縣部無所入也王風音義曰纛俗作纛爾雅音義曰纛字又作纛五經文字曰纛作纛譌開成石經周禮爾雅正作纛今本爾雅音義譌舛葉林宗鈔本不誤纛从縣毒會意與緐从糸每會意同从毒者如艸之盛也淺人改从毒謂爲諧聲耳郭注爾雅云今之羽葆幢舞者所以自蔽翳王風左執翿陳風值其鷺羽值其鷺翿傳云值持也鷺鳥之羽可以爲翳翌字下云樂舞以羽翿自翳其首皆謂舞也射則用翿旌見鄉射禮喪則天子鄉師執纛御匶諸侯匠人執翿御匶周禮注作執纛禮記作執羽葆然則翿也纛也羽葆也異名而同實也漢羽葆幢以犛牛尾爲之在乘輿左騑馬頭上或云在衡。从羽𣪠聲。徒到切古音在三部按釋文多音平聲。詩曰：左執翿。

翳華蓋也。司馬相如傳曰泰山梁父設壇場望華蓋劉歆遂初賦奉華蓋於帝側西京賦華蓋承辰薛綜曰華蓋星覆北斗王者法而作之蔡邕曰凡乘輿車皆羽蓋金華爪張衡賦曰羽蓋葳蕤葩瑵曲莖又曰樹翠羽之高蓋薛綜云羽蓋以翠羽覆車蓋也按以羽故其字从羽翳之言蔽也引伸爲凡蔽之偁在上在旁皆曰翳。从羽殹聲。於計切十五部。

翣棺羽飾也。羽衍文棺飾本周禮周禮喪縫棺飾焉衣翣柳之材檀弓周人牆置翣又飾棺牆置翣鄭曰翣以布衣木如攝與喪大記注漢禮翣以木爲筐廣三尺高二尺四寸方兩角高衣以白布畫者畫雲氣其餘各如其象柄長五尺車行使人持之而從既窆樹於壙中按翣柳皆棺飾也鄭云以布衣木又引漢禮況之經無用羽明文以其物下垂故从羽也天子八。諸侯六。大夫四。士二。禮器曰天子八翣諸侯六翣大夫四翣喪大記君黼翣二黻翣二畫翣二此諸侯六翣也大夫黻翣二畫翣二此大夫四翣也周禮注天子又有龍翣二下垂。从羽翣者下垂於棺兩旁如羽翼然故字从羽非眞羽也故居末焉从羽之上當有如羽二字妾聲。周禮故書翣作接鄭司農云接讀爲翣引檀弓周人牆置翣春秋傳四翣不蹕接與翣皆假借字也山洽切八部

文三十四　重一

隹鳥之短尾總名也。短尾名隹別於長尾名鳥云總名者取數多也亦鳥名翢翢者雖夫不也本又作隹象形。職追切十五部凡隹之屬皆从隹。

雅楚烏也。一名鸒。一名卑居。秦謂之雅。楚烏烏屬其名楚烏非荊楚之楚也鳥部曰鸒卑居也即此物也酈善長曰按小爾雅純黑返哺謂之慈烏小而腹下白不返哺者謂之雅烏爾雅曰鸒斯卑居也孫炎曰卑居楚烏犍爲舍人以爲壁居說文謂之雅莊子曰雅賈馬融亦曰賈烏按卑居之爲壁居如史記卑耳之山即齊語壁耳之山卑壁同十六部卑俗作鵯音匹非也雅之訓亦云素也正也皆屬假借从隹牙聲。五下烏加二切古音在五部

隻鳥一枚也。雙下曰隹二枚也隹鳥統言不別耳从又持隹。持一隹曰隻。持二隹曰雙。依韵會訂造字之意隻與雙皆謂在手者既乃泛謂耳之石切古音在五部按此字次第當在雚雄以下

雒忌欺也。各本作鵋鶀今考爾雅音義當作忌欺釋鳥曰鵅鵋鶀元應引作忌欺釋鳥又曰怪鴟舍人曰謂鵂鶹也南陽名鉤鵅一名忌欺然則忌欺與怪鴟一物元應以爲關西名訓侯關東名訓狐皆此也按萑部雖舊舊留不云即雒未知許意爲一不鵅即雒字各家音格但今江蘇此鳥尚呼鉤雒鴟雒音同洛則晉格者南北語異耳又按自魏黃初以前伊雒字皆作此與雍州謂洛字迵判曹丕云漢忌水改洛爲雒斯世之言也詳水部从隹各聲。盧各切五部

閵今閵。逗似鴝鵒而黃。今閵鳥名玉篇作舍閵从隹𠥓省聲。良刃切十二部藺籀文不省。

巂周。逗燕也。各本周上無巂此淺人不得其句讀刪複舉之字也釋鳥巂周燕燕乙孫炎舍人皆云一物三

⿰方隹雀⿰犬隹雗雉雊雞雛

名郭景純陸德明誤讀說文臧去一曰二字乃以子嶲爲嶲周矣嶲周子嶲異物而同字文選七命鸞䴏猩𪇪李云呂氏春秋曰肉之美者嶲燕之䏽此燕名嶲周之證今本味篇不同从隹山象其冠也冠猶首也冏聲戶圭切十六部按冏聲在十五部合韵也曲禮立視五嶲借爲規字漢之越嶲即此字音髓或以作嶲別之譌一曰已下別一義蜀王望帝婬其相妻慙亡去爲子嶲鳥故蜀人聞子嶲鳴皆起曰是望帝也依爾雅音義訂子嶲亦曰子規即杜鵑也人化爲鳥固或然之事而常璩曰有王曰杜宇號曰望帝其相開明決玉壘山以除水害遂禪位於開明升西山隱焉時適二月子鵑鳥鳴故蜀人悲子鵑鳥鳴也說略同揚雄蜀王本紀

⿰方隹⿰方隹鳥也此與鳥部鴋各物从隹方聲讀若方府良切十部

雀依人小鳥也今俗云麻雀者是也其色褐其鳴節節足足禮器象之曰爵爵與雀同音後人因書小鳥之字爲爵矣月令鴻鴈來賓爵入大水爲蛤高注呂覽曰賓爵老爵也棲宿於人堂宇有似賓客故謂之賓爵又有似雀而色純黃者曰黃雀戰國策云俛啄白粒仰棲茂樹詩所謂黃鳥也从小隹讀與爵同小亦聲也即略切古音在二部

⿰犬隹⿰犬隹鳥也也廣韵作名从隹犬聲五佳切古音當在十四部睢陽有⿰犬隹水睢陽前後志皆屬梁國按玉篇邑部邪胡灰切睢陽鄉名邪即雅字有雅水而後有邪鄉也集韵類篇字作邪

雗雗鷽也三字一句此與鳥部鶾各物鳥部曰雗鷽山鵲知來事鳥也从隹倝聲侯幹切十四部

雉有十四種目下文盧諸雉張揖上林賦注曰盧白雉也按上林自謂水鳥然張語必爾雅古說鷮雉各本作喬誤鳥部曰鷮走鳴長尾雉也卜雉各本作鴇誤鳥部無鴇釋鳥作鳪郭云黃色鳴自呼鷩雉鳥部曰鷩赤雉也又曰鵔鸃鷩也秩秩海雉郭云如雉而黑在海中山上陸曰秩秩本又作失失翟山雉見羽部雗雉郭與鶾雉爲一許爲二陸云雗字又作翰卓雉卓今爾雅作鵫郭云今白鵫也

雊ㄍㄡˋ 𨾔　鷄　雛ㄔㄨˊ 雞ㄐㄧ

江東呼白雗亦名白雉伊雒而南曰翬雒各本作洛誤釋鳥曰伊洛而南素質五彩皆備成章曰翬見羽部江淮而南曰搖釋鳥江淮而南青質五彩皆備成章曰鷂夫人揄狄鄭云謂衣畫搖者揄衣部作褕云翟羽飾衣也義同毛傳南方曰⿸尸弓賈逵杜預注左傳⿸尸弓作翟按⿸尸弓與翟韵部相近但上文已有翟則作⿸尸弓爲得也今爾雅作⿸尸弓東方曰甾今爾雅作鶅北方曰稀今爾雅作鵗西方曰蹲今爾雅作鷷已上十四雉皆見釋鳥从隹矢聲直几切十五部按雉古音同夷周禮雉氏掌殺艸故書作夷氏大鄭从夷後鄭从雉而讀如鬀今本周禮作薙者俗製也左傳五雉爲五工正夷民者也揚雄賦辛雉即辛夷漢地理志南陽雉縣舊音弋衛反江夏下雉縣如淳音羊氏反皆古音也

𨾔古文雉从弟弟聲

雊雄雉鳴也言雄雉鳴者別於鷕之爲雌雉鳴也小雅雉之朝雊尚求其雌鄉風有鷕雉鳴下云雉鳴求其牡按鄭注月令云雊雉鳴也是雊不必系雄鳴則毛公系諸雌亦望文立訓耳若潘安仁賦雉鷕鷕而朝雊此則所謂渾言不別也顏延年顏之推皆云潘誤用未孰於訓詁之理雷始動雉乃鳴而句其頸乃字依尚書正義補句各本誤雊依小弁正義正夏小正正月雷震雉雊雊也者鳴鼓其翼也正月必雷雷不必聞唯雉必聞之何以謂之雷震則雉雊相識以雷小正古本依太平御覽藝文類聚訂當如是初學記所引乃徐堅妄改也言雷於鴈雉魚之閒故知雷雉一事也釋雊爲鳴鼓其翼者讀雊爲敂敂擊也動也雉鳴必鼓其翼知雉鳴亦必鼓其翼也許云句其頸與大敂與鼓其翼句其頸皆狀其鳴也洪範五行傳曰正月雷微動而雉雊雷通氣也易通卦驗雉雊雞乳在立春節立春在十二月月令季冬雉雊皆謂雷鳴地中時也句音鉤曲也句其頸故字从句从隹句句亦聲古候切四部今鉉本候作侯誤

雞知時畜也从隹奚聲古兮切十六部鷄籀文雞从鳥

雛雞子也雞子雞之小者也淮南天子以雛嘗黍高曰雛新雞也呂覽注云雛春雛也郭景純言今呼少雞爲雛則二注正同王制春薦

鶹。鷚ㄌㄧㄠˋ　離ㄌㄧˊ

非非以外外謂少雞古者少雞亦曰外方言雞雛徐魯之閒謂之䳶子按雛引伸爲凡鳥子細小之偁釋鳥曰生哺鷇生噣雛从隹芻聲。士于切古音在四部鶵籀文雛从鳥。鷚鳥大雛也。此與雛別而俗通用鷚高注呂覽曰雛春鷚也吳都賦翳薈無䳲鷚按爾雅音義文選李注引說文同鍇本作天鷚誤从隹翏聲。力救切三部一曰雉之莫子爲鷚。釋鳥字作鷚郭云晚生者離離黃。逗各本無離淺人誤刪如雟周巂之比依爾雅音義廣韵補倉庚也。幽風毛傳曰倉庚離黃也月令注云倉庚驪黃也釋鳥一曰倉庚鶖黃也又曰鶖黃楚雀又曰倉庚商庚然則離黃一物四名按說文離雜不類則不謂一物又按毛傳黃鳥搏黍也不云卽倉庚倉庚下亦不云卽黃鳥然則黃鳥非倉庚焦氏循云鄭箋稱黃鳥宜食粟又云緜蠻小鳥皃顯非倉庚玉裁謂詩今之黃雀也方言云驪黃或謂之黃鳥此方俗語言之偶同耳陸機乃誤以倉庚釋黃鳥鳴則蠶生。月令仲春倉庚鳴內宰職曰仲春詔后帥外內命婦始蠶于北郊从隹离聲。呂支切古音在十六部今用鸝爲鸝黃借離爲離別也

雕ㄉㄧㄠ　鵰。　瘫ㄧㄥ　鷹。　⿰氐隹ㄔ　鴟。⿰垂隹ㄔㄨㄟˊ　雃ㄑㄧㄢ

雕鷻也。鳥部曰鷻雕也假借爲琱琢凋零字从隹周聲。都僚切二部古音在三部考工記故書雕或爲舟鵰籀文雕从鳥。瘫瘫鳥也。左傳如鷹鸇之逐鳥雀釋鳥鷹來鳩郭云來當爲爽按左傳爽鳩氏司寇也杜曰爽鳩鷹也从隹从人鍇曰鷹隨人所指蹤故从人按雁鴈亦从人瘖省聲。此七字依韵會訂瘖在七部而瘫在六部者合韵取近也於陵切鷹籀文瘫从鳥。按瘫蓋古文也小篆從之从隹从瘖省聲籀文則从鳥而應省聲非兼用隹鳥也⿰氐隹⿰氐隹也。今江蘇俗呼鷂鷹盤旋空中攫雞子食之大雅云懿厥哲婦爲梟爲鴟莊周云鴟得腐鼠是也爾雅有鴟鴞怪鴟茅鴟皆與單言鴟者各物从隹氐聲。處脂切十五部鴟籀文⿰氐隹从鳥。今多从雚⿰垂隹鴟也。从隹垂聲。是僞切古音在十七部雃石鳥。一名雝渠一曰精列。毛傳曰脊令雝渠也飛則鳴行則搖不能自舍爾釋鳥作鶺鴒俗字也精列者脊令之轉語从隹幵聲。苦堅切十二部春秋傳秦有士雃。見左傳襄九年按雃當是士會之後傳云秦人歸其帑其處者爲劉氏蓋處者不皆爲劉氏或雃之後乃改氏劉

雍ㄩㄥ　雂ㄑㄧㄣˊ　雁ㄧㄢˋ　雒ㄌㄨㄛˋ

雍雝渠也。渠鳥部作鵋鉉本同从隹邕聲。於容切九部經典多用爲雝和辟雝隸作雍雂雂鳥也。廣韵云句喙鳥本字林从隹今聲。巨淹切古音在七部春秋傳有公子若雂。見左傳昭廿一年若鉉本及唐石經皆作苦雁雁鳥也。此與鳥部鴈別鴈从鳥爲鵝雁从隹爲鴻雁禮舒鴈當作舒雁謂雁之舒者以別於眞雁也舒雁謂之鴈猶舒鳧謂之鶩也經典鴻雁字多作鴈毛傳曰大曰鴻小曰鴈按鴻大也非鳥名从隹从人雁有人道人以爲摯故从人厂聲。厂呼旱切雁五晏切十四部雒雒黃也。三字句雒字林省作鸐又作鵅鸐黃卽離黃見離下雒離異部而雙聲故雒黃與離黃異名但二字不類廁其說未聞从隹黎聲。郎兮切十五部一曰楚雀也。一曰謂一名也見釋鳥其色黎黑而黃。黎黑皃月令注作黧亦謂黑色

雐ㄏㄨ　雓ㄖㄨˊ　鴽。　雇ㄏㄨˋ

雐雐鳥也。从隹虍聲。荒烏切五部虧字從此雓牟母也。母音無鉉作毋誤釋鳥鴽牟母鄭注公食大夫禮月令皆作鴽母無也毋與牟無與母皆音同也今二注牟鴽蔡邕月令章句鴽爲鶉鴾之屬時則訓注云鴽鶉也李巡云鴽鴾一名鴾母郭云鴽鴾也按內則爾雅皆鶉鴽並舉則不可云鴽卽鶉也从隹奴聲。人諸切五部按經典皆从如聲鴽雓或从鳥。雇九雇。逗農桑候鳥扈民不婬者也。左傳昭十七年郯子曰五鳩鳩民者也五雉爲五工正利器用正度量夷民者也九扈爲九農正扈民無淫者也皆以同音訓詁鳩民者勾民也夷民者古雉與夷音同也扈民者戶民也杜曰扈止也左傳扈蕩戶之漢書王嘉戶殿門失闌注皆曰戶止也此扈同戶戶下曰護也从隹戶聲。侯古切五部今用爲雇僦字春雇鳻盾。夏雇竊元秋雇

鳫。雗ㄔㄨㄣˊ 鷻。 雓ㄢ 鶕。 𨾙ㄓ 䧆ㄏㄨㄥˊ 鳿。 㪔ㄙㄢˇ 弋隹ㄧˋ 雄ㄒㄩㄥˊ 雌ㄘ

竊藍。冬雇竊黃。棘雇竊丹。行雇唶唶。宵雇嘖嘖。桑雇竊脂。老雇鷃也。鴳當从集韵類篇作鷃鴳也谷本作鷃也今依廣韵與釋鳥合賈服注左皆作鴳鷃按晏字則當作晏晏鳥聲也一字則當作鴳鳥部曰鴳雇也是也賈侍中云春扈分循相五土之宜趣民耕種者也夏扈竊元趣民耘苗者也秋扈竊藍趣民收斂者也冬扈竊黃趣民蓋藏者也棘扈竊丹為果驅鳥者也行扈唶唶為民驅鳥者也宵扈嘖嘖夜為農驅獸者也桑扈竊脂為蠶驅雀者也老扈鷃鷃趣民收麥令不得晏起者也舍人樊光蔡邕說皆同故皆為農桑候鳥扈民不淫者少昊之官督民農桑者取其名亦扈民不使淫逸者也

或从雩。从鳥雩聲

籒文雇从鳥。今爾雅同籒

雐屬也。按說文或言屬或言別言屬而別在焉言別而屬在焉言雐屬則雐非雐也焦氏循曰說文隼下云一曰鶉字鶉即鷻省輈人鳥旟七斿以象鶉火鳥隼為旟則鶉火之鶉即鷻左傳童謠鶉之賁賁下舉鶉火證之則詩之言奔奔者當亦是鷻惟有縣鶉兮毛特訓為小鳥乃為鷻也按內則有鶉羹詩貆特鶉皆謂食物

从隹𦎫聲。常倫切十三部

雐屬也。从隹酓聲。恩含切七部太平御覽引有一曰牟母四字

籒文雓从鳥。

鳥也。漢武帝造鳷鵲觀在雲陽甘泉宮外 从隹支聲。章移切十六部

一曰雉度。未聞或曰蓋如長三丈高一丈為雉度以廣度廣以高度高

鳥肥大䧆䧆然也。然依韵會補詩傳云大曰鴻小曰鴈當作此䧆字謂鴈之肥大者也 从隹工聲。戶工切九部

䧆或从鳥。元應曰鳿古文䧆聲類以為鴻鵠之或字

繳㪔也。繳㪔者謂縷繫矰矢放散之加於飛鳥也按繳蓋字當作此亦取先斂後放也 从隹㪔聲。穌旰切十四部

一曰飛㪔也。林部曰㪔分離也

繳射飛鳥也。經傳多假弋為之 从隹弋聲。从弋者如以弋為的也與職切一部

鳥父也。从隹厷聲。羽弓切古音在六部

䍜ㄉㄧㄠˋ 雋ㄐㄩㄢˋ 隓ㄕㄨㄟˊ 魋ㄊㄨㄟˊ 奞ㄙㄨㄟ 奪ㄉㄨㄛˊ 奮ㄈㄣˋ 雈ㄏㄨㄢˊ

鳥母也。从隹此聲。此移切十五十六部

覆鳥令不得飛走也。得依廣韵補网部有罩捕魚器也此與罩不獨魚鳥異用亦且䍜非网罔之類謂家禽及生獲之禽慮其飛走而籠䍜之故其字不入网部今則罩行而䍜廢矣 从网隹。讀若到。都校切二部

鳥肥也。各本作肥肉也今依廣韵不云說文然必說文善本也不言鳥則字何以从隹蒯通著書號曰雋永言其所說味美而長也惟野鳥味可言雋故从弓 从弓隹。補二字 弓所㠯射隹。說从弓之意徂沇切十二部 長沙有下雋縣。前後志同

飛也。从隹隓聲。山垂切古音在十七部

○如小熊赤毛而黃。从隹鬼聲。各本無此篆據言部讙篆下曰从言魋聲必當有此篆但大徐補入鬼部未當今依爾雅補入隹部魋可言隹也杜回切十五部

文三十九 今補魋則四十 重十二

鳥張毛羽自奮奞也。奞依篇韵補奮奞雙聲字 从大隹。大其隹也張毛羽故从大 凡奞之屬皆从奞。讀若睢。息遺切十五部按又先晉切

手持隹失之也。引伸為凡失去物之偁凡手中遺落物當作此字今乃用脫為之而用奪為爭敚字相承久矣脫消肉臞也徒活切鄭康成說禮記曰編簡爛脫脫音奪 从又奞。又手也持隹而奞少縱即逝也徒活切十五部

翬也。疊韵羽部曰翬大飛也雉雞羊絕有力皆曰奮 从奞在田上。田猶野也方問切十三部 詩曰不能奮飛。邶風文毛云奮翼即許云張毛羽自奮奞也

文三

鴟屬。鴟雖也釋鳥雈老兔郭云木兔也似鵂鶹而小兔頭 从隹从𦫳。有毛角。說从𦫳之意毛角者首有蔟毛如角也 所鳴其民有旤。凡雈之屬皆从雈。讀若

蒦ㄨㄛˋ　彠。　雈ㄍㄨㄢˋ　舊ㄐㄧㄡˋ　鵂。　𦫳ㄍㄨㄞˇ　乖ㄍㄨㄞ　𠦒ㄇㄧㄢˊ

和。當若恒云若和者合韵也雈華字以爲聲胡官切十四部

蒦 規蒦。逗商也。从又持雈。規蒦二字葢古語釋之曰商也葢手持雈則恐其奪去圖所以處之是曰規蒦乙虢切五部 一曰視遽皃。瞿下云一曰視遽皃蒦與瞿形聲皆相似故此義同 一曰蒦。逗度也。度徒故切漢志曰寸者付也尺者蒦也故蒦爲五度之度鳥飛起止多有中度者故雄蒦皆訓度度高廣皆曰雉

彠 蒦或从尋。尋亦度也。寸部曰度人之兩臂爲尋八尺也 楚辭曰。求矩彠之所同。見離騷王曰榘法也彠度也注淮南曰榘方也彠度法也

雈 雈爵也。高三字句爵當作雀雈今字作鸛鸛雀乃大鳥各本作小爵誤今依太平御覽正陸機疏云鸛鸛雀也亦可證陸云似鴻而大莊子作觀雀土部垤下鳥部鳳下皆作鸛係俗改 从雈吅聲。工奐切十四部 詩曰。雚鳴于垤。幽風文今詩作鸛釋文曰本又作雚

舊 雖舊。逗舊留也。釋鳥怪鴟舍人曰謂鵂鶹也南陽名鉤鵅一名忌欺按今字爲新舊字 从雈臼聲。巨救切古音在一部

鵂 舊或从鳥休聲。按毛詩舊在一部音轉入三部乃別製鵂字音許流切矣角部但云鴟舊

文四　重二

𦫳 羊角也。玉篇曰𦫳𦫳兩角皃廣韵曰𦫳𦫳羊角開皃 象形。知爲羊角者於羊字知之也 凡𦫳之屬皆从𦫳。讀若乖。工瓦切篇韵又乖買切古音在十六十七部

乖 戾也。犬部曰戾曲也曲則不伸故爲睽離 从𦫳八。八部曰八分也八𥿱作北乖从𦫳从北皆取分背之意各本此下有八古文別此淺人所妄增說詳八部上部凡許自注云某古文某者皆見於許書刀部別下未嘗有八古文別之云也亦𥿱从北以北與北形相似也古懷切古音葢在十六部

𠦒 相當也。今人賭廣韵曰今人賭物相折謂之𠦒按廣雅𠦒當也亡殄亡安二切俗本譌作蒿 闕。此謂闕其形也从𦫳則知之矣𦫳取兩角相當从冂則不可知也以蔄从𦫳聲求之則三直均長 讀若宀。母官切古音葢在十二部

文三

苜ㄇㄧㄝˋ　瞢ㄇㄥˊ　莧ㄇㄧㄝˋ　蔑ㄇㄧㄝˋ　羊ㄧㄤˊ

苜 目不正也。从𦫳目。𦫳者外向之象故爲不正 凡苜之屬皆从苜。讀若末。模結切十五部

瞢 目不明也。周禮眡祲六曰瞢注云日月瞢瞢無光也按小雅視天夢夢與瞢音義同也又左傳亦無瞢焉小爾雅瞢慙也此引伸之義 从苜从旬。旬目數搖也。苜旬皆不明之意木空切古音在六部廣韵武登切是也

莧 火不明也。按火當作目淺人所改也假令訓火不明則當入火部矣此部四字皆說目 从苜从火。火易眩故从火 苜亦聲。莫結切十五部 周書曰。布重莧席。顧命文今作敷重蔑席蔑衞包又改爲篾俗字也莧者蔑之假借字也 莧席。二字今補 纖蒻席也。纖各本作織今正馬融云蔑纖蒻王肅云蔑席纖蒻苹席則許亦當作纖纖與蔑皆細也莧者蔑之假借馬王謂底席爲靑蒲席則謂蔑席爲纖蒻席許說當同之艸部曰蒻蒲子可以爲苹席也蒲子蒲之幼稚者細於蒲故謂之纖蒻鄭注四席皆謂竹席與馬許不同詳尚書撰異莧葢壁中古文蔑葢孔安國以今文字讀之易爲蔑 讀與蔑同。上文已云苜亦聲此專謂莧席言

蔑 勞目無精也。目勞則精光茫然通作眜如左傳公及邾儀父盟于蔑晉先蔑公穀皆作眜是也引伸之義爲細如木細枝謂之蔑是也又引伸之義爲無如亡之命矣夫亦作蔑之命矣夫是也左傳𥀁蔑字然明此以相反爲名字也 从苜从戍。人勞則蔑然也。說从戍之意戍人最勞者此十字依廣韵韵會訂莫結切十五部

文四

羊 祥也。疊韵考工記注曰羊善也按譱義羑美字皆从羊 从𦫳象四足尾之形。

芈ㄇㄧㄝ　羔ㄍㄠ　羜ㄓㄨ　𦍩ㄨ　羍ㄉㄚ

謂于也與章切十部孔子曰。牛羊之字以形舉也。許多引孔子言如王士儿黍羊犬豸烏皆是也凡羊之屬皆从羊。芈羊鳴也。各本中篆直今依五經文字篆韻譜正乞出不徑直也从羊象气上出。與牟同意。凡言某與某同意者皆謂其製字之意同也緜婢切十六部羔羊子也。虞氏注說卦傳爲羊作羔云女使也妻與羔皆取位賤鄭本作陽云讀爲養无家女行賃炊爨今時有之賤於妾也二說字異義同武進臧鏞堂曰羔者養之誤也从羊照省聲。古牢切二部羜五月生羔也。謂羔生五月者也釋嘼毛傳皆云羜未成羊也郭云俗呼五月羔爲羜从羊宁聲。讀若煮。直呂切五部𦍩六月生羔也。廣雅羍𦍩羜䍮羔也从羊敄聲。讀若霧。各本作霧說文無今正亡遇切古音在三部羍小羊也。羊當作羔字之誤也羜𦍩皆曰羔羍又小於羔是初生羔也薛綜荅韋昭云羊子初生名達小名羔未成羊曰

四篇上

羍。　䍜ㄓㄠ

羜大曰羊長幼之異名初學記引羍七月生羔也藝文類聚引七月生羊也與陸德明孔穎達所據不同似未可信按生民誕彌厥月先生如達毛曰達生也姜嫄之子先生者也此不可通當是經文作羍傳云羍達也先生姜嫄之子先生者也達他達切郎滑達字凡生子始生較難后稷爲姜嫄始生子乃如達出之易故曰先生如羍先釋羍後釋先生者欲文義顯著文法與白華傳先釋堪後釋桑薪止同鄭箋如字訓爲羊子云如羊子之生嫉矣尊祖之詩似不應若是且罶類之生無不易者何獨取乎羊羍箋不云達讀爲羍則知毛詩本作羍毛以達訓羍謂羍爲達之假借也凡故訓傳之通例如此用毛說改經改傳改箋使文義皆不可通則淺人之過而已从羊大聲。讀若達同。他末切十五部羍羍或省。按此不當从入當是从人大人也故或从人羊有仁義禮之德故从人䍜羊未卒歲也。廣雅吳羊牡一歲曰牯䍜三歲曰羝其牝一歲曰牸䍜三歲曰牂从羊兆聲。治小切二部或曰羠羊百斤𠂇又爲䍜。羠各本作夷小

芈羔羜𦍩羍䍜羝羒牂羭羖羯羠羳羥

羝ㄉㄧ　羒ㄈㄣ　牂ㄗㄤ　羭ㄩ

徐釋以殷紂時夷羊非也今依急就篇顏注正劇羊多肥故有重百斤左右者讀若春秋盟于洮。見僖八年釋文洮他刀反羠䍜音同羝牡羊也。見大雅毛傳从羊氐聲。都兮切十五部羒牡羊也。各本作牂羊誤今依初學記正釋嘼羊牡羒郭曰謂吳羊白羝廣韵羒白羝羊也國語土之怪羵羊羵者雌雄未成从羊分聲。符分切十三部牂牝羊也。各本作牡羊誤今正釋嘼毛傳內則注皆曰牂牝羊角部觟下云牂羊生角者也羖羊無角者故詩以童羖爲難牂羊多無角故殊之从羊爿聲。按許無爿字五經文字曰爿音牆有所受之也牂則郎切十部羭夏羊牝曰羭。牝各本作牡誤按釋嘼夏羊牝羭牡羖自郭所據牝牡字已互譌引之者多誤因之竄改說文今正下文夏羊牡曰羖亦有譌作夏羊牝曰羖者牝牡字易互譌而羖必是牡則知羭必是牝爾雅牝羭牡羖猶上文云牡羒牝牂也急就篇羖羯羠䍜羝羭師古曰牂吳羊之牝也羝牂羊之牡也羭夏羊之牝也羖夏羊之牡也此所據說文尚不誤

四篇上

羖ㄍㄨ　羯ㄐㄧㄝ　羠ㄧ　羳ㄈㄢ　羥ㄒㄧㄥ

左傳曰攘公之羭杜曰羭美也牝羊美於牡者故內則入珍亦用羭歸藏齊母亦曰兩臺兩羭夏羊謂黑羊郭注爾雅云白者吳羊黑者夏羊从羊俞聲。羊朱切四部羖夏羊牡曰羖。此牡字大小徐皆不誤今刻大徐本誤牝假令羖是牝則下文安得云犗乎从羊殳聲。公戶切五部羯羊羖犗也。羊羖當作羖羊廣雅曰羖羊犗曰羯牛部曰犗者騬牛也按小雅傳出童羖鄭云羖羊之性牝牡有角則鄭謂羖羊兼有牡牝與許說殊疑鄭說即郭所云今人便以牂羖名白黑羊也黑羊則名羖牝牡皆角故童羖爲難白羊則名牂牝者多無角故許別言牂羊生角者从羊曷聲。居謁切十五部羠騬羊也。夏羊犗曰羯吳羊犗曰羠也爾雅說文皆無吳羊之名單言羊則謂白羊也馬部曰騬犗馬也貨殖傳其民羯羠不均謂很如羊也从羊夷聲。徐姊切十五部羳黃腹羊也。見釋嘼从羊番聲。附袁切十四部羥羊名也。从羊巠聲。口莖切十一部按初學記引說文楷閒反蓋本

䍐ㄓㄣ 羸ㄌㄟ 𦍼ㄨㄟ 𦎧ㄐㄧ 羣ㄑㄩㄣ 羥ㄧㄢ

音隱考工記顧字故書或作䡗劉音䡗苦顧反皆雙聲合韵也左傳邾子䡗卒穀梁作䡗

䍐 羊名。从羊執聲。汝南平輿有䍐亭。讀若晉。春秋蔡滅沈杜預司馬昭皆云平輿有沈亭疑沈亭即䍐亭也䍐从執聲執與沈皆七部字也讀若晉之晉疑有誤大徐即刃切篇韵同

羸 瘦也。引伸為凡瘦之偁又假借為纍字易羸其角羸其瓶或作纍或作蘽其意一也 从羊𣎆聲。力為切 十六部

𦍼 羊相𦍼𦎧也。各本誤今依篇韵補正𦍼𦎧疊韵字猶委積也夏小正三月羵羊傳曰羊有相還之時其類羵羵然其𦍼𦎧之謂與 从羊委聲。於僞切 十五部

𦎧 羊相𦍼𦎧也。从羊責聲。子賜切 十六部

羣 輩也。若軍發車百兩為輩此就字之从車言也朋也類也此輩之通訓也小雅誰謂爾無羊三百維羣犬部曰羊為羣犬為獨引伸為凡類聚之偁 从羊君聲。渠云切 十三部 五經文字曰俗作群

羥 羣羊相積也。積各本作𦎧今依玉篇 一曰黑羊也。字林

𦍩ㄘ 美ㄇㄟ 羌ㄑㄧㄤ

有羥字黑色也左傳左輪朱殷祇作殷許意黑羊曰羥借為凡黑之偁 从羊垔聲。烏閑切 十四部

𦍩 羊名。蹏皮可已割桼。未聞 从羊此聲。此思切按當从廣韵此移切十五十六部

美 甘也。甘部曰美也甘者五味之一而五味之美皆曰甘引伸之凡好皆謂之美 从羊大。羊大則肥美無鄙切十五部 羊在六畜主給膳也。周禮膳用六牲始養之曰六畜將用之曰六牲馬牛羊豕犬雞也膳之言善也羊者祥也故美从羊此說从羊之意 美與善同意。美善義羑皆同意

羌 西戎句按此當有也字商頌自彼氐羌箋云氐羌夷狄國在西方者也王制曰西方曰戎是則戎與羌一也 羊種也。各本作从羊人也廣韵韵會史記索隱作牧羊人也學者多言牧羊人為是其實非也下文言僰焦僥字乃从人東夷字乃从大南方蠻閩字从虫以其蛇種也北方狄字从犬以其犬種也東北方貉字从豸以其豸種也故字皆不从人假令羌字从人牧羊則既人之矣何待僰焦僥字始从人哉且何不入儿部而入

𦍌。羑ㄧㄡ

羊部哉是則許謂為羊種與蛇種犬種豸種一例各本作牧羊人似取風俗通改御覽引風俗通曰羌本西戎卑賤者也主牧羊故羌字从羊人因以為號按應氏風俗通其語有襲用說文者有竄改說文者其說貉不从豸種之說亦見御覽則說羌不从羊種正同今正 从羊儿。各本作从人从羊誤也今正羊儿者羊種而人胻也 羊亦聲。去羊切 十部 南方蠻閩从虫。見虫部南方者蠻東南閩越此云南方者槩言之 北方狄从犬。見犬部 東方貉从豸。見豸部豸部云北方此云東者謂東北方也 西方羌从羊。此六種也。上文祇有四種不得言六或云此當作有謂羌有六種明堂位爾雅所云六戎也今按亦非文義當云皆異種也以引下文从人从大之字 西南僰人焦僥从人。僰人之人牘字焦各本作僬誤僰僥字皆見人部 蓋在坤地頗有順理之性。坤順也在西南此說僰僥 唯東夷从大。大部曰夷平也从大弓東方之人也 大人也。天大地大人亦大故

大象人形僰焦僥略有人性故進之字从人東夷俗仁故文進之字从大 夷俗仁。仁者壽。有君子不死之國。山海經有君子之國有不死民後漢書東夷傳曰仁而好生天性柔順易以道御有君子不死之國焉 孔子曰道不行欲之九夷乘桴浮於海。見論語公冶長篇子罕篇 有㠯也。漢地理志曰東夷天性柔順異於三方之外故孔子悼道不行設桴於海欲居九夷有以也夫 自南方蠻閩已下總論四夷字各不同之意

𦍌 古文羌如此。不得其說

羑 進善也。進當作道道善導以善也顧命誕受羑若馬曰羑道也文王拘羑里尚書大傳史記作牖里 从羊羊善也故从羊 久聲。與久切三部按此字又見厶部曰羑古文 文王拘羑里在蕩陰。蕩各本作湯誤今正水部正作蕩陰漢二志皆云河內郡蕩陰有羑里城西伯所拘晉湯

文二十六　重二

羴 羊臭也。臭者气之通於鼻者也羊多則气羴故从三羊 从三羊。式連切十四部 凡羴之屬皆从羴。羶 羴或从亶。亶聲也今經傳多从或字 羼 羊相廁也。釋名曰廁襍也 从羴在尸下。尸屋也。尸者屋之省此說从尸之意初限切十四部 一曰相出前也。相廁者襍廁而居相出前者突出居前也顏氏家訓曰典籍錯亂皆由後人所羼此相出前引伸之義

文二　重一

瞿 鷹隼之視也。隼亦鷙字也知爲鷹隼之視者以从隹䀠知之也吳都賦曰鷹瞵鶚視經傳多假瞿爲䀠見䀠下 从隹䀠。䀠亦聲。凡瞿之屬皆从瞿。讀若章句之句。古音句讀如鉤別之曰章句之句知許時章句已不讀鉤矣九遇切四部 又音衢。鍇本有此三字音當作若

矍 隹欲逸走也。隹當作隼也當作兒隼欲逸走而未能矍矍然震上六視矍矍馬云中未得之兒人之中未得者如隼之欲逸走也 从又持之。瞿瞿也。瞿瞿各本作矍矍今正又持之而瞿瞿然故其字爲矍 讀若詩云穬彼淮夷之穬。泮水憬彼淮夷憬下既引之而此作穬假借字也詩釋文則云憬說文作𢤱音獷今心部𢤱下佚此文文選注引韓詩則作獷矍在五部讀若从廣聲字者十部與五部同入也九縛切 一曰視遽兒。前義自隼言後義自人言東都賦西都賓矍然失容善注引驚視兒

文二

雔 雙鳥也。按釋詁仇讎敵妃知儀匹也此讎字作雔則義九切近若應也當也讎物價也怨也寇也此等義則當作讎度古書必有用雔者今則讎行而雔廢矣 从二隹。凡雔之屬皆从雔。讀若醻。市流切三部

靃 飛聲也。此字之本義也引伸爲揮霍爲靃靡靃靡音選委切 从雨雔。各本少此三字今補呼郭切五部俗作霍 雨而雔飛者其聲靃然。說从雨之意

雙 隹二枚也。見隹部隻下方言飛鳥曰雙鴈曰乘 从雔又持之。所江切九部

文三

雥 羣鳥也。許書心神雀須嘉䴖雥集 从三隹。徂合切七部 凡雥之屬皆从雥。𩁟 鳥羣也。如㴾爲水聚 从雥肙聲。烏玄切十二部 雧 羣鳥在木上也。引伸爲凡聚之偁漢人多假襍爲集 从雥木。秦入切七部 集 雧或省。今字作此

文三　重一

鳥 長尾禽總名也。釋鳥音義引長尾羽衆禽揔名也按厹部云禽走獸總名此不同者此依釋鳥二足而羽謂之禽也短尾名隹長尾名鳥析言則然渾言則不別也 象形。鳥之足似匕。从匕。鳥足以一該二能鹿足以二該四都了切二部 凡鳥之屬皆从鳥。

鳳 神鳥也。天老曰。天老黃帝臣 鳳之像也。麐前鹿後。蛇頸魚尾。龍文龜背。燕頷雞喙。五色備舉。麐前鹿後各本作鴻前麐後又魚尾下有鸛顙鴛思四字按爾雅釋文大雅卷阿正義初學記論語疏所引皆作麐前鹿後皆無鸛顙鴛思四字惟左傳正義同今本葢唐人所據原有二本左疏所據非善本也天老對黃帝之言見韓詩外傳今外傳亦無此四字郭氏山海經圖讚曰八象其體五德其文云八象則益爲十者非矣今皆更正五德其文者首文曰德翼文曰順背文曰義腹文曰信膺文曰仁也見山海經 出於東方君子之國。見羊部羌下 翺翔四海之外。過崐崘。崐崘當作昆侖 飲砥柱。濯羽弱水。弱水部作溺 莫宿風穴。二語見淮南書文選注引許愼曰風

鸞鸑鷟鷛鷞鳩鶌

朋。 鵬。 鸞ㄌㄨㄢˊ 鸑ㄩㄝˋ

天風所從出也見則天下大安寧。黃帝周成王之世是也从鳥凡聲。馮貢切古音在七部荀卿書引詩有鳳有皇樂帝之心當作有皇有鳳與心爲韵古文鳳。象形。象其首及羽翼鳳飛羣鳥從以萬數。故以爲朋黨字。此說假借也朋本神鳥以爲朋黨字韋本相背也以爲皮韋烏本孝鳥也以爲烏呼子本十一月陽气動萬物滋也人以爲偁凡此四以爲皆言六書假借也朋黨字何以借朋鳥也鳳飛則羣鳥從以萬數也未製鳳字之前假借固巳久矣猶習聞鳳至者爲之也六部七部音最相近故朋在六部蒸登韵小篆鳳入七部侵韵也亦古文鳳。既象其形又加鳥旁葢朋者最初古文鵬者踵爲之者也莊子書化而爲鳥其名爲鵬崔云古鳳字按莊生寓言故鯤魚子也鵬羣鳥之一也而皆云大不知其幾千里鸞。赤神靈之精也。亦各本作亦誤今依藝文類聚埤雅集韵類篇韵會正後漢書注廣韵皆引孫氏瑞應圖曰鸞赤神之精也春秋元命包曰离爲鸞赤色五采。

謂赤多而五采畢具也後漢書輿服志鸞雀立衡雀豹古今注五路衡上金雀金雀者朱鳥也或謂朱鳥者鸞也後漢太史令蔡衡曰多赤色者鳳多青色者鸞其說非是月令鸞路鄭云取有虞氏之車有鸞和之節爲名春言鸞夏言色互文然則鄭不謂鸞鳥青色矣雞形。郭注西山經云舊說鸞似雞鳴中五音。鑾下曰鈴象鸞鳥聲和頌聲作則至。周成王之世是也西山經曰見則天下安寧从鳥䜌聲。洛官切十四部周成王時氐羌獻鸞鳥。見逸周書王會篇鸑鷟逗鳳屬神鳥也。从鳥獄聲。五角切三部春秋國語曰周之興也鸑鷟鳴於岐山。周語內史過說韋曰三君云鸑鷟鳳之別名也按三君者侍中賈逵侍御史虞翻尚書僕射唐固也許云鳳屬於賈小異劉逵曰鸑鷟鳳雛也說又異江中有鸑鷟似鳧而大赤目。此言江中鸑鷟別是一物非神鳥或許所記或後人所增不可定也上林賦屬玉吳都賦作鸀鳿郭璞曰屬玉似鴨而大長頸

鷟ㄓㄨㄛˊ 鷛ㄙㄨ 鷞ㄕㄨㄤ 鳩ㄐㄧㄡ 鶌。 鶌ㄑㄩ

赤目紫紺色劉逵曰如鶩而大長頸赤目其毛辟水毒陳藏器曰鸀鳿主治沙蝨短狐蝦鬚等病能吠病人身出含沙射人之沙箭如鴨而大眼赤觜斑元中記曰水狐者其形蟲也其氣乃鬼也鸑鷟鸑鷟蟾蜍好食之合是四說知鸑鷟即鸀鳿云似鴨眼赤者亦正與許合鸑鷟也。从鳥族聲。士角切三部鷛鷞也。从鳥肅聲。息逐切三部五方神鳥也。東方發明。南方焦明。西方鷛鷞。北方幽昌。中央鳳皇。劉昭引叶圖徵云似鳳有四司馬相如傳揄焦明又焦明已翔乎寥廓張揖曰焦明似鳳西方之鳥按西字疑誤左傳唐成公有兩肅爽馬賈逵曰色如霜紈馬融說肅爽雁也其羽如練高首而脩頸馬似之天下稀有高注淮南云鷛鷞長頸綠色似鴈賈馬高等所說葢別一鳥非西方神鳥司馬相如說从𡨄聲。按肅𡨄同在三部鷛鷞皆可讀如搜也葢凡將字如此鷛鷞也。从鳥爽聲。所莊切十部鶻鵃也。按今本說文奪

譌鳩與雉雇皆本左傳鳩爲五鳩之總名猶雉爲十四雉之總名雇爲九雇之總名也當先出鳩篆釋云五鳩鳩民者也乃後云鶻鳩鶻鵃也雎祝鳩也秸鵴尸鳩也鴡王鴡鴡鳩也鶌鳩鷽鳥故別爲類廁之而雁爲爽鳩巳見於隹部矣度說文古本當如是今本以鳩名專系諸鶻鵃則不可通矣毛詩召南傳曰鳩尸鳩秸鞠也衛風傳曰鳩鶻鳩也月令注曰鳩搏穀也經文皆單言鳩傳注乃別爲某鳩此可證鳩爲五鳩之總名經傳多假鳩爲逑爲勼辵部曰逑斂聚也勹部曰勼聚也从鳥九聲。居求切三部鶌鳩鶻鵃也。鶻鵃二字依爾雅補釋鳥曰鶌鳩鶻鵃小雅宛彼鳴鳩毛曰鳴鳩鶻鵃也衛風于嗟鳩兮無食桑葚毛曰鳩鶻鳩也食桑葚過則醉而傷其性鶻鳩食桑葚毛葢目驗而知鶻與鶌音同郭云今江東亦呼爲鶻鵃似山鵲而小短尾青黑色多聲卽是此也舊說及廣雅皆云班鳩非也按此郭注見左正義今本不完左傳鶻鳩氏司事也鶻鳩春來冬去而多聲故詩小宛謂之鳴鳩若陳風魯頌之鴞毛皆謂惡聲之鳥則必鵂鶹之類而非司事之鳥矣从鳥屈聲。九勿

鵻ㄓㄨㄟ 隼ㄓㄨㄣˇ 鶻ㄍㄨˇ 鵃ㄓㄡ 𪇆ㄐㄩˊ

切十五部鵻祝鳩也○小雅翩翩者鵻釋鳥鵻其鳺鴀毛傳曰鵻夫不也南有嘉魚傳曰鵻壹宿之鳥左傳祝鳩氏司徒也杜曰祝鳩鵻鳩也鵻鳩孝故爲司徒主教民樊光注爾雅亦云孝故爲司徒郭云今鵓鳩也按鵓鳩今俗呼爲勃姑鵓勃語之轉鵓郎爾雅之夫不也从鳥隹聲○詩釋文鵻音隹本又作隹按釋鳥直作隹職追切十五部大徐思允切隼鵻或从隹一○从一者謂壹宿之鳥也箋云壹宿者壹意於其所宿之木也毛詩爾雅音義云鵻本作隹蓋是本一作隼轉寫譌之耳廣韵及大徐鵻思允切末爲非也一曰鶉字○按此鶉字即鷻字轉寫混之詩四月鶉陸德明釋文云字或作鷻可證毛詩兩言隼俱無傳四月匪鶉匪鳶傳曰鶉雕也蓋隼人所習知故不詳其名物隼與鶉當是同物而異字異音隼當在十五部鶉當在十三部也祝鳩與鷻異物而同字同音豈因鳩鷹互化而謂爲一物與依鄭則鷹化布穀非鵻祝鳩也○按陽湖莊氏述祖依許會作一曰鷙子證之以兩京賦薛解云隼小鷹也余始從其說繼思作一曰鷙字爲是異字同義謂之轉注異義同字謂之假借隼與鷻同音同字是亦假借也謂隼亦即鷻字也此外虫部蠠下一曰螟字謂蠠亦即螟字大部奡下或曰拳勇字謂奡亦即拳字也此三條一例今本鳥部或作鷙子虫部作螟子者失之

鶻鶻鵃也○按鶻鵃二篆宜蒙鷻篆類廁乃中隔以祝鳩豈轉寫倒易與小宛釋文云鶻字林作鵃云骨鵃小種鳩也不云說文作鵃而係字林且字林鶻作骨豈鶻鵃二篆說文本無而後人益之與从鳥骨聲○古忽切十五部

鵃鶻鵃也○从鳥舟聲○張流切三部按鶻音骨鵃郭音嘲釋文音陟交反凡鳥名多取其聲爲之郭云今江東亦呼爲鶻鵃正謂江東皆呼骨嘲而定此音也

𪇆秸𪇆○逗尸鳩也○稭各本作秸今依廣韵韵會說文無此字即稭字也釋鳥曰鳲鳩鴶鵴毛傳尸鳩秸鞠也字異音同方言作結誥擊穀郭云今之布穀也江東呼爲穫穀按今之郭公也以穀雨後鳴古名今名皆像似其音爲之左傳曰鳲鳩氏司空也召南序云德如尸鳩曹風傳云尸鳩之養其子朝從上下莫從下上平均如一月令仲春鷹化爲鳩鄭云鳩搏穀也季春鳴鳩拂其羽鄭云鳩鳴飛翼相擊趨農急也鄭意鳴鳩即搏穀鳴鳩猶鳩鳴也與蔡邕孫炎謂此鳴鳩爲鶻鵃不同从鳥𥷚聲○居六切三部

雝○

鴿ㄍㄜ 鴠ㄉㄢˋ 鶪ㄐㄩㄝˊ 鷚ㄌㄧㄡˋ 鸒ㄩˋ 鷽ㄒㄩㄝˊ

鴿鳩屬也○鳩之可畜於家者狀全與勃姑同从鳥合聲○古沓切七部

鴠渴鴠也○月令作曷旦坊記作盍旦鄭云夜鳴求旦之鳥方言作鶡鴠鴠鳴廣志作侃旦皆一語之轉此渴旦當同月令作曷旦後人改之誤用渴爲飢渴字耳太平御覽引鴠可旦也取爲古本曷旦可旦鳥語如此故云求旦之鳥从鳥旦聲○得案切十四部

鶪伯勞也○夏小正作百鶪月令注作博勞詩箋作伯勞古音同也鶪夏小正孟子作鴂乃雙聲假借字小正月令皆云五月鳴惟豳風曰七月鳴鵙左傳曰伯趙氏司至者也从鳥狊聲○古闃切十六部鶪或从隹○

鷚天鸙也○鷚今本作鷚鸙今本作鶹宋本李燾本作鷚作鸙釋鳥鷚天鸙釋文曰鷚字又作鷚鸙說文作鸙今從之玉篇鸙天鸙也許無鸙字郭云大如鷃雀色似鶉好高飛作聲今江東名之天鷚音綢繆之繆按此與隹部雡異義从鳥翏聲○力救切三部陸云說文力幼反本音隱

鸒卑居也○見隹部雅下卑音壁从鳥與聲○羊茹切五部

鷽雗鷽○逗山鵲○句知來事鳥也○隹部雗下但云雗鷽此乃足之淮南書乾鵲知來而不知往高曰乾鵲雗也人將有來事憂喜之徵則鳴此知來也知歲多風卑巢於木枝人皆採其卵故曰不知往也乾讀如乾燥之乾鵲讀告退之告太平御覽引乾鵲知來而不知往此修短之分也注乾鵲鵲也見人有吉事之徵則修修然因事之徵則鳴嘀而知來歲多風則巢於下枝而童子乃採其卵而不知各有所能故曰修短之分也此正文作乾鵲與高本作乾鵲異注亦小異必是許注玉裁謂釋鳥鷽山鵲未嘗云雗鷽也高許注淮南皆曰鵲也未嘗云山鵲也廣雅亦云鵲鵲也不云山雗然則釋鳥鷽山鵲爲一物說文當云雗鷽離也爲一物今本山字淺人依爾雅增之遯太歲知來歲風知人憂喜知行人將至此正今之喜鵲其性好晴故曰乾鵲雗乾雅同鷽鵲同射有正鵠正之言正鵲之言較較者直也非取名於鳱鵠也鳱鵠非小而雜中

鵻隼鶻鵃𪇆鴿鴠鶪鷚鸒鷽

雤。鷲

鴞

之鳥也。从鳥學省聲。胡角切三部。雤，鷽或从隹。鷲鳥。鷲字今補。黑色多子。山海經其獸多鹿麐就郭引廣雅鷲雕也李將軍傳是必射雕者服虔曰雕一名鷲黑色多子可以其毛作矢羽按廣雅鷻鶚鷲雕也統言之許雕鷲爲一鷻爲一鶚爲一折言之師曠曰南方有鳥名曰羌鷲黃頭赤目五色皆備。此別一鳥名羌鷲非鷲也藝文志小說家有師曠六篇豈許所偁與今世有禽經係之師曠其文理淺陋蓋因說文此條而僞造吳都賦彈鸑鷟劉注引師曠曰云云蓋本說文不知字何以作鶆李音京廣韵十二庚有鶆字注羌鶆也元應書引說文赤目作赤咽从鳥就聲。疾就切三部鴟鴞寧鴂也。逗鴟當作雖雖離也雖鴞則爲寧鴂雖舊則爲舊畱不得舉一雖字謂爲同物又不得因鴞與梟音近謂爲一物又不得因雖鴟與鴟鵂音近謂爲一物也雖舊不可單言雖雖鴞不可單言鴞凡物以兩字爲名者不可因一字與他物同謂爲一物寧鴂也。釋鳥鴟鴞鸋鴂豳風毛傳同方言曰

鴂 鸆 鴋 ⿰截鳥 ⿰桼鳥

桑飛有工爵過贏女匠鷦鴂蔑爵諸名陸璣曰鴟鴞似黃雀而小取茅秀爲窠以麻紩之如刺襪然或謂之襪爵按郭氏因一雖字謂寧鴂必雖屬後人深信之者謂此鳥呼旣取我子之鳥而告之耳不知鳥名多自評閙端一句正是鳥聲从鳥号聲。于嬌切二部按今人讀許嬌切非寧鴂也。小正孟子借鴂爲鶪離騷恐鵜鴂之先鳴楊雄作鶗鴂或釋爲子規或釋爲伯勞未得其審而廣韵乃合鸋鴂鶗鴂爲一物凡物名因一字相同而溷淆之類如此从鳥夬聲。古穴切十五部鳥也。廣韵曰小鳥名从鳥崇聲。辛聿切十五部澤虞也。釋鳥鴋澤虞釋文鴋本或作鴋說文作鴋郭云今婟澤鳥常在澤中說有象主守之官按此釋澤虞之意謂若周禮之澤虞也楊雄云鳸鳩或謂之鷲鸛蓋尸鳩之一名耳孫氏乃援以注爾雅之鴋澤虞不知其斷何本與从鳥方聲。分兩切十部此不得牽合鸛鴋⿰截鳥鳥也。⿰截鳥之言屮也小鳥名也廣韵皆云小雞从鳥截聲。子結切十五部⿰桼鳥鳥也。从鳥

鴃 鶤 ⿰芺鳥 ⿱臼鳥 鷦

桼聲。親吉切十二部鋪豉也。二徐上字皆作鋪宋刻鉉本李燾本不作餔也爾雅作餔釋鳥鴃餔豉此必鳥聲如云鋪豉自郭氏已未詳矣从鳥失聲。徒結切十二部鶤雞也。釋鳥雞三尺爲鶤郭曰陽溝巨鶤古之名雞釋文字或作鵾九辯鵾雞啁哳而悲鳴王云鶱翼鳴呼而低昂王正謂雞三尺者也高注淮南曰鶤雞鳳皇別名張揖注上林賦曰昆雞似鶴黃白色則非釋鳥所云矣許意不謂雞異亦不謂鳳皇故其字廁於此蓋與張說同也从鳥軍聲。讀若運。古渾切十三部⿰芺鳥鳥也。各本鸛鵝鳩等字皆刪今補三字句疑即釋鳥之鵝頭从鳥芺聲。烏浩切二部⿱臼鳥鳥也。从鳥臼聲。居玉切三部鷦⿰鳥眇。逗桃蟲也。桃蟲見周頌釋鳥曰桃蟲鷦其雌鴱毛傳亦云桃蟲鷦也鳥之始小終大者箋云鷦之所爲鳥題肩也或曰鴞按單呼曰鷦絫呼曰鷦⿰鳥眇鷦⿰鳥眇謂其小也取義於焦眇也桃蟲之桃亦取兆聲謂其小列子盜驪之馬廣雅作駣騠荀卿戰國策作纖離郭注穆天子傳

⿰鳥眇 鶹 鷬 難。 䕼。 鶨

云爲馬細頸此桃訓小之證也郭注爾雅云俗呼爲巧婦注方言云桑飛郎鷦鷯也今亦名爲巧婦按許意巧婦者其所謂雖鴞寧鴂也鷦鷯者其所謂鷦⿰鳥眇也許二之郭一之陸璣疏分別與許合从鳥焦聲。即消切二部鷦⿰鳥眇也。从鳥眇聲。眇小也亡沼切二部鳥少美長醜爲鶹離。邶風瑣兮尾兮畱離之子毛云畱離鳥也少好長醜釋鳥曰鳥少美長醜爲鶹鷅鶹鷅與畱離鶹與離皆同也詩字本作畱爾雅注及音義可證詩音義則淺人改易之按此詩以少好長醜比衛臣始有小善終無成功陸璣疏乃謂流離梟也其子長大還食其母絕非爾雅毛鄭許諸君意也从鳥畱聲。力求切三部鳥也。今爲難易字而本義隱矣从鳥堇聲。那干切十四部按堇聲在十三部合韵也鷬或从隹。今難易字皆作此古文鷬。古文鷬。古文鷬。欺老也。釋鳥鶨鶪老下云鳸鴳按許上文說九鳸旣云老扈鴳也則以老下鳸與賈逵樊光同此

鴂ㄐㄩㄝˋ 𪀚ㄊㄡˇ 鴖ㄇㄧㄣˊ 鷯ㄌㄧㄠˊ 鷃ㄧㄢˋ 鴲ㄓ 鵅ㄌㄨㄛˋ 鸔ㄅㄛˊ 鶴ㄏㄜˋ 鷺ㄌㄨˋ 鵠ㄏㄨˊ

以老上屬下云鵜鶘也復與舍人李巡孫炎同益兩從未定也斯老未詳何鳥从鳥彖聲丑絹切十四部

鴂 鴂鳥也玉篇水鳥也从鳥兌聲弋雪切十五部

𪀚 𪀚鳥也篇韵皆云水鳥黑色从鳥主聲天口切四部

鴖 鴖鳥也廣韵鳥似翠而赤喙玉篇作鴖作鷔从鳥昏聲武巾切古音在十三部

鷯 刀鷯逗剖葦句釋鳥鳭鷯剖葦鳭者刀之俗字郭云好剖葦皮食其中蟲因名云按爾雅說文之剖葦自是刀鷯之別名今本說文食其中蟲四字淺人用郭注羼入也能剖葦故名刀鷯刀與剖義相應改刀爲鳭讀丁堯切非也玉篇云鷯鷯亦作鳭鷯其說尤誤鷯爲小鳥刀鷯則不甚小觀郭云似雀青斑長尾則大於雛鷚可知也食其中蟲四字當刪从鳥尞聲洛蕭切二部

鷃 鷃鳥也其雌皇釋鳥鷃鳳其雌皇說者便以鳳皇釋之據許則有鳥名鷃鳳非可以鳳釋鷃也鳥字蓋鳳之誤三字一句从鳥匽聲於幰切十四部一曰鳳皇也此別一義與說爾雅者同

鴲 瞑鴲也廣韵曰小青雀也按廣韵蓋謂即竊脂从鳥旨聲旨夷切十五部

鵅 烏鸔也見釋鳥郭云水鳥也按此與隹部雒音同義別从鳥各聲盧各切五部

鸔 烏鸔也从鳥暴聲蒲木切古音在二部

鶴 鶴鳴九皋聲聞于天天字今補此見詩小雅毛曰皐澤也言身隱而名著也爾雅無鶴故偁詩後人鶴與鵠相亂从鳥隺聲下各切古音在二部

鷺 白鷺也釋鳥曰鷺舂鉏周頌魯頌傳曰鷺白鳥也按大雅白鳥翯翯白鳥謂鷺傳不言者人所共知也漢人謂鷺爲白鳥也於頌則以人所知說其所不知此傳注之體也陸氏疏云好而潔白故謂之白鳥此白鷺當作白鳥許之例多因毛傳也舂鉏者謂其狀俯仰如舂如𢫬从鳥路聲洛故切五部

鵠 黃鵠也黃各本作鴻今依元應書李善西都賦注正戰國策黃鵠游於江海淹於大沼奮其六翮而陵清風賈生惜誓曰黃鵠一舉兮知山川之紆曲再舉兮知天地之圜方凡經史言鴻鵠者皆謂黃鵠也或單言鵠或單言鴻从鳥告聲胡沃切三部

鴂 䳇 鴖 鷯 鷃 鴲 鵅 鸔 鶴 鷺 鵠 鴻 鶖 鴛 鴦 鵽 鵱 鴚

鴻ㄏㄨㄥˊ 鶖ㄑㄧㄡ 鷔。 鴛ㄩㄢ 鴦ㄧㄤ 鵽ㄉㄨㄛˋ 鵱ㄌㄨˋ 鴚ㄍㄜ

鴻 鴻逗此複舉字之未刪者鵠也黃鵠一名鴻豳風鴻飛遵渚毛曰鴻不宜循渚鴻飛遵陸毛曰陸非鴻所宜止按鄭箋祗云鴻大鳥不言何鳥學者多云鴈之大者夫鴻鴈遵渚遵陸亦其常耳何以毛云不宜以喻周公未得禮正謂一舉千里之大鳥常集高山茂林之上不當循小州之渚高平之陸也經傳鴻字有謂鴈者如曲禮前有車騎則載飛鴻易鴻漸于磐是也有謂黃鵠者此詩是也單呼鵠絫呼黃鵠鴻鵠黃言其色鴻之言唯也言其大也故又單呼鴻鴈之大者曰鴻字當作鴻而假借也从鳥江聲戶工切九部

鶖 禿鶖也小雅毛傳鶖禿鶖也張尚對孫皓曰鳥之大者有禿鶖古今注曰扶老禿秋也大者頭高八尺李時珍說其形甚詳云頭項皆無毛此其偁禿之故乎从鳥𡕥聲七由切三部𡕥聲秋聲同在三部也

鶖 或从秋秋聲

鴛 鴛鴦也小雅傳曰鴛鴦匹鳥也古今注曰雌雄未嘗相離按鴛鴦者鳧鷖屬也从鳥夗聲於袁切十四部

鴦 鴛鴦也二字雙聲从鳥央聲於良切十部

鵽 鵽鳩也釋鳥鳩部下文寇雉爲一物釋鳥寇雉泆泆郭云即鵽鳩也據許不云寇雉也則許讀不同郭也郭云鵽大如鴿出北方沙漠地俗名突厥雀按南都賦歸鴈鳴鵽黃稻鱻魚以爲勺藥若莊子逸篇云青鵽愛子忘親此必別是一物也从鳥叕聲丁刮切十五部

鵱 鵱鷜也釋鳥鵱鷜鵝郭云今之野鵝按篇韵皆以鷜鵝爲句許作蔞而下屬則古讀不同蔞鵝鳥名今不定爲何鳥也論衡云[illegible]彈雀則失鵝从鳥坴聲力竹切三部按鵱篆錯本在部末

鴚 鴚鵝也三字句方言鴈自關而東謂之鴚鵝南楚之外謂之鵝或謂之鶬鴚廣雅鴚鵝倉鴚鴈也本此按揚張所云鴈者鴻鴈也鴻鴈字系隹部此不云鴚鵝鴈也知許意不爲鴻鴈也亦作駕大元作鴚騀子虛上林反離騷南都賦皆作駕鵝古作駕山海經駕鳥魯大夫榮駕鵝皆即鴚鵝也古加聲與可聲同音張揖注上林賦曰駕鵝野鵝也然則非家鵝亦非鴻鴈鴻鴈屬也許意當同○魯大夫榮駕鵝左傳

鵝ㄜˊ 鴈ㄧㄢˋ 鶩ㄇㄨˋ 鷖ㄧ ⿰契鳥ㄐㄧㄝˊ

書皆作駕與山海經同毛居正云从馬誤毛非也釋文宋刊皆作鴐通志堂乃於定元年改作鴐从鳥可聲。古俄切十七部爾雅音義曰說文音河郭音加

鵝 䳘鵝也。从鳥我聲。五何切十七部

鴈 䳘也。鴈與雁各字䳘與騀各物許意佳部雁爲鴻雁鳥部鴈爲䳘騀爲野䳘單呼䳘爲人家所畜之䳘今字雁鴈不分久矣禮經單言鴈者皆䳘也言舒鴈者則䳘也爾雅舒鴈鵝是也李巡云野曰鴈家曰鵝鵝謂之舒鴈者家養馴不畏人飛行舒遲也是則當作舒雁謂雁之舒者也雁在野䳘爲家雁也儀禮出如舒鴈不言如鴈內則舒鴈翠別於下文鴈腎䳘之名舒鴈顯然而某氏注爾雅云在野舒翼飛遠者爲鴈以爾雅舒鴈爲一物鵝爲一物非是䳘固有單呼鴈者如莊子命豎子殺鴈而烹之謂䳘也王褒僮約云鴈鶩百餘者爲䳘鴨別於上文云徼鴈彈鶩者爲雁鳧蓋雁鴈不分久矣許當云鴈舒雁也舒雁鴺也文乃備从鳥人䳘依人故同雍從人厂聲。厂呼旱切鴈五晏切十四部

鶩 舒鳧也。几部曰舒鳧鶩也與釋鳥同舍人李巡云鳧野鴨名鶩家鴨名許於鳧下當云鳧水鳥也舒鳧鶩也文乃備左傳疏云謂之舒鳧者家養馴不畏人故飛行遲別野名耳某氏注云在野舒飛遠者爲鳧非是詩箋家鳧亦呼鶩此如今野人雁亦呼雁鵝也春秋繁露張湯問祠宗廟或以鶩當鳧可用否仲舒曰鶩非鳧鳧非鶩也以鶩當鳧名實不相應以承大廟不可此舒鳧與鳧之判廣雅云鳧鶩鴨也此統言而未析言之也从鳥敄聲。莫卜切三部

鷖 鳧屬也。大雅鳧鷖傳曰鳧水鳥也鷖鳧屬也按此謂鳧屬非謂舒鳧屬也周禮王后之五路安車彫面鷖總故書鷖或爲緊鄭司農云緊讀爲鳧鷖之鷖鷖總者青黑色以繒爲之按於此知此鳥青黑色也陸孔皆引倉頡解詁曰鷖鷗也一名水鴞許云鷗水鴞而不云鷖鷗也則許不謂一物也鳧屬者似鳧而別其釋鳥之鷗沈鳧乎从鳥殹聲。烏雞切十五十六部詩曰鳧鷖在梁。梁當作涇大雅文

⿰契鳥 ⿰契鳥⿰辥鳥逗鳧屬。南都賦其鳥則有⿰契鳥⿰辥鳥鶃鶃李引說文曰⿰契鳥鶃鳧屬按鶃皆⿰辥鳥之誤故李音雅札反與集韻牛轄切同若鶂則五歷切在今錫韻不相謀

⿰辥鳥ㄋㄧㄝˋ 鸏ㄇㄥˊ 鷸ㄩˋ ⿰遹鳥 鷿ㄆㄧˋ 鷉ㄊㄧˊ 鸕ㄌㄨˊ 鷀ㄘˊ 鷧ㄧˋ 鴔ㄈㄨˊ

也从鳥契聲。古節切十五部李善苦札切廣韵古黠切

⿰辥鳥 ⿰契鳥⿰辥鳥也。从鳥辥聲。魚列切十五部集韵牛轄切

鸏 水鳥也。史記上林賦說水鳥有煩鶩徐廣曰煩鶩一作番蠓按矛聲敄聲之字音轉多讀如蒙賦文當依此本从鳥蒙聲。莫紅切九部

鷸 知天將雨鳥也。釋鳥翠鷸李巡樊光郭璞皆云一鳥許於羽部曰翠青羽雀也合此條知其讀不同各爲一鳥从鳥矞聲。余律切十五部禮記曰知天文者冠鷸。引禮記者漢志百三十一篇中語也左傳鄭子臧出奔宋好聚鷸冠鄭伯聞而惡之使盜殺之君子曰服之不衷身之災也詩曰彼己之子不稱其服子臧之服不稱也夫云不稱者正謂子臧不知天文而冠聚鷸也獨斷曰建華冠形制似縷鹿記曰知天文者服之鄭子臧聚鷸冠前圖此則是也司馬彪輿服志引記曰知天者冠述知地者履絇莊子鷸一作鷸然則述者鷸之省毛傳適述也古音同也說苑知天道者冠鉥知地道者履蹻則又假鉥蹻爲鷸絇字小顏說禮之衣服圖謂爲術氏冠亦以古音同耳

⿰遹鳥 鷸或从遹。

鷿 鷿鷉也。釋鳥鷉須蠃按單呼曰鷉絫呼曰鷿鷉方言野鳧其小而好沒水中者南楚之外謂之鷿鷉大者謂之鶻蹏南都賦作鸊鷈从鳥辟聲。普擊切十六部

鷉 鷿鷉也。从鳥虒聲。土雞切十六部按鷿鷉鷉皆疊韵

鸕 鸕鷀也。釋鳥鶿鷧郭云鸕鷀也按今江蘇人謂之水老鴉畜以捕魚鸕者謂其色黑也鷀者謂其不卵而吐生多者生八九少生五六相連而出若絲緒也有單言鸕者上林賦箴疵鵁盧南都賦鷗鸕是也有單言鷀者釋鳥是也从鳥盧聲。洛乎切五部

鷀 鸕鷀也。从鳥茲聲。疾之切一部

鷧 鷀也。从鳥壹聲。乙冀切十五部

鴔 鴔鵖也。釋鳥鵖鴔戴鵀郭云鵀即頭上勝今亦呼爲戴勝按說文刪之曰鵖鴔也當從爾雅鵖鴔戴鵀也鵀勝一音也呂覽作任勝與任六部七部合音最近方言又謂之戴南月令戴勝降於桑鄭云戴勝織紝之鳥郭注方言云勝所以纏紝按木部云縢機持經者系部云紝機縷也此鳥之首

鸈ㄑㄩˊ
鵖ㄅㄧˊ 鴇ㄅㄠˇ 䳈。 鷗ㄡ 鮁ㄅㄚˊ 鷛ㄩㄥˊ 鶂ㄧˋ

文有如纏機褸之縢故曰戴勝方言又謂之鶝鴀鵖鴔之雙聲也。从鳥乏聲。平立切七部

鵖鴔也。从鳥皀聲。彼及切七部

鴇鳥也。鴇見詩禮記陸疏曰連蹄性不樹止 肉出尺胾。未聞按內則鵠鴞胖謂脅側薄肉也鵠或爲鴇鴇胖在不利人之列此云出尺胾者蓋謂去此尺胾不食其餘可食 从鳥𠦂聲。博好切古音在三部

鴇或从包。古𠦂聲包聲同在三部管子周禮注皆作鴇

雝鸈也。見隹部雝下 从鳥渠聲。強魚切五部

水鴞也。山海經注曰鷗水鴞也按列子作漚 从鳥區聲。烏侯切四部

鮁鳥也。从鳥犮聲讀若撥。蒲達切十五部

鷛鳥也。上林賦說水鳥有庸渠史記作鷛鸈郭曰鷛鸈似鶩灰色而雞足一名章渠吳都賦鷛鸈劉注同郭李善音庸渠按此鳥本單呼鷛也 从鳥庸聲。余封切九部

鶂鳥也。字見春秋經文十六年水鳥也博物志曰鶂雄雌相視則孕或曰雄鳴上風雌鳴下風薛綜曰鷁首者船頭象鷁鳥厭水神按今字多作鷁 从鳥兒聲。五歷切十六部 春秋傳曰六鶂退飛。三傳皆同今皆左兒右鳥

鶂或从鬲。兒聲鬲聲益聲皆十六部也

司馬相如說从赤。按赤聲古音在五部而用爲鶂字者合韵也蓋凡將篇如此作今上林賦濯鷁牛首祇作鷁

鷊。鶘。鵜ㄊㄧˊ

鴺胡逗污澤也。釋鳥鵜鴮鸅毛傳鵜洿澤鳥也按今爾雅多俗字毛詩作洿澤是也鄭注表記云鵜鵜胡污澤也污澤善居泥水之中許鄭皆云鵜胡爾雅毛詩不言胡者此鳥本單呼鵜以其胡能抒水故又名鵜胡也國語盛以鴟夷而投之於江惟宋明道二年本作鴟鵜注云鴟鵜革囊按陸疏云鵜胡頷下胡大如數升囊若小澤中有魚便羣共抒水滿其胡而棄之令水竭盡乃共食之故曰淘河然則此革囊名鵜亦取能容受之意應劭注漢書曰取馬革爲鴟夷鴟夷榼形而揚雄酒箴曰鴟夷滑稽腹如大壺盡日盛酒人復借酤師古曰鴟夷韋囊以盛酒卽今鴟夷勝也然則凡作夷者皆鵜之省云鴟夷者謂其如鴟之貪如鵜之善受也古音鵜讀同夷 从鳥夷聲。杜兮切十五部

鴺或从弟。今字多作鵜

鵜。 鴗ㄌㄧˋ 鶬ㄘㄤ ⿰倉隹。 鵁ㄐㄧㄠ 鴰ㄍㄨㄚ 鶄ㄐㄧㄥ 鳽ㄐㄧㄢ

天狗也。見釋鳥郭曰小鳥也青似翠食魚江東呼爲水狗按今所在園池有之謂之魚狗亦呼謂之魚虎 从鳥立聲。力入切七部

麋鴰也。見釋鳥郭云今呼鶬鴰師古曰今關西呼爲鴰鹿山東通謂之鶬鄙俗名爲錯落司馬彪云鶬似鴈而黑 从鳥倉聲。七岡切十部

鶬或从隹。

麋鴰也。从鳥昏聲。古活切十五部

鵁鶄也。三字句釋鳥鳽鵁鶄職方氏揚州其畜宜鳥獸鄭云孔雀鸞鵁犀象之屬史記上林賦鵁鶄漢書作交精爾雅音義曰本亦作交精 从鳥交聲。古肴切二部 一曰鵁鸕也。此謂鵁鶄一名鵁鸕元應書作一名鵁鸕按上林賦既云交精旋目又云箴疵鵁盧史記盧作鸕張揖郭璞注皆鵁鸕爲二物與此不同

鵁鶄也。从鳥青聲。子盈切十一部按辭章家有單呼鶄者吳都賦鶄鶴鶖鶬謂四鳥也

鵁鶄也。鳽者古名鵁鶄者今名此與隹部雃各物 从鳥幵聲。古賢切十二部

⿰箴鳥ㄓㄣ 鴜ㄗˇ 鷻ㄊㄨㄢˊ ⿱屰鳥ㄜˋ

⿰箴鳥鴜也。上林賦箴疵史記作⿰箴鳥鴜張揖曰箴疵似魚虎而蒼黑色按鍼觜二音箴之言觜也觜口也箴觜蓋其咮似鍼之銳 从鳥箴聲。職深切七部

⿰箴鳥鴜也。从鳥此聲。卽夷切十六部。按自鶩舒鳧也至此皆謂水鳥而鴚鵝鶴非水鳥辭章家鋪陳水鳥或舉鴚鶴而不舉鶩鳧

雕也。隹部曰雕鷻也今小雅四月匪鶉鶉字或作鷻毛曰鷻雕也隹部雗下曰一曰鶉字鶉者鷻之省鷻鶉字與隹部雗字別經典鶉首鶉火鶉尾字當爲鷻魏風縣鶉內則鶉羹字當爲雗當隨文釋之漢書音義廣雅皆雕鷲爲一鳥許二之且鷻不列於鷙鳥 从鳥敦聲。度官切古音在十三部 詩曰匪鷻匪鳶。

鷙鳥也。此今之鶚字也号說文作⿱屰鳥廣雅作鶚古音屰聲咢聲皆在五部五各切作鶚者隸變耳自鷻至鶚九篆皆鷙鳥獨於鶚鴟言之者鶚鴟無他名則直謂鷙鳥而已矣詩匪鷻匪鳶正義鳶作鶚引孟康曰鶚大雕也又引說文鳶鷙

鵖鴇鸈鷗鮁鷛鶂鵜鴗鶬鴰鵁鶄鳽⿰箴鳥鴜鷻⿱屰鳥

鳥也是孔沖遠固知鳶卽鷳字陸德明本乃作鳶云以專反今毛詩本因之又以與專反改說文鷳字之音誤之甚矣鳶夏小正作弋與職切俗作鳶與專切此猶鷙切以水鴞爲以沼耳弋者雖也非鴞也

从鳥屰聲。五各切五部

鷳 ㄒㄧㄢˊ

鴟也。隹部曰雖雖也雖雖也又名鷂今之鷂鷹也廣雅曰鷂鴟夏小正謂之弋十有二月鳴弋弋卽雖也弋之字變爲鳶讀與專切鳶行而弋廢矣鳶讀與專切者與鷳疊韵而又雙聲毛詩正義引倉頡解詁鳶卽鴟也然則倉頡有鳶字从鳥弋聲許無者謂鷳爲正字鳶爲俗字也毛詩四月匪鶉說文作匪鷻陸釋文作匪鳶不獨改其字且非其物矣大雅鳶飛戾天魚躍于淵語與四月相類鳶亦當爲鷳箋云鳶鴟之類云類則別於鴟經文字本爲鷳明矣正義又引說文云鳶鷙鳥也此亦引說文鳶鷙鳥而從俗寫爲鳶耳蓋唐初已認鳶爲鳶二字不分故正義不能質言

从鳥閒聲。戶閒切十四部

鷂 ㄧㄠˋ

鷙鳥也。釋鳥鷣負雀郭曰鷣鷂也江東呼之爲鷣按鷣古音淫見釋文今音燿見廣韵語之轉也說文鷂卽鷣以其善捉雀故亦爲鷙鳥

从鳥䍃聲。弋笑切二部

鷢 ㄐㄩㄝ

白鷢。逗 王雎也。釋鳥曰鷢白鷢郭云似鷹尾上白按釋鳥云雎鳩王雎與鷢白鷢劃分二鳥許乃一之恐係轉寫譌誤非許書本然也當爲正之曰鷢者白鷢也鴡者鴡鳩王鴡也乃合毛詩正義曰陸璣疏云雎鳩大小如鴟深目目上骨露幽州人謂之鷲而楊雄許愼皆曰白鷢白鷢似鷹尾上白此是陸璣而非楊雄許愼也楊雄許愼已下孔沖遠語也所謂楊雄者今不見於方言未知其所本

从鳥厥聲。居月切十五部

鴡 ㄐㄩ

王鴡也。按鴡鳩見詩春秋傳傳曰雎鳩氏司馬也五鳩鳩民之一許不當不箸鴡鳩二字王鴡也之上當出鴡鳩乃與前文鶌鳩祝鳩尸鳩爲一例釋鳥雎鳩王雎郭云雕類今江東呼之爲鶚周南毛傳曰雎鳩王雎也鳥摯而有別摯本亦作鷙古字同

从鳥且聲。七余切五部

鸛 ㄍㄨㄢˋ

鸛專。逗 畐蹂。句 如雛短尾。射之銜矢射人。見釋鳥釋鳥作鸛鷒鶝鶔廣韵作鸛鷒按畐蹂蓋共一名郭云又名墮羿釋文墮古以爲懈惰字言此鳥捷勁雖羿之善射亦懈惰不敢射也鄭注周禮設其鵠云謂之鵠者取名於鳱鵠鳱鵠小鳥而難中按當是此鳥鸛鳱音近鸛呼鳱鵠此鳥狀如鵠故亦謂之鳱鵠

从鳥雚聲。呼官切專徒端切疊韵十四部

鸇 ㄓㄢ

鷐風也。秦風作晨風釋鳥毛傳皆云晨風鸇也郭云鸇鷂屬孟子趙注謂之土鸇

从鳥亶聲。諸延切十四部釋文引說文上仙反

籀文鸇从廛。廛聲也又作鸇戰國一策宋康王之時有雀生鸇於城之陬新序作鸇一字也今戰國策誤爲鸇通鑑作鸇不誤而集韵不收

鷐 ㄔㄣˊ

鷐風也。一名鶾見羽部

从鳥晨聲。植鄰切十二部毛詩作晨古文假借

鷙 ㄓˋ

擊殺鳥也。夏小正六月鷹始摯月令鷹隼蚤鷙古字多假摯爲鷙儒行鷙蟲攫搏注曰鷙从鳥摯省聲此注正義本誤郭忠恕所據不誤六月毛傳云輊摯也士喪禮注云輖摯也考工記注云摯輖也然則摯卽摯字摯之或體也鄭注少言字體此言之者蓋鷙上从執俗認爲執聲則當在侵韵而非音理故云摯省聲以正之摯之在質術韵而不在侵緝易明也擊殺鳥者謂能擊殺之鳥自鷻至鷐風皆擊殺鳥也故釋鷙

从鳥从執。各本作从鳥執聲非也許說會意鄭說形聲皆何以知此字之非執聲也不曰从執鳥而曰从鳥从執者惡其以鳥殺鳥傷其類且容所殺不獨鳥也殺鳥必先攫搏之故从執小正傳曰諱殺故言摯然則摯者執也脂利切古音在十二部一作鷙从折聲則在十五部

鴥 ㄩˋ

鸇飛皃。秦風鴥彼晨風毛曰鴥疾飛皃許專系諸鸇

从鳥穴聲。按各本篆作鴥陸云鴥說文作鴪今從之余律切古音在十二部

詩曰。鴥彼鷐風。

鶯 ㄧㄥ

鳥有文章皃。各本作鳥也必淺人所改今正毛詩曰交交桑扈有鶯其羽有鶯其領傳曰鶯鶯然有文章皃皃舊作也非鶯鶯猶熒熒也皃其光彩不定故从熒省會意兼形聲自淺人謂鶯卽罃字改說文爲鳥也而與下引詩不貫於形聲會意亦不合不可以不辨也

从鳥熒省聲。熒各本作榮今正說文熒省聲之字共十有九無榮省聲之字烏莖切十一部

詩曰。有鶯其羽。

鴝 ㄑㄩˊ

鴝鵒也。今之八哥也左氏春秋昭二十五年有鸜鵒來巢鸜本又作鴝公羊作鸛音權穀梁作鸜亦作鸛考

工記作鸛亦作鸜郭注山海經云鸜鵒鴝鵒也按句鸜音同作鸛音權者語轉也鴝與隹部雊各字从鳥句聲。其俱切四部

鵒 鴝鵒也。从鳥谷聲。余蜀切三部 古者鴝鵒不踰濟。見考工記五經異義公羊以爲鸛鵒夷狄之鳥穴居今來至魯之中國巢居此權臣欲自下居上之象穀梁亦以爲夷狄之鳥來中國義與公羊同左氏以爲鸛鵒來巢書所無也彼注云周禮曰鸛鵒不踰濟今踰宜穴而又巢故曰書所無也許君謹案從二傳後鄭駁之云按春秋言來者甚多非皆從夷狄來也從魯疆外而至則言來鸛鵒本濟西穴處今乃踰濟而東又巢爲昭公將去魯國玉裁按先鄭云不踰濟無妨於中國有之駁二傳也作異義時從二傳作說文解字亦引考工記爲證不言夷狄之鳥則從古左氏說許君異義先成說文解字晚定故多有不同異義者不言周禮曰而言古者此以釋左氏書所無也之恉也

雓 鵒或从隹臾。臾聲此如鬼臾區亦爲鬼容區也

鷩 赤雉也。隹部雉十四種有鷩雉釋鳥鷩雉樊光曰丹雉也左傳丹鳥氏司閉也杜曰丹鳥鷩雉也以立秋來立冬去入大水爲蜃周禮鷩冕注曰鷩畫以雉謂華蟲也華蟲五色之蟲繢人職曰鳥獸蛇襍四時五色以章之謂是也考工記鳥獸蛇注曰蟲之毛鱗有文采者也按鄭意鷩爲雉五色不云赤雉也許云赤雉與樊光合 从鳥敝聲。并列切十五部 周禮曰孤服鷩冕。司服曰侯伯之服自鷩冕而下如公之服此云孤服鷩冕者葢以天子之孤當侯伯

鵔 鵔鸃。逗 鷩也。師古注上林賦曰鵔鸃鷩也似山雞而小冠背毛黃腹赤項綠尾紅按許云赤雉者不必全赤謂赤多也劉逵注蜀都賦曰蛸蟯鳥名也如今之所謂山雞注吳都賦曰今所謂山雞者鷩蹏也合浦有之此葢皆鷩屬 从鳥夋聲。私閏切按古音當讀如雖十五部

鸃 鵔鸃也。从鳥義聲。魚羈切古音在十七部 秦漢之初。侍中冠鵔鸃。佞幸傳曰孝惠時郎侍中皆冠鵔鸃貝帶

⿰啇鳥 雉屬。戇鳥也。愚也 从鳥啇聲。都歷切十六部

鶡 似雉出上黨。後書輿服志虎賁羽林皆鶡冠鶡者勇雉也其鬬對一死乃止故趙武靈王以表武士加雙鶡尾豎左右爲鶡冠徐廣曰鶡似黑雉出於上黨 从鳥曷聲。胡割切十五部

鴧 鴧雀也。依顏氏家訓廣韵訂 似鶡而青。出羌中。顏氏家訓曰賓如同得一青鳥呼之爲鶡吾曰鶡出上黨數曾見之色竝黃黑故陳思王鶡賦云揚元黃之勁羽試檢說文鴧雀似鶡而青出羌中韵集音介此疑頓釋漢循吏傳張敞舍鴧雀飛集丞相府蘇林曰今虎賁所箸鶡也師古曰蘇說非也鴧音介或作鶡此通用耳鴧雀大而色青出羌中非武賁所箸也武賁鶡者色黑出上黨今時俗人所謂鶡雞音曷非此鴧雀按二書今本舛譌介誤分芥誤芬鴧誤鶡誤鴧不可讀故全載之據此知郭注山海經云鶡似雉而大青色有毛角鬬死乃止亦誤認鴧爲鶡也今玉篇毛晃增韵皆襲漢書誤字 从鳥介聲。古拜切十五部

鸚 鸚䳇。逗 能言鳥也。曲禮曰鸚母能言不離飛鳥 从鳥嬰聲。烏莖切十一部

䳇 鸚䳇也。从鳥母聲。曲禮釋文嬰本或作鸚母本或作䳇同音武諸葛恪茂后反按裴松之引江表傳曰恪呼殿前鳥爲白頭翁張昭欲使恪復求白頭母恪亦以鳥名鸚母未有鸚父相難此陸氏所謂茂后反也據此知彼時作母作䳇不作鵡至唐武后時狄仁傑對云鵡者陛下之姓起二子則兩翼振矣其字其音皆與三國時不同此古今語言文字變移之證也釋文當云母本或作䳇古茂后反今作鵡音武乃合李善注文選云鵡一作䳇莫口反較明析大徐用唐韵文甫切亦鵡音非䳇音也古音母在一部

鷮 長尾雉走且鳴。依毛詩正義韵會訂隹部雉十四種有鷮雉小雅有集維鷮毛曰鷮鷮雉也釋鳥鷮雉陸疏云鷮微小於翟走而且鳴曰鷮鷮薛綜曰雉之健者爲鷮尾長六尺按韓詩鄭風二矛重鷮謂以鷮羽飾矛 乘輿尾爲防釳。箸馬頭上。尾各本作以今從詩正義防釳詳金部按金部云釳以翟尾此云以鷮尾者鷮翟屬也陸疏云似翟而小是也 从鳥喬聲。巨嬌切二部按當依鄭風小雅陸釋文居橋反廣韵玉篇皆音嬌雉聲如是

鷕 雌雉鳴也。邶風有鷕雉鳴又云雉鳴求其牡毛曰鷕雌雉聲也此望文爲

鸓 鶾 鴳 鴆 鷇 鳴 騫 鳻 烏 舃

義从鳥唯聲○以沼切古音在十五部釋文引說文以水反字林于水反皆古音也其云以小反者字之譌亦聲之譌也詩曰有鷕雉鳴○

鸓鼠形飛走且乳之鳥也○走字疑衍釋鳥鼯鼠夷由鼯或作鼯由或作鴨郭云狀如小狐似蝙蝠肉翅飛且乳其飛善從高集下劉淵林陶隱居說略同其物皃本艸經上林西京南都吳都諸賦亦名飛生飛而生子故也亦名飛鸓亦名鼺鼠其字惟史記作鸓本艸經作鸓在獸部賦家或作蠝或作猵以其似鳥似獸似蟲似鼠也諸家皆云以肉翼飛而張揖云狀如兔而鼠首以其頿飛此本北山經有獸狀如兔而鼠首以其背飛名曰飛鼺惟張所據背作頿耳不若劉郭說可信也今雲南有之从鳥畾聲○說文無畾字當作靁省聲力軌切十五部

鸓籒文鸓○鸓省聲也鸓右文靁

鶾雉肥鶾音者也○各本作雉肥鶾音者也今正曲禮凡祭宗廟之禮雞曰翰音注翰猶長也正義曰雞肥則其鳴聲長也易翰音登于天虞曰翰高也按小雅翰飛戾天毛曰翰高也高飛曰翰因之聲高亦曰翰故鄭云翰猶長也翰音之雞謂之鶾此許以壆韵爲訓也玉篇曰鶾雞肥皃此所據說文古本不誤也若作雉則下文丹雞不可通矣鶾與隹部翰義別从鳥倝聲○侯旰切十四部魯郊吕丹雞祝曰○吕斯鶾音赤羽去魯侯之咎○此引魯郊禮文證翰音之爲肥雞也各本翰作鶾誤田部曰魯郊禮畜字從田茲作蓄五經異義曰魯郊禮祝延帝尸風俗通亦言魯郊祀常以丹雞祝曰以斯翰聲赤羽去魯侯之咎

鴳雇也○釋鳥鳸鴳舍人李巡孫炎皆云鳸一名鴳鴳雀也元應曰鴳又作鷃一名鳸一名鴽鴳纂文云關中有鴳濫堆是也按杜注左傳青鳥氏爲鴳鳩而九鳸有老鳸鷃鷃是則別爲二鳥不如元應所說也國語晉平公射鴳內則云雉兔鶉鷃又云爵鷃蜩范扈下云老扈鴳也皆不云鶴鴳从鳥安聲○烏諫切十四部

鴆毒鳥也○左傳正義鴆鳥食蝮以羽翮擽酒水中飲之則殺人按左傳鴆毒字皆作酖假借也酉部曰酖樂酒也从鳥冘聲○直禁切古音在八部一曰運日○一曰猶一名也廣雅云雄曰運日雌曰陰諧淮南書云暉日知晏陰諧知雨

鷇鳥子生哺者○釋鳥生哺鷇郭云鳥子須母食之生噣雛郭云能自食方言北燕朝鮮洌水之閒爵子及雞雛皆謂之鷇从鳥殸聲○口豆切三部

鳴鳥聲也○引伸之凡出聲皆曰鳴从鳥口○武兵切十一部

騫飛皃也○楚辭鳳騫翥而飛翔从鳥寒省聲○虛言切十四部

鳻鳥聚皃也○言鶯紛也一曰飛皃也○莊子翂翂翐翐司馬云舒遲皃一曰飛不高皃从鳥分聲○府文切十三部

文百十六　重十九

烏孝鳥也○謂其反哺也小爾雅曰純黑而反哺者謂之烏象形○鳥字點睛烏則不以純黑故不見其睛也哀都切五部孔子曰烏亏呼也○亏各本作盱今正亏於也象气之舒亏呼者謂此鳥善舒气自叫故謂之烏取其助气故吕爲烏呼○此許語也取其字之聲可以助气故以爲烏呼字此發明假借之法與朋爲朋黨韋爲皮韋來爲行來西爲東西止爲足子爲人偁一例古者短言於長言烏呼於烏一字也匡謬正俗曰今文尚書悉爲於戲字古文尚書悉爲烏呼字而詩皆云於乎中古以來文籍皆爲烏呼字按經傳漢書烏呼無有作鳴呼者唐石經誤爲鳴者十之一耳近今學者無不加口作鳴殊乖大雅又小顏云古文尚書作烏呼謂枚頤本也今文尚書作於戲漢石經也洪适載石經尚書殘碑於戲字倘四見可證也今匡謬正俗古今字互譌凡烏之屬皆从烏○

𢧢古文烏○象形○

於象古文烏省○此即今之於字也象古文烏而省之亦革省爲革之類此字葢古文之後出者此字既出則又于於爲古今字釋詁毛傳鄭注經皆云亏於也凡經多用于凡傳多用於而烏鳥不用此字

舃䧿也○謂即䧿字此以今字釋古字之例古文作舃小篆作䧿卑下曰卑也周禮注曰劬讀爲動皆以今字釋古字鳥部曰鷽䧿也言其物此云舃䧿也言其字舃本䧿字自經典借爲履舃字而本義廢矣周禮注曰複下曰舃禪下曰屨小

雒。焉ㄢ

雅毛傳曰舄達履也達之言重沓也郎複下象形。舄舄焉皆象形之誚也釋名曰舄腊也複其下使乾腊也惟首各異故合為一部七削切古音在五部

䧿篆文舄从隹昔。昔聲也此亦上部先古文之例雒䧿變从鳥

焉焉鳥。逗黃色出於江淮。今未審何鳥也自借爲詞助而本義廢矣古多用焉爲發聲訓爲於亦訓爲於是如周禮焉使則介之晉語焉作爰田焉作州兵左傳晉郤焉依荀焉大國公羊傳焉爾焉門者焉閽者皆從淮南焉始乘舟三年問焉爲之立中制節焉使倍之焉使不及也招魂巫陽焉乃下招象形。有乾切十四部

凡字朋者羽蟲之長。鳥者日中之禽。淮南書曰日中有踆烏靈憲曰日陽精之宗積而成鳥鳥有三趾陽之類故數奇舄者知大歲之所在。淮南書曰蟄蟲鵲巢皆向天一揆天一謂太陰所建也博物志曰鵲背太歲然則鵲巢開戶向天一而背歲燕者請子之候。見乙部作巢避戊己。亦見博物志陸氏佃羅氏願皆曰燕之來去皆避社又戊己日不取土所貴者故皆象形。鳥多矣非所貴皆爲形聲字今字作鳳作雒作鵲作乾作燕則惟烏舄不改焉焉亦是也。焉亦象形必有可貴者也按烏舄焉皆可入鳥部云從鳥省不爾者貴之也貴燕故既有燕部又有乞部朋何以不別爲部也冠於䧿鳥之首矣故傳諸小篆也

文三　重三

說文解字第四篇上　山陰李宏信校字

焉

說文解字第四篇下

金壇段玉裁注

華ㄅㄢ 畢ㄅㄧˋ 糞ㄈㄣˋ 棄ㄑㄧˋ

華 箕屬。所㠯推糞之器也。糞各本作弃今依篇韵正推糞者推而除之也 象形。此物有柄中直象柄上象其有所盛持柄迫地推而前可去穢納於其中糞則無柄而受穢一也故曰箕屬北潘切十四部按篇韵皆音畢此古今音不同也 凡華之屬皆从華。官溥說。官溥者博採通人之一也

畢 田网也。謂田獵之网也必云田者以其字從田也小雅毛傳曰畢所以掩兔也月令注曰罔小而柄長謂之畢按鴛鴦傳云畢掩而羅之然則不獨掩兔亦可掩鳥皆以上覆下也畢星主弋獵故曰畢亦曰罕車許於率下曰捕鳥畢也此非別有一畢亦是掩物之网特牲饋食禮助載鼎實之器象之亦曰畢此則用以上載爲異 从田。各本無此二字依韵會補 从華象形。謂以華象畢形也柄長而中可受畢與華同故取華象形各本作象畢形微也有譌今正 或曰田聲。上云從田華會意而象其形則非形聲也或曰田聲田與畢古音同在十二部也各本田譌由鉉曰由音拂此大譌也畢卑吉切畢之言蔽也支部曰斁盡也今盡義通作畢

糞 棄除也。按棄亦糞之譌亦複舉字之未刪者糞方是除非棄也與土部坌音義皆略同禮記作糞亦作攢亦作拚曲禮曰凡爲長者糞之禮少儀曰氾埽曰帚埽席前曰拚老子曰天下有道卻走馬以糞謂用走馬佗糞糞除之物也左傳小人糞除先人之敝廬許意坌用帚故曰埽除糞用華故但曰除古謂除穢曰糞今人直謂穢曰糞此古義今義之別也凡糞田多用所除之穢爲之故曰糞 从𠬞推華糞釆也。合三字會意方問切古音在十四部 官溥說佀米而非米者矢字。此偁官說釋篆上體采佀米非米乃矢字故廾推華除之也矢艸部作菌云糞也謂糞除之物爲糞謂菌爲矢自許已然矣諸書多假矢如廉藺傳頃之三遺矢是也許書說解中多隨俗用字

棄 捐也。手部曰捐棄也 从𠬞推華棄也。

弃○ 棄○ 冓ㄍㄡˋ 再ㄗㄞˋ 爯ㄔㄥ

竦手推華而捐之也 从㐬。㐬逆子也。既以廾華會意又加㐬以箸之㐬者不孝子人所棄也棄詰利切十五部 𠫔 古文棄。古文以竦手去艸子會意按棄字隸變作棄中體佀世唐人諱世故開成石經及凡碑板皆作弃近人乃謂經典多用古文矣 𥶑 籀文棄。今字亦從去不從㐬

文四 重二

冓 交積材也。高注淮南曰構架也材木相乘架也按結冓當作此今字構行而冓廢矣木部曰構蓋也義別 象對交之形。冓造必鉤心鬬角也古候切四部廣韵矦候二韵皆曰冓數也此古筭經說也而紙韵引風俗通作壤生溝溝生澗五經筭術數術記遺等書亦皆作溝矣 凡冓之屬皆从冓。

再 一舉而二也。凡言二者對偶之詞凡言再者重複之詞一而又有加也 从一冓省。冓者架也架古祇作加作代切一部

爯 并舉也。从爪冓省。冓爲二爪者手也一手舉二故曰幷舉趙注孟子稱貸曰稱舉也凡手舉字當作爯凡偁揚當作偁凡銓衡當作稱今字通用稱處陵切六部

文三

幺ㄧㄠ 幼ㄧㄡˋ

幺 小也。通俗文曰不長曰幺細小曰麼許無麼字 象子初生之形。子初生甚小也俗謂一爲幺亦謂晚生子爲幺皆謂其小也於堯切二部 凡幺之屬皆从幺。

幼 少也。釋言曰幼鞠稚也又曰冥幼也斯干毛傳亦云冥幼也幼同幽一作窈 从幺力。幺亦聲伊謬切三部

文二

𢆶ㄧㄡ 幽ㄧㄡ

𢆶 微也。微當作散人部曰散眇也小之又小則曰散 从二幺。二幺者幺之甚也於虯切三部 凡𢆶之屬皆从𢆶。

幽 隱也。自部曰隱蔽也小雅桑葉有幽毛曰幽黑色也此謂幽爲黝之假借玉藻幽衡鄭云幽讀爲黝毛不易字鄭則易之周禮牧人陰祀用幽牲守祧幽堊之鄭司農皆幽讀爲黝

幾ㄐㄧ　叀ㄓㄨㄢ　[illegible]　皀。惠ㄏㄨㄟˋ　𢡆。疐ㄓˋ

引爾雅地謂之黝今本幽黝字互譌 从山𢆶。幽從山猶隱從𨸏取遮蔽之意從𢆶者微則隱也 𢆶亦聲。於虯切三部

幾 微也。毄辭傳曰幾者動之微吉凶之先見也又曰顏氏之子其殆庶幾乎虞曰幾神妙也 殆也。歺部曰殆危也危與微二義相成故兩言之今人分微義爲上聲危義爲平聲按禮記雕幾借爲圻堮之圻 从𢆶从戍。戍兵守也。𢆶而兵守者危也。說從戍之意居衣切十五部

文三

叀 小謹也。各本小上有專字此復舉字未刪又誤加寸也 从幺省。小意 从屮。二字今補 屮財見也。亦小意 田象謹形。四字各本無今補葢李陽冰爲田斗之說而有所刪也上從屮下從幺省中象顓顓謹皃 屮亦聲。職緣切十四部 凡叀之屬皆从叀。

𠃬 古文叀。

𠃬 亦古文叀。斤部古文斷及部𣪠皆從此

惠 仁也。人部曰仁親也經傳或假惠爲慧 从心叀。爲惠者必謹也胡桂切十五部

𢡆 古文惠从卉。從心叀省從卉聲小篆省卉

疐 礙不行也。釋言云疐跲也豳風毛傳同足部躓跲也跲躓也以大學懥亦作懫推之則疐即躓字音義皆同許不謂一字殊其義者依字形爲之說也如許說則爾雅毛傳假疐爲躓 从叀引而止之也。叀者如叀馬之鼻。馬當作牛牛鼻有桊所以叀牛也叀之義引伸讀同羈縻絹也有所牽掣之謂楊雄酒箴曰一旦叀礙爲瓽所轠汲井之綆略有牽絆爲貯水大盆所繫碎也字從叀者如叀牛之鼻然可使行亦可使止故曰引而止之也此說從叀之意 从冂。此與牽同意。冂各本無今補從冂者象挽之使止如牽字冂象牛縻可引之使行也故曰此與牽同意陟利切古音在十一部 詩曰。載疐其尾。按足部引載躓其尾必三家詩之異也或同一毛詩而異字如同一周禮故書儀禮古文而或有異文

文三

玄ㄒㄩㄢˊ　[illegible]　茲ㄒㄩㄢˊ　予ㄩˇ

文三　重三

玄 幽遠也。老子曰玄之又玄衆妙之門高注淮南子曰玄天也聖經不言玄妙至僞尚書乃有玄德升聞之語 象幽。謂𢆶也小則隱 而入覆之也。幽遠之意胡涓切十二部 黑而有赤色者爲玄。此別一義也凡染一入謂之縓再入謂之赬三入謂之纁五入爲緅七入爲緇而朱與玄周禮爾雅無明文鄭注儀禮曰朱則四入與注周禮曰玄色者在緅緇之閒其六入者與按纁染以黑則爲緅緅漢時今文禮作爵言如爵頭色也許書作纔纔既微黑又染則更黑而赤尚隱隱可見也故曰黑而有赤色至七入則赤不見矣緇與玄通偁故禮家謂緇布衣爲玄端 凡玄之屬皆从玄。

𢆯 古文玄。

茲 黑也。从二玄。胡涓切十二部今本子之切非也按左傳何故使吾水茲釋文曰茲音玄此相傳古音在十二部也又曰本亦作滋子絲反此俗加水作滋因誤認爲滋益字而入之韻也艸部茲從絲省聲凡水部之滋子部之孳鳥部之鷀皆以茲爲聲而茲滋字祇當音懸不當音孜廣韻七之作滋一先作滋音義各不同爲是也且訓此之茲本假借從艸之茲而不當用二玄之茲蔡邕石經於隸釋漢隸字原者尚書茲字五見皆從艸則唐石經皆作茲者非矣今本說文滋孳鷀篆體皆誤從茲 春秋傳曰。何故使吾水茲。哀八年見左傳 釋文曰茲音玄本亦作滋子絲反濁也字林云黑也按本如是今本茲滋互易非也且本亦作滋則仍胡涓切不同水部滋水字子絲反也陸氏誤合二字爲一

文二　重一

予 推予也。予與古今字釋詁曰台朕賚畀卜陽予也按推予之予假借爲予我之予其爲予字一也故台朕陽與賚畀卜皆爲予也爾雅有此例廣雅尚多用此例予我之予儀禮古文左氏傳皆作余鄭曰余予古今

舒幻放敖敫𠬪爰𤔔受𤔗爭𤔘寽

舒ㄕㄨ 幻ㄏㄨㄢˋ 放ㄈㄤˋ 敖ㄠˊ 敫ㄐㄧㄠˇ 𠬪ㄆㄧㄠˇ 爰ㄩㄢˊ

字象相予之形○象以手推物付之余呂切五部古予我字亦讀上聲凡予之屬皆从予

舒伸也○經傳或假荼或假豫从予舍聲○物予人得伸其意此依鍇本今鍇本作從舍予聲者淺人不知舍之古音而改之也傷魚切五部一曰舒緩也○此與糸部紓音義皆同

幻相詐惑也○詭誕惑人也漢書犛軒眩人字作眩从反予○倒予字也使彼予我是為幻化胡辦切十四部周書曰○無或譸張為幻○無逸篇文又見言部譸下

文三

放逐也○从攴方聲○甫妄切十部凡放之屬皆从放○

敖出游也○邶風曰以敖以游敖游同義也經傳假借為倨傲字从出放從放取放浪之意出部又收此後人妄增也五牢切二部

敫光景流皃○皃各本作也今從廣韵謂光景流行煜燿昭箸从白放○凡物光景彡白如白部所載是也故從白不入白部者重其放於外也讀若龠○與爚爗字音義略同以灼切古音在二部平聲

文三

𠬪物落也○也字依韵會補草曰苓木曰落引伸之凡物皆曰落上下相付也○付与也从爪又○以覆手与之以手受之象上下相付凡物陊落皆如是觀凡𠬪之屬皆从𠬪○讀若詩摽有梅○見周南毛曰摽落也按摽擊也毛詩摽字正𠬪之假借孟子野有餓莩趙曰餓死者曰莩詩云莩有梅莩零落也丁公箸云莩有梅韓詩也食貨志野有餓莩鄭氏莩音蔈有梅之蔈孟子作莩者莩之字誤漢志作莩者又𠬪之俗字韓詩作𠬪是正字毛詩作摽是假借字鄭德作蔈亦假借也鄭風風其漂女毛曰漂猶吹也毛意漂亦𠬪之假借平小切二部

爰引也○此與手部援音義皆同韵會作引也謂引詞也六字謂引詞也四字當出演說文今按援從手爰聲訓引也爰從𠬪從亏訓引詞也轉寫奪詞字釋詁粵于爰曰也爰粵于也爰粵于那都繇於也八字同訓皆引詞也粵于曰爰見經傳者多那若越語吳人之那不穀都若孟子謨蓋都君相如傳終都依卒繇同由於郎今人所用於字凡言於者兩物相於自此引而之彼此八字皆由上引下之詞也曰下云粵也亏下云於也粵下云于也烏於同引孔于曰烏于呼也是可以得其解从𠬪从亏○𠬪者相付取相引之意亏亦引詞與爰雙聲羽元切十四部籀文以為車轅字○此說假借也轅所以引車故藉文車轅字祇用爰左傳晉作爰田國語作轅田地理志制轅田食貨志云自爰其处孟康云轅爰同此又皆假轅為爰也

亂。

𤔔ㄌㄨㄢˋ 受ㄕㄡˋ

𤔔治也○此與乙部亂音義皆同幺子相亂𠬪治之也○幺子謂幺亂當作爭謂冂也冂音扃介也彼此分介則爭門部云兒善訟者也𤔔治之如辭下又寸分理之讀若亂同○郎段切十四部一曰理也○與治無二義當由唐人避諱致此妄增

𤔔古文𤔔○

𤔗ㄌㄩㄝˋ 爭ㄓㄥ 𤔘ㄧㄣˇ 寽ㄌㄩˋ

受相付也○𠬪者自此言受者自彼言其為相付一也从𠬪舟省聲○舟省聲蓋許必有所受之殖酉切三部尚書紂字古文尚書作受

𤔗撮也○从𠬪乙聲○鍇本如是云乙者甲乙之乙鉉本作從𠬪從己云己者物也以音求之似小徐近是力輟切乙聲則當在十二部

爭引也○凡言爭者皆謂引之使歸於己从𠬪厂○從𠬪猶從手厂余制切抴也抴引也側莖切十二部

𤔘有所依也○依元應本訂依𤔘雙聲又合韵取近此與𠂤部隱音同義近隱行而𤔘廢矣凡諸書言安隱者當作此今俗作安穩从𠬪工○𠬪工者所落之処巧得宜也讀與隱同○於謹切十三部

寽五指寽也○各本寽作持宋本李燾本類篇集韵六術皆作捋捋又寽之誤今依集韵十三末作寽按寽與捋各字捋毛曰取也許曰取易也寽許曰五指寽也凡今俗用五指持物引取之曰寽廣韵曰今寽禾是是也茱苡薄言捋之說者謂取其子假令謂取其子則當作寽从𠬪五指寽而落之故從𠬪一聲○寽疑衍一謂所寽也呂戌切十五部讀

敢。 𢽿。 叡ㄍㄢˇ　　奴ㄘㄢˊ　　叡ㄏㄨㄛˋ　　壑。　　叡ㄍㄞˋ　　⿰⿱歺井又ㄐㄧㄥˋ　　叡ㄖㄨㄟˋ

者律。敢進取也。从𠬪猶從手也古聲。古聲在五部敢在八部此於雙聲合韵求之古覽切𢽿籀文𢽿。𠬪盖亦爪也冃音冒用爪用殳入冒而前也今字作敢𢽿之隸變敢古文𢽿。

文九　重三

奴殘穿也。殘穿者殘賊而穿之也歺字下曰歺殘也亦謂殘穿从又歺。又所以殘穿也殘穿之去其礙礫故從又歺會意歺亦聲。昨干切十四部歺讀若櫱十五十四合韵也凡奴之屬皆从奴。讀若殘。

叡溝也。大司徒溝封鄭曰溝穿地爲阻固也水部溝水瀆廣四尺深四尺此與匠人文耳凡穿地爲水瀆皆稱溝稱叡毛詩實墉實壑謂城池也鄭伯有爲窟室飲酒人謂之壑谷从奴从谷。穿地而通谷也釋水曰注谷曰溝讀若郝。呼各切五部壑叡或从土。謂穿土

⿰⿱歺貝又𥥍堅意也。各本深上有叡奴字宋本無叡有奴今按叡係複舉奴則衍文也凡言意者詞下意內言外之意其意爲深堅其言云叡也从奴从貝。深意故從奴堅意故從貝貝堅實也。說從貝之意實大徐作寶讀若概。古代切十五部贛以爲聲

⿰⿱歺井又阬也。𨸏部曰阬閬也釋詁曰叡阬虛也⿰⿱歺井又與井部阱穽音同義異⿰⿱歺井又謂穿地使空也从奴井。井亦聲。疾正切十一部

叡𥥍明也。鉉本此下有通也二字雖合古訓然恐俗增馬注尚書鄭注尚書大傳皆曰睿通也許則於叡曰深明也於聖曰通也叡從目故曰明聖從耳故曰通此許意也周書謚法解曰叡聖也邶風毛傳曰聖叡也古文尚書睿作聖故周書毛傳叡聖五訓楚語謂之睿聖武公韋曰睿明也按韋但曰明許曰深明者許主解字爲其字之從奴也从奴从目故曰深明从谷省。谷以皃其深也按叡賓從叡省從叡者皃其能容也能容而後能明古文尚書思曰睿今文尚書思心曰容叢寬相成也許不云從叡者不立叡部也五經文字曰易作叡是可證

睿。 𥈠。　　歺ㄜˋ　　㱙。 ⿰歺委ㄨㄟ　　殙ㄏㄨㄣ　　殰ㄉㄨˊ　　歾ㄇㄛˋ　　歿。　　⿰歺卒ㄗㄨˊ　　殊ㄕㄨ

尚書作睿也以芮切十五部睿古文叡。見古文尚書歺者奴之省下曰歺殘也按殘者謂殘穿𥈠籀文叡从土。此亦從叡省也玉部籀文璿從此

文五　重三

歺列骨之殘也。刀部曰列分解也殘當作奴許殘訓賊奴訓餘後人輒同之也从半冎。冎剔人肉置其骨也半冎則骨殘矣鉉曰不當有中一秦刻石文有之凡歺之屬皆从歺。讀若櫱岸之櫱。櫱岸未聞櫱當作屵屵者岸高也五割切音同蓋轉寫者以其音改其字耳十五部五經文字九經字樣音櫱非㱙古文歺。古文殂古文殪古文死古文伊皆從此

⿰歺委病也。艸部曰菸一曰⿰歺委也菸⿰歺委雙聲廣韵曰⿰歺委枯死也萎蔫按⿰歺委萎古今字菸蔫古今字內則注曰今益州有鹿⿰歺委从歺委聲。於爲切十六部

殙瞀也。瞀當作霿雨部曰霿晦也諸家霿瞀通用子部𣪊瞀亦作瞀字莊子以瓦注者巧以鉤注者憚以黃金注者殙釋引說文瞀也左傳札瘥夭殙杜曰未名而死曰殙今傳昏从歺昏聲。呼昆切十三部

殰胎敗也。樂記胎生者不殰注曰內敗曰殰管子羽卵者不段毛胎者不贖房曰贖謂胎敗渚也集韵曰古作殰从歺賣聲。徒谷切三部

歾終也。白起王翦列傳曰偷合取容以至歾身徐廣云歾音沒按今歾譌𡉚集韵傳會之云𡉚埋也从歺勿聲。莫勃切十五部

歿歾或从𠬛。按歿死字當作此入水有所取曰𠬛湛於水曰沒內頭水中曰顆許之分別也

⿰歺卒大夫死曰⿰歺卒。曲禮天子死曰崩諸侯曰薨大夫曰卒士曰不祿庶人曰死白虎通曰大夫曰卒精燿終也卒之爲言終於國也字皆作卒於說文爲假借从歺卒聲。子聿切十五部

殊死也。凡漢詔云殊死者皆謂死罪也死罪者首身分離故曰殊死引伸爲殊異从歺朱聲。市朱切四部一曰斷也。各本無此四字依左傳釋文補斷與死本無二義許以字從歺故以死爲正義

叡奴叡⿰⿱歺貝又⿰⿱歺井又叡歺⿰歺委殙殰歾⿰歺卒殊

殟ㄨㄣ　殤ㄕㄤ　殂ㄘㄨˊ

凡物之斷爲別一義左傳曰武城人塞其前斷其後之木而弗殊邾師過之乃推而蹷之史蘇秦列傳刺蘇秦不死殊而走按弗殊者謂不絕也不死殊而走者謂人雖未死創已決裂也皆斷之說也宣帝詔曰骨肉之親粲而不殊凡言殊異殊絕皆引伸之義歺部曰以杖殊人謂隔遠敵仇不得近亦是斷義漢令曰○蠻夷長有罪當殊之○按殊之者絕之也所謂別異蠻夷此舉漢令證斷義而裴駰以來皆謂殊之爲誅死夫蠻夷有罪非能必執而殺之也而顧箸爲令哉今鍇本作當殊之市多市字此由張次立以鉉本改鍇本誤以鉉本市朱切市字系殊之下其可笑有如此者

殟暴無知也○各本作眙敗也誤同殰解元應書卷八卷十三十四皆引說文殟暴無知也聲類烏殟欲死也今據正廣韵云病也又云心悶其義正合蓋上下文皆說死之類此亦謂暴死者烏殟雙聲元應殟於門切从歺昷聲○烏沒切古音在十三部讀溫

殤不成人也○不喪服傳作未人年十九至十六死爲長殤○十五至十二死

爲中殤○十一至八歲死爲下殤○見喪服傳鄭曰殤者男女未冠笄而死可傷者也从歺傷省聲○式陽切十部

殂往死也○殂之言退也退往也故曰往死玉篇曰殂今作徂从歺且聲○昨胡切五部虞書曰○勛乃殂○虞書當作唐書勛乃殂二徐本皆如是宋本說文及洪邁所引皆可證至集韵類篇乃增放字至李仁甫乃增之曰放勛乃殂落或用改大徐本此皆不信古之過也堯典曰二十有八載放勳乃殂落見孟子春秋緐露皇甫謐帝王世紀所引皆如是此作勛乃殂據力部勳者小篆勛者古文勳則許所偁與壁中文也而無放落二字蓋孟子董子所偁者今文尚書也許所偁者古文尚書也孟子何以偁今文尚書伏生本與孔安國本皆出周時說詳尚書撰異矣放勛何以但言勛也或言放勛或言勛一也蓋當世臣民所偁不一也殂落何以但言殂也云殂則已足矣不必言殂落也釋詁崩薨無祿卒殂落殪死也白虎通曰書言殂落死者各自見義堯見憯痛之舜見終各一也此其所據皆今文尚書且爾雅無妨殂落二字各

殛ㄐㄧˊ　𣧟。

爲一句也師古注王莽傳引虞書放勳乃殂則唐初尚書尚有無落字者

𣧟古文殂从歺从作○此從古文歺作聲也小徐本篆爲胙非也

殛殊也○殊謂死也廣韵曰殊陟輸切殊殺字也從歹歹五割切𢦏同殊據此知古殊殺字作殊與誅責字作誅迥別矣周禮八门誅以馭其過禁殺戮禁暴氏野廬氏皆云誅之此誅責也公羊傳君親無將將而誅焉此殊殺也當各因文爲訓从歺亟聲○己力切一部虞書曰○虞書當作唐書殛鯀于羽山○堯典文此引經言假借也殛本殊殺之名故其字厠於殤殂殪薨之閒堯典殛鯀則爲極之假借非殊殺也左傳曰流四凶族投諸四裔劉向曰舜有四放之罰屈原曰永遏在羽山夫何三年不施王注言堯長放鯀於羽山絕在不毛之地三年不舍其罪也鄭志荅趙商云鯀非誅死鯀放居東裔至死不得反於朝禹乃其子也以有聖功故堯興之尊此諸說可得其實矣周禮廢以馭其罪注廢猶放也舜極鯀於羽山是也此條釋文宋本極紀力反可證洪範鯀則殛死釋文殛本又作極多方我乃其大罰殛之釋文

殛本又作極左傳昭七年昔堯殛鯀於羽山釋文殛本又作極魯頌致天之屆于牧之野箋云屆極也引書鯀則極死又云天所以罰極紂于商郊牧野正義云屆極虞度釋言文釋言又云極誅也武王致天所罰誅紂於牧野定本集注皆云殛紂於牧野殛是殺非也此條宋本岳本元本皆不誤小雅後予極爲毛曰極至也鄭曰極誅也正義云極至釋詁文極誅釋言文合魯頌小雅兩箋兩正義觀之則釋言之爲極誅甚明今爾雅作殛誅也蓋誤以洪範多方殛字鄭皆作極例之則知周禮注引極鯀於羽山鄭所見尚書自是作極不作殛也說文引殛鯀于羽山作殛疑是後人增之若以引尚狟狟爲尚桓桓引無有作敢爲無有作好例之則引殛鯀爲極鯀正是一例鄭注周禮引遂觀東后注明堂位引應朄縣鼓本經作肆作田則或本經作殛而引作極亦注家有是例也假殛爲極正如孟子假殺爲竄鯀因極而死於東裔韋注晉語云殛放而殺也此當作放而死也高注呂覽云先殛後死此當作先極後死若呂覽副之以吳刀山海經殺鯀於羽郊則言之不從不可信矣然則馬注尚書趙注孟子韋注國語皆云殛誅也

殪ㄧˋ 𡴁。 ⿱莫歹ㄇㄛˋ 殯ㄅㄧㄣˋ 殔ㄧˋ 殣ㄐㄧㄣˋ 殠ㄔㄡˋ 殨ㄎㄨㄟˋ 殏ㄒㄧㄡˇ

何也曰此皆用釋言極誅也之文謂正文殛當作極也

殪死也。左傳擊子射其馬斬鞅殪將擊子車于車射之殪小雅毛傳文顙注上林賦皆曰壹發而死爲殪是也故其字從壹按尙書言殪戎殷殪什也此引伸之義中庸言壹戎衣注衣讀爲殷聲之誤也壹戎殷者壹用兵伐殷也郭忠恕佩觿乃引鄭注云壹當爲殪此記憶之誤耳凡恃記憶而不檢閱者多此病从歺壹聲。形聲包會意於計切古音在十二部𡴁古文殪从死。從古文死壹省聲

⿱莫歹死宋⿱莫歹也。宋⿱莫歹猶呶嗼也从歺莫聲。莫各切五部

殯死在棺將遷葬柩賓遇之。按士喪禮主人奉尸由阼階鄉西階斂於棺棺先在肂中矣所謂殯也在西階故檀弓曰殯於客位又曰周人殯於西階之上賓之也釋名亦曰於西壁下塗之曰殯殯賓也賓客遇之言稍遠也此去葬期尙遠非將葬賓遇之也將葬而朝於祖而設遷祖奠而載柩於車而祖而設祖奠而設葬奠此不得名殯淺人竄改之致此不通耳當云屍在棺肂於西階賓遇之从歺賓。屍在棺故從歺西階賓之故從賓賓亦聲。必刃切十二部夏后殯於阼階殷人殯於兩楹之閒周人殯於賓階。見檀弓據此可證將遷葬柩四字之誤

殔瘞也。土部曰瘞幽薶也士喪禮掘肂注曰肂埋棺之坎也棺在肂中斂屍焉所謂殯也肂者所以殯故其字次於殯可證上文將遷葬柩之誤从歺隶聲。羊至切十五部

殣道中死人人所覆也。今小雅小弁作墐傳曰墐路冢也按墐者假借字殣者正字也義在人所覆故其字次於殔左傳道殣相望杜云餓死爲殣从歺堇聲。渠吝切十三部詩曰行有死人尙或殣之。許所據作殣

殠腐气也。廣韻曰腐臭也按臭者氣也兼芳殠言之今字專用臭而殠廢矣儀禮釋文引孟子飯殠茹草楊敞傳曰頓單于得漢美食好物謂之殠惡楊王孫傳其穿下不亂泉上不泄殠从歺臭聲。尺救切三部

殨爛也。今殨字作潰而殨廢矣从歺貴聲。胡對切十四部

殏腐也。肉部曰腐

朽。 ㄅ。 殆ㄉㄞˋ 殃ㄧㄤ 殘ㄘㄢˊ 殄ㄊㄧㄢˇ 殲ㄐㄧㄢ 殫ㄉㄢ 殬ㄉㄨˋ ⿰歹羸ㄌㄨㄛˇ ⿰歹豈ㄞˇ ⿰歹月ㄘㄢˊ

爛也今字用朽而殏廢矣从歺丂聲。許久切三部朽殏或从木。

殆危也。危者在高而懼也引伸之凡將然之詞皆曰殆曰危與天之未陰雨音義同又豳風殆及公子同歸傳曰殆始也此謂殆爲始之假借也从歺台聲。徒亥切一部

殃凶也。各本作咎也今依易釋文从歺央聲。於良切十部

殘賊也。戈部曰賊敗也叔部殘穿也今俗用爲⿰歹月餘字按許意殘訓賊⿰歹月訓餘今則殘專行而⿰歹月廢矣周禮槀人注假戔爲⿰歹月从歺戔聲。昨干切十四部

殄盡也。釋詁大雅瞻卬傳同邶風籧篨不殄傳曰殄絕也此盡義之引伸也箋云殄當作腆腆善也按古文假殄爲腆儀禮注云腆古文作殄是也从歺㐱聲。徒典切十二部𠂃古文殄如此

殲微盡也。殲之言纖也纖細而盡之也从歺韱聲。子廉切七部春秋傳曰。小徐本無傳字齊人殲于遂。春秋經莊十七年文左穀作殲公作瀸字之同音假借也穀曰殲盡也公曰瀸積也何云殲之爲死積死非一之辭故曰漬釋詁殲盡也

殫極盡也。竆極而盡之也極鉉本作殛誤古多假單字爲之郊特牲云社事單出里祭義歲既單矣大雅其軍三單箋云單者無羨卒也皆是也从歺單聲。都寒切十四部

殬敗也。經假斁爲殬雲漢鄭箋云斁敗也孔穎達引洪範彝倫攸斁从歺睪聲。當故切五部商書曰彝倫攸殬。洪範文今作斁者蓋漢人以今字改之許所云者壁中文也彝張次立本作夷

⿰歹羸畜產疫病也。畜產當作畜犍左傳不疾瘯蠡杜云無疥癬釋文蠡說文作瘰云瘯瘰皮肥也按今說文無瘯瘰二字本艸經有瘰瘯字瘯瘰皮病非皮肥也陸氏書說文二字肥字蓋有誤此云畜犍疫病則又非瘰瘯也人曰癘疫畜曰⿰歹羸从歺羸聲。郎果切十七部篇韵皆力外力臥二切

⿰歹豈殺羊出其胎也。此與刃部刏音同義異云殺羊出其胎則廣雅云⿰歹豈腜胎也辭不達意矣从歺豈聲。五來切古音在十五部

⿰歹月禽獸所食餘也。引伸爲凡物之餘凡殘餘

殪⿱莫歹殯殔殣殠殨殏殆殃殘殄殲殫殬⿰歹羸⿰歹豈⿰歹月

字當作殂。**从歺从月。** 月各本作肉篆體作胏今正禽獸所食不皆肉歺者殘也月者缺也於死驗之意近昨干切十四部廣韻十五鎋有此字與肕明同音是其字之從月可知矣

殖ㄓˊ **脂膏久殖也。** 久下當有曰字國語舊音引說文殖脂膏久也考工記故書昵或作樴注云樴讀為脂膏膱敗之膱按膱即殖字字林云膱膏敗也亦作膱廣雅云膱臭也玉篇廣韻皆云膱油敗也其字常職切亦音職今俗語謂膏油久不可用正讀膱之平聲也脂膏以久而敗財用以多藏而厚亡故多積者謂之殖貨引伸假借之義也 **从歺直聲。** 常職切一部

⿰歺古ㄎㄨ **枯也。** 周禮殺王之親者辜之注辜之言枯也謂磔之桀部曰磔辜也按⿰歺古同辜磔也玉篇曰⿰歺古古文辜字 **从歺古聲。** 苦孤切五部

⿰歺奇ㄑㄧ **棄也。从歺奇聲。** 去其切按其誤當依廣韻去奇切古音在十七部 **俗語謂死曰大⿰歺奇。** 別一義

文三十二　重六

死ㄙˇ **澌也。** 水部曰澌水索也方言澌索也盡也是澌為凡盡之偁人盡曰死死澌異部疊韻 **人所離也。** 形體與䰟魄相離故其字從歺人 **从歺人。** 息姊切十五部 **凡死之屬皆从死。**

兂 古文死如此。 從古文歺古文人

薨ㄏㄨㄥ **公侯殌也。** 曲禮曰公侯曰薨歺部曰大夫死曰殌此不曰公侯死而言公侯殌者欲見分別則推大夫偁殌統言則不爾也曲禮又曰壽考曰卒短折曰不祿此概言之非謂大夫士也 **从死瞢省聲。** 呼肱切六部

薧ㄏㄠ **死人里也。** 樂府相和曲有薤露蒿里之歌譙周崔豹皆云起於田橫自殺從者為作悲歌崔云謂人命奄忽如薤上之露易晞滅亦謂人死䰟魄歸於蒿里蒿里解曰蒿里誰家地聚斂䰟魄無賢愚然則蒿里者謂虛墓之閒也且其字作蒿此獨云薧死人里則字作薧而義亦殊蓋有一里人盡死者因目為薧里許所聞不同譙崔也按周禮乾魚謂之薧內則堇荁枌榆免薧注免新生者薧乾也然則凡死而枯槁謂之薧不必如許所說 **从死蒿省聲。** 呼毛切二部按

周禮記音考

𣦸ㄘˋ **戰** 句 **見血曰傷** 句周禮曰凡傷人見血而不以告者注傷人見血見血乃為傷人耳此見血曰傷謂戰者見血受傷也 **亂或為惽。** 或惑古今字心部曰惽不憭也此謂戰傷痛瞀者重於見血也 **死而復生為𣦸。** 此謂戰傷又重於惽也謂之𣦸者次於死也三言皆謂戰䓁出司馬法等書 **从死次聲。** 形聲包會意也咨四切十五部

文四　重一

冎ㄍㄨㄚˇ **剔人肉置其骨也。** 剔當作𠜹解也其周禮膞之焚之辜之之辜與列子曰炎人之國其親戚死冎其肉而棄之刀部無剮字冎俗作剮 **象形頭隆骨也。** 隆豐大也說此字為象形者謂上大下小象骨之隆起也古瓦切十七部口部咼以為聲 **凡冎之屬皆从冎。**

別ㄅㄧㄝˊ **分解也。** 分別離別皆是也今人分別則彼列切離別則憑列切古無是也俗謂八部八為古別字且或於丫部乖字下益曰八古文別假令果尒則於此何不載乎 **从冎从刀。** 冎者分解之皃刀者所以分解也十五部

⿰冎卑ㄆㄧˊ **別也。从冎卑聲。讀若罷。** 府移切十六部罷聲古音在十七部合韵也⿰冎卑與辰瓬字音義相近

文三

骨ㄍㄨˇ **肉之覈也。** 襾部曰覈實也肉中骨曰覈蔡邕注典引曰肴覈食也肉曰肴骨曰覈周禮曰陵其植物宜覈物注云核物梅李之屬小雅殽核維旅箋云豆實菹醢也籩實有桃梅之屬按覈核古今字故周禮經文作覈注文作核古本皆如是詩殽核蔡邕所據魯詩作肴覈梅李謂之覈者亦肉中有骨也 **从冎有肉。** 去肉為冎在肉中為骨古忽切十五部 **凡骨之屬皆从骨。**

髑ㄉㄨˊ **髑髏** 逗 **頂也。** 頁部曰頂顛也廣雅頊顱謂之髑髏按頁部頊顱頭骨也 **从骨蜀聲。** 徒谷切三部

髏ㄌㄡˊ **髑髏也。** 二字疊韻 **从骨婁聲。** 洛侯切四部

髆ㄅㄛˊ **肩甲也。** 肉部曰肩髆也單呼曰肩絫呼曰肩

髃ㄡˇ　骿ㄆㄧㄢˊ　髀ㄅㄧˋ

甲甲之言薆也肩薆乎衆體也今俗云肩甲者古語也釋名作肩甲靈樞經作肩胛水經注云如人袒胛故謂之赤胛山胛者甲之俗也應劭漢書注曰大宛天馬汗血汗從前肩髆中出如血周禮醢人豚拍注云或曰豚拍肩也然則假拍爲髆字。从骨尃聲。補各切五部。

髃 肩前也。士喪禮記即牀而奠當腢注曰腢肩頭也腢即髃字毛詩傳曰自左膘而射之達於右髃爲上殺膘脅後髀前肉也何注公羊云自左膘之射之達於右髃中心死疾鮮絜也髃本謂人亦假爲獸骨之偁凡肩後統於背前爲髃髃之言隅也如物之有隅也。从骨禺聲。午口切四部。

骿 骿脅逗幷榦也。依左傳正義訂肉部脅膀也肋脅骨也廣雅榦謂之肋是脅骨一名榦故韋注國語云骿幷榦也杜注左傳云駢脅合榦也其字左傳史記作駢國語吳都賦作骿論衡作仳駢仳假借字。从骨幷聲。形聲包會意也部田切古音在十一部。晉文公骿脅。見左傳僖廿三年晉語。

髀 股外也。各本無外今依爾雅音義文選七命注元應書太平御覽補股外曰髀髀上曰髖肉部曰股髀也渾言之此曰髀股外也析言之其義相足大部曰奎兩髀之閒也。从骨卑聲。幷弭切十六部。

䠋。　髁ㄎㄜ　𩪒ㄐㄩㄝˊ

䠋 古文髀。从足者足所恃以能行也鄭司農注周禮典同曰鍾形下當䠋按其文義當是庳之假借庳卑也列女傳古者婦人身子寢不側坐不邊立不蹕按其文義當是跛之假借今兩書皆譌作蹕。

髁 髀骨也。髀骨猶言股骨也醫經亦謂之股骨沈氏彤釋骨云腰髁骨旁臨兩股者曰堅骨曰大骨曰髁一身之伸屈司焉故通曰機關之旁曰髀樞亦曰樞機者髀骨之入樞者也在膝以上者曰髀骨曰股骨其直者曰楗其斜上俠髖者則所謂機也按髀之上曰髖即俗所謂髁也髁者髀與髖相按之處人之所以能立能行能有力者皆在於是故醫經謂之機骨空論曰俠髖曰機是也醫經曰腰髁骨者其字當作骻即骼字不當作髁文選注引埤蒼曰髂腰骨也。从骨果聲。苦臥切十七部。

𩪒 尻骨也。廣雅曰臀脽也臀者翠之俗內則所謂舒鴈翠舒鳧翠是也呂覽雋觾之翠高注曰翠厥也此假厥爲𩪒也醫經曰尻骨曰脊骶曰尾骶曰尾屈曰橛骨曰窮骨。从骨厥聲。居月切十五部。

髖ㄎㄨㄢ　髕ㄅㄧㄣˋ

髖 髀上也。髀上爲尻之兩旁故其字次於𩪒髖者其骨最寬大也諸書所謂骻骨骼皆同也埤蒼作骼字林作骻皆云骻骨謂上屬於骻也釋名云樞機也要髀股動搖如樞機也正謂此髖與髀相接處釋骨曰髂之上俠脊十七節至二十節起骨曰腰髁骨曰兩髁按髁當作骻○骨空論云輔骨上橫骨下爲楗注膝輔骨上腰髖骨下爲楗按橫骨即髖橫之言廣也楗即髀骨之直者機即髀骨與髖相構處也。从骨寬聲。胡官切十四部。

髕 厀耑也。厀脛頭節也釋骨云蓋膝之骨曰膝髕大戴禮曰人生朞而髕髕不備則人不能行古者五刑臏宮劓墨死臏者髕之俗去厀頭骨也周改臏作跀其字借作刖斷足也漢之斬趾是也髕者廢不能行跀者尚可箸踊而行踊者跀足者之屨莊子兀者叔山無趾踵見仲尼崔譔云無趾故以踵行是則跀輕於髕也古文尚書呂刑說夏刑作剕周本紀漢刑法志周禮司刑注引尚書大傳皆作臏周禮注云周改臏作刖而公羊疏引鄭駮異義云皐陶改臏爲剕呂刑有剕周改剕爲刖與周

骺ㄍㄨㄚ　䯣ㄎㄨㄟˋ　骹ㄑㄧㄠ

禮注不合足部云䠊跀也䠊即剕字許謂䠊即跀矣鄭析䠊跀爲二不知其制何以分別竊謂周禮注爲長駁異義則未定之論許說亦非是也剕惟見於呂刑他經傳無言䠊言剕者蓋䠊者髕之一名故周禮說周制作刖呂刑說夏制則今文尚書作臏古文尚書作剕實一事也周改臏爲跀即改䠊爲跀也許釋䠊爲跀非鄭云皐陶改臏爲䠊亦非也髕作䠊如禹貢蠙作玭商書紂作受音轉字異非有他也。从骨賓聲。毗忍切十二部。

骺 骨耑也。骨當是骸之誤骨空論云膝解爲骸關是也關骺雙聲骺取機括之意。从骨昏聲。古活切十五部。

䯣 厀脛閒骨也。骨空論云骸下爲輔輔上爲膕上爲關是也膝解爲骸關言外也膕上爲關言內也。从骨貴聲。丘媿切十五部。

骹 脛也。脛厀下也凡物之脛皆曰骹釋嘼馬四骹皆白驓薛注西京曰青骹鷹青脛者方言曰矛骹細如鶴脛者謂之鶴膝考工記說輻材曰參分其股圍去一以爲骹圍大鄭云方言股以喻其豐故言骹以喻其細禮多假校爲之士喪禮記綴足用燕几校在南注校脛也祭

骭骸髓髆體髍骾骼骴

骭 ㄍㄢˋ

梡夫人薦豆執校注校豆中央直者也此皆假校爲骹也。从骨交聲。口交切二部

骭 骹也。呂覽注引孟子拔骭一毛而利天下甯戚歌短布單衣適至骭按骭之言榦也榦者本也人體之阯也脅骨何以亦名榦也曰脅榦見於左傳楄柎藉榦公羊傳脅榦而殺之古榦幹通用毛詩榦字多爲幹之假借脅榦乃幹之假借脅肋如鳥之羽榦分布也。从骨干聲。古案切十四部

骸 ㄏㄞˊ

骸 脛骨也。上文言脛也骹也不言骨者骹骭皆目其表也骨空論曰膝解爲骸關俠膝之骨爲連骸然則正謂脛骨爲骸矣下文云連骸下爲輔輔卽骸也膝解爲其關俠膝之骨連之也字從亥者亥荄也荄根也公羊傳注骸人骨也則引伸爲凡人骨之偁。从骨亥聲。戶皆切古音在一部

髓 ㄙㄨㄟˇ

髓 骨中脂也。从骨隓聲。息委切古音在十七部俗作髓

髆 ㄊㄧˋ

髆 骨閒黃汁也。从骨易聲。讀若易曰夕惕若厲。讀若二字小徐無非也汗簡古文四聲韵皆云髆出古周易正因說文奪讀若字遂徑作夕髆也夕惕若厲又見夕部及他古籍易惟費氏以古字號古文易鄭君傳費氏亦云惕懼也且易惕字屢見倘古文皆作髆諸家必有爲之說者而未見也。他歷切十六部

體 ㄊㄧˇ

體 總十二屬也。十二屬許未詳言今以人體及許書覈之首之屬有三曰頂曰面曰頤身之屬三曰肩曰脊曰尻手之屬三曰厷曰臂曰手足之屬三曰股曰脛曰足合說文全書求之以十二者統之皆此十二者所分屬也。从骨豊聲。他禮切十五部

髍 ㄇㄛˊ

髍 㾓病也。疒部曰㾓半枯也漢書敘傳曰又況么髍不及數子鄭氏曰髍音麽小也晉灼曰此骨偏髍之髍也按二說皆是本骨偏髍字借爲么麽是以文選作么麽且偏髍是不全之病不全則不大故引伸爲不長曰么細小曰麽之義許書無麽字葢以髍包之不得以髍平麽上爲疑也。从骨麻聲。莫鄱切十七部

骾 ㄍㄥˇ

骾 食骨留咽中也。晉語卜[illegible]曰狹以銜骨韋曰骨所以鯁刺人也忠言逆耳如食骨在喉故云骨骾之臣漢書已下皆作骨鯁字從魚謂留咽者魚骨較多也依說文則鯁訓魚骨骾訓食骨留咽中當作骾按自髑至體皆言人骨體者總上文言之也髍者人骨之病也骼骴二文則禽獸之骨偁者人哽於物骨主謂人故其字非人骨而從骨其次則必先於骼骴也。从骨更聲。古杏切古音在十部

骼 ㄍㄜˊ

骼 禽獸之骨曰骼。按骨當作骼許據禮十七篇故云禽獸之骼曰骼也禽者走獸總名儀禮多言肫骼肫亦作膞皆說文之膞字也骼亦作胳於人曰髖也髖者髀上也牲前足體三曰肩曰臑曰臂臑於人爲厷肩下臂上也後足體三曰骼曰髀曰膞禮髀賤不升故經多言肩臂臑膞骼臑在臂上骼在肫上而先言臂肫者葢四肢以下爲貴也骼是本字至埤蒼乃作髂廣雅字林變作骻又或作骼魚虞歌麻通轉之故也云曰骼曰骴者所以別人禽之異名肉部曰臂羊豕曰臑是其例也許據十七篇爲言故不敢謂骼爲人骨也月令孟春掩骼薶骴鄭云骨枯曰骼肉腐曰骴蔡云露骨曰骼有肉曰骴高注呂覽云白骨曰骼有肉曰骴注淮南同皆不言骼骴爲禽獸之骨也則亦未嘗不可通用矣。从骨各聲。古覈切廣韵古伯切古音在五部

骴 ㄘˋ

骴 鳥獸殘骨曰骴。殘同歺餘也鳥獸廣韵作鳥鼠曲禮曰四足曰漬注漬謂相瀸污而死也小雅助我舉柴手部引作掌毛許皆云掌積也鄭箋雖不中必助中者舉積禽二經漬掌字音義皆同骴故許知骴不謂人骨也周禮蜡氏掌除骴故書骴作脊先鄭云脊讀爲漬謂死人骨也月令掩骼埋胔骨之尚有肉者也及禽獸之骨皆是此先鄭兼人與禽獸言之而公羊傳大災者何大瘠也大瘠者何痢也漢食貨志國亡捐瘠孟康曰肉腐爲瘠捐骨不薶者公羊漢志瘠卽骴字合之鄭注月令肉腐曰骴蔡氏高氏云有肉曰骴又皆指人言之說雖不同皆關王政仁民愛物之意其字正作骴假借作漬作掌作瘠作脊皆同音假借也漬又作殨

骴逗可惡也。釋骴字音義也以其殘薉可惡人所不欲見故從骨從此此亦聲。从骨此聲。資四切十六部

明堂月令曰：大戴禮盛德篇云明堂月令盧辯曰於明堂之中施十二月之令也按漢志說禮云明堂陰陽三十三篇古明堂之遺事月令蓋三十三篇之一許偁月令皆云明堂月令

掩骼薶骴。鉉本此下有骴或從肉四字鍇無按假令許有此四字則當先冠以篆文胔見周禮禮記釋文或字也玉篇骴作骴豈周禮說

文古本皆如是與呂氏春秋作髖亦或字也

骫ㄨㄟˇ　**骨耑骫奊也。**矢部奊下曰頭衺骫奊態也招隱士曰林木茷骫王注係盤紆也枚皋傳其文骫骳曲隨其事皆得其意師古曰骫骳猶言屈曲也然則骫奊者謂屈曲之狀骫字厠於此者統人及禽獸之骨言 **从骨丸聲。**於詭切十六部按丸聲在十四部此合韵也

膾ㄎㄨㄞˋ　**骨擿之可會髮者。**膾會疊韵鄘風象之揥也毛曰揥所以摘髮摘本又作擿膾所以會髮與揥所以擿髮訓釋正同膾與揥一物而少異釋名曰揥摘也所以摘髮也導所以導櫟髮使入巾幘之裹也或曰櫟鬢以事名之也然則揥一名擿鄘風所云也導一名擿鬢漢魏巳後多云玉導簪導令人之抵簪詩云禮之膾也周禮弁師會五采玉琪注曰故書會作膾先鄭云讀如馬會之會謂以五采束髮也士喪禮檜用組乃笄檜讀與膾同書之異耳說曰以組束髮乃箸笄謂之檜沛國人謂反紒為膾按先鄭說云爾者葢由會髮之器謂之膾因之束髮謂之膾與儀禮之檜同今士喪禮字作髻注云古文髻皆為括骨擿猶象揥也必云骨者為其字從骨膾者獸骨之成器者也故厠於末 **从骨會聲。**形聲包會意也古外切十五部 **詩曰膾弁如星。**衛風文今作會弁毛傳曰弁皮弁所以會髮按此傳極可疑葢淺人改竄也皮弁者諸侯所以視朝及與諸侯相朝聘非為會髮之用也云所以會髮殊不辭矣說文多沿毛傳其云可會髮者必本毛傳此文葢毛詩本作膾弁傳本云膾所以會髮弁皮弁正同周禮故書皮弁膾五采謂先束髮而後戴弁其光燿如星也自鄭箋毛詩乃易膾為會釋為弁之縫中與注周禮從今書不從故書正同後人據箋改傳致有此不通耳毛許先鄭說詩禮皆與後鄭不同其義則後鄭為長

文二十五　重一

肉ㄖㄡˋ　**胾肉。**下文曰胾大臠也謂鳥獸之肉說文之例先人後物何以先言肉也曰以為部首不得不首言之也生民之初食鳥獸之肉故肉字冣古而製人體之字用肉為偏旁是亦假借也人曰肌鳥獸曰肉此其分別也引伸為爾雅肉好樂記廉肉字 **象形。**如六切三部 **凡肉之屬皆从肉。**

腜ㄇㄟˊ　**婦孕始兆也。**皆依廣韵訂韓詩曰周原腜腜又曰民雖靡腜毛詩皆作膴腜腜美也廣雅曰腜腜肥也此引伸之義也 **从肉某聲。**莫桮切古音在一部

肧ㄆㄟ　**婦孕一月也。**文子曰一月而膏二月血脈三月而肧四月而胎五月而筋六月而骨七月而成形八月而動九月而躁十月而生淮南曰一月而膏二月而胅三月而胎說各乖異其大致一也李善注江賦引淮南三月而肧胎與今本異 **从肉不聲。**匹桮切古音在一部

胎ㄊㄞ　**婦孕三月也。**元應兩引皆作二月釋詁曰胎始也此引伸之義方言曰胎養也此假借胎為頤養也又曰胎逃也則方俗語言也 **从肉台聲。**土來切一部

肌ㄐㄧ　**肉也。从肉几聲。**居夷切十五部

臚ㄈㄨ　**皮也。**今字皮膚從籀文作膚膚行而臚廢矣晉語聽臚言於市史漢臚句傳蘇林曰上傳語告下為臚此皆讀為敷奏以言之敷也史記臚於郊祀漢書大夫臚岱韋昭辨釋名鴻大也臚陳序也謂大以禮陳序賓客此皆讀為延賓旅百之旅也劉熙釋名鴻臚腹前肥者曰臚以京師為心體王侯外國為腹胅以養之也此讀為夏右胅之胅皆假借也其本義則皮膚也 **从肉盧聲。**甫無切五部

膚。　**籀文臚。**經籍通用此字禮運曰膚革充盈引伸為狼跋文王之膚美為六月之膚大為論語之膚受

肫ㄓㄨㄣ　**面頯也。**頁部曰頯權也權俗作顴肫史漢作準高祖隆準服虔曰準音拙應劭曰隆高也準頰權準也按準者假借字肫其正字儀禮釋文引說文肫之允反是也其入聲則音拙廣雅作頯是也若戰國策準頯權衡竝言則準訓鼻矣儀禮牲體肫骼假借肫為腨字也腨者腓腸也又中庸肫肫其仁鄭讀為誨爾忳忳之忳忳忳懇誠皃也是亦假借也士昏禮腊一肫肫者純之假借純全也 **从肉屯聲。**章倫切十三部

䐈ㄐㄧ　**頰肉也。**東方朔傳曰樹頰胲師古曰胲頰肉音改按集韵十五海曰頰下曰頤或作胲䐈廣韵十五海曰頦頰頦也頦為頰肉與䐈異部而同義或作頤或假借胲字 **从肉幾聲。讀若畿。**居衣切十五部

脣ㄔㄨㄣˊ　**口耑**

頯 脰ㄉㄡˋ 肓ㄏㄨㄤ 腎ㄕㄣˋ 肺ㄈㄟˋ

也。口之匡也。假借爲水匡之字。鄭注乾鑿度引詩寘之河之脣。从肉辰聲。食鄰切。古音十三部。

頯 古文脣从頁。

脰 項也。頁部曰。項。頭後也。按頭後餇頭後也。左傳曰。兩矢夾脰。公羊傳曰。宋萬搏閔公。絕其脰。注。脰。頸也。齊人語。士虞禮膚祭三。取諸左脰上。注。脰。脰肉也。古文曰左股上。此字從肉。非從殳矛之殳聲。鄭意謂股者髀也。禮經多言髀不升。則取諸左股爲膚祭非也。尋古文用字之例。假股爲脰。正與假脾爲髀。假肫膊爲腨。假胳爲骼。假頭爲脰。皆以異物同音相假借。股與脰當是同音。蓋從肉役省聲。如坄疫役皆從役省聲之比。役與益同部。此股非股肱字。注當云此字從肉從役省聲。非從殳矛之殳聲。今本脫誤不完。據賈疏云。鄭以殳與股不是形聲之類。其理未審。賈實錯解。而可證有非字。今本又奪非字。則更不可通矣。从肉豆聲。徒候切。四部。

肓 心下鬲上也。下上各本互譌。篇韵同。今依左傳音義正。左傳。疾不可爲也。在肓之上。膏之下。賈逵杜預皆曰。肓。鬲也。心下爲膏。按鄭駁異義云。肺也。心也。肝也。俱在鬲上。賈侍中說。肓。鬲也。統言之。許云鬲上爲肓者。析言之。鬲上肓。肓上膏。膏上心。今本作心上鬲下。則不可通矣。素問曰。肓之原在臍下。釋名曰。膈。塞也。塞上下使氣與穀不相亂也。从肉亡聲。呼光切。十部。按當云网平聲。春秋傳曰。病在肓之上。左傳成十年文。各本上譌下。今正。

腎 水藏也。今尚書古尚書說同。从肉臤聲。時忍切。十二部。

肺 金藏也。按各本不完。當云火藏也。博士說以爲金藏。下文脾下當云木藏也。博士說以爲土藏。肝下當云金藏也。博士說以爲木藏。乃與心字下土藏也博士說以爲火藏一例。元應書兩引說文。肺。火藏也。其所據當是完本。但未引一曰金藏耳。五經異義云。今尚書歐陽說。肝。木也。心。火也。脾。土也。肺。金也。腎。水也。古尚書說。脾。木也。肺。火也。心。土也。肝。金也。腎。水也。許愼謹案。月令春祭脾。夏祭肺。季夏祭心。秋祭肝。冬祭腎。與古尚書同。鄭駁之曰。月令祭四時之位。乃其五藏之上下次之耳。冬位在後而腎在下。夏位在前而肺在上。春位小前。故祭先脾。秋位小卻。故祭先肝。腎也。脾也。俱在鬲下。肺也。心也。肝也。俱在鬲上。祭者必三。故有先後焉。不得同五行之義。今醫病之法。以肝爲木。心爲火。脾爲土。肺爲金。腎爲水。則有瘳也。若反其術。不死爲劇。鄭注月令自用其說。從今尚書說。楊雄大元。木藏脾。金藏肝。火藏肺。水藏腎。土藏心。從古尚書說。高注呂覽。於春祭先脾曰。春木勝土。先食所勝也。一說脾屬木。自用其藏也。於夏祭先肺曰。肺。金也。祭禮之先進肺。用其勝也。一曰肺。火。自用其藏。於秋祭先肝曰。肝。木也。祭祀之肉用其勝也。故先進肝。一曰肝。金也。自用其藏也。於冬祭先腎曰。腎屬水。自用其藏也。於中央土祭先心曰。祭祀之肉先進心。心。火也。用所勝也。一曰心。土。自用其藏也。其注淮南時則訓略同。皆兼從今古尚書說。而先今後古。許異義從古尚書說。說文雖兼用今古尚書說。而先古後今。與鄭不同矣。从肉米聲。芳吠切。十五部。

脾ㄆㄧˊ 肝ㄍㄢ

脾 土藏也。文有脫誤。說見上。从肉卑聲。符支切。在十六部。按古文以脾爲髀字。

肝 木藏也。文有脫誤。說見上。从肉干聲。古寒切。十四部。按禮經正脊謂之榦。少牢古文榦爲肝。此與古文髀爲脾。皆但取同音假借而已。

膽ㄉㄢˇ 胃ㄨㄟˋ 脬ㄆㄠ 腸ㄔㄤˊ

膽 連肝之府也。白虎通曰。府者爲藏官府也。膽者肝之府也。肝主仁。仁者不忍。故以膽斷。仁者必有勇也。素問曰。膽者中正之官。決斷出焉。从肉詹聲。都敢切。八部。

胃 穀府也。白虎通曰。胃者脾之府也。脾主稟氣。胃者穀之委也。故脾稟氣於胃也。素問。脾胃者倉廩之官。五味出焉。从肉囪象形。云貴切。十五部。

脬 旁光也。各本作膀。非。兩膀膀也。今正。白虎通曰九者肺之府也。肺者斷決。膽旁光亦常張有勢。故先決難也。素問曰。旁光者州都之官。津液藏焉。按此所引白虎通。本小徐與御覽所引元命苞合。脬俗作胞。旁光俗皆從肉。从肉孚聲。匹交切。古音在三部。

腸 大小腸也。白虎通曰。大腸小腸。心之府也。心者主禮。禮者有分理。腸之大小相承受也。腸爲胃紀。胃爲脾府。心爲支體主。故有兩府。素問曰。大腸者傳道之官。變化出焉。小腸者受盛之官。化物出焉。按所引白虎通從顏氏急就篇注所引也。藏府古通偁。如周禮注五藏幷胃旁光大腸小腸爲九藏是也。从肉昜聲。直良切。十部。

膏 肥也。按肥當作脂。脂字不廁於此者。許嚴人物之別。自胙篆已下乃謂人所食者。膏謂人脂。在人者可假以名物。如無角者膏是也。脂專謂物。在物者不得假以名人也。从肉高聲。古勞切。二部。

肪 肥也。肥亦當作脂。王逸正部論說玉符曰。白如豬肪。通俗文曰。脂在腰曰肪。此假在人者以名物也。从肉方聲。甫良切。十部。

膺 匈也。勹部曰。匈膺也。魯頌。戎狄是膺。釋詁毛傳曰。膺當也。此引伸之義。凡當事以膺。任事以肩。从肉雁聲。於陵切。六部。

肊 匈骨也。宋本李燾本皆作骨。俗本作肉。非也。此如脅爲兩膀。榦爲脅骨。正名百物不可紊也。从肉乙。各本作乙聲。今按聲字淺人所增也。肊臆字古今音皆在職德韵。乙字古今音皆在質櫛韵。是則作臆者形聲。作乙者會意也。從乙者。乙者見其骨也。魚骨亦有名乙者。於力切。一部。

臆 肊或从意。意聲也。亦作體。

背 脊也。𠦬部曰。脊背呂也。然則脊者背之一端。背不止於脊。如髀者股外。股不止於髀也。云背脊也。股髀也。文法正同。周易艮其背不獲其身。从肉北聲。補妹切。古音在一部。

脅 兩膀也。廣雅曰。膀胠胉脅也。按許無胉字。胠下云亦下者。析言之。不與廣雅同也。膀言其前。胠言旁迫於胠者。又按周禮豚脅謂之豚拍。儀禮牲體脅謂之兩胉。注曰。今文胉爲迫。許此部前後皆無胉字。是則鄭從古文胉。許從今文迫也。膀亦假旁爲之。考工記旁鳴蜩屬是。从肉劦聲。虛業切。八部。

膀 脅也。从肉旁聲。步光切。十部。

髈 膀或从骨。

脟 脅肉也。脅者統言之。脟其肉也。肋其骨也。子虛賦脟割輪焠。假脟爲臠也。九歎說流水龍邛脟圈。繚戾宛轉。脟一作綸。从肉寽聲。力輟切。十五部。一曰脟腸閒肥也。一曰膫也。肥當作脂。此別一義。謂禽獸也。下文云。膫牛腸脂也。腸脂謂之脟。一名膫。下一曰當作一名。

肋 脅骨也。亦謂之榦。榦者翰也。如羽翰然也。从肉力聲。盧則切。一部。

胂 夾脊肉也。易艮九三。艮其限。裂其夤。馬云。夤夾脊肉也。虞亦云。夤脊肉。王弼云。當中脊之肉也。按夕部。夤敬惕也。周易假爲胂。故三家注云爾。若鄭本作膴。膴恐夤之誤。廣雅云。胂謂之膴。周易音義云。胂以人反。則胂音同夤。又按艮九三字當是上肉下寅。故鄭本作膑。非叚夤敬字也。从肉申聲。失人切。十二部。

脢 背肉也。咸九五。咸其脢。子夏易傳云。在脊曰脢。馬云。脢背也。鄭云。脢背脊肉也。虞云。夾脊肉也。按諸家之言不若許分析憭然。胂爲迫呂之肉。脢爲全背之肉也。釋文云。說文同鄭。作背脊肉。未知其審。內則注。脄脊側肉也。脄即脢字。从肉每聲。莫桮切。古音在一部。易曰。咸其脢。

肩 髆也。骨部曰。髆肩甲也。从肉象形。象其半也。古賢切。十四部。

肩 俗肩从戶。從門戶於義無取。故爲俗字。

胳 亦下也。亦腋古今字。亦部曰。人之臂亦也。兩亦迫於身者謂之亦。亦下謂之胳。又謂之胠。身之迫於兩亦者也。深衣曰。胳之高下可以運肘。注。肘不能不出入。胳衣袂當腋之縫也。按衣袂當胳之縫亦謂之胳。俗作袼。禮經牲體之胳。今文作胳。古文作骼。鄭出古文於注。是注從今文也。許訓胳爲亦下。訓骼爲禽獸之骨。是從古文禮不同鄭也。从肉各聲。古洛切。五部。按儀禮胳之骼或作胳。假借也。

胠 亦下也。玉藻說袂二尺二寸。袪尺二寸。袪袂末也。袪與胠同音。然則胳謂迫於亦者。胠謂迫於臂者。左傳襄廿三年。齊侯伐衛。有先驅申驅。戎車貳廣。啟胠大殿。賈逵曰。左翼曰啟。右翼曰胠。胠皆在旁之軍。莊子胠篋。司馬曰。從旁開爲胠。皆取義於人體也。廣雅。胠脅也。未若許說之明析。从肉去聲。按胠去魚切。五部。鉉從去劫一切。此因訓脅而讀同之也。

臂 手上也。又部曰。厷臂上也。此皆析言之。亦下云。人之臂亦也。亦渾言之也。渾言則厷臂互偁。从肉辟聲。卑義切。十六部。

臑 臂。句。羊豕曰臑。各本皆作臂羊矢也。字林臂羊豕也。鄉射禮音義引。禮記音義引說文臂羊犬也。皆不可通。今正。許書嚴人物之辨。人曰臂。羊豕曰臑。此其辨也。禽有假臂名者。如周禮內則馬般臂是也。臂無偁臑者。如儀禮禮記肩臂臑皆謂牲體也。許書之本多言曰某。轉寫者多改曰某某二字爲一也字。既改曰臑爲也。又誤羊豕爲矢。襲謬者久矣。不曰羊豕臂曰臑而先言臂者何也。尊人也。謂人之臂在羊豕則曰臑也。不以臑

肘臍腹腴脽肤胯股腳脛胻腓腨胑胲肖

肘ㄓㄡˇ　臍ㄑㄧˊ　腹ㄈㄨˋ　腴ㄩˊ　脽ㄙㄨㄟ　肤ㄐㄩㄝˊ

字廁於胡肱腨脛膘脾膫之所而廁於此何也廁於此以舉正人物之名之例也禮經臂臑爲二然則手上人禽皆曰臂臂上則人曰厷禽曰臑何以言人臂禽臑也曰臂可偁厷厷亦可偁臂許蒙上文臂篆言故爲統辭未及分析也鄭注禮曰肩臂臑肱骨肫胳股骨則又以肱統三者以股統二者也臑之言濡也濡者柔也 从肉需聲。讀若儒 各本作襦今從鄉射禮音義人于奴古音在四部鉉用那到切乃音轉非古本音也作腝者誤

肘 臂節也。厷與臂之節曰肘股與脛之節曰厀卪部曰厀脛頭卪也其文法同也肘今江蘇俗語曰手臂摔注是也深衣曰胳之高下可以運肘袂之長短反詘之及肘注云肘當臂中爲節臂骨上下各尺二寸按上謂厷下謂臂也 从肉寸。陟柳切三部 寸。逗 手寸口。說從寸之意謂從寸口至此爲一節也此一節之中曰掔

臍 毗臍也。各本毗作肶誤囟部曰毗臍人臍也凡居中曰臍釋言馬注呂刑皆云齊中也釋地中州曰齊州列子中國曰齊國莊列與齊俱入與汩偕出司馬云齊回水如磨齊也皆臍字引伸假借之義左傳噬齊字祇作齊 从肉齊聲。徂兮切十五部

腹 厚也。腹厚疊韵此與髮拔也尾微也一例謂腹之取名以其厚大釋名曰腹複也富也文法同釋詁毛傳皆云腹厚也則是引伸之義謂凡厚者皆可偁腹如小雅出入腹我月令水澤腹堅是也 从肉复聲。方六切三部

腴 腹下肥者。各本作也今依文選注此主謂人論衡傳語曰堯若腊舜若腒桀紂之君垂腴尺餘是也若少儀羞濡魚者進尾冬右腴七發犓牛之腴假人之偁偁之也 从肉臾聲。羊朱切四部

脽 𡱂也。𡱂鍇作尻非也東方朔傳曰臣觀其䶒齒牙樹頰胲吐脣吻擢頷頤結股脚連脽尻每句二字皆相爲屬別師古曰脽臀也本說文也渾言則尻𡱂爲一尸部曰尻脾也朔傳曰尻益高是也析言則尻統之𡱂乃近穢處今北方俗云溝子是也連脽尻者斂足而立之狀漢武帝紀立后土祠於汾陰脽上如淳曰脽者河之東岸特堆魏土地記云河東郡北八十里有汾陰城北去汾水三里城西北隅曰脽丘詳邑部鄈下 从肉隹聲。示隹切十五部

肤 孔也。蒙雖言則謂尻孔也俗謂之髖骴 从肉決省聲。讀若決水之決。夬聲鉉本作決省聲誤鍇本亦同者張次立依鉉改之也決水在廬江見水部古穴切十五部

胯ㄎㄨㄚˋ　股ㄍㄨˇ　腳ㄐㄩㄝˊ　脛ㄐㄧㄥˋ　胻ㄒㄧㄥˊ　腓ㄈㄟˊ

胯 股也。合兩股言曰胯廣韵曰胯兩股之閒也史記曰不能死出我胯下 从肉夸聲。苦故切五部

股 髀也。骨部曰髀股外也言股股則統髀故曰髀也 从肉殳聲。公戶切五部按殳字古音在四部股殳字古音在五部見於詩者如此

腳 脛也。東方朔傳曰結股腳讇跪坐之狀股與腳以厀爲中腳之言卻也凡卻步必先脛 从肉卻聲。居勺切五部

脛 胻也。厀下踝上曰脛脛之言莖也如莖之載物 从肉巠聲。胡定切十一部

胻 脛耑也。耑猶頭也脛近膝者曰胻如股之外曰髀也言脛則統胻言胻不統脛龜策傳曰壯士斬其胻即斮朝涉之脛也 从肉行聲。戶更切古音在十部篇韵皆胡郎切

腓 脛腨也。咸六二咸其腓鄭曰腓膞腸也按諸書或言膞腸或言腓腸謂脛骨後之肉也腓之言肥似中有腸者然故曰腓腸荀爽易作肥云謂五也尊盛故稱肥此荀以意改字耳 从肉非聲。符飛切十五部

腨ㄔㄨㄢˋ　胑ㄓ　肢ㄓ　胲ㄍㄞ　肖ㄒㄧㄠˋ

腨 腓腸也。腨者脛之一耑舉腨不該脛也然析言之如是統言之則以腨該全脛如禮經之言肫骼是也禮經多作肫或作膞皆假借字山海經謂之膞 从肉耑聲。市沇切十四部

胑 體四胑也。荀子君道篇如四胑之從心淮南脩務訓四胑不動孟子謂之四體孟子注胑作枝云體者四枝股肱也又云折枝按摩折手節解罷枝也自胳肱至腨言手足也故總之以胑 从肉只聲。章移切十六部

肢 胑或从支。只支同部

胲 足大指毛肉。肉字依篇韵補倉公傳正義作皮足母指上多生毛謂之毛肉故字從肉國語至於手拇毛脈謂手拇有毛脈也莊子臘者之有膍胲音義云胲足大指也漢書樹頰胲假爲頦也 从肉亥聲。古哀切一部

肖 骨肉相佀也。骨肉相似者謂此人骨肉與彼人骨肉狀皃略同也故字從肉漢刑法志假肖列子假佾 从肉小聲。私妙切二部 不佀其先。故曰

不肖也。釋經傳之言不肖。此肖義之引伸也。

胤　子孫相承續也。釋詁「允」嗣繼也。大雅毛傳「允」嗣也。从肉。从八。象其長也。八分也。骨肉所傳。支分派別傳之無窮。从幺。亦象重累也。系谷作累上非幺麼之幺。直像其重系之意。羊晉切。十二部。

古文「允」。兩旁益亦從八之意。

胄　允也。左傳曰。是四嶽之裔胄也。从肉由聲。許書無由字。然由聲字甚多。不可謂古無由字。欲盡改爲粤省聲也。直又切。三部。與甲胄字別。

肸　振肸也。振肸依玉篇。今本玉篇肸譌眸。十部曰。肸蠁布也。然則振肸者謂振動布寫也。以疊韵爲訓也。錯本云振也。鉉本云振肸也。皆非是。禮樂志曰。鸞路龍鱗。罔不肸飾。師古曰。肸振也。謂皆振整而飾之也。上林賦肸蠁布寫。師古曰。肸蠁盛作也。甘泉賦薌昳肸以掍根。師古曰。言風之動樹聲響振起。此皆與說文合。蓋肸與肸音義皆同。許無八佾字。今按作佾作肸皆可。左傳言振萬舞者必振動也。尸部曰。屍動作切切也。此從佾會意也。从肉八聲。許乞切。古音在十二部。

膻　肉膻也。釋訓毛傳皆云。襢裼。肉襢也。李巡云。脫衣見體曰肉襢。孫炎云。襢去裼衣。按多作襢作袒。非正字。膻其正字。素問膻中謂氣海。从肉亶聲。徒旱切。十四部。詩曰。膻裼暴虎。鄭風文。今詩作襢作袒。

䐶　益州鄙言人盛諱其肥謂之䐶。方言曰。梁益之閒。凡人言盛及其所愛諱其肥腻謂之壤。鄒陽上書。壤子王梁代。晉灼注引方言。梁益之閒所愛諱其肥盛曰壤也。李善曰。諱方言作瑋。按李所據方言作瑋。許書諱亦當作瑋。瑋同偉。奇也。驚羨之意也。䐶假借作壤。从肉襄聲。如兩切。十部。

肥　多肉也。从肉卪。鉉等曰。肉不可過多。故從卪。符非切。十五部。按各本此篆在部末。蓋因奪落而補綴之也。今考定文理。必當廁此。與下文少肉反對。

⿰肉皆　臞也。从肉皆聲。古諧切。十五部。

臞　少肉也。釋言。臞。瘠也。禮注。瘠。臞也。从肉瞿聲。其俱切。五部。

脫　消肉臞也。消肉之臞。臞之甚者也。今俗語謂瘦太甚者曰脫形。言其形象如解蛻也。此義少有用者。今俗用爲分散

遺失之義。分散之義當用挩。手部挩下曰。解挩也。遺失之義當用奪。奞部曰。奪。手持隹失之也。从肉兌聲。徒活切。十五部。

脙　齊人謂臞脙也。臞。齊人曰脙。雙聲之轉也。釋言曰。臞脙瘠也。玉篇云。齊人謂瘠腴爲脙。从肉求聲。讀若休止。木部曰。休。息止也。許音休。今音巨鳩切。三部。

臠　臞也。毛詩傳曰。欒欒。瘦瘠皃。蓋或三家詩有作臠從正字。毛作欒從假借字。抑許所據毛作臠。皆不能肊定也。从肉䜌聲。力沇切。十四部。古皆讀平聲。一曰切肉也。依廣韵訂。切肉曰臠。臠之大者曰胾。此許義也。詩曰。棘人臠臠。此證前一義也。

膌　瘦也。疒部曰。瘦。臞也。許欲令其義錯見也。膌亦作瘠瘦亦作膄。凡人少肉則脊呂歷歷然。故其字從脊。大雅串夷載路。箋云。路。瘠也。天意去殷之惡。就周之德。文王則侵伐混夷以瘠之。此瀆路爲露也。瘠者露骨。从肉脊聲。資昔切。十六部。

古文膌。从疒朿。朿。朿木芒也。木芒是老瘠之狀。故從朿。呂覽曰。凡耕之大方。棘者欲肥。肥者欲棘。高云。棘。羸瘠也。詩棘人之欒欒。言羸瘠也。土亦有瘠土。按棘從竝朿。故高云羸。朿亦聲。朿聲與脊聲同十六部也。

脀　騃也。馬部曰。騃。馬行仡仡也。人部曰。仡。勇壯也。按騃取壯意也。凡肥者多癡。故方言曰。癡。騃也。廣韵曰。脀。癡皃。下文胗腄等字皆言人病。騃亦病之一也。从肉丞聲。按禮經載記以此字爲薦脀字。蓋假脀爲烝也。烝。進也。而廣韵乃分別脀爲熱脀爲癡兒。集韵亦分別異體。皆非是。讀若丞。署陵切。六部。

胗　脣瘍也。宋玉風賦曰。中脣爲胗。从肉㐱聲。之忍切。十三部。

疹　籀文胗从疒。

腄　跟胝也。跟鉉作瘢。不可通。跟。足踵也。戰國策。墨子聞之。百舍重繭。高注。重繭。累胝也。是足跟生胝之說也。从肉垂聲。竹垂切。古音在十七部。

胝　腄也。漢書鼂奏無胈。史記作鼂胝無胈。徐廣曰。胝。竹移反。胝腄也。李善引郭璞三蒼解曰。胝。蹱也。竹施反。按據此二音似胝本從氐聲。在五支韵。然小顏注漢云竹尸反。今說文作胝從氐。今韵入六脂。姑仍其舊。从肉氐聲。竹尼切。十五部。

肬　贅肬也。各本奪肬

肬腫胅脪肕臘膢朓胙隋膳腬

黕。 肬ㄧㄡˊ 腫ㄓㄨㄥˇ 胅ㄉㄧㄝˊ 脪ㄒㄧ 肕ㄧㄣˋ 臘ㄌㄚˋ 膢ㄌㄩˊ

字今補贅同綴書傳多贅綴通用故此直作贅綴屬也屬於皮上如地之有丘也从肉尢聲。羽求切三部

黕 籒文肬从黑。

肒 搔生創也。手搔皮肉成瘡从肉丸聲。胡岸切十四部

腫 癰也。疒部曰癰腫也瘍醫注曰腫瘍癰而上生創者按凡膨脹粗大者謂之癰腫生民毛傳瘇癰腫也莊子說木盤瘿曰擁腫擁俗作擁从肉重聲。之隴切九部

胅 骨差也。謂骨節差忒不相值故胅出也蘇林漢書注云窅胅窅謂入胅謂出㴱誰注云胅起高二尺許山海經結匈國注云臆前胅出如人結喉元應書顀頭胅頟皆是胅倉頡篇作容胅葛洪字苑作凹凸今俗通用作坳突从肉失聲。讀若跌同。蹊跌者骨多差音義皆同徒結切十二部

脪 創肉反出也。今洗兗錄所謂皮肉捲凸也从肉希聲。香近切十三部希聲讀入殷韵猶斤聲讀入微韵

肕 瘢也。疒部瘢痍也痍傷也从肉引聲。羊晉切十二部一曰遽也。別一義按篇韵皆云胂脊肉是爲胂䏰字也

臘 冬至後三戌臘祭百神。三戌下玉篇有爲字非也臘本祭名因呼臘月臘日耳月令臘先祖五祀左傳虞不臘矣皆在夏正十月臘即蜡也風俗通云禮傳夏曰嘉平殷曰清祀周曰大蜡皇侃曰夏殷蜡在己之歲終皇說是也秦本紀惠王十二年初臘記秦始行周正亥月大蜡之禮也始皇始三十一年十二月更名臘曰嘉平十二月者丑月也始皇始建亥而不敢謂亥月爲春正月但謂之十月朔而已項羽紀書漢之二年冬繼之以春繼之以四月可證也更名臘爲嘉平者改臘在丑月用夏制因用夏名也臘在丑月因謂丑月爲臘月陳勝傳書臘月是也漢仍秦制亦在丑月而用戌日則漢所獨也風俗通曰臘者接也新故交接大祭以報功也漢家火行火衰於戌故曰臘也高堂隆曰帝王各以其行之盛而祖以其終而臘火生於寅盛於午終於戌故火家以午祖以戌臘按必在冬至後三戌者恐不在丑月也鄭注月令曰臘謂以田獵所得禽祭也風俗通亦曰臘者獵也按獵以祭故其祀從肉从肉巤聲。盧盍切八部

膢 楚俗以二月祭飲食也。風俗通曰韓子書山居谷汲者膢臘而買水楚俗常以十二月祭飲食也按買水今本韓子作相遺以水皆謂水少耳風俗通作十二月劉昭引同與許書二月異疑十爲衍字仲遠書多襲用說文也劉元傳注引漢書音義云冀州北郡以八月朝作飲食爲膢其俗語曰膢臘社伏元應引三倉云膢八月祭也篇韵皆云膢飲食祭也冀州八月楚俗二月合說文與漢書音義言之从肉婁聲。力俱切古音在四部按俱近鉉本漢居廣雅膢作禮一曰祈穀食新曰膢。鉉本膢上有離字風俗通曰又曰嘗新始殺食曰貙膢劉昭所引如是按後漢禮儀志立秋之日武官肄兵習戰陣之儀斬牲之禮名曰貙劉劉元傳立秋貙膢時注引前書音義曰貙獸以立秋日祭獸王者亦以此日出獵用祭宗廟是則貙劉貙膢同義依風俗通似祈穀二字當作始殺或曰祈穀食新即八月祭之說也

朓 祭也。祭名也廣雅云祧祭也祧當作朓从肉兆聲。玉篇通堯他召二切二部鉉本土了切盍誤以月部之朓當之也

胙 祭福肉也。福者皇尸命工祝承致多福無疆于女孝孫是也周禮以脤膰之禮親兄弟之國注曰同福祿也引伸之凡福皆言胙如左傳言天胙明德無克胙國國語胙以天下作四岳國是也自後人肊造祚字以改經傳由是胙祚錯出矣从肉乍聲。昨誤切五部

隋 裂肉也。衣部曰裂繒餘也齊語戎車待游車之裂韋曰裂殘也裂訓繒餘引伸之凡餘皆曰裂裂肉謂尸所祭之餘也守祧既祭則藏其隋注隋尸所祭肺脊黍稷之屬其儀節詳於禮十七篇其字古文士虞禮作隋與周禮同特牲少牢篇今文作綏古文作挼或作妥鄭注云周禮作隋隋與挼讀同又云挼讀爲隋注挼曾子問亦云綏周禮作隋是鄭以隋爲正字與許同也尸祭刌肺黍稷之屬已祭則爲殘餘無用之物故云裂肉單言肉者爲其字從肉也从肉隓省聲。徒果切十七部按今儀禮注隋皆作墮誤

膳 具食也。此與食部籑字同義具者供置也欲善其事也鄭注周禮膳夫曰膳之言善也又云膳羞之膳牲肉也从肉善聲。常衍切十四部

腬 嘉善肉也。謂肥美小徐云晉語曰若克有成無亦晉之柔嘉是

四篇下 羌

四篇下 芊

肴ㄧㄠˊ 腆ㄊㄧㄢˇ 費。 腯ㄊㄨˊ 䏟ㄅㄧㄝˊ 胡ㄏㄨˊ 胘ㄒㄧㄢˊ 膍ㄆㄧˊ

以甘食偃之肉腥臊將焉用之从肉柔聲。耳由切三部啖也。折俎謂之肴見左傳國語豆實謂之肴見毛傳凡非穀而食曰肴見鄭箋皆可啖者也按許當云啖肉也謂熟饋可啖之肉今本有奪字从肉爻聲。胡茅切二部按今經傳皆作殽非古經之舊也設膳腆腆多也。士昏禮注邶風箋皆曰腆善也方言公羊傳注皆曰腆厚也此皆引伸之義也禮古文以殄爲腆从肉典聲他典切十二部古文腆。從日蓋誤玉篇作費牛羊曰肥豕曰腯。按人曰肥獸曰腯此人物之大辨也又析言之則牛羊得偁肥豕獨偁腯曲禮豕曰剛鬣豚曰腯肥注云腯亦肥也春秋傳作腯腯充皃也按曲禮經注當如是今本經文作腯則不可通矣豚亦腯字也釋文腯本亦作豚乃本亦作腯之誤郭注方言曰腯腯肥充也音突亦作豚是其證左傳奉牲以告曰博碩肥腯下文以謂民力溥存釋博以謂其畜之碩大蕃滋釋碩以謂其不疾瘯蠡釋肥以謂其備腯咸有釋腯曲禮專謂豚左氏統言之从肉盾聲。他骨切十五部肥肉也。廣韵曰䏟脊肥也脊肥狀也从肉必聲。蒲結切十二部牛頷垂也。元應司馬貞引皆作牛領按此言頷以包頸也頷頤也牛自頤至頸下垂肥者也引伸之凡物皆曰胡如老狼有胡鵜胡龍垂胡頷是也胡與侯音轉取近故周禮立當前侯注曰車轅前胡下垂柱地者經傳胡侯遐皆訓何士冠禮永受胡福鄭曰胡猶遐也毛傳胡壽也謚法彌年壽考曰胡保民耆艾曰胡胡皆謂壽命遐遠从肉古聲。戶孤切五部牛百葉也。廣雅胃謂之胘李時珍云胘即胃之厚處齊民要術有牛胘炙即牛百葉也公羊傳注自左髀達於右胘謂達於胃也从肉弦省聲。胡田切十二部牛百葉也。周禮醢人旣夕禮皆云脾析周禮注鄭司農云脾析牛百葉也旣夕注云脾讀爲雞脾肶之脾脾析百葉也按肶從比聲釋文尺之反內則鵯奧注奧脾肶也字亦作膍釋文昌私反今儀禮注禮記釋文肶皆作肶誤甚肶與斯坜與析音近故釋脾析爲脾肶雞鵯皆有脾肶謂胃也即許所謂鳥膍胵也鄭與許字異

肶。 胵ㄔ 膘ㄅㄧㄠ 𦟝ㄌㄩˋ 膟。 膫ㄌㄧㄠˊ

而音義同謂之百葉者胃薄如葉碎切之故云百葉未切爲膍胵旣切則謂之脾析謂之百葉也此胃也而經注何以謂之脾蓋如今人俗語脾胃連言故以脾之名加於胃也經文脾析說禮家容有讀爲膍者故許從之不欲與土藏同名也莊子臘者之有膍胲司馬云膍牛百葉也是也大雅加肴脾臄脾臄亦謂百葉許以牛百葉系諸獸系諸已成之豆實故以鳥膍胵爲別一義實則皆謂胃也廣雅云百葉謂之膍胵渾言之也从肉毘聲。房脂切十五部一曰鳥膍胵逗鳥胃也。鳥胃也三字本在胵下今更定內則鵯奧注奧脾肶也玉篇廣韵奧皆作膆云膍鳥胃膍或从比。釋詁曰肶厚也毛詩曰膍厚也實一字也皆引伸假借之義也采菽福祿膍之音義曰韓詩作肶按韓詩爾雅皆同說文或字毛詩節南山又作毗毗即膍字釋詁肶亦作脾鳥膍胵也。依全書通例正从肉至聲。處脂切十五部古音至聲在十二部一曰胵五藏總名也。此單呼胵不連膍五藏亦謂禽獸牛脅後髀前合革肉也。合革肉者他處革與肉可分剝獨此處不可分剝也七發所謂犓牛之腴毛傳云射左膘三箸云膘小腹兩邊肉也从肉票聲。讀若繇。敷紹切二部今俗謂牲肥者曰膘壯音如標血祭肉也。郊特牲曰取膟膋燔燎升首報陽也鄭云膟膋腸閒脂也朝事時取牲膟膋燔於爐炭至薦孰之時又取膟膋與蕭合燒之按此注謂膟膋腸閒脂二字一物祭義注云膟膋血與腸閒脂也則以血釋膟以腸閒脂釋膋略同許說小雅執其鸞刀以啟其毛取其血膋正與祭義毛牛尚耳鸞刀以刲取膟膋乃退語相合毛云毛以告純也膋脂膏也血以告殺膋以升臭合之黍稷實之於蕭合馨香也蓋說禮家以膟當詩之血故許云血祭鄭注祭義同考之郊特牲血祭與燔膟膋各事膟膋自是一物郊特牲注爲長也許云血祭肉者肉是衍字血祭不容有肉祭義疏引說文字林膟血祭無肉字數字下亦云血祭从肉帥聲。呂戌切十五部膟或从率。今毛傳禮記皆作膟牛腸脂也。从肉尞聲。洛蕭切二部詩曰。取

四篇下

脊。

脯 ㄈㄨˇ　脩 ㄒㄧㄡ　膎 ㄒㄧㄚ　脼 ㄌㄧㄤ　膊 ㄅㄛ　脘 ㄍㄨㄢ　朐 ㄑㄩ

脯脩膎脼膊脘朐膴腒䐹

其血膫。小雅信南山文膟字下云一曰膟腸閒肥也一名膫然則膫一名膟矣今按膟益卽膋字之異者膟膫同訓腸閒脂與郊特牲注合

膋 膫或从勞省聲。今毛詩禮記皆作膋

脯 乾肉也。周禮腊人掌乾肉凡田獸之脯腊膴胖之事注云大物解肆乾之謂之乾肉薄析曰脯捶之而施薑桂曰段脩腊小物全乾也許於脯於日部之昔統言之曰乾肉鄭則以大物小物析言之 从肉甫聲。方武切五部

脩 脯也。膳夫大鄭注曰脩脯也按此統言之析言之則薄析曰脯捶而施薑桂曰段脩後鄭注內饔云脩鍛脯也是也曲禮疏云脯訓始始作卽成也脩訓治治之乃成修治之謂捶而施薑桂經傳多假脩爲修治字 从肉攸聲。息流切三部

膎 脯也。太元曰多田不婁費我膎功 从肉奚聲。戶皆切十六部皆當從廣韻作佳膎俗作鮭

脼 膎肉也。廣雅曰膎脼肉也不列於脯類錯本膎脼二篆在膊篆之下集韻曰吳人謂腌魚爲膎脼 从肉兩聲。良獎切十部

膊 薄脯膊之屋上。膊之屋上當作薄之屋上薄迫也釋名膊迫也薄椓肉迫著物使燥也說與許同方言膊暴也燕之外郊朝鮮洌水之閒凡暴肉發人之私披牛羊之五藏謂之膊左傳龍人囚盧蒲就魁殺而膊諸城上周禮斬殺賊諜而膊之皆謂去衣磔其人如迫脯於屋上也又儀禮兩胉今文作迫周禮豚拍杜子春以拍爲膊謂脅也按脅之正字當從禮今文作迫 从肉尃聲。匹各切五部

脘 胃脯也。胃脯見史漢貨殖傳晉灼曰今大官常以十月作沸湯燖羊胃以末椒薑坋之暴使燥是也廣雅曰脘脯也鉉本胃脯作胃府則與上下文言脯者不貫脘篆應廁於胃篆下矣素問胃脘謂胃宛中可容受脘蓋宛之俗大廣益會玉篇脘注古卵切胃脘非許意 从肉完聲。讀若患。舊患丸管二音十四部

朐 脯挺也。許書無脡字挺卽脡也何注公羊曰屈曰朐申曰脡朐脡軌一脡析言之非謂脡有曲直二種也曲禮曰左朐右末鄭云屈中曰朐屈中猶言屈處末卽申者也士虞禮曰設俎于薦東朐在南鄭云朐脯及乾肉之屈也曰左朐曰朐在南則朐在脯端明矣鄉飲酒

四篇下　卅三

膴 ㄏㄨ　腒 ㄐㄩ　䐹 ㄙㄡ

記曰薦脯五挺橫祭于其上注引曲禮左朐右末鄉射記薦脯五膱橫長尺二寸注膱猶挺也然則每一脯爲一膱謂之一挺每膱必有屈處故亦可謂之一朐挺作脡膱作膱皆俗字朐引伸爲凡屈曲之偁漢巴郡有朐忍縣十三州志曰其地下溼多朐忍蟲因名朐忍蟲卽丘蚓今俗云曲蟺也漢碑古書皆作朐忍無異不知何時朐譌朐忍譌䏰闞駰上音春下音閏通典上音蠢下音如尹切廣韻則上音蠢下音閏而大徐乃於肉部增朐䏰二篆上音如順下音尺尹不知爲朐忍之字誤且謂其地在漢中又不知漢朐忍在今夔州府雲陽縣名萬戶垻者是去漢中遠甚也 从肉句聲。凡從句之字皆曲物故皆入句部朐不入句部何也朐之直多曲少故釋爲脯挺但云句聲也云句聲則亦形聲包會意也其俱切四部

膴 無骨腊也。腊今字也日部作昔腊人掌乾肉凡田獸之脯腊膴胖之事脯腊皆謂乾肉故許釋膴爲無骨腊蓋賈侍中周禮解詁說與鄭司農云膴膺肉杜子春云膴胖皆謂夾脊肉後鄭云公食大夫禮曰庶羞皆有大有司曰主人亦一魚加膴祭于其上內則曰麋鹿田豕麕皆有胖足相參正也大者胾之大臠膴者魚之反覆膴又詁曰大二者同矣則是膴亦膴肉大臠胖宜爲脯而腥胖之言片也析肉意也按依後鄭說膴胖皆非腊也趙商問腊人掌凡乾肉而有膴胖何鄭荅雖鮮亦屬腊人此可證膴胖之非腊許說蓋偏執耳下文云周禮有膴判易胖爲判度許亦必釋爲腊屬而今亡其說矣無骨之腊故其字從肉無骨則肥美故引伸爲凡美之偁毛詩傳曰膴膴美也 楊雄說鳥腊。此別一義鳥腊必非無骨也蓋楊雄蒼頡訓纂一篇中有此語 从肉無聲。荒胡切五部 周禮有膴判。按周禮作胖鄭大夫云胖讀爲判許同之半部釋胖爲半體 讀若謨。後鄭云膴又詁曰大牲有司徹云膴讀如殷冔之冔則讀同膴火吳反

腒 北方謂鳥腊腒。周禮內則注皆曰腒乾雉士相見之禮摯冬用雉夏用腒注曰備腐臭也按鄭主謂乾雉依士相見禮而言也士相見禮腒謂雉周禮內則不必專謂雉許槩言鳥腊爲長 从肉居聲。九魚切五部 傳曰堯如腊舜如腒。亦見王充論衡引傳

䐹 乾

四篇下　卅四

肍　腝　臡　脠　腤　胥

魚尾肅肅也。肅肅各本作膞膞。今正。肅肅，乾皃。今俗尚有乾肅肅之語。風俗通說夏馬掉尾肅肅。古言也。庖人內則注曰：鱐，乾魚。籩人注曰：鱐者，析乾之。出東海。从肉肅聲。所鳩切。三部。周禮有腒䐹。今周禮庖人作腒鱐。

孰肉醬也。用孰肉爲醬。孰，廣韵作乾。疑乾是。下文云生肉醬者，鮮肉醬也。从肉九聲。讀若舊。巨鳩切。三部。

有骨醢也。酉部曰：醢，肉醬也。釋器曰：肉謂之醢，有骨者謂之臡。醢人注曰：臡亦醢也。或曰：有骨爲臡，無骨爲醢。公食大夫禮注曰：醢有骨謂之臡。从肉耎聲。人移切。古音在十四部。

腝或从難。耎難二聲同在十四部。按公食大夫禮注曰：今文臡皆作麋。麋系腝之誤。儀禮爾雅音義曰：臡，字林作腝。五經文字曰：臡見禮經、周禮。說文、字林皆作腝。據此則說文本無臡字甚明。後人益之也。許於禮經或從今文，或從古文。此從今文腝，鄭則從古文臡也。

生肉醬也。廣韵曰：魚醢也。引說文云：肉醬。釋名、齊民要術有生脠。从肉延聲。丑連切。十四部。按此字從延，非從延也。目部䀡、木部梴同。今本說文梴作梴，梴篆大徐不誤，而注誤云延聲。

豕肉醬也。魚部曰：鮨，魚䏲醬也。是魚肉醬亦偁䏲。从肉咅聲。各本作否聲，誤。薄口切。四部。

蟹醢也。庖人共祭祀之好羞。注謂四時所爲膳食，若今荆州之鮺魚，青州之蟹胥。雖非常物，進之孝也。釋名曰：蟹胥，取蟹藏之，使骨肉解，足胥胥然也。字林云：胥，蟹醬也。按鄭云作醢及臡，必先膊乾其肉，乃後莝之，襍以粱麴及鹽，漬以美酒，塗置甀中，百日則成。許云蟹醢，作之當同也。釋名所云，則似今之醉蟹。似劉說長。蟹者多足之物，引伸假借爲相與之義。釋詁曰：胥，皆也。又曰：胥，相也。今音相分平去二音爲二義，古不分。公羊傳曰：胥命者，相命也。穀梁傳曰：胥之爲言猶相也。毛傳於聿來胥宇、于胥斯原皆曰：胥，相也。此可證相與、相視古同音同義也。小雅君子樂胥，毛曰：胥，皆也。賈誼書引此詩云：胥，相。此爾雅皆與相同義之證也。方言又曰：胥，輔也。文王胥附先後是也。从肉疋聲。按蟹八跪二敖，故字從疋。劉熙云：足胥胥然也。相居切。五部。劉昌宗音素。集韵又作蝑蝑蝍蛆，音四夜切。

胹　䐣　胜　臊　膮　腥　脂

按胥篆舊在膴腒之閒，非其類。今正之，移於此。

爛也。爤，火部作爤，火孰也。左傳：宰夫胹熊蹯不孰。謂火孰之而未孰也。方言：胹，孰也。自關而西，秦晉之郊曰胹。按內則作濡。从肉而聲。如之切。一部。廣韵作臑，云猶文作胹。

切孰肉內於血中和也。釋名有肺𦢈。𦢈同䐣。五經文字曰：𦢈見禮經注。廣韵三十三線曰：𦢈同饌，見儀禮。士戀切。从肉員聲。讀若遜。穌本切。十三部。

犬膏臭也。庖人、內則秋行犢麛膳膏腥。杜子春云：膏腥，豕膏也。後鄭云：膏腥，雞膏也。許云犬膏，蓋本賈侍中。从肉生聲。桑經切。十一部。一曰不孰也。上文云生肉醬字當作胜。論語：君賜腥，必孰而薦之。胜字當作胜。今經典膏胜、胜肉字通用腥爲之，而胜廢矣，而腥之本義廢矣。

豕膏臭也。庖人、內則曰：夏行腒鱐膳膏臊。杜子春云：膏臊，犬膏。大鄭云：膏臊，豕膏。後鄭從杜說，許同大鄭。从肉喿聲。穌遭切。二部。

豕肉羹也。公食大夫禮注曰：膷、臐、膮，今時臛也。牛曰膷，羊曰臐，豕曰膮，皆香美之名也。古文膷作香，臐作熏。按許無膷臐二字，從古文，不從今文也。內則同今文作膷臐。又按此庶羞豆實也。其謂之羹何？羹有實於鼎者，牛藿、羊苦、豕薇是也；有實於豆者，膷臐膮是也。鄭云臐也。許云臐肉羹也。說正同。臐亦謂之羹，而較乾於鉶羹，且鉶羹有菜芼，臐不云用菜芼也。从肉堯聲。許幺切。二部。

星見食豕，令肉中生小息肉也。息當作瘜。疒部曰：瘜，寄肉也。星見時飼豕，每致此疾。內饔曰：豕盲眂而交睫，腥。內則作望視。鄭云：腥當爲星，聲之誤也。肉有如米者似星。注內則同。按鄭意腥爲腥孰字，豕不可食者當作星。與經傳及今俗用字皆合。許則謂腥孰字正作胜，腥專謂豕不可食者，與鄭絕異。爾雅：米者謂之檗。郭云：飯中有腥。其用字與許同也。从肉星，星亦聲。穌佞切。十一部。字林先定反。

戴角者脂，無角者膏。大戴易本命曰：戴角者無上齒。謂牛無上齒，齝而不噬也。無角者膏而無前齒，謂豕屬也。無前齒者齒盛於後，不用前。有羽者脂而無後齒，羽當爲角，謂羊屬也。齒盛於前，不任後。考工記鄭注曰：脂者，牛羊屬；膏

⿰月貨　𦢊　膩　膜　⿰月弱　臛　膹　臇　胾　⿰火巽。

者豕屬內則注曰肥凝者爲脂釋者爲膏按上文膏系之人則脂系之禽此人物之辨也有角無角者各異其名此物中之辨也釋膏以脂禽亦曰膏周禮香臊腥羶皆曰膏此皆統言不別也。从肉旨聲。旨夷切十五部

𦢊也。𦢊各本譌觷說者以釋器角謂之觷釋之誤甚角部本無觷字此上下文皆言脂膏治角之義無從闚入也玉篇⿰月貨膏𦢊也𦢊膏⿰月貨也廣韵過韵⿰月貨𦢊膏也𦢊又見屋沃韵是可據以正誤補缺矣。从肉貨聲。穌果切十七部

膏肥皃。从肉學省聲。烏酷切三部此篆舊無今補按⿰月貨𦢊二篆蓋古本皆無或增⿰月貨而失其解則不若併增𦢊也

上肥也。謂在上者釋器曰冰脂也郭云莊子肌膚若冰雪冰雪脂膏也按此所謂上肥也冰凝古今字毛詩膚如凝脂同也楚辭靡顏膩理膩滑也。从肉貳聲。女利切十五部

肉閒胲膜也。釋名膜幕也幕絡一體也廣雅膜膈膜也膈與膜爲一許意爲二膜在肉裏也許爲長胲膜者系呼之胲之言該也按膜膈皆人物所同許專系之物者在人者不可得見也。从肉莫聲。慕各切五部

肉表革裏也。考工記注曰今人謂蒲本在水中者爲弱按蒻在莖之下根之上肉表革裏名⿰月弱亦猶是也。从肉弱聲。而勺切二部

肉羹也。鬻部曰鬻五味盉鬻也釋器曰肉謂之羹羹有二實於鉶者用菜芼之謂之羹實於庶羞之豆者不用芼亦謂之羹禮經牛膷羊臐豕膮鄭云今時臛也是今謂之臛古謂之羹臛字不見於古經而見於招魂王逸曰有菜曰羹無菜曰臛王說與禮合許不云羹也而云肉羹也者亦無菜之謂匡謬正俗駁叔師說其言甚誤。从肉隺聲。呼各切古音在二部

臛也。廣雅曰膗膹胹臛也膗俗臛字。从肉賁聲。房吻切十三部

臛也。李善引蒼頡解詁曰臇少汁臛也曹植七啟曰臇漢南之鳴鶉名都篇曰膾鯉臇胎鰕。从肉雋聲。讀若纂。子沇切十四部

臇或从火巽。

大臠也。切肉之大者也。从肉𢦏聲。側吏切一部按鄉射禮古文胾爲載載聲𢦏聲同也脯脡字本作梃從木從手從肉皆誤也梃一枚也樴猶梃也樴作胾則同聲而不同義凡禮古文髀作脾骭作肝骼作胳等皆同聲而不同義

⿰月枼　膾　腌　脃　膬　散　膞　腏　⿱仕肉

薄切肉也。云薄者取從葉之意少儀曰牛與羊魚之腥聶而切之爲膾注聶之言牒也先藿葉切之復報切之則爲膾醢人注引少儀聶皆作牒腊人注云膴亦牒肉大臠按如許說牒者大片肉也鄭云凡醢醬所和細切爲齏全物若牒爲菹。从肉枼聲。直葉切八部

細切肉也。所謂先藿葉切之復報切之也報者俗語云急報凡細切者必疾速下刀少儀注云報讀爲赴疾之赴拔赴皆疾也。从肉會聲。古外切十五部

漬肉也。今淹漬字當作此淹行而腌廢矣方言云淹敗也水敗爲淹皆腌之引伸之義也腌猶瀸也肉謂之腌魚謂之饐倉頡篇云腌酢淹肉也。从肉奄聲。於業切八部

小耎易斷也。七發曰甘脃肥膿魏都賦稟質遂脃作脆者誤也。从肉絕省聲。形聲包會意也易斷故從絕省此芮切十五部

耎易破也。耎七發注作腝腝者醢有骨者也七發曰飲食則溫淳甘膬腥醲肥厚。从肉毳聲。七絕切十五部按脃膬蓋本一字異體篇韵皆云膬同脃小宗伯注曰今南陽名穿地爲毳聲如腐脃之脃音義云字書無脃字但有膬字音千劣反今注本或膬字者則與劉音清劣反爲協據此則陸氏所見說文等書有膬無脃也而李善於魏都七發分引此二字則唐初說文非無脃矣二字皆可入可去分屬祭薛古音理不然也

雜肉也。从㪔者會意也㪔分離也引伸凡㪔皆作散散行而㪔廢矣。从肉㪔聲。穌旰切十四部

切肉也。膞與剸義近儀禮說牲體前有肩臂臑後有肫胳脊不升於俎故多言肫胳肫亦作膞經肫膞錯出皆假借字也經本應作腨腨腓腸也以腓腸該全脛假肫膞字爲之。从肉專聲。市沇切十五部

挑取骨閒肉也。手部曰抉挑也。从肉叕聲。讀若詩曰啜其泣矣。王風文陟劣切十五部

食所遺也。馬融陸績皆曰肉有骨謂之胏說文字林作⿱仕肉訓爲食所遺蓋孟本孟說與 从肉仕

聲。阻史切。古音在一部。易曰噬乾胏。今錯本此下衍止字。噬嗑九四爻辭。胏楊雄說胏从朿。蓋訓纂篇中字如此作。馬鄭易同。楊鄭云胏簀也。蓋讀胏爲笫之假借。其說未聞。胏當在十五部。而與朿同字者。合韵之理也。

胳食肉不猒也。猒飽也。从肉臽聲。讀若陷。戶猶切。八部。

肰犬肉也。从肉犬。讀若然。如延切。十四部。

𦜏古文肰。小篆從一犬。古文從二犬。

猌亦古文肰。按此蓋猌之譌耳。

䐜起也。當云肉起也。素問曰。濁氣在上則生䐜脹。王砅注。䐜脹起也。按許厠此。謂人所食肉。从肉真聲。昌真切。十二部。

肒肉汁滓也。醢人韭菹醓醢。注云醓肉汁也。公食大夫禮注曰醓醢醢有醓。釋名曰醓多汁者曰醓。醓瀋也。宋魯人皆謂汁爲瀋。按合此三條可見禮經醓醢正字當作肒。謂多肉汁之醢也。許云汁滓者。謂醢不同湆也。合醢人注及血部䀋下覼之。肒醢用牛乾脯莝之。襍以粱麴及鹽。漬以美酒。塗置甀中。百日則成。蓋他醢及醬皆用此法。如庶醢則用乾𩞁肉。𩞁醬則用乾𩞁肉也。凡醢醬皆有汁。而牛乾脯獨得肒名者。六畜不言牲名。他醢醬不言肒。並文錯見之法。汁即鹽酒所成。醢皆胜物。非有孰汁也。毛傳云以肉曰醓醢。大鄭云醓醢肉醬也。皆言肉以包汁。不言何肉者。蓋謂周禮六牲之肉。下文醢醬麋鹿麇一兔鴈在六獸六禽內可證也。許但言牛乾脯者。舉六牲之一以包其餘也。正字作肒。醓假借字。作䀋醓。許所據禮作䀋。今字作醓。从肉冘聲。他感切。八部。

膠昵也。弓人說膠曰。凡昵之類不能方。注。故書昵或作樴。杜子春云樴讀爲不義不昵之昵。或爲䵒。䵒黏也。元謂樴脂膏膱敗之膱。膱亦黏也。按此經杜作昵。又作䵒。後鄭作膱。其意則同也。許從杜作昵。日部曰。暱日近也。或作昵。是則昵亦謂黏也。一說此昵也及周禮注不義不昵之昵。三昵字皆當作䵒。作之㠯皮。考工記鹿膠青白。馬膠赤白。牛膠火赤。鼠膠黑。魚膠餌。犀膠黃。注云。皆謂煑用其皮。或用角。按皮近肉。故字從肉。从肉翏聲。古肴切。古音在三部。

羸或曰嘼名。或曰不定之詞。云嘼名。蓋羸爲羸之古字。與驢羸皆可畜於家。則謂之畜宜也。象形。闕。象形二字淺人所增。闕謂闕其形也。其義則畜名。其音則以羸聲之字定之。其形則從肉以外不能強爲之說也。郎果切。十七部。或曰嘼名四字。亦後人所增。義形皆闕。

胆蠅乳肉中也。三蒼曰。蠅乳肉中曰胆。通俗文云。肉中蟲曰胆。周禮蜡氏注。蜡骨肉腐臭。蠅蟲所蜡也。蜡讀如狙司之狙。按狙司俗作覰伺。釋蟲蠭醜螸。蠭本作蠹。干據反。見廣韵。即周禮所謂蜡。三蒼所謂乳肉中也。从肉且聲。七余切。五部。作蛆者譌。

肙小蟲也。蟲部蜎下曰。肙也。考工記注云。謂若井中蟲蜎蜎。按井中孑孓。蟲之至小者也。不獨井中有之。字從肉者。狀其耎也。從口者。象其首尾相接之狀也。从肉口。各本有聲字。非也。烏懸切。十四部。廣韵玉篇皆烏縣切。一曰空也。甑下孔謂之窐。窐亦作甌。是其義也。

腐爛也。上文云胹爛也。爛之正義。此云腐爛也。歺部云殨爛也。爛之引伸之義。从肉府聲。扶雨切。四部。

肎骨閒肉肎肎箸也。肎肎附箸難解之皃。莊子說庖丁解牛曰。技經肯綮之未嘗。肯崔引此解釋之。綮音罄。司馬云猶結處也。按肎之言可也。故心所願曰肎。得其竅郤曰中肎。引伸之義也。从肉从冎省。冎者剔肉置其骨也。肎肎相箸。有待於剔。故從冎。陸德明引說文字林皆口乃反。唐韵苦等切。按肎等二字古音同在一部。故皆在海韵。音轉入六部。乃在拯等韵也。隷作肯。一曰骨無肉也。此別一義。

冐古文肎。

朘赤子陰也。老子未知牝牡之合而朘作。河上本如是。从肉夋聲。釋文引說文子和反。又子壘反。按此字各本無之。老子音義引說文可據。故補綴於末。

文一百四十　今補冐朘二篆。則百四十二。　重二十

腜肧胎人之始也。自肌膚以及肶腹。皆言人體所具。而依次弟言之。肖至胄言人之苗裔也。肎臚人所時有也。臏至膌言人之肥瘦也。脅至胅言人之疵病也。臘至隋言祭也。祭必以肉。故字從肉也。膳至腆言食也。自腬至膘言六畜體所具也。自脯至膴皆乾肉可食者也。皆胜物也。自肍至膀皆醬屬也。自腈至肒皆肉可食者。膠用皮。皮

者肉之類也贏胆肩三文以其多肉雙字廁肎之用皆取義於肉也腱之次當本在腱肤二篆之下

筋ㄐㄧㄣ 肉之力也。力下曰筋也。筋力同物。今人殊之耳。考工記故書筋或作薊。从肉力从竹。竹物之多筋者。說從竹之意。居銀切。十三部。凡筋之屬皆从筋。

𥯒ㄐㄧㄢˋ 筋之本也。內則注曰餌筋腱也。王逸注招魂曰腱筋頭也。餌篇韵作胆。从筋省夗省聲。渠建切。十四部。

腱。 𥯒或从肉建。建聲也。今字多作此。

𥮨ㄅㄛˊ 手足指節鳴也。其聲肑肑然。从筋省勹聲。北角切。二部。

肑。 𥮨或省竹。按廣雅曰肑謂之腴。篇韵皆云肑腹下肉。此別一義。

文三 重二

刀ㄉㄠ 兵也。刀者兵之一也。又假借爲舠字。象形。都牢切。二部。凡刀之屬皆从刀。

𠛁ㄈㄡˇ 刀握也。謂握持處也。篇韵皆云𠛁同弣。按弓把曰弣。考工記少儀弣作拊。刀把曰𠛁。少儀亦作拊。刀卻刃授穎。削授拊。注穎鐶也。拊謂把也。按穎近拊。拊近刃。故削外削內異其授。拊與𠛁音相近。从刀缶聲。方九切。三部。玉篇孚主切。

𠛎ㄜˋ 刀劍刃也。淮南脩務訓摩其鋒鍔。王子淵聖主得賢臣頌漢書作越砥斂其咢。文選作鍔。从刀咢聲。五各切。五部。

䂞。 籒文𠛎从㓞各。各聲與咢聲同部。釋詁剽剽利也。陸德明本作剽。顏籀孔沖遠引作略。周頌有略其耜。毛云略利也。張揖古今字詁云略古作㓞。以說文折衷之。㓞者古字。剽者今字。剽者正字。略者假借字。

削ㄒㄩㄝˋ 鞞也。革部曰鞞刀室也。少儀曰削授拊。史漢貨殖傳曰酒削。方言劒削自河而北燕趙之閒謂之室。自關而東或謂之廓。或謂之削。自關而西謂之鞞。廓郎郭。鞞郎鞞。今字作鞘。元應曰小爾雅作鞘。从刀肖聲。息約切。按當依廣韵私妙切。二部。一曰析也。木部曰析破木也。析從斤。削從刀。皆訓破木。凡侵削削弱皆其引伸之義也。今音息約切。

㓡ㄍㄡ 鎌也。㓡亦作鉤。周禮薙氏夏日至而夷之。注云以鉤鎌迫地芟之也。方言曰刈鉤江淮陳楚之閒謂之鉊。音昭。或謂之鐹。音果。亦作划。自關而西或謂之鉤。或謂之鎌。或謂之鍥。音結。按鎌之屬見於金部。从刀句聲。古侯切。四部。

剴ㄎㄞˇ 大鎌也。謂可切地芟刈也。金部曰鉊大鎌也。一曰摩也。下文云刀不利於瓦石上剴之。剴剴音義皆同也。引伸之爲規[illegible]之義。如大司樂注曰導者言古以剴今。雨無正箋巧[illegible]風切剴微之言是也。唐魏徵傳二百餘奏無不切當帝心。今人乃謂直言爲剴切。昧於字義甚[illegible]。从刀豈聲。五來切。古音在十五部。又古愛反。與杴櫱音義皆同。

剞ㄐㄧ 剞劂。曲刀也。剞巧工鉤刀。劂規度刺墨邊箋也。箋字有誤。所[illegible]具。應劭注甘泉賦曰剞曲刀也。劂曲鑿也。二注[illegible]有二。王逸注哀時命剞劂刻鏤刀也。與許合。从刀奇聲。居綺切。古音在十七部。

劂ㄐㄩㄝˊ 剞劂也。二字雙聲。从刀屈聲。九勿切。十五部。亦作剧。

利ㄌㄧˋ 銛也。銛者臿屬。引伸爲銛利字。銛利引伸爲凡利害之利。刀和然後利。从刀和省。依韵會本。毛傳曰鸞刀刀有鸞者。言割中節也。郊特牲曰割刀之用而鸞刀之貴。貴其義也。和而後斷也。許據此說會意。力至切。十五部。易曰利者義之和也。又引易說從和省之意。上云刀和然後利者。本義也。引易者。引伸之義也。

𥝢。 古文利。蓋從刃禾。

剡ㄧㄢˇ 銳利也。釋詁曰剡利也。毛詩假借覃爲之。大田曰以我覃耜。毛曰覃利也。按此二篆古本當作利剡也。剡利也。二字互訓。从刀炎聲。以冄切。八部。

初ㄔㄨ 裁衣之始也。衣部曰裁製衣也。製衣以鍼。用刀則爲製之始。从刀衣。會意。楚居切。五部。引伸爲凡始之偁。此說從刀衣之意。

前ㄐㄧㄢˊ 齊斷也。釋言魯頌傳皆曰翦齊也。士喪禮馬不齊髦。注云齊翦也。二字互訓。許必云齊斷者。爲其從刀也。其[illegible]名。因爲齊斷物之名。齊斷物必齊。因爲凡齊等之偁。如實始翦商。謂周之氣象始與商齊等。語本甚明。戈部引此詩作戩商。字之假借。如竹箭之爲竹晉也。前古假借作翦。

四篇下

傳曰鞮去也是也禮經蚤揃假借揃爲之又或爲鬋今字作剪俗从刀歬聲。子善切十二部

等畫物也。等畫物者定其差等而各爲介畫也今俗云科則是也介畫之故從刀引伸之爲法則假借之爲語䛐 从刀貝。貝古之物貨也。說從貝之意物貨有貴賤之差故從刀介畫之子德切一部

古文則。重貝者定其等差之意

籒文則从鼎。鼎部曰籒文以鼎爲貝故員作鼏頓作敷賓作鼐則作鼎刂

強斷也。彊者弓有力也有力而斷之也周書所謂剛剋引伸凡有力曰剛 从刀岡聲。古郎切十部

古文剛如此。按從仞仞古文信信者必剛也從二者仁從二之意仁者必有勇也侃剛直也亦從仞

斷齊也。齊字衍 从刀耑聲。旨兗切十四部按首部𩠐斷首也亦截也剸上同考鍇本無剸上同之文而元應書云剬聲類作剸說文剬斷首也亦截也然則許書首部有𩠐無剸刀部無剬後人以聲類之剸改首部之剬又移剬入刀部二徐本皆非古也

四篇下

斷也。此篆宜刪易困九五劓刖困于赤紱京房本作劓劊按刖絕劊斷義正相同今俗云劊子手 从刀會聲。古外切十五部

刌也。二字雙聲同義古文禮刌肺今文刌爲切引伸爲迫切又爲一切俗讀七計切師古曰一切者權時之事如以刀切物苟取整齊不顧長短縱橫故言一切 从刀七聲。千結切十二部

切也。玉藻瓜祭上環注曰上環頭刌也元帝紀分刌節度 从刀寸聲。凡斷物必合法度故從寸周禮目本切之四寸爲菹陸績之母斷菹以寸爲度是也云寸聲包會意詩他人有心予寸度之俗作忖其實作寸作刌皆得切物之度其長短也倉本切十三部如

斷也。从刀辥聲。私列切十五部

劃傷也。錐刀畫曰劃周禮士師職凡刉珥小子職作珥祈祈或爲刉肆師職作祈珥祈或作幾按鄭讀珥皆爲衈云作衈爲正字刉衈者釁禮之事用牲毛者曰刉羽者曰衈小子衈於社稷刉於五祀謂始成其宮兆時也雜記雍人舉羊升屋中屋南面刲羊血流于前門夾室皆用雞其衈皆于屋下割雞門當門夾室中室是刉衈之事也許云劃傷者正謂此禮不主於殺之但得其血徐祭而已血部無衈字蓋許依經作珥禮記注曰衈謂將封割牲以釁先滅耳旁毛爲之周禮注引公羊傳叩其鼻以衈社今公羊作血社山海經聘用魚傳引叩其鼻以聯社字又不同聯蓋從神省從耳 从刀气聲。當九新切十五部 一曰斷也。此別一義 又讀若殪。又者蒙上文乞聲言之云乞聲則得其音矣而斷之義讀如殺羊出其胎之殪音稍不同也今音五來切

一曰刀不利於瓦石上刉之。又別一義刉與厲不同厲者厲於厲石刉者一切用瓦石磏之而已與槃杅劃音義略同今音當古愛切

利傷也。聘義廉而不劌義也注云劌傷也按玉部作廉而不忮毛公曰忮害也是其義同也利傷者以芒刃傷物 从刀歲聲。居衛切十五部

鏤也。金部曰鏤剛鐵可以刻鏤也釋器曰金謂之鏤木謂之刻此析言之統言則刻亦鏤也引伸爲刻覈刻薄之刻 从刀亥聲。苦得切一部

古文刻。各本無此依玉篇增各本則下有古文作㓹篇韵皆不載汗簡載之云說文籒添則古本所無可知矣蓋古文刻之譌而誤系也

四篇下

判也。毛詩大雅曰不坼不副曲禮曰爲天子削瓜者副之匡繆正俗曰副貳之字本爲福從衣畐聲俗呼一襞爲一福衣是也書史假借遂以副字代之副本音普力反義訓剖劈學者不知有福字以副貳爲正體詩不坼不副乃以朱點發副字按顏說未盡然也副之則一物成二因仍謂之副因之凡分而合者皆謂之副訓詁中如此者致多流俗語音如付由一部入三部故韵書在宥韵俗語又轉入遇韵也沿襲既久其義其音遂皆忘其本始福字雖見於龜策傳東京賦下然恐此字因副而製耳鄭仲師注周禮云貳副也貝部貳下因之史記曰藏之名山副在京師漢書曰臧諸宗廟副在有司周人言貳漢人言副古今語也豈容廢副用福 从刀畐聲。芳逼切一部 周禮曰副辜祭。鄭注周禮作疈云疈疈牲胷也疈而磔之謂磔禳及蜡祭許所據作副蓋副者古文小篆所同也鄭所據用籒文

籒文副从畐畐。當云重畐重畐者狀分析之聲

判

辨判剫刳列刊剟删劈剝割𠞰劃剈劀

辨ㄅㄧㄢˋ 判ㄆㄢˋ 剫ㄉㄨㄛˋ 刳ㄎㄨ 列ㄌㄧㄝˋ

也。史記曰騶衍稱引天地剖判以來 从刀杏聲。滿后切四部 辨判也。小宰傅別故書作傅辨朝士判書故書判爲辨大鄭辨讀爲別古辨判別三字義同也辨從刀俗作辨爲辨別字符蹇切別作從力之辦爲幹辦字蒲莧切古辦別幹辦無二義亦無二形二音也 从刀辡聲。十二部 分也。媒氏掌萬民之判注判半也得耦爲合主合其半成夫婦也朝士有判書以治則聽注判半分而合者 从刀半聲。形聲包會意普半切十四部 判也。釋器木謂之剫郭引左傳山有木工則剫之 从刀度聲。徒洛切五部 判也。內則云刲之刳之按刲謂刺殺之刳謂空其腹繫辭刳木爲舟亦謂虛木之中刳木一作挎木鄉飲酒禮相者二人皆左何瑟後首挎越內弦賈公彥曰瑟底有孔越以指深入而持之也手部無挎 从刀夸聲。苦孤切五部 分解也。列之本義爲分解故其字從刀歺分骨之殘從列引伸爲行列之義古假借烈爲列如鄭風火烈具舉毛曰烈列也是也羽獵賦舉烽烈火烈烈亦與列同 从刀𡿪聲。良薛切十五部

刊ㄎㄢ 剟ㄉㄨㄛˊ 删ㄕㄢ 劈ㄆㄧ

剟也。柞氏夏日至令刊陽木而火之注刊謂斫去次地之皮也按凡有所削去謂之刊故刻石謂之刊石此與木部栞音同義異唐衛包乃改栞爲刊誤認爲一字也 从刀干聲。苦寒切十四部 刊也。商子曰有敢剟定法令者死賈誼傳曰盜者剟寢戶之簾 从刀叕聲。陟劣切十五部 剟也。凡言删剟者有所去卽有所取如史記司馬相如傳曰故删取其要歸正道而論之删取猶節取也謂去其侈靡過實非義理所尚取其天子芒然而思已下也旣錄其全賦矣謂之删取何也言錄賦之意在此不在彼也藝文志曰今删其要以備篇籍删其要謂取其要也不然豈劉歆七略之要孟堅盡删去之乎詳言之則如律厤志曰删其僞辭取其義者箸於篇約言之則如相如傳藝文志 从刀册。册逗書也。說從刀册之意也云册書也者謂凡簡牘非必受於王之符命也築氏爲削鄭云今之書刀凡艸稾不定者以削削之謂之删因之凡刊落不用者皆謂之删所姦切十四部 破也。此字義與

四篇下

剝ㄅㄛ 卜刂。

副近而不同今字用劈爲副劈行而副廢矣劈與副古經有相通者大宗伯疈辜祭疈在一部故書疈爲罷大鄭釋爲披磔牲以祭罷披破同十七部劈在十六部此其音義相通之證也考工記假薜爲劈注云薜破裂也又或假擘爲之張衡賦云分肌擘理是也 从刀辟聲。普擊切十六部 裂也。衣部曰裂繒餘也謂殘破也夏小正二月剝鱓以爲鼓也八月剝瓜畜瓜之時也剝棗剝也者取也栗零零也者降也零而後取之故不言剝也按剝鱓者謂殘其皮剝瓜棗者謂殘其實其用一也皮部曰剝取獸革與剝鱓合孔子易傳曰致飾然後通則盡矣故受之以剝剝者剝也物不可以終盡剝窮上反下故受之以復也按此是剝訓盡裂則將盡矣豳風假剝爲攴八月剝棗毛曰剝擊也音義云普卜反故知剝同攴也小正傳云取毛傳云擊此後人訓詁必密於前人也 从刀彔。彔刻也。說從彔之意彔下云刻木彔彔也破裂之意 彔亦聲。北角切三部 一曰剝割也。此別一義與上義相通按此篆解說合二徐本及尚書泰誓正義宋刻本參定 剝或

割ㄍㄜ 𠞰ㄌㄧˊ 劃ㄏㄨㄚˋ 剈ㄩㄢ 劀ㄍㄨㄚ

从卜。卜聲也 剝也。蒙剝之弟二義互訓割謂殘破之釋言曰蓋割裂也尚書多假借割爲害古二字音同也釋言舍人本蓋作害明害與割同也鄭注緇衣曰割之言蓋也明蓋與割同也 从刀害聲。古達切十五部按古字亦從匃聲故宋次道王仲至家所傳古文尚書曰创申勸寧王之德 剝也。方言劙解也與𠞰雙聲義近 劃也。此別一義當言一曰按元應書引三蒼云𠞰劃也攴部曰𢻹微畫也音同義近 从刀𠂢聲。里之切一部 錐刀畫曰劃。畫字各本無今補謂錐刀之末所畫謂之劃也上文云创劃傷也𠞰劃也皆是也 从刀畫畫亦聲。呼麥切十六部當依廣韵胡麥切 挑取也。抉而取之也挑抉也今俗云剜許書無剜字 从刀肙聲。烏元切十四部 一曰窒也。穴部曰窒空也窒與剈音義通如圭竇之比 刮去惡創肉也。瘍醫掌腫瘍潰瘍金瘍折瘍之祝藥劀殺之齊鄭云劀刮去膿血殺謂以藥食其惡肉與許異刮劀爲疊韵 从刀矞

四篇下

劑ㄐㄧˋ　刷ㄕㄨㄚ　刮ㄍㄨㄚ　剽ㄆㄧㄠ

聲。古鎋切十五部周禮曰。劀殺之齊。劑齊也。釋言劑翦齊也按周禮或言質劑或言約劑鄭謂劑爲券書大鄭曰質劑謂市中平價今時月平是也鄭云長券曰質短券曰劑是劑所以齊物也周禮又多用齊字亨人注齊多少之量此與劑義不同今人藥劑字乃周禮之齊字也从刀從刀者齊之如用刀也不必用刀而從刀故不與前爲伍餘倣此齊聲。形聲包會意在詣切十五部刷刮也。刷與㕞別又部曰㕞飾也巾部曰飾㕞也飾今拭字拭用手用巾故從又巾刷者捂杷也捂杷必用除穢之器如刀然故字從刀艸部曰𦵺刷也是也从刀㕞省聲。其義亦略相近所劣切十五部禮有刷巾。有鉉譌布黃氏公紹所據鍇本不誤而宋張次立依鉉改爲布今繫傳本乃張次立所更定往往改之同鉉而佳處時存詩會也禮謂禮經十七篇也鄉飲酒禮鄉射禮燕禮大射儀公食大夫禮有司徹皆言帨手注帨拭也帨手者於帨帨佩巾據賈氏鄉飲公食二疏知經注皆作帨絕無挩字也帨之爲巾見於士昏禮及內則內則注盥卒授巾注云巾以帨手鄭用禮經帨手字也此云刷巾刷當作㕞葢漢時禮經挩手有作刷手者假刷爲㕞說禮家所定字不同也刷巾又見服氏左傳注左傳藻率鞞鞛服云藻爲畫藻率爲刷巾禮有刷巾服語正與許同巾部云帥佩巾也帨帥或字是帨與帥同字樂師故書帥爲率聘禮古文帥皆作率韓詩帥時農夫毛詩作率是率與帥同音假借左氏傳之率即說文之帥而許服所見禮經皆作刷手鄭禮經今文作帨手古文作說手是則帥帨率說刷㕞六字以同音通用而陸德明本作挩手者爲誤字刮掊杷也。杷各本作把誤手部曰掊杷也木部曰杷收麥器凡掊地如杷麥然故絫言之曰掊杷考工記故書挩摩之工大鄭挩讀爲刮从刀𠯑聲。古八切十五部今字作刮剽砭刺也。謂砭之刺之皆曰剽也砭者以石刺病也刺者直傷也砭刺必用其器之末因之凡末謂之剽莊子謂本末爲本剽素問有標本病傳論標亦末也从刀票聲。匹妙切二部按當依李軌莊子音怖遥反陸甫小反一曰剽劫也。史記貨殖傳攻剽椎埋劫人作姦漢賈誼傳白晝大都之中剽

刲ㄎㄨㄟ　剉ㄘㄨㄛˋ　剿ㄐㄧㄠˇ

吏而奪之金按此義當去聲刲刺也。馬虞說易同从刀圭聲。圭刲上故從圭形聲包會意也苦圭切十六部易曰。士刲羊。歸妹上六爻辭剉折傷也。剉與手部挫音同義近考工記揉牙內不挫注挫折也是二字通用也經史剉折字多作挫按今俗謂鑢爲剉乃錯之聲誤耳說文作厝从刀坐聲。麤臥切十七部剿絕也。夏書甘誓天用剿絕其命天寶已前本如是釋文曰剿子六反玉篇子小反馬本作剿宋開寶已前本如是今玉篇剿子小切絕也剿同上此顧希馮之舊也自衛包改剿爲勦以刀部訓絕之字改爲力部訓勞之字於是五經文字力部曰勦見禮記又見夏書而刀部反無剿字開寶中改釋文剿爲勦剿爲巢羣經音辨集韻等皆云勦絕也重紕貤繆莫能諟正葢衛包當日改剿爲從刀之剿猶可說也改爲從力之勦則不可說矣王莽傳郭欽封剿胡子又詔曰將遣大司空征伐剿絕之矣此用夏書也外戚傳命操絕而不長此假借字也說文水部灑讀若夏書天用勦絕此必淺人以衛包本改之也曲禮毋剿說字從刀不從力从刀巢聲。子小切二部周書曰。周者夏之誤天用剿絕其命。

刖ㄩㄝˋ　刜ㄈㄨˊ　𠞞ㄑㄧㄝˋ　劖ㄔㄢˊ　刓ㄨㄢˊ　釗ㄓㄠ

刖絕也。凡絕皆偁刖故劓下云刖鼻也刖足則爲跀周禮刖者使守囿此是假刖爲跀困九五劓刖京房作劓劊說文劊與跀義同从刀月聲。魚厥切十五部刜擊也。左傳苑子刜林雍斷其足齊語刜令支从刀弗聲。分勿切十五部𠞞傷也。𨤻下曰鬄皮可以割桼桼疑𠞞之誤割𠞞絫言之也廣雅曰𠞞割也測紀切从刀桼聲。親結切十二部劖斷也。與金部鑱義略近从刀毚聲。鉏銜切八部一曰剽也。砭刺也釗也。刓也廣韵引無此二字刓剸也。剸當作團團圓也通俗文曰斷截曰剸非其訓也且許書本無剸字韓信傳刻印刓忍不能予蘇林曰刓音刓角之刓與摶同手弄角訛不忍授也按正文當本是同酈食其傳作玩故蘇以手弄角訛釋之訛當作鈗見金部刓齊物論作园从刀元聲。五丸切十四部一曰齊也。釗刓也。未聞从刀金。金有芑角摩弄

劑刷刮剽刲剉剿刖刜𠞞劖刓釗

㞋之傳詁曰釗勉也其引伸之義也又曰釗見也此假借釗爲昭也孟子引書昭我周王郭引逸書釗我周王止遥切二部

周康王名。

裁也。衣部曰裁製衣也製裁衣也此裁之本義此云制裁也裁之引伸之義古多假折爲制呂刑制以刑墨子引作折則刑魯論片言可以制獄古作折獄羽獵賦不制中以臬臺制或爲折又呂刑折民惟刑四八目引作制民

从刀未。會意征例切十五部 未逗 物成有滋味可裁斷。說從未之意未下曰味也有滋味可裁斷故刀未爲制 一曰止也。前義可包此義

古文制如此。從彡者裁斷之而有文也

缺也。大雅抑詩白圭之玷毛曰玷缺也箋云玉之缺尚可磨鑢而平按㓠玷古今字 从刀從刀者待磨鑢也 占聲。丁念切七部 詩曰。白圭之㓠。

辠之小者。辠犯法也罰爲犯法之小者刑爲罰辠之重者五罰輕於五刑 从刀詈。會意房越切十五部 未㠯刀有所賊。但持刀罵詈則應罰。說從刀詈之意罰者但持刀而詈則法之然則刑者謂持刀有所賊則法之別其犯法之輕重也初學記云元命包曰网言爲詈刀守詈爲罰罰之爲言內也陷於害也注云詈以刀守之則不動矣今作罰用寸寸丈尺也言納以繩墨之事初學記又云元命包曰刑刀守井也飲水之人入井爭水陷於泉刀守之割其情也注云井飲人則人樂之不已則自陷於泉故加刀謂之刑欲人畏懼以全命也此二條皆引春秋元命包今本初學記皆系諸說文殊誤觀元應書卷廿一廿五引春秋元命包說刑字與此同可以證正矣云刀守詈刀守井則刑罰不分輕重古五罰不用刀也故許說罰爲刀詈犯法之小者刑爲井刀執法之大者一入刀部一入井部所以正緯說也。唐人諱淵作泉亦或作川

斷耳也。刵見康誥呂刑五刑之外有刵軍戰則不服者殺而獻其左耳曰聝周禮田獵取禽左耳以效功曰珥 从刀耳。會意包形聲仍吏切一部

刖鼻也。刖絕也周禮注曰截鼻 从刀臬聲。臬法也形聲包會意魚器切十五部易音義引說文牛列反 易曰。天且劓。睽六

三爻辭馬虞皆云黥額爲天

劓或从鼻。刀鼻會意今經典如此作

剄也。按刑者五刑也凡刑罰典刑儀刑皆用之刑者剄頸也橫絕之也此字本義少用俗字乃用刑爲刑罰典刑儀刑字不知造字之恉既殊井聲幵聲各部凡井聲在十一部凡幵聲在十二部也 从刀幵聲。戶經切按古音當與一先韵內幵聲諸字爲伍

刑也。耳部曰小罪聅中罪刖大罪剄謂斷頭也左傳越句踐使罪人三行屬劍於頸而辭曰臣不敢逃刑敢歸死遂自剄也吳師屬之目剄經典釋文宋刻作頸非也按許意剄謂斷頭刑之至重者也 从刀巠聲。古零切十一部廣韵古挺切

減也。剸撙古今字蓋隸變也曲禮恭敬撙節退讓以明禮注撙猶趨也按趨同趣疾也當音從非趨走之趨戰國策伏軾撙銜集韵曰撙挫也 从刀尊聲。茲損切十三部

楚人謂治魚也。楚語也 从刀魚。讀若鍥。古屑切十五部薊以爲聲

契也。小宰官府之八成大鄭曰稱責謂貸子傅別謂券書聽訟責者以券書彼之傳傅著約束於文書別別爲兩兩家各得一也書契符書也質劑謂市中平價今月平是也後鄭曰傅別謂爲大手書於一札中字別之書契謂出予受入之凡要凡簿書之取日獄訟之要辭皆曰契春秋傳曰王叔氏不能舉其契質劑謂兩書一札同而別之長曰質短曰劑質劑皆今之券書也按云今之券書者謂漢時名券書其實券字自古有之也大部曰契大約也引易觳辭書契 从刀𢍏聲。去願切十四部 券別之書。㠯刀判契其旁。契各本作契今正判分也契刻也兩家各一之書牘分刻其旁使可兩合以爲信韓子曰宋人得遺契而數其齒是也 故曰書契。書契鉉作契券鍇無書皆非也今正書契謂易觳辭周禮小宰所云書契也書而契之是曰書契栔契音同此三句說從刀之意

君殺大夫曰刺。刺直傷也。刺篆疑非舊次刺直傷也當爲正義君殺大夫曰刺當爲別一義辭之先後今又倒亂矣上文剟砭刺也刲刺也皆直傷之義然則刺篆當廁剟刲二篆下禮經云刺草大雅之刺訓責史稱刺六經作王制官稱刺史

刃ㄖㄣˋ　刅ㄔㄨㄤ　創。　劒ㄐㄧㄢˋ　劍。　㓞ㄑㄧˋ

鍼蔽曰刺繡用擒曰刺船盜取國家密事爲刺探尚書事皆其引伸之義也一曰君殺大夫曰刺者春秋傳二十八年公子買戍衛不卒戍刺之成十六年刺公子偃公羊傳曰刺之者何殺之也內諱殺大夫謂之刺之也考諸周禮司刺掌三刺之法壹刺曰訊羣臣再刺曰訊羣吏三刺曰訊萬民注刺殺也訊而有罪則殺之然則春秋於他國書殺其大夫於魯國則爾書刺諱魯之專殺而謂之刺謂其當罪合於周禮公羊內諱之說是矣此云君殺大夫曰刺春秋於他國不云爾也 从刀朿朿亦聲。七賜切十六部按又七迹切古不分去入

文六十四　皆有剥篆在末大徐所增十九文之一也今剥說在彡部剔下得六十三

重十　十誤實得九字小徐作重七自首至劉劄務皆謂刀及刀之用也自剸刷至券皆非必用刀而援乎刀之用者也其刵劓刑剄四字則司寇之荆用刀者也不與凡用刀之字爲伍者因上文言劉而系聯之也

刃 刀鋻也。鋻各本作堅今正刀部曰鍔刀劒刃也金部曰鋻剛也郭璞三倉解詁曰焠作刀鋻也 象刀有刃之形。而振切十三部 凡刃之屬皆从刃。

刅 傷也。凡殺傷必以刃 从刃从一。按鉉本篆作刅錯本篆作刅今按當是從刃從一一者傷之象劉之所入也刅省則作刅小徐本井部梆米部梁皆從刅考桐柏廟碑梁字羊竇道碑梁字五經文字及唐石經梁梁皆不作刅今人作梁書梁梁皆從刅非古法不可從也楚良切十部

創 刅或从倉。從刀倉聲也凡刀創及創瘍字皆作刅此俗變作刱作瘡多用創爲刱字

劍 人所帶兵也。桃氏爲劒有上制有中制有下制注云此今之匕首也人各以其形皃大小帶之 从刃僉聲。居欠切八部

劒 籀文劒从刀。

文三　重二

㓞 巧㓞也。巧㓞蓋漢人語 从刀丰聲。恪八切十五部 凡㓞之屬皆从㓞。

契ㄐㄧㄚˊ　栔ㄑㄧˋ　丰ㄐㄧㄝˋ　挌ㄍㄜˊ　耒ㄌㄟˇ

契 齘契。逗疊韵 刮也。刮者掊杷也 从㓞夬聲。古黠切十五部 一曰契。逗 畫堅也。畫當作劃劃堅曰契

栔 刻也。釋詁契滅殄絕也唐韵引作契郭云今江東呼刻斷物爲栔斷按古經多作契假借字也大雅爰契我龜毛曰契開也周禮亦作契左傳盡借邑人之車契其軸爾雅音義所引如是今左傳荀子作鍥漢書注引緜詩作挈大戴禮楔而舍之朽木不折皆假借字也晉虞溥傳作㓞俗字也 从㓞木。刻之用於木多故從木苦計切十五部按又苦結切

文三

丰 艸蔡也。艸部曰蔡艸丰也疊韵互訓孟子曰君之視臣如土芥趙云芥草芥也左傳以民爲土芥杜注同方言蘇芥草也江淮南楚之閒曰蘇自關而西或曰草或曰芥南楚江湘之閒謂之莽按凡言艸芥皆丰之假借也芥行而丰廢矣 象艸生之散亂也。散當作㪔外傳曰道茀不可行中直象道三象茀

凡丰之屬皆从丰。讀若介。古拜切十五部

挌 枝挌也。枝挌者遮遏之意玉篇曰挌枝柯也釋名戟挌也旁有枝挌也庾信賦草樹溷淆枝挌相交挌行而挌廢矣 从丰各聲。古百切古音在五部

文二

耒 耕曲木也。各本耕上有手今依廣韵周易音義正下文云耕挈也謂挈之曲木也禮記音義引字林亦云耕曲木考工記車人爲耒庛長尺有一寸中直者三尺有三寸上句者二尺有二寸自其庛緣其外以至於首以弦其內六尺有六寸注云庛讀爲棘刺之刺刺耒下前曲接耜緣外六尺有六寸內弦六尺應一步之尺數按經多云耒耜據鄭說耒以木耜以金沓於耒刺京房云耜耒下耓也耒耜上句木也許木部耜作枱耒耑也耕挈也許說與京同與鄭異鄭本匠人謂挈爲耜統言之也許分別金謂之挈木謂之枱析言之也 从木推

耕耦耤桂⿰耒員耡角

耕ㄍㄥ 耦ㄡˇ 耤ㄐㄧˊ 桂ㄍㄨㄟ 　⿰耒員ㄩㄣˊ

丯。考工記曰直庛則利推從木推丯會意盧對切十五部古者垂作耒梠。梠見木部今之耜字也各本作梠誤梠臿也㠯振民也。此出世本世本有作篇振舉救也凡耒之屬皆从耒。

耕，犂也。牛部曰犂耕也人用以發土亦謂之耕从耒井。會意包形聲古莖切十一部古者井田故从井。此說从井之意也已上十字依韵會所據鍇本

耦，耕廣五寸爲伐。二伐爲耦。耕各本作耒今依太平御覽正匠人耜廣五寸二耜爲耦一耦之伐廣尺深尺謂之畎注古者耜一金兩人併發之其壟中曰畎畎上曰伐伐之言發也畎畎也今之耜岐頭兩金象古之耦也許與記文辭異義同耕郎耜謂犂之金其廣五寸也不曰梠廣五寸者許意梠乃耒本之耑耕鍇於梠故必析言之長沮桀溺耦而耕此兩人併發之證引伸爲凡人耦之偁俗借偶从耒禺聲。五口切四部

耤，帝耤千畝也。帝耤見月令周禮甸師掌帥其屬而耕耨王藉以時入之以共齍盛禮記曰天子爲藉千畝冕而朱紘躬秉耒以事天地山川社稷先古古者使民如借故謂之耤。鄭注周禮詩序云藉之言借也借民力治之故謂之藉田韋注周語云藉借也借民力以爲之按鄭韋與許同應劭云帝王典藉之常臣瓚曰蹈藉也皆非也親耕不能終事故借民力而謂之藉田言藉者魏然於當親事而未能親事也臣瓚師古之言尤爲剌繆从耒昔聲。秦昔切古音在五部按今經典多作藉

桂，卌叉可㠯劃麥河內用之。卌今刻大徐本作桂鍇本及集韵皆作卌集韵所據鍇本未誤也卌當是卌之譌今定作卌卌者數之積也見⿱𢆶木下漢石經以爲四十字叉鉉作叉鍇作叉今定作叉叉者手甲也今字作爪卌叉可以劃麥郎今俗用麥杷也木部曰杷收麥器也謂之卌叉者言其多爪可掊杷也廣韵曰卌先立切字統云插糞杷說文云數名此卌字之證插糞者抹撥糞除之言據廣韵則十部當有卌篆方言曰杷宋魏之閒謂之渠挐或謂之渠疏釋名曰齊魯閒謂四齒杷爲欋然則河內謂之桂也从耒圭聲。古攜切十六部

⿰耒員，除苗閒穢也。穢當作薉艸部薉蕪也無穢字小雅毛傳曰耘除草也耔雝本也食貨志云播種於畎中苗生三葉以上稍耨壠草因隤其土以附苗根比成成壠盡而根深能風與旱故薿薿而盛也按此古者耘耔爲一事也謂苗初生之始也既成已後仍有芟及童蓈生乎其閒蓐下所云陳艸復生也則又以槈薅之薅者披田艸也亦謂之耘呂覽云其耨六寸所以閒稼也注云耨所以耘苗刃廣六寸所以入苗閒。又按呂覽云六尺之耜所以成畝也謂六尺爲步步百爲畝郎車人爲耒所謂弦其內與步相中也又云其博八寸所以成畎也八寸者周之一尺見夫部尺部郎匠人所謂一耦之伐廣尺也又云耨柄尺此其度也謂耨柄之尺寸以耒六尺爲度也又云其耨六寸所以閒稼也此謂耨頭之金廣六寸入於苗閒所謂立苗欲疏也高注古者以耜耕六尺爲步步百爲畝廣尺爲甽今本舛誤不可讀从耒員聲。員物數也謂艸之多也此形聲包會意羽文切十三部

耘ˊ 　耘，⿰耒員或从芸。按當云或从耒艸云聲今字省艸作耘

耡ㄔㄨˊ

耡，殷人七十而耡。孟子滕文篇文今孟子作助周禮注引作莇耡，耤稅也。孟子曰夏后氏五十而貢殷人七十而助周人百畝而徹其實皆什一也徹者徹也助者藉也趙曰徹者猶人徹取物也藉者借也猶人相借力助之也按耤耡二篆皆偁古成語而後釋其字義耡郎以耤釋之耤稅者借民力以食稅也从耒助聲。牀倨切五部周禮曰㠯興耡利萌。遂人職文今萌作甿俗改也注曰變民言萌異外內也萌猶懵懵無知皃也鄭本作萌淺人一改爲氓再改爲甿注又云鄭大夫讀耡爲藉杜子春讀耡爲助謂起民人令相佐助按鄭意耡者合耦相助以歲時合耦于耡謂於里宰治處合耦因謂里宰治處爲耡也許意以周禮證七十而耡謂其義同

文七　重一

角ㄐㄩㄝˊ

角，獸角也。人體有偁角者如日月角角犀豐盈之類要是假借之辭耳象形。古岳切三部按舊音如穀亦如鹿角與刀魚相侣。其字形與刀魚相似也此龜頭似蛇頭虎足似人足之例凡

四篇下

角之屬皆从角。

䚙 ㄏㄨㄢ

䚙揮角皃。揮䚙雙聲。从角雚聲。況袁切。十四部。梁隱縣有䚙亭。梁國隱地理志作傿應劭曰鄭伯克段於傿是也郡國志作隱今按𨸏部無隱則從傿是矣。又讀若䌯。又者蒙䚙聲而言又讀若布名之䌯者與十五部合韵也。

觻 ㄌㄨˋ

觻角也。按壽立文之例角下當奪一字廣韵集韵類篇皆曰觻角鉾也。从角樂聲。盧谷切古音在二部。張掖有觻得縣。二志同廣韵德韵曰觻惪縣名漢書作得。

䚡 ㄙㄞ

䚡角中骨也。骨當作肉字之誤也鄭注樂記角觡生曰無䚡曰觡謂角中堅實無肉者麋鹿是也許亦解觡爲骨角亦謂中無肉者也本艸經牛角䚡下閉血瘀血瘀痛女人帶下血此則謂角之中角之本當中有肉之處外有文理可觀故陳藏器曰久在糞土爛白者佳玉部曰䚡理自外可以知中引伸謂凡物之文理也。从角思聲。亼部曰侖思也侖部曰侖理也是思卽理也此云思聲包會意穌來切一部。

觠 ㄑㄩㄢˊ

觠曲角也。釋嘼曰角三觠羷郭音權謝居轉反。从角𢍏聲。巨員切十四部。

觬 ㄋㄧˇ

觬角觬曲也。篇韵皆云角不正。从角兒聲。研啟切十六部廣韵又五稽切。西河有觬氏縣。前志有後志無蓋省併也前志氏作是按是氏古多通用覲禮大史是右古文是爲氏曲禮是職方是或爲氏古文尚書曰時五者來備今文作五是來備見於宋微子世家後漢李雲上書作五氏來備漢書云造父後有非子至元孫氏爲莊公師古曰氏與是同。

觢 ㄕˋ

觢一角仰也。一當作二釋嘼曰角一俯一仰觭皆踊觢謂二角皆豎也蒙上文一俯一仰故曰皆許一俯一仰之云在下文故云二角俗譌爲一則與觭無異易音義引說文以角一俯一仰系之觢當時筆誤耳睽六三其牛觢鄭作犎云牛角皆踊曰犎與爾雅說文同子夏作契荀作觭虞作掣皆以一俯一仰爲訓與許鄭不同也觢者如有掣曳然角本當邪展而乃聳直也虞本當同荀作觭李氏鼎祚正义作掣遂比而同之耳。从角㓞聲。尺制切十五部。易曰：其牛觢。釋文曰說文之世反。

觽 ㄔˇ

觽角傾也。从角虒聲。敕豕切十五部。

觭 ㄐㄧ

觭角一俯一仰也。荀易其牛觭按子夏傳作契云一角仰也虞作掣云牛角一低一仰是子夏虞皆作觭也觭者奇也奇者異也一曰不耦也故其字從奇公羊傳匹馬隻輪無反者穀梁作倚輪漢五行志作觭輪此不耦之義之引伸也周禮觭夢杜子春讀爲奇偉此異義之引伸也。从角奇聲。去奇切又音羈又古音在十七部。

觓 ㄑㄧㄡˊ

觓角皃。周頌有捄其角傳云社稷之牛角尺箋云捄角皃捄者觓之假借字也小雅桑扈兕觥其觓俗作觩。从角丩聲。渠幽切三部。詩曰：有觓其角。

䚈 ㄨㄟˇ

䚈角曲中也。考工記曰夫角之中恆當弓之畏畏也者必橈杜子春讀畏爲威威謂弓淵鄭讀畏如秦師入隈之隈按大射儀弓淵字作隈鄭讀從之也弓之中曰畏角之中曰䚈皆其曲處而弓人必以䚈傅於畏故記曰恆當其。从角畏聲。烏賄切十五部。

觕 ㄘㄨ

觕角長皃。按此字見於經史者皆譌爲觕从牛角公羊傳曰觕者曰侵精者曰伐何曰觕麤也公羊隱元年注曰用心尚麤觕漢藝文志曰庶得麤觕以麤觕連文則觕非麤字也麤觕若今人曰粗糙雙聲字也觕從爿聲古蓋讀如倉轉寫譌其形作觕其音讀才古反又或讀七奴反矣其義則本訓角長引伸之爲鹵莽之意因之觕與精爲對文月令其器高以粗呂覽粗作觕。从角廣韵觕徂古切牛角直下也於本義近爿聲。集韵曰觕角長曰衡或作觕鋤庚切於本音近。讀若粗觕。觕衍字讀若粗則徂古切經典釋文所由音才古反也今字別觕觕爲二觕音士角切。

𧥃 ㄐㄩㄝˊ

𧥃角有所觸發也。厂部曰厥發石也此字從角厥謂獸以角有所觸發西都賦曰窮虎奔突狂兕觸蹷蹷者厥之假借孟子曰厥角稽首趙曰叩頭以額角犀擫地也按厥角二字皆假借之言。从角厥聲。形聲包會意也居月切十五部。

觸 ㄔㄨˋ

觸抵也。牛部曰抵觸也。从角蜀聲。尺玉切三部。

觲 ㄒㄧㄥ

觲用角低仰便也。小雅騂騂角弓毛曰騂騂調利也按毛意謂角弓張弛便易許意謂獸之舉角高下馴擾毛說正許說之引伸也。从羊牛角。羊祥也祥善也牛角馴善之意息營切十一部。讀若詩曰：觲觲角弓。今詩作騂騂按許所引詩作觲則不得言

䚗 衡 ⿰角耑 觰 觤 觟 觡 觜 解 觿 觛 觵

讀若鉉本所以觲讀若也詩音義云騂騂說文作弲火全反此陸氏之誤當云說文作觲也弲自訓角弓不訓弓調利

䚗 舉角也 假借爲扛字魏大饗碑上索蹤高䚗鼎綠檀西京賦烏獲扛鼎是也扛亦䚗字 从角公聲 古雙切九部

衡 牛觸橫大木 各本大木下有其角二字今依韵會所據錯本 按許於告字下曰牛觸角箸橫木所以告也是設於角者謂之告此云牛觸橫大木是闌閑之謂之衡衡與告異義大木斷不可施於角此易明者魯頌傳曰楅衡設牛角以楅之也箋云楅衡其牛角爲其觸觝人也許說與毛鄭不同毛鄭謂設於角許不云設於角也木部云楅以木有所畐束也亦不言角云大木者字從大也古多假衡爲橫玉人注曰衡古文橫假借字也○鄭注周禮云楅設於角衡設於鼻如椵狀楅衡爲二許於衡不言楅於楅不言衡葢亦二之 从角大行聲 戶庚切古音在十部 詩曰設其楅衡 詩當作周禮曰

奧 古文衡如此

⿰角耑 角⿰角耑 逗 獸也 狀侶豕角善爲弓 上林賦獸則麒麟角端張揖曰角端侶牛角可以爲弓郭樸曰角⿰角耑音端侶豬角在鼻上堪作弓李陵嘗以此弓十張遺蘇武也 出胡尸國 一曰出休尸國 十字依御覽訂吳淑事類賦祗引出胡尸國四字今各本作出胡休多國五字乃脫誤本也 从角耑聲 多官切十四部漢書文選作端

觰 觰拏 逗疊韵字 獸也 未聞 从角者聲 陟加切古音在五部 一曰下大者 謂角之下大者曰觰也廣雅釋詁曰觰大也本此

觤 羊角不齊也 釋獸曰角不齊觤郭云一短一長按此依爾雅系之羊上文觢不系之牛者意以觢觭可凡獸通偁也觤則專謂羊 从角危聲 過委切十六部

觟 牝羊角者也 各本作牝牂羊生角者也今依韵會正羊部曰牂牝羊也然則此云牝羊者牂也羖夏羊牡之偁羖羊無無角者故小雅云俾出童羖羊多無角故其角者別之曰觟也大雅云彼童而角傳云童羊之無角者也而角自用也箋云童羊譬皇后也按童羊正謂牂羊 从角圭聲 下瓦切十六部

觡 骨角之名也 骨角角之如骨者猶石言玉石也樂記角觡生注云無䚡曰觡無䚡者其中無肉其外無理郭氏山海經傳云麋鹿角曰觡是也牛羊角有肉有理玉篇云無枝曰角有枝曰觡此取枝格之意惟麋鹿角有枝則其說非異也封禪文犧雙觡共柢之獸謂二角同本也言觡者白麟鹿之大者也 从角各聲 古百切古音在五部按觡不廁於觤下者觟觡觜皆角之異者也

觜 鴟舊頭上角觜也 角觜雈下云毛角是也毛角頭上毛有似角者也觜猶觜銳詞也毛角銳凡羽族之咮銳故鳥咮曰觜俗語因之凡口皆曰觜其實本鳥毛角之偁也鳥口之觜廣雅作觜郭爾雅注云山鵲觜脚赤觜抄釋文不誤 一曰觜 逗 觿也 別一義 从角此聲 按當子髓遵爲二切十五十六部

解 判也 从刀判牛角 會意佳買切又戶賣切十六部 一曰解廌 逗疊韵字 獸也 見廌部大元論衡觟觿解廌字之假借也四字皆在十六部

觿 佩角銳耑可以解結 衛風傳曰觿所以解結成人之佩也內則注曰小觿解小結也觿皃如錐以象骨爲之周禮眡祲十煇三曰鑴鄭云鑴讀如童子佩鑴之鑴謂日旁氣刺日者按此注當云讀爲童子佩觿之觿轉寫誤也周禮假鑴爲觿 从角巂聲 戶圭切十六部 詩曰童子佩觿

觛 卮也 各本作小觶也廣韵同玉篇作小卮也御覽引說文亦作小卮也今按卮下云圜器也一名觛則此當作卮也無小字小徐本廁此大徐本改廁於觶篆後云小觶也殊誤卮非觶也漢高紀奉玉卮爲大上皇壽應劭曰飲酒禮器也古以角作受四升古卮字作紙許云觶禮經作觗則觗字非卮古字應仲遠誤合爲一三都賦序舊注因之遂有改字文者矣今更正古者簠簋爵觶禮器也敦牟卮匜常用器也 从角旦聲 徒旱切十四部

觵 兕牛角可以飲者也 詩四言兕觵而傳不同卷耳曰兕觵角爵也七月曰觵所以誓衆也桑扈曰兕觵罰爵也絲衣箋曰繹之旅士用兕觵變於祭也周禮閭胥注曰觵撻者失禮之罰也小胥曰觵罰爵也卷耳無罰義故祇云角爵七月因鄉飲酒而正齒位故云誓誓者示

以失禮則受罰也蓋觵之用於罰多而非專用以罰故卷耳絲衣竝用兕觥此許不言罰爵而言可以飲之意也異義韓詩說觥亦五升所以罰不敬觥廓也著明之貌君子有過廓然著明毛詩說觥大七升許慎謹案觥罰有過一飲而盡七升爲過多許意當同韓詩說大五升也五升亦恐非一飲能盡故於說文不言升數**从角。**據許是以兕角爲之詩正義引禮圖先師云刻木爲之非許意又按凡觵觶觴觚字皆從角許不言其義考工記飲器爲於梓人梓人者攻木之工也飲器惟觵多連兕言許云兕牛角可以飲其他不以角爲而字從角者蓋上古食鳥獸之肉取其角以飲飲之始也故四升曰角猶仍角名而觚觶字從角與**黃聲。**古橫切古音如光在十部**其狀觵觵。故謂之觵。**觵觵壯皃猶僙僙也後漢書曰關東觥觥郭子橫**觥　俗觵从光。**今毛詩從俗

觶　鄉飲酒觶。鄉當作禮禮經十七篇用觶者多矣非獨鄉飲酒也因下文一人洗舉觶之文見鄉飲酒篇淺人乃改鄉字觶鉉本作角非當同觚下作爵**从角單聲。**支義切十六部按鄭

駁異義云今禮角旁單然則是今文禮作觶也單聲而支義切由古文本作觗從氏聲後遞變其形從辰從單爲聲而古音終不改也**禮曰。一人洗舉觶。**鄉飲酒曰一人洗升舉觶于賓鄉射禮曰一人洗舉觶于賓禮經言觶多矣略舉其一耳**觶受四升。**異義云今韓詩一升曰爵盡也足也二升曰觚觚寡也飲當寡少三升曰觶觶適也飲當自適也四升曰角角觸也不能自適觸罪過也五升曰散散訕也飲不能自節人所謗訕也總名曰爵其實曰觴觴者餉也觥廓也著明之皃君子有過廓然著明非所以餉不得名觴古周禮說爵一升觚三升獻以爵而酬以觚一獻而三酬則一豆矣食一豆肉飲一豆酒中人之食許慎謹案周禮云一獻而三酬當一豆若觚二升不滿一豆矣鄭駁之曰周禮獻以爵而酬以觚觚寡也觶字角旁著友誤字汝潁之間師讀所作今禮角旁單古書或作角旁氏則與觚字相近學者多聞觚寡聞觶寫此書亂之而作觚耳又南郡太守馬季長說一獻而三酬則一豆豆當爲斗與一爵三觶相應按駁異義從韓詩說觶受三升謂考工記觚三升觚爲觗之誤其注考工

記同其注禮特牲篇云舊說爵一升觚二升觶三升角四升散五升謂韓詩說也士冠禮注亦云爵三升曰觶而許云觶受四升蓋從周禮不改字觚受三升則觶當受四升也○按馬季長說與一爵三觶相應此觶字乃觚之誤改觚爲觶始於鄭馬不介也馬注論語云爵一升觚三升

䚖　觶或从辰。辰聲而讀支義切此如古祗振多通用也考工記疏引鄭駁異義云觶字角旁友汝潁之間師讀所作今本皆如是友字無理蓋辰之誤韵會徑改友作支云古作觗於形聲合矣而玉篇廣韵集韵類篇釋行均書皆有觝無觗則不可信也

觗　禮經觶。此謂古文禮也鄭駁異義云今禮角旁單古書或作角旁氏然則古文禮作觗或之云者改竄之後不書一也燕禮媵觚于公鄭云酬之禮皆用觶言觚者字之誤也古者觶字或作角旁氏由此誤耳按上文主人北面盥坐取觚洗注古文觚皆爲觶此亦謂古文作觗而誤

觴　實曰觴。虛曰觶。投壺命酌曰請行觴觴者實酒於爵也韓詩說爵觚觶角散五者總名曰爵其實曰觴觴者餉也觥者罰爵非所以餉不得名觴然投壺

之詩行觴固罰爵也凡禮經曰實者皆得曰觴獨於觶言者觶之用多舉觶以該他也下文云觴受三升者曰觚**从角𥏻省聲。**𥏻從矢矢從入故曰𥏻省聲也式陽切十部

𥏻　籀文觴或从爵省。

觚　鄉飲酒之爵也。鄉亦當作禮鄉飲酒禮有爵觶無觚也燕禮大射特牲皆用觚**一曰觴受三升者觚。**觚受三升古周禮說也言一曰者許作五經異義時從古周禮說至作說文則疑焉故言一曰以見古說未必盡是則韓詩說觚二升未必非也不先言受二升者亦疑之也上文觶實四升文次於從角單聲引禮之下其意蓋與此同或云亦當有一曰二字**从角瓜聲。**古乎切五部

觛　角匕也。匕下曰匕所以比取飯一名柶柶下曰匕也按士冠禮有角柶即觛也**从角亘聲。讀若讙。**況袁切十四部

𧥄　杖耑角也。杖耑謂杖首也司馬彪禮儀志仲秋之月民始七十者授之以玉杖餔之糜粥八十九十有加賜玉杖長尺端以鳩鳥爲飾謂玉長尺飾杖首玉之顛復爲鳩形也廣韵曰𧥄以角

觼ㄐㄩㄝˊ 鐍○ 䚥ㄋㄨㄛˋ ⿰角發ㄈㄚ ⿰角酋ㄑㄧㄡˊ 觳ㄏㄨˊ 觱ㄅㄧˋ

觼觖⿰角發⿰角酋觳觱

飾杖策頭小徐謂飾拄地處誤甚 从角敫聲○胡狄切古音在二部 觼 環之有舌者○秦風曰沃以觼軜爾雅環謂之捐捐者觼之假借字詩容有作捐者通俗文曰缺環曰鐍許與服不同服讀如玦許謂環中有橫者以固系 从角夐聲○古穴切十五部夐在十四部合韵也 鐍 觼或从金矞○矞聲也莊子固扃鐍崔云鐍環舌也按通俗文直謂鐍為玦字 䚥 調弓也○手部云搦按也鄭注矢人云撓搦其幹亦是調意弓人曰和弓轂摩注和猶調也將用弓必先調之拂之摩之引大射禮大射正以袂順左右隈上再下一小雅觲角弓毛傳曰觲觲調利也世說新語曰輕在角觲中為人作議論角觲方俗語言也 从角弱省聲○於角切古音在二部按廣韵女角切 ⿰角發 雉射收繳具也○蓋以角為之 从角發聲○方肺切十五部 ⿰角酋 雉射收繳具○按兩字同義蓋其物名⿰角發⿰角酋上字當云⿰角發⿰角酋雉射收繳具也下字當云⿰角發⿰角酋也今本恐非舊但無證據未敢專輒 从角酋聲○讀若鰌○字秋切三部

四篇下　杢

觳 盛觵卮也○盛字當是衍文觵卮謂大卮觵者酒器之大者也韋注越語曰觥大也旗人曰豆實三而成觳鬲部曰斗二升曰觳鄭注考工記同按簋庾鬲甗盆甑量皆以觳計小者曰卮可以飲大卮曰觳可宁酒漿以待酌也觵之大極於觳故引伸之一曰觳盡也見釋詁禮經牲體之蹄曰觳謂牲體之盡也 曰射具○从角殸聲○讀若斛○胡谷切三部按此篆當廁觛篆之下而廁此者此器屬陶旗之事非角為之亦非角飾 觱 羌人所龡角屠觱句以驚馬也○羌人西戎也屠觱羌人所吹器名以角為之以驚中國馬後乃以竹為管以觱為首謂之觱篥亦曰篳篥唐以編入樂部徐廣車服儀制曰角者前世書記不載或云本出羌胡以驚中國之馬也按仌部滭泼今詩作觱發水部滭沸今詩作觱沸皆假借字也 从角⿱癶⿰言言聲○卑吉切按⿱癶⿰言言聲古音在十五部 ⿱癶⿰言言 古文誖字○古當為籀言部云籀文

文三十九　重六

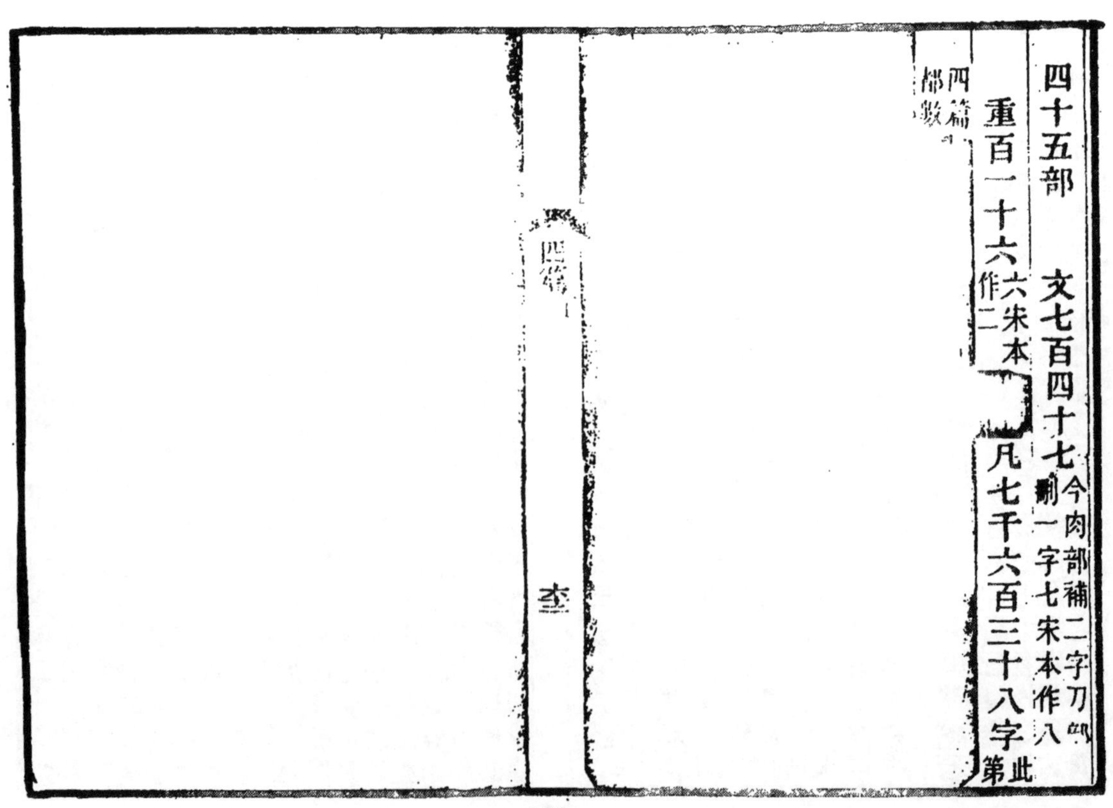

四十五部　文七百四十七今肉部補二字刀部刪一字七宋本作八

重百一十六六宋本作二

凡七千六百三十八字　此第

四篇部數

四篇　杢

說文解字第五篇上

金壇段玉裁注

竹ㄓㄨˊ　箭ㄐㄧㄢˋ　箘ㄐㄩㄣˋ　簬ㄌㄨˋ　簵。　筱ㄒㄧㄠˇ　簜ㄉㄤˋ

竹 冬生艸也。云冬生者謂竹胎生於冬且枝葉不凋也云艸者爾雅竹在釋艸山海經有云其艸多竹故謂之冬生艸戴凱之云植物之中有艸木竹猶動品之中有魚鳥獸也 象形。象兩兩竝生陟玉切三部按籒韵張六切 下垂者箁箬也。恐人未曉下垂之恉故言之 凡竹之屬皆从竹。

箭 矢竹也。各本無竹依藝文類聚補矢竹者可以爲矢之竹也周禮及釋地注皆曰箭篠也方言箭自關而東謂之矢江淮之閒謂之鍭關西曰箭郭云箭者竹名因以爲號按今天下語言皆謂矢爲箭 从竹 前聲。子賤切古音在十一部周禮故書箭爲晉杜云晉當爲箭按吳越春秋晉竹十廋晉竹卽箭竹假借字也

箘 箘簬。逗 竹也。竹字今補禹貢鄭注曰箘簬聆風也按箘簬二字一竹名吳都賦之射筒也劉逵曰射筒竹細小通長長丈餘無節可以爲矢笴名此三字箘射筒及由梧竹皆出交趾九眞招魂昆蔽象棊王曰昆或言箟簬今之箭囊也箟昆卽箘之異體箭囊卽射筒之異詞無底曰囊通簫曰筒皆自其無節言之謂之好箭幹耳古者絫呼曰箘簬戰國策箘簬之勁不能過是也單呼曰箘呂氏春秋越駱之箘是也書正義及戴凱之說箘簬爲二竹繆矣 从竹囷聲。渠隕切十三部 一曰簙棊也。方言簙或謂之蔽或謂之箘秦晉之閒謂之簙吳楚之閒或謂之蔽或謂之棊

簬 箘簬也。从竹路聲。洛故切五部 夏書曰惟箘簬楛。禹貢文楛各本作枯今依木部正 簵 古文簬从輅。當作簵或从輅轉寫之誤也篇韵皆云簵同簬今尚書史記皆作簵若古文四聲韵云簵古文簬取諸誤本說文也

筱 箭屬小竹也。釋草曰篠箭周禮注曰箭篠也二京賦解曰篠箭竹也此云箭屬小異 从竹攸聲。先杳切今字作篠古音在三部

簜 大竹也。大射儀簜在建鼓之閒注簜竹也笙簫之屬按簜者竹名以竹成器亦曰簜笙簫皆用小竹而云簜者大之也 从竹湯聲。徒朗切十部 夏書曰。瑶琨筱簜。禹貢文 簜可爲榦。榦弓榦也弓人曰凡取榦之道七竹爲下 筱可爲矢。筱簜之用不止於此而此爲取宜

薇ㄨㄟˊ　𥳿。　筍ㄙㄨㄣˇ　箈ㄊㄞˊ　箁ㄆㄡˊ　箬ㄖㄨㄛˋ　節ㄐㄧㄝˊ　筡ㄊㄨˊ

薇 竹也。竹名按薇篃古今字也如禮經古文眉作微爾雅篃作𥯂之比西山經英山其陽多箭多篃今本作𥯂郭云今漢中郡出厚裏而長節根淺冬生戴凱之云生非一處江南山谷所饒也故是箭竹類一尺數節葉大如履可以作篷葉中作矢俗謂之篃竹按郭云長節戴云𥯂節不合既云中作矢則一尺數節當作數尺一節也 从竹微聲。無非切十五部按廣韵云又武悲切 𥳿 籒文从微省。按當云从敳省字衍

筍 竹胎也。醢人注曰筍竹萌按許與鄭稍異胎言其含苞萌言其已播也吳都賦曰苞筍抽節引伸爲竹青皮之偁尙書云敷重筍席禮器如竹箭之有筍聘義浮筍旁達皆是其音爲贇切今字作筠 从竹旬聲。思允切十二部今字作笋

箈 竹萌也。釋草曰箈箭萌醢人鄭注同許意筍箈不以大竹小竹分別筍从旬旬从勹取裹妊之意箈从怠與始同音取始生之意筍謂掘諸地中者如今之冬筍箈謂已抽出者如今之春筍與鄭說不同也按周禮箈菹本作落菹故大鄭云落水中魚衣也與艸部落水青衣也合後鄭易落爲箈用釋草箭萌之訓故郭注爾雅引周禮箈菹鴈醢也今本周禮作箈非落非箈乃是譌字注中亦奪落當爲箈四字 从竹怠聲。徒哀切一部

箁 竹箬也。从竹音聲。薄侯切四部

箬 楚謂竹皮曰箬。今俗云筍籜箬是也延而哆地故竹篆下垂者像之 从竹若聲。若擇菜也擇菜者絕其本末此形聲包會意也而勺切五部

節 竹約也。約纏束也竹節如纏束之狀吳都賦曰苞筍抽節引伸爲節省節制節義字又假借爲符卪字 从竹即聲。子結切十二部

筡 析竹筤也。析各本譌折今正方言筡析也析竹謂之筡郭云今江東呼篾竹裏爲筡亦名筡之也按此注謂已析之篾爲筡人析之亦偁筡之本無誤字戴氏疏證改筡之二字爲筤字非也爾雅簢筡中蓋

篾ㄇㄧˊ 笢ㄇㄧㄣˇ 笨ㄅㄣˋ 篛ㄨㄥ 篸ㄘㄣ 篆ㄓㄨㄢˋ 籀ㄓㄡˋ

此義之引伸。肉薄好大者謂之筡。中如析去青皮而薄也。醫方竹筎音如。即此字。別錄从竹。俗从艸。从竹余聲。讀若絮。絮宋刻作絮。小徐同。同都切。五部。篾筡也。謂析之也。釋草。篾堅中。篾同磨礱之礱。謂堅中者必磨之也。簢筡中。簢同篾。謂空中者必析之也。簢筡中。从竹蔑聲。武移切。古音在十二部。笢竹膚也。膚皮也。竹膚曰笢。亦曰筍。見禮器。俗作筠。已析可用者曰蔑。禮注作篾。士喪禮謂之幹析之。謂之筡。亦謂之篾。从竹民聲。武盡切。十二部。笨竹裏也。謂其內質白也。又有白如紙者。吳都賦注謂之竹孚俞。从竹本聲。布忖切。十三部。篛竹皃。南都賦。其竹阿那。篛笞風靡雲披。李善引說文。篛竹皃也。埤蒼。笞竹頭有文也。上烏孔反。下如涌反。按吳都賦云。篛笞蕭瑟。謝靈運山居賦自注。修竦便娟。蕭森篛蔚。皆竹貌。从竹翁聲。烏紅切。九部。也今三賦篛皆誤从艸矣。篸篸差也。各本差上無篸。此淺人謂爲複舉字而刪之也。集韵。篸差。竹皃。初簪切。又篸。竹長皃。疏簪切。按木部。槮木長皃。引槮差荇菜。蓋物有長有短則參差不齊。竹木皆然。今人作參差。古則从竹从木也。从竹參聲。所今切。七部。篆引書也。引書者。引筆而箸於竹帛也。因之李斯所作曰篆書。而謂史籀所作曰大篆。既又謂篆書曰小篆。其字之本義爲引書。如彫刻圭璧曰瑑。周禮注。五采畫轂約謂之夏篆。从竹彖聲。特兗切。十五部。籀讀書也。言部曰。讀。籀書也。敘目曰。尉律學僮十七已上始試。諷籀書九千字乃得爲吏。試字句絕。諷籀連文。謂諷誦而抽繹之。滿九千字。皆得六書之恉。乃得爲吏也。此籀字之本義。繇傳匙用周宣王時大史以爲名。因以名所箸大篆曰籀文。迄今學者絕少知其本義者。故於讀下籀書改爲誦書。於敘目釋爲籀文九千字。重誣貽繆。可勝嘆哉。毛傳曰。讀。抽也。方言曰。抽。讀也。抽皆籀之假借。籀者抽也。讀者續也。抽引其緒。相續而不窮也。亦假紬字爲之。大史公自序。紬史記石室金匱之書。如淳云。抽徹舊書故事而次述之也。亦借繇字爲之。春秋傳卜筮繇辭。今皆作繇。爻俗作繇。據許則作籀。服虔曰。繇。抽也。抽出吉凶也。从竹擂聲。此形聲包會意。直又切。三

篇ㄆㄧㄢ 籍ㄐㄧˊ 篁ㄏㄨㄤˊ 䉃ㄐㄧㄤˇ 篥ㄧㄝˋ 籥ㄩㄝˋ 劉ㄌㄧㄡˊ 簡ㄐㄧㄢˇ 笐ㄍㄤ 篰ㄅㄨˋ

部。春秋傳曰。卜籀云。左傳卜筮皆云繇。此言卜以該筮也。篇書也。書。箸也。箸於簡牘者也。亦謂之篇。古曰篇。漢人亦曰卷。卷者。縑帛可捲也。一曰關西謂榜篇。榜所以輔弓弩者。此其引伸之義。今之榜額。標榜是也。關西謂之篇。則同扁。从竹扁聲。芳連切。古音在十二部。籍簿也。簿當作薄。六寸簿見寸部。引伸凡箸於竹帛皆謂之籍。从竹耤聲。秦昔切。古音在五部。篁竹田也。戰國策。薊丘之植。植於汶篁。西京賦。篠簜敷衍。編町成篁。漢書。篁竹之中。注。竹田曰篁。今人訓篁爲竹。而失其本義矣。从竹皇聲。戶光切。十部。䉃剖竹未去節謂之䉃。謂未去中之相隔者。方言。所以隱櫂謂之䉃。郭云。搖櫓小橛也。按䉃蓋郎䉃字。其始以剖竹未去節爲之。後乃以木爲之。改其字作槳。槳作槳。後人又不以名橛而以名櫂矣。从竹將聲。即兩切。十部。按此二篆之次當在篸下篆上。則皆得其所矣。篥籥也。小兒所書寫。每一笘謂之一篥。今書一紙謂之一頁。或作葉。其實當作此篥。从竹枼聲。與接切。八部。籥書僮竹笘也。笘下曰。潁川人名小兒所書寫爲笘。按笘謂之籥。亦謂之觚。蓋以白墡染之。可拭去再書者。其拭觚之布曰幡。从竹龠聲。以灼切。二部。按管龠字與此別。劉竹聲也。小徐曰。猶言瀏然。聲清也。从竹劉聲。力求切。三部。簡牒也。片部曰。牒。札也。木部曰。札。牒也。按簡。竹爲之。牘。木爲之。牒札其通語也。釋器曰。簡謂之畢。學記云。呻其佔畢是也。等者齊簡也。編者次簡也。詳冊下。从竹閒聲。古限切。十四部。笐竹列也。列亢應書作次。竹列者。謂竹之生疏數偃仰不齊而齊。笐之言行也。行。列也。釋草。仲無笐。蓋謂竹有行列。如伯仲然也。無者發聲也。引伸之。取竹爲衣架亦曰笐。廣韵四十二宕曰。笐。衣架。是也。內則所謂椸枷。釋器所謂竿謂之箷也。其字亦作桁。古樂府云。還視桁下無懸衣是也。从竹亢聲。古郎切。十部。按依爾雅音義戶剛反。其衣笐衣桁。韵書下浪切。篰滿爰也。廣雅曰。滿爰。篰也。曹憲上音滿。下音部。廣韵曰。滿爰。簡也。篰。牘也。玉篇曰

篰竹牘也按萬爰漢人語俗字加竹从竹部聲薄口切四部按許書無簿字篰蓋卽今之簿字也

等 ㄉㄥˇ

等齊簡也齊簡者疉簡冊齊之如今人整齊書籍也引伸爲凡齊之偁凡物齊之則高下歷歷可見故曰等級刀部云則等畫物也从竹寺會意寺官曹之等平也說从寺之意寸部曰寺廷也有法度者也故从寸官之所止九寺於此等平法度故等从竹寺古在一部止韵音變入海韵音轉入等韵多肯切

笵 ㄈㄢˋ

笵法也𣪠辭範圍天地之化而不過鄭曰範法也考工記軓前十尺注云書或作軓軓法也按許無軓字車部範爲範軷則𣪠辭範圍假借字也从竹氾聲防𠀅切八部竹簡書也古法有竹荆說从竹之意法具於簡書故笵从竹也左傳曰鄭駟歂殺鄧析而用其竹荆竹荆者荆罰科條載於竹簡也通俗文曰規模曰笵元應曰以土曰型以金曰鎔以木曰模以竹曰笵一物材別也說與說合

箋 ㄐㄧㄢ

箋表識書也鄭六藝論云注詩宗毛爲主毛義若隱略則更表明如有不同卽下己意按注詩偁箋自說甚明博物志云毛爲北海相鄭是郡人故稱箋以爲敬此泥魏晉時上書偁箋之例絕非鄭意从竹戔聲則前切十四部

符 ㄈㄨˊ

符信也漢制目竹長六寸分而相合周禮門關用符節注曰符節者如今宮中諸官詔符也小宰傅別故書作傅辨鄭太夫讀爲符別漢孝文紀始與郡國守相爲銅虎符竹使符應劭云銅虎符一至五國家當發兵遣使至都合符符合乃聽受之竹使符皆以竹箭五枚長五寸鐫刻篆書第一至第五張晏曰符以代古之圭璋從簡易也按許云六寸漢書注作五寸未𡭗孰是从竹付聲防無切古音在四部

筮 ㄕˋ

𥮎易卦用蓍也曲禮曰龜爲卜筴爲筮策者蓍也周禮簭人注云問蓍曰筮其占易艸部曰蓍易以爲數从竹𢀚从竹者蓍如筭也筭以竹爲之从𢀚者事近於巫也九簭之名巫更巫咸巫式巫目巫易巫比巫祠巫參巫環字皆作巫時制切十五部𢀚古文巫字

笄 ㄐㄧ

笄兂也兂各本作簪今正兂下曰首笄也俗作簪戴氏曰無冠笄而冕弁有笄笄所以貫之於其左右是以冠無之凡無笄者纚冕制延前圓垂旒後方延有紐自延左右垂笄貫之以爲固紘以組自頤屈而上左右屬之笄垂其餘凡冕弁笄有笄者紘記曰天子冕而朱紘諸侯冕而青紘士冠禮皮弁笄爵弁笄朱組紘纁邊从竹幵聲古兮切古音在十二部

䚗。

笸 ㄐㄧ

笸取蟣比也比箆古今字比密也引伸爲櫛髮之比釋名曰梳言其齒疏也數言比比於梳其齒差數也比言細相比也木部曰櫛者梳比之總名也史記遺單于比余一漢書作比疎一余疎皆郎梳字比梳一者統言則比亦梳也蟣者蝨子云取蟣比者比之至密者也今江浙皆呼篦箆比當依俗音毗漢書類麻反从竹叵聲居之切一部

籆 ㄩㄝˋ

籆所目收絲者也所目二字今補方言曰籆榬也兖豫河濟之閒謂之榬郭云所以絡絲也音爰按今俗謂之籆車于縛切字亦作籰从竹蒦聲王縛切五部䚗籆或从角閒

筳 ㄊㄧㄥˊ

筳繀絲筦也系部曰繀箸絲於筟車也按絡絲者必以絲耑箸於筳今江浙尚呼筳从竹廷聲特丁切十一部

筦 ㄍㄨㄢˇ

筦筟也从竹完聲古滿切十四部

筟 ㄈㄨˊ

筟筳也筳筦筟三名一物也方言曰維車趙魏之閒謂之轣轆車東齊海岱之閒謂之道軌按自其轉旋言之謂之麻鹿亦謂之道軌亦謂之鹿車自其箸絲之筳言之謂之繀車亦謂之筟車實卽今之籆車也从竹孚聲讀若春秋魯公子彄公子彄見春秋經隱公五年臧僖伯也孚聲在三部區聲在四部合音取近今音芳無切

簾 ㄌㄧㄢˊ

簾堂簾也小徐曰此書及釋名簾帷皆作㡘疑㡘或與簾別或者此簾字後人所加之乎所不能決也按巾部曰㡘帷也又曰在旁曰帷周禮幕人掌帷幙幄帟綬之事注曰王出宮則有是事在旁曰帷在上曰幕幕帷皆以布爲之四合象宮室曰幄帟者王在幕若幄中坐上承塵幄帟皆以繒爲之然則㡘施於次以蔽旁簾施於堂之前以隔風日而通明㡘以布爲之故从巾簾析竹縷爲之故其字从竹其用殊其地殊其質殊學者可以無疑矣从竹廉聲力鹽切七部按韋昭注國語曰薄簾也薄今字作箔

笮 ㄗㄜˊ

笮迫也集韵說文無窄字笮窄古今字也屋笮者本義引伸爲逼窄字在瓦之下棼

簀 笫 筵 簟 籧 篨 籭 籓 籅

上○棼複屋棟也釋宮屋上薄謂之窕郭云屋笮也考工記注曰重屋複笮也按笮在上椽之下下椽之上迫居其閒故曰笮釋名曰笮迮也編竹相連迫迮也以竹爲之故从竹 从竹乍聲○阻厄切古音在五部

簀 牀棧也○衞風綠竹如簀毛曰簀積也此言假借也韓詩傳亦同 从竹責聲○阻厄切十六部

笫 簀也○見釋器左傳牀笫之言不踰閾周易噬乾胏鄭曰胏簀也此言假胏爲笫也士喪禮古文笫爲茨 从竹朿聲○阻史切按史當作死十五部

筵 竹席也○周禮司几筵注曰筵亦席也鋪陳曰筵藉之曰席然其言之筵席通矣按司几筵掌五几五席之名物筵席不別也五席不用竹惟後鄭說次席是桃枝席又說顧命蔑席底席豐席筍席皆爲竹席許釋筵爲竹席者其字从竹也 从竹延聲○以然切十四部 周禮曰度堂以筵○匠人職曰室中度以几堂上度以筵 筵一丈○此釋周禮也周禮曰度九尺之筵此不合未詳

簟 竹席也○毛詩箋曰竹葦曰簟 从竹覃聲○徒念切古音上聲七部

籧 籧篨○逗 粗竹席也○方言曰簟宋魏之閒謂之笙或謂之籧苗自關而西或謂之簟或式謂之箭其麤者謂之籧篨自關而東或謂之篕棪郭云江東呼籧篨爲⿱竹廢音廢按此云粗者與上筵簟別言之筵簟其精者也晉語毛詩皆云籧篨不可使俯此謂捲籧篨而豎之其物不可俯故詩風以言醜惡爾雅以名口柔也 从竹遽聲○彊魚切五部

篨 籧篨也○从竹除聲○直魚切五部

籭 竹器也○可以取麤去細○俗云篩籮是也廣韵云籭盪也能使麤者上存細者盪下籭篩古今字也漢賈山傳作篩 从竹麗聲○所宜切十六部今音山佳切

籓 大箕也○廣雅曰籓籮箕也 从竹潘聲○甫煩切十四部 一曰蔽也○艸部曰藩屏也尸部曰屏蔽也是則籓與藩音義皆同

籅 漉米籔也○方言曰炊籅謂之縮或謂之篗或謂之匧郭注漉米籅江東呼淅籤按史記索隱引纂要云籅淅箕也此注籤字正箕之誤今江蘇人呼淘米具曰溲箕是也 从竹與聲○於六切三部

籔 箅 䈰 ⿱竹捎 筥 笥 簞

籔 炊籅也○本漉米具也既浚乾則可炊矣故名炊籅方言籅同籔縮郎籔之入聲也毛詩伐木傳曰以筐曰釃以籔曰湑籔郎今之溲箕也今謂从艸作薮筐者盛飯之器較細籔者漉淅之器較麤皆可以漉酒者 从竹數聲○穌后切三部

箅 蔽也○此戶護也門閨也之例 所以蔽甑底○甑者蒸飯之器底有七穿必以竹席蔽之米乃不漏雷公炮炙論云常用之甑中箅能淡鹽味煮昆布用箅其哀江南賦曰敝箅不能救鹽池之鹹 从竹畀聲○必至切十五部按廣韵博計切

䈰 飯筥也受五升○方言曰箄南楚謂之筲郭曰盛飯筥也按箄即䈰字筲即䈰字也論語斗筲之人鄭曰筲竹器容斗二升與許說受五升異 从竹稍聲○山樞切古音在二部廣韵十虞無此 秦謂筥曰䈰○

⿱竹捎 陳留謂飯帚曰⿱竹捎○飯帚者所以埽納餘之飯 从竹捎聲○所交切二部 一曰飯器容五升○此說謂⿱竹捎與䈰同字也 一曰宋魏謂箸筩爲⿱竹捎○箸筩者所以盛飯載之筩也方言曰箸筩陳楚宋魏之閒謂之筲或謂之籯自關而西謂之桶檧按筲即䈰字郭云音鞭鞘

筥 䈰也○䈰當作籍方言⿱竹旅南楚謂之筲趙魏之郊謂之去⿱竹旅禮經鄭注云笄形蓋如今之筥⿱竹旅籚按笄籚即筥⿱竹旅也 从竹呂聲○居許切五部

笥 飯及衣之器也○禮記曲禮注曰圓曰簞方曰笥禮經士冠禮注曰隋方曰篋許曰簞笥也又匚部曰匧笥也許渾言之鄭別言之也曲禮注曰簞笥盛飯食者此飯器之證禮記引兌命曰惟衣裳在笥此衣器之證 从竹 大射儀曰小射正奉決拾以笥注笥葦器按此蓋笥之小者也大者以竹爲之 司聲○相吏切一部

簞 笥也○論語孔注同皇侃曰以竹爲之如箱篋之屬左傳夫差以一簞珠問趙孟蓋亦簞之小者也 从竹單聲○都寒切十四部 漢律令簞小匡也○匡俗作筐匚部曰匡飯器筥也按筥者䈰也容五升漢律令之簞謂匡之小者也與經傳所云簞謂笥者異蓋匡簞皆可盛飯而匡筥無蓋簞笥有蓋如今之箱盒其制不同故小匡爲別一義 傳曰○簞食壺

篵ㄒㄧˇ　箄ㄆㄞˊ　篿ㄊㄨㄢˊ　箸ㄓㄨˋ　簍ㄌㄡˇ　筤ㄌㄤˊ　籃ㄌㄢˊ　㔋。　篝ㄍㄡ　答ㄌㄨㄛˋ

纔。孟子及他儒家書皆有此言故約之以傳曰也此證前一義

篵 篵箄。逗竹器也。按篵箄器名以上下文例之是盛物之器而非可以取麤去細之器也可以取麤去細之器其字作簏不作篵若廣韵支韵云篵下物竹器紙韵曰篵籮也皆韵曰篵篵籮古以玉爲柱故字从玉今俗作篵此皆用篵爲簏古今字變非許意也小顏注急就篇誤 从竹徙聲。所綺切十六部

箄 篵箄也。絫呼曰篵箄單呼曰箄方言箄篗篧篆也篆小者自關而西秦晉之閒謂之箄郭云今江東呼小篵爲箄按許意篵箄與篆各物 从竹卑聲。并弭切十六部按考工記注鄭司農云綆讀爲關東言餅之餅謂輪箄也元謂輪雖箄爪牙必正也箄劉昌宗薄歷反李軌方四反箄謂偏僻漢人語也與畀字絕異江氏慎修改爲瓶箄字亦千慮之一失也果是从畀則不得反以薄歷矣

篿 圜竹器也。盛物之器而圜者與團音同也離騷王注曰楚人名結草折竹卜曰篿別一義也 从竹專聲。度官切十四部

箸 飯攲也。攲各本作敧支部攲持去也危部攲陒也攲者傾側意箸必傾側用之故曰飯攲宗廟宥座之器曰攲器古亦當作攲器也箸曲禮謂之梜假借爲箸落爲箸明古無去入之別字亦不从艸也 从竹者聲。陟慮切又遲倨切五部

簍 竹籠也。方言簍簝也簝小者南楚謂之簍 从竹婁聲。洛侯切四部

筤 籃也。廣雅筤謂之笑廣韵曰筤車籃一名笑笑音替按許不云車籃汎言籠下之器耳 从竹良聲。盧當切十部

籃 大篝也。今俗謂熏篝曰烘籃是也 从竹監聲。魯甘切八部

㔋 古文籃如此。未詳

篝 答也。可熏衣。按也字衍文當云答可熏衣者廣韵曰熏籠 从竹冓聲。古侯切四部 宋楚謂竹篝牆居也。各本牆居之閒淺衍以字方言曰篝陳楚宋魏之閒謂之牆居廣雅篝籠也薰篝謂之牆居

答 桮答也。方言桮落陳楚宋衛之閒謂之桮落又謂之豆筥自關東西謂之桮落郭云盛桮器籠也按引伸爲籠絡字今人作絡古當作答亦作落 从竹各聲。盧各切五部

箞ㄍㄨㄥˋ　籢ㄌㄧㄢˊ　籫ㄗㄨㄢˇ　籯ㄧㄥˊ　⿱竹刪ㄙㄢ　簋ㄍㄨㄟˇ

箞 桮答也。廣雅曰箞桮落也 从竹夆聲。古送切九部 或曰盛箸籠。箸筩曰稍亦曰箞也

籢 鏡籢也。玉篇引列女傳曰置鏡籢中別作匳俗作奩廣韵云盛香器也 从竹斂聲。力鹽切七部

籫 竹器也。廣雅方言注皆曰籫箸筩 从竹贊聲。讀若纂。作管切十四部 一曰叢也。木部欑下曰一曰叢木籫音同義近

籯 笭也。笭字下曰一曰籯也漢書遺子黃金滿籯不如教子一經竹籠也廣雅曰籯箸筩也 从竹贏聲。以成切十一部

⿱竹刪 竹器也。玉篇曰似箭而籢 从竹刪聲。蘇旰切十四部

簋 黍稷方器也。周禮舍人注曰方曰簠圓曰簋盛黍稷稻粱器也掌客注曰簠稻粱器也簋黍稷器也秦風傳曰四簋黍稷稻粱也按毛意簋可以該簠鄭注則據公食大夫禮分別所盛也許云簋方簠圓鄭則云簋圓簠方不同者師傳各異也周易二簋可用享鄭注云離爲日日體圓巽爲木木器圓簋象聘禮竹簋方注云竹簋方者器名以竹爲之狀如簋而方賈疏云凡簋皆用木而圜此則用竹而方故云如簋而方宋刻單行疏內簋字凡四見今本依釋文改經注疏皆作簠字非也已上可證鄭確謂簋爲圜器周禮疏云孝經陳其簠簋注云內圓外方受斗二升者直據簠而言若簋則內方外圓孝經鄭注說者謂鄭小同之注也賈所引文亦不完則無用淺求矣而秦風釋文有內圓外方曰簠內方外圓曰簋之文蓋本孝經注聘禮釋文則又方圓字皆互易之自相乖剌聶崇義曰舊圖云內方外圓曰簋外方內圓曰簠與秦風音義合廣韵曰內圓外方曰簋歐陽氏集古錄曰簋外方內圓與聘禮音義合攷圜器之內爲之方方器之內爲之圜似以木以瓦以竹皆難爲之他器少如是者恐參經注不可信許鄭皆所不言也鄭注禮曰飾蓋象龜蓋者意擬之詞注禮器云大夫刻爲龜形可證也聶氏陳氏禮圖皆於蓋頂作一小龜洪繹一蓋字耳見考工記圖 从竹皿皀。合三字會意按簋古文或从匚或从木蓋本以木爲之大夫刻其文爲龜形諸侯刻龜而飾以象齒天子刻龜而飾以玉其後乃有瓦簋乃有竹簋方因製从竹之簋字木簋竹簋禮器瓦簋常用器也皀穀之馨

⿷匚飢。 匭。 机。 簠ㄈㄨˇ 医。 籩ㄅㄧㄢ

香謂黍稷也居洧切古音在三部讀如九

⿷匚飢古文簋从匚食九。各本作从匚飢飢非聲也从九从食九聲也

匭古文簋从匚軌。按許說簋爲方器蓋以古文从匚也軌聲古音簋軌皆讀如九也史記李斯傳曰飯土匭公食大夫禮注曰古文簋皆作軌易損二簋蜀才作軌周禮小史故書簋或爲九大鄭云九讀爲軌書亦或爲軌簋古文也今本周禮脫誤爲正之如此軌九皆古文假借字也匭古文本字也匭之字後世用爲匭匣字尚書苞匭菁茅鄭曰匭纏結也鄭意謂匭爲糾之假借字吳都賦注用之

机亦古文簋。蓋以木爲之故字从木也惠氏棟九經古義曰易渙奔其机當作机宗廟器也

簠黍稷圜器也。簠盛稻粱見公食大夫禮經文云左擁簠粱是也此云黍稷者統言則不別也如毛傳云四簋黍稷稻粱亦是統言云圜器與鄭云方器互異从竹皿甫聲。方矩切五部

医古文簠从匚夫。夫聲也

籩竹豆也。豆古食肉器也木豆謂之梪竹豆謂之籩周禮籩人掌四籩之實注曰籩竹器如豆者其容實皆四升从竹邊聲。布玄切十二部

⿷匚臱籀文籩。匚者籀文匚也

⿱竹屯篅也。廣韵⿱竹屯籧也按今俗謂盛穀高大之器曰土籧从竹屯聲。徒損切十三部

篅㠯判竹。句謂用析竹爲之也圜㠯盛穀者用竹籓圍其外殺其上高至於屋蓋以盛穀近底之處爲小戶常閉之可出穀今江蘇謂之土籧是也古曰篅今江蘇編稻艸爲之容數石謂之篅淮南書曰與守其篅篅注篅⿱竹屯受穀器也篅讀顓孫之顓按別作圌从竹耑聲。市緣切十四部

簏竹高匧也。匧之高者竹爲之从竹鹿聲。盧谷切三部

箓簏或从录。

簜大竹筩也。大射儀簜在建鼓之閒按當作簜簜乃竹名非其義也笙簫之屬而謂之簜者大之也从竹昜聲徒朗切十部

筩斷竹也。漢律厤志曰制十二筩以聽鳳之鳴此筩之一耑也从竹甬聲。徒紅切九部

箯竹輿也。公羊傳曰脅我而歸之筍將而來也何曰筍者竹箯一名編輿齊魯以北名之曰筍將送也釋文曰筍音峻史漢張耳傳曰貫高箯輿前服虔曰箯音編編竹木如今峻可以糞除也韋昭曰輿如今輿牀人舁以行按公羊史記說文輿皆去聲亦作轝作欒从竹便聲。旁連切十二部

笯ㄋㄨˊ 竿ㄍㄢ 籗ㄓㄨㄛˊ 篧。 箇ㄍㄜˋ 个。 筊ㄒㄧㄠ

笯鳥籠也。方言籠南楚江沔之閒謂之篣或謂之笯懷沙曰鳳皇在笯洪興祖補注引說文笯籠也南楚謂之笯豈洪氏所見本異與从竹奴聲。乃故切五部

竿竹梃也。木部曰梃一枚也按梃之言挺也謂直也衛風曰籊籊竹竿引伸之木直者亦曰竿凡干旄干旟干旌皆竿之假借又莊子竿牘即簡牘也从竹干聲。古寒切十四部

籗罩魚者也。网部曰罩捕魚器也小雅傳曰罩籗也釋器曰籗謂之罩李巡云籗編細竹以爲罩捕魚也孫炎云今楚籗也从竹靃聲。竹角切按靃聲當在五部隺聲當在二部爾雅作籱故郭音七角反唐韵竹角切說文作籗故廣韵苦郭切

篧籗或从隺。鉉本篆作籗云籗或省

箇竹枚也。竹梃自其徑直言之竹枚自其圜言之一枚謂之一箇也方言曰箇枚也从竹固聲。古賀切按古音在五部

个箇或作个半竹也。各本無見於六書故所引唐本按竝則爲竹單則爲个竹字象林立之形一莖則一个也史記木千章竹竿萬个个正義引釋名竹曰个木曰枚今釋名佚此語經傳多言个大射士虞禮特牲饋食禮注皆云个猶枚也今俗或名枚曰個音相近又云今俗言物數有云若干個者此讀然經傳个多與介通用左氏或云一个行李或云一介行李是一介猶一个也介者分也分則有閒閒一而已故以爲一枚之偁方言曰介特也是也閒之外必兩分故曰介居二大國之閒月令左介右介是其義也。又按支下云从手持半竹即个爲半竹之證半者物中分也半竹者一竹兩分之也各分其半故引伸之曰左个右个竹从二个者謂竹易分也分曰个因之楇者亦曰个

筊竹索也。謂用析竹皮爲繩索也今之繿纜也漢溝洫志曰搴長茭兮湛美玉如淳曰茭草也一曰竿也臣瓚曰竹索謂之茭所以引置土石也師古曰瓚說是也茭字宜从竹風俗通後漢禮儀志皆言葦茭謂葦索也从竹交聲。胡茅

筰ㄗㄨㄛˊ 箈ㄑㄧㄢˊ 箑ㄕㄚˋ 篓。籠ㄌㄨㄥˊ ⿱竹襄ㄖㄤˇ 𥫣ㄏㄨˋ 互。 簝ㄌㄧㄠˊ ⿱竹豦ㄐㄩˇ

切二部

筰 筊也。廣韵曰笮筰二同竹索也西南夷尋之以渡水按西南夷有筰縣在越嶲其名本此或从艸作筰非也 从竹作聲。在各切五部

箈 潎絮簀也。潎各本作澈今正廣韵曰箈漂絮簀也漂與潎同義水部曰潎於水中擊絮也潎絮簀即今做紙密緻竹簾也潎絮莊子所謂洴澼纊即做紙之事系部曰紙絮一箈也謂絮一箈成一紙也紙之初起用敝布魚网爲之用水中擊絮之法成之紙字箈字載於說文則紙之由來遠矣 从竹沾聲。讀若錢。昨鹽切七部按讀若錢者合韵也

箑 扇也。戶部曰扇扉也扉可闔合故箑亦名扇方言扇自關而東謂之箑自關而西謂之扇郭曰今江東亦通名扇爲箑按今江東皆曰扇無言箑者凡江東方言見於郭注者今多不同葢由時移世易士民遷徙不常故也士喪禮下注曰翣扇也此言經文假翣爲箑也 从竹疌聲。山洽切八部

篓 箑或从妾。妾聲

籠 舉土器。木部曰梩一曰徙土輂齊人語也一作梩手部曰捊盛土於梩中也是則籠即梩也 一曰笭也。笭下云一曰籯也周禮繕人凡乘車充其籠箙注云充籠箙者以矢 从竹龍聲 盧紅切九部

⿱竹襄 褱也。衣部曰褱袌也此謂竹器可以中藏一切者音義如瓜瓠之瓠篇韵皆云籑奠盛米竹器 从竹襄聲。如兩切十部

𥫣 可以收繩者也。者字今補收當作糾糾聲之誤也糾絞也今絞繩者尚有此器 从竹象形。謂其物像工字 中象人手所推握也。謂ㄅ像人手推之持之 胡誤切五部

互 𥫣或省。或字當作古文二字故梐以爲聲唐元度云𥫣古文互隸省誤也周禮牛牲之互注云縣肉格也

簝 宗廟盛肉竹器也。牛人共盆簝以待事注盆所以盛血簝受肉籠也 从竹尞聲。洛蕭切二部 周禮供盆簝以待事。供當依周禮作共

⿱竹豦 食牛匡也。食各本作飲誤韵會作飯按萎下曰食牛䬸下曰食馬今正作食匚部曰匡飯器筥也⿱竹豦匡之圜者飯牛用之今字通作筥許⿱竹豦與筥別 从竹豦聲。居許切五部 方曰匡。圜

篼ㄉㄡ 籚ㄌㄨˊ 箝ㄑㄧㄢˊ 籋ㄋㄧㄝˋ 簦ㄉㄥ 笠ㄌㄧˋ 箱ㄒㄧㄤ 篚ㄈㄟˇ

曰⿱竹豦。召南傳方曰筐圓曰筥筥當作⿱竹豦月令具曲植⿱竹豦筐或譌作籧

篼 食馬器也。方言飤馬橐自關而西謂之裺囊或謂之裺篼或謂之樓篼燕齊之閒謂之帳 从竹兜聲。當侯切四部

籚 積竹矛戟矜也。積竹見殳部矜柄也考工記攻木之工輪與弓廬匠車梓注廬矛戟矜柲也按廬者籚之假借字也釋文曰廬本或作籚 从竹盧聲。洛乎切五部 春秋國語曰朱儒扶籚。晉語文今本朱籚作侏盧朱儒扶籚西京賦所謂都盧尋橦也

箝 籋也。拑脅持也以竹脅持之曰箝以鐵有所劫束曰鉗書史多通用 从竹拑聲。巨淹切七部

籋 箝也。二字雙聲夾取之器曰籋今人以銅鐵作之謂之鑷子 从竹爾聲。尼輒切古音十五十六部

簦 笠蓋也。笠而有柄如蓋也即今之雨繖史記躡蹻擔簦按簦亦謂之笠渾言不別也士喪禮下篇燕器杖笠翣注曰笠竹篣蓋也云篣則簦也又按疏云篣竹青皮恐非是篣疑同箬竹箬也今人謂之箬帽 从竹登聲。都滕切六部

笠 簦無柄也。汪氏龍曰笠本以御暑亦可御雨故良耜傳笠所以御暑雨無羊傳蓑所以御雨笠所以備暑都人士傳臺所以御雨笠所以御暑三傳相合今都人士箸雨互譌以南山有臺疏文選注正 从竹立聲。力入切七部

箱 大車牝服也。考工記大車牝服二柯又參分柯之二注云大車平地載任之車牝服長八尺謂較也鄭司農云牝服謂車箱服讀爲負小雅傳曰服牝服也箱大車之箱也按許與大鄭同箱卽謂大車之輿也毛二之大鄭一之要無異義後鄭云較者以左右有兩較故名之曰箱其實一也假借爲匧笥之稱又假借爲東西室之稱禮經箱字俗改爲廂字非也 从竹相聲。息良切十部

篚 車笭也。釋器曰輿革前謂之鞎後謂之第竹前謂之禦後謂之蔽按此對文則別之散文則不別詩言簟茀毛曰簟方文席也第車之蔽也周禮巾車蒲蔽棼蔽等蔽即第也故鄭引翟茀以朝作翟蔽以朝竹前竹後許所謂車笭也廣雅曰篋謂之笑又曰陽門篳篁雀目蔽篝也皆謂車笭笭之言櫺也言其昤曨也茀詩須人从艸載驅从竹从

竹者誤也茀之言蔽也篚是正字茀是假借字如儀禮今文作屛古文作茀屛茀同字从竹匪聲。敷尾切十五部按依許匡匪之匪不从竹在匚部从竹者專謂車笭

笭 車笭也。从竹令聲。郎丁切十一部一曰笭。逗籯也。竹籠

⿱竹剡 所以搔馬也。所以二字今補廣韵剡馬箠也从竹剡聲。丑廉切八部篇韵特甘切

策 馬箠也。馬箠曰策以策擊馬曰敇經傳多假策爲冊又計謀曰筭策者策猶筭筭猶筴筴所以計歷數謀而得之猶用筭而得之也故曰筭曰筴曰策一也張良借箸爲籌从竹朿聲。楚革切十六部

箠 所以擊馬也。所以二字今補借爲杖人之稱漢書定箠令是也周禮假垂爲箠垂氏掌共燋契是也从竹垂聲。之壘切按壘當作累古音在十七部

⿱竹朵 箠也。⿱竹朵檛古今字亦作過左傳繞朝贈之以策杜預曰馬檛也檛婦翁字本从木後人又改从手从竹朵聲。陟瓜切古音在十七部戈韵

笍 羊車騶箠也。箸箴其耑長半分。金部曰鏊羊車箠也耑有鐵匸部曰匽讀如羊車騶箠之鏊羊車兒考工記鄭曰羊善也善車若今定張車釋名曰羊祥也祥善也羊車善飾之車今犢車是也馬部曰騶廄御也月令注曰七騶謂趣馬主爲諸官駕說者也左傳程鄭爲乘馬御六騶屬焉使訓羣騶知禮按騶即御騶箠者御車之馬箠也箸箴其耑長半分箴當作鍼所謂耑有鐵可以郎勿術椓刺之善飾之車駕之以犢馳驟不掉軟策惟用鐵刺而促之淮南道應訓字作錣高曰策馬捶端有鐵以刺馬謂之錣錣與笍音義皆同从竹内聲。陟衛切十五部

籣 所以盛弩矢人所負也。信陵君列傳曰平原君負韊矢韊即籣字狀作韊玉篇作韊索隱曰如今之胡鹿而短胡鹿廣韵作弧簶箭室也按西京吳都魏都賦皆云蘭錡劉逵曰受他兵曰蘭受弩曰錡蘭字皆當从竹从竹闌聲。洛干切十四部

箙 弩矢箙也。司弓矢曰中秋獻矢箙注曰箙盛矢器也以獸皮爲之按本以竹木爲之故字从竹國語檿弧箕服韋昭曰其木名服房也小雅象弭魚服皆假服爲箙从竹服聲。房六切古音在一部周禮仲秋獻矢箙。經文仲作中

⿱竹朱 棨雙也。棨雙見木部廣雅棨雙謂之⿱竹朱廣韵四江曰棨雙者帆未張也又曰雙者帆也按以篛席爲帆曰棨雙故字或皆从竹今大船之帆多用篛席是也从竹朱聲。陟輸切古音在四部

笘 折竹箠也。折竹爲箠箠之便易者也潁川人名小兒所書寫爲笘。失廉切七部按篇韵丁頰切爲是失廉誤也此別一義籥下曰書僮竹笘也用此義廣雅笘䉤也从竹占聲。

笪 笞也。笪者可以撻人之物从竹旦聲。當割切十五部

笞 擊也。疑奪所以二字笞所以擊人者因之謂擊人爲笞也方言引傳曰慈母之怒子也雖折葼笞之其惠存焉後世笞杖徒流大辟五刑制於隋唐至於今日笞有名無實从竹台聲。丑之切一部

籤 驗也。驗當作譣占譣然不也小徐曰籤出其處爲驗也一曰銳也。貫也。銳貫二義相成與占譣意相足从竹韱聲。七廉切七部

⿱竹殿 榜也。木部曰榜所以輔弓弩也檢柙弓弩必攷擊之故廣雅曰榜擊也引伸之義也史漢多言搒笞搒箠从竹殿聲。殳部曰殿擊也此形聲包會意徒魂切十三部

箴 綴衣箴也。綴衣聯綴之也謂鍼之使不散若用以縫則从金之鍼也尚書贅衣即綴衣也引伸之義爲箴規古箴鍼通用風俗通曰衛大夫箴莊子今左傳作鍼莊子从竹咸聲。職深切七部

箾 以竿擊人也。西京賦曰飛罕潚箾薛曰潚箾罕形也按罕者网之以竿爲柄者也左傳舞象箾南籥杜曰象箾舞所執南籥以籥舞也箾不知何等器豈以竿舞與从竹削聲。所角切二部虞舜樂曰箾韶。按音部引書簫韶九成知臬陶謨字作簫此云箾韶蓋據左傳左云見舞韶箾者此作箾韶見書與左一也孔疏云箾即簫字釋文箾音簫與上文象箾音朔異今按同爲樂名不當異義異音疏引賈逵釋象箾云箾舞曲名言天下樂削去無道於箾韶又不引賈注

竽 管三十六簧也。管下當有樂字凡竹爲者皆曰管樂周禮笙師掌教龡竽大鄭曰竽三十六簧按據廣雅竽三

笙ㄕㄥ　簧ㄏㄨㄤˊ　箟ㄕˊ　簫ㄒㄧㄠ　筒ㄊㄨㄥˊ　籟ㄌㄞˋ

十六管然則管皆有簧也通卦驗風俗通皆云長四尺二寸竽與笙之管皆列於匏宋書樂志曰竽今亡从竹亏聲。羽俱切五部

笙十三簧。象上管樂而言故不云管樂也大鄭周禮注曰笙十三簧按廣雅云笙十三管亦每管有簧也象鳳之身也。笙正月之音。物生故謂之笙。白虎通曰八音匏曰笙匏之爲言施也在十二月萬物始施而牙笙者大蔟之氣象萬物之生故曰笙釋名曰笙生也象物貫地而生也按禮經東方鐘磬謂之笙鍾笙磬笙猶生也東爲陽中萬物以生是以東方鐘磬謂之笙也初生之物必細故方言云笙細也竽大笙也故竽可訓大大者謂之巢。小者謂之和。見釋樂孫云巢高大和小笙鄉射記曰三笙一和而成聲三笙謂大者一和謂小者也从竹生。列管故从竹正月之音故从生舉會意包形聲也韵會本無聲字爲長所庚切十一部古者隨作笙。出世本通典曰

簧笙中簧也。小雅吹笙鼓簧傳曰簧笙簧也吹笙則簧鼓矣按經有單言簧者謂笙也王風左執

簧傳曰簧笙也是也从竹黃聲。戶光切十部古者女媧作簧。蓋出世本作篇明堂位曰女媧之笙簧按笙與簧同器不嫌二人作者簧之用廣或先作簧而後施於笙竽未可知也

箟簧屬。今之鎖簧以張之箟以斂之則吕矣其用與笙中簧同也从竹是聲。是支切十六部

簫參差管樂。言管樂之列管參差者竽笙列管雖多而不參差也周禮小師注簫編小竹管如今賣飴餳所吹者周頌箋同廣雅云大者二十三管小者十六管王逸注楚辭云參差洞簫也象鳳之翼。排其管相對如翼从竹肅聲。釋名簫肅也其聲肅肅而淸也穌彫切古音在三部

筒通簫也。所謂洞簫也廣雅云大者二十三管無底是也漢章帝紀吹洞簫如淳曰洞者通也簫之無底者也从竹同聲。徒弄切九部

籟三孔龠也。龠部曰龠管樂六孔以和衆聲按毛詩傳曰龠六孔許龠下從之此云三孔龠者謂龠之三孔者則名籟也鄭注笙師少儀明堂位皆云籥如笛三孔鄭專謂籥耳今本說文龠下爲淺人所亂然

箹ㄩㄝ　管ㄍㄨㄢˇ　琯。　篎ㄇㄧㄠˇ　笛ㄉㄧˊ

於此可以正彼莊子人籟地籟天籟引伸義也大者謂之笙。笙釋樂作產其中謂之籟。釋樂作謂之仲蓋誤小者謂之箹。三句見釋樂大者蓋六孔者也中者三孔从竹賴聲。洛帶切十五部

箹小籟也。从竹約聲。於角切二部

管如篪六孔。篪有七孔見大鄭笙師注管之異於篪者孔六耳賈逵大鄭許君應劭風俗通蔡邕月令章句張揖廣雅皆云如篪六孔惟後鄭周禮注詩箋云如篴而小併兩而吹之今大予樂官有焉十二月之音。物開地牙。故謂之管。風俗通曰管漆竹長一尺六孔十二月之音也物貫地而牙故謂之管物開地牙四字有誤當作物貫地而牙貫管同音牙芽古今字古書多云十一月物萌十二月物牙正月物見也从竹官聲。古滿切十四部

琯古者管以玉。此句今正舜之時西王母來獻其白琯。見大戴禮尚書大傳前零陵文學姓奚於泠道舜祠下得笙玉琯。見風

俗通孟康漢書注宋書樂志皆云漢章帝時零陵文學奚景於泠道舜祠下得笙白玉管惟孟注無笙字盧注大戴作明帝時亦無笙字夫以玉作音。故神人以和。鳳皇來儀也。風俗通同从王官聲。按此疑出後人用風俗通沾綴許書祗當云古者管以玉或从玉

篎小管謂之篎。釋樂大管謂之簥其中謂之篞小者謂之篎許無簥篞字者許所據不从竹从竹眇聲。亡沼切二部

笛七孔筩也。文選李注引說文笛七孔長一尺四寸今人長笛是也此蓋以注家語益之風俗通亦云長尺四寸七孔周禮笙師字作篴大鄭云杜子春讀篴如蕩滌之滌今人所吹五空作笛按篴笛古今字大鄭注上作篴下作笛後人妄改一之大鄭云五孔馬融賦亦云易京君明識音律故本四孔加以一君明所加孔後出是謂商聲五音畢然則漢時長笛五孔甚明云七孔者禮家說古笛也許與大鄭異从竹由聲。由與逐皆三部聲也古音如逐今音徒歷切羌笛三孔。言此以別於笛七孔也馬曰近世雙笛從羌起謂長

筑ㄓㄨˊ　箏ㄓㄥ　箛ㄍㄨ　篍ㄑㄧㄠ　籌ㄔㄡˊ　簺ㄙㄞˋ

笛與羌笛皆出於羌漢丘仲因羌人截竹而爲之知古篴漢初亡矣李善曰羌笛長於古笛有三孔大小異

筑 㠯竹曲五弦之樂也。以竹曲不可通廣韵作以竹爲亦繆惟吳都賦李注作似箏五弦之樂也近是箏下云五弦筑身然則筑似箏也但高注淮南曰筑曲二十一弦可見此器系呼之名筑曲釋名筑以竹鼓之也御覽引樂書云以竹尺擊之如擊琴然今審定其文當云筑曲以竹鼓弦之樂也高云二十一弦樂書云十三弦筑弦數未審古者箏五弦說文殆筑下鼓弦與箏下五弦互譌耳箏下云筑身則筑下不必云似箏恐李善亦昧於筑曲而改之 **从巩竹。**持而擊之也 **巩持之也。**樂書曰項細肩圓鼓法以左手扼項右手以竹尺擊之史云善擊筑者高漸離 **竹亦聲。**張六切三部

箏 五弦筑身樂也。各本作鼓弦竹身不可通今依太平御覽正風俗通曰箏謹按樂記五弦筑身也今并梁二州箏形如瑟不知誰所改作也或曰秦蒙恬所造據此知古箏五弦恬乃改十二弦變形如瑟耳魏晉以後箏皆如瑟十二弦唐至今十三弦筑似箏細項古筑與箏相似不同瑟也言筑身者以見形如瑟者之非古也言五弦筑身者以見箏之弦少於筑也宋書樂志改筑身爲瑟身誤矣 **从竹** 筑本竹聲故从竹卽从筑省也筑箏皆木爲之 **爭聲。**側莖切十一部

箛 吹鞭也。風俗通曰漢書舊注箛者吹鞭也急就篇曰箛篍起居課後先師古曰箛吹鞭也篍吹筩也起居謂晨起夜臥及休食時督作之司以此二者爲之節度宋書樂志晉先蠶注吹小箛大箛按云鞭者如長笛賦云裁以當簻便易持也 **从竹孤聲。**古平切五部

篍 吹筩也。吹鞭蓋革爲之吹筩蓋竹爲之風俗通曰漢書注篍筩也言其聲音篍篍名自定也 **从竹秌聲。**七肖切按廣韵七遙切又音秋古音在三部

籌 壺矢也。禮記投壺篇曰籌室中五扶堂上七扶庭中九扶注曰籌矢也按引伸爲泛偁又謂計筭爲籌度 **从竹𠷎聲。**直由切三部

簺 行棊相塞謂之簺。格五見吾丘壽王傳劉德曰格五棊行簺法曰簺自乘五至五格不得行故云格五莊子作博塞 **从竹塞。塞**

簙ㄅㄛˊ　篳ㄅㄧˋ　⿱⺮愛ㄞˋ　䉶ㄧㄢˊ　篽ㄩˇ　魰。　筭ㄙㄨㄢˋ　算ㄙㄨㄢˋ　笑ㄒㄧㄠˋ

亦聲。先代切一部

簙 局戲也。六箸十二棊也。古戲今不得其實箸韓非所謂博箭招魂注云箟簬作箸故其字从竹 **从竹博聲。**補各切五部經傳多假博字 **古者烏曹作簙。**曹字依韵會各本作冑非廣韵曰出世本

篳 藩落也。藩落猶俗云籬落也篳之言蔽也 **从竹畢聲。**卑吉切十二部 **春秋傳曰。篳門圭窬。**見襄十年左傳杜曰篳門柴門廣韵曰織荆門也

⿱⺮愛 蔽不見也。爾雅薆隱也方言揜翳薆也其字皆當从竹竹善蔽九歌曰余處幽篁兮終不見天是也大雅薆莫助之毛曰薆隱也假借字也邶風愛而不見郭注方言作薆而 **从竹愛聲。**烏代切十五部

䉶 雉射者所蔽者也。依晉灼補上者字此卽射雉之翳也亦謂之廩廣雅廩作銤 **从竹嚴聲。**語杴切八部

篽 禁苑也。宣帝紀詔池籞未御幸者假與貧民蘇林曰折竹以繩綿連禁籞使人不得往來律名爲籞應劭曰籞者禁苑也按蘇應說與許合元帝紀詔罷嚴籞池田假與貧民西京賦云洪池清籞清籞猶漢書云嚴籞也晉灼釋嚴籞爲射苑故引許䉶字之解謂嚴與䉶同可以訓射亦迂曲矣 **从竹御聲。**魚舉切五部 **春秋傳曰。澤之目篽。**自當作舟昭二十年左傳曰澤之萑蒲舟鮫守之鮫當是魰誤許所據竟作舟篽耳魯語有舟虞同也

魰 篽或作魰。从又从魚。从又者取扞衛之意

筭 長六寸所目計厤數者。所目二字今補漢志云筭法用竹徑一分長六寸二百七十一枚而成六觚爲一握此謂筭籌與算數字各用計之所謂算也古書多不別 **从竹弄。**蘇貫切十四部 **言常弄乃不誤也。**說从弄之意

算 數也。論語何足算也鄭曰算數也古假選爲算如邶風不可選也車攻序因田獵而選車徒選皆訓數是也又假撰爲算如大司馬羣吏撰車徒鄭曰撰讀曰算謂數擇之也是也筭爲算之器算爲筭之用二字音同而義別 **从竹具。**从竹者謂必用筭以計也从具者具數也 **讀若筭。**蘇管切十四部

笑 喜也。从竹从犬。

徐鼎臣說孫愐唐韵引說文云笑喜也从竹从犬而不述其義攷孫愐唐韵序云仍篆隸石經勒存正體幸不識煩蓋唐韵每字皆勒說文篆體此字之从竹犬孫親見其然是以唐人無不从犬作者干祿字書云咲通笑正五經文字力尊說文者也亦作笑喜也从竹下犬玉篇竹部亦作笑廣韵因唐韵之舊亦作笑此本無可疑者自唐元度九經字樣始先笑後笑引楊承慶字統異說云从竹从夭竹爲樂器君子樂然後笑字統每與說文乖異見玄應書葢楊氏求从犬之故不得是用改夭形聲唐氏從之李陽冰遂云竹得風其體夭屈如人之笑自後徐楚金缺此篆鼎臣竟改說文笑作笑而集韵類篇乃有笑無笑宋以後經籍無笑字矣今以顧野王孫愐顏元孫張參爲據復其正始或問曰从犬可得其說乎曰从竹之義且不敢妄言況从犬乎聞疑載疑可也假云必不宜从犬則哭又何以从犬乎哭之獄省聲乃亦强作解事者爲之也詳哭下私妙切二部○又按宋初說文本無笑鉉增之十九文之一也孫愐但从竹从犬其本在竹部抑在犬部鉉不能知姑綴於竹末今依之恐有未協準哭从犬求之笑或本在犬部而从竹部之字之省聲未可知也

第 次也。从竹弟。此見毛詩正義卷一之一引說文其在第部抑竹部今不可知要孔沖遠所據有此篆無疑俗省弟作第耳特計切十五部

文百四十四 今補第則百四十五 重十五

箕 所已簸者也。所已者三字今補全書中所已字爲淺人刪者多矣小雅曰維南有箕不可以簸揚廣韵引世本曰箕帚少康作按簸揚與受坌皆用箕 从竹𠀠象形。丌其下也。四字依韵會本今各本六下互譌凥之切一部 凡箕之屬皆从箕。

𠀠 古文箕。象形不用足今之箕多不用足者

𠁡 亦古文箕。下象竦手

𠀡 亦古文箕。此象箕之哆口

𠁢 籒文箕。依大徐作籒按經籍通用此字爲語詞渠之切或居之切

𠥱 籒文箕。从匚會意匚部曰𠥱籒文匚

簸 揚米去糠也。與播布之義相近 从箕皮聲。布火切十

五篇上 主

七部

文二 重五

丌 下基也。字亦作亓古多用爲今渠之切之其墨子書其字多作亓亓與丌同也 荐物之丌。象形。平而有足可以薦物 凡丌之屬皆从丌。讀若箕同。居之切一部

辺 古之遒人以木鐸記詩言。左傳襄十四年師曠引夏書曰遒人以木鐸徇于路官師相規工執藝事以諫正月孟春於是乎有之杜云木鐸徇于路采歌謠之言也何注公羊曰五穀畢入民皆居宅男女同巷相從夜績從十月盡正月止男女有所怨恨相從而歌飢者歌其食勞者歌其事男年六十女年五十無子者官衣食之使之民閒求詩鄉移於邑邑移於國國以聞於天子故王者不出牖戸盡知天下食貨志曰孟春之月行人振木鐸徇於路以采詩獻之大師比其音律以聞於天子故曰王者不窺牖戸而知天下遒人即班之行人以木鐸巡於路使民閒出男女歌詠記之簡牘遞薦於天子故其字從辵亓亓者行也亓者薦也記與亓疊韵也僞尚書襲左傳而不言振木鐸者何所事○按劉歆與揚雄書云三代周秦軒車使者遒人使者以歲八月巡路求代語僮謠歌戲揚荅劉書云嘗聞先代輶軒之使奏籍之書皆藏於周秦之室又云翁孺猶見輶軒之使所奏言二書皆即遒人之事也遒輶適三字同音適人即遒人揚劉皆詡使者采集絕代語釋別國方言故許櫽栝之曰詩言班何則但云采詩也劉云求代語僮謠歌戲則詩在其中矣周禮大行人屬象胥諭言語協辭命屬瞽史諭書名聽聲音豈非揚劉所謂使者班所謂行人與說者雖殊可畧見古者考文之事爲政之不外正名矣○乃部云鹵氣行兒遒訓行故遒人即行人也遒蓋遒之假借字 从辵丌。丌亦聲。讀與記同。居吏切一部大雅往辺王舅假借爲語詞也王風彼其之子箋云其或作記或作己讀聲相似鄭風箋云忌讀爲彼己之子之己崧高傳曰辺己也箋申之曰己辭也讀如彼己之子之己是則己忌記其辺五字通用一部也大雅作近者誤近十三

五篇上 主

典 ㄉㄧㄢˇ

部也

典五帝之書也。三墳五典見左傳从冊在丌上尊閣之也。閣猶架也以六般閣之也多珍切古音在十三部莊都說典大冊也。此字形之別說也莊都者博訪通人之一也謂典字上从冊下从大以大冊會意與冊在丌上說異不別爲篆者許意下本不從大故存其說而已

䈞。

䈞古文典从竹。古文冊作䈚此从古文冊也漢碑多有从竹从艸者

畀 ㄅㄧˋ

畀相付与之約在閣上也。与舊作與勺部曰与與予同予推予也與黨與也今正約當作物古者物相与必有藉藉卽閣也故其字从丌疑此有奪文當云相付与也付与之物在閣上从六祭統曰夫祭有畀煇胞翟閽者惠下之道也畀之爲言與也能以其餘畀其下者也此謂上之与下度閣而命取之从丌甶聲。甶敷勿切鬼頭也必至切十五部

巽 ㄒㄩㄣˋ

巽具也。孔子說易曰巽入也巽乃遜之假借字遜順也順故善入許云具也者巽之本義也巺今作巽从丌𢀩聲。𢀩聲包會意卩部曰𢀩二卩也巽从此按二卩者具意也蘇困切古音在十四部

巺。

巺古文巽。从𢀩从幵

巽。

巽篆文巽。汗簡古文四聲韵載此體各筆異未詳宜何從也巺疑此篆字當作巺字之誤也古文下从幵幵亦具意也巺文繁重則从𢀩从幵而又从丌古文四聲韵作巺蓋不誤小篆則省幵作巽後人隸字則从籀變之作巽說文仿隸爲之非也

顨 ㄒㄩㄣˋ

顨巽也。具也从丌从頁。頁部曰頭選具也按選具者選而供置之也此易顨卦爲長女爲風者。今周易巽卦作巽許於巽下云具也不云卦名謂顨爲易卦名之字蓋二字皆訓具也其義同其音同伏羲文王作顨孔子則作巽巺而小篆乃作巽矣顨爲卦名巽爲卦德孔子象傳但言健順動止巽陷麗說皆卦德也其言重巽以申命巽以行權震動也巽入也巽爲雞巽爲股巽爲木爲風爲長女皆當舉卦名而不作顨但云巽以德爲名者於伏羲文王爲古今字也是可以知字有古今之理矣許於此特言之者存周易最初之古文也此說本之江氏聲惠又謂許所見易惟此爲木爲風爲長女之字作顨猶今易惟襍卦傳之巽作遜也各本此篆在巽篆之上今正之次此

奠 ㄉㄧㄢˋ

奠置祭也。置祭者置酒食而祭也故从酋丌丌者所置物之質也如置於席則席爲丌引伸爲凡置之偁又引伸爲奠高山大川之奠定也大元天地奠位假奠字爲之从酋酋酒也。見酋下置之物多矣言酒者舉其一耑也丌其下也。丌下各本互譌今依其篆下正堂練切古音在十一部禮有奠祭。各本下有者字韵會無說文禮有刷巾禮有柶禮有緇緣句法皆同無者是也禮謂禮經也士喪禮既夕禮祭皆謂之奠葬乃以虞易奠又文王世子篇釋奠于其先師注云釋奠薦饌酌奠而已無迎尸以下之事召南于以奠之毛云奠置也箋云謂敎成之祭也昏義注云此告事耳非正祭也

文七　重三

左 ㄗㄨㄛˇ

左ナ手相左也。各本俱誤今正左者今之佐字說文無佐也ナ者今之左字ナ部曰ナ左手也謂左助之手也以手助手是曰左以口助手是曰右从ナ工。工者左助之意則箇切十七部凡左之屬皆从左。

差 ㄔㄚ

差貣也。左不相值也。貣各本作貳左各本作差今正貣者忒之假借字心部曰忒失當也失當卽所謂不相值也釋言曰爽差也爽忒也貣與忒蓋本一字尚書二衍忒宋世家作貣易四時不忒京房作貣管子全書皆以貣爲忒貣與貳形易相譌月令宿離不貸釋文貸他得切徐音二無有差貸釋文貸音二又他得反緇衣其儀不忒釋文忒他得反又作貳音二漢費鳳碑貸與則德韵婁氏釋作貳皆貣之誤爲貳者也貳與貣忒音既脂之迥別義則貳訓副也副貳之解何得同於差忒乎左氏傳共[illegible]貳圍杜注貳代也按外傳作以代圍謂用世次當立之圍左傳作貳圍謂副貳之圍坊記注引之此則當各依文爲釋杜注左云貳代也但爲牽合此云貳也者用漢人常用字故不作忒也云左不相値也者左之而不相當則差矣今俗語所謂左也故其字从左从𠂹𠂹者乖也从左𠂹。韵會作𠂹省聲疑是𠂹省聲之誤初牙切十七部在支韵則楚宜切在佳卦韵則楚佳楚懈切說文竹部曰篸差木部曰槮差糸部曰參縒吉日傳曰差擇也其引伸之義也

差。

𢀩籀

文𢀩从二。从二者岐出乖異之意

文二　重一

工巧飾也。飾拭古今字又部曰㕞飾也巾部曰飾㕞也聿部曰聿聿飾也彡部曰彡毛飾畫文也皆今之拭字也此云巧飾也者依古文作𢒄爲訓彡者飾畫文巧飾者謂如𢇛人施廣領大袖以仰涂而領袖不污是也惟孰於規榘乃能如是引伸之凡善其事曰工見小雅毛傳**象人有規榘。**直中繩二平中準是規榘也**與巫同意。**𢒄有規榘而彡象其善飾巫事無形亦有規榘而𠃊象其兩褎故曰同意凡言某與某同意者皆謂字形之意有相似者古紅切九部

凡工之屬皆从工。𢒄古文工从彡。

式**法也。**廌部法作灋灋刑也引伸之義爲式用也按周禮八灋八則九式異其文注曰則亦法也式謂用財之節度**从工弋聲。**賞職切一部

巧技也。手部曰技巧也**从工丂聲。**苦浩切古音在三部丂部曰古文以丂爲丂

巨規巨也。周髀筭經曰圜出於方方出於矩矩出於九九八十一故折矩以爲句廣三股脩四徑隅五既方其外半之一矩環而共盤得成三四五兩矩共長二十有五是謂積矩用矩之道平矩以正繩偃矩以望高覆矩以測深臥矩以知遠環矩以爲圓合矩以爲方方屬地圓屬天圓地方方數爲典以方出圓按規矩二字猶言法度古不分別規圓矩方者圓出於方方圓皆出於矩也夫部曰規有法度也不言圜曰規考工記輈之道必矩其陰陽注矩謂刻識之也凡識其廣長曰矩故凡有所刻識皆謂之矩**从工象手持之。**謂コ也其呂切五部按後人分別巨大也矩法也常也與說文字異其呂切唐韵也廣韵作矩榘入九麌俱雨切又云說文又其呂切此出說文音隱

榘巨或从木矢。矢者其中正也。矢部曰有所長短以矢爲正按今字作矩省木

巨古文巨。此爲象手持之小篆變之取整齊耳大學絜矩之道注云矩或作巨此古文之遺也

圭

文四　重三

㠭極巧視之也。工爲巧故四工爲極巧極巧視之謂如離婁之明公輸子之巧旣竭目力也凡展布字當用此展行而㠭廢矣玉篇曰㠭今作展**从四工。**知衍切十四部**凡㠭之屬皆从㠭。**

𡨄窒也。穴部曰窒𡨄也此與土部塞音同義異與心部𢝊音同義近塞隔也隔塞也與𡨄窒訓別𢝊實也實富也與𡨄窒訓近凡填塞字皆當作𡨄自塞行而𡨄𢝊皆廢矣**从㠭从廾窒宀中。**竦手舉物塡屋中也从三字會意**㠭猶齊也。**說从㠭之意凡漢人訓詁本異義而通之曰猶㠭从四工同心同力之狀窒不必極巧故曰猶齊注經者多言猶許書言猶者三見耳穌則切一部

文二

巫巫祝也。依韵會本三字一句按祝乃覡之誤巫覡皆巫也故覡篆下總言其義示部曰祝祭主贊辭者周禮祝與巫分職二者雖相須爲用不得以祝釋巫也**女能事無形㠯舞降神者也。**無舞皆與巫疊韵周禮女巫無數旱暵則舞雩許云能以舞降神故其字象舞褎**象人兩褎舞形。**謂𠃊也太史公曰韓子稱長袖善舞不言从工者工小篆也巫小篆之仍古文者也古文不从小篆也不言工象人有規榘者已見上文工下矣式巧何以从工式巧之古文本从𢒄也巨何以从工也巨下云从工猶云象規榘也**與工同意。**此當云與𢒄同意說見工下武扶切五部**古者巫咸初作巫。**蓋出世本作篇君奭曰在大戊時則有巫咸乂王家書序曰伊陟相大戊伊陟贊于巫咸馬云巫男巫名咸殷之巫也鄭云巫咸謂爲巫官者封禪書曰伊陟贊巫咸巫咸之興自此始謂巫覡自此始也或云大臣必不作巫官是未讀楚語矣賢聖何必不作巫乎**凡巫之屬皆从巫。**

巽古文巫。筮之小篆从此

覡能齊肅事神明者。楚語民之精爽不攜貳者而又能齊肅衷正其知能上下比義其聖能光遠宣朗其

兲

甘ㄍㄢ　甜ㄊㄧㄢ　曆ㄍㄢ　猒ㄧㄢ　猒。　甚ㄕㄣ　甚。

明能光照之。其聦能聽徹之。如是則明神降之。在男曰覡。在女曰巫。是使制神之處位次主。而爲之牲器時服。韋注齊一也。肅敬也。巫覡見鬼者。今說文齊作齋。非。國語神明作明神。非。在男曰覡。在女曰巫。此析言之耳。統言則周禮男亦曰巫。女非不可曰覡也。詩譜曰。陳大姬無子。好巫覡禱祈鬼神歌舞之樂。民俗化而爲之。从巫見。見鬼者也。故从見。胡狄切。十六部。

文二　重一

甘　美也。羊部曰。美甘也。甘爲五味之一。而五味之可口皆曰甘。从口含一。一道也。食物不一。而道則一。所謂味道之腴也。古三切。古音在七部。凡甘之屬皆从甘。

甜　美也。周禮注恬酒。恬即甛字。从甘舌。舌知甘者。說从舌之意。

曆　和也。和當作盉。寫者亂之耳。皿部曰。盉調味也。从甘麻。麻調也。說从麻之意。厂部曰。麻治也。秝部曰。秝稀疏適也。稀疏適者。調鉥之意。周禮凡和。春多酸。夏多苦。秋多辛。冬多鹹。調以滑甘。此从甘麻之義也。各本及篇韵集韵類篇字體皆譌。今正。甘亦聲。讀若函。古三切。七部。

猒　飽也。足也。足也二字依韵會增。淺人多改猒爲厭。厭專行而猒廢矣。猒與厭音同而義異。雒誥萬年猒于乃德。此古字當存者也。按飽足則人意倦矣。故引伸爲猒倦猒憎。釋詁曰。豫射猒也。是也。豫者古以爲舒字。安也。亦猒也。洪範曰豫曰急。豫猶怠也。猒厭古今字。猒饜正俗字。从甘肰。肰犬肉也。此會意。於豔切。古音在七部。

猒　猒或从目。目用也。用之猶甘之也。

甚　尤安樂也。尤甘也。引伸凡殊尤皆曰甚。从甘匹。句匹各本誤甘。依韵會正。常枕切。七部。匹。逗耦也。說从匹之意。人情所尤。安樂者必在所溺愛也。

甚　古文甚。从口。猶从甘也。

文五　重二

旨ㄓˇ　嘗ㄔㄤˊ　香。　曰ㄩㄝ　曹ㄘㄠˊ　曷ㄏㄜˊ　㫚ㄏㄨ　㫚。

旨　美也。疊韵。今字以爲意恉字。从甘匕聲。職雉切。十五部。凡旨之屬皆从旨。

香　古文旨。从千甘者。謂甘多也。

嘗　口味之也。引伸凡經過者爲嘗。未經過爲未嘗。从旨尙聲。市羊切。十部。

文二　重一　按旨部本在亏前喜後。江聲曰。旨嘗與甘爲類。今移於此。

曰　詞也。詞者意內而言外也。有是意而有是言。亦謂之曰。亦謂之云。云曰雙聲也。釋詁粵于爰曰也。此謂詩書古文多有以曰爲爰者。故粵于爰曰四字可互相訓。以雙聲疊韵相假借也。从口。乙象口气出也。各本作从口乙聲。亦象口气出也。非是。孝經音義曰。从乙在口上。乙象氣。人將發語。口上有氣。今據正。王伐切。十五部。凡曰之屬皆从曰。

曹　告也。按下云从曰从冊。會意。則當作冊告也三字。簡牘曰冊。以簡告誡曰曹。冊行而曹廢矣。从曰从冊。冊亦聲。楚革切。十六部。

曷　何也。雙聲也。詩有言曷者。如曷不肅雝。箋云曷何也。有言害者。如害澣害不。傳云害何也。害者曷之假借字。詩書多以害爲曷。釋詁曷止也。此以曷爲遏。釋言曰曷盍也。此亦假借。凡言何不者。急言之但云曷也。从曰匃聲。胡葛切。十五部。

㫚　出气詞也。玉篇作㫚出气者。其意出。㫚者其言也。意內言外謂之詞。此與心部忽音同義異。忽忘也。若羽獵賦蠻㫚如神。傳毅舞賦雲轉飄㫚。漢樊敏碑奄㫚滅形。皆出气之意。倏來之皃。本當用此字。不當作忽忘字也。楊雄傳於時人皆㫚之。則假㫚爲忽。古今人表仲忽作中㫚。許云鄭大子㫚。則未識名字取何義也。今則忽行而㫚廢矣。从曰。象气出形。呼骨切。十五部。俗作㫚。春秋傳曰。鄭大子㫚。始見左傳桓公十年。今字作忽。

㫚　籒文㫚。从口。一曰佩也。象形。按六字當作一曰佩㫚也五字。系於象气出形之下。春秋傳之上。淺人改易之。致不通耳。不得謂古笏可从口。不可从曰。亦不得謂㫚象笏形也。咎繇謨六律五聲八音在治忽。漢書在治忽作七始詠。史記作來始滑。裴駰曰。尙書滑

字作𠰷音忽鄭曰𠰷者臣見君所秉書思對命者也君亦有焉據此則象笏字古作𠰷許竹部無笏

朁曾也。譽言大雅傳小雅箋同八部曰曾者詞之舒也曾之言乃也詳八部从曰兓聲七感切古音在七部詩曰朁不畏明。大雅文今民勞十月之交爾雅字皆作憯憯之本義痛也

沓語多沓沓也。孟子毛傳釋詩皆曰泄泄猶沓沓也引伸爲凡重沓字假借爲達字毛生民傳曰達生也先生姜嫄之子先生者也達生即沓生謂始生而如再生三生之易也車攻傳曰昜達履也達履即沓履所謂複下曰舄也扳箋曰女無憲憲然無沓沓然爲之制法度達其意以成其惡以達釋沓是其理也从水曰。會意也徒合切古音蓋在十五部遼東有沓縣。兩志皆作遼東沓氏縣顏曰凡言氏者皆謂因之而立名

曹獄兩曹也。兩曹今俗所謂原告被告也曹猶類也史記曰遣吏分曹遂捕古文尚書兩造具備史記兩造一作兩遣兩遣兩造即兩曹古字多假借也曹之引伸爲輩也羣也从棘在廷東也。兩曹在廷東故从二東之棘其制未聞也从曰。治事者也。謂聽獄者已上十二字依韵會本昨牢切古音在三部

文七　重一

乃曳詞之難也。玉篇詞作離非也上當有者字曳有矯拂之意其言而轉之若而若乃皆是也乃則其曳之難者也春秋宣八年日中而克葬定十五年日下昃乃克葬公羊傳曰而者何難也乃者何難也曷爲或言而或言乃乃難乎而也何注言乃者內而深言而者外而淺按乃然而汝若一語之轉故乃又訓汝也象气之出難也。气出不能直遂形奴亥切一部凡乃之屬皆从乃。古文乃。三之以見其意籒文乃。

𠧪驚聲也。从乃省卤聲。卤聲宋本作西聲不誤迺鈔及俗刻作卤聲誤甚从乃省者从乃而未盡其曲折也卤者籒文西字以西爲聲也鍇本作从乃卤省聲非是驚聲者驚評之辭與乃字音義俱別詩書史漢發語多用此字作迺而流俗多改爲乃按釋詁曰仍迺

侯乃也以乃釋迺則本非一字可知矣西聲則古音當在十三部古音西讀如詵又讀如仙籒文迺不省。按此五字疑有誤當作卤籒文𠧪說文之通例如此或曰迺逗鍇作隨非往也。元應書三引倉頡篇迺往也讀若仍。如乘切按此三字不在卤聲之下而系於此是或說往義之音則然也仍孕字皆乃聲一部與六部合音也迺讀若仍則謂从卤乃省聲或一說與前說迥異今人迺讀乃與或說相近古文迺。迺本古文此又古文之異者也

逌气行皃。隸作逌禹貢陽鳥攸居豐水攸同九州攸同漢地理志攸皆作逌逌之言于也陽鳥于是南來得所也與爰粵義同劉歆書逌人使者謂行人之官也从乃按依上迺云从乃省則此亦當有省字卤聲。讀若攸。以周切三部

文三　重三

丂气欲舒出ㄅ上礙於一也。ㄅ者气欲紓出之象一其上不能徑達此釋字義而字形已見故不別言形也苦浩切古音在三部丂古文以爲亏字。亏與丂音不同而字形相似字義相近故古文或以丂爲亏又以爲巧字。此則同音假借凡丂之屬皆从丂。

甹亟詞也。其意爲亟其言爲甹是曰意內言外甹亦語詞也說文偁侁爾雅作甹夆假借字也从丂从由。普丁切十一部或曰與一曰同甹俠也。此謂甹與俜音義同人部曰俜俠也俠俜也漢季布傳爲人任俠音義或曰任氣力也俠甹也三輔謂輕財者爲甹。所謂俠也今人謂輕生曰甹命即此甹字

寧願詞也。其意爲願則其言爲寧是曰意內言外寍部曰寍安也今字多假寧爲寍寧行而寍廢矣古文尚書蓋有寍字陸氏於大禹謨曰寍安也說文安寍字如此寧願詞也此陸氏依許分別二字今本經宋開寶閒改竄不可讀从丂寍聲。奴丁切十一部

丂反丂也。讀若呵。虎何切十七部

可ㄎㄜˇ 奇ㄑㄧˊ 哿ㄍㄜˇ 哥ㄍㄜ 兮ㄒㄧ ⿱旬兮ㄙㄨㄣˇ 惸 義ㄒㄧ 乎ㄏㄨ

文四

可 肎也。肎者骨閒肉肎肎箸也凡中其肎綮曰肎可肎雙聲 从口丂。口气舒 丂亦聲。肯我切十七部 凡可之屬皆从可。

奇 異也。不羣之謂 一曰不耦。奇耦字當作此今作偶俗 从大从可。會意可亦聲古音在十七部今音前義渠羈切後義居宜切按二義相因

哿 可也。見小雅毛傳 从可加聲。古我切十七部 詩曰。哿矣富人。

哥 聲也。此義未見用者 从二可。古俄切十七部 古文以為歌字。漢書多用哥為歌今呼兄為哥

文四 鉉新附有叵字不可也從反可按元應引三蒼叵不可也說文敘目亦云雖叵復見遠流

兮 語所稽也。兮稽疊韻稽部曰䅇留止也語於此少駐也此與哉言之閒也相似有假猗為兮者如詩河水清且漣猗是也 从丂八象气越亏也。越亏皆揚也八象气分而揚也胡雞切十六部 凡兮之屬皆从兮。

⿱旬兮 驚𧦝也。𧦝各本作辭誤今依篇韻正其意驚也其言兮也是為意內言外 从兮旬聲。思允切十二部 **惸** ⿱旬兮或从心。大學瑟兮僩兮者恂栗也注曰恂字或作峻讀為嚴峻之峻言其容貌嚴栗也按大學之恂卽說文之惸有驚懼之意故恂栗為容皃嚴栗心部曰恂信心也是其本義大學則假恂為惸也莊子眾狙見之恂然棄而走亦是驚意

義 气也。謂气之吹噓也按气下當有聲字 从兮義聲。許羈切古音在十七部

乎 語之餘也。乎餘疊韻意不盡故言乎以永之史多假虖為乎 从兮象聲上越揚之形也。謂首筆也象聲气上升越揚之狀戶吳切五部

文四　重一

号ㄏㄠˊ 號ㄏㄠˊ 于ㄩˊ 虧ㄎㄨㄟ 𧆨 粵ㄩㄝˋ 吁ㄒㄩ

号 痛聲也。号嘑也凡嘑號字古作号口部曰嗁号也今字則號行而号廢矣 从口在丂上。丂者气舒而礙雖礙必張口出其聲故口在丂上号咷之象也胡到切二部按當讀平聲 凡号之屬皆从号。

號 嘑也。嘑各本作呼今正呼外息也與嘑義別口部曰嘑號也此二字互訓之證也釋言曰號謼也魏風傳曰號呼也以說文律之謼呼皆假借字號嘑者如今云高叫也引伸為名號為號令 从号从虎。嘑号聲高故从号虎嘑聲厲故从虎号亦聲乎刀切亦去聲二部

文二

亏 於也。於者古文烏也烏下云孔子曰烏亏呼也取其助气故以為烏呼然則以於釋亏亦取其助气釋詁毛傳皆曰亏於也凡詩書用亏字凡論語用於字蓋于於二字在周時為古今字故釋詁毛傳以今字釋古字也凡言於皆自此之彼之詞其气舒亏檀弓易則易于則于論語有是哉子之于也于皆廣大之義左傳于民生之不易杜云于曰也此謂假于為曰與釋詁于曰也合 象气之舒亏。从丂从一。一者其气平也。气出而平則舒于矣羽俱切五部按今音于羽俱切於央居切烏哀都切古無是分別也自周時已分別於為屬辭之用見於羣經爾雅故許仍之 凡亏之屬皆从亏。

虧 气損也。引伸凡損皆曰虧小雅兩言不騫不崩魯頌作不虧不崩毛曰騫虧也 从亏雐聲。去為切據道德經古音在十七部雐在五部魚歌合韻也 **𧆨** 虧或从兮。亏兮皆謂气

粵 亏也。釋詁曰粵于爰曰也爰粵于也爰粵于那都繇於也粵與于雙聲而又从亏則亦象气舒于也詩書多假越為粵箋云越於也又假曰為粵 宷慎之詞也。也各本作者今正此說从宷之意粵亏皆訓於而粵尤為宷度慎重之詞故从宷 从宷亏。宷慎而言之也王伐切十五部 周書曰。粵三日丁亥。今召誥越三日丁巳亥當作巳

吁 驚語也。吕荆王曰吁來按亏有大義故从亏之字多訓大者芋下云大葉實根駭人吁

平ㄆㄧㄥˊ　㔻　喜ㄒㄧˇ　歖　憙ㄒㄧˇ　嚭ㄆㄧˇ　壴ㄓㄨˋ　尌ㄕㄨˋ

訓驚語故从亏口亏者驚意此篆重以亏會意故不入口部如句丩屬字之例後人又於口部增吁解云驚也宜刪 从口亏。亏亦聲。況于切五部

㔻 語平舒也。引伸爲凡安舒之偁 从亏八。句 八。逗 分也。說从八之意分之而勻遍則平舒矣符兵切十一部 爰禮說。爰禮者敘目云孝宣皇帝時沛人爰禮是也

㔻 古文平如此。此等篆皆轉寫譌亂何氏煌曰玉篇中畫不斷小篆疑从古文省也今从玉篇

文五　重二

喜 樂也。樂者五聲八音總名樂記曰樂者樂也古音樂與喜樂無二字亦無二音 从壴从口。壴象陳樂立而上見从口者笑下曰喜也聞樂則笑故从壴从口會意虛里切一部 凡喜之屬皆从喜。

歖 古文喜从欠。蓋古文作歖轉寫誤耳 與歡同。同下當有意謂皆从欠也

五篇上

憙 說也。說者今之悅字樂者無所箸之詞悅者有所箸之詞口部嗜下曰憙欲之也然則憙與嗜義同與喜樂義異淺人不能分別認爲一字喜行而憙廢矣顏師古曰喜下施心是好憙之意音虛記切 从心喜。喜亦聲。許記切一部古有通用喜者如封禪書天子心獨喜其事

嚭 大也。从喜否聲。按訓大則當从丕集韵一作嚭是也匹鄙切十五部 春秋傳吳有大宰嚭。見左傳

文三　重一

壴 陳樂立而上見也。謂凡樂器有虡者豎之其顚上出可望見如詩禮所謂崇牙金部所謂鎛鱗也广部曰屵岸上見也亦謂遠可望見 从屮豆。豆者豎也豎堅立也豆有散而直立故侸豎从豆壴亦从豆屮者上見之狀也艸木初生則見其顚故从屮中句切四部 凡壴之屬皆从壴。

尌 立也。與人部侸音義同今字通用樹爲之樹行而尌廢矣周禮注多用尌字 从壴从寸。句 寸。逗此字補 持之也。寸與又古通用又者手也此說从寸之意壴而復持之則豎矣壴亦聲 讀若駐。常句切四部

鼜ㄑㄧˋ　彭ㄆㄥˊ　嘉ㄐㄧㄚ

鼜 夜戒守鼓也。周禮鼓人軍旅夜鼓鼜注同此鎛師凡軍之夜三鼜皆鼓之守鼜亦如之注曰守鼜備守鼓也鼓之以鼜鼓 从壴。鼓必有虡从壴者鼓之省 蚤聲。今周禮作鼜 禮。此當云禮記軍禮司馬法百五十五篇藝文志以入禮家 昏鼓四通爲大鼓。四者陰數唐李靖云鼓三百三十三槌爲一通未知古法然不大鼓當依周禮注作大鼜大鼜謂大行夜也 夜半三通爲戒晨。戒晨周禮注作晨戒 旦五通爲發明。旦鉉本作旦明周禮注亦作旦明發明周禮注作發眴日部曰眴日出溫也已上擽鼓人注乃司馬法之文也 讀若戚。戚古音如促尗聲與蚤聲同在三部眡瞭注云杜子春讀鼜爲憂戚之戚擊鼓聲疾數故曰戚許意同也杜以他經傳無鼜字故或讀爲造次之造或易爲戚許則謂但讀如戚而已今音倉歷切

五篇上

彭 鼓聲也。詩之言鼓聲者惟鼉鼓逢逢毛曰逢逢和也逢逢埤蒼廣雅作韸韸高注淮南呂覽郭注山海經引詩皆作韸韸許無韸字彭卽韸也東陽合韵也毛詩出車彭彭又四牡彭彭又駟騵彭彭又以車彭彭凡言彭彭皆謂馬卽鄭風駟介旁旁之異文彭旁皆假借其正字則馬部之騯也言馬而假鼓聲之字者其壯盛相似也齊風行人彭彭傳曰多皃亦盛意 从壴。鼓省 从彡。从彡各本作彡聲今正从彡猶从三也三指之列多略不過三故毛飾畫文之字作彡彭亦从彡也大司馬冬狩言三鼓者四言鼓三闋者一左傳曹劌亦言三鼓雖未知每鼓若干聲而从彡之意可見矣薄庚切古音在十部同旁

嘉 美也。見釋詁又曰嘉善也周禮以嘉禮親萬民鄭曰嘉善也所以因人心所善者而爲之制按言部曰譱吉也羊部曰美與善同意經有借假爲嘉者如大雅周頌毛傳皆曰假嘉也是也有借賀爲嘉者覲禮古文余一人嘉之今文嘉作賀是也 从壴。壴者陳樂也故嘉从壴 加聲。古牙切十七部

文五

鼓　郭也。城郭字俗作郭。凡外障內曰郭，自內盛滿出外亦曰郭。郭郭，正俗字。鼓、郭疊韵。春分之音，萬物郭皮甲而出，故曰鼓。風俗通全用此說。从壴。鼓必有虡也。从屮又。屮象𠂹飾，又象其手擊之也。各本篆文作鼓，此十四字作从支，支象其手擊之也。今正。弓部弢下云从弓从屮，又屮垂飾，與鼓同意。則鼓之从屮，僚然矣。弢、鼓皆从屮以象飾，一象弓衣之飾，一象鼓虡之飾也。皆从又，一象手執之，一象手擊之也。夢英所書郭氏佩觿皆作鼓，是也。凡作鼓、作鼓、作鼓者，皆誤也。从屮从又，非从㞢滑之㞢。後人譌刪。弓衣之飾，如紛綬是也。鼓虡之飾，如崇牙樹羽是也。工戶切。五部。周禮六鼓：靁鼓八面，靈鼓六面，路鼓四面，鼖鼓、鼛鼓、皋鼓、晉鼓皆兩面。六鼓見周禮鼓人。六面、四面、兩面，鄭與此同。凡鼓之屬皆从鼓。鼓　籒文鼓从古。古聲。

鼛　大鼓也。周禮作皋。古音同在三部也。鼓人以皋鼓鼓役事。韗人爲皋鼓，長尋有四尺，倨句磬折。毛傳：鼛，大鼓也。長一丈二尺。从鼓咎聲。古勞切。古音在三部。詩曰：鼛鼓不勝。不，二徐同。汲古閣作弗，非也。今類篇、集韵、宋刻說文皆作不。大雅文。今詩不作弗。

鼖　大鼓謂之鼖。凡賁聲字多訓大。如毛傳云：墳，大防也。頒，大首兒。汾，大也。皆是卉聲與賁聲一也。鼖八尺而兩面，韗人：鼓長八尺，鼓四尺，中圍加三之一，謂之鼖鼓。鄭曰：大鼓謂之鼖。以鼓軍事。見鼓人。从鼓卉聲。鉉本改作賁省聲，非也。賁从貝卉聲。微與文合韵最近。符分切。十三部。

鞼　鼖或从革賁聲。鉉本改作賁不省，非是。大司馬職作賁鼓，卽鞼之省也。

鼙　騎鼓也。戴先生曰：儀禮有朔鼙、應鼙者，小鼓與大鼓爲節。魯鼓、薛鼓之圖，圜者擊鼙，方者擊鼓。後世不別設鼙，以擊鼓側當之。作堂下之樂，先擊朔鼙，應鼙應之。朔者始也，所以引樂，故又謂之𣗥。𣗥之言引也。朔鼙在西階鼓北，應鼙在東階鼓南，東方諸縣西鄉，西方諸縣東鄉故也。按大司馬云：師帥執提，旅帥執鼙。大鄭曰：提謂馬上鼓，有曲木提持鼓立馬髦上者。然則騎鼓謂提，非謂鼙也。許與大鄭異。从鼓卑聲。部迷切。十六部。

⿱隆鼓　鼓聲也。此當云⿱隆鼓⿱隆鼓鼓聲也。篇韵良弓切。其作鼕讀徒東、徒冬二切者，卽⿱隆鼓鼞之變也。从鼓隆聲。徒冬切。九部。

鼘　鼘鼘鼓聲也。各本無鼘鼘二字，今依韵會。詩小雅、商頌作淵淵，魯頌作咽咽，皆假借字也。魯頌音義曰：本又作鼝，譌字也。小雅傳曰：淵淵，鼓聲也。魯頌傳曰：咽咽，鼓節也。从鼓淵聲。烏玄切。十二部。詩曰：鼗鼓鼘鼘。今商頌作鞉鼓淵淵。

鼞　鼓聲也。周禮注曰：司馬法云：鼓聲不過閶，鼙聲不過闒，鐸聲不過琅。音義曰：閶，吐剛反。然則閶卽鼞也。投壺音義曰：口鄭呼爲鼓，其聲高其音，鏜鏜然，鏜音吐郎反。是則鏜亦鼞也。上林賦：金鼓迭起，鏗鎗闛鞈。顏曰：鏗鎗，金聲；闛鞈，鼓音。闛亦鼞也。揚雄賦闛闛，卽閶闛。堂聲、昌聲古通用耳。从鼓堂聲。土郎切。十部。詩曰：擊鼓其鼞。邶風文。今詩作鏜。金部曰：鏜，鼓鐘聲也。鼓鐘謂擊鐘也。字从金，故曰鐘聲。於鼓言鏜，爲假借。按今金部鏜下作鐘鼓之聲，甚誤倒。

⿱鼓合　鼙聲也。鼙各本誤作鼓，今正。司馬法曰：鼙聲不過闒。音義曰：闒，吐臘反。劉湯荅反。臘今誤从大。闒卽⿱鼓合字也。投壺音義曰：○鄭呼爲鼙也，其聲下，其音楬楬然。楬音吐臘反。楬亦卽⿱鼓合也。史記上林賦：鏗鎗鏜鼛。漢書、文選作闛鞈。郭璞曰：闛鞈，鼓音也。此渾言之耳。鼙亦鼓也。淮南兵略訓：若聲之與響，若鏜之與鞈。高注：鏜鞈，鼓鼙聲。此謂鏜，鼓聲；鞈，鼙聲也。从鼓合聲。徒合切。七部。按當依釋文吐臘反。

鞈　古文⿱鼓合从革。按革部有此字，別爲訓。後人誤移此，增彼也。

⿱鼓咠　鼓無聲也。上文皆言聲，故以鼓無聲廁於後。从鼓咠聲。他叶切。七部。字又作⿱壴咠。

⿱鼓缶　鼓鼙聲。从鼓缶聲。土盍切。按缶聲不得土盍切，明矣。玉篇曰：⿱鼓去，鼓聲也。七盍切。廣韵曰：⿱鼓去，鼓聲也。倉雜切。皆卽其字。缶者，去之譌。去聲古或入侵部也。然皆⿱鼓合之誤字耳。今⿱鼓合之解說旣更正，則⿱鼓缶篆可刪。

文十　重三

岂　還師振旅樂也。公羊傳曰：出曰祠兵，入曰振旅。周禮大司樂曰：王師大獻則令奏愷樂。注

五篇上　卅五　卅六

豆 ㄉㄡˋ　𧯷 ㄑㄧ　愷 ㄎㄞˇ

曰大獻獻捷於祖愷樂獻功之樂鄭司農說以春秋晉文公敗楚於城濮傳曰振旅愷以入於晉按經傳豈皆作愷一曰欲登也各本作欲也登也多也字今刪正欲登者欲引而上也凡言豈者皆庶幾之詞言幾王於此也故曰欲登曾子問周公曰豈不可注言是豈於禮不可按此謂於禮近於不可也漢書丙吉傳豈宜褒顯猶言葢庶幾宜褒顯也周漢文字用豈同此者甚多舉二事足以明矣欠部有欲字幸也文王世子注孔廟禮器碑有豔字意皆與豈相近𧯶即豈之變也豈本重難之詞故引伸以爲疑詞譬如召南傳曰豈不言有是也後人文字言豈者其意若今俚語之難道是與曾子問丙吉傳二豈字似若相反然其俳徊審顧之意一也从豆豆當作壴省二字豈爲獻功之樂壴者陳樂也㪗省聲㪗各本作微誤今依鉉本㪗下注語正墟豨切十五部按鉉本豨作喜誤凡豈之屬皆从豈

愷康也愷康雙聲釋詁曰康安也毛傳釋豈弟曰豈樂也弟易也按奏豈經傳多作愷愷樂毛詩亦作豈是二字互相假借也愷不入心部而入此者重以豈會意也詩又作凱俗字也邶風傳曰凱風謂之南風樂夏之長養凱亦訓樂即愷字也从豈心豈亦聲苦亥切古音在十五部

𧯷汔也汔各本作幾無此字今正釋詁曰𧯷汔也孫炎曰汔近也民勞箋云汔幾也幾與𧯷同汔與訖同汔水涸也水涸則近於盡矣故引爲凡近之偁木部杚平也亦摩近之義也幺部曰幾微也殆也然則見幾研幾字當作幾庶幾幾近字當作𧯷幾行而𧯷廢矣訖事之樂也从豈說从豈之意也終事之樂五角切如賓出奏陔公入奏驁是也終事之樂盧各切如音可與樂成是也其意一也故从豈訖與汔通幾聲按當云从豈幾幾亦聲渠稀切十五部

文三

豆古食肉器也考工記曰食一豆肉中人之食也左傳曰四升爲豆周禮醢人掌四豆之食从口音圍象器之容也象形上一象幎也特牲籩巾以綌纁裏士昏醯醬二豆菹醢四豆兼巾之士喪

𧯸 ㄩㄝ　𧯠 ㄐㄩㄢˋ　䔲 ㄐㄧㄣˇ　梪 ㄉㄡˋ　皀°

籩豆用布巾是也下一象六也祭統注曰鐙豆下跗是也丨象骹也祭統曰夫人薦豆執校校者骹之假借字注云豆中央直者是也豆柄一而已兩之者望之則兩也畫繪之法也考工記曰豆中縣注縣繩正豆之柄是也豆柄直立故豎侸豈字皆从豆徒候切四部凡豆之屬皆从豆

皀古文豆鍇本如此作玉篇亦曰皀古文當近是

梪木豆謂之梪釋器曰木豆謂之梪竹豆謂之籩瓦豆謂之登毛傳亦曰木曰豆所以薦菹醢也瓦曰登所以薦大羹也毛詩豆當作梪旅人豆中縣豆本瓦器故木爲之則異其字韓勑碑爵鹿柤梪偶古文武成有梪从木豆豆亦聲徒候切四部

䔲蠡也瓠部曰瓢蠡也然則䔲瓢也蠡說文三見斗部曰斡蠡柄也併此及瓠部凡三見也蠡之言離方言曰劙解也一瓠離爲二故曰蠡郭注巴人云瓢謂蠡蠡也漢書以蠡測海張晏曰蠡瓠瓢也字皆借蠡九歎瓟蠡蠹於筐簏急就篇蠡升參升半卮觛方言蠡或謂之瓢或謂之簞或謂之巇則字皆从瓜王伯厚注急就云皇象碑本作盠李本作盠廣韵齊薺韵皆有盠

士昏禮四爵合巹注云合巹破匏也昏義亦作巹正義云以一瓠分爲兩瓢巹者䔲之假借字巹从丞聲䔲从蒸聲故同音假借从豆此非豆而从豆者謂瓠可盛飲食略同豆蒸省聲艸部蒸或省火作蒸不云蒸聲者蒸字後出也古音在六部今音居隱切劉昌宗呂忱反語已誤

𧯠豆屬此本艸經之大豆黃卷也味甘平主濕痹筋攣膝痛唐本注云以大豆爲芽櫱生便乾之名爲黃卷靈樞曰腎病者宜食廣韵阮韵云𧯠黃豆也从豆許言尗豆也象豆生之形也荅小豆也其豆莖也藿尗之少也枝配鹽幽尗也然則尗與古食肉器同名故䔲𧯠二字入豆部按豆即尗一語之轉周人之文皆言尗少言豆者惟戰國策張儀云韓地五穀所生非麥而豆史記作菽吳氏師道云古語祇稱菽漢以後方呼豆若然則䔲𧯠字葢出漢製乎𢍏聲居願切廣韵求晚切十四部

𧯸豆飴也飴米櫱煎也櫱芽米也然則豆飴者芽豆煎爲飴也黑部䵂下曰讀若飴𧯸之𧯸方言飴謂之䬳餳謂之餚郭注以豆屑雜餳也䬳即𧯸字从豆夗聲一丸切按篇韵皆於月切

一九非也十四部

𢍜禮器也。生民曰于豆于登釋器毛傳皆曰瓦豆謂之登毛云登爲大羹公食大夫禮大羹湆不和實于鐙登鐙皆假借字劉氏台拱曰詩爾雅皆作登釋文唐石經篇韵皆無𢍜字玉篇有𢍜字俗製登字致經非也**从廾持肉在豆上。**會意**讀若鐙同。**都縢切六部

文六　重一按𢍜篆當次豆篆之下梪篆之上說解當云豆也乃合豆本陶旅爲之故不云瓦豆也今非其次疑許本無此篆淺人妄增之籀文登作𤼷又或益之肉成此字云从廾持肉在豆上亦非也

豊行禮之器也。豊禮疊韵**从豆象形。**上象其形也林罕字源云上从𡴆郭氏忠恕非之按說文之例成字者則曰从某假令上作𡴆則不曰象形盧啟切十五部**凡豊之屬皆从豊。讀與禮同。**

豑爵之次弟也。爵者行禮之器故从豐有次弟故从弟爵之次弟若士虞禮主人廢爵主婦足爵賓長繶爵祭統玉爵獻卿瑤爵獻大夫散爵獻士及羣有司是也凡酒器皆曰爵則如禮運云宗廟之爵貴者獻以爵賤者獻以散尊者舉觶卑者舉角梓人云獻以爵而酬以觚是也**从豐弟。**直質切按因堯典作平秩故爲此篆耳當是弟亦聲也十五部**虞書曰。**虞當作唐**平豑東作。**堯典文今尚書作平秩史記作便程周禮鄭注引書作辨秩許作平豑豑蓋壁中古文之字如此孔氏安國乃讀爲秩而古文家從之許存壁中之字如鄭注禮經存古文之字注周禮存故書之字也

文二

豐豆之豐滿也。謂豆之大者也引伸之凡大皆曰豐方言曰豐大也凡物之大皃曰豐又曰朦尨豐也豐其通語也趙魏之郊燕之北鄙凡大人謂之豐燕記豐人杼首燕趙之閒言圍大謂之豐許云豆之豐滿者以其引伸之義明其本義也周頌豐年傳曰豐大也然則豐年亦此字引伸之義而賈氏儀禮疏不得其解**从豆象形。**𡴆象豆大也此與豐上象形同耳戴侗云唐本曰从豆从山丰聲蜀本曰丰聲山取其高大按生部云丰艸盛丰丰也與豐音義皆同大射儀注曰豐其爲字从豆𡴆聲近似豆大而卑矣似鄭時有𡴆字但鄭注轉寫至今亦多譌誤𡴆聲之聲或是𦬒字儀徵阮氏元說𦬒字瓦云豐字當是𦬒聲而山象形豐字當是丯聲而凵象形一从艸盛之半一从艸蔡之丰也玉裁按竝丰竝丰說文無字如替彗字从拜聲蒜字从而聲爇字从森聲蠱聲㯥㯥字从林皆非無字者也則唐本蜀本未可遽信敷戎切九部**一曰鄉飲酒有豐侯者。**此別一義鄉當作禮與觚下解下之誤同禮飲酒有豐侯謂鄉射燕大射公食大夫之豐也鄭言其形云似豆卑而大說者以爲若井鹿盧言其用於鄉射云所以承爵也於大射云以承尊也公食大夫之豐亦當是承爵燕禮之豐亦當是承尊皆各就其篇之文釋之禮但云豐許云豐侯者蓋漢時說禮家之語漢律歷志王命作策豐刑竹書紀年成王十九年黜豐侯阮諶曰豐國名也坐酒亡國崔駰酒箴曰豐侯沈酒荷罌負缶自戮於世圖形戒後李尤豐侯銘曰豐侯荒謬醉亂迷逆乃象其形爲禮戒式後世傳之固無正說三君皆後漢人讖撰三禮圖者漢人傳會禮經有豐侯之說李尤以爲無卫說鄭不之用許則襲禮家說也**凡豐之屬皆从豐。𧯛古文豐。**

豔好而長也。小雅毛傳曰美色曰豔方言豔美也宋衛晉鄭之閒曰豔美色爲豔按今人但訓美好而已許必云好而長者爲其从豐也豐大也大與長義通詩言莊姜之美必先言碩人頎言莊之美必先言猗嗟昌兮頎若長兮所謂好而長也左傳兩言美而豔此豔進於美之義人固有美而不豐滿者也毛傳及方言皆渾言之也**从豐豐大也。**說从豐之意豐之本義無當於豔故舉其引伸之義**盍聲。**以贍切八部**春秋傳曰美而豔。**左傳桓元年文十六年文

文二　重一

䖒古陶器也。陶當作匋書多通用匋作瓦器也**从豆虍聲。**許羈切按虍聲當在五部

虩ㄏㄠˊ　𧇖ㄓㄨˋ

而虛戲轉入十六部十七部合音之理也凡虛之屬皆从虛。

虩土鍪也。金部曰鍪鍑屬也鍑釜大口者廣雅鍑鍪鬵鬴也虩即鍪字鍪金爲之虩則土爲之鄭注周禮所謂甄瓾也瓾即甀字鬲部曰秦名土釜曰鬴从虛号聲。讀若鎬。胡到切二部

𧇖器也。从虛𥁕。𥁕亦聲。直呂切五部闕。此疑衍其義其形其聲皆具則無缺矣

文三

虍ㄏㄨ

虍虎文也。象形。小徐曰象其文章屈曲也荒烏切五部凡虍之屬皆从虍。讀若春秋傳曰虍有餘。有譌字不可通疑是賈余餘勇之譌

虞ㄩˊ

虞騶虞也。騶虞山海經墨子作騶吾漢東方朔傳作騶牙皆同音假借字也白虎黑文。見毛傳鄭志張逸問傳曰白虎黑文荅曰周史王會云按今王會篇文不具尾長於身。見山海經仁獸也。食自死之肉。毛傳曰騶虞義獸也白虎黑文不食生物有至信之德則應之許云仁獸不同者毛用古左氏修母致子之說許不從也哀十四年左傳服虔注云視明禮修而麟至思睿信立白虎擾言從義成則神龜在沼聽聰知止而名山出龍貌恭禮仁則鳳皇來儀此以昭九年傳云水官不修則龍不至故也毛云麟信而應禮又云騶虞義而應信又云鳳皇靈鳥仁瑞也正用古說詩不从古說故麟騶虞皆謂之仁獸鳳謂之神鳥騶虞之仁何也以其不食生物食自死之肉也从虍吳聲。五俱切按此字假借多而本義隱矣凡云樂也安也者娛之假借也凡云規度也者以爲度之假借也詩曰。于嗟乎騶虞。召南文五經異義今詩韓魯說騶虞天子掌鳥獸官古詩毛說騶虞義獸白虎異文食自死之肉不食生物人君有至信之德則應之周南終麟止召南終騶虞俱稱嗟歎之皆獸名謹按古山海經鄒書云騶虞獸說與毛詩同按許說詩从毛作說文則於从毛之中不从其義獸應信之說也鄒書蓋謂鄒子書

虙ㄈㄨˊ

虙虎皃。古伏羲字作虙五經文字引論語釋文云宓子賤姓虙文字譌舛轉而爲宓故濟南伏生稱子賤之後也从虍必聲。房六切按古音在十二部讀如密顏氏家訓云張揖孟康皆云虙伏古今字而皇甫謐帝王世紀云伏羲或謂之宓羲案諸經史緯候遂無宓羲之號虙宓二字下俱爲必是以誤耳孔子弟子虙子賤即虙羲之後俗字亦爲宓今兗州永昌郡城東門子賤碑漢世所立云濟南伏生即子賤之後是虙之與伏古來通字誤以爲宓較可知矣顏語謂虙音房六切與伏音同而宓音緜一切與虙音殊故謂宓羲宓子賤皆誤字不知虙宓古音正同故虙羲或作宓羲其爲伏羲者如毛詩苾字韓詩作馥語之轉也宓子賤之當爲虙子賤則出黃門肌測而陸氏釋文張氏五經文字從之蓋古未有作虙子賤者若論其同从必聲則作虙子賤亦無不可

虔ㄑㄧㄢˊ

虔虎行皃。釋詁大雅商頌傳皆曰虔固也商頌傳魯語注皆曰虔敬也左傳虔劉我邊陲注虔劉皆殺也方言虔慧也虔殺也虔謾也按方言不可盡知其說糾虔虔劉皆郎釋詁虔固之義堅固者必敬堅固者乃能殺也堅固者虎行之皃也商頌箋虔椹也亦取堅固之意从虍文聲。按聲當是衍字虎行而箸其文此會意讀若矜。渠焉切按矜从令聲亦作矜則虔古音當在十二十三部也

虘ㄘㄨㄛˊ

虘虎不柔不信也。剛暴矯詐从虍且聲。讀若鄌縣。昨何切按邑部曰鄌沛國縣也鄌覷皆虘聲然則古音本在五部沛人言鄌若昨何切此方言之異而虘讀同之

虖ㄏㄨ

虖哮虖也。口部曰哮豕驚聲也唬虎聲通俗文曰虎聲謂之哮唬疑此哮虖當作哮唬漢書多假虖爲乎字从虍乎聲。荒烏切五部

虐ㄋㄩㄝˋ

虐殘也。歹部曰殘賊也从虍爪人。爪人補三字會意虎足反爪人也。覆手曰爪虎反爪鄉外攫人是曰虐魚約切二部

𧆸古文虐如此。

虨ㄅㄧㄢ

虨虎文彪也。彪下曰虎文也二字雙聲假借作班漢書敘傳曰楚人謂虎班其子㠯爲號上文既曰楚人謂虎於檡矣此正當作楚人謂虎文班上林賦被班文史記作幽文李善曰班文虎豹之皮索隱引輿服志虎賁騎被虎文單衣按幽與彪同部之假借也班與彪同類之假借也錢氏大昕曰易象傳大人虎變其文炳也與下文蔚君爲韵蔚讀

如𤗫轉移取近猶當爲彪則音義皆近 从虍彬聲 布還切古音在十三部與文部斒音義皆相近

虡 鐘鼓之柎也 木部曰柎闌足也靈臺有瞽傳皆曰植者曰虡橫者曰栒考工記曰梓人爲筍

虡 飾爲猛獸 梓人曰臝屬恆有力而不能走其聲大而宏若是者以爲鐘虡按鼓虡當亦象臝屬也戴氏考工記圖曰虡所以負筍非以臝者羽者爲虡下之跗也引西京賦洪鐘萬鈞猛虡趪趪負筍業而餘怒乃奮翅而騰驤薛注云當筍下爲兩飛獸以背負張揖注上林賦曰虡獸重百二十萬斤以俠鐘旁俠同夾此可見虡制師古改其注云以縣鐘則昧於古制矣廣韵引埤倉鐻樂器以夾鐘削木爲之與張注同今本廣韵作形似夾鐘則非矣又考上林賦𢶏飛虡廣韵引正作虡張揖曰飛虡天上神獸鹿頭龍身是長卿謂虡爲神獸許謂栒虡字飾以猛獸說不同也 从虍 異象形 異各本作異非今正謂篆之中體象猛獸之狀非異𢍏二字也形字鉉本無非是 其下足 謂丌也丌者下基也虡之迫地者也其呂切五部

鐻 虡或从金豦 或當作篆此亦上部之例也周禮典庸器注橫者爲筍從者爲鐻釋文曰鐻舊本作此字今或作虡按經典鐻字祗此一處此字葢秦小篆李斯所作也秦始皇本紀收天下兵聚之咸陽銷以爲鐘鐻本篇引賈生論云銷鋒鑄鐻三輔黃圖曰始皇收天下兵銷以爲鐘鐻高三丈字皆正作鐻葢梓人爲虡本以木始皇乃易以金李斯小篆乃改爲从金豦聲之字司馬賦云千石之鐘萬石之鉅正謂秦物史記作鉅即鐻字之異者也鐘鐻與金人爲二事本紀賈論西都西京二賦三輔黃圖皆竝舉漢賈山傳陳項傳各舉其一學者或認爲一事非也典庸器經文作虡注文作鐻此鄭氏注經之通例如禮經經文作廟注文作庿周禮經文作眡注文作視皆是也

虡 篆文虡 五經文字曰虡說文也虡隸省也然則虡爲隸字不用小篆而改省古文後人所增也

文九　重三

虎 山獸之君 从虍从儿 會意 虎足象人足也 已上八字鉉本妄改張大立復以鉉本改鍇本惟韵會如是此古本之眞也从儿許會作从几此其誤已久耳儿部曰孔子曰在人下故詰屈謂人之股腳也虎之股腳似人故其字上虍下儿虍謂其文儿謂其足也說文龜頭龜頭似它頭燕尾似魚尾兔頭似㲋頭莧足似兔足能足㲋足似鹿足㲋頭似兔足似鹿文義相同儿有其字故先言从儿而後言虎足象人足篆體改作虎則象人足之云不可通顧氏藹吉乃疑虎下當从爪矣今正之凡篆虎字依隸體从儿爲是呼古切五部五部與十七部通故左氏陽虎論語作陽貨非一名一字也邢昺孫奭乃有虎名貨字之說 凡虎之屬皆从虎

𧆞 古文虎

𧇭 亦古文虎

𧇣 虎聲也 篇韵作虩 从虎𣪊聲 讀若隔 古覈切十六部

𧆤 白虎也 从虎昔省聲 讀若鼏 昔當作冥字之誤也水部曰汨从水冥省聲玉篇曰虪俗鼏字可證也又按漢書金日磾說者謂密低二音然則日磾可同密䖵部蠠蜜同字禮古文鼏皆爲密則鼏密音同也今音𧆤莫狄切

甝 𧆤屬 釋獸甝白虎許無甝𧆤即甝也一說釋文云甝字林下甘反又亡狄反甘聲之字不能切亡狄𧆤與甝當是以一譌二未知孰是耳 从虎去聲 呼濫切鉉等曰去非聲未詳按業韵之狋怯亦音去劫切而盍部之盍隸字多作盇葢夻盇二字古通去聲即盍聲也乖韻爲呼濫切

虪 黑虎也 釋獸曰虪黑虎釋文曰虪今作𧆤吳都賦曰越虪 从虎儵聲 式竹切三部此舉形聲包會意也但形聲則言儵聲已足如儵黛是也

虦 虎竊毛謂之虦苗 苗今之貓字許書以苗爲貓也釋獸曰虎竊毛謂之虦貓按毛苗古同音苗亦曰毛如不毛之地是竊虦淺亦同音也具言之曰虦苗急言之則但曰苗詩言有貓有虎記言迎貓迎虎是也 从虎 戔聲 昨閑切十四部 竊淺也 此於雙聲疊韵求之必言此者嫌竊之本義謂盜自中出也大雅曰鞹鞃淺幭傳曰淺虎皮淺毛也言竊言淺一也釋鳥竊藍竊黃竊丹皆訓淺於六書爲假借不得云竊即淺字

彪 虎文也 此與虦雙聲同義虎皮詩謂之虎如虎韔是也亦謂之文如文茵是也分別言之謂之淺如淺幭是

⿰乂虎ㄧ ⿰乞虎ㄧ 虓ㄒㄧㄠ ⿰斤虎ㄧㄣ 虩ㄒㄧ 虢ㄍㄨㄛ 虒ㄙ ⿰虎騰ㄊㄥ

也說文曰虍曰彪曰彪皆狀其文也班彪字伯皮此取虎文之義也 从虎彡○彡補句 彡○逗 象其文也○說从彡之意彡毛飾畫文也故虎文之字從之

⿰乂虎 虎皃○从虎乂聲○魚廢切十五部

⿰乞虎 虎皃○篇韵作⿰虎乞 从虎气聲○魚迄切十五部

虓 虎鳴也○大雅闞如虓虎毛曰虓虎虎之自怒虓然按自怒猶盛怒也口部曰唬虎聲也虓與唬雙聲同義 从虎九聲○四字依韵會本在此許交切古音在三部 一曰師子○別義謂師子名虓也師獅正俗字釋獸曰狻麑如虦貓食虎豹郭曰即獅子也出西域按鹿部云狻麑獸也不云師子然則許意不同郭也東觀記曰順帝時疏勒王遣使文時詣闕獻獅子似虎正黃有顊耏尾端茸毛其大如斗

⿰斤虎 虎聲也○猶折爲犬吠聲 从虎斤聲○語斤切古音在十三部

虩 易履虎尾虩虩○履九四爻辭今易虩作愬愬釋文曰愬愬子夏傳云恐懼貌馬本作虩虩云恐懼也說文同按震卦辭震來虩虩馬云恐懼貌鄭同馬鄭用費易許用孟易而字同義同也 虩虩○二字今補 恐懼也○已上引易而釋之 一曰蠅虎也○崔豹曰蠅虎蠅狐也形似蜘蛛而色灰白善捕蠅一名蠅蝗一名蠅豹 从虎按此篆下先引經者以履虎尾說字之从虎也 𡭴聲○許逆切古音在五部故易一作愬也

虢 虎所攫畫明文也○攫者叉所抓也畫者叉所劃故有明文也虢字本義久廢罕有用者 从虎寽○各本衍聲字今正寽在十五部虢在五部非聲也寽部曰寽五指寽也虎所攫畫故从寽會意今音古伯切

虒 委虒○疊韵 虎之有角者也○虎無角故言者以別之廣韵曰虒似虎有角能行水中按韵會引說文虒以廣韵語非偁古之法 从虎厂聲息移切十六部

⿰虎騰 黑虎也○从虎騰聲○徒登切六部按此篆當與虪爲伍今非其次或轉寫失而補之或後人羼綴末可定也

文十五 重二

虤 虎怒也○从二虎○此與㹜兩犬相齧也同意五閑切十四部 凡虤之屬皆从虤○

⿱虤曰 兩虎爭聲○从虤从曰○會意 讀若憖○語巾切十二部

贙 分別也○魏都賦蕤葰贙謂蕤葰茂密若爭地而生也釋獸之贙獸名也 从虤對爭貝○爭則分別矣 讀若回○古音在十五部今音胡畎切

文三

皿 飯食之用器也○飯汲古閣作飮誤孟子牲殺器皿趙注皿所以覆器者此謂皿爲幎之假借似非孟意 象形○與豆同意○上象其能容中象其體下象其底也與豆略同而少異 凡皿之屬皆从皿○讀若猛○按古孟猛皆讀如芒皿在十部今音武永切

盂 飲器也○飲大徐及篇韵急就篇注作飯誤小徐及後漢書注御覽皆作飲不誤木部椲木也可屈爲杅者杅即盂之假借字既夕禮兩敦兩杅注杅盛湯漿公羊傳古者杅不穿何注杅飲水器孫卿子曰槃圓而水圓杅方而水方史記滑稽傳操一豚蹄酒一盂而祝後漢書孝明紀盂水脯糒而已方言盂宋楚魏之閒或謂之盌又曰盂謂之柯又曰盂謂之盞河濟之閒謂之盎盞又曰盂謂之銚銳 从皿亏聲○羽俱切五部

盌 小盂也○方言曰盌謂之盂或謂之銚銳又曰盌謂之櫂又曰椀謂之盦 从皿夗聲○亏夗皆坳曲意皆以形聲包會意也烏管切十四部

盛 黍稷在器中以祀者也○盛者實於器中之名也故亦許器爲盛如左傳旨酒一盛喪大記食粥於盛是也引伸爲凡豐滿之偁今人分平去古不分也如左傳盛服將朝盛音成本亦作成 从皿成聲○形聲包會意小徐無聲字會意兼形聲也氏征切十二部

齍 黍稷器所以祀者○各本作黍稷在器以祀者則與盛義不別今从韵會本按周禮一書或兼言齍盛或單言齍單言盛皆言祭祀之事他事絕不言齍盛故許皆云以祀者兼言齍盛若甸師舂人肆師小祝是也單言齍若大宗伯小宗

⿰乂虎⿰乞虎虓⿰斤虎虩虢虒⿰虎騰虤⿱虤曰贙皿盂盌盛齍

𥁄盧𥂁盄盎盆宁盨𥃃𥁷醯 盉益盈盡盅

𥁄 一ㄡˋ　𥁄。盧 ㄌㄨˊ　盧。𥂁 ㄍㄨˇ 盄 ㄓㄠ　盎 ㄤˋ　㼜。　盆 ㄆㄣˊ 𥁕 ㄓㄨˋ　盨 ㄒㄩ

伯大祝是也單言齍者饎人廩人是也小宗伯逆齍注云受饎人之盛以入然則齍盛可互偁也甸師注云粢稷也穀者稷爲長是以名云肆師注云粢六穀也大祝注云粢號謂粢稷皆有名號也舂人注云齍盛謂黍稷稻粱之屬可盛以爲簠簋實經文齍字注三易爲粢而小宗伯六齍爲注云齍讀爲粢六粢謂六穀黍稷稻粱麥苽此則易齍爲粢之恉謂齍粢古今字也考毛詩甫田作齊亦作齍用古文齍記作粢盛用今文是則齍粢爲古今字憭然左傳作粢盛則用今字之始左傳曰絜粢豐盛毛曰器實曰齍在器曰盛鄭注周禮齍或專訓稷或訓黍稷稻粱盛則皆訓在器是則齍之與盛別者齍謂穀也盛謂在器也許則云器曰齍實之則曰盛似與毛鄭異蓋許主說字其字从皿故謂其器可盛黍稷曰齍要之齍可盛黍稷而因謂其所盛黍稷曰齍凡文字故訓引伸每多如是說經與說字不相妨也 从皿齊聲。齊禾麥吐穗上平也形聲包會意即夷切十五部

𥁄 小甌也。小甌盆也廣韵𥁄抒水器也 从皿有聲。讀若灰。灰有二聲古音皆在一部也今音于救切 一曰若賄。賄从有聲古音亦在一部 𥁄 𥁄或从右。右聲也古亦在一部

盧 盧飯器也。凵部曰凵盧飯器以柳爲之士昏禮注曰笲竹器而衣者如今之筥𥯨箸矣筥𥯨二物相似𥯨箸即凵盧也方言𥯨趙魏之郊謂之去𥯨注𥯨飯筥也錢氏大昕曰去𥯨即凵盧也 从皿𠧪聲。洛乎切五部 盧 籒文盧。

𥂁 器也。从缶皿古聲。公戶切五部

盄 器也。从皿弔聲。止遙切二部

盎 盆也。釋器盎謂之缶注云盆也假借爲酒名周禮盎齊注曰盎猶翁也成而翁翁然葱白色如今酇白矣按翁者滃之假借滃猶泱泱也酒之成似之孟子盎於背趙曰其背盎盎然凡言盎然者皆謂盛以音假借也 从皿央聲。烏浪切十部 㼜 盎或从瓦。莊子甕㼜大癭

盆 盎也。廣雅盎謂之盆考工記盆實二鬴 从皿分聲。步奔切十三部

𥁕 器也。从皿宁聲。直呂切五部[illegible]字從此

盨 橋盨 逗 負戴器也。橋小栝也見匚部此橋盨之橋乃別一義廣韵一送云橋格木也三十六養云橋載器也出埤蒼玉篇云橋渠往切載器也載器皆當作戴器古載戴通用格木亦謂庋閣之木東方朔傳朔曰是寠數也師古曰寠數戴器也以盆盛物戴於頭者則以寠數薦之今賣白團餅人所用者也又楊敞傳鼠不容穴銜寠數師古曰寠數戴器也按寠數其羽山羽二反橋盨渠往相庾二反橋與寠雙聲盨與數雙聲疊韵一語之轉也負戴器者謂藉以負戴物之器 从皿須聲。相庾切古音在四部

𥃃 ㄐㄧㄠˇ　𥁷 ㄇㄧˋ　醯 ㄒㄧ　盉 ㄏㄜˊ　益 ㄧˋ　盈 ㄧㄥˊ　盡 ㄐㄧㄣˋ　盅 ㄓㄨㄥ

𥃃 器也。廣韵古巧切溫也苦絞切溫器也 从皿漻聲。古巧切古音在三部

𥁷 拭器也。廣韵集韵類篇皆作拭許書以飾爲拭不出拭此作拭者說解中容不廢俗字抑後人改也可以㕞拭之器若今㕞子之類韓非所謂懷刷其是歟古㕞刷通用也今各本作械器非古本 从皿必聲。彌畢切十二部

醯 酸也。酉部曰酸酢也關東謂酢曰酸周禮醯人掌共醯物 作醯㠯鬻㠯酒。鬻者𩱧或字 从鬻酒並省从皿。皿器也。器者周禮所謂罋也呼雞切十六部

盉 調味也。調聲曰龢調味曰盉今則和行而龢盉皆廢矣鬻部曰鬻五味盉羹也 从皿調味必於器中故从皿古器有名盉者因其可以盉羹而名之盉也廣川書跋引說文調味器也沾器字非 禾聲。戶戈切十七部

益 饒也。食部曰饒飽也凡有餘曰饒易象傳曰風雷益君子以見善則遷有過則改 从水皿。水皿。此水字今補 益之意也。說會意之恉伊昔切十六部

盈 滿器也。滿器者謂人滿宁之如蒲下云滿弩之滿水部溢下云器滿也則謂器中已滿滿下云盈溢也則兼滿之已滿而言許書之精嚴如此 从皿夃。夃以市買多得爲夃故从夃以成切十一部

盡 器中空也。釋詁殺恐卒泯忽滅罄空畢罄殲拔殄盡也曲禮曰虛坐盡後實坐盡前即忍切俗作儘亦空義之引伸 从皿㶳聲。慈忍切十二部

盅 器虛也。丘部曰虛大丘也引伸爲虛落今之墟字也又引伸爲空虛北風其虛其邪毛曰虛虛也是其義也謂此虛字乃盅中之虛也盅虛字今作沖水部曰沖涌繇也則作沖

非也沖行而盅廢矣从皿中聲。直弓切九部老子曰。道盅而用之。今道德經作沖

盦ㄢ

盦覆蓋也。此與大部奄音義略同此謂器之蓋也从皿酓聲。烏合切七部合營作合

𥁰ㄨㄣ

𥁰仁也。从皿㠯食囚也。官溥說。凡云溫和溫柔溫暖者皆當作此字溫行而𥁰廢矣水部溫篆下但云水名不云一曰煗者許謂煗義自有𥁰字在也用此知日部昫日出溫也㬈溫溫也㬉溫溼也火部煗溫也㷡以微火溫肉也金部銚溫器也鐎溫器也凡若此等皆作𥁰不作溫矣官溥者博訪通人之一也烏渾切十三部

盥ㄍㄨㄢˋ

盥澡手也。水部曰澡洒手也禮經多言盥內則每日進盥五日請浴三日具沐其閒面垢請靧足垢請洗是則古人每旦必洒手而洒面則不必旦旦爲之也大學有湯之盤即特牲內則之盥槃故其銘曰日日新凡洒手曰澡曰盥洒面曰頮濯髮曰沐洒身曰浴洒足曰洗从臼水臨皿也。會意皿者禮經之所謂洗內則之所謂槃也內則注曰槃承盥水者禮經注曰洗承盥洗者棄水器也古玩切十四部春秋傳曰。奉匜沃盥。左傳僖廿三年文匜者柄中有道可以注水內則亦云請沃盥沃者自上澆之盥者手受之而下流於槃故曰臼水臨皿此引傳說字形之意特牲經曰尸盥匜水實于槃中簞巾在門內之右注設盥水及巾尸尊不就洗又不揮謂不就洗故設匜水水實於匜匜實於槃也不揮故設巾巾實於簞也古之盥手者用匜澆手水下流於洗洒爵者用匜澆爵中覆水於洗盥者揮手令乾而已故禮經盥不言帨予尸尊則帨敎老則盥卒授巾也匜之水勺於罍少牢注曰凡設水用罍沃盥用枓禮在此也是則常用爲匜爲槃禮器爲枓爲洗又云洗者統洗爵而名之也設水之器禮器爲罍常用未聞

盪ㄉㄤˋ

盪滌器也。水部曰滌洒也洒滌也此字从皿故訓滌器凡貯水於器中搖盪之去滓或以磢垢瓦石和水吮湧之皆曰盪盪者滌之甚者也易曰八卦相盪左傳震盪播越皆引伸之義郊特牲曰滌蕩其聲注滌蕩猶搖動也蕩者盪之假借从皿湯聲。徒朗切十部

文二十五　重三

凵ㄑㄩ

凵凵盧飯器。疊韵爲名凵盧許皿部盧下按皿部不言凵者單評曰盧絫評曰凵盧也㠯柳作之。象形。下侈上斂去魚切五部凡凵之屬皆从凵。笶凵或从竹去聲。按士昏禮注作笶盧廣韵曰笶飯器

文一　重一

去ㄑㄩˋ

去人相違也。違離也人離故从大大者人也从大凵聲。丘據切五部凡去之屬皆从去。

朅ㄑㄧㄝˋ

朅去也。思元賦舊注劉逵蜀都賦注皆同按古人文章多云朅來猶往來也从去曷聲。丘竭切十五部

夌ㄌㄧㄥˊ

夌去也。从去夌聲。讀若棘陵。力膺切六部按大徐刪棘字今按玉篇曰居力切又力膺切廣韵集韵皆兼入蒸職二韵一力膺切一紀力切葢許書本作讀若棘夌聲而讀同棘一部與六部之合也或又讀若陵註陵於旁而小徐兩存之

文三

血ㄒㄩㄝˋ

血祭所薦牲血也。肉部曰膋血祭肉也爨部曰釁血祭也郊特牲曰毛血告幽全之物也注幽謂血也毛詩血以告殺膋以升臭此皆血祭之事按不言人血者爲其字从皿人血不可入於皿故言祭所薦牲血然則人何以亦名血也以物之名加之人古者茹毛飲血用血報神因製血字而用加之人从皿。皿者周禮珠槃玉敦之類一象血形。在皿中也呼決切十二部凡血之屬皆从血。

衁ㄏㄨㄤ

衁血也。易歸妹上六女承筐無實士刲羊無血左傳晉筮繇曰士刲羊亦無衁也女承筐亦無貺也正義曰易言血而此言衁杜知衁是血也从血亡聲。呼光切十部春秋傳曰。士刲羊亦無衁也。左僖十五年文

衃ㄆㄟ

衃凝血也。素問赤如衃血者死注衃血謂敗惡凝聚之血色赤黑也从血

五篇上　皿

五篇上　凵

𧖧　粤　衄　𧖹　䀋　䀇　𧗃　卹　衋　䘓　盇　衊　丶　主

𧖧　粤　衄　𧖹。　䀋

不盈。芳杯切古音在一部𧖧气液也。此字各書皆假津為之津行而盡廢矣水部曰液盡也从血聿聲。將鄰切十一部粤定息也。心部曰息喘也喘定曰粤从血甹省聲。讀若亭。特丁切十一部衄鼻出血也。素問曰鼻衄又脾移熱於肝則為驚衄按諸書用挫衄者縮朒字之假借也縮朒者退卻之意也从血丑聲。女六切三部𧖹腫血也。腫癰也停滯之血則為𧖹周禮注曰潰謂癰而含膿血者从血農省聲。奴冬切九部膿俗𧖹从肉農聲。周禮注如此作䀋血醢也。以血為醢故字从血从血肬聲。肬聲當作从肬此以會意兼形聲也肉部曰肬肉汁滓也按醢多汁則曰肬醢以血為醢則曰䀋醢其多汁汪郎相似也故从肬而肬亦聲他感切八部禮有醓醢。各本禮下有記誤今依韵會本禮經周禮皆云醓醢醓醢非出於記也許書言禮有梱禮有刷巾禮有奠祭禮有縉緣皆謂禮經以牛乾脯粱䵃鹽酒也。醢人注曰作醢及臡者必先膊乾其肉乃後莝之雜以粱麴及鹽漬以美酒塗置甀中百日則成矣其作法許鄭正同鄭衆云膊乾其肉許云牛乾脯者鄭總釋諸醢臡許單釋䀋醢舉一以見例也經牛醢不言牛他醢臡不言䀋立文錯見也以牛乾脯粱䵃鹽酒則非血醢矣其謂之䀋醢何也禮經醓即䀋之變醓醢用牛乾脯粱䵃鹽酒閉之甀中令其汁汪郎然是曰肉汁滓是曰肬醢宜矣而許時禮經作䀋醢則假借血醢之字也故許引禮經而釋䀋醢非䀋之本訓猶圛下引商書曰圛而又釋之堲下引唐書堲讒而又釋之非圛堲之本義

䀇　𧗃。　𧗃

䀇醢也。从血菹聲。醢人注曰凡醢醬所和細切為䀇全物若牒為菹少儀曰麋鹿為菹野豕為軒皆牒而不切麇為辟雞兔為宛脾皆牒而切之切葱若薤實之醢以柔之由此言之則䀇菹之稱菜肉通按菹亦為肉稱故其字又作䀇从血菹會意也从血猶从肉也側余切五部䀇䀇或从缶。从缶者菹醢必甕諸器中而成也䀇䀇二篆又見艸部後人增之耳玉篇艸部無之當刪彼存此𧗃以血有所刏涂祭也。詳刀部刏下𧗃釁亦刏字之異者从血幾聲。渠稀切十五部卹憂也。憂當作惪惪愁也釋詁曰恤憂也卹與心部恤音義皆同古書多用卹字後人多改為恤如此部引周書無𢿱于卹潘岳藉田賦惟穀之卹李注引書惟刑之卹今尚書卹皆作恤是也从血卩聲。辛聿切古音在十二部一曰鮮少也。此別一義卹與惜雙聲鮮少可惜也鮮當作尟

卹　衋　䘓　𧗿。

衋傷痛也。某氏注尚書亦云衋然痛傷其心从血聿。聿者所以書也血聿者取披瀝之意皕聲。皕讀若逼在第一部周書曰民罔不衋傷心。酒誥文讀若憘。心部無憘喜部有憙而義不相近按當作譆言部曰譆痛也音義皆近許其切一部今許力切䘓羊凝血也。釋名曰血脂以血作之脂即䘓字也陶氏注本艸宋帝時太官作血䘓庖人削藕皮誤落血中遂皆散不凝陶所云血䘓即劉之血脂也按必系諸羊者惟羊血供飲食前云䘓血也䘓凝血也皆謂人至䀋𧗃䘓三字乃言牲血此許書嚴人物之辨也从血臽聲。苦紺切八部𧗿

五篇上

盇　衊　丶　主

䘓或从贛。依小徐及玉篇盇覆也。皿中有血而上覆之覆必大於下故从大艸部之蓋从盇會意訓苫覆之引伸耳今則蓋行而盇廢矣曷何也凡言何不者急言之亦曰何是以釋言云曷盇也鄭注論語云盇何不也盇古音在十五部故為曷之假借又為蓋之諧聲今入七八部為閉口音非古也从血大聲。此以形聲包會意大徐刪聲非也今胡臘切其形隸變作盍衊污血也。漢文三王傳污衊宗室孟康曰衊音漫从血蔑聲。莫結切十五部

文十五　重三　按卹衋二篆當上屬𧖧篆已上皆人事也䀋𧗃䘓當以類廁焉

丶有所絕止丶而識之也。按此於六書為指事凡物有分別事有可不意所存主心識其處者皆是非專謂讀書止輒乙其處也知庾切古音在四部凡丶之屬皆从丶。

主鐙中火主也。釋器瓦豆謂之登郭曰即膏鐙也膏鐙說文金部之鐙錠二字也其形如豆今之鐙盞是

也上爲盌盛膏而燓火是爲主其形甚微而明照一室引伸假借爲臣主賓主之主𡈼象形。謂象鐙形从丶。謂火主丶亦聲。之庾切古音在四部按丶主古今字主炷亦古今字几主人主意字本當作丶今叚主爲丶而丶廢矣假主爲丶則不得不别造鐙炷字正如假左爲ナ不得不别造佐爲左也

咅相與語唾而不受也。今俗有此从丶从否。不部曰否不也从否者主於不然也丶亦聲。丶各本作否非今正咅韵書皆入矦部或字从豆聲豆與丶同部周易蔀斗主爲韵蔀正咅聲也天口切四部其形釋作音

䜴音或从豆欠。欠者口气也豆者聲也

文三　重一

說文解字第五篇上

錢塘梁玉繩校字

說文解字第五篇下

金壇段玉裁注

丹 ㄉㄢ

巴越之赤石也。巴郡南越皆出丹沙蜀都賦丹沙赩熾出其坂謂巴也吳都賦赬丹明璣謂越也丹者石之精故凡藥物之精者曰丹象采丹井。謂丹也采丹之井史記所謂丹穴也蜀吳二都賦注皆云出山中有穴丶象丹形。都寒切十四部凡丹之屬皆从丹。

古文丹。

亦古文丹。按此似是古文彤

雘 ㄏㄨㄛˋ

善丹也。按南山經曰雞山其下多丹雘侖者之山其下多青雘然則凡采色之善者皆偁雘蓋本善丹之名移而他施耳亦猶白丹青丹黑丹皆曰丹也从丹蒦聲。讀與靃同。各本作讀若隺今依尚書音義正烏郭切五部周書曰：惟其敷丹雘。杍材文敷孔穎達正義本作敷衛包改作塗俗字也

彤 ㄊㄨㄥˊ

丹飾也。春秋經曰丹桓宮楹从丹彡。以丹拂拭而涂之故从丹彡彡者毛飾畫文也飾拭古今字彡，其畫也。說从彡之意彡亦聲。小徐有此三字然則彤古音當在七部矣今音徒冬切

文三　重二

青 ㄑㄧㄥ

東方色也。考工記曰東方謂之青木生火。从生丹。丹赤石也赤南方之色也倉經切十一部丹青之信言必然。俗言信若丹青謂其相生之理有必然也按此以說从生丹之意凡青之屬皆从青。

古文青。

靜 ㄐㄧㄥˋ

寀也。上林賦靚糚張揖注曰謂粉白黛黑也按靚者靜字之假借采色詳寀得其宜謂之靜考工記言畫繢之事是也分布五色疏密有章則雖絢爛之極而無澳涊不鮮是曰靜人心寀度得宜一言一事必求理義之必然則雖繁勞之極而無紛亂亦曰靜引伸假借之義也安靜本字當从立部之竫从青爭聲。疾郢切十一部

文二　重一

井 ㄐㄧㄥˇ

八家爲一井。穀梁傳曰古者公田爲居井竈葱韭盡取焉風俗通曰古者二十畝爲一井因爲市交易故稱市井皆謂八家共一井也孟子曰方里而井井九百畝其中爲公田此古井田之制因象井韓而命之也象構韓形。謂共也韓井上木闌也其形四角或八角又謂之銀牀•，罋象也。缶部曰罋汲缾也井子郢切十一部古者伯益初作井。出世本凡井之屬皆从井。

甇 ㄐㄧㄥˇ

突池也。按玉篇作澤地雖不言出說文然恐說文古本如是廣韵汫濴小水也濴蓋即甇从井，甇省聲。按凡从𤇾之字皆曰甇省聲則甇當作熒烏迥切十二部

阱 ㄐㄧㄥˇ

陷也。穿地陷獸从𨸏井。於大陸作之如井井亦聲。疾正切十一部

穽。

阱或从穴。中庸音義曰阱本作穽同引說文穽或阱字也今本釋文於或下妄沾爲字按古本說文多云某或某字見於經典釋文者往往如是周禮注所謂古字多或也今本說文盡改之云某或作某非古也若讀釋文竄改者則益可歎矣

汬。

古文阱从水。錯本作阱或从水玉篇云古文作汬

荆 ㄒㄧㄥˊ

罰辠也。假借爲典型字从刀井。易曰：井者，法也。此引易說从井之意井者法也蓋出易說司馬彪五行志引易說同風俗通亦云井者法也節也春秋元命包曰荆刀守井也飲水之人入井爭水陷於泉刀守之割其情也又曰罔言爲䍐刀守䍐爲罰罰之爲言內也陷於害也已上見元應大唐衆經音義徐堅初學記夫井上爭水不至用刀至於䍐罵當罰五罰斷不用刀也故許以罰入刀部謂持刀罵詈則應罰以荆入井部謂有犯五荆之辠者則用刀法之同一从刀而一系諸受法者一系諸執法者凡从井非爲入井爭水視元命包之說正如摧枯拉殄安置妥帖矣故其書百世師承可也井亦聲。戶經切十一部按此荆罰正字也今字改用刑刑者剄也見刀部其義其音皆殊異

刱 ㄔㄨㄤˋ

造法刱業也。蒙上文井者法也而言故云造法刱業國語孟子字皆作創趙氏韋氏皆曰創造也假借字也

五篇下　一

五篇下　二

从井刅聲。讀若創。初亮切十部

文五　重二

皀ㄅㄧ

穀之馨香也。禾部曰穀續也續當作粟粟者嘉穀實也曲禮曰黍曰薌合梁曰薌其薌卽香字左傳引周書曰黍稷非馨明德惟馨馨者香之遠聞者也香者芳也象嘉穀在裹中之形。謂白也大雅謂秬藑芑爲嘉穀毛傳謂苗爲嘉穀許書謂禾爲嘉穀藑芑苗禾一物也連裹曰穀曰粟去裹曰米米之馨香曰皀裹者禾部所謂稃也秠也穅也穀皮是也匕所㠯扱之。說下體从匕匕之意匕部曰匕所以比取飯一名柶扱者收也或說皀一粒也。顏氏家訓曰在益州與數人同坐初晴見地下小光問左右是何物一蜀豎就視云是豆逼耳皆不知所謂取來乃小豆也蜀土呼豆爲逼時莫之解吾云三蒼說文皆有皀字訓粒通俗文音方力反眾皆歡悟凡皀之屬皆从皀。又讀若香。又字上無所承疑有奪文按顏黃門云通俗文音方力反不云出說文然則黃門所據未嘗有方力反矣而許書中鄉字从皀聲讀若香之證也又鳥部鵖鴔字从皀聲爾雅音義云鵖彼及反郭房汲反字林方立反是則皀有在七部一音當云讀若某在又讀若香之上今奪

卽ㄐㄧˊ

卽食也。卽當作節周易所謂節飲食也節食者檢制之使不過故凡止於是之詞謂之卽凡見於經史言卽皆是也鄭風毛傳曰卽就也从皀卪聲。此當云从卪皀卪亦聲其訓節食故从卪皀卪節古通也今音子力切古音在十二部

旣ㄐㄧˋ

小食也。此與口部嘰音義皆同玉藻少儀作禨假借字也引伸之義爲盡也已也如春秋日有食之旣周本紀東西周皆入於秦周旣不祀正與小食相反此如亂訓治徂訓存旣者終也終則有始小食則必盡盡則復生从皀旡聲。居未切十五部論語曰。不使勝食旣。鄉黨篇文此引經說假借也論語以旣爲气如爾書以歎爲好詩以及爲糕之類今論語作氣气氣古今字作餼蓋魯論也許偁蓋古文論語也或云謂不使肉勝於食但小小食之說固可通然古人之文云不使勝則已足不必贅此字

冟ㄕˋ

飯剛柔不調相著。按玉篇作䊨堅柔調也無不字非也堅與柔不䋣謂不純堅不純柔者與堅者兩相附箸飯之不美者也米者謂之饙則純有性者也从皀冂聲。讀若適。施隻切十六部

文四

鬯ㄔㄤˋ

㠯𩰪釀鬱艸芬芳攸服㠯降神也。攸服當作條暢周禮鬯人注大雅江漢箋皆云芬香條暢可證也郊特牲云周人尚臭灌用鬯臭鬱合鬯臭陰達於淵泉云鬱合鬯與下文蕭合黍稷皆謂二物相合也周禮鬱人職凡祭祀賓客之祼事和鬱鬯以實彝而陳之注云築鬱金煮之以和鬯酒按此正所謂鬱合鬯也鄭注序官鬱人云鬱金香草宜以和鬯注鬯人云鬯釀秬爲酒芬香條暢於上下也是鬯與鬱之分較然矣秬釀爲鬯芳艸築煮爲鬱二者攪和之爲鬱鬯許說略同故於鬯言秬釀於鬱言芳艸其鬯下兼言鬱艸者於分中見其合謂用秬釀及築煮之鬱艸合和之降神鬯主於秬釀也故說字形曰中象米匕所以扱之又按江漢傳云秬黑黍也鬯香草也築煮合而鬱之曰鬯此鬱鬯不爲二物又謂鬯爲香艸皆與後來許鄭異攷王度記云天子以鬯諸侯以薰大夫以蘭芝士以蕭庶人以艾禮緯云鬯艸生郊中候云鬯艸生庭徐氏中論云煮鬯燒薰以揚其芬皆謂鬯爲艸名與毛說合者也竊謂鬱者蘊積鬯者條暢凡物必蘊積而後條暢秬釀非不可言鬱香艸未嘗不言鬯也則秬艸二物固可各兼二名矣从凵。音祛凵器也。凵部云凵盧飯器中象米。謂㐅也㐅卽米字斜書之匕所㠯扱之。士冠士昏禮皆以柶扱醴柶卽匕也易曰。不喪匕鬯。震卦辭經言鬯者多矣獨偁此文者說鬯从匕之意也與豈豐等字引易同鬯丑諒切十部凡鬯之屬皆从鬯。

鬱ㄩˋ

芳艸也。十葉爲貫。十當作千百字下曰十百爲一貫是也周禮注作十亦誤百廿貫。廿者古文二十也周禮注作二十築㠯煮之爲鬱。鬱人注鄭司農云鬱草名

五篇下　三

五篇下　四

十葉爲貫百二十貫築以煑之鬱中停於祭前按許說同此今本注百二十貫之下衍爲字賈公彥誤連築爲句矣築鬻二字見肆師職注云築鬱草煑之鬱人注云築鬱金煑之以和鬯酒又云鬱者鬱金香草宜以和鬯是則鄭意謂築之煑之以和秬黍所釀之鬯酒乃用於祼也凡以鬱和鬯謂之鬱鬯如鬱人云和鬱鬯以實彝是不和鬱者但謂之秬鬯如鬯人掌共秬鬯而飾之是也許意與鄭略同 **从臼缶冖** 音冞 **鬯。** 臼又手也缶瓦器冖覆也鬯之言暢也又手築之令變乃盛之於缶而覆之封固以幽之則其香气暢達此會意之恉也 **彡其飾也。** 此說从彡之意其物用於祭祀喪紀賓客者也故必飾其器鬱迂勿切十五部 **一曰鬱鬯。** 此連鬯爲文釋之 **百艸之華。遠方鬱人所貢芳艸。合釀之目降神。** 謂凡言鬱鬯者用中國百艸之華及遠方鬱人所貢芳艸二者合而釀之芬芳條暢可用降神是曰鬱鬯此別一義也前說芳艸築煑爲鬱合秬釀爲鬯此說謂合釀艸華及遠國芳艸爲鬱鬯不必合秬酒而後爲鬯也肆師職大鄭注亦謂築煑香艸爲鬯水經注溫水篇引應仲遠地理風俗記語乃仲遠檃栝許書而爲之者 **鬱** 逗謂鬱人之鬱字 **今鬱林郡也。** 以上三鬱字舊作鬱今依漢志作鬱或說正以鬱釋鬱許意古者云鬱人所貢即今鬱林郡地之人也水經溫水至鬱林廣鬱縣爲鬱水地理志武帝元鼎六年更名桂林爲鬱林

爵 ㄐㄩㄝˊ

爵　禮器也。 古說今說皆云爵一升韓詩說爵觚觶角散總名曰爵其實曰觴 **象雀之形。** 各本作象爵之形四字今正古文全象爵形即象雀形也小篆改古文姊之首象其正形下象其側形也 **中有鬯酒。又持之也。** 又手也祭統尸酢夫人執柄夫人受尸執足柄者尾也 **所目飲器象雀者。** 各本雀作爵今正 **取其鳴節節足足也。** 鳴節節足足雀音如是廣雅曰鳳皇雄鳴即即雌鳴足足宋書符瑞志因之皮傳之說耳即略切二部爵引伸爲爵秩字假借爲雀字韓詩說曰爵盡也足也白虎通說爵祿曰爵者盡也所以盡人材古爵音同焦爵進字皆取盡意

𠓗。

𠓗 依古文四聲韵 **古文爵如此。象形。** 首尾喙翼足具見爵形即雀形也程氏瑤田通藝錄曰前有流喙也腦與項也胡也後有柄尾也容酒之量其口左右侈出者翅也近前二柱聳翅將飛皃也其量腹也腹下卓爾鼎立者其足也古爵之存於今者驗之兩柱拄眉而酒盡古經立之容不能昂其首也不昂首而實盡取節於兩柱之拄眉梓人所謂鄉衡者如是

𩰪 ㄐㄩˋ

𩰪　黑黍也。一稃二米目釀。 生民曰誕降嘉穀維秬維秠毛曰秬黑黍也秠一稃二米也禾部稃稭也秠一稃二米天𩰪后稷之嘉穀也是則黑黍名𩰪自其一稃二米言之則謂之秠以釀酒是曰𩰪鬯經典曰𩰪鬯故其字从鬯也黑黍容有不一稃二米者 **从鬯矩聲。** 其呂切五部

秬。

秬　𩰪或从禾。 今經典字皆如此作

䰜 ㄕˇ

䰜　列也。 列當从玉篇作烈字之誤也烈火猛也引伸爲凡猛之偁䰜謂酒氣酷烈左傳嘉栗旨酒栗讀爲烈䰜引伸爲迅疾之義今俗用駛疾字當作此 **从鬯** 鬱鬯灌地臭陰達於淵泉其氣烈也 **吏聲。讀若迅。** 吏聲即史聲史與迅雙聲唐韵疏吏切古音亦在一部

文五　重二

食 ㄕˊ

食　亼米也。 各本作一米也玉篇同蓋孫強時已誤矣韵會本作米也亦未是今定爲亼米也由亼字俗罕用而誤也以合下云亼口例之則此當爲亼米信矣亼集也集衆米而成食也引伸之人用供口腹亦謂之食此其相生之名義也下文云飯食也此食字引伸之義也人食之曰飯因之所食曰飯猶之亼米曰食因之用供口腹曰食也食下不曰飯也者何也食者自物言飯者自人言嫌其義也不顯故不以飯釋食也飯下何以云食也自𥻘以下皆自人言故不嫌也周禮膳夫職注曰食飯也曲禮食居人之左注食飯屬也凡今人食分去入二聲飯分上去二聲古皆不如此分別 **从皀亼聲。或說亼皀也。** 此九字當作从亼皀三字經淺人竄改不可通皀者穀之馨香也其字从亼皀故其義曰亼米此於形得義之例乘力切一部 **凡食之屬皆从食。** 鍇本此下有讀若粒三字衍文

餴 ㄈㄣ

餴　脩飯也。 脩各本作滫誤今依爾雅音義引正脩倉頡篇

餾飪饔飴餳饊餅餈饘餱

饙。餴。餾ㄌㄧㄡˋ 飪ㄖㄣˋ 肨。恁。饔ㄩㄥ 飴ㄧˊ 䬸。餳ㄊㄤˊ

作餐脩之言溲也水部曰溲汏也飯者人所飯也餴爾雅作饙釋言曰饙餾稔也孫云蒸之曰饙均之曰餾郭申之云今呼餐音脩饙飯爲饙饙均孰爲餾詩釋文引字書云饙一蒸米也劉熙云饙分也衆粒各自分也按大雅泂酌行潦挹彼注茲可以餴饎箋云酌取行潦投大器之中又挹之注之於此小器而可以沃酒食之餴者以有忠信之德齊絜之誠以薦之故也此謂以水溲熟飯古語云餐飯 **从食奉聲。**奉从卉聲賁亦从卉聲十五部與十三部合音也府文切

饙 餴或从賁。賁聲也

餴 餴或从奔。奔聲也今詩字如此

餾 飯气流也。流各本作蒸今依泂酌正義引改餧下云馬食穀多气流四下也然則饙飯气流者謂气液盛流也據孫郭爾雅注及詩釋文所引字書似一蒸爲饙再蒸爲餾然許不如此說 **从食留聲。**力救切三部

飪 大孰也。特牲禮請期曰羹飪注飪孰也亦假稔爲之釋言饙餾稔也字作餁餁同飪 **从食壬聲。**如甚切七部

肨 古文飪。从肉

恁 亦古文飪。心部恁下云齋也此古文系後人增屬小徐說李舟切韵不云亦古文飪

饔 孰食也。已孰可食者也小雅毛傳曰孰食曰饔周禮注曰饔割亨煎和之稱 **从食雝聲。**於容切九部

飴 米櫱煎者也。者字今補米部曰櫱芽米也火部曰煎熬也以芽米熬之爲飴今俗用大麥釋名曰餳洋也煮米消爛洋洋然也飴小弱於餳形怡怡也內則曰飴蜜以甘之 **从食台聲。**与之切一部

䬸 籀文飴。从異省。異省聲

餳 飴和饊者也。不和饊謂之飴和饊謂之餳故成國云飴弱於餳也方言曰凡飴謂之餳自關而東陳楚宋衛之通語也餳子渾言之許析言之周禮小師注管如今賣飴餳所吹者周頌箋亦云 **从食昜聲。**各本篆作餳云易聲今正按餳从昜聲故音陽亦音唐在十部釋名曰餳洋也李軌周禮音唐是也其陸氏音義周禮辭盈反毛詩夕清反因之唐韵徐盈切此十部音轉入於十一部如行庚觥等字之入庚韵郭璞三倉解詁曰楊音盈協韵晉灼漢書音義反楊惲爲由婁其理正同耳淺人乃易其諧聲之偏

饊ㄙㄢˇ 餅ㄅㄧㄥˇ 餈ㄘˊ 𩟄。粢。饘ㄓㄢ 餱ㄏㄡˊ

秀玉篇廣韵皆誤从易然玉篇曰餳徒當切廣韵十一唐曰餹飴也十四清曰餳飴也皆可使學者知餳餹一字不當从易至於集韵始以餳入唐韵以餳入清韵晝分二字使人眞贗不分其誤更甚猶賴類篇正之餳古音如洋語之轉如唐故方言曰餳謂之餹郭云江東皆言餹音唐

饊 熬稻粻餭也。餭依韵會从食各本作稈蓋因許書無餭改之耳楚辭方言皆作餦餭古字蓋當作張皇招䰟有餦餭些王曰餦餭餳也方言曰餳謂之餦餭郭云即乾飴也諸家渾言之許析言之熬乾煎也稻稌也稌者今之稉米也米之黏者𥸨稉米爲張皇者肥美之意也既又乾煎之若今煎粢飯然是曰饊飴者熬米成液爲之米謂禾黍之米也饊者謂乾熬稻米之張皇爲之兩者一濡一小乾相盍合則曰餳此許意也楊王郭以餳飴釋餦餭渾言之也豆飴謂之䜴見豆部 **从食散聲。**穌旱切十四部

餅 麪餈也。麥部曰麪麥末也麪餈者餅之本義也方言曰餅謂之飥或謂之餦或謂之餛是也 **从食幷聲。**必郢切十一部

餈 稻餅也。方言曰餌謂之餻或謂之粢或謂之餎或謂之餣或謂之䬳謂米餅也周禮糗餌粉餈注曰餌餈皆粉稻米黍米所爲也合蒸曰餌餅之曰餈糗者擣粉熬大豆爲餌餈之黏著以粉之耳餌言糗餈言粉互相足按許說與鄭不同謂以稉米蒸孰餅之如麪餅曰餈今江蘇之餈飯也粉稉米而餅之而蒸之則曰餌鬻部云鬻粉餅也是也今江蘇之米粉餅米粉團也粉餅則傅之以熬米麥之乾者故曰糗餌米部云糗熬米麥也可證餈則傅之以大豆之粉米部曰粉傅面者也可證也許不言何粉大鄭云豆屑是也 **从食次聲。**疾資切十五部周禮故書作茨假借字也

𩟄 餈或从齊。

粢 餈或从米。猶从食也內則音義曰餈本或作粢按粢與禾部粢各義

饘 糜也。米部曰糜糝也糝以米和羹也按以米和羹者鼎實也故正考父鼎銘曰饘於是粥於是以餬余口詳鬻部 **从食亶聲。**諸延切十四部 **周謂之饘宋衛謂之餰。**此五字各本作宋謂之餬四字今依檀弓音義初學記正餰者鬻之或字見鬻部去虔切一人妄謂鬻餰同字故於此改餰爲餬耳

餱 乾食

餥ㄈㄟ 饎ㄔˋ

也。小雅乾餱以愆。釋言毛傳皆曰餱食也。大雅毛傳又云餱糧食也。凡乾者曰餱。故許曰乾食。無羊或負其餱。亦必乾者乃可負也。小徐曰今人謂飯乾爲餱。从食侯聲。乎溝切四部。周書曰。峙乃餱粻。粊誓文。今書作糗糧。據正義引鄭注糗擣熬穀也。與周禮注糗同。然則古文尚書作糗矣。許或兼偁歐陽夏侯書與。粻字不見米部。而大雅云以峙其粻。釋言詩箋皆曰粻糧也。大雅又云乃裹餱糧。則餱粻卽餱糧。

餥 餱也。釋言曰餥食也。从食非聲。非尾切十五部。陳楚之閒相謁而食麥飯曰餥。方言曰餥食也。陳楚之內相謁而食麥饘謂之餥。郭曰音非。

饎 酒食也。大雅泂酌傳曰饎酒食也。七月大田箋同。按酒食者可喜之物也。故其字从食喜。商頌大饎是承。傳曰饎黍稷也。周禮饎人。大鄭注云饎人主炊官也。特牲饋食禮注曰炊黍稷曰饎。皆依文爲訓。由黍稷而炊之爲酒爲食。其事相貫。饎本酒食之偁。因之名炊曰饎。因之名黍稷曰饎。引伸之義也。方言糦熟食也。氣熟曰糦。據毛詩箋則古文以喜爲饎。从食喜聲。昌志切一部。詩曰。可以饋饎。大雅文。謂行潦之水可用於酒食之饋。

饌。籑ㄓㄨㄢˋ 糦。䭯。

䭯 饎或从巸。巸聲也。周禮注曰。故書饎作饎。蓋轉寫多[illegible]。

糦 饎或从米。商頌字如此作。特牲注曰。古文饎作糦。

籑 具食也。廾部曰。具、共置也。禮經凡言饌。注曰陳也。陳與置義同。論語曰。有酒食。先生饌。从食算聲。士戀切十四部。

饌 籑或从巽。巽聲。論語先生饌。馬云飲食也。鄭作餕。食餘曰餕。按馬注者古論。鄭注者校周之本以齊古讀正凡五十事。其讀正者皆云魯讀爲某。今从古。此不云今从古。則是从魯論作餕者。何晏作饌。从孔安國馬融之古論也。據禮經特牲少牢注皆云古文籑作餕。許書則無餕有籑饌字。是則許於禮經从今文不从古文也。但禮經之餕訓食餘。而許籑饌同字訓爲具食。與食餘之義無箸。且禮經言饌者多矣。注皆訓陳。不言古文作餕。食餘之字皆作籑。未有作饌者。然則禮饌籑當是各字。饌當出訓具食也。籑餕當同出訓食餘也。乃與禮經合。若論語魯餕古饌。此則古文假饌爲餕。此謂養親必有酒肉。旣食恆餕。而未有原常情以是爲孝也。又按禮記之字於禮經皆从今文。而皆作餕。疑儀禮注當云今文籑作餕。

養ㄧㄤˇ 㪾。 飯ㄈㄢˋ

養 供養也。今人分別上去。古無是也。从食羊聲。余兩切十部。

㪾 古文養。

飯 食也。自饔篆已上皆自物言之。自養篆已下皆自人言之。然則云食也者。謂食之也。此飯之本義也。引伸之所食爲飯。今人於本義讀上聲。於引伸之義讀去聲。古無是分別也。禮記音義云。依字書食旁作卞扶万反。謂所食也。食旁作反符晚反。謂食之也。二字不同。今則混之。故隨俗而音此字。陸語殊誤。古祇有飯字。後乃分別作飯。俗又作飰。此正如汳水俗作汴也。唐以前書多作飰字。後來多譌爲餅字。从食反聲。符萬切十四部。按大徐不達許意。故切符萬而不云扶晚也。

𩚵ㄋㄧㄡˇ 飤ㄙˋ

𩚵 粈飯也。从食丑聲。女久切三部。按米部曰粈襍飯也。此𩚵篆蓋俗增。故非其次。宜刪。

飤 糧也。从人食。祥吏切一部。按以食食人物。其字本作食。俗作飤。或作飼。經典無飤。許云飤食馬穀也。不作飤馬。此篆淺人所增。故非其次。釋爲糧也。又非。宜刪。

饡ㄗㄢˋ

饡 以羹澆飯也。此飯用引伸之義。謂以羹澆飯而食之也。考工記注曰。饡讀餍之餍。餍卽饡字也。玉篇曰。餍者饡之古文。然則本作餍。轉寫作餍耳。內則注曰。狼臅膏臆中膏也。以煎稻米則似今膏餍矣。釋名曰。肺餍。餍饡也。以米糝之如膏饡也。以羹澆飯者饡之本義。膏饡者漢人所爲。从食贊聲。則幹切十四部。

餳。 ⿰飠象ㄕㄤˇ 飧ㄙㄨㄣ

⿰飠象 晝食也。此猶朝曰饔。夕曰飧也。晝食曰⿰飠象。俗譌爲日西食曰⿰飠象。見廣韵。今俗謂日西爲晌午。頃刻爲半晌。猶⿰飠象之遺語也。从食象聲。書兩切十部。

餳 ⿰飠象或从昜。

飧 餔也。小雅傳曰。孰食曰饔。魏風傳曰。孰食曰飧。然則饔飧皆謂孰食。分別之則謂朝食夕食。許於饔不言朝。於飧不言孰。互文錯見也。趙注孟子曰。朝食曰饔。夕食曰飧。此析言之。公羊傳趙盾食魚飧。左傳僖負羈饋盤飧。趙衰以壺飧從。皆不必夕時。渾言之也。司儀注曰。小禮曰飧。大禮曰饔餼。掌客上公飧五牢。饔餼九牢。侯伯飧四牢。饔餼七牢。子男飧三牢。饔餼五牢。此飧饔與常食不同。且多生腥。不皆孰物。从夕食。[illegible][illegible]俗作飱非也。思魂切十三部。按伐檀

餔ㄅㄨ　盙。　餐ㄘㄢ　湌。　鎌ㄌㄧㄢˊ　饁ㄧㄝˋ　饟ㄖㄤˋ　餉ㄒㄧㄤˋ　饋ㄎㄨㄟˋ　饗ㄒㄧㄤˇ

正義引說文飧水澆飯也从夕食正以釋文則字林語與說文異

餔　申時食也。各本申時上有日加二字今依廣韵類篇韵會正淮南書云日至於悲谷是謂餔時餔一作晡引伸之義凡食皆曰餔又以食食人謂之餔从食甫聲。博孤切五部

盙　籒文餔从皿浦聲。皿飲食器也

餐　呑也。口部曰呑咽也鄭風曰使我不能餐兮魏風曰彼君子兮不素餐兮是則餐猶食也鄭風還予授子之粲兮釋言毛傳皆曰粲餐也謂粲爲餐之假借字也餐訓呑引伸之爲人食之又引伸之爲人所食故曰授餐飧與餐其義異其音異其形則飧或作飱餐或作湌鄭風釋言音義譌認餐爲飧字耳而集韵類篇竟謂飧餐一字从食奴聲。七安切十四部與十三部之飧迥別魏伐檀一章三章分用

湌　餐或从水。

鎌　嗛也。口部曰嗛小食也从食兼聲。讀若風溓溓。風溓溓未聞禾部曰稴讀若風廉之廉蓋同此未識孰是力鹽切七部一曰廉絜也。一謂讀若廉潔之廉也轉寫奪若字

饁　餉田也。釋詁豳傳皆曰饁饋也孫炎云饁野之餉从食盍聲。筠輒切古音盇在十五部詩曰。饁彼南畝。豳風小雅文

饟　周人謂餉曰饟。周頌曰其饟伊黍正周人語也釋詁曰饁饟饋也从食襄聲。人漾切十部

餉　饟也。饋各本作饟今依韵會本孟子說葛伯仇餉云老弱饋食又云有童子以黍肉餉从食向聲。式亮切十部

饋　餉也。饋之言歸也故饋多假歸爲之論語詠而饋饋孔子豚齊人饋女樂古文皆作饋魯皆作歸鄭皆从古文聘禮歸饔餼五牢鄭云今文歸或爲饋今本集解陽貨微子篇作歸依集解引孔安國語則當作饋也从食貴聲。求位切十五部按今字以餽爲饋此乃假借其義本不相通也孟子餽孔子豚漢禮樂志齊人餽魯而孔子行已作此字

饗　鄉人飲酒也。豳風朋酒斯饗曰殺羔羊傳曰饗鄉人飲酒也其牲鄉人以狗大夫加以羔羊此傳各本譌奪依正義攷定如是許君所本也饗字之本義也孔沖遠曰鄉人飲酒而謂之饗者鄉飲酒禮尊事重

餔餐鎌饁饟餉饋饗饛飵䬯䭡䬴餬飶飫飽

饛ㄇㄥˊ　飵ㄗㄨㄛˋ　䬯ㄋㄧㄢˊ　䭡ㄨㄣ　䬴ㄨㄣˋ　餬ㄏㄨˊ　飶ㄅㄧˋ　飫ㄩˋ　飽ㄅㄠˇ

故以饗言之此不知亯燕之亯正作亯亯獻也左傳作亯爲正字周禮禮記作饗爲同音假借字猶之左傳作宴爲正字宴安也禮經周禮作燕爲同音假借字也沖遠證之以用樂或上取其說迂曲矣至若毛詩云我將我亯下文云既右饗之云以亯以祀下文云神保是饗云亯以騂犧下文云是饗是宜毛詩之例凡獻於上曰亯凡食其獻曰饗左傳用字正同凡左氏亯燕字皆作亯惟用人其誰饗之字作饗从鄉从食。鄉食會意鄉亦聲。詩兩切十部

饛　盛器滿皃。小雅傳曰饛滿簋皃許謂字之本義不專謂簋也故易爲器从食蒙聲。莫紅切九部詩曰。有饛簋飧。

飵　楚人相謁食麥曰飵。方言飵食也陳楚之內相謁而食麥饘謂之餥楚曰飵凡陳楚之郊南楚之外相謁而餥或曰飵或曰䬯秦晉之際河陰之間曰䭡䬴此秦語也从食乍聲。在各切五部

䬯　相謁食麥也。从食占聲。奴兼切七部

䭡　秦人謂相謁而食麥曰䭡䬴。从食𥁕聲。烏困切十三部

䬴　䭡䬴也。从食豈聲。五困切十三部豈聲在十五部合音也

餬　寄食也。左傳餬其口於四方方言曰餬寄也寄食曰餬引伸之義釋言曰餬饘也是从食胡聲。戶吳切五部

飶　食之香也。周頌傳曰飶芬香皃許云食之香爲其字从食也从食必聲。毗必切十二部與艸部苾音同義近詩曰。有飶其香。

飫　燕食也。燕同宴安也安食者無事之食也無事則充腹而已故語曰飫飫釋言曰飫私也私即安食之謂此非周語房烝立成之飫亦非毛傳脫屨升堂之飫其字下與飽餶饒餘相屬則其義略同也从食芺聲。依據切古音在二部今字作飫詩曰。飲酒之飫。此引常棣六章說段借也飫韓詩作醧說曰跣而上坐謂之宴能者飲不能者已謂之醧毛詩段飫爲醧故傳曰飫燕私也今本奪燕字脫屨升堂謂之飫今本句首衍不字毛韓義一也故曰許引此詩說醧之段借也此猶引作致爲作好引莫席爲筵席也說詳酉部

飽　猒也。甘部曰猒飽也是爲轉注

餜。 餥。 餇ㄩㄢ 饒ㄖㄠˊ 餘ㄩˊ 餀ㄏㄞˋ 餞ㄐㄧㄢˋ 餫ㄩㄣˋ 館ㄍㄨㄢˇ 饕ㄊㄠ

从食包聲。博巧切古音在三部
䬪古文飽从采聲。采古文孚也孚聲在三部
餥亦古文飽从卯聲。卯聲亦在三部
餇猒也。賈思勰齊民要術曰食飽不餇按猒飽也餇則有猒棄之意皆猒中之義也呂覽曰甘而不噮玉篇集韵引同噮郎餇字廣韵曰噮甘而猒也是也集韵緩韵又引伊尹曰甘而不餇肥而不饜。从食肙聲。烏元切十四部按篇韵集韵皆於縣切在霰韵類篇亦無平聲
饒飽也。饒者甚飽之詞也引伸之凡甚之偁漢謠曰今年尙可後年饒謂後年更甚也近人索饒討饒之語皆謂已甚而求已也从食堯聲。如昭切二部
餘饒也。从食余聲。以諸切五部
餀食臭也。食臭謂殠而食之也儀禮音義引孟子飯殠从食艾聲。呼艾切十五部爾雅曰餀謂之喙。釋器文今爾雅喙作餯按許作喙二徐李燾及集韵類篇皆同汲古初印本亦不誤而毛扆改作餯
餞送去食也。各本少食字今依左傳音義補毛傳曰祖而舍軷飲酒於其側曰餞从食戔聲。才線切十四部詩曰顯父餞之。大雅文
餫野饋曰餫。左傳晉荀首如齊逆女宣伯餫諸穀杜云野饋曰餫運糧饋之敬大國也按餫之言運也遠饋也穀齊地魯之禮不當至此是野饋也犧象不出門嘉樂不野合傳書餫者幾之也小雅黍苗箋云營謝轉餫之役有負任者有輓輦者有將車者有牽傍牛者可證餫爲運糧从食軍聲。王問切十三部
館客舍也。鄭風大雅傳曰館舍也按館古假觀爲之如白虎通引于邠斯觀又引春秋築王姬觀于外沈約宋書曰陰館前漢作觀後漢晉作館東觀餘論曰漢書郊祀志作益壽延壽館封禪書云作益延壽觀漢書衍一壽字耳自唐以前六朝時凡今道觀皆謂之某館至唐始定謂之觀从食官聲。古玩切十四部周禮五十里有市。市有館。館有積。㠯待朝聘之客。遺人職凡賓客會同師役掌其道路之委積五十里有市市有侯館侯館有積鄭云侯館樓可以觀望者也以觀望釋館釋名曰觀者於上觀望也
饕

五篇下 廿三

叨。 𩞄。 飻ㄊㄧㄝˋ 饖ㄏㄨㄟˋ 饐ㄧˋ 餲ㄜˋ 饑ㄐㄧ 饉ㄐㄧㄣˋ 䬴ㄜˋ 餧ㄋㄟˇ

貪也。从食號聲。土刀切二部
叨俗饕从口刀聲。今俗與饕分別異用
𩞄籒文饕从號省。
飻貪也。从食㐱聲。鉉本作殄省聲不明於平入一理妄改之也他結切十二部春秋傳曰謂之饕飻。左傳文十八年文今傳作饕賈服及杜皆曰貪財爲饕貪食爲飻此蒙上文貪于飲食冒于貨賄分言之非許意也
饖飯傷熱也。周禮禮記皆言食齊視春時鄭皆曰飯宜溫按溫者不寒不熱之謂也曲禮曰毋揚飯注云嫌欲疾也按飯傷熱則或揚之矣爾雅音義引倉頡篇饖食臭敗也廣韵本之與許異玉篇無饖从食歲聲。於廢切十五部
饐飯傷溼也。魚部曰鮑饐魚也是引伸之凡淹漬皆曰饐也字林云饐飯傷熱溼也混饐於饖葛洪云饐飯餞臭也本論語孔注而非許說从食壹聲。乙冀切古音在十二部
餲飯餲也。飯餲者謂飯久而味變餲之言譪也今江蘇俗云餲生當作此字鄉黨篇食饐而餲孔曰饐餲臭味變也皇侃云饐謂飲食經久而腐臭也餲謂經久而味惡也是則孔注本作饐臭餲味變也今本誤倒耳據論語及許說饐餲是二事析言之也釋器云食饐謂之餲則統言之李巡云皆飲食壞敗之名是也从食曷聲。乙例烏介二切十五部論語曰食饐而餲。
饑穀不孰爲饑。釋天文又曰仍饑爲荐按論語年饑因之以饑饉鄭本皆作飢从食幾聲。居衣切十五部
饉蔬不孰爲饉。釋天文按許書無蔬字此蔬當是本作疏疏之言疋也凡艸菜可食者皆有根足而生也从食堇聲。渠吝切十三部
䬴飢也。廣韵作飢兒从食戹聲。讀若楚人言恚人。於革切十六部恚與戹皆十六部聲
餧飢也。从食委聲。各本篆作餧解作委聲非也今正攷論語音義曰餧奴罪反說文魚敗曰餒本又作餧字書同爾雅音義亦云餧奴罪反說文魚敗曰餒字書作餧別字書於說文則陸所據說文从妥明矣按妥聲乃與奴罪切音相近猶挼必妥聲乃與女禾切相近綏必妥聲乃得妥綏爲古今字也若五經文字曰

五篇下 廿四

飢ㄐㄧ 餓ㄜˋ 餽ㄎㄨㄟˋ 餟ㄓㄨㄟˋ 䬽ㄕㄨㄟˋ 䬻ㄌㄧㄥˊ 䬴ㄇㄛˋ 亼ㄐㄧˊ 合ㄏㄜˊ 僉ㄑㄧㄢ

餧飢也經典相承別作餒爲飢餒以餧爲餧飤葢張時說文已改从委聲與陸所據說文不同故其字各異餒古音十七部餧爲餧飤俗字許艸部作萎一曰魚敗曰餒○論語魚餒而肉敗釋器曰肉謂之敗魚謂之餒按魚爛自中亦飢義之引伸也

飢餓也○與饑分別葢本古訓諸書通用者多有轉寫錯亂者亦有之从食几聲○居夷切十五部

餓飢也○从食我聲○五箇切十七部

餽吳人謂祭曰餽○方言饑餽餽也三字皆謂祭戰國策三十三飲食餔餽高注吳謂祭鬼爲餽古文通用讀與饋同按祭鬼者餽之本義不同饋也以餽爲饋者古文假借也高說與楊許同今本高注淺人增竄不可從从食鬼○會意鬼亦聲○俱位切十五部

餟祭酹也○酉部曰酹餟祭也史記孝武帝紀其下四方地爲餟食封禪書作醊漢郊祀志作腏方言餟餽也从食叕聲○陟衛切十五部

䬽小餟也○方言䬽餽也玉篇云䬽同餟廣雅祱祭也祱亦同䬽从食兌聲○輸芮切十五部

䬻馬食穀多气流四下也○謂汗液前後左右四面流下也䬻與淋雙聲義近由於食穀多也故从食从食夌聲○里甑切六部

䬴食馬穀也○以穀飤馬也周南傳曰秣養也小雅乘馬在廄摧之秣之傳曰摧莝也秣粟也按莝謂以莝飤之粟謂以粟飤之也秣同䬴从食末聲○莫撥切十五部

文六十二　重十八

亼三合也○从入一○象三合之形○許書通例其成字者必曰从某如此言从入一是也从入一而非會意則又足之曰象三合之形謂似會意而實象形也凡亼之屬皆从亼○讀若集○秦入切七部

合亼口也○各本亼作合誤此以其形釋其義也三口相同是爲合十口相傳是爲古引伸爲凡會合之偁釋詁曰部盍翕仇偶妃匹會合也妃合會對也从亼口○侯閤切七部

僉皆也○釋詁曰僉咸胥皆也从亼从吅从从○吅驚嘑也从相聽也七廉切七部虞

侖ㄌㄨㄣˊ 龠。 今ㄐㄧㄣ 舍ㄕㄜˋ 會ㄏㄨㄟˋ

書曰○虞當作唐僉曰伯夷○堯典文

侖思也○龠下曰侖理也大雅毛傳曰論思也按論者侖之假借思與理義同也思猶鰓也凡人之思必依其理倫論字皆以侖會意从亼冊○亼冊聚集簡冊必依其次第求其文理力屯切十三部

龠籒文侖○古文冊作籥

今是時也○今者對古之偁古不一其時今亦不一其時也云是時者如言目前則目前爲今目前已上皆古如言趙宋則趙宋爲今趙宋已上爲古如言魏晉則魏晉爲今魏晉已上爲古班固作古今人表漢人不與焉而謂之古今人者謂近乎漢者爲今人遠乎漢者爲古人也作古今人表者所以補漢書之所無存漢已前之厓略也亦謂三皇至漢以前迭爲古今人也古今人用字不同謂之古今字張揖作古今字詁是也自張揖已後其爲古今字又不知幾更也古今音之不同近世言之冣詳自商周至近世不知凡幾古今也故今者無定之𧮫約之以是時則兼賅矣召南傳曰今急辭也今急疊韻从亼乁○會意乁逮也乁亦聲居音切七部乁古文及○見又部

舍市居曰舍○食部曰館客舍也客舍者何也謂市居也市居者何也周禮遺人曰凡國野之道十里有廬廬有飲食三十里有宿宿有路室路室有委五十里有市市有候館候館有積鄭云一市之閒有三廬一宿候館及廬宿皆所謂市居曰舍也此市字非買賣所之謂賓客所之也舍可止引伸之爲凡止之偁釋詁曰廢稅赦舍也凡止於是曰舍止而不爲亦曰舍其義異而同也猶置之而不用曰廢置而用之亦曰廢也論語不舍晝夜謂不放過晝夜也不放過晝夜即是不停止於某一晝一夜以今俗音讀之上去無二理也古音不分上去舍捨二字義相同从亼中口○中口二字今補全書之例成字則必曰从某而下釋之也从亼者謂賓客所集也中象屋也○象屋上見之狀說从中之意口象築也○口音圍說从口之意始夜切古音在五部

文六　重一

會合也○見釋詁禮經器之蓋曰會爲其上下相合也凡曰會計者謂合計之也皆非異義也从亼

佮。朇ㄆㄧˊ 𣅋ㄏㄨㄟˋ　　仝。牄ㄑㄧㄤ 倉ㄘㄤ

朇𣅋倉牄入內𠓛糴仝㒳

會省。三合而增之會意。黃外切。十五部。朇益也。說从會之意。土部曰埤增益也。是則會者增之假借字。如曾祖曾孫之曾卽曾益義。凡會之屬皆从會。𠅤古文會如此。

朇益也。朇禆古今字。今字作禆益。古字作朇益。禆行而朇廢矣。从會，卑聲。符支切。十六部。

𣅋日月合宿爲𣅋。各本作爲辰。今依廣韵集韵類篇訂。左傳晉侯問伯瑕曰：何謂六物？對曰：歲時日月星辰是謂也。公曰：多語寡人辰而莫同，何謂辰？對曰：日月之會是謂辰，故以配日。按辰以配日者，謂以從子至亥配日從甲至癸也。十日十二辰見周禮馮相氏、硩蔟氏。注云：日謂從甲至癸，辰謂從子至亥者，日月一歲十二會，所會之處謂之十二次。星紀之次爲丑，元枵之次一名天黿爲子，豕韋之次一名娵訾爲亥，降婁之次爲戌，大梁之次爲酉，實沈之次爲申，鶉首之次爲未，鶉火之次爲午，鶉尾之次爲巳，壽星之次爲辰，大火之次爲卯，析木之次爲寅，是也。據說文則日月之合宿謂之𣅋，據周禮左傳則日月𣅋處謂之辰也。𣅋者卽左傳之會字，非左傳之辰字也。从會辰。辰時也。日月以時而會，故从辰會。會意。會亦聲。各本作辰亦聲。攷廣韵十四泰有𣅋，音黃外切；十七眞無𣅋字。是可證說文本作會亦聲也。玉篇曰：𣅋，時眞切，日月會也。今作辰。蓋當希馮時說文已有作辰亦聲者，而顧從之。集韵類篇亦沿譌耳。皆誤讀左氏者爲之也。大徐用孫愐唐韵爲音，而不必盡用唐韵，如此字廣韵入泰不入眞，可證。十五部。

七　五篇下

文三　重一

倉穀藏也。藏當作臧。臧，善也。引伸之義，善而存之亦曰臧，臧之之府亦曰臧。俗皆作藏，分平去二音。穀臧者，謂穀所臧之處也。广部曰：府，文書藏；庫，兵車藏；廥，芻稾藏。今音皆徂浪切。蒼黃取而臧之。蒼舊作倉，今正。蒼黃者，匆遽之意。刈穫貴速也。故謂之倉。疊韵。从食省，口象倉形。七岡切。十部。凡倉之屬皆从倉。仺奇字倉。蓋从古文巨。

牄鳥獸來食聲也。牄蓋壁中文如此。孔安國以今文字讀之，易爲蹌蹌。鄭云：飛鳥走獸蹌蹌然而舞。僞孔說本之。許則徑從牄字說爲鳥獸來食聲，與鄭異。鄭易字，許不易字也。鄭注大司樂亦引鳥獸牄牄。公羊春秋有頓子牄。从倉，鳥獸來食，故从倉。爿聲。七羊切。十部。虞書曰：鳥獸牄牄。咎繇謨文。

文二　重一

內ㄋㄟˋ 入ㄖㄨˋ　　𠓛ㄘㄢˊ

入內也。自外而中也。象從上俱下也。上下者，外中之象。人汁切。七部。凡入之屬皆从入。

內入也。今人謂所入之處爲內，乃以其引伸之義爲本義也。互易之故分別讀奴荅切。又多假納爲之矣。周禮注云：職內主入也，內府主良貨賄藏在內者。然則職內之內是本義，內府之內是引伸之義。从冂入。小徐曰：冂音坰。按當音覓。許冂冂異篆，冂者覆也，覆在外。各本無入字，今依韵會補。奴對切。十五部。自外而入也。釋會意之恉。

𠓛入山之深也。廣韵作入山深皃。於形得義。

六　五篇下

从山从入。會意。闕。此闕謂闕其音讀也。大徐鉏箴切，篇韵同，乃後人強爲之音，以其字似岑，因讀音岑耳。

㒳ㄌㄧㄤˇ 䥥。　全。仝ㄑㄩㄢˊ 糴ㄉㄧˊ

糴市穀也。从入糴。米部曰：糴，穀也。故市穀从入糴。亦聲。今徒歷切。古音在三部。左傳晉大夫有糴茷。

仝完也。宀部曰：完，全也。是爲轉注也。疾緣切。十四部。从入从工。从工者，如巧者之製造必完好也。全篆文仝从王。按篆當是籒之誤。全仝皆从入，不必先古後篆也。今字皆从籒，而以仝爲同字。純玉曰全。考工記玉人云：天子用全。大鄭云：全，純色也。許玉部云：全，純玉也。後鄭周禮注同許。按云純玉曰全者，引經說此字从玉之意。仒古文全。按下體未宷其所从。汗簡作䥥。古文四聲韵載王庶子碑亦作䥥，疑近是。

㒳二入也。以形爲義。兩从此。㒳各本作兩。今按兩从㒳。从也。闕。此闕亦謂音讀不傳也。大徐良奘切，乃因兩字從此，讀同兩音。

文六　重二

缶ㄈㄡˇ　㱿ㄎㄡˋ　匋ㄊㄠˊ

缶　瓦器所㠯盛酒㯺。㯺器陳風傳皆云盎謂之缶許云盎盆也罌缶也似許與爾雅說異缶有小有大如汲水之缶盎小者也如五獻之尊門外缶大於一石之壺五斗之瓦甒其大者也皆可以盛酒㯺秦人鼓之㠯節謌。鼓之錄切擊也韵會鼓作擊李斯傳廉藺傳漢楊惲傳皆可證象形。字象器形方九切三部俗作缻凡缶之屬皆从缶。

㱿　未燒瓦器也。土部曰瓦未燒曰坏㱿與坏不但義同而音最相近故集韵謂爲一字㧞尤切也从缶㱿聲。讀若筩莩同。謂讀與筩莩之莩同也漢書非有葭莩之親張晏曰葭蘆也莩葉裏白皮也晉灼曰莩葭裏之白皮也師古曰莩者蘆筩中白皮至薄者也張說非也按張說本同惟轉寫蘆誤爲葉耳司馬彪律歷志以葭莩灰抑其端當亦謂此劉注葭莩出河內豈以河內者爲善歟莩音孚則㱿亦音孚字古音同浮是以在一部爲坏字在三部爲㱿字大徐苦候切玉篇苦谷切

匋　作瓦器也。作字各本無今依玉篇補大雅陶復陶穴箋云復穴皆如陶然正義引說文匋瓦器竈也按穴部云窯燒瓦竈也瓦部云甄匋也然則依玉篇爲長作瓦器者㱿之燒之皆是其事故匋之字大於㱿今字作陶陶行而匋廢矣陶見𨸏部再成丘也从缶包省聲。疑作勹聲亦是皆形聲包會意也徒刀切古音在三部古者昆吾作匋。裴駰曰出世本吕覽昆吾作陶高云昆吾顓頊之後吳回黎之孫陸終之子己姓也爲夏伯制作陶冶埏埴爲器按顓頊產老童老童產黎左傳云顓頊氏有子曰黎爲祝融是也帝嚳誅黎而以其弟吳回爲黎後奉黎之祀故高云吳回黎之孫實則吳回之孫也國語昆吾爲夏伯韋云昆吾祝融之孫陸終第二子名樊爲己姓封於昆吾衛是也其後夏衰昆吾爲夏伯遷於舊許按帝繫世本告言昆吾者衛是也昆吾始封在衛故哀十七年左傳衛侯夢見人登昆吾之觀也其後遷於舊許故昭十二年傳楚靈王曰昔我皇祖伯父昆吾舊許是宅也其後滅於湯商頌云韋顧既伐昆吾夏桀楚世家曰昆吾氏夏之時嘗爲侯伯桀之時湯滅之是也據高說是始封之昆吾作匋據古史考云夏時昆吾氏作瓦張華博物志云桀作瓦尸子云夏桀臣昆吾作陶是謂湯所滅之昆吾與桀作匋以舜匋河濵而有虞氏上匋斷之則高說是而他說失之也案史篇讀與缶同。許書言案者二條疑後人所竄入史篇者史籀所作大篆十五篇也詳頁部讀與缶同者謂史篇以匋爲缶古文假借也匋與缶古音同在三部故得相假借據此可知史篇四言成文如後世倉頡爰歷之體

五篇下　廿九

罌ㄧㄥ　䍋ㄔㄨㄟˊ　䍌ㄆㄡˊ　缾ㄆㄧㄥˊ　瓶。　罋ㄨㄥˋ　⿰缶乏ㄊㄚˋ

罌　缶也。缶太平御覽作罃今按作缶爲是許意缶罌罃一物也方言㼚瓬甈㼜甀㼨㼂甇罌也自關而西晉之舊都河汾之閒其大者謂之甄自關而東趙魏之郊謂之瓮或謂之甇罌其通語也漢淮陰侯傳曰信乃益爲疑兵陳船欲渡臨晉而伏兵從夏陽以木罌缻渡軍襲安邑木罌缶者以木爲罌缶狀實兵於其中不欲人知故不爲盆狀韋昭云以木爲器如罌缻以渡軍無船且尚密也韋說是也罌缶器之大者也从缶賏聲。烏莖切十一部

䍋　小口罌也。上文罌者兼大口小口渾言之此云小口罌則析言之也小口則宁物必垂下之故曰䍋凌人注云鑑如甄大口以盛冰謂如罌而大口也醢人注曰塗置甄中百日則成矣方言䍋周洛韓鄭之閒謂之甄或謂之䍋按䍋者缾之長頸者罌不長頸方俗或同名从缶垂聲。池僞切古音在十七部

䍌　小缶也。按方言曰瓿甊罌也自關而西晉之舊都河汾之閒其大者謂之甄其中者謂之瓿甊又曰缶謂之瓿甊許意缶罌一物也故云瓿小缶也即楊之中者謂之瓿甊也从缶咅聲。蒲侯切廣韵薄侯切四部

缾　䍃也。易井卦羸其瓶左傳衛孫蒯飲馬於重丘毀其瓶按瓶亦評缶左傳具綆缶此缶之小者从缶幷聲。薄經切十一部

瓶　缾或从瓦。

罋　汲缾也。井下曰外象構韓形其罋也井爻辭曰罋敝漏按缾罋之本義爲汲器經傳所載不獨汲水者偁缾罋也許云汲缾分別言之許固謂缾不專用汲矣罋俗作甕从缶雝聲。烏貢切九部

⿰缶乏　下平缶也。下當作不字之誤也凡器無不下平者以從乏之意求之當是不平缶反正爲乏也又以讀若弱求之弱與替雙聲替者一偏下也集韵類篇皆引說文[illegible]也

五篇下　卅

缶㱿匋罌䍋䍌缾罋⿰缶乏

二書引說文皆用大徐本何以乖異若是廣雅紐瓶也 从缶[illegible]聲。讀若簿引。土益切七部

罃 備火長頸缾也。左傳襄九年宋災具綆缶備水器杜曰缶汲器也水器盆甖之屬也是謂汲水貯水之分師古注五行志則謂缶即盆也水器者罃瓮之屬引許氏說文解字罃備火今之長頸缾也按各本無今之二字備火長頸缾者備火之汲甕則長其頸以多盛水且免傾覆也其說左傳者杜爲長 从缶，熒省聲。烏莖切十一部按近人謂罌罃一字依許則劃然二物二字也罌大罃小用各不同方言廣雅說雖不與許同而罌罃亦畫爲二今本廣雅甑瓶之下奪一也字

缸 瓨也。瓦部曰瓨似罌長頸受十斗缸與瓨音義皆同也史漢貨殖傳皆曰醯醬千瓨 从缶工聲。下江切九部

鋮 瓦器也。从缶或聲。于逼切一部

鑴 瓦器也。詩斯干乃生女子載弄之瓦傳曰瓦紡專也箋云紡專習其壹所有事也案專同塼紡專正義不言何物廣韵廿二霰云鑴紡錘集韵類篇韵云鑴一曰紡甎然則婦人撚綫錘頭古用塼爲之婦人所重者紡績故箋云習其壹意於所有事也許云瓦器渾言之未及詳說耳紡錘下垂如戈鐏之在底故其字亦七鈍切 从缶薦聲。作甸切十二部

䍃 瓦器也。从缶肉聲。以周切三部

䍤 瓦器也。篇韵皆云似瓶有耳 从缶霝聲。郎丁切十一部

鈷 缺也。刀缺謂之刮瓦器缺謂之鈷詩云白圭之刮引伸通用也 从缶占聲。都念切七部

缺 器破也。俗譌作𦈌又通用闕 从缶，夬聲。各本作決省聲今正傾雪切十五部

罅 裂也。考工記旊人所謂薜也引伸爲凡裂之偁 从缶虖聲。呼迓切古音在五部 缶燒善裂也。說从缶之意

罄 器中空也。釋詁毛傳皆曰罄盡也引伸爲凡盡之偁如韓詩罄天之妹毛詩俔磬也郭注爾雅云今人呼厭極爲罄皆是古書罄磬多互相叚借 从缶殸聲。苦定切十一部 殸，古文磬字。依石部耳部古當作殸 詩曰：缾之罄矣。小雅文不偁罄無不宜而偁此者於从缶之意切也

罊 器中盡也。釋詁曰罊盡也皿部曰盡器中空也 从缶毄聲。苦計切十六部爾雅音義引說文口地反

缿 受錢器也。易入難出器也史記酷吏列傳惡少年投缿漢書趙廣漢教吏爲缿筩蘇林曰缿如瓨可受投書師古曰缿若今盛錢藏瓶爲小孔可入而不可出 从缶后聲。大口切又胡講切按胡講音之轉也古音在四部大當作火 古㠯瓦，今㠯竹。說从缶之意也趙傳缿筩缿即以瓦者筩即以竹者許云今以竹則許時用竹者多也今市中錢筩皆用竹

文二十一　重一

矢 弓弩矢也。弓弩所用䠶之矢也 从入，矢欲其中 象鏑栝羽之形。鏑謂金部曰鏑矢鏠也栝作括者誤栝謂八也木部曰桰矢桰檃弦處岐其耑以居弦也羽謂一也羽部曰翦矢羽是也矢羽從而橫之何也以識其物耳矢之制詳於考工記矢人式視切十五部 古者夷牟初作矢。山海經曰少暤生般般是始爲弓矢郭曰世本云牟夷作矢揮作弓弓矢一器作之兩人於義有疑此言般之作是按弦木爲弧掞木爲矢觳傳系諸黃帝堯舜之下蓋不妨有同時合成之者夷牟郭作牟夷孫卿作浮游 凡矢之屬皆从矢。

䠶 弓弩發於身而中於遠也。謂用弓弩發矢於身而中於遠也詩禮記以射爲武數之數 从矢，从身。會意食夜切古音在五部

射 篆文䠶。小篆則䠶者古文此亦上部之例也何不以射入寸部而以䠶傅見也爲其事重矢也 从寸。寸，法度也。亦手也。說从寸之意射必依法度故从寸寸同又射必用手故从寸

矯 揉箭箝也。揉當作柔許無揉有柔柔也箭者矢竹所爲矢也不言矢言箭者矯施於箭不施於鏑羽也箝者矢箭也柔箭之箝曰矯引伸之爲凡矯枉之偁凡云矯名者本不然而云然也 从矢喬聲。居夭切二部

矰 隿䠶矢也。周禮司弓矢云矰矢茀矢用諸弋射注云結繳於矢謂之矰矰高也茀矢象焉茀之言制也二者皆可以

弋飛鳥刺羅之也前於重又微輕行不低也詩云弋鳧與鴈**从矢曾聲。**作滕切六部

矦 **春饗所射矦也。**饗者鄉人飲酒也春饗所射矦謂天子諸矦養老先行大射禮之矦也天子諸矦養老皆如鄉飲酒之禮故亦謂之饗文王世子曰設三老五更群老之席位注云三老如鄉飲酒之賓五更如介群老如衆賓魯頌曰魯矦戾止在泮飲酒箋云徵先生君子與之行飲酒之禮而因以謀事也此天子諸矦養老卽鄉飲酒之證也廱下曰天子饗飲辟廱也泮下曰諸矦饗射泮宮也饗皆謂養老也古者鄉飲鄉射必聯類而行卿大夫士之射必先行鄉飲酒之禮天子諸矦則先大射後養老天子諸矦賓射於朝燕射於寢大射於澤於射宮射宮者大學也行葦爲養老之詩箋云先王將養老先與群臣行射禮擇其可與者以爲賓今我成王承先王之法度亦既序賓矣有醇厚之酒醴以告黃耇之人徵而養之王制曰王親視學注云謂習射習鄉以化之習射卽大射習鄉卽養老此天子大射而養老之證也七月行葦皆詠公劉之詩七月言朋酒斯饗行葦箋言先王將養老先與群臣行射

禮先王卽謂公劉此諸矦大射而養老之證也大射張皮矦而棲鵠其禮大故得專矦名郊廟祭祀必先大射不言祭但言饗舉饗以賅祭也不言秋但言春何也舉春以賅秋也廱下但言饗不言射舉饗以賅射也**从人。**爲人父子君臣者各以爲父子君臣之鵠故其字从人鄭云矦制上廣下狹葢取象於人張臂八尺張足六尺是取象率焉**从厂象張布。**梓人爲矦上兩个與其身三下兩个半之注云个者鄉射禮記所謂舌也矦凡用布三十六丈矦之張布如厓巖之狀故从厂**矢在其下。**象矢集之也乎溝切四部**天子射熊虎豹服猛也。諸矦射熊虎。大夫射麋。麋惑也。**熊虎豹當依周禮作虎熊豹轉寫誤倒也諸矦射熊虎各本作射熊豕虎賸豕字今正此本周禮言春官所射也司裘曰王大射則共虎矦熊矦豹矦設其鵠諸矦則共熊矦豹矦卿大夫則共麋矦皆設其鵠鄭曰以虎熊豹麋之皮飾其側又方制之以爲𣛴謂之鵠著於矦中所謂皮矦王之大射虎矦王所自射也熊矦諸矦所射豹矦卿大夫以下所射諸矦之大射熊矦諸矦所自射豹矦羣臣所射卿大夫之大射麋矦君臣共射焉按梓人云張皮矦而棲鵠者謂此也諸矦射熊虎與今本不同者鄭曰故書則共熊矦虎矦杜子春云虎當爲豹是則鄭從杜改許從故書也天子諸矦服猛大夫去惑說其義也郊特牲曰虎豹之皮示服猛也漢五行志曰麋之爲言迷也**士射鹿豕爲田除害也。**鄉射禮記曰凡矦天子熊矦白質諸矦麋矦赤質大夫布矦畫以虎豹士布矦畫以鹿豕鄭云此所謂獸矦也梓人張獸矦則王以息燕是也息者休農息老物也燕謂勞使臣若與羣臣飲酒而射是則士射鹿豕在王息燕時不在大射而許牽合言之容鄭以前說禮不同也鄭云士不大射士無臣祭無所擇故司裘於大射不言士鹿豕爲田害故大蜡迎虎**其祝曰。毋若不寧矦。不朝于王所。故伉而射汝也。**十九字韵會用考工記作四十二字非也梓人曰祭矦之禮以酒脯醢其辭曰惟若寧矦毋或若女不寧矦不屬于王所故抗而射汝強飲強食詒曾孫諸矦百福大戴禮略同抗舉也許作伉大戴作亢

矦 **古文矦。**

𥏻ㄕㄤ

𥏻 **傷也。**謂矢之所傷也引伸爲凡傷之偁**从矢傷省聲。**各本篆作鴹注曰昜聲鍉於傷下觴下曰𥏻省聲知字本作𥏻今正爲傷省聲式羊切凡傷聲之字皆同此切也

短ㄉㄨㄢˇ

短 **有所長短㠯矢爲正。从矢。**按此上當補不長也三字乃合有所長短以矢爲正說从矢之意也槷字下曰矢者其中正也正直爲正必正直如矢而刻識之而後可裁其長短故詩曰其直如矢韓詩曰如矢斯朸**豆聲。**按考工記曰豆中縣謂縣繩正豆之柄也然則豆聲當作从豆从豆之意與从矢同也都管切十四部

矤ㄕㄣˇ

矤 **況詞也。**各本況下有也誤今刪況當作兄古今音殊乃或假況許書當本作兄也兄長之兄引伸爲兄益詩常棣傳曰況滋也柔傳曰兄滋也召旻傳曰兄茲也兄況不同以兄爲正滋茲不同許皆訓益兄詞者增益之詞其意益其言曰矤是爲意內言外今俗所云已如是況又如是也尙書多用矤字俗作矧**从矢引省聲。**式忍切十二部**从矢取詞之所之如矢也。**說从矢之意今言矧則其詞有一往不可止者

知ㄓ　矣ㄧˇ　高ㄍㄠ　𩫏ㄑㄩㄥˇ　廎。　亭ㄊㄧㄥˊ　亳ㄅㄛˊ

知　䛐也。白部曰𥏌識䛐也从白从亏从知按此䛐也之上亦當有識字知䛐義同故䛐作知**从口矢。**識敏故出於口者疾如矢也陟离切十六部

矣　語已䛐也。巳矣疊韵巳止也其意止其言曰矣是爲意內言外論語或單言矣或言巳矣如學而子張篇皆云可謂好學也巳矣公冶長篇不可得而聞也巳矣巳矣乎吾未見能見其過而內自訟者也俗本句末刪矣者非淮南書說矣與也二字不同**从矢㠯聲。**于己切一部

文十　重二

高　崇也。山部曰崇嵬高也**象臺觀高之形。**謂合也**从冂口。**上音莫秋切下音圍**與倉舍同意。**倉舍皆从口象築也合與中皆象高古牢切二部**凡高之屬皆从高。**

𩫏　小堂也。集韵曰傾覓切瓜屋也**从高省冋聲。**去穎切十一部

廎　𩫏或从广元次山唐廎宋人多謂廎即亭字非也今按可讀如今之廳**頃聲。**宋本有聲字

亭　民所安定也。亭定疊韵周禮三十里有宿鄭云宿可止宿若今亭有室矣百官公卿表曰縣道大率十里一亭亭有長十亭一鄉鄉有三老有秩嗇夫後漢志曰亭有長以禁盜賊風俗通曰亭留也蓋行旅宿會之所館釋名曰亭停也人所停集按云民所安定者謂居民於是備盜賊行旅於是止宿也亭定疊韵亭之引伸爲亭止俗乃製停渟字依釋名則漢時已有停字而許不收徐氏鉉云低𠊱價停𠊱何六字皆後人所加是也**亭有樓。**故从高**从高省丁聲。**特丁切十一部

亳　京兆杜陵亭也。六國表湯起于亳徐廣曰京兆杜縣有亳亭錢氏大昕史記攷異曰殷本紀湯始居亳皇甫謐曰梁國穀熟爲南亳湯所都也立政三亳皆非京兆之亳亭秦本紀寧公二年遣兵伐蕩社三年與亳戰亳王奔戎遂滅蕩社徐廣云蕩一作湯社一作杜皇甫謐以爲亳號湯西夷之國又云周桓王時自有亳王號湯非殷也封禪書于杜亳有三杜主之祠𦶜京兆之亳乃戎王號湯者之邑徐廣以爲殷湯所起其不然乎然此篇稱作事者必於東南收功實者常於西北乃述禹興西羌周始豐鎬而及湯之起亳則史公固以關中之亳系之湯矣按許不言三亳而獨言杜陵亳亭者正爲其字从高則以此亭當之也然十里一亭者秦制亳亭之名秦漢乃有之亳之字固不起於亭也以解字爲書不得不有涉於皮傅者**从高省乇聲。**旁各切五部古亦借薄爲之如禮記薄社北牖

文四　重一

冂ㄐㄩㄥ　市ㄕˋ　冋。　坰。　冘ㄧㄣˊ　央ㄧㄤ

冂　邑外謂之郊。郊外謂之野。野外謂之林。林外謂之冂。與魯頌毛傳同邑國也距國百里曰郊野郊外也平土有叢木曰林皆許說也爾雅釋地邑外謂之郊郊外謂之牧牧外謂之野野外謂之林林外謂之坰多謂之牧牧外五字依野有死麇燕燕干旄傳叔于田饕斲之淺人妄增也牧李巡作田王砯注素問作邑外謂之郊郊外謂之甸甸外謂之牧牧外謂之林林外謂之坰坰外謂之野所偁更**象遠介也。**介各本作界誤今正八部曰介畫也冂像遠所聯亙一象各分介畫也古熒切十一部**凡冂之屬皆从冂。**

冋　古文冂从口。象國邑。像國邑在冂內也

坰　冋或从土。詩爾雅皆如此作

市　買賣所之也。釋詁曰之往也古史考曰神農作市本𣪊辭說也世本曰祝融作市**市有垣。从冂。**垣所以介也故从冂**从乁。象物相及也。乁古文及字。**依韵會本**㞢省聲。**舉形聲包會意也時止切一部

冘　冘冘。逗**行皃。**冘冘各本作淫淫今依玉篇集韵類篇正玉篇別立冘部云冘冘行皃則知冂部有冘者孫強所增也而引說文作淫淫是唐時譌本耳後漢書盧植傳注所引不誤羽獵賦三軍芒然窮冘閼與孟曰冘行也如曰冘解怠也古籍內冘豫義同猶豫巴東謠灩澦堆亦曰猶豫坤元錄作冘豫樂府作淫豫然則冘是遲疑蹢躅之皃矣**从儿出冂。**儿者古文奇字人也冘者遠望人行若行若不行之皃余箴切七部

央　央中也。

央逗複舉字之未刪者也月令曰中央土詩箋云夜未渠央古樂府調弦未詎央顏氏家訓作未遽央皆卽未渠央也渠央者中之謂也詩言未央謂未中也毛傳央且也且者薦也凡物薦之則有二至於艾而爲三矣下文夜未艾艾者久也箋云芟末曰艾以言夜先雞鳴時合初昏與艾言之是央爲中也 **从大在冂之內。大**逗**人也。**人在冂內正居其中於良切十部 **央旁同意。**央取大之中居旁取兩旁外廓故曰同意

隺ㄏㄨˊ

一曰久也。此別一義 **隺高至也。从隹上欲出冂。**上翔欲遠行也胡沃切古音在二部 **易曰夫乾隺然。**見繫辭今易作確按釋文云確苦角反馬韓云剛皃說文云高至按陸不云說文作隺蓋釋文固作隺然淺人改爲從石耳許書有确無確

文五　重三

𩫏ㄍㄨㄛ

𩫏度也。此以音說義與蒦度也音義略同 **民所度居也。**釋名曰郭廓也廓落在城外也 **从**按城𩫏字今作郭郭行而𩫏廢矣邑部曰郭齊之郭氏虛也蓋下云萬物郭皮甲而出當作𩫏郭今之廓字也 **回象城𩫏之重。**內城外𩫏 **兩亭相對也。**謂上合下𠄗也內城外𩫏兩亭相對漢典略曰雒陽二十街街一亭十二城門門一亭此城內亭也百官公卿表縣道十里一亭此城外亭也 **或但从口。**音笇詩篆作𩫏也按當出𩫏篆在皆从𩫏之下 **凡𩫏之屬皆从𩫏。**

缺ㄑㄩㄝ

缺缺也。以疊韵爲義 **古者城闕其南方謂之缺。**闕之義同缺何氏公羊傳注曰天子周城諸侯軒城軒城者缺南面以受過也按毛詩傳曰闕曲城也闍城臺也城門上有臺謂之闍周官匠人詩靜女所謂城隅也無臺謂之缺詩子衿所謂城闕也三面有臺而南方無臺故謂之缺猶軒縣之缺南方泮水之缺北方不敢同天子也毛詩城闕當作缺闕其假借字非象闕之闕也詩曰在城闕兮傳曰乘城而見闕箋申之曰登高而見於城闕明非城濟不完如公羊疏所疑也本城缺之字故从𩫏引伸爲凡缺之偁故先之曰缺也 **从𩫏夬聲。讀若拔。**

五篇下　毛

享。

物爲決引也。以物塞其口拔其物使內出缺傾雪切十五部

文二

京ㄐㄧㄥ

京人所爲絕高丘也。釋丘曰絕高爲之京非人爲之丘郭云爲之者人力所作也按釋詁云京大也其引伸之義也凡高者必大 **从高省。丨象高形。**舉卿切古音在十部 **凡京之屬皆从京。**

就ㄐㄧㄡˋ　𡬢。

就就。此複舉字之未刪者 **高也。**廣韵曰就成也迎也卽也皆其引伸之義也 **从京尤。尤異於凡也。**說从尤之意京者高也高則異於凡疾僦切三部 **𡬢籒文就。**

文二　重一

亯ㄒㄧㄤˇ

亯獻也。下進上之詞也按周禮用字之例凡祭亯用亯字凡饗燕用饗字如大宗伯吉禮下六言亯先王嘉禮下言以饗燕之禮親四方賓客尤其明證也禮經十七篇用字之例聘禮內臣亯君字作亯士虞禮少牢饋食禮尚饗字作饗小戴記用字之例凡祭亯饗燕字皆作饗無作亯者左傳則皆作亯無作饗者毛詩之例則獻於神曰亯神食其所亯曰饗如楚茨以亯以祀下云神保是饗周頌我將我亯下云既右饗之魯頌亯祀不忒亯以騂犧下云是饗是宜商頌以假以亯下云來假來饗皆其明證也鬼神來食曰饗卽禮經尚饗之例也獻於神曰亯卽周禮祭亯作亯之例也各經用字自各有例周禮之饗燕左傳皆作亯宴此等蓋本書固尒非由後人改竄 **从高省。**獻者必高奉之曲禮曰執天子之器則上衡國君則平衡後世亦以舉案齊眉爲敬 **日象孰物形。**禮經言饋食者薦孰也許兩切十部亯象薦孰因以爲飪物之偁故又讀普庚切亯之義訓薦神誠意可通於神故又讀許庚切古音則皆在十部其形薦神作亨亦作享飪物作亨亦作烹易之亨則皆作亨皆今字也 **孝經曰祭則鬼亯之。**孝經孝治章文 **凡亯之屬皆从亯。亯篆文亯。**

五篇下　夭

𦎫。
𦎫ㄔㄨㄣˊ　𩫖ㄉㄨˇ　𩫏ㄩㄥ

後篆者上部之例也據元應書則亯者籀文也小篆作𦎫故隸書作亨小篆之變也 𦎫孰也。今俗云純熟當作此字純醇行而𦎫廢矣周禮司裘注假借爲𦎫的字 从亯羊。凡从𦎫者今隸皆作享與亯之隸無別 讀若純。常倫切十三部 一曰鬻也。鬻鍵也 𦏧篆文𦎫。

𩫖旱也。旱各本作厚今正旱厚古今字管篤亦古今字管與二部竺音義皆同今字篤行而管竺廢矣公劉毛傳曰篤厚也此謂篤即竺管字也 从亯竹聲。讀若篤。冬毒切三部

𩫏用也。此與用部庸音義皆同玉篇曰𩫏今作庸廣韵曰𩫏者庸之古文 从亯从自。自知臭句自鼻也知臭味之芳殠 香所食也。香當作亯轉寫之誤也上說从自之意此說从亯之意鼻聞所食之香而食之是曰𩫏今俗謂喫爲用是也 讀若庸同。余封切九部

文四　重二

覃。
旱ㄏㄡˋ　𣆪ㄊㄢˊ　𠪚。　厚ㄏㄡˋ　垕。

旱厚也。厚當作管上文曰管旱也此曰旱篤也是爲轉注今字厚行而旱廢矣凡經典旱薄字皆作厚 从反亯。倒亯者不奉人而自奉旱之意也胡口切四部 凡旱之屬皆从旱。

𣆪長味也。此與酉部醰音同義近醰以覃會意也引伸之凡長皆曰覃葛覃傳曰覃延也凡言覃及覃思義皆同經典葛覃字亦假覃爲之 从旱鹹省聲。當作鹹省鹹亦聲以从鹹故知字本義爲味長也徒含切古音在七部 詩曰。實覃實吁。大雅文傳曰覃長也許大也許作吁疑轉寫誤 𠪚古文覃。𣆪篆文覃省。今隸本此以古覃篆𠪚推之則𠪚乃籀也先籀後篆者上部之例也

厚山陵之旱也。旱各本作厚今正山陵之厚故其字从厂今字凡旱薄字皆作此 从厂从旱。旱亦聲胡口切四部 垕古文厚从后土。从土后聲也

文三　重三

畗ㄅㄧ　良ㄌㄧㄤˊ　目。　㠯。　笆。

畗滿也。方言偪滿也凡以器盛而滿謂之悀注言涌出也腹滿曰偪注言勑偪也按廣雅悀偪滿也本此而玉篇云腹滿謂之涌腸滿謂之畗與今本方言異元應書畗塞注曰普逼切引方言畗滿也是則希馮元應所據方言皆作畗也許書無偪逼字大徐附逼於辵部今乃知逼仄逼迫字當作畗偪逼行而畗廢矣荀卿子充盈大宇而不窕入郤穴而不偪淮南兵略訓入小而不偪處大而不窕凡云不偪者皆謂不塞淮南俶眞訓處小而不塞要略訓道之尋常而不塞氾論訓內之尋常而不塞齊俗訓大則塞而不入小則窕而不周偪與塞義同畗偪正俗字也釋言曰逼迫也本又作偪二皆畗之俗字 从高省。謂合也 象高厚之形。謂田也 凡畗之屬皆从畗。讀若伏。芳逼切按畗伏二字古音同在第一部今音同房六切

良善也。从畗省亾聲。呂張切十部 目古文良。玉篇不錄 㠯亦古文良。笆亦古文良。玉篇作筤

㐭ㄌㄧㄣˇ

文二　重三　按此部小徐在畗部之前

㐭穀所振入也。穀者百穀總名中庸注曰振猶收也手部曰振舉也周禮注曰米藏曰廩 宗廟粢盛。粢各本作粢今正粢稻餅之或字也粢者稷之或字也鉶師以共齍盛鄭注齍作粢云粢稷也穀者稷爲長是以名云在器曰盛按小宗伯注云齍讀爲粢六粢謂六穀黍稷稻粱麥苽是則六穀稷爲長故單舉粢也許於皿部曰齍黍稷器也盛黍稷在器中也字依周禮此作粢盛者齍粢古今字禮記多用粢盛故許從之與鄭同也 蒼黃㐭而取之。故謂之㐭。蒼舊作倉今正㐭而取之㐭當作凜凜寒也凡戒愼曰懍懍亦作懍懍漢書通作廩廩許云懍懍而取之故謂之㐭懍㐭疊韵如上文蒼黃取而藏故謂之倉藏倉疊韵也上文云穀所振入也者周禮所謂廩人掌九穀之數以待國之匪頒賙賜稍食也此云宗廟粢盛蒼黃廩而取之者穀梁傳所謂甸粟而內之三宮三宮米而藏之御廩周禮所謂廩人大祭祀則共其接盛舉其重者以釋㐭之音義

廩。稟ㄅㄧㄥˇ　亶ㄉㄢˇ　啚ㄅㄧˇ　啚。　嗇ㄙㄜˋ

也鄭云大祭祀之穀藉田之收藏於神倉者也不以給小用釋言廩廯也臧氏鏞堂曰廯古本當作鮮舍人云廩少鮮也公羊羣公廩注云連新於上財令半相連耳襄廿三年所傳聞注亦云廩廩近升平皆廩鮮也之義玉裁按此與漢書廩廩庶幾賈誼爲此廩廩皆懍懍之假借也 **从入** 穀所入故从入 **从回** 回之訓轉也而此从回之意則如下所云 **象屋形** 謂外口舍下云口象築此云象屋者屋在上者也亩之戶牖多在屋 **中有戶牖** 下謂內口小徐曰戶牖以防蒸熱也力甚切七部 **凡亩之屬皆从亩** **廩 亩或从广稟** 會意也稟亦聲

稟 賜穀也 賜穀曰稟中庸既稟稱事鄭注周禮宮正內宰廩人掌固皆云稍食祿稟也又司稼注云賙稟其艱阨晉惠帝云官稟可給稟凡若此類今本多譌爲廩卽有未譌者亦皆讀爲力甚切矣今之廩膳生員於古當作稟膳 **从亩禾** 禾猶穀也穀在於亩周禮所謂以待賙賜稍食也凡賜穀曰稟受賜亦曰稟引伸之凡上所賦下所受皆曰稟左傳言稟命則不威是也筆錦切七部

亶 多穀也 亶之本義爲多穀故其字从亩引伸之義爲厚也信也誠也見釋詁毛傳 **从亩旦聲** 多旱切十四部

啚 嗇也 下文云嗇愛濇也水部曰濇不滑也凡鄙吝字當作此鄙行而啚廢矣論語鄙夫周書鄙我周邦皆當作此 **从口** 音韋口猶聚也 **从亩 亩受也** 亩所以受穀引伸之凡受皆曰亩聚而受之愛濇之意也方美切十五部

啚 古文啚如此

文四　重二

嗇 愛濇也 嗇濇疊韵廣韵引作歰歰與濇皆不滑也大雅云好是家嗇力民代食箋云但好任用是居家之吝嗇於聚斂作力之人令代賢者處位食祿又云家嗇維寶代食維好箋云言王不尚賢但貴吝嗇之人與愛代食者而已老子曰治人事天莫若嗇詩序云其君儉嗇褊急 **从來亩 來者亩而臧之** **故田夫謂之嗇夫** 說从來亩之意也嗇者多入而少出如田夫之務蓋藏故以來亩會意嗇夫見

嗇。　牆ㄑㄧㄤˊ　牆。　牆。　來ㄌㄞˊ

左傳所引夏書漢制十亭一鄉鄉有三老有秩嗇夫游徼皆少吏之屬許云田夫謂之嗇夫者若郊特牲先嗇司嗇報嗇嗇皆謂農古嗇穡互相假借如稼穡多作稼嗇左傳小國爲穡大國省穡而用之卽省嗇也所力切一部 **曰棘省聲** 來亩者會意棘省聲者形聲別一說也棘省謂省竝朿爲單朿來亦象朿故云棘聲然少迂矣 **凡嗇之屬皆从嗇**

嗇 古文嗇从田

牆 垣蔽也 土部曰垣牆也左傳曰人之有牆以蔽惡也故曰垣蔽釋宮曰牆謂之墉釋名曰牆障也 **从嗇** 小徐曰取愛嗇自護也 **爿聲** 才良切十部按凡爿聲二徐多肊改爲牀省聲此爿聲小徐云亦當言牀省韵會遂改之

牆 籀文从二禾

牆 籀文亦从二來 按玉篇云牆者籀文牆者古文與今本異

文二　重三

來 周所受瑞麥來麰也 也字今補詩正義此句作周受來牟也五字周頌詒我來麰箋云武王渡孟津白魚躍入王舟出涘以燎後五日火流爲烏五至以穀俱來此謂遺我來牟書說以穀俱來云穀紀后稷之德按鄭箋一見尚書大誓尚書旋機鈐合符后詩云來牟書云穀其實一也下文云來麰麥也此云瑞麥來麰然則來麰者以二字爲名毛詩傳曰牟麥也當是本作來牟麥也爲許麰下所本後人刪來字耳古無謂來小麥麰大麥者至廣雅乃云麳小麥麰大麥非許說也劉向傳作釐麰文選典引注引韓詩內傳貽我嘉麰薛君曰麰大麥也與趙岐孟子注同然韓傳未嘗云來小麥 **二麥一夆象其芒朿之形** 二麥一夆各本作一來二縫不可通惟思文正義作一麥二夆今定爲二麥一夆夆卽鏠字之省許書無峯則山峯字可作夆凡物之標末皆可偁夆夆者朿也二麥一夆爲瑞麥如二米一稃爲瑞黍藎同夆則亦同稃矣廣韵十六咍引埤蒼曰稺麰之麥一麥二稃周受此瑞麥此一二稃字亦是互譌二麥一稃亦猶異畮同頴雙觡共柢之類其字以从象二麥以朿象一芒故云象其芒朿之形洛哀切古音在一部 **天所來也故爲行來之來** 自天

䅨ㄙˋ ⿰彳矣。 麥ㄇㄛˋ 麰ㄇㄡˊ ⿱艹牟。 麧ㄏㄜˊ 麱ㄙㄨㄛˇ

而降之麥謂之來麰亦單謂之來因而凡物之至者皆謂之來許意如是猶之相背韋之爲皮韋朋鳥之爲朋攩鳥西之爲東西之西子月之爲人偁鳥之爲鳥呼之鳥皆引伸之義行而本義廢矣如許說是至周初始有來字未詳其信詩曰。詒我來麰。今毛詩詒作貽俗字也麰作牟古文假借字也凡來之屬皆从來。

䅨 詩曰。不䅨不來。毛詩無此語釋訓曰不䅨不來也爾雅多釋詩書蓋江有汜之詩不我以古作不我䅨䅨者來之也不我䅨者不來我也許兼偁詩爾雅當云詩曰不我䅨不䅨不來也轉寫譌奪不可讀耳䅨與以不同者蓋許兼偁三家詩也从來。矣聲。牀史切一部

⿰彳矣 䅨或从彳。今韵書字書以䅨⿰彳矣同䅨訓待非也

文二 重一

麥 芒穀。有芒朿之穀也稻亦有芒不偁芒穀者麥以周初二麥一夆箸也鄭注大誓引禮說曰武王赤烏芒穀應許本禮說秋種厚薶。故謂之麥。薶麥疊韵夏小正九月樹麥月令仲秋之月乃勸種麥毋或失時麥以秋種尚書大傳淮南子說苑皆曰虛昏中可以種麥漢書武帝紀謂之宿麥麥金也。金王而生。火王而死。程氏瑤田曰素問云升明之紀其類火其藏心其穀麥鄭注月令云麥實有孚甲屬木許以時鄭以形而素問以功性故不同耳从來。有穗者也。也字今補有穗猶有芒也有芒故从來象芒朿也从夊。夊思隹切行遲曳夊夊也从夊者象其行來之狀莫獲切古音在一部凡麥之屬皆从麥。

麰 來麰逗麥也。見毛傳从麥。牟聲。莫浮切三部

⿱艹牟 麰或从艸。

麧 堅麥也。謂麥之堅者也史漢皆云亦食糠覈耳孟康曰覈麥糠中不破者也晉灼曰覈音紇京師人謂麤屑爲紇頭按廣韵引漢書食糠麧爲是孟注晉音皆是麧字後人妄改漢書耳麧在沒韵覈在麥韵音不同也孟注與許說合从麥气聲。乎沒切十五部

麱 小麥屑之覈。此晉灼所云京師人謂麤屑爲紇頭也上文堅麥兼大小麥言此單謂小麥又堅麥謂麧者此謂屑之而仍有核覈同果中核之核今所謂粗麩也麩與麧皆謂堅者故類言之从麥。貨聲。穌果切十七部

麮ㄑㄩˋ 麷ㄈㄥ ⿺麥啇ㄓˇ 麪ㄇㄧㄢˋ 麵。 麩ㄈㄨ 䴾ㄘㄨㄛˊ

䴾 礦麥也。謂以石礦礦之是曰䴾也从麥。差聲。昨何切十七部一曰擣也。一別義

麩 小麥屑皮也。麩之言膚也屑小麥則其皮可飤蓋大麥之皮不可食用故無名从麥夫聲。甫無切五部

⿺麥甫 麩或从甫。

麪 麥屑末也。屑字依類篇補末者屑之尤細者齊民要術謂之勃今人俗語亦云麪勃勃取蓬勃之意非白字也廣雅䴹謂之麪篇韵皆云麩䴲也麩即末也末與麪爲雙聲麩與麪爲疊韵从麥。丏聲。彌箭切十二部

⿺麥啇 麥覈屑也。上文云麥屑之覈謂其堅此云覈之屑謂其擣碎礦之偁末成末麩與麪末分是爲麩麪廣韵云麩麪又云麪麩皆謂麩末離析九章筭術曰小麪之率十三半大麪之率五十四麥八斗六升七分升之三得小麪二斗五升一十四分升之一十三麥一斗得大麪一斗二升李籍音義曰細曰小麪粗曰大麪然則九章之小麪許所謂麪也九章之大麪許所謂麩及麪也十斤爲三斗。然則一秳爲三斛也蓋出古筭經从麥。啇聲。直隻切又音敵十六部

麷 煑麥也。周禮籩實有麷大鄭云熬麥曰麷鄭云今河閒以北煑穜麥賣之名曰逢後鄭謂逢即麷之遺語也穜釋文直龍反是穜稑之穜程氏瑤田曰熬煑蓋通偁熬乾煎也荀卿子午其軍取其將若撥麷蓋麥乾煎則質輕撥去之甚易故以爲易之況今南方蒸穤米爲飯曝乾爝之呼爲米蓬與鄭云逢者合籩食皆乾物餌餈亦必以粉坌之然則麷非麥粥也今人通呼乾煎爲爝說文鬻熬也从麥豐聲。讀若馮。馮从馬仌聲漢時馮姓之馮已讀如今音矣數戎切九部

麮 麥甘鬻也。荀卿書冬日則爲之饘粥夏日則與之瓜麮釋名曰煑麥曰麮麮亦齲也煑熟亦齲壞也按麥甘鬻者以麥爲粥其味甜也急就篇云甘麮殊美奏諸君是也其法當用大麥爲之或去皮或粉之皆可爲粥其性清虛於夏日宜大麥甘故今煎

麮ㄎㄨ　䵃ㄏㄨㄚ　䴳ㄘㄞ　夊ㄙㄨㄟ　夋ㄑㄩㄣ　复ㄈㄨ　夌ㄌㄧㄥ　致ㄓ

飴餳亦用大麥。从麥去聲。丘據切。五部。䵃　䴵䴷也。䴵䴷者，堅築之成䴵也。方言：䴷、䴬、麰、䴽、䵃，麴也。自關而西秦豳之閒曰䴷，晉之舊都曰䴬，齊右河泲曰䴽，或曰麰，北鄙曰䵃。麴，其通語也。从麥殸聲。讀若庫。許音庫，合音也。今音空谷切，依殸聲也。䴳　䴵䴷也。从麥穴聲。戶八切。十五部。𪌂　䴵䴷也。从麥才聲。昨哉切。一部。

文十三　重二

夊　行遲曳夊夊也。也字今補。曲禮曰：行不舉足，車輪曳踵。玉藻曰：圈豚行不舉足，齊如流。注云：孔子執圭，足縮縮如有循，是也。玉篇曰：詩云雄狐夊夊，今作綏。象人兩脛有所躧也。通俗文：履不著跟曰屣。屣同躧。躧屣古今字也。行遲者如有所拕曳然，故象之。楚危切。玉篇思隹切。十五部。凡夊之屬皆从夊。

夋　行夋夋也。夋夋，行皃。一曰倨也。亢部竣下曰：夋，倨也。故竣字从夋會意。从夊允聲。七倫切。十三十四部。

复　行故道也。彳部又有復，復行而复廢矣。疑彳部之復乃後增也。从夊畗省聲。房六切。三部。按畐聲在一部，合音也。

夌　越也。凡夌越字當作此。今字或作淩，或作凌，而夌廢矣。檀弓：喪事雖遽不陵節。鄭曰：陵，躐也。躐與越義同。廣韵陵下云：犯也，侮也，侵也。皆夌義之引伸。今字概作陵矣。从夊尖。越之義也。力膺切。六部。尖，高大也。說从尖之意。一曰夌徲也。彳部曰：徲，久也。凡言陵遲、陵夷，當作夌徲。今字陵遲、陵夷行而夌徲廢矣。玉篇云：夌遲也。廣韵云：陵遲也。遲與徲同也。匡謬正俗釋陵遲曰：陵爲陵阜之陵，而遲者遲遲微細削小之義。古遲夷通用，或言陵夷，其義一也。言陵阜漸平，喻王道弛替耳。玉裁謂許書作夌，則知說陵爲陵阜非也。夌徲爲遲之反語，古遲遲通用。夌徲，言時久則弛替。遲古讀如夷，夌夷疊韵字耳。以左傳下陵上替說之，許前義於下陵近，後義於上替近。下陵與上替，其事常相因也。

致　送詣也。言部曰：詣，候至也。送詣者，送而必至其處也。引伸爲召致之致。

憂ㄧㄡ　愛ㄞ　夎ㄅㄨ　竷ㄎㄢ　㚇ㄈㄢ　夏ㄒㄧㄚ

又爲精致之致。月令：必工致爲上，是也。精致，漢人祇作致。糸部緻字，徐鉉所增。凡鄭注俗本乃有緻。从夊从至。夊猶送也。陟利切。十五部。

憂　和之行也。商頌毛傳曰：優優，和也。廣雅釋訓：憂憂，行也。行之狀多而憂憂，爲龢之行。和當作龢。憂，今字作優，以憂爲惪愁字。从夊惪聲。於求切。三部。詩曰：布政憂憂。商頌文。今詩作優優。

愛　行皃也。心部曰：㤅，惠也。今字假愛爲㤅，而㤅廢矣。愛，行皃也。故从夊。从夊㤅聲。烏代切。古音在十五部。

夎　行夎夎也。从夊，闕。讀若僕。各本篆作夎，今依廣韵作夎，與小徐注合。此闕謂形上體作几，不知其說也。讀若僕，則知夎夎即今俗語僕僕。道途之謂。趙注孟子曰：僕僕，煩猥皃。皮卜切。三部。

竷　繇也。舞也。繇當作䚻。䚻，徒歌也。上也字衍。謠舞者，謠且舞也。詩序曰：維清，奏象舞也。武，奏大武也。禮記文王世子、明堂位、祭統皆云管象舞大武，象與大武皆謂周頌武篇。鄭注祭統云：吹管而舞武象之樂也。樂記說武以咏歎淫液，發揚蹈厲並言，則舞兼歌矣。故其字从章。从夊从章。樂有章也。說从章之意。夅聲。已上十字今更正。夅聲在九部，與八部合韵。苦感切。八部。詩曰：竷竷鼓我。鼓，各本作舞，今依韵會訂。土部引墫墫舞我，則此當同詩作鼓矣。今小雅伐木作坎坎，毛無傳，而陳風曰：坎坎，擊鼓聲也。魏風傳曰：坎坎，伐木聲也。魯詩伐檀作欿欿，疑竷竷鼓我容取三家與毛異。

㚇　㚇蓋也。司馬彪輿服志：乘輿金鍐。劉昭引蔡邕獨斷曰：金鍐者，馬冠也。高廣各五寸，上如五華形，在馬鬃前。薛綜注東京賦同。按在馬鬃前，則正在馬之㚇蓋。其字本作金㚇，或加金旁耳。馬融廣成頌：揚金㚇而拖玉瓖。字亦作㚇，可證。西京賦：璿弁玉纓。薛曰：弁，馬冠叉髦也。徐廣說金鍐云：金爲馬叉髦。然則弁也，叉髦也，㚇也，一也。㚇或誤作鍐，鍐或誤作鑁。玉篇又誤作鍐𩋇，皆音子公反，非也。㚇蓋者，人冈也。見冈部。象皮包覆㚇。謂皿。下有兩臂，謂人。而夊在下。人足也。讀若范。亡范切。七部八部。

夏　中國之人也。以別於北方狄、東北貉、南方蠻閩、西方羌、西南焦僥、東方夷也。夏，引伸之義爲

（左欄外）麮䵃䴳夊夋复夌致憂愛夎竷㚇夏

龠。 畟ㄘㄜˋ 夎ㄗㄨㄥ 夒ㄋㄠˊ 夔ㄎㄨㄟˊ

大从夊从頁从臼臼兩手夊兩足也。胡雅切古音在五部 龠古文夏也。

畟治稼畟畟進也。釋訓曰畟畟耜也周頌毛傳曰畟猶測測也箋云農人測測以利善之耜熾菑是南畝也按畟畟古語測測今語毛以今語釋古語故曰猶周禮雉氏注曰耜之者以耜測凍土剗之然則畟測皆進意 从田儿。儿亦人字田人者農也 从夊。夊言其足之進足進而耜亦進矣初力切一部 詩曰畟畟良耜。許書耜作枱鈶二形見木部云耒耑也

夎斂足也。䧿雞醜其飛也夎。二句見釋鳥今爾雅作㚇許所據異也 从夊 斂足故从夊 兇聲。子紅切九部

夒貪獸也。一曰母猴。謂夒一名母猴犬部曰玃大母猴也犬部曰猴夒也由部曰禺母猴屬爪部曰爲母猴也單評猴絫評母猴其實一也母猴與沐猴獼猴一語之轉母非父母字詩小雅作猱毛曰猱猨屬樂記作獶絫之變鄭曰獶獼猴也 佀人。似人面手足 从頁。句 巳止夊其手足。巳止象其似人手夊象其足奴刀切古音在三部

夔即魖也。即鉉作神疑神是鬼魖之譌鬼部曰魖耗鬼也神魖謂鬼之神者也甘泉賦曰捎夔魖而抶獝狂東京賦曰殘夔魖與罔象皆夔魖連文可證國語木石之怪夔罔兩韋注或云夔一足越人謂之山繰或作猱富陽有之人面猴身能言廣韵曰山魈出汀州獨足鬼也神魖謂山繰之尤異者若大荒東經云有獸狀如牛蒼身而無角一足出入水則必風雨其光如日月其聲如雷名曰夔黃帝得其皮爲鼓聲聞五百里此獸也非鬼也薛注二京合而一之恐非是 如龍一足。从夊。孟康曰夔神如龍有角人面薛綜曰木石之怪如龍有角按从夊者象其一足 象有角手人面之形。云如龍則有角可知故从𠂉象有角又从巳象其似人手頁象其似人面渠追切十五部古假歸作夔樂緯云昔歸典協律即夔典樂也地理志歸子國即夔子國也

文十五 重一

舛ㄔㄨㄢˇ 踳。 舞ㄨˇ 翌。 舝ㄒㄧㄚˊ 舜ㄕㄨㄣˋ 雞ㄏㄨㄤˊ 𡕒。

舛對臥也。謂人與人相對而休也引伸之足與足相抵而臥亦曰舛其字亦作僢王制注釋交趾云浴則同川臥則僢足是也又引伸之凡足相抵皆曰僢典瑞兩圭有邸注云僢而同本是也淮南書及周禮注多用僢字 从夊𡳿相背。相背猶相對也昌兗切古音在十三部 凡舛之屬皆从舛。

踳楊雄作舛从足春。春聲也李善注魏都賦引司馬彪莊子注曰踳讀曰舛舛乖也按司馬意舛踳各字而合之楊許則云踳爲舛之或字蓋訓纂篇如此作諸家多用踳駁謂譌舛也

舞樂也。用足相背。說从舛之意 从舛無聲。文撫切五部按諸書多作儛 𦏶古文舞从羽亡。亡聲也支部曰攺讀與撫同然則以亡爲無也古矣

舝車軸耑鍵也。金部曰鍵一曰車轄也然則許意謂舝轄同也以鐵豎貫軸頭而制轂如鍵閉然邶風傳曰脂舝其車小雅傳曰閒關設舝皃皆謂舝必行而後設也車軸耑謂之害害今字作轊大馭右祭兩軹軹故書作軒杜子春云軒謂兩轊也或讀軒爲簪笄之笄按鐵貫軸如笄貫弁然軸耑名軒者以鐵名之也子春易爲軹非也 兩穿相背。从舛。據許說則每耑爲兩穿每穿鍵以一鐵兩穿相對故其字从舛 禼省聲。胡戛切十五部 禼古文偰字。禼各本作偰今依厶部正禼讀如偰故漢書以禼爲稷偰字

文三 重二

舜舜艸也。楚謂之葍。秦謂之藑。艸部曰葍䔰也一曰䔰茅葍也一名舜是一物三名也 蔓地生而連華。象形。生而二字依爾雅音義補 从舛。亦狀蔓連相鄉背之皃 舛亦聲。舒閏切十三部舜作舜按此與艸部䑞音同義別有虞氏以爲謚者堯高也舜大也舜者俊之同音假借字山海經作帝俊 凡舜之屬皆从舜。𦱤古文舜。

雞華榮也。釋言曰皇華也釋草曰蕍芛葟華榮許𠌶部曰𠌶艸木𠌶也此云𠌶榮者絫言之 从舜

五篇下

葟　韋　奠　韠　韎

𡉚聲。𡉚見㞢部。形聲包會意。各本譌生則非聲。大徐本篆文右半譌生非也。戶光切。十部。讀若皇。爾雅曰。雖華也。今釋言作皇。非。葟 𡉚雖或从艸皇。皇聲。釋艸如此作。

文二　重二

韋 相背也。故从舛。今字違行而韋之本義廢矣。酒誥薄違農父。馬云。韋違行也。據羣經音辨則古文尚書當如是。从舛口聲。宇非切。十五部。獸皮之韋。此韋當作圍。謂繞也。可目束物。枉戾相韋背。物字依韵會補。生革爲縷。圍束物可以矯枉戾而背其故也。故借目爲皮韋。其始用爲革縷束物之字。其後凡革皆偁韋。此與西朋來子烏五字下文法略同。皆言假借之恉也。假借專行而本義廢矣。凡韋之屬皆从韋。𡕒 古文韋。

韠 韍也。市部曰。韠也。市小篆作韍。所目蔽前者。鄭注禮曰。古者佃漁而食之。衣其皮。先知蔽前。後知蔽後。後王易之以布帛。而獨存其蔽前者。不忘本也。按韠之言蔽也。韍之言亦蔽也。目韋。故从韋。下廣二尺。上廣一尺。其頸五寸。記玉藻文也。玉藻曰。韠下廣二尺。上廣一尺。長三尺。其頸五寸。襍記云。會去上五寸。會謂頸下縫也。會已上長五寸。即所謂其頸長五寸也。又云。紕以爵韋六寸。不至下五寸。謂頸五寸之下。下五寸之上。中長二尺。兩邊皆紕以爵韋。左右各廣三寸也。又云。下五寸純以素。謂下五寸緣以生帛也。鄭云。其頸五寸。其緣當亦用爵韋。一命縕韠。再命赤韠。玉藻曰。一命縕韍幽衡。再命赤韍幽衡。三命赤韍葱衡。鄭云。尊祭服。故變韠言韍。又云。元端服稱韠。元冕爵弁服之韠稱韍。然則韠韍同物。殊其名耳。許於此言一命縕韠。再命赤韠。於市下言天子朱市。諸侯赤市。大夫赤市葱衡。許意卑者偁韠。尊者偁韍。說與鄭少異。縕者赤黃之閒色。所謂韎也。縕之假借字也。从韋畢聲。卑吉切。十二部。

韎 茅蒐染韋也。左傳云韎韋。一入曰韎。入字宋本汲古初印本同。與五經文字毛詩定本合。毛扆修版改入爲又。則倒易其是非矣。小雅毛傳曰。韎者茅蒐染革也。一入曰韎。韐所以代韠也。一士冠禮注云。韎韐縕韍也。此鄭以縕釋韎。以韍釋韐。玉藻曰。一命縕韍。注云。縕赤黃之閒色。所謂韎也。按赤黃之閒色曰縓。糸部縓帛赤黃色是也。爾雅一染謂之縓。縓者縕之假借字。一入曰韎。即一入曰縓也。三君注國語云。一染曰韎。詩箋云。韎茅蒐染也。茅蒐韎聲也。韐祭服之韠。合韋爲之。又駁異義云。齊魯之閒言韎聲如茅蒐。字當作韎。陳留人謂之蒨。韋注國語云。茅蒐今絳草也。急疾呼茅蒐成韎。此皆詩箋所謂茅蒐韎聲也。士冠禮韎韐注云。士染以茅蒐。因以名焉。今齊人名蒨爲韎。韐之制似韠。已上諸文。今本譌舛特甚。悉爲正之。从韋末聲。莫佩切。十五部。按許云末聲。鄭駁異義云。韎。齊魯之閒言韎聲如茅蒐。字當作韎。今詩箋版本二體不淵。蓋鄭所據亦作末聲。鄭謂當从未聲也。鄭必知當从未聲者。未聲與文蒐爲類。未聲與元寒爲類。文蒐與尤侯相似也。元寒與魚模相似也。茅蒐爲韎聲。則當从未矣。唐韵莫佩切。劉李周禮音妹者。鄭未聲之說也。廣韵音末。諸經音莫介反者。許末聲之說也。

韢　韜　韝

韢 橐紐也。橐。車上大橐也。紐。系也。一曰結而可解也。从韋惠聲。胡計切。十五部。一曰盛虜頭橐也。呂覽北郭騷告其友曰。盛吾頭於笥中。奉以託。以白晏子也。退而自刎。其友因奉以託。按託者橐之假借字。云虜頭者。如函梁君臣之首之類。

韜 劍衣也。少儀曰。劍則啟櫝蓋襲之。加夫襓與劍焉。注曰。夫襓劍衣也。夫或爲煩。皆發聲。按許書無襓字。襓與韜音相近。襓即韜也。曹憲廣雅袾襓袾劍衣也。袾音陳律反。按熊氏安生義疏引廣雅。夫襓。木劍衣也。木蓋本作术。熊認爲艸木字。夫术曹本乃作袾袜。知今本廣雅多增益偏旁而不古矣。引伸爲凡包藏之偁。从韋。以韋爲之也。熊云木劍衣。非是。櫝既木爲之矣。舀聲。土刀切。古音在三部。

韝 臂衣也。各本作射臂決也。誤甚。決箸於右手大指。不箸於臂。今依文選荅蘇武書注正。射韝者。許之拾。禮經之遂。內則之捍也。毛傳曰。拾遂也。大射注曰。遂射韝也。以朱韋爲之。箸左臂。所以遂弦也。凡因射箸左臂謂之射韝。非射而爾臂皆箸之以便於事謂之韝。許不言射韝者。言臂衣則射韝在其中矣。東方朔傳曰。緣幘傳青韝。韋昭曰。韝形如射韝。以縛左右手。

韘ㄕㄜˋ　弽。韣ㄓㄨˊ　韔ㄔㄤˋ　⿰韋段ㄉㄨㄢˋ

於事便也崔豹古今注曰𧞤衣厮役之服取其便於用耳乘輿進食者服𧞤衣按𧞤衣卽韝也以繩纕臂謂之絭以衣斂袖謂之韝其字或作褠見後漢書或作構見南都賦从韋繕人注曰韝扞箸左臂裏以韋爲之冓聲。古矦切四部

韘射決也。所㠯拘弦。衞風童子佩韘毛曰韘決也能射御則帶韘小雅車攻傳曰決所以鉤弦也鄭注周禮曰抉挾矢時所以持弦飾也注鄉射禮大射儀云決猶闓也以象骨爲之箸右大巨指以鉤弦闓體按卽今人之扳指也經典多言決少言韘韘惟見詩毛公釋爲決而箋云韘之言沓所以彄沓手指此以禮經之極釋韘也大射云朱極三注云極猶放也所以韜指利放弦也以朱韋爲之食指將指無名指各一小指短不用鄭意以韘極沓三字雙聲且極用韋爲之故字从韋決則用象骨爲之故不从毛而易其義許說从毛也以字从韋論之鄭爲長矣內則言佩決詩言佩韘蓋言一可以包二㠯象骨。句韋系。句箸右巨指。从韋繕人注云士喪禮抉用正王棘若檡棘則天子用象骨與按用棘蓋施諸死者疑生者用

象若骨故鄉射大射禮注皆云用象骨許意正如是用韋爲系著右巨指故字从韋但今世扳指不用系士喪禮注云決以韋爲之藉又云以紐環大擘本恐生者皆不必然也葉聲。失涉切八部釋文大涉切詩曰。童子佩韘。

弽韘或从弓。

韣弓衣也。月令帶以弓韣高誘曰韣弓韜也按革部韇下曰弓矢韇也韇蓋又在韣之外容以木爲之飾以皮耳故服注左云冰櫝丸蓋也如劒衣在劒櫝之內从韋蜀聲。之欲切三部

韔弓衣也。秦風虎韔毛曰虎虎皮也韔弓室也又交韔二弓毛曰交韔交二弓於韔中鄭風作鬯毛曰鬯弓弢弓从韋長聲。丑亮切十部詩曰。交韔二弓。

⿰韋段履後帖也。帖帛書署也引伸爲今俗語帮貼之字凡履跟必帮貼之令堅厚不則易敝臣瓚曰蹋跟曰跕按履緊曰跕屣也跕與帖音同急就篇履舃鞜裒絨緞紃師古引說文爲注从韋段聲。此形聲包會意也段取堅意古本蓋祇有⿰韋段緞二篆自从段譌爲从叚而篇韵皆有⿰韋叚緞音乎加切此⿰韋叚篆之上亦妄增

緞。韤ㄨㄚˋ　⿰韋尃ㄅㄛˊ　韏ㄐㄩㄢˋ

⿰韋叚篆云履也从韋叚聲正如石部碫譌爲碬各本說文乃作碬耳今刪⿰韋叚篆徒玩切篇韵皆上聲徒管切十四部

緞⿰韋段或从糸。今俗以爲錦繡段之段

韤足衣也。左傳曰褚師聲子韤而登席謂燕禮宜跣也从韋蔑聲。望發切十五部

⿰韋尃軶裹也。軶軛前也以皮裹之从韋尃聲。匹各切五部按玉篇云⿰韋甫扶豆扶武二切尻衣也次於韤下韠上與說文同攷許書韤足衣也絝脛衣也則當別有尻衣卽史漢萬石君傳所謂中裙也而廣韵九麌曰⿰韋甫尻衣集韵九麌曰⿰韋甫帗也帗卽許之帗字疑說文本有⿰韋甫尻衣也从韋甫聲之文因與⿰韋尃相似而佚之如鬴䰛袀袗皆佚其一之比

韏革中辨謂之韏。釋器革中絕謂之辨郭注中斷皮也革中辨謂之韏注復平分也如郭說則正文當云辨中絕謂之韏立文不當如是今按當云革辨謂之韏中乃衍文衣部襞下云韏衣也衣襵古曰韏亦曰襞積亦曰緛然則皮之縐文蹙蹙者曰韏何疑文部曰辨駁文也許所據爾雅不同郭本而淺人以郭本易之从韋𢍏聲。九萬切十四部

揫。韓ㄏㄢˊ　⿱⿰米焦要。⿱⿰米焦韋ㄐㄧㄡ

⿱⿰米焦韋收束也。漢律厤志曰秋⿱⿰米焦韋也物⿱⿰米焦韋斂乃成孰鄉飲酒義曰西方者秋秋之爲言揫也从韋取圍束之義⿰米焦聲。讀若酋。⿰米焦从焦聲焦从雥省聲卽由切三部

⿱⿰米焦要⿱⿰米焦韋或从要。亦取圍束之意

揫⿱⿰米焦韋或从秋手。

韓井橋也。橋各本作垣今依史記孝武本紀索隱正井橋見曲禮莊子說苑淮南子曲禮奉席如橋衡注曰橋井上挈皋衡上低昂者莊子曰鑿木爲機後重前輕挈水若抽數如泆湯其名爲槔槔本又作橋淮南書今夫橋直植立而不動俛仰取制焉高注曰橋桔皋上衡也說苑曰爲機重其後輕其前命曰橋終日溉非百區不倦橋陸音義音居廟反按其義當同橋舉也井韓見史漢孝武紀封禪書郊祀志枚乘傳莊子秋水篇其字多作井幹司馬彪云井幹井闌也崔譔云井以四邊爲幹猶築之有楨幹晉灼曰井上四交之幹常爲汲者所契傷是諸家皆說井幹爲井闌按井韓爲木架四闌中其闌橫圈木爲橋物毋兩旁木有軸可轉中設鹿盧縣綆上下故言橋而韓見也从韋。取其帀也。說韋同口倝聲。胡安切十

四部諸書㒸亦音褰

文十六 今刪𢿱則十五 重五

弟 ㄉㄧˋ

韋束之次弟也。以韋束物如輈五束衡三束之類束之不一則有次弟也引伸之爲凡次弟之弟爲兄弟之弟爲豈弟之弟詩正義引說文有第字 从古文之象。文各本作字今正說文小篆有从古文之像似者凡三曰弟曰革曰民皆各像其古文爲之特計切十五部 凡弟之屬皆从弟。

弟。罤 ㄎㄨㄣ

古文弟从古文韋省古文韋見韋部丿聲。丿右戾也房密匹蔑二切

周人謂兄曰罤。昆弟字當作此昆行而罤廢矣釋親罤兄也郭注今江東通言曰罤按罤者罤之誤男子先生爲兄後生爲弟此本定偁謂兄罤者周人語也詩惟王風有昆字此周人謂兄之證也諸經皆言兄如尙書乃寡兄勖春秋衛侯之兄縶周禮父之讎兄弟之讎從父兄弟之讎詩瞻望兄兮皆是惟禮喪服經傳大功已上皆曰昆弟小功已下同異姓皆曰兄弟不相淆亂蓋禮經欲別服之親疏隆殺遂以周人謂兄者專系之同姓大功已上以爲立言之別也戴先生曰兄弟與昆弟在儀禮喪服爾雅釋親截然有辨喪服傳曰何如則可謂之兄弟傳曰小功已下爲兄弟此傳中引傳相證明也爾雅曰母與妻之黨爲兄弟又曰婦之黨爲婚兄弟壻之黨爲姻兄弟詩小雅兄弟無遠鄭箋云兄弟父之黨母之黨蓋兄弟云者或專言異姓或兼同姓異姓皆舉遠不以關大功之親記曰兄弟皆在他邦加一等不及知父母與兄弟居加一等此惟小功已下卽於疏故加等若大功已上則昆弟也世父母叔父母也從父昆弟也豈可以皆在他邦及少孤相依而加等哉大功之親分當相恤其不相恤是賊其性者也小功已下而相恤斯進之也記又曰夫之所爲兄弟服妻降一等篇內明言夫之昆弟無服此兄弟服卽所謂小功者兄弟之服是也謂夫爲之小功者妻降一等則緦如從祖祖父母從祖父母及外祖父母從母在小功章夫之諸祖父母在緦麻章此降一等之謂禮記服問篇公子之妻爲公子之外兄弟謂爲夫之外祖父母從母緦也禮之稱兄弟通乎尊卑如是凡同姓異姓既漸卽於疏者而與之相親好皆得稱兄弟玉裁按大司徒聯兄弟鄭曰兄弟昏姻嫁娶也與調人職兄弟不同知以昆弟兄弟異其辭者惟禮經他經不介 从弟眔。眔者逮也𦃃下曰从魚眔聲則此亦可眔聲合韵也古寬切十三部

文二 重一

夂 ㄓˇ

从後至也。至當作致 象人兩脛後有致之者。致送詣也 凡夂之屬皆从夂。讀若黹。陟侈切玉篇竹几切十五部

夆 ㄏㄞˋ

相遮要害也。要害猶險隘也 从夂丰聲。乎蓋切十五部 南陽新野有夆亭。

夆 ㄈㄥˊ

啎也。午部曰啎逆也夆訓啎猶逢迎逆遇遻互相爲訓釋訓曰甹夆𢯱曳也𢯱曳者啎逆之意夆古亦借爲鏠峯字 从夂丰聲。讀若縫。敷容切九部

夅 ㄒㄧㄤˊ

服也。从夂中相承不敢竝也。上从夂下从反夂相承不敢竝夅服之意也凡降服字當作此降行而夅廢矣下江切九部

夃 ㄍㄨ

秦人市買多得爲夃。爲當作謂之二字此秦人語也方言不載 从乃从夂。益至也。說从乃夂之意乃夂者徐徐而益至也古乎切五部 詩曰。我夃酌彼金罍。周南文今毛詩作姑酌傳曰姑且也許斤據者毛詩古本今作姑者後人以今字易之也如尙書壁中古文本作無有作敃本作黎民俎飢之類夃者姑之假借字如敃俎者好阻之假借字玉篇曰夃今作沽引論語求善價而夃諸未審其所本之論語

𡕝 ㄎㄨㄚˇ

跨步也。跨當作夸夸步謂大張其兩股也 从反夂。苦瓦切十七部 䠸从此。以午爲聲

文六

久 ㄐㄧㄡˇ

从後灸之也。也字今補久灸曡韵火部曰灸灼也灼灸也灸有迫箸之義故以灸訓久士喪禮鬲幎用疏布久之鄭曰久讀爲灸謂以蓋塞鬲口也既夕篚筲甕甒皆木桁久之鄭曰久讀爲灸謂以蓋案塞其

桀ㄐㄝˊ 磔ㄓㄜˊ 乘ㄔㄥˊ 兖。

口此經二久字本不必改讀蓋久本義訓從後歫之引伸之則凡歫塞皆曰久鄭以久多訓長久故易爲灸以釋其義考工記灸諸牆以眡其橈之均鄭曰灸猶柱也以柱兩牆之閒許所偁作久與禮經用字正同許蓋因經義以推造字之意因造字之意以推經義無不合也相歫則其候必遲故又引伸爲遲久遲久之義行而本義廢矣 **象人兩脛後有歫也。**歫各本作距今正歫止也距雞距也舉友切古音在一部 **周禮曰。久諸牆以觀其橈。凡久之屬皆从久。**

文一

桀 磔也。裴駰引謚法曰賊人多殺曰桀故引伸爲桀黠字 **从舛在木上也。**通俗文曰張伸曰磔舛在木上張伸之意也毛詩雞棲於杙爲桀其引伸之義釋宮作榤俗字也渠列切十五部左傳桀石以投人此假桀爲揭也揭高舉也 **凡桀之屬皆从桀。**

磔 辜也。辛部曰辜辠也掌戮殺王之親者辜之注辜之言枯也謂磔之鄭與許合也大宗伯以疈辜祭四方百物大鄭從故書作罷辜云罷辜披磔牲以祭爾雅祭風曰磔郭云今俗當大道中磔狗云以止風按凡言磔者開也張也刳其胸腹而張之令其乾枯不收字或作矺見史記 **从桀石聲。**陟格切古音在五部今俗語云磔破者當作此字音如作

乘 覆也。加其上曰乘人乘車是其一耑也 **从入桀。**入者覆之意也食陵切六部 **桀黠也。**說从桀之意方言黠慧也自關而東趙魏之閒謂之黠史記云桀黠奴凡黠者必強故桀訓黠入桀者謂籠罩桀黠 **軍法入桀曰乘。**各本奪入桀二字則不可通今依韵會補此偁軍法說字形會意猶引易艸木麗于地說麗引以壘其屋說壘也云軍法者蓋出漢志兵書四種內入桀者以弱勝強書序云周人乘黎左傳車馳卒奔乘晉軍乘之證也

兖 古文乘从几。凭几者亦覆其上故从几然則兖亦可以爲依憑字

文三 重一

五篇下 墨

六十三部 文六百三十七今韋部刪一字則六百三十六 重百二十二 凡七千二百七十三字此第五篇都數

說文解字第五篇下

山陽汪庭珍校字

五篇下 吴

木ㄇㄨˋ 橘ㄐㄩˊ 橙ㄔㄥˊ 柚ㄧㄡˋ 樝ㄓㄚ 梨ㄌㄧˊ 梬ㄧㄥˇ

說文解字弟六篇上

金壇段玉裁注

木冒也。以疊韵爲訓。冃部曰。冒。冢而前也。冒地而生。東方之行。从屮。下象其根。謂屮也。屮象上出。朩象下垂。莫卜切。三部。凡木之屬皆从木。

橘橘果。出江南。禹貢。荊州厥包橘柚。考工記曰。橘踰淮而北爲枳。屈原賦曰。受命不遷。生南國兮。許言出江南者。郎考工屈賦所云也。王逸注云。言橘受天命。生於江南。从木。矞聲。居聿切。十五部。

橙橘屬。南都賦曰。穰橙鄧橘。蜀都賦劉注曰。蜀有給客橙。从木。登聲。丈庚切。廣韵宅耕切。古音在六部。

柚條也。佀橙而酢。釋木。柚。條。郭云。似橙。實酢。生江南。列子曰。吳楚之國。有大木焉。其名爲櫾。碧樹而冬生。實丹而味酸。食其皮汁。已憤厥之疾。按今橘橙柚三果。莫大於柚。莫酢於橙汁。而橙皮甘可食。本草經合橘柚爲一條。渾言之也。从木由聲。余救切。三部。按爾雅亦作櫾。列子山海經皆作櫾。許則云櫾者崐崘河隅之長木也。夏書曰。厥苞橘柚。苞俗作包。今正。禹貢文。

六篇上 一

樝樝果。佀棃而酢。內則。柤棃。注曰。柤。棃之不臧者。爾雅郭注。山海經郭傳。皆云樝似棃而酢濇。按郎今棃之肉粗味酸者也。張揖注子虛賦云。樝似棃而甘。乃以同類而互易其名耳。陶隱居譏鄭公不識樝。恐誤。从木。虘聲。側加切。古音在五部。

棃棃果也。各本作果名。二字淺人改也。釋木。棃山樆。謂棃之山生者曰樆也。樆本亦作離。子虛賦檗離朱楊。裴駰引漢書音義云。離。山棃也。師古注急就篇云。棃一名山樆。非是。从木。𥝢聲。力脂切。十五部。𥝢。古文利。見刀部。

梬梬棗也。三字一句。梬棗。果名。非今俗所食棗也。南都賦曰。梬棗若留。張揖注子虛曰。梬。梬棗也。李善引說文亦云。梬棗似柹。於此可以計劃複字者之非矣。从柹而小。一曰梬。各本無而小一曰梬五字。今合齊民要術衆經音義廣韵。子虛南都二賦李善注引訂補。按梬郎釋木之遵。羊棗也。郭云。實小而圓。紫黑色。今俗呼之爲羊矢棗。引孟子曾晳嗜羊棗。何氏焯曰。羊棗非棗也。乃柹之小者。初生色黃。熟則黑。似羊矢。其樹再接即成柹矣。余客䣊沂始覩之。亦呼牛奶柹。亦呼梬棗。此尢可證以柹得棗名。孟子正義不得其解。玉裁謂凡物必得諸目驗而折衷古籍。乃爲可信。昔在西苑萬善殿庭中。曾見其樹。葉似柹而不似棗。其實似柹而小。如指頭。內監告余。用此樹接之。便成柹。古今注曰。梬棗實似柹而小。味亦甘美。師古曰。梬棗郎今之梬棗也。梬與遵音相近。梬郎遵字也。一曰梬者。一名梬也。本作一曰。李善改爲名曰。以便於文也。許無梬篆。葢俗字不列也。內則芝栭。賀氏云。芝。木椹。栭。軟棗。釋文云栭本又作檽。檽者梬之誤。賀氏作梬。許不妨作梬也。梬棗者柹屬。故受之以柹篆。○又按衆經音義梬棗如充切。說文云。似柹而小。或作濡。非體也。似园應所據本有梬篆。其解當云。梬棗也。從木耎聲。似柹而小。乃梬篆下語也。○司馬氏光曰。君遷子。郎今牛奶柹。按吳都劉注。椑櫏子。如瓠形。玉篇曰。椑櫏子。如雞子。不當以羊棗當之。從木甹聲。以整切。十一部。梬。而兖切。

柹ㄕˋ

柹赤實果。言果又言實者。實謂其中也。赤中與外同色。惟柹。內則曰。棗栗榛柹。從木㠩聲。鉏里切。古音在十五部。俗作柹。非。

六篇上 二

枏ㄋㄢˊ 梅ㄇㄟˊ

枏梅也。從木冄聲。汝閻切。七部。

梅枏也。可食。從木每聲。莫桮切。古音在一部。按釋木曰。梅。枏也。毛詩秦風陳風傳皆曰。梅。枏也。與爾雅同。但爾雅毛傳皆謂楩枏之枏。毛公於召南摽有梅。曹風其子在梅。小雅四月侯栗侯梅無傳。而秦陳乃訓爲枏。此以見召南等之梅。與秦陳之梅判然二物。召南之梅。今之酸果也。秦陳之梅。今之楠樹也。楠樹見於爾雅者也。酸果之梅。不見於爾雅者也。樊光釋爾雅曰。荊州曰梅。揚州曰梅。揚州曰枏。益州曰赤楩。孫炎釋爾雅曰。荊州曰梅。揚州曰枏。陸機疏草木曰。梅樹皮葉似豫樟。皆謂楠樹也。枏亦名梅。後世取梅爲酸果之名。而梅之本義廢矣。郭釋爾雅。乃云似杏實酢。篇韵䉶之轉謂酸果有枏名。此誤之甚者也。然則許以枏梅二篆厠諸果之閒。又云可食。豈非始誤與。曰此淺人所改竄也。如許謂梅酸果。其立文當先梅篆云酸果也。次枏篆云梅也。棃杏李桃等不云可食。何必獨云可食哉。許意某爲酸果正字。故某篆解

木橘橙柚樝梨梬柹枏梅

楳。杏ㄒㄧㄥˋ 柰ㄋㄞˋ 李ㄌㄧˇ 杍。桃ㄊㄠˊ 楙ㄇㄠˋ 桼ㄓㄣ 楷ㄎㄞˇ 梫ㄑㄧㄣˇ

云酸果也從木從甘其字當本廁柹下杏上而𣐿梅二篆當本廁諸木名之閒後人易其處又增竄其文耳以許書律䜭經則凡酸果之字作梅皆假借也凡某人之字作某亦皆假借也假借行而本義廢固不可勝數矣

槑或从某○某聲召南釋文曰韓詩作楳

杏杏果也○內則桃李梅杏从木向省聲○向各本作可誤今正葢以杏爲聲亦作莕從行聲則知杏莕字古音在十部也今何梗切○六書故云唐本曰从木从口

柰柰果也○假借爲柰何字見尚書左傳俗作奈非从木示聲○奴帶切十五部

李李果也○从木子聲○良止切一部古李理同音通用故行李與行理竝見大李與大理不分

杍古文○尚書音義曰梓材音子本亦作梓馬云古作梓字治木器曰梓正義曰此古杍字今文作梓按正義本經作杍音義本經作梓據二家說葢壁中古文作杍而馬季長易爲梓匠之梓也如馬說是壁中文假借杍爲梓匠字也

桃桃果也○从木兆聲○徒刀切二部

楙冬桃○釋木曰旄冬桃郭云子冬孰按作旄者字之假借二部三部合韵最近也釋文曰字林作楙今本譌爲字林作楙从木敄聲○讀若髦○莫候切三部按釋文及篇韵皆音毛鼎臣葢檢唐韵無此字因以楙字當之故音茂也

桼桼實如小栗○內作木名實如小栗六字周禮籩人記曲禮內則左傳毛詩字皆作榛假借字也榛行而桼廢矣鄭云如栗而小與許合齊民要術引詩義疏云榛栗有二種从木辛聲○側詵切十二部蜀都賦作樼春秋傳曰女摯不過桼栗○左傳莊二十四年文

楷楷木也○孔子冢蓋樹之者○皇覽云冢塋中樹以百數皆異種傳言弟子各持其方樹來種之按楷亦方樹之一也儒行曰今世行之後世以爲楷楷法式也楷之言楷我楷古而後世又於此焉楷也从木皆聲○苦駭切十五部以下言木名故先之以孔冢所樹

梫梫桂也○釋木梫木桂郭曰今南人呼桂厚皮者爲木桂桂葉似枇杷而大按南方草木狀云桂有三種葉似枇杷者爲牡桂牡木皆同許言梫桂也者梫爲桂之一

桂ㄍㄨㄟˋ 棠ㄊㄤˊ 杜ㄉㄨˋ 槢ㄒㄧˊ 樿ㄓㄢˇ 椲ㄨㄟˇ

而桂不止於梫也蜀都賦其樹則有木蘭梫桂劉逵曰梫桂木桂也从木侵省聲○七荏切七部

桂江南木○本艸曰桂生桂陽牡桂生南海山谷菌桂生交阯桂林山谷百藥之長○本艸經木部上品首列牡桂菌桂箘桂味辛溫主百病養精神和顏色爲諸藥先聘通使故許云百藥之長檀弓內則皆薑桂竝言劉逵引本艸經正文曰菌桂圓如竹出交趾然則其樹正圓如竹故名箘桂今本艸云無骨正圓如竹不系之正文無骨葢謂空心也左思賦邛竹緣嶺箘桂臨崖正以竹之實中者與桂之虛中者反對也从木圭聲○古惠切十六部

棠牡曰棠○牝曰杜○艸木有牡者謂不實者也小雅云有杕之杜有睆其實此牡者曰杜之證也陸機詩疏曰赤棠與白棠同耳但子有赤白美惡子白色爲白棠甘棠少酢滑美赤棠子澀而酢無味俗語云澀如杜是也依陸說是棠杜皆有子然種類甚多今之海棠皆華而不實葢所謂牡者曰棠也从木尚聲○徒郎切十部

杜甘棠也○召南蔽芾甘棠毛曰甘棠杜也釋木曰杜甘棠本無不合棠不實杜實而可食則謂之甘棠凡實者皆得謂之杜則皆得謂之甘棠也牡棠牝杜析言之也杜得偁甘棠互言之也釋木又曰杜赤棠白者棠魏風傳用之此以其木色之異異其名與杜甘棠說異即與分牡牝說異爲許所不取戴先生曰爾雅謂杜甘曰棠毛公失其句讀葢依陸璣疏白棠即甘棠子美赤棠即杜子澀爲此說耳非許意亦非爾雅意也先生又曰棃山樆謂棃山生曰樆檢白扮謂榆之白者曰扮今按毛傳云扮白榆也誠當於白爲前漢書音義云離山棃也是爾雅當同許義乙其字矣从木土聲○徒古切五部借以爲杜塞之杜

槢槢木也○莊子淮南有槢字皆謂櫼楔不爲木名从木習聲○似人切七部

樿樿木也可以爲櫛○玉藻曰櫛用樿櫛髮晞用象櫛禮器曰樿勺鄭曰樿木白理中山經曰風雨之山其木多椰樿郭曰樿木白理中櫛从木單聲○旨善切十四部

椲椲木也○可屈爲杅者○屈當作詘詰詘紓曲也糸部云紓詘也是也杅當作盂盂飲器也玉篇曰椲木皮如韋可屈以爲盂从

楢ㄧㄡ 桏ㄑㄩㄥ 棆ㄓㄨㄣ 楈ㄒㄩ 柍ㄧㄥ 楑ㄎㄨㄟ ⿰木咎ㄍㄠ

木韋聲。于鬼切十五部

楢 楢柔木也。工官目爲耎輪。大鄭引鄹子書秋取柞楢之火工官若周之輪人漢之考工室也耎輪者安車之輪也郭注山海經云楢剛木中車材剛木即柔木蓋此木堅韌故柔剛異偁而同實耳从木酋聲。讀若糗。以周切三部

桏 桏椐木也。集韵作欋類篇作欋是宋初本不同也宋刻鉉本及李氏五音韵譜作欋毛刻初印同斧季剜版作欋按欋字無攷桏椐木合二木爲名未知何木也釋木曰楥柜桏郭注云未詳或曰桏當爲柳柜柳似柳皮可以煮作飲郭易桏爲柳而後釋柜柳則篇韵以柜柳釋桏非也說文蓋取諸爾雅欋與楥形似椐與柜聲同欋疑楥之誤从木邛聲。渠容切九部

棆 棆毋杶也。按毋杶當作毋疵皆字之誤也釋木棆無疵古毋無通用故許作毋玉篇棆木名也杶無杶木也二字爲伍蓋謂一物也廣韵云無杶木一名棆是也楊雄蜀都賦說木有杶郭云棆梗屬似豫章从木侖聲。讀若易卦屯之屯。陟倫切十三部

楈 楈木也。上林賦有胥邪南都賦作楈枒郭璞曰胥邪似栟櫚皮可作索按未審即許所云楈木否也从木胥聲。讀若芟刈之芟。芟在七八部胥在五部合韵也唐韵私閭切

柍 柍梅也。柍梅合二字成木名今各本刪去柍字是柍即梅矣釋木時英梅齊民要術引郭注云英梅未聞今本注云雀梅殆非郭語南都賦曰柍柘檀檀與櫻梅山柿等各爲一條柍梅非今之梅類明矣从木央聲。於京切古音在十部李善於兩切一曰江南橦材其實謂之柍。橦帳極也與此不相涉以唐式柴方三尺五寸曰一橦音鍾解之下文又不屬也況漢人曰章唐人乃曰木鍾平切字下曰淮南謂之柍宜以訂正此句一說蜀都賦布有橦華劉逵云橦樹名謂此橦材坐實者謂之柍也實下當有者字

楑 楑木也。未詳从木癸聲。求癸切十五部一曰度也。度徒落切此與手部揆音義皆同揆專行而楑廢矣

⿰木咎 ⿰木咎木也。六書故以[illegible]曰[illegible]之未知是否从木咎聲。讀若皓。晧各本作晧非今正古老切古音在三部

椆ㄓㄡ 樕ㄙㄨ ⿰木彝ㄧ 梣ㄘㄣ ⿰木寖。 棳ㄓㄨㄛ 椃ㄏㄠ 棪ㄧㄢ ⿰木遄ㄔㄨㄢ 椋ㄌㄧㄤ 樻ㄈㄟ 樗ㄕㄨ

椆 椆木也。中山經虎首之山多苴椆椐郭曰椆未詳也音彫从木周聲。讀若丩。職留切三部

樕 樕樸樕小木也。樸當作樸樸正俗字也各本無小字今依五音韵譜韵會集韵類篇補召南林有樸樕毛曰樸樕小木也釋木云樕樸心樸樕即詩之樸樕俗書立心多同小又艸書心似小毛傳說文當本作心木譌爲小木耳詩正義云某氏曰樸樕斛樕也有心能濇江河閒以作柱孫炎曰樸樕一名心據此及許立文之次弟知樸樕乃木名非凡小木之偁也斛俗作槲樕樕之類樸爾雅音義作樸廣韵曰樕木名其心黃柢即爾雅心字从木敕聲。桑屋切三部

⿰木彝 ⿰木彝木也。未詳从木彝聲。羊支切廣韵以脂切十五部

梣 梣青皮木。淮南書曰夫梣木色青翳而贏蝸瘉睆此皆治目之藥也高曰梣木苦歷木名也生於山剝其皮以水浸之正青用洗眼瘉人目中膚翳正文各本譌誤今考定如是按本艸經謂之秦皮以一名岑皮而聲誤作秦耳其木一名石檀陶隱居云是樊槻木槻音規集韵云江南樊雞木其皮入水綠色可解膠益墨樊雞即樊槻也从木岑聲。子林切七部玉篇作今切

⿰木寖 ⿰木寖或从寖省。寖籒文寑。見宀部

棳 棳木也。未詳俗以爲梁上楹之字从木叕聲。職說切十五部益州有棳縣。棳上當有毋地理郡國二志益州皆有毋棳縣

椃 椃木也。未詳从木號省聲。乎刀切二部

棪 棪遬其也。釋木棪樕其郭曰棪實如柰可食南山經傳曰棪別名遬其子似柰而赤可食按遬籒文速字也今爾雅作樕爲俗字从木炎聲。讀若三年導服之導。三年導服詳示部禫下棪讀如淡與導服相似也山海經傳音剡爾雅音義餘念反唐韵以冉切八部

⿰木遄 ⿰木遄木也。未詳从木遄聲。市緣切十四部

椋 椋即來也。釋木曰椋即椋釋文曰椋埤蒼字林作來本說文也系評曰即來單評曰來唐本艸謂之椋子木从木京聲。呂張切十部

樻 樻木也。未詳从木貴聲。房未切十五部

樗 樗木也。各本樗與[illegible]二篆互

楢桏棆楈柍楑⿰木咎椆樕⿰木彝梣棳椃棪⿰木遄椋樻樗

楀ㄩˇ 蘽ㄌㄟˇ 𤳳。 桋ㄧˊ 栟ㄅㄥ 椶ㄗㄨㄥ 椅ㄧˇ

謂今正毛詩音義爾雅音義五經文字可證也假令許書與今互異則陸氏張氏當辨明之如穜種之例矣豳風小雅毛傳皆曰樗惡木也惟其惡木故豳人采以爲薪小雅以興惡菜今之臭椿樹是也所在有之有一種葉香者可食從木雩聲各本作虖聲今正丑居切五部

楀 楀木也未詳小雅楀維師氏箋云楀氏也集韻類篇皆云楀木名楀姓引詩楀維師氏唐石經初刻從手後改從木按篇韻皆無楀字釋文五經文字意就篇韻注皆從木從木禹聲王矩切五部

蘽 蘽木也釋木諸慮山櫐虎櫐郭曰今江東呼櫐爲藤虎櫐今虎豆纏蔓林樹而生中山經畢山其上多櫐依齊民要術藝文類聚郭曰今虎豆貍豆之屬櫐一名藤音耒按櫐者蘽之省其物在艸木之閒近於艸者則爲艸部之藟詩之藟也近於木者則爲木部之蘽釋木之山櫐虎櫐也藤藟古今字謂之藤者可以爲緘縢也蘽之屬不一統名之曰蘽木從木藟聲形聲包會意力軌切十五部

𤳳 籒文

桋 赤楝也釋木曰桋赤楝白者楝毛傳曰桋赤楝也郭云赤楝樹葉細而岐銳白楝葉圓而岐爲大木按楝釋文音山厄反許書無楝字蓋古只作束也從木夷聲以脂切十五部詩曰隰有杞桋小雅文

栟 栟櫚逗椶也各本奪椶字今依韵會本補廣雅劉逵引異物志皆曰栟櫚椶也上林甘泉賦字作并閭南都吳都賦字作栟櫚許書有栟無櫚櫚因栟之木旁而同之耳從木并聲府盈切十一部

椶 栟櫚也互訓也蜀都賦椶枒楔樅四木名也從木嵏聲子紅切九部按椶與召南之總音義略同毛曰總數也數讀數罟之數可作萆艸部曰萆雨衣一名衰衣按可作萆之文不系於栟下而系椶下者此樹有葉無枝其皮曰椶可爲萆故不系栟下也椶本皮名因以爲樹名故栟閭與椶得互訓也張揖注上林賦曰并閭椶也皮可以爲索今之椶繩也玉篇云椶櫚一名蒲葵今按南方艸木狀云蒲葵如栟櫚而柔薄可爲簦笠出龍川是蒲葵與椶樹各物也謝安之蒲葵扇今江蘇所謂芭蕉扇也椶葉縷析不似蒲葵葉成片可爲笠與扇

椅 梓也釋木曰椅梓渾言之也衞風傳曰椅梓屬析言之也椅與梓有別故詩言椅桐梓漆其分別甚微也故爾雅說文渾言之從木奇聲於離切古音在十七部按賈逵說文作構

檟ㄐㄧㄚˇ 梓ㄗˇ 梓。 楸ㄑㄧㄡ 檍ㄧˋ 柀ㄅㄧˇ

檟 楸也釋木槐小葉曰榎郭云槐當爲楸楸細葉者爲榎又大而皵楸小而皵榎郭云老乃皮粗皵爲楸小而皮粗皵者爲榎又槄山榎郭云今之山楸按榎者檟之或字左傳孟子作檟爾雅別言之許渾言之從木賈聲古雅切古音在五部春秋傳曰樹六檟於蒲圃見左傳襄四年

梓 楸也從木宰省聲卽里切一部按許知宰省聲而非辛聲者於或字知之也或字蓋古文之遺與

梓 或不省

楸 梓也左傳史漢以萩爲楸如秦周伐雍門之萩淮北常山巴南河濟之閒千樹萩是也左傳萩一作秋從木秋聲七由切三部

檍 梓屬大者可爲棺椁小者可爲弓材按檍檍古今字心部意今作億艸部薏今作薏水部澺今作澺人部億今作億然則經典檍字卽說文之檍何疑考工記取榦之道七柘爲上檍次之此卽所

謂小者可爲弓材也唐風隰有杻釋木毛傳皆曰杻檍也許無杻字豈其字正作紐俗作杻與大鄭云檍讀如億萬之億陸璣云今官園種之正名曰萬歲取名於億萬其汲山下人或謂之牛筋或謂之檍材可爲弓弩榦也今各本椋檍二篆之閒有檍篆云杶也從木意聲蓋淺人謂不當闕檍字而增之本云檍杻也後又譌杻爲杶不可通考韵會云說文作檍今文作檍則黃氏所據鍇本未誤也今刪檍篆從木意聲於力切一部

柀 黏也黏各本作檆徐鍇因增一檆篆非也今刪檆篆依爾雅正檆爲黏釋木曰柀黏上音彼下音所咸反卽今之杉木也黏與杉爲正俗字郭云黏生江南可以爲船及棺羅氏願爾雅翼曰柀似杉而異杉以材稱柀又有美實而材尤文采其樹大連抱高數仞葉似杉木如柏作松理肌理細軟堪爲器用古所謂文木也其實有皮殼大小如棗而短去皮殼可生食本艸有彼子卽柀子也引蘇恭說本艸誤入蟲部陶隱居木部出之按依羅氏說則柀與杉有別今人匠用者皆杉非柀也爾雅說文渾言之耳南方艸木狀曰杉一名柀黏從木皮聲甫委切古音在

十七部按爾雅音義音彼又匹彼反集韵類篇本之皆補靡普靡二切今爾雅音義彼譌作披非也蘇恭本艸彼子注云彼當作柀柀仍音彼成化刻本彼亦譌披一曰析也○析各本譌折今正葉石君寫本及類篇正作析按柀析字見經傳極多而版本皆譌爲手旁之披披行而柀廢矣左傳曰披其地以塞夷庚韓非子曰數披其木毋使木枝扶疎戰國策范睢引詩曰木實繁者披其枝披其枝者傷其心史記魏其武安傳曰此所謂枝大於本脛大於股不折必披方言曰披散也東齊聲散曰廝器破曰披此等非柀之字誤即柀之假借手部披訓從旁持木部柀乃訓分析也陸德明包愷司馬貞張守節吳師道皆音上聲普彼反是可證字本從木也矣

榛 ㄓㄣ

榛 榛木也○鄭風山有榛傳曰榛木也小雅營營青蠅止于榛傳曰榛所以爲藩也衞風箋曰樹榛栗椅桐梓漆六木於宮可伐以爲琴瑟從木秦聲○側詵切十二部一曰叢木也○各本作一曰菆也艸部曰菆蓐也今依玄應書卷十一所引爲長倉頡篇淮南高注漢書服注廣雅皆云木叢生曰榛菆一作蕪

梡 ㄎㄠˇ

梡 山樗也○樗舊作樗今改釋木唐風傳皆曰栲山樗梡栲古今字許所據作梡也陸璣云山樗與下田樗無異葉似差狹耳方俗無名此爲栲者今所云栲者葉如櫟木皮厚數寸可爲車輞或謂之栲郭云栲似樗色小白生山中因名云亦類漆樹俗語曰櫄樗栲漆相似如一按二說似許爲長從木尻聲○讀若糗○讀若糗三字依陸璣補陸云許慎正以栲讀爲糗今人言考失其聲耳古音在三部今苦浩切

杶 ㄔㄨㄣ

杶 杶木也○禹貢杶榦栝柏釋文杶本又作櫄山海經成侯之山其上多櫄木郭曰似樗樹材中車轅吳人呼櫄音輴車從木屯聲○敕倫切十三部夏書曰杶榦栝柏○櫄 或從熏○杻 古文杶○按依汗簡所載近是即屯字俗書之耳集韵經作杻非也

櫄○ 杻○ 橁 ㄒㄩㄣ

橁 杶也○此杶木別名非即杶字也左傳孟莊子斬雍門之橁以爲公琴從木筍聲○相倫切十二部

桵 ㄖㄨㄟˊ

桵 白桵棫也○大雅芃芃棫樸釋木毛傳皆云棫白桵也陸璣曰其材理全白無赤心者爲白桵直理易破可爲犢車輞又可爲矛戟矜從木

妥聲○鉉曰當從綏省聲按鉉因說文無妥字故云尒綏下則又云當作從爪從安省抑思妥字見於詩禮不得因許書偶無妥字而支離其說也儒佳切古音在十七部

棫 ㄩˋ

棫 白桵也○從木或聲○于逼切一部

⿰木息 ㄒㄧ

⿰木息 ⿰木息木也○未詳玉篇不載從木息聲○相即切一部

椐 ㄐㄩ

椐 樻也○大雅其檉其椐釋木毛傳皆云椐樻也陸璣云節中腫似扶老即今靈壽是也今人以爲馬鞭及杖郭云腫節可以爲杖按杖以木者曰靈壽亦曰扶老漢書孔光傳賜靈壽杖孟康曰扶老杖也服虔曰靈壽木名郭注山海經亦云靈壽木名似竹有枝節常璩云朐忍縣有靈壽木劉逵云靈壽木出涪陵楊雄作靈節銘皆是也以竹者名扶老竹中山經其上多扶竹郭云邛竹也高節實中中杖名之扶老竹漢書之邛竹杖王逸少以邛竹杖分贈老友皆是也靈壽與邛竹皆以節勝陸氏云椐即靈壽然椐與靈壽俱見山海經郭不云一物若陶潛云策扶老以流憩則又未識其爲椐與靈壽也從木居聲○九魚切五部按郭音袪字林紀庶反

樻 ㄎㄨㄟˋ

樻 椐也○從木貴聲○求位切十五部詩音義曰去塊反何音匱

栩 ㄒㄩˇ

栩 柔也○見唐風毛傳陸璣曰栩今柞櫟也徐州人謂櫟爲杼或謂之爲栩按毛傳說文皆栩柔櫟爲一木櫟下但云木也不云即栩也然則陸璣專據徐州語言合之耳從木羽聲○况羽切五部其皁一曰樣○按各宋本及集韵類篇皆同毛氏依小徐作其實皁非也艸部曰皁斗櫟實也一曰樣斗許意謂栩爲柞櫟與陸櫟同

柔 ㄓㄨˋ

柔 栩也○莊子狙公賦芧司馬云芧橡子也芧即柔字橡即樣字柔本樹名因用爲實名也從木予聲○此與機杼字以下形上聲左形右聲分別讀若杼○按玉篇時渚切廣韵神與切是也徐直呂切則與機杼字同音五部

樣 ㄧㄤˋ

樣 栩實也○樣橡正俗字爾雅舊注曰柔實爲橡子以橡殼爲柔斗者以斛斛似斗故也橡子儉歲可食以爲飯豐年牧豬食之可以致肥也見齊民要術從木羕聲○徐兩切十部按樣俗作橡今人用樣爲式樣字像之假借也唐人式樣字從手作㨾

杙 ㄧˋ

杙 劉劉杙○見釋木當讀劉爲句郭云劉子生山中實如梨酢甜核堅未知許意然

枇ㄆㄧˊ 否也。今人以杙爲隿弋字。乃以隿弋爲惟射字。從木。弋聲。與職切。一部。

枇杷木也。兩字句。從木。比聲。房脂切。十五部。

桔ㄐㄧㄝˊ 桔梗。逗。藥名。本艸經曰。桔梗味辛微溫。主胷脅痛如刀刺。腹滿。腸鳴幽幽。驚恐悸氣。戰國策曰。今求柴胡桔梗於沮澤。則累世不得一焉。從木。桔梗艸類。本艸經在艸部。而字從木者。艸亦木也。吉聲。古屑切。十二部。一曰直木。鄭有桔秩之門。蓋取直木爲門限之義。釋宮曰。柣謂之閾。

柞ㄗㄨㄛˋ 柞木也。詩有單言柞者。如維柞之枝。析其柞薪是也。有柞棫連言者。如皇矣旱麓緜是也。陸璣引三蒼。棫卽柞也。與許不合。假令許謂棫卽柞。則二篆當聯屬之。且詩不當或單言棫。或單言柞。或柞棫竝言也。鄭詩箋云。柞櫟也。孫炎爾雅注。櫟實橡也。齊民要術援爾雅注。合柞櫟爲一。亦皆非許意。從木。乍聲。在各切。五部。按柞可薪。故引伸爲凡伐木之偁。周禮有柞氏。周頌傳曰。除艸曰芟。除木曰柞。古無二音也。

杼ㄊㄨ 杼木出橐山。中山經曰。傳山西五十里曰橐山。其木多樗。多樠木。按樗者杼之誤。許所引山海經杼字。今作柘。洛字今作洛。茘字今作樠。其不同如此。廣韵十一模曰。黃杼木。可染。十姥曰。杼木名。可染緇。按周禮注曰。染艸。茅蒐。橐盧。豕首。紫𦬊之屬。橐盧卽黃杼。與杼字音相近。而艸木異類也。玉篇乃佚杼字。從木。乎聲。他乎切。五部。

榗ㄐㄧㄢˋ 榗木也。未詳。尚書大傳曰。南山之南有木名橋。高高然而上。父道也。南山之陰有木名梓。晉晉然而俯。子道也。高與橋音。與杼皆疊韵。杼字當是榗字。杼從寽省聲。不與晉同韵也。從木。晉聲。子賤切。古音在十二部。書曰。竹箭如榗。六字未詳。疑當作周禮曰。竹榗讀如晉八字。職方氏。其利金錫竹箭。注云。故書箭爲晉。杜許所見故書作榗。榗本木名。故書借爲竹名也。大射儀禮用錫若絲綴諸箭。注云。古文箭作晉。吳越春秋。晉竹十廋。晉竹卽箭竹。皆與周禮故書同。讀如晉者。許謂榗之晉同晉也。轉寫淆譌。致不可讀矣。

檖ㄙㄨㄟˋ 檖羅也。釋木。檖蘿。秦風毛傳曰。檖亦羅也。陸機郭璞皆云。今之楊檖也。實似梨而小。酢可食。按蘿者羅之譌。從木。㒸聲。徐醉切。十五部。詩曰。隰有樹檖。今詩爾雅作檖。

椵ㄐㄧㄚˇ 椵木。可作牀几。牀鍇本作伏。疑誤。釋木曰。櫠。椵。本艸陶隱居說人參曰。高麗人作人參讚曰。三椏五葉。背陽向陰。欲來求我。椵樹相尋。椵樹葉似桐。甚大陰廣。圖經亦言人參春生苗。多於深山背陰。近椵漆下濕潤處。是則椵爲大木。故材可牀几。郭云子大如盂者。未知是不也。從木。叚聲。讀若賈。古雅切。五部。

櫘ㄏㄨㄟˋ 櫘木也。未詳。從木。惠聲。胡計切。十五部。

楛ㄏㄨˋ 楛木也。大雅。榛楛濟濟。陸機曰。楛其形似荊而赤。葉似蓍。上黨人蔞以爲筥箱。又屈以爲釵。按禹貢惟箘簬楛。楛不與上文杶榦栝柏相爲伍。而與箘簬爲伍。楛之用蓋與箘簬同也。從木。苦聲。侯古切。五部。詩曰。榛楛濟濟。

櫅ㄐㄧ 櫅木也。釋木曰。櫅。白棗。按許不云白棗。與爾雅異。蓋爾雅本作齊白棗。今人所食棗白乃孰是也。櫅乃別一木。廣韵曰。櫅榆。堪作車轂。正與許合。轂軸異耳。楊雄蜀都賦。枇櫅杖榻。章樵注云。櫅榆屬。可㠯爲大車軸。從木。齊聲。祖稽切。十五部。

朸ㄖㄥˊ 朸木也。未詳。從木。乃聲。讀若仍。如乘切。六部。按乃聲在一部。合韵也。

櫇ㄆㄧㄣˊ 櫇木也。未詳。疑卽仁頻也。上林賦有仁頻。孟康曰。仁頻。檳也。李善曰。仙藥錄云。檳榔一名檳。然則仁頻卽檳榔也。從木。頻聲。符眞切。十二部。

樲ㄦˋ 樲酸棗也。釋木曰。樲。酸棗。孟子曰。舍其梧檟。養其樲棘。趙曰。樲棗。小棗。所謂酸棗也。按孟子本作樲棘。宋刻爾雅單行疏及玉篇。唐本艸。又本艸圖經。皆可證。今本改作樲棘。非是。樲之言副貳也。爲棗之副貳。故曰樲棗。本艸經曰。酸棗味酸平。主心腹寒熱。邪結氣聚。四肢酸疼濕痹。煩心不得眠。諸家皆云。似棗而味酸。從木。貳聲。而至切。十五部。

樸ㄅㄨˊ 樸棗也。釋木言棗之名十有一。繼之言樸梧。繼之言樸枹者。是今爾雅樸不謂棗也。疑許所據有不同。故云尒。宼宗奭曰。御棗甘美輕脆。今人所謂撲落酥者是。樸棗豈卽御棗歟。樸古今字。大雅毛傳曰。樸枹木也。方言曰。樸。蓋也。南楚凡物盡生者曰樸生。郭云。个種物皆生曰樸地生也。又曰。樸。聚也。楚謂之樸。郭云。樸屬叢相著皃。按詩爾雅之樸。皆當同方言作樸。樸從僕。附也。考工記樸屬猶附箸。文選廛閈樸地。

枇桔柞杼榗檖椵櫘楛櫅朸櫇樲樸

橪ㄖㄢˇ 梶ㄋㄧˇ 梢ㄕㄠ ⿰木隸ㄌㄧˋ ⿰木寽ㄌㄧㄝˋ 梭ㄙㄨㄛ ⿰木畢ㄅㄧˋ 楋ㄌㄚˋ 枸ㄐㄩˇ 樜ㄓㄜˋ 枋ㄈㄤ 橿ㄐㄧㄤ 樗ㄏㄨㄚˋ

字皆當作樸。釋木毛傳皆訓樸爲樕。許以爲棗名。則稱矣。从木。僕聲。博木切。三部。

橪 酸小棗。此云酸小棗。則上文樲酸棗者。與棗大小同矣。上林賦枇杷橪柿。按廁橪於枇杷柹之閒。然則皆果也。與許說合。淮南子伐橪棗以爲矜。亦云橪棗。郭云。橪橪支木。音甄。與許異。从木。然聲。人善切。十五部。一曰染也。染。小徐作柔。皆未詳。

梶 梶木也。實如棃。今字以爲楯字。从木。尼聲。女履切。十五部。

梢 梢木也。未詳。廣韵曰。梢。船舵尾也。又枝梢也。此今義也。釋木曰。梢。梢擢。郭云。梢音朔。按梢擢字。葢本從手作捎。从木。肖聲。所交切。二部。

⿰木隸 ⿰木隸木也。未詳。从木。隸聲。郎計切。十五部。

⿰木寽 ⿰木寽木也。未詳。从木。寽聲。力輟切。十五部。

梭 梭木也。未詳。从木。夋聲。私閏切。玉篇且泉切。十三部。今人訓織具者用爲杼字也。於其雙聲讀之也。廣雅作梭。

⿰木畢 ⿰木畢木也。未詳。从木。畢聲。卑吉切。十二部。

楋 楋木也。未詳。从木。剌聲。盧達切。十五部。

枸 枸木也。可爲醬。出蜀。史漢皆云枸醬。詳艸部蒟下。从木。句聲。俱羽切。四部。按小雅南山有枸。毛曰。枸枳枸也。枳枸即禮記之椇。許於枸下不言枳枸。椇字亦不錄。

樜 樜木。出發鳩山。北山經曰。發鳩之山。其上多柘木。許所據柘作樜也。發鳩山即水部漳水所出之發包山。淮南書亦作發包。古音包鳩同在三部。許不言樜同柘。而廣韻謂一字。非許意也。从木。庶聲。之夜切。古音在五部。

枋 枋木。可作車。禮周官皆以枋爲柄。古音方聲。丙聲。同在十部也。从木。方聲。府良切。十部。

橿 枋也。謂一木二名。考工記注曰。今世轂用襍榆。輻以檀。牙以橿。从木。畺聲。居良切。十部。一曰鉏柄。郭注山海經曰。橿中車材。南都賦。吳都賦。說木皆有橿。釋名曰。鐏。齊人謂其柄曰橿。橿然正直也。頭曰鶴。似鶴頭也。

樗 樗木也。釋木。檴。落。郭云可以爲杯器素。按小雅薪是穫薪。箋云。穫落木名也。陸云。依鄭則字宜木旁。檴古今字也。司馬上林賦字作檴。師古曰。華即

檴。

檗ㄅㄛˋ 梤ㄈㄣˊ 樧ㄕㄚ 楲ㄘㄨˋ 楊ㄧㄤˊ 檉ㄔㄥ 柳ㄌㄧㄡˇ

今之樺。皮貼弓者。莊子華冠。亦謂樺皮爲冠也。樺者俗字也。以其皮裹松脂。所謂樺燭。从木。雩聲。乎化切。古音在五部。讀若華。檴 或从蒦。

檗 黃木也。本艸經之檗木也。一名檀桓。从木。辟聲。博厄切。十六部。俗加艸作蘗。多誤爲蘖字。

梤 香木也。芬爲艸香。故梤爲香木。从木。芬聲。形聲包會意也。撫文切。十三部。按鬗字多作棻。葢由篆體本作棻。象香气上出。

樧 樧似茱萸。出淮南。釋木。茮樧醜莍。郭云。莍萸子聚生成房皃。樧似茱萸而小。赤色。內則注曰。藙。煎茱萸也。漢律會稽獻焉。爾雅謂之樧。按鄭云藙即樧。許於艸部有茱萸。有藙。此云似。與鄭說小異。本艸經木部云。吳茱萸一名藙。是則一物異名。亦不待煎成始爲藙也。从木。茱萸藙字在艸部。樧字在木部。故許不云一物。然茱萸在本艸經木部。茱从艸。而爾雅在釋木。則从艸从木一也。殺聲。所八切。十五部。

楲 楲木。可作大車輮。未詳。今何木。大車。牛車也。輮。車网。考工記之牙也。从木。戚聲。子六切。三部。

楊 楊蒲柳也。各本作木也二字。今依藝文類聚初學記本艸圖經太平御覽所引正。釋木云。楊蒲柳。許所本也。按蒲蓋本作浦。浦水瀕也。王風不流束蒲。毛云。蒲艸也。箋云。蒲。蒲柳。箋云。蒲艸之聲不與戎許相協。箋義爲長。是則晉人讀蒲柳爲浦柳之明證。古今注曰。蒲柳生水邊。又曰水楊。蒲楊也。枝勁細。任矢用。任矢用者。左傳云董澤之蒲是也。俗呼曰蒲柳。單評曰蒲。音同浦。乎庶而失其讀矣。从木。昜聲。与章切。十部。古假楊爲揚。故詩揚之水。毛曰。揚。激揚也。廣雅曰。楊揚也。似鷖曰。楊柳也。亦州名。古書州名皆作楊矣。

檉 檉河柳也。釋木毛傳同。陸機云。生水旁。皮正赤如絳。一名雨師。羅願云。葉細如絲。天將雨。檉先起氣迎之。故曰雨師。按檉之言赬也。赤莖故曰檉。廣韻釋楊爲赤莖柳。非也。从木。聖聲。敕貞切。十一部。

柳 少楊也。各本作小楊。今依孟子正義。葢古本也。古多以少爲小。如少兒即小兒之類。楊之細莖小葉者曰柳。周禮故書衣接櫝之材。鄭司農讀爲蟄柳。後鄭云。柳之言聚也。引書分命和仲度西曰柳穀。按度西曰柳穀者。今文尚書也。宅西曰昧谷。

槆ㄒㄩㄣˊ 欒ㄌㄨㄢˊ　栘ㄧˊ　棣ㄉㄧˋ 枳ㄓˇ 楓ㄈㄥ

者後鄭所讀之古文尚書也詳見尚書撰異從木丣聲丣古文酉力久切三部古多假柳爲酉如鄭印癸字子柳柳卽丣名癸字酉也仲尼弟子列傳顏幸字子柳柳亦卽丣幸者辛之譌也已上海寧錢馥字廣伯說

槆大木可爲鉏柄未詳從木旬聲詳遵切十二部

欒欒木似欄欄者今之楝字本艸經有欒華未知是不借爲圜曲之偁如鐘角曰欒屋曲枅曰欒是從木䜌聲洛官切十四部禮天子樹松諸侯柏大夫欒士楊士楊二字當作士槐庶人楊五字轉寫奪去也禮謂禮緯含文嘉也周禮冢人以爵等爲上封之度與其樹數賈疏引春秋緯天子墳高三仞樹以松諸侯半之樹以柏大夫八尺樹以欒草士四尺樹以槐庶人無墳樹以楊柳欒草二字欒之誤也白虎通引春秋含文嘉語全同正作大夫以欒又廣韵引五經通義士之冢樹槐然則此士下有奪可知矣含文嘉是禮緯白虎通云春秋含文嘉蓋引春秋禮二緯而春秋下有奪字唐封氏聞見記引禮經及說文皆譌舛

栘棠棣也釋木曰唐棣栘常棣棣唐與常音同蓋謂其花赤者爲唐棣花白者爲棣一類而錯舉故許云栘棠棣也棣白棣也改唐爲棠改常爲白以棠對白則棠爲赤可知皆卽今郁李之類有子可食者小雅常棣論語逸詩唐棣實一物也郭注唐棣云似白楊江東呼夫栘白楊大樹也古今注云栘楊亦曰栘柳亦曰蒲栘圓葉弱蔕微風善搖此正今之白楊樹安得有鄂鄂偏反之咢耶因一栘字掍合之從木多聲弋支切古音在十七部

棣白棣也小雅傳曰常棣棣也秦風傳曰棣唐棣也常與唐同字可證矣渾言之則白棣亦評唐棣也豳風傳云鬱棣屬從木隶聲特計切十五部

枳枳木似橘考工記橘踰淮而北爲枳本艸經所謂枳實也枳可爲籬周書小開曰德枳維大人從木只聲諸氏切十六部

楓楓木也厚葉弱枝善搖一名欇欇各本榣作搖今正少一欇字今依韵會補釋木曰楓欇欇欇爲舍人曰楓爲樹厚葉弱莖大風則鳴故曰欇欇按欇木葉搖白也搖樹動也厚葉弱枝故善搖善搖故名欇欇嵇含南方艸木狀分楓人楓香爲二條實一木也從木風聲方戎切古音在七部招䰟楓心南爲韵上林賦楓一作氾是也

權ㄑㄩㄢˊ　柜ㄐㄩˇ　槐ㄏㄨㄞˊ 穀ㄍㄨˇ　楮ㄔㄨˇ 檵ㄐㄧˋ 柠。　杞ㄑㄧˇ　枒ㄧㄚ

權黃華木釋木曰權黃英按英華一也郭云未詳而釋艸亦云權黃華郭云今謂牛芸艸爲黃華艸部英下一曰黃英然則爾雅木曰黃英艸曰黃華許則英華字互易從木雚聲巨員切十四部一曰反常論語曰可與立未可與權孟子曰執中無權猶執一也公羊傳曰權者何權者反於經然後有善者也

柜柜木也趙注孟子曰杞柳柜柳也郭注爾雅曰柜柳似柳皮可煑作飲廣韵柜下云柜柳按柜今俗作櫸又音譌爲鬼柳樹未知許所說是此不從木巨聲其呂切廣韵居許切五部按周禮梐枑注故書枑作拒從手俗本從木作柜非

槐槐木也釋木曰櫰槐大葉而黑守宮槐葉晝聶宵炕按此皆槐之異者從木鬼聲戶恢切十五部

穀楮也此篆體依五經文字正各本作穀者從㱿便也小雅傳曰穀惡木也陸機疏曰江南以其皮擣爲紙謂之穀皮紙絜白光煇按山海經傳曰穀亦名構此一語之輕重耳從木㱿聲古祿切三部

楮穀也從木者聲丑呂切五部

柠楮或從宁宁聲

檵枸杞也四牡四月傳皆曰杞枸檵也他杞字無傳讀詩者有三杞之說焉從木繼省聲按檵下云一曰反𢇍爲繼然則此云𢇍聲足矣疑或竄改之也古詣切十五部一曰堅木也堅各本作監誤今正此別一義謂堅木偁檵堅檵雙聲如薊與筋也

杞枸杞也按釋木毛傳皆云杞枸檵禮記鄭注亦云芑枸檵也郭注爾雅云今枸杞也是則枸檵爲古名枸杞雖見本艸經而爲今名許檵篆下當云枸檵杞也杞篆下當云杞枸檵也乃合今本後人亂之耳從木己聲墟里切一部

枒枒木也上林賦有胥邪史記作胥餘南都賦作楈枒蜀都吳都賦單評之曰枒艸木狀作椰其木葉在顛略似栟櫚樹而實大如瓠繫在顛若挂物今俗用椰瓢是也從木牙聲五加切古音在五部一曰車网會也网俗本作輞今正考工記輪人注曰牙讀如訝謂輪輮也世間或謂之网

檀ㄊㄢˊ 櫟ㄌㄧˋ 梂ㄑㄧㄡˊ 欄ㄌㄢˊ

轡或作轙。按車人牙作輮。車部曰。輮車网也。車輪之肉。今北人謂之瓦。即古語之牙也。謂之牙者。如艸木萌芽句曲然。襍佩之瑱曰牙。亦猶是也。車网必合衆曲而成大圜。故謂之网。會网會系言之也。牙枒葢古今字。

檀 檀木也。鄭風傳曰。檀彊刃之木。刃今韌字。榽醯似檀。齊人諺曰。上山斫檀。榽醯先殫。从木亶聲。徒乾切。十四部。

櫟 櫟木也。秦風。隰有苞櫟。傳曰。櫟。木也。陸機曰。苞櫟。秦人謂柞櫟爲櫟。河內人謂木蓼爲櫟。椒榝之屬。其子房生爲梂。木蓼子亦房生。故說者或曰柞櫟。或曰木蓼。櫟以爲此秦詩也。宜從其方土之言。柞櫟是也。按陸意謂秦詩當是柞櫟。今觀許櫟梂二篆連屬。正與陸所云木蓼子房生爲梂者合。然則許意謂木蓼也。艸部云。草斗。櫟實也。一曰樣斗。木部栩下云。柔也。其阜一曰樣。此則謂草斗爲櫟實。正陸所謂秦人謂柞櫟爲櫟。又云栩。今柞櫟也。草下櫟實字。非木部之櫟。許意栩柔櫟爲一物。是名柞櫟。亦名櫟。而非柞也。亦非子梂生之櫟也。柞與棫爲類。櫟似椒榝。鄭箋大雅云。柞櫟也。則以柞與柞櫟合爲一耳。从木樂聲。郎擊切。古音在二部。

梂 櫟實。此櫟實與草下櫟實各物。草下當云草斗。柞櫟實。損柞字耳。釋木曰。櫟其實梂。陸機云。椒榝之屬。其子房生爲梂。木蓼子亦房生。然則許何爲以梂字專系諸木蓼也。曰。艸部以茮系諸茱榝矣。則以梂系諸櫟也。茮與梂皆謂聚生成房。櫟斗不介也。梂與茮古通用。椒聊箋云。一梂之實。蕃衍滿升。非其常也。此假梂爲茮也。今俗語謂𩀌多叢聚曰一梂。椒子每梂數十百顆。詩人言其盛則曰每梂將盈升。不識正義何以不解也。木蓼。唐本艸謂之木天蓼。蘇頌云。木高二三丈。三四月開花。似柘花。五月採子。子作梂。一曰鑿首。豳風毛傳曰。鑿屬曰錡。木屬曰銶。釋文曰。錡。韓詩云。木屬。銶。韓詩云。鑿屬也。按許用韓詩說也。鑿所以穿木也。鑿首謂鑿柄。鑿柄必以木爲之。今木工尚然矣。故字从木。金部無銶。許所據詩然也。从木求聲。巨鳩切。三部。

欄 欄木也。各木篆作棟。下文云東聲。今改正。按考工記以欄爲灰。字作欄。許於欒下云木似欄。然則此當同考工記可知矣。廣韵卄五寒。欄下云。木名。從古字。古音也。欄。俗作楝。乃用欄爲闌檻俗字。欄實曰金鈴子。可用浣衣。从木

檿ㄧㄢˇ 柘ㄓㄜˋ 槲ㄑㄧˋ 檈ㄒㄩㄢˊ 梧ㄨˊ

闌聲。郎電切。十四部。按莊子非練實不食。或謂即欄實。欄實非珍物。似非的解也。

檿 山桑也。釋木曰。檿桑山桑。大雅毛傳曰。檿。山桑也。禹貢檿絲。史記檿作畬。同音假借字也。从木厭聲。於琰切。七部。詩曰。其檿其柘。

柘 柘桑也。三字句。各本無柘字。今補。山桑柘桑皆桑之屬。古書竝言二者則曰桑柘。單言一者則曰桑曰柘。柘亦曰柘桑。如淮南注烏號云柘桑其木堅勁。鳥峙其上。是也。桑柘相似而別。見胡氏通鑑釋文辨誤。从木石聲。之夜切。古音在五部。漢志瑯邪郡靈門高柘山。柘乃原之誤。水經注可證。師古謂即柘字。誤。

槲 槲木可爲杖。小徐云。今郁栗之屬。从木郗聲。親吉切。十二部。

檈 檈味。逗 稔棗也。釋木。還味稔棗。釋文云。還字林作檈。不言出說文。疑或取字林增此。从木還聲。似沿切。十四部。

梧 梧桐木。三字句。釋木曰。櫬梧。賈思勰曰。注云。今梧桐。皮青者曰梧桐。案今人以其皮青。號曰青桐也。玉裁謂此今人所植梧桐樹也。其華五出。子如珠。綴於瓢邊。瓢如羹匙。賈氏云。青桐九月收子。炒食甚美。如菱芡。是也。从木吾聲。五胡切。五部。一曰櫬。一曰猶一名也。

本爾雅。

榮 桐木也。此見釋木。按梧下云梧桐木。榮下曰桐木。此即賈思勰青桐白桐之別也。白桐華而不實。材中樂器。青桐則不中用。毛詩椅桐梓漆爰伐琴瑟。其白桐與。又云。其桐其椅。其實離離。則青桐亦許桐渾言之也。郭注爾雅於榮桐木曰。即梧桐。於櫬梧曰。今梧桐。皮青者。本不誤。今本刪節乃不可通。从木熒省聲。永兵切。十一部。一曰屋梠之兩頭起者爲榮。士冠禮鄉飲酒禮皆云東榮。鄭曰。榮屋翼也。韋注甘泉賦同。梠。楣也。楣齊謂之檐。楚謂之梠。檐之兩頭軒起爲榮。故引伸凡揚起爲榮。卑汙爲辱。

桐 榮也。从木同聲。徒紅切。九部。

播 播木也。未詳。从木番聲。讀若樊。附轅切。十四部。

榆 榆白枌。見釋木。陳風東門之枌傳云。枌白榆也。然則釋木榆白爲逗。枌爲句。顯然。許意亦如此讀。別榆一種以起下也。榆莢可食。亦可爲醬。西部所謂醔醶也。从木俞聲。羊朱切。

枌梗樵松樠檜樅柏机枮梇楰梔杒榙㰈某

枌ㄈㄣˊ 梗ㄍㄥˇ 樵ㄑㄧㄠˊ 松ㄙㄨㄥ ⿱容木。 樠ㄇㄢˊ 檜ㄎㄨㄞˋ 樅ㄘㄨㄥ

切古音在四部。枌 枌榆也。三字句。各本少枌。淺人以爲複字而誤刪之。枌榆者。榆之一種。漢初有枌榆社。是也。從木。分聲。扶分切。十三部。梗 山枌榆。有朿。山枌榆。又枌榆之一種也。有朿。故名梗榆。卽齊民要術所謂刺榆者也。方言。凡草木刺人。自關而東或謂之梗。郭注。今云梗榆。是也。莢可爲蕪荑也。荑當作夷。爾雅、急就篇皆不從艸。釋木。無姑其實夷。郭云。無姑。姑榆也。生山中。莢圓而厚。莢各本作葉。急就篇注引不誤。剝取皮合漬之。其味辛香。所謂蕪夷。按齊民要術分姑榆、刺榆、山榆爲三。云刺榆木甚堅肕。山榆可以爲蕪夷。依許說。則刺榆、山榆一物也。賈氏言種植皆得諸目驗。豈許有未諦與。姑榆卽周禮之柟。杜子春作枯榆。鄭注周易大過曰。枯音姑。謂無姑山榆。廣雅。山榆。毋估也。是則山枌榆卽爾雅無姑之證。從木。叜聲。古杏切。古音在十部。按梗引伸爲凡柯莖骾刺之偁。樵 散木也。小雅。樵彼桑薪。列子書以蕉爲樵。按上下文皆木名也。此字廁此。恐非其舊。次當與柴篆爲伍。從木。焦聲。昨焦切。古音二部。三部。松 松木也。從木。公聲。祥容切。九部。集韵思恭切。關內語也。按俗皆從關內語。惟徽州讀祥容切。⿱容木 松或從容。容聲也。此如頌額同字。樠 松心木。疑有奪誤。當作松心也。一曰樠木也。廣韵廿二元注曰。松心。又木名也。所據古本也。篆上文松木言之。故曰松心。謂之樠。葢松心微赤。故與𥐰璊同音。又松心有脂。莊子所謂液樠。廣韵養韵釋樠曰。松脂。正樠爲松脂之誤也。一曰樠木也者。別有木名樠。如左傳卒於樠木之下。馬融廣成頌陵喬松。履脩樠。漢書烏孫國山多松樠是也。小顏云。樠木名。其心似松。是小顏所據已同今本矣。舊有樠、樠二字。一㒼聲。一兩聲。左傳樠木音義云郎蕩反。又莫昆、武元二反。馬援傳章懷注曰。水經注。武陵五溪謂雄溪、樠溪、酉溪、潕溪、辰溪。蠻土俗雄作熊。樠作朗。潕作武。是皆認樠爲樠。未別其字而強說其音也。從木。㒼聲。莫奔切。十五部。檜 柏葉松身。釋木、衞風毛傳皆曰。檜柏葉松身。禹貢作栝。從木。會聲。古外切。十五部。樅 松葉柏身。見釋木。郭引尸子曰。松柏之鼠。不知堂密之有美樅。

柏ㄅㄛˊ 机ㄐㄧ 枮ㄒㄧㄢ 梇ㄌㄨㄥˋ 楰ㄩˊ 梔ㄓ 杒ㄖㄣˋ 榙ㄊㄚˋ 㰈ㄊㄚˋ 某ㄇㄡˇ 槑。

按堂密謂山如堂者。從木。從聲。七恭切。九部。柏 鞠也。釋木曰。柏。鞠。禮記暢臼以鞠。鄭曰。鞠柏也。按鞠者。鞠之俗。柏。古多假借爲伯仲之伯。促迫之迫。從木。白聲。博陌切。古音在五部。張參曰。經典相承亦作栢。机 机木也。山海經。單狐之山多机木。族篇之山多松柏机桓。郭曰。机木似榆。可燒以糞稻田。音飢。按葢卽榿木也。今成都榿木樹。讀若豈平聲。楊雄蜀都賦曰。春机楊柳。机榿古今字。榿見杜詩。王安石詩以榿滋稼爲韵。韵會音邱其切。與蜀語合。從木。几聲。居履切。十五部。枮 枮木也。未詳。從木。占聲。息廉切。七部。梇 梇木也。未詳。從木。弄聲。盧貢切。九部。益州有梇棟縣。益州漢郡名也。前志字作弄。後志作梇。楰 鼠梓木。釋木、小雅毛傳皆曰。楰。鼠梓也。陸機、郭璞皆云。楸屬。從木。臾聲。羊朱切。四部。詩曰。北山有楰。梔 黃木可染者。各本篆文誤作桅。今依韵會所據本正。小徐云。史記貨殖傳。千畝巵茜。又書記多言鮮支。皆此。是鍇本固作梔字。證一。玉篇列字次第與說文同。而梇楰杒榙四字之閒。字作梔。之移切。不作桅。桅字乃在下文孫强等增竄之處。證二。水部染下。引裴光遠曰。從木。木者所以染。梔茜之屬也。此用史記梔茜。而亦譌作桅。證三。梔。今之梔子樹實可染黃。相如賦謂之鮮支。史記假巵爲之。從木。巵聲。巵。各本誤作危。音過委反。今依韵會所據正。章移切。十六部。釋木。桑辨有葚。梔。此別一義。杒 桎杒也。未詳何木。從木。刃聲。而震切。十二部。榙 榙㰈。逗。果似李。史記上林賦榙㰈字同。許。漢書、文選皆作荅遝。假借字也。郭云。荅遝似李。廣韵引埤蒼同。從木。荅聲。讀若嚃。嚃。口部無。卽舌部𦧇之異文也。毋嚃羹。見曲禮。土合切。七部。按各本二篆先後失次。今從玉篇。㰈 榙㰈木也。從木。遝聲。徒合切。八部。某 酸果也。此是今梅子正字。說見梅下。從木甘。闕。此闕謂義訓酸而形從甘。不得其解也。玉裁謂甘者酸之母也。凡食甘多易作酸味。水土合而生木之驗也。莫厚切。古音在一部。槑 古文某。從口。

櫾ㄧㄡˊ 樹ㄕㄨˋ 尌。 本ㄅㄣˇ 㮺。 柢ㄉㄧˇ 朱ㄓㄨ 根ㄍㄣ 株ㄓㄨ 末ㄇㄛˋ

從口者甘之省也。兩之者皃其酢醶。

櫾 崐崘山河隅之長木也。崐崘當作昆侖。山字依類篇補。西山經曰。槐江之山。西望其大澤。其陰多櫾木。郭曰。櫾木。大木也。引國語櫾木不生危。按櫾卽櫾字。韋注晉語亦云。櫾木。大木也。晉語一本作拱木。非。許謂櫾爲長木。櫾爲樹動。他書則櫾爲櫾柚。櫾爲長木。用字之不同也。穆天子傳曰。天子釣于河。以觀櫾之木。郭云。姑櫾。大木。姑櫾亦卽櫾也。**從木䌛聲。**按許書有櫾無櫾。或傳寫之誤。以周切。三部。

樹 木生植之總名也。植立也。假借爲尌豎字。**從木尌聲。**形聲包會意。常句切。四部。

尌 籒文。籒文從豆不從壴者。豆柄直。亦有直立之義。豆與壴同在四部。爲龤聲。寸則謂手植之也。

本 木下曰本。從木從丅。此篆各本作㮺。解云從木一在其下。今依六書故所引唐本正。本末皆於形得義。其形一從木上一從木丅。而意卽在是。全書如此者多矣。一記其處之說。非物形也。大雅以本奏爲奔走。假借也。布忖切。十三部。

㮺 古文。此從木。象形也。根多。篆似口。故從三口。

六篇上 主

柢 木根也。道德經。深其根。固其柢。長生久視之道。韓非解老曰。樹木有曼根。有直根。直根者。書之所謂柢也。柢也者。木之所以建生也。曼根者。木之所以持生也。按直者曰直根。橫者曰曼根。柢或借蔕字爲之。又借氐字爲之。節南山傳曰。氐。本也。是。**從木氐聲。**都禮切。十五部。

朱 赤心木。松柏屬。朱本木名。引伸假借爲純赤之字。糸部曰。絑。純赤也。是其本字也。**從木。一在其中。**赤心不可像。故以一識之。若本末非不可像者。於此知今本之非也。章俱切。古音在四部。又按此字解云赤心木。松柏屬。當廁於松樠檜樅柏之处。今本失其舊次。本柢根株末五文一貫。不當中隔以他物。蓋淺人類居之。以傳會其一在上。一在中。一在下之說耳。

根 木株也。**從木艮聲。**古痕切。十三部。

株 木根也。莊列皆有厥株駒。株今俗語云樁。**從木朱聲。**陟輸切。古音在四部。

末 木上曰末。從木從上。此篆各本作朩。解云從木一在其上。今依六書故所引唐本正。莫撥切。十五部。六書故曰。末。木之竆也。因之爲末殺

櫾樹本柢朱根株末欆果椽杈枝條朴枚栞

欆ㄐㄧ 果ㄍㄨㄛˇ 椽ㄌㄟˇ 杈ㄔㄚ 枝ㄓ 條ㄊㄧㄠˊ 朴ㄆㄨˋ 枚ㄇㄟˊ 栞ㄎㄢ

末減。略末。又與蔑莫無聲義皆通。記曰。末之卜也。語曰。吾末如之何。末由也已。

欆 細理木也。欆見西山經南都賦。郭曰。欆似松。有刺。細理。劉淵林注蜀都賦曰。欆似松。有刺。按蜀都欆字。蓋欆之譌。**從木畟聲。**子力切。一部。按此篆亦失其舊次。當與諸木名爲伍。

果 木實也。上文言果多矣。故總釋之。引伸假借爲誠實。勇敢之偁。**從木。象果形在木之上。**謂田也。古火切。十七部。

椽 木實也。桼者。今之纍積字。從桼言其多也。假借則扁榼謂之㮓。似盤中有隔也。**從木桼聲。**力追切。按當依廣韵力委切。十六部。

杈 枝也。三字句。廣韵曰。方言云。江東言樹枝爲椏杈也。枝如手指相錯之形。故從叉。**從木叉聲。**初牙切。古音在十六部。

枝 木別生條也。艸部曰。莖。枝主也。榦與莖爲艸木之主。而別生條謂之枝。枝必岐出也。故古枝岐通用。**從木支聲。**章移切。十六部。

六篇上 主

條 小枝也。毛傳曰。枝曰條。渾言之也。條爲枝之小者。析言之也。**從木攸聲。**徒遼切。古音在三部。

朴 木皮也。洞簫賦。秋蜩不食。抱朴以長吟。李注。抱音附。引蒼頡篇。朴。木皮也。顔注急就篇。上林賦厚朴曰。朴。木皮也。此樹以皮厚得名。按廣雅云。重皮。厚朴也。**從木卜聲。**匹角切。三部。按凡鞭扑字。從手作扑。卽攴字也。凡樹皮字從木作朴。凡棫樸樸屬字作樸。卽樸之省也。凡朴素字作樸。皆見說文。

枚 榦也。毛傳曰。榦曰枚。引伸爲銜枚之枚。爲枚數之枚。豳風傳曰。枚。微也。魯頌傳曰。枚枚。礱密也。皆謂枚爲微之假借也。**從木攴。**會意。**可爲杖也。**說從攴之意也。攴。小毄也。因爲箠扑字。杖可以毄人者也。故取木攴會意。莫桮切。十五部。**詩曰。施于條枚。**大雅文。

栞 槎識也。槎。衺斫也。槎識者。衺斫以爲表志也。斫之以爲表識。如孫臏斫大樹白而書之曰。龐涓死此樹下。是其意也。禹貢。隨山栞木。夏本紀作行山表木。此古說也。今尚書益稷禹貢皆作隨山刊木。九山刊旅。周禮曰。刊陽木。左傳曰。井堙木刊。木非不言刊也。然刀部曰。刊。剟也。剟。刊也。刊者。除去之意。與栞訓槎識不同。蓋壁中古文作栞。今文尚書作栞。則未知何時改爲刊也。據正

栞。 欇 栠 枖 槙 梃

栞已作刊。刪。非衞包所改。从木。幵聲。此云刪者。謂栞形不可識。無由知其形聲抑會意也。說文之例。先小篆後古文。惟此先壁中古文者。尊經也。夏書曰。隨山栞木。夏書。謂禹貢也。讀若刊。此同音耳。苦寒切。十四部。栞 篆文从幵。李斯輩作栞。史漢所引禹貢作栞。故知今文尚書作栞也。

欇 木葉榣白也。榣各本从手。今正。榣。樹動也。凡木葉面青背白。爲風所榣則獵獵然背白讙蓋。故曰榣白。楓厚葉弱枝善榣。一名欇欇。是也。釋木又有欇。虎欇。則未得其解。从木聶聲。之涉切。七部。

栠 弱皃。小雅大雅皆言荏染柔木。毛曰。荏染。柔意也。論語色厲而內荏。孔曰。荏。柔也。按此荏皆當作栠。桂荏謂蘇也。經典多假荏而栠廢矣。从木任聲。如甚切。七部。

枖 木少盛皃。周南。桃之夭夭。毛曰。桃有華之盛者。夭夭其少壯也。邶風。棘心夭夭。毛曰。夭夭。盛皃。按夭下曰。屈也。屈者大之反。然屈者大之光也。故枖字从夭。从木夭聲。聲疑衍文。以會意包形聲也。於喬切。二部。詩曰。桃之枖枖。按韵會引說文从木夭聲之下。不言引詩桃之枖枖。而云通作夭。引詩棘心夭夭。至錯注棘心夭夭。始援厥草唯夭。桃之夭夭等語。是黃氏所據錯本作詩曰棘心夭夭。明其枖从木夭會意。故偁棘心夭夭。說從木夭之意。如引豐其屋。說𡫾从宀豐。引艸木麗于地。說䕻从艸麗。同一例也。淺人不知此例。故改夭夭爲枖枖。又易棘心爲桃之。好學深思者。當能知之矣。

槙 木頂也。人頂曰顛。木頂曰槙。今顛行而槙廢矣。从木眞聲。都秊切。十二部。一曰仆木也。人仆曰顛。木仆曰槙。顛行而槙廢矣。頂在上而仆於地。故仍謂之顛槙也。大雅。人亦有言。顛沛之揭。枝葉未有害。本實先撥。此以木爲喻。故毛曰。顛。仆。沛。拔。揭。見根皃。是毛詩之顛。槙之假借也。般庚。若顛木之有由櫱。義亦同。稹。考工記稹理。亦或假槙。

梃 一枚也。凡條直者曰梃。梃之言挺也。一枚疑當作木枚。竹部曰。箇。竹枚也。則梃當云木枚也。方言曰。箇。枚也。鄭注禮經云。个猶枚也。今俗或名枚曰個。音相近。按枚。榦也。一莖謂之一枚。因而凡物皆以枚數。左傳以枚數闔。謂枚枚數之。猶云一一數之也。直者則曰梃。如孟子制梃。漢書白梃。皆是。禮經脯挺字。本作梃。亦作挺。俗作脡。誤也。詳肉部。从木廷聲。徒頂切。十一部。

⿱驫木 標 杪

⿱驫木 眾盛也。意三馬。三火皆盛意也。焱部曰。燊。盛皃。⿱驫木與燊同意。从木驫聲。驫見馬部。唐韵甫虬切。曹憲廣雅音曰。香幽必幽二反。廣韵甫休切。又音標。然則⿱驫木音當在三部明矣。而鉉云所臻切。篇韵皆同。與許云驫聲者不合。葢燊屬會意。⿱驫木屬形聲。而皆訓盛。燊讀若莘。莘莘征夫之莘。因强同之耳。逸周書曰。⿱驫木疑沮事。各本脫⿱驫木字。今依玉篇補。周書文酌解七事。三。⿱驫木疑沮事。聚古讀如驟。與⿱驫木音近。⿱驫木疑沮事。猶云蓄疑敗謀也。各本此下有闕字。淺人不解周書語妄增也。

標 木杪末也。杪末。謂末之細者也。古謂木末曰本標。如素問有標本病傳論是也。亦作本剽。如莊子云有長而無本剽者是也。標在取上。故引伸之義曰標舉。肆師表齍盛告絜。注云。故書表爲剽。剽表皆謂徽識也。按表剽皆同標。从木㶾聲。敷沼切。二部。

杪 木標末也。方言曰。杪。小也。木細枝謂之杪。郭注。言杪捎也。按引伸之。凡末皆曰杪。王制言歲之杪。是也。从木少聲。亡沼切。二部。

朵 桹 橺 枵

朵 樹木垂朵朵也。凡枝葉華實之垂者皆曰朵朵。今人但謂一華爲一朵。引伸爲易之朵頤。李鼎祚曰。朵頤垂下動之皃也。从木象形。謂几也。丁果切。十七部。此與采同意。宋本作采。今本作采。按采采會意。朵則不同。言其𩑶纍而已。當云與𠂹同意。

桹 高木也。此泛言高木謂之桹。非謂枕桹及橫桹也。門部闛訓門高。義相近。从木良聲。魯當切。十部。

橺 大木皃。未見其證。小徐說以左傳橺然授兵登陴。今左傳自唐石經而下皆從手。从木閒聲。古限切。十四部。

枵 木皃。大徐本作木根。非也。木根則當廁於本柢根株四篆処矣。枵。木大皃。莊子所云呺然大也。木大則多空穴。莊子曰。大木百圍之竅穴。似枅似圈似臼似洼者似污者。故左氏釋元枵云。枵。虛也。从木号聲。許嬌切。二部。春秋傳曰。歲在元枵。枵。虛也。依韵會本訂。見襄廿八年左氏傳。許槩括其辭耳。傳曰。元枵。虛中也。枵。耗名也。爾雅。元枵。虛也。孫炎云。枵之言耗。耗虛

柖榣朻枉橈枎檹朴榴槮梴橚杕

之意也許亦以虛正釋柷字𡆠柷以虛得名如天駟以房得名天根以氐得名左氏云虛中柷言虛之區域耳不必泥於杜注𡆠柷三衡虛星在其中之說

柖 樹搖皃 柖各本作搖今正柖之言招也樹高大則如能招風者然漢志郊祀歌體招搖若永望注招搖申動之皃按此招搖與柖搖同師古招音韶韶猶玉篇柖時昭切也 從木召聲 止搖切二部

榣 樹動也 榣之言搖也今俗語謂搖惑人爲招搖當用此從木二字謂能招致而搖動之也 從木䍃聲 余昭切二部

朻 高木下曲也 從木丩丩亦聲 此韵會所據小徐本也今二徐本皆分樛朻爲二篆樛訓下曲朻訓高木乃張次立以鉉改錯而然錯云詩作樛爾雅作朻依詩爲正錯意許書作朻未是也今考釋木曰下句曰朻南有樛木毛傳曰木下曲曰樛下曲卽下句也樛卽朻也一字而形聲不同許則從丩聲者容許當曰毛詩亦作朻也玉篇分引詩爾雅而云二同甚爲明晳丩者相糾繚也凡高木下句垂枝必相糾繚故曰從木丩丩亦聲吉虯切三部

枉 衺曲也 本謂木衺曲因以爲凡衺曲之偁 從木㞷聲 迂往切十部

橈 曲木也 引伸爲凡曲之偁見周易考工記月令左傳古本無從手撓字後人肊造之以別於橈非也 從木堯聲 女敎切二部

枎 枎疏 逗 四布也 枎汲古刊木從手非也今依玉篇五音韵譜集韵類篇正枎之言扶也古書多作扶疏同音假借也上林賦垂條扶疏劉向傳梓樹生枝葉扶疏上出屋楊雄傳枝葉扶疏呂覽樹肥無使扶疏是則扶疏謂大木枝柯四布疏通作胥亦作蘇鄭風山有扶蘇毛曰扶蘇扶胥木也釋文所引不誤正義作小木誤也毛意山則有大木隰則有荷華是爲高下大小各得其宜後人以鄭箋攙合而改之 從木夫聲 防無切五部

檹 木旖施也 旖各本作檹施集韵類篇作椸皆非也㫃部旖下曰旗旖施也旗旖施故字從㫃木如旗之旖施故字從木旖九辨紛旖旎乎都房王注旖旎盛皃引詩旖旎其華九歎注同然則今檜風猗儺毛曰猗儺柔順也猗儺卽旖施旎者施之俗也檹者又旎之譌也上林賦旖旎從風張揖云旖旎猗阿

飛漢書文選皆作猗柅韵書紙韵作猗狔猗檹旖旎哥韵作旖旎檹柅其實皆同字也 從木旖聲 形聲包會意於离切古音在十七部 賈侍中說檹卽椅也 也各本作木今依篇韵 可作琴 賈說檹卽椅字之異者也椅可作琴見衞風

朴 榴也 榴各本作相高二字今正玉篇曰朴木忽高也以榴字之解解之是朴訓榴也朴者言其杪末之高 從木小聲 私兆切二部玉篇子了切

榴 㫐高皃 各本無㫐字今按玉篇朴下云忽高者正用榴之解也倏忽字今作忽許作㫐㫐高者忽然而高如桑穀一暮大栱西京賦神山崔巍倏從背見之類 從木㫐聲 形聲包會意呼骨切十五部

槮 長木皃 本作不長今正九辨蔚櫹槮之可哀郎許之櫹槮二字也王注堇獨立也上林賦紛溶蔚蔘郭云支竦擢也蔘同槮李善音森 從木參聲 所今切七部 詩曰槮差荇菜是也 見周南今詩作參許所據作槮晴如木有長有短不齊也

梴 長木也 從木延聲 丑連切十四部 詩曰

松桷有梴 見商頌毛云長皃按此篆疑後人所增毛詩本從手作挻不從木也商頌音義曰有挻丑連反又力鱣反長皃柔挻物同耳字音獺俗作挻又道德經音義曰挻始然反河上云和也聲類云柔也字林云長也丑連反一曰柔挻方言云取也玉裁謂挻埴字俗作挻古作挻柔也陸氏於商頌云挻長皃又云柔挻物同謂柔挻與長皃無二字也於老子挻埴云和也柔也而又引字林云長也謂長與柔挻無二字也陸氏毛詩本從手作挻明甚今本音義作木旁延非也白氏六帖於松柏類引詩松桷有挻勅延切字正作挻之俗字是亦可以證商頌之本作挻也五經文字木部有梴云見詩頌蓋所據已爲誤本矣故曰梴篆淺人以誤本毛詩羼入者也手部云挻長也此正用商頌傳也是說則而洽說文者可刪此篆矣

橚 長木皃 橚與槮同義聯文淺人以挻梗其閒非也九辨櫹卽橚淺人加艸耳吳都賦說竹曰橚矗森萃史記上林賦紛溶蕭蔘蕭同橚 從木肅聲 山巧切古音在三部廣韵蘇彫切玉篇息六切

杕 樹皃 樹當作特字之誤也在顏黃門時已誤矣唐風有杕

㯏 ㄊㄨㄛ　格 ㄍㄜ　槸 ㄧ　𣡌　枯 ㄎㄨ

之杜毛曰杕特皃許所本也引伸爲舟柁高注淮南曰杕舟尾也柁舵皆俗字**從木大聲**特計切十五部顏黃門云詩河北本皆爲夷狄之狄讀亦如字此大誤也據近人有謂古無入聲興於江左者據黃門此條則河北非無入聲也**詩曰有杕之杜**此句詩凡六見

㯏木葉陊也陊落也小徐云此亦蘀字按此與蘀義同音不必同相爲轉注非一字也言部訑讀若詑此㯏讀如薄然則詑之在二部或五部難定也玉篇云㯏同欜則合詑聲㚇聲爲一其誤甚矣**從木㚇聲讀若薄**他各切

格木長皃以木長別於上文長木者長木言木之美木長言長之美也木長皃者格之本義引伸之長必有所至故釋詁曰格至也抑詩傳亦曰格至也凡尚書格于上下格于藝祖格于皇天格于上帝是也此接於彼曰至彼接于此則曰來鄭注大學曰格來也凡尚書格爾衆庶格汝衆是也至則有摩㧓之義焉如云格君心之非是也或借假爲之如雲漢傳曰假至也尚書格字今文尚書皆作假是也有借格爲庋閣字者亦有借格爲扞挌字者**從木各聲**古百切古音在五部

槸木相摩也釋木曰木相磨槸按大雅作之屏之其菑其翳脩之平之其灌其栵爾雅立死甾蔽者翳木相磨槸除灌木叢木已見於上則槸卽栵也以文法論栵必非木名毛云栵栭也栭謂之而小木相迫切與爾雅義無不合也栭爲小木如鮞爲魚子**從木埶聲**魚祭切十五部按槷考工記輪人以爲槷椴字又匠人以爲臬字又輪人注以爲危隉字**𣡌或從蓺作**據此則蓺字古有之矣

枯槁也從木古聲苦孤切五部**夏書曰唯箘輅枯**禹貢文今尚書作惟箘簵楛按惟作唯轉寫誤也輅當依竹部引書作簵楛作枯則許所據古文尚書如是竹部引書作楛非也**枯**逗各本無此字今補**木名也**此釋書之枯非枯槀之義如引堲讒說而又釋堲引曰圛而又釋圛引布重貨席而又釋貨皆非堲圛貨本義必別釋以曉人也木名未審何木周易大過之枯鄭晉姑謂無姑山榆周禮壺涿氏杜子春讀榑爲枯云枯榆木名疑當是枯榆也而馬云可以爲箭或謂枯乃楛之假借未知其審考工記注引尚書箘簵枯音義曰枯尚書作楛鄉射禮注引國語肅慎貢枯矢音義曰枯字又作楛然則鄭所據尚書國語皆作枯與許所據合也

槀 ㄎㄠˇ　樸 ㄆㄨˊ　楨 ㄓㄣ　柔 ㄖㄡˊ　柝 ㄊㄨㄛˋ

槀木枯也枯槀禾槀字古皆高在上今字高在右非也凡潤其枯槀曰槀如慰其勞苦曰槀以齊潤物曰槀尚書槀飫周禮槀人小行人若國師役則令槀襘之義皆如是鄭司農以漢字通之於槀人曰槀讀爲犒師之犒主冗食者故謂之犒於小行人曰槀當爲犒謂犒師也蓋漢時盛行犒字故大鄭以今字易古字此漢人釋經之法也左傳國語皆有犒字左傳服注曰以師枯槀故饋之飲食韋注國語曰犒勞也許左國皆本作槀今本作犒者亦漢人所改如牛人軍事共其犒牛此必後鄭從大鄭所易也小行人經文從大鄭易爲犒而注之曰故書犒作槀今本則譌舛難讀矣何注公羊曰牛酒曰犒高注淮南曰酒肉曰餉牛羊曰犒漢席彰長碑又作勞犒許不錄犒犒字者許以槀爲正字不取俗字也**從木高聲**苦浩切二部鄭箋詩讀槁爲槀

樸木素也素猶質也以木爲質未彫飾如瓦器之坯然士喪禮周禮槀人皆云獻素獻成注云形法定爲素飾治畢爲成是也引伸爲凡物之偁如石部云磺銅鐵樸是也作璞者俗字也又引伸爲不奢之偁凡云儉樸是也漢書以敦朴爲天下先假朴爲樸也**從木菐聲**匹角切三部今詩棫樸周禮樸屬借用此字

楨剛木也此謂木之剛者曰楨非謂木名也吳都賦之楨廣韻之女楨則爲木名**從木貞聲**陟盈切十一部**上郡有楨林縣**地理郡國二志同

柔木曲直也洪範曰木曰曲直凡木曲者可直直者可曲曰柔考工記多言揉許作煣云屈申木也必木有可曲可直之性而後以火屈之申之此柔與煣之分別次弟也詩荏染柔木則謂生木柔之引伸爲凡耎弱之偁凡撫安之偁**從木矛聲**耳由切三部

柝判也土裂曰坼木判曰柝二字今可用今人從手作拆甚無謂也自專以柝爲擊柝字而柝之本義廢矣**從木𣂷聲**他各切五部按此古音也以今語言讀之則北格切**易曰重門擊欜**繫辭傳文按欜下引易重門擊欜欜之本義也引經言轉注也此引易擊欜者欜之借字也引經言假借

六篇上

也易有異文兼引之而六書明矣。

朸 木之理也。考工記曰陽木稹理而堅陰木疏理而柔毛詩傳曰析薪必隨其理毛詩如矢斯棘韓詩棘作朸毛曰棘稜廉也韓曰朸隅也學者皆不解及觀抑詩維德之隅毛曰隅廉也箋申之云如宮室之制內有繩直則外有廉隅然後知斯干詩謂如矢之正直而外有廉隅也韓朸爲正字毛棘爲假借字如矢之直則得其理而廉隅整飭矣毛韓辭異而意一也 從木力聲。以形聲包會意也防下曰地理朸下曰木理泐下云水理皆從力力者筋也人身之理也盧則切一部 平原有朸縣。見地理志

材 木梃也。梃一枚也材謂可用也論語無所取材鄭曰言無所取桴材也貨殖傳曰山居千章之材服虔云章方也孟康云言任方章者千枚按漢人曰章唐人曰橦音鐘材方三尺五寸爲一橦材引伸之義凡可用之具皆曰材 從木才聲。昨哉切一部

柴 小木散材。月令乃命四監收秩薪柴以供郊廟及百祀之薪燎注云大者可析謂之薪小者合束謂之柴薪施炊爨柴以給燎按祭柴祭天也燔柴曰柴毛詩車攻假柴爲積字 從木此聲。士佳切十六部

榑 榑桑神木日所出也。叒下曰日初出東方湯谷所登榑桑叒木也然則榑桑卽叒木也東下曰從日在木中杲下曰從日在木上皆謂榑木也淮南高注亦曰榑桑日所出也 從木尃聲。防無切五部

杲 明也。衛風杲杲出日毛曰杲杲然日復出矣 從日在木上。讀若槀。日在木中昒也日在木上旦也古老切二部

杳 冥也。冥窈也其爲日且冥杳則全冥矣由其而行地下而至於榑桑之下也引伸爲凡不見之稱 從日在木下。烏皎切二部

𣐺 角械也。角蕃角圈之角 從木卻聲。其逆切古音在五部 一曰木下白也。未詳

栽 築牆長版也。古築牆先引繩營其廣輪方制之正詩曰俾立室家其繩則直是也繩直則豎楨榦題曰楨植於兩頭之長杙也旁曰榦植於兩邊之長杙也植之謂之栽栽之言立也而後橫施版於兩邊榦內以繩束榦實土用築築之一版竟則層累而上詩曰縮版以載柎之仍仍度之𧁵𧁵築之登登是也然則栽者合楨榦與版而言許云築牆長版爲栽者以版該楨榦也中庸故栽者培之鄭云栽猶殖也今時人名艸木之殖曰栽築牆立版亦曰栽鄭同許說長版者五經異義曰戴禮及韓詩說八尺爲版五版爲堵五堵爲雉版廣二尺積高五版爲一丈五堵爲雉雉長四丈古周禮及左氏說一丈爲版版廣二尺五版爲堵一堵之牆長丈高丈三堵爲雉一雉之牆長三丈高一丈以度爲長者用其長以度爲高者用其高也毛詩說亦云一丈爲版五版爲堵公羊說五版而堵五堵而雉百雉而城鄭君曰左氏傳說鄭莊公弟段居京城祭仲曰都城過百雉國之害也先王之制大都不過三國之一中五之一小九之一今京不度非制也古之雉制書傳各不得其詳案天子之城九里公城七里侯伯之城五里子男之城三里今以左氏說鄭伯之城方五里積千五百步也大都三國之一則五百步也五百步爲百雉則知雉五步五步於度長三丈則雉長三丈也雉之度量於是定可知矣按何注公羊曰八尺曰版堵凡四十尺此用今戴韓說也鄭箋詩曰春秋傳云五版爲堵五堵爲雉雉長三丈則版六尺自用其說也若異義今無全書未識許氏何從而於此但云長版不箸丈尺是作說文時於今說八尺古說一丈皆疑之而不敢定矣 從木𢦏聲。昨代切一部今分平去二聲古無是也中庸注可證 春秋傳曰楚圍蔡里而栽。左傳哀公元年文莊二十九年曰水昏正而栽杜云樹版榦定元年城成周庚寅栽杜云設版築

築 所㠯擣也。所㠯二字今補此篆上築牆言所用築者謂器也其器名築因之人用之亦曰築手部曰擣築也是也築者直舂之器鄭注周禮引司馬法云輂一斧一斤一鑿一梩一鉏周輂加二版二築正義曰築者築杵也 從木筑聲。陟玉切三部

篁 古文。按此從土管聲也今本篆體譌舛故正之

榦 築牆耑木也。耑謂兩頭也假令版長丈則牆長丈其兩頭所植木曰榦釋詁曰楨榦也舍人曰楨正也築牆所立兩木也榦所以當牆之兩邊鄣土者也[illegible][illegible]書注曰題曰楨旁曰榦正義云題曰楨謂當牆兩端者旁曰榦謂在牆兩邊者也然則舊說皆謂楨爲兩耑木榦爲夾版兩邊木許不介者舊說析

檥ㄧˇ　構ㄍㄡˋ　模ㄇㄛˊ　桴ㄈㄨˊ　棟ㄉㄨㄥˋ　極ㄐㄧˊ　柱ㄓㄨˋ　楹ㄧㄥˊ

言之爾雅與許皆渾言之也大雅傳亦以榦釋楨許於楨下渾云剛木從木𣪠聲古案切十四部按詩多以翰爲榦故爾雅毛傳曰翰榦也言六書之假借也榦俗作幹一曰本也四字今補文選魏都賦注盧諶贈劉琨詩注皆引說文榦本也按上文云枚榦也引詩施于條枚與此訓相足木下曰本木身亦曰本

檥榦也釋詁曰楨翰儀榦也許所據爾雅作檥也人儀表曰榦木所立表亦爲榦其義一也史記烏江亭長檥船待檥船者今小船兩頭植橛爲系也從木義聲魚羈切古音十七部

構蓋也構與冓音同義近冓交積材也凡覆蓋必交積材從木冓聲以形聲包會意古后切四部杜林吕爲椽桷字杜林用構爲椽桷字構古音如穀杜意構造字用爲椽桷字用構蓋蒼頡訓纂一篇及蒼頡故一篇中語

模法也以木曰模以金曰鎔以土曰型以竹曰笵皆法也漢書亦作橅從木莫聲讀若嫫母之嫫女部曰嫫母都醜也莫胡切五部

桴眉棟也各本作名今正釋宮棟謂之桴許云眉棟者爾雅渾言之許析言之鄭注鄉射禮記曰五架之屋正中曰棟次曰楣前曰庪注鄉飲酒禮曰楣前梁也許之眉棟即禮經之楣也許厂部之庪即禮經之庪也許以屋櫋聯曰楣則棟前曰眉棟謂棟之近前若眉者也豈許所據禮經楣作眉與張載注靈光殿賦亦云眉梁從木孚聲附柔切三部

棟極也極者謂屋至高之處繫辭曰上棟下宇五架之屋正中曰棟釋名曰棟中也居屋之中從木東聲多貢切九部

極棟也李奇注五行志薛綜注西京賦皆曰三輔名梁爲極按此正名棟爲極耳今俗語皆呼棟爲梁也搜神記漢蔡茂夢坐大殿極上有禾三穗主簿郭賀曰極而有禾人臣之上祿也此則似謂梁按喪大紀注曰危棟上也引伸之義凡至高至遠皆謂之極從木亟聲渠力切一部

柱楹也柱之言主也屋之主也從木主聲直主切古音在四部按柱引伸爲支柱柱塞不計縱橫也凡經注皆用柱俗乃別造從手拄字音株主切

楹柱也釋名曰楹亭也亭亭然孤立旁無所

六篇上

樘ㄔㄥ　欂ㄅㄛˊ　榰ㄓ　楶ㄐㄧㄝˊ　欂ㄅㄛˊ

依也按禮言楹西楹非孤立也自其一言之耳考工記蓋杠謂之桯桯即楹如樊須史記作樊遲其比也從木盈聲以成切十一部春秋傳曰丹桓宮楹左氏莊二十三年傳文

樘柱也各本柱上有衺字今刪文選靈光殿賦長笛賦李注皆引說文柱也長門賦李注引字林柱也皆無衺字惟樘字或作牚或作撐皆俗字耳玉篇云樘柱也亦無衺字本柱名如靈光枝樘杈枒而斜據枝樘與層櫨曲枅芝栭爲儻然則謂爲柱無疑也樘可借爲棠此枓可借爲支柱而支柱遂正釋樘俗閒謂撐柱必用衺木遂沾一衺字矣從木堂聲丑庚切李善引說文恥孟反古音在十部

欂壁柱也壁柱謂附壁之柱柱之小者此與欂櫨之欂各字篇韵皆兩存不混從木薄聲弼戟切古音在五部按各本在榰篆之後誤也今移正

榰柱氐也氐各本作砥誤今正日部昏下曰氐者下也广部曰底一曰下也氐底古今字元應書引作柱下知本作柱氐矣今之礎子也釋言曰榰柱也即榰柱之謂礎在柱下而柱可立因引伸爲凡支柱柱塞之偁古用木今吕石從木此說古用木故字從木也柱氐之用石久矣尚書大傳曰天子賁庸諸侯疏杼大夫有石材庶人有石承鄭曰石材柱下質也石承當柱下而已不出外爲飾也廣雅礎磶礩也磶見西京景福殿二賦字作舄礩見西都賦字作磌礎見淮南書許注曰楚人謂柱磶爲礎按礎者濋也礩者質也舄者如人之舄也磌者塡也皆謂石此云古用木者溯其始言之耆聲章移切十五部易曰榰恒凶是恆上六爻辭釋文曰振恆張璠作震今易皆同張耆聲辰聲合韵取近許偁蓋孟易也

櫨也明堂位注曰山節刻欂櫨爲山也按楶論語禮器明堂位爾雅舊本皆作節從木咨聲子結切十二部

欂欂櫨逗柱上枅也魏都賦靈光殿賦景福殿賦長門賦李注皆引說文欂櫨柱上枅也王莽傳爲銅薄櫨師古曰柱上枅也亦本說文枅今本作栭誤欂櫨累呼之也單呼亦曰櫨詞賦家或言欂櫨或言櫨一也釋名曰盧在柱端如都盧負屋之重也此單言櫨也廣雅曰欂謂之枅此單言欂也李善引蒼頡

篇曰枅柱上方木許說楶也從木薄聲篇韵皆有補各弼欂櫨也枅也一物三名也戟二切五部按各本篆作𣛿解云壁柱從木薄聲而無欂篆今薄文義當有𣛿𣛿二篆𣛿與櫨欂爲類𣛿則蒙上文楶欂櫨也言之淺人誤合爲一正如鼏鼐袗袀之比爲分別依類補正之

櫨 ㄌㄨˊ

欂櫨也依全書通例正從木盧聲落胡切五部伊尹曰果之美者箕山之東青鳧之所有甘櫨焉夏孰也語見呂覽本味篇鳧作鳥不言夏孰高誘曰箕山在潁川陽城之西青鳥崑崙山之東二處皆有甘櫨之果上林賦盧橘夏孰應劭曰伊尹書云果之美者箕山之東青鳥之所有盧橘夏孰史漢注作青馬依文選作青鳥爲長蓋郎山海經之三青鳥疑鳥鳧皆鳥之誤也漢志道家者流有伊尹五十一篇小說家者流有伊尹說二十七篇許葷下秏下䭈下及此皆取諸伊尹書相如用盧橘夏孰太沖猶譏其不實後人以給客橙枇杷等當之繆甚一曰宅櫨木出宏農山也鄭注周禮說涂州之屬有蒙蘆未知是不

枅 ㄐㄧ

屋欂櫨也按有枅有曲枅枅者蒼頡篇云柱上方木也曲枅者廣雅云曲枅謂之欒薛綜西京賦注云欒柱上曲木兩頭受櫨者釋名欒攣也其體上曲攣拳然也然則曲枅謂之欒欒以承欂櫨故靈光殿賦曰層櫨磥垝以岌峩曲枅要紹而環句二者竝言景福殿賦亦櫨欒對舉魏都賦亦云欒櫨疊施皆可證曲枅與枅爲二事從木幵聲古兮切十五部亦作榍

栵 ㄌㄧㄝˋ

栭也大雅其灌其栵毛曰栵栭也栭與灌爲類非木名謂小木叢生者如魚子名鮞鰤也許云栵栭也者字之本義曲枅加於柱枅加於曲枅栭又加於枅以次而小故名之栭毛取小木之義故亦曰栵栭也從木列聲良辥切十五部詩曰其灌其栵大雅文許說爲本義毛傳爲引伸假借之義

栭 ㄦˊ

屋枅上標也標靈光殿賦王命論二注皆作欒今按作標爲長標者表也高也辥注西京賦曰栭斗也張載注靈光曰栭方小木爲之栭在枅之上枅者柱上方木斗又小於枅亦方木也然後乃抗梁焉靈光層櫨曲枅之下曰芝栭攢羅以戢㠑栭積𣪠之下曰欂櫨各落此可證栭與枅非一物釋宮云栭謂之楶合二事渾言之許則析言之也諸家襲爾雅者皆少分別從木而聲如之切一部爾雅曰栭謂之楶偁爾雅者欲見渾言析言兩不相背也

檼 ㄧㄣˇ

棼也林部曰棼複屋棟也注詳彼矣釋名及郭璞謂棟爲檼非也從木㥏聲於靳切十三部

橑 ㄌㄠˇ

椽也九歌曰桂棟兮蘭橑王云以木蘭爲榱也按西都賦列棼橑以布翼下又云裁金璧以飾璫西京賦結棼橑以相接下又云飾華榱與璧璫魏都賦棼橑複結下又云宗桁森布而支離橑必與棼連言而別於榱桷則榱桷爲屋椽橑爲複屋之椽可知簷當在複屋故廣韵曰屋橑簷前木此檼橑二篆相屬亦此意也當是本作橑檼椽也謂屬於檼之椽從木尞聲盧浩切二部

桷 ㄐㄩㄝˊ

榱也榱也者渾言之釋宮云桷謂之榱是也下文椽方曰桷者析言之從木角聲形聲包會意也古岳切三部椽方曰桷桷之言棱角也椽方曰桷則知桷圜曰椽矣周易或得其桷虞曰桷椽也方者謂之桷春秋傳曰刻桓宮之桷左氏莊二十四年經文

椽 ㄔㄨㄢˊ

榱也左傳以大宮之椽歸爲盧門之椽釋名曰椽傳也相傳次而布列也從木彖聲直專切十四部

榱 ㄘㄨㄟ

椽也二字依韵會補秦名屋椽也周謂之榱齊魯謂之桷上二句各本作秦名爲屋椽周謂之榱大誤今依左傳桓十四年音義周易漸卦音義正謂屋椽秦名之曰榱周曰椽齊魯曰桷也各本妄改乃或疑釋文有誤矣釋宮音義云榱秦名屋椽也周謂之榱齊魯謂之桷此淺人改周椽爲周榱耳其引字林云周人名椽曰榱齊魯名榱曰桷則字林始與說文乖異矣榱之言差次也自高而下層次排列如有等衰也從木衰聲所追切古音在十七部

楣 ㄇㄟˊ

秦名屋櫋聯也齊謂之厃楚謂之梠秦名屋櫋聯也者秦人名屋櫋聯曰楣也與秦名屋椽曰榱同解李善注文選引說文曰櫋梠秦名屋櫋聯失其義矣齊謂之厃各本厃作檐今依厂部厃下正厃屋梠也秦謂之楣齊謂之厃禮經正中曰棟棟前曰楣又爾雅楣謂之梁皆非許所謂楣者從木眉聲武悲切十五部

梠　楣也。釋名曰：梠，旅也，連旅之也。士喪禮注曰：宇，梠也。宀部曰：宇，屋邊也。从木，吕聲。力舉切。五部。

榌　梠也。榌之言比敘也。西京賦曰：三階重軒，鏤檻文榌。按此文榌謂軒檻之飾，與屋梠相似者。从木，毘聲。讀若枇杷之枇。房脂切。十五部。

櫋　屋櫋聯也。釋名曰：梠或謂之櫋。櫋，縣也，縣連榱頭使齊平也。上入曰爵頭，形似爵頭也。按郭云雀梠，即爵頭也。九歌曰：擘蕙櫋兮既張。从木，臱聲。各本作邊省聲，非，今正。武延切。十二部。讀如民。

檐　㮰也。檐之言隒也，在屋邊也。明堂位重檐。注云：重檐，重承壁材也。姚氏鼐云：漢時名櫋為承壁材，以其直垂而下如壁。从木，詹聲。余廉切。八部。俗作簷。按古書多用檐為儋何之儋。

橝　屋梠前也。梠與霤之閒曰橝。从木，覃聲。徒含切。古音在七部。一曰蠶槌。方言蠶槌備矣，獨無橝字。

樀　戶樀也。按戶樀謂門檐也。郭注爾雅及篇韵皆云屋梠，則不專謂門。从木，啻聲。樀之言滴也，與霤滴相近。都歷切。十六部。爾雅曰：檐謂之樀。見釋宮。樀，朝門。鉉本無此三字，鍇本有之。門部闀下云：闀謂之樀。樀，廟門也。許以此樀為朝門之樀，彼樀為廟門之樀。正謂此樀彼闀分朝廟，形異而義隨之也。蓋本舊說。讀與滴同。

植　戶植也。釋宮曰：植謂之傳，傳謂之突。郭曰：持戶鎖植也。見埤蒼。邵氏晉涵曰：墨子爭門關決植。淮南云：縣聯房植。高曰：植，戶植也。植當為直立之木，徐鍇以為橫鍵，非也。按今豎直木而以鐵了鳥關之，可以加鎖，故曰持鎖植。植之引伸為凡植物植立之植。从木，直聲。常職切。一部。櫃　或从置。置亦直聲也。漢石經論語置其杖而耘。商頌置我鞉鼓，皆以置為植。

樞　戶樞也。戶所以轉動開閉之樞也。樞機也。釋宮曰：樞謂之椳。从木，區聲。昌朱切。四部。

槏　戶也。通俗文云：小戶曰扆。口減反。集韵：槏扆檻三同。口減切。戶也。按許扆為古文戶，不為槏。从木，兼聲。苦減切。七部。

樓　重屋也。重屋與複屋不同。複屋不可居，重屋可居。考工記之重屋謂複屋也。釋名曰：樓謂牖戶之閒諸射孔樓樓然也。樓樓當作婁婁。女部曰：婁，空也。囧下曰：窗牖麗廔闓明。从木，婁聲。洛侯切。四部。

櫳　房室之疏也。按疏當作䟽。疏者，通也。䟽者，門戶疏窗也。房室之窗牖曰櫳，謂刻畫玲瓏也。从木，龍聲。盧紅切。九部。

楯　闌檻也。闌，門遮也。檻，櫳也。此云闌檻者，謂凡遮闌之檻，今之闌干是也。王逸楚辭注曰：檻，楯也。從曰檻，橫曰楯。古亦用為盾字。从木，盾聲。食允切。十三部。

櫺　楯閒子也。闌楯為方格，又於其橫直交處為圖子，如綺文玲瓏，故曰櫺。左傳車曰忽靈，亦其意也。文選注作窗閒子。从木，霝聲。郎丁切。十一部。

杗　棟也。从木，亡聲。武方切。十部。爾雅曰：杗廇謂之梁。按此條當以此八字冠於从木亡聲之上，而刪去棟也二字。門部闀謂之樀，正其例也。棟與梁不同物。棟言東西者，梁言南北者。上文言棟而未及梁，故於此補之。杗廇者，杗之言网也，廇者，中庭也。架兩大梁而後可定中庭也。釋宮曰：杗廇謂之梁，其上楹謂之梲。今宮室皆如此，不得謂梁為棟也。

棟　短椽也。此當與桷椽榱為類，而廁此者，亦以補前也。廣雅：棟，椽也。从木，束聲。丑錄切。三部。

杇　所以涂也。涂塗古今字。涂者，飾牆也。土部曰：塗，涂也。塈，涂也。墀，涂地也。論語曰：糞土之牆不可杇也。秦謂之杇，關東謂之槾。从木，按此器今江浙以鐵為之，或以木。戰國策：豫讓變姓名，入宮塗廁，欲以刺襄子。襄子如廁，心動，執問塗者，則豫讓也。刃其杇，曰：欲為智伯報讎。杇謂涂廁之杇。今本皆作扞，侯旰切，繆甚。刃其杇，謂皆用木而獨刃之，以楮下云古用木，故从木例之，疑杇古全用木，故杇槾古字也，釫鏝今字也。亏聲。哀都切。五部。經傳多假為盂字。

槾　杇也。釋宮曰：鏝謂之杇。釋文云：鏝本或作槾。按孟子作墁。从木，曼聲。母官切。十四部。

椳　門樞謂之椳。見釋宮。謂樞所檃謂之椳也。椳猶淵也，宛中為樞所居也。弓淵亦此意。大射儀作隈，考工記作畏，亦此意。與上文戶樞義互相足。其文則以戶與門區別之，實則戶與門制同。从木，畏聲。烏恢切。十五部。

楣　門樞之橫梁。釋宮曰：楣謂之梁。郭曰：門戶上橫梁。今本爾雅作楣字之誤也釋文楣亡悲反或作楣亡報反埤蒼云梁也呂伯雍云門戶之橫梁也說文曰楣秦名屋櫋聯也陸引埤蒼字林以證楣引說文以證楣謂楣楣義不同今本脫誤不可讀陸於楣不引說文者隨緒閱所得也椳言樞之下楣言樞之上門上爲橫梁鑿孔以貫樞今江浙所謂門龍也從木冒聲莫報切古音在三部

梱 ㄎㄨㄣˇ 門橛也橛下云一曰門梱也門部曰閫門梱也然則門梱門橛閫一物三名矣謂當門中設木也釋宮橛謂之閫廣雅橜機閫朱也朱同梱史記孫叔敖傳曰楚俗好庳車王欲下令使高之相敎閭里使高其梱居半歲民悉自高其車史記張釋之馮唐傳曰閫以內者寡人制之閫以外者將軍制之漢書閫作闑韋昭曰此郭門之梱也門中橜曰梱鄭注曲禮曰梱門限也與許不合從木困聲苦本切十三部

榍 ㄒㄧㄝˋ 限也𨸏部限下云一曰門榍也門部云閾門榍也亦一物三名矣釋宮柣謂之閾柣郭千結反柣卽榍字也漢人多作切考工記注云眼讀如限切之限限切謂門限也漢書外戚傳切皆銅沓黃金塗師古曰切門限也千結反按西都賦玄墀釦切釦切卽漢書之切皆銅沓黃金塗也文選切作砌誤西京賦云金戺卽釦切也西京賦又云設切厓隒卽西都賦之仍增厓而衡閾也廣雅柣戺槏切也切今本亦譌砌槏見淮南書匡謬正俗云俗謂門限爲門蒨者爾雅柣謂之閾郭音切今言門蒨是柣聲之轉耳字當爲柣而作切音玉裁謂柣當爲榍而作切音如多方大淫洪有䜿洪又作佾馬本作屑是其比也從木屑聲先結切十二部

柤 ㄓㄚ 木閑也門部曰閑闌也廣雅曰柤槔梓距也距當作歫止也從木且聲側加切按當依廣雅士加切古音在五部

槍 ㄑㄧㄤ 歫也止部曰歫止也一曰槍也按槍有相迎鬬爭之意通俗文曰剡木傷盜曰槍今俗作鎗從木倉聲七羊切十部一曰槍欀也三字句欀各本從木誤今正莊子在宥獊囊崔譔作戕囊云戕囊猶搶攘晉灼注漢書曰搶攘亂皃也按許無從手之搶凡搶攘上從木下從手

楗 ㄐㄧㄢˋ 歫門也歫各本作限非今依南都賦注所引正老子釋文亦作距門也月令脩鍵閉愼管籥注曰鍵牡閉牝也管籥搏鍵器也周禮司門掌授管鍵以啓閉國門先鄭云管謂籥也鍵謂牡按楗閉卽今木鎖也諸經多借鍵爲楗而周禮司門作管蹇先鄭云蹇讀爲鍵今本乃互易蹇鍵字從木建聲其獻切十四部

櫼 ㄐㄧㄢ 楔也玄應書曰說文櫼子林切今江南言櫼中國言屆楔通語也屆側洽切按子林切蓋本說文音隱今江浙語正作知林切不作子林也木工於鑿枘相入處有不固則斫木札楔入固之謂之櫼櫼亦作鈷戰國策蘇秦謂趙王曰柱山有兩木一蓋呼侶一蓋哭問其故曰吾苦夫匠人且以繩墨案規矩刻鏤我一曰此非吾所苦也是故吾事也吾所苦夫鐵鈷然自入而出夫人者今臣使於秦而三日不見無有爲臣鐵鈷者乎鈷自入而出謂以大鐵鈷釘入大樹一邊既析破乃取樹之一邊爲用夫人者言此人敢所苦也今四川建昌山中取杪方皆以楔釘入取陽面一塊而樹尚卓立蘇秦以此喻離間之人也蘇秦謂鐵器許謂木札其用正同周禮注飛鈷當作此解鈷音從木鐵聲子廉切七部

楔 ㄒㄧㄝ 櫼也今俗語曰楔子先結切考工記曰牙得則無槷而固注曰鄭司農云槷榝也蜀人言榝曰槷玄謂槷讀如涅從木熱省聲按槷榝皆假借字榝卽楔之假借也釋木楔荊桃爲木名南都蜀都二賦皆有楔從木契聲先結切十五部

栅 ㄓㄚˋ 編豎木也豎各本作樹今依篇韵正臤部曰豎堅立也通俗文曰木垣曰栅從木冊聲依韵會本楚革切十六部

杝 ㄓˋ 落也玄應書謂杝欐籬三字同引通俗文柴垣曰杝木垣曰欐按釋名亦云籬離也以柴竹作疏離離也欐積也以木作之上平積然也皆杝欐類皋落廣雅作落廣韵引音謚作樓齊民要術引仲長子曰柂落不完垣牆不牢掃除不淨笞之可也柂者杝之誤小雅析薪杝矣傳曰析薪者必隨其理謂隨木理之迤衺而析之也假杝爲迤也凡笆籬多衺織之故其義相通從木也聲池尒切古音在十七部按池尒之音傳合下文讀若阤爲之非許意也許意讀如離而又如阤讀又若阤又字鉉本無非也許時杝爲籬字人人所知而杝之讀又或如阤故箸之阤古皆作他非也趙凡夫鈔本作阤

欜 ㄊㄨㄛˋ 行夜所擊木行夜各本譌夜行今依御覽正行去聲巡也周禮宮正夕擊柝而比之注云莫行夜以

六篇上 三十七

六篇上 三十八

桓 楃 橦 杠 桯 桱 牀

比直宿者修閭氏比國中宿互欜者先鄭云欜謂行夜擊欜九家易曰柝者兩木相擊以行夜也孟子注云柝行夜所擊木也左傳賓將掫注云掫行夜也從木橐聲從橐者蓋虛其中則易響今之敲梆是也他各切五部易曰重門擊欜注詳柝下

桓亭郵表也檀弓注曰四植謂之桓按二植亦謂之桓一柱上四出亦謂之桓漢書塵寺門桓東如淳曰舊亭傳於四角面百步築土四方有屋屋上有柱出高丈餘有大板貫柱四出名曰桓表縣所治夾兩邊各一桓陳宋之俗言桓聲如和今猶謂之和表師古曰即華表也孝文紀誹謗之木服虔曰堯作之橋梁交午柱崔浩以爲木貫柱四出名桓從木亘聲胡官切十四部釋訓曰桓桓威也

楃木帳也周禮巾車翟車有楃字從木釋文及各本從手非也釋文云握劉音屋賈馬皆作幄故幕人注曰四合象宮室曰幄許書無幄有楃楃葢出巾車職今本周禮轉寫誤耳鄭云有楃則此無葢謂上四車皆有容有葢翟車以楃當容不云有葢也釋名云幄屋也以帛衣版施之形如屋也故許曰木帳從木屋聲於角切三部

橦帳極也極棟也帳屋高處也宋本葉鈔本小徐本作帳柱按西京賦都盧尋橦謂植者也從木以木爲之故從木童聲宅江切三部

杠牀前橫木也方言曰牀其杠北燕朝鮮之閒謂之樹自關而西秦晉之閒謂之杠南楚之閒謂之趙東齊海岱之閒謂之樺按廣韵作牀前橫無木字然則橫讀古曠反孟子徒杠其引伸之義也爾雅素錦韜杠丨部曰於旌旗杠皃則謂直者也從木工聲古雙切九部

桯牀前几方言曰榻前几江沔之閒曰桯趙魏之閒謂之椸按古者坐於牀而隱於几孟子隱几而臥內則少者執牀與坐御者舉几是也此牀前之几與席前之几不同謂之桯者言其平也考工記葢桯則謂直杠從木呈聲他丁切十一部

桱桱此複舉字之未刪者桯也東方謂之蕩簜集韵類篇皆從竹作簜桱簜皆牀前几之殊語也而方言不載從木巠聲古零切十一部廣韵古定切似杉而硬之木

牀安身之几坐也鍇本作安身之坐者五字非是牀之制略同几而庳於几可坐故曰安身之几坐牀制同几故有足有枕牀可坐故凥下曰処也從尸得几而止引孝經仲尼凥而釋之曰謂閒居如此按得几而止者謂得牀而止也仲尼凥者謂坐於牀也上文曰凭依几也乃謂手所馮之几漢管寧常坐一木欜積五十餘年未嘗箕股其欜上當膝處皆穿此皆古人坐於牀而又不似今人垂足而坐之證也牀亦可臥古人之臥隱几而已牀前有几孟子隱几而臥是也孟子曰舜在牀琴葢尚書佚篇語也而古坐於牀可見琴必在几則牀前有几亦可見然則古人之臥無橫陳者乎曰有之弟子職曰先生將息弟子皆起敬奉枕席問疋何止內則曰父母舅姑將衽長者奉席請何趾論語曰寢不尸左傳掘地下冰而牀焉鮮食而寢皆是也內則云少者執牀與坐御者舉几謂晨興時也卽以所衽爲所坐也從木爿聲今書牂牂斨牆壯戕狀將字皆曰爿聲張參五經文字爿部曰爿音牆九經字樣鼎字注云下象析木以炊篆文出析之兩向左爲爿音牆右爲片李陽冰亦云木字右旁爲片左爲爿音牆許書列部片之後次以鼎然則反片爲爿當有此篆六書故曰唐本說文有爿部葢本晁氏說之參記許氏文字一書非肊說其奕弟正當在片後鼎前矣二徐乃欲盡改全書之爿聲爲牀省聲非也顧野王片部後出牀部則其誤在前耳仕莊切十部

枕 槭 櫝

枕臥所巳薦首者巳字今補警枕曰頸見少儀從木冘聲章荏切八部

槭槭窬逗褻器也史記萬石君列傳石建取親中裙廁牏身自浣滌徐廣曰一讀牏爲竇賨音豆言建又自洗蕩廁竇濊除穢惡之穴也呂靜云槭窬褻器也音威豆裴駰按蘇林曰牏音投賈逵解周官槭虎子窬行清也孟康曰廁行清窬行清空中受糞者也東南人謂鑿木空中如曹謂之廁玉裁謂賈孟說是也虎子所以小便也行清所以大便鄭司農謂之路廁者也清圊古今字穴部窬下曰一曰空中也空中與孟說合今馬子其遺象也槭窬二物許類舉之從木威聲於非切十五部

櫝匵也此與匚部匵音義皆同匣也論語韞匵而藏諸作匵龜玉毀於櫝中作櫝從木賣聲徒谷切三部一曰木名未詳又曰櫝木枕

櫛ㄐㄧㄝˊ 枱ㄒㄧㄚˊ 梳ㄕㄨ 槈ㄋㄡˋ 㮚ㄐㄩ 茉ㄏㄨㄚˊ 鎒。

也。木枕。大徐作大梳字之誤也。木枕謂以圜木爲枕。少儀所謂頴也。謂之頴者。圜轉易醒。令人憬然。故鄭注曰警枕。

櫛 梳比之總名也。比讀若茾。疏者爲梳。密者爲比。釋名曰。梳言其齒疏也。數言比。比於梳。其齒差數也。比言細相比也。按比之尤細者曰篦。見竹部。從木節聲。阻瑟切。十二部。按考工記櫛字。櫛之古文也。

梳 所以理髮也。所以二字今補。器曰梳。用之理髮因亦曰梳。凡字之體用同稱如此。漢書亦作疏。從木疏省聲。疏。通也。形聲包會意。所菹切。五部。

枱 劒柙也。柙當作匣。聲之誤也。少儀所謂劒櫝也。廣雅。柙室郭劒削也。從木合聲。胡甲切。七部。按廣韵古沓巨業二切。

槈 薅器也。薅部曰。薅。披去田艸也。槈者所以披去之器也。槈刃廣六寸。柄長六尺。說詳耒下。從木辱聲。奴豆切。三部。

鎒 或作從金。從木者主柄。從金者主刃。

㮚 茉臿也。從木。謂柄。入象形。從入者。象兩刃也。䀠聲。舉朱切。廣韵況于矩于二切。五部。

茉 兩刃臿也。兩刃臿者。謂臿之兩邊有刃者也。臿者。刺土之器。釋器曰。斛謂之疀。斛鍫疀臿皆古今字。作臿者。就舂臼之義引伸之。俗作郭衣鍤之鍤。非也。金部曰。鍤鈂鏡皆臿屬。鍫。河內謂臿頭金也。此云兩刃臿。則又與凡臿不同。方言曰。臿。燕之東北朝鮮洌水之閒謂之斛。宋魏之閒謂之鏵。或謂之鍏。江淮南楚之閒謂之臿。沅湘之閒謂之畚。趙魏之閒謂之喿。東齊謂之梩。按茉鏵古今字也。方言渾言之。許析言之耳。高注淮南曰。臿。鏵也。青州謂之鏵。有刃也。三輔謂之鍤。釋名。鍤。插也。掘地起土也。或曰銷。銷。削也。能有所穿削也。或曰鏵。鏵。刳也。刳地爲坎也。其板曰葉。象木葉也。高劉皆作鏵。高云。有刃當作有兩刃。奪一字耳。茉字亦作鋘。吳越春秋。夫差夢兩鋘殖吾宮牆。大宰嚭占之曰。農夫就成田夫耕也。公孫聖占之曰。越軍入吳國伐宗廟。掘社稷也。屈應曰。茉古文奇字作鋘。李賢引何承天纂文。張揖字詁作鋘。鋘又鋘之俗。承天改吳爲吳。因又改鋘爲鋘耳。非張揖有鋘字也。吳聲皆在古音弟五部。從木。謂柄。丫象形。從丫者。謂兩刃如羊兩角之狀。互瓜切。古音在弟五部。宋魏曰茉也。方言云。宋魏之閒謂之鏵。是也。當論方言之字多爲後人以今易古。以俗易正。此其一耑也。

釫 或從金亏。亏聲也。華从𠌶。𠌶亏聲。鏵即釫字也。

梠 臿也。周禮注引司馬法曰。輂一斧一斤一鑿一梩。疏云。梩或解謂臿。或解謂鍬。鍬臿亦不殊。孟子蓋歸反虆梩而掩之。趙曰。虆梩籠臿之屬。可以取土者也。按虆即欙之假借字。可以舁土者。梩同梠。可以臿地掘土者。趙以籠屬釋虆。以臿屬釋梩也。從木目聲。詳里切。一部。郭注方言音駭。一曰從土輂。此別一義。謂梠即欙。孫奭孟子音義云。梩。土輂也。本此。廣韵曰。梩。里之切。從土輂。出六韜。齊人語也。按此四字與宋魏曰茉文法同。方言云。臿。東齊謂之梩是也。由此言之。疑一曰從土輂五字當移在此下。

梩 或從里。目聲里聲同在一部。

枱 耒耑也。枱今經典之耜。耒下曰。耕曲木也。此云耒耑也。與京房耜耒下耓也。耒耜上句上也。相合。曲木考工記所謂上句者二尺有二寸也。耒耑所謂庛長尺有一寸也。許意上曰耒。下曰枱。皆謂木材。錯於庛之金。是曰耕曰鈶。鄭注周禮則云耒爲木。枱爲金。故云古者耜一金。兩人併發之。又云。庛讀爲刺。刺。耒下前曲接耜。又注月令於孟春云。耒耜之上曲也。於季冬云。耜耒之金也。說與許異。鄭本匠人耜廣五寸而云。許則謂記文枱鎒不分。渾言之。記云耜廣五寸者。謂鎒也。故於耜下易之云。耕廣五寸。從木台聲。弋之切。按當云詳里切。今俗作耜。鉉本乃以訓臿訓從土輂之梠。注云今作耜。則大誤矣。玉篇同誤。後人所改也。一部。

鈶 或從金台聲。以其木也。故從木。以其屬於金也。故亦從金。

辝 籀文從辝。從木辝聲也。辝者籀文辭。

楎 六叉犂。叉各本誤又。廣韵廿三魂曰。三爪犂曰楎。此謂一犂而三爪也。許云六爪犂者。謂爲三爪犂者二而二牛竝行。如入耦耕也。一犂一牛。二犂則二牛共用三人。食貨志所云趙過法用耦犂二牛三人也。其上爲樓貯穀下種。故亦名三腳耬。今陝甘人用之。一曰犂上曲木犂轅。按集韵類篇皆無犂轅二字。似可刪。許云。耕上曲木爲耒。此云犂上曲木爲楎者。正謂耒耑也。故廣韵云。楎。犂頭。玉篇云。楎。犂轅頭也。從木軍聲。讀若緯。緯音徽。今篇韵皆云呼歸切。文徽合韵也。或如渾天之渾。益部耆舊傳落下閎

梠ㄙˋ 釫。 枱ㄧˊ 梩。 楎ㄏㄨㄣˊ 鈶。 辝。

六篇上

櫌ㄧㄡ 欘ㄓㄨˊ 櫡ㄓㄨㄛˊ 杷ㄆㄚˊ

字長公於地中轉渾漢石經論語櫌不輟天戸昆切十三部櫌摩田器也。五經文字曰經典及釋文皆作櫌鄭曰櫌覆種也與許合許以物言鄭以人用物言齊語深耕而疾櫌之以待時雨韋曰櫌摩平也齊民要術曰耕荒畢以鐵齒鎒榛再徧杷之漫擲黍穄勞亦再徧按先云再徧杷之卽國語所謂疾櫌待時雨也後云勞亦再徧卽鄭所謂覆種也許云摩田當兼此二者賈又曰春耕尋手勞秋耕待白背勞古曰櫌今曰勞勞郎到切集韵作橯若高誘云櫌椎也如淳云椎塊椎也服虔孟康云櫌鉏柄也椎塊尚近之鉏柄之說未可信矣從木憂聲。於求切三部論語曰櫌而不輟。微子篇

欘斫也。齊謂之茲箕。各本作鎡錤今依爾雅正其實箕尚誤當作其耳斤部曰斫擊也釋器曰斫斸謂之定釋文云斸本或作欘引說文齊謂之兹箕一曰斤柄自曲據陸氏以說文語系之或作欘之下則說文有欘無斸可知今本斤部出斫斸二篆皆云斫也夫爾雅斫斸本一物安得二之且考工記注引爾雅作句欘又爾雅音義云斫本或作拘是則句拘皆

訓曲不爲別一器名也句欘者李巡云鉏也郭璞云鉏屬益似鉏而健於鉏似斤而不以斫木專以斫田其首如鉏然句於矩故謂句欘也斤部斫斸二篆淺人依爾雅俗本增之今刪管子曰美金以鑄戈劍矛戟試諸狗馬惡金以鑄斤斧鉏夷鋸欘試諸木土謂斤斧鋸試諸木者鉏夷欘試諸土者也韋曰夷者所以削艸平地也云齊謂之茲其者孟子引齊人言曰雖有茲基不如待時齊謂斫地欘也趙注云耒耜之屬約略言之耳月令修耒耜具田器鄭曰田器鎡錤之屬然則鎡錤之非耒耜可知矣韋注國語云耨茲其也亦分別未審一曰斤柄性自曲者。此別一義謂斫木之斤及斫田之器其木首接金者生而內句不假煣治是之謂欘考工記曰半矩謂之宣一宣有半謂之欘一欘有半謂之柯一柯有半謂之磬折鄭司農云蒼頡篇有柯欘從木屬聲。陟玉切三部

櫡斫謂之櫡。見釋器櫡一作鐯俗字也凡斫木之斤斫地之欘皆謂之櫡櫡之言箸也箸直略反郭云钁也金部云钁大鉏也從木。欘櫡皆重柄故字皆從木箸聲。張略切五部

杷

椴ㄧˋ 枔ㄌㄧㄥˊ 柫ㄈㄨˊ

收麥器。方言云杷宋魏之閒謂之渠挐亦謂之渠疏郭云無齒爲朳按耒部云𦓤拱叉也可以劃麥河內用之𦓤亦杷也杷引伸之義爲引取與搰捋義略同從木巴聲。蒲巴切五部

椴種樓也。種者今之種字樓者今之樓字廣韵曰樓種具也今北方謂所以耩者曰樓耩者種也小徐本樓作樓一曰燒麥柃椴也。燒猶爇也柃椴者爇麥器名從木役聲。與辟切十六部

柃木也。上林賦張揖注曰檵似柃按云木也非其丈當作柃椴也三字蓋篆上釋柃字耳從木令聲。郎丁切十一部

柫擊禾連枷也。方言曰僉宋魏之閒謂之欇殳或謂之度音量度自關而西謂之棓蒲項反或謂之柫音拂齊楚江淮之閒謂之柍音悵快亦音車鞅或謂之桲音勃齊語耒耜枷芟韋云枷柫也所以擊草也草當作禾王莽傳必躬載柫釋名曰枷加也加杖於柄頭以撾穗而出其穀也或曰羅枷三杖而用之也或曰了了杖轉於頭故以名之也蘇先生曰羅連語之轉今連枷之制與古同從木弗聲。敷勿切十五部

枷ㄐㄧㄚ 杵ㄔㄨˇ 概ㄍㄞˋ 杚ㄍㄨˇ

枷柫也。從木加聲。古牙切十七部淮南謂之柍。出方言

杵舂杵也。舂擣粟也其器曰杵繫辭曰斷木爲杵掘地爲臼臼杵之利萬民以濟從木午聲。昌與切五部

概所目杚斗斛也。所以二字今補月令正權槩鄭高皆云槩平斗斛者槩本器名用之平斗斛亦曰槩許鄭高皆云其器也凡平物曰杚所以杚斗斛曰槩引伸之義爲節槩感槩便槩從木既聲。工代切十五部

杚平也。杚非器也廁於此者因上文云杚斗斛而釋之也按許書有杚無扢杚在入聲則古沒切亦居乙切去聲則古代切亦古對切無二字也廣韵去入聲皆作扢從手皆從木之誤耳集韵代沒二韵皆於杚字之外別出扢字則由未知廣韵之爲字誤也杚者平物之謂平之必摩之故廣雅曰杚摩也廣韵摩之訓本此古杚與槩二字通用班固終南山賦槩青宮觸紫宸曹植贈丁儀王粲詩員闕出浮雲承露槩泰淸李善注云西都賦杚仙掌與承露廣雅杚摩也槩與杚同古字通今書籍此等杚字皆譌作扢而今文選後漢書抗仙掌以承

楷ㄕㄥˇ 柶ㄙˋ 杯ㄅㄟ 匼 槃ㄆㄢˊ 鎜 盤 榹ㄙ 案ㄢˋ

爾又與李善所引遝異。凡學古者當優游焉以求其是。顏黃門云觀天下書未徧不可妄下雌黃是也。從木。气聲。古沒切。十五部。杚與剖劃礦音義皆相近。

楷 木參交以支炊籅者也。支各本作枝。今依集韵類篇正。竹部曰箕漉米籔也。籔炊箕也。箕籔二字爲一物。謂米既淅將炊而漉之令乾。又以三交之木支此箕。則摝乾尤易也。三交之木是爲楷。從木。省聲。所綫切。十一部。讀若驪駕。漢平帝紀禮娶親迎立軺併馬。服虔曰立軺立乘小車也。併馬驪駕也。按驪之言麗也。駢下云駕二馬也。駕二馬爲麗駕。楷讀若驪駕之驪。此淸支二部合韵也。按玉篇曰杫楷木三同。思漬切。肉几也。集韵說同。考方言曰俎几也。西南蜀漢之郊曰杫。音賜。後漢書蕭嵩家貧爲郎。常獨直臺上。無被枕杫。是則肉几應作杫。楷支箕應作楷。不知何以合之。而亦可以證十一十六部合韵之理也。

柶 禮有柶。凡言禮者謂禮經十七篇也。禮經多言柶。士冠禮注曰柶狀如匕。以角爲之者欲滑也。柶 匕也。鄭云如匕。許云匕也。小異。蓋常用器曰匕。禮器曰柶。匕下曰一名柶。從木。四聲。息利切。十五部。

桮 䙴也。匚部曰䙴小桮也。析言之。此云桮䙴也。渾言之。方言䙴䰩盞溫閜盪歷桮也。桮其通語也。古以桮盛羹。桮圈是也。從木。否聲。布回切。一部。俗作杯。

𠥩 籀文桮。鉉本作匼。

槃 承槃也。承槃者承水器也。內則曰進盥。少者奉槃。長者奉水。請沃盥。左傳曰奉匜沃盥。特牲經曰尸盥匜水實于槃中。古之盥手者以匜沃水。以槃承之。故曰承槃。內則注曰槃承盥水者。吳語注曰槃承盥器也。大學湯之盤銘曰苟日新日日新又日新。正謂刻戒於盥手之承槃。故云日日新也。古者晨必洒手。日日皆然。至於沐浴頮面則不必日日皆然。據內則所云知之。槃引伸之義爲凡承受者之偁。如周禮珠槃夷槃是也。從木。般聲。薄官切。十四部。

鎜 古文從金。蓋古以金。後乃以木。

盤 籒文從皿。今字皆作盤。

榹 槃也。急就篇槫榼椑榹。榹當與許訓同。釋木以爲榹桃字。夏小正作梯桃。從木。虒聲。息移切。十六部。

案 几屬。考工記玉人之事。案十有二寸。棗栗十有二列。大鄭

檈ㄒㄩㄢˊ 槭ㄐㄧㄢ 枓ㄉㄡˇ 杓ㄅㄧㄠ 櫑ㄌㄟˊ

云案玉案也。後鄭云案玉飾案也。棗栗實於器。乃加於案。戴先生云案者棜禁之屬。儀禮注曰棜之制上有四周。下無足。禮器注曰禁如今方案。隋長局足。高三寸。此以案承棗栗。宜有四周。漢制小方案局足。此亦宜有足。按許云几屬。則有足明矣。今之上食木槃近似。惟無足耳。楚漢春秋淮陰侯謝武涉。漢王賜臣玉案之食。後漢書梁鴻傳妻爲具食。不敢於鴻前仰視。舉案齊眉。方言曰案陳楚宋魏之閒謂之槁。自關而東謂之案。後世謂所凭之几爲案。古今之變也。從木。安聲。烏肝切。十四部。

檈 圜案也。檈圜疊韵。從木。睘聲。似沿切。十四部。

槭 篋也。匚部曰匧笥也。竹部曰笥飯及衣之器也。方言槭杯也。與許異。漢天文志閒可槭劍。蘇林曰槭音函。容也。此假槭爲含也。從木。咸聲。古咸切。七部。

枓 勺也。勺下曰所以挹取也。與此義相足。凡升斗字作斗。枓勺字作枓。本不相謀。而古音同當口切。故枓多以斗爲之。小雅維北有斗。不可以挹酒漿。維北有斗。西柄之揭。大雅酌以大斗。皆以斗爲枓也。考工記注曰勺尊斗也。尊斗者謂挹取於尊之勺。士冠禮注亦曰勺尊斗也。所以㪺酒也。此等本皆假斗爲枓。而俗本譌爲尊升。遂不可通。少牢注曰凡設水用罍。沃盥用枓。此則用本字。趙世家使廚人操銅枓。張儀傳說此事作金斗。喪大記沃水用枓。周禮鬯人作斗。從木。斗聲。鉉本作從斗。非也。之庾切。音之轉也。古當口切。在四部。

杓 枓柄也。枓柄者勺柄也。勺謂之枓。勺柄謂之杓。小雅言西柄之揭。大雅傳曰大斗長三尺。張儀傳令工人作爲金斗。長其尾。令可以擊人。天官書天文志皆云杓攜龍角。魁枕參首。北斗一至四爲魁。象羹枓。五至七爲杓。象枓柄也。從木。勺聲。甫遙切。二部。按索隱引說文匹遙反。

櫑 龜目酒尊。五經異義韓詩說金罍大器也。天子以玉。諸侯大夫以金。士以梓。古毛詩說金罍酒器也。諸臣之所酢。人君以黃金飾尊。大一碩。金飾龜目。蓋刻爲雲靁之象。許君曰謹案韓詩說天子以玉。經無明文。謂之罍者取象雲靁博施。故從人君下及諸臣同。按異義從古毛說。說文同也。故云龜目酒尊。刻本爲雲靁象。爾雅彝卣罍器也。小罍謂之坎。然則櫑有小大。燕禮罍水在東。則罍亦以盛水。刻木作雲靁象。

楷柶杯槃榹案檈槭枓杓櫑

椑榼橢槌持栚槤櫎𣓦檕檷機

𥁐。𦉥。罍。 椑 ㄆㄧˊ 榼 ㄎㄜˋ 橢 ㄊㄨㄛˇ 槌 ㄔㄨㄟˊ 持 ㄓㄜˊ 栚 ㄓㄣˋ

句。象施不窮也。从木。从畾。畾亦聲。此五字今補。亙刻木至
從畾此述古毛說。說從
木從畾之意也。刻爲龜目。又通體刻爲雲靁。古之刻雲如
古文之云。刻靁如古文之回。所以刻爲雲靁者。以雲靁施
澤不窮。人君之櫑。爲諸臣取酒自酢者。故象之也。畾
者靁之省。凡許言畾聲。皆靁省聲也。魯回切。十五部。罍
櫑或从缶。蓋始以木。後以匋。𥁐櫑或从皿。𦉥籀文櫑从缶回。
猶籀文靁作𩇓也。漢書文三
王傳。孝王有罍尊。如此作。
椑圜榼也。漢書曰。美酒一
椑榼。見急就篇。
及廣雅。按考工記廬人
句兵椑。注云。椑隋圜也。
从木。卑聲。部迷切。十六部。
榼酒器也。師古
注急就篇曰。榼盛酒之器。其形榼榼
然也。孔叢子曰。子路嗑嗑。尚飲十榼。
从木。盍聲。枯蹋切。八部。
橢車笭中橢橢器也。橢橢當作隋隋。山部曰。隓山之隋隋
者。今本亦譌作隋隓。隋隋者。隋隋狹長
見也。史記索隱引三蒼云。橢盛鹽豉器。他果反。師古注
急就篇云。橢小桶也。所以盛鹽豉。廣韵曰。橢器之狹長
从

木。隋聲。徒果切。十七部。
廣韵他果切。
槌關東謂之槌。關西謂之持。方言
槌。宋魏陳楚江淮之閒謂之植。自關而西謂之栚。郭云。槌
縣蠶薄柱也。度畏反。植音值。栚音陽。按持與植蓋一字。古
音同在一部也。依方言當作關西謂
之栚。關東謂之持。容許所據不同耳。从木。追聲。直類切。十五部。
持槌也。从木。寺聲。各本作特省聲。淺人所改也。特又何
聲耶。持即方言之植。月令具曲植。鄭
曰。植槌也。呂覽作具挾曲。高曰。挾讀曰朕。三輔謂之挾。關
東謂之得。淮南書作具撲曲。高曰。薄持也。三輔謂之撲。按
高注持即持之誤。得即持之假借字也。篇韵皆云。持一作
椄。一作槌。栚本謂橫者。高注蓋統言之耳。陟革切。古音在
一
部。
栚槌之橫者也。關西謂之㯉。方言。槌其橫關西曰㯉。
宋魏陳楚江淮之閒謂
之𣓌。音帶。齊海岱之閒謂之㯉。相卞反。按栚𣓌朕三同。關
西謂之㯉。西當作東。㯉當同簨。簨虡之簨。橫者曰簨。方言作
𣓌。亦同音也。呂覽注曰。挾讀曰朕。三
輔謂之朕。正與方言關西曰㯉合。
从木。灷聲。許併賸字
皆灷聲。是

槤 ㄌㄧㄢˊ 櫎 ㄏㄨㄤˋ 𣓦 ㄐㄩˊ 檕 ㄐㄧˋ 檷 ㄋㄧˇ 機 ㄐㄧ

本有㯉篆而佚之
也。直衽切。七部。
槤胡槤也。胡各本作瑚。今正。瑚雖見
論語禮記。然依左傳作胡
爲長。明堂位曰。有虞氏之兩敦。夏后氏之四璉。殷之六瑚。
周之八簋。而苞注論語曰。瑚璉者。黍稷器也。夏曰瑚。商曰
璉。周曰簠簋。杜注左云。夏曰瑚。周曰簋。孔沖遠云。包鄭等
注論語。賈服等注左傳。皆云夏曰瑚。杜亦同之。或別有所
據。或相從而誤。按此非相從而誤。漢人所據禮記不同也。
璉當依許從木。據明堂位音義。本作四連。周禮管子以連
爲輦。韓勑禮器碑。胡輦器用。即胡連也。司馬法。夏后氏謂
輦曰余車。殷曰胡奴車。周曰輜輦。疑胡輦皆取車爲名。
从木。連聲。里典切。廣韵力
展切。十四部。
櫎所以几器。謂所以庋閣物
之器也。几可庋
物。故凡庋曰几。
廣韵曰。櫎兵闌。
从木。廣聲。胡廣切。
十部。
一曰帷屏風。各本屏下
有風之二
字。今依李善吳都賦注正。吳都賦曰。房櫳對櫎。櫎之字一
變爲榥。再變爲幌。雪賦注引文字集略曰。幌以帛明窻也。
𣓦所以舉食者。所以二字今補。按𣓦梮二字同。𣓦四圍
有周。無足。置食物其中。人舁以進。別於

案者。案一人扛之。𣓦二人對舉之也。漢書溝洫志。山行則
梮。韋昭曰。梮木器。如今轝牀。人轝以行也。左傳襄九年。陳
畚梮。杜曰。梮土轝也。梮同𣓦。人轝土轝與食轝形製則一。
史記梮作橋。許則云山行乘樏。而虆土之梮。孟子毛傳皆
謂之虆。虆即樏字。梮即𣓦字。應劭注漢書曰。梮或作樏。爲
人所牽引也。此蓋物重則舁之而又輓之。故曰樏。孔沖遠
左傳正義作從手
之撋。乃誤字也。
从木。具聲。俱燭切。古
音在四部。
檕繘耑木也。繘
汲
井綆也。綆耑木者。下耑有轆。上耑有木
以爲礙。檕之言系也。釋木以爲繫梅字。
从木。毄聲。古詣切。
十六部。
檷絡絲檷也。檷各本作欄。今依易釋文玉篇廣韵正。釋
文作跌。檷跌古今字。檷㝵足也。絡絲檷者
若今絡絲架子。姤初六。繫於金柅。九家易曰。
絲繫於柅。猶女繫於男。故以喻初宜繫二也。
从木。爾聲。奴
禮
切十
六部。
讀若昵。昵各本作柅。今依易釋
文正。昵或暱字。合韵也。
易曰。繫於金檷。六字
各本
無。今依易
釋文補。
機主發謂之機。下文云。機持經者。機持緯者。
則機謂織具也。機之用主於

發故凡主發者皆謂之機。槼栝之辭。從木。幾聲。居衣切。十五部。

滕 機持經者。三倉曰經所居機滕也。淮南氾論訓曰。後世爲之機杼勝複。以便其用。而民得以揜形御寒。勝者滕之假借字。戴勝之鳥首有橫文似滕。故鄭云織紝之鳥。小雅云杼柚其空。滕即軸也。謂之軸者。如車軸也。俗作柚。謂之滕者。滕其任也。任正者也。從木。朕聲。詩證切。六部。按集韵引廣雅。柝謂之滕。今廣雅柝作椺。誤也。

杼 機持緯者。椺梭皆俗字。從木。予聲。直呂切。五部。按此與木名之柔。以左形右聲下形上聲爲別。

複 機持繒者。繒字不可通。玉篇作繪。按當作會。會者。經與緯之合也。緯與經合。慮其不緊。則有複入經之間。以緊之。魯季敬姜說織曰。持交而不失。出入不絕者。梱也。梱可以爲大行人也。持交正許所云持會也。趙注孟子梱屨曰。梱猶叩椓也。織屨欲堅。故叩之也。此與敬姜說梱義同。字皆當從木。孫氏孟子音義從手。誤。淮南氾論訓云機杼勝複。複即複之假借字也。從木。复聲。扶富切。三部。

楥 履法也。今鞋店之楦也。楥楦正俗字。從木。爰聲。吁券切。十四部。讀若指撝。手部撝下曰。一曰手指也。按撝古音在十七部。此合韵也。今人語音爲正。

核 蠻夷吕木皮爲篋。狀如斂尊之形也。未詳所本。今字果實中曰核。而本義廢矣。按許不以核爲果實中者。許意果實中之字當用覈也。小雅肴核維旅。班固蔡邕作肴覈。左思作肴槅。槅即覈也。今本毛詩作核。非古也。周禮其植物宜覈物。覈猶骨也。廣韵云。槅。果子槅也。出聲譜。戶骨切。此字近是。玉篇亦云。核。戶骨切。果實中也。從木。亥聲。古哀切。一部。

棚 棧也。通俗文曰。板閣曰棧。連閣曰棚。析言之也。許云棚棧也。渾言之也。今人謂架上以蔽下者皆曰棚。從木。朋聲。薄衡切。古音在六部。

棧 棚也。竹木之車曰棧。不言一曰者。其義同也。小雅傳曰。棧車。役車。箋云。棧車。輂者。許云竹木之車者。謂以竹若木散材編之爲箱。如棧然。是曰棧車。棧者。上下四旁皆偏焉。公羊傳云。亡國之社。掩其上而柴其下。周禮喪祝注作奄其上而棧其下。棧其下。謂以竹木布於地也。從木。戔聲。士限切。十四部。

栫 吕柴木雝也。雝者今之壅字也。文選注引以柴木壅水。玉篇類篇同。然此不獨施於水。無水爲長也。上文棧云竹木。謂竹木之輂者。此云柴木。謂散材不整齊者。橫直皆可云栫。左傳。吳囚邾子於樓臺。栫之以棘。杜曰。栫。擁也。釋器。槮謂之涔。江賦。栫澱爲涔。此則聚積柴木於水中也。從木。存聲。徂悶切。十三部。按篇韵皆在旬切。

槶 匡當也。匡當。今俗有此語。謂物之腔子也。槶亦作簂。亦作蔮。士冠禮注云。滕薛名蔮爲頍。釋名曰。簂。恢也。恢廓覆髮上也。魯人曰頍。齊人曰幩。按鄭劉所說。槶之一耑耳。從木。國聲。古悔切。古音在一部。

梯 木階也。孟子。父母使舜完廩捐階。趙曰。階。梯也。階以木爲之。便於登高。從木。弟聲。土雞切。十五部。

棖 杖也。未詳。從木。長聲。宅耕切。廣韵直庚切。古音在十部。一曰法也。未詳。釋宮曰。棖謂之楔。玉藻注。棖。門楔也。鄭風箋。棖。門梱上木近邊者。按門兩旁木亦法之一端也。鄭說梱爲門限。故曰門梱上木。

桊 牛鼻環也。各本環上有中字。今依园應刪。园應曰。桊。牛拘也。今江以北皆曰牛拘。以南皆曰桊。居院切。按呂氏春秋曰。使烏獲疾引牛尾。尾絕力勯。而牛不可行。逆也。使五尺童子引其棬。而牛恣所以之。順也。棬者。桊之譌字。從木。𢍏聲。居倦切。十四部。

椯 箠也。淮南氾論訓。是猶無鏑銜橜策錣而御馯馬也。高注。錣。椯頭箴。注道應訓又曰。策。馬捶也。端有箴以刺馬。謂之錣。按二注。是箠策椯一物也。竹部曰。策。馬箠也。從木。耑聲。兜果切。古音當在十四部。一曰度也。手部揣下曰。度高曰揣。一曰捶之。此云椯。箠也。一曰度也。然則椯與揣音義略同。如楔與揳皆訓度也。一曰椯。剟也。刀部曰。剟。刊也。椯與剟雙聲。

橜 弋也。弋下曰。橜也。從木。厥聲。瞿月切。十五部。與氏部𠨷音同義相近。莊列。橜株駒。一曰門梱也。上文云。梱。門橜也。與此爲互訓。此亦橛弋之一耑耳。橜或借厥。梱或借困。荀卿曰。和之璧。井里之厥也。玉人琢之爲天子寶。晏子作井里之困。

樴 弋也。釋宮曰。樴謂之杙。在牆者謂之楎。在地者謂之臬。大者謂之栱。長者謂之閣。弋杙古今字。樴。周禮作職。牛人曰祭祀共其享牛求牛以授職人而芻之注云職讀爲樴樴謂之杙可以繫牛引伸凡物一枚曰一樴鄉射禮記鴈脯五樴注云樴猶挺也爲記者異耳鄉飲酒禮記鴈脯五挺注云挺猶樴也今本儀禮樴譌膱挺譌挺及脡今依張淳葉林宗所據釋文正**從木戠聲**○之弋切一部

杖持也○杖持疊韵凡可持及人持之皆曰杖喪杖齒杖兵杖皆是也兵杖字俗作仗非門下云兵杖在後欑下云積竹杖可證**從木丈聲**○直兩切十部

柭棓也○**從木犮聲**○北末切十五部

棓棁也○棓棒正俗字天官書紫宫左三星曰天槍右五星曰天棓淮南書寒浞殺羿於桃棓**從木咅聲**○步項切按音聲在四部合韵也

棁木杖也○木一本作大穀梁傳宣十八年曰邾人戕繒子于繒戕猶殘也棁殺也棁殺謂杖殺之今本注疏釋文皆譌從手而唐石經初從木作棁後改從手唐元度之紲繆也後漢禰衡傳手持三尺棁杖按經典用爲梁上短柱之梲**從木兌聲**○他活切又之說切十五部○棁篆舊在椎柯二篆後今移正

椎所目擊也○所目二字今補器曰椎用之亦曰椎方言曰拯揔椎也南楚凡相椎搏曰拯或曰揔沉涌澆幽之語或曰攩郭云今江東人亦名椎爲攩按方言椎字今本多誤從手作推**齊謂之終葵**○考工記大圭長三尺杼上終葵首注曰終葵椎也爲椎於其杼上明無所屈也按考工記終古終葵椑皆用齊言蓋齊人作**從木佳聲**○直追切十五部

柯斧柄也○見豳風毛傳考工記曰一欘有半謂之柯注云伐木之柯柄長三尺又廬人注曰齊人謂柯斧柄爲椑按柯斧者大斧也柯之假借爲枝柯**從木可聲**○古俄切十七部

柄柯也○柄之本義專謂斧柯引伸爲凡柄之偁周禮禮經作枋丙聲方聲同在十部也**從木丙聲**○陂病切古音在十部

棅或從秉○秉聲古亦在十部也莊子天道篇天下奮棅而不與之偕管子山權數篇此謂君棅按古又以秉爲柄如左傳國子實執齊秉前五行志殺生之秉終矣

柲欑也○欑各本誤從手葉本誤從亻今正此卽下文積竹杖也考工記廬人爲廬器戈柲六尺有六寸殳長尋有四尺車戟常酋矛常有四尺夷矛三尋注云柲猶柄也按戈戟矛柄皆用積竹杖不比他柄用木而已殳則用積竹杖而無刃柲之引伸爲凡柄之偁左傳剝圭以爲戚柲戚柲不用積竹**從木必聲**○兵媚切古音在十二部

欑積竹杖也○詳竹部籚下殳部殳下鄭注考工記曰矛戟柄竹欑柲**從木贊聲**○在丸切十四部**一曰穿也**○此與金部鑽音義皆同**一曰叢木**○蒼頡篇云欑聚也衆經音義云欑欑同喪大記君殯欑至於上注云欑猶菆也按注謂與欑弓菆塗同也欑菆叢皆聚意

尿籆柄也○竹部曰籆所以收絲者也方言籆榬也兗豫河濟之閒謂之榬郭云所以絡絲也絡謂之格郭云所以轉籆絡車也按注籆字葢衍籆卽絡車也所以轉絡車者卽尿也此與欘異物**從木尸聲**○女履切十五部

柅尿或從木尼聲○中山經注曰欘音絡柅之柅易姤初六繫于金柅釋文曰柅說文作欘按昔人謂欘柅同字依許則柅者今時籆車之柄欘者今時籰絲於上之架子以受籆者也故曰絡絲柎臣鉉等曰上文云柅木實如棃此重出

榜所目輔弓弩也○經傳未見此義竹部曰篣榜也假借之義也辭章家用榜人則舟部之舫人也**從木旁聲**○補盲切古音在十部

檄榜也○秦風竹閉緄縢毛曰閉紲緄繩縢約也小雅角弓傳曰不善紲檄巧用則翩然而反既夕記說明器之弓有柲注云柲弓檄也弛則縛之於弓裏備損傷也以竹爲之引詩竹柲緄縢考工記弓人注云紲弓鞁弓有鞁者爲發弦時備頓傷引詩竹鞁緄縢合此言之禮謂之柲詩謂之閉周禮注謂之鞁禮古文作柴四字一也皆所謂檄也紲者繫檄於弓之偁緄則繫之之繩謂之檄者正之也謂之榜者以竹木異體從旁傅合之之言凡言榜笞榜箠者取義於縲紲凡後世言標榜者取義於表見在外也**從木敬聲**○巨京切十一部

檃桰也○檃與桰互訓檃亦作櫽亦假借作隱桰亦假借作括尚書大傳子贛曰檃栝之旁多曲木良醫之門多疾人砥厲之旁多頑鈍荀卿大略篇大山之木示諸檃栝檃栝者矯制衺曲之器也方言所以隱櫂謂之䉳郭云搖櫓小橛也按櫂以索繫於䉳而後可打是䉳者所以檃其櫂也如許云矢檃

弦處謂之矢栝。矢栝所以檢弦也。般庚尚皆隱哉。某氏注云。相隱括共爲善政。公羊傳何序云。隱括使就繩墨。孫卿書云。埶之以勢。隱之以阸。阸而用之。得而後功之。隱皆讀爲檃。漢刑法志。隱之以勢。臣瓚注曰。秦政急峻。隱括其民於隘狹之法。是也。凡古云安隱者。皆謂檃栝之而安也。俗作安穩。聲形皆變也。**從木。隱省聲。**於謹切。十三部。按篇韵皆引說文檃栝也。不省心。

桰ㄍㄨㄚ **檃也。從木。𠯑聲。**古活切。十五部。**一曰矢桰。檃弦處。**檃各本作築。不可通。今正。釋名曰。矢末曰栝。栝會也。與弦會也。云檃弦處者。弦可隱其閒也。此亦檃栝之一偏耳。而別言之者。俗但知栝爲矢栝字。嫌義不備。故箸之也。矢栝字經傳多用括。他書亦用筈。

棊ㄑㄧˊ **簙棊也。**竹部曰。簙局戲也。六箸十二棊。**從木。其聲。**渠之切。一部。

椄ㄐㄧㄝ **續木也。**今栽華植果者。以彼枝移椄此樹。而華果同彼樹矣。椄之言接也。今接行而椄廢。**從木。妾聲。**子葉切。八部。

栙ㄒㄧㄤˊ **栙雙也。**三字句。竹部曰。䈆栙雙也。廣韵曰。栙䉶帆未張。又曰。䉶帆也。按廣韵有䧄䉶降䉶䉶䉶皆廣韵字。**從木。夅聲。讀若鴻。**下江切。九部。

栝ㄊㄧㄢˇ **炊竈木。**今俗語云。竈栝是也。廣韵云。栝火杖。栝栝古今字也。**從木。舌聲。**臣鉉等曰。當從甛省乃得聲。按徐說非也。栝甛銛等字皆從西聲。西見谷部。轉寫譌爲舌耳。他念切。七部。

槽ㄘㄠˊ **嘼之食器。**嘼各本作畜獸二字。今正。嘼六嘼也。馬櫪曰槽。方言。櫪。梁宋齊楚北燕之閒謂之樎。皁。皁與槽音義同也。**從木。曹聲。**昨牢切。古音在三部。按大雅乃造其曹。曹蓋槽之假借。謂造於猷豕之處也。

臬ㄋㄧㄝˋ **射埻的也。**埻的各本作準的。今正。土部曰。埻射臬也。二字互訓。日部曰。旳明也。埻準旳的皆古今字。李善東京賦注引作埻。可證古本不作俗字矣。臬古假埶爲之。上林賦。弦矢分。埶殪仆。文穎曰。所射準的爲埶。左傳陳之藝極。皆是也。臬之引伸爲凡標準法度之偁。釋宮曰。樴謂之杙。在牆者謂之臬。康誥曰。陳時臬事。考工記匠人作槷。自部曰。賈侍中說。陧法度也。皆臬之假借字也。**從木。自聲。**五結切。十五部。李陽冰曰。自非聲。以去入爲隔礙也。

桶ㄊㄨㄥˇ **木方受六升。**疑當作方斛受六斗。廣雅曰。方斛謂之桶。月令角斗甬。注曰。甬今斛也。甬卽桶。今斛者。今時之斛。凡鄭言今者。皆謂漢時。秦漢時有此六斗斛。與古十斗斛異。史記商君平斗桶。呂不韋仲春紀角斗桶。故知起於秦也。**從木。甬聲。**他奉切。九部。

櫓ㄌㄨˇ **大盾也。**盾瞂也。戰盾也。秦風毛傳曰。伐中干也。伐卽瞂。干卽戰。櫓其大者也。釋名曰。盾大而平者曰吳魁。隆者曰須盾。櫓或假杵爲之。流血漂杵。卽流血漂櫓也。**從木。魯聲。**郎古切。五部。

樐 **或從鹵。**鹵聲也。始皇本紀亦假鹵爲之。天子出行鹵簿。鹵大楯也。以大盾領一部之人。故名鹵簿。

樂ㄩㄝˋ **五聲八音總名。**樂記曰。感於物而動。故形於聲。聲相應。故生變。變成方。謂之音。比音而樂之。及干戚羽旄。謂之樂。音下曰。宮商角徵羽。聲也。絲竹金石匏土革木。音也。樂之引伸爲哀樂之樂。**象鼓鞞。**鞞當作鼙。俗人所改也。象鼓鼙。謂𢆶也。鼓大鼙小。中象鼓。兩旁象鼙也。樂器多矣。獨像此者。鼓者春分之音。易曰。雷出地奮。豫。先王以作樂崇德。是其意也。**木**逗。謂從木。**虡也。**虍部曰。虡鐘鼓之柎也。五角切。古音在二部。

柎ㄈㄨ **闌足也。**柎蒙上文木虡言之。闌字恐有誤。韵會本闌作鄂。柎跗正俗字也。凡器之足皆曰柎。小雅鄂不韡韡。傳云。鄂猶鄂鄂然。言外發也。箋云。承華者曰鄂。不當作柎。柎鄂足也。鄂足得華之光明。則韡韡然盛。古聲不柎同。箋意鄂承華者也。柎又在鄂之下。以華與鄂喻兄弟相依。郭璞云。江東呼草木子房爲柎。草木子房如石榴房蓮房之類。與花下鄂一理也。**從木。付聲。**甫無切。四部。

枹ㄈㄨ **擊鼓柄也。**柄各本作杖。今依文選注。〔元〕應書正。左傳音義引字林亦作柄。左傳右援枹而鼓。禮運明堂位皆云凷桴土鼓。〔元〕應云。衛宏詔定古文官書。枹桴二字同體。音扶鳩切。鼓柎也。按桴本訓擊鼓槌。借爲鼓柄字耳。**從木。包聲。**甫無切。按當依廣韵縛謀切。三部。

椌ㄑㄧㄤ **柷樂也。**樂記注曰。椌楬謂柷敔也。此釋椌爲柷。釋楬爲敔也。謂之椌者。其中空也。**從木。空聲。**苦江切。九部。

柷ㄔㄨˋ **樂木椌也。**樂上當有柷字。椌各本作空。誤。周頌毛傳曰。柷木椌也。圉楬也。許所本也。今更正。**所目止音爲節。**按鉉本此六字大誤。柷以始樂。非以止音也。鍇本此篆已

槧 札 檢

佚而見韵會者亦譌舛不可讀今按當作以止作音爲柷釋樂曰所以鼓柷謂之止蓋椌之言空也自其如桼桶言之也柷之言觸也自其椎柄之撞言之也皋陶謨合止柷敔鄭注云柷狀如桼桶而有椎合之者投椎其中而撞之爾雅郭注云柷如桼桶方二尺四寸風俗通廣雅云三尺五寸深一尺八寸風俗通云尺五寸中有椎柄連底挏之令左右擊止者其椎名劉熙云柷祝也故訓祝爲始以作樂也 **從木祝省聲** 昌六切三部

槧 牘樸也 樸素也猶坏也牘書版也槧謂書版之素未書者也論衡曰斷木爲槧釋名曰槧版之長三尺者也槧漸也言漸漸然長也楊雄曰天下上計孝廉及內郡衛卒會雄常把三寸弱翰齎油素四尺以問其異語歸卽以鉛擿次之於槧西京雜記曰懷鉛提槧 **從木斬聲** 自刻切八部

札 牒也 片部曰牒札也二字互訓長大者曰槧薄小者曰札曰牒釋名曰札櫛也編之如櫛齒相比也司馬相如傳曰上令尚書給筆札師古曰札木簡之薄小者也 **從木乙聲** 側八切古音在十二部

檢 書署也 書署謂表署書函也後漢祭祀志曰尚書令奉玉牒檢皇帝以二分璽親封之訖太常命人發壇上石尚書令藏玉牒已復石覆訖尚書令以五寸印封石檢按上云玉牒檢者玉牒之玉函也所謂玉檢也下云石檢者上文云石覆訖是也檢以盛之又加以璽印周禮注曰璽節印章如今斗檢封矣廣韵云書檢者印窠封題也則通謂印封爲檢矣公孫瓚傳曰袁紹矯刻金玉以爲印璽每有所下輒皁囊施檢章懷曰檢今俗謂之排排如今言標簽耳 **從木僉聲** 居奄切七部引伸爲凡檢制檢校之偁

檄

檄 尺二書 各本作二尺書小徐繫傳已佚見韵會者作尺二書蓋古本也李賢注光武紀曰說文以木簡爲書長尺二寸謂之檄以徵召也與前書高紀注同此葢出漢說文故語加詳云尺二寸與錯本合但漢人多言尺一未知其分別之詳後漢書水經注皆曰李雲上書云孔子言帝者諦也今尺一拜用不經御省是帝欲不諦乎又後漢書儒林傳云詔曰乞楊生師卽尺一出外文選注引蕭子良古今篆隸文體曰鶴頭書偃波書俱詔板所用在漢時則謂之尺一簡獨斷曰策書長二尺以命諸侯王三公三公以

棨 楘

罪免亦賜策以尺一木 **從木敫聲** 胡狄切古音在二部

棨 傳信也 此字篆上槧札檢檄爲次若今之文書也漢孝文紀除關無用傳張晏曰傳信也若今過所也如淳曰兩行書繒帛分持其一出入關合之乃得過謂之傳也李奇曰傳棨也師古曰古者或用棨或用繒帛棨者刻木爲合符也按用繒帛謂之繻終軍傳曰關吏予軍繻是也用木謂之棨此云傳信也是也傳讀張戀反釋名曰棨詣也以啓語官司所至詣也當謂此今本譌舛不可讀爲正之如此 **從木啓省聲** 康禮切十五部今字棨釋爲兵闌

楘 車歷錄 句 **東文也** 束文上當曡歷錄字今奪文宋本葉本趙本韵會皆同一本作交非秦風五楘梁輈傳曰五五束也楘歷錄也梁輈輈上句衡也一輈五束束有歷錄考工記輈欲頎典大鄭云頎讀爲懇典讀爲殄駟車之轅率尺所一縛懇殄似謂此也按此所謂曲轅纀縛也歷錄者歷歷錄錄然坳肰分明皃歷錄古語也小雅約之閣閣毛云約束也閣閣猶歷歷也革部曰車軸束謂之鞪 **從木敄聲** 莫卜切三部 **詩曰五楘梁輈**

梐 枑 极 祛 槅

梐 梐枑 逗 **行馬也** 周禮掌舍掌王之會同之舍設梐枑再重注曰故書枑爲拒杜子春讀爲梐枑梐枑謂行馬玄謂行馬再重者以周衛有外內列按許亦從杜子春作梐枑也 **從木陛省聲** 邊兮切十五部按當作坒聲與𨸏部陛下陛省聲不同 **周禮曰設梐枑再重**

枑 梐枑也 **從木互聲** 胡誤切五部按舊二篆先枑後梐今正又此二篆舊次當與柤槍等篆爲伍而楘楇樸楇當聯文

极 驢上負也 當云驢上所以負也淺人刪之耳廣韵云驢上負版蓋若今馱鞍或云負笈字當用此非也風土記曰笈謂學士所以負書箱如冠箱而卑者也謝承後漢書曰負笈隨師然則笈者書箱人所負以徙步者不得合爲一也 **從木及聲** 其輒切七部 **或讀若急** 云或者云及聲則既讀若及矣又或若急也

祛 极也 驢上負物廣韵曰版置 **從木去聲** 去魚切五部

槅 大車枙 枙當作軶隸省作軛車部曰軶轅前也槅考工記作鬲大鄭云鬲謂轅端厭牛領者大車

橾 ㄕㄨ　楇 ㄏㄨㄛ

者鄭云平地任載之車也遥曰軺大車之䡅曰槅釋名曰槅枙也所以枙牛頸也馬曰烏啄下向叉馬頸似烏開口向下啄物時也西京賦曰五都貨殖既遷既引商旅聯槅隱隱展展此正謂大車也下文云冠帶交錯方轅接軫謂乘車也

從木鬲聲。古覈切十六部按左思蜀都賦以槅爲覈

橾 車轂中空也。考工記以轂圍之阞捎其藪注曰捎除也阞三分之一也鄭司農云捎讀如桑螵蛸之蛸藪讀如蜂藪之藪謂轂空壺中也囩謂此藪徑三寸九分寸之五壺中當輻菑者也藪者猶言趨也蜂藪者衆輻之所趨也舊本經注多譌字今按正之如是按記文藪本作捎其橾大鄭乃易爲藪故云讀爲後人直用大鄭說改記文耳程氏瑤田通藝錄曰阞與王制祭用數之仂同十分之一也藪謂鑿深捎之以待置輻也記曰六分其輪崇以其一爲之牙圍參分其牙圍而漆其二椁其漆內而中詘之以爲轂長是則轂長當三尺二寸五分四釐一豪六絲六不盡由是以轂長爲圍以圍之十一爲鑿深十一當三寸二分五釐四豪一絲六忽六不盡用其成數得三寸輻廣亦三寸也車人大車輻廣三寸柏車羊車不見輻廣亦三寸可知故下文云凡輻量其鑿深以爲輻廣先鄭言蜂藪後鄭言衆輻所趨則藪之名義當起於輻鑿也按先後鄭說直以轂空壺中與衆輻之孔相接故云壺中當輻菑者也合二者爲一以釋經而未知輻孔不通壺中壺中以受軸橾以受輻劃然二事鄭不若程氏之精確也許字作橾從喿喿鳥羣鳴也亦與衆趨之義合其云車轂中空也亦未該

從木喿聲。讀若藪。大鄭云讀爲藪者易橾爲藪也注經之法也許云讀如藪者擬其音也字書之體也山樞切古音當在二部讀如膢急就篇有橾字橾藪轢雙聲宜分別壺中曰轂輻孔曰橾曰藪

楇 盛膏器。孟子荀卿列傳談天衍雕龍奭炙轂過髡劉伯莊云轂字衍裴駰云劉向別錄過字作輠輠者車之盛膏器炙之雖盡猶有餘流者言淳于髡不盡如炙輠也按方言車釭齊燕海岱之閒謂之鍋或謂之錕自關而西謂之釭盛膏者乃謂之鍋此謂關西謂盛膏者曰鍋也脂施於車釭故釭或得楇名而楇自別有物如今時御者亦系小油缾於車以備用是也過輠鍋三字同

從木咼聲。乎臥切十七部按當依篇韵古禾切

六篇上　卅五

柳 ㄤˋ　椢 ㄍㄨˋ　欙 ㄌㄟˊ　榷 ㄑㄩㄝˋ　橋 ㄑㄧㄠˊ

柳 馬柱也。謂系馬之柱也蜀志劉備解綬縛督郵馬柳華陽國志曰建寧郡存駹縣雍闓反結壘於縣山繫馬柳柱生成林

從木卬聲。吾浪切十部按亦平聲

椢 椢斗。逗可射鼠。從木固聲。古慕切五部

欙 山行所乘者。河渠書作橋丌遙反徐廣曰一作輂几王反輂直轅車也漢書作梮韋昭曰梮木器也如今轝牀人轝以行也應劭曰梮或作欙爲人所牽引也尚書正義引尸子山行乘欙僞孔傳亦作欙按輂梮橋三字同以梮爲正橋者音近轉語也欙與梮一物異名梮自其盛載而言欙自其輓引而言欙大索也欙從纍此聲義之皆相倚者也應釋欙韋釋梮皆是兼二說而後全孟子蔂梩趙云蔂籠屬毛詩傳捄虆也亦謂土籠舁之曰梮人引之而行則曰欙也虆者欙之假借字或省作樏者非也毛詩之捄亦梮之假借字也

從木纍聲。力追切十五部

虞書曰予乘四載。皐陶謨文水行乘舟。陸行乘車。山行乘欙。澤行乘𨊨。此四載之故訓也故統系之虞書猶河渠書溝洫志謂皐陶謨夏書則亦以此四句統系之夏書也輴史記作毳亦作橇漢書作毳如淳曰毳音茅蕝之蕝謂以版置泥上以通行路也服虔曰木毳形如木箕擿行泥上孟康說同尚書正義引尸子作蕝引愼子爲毳者患塗之泥也徐廣注史記作楯僞孔傳作輴凡此諸字皆一聲之轉其義一也車部曰輴車約輴也此乘輴當讀同毳非車約輴之謂

榷 水上橫木。句所以渡者。釋宮曰石杠謂之徛孟子歲十月徒杠成古本如是趙岐釋爲步度郭釋云步渡彴然則石杠者謂兩頭聚石以木橫架之可行非石橋也凡直者曰杠橫者亦曰杠杠與榷雙聲孝武紀曰榷酒酤韋曰以木渡水曰榷謂禁民酤釀獨官開置如道路設木爲榷獨取利也凡言大榷揚榷辜榷當作此字不當從手

從木隺聲。江岳切古音在二部

橋 水梁也。水梁者水中之梁也梁者宮室所以關舉南北者也然其字本從水則橋梁其本義而棟梁其假借也凡獨木者曰杠駢木者曰橋大而爲陂陀者曰橋古者挈皐曰井橋曲禮奉席如橋衡讀若居廟反取高舉之義也

六篇上　卅六

梁ㄌㄧㄤˊ 漆。𣝸ㄙㄠ 橃ㄈㄚˊ 楫ㄐㄧˊ 欚ㄌㄧˇ 校ㄐㄧㄠˋ

梁𣝸橃楫欚校樔采柿横梜

從木喬聲。巨驕切。二部。梁水橋也。梁之字用木跨水則今之橋也。孟子十一月輿梁成。古本如是。國語引夏令曰九月除道。十月成梁。大雅造舟爲梁。皆今之橋制。見於經傳者言梁不言橋也。若爾雅隄謂之梁。毛傳石絕水曰梁。謂所以偃塞取魚者。亦取亙於水中之義謂之梁。凡毛詩自造舟爲梁外。多言魚梁。從木水刅聲。呂張切。十部。𣳠古文。水闕者必木與木相接一其際也。

𣝸船總名。漢書溝洫志漕船五百𣝸。其字從木。古本從手。從木叜聲。蘇遭切。古音在三部。

橃海中大船。廣韻橃下曰木橃。說文云海中大船。謂說文所說者古義。今義則同筏也。凡廣韻注以今義列於前。說文與今義不同者列於後。獨得訓詁之理。蓋六朝之舊也。即如此篆。玉篇注云海中大船也。泭也。是爲古義今義。橃栰。漢人注經固云大者曰筏。小者曰桴。是漢人自用筏字。後人以橃代筏。非漢人意也。從木發聲。房越切。十五部。

楫所㠯擢舟也。各本作舟櫂也。許無櫂字。手部曰擢引也。楫所以引舟而行。故亦謂之櫂。而漢書劉屈氂傳、外戚傳、百官表皆用輯濯爲楫櫂。假借也。毛衞風傳曰楫所以櫂舟也。此許所本。今據以正。今毛詩楫譌檝。淺人所改也。鄧通傳以濯船爲黃頭郎。司馬相如傳濯鷁牛首。皆擢舟之義也。詩爾雅音義引說文舟棹也。則其誤久矣。棹又櫂之俗。從木咠聲。子葉切。七部。方言曰楫謂之橈。或謂之櫂。櫂亦擢之譌也。擢櫂正俗字。

欚江中大船也。越絕書曰欚溪城者。闔廬所置船宮也。蓋欚與欐古通用。從木蠡聲。盧啟切。十六部。

校木囚也。囚繫也。木囚者以木羈之也。易曰屨校滅趾。何校滅耳。屨校若今軍流犯人新到著木鞾。何校若今犯人帶枷也。此字似當與下文械杽等篆爲伍矣。周禮校人注曰校之言校也。主馬者必仍校視之。校人爲官之長。按此引伸假借之義也。陸德明曰比校字當從手旁。張參五經文字手部曰挍經典及釋文或以爲比校字。案字書無文。張語正謂說文無從手之挍也。故唐石經考校字皆從木。用張說也。但訂以周禮鄭注。則漢時固有從手之挍矣。比挍字古籍無正文。較榷等皆可用。從木交聲。古孝切。二部。

樔ㄔㄠˊ 采ㄘㄞˇ 柿ㄈㄟˋ 横ㄏㄥˊ 梜ㄐㄧㄚˊ

樔澤中守艸樓。謂澤中守望之艸樓也。艸樓蓋以艸覆之。藝文類聚艸譌作竹。左傳成十六年正義引此文。樔譌爲橧。從木巢聲。形聲包會意也。從巢者謂高如巢。鉏交切。二部。

采捋取也。大雅曰捋采其劉。周南芣苢傳曰采取也。又曰捋取也。是采捋同訓也。詩又多言采采。卷耳傳曰采采事采之也。此謂上采訓事。下采訓取。而芣苢傳曰采采非一辭也。曹風采采衣服傳曰采采衆多也。秦風蒹葭采采傳曰采采猶萋萋也。此三傳義略同。皆謂可采者衆也。凡文采之義本此。俗字手采作採。五采作彩。皆非古也。釋詁曰采事也。此言假借。采事同在一部也。從木從爪。此與采同意。采之訓曰禾成秀人所收也。則采亦可云木成文人所取也。此采爲五采字。而毛詩屢言采采。與倉字另。

柿削木朴也。各本作削木札樸也。今依玄應書卷十九正。朴者木皮也。樸者木素也。柿安得有素。則作朴是矣。知札爲衍文者。玄應引倉頡篇曰柿札也。此下文云陳楚謂之札柿。玄應曰江南名柿。中國曰札。山東名朴豆。廣韻柿注曰斫木札。然則札非簡牒之札。乃柿之一名耳。許以札柿系諸陳楚方言。則此云削木朴已足。小雅伐木許許。許書作所所。毛云許許柿皃。泛謂伐木所斫之皮。許云削木。猶斫木也。顏氏家訓必云削札牘之柿。又廣爲之證。恐非許意。晉書王濬造船木柿蔽江而下。柿之證也。漢書中山靖王、劉向、田蚡傳多言肺附。謂斫木之柿札也。已於帝室親近。猶柿札附於大木材也。此柿之假借字也。後漢楊由傳風吹削肺。亦柿之假借也。一譌爲脯。再譌爲哺。釋之者曰削哺是屏障之名。絕無證據。從木朮聲。朮在六篇。柿脒泳字皆從之。隸變作柿肺沛。殊誤。而柿之誤作柿果。肺之誤作乾肺。沛之誤作沛水。其譌又不勝改也。芳吠切。十五部。陳楚謂之札柿。各本作陳楚謂櫝爲柿。今依韵會所引鍇本正。札柿系言之。非謂札牘之柿。漢書注柿札字亦正用此也。此篆柿語所出。

横闌木也。闌門遮也。引伸爲凡遮之偁。凡以木闌之。皆謂之横也。古多以衡爲横。陳風傳曰衡門横木爲門也。考工記衡四寸注曰衡古文横假借字也。從木黄聲。戶盲切。古音在十部。

梜檢柙也。檢柙皆函物之偁。然則梜亦謂函物

之器也曲禮蘇之有菜者用梜謂箸爲梜此引伸之義也**從木夾聲。**古洽切八部

桄充也。見釋言陸氏音義曰桄孫作光按堯典光被四表某氏傳曰光充也用爾雅爲訓也桄讀古曠切所以充拓之圻堮也必外有桄而後內可充拓之令滿故曰桄充也不言所以者仍爾雅文也桄之字古多假橫爲之且部曰從几足有二橫橫卽桄字今文尚書曰橫被四表孔子閒居曰以橫於天下鄭曰橫充也樂記曰號以立橫橫以立武鄭曰橫充也皆卽釋言之桄充也今文尚書作橫被故漢書王莽傳王褒傳後漢書馮異傳崔駰傳班固傳魏都賦注所引東京賦皆作橫被古文尚書作光被與孫叔然爾雅合某氏傳光充也不誤鄭注釋以光耀葢非淮南書橫四維卽尚書之橫被四表也園應曰桄音光古文橫二形聲類作輄今車牀及梯舉下橫木皆是也廣**從木光聲。**古曠切十部

檇以木有所擣也。宋永嘉戴侗曰今人猶有此語**從木雋聲。**遵爲切按當從廣韵將遂切古音在十三十五部也公羊傳作醉李**春秋傳曰越敗吳於檇李。**定公十四年事檇李地名杜預曰吳郡嘉興縣南醉李城是

椓擊也。此與攴部斀音義皆同詩云椓之丁丁又云椓之橐橐呂刑曰爰始淫爲劓刵椓黥**從木豖聲。**竹角切三部

朾撞也。撞從手各本譌從木從禾今正通俗文曰撞出曰朾丈鞭文莖二切與說文合謂以此物撞彼物使出也三蒼作敞周禮職金注作揨他書作敞作敞實一字也朾之字俗作打音德冷都挺二切近代讀德下切而無語不用此字矣**從木丁聲。**宅耕切十一部

柧棱也。柧與棱二字互訓殳以積竹八觚觚當作柧觚行而柧廢矣史記酷吏傳曰漢興破觚而爲圜應劭曰觚八棱有隅者通俗文曰木四方爲棱八棱爲柧按通俗文析言之若渾言之則急就奇觚謂四方版也**從木瓜聲。**古胡切五部**又柧棱。**逗**殿堂上最高之處也。**文選西都賦曰設璧門之鳳闕上觚棱而棲金爵後漢書正作柧棱李賢引說文爲注

棱柧也。從木夌聲。魯登切六部俗作稜

櫱伐木餘也。商頌傳曰櫱餘也周南傳曰肄餘也斬而復生曰肄按肄者櫱之假借字也韋昭曰以株生曰櫱方言烈枿餘也陳鄭之閒曰枿晉衛之閒曰烈秦晉之閒曰肄或曰烈枿者亦櫱之異文**從木獻聲。**五葛切十五部按獻聲在十四部合韵也**商書曰。若顛木之有甹櫱。**般庚上文今尚書作由櫱本又作枿馬云顛木而肄生曰枿

櫱或從木辥聲。今經典用此字

不古文櫱從木無頭。謂木禿其上而僅餘根株也

枿亦古文櫱。從木𡴘聲也𡴘者𡴘之或字見羊部古文四聲韵作枿

枰平也。此門閫也戶護也之例謂木器之平偁枰如今言棊枰是也上林賦華楓枰櫨吳都賦枰仲君遷本皆作平木名也非許所說**從木平。平亦聲。**蒲兵切十一部

柆折木也。此與手部拉義殊猶摺與搚之別也**從木立聲。**盧合切七部

槎衺斫也。桼下曰槎識也魯語里革曰山不槎櫱李善注西京賦引賈逵解詁曰槎衺斫也韋曰槎斫也按賈云衺斫者於字從差得之周禮有柞氏周頌曰載芟載柞毛云除木曰柞柞皆卽槎字異部假借魚歌合韵之理也**從木差聲。**側下切十七部按徐爰注射雉賦于荷切此爲舊音漢書貨殖傳作山不茬櫱此爲古字今漢書譌爲茬字**春秋傳曰山不槎。**宋本皆如此惟趙鈔本作山木不槎今按當於槎下補櫱不當於山下添木也許書亦有謂國語爲春秋傳者此其一也

檮檮柮。逗二字今補**斷木也。**謂斷木之榦楓頭可憎者**從木𠷎聲。**徒刀切古音在三部**春秋傳曰檮柮。**左傳無檮柮惟文十六年有檮杌杜預曰檮杌凶頑無疇匹之皃趙注孟子曰檮杌嚚凶之類按蓋取斷木之可憎爲惡人名也出聲兀聲同部許所據與今異

柮檮柮也。舊作斷也二字今更正今人謂木頭爲榾柮於古義未遠也**從木出聲。讀若爾雅貀無前足之貀。**女滑切十五部玉篇當骨切引說文五骨切○按二篆舊先後倒置今依全書通例正之亦與桂柀同

析破木也。斯下云析也柀下云一曰析也詩多言析薪**一曰折也。**

椒梡棞楄楅枼櫄休栕械杽桎梏櫪

椒 梡 棞 楄 楅 枼 櫄

以斤破木。以斤斲艸。其義一也。魏都賦注引說文析量也。與今本異。從木從斤。先激切。十六部。

木薪也。按禮運假椒爲藪字。從木取聲。側鳩切。四部。

棞木薪也。對析言之。梡之言完也。從木完聲。胡本切。玉篇口管胡管二切。十四部。

梡木未析也。此梡當作完。全也。通俗文曰合心曰棞。纂文曰未判爲棞。頁部頑下云棞頭也。凡全物渾大皆曰棞。完棞雙聲。完頑疊韵。從木圂聲。胡昆切。十三部。

楄部。逗方木也。部字衍。當刪。左傳正義引說文楄方木也。可證。方木泛言。非專謂棺中笭牀。故不與棺椑等篆爲伍也。何平叔景福殿賦曰爰有禁楄。勒分翼張。亦方木之一耑也。從木扁聲。部田切。十二部。春秋傳曰楄部薦榦。左傳昭廿五年文。今作楄柎藉榦。杜云楄柎棺中笭牀也。榦骸骨也。

以木有所畐束也。畐依韵會本。各本作逼者。後人以俗字改之也。泛云以木有所畐束。則不專謂施於牛者。引詩特其一證耳。鄉射禮命弟子設楅。注楅猶幅也。所以承笴齊矢者。按記云楅髤橫而拳之。南面坐而奠之南北當洗。是以木有所畐束也。從木畐聲。彼即切。一部。詩曰夏而楅衡。魯頌文。注詳角部。

楄也。方木也。枼。逗薄也。枼上當有一曰二字。凡木片之薄者謂之枼。故葉牒鍱䈎偞等字皆用以會意。廣韵偞輕薄美好皃。從木丗聲。與涉切。八部。按鉉曰當從卅乃得聲。此非也。毛傳曰葉世也。葉與世音義俱相通。凡古侵覃與脂微。如立位盇蓋中協荔枘內籋爾遝隶等。其形聲皆枝出。不得專疑此也。

積木燎之也。木各本作火。今依玉篇五經文字正。大雅芃芃棫樸。薪之槱之。傳曰槱積也。山木茂盛。萬民得而薪之。賢人衆多。國家得用蕃興。按如毛說則槱謂積薪而已。至鄭箋乃以燎祀槱爲說。許不但云積木而兼云燎之者。爲其字之從火也。不云寮之而云燎之者。燎放火也。寮柴祭天也。毛曰萬民薪之而已。故但云燎。從木火酉聲。余救切。三部。詩曰薪之槱之。周禮以槱燎祠司中司命。見大宗伯。燎依許火部當作寮。祠今

𥛁。 休 庥。 栕 亙。 械

周禮作祀。許從毛說。又引周禮者。廣槱證也。鄭注周禮曰槱積也。

槱或從示。柴祭天神也。各本作柴祭天神或從示。今正。謂其字有從示者。以燔柴乃祀天神之禮。故從示也。各本作天神。趙本作大神。

息止也。周南曰南有喬木。不可休思。從人依木。許尤切。三部。

休或從广。釋詁曰休戾也。又曰庇庥廕也。此可證休庥同字。

竟也。弓人注曰恆讀爲栕。栕竟也。大雅恆之秬秠。毛云恆徧也。徧與竟義相足。從木恆聲。古鄧切。六部。

亙古文栕。按今字多用亙。不用栕。舟在二之閒。絕流而竟。會意也。恆之字本從心從亙。

桎梏也。從木戒聲。胡戒切。古音在一部。一曰械。逗此字今補。器之總名。趙注孟子曰械器之總名。禮記音義引郭璞三蒼解詁同。一曰械。逗此字今補。治也。各本治作持。恐是唐人諱改。今依李善長笛賦注正。一曰有所盛曰器。無所盛曰械。各本作有盛爲械。無盛爲器。詩車攻釋文引無所盛曰械。今據正。按器部曰器皿也。何注公羊云攻守之器曰械。大傳異器械。注云禮樂之器及兵甲也。王制器械異制。注云謂作務之用。皆可爲有盛無盛之證。師古注宣帝紀與各本同。恐淺人所改也。若六書故云唐本說文曰或說內盛爲器。外盛爲械。外盛未安。當作外戒。

杽 桎 梏 櫪

械也。械當作梏。字從木手。則爲手械無疑也。廣雅曰杽謂之梏。杽杻古今字。廣韵曰杽杻古文。從木手。會意。手亦聲。敕九切。三部。

足械也。所以質地。所以質地四字依周禮音義補。桎質疊韵也。周禮掌囚注。鄭司農云桊者兩手共一木也。桎梏者兩手各一木也。玄謂在手曰梏。在足曰桎。中罪不桊。手足各一木耳。按後鄭從許說也。韋昭云兩手共一木曰桊。兩手各一木曰梏。從木至聲。之日切。十二部。

手械也。所以告天。所以告天四字依周禮音義補。梏告疊韵也。從木告聲。古沃切。三部。

櫪撕。逗柙指也。柙各本作椑。今正。柙指如今之拶指。故與械杽桎梏爲類。莊子曰罪人交臂厤指。厤指謂以櫪撕柙其指也。通俗文

六篇上

𣝋ㄒㄧ 檻ㄎㄢˇ 櫳ㄌㄨㄥˊ 柙ㄒㄧㄚˊ 棺ㄍㄨㄢ □。

曰考具䄅之櫪𣝋。考俗作拷。尉繚子曰。束人之指而訊囚之情。從木厤聲。郎擊切。十六部。𣝋 櫪𣝋也。二字疊韻。𣝋讀同析。從木斯聲。先稽切。十六部。檻 櫳也。李善注長楊賦引釋名曰。檻車上施闌檻以格猛獸。亦囚禁罪人之車也。按許云檻櫳也者。謂罪人及虎豹所居。假借爲凡闌檻字。從木監聲。胡黯切。八部。一曰圈。圈者。養獸之閑。櫳 檻也。從木龍聲。盧紅切。九部。字有偏旁移而爲二字者。柔檻也。杼機持緯者也。藥房室之疏也。櫳檻也是也。竊有疑焉。襲與櫳皆言橫直爲窗櫺通明。不嫌同偁。如檻亦爲闌檻。許於楯下云闌檻是也。左木右龍之字。恐淺人所增。盧紅切。九部。柙 檻也。所已藏虎兕也。所也二字依廣韻補。論語虎兕出於柙。馬曰。柙。檻也。引伸爲凡檢柙之偁。如上文云柙指是也。從木甲聲。烏匣切。廣韻胡甲切。八部。□ 古文柙。棺 關也。以疊韻爲訓。門關戶護之例也。所已掩屍。屍各本作尸。誤。今正。釋名曰。棺。關也。關閉也。從木官聲。古丸切。十四部。

櫬ㄔㄣˋ 槥。椁ㄍㄨㄛˇ 楬ㄐㄧㄝˊ

櫬 棺也。玉篇曰。親身棺也。按天子之棺四重。諸公三重。諸侯再重。大夫一重。士不重。天子水兕革棺最在內。諸侯杝棺最在內。檀弓。君即位而爲椑。椑謂杝棺。親屍者。椑堅著之言也。從木親聲。初僅切。十二部。春秋傳曰。士輿櫬。左傳僖六年文。槥 棺櫝也。櫝。匱也。棺之小者。故謂之棺櫝。急就篇。棺槨槥櫝。即槥也。高帝紀。令士卒從軍死者爲槥。應劭曰。小棺也。今謂之櫝。臣瓚引金布令曰。不幸死。死所爲櫝。傳歸所居縣。賜以衣棺。從木彗聲。祥歲切。十五部。椁 葬有木𩫖也。木𩫖者。以木爲之。周於棺。如城之有𩫖也。檀弓曰。殷人棺椁。注。椁。大也。以木爲之。言郭大於棺也。從木𩫖。會意。𩫖亦聲。𩫖亦二字今補。古博切。五部。楬 楬櫫也。三字句。趙鈔本及近刻五音韻譜作楬櫫。宋本櫫本類篇集韻宋刊五音韻譜皆作楬桀。蓋宋時大徐本固有二。故同一五音韻譜而流傳不一也。今按作桀不可通。桀自訓磔。雖杙有誤桀者。然頗迂遠。楬櫫見周禮注。職金。楬而璽之。注曰。楬書其數量以著其物也。今時之書有所表識謂之楬櫫。廣雅曰。楬櫫。杙也。廣韵曰。楬櫫。有所表識也。楬櫫。漢人語。許以漢人常語爲訓。故出櫫字於說解。仍不大列櫫篆。漢酷吏傳曰。瘞寺門桓東。楬著其姓名。著櫫同字。可證也。韵會楬下引說文曰。杙也。櫫也。此小徐眞本。而語似不完。師古注漢書曰。楬。杙也。椓杙於瘞處而書死者名也。師古杙也之云。蓋本說文。但說文杙字當作弋。從木曷聲。其謁切。十五部。今字揭行而楬廢矣。春秋傳曰。楬而書之。未見。疑是引周禮楬而璽之。

梟ㄒㄧㄠ 棐ㄈㄟˇ

梟 不孝鳥也。故日至捕梟磔之。漢儀。夏至賜百官梟羹。漢書音義。孟康曰。梟。鳥名。食母。破鏡。獸名。食父。黃帝欲絕其類。使百吏祠皆用之。如淳曰。漢使東郡送梟。五月五日作梟羹以賜百官。以其惡鳥。故食之也。從鳥在木上。五經文字曰。從鳥在木上。隸省作梟。然則說文本作梟甚明。今各本云從鳥頭在木上。而改篆作梟。非也。此篆不入鳥部而入木部者。重磔之於木也。倉頡在黃帝時。見黃帝磔此鳥。故製字如此。古堯切。二部。棐 輔也。尚書多言棐。釋詁曰。弼棐輔比備也。按棐蓋弓檠之類。從木非聲。府尾切。十五部。按此篆失其舊次。

文四百二十一。古本皆作二十一。毛扆剜沾開篆於部末。改作二十二。非也。今刪[illegible]二篆。則四百十九。

重三十九。

東ㄉㄨㄥ 𣛰 林ㄌㄧㄣˊ

東 動也。見漢律歷志。從木。官溥說。從日在木中。木。榑木也。日在木中曰東。在木上曰杲。在木下曰杳。得紅切。九部。凡東之屬皆從東。𣛰 二東。謂其形也。曹從此。謂曹以會意也。闕。謂義與音皆闕也。鍇曰。按說文舊本無音。鉉亦不箸反語。

文二

林 平土有叢木曰林。周禮林衡注曰。竹木生平地曰林。小雅依彼平林傳曰。平林。林木之在平地者也。冂部曰。野外謂之林。引伸之義也。釋詁毛傳皆曰。林。君也。假借之義也。從二木。力尋切。七部。

凡林之屬皆從林。

𣡦ㄨˊ

𣡦 豐也。釋詁曰：蕪、茂，豐也。釋文云：蕪，古本作𣡦。從林𡗜。會意。𡗜逗。此字今補。或說規模字。或說𡗜是規模之模字也。或之者，疑之也。故木部模下不錄。從大卌。謂𡗜從大卌會意也。卌逗。此字今補。數之積也。卌篆不見於本書，故釋其義。耒部耤下曰：卌叉。用卌字。漢石經論語：年卌見惡焉。是卌爲四十并，猶廿爲二十并，卅爲三十并也。其音則廣韵先立切，四十之合聲；廿讀如入，卅讀如馺也。廣韵引說文云：數名。卽此。已上十四字說從𡗜之意。林者，木之多也。說從林之意。𣡦與庶同意。𣡦各本作卌，誤。𣡦從林大卌，庶從广炗，其製字之意略同，皆貌其衆盛也。文甫切，五部。按此書𣡦字也，隸變爲無，遂借爲有無字，而𣡦無乃借廡或借蕪爲之矣。商書曰：庶艸繁𣡦。洪範文。今尚書作蕃廡。晉語：黍不爲黍，不能蕃廡，亦同。

鬱ㄩˋ

鬱 木叢者。依韵會本。秦風：鬱彼北林。毛曰：鬱，積也。鄭司農注考工記曰：𤉸讀如宛彼北林之宛。菀柳傳曰：菀，茂林也。桑柔傳曰：菀，茂皃。按宛菀皆卽鬱字。從林，鬱省聲。迂弗切，十五部。

楚ㄔㄨˇ

楚 叢木。小雅傳曰：楚茨棘皃。小徐引小謝詩曰：寒城一以眺，平楚正蒼然。一名荊也。一名當作一曰。許書之一曰，有謂別一義者，有謂別一名者。上文叢木泛詞，則一曰爲別一義矣。艸部荊下曰：楚木也。此云荊也，是則異名同實。楚國或偁楚，或偁荊，或兼偁荊楚。從林，疋聲。創舉切，五部。

棽ㄔㄣ

棽 木枝條棽儷也。也，各本作皃，今依集韵類篇正。人部儷下云：棽儷也。棽儷者，枝條茂密之皃，借爲上覆之皃。東都賦：鳳蓋棽麗。李善注引七略：兩蓋棽麗。麗與儷同，力支切。張揖大人賦注曰：林離，摻纚也。摻纚，所林、所宜二反，蓋卽棽儷。從林，今聲。丑林切，七部。

楙ㄇㄠˋ

楙 木盛也。此與艸部茂音義皆同，分艸木耳。釋木：楙，木瓜。則專爲一物之名。從木，矛聲。莫候切，四部。

麓ㄌㄨˋ

麓 守山林吏也。左傳：山林之木，衡鹿守之。杜曰：衡鹿，官名也。按鹿者，麓之假借字。天子曰林衡，諸侯曰衡鹿，皆守山林吏也。晉語：史黯曰：主將適螻而麓不聞。韋曰：麓，主君苑囿者。從林，鹿聲。盧谷切，三部。按此亦形聲包會意。守山林之吏，如鹿之在山也。一曰林屬於山爲麓。春秋傳曰：沙麓崩。春秋僖公十四年文。三傳同。穀梁傳曰：林屬於山爲麓。周禮、王制皆云林麓。鄭云：山木生平地曰林，生山足曰麓。詩大雅旱麓，毛曰：麓，山足也。蓋凡山足皆得偁麓也。亦假借作鹿。易：卽鹿無虞。虞翻曰：山足稱鹿。鹿，林也。

𣘨。

𣘨 古文從彔。彔聲。

棼ㄈㄣˊ

棼 複屋棟也。複屋，考工記謂之重屋。木部曰：橑，棼也。是曰橑曰棼者，複屋之棟也；曰橑者，複屋之椽也。竹部曰：笮者，在瓦之下、棼上者也。姚氏鼐曰：棟椽既重，軒版垂檐皆重矣。軒版卽屋笮，或木或竹，異名。在瓦之下、椽之上者，垂椽謂椽亦謂之橑。考工記重屋，鄭以複笮釋之，而他書所稱曰重檐、曰重橑、曰重軒、曰重棟、曰重棼，各舉其一爲言爾。按左傳：治絲而棼之。假借爲紛亂字。從林，分聲。符分切，十三部。

森ㄙㄣ

森 木多皃。從林從木。按篇韵皆云森長木皃。疑篇韵所據爲長。從林從木，正謂有木山平林之上也。讀若曾參之參。所今切，七部。

文九 重一

才ㄘㄞˊ

才 艸木之初也。引伸爲凡始之偁。釋詁曰：初哉，始也。哉卽才。故哉生明亦作才生明。凡才、材、財、裁、纔字以同音通用。從丨上貫一，將生枝葉也。一逗。地也。一謂上畫也。將生枝葉謂下畫。才有莖出地而枝葉未出，故曰將。艸木之初而枝葉畢寓焉，生人之初而萬善畢具焉，故人之能曰才，言人之所蘊也。凡艸木之字，才者初生而枝葉未見也，屮者生而有莖有枝也，屮者枝莖益大也，出者益茲上進也。此四字之先後次弟。昨哉切，一部。凡才之屬皆從才。

文一

儀徵阮長生校刊

說文解字第六篇下

金壇段玉裁注

叒 ㄖㄨㄛˋ　𠮫。　桑 ㄙㄤ　之 ㄓ　㞢 ㄏㄨㄤˊ　𡴀。

叒　日初出東方湯谷所登榑桑。句 叒木也。按當云叒木榑桑也日初出東方湯谷所登也榑桑已見木部此處立文當如是宋本葉本宋刻五音韻譜集韻類篇皆作湯別刻作暘毛扆改湯爲暘非也尚書暘谷自說青州嵎夷之地非日出之地也日出之地豈羲仲所能到天問曰出自湯谷次于蒙汜淮南天文訓曰日出于湯谷浴于咸池拂于扶桑是謂晨明墬形訓注曰扶木扶桑也在湯谷之南海外東經曰湯谷上有扶桑十日所浴大荒東經曰湯谷上有扶木一日方至一日方出皆載於烏按今天文訓作暘谷以王逸楚辭注史記索隱文選注所引正之則暘亦淺人改耳離騷總余轡乎扶桑折若木以拂日二語相聯蓋若木卽謂扶桑扶若字卽榑叒字也 象形。枝葉蔽翳而灼切五部 凡叒之屬皆从叒。

𠮫　籀文。

桑　蠶所食葉木。从叒木。榑桑者桑之長也故字从叒桑不入木部而傳於叒者所貴者也息郎切十部

文二　重一

㞢　出也。引伸之義爲往釋詁曰之往是也按之有訓爲此者如之人也之德也之條條之刀刀左傳鄭人醢之三人也召南毛傳曰之事祭事也周南曰之子嫁子也此等之字皆訓爲是之有訓爲上出者戴先生釋梓人曰頰側上出者曰之下垂者曰而須鬣屬也 象艸過屮。過於中也 枝莖漸益大有所之也。莖漸大枝亦漸大勢有日新不已者然 一者地也。凡㞢之屬皆从㞢。止而切一部

㞢　艸木妄生也。㞢妄疊韵妄生猶怒生也 从㞢在土上。讀若皇。戶光切十部

𡴀　古文。按从㞢从王會意也鉉本無此然宋本文二之下有重一兩字則知固有此篆與小徐本同辵部古文往作𨓚从此

文二　重一

帀 ㄗㄚ　師 ㄕ　𡴀。

帀　𠣬也。𠣬各本作周誤今正勹部𠣬帀徧也是爲轉注按古多假襍爲帀 从反㞢而帀也。反㞢謂倒之也凡物順屰往復則周徧矣子荅切七八部 凡帀之屬皆从帀。周盛說。周盛者亦博采通人之一也

師　二千五百人爲師。小司徒曰五人爲伍五伍爲兩五兩爲卒五卒爲旅五旅爲師師衆也京師者大衆之稱衆則必有主之者周禮師氏注曰師教人以道者之稱也黨正旅師閭胥注曰正師胥皆長也師之言帥也 从帀从𠂤。會意疎夷切十五部 𠂤四帀衆意也。自下曰小𠂤也小𠂤而四圍有之是衆意也說會意之恉

𡴀　古文師。

文二　重一

出 ㄔㄨ　敖 ㄠˊ　賣 ㄇㄞˋ　糶 ㄊㄧㄠˋ　䊮 ㄧㄝˋ

出　進也。本謂艸木引伸爲凡生長之偁又凡言外出爲內入之反 象艸木益茲上出達也。茲各本作滋今正茲艸木多益也艸木由才而屮而㞢而出日益大矣尺律切十五部 凡出之屬皆从出。

敖　游也。游本旗游字假借爲出游字詩邶風曰以敖以游經傳多假敖爲倨傲字 从出从放。五牢切二部按此篆當刪說見四篇放部

賣　出物貨也。周禮多言賣儥謂賣買也 从出从買。出買者出而與人買之也韵會作買聲則以形聲包會意也莫邂切十六部

糶　出穀也。米部曰糴穀也出穀之字从出糶市穀之字从入糴 从出从糴。糴亦聲。他弔切二部

䊮　槷䊮。逗 不安也。此釋易也 从出臬聲。五結切十五部 易曰：槷䊮。槷一本作執非也困上六于臲卼釋文云臲說文作劓䠒說文作䊮云䊮不安也陸云說文作劓與今本不同小徐本作易曰劓䊮困于赤芾劓字與陸氏合而多困于赤芾四字則爲九五爻辭又不與陸合鍇注仍引上六爻辭恐

四字淺人所增也九五剸刖荊王作䡾軏鄭云剸刖當爲倪仉則兩爻辭義同矣許作槷黜葢孟易也尚書邦之杌隉槷與隉䡾剸倪同黜與杌䡾矹仉同杌䡾矹仉皆兀聲以說文檮杌作檮柮例之則出聲兀聲同黜當是从臬出聲五忽切因不立臬部誤謂从出臬聲耳臬聲則與槷同音五結切非也許書有扤無杌

文五

𣎵

𣎵　艸木盛𣎵𣎵然。𣎵𣎵者枝葉茂盛因風舒散之皃小雅萑葦淠淠毛曰淠淠衆皃淠淠者𣎵𣎵之假借也小雅胡不旆旆毛曰旆旆旒垂皃旆旆者亦𣎵𣎵之假借字非繼旐之旆也魯頌作伐伐按玉篇𣎵作市引毛傳蔽市小皃玉裁謂毛詩蔽市字恐是用蔽鄭之市字經傳蔽多作芾作茀可證也 象形。謂屮也不曰从屮而曰象形者艸木方盛不得云从屮也 八聲。八爲賓之入聲在十二部而合於十五部 凡𣎵之屬皆从𣎵。讀若輩。普活切十五部

𣑜

𣑜　艸木𣑜孛之皃。當作𣑜孛艸木之皃周易拔茅茹以其彙征吉釋文云彙古文作𣑜按𣑜卽𣑜字之異者彙則假借字也𣑜孛疊韵 从𣎵畀聲。于貴切十五部

孛

孛　𣑜孛也。依全書通例補孛字春秋有星孛入于北斗穀梁曰孛之爲言猶茀也茀者多艸凡物盛則易亂故星孛爲𣑜孛引伸之義詩悖字从孛 从𣎵从子。二字今補會意蒲妹切十五部 人色也。故从子。故字今補說从子之意 論語曰。色孛如也。鄉黨篇文今作勃此證人色之說也艸木之盛如人色盛故从子作孛而艸木與人色皆用此字○按各本孛篆在索篆之下非也今移正

索

索　艸有莖葉可作繩索。當云索繩也與系部繩索也爲轉注而後以艸有莖葉可作繩索發明从𣎵之意今本乃淺人所刪耳爾雅曰綍繂也謂大索經史多假索爲索字又水部曰澌水索也索訓盡 从𣎵糸。𣎵糸者謂以艸莖葉糾繚如絲也詩曰晝爾于茅宵爾索綯以艸者如蔽秆茅麻是以竹者竹部之筊是以木者欃欒之屬是穌各切五部 杜林說。𣎵亦朱木字。未詳疑當作索亦朱市字

市者篆文韍也杜林說索爲韍字从糸𣎵聲與杜林說構爲構字㝵爲貶損字畀爲麒麐字黽爲朝旦字正同

𣐖

𣐖　止也。从𣎵盛而一橫止之也。會意郞里切古音當在十五部詩萬億及秭與醴妣禮皆韵可證也而肯仕聲楊雄作胏又疑𣐖在一部

南

南　艸木至南方有枝任也。此亦脫誤當云南任也與東動也一例下乃云艸木至南方有枝任也發明从𣎵之意漢律厤志曰大陽者南方南任也陽氣任養物於時爲夏云艸木至南方者猶云艸木至夏也有枝任者謂夏時艸木𣟴楙丁壯有所枝格任載也故从𣎵按古南男二字相假借 从𣎵羊聲。那含切古音在七部

𡴘　古文。

文六　重一

生

生　進也。象艸木生出土上。下象土上象出此與𡳿出𣎵以類相從所庚切十一部 凡生之屬皆从生。

丰

丰　艸盛丰丰也。引伸爲凡豐盛之偁鄭風子之丰兮毛曰丰豐滿也鄭曰面皃丰丰然豐滿方言好或謂之妦妦卽丰字也 从生上下達也。上盛者根必深敷容切九部

產

產　生也。从生彥省聲。所簡切十四部通用爲[illegible]犍字按今南北語言皆作楚簡切

隆

隆　豐大也。隆者漢殤帝之名不云上諱而直書其字者五經異義云漢幼小諸帝皆不廟祭而祭於陵既不廟祭似可不諱然漢志河內郡隆慮劭曰隆慮山在北避殤帝名改曰林慮也又郡國志林慮故隆慮殤帝改漢制生而諱故孝宣更名此蓋殤帝在位時所改而書成於和帝永元十二年以前未及諱至安帝建光元年許沖上書時不追改故不云上諱祜曰上諱者今天子之名又在開卷也林與隆合韵故毛詩臨衝韓詩作隆衝 从生降聲。力中切九部

甤

甤　艸木實甤甤也。甤與蕤音義皆同甤之言垂也 从生豕聲。豕與甤皆在十六部鍇作豕聲㝡善鉉作豨省聲非也唐元應引亦云豕聲 讀若綏。綏當作緌禮家緌與蕤通用故知緌之儒追切古音在十六部

甡

甡　衆生竝立之皃。大雅

毛傳曰甡甡衆多也其字或作詵詵或作駪駪或作侁侁或作莘莘皆假借也周南傳曰詵詵衆多也小雅傳曰駪駪衆多之皃 从二生。所臻切十二部 詩曰。甡甡其鹿。

文六

乇 ㄓㄜˊ

乇 艸葉也。當作艸華皃下云垂𠂹上貫一華則有𠂹葉不當言𠂹也 𠂹𥝌。直者莖也斜垂者華之𠂹也禾篆亦以下垂象其𠂹 上毌一下有根。在一之下者根也一者地也 象形字。謂雖中从一而於六書爲象形字也陟格切五部凡乇聲字皆在五部用以會意者古文𠂹字屰旁从此 凡乇之屬皆从乇。

文一

𠂹 ㄔㄨㄟˊ

𠂹 艸木華葉𠂹。引伸爲凡下𠂹之偁今字坐行而𠂹廢矣 象形。象其莖枝華葉也此象各書中直惟廣韵五支及夢英所書作𥝢是爲切古音在十七部 凡𠂹之屬皆从𠂹。

𥝢 古文。地理志曰武功垂山古文吕爲敦物豈古文𠂹與物字相似故與

文一　重一

𠌶 ㄏㄨㄚ

𠌶 艸木華也。此與下文𦽅音義皆同𦽅榮也釋艸曰𦽅荂也𦽅荂榮也今字花行而𠌶廢矣 从𠂹亏聲。況于切五部 凡𠌶之屬皆从𠌶。

荂 𠌶或从艸从夸。夸聲亦亏聲也釋艸有此字郭曰今江東呼華爲荂音敷按今江蘇皆言花呼瓜切方言曰華荂晠也齊楚之閒或謂之華或謂之荂吳都賦曰異荂蓲蘛李善曰荂枯瓜切

韡 ㄨㄟˇ

韡 盛也。小雅傳曰韡韡光明也 从𠌶韋聲。于鬼切十五部 詩曰。咢不韡韡。咢各本作蕚俗字也今正今詩作鄂亦非也毛云咢猶咢咢然言外發也鄭云承華者曰咢皆取咢布之意

文二　重一

華 ㄏㄨㄚ

𦽅 榮也。見釋艸艸部曰葩華也𦽅部曰𩐎華榮也按釋艸曰蕍芛葟華榮渾言之也又曰木謂之華艸謂之榮榮而實者謂之秀榮而不實者謂之英析言之也引伸爲曲禮削瓜爲國君華之之字又爲光華華夏字 从艸𠌶。𠌶亦聲此以會意包形聲也戶瓜切又呼瓜切古音在五部俗作花其字起於北朝 凡𦽅之屬皆从𦽅。

皣 ㄧㄝˋ

皣 艸木白華皃。皃各本作也今依文選西都賦注正賦曰蘭茝發色皣皣猗猗 从𦽅从白。不入白部者重華也皅下曰艸華之白也重白故入白部也左思白髮賦曰子觀橘柚一皣一皣貴其素華匪尚綠葉則音在八部也筠輒切

文二

禾 ㄐㄧ

禾 木之曲頭止不能上也。此字古少用者玉篇曰亦作𥝌非是𥝌在一部禾當在十五十六部古兮切玉篇古瀣古兮二切 凡禾之屬皆从禾。

積 ㄓˇ

積 積𥝲。逗二字各本無今補 多小意而止也。小意者意有未暢也謂有所妨礙含意未伸廣韵積𥝲皆訓曲枝果按積𥝲字在十六或作枳椇或作枳枸或作枳句或作枝拘皆上字在十六部下字在四部皆詰詘不得伸之意明堂位俎殷以椇注椇之言枳椇也謂曲橈之也莊子山木篇騰蝯得柘棘枳枸之閒處勢不便未足以逞其能宋玉風賦枳句來巢空穴來風枳句空穴皆連緜字空穴即孔穴枳句來巢陸機詩疏作句曲來巢謂樹枝屈曲之處鳥用爲巢逸莊子作桐乳致巢乃譌字耳淮南書龍夭蟜燕枝拘亦屈曲盤旋之意其入聲則爲迟曲積與枳枝迟𥝲與句枸拘曲皆疊韵也積𥝲與迟曲皆雙聲字也急就篇沽酒釀醪稽極程王伯厚云稽極當作積𥝲蓋詘曲爲酒經程寓止酒之義又按釋地枳首蛇枳本或作積此則借積爲枳爲岐字亦同部假借也故郭釋以岐頭蛇 从禾从支 支者枝格之意 只聲。職雉切按古音在十六部亦音支 一曰木也。一說積是木名也

𥝲 ㄓˇ

𥝲 樍

稽也○上箸下釋稽之義此祇云稽稽也全書之例如此从禾从又句聲○倶羽切古音在四部讀如苟亦如句又者从丑省○說从又之意丑紐也紐者不伸之意一曰木名○一說稽是木名也木名但謂單字

文三

稽畱止也○元應書引畱止曰稽高注戰國策曰畱其日稽畱其日也凡稽畱則有審愼求詳之意故爲稽攷禹會諸侯於會稽稽計也稽攷則求其同異故說尚書稽古爲同天稽同也如流求也之例从禾从尤取乙欲出而見閡之意旨聲○古兮切十五部凡稽之屬皆从稽。

𥠻特止也○鍇曰特止卓立也按如有所立卓爾當用此字从稽省卓聲○此說形聲包會意卓者高也竹角切二部

𥡴稽𥠻而止也○稽𥡴謂之雙聲𥠻𥡴謂之疊韵从稽省咎聲○讀若皓○古老切古音告聲告聲皆在三部賈侍中說稽𥠻𥡴三字皆木名○有木名稽有木名𥠻有木名𥡴也皆別一義

文三

巢鳥在木上曰巢在穴曰窠○穴部曰穴中曰窠樹上曰巢巢之言高也窠之言空也在穴之鳥如鴝鵒之屬今江蘇語言通名禽獸所止曰窠从木象形○象其架高之形鉏交切二部凡巢之屬皆从巢。

𢍏傾覆也○周禮硩蔟氏掌覆夭鳥之巢从寸臼覆之○寸巢猶硩蔟也寸人手也○古寸與又通用臼今臼補从巢省○臼者巢之省以手施於巢傾覆之意也方斂切七部按解云從寸從臼而各本篆體作𢍏譌今依玉篇廣韵集韵類篇更正杜林說㠯爲貶損之貶○此亦如以構爲構以索爲市以𨒪爲朝以畀爲麒也巢在上覆之而下則與貶損義相通上林賦遹足以𢍏君自損晉灼曰𢍏古貶字

文二

桼木汁可㠯髤物○木汁名桼因名其木曰桼今字作漆而桼廢矣漆水名也非木汁也詩書梓桼桼絲皆作漆俗以今字易之也周禮載師桼林之征二十而五大鄭曰故書桼林爲漆林杜子春云當爲桼林是則漢人分別二字之嚴今注疏譌舛爲正之如此周禮巾車注髤桼字皆作桼不作漆漢人多假桼爲七字史記六律五聲八音來始來始正桼始之譏尚書大傳漢律厤志皆作七始史漢同用今文尚書也从木各木無今補韵會作象木形亦誤象形○謂左右各三皆象汁自木出之形也親吉切十二部桼如水滴而下也○也字補說象形之意也左右各三象水滴下凡桼之屬皆从桼。

髤桼也○韋昭曰㱿桼曰髤師古曰以桼桼物謂之髤今關東俗謂之捎桼捎卽髤聲之轉耳髤或作髹按以桼桼物皆謂之髤不限何色也鄉射禮記曰楅髤注云赤黑桼也巾車注云髤謂赤多黑少之色韋也漢書中庭彤朱殿上髤桼西都賦謂之彤庭元墀然則或赤或黑或赤黑兼或赤多黑少皆得云髤从桼髟聲○許尤切三部髟必由切

㯷桼垸已○句復桼之○垸者以桼䰍灰垸而髤也既垸之復桼之以光其外也从桼包聲○舉形聲包會意也匹皃切古音在三部篇韵步交切

文三

束縛也○糸部曰縛束也是爲轉注禮記曰納幣一束束五兩兩五尋从囗木○囗音韋回也詩言束薪束楚束蒲皆囗木也書玉切三部凡束之屬皆从束。

柬分別簡之也○釋詁曰流差柬擇也韵會無簡字爲長凡言簡練簡擇簡少者皆借簡爲柬也柬訓分別故其字從八一說當作分別簡之簡在也在存也从束八○爲若干束而分別之也古限切十四部八分別也○說從八之

枽 ㄐㄧㄢˇ　刺 ㄌㄚˋ　㯻 ㄏㄨㄣˋ　橐 ㄊㄨㄛˊ　囊 ㄋㄤˊ　櫜 ㄍㄠ　㯽 ㄆㄠˊ　口 ㄨㄟˊ

枽　小束也。齊民要術曰：麻葉欲小，縛欲薄，爲其易乾。从束幵聲。讀若繭。古典切，十四部。

刺　戾也。戾者，韋背之意。凡言乖剌、剌謬字如此。諡法：愎很遂過曰剌。从束从刀。刀束者，束字今補。刀束，如導下言寸。剌之也。既束之則當藏弃之矣，而又以刀毀之，是乖剌也。盧達切，十五部。

文四

㯻　㯻也。廣韵曰：㯻，大束。从束圂聲。胡本切，十三部。按五經文字云：捆，幺反。廣韵云：符霄切。是以㯻音爲㯻音也。凡㯻之屬皆从㯻。

橐　囊也。按許云：橐，囊也；囊，橐也。渾言之也。大雅毛傳曰：小曰橐，大曰囊。高誘注戰國策曰：無底曰囊，有底曰橐。皆析言之也。囊者，言實其中如瓜瓤也；橐者，言虛其中以待如木橐也。元應書引蒼頡篇云：橐，囊之無底者。則與高注互異。許多用毛傳，疑當云：橐，小囊也；囊，橐也。則同異皆見。全書之例如此。此蓋有奪字。又詩釋文引說文：無底曰囊，有底曰橐。與今本絕異。从橐省石聲。他各切，五部。

囊　橐也。从橐省毄聲。毄，各本作襄省二字，淺人改也。今正。奴郎切，十部。

櫜　車上大橐。云車上大橐者，謂可藏任器載之於車也。樂記注曰：兵甲之衣曰櫜。鍵櫜言閉藏兵甲也。大雅、周頌毛傳曰：櫜，韜也。齊語：垂櫜而入。韋曰：櫜，囊也。引伸之義，凡韜於外者皆爲櫜。周禮膏物注云：膏當爲櫜，蓮芡之實有櫜韜。从橐省咎聲。古勞切。古音在三部。詩曰：載櫜弓矢。周頌文。

㯽　囊張大皃。石鼓文：其魚隹可，隹鱮隹鯉，可以櫜之，隹楊及柳。櫜讀如苞苴之苞。蘇軾詩作貫，非也。从橐省缶聲。符宵切。古音在三部。

文五

口　回也。回，轉也。按圍繞、周遭字當用此。圍行而口廢矣。象回帀之形。帀，周也。羽非切，十五

六篇下　九

圜 ㄩㄢˊ　團 ㄊㄨㄢˊ　圎 ㄒㄩㄢ　囩 ㄩㄣˊ　圓 ㄩㄢˊ　回 ㄏㄨㄟˊ　回。　圖 ㄊㄨˊ

部。凡口之屬皆从口。

圜　天體也。圜，環也。吕氏春秋曰：何以說天道之圜也？精氣一上一下，圜周復襍（高曰：襍猶帀），無所稽留，故曰天道圜。何以說地道之方也？萬物殊類殊形，皆有分職，不能相爲，故曰地道方。按天體不渾圜如丸，故大戴禮云：參嘗聞之夫子曰：天道曰圓，地道曰方。盧云：道曰方圓耳，非形也。淮南子曰：天之圓不中規，地之方不中矩。白虎通曰：天，鎮也，其道曰圓；地，諦也，其道曰方。許言天體，亦謂其體一氣循環，無終無始，非謂其形渾圜也。下文云：圓，全也。斯爲渾圜。許書圜、圎、圓三字不同，今字多作方圓、方員、方圜，而圜字廢矣。依許則言天當作圜，言平圜當作圎，言渾圜當作圓。从口睘聲。王權切，十四部。

團　圜也。鄭風：零露團兮。周禮假專爲團。大司徒注曰：專，圜也。从口專聲。度官切，十四部。

圎　規也。規有法度也。从口肙聲。似沿切，十四部。

囩　回也。二字疊韵。雲字下曰：象雲回轉形。沄字下曰：轉流也。凡從云之字皆有回轉之義。从口云聲。形聲包會意也。羽巾切，十三部。

圓　圜全也。全，集韵、類篇作合，誤字也。圜者，天體。天屈西北而不全。圜而全，則上下四旁如一，是爲渾圜之物。商頌：幅隕既長。毛曰：隕，均也。按元鳥傳亦曰：員，均也。是則毛謂員、隕皆圓之假借字。渾圜則無不均之處也。箋申之曰：隕當作圓。圓謂周也。此申毛，非易毛。从口員聲。讀若員。王問切，十三部。按古音如云。

回　轉也。淵，回水也。故顏回字子淵。毛詩傳曰：回，邪也。言回爲𡗟之假借也。又曰：回，違也。亦謂假借也。𡗟，衺也，見交部。从口中，象回轉之形。中當作口。外爲大口，內爲小口，皆回轉之形也。如天體在外左旋，日月五星在內右旋是也。戶恢切，十五部。

回　古文。古文象一气回轉之形。

圖　畫計難也。左傳曰：咨難爲謀。畫計難者，謀之而苦其難也。國語曰：夫謀必素見成事焉而後履之。謂先規畫其事之始終曲折，歷歷可見，出於萬全，而後行之也。故引伸之義謂繪畫爲圖。聘禮曰：君與卿圖事。釋詁曰：圖，謀也。小雅傳曰：慮、圖皆謀也。从口。規畫之意。从啚。啚，遟難意也。說從啚之意。啚者，嗇也；嗇者，愛濇也；愼難之意。同都切，五

六篇下　十

枽刺㯻橐囊櫜㯽口圜團圎囩圓回圖

圛 一ˋ　國 ㄍㄨㄛˊ　壼 ㄎㄨㄣˇ　囷 ㄐㄩㄣ　圈 ㄑㄩㄢ

部。圛 回行也。謂回曲而行。从口睪聲。羊益切古音在五部。商書曰。商各本譌尚今依廣韵玉篇正曰字各本無今補曰圛。句絕商書謂洪範曰圛唐衛包改爲曰驛而尚書正義詩齊風正義皆作曰圛此天寶以前未改之本也自貞觀以前史記宋世家集解云尚書作圛引鄭注圛色澤而光明也周禮大卜注引洪範曰雨曰濟曰圛曰蟊曰剋齊風鄭箋云古文尚書弟爲圛皆古文尚書作圛之明證也古文尚書弟爲圛者謂夏侯歐陽作弟古文尚書則作圛也言此者證詩之弟字亦當爲圛而訓明也知今文尚書作弟者宋世家作涕可證也今本鄭箋作以弟爲圛衍一字而不可通矣圛者。者字依廣韵五經文字補舊讀圛圛升雲爲句誤甚升雲半有半無。此釋書曰圛之義與本訓回行不同故著之如莫席別於火不明塱讓別於以土增大道文法正同升雲半有半無正某氏氣落驛不連屬王肅霍驛消滅如雲陰所本如許說則商書圛字正釋之假借讀若驛。國 邦也。邑部曰邦國也按邦國互訓渾言之也周禮注曰大曰邦小曰國邦之所居亦曰國析言之也从口从或。戈部曰或邦也古或國同用邦封同用古惑切一部壼 宮中道。釋宮曰宮中衖謂之壼郭云巷閤閒道也按大雅室家之壼毛曰壼廣也箋云壼之言梱也室家相梱致皆引伸假借之義从口象宮垣道上之形。從口象宮垣也餘象道按上當是從束省從束者內言不出於閫之意與玉篇此字入㯻部苦本切郭呂竝邱屯反古音在十二部詩曰室家之壼。囷 廩之圜者。从禾在口中。去倫切十二部圜謂之囷。見詩魏風傳考工記注吳語韋注急就篇顏注方謂之京。管子曰新成囷京史記倉公傳見建家京下方石釋名曰京矜也實物可矜惜者投之其中也急就篇門戶井竈廡囷京廣雅曰京庾廩廘倉也按吳語注員曰囷方曰鹿鹿卽京也廘者鹿之俗圈 養畜之閑也。畜當作嘼轉寫改之耳閑闌也牛部曰牢閑養牛馬圈也是牢與圈得通偁也从口弮聲。考公羊傳文十一年楚子伐圈音義云圈說文作圈而集韵廿五願云圈圈二

囿 一ㄡˋ　園 ㄩㄢˊ　圝○　圃 ㄆㄨˇ　因 一ㄣ　㘝 ㄋ一ˋ　囹 ㄌ一ㄥˊ

同養畜閑也類篇圈圈分出皆云養畜閑也疑說文本作圈後人改之耳渠篆切十四部囿 苑有垣也。高注淮南曰有牆曰苑無牆曰囿與許互異葢有無互譌耳魏都賦曰繚垣開囿繚垣西京賦作繚亙繚亙綿聯卽西都賦之繚以周牆也周禮注曰囿今之苑按古今異名許析言之鄭渾言之也引伸之凡淵奧處曰囿夏小正正月囿有見韭囿也者囿之燕者也四月囿有見杏囿也者山之燕者也又引伸之凡分別區域曰囿常道將引洛書曰人皇始出分理九州爲九囿九囿卽毛詩之九有韓詩之九域也域同或古或與有與囿通用从口有聲。于救切古音在一部一曰所目養禽獸曰囿。養字依御覽補所目二字今補大雅靈臺傳曰囿所以域養禽獸也域養者域而養之周禮囿人掌囿游之獸禁牧百獸按韵會無一曰二字艸部云苑所目養禽獸也此云苑有垣則養禽獸在其中矣此句葢淺人增之圝 籀文囿。艸部[illegible]從此爲聲園 所目樹果也。鄭風傳曰園所以樹木也按毛言木許言果者毛詩檀穀桃棘皆系諸園木可以包果故周禮云園圃毓草木許意凡云苑囿已必有艸木故以樹果系諸園从口袁聲。羽元切十四部圃 所目種菜曰圃。所目二字今補齊風毛傳曰圃菜園也馬融論語注曰樹菜蔬曰圃元應引倉頡解詁云種樹曰圃種菜曰圃从口甫聲。博古切五部因 就也。就下曰就高也爲高必因丘陵爲大必就基阯故因從口大就其區域而擴充之也中庸曰天之生物必因其材而篤焉左傳曰植有禮因重固人部曰仍因也論語因不失其親謂所就者不失其親从口大。於眞切十二部㘝 下取物縮藏之。謂攝取也今農人㘝泥㘝卽囚之俗字从又下取故從又从口。縮藏之故從口讀若聶。女洽切七部聶小徐作籋囹 獄也。獄上當有囹圄二字幸部曰囹圄所目拘罪人葢許作囹圄與他書囹圄不同也月令鄭注曰囹圄所以禁守繫者若今別獄矣蔡邕云囹牢也圄止也所以止出入皆罪人所舍也鄭志崇精問曰囹圄何代之獄焦氏荅曰月令秦書則秦獄名也漢曰若盧魏曰司空从口令

聲。鍇曰囹圄也櫳檻之名郎丁切十一部

圄 守之也。从口吾聲。魚舉切五部按韵會云圄說文本作圉蓋小徐本有圄無圉左傳圉伯嬴於轑陽而殺之

囚 繫也。从人在口中。似由切三部

固 四塞也。四塞者無罅漏之謂周禮夏官掌固注云固國所依阻者也國曰固野曰險按凡堅牢曰固又事之已然者曰固即故之假借字也漢官掌故唐官多作掌固 从口古聲。古慕切五部

圍 守也。从口韋聲。羽非切十五部

困 故廬也。廬者二畝半一家之居居必有木樹牆下以桑是也故字從口木謂之困者疏廣所謂自有舊田廬令子孫勤力其中也困之本義爲止而不過引伸之爲極盡論語四海困窮謂君德充塞宇宙與橫被四表之義略同苞注曰言爲政信執其中則能窮極四海天祿所以長終也凡言困勉困苦皆極盡之義 从木在口中。苦悶切十三部 朱古文困。廣雅梐機闌朱也按稚讓用朱爲梱字此可證四海困窮之義

圂 豕廁也。少儀君子不食圂腴注云周禮圂作豢謂犬豕之屬食米穀者也腴有似於人穢按云周禮圂作豢者稾人掌豢祭祀之犬是也豢從豕莽聲圂從口豕會意據許說本非一字豢以人之荄養而言圂以牢中溷濁而言少儀圂腴不煩改字謂豕廁爲圂因謂豕犬爲圂耳引伸之義人廁或曰圂或曰溷或曰清俗作圊或曰軒皆見釋名 从口象豕在口中也。會意。象當作豕字之誤也胡困切十三部

囮 譯也。譯疑當作誘一說周禮貉隸掌與獸言夷隸掌與鳥言是其事也 从口化聲。今小徐本有聲字是五禾切十七部 率鳥者繫生鳥以來之名曰囮。率捕鳥畢也將欲畢之必先誘致之潘安仁曰暇而習媒翳之事徐爰曰媒者少養雉子至長狎人能招引野雉因名曰媒 讀若譌。囮者誤之也故讀若譌

䌛 囮或从繇。各本篆作圝解作䌛今正按或當作也本二字一化聲一䌛聲其義則同廣雅釋言曰囮圝也是可證爲二字二字轉注矣潘岳射雉賦恐吾游之晏起又良游呃喔引之規裏徐爰注雉媒江淮間謂之游唐呂溫有由鹿賦游與由皆即圝字也從䌛當作從口䌛聲音由三部徐鉉云訛由二音誤也

文二十六當作七　重四當作三

員 物數也。本爲物數引伸爲人數俗偁官員漢百官公卿表曰吏員自佐史至丞相十二萬二百八十五人是也數木曰枚曰梃數竹曰箇數絲曰紽曰總數物曰員小雅員于爾輻毛曰員益也此引伸之義也又假借爲云字如秦誓若弗員來鄭風聊樂我員商頌景員維河箋云員古文云 从貝貝古以爲貨物之重者也口聲。王權切古音云在十三部口聲在十五部合韵取近 凡員之屬皆从員。

鼏 籀文从鼎。鼎下曰籀文以鼎爲貝字故員作鼏則作𠟭

䞝 物數紛䞝亂也。䞝今字作紜紜行而䞝廢矣紛䞝謂多多則亂也古假芸爲䞝老子夫物芸芸各歸其根 从員云聲。讀若春秋傳曰宋皇鄖。宋皇鄖見左傳羽文切十三部

文二　重一

貝 海介蟲也。介蟲之生於海者 居陸名猋，在水名蜬。見釋魚猋作贆俗字也蜬亦當作函淺人加之偏傍耳虫部曰蜬毛蠹也則非貝名 象形。象其背穹隆而腹下岐博蓋切十五部 古者貨貝而寶龜。謂以其介爲貨也小雅既見君子錫我百朋箋云古者貨貝五貝爲朋周易亦言十朋之龜故許以貝與龜類言之食貨志王莽貝貨五品大貝壯貝幺貝小貝皆二枚爲一朋不成貝不得爲朋龜貨四品元龜當大貝十朋公龜當壯貝十朋侯龜當幺貝十朋子龜當小貝十朋此自莽法鄭箋詩云古者五貝爲朋注易以爾雅之十龜未嘗用欵莽說也 周而有泉，周禮外府掌邦布之入出以共百物而待邦之用泉府掌以市之征布斂市之不售貨之滯於民用者注云布泉也讀爲宣布之布其藏曰泉其行曰布取名於水泉其流行無不徧泉始葢一品周景王鑄大泉而有二品按許謂周始有泉而不廢貝也 至秦廢貝行

𧴪ㄙㄨㄛˇ　賄ㄏㄨㄟˋ　財ㄘㄞˊ　貨ㄏㄨㄛˋ　⿰貝爲ㄍㄨㄟˋ　資ㄗ　贎ㄨㄢˋ　賑ㄓㄣˋ　賢ㄒㄧㄢˊ　賁ㄅㄧˋ

錢。秦始廢貝專用錢。變泉言錢者，周曰泉，秦曰錢，在周秦爲古今字也。金部錢下鍇本云一曰貨也。遺弓注曰古者謂錢爲泉布，則知秦漢曰錢，周曰泉也。周禮泉府注云鄭司農云故書泉或作錢。蓋周人或用假借字，秦乃以爲正字。凡貝之屬皆从貝。

𧴪　貝聲也。从小貝。聚小貝則多聲，故其字從小貝。引伸爲細碎之偁。今俗瑣屑字當作此。瑣行而𧴪廢矣。周易旅初六旅瑣瑣，陸績曰瑣瑣，小也。艮爲小石，故曰旅瑣瑣也。按瑣者𧴪之假借字。玉部瑣謂玉聲。穌果切。十七部。

賄　財也。周禮注曰金玉曰貨，布帛曰賄。析言之也。許渾言之。貨賄皆釋曰財。从貝有聲。呼罪切。按古音在一部。古假悔字爲之。聘禮注曰古文賄皆作悔。

財　人所寶也。寶，珍也。周禮注曰財，泉穀也。霽下云小雨財客也。以爲今之纔字。从貝才聲。昨哉切。一部。

貨　財也。廣韵引蔡氏化清經曰貨者化也。變化反易之物，故字从化。从貝化聲。形聲包會意。韵會無聲字。呼臥切。十七部。

⿰貝爲　資也。按篇韵皆云賭也。許無賭字。从貝爲聲。詭僞切。古音在十七部。或曰此古貨字。鍇本無此，但云臣鍇按字書云古貨字。按爲化二聲同在十七部。貨古作⿰貝爲，猶訛譌通用耳。鉉本此下更有讀若貴三字。

資　貨也。貨者化也，資者積也。旱則資舟，水則資車，夏則資皮，冬則資絺綌，皆居積之謂。資者，人之所積也。周禮注曰資，取也。老子曰善人不善人之師，不善人善人之資。从貝次聲。即夷切。十五部。

贎　貨也。廣韵云贎貨。从貝萬聲。無販切。十四部。

賑　富也。見釋言。郭曰謂隱賑富有。西京賦鄉邑殷賑，薛曰謂富饒也。匡謬正俗曰振給振貸字皆作振。振，擧救也。俗作賑，非。从貝辰聲。之忍切。十三部。

賢　多財也。財各本作才，今正。賢本多財之偁，引伸之凡多皆曰賢。人偁賢能，因習其引伸之義而廢其本義矣。小雅大夫不均，我從事獨賢。傳曰賢，勞也。謂事多而勞也。故孟子說之曰我獨賢勞。戴先生曰投壺某賢於某若干純，賢，多也。从貝臤聲。胡田切。十二部。

賁　飾也。易象傳曰山下有火賁。序卦傳曰賁，飾也。按古假賁爲奔。从貝卉聲。彼義切。十五部。按亦音墳，亦音肥。文與微合韵最近。

賀ㄏㄜˋ　貢ㄍㄨㄥˋ　贊ㄗㄢˋ　賮ㄐㄧㄣˋ　齎ㄐㄧ　貸ㄉㄞˋ　貣ㄊㄜˋ

賀　以禮物相奉慶也。物字依韵會、玉篇補。相奉慶，玉篇作相慶。加爲長。心部曰慶，行賀人也。是慶與賀二字互訓。賀之言加也，猶贈之言增也。古假賀爲嘉。覲禮余一人嘉之，今文嘉作賀是也。廣韵曰賀，擔也，勞也。此謂或假賀爲儋何字也。儋何俗作擔荷。从貝加聲。胡箇切。十七部。

貢　獻功也。貢功疊韵。魯語曰社而賦事，烝而獻功。韋注社，春分祭社也。事，農桑之屬也。冬祭曰烝。烝而獻五穀布帛之屬也。周禮八則治都鄙，六曰賦貢以馭其用。注云貢，功也。九職之功所稅也。按大宰以九貢致邦國之用，凡其所貢皆民所有事也。故職方氏曰制其貢，各以其所有。从貝工聲。古送切。九部。

贊　見也。此以疊韵爲訓。疑當作所以見也。謂彼此相見必資贊者。士冠禮贊冠者，士昏禮贊者，注皆曰贊，佐也。周禮大宰注曰贊，助也。是則凡行禮必有贊，非獨相見也。从貝从兟。鉉曰兟音詵，進也。鍇曰進見以貝爲禮也。則旰切。十四部。

賮　會禮也。以財貨爲會合之禮也。蒼頡篇曰賮，財貨也。張載注魏都賦曰賮，禮贄也。又孟子曰行者必以賮。辭曰餽賮。或假進爲之。如漢高紀曰蕭何爲主吏，主進是也。从貝𦘔聲。徐刃切。十二部。

齎　持遺也。周禮掌皮歲終則會其財齎。注予人以物曰齎。今時詔書或曰齎計吏。鄭司農云齎或爲資。外府共其財用之幣齎。注齎，行道之財用也。聘禮曰問幾月之齎。鄭司農云齎或爲資。今禮家定齎作資。元謂齎資同耳。其字以齊次爲聲，從貝變易。古字亦多或。玉裁按此鄭君不用許書說，謂齎資一字，聲義皆同也。許則釋資爲貨，釋齎爲持而予之。其義分別，不爲一字。近人則訓齎爲持矣。从貝齊聲。祖雞切。十五部。

貸　施也。謂我施人曰貸也。从貝代聲。他代切。一部。

貣　從人求物也。從人猶向人也。謂向人求物曰貣也。按代弋同聲。古無去入之別。求人施人，古無貣貸之分。由貣字或作貸，因分其義，又分其聲。如求人曰乞，給人之求亦曰乞。今分去訖、去既二音。又如假借二字，皆爲求者予者之通名。唐人亦有求讀上入、予讀兩去之說。古皆未必有是。貣別爲貸，又以改竄許書，尤爲異耳。

賂ㄌㄨˋ　賸ㄧㄥˋ　贈ㄗㄥˋ　貱ㄅㄧˋ　贛ㄍㄨㄥˋ　賚ㄌㄞˋ　贑。　賞ㄕㄤˇ　賜ㄘˋ

經史內貣貸錯出恐皆俗增人旁蟘字經典釋文五經文字皆作蟘俗作蟘亦其證也周禮泉府凡民之貸者注云貸者謂從官借本賈也廣韵卄五德云貣謂從官借本賈也其所據周禮正作貣而周禮注中借者予者同用一字釋文別其音亦可知本無二字矣　从貝弋聲。他得切亦徒得切一部按古多假貣爲差忒字

賂　遺也。見魯頌大路傳箋云大猶廣也廣賂者賂君及卿大夫也按以此遺彼曰賂如道路之可往來也貨賂皆調物其用之則有公私衺正之不同　从貝各聲。洛故切五部按各古有洛音鉉云路當從路省聲非也

賸　物相增加也。賸增疊韵以物相益曰賸字之本義也今義訓爲贅疣與古義小異而實古義之引伸也改其字作剩而形異矣　从貝朕聲。以證切六部　一曰送也副也。人部曰倂送也賸訓送則與倂音義皆同副貳也貳副益也訓送訓副皆與增加義近

贈　玩好相送也。贈送疊韵秦風渭陽大雅韓奕皆云何以贈之毛傳鄭箋皆云贈送也崧高云以贈申伯傳云贈增也增與送義異而同猶賸之訓增亦訓送也既夕禮云知死者贈知生者賻何休云知死者賵賻知生者贈襚按以玩好送死者亦贈之一端也今人以物贈人曰送送亦古語也　从貝曾聲。昨鄧切六部

貱　遂予也。遂遷從也展轉寫之曰遂書展轉予人曰遂予貱遂疊韵　从貝皮聲。彼義切古音在十七部

贛　賜也。釋詁曰贛賜也據釋文本作贛後人改作貢耳端木賜字子贛凡作子貢者亦皆後人所改淮南道應要略二訓注皆云贛賜也　从貝竷省聲。古送切按竷聲當在八部而讀同貢則音之轉也贛之古義古音皆與貢不同　贑　籒文贛。集韵類篇作贑

賚　賜也。釋詁賚貢錫畀予況賜也又曰賚予也小雅毛傳云賚予也大雅傳云釐賜也釐者賚之假借也　从貝來聲。洛帶切一部按徐仙民音來　周書曰賚尒秬鬯。文矦之命文今尒作爾

賞　賜有功也。錯曰賞之言尚也尚其功也　从貝尚聲。書兩切十部

賜　予也。釋詁賚貢錫畀予況賜也七字轉注凡經傳云錫者賜之假借也公羊傳曰錫者何賜也賜者與之通稱禹貢納錫大龜乃下與上之詞又玉藻言賜君子與小人者別言之統言則不別也方言曰賜盡也此借賜爲澌澌盡也盡之字俗作儩　从貝易聲。斯義切十六部

七

貤ㄧˊ　贏ㄧㄥˊ　賴ㄌㄞˋ　負ㄈㄨˋ　貯ㄓㄨˋ　貳ㄦˋ　賓ㄅㄧㄣ　賔。　賖ㄕㄜ

貤　重次弟物也。漢書注引作物之重次弟也重次弟者既次弟之又因而重之也漢武帝詔曰受爵賞而欲移賣者無所流貤應劭謂貤爲移上林賦說果樹曰貤丘陵下平原郭樸曰貤猶延也按賣爵者展轉與人變莚上陵者層壘兹長皆重次弟之意也毛詩施于中谷施于孫子皆當作貤　从貝也聲。以豉切古音在十七部

贏　賈有餘利也。依韵會本訂左傳曰賈而欲贏而惡囂乎俗語謂贏者輸之對　从貝𣎆聲。按惟羸嬴字可云𣎆聲贏字當云從貝𣎆𣎆者多肉之獸也故以會意女部嬴當云嬴省聲今本多誤以成切十一部

賴　贏也。高帝紀始大人常已臣亡賴應曰賴者恃也晉曰許慎云賴利也無利入於家也或曰江淮之閒謂小兒多詐狡獪爲亡賴按今人云無賴者謂其無衣食致然耳方言云賴讎也南楚之外曰賴賴取也　从貝剌聲。洛帶切十五部

負　恃也。左傳曰昔秦人負恃其衆貪於土地逐我諸戎孟子曰虎負嵎莫之敢攖　从人守貝有所恃也。會意房九切古音在一部樂記禮樂偩天地之情史記栗姬偩貴皆作偩俗字也　一曰受貸不償。凡以背任物曰負因之凡背德忘恩曰負

貯　積也。此與宁音義皆同今字專用貯矣周禮注作锗俗字也　从貝宁聲。直呂切五部

貳　副益也。當云副也益也周禮注副貳也說詳刀部　从貝弍聲。形聲包會意而至切十五部　弍古文二。

賓　所敬也。大宰八統八曰禮賓大宗伯以賓禮親邦國賓客渾言之也析言之則賓客異義又賓謂所敬之人因之敬其人亦曰賓又君爲主臣爲賓故老子曰樸雖小天下莫能臣也矦王若能守之萬物將自賓司馬相如引詩率土之賓莫非王臣　从貝。貝者敬之之物也　𡧍聲。必鄰切十二部　賔　古文。鉉本無首蘦玉篇集韵類篇皆有

賖　貰買也。貰買者在彼爲貰在

六

賂賸贈貱贛賚賞賜貤贏賴負貯貳賓賖

貰ㄕˋ　贅ㄓㄨㄟˋ　質ㄓˋ

我則爲賒也周禮泉府凡賒者祭祀無過旬日喪紀無過三月鄭司農云賒貰也从貝余聲○式車切古音在五部

貰貸也○泉府以凡賒者與凡民之貸者並言然則賒與貸有別賒貰也若今人云賒是也貸借也若今人云借是也其事相類故許渾言之曰貰貸也高祖本紀常從武負王媼貰酒韋昭曰貰賒也按賒貰皆紓緩之詞从貝世聲○神夜切按古音在五部聲類字林鄲誕生皆音勢劉昌宗周禮音乃讀時夜反

贅㠯物質錢○若今人之抵押也漢嚴助傳賣爵贅子以接衣食如淳曰淮南俗賣子與人作奴婢名爲贅子三年不能贖遂爲奴婢按大雅傳曰贅屬也贅爲綴之假借也孟子屬其耆老大傳作贅其耆老公羊傳云君若贅旒史漢云贅壻此爲聯屬之偁又莊子云附贅縣肬老子云餘食贅行此爲餘賸之偁皆綴字之假借从敖貝○會意之芮切十五部敖者猶放○敖出游也放逐也敖與放義不同而可通故曰猶謂貝當復取之○謂字依韵會補放者當復還贅者當復贖其義一也此十字釋敖貝之意

質㠯

費ㄈㄟˋ　貿ㄇㄠˋ　贖ㄕㄨˊ　責ㄗㄜˊ　賈ㄍㄨˇ

物相贅○質贅雙聲以物相贅如春秋交質子是也引伸其義爲樸也地也如有質有文是小雅毛傳云的質也周禮射則充椹質左傳策名委質皆是又縣詩抑詩傳曰質成也禮謂平明爲質明从貝从所○闕○闕者闕從所之說也韵會從所作所聲無闕字之日切十二部

貿易財也○衛風抱布貿絲告謨貿遷有無化居从貝卯聲○莫候切三部

贖貿也○堯典金作贖刑从貝賣聲○殊六切三部

費散財用也○論語曰君子惠而不費从貝弗聲○房未切十五部

責求也○引伸爲誅責責任周禮小宰聽稱責以傳別稱責卽今之擧債古無債字俗作債則聲形皆異矣从貝朿聲○側革切十六部

賈賈○此複擧字之未刪者市也○市買賣所之也因之凡買凡賣皆曰市賈者凡買賣之偁也酒誥曰遠服賈漢石經論語曰求善賈而賈諸今論語作沽者假借字也引伸之凡賈者之所得買者之所出皆曰賈俗又別其字作價別其音入禡韵古無是也从貝襾聲○公戶切五部一

𧶠ㄕㄤ　販ㄈㄢˋ　買ㄇㄞˇ

曰坐賣售也○六字蓋淺人妄增司市注通物曰商居賣物曰賈居賣物謂居積物亦兼賣之也居非謂坐此以坐與下行相對又贅以說文所無之售字殊無文理

𧶠行賈也○白虎通曰商賈何謂也商之爲言章也章其遠近度其有亡通四方之物故謂之商也賈之爲言固也固其有用之物以待民來以求其利者也通物曰商居賣曰賈按白虎通古本如是漢律厤志商章也物成孰可章度也尚書我商賚女徐邈商音章㕯部商從章聲皆可證𧶠俗作賣經傳皆作商商行而𧶠廢矣渾言之則𧶠賈可互偁析言之則行賈曰𧶠行賈者通四方之珍異以資之从貝商省聲○式陽切十部

販買賤賣貴者○司市曰夕市夕時而市販夫販婦爲主注云販夫販婦朝資夕賣按資猶取也从貝反聲○形聲包會意方願切十四部

買市也○市者買物之所因之買物亦言市論語沽酒市脯从网貝○會意莫蟹切十六部春秋襄三十一年莒人弒其君密州左傳作買朱鉏杜云買朱鉏密州之字按弒君未有書字者傳明云書曰莒人

貴ㄍㄨㄟˋ　賤ㄐㄧㄢˋ　賦ㄈㄨˋ　貪ㄊㄢ　貶ㄅㄧㄢˇ

弒其君買朱鉏然則左公所據之經實作買朱鉏不作密州也買爲密朱爲州皆音之轉朱鉏者猶邾之言邾婁也今本經與傳不合葢或以公穀經文改左氏經文

孟子曰登壟斷而网市利○見公孫丑篇此引以證从网貝之意也壟孟子作龍丁公著讀爲隴陸善經乃讀爲壟謂岡壟斷而高者按趙注釋爲堁斷而高者也堁塵塵也高誘云楚人謂塵爲堁趙本葢作尨斷尨塵堁之皃鄭塵不到地勢略高之處也古書尨龍二字多相亂許書亦當作尨斷淺人以陸善經說改爲壟耳

貴物不賤也○从貝臾聲○居胃切十五部

臾古文蕢○見艸部○按蕢篆各本廁部末顯上非舊次也今更正

賤賈少也○賈今之價字从貝戔聲○才線切十四部

賦斂也○周禮大宰以九賦斂財賄斂之曰賦班之亦曰賦經傳中凡言以物班布與人曰賦从貝武聲○方遇切五部

貪欲物也○心部惏女部婪皆訓貪从貝今聲○他含切七部

貶損也从貝乏聲○形聲包會意也鉉本

作從貝從乏之方斂切杜林作㝵

貧 ㄆㄧㄣˊ　穷。

貧　財分少也。謂財分而少也合則見多分則見少富備也厚也則貧者不備不厚之謂从貝分分亦聲。符巾切十三部穷古文从宀分。

賃 ㄖㄣˋ

賃　㑷也。㑷者今之備字廣韵曰備餘封切傭賃也凡傭僦皆曰㑷曰賃从貝任聲。尼禁切七部

賕 ㄑㄧㄡˊ

賕　以財物枉法相謝也。枉法者違法也法當有罪而以財求免是曰賕受之者亦曰賕呂制五過之疵惟來馬本作惟求云有請賕也按上文惟貨者今之不枉法贓也惟求者今之枉法贓也从貝求聲。巨留切三部一曰載質也。載各本作戴今依韵會正謂載質而往求人僃貨也

購 ㄍㄡˋ

購　以財有所求也。縣重價以求得其物也漢律能捕豺貀購錢百貨謂以物相贅从貝冓聲古候切四部

貶 ㄕㄡ

貶　齎財卜問為貶。卜問廣韵作問卜史記貨殖傳蠻方諸食拔術之人焦神竭能為重糈也日者傳卜而有不審不見奪糈按糈皆當作貶同音假借貶所以餽卜者也祭神米曰糈卜者必禮神故其字亦作糈从貝疋聲。讀若所。疏舉切五部

貲 ㄗ

貲　小罰以財自贖也。貲字本義如是引伸為凡財貨之偁从貝此聲。即夷切十五部漢律民不繇貲錢二十三。繇傜古今字二十三各本作二十二今正漢儀注曰人年十五至五十六出賦錢人百二十為一算又七歲至十四出口錢人二十以供天子至武帝時又口加三錢以補車騎馬見昭帝紀光武紀二注及今四庫全書內漢舊儀按論衡謝短篇曰七歲頭錢二十三亦謂此也然則民不傜者謂七歲至十四歲貲錢二十三者口錢二十并武帝所加三錢也

賨 ㄘㄨㄥˊ

賨　南蠻賦也。後漢書南蠻西南夷傳曰槃瓠之後秦置黔中郡漢改為武陵歲令大人輸布一匹小口二丈是謂賨布魏都賦曰賨幏積墆幏見巾部从貝宗聲。徂紅切九部

賣 ㄩˋ

賣　衒也。衒行且賣也賣字不見經傳周禮多言儥儥訓買亦訓賣胥師飾行儥慝賈師儥儥者蓋即說文之賣字而說文人部儥見也則今之覿字也玉篇云賣或作𧷓𧷓是賣𧷓為古今字矣按賣隸變作賣易與賣相混从貝𡶅聲。𡶅古文睦見目部讀若育。余六切三部

賏 ㄧㄥ

賏　頸飾也。从二貝。駢貝為飾也烏莖切十一部

文五十九　重三

邑 ㄧˋ

邑　國也。鄭莊公曰吾先君新邑於此左傳凡偁人曰大國凡自偁曰敝邑古國邑通偁白虎通曰夏曰夏邑商曰商邑周曰京師尚書曰西邑夏曰天邑商曰作新大邑於東國雒皆是周禮四井為邑左傳凡邑有宗廟先君之主曰都無曰邑此又在一國中分析言之从囗。音韋封域也先王之制尊卑有大小。从卪。尊卑謂公侯伯子男也大小謂方五百里方四百里方三百里方二百里方百里也土部曰公侯百里伯七十里子男五十里從孟子說也尊卑大小出於王命故從卪於汲切七部凡邑之屬皆从邑。

邦 ㄅㄤ　𡿧。

邦　國也。周禮注曰大曰邦小曰國析言之也許云邦國也國邦也統言之也周禮注又云邦之所居亦曰國此謂統言則封竟之內曰國曰邑析言則國野對偁周禮體國經野是也古者城𩫏所在曰國曰邑而不曰邦邦之言封也古邦封通用書序云邦康叔邦諸侯論語云在邦域之中皆封字也周禮故書乃分地邦而辨其守地邦謂土畍杜子春改邦為域非也从邑丰聲。博江切九部𡿧古文。從㞢田之適也所謂往即乃封古文封字亦從之土

郡 ㄐㄩㄣˋ

郡　周制天子地方千里分為百縣。縣有四郡。逸周書作雒篇曰千里百縣縣有四郡高注六月紀云周制天子畿內方千里分為百縣縣有四郡郡有監故春秋傳曰上大夫受縣下大夫受郡周時縣大郡小至秦始皇兼天下初置三十六郡以監縣耳按作雒篇與周禮不合鄭注月令但云四監主山林川澤之官百縣鄉遂之屬是不從作雒說也故春秋傳曰上大夫受縣。下大夫受郡是也。各本少受縣下大夫五字今從水經注河水篇所引補正趙簡子曰克敵者上大夫受縣下大夫受郡見左傳哀公二年至秦初天下置三十

六郡㠯監縣。戰國策甘茂曰宜陽大縣也名爲縣其實郡也秦武王時巳郡大縣小矣前此惠文王十年魏納上郡十五縣後十三年攻楚漢中取地六百里置漢中郡吳氏師道云或者山東諸侯先變古縣大郡小之制而秦效之是也至始皇廿六年始置三十六郡三十六郡者錢氏大昕曰地理志河東太原上黨東郡潁川南陽南郡九江鉅鹿齊郡琅邪會稽漢中蜀郡巴郡隴西北地上郡雲中鴈門代郡上谷漁陽右北平遼西遼東南海皆曰秦置長沙國曰秦郡河南曰故秦三川郡沛郡曰故秦泗水郡五原曰秦九原郡鬱林曰故秦桂林郡日南曰故秦象郡趙國曰故秦邯鄲郡梁國曰故秦碭郡魯國曰故秦薛郡數之適得三十六下文揔之曰本秦京師爲內史分天下作三十六郡此確然不易者也史記始皇本紀二十六年分天下爲三十六郡而略取陸梁地爲桂林象郡南海乃在三十三年裴駰以爲不當在三十六之內因舍三郡以內史鄣郡黔中足之內史別於三十六郡不待言故鄣郡雖見於志注而不系之秦黔中郡見昭襄王三十年而志不之數不可爲典要也史記之三十六與漢志同乃揔舉後事而言之故漢志說文高誘呂覽注應劭風俗通皇甫謐帝王世紀司馬彪郡國志皆言秦分三十六郡裴氏不從漢志之目而唐人作晉書乃造秦四十郡之說前此無言之者**从邑君聲。**渠運切十三部按釋詁曰郡乃也此未得其說疑郡之誤也

有先君之舊宗廟曰都。左傳曰凡邑有宗廟先君之主曰都無曰邑周禮大司徒注曰都鄙者王子弟公卿大夫采地其界曰都鄙所居也載師注曰家邑大夫之采地小都卿之采地大都公之采地王子弟所食邑也大宰八則注曰都鄙公卿大夫之采邑王子弟所食邑周召毛聃畢原之屬在畿內者祭祀者其先君社稷五祀按據杜氏釋例大曰都小曰邑雖小而有宗廟先君之主曰都尊其所居而大之也又按左氏言有宗廟先君之主曰都許改云有先君之舊宗廟則必如晉之曲沃故絳而後可偁都恐非左氏意也左氏與周官合**从邑者聲。**當孤切五部**周禮距國五百里爲都。**此周禮說也周禮載師注引司馬法曰王國百里爲郊二百里爲州三百里爲野四百里爲縣五百里爲都大宰注曰邦中在城郭者四郊去國百里邦甸二百里家削三百里邦縣四百里邦都五百里也又周禮都鄙王子弟公卿大夫采地其界曰都鄙所居也按大司徒以邦國都鄙對言鄭注以邦之所居曰國都之所居曰鄙對言春秋經傳鄙字多訓爲邊者蓋周禮都鄙距國五百里在王畿之邊故鄙可釋爲邊又引伸爲輕薄之偁而鄙夫字古作啚取目云俗儒啚夫翫其所習可證也今則鄙行而啚廢矣

五家爲鄰。見遂人職按引伸爲凡親密之偁**从邑粦聲。**力珍切十二部

百家爲酇。遂人五家爲鄰五鄰爲里四里爲酇五酇爲鄙五鄙爲縣五縣爲遂**酇聚也。**謂酇與欑欑音義皆同欑一曰叢木也欑取也**从邑贊聲。**作管切又作旦切**南陽有酇縣。**漢地理志南陽郡酇侯國孟康曰音讚按南陽縣作酇沛郡縣作鄼許二字畫然不相亂也在沛者後亦作酇直由莽曰贊治而亂南陽酇音讚沛鄼及改作酇字皆音嵯音亦本不相亂蕭何始封之酇茂陵書文穎臣瓚顏師古杜佑皆云在南陽江統戴規姚察李吉甫今錢氏大昕皆云在沛在沛說是也始封於鄼高后乃封之南陽之酇與筑陽文帝至莽之酇侯皆在南陽故地理志於南陽云酇侯國而沛郡酇下不云侯國爲在沛者不久也諸家所傳班固作泗水亭高祖碑云文昌四友漢有蕭何序功第一受封於鄼以韵求之可以不惑

五酇爲鄙。見遂人五百家**从邑啚聲。**兵美切古音在一部故鄙否通叚用也

距國百里爲郊。杜子春注周禮曰五十里爲近郊百里爲遠郊玉藻說郊祭曰於郊故謂之郊**从邑交聲。**古肴切二部按周禮故書作蒿假借字

屬國舍也。文帝紀曰入代邸顏注曰郡國朝宿之舍在京師者率名邸邸至也言所歸至也按今俗謂旅舍爲邸經典假借邸爲柢如典瑞四圭有邸是也釋器邸謂之柢當作柢謂之邸釋言曰柢本也鄭司農引作邸本也可證爾雅皆釋經之辭**从邑氐聲。**都禮切十五部

郭也。𩫏各本作郭今正公羊傳入其郛注郛恢郭也城外大郭也**从邑孚聲。**甫無切古音在三部

竟上行書舍。孟子德之

沇行遬於置郵而傳命釋言郵過也按經過與過失古不分平去故經過曰郵過失亦曰郵爲尤訧之假借字从邑垂。會意羽求切古音在一部垂邊也。說从垂之意在境上故从垂

鄁 ㄕㄠˋ

鄁國甸大夫稍稍所食邑。載師注曰故書稍或作削按削當是鄁之誤許所據正故書或本也太宰家削之賦當作家鄁釋文曰家削本又作鄁是也按國甸之下疑有奪文大宰曰三曰邦甸之賦四曰家鄁之賦載師曰以公邑之田任甸地以家邑之田任鄁地此云國甸卽經之邦甸也邦甸去國二百里家鄁三百里此當云國甸之外曰家鄁大夫稍稍所食邑鄭曰家邑大夫之采地也稍與鄁疊韵从邑肖聲。所教切二部周禮曰任鄁地在天子三百里之內。鄭說同

鄯 ㄕㄢˋ

鄯鄯善。逗西胡國也。許書三言西胡皆謂西域也言西胡以別於匈奴爲北胡也漢西域傳云鄯善國本名樓蘭王治扜泥城去陽關千六百里去長安六千一百里元鳳四年傳介子誅其王更名其國爲鄯善爲刻印章是則此時初製鄯字也漢鄯善國城在今哈密衞東南中國山川維首在隴蜀紀地者必始於西故起西域而雍州从邑善。善亦聲。時戰切十四部

竆 ㄑㄩㄥˊ

竆夏后時諸矦夷羿國也。弓部曰𢏚帝嚳䠶官夏少康滅之羽部曰羿羽之羿風亦古諸矦也按𢏚羿古通用云帝嚳䠶官而夏少康滅之則夏之夷羿卽帝嚳䠶官之後裔明矣夷羿見左傳虞箴左傳魏絳云夏訓有之曰有竆后羿昔有夏方衰后羿自鉏遷於竆石因夏民以代夏政寒浞殺羿靡滅浞立少康有竆由是遂亡今左傳作窮許所據作竆今古字也左氏之竆石杜不言其地所在葢非山海經離騷淮南子所云弱水所出之竆石也地理志說文皆云弱水出張掖山丹則山海經離騷淮南子所云竆石當在山丹漢山丹今爲甘州府山丹縣距夏都安邑甚遠然許鄯善之下卽出竆字固謂西北邊地从邑竆省聲。渠弓切九部

𨛌 ㄐㄧˋ

𨛌周封黃帝之後於𨛌也。樂記曰武王克殷及商未及下車而封黃帝之後於薊按𨛌薊古今字也薊行而𨛌廢矣漢地理志郡國志皆作薊則其字假借久矣陸德明曰薊今涿郡薊縣是

也卽燕國之都也孔安國司馬遷及鄭皆云燕召公與周同姓案黃帝姓姬君奭葢其後也或黃帝之後封薊者滅絕而更封燕召公乎疑不能明也而皇甫謐以召公爲文王之庶子記傳更無所出又左傳富辰言文王之昭亦無燕玉裁按地理志曰廣陽國薊燕召公所封然則班意謂封黃帝之後卽召公也而周本紀以封堯後於薊封召公奭於燕竝言張守節疑薊爲燕所幷未知其審从邑契聲。讀若薊。古詣切十五部上谷有𨛌縣。地理志廣陽國下曰高帝燕國昭帝元鳳元年爲廣陽郡宣帝本始元年更爲國郡國志廣陽郡注曰世祖省廣陽郡幷上谷永平八年復按許云上谷有薊縣依光武省幷而言也今京師順天府附郭大興縣治卽古燕都許說漢制作𨛌則知漢時故作𨛌矣但不解今之漢志何以作薊也。又按此五字當如下文郃下鄗下之例作今上谷薊縣是也七字漢時字已作薊如郃已作斄鄗已作穫古今字不同故著之以言其合假令漢時字本作𨛌則其立文當云上谷縣也周時黃帝之後所封如郃下云魯縣古邿國帝顓頊之後所封之例矣然則𨛌者許所見古字也薊者漢時字也

郃 ㄊㄞˊ

郃炎帝之後姜姓所封周棄外家國。大雅有郃家室毛傳曰郃姜嫄之國也堯見天因郃而生后稷故國后稷於郃使事天以顯神順天命是則郃本后稷外家之國名炎帝之後姜姓所封也國后稷於郃時葢國姜姓於他處矣至武王克殷興滅國繼絕世乃封神農之後於焦从邑合聲。土來切一部右扶風斄縣是也。見地理志周人作郃漢人作斄古今語小異故古今字不同郡國志無斄縣郿下曰有郃亭葢斄縣併入郿也郃亭杜預謂之斄鄉徐廣謂之斄鄉今陝西乾州武功縣縣西南二十二里故斄城是詩曰有郃家室。今生民詩有郃字考高誘注呂覽辨土引實穎實栗有郃家室亦無郃。宋本說文無郃與九經字樣所引合。一本有者非也

郂 ㄑㄧˊ

郂周文王所封。在右扶風美陽中水鄉。經典有岐無郂惟漢地理志曰大王徙郂文王作酆匈奴傳曰秦襄公伐戎至郂師古曰郂古岐字岐專行而郂廢矣許所見幽岐作郂猶所見薊作𨛌也地理志曰右扶風美陽

鄁鄯竆𨛌郃郂

禹貢岐山在西北中水鄉周大王所邑魯頌箋曰大王自豳徙居岐山之陽按此云文王所封要其終而言皇矣詩曰度其鮮原居岐之陽箋云乃始謀居善原廣平之地亦在岐山之南也文王自郊遷豐非文王始國郊也下云酆周文王所都則此當云大王矣戴先生曰美陽今爲陝西鳳翔府岐山扶風二縣漢志美陽岐山在西北今岐山縣東七十里岐山是 从邑支聲。巨支切十五部

岐 郊或从山支聲。因岐山㠯名之也。郊或者岐之或字謂岐卽郊邑之或體也又云因岐山㠯名之則又郊邑岐山畫爲二字矣考岐山見於夏書雅頌漢志郊邑因岐山以名郊邑可作岐岐山不可作郊薛綜注西京賦引說文岐山在長安西美陽縣界山有兩岐因以名焉此說文山部原文也山有兩岐當作山有兩枝山有兩枝故名曰岐山疑後人移入於此而刪改之學者讀此可以攷邑部之岐專入山部矣。按漢書地理志曰大王徙郊曰襄公將兵救周有功賜受郊酆之地郊祀志曰大王建國於郊梁匈奴傳曰秦襄公伐戎至郊皆作郊郊周字也而岐山字地理志皆作岐是可識郊岐之別

⿱枝山 古文郊从枝从山。古文郊當作古文岐此亦淺人改山部之文入此郊耳亦當刪此入彼

邠 周大王國。在右扶風美陽。从邑分聲。補巾切十三部

豳 美陽亭卽豳也。民俗㠯夜市有豳山。从山从豩。闕。按此二篆說解可疑豳者公劉之國史記云慶節所國非大王國疑一漢地理志毛詩箋郡國志皆云豳在右扶風栒邑不在美陽疑二地理郡國二志皆云栒邑有豳鄉徐廣曰新平漆縣之東北有豳亭漢右扶風之漆與栒邑皆是豳域不得美陽有豳亭疑三從山豩聲非有闕也而云從豩闕疑四假令許果以豳合邠當云或邠字而不言及疑五蓋古地名作邠山名作豳而地名因於山名同音通用如郊岐之比是以周禮籥師經文作豳注作邠漢人於地名用邠不用豳許氏原書當是豳岐本在山部而後人移之倂古今字爲一字抑或許書之變例有然未能定也經典多作豳惟孟子作邠唐開元十三年始改豳州爲邠州見通典元和郡縣志郭忠恕云因似幽而易誤也

郿 右扶風縣。前後二志同大雅申伯信邁王餞于郿毛云郿地箋云時王蓋省岐周故于郿云正義云申在鎬京之東南自鎬適申塗不經郿時宣王蓋省視岐周申伯從王至岐自岐餞之按今鳳翔府郿縣縣東北十五里渭水之北有故郿城 从邑眉聲。武悲切師古音媚十五部

郁 右扶風郁夷也。見地理志班引詩周道郁夷師古曰毛詩周道倭遲韓詩作郁夷字言使臣乘馬行於此道按古假借爲䫻字如論語郁郁乎文哉是也䫻有文章也其始借彧爲䫻其後又借郁爲彧今陝西鳳翔府隴州州西五十里有故郁夷城後漢建武二年鄧禹遣兵擊赤眉於郁夷在此處也 从邑有聲。於六切古音在一部

鄠 右扶風縣也。前後二志同今陝西西安府鄠縣縣北二里有故鄠城卽古扈國也 从邑雩聲。胡古切五部

扈 夏后同姓所封戰於甘者。尚書序曰啟與有扈戰於甘之野作甘誓馬融曰有扈姒姓之國爲無道又曰甘有扈南郊地名也左傳曰夏有觀扈五觀與扈皆夏同姓也 在鄠。謂夏之有扈在漢之鄠縣也鄠卽扈如藨郎部藨郎鄭皆古今字姚察史記訓纂云戶扈鄠三字一也按扈爲周字鄠爲秦字通典云至秦改爲鄠 有扈谷甘亭。此五字有脫誤當作有戶谷戶亭甘亭七字今漢書鄠下云古國有扈谷亭語不完當依元和郡縣志所引云古扈國有戶谷戶亭又有甘亭史記正義所引志云古扈國有戶亭發正義尚脫戶谷二字許書當與漢志同戶扈同字姚察云戶扈鄠三字同是也 从邑戶聲。胡古切五部按左傳扈民無淫者也同屆[illegible]戶之之戶止也又離騷扈江蘺於辟芷王云楚人名被爲扈

⿰山弓 古文扈从山弓。此未詳其右所從也鍇曰從辰巳之巳竊謂當從戶而轉寫失之

⿰崩阝 右扶風鄠鄉。謂右扶風鄠縣有⿰崩阝鄉也下仿此漢⿰崩阝成侯周緤服虔音菅蒯之蒯蘇林音溥催反小顏小司馬皆云字從崩從邑功臣表⿰崩阝成在長沙張守節引與地志云⿰崩阝成縣故陳倉縣之故鄉聚名也周緤所封與漢表說文皆乖異而穆天子傳大子西征至于⿰崩阝又未詳其地 从邑崩聲。沛城父有⿰崩阝鄉。沛郡城父見地

⿰且阝ㄐㄩ 郝ㄏㄜˋ 酆ㄈㄥ 鄭ㄓㄥˋ 郃ㄏㄜˊ ⿰口阝ㄎㄡˋ ⿰樊阝ㄈㄢˊ

理志城父者左傳襄元年昭九年之夷地今安徽潁州府亳州東南七十里有故城父城是也史記索隱引三蒼云郱鄉在城父縣音裴 讀若陪。許云崩聲則在第六部也讀若陪則音轉在一部也郱城楚漢春秋作憑城師古云郱又音普肯反皆本音也今音薄回切依讀若陪之云而入灰韵也

⿰且阝 右扶風鄠鄉。从邑且聲。子余切五部

郝 右扶風鄠盩厔鄉。鉉本如此謂右扶風之鄠縣盩厔縣皆有郝鄉也玉篇作右扶風盩厔鄉無鄠字而錯本作右扶風鄠鄉盩厔縣脫落不完汲古毛扆乃取以改舊本可笑也前志曰右扶風盩厔㳄在今陝西西安府盩厔縣 从邑赤聲。呼各切五部

酆 周文王所都。詩書皆作豐左傳酆文之昭也字從邑前後二志亦作酆大雅曰旣伐于崇作邑于豐杜預曰酆在鄠縣後志曰酆在京兆杜陵西南 在京兆杜陵西南。京兆尹杜陵二志同今陝西西安府府東南十五里有故杜陵城 从邑豐聲。敷戎切九部

鄭 京兆縣。二志同今陝西同州府華州州城北有故鄭城 周厲王子友所封。前志曰周宣王弟鄭桓公邑 从邑奠聲。直正切十一部 宗周之滅鄭徙潧洧之上今新鄭是也。桓公友之子武公與平王東遷取虢鄶鄢蔽補丹依疇歷華十邑之地右雒左濟前華後河食溱洧焉從其故名曰鄭至漢爲河南郡新鄭二志同今河南開封府新鄭縣西有故鄭城

郃 左馮翊郃陽縣。二志同應邵曰在郃水之陽也按今陝西同州府郃陽縣郎其地 从邑合聲。侯閤切七部 詩曰在郃之陽。大雅文今詩郃作洽水經注引亦作郃按魏世家文侯時西攻秦築雒陰合陽字作合蓋合者水名毛詩本作在合之陽故許引以說會意秦漢間乃製郃字耳今詩作洽者後人意加水旁許引詩作郃者後人所改

⿰口阝 京兆藍田鄉。二志皆云京兆尹藍田今陝西西安府藍田縣縣治西十一里有藍田故城⿰口阝者鄉名今人叩擊字从卩不書作⿰口阝 从邑口聲。苦后切四部

⿰樊阝 京兆杜陵鄉。水經注渭水篇狄水上承

耶郝酆鄭郃叩樊鄜⿰屠阝邮⿰年阝邽部

鄜ㄈㄨ ⿰屠阝ㄊㄨˊ 邮ㄉㄧˊ ⿰年阝ㄋㄧㄢˊ 邽ㄍㄨㄟ 部ㄅㄨˋ

皇子陂於樊川其地郎杜之樊鄉也漢祖至櫟陽以將軍樊噲灌廢丘最賜邑於此鄉按樊鄉見史漢樊噲傳索隱引三秦記曰長安正南山名秦嶺谷名子午一名樊川一名御宿樊鄉郎樊川也宋敏求長安志曰樊川在萬年縣南三十五里引十道志云其地郎杜陵之樊鄉凡言樊鄉郎許之樊鄉也在今西安府南三十里之樊川周語樊仲山父諫韋曰仲山父王卿士食采於樊毛傳曰仲山甫樊侯也按周襄王賜晉文公陽樊之田陽樊一名樊一名陽國語陽人不服而曰陽有樊仲之官守焉然則仲山甫之樊非此樊也陽樊方輿紀要云或曰在今河南懷慶府濟源縣 从邑樊聲。附袁切十四部

鄜 左馮翊縣。見地理志按封禪書秦文公作鄜時今陝西鄜州洛川縣縣東南七十里有鄜城廢縣 从邑麃聲。甫無切按票聲麃聲當在二部而孟康鄜音敷者凡漢志地名皆隨其地語言爲音故也絫省作鄜

⿰屠阝 左馮翊郃陽亭。謂左馮翊郃陽有⿰屠阝亭也各本作鄜陽亭誤今依集韵類篇王伯厚詩地理考正伯厚困學紀聞亦作鄜陽亭則宋時本固是非錯出也大雅韓奕出宿于屠毛曰屠地名宋濊水李氏謂地在同州鄜谷是也按屠鄜古今字顧氏祖禹讀史方輿紀要作荼谷渡云在今陝西同州府郃陽縣東河西故城南 从邑屠聲。同都切五部

邮 左馮翊高陵亭。各本無亭字今依廣韵尤韵及王篇補錫韵又曰邮鄉名在高陵按左馮翊高陵二志同今陝西西安府高陵縣即其地 从邑由聲。徒歷切古音在三部

⿰年阝 左馮翊谷口鄉。左馮翊谷口見地理志今陝西西安府醴泉縣東北七十里有故谷口城 从邑年聲。讀若寧。奴顛切十二部按廣韵奴丁切年聲而讀如寧合韵也

邽 隴西上邽也。見地理志郡國志曰漢陽郡上邽故屬隴西胡氏三省云秦本紀武公伐邽冀戎初縣之上邽縣故邽戎地也此爲上邽京兆有下邽今甘肅秦州西六十里有故上邽城 从邑圭聲。古畦切十六部

部 天水狄部。地理志天水無狄部未詳顧氏祖禹曰漢天水郡今陝西鞏昌府以東秦州之境是其地 从邑否聲。蒲口切四部按廣韵曰部署也

許敘目曰分別部居不相雜廁

郖 宏農縣庾地。二志宏農郡首宏農縣郡縣同名故但言宏農縣也庾當作渡字之誤也水經注河水篇曰門水又北徑宏農縣故城東城卽故函谷關門水側城北流而注於河河水於此有逗津以河北有逗水南入於河故有逗津之名也穆天子傳天子自窴軨乃次於逗水之陽丁亥入於南鄭考其沿歷所踵路直斯津是知袁豹之徒寶津之說非矣按逗郖同字魏志杜畿傳畿遂詭道從郖津渡陳壽用字合許書也宋元嘉二十九年北魏將封禮自郖津南渡赴宏農拒柳元景在今河南陝州靈寶縣縣西十里 从邑豆聲。當侯切四部按侯當作候

鄏 郟鄏。逗二字依韵會補 河南縣直城門官陌地也。官趙抄宋本李仁甫本作官今集韵作官類篇作官似官是官陌郎今云官路也河南縣者二志皆云河南郡河南郡縣同名故但云河南縣以別於凡縣不云縣也若漢魏時碑則云河南河南矣漢雒陽縣周之成周也漢河南縣周之王城也今河南河南府東北二十里有雒陽故城府城西北有河南故城河南故城西有郟鄏陌或謂之郟山北二里曰邙山 从邑辱聲。而蜀切三部 春秋傳曰成王定鼎于郟鄏。宣三年左傳文按逸周書云周公作大邑成周於中土南繫於雒水北因於郟山以爲天下之大湊地理志曰河南郡河南故郟鄏地周武王遷九鼎周公致太平營以爲都是爲王城是則漢之河南縣左傳之郟鄏也周時郟鄏爲大名漢時專評城外官陌爲郟鄏陌舊名之僅存者故皇甫謐杜預皆云縣西有郟鄏陌也許君先舉漢陌後舉周地使文義相足別詳邙下

鄻 周邑也。左傳昭廿九年王子趙車入于鄻以鈑杜云鄻周邑 从邑輦聲。力展切十四部

祭 周邑也。左傳曰凡蔣邢茅胙祭周公之亢也按春秋經左傳國語史記逸周書竹書紀年凡云祭伯祭公謀父字皆作祭惟穆天子傳云鄵父注云鄵父鄵公謀父鄵者本字祭者假借字韋注國語云祭畿內之國周公之後也爲王卿士謀父字也是則鄵本西都畿內邑名至東周時隱元年祭伯來莊廿三年祭叔來聘尚仍其西都舊偁許云周邑系諸河南河內之閒其諸東都亦有鄵與抑如鄭之仍皆偁與 从邑祭聲。側介切十五部禮記葉公之顧命以周書祭公解正之葉乃祭之誤

邙 河南雒陽北。雒各本作洛誤今正河南雒陽二志同 芒山上邑。芒宋本或作亡或作土玉篇集韵類篇作土今定作芒左傳昭廿二年杜注曰北山洛北芒也文選應休璉與從弟君苗君胄書曰登芒濟河李注引說文芒洛北大阜也今說文雖無此語然所據爲唐以前書郡國志雒陽下亦引皇覽縣北芒山道西呂不韋家水經注穀水篇曰廣莫門北對芒阜是則山本名芒山上之邑則作邙後人但云北邙尟知芒山矣亡者譌字也土者淺人肊改之也北芒山在今河南河南府府北十里山連偃師鞏孟津三縣綿亙四百餘里左傳昭二十二年王田北山卽此按周書所謂郟山者北邙山也王城謂之郟者以山名之桓七年王遷盟向之民于郟襄二十四年齊人城郟周語晉文公既定襄王于郟皆謂王城也然則云郟鄏者謂郟山下肥磽之地郟古字容當作夾 从邑亡聲。亦從芒省會意莫郎切十部

鄩 周邑也。左傳昭廿二年郊鄩潰杜曰河南鞏縣西南有地名鄩中水經注洛水篇曰鄩水於訾城西北東入洛水京相璠云有鄩城蓋周大夫鄩肸之邑也按鄩肸鄩羅皆子朝之黨見左傳今河南河南府鞏縣縣西南五十八里有故鄩城 从邑尋聲。徐林切七部

郗 周邑也。在河內。左傳隱十一年王與鄭人蘇忿生之田溫原絺樊隰郕欑茅向盟州陘隤懷杜曰絺在野王縣西南按郗者本字絺者古文假借字也前志河內郡波縣孟康云有絺城後志亦云河內波有絺城按許但云河內不云某縣者有所未審也 从邑希聲。丑脂切十五部

鄆 河內沁水鄉。河內郡沁水二志同今河南懷慶府濟源縣縣東北有故沁水城是也沁水縣有鄆鄉 从邑軍聲。王問切十三部 魯有鄆地。見左氏春秋經傳公羊作運文公十二年成公九年襄公十二年昭公元年之鄆杜云莒別邑在城陽姑幕縣此在魯東者也成公十六年之鄆杜云魯西邑在東郡廩丘此在魯西境者也東鄆當在今山東青州府諸城縣西鄆在今山東曹州府鄆城縣有鄆城故城按此與沛城父有鄆鄉魯東有鄆戎

邶ㄅㄟˋ 邘ㄩˊ ⿱㓞邑ㄌㄧˊ 邵ㄕㄠˋ

爲一例別於前義。邶故商邑。商畿內之地也。邑國也。商頌曰商邑翼翼。自河內朝歌㠯北是也。河內朝歌二志同。前志曰：朝歌，紂所都。詩譜曰：邶鄘衛者，商紂畿內方千里之地。武王伐紂，以其京師封紂子武庚爲殷後。三分其地，置三監，使管叔、蔡叔、霍叔尹而教之。自紂城而北謂之邶，南謂之鄘，東謂之衛。後三監導武庚叛。成王殺武庚，伐三監，更於此三國建諸侯，封康叔於衛，使爲之長。後世子孫稍并彼二國，混而名之。從其國本而異之，爲邶鄘衛之詩焉。故邶城在今河南衛輝府府東北。通典曰：故鄘城在新鄉縣縣西南三十二里。从邑北聲。補妹切。古音在一部。邘周武王子所封。左傳曰：邘晉應韓，武之穆也。在河內野王是也。是也二字衍文。河內野王二志同。前志孟康注曰：故邘國，今邘亭是也。後志曰：野王有邘城。尚書大傳曰：文王受命一年斷虞芮之訟，二年伐邘。此商時之邘也。武王子所封，徐廣曰在野王縣西北。按今河南懷慶府府西北十三里有故邘城。从邑亐聲。況于切。五部。讀又若區。于聲則讀如于矣，又讀同區，與四部合韵也。

⿱㓞邑殷諸侯國。今商書西伯戡黎，今文尚書作耆。尚書大傳文王受命五年伐耆。周本紀明年敗耆國是也。或作阢，或作飢，皆假借字也。許所據古文尚書作⿱㓞邑。戈部作𢦓，俗改也。左傳曰赤狄奪黎氏地。詩序曰狄人迫逐黎侯。未知即商諸侯之後與否。在上黨東北。上黨郡名。不言何縣者，有未審也。前志上黨壺關，應劭曰：黎侯國也，今黎亭是。後志同應說。今山西潞安府府治即漢壺關縣。府西南三十五里有黎亭。从邑㓞聲。郎奚切。十五部。㓞古文利。見刀部。商書西伯戡⿱㓞邑。商書篇名。邵晉邑也。左傳襄二十三年，齊侯伐衞，遂伐晉，入孟門，登大行，張武軍於熒庭，戍郫邵。杜曰：取晉邑而守之。杜不言郫邵二邑名，據許則當是二邑也。文六年，賈季召公子樂於陳，趙孟使殺諸郫。此單言郫也。後志河東垣縣有邵亭，注引博物記：縣東九十里有郫邵之阨，趙孟殺公子樂於郫邵。豈張華所見左傳有異歟。按今山西絳州垣曲縣東有邵城，後魏之邵郡，後周之邵州，皆此也。依許則經典獨此字從邑召。凡

鄍ㄇㄧㄥˊ 鄐ㄔㄨˋ 鄇ㄏㄡˊ 邲ㄅㄧˋ

周召字作邵者，俗也。後儒或謂垣曲邵城爲周召分陝之所，其說不經。从邑召聲。寔照切。二部。鄍晉邑也。左傳僖二年，荀息假道於虞曰：冀爲不道，入自顛軨，伐鄍三門。服虔曰：謂冀伐晉也。下文冀之既病，亦唯君故，謂虞功晉也。將欲假道，稱前恩以誘之。按服說是也。杜云鄍虞邑，非也。許同服說。从邑冥聲。莫經切。十一部。春秋傳曰：伐鄍三門是也。鄐晉邢侯邑。按當云晉雍子邑，許筆誤也。左傳襄廿六年，聲子曰：雍子奔晉，晉人與之鄐。子靈即申公巫臣，奔晉，晉人與之邢。昭十四年，晉邢侯與雍子爭鄐田。杜曰：邢侯，巫臣之子也。从邑畜聲。丑六切。三部。鄇晉之溫地。左傳成十一年，晉郤至與周爭鄇田。郤至曰：溫，吾故也。杜曰：鄇，溫別邑，今河內懷縣西南有候人亭。按鄇田今在河南懷慶府武陟縣。劉歆遂初賦：越侯田而長驅兮，釋叔向之飛患。巳下皆述叔向事，則侯田正謂邢侯雍子所爭者也。章樵以鄇田說之，疑非。从邑侯聲。胡遘切。四部。春秋傳曰：爭鄇田。邲

郤ㄒㄧˋ ⿱非邑ㄆㄟˊ ⿰虔阝ㄑㄧㄢˊ ⿰匡阝ㄎㄨㄤ 鄈ㄎㄨㄟˊ

晉邑也。杜曰：邲，鄭地。按水經注濟水篇曰：次東得宿胥口，濟水與河渾濤東注，濟水於此又兼邲目。春秋宣公十三年，晉楚之戰，楚軍於邲，即是水也。顧氏祖禹曰：其地蓋即熒口受河之處，今在河陰縣西。从邑必聲。毗必切。十二部。春秋傳曰：晉楚戰于邲。宣十二年左傳文。郤晉大夫叔虎邑也。叔虎之子曰郤芮，以邑爲氏。从邑谷聲。綺戟切。古音在五部。⿱非邑河東聞喜鄉。鄉各本作縣，今依廣韵正。河東郡聞喜，二志同。今山西絳州聞喜縣，漢縣地也。廣韵曰：⿱非邑，鄉名，在聞喜。伯益之後封於⿱非邑鄉，因以爲氏。後徙封解邑，乃去邑從衣。按今字裴行而⿱非邑廢矣。从邑非聲。薄回切。十五部。⿰虔阝河東聞喜聚。乑部曰：邑落曰聚。舜所居，一年成聚，二年成邑，三年成都。聚小於邑也。从邑虔聲。渠焉切。十四部。蓋 ⿰匡阝河東聞喜鄉。从邑匡聲。去王切。十部。鄈河東臨汾地。河東郡臨汾，二志同。今山西平陽府太平縣縣南二十五里臨汾故城是也。漢

邶邘⿱㓞邑邵鄍鄐鄇邲郤⿱非邑⿰虔阝⿰匡阝鄈

武帝紀元鼎四年立后土祠於汾陰脽上如淳曰脽者河之東岸特堆𡋯長四五里廣二里餘高十餘丈汾陰縣治脽之上后土祠在縣西汾在脽之北西流與河合也師古曰以其形高起如人尻脽故以名云一說地臨汾水之上地本名鄈音與葵同彼鄉人呼鄈音如誰因轉而爲脽字耳故漢舊儀云葵上玉裁按水經汾水又西過皮氏縣注曰汾水徑鄈丘北故漢氏之方澤也賈逵云漢法三年祭地汾陰方澤澤中有方丘故謂之方澤丘卽鄈丘也經又曰又西至汾陰縣北西注於河注曰水南有長阜背汾帶河阜長四五里廣二里餘高十丈汾水歷其陰西入河漢書謂之汾陰脽據酈氏此注鄈脽與處極明然封禪書郊祀志皆云始立后土祠汾陰脽上與武紀合水經注河水篇亦云河水東際汾陰脽縣故城在脽側城西北隅有脽丘上有后土祠是則鄈脽本無二漢志云汾陰許云臨汾者葢二縣地邊竟相接故似不當分別鄈脽爲兩地也從邑癸聲。水經注引此揆唯切十五部卽漢之所祭后土處。

邢　周公子所封。左傳富辰曰凡蔣邢茅胙祭周公之允也杜曰邢國在廣平襄國縣地近河內懷。前志趙國襄國故邢國後志同按襄國故城在今直隸順德府城西南許不云在趙國襄國而云地近河內懷者有所審定之辭也河內郡懷二志同今河南懷慶府武陟縣西南十一里有故懷城从邑开聲。戶經切按玉篇又輕千切十一十二部

鄔　大原縣。二志同前志曰晉大夫司馬彌牟爲鄔大夫見昭二十八年左傳前此有鄔臧以邑爲氏戴先生曰今山西汾州府介休縣東二十五里有故鄔城漢縣也其北魏之鄔城在今介休縣東四十五里俗謂武城从邑烏聲。安古切五部按據許字從烏以烏爲聲甚明此所以字林乙祛反郭樸三蒼解詁音淤於庶反闕駰音厭飫之飫重言之也陸氏左傳音義乃云太原縣字從焉作鄢誤甚且云舊音烏戶反非當從於庶反夫於庶與烏戶亦南朝魚虞斂侈之辨耳安有是非也

祁　大原縣。二志同前志曰晉大夫賈辛邑按賈辛爲祁大夫見左傳昭廿八年前此已有祁奚祁午祁盈祁勝以邑爲氏今山西太原府祁縣縣東南七里有故祁城漢縣治也毛

傳於吉日云祁大也於采蘩大田云祁祁舒遲也祁祁徐皃也於七月云祁祁衆多也皆與本義不相關从邑示聲。巨支切按古音在十五部當依廣韵渠脂切

鄴　魏郡縣。二志同漢魏郡治鄴縣今河南彰德府臨漳縣縣西二十里有故鄴城从邑業聲。魚怯切八部

邢　鄭地有邢亭。从邑井聲。云鄭地恐誤葢京兆之鄭則篆文宜次於鄭之後若河南之新鄭則宜次於下文鄭邾之伍此上下文皆河內地不宜忽廁以河南地名也疑卽二志常山郡之井陘縣趙地也邢井葢古今字井陘山穆天子傳作鈃山地理志上黨郡下謂之石研關師古曰研音形玉篇邢子省切廣韵子郢二切大徐戶經切十一部

邯　趙邯鄲縣。趙國邯鄲二志同左傳有邯鄲午秦始皇置邯鄲郡漢趙國故邯鄲郡也張晏曰邯山在東城下單盡也城郭從邑故加邑按今直隸廣平府邯鄲縣縣西南二十里有故邯鄲城从邑甘聲。胡安切按甘聲當音含古在七部

鄲　邯鄲也。依張晏古字本作單後人加邑耳从邑單聲。都寒切十四部

郇　周文王子所封國。文各本作武誤今依篇韵正左傳富辰曰郇文之昭也毛傳曰郇伯郇矦也左傳曰軍於郇曰盟於郇曰必居郇瑕氏之地皆是也郇國爲晉所幷在晉地。在二志之河東解縣今山西蒲州府臨晉縣東北十五里有故郇城从邑旬聲。相倫切十二部讀若泓。此合韵也疑當作淵

鄃　清河縣。前志清河郡鄃後志清河國鄃史記河渠書曰田蚡奉邑食鄃又呂嬰欒布皆封俞矦俞卽鄃今山東臨清州夏津縣東北三十里有故鄃縣城从邑俞聲。式朱切四部

鄗　常山縣也。从邑高聲。呼各切古音在二部世祖所卽位今爲高邑。前志曰常山郡鄗世祖卽位更名高邑後志曰常山國高邑故鄗光武更名按今直隸趙州栢鄉縣之縣北二十里有故鄗城是也春秋時晉邑左傳哀四年齊國夏伐晉取鄗杜曰鄗卽高邑縣

鄡　鉅鹿縣也。二志同前志作鄡縣與梟一字但前志鉅鹿鄡縣豫章鄡陽縣玉篇廣韵皆鄡與鄡陽二縣字別然則許書此

鄚郅鄋鄦邟

字作鄡及後志二縣字皆作鄡非是許書當是淺人改之如県首之改爲梟首也盧氏文弨云仲尼弟子列傳鄡單鄡當作郻郻縣蓋即檀弓縣亶縣乃字之誤按漢鉅鹿縣城即今直隸順德府平鄉縣城唐通典曰漢鄡城在深州鹿城縣東**从邑梟聲**○梟當作県篆文當作郻牽遙切二部

鄚ㄇㄛˋ

涿郡縣○見前志後志曰河閒郡鄚故屬涿史記曰扁鵲者勃海郡鄭人徐廣云鄭當爲鄚按司馬以鄚系勃海者境相際也扁鵲漢以前人不當繫以漢制耳今直隸河閒府任丘縣縣北十三里有莫州城往來孔道也唐開元十三年改鄚爲莫見通典舊唐書**从邑莫聲**○慕各切五部今俗語如冒

郅ㄓˋ

北地郁郅縣○見前志漢北地郡今甘肅慶陽府北至寧夏衞是其境慶陽府附郭安化縣府城東有故郁郅城水經注謂之尉李城聲之誤也**从邑至聲**○之日切十二部

鄋ㄙㄡ

北方長狄國也○春秋文公十一年左傳鄋瞞侵齊遂伐我叔孫得臣獲長狄僑如穀梁傳曰身橫九畝**在夏爲防風氏**○**在殷爲汪芒氏**○芒或作汒作汒皆誤魯語仲尼曰昔禹致羣神於會稽山防風氏後至禹殺而戮之其骨節專車防風汪芒氏之君也守封嵎之山者也爲漆姓在虞夏商爲汪芒氏在周爲長翟今爲大人按國語本作在虞夏爲防風氏在商爲汪芒氏爲說苑說文王肅家語所本今國語及史記孔子世家皆誤奪數字耳韋注云防風汪芒氏之國名汪芒長翟之國名謂汪芒之國在夏爲防風氏之國長翟之國在商爲汪芒氏之國此依孔子防風汪芒之君也而言之今韋注譌爲汪芒氏之君名則不可解矣韋注云封嵎二山在今吳郡永安縣周世其國北遷爲長翟也吳之永安縣在今浙江湖州府武康縣顧氏祖禹曰鄋瞞在山東濟南府北境或云今青州府高苑縣有廢臨濟城古狄邑即長狄所居按許以此篆廁涿郡北地之下則許意謂其地在西北方非在今山東也**从邑叜聲**○所鳩切三部**春秋傳曰鄋瞞侵齊**○

鄦ㄒㄩˇ

炎帝大嶽之𦙼甫侯所封○炎帝神農氏之裔子爲大嶽詳呂部下大嶽封於呂其裔子甫侯又封於鄦鄦許古今字前志曰潁川郡許故國姜姓四岳後大叔所封大叔左傳隱十一年正義作文叔說文敘目云呂叔作藩俾侯於許然則封鄦者文叔非甫侯也鄭注呂刑曰呂侯受王命入爲三公引尚書刑德放云周穆王以呂侯爲相古文尚書呂刑今文尚書作甫刑且據國語毛傳史記潛夫論諸書呂甫許皆姜姓封國詩王風中甫許三國竝言武王既封文叔於許矣豈待穆王封甫侯於許叔重言甫侯所封者甫侯即謂呂叔呂叔即謂文叔無二人也**在潁川**○謂鄦在潁川許縣也潁川郡許二志同漢字作許周時字作鄦史記鄭世家鄦公惡鄭於楚蓋周字之存者今春秋經傳不作鄦者或後人改之或周時已假借未可定也不曰在潁川許縣者其字異形同音其地古今一也今河南許州州東三十里有故許昌城**从邑無聲**○**讀若許**○虛呂切五部

邟ㄎㄤˋ

潁川縣○見前志今地理志云潁川郡周承休侯國元帝置元始二年更名鄭公攷後漢書黃瓊傳封邟鄉侯注引前書周承休侯國元始二年更名曰邟與顏本絕異今按李本顏本皆非事實志文當是邟字大書周承休侯國五字小書注於下此侯國不與他侯國同故不以縣名爲國名也元始二年更名曰鄭公二年當依平帝紀外戚恩澤侯表作四年字之誤也郡國志無邟縣者幷省也幷省之故有邟鄉矣漢封殷周之後可攷者武帝紀元鼎四年巡省豫州封周孽子嘉爲周子南君此史記封禪書所謂以三十里封周後外戚恩澤侯表所謂初得周後復加爵邑也元帝紀初元五年以周子南君爲周承休侯此地理志所謂周承休侯國元帝時置也成帝紀綏和元年二月封孔吉爲殷紹嘉侯三月進爵爲公及周承休侯皆爲公此後漢書光武紀注所謂成帝封姬延爲周承休公是也平帝紀元始四年改殷紹嘉公曰宋公周承休公曰鄭公是則成帝先進周承休侯爲公平帝乃改周承休公爲鄭公地理志特約言之耳後漢書光武帝紀建武二年封周後姬常爲周承休公四年封殷後孔安爲殷紹嘉公蓋亂後失其封故也建武十三年以殷紹嘉公孔安爲宋公周承休公姬常爲衞公則又易其地而因易其國名也地理志東郡觀應劭云世祖更名衞國以封周後又攷南新鄭應劭曰章帝封殷後更爲宋郡國志曰東郡衞公國本觀光武更名汝南郡宋公國周名鄭丘漢改爲新鄭章帝建初四年徙宋

六篇下 毛

六篇下 美

公於此云徙宋公則光武時宋公不在新鄭未審在何地而成帝之殷紹嘉平帝之宋公地理志不載其封地據恩澤侯表及水經注則綏和元年始封於沛也前漢之周子南君據恩澤侯表在長社周承休在邟後漢光武紀注曰承休所封故城在今汝州東北通典曰汝州梁縣光武封姬常爲周承休公故城在今縣東方輿紀要曰承休廢縣在今汝州州治子城東光武封姬常於東郡觀縣曰衞公以邟縣廢入陽城然則始在邟縣後徙於觀爲衞公則非邟縣地矣○按東郡縣二十三畔觀二縣也今本漢書譌舛舉正於此 **从邑亢聲。** 苦浪切十部

郾 **潁川縣。** 二志同前志曰南陽郡雉衡山澧水所出東至郾入汝郾今本譌作鄢全氏祖望勘以水經正之今河南許州郾城縣是其地 **从邑匽聲。** 於建切十四部

郟 **潁川縣。** 見前志故楚郟邑也左傳昭元年楚公子圍使公子黑肱城郟十九年令尹子瑕城郟秦二世元年陳勝將鄧寵將兵居郟在今河南汝州郟縣 **从邑夾聲。** 工洽切八部按郟鄏之郟山名非此郟

郪 **新郪。** 逗 **汝南縣。** 見前志後志曰汝南郡宋公國周名郪丘漢改爲新郪章帝建初四年徙宋公於此按魏世家安釐王十一年秦拔我郪丘是其地今安徽潁州府城東八里有城故新郪城也 **从邑妻聲。** 七稽切十五部

鄎 **姬姓之國。在淮北。** 左傳隱十一年鄭息有違言杜曰鄎國汝南新息縣按此經作息注作鄎國也釋文云鄎音息一本作息此爲注作音也自墨書朱字不分而學者惑矣左傳用古文假借字杜解用說文本字不與經同此鄭氏注經之例也左正義引世本曰息國姬姓許云姬姓之國本世本也息侯伐鄭君子謂其不親親以其同姓也左傳云息嬀者謂息侯所娶之陳嬀也今河南光州息縣淮水在縣南五里故息城在縣北三十里 **从邑息聲。** 相即切一部 **今汝南新息是也。** 新息大徐作新鄎誤汝南郡新息二志同孟康司馬彪皆曰故息國按漢字作息與左氏合地在今息縣

郋 **汝南召陵里。** 召各本作邵誤今正汝南郡召陵二志同闞駰曰召者高也左傳僖四年楚屈完來盟于師盟于召陵又見昭十四年定四年傳杜曰召陵潁川縣也晉改屬潁川也按今河南許州郾城縣東四十五里有故召陵城郋者召陵里名召陵又有萬歲里許君召陵萬歲里人也 **从邑自聲。讀若奚。** 自聲在十五部奚聲在十六部合韵也許蓋用其方言如是胡雞切

⿰旁阝 **汝南鮦陽亭。** 汝南郡鮦陽二志同鮦孟康音紂此方言如是或云當作紂紅反者非也今河南汝寧府新蔡縣北有鮦陽故城又有鮦陽渠鮦者水名水經注葛陂東出爲鮦水俗謂之三丈陂是也⿰旁阝者鮦陽亭名疑即左傳襄四年定四年之繁陽也 **从邑旁聲。** 步光切十部

郹 **蔡邑也。** 地理志汝南郡有新蔡上蔡二縣沛郡有下蔡縣上蔡縣故蔡國周武王弟叔度所封度放成王封其子胡十八世徙新蔡新蔡縣蔡平侯自蔡徙此後二世徙下蔡下蔡縣故州來國爲楚所滅吳取之至夫差遷昭侯於此後四世侯齊竟爲楚所滅按杜預說同上蔡新蔡下蔡漢時用以名縣非周時有此名也上蔡新蔡漢時同在汝南郡今二縣皆屬汝寧府相距不遠若下蔡則距上蔡新蔡遠矣昭十九年左傳云楚子之在蔡也郹陽封人之女奔之生大子建平王爲蔡公時蔡方滅尚未遷新蔡則郹陽當在上蔡矣左傳又云齊侯衞侯次于垂葭實郹氏則衞地非蔡地也 **从邑狊聲。** 古闃切十六部 **春秋傳曰：郹陽人女奔之。** 按許當云郹陽蔡邑也以別於衞之郹氏

鄧 **曼姓之國。** 左傳楚武王夫人曰鄧曼則知鄧國曼姓也前志曰鄧縣故國 **今屬南陽。** 南陽郡鄧二志同今河南南陽府鄧州是其地 **从邑登聲。** 徒亙切六部

鄾 **鄧國地也。** 左傳桓九年楚子使道朔將巴客以聘於鄧鄧南鄙鄾人攻而奪之幣杜曰鄾在今鄧縣南沔水之北後志曰鄧有鄾聚水經注曰淯水又南徑鄧塞東又徑鄾城東古鄾子國也蓋鄧之南鄙也 **从邑憂聲。** 於求切三部 **春秋傳曰：鄧南鄙鄾人攻之。**

⿰号阝 **南陽淯陽鄉。** 淯二志作育南陽郡育陽二志同今河南南陽府東育陽故城是也⿰号阝者漢時鄉名 **从邑号聲。** 乎刀切二部

鄛 **南陽棘陽鄉。** 棘各本作棗誤今依後漢書宦者傳注及玉篇正南陽郡棘陽

⿰襄阝ㄖㄤˊ ⿰婁阝ㄌㄩˊ ⿰葛阝ㄍㄜˊ ⿰里阝ㄌㄧˇ ⿰羽阝ㄩˇ 郢ㄧㄥˇ

二志同今河南南陽府新野縣東北七十里有棘陽城是也鄛其鄉名也从邑巢聲。鉏交切二部

⿰襄阝今南陽穰縣。南陽穰二志同今河南南陽府鄧州東南二里穰縣故城是也本楚地後爲韓邑史記韓襄王十一年秦取我穰又秦武王封魏冄於此爲穰侯穰者古字穰者漢字如鄭蓟鄦許郋息郃漦之例葢許所見古籍作⿰襄阝漢時縣名字從禾也从邑襄聲。汝羊切十部

⿰婁阝南陽穰鄉。穰縣鄉名也从邑婁聲。力朱切古音在四部

⿰葛阝南陽陰鄉。南陽郡陰二志同師古曰左傳所云遷陰於下陰者也⿰葛阝者其鄉名从邑葛聲。古達切十五部○按此篆舊在鄾篆後今依玉篇廁此

⿰里阝南陽西鄂亭。南陽郡西鄂二志同今河南南陽府北五十里故西鄂城是也⿰里阝者漢時亭名从邑里聲。良止切一部

⿰羽阝南陽舞陰亭。南陽郡舞陰二志同水經曰潕水出潕陰縣西北扶予山東過其縣南凡水之南爲陰當因水在縣西北縣郎在水東南而名舞陰矣水作潕縣作舞者漢時縣字作舞也水經注作潕陰者依水改字也⿰羽阝者漢時亭名庾信賦曰⿰羽阝陽亭有離別之賦漢藝文志之別⿰羽阝陽賦也⿰羽阝陽亭豈卽⿰羽阝亭與从邑羽聲。王榘切五部

郢故楚都。楚羋姓楚熊繹始居丹陽顧氏輿地志秭歸縣東有丹陽城周迴八里熊繹始封也按今湖北宜昌府歸州東七里丹陽城是至文王熊貲始都郢在南郡江陵北十里。南郡江陵二志同今湖北荊州府治江陵縣府治卽故江陵城府東北三里有故郢城前志曰江陵縣故楚郢都楚文王自丹陽徙此後九世平王城之後十世秦拔我郢徙東按楚有二郢所都曰郢別邑曰郊郢左傳闞廉曰君次於郊郢以禦四邑杜曰郊郢楚地此必非郢都也故前志曰江陵縣故楚郢都又曰郢縣楚別邑故郢劃然二縣故郢二字正故郊郢之奪誤也許君於他邑不言此今縣方向里數獨此云在南郡江陵北十里詳之者以見非漢郢縣之郢也水經注江水又東逕江陵縣故城南謂楚都也又東逕郢城南子囊遺言所城可知也謂楚別邑也从邑呈聲。以整切十一部按孟子文王生於岐周卒於畢郢郢者程字之假借也

⿰王阝郢或省。

鄢南郡縣。孝惠三年改名宜城。南郡宜城二志同前志曰宜城故鄢惠帝三年更名按今湖北襄陽府宜城縣縣西南九里故鄢城亦謂之宜城廢縣是也左傳昭十三年王沿夏將欲入鄢杜曰夏漢別名順流爲沿順漢水南至鄢也秦昭襄王廿八年白起攻楚取鄢鄧二十九年白起攻楚取郢爲南郡高誘曰秦兵出武關則臨鄢鄢下黔中則臨郢也从邑焉聲。於乾切十四部按釋文於建反又於晚反又按春秋經傳鄭伯克段于鄢晉及楚鄭戰于鄢陵說者謂潁川郡地也前志作傿陵

鄳江夏縣。二志同地當在南陽江夏二郡之閒今河南信陽州湖北德安府應山縣之閒縣葢以黽阸得名也左傳定四年楚司馬戌云塞大隧直轅冥阸三者漢東之隘道總名曰城口魏晉以後義陽有三關之塞三關者一曰平靖關亦名西關郎左傳之冥阸也今在信陽州東南九十里應山縣北六十五里一曰武陽關亦名東關郎左傳之大隧也在信陽州東南一百五十里西南至應山縣一百三十里一曰黃峴關郎左傳之直轅也在信陽州南九十里南至應山縣亦九十里呂氏春秋淮南鴻烈皆云天下九塞冥阸其一戰國策史記二書或云黽阸或云黽塞或云冥阸之塞或云鄳隘或云冥阸之塞其實黽冥鄳一字阸隘一字而魏策無忌謂魏王作危隘之塞危郎黽之字誤也黽古音讀如忙與冥字爲陽庚之轉取近隋書地理志義陽郡鍾山縣舊曰鄳魏世家正義引水經注作鄳鄳者鄳之變宋書州郡志曰晉太康地志屬義陽作鄳永初郡國志何竝作鄳此字今正廣韻集韵皆云鄳在義陽今譌昌又通典申州羅山鍾山二縣下皆曰漢郢縣地此處不當有郢地二郢字皆鄳字之誤从邑黽聲。莫杏切古音在十部按庚韵音盲

邔南郡縣也。郡各本誤陽今正南郡邔二志同後志俗本譌作印水經曰禹貢三澨沱在南郡邔縣北今湖北襄陽府宜城縣縣北五十里有故邔城从邑己聲。居擬切一部○按邔篆舊廁鄀郝之閒今正

鄂江夏縣。二志同今湖北武昌府武昌縣縣西南二里故鄂城是也江夏有鄂縣故南陽之縣曰西鄂顧氏祖禹曰史記熊渠當周夷王時興

⿰襄阝 ⿰婁阝 ⿰葛阝 ⿰里阝 ⿰羽阝 郢 鄢 鄳 邔 鄂

邾ㄓㄨ 鄖ㄩㄣˊ 鄘ㄩㄥ 郫ㄆㄧˊ ⿰壽阝ㄔㄡˊ

邾鄖鄘郫⿰壽阝⿰耤阝鄤邡⿰馬阝鄨⿰包阝那

兵伐庸楊粵至於鄂又封中子紅爲鄂王孔氏以爲南陽之鄂誤矣時楚兵未能踰漢而北也**从邑咢聲**○五各切五部

邾 **江夏縣**○二志同前志曰衡山王吳芮都按芮都邾見項羽本紀今湖北黃州府城去故邾城二里許是也今大江東流逕黃州府城南隔江相望者曰武昌縣水經曰又東過邾縣南鄂縣北是也酈善長曰楚宣王滅邾徙居於此王隱地道記劉昭郡國志注皆有此說但此事不見楚世家時楚之強未必滅此彈丸而尚以地居之蓋此地古名邾魯附庸國古名邾婁依許所說本不相謀無庸牽合**从邑朱聲**○陟輸切古音在四部

鄖 **漢南之國**○左傳桓十一年鄖人軍於蒲騷宣四年若敖娶於鄖字或作䢵杜曰鄖國在江夏雲杜縣東南有鄖城按二志江夏皆有雲杜今湖北德安府府城即故鄖都也漢水自西北而東南德安在漢水北而云漢南者漢之下游地勢處南也春秋時楚滅鄖故有鄖公辛**从邑員聲**○羽文切十三部**漢中有鄖關**○地理志曰漢中郡長利有鄖關史記貨殖傳曰南陽西通武關鄖關按武關在今河南內鄉縣西百七十里鄖關在今湖北鄖陽府西張守節注貨殖傳曰鄖關當爲洵關洵關在金州洵陽縣玉裁按蓋即今鄖陽府舊上津縣唐室亂時用通貢道者東南通今鄖陽府西通今陝西興安府洵陽縣謂酈商傳之旬關即鄖關可也其關臨延長不當謂兩地鄖關去鄖國甚遠其字同耳故別言之

鄘 **南夷國**○牧誓有庸蜀左傳文十六年庸人率羣蠻以叛楚楚滅之杜曰庸今上庸縣屬楚之小國按二志漢中郡皆有上庸縣今湖北鄖陽府竹山縣東四十里有故上庸城尚書庸地在漢水之南南至江尚遠僞傳云在江南非也今字庸行而鄘廢於詩風之邶庸作鄘皆非也又按南夷國當作漢南國**从邑庸聲**○余封切九部

郫 **蜀縣也**○二志同今四川成都府郫縣北故郫城是**从邑卑聲**○符支切十六部

⿰壽阝 **蜀江原地**○蜀郡江原二志同故城當在今灌縣竟華陽國志曰縣在郡西渡大江濱文井江去郡一百二十里是也酈注梁州之沱曰江原有⿰壽阝江首出江南至犍爲武陽又入江豈沱之類與前志曰⿰壽阝水首受江南至武陽入江水經注亦云江原縣⿰壽阝江水出焉蓋有⿰壽阝地而以名江也今則無⿰壽阝地⿰壽阝江之偁矣**从邑壽聲**○市流切三部

⿰耤阝ㄐㄧˊ 鄤ㄇㄢˋ 邡ㄈㄤ ⿰馬阝ㄇㄚˇ 鄨ㄅㄧㄝ ⿰包阝ㄅㄠ 那ㄋㄨㄛˊ

⿰耤阝 **蜀地也**○鍇曰按字書鄉名在臨邛**从邑耤聲**○秦昔切古音在五部

鄤 **蜀廣漢鄉也**○按蜀字衍漢有蜀郡有廣漢郡此云廣漢鄉上文云蜀地皆不舉縣名者未審也**从邑蔓聲**○無販切十四部今集韻類篇又武粉切即此字而譌其體

邡 **汁邡**○逗**廣漢縣也**○汁各本作什非今正應劭注地理志曰汁音十如淳注功臣表曰汁音什漢王君平鄉道碑曰汁邡王卿是則漢時此縣名作汁字凡作什者以其音改之也廣漢郡汁邡二志同今四川成都府什邡縣是也**从邑方聲**○府良切十部

⿰馬阝 **存⿰馬阝**○逗**犍爲縣**○宋本皆作存或作⿰存阝者俗又或譌爲郁矣前志犍爲郡存⿰馬阝今本存作郁而師古不爲音知故作存華陽國志晉書尚作存今四川敘州府府西南有郁⿰馬阝廢縣府西北百六十里有郁⿰馬阝灘**从邑馬聲**○莫駕切古音在五部

鄨 **牂柯縣**○二志同前志曰不狼山鄨水所出東入沅過郡二行七百三十里按犍爲郡武帝建元六年開牂柯郡武帝元鼎六年開則⿰馬阝字鄨字必其時所製今貴州遵義府府城西有鄨縣故城是也方輿紀要曰雲南陸涼州州北有廢鄨縣非是**从邑敝聲讀若鷩雉之鷩**○必袂切十五部師古曰不列切

⿰包阝 **地名**○按字廁於此當是西南夷之地**从邑包聲**○布交切古音在三部

那 **西夷國**○其地當在今四川之西史記自莋以東北君長以什數冄駹最大在蜀之西又謂牂柯爲南夷邛莋爲西夷那蓋即冄駹之冄字古今字也按文王之子耼季賈逵韋昭皆云耼國名但其地闕史記作冄索隱云冄或作那終莫詳其地也左傳莊十八年有那處杜云那處楚地凡若此等異地同名者今皆不引以茲緐蕪**从邑冄聲**○諾何切按冄聲本在七八部雙聲合韵也小雅商頌毛傳曰那多也釋詁曰那於也左傳棄甲則那杜云那猶何也今人用那字皆爲柰何之合聲越語吳人之那不穀亦又甚焉韋注那於也此釋詁之證郭失其解又魚藻箋云那安皃**安定有朝那縣**○安定郡朝那二志同今陝西平涼府

府東南有朝那故城，許意葢謂那與朝那異處，如上文鄖與鄖關之例。如淳朝音株。

鄱　鄱陽。逗豫章縣。二志同。前志云有鄱水西入湖漢，則縣在鄱水之北也。今江西饒州府治鄱陽縣，府東六十里有故鄱陽城，府南有鄱江是也。楚世家昭王十二年吳伐楚取番。按字本作番，故史漢皆曰番君吳芮。地理志作鄱陽者，漢字也。从邑番聲。薄波切。十七部。按番聲在十四部，合韵也。

酃　長沙縣。前志長沙國酃，後志長沙郡酃。今湖南衡州府治衡陽縣，府東廿五里有故酃縣城是也。有酃湖，即荊州記、水經注所云湖水釀酒甚美謂之酃酒者也。从邑霝聲。郎丁切。十一部。

郴　桂陽縣。二志同。今湖南直隸郴州，即古郴縣。漢桂陽郡治也。从邑林聲。丑林切。七部。

⿰耒⻏　今桂陽耒陽縣。耒各本作⿰耒⻏，今正。許謂⿰耒⻏即今之耒陽縣，如言鄖即今之新息、鄖即今之穰縣也。其字既異，其地則一，故言今以說之。桂陽郡耒陽，二志同。今湖南衡州府耒陽縣，縣東四十五里有耒陽廢城。耒陽以耒水得名。从邑耒聲。盧對切。十五部。

鄮　會稽縣。二志同。今浙江寧波府治鄞縣，府治東三十里故鄮城是也。陸士龍曰：秦始皇身在鄮縣三十餘日。从邑貿聲。莫候切。三部。

鄞　會稽縣。二志同。今浙江寧波府奉化縣有故鄞城是也。說者謂以赤堇山得名。越絕書所謂赤堇之山破而出錫是也。蓋其字初作堇，後乃加邑。越語曰句踐之地東至於鄞。韋曰：今鄞縣是也。从邑堇聲。語斤切。十三部。

⿰巿⻏　沛國也。鉉本作沛郡，鍇本作沛國。郡按當作沛國沛郡也。謂後漢之沛國、前漢之沛郡皆此⿰巿⻏也。不言沛縣者，言郡而縣可知矣。二志字皆作沛。⿰巿⻏沛古今字，如鄎息、鄖穰、⿰耒⻏耒之比。今江蘇徐州府漢沛郡地。从邑巿聲。博蓋切。十五部。

邴　宋下邑。下邑猶言小邑。左傳邴歇、邴意茲、邴泄、邴夏，皆非宋人。公羊隱八年歸邴，入邴；九年會齊侯于邴，皆非宋地。十年取防，防者宋地，疑當作邴。从邑丙聲。兵永切。古音在十部。

⿰虘⻏　沛國縣。前志沛郡酇，後志沛國酇。陳勝攻銍、酇、苦、柘、譙，謂此酇也。今河南歸德府永城縣縣西南有故酇縣城。从邑虘聲。昨何切。通典引說文在何反，是也。古音在五部。今酇縣。謂本爲⿰虘⻏縣，今爲酇縣，古今字異也。班固泗水亭長碑曰：文昌四友，漢有蕭何，序功第一，受封于⿰虘⻏。正作⿰虘⻏。水經注曰：渙水又東逕酇縣城南。春秋襄公十年公會諸侯及齊世子光於⿰虘⻏，今其地⿰虘⻏聚是也。按今三經皆作柤，酈所據作⿰虘⻏，此皆古字作⿰虘⻏之證。許云今酇縣者，謂當時皆作酇，故著之，如邡，邡縣既爲周承休矣，而必存邡字以著其始也。

⿰少⻏　地名。从邑少聲。書沼切。二部。

⿰臣⻏　地名。从邑臣聲。植鄰切。十二部。

酁　宋地也。左傳哀十七年宋皇瑗之子麇有友曰田丙，而奪其兄酁般邑以與之。酁般猶祁午、孟丙。酁者，般之邑也。不詳其地在漢之何郡縣，故但曰宋地。从邑毚聲。讀若讒。士咸切。八部。

鄑　宋魯閒地。左傳莊元年齊師遷紀郱、鄑、郚。杜曰：三邑皆北海都昌縣有訾城。杜意訾即鄑也。許於下文郚曰東海縣，故紀侯之邑，此不云紀邑而云宋魯閒地者，據莊十一年公敗宋師于鄑而言，不謂紀邑也。从邑晉聲。即移切。按晉聲在古音十二部，今鄑在五支者，蓋由杜以訾城當之，而同其讀耳。集韵、類篇皆有即刃切。

郜　周文王子所封國。左傳富辰曰：郜、雍、曹、滕，文之昭也。杜云：濟陰成武縣東南有郜城。隱十年敗宋師，取郜。蓋郜附庸於宋，魯隱取其地，桓又取郜鼎於宋。僖二十年郜子來朝，則魯未滅之也。許不云在成武者，許意以爲未宷也。今山東兖州府城武縣東南二十里有故郜城。从邑告聲。古到切。古音在三部。

鄄　衛地。春秋莊十四年單伯會齊侯、宋公、衛侯、鄭伯于鄄，十五年復會于鄄，十九年公子吉及齊侯、宋公盟于鄄。襄十四年衛獻公如鄄，出奔齊。哀十七年晉伐衛，衛人出莊公而與晉平，既而衛侯自鄄入。杜曰：鄄，衛地，今東郡甄城是也。今濟陰鄄城。二志同。謂在周曰鄄，在漢爲鄄城縣也。今山東曹州府濮州州東二十里有鄄城廢縣。从邑垔聲。吉掾切。古音在十二部。左傳杜注作甄城，音眞，可證也。

邛　邛成。逗成各本作地，今正。濟陰縣。各本衍在字，今刪。今本地理志曰：山陽郡郜成侯國。宋氏祁云：郜當作邛。外戚侯表邛成屬濟陰，與山陽相距不遠。玉裁按宋說是也玉篇邛字下曰山陽邛成縣此邛成之確證希馮蓋以前志正說文而不知說文與表合前漢時容有改屬故志表不符耳志云侯國即表之邛成共侯王奉先也邛成之誤郜成者以莽曰告成之故也郡國志成武有郜城與此無涉○又按水經注泗水篇曰黃溝又東逕邛城縣故城南地理志山陽縣也王莽更名之曰郜城矣故世有南郜北郜之論也此可證漢志本作邛水經注版本譌作卬戴先生校注文乃依漢志誤本改卬城爲郜成改郜城爲告成非是郜城本在成武縣東南自莽改邛城曰郜城於是謂在成武者北郜此曰南郜今本漢志作莽曰告成亦誤也地理中成城二字多淆猝難審定**从邑工聲。**渠容切九部

鄶　祝融之後妘姓所封。溱洧之閒。鄭滅之。鄭詩譜曰檜者古高辛氏火正祝融之墟檜國在禹貢豫州外方之北熒播之南居溱洧之閒祝融氏名黎其後八姓唯妘姓檜者處其地焉後爲鄭桓公之子武公所滅按鄶在外方之東非外方之北也熒播依小顏地理志注引作播鄭語云祝融其後八姓妘姓鄔鄶路偪陽也鄶以祝融之後仍封祝融之墟左傳黎爲祝融大戴禮世本皆云祝融之弟吳回吳回生陸終陸終弟四子萊言是爲妘鄶人即鄶之祖也萊亦作求妘亦作云鄶亦作會今河南許州密縣古鄶地**从邑會聲。**古會切十五部按檜者假借字也左傳國語作鄶詩釋文曰檜本又作鄶

邧　鄭邑也。左傳文四年晉侯伐秦圍邧新城以報王官之役廣韵云秦邑名是也今左傳鄭地無名邧者**从邑元聲。**虞遠切十四部

郔　鄭地。左傳宣三年晉侯伐鄭及郔杜曰郔鄭地釋文郔音延宋淳化本及明人補刻石經作延皆誤字也又宣十二年楚子北師次于郔實一地也若隱元年大叔收貳以爲己邑至於廩延當別是一地字不從邑**从邑延聲。**以然切十四部

郠　琅邪莒邑。按當云莒邑也在琅邪如郚周邑也在河內之例**从邑更聲。**古杏切古音在十部**春秋傳曰。取郠。**左傳昭十七年季平子伐莒取郠杜云郠莒邑

鄅　妘姓之國。春秋昭十八年邾人入鄅左傳云鄅人藉稻杜云鄅妘姓國也正義云鄅爲妘姓世本文按韋昭曰陸終弟四子求言爲妘姓杜曰鄅今琅邪開陽縣前志曰東海郡開陽故鄅國後志開陽屬琅邪開陽即春秋經哀三年之啟陽也魯有鄅地爲啟陽荀卿則云襄賁開陽今山東沂州府府北十五里有故開陽城**从邑禹聲。春秋傳曰。鄅人藉稻。**服虔曰藉耕種於藉田也**讀若規榘。**今王榘切五部

鄒　魯縣。古邾婁國。帝顓頊之後所封。魯國騶二志同二志作騶許作鄒者蓋許本作魯騶縣如今汝南新息今南陽穰縣之比淺者乃刪去騶字耳周時或云鄒或云邾婁者語言緩急之殊也周時作鄒漢時作騶者古今字之異也邾婁各本無婁今依韵會所據正左穀作邾公羊檀弓作邾婁婁如字邾又夷也邾婁之合聲爲鄒夷語也國語孟子作鄒三者鄒爲正邾則省文故邾篆下不言春秋邾國此必依公羊作邾婁國也漢時縣名作騶如韓勑碑陰騶韋仲卿足證鄭語曰曹姓鄒莒韋云陸終第五子曰安爲曹姓封於鄒杜譙云邾曹姓顓頊之後有六終產六子其弟五子曰安邾即安之後也周武王封其苗裔俠爲附庸居邾前志曰騶故邾國曹姓二十九世爲楚所滅按左傳顓頊氏有子曰黎爲祝融祝融之後八姓妘曹其二也然則上文鄶祝融之後妘姓所封此云帝顓頊之後互文錯見也今山東兗州府鄒縣縣東南二十六里有古邾城○趙氏岐曰鄒本春秋邾子之國至孟子時改曰鄒此未知其始本名鄒也**从邑芻聲。**側鳩切三部

⿰余阝　邾下邑地。邾當作鄒如鄒篆與鄒篆相聯之例地當作也周禮雍氏注伯禽以王師征徐戎劉本徐作⿰余阝音徐按魯世家頃公十九年楚伐我取徐州徐廣曰徐州在魯東今薛縣引後志曰魯國薛縣本國六國時曰徐州玉裁謂楚所取之徐州即⿰余阝地疑非薛齊湣王三年已封田嬰於薛不能至魯頃公十九年魯尚有薛也齊世家田常執簡公於徐州亦非此徐州**从邑余聲。魯東有⿰余阝城。**城當作戎許書之例未有言城者⿰余阝戎即周禮注所云伯禽以王師征⿰余阝戎今尚書作徐夷徐戎許鄭所據作⿰余阝鄒在魯東則⿰余阝在魯東可知矣書序曰徐夷竝興東郊不闢昭元年傳周有徐奄徐蓋⿰余阝戎也鄒習於夷故左傳曰邾又夷也**讀若塗。**塗當作涂同都切五

郝　附庸國。王制曰不能五十里者不合於天子附於諸侯曰附庸鄭云不合謂不朝會也小城曰附庸附庸者以國事附於大國不能以名通也春秋襄十三年夏取郝郝者魯附庸也**在東平亢父郝亭。**前志曰東平國亢父詩亭故詩國後志曰章帝元和元年分東平國爲任城國亢父屬任城國按前志當作詩亭故郝國許書當作東平亢父詩亭杜預左注亦當本作詩亭皆寫者亂之耳郝詩古今字也今山東濟寧州東南有故郝城**从邑寺聲。**書之切一部**春秋傳曰。取郝。**

鄹　魯下邑。孔子之鄉。論語孔注曰鄹孔子父叔梁紇所治邑也左傳杜注曰紇鄹邑大夫仲尼父叔梁紇也檀弓鄹曼父之母鄭云曼父之母與徵在爲鄰相善孔子世家曰孔子生魯昌平鄉鄹邑杜曰鄹邑魯縣東南莝城是也張守節曰夫子生在鄒之闕里長徙曲阜仍號闕里按杜云莝城者今不得其詳說者以爲今鄒縣西北之東鄒村西鄒集是也孔子世家言鄹人輓父檀弓言鄹曼父鄭注言鄹叔梁紇蓋孔子之父魯人以鄹人紇呼之如周禮之鄉以州名野以邑名非鄹爲所治邑也論語云鄹人之子者孔子弟子爲師諱紇字也鄹大夫之文始見於王肅私定家語而孔氏論語注乃肅輩僞托者**从邑取聲。**側鳩切四部論語作鄹

郕　魯孟氏邑。今春秋三經三傳皆作成郕成古今字也左傳昭七年晉人來治杞田季孫將以成與之杜云成孟氏邑本杞田定十二年將墮成公斂處父曰墮成齊人必至于北門杜云成在魯北竟按孟氏邑非姬姓郕國之地也今左傳隱五年衞人入郕文十二年郕伯來奔僖廿四年管蔡郕霍文之昭也字皆正作郕而許不云姬姓之國者蓋許所據左氏郕成字互易不可以今所據繩許也公羊郕國之字則作盛古郕國在今兗州府汶上縣北二十里故郕城不在魯北竟**从邑成聲。**氏征切十一部

⿰奄阝　周公所誅⿰奄阝國。在魯。玉篇作周公所誅叛國商奄是也奄⿰奄阝二字周時竝行今則奄行而⿰奄阝廢矣單呼曰奄絫呼曰商奄書序孟子左傳皆云奄如踐奄歸自奄伐奄昭元年周有徐奄是也左傳又云商奄如昭九年蒲姑商奄吾東土也定四年因商奄之民命以伯禽而封於少皞之虛是也大部曰奄覆也商雅弇蓋也故商奄亦呼商蓋墨子曰周公旦非關叔辭三公東處於商蓋韓非子曰周公旦將攻商蓋辛公甲曰不如服衆小以劫大乃攻九夷而商蓋服矣商蓋即商奄也奄在淮北近魯故許云在魯鄭注書序云奄在淮夷之北注多方云奄在淮夷旁是也祝鮀說因商奄之民封魯者杜云或遊散在魯是也今山東兗州府曲阜縣城東二里有奄城云故奄國即括地志之奄里此可證遊散在魯之說豳風四國是皇毛傳云四國管蔡商奄也商謂武庚則此傳商奄爲二**从邑奄聲。**依檢切八部

酄　魯下邑。春秋經定十年齊人來歸鄆讙龜陰之田鄆公羊作運讙三經三傳皆同許作酄者許所據異也應劭注前志引春秋哀八年取讙及闡字亦作酄賈服云鄆讙二邑名左傳桓三年杜注曰讙魯地濟北蛇丘縣西有下讙亭**从邑雚聲。**呼官切十四部**春秋傳曰。齊人來歸酄。**按許引左氏則言春秋傳曰引公羊則言春秋公羊傳曰以別於左氏

郎　魯亭也。春秋隱元年費伯帥師城郎桓四年公狩于郎十年齊侯衞侯鄭伯來戰于郎莊八年師次于郎以俟陳人蔡人三十一年築臺于郎哀十一年戰于郊檀弓作戰於郎鄭曰郎魯近邑也杜云郎魯邑高平方與縣東南有郁郎亭按以郎爲男子之偁及官名者皆良之假借字也**从邑良聲。**魯當切十部

邳　奚仲之後湯左相仲虺所封國。左傳定元年薛宰曰薛之皇祖奚仲居薛以爲夏車正奚仲遷於邳仲虺居薛以爲湯左相譜云薛任姓黃帝之苗裔奚仲封爲薛侯今魯國薛縣是也奚仲遷於邳仲虺居薛以爲湯左相武王復以其胄爲薛侯齊桓黜爲伯小國無記世不可知亦不知爲誰所滅按杜亦云仲虺奚仲之後與許合邳者所封國名如鼄郯邰扈邢鄦鄎鄧郜鄶鄅等字之例左傳昭元年云虞有三苗夏有觀扈商有姺邳周有徐奄皆國名也杜云姺邳二國商諸侯按益謂仲虺之後爲亂者也**在魯。**句**薛縣是也。**謂商之邳國在今漢之魯國魯國薛縣是其地也魯國薛二志同前志云夏車正奚仲所國後遷於邳湯相仲虺居之合班許所云蓋奚仲所遷之邳此薛寀遷如郗遷於絳之比

郝鄹郕⿰奄阝酄郎邳

遷於邳則國名邳仲虺所居薛而邳名不改姚邳與觀扈徐奄同則國嘗滅矣周復封其後於邳爲薛侯也應劭注東海下邳曰邳在薛其後徙此故曰下臣瓚曰有上邳故曰下邳按呂后三年封楚元王子郢客爲上邳侯土邳即薛也然則昭元年定元年杜注皆云邳下邳縣非是下邳在今江蘇徐州府之邳州薛縣在今山東兖州府滕縣南四十里有故薛城。从邑丕聲。敷悲切十五部。

鄣　紀邑也。春秋經莊三十年齊人降鄣公羊穀梁皆曰鄣紀之遺邑也劉歆賈逵依之許說同杜云紀附庸國東平無鹽縣東北有鄣城岠紀太遠非許意也古紀國在今山東青州府壽光縣西南三十里紀城鄣邑嘗附近即昭十九年左傳之紀鄣也紀鄣者本紀國之鄣邑猶齊語紀鄣謂本紀國之鄣邑也公穀云鄣紀之遺邑與左傳云紀鄣合杜云紀鄣在東海贛榆是也莊三十年之鄣即此杜分爲兩地非今江蘇海州贛榆縣縣北七十五里有故紀鄣城亦曰紀城。从邑章聲。諸良切十部。

邗　國也。今屬臨淮。左傳哀九年吳城邗溝通江淮杜云於邗江築城穿溝東北通射陽湖西北至末口入淮通糧道也今廣陵邗江是按左傳吳城邗爲句溝通江淮爲句曰城邗則知邗地名許云國者許必有所據矣本是邗國其地漢屬臨淮郡不言何縣者有未審也此與鄦在潁川鄧屬南陽一例地理志曰廣陵國江都有渠水首受江北至射陽入湖水經注曰邗城下掘深溝謂之韓江亦曰邗溟溝自江東北通射陽湖地理志所謂渠水也西北至末口入淮江都縣前志屬廣陵郡許云今屬臨淮者許意邗國地當在前漢臨淮郡不在廣陵也。从邑干聲。胡安切十四部。一曰邗本屬吳。錢氏大昕曰許前後兩說後說似即用左氏吳城邗溝通江淮之文。

⿰義阝　臨淮徐地。前志曰臨淮郡徐故國盈姓春秋時徐子章禹爲楚所滅後志曰下邳國徐本國後志之下邳國即前志之臨淮郡也今安徽泗州州北五十里有故徐城廢縣⿰義阝者徐縣地名也。从邑義聲。魚羈切古音在十七部。春秋傳曰徐⿰義阝楚。左傳昭六年徐儀楚聘于楚楚子執之杜云儀楚徐大夫按許所據左作⿰義阝以邑爲氏古本古說也。

郈　東平無鹽鄉。東平國無鹽二志同杜預曰故宿國今山東東平州州東二十里有故無鹽城前志曰無鹽有郈鄉左傳昭二十五年臧會逸奔郈杜曰東平無鹽縣東南有郈鄉亭左正義曰此時尚爲公邑後爲叔孫私邑。从邑后聲。胡口切四部。

郯　東海縣。東海郡郯二志同今山東沂州府郯城縣縣西南百里有故郯城。帝少昊之後所封。前志曰郯故國少昊後盈姓按盈即嬴字宣四年經曰公及齊侯平莒及郯。从邑炎聲。徒甘切八部。

郚　東海縣。前志云東海郡郚鄉疑此當云郚鄉東海縣。故紀侯之邑也。春秋經莊元年齊師遷紀郱鄑郚杜云郚在東莞朱虛縣東南按前漢郚鄉縣後漢併入琅邪之朱虛永初元年朱虛又屬北海國晉屬東莞郡故杜預劉昭皆云朱虛有郚城朱虛今山東青州府臨朐縣縣東六十里故朱虛城是也故郚城在今青州府安丘縣縣西南六十里。从邑吾聲。五乎切五部。

酅　東海之邑。春秋經莊三年紀季以酅入于齊前志菑川國東安平孟康注曰春秋之酅今酅亭是也後志東安平屬北海國有酅亭按前志云菑川國後并北海疑許當云北海之邑酅亭在今山東青州府臨淄縣縣東齊語曰正封疆地東至于紀酅紀酅猶言紀酅謂故紀國之酅也。从邑巂聲。戶圭切十六部。

鄫　姒姓國。按許書無姒字漢碑姒作似左傳衛成公命祀夏后相甯武子不可曰杞鄫何事周語韋注曰杞繒二國姒姓夏禹之後。在東海。前志曰東海郡繒故國禹後後志曰琅邪國繒故屬東海今山東兖州府嶧縣東八十里有故鄫城按國名之字左傳作鄫國語作繒公羊作鄫穀梁作繒左釋文於鄫首見處云亦作繒據許則國名從邑也漢縣名從糸。从邑曾聲。疾陵切六部。

邪　琅邪郡也。謂琅邪郡之字如此作也。前志曰琅邪郡秦置屬徐州後志曰琅邪國屬徐州刺史部許從前漢之制故曰郡前志郡領東武等五十一縣今山東兖州府東境沂州府及青州府南境莒州萊州府南境膠州一州帶皆是其地今兖州府諸城縣縣東南百四十里有故琅邪城古齊琅邪邑也其地有琅邪山管子齊桓公將東遊南至琅邪孟子齊景公欲遵海而南放於琅邪

邞䣛郭郳郣鄿邭郂

邞ㄈㄨ　䣛ㄑㄧ　郭ㄍㄨㄛ　郳ㄋㄧ

蘇秦說齊宣王曰齊南有泰山東有琅邪史記秦始皇竝海至琅邪子虛賦曰齊東陼鉅海南有琅邪皆謂今諸城縣山海經云琅邪臺在渤海閒非也趙岐曰琅邪齊東南境上邑越絕書句踐旣滅吳欲霸中國徙都琅邪立觀臺於山上周七里以望東海始皇立琅邪郡爲三十六郡之一而漢因之尋周時琅邪之名未知何解許君以其字从邑傳合郡名爲釋耳九經字樣曰郞邪郡名郞良也邪道也以地居鄒魯人有善道故爲郡名今經典玉旁作良者謬未知其說所出古書絕無作郞者且琅邪齊地非鄒魯地邪古書用爲衺正字又用爲辭助如乾坤其易之門邪乾坤其易之緼邪是也今人文字邪爲疑辭也爲決辭古書則多不分別如子張問十世可知也當作邪是也又邪也二字古多兩句竝用者如龔遂傳今欲使臣勝之邪將安之也韓愈文其眞無馬邪其眞不知馬也皆也與邪同 从邑牙聲○以遮切古音在五部按漢碑琅邪字或加玉旁俗字也近人埶書從耳作耶由牙耳相似藏三牙或作藏三耳

邞 琅邪縣也○前志琅邪郡邞後志無幷省也漢孝文元年封呂平爲侯國

一名純德○前志曰莽曰純德 从邑夫聲○甫無切五部

䣛 齊地也○从邑桼聲○親吉切十二部

郭 齊之郭氏虛○謂此篆乃齊郭氏虛之字也郭本國名虛墟古今字郭國旣亡謂之郭氏虛如左傳言少昊之虛昆吾之虛大皞之虛祝融之虛也郭氏虛在齊境內 善善不能進惡惡不能退是目亡國也○郭何以爲虛職是故也事見韓詩外傳新序風俗通皆同亦有取此說春秋者按莊二十四年經云赤歸于曹郭公公羊傳曰赤者何曹無赤者蓋郭公也郭公者何失地之君也穀梁傳曰赤蓋郭公也何爲名也禮諸侯無外歸之義外歸非正也左無傳郭今以爲城𩫏字又以爲恢郭字又左傳虢國字公羊作郭○从邑𩫏聲○古博切五部

郳 齊地○从邑兒聲○五雞切十六部 春秋傳曰齊高厚定郳田○左傳襄六年齊侯滅萊遷萊于郳高厚崔杼定其田杜云遷萊子於郳國正義云郳卽小邾小邾附屬於齊故滅萊國而遷其君於小邾按世本云邾顏居邾肥徙郳宋仲子注邾顏別封小子肥於郳爲小邾子左傳曰魯擊柝聞於邾小邾者邾所別封則其地亦在邾魯不當爲齊地今鄒縣有故郳城滕縣東南有郳城皆魯地且郳之偁小邾久矣不應又忽評爲郳也許意郳是齊地非小邾國凡地名同實異者不可枚數如許書郳非鄒國是其例也據傳云遷萊於郳高厚崔杼定其田蓋定其與萊君之田以郳田與之也

郣ㄅㄛ

郣 郣地○此從鍇本鉉作郣海地非是郣是復舉字之未刪者地謂有地名郣也今其地未聞蓋春秋時齊地也若漢二志之勃海郡今直隸河閒天津二府地其謂之勃海者師古曰在勃海之濱因以爲名也水部瀣下曰勃瀣海之別也漢書子虛賦音義曰勃瀣海別枝也勃瀣史記河渠書謂之勃海今靜海縣之海與山東遼東接境者卽勃瀣司馬相如賦所以自瑯邪觀成山射之罘而浮勃瀣始皇所以竝勃海以東過黃腄窮成山登之罘而南登琅邪也齊都賦注曰海旁曰勃斷水曰瀣勃與郣似可通然勃海郡勃瀣字皆不作郣假令勃海郡字可作郣則許當云郣海郡也而不曰地 从邑孛聲○蒲沒切十五部 一曰地之起者

曰郣○周禮草人勃壤用狐鄭云勃壤粉解者廣雅埻塺也今俗謂粉之細者曰勃皆卽郣字地之起者謂虛朏

鄿ㄊㄢ

鄿 國也○齊桓公之所滅○衛風曰譚公維私小雅曰東國困於役而傷於譏譚大夫作大東以告病左傳莊十年曰齊師滅譚譚無禮也譚子奔莒同盟故也今濟南府府東南七十里有故譚城在二志濟南郡之東平陵縣東平陵故城在今濟南府府東七十五里 从邑覃聲○徒含切古音在七部按詩春秋公穀皆作譚許書又無譚字蓋許所據從邑齊世家譌作郯可證司馬所據正作鄿鄿譚古今字也許書有譚長不作以古字廢今字也

邭ㄑㄩ　郂ㄍㄞ

邭 地名○左傳注多不言名如毛傳云水也山也地也皆是許君亦不言名如邭地也邭地也以及邑也國也皆是凡言名者後人所改 从邑句聲○其俱切四部

郂 陳畱鄉○陳畱郡二志同今河南開封府東至歸德府西皆是其境陳畱郡屬有陳畱縣此不云陳畱縣鄉但云陳畱鄉則是舉郡名不箸某縣也曷爲不箸有未審也郖下曰宏農縣鄏下曰河南縣是舉郡縣同名之例 从邑亥聲○

古哀切一部

⿰𢦔阝 故國在陳畱。春秋經隱十年宋人蔡人衛人伐戴三經皆作載惟穀梁音義曰載本或作戴而前志作戴古載戴同音通用耳許作𢦔左氏音義引字林亦作𢦔呂本許許所據從邑也前志云梁國甾故戴國後志云陳畱郡考城故甾注引陳畱志云古戴國今河南衛輝府考城縣縣東南五里有考城故城漢之甾縣古之𢦔國也甾與𢦔古音同𢦔古字甾漢字許云在陳畱者章帝改名考城屬陳畱也水經注汳水篇曰陳畱風俗傳曰秦之穀縣後遭漢兵起邑多災年故改曰甾縣王莽更名嘉穀章帝東巡詔曰甾縣名不善其改曰考城按莽章帝不達同音譌字之源委故不能正爲𢦔字而風俗傳云秦之穀縣則更無稽之言耳 从邑𢦔聲。作代切一部

酀 地名。从邑燕聲。烏前切十四部齊有高酀即高偃高傒之元孫左傳曰敬仲之曾孫者古人立文後裔統云曾孫

邱 地名。从邑丘聲。去鳩切古音在一部今制諱孔子名之字曰邱

⿰如阝 地名。从邑如聲。人諸切五部

⿰丑阝 地名。从邑丑聲。女九切三部

⿰几阝 地名。从邑几聲。居履切十五部按西伯戡⿱𥝢邑周本紀作耆徐廣曰一作阢阢蓋即⿰几阝字

⿰翕阝 地名。从邑翕聲。希立切七部

⿰求阝 地名。玉篇曰⿰求阝鄉在陳畱 从邑求聲。巨鳩切三部

⿰嬰阝 地名。从邑嬰聲。於郢切十一部

⿰尚阝 地名。廣韵曰鄺地名說文作鄗 从邑尚聲。多朗切十部今俗以爲鄉黨字

郱 地名。从邑并聲。薄經切十一部前志齊郡臨朐應劭云有伯氏駢邑後志齊國臨朐有古郱邑按春秋莊元年齊師遷紀郱鄑郚杜云郱在東莞臨朐縣東南齊取其地然則伯氏駢邑即此地駢即郱字今山東青州府臨朐縣東南有郱城是也未知許意然不

⿰虖阝 地名。玉篇云魯地名 从邑虖聲。呼古切五部

邩 地名。从邑火聲。呼果切十七部

鄝 地名。从邑翏聲。盧鳥切三部左傳文公五年楚滅蓼釋文云字或作鄝穀梁宣八年經楚人滅舒鄝釋文云本又作蓼小雅漸漸之石詩序注云舒舒鳩舒鄝舒庸之屬釋文云鄝又作蓼按坊記陽侯繆侯即淮南氾論訓之陽侯蓼侯繆者字誤耳前志六安國後志廬江郡皆作蓼許不謂此也

鄬 地名。从邑爲聲。居爲切十七部春秋經襄七年公會晉侯宋公陳侯衛侯曹伯莒子邾子于鄬杜云鄬鄭地

邨 地名。从邑屯聲。此尊切十二部按本音豚屯聚之意也俗讀此尊切又變字爲村

⿰舍阝 地名。从邑舍聲。式車切五部按玉篇引春秋徐人取舒杜預云今廬江舒縣按僖三年三經皆作舒魯頌亦作舒二志廬江舒縣亦皆作舒未審希馮所據

⿰盍阝 地名。从邑盍聲。胡蠟切八部二志泰山郡皆有蓋縣孟子有蓋大夫廣韵蓋姓字書作⿰盍阝古盍切

⿰乾阝 地名。从邑乾聲。古寒切十四部

⿰㐭阝 地名。从邑㐭聲。讀若淫。力荏切七部

⿰山阝 地名。从邑山聲。所閒切十四部

⿰興阝 地名。从邑興聲。鉉無鍇有今按廣韵蒸韵集韵證韵皆引說文則有者是也虛陵切六部

⿰堂阝 地名。从邑臺聲。徒郎切十部玉篇⿰堂阝鄌二同引續漢書云廣陵⿰堂阝邑也按續漢書謂司馬彪郡國志也今志作堂邑云故屬臨淮春秋時曰堂考左傳襄十四年楚子囊師于棠以伐吳昭二十年棠君尚五尚字皆從木而廣韵引風俗通堂楚邑大夫五尚爲之其後氏焉字從土葢今左傳從木或誤堂邑今江蘇江寧府六合縣是也許但云地名未知謂此地與否 臺古文堂字。文字各本奪今補見土部

⿰馮阝 姬姓之國。廣韵曰馮姓也畢公高之後食采於馮城因而命氏左傳云畢者文之昭王肅注尚書云畢毛文王庶子然則⿰馮阝爲姬姓國其後以國氏省作馮也師古云馮歸姓恐非字廁於此者許不審⿰馮阝地所在 从邑馮聲。房戎切古音在六部按許既知爲姬姓國則當知其地所在蓋古本據其次第可推今本蓋寫者奪之補綴於此

⿰𠭊阝 汝南安陽鄉。汝南郡安陽二志同今河南汝寧府眞陽縣縣東故安陽城是也有鄉名⿰𠭊阝 从邑𠭊省聲。𠭊宋版及小徐皆不從艸艸部⿱艹𠭊耳部⿱𠭊耳皆𠭊聲則固有𠭊字矣苦怪切十五部漢書⿰𠭊阝成矦周緤服虔音菅⿱艹𠭊之⿱艹𠭊則服作⿰𠭊阝成

六篇下

郙ㄈㄨˇ　酈ㄌㄧˋ　䣈ㄑㄧㄢ　𨙨

郙 汝南上蔡亭。汝南郡上蔡，二志同。今河南汝寧府上蔡縣縣西南十里故蔡城是也。有亭名郙。从邑甫聲。方矩切。五部。○按郙郙二篆當與鄭郎郎鄧鄭等篆爲伍，寫者奪之，補綴於此。

酈 南陽縣。南陽郡酈，二志同。秦二世二年沛公攻析酈，皆下之，則是秦所置縣。今河南南陽府內鄉縣，縣東北有故酈縣城。从邑麗聲。郎擊切。十六部。按蘇林、如淳皆音酈。小顏漢書注：酈姓音歷，縣名音同蘇如。○按酈篆當與邔鄖鄛鄧郢鄉六篆爲伍，寫者奪之而補綴於此。

䣈 地名。从邑㬎聲。七然切。十四部。

𨙨 从反邑。䢽字从此。闕。闕謂其音闕也。

文一百八十一 一宋本作四，今依鍇補鄉，則一百八十二。

重六 邑部自邦至郱皆國邑跡名及國邑所有之地也。自鄯以下則皆地名。自西而東，鄯遼西西北之最遠者也，郝則近東北矣。自鄯至郱，漢之三輔，屬司隸。邦部二文，隴西天水郡也，在三輔之西，屬涼州。自郘至邢，[宏]農河南河內河東四郡也，在三輔之東，亦屬司隸。鄔祁，大原郡也，屬并州。自鄴至鄲，魏郡趙國清河常山鉅鹿郡也，屬冀州。鄚，涿郡也，屬幽州。郅，北地郡也，屬涼州。鄩者，近北地之狄。自鄦至郾，潁川汝南郡也，屬豫州。自鄧至郎，南陽南郡江夏三郡也，屬荊州。自郎至邦，漢中蜀廣漢犍爲牂柯五郡也，屬益州。自鄮至鄞，豫章桂陽會稽三郡也，屬揚州。長沙在江南，故附於豫章下，長沙本屬荊州也。自郴至鄣，蓋漢豫州兗州之地。自邗至郝，臨淮東海琅邪三郡也，屬徐州。郭至郈，齊地也，當屬青州。鄣截，陳留郡也，屬兗州。以下槩云地名，則未審其在何所也。

𨛜ㄒㄧㄤˋ　鄉ㄒㄧㄤ

𨛜 鄰道也。道當爲邑字之譌也。其字從二邑會意。从邑从𨙨。隸變作𨛜。凡𨛜之屬皆从𨛜。闕。闕者謂其音未聞也。大徐云胡絳切，依鄉字之音，非有所本。如闕字或依闕字之音，或依自字之音，皆非是。

鄉 國離邑。離邑如言離宮別館。國與邑名可互偁。析言之則國大邑小，一國中離析爲若干邑。民所封鄉也。封猶域也。鄉者今之向字，漢字多作鄉，今作向。所封謂民域其中，所鄉謂歸往也。釋名曰：鄉，向也，民所向也。以同音爲訓也。嗇夫別治。別，彼列切。別治謂分治也。百官公卿表曰：縣大率十里一亭，亭有長；十亭一鄉，鄉有三老、有秩、嗇夫、游徼。三老掌教化，嗇夫職聽訟收賦稅，游徼徼循禁盜賊。司馬彪百官志曰：鄉置有秩、三老、游徼，鄉小者置嗇夫一人。風俗通云：嗇者省也，夫賦也，言消息百姓均其役賦。按許不言三老游徼者，舉一以該其二。亦謂鄉小者但置嗇夫，不置三老游徼也。封圻之內六鄉，六鄉治之。按封圻上當有周禮二字。上云嗇夫別治，言漢制；此云六鄉六鄉治之，謂周禮也。封圻卽邦畿。周禮方千里曰國畿。六鄉地在遠郊以內。五家爲比，五比爲閭，四閭爲族，五族爲黨，五黨爲州，五州爲鄉。鄉老二鄉則公一人，鄉大夫每鄉一人。許先舉漢制，後言周禮者，許書凡言郡縣鄉亭皆漢制。漢表云：凡縣道國邑千五百八十七，鄉六千六百二十二，亭二萬九千六百三十五。許全書所舉某縣某鄉某亭，皆在此都數之中。从𨙨皀聲。許良切。十部。

𨞰ㄒㄧㄤˋ　巷。

𨞰 里中道也。不言邑中道言里中道者，言邑不該里，言里可該邑也。析言之則國大邑小，邑大里少；渾言之則國邑通偁，邑里通偁。載師注曰：今人云邑居里，此邑里通偁也。高祖紀云沛豐邑中陽里人，此邑里析言也。應劭曰：沛，縣也；豐，其鄉也。然則鄉可偁邑矣。周禮五家爲鄰，五鄰爲里，此周制也。齊語五家爲軌，十軌爲里，此齊制也。百官志曰：里魁掌一里百家，什主十家，伍主五家，以相檢察，此漢制也。里中之道曰巷，古文作𨞰，爾雅作衖。引伸之，凡夾而長者皆曰巷。宮中衖謂之壼是也。十七史言弄者，皆鄉巷字語言之異也。今江蘇俗尚云弄。从𨙨共。會意。言在邑中所共。說會意之恉。道在邑之中，人所共由。胡絳切。共亦聲也。九部。

巷 篆文从邑省。巷爲小篆，則知𨞰爲古文籀文也。先古籀後篆者，亦丄部之例。巷今作巷。

文三　重一

二十五部　文七百五十四宋本四作三鈕樹玉曰按實七百五十五

重六十宋本作六十一鈕曰實五十九　凡九千四百四十三字

此第六篇都數

說文解字第六篇下　　吳縣鈕樹玉校字

六篇下　　羕

日ㄖˋ　旻ㄇㄧㄣˊ　時ㄕˊ

說文解字第七篇

金壇段玉裁注

日 實也。以疊韵爲訓。月令正義引春秋元命包云：日之爲言實也。釋名曰：日，實也，光明盛實也。大昜之精不虧。故曰實。从○一。象形。○象其輪郭，一象其中不虧。人質切。十二部。凡日之屬皆从日。古文。象形。蓋象中有烏。武后乃竟作囗，誤矣。

旻 秋天也。此爾雅釋天及歐陽尚書說也。釋天曰：春爲昊天，夏爲蒼天，秋爲旻天，冬爲上天。許鄭本如是，孫炎郭樸本乃作春蒼夏昊。从日文聲。武巾切。十三部。虞書說：說各本作曰，今依韵會訂。虞書說三字當作唐書說曰四字。古文堯典欽若昊天說也。仁覆閔下則偁旻天。覆閔各本作閔覆，誤，今依玉篇廣韵皆作仁覆愍下謂之旻天訂。此古尚書說也。與毛詩王風傳同。五經異義：天號，今尚書歐陽說：堯典欽若昊天，春曰昊天，夏曰蒼天，秋曰旻天，冬曰上天，總爲皇天。爾雅亦云。古尚書毛詩說：天有五號，各用所宜稱之。尊而君之則曰皇天，元氣廣大則稱昊天，仁覆愍下則稱旻天，自天監下則稱上天，據遠視之蒼蒼然則稱蒼天。許君曰：謹按堯典羲和以昊天總勑以四時，故昊天不獨昊春也。左傳夏四月孔丘卒，稱曰旻天不弔，非秋也。元之聞也，爾雅者孔子門人所作，以釋六藝之言，蓋不誤也。春氣博施，故以廣大言之；夏氣高明，故以遠言之；秋氣或生或殺，故以閔下言之；冬氣閉藏而清察，故以監下言之。皇天者，至尊之號也。六藝之中諸稱天者，以情所求言之耳，非必於其時稱之。浩浩昊天，求天之博施；蒼天蒼天，求天之高明；旻天不弔，求天之生殺當其宜；上天同雲，求天之所爲當順其時也。此之求天，猶人之說事，各从其主耳。若察於是，則堯命羲和欽若昊天，孔丘卒稱旻天不弔，無可怪爾。按許作五經異義不从爾雅从毛詩，造說文兼載二說而先爾雅，於毛與鄭說無不合。蓋異義早成，說文後出，不待鄭之駁正而已權衡悉當。觀此及社下、姓下，皆與異義不同，與鄭說相合，可證。

時 四時也。本春秋冬

七篇上　一

旹　早ㄗㄠˇ　曶ㄏㄨ　昧ㄇㄟˋ　睹ㄉㄨˇ

夏之稱，引伸之爲凡歲月日刻之用。釋詁曰：時，是也。此時之本義，言時則無有不是者也。廣雅曰：時，伺也。此引伸之義，如不能辰夜、遠猶辰告，傳皆云辰，時也，是也。从日寺聲。市之切。一部。

旹 古文時。从日㞢作。之聲也。小篆从寺，寺亦之聲也。漢隸亦有以旹者。

早 晨也。晨者，早昧爽也。二字互訓。引伸爲凡爭先之偁。周禮大司徒早物，段早爲草。从日在甲上。甲象人頭，在其上則早之意也。易曰：先甲三日。子浩切。古音在三部。

曶 尚冥也。冥者，窈也，幽也。自日入至於此，尚未日出也。司馬相如傳：曶爽暗昧，得燿乎光明。然則曶尚未明也。按漢人曶昧通用不分，故幽通賦：昒昕寤而仰思。曹大家曰：昒昕，晨旦明也。韋昭曰：昒，昧忽兩音。郭樸注三倉解詁云：曶，旦明也。然則獨許分別曶爲未明，昧爽爲且明，以其時相際，故說之者異。从日勿聲。大徐作昒，古皆有之。呼骨切。十五部。按韋音梅饋切，字林音勿，皆與昧通用之證。

昧 昧爽，逗。昧字舊奪，今補。且明也。各本且作旦，今正。且明者，將明未全明也。牧誓：時甲子昧

七篇上　二

爽，王朝至于商郊牧野。言昧爽起行，朝旦至牧野。左傳晏子述讒鼎之銘曰：昧旦丕顯。僞尚書演其辭曰：昧爽丕顯，坐以待旦。郊祀志：十一月辛巳朔旦冬至，昒爽。封禪書昒作昧。既言旦又言昧爽者，以辛巳朔旦冬至合前文黃帝己酉朔旦冬至爲言，明冬至均在朔之旦也。繼云昧爽天子始郊拜泰一，明未旦時卽郊拜泰一也。內則：成人皆雞初鳴，適父母舅姑之所；未冠笄者昧爽而朝。後成人也。昧與曶古多通用，而許分別之，直以昧連爽爲書。昧者，未明也；爽者，明也。合爲將旦之偁。从日未聲。莫佩切。十五部。一曰闇也。闇者，閉門也。閉門則光不明也。明闇字用此，不用暗。暗者，日無光也。義異。司馬相如傳：阻深闇昧，得燿乎光明。

睹 且明也。各本作旦明，誤，今正作且明。睹與昧爽同義。許書有睹無曙，而文選魏都賦、謝康樂溪行詩李注竝引作曙，古今字形異耳。許本作睹，後乃變爲曙，曙亦者聲也。玉篇昒昧二文間出曙字，市據切，此顧希馮以今字易古字也。後出睹字，丁古切，此孫強陳彭年輩所據說文妄增者也。呂覽謂一朝爲一曙。廣韵曰：睹，詰朝欲明也。从日者聲。當古

晢 ㄓㄜˊ 曉 ㄒㄧㄠˇ 昕 ㄒㄧㄣ 昭 ㄓㄠ 晤 ㄨˋ

切。廣韵亦睹入姥韵。曙入御韵。五部。

各本篆體誤今正。**昭晢**逗**明也**。旦下曰明也。明下曰昭也。旣昧爽則旦矣。周易王弼本明辨晢也。陳風明星晢晢。傳曰晢晢猶煌煌也。洪範明作晢。鄭曰君視明則臣昭晢。按昭晢皆从日。本謂日之光。引伸之爲人之明晢。口部曰哲知也。**从日𣂚聲**。𣂚舊作折今正。晢字日在下。或日在旁作晣。同耳。旨熱切。十五部。**禮曰晢明行事**。禮謂十七篇也。許序例云其偁禮周官禮。謂儀禮周官。謂周禮也。士冠禮宰告曰質明行事。鄭云質正也。許所據作晢明。以戴記禮器昏義兩言質明推之。戴記多从今文。則知質明今文。晢明古文也。鄭不疊古文者略也。

明也。此亦謂旦也。俗云天曉是也。引伸爲凡明之偁。方言黨曉哲知也。楚謂之黨。或曰曉。齊宋之間謂之哲。**从日堯聲**。呼鳥切。二部。曉昕二篆。鉉本奪而綴于末。今依鍇本。

旦明也。小徐本作旦也明也。韵會作旦明也。今正爲旦明之。王世子大昕。鄭云早昧爽也。是昕卽晨而未旦也。士昏禮記曰凡行事必用昏昕。齊風東方未晞顛倒裳衣。傳曰晞明之始升。按蒹葭湛露傳皆云晞乾也。此云明之始升。則當作昕無疑。昕與晞各形各義。而昕讀同希。因誤爲晞耳。**日將出也**。按此亦言旦明。而不次諸晢篆之前者。正謂昧爽於旦猶遠。昕於旦僅一閒耳。故毛云明之始升。許先列晢曉篆。而以昕足之。**从日斤聲。讀若希**。斤聲而讀若希者。文微二韵之合。齊風是以與衣韵也。今讀許斤切。則又合乎最初古音矣。十三部。○說文讀若希。見文王世子音義。鍇作讀若忻。非。鄭注樂記訢讀爲熹。是其理也。

日明也。引伸爲凡明之偁。廟有昭穆。昭取陽明。穆取陰幽。皆本無正字。叚此二字爲之。自晉避司馬昭諱。不敢正讀。一切讀上饒反。而陸氏乃以入經典釋文。陋矣。又別製佋字。注云廟昭穆父爲佋。南面。子爲穆。北面。从人召聲。此最爲不通。昭穆乃鬼神之偁。其字當从示。而从人何也。無識者又取以竄入說文人部中。其亂名改作有如此者。今人部刪佋。**从日召聲**。止遙切。二部。

明也。晤昀晄曠四篆。不必專謂日之明。然莫明于日。故四字皆从日。而廁于此也。晤者啓之明也。心部之悟。㝱部之寤。皆訓覺。覺亦明也。同聲之義必相近。**从日吾聲**。五故切。五部。**詩曰晤辟有摽**。邶風文。今詩作寤。此篇云耿耿不寐。云我心匪石。云如匪澣衣。則當作寤。訓覺。晤其叚借之字也。

昀 ㄉㄧˋ 晃 ㄏㄨㄤˇ 曠 ㄎㄨㄤˋ 旭 ㄒㄩˋ

明也。昀者白之明也。故俗字作的。漢魯峻碑曰永傳啻齡。曄矣昀昀。引伸爲皪昀。**从日勺聲**。都歷切。古音在二部。詩發彼有勺。叚勺爲昀字。**易曰爲昀顙**。說卦傳文。昀顙白顚也。馬部又有馰篆。云馬白顙也。引易馰顙。疑後出。非古。

明也。各本篆作晄。篇韵皆云晃正晄同。今正。晃者動之明也。凡光必動。會意兼形聲字也。楊雄賦北熿幽都。李善云熿與晃音義同。**从日光聲**。胡廣切。十部。

明也。廣大之明也。會意兼形聲字也。引伸爲虛空之偁。**从日廣聲**。苦謗切。十部。

日旦出皃。邶風旭日始旦。傳曰旭者日始出謂大昕之時。旭與曉雙聲。釋訓曰旭旭蹻蹻憍也。郭云皆小人得志憍蹇之皃。此其引伸叚借之義也。今詩旭旭作好好。好同音叚借字也。**从日九聲。讀若好**。好各本作勗。誤。今依詩音義訂。按音義云許玉反。徐又許九反。是徐讀如朽。朽卽好之古音。朽之入聲爲許玉反。三讀皆於九聲得之。不知何時許九誤爲許元。集韵類篇皆云許元切。徐邈讀。今之音義又改元爲袁。使學者求其說而斷不能得矣。大徐許玉切。三部。

晉 ㄐㄧㄣˋ 暘 ㄧㄤˊ

進也。周易象傳曰晉進也。以疊韵爲訓。凡進皆曰晉。難進亦曰晉。周禮凡田王提馬而走。諸侯晉是也。禮古文周禮故書皆叚晉爲箭。**日出而萬物進**。故其字从日。**从日从臸**。臸者到也。以日出而作會意。隸作晉。卽刃切。十二部。**易曰明出地上晉**。此引易象傳文。以證从日之意也。

日出也。洪範八庶徵曰雨曰暘。某氏云雨以潤物。暘以乾物。祭義夏后氏祭其闇。殷人祭其陽。周人祭日以朝及闇。鄭云闇昏時也。陽讀爲曰雨曰暘之暘。謂日中時也。朝日出時也。暘之義當从鄭。孟子秋陽以暴之。亦當作秋暘。**从日昜聲**。與章切。十部。**虞書曰曰暘谷**。虞書宋本葉本如是。他本作商。非也。各本少一曰字。今補。虞書當作唐書。說見禾部。

晵ㄑㄧˇ　暘ㄧˋ　昫ㄒㄩˇ　晛ㄒㄧㄢˋ　晏ㄧㄢˋ　曣ㄧㄢˋ　景ㄐㄧㄥˇ

此古文尙書堯典文也𣅜雨而晝姓也。晵之言闓也姓者雨而夜除星見也雨而晝除見日則謂之晵晵亦謂之姓从日啟省聲。康禮切十五部按集韵又輕甸切語之轉也今蘇州俗語云晵晵不是好晴正作此音暘日覆雲暫見也。覆雲者揜於雲暫見者倏見也此與目部暘義畧同从日易聲。羊益切十六部按當施隻切昫日出𥁕也。𥁕各本作溫今正詳水部昫與火部煦義同樂記煦嫗淮南書作昫嫗廣韵直以爲一字周禮注曰司馬法旦明鼓五通爲發昫是知主初日出言也从日句聲。火于切又火句切古音在四部北地有昫衍縣。見前書地理志今甘肅寧夏府靈州東南花馬池境有昫衍廢縣是也俗譌作朐衍非晛日見也。毛詩見晛曰消毛云晛日氣也韓詩曣晛聿消韓云曣晛日出也二解義相足日出必有溫氣也廣雅釋詁云曣曣煗也曣曣即韓詩之曣晛煗即毛日氣之說荀卿非相篇引詩作宴然宴然卽曣晛也宴晏曣古通用玉篇曰曣同晛从日見。

形卽義見亦聲。胡甸切十四部詩曰見晛曰消。小雅角弓文晏天清也。揚雄羽獵賦曰天清日晏李引許淮南子注曰晏無雲之處也漢天文志曰日餔時天星晏星卽今之晴字淮南書鶡曰知晏陰蜡知雨晏對陰而言如淳注郊祀志云三輔謂日出清濟爲晏按郊祀之晏溫封禪書作曣溫猶氤氳也郊祀志字異而義同如淳以日出清濟釋之謂晏而溫是爲異非是晏之言安也古晏安通用故今文堯典晏晏古文作安安左傳安孺子古今人表作晏孺子从日安聲。烏諫切十四部曣星無雲也。姚氏鼐曰星卽姓字按日開雨除亦曰姓無雲謂晴而無雲也晴容有有雲者其字亦作曣毛詩見晛曰消韓詩作曣晛聿消劉向上封事引之師古注云曣無雲也今漢書譌然不可讀韓詩釋曣晛爲日氣許注淮南釋晏爲無雲此以天清釋晏以晴無雲釋曣言各有當不以音義相近而淆之也一說星無雲謂星而無雲如雨部云風雨土謂風而雨土也詩曐爲風焉韓云[illegible]曀也卽許星而無雲之說从日燕聲。於甸切十四部景日

晧ㄏㄠˋ　暤ㄏㄠˋ　曄ㄧㄝˋ　暈ㄩㄣˋ　旰ㄍㄢˋ　暆ㄧˊ

光也。日字各本無依文選張孟陽七哀詩注訂火部曰光者明也左傳曰光者遠而自他有燿者也日月皆外光而光所在處物皆有陰光如鏡故謂之景車舝箋云景明也後人名陽曰光名光中之陰曰影別製一字異義異音斯爲過矣爾雅毛詩皆曰景大也其引伸之義也从日京聲。居影切古音在十部讀如姜晧日出皃。謂光明之皃也天下惟絜白者冣光明故引伸爲凡白之偁又改其字从白作皓矣从日告聲。胡老切古音在三部暤晧旰也。晧錯本作暤集韵類篇从之晧旰謂絜白光明之皃旰同日出光倝之倝非下文訓晚之旰也漢書上林賦采色澔旰史記作皓旰靈光殿賦澔澔涆涆曹植七啟云丹旗燿野戈殳晧旰此可證晧旰之爲古語古者大暤少暤葢皆以德之明得偁俗作大昊少昊晧旰雙聲字从日皋聲。胡老切古音在三部俗从白作皞曄光也。也當作皃字之誤思[元]賦舊注云曄光皃漢書敘傳云世宗曄曄吳都賦云飾赤烏之韡曄从日𠌶。鍇本日在𠌶上玉篇曰說文作曅大徐日在旁非也筠輒

切八部暈光也。按光也二字當作日光氣也四字篆體暈當作暈周禮暈作煇古文叚借字眂祲掌十煇之法以觀妖祥辨吉凶一曰祲二曰象三曰鑴四曰監五曰闇六曰瞢七曰彌八曰敘九曰隮十曰想鄭司農云煇謂日光炁也按日光氣謂日光捲結之氣釋名曰暈捲也氣在外捲結之也日月皆然孟康曰暈日旁氣也篆體日在上或移之在旁此篆遂改爲暉改其訓曰光與火部之煇不別葢淺者爲之乃致鉉以暈爲新附篆矣从日軍聲。軍者圜圍也此以形聲包會意王問切十三部大徐許歸切非旰晚也。襄十四年左傳杜注曰旰晏也从日干聲。古案切十四部春秋傳曰日旰君勞。昭十二年左氏傳文今本勞作勤暆日行暆暆也。史記屈原賈生列傳曰庚子日施兮服集予舍施即說文暆字也暆暆邐迤徐行之意暆暆猶施施詩毛傳曰施施難進之意从日施聲。弋支切十六十七部樂浪音洛浪有東暆縣。樂浪郡東暆見地理志樂浪今朝鮮國地東暆故城未聞魚部云東暆輸鰅魚讀

晵暘昫晛晏曣景晧暤曄暈旰暆

晷ㄍㄨㄟˇ 昃ㄗㄜˋ 晚ㄨㄢˇ 昏ㄏㄨㄣ 曫ㄌㄨㄢˊ

如醆。三字當在旃聲之下

晷日景也。上文云景光也渾言之此云晷日景也不云日光析言之也以其陰別於陽卽今之影字也左傳謂之蔭云趙孟視蔭釋名曰晷規也如規畫也此謂以表度日大雅旣景乃岡傳云考於日景參之高岡从日咎聲。居洧切古音在三部

昃日在西方時側也。象上日景言之日在西方則景側也易曰日中則昃孟氏易作稷穀梁春秋經戊午日下稷古文叚借字从日仄聲。此舉形聲包會意隸作昃亦作昗小徐本矢部又出昗字則複矣夫製字各有意義晏景昏旱之日在上皆不可易也日在上而干聲則爲不雨日在旁而干聲則爲晚然則昃訓爲日在西方豈容移日在上形聲之內非無象形也阻力切一部易曰日昃之離。爻辭離九三

晚莫也。莫者日且冥也从日在茻中見茻部引伸爲凡後之偁从日免聲。無遠切十四部

昏日冥也。冥者窈也窈者深遠也鄭目錄云士娶妻之禮以昏爲期因以名焉必以昏者陽往而陰來日入三商爲昏引伸爲凡闇之偁从日氐省。氐者下也。氐部曰氐者至也其引伸之義則爲下故此云氐者下也上部云下者氐也目部云氐目卽低目人部無低字昏字於古音在十三部不在十二部昏聲之字蟁亦作蚊敃亦作岐散亦作忞昏古音同文與眞臻韵有斂侈之別字从氐省爲會意絕非从民聲爲形聲也蓋隸書淆亂乃有从民作昬者俗皆遵用唐人作五經文字乃云緣廟諱偏傍準式省从氏凡泯昏之類皆从氏以昬類泯其亦傎矣呼昆切霓韵者文韵之音變一曰民聲。此四字蓋淺人所增非許本書宜刪凡全書內昏聲之字皆不从民有从民者譌也

曫日且昏時也。且各本作旦今正昏訓冥且訓日且冥則曫卽昏也曫之言䜌也䜌者交兒日將入而色有異也从日䜌聲。讀若新城䜌中。䜌他書作蠻地理志河南郡新城下蠻中故戎蠻子國也郡國志河南郡新城有鄤聚古鄤氏今名蠻中左傳昭十六年楚子誘戎蠻子殺之杜云河南新城縣東南有蠻城水經注伊水篇曰新城縣故蠻子國也有鄤聚今名蠻中漢新城故城在今河南河南府洛陽縣

晻ㄢˇ 暗ㄢˋ 晦ㄏㄨㄟˋ 𣋑ㄋㄞˋ 曀ㄧˋ 旱ㄏㄢˋ 𣅔ㄧㄠˇ 昴ㄇㄠˇ

南今左穀皆作蠻公羊作曼劉昭引左傳作鄤音如蠻集韵謨還切者是大徐洛官切非也十四部

晻不明也。北征賦曰晻晻其將暮漢書元帝紀三光晻昧南都賦晻曖蓊蔚吳都賦旭日晻時凡言晻藹謂陰翳也蜀都賦作菴藹从日奄聲。烏敢切八部

暗日無光也。集韵類篇皆以晻暗爲一字依許則義各殊明之反當用晻暗主謂日無光眡祲掌十煇之灋五曰闇鄭司農云闇日月食也暗者正字闇者叚借字也引伸爲凡深沈不明之偁从日音聲。烏紺切古音在七部

晦月盡也。朔者月一日始蘇望者月滿與日相望似朝君字皆从月月盡之字獨从日者明月盡而日如故也日如故則月盡而不盡也引伸爲凡光盡之偁僖十五年春秋經晦震夷伯之廟公羊曰晦晝冥也穀梁曰晦冥也杜注左云與凡書晦同爾雅曰霧謂之晦从日每聲。荒內切十五部

𣋑埃𣋑。逗疊韵字日無光也。埃𣋑猶靉靆也通俗文雲覆日謂之靉靆从日能聲。奴代切一部

曀天陰沈也。各本作陰而風也今正攷開元占經引作天地陰沈也大平御覽引作天陰沈也邶風曰終風且曀爾雅毛傳皆云陰而風曰曀釋名曀翳也言雲氣晻翳日光使不明也小爾雅曀冥也曀主謂不明爾雅毛傳因詩句兼風言耳故許易之陰沈當作霃从日壹聲。於計切古音在十二部詩曰終風且曀。

旱不雨也。从日干聲。乎旰切十四部

𣅔望遠合也。合者望遠則其形不分其色不分其小大高下不分是也與杳字義略相近从日匕。會意匕。逗合也。匕何以訓合比之省也猶曾下云曾益也曾何以訓益增之省也是亦許書言叚借之一也昆何以省比有昆字在也讀若窈窕之窈。窈古讀如黝音轉如杳烏皎切二部

昴白虎宿星。召南傳曰昴畱也古謂之昴漢人謂之畱故天官書言昴律書直言畱毛以漢人語釋古語也元命包云昴六星昴之言畱物成就繫畱此昴亦訓畱之義也从日丣聲。丣古音讀如某亞古文酉字字別而音同在三部雖同在三部而不同紐是以丣聲之劉畱聊柳珋騶駵

曏ㄒㄧㄤˋ　曩ㄋㄤˇ　昨ㄗㄨㄛˊ　暇ㄒㄧㄚˊ　暫ㄓㄢˋ　昪ㄅㄧㄢˋ　昌ㄔㄤ

帶帝爲一紐卯聲之昴爲一紐古今音讀皆有分別丣聲之不讀莫飽切猶卯聲之不讀力九切也惠氏棟因毛傳之語謂昴必當从丣其說似是而非王氏鳴盛尚書後案襲之非也莫飽切古音在三部曏不久也。士相見禮曰曏者吾子辱使某見請還贄於將命者注云曏曩也按禮注曏字或作鄉今人語曰向年向時向者即曏字也又曰一晌日半晌皆是曏字之俗从日鄉聲。許兩切十部春秋傳曰曏役之三月。僖廿八年左氏傳文曏猶前也城濮之役在四月前乎此役之三月正與不久之義合杜作鄉云鄉猶屬也殊誤曩曏也。釋言文左傳曰曩者志入而已今則怯也晉語曰曩而言戲乎莊子曰曩子行今子止从日襄聲。奴朗切十部昨絫日也。絫絃本作壘誤錯本作累絫累正俗字古書積絫字皆作絫厽部云絫者增也絫日謂重絫其日也廣韵云昨日隔一宵也周禮司尊彝段昨爲酬酢字从日乍聲。在各切五部暇閑也。各本作閑俗字也今正酒誥曰不敢自暇自逸古多借假爲暇周書多方天惟須夏之子孫鄭云夏之言假大雅皇矣周頌武二箋皆作須假而孔本作暇孫卿子其爲人也多假日其出人不遠也賈逵國語注假閑也登樓賦聊假日以銷憂李善云假或爲暇引楚辭聊暇日以消時可見古假暇通用假訓大故包閑暇之義匡謬正俗似未識此意从日叚聲。胡嫁切古音在五部暫不久也。左傳婦人暫而免諸國今俗語云暫時閒即此字也从日斬聲。藏濫切八部昪喜樂皃。小雅弁彼鸒斯傳曰弁樂也此昪之段借也釋詁詩序皆云般樂也般亦昪之段借也古三字同音故相段借如此昪其正字而尟用之者从日从日者熙熙如春登臺之意弁聲。皮變切十四部昌美言也。咎繇謨曰禹拜昌言今文尚書作黨趙注孟子引尚書禹拜讜言逸周書祭公解拜手稽首黨言張平子碑讜言允諧劉寬碑對策嘉讜皆昌言之段借也至於讜言亦見漢人文字字林讜言美言也此又因讜言而爲之言傍讀之正俗字可从日从曰。會意取諸日月不刊之意也不入日部者日至尊也尺良切十部

七篇上　九

曏曩昨暇暫昪昌暀昄昱㬎暍暑

暀ㄨㄤˋ　昌。　昄ㄅㄢˇ　昱ㄩˋ　㬎ㄋㄢˇ　暍ㄧㄝˋ　暑ㄕㄨˇ

一曰日光也。裴松之引易運期讖曰兩口並光日居午兩日昌字闕讖說字多不合本義裴引孝經中黃讖曹爲日載東曹字亦本从曰非从日蓋昌之本義訓美言引伸之爲凡光盛之偁則亦有訓爲日光者日光祇爲餘義例所不載一曰日光也五字恐魏時因許昌之說而妄增之詩曰東方昌矣。齊風東方明矣朝既昌矣傳曰東方明則夫人纚笄而朝朝已昌盛則君聽朝云朝已昌盛與美言之義相應許并二句爲一句當由轉寫筆誤㫚籒文。暀光美也。釋詁曰暀暀皇皇美也按暀見爾雅而不見他經泮水箋云皇皇當作暀暀暀暀猶往往也此易皇爲暀復訓暀爲往以作暀而後可訓往也少儀祭祀之儀齊齊皇皇注云皇皇讀爲歸往之往皇氏云謂心所繫往此處鄉不讀爲暀徐先民於況反非是从日往聲。此舉形聲包會意謂往者象也於放切十部昄大也。大雅土宇昄章釋詁毛傳皆曰昄大也从日反聲。補綰切十四部昱日明也。日明各本作明日今依衆經音義及玉篇訂大元曰日以昱乎晝月以昱乎夜注云昱明也日無日不明故自今日言下一日謂之明日亦謂之昱日昱之字古多段借翌字爲之釋言曰翌明也是也凡經傳子史翌日字皆昱日之段借翌與昱同立聲故相段借本皆在緝韵音轉又皆入屋韵劉昌宗讀周禮翌日乙丑音育是也俗人以翌與翼形相似謂翌即翼同入職韵廣衡包改尚書六翌皆爲翼而昱日之義廢矣明部萌下曰翌也翌當爲昱萌从亡明晝夜之道亡明而明復矣昱之義引伸爲凡明之偁故顧命翌室某氏曰明室三輔決錄注釋左馮翊曰馮盛也翊明也翊郎翌从日立聲。余六切古音在七部㬎昷溼也。昷各本作溫今正說詳水部昷溼而生溼故其字从日从日赧省聲。溫溼生黴亦有色赤者未必不从赤會意也集韵類篇㬎㬎小赤也讀與赧同。女版切十四部暍傷暑也。北山經北嚻之山鳥名䳋鵑食之已暍按今俗語謂㬥熱之曰暍聲如遏即此字从日曷聲。於歇切十五部暑熱也。暑與熱渾言則一故許以熱訓暑析言則二故大雅溫隆蟲蟲毛云溫溫而暑隆隆

七篇上　十

𣈶ㄋㄢˇ　㬎ㄒㄧㄢˇ　暴ㄆㄨˋ

𣈶㬎暴曬暵晞昔暱

而暑蟲蟲而熱也暑之義主謂溼熱之義主謂燥故溽暑謂溼暑也釋名曰暑煑也如水煑物也熱爇也如火所燒爇也从日者聲。舒呂切五部

𣈶 安𣈶。逗疊韵字也 盄也。盄各本作溫今正說詳水部安𣈶猶溫存也二字皆平聲廣雅云暍𣈶煗也安作暍語之轉耳巾部云讀若水溫𣈶則安亦作溫 从日𣈶聲。奴案切十四部按廣韵集韵類篇𣈶皆讀平聲入山韵玉篇𣈶亦奴達切平則二字皆平去則二字皆去入則二字皆入是之謂疊韵

㬎 眾微杪也。从日中視絲。此九字廣韵作眾明也微妙也从日中視絲十一字疑當作眾明也从日中見絲絲散妙也散者今之微字眇者今之妙字玉篇亦作妙日中視絲眾明察及微妙之意 古文㠯為顯字。顯為頭明飾㬎為日中見微妙則經傳顯字皆當作㬎㬎者本義顯者段借載籍既皆作顯乃謂古文作㬎為段借矣故曰古文以為顯字頁部顯下曰从頁㬎聲是則㬎之顯如顯可知呼典切 或曰眾口皃。讀若唫唫。此別一義也讀若唫唫當作讀若口唫之唫轉寫譌舛耳巨錦切。集韵不得其句乃於寑韵云㬎者絮中小繭渠飲切 或㠯為繭。句謂或用為繭字也其字从絲故或用為繭字 繭者絮中往往有小繭也。蒙繭而釋之必釋之者此繭不同糸部訓蠶衣之繭也亦蠶衣之義之引伸也釋名云繭者幕也貪者著音褚衣也衣可以幕絡絮也或謂之牽離者煑爛牽引使離散如絲然也牽離即糸部之𦃃𦁰𦃃𦁰一名惡絮𦃃牽奚切𦁰郎兮切與牽離為一語之轉䋮字下亦云繭滓也一名䋮頭一名牽離按此蓋繰絲之餘滓亦可褒衣而中有纇結故云絮中歷歷有小繭繭之言結也釋名則謂可以煑爛牽引㬎之絮外說無不合以㬎為此繭則㬎古典切七部。已上三義蓋然三音大徐總曰五合切非也惟第二義讀若唫也故溼水字从之為聲

暴 晞也。攷工記晝暴諸日孟子一日暴之引伸為表暴暴露之義與夲部暴義別凡暴疾暴虐暴虎皆夲部字也而今隸一之經典皆作暴難於詛正 从日出𠬞米。日出而竦手舉米曬之合四字會意玉篇步卜切五經文字捕沃切廣韵蒲木切大徐薄報切非也三部

七篇上　十一

暬。　曬ㄕㄞˋ　暵ㄏㄢˋ　晞ㄒㄧ　昔ㄒㄧˊ　胥。　暱ㄋㄧˋ

𣋡 古文暴。从日麃聲。

曬 暴也。漢中山靖王傳白日曬光幽隱皆照 从日麗聲。曝與曬同意散其光也所智切音變則所賣切十六部

暵 乾也。乾上當有日字乾者上出也凡物乾者必上溼者必下王風傳曰暵菸皃周禮旱暵之事鄭云暵熱氣也皆引伸之義也 耕暴田曰暵。暴田曰暵因之耕暴田曰暵齊民要術論耕曰寧燥不溼燥雖耕塊一經得雨地則粉解溼耕堅垎數年不佳垎胡格反 从日𦰩聲。同一堇聲而謹殣入十三部漢暵難則入十四部且隸易其字从𦰩蓋部分甚相近故也呼旰切 易曰。燥萬物者莫暵乎火。依韵會所據小徐本訂說卦傳文今易作熯

晞 乾也。元應書引作日乾曰晞小雅湛湛露斯匪陽不晞傳曰陽日也晞乾也陽日也者謂陽即暘之段借也方言曬晞暴也暴五穀之類秦晉之閒謂之曬東齊北燕海岱之郊謂之晞又曰晞燥也 从日希聲。香衣切十五部

昔 乾肉也。周禮腊人掌乾肉凡田獸之脯腊膴胖之事鄭云大物解肆乾之謂之乾肉若今涼州烏翅矣腊小物全乾者鄭意大曰乾肉小曰腊然官名腊人則大物亦偁腊也故許渾言之 从殘肉。謂𠔉也象形 日㠯晞之。昨之殘肉今日晞之故从日鄭注腊人云腊之言夕也此可證周禮故作昔字後人改之昔者古文籒文增肉作腊於義為短昔肉必一經一夕故古段昔為夕穀梁經辛卯昔恆星不見左傳為一昔之期列子昔昔夢為君皆是又引伸之則段昔為昨又引伸之則以今昔為今古矣今古之義盛行而其本義遂廢凡久謂之昔周禮昔酒鄭云今之酋久白酒周語厚味實腊毒韋云腊亟也讀若酋昔酒為味厚者其毒亟也韋意久與亟義相成積之久則發之亟思積切古音在五部 與俎同意。俎从半肉且薦之昔从殘肉日晞之其作字之恉同也故曰同意

𦟝 籒文从肉。今隸作腊專用諸脯腊

暱 日近也。日謂日日也皆日之引伸之義也釋詁小雅傳皆云暱近也左傳不義不暱非其私暱誰敢任之 从日匿聲。舉形聲包會意尼質切古音在一部魚力切 春秋傳曰。私降暱燕。昭廿五年

七篇上　十二

暬杳昆晐普旦暨倝朝㫃

昵。　暬　杳　昆　晐　普

左傳文今本作昵

昵　或从尼作。攷工記凡昵之類不能方故書昵或作樴或爲刴杜子春讀爲不義不昵之昵按古文段尼爲昵古文尚書典祀無豐於尼釋詁云卽尼也孫炎曰卽猶今也尼近也郭樸引尸子悅尼而來遠釋文引尸子不避遠尼自衛包改尚書作昵宋開寶閒又改釋文而古文之讀不應爾雅矣

暬　日狎習相嫚也。嫚者侮易也小雅曾我暬御傳云暬御侍御也楚語居寢有暬御之箴韋云暬近也暬與褻音同義異今則褻行而暬廢矣　从日執聲。各本篆作暬埶聲作執聲五經文字亦誤今正私列切十五部

杳　不見也。从日否省聲。此字古籍中未見其訓云不見也則於从日無涉其音云否省聲則與自來相傳密音不合且何不云不聲也以理求之當爲不日也从不日王風曰不日不月謂不知其旋反之何日何月卽上章之不知其期也大雅不日成之箋云不設期日今俗謂不遠而不定何日亦曰不日卽形卽義許書有此例如止戈爲武日見爲晛是也其音美畢切者蓋謂遠不可期則讀如蔑近不可期則讀如密也自讀許書者不解而妄改其字或改作㫗廣韵改作㫗意欲與覓之俗字作覓者比附爲一十一部

卅三

昆　同也。夏小正昆小蟲傳曰昆者衆也由魂魂也魂魂也者動也小蟲動也王制昆蟲未蟄鄭曰昆明也明蟲者得陽而生得陰而藏以上數說兼之而義乃備惟明斯動動斯衆衆斯同同而或先或後是以昆義或爲先如昆弟是也或爲後如昆命元龜釋言昆後也是也羽獵賦噍噍昆鳴　从日从比。从日者明之義也亦同之義也从比者同之義今俗謂合同曰渾其實當用昆用棍古渾切十三部

晐　兼晐也。吳語一介嫡女執箕帚以晐姓於王宮韋云晐備也姓庶姓引曲禮納女於天子曰備百姓廣雅晐皆咸也按此晐備正字今字則該晐行而晐廢矣莊子淮南作晐今多作該　从日日者天下所大同也故从之亥聲。古哀切一部

普　日無色也。此義古籍少用衣部袢下曰無色也讀若普兩無色同讀是則普之本義實訓日無色今字借爲溥大字耳今詩溥天之下孟子及漢人引詩皆作普天趙岐曰普徧也　从日並聲。小徐本如此韵會同並古音同傍皆从並聲又轉入虞模部袢讀若普知普古音亦讀若伴以雙聲爲用也滂古切五部

文七十　重六

㫃　朝　倝。　倝　暨　旦

旦　明也。明當作朝下文云朝者旦也二字互訓大雅板毛傳曰旦明也此旦引伸之義非其本義衛風信誓旦旦傳曰信誓旦旦然謂明明然也　从日見一上。一地也。易曰明出地上晉得案切十四部　凡旦之屬皆从旦。

暨　日頗見也。頗頭偏也頭偏則不能全見其面故謂事之略然者曰頗日頗見者見而不全也釋言曰暨不及也此其引伸之義乑部曰臮者衆與詞也引唐書臮咎繇之叚借多作洎作暨公羊傳曰會及暨皆與也暨猶暨暨也按暨暨猶幾幾爾雅所謂不及也　从旦既聲。其冀切十五部既小食也日不全見故取其意亦舉形聲包會意

文二

倝　日始出始式東切光倝倝也。从旦㫃聲。古案切十四部　凡倝之屬皆从倝。

𠦝　闕。且从三日在㫃中。按此蓋倝籀文也汗簡朝作翰翰作韓亦可證矣闕且二字當作籀文二字从三日在㫃中則篆體習下不當有一也

卅四

朝　旦也。旦者朝也以形聲會意分別鄘風崇朝其雨傳云崇終也從旦至食時爲終朝此謂至食時乃終其朝其實朝之義主謂日出地時也周禮春見曰朝注曰朝猶朝也欲其來之早毛詩叚輈爲朝周南怒如輈飢傳云輈朝也此謂叚借也　从倝舟聲。陟遙切二部按舟聲在三部而與二部合音最近毛詩以周聲之調輈爲朝則朝非不可讀如舟也

文三　當云文二重一

㫃　旌旗之游㫃蹇之皃。旌旗者旗之通偁旌有羽者其未有羽者各舉其一以該九旗也王逸九歌注云偃蹇舞皃大人賦說旌旗曰掉指橋以偃蹇張揖曰偃蹇高皃　从屮曲而垂下

㫃 ㄧㄢˇ　旗 ㄑㄧˊ　旐 ㄓㄠˋ　旆 ㄆㄟˋ

旗旐旆旌旟

㫃相出入也。此十一字當作从屮曲而下垂者游从入游相出入也十五字从屮者與㞢皆屮同意謂杠首之上見者曲而下垂者象游游相出入者謂从入往復如一出一入然故从入大徐云此字从屮下垂當只作㫃相承多一畫玉裁謂从屮謂竿首下垂游也鼎臣殊誤會讀若偃。於幰切十四部古人名㫃字子游。晉有籍偃荀偃鄭有公子偃駟偃孔子弟子有言偃皆字游今之經傳皆變作偃偃行而㫃廢矣凡㫃之屬皆从㫃。㫃古文㫃字象旌旗之游及㫃之形。此小徐本也大徐作象形及象旌旗之游皆不可通其篆形各本古文與上小篆文皆不可分別惟小徐本牽連其上端略異與古文四聲韵及汗簡合此等不能強爲之說或曰當是㫃古文以爲偃字七字之誤

旗熊旗五游。以象伐星。五鄭本攷工記作六熊旗六游以象伐也司常職曰熊虎爲旗注曰畫熊虎者士卒以爲鄉遂出軍賦象其守猛莫敢犯也伐屬白虎宿與參連體而六星按記不言虎者舉熊以包虎

期。期旗疊韵釋名曰熊虎爲旗軍將所建象其猛如虎與衆期之於下也从㫃其聲。渠之切一部周禮曰。率都建旗。司常職文今周禮率作師師者帥之誤衆師注曰故書帥爲率然則許作率都者故書鄭作帥都者今書也聘禮注曰古文帥皆作率毛詩率時農夫韓詩作帥見文選注大司馬職仲秋教治兵軍吏載旗

旐龜蛇四游。以象營室。攷工記文也司常掌九旗之物名龜蛇爲旐鄭云畫龜蛇者象其扞難避害也爾雅曰緇廣充幅長尋曰旐是則九旗之帛皆用絳惟旐用緇攷工記注曰營室元武宿與東壁連體而四星故旐四游營室一名水左傳云水昏正而栽是一名定詩定之方中是也攸攸而長也。小徐作悠悠今正古悠長字皆作攸攸攸而長故謂之旐攸旐音近以疊韵釋之也旐何以著其長以有繼旐之旆故也孫炎云帛續旐末亦長尋二尋則長丈六尺故獨長也从㫃兆聲。治小切二部周禮曰。縣鄙建旐。司常職文大司馬職仲秋教治兵郊野載旐

旆繼旐之旗也。旆者

旌旗之總名下文云旗有衆鈴旗曲柄旗旛皆是爾雅繼旐曰旆郭云帛續旐末爲燕尾者何休注公羊云繼旐如燕尾曰旆釋名云旆以帛繼旐末也小雅帛旆央央毛曰帛旆繼旐者也按帛蓋用絳沛然而垂。沛旆疊韵引伸爲凡垂之偁出車傳曰旆旆旐垂皃左傳昭十三年曰八月辛未治兵建而不旆壬申復旆之杜云建立旌旗不曳其旆旆游也按不旆者卷而不垂旆之者垂之也定四年晉人假羽旄於鄭鄭人與之明日或旆以會亦是垂旆之義大雅荏菽旆旆傳曰旆旆然長也沛然而垂則長故毛云爾也又旆爲旗幟之總名如左傳狐毛設二旆而退之晉七大旆之左旃是也又假茷爲旆如左傳精茷即旆詩帛茷央央即帛旆是也亦有與末通用者士喪禮書銘於末曰某氏某之柩注曰今文銘皆爲名末爲旆从㫃朩聲。蒲蓋切十五部

旌游車載旌。司常職文注云游車木路也王以田以鄙析羽注旄首也。司常職曰析羽爲旌爾雅釋天曰注旄首曰旌李巡注爾雅曰以犛牛尾著旌首郭云載旄於竿頭如今之幢亦有旒鄭注周禮云全羽析羽皆五采繫之於旞旌之上所謂注旌於干首也周禮舉羽以晐旌爾雅舉旌以晐羽許鄭則兼舉之合周禮爾雅以立文鄭云明堂位曰夏后氏之綏綏以旄牛尾爲之綴於橦上所謂注旄於干首者蓋夏后氏但用旄牛尾周人加用析羽夏時徒綏不旒周人則注羽旄而仍有綏旒先有旄首而後有析羽注之故許云析羽注旄首孫炎云析五采羽注旄上也孫郭皆云其下亦有旒縿鄘風孑孑干旄傳云孑孑干旄之皃注旄於干首大夫之旃也此可證大常旂旃物旗旟旐七者皆得注羽旄於首矣左傳言假羽旄於鄭言范宣子假羽旄於齊則在春秋時諸侯少有此者所以精進士卒也。精旌疊韵釋名曰旌精也有精光也引伸爲凡表異之偁从㫃生聲。子盈切十一部

旟錯革鳥其上。鳥上各本有畫字妄人所增攷韵會所據小徐本無此字今刪司常職曰鳥隼爲旟爾雅曰錯革鳥曰旟小雅毛傳曰鳥章錯革鳥爲章也李巡云錯革鳥者以革爲之置於旐端孫炎云錯置也革急也言畫急疾之鳥於縿周官所謂鳥隼爲旟者矣郭云此謂合剝鳥皮毛置之竿頭

旌 ㄐㄧㄥ　旟 ㄩˊ

卽禮記云載鴻及鳴鳶三人釋革各不同許仍爾雅原文許意大約於孫說無異鄭注周禮云畫日月畫交龍畫熊虎鳥隼龜蛇是則鄭之說錯革鳥謂畫鳥隼孫說所本也許云其上者謂畫於正幅高處**所目進士衆。**小雅大人占之旐維旟矣室家溱溱傳云溱溱衆也旐旟所以聚衆也**旟旟**宋本集韵皆疊旟字**衆也。从㫃與聲。**按此八字當作从㫃从與與與衆也與亦聲十一字轉寫譌舛耳楚茨箋云與與蕃廡皃旟从與會意以諸切五部**周禮曰州里建旟。**司常職文大司馬仲秋致治兵百官載旟

旂 旗有衆鈴。爾雅曰有鈴曰旂司常職曰交龍爲旂許偁爾雅不偁周禮者錯見其說欲學者互攷也畫交龍於正幅一升一降象諸侯升朝下復也周頌曰龍旂陽陽和鈴央央傳云鈴在旂上李巡云以鈴著旐端郭樸云縣鈴於竿頭按李說近是惟羽旄注竿首鈴非注竿首之物也左傳錫鸞和鈴昭其聲也杜云鈴在旂李云以鈴著旐端公羊疏左傳疏同周頌疏旐作旒誤云旐者旐亦旗正幅之通偁**目令衆也。**令鈴與旂疊韵令古音如鄰**从㫃斤聲。**渠希切按古音如芹十三部此不偁諸侯建旂者亦錯見

旞 導車所載。各本作所以載今依御覽訂司常職曰道車載旞斿車載旌注云道車象路也王以朝夕燕出入按道導字異許鄭所據不同金氏榜曰九旗王建大常諸侯建旂孤卿建旜大夫士建物師都建旗州里建旟縣鄙建旐此七旗蓋無羽家祭之所用也其曰旞曰旌則以有羽爲異道車謂象路斿車謂革路木路變路言車闕孤卿大夫士也旞旌皆綏縿幅屬旒爲貴於縿如日月以下旜與物不畫夏采以乘車建綏復於四郊綏當爲旞說文旞亦作旞因譌而爲綏復者求之平生常所有事之處故以道車朝夕燕出入者建旞以復禮記諸侯死於道以其綏復又曰大夫士死於道以其綏復綏皆旞之譌言其旞者明異物天子以大常諸侯以旂孤卿以旜大夫士以物鄭君謂去其旒異之於生失之矣大司馬仲秋教治兵王載大常諸侯載旂軍吏載旗師都載旜鄉遂載物郊野載旐百官載旟此指師田所用者凡七旗卽謂斿車載旌者司馬辨於治兵司常贊於大閱皆此也司馬所領旗物與司常互異禮家相變載旞者設旗宜從司常之序載旌者設旗宜從司馬之序司常王建大常以下文與下經皆畫其象爲緣起而與上贊司馬頒旗物文不相屬**全羽目爲允。**句允旞亦雙聲疊韵也詩仲允膳夫古今人表作膳夫中術與遂古同音通用允古音如戈盾之盾是以漢之大子中盾後世稱大子中允允盾術遂四字音近御覽改此文云全羽允允而進也殊爲昧昧**允。**逗**進也。**此謂允卽𡙇之叚借𡙇部曰𡙇進也引易𡙇升大吉**从㫃遂聲。**徐醉切十五部

旞 或从遺作。釋名字如此作轉寫譌爲旜

旝 旌旗也。旌旗有名旝者下文所偁詩及左傳皆是也**从㫃會聲。**古會切十五部**詩曰其旝如林。**大雅大明文今毛詩作會鄭箋以盛合其兵衆釋之然則毛作會三家詩作旝許偁毛而不廢三家也馬融廣成頌曰旃旝摻其如林季長所偁同許而旝爲旃之類則說亦同許也飛石起於范蠡兵法左傳云親受矢石恐尙非飛石**春秋傳曰旝動而鼓。**桓五年左氏傳文杜曰旝旃也與馬許合蓋左傳舊說多如此惟賈侍中獨爲異說也**一曰**以下別一義**建大木。置石其上。發目機。目槌敵。**槌依小徐及五經文字大徐作追非也桓五年左傳疏云賈侍中以旝爲發石一曰飛石引范蠡兵法作飛石之事然則許之別義正用賈說也魏志大祖乃爲發石車號曰霹靂車裴注引魏氏春秋曰以古有矢石又傳言旝動而鼓說曰發石也於是爲發石車魏氏春秋所云說曰者卽謂賈侍中○按此條大小徐二本皆作建大木置石其上發以機以槌敵从㫃會聲春秋傳曰旝動而鼓詩曰其旝如林此非許書之舊令依韵會所據小徐本乃許書之舊也前一說旝爲旌旗故廁於旂旞旝三篆閒

旃 旗曲柄也。漢田蚡傳曰前堂羅鐘鼓列曲旃蘇林云禮大夫立曲旃曲旃柄上曲也按蘇林所據禮正與周禮司常孤卿建旜大司馬帥都載旜合帥都遂大夫也左傳曰昔我先君之田也旃以招大夫正謂大夫用旃也鄘風傳曰干旄大夫之旃子虛賦靡魚須之橈旃張揖曰以魚須爲柄師古曰橈旃卽曲旃也**所目旃表士衆。**旃當爲展以疊韵爲訓聘禮曰使者載旜注云

求之者所以表識其事也及貴賤廬旌注云張旜明事在此國也此與仲秋治兵載旜皆屬表士衆之義从㫃丹聲。諸延切十四部段借爲語助如尙愼旃哉傳曰旃之也周禮曰。通帛爲旃。司常職文注云通帛謂大赤從周正色無飾爾雅因章曰旃郭云因縿帛之文章不復畫之

旜 或从亶。亶聲也周禮禮經皆如此作

旒 旌旗之流也。宋刊本皆作流作旒者俗从㫃攸聲。以周切三部篇韵皆餘昭切

旟 旗屬。从㫃要聲。烏皎切二部

旖 旖施。逗旗皃。旖施疊韵字在十七部許於旗曰旖施於木曰檹施於禾曰倚移皆讀如阿那檜風猗儺其枝傳云猗儺柔順也楚辭九辯九歎則皆作旖旎上林賦旖旎從風張揖曰旖旎猶阿那也文選作猗狔漢書作椅柅攷工記注則作倚移與許書禾部合知以音爲用製字日多廣韵集韵曰婀娜曰旖旎曰寂窱曰欀欀皆其俗體耳本謂旌旗柔順之皃引伸爲凡柔順之偁倚移與旖施同許以从㫃从禾別之从㫃奇聲。於离切古音在十七部

施 旗旖施也。大人賦說旌旗曰又旖旎以招搖施字俗改爲旎从尼聲殊失音理从㫃也聲。式支切古音在十七部按經傳段此爲𢼊字𢼊之形施之本義俱廢矣毛傳曰施移也此謂施卽延之段借大雅施于條枚呂氏春秋韓詩外傳新序靚蹟竝皆引作延上林賦䖎丘陵下平原司馬彪曰䖎延也按䖎丘陵與詩施中谷施條枚同䖎亦延之段借齊欒施字子旗。見左氏傳孔子弟子巫馬施亦字子旗知施者旗也。自段施爲𢼊而施从㫃之意隱矣故明之。此二篆各本轉寫譌舛據全書連緜字通例更正

旚 旌旗旚繇也。繇今之搖字小徐作搖旚今字作飄搖行而旚繇廢矣廣成頌曰羽旄紛其彯纚彯纚卽旚搖之段借字也从㫃票聲。匹昭切二部

𣄴 旌旗飛揚皃。扶搖風曰飆猋聲近从㫃猋聲。甫遙切二部

游 旌旗之流也。流宋刊本皆同集韵類篇乃作旒俗字耳旌之游如水之流故得偁流也大常十有二游旂九游旟七游旗六游旐四游周禮王建大常十有

二游上公建旂九游侯伯七游子男五游孤卿建旜大夫士建物其游各視其命之數禮緯含文嘉云天子之旗九仞十二旒曳地諸侯七仞九旒齊軫卿大夫五仞七旒齊較士三仞五旒齊首皆不言其命數未可信旗之正幅爲縿游則屬焉節服氏六人維王之大常注王旌十二旒兩兩以縷綴連旁三人持之然則旗之制游屬於兩旁十二游者一旁六游九游則兩旁一四一五已下可知也曳地齊軫皆謂游其正幅之長爾雅曰旒長尋餘未聞游亦曰旓楊雄賦有此字大人賦作髾游周禮省作斿引伸爲凡垂流之偁如弁師說冕弁之斿是又引伸爲出游嬉游俗作遊从㫃汓聲。以周切三部此字省作斿俗作旒集韵云斿亦作遊按此說必有據上文旒篆與此同義而居非其次當移此下正之曰游或作旚

逰 古文游。从辵者流行之義也从汓者汓省聲也俗作遊者合二篆爲一字

旇 旌旗披靡也。披靡當是指麾之誤淺人所改也爾雅曰旇謂之蘢集韵類篇皆作麾謂之旇爾雅蘢字卽許之旇字大人賦張揖注云指橋隨風指麾也今麾誤靡从㫃皮聲。敷羈切古音在十三部披靡皆上聲

旋 周旋。逗旌旗之指麾也。左傳曰師之耳目在吾旗鼓進退從之手部麾下曰旌旗所以指麾者也旗有所鄉必運轉其杠是曰周旋引伸爲凡轉運之偁从㫃疋。句疋。逗足也。杠之柱地者是旌旗之足也似沿切十四部

旄 幢也。劉熙曰幢童也其皃童童也廣雅曰幢謂之翿爾雅曰翢纛也毛傳曰翿者纛也翳也羽部曰翿者翳也所以舞也人部曰儔者翳也按或用羽或用犛牛尾或兼用二者翢儔翿實一字纛俗作纛亦卽翿字爾雅毛傳皆以今字釋古字耳幢亦卽翿字古㠱聲周聲與童聲轉移如詩以調韵同漢縣鯛陽讀如紂之比其始祇有翿字繼乃有纛繼乃有幢皆後出故許書不列纛幢二篆此釋旄必云幢不云翿者翿嫌舞者所持旄是旌旗之名漢之羽葆幢以犛牛尾爲之如斗在乘輿左騑馬頭上用此知古以犛牛尾注竿首如斗童童然故詩言干旄言建旄言設旄有旄則亦有羽羽或全或析言旄不言羽者舉一以晐二其字从㫃从毛亦舉一以晐二也以犛牛尾注旗竿故謂此旗爲旄因而謂

犛牛尾曰旄謂犛牛曰旄牛名之相因者也禹貢兩言羽旄周禮旄人旄舞皆謂犛牛尾曰旄也从㫃毛聲。皋形聲包會意莫袍切二部

旛 ㄈㄢ

[篆] 旛胡也。各本作幅胡也今依葉石林抄宋本及韵會所據本訂韵會作幡胡幡卽旛之俗序例所以書幡信字亦從俗㫃巾部之幡爲旛而旛廢矣旛胡葢古語如𩐁甎之名甎旇見廣雅漢堯廟碑作播瑚玉曰播瑚艸木盛曰緐廡皆雙聲字凡旗正幅謂之縿亦謂之旛胡廣韵云旛者旗旐總名古通謂凡旗正幅曰旐是則凡旗幅皆曰旛胡也吳語建肥胡韋注肥胡幡也幡卽旛字與許互相發明旛胡卽肥胡謂大也吳都賦作祀姑誤謂旗幅之下垂者。集韵類篇韵會皆有此七字今據補从㫃番聲。孚袁切十四部按當依符袁切

旅 ㄌㄩˇ

[篆] 軍之五百人。此大司徒五人爲伍五伍爲兩四兩爲卒五卒爲旅五旅爲師五師爲軍以起軍旅注云此皆先王所因農事而定軍令者也欲其恩足相恤義足相救服容相別音聲相識引伸爲凡衆之偁小雅旅力方剛傳云旅衆也又引伸之義爲陳小雅殽核維旅傳云旅陳也又凡言爲旅義取乎廬廬寄也故大雅廬旅猶處處言言語語也又古叚爲盧弓之盧俗乃製玈字从㫃从从。句从㫃者旌旗所以屬人耳目从。逗俱也。說从从之意力舉切五部

𣥠。

[篆] 古文旅。古文㠯爲魯衛之魯。左傳仲子生而有文在其手曰爲魯夫人正義曰隸書起於秦末手文必非隸書石經古文虞作㠯魯作㠯手文容或似之者字以爲聲此言古文叚借也周本紀周公受禾東土魯天子之命卽書序旅天子之命旅者陳也

族 ㄗㄨˊ

[篆] 矢鏠也。今字用鏃古字用族金部曰鏃者利也則不以爲矢族字矣東之族族也。族族聚皃毛傳云五十矢爲東引伸爲凡族類之偁从㫃从矢。會意㫃所㠯標衆。衆矢之所集。此說从㫃从矢之意㫃所以標衆者亦謂旌旗所以屬人耳目旌旗所在而矢咸在焉衆之意也韵會集韵類篇皆引此而衍一曰从三字則不可解矣昨木切三部

文二十三 小徐本作二十二疑本無㫃字 重五

冥 ㄇㄧㄥˊ

[篆] 窈也。窈各本作幽唐元應同而李善思元賦歎逝賦陶淵明赴假還江陵詩三注皆作窈許書多宗爾雅毛傳釋言曰冥窈也孫炎云深闇之窈也郭本作幼釋云幼穉者多冥昧頗紂洄小雅斯干傳曰正長也冥窈也正謂宮室之寬長深窈處王肅本作幼其說以人之長幼對文與下君子攸寧不相屬然則三者互相證知皆當作窈穴部曰窈深遠也窈與杳音義同故杳之訓曰冥也莫之訓曰日且冥也昏之訓曰日冥也鄭箋斯干曰正晝也冥夜也引伸爲凡闇昧之偁从日六从冖。从冖各本作冖聲下文曰冖亦聲則此祇當云从冖矣冖者覆也覆其上則窈冥日數十。十六日而月始虧冥也。冥各本作幽今依元應本冥也二字當作冥之意也四字此釋从日六之義也日之數十昭五年左傳文謂甲至癸也歷十日復加六日而月始虧是冥之意故从日六冖亦聲。亦字舊奪依小徐說補冖今音莫狄切鼎葊之鼏用爲聲黽部鼆又用鼏爲聲冥在十一部莫經切以雙聲爲聲也凡冥之屬皆从冥。

鼆 ㄇㄤˊ

[篆] 冥也。从冥黽聲。讀若黽蛙之黽。黽蛙卽黽部之鼃黽武庚切古音在十部讀如芒此字見於經者文十五年左傳曰一人門于句鼆杜云魯邑名

文二

晶 ㄐㄧㄥ

[篆] 精光也。凡言物之盛皆三其文日可三者所謂絫日也从三日。子盈切十一部凡晶之屬皆从晶。

曐 ㄒㄧㄥ

[篆] 萬物之精上爲列星。管子云凡物之精此則爲生下生五穀上爲列星流於天地之閒謂之鬼神藏於胷中謂之聖人星之言散也引伸爲碎散之偁从晶从生聲。桑經切十一部一曰象形。从○。从三○故曰象形也大徐○作口誤古○復注中。故與日同。古文从三○而或復丨其中則與晶相似矣依此說則當入生部解云从生象形

曐。

[篆] 古文。所謂象形从○

星。

[篆] 曐或省。春秋說題辭云星之爲言精也陽之榮也陽精爲日日分爲星故其

曑曟曡月朔朏霸朗朓朒

字㠯生爲曐依此則又當入日部

曑 商星也商當作晉許氏記憶之誤也左傳子產曰后帝遷閼伯於商丘主辰商人是因故辰爲商星遷實沈於大夏主參唐人是因以服事夏商及成王滅唐而封叔虞故參爲晉星然此則商當爲晉明矣或云此以篆文曑連商句絕釋爲曐名也夫苟氾釋爲星安用商字參商之云起於漢時辭章聯綴不倫許君何取此於晨舉國語農祥釋之於參舉晉星釋之一重民事一重分野也召南傳曰參伐也漢人參伐統評伐故毛以伐釋參**从晶㐱聲**㐱聲疑後人竄改當作參象形唐風傳曰三星參也天官書天文志皆云參爲白虎三星直者是爲衡石蓋彡者象三星其外則象其㐱域與今隸變爲參用爲參兩參差字所今切七部

𠫭 或省卽今用參兩參差字也凡槮篸驂字用爲聲

曟 房星爾雅曰天駟房也大辰房心尾也於天官爲東宮蒼龍**爲民田時者**周語曰農祥晨正韋云農祥房星也晨正謂立春之日晨中於午也農事之候故曰農祥爾雅注曰龍星明者以爲時候故曰大辰**从晶辰聲**以晨解例之當云从晶从辰辰時也辰亦聲上文爲民田時者正爲从辰發也曟星字亦徑作辰周語辰馬農祥植鄰切十三部

晨 曟或省今之晨字作此

曡 楊雄說㠯爲古理官決罪三日得其宜乃行之从晶宜巳上楊雄說也理官士也詩莫不震曡韓詩薛君傳曰震動也曡應也天下無不動而應其政教李固曰此言動之於內而應之於外者也按曡爲應卽得其宜乃行之之說也毛詩傳曰曡懼也今毛義行而韓義廢矣抑楊子所說者本義也故許述之毛詩之云謂曡卽慴之叚借字也故許不傳从晶宜會意徒叶切八部**亡新㠯从三日大盛改爲三田**亡新不知三日爲絫日護其魁也今皆從之亦可已矣多部曰重夕爲多重日爲曡此今人用曡之義也

文五　重四

月 闕也大侌之精月闕曡韵釋名曰月缺也滿則缺也**象形**象不滿之形魚厥切十五部

部**凡月之屬皆从月**

朔 月一日始蘇也朔蘇曡韵日部曰晦者月盡也盡而蘇矣樂記注曰更息曰蘇息止也生也止而生矣引伸爲凡始之偁北方曰朔方亦始之義也朔方始萬物者也**从月屰聲**所角切古音在五部

朏 月未盛之明也律歷志曰召誥曰惟三月丙午朏周公七年復子明辟之歲三月甲辰朔之三日也畢命豐刑曰惟十有二年六月庚午朏王命作策豐刑王十二年六月戊辰朔之三日也志引古文月采篇曰三日曰朏按尙書正義曰周書月令云三日粤朏疑卽取諸漢志而月采作月令未知孰是逸周書月令弟五十三據牛弘傳蔡邕王肅時已亡孟堅時未亡也小顏漢書采字當從孔沖遠作令小顏讀孟注而不察耳**从月出**會意普乃切又芳尾切十五部**周書曰丙午朏**

霸 月始生魄然也霸魄曡韵**承大月二日承小月三日**鄉飲酒義曰月者三日則成魄正義云前月大則月二日生魄前月小則三日始生魄馬注康誥云魄朏也謂月三日始生兆朏名曰魄白虎通曰月三日成魄八日成光按已上皆謂月初生明爲霸而律歷志曰死霸朔也生霸望也孟康曰月二日以往明生魄死故言死魄魄月質也三統說是則前說非矣**从月䨣聲**普伯切書音義引說文匹革反古音在五部漢志所引武成顧命皆作霸後代魄行而霸廢矣俗用爲王霸字實伯之叚借字也**周書曰哉生霸**康誥顧命文

𩇯 古文或作此

朖 明也大雅高朗令終傳曰朗明也釋言曰明朗也**从月良聲**盧黨切十部今字作朗

朓篆體今正**晦而月見西方謂之朓**朓朒皆言月之變也尙書五行傳曰晦而月見西方謂之朓朓則侯王其荼音舒注云朓條也條達行疾見荼緩也日君象也月臣象也君政急則日行疾月行徐臣逡遁不進也蔡邕曰元首寬則望舒朓侯王肅則月側匿**从月兆聲**土了切二部

朒 朔而月見東方謂之縮朒尙書五行傳朔而月見東方謂之側匿側匿則侯王其肅注云側匿猶縮縮行遲皃肅急也君政緩則[illegible]

期ㄑㄧ　有ㄧㄡˇ　戫ㄩˋ　龓ㄌㄨㄥˊ　朙ㄇㄧㄥˊ

行徐月行疾臣放恣也按鄭注謂奔側匿與縮朒疊韵雙聲从月肉聲各本篆作朒解作內聲今正女六切三部

期會也會者合也期者要約之意所以爲會合也段借爲期年期月字其本字作稘期行而稘廢矣周禮質人士虞禮古文期年字作基从月月猶時也要約必言其時其聲渠之切一部

𣅀古文从日六日猶時也六聲

文八　重二

有不宜有也謂本是不當有而有之偁引伸遂爲凡有之偁凡春秋書有者皆有字之本義也春秋傳曰日月有食之从月日下之月行字也此引經釋不宜有之恉亦卽釋从月之意也日不當見食也而有食之者孰食之月食之也月食之故字从月公羊傳注曰不言月食之者其形不可得而覩也故疑言曰有食之引孔子曰多聞闕疑愼言其餘則寡尤又聲云九切古音在一部古多叚有爲又字

凡有之屬皆从有

戫有彣彰也彣彰各本作文章誤今正彣下曰戫也是其轉注也戫古多叚彧字爲之彧者戫之隸變今本論語郁郁乎文哉古多作彧彧是以荀彧字文若宋書王彧字景文大戴公冠篇遀並大道郁彧郁彧卽彬彬或謂彬彬彧彧也小雅黍稷彧彧傳云彧彧茂盛皃卽有彣彰之義之引伸也从有𢦏聲於六切古音在一部讀如域

龓兼有也今牢籠字當作此籠行而龓廢矣吳都賦曰沈虎潛鹿馬龓僒束按馬龓者縶而籠其頭也玉篇曰馬龓頭說文鞥下云龓頭繞者亦取兼包之意从有龍聲讀若聾盧紅切九部

文三

朙照也火部曰照明也小徐作昭日部曰昭明也大雅皇矣傳曰照臨四方曰明凡明之至則曰明明明明猶昭昭也大雅大明常武傳皆云明明察也詩言明明者五堯典言明明者一禮記大學篇曰大學之道在明明德鄭云明明德謂顯明其至德也有駜在公明明鄭箋云在於公之所但明明德也引禮記大學之道在明明德夫由微而著由著而極光被四表是謂明明德於天下自孔穎達不得其讀而經義隱矣从月囧从月者月以日之光爲光也从囧取窗牖麗廔闓明之意也囧亦聲不言者舉會意包形聲也武兵切古音在十部

凡朙之屬皆从朙

明古文从日云古文作明則非古文也葢籀作朙而小篆隸从之干祿字書曰明通明正顏魯公書無不作朙者開成石經作明從張參說也漢石經作明

明ㄇㄧㄥˊ　朚ㄇㄤˊ

朚翌也翌也未聞當作昱昱明也今之忙字亦作茫俗作忙元應書曰茫又作萌遽也萌人晝夜作無日用月無月用火常思明故字从明或云萌人思天曉故字从明也按方言通俗文皆作茫方言茫遽也通俗文時務曰茫許書則有萌从明亡聲呼光切十部按當依廣韵武方莫郎二切

文二　重一

囧ㄐㄩㄥˇ　盟ㄇㄥˊ

囧窗牖麗廔闓明也麗廔雙聲讀如離婁謂交延玲瓏也闓明謂開明也象形謂象窗牖玲瓏形凡囧之屬皆从囧讀若獷獷古音如廣囧音同也亞讀若莊亞聲之緐爲古文囧字可以證矣古音在十部今音俱永切賈侍中說讀與明同賈侍中說讀若芒也

盟各本下从皿今正周禮曰國有疑則盟周禮司盟職掌盟載之法凡邦國有疑會同則掌其盟約之載及其禮儀鄭云有疑不協也諸侯再相與會十二歲一盟再相與會四字當作再朝而會再會六字轉寫之誤也昭十三年左傳曰明王之制使諸侯歲聘以志業閒朝以講禮再朝而會以示威再會而盟以顯昭明杜云三年而一朝六年而一會十二年而一盟北面詔天之司愼司命司盟職曰北面詔明神僖二十八年左傳曰有渝此盟以相及也明神先君是糾是殛襄十一年載書曰或閒茲盟司愼司命名山名川羣神羣祀先王先公七姓十二國之祖明神殛之按今左傳襄十一年盟與命

七篇上　圭　七篇上　美

盟。盟。　夕ㄒㄧ　夜ㄧㄝˋ　夢ㄇㄥˋ　夗ㄩㄢˋ

二字互譌陸孔皆不能正許合周禮左傳爲言謂司愼司命爲明神之首司愼司命參大宗伯職之司中司命文昌宮弟五弟四星也尙書大傳注司中作司人○又按天之司盟見覲禮注然則左傳正文不容譌改 **盟殺牲歃血○朱盤玉敦○吕立牛耳○** 朱小徐及周禮作珠今依大徐本立當爲莅莅臨也曲禮曰莅牲曰盟是也玉府職曰若合諸侯則共珠槃玉敦鄭云合諸侯者必割牛耳取其血歃之以盟朱盤以盛牛耳尸盟者執之玉敦歃血玉器戎右職曰贊牛耳桃茢左傳曰諸侯盟誰執牛耳 **从囧** 囧明也左傳所謂昭明於神冢上詔司愼司命言 **皿聲○** 鍇皿作血云聲字衍鉉因作从血刪聲字今與篆體皆正按盟與孟皆皿聲故孟津盟津通用今音武兵切古音在十部讀如芒亦舉形聲包會意朱盤玉敦器也故从皿 **盟** 各本下从皿今正 **篆文从明○** 明小篆文也故盟爲小篆鍇本云古文从明非也 **盟** 各本下从皿今正 **古文从明○** 明者明之古文也故古文盟作盟鍇本云籒文非也盟者盟之籒文先籒後篆者以其囧之屬也今人皆作盟不從小篆作盟者猶皆作明不作明也

文二　重二

夕　莫也○ 莫者日且冥也日且冥而月且生矣故字从月半見旦者日全見地上莫者日在茻中夕者月半見皆會意象形也 **从月半見○** 祥易切古音在五部 **凡夕之屬皆从夕○**

夜　舍也○ 以疊韵爲訓 **天下休舍○** 休舍猶休息也舍止也夜與夕渾言不別析言則殊小雅莫肎夙夜莫肎朝夕朝夕猶夙夜也春秋經夏四月辛卯夜卽辛卯夕也 **从夕亦省聲○** 羊謝切古音在五部

夢　不明也○ 小雅民今方殆視天夢夢傳曰王者爲亂夢夢然釋訓曰夢夢亂也按故訓釋爲亂許云不明者由不明而亂也以其字从夕故釋爲不明也夢之本義爲不明今字叚爲寢寐字夢行而寢廢矣 **从夕瞢省聲○** 莫忠切又亡貢切古音在六部舉形聲包會意也

夗　轉臥也○ 謂轉身臥也詩曰展轉反側凡夗聲宛聲字皆取委曲意 **从夕卪○** 會意 **臥有卪也○** 釋从卪之意卪節古今字於阮切十四部

夤ㄧㄣˊ　夤。　姓ㄑㄧㄥˊ　外ㄨㄞˋ　外。　夙ㄙㄨˋ

夤　敬惕也○ 此與十二辰之寅義各不同釋詁云寅敬也凡尙書寅字皆叚寅爲夤也漢唐碑多作夤者凡云夤緣者卽延緣云八夤者卽八埏皆雙聲叚借也 **从夕寅聲○** 翼眞切十二部 **易曰夕惕若厲○** 乾九三爻辭也厲各本作夤今正凡漢人引周易夕惕若厲不暇枚舉許書惕字下亦作夕惕若厲此引者說从夕之意也夕惕者火滅修容之謂凡許書引易井者法也說刑从井之意引易地可觀者莫可觀於木說相从目木之意引易先庚三日說庸从庚之意引易豐其屋說寷从宀豐之意引易百穀艸木麗於地說麗从艸麗之意引易突如其來如不孝子突出不容於內也說去从倒子之意皆偁周易以說字形之意學者不憭往往誤會於是改厲爲夤改突爲去而惠氏定宇作周易述竟作夕惕若夤厲无咎去如其來如矣 **夤　籒文○**

姓　雨而夜除星見也○ 衞風靈雨既零命彼倌人星言夙駕韓詩曰星者精也按精者今晴字史記天精而見景星漢書作天暒孟康曰暒者精明也漢書亦作精韋昭曰精者精明也郭璞注三倉云暒者雨止無雲也古姓暒精皆今之晴字而詩作星韓非子曰荆伐陳吳救之軍間三十里雨十日夜星夜星卽夜姓也雨夜止星見謂之姓姓星疊韵引伸爲晝晴之偁故其字又作暒○按漢書亦作精故孟康曰精暒明也今本係後人所改史漢之天精卽晶之叚借 **从夕生聲○** 疾盈切十一部

外　遠也○ 此下當有从夕卜三字 **卜尙平旦今若夕卜○於事外矣○** 此說从夕卜之意五會切十五部 **外　古文○** 卜部曰卜古文卜

夙　早敬也○ 召南毛傳曰夙早也此言早敬者以字从丮故晨下曰臼辰爲晨丮夕爲夙皆同意是也大雅載震載夙毛云夙早也箋云夙之言肅也惟夙有敬意故鄭云爾 **从丮夕○** 夕皆奪今補息逐切三部隸變作夙 **持事雖夕不休○早敬者也○** 此說會意之指謂日莫人倦齋莊正齊而不敢懈惰是乃完今日之早敬基明日之早敬也抑夕者夜之通偁未旦而執事有恪故字从丮夕

[illegible]㑉古文。谷部曰㑉古文西讀若三年導服之導此从人从㑉聲也

㑉古文。谷部西本亦古文㑉亦夙之古文宿从㑉聲

募 宋也。當云宋募也轉寫佚字耳宋募者夕之靜也嗼者口之靜也宋募者死之靜也 从夕莫聲。莫白切古音在五部讀如莫

文九　重四

多 緟也。緟者增益也故爲多多者勝少者故引伸爲勝之偁戰功曰多言勝於人也 从緟夕。會意得何切十七部 夕者相繹也故爲多。相繹者相引於無窮也抽絲曰繹夕繹疊韵說从重夕之意 緟夕爲多。緟日爲疊。凡多之屬皆从多。

㚊 古文竝夕。有並與重別者如棘棗是也有並與重不別者㚊多是也

夥 齊謂多也。方言曰大物盛多齊宋之郊楚魏之際曰夥許過字下曰讀若楚人名多夥此云齊語皆本方言也史記陳勝世家曰楚人謂多爲夥陳勝楚人在楚言楚也 从多果聲。呼果切十七部

𡖖 大也。與侈音義皆同 从多圭聲。古回切古音在一部

𡖣 厚脣皃。从多尚。陟加切按錯本云尚聲而注云从多尚會意則聲字衍也依今音則當云多亦聲十七部

文四　重一　按詩螽斯釋文引說文㚖字豈古本有之

毌 穿物持之也。从一橫毌。各本毌作貫淺人所改也今正 毌象寶貨之形。各本脫毌今補毌者寶貨之形獨言寶貨者例其餘一者所以穿而持之也古貫貨穿用此字今貫行而毌廢矣毌之用廣如𨭖下云以物橫毌鼎耳而舉之也輈下云所以持輪也皆是貫之用尊後有串字有毌字皆毌之變也毌不見於經傳惟田完世家宜公取毌丘索隱曰毌音貫 凡毌之屬皆从毌。讀若冠。古丸切十四部

貫 錢貝之毌也。毌各本作貫今正錢貝之毌故其字从毌貝會意也漢書都內之錢貫朽而不可校其本義也齊風射則貫兮傳云貫中也詩及爾如貫易貫魚以宮人寵左傳使疾其民以盈其貫者其引伸之義也其字皆可作毌叚借爲摜字習也如孟子我不貫與小人乘是也亦借爲宦字事也如毛詩三歲貫女魯詩作宦是也毛詩串夷傳云串習也串即毌之隸變傳謂即摜字箋謂即昆字皆於音求之 从毌貝。古玩切十四部

虜 獲也。公羊傳爾虜焉故凡虜囚亦曰纍臣謂拘之以索也於毌義相近故从毌 从毌从力。左傳曰武夫力而拘諸原 虍聲。郎古切五部

文三

㔾 嘾也。口部曰嘾者含深也 艸木之𠦝未發圅然。圅之言含也深含未放 象形。下象承𠦝之莖上象未放之蓓蕾 凡㔾之屬皆从㔾。讀若含。乎感切古音在七部

圅 舌也。舌在口所以言別味也圅之言含也含於口中也按大雅毛傳曰臄者圅也通俗文云口上曰臄口下曰圅毛服之圅皆卽說文之𦣞字𦣞頤也故服云口下毛則渾言之口上口下不分耳陸氏音義引許圅舌也之云以釋毛去之遠矣許圅與𦣞各字各義毛服用圅爲𦣞圅借爲含如㢘閒圅丈圅人爲甲是也周頌實圅斯活傳曰圅含也也謂叚借也 舌體㔾㔾。从㔾 舌有莖而如𦬊蕾故从㔾 象形。二字各本誤在舌體上今正謂圅象舌輪郭及文理也小徐云說文篆如此李陽冰非之謂當作圅按如李說易與𦥑混今廣韵圅𦥑別爲二字則更非矣 㔾亦聲。胡男切七部

肣 俗圅从肉今。大雅音義引說文云圅舌也又云口裏肉也按口裏肉也四字當在此下釋从肉之意也从今者今聲也

㽕 木生條也。條者小枝也 从㔾由聲。許書由聲之字不減數十淺人因許書無由字欲盡改爲㽕省聲然則㽕从由聲又何說也以州切三部 商書曰若顛木之有㽕枿。般庚上篇文今書作由枿許本作㽕櫱枿卽櫱之異體也㽕者生也左傳史趙曰陳顓頊之族也歲在鶉火是以卒滅陳將如之今在析木之津猶將復

由此以生蘖對言由卽𢎘之叚借詩序曰由儀萬物之生各得其宜也此以生釋由以宜釋儀由亦𢎘之叚借下云古文言由枿則作𢎘者伏生歐陽夏侯之書也許於書偁孔氏而不廢伏生於此可見矣**古文言由枿。**古文謂孔氏壁中書也伏作𢎘爲正字孔作由爲叚借字偁伏又偁孔者明叚借也不曰古文𢎘作由云古文言由枿者此偁經非說字也嫌其無別也故別之孟康注漢書黎民祖飢曰祖古文言阻

甬 ㄩㄥˇ

甬 艸木𢎘甬甬然也。小徐曰甬之言涌也若水涌出也周禮鐘柄爲甬按凡从甬聲之字皆興起之意**从㔾用聲。**余隴切十部

文四大徐本部末有𢎘字云艸木𢎘盛也从二𢎘胡先切小徐本無今依小徐**重一**

東 ㄏㄢˋ

東 艸木𢎘甬實也。艸字依玉篇補**从木𢎘。**小徐本及大徐宋本皆同惟趙抄宋本作从木𢎘𢎘亦聲五音韻譜有同之者殊誤蓋篆體一𢎘在木中寫者屈曲反覆似从二𢎘因改此解又於前部末增𢎘篆耳𢎘音胡先切則用爲聲之篆不當胡感切也**𢎘亦聲。**胡感切古音在七部**凡東之屬皆从東。**

韓 ㄨㄟˋ

韓 東也。東之訓於从韋得之**从東。**小徐曰言東之象木華實之相累也**韋聲。**於非切十五部

文二

卤 ㄊㄧㄠˊ

卤 艸木實垂卤卤然。卤卤垂皃莊子曰之調調之刀刀之此也調調謂長者刀刀謂短者調調卽卤卤也卤之隸變爲卣周書雒誥曰秬鬯二卣大雅江漢曰秬鬯一卣毛云卣器也鄭注周禮廟用修曰修讀曰卣卣中尊凡彝爲上尊卣爲中尊罍爲下尊中尊謂獻彖之屬按如許說則木實垂者其本義叚借爲中尊字也**象形。凡卤之屬皆从卤。讀若調。**徒遼切二部按調本周聲中尊之義羊久反又音由乃部之卣用卤爲聲古三部與二部合音冣近

𠧪。

𠧪 籒文从三卤作。然則卤爲古文小篆

㮚 ㄌㄧˋ 栗。

用之

㮚 栗木也。三字句舊刪栗字非也叚借爲戰栗**从卤木。**卤字今補會意力質切十二部**其實下垂。故从卤。**說从卤之意

𣡌 古文㮚。古鍇作籒今依大徐籒文卤从三卤則籒文㮚亦當从三卤玉篇曰㮚籒文是也疑許書本一古一籒並載轉寫佚亂之**从西。**卤部曰卤古文卤疑篆體當从卤隸變作栗者竊取古文从西之意**从二卤。徐巡說木至西方戰栗也。**引徐說說从西之意後漢書杜林傳曰沛南徐巡始師事衛宏後更受林學林於西州得桼書古文尚書一卷雖遭艱困握持不離衛徐能傳之於是古文遂行論語周人以栗曰使民戰栗字从西者取西方揫斂戰栗之意蓋堯典臯陶謨寬而栗璧中古文尚書作㮚而徐巡說之如此也㮚內也亦徐說秦誓語

粟 ㄙㄨˋ

粟 嘉穀實也。禾下曰嘉穀也桼下曰禾屬而黏者也然則嘉穀謂禾桼也大雅曰誕降嘉穀惟秬惟秠惟穈惟芑秬秠謂桼穈芑謂禾許於秠下曰秠秠者天賜后稷之嘉穀也虋下曰赤苗嘉穀也芑下曰白苗嘉穀也毛魏風傳釋苗爲嘉穀苗者禾也生民傳釋黃爲嘉穀黃者黃梁謂禾也古者民食莫重於禾桼故謂之嘉穀穀者百穀之總名嘉者美也嘉穀字見詩生民許書及典引注可據改爲嘉種者非嘉穀之實曰粟粟之皮曰穅中曰米**从卤。**自其采言之**从米。**自其𥞀言之相玉切三部**孔子曰粟之爲言續也。**孔子以疊韻爲訓也嘉種不絕蒸民乃粒禹稷之功也

𥻆。

𥻆 籒文粟。

文三　重三

齊 ㄑㄧˊ

齊 禾麥吐穗上平也。象形。从二者象地有高下也禾麥隨地之高下爲高下似不齊而實齊參差其上者蓋明其不齊而齊也引伸爲凡齊等之義古叚爲齋字亦叚爲齌字徂兮切十五部**凡齊之屬皆从齊。**

齎 ㄑㄧˊ

𪗉 等也。𪗉等字當作此齊行而𪗉廢矣**从齊妻聲。**妻者齊也此舉形聲包會意徂兮切十五部

文二

朿 木芒也。芒者艸耑也。引伸爲凡鑯銳之偁。今俗用鋒从字古祇作芒朿。今字作刺，刺行而朿廢矣。方言曰：凡草木刺人，北燕朝鮮之閒謂之茦，或謂之壯。自關而東或謂之梗，或謂之劌。自關而西謂之刺。江湘之閒謂之棘。象形。不言从木者，朿附於木，故但言象形也。凡朿之屬皆从朿。讀若刺。七賜切。十六部。

棗 羊棗也。羊棗衍文。羊棗即木部之梬。爾雅諸棗中之一，與常棗絕殊，不當專取以爲訓。蓋此當云棗木也。棗樹歧地有之，盡人所識，赤心而外朿，非羊棗也。必轉寫妄改之誤。从重朿。釋木曰：槐棘醜，喬。棘即棗也。析言則分棗棘，統言則曰棘。周禮外朝九棘三槐，棘正謂棗，故注云取其赤心而外刺。上句曰喬，故从重朿會意。子皓切。古音在三部。

棘 小棗叢生者。此言小棗，則上文謂常棗可知。小棗樹叢生，今亦隨在有之。未成則爲棘而不實，已成則爲棗。小雅有魏風園有棘，其實之食。唐風肅肅鴇羽，集于苞棘。小雅有捄棘七。毛傳曰：棘，棗也。此謂統言不別也。邶風吹彼棘心，吹彼棘薪。左傳除翦其荊棘。此則主謂未成者。古多段棘爲亟字。如棘人欒欒兮，我是用棘，匪棘其欲，皆是棘亟同音，皆謂急也。从竝朿。棘庳於棗而朿尤多，故从竝朿會意。己力切。一部。

文三

片 判木也。謂一分爲二之木。片判以疊韵爲訓。判者分也。周禮媒氏掌萬民之判。喪服傳曰：夫妻牉合也。牉當作片。片即媒氏判字。鄭注周禮云：判，半也。得耦爲合，主合其半，成夫婦也。按夫婦各半而合，故取象於合巹。漢書一半冰，亦段半爲片字。从半木。木字之半也。匹見切。十四部。凡片之屬皆从片。

版 片也。舊作判也，淺人所改，今正。凡施於宮室器用者皆曰版，今字作板。古段爲反字。大雅上帝板板，傳云：板板，反也。謂版即反之段借也。从片反聲。布綰切。十四部。

福 片也。片各本作判，今正。副者判也。福則判木也。廣韵曰：福，版，出通俗文。从片畐聲。芳逼切。一部。

牘 書版也。牘專謂用於書者。然則周禮之版，禮經之方，皆牘也。小宰注曰：版，戶籍也。宮正注曰：版，其人之名籍也。聘禮注曰：策，簡也。方，版也。李賢蔡邕傳注引說文而曰長一尺。按漢人多云尺牘。史記緹縈通尺牘。此臣得用於君者也。漢書陳遵與人尺牘，主皆藏去。此施於儕輩者也。木部云：槧，牘樸也。然則粗者爲槧，精者爲牘。顏師古曰：形若今之木笏，但不挫其角耳。从片賣聲。徒谷切。三部。

牒 札也。木部云：札，牒也。左傳曰：右師不敢對，受牒而退。司馬貞曰：牒，小木札也。按厚者爲牘，薄者爲牒。牒之言枼也，葉也。竹部䈎義略同。史記段諜爲牒。从片枼聲。徒叶切。八部。

牑 牀版也。方言：牀，其上版，衞之北郊趙魏之閒謂之牒，或曰牑。按左傳牑柎藉幹，義與牑近。从片扁聲。讀若邊。方田切。十二部。

牖 穿壁以木爲交窗也。交窗者，以木橫直爲之，即今之窗也。在牆曰牖，在屋曰窗。此則互明之。必言以木者，字从片也。古者室必有戶有牖，牖東戶西，皆南鄉。毛詩曰：向，北出牖也。北或有穴通明，至冬塞之。然士虞禮祝啓牖鄉，注云：鄉，牖一名。明堂位達鄉注：鄉，牖屬。是南牖亦名向。士喪禮寢東首於牖下，喪大記作北牖下。今本牖皆譌牖，非也。牖所以通明，故段爲誘。召南吉士誘之，大雅天之牖民，傳皆訓曰道也。道即導。从片戶甫聲。蓋用合韵爲聲也。與久切。三部。譚長以爲譚長者，博采通人之一。甫上句日也，非戶也，牖所以見日。說从日之意也。許篆作牖而偁譚說者，字久从戶作，譚說有理，故偁之。

牏 築牆短版也。木部栽下曰：築牆長版也。長版用於兩邊，短版用於兩耑。一縮一橫也。此牏之本義。史漢萬石君傳：石建取親中帬廁牏身自浣滌。蘇林曰：牏音投。賈逵解周官云：牏，行清也。孟康曰：廁行清。牏行清中受糞函者也。東南人謂鑿木空中如曹謂之牏。依蘇孟說，則史漢之牏，即竇之段借字。穴部曰：竇，空中也。牏，廣韻作牏，竇是也。至若晉灼云今世謂反閉小袖衫爲侯牏，則尤爲段借字。釋名曰：齊人謂如衫而小袖曰侯頭。侯頭猶言解瀆，直通之言，是則其語本無正字

爿 ㄑㄧㄤˊ　鼎 ㄉㄧㄥˇ

从片俞聲。讀若俞。度侯切四部徐廣曰音住蓋本說文音隱住卽侸一曰若紐。此音則入三部

爿　反片爲爿。讀若牆。各本無此按六書故云唐本說文有爿部蓋從晁氏以道說也今不別立一部依彳部終於反彳爲亍之例補焉說詳木部牀下

文八　新補一共文九

鼎　三足兩耳，和五味之寶器也。三足兩耳謂器形非謂字形也九家易曰鼎三足以象三台也易曰鼎黃耳和當作盉許亦從俗通用象析木目炊。巳下次第依韵會所據小徐本訂爿者判木也反片爲爿一木析爲二之形炊鼎必用薪故像之唐張氏參誤會三足兩耳爲字形乃高析木之兩旁爲耳唐人皆作鼎非也唐氏元度旣辨之矣貞省聲。大徐本無此三字則上體未說此謂上體目者貞省聲也或曰離爲目巽爲木鼎卦上離下巽何不以此說字乎曰言易卦之取象則可若六書之會意必使二字相合成文如人言止戈是目與木不相合也故釋下體爲象形上體爲諧聲古叚鼎爲丁如賈誼傳春秋鼎盛匡衡傳匡鼎來皆是鼎之言當也正也都挺切十一部昔禹收九牧之金。鑄鼎荊山之下。入山林川澤者。此字依韵會補离魅蛧蜽。莫能逢之。目協承天休。离俗用螭依内部則當作离此用宣三年左傳王孫滿說傳不言鑄鼎荊山之下尙書古文疏證云陝西同州朝邑縣西南三十二里有懷德城漢縣也漢志左馮翊褱德下曰禹貢北條荊山在南皇甫謐帝王世紀禹鑄鼎於荊山在馮翊懷德之南山下有荊渠鄭氏水經注懷德縣故城在渭水之北沙苑之南禹貢北條荊山在南山下有荊渠卽夏后鑄九鼎處也易卦。巽木於下者爲鼎。此引易證下體象析木之意與晉下引易證从日一例古文目貝爲鼎。籒文目鼎爲貝。二貝字小徐皆作貞郭忠恕佩觿云古文以貞爲鼎籒文以鼎爲則亦誤今正京房說貞字鼎聲此古文以貝爲鼎之證也許說𠟭鼏鼏敗者籒文之則員貫妘字此籒文以鼎爲貝之證也凡鼎之屬皆从鼎。

鼒 ㄗ

鼒　鼎之圜掩上者。周頌鼐鼎及鼒釋器曰圜弇上謂之鼒手部曰掩斂也小上曰掩廾部曰弇蓋也然則此依許作掩爲正字从鼎才聲。子之切一部詩曰。鼐鼎及鼒。

鎡。

鎡　俗鼒从金茲聲。茲各本作茲今正

鼐 ㄋㄞˋ

鼐　鼎之絕大者。釋器曰鼎絕大謂之鼐周頌傳曰大鼎謂之鼐小鼎謂之鼒傳與爾雅說鼐異說鼐則略同絕大謂函牛之鼎也九家易曰牛鼎受一斛羊鼎五斗豕鼎三斗乃者詞之難也故从乃爲大才者艸木之初也故从才爲小从鼎乃聲。奴代切一部魯詩說鼐小鼎。魯詩說謂傳魯詩者申公之學者也惠氏棟云說苑曰詩自堂徂基自羊徂牛言自內及外以小及大也魯詩者劉向家學故說鼐小鼒大

鼏 ㄇㄧˋ

鼏　目木橫貫鼎耳舉之。貫當作毌許亦從俗也禮經十七篇多言扃鼏注多言今文扃爲鉉古文鼏爲密按扃者叚借字鼏者正字鉉者音近義同字也以木橫毌鼎耳是曰鼏兩手舉其木之耑是曰扛鼎鼏橫於鼎蓋之上故禮經必先言抽扃乃後取鼏猶扃爲戶外閉之關故或以扃代之也从鼎冂聲。五篇有冂部此从之爲聲古熒切十一部按大小徐篆皆作鼏解作冂聲莫狄切以鼏蓋字之音加諸橫毌鼎耳之義誤矣廣韵集韵禮部韵略玉篇類篇皆佚此字然廣韵玉篇皆云亡狄切鼏蓋也則鼏字尙未亡集韵類篇引橫貫鼎耳云云於錫韵冥狄切而鼏字亡矣惟匡謬正俗及毛晃禮部韵略增字獨不誤周禮。廟門容大鼏七箇。攷工記匠人文今本作大扃七箇許所據作鼏用此知禮經古文本亦作鼏古文以鼏密連文今文以鉉密連文鄭上字從古文下字從今文遂卽鼏鼏連文轉寫恐其易混則上字易爲扃耳韵會無大易玉鉉大吉也。鼎上九爻辭金部鉉下曰所以舉鼎也易謂之鉉禮謂之鼏據此則許所據禮古文作鼏鄭則據禮今文作鉉同易也鼏鉉異字同義或讀鉉古冥反則非矣韵會無大吉也

鼏 ㄇㄧˋ

鼏　鼎覆也。此九字各本無以鼏篆鼏解牛頭馬脯而合之今補正鼏見禮經所以覆鼎用茅爲从鼎冖。冖亦聲。

之今本作鼏鼏正字也禮古文作密叚借字也从鼏冖者冖覆也冖亦聲者據冥字之解知之古者覆巾謂之幎鼏蓋謂之鼏而禮經時亦通用蟲部蠠从鼏聲亦作蜜虎部䖑讀若鼏是知鼏古音同冥亦同密在十一十二部之閒今音則莫狄切

文四 今補一 共文五 重一

克 ㄎㄜˋ

克 肩也。周頌傳曰仔肩克也人部曰仔克也此曰克肩也然則周頌仔肩絫言之毛謂二字皆訓克也肩謂任任事以肩故任謂之肩亦謂之克釋詁云肩克也又曰肩勝也鄭箋云仔肩任也許云勝任也任保也保當也凡物壓於上謂之克今蘇常俗語如是釋言曰克能也其引伸之義左傳曰凡師得儁曰克於鄭伯克段於鄢曰如二君故曰克卽得儁之說也穀梁曰克者何能也何能也能殺也此釋言之說也公羊曰克之者何殺之也此以相勝爲義大雅毛傳云掊克自伐而好勝人也俗作剋 象屋下刻木之形。上象屋下象刻木彔彔形木堅而安居屋下桀刻之能事之意也相勝之意也苦得切一部刻克疊韵 凡克之屬皆从克。

𠅃。桌。

古文克。亦古文克。

文一 重二

彔 ㄌㄨˋ

彔 刻木彔彔也。小徐曰彔彔猶歷歷也一一可數之皃按刻下曰彔刻割也彔彔麗廔嵌空之皃毛詩車歷錄亦當作歷彔 象形。盧谷切三部 凡彔之屬皆从彔。

文一

禾 ㄏㄜˊ

禾 嘉穀也。嘉禾疊韵生民詩曰天降嘉穀維虋維芑芑爾雅謂之赤苗白苗許艸部皆謂之嘉穀皆謂禾也公羊何注曰未秀爲苗已秀爲禾魏風無食我黍無食我麥無食我苗毛曰苗嘉穀也嘉穀謂禾也生民傳曰黃嘉穀也嘉穀亦謂禾民食莫重於禾故謂之嘉穀嘉穀之連稾者曰禾實曰㮚㮚之人曰米米曰粱今俗云小米是也 㠯二月始生。八月而孰。得之中和。故謂之禾。依思元賦注齊民要術訂和禾疊韵 禾木也。木王而生。金王而死。謂二月生八月孰也伏生淮南子劉向所著書皆言張晏中種穀呼禾爲穀思元賦注引此下有故曰木禾四字 从木。禾木也故从木 象其穗。各本作从木从𠂹省𠂹象其穗九字淺人增四字不通今正下从木上筆𠂹者象其穗是爲从木而象其穗禾穗必下垂淮南子曰夫子見禾之三變也滔滔然曰狐向丘而死我其首禾乎高注云禾穗垂而向根君子不忘本也張衡思元賦曰嘉禾垂穎而顧本王氏念孫說秀與禾絕相似雖老農不辨及其吐穗則禾穗必屈而倒垂秀穗不垂可以識別艸部謂𦽍揚生古者造禾字屈筆下垂以象之戶戈切十七部 凡禾之屬皆从禾。

秀 ㄒㄧㄡˋ

秀 上諱。上諱二字許書原文秀篆許本無後人沾之云上諱則不書其字宜矣不書故義形聲皆不言說詳一篇示部伏侯古今注曰諱秀之字曰茂益許空其篆而釋之曰上諱下文禾之秀實爲稼則本作茂實也許既不言當補之曰不榮而實曰秀从禾人不榮而實曰秀者釋艸毛詩文按釋艸云木謂之榮艸謂之華榮華散文則一耳榮而實謂之實桃李是也不榮而實謂之秀禾黍是也榮而不實謂之英牡丹勺藥是也凡禾黍之實皆有華華瓣收卽爲稃而成實不比華落而成實者故謂之榮可如黍稷方華是也謂之不榮亦可實發實秀是也論語曰苗而不秀秀而不實秀則已實矣又云實者此實卽生民之堅好也秀與采義相成采下曰禾成秀也采自其𠂹言之秀自其挺言之而非實不謂之秀非秀不謂之采小正秀然後爲萑葦周禮注荼茅秀也皆謂其采而實引伸之爲俊秀秀傑从禾人者人者米也出於稃謂之米結於稃內謂之人凡果實中有人本艸本皆作人明刻皆改作仁殊謬禾稃內有人是曰秀玉篇集韵類篇皆有秃字欲結米也而鄰切本秀字也隸書秀从乃而秃別讀矣息救切三部

稼 ㄐㄧㄚˋ

稼 禾之秀實爲稼。既言秀又言實者論語說也謂禾采之成曰稼也甫田曾孫之稼箋云稼禾也謂有槀者也 莖節爲禾。全體爲禾渾言之也聘禮禾三十車是也禹貢所謂總也莖節

爲禾別於采而言析言之也下文之䅵稃也从禾家聲。古訝切古音在五部一曰稼家事也。此取从家爲義史記曰五穀蕃孰穰穰滿家邠風八月其穫謂禾可穫也九月築場圃十月納禾稼謂治於場而納之囷倉也此說與穡義略同一曰在野曰稼。稼之言嫁也毛傳曰種之曰稼周禮司稼注曰種穀曰稼如嫁女以有所生此說與穡義別呂覽君守篇曰后稷作稼穡穀可收曰穡。毛傳曰斂之曰穡許不云斂之云可收者許主謂在野成孰不言不言穀者晐百穀言之不獨謂禾也古多叚嗇爲穡从禾嗇聲。此舉形聲包會意所力切一部穜埶也。丮部曰埶穜也小篆埶爲穜之用切穜爲先穜後孰直容切而隸書互易之詳張氏五經文字穜者以穀播於土因之名穀可種者曰種凡物可種者皆曰種別其音之隴切生民曰種之黃茂又曰實種實褎箋云種生不雜也从禾童聲。之用切九部稙早種也。此謂凡穀皆有早種者魯頌傳曰先種曰稙謂先種先孰也釋名曰青徐人謂長婦曰稙長禾苗先生者曰稙取名於此也从禾凡氾言諸穀而字从禾者依嘉穀爲言也直聲。常職切一部詩曰。稙稚尗麥。魯頌閟宮文按稚當作稺郭景純注方言曰稺古稚字是則晉人皆作稚故稺稚爲古今字寫說文者用今字因襲之耳種先種後孰也。此謂凡穀有如此者邠風傳曰後孰曰重周禮內宰注鄭司農云先種後孰謂之穜按毛詩作重叚借字也周禮作穜轉寫以今字易之也从禾重聲。直容切九部稑疾孰也。謂凡穀有如此者邠風傳曰先孰曰穋周禮內宰注鄭司農云後種先孰謂之稑按土宜物性卽同一種而有不同故大司徒必辨十有二壤之物而知其種司稼掌巡邦野之稼而辨穜稑之種也。从禾坴聲。力竹切三部詩曰。黍稷種稑。邠風七月文按七月及閟宮皆作重許種下不偁而偁於稑下蓋本作重轉寫易之也穋稑或从翏。翏聲也今周禮作稑毛詩作穋稺幼禾也。魯頌毛傳曰後種曰稺許不言後種者後種因小於先種卽先種者當其未長亦稺也先

種而中有遲長者亦稺也故惟魯頌穜稺對言毛釋之小雅無害我田稺彼有不穫稺毛不釋者亦謂槩言幼禾引伸爲凡幼之偁今字作稚从禾屖聲。屖者遲也直利切十五部稹穜概也。此與鬒爲稠髮同也引伸爲凡密緻之偁从禾眞聲。之忍切十二部周禮曰。稹理而堅。攷工記輪人文鄭云稹致也致今之緻字稠多也。本謂禾也引伸爲凡多之偁小雅綢直如髮叚綢爲稠也从禾周聲。直由切三部穊稠也。漢書劉章言耕田曰深耕穊種立苗欲疏非其種者鉏而去之引伸爲凡稠之偁从禾旣聲。己利切十五部稀疏也。去部曰疏通也稀與穊爲反對之辭所謂立苗欲疏也引伸爲凡疏之偁从禾希聲。許書無希字而希聲字多有與由聲字正同不得云無希字由字也許時奪之今不得其說解耳香衣切十五部穖禾也。蓋禾有名穖者也廣韵曰莊子謂之禾也从禾蔑聲。莫結切十二部穆禾也。蓋禾有名穆者也凡經傳所用穆字皆叚穆爲㣎㣎者細文也从彡㣎省彡言文㣎言細凡言穆穆於穆昭穆皆取幽微之義釋訓曰穆穆敬也大雅文王傳曰穆穆美也从禾㣎聲。莫卜切三部私禾也。蓋禾有名私者也今則叚私爲公厶倉頡作字自營爲厶背厶爲公然則古祇作厶不作私从禾厶聲。息夷切十五部北道名禾主人曰私主人。北道蓋許時語立乎南以言北之辭周頌駿發爾私毛曰私民田也穙稻紫莖不黏者也。者字今補从禾䐀聲。讀若靡。王氏念孫曰靡當作廣字之誤也扶沸切古音在十三部十五部之閒又按此爲稻屬則當厠於下文稻稌穬秔秏之類蓋轉寫者亂之稷齋也。程氏瑤田九穀攷曰稷齋大名也黏者爲秫北方謂之高粱通謂之秫秫又謂之蜀黍高大似蘆月令首種不入鄭云首種謂稷今以北方諸穀播種先後攷之高粱最先管子書日至七十日陰凍釋而蓺稷百日不蓺稷日至七十日今之正月也今南北皆以正月蓺高粱是也凡經言疏食者稷食也稷形大故得疏偁按程氏九穀攷至爲精析學者必讀此而

稷。 齋ㄐㄧ 粢。

齋秫穄稻稌稬

稷能正名其言漢人皆冒粱爲稷而稷爲秫秫鄙人能通其語者士大夫不能舉其字眞可謂撥雲霧而覩靑天矣**五穀之長**。謂首種也月令注稷五穀之長按稷長五穀故田正之官曰稷五經異義今孝經說稷者五穀之長穀衆多不可徧敬故立稷而祭之古左氏說列山氏之子曰柱死祀以爲稷稷是田正周棄亦爲稷自商以來祀之許君曰謹按禮緣生及死故祀稷人事之旣祭稷穀不得但以稷米祭稷反自食同左氏義鄭君駁之曰宗伯以血祭祭社稷五祀五嶽社稷之神若是句龍柱棄不得先五嶽而食大司徒五地一曰山林二曰川澤三曰丘陵四曰墳衍五曰原隰大司樂五變而致介物及土示土示者五土之總神卽謂社也六樂於五地無原隰而有土祇則土祇與原隰同用樂也是以變原隰言土示詩信南山云昀昀原隰下云黍稷彧彧原隰生百穀稷爲之長然則稷者原隰之神若達此義不得以稷米祭稷爲難社者五土總神稷者原隰之神皆能生萬物者以古之有大功者配之句龍以有平水土之功配社祀之稷有播種之功配稷祀之按許造說文但引今孝經說則其說社稷當與鄭意同玉裁謂異義早成說文曉出爲定說此亦一耑也**从禾畟聲**。子力切一部古段稷爲卽小雅旣齊旣卽毛云稷疾是也亦段爲畟字如穀梁日昃作日稷是也**稷古文稷**。按畟蓋卽古文畟字

齋稷也。釋艸曰粢稷也周禮甸師齍盛注云粢者稷也穀者稷爲長按經作齍注作粢此經用古字注用今字之例周禮齍盛字鄭易爲粢者三甸師肆師大祝也小宗伯六齍注云齍讀爲粢六粢謂六穀黍稷稻粱麥苽云齍讀爲粢此易齍爲粢之證也粢本謂稷何以六穀統名粢則以稷爲穀之長故得槩之甸師注是其恉也米本謂禾凡穀皆得名米粢盛之粢猶是矣甫田作齊亦作齍毛曰器實曰齍而左傳禮記皆作粢盛是可證齍粢之同字穀名曰粢用以祭祀則曰齍別之者貴之也今經典粢皆譌粢而粢字且不見於經典矣廣韵曰齋祭飯也玉篇曰黍稷在器曰齋[illegible]齎本經典故作齋盛**从禾齊聲**。卽夷切十五部**粢粢或从次作**。鄭注周禮曰齋資字同其字以齊次爲聲从貝變易此亦以齊次爲聲从禾變易而今日經典粢盛皆从米作

七篇上

秫ㄕㄨˊ 穄ㄐㄧˋ 朮。 稻ㄉㄠˋ 稌ㄊㄨˊ 稬ㄋㄨㄛˋ

則又粉餈之或字而誤段之**秫稷之粘者**。九穀攷曰稷北方謂之高粱或謂之紅粱其粘者黃白二種所謂秫也秫爲黏稷而不黏者亦通評爲秫秫而他穀之黏者亦段借稱之曰秫陶淵明使公田二頃五十畝種秫稻之黏者也崔豹古今注所謂秫爲黏稻是也**从禾**。**朮象形**。下象其莖葉上象其米食聿切十五部銷本作朮皆**朮秫或省禾**。**穄𪎭也**。此謂黍之不粘者也黍部曰𪎭者穄也呂氏春秋飯之美者陽山之穄高注云關西謂之𪎭冀州謂之𪎭廣雅穄𪎭穄也九穀攷曰據說文不屬而黏者黍則禾屬而不黏者𪎭對文異散文則通偁黍內則飯黍稷稻粱白黍黃粱鄭注黍黃黍也黃黍者𪎭也穄也飯用之黏者釀酒及爲餌餈飳粥之屬不黏者評𪎭評穄而黏者乃專得黍名矣今北方皆評黍子𪎭子穄子與稷雙聲故俗誤謂爲稷其誤自唐之蘇恭始**从禾祭聲**。子例切十五部九穀攷曰簠簋實𪎭爲之以供祭祀故又異其名曰穄

稻稌也。今俗槩謂黏者不黏者未去穅曰稻稬稻秈稻杭稻皆未去穅之偁也旣去穅則曰稬米曰秈米曰杭米古謂黏者爲稻謂黏米爲稻九穀攷曰七月詩十月穫稻爲此春酒月令乃命大酋秫稻必齊內則糝記並有稻醴左傳進稻醴粱糗是以稻爲黏者之名黏者以釀也內則糝酏用稻米籩人職之餌餈注亦以爲用稻米皆取其黏耳而食醫之職牛宜稌鄭司農說稌稉也是又以稉釋稻稉其不黏者也孔子曰食夫稻亦不必專指黏者言職方氏揚荊諸州亦但云其穀宜稻吾是以知稌稻之爲大名也玉裁謂稻其渾言之偁杭與稻對爲析言之偁稻宜水故周禮稻人掌稼下地**从禾舀聲**。徒晧切古音在三部

稌稻也。釋艸曰稌稻周頌毛傳同許曰沛國評稬而郭樸曰今沛國呼稌然則稌稬本一語而稍分輕重耳**从禾余聲**。徒古切五部**周禮曰牛宜稌**。食醫文

稬沛國謂稻曰稬。襄五年穀梁傳仲孫蔑衞孫林父會吳於善稻吳謂善伊謂稻緩按謂善爲伊者古合韵也謂稻爲緩者卽沛國謂稻曰稬之理也緩古亦讀如暖昭五年狄人謂賁泉矢胎謂賁爲矢者卽今俗語謂糞爲矢也今矢胎作失台考異**从禾**

稴　秔　稉。　秏　穬　秜

耎聲。奴亂切。十四部。今語奴臥切。

稴　稻不黏者。凡稻皆有黏者有不黏者。秫則稷之黏者也。稴則黍之不黏者也。稻有不黏者則稴是也。今俗通謂不黏者爲秈米。集韵類篇皆云方言江南呼稉爲秈。亦作秈作籼。按說文玉篇皆有稴無秈。葢秈卽稴字音變而字異耳。廣雅曰秈稉也。渾言不別也。从禾兼聲。讀若風廉之廉。風廉之廉疑當同食部作風䭑䭑。力兼切。亦胡兼切。七部。

秔　稻屬。凡言屬者以屬見別也。言別者以別見屬也。重其同則言屬。秔爲稻屬是也。重其異則言別。稗爲禾別是也。周禮注曰州黨族閭比鄉之屬別。介次市亭之屬別小者。屬別並言。分合並見也。稻有至黏者稬是也。有次黏者稉是也。有不黏者稴是也。稉比於稬則爲不黏。比於稴則尚爲黏。稉與稴爲飯。稬以釀酒爲餌餈。今與古同矣。散文稉亦偁稻。對文則別。魏都賦水澍稉稌。陸蒔稷黍。蜀都賦黍稷油油。稉稻莫莫。皆稉稻並舉。本艸經秔米稻米殊用。陶貞白乃不能分別其異矣。从禾亢聲。古行切。古音在十部。稉　俗秔。更聲也。陸德明曰稉與梗皆俗秔字。

秏　稻屬。漢書曰。訖於孝武後元之年。靡有孑遺。秏矣。孟康曰。秏音毛。無有秏米在者也。秏米。米名。卽所謂稻屬也。今本作毛米。誤。孟意若今言無有一粒存者。水經注曰。燕人謂無爲毛。故有用毛爲無者。又有用秏者。矜讀莫報切。既又讀呼到切。改禾旁爲耒旁。罕知其本音本義本形矣。大雅秏斁下土。秏者乏無之謂。故韓詩云惡也。从禾毛聲。呼到切。二部。按當音毛。音耄。伊尹曰。飯之美者。元山之禾。南海之秏。呂氏春秋本味篇伊尹曰。南海之秬。高注。南海南方之海。秬。黑黍也。許所據伊尹書不同。伊尹書見漢藝文志。

穬　芒粟也。周禮稻人。澤草所生。種之芒種。鄭司農云。芒種。稻麥也。按凡穀之芒。稻麥爲大。芒粟次於此。麥下曰芒穀。然則許意同先鄭也。稻麥得評粟者。從嘉穀之名也。从禾廣聲。古猛切。古音在十部。

秜　稻今年落。來年自生謂之秜。淮南書。離先稻熟。而農夫耨之。不以小利傷大穫也。注云。離與稻相似。耨之爲其少實。疑離卽秜。玉篇廣韵秜皆力脂切。則音同也。他書皆作穭。力與切。埤蒼。穭自生也。亦作稆。後漢書獻帝紀。尙書郎以下自出采稆。古作旅。史漢皆云觜觹主葆旅事。晉灼曰。葆。采也。野生曰旅。今之飢民采旅。生按離秜旅一聲之轉。皆謂不種而自生者也。从禾尼聲。里之切。按之當依廣韵作脂。十五部。

稗　禾別也。謂禾類而別於禾也。孟子曰。苟爲不熟。不如荑稗。左傳云。用秕稗也。杜云。稗。草之似穀者。稗有米。似禾可食。故亦種之。如淳曰。細米爲稗。故小說謂之稗官。小販謂之稗販。从禾卑聲。旁卦切。十六部。琅邪有稗縣。地理志琅邪郡稗縣。郡國志無。後漢省也。稗當是本作稗。并曰䢵命。蓋惡其名而易之。今山東沂州府莒州州南有稗縣故城。或曰本春秋時向國。隱公二年莒人入向是也。

移　禾相倚移也。相倚移者。猶言虛而與之委蛇也。呂氏春秋曰。苗其弱也欲孤。其長也欲相與俱。其熟也欲相扶。倚移。連緜字。盧韵讀若阿那。攷工記鄭司農注兩引倚移從風。今上林賦作旖旎從風。說文於㫃曰旖移。於旗曰旖施。於木曰檹施。皆謂阿那也。毛傳曰。猗儺。柔順也。猗儺卽阿那。表記。衣服以移之。注。移讀如禾氾移之移。移猶廣大也。禾氾移。葢謂禾穡多。郊特牲。其蜡乃通以移民也。鄭曰。移之言羨也。古叚移爲侈。如攷工記飾車欲侈。故書侈爲移。少牢饋食禮移袂皆是。今人但讀爲遷移。據說文則自此之彼字當作迻。从禾多聲。弋支切。古音在十六部。一曰禾名。別一義。

穎　禾末也。穎之言莖也。頸也。近於采及貫於采者皆是也。大雅。實穎實栗。毛曰。穎。垂穎也。禹貢鄭注曰。百里賦入總。謂入刈禾也。二百里銍。銍。斷去稿也。三百里秸。秸又去穎也。四百里入粟。五百里入米者。遠彌輕也。禮器。藁秸之設。鄭注。穗去實曰秸。秸與秸同物。鄭注尙書曰。去穎謂用其采也。注禮器曰。去實謂用其穎也。史記曰。錐處囊中。穎脫而出。非特其末見而已。少儀。刀卻刃授穎。是則穎在錐則卻於末。在刀則卻於刃。在禾則卻於采也。渾言之則穎爲禾末。析言之則禾芒乃爲秒。从禾頃聲。余頃切。十一部。詩曰。禾穎穟穟。大雅生民文。今詩作禾役。毛曰。役。列也。玉裁按役者穎之叚借字。古支耕合韵之理也。列者梨之叚借。禾穟也。此穎通穟言之。下章之穎則專謂垂者。

棶　齊謂麥棶也。

七篇上

穗。采杓穟

來之本義訓麥然則加禾旁作秣俗字而从禾來聲洛哀
巳蓋齊字也據廣韵則埤蒼來𪍿字作秣切一
部按上下文皆言禾中 采禾成秀人所收者也依爾雅
閒以麥𪍿皆非舊文音義及
元應書訂采與秀古互訓如月令注黍从爪禾會意小徐
秀舒散卽謂黍采也人所收故从爪作爪聲非
此與采同意徐 穗俗从禾惠聲 杓禾危采也危采謂
醉切十五部穎欲斷
落也齊民要術云刈晚則穗折遇風則收減玉篇云杓亦
懸物也則杓同方言之𠄌方言曰𠄌縣也趙魏之閒曰𠄌
燕趙之郊縣物於臺之上謂之𠄌郭樸曰了𠄌縣物皃丁
小反按元應書及集韵所引方言皆如是今本方言作佻
妄人所改耳王延壽王孫賦𠄌瓜懸从禾勺聲都了切
而瓠垂𠄌者象形字杓者諸聲字二部
穟禾采之皃大雅生民曰禾役穟穟釋訓曰穟穟苗也
毛傳曰穟穟苗好美也按公羊傳注生曰
苗秀曰禾苗禾一也釋訓毛傳與許說一也从禾遂聲徐
許以經言禾穎則穟穟指采言成就之皃醉

遂。䅊𥞤秒穖

切十詩曰禾穎穟穟按古音支清二部互轉役在支部卽
五部穎之入聲蓋卽穎之叚借字許此句
蓋用三家詩如如鳥斯𩞒爲 穟或从艸 䅊禾𠂹皃
正字毛詩作華爲叚借字也
禾采必𠂹采从禾耑聲讀若端十四部今音丁果 𥞤禾
重則杇𠂹切取朵字之意
舉出苗也何休曰生曰苗秀曰禾禾采初挺出於苗是曰
𥞤既成則屈而下𠂹矣周頌曰驛驛其達有厭
其傑毛云達射也有厭其傑言傑苗厭然特美也毛鄭釋
詩皆謂苗許云禾舉出苗則謂采手部揭者高舉也音義
略从禾曷聲居謁切十五部廣 秒禾芒也下文云禾有
同韵入曷薛二韵秒秋分而秒
定淮南書秒作蔈亦作標按艸部云蔈末也禾芒曰秒猶
木末曰杪九穀攷曰粟之孚甲無芒芒生於粟采之莖
从禾少聲亡沼切二部 穖禾機也九穀攷曰禾采成實離離
若聚珠相聯貫者謂之機
與珠璣之璣同意呂氏春秋得時之禾疏機而穗大得時
之稻長桐疏機高注云機禾穗果贏是也玉裁謂機貴疏

采杓穟䅊𥞤秒穖秠稃檜穅

秠

者不采緊密每穎皆綻而从禾幾聲居豨切十五部 秠一稃二
發能疏也穖疏而穗乃大
米从禾丕聲詩曰誕降嘉穀惟秬惟秠天賜后稷之嘉穀
也按此解當云稃也从禾丕聲詩曰誕降嘉穀惟秬惟秠
黑黍一稃二米天賜后稷之嘉穀也爲後人改竄之耳
詩生民惟秬惟秠釋艸曰秬黑黍秠一稃二米毛傳正同
蓋黑黍一稃二米曰秬言秬而一稃二米已見經文以惟
秠足句見黑黍之稃有異不比下文惟虋惟芑畫然二物
故釋訓者以黑黍系秬以一稃二米系秠分屬之鄭志張
逸問云鬯人職注秬如黑黍一秠二米按爾雅秠一稃二
米未知二者同異荅曰秠卽其皮稃亦皮也爾雅重言以
曉人更無異偁也據此知秠卽稃凡稃皆曰秠非必一二
一稃也許於鬯部𩰪下云黑黍也一稃二米是可見一稃
二米者謂秬非謂凡秠也此必偁經文惟秬惟秠而後總
釋之曰黑黍一稃二米則爾雅毛傳訓詁之意明矣秠之
本義與稃同故必先之曰稃也从禾丕聲而後引詩則知
秠義與字義無不合矣小徐本秠稃二篆相屬此必古本

稃。檜穅康。

秠稃檜穅四篆同義後人墨守爾雅毛傳而不心知其意
乃妄改許書致文理不通而不可讀敷悲切字林匹几匹
九夫九三反四九夫九二反則當从不聲玉篇作秠是也
古音在一部〇今鬯人注如黑黍一稃二米詩正義引作
一秠二米蓋正義所引是鄭作一秠爾 稃檜也小徐本
雅作一稃鄭意秠卽稃故荅問云爾此篆與
秠篆相屬古本也玉篇次弟正同自淺人不知秠解而改
竄之乃又移易篆之次弟矣甫田箋曰方房也謂孚甲始
生而未合時也从禾孚聲芳無切古
古借孚爲稃音在三部 粰稃或从米付聲
檜穅也从禾會聲讀若裹苦會切十五部玉篇公卧公
外二切公卧卽讀若裹之云
會聲而讀若裹者合音也 穅穀之皮也云穀者該黍稷稻粱麥而言
穀猶粟也今人謂已脫於米
者爲穅古人不爾穅之言空也空其中以含米也凡康寧
康樂皆本義空中之引伸今字分別乃以本義从禾引伸
義不从禾从禾米庚聲庚毛刻作康誤今正苦岡切十部 康穅或省作

四篆大徐在稰穛二篆之下今以類移此

秨　禾搖皃。搖今搖字今俗語說動搖之皃曰秨卽此字也　从禾乍聲。讀若昨。在各切五部

穮　槈鉏田也。各本作耕禾閒也今正周頌釋文引說文穮槈鉏田也表嬌反字林穮耕禾閒也方遙反然則今本說文淺人用字林改之穮者秐也非耕也周頌緜緜其麃毛傳曰麃耘也釋訓曰緜緜麃也孫炎云緜緜言詳密也郭樸云芸不息也左傳是穮是蔉杜云穮耘也許云槈鉏田者槈薅器也鉏立薅所也薅者拔田艸也或槈其田或鉏其田皆曰穮今吳下俗語說用鉏曰暴卽此字也　从禾麃聲。甫嬌切二部周頌叚麃爲之　春秋傳曰。是穮是蔉。左傳昭元年文

蔉之言畎也謂壅禾本也

案　櫌禾也。櫌者車所踐也此櫌讀如勞卽齊民要術所謂勞也郎到切賈思勰曰古曰櫌今曰勞說文櫌摩田器今人鄙語曰摩勞種穀之法苗既出壟每一經雨白背時輒以鐵齒鍽楱縱橫杷而勞之杷法令人坐上數以手斸去艸如此令地軟易鉏省力中鋒止苗高一尺鋒之按賈云鋒之謂鉏之也勞之而後鋒之然則案之而後穮之矣　从禾安聲。案禾者所以安禾也形聲包會意烏旰切十四部

七篇上

秄　雝禾本。雝俗作壅小雅或耘或耔毛曰耘除艸也耔雝本也食貨志后稷始甽田以二耜爲耦廣尺深尺曰甽長終畝一畝三甽一夫三百甽而播種於甽中苗生三葉以上稍耨隴艸因隤其土以附苗根故其詩曰或芸或芓黍稷儗儗芸除艸也耔附根也言苗稍壯每耨輒附根比盛暑隴盡而根深能風與旱故儗儗而盛也按班所據詩作芓古文叚借字說詩作耔小篆字詩言耘秄左傳言穮蔉蔉者甽也隤壟艸壅於甽中也耔蔉皆俗字　从禾子聲。卽里切一部

穧　穫刈也。穫刈謂穫而芟之也刈同乂芟艸也刈之必齊故从齊小雅曰此有不斂穧謂已刈而遺於田未斂者也上文不穫穉謂幼禾留於田未刈者也釋詁曰馘穧穫也鄭注周禮云四秉曰筥謂一穧也　一曰撮也。撮者四圭也一曰兩指撮也然則穧之別義謂少也　从禾齊聲。上文既有穧字以禾在上禾在旁別其義在詣切十五部

穫　刈穀也。穫之言獲也刈穀者以銍以鎌　从禾蒦聲。胡郭切五部

穦　穦禾也。穦積雙聲廣雅曰穦積也　从禾賓聲。卽夷切十五部　詩曰。積之秩秩。周頌文今作積之栗栗毛云栗栗衆多也無穦積也之文蓋許偁三家詩也

積　聚也。禾與粟皆得偁積引伸爲凡聚之偁淇奧詩叚簀爲積　从禾責聲。則歷切十六部

秩　積皃。皃各本作也今正積之必有次敘成文理是曰秩詩叚樂傳曰秩秩有常也斯干傳曰秩秩流行也巧言傳曰秩秩進知也賓之初筵傳曰秩秩然肅敬也釋訓曰條條秩秩智也又曰秩秩清也皆引伸之義也　从禾失聲。直質切十二部古叚𢧜爲秩如秩秩大猷犬部作𢧜𢧜大猷儀禮注云秩或爲載皆是也　詩曰。積之秩秩。

稛　絭束也。絭束訓以繩束之國語垂櫜而入稛載而歸韋注稛絭也古亦叚麇爲之如左傳羅無勇麇之及潞麇之是也方言稛就也注稛稛成就皃廣韵作成熟蓋禾熟而刈之而絭束之其義相因也　从禾困聲。苦本切十三部按本从困聲丘吻反轉入寬韵爲苦本切非从困聲也

稞　穀之善者。謂凡穀顆粒俱佳者廣韵云淨穀　从禾果聲。胡瓦切古音讀如顆十七部　一曰無皮穀。謂穀中有去稃者如稞也此義當讀如裸

秳　舂粟不潰也。米部曰潰漏也舂粟不潰者謂無散於臼外者也蓋舂之用力重則或潰用力輕則不是曰秳今俗謂輕舂曰桄古曠切卽秳之轉語也　从禾昏聲。戶括切按當古活切十五部

⿰禾气　秳也。从禾气聲。居气切十五部篇韵皆下沒切

穛　禾皮也。禾皮者不隔之皮也呂氏春秋曰得時之麥薄穛而赤色本謂稿皮因以評稿皮羔聲勺聲古音同在二部故穛音灼下文曰禾若秧穰曰把取禾若若卽穛今音相近又改其字耳　从禾羔聲。穛之若切古音在二部平聲按春秋經有穛字齊地名今釋文五經文字皆作穛从禾惟玉篇禾部穛下曰又齊地名而禾部穛字在部末孫強等所沾然則希馮所據春秋字从禾

稭　禾槀去其皮。祭天以爲席也。禮器曰莞簟之安而槀秸之設鄭注穗去實曰秸引禹貢三百

里納𥝩服禹貢釋文秸本或作稭然則稭秸𥝩三形同又或作䕺亦同謂禾莖既刈之上去其穗外去其皮存其淨莖是曰稭鄭云穗去實猶云穎去穗也穎謂莖之近穗者鄭注禹貢云銍謂刈穗斷去稾也稭又去其穎也是謂下截爲稾近穗爲穎故三百里納秸者不惟去稾又去穎而納穗其注禮器云穗去實者正謂去穗用近穗之穎與許云稾去皮者少異許云稾者兼穎而言言稾得兼穎言穎不兼稾也**从禾皆聲**古黠切十五部

稈 禾莖也謂自根之上至貫於穗者是也**从禾旱聲**古旱切十四部**春秋傳曰或投一秉稈**昭公廿七年左傳曰或取一編菅焉或取一秉秆焉國人投之此以二句合爲一句耳

秆 稈或从干作干聲

稾 稈也廣雅左傳注皆云秆稾也叚借爲矢榦之稾屈平屬艸稾之稾**从禾高聲**古老切二部

秕 不成粟也按不成粟之字从禾惡米之字从米而皆比聲此其別也左傳若其不具用秕稗也杜云秕穀不成者僞古文云若粟之有秕呂覽云凡禾之患不俱生而俱死是以先生者美米後生者多秕是故其耨也長其兄而去其弟按今俗謂穀之不充者曰癟補結切卽秕之俗音俗字也引伸之凡敗者曰秕漢書曰秕我王度**从禾比聲**卑履切十五部

稍 麥莖也麥莖光澤娟好故曰稍一作藒潘岳射雉賦曰闕閒藒葉是**从禾肙聲**古完切十四部

梨 黍穰也廣雅黍穰謂之梨左傳使巫以桃茢先祓殯杜注云茢黍穰檀弓以巫祝桃茢執戈鄭注云茢萑苕按二物皆可爲彗二字可通用故注不同許說其本義也詩生民禾役穟穟毛傳役列也列蓋梨之叚借禾穰亦得謂之梨也**从禾梨聲**良薛切十五部

穰 黍梨已治者已治謂已治去其箬皮也謂之穰者莖在皮中如瓜瓤在瓜皮中也周頌傳曰穰穰衆也此叚借也**从禾襄聲**汝羊切十部

秧 禾若秧穰也若卽上文之穛也若者擇菜也擇菜者必去其邊皮因之凡可去之皮曰若竹皮亦曰箬漢書印絫絫綬若若絫絫重積也若若如擇若之多也秧穰疊韵字集韵曰禾下葉多也今俗謂稻之初生者曰秧凡艸木之幼可移栽者皆曰秧此與古義別**从禾央聲**於良切十部

穇 穇程穀名廣雅曰穇程穄也按許但云穀名不與穄篆爲伍則與張說異**从禾旁聲**薄庚切古音在十部

程 穇程也二字疊韵**从禾皇聲**戶光切十部

年 穀孰也爾雅曰夏曰歲商曰祀周曰年唐虞曰載年者取禾一孰也**从禾千聲**奴顚切古音在十二部**春秋傳曰大有年**宣十六年經文穀梁傳曰五穀皆孰爲有年五穀皆大孰爲大有年

穀 續也此篆體依五經文字木部正穀與粟同義引伸爲善也釋詁毛傳皆曰穀善也又大雅傳曰穀祿也**百穀之總名也**周禮太宰言九穀鄭云黍稷稻粱麻大小豆小麥苽也膳夫食用六穀先鄭云稌黍稷粱麥苽也疾醫言五穀鄭曰麻黍稷麥豆也詩書言百穀種類繁多約舉兼晐之詞也惟禾黍爲嘉穀李善引辥君韓詩章句曰穀類非一故言百也**从禾㱿聲**㱿者今之殼字穀必有稃甲此以形聲包會意也古祿切三部

稔 穀孰也稔之言飪也**从禾念聲**而甚切七部**春秋傳曰不五稔**昭元年左傳文

租 田賦也從禾且聲**則吾切五部

稅 租也从禾兌聲輸芮切十五部

䆃 䆃米也三字句各本刪䆃字改米爲禾自呂氏字林顏氏家訓時已然今正䆃擇也擇米曰䆃米漢人語如此雅俗共知者漢書百官表後書殤帝和帝紀皆有䆃官注皆云䆃官主擇米鄧后詔曰減大官䆃官自非共陵廟稻粱米不得䆃擇光武詔曰郡國異味有豫養䆃擇之勞凡作導者譌字也䆃米是常語故以䆃米釋䆃篆如河下云河水𠷎下云𠷎周之比淺人槩謂複字而刪之又改米爲禾呂忱徐廣顏之推司馬貞皆執誤本說文謂䆃是禾名豈知䆃果禾名則許書之例當與穖穆私三篆爲伍而不廁於此**从禾道聲**徒到切古音在三部**司馬相如曰䆃一莖六穗也**史漢司馬相如傳封禪文曰囿騶虞之珍羣徼麋鹿之怪獸䆃一莖六穗於庖犧雙觡共抵之獸獲周餘珍放龜於岐招翠黃乘龍於沼鄭德云䆃擇也一莖六穗謂嘉禾之米鄭語譌

稈稾秕稍梨穰秧穇程年穀稔租稅䆃

䅿ㄏㄨㄤ 穌ㄙㄨ 稍ㄕㄠ 秋ㄑㄧㄡ 龝。

明憭言於庖者擇米作飯必於庖也呂忱乃云禾一莖六穗謂之蕖蓋不審封禪文而誤斷許書之句度矣

䅿虛無食也。爾雅果不孰爲荒周禮疏曰疏穀皆不孰爲大荒按荒年字當作䅿荒行而䅿廢矣从禾荒聲。呼光切十部

穌杷取禾若也。杷各本作把今正禾若散亂杷而取之不當言把也離騷蘇糞壤以充幃兮謂申椒其不芳王逸曰蘇取也韓信傳曰樵蘇後爨師不宿飽漢書音義曰樵取薪也蘇取草也此皆假蘇爲穌也蘇桂荏也蘇行而穌廢矣樂記蟄蟲昭蘇注云更息曰蘇據玉篇云穌息也死而更生也然則希馮所據樂記作穌从禾魚聲。素孤切五部

稍出物有漸也。漸依許當作趞漸行而趞廢矣稍之言小也少也凡古言稍稍者皆漸進之謂周禮稍食祿稟也云稍者謂祿之小者也从禾肖聲。所教切二部

秋禾穀孰也。其時萬物皆老而莫貴於禾穀故从禾言禾復言穀者晐百穀也禮記曰西方者秋秋之爲言揫也从禾𤓯省聲。七由切三部龝籀文不省。

秦ㄑㄧㄣ 𥡎。 稱ㄔㄥ

秦伯益之後所封國。鄭詩譜曰秦者隴西谷名於禹貢近雍州鳥鼠之山堯時有伯翳者實皐陶之子佐禹治水水土既平舜命作虞官掌上下草木鳥獸賜姓曰嬴歷夏商興衰亦世有人焉周孝王使其末孫非子養馬於汧渭之閒孝王封非子爲附庸邑之於秦谷至曾孫秦仲宣王又命作大夫始有車馬禮樂侍御之好國人美之秦之變風始作按伯益伯翳實一人皐陶之子也今甘肅秦州淸水縣有故秦城漢地理志之隴西秦亭秦谷也地宜禾。从禾舂省。地宜禾者說字形所以从禾从舂也職方氏曰雍州穀宜黍稷豈秦穀獨宜禾與匠鄰切十二部按此字不以舂禾會意爲本義以地名爲本義者通人所傳如是也一曰秦禾名。此別一義

𥡎籀文秦从秝。

稱銓也。銓者衡也聲類曰銓所以稱物也稱俗作秤按爯幷舉也偁揚也今皆用稱稱行而爯偁廢矣从禾爯聲。處陵切六部廣韵又昌孕切是也等也銓義之引伸春分而禾生。上文云以二月生日夏至晷景可度。禾有秒。謂其時禾乃有芒也秋分而秒定。上文云以八月孰孰時芒乃定律數十二。句十二謂六律六呂也十二秒而當一分。十二兩字舊奪今補下文云十髮爲程一程爲分十分爲寸然則十二秒而當十髮淮南天文訓作十二蔈而當一粟十分而寸。天文訓作十二粟而當一寸其以爲重。以衡輕重也十二粟爲一分。此粟謂禾粟十二分爲一銖。百四十四粟也天文訓曰十二粟而當一分十二分而當一銖十二銖而當半兩衡有左右因倍之故二十四銖爲一兩按金部銖下曰權十分黍之重也十分黍有誤依此則當云十二分粟之重也許用淮南說與說苑律歷志說異故諸程品皆从禾。度起於十二秒權起於十二粟諸程品之字謂稱以下七篆也此釋稱从禾之意併釋科以下六字从禾之意也

科ㄎㄜ

科程也。廣韵曰程也條也本也品也又科斷也按實一義之引伸耳論語曰爲力不同科孟子曰盈科而後進趙岐曰科坎也按盈科爲盈等也从禾斗。依韵會所據小徐本苦禾切十七部斗者量也。說从斗之意

程ㄔㄥ 稯ㄗㄨㄥ

程程品也。大徐無程字按此三字爲句與藥米也一例後人槩謂複字而刪之品者衆庶也因衆庶而立之法則斯謂之程品上文言諸程品可證矣荀卿曰程者物之準也月令陳祭器按度程注程謂器所容也漢書張蒼定章程如淳云章厤數之章術也程者權衡丈尺斗斛之平法也十髮爲程。一程爲分。一俗本作十誤大小徐舊本漢制攷小學紺珠皆不誤百髮爲分斷無是理十分爲寸。十髮爲程度起於此十髮當禾秒十二故字从禾从禾呈聲。直貞切十一部

稯布之八十縷爲稯。按此當有奪文聘禮記曰禾四秉曰筥十筥曰稯十稯曰秅許下文五稯爲秭二秭爲秅正本記文若先之曰布八十縷爲稯則下文不爲四百縷爲秭八百縷爲秅乎知其斷不然矣蓋必云禾四十秉爲稯从禾嵏聲一曰布之八十縷爲稯轉寫奪漏而亂之耳秉見又部云禾把也从又持禾云四十秉爲稯則上下相屬成文鄭注周禮云禾稾實幷刈者也秉手把也稯猶束也國語其歲收

田一井出稯禾秉芻缶米不是過也稯禾謂禾四十秉秉芻謂芻一把韋注孫謨布八十縷爲稯者史記孝景本紀令徒隸衣七稯布索隱正義皆云蓋七升布用五百六十縷漢書王莽傳一月之祿十稯布二匹孟康云稯八十縷也玫鄭注喪服曰八十縷爲升升當爲登登成也今之禮皆登爲升俗誤已行久矣賈公彥云今亦云布八十縷謂之宗宗卽古之升也是則宗稯登升一語之轉聘禮今文作稯古文作緵許从今文故糸部無緵布縷與禾把皆數也故同名糸部總下云十五升布謂十五稯布也**从禾嵏聲**子紅切九部

䅵　籒文稯省嵏亦兇聲也

秭　五稯爲秭禾二百秉也周禮掌客注有秭秭麻苔之文秭秭連文則非詩之秭也謂五稯也**从禾𠂔聲**將几切十五部**一曰數意至萬曰秭**意各本作億今依心部正周頌兩言萬億及秭毛曰數萬至萬曰億數億至萬曰秭定本集注釋文皆作數億至萬釋文所記別本及正義及前此甄鸞五經筭術皆作數億至億許書多襲毛傳此云數意至萬曰秭似當出於毛然心部云十萬曰意不從毛之萬萬曰億而從古數則謂秭亦不必同毛葢毛作數億至億曰秭許別有所受作數億至萬與秭不見他經惟見周頌鄭內則注萬億曰兆依許說則秭卽他經之兆與五經筭術曰黃帝爲法數有十等億兆京垓秭壤溝澗正載是也及其用也乃有上中下三等下數十十變之中數萬萬變之上數數窮則變以中數言之毛傳應云數垓至億曰秭而言數億至億曰秭有所未詳玉裁按十等之說起於漢末取周頌云秭國語云經姟者演之三等之說取鄭云今數古數者演之許鄭所不言未可盡信數億至萬亦不爲不多矣不必從毛之數億至億也秭之言積也韓詩云陳穀曰秭秭亦取積義如筭贊之爲一物其側也○釋詁云歷秭筭數也郭云今以十億爲秭

秅　二秭爲秅禾四百秉也周禮掌客曰上公車禾眡死牢牢十車車三秅注云禾稾實并刈者也聘禮四秉曰筥十筥曰稯十稯曰秅每車三秅則三十稯也聘禮注云一車之禾三秅爲千二百秉三百筥三十稯也○按小徐本作秭也廣韵從之是則秅卽秭爲今數二傳爲秅爲古數也小徐本非奪字仍記於此**从禾乇聲**宅加切古音在五部丁故反**周禮曰**○周禮當是本作禮記漢人所改也許書之例謂周官經曰周禮謂十七篇曰禮十七篇之記謂之禮記如儀鉶毛牛藿羊苦豕薇系之禮記是也四秉爲筥以下聘禮記文**二百四十斤爲秉**○此七字妄人所增當刪聘禮記曰十斗曰斛十六斗曰籔十籔曰秉二百四十斗云二百四十斗者經致饔米三十車每車秉有五籔計之得二十四斛爲二百四十斗也此說米之數與禾無涉鄭君所謂米禾之秉筥字同數異妄人乃爲之曰爲秉與下文言禾之四秉曰筥相亂而轉寫又斗譌斤曾謂許君而有此乎國語稯禾秉芻缶米不乾注當本云稯禾四十秉也秉把也缶庾也庾米十六斗也聘禮曰十六斗曰庾四秉曰筥十筥曰稯今本亦不知何人妄改致不可讀要之詩莘不可通也若廣雅之謬誤又無論矣**四秉曰筥**○秉見又部曰禾秉也从又持禾秝部云持一爲秉持二爲兼詩毛傳云秉把也四秉筥又部言之謂禾四把也不者稾實兼刈者也鄭注禮云筥穧名也若今萊陽之間刈稻聚把有名爲筥者詩云彼有遺秉又云此有不斂穧按鄭意筥卽穧刈禾盈手曰秉盈手者四聚於一處爲一穧穧十而總束之則爲稯故曰稯稯猶束也周禮注云筥讀如棟梠之梠謂一穧也疑今禮注奪去一字**十筥曰稯○十稯曰秅○四百秉爲一秅○**

䄷　百二十斤也○律厤志曰五權之制銖者物繇忽微至於成著可殊異也本起於黃鍾之重一龠容千二百黍重十二銖兩之者兩黃鍾律之重也二十四銖而成兩斤者明也十六兩成斤鈞者均也三十斤成鈞石者大也權之大者也四鈞爲石古多段石爲䄷月令鈞衡石是也有假䄷爲山石者楚辭悲任䄷之何益是也**稻一䄷爲粟二十斗○禾黍一䄷爲粟十六斗大半斗**○斗宋刻皆譌升毛本又誤改斤今正稻亦可偁粟猶凡穀皆可偁米也䄷不專用諸穀而从禾故舉稻與禾黍之粟各一䄷合於髮者言之**从禾石聲**○常隻切古音在五部

稘　復其時也○言帀也十二月帀爲期年中庸一月帀爲期月左傳旦至旦亦爲期今皆假期爲之期行而稘廢矣**从禾**从禾者取舊穀沒新穀升也

七篇上

其𩖏。居之切　唐書曰。稘三百有六旬。堯典文今堯典作期孔安國以今字讀之易爲期也唐書大徐作虞書攷心部偁唐書五品不愻大小徐本同此則小徐作唐書大徐作虞書他偁堯典者凡二十五皆云唐書不云虞書參差不畫一未得其解竊謂尚書鄭贊云三科之條五家之教三科者古文家說虞夏書商書周書是也五家者今文家說唐書虞書夏書商書周書是也虞夏同科則自堯典至甘誓爲虞夏書湯誓以下爲商書大誓牧誓以下爲周書五家堯典爲唐書皋陶謨爲虞書禹貢甘誓爲夏書湯誓以下爲商書大誓牧誓以下爲周書論衡曰唐虞夏殷周者土地之名重本不忘始故以爲號若人之有姓矣說尚書謂五者功德之名盛隆之意唐之爲言蕩蕩也虞者樂也夏者大也殷者中也周者至也其褒五家大矣然而失其初恉王充業今文此五家之說之證也伏生以五家之教故尚書大傳有唐傳虞傳夏傳殷傳周傳之目見唐人正義所偁引大傳既亡近惠氏定宇蒐集之爲書乃標堯典之首曰虞夏傳唐傳標禹貢之首曰虞夏傳夏傳以古文家之目羼入今文家殊爲不可通許君云唐書者從今文家說也曷爲從今文家說也堯典紀唐事紀舜皆紀堯也則謂之唐書皋陶謨紀虞事則謂之虞書禹貢紀禹之功則謂之夏書勝於古文家之畀偁虞夏書未得其實也曷爲自言偁書孔氏古文而從今文說也古文今文家標目皆非孔子所題皆學之者爲之說耳說則可擇善而從無足異也若左傳以夲徵五典六句系之虞書以敎內以言三句系之夏書洪範一篇系之商書亦與古文家說不同許於洪範則依左傳謂之商書於堯典皋陶謨禹貢則依今文五家之教謂之唐書虞書夏書蓋合諸說而折其衷矣凡今本說文以堯典系虞書者二十五皆淺人所妄改許不應自相舛戾如是

文八十七　重十三

秝ㄌㄧˋ

秝　稀疏適秝也。各本無秝字今依江氏聲王氏念孫說補適秝上音的下音歷疊韵字也玉篇曰稀疏秝秝然蓋凡言歷歷可數歷錄束文皆當作秝歷行而秝廢矣周禮遂師及窆抱磿鄭云磿者適歷執綍者名也遂人主陳之而遂師以名行校之賈公彥云天子千人分布於六綍之上稀疏得所名爲適歷也王氏念孫廣雅疏證云子虛賦七發楊雄蜀都賦南都賦論衡譴告篇稍廱聲無哀樂論皆云勺藥伏儼文穎晉灼李善皆說是調和之名上丁削反下旅酌反勺藥之言適歷也周禮注及說文皆云適歷說文厤字下云治也𤯍字下云調也凡均調謂之適歷　从二禾。禾之疏密有章也　郎擊切十六部　凡秝之屬皆从秝。讀若歷。

兼ㄐㄧㄢ

兼　并也。并相从也　从又持秝。會意古甜切七部　兼持二禾秉持一禾。

文二

黍ㄕㄨˇ

黍　禾屬而黏者也。九穀攷曰以禾況黍謂黍爲禾屬而黏者非謂禾爲黍屬而不黏者也禾屬而黏者黍禾屬而不黏者𪏰對文異散文則通偁黍謂之禾𪏰要之皆非禾也今山西人無論黏與不黏統呼之曰𪏰黍太原以東則呼黏者爲黍子不黏者爲𪏰子黍宜爲酒爲著𩟄之餌餈爲䤄粥𪏰宜爲飯不黍稻稷各有黏不黏二種按黍爲禾屬者其米之大小相等也其采異禾穗下垂如椎而粒聚黍采略如稻而舒散　以大暑而種。故謂之黍。大衍字也九穀攷曰伏生尚書大傳淮南劉向說苑皆云大火中種黍菽而呂氏春秋則云日至樹麻與菽麻正𪏰之誤又夏小正五月初昏大火中種黍菽𪏰字因下文誤衍諸書皆言種黍以夏至說文獨言以大暑蓋言種暑之極時其正時實夏至也玉裁謂種植有定時古今所同非可段借許書經轉寫妄增一字耳以暑種故謂之黍猶二月生八月孰得中和故謂之禾皆以疊韵訓釋　从禾雨省聲。舒呂切五部　孔子曰。黍可爲酒。如稌與秫皆宜酒　故从禾入水也。依廣韵補故从二字此說字形之異說也凡云孔子曰者通人所傳以禾入水不見其必爲酒故先雨省聲之說而禾入水會意之說次之今之隸書則从禾入水不从雨省　凡黍之屬

穈 ㄇㄟˊ

皆从黍。（篆）穄也。穄見禾部穈黍之不黏者如秔爲稻之不黏者稷爲秫之不黏者也高注呂氏春秋曰穄關西謂之穈冀州謂之鑒九穀攷曰特牲饋食禮尸授主人有挼黍之儀必是炊穈爲飯不相黏著故令佐食者摶之而後授尸按周禮土訓注云荆揚地宜稻幽并地宜麻依李氏韻氏皆七皮反則麻本作穈九穀攷云鄭據職方氏爲說也幽州宜三種并州宜五種內皆有黍从黍麻聲。靡爲切古音在十七部

䵑 ㄅㄟ

（篆）黍屬也。禾之別爲稗黍之屬爲䵑言別而屬見言屬而別見亦見䵑之於黍猶稗之於禾也九穀攷曰余目驗之采與穀皆如黍農人謂之䵑野䵑亦曰水䵑从黍卑聲。并弭切十六部篇韵又皆平擗切

黏 ㄋㄧㄢˊ

（篆）相箸也。有段謙爲黏者如攷工記雖有深泥亦弗之謙也是从黍占聲。女廉切七部

𪏮 ㄏㄨˊ

（篆）黏也。从黍古聲。戶吳切五部俗作糊

粘。

（篆）𪏮或从米作。

䵒 ㄋㄧˋ

（篆）黏也。从黍日聲。尼質切十二部春秋傳曰。不義不䵒。隱元年左傳文今左傳作暱昵或暱字日近也攷工記弓人凡昵之類不能方故書昵或作樴杜子春云樴讀爲不義不昵之昵或爲䵒䵒黏也按許所據左傳作䵒爲長䵒與暱音義皆相近

⿰黍刃。

（篆）䵒或从刃。刃聲也據杜子春說攷工記弓人昵或爲⿰黍刃方言曰⿰黍刃黏也齊魯青徐自關而東或曰⿰黍刃或曰㲃㲃黏也

黎 ㄌㄧˊ

（篆）履黏也。釋詁曰黎衆也衆之義行而履黏之義廢矣古亦以爲黧黑字从黍𥝢省聲。𥝢省者不从禾不也郎奚切十五部𥝢此依刀部作古文利作履黏以黍米也。說从黍之意

䵇 ㄈㄨˊ

（篆）治黍禾豆下潰葉也。潰葉於䂨恐其傷穀故必治之治之者當以杷以鉏此今農人所當知也从黍畐聲。蒲北切一部

文八 增䵑非 及古𪏮妄 重二

香 ㄒㄧㄤ

（篆）芳也。艸部曰芳艸香也芳謂艸香則凡言之大雅曰其香始升从黍从甘。會意許良切十部春秋傳曰。黍稷馨香。約舉左傳僖五年文此非爲香證說香必从黍之意也凡香之屬皆从香。

馨 ㄒㄧㄣ

（篆）香之遠聞也。同大雅鳧鷖傳按唐風椒聊一章曰椒聊且遠脩且傳曰脩長也二章椒聊且遠條且傳曰條言馨之遠聞也今本前後章皆作條則毛不應別爲傳矣而足利古本尚可證經言脩者枝條之長條者芬香條暢之謂傳馨字今譌聲从香殸聲。呼形切十一部殸籀文磬。

文二 徐鉉新附馥字按毛詩苾字韓詩作馥許於艸部已錄苾故不收馥不從韓也

米 ㄇㄧˇ

（篆）粟實也。卤部曰粟嘉穀實也嘉穀者禾黍也實當作人粟舉連秠者言之米則秠中之人如果實之有人也果人之字古书皆作人金刻本艸尚無作仁者至明刻乃盡改爲仁鄭注家宰職九穀不言粟注倉人掌粟入之藏云九穀盡藏焉以粟爲主粟正謂禾黍也禾者民食之大同黍者食之所貴故皆曰嘉穀其去秠存人曰米因以爲凡穀人之名是故禾黍曰米稻稷麥苽亦曰米舍人注所謂六米也六米卽膳夫食醫之食用六穀也賓客之車米筥米喪紀之飯米不外黍粱稻稷四者凡穀必中有人而後謂之秀故秀从禾人象禾黍之形。大徐作禾實非是米謂禾黍故字象二者之形四點者聚米也十其閒者四米之分也篆當作四圍點以象形今作長點誤矣莫禮切十五部凡米之屬皆从米。

粱 ㄌㄧㄤˊ

（篆）禾米也。各本作米名也今正古訓詁多不言某名如毛傳但言水也山也艸也木也皆是上文粟與米皆兼禾黍言粱則專爲禾米故別言之淺人不得其解乃刪禾字矣生民門苗秀曰禾穟實幷刈曰禾其實曰粟粟中人曰米米可食曰粱禮經簋陳稻粱簋陳黍稷聘禮米百筥設於中庭十以爲列黍粱稻皆二行稷四行內則飯黍稷稻粱白黍黃粱食醫六食犬宜粱喪大記君用粱大夫用稷士用粱凡黍稷稻之米無別名禾之米則曰粱自糲以至於御皆粱也小雅黃鳥無啄我粟兼禾黍言之二章言粱三章言黍其目也粟言連秠粱黍言米又其別也从米梁省聲。呂張切十部

⿰米焦 ㄓㄨㄛˊ

（篆）早取穀也。內則稰穛注云孰穫曰稰生穫曰穛正義曰穛是斂縮之名明以生穫故其物縮斂

粲 ㄘㄢˋ　糲 ㄌㄞˋ　精 ㄐㄧㄥ　粺 ㄅㄞˋ

也按穛卽穛字亦作穱古爵與焦同音通用也大招七發以皆云穱麥王逸云穱麥中先孰者也大招以爲飯七發以飲馬吳都賦云穱秀菰穗廣韵云穱者稻處種麥皆與早取之義合凡早取穀皆得名穱不獨麥也○从米焦聲○側角切二部　一曰小○謂穀之小者也取挈斂之意

粲　稻重一秙爲粟二十斗○見禾部　爲米十斗曰毇○此當有奪文當以爲米十斗句絕下云爲米九斗曰毇稻粟二十斗爲米十斗者九章筭術所謂稻率六十糲米率三十也稻粟二十斗爲米十斗今目驗猶然其米甚粗不得曰毇明矣爲米九斗曰毇者下文云米一斛舂爲九斗曰毇是也毇卽粺禾黍言粺稻言毇稻米九斗而舂爲八斗則亦曰糳八斗而舂爲六斗大半斗則曰粲稻之禾黍糳米爲七斗則曰侍御也禾黍米至於侍御稻米至於粲皆精之至矣不言亦曰糲不言爲米八斗亦曰糳者名各有所系欲讀者參伍而得之　爲米六斗大半斗曰粲○謂以八斗舂爲六斗大半斗也以今目驗言之稻米十斗舂之爲六斗大半斗精無過此者矣漢刑法有鬼薪白粲白粲謂舂也粲米取白故爲鮮好之偁毇粲粲然皆笑謂見齒也鄭風傳曰粲餐也此謂粲爲餐之叚借也　从米㕞聲○舂之義亦與㕞相近倉案切十四部

糲　粟重一秙爲十六斗大半斗○見禾部不言禾黍者粟本禾黍實之名稻評粟則借辭也　舂爲米一斛曰糲○粟十六斗大半斗爲米十斗卽九章筭術粟米之法粟率五十糲米三十也張晏曰一斛粟七斗米爲糲與九章筭術率異　从米萬聲○今皆作糲从厲古从萬聲與牡蠣字正同漢書司馬遷傳糲粱之食與許篆體合洛帶切十五部

精　擇米也○米字各本奪今補擇米謂䉒擇之米也莊子人閒世曰鼓筴播精司馬云簡米曰精簡卽柬俗作揀者是也引伸爲凡取好之偁撥雲霧而見青天亦曰精韓詩於定之方中云星精也　从米青聲○子盈切十一部

粺　毇也○粺者糲米一斛舂爲九斗也大雅彼疏斯粺傳云彼宜食疏今反食精粺箋云米之率糲十粺九糳八侍御七按漢九章筭術云糲米三十粺米二十七糳米二十四御米二十一卽鄭說所本特謂禾黍米毇謂稻米而可互偁故以毇釋粺　从米卑聲○旁卦切十六部

粗 ㄘㄨ　粊 ㄅㄧˋ　糱 ㄋㄧㄝˋ　粒 ㄌㄧˋ

粗　疏也○大雅彼疏斯粺箋云疏麤也謂糲米也麤卽粗正與許書互相證疏者通也引伸之猶大也故粗米曰疏糲米與粺米按則糲爲粗稷與黍稻粱按則稷爲粗九穀攷云凡經言疏食者稷食也論語疏食菜羹卽玉藻之稷食菜羹左傳粱則無矣麤則有之麤對粱而言稷之謂也儀禮昏禮婦饋舅姑有黍無稷特著其文蓋婦道成以孝養不進疏食也按引伸叚借之凡物不精者皆謂之粗　从米且聲○徂古切五部今皆讀平聲

粊　惡米也○粟之不成者曰秕米之惡者曰粊其音同也莊子塵垢粃穅卽粊字　从米比聲○各本篆作粊解云北聲今正粊在古音十五部不當用一部之北諧聲也經典釋文五經文字皆不誤若廣韵作粊注云說文作粊蓋由說文之誤已久玉篇作粊作排作粊皆云惡米而皆粊之誤兵媚切十五部　周書有粊誓○尚書粊誓卽今所用衛包妄改本之費誓也周禮禮記曾子問鄭注皆云粊誓裴駰司馬貞注史記皆云尚書作粊司馬貞當開元時衛包本猶未行至包乃改作費至宋開寶陳鄂乃將尚書音義之粊改費學者莫知古本矣貞之改粊爲費也直謂粊卽季氏費邑不知漢費縣故城在今兗州府費縣西北二十里去曲阜且三百里粊誓全篇乃初出師時語未必遠在今費縣史記作肹徐廣曰一作鮮一作獮蓋伏生作肹作鮮作獮古文作粊音正相近不當从一部北聲可知

糱　牙米也○牙同芽芽米者生芽之米也凡黍稷稻粱米已出於穅者不牙麥豆亦得云米本無穅故能芽芽米謂之糱猶伐木餘謂之櫱庶子謂之孼也按許云芽米蓋容穀言之散文則粟得偁米月令乃命大酋秫稻必齊麴糱必時注云古者穫稻而漬米麴至春而爲酒按漬米出麴是二事漬米卽大酋之糱也此糱不必有芽以凡穀漬之則有芽故名漬米曰糱　从米辥聲○魚列切十五部

粒　糂也○按此常作米粒也米粒是常語故訓釋之例如此與䉒篆下云䉒米也正同玉篇廣韵粒下皆云米粒可證淺人不得其解乃妄改之以與糂下一曰粒也相合不知粒乃糂之別義正謂米粒如妄改之文則粒爲以米和羹矣而一曰粒

𩚏。 釋ㄕˋ 糂ㄙㄢˇ

也何解乎今俗語謂米一顆曰一粒孟子樂歲粒米很戾趙注云粒米粟米之粒也皐陶謨烝民乃粒周頌立我烝民鄭箋立當作粒詩書之粒皆王制所謂粒食始食艱食鮮食至此乃粒食也 从米立聲 力入切七部按此篆不與糂篆相屬亦可證其解斷不作糂也

𩚏 古文从食

釋 漬米也 大雅曰釋之叟叟傳曰釋淅米也叟叟聲也按漬米淅米也漬者初湛諸水淅則淘汰之大雅作釋釋之叚借字也 从米睪聲 施隻切古音在五部

糂 以米和羹也 古之羹必和以米墨子藜羹不糂十日呂覽作藜羹不斟七日不粒不斟正不糂之誤內則注曰凡羹齊宜五味之和米屑之糝 从米甚聲 桑感切七部 一曰粒也 今南人俗語曰米糝飯糝謂孰者也釋名曰糝黏也相黏數也按廣韵集韵類篇干祿字書皆有粽字云蜜漬瓜食也桑感切蓋糝有零星之義故今之小菜古謂之糝別製其字作粽通鑑盧循遺劉裕益智粽宋廢帝殺江夏王義恭以蜜漬目睛謂之鬼目粽廣韵二仙枸櫞樹皮可作粽南方艸物狀建安八年交州刺

糣。 糝。 糪ㄅㄛˋ 糜ㄇㄧˊ

史張津以益智子粽餉魏武帝俗多改粽字胡三省注通鑑曰角黍也蓋誤認爲送韵之粽字齊民要術引廣州記益智子取外皮蜜煮爲糝味辛徑作糝字

糣 籒文糂从朁 朁聲甚聲同在七部

糝 古文糂从參 參聲亦在七部周禮醢人內則皆如此作周頌潛有多魚傳曰潛糝也古本如此爾雅糝謂之涔涔郎詩之潛也小爾雅及郭景純改糝爲木旁謂積柴水中令魚依之止息字當从木也而舍人李巡皆云以米投水中養魚曰涔似其說各異不知積柴而投米焉非有二事以其用米故曰糝以其用柴故或製字作罧罧見淮南書糣糝皆魏晉閒妄作也

糪 米炊 句 米者謂之糪 炊謂飯與鬻也下言炊饙之失故先之曰炊釋器曰米者謂之糪米者謂飯之米性未孰者也李巡云飯米半腥半孰曰糪腥先定反廣韵引新字林云粹豆中小硬者義相近 从米辟聲 博厄切十六部

糜 糝糜也 各本無糜字淺人所刪今補以米和羹謂之糝專用米粒爲之謂之糝糜亦謂之鬻亦謂之饘食部曰餰糜也釋名曰糜煑米使糜爛也粥淖

釋糂糪糜䊤𥺝䊆糟糒糗

䊤ㄉㄢˋ 𥺝ㄇㄧˊ 䊆ㄑㄩ 鞠。 糟ㄗㄠ

於糜粥粥然也引伸爲糜爛字 从米麻聲 靡爲切古音在十七部 黃帝初教作糜 各本無此六字今依韵會所據鍇本補初學記藝文類聚北堂書鈔皆引周書黃帝始亨穀爲粥此記化益作井揮作弓奚仲造車之例

䊤 糜和也 糜和謂菜屬也凡羹以米和之曰糝糜或以菜和之曰䊤 从米覃聲 讀若譚 大徐譚作鄆鄆譚古今字也徒感切古音在七部

𥺝 漬米也 漬屚也謂米之棄於地者也禾部曰稖舂粟不遺也不拋散謂之不遺 从米尼聲 武夷切十五部 交止有𥺝泠縣 止俗作阯誤今正地理志交止郡麊泠後郡國志同麊者𥺝之誤應劭曰麊音彌孟康曰泠音螟蛉之蛉

䊆 酒母也 从米𥳩省聲 䊆或作麴則亦可云𥳩聲也驅六切三部

鞠 䊆或从麥鞠省聲 作麴或以米或以麥故其字或从米或从麥

糟 酒滓也 內則曰重醴稻醴清糟黍醴清糟粱醴清糟注云重陪也糟醇也清泲也致飲有醇者有泲者陪飲之也周禮酒正共后之致飲於

醩。 糒ㄅㄟˋ 糗ㄑㄧㄡˇ

賓客之禮醫酏糟注云糟醫酏不泲者泲曰清不泲曰糟按今之酒但用泲者直謂巳漉之粕爲糟古則未泲帶滓之酒謂之糟泛齊醴齊滓浮尤濁盎齊緹齊沈齊差清莊子音義元應書皆引許君淮南注曰粕巳漉粗糟也然則糟謂未漉者 从米曹聲 作曹切古音在三部大鄭周禮注引內則清糟字皆作莤云糟音聲與莤相似記之者各異耳按莤蓋从酒艸聲亦糟字也

醩 籒文从酉 大徐本作醩集韵從之小徐本作醩韵會從之汲古閣以小徐改大徐非也

糒 乾飯也 飯字各本奪今依李賢明帝紀注隗囂傳注李善文選注元應書補乾音干釋名曰干飯飯而暴乾之也周禮廩人注曰行道曰糧謂糒也止居曰食謂米也按干飯今多爲之者 从米葡聲 平祕切古音在一部

糗 熬米麥也 周禮羞籩之實糗餌粉餈鄭司農云糗熬大豆與米也粉豆屑也元謂糗者擣粉熬大豆爲餌餈之黏著以坋之耳按先鄭云熬大豆及米後鄭但云熬大豆注內則又云擣熬穀不同者黍粱未麥皆可爲糗故或言大豆以包米或言穀以包米豆而許云熬

臬糈糧粈糶穖粹氣紅粉𥻂糣粲䊳竊

臬 糈 糧 粈

米麥又非不可包大豆也熬者乾煎也乾煎者鬻也鬻米豆舂爲粉以坋餌餈之上故曰糗餌粉餈鄭云擣粉之許但云熬不云擣粉者鄭釋經故釋粉字之義許解字則糗但爲熬米麥必待臬之而後成粉也粢擣時乃糗糧某氏云糗糒之糧孟子曰舜之飯糗茹草趙云糗飯乾糒也左傳爲稻醴粱糗廣韵曰糗乾飯屑也此皆謂熬穀未粉者也从米臭聲。去九切三部

臬舂糗也。米麥已熬乃舂之而徙之成勃鄭所謂擣粉也而後可以施諸餌餈从米臼。臼亦聲此舉會意包形聲也其九切三部

糈糧也。凡糧皆曰糈離騷王注曰糈精米所以享神其一糈俻耳从米胥聲。私呂切五部

糧穀食也。周禮廩人凡邦有會同師役之事則治其糧與其食鄭云行道曰糧按詩云乃裹餱糧莊子云適百里者宿舂糧適千里者三月聚糧皆謂行道也許云穀食則兼居者行者言糧本是統名故不爲分析也从米量聲。呂張切十部亦作糧

粈襍飯也。食部曰餌襍飯也廣韵曰餌亦作粈然則餌粈一字今之糅襍字也从米丑

七篇上

糶 穖 粹 氣

聲。女久切三部

糶穀也。糶者穀也故糴字从入糶會意揚雄蜀都賦糶米肥腯言食穀米之肥腯也轉寫作糴米誤矣从米翟聲。他弔切二部按當依玉篇徒的徒弔二切

穖末也。末小徐本作麩據玉篇云穖或作麩則穖麩一字大徐作麩麩乃麪之誤汲古後人又依小徐改作麩矣今正作末凡穖而粉之曰末麥部曰麪麥末也是也麪專謂麥末穖則統謂凡米之末廣雅穖謂之麪此謂麪亦穖之一耳穖者自其細蔑言之今之米粉麪勃皆是从米蔑聲。莫撥切古在十二部

粹不穛也。劉逵引班固云不變曰醇不穛曰粹按粹本是精米之偁引伸爲凡純美之偁从米卒聲。雖遂切十五部

氣饋客之芻米也。聘禮殺曰饔生曰餼餼有牛羊豕黍粱稻稷禾薪芻等不言牛羊豕者以其字从米也言芻米不言禾者舉芻米可以該禾也經典謂生物曰餼論語告朔之餼羊从米气聲。許既切十五部今字段氣爲雲氣字而饔餼乃無作氣者春秋傳曰齊人來氣諸侯。事見左傳桓六年十年十

槩 餼 紅 粉 𥻂 糣 粲

年傳曰齊人餼諸侯許所據作氣左丘明述春秋傳以古文於此可見

槩氣或从既。既聲也聘禮記曰日如其饔既之數注云古文既爲餼中庸篇曰既稟稱事注云既讀爲餼大戴朝事篇私覿致饔既戴先生曰既即餼字三既皆槩之省

餼氣或从食。按从食而氣爲聲蓋晚出俗字在假氣爲气之後

紅陳臭米。賈捐之傳太倉之粟紅腐而不可食師古曰粟久腐壞則色紅赤也按紅即紅之叚借字从米工聲。戶工切九部

粉所以傅面者也。所已字舊奪今補小徐曰古傅面亦用米粉故齊民要術有傅面英粉按據賈氏說粉英僅堪妝摩身體耳傅人面者固胡粉也許所云傅面者凡外面周禮傅於餌餈之上者是也引伸爲凡細末之偁从米分聲。方吻切十三部

𥻂粉也。从米卷聲。去阮切十四部玉篇曰棬同

糣糣粲也。糣粲雙聲字今俗語尚如此言之斂曰糣言之侈曰粲皆畢評也粲評之曰糣粲从米悉聲。私列切十二部

粲糣粲散之也。

七篇上

䊳 竊

粲者複舉字糣者衍字左傳正義兩引說文粲散之也可證左傳昭元年曰周公殺管叔而蔡蔡叔釋文曰上蔡字音素葛反說文作粲正義曰說文粲爲放散之義故訓爲放隸書改作已失字體粲字不可復識寫者全類蔡字至有爲一蔡字重點以讀之者定四年正義同是粲本謂散米引伸之凡放散皆曰粲字譌作蔡耳亦省作殺齊民要術凡云殺米者皆粲米也孟子曰殺三苗於三危卽粲三苗也从米殺聲。桑割切十五部

䊳碎也。石部云碎䊳也二字互訓王逸注離騷瓊爢云爢屑也爢即䊳字廣雅糜字二見曰糜饘也與說文同曰糜碎也即說文之䊳碎也糜與䊳音同義少別凡言粉碎之義當作䊳从米靡聲。此字玉篇廣韵集韵皆忙皮切徐鼎臣乃云莫臥切而類篇從之蓋誤認爲䊳字耳鼎臣所說不必皆唐韵也䊳古音在十七部

竊盜自中出曰竊。小徐曰所謂亂在內爲宄也按春秋曰盜竊寶玉大弓盜自中出也虎部曰竊淺也此於雙聲疊韵得之从穴米。米自穴出此盜自中出之象也會意禼廿皆聲也。一字有以二字

形聲者。千結切。十五部。廿古文疾。亖下亦曰廿古文以爲疾。云以爲則本訓二十。廿古文叚借以爲疾字也。片部疾下列古文仍與小篆不別。蓋轉寫之誤。禼偰字也。大徐作古文偰。按內部禼蟲也。讀與偰同。是則音同而義異也。此云偰字者。蓋古文叚借以禼爲偰。猶見於漢書。

文三十六　重七

毇 ㄏㄨㄟˇ

毇 糲米一斛舂爲九斗也。九斗各本譌八斗。糳下八斗各本譌九斗。今皆正。九章筭術曰。糲米率三十。粺米二十七。糳米二十四。御米二十一。毛詩鄭箋。米之率。糲十。粺九。糳八。侍御七。米部曰。粺毇也。是則毇與粺皆一斛舂爲九斗明甚。毇見粲下。謂稻米也。稻米之始亦得云糲。此云糲米者。兼稻米粟米言也。从臼米。依韵會本。从殳。从臼米者謂舂也。从殳者殳猶杵也。許委切。十五部。鉉本从臼米作从杲。凡毇之屬皆从毇。

糳 ㄗㄨㄛˋ

糳 糲米一斛舂爲八斗曰糳。此糲米亦兼粟米稻米言也。詩生民召旻音義。左傳桓二年音義。皆引字林糳子沃反。糲米一斛舂爲八斗也。與九章筭術毛詩鄭箋皆合。然則許在張蒼之後。鄭呂之前。斷無乖異。各本八斗譌九斗。繆誤顯然。經傳多叚鑿爲糳。从毇丵省聲。鍇有省字。今依之。篆體減一畫。則各切。古音在二部。

文二

臼 ㄐㄧㄡˋ

臼 舂臼也。各本無臼字。今補。杵下云舂杵也。則此當云舂臼也明矣。引伸凡凹者皆曰臼。古者掘地爲臼。見易毄辭傳。蓋黃帝時雍父初作如此。其後穿木石。或穿木。或穿石。象形。口象木石臼也。中象米也。所舂也。其九切。三部。凡臼之屬皆从臼。

舂 ㄔㄨㄥ

舂 擣粟也。言粟以晐他穀。亦言粟以晐米。小徐本粟作米。周禮有舂人。廣雅曰。臿䞎脪暘𥻗擣𪎭槼碏舂也。从𠬞持杵以臨臼。會意。書容切。九部。杵省。此與日部匕合也。會部曾益也。𠬞部允進也。同皆六書之叚借也。古者雝父初作舂。太平御覽世本雍父作舂杵臼。宋衷曰。雍父黃帝臣也。周本紀楚圍雍氏正義云。括地志故雍城在洛州陽翟縣東北二十五里。故老云黃帝時雍作杵臼所封也。

𦥯 ㄆㄛˋ

𦥯 齊謂舂曰𦥯。按廣雅獨不載此字。疑其臿即𦥯之誤。而其䉽即許之臿也。从臼屰聲。讀若膊。匹各切。五部。

臿 ㄔㄚ

臿 舂去麥皮也。䉽示部䉽下曰讀若舂麥爲䉽之䉽。䉽臿䉽古今字也。許於說解中用今字耳。周禮廩人大祭祀則共其接盛。接即臿之叚借。凡穀皆得云臿也。引伸爲凡刺入之偁。如農器刺地者曰鍫臿。从臼干聲。一曰干所以臿之。此依韵會所據鍇本。干聲在十四部。與十五部取近。臿䉽字本在十五部。臿又轉入於八部。音楚洽切也。一曰干所以臿之。則爲會意。干猶杵也。

舀 ㄧㄠˇ

舀 抒臼也。生民詩曰。或舂或揄。或簸或蹂。毛云。揄抒臼也。然則揄者舀之叚借字也。抒挹也。既舂之乃於臼中挹出之。今人凡酌彼注此皆曰舀。其引伸之語也。从爪臼。會意。以沼切。今語也。古音讀如由。釋文引說文弋紹切。音隱已如此。詩曰。或簸或舀。此偁或舂或揄也。簸字系一時筆誤耳。舀揄不同。則或許所據毛詩作舀。或許取諸三家詩。如毛作革。韓作䩞之比。皆不可定。

抌

𢱧 舀或从手宂。从手宂聲也。宂今音在九部。古音當在三部。周禮舂人奄二人。女舂抌二人。奚五人。鄭曰。抌抒臼也。引詩或舂或抌。禮有司徹篇。執挑匕柄以挹湆注於疏匕。鄭云。挑讀如或舂或抌之抌。按鄭君注禮多用韓詩。然則韓詩作抌。即舀也。

𦥔

𦥔 舀或从臼宂。

臽 ㄒㄧㄢˋ

臽 小阱也。阱者陷也。臽謂阱之小者。从人在臼上。古者掘地爲臼。故从人臼。會意。臼猶坑也。戶猶切。八部。

文六　重二

凶 ㄒㄩㄥ

凶 惡也。凶者吉之反。象地穿交陷其中也。此爲指事。許容切。九部。凡凶之屬皆从凶。

兇 ㄒㄩㄥ

兇 擾恐也。杜注左曰。兇恐懼聲。从儿在凶下。會意。許拱切。九

[illegible]春秋傳曰。曹人兇懼。僖二十八年左傳文

文二

說文解字第七篇上

此篇釋㐭字與三篇上釋谷字乖異此云㐭訓舌彼以此舌也爲谷也之譌今案彼處說是㐭者口次肉以田象其形下言舌體马马合於谷中故其字从马也象形二字在舌體马马之上不誤㐭谷也正與毛傳䏶㐭也適合非毛之㐭卽顄也顄自臣言㐭自口次肉言𨻳氏引說文㐭谷也口次肉也而谷譌舌乃妄增又云字服虔云口上曰䏶口下曰㐭者析言之毛許渾言之

受業歙江有誥校字

朩ㄆㄣˋ 枲ㄒㄧˇ ⿱辝𣏟ㄒㄧˇ 𣏟ㄆㄞˋ 檾ㄑㄧㄥˇ

說文解字第七篇下

金壇段玉裁注

朩 分枲莖皮也 謂分擘枲莖之皮也 从屮 象枲莖 八象枲皮 兩旁者其皮分離之象也此字與讀若髕之朩別 凡朩之屬皆从朩讀若髕 匹刃切十二部

枲 麻也 鍇本作麻子也非玉篇云有子曰苴無子曰枲廣韵互易之誤也喪服傳曰苴麻之有蕡者也牡麻者枲麻也艸部曰萉枲實也萉者蕡之本字枲既無實之牡麻何以言枲實也枲亦爲母麻牡麻之大名猶麻之爲大名也芓者母麻一曰芓即枲也是苴可評枲之證也周禮但言枲以晐麻艸之物九穀攷曰閒傳曰苴惡貌也斬衰貌若苴齊衰貌若枲以今日北方評麻事目驗之牡麻俗評花麻夏至開花所謂榮而不實謂之英者花落即拔而漚之剝取其皮是爲夏麻夏麻之色白苴麻俗評子麻夏至不作花而放勃勃即麻蕡也所謂不榮而實謂之秀者八九月閒子熟則落搖而取之子盡乃刈漚其皮而剝之是爲秋麻色青而黯不潔白閒傳所云若苴若枲殆以是與 从朩台聲 鍇作辝省聲非也胥里切一部

⿱辝𣏟 籀文枲从𣏟从辝 辝聲也

文二 重一

𣏟 萉之總名也 各本萉作葩字之誤也與呂覽季冬紀注誤同今正艸部曰萉枲實也黂或萉字也萉本謂麻實因以爲苴麻之名此句疑尚有奪字當云治萉枲之總名下文云𣏟人所治也可證萉枲則合有實無實言之也趙岐劉熙注孟子妻辟纑皆云緝績其麻曰辟按辟音劈今俗語緝麻析其絲曰劈即𣏟也 𣏟之爲言微也 𣏟微音相近春秋說題辭曰麻之爲言微也𣏟麻古蓋同字 微纖爲功 絲起於糸麻縷起於𣏟 象形 按此二字當作从二朩三字朩謂析其皮於莖𣏟謂取其皮而細析之也匹卦切十六部 凡𣏟之屬皆从𣏟

檾 枲屬 類枲而非枲言屬而別見也檾者草名也周禮典枲掌布絲縷紵之麻草之物注云草葛䔛之屬掌葛徵草貢之材於澤農注云草貢出澤䔛紵之屬可緝績者䔛即檾字之異者䔛紵出於澤與葛出於山不同又作顈禮記如三年之喪則既顈其練帶皆行鄭云顈草名無葛之鄉去麻則用顈詩兩言褧衣許於此偁褧衣於衣部偁褧衣而云褧檾也示反古然則褧衣者以檾所績爲之蓋士昏禮所謂景也今之檾麻本草作苘麻其皮不及枲麻之堅韌今俗爲𦅸繩索多用之 从𣏟熒省聲 去穎切十一部 詩曰衣錦檾衣 衛碩人鄭丰文今皆作褧

㪇ㄆㄞˋ 麻ㄇㄚˊ ⿱後麻ㄏㄡˊ 黀ㄗㄡ ⿱俞麻ㄊㄡˊ 尗ㄕㄨˊ

㪇 分離也 散潸字以爲聲散行而㪇廢矣 从𣏟从攴 會意穌旰切十四部 𣏟分㪇之意也 說从𣏟之意

文三

麻 枲也 麻與枲互訓皆兼苴麻牡麻言之 从𣏟从广 會意莫遐切古音在十七部 𣏟人所治也在屋下 說从广之意𣏟必於屋下績之故从广然則未治謂之枲治之謂之麻以巳治之偁加諸未治則統謂之麻此條今各本皆奪誤惟韵會所據小徐本不誤今從之 凡麻之屬皆从麻

⿱後麻 未練治纑也 糸部曰纑布縷也劉熙孟子注曰緝績其麻曰辟練絲曰纑練絲謂取所緝之縷湅治之也練者湅也湅者𤃬也汏諸水漂潎之也巳湅曰纑未湅曰⿱後麻廣雅曰⿱後麻紵也紵是生絲未湅之縷如生絲然故曰紵也如成阿謂巳湅曰練絲 从麻後聲 空谷切三部按後之入聲如斛如大雅垢與谷韵是也

黀 麻蒸也 从麻取聲 東方朔七諫曰菎蕗襍於黀蒸王注云枲翮曰黀屬竹曰蒸按蒸即稭字之俗黀麻蒸即艸部之菆麻蒸此篆蓋淺人所增側鳩切四部

⿱俞麻 檾屬 檾爲枲類⿱俞麻又檾類也廣韵引字書云⿱俞麻麻一絜也 从麻俞聲 度侯切四部

文四

尗 豆也 尗豆古今語亦古今字此以漢時語釋古語也戰國策韓地五穀所生非麥而豆民之所食大

朩枲𣏟檾㪇麻⿱後麻黀⿱俞麻尗

枝 ㄕˋ

抵豆飯藿羹史記豆作菽尗象豆生之形也○尗象各本作象尗誤今正重言尗者著其形也豆之生也所種之豆必爲兩瓣而戴於莖之頂故以一象地下象其根上象其戴生之形式竹切三部今字作菽凡尗之屬皆从尗○

枝 配鹽幽尗也○廣雅說飲食曰寑醯䜺麻幽也幽與䜺同義以豆䜺之其味苦招魂曰大苦鹹酸辛甘行些王云大苦豉也辛謂椒薑也甘謂飴蜜也言取豉汁調和以椒薑鹹酢和以飴蜜則辛甘之味皆發而行也釋名曰豉嗜也五味調和須之而成乃可甘嗜故齊人謂豉聲同嗜也按齊民要術說作豉必室中溫煖所謂幽尗也云食經作豉法用鹽五升所謂配鹽也从尗支聲○是義切十六部

豉。

豉 俗枝从豆○此可證尗豆爲古今字豆部之豋字登字皆非古文所有也

文二　重一

耑 ㄉㄨㄢ

耑 物初生之題也○題者頟也人體頟爲冣上物之初見卽其頟也古發端字作此今則端行而耑廢乃多用耑爲專矣周禮磬氏已下則摩其耑耑之本義也左傳履端於始假端爲耑也上象生形○以才屯韭字例之一地也山象初生下象根也○一下則象其根也多官切十四部凡耑之屬皆从耑○

文一

韭 ㄐㄧㄡˇ

韭 韭菜也○三字一句一穜而久生者也○故謂之韭○此與說禾同例韭久疊韵象形○謂𡿨在一之上○一地也○此與耑同意○耑亦象形在一之上也耑下不言一地也錯見互相足舉友切三部凡韭之屬皆从韭○

䪢 ㄉㄨㄟˋ

䪢 韲也○廣雅䪢菹也从韭隊聲○徒對切十五部

韲 ㄐㄧ

韲 䪢也○周禮醢人王舉則共醢六十甕以五齊七醢七菹三臡實之注齊當爲齏凡醯醬所和細切爲齏全物若牒爲菹王氏念孫曰齏者細碎之名莊子言齏粉是也按艸部曰菹酢菜也酢菜之細切者曰齏通俗文曰淹韭曰䪢淹韰曰䪢蓋其名起於淹韭淹䪢故从韭从韭次𠂔皆聲○二字皆聲𠂔米部穧字同也祖雞切十五部

齏 韲或从齊○齊聲

韰 ㄒㄧㄝˋ

韰 韰菜也○內則多言韰釋草曰韰鴻薈似韭○从韭𣪊聲○胡戒切十五部俗作薤

韱 ㄒㄧㄢ

韱 山韭也○山韭謂山中自生者按夏小正正月囿有韭與四月囿有見杏皆謂自生者也釋草作藿山韭藿見艸部不云山韭然則許所據爾雅作韱山韭與从韭𢦏聲○息廉切七部

䪤 ㄈㄢˊ

䪤 小蒜也○艸部曰蒜葷菜也南都賦曰其園韭則有諸蔗薑䪤李善引字書䪤小蒜也玉篇廣韵皆云百合蒜也按卽齊民要術所云百子蒜从韭番聲○附袁切十四部

文六　重一

瓜 ㄍㄨㄚ

瓜 蓏也○蓏大徐作胍誤艸部曰在木曰果在地曰蓏瓜者縢生布於地者也象形○徐鍇曰外象其蔓中象其實古華切古音在五部凡瓜之屬皆从瓜○

瓝 ㄅㄛˊ

瓝 小瓜也○謂有一種小瓜名瓝一名瓞从瓜交聲○蒲角切二部爾雅毛詩傳皆作瓝交聲勺聲同在二部也隋書旳猶今之金瓜椎也宋人字作犦稍遂爲牛形因字譌而附會有如此者見文昌襍録

瓞 ㄉㄧㄝˊ

瓞 瓝也○釋草曰瓞瓝其紹瓞按瓞瓝者一種艸結小瓜名瓞卽瓝瓜也云其紹瓞者瓝瓜之近本繼先歲之實謂之瓞也上云瓞瓝渾言之此析言之也大雅緜緜瓜瓞傳云瓜瓞瓜紹也瓞瓝也今本傳奪瓜瓞二字乃不可讀矣云瓜瓞瓜紹也者言瓜之近本繼先歲之實必小如瓝瓜之近本繼先歲之實亦小故亦謂之瓞也瓜紹不云瓞以瓝紹之名名之故曰瓜瓞又引爾雅瓞瓝說其本義也毛傳爾雅而文義不同詩言瓜瓞者與其先小後大陸氏佃曰今驗近本之瓜常小末則復大戴先生謂於詩意物理皆得之从瓜失聲○徒結切十二部詩曰緜緜瓜瓞○大雅緜文

瓞。

𤓯 瓞或从弗○按弗當作弟象體誤也尚書平秩亦作平豑釋草稊亦曰荑是其例弟與失雙聲

⿱𤇾瓜ㄒㄧㄥˊ ⿰䍃瓜ㄧㄠˊ 辦ㄅㄢˋ 㼌ㄩˇ 瓠ㄏㄨˊ 瓢ㄆㄧㄠˊ 宀ㄇㄧㄢˊ 家ㄐㄧㄚ

⿱𤇾瓜小瓜也。亦一種小瓜之名齊民要術引作小瓜瓞也从瓜熒省聲。戶扃切十一部

⿰䍃瓜瓜也。有瓜名繇也从瓜繇省聲。余昭切古音在三部

辦瓜中實也。衛風齒如瓠棲釋草及毛傳曰瓠棲瓠瓣也瓜中之實曰瓣實中之可食者當曰人如桃杏之人从瓜辡聲。蒲莧切古音在十二部

㼌本不勝末微弱也。从二瓜。本者蔓也末者瓜也蔓一而瓜多則本微弱矣故污窬之窳惰嬾之窳皆从此讀若庾當以主切古音在四部

文七　重一

瓠匏也。包部曰匏瓠也二篆左右轉注七月傳曰壺瓠也此謂叚借也从瓜夸聲。胡誤切五部凡瓠之屬皆从瓠。

瓢蠡也。蠡者𧯛也豆部曰𧯛者蠡也以一瓠劙爲二曰瓢亦曰蠡亦曰𧯛蠡一作蠡見九歎方言一作盠見皇象書急就碑本其作蠡者見周禮鬯人注漢書東方朔傳詳豆部从瓠省不入瓜部者瓠與瓜別也票聲。符宵切二部玉篇作瓢

文二

七篇下　五

宀交覆深屋也。古者屋四注東西與南北皆交覆也有堂有室是爲深屋自部𨸏下曰宀宀不見也是則宀訓深也象形。象兩下之形亦象四注之形武延切古音當在十工部凡宀之屬皆从宀。

家凥也。凥各本作居今正凥處也處止也釋宮戶之間謂之扆其內謂之家引伸之天子諸侯曰國大夫曰家凡古曰家人者猶今曰人家也家人字見哀四年左傳夏小正傳及史記漢書家凥疊韵从宀豭省聲。古牙切古音在五部按此字爲一大疑案豭省聲讀家學者但見从豕而已从豕之字多矣安見其爲豭省耶何以不云叚聲而紆回至此耶竊謂此篆本義乃豕之凥也引申叚借以爲人之凥字義之轉移多如此牢牛之凥也引伸爲所以拘罪之陛牢庸有異乎豢豕之生子最多故人凥聚處借用其字久而忘其字之本義使引伸之義得冒據之蓋自古而然許書之作也盡正其失而猶未免此且曲爲之說是千慮之一失也家篆當入豕部𡧜古文家。按此篆體蓋誤當从古文家作宷古文四聲韵引作宷似近是

冢。 宅ㄓㄞˊ 宅。 厇。 室ㄕˋ 宣ㄒㄩㄢ 向ㄒㄧㄤˋ 宧ㄧˊ 官ㄧㄠˇ 奧ㄠˋ

宅人所託凥也。依御覽補字託者寄也人部亦曰侂寄也引伸之凡物所安皆曰宅宅託疊韵釋名曰宅擇也擇揀吉處而營之从宀乇聲。場伯切古音在五部宅古文宅。厇亦古文宅。厇从此

室實也。以疊韵爲訓古者前堂後室釋名曰室實也人物實滿其中也引伸之則凡所居皆曰室釋宮曰宮謂之室室謂之宮是也从宀至聲。大徐無聲字非也古至讀如質至聲字皆在十二部下文又言此字之會意式質切室屋皆从至。所止也。室屋者人所至而止也說从至之意室兼形聲屋主會意尸部亦言之

宣天子宣室也。蓋謂大室如璧大謂之瑄也賈誼傳孝文受釐坐宣室蘇林曰宣室未央前正室也天子宣室蓋禮家相傳古語引伸爲布也明也徧也通也緩也散也

七篇下　六

从宀亘聲。須緣切十四部

向北出牖也。豳風塞向墐戶毛曰向北出牖也按士虞禮祝啓牖鄉注云鄉牖一名明堂位達鄉注云鄉牖屬是渾言不別毛公以在冬日可塞故定爲北出者引伸爲向背字經傳皆叚鄉爲之从宀从口。口舊作口按向下曰从口中有戶牖是皆从口象形也今正許諒切十部

宧養也。以雙聲爲訓周易頤卦亦訓爲養釋詁曰頤養也室之東北隅。釋宮曰東北隅謂之宧食所居。居當作凥邵氏晉涵云君子之居恒當戶戶在東南則東北隅爲當戶飲食之處在焉此許意也舍人云東北陽氣始起育養萬物故曰宧宧養也釋名與舍人略同从宀𦣝聲。以形聲包會意與之切一部

官戶樞聲也。室之東南隅。二句一義古者戶東扉西故以戶樞聲名東南隅也釋宮曰東南隅謂之官按釋名曰窔幽也非許意許官官義殊爾雅釋文引說文官深皃也誤以窔爲官也从宀皀聲。烏皎切二部禮經及他書作窔亦作宎

奧宛也。

窔奧雙聲窔者委曲也室之西南隅窔然深藏室之尊處也室之西南隅。从宀𢍏聲。烏到切古音在三部按𢍏部𢍏讀若書卷則奧宜讀若怨而古音不佘者取雙聲為聲也

屋宇也。屋者以宮室上覆言之宸謂屋邊故古書言抰振者卽棟宇也甘泉賦日月纔經於抰振伏虔曰抰中央也振屋梠也魏都賦旅楹閑列暉鑒抰振張載曰抰中央也振屋宇檐也是知抰振卽上棟下宇之謂抰卽央字振卽宸字西京賦消氣埃於中宸集重陽之清澂中宸卽抰振韋昭注國語云宸屋霤也宇邊也若玉篇引賈逵云宸室之奧者當亦是國語注而其說異矣、从宀辰聲。植鄰切十三部

屋邊也。豳風八月在宇陸德明曰屋四垂為宇引韓詩宇屋霤也高誘注淮南曰宇屋檐也引伸之凡邊謂之宇如輪人為蓋上欲尊而宇欲卑左傳云在君之宇下又云失其守宇皆是也宇者言其邊故引伸之義又為大文子及三蒼云上下四方謂之宇往古來今謂之宙上下四方者大之所際也莊子云有實而無乎處者宇也有長而無本剽者宙也有實而無乎處謂四方上下實有所際而所際之處不可得到从宀亏聲。王矩切五部易曰上棟下宇。繫辭傳文虞翻曰宇謂屋邊也

籀文宇从禹。禹聲也大徐本篆體从一非

大屋也。从宀豐聲。此以形聲包會意當云从宀豐豐亦聲也敷戎切九部易曰豐其屋。豐上六爻辭偁此說寷从宀豐會意之恉宀屋也豐大也故寷之訓曰大屋此與偁百穀艸木麗於地說𧅢从艸麗同意經典釋文不得其解乃云麗說文作𧅢寷一說文作寷大小徐皆於引易作𧅢寷之字其繆非一日矣

周垣也。寏之言完也西京賦曰繚亙綿聯四百餘里薛注曰苑之周圍也善曰西都賦之繚以周牆也从宀奐聲。胡官切十四部

寏或从𨸏完聲。完亦義也廣雅釋室云院垣也左傳繕完葺牆以待賓客李譆云完當為宇按繕完葺三字成文猶下文云觀臺榭亦三字成文也安得以今人儷辭之法繩之必欲謂為誤字則完當是院字葢惟子產盡壞館垣故措辭就垣言上文高其閈閎亦為門不容車掩飾古人字無迂殼也又按鉉本云寏或从𨸏鍇多完聲二字皆非善本葢此篆當从宀阮聲與𨸏部从𨸏完聲之字別篆體及說解轉寫譌耳

屋深響也。各本深下衍響字此因下文屋響而誤今依韵會集韵類篇正大小徐本皆不誤也或曰厷弓本一聲谷部曰谾谷中響也弓部曰弘弓聲也水部曰泓下深大也參伍求之葢宏訓屋深響宖其重文愚按此說近是但江賦以泓汯成文不妨宏宖各字也屋深者其內深廣也法言曰其中宏深其外肅括此宏字之義假弘為宏耳攷工記其聲大而宏大而宏者其聲外大而中宏也月令其器圜以閎鄭云閎謂中寬象土含物圜以閎呂氏春秋作圜以揜葢宏者深廣其中揜其外故禮記呂覽可互相足揜者斂也閎亦宏之叚借字从宀厷聲。戶萌切古音在六部

屋響也。長門賦曰擠玉戶以撼金鋪兮聲噌吰而似鐘音甘泉賦帷弸彋其拂汨兮稍暗暗而靚深皆屋響之意噌雲光殿賦曰隱陰夏以中處宖寥窲以崢嶸今文選宖字皆誤惟韵會所據不誤从宀弘聲。弓部曰弘弓聲也此舉形聲包會意也戶萌切古音在六部

屋皃。王逸注招隱士曰崎嶇閜寪从宀為聲。韋委切古音在十七部

屋康筤也。方言康空也郭注康筤空皃从宀康聲。苦岡切十部

康筤也。各本刪筤字今補康筤以疊韵成文从宀良聲。音良久。說文少言音者當作讀若力康切十部

屋所容受也。宬之言盛也廣韵無所字从宀成聲。氏征切

安也。此安寍正字今則寧行而寍廢矣偽古文萬邦咸寍音義曰寍安也說文安寍字如此寧願詞也語甚分明自衞包改正文李昉陳鄂又改釋文令人不可讀矣从宀心在皿上。會意奴丁切十一部皿。逗人之食飲器。所㠯安人也。故既从宀而又从心在皿上

安也。古亦叚奠字為之从宀正聲。依韵會本訂徒徑切十二部

正也。正各本作止今正召南毛傳曰寔是也韓奕鄭箋亦曰寔是也春秋桓六年寔來公羊傳曰寔來者何猶云是人來也穀梁傳曰寔來者是來也按許云正者是也然則

安 宓 窫 宴 宋 察 詠。 親 完 富

正與是互訓寔與是音義皆同此云寔正也卽公穀毛鄭之寔是也詩湜湜其止鄭箋尙以持正釋湜而古多有以實爲寔者韓詩實命不猶卽寔命不猶也大雅韓奕實墉實壑卽寔墉寔壑也周語咨於故實卽故寔故韋云故事之是者也實寔音義皆殊由趙魏之閒實寔同聲故相叚借耳若杜預注春秋寔來曰寔實也則非是也从宀是聲此舉形聲包會意常隻切古音在十六部廣韵入廿四職非

安竫也竫各本作靜今正立部曰竫者亭安也與此爲轉注青部靜者審也非其義方言曰安靜也以許書律之叚靜爲竫耳安亦用爲語詞从女在宀中此與寍同意烏寒切十四部

宓安也此字經典作密密行而宓廢矣大雅止旅乃密傳曰密安也正義曰釋詁曰密康靜也康安也轉以相訓是密得爲安按上林賦宓汩去疾也義似異而實同孔子弟子宓子子賤姓宓从宀必聲美畢切十二部

窫竫也玉篇引蒼頡篇云安也从宀契聲於計切十五部

宴安也引伸爲宴饗經典多叚燕爲之从宀晏聲晏見女部安也於甸切十四部五經文字曰字林作宴

宋無人聲也从宀尗聲前歷切古音在三部口部作啾宋今字作寂方言作家云靜也江湘九嶷之郊謂之家

詠宋或从言

察覆審也而部云而覆也覈从而敫聲實也攷事而笮邀遮其辭得實曰覈然則察與覈同意釋訓曰明明斤斤察也从宀祭聲从宀者取覆而審之从祭爲聲亦取祭必詳察之意初八切十五部

親至也至者親密無閒之意見部曰親者至也然則寴與親音義皆同故秦碑以寴巡爲親巡廣韵眞韵曰寴古文親也廣韵曰寴屋空皃此今義非古義凡廣韵之例今義與說文義異者必先舉今義而後偁說文故寴韵先云屋空皃而後云說文至也从宀親聲覆而親之也初僅切十二部按玉篇且仁切

完全也入部全作仝仝完也是二字互訓从宀元聲胡官切十四部古文㝴爲寬字此言古文叚借字

富備也富與福音義皆同釋名曰福富也一曰厚也从宀畐聲方副切古

七篇下 九

實 宗 容 宂 寡 寶 𡫏。 宭 宦 宰 守

音在一部

實富也引伸之爲艸木之實从宀貫會意神質切十二部貫爲貨物以貨物充於屋下是爲實

宗藏也藏當作臧宗與保音同義近从宀呆聲博袞切古音在三部按玉篇既云宗補道切又重出而云食質切古寶字殊誤呆古文保見人部周書曰陳宗赤刀顧命文蓋壁中古文如此今作寶

容盛也今字叚借爲頌皃之頌从宀谷聲此依小徐本谷古音讀如欲以雙聲龤聲也鉉本作从宀谷云屋與谷皆所以盛受也亦通余封切九部

宏古文容从公公聲

宂㪚也从宀儿各本奪儿今補儿卽人也會意而隴切九部人在屋下無田事也說會意之恉周書曰宮中之宂食書當作禮轉寫之誤周禮稾人掌共外內朝宂食者之食許偁之涉校人宮中之稍食而誤記憶之過也

寡寡寡不見也寡與寡音義皆同毛詩綿綿韓詩作民民按綿綿民民皆謂密也卽寡寡不見之意莊子窅然喪其天下焉郭象音武駢反是郭本作寡然也一曰寡寡上寡依集韵類篇正不省人大徐作不見省人見字衍玉篇亦作一曰不省人从宀臱聲武延切古音讀如民在十二部

寶珍也玉部曰珍寶也二字互訓史記多假葆爲寶从宀玉貝玉與貝在屋下會意缶聲博晧切古音在三部

珤古文寶省貝廣韵曰古文作珤

宭羣居也以疊韵爲訓論語曰羣居終日从宀君聲渠云切十三部

宦仕也人部曰仕者學也左傳宦三年矣服虔云宦學也曲禮宦學事師注云宦仕也熊氏云宦謂學官事學謂習六藝二者俱是事師蘗記宦於大夫左傳妾爲宦女按仕者習所事也古事士仕通用實宦通用故魏風三歲貫女魯詩作宦女从宀臣胡慣切十四部

宰辠人在屋下執事者此宰之本義也引伸爲宰制从宀从辛辛辠也辛卽辠之省作亥切一部

守守官也左傳曰守道不如守官孟子曰有官守者不得其職則去从宀从寸

七篇下 十

安宓窫宴宋察親完富實宗容宂寡寶宭宦宰守

从宀寺府之事也寸部曰寺廷也广部曰府文書藏也从寸法度也守从二者會意書九切三部从宀以下十四字參韵會本訂

寵 尊凥也引伸爲榮寵从宀龍聲丑壟切九部

宥 寬也周頌夙夜基命宥密叔向毛公皆曰宥寬也宥爲寬故貰罪曰宥周禮大司樂假宥爲侑王制假又爲宥从宀有聲于救切古音在一部

宜 所安也周南宜其室家傳曰宜以有室家無踰時者从宀之下一之上一猶地也此言會意多省聲按廣韵曰說文本作宜今據以正篆體多省聲故古音魚何切十七部今音魚羈切漢石經作宜

𡧯 古文宜 㝖 亦古文宜

寫 置物也謂去此注彼也曲禮曰器之溉者不寫其餘皆寫注云寫者傳己器中乃食之也小雅曰我心寫兮傳云輸寫其心也按凡傾吐曰寫故作字作畫皆曰寫俗作瀉者寫之俗字周禮以澮寫水不作瀉从宀寫之則安矣故从宀舄聲悉也切古音在五部

宵 夜也釋言毛傳皆曰宵夜也周禮司寤禁宵行夜遊者鄭云宵定昏也按此因經文以宵別於夜爲言若渾言則宵卽夜也有假宵爲小者學記之宵雅是也有假宵爲肖者漢志人宵天地之貌是也从宀宀下冥也謂日在下而窈冥地覆日如屋也肖聲相邀切二部

宿 止也凡止曰宿夜止其一耑也毛傳一宿曰宿再宿曰信卽左傳之凡師一宿曰舍再宿曰信過信曰次也止之義引伸之則爲素如史記云宿將宿學是也先期亦曰宿周禮世婦掌女宮之宿戒祭統宮宰宿夫人禮經宿尸皆謂先期戒飭鄭云宿讀爲肅从宀㑄聲㑄古文夙息逐切三部按去聲息救切此南北音不同非有異義也星宿宿畱非不可讀入聲

寑 臥也李善引論語鄭注寑臥息也臥必於室故其字从宀引伸爲宮室之偁周禮宮人掌王之六寑之脩釋宮曰室有東西箱曰廟無東西箱有室曰寑寑又引伸之凡事止亦曰寑从宀侵聲今人皆作寢寢乃㝱部𡪢字之省與寑異義七荏切七部

𡨄 籒文寑省省人也水部濅下曰𡨄籒文寑

宾 冥合也冥合者合之泯然無迹今俗云吻合者當用此字

从宀丏聲莫甸切賓字以爲聲十二部讀若書曰藥不瞑眩謂讀若此瞑也十一十二部之合音按此許引孟子滕文公篇文也鄭注醫師亦引孟子藥不瞑眩厥疾無瘳趙注孟子云書逸篇也若今僞撰說命則采楚語爲之許鄭所未見者大徐本作讀若周書繆甚

寬 屋寬大也廣韵曰裕也緩也其引伸之義也古文假完字爲之从宀萈聲苦官切十四部

害 寤也寤覺而有言曰寤害之音義皆同也从宀吾聲五故切五部

寁 凥之速也止部疌疾也疌爲凡速之詞从宀則爲居之速也鄭風不寁故也毛曰寁速也用寁以言凡速耳周易朋盍簪晁氏說之曰簪京本蜀才本作撍陰宏道案張揖古今字詁庱作撍埤蒼云撍疾也撍與簪同王元叔謂卽詩不寁字祖感反玉裁按庱卽寁古宀广通用蓋古今字詁今字作庱古字作撍也从宀疌聲子感切八部

寡 少也引伸之凡倮然單獨皆曰寡从宀頒頒分也先鄭注周禮曰頒讀爲班布之班謂分賜也按頒之本訓大頭也此云頒分也謂段借宀分故爲少也依韵會所據小徐本訂宀分者合於上而分於下也故始多而終少古瓦切古音在五部

宛 屈艸自覆也上文曰奧宛也宛之引伸義也此曰屈艸自覆者宛之本義也引伸爲宛曲宛轉如爾雅宛中宛丘周禮琬圭皆宛曲之義也凡狀皃可見者皆曰宛然如魏風傳曰宛辟皃唐風傳曰宛死皃攷工記注窓小孔皃皆是宛與薀蘊與鬱聲義皆通故方言曰宛蓄也禮記曰兔爲宛脾春秋緐露曰鶴無宛氣皆是从宀夗聲夗轉臥也亦形聲包會意於阮切十四部

惌 宛或从心函人爲甲眡其鑽空欲其惌也鄭司農云惌小孔皃讀爲宛彼北林之宛按爲當作如先鄭不云宛惌同字許乃一之

客 寄也字从各各異詞也故自此託彼曰客引伸之曰賓客賓所敬也客寄也故周禮大行人大賓大客別其辭諸侯謂之大賓其孤卿謂之大客司儀曰諸公諸侯諸伯諸子諸男相爲賓諸公之臣侯伯子男之臣相爲客是也統言則不別耳論語寢不尸居不客謂生

不可似死主不可似客也今本誤作不容从宀所託也各聲苦格切古音在五部

寄ㄐㄧˋ

寄 託也。字从奇奇異也一曰不耦也言部曰託寄也方言曰餬託庇寓媵寄也从宀奇聲。居義切古音在十七部

寓ㄩˋ

寓 寄也。方言曰寓寄也左傳曰寓書史記曰木禺龍禺者寓之叚借也从宀禺聲。牛具切四部

庽。

庽 寓或从广作。

窶ㄐㄩˋ

窶 無禮居也。鄭風終窶且貧傳曰窶者無禮也貧者困於財箋云君於己祿薄終不足以爲禮又近困於財按無禮因於祿薄故釋言云窶貧也然倉頡篇云無財曰貧無財備禮曰窶則貧窶有別小雅云佌佌彼有屋蔌蔌方穀箋云小人富而窶陋將貴也然則有富而窶陋者矣許從毛益以居字者以其字从宀也無禮居謂宮室不中禮从宀婁聲。其榘切古音在四部

宊ㄐㄧㄡˋ

宊 貧病也。貧病者貧之病也从宀室如縣磬之意久聲。居又切古音在一部詩曰煢煢在宊。周頌文今詩作嬛嬛在疚毛曰疚病也按毛詩蓋本作宊毛釋以病者謂宊爲疚之叚借也左傳亦曰煢煢余在疚

寒ㄏㄢˊ

寒 凍也。凍當作冷十一篇曰凍仌也冷寒也此可證矣釋名曰寒捍也捍格也左傳寒盟寒者尋之反尋卽燅字从人在宀下。从茻上下爲覆。此依小徐本上下皆得云覆也下有仌也。合一宀一人二茻一仌會意胡安切十四部

害ㄏㄞˋ

害 傷也。人部曰傷創也刀部曰創傷也詩書多假害爲曷故周南毛傳曰害何也俗本改爲曷何也非是今人分別害去曷入古無去入之分也从宀口。言从家起也。會意害爲亂階言每起於袵席而丯聲。胡蓋切十五部

索ㄙㄨㄛˇ

索 入家搜也。搜求也顏氏家訓曰通俗文云入室求曰搜按當作入室求曰索今俗語云搜索是也索經典多假索爲之如探賾索隱是从宀入家故从宀索聲。所責切古音在五部

窾ㄐㄩˊ

窾 窮也。窾窮雙聲毛傳於谷風南山小弁皆曰鞠窮也鞠皆窾之叚借也卒部曰鞫窮治罪人也其字俗作鞫然則詩谷風南山小弁鞫字皆窾之叚借也毛傳於公劉曰鞫究也於節南山曰鞫盈也究與盈皆與窾義近若蓼莪傳曰鞠養也則窾窮義而變之所謂相反而相成也若采芑傳云鞫告也則謂鞫卽告之叚借自淺人不得其義例多所改竄唐石經鞫鞫錯出至近日而盡改爲鞫矣鞫者革部鞫鞫之字其義相去遠詩借鞫爲窾義相近也鞫行而窾廢矣从宀覆而竆之窾聲。窾或鞫字也見卒部居六切三部

竆。

竆 窾或从穴。

宄ㄍㄨㄟˇ

宄 姦也。姦宄者通偁內外者析言之也外爲盜內爲宄。凡盜起外爲姦中出爲宄成十七年左傳曰亂在外爲姦在內爲宄外傳晉語亦云亂在內爲宄在外爲姦魯語竊寶者爲宄用宄之財者爲姦亦謂莒太子僕竊莒寶爲內魯藏姦爲外三傳無異也惟亂在內故字从宀鄭注尚書云由內爲姦起外爲軌或後人轉寫誤也宄經史亦假軌爲之从宀九聲。讀若軌。居洧切古音九在三部

宄 古文宄。

宄 亦古文宄。

⿱宀敫ㄘㄨㄟˋ

⿱宀敫 塞也。廣雅⿱宀敫塞也本此陸贄[illegible]中事狀僃有賊臣盜⿱宀敫从宀敫聲。麤取切十五部讀若虞書曰虞書當作唐書見禾部稘下竄三苗之竄。二竄本皆作⿱宀敫妄人所改也今正說文者說字之書凡云讀若例不用本字僃尙書作⿱宀敫又不當言讀若也改此者直疑竄七亂反與⿱宀敫音殊不知易訟彖傳宋玉高唐賦班固西都賦魏大饗碑張協七命潘岳西征賦呂忱字林竄皆音七外反

宕ㄉㄤˋ

宕 過也。宕之言放蕩也穀梁傳引傳曰長狄兄弟三人佚宕中國一曰洞屋。洞屋謂通迵之屋四圍無障蔽也凡道家言洞天者謂無所不通从宀碭省聲。徒浪切十部汝南項有宕鄉。汝南郡項縣地理志郡國志同春秋經之項國也今河南陳州府項城縣是其地

宋ㄙㄨㄥˋ

宋 凥也。此義未見經傳名子者不以國而魯定公名宋則必取其本義也从宀木讀若送。蘇綜切九部

⿱宀執ㄉㄧㄢˋ

⿱宀執 屋傾下也。謂屋欹傾下也與墊音義同从宀執聲。都念切七部

宗ㄗㄨㄥ

宗 尊祖廟也。宗尊雙聲按當云尊也祖廟也今本奪上也字大雅公尸來燕來宗傳曰宗尊也凡尊者謂之宗尊之則曰宗之大雅君之宗之箋云宗尊也禮記別子爲祖繼別爲宗繼禰者爲小宗凡言大宗小宗皆謂同所出之兄弟所尊也尊

宔ㄓㄨˇ

莫尊於祖廟故謂之宗廟宗从宀从示示謂神也宀謂屋也**从宀示**會意作冬切九部按唐韵當在一東

宔 宗廟宔祏也五經異義及鄭駁許示部祏下經典作主小篆作宔主者古文也祏猶主也左傳使祝史徙主祏於周廟是也鄭說卿大夫無宔許說大夫以石爲宔**从宀主聲**之庾切古音在四部

宙ㄓㄡˋ

宙 舟輿所極覆也覆者反也與復同往來也舟輿所極覆者謂舟車自此至彼而復還此如循環然故其字从由如軸字从由也訓詁家皆言上下四方曰宇往古來今曰宙由今溯古復由古沿今此正如舟車自此至彼復自彼至此皆如循環然莊周書云有實而無乎處者宇也有長而無本剽者宙也本剽即本末莊子說正與上下四方曰宇往古來今曰宙同亦謂其大無極其長如循環也許言其本義他書言其引伸之義其字从宀者宙不出乎宇也韋昭曰天宇所受曰宙**从宀**淮南覽冥訓燕雀以爲鳳皇不能與爭於宇宙之閒高注宇屋簷也宙棟梁也引易上棟下宇然則宙之本義謂棟一演之爲舟輿所極復再演之爲往古來今則从宀爲天地矣**由聲**直又切三部

文七十一　重十六

宮ㄍㄨㄥ

宮 室也釋宮曰宮謂之室室謂之宮郭云皆所以通古今之異語明同實而兩名按宮言其外之圍繞室言其內析言則殊統言不別也毛詩作于楚宮作于楚室傳曰室猶宮也此統言也宮自其圍繞言之則居中謂之宮五音宮商角徵羽劉歆云宮中也居中央唱四方唱始施生爲四聲綱也**从宀躳省聲**按說宮謂从宀吕會意亦無不合宀繞其外吕居其中也吕者膂骨也居人身之中者也居戎切九部**凡宮之屬皆从宮**

營ㄧㄥˊ

營 帀居也帀各本作市今依葉抄宋本及韵會本訂攷集韵作市類篇韵會作匝蓋由古本作帀故有譌爲市者帀居謂圍繞而居如市營曰闤軍壘曰營皆是也西京賦通闤帶闠薛注闤市營也闤中隔門也崔豹曰市牆曰闤市門曰闠孫氏星衍曰營闤音近如自營曰ム今本韓非子作自環煢煢在疚亦作嬛嬛是也諸葛孔明表云營中之事謂軍壘也引伸之爲經營營治凡有所規度皆謂之營**从宮**下體从宮不省今隸皆省誤也李文仲字鑒不誤**熒省聲**謂省去灾也與他熒省但省下火者異余傾切十一部

文二

呂ㄌㄩˇ

呂 膂骨也象形吕象顆顆相承中象其系聯也沈氏彤釋骨曰項大椎之下二十一椎通曰脊骨曰脊椎曰膂骨或以上七節曰背骨第八節以下乃曰膂骨力舉切五部**昔大嶽爲禹心吕之臣故封吕侯**周語大子晉曰伯禹念前之非度釐改制量象物天地比類百則儀之于民而度之于羣生共之從孫四嶽佐之高高下下疏川道滯帥象禹之功度之于軌儀莫非嘉績克厭帝心皇天嘉之胙以天下賜姓曰姒氏曰有夏謂其能以嘉祉殷富生物也胙四嶽國命爲侯伯賜姓曰姜氏曰有吕謂其能爲禹股肱心膂以養物豐民人也按曰共之從孫賈逵韋昭皆曰共共工也外傳曰四嶽內傳曰大嶽一也官名也外傳以祉訓姒以殷富訓夏以膂訓吕以養訓美韋解云吕之爲言膂也是吕膂各字吕者國名以國爲氏許云大嶽爲禹心吕之臣故封吕侯膂爲小篆吕是許所據國語股肱心膂作股肱心吕本無二字後之爲國語學者不得其解乃以氏曰有吕作古文股肱心膂作小篆韋氏習而不察乃云吕之爲言膂矣以心吕之意名其地而侯之而氏之潛夫論曰宛西三十里有吕酈道元徐廣司馬貞說皆同宛城今南陽府治附郭南陽縣是也許自序曰大岳左夏吕叔作藩俾侯於許世胙遺靈大岳者許之先也故詳之**凡吕之屬皆从吕**

膂ㄌㄩˇ

膂 篆文吕从肉旅聲吕本古文以古文爲部首者因躳从吕也此二部之例也秦誓旅力既愆小雅旅力方剛古注皆訓爲衆力不敢曰旅與膂同者知詩書倘以心膂爲義則其字當从吕矣僞君牙襲國語云股肱心膂此未知古文無膂秦文乃有膂也急就篇尻寬脊膂要背僂股腳膝臏胻爲柱云要背僂曰歷爲柱辭意相對皇象碑本不誤若顏本膂吕重出師古不得不以脊肉肉脊骨分釋之似史游是不識字矣膂之譌或爲膐華陽國志孝子隗通爲母汲

江瀆水天爲出平石至江中凡瀆水謂江心水也躳身也廣雅同从呂从身从呂者身以呂爲柱也矦執信圭伸圭人形直伯執躳圭躳圭人形曲鞠躳者斂曲之皃也居戎切九部躬俗从弓身弓身者曲之會意也

文二　重一

穴土室也引伸之凡空竅皆爲穴从宀覆其上也八聲胡決切十二部凡穴之屬皆从穴

𥥍北方謂地空因以爲土穴爲𥥍戶因地之孔爲土屋也廣雅𥥍窨也从穴皿聲讀若猛武永切古音若芒在十部

窨地室也今俗語以酒水等埋藏地下曰窨讀陰去聲从穴音聲於禁切七部

𥨍地室也大雅正義引作𥨍於地也四字按詩大雅陶復陶穴箋云復者復於土上鑿地曰穴皆如陶然庾蔚之云𥨍謂地上累土爲之穴則穿地也鄭庾之云與許云𥨍於地合𥨍於地者謂旁穿之則地𥨍於上穴則正穿之上爲中霤毛傳云陶其土而復之陶其壤而穴之土謂堅者堅則不患崩壓故旁穿之使上有𥨍蓋陶其土旁穿之也壤謂柔者柔則恐崩故正鑿之陶其壤謂正鑿之直穴之中爲中霤也鄭注月令云中霤猶中室也古者復穴是以名室爲霤云連復言之者文勢使然也毛之陶其土陶其壤蓋讀陶爲掏鄭則云皆如窯然特此爲異耳漢時陵墓築封土謂之復土義與此復土小異要亦上𥨍之言耳从穴復聲芳福切三部詩曰陶𥨍陶穴按毛作復三家詩有作𥨍者如斯干毛革韓翶之比釋名說中霤云古者𥨍穴乃是𥨍穴之誤語與月令注同

竈炊竈也炊者爨也竈者炊爨之處也周禮以竈祠祝融各本無此七字今據史記孝武本紀索隱補賈逵注左傳云句芒祀於戶祝融祀於竈蓐收祀於門元冥祀於井呂氏春秋注日行或作井淮南時則訓注日井或作行后土祀於中霤淮南時則訓孟夏之月其祀竈高注云祝融吳回爲高辛氏火正死爲火神託祀於竈是

月火旺故祀竈此皆用古周禮說也五經異義竈神今禮戴說引禮器燔柴盆瓶之事古周禮說顓頊氏有子曰黎爲祝融祀以爲竈神許君謹案同周禮說鄭駁之云祝融乃古火官之長猶后稷爲堯司馬其尊如是王者祭之但就竈陘一何陋也祝融乃是五帝之神祀於四郊而祭火神於竈陘於禮乖也按許君說文有此七字是與五經異義不殊風俗通義亦從異義用古周禮說从穴鼀省聲竈在古音三部入聲故竈古音亦在三部今音則到切周禮故書以竈爲造竈或不省作今人皆作竈

窯燒瓦窯竈也窯似竈故曰窯竈韵會本作燒瓦窯也無竈字大徐本作燒瓦竈也非是緜詩鄭箋云復穴皆如陶然是謂經之陶即窯字之叚借也緜正義引說文陶瓦器竈也蓋其所據乃缶部匋下語匋窯蓋古今字从穴羔聲余招切二部

窐空也楚辭曰圭璋襍於甑窐此甑下空也攷工記鳧氏爲鍾注隧在鼓中窐而生光高注淮南曰甑簞者顛上窐也然則凡空穴皆謂之窐矣从穴圭聲烏瓜切十六部按廣韵圭攜二音

罙深也此以今字釋古字也罙深古今字篆作罙深隸變作罙深水部深下但云水名不言淺之反是知古深淺字作罙深行而罙廢矣有穴而後有淺深故字从穴毛詩罙入其阻傳曰罙深也此罙字見六經者毛公以今字釋古字而許襲之此罙之音義原流也鄭箋易罙爲罙訓爲冒也蓋以字形相似易之罙在侵韵罙在脂韵鄭注經有易字之例他經云某讀爲某箋詩不介讀經者誤謂毛鄭同字作音義者當各字各音分別載之云毛作罙式針反深也鄭作罙面規反冒也說文罙作突罙作乃爲明析而陸釋文則曰罙面規反毛深也鄭冒也說文作罙从网米云冒也此條之弊有七以罙切面規絕非毛音一也以鄭箋作罙非鄭所易字二也以說文之罙作罙而不知說文罙作突罙別一字或體作寀與突無交涉三也突字不見他經惟見商頌而陸亡其音遂亡其義四也許用商頌毛傳造說文而失許之原本致許書突下義晦罙下遂有妄人添詩曰罙入其阻六字鄭箋所改之字許時代在前安能用其說五也突隸作罙猶淚隸作深而各字書韵書因陸罙切面規突下不敢載罙張參五經文字

躳穴𥥍窨𥨍竈窯窐罙

穿 寮 ⿱穴夬 窡 竇 竅 空

曰罙罙音審上說文下釋文相承隸省見詩集韵類篇皆曰罙罙罙三形同字此皆隸爲作甬六也唐石經作罙尙不誤自宋及今日毛詩刻本竟作罙不罙不罙爲從古所無之字陸賓召之七也許水部不載深淺一義故全書深淺字用罙今發其例於此**一曰竈突**○廣雅竈窻謂之埃呂氏春秋云竈突決則火上焚棟蓋竈上突起以出煙火今人謂之煙囪卽廣雅之竈窻今人高之出屋上畏其焚棟也以其顚言謂之突以其中深曲通火言謂之突廣雅突下謂之突今本正奪突字耳漢書云曲突徙薪明有曲之令火不直上者矣趙宧光欲盡改故書之竈突爲竈突眞謬說也**从穴火求省**○穴中求火突之意也此會意字式針切七部**讀若禮三年導服之導**○導服卽禫服也說詳木部棪下按突卽深淺字不當有異音蓋竈突可讀如禫與突爲雙聲

穿通也从牙在穴中○召南曰誰謂鼠無牙何以穿我墉昌緣切十四部

寮穿也○倉頡篇曰寮小空也西京賦曰交綺豁以疏寮薛曰疏刻穿之也善曰倉頡篇云寮小窗魏都賦皦日籠光於綺寮按大雅及爾同寮左傳曰同官爲寮毛傳曰寮官也箋云與汝同官俱爲卿士蓋同官者同居一域如俗云同學一處爲同窗也亦假僚字爲之左傳泉丘人女奔孟僖子其僚從之杜注鄰女爲僚友**从穴寮聲**○洛蕭切二部俗省作寮**論語有公伯寮**○憲問篇

⿱穴夬穿也从穴夬聲○大徐作決省聲此不知古音者爲之也於決切十五部

窡深抉也○抉之深故从穴**从穴抉**○此以會意包形聲小徐作抉聲亦通於抉切十五部

竇空也○空孔古今語凡孔皆謂之竇古亦借瀆爲之如周禮注四竇卽四瀆左傳襄三十年墓門之瀆徐音豆是也**从穴賣聲**○徒奏切四部按古音去入不分

竅空也○空孔古今字老子常有欲以觀其竅**从穴敫聲**○牽弔切二部

空竅也○今俗語所謂孔也天地之閒亦一孔耳古者司空主土尙書大傳曰城郭不繕溝池不修水泉不修水爲民害責於地公司馬彪曰司空公一人掌水土事凡營城起邑浚溝洫修墳防之事則議其利建其功是則司空以治水土爲職禹作司空治水而後晉百揆也治水者必通其瀆故曰司空猶司孔也**从穴工聲**○形聲包會意也苦紅切九部

窒 穵 ⿱穴矞 窠 窻 窊 窳

窒空也○空虛孔穴本無二義但有孔穴則是空虛也**从穴巠聲**○去徑切十一部**詩曰缾之窒矣**○小雅蓼莪文今詩作罄傳曰罄空也與爾雅釋詁合空與盡義相因

穵空大也○鉉本作空大也非是廣韵引同亦誤本耳今依小徐及玉篇今俗謂盜賊穴牆曰穵是也**从穴乙聲**○烏黠切十五部按此篆當是从乙鳥之乙非甲乙也

⿱穴矞空皃○孔之皃也**从穴矞聲**○呼決切十五部

窠空也○雙聲爲訓其字亦作窾高誘曰窾空也是或借科爲之孟子盈科而後進是或借薖爲之如衛風碩人之薖毛云寬大皃鄭云飢意皆是**从穴果聲**○苦禾切十七部**一曰鳥巢也**○一曰者義近而別者也蜀都賦曰窠宿異禽**在樹曰巢在穴曰窠**○此析言之也與巢部合

窻通孔也从穴悤聲○楚江切九部按此篆淺人所增古本所無當刪十篇囪下曰在牆曰牖在屋曰囪囪或从穴作窗古祗有囪字窗已爲或體何取乎更取悤聲作窻字哉自東江韵分淺人多所僞撰廣韵四江窻下云說文作窗通孔也則篆體之不當有心明矣依廣韵宜囪部去窗篆此窻篆改爲窗然囪窗本一字宜囪部仍舊而此從刪也許但作空不作孔此云通孔也則非許氏原文

窊污衺逗**下也**○史記甌窶滿篝污邪滿車司馬彪曰污邪下地田也按凡下皆得謂之窊水部洿者窊下也吳都賦窊隆異等**从穴瓜聲**○烏瓜切五部

窳污窬也○污窬蓋與污衺同亦謂下也以污衺與窊同韵窬與窳同韵故分別其辭也史記舜陶河濱器不苦窳裴駰曰窳病也按器窳者低陷之謂亦汙窬之意也釋詁曰窳勞也郭云勞苦者多惰窳大雅毛傳曰訛訛窳不供事也史記呰窳偸生晉灼曰呰病也窳惰也許於此部呰下亦云窳也蓋卽用毛傳毛詩訛卽呰也此等窳皆訓惰嬾亦皆污窬引伸之義釋元應屢引揚承慶字統說嬾者不能自起如瓜瓠在地不能自立故字从𤓰又嬾人恒在室中故从穴夫穴訓土室不必从宀而後爲室也而召旻正義曰艸木皆

自豎立惟瓜瓠之屬臥而不起似若嬾人常臥室故字从宀丄晉眠此亦用字統說而與元應所據有異且陸氏釋文孔氏正義皆引說文窳嬾也而說文無此語闕疑載疑不敢於宀部妄補窳篆 从穴㼌聲○以主切古音在四部按字統說㼌爲會意許則云形聲 朔方有窳渾縣○朔方郡窳渾縣地理志有郡國志無讀史方輿紀要曰故窳渾城在故夏州西北漢縣故夏州城在榆林衛西北二百里

窞 ㄉㄢˋ

坎中更有坎也○各本作坎中小坎今依易釋文訂易坎初六曰入於坎窞虞翻曰坎中小坎坎中小穴稱窞釋文引說文坎中更有坎也字林坎中小坎也然則今文爲後人以呂改許明矣 从穴臽臽亦聲○徒感切八部 易曰○入于坎窞○一曰旁入也○于寶釋易正用旁入之義

窌 ㄌㄧㄡˋ

窖也○攷工記匠人注曰穿地曰窌呂覽穿竇窌月令淮南皆作窖 从穴丣聲○丣聲各本作卯聲今正窌見左傳釋文音力救力到二反則从丣雙聲可知矣漢公孫賀南窌侯表作南窌字皆从丣音力救切謁从卯乃匹皃切矣三部

窖 ㄐㄧㄠˋ

地臧也○月令穿竇窖注曰入地隋曰竇方曰窖通俗文曰藏穀麥曰窖 从穴告聲○古孝切古音在三部

窬 ㄩˊ

穿木戶也○淮南氾論訓古者爲窬木方版以爲舟航高誘曰窬空也方並也舟相連爲航也按窬木爲舟即易繫辭刳木爲舟也儒行篳門圭窬鄭云門旁窬也穿牆爲之如圭矣左傳篳門圭竇杜曰竇小戶也穿壁爲戶狀如圭形郭樸三蒼解詁云窬門旁小竇也是則於門旁穿壁以木衷直居之令如圭形謂之圭窬若論語本作穿窬釋爲穿壁踰牆似無煩與此牽混 从穴俞聲○羊朱切古音在四部 一曰空中也○孟康漢書注曰東南謂鑿木空中如曹曰窬曹當作槽牏者窬之或體玉篇云牏木槽也是也牏與窬古通用古音投音豆

窵 ㄉㄧㄠˋ

窵窅○逗深也○窅見目部深目也杜詩動影窵窕沖融閒 从穴鳥聲○多嘯切二部

窺 ㄎㄨㄟ

小視也○从穴規聲○去隓切十六部

竀 ㄔㄥ

正視也○从穴中正見○正亦聲○敕貞切十一部

窡 ㄓㄚˊ

穴中見也○从穴叕聲○丁滑切十五部

窋 ㄓㄨˊ

物在穴中皃○靈光殿賦曰綠房紫菂窋咤垂珠謂蓮房之實窋咤然見於房外如垂珠也上文云反植荷蕖故曰垂珠 从穴出聲○丁滑切十五部后稷之子不窋

窴 ㄊㄧㄢˊ

塞也○塞各本譌作塞今正玉篇曰窴今作塡按窴塡同義塡行而窴廢矣 从穴眞聲○待年切十二部

窒 ㄓˋ

𡫳也○各本𡫳譌塞今正𡫳窒也見𡫳部此二字互訓也𡫳之隸體爲寒土部曰塞隔也自部曰隔塞也塞於義不爲窒邊塞其本義也自用塞爲𡫳而寒字廢矣且有讀寒爲𡫳者則寒愈失其本音本義矣說詳𡫳部釋言豳傳皆曰窒塞也 从穴至聲○陟栗切十二部魯論語以室爲窒

突 ㄊㄨˊ

犬從穴中暫出也○引伸爲凡猝作之稱 从犬在穴中○徒骨切十五部 一曰滑也○義小別

竄 ㄘㄨㄢˋ

匿也○周易遁竄左氏無所伏竄是也堯典竄三苗于三危與言流言放言極一例謂放之令自匿故孟子作殺三苗即左傳𣪩蔡叔之𣪩𣪩爲正字竄殺爲同音段借 从鼠在穴中○漢書曰奉頭鼠竄七亂切古音在十五部

窣 ㄙㄨˋ

從穴中卒出○卒窣古今字子虛賦媻姍勃窣上乎金隄韋昭曰媻姍勃窣匍匐上也按媻姍謂徐行勃窣謂急行 从穴卒聲○蘇骨切十五部

窘 ㄐㄩㄥˇ

迫也○小雅又窘陰雨毛傳窘困也按箋云窘仍也仍者仍其舊而不能變亦是困意 从穴君聲○渠隕切十三部字林巨畏反文微合音也

窕 ㄊㄧㄠˇ

深肆極也○窕與窘爲反對之辭釋言曰窕肆也大戴禮王言七者布諸天下而不窕內諸尋常之室而不塞淮南俶眞訓處小隘而不塞橫扃天地之閒而不窕要略訓置之尋常而不塞布之天下而不窕氾論訓舒之天下而不窕內之尋常而不塞齊俗訓大則塞而不入小則窕而不周兵略訓入小而不偪處大而不窕墨子尚賢中此道也大用之天下則不窕小用之則不困尚同下大用之治天下不窕小用之治一國一家而不橫荀卿子曰充盈大宇而不窕入郤穴而不偪管子宙合曰夫成軸之多也其處大也不窕其入小也不塞司馬法曰凡戰之道位欲嚴政欲栗力欲窕氣欲閑又曰鑿其勞佚不避其閑窕凡此皆可證窕之訓寬肆凡言在小不塞在大不窕者謂置之小處而

小處不見充塞無餘地置之大處而大處不見空曠多餘地高誘曰不窕在大能大也今本管子墨子窕誤作究非是毛詩傳曰窈窕幽閒也幽訓窈閒訓窕方言美狀爲窕音外之寬綽也美心爲窈言中之幽靜也左傳泠州鳩論樂曰小者不窕大者不槬則和於物此可以諸子釋之小者不窕謂雖小而處大不使名空廖之處也大者不槬謂雖大而處小不使偪塞莫能容也莊周書云瓠落無所容以注槬字甚合郭注爾雅云輕窕者多放肆眞憒憒之說也左傳曰楚師輕窕此窕義之引伸寬然無患謂之輕窕唐石經左傳譌作宨从宀釋言宨肆也窕閒也其字其義皆同而唐石經亦於肆也作宨从宀與閒也作窕从穴別異皆字之僞誤耳而或據以爲說分別訓詁放之許書本無从宀之字 从穴兆聲讀若挑 徒了切二部

穹 窮也 窮者極也幽風穹窒熏鼠毛傳曰穹窮窒塞也穹窮雙聲大雅以念穹蒼釋天毛傳皆曰穹蒼蒼天也按穹蒼者謂蒼天難窮極也韗人爲皐陶穹者三之一注謂鼓木腹穹隆居鼓三之一今人皆謂高爲穹隆 从穴弓聲 去弓切古音在六部

究 窮也 釋言同小雅常棣傳曰究深也釋詁及大雅皇矣傳曰究謀也皆窮義之引伸也 从穴九聲 居又切三部

窮 極也 从穴躳聲 渠弓切九部或假爲躳字如鞠躳古作鞠窮

窅 冥也 冥者窈也 从穴皀聲 烏皎切二部

窔 窅窔 逗 罙也 也爾雅音義作皃上林賦曰巖窔洞房窔亦作宎郭樸曰於巖穴底爲室潛通臺上也按郭以通釋洞小顏改宎爲宎於郭注巖穴底爲室之下輙增如窔突然四字其亦妄矣 从穴交聲 烏叫切二部

邃 罙遠也 从穴遂聲 雖遂切十五部

窈 罙遠也 周南毛傳曰窈窕幽閒也以幽釋窈以閒釋窕方言曰美心爲窈美狀爲窕陳風傳又曰窈糾舒之姿也舒遲也 从穴幼聲 烏皎切古音在三部

窱 杳窱也 廣雅曰窈窱深也西京賦曰望窳窱以徑廷薛曰過度之義也集韵曰窳同窈 从穴條聲 徒弔切二部

竁 穿地也 周禮小宗伯家人皆曰甫竁注曰甫始也鄭大夫讀竁皆爲穿杜子春讀竁如毳皆謂葬穿壙也今南陽名穿地爲竁聲如腐脃之脃按此注讀竁爲穿者易其字也讀竁如毳者擬其音也下文鄭仲子春之說以南陽語證子春說之不誤 从穴毳聲 充芮切十五部 一曰小鼠聲 謂鼠聲之小者也聲字依玉篇補宋本小鼠下皆空一字必是聲字耳竁入聲如猝於鼠聲相似 周禮曰大喪甫竁

窆 葬下棺也 土部曰堋葬下土也春秋傳朝而堋禮謂之封周官謂之窆按禮謂十七篇也士喪禮下篇曰及窆主人哭踊無筭注窆下棺也今文窆爲封然則許十七篇從今文鄭從古文而疊今文也凡戴記皆作封戴記從今文也周官謂之窆者周禮鄉師云及窆執斧以涖匠師先鄭云窆謂葬下棺春秋傳所謂傰禮記所謂封也按堋窆封三字分蒸侵東三韵而一聲之轉 从穴乏聲 方驗切古音在七部 周禮曰及窆執斧

窀 窀穸 逗各本刪此二字今依全書例補厚釋窀夕釋穸 葬之厚夕也 襄十三年左傳曰惟是春秋窀穸之事所以從先君於禰廟者杜曰窀厚也穸夜也厚夜猶長夜春秋謂祭祀長夜謂葬按窀淳同音窀訓厚 从穴屯聲 陟輪切十三部 春秋傳曰窀穸從先君於地下 與今左傳異

穸 窀穸也 从穴夕聲 孔宙碑作窀夕乃蒙上穴而省耳詞亦切古音在五部

窜 入脈刺穴謂之窜 蓋古醫經之言齊民要術說相牛有窜字 从穴甲聲 烏狎切八部

文五十一　重一

寢 寐而覺者也 寐而覺與醒字下醉而覺同意今字叚夢爲之夢行而寢廢矣 从宀从爿夢聲 宀者覆也爿者倚著也夢者不明也夢亦聲古音在六部今莫鳳切 周禮以日月星辰占六寢之吉凶 鄭注詳矣 一曰正寢 鄭云無所感動平安自夢也 二曰咢寢 咢者譁訟也借爲驚遻之遻周禮作噩夢杜子春云當爲驚愕之愕謂驚愕爲夢也 三曰思寢 鄭云

寤ㄨˋ 寐ㄇㄟˋ 𡪤ㄩˋ 𥧈ㄇㄧˇ 𥨎ㄐㄧˋ

覺時所思念之而夢也思小徐作𢟪誤 四曰寤㝱。鄭云覺時所道之而夢也寤大徐作悟 五曰喜㝱。鄭云喜悅而夢也 六曰懼㝱。鄭云恐懼而㝱也已上周禮占夢文 凡㝱之屬皆从㝱。

寑 病臥也。寑者臥也寢者病臥也此二字之別今字槩作寢矣 从㝱省𡪢省聲。𡪢者籒文寑七荏切七部

寐 臥也。俗所謂睡著也周南毛傳曰寐寢也 从㝱省未聲。蜜二切十五部

寤 寐覺而有言曰寤。有言今錯本作省信鉉本作有信皆誤今依韵會所據鍇本釋元應引倉頡篇覺而有言曰寤左傳季寤字子言是其證按周南毛傳曰寤覺也衞風鄭箋同言其大略而已鄭釋周禮寤夢云覺時道之而夢亦與倉頡篇同也古書多段寤爲悟 从㝱省吾聲。五故切五部 一曰晝見而夜㝱也。晝亦周禮寤夢之說陳風傳云晤遇也箋云晤對也寤與晤義相通

𥧾 籒文寤。周禮占夢釋 云寤本又作𥧾此用籒文而小變也

𡪤 楚人謂寐曰𡪤。𡪤猶𥪔也𥪔黏也 从㝱省女聲。依倨切廣韵亦音女五部

𥧈 寐而厭也。鉉本作未厭誤甚胡身之通鑑釋文辯誤引作米厭米即寐之譌蓋古本作寐而寐厭一譌作米再譌作未要不若小徐本爲長廣雅曰𥧈𥨍厭也按厭𥧈正俗字大徐於鬼部妄增魘字云夢驚也由不解此處厭字故耳倉頡篇曰伏合人心曰厭字苑曰厭眠內不祥也皆見元應書廣韵五十琰厭注𥧈魘二十九葉厭注惡夢可見魘字之晚出取俗矣西山經翼望之山鳥名鵸䳜服之使人不厭此用厭字之最古者𥧈古多段借眯爲之郭注山海經引周書服之不眯爲不厭之證莊子天運彼不得夢必且數眯焉司馬彪曰眯厭也通鑑劉晞曰臣得與聞大謀常恐眯夢漏泄以益臣罪語本裴松之引傳子胡身之引說文寐字解之 从㝱省米聲。此篆今本說文作𥨍攷廣雅作𥧈若玉篇廣韵皆作𥧈不載𥨍字可知古本說文作𥧈也若集韵云寐或作𥧈類篇有𥨍無𥧈則鉉本盛行之故耳今正莫禮切十五部

𥨎 孰寐也。从㝱省水聲。讀若悸。求癸切十五部按大徐用唐韵也玉篇廣韵集韵類篇皆祇渠季切一音

寐寤𡪤𥧈𥨎寎寱寣疒疾痛病瘣

寎ㄅㄧㄥˋ 寱ㄧˋ 寣ㄏㄨ 疒ㄔㄨㄤˊ 疾ㄐㄧˊ 𤕫。 廿。 痛ㄊㄨㄥˋ 病ㄅㄧㄥˋ 瘣ㄏㄨㄟˋ

寎 臥驚病也。以疊韵爲訓爾雅三月爲寎月作此字 从㝱省丙聲。皮命切古音在十部

寱 瞑言也。瞑目翕也瞑言者寐中有言也寐亦作寱俗作囈 从㝱省臬聲。牛例切十五部

寣 臥驚也。廣雅曰寣覺也義相近今江蘇俗語曰睡一寣 一曰小兒號寣寣。別一義也寣寣者號聲 一曰河內相評也。又別一義也評者召也今字作呼相召曰寣如言咄少卿艮苦言㖷大姊之比河內人語如此 从㝱省从言。會意火滑切十五部

文十　重一

疒 倚也。倚與疒音相近 人有疾痛也。也字玉篇有 象倚箸之形。橫者直者相距故曰象倚箸之形或謂即牀狀牆戕之左旁不知其音迥不相同也女戹切十六部 凡疒之屬皆从疒。

疾 病也。析言之則病爲疾加渾言之則疾亦病也按經傳多訓爲急也速也此引伸之義如病之來多無期無迹也止部曰疌疾也 从疒矢聲。矢能傷人矢之去甚速故从矢會意聲字疑衍秦悉切十二部

𤕫 籒文疾。从廿者古文疾也从[illegible]者斷省也

廿 古文。各本篆體作[illegible]是仍與小篆無異今正攷𥨸篆下曰廿古文疾㚔篆下曰廿古文以爲疾此廿爲古文疾之明證而集韵類篇皆曰廿古文疾𤕫籒文疾此丁度所見不誤之明證也其曰籒文作𤕫又作[illegible]者乃當其時已有誤本同今本而因𠕁入之又譌古爲搐也

痛 病也。从疒甬聲。他貢切九部

病 疾加也。苞咸注論語曰疾甚曰病 从疒丙聲。皮命切古音在十部

瘣 病也。从疒鬼聲。胡罪切十五部 詩曰。譬彼瘣木。今小雅小弁作壞木傳曰壞瘣也謂傷病也箋云猶內傷病之木內有疾故無枝也按疑今毛傳壞瘣二字互譌許及樊光所引皆作瘣木爲是 一曰腫旁出也。此別一義釋木瘣木苻婁

疴痛瘽瘵瘨瘼㽲㾓癇㽾疵癈瘏瘲痒㽣痟疕瘍痒㾺㾷㿂疦瘖癭

疴 痛 瘽 瘵 瘨 瘼 㽲 㾓 癇 㽾 疵 癈 瘏

郭云齵木病尫僂癭腫無枝條攷工記凡揉牙外不廉而內不挫旁不腫注腫瘣也

疴病也。鴻範五行傳鄭注同从疒可聲。烏何切十七部五行傳曰時卽有口疴。五行傳者伏生鴻範五行傳也言之不從是謂不乂時則有口舌之疴

痛病也。釋詁毛傳同从疒甫聲。普胡切五部詩曰我僕痛矣。周南卷耳文

瘽病也。釋詁曰瘽病也字亦作懃从疒堇聲。巨斤切

瘵病也。釋詁曰瘵病也小雅菀柳毛傳同又云瘵接也則謂詩叚瘵爲際也从疒祭聲。側介切十五部

瘨病也。大雅雲漢傳同按今之顚狂字也廣雅瘨狂也急就篇作顚疾从疒眞聲。都年切十二部一曰腹張。張汲古閣作脹誤今依宋本訂古無脹字左傳晉侯將食張如廁卽今之脹字也瘨與䐜瞋字意略同集韵稱人切

瘼病也。小雅曰亂離瘼矣釋詁毛傳皆云瘼病也方言曰瘼病也東齊海岱之閒曰瘼从疒莫聲。慕各切五部

㽲腹中急痛也。痛字依小徐及廣韵補今吳俗語云絞腸刮肚痛其字當作㽲也古音讀如糾釋詁云咎病也咎蓋㽲之古文叚借字从疒丩聲。古巧切古音在三部

㾓病也。从疒員聲。王問切十三部

癇病也。从疒閒聲。戶閒切十四部按今俗語皆呼閒切方書小兒有五癇王符貴忠篇云哺乳多則生癇病元應引聲類云今謂小兒瘨曰癇也

㽾病也。从疒出聲。五忽切十五部

疵病也。古亦叚玼爲之从疒此聲。疾咨切十六部廣韵疾移切是也

癈固病也。按此當云癈固病也癈固爲遲淺人刪癈字耳下文痼爲久病癈固則禮傳所云廢疾也其義不同鍇本作痼疾也則尤誤矣癈猶廢固猶錮如瘖聾跛躄斷者侏儒皆是癈爲正字廢爲叚借字亦有叚廢疾字爲興廢字者从疒發聲。方肺切十五部按廢癈可入發[illegible]可去南人作韵書分別遂若約定俗成矣古無去入之別

瘏病也。周南卷耳曰我馬瘏矣釋詁毛傳皆曰瘏病也豳風鴟鴞傳同从疒者聲。同都切五部詩曰我馬瘏矣。

瘲 痒 痟 疕 瘍 痒 㾺 㾷 㿂 疦 瘖 癭

瘲病也。从疒從聲。將容切九部按廣韵集韵將容切內皆不收此字蓋與瘛瘲爲二病

痒寒病也。古多借洒爲痒晉語狐突曰玦之以金銑寒之甚矣韋注玦猶離也銑猶洒也洒洒寒皃唐人舊音云洒或爲洗本艸爲色洗洗是寒皃玉裁謂凡素問靈樞本艸言洒洒洗洗者其訓皆寒皆痒之叚借古辛聲先聲西聲同在眞文一類國語注洒音銑不誤从疒辛聲。所臻切十二部

㽣頭痛也。从疒或聲。吁逼切一部讀若溝洫之洫。按洫聲在十二部或聲在一部然毛詩洫作淢古文閾作闃是合音之理也

痟酸痟逗頭痛也。周禮疾醫春時有痟首疾注云痟酸削也首疾頭痛也疏曰春時陽氣將盛唯金沴木故有痟首之疾从疒肖聲。相邀切二部周禮曰春時有痟首疾。

疕頭瘍也。周禮醫師凡邦之有疾病疕瘍者造焉則使醫分而治之注云疕頭瘍亦謂禿也从疒匕聲。卑履切十五部

瘍頭創也。按頭字蓋[illegible]上文疕下曰頭瘍則見瘍不專在頭矣鄭注周禮云身傷曰瘍以別於頭瘍曰疕則疊韵爲訓疕得評瘍他瘍不得評疕也檀弓曰居喪之禮身有瘍則浴从疒昜聲。與章切十部[illegible]須假瘍爲揚

痒瘍也。小雅癙憂以痒傳曰癙痒皆病也釋詁亦曰痒病也按今字以痒爲癢字非也癢之正字說文作蛘从疒羊聲。似陽切十部

㾺目病。一曰惡气著身也。一曰蝕創。凡三義蝕者敗創也从疒馬聲。莫駕切古音在五部

㾷散聲也。方言㾷噎也楚曰㾷又曰㾷散也東齊聲散曰㾷秦晉聲變曰㾷器破而不殊其音亦謂之㾷按與斯澌字義相通馬嘶字亦當作此从疒斯聲。先稽切十六部

㿂口咼也。口部曰咼口戾不正也此亦疊韵爲訓从疒爲聲。韋委切古音在十七部

疦㿂也。廣韵云瘍裏空也今義也从疒夬聲。古穴切十五部

瘖不能言也。从疒音聲。於今切七部

癭頸瘤也。下文云瘤腫也

此以頸瘤與頸腫別言者頸瘤則如囊者也頸腫則謂暫時腫脹之疾故異其辭釋名曰癭嬰也嬰在頸纓理之中也青徐謂之脰博物志曰山居多癭飲水之不流者也凡楠樹根贅肬甚大析之中有山川花木之文可爲器械吳都賦所謂楠瘤之木三國張昭作楠瘤枕賦今人謂之癭木是也癭木俗作影木楠瘤俗本作楠榴楠榴皆誤字耳**从疒嬰聲**於郢切十一部

瘻頸腫也淮南說山訓雞頭已瘻高注瘻頸腫疾也雞頭水中芡也鍇本作頭腫蓋淺人恐與頸瘤不別而改之腫癰也頸腫卽釋名之癰喉**从疒婁聲**力豆切四部

⿸疒又顫也與頁部顫疣音義同**从疒又聲**于救切古音在一部

瘀積血也血積於中之病也九辯曰形銷鑠而瘀傷**从疒於聲**依據切五部

疝腹痛也釋名曰心痛曰疝疝詵也氣詵詵然上而痛也陰腫曰隫氣下隫也又曰疝亦言詵也詵詵引小腹急痛也**从疒山聲**所晏切十四部

疛小腹病小當作心字之誤也隸書心或作小因誤爲小耳玉篇云疛心腹疾也仍古本也小雅曰我心憂傷惄焉如擣傳曰擣心疾也釋文擣本或作⿸疒壽韓詩作疛義同按疛其正字⿸疒壽其或體擣其譌字也玉篇引呂氏春秋曰身盡疛腫今本呂覽作身盡府種二字皆誤高誘曰疛腹疾也**从疒肘省聲**陟柳切三部詩音義除又切

⿸疒㒼滿也毛詩傳曰不醉而怒曰㒼然則㒼謂氣滿㒼舉形聲包會意也**从疒㒼聲**平秘切十五部

府俛病也方言曰短東陽之間謂之府按俛者多庳方言與許義相近**从疒付聲**方榘切四部

痀曲脊也玉部玖下曰讀若人句脊之句二句字皆痀之誤也**从疒句聲**其俱切古音讀如苟在四部

瘚屰气也釋名曰厥逆氣從下厥起上行入心脅也高誘呂覽注曰厥逆寒疾也**从疒从屰欠**欠猶气也居月切十五部**欮瘚或省疒**厂部厥用爲聲

痵气不定也心部曰悸心動也義相近玉篇曰痵亦作悸**从疒季聲**其季切十五部

痱風病也非風雙聲釋詁曰痱病也郭注見詩按小雅百卉具腓李善注文選戲馬臺詩云韓詩云百卉具腓薛君曰腓變也毛萇曰痱病也今本作腓據李則毛詩本作痱與釋詁合**从疒非聲**蒲罪切十五部按當扶非切亦作疿

瘤腫也釋名曰瘤流也流聚而生腫也**从疒留聲**力求切三部

痤小腫也玉篇曰癤也**从疒坐聲**昨禾切十七部春秋經宋公殺其世子痤是此字三傳同以瘯疾名子也**一曰族絫病**左傳曰牲不疾瘯蠡瘯者族之俗蠡與絫同部杜注以皮毛無疥癬釋之按季良以民力溥存釋博以碩大蕃滋釋碩以不疾瘯蠡釋肥以備腯咸有釋腯釋文云說文蠡作瘰云瘯瘰皮肥也此說文二字有譌當是別本作瘰注云不疾瘯瘰皮肥也奪不疾二字

疽久癰也後漢書劉焉傳注元應一切經音義皆引久癰與小徐合癰久而潰沮滐然也**从疒且聲**七余切五部

癘癰也从疒麗聲郎計切十六部**一曰瘦黑讀若隸**

癰腫也肉部曰腫癰也按腫之本義謂癰引伸之爲凡墳起之名如上文瘤腫也痤小腫也則非謂癰也釋名曰癰壅也氣壅否結裹而潰也**从疒雝聲**於容切九部

瘜寄肉也肉部臞下曰星見食豕令肉中生小息肉也息肉卽瘜肉廣韵曰惡肉**从疒息聲**相卽切一部

癬乾瘍也乾音干瘍之乾者也釋名曰癬徙也浸淫移徙處日廣也故靑徐謂癬爲徙也**从疒鮮聲**息淺切十四部

疥搔也搔音穌到切疥急於搔因謂之搔俗作瘙或作瘙穌到切今四川人語如此禮記釋文引說文疥瘙瘍也文選登徒子好色賦注引疥瘙也皆以俗字改正字耳後漢書烏桓傳曰手足之蚧搔章懷音新到反蚧同疥釋名曰疥齘也癢搔之齒類齘也**从疒介聲**古拜切十六部

痂疥也按痂本謂疥後人乃謂瘡所蛻鱗爲痂此古義今義之不同也蓋瘡鱗可曰介介與痂雙聲之故耳南史劉邕嗜食瘡痂謂有蝮魚味**从疒加聲**古牙切十七部

瘕女病也按女字必是衍字詩厲假不瑕箋云厲假皆病也正義引說文瘕疾病也或作癘瘕病也是唐初本無女字也倉公傳曰潘滿如小腹痛臣意診其

瘻疫瘀疝疛⿸疒㒼府痀瘚痵痱瘤痤疽癘癰瘜癬疥痂瘕

癘 ㄌㄧˋ　瘧 ㄋㄩㄝˋ　痁 ㄉㄧㄢ　痎 ㄐㄧㄝ　痳 ㄌㄧㄣˊ　痔 ㄓˋ　痿 ㄨㄟˇ　痹 ㄅㄧˋ　㾫 ㄅㄧˋ

脈曰遺積瘕也女子薄吾病甚臣意診其脈曰蟯瘕也蟯蠱腹中病从疒叚聲。乎加切玉篇音曰說文本音遐史記索隱亦曰瘕音遐按古音在五部。錢氏大昕曰瘕公房禪瘕蠱不遐卽鄭箋之瘕瘕不瑕也

癘惡疾也。按古義謂惡病包內外言之今義別製癩字訓爲惡瘡訓癘爲癘疫古多借厲爲癘公羊傳作痢何注云痢者民疾疫也大戴禮及公羊何注說七出皆云惡疾出何休曰惡疾棄者不可以奉宗廟也論語伯牛有疾苞氏曰牛有惡疾不欲見人故孔子從牖執其手也韓詩曰芣苢傷夫有惡疾也薛君曰芣苢澤瀉也臭惡之草詩人傷其君子有惡疾人道不通求己不得發憤而作以事興芣苢雖臭惡乎我猶采采而不已者以興君子雖有惡疾我猶守而不離去也从疒蠆省聲。按大徐厲作蠆不誤洛帶切十五部

瘧寒熱休作病。謂寒與熱一休一作相代也釋名曰瘧酷虐也凡疾或寒或熱耳而此疾先寒後熱兩疾似酷虐者周禮曰秋時有瘧寒疾从疒虐虐亦聲。魚約切二部

痁有熱瘧。有熱無寒之瘧也从疒占聲。失廉切七部春秋傳曰齊侯疥遂痁。左傳昭二十年文按梁元帝及袁狎顏之推欲改疥爲痎所謂無事而自擾也陸氏德明既辨之矣

痎二日一發瘧也。今人謂間二日一發爲大瘧顏之推云兩日一發之瘧今北方猶呼痎瘧音皆从疒亥聲。古諧切古音在一部

痳疝病也。釋名曰淋懍也小便難懍懍然也按痳篆不與疝伍者以有疝痛而不痳者也从疒林聲。力尋切七部

痔後病也。从疒寺聲。直理切一部

痿痹也。如淳曰痿音蹝跛躄病兩足不能相過曰痿張揖曰痿不能行師古曰蹷蹶弩名見晉令蹷蹶二音按古多痿痹聯言因痹而痿也素問曰有漸於溼肌肉濡漬痹而不仁發爲肉痿从疒委聲。儒隹切古音在十六部玉篇曰說文音雜

痹溼病也。素問痹論痿論各爲篇岐伯曰風寒溼三氣雜至合而爲痹也从疒畀聲。必至切十五部

㾫足氣不至也。玉篇云足氣不至轉筋也从疒畢聲。毗至切十

瘃 ㄓㄨˊ　瘺 ㄆㄧㄢ　瘇 ㄊㄨㄥˊ　尰。　⿸疒盍 ㄎㄜˋ　疻 ㄓˇ　痏 ㄨㄟˇ　⿸疒爲 ㄨㄟˇ　⿸疒冄 ㄔㄢˇ　瘢。

二部

瘃中寒腫覈。趙充國傳手足皸瘃文穎曰瘃寒創也按腫覈者腫而肉中鞕如果中有覈也覈核古今字从疒豖聲。陟玉切三部

瘺半枯也。尚書大傳禹其跳湯扁其跳者踦也鄭注云其發聲也踦步足不能相過也扁者枯也注言湯體半小扁枯按扁卽瘺字之叚借瘺之言偏也从疒扁聲。匹連切十一部

瘇脛气腫。小雅巧言既微且瘇釋訓毛傳皆曰骭瘍爲微腫足爲瘇按云脛氣腫卽足腫也大徐本云脛氣足腫非从疒童聲。時重切九部詩曰既微且瘇。

尰籒文。左从允烏光切右从籒文童爾雅音義云瘇本或作尰同竝籒文瘇字也按籒文本作尰又或變爲尰耳非有兩籒文也

⿸疒盍跛病也。廣韵曰⿸疒盍短氣也此今義也从疒盍聲讀若脅。又讀若掩。烏盍切八部

疻疻痏。逗毆傷也。疻痏二字各本無依全書通例補漢書薛宣傳廷尉引傳曰遇人不以義而見疻者與痏人之罪鈞惡不直也應劭曰以杖手毆擊人剝其皮膚起青黑而無創瘢者律謂疻痏按此應注譌脫急就篇顏注云毆人皮膚腫起曰疻毆傷曰痏蓋應注律謂疻下奪去六字當作其有創瘢者謂痏文選嵇康詩但若創痏李善引說文痏瘢也正與應語合皆本漢律也疻輕痏重遇人不以義而見疻罪與痏人等是疻人者輕論見疻者重論故曰惡不直也創瘢謂皮破血流从疒只聲。諸氏切十六部

痏疻痏也。按依許全書之例則疻下云疻痏毆傷也此但云疻痏也而義已足此等往往爲淺人妄剟致文理不可讀矣或曰依應仲遠則疻痏異事何爲合之也曰應析言之許渾言之許曰毆傷則固兼無創瘢有創瘢者言之文選注引倉頡篇痏毆傷也與許正合从疒有聲。榮美切古音在一部一曰痏。逗瘢也。據文選嵇康詩注補此五字此析言之與應劭引律合

⿸疒爲創裂也。一曰疾⿸疒爲。玉篇作一曰疾也从疒爲聲。以水切當依廣韵羊捶切十六部

⿸疒冄皮剝也。剝裂也从疒冄聲。讀若柟。又讀若襜。小徐有此七字赤占切七部

瘢

七篇下　卅五

癑ㄋㄨㄥˋ　痍ㄧˊ　瘢ㄅㄢ　痕ㄏㄣˊ　痙ㄐㄧㄥˋ　痋ㄊㄨㄥˊ

各本下从㞋今按尸部㞋字也故正之籒文从艮。癑痛病也。从疒農聲。奴動切九部。痍傷也。成十六年晉侯及楚子鄭伯戰于鄢陵楚子鄭師敗績公羊傳曰敗者稱師楚何以不稱師王痍也王痍者何傷乎矢也按周易夷傷也左傳察夷傷皆假夷字爲之从疒夷聲。以脂切十五部瘢痍也。長楊賦𤸰鋋瘢耆孟康曰瘢耆馬脊者創瘢處按古義傷處曰瘢今義則少異从疒般聲。薄官切十四部痕胝瘢也。胝瘢謂胝之傷肉部胝下云瘢胝也與此同義胝下云腄也則不必傷者也按今義與此亦異皆逐末而忘本也韵會無胝字从疒艮聲。戶恩切十二部痙彊急也。本艸經曰朮主痙疸廣韵曰風強病也按急就篇痙疸瘛瘲瘈痹痓痓即痙顏云體彊急難用屈伸也从疒巠聲。其頸切十一部痋動病也。痋即疼字釋名曰疼旱氣疼疼然煩也按詩旱既太甚蘊隆蟲蟲韓詩作鬱隆烔烔劉成國作疼疼皆旱熱人不安之皃也今義疼訓痛从疒蟲省聲。徒冬切九

瘦ㄕㄡˋ　疢ㄔㄣˋ　癉ㄉㄢˋ　疸ㄉㄢˇ　㾜ㄑㄧㄝˋ　痞ㄆㄧˇ　瘍ㄧˋ

部。瘦臞也。肉部曰臞少肉也从疒叜聲。所又切四部今字作瘦疢熱病也。其字从火故知爲熱病小雅疢如疾首箋云疢猶病也此以疢爲煩熱之偁从火从疒。會意丑刃切十二部癉勞病也。大雅下民卒癉釋詁毛傳皆云癉病也小雅哀我癉人釋詁毛傳曰癉勞也許合云勞病者如嘽訓喘息皃幝訓車敝皃皆單聲字也癉與疸音同而義別如郭注山海經師古注漢書皆云癉黃病王砅注素問黃疸云疸勞也則二字互相假而淆惑矣癉或假憚或作癉从疒單聲。丁幹丁賀二切十四部疸黃病也。素問曰溺黃赤安臥者黃疸目黃者曰黃疸从疒旦聲。丁幹切十四部㾜病息也。病息謂病之鼻息也心部㥦从此从疒夾聲。苦叶切八部痞痛也。廣韵曰腹內結痛从疒否聲。符鄙切古音在一部瘍脈瘍也。脈瘍疊韵字脈瘍者善驚之病也方言曰脈瘍欺漫也又曰脈慧也郭注今名黠爲鬼脈又曰慧自關而東趙魏之間謂之黠或謂

㾗ㄒㄩˋ　疲ㄆㄧˊ　𤵺ㄩㄢ　𤸊ㄗˇ　疧ㄑㄧˊ

之鬼郭注言鬼脈也潘岳賦靡聞而驚無見自脈徐爰注言雖性驚鬼黠按蜥蜴跂跂脈脈亦是此意漢書所云易病者當是瘍之叚借王子侯表樂平侯訢病狂易从疒易聲。羊益切十六部㾗狂走也。春秋經甲戌己丑陳侯鮑卒公羊傳曰曷爲以二日卒之怴也注曰怴者狂也齊人語甲戌之日亡己丑之日死而得君子疑焉故以二日卒之也按㾗怴蓋同字从疒术聲。讀若欸。欸見欠部今字譌作欻食聿切十五部疲勞也。經傳多假罷爲之从疒皮聲。符羈切古音在十七部𤵺疲也。从疒肙聲。烏懸切十四部按各本無此篆今依謝靈運發臨海嶠詩李善注引說文補篇韵皆云𤵺骨節疼也今俗謂𤵺酸𤸊瑕也。古本皆作瑕惟小徐及毛本及集韵作瘕恐是譌字耳𤸊之言疵也从疒朿聲。側史切古音在十五部疧病不翅也。翅同啻口部啻下曰語時不啻也倉頡篇曰不啻多也古語不啻如楚人言夥頤之類世說新語云王文度弟阿至惡乃不翅晉宋閒人尚作此語啻聲

㽺ㄐㄧˊ　𤺈ㄞˋ　癃ㄌㄨㄥˊ　𤹪。　疫ㄧˋ

支聲氏聲同在十六部故疧以病不翅釋之取疊韵爲訓也爾雅釋詁詩無將大車白華傳皆云疧病也何人斯叚借祇爲疧故毛傳曰祇病也言假借也又按古書或言不啻或言奚啻啻皆或作翅國語曰奚啻其聞之也韋注云奚何也何啻言所聞非一也孟子奚翅食重奚翅色重趙注翅辭也若言何其重也今刻本作何其不重也乃大誤从疒氏聲。渠支切十六部爾雅音義云或丁禮反非是㽺病劣也。劣猶危也从疒及聲。呼合切七部𤺈劇聲也。劇者病甚也𤺈者病甚呻吟之聲酉部醫下曰殹病聲也殹蓋𤺈之省从疒殹聲。於賣切古音在十五部癃罷病也。病當作癃罷者廢置之意凡廢置不能事事曰罷癃平原君傳躄者自言不幸有罷癃之病然則凡廢疾皆得謂之罷癃也師古注漢書改罷病作疲病非許意从疒隆聲。力中切九部𤹪籒文癃省。按篇韵皆作瘥疑篆體有誤漢書高帝紀年老癃病勿繇本及韵會所引皆作癃疫民皆疾也。鄭注周禮兩言疫癘之鬼从

瘛 瘏 痥 痼 𤻲 療 瘌 癆 瘥 𤸰 瘉 瘳

疒役省聲。呂隻切十六部。

瘛小兒瘛瘲病也。急就篇亦云瘛瘲師古云卽今癇病按今小兒驚病也瘛之言掣也瘲之言縱也藝文志有瘛瘲方从疒恝聲。徐鉉等曰說文無恝字疑从疒从心恝省聲也尺制切十五部

瘏馬病也。从疒多聲。丁可切十七部詩曰。瘏瘏駱馬。小雅四牡曰嘽嘽駱馬口部旣偁之訓喘息皃與毛傳合矣此復偁作瘏瘏訓馬病其爲三家詩無疑也單聲之字古多轉入第十七部此其異字異音之故漢書大人賦衍曼流爛瘏以陸離史記瘏作壇

痥馬脛瘍也。瘍廣韵作傷从疒兌聲。徒活切十五部一曰將傷。將疑當作捋捋痥疊韵小徐本作捋

痼久病也。多假固爲之月令十二月行春令則國多固疾注曰生不充其性有久疾癈疾爲痼疾痼謂久疾癈許異其義从疒固聲。古慕切五部

𤻲治也。方言曰𤻲治也周禮注云止病曰𤻲詩陳風泌之洋洋可以樂饑傳云可以樂道忘饑箋云可飲以𤻲饑是鄭讀樂爲𤻲也經文本作樂唐石經依鄭改爲𤻲誤矣从疒樂聲。讀若勞。力照切二部

療或从尞。尞聲

瘌楚人謂藥毒曰痛瘌。方言曰凡飲藥傅藥而毒南楚之外謂之瘌北燕朝鮮之閒謂之癆東齊海岱之閒謂之眠或謂之眩自關而西謂之毒瘌痛也郭云癆瘌皆辛螫也按瘌如俗語言辛辣从疒剌聲。盧達切十五部

癆朝鮮謂藥毒曰癆。从疒勞聲。郎到切二部郭音聊

瘥瘉也。通作差凡等差字皆引伸於瘥从疒差聲。楚懈切又才他切十七部

𤸰減也。減亦謂病減於常也凡盛衰字引伸於𤸰凡等衰字亦引伸於𤸰凡喪服曰衰者謂其有等衰也皆𤸰之叚借从疒衰聲。楚追切古音在十七部一曰耗也。耗之本義禾名也亦謂無爲耗讀如眊

瘉病瘳也。釋詁及小雅角弓毛傳皆曰瘉病也渾言之謂瘳而尚病也許則析言之謂雖病而瘳也凡訓勝訓賢之愈皆引伸於瘉愈卽瘉字也从疒俞聲。以主切古音在四部

瘳疾瘉也。与互訓也从疒翏聲。敕鳩切三部

癡 冖 冠 冣

癡不慧也。心部曰慧者獧也犬部曰獧者慧也癡者遲鈍之意故與慧正相反此非疾病也而亦疾病之類也故以是終焉从疒疑聲。丑之切一部

文一百二今補[illegible]爲百三重七

冖覆也。覆者蓋也从一下垂。一者所以覆之也覆之則四面下垂廣韵引文字音義云以巾覆从一下垂莫狄切十六部按冥下曰冖聲冖亦一聲則亦在十一部支耕之合也凡冖之屬皆从冖。

冠絭也。疊韵爲訓所以絭髮。絭者纕臂繩之名所以約束褎者也冠以約束髮故曰絭髮引伸爲凡覆蓋之偁弁冕之總名也。析言之冕弁冠三者異制渾言之則冕弁亦冠也从冖元。會意元猶首也元亦聲。古丸切十四部冠有法制。謂尊卑異服故从寸。古凡法度之字多从寸者

冣積也。冣與聚音義皆同與冃部之最音義皆別公羊傳曰會猶冣也何云冣取之爲言聚周禮太宰注曰凡簿書之冣目劉歆與楊雄書索方言曰欲得其冣目又曰頗願與其冣目得使入錄按凡言冣目者猶今言總目也史記殷本紀大冣樂戲於沙丘冣一作聚張釋之馮唐列傳誅李牧令顏聚代之漢書聚作冣爾雅灌木叢木也毛傳叢木作冣木說文凡字下曰冣栝也儹字下曰冣也史記周本紀周冣文選過秦論周冣今各書此等冣字皆譌作最讀祖會反音義俱非蓋字林固有冣字音才句反見李善選注至乎南北朝冣最不分是以周續之劉昌宗陸德明輩皆不能知毛傳之本作冣木顧野王玉篇一部無冣而冃部有最云齊也聚也廣韵本唐韵而廣韵十遇才句一切無冣字然則唐韵盇亦本無冣字學者知有最字不知有冣字久矣玉篇云最者齊也聚也子會切是以冣之義爲最之義而廣韵十四泰云最極也祖外切亦是冣之義誤以爲最之義也何以言之古凡云殿冣者皆當作从一字項岱曰殿負也冣善也韋昭曰第上爲冣極下爲殿孫檢曰上功曰冣下功曰殿漢書周勃傳曰冣從高帝云云師古云冣凡也總言其攻戰克獲之數又衛青霍去病傳曰冣大將軍青凡七出云

云文法正同此皆與冣目之冣同又周勃傳曰攻槐里好畤冣又曰擊趙賁內史保於咸陽冣又曰攻上邽東守嶢關擊項籍攻曲遇冣樊噲傳曰攻趙賁下郿槐里柳中咸陽灌廢丘冣此皆殿冣之冣張晏曰冣功第一也如淳曰於將帥之中功爲冣也此正如葬書所言凡山顛可葬者名上聚之穴漢綦湛碑三載勳冣其字正作冣以許君訓積求之積則必有其高處今人冣美冣惡之云讀祖會切蓋於形於音皆失之古必作冣讀才句切 从冖取。冖其上而取之 取亦聲。才句切四部

託 ㄉㄨˋ

託 奠酒爵也。大徐作奠爵酒今依韵會所據訂周書顧命曰王三宿三祭三託某氏注曰酌者實三爵於王王三進爵三祭酒三奠爵丌部曰奠置也 从冖。禮器必有冪也故从冖 託聲。當故切五部 周書曰王三宿三祭三託。

文四

冃 ㄇㄠˋ

冃 重覆也。下一覆也上又加一是爲重覆 从冂一。會意 凡冃之屬皆从冃。

讀若艸苺苺。汲古閣作艸苺之苺之字誤今依宋本苺當作毎中部曰毎艸盛上出也毎隸書作毎左傳輿人誦曰原田毎毎杜注晉君美盛若原田之草毎毎然魏都賦蘭渚苺苺毎上加艸非按古音葢在之尤二部冃今音莫保切

同 ㄊㄨㄥˊ

同 合會也。从冃口。口皆在所覆之下是同之意也徒紅切九部

肯 ㄑㄧㄤ

肯 幬帳之象。巾部曰幬禪帳也帳張也 从冃 幬帳所以覆也 㞢其飾也。帳必有飾凡弢鼓右肯像垂飾苦江切按古音在三部殳部㱿从殳肯聲凡穀鷇愨字从㱿聲

冡 ㄇㄥˊ

冡 覆也。凡蒙覆僮蒙之字今字皆作蒙依古當作冡蒙行而冡廢矣艸部蒙艸名也 从冃豕。會意莫紅切九部

文四

冃 ㄇㄠˋ

冃 小兒及蠻夷頭衣也。謂此二種人之頭衣也小兒未冠夷狄未能言冠故不冠而冃荀卿曰古之王者有務而拘領者矣楊注務讀爲冒拘與句同淮南書曰古者有鍪而綣領以王天下者高注古者葢三皇以前也鍪著兜鍪帽言未知制冠按高注兜鍪二字葢淺人所加務與鍪皆讀爲冃冃卽今之帽字也後聖有作因冃以制冠冕而冃遂爲小兒蠻夷頭衣 从冂。二其飾也。古報切古音在三部 凡冃之屬皆从冃。

冕 ㄇㄧㄢˇ

冕 大夫㠯上冠也。冠下曰弁冕之摠名渾言之也此云冕者大夫以上冠析言之也大夫㠯上有冕則士無冕可知矣周禮王之五冕皆元冕朱裏延紐五采繅十有二就皆五采玉十有二玉笄朱紘諸侯之繅斿九就瑉玉三采其餘如王之事繅斿皆就戴先生曰實六冕而曰五冕者陳采就玉之數止於五也亦以見服自十二章至一章而六冕璪自十二旒至三旒而五其天子大裘之冕無旒也槩舉諸侯又申之曰繅斿皆就者明九旒至於三旒其就數九公侯伯子男無降差同也 邃延垂瑬紞纊。邃深遠也延者鄭云冕之覆周禮弁師王之五冕皆元冕朱裏延紐謂延上元下朱以表裏冕版也古者以三十升布爲之故尚書論語謂之麻冕用三十升布上元下朱爲延天子至大夫所同也其字左傳作綖垂瑬詳玉部瑬下紞纊

糸部曰紞者冕冠塞耳者也按紞所以懸瑱也瑱亦謂之纊詳糸部紞下捺許紞系於延左右據周禮注王后之祭服有衡垂於副之兩旁當耳其下以紞懸瑱是專謂后服也然左傳衡紞紘綖昭其度也似男子有衡簪於冕覆而系紞 从冃免聲。亡辨切按古音當在十三部讀如問許書無免字而俛勉字皆免聲葢本有免篆而佚之或曰古無免兔之分俗強分別者非也冕之義取前俛則與低頭之俛關通 古者黃帝初作冕。大平御覽引世本曰黃帝作旃冕宋衷注云通帛曰旃應劭曰周始加旒周易毄辭曰黃帝堯舜垂衣裳而天下治葢取諸乾坤

絻。

絻 冕或从糸作。从糸作者謂冕延用三十升布也周禮曰元冕朱裏謂元表朱裏注云冕延之覆在上是以名焉延之覆猶云延之表也是以名焉者釋經文元冕之冕字也以其冣居上故專得冕名也覲禮注云今文冕皆作絻許或之者許意從古文也亦見管子荀卿子及封禪書

冑 ㄓㄡˋ

冑 兜鍪也。兜部兜下曰兜鍪首鎧也按古謂之冑漢謂之兜鍪今謂之盔 从冃由聲。直又切三部

睾。

睾 司馬

冒 ㄇㄠˋ　最 ㄗㄨㄟˋ　圙。　㒳 ㄌㄧㄤˇ　兩 ㄌㄧㄤˇ　㒼 ㄇㄢˊ

法冑从革。荀卿子鹽鐵論大元皆作軸

冒 冡而前也。冡者覆也引伸之有所干犯而不顧亦曰冒如假冒如冒白刃如貪冒是也邶風下土是冒傳曰冒覆也此假冒爲冃也从冃目。會意冃目者若無所見也冃亦聲目報切古音在三部

圙 古文冒。汗簡同

最 犯取也。鍇曰犯而取也按犯而取猶冡而前冣之字訓積最之字訓犯取二字義殊而音亦殊顏氏家訓謂冣爲古聚字手部撮字从最爲音義皆可證也今小徐本此下多又曰會三字係淺人增之韵會無之是也最俗作冣六朝如此作。莊子秋水鴟鵂夜撮蚤察毫末晝出瞋目而不見丘山釋文撮崔本作最此可證最撮古音同蚤謂齧人跳蟲也或誤爲聚爪云夜入人家案人指甲可笑也从冃取。會意小徐衍聲字非也祖外切十五部

文五　重三

㒳 再也。冓部曰再者一舉而二也凡物有二其字作㒳不作兩兩者二十四銖之偁也今字兩行而㒳廢矣从冂覆其上也从㒳入部曰㒳二入也㒳从此此與此正相印合而鉉本此作从一闕其誤甚矣从丨。二字今補葢爲二入之介也良獎切十部易曰參天㒳地。說卦傳文葢孟氏易如此凡㒳之屬皆从㒳。

兩 二十四銖爲一兩。一字衍禾部曰十二粟爲一分十二分爲一銖律厤志曰衡權本起於黃鐘之重一龠容千二百黍重十二銖兩之爲兩二十四銖爲兩按兩者㒳黃鐘之重故从㒳也从一㒳。會意㒳。逗平分也。㒳小徐作兩誤今正也字今增此說从㒳之意㒳亦聲。良獎切十部

㒼 平也。廣韵曰無穿孔狀按周禮鼈人掌取互物注云互物謂有甲㒼胡龜鼈之屬从廿。二十併也五行之數二十分爲一辰。此說从廿之意五行每行得廿分分之適平其法未聞从㒳。从字各本作㒼今補㒳誤今正平也。此說从㒳之意讀若蠻。母官切十四部

网 ㄨㄤˇ　網。　罔。　冈。　㒺。　罨 ㄧㄢˇ　罕 ㄏㄢˇ　羉 ㄐㄩㄢˋ

文三

网 庖犧氏所結繩㠯田㠯漁也。以田二字依廣韵太平御覽補周易繫辭傳文从冖冪其上也下象网交文。从象网目文紡切在十部五經文字曰說文作网今依石經作冈凡网之屬皆从网。

罔 网或加亡。亡聲也

網 或从糸。以結繩爲之也

㒺 古文网从冂亡聲。

冈 籒文从冂。

罨 罕也。蜀都賦曰罨翡翠从网奄聲。奄覆也此舉形聲包會意於業切八部

罕 网也。謂网之一也吳都賦注曰罼罕皆鳥網也按罕之制蓋似畢小网長柄故天官書畢曰罕車經傳叚爲尟字故釋詁云希寡鮮罕也从网干聲。呼旱切十四部五經文字曰經典相承隸省作罕

羉 网也。网之一也从网繯。會意糸部曰繯落也落者今之包絡字繯网主於圍繞故从繯繯亦聲。古眩切十四部俗作羂一曰綰也。此別一義糸部綰下曰綃也綃即羉字俗書叚借也周禮冥氏注曰弧張罿罦之屬所以扃絹禽獸翟氏注曰罝其所食之物於絹中鳥來下則持其腳亦皆假綰爲羉綰之言絆也下文云䍣者羉獸足是其義

䍙 ㄇㄟˊ　䍣 ㄒㄩㄢˇ　⿰足巽。　罙 ㄇㄧˊ　冞。

䍙 网也。网之一也篇韵皆曰雉网从网每聲。莫桮切古音在一部

䍣 网也。网之一也从网巽聲。思沇切十四部

⿰足巽 䍣或从足巽。逸周書曰不卵不⿰足巽㠯成鳥獸。周書文傳解曰山林非時不升斤斧以成草木之長川澤非時不入网罟以成魚鼈之長不麛不卵以成鳥獸之長許所據有不⿰足巽二字䍣者羉獸足故从足。

罙 网也。各本作周行也詩釋文引作冒也乃涉鄭箋而誤今尋上下文皆网名篇韵皆云罙罟也更正葢罙亦网名其用主自上冒下故鄭氏箋詩殷武改毛之罙入其阻爲罙入云冒也就字本義引伸之此鄭箋之易舊非經本有作罙者也各本米聲下有詩曰罙入其阻六字似許用鄭本恐後人所增今刪从网米聲。武移切按古音在十五部

冞

罩ㄓㄠˋ　罾ㄗㄥ　罪ㄗㄨㄟˋ　罽ㄐㄧˋ　罛ㄍㄨ　罟ㄍㄨˇ　罶ㄌㄧㄡˇ　𦋭。罜ㄓㄨˇ

罙或从肉。肉者列骨之殘也从肉亦网罟殘害之意也罩捕魚器也。小雅南有嘉魚烝然罩罩釋器曰籗謂之罩毛傳曰罩籗也劉逵吳都賦注曰罩籗也編竹籠魚者也按竹部曰籗罩魚者也从网卓聲。都教切二部罾魚网也。文穎曰罾魚網也師古曰形如仰繖蓋四維而舉之从网曾聲。作滕切六部罪捕魚竹网。竹字葢衍小徐無竹网二字从网非聲。聲字舊鈌今補本形聲之字始皇改爲會意字也徂賄切十五部秦㠯爲辠字。文字音義云始皇以辠字似皇乃改爲罪按經典多出秦後故皆作罪罪之本義少見於竹帛小雅畏此罪罟大雅天降罪罟亦辠罟也罽魚网也。廣雅罽罔也从网㓻聲。居例切十五部㓻籀文銳。見金部罛魚罟也。衛風碩人曰施罟濊濊釋器毛傳皆曰罛魚罟从网瓜聲。古胡切五部詩曰施罛濊濊。按此可以正今本水部濊濊大部濊濊之譌罟网也。小雅小明傳曰罟网也按不言魚网者易曰作結繩而爲网罟以田以漁是网罟皆非專施於漁也罟實魚网而鳥獸亦用之故下文有鳥罟兔罟从网古聲。公戶切五部罶曲梁寡婦之笱魚所畱也。釋訓曰凡曲者爲罶釋器曰嫠婦之笱謂之罶小雅魚麗苕華傳合之曰罶曲梁也寡婦之笱也許說本之按邶風傳云梁魚梁衛風傳曰石絕水曰梁曹風傳云梁水中之梁邶風傳云笱所以捕魚也句部云笱曲竹捕魚也葢曲梁別於凡梁寡婦之笱別於凡笱曲梁者僅以薄爲之寡婦之笱笱之敝者也魚麗美物盛多能備禮也故言此曲梁寡婦之笱而魚之多如是若之華大夫閔時也師旅並起因之以飢饉言三星在罶則無魚可知也梁與笱相爲用故詩云敝笱在梁言逝梁必言發笱若魯語曰古者大寒降土蟄發水虞於是乎講罛罶取名魚則非止曲梁寡婦之笱矣从网畱畱亦聲。力九切三部𦋭罶或从婁。三部四部合音春秋國語曰講罛𦋭。魯語文講疑誤古本葢作冓冓猶交加也今魯語作講罜罜麗。逗小魚罟也。魯語曰鳥獸成水蟲孕水虞於是禁罝罜麗設穽鄂以實廟庖畜功用也韋曰罝當作罛罜麗小網也西京賦曰設罜麗从网圭聲。之庾切四部按古音獨盧谷切三部

麗ㄌㄨˋ　罧ㄕㄣ　罠ㄇㄧㄣ　羅ㄌㄨㄛˊ　罬ㄓㄨㄛˊ　輟。罿ㄔㄨㄥ　⿱罒包ㄈㄡˊ　罦。罻ㄨㄟˋ　罯ㄈㄡˇ

罧積柴水中㠯聚魚也。从网林聲。毛詩潛有多魚韓詩潛作涔釋器曰槮謂之涔毛傳曰潛槮也爾雅毛傳槮本从米舍人李巡皆云以米投水中養魚曰涔从米是也自小爾雅改作槮攴米爲木云橬攴水爲木槮也積柴水中而魚舍焉郭景純因之云今之作槮者聚積柴木於水魚得寒入其裏藏隱因以薄圍捕取之槮非古字至若罧字雖見淮南鴻烈然與槮皆俗字也毛詩爾雅音義皆云字林作罧不云出說文疑或取字林羼入許書古本當無此篆所今切七部按舊皆山沁反罠所㠯釣也。所以二字今補召南曰其釣維何維絲伊緡傳曰緡綸也箋云以絲爲之綸則是善釣也按糸部曰緡釣魚繁也此曰罠所以釣也然則緡罠古今字一古文一小篆也吳都賦注曰罠麋網廣韵曰罠彘網則又古今義殊○釋器彘罟謂之羉本或作罠張載七命布飛羉張修罠則羉與罠非一字也从网民聲。武巾切十二部自罩至此十一篆皆謂以漁者也羅㠯絲罟鳥也。釋器鳥罟謂之羅王風傳曰鳥網爲羅从网从維。會意魯何切十七部或作羅俗異用古者芒氏初作羅。葢出世本作篇罬捕鳥覆車也。釋器曰罬謂之罿罿罬也罬謂之罦罦覆車也郭云今之翻車也有兩轅中施罥以捕鳥展轉相解廣異語按又見糸部从网叕聲。陟劣切十五部輟罬或从車作。按車部有輟篆義殊罿罬也。王風毛傳同从网童聲。尺容切九部⿱罒包覆車也。王風雉離于罦傳曰罦覆車也从网包聲。縛牟切三部詩曰雉離于⿱罒包。今毛詩作罦罦⿱罒包或从孚作。古包聲孚聲同在三部罻捕鳥网也。王制注曰罻小網也从网尉聲。於位切十五部罯兔罟也。郭璞注子虛賦曰罘罝也从网否聲。縛牟切古音在

罜ㄏㄨˋ 罝ㄐㄩ 𦋈。 䍢。 䍦ㄨˇ 署ㄕㄨˇ 罷ㄅㄚˋ 置ㄓˋ 罯ㄢˇ 詈ㄌㄧˋ 罵ㄇㄚˋ 䍖ㄐㄧ 羈。

一部秦刻石可罘也𦋬作罘 罜 罟也。廣韵曰兔網 从网互聲。胡誤切五部 罝 兔网也。周南肅肅兔罝釋器毛傳皆曰兔罟也 从网且聲。子邪切古音在五部 𦋈 或从組作。䍢 籀文从虘。虘聲自羅至此八篆皆以田者也 䍦 牖中网也。中字衍或曰當作戶牖网如捕鼠之网戶王逸曰网戶綺紋鏤也此似网非眞网也故次於此 从网舞聲。文甫切五部 署 部署也。部署猶處分疑本作罘署後改部署也項羽本紀曰梁部署吳中豪傑爲校尉候司馬急就篇曰分別部居不雜廁魯語孟文子曰夫位政之建也署位之表也署所以朝夕虔君命也按官署字起於此 各有所网屬也。从网网屬猶系屬若网在綱故从网 者聲。者別事詞也此舉形聲包會意常恕切五部 罷 遣有辠也。引伸之爲止也休也周易或鼓或罷論語欲罷不能周禮有罷民鄭曰民不愍作勞有似於罷齊語有罷士罷女韋曰罷病也無作曰病按罷民罷士謂偷惰之人罷之音亦讀如疲而與疲義殊少儀師役曰罷鄭曰罷之言疲勞也凡曰之言者皆轉其義之詞 从网能。會意薄蟹切古音在十七部讀如婆論語音杷 网辠网也。依韵會補四字 言有賢能而入网即貫遣之。周禮曰大司寇職文 議能之辟是也。說會意之恉 置 赦也。攴部曰赦置也二字互訓置之本義爲貫遣轉之爲建立所謂變則通也周禮廢置以馭其吏與廢對文古借爲植字如攷工記置而搖之即植而搖之論語植其杖即置其杖也 从网直。徐鍇曰與罷同意是也直亦聲陟吏切一部 罯 覆也。从网音聲。烏感切七部 詈 罵也。从网言。力智切十六部 罵 詈也。从网馬聲。莫駕切古音在五部 䍖 馬落頭也。落絡古今字許書古本必是作落引伸之爲羈旅 从网馽。馽絆也。既絆其足又网其頭居宜切十六部 羈 䍖或从革。今字作羈俗作羇

文三十四 重十二

襾ㄒㄧㄚˋ 覂ㄈㄥˇ 覆ㄈㄨˋ 覈。 巾ㄐㄧㄣ

襾 覆也。从冂上下覆之。下字衍冂者自上而下也凵者自下而上也故曰上覆之覆者覂也从一者天也上覆而不外乎天也 凡襾之屬皆从襾。讀若晉。呼訝切古音在五部 覂 覆也。武帝紀泛駕之馬師古曰泛覆也音方勇反字本作覂後通用耳廣韵正作覂駕之馬食貨志大命將泛孟康曰泛音方勇反玉篇正作大命將覂 从襾乏聲。方勇切古音在七部 覆 覂也。反也覆覂三字雙聲又部反下曰覆也反覆者倒易其上下如襾从冂而反之爲凵也覆與復義相通復者往來也 从襾復聲。此舉形聲包會意芳福切三部 一曰蓋也。此別一義艸部曰蓋者苫也苫者蓋也上文云一者覆也皆此義古本與上義同一音南音乃別此義爲敷救切 覈 實也。凡有骨之偁也骨下曰肉之覈也蔡邕注典引曰有骨曰覈周禮其植物曰覈物謂梅李之屬按詩小雅肴覈維旅典引及注不誤蜀都賦作核假借字也今本作核傳譌也周禮經作覈注作核蓋漢人已用核爲覈矣 攷事而笮邀遮其辭得實曰覈。而者反覆之笮者迫之徼者巡也遮者遮也言攷事者定於一是必使其上下四方之辭皆不得逞而後得其實是謂覈此所謂咨於故實也所謂實事求是也 从襾敫聲。下革切古音當在二部 覈 覈或从雨。亦而意

文四 重一

巾 佩巾也。帶下云佩必有巾佩巾禮之紛帨也鄭曰紛帨拭物之佩巾也按以巾拭物曰巾如以帨拭手曰帨周禮巾車之官鄭注巾猶衣也然吳都賦吳王乃巾玉路陶淵明文曰或巾柴車或櫂孤舟皆謂拂拭用之不同鄭說也陶句見文選江淹雜體詩注今本作或命巾車不可通矣玉篇曰本以拭物後人著之於頭 从冂。巾可覆物故从冂周禮冪人注以巾覆物曰冪 丨象系也。有系而後佩於帶居銀切十二部 凡

帉 帥 帨。

巾之屬皆从巾。

帉 楚謂大巾曰帉。方言大巾謂之帉內則曰左佩紛帨鄭云紛帨拭物之佩巾今齊人有言紛者釋文曰紛或作帉按紛者叚借字也帉帉同 从巾分聲。撫文切十三部

帥 佩巾也。从巾𠂤聲。聲字大徐奪所律切十五部

帨 帥或从兌聲。今音稅此二篆今人久不知為一字矣召南毛傳曰帨佩巾也鄉飲酒禮鄉射禮燕禮大射儀公食大夫禮有司徹皆言帨手注帨拭也帨手者於帨帨佩巾據賈氏鄉飲公食二疏知經注皆作帨別無捝字內則盥卒授巾注云巾以帨手卽用禮經帨手字也㕞者拭也刷亦同㕞左傳藻率鞞鞛服虔曰藻為畫藻率為刷巾禮有刷巾許於刀部刷下亦云禮有刷巾是則刷巾卽左傳之率率與帥古多通用如周禮樂師故書帥為率聘禮古文帥皆作率韓詩帥時農夫毛詩作率皆是佩巾本字作帥叚借作率也鄭曰今文帨古文作說是則帥率帨說㕞刷六字古同音通用後世分文析字帨訓巾帥訓率導訓將帥而帥之本義廢矣率導將帥字在許書作達作衛而不作帥與率六書惟同音叚借之用最廣

𢄊 帗 帎 幋 帤

𢄊 禮巾也。从巾執聲。篆體二徐皆作𢄊大徐曰从執小徐曰執聲皆誤今正𢄊輸芮切十五部今不見經典恐亦帨之或體然廣雅已兼蓺帨幣矣

帗 一幅巾也。幅布帛廣也一幅巾者巾廣二尺二寸其長當亦同也此與鄭注周禮帗舞義絕殊蓋許君周禮作翇舞與鄭司農說同 从巾犮聲。讀若撥。北末切十五部見羽部

帎 枕巾也。蓋加枕以藉首為易污也今俗所謂枕頭衣廣雅亦曰帎巾也 从巾刃聲。而振切十二部亦作幊

幋 覆衣大巾也。从巾般聲。薄官切十四部 或㠯為首鞶。首鞶未聞當依李善思元賦注作首飾

帤 巾帤也。方言幪巾也大巾謂之帉嵩嶽之南陳穎之閒謂之帤巾亦謂之幪按巾帤蓋方俗語 从巾如聲。女余切五部 一曰幣巾。幣當為敝字之誤也如衣部敝為敝衣糸部絮為敝絮虞翻注易曰袽敗衣也盧氏曰袽者殘幣帛可拂拭器物也音義皆略同弓人厚其帤注謂弓中裨也內景黃庭經曰人閑紛紛臭帤如

幣 幅 㡃 帶

幣 帛也。帛者繒也聘禮注曰幣人所造成以自覆蔽作幣者誤謂束帛也愛之斯欲飲食之君子之情也是以享用幣所以副忠信 从巾敝聲。毗祭切十五部

幅 布帛廣也。凡布帛廣二尺二寸其邊曰幅左傳曰夫富如布帛之有幅焉為之制度使無遷也引伸為邪幅小雅邪幅在下傳曰幅偪也所以自偪束也 从巾畐聲。方六切古音在一部

㡃 設色之工治絲練者。攷工記設色之工㡃氏掌湅絲湅帛此云治絲謂湅絲云治練謂湅帛也糸部曰練湅繒也此謂帛為練者渾言之也湅見水部 从巾巟聲。呼光切十部 一曰㡃。逗 隔也。也字今補詩曰葛藟荒之傳曰荒掩也隔之義謂網其上而蓋之卽詩所謂荒之也玉篇曰㡃幪也 讀若荒。攷工記先鄭注曰讀為芒芒禹迹之芒讀為當是讀如之誤

帶 紳也。糸部曰紳大帶也 男子鞶帶。婦人帶絲。古本皆如此毛本依小徐誤內則曰男鞶革女鞶絲革部鞶下云大帶也男子帶鞶婦人帶絲按古

幘 㡒 帔 帬

有大帶有革帶革帶以繫佩韍而後加之大帶則革帶統於大帶故許於紳於鞶皆曰大帶實則內則之鞶專謂革帶此偁內則者謂鞶統於紳佩繫於鞶也 象繫佩之形。謂卅 佩必有巾。从重巾。謂巿也當蓋切十五部

幘 髮有巾曰幘。方言曰覆髻謂之幘巾或謂之承露或謂之覆髮獨斷曰幘古者卑賤執事不冠者之所服也漢以後服之其制乃詳詳見司馬氏輿服志 从巾責聲。側革切十六部

㡒 領耑也。从巾旬聲。相倫切十二部篇韵皆無此字

帔 宏農謂帬帔也。謂帬曰帔也方言曰帬陳魏之閒謂之帔自關而東謂之襬 从巾皮聲。披義切古音在十七部

帬 繞領也。方言繞衿謂之帬廣雅本之曰繞領帔句帬也衿領今古字領者劉熙云總領衣體為端首也然則繞領者圍繞於領今男子婦人披肩其遺意劉熙曰帔披也披之肩背不及下也蓋古名帬宏農方言曰帔若常則曰下帬言帬之在下者亦集眾幅為之如帬之集眾幅被身也如李善引梁典任昉諸子各

帉帥𢄊帗帎幋帤幣幅㡃帶幘㡒帔帬

常帴幝幒⿰巾監幎幔幬⿰巾兼帷帳幕⿰巾匕⿰巾祭⿰巾俞帖帙⿱前巾

帬。常　裳。帴　⿰巾軍　褌。幒　⿰巾松。⿰巾監　幎　幔　幬

月著葛巾帔練帬自是上下三物水經注淮南王廟安及八士像皆羽扇裙帔巾壺枕物一如常居亦帬帔竝言自釋名帬系下帔系上後人乃不知帔帬之別擅改說文矣从巾君聲。渠云切十三部按此篆之解各本改爲下裳也無義又移其次於常下帴上今皆更正裠帬或从衣。常下帬也。釋名曰上曰衣下曰裳裳障也以自障蔽也士冠禮爵弁服纁裳皮弁服素積[元]端[元]裳黃裳襍裳可也禮記深衣續衽鉤邊要縫半下今字裳行而常廢矣从巾尚聲。从巾者取其方幅也引伸爲經常字市羊切十部裳常或从衣。帴帬也。衣部襘下曰帴也一曰帔也。帔一幅巾也一曰婦人脅衣。釋名所謂心衣小徐作脅巾从巾戔聲。讀若末殺之殺。末殺亦見漢書谷永傳服虔注左傳作末粲皆卽水部之瀎㳿拭滅皃也今京師有此語所八切古音十四十五部合韵⿰巾軍幒也。方言褌陳楚江淮之間謂之⿰巾松釋名褌貫也貫兩腳上繫腰中也按今之套褌古之絝也今之襱褌古之褌也自其渾合近身言曰⿰巾軍自其兩襱孔穴言曰幒方言無祠之袴謂之襣郭云卽犢鼻褌从巾軍聲。古渾切十三部褌⿰巾軍或从衣。幒⿰巾軍也。从巾悤聲。職茸切九部方言錯勇反一曰帙也。書衣也⿰巾松幒或从松。方言作䘭⿰巾監楚謂無緣衣也。方言無緣之衣謂之襤又曰裯謂之襤又云楚謂無緣之衣曰襤紩衣謂之褸又曰䙚裺以布而無緣敝而紩之謂之襤褸从巾監聲。魯甘切八部幎幔也。謂冡其上也周禮注曰以巾覆物曰幎禮經鼏有鼏尊彝有幎其字亦作幂俗作羃羃冡幎積是此字魏都賦注引左傳幂館宮室塗墍曰幂者亦謂冡其上也今本作幎乃俗字从巾冥聲。莫狄切古音在十一部周禮有幎人。天官所屬掌供巾幎今周禮作冪幔幎也。幎各本作幕由作冪而誤耳今正凡以物冡其上曰幔與幎雙聲而互訓釋名玉篇廣韵以帷幔釋之今義非古義也从巾曼聲。莫半切十四部幬禪帳也。禪不重也

⿰巾兼　帷　⿷匚隹。帳　幕　⿰巾匕　⿰巾祭　⿰巾俞　帖　帙　袠。⿱前巾

古樂府紅羅複斗帳則帳多複者召南抱衾與裯傳禪被也箋云裯牀帳也按鄭謂裯爲幬之叚借也不言禪者䟽辭也釋訓曰幬謂之帳引伸爲覆幬見左傳及中庸中庸注曰幬或作燾从巾𠷎聲。直由切三部⿰巾兼帷也。釋名曰⿰巾兼廉也自障蔽爲廉恥也戶⿰巾兼施之於戶外也按與竹部簾異物⿰巾兼以布爲之簾以竹爲之从巾鄭云帷以布爲之兼聲。力鹽切七部帷在旁曰帷。周禮注同釋名曰帷圍也所以自障圍也从巾隹聲。洧悲切十五部⿷匚隹古文帷。錯曰从匚象周帀帳張也。以疊韵爲訓釋名曰帳張也張施於牀上也小帳曰斗帳形如覆斗也古亦借張字爲之从巾長聲。知諒切十部幕帷在上曰幕。周禮注曰在上曰幕幕或在地展陳於上疏云聘禮布幕官陳幣史展幣皆於幕下又賓入境至館皆展幕是幕在地展陳於上也按大徐本此下有覆食案亦曰幕六字蓋淺人所增从巾莫聲。慕各切五部按周禮尚有幄帟字鄭云四合象宮室曰幄王所居之帳也帟王在幕若幄中坐上承塵皆以繒爲之許無幄字者木部有楃本巾車帟則葢叚亦爲之亦之言重也其皆周禮故書與⿰巾匕⿰巾祭裂也。謂殘帛裂也急就篇曰⿰巾匕敝囊橐不直錢方言器破而未離南楚之間謂之⿰皮攴聲同義近亦作帔从巾匕聲。卑履切十五部⿰巾祭殘帛也。廣韵曰⿰巾祭纈桃花類篇曰今時剪綃爲華者按與碎音義略相近从巾祭聲。所例切廣韵音雪十五部⿰巾俞正褍裂也。褍各本作耑今正衣部曰褍衣正幅也此謂帛之正褍以別於上文⿰巾匕謂殘帛之裂从巾俞聲。山樞切古音在四部帖帛書署也。木部曰檢書署也木爲之謂之檢帛爲之則謂之帖皆謂幖題今人所謂籤也帛署必黏黏引伸爲帖服爲帖安俗製貼字爲相附之義製怗字爲安服之義从巾占聲。他叶切七部帙書衣也。書衣謂用裹書者亦謂之幒陸德明撰經典釋文三十卷合爲三袠今人曰函从巾失聲。直質切十二部袠帙或从衣。⿱前巾幡幟也。幡幟旛識之俗字也古有旛無

徽ㄏㄨㄟ　幖ㄅㄧㄠ　帤ㄖㄨˊ

幡有識無幟許書本作旛識淺人易之旛識者旗有幅可爲表識⿱前巾之言箋也箋謂表識**从巾前聲。**則前切十四部

徽　徽識也。三字一句各本刪今正徽字譌作幟今正**以絳帛。**句**箸於背。**各本絳下衍徽字誤移識上之徽於此也今刪六月詩識文鳥章鄭箋識徽識也將帥以下衣皆箸焉周禮司常掌九旗之物名各有屬以待國事鄭注屬謂徽識也大傳謂之徽號今城門僕射所被及亭長箸絳衣皆其舊象司常又曰及國之大閱贊司馬頒旗物王建大常諸侯建旂孤卿建旜大夫士建物師都建旗州里建旟縣鄙建旐道車載旞斿車載旌皆畫其象焉官府各象其事州里各象其名家各象其號鄭云徽識旌旗之細也士喪禮爲銘各以其物以緇長半幅赬末長終幅廣三寸書名於末此蓋其制也大閱禮象而爲之兵凶事若有死事者則以相別也左傳曰揚徽者公徒也杜注曰徽徽識也大傳曰殊徽號鄭曰徽號旗之名也覲禮曰公侯伯子男皆就其旂而立賈公彥云此旂卽雖不解鄭注夏官仲夏辨號名此表朝位之旂與銘旌及在軍徽識同皆以尺易仞小而爲之也按古朝覲軍禮皆有徽識而徽各書作徽容是叚借識各書作幟則是俗字唐初釋元應曰幟與識本無二音若毛詩作織則亦叚借字也許書及杜注皆徽識也三字爲句淺者皆刪去一字不完以絳帛者用絳帛爲之周禮九旗之帛皆用絳則其細亦皆用絳可知也箸於背者專謂軍禮象銘旌而爲之者下文云若今救火衣鄭注周禮云今城門僕射所被及亭長箸絳衣皆其舊象蓋此等皆箸於背以爲表識也衣部卒下曰衣有題識者卽鄭所云亭長箸絳衣也**从巾微省聲。**許歸切十五部**春秋傳曰。揚徽者公徒。**昭公二十一年左傳文按曰揚則旌旗而非箸背者**若今救火衣然也。**此與箸於背相屬

幖　幖識也。亦三字一句各本作幟也二字今正通俗文曰徽号曰幖私記曰幟周禮肆師表齍盛告絜鄭注故書表爲剽剽表皆謂徽識也按剽表皆叚借字幖其本字也凡物之幖識亦曰徽識今字多作標牓標行而幖廢矣**从巾㶾聲。**方招切二部

帤　幡也。幡者下文云書兒拭觚布也與上文帤下云幡幟迥別許書㫃部旛下曰旛胡也謂旗幅之下垂者與幡各義自俗書從便旗旛字皆作幡叙目曰鳥蟲書所以書旛信也今本亦改爲幡信而此部⿱前巾之幡識鮮知其當作旛矣⿱前巾與徽幖伍旌旗類也帤與幡同物拭觚布也廣韵繙字下云繙帤亂取此今義非許義**从巾奴聲。**於袁切十四部

幡ㄈㄢ　㡃ㄌㄚˋ　⿰巾韱ㄐㄧㄢ　飾ㄕˋ

幡　書兒拭觚布也。拭本作飾淺人所改也飾拭正俗字許書有飾無拭顏師古曰觚者學書之牘或以記事削木爲之其形或六面或八面皆可書觚者棱也以有棱角故謂之觚卽孔子所歎也按觚以學書或記事若今書童及貧易人所用粉版既書可拭去再書揚雄齎油素四尺亦謂素之可拭者也拭觚之布謂之幡亦謂之帤反覆可用之意**从巾番聲。**甫煩切十四部

㡃　刜也。刜當作拂字之誤也刀部曰刜擊也手部曰拂過擊也過擊者所過而擊箸與拭之義近上下文皆言拭可證必當作拂矣玉篇注作拂也廣韵注作拂箸**从巾剌聲。**盧達切十五部

⿰巾韱　拭也。其義少見字林幖⿰巾韱記則音義同籤**从巾韱聲。**精廉切七部

飾　㕞也。又部曰㕞飾也二篆爲轉注飾拭古今字許有飾無拭凡說解中拭字皆淺人改飾爲之而彡下云毛飾畫文也聿下云聿飾也皆卽拭字淺人不解而不之改若㕞下云飾也則五經文字所據尚不誤周禮司尊彝注云涗酌者捝飾勺而酌也釋文作飾今本作拭實無二義凡物去其塵垢卽所以增其光采故㕞者飾之本義而凡踵事增華皆謂之飾則其引伸之義也若席下云純飾璂下云弁飾縟下云緐采飾是也凡許書之義例依此求之無不可得者聘禮拭圭字今作拭蓋古經必作飾鄭云拭清也此必經文作飾而以清訓之倘經本作拭又何用此注乎釋詁云拭清也爾雅少古字故往往與經典不合古本當不作拭耳管子輕重曰桓公使八使者式璧而聘之式者飾之叚借**从巾从人。**拭物者巾也用巾者人也**从食聲。讀若式。**賞隻切按廣韵賞職切與唐韵異一部飾篆各本皆在⿰巾韱後幃前此不知許因上文四篆言飾故繫承以飾篆而誤移其次也**一曰襐飾。**此別一義衣部襐下曰襐飾也急就篇曰襐飾刻畫無等雙漢平帝后傳曰令孫建世子襐飾將醫往問疾顏注襐飾盛飾也一曰

徽幖帤幡㡃⿰巾韱飾

七篇下　巺

七篇下　辛

首飾在兩耳後刻鏤而爲之。廣韵曰褋。

幝ㄔㄢˇ **幝，車敝皃。** 敝各本譌作弊。今正。皃釋文引作也。小雅杕杜曰。檀車幝幝。傳曰。檀車役車也。幝幝，敝皃。釋文曰。幝，韓詩作𦆂。糸部曰。𦆂，偏緩也。○按古本當是巾敝皃。故从巾。詩以爲車敝字。則其引伸之義也。釋文引說文巾敝也。从巾。單。今本釋文乃巾譌車。殊失陸意。**从巾單聲。** 昌善切。十四部。**詩曰。檀車幝幝。**

幏ㄇㄥˊ **幏，蓋衣也。** 覆蓋物之衣也。法言。震風凌雨。然後知夏屋之爲帡幏也。幏即幪之俗。尚書大傳下刑墨幪。方言。幏，巾也。與許義稍異。大雅。麻麥幪幪。傳曰。幪幪然茂盛也。按此亦引伸之義。謂徧覆於地也。**从巾冡聲。** 莫紅切。九部。

幭ㄇㄧㄝˋ **幭，蓋幭也。** 幭之言幦也。大雅。淺幭。傳曰。淺，虎皮淺毛也。幭，覆式也。按幭之本義不專爲覆軾。而覆軾其一端也。司馬彪、徐廣曰。乘輿車。文虎伏軾。龍首銜軛。文虎伏軾。即經之淺幭。龍首銜軛。即經之金厄也。說詳詩經小學。出禮。素篾。注。篾，覆笭也。釋文篾本又作幭。幭者正字。篾者叚借字也。篇韵皆以帊幞釋幭。今義也。**从巾蔑聲。** 莫結切。十五部。**一曰襌被。** 別一義。被，襌衣也。

幠ㄏㄨ **幠，覆也。** 喪大記。幠用斂衾。釋詁。幠，大也。幠，有也。皆覆義之引伸也。投壺曰。無幠無敖。注曰。幠、敖皆慢也。又其引伸也。斯干。以芋爲幠。**从巾無聲。** 荒烏切。五部。

幃ㄨㄟˊ **幃，囊也。** 離騷。蘇糞壤以充幃。王逸曰。幃謂之幐。幐，香囊也。按凡囊皆曰幃。曰幐。王依文爲說。則謂之香囊耳。或曰爾雅婦人之禕亦作幃。是許所云幃也。今按此與爾雅之禕無涉。釋器曰。婦人之禕謂之縭。縭，緌也。郭云。即今之香纓。女子既嫁之所著。示繫屬於人。義見禮記。攷士昏禮注曰。婦人十五許嫁。笄而醴之。因著纓。明有繫也。葢以五采爲之。其制未聞。內則。婦事舅姑。衿纓。注曰。婦人有纓。示繫屬也。詩。親結其縭。毛云。縭，婦人之禕也。母戒女施衿結帨。孫炎釋爾雅婦人之禕云。帨巾也。禮之纓必以采繩。詩爾雅之禕縭乃帨巾。其不相涉明甚。景純注非。許以囊釋幃亦錯。非釋器及毛詩之禕也。**从巾韋聲。** 許歸切。十五部。

帣ㄐㄩㄢˋ **帣，囊也。** 集韵曰。囊有底曰帣。或借爲絭字。史記。淳于髡帣韝鞠䐆。帣韝謂以韝約袖。糸部曰。絭，攘臂繩也。**今鹽官三斛爲一帣。** 舉漢時語證之。搭字下曰。今鹽官入水取鹽爲搭。皆漢時鹽法中語。**从巾𢍏聲。** 居倦切。十四部。

帚ㄓㄡˇ **帚，所㠯糞也。** 所㠯二字淺人刪之。今補。糞當作垒。土部曰。垒，埽除也。不言埽言垒者。垒亦埽也。曲禮言糞。少儀曰。氾埽曰埽。埽席前曰拚。拚即垒之叚借字。垒與埽對文則二。散文則一。帚亦謂之篲。**从又持巾埽冂內。** 冂舊作一。非。今按當作郊冂字。音扃。介也。凡埽除以潔清介內。持巾者埽之事。昉於拂拭。因巾可拭物。乃用萑芀黍梨爲帚。拂地矣。合三字會意。支手切。三部。**古者少康初作箕帚秫酒。** 太平御覽云。世本曰。少康作箕帚。又云。世本曰。儀狄始作酒醪。變五味。少康作秫酒。按許酒下亦曰。古者儀狄作酒醪。杜康作秫酒。**少康，杜康也。葬長垣。** 嫌少康即夏少康。故釋之。文選注引王著與杜康絕交書曰。康字仲寧。或云黃帝時宰人。號酒泉太守。按此葢以文爲戲之言。未可爲典要。

席ㄒㄧˊ **席，藉也。** 此以疊韵爲訓。戶護門閉之例也。藉本祭藉。引伸爲凡藉之偁。竹部曰。竹席曰筵。實通偁耳。**禮。** 謂周官經。**天子諸侯席有黼繡純飾。** 此約周禮司几筵之文。莞筵紛純。次席黼純。鄭司農云。紛讀爲和粉之粉。謂白繡也。純，緣也。後鄭云。斧謂之黼。其繡白黑采。**从巾。** 其方幅如巾也。**庶省聲。** 此形聲非會意。祥易切。古音在五部。**𡆸，古文席。从石省。** 下象形。上从石省聲。

幐ㄊㄥˊ **幐，囊也。** 離騷。蘇糞壤以充幃。王注。幃謂幐。幐，香囊也。按凡囊皆曰幐。王望文爲說耳。玉篇曰。兩頭有物謂之幐。擔。廣韵曰。囊可帶者。或借滕爲之。**从巾朕聲。** 徒登切。六部。

𢅥ㄈㄣˋ **𢅥，㠯囊盛穀大滿而裂也。** 𢅥之言奮也。奮者隙也。玉篇曰。又弓筋起。**从巾奮聲。** 方吻切。十三部。

⿰巾盾ㄓㄨㄣ **⿰巾盾，載米⿰甾宁也。** 宁部曰。⿰甾宁，⿰巾盾也。所以盛米也。二字相轉注。**从巾。** 蓋其體方。**盾聲。讀若易屯卦之屯。** 陟倫切。十三部。

⿰巾及ㄍㄜˊ **⿰巾及，蒲席⿰甾宁也。** 甾部曰。⿰甾宁者缶也。揚雄以爲蒲器。然則⿰甾宁與⿰巾及一物也。**从巾及聲。讀若蛤。** 古沓切。七部。

幩ㄈㄣˊ **幩，馬纏鑣扇汗也。** 衛風。碩人曰。朱幩鑣鑣。傳曰。幩，飾也。人君以朱纏鑣扇汗且以爲飾儦儦盛皃金部曰鑣者馬銜也以朱幩纏馬銜之上而垂之可以因風扇汗故謂之扇汗亦名排沫以其用幩也故从巾 从巾賁聲○符分切十三部 詩曰○朱幩儦儦○儦儦各本及詩經皆作鑣鑣今依玉篇人部訂希馮所據詩不誤孔沖遠正義已誤矣○按廣雅亦曰鑣鑣盛也則不必改

⿰巾夒 ㄋㄠˊ

⿰巾夒 墀地也○也字今補土部曰墀者涂地也然則墀地即涂地也漢書揚雄傳曰獿人亡則匠石輟斤而不敢妄郢服虔曰獿古之善塗墍者施廣領大袖以仰塗而領袖不污按服注不言涂地然仰涂如此其善則涂地更可知矣獿人即莊子郢人 㠯巾撋之○从巾 說从巾之意也撋擩即手部擩字今之按字擩者撫也涂地以巾按而摩之如今之擦漆故其字从巾撋廣韵作巾捫集韵作巾撋 夒聲○讀若水溫䵏○夒聲各本作夒聲篆體各本皆誤作幔今正按許讀如䵏大徐據唐韵乃昆切玉篇奴昆切蓋古溫䵏之䵏讀乃昆切玉篇曹憲廣雅音廣韵又乃回奴回切則乃昆之轉脂文之合廣韵又奴案切則依說文䵏字今音莊子釋文引漢書音義音溫一本作溫與乃昆一音相近韋昭乃回反則乃回一音之所本也乃昆之音因於夒聲夒者古文婚字見女部車部轒以爲聲亦讀若閔然則此爲夒聲而非夒聲明甚夒在尤幽部轉入蕭宵肴豪部斷不得反以乃昆也顧夒欽夒生說文及漢書夒乃譌夒賴可據音以證其形而師古注漢書妄云乃高反是其形終古不可正矣今漢書字竟作夒莊子釋文竟作夒莫能諟正近盧召弓重刻莊子音義又夒改音溫作音鐃可不急辨其非哉乃昆之音可爲乃回而漸不可爲乃高斯聲音自然之理學者所當究心也十三部○又按廣韵集韵六豪內皆無夒乃高切之語且師古明云夒抆拭也故謂塗者爲夒人其語故依傍說文及漢書音義其音必同漢書音義夒不自造乃高一反先於乃回一反也蓋師古之後字誤作夒而後有妄改顏注者耳 一曰箸也○箸直略反此別一義

帑 ㄊㄤˇ

帑 金幣所藏也○此與府庫廥等一律帑讀如奴帑之言襲也以幣帛所藏故从巾 从巾 奴聲○乃都切五部小雅常棣傳曰帑子也此段帑爲奴周禮曰其奴男子入於罪隸女子入於舂槀本謂罪人之子孫爲奴引伸之則凡子孫皆可偁奴又段帑爲之鳥尾曰帑亦其意也今音帑藏他朗切以別於妻帑乃都切

布 ㄅㄨˋ

布 枲織也○其艸曰枲曰萉析其皮曰林曰朩屋下治之曰麻緝而績之曰綫曰縷曰纑織而成之曰布布之屬曰紨曰繕曰絟曰緦曰緆曰綸貲曰幏曰幏古者無今之木綿布但有麻布及葛布而已引伸之凡散之曰布布取義於可卷舒也外府注曰布泉也其藏曰泉其行曰布泉者今之錢也衛風抱布貿絲傳曰布幣也箋云幣者所以貿買物也此幣爲凡貨之偁布帛金錢皆是也 从巾父聲○博故切五部隸變作布

幏 ㄐㄧㄚ

幏 南郡蠻夷賨布也○貝部曰賨者南蠻賦也文選魏都賦注引風俗通曰槃瓠之後輸布一匹小口二丈後漢書少小口二字是爲賨布廩君之巴氏出幏布八丈後漢書云人丈二尺幏亦賨也故統謂之賨布 从巾家聲○古訝切古音在五部

⿰巾弦 ㄒㄧㄢˊ

⿰巾弦 ⿰巾弦布也○各本刪⿰巾弦字今補布名也 出東萊○地理志郡國志東萊郡皆有⿰巾弦縣蓋以布得名也⿰巾弦縣故城在今山東登州府黃縣南百二十里○按廣韵⿰巾弦布名⿰巾弦縣名在東萊集韵亦云⿰巾弦縣名⿰巾弦布名出東萊⿰巾弦縣而魏地形志晉地理志皆作⿰巾弦縣字从小今本郡國志亦从小未能是正 从巾弦聲○胡田切十二部師古音堅

⿱敄巾 ㄇㄨˋ

⿱敄巾 䰍布也○䰍者桼也廣韵集韵十過作髮巾 一曰車衡上衣○衡上各本誤倒今依小徐及廣韵玉篇集韵類篇訂廣韵曰⿱敄巾轅上絲 从巾敄聲○讀若項○莫卜切三部按此字集韵六引皆不云出說文

幦 ㄇㄧˋ

幦 䰍布也○既夕禮玉藻少儀鄭注公羊傳昭廿五年何注皆曰幦覆笭也按車覆笭與車笭是二事車笭者周禮之蔽毛詩爾雅之第說文之篚鄭曰車旁禦風塵者也覆笭者禮經周禮記公羊傳之幦大雅曲禮之幭今周禮之幎蓋乎軾上者也以禦旁之名名之也車笭多以竹故字从竹覆笭不用竹用皮巾車曰王喪之車犬複鹿淺複然複豻複各用其皮也大雅之淺幭虎皮也與玉藻之羔幦鹿幦皆諸侯大夫士之吉禮也曲禮之素幭即士喪禮之白狗幦大夫士之凶禮也然則車覆笭古無用桼布者許以䰍布釋幦幦之本義也經典用爲車覆笭之字也 从巾辟聲○

莫狄切十六部周禮曰。駹車犬幦。巾車職文按巾車云木車犬褀素車犬褀駹車然褀蓋許一時筆誤如或𥳑或𦬀之比褀幦不同蓋故書今書之異車覆笭之字當是幭爲正字上文云蓋幭是也幦爲叚借字大雅毛傳曰幭覆軾也然則幦者主謂軾覆與服志曰文虎伏軾經之淺幦也士喪禮記曰古文幦爲冪又可證禮古文不作幦

⿰巾耴 領耑也。从巾耴聲。陟葉切八部按此篆與幍篆同義篇韵皆有⿰巾耴無幍集韵乃兼有之蓋此書當刪幍而存⿰巾耴於幍處

文六十二　重八

市 韠也。韋部曰韠韍也二字相轉注也鄭曰韠之言蔽也韍之言亦蔽也祭服偁韍元端服偁韠上古衣蔽前而已。市以象之。鄭注禮曰古者佃漁而食之衣其皮先知蔽前後知蔽後後王易之以布帛而獨存其蔽前者不忘本也天子朱市。諸侯赤市。卿大夫蔥衡。卿大夫下當有赤市二字奪文也斯干箋云芾天子純朱諸侯黃朱采芑傳曰芾黃朱芾也鄭注易云朱深於赤則黃朱爲赤也乾鑿度曰困九五文王爲紂三公故言困於赤紱至於九二周將王故言朱紱方來引孔子曰天子三公九卿朱紱諸侯赤紱玉藻曰一命縕韍幽衡再命赤韍幽衡三命赤韍蔥衡鄭注縕赤黃之閒色所謂韎也衡佩玉之衡也同珩幽讀爲黝黑謂之黝青謂之蔥周禮公侯伯之卿三命其大夫再命其士一命子男之卿再命其大夫一命其士不命按云赤市蔥衡者以別於再命之赤市也从巾。象連帶之形。謂一也玉藻云頸五寸肩革帶博二寸鄭曰頸五寸亦謂廣也頸中央肩兩角皆上接革帶以繫之肩與革帶廣同分勿切十五部凡市之屬皆从市。

韍 篆文市从韋从犮。犮聲也此爲篆文則知市爲古文也先古文後小篆此亦二部之例以有从市之韐故以市爲部首而韍次之假令無从市之字則以韍入韋而以市次之俗作紱。疑當出一篆而注之按經傳或借黻爲韍如明堂位注曰韍或作黻是也或借芾爲之如詩候人斯干采菽是也或借沛爲之如易豐其沛一作芾鄭云蔽鄒是也芾與沛蓋本用古文作市而後人改之或借茀爲之如詩釋文所載及李善所引詩皆是也或作紱如今周易乾鑿度朱紱赤紱是也倉頡篇曰紱綬也韍佩廢而存其係緌秦乃以采組連結於綬光明章表轉相結受故謂之綬亦謂之紱糸部曰綬韍維也然則韍廢而綬乃出韍字廢而紱字乃出

韐 士無市有韐。大夫以上祭服用元冕爵弁服其韠曰韍士與君祭之服用爵弁服其韠曰韐不曰韍故曰士無韍有韐也玉藻之縕韍即韎韐則非不可偁韍也制如榼缺四角。玉藻曰韠天子直四角直無圜殺也公侯前後方殺四角使之方變於天子也所殺者去上下各五寸大夫前方後挫角圜其上角變於君也韠以下爲前以上爲後士前後正士賤與君同不嫌也正直方之閒語也天子之士則直諸侯之士則方按許云韐缺四角者謂如公侯殺四角使之方也所謂殺四角使之方者合上下成八角之形方之言柧也正義云既殺而補之使方非是云如榼者古榼之制蓋八角故木部椑下云圜榼也可以見榼之有棱而不正圜也韠之制下廣二尺上廣一尺長三尺韐之制則大體圜而八角故毛公云韐所以代韠也士冠禮注云韐之制似韠許云士無韍有韐蓋其制不同惟缺四角者略同諸侯大夫之韠耳爵弁服。見士冠禮其色韎。韋部曰茅蒐染韋一入曰韎瞻彼洛矣傳曰韎韐者茅蒐染韋一入曰韎句韐所以代韠也箋云韎者茅蒐染也茅蒐韎聲也韐祭服之韠合韋爲之士冠禮注曰韎韐縕韍也合韋爲之士染以茅蒐因以名焉今齊人名蒨爲韎句韐之制似韠按凡言韎韐者韐謂其物韎謂其色故士喪禮設韐帶不連韎縕言自六朝人不知韎韐二字可分析詩傳鄭箋禮注鄭志皆爲亂不可讀矣賤不得與裳同。士喪禮曰爵弁服纁裳純衣緇帶韎韐纁淺絳也三入爲纁韎則茅蒐一入而巳不與裳同色也凡韠同裳色上文云天子朱市諸侯赤市卿大夫赤市蔥衡蓋天子諸侯卿大夫赤裳士賤則裳韠色不同若皮弁服素韠則士亦與裳同色也此下鉉本有司農曰裳纁色六字恐是淺人增注司農者不詳其何人許自賈侍中而外無舉官者从市亦市也故从市合

七篇下

七篇下

韐。帛錦

聲。鄭云合韋爲之則形聲可兼會意古洽切七部 韐 韐或从韋。按經典有韐無韐韐行韐廢矣

文二　重二

帛 繒也。糸部曰繒帛也聘禮大宗伯注皆云帛今之璧色繒也 从巾白聲。旁陌切古音在五部 凡帛之屬皆从帛。

錦 襄邑織文也。漢地理志郡國志陳留郡屬縣有襄邑今河南歸德府睢州治即故縣地地理志云縣有服官李善引陳留記云襄邑渙水出其南睢水經其北傳云睢渙之閒出文章故其黼黻絺繡日月華蟲以奉宗廟御服焉司馬彪輿服志云襄邑歲獻織成虎文按許以漢法釋古謂若今之襄邑織文即經典之錦文也毛傳貝錦文也禹貢厥篚織貝鄭注云貝錦名也凡爲織者先染其絲乃織之則成文矣禮記云士不衣織 从帛金聲。居飲切七部

文二

白皁。皎曉皙皤皠顥。

白 西方色也。侌用事。物色白。从入合二。出者陽也入者陰也故从入 二侌數。說从二之恉旁陌切古音在五部 凡白之屬皆从白。皁 古文白。

皎 月之白也。上文云物色白不一其物則不一其白故皆爲分別之詞 从白交聲。古了切二部 詩曰。月出皎兮。陳風月出文傳曰皎月光也箋云喻婦人有美色之白皙

曉 日之白也。先月後日者月陰日陽月之白其正色也 从白堯聲。呼鳥切二部

皙 人色白也。鄘風揚且之晳也傳曰晳白晳也 从白析聲。今字皆省作晳非也先擊切十六部

皤 老人白也。易釋文文選兩都賦注皆作老人皃非是老人之色白與少壯之白晳不同故以次於晳兩都賦曰皤皤國老周易賁六四賁如皤如引伸爲凡白素之偁也 从白番聲。薄波切古音在十四部白蒿曰蘩是其理也 易曰。賁如皤如。䪗 皤或从頁。然則白髮亦偁皤

皠 鳥之白也。景福殿賦曰皠皠白鳥李善曰皠與鶴音義同 从白隺聲。胡沃切古音在二部

皚皅皦覍皛

皚 霜雪之白也。辭賦家多用皚皚字 从白豈聲。五來切古音在十五部

皅 艸華之白也。葩字从此靈樞經曰紛紛皅皅終而復始紛紛皅皅蓋言多也 从白巴聲。普巴切古音在五部

皦 玉石之白也。王風有如皦日傳曰皦白也按此以皦爲曉也論語皦如也何曰言樂之音節分明也此其引伸之義也 从白敫聲。古了切二部

覍 際見之白也。際者壁會也壁會者隙也見讀如現壁隙之光一綫而已故从二小 从白上下小見。會意起戟切古音在五部

皛 顯也。顯當作㬎頭明飾也㬎衆明也㬎行而㬎廢矣許云古文以㬎爲顯則小篆以顯爲㬎久矣倉頡篇曰皛明也按蜀都賦皛貙氓於葽艸貙氓貙人也江漢有貙人能化爲虎然則皛者謂顯其形也李善云當爲拍誤 通白曰皛。四字依李善注陶淵明赴假還江陵詩引補 从三白。會意 讀若皎。烏皎切二部

文十一　重二

㡀敝黹

㡀 敗衣也。此敗衣正字自敝專行而㡀廢矣 从巾象衣敗之形。毗祭切十五部 凡㡀之屬皆从㡀。

敝 帗也。帗者一幅巾也 一曰敗衣。引伸爲凡敗之偁 从攴从㡀。㡀亦聲。會意毗祭切十五部

文二

黹 箴縷所紩衣也。箴當作鍼箴所以綴衣鍼所以縫也紩縫也縷綫也絲亦可爲綫矣以鍼貫縷紩衣曰黹釋言曰黹紩也皐陶謨曰絺繡鄭本作希注曰希讀爲黹黹紩也周禮司服希冕鄭注引書希繡又云希讀爲黹或作絺字之誤也今本周禮注疏傳寫倒亂今俗語云鍼黹是此字按許多云希聲而無希篆疑希者

帛錦白皎曉皙皤皠皚皅皦覍皛㡀敝黹

⿰黹虘 ㄔㄨˊ　黼 ㄈㄨˇ　黻 ㄈㄨˊ　⿰黹卒 ㄗㄨㄟˋ　黺 ㄈㄣˇ

⿰黹虘黼黻⿰黹卒黺

古文黹也从巾上象黹形。从𦘔丵省。象刺文也。韵會有此四字。丵者叢生艸也。鍼縷之多象之。陟几切。十五部。凡黹之屬皆从黹。

⿰黹虘 會五采鮮皃。本作合五采鮮色。今依廣韵韵會訂。曹風蜉蝣曰衣裳楚楚。傳曰楚楚鮮明皃。許所本也。⿰黹虘其正字。楚其叚借字也。葢三家詩有作⿰黹虘⿰黹虘者。如毛革韓翃之比。从黹虘聲。創舉切。五部。詩曰衣裳⿰黹虘⿰黹虘。

黼 白與黑相次文。攷工記文。鄭曰文章黼黻絺五采所用也。繡以爲裳。从黹甫聲。方榘切。五部。

黻 黑與靑相次文。攷工記文。从黹犮聲。分勿切。十五部。

⿰黹卒 會五采繒也。也本作色。今依廣韵訂。五采繒者五采帛也。大人賦綷雲蓋。如淳云蓋有五色也。吳都賦孔雀綷羽以翱翔。按綷者⿰黹卒之或體字。从黹卒聲。各本作綷省聲。今正。子對切。十五部。

黺 袞衣山龍華蟲。黺畫粉也。皋陶謨曰日月星辰山龍華蟲作繪宗彝藻火粉米黼黻絺繡。鄭注云畫者爲繪。刺者爲繡。繡與繪各有六。衣用繪。裳用繡。許書繪下云會五采繡也。藻作璪。粉作黺。米作絲。鄭粉米爲一事。許黺絲爲二事。鄭說粉米爲繡。許說黺爲畫粉。絲爲繡文如聚米。葢許時鄭說未出。許以說黺系諸衞宏。但今缺有閒矣。且尚書山龍華蟲不與粉相屬。許書恐轉寫有奪誤。畫粉葢何晏賦所謂分閒布白。从黹分聲。各本作从粉省。今正。方吻切。十三部。衞宏說。衞宏治古文尚書者。

文六

五十六部　文七百一十四　重百一十五

凡八千六百四十七字

歸安嚴元照校字

說文解字七篇下

金壇段玉裁注

人 ㄖㄣˊ　僮 ㄊㄨㄥˊ　保 ㄅㄠˇ　保。呆。　仁 ㄖㄣˊ

人僮保仁企仞

天地之性㝡貴者也。㝡本作最性古文以爲生字左傳正德利用厚生國語作厚性是也許偁古語不改其字禮運曰人者其天地之德陰陽之交鬼神之會五行之秀氣也又曰人者天地之心也五行之端也食味別聲被色而生者也按禽獸艸木皆天地所生而不得爲天地之心惟人爲天地之心故天地之生此爲極貴天地之心謂之人能與天地合德果實之心亦謂之人能復生艸木而成果實皆至微而具全體也果人之字自宋元以前本艸方書詩歌紀載無不作人字自明成化重刊本艸乃盡改爲仁字於理不通學者所當知也○仁者人之德也不可謂人曰仁其可謂果人曰果仁哉金泰和閒所刊本艸皆作人藏袁廷檮所此籒文。此對儿爲古文奇字人言之如大之有古文籒文之別也字多从籒文者故先籒而後古文象臂脛之形。人以從生貴於橫生故象其上臂下脛如鄰切十二部凡人之屬皆从人。

未冠也。辛部曰男有辠曰奴奴曰童按說文僮童之訓與後人所用正相反如穜種二篆之比今經傳僮子字皆作童子非古也襍記注曰童未成人之稱學記注曰成童十五以上引伸爲僮蒙玉篇引詩狂僮之狂也且傳曰狂行僮昏所化也廣雅曰僮癡也若召南僮僮竦敬也則又如愚之義也从人童聲。徒紅切九部

養也。宣帝紀阿保之功臣瓚曰阿倚保養也賈誼說大師大傅大保曰保者保其身體按保全保守皆其引伸之義南山有臺傳曰保安也从人𤓽省聲。博褎切古音在三部孚聲亦在三部也古文孚。各本譌今正見爪部古文不省。古文。按此蓋古文以孚爲保也

親也。見部曰親者密至也从人二。會意中庸曰仁者人也注人也讀如相人偶之人以人意相存問之言大射儀揖以耦注言以者耦之事成於此意相人耦也聘禮每曲揖注以相人耦爲敬也公食大夫禮賓入三揖注相人耦詩匪風箋云人偶能烹魚者人偶能輔周道治民者正義曰人偶者謂以人意尊偶之也論語注人偶同位人偶之辭禮注云人偶相與爲禮儀皆同也按人耦猶言爾我親密之詞獨則無耦耦則相親故其字从人二孟子曰仁也者人也謂能行仁恩者人也又曰仁人心也謂仁乃是人之所以爲心也與中庸語意皆不同如鄰切十二部古文仁从千心作。从心千聲也古文仁或从尸。按古文夷亦如此

舉踵也。踵各本作踵非今正踵者跟也企或作跂衞風曰跂予望之檀弓曰先王之制禮也過之者俯而就之不至焉者跂而及之方言跂登也梁益之閒語从人止。按此下本無聲字有聲非也今正止部曰止爲足說文無趾止卽趾也从人止取人延竦之意渾言之則足偁止析言則前止後踵止鎛於前則踵舉於後矣企跂字自古皆在十六部寘韵用止在一部非聲也去智切古文企从足。足止同物

伸臂一尋八尺。按此解疑非許之舊恐後人改竄爲之尺部下云周制寸尺咫尋常仞諸度量皆以人之體爲法假令尋仞同物許不當兩舉之矣諸家之說仞也王肅趙岐王逸曹操李筌顏師古房元齡鮑彪諸人並曰八尺而鄭周禮儀禮注包咸論語注高誘注呂氏春秋王逸注大招招魂李謐明堂制度論郭璞注司馬相如賦用司馬彪之說陸德明莊子釋文則皆謂七尺淮南子原道訓注八尺而覽冥訓注則云七尺百仞者七百尺證以呂氏春秋注則原道注可疑近歙程氏瑤田通藝錄有說曰言七尺者是也楊雄方言云度廣曰尋杜預左傳仞溝洫注度深曰仞二書皆言人伸兩手以度物之名而尋爲八尺仞必七尺者何也同一伸手度物而廣深用之其勢自不得不異人長八尺伸兩手亦八尺用以度廣其勢全伸而不屈而用之以度深則必上下其左右手而側其身焉身側則胸與所度之物不能相摩於是兩手不能全伸而成弧之形弧而求其弦以爲仞必不能八尺故七尺曰仞亦其勢然也說文測下云深所至也玉篇云度深曰測測之爲言側也余說與之合矣玉裁謂程說甚精仞說可定矣考工記廣二尋深二仞謂之澮倘其度同八尺何不皆曰二尋如上文

忎。尸。　企 ㄑㄧˋ　㑑。　仞 ㄖㄣˋ

仕　佼　僎　俅　佩　儒

廣二尺深二尺之例也許書於尺下既尋仞兼舉詩者入尺也見寸部則仞下必當云七尺今本乃淺人所竄易耳程氏又曰小爾雅云四尺應劭云五尺六寸此其繆易見也**从人刃聲。**而震切十二部或借為牣滿字

仕學也。孟子掘井九軔借軔為之訓仕為入官此今義也古義宦訓仕仕訓學故毛詩傳五言士事也而文王有聲傳亦言仕事也是仕與士皆事其事之謂學者覺悟也事其事則日就於覺悟也若論語子張篇子夏曰仕而優則學學而優則仕公冶長篇子使漆雕開仕注云仕仕於朝也以仕學分出處起於此時矣許說其故訓**从人士聲。**鉏里切一部

佼交也。佼見管子明法解曰羣臣皆忘主而趨私佼又曰養所與佼而不以官為務又曰小臣持祿養佼不以官為事其訓皆交也而韵會引小徐本作好也錯引史記後有長姣美人按小徐本女部姣好也引史記長姣美人韵會移入此甚誤**从人交聲。**下巧切二部按交義當依廣韵古肴切

僎具也。具者共置也論語有公叔文子之臣大夫僎鄉飲酒禮遵者降席注曰今文遵為僎或為全禮記從今文禮作僎**从人異聲。**士勉切十三部

俅冠飾皃。周頌絲衣曰載弁俅俅釋訓曰俅俅服也傳曰俅俅恭順[illegible]皃按許以上文紑屬衣言之則俅俅亦當屬冠言之故此用爾雅易傳義而紑下不易傳也**从人求聲。**巨鳩切三部**詩曰戴弁俅俅。**毛詩戴作載鄭箋云載猶戴也按載戴古書多互譌者

佩大帶佩也。大帶佩者謂佩必系於大帶也古者有大帶有革帶佩系於革帶不在大帶何以言大帶也革帶統於大帶也許於系部之紳革部之鞶皆曰大帶實則紳為大帶鞶為革帶也佩者內則左右佩用是**从人凡巾。**从人者人所以利用也从凡者所謂無所不佩也从巾者其一耑也蒲妹切古音在一部俗作珮**佩必有巾故从巾。**故字依韵會補巾部之帥也說从巾之意**巾謂之飾。**巾部曰飾㕞也又部曰㕞飾也飾拭古今字巾以飾物故謂之飾禮經詳悅左氏偁率巾者取切於用者也故倉頡製佩帶二文皆箸巾

儒柔也。以疊韵為訓鄭目錄云儒行者以其記有道德所行儒之言優也柔也能安人能服人又儒者濡也以先王之道能濡其身玉藻注曰舒儒者所畏在前也**術士之偁。**術邑中也因以為道之偁周禮儒以道得民注曰儒有六藝以教民者大司徒以本俗六安萬民四曰聯師儒注云師儒鄉里教以道藝者按六藝者禮樂射御書數也周禮謂六德六行六藝曰德行道藝自真儒不見而以儒相訶病矣**从人需聲。**人朱切古音在四部

俊　傑　⿰亻軍　伋

俊材過千人也。大徐本無過字尹文子曰千人才曰俊萬人曰傑淮南泰俗訓曰智過萬人者謂之英千人者謂之俊百人者謂之豪十人者謂之傑春秋繁露曰萬人者曰英千人者曰俊百人者曰傑十人者曰豪臯陶謨鄭注曰才德過千人為俊百人為又呂氏春秋孟秋紀高注曰才過萬人曰桀千人曰俊王逸注懷沙曰千人才為俊一國高為桀諸家說俊皆同惟月令正義引蔡氏辨名記云十人曰選倍選曰俊萬人曰桀其說不同方言曰子俊也遵俊也。又按月令疏蔡氏下奪引字辨名記郎白虎通之別名記古文記二百十四篇之一也禮運及左傳宣十五年疏皆引辨名記云倍人曰茂十人曰選倍選曰俊千人曰英倍英曰賢萬人曰桀倍桀曰聖語較完而白虎通引別名記五人曰茂十人曰選百人曰俊千人曰英倍英曰賢萬人曰傑萬傑曰聖又不同乖異**从人夋聲。**子峻切十三部按尚書以畯為俊山海經以俊為舜

傑埶也。以疊韵為訓埶本種埶字引伸為勢力字傑者言其勢傑然也衛風毛傳曰桀特立也**材過萬人也。**辨名記尹文子高誘趙岐王逸說同以上七字大徐作傲也二字非古義且何不與傲篆相屬而廁之俊篆下乎二傳相屬則義相近全書之例也**从人桀聲。**渠列切十五部

⿰亻軍人姓。从人軍聲。吾昆切十三部按此篆必淺人所增許書自女部外罕有言人姓者且廣韵此字魂韵兩見云女字又姓出纂文此姓既出何氏之書安得云出許書乎

伋人名。以此為解亦非例也古人名字相應孔伋字子思仲尼弟子燕伋字子思然則伋字非無義矣人名二字非許書之舊也荀卿曰空石之中有人焉其名曰觙其為人也善射以好思闢耳目之欲遠蚊䖟之聲閑居靜思則通思仁若是可謂微乎此

薟設言善思之人名之以㲋乎㲋與伋音義薟相近。从人及聲。居立切七部。

伉 人名。非例也。左傳施氏婦曰不能庇其伉儷。杜注曰伉敵也。儷偶也。从人亢聲。苦浪切十部。論語有陳伉。按論語作陳亢。字子禽。與爾雅亢鳥嚨故訓相合。作陳伉似非也。然古今人表陳亢陳子禽爲二人。

伯 長也。釋詁正月傳同。載芟傳云伯長子也。伯兮傳云伯州伯也。一義之引伸也。凡爲長者皆曰伯。古多假柏爲之。从人白聲。博陌切古音在五部。

仲 中也。白虎通同。伯仲叔季爲長少之次。伯仲見於此。子部曰季少偁也。叔則少之假借字也。古者幼名冠字。冠字者爲之且字也。且字也者。若尼甫嘉甫是也。五十以伯仲。乃偁伯某甫仲某甫。以伯仲而後成字。伯仲之下一字爲且字。且字者薦也。爲伯仲之薦也。伯仲生而已定。故士冠禮字辭曰伯某甫。雖定此字。而五十以前但偁某甫也。女子笄而字。則曰伯姬曰仲姬。毛傳於大明曰仲中女也。於燕燕曰仲字也。皆言婦人也。二傳其實一也。古中仲二字互通。从人中。中亦聲。直眾切九部。

伊 殷聖人阿衡也。殷聖人之上當有伊尹二字。傳寫奪之。阿衡見商頌。毛傳曰阿衡伊尹也。箋云阿倚衡平也。伊尹湯所依倚而取平。故以爲官名。伊與阿、尹與衡皆雙聲。然則一語之轉也。許云伊尹殷聖人阿衡也。本毛說。不言伊尹爲姓名也。諸家或云伊氏尹字。或云名摯。皆所傳聞異辭耳。禮記所偁古文尚書兩言尹躬。則尹實其名。尹治天下者。从人尹。尹治猶言治平。此說从人尹之意也。言阿衡者尹治天下者也。故又謂之伊尹。而伊字亦从尹。於脂切十五部。釋詁毛傳皆曰伊維也。爲發語辭。詩雄雉蒹葭東山白駒之伊字。鄭箋云當爲緊。緊猶是也。

古文伊 古文伊从古文死。以死爲聲。

偰 高辛氏之子。爲堯司徒。殷之先也。爲字依玉篇補。左傳曰高辛氏有才子八人。伯奮仲堪叔獻季仲伯虎仲熊叔豹季貍。舜臣堯舉八元。使布五教於四方。父義母慈兄友弟恭子孝。內平外成。偰卽八元之一人也。毛詩傳曰元王契也。經傳多作契。古亦假禼爲之。米部曰禼古文偰。言古文假借字也。从人契聲。私列

切十五部。

倩 人美字也。依韵會本訂。朱邑傳陳平雖賢須魏倩而後進。師古曰倩士之美稱也。蓋本說文而改人爲士、改字爲稱。其實可無改也。倩猶甫也。穀梁傳曰父猶傅也。男子之美稱也。男子之字有稱甫者。儀甫嘉甫是。有偁倩者。蕭長倩東方曼倩。韋昭云倩魏無知字也。皆是。倩好也。毛傳說倩曰好口輔。以詩言巧笑。故知爲口輔好也。从人青聲。倉見切古音在十一部。東齊壻謂之倩。方言曰青齊之閒壻謂之倩。按此葢亦以美偁加之耳。郭云言可借倩也。借倩讀七政七見二切。葢方俗語謂請人爲之。

伃 婦官也。漢書外戚傳婦官十四等。昭儀位視丞相比諸侯王。倢伃視上卿比列侯。韋昭曰倢承伃助也。漢舊儀云皇后爲倢伃下與禮比丞相。按婦官上當有倢伃二字。淺人刪之。倢之本訓佽也。見下。从人予聲。以諸切五部。亦作妤。

伀 志及眾也。與公同義。其音當同。引伸爲夫兄曰兄伀之字。或作妐。若方言廣雅之征伀。卽今怔伀字也。从人公聲。職茸切九部。

儇 慧也。心部慧下曰儇也。是二字

互訓也。齊風揖我謂我儇兮。傳曰儇利也。此言慧者多便利也。方言儇慧也。荀卿子曰鄉曲之儇子。从人睘聲。許緣切十四部。

倓 安也。倉頡篇曰倓恬也。荀卿子曰桓公倓然見管仲之能足以託國也。洞簫賦時恬倓以縱肆。按蠻夷贖罪貨曰倓。此夷語耳。字亦作賧。从人炎聲。讀若談。徒甘切八部。

剡 倓或从剡。剡亦炎聲。

侚 疾也。五帝本紀黃帝幼而侚齊。裴駰曰侚疾齊速也。素問上古天眞論黃帝幼而侚齊長而敦敏。王注侚疾也。按侚今本譌作徇。司馬貞乃云未見所出矣。釋言宣侚徧也。侚本又作侚。墨子年踰五十則聰明思慮不侚通矣。侚亦當作侚。史記侚齊。大戴禮作叡齊。亦作慧齊。从人旬聲。辭閏切十二部。

傛 不安也。與水波溶溶意義略同。皆動盪皃也。从人容聲。余隴切九部。一曰華。按華上當本有傛字。淺者刪之。傛華亦婦官。外戚傳注婦官十四等。弟三等傛華視眞二千石。比大上造。此義餘封切。

㒓 宋衛之閒謂華㒓㒓。華容華也。㒓㒓好皃。方言曰奕㒓容

佳　侅　傀　瓌。偉　份　彬。

也凡美容謂之奕或謂之僷宋衞曰僷陳楚汝潁之閒謂之奕按僷亦作傑廣韵曰僷僷輕薄美好皃从人葉聲。與涉切八部

佳 善也。廣韵曰佳善也又曰好也又曰大也老子佳兵者不祥淮南說林訓曰佳人不同體美人不同面而皆說於目从人圭聲。古膎切十六部按唐人入於下平九麻

侅 奇侅。逗非常也。漢書藝文志五行家有五音奇胲用兵二十三卷五音奇胲刑德二十一卷如淳曰胲音該史記扁鵲倉公列傳臣意即避席再拜謁受其脈書上下經五色診奇咳集解曰奇音羈咳音該按據張守節正義則史記本亦作奇胲肉部訓胲爲足指毛皮然則侅正字胲其假借字耳淮南兵略訓明於星辰日月之運刑德奇賌之數背向左右之便此戰之助也注云奇賌之數奇祕之數非常術其字又作賌亦假借也葢奇侅與今云奇駭音義皆同是以左氏春秋無駭穀梁春秋作無侅若莊子侅溺於馮氣據徐音乃是假侅爲礙从人亥聲。古哀切一部篇韵皆又胡改切

傀 偉也。方言傀盛也注言瓌瑋也廣雅傀盛也司馬注莊子曰傀大也字林傀偉也从人鬼聲。公回切十五部周禮曰。大傀異災。大司樂職文周禮作烖篆文也許作災籀文也鄭注傀猶怪也大傀異烖謂天地奇變若星辰奔霣及震裂爲害者

瓌 傀或从玉褢聲。

偉 奇也。莊子曰偉哉夫造物者从人韋聲。于鬼切十五部元應曰埤蒼作瑋

份 文質備也。備當作葡許訓葡曰具訓備曰愼說解內字多亂其例葢許時所用固與古不同許以後人又多竄改二者皆有之矣論語雍也篇文質彬彬然後君子包咸注曰彬彬文質相襍之皃也鄭注曰彬彬襍半皃也按古謂集爲襍集聚也从人分聲。府巾切古音在十三部論語曰。文質份份。

彬 古文份今論語作彬古文也从彡林。彡者毛飾畫文也飾畫者拭而畫之也从彡與彫彰同意林者从焚省聲。猶彫从彡周聲也按彬份字古或借豳字爲之如上林之玢豳文鱗是也或借邠字爲之如太玄斐如邠如是也俗份作斌取文武相半意潘岳藉田賦之頒斌即上林

僚　佖　㑳　儠　儦　儺　倭　僓　僑

賦之玢豳

僚 好皃。陳風佼人僚兮傳曰僚好皃此僚之本義也自借爲同寮字而本義廢矣从人寮聲。力小切二部

佖 威儀也。按此當作威儀佖佖也小雅賓之初筵曰威儀佖佖傳曰佖佖媟嫚也許所據作佖佖自奪媟嫚字韵會廣韵經注云有威儀矣从人必聲。毗必切十二部詩音義曰說文作佖平一反詩曰。威儀佖佖。

㑳 具也。馬注尚書同五帝本紀曰㑳聚布功釋以布也从人孨聲。士戀切十四部玉篇廣韵作僝讀若汝南孨水。汝南孨水未聞水部無孨虞書曰。虞書當作唐書說詳禾部秜下旁救㑳功。堯典文作方鳩者古文尚書也作旁逑者歐陽夏侯尚書也辵部逑下偁旁逑孱功此作救彼作孱皆駮文小徐本此作方鳩

儠 長壯儠儠也。左傳昭七年十七年國語楚語皆云長鬣鬣者儠之假借字也韋昭杜預釋爲美須頒誤廣雅曰儠長也按儠長壯皃辭賦家用獵獵字葢當作儠儠从人巤聲。良涉切八部春秋傳曰。長儠者相之。左傳昭七年曰使長鬣者相

儦 行皃。齊風載驅曰行人儦儦傳曰儦儦衆皃許曰行皃者義得互相足也廣雅亦曰儦儦行也玉篇曰儦儦盛皃也从人麃聲。甫嬌切三部詩曰。行人儦儦。

儺 行有節也。衛風竹竿曰佩玉之儺傳曰儺行有節度按此字之本義也其歐疫字本作難自假儺爲歐疫字而儺之本義廢矣其曹風之猗儺則說文之旖施也从人難聲。諾何切古本音在十四部詩曰。佩玉之儺。

倭 順皃。倭與委義略同委隨也隨從也廣韵作愼皃乃梁時避諱所改耳从人委聲。於爲切十六部音轉則烏何切詩曰。周道倭遲。小雅四牡文傳曰倭遲歷遠之皃按倭遲合二字成語韓詩作威夷故與順訓不同而亦無不合也

僓 嫺也。嫺者雅也从人貴聲。吐猥切又魚罪切十五部一曰長皃。廣韵曰長好皃

僑 高也。僑與喬義略同喬者高而曲也自用爲僑寓字而僑之本義廢矣字林始有寓字云寄客爲寓按春秋有叔孫僑如有公孫僑

俟ㄙˋ 侗ㄊㄨㄥˊ 佶ㄐㄧˊ 俁ㄩˇ 仜ㄏㄨㄥˊ 僤ㄉㄢˋ 健ㄐㄧㄢˋ 倞ㄐㄧㄥˋ

字子產皆取高之義也从人喬聲。巨嬌切二部俟大也。此俟之本義也自經傳假爲竢字而俟之本義廢矣立部曰竢待也廢竢而用俟則竢俟爲古今字矣从人矣聲。牀史切一部詩曰。伾伾俟俟。小雅吉日文今毛詩作儦儦俟俟傳曰趨則儦儦行則俟俟按西京賦李善注馬融傳太子賢注皆引韓詩騃騃駪駪善引薛君韓詩章句曰趨曰騃行曰駪疑今毛傳非舊或用韓改毛也駓傳曰伾伾有力也許從之當是吉日傳有俟俟大也之文而許從之侗大皃。此義未見其證然同義近大則侗得爲大皃矣論語侗而不愿孔注曰侗未成器之人按此大義之引伸猶言渾沌未鑿也从人同聲。他紅切九部詩曰。神罔時侗。大雅思齊文今本作恫傳曰恫痛也按痛者恫之本義許所據本作侗偁之以見毛詩假侗爲恫也佶正也。小雅六月傳曰佶正也箋云佶壯健之皃按鄭以言壯健乃可見馬但毛言正自可含壯健也从人本言人引伸言馬吉聲。巨乙切十二部詩曰。既佶且閑。

俁大也。邶風簡兮曰碩人俁俁傳曰俁俁容皃大也从人吳聲。魚禹切五部詩曰。碩人俁俁。仜大腹也。與唯音義略同廣韵曰身肥大也廣雅曰仜有也从人工聲。讀若紅。戶工切九部僤疾也。速疾从人單聲。徒案切十四部周禮曰。句兵欲無僤。考工記廬人文今本作欲無彈注曰故書彈或作但鄭司農云但讀爲彈丸之彈謂掉也按經文彈字疑本作僤彈乃先鄭所易字許訓僤爲疾者古說也健伉也。伉下曰人名而不言其義以此云伉也證之則知人名二字非許書之舊矣周易曰乾健也从人建聲。渠建切十四部倞彊也。廣雅倞強也按大雅無競維人傳曰無競競也箋云競彊也秉心無競傳曰競彊也周頌無競維人傳曰競彊也執競武王傳曰執競競也箋云競彊也按傳箋皆謂競爲倞之假借字也郊特牲祊之爲言倞也注倞猶索也倞不訓索而與水部之滰音同滰者浚乾漬米也索求神似之从人京聲。渠竟切古音在十部亦作

傲ㄠˋ 仡ㄧˋ 倨ㄐㄩˋ 儼ㄧㄢˇ 傪ㄘㄢ 俚ㄌㄧˇ 伴ㄅㄢˋ 俺ㄧㄢˋ 僩ㄒㄧㄢˋ

傹傲倨也。按此當與下倨不遜也連屬伉篆當與健倞二篆相屬蓋此部經傳寫既久失其舊者多矣古多假敖爲傲女部又出嫯字侮傷也从人敖聲。五到切二部仡勇壯也。秦誓曰仡仡勇夫某氏曰仡仡壯勇之夫公羊傳趙盾之車右祁彌明者國之力士也仡然從乎趙盾而入何云仡然壯勇皃若詩崇墉仡仡毛曰高大也引伸之義也土部引作圪圪从人气聲。魚訖切十五部今字作仡周書曰。仡仡勇夫。倨不遜也。遜當是本作孫說詳辵部孫者遜循恭敬之意戰國策曰何前倨而後恭引伸之凡侈曰倨凡斂曰句縮大戴禮與其倨也寧句樂記倨中矩句中鉤左傳直而不倨曲而不屈淮南子句爪倨牙凡言侈斂之度謂之倨句考工記曰倨句一矩有半又曰倨句磬折卽謂一矩有半也又曰倨句外傳謂侈於一矩而不及一矩有半也又曰句於矩謂斂於一矩也管子弟子職曰倨句如矩謂正方也从人居聲。居御切五部儼昂頭也。昂當是本作卬淺人所改也卬者望欲有所庶及也陳風碩大

且儼傳曰儼矜莊皃曲禮注同古借嚴爲之从人嚴聲。魚儉切八部一曰好皃。傪好皃。未見其證方言曰傪惱也惱惡也此假傪爲慘也从人參聲。倉含切七部俚賴也。賴各本作聊此用方言改許書也今依漢書季布傳晉灼注所引正方言俚聊也語之轉字之假借耳漢書曰其畫無俚之至無俚卽今所謂無賴亦語之轉古叚理爲之孟子稽大不理於口趙注理賴也大不賴人之口从人里聲。良止切一部伴大皃。大雅伴奐爾游矣傳曰伴奐廣大有文章也箋云伴奐自縱弛之意按廾部奐下一曰大也故伴奐皆有大義大學注胖猶大也胖不訓大云猶者正謂胖卽伴之假借也方言廣雅孟子注皆曰般大也亦謂般卽伴廣韵云侶也依也今義也夫部扶下曰讀若伴侶之伴知漢時非無伴侶之語許於俗語不之取耳至聲類乃云伴侶从人半聲。薄滿切十四部俺大也。與奄義略同奄大有餘也其音當亦同从人奄聲。於業切八部廣韵於驗切僩武皃。衞風淇奧傳瑟矜莊

伾ㄆㄧ 偲ㄙㄞ 倬ㄓㄨㄛˊ

皃。僩寬大也許言僩武皃與毛異者以爾雅及大學皆曰瑟兮僩兮者恂栗也恂或作峻讀如嚴峻之峻言其容皃嚴栗與寬大不相應故易之僩左傳方言廣雅皆作撊左傳撊然授兵登陴服注撊然猛皃也杜注撊然勁忿皃方言撊猛也晉魏之閒曰撊廣雅亦曰撊猛也而荀卿子塞者俄且通也陋者俄且僩也愚者俄且知也則以陋與寬大反對與毛合蓋大毛公因受詩於孫卿子者 从人閒聲。下簡切十四部 詩曰。瑟兮僩兮。

伾 有力也。魯頌駉曰以車伾伾傳曰伾伾有力也俟下引詩伾伾俟俟 从人 本謂人有力引伸謂馬 丕聲。敷悲切古音在一部 詩曰。以車伾伾。

偲 彊力也。齊風盧令曰其人美且偲傳曰偲才也箋云才多才也許云彊力者亦取才之義申之才之本義艸木之初也故用其引伸之義若論語朋友切切偲偲馬曰相切責之皃毛傳作切切節節 从人思聲。倉才切一部 詩曰。其人美且偲。

倬 箸大也。箸大者箸明之大也小雅倬彼甫田傳曰倬明皃大雅棫樸倬彼雲漢傳曰倬大也許兼取之曰箸大韓詩菿彼甫田音義同也假菿爲倬也 从人卓聲。竹角切二部 詩曰。倬彼雲漢。

侹ㄊㄧㄥˇ 倗ㄆㄥˊ 傓ㄕㄢ 儆ㄐㄧㄥˇ

侹 長皃。與挺音義略同 一曰箸地。箸直略切 一曰代也。方言侹代也江淮陳楚之閒曰侹 从人廷聲。他鼎切十一部

倗 輔也。周禮士師掌士之八成七曰爲邦朋注曰朋黨相阿使政不平者故書朋作傰鄭司農讀爲朋友之朋按管子亦曰練之以散羣傰署皆卽倗字也鳥部朋下曰鳳飛羣鳥從以萬數故以爲朋黨字蓋朋黨字正作倗而朋其假借字然許云讀若陪則似有別矣 从人朋聲。步崩切六部 讀若陪位。讀若陪者之蒸合韵取近也

傓 熾盛也。小雅十月之交曰豔妻煽方處傳曰豔妻褒姒美色曰豔煽熾也按詩本作傓後人以訓熾之故肌造煽字耳古通作扇魯詩閻妻扇方處方言扇助也廣雅扇疾也 从人扇聲。式戰切十四部 詩曰。豔妻傓方處。

儆 戒也。與警音義同孟子引書洚水儆予用儆字左傳國語亦用儆毛詩徒御不警周禮警戒羣吏皆用警鄭注周禮曰警勑戒之言也韋注國語曰儆戒也 从人敬聲。居影切十一部 春秋傳曰。儆宮。左傳襄公九年令司宮巷伯儆宮

俶ㄔㄨˋ 傭ㄩㄥ 僾ㄞˋ

俶 善也。按釋詁毛傳皆曰淑善也蓋假借之字其正字則俶也淑者水之清湛也自淑行而俶之本義廢矣 从人叔聲。昌六切三部 詩曰。令終有俶。大雅既醉文按許引此爲善訓之證而今本毛傳作俶始也鄭箋易之云俶猶厚也豈許所據作善不作始與 一曰始也。釋詁曰俶作也崧高傳曰俶作也大田傳曰俶始也聘禮俶獻注古文俶作淑是此義亦得假淑爲之

傭 均也。直也。各本少上也字今補玉篇廣韵皆曰均也直也所據古本也均之義有未盡故更言直也直謂無枉曲也小雅昊天不傭釋言毛傳皆曰傭均也周禮典同正聲緩先鄭云正者不高不下鍾形上下正傭考工摶身而鴻注云鴻傭也此謂鴻卽傭之假借字也若廣雅云傭役也謂役力受直曰傭此今義也 从人庸聲。余封切九部依廣韵說文當丑凶切

僾 仿佛也。祭義曰祭之日入室僾然必有見乎其位正義云僾髣髴見也見如見親之在神位也按僾與爾雅之薆隱也烝民傳之愛隱也竹部之薆蔽不見也義相近若大雅亦孔之僾釋言及傳云僾唈也此謂僾爲旡之假借字旡飲食屰气不得息也 从人愛聲。烏代切古音在十五部 詩曰。僾而不見。邶風城潤文今詩作愛非古也僾而猶隱然離騷之薆然也

仿ㄈㄤˇ 俩。 佛ㄈㄨˊ 僁ㄒㄧㄝˋ

仿 仿佛。逗 相侶。句 視不諟也。仿佛雙聲疊字也各本皆改竄非舊今依甘泉賦景福殿賦李注所引訂諟卽諦言部曰審也長門賦注海賦注亦作諟古是聲帝聲同在十六部故以諟爲諦仿佛或作倆佛或作髣髴或作拂坊或作放悲俗作仿佛仿或又作髣 从人方聲。妃罔切十部

俩 籒文仿从丙。丙聲古音丙聲在十部此與周禮柄亦作枋同

佛 仿佛也。依玉篇與全書例合按髟部有髴解云髴若似也卽佛之或字 从人弗聲。敷勿切十五部

僁 聲也。見釋言謂聲之小者也動作屑屑聲也廣韵曰動草聲又驚鳥之聲又僁僁呻吟也

僟ㄐㄧ　佗ㄊㄨㄛ　何ㄏㄜ　儋ㄉㄢ　供ㄍㄨㄥ　偫ㄓˋ

从人悉聲。讀若屑。私列切。廣韵先結切。十三部。

僟　精謹也。僟謹雙聲。凜凜庶幾之意也。从人幾聲。巨衣切。十五部。廣韵居依切。明堂月令數將僟終。宋本及集韵作數。篇韵作歲。月令季冬之月日窮于次月窮于紀星回于天數將幾終歲且更始。鄭高皆訓幾為近。許所據作僟。

佗　負何也。負字葢淺人增之耳。小雅舍彼有罪予之佗矣。傳曰佗加也。此佗本義之見於經者也。佗之俗字為駝。為馱。隸變佗為他。用為彼之偁。古相問無它乎。衹作它。又君子偕老委委佗佗。即羔羊之委蛇委蛇也。傳云委委者行可委曲從迹也。佗佗者德平易也。羔羊傳云委蛇者行可從迹也。語詳略不同。从人它聲。徒何切。十七部。

何　儋也。何俗作荷。猶佗之俗作駝。儋之俗作擔也。商頌百祿是何。何天之休。何天之龍。傳曰何任也。箋云謂擔負。周易何天之衢。虞翻曰何當也。何校滅耳。王肅云何荷擔也。又詩何戈與祋。何蕢何笠。傳皆云揭也。揭者舉也。戈祋手舉之。蕢笠身舉之。皆擔義之引伸也。凡經典作荷者。皆後人所竄改。一曰誰也。誰何孰三字皆問詈。按今義何者辭也。問也。今義行而古義廢矣。亦借為呵。从人可聲。今音擔何則胡可切。餘義胡歌切。古音平上不甚分也。十七部。

儋　何也。儋俗作擔。古書或假檐為之。疑又擔之誤耳。韋昭齊語注曰。背曰負。肩曰儋。任抱也。何揭也。按統言之則以肩以手以背以首皆得云儋也。从人詹聲。都甘切。八部。

供　設也。設者施陳也。釋詁供峙共具也。按峙即儲偫字。共即供之假借字。凡周禮皆以共為供。尚書一經訓奉訓待者皆作共。其恭敬字皆作恭。衞包乃盡改共為恭。毛詩亦共恭分別。總之古經用共為供之假借。不用共為恭之假借。惟左傳三命茲益共。其共也如是。君命以共。則借共為恭。鄭君箋詩所謂古之恭字或作共者乎。詳古文尚書撰異。从人共聲。俱容切。九部。一曰供給。給者相足也。設與給二義相足。共部曰龔給也。是龔與供音義同。尚書共行天罰。漢人引皆作龔行天罰。謂奉行天罰也。

偫　待也。以疊韵為訓。謂儲物以待用也。偫經典或作峙。或作庤。周頌臣工傳曰庤具也。庤儲置屋下也。義本同。若

僟佗何儋供偫儲備位儐

儲ㄔㄨˊ　備ㄅㄟˋ　倭。位ㄨㄟˋ　儐ㄅㄧㄣ

崧高以峙其粻。柴誓峙乃糗糧。某氏傳云儲峙。則假借峙躇不前字為之。俗乃改从止為从山作峙。訓云山立。以附合之矣。釋詁云供峙共具也。峙在說文為偫。从人待。此舉會意包形聲也。小徐本作从人待聲。直里切。一部。

儲　偫也。文選注引作蓄也。或作具也。或作積也。又引謂蓄積之以待無也。葢兼舉演說文語。古者太子謂之儲君。从人諸聲。直魚切。五部。儲偫為雙聲。

備　愼也。心部曰愼謹也。言部曰謹者愼也。得備而三字同訓。或疑備訓愼未盡其義。不知用部曰葡具也。此今之備字。備行而葡廢矣。葡廢而備訓具。尟知其古訓愼者。今義行而古義廢矣。凡許之書所以存古形古音古義也。方言曰備咸也。此具之義也。又曰藏敕戒備也。此愼之義也。从人葡聲。平祕切。古音在一部。𠈃　古文備。

位　列中庭之左右謂之位。左右當作ナ又。庭當作廷。字之誤也。廴部曰廷朝中也。釋宮曰中庭之左右謂之位。郭云羣臣之列位也。周語注亦曰中廷之左右曰位。按中廷猶言廷中。古者朝不屋。無堂階。故謂之朝廷。朝士掌外朝之

位。左九棘。孤卿大夫位焉。右九棘。公侯伯子男位焉。面三槐。三公位焉。司士掌治朝之位。王南鄉。三公北面東上。孤東面北上。卿大夫西面北上。王族故虎士在路門之右。南面東上。大僕大右大僕從者在路門之左。南面西上。雖有北面南面之臣。皆以左右約舉之。左傳云有位于朝是也。引伸之凡人所處皆曰位。从人立。會意。于備切。十五部。按小宗伯掌神位。故書位作立。古文春秋公即位為公即立。古者立位同字。葢古音十五部與八部多合韵。

儐　導也。導者導引也。周禮司儀注曰。出接賓曰擯。聘禮卿為上擯。大夫為承擯。士為紹擯。注曰擯謂主國之君所使出接賓者也。士冠禮擯者請期。注曰擯者有司佐禮者。在主人曰擯。按擯經典多作儐。史記作賓。廉藺列傳設九賓於廷是也。○聘禮賓用束錦儐勞者。又儐之如初。又儐之兩馬束錦。又無儐。凡言儐者九。鄭曰上於下曰禮。敵者曰儐。上於下曰禮。謂如主國之禮聘賓是也。敵者曰儐。謂如儐勞者儐歸饔餼者等是也。鄭據禮經字作儐。是以周禮司儀賓亦如之。賓使者如初之儀。皆云賓當為儐。易賓為儐。取賓禮相待之義。非擯相之義也。然則合

擯。偓 佺 㒑 仢　儕 倫 侔 偕 俱

二禮訂之擯相字當从手賓禮字當从人許儐擯合而一云導也與二禮及鄭說不合劉昌宗說聘禮儐與擯同雖本許而令學者惑矣今禮經石本版本於此九儐字內錯出擯字非是。又毛詩絲衣繹賓尸也有司徹賓尸經典釋文古本皆作賓又無必刃反之音而唐宋石本版本賓儐錯出要之古無作儐尸者此學者所當知也。小雅儐爾籩豆傳曰儐陳也。从人賓聲。必刃切十二部

儐或从手。今經典作擯相字多從此

偓佺。逗古仙人名也。偓佺見上林賦韋昭郭璞說略同。从人屋聲。於角切郭璞音屋三部篇韵曰偓促今義也

偓佺也。从人全聲。此緣切十四部

心服也。心部懾下一曰心服也然則二字音義同廣韵無㒑。从人聶聲。齒涉切八部

約也。疊韵爲訓釋天曰奔星爲仢約舊作彴約佩觿辨證曰字从人不从彳或云許本作仢約也三字爲句。从人勺聲。徒歷切古音在二部仢約讀如招搖

等輩也。等齊儕也故凡齊皆曰等樂記曰先王之喜怒皆得其儕焉喜則天下和之怒則暴亂者畏之注儕猶輩類。从人齊聲。仕皆切十五部。春秋傳曰吾儕小人。左傳宣十一年襄十七年文

輩也。軍發車百兩爲輩引伸之同類之次曰輩鄭注曲禮樂記曰倫猶類也注旣夕曰比也注中庸曰猶比也。从人侖聲。力屯切十三部。一曰道也。小雅有倫有脊傳曰倫道脊理也論語言中倫包注倫道也理也按粗言之曰道精言之曰理凡注家訓倫爲理者皆與訓道者無二

齊等也。輪人注曰侔上下等又曰侔等也弓人注曰侔猶均也又曰侔猶等也。从人牟聲。莫浮切三部

彊也。小雅北山偕偕士子傳曰偕偕強壯皃。从人皆聲。古諧切十五部。一曰俱也。魏風行役夙夜必偕傳曰偕俱也。詩曰偕偕士子。

皆也。皆各本作偕字之誤也今正白部曰皆俱詞也與此爲互訓詩有假具爲俱者如大叔于田火烈具舉是也。从人具

儹 併 傳 侙 俌　倚 依 仍 佽 佴 倢

聲。舉朱切古音在四部

冣也。冣才句切各本譌作最今正廣韵曰儹聚也冣聚古通用木部欑竹部欑義皆相近李善引揚雄覈靈賦曰文王之始起浸仁漸義會賢儹智儹音攢。从人贊聲。作管切十四部

竝也。十篇曰竝者併也與此爲互訓竝古音在十部讀如旁併古音在十一部讀如井竝併義有別許互訓者禮經注曰古文並今文作併是古二字同也。从人并聲。此舉形聲包會意卑正切十一部

相也。左傳鄭伯傳王注曰傳相也賈子曰傳傳之德義古假爲敷字如禹敷土亦作禹傳土是也亦爲今之附近字如凡言附箸是也。从人專聲。方遇切五部

惕也。惕者敬也。从人式聲。恥力切一部。春秋國語曰於其心侙然是也。吳語申胥曰夫越王之不忘敗吳於其心也戚然服士以司吾閒韋注曰戚猶惕也按韋本蓋亦作侙轉寫譌之耳許云惕韋云猶惕者韋擬此字本義不訓惕也

輔也。謂人之俌猶車之輔也。从人甫聲。讀若撫。芳武切五部按俌見釋詁弼棐輔比俌也郭云俌猶輔也廣韵曰俌出埤蒼蓋輔專行而俌廢矣

依也。从人奇聲。於綺切古音在十七部

倚也。从人衣聲。於稀切十五部

因也。釋詁曰儴仍因也大雅常武傳曰仍就也就與因義一也周禮故書仍爲乃。从人乃聲。如乘切六部

便利也。小雅車攻決拾旣佽傳曰佽利也按百官公卿表更名左弋爲佽飛蓋取便利之意。从人次聲。七四切十五部。詩曰決拾旣佽。一曰遞也。此與次音義同車攻鄭箋云謂手指相次比也唐風胡不佽焉傳曰佽助也箋云何不相推次而助之皆遞之意也

佽也。此冢遞訓言司馬遷傳曰僕又佴之蠶室如淳曰佴次也若人相次也一本佴作茸蘇林云茸次也若人相俾次蘇以謂茸當作佴耳佴之蠶室猶云副貳之以蠶室也小顏乃欲讀爲搑云搑致蠶室中殊非文義。从人耳聲。仍吏切一部

佽也。按上解冢遞訓此解冢便利之訓廣雅曰倢疾也廣韵曰倢斜出也便也

侍傾侒侐付俜俠儃侁仰侸儽侳偁伍什

侍ㄕˋ 傾ㄑㄧㄥ 側ㄘㄜˋ 侒ㄢ 侐ㄒㄩˋ

利也玉篇曰詩云征夫倢倢倢倢樂事也本亦作捷从人按倢伃婦官也亦作婕妤益言敏捷而又安舒與疌聲。子葉切八部

侍承也。承者奉也受也凡言侍者皆敬恭承奉之義从人寺聲。小徐作从人从寺時吏切一部

傾仄也。仄部曰仄傾也二字互訓古多用頃爲之又按仄當作矢矢下曰傾頭也引申謂凡矢皆曰傾矢與仄義小異从人頃頃亦聲。去營切十一部

側旁也。不正曰仄不中曰側二義有別而經傳多通用如反側當爲反仄仄者未全反也从人則聲。阻力切一部

侒宴也。宀部曰宴安也侒與安音義同从人安聲。烏寒切十四部

侐靜也。靜者審也悉也知審諦也魯頌曰閟宮有侐傳曰侐清淨也淨乃靜之字誤周頌假以溢我傳曰溢愼也許作誐以謐我謐靜語也一曰無聲也左傳作何以恤我尚書惟刑之恤伏生尚書作惟刑之謐史記作惟刑之靜爾雅謐愼謐靜也謐者侐之字誤莊子書云以言其老洫也近死之心莫使復陽也老洫者枯靜之意莊子洫本亦作溢周頌之侐莊子之洫皆侐之假借侐與謐古音同部从人血聲。況逼切古音在十二部詩曰閟宮有侐。

八篇上 十七

付ㄈㄨˋ 俜ㄆㄧㄥ 俠ㄒㄧㄚˊ 儃ㄊㄢˊ 侁ㄕㄣ

付予也。予者推予也尚書天既孚命正厥德今文尚書作天既付命正厥德从寸持物吕對人。寸者手也方遇切古音在四部

俜俠也。丂部曰甹俠也三輔謂輕財者爲甹然則俜甹音義皆同从人甹聲。普丁切十一部韻會作从人甹甹亦聲

俠俜也。荀悅曰立氣齊作威福結私交以立彊於世者謂之游俠如淳曰相與信爲任同是非爲俠所謂權行州里力折公侯者也或曰任氣力也俠甹也按俠之言夾也夾者持也經傳多假俠爲夾凡夾皆用俠从人夾聲。从二人之夾非二入之夾也胡頰切八部

儃儃何也。未聞假令訓爲儋何則又不當析廁於此或當作儃回九章曰欲儃佪以干傺又曰入漵浦余儃佪王逸曰儃佪猶低佪也洪興祖曰儃知然切从人亶聲。徒干切十四部

侁行皃。招䰟曰豺狼從目往來侁侁王逸曰侁侁往來聲也詩曰侁侁征夫从人先聲。所臻

仰ㄧㄤˇ 侸ㄕㄨˋ 儽ㄌㄟˊ

切十三部

仰舉也。與卬音同義近古卬仰多互用从人卬。此舉會意包形聲魚兩切十部

侸立也。十篇曰立侸也與此爲互訓今本立下改爲住也則不可通矣侸讀若樹與尌豎音義同不當作住今俗用住字乃駐逗二字之俗非侸字之俗也从人豆聲讀若樹。常句切古音在四部按侸玉篇作侸云今作樹廣韵曰侸同尌益樹行而侸尌豎廢并侸亦廢矣

儽垂皃。老子曰儽儽兮若無所歸王弼陸希聲本同今按此儽之誤河上公本作乘乘儽從積絫之絫與乘義相近樂記纍纍乎端如貫珠音義云本又作累即絫字儽儽爲垂皃則與絫義同也从人絫聲。各本篆皆作儽解皆作纍聲今正絫者增也从厽从糸厽亦聲在古音十六部纍者綴得理也亦大索也从糸畾聲在古音十五部二字古形古音皆不同而後人亂之人部有傫有畾形音義皆各殊也廣韵六脂曰儽亦作傫傫是儽非累即絫也集韵類篇皆首列傫次列儽知儽爲正體矣惟玉篇廣韵集韵力追力罪切皆不若集韵入五寘力僞一切合於古一曰嬾

八篇上 十八

侳ㄘㄨㄛˋ 偁ㄔㄥ 伍ㄨˇ 什ㄕˊ

解。廣雅曰儽儽疲也是其義也今廣雅字尚从絫不誤史記纍纍若喪家之狗韓詩外傳作羸乎若喪家之狗然則正當作儽也集韵五寘病困謂之儽字體亦誤

侳安也。从人坐聲。則臥切十七部

偁揚也。揚者飛舉也釋言曰偁舉也郭注引尚書偁爾戈玉篇引左傳禹偁善人凡古偁舉偁謂字皆如此作自序云其偁易孟氏書孔氏子篆下云人以爲偁自偁行而偁廢矣稱者今之秤字从人爯聲。處陵切六部

伍相參伍也。參三也伍五也周禮曰五人爲伍凡言參伍者皆謂錯綜以求之易繫辭曰參伍以變荀卿曰窺敵制勝欲伍以參韓非曰省同異之言以知朋黨之分偶參伍之驗以責陳言之實又曰參之以比物伍之以合參史記曰必參而伍之漢書曰參伍其價以類相準此皆引伸之義也从人五。五亦聲也疑古切五部

什相什保也。族師職曰五家爲比十家爲聯五人爲伍十人爲聯使之相保相受鄭云保猶任也宮正注五人爲伍二伍爲什雅頌以十篇爲一什按後世曰什物古曰任器古

佰佸佮𢼸傆作假借侵儥候償僅

佰ㄅㄞˇ　佸ㄍㄨㄚ　佮ㄍㄜˊ　𢼸ㄨㄟˊ　傆ㄩㄢˋ　作ㄗㄨㄛˋ　假ㄐㄧㄚˇ

今語也。任急言之曰什。如唐人詩十可讀如諶也。周禮牛人、司隸皆有任器。鄭云：任猶用也。**从人十。**此舉會意包形聲。是執切。七部。

佰　相什佰也。佰汲古閣作伯，誤。佰連什言者，猶伍連參言也。佰之言百也。廣韵一百爲一佰。過秦論曰：俛起什佰之中。漢書音義云：首出十長百長之中。此謂十人之長爲什，百人之長爲佰也。食貨志：無農夫之苦，有仟佰之得。師古云：仟，千錢也。佰，百錢也。佰莫白反。今俗猶謂百錢爲一佰。按仟字罕見。廣韵、集韵、類篇皆曰千人之長曰仟。毛晃云出文字音義。食貨志語意謂兼十倍百倍之利耳。顏注非。仟疑本作什，顏不音千，可證。**从人百。**博陌切。古音在五部。

佸　會也。王風君子于役曰：曷其有佸。傳曰：佸，會也。此以疊韵爲訓。**从人𠰻聲。**古活切。十五部。**詩曰：曷其有佸。一曰佸佸力皃。**小徐本無此六字。篇韵亦皆無。

佮　合也。从人合聲。古沓切。七部。

𢼸　眇也。眇各本作妙，今正。凡古言𢼸眇者，即今之微妙字。眇者，小也。引伸爲凡細之偁。微者，隱行也。微行而𢼸廢矣。玉篇有微字，引書虞舜側微，亦𢼸之俗體也。**从人从攴，豈省聲。**鉉等曰：豈字从𢼸省，𢼸不應从豈省，疑从耑省。耑，物初生之題，尚𢼸也。無非切。十五部。

傆　黠也。黠，史記所謂桀黠也。傆蓋謂鄉原。**从人原聲。**魚怨切。十四部。

作　起也。秦風無衣傳曰：作，起也。釋言、穀梁傳曰：作，爲也。魯頌駉傳曰：作，始也。周頌天作傳曰：作，生也。其義別而略同。別者所因之文不同，同者其字義一也。有一句中同字而別之者，如小雅作而作詩，箋云：上作，起也；下作，爲也。辵部曰：迮迮，起也。然則作、迮二篆音義同。古文假借乍爲作。**从人乍聲。**則洛切。五部。

假　非眞也。又部曰：叚，借也。然則假與叚義略同。六書六曰假借，謂本無其字，依聲託事也。**从人叚聲。**古雅切。古音在五部。**虞書曰：**虞書當作唐書，說見禾部。**假于上下。**堯典文。此引經說假借也。彳部曰：假，至也。經典多借假爲假，故偁之。淺人不得其例，乃於虞書曰之上妄加一曰至也四字，又分非眞也爲古雅切，至也爲古頟切，而不知古音無此區別也。今刪正。學者苟於全書引經說假借之處皆憭然，則無所惑矣。○毛詩雲漢傳、泮水傳：假，至也。烝民、元鳥、長發箋同。此皆謂假爲假之假借字也。其楚茨傳：格，來也。抑傳：格，至也。此亦謂格爲假之假借字也。又那傳、烈祖傳：假，大也。又此與賓筵、卷阿傳之嘏，大也同，謂假爲嘏之假借字也。又假樂傳、維天之命傳：假，嘉也。此謂假爲嘉之假借字也。

借ㄐㄧㄝˋ　侵ㄑㄧㄣ　儥ㄉㄧˊ　候ㄏㄡˋ　償ㄔㄤˊ　僅ㄐㄧㄣˇ

借　假也。从人昔聲。資昔切。古音在五部。按小徐本無此字，張次立乃依大徐增之，故曰資昔切，而不曰資昔反也。大徐依注義、序例、偏旁所有而補正文者十九字，借其一也。序曰：六書六曰假借。又部叚下曰：借也。此處當有借篆可知矣。爾雅音義釋鳥唶借下曰：說文云：借字也。按云當作之。唶乃諎之或體。今許書諎下無叚諎之訓，豈通作借而遂刪之與。闕疑載疑，孰理而董之矣。古多用藉爲借，如言藉令即假令也。

侵　漸進也。漸當作𧼛。𧼛，進也。侵之言駸駸也。水部：浸淫隨理也。浸淫亦作侵淫。又侵陵亦漸逼之意。左傳曰：無鐘鼓曰侵。穀梁傳曰：苞人民、歐牛馬曰侵。公羊傳曰：觕者曰侵，精者曰伐。又穀梁傳曰：五穀不升謂之大侵。**从人又持帚。**句**若埽之進。**釋持帚之意。**又。**逗**手也。**七林切。七部。

儥　見也。貝部賣下曰：衙也。衙者，行且賣也。賣即周禮之儥字，今之鬻字。儥訓見，即今之覿字也。釋詁曰：覿，見也。公羊傳、穀梁傳、士昏禮、聘禮、論語鄭注、國語韋注皆同。按經傳今皆作覿，覿行而儥廢矣。許書無覿字，獨存古形古義於此也。以他字例之，蓋禮經古文作儥，今文作覿，許從古文不從今文歟。大徐本竄取周禮，改見爲賣，非是。周禮儥訓買，玉篇作儥，買也。今又作賣，則誤之中又有誤焉。**从人賣聲。**余六切。按此音非也。今音徒歷切，古音徒谷切，三部。

候　司望也。司各本作何，非，今正。司者，今之伺字也。曹風候人傳云：候人，道路送賓客者。周禮候人注云：候候迎賓客之來者。按凡覷伺皆曰候，因之謂時爲候。**从人侯聲。**胡遘切。四部。

償　還也。廣雅曰：復也。左傳：西鄰責言不可償也。杜云：不可報償。**从人賞聲。**食章切。十部。亦市亮切。

僅　材能也。材，今俗用之纔字也。三蒼及漢書作纔。鄭注禮記、周禮，賈逵注國語，東觀漢記及諸史並作裁。許書水部、雨部、叀部作財，此作材。材能言僅能也。公羊傳僖十六年曰是月者何僅逮是月也何注在月之幾盡故曰劣及是月定八年曰公斂處父帥師而至僅然後得免僅蓋僅之譌字射義蓋勵有存者言存者甚少勵卽僅字广部廑下曰少劣之居也與僅義略同唐人文字僅多訓庶幾之幾如杜詩山城僅百層韓文初守睢陽時士卒僅萬人又家累僅三十口栁文自古賢人才士被謗議不能自明者僅以百數元微之文封章諫草繇委箱笥僅逾百軸此等皆李涪所謂以僅爲近遠者於多見少於僅之本義未隔也今人文字皆訓僅爲但从人堇聲。渠吝切十三部

代更也。更者改也士喪禮喪大記注同凡以此易彼謂之代次第相易謂之遞代凡以異語相易謂之代語假代字爲世字起於唐人避諱世與代義不同也唐諱言世故有代宗明既有世宗又有代宗斯失之矣从人弋聲。徒耐切一部

儀度也。度法制也毛傳曰儀善也又曰儀宜也又曰儀匹也其義相引伸肆師職曰古書儀但爲義今時所謂義古書爲誼按如文王傳曰義善也此與釋詁及我將傳儀善也正同謂此義爲儀之假借字也从人義聲。魚羈切古音在十七部

傍近也。古多假並爲之如史記始皇紀並河以東武帝紀並海是也亦假旁爲之見溝洫志食貨志从人旁聲。此舉形聲包會意也韵會無聲步光切十部按亦讀去聲

似像也。各本作象也小徐作象肖也皆非今正像下曰佀也與此互訓是爲轉注度古本二篆必相屬不知何時轉寫違隔又皆改其說解耳相像曰相似古今無異語緣俗閒用象爲像乃致妄改許書廣雅曰似類也又曰似象也又曰似若也皆似之本義也詩斯干裳裳者華卷阿江漢傳皆曰似嗣也此謂似爲嗣之假借字也斯干似續妣祖箋云似讀爲巳午之巳巳續妣祖者謂巳成其宮廟也此謂似爲巳之假借字也从人㠯聲。詳里切一部隸作似

像佀也。各本作象也今依韵會所據本正象者南越大獸之名於義無取雖韓非曰人希見生象也而案其圖以想其生故諸人之所以意想者皆謂之象然韓非以前或祇有象字無像字韓非以後小篆既作像則許斷不以象釋似復以象釋像矣繫辭曰爻也者效此者也象也者像此者也又曰象也者像也爻也者效天下之動者也蓋象爲古文聖人以像釋之雖他本像亦作象然鄭康成王輔嗣本非不可信也凡釋形像圖像想像字皆當从人而學者多作象象行而像廢矣許書二曰象形度許固必作像形招冤云像設君室从人象聲。鉉本云从人从象象亦聲此蓋用韓非語竄改也今依韵會所據小徐本讀若養字之養。古音如此故今云式樣卽像之俗也或又用樣爲之今音徐兩切十部此篆原在後文傳篆下倦篆上今移廁此

便安也。古與平辨通用如史記便章百姓古文尚書作平今文尚書作辨毛詩平平左右左傳作便蕃左右人有不便更之。故从人更。此會意房連切亦去聲古音蓋在十一部

任保也。按上文云保養也此云任保也二篆不相屬者保之本義尚書所謂保抱任之訓保則保引伸之義如今言保舉是也周禮五家爲比使之相保注云保猶任也又孝友睦婣任恤注云任信於友道也引伸之凡儋何曰任小雅我任我輦我車我牛傳云任者輦者車者牛者四云者皆謂人也鄘風傳任大也卽釋詁之壬大也从人壬聲。如林切七部

俔諭也。各本作譬諭今依詩正義訂言部曰譬者諭也則言諭已足矣大雅大明曰俔天之妹傳曰俔磬也此以今語釋古語俔者古語磬者今語二字雙聲是以毛詩作俔韓詩作磬如十七篇之有古今文孔穎達云如今俗語譬喻云磬作然許不依傳云磬而云諭者磬非正字以六書言之乃俔之假借耳不得以假借字釋正字也磬罄古通用爾雅罄盡也猶言竟是天之妹也一曰閒見。閒各本作間今正釋言曰閒俔也正許所本上訓用毛韓說此訓用爾雅說爾雅亦釋詩也閒音諫若言不可多見而閒見之爾雅無見字許益見字者以其篆从見也容爾雅原文今有倒奪矣郭景純以左傳謂之諜釋之恐非从人从見。此會意包形聲苦甸切十四部詩曰。俔天之妹。

優饒也。食部饒下曰飽也引伸之凡有餘皆曰饒詩瞻卬傳曰優渥也箋云寬也周語注曰優饒也魯語注曰優裕也其義一也引伸之爲優游爲優柔爲俳優商頌布政瀀瀀小雅既瀀既渥今本皆假優爲之从人憂聲。於求切三部一曰倡也。倡者

僖ㄒㄧ 偆ㄔㄨㄣˇ 俒ㄏㄨㄣˋ 儉ㄐㄧㄢˇ 偭ㄇㄧㄢˇ 俗ㄙㄨˊ

僖偆俒儉偭俗俾倪億使⿰亻癸伶儷

樂也謂作妓者卽所謂俳優也左傳陳氏鮑氏之圉人爲優晉語公之優曰施 樂也。此字之本義少用其字變爲嬉李注洞簫賦引說文嬉樂也卽謂此也謚法有釐有僖周書二謚並出而春秋三傳僖公史漢皆作釐公殆史漢假釐爲僖乎謚法曰小心畏忌曰僖 从人喜聲。許其切一部 富也。廣韵曰厚也富也若白虎通曰春之爲言偆偆動也春秋繁露曰偆偆者喜樂之貌也葢皆蠢之假借字 从人春聲。尺允切十三部 完也。以疊韵爲訓 逸周書曰。朕實不明以俒伯父。逸周書者謂漢志七十一篇之周書也今大戒解有朕實不明句本典解云今朕不知明德所則政教所行字民之道禮樂所生非不念而知故問伯父許所據未知卽此以不也以俒伯父俒當爲溷字之假借經史亦作慁儒行曰不慁君王注慁猶辱也史記酈陸傳無久慁公爲也范睢蔡澤傳是天以寡人慁先生語意皆同此引經說假借之例 从人从完。胡困切按此字本義當讀如完在十四部胡困切者借爲溷字之音也 約也。約者纏束也儉者不敢放侈之意古假險爲儉易儉德辟難或作險 从人僉聲。巨險切七部 鄉也。鄉今人所用之向字也漢人無作向者少儀尊壺者面其鼻注云鼻在面中言鄉人也按許所據作偭說與鄭同偭訓鄉亦訓背此窮則變變則通之理如廢置徂存苦快之例離騷偭規矩而改錯王逸曰偭背也賈誼弔屈原曰偭蟂獺以隱處應劭曰偭背也項羽傳馬童面之張晏曰背之也張歐傳上具獄事不可卻者爲涕泣面而封之師古曰謂偝之也惠氏定宇左傳補注曰面縛之謂反背而縛之孝工記審曲面勢先鄭釋以陰陽之面背許言鄉不言背者述其本義也古通作面 从人面聲。此舉形聲包會意彌箭切十四部 禮少儀曰。尊壺者偭其鼻。 習也。以雙聲爲訓習者數飛也引伸之凡相效謂之習周禮大宰禮俗以馭其民注云禮俗昏姻喪紀舊所行也大司徒以俗教安注俗謂土地所生習也曲禮入國而問俗注俗謂常所行與所惡也漢地理志曰凡民函五常之性其剛柔緩急音聲不同繫水土之風氣故謂之風好惡取舍動靜無常隨君上之情欲謂之俗 从人谷聲。似足切三部 益也。俾與埤朇裨音義皆同今裨行而埤朇俾皆廢矣經傳之俾皆訓使也無異解葢卽益義之引伸釋詁俾從也釋言俾職也亦皆引伸之義手部扶下曰俾持亦部夾下曰蔽人俾夾古或假卑爲俾 从人卑聲。并弭切十六部 一曰俾門侍人。未聞或曰如寢門之內豎是闇寺之屬近得陽湖莊氏述祖說門侍人當是門持人之誤扶下曰俾持也正用此義按此條得此挍正可謂渙然冰釋矣 俾也。然則倪亦訓益也若孟子反其旄倪借爲嫛婗之婗也爾雅左倪不類右倪不若左傳注城上僻倪借倪爲睨也莊子不知端倪借端爲耑借倪爲題也題者物初生之題也 从人兒聲。五雞切十六部 安也。晉語億寧百神注億安也吳語億負晉衆庶注曰億安也左傳曰不能供億曰心億則樂曰我盍姑億吾鬼神而寧吾族姓杜注皆曰安也此億字之本義也今則本義廢矣或假爲萬意字諸經所用皆是也或假爲意字如論語不億不信億則屢中是也億則屢中漢書貨殖傳作意毋意毋必諸家毋作億必是可證矣 从人意聲。於力切一部 令也。大徐令作伶誤令者發號也釋詁使從也其引伸之義也按許書無駛駛字左傳吏走問諸朝本作使走問諸朝古注使速疾之意也又𢀖部[illegible]烈也讀若迅葢此二字卽令之駛駛字平水部汨水吏也吏同使謂水疾 从人吏聲。疏士切一部 ⿰亻癸。此複舉字之未删僅存者 左右兩視。兩葢古本作网目部曰睽目不相聽也⿰亻癸卽睽之或字耳 从人癸聲。其季切十五部 弄也。徐鍇曰伶人者弄臣也毛詩寺人之令釋文曰令韓詩作伶云使伶古伶人字本作泠泠人樂官也 从人令聲。郎丁切十一部 益州有建伶縣。地理志郡國志益州郡皆有建伶縣今雲南雲南府西北有建伶廢縣 棽儷也。林部棽下曰木枝條棽儷也義已見彼故此但云棽儷也與同部倢下云倢伃仙人也伃下但云倢伃也例同按左傳伉儷杜云儷偶也士冠禮聘禮儷皮鄭云儷猶兩也古文儷爲離月令宿離不貸鄭云離讀爲儷偶之儷許

俾ㄅㄧˇ 倪ㄋㄧˊ 億ㄧˋ 使ㄕˇ ⿰亻癸ㄐㄧˋ 伶ㄌㄧㄥˊ 儷ㄌㄧˋ

但取枝條琴儀之訓不及其他於从人之意未合於全書大例未符恐非許書之舊从人麗聲。呂支切十六部

傳ㄓㄨㄢˋ

傳遽也。辵部曰遽傳也與此為互訓此二篆之本義也周禮行夫掌邦國傳遽注云傳遽若今時乘傳騎驛而使者也玉藻士曰傳遽之臣注云傳遽以車馬給使者也左傳國語皆曰以傳召伯宗注皆云傳驛也漢有置傳馳傳乘傳之不同按傳者如今之驛馬驛必有舍故曰傳舍又文書亦謂之傳司關注云傳如今移過所文書是也引伸傳遽之義則凡展轉引伸之偁皆曰傳而傳注流傳皆是也後儒分別為知戀直戀直攣三切實一語之轉从人專聲。直戀切十四部按廣韻傳注直戀切鄭馬知戀切

倌ㄍㄨㄢ

倌小臣也。鄭風定之方中曰命彼倌人傳曰倌人主駕者按許說異毛小臣蓋謂周禮小臣上士四人大僕之佐也一云左傳所謂巾車脂轄也从人官聲。古患切十四部詩曰。命彼倌人。

价ㄐㄧㄝˋ

价善也。大雅板曰价人維藩釋詁及傳曰价善也箋云价甲也被甲之人謂卿士掌軍事者蓋鄭易价為介也詩正義引爾雅作价今爾雅作介善也蓋非善本从人介聲。古拜切十六部詩曰。价人維藩。

仔ㄗ

仔克也。周頌曰佛時仔肩克也箋云仔肩任也按克勝也勝與任義似異而同許云仔克也釋詁云肩克也許云克肩也然則仔肩絫言之耳从人子聲。子之切一部

倂ㄧㄥˋ

倂送也。倂今之媵字釋言曰媵將送也周易媵口說也虞曰媵送也燕禮大射媵觚于賓鄭注媵送也九歌曰魚隣隣兮媵予王注媵送也送為媵之本義以姪娣送女乃其一耑耳公羊傳曰媵者何諸侯娶一國則二國往媵之以姪娣從是也今義則一耑行而全者廢矣从人灷聲。今形从女者由一耑之義獨行故也灷許書無此字而送灷朕皆用為聲此亦許書奪漏之一也以證切六部朕送二字古音當亦在六部也呂不韋曰。有侁氏以伊尹倂女。呂氏春秋孝行覽本味篇曰湯於是請取婦為婚有侁氏喜以伊尹為媵送女為送二字乃後人所妄增許所據不如是凡許引呂氏春秋皆直書呂不韋曰此與媟下是也惡其人也古文以為訓字。訓與倂音部既相距甚遠字形又不相似如疋足中艸丂亏之比今按訓當作揚由揚譌詠由詠復譌訓始則聲誤終則字誤耳檀弓杜蕢洗而揚觶注云舉爵於君也禮揚作媵揚舉也媵送也揚近得之據此知禮經作媵記作揚媵為古文揚字燕禮媵觚於賓注云讀或為揚蓋禮家舊讀媵為揚許亦用禮家舊讀說也若今文禮媵作騰騰正與揚義協

徐ㄒㄩˊ

徐緩也。與徐義略同齊世家田常執簡公於徐州索隱曰徐廣音舒其字从人左氏作舒說文作𨙶據魯世家作徐从人余聲。似魚切五部

偋ㄅㄧㄥˋ

偋僻宴也。宴者無禮之居也廣韻曰偋隱僻也無人處引字統云廁也按偋與屛廁義略同从人屛聲。毗正切十一部

伸ㄕㄣ

伸屈伸也。屈者無尾也伸之反也屈伸謠俗共知之語故以為訓屈亦作詘所謂隨體詰詘也伸古經傳皆作信周易詘信相感而利生焉又尺蠖之詘以求信也又引而信之韋昭漢書音義云信古伸字謂古文假借字許書取目曰近而申之以究萬原古本申作信又虫部尺蠖屈申蟲也太平御覽引作曲信蟲从人申聲。疑此字不古古但作詘信或用申為之本無伸字以屈伸訓伸篆亦非說解之體宋毛晃曰古惟申字後加立人以別之失人切十二部

伹ㄑㄩ

伹拙也。廣韻作拙人當是說文古本拙者不巧也廣雅曰伹鈍也玉篇引之集韵類篇皆引之云千余切今廣雅乃譌為但度滿切矣按此字千余切與粗同紐即今粗笨字也廣韻祇有七余一切玉篇七閭祥閭二切从人且聲。似魚切五部

燃ㄖㄢˇ

燃意膬也。意者志也膬者耎易破也意膬謂有此意而不堅玉篇云意急而懦蓋說文之語也或曰當作膬意○通俗文曰痛聲曰痏警聲曰燃燃于簡切从人然聲。人善切十四部

偄ㄋㄨㄢˋ

偄弱也。此與懦儒二字義略同而音形異懦儒皆需聲偄耎聲也二聲轉寫多淆所當嚴正矣偄从人亦或从心左傳穀梁傳皆曰宮之奇之為人也偄注皆云弱也左傳音義曰偄本又作耎乃亂反又乃貨反弱也字林偄音乃亂反儒音讓夫反云弱也按左傳此音義今本譌甚考正之如此古者耎聲本在元寒部而入歌戈部需聲本在侯部而入虞部分別劃然古假耎為偄考工記馬不契耎鄭云耎讀為畏偄之偄自唐初耎已譌需从

倍 ㄅㄟˋ　僞 ㄧㄢ　僭 ㄐㄧㄢˋ

人从耎。此舉會意包形聲也。亣部耎讀若畏偄。二字義近音同。奴亂切。十四部。又奴貨切。音之轉也。○偄亦而沇切。俗作輭。譌作軟。王氏念孫曰軟當輭之譌。

反也。此倍之本義。中庸爲下不倍。緇衣信以結之則民不倍。論語斯遠鄙倍。皆是也。引伸之爲倍文之倍。大司樂注曰倍文曰諷。不面其文而讀之也。又引伸之爲加倍之倍。以反者覆也。覆之則有二面。故二之曰倍。俗人鎃析。乃謂此專爲加倍字。而倍上倍文則皆用背。餘義行而本義廢矣。倍之或體作偝。見坊記投壺荀卿子。从人咅聲。薄亥切。一部。

引爲賈也。引猶張大之。賈者今之價字。引爲價。所謂豫價也。後漢書崔烈入錢五百萬得爲司徒。及拜。靈帝顧謂親倖曰。悔不小僞。可至千萬。从人爲聲。於建切。十四部。

儗也。各本作假也。今依玉篇所引正。廣韵亦云儗也。以僭儗二篆相聯互訓。知作假之非矣。以下儗上。僭之本義也。引伸之則訓差。大雅不僭不賊。傳是也。又訓不信。小雅覆謂我僭。箋是也。其小雅巧言傳曰僭數也。則謂僭卽譖之假借也。詩亦假譖爲僭。如大雅桑柔譖卬。箋是也。从人朁聲。子念切。七部。

儗 ㄋㄧˇ　偏 ㄆㄧㄢ　倀 ㄔㄤ　儚 ㄏㄨㄥˊ　儔 ㄔㄡˊ

僭也。以下僭上。此儗之本義。如史記說卓王孫田池射獵之樂。儗於人君是也。與手部擬訓度不同。曲禮儗人必於其倫。注儗猶比也。此引伸之義也。漢書食貨志假疑爲儗。又假儗爲黍稷薿薿。从人疑聲。依小徐本。魚己切。一部。一曰相疑。此別一義。

頗也。頗頭偏也。引伸爲凡偏之偁。故以頗釋偏。二字雙聲。尚書無偏無頗。絫言之也。周易翩翩。古文作偏偏。从人扁聲。芳連切。十二部。

狂也。狂者猘犬也。假借爲人狂之偁。仲尼燕居曰。譬猶瞽之無相。倀倀乎其何之。廣韵四十三映曰。翩張失道皃。从人長聲。楮羊切。十部。一曰什也。什葉抄本作什。侯攷。

惛也。惛者不憭也。釋訓曰。儚儚洄洄。惛也。儚當作儚。與夢夢亂也義別。从人夢聲。呼肱切。六部。

翳也。翳者華蓋也。引伸爲凡覆蔽之偁。按玉篇儔直流切。侶也。又大到切。翳隱蔽也。廣韵尤韵儔侶也。直由切。号韵儔隱也。徒到切。是儔有隱蔽之訓。而其音與疇侶絕不同。與翿纛音同。由其義相近也。翳義廢而侶義獨行矣。然自唐以前用儔侶皆作疇。絕無作儔者。蓋由古者一井爲疇。並畔爲疇。是以釋詁曰疇誰也。注易注國策漢書者曰疇類也。注國語者曰疇匹也。下逮六朝辭賦。皆不作儔。元應之書曰。王逸云二人爲匹。四人爲疇。疇亦類也。今或作儔矣。然則用儔者起唐初。以至於今。从人壽聲。直由切。三部。按大徐此音失之不攷。

侜 ㄓㄡ　俴 ㄐㄧㄢˋ　佃 ㄉㄧㄢˋ

有廱蔽也。廱今之壅字。陳風防有鵲巢曰。誰侜予美。爾雅及傳曰。侜張誑也。誑亦壅蔽之意耳。許不用毛傳者。許以侜張乃尚書譸張之假借字。非侜之本義。故易之。从人舟聲。張流切。三部。詩曰。誰侜予美。

淺也。秦風小戎俴收。釋言毛傳皆曰俴淺也。从人戔聲。慈衍切。十四部。

中也。廣韵曰營田。玉篇曰作田。今義非古義也。許支部自有畋字。不必用佃爲之。許所說者相傳古義。从人田聲。堂練切。十二部。春秋傳曰。乘中佃。中佃二字今補。一轅車也。左傳哀公十七年。渾良夫乘衷甸兩牡。杜曰。衷甸一轅卿車。許所據作中佃。引傳而釋之者。孔穎達曰。甸乘也。四丘爲甸。出車一乘。故以甸爲名。蓋四馬爲上乘。二馬爲中乘。容許意同孔。一曰一轅兩牡。則一轅在兩牡之中。是亦中也。故絫言之曰中佃。

㑣 ㄘˇ　侊 ㄍㄨㄤ

小皃。小雅正月曰。佌佌彼有屋。傳曰。佌佌小也。許所據作佌。或作㑣。从人囟聲。斯氏切。十六部。按細字亦囟聲。蓋取雙聲。詩曰。佌佌彼有屋。

小皃。小當作大。字之誤也。凡光聲之字多訓光大。無訓小者。越語句踐曰。諺有之曰。觥飯不及壺飧。韋云。觥大也。大飯謂盛饌。盛饌未具。不能以虛待之。不及壺飧之救飢疾也。言己欲滅吳。取快意得之而已。不能待有餘力。韓詩云。觥廓也。許所據國語作侊。侊與觥音義同。廣韵十一唐曰。侊盛皃。用韋注。十二庚曰。侊小皃。用說文。蓋說文之譌久矣。从人光聲。古橫切。古音讀如光。十部。國語曰。侊飯不及壺飧。壺飧各本作一食。一曲壺壹遞譌。食奪偏旁。今依玉篇廣韵所引說文正。飧者食部或餐字也。集韵正作餐。壺飧猶左傳趙衰之壺飧。史記操一豚蹄酒一壺。皆謂薄少。古壺有大小。此非大一石之壺也。○又按許所據竟

佻ㄊㄧㄠ 僻ㄆㄧˋ 伭ㄒㄧㄢˊ 伎ㄐㄧˋ

作一食未可知似不必改

佻 愉也。古本皆作愉汲古閣作偷誤也心部曰愉薄也小雅鹿鳴曰視民不佻許所據作佻是毛傳曰佻愉也按釋言佻偷也偷者愉之俗字今人曰偷薄曰偷盜皆从人作偷他侯切而愉字訓爲愉悅羊朱切此今義今音今形非古義古音古形也古無从人之偷愉訓薄音他侯切愉者和氣之薄發於色也盜者澆薄之至也偷盜字古只作愉也凡古字之末流鋠析類如是矣周禮曰以俗教安則民不愉注曰愉謂朝不謀夕服注左傳視民不佻云示民不愉薄唐風他人是愉傳曰愉樂也箋云愉讀曰偷偷猶取也此同字而各舉一義釋之愉讀曰偷如注周禮主以利得民云讀如上思利民之利耳然可見漢末已有从人之偷許不之取 从人兆聲。土彫切二部按佻訓苟且苟且者必輕故離騷注曰佻輕也方言曰佻疾也左傳楚師輕窕窕正佻之假借字 詩曰。視民不佻。

僻 辟也。辟大徐本作避非是辟者法也引伸爲辟人之辟辟人而人避之亦曰辟若周禮闢人凡外內命婦出入則爲之辟孟子行辟人可也曲禮若主人拜則客還辟辟拜郊特牲有由辟焉包咸論語注曰盤辟皃也投壺主人盤旋曰辟賓盤旋曰辟大射儀賓辟注曰辟逡遁不敢當盛他書辟人人辟邪辟寒辟塵之類語意大略相似自辟之者言則闢人離婁篇郊特牲是也自退者言則曲禮投壺論語注所云是也舟部般辟也卽旋辟盤辟之謂辟之言邊也辟於一邊也辟之本義如是廣韵曰誤也邪僻也此引伸之義今義行而古義廢矣詩曰民之多僻 从人辟聲。普擊切十六部 詩曰。宛如左僻。魏風葛屨文此引詩證僻之本義也今詩作辟者俗人不解易字而音避 一曰從旁牽也。此義稍別異

伭 很也。心部曰慼急也義略同 从人弦省聲。胡田切十二部

伎 與也。舁部曰與者黨與也此伎之本義也廣韵曰侶也不違本義俗用爲技巧之技○小弁鹿斯之奔維足伎伎傳云伎伎舒皃按此伎伎蓋與儦儦音義皆同 从人支聲。渠綺切十六部 詩曰。鞫人伎忒。大雅瞻卬文今詩伎作忮傳曰忮害也許所據作伎蓋毛詩假伎爲忮故傳與許雖異毛說其假借許說其本義也今詩則學

佻僻伭伎侈佁⿰亻蚤僞伿佝僄倡

侈ㄔˇ 佁ㄞˇ ⿰亻蚤ㄙㄠ 僞ㄨㄟˋ 伿ㄧˋ 佝ㄎㄡˋ 僄ㄆㄧㄠˋ 倡ㄔㄤ

者所竊易也

侈 掩脅也。掩者掩益其上脅者脅制其旁凡自多以陵人曰侈此侈之本義也吳語夾溝而𢊁我其字則𢊁也其義則掩脅也 从人多聲。尺氏切古音在十七部 一曰奢泰也。泰字依韵會本補奢者張也泰者滑也凡傳云汏侈者卽許書之泰字小雅曰侈兮哆兮此與上義別今上義廢而此義獨行矣三禮皆假移爲侈

佁 癡皃。大人賦沛艾赳螑仡以佁儗兮張揖曰佁儗不前也此癡意也呂氏春秋出輿入輦命曰佁蹷之機高誘曰佁至也此別一義也 从人台聲。讀若騃。夷在切一部

⿰亻蚤 ⿰亻蚤。此複舉字之未刪者 騷也。馬高六尺爲驕借爲倨傲之偁 从人蚤聲。穌遭切古音在三部

僞 詐也。詐者欺也釋詁曰詐僞也按經傳多假爲爲僞如詩人之爲言卽僞言月令作爲注巧今月令云詐僞淫巧古文尚書南僞史記作南爲左傳爲讀僞者不一蓋字涉於作爲則曰僞徐鍇曰僞者人爲之非天眞也故人爲爲僞是也荀卿曰桀紂性也堯舜僞也人之性惡其善者僞也不可學不可事而在人者謂之性可學而能可事而成之在人者謂之僞又曰生之所以然者謂之性心慮而能爲之動謂之僞慮積焉能習焉而後成謂之僞荀卿之意謂堯舜不能無待於人爲耳玉裁昔爲謝侍郎墉作荀卿補注會言之 从人爲聲。危睡切古音在十七部

伿 情也。情者不敬也醫經解㑊之㑊當作此字 从人只聲。以豉切十六部

佝 佝瞀也。各本作務也二字小徐作瞀也皆誤今正佝瞀也三字爲句佝音寇瞀音茂疊韵字二字多有或體子部㝅下作㝅瞀荀卿儒效作溝瞀漢五行志作區霿又作傋霿楚辭九辨作怐愗玉篇引作佝愗應劭注漢書作㝅霿郭景純注山海經作㝅瞀其音同其義皆謂愚蒙也山海經注㝅字蓋有誤 从人句聲。苦候切四部

僄 輕也。方言曰⿰亻凡僄輕也楚凡相輕薄或謂之⿰亻凡或謂之僄也班固賦曰離輕迅與僄狡按古或假剽爲之僄亦作嫖霍嫖姚是也 从人票聲。匹妙切二部

倡 樂也。漢有黃門名倡常從倡秦倡皆鄭聲也東方朔傳有幸倡郭舍人則倡卽俳也經傳皆用爲唱字周禮樂師凡軍大

俳儳佚俄傜御偓僛侮傷㑌俙僨僵

俳ㄆㄞˊ 儳ㄔㄢˋ 佚ㄧˋ 俄ㄜˊ 傜ㄧㄠˊ

獻敎散歌遂倡之故書倡爲昌鄭司農云樂師主倡也昌當爲倡按當云昌當爲唱从人昌聲。尺亮切十部按當尺亘切

俳 戲也。以其戲言之謂之俳以其音樂言之謂之倡亦謂之優其實一物也从人非聲。步皆切十五部

僐 作姿也。廣雅曰僐態也从人譱聲。常演切十四部譱作僐

儳 儳互不齊也。今人作攙和字當用此周語戎翟冒沒輕儳注云儳進退上下無列也曲禮曰長者不及毋儳言注云儳猶暫也左傳聲盛致志鼓儳可也注云儳巖未整陳者不齊之意表記儳焉如不終日亦同从人毚聲。士咸切八部廣韵入去聲

佚 佚民也。三字句論語微子篇逸民伯夷叔齊虞仲夷逸朱張柳下惠少連按許作佚民正字也作逸民者假借字佚从人故爲佚民字也孟子曰遺佚而不怨又以爲勞逸字如以佚道使民是也古失佚逸泆字多通用石經今文尚書毋逸字作劮則許所不取廣雅錄之从人失聲。夷質切十二部一曰佚忽也。心部曰忽忘也按忘之言亡也

俄 頃也。各本作行頃乃妄加行耳今正玉篇曰俄頃須臾也廣韵曰俄頃速也此今義也尋今義之所由以俄頃皆偏側之意小有偏側爲時幾何故因謂倏忽爲俄頃許說其本義以晐今義凡讀許書當心知其意矣七部曰頃頭不正也小雅賓之初筵箋云俄傾皃廣雅俄衺也皆本義也若公羊傳曰俄而可以爲其有矣何云俄者謂須臾之間制得之頃也此今義也有假蛾爲俄者如漢書始爲少使蛾而大幸如淳曰蛾無幾之頃也單言之或曰俄或曰頃桒言之曰俄頃从人我聲。五何切十七部詩曰仄弁之俄。鄭云俄傾皃古頃傾通用皆謂仄也今詩仄弁作側弁

傜 喜也。喜下曰樂也王風君子陶陶傳曰陶陶和樂皃也陶陶卽傜傜之假借也凡言遙遙欲欲皆疊字則知可作傜傜矣釋詁曰繇喜也繇亦卽傜郭注以檀弓咏斯猶釋繇殊誤鄭云猶當爲搖謂身動搖也从人䍃聲。余招切二部凡傜役字卽此字之繇變自關㠯西物大小不同謂之傜。此方言殊語也方言曰陂傜衺也陳楚荆揚曰陂自山而西凡物細大不純者謂之傜郭

侮。

御ㄩˋ 偓ㄙㄨㄛ 僛ㄑㄧ 侮ㄨˇ 傷ㄧˋ 㑌ㄓˋ 嫉。 俙ㄒㄧ 僨ㄈㄣˋ 僵ㄐㄧㄤ

注言俄傜也

御 徼御受屈也。子虛賦曰徼䣐受詘郭璞曰䣐疲極也司馬彪云徼遮也䣐倦也謂遮其倦者按長卿用假借字作䣐許用正字作御蘇林注漢曰䣐音倦䣐之䣐當作倦御之御也方言曰御傍也御同御傍同倦心部㥏者勞也與御音義同史記匈奴傳漢書趙充國傳皆云徼極與徼御音異義同从人卻聲。其虐切古音在五部

偓 醉舞皃。小雅賓之初筵曰屢舞偓偓傳曰偓偓不止也从人差聲。素何切十七部詩曰屢舞偓偓。屢當作婁

僛 醉舞皃。賓之初筵曰婁舞僛僛傳曰僛僛舞不能自止也从人欺聲。去其切一部詩曰屢舞僛僛。屢當作婁

侮 傷也。傷各本作傷誤今正錯曰傷慢易字也錯作注時未誤也小雅常棣假務爲侮从人每聲。五部按每聲在一部合音

㑄 古文从母。母聲猶每聲也漢書五行志慢侮之心生

傷 輕也。此依小徐侮傷相屬蒼頡篇曰傷慢也廣韵曰傷相輕慢也自易專行而傷慶矣禮記易慢之心入之矣注易輕易也國語貴貨而易土注易輕也國策注呂覽注漢書注皆同凡皆傷之假借字也从人易聲。以豉切十六部一曰交傷。周易繫辭曰交易而退經傳亦止作易公羊莊十三年冬公會齊侯盟于柯傳曰何以不日易也何云易猶佼易也相親信無後患之辭按何用漢時俗語佼同交

㑌 妎也。妎者妬也離騷注害賢曰嫉害色曰妬如曰女無美惡入宮見妬士無賢不肖入朝見嫉是也渾言則不別古亦假疾从人疾聲。秦悉切十二部一曰毒也。廣雅曰嫉惡也

嫉 㑌或从女。妬也故从女

俙 訟面相是也。謂內爭而外順也臯陶謨所謂面從今俗閒俚語猶有之篇韵皆注云訟也失之遠矣从人希聲。喜皆切十五部

僨 僵也。引伸之爲凡倒敗之偁大學曰一人僨事注云僨猶覆敗也射義假賁爲僨左傳象有齒以焚其身假焚爲僨从人賁聲。匹問切十三部

僵 僵也。小徐及爾雅釋文皆作偃大徐作僨非是元應引僵却偃也仆前覆也按僵謂仰倒如莊子推而僵之漢書僵

寶瑟偃皆是今人語言乃謂不動不朽爲僵廣韵作殭死不朽也**从人畺聲**居良切十部

僵也小雅或棲遲偃仰論語寢不尸苞注曰不偃臥布展手足似死人左傳偃且射子鉏晉語籧篨不可使俛韋注籧篨偃人參同契曰男生而伏女偃其軀及其死也乃復效之水經注曰徐偃王生而偃故以爲號凡仰仆曰偃引伸爲凡仰之偁**从人匽聲**於幰切十四部依玉篇先偃後仆

頓也頓者下首也以首叩地謂之頓首引伸爲前覆之辭左氏音義引孫炎曰前覆曰仆元應三引說文仆頓也謂前覆也偃謂卻偃仆謂前覆葢演說文者語若論語注云偃仆也則渾言不別矣**从人卜聲**芳遇切古音在三部

創也刃部曰刅傷也二字爲轉注山海經謂木束爲傷**从人煬省聲**各本作煬省聲煬下又云傷省聲二字歒先後乎今更正曰煬省與殤觴同式羊切十部

刺也剌者戾也盧達切**从人肴聲**胡茅切二部**一曰毒之**鍇曰謂疾害也顏氏家訓曰蒼頡篇有倄字訓詁云痛而謼也羽罪反今北人痛則呼之聲類音于來反今南人痛或呼之按廣韵集韵有羽罪一音無後一音○按元應佛書音義曰痏痛諸書作倄通俗文于罪切痛聲曰痏此條合之字義俗語皆無不合其云諸書作倄葢蒼頡訓詁亦在其中借侑爲痏皆有聲也顏氏家訓之侑當是倄之誤不必與說文牽合大徐說文改毒之爲痛聲恐是竊取黃門語○又搜神記卷十四云聞呻吟之聲曰喃喃宜死喃亦痏之俗字

憊詞也古本皆作憊惟類篇誤作備耳心部曰憊者㦡也㦡者憊也憊今隸作憊詞者意內而言外也按爾雅毛傳皆曰夸毗體多柔然則侉即夸毗字乎夸毗亦作舿舭**从人夸聲**苦瓜切五部

相擣也猶相迫也邶風北門曰室人交徧摧我傳曰摧沮也音義曰摧或作催據許則催是也不從傳者傳取沮壞之義與摧訓擠訓折義同葢當時字作催而毛釋爲摧之假借許則釋其本義也**从人崔聲**倉回切十五部山部無崔偁奪耳大徐據摧催字補**詩曰室人交徧催我**

痛也此與心部恫音義同禮記孟子之俑偶人也俑即偶之假借字如喁亦禺聲而讀魚容切也假借之義行而本義廢矣廣韵引埤蒼說木人送葬設關而能跳踴故名之俑乃不知音理者強爲之說耳**从人甬聲**他紅切九部按玉篇云說文他紅切此葢出音隱痛義之音如是大徐云又余隴切則木偶之音也

司也司者臣司事於外者也司今之伺字凡有所司者必專守之伏伺即服事也引伸之爲俯伏又引伸之爲隱伏**从人犬犬司人也**犬司人也四字小徐本有犬司人謂犬伺人而吠之說此字之會意也不曰从犬人而曰从人犬入於人部者尊人也伏篆以明人事非說犬也房六切古音在一部

迫也與趣音義皆略同**从人足聲**七玉切三部玉篇促催二文相屬

比也此篆葢晚出漢人少言例者杜氏說左傳乃云發凡言例例之言迾也迾者遮迾以爲禁經皆作列作厲不作迾周禮司隸注厲遮例也釋文例本作列葢古此例字祇作列**从人㓲聲**力制切十五部疑許本無此

絜束也絜者麻一耑也絜束者圍而束之左傳係與人又以朱絲係玉二穀束之義也束之則攣與物相連故凡相聯屬謂之係周易係遯係丈夫係小子釋詁曰係繼也**从人系聲**胡計切十五部按俗通用繫許謂繫褫即牽離惡絮之名考諸古經若周禮司門校人字皆作毄周易毄辭釋文本作毄漢書景帝紀亦用毄葢古假毄爲係後人盡改爲繫耳

擊也詩勿翦勿伐傳鉦人伐鼓傳皆曰伐擊也禮記郊特牲二日伐鼓何居鄭曰伐猶擊也尚書不愆于四伐五伐鄭曰一擊一刺曰伐詩是伐是肆箋云伐謂擊刺之按此伐之本義也引伸之乃爲征伐周禮九伐注云諸侯之於國如樹木之有根是以言伐云**从人持戈**戈爲句兵亦曰戟兵左傳擊之以戈是也戍者守也故从人在戈下入戈部伐者外擊也故从人杖戈入人部房越切十五部**一曰敗也**此謂引伸之義伐敗疊韵左傳凡師有鐘鼓曰伐穀梁傳斬樹木壞宮室曰伐戈部曰敗者毀也公羊傳曰春秋伐者爲客伐者爲主何云伐人者爲客讀伐長言之見伐者爲主讀伐短言之皆齊人語也按今人讀房越切此短言也劉昌宗周禮大司馬大行人輪人皆房廢切此長言也劉係

北音周顒沈約韵書皆用南音去入多强爲分別而不合於古矣伐人者有功故左傳諸侯言時記功大夫稱伐史記明其等曰伐積日曰閱又引伸之自功曰伐亦斫也。大徐無此三字爲長

俘ㄈㄨˊ

俘軍所獲也。春秋左氏經齊人來歸衞俘傳作衞寶公羊穀梁經傳皆作衞寶杜曰疑左氏經誤按非誤也俘字孚聲寶缶聲古音同在九(幽)部經用假借字傳用正字又如經曰莒人弑其君密州左氏傳云書曰莒人弑其君買朱鉏買即密如瀆水即汨水朱鉏即州如郰婁即鄒亦是字異實同不得疑經誤亦不得謂傳誤从人孚聲。芳無切古音在三部春秋傳曰。以爲俘馘。成三年左傳文

但ㄉㄢˋ

但裼也。衣部曰裼者但也二篆爲轉注古但裼字如此袒則訓衣縫解今之綻裂字也今之經典凡但裼字皆改爲袒裼矣衣部又曰贏者但也裎者但也釋訓毛傳皆曰袒裼肉袒也肉袒者肉外見無衣也引伸爲徒也凡曰但曰徒曰唐皆一聲之轉空也今人但謂爲語辭而尟知其本義因以袒爲其本義之字古今字之不同類如此从人旦聲。徒旱切十四部唐人詩多用爲平聲

傴ㄩˇ

傴僂也。問喪注曰傴背曲也通俗文曲脊謂之傴僂引伸爲鞠窮恭敬之意又莊子以下傴拊人之民借爲煦嫗字左傳曰一命而僂再命而傴三命而俯析言之實無二義从人區聲。於武切古音在四部

僂ㄌㄡˊ

僂厄也。大徐本作尩也非是尩與僂異疾小徐本作厄也近是科厄木節也厄與僂雙聲人背之僂有似木之科厄晉語注曰戚施僂人也左傳昭四年注僂肩傴也穀梁傳跛僂並言管子云苦水所多尩與傴人然僂不得訓尩明矣公羊傳夫人不僂不可使入何云僂疾也齊人語夫人稽留不肎疾順公荀卿書亦兩言僂訓疾按此爲婁之假借字婁即屢與驟通驟訓數亦訓疾。又按大徐作尳也葢尳是曲脛之名引伸爲曲脊之名所以尳必釋爲尳曲脛者由其字作尣从大而偏曲其足故二疾不妨同名下文曰周公韈僂葢尳者亦得謂之僂周公之脛不無少曲疑大徐本爲長甲戌二月重訂从人婁聲。力主切古音在四部周公韈僂。韈者足衣韈僂者由足背高隆然如背之僂也未聞出何書或言背僂。周公背僂見荀卿白虎通論衡諸書白虎通云僂曰周公背僂是爲强後成就周道輔於幼主僂後主爲韵

僇ㄌㄨˋ

僇癡行僇僇也。未聞大學借爲戮字荀卿書同从人翏聲。讀若雛。力救切三部一曰且也。按此即今所用聊字也聊者耳鳴僇其正字聊其假借字也詩聊與之謀傳曰聊願也

仇ㄔㄡˊ

仇讎也。讎猶應也左傳曰嘉偶曰妃怨偶曰仇按仇與逑古通用辵部怨匹曰逑即怨偶曰仇也仇爲怨匹亦爲嘉偶如亂之爲治苦之爲快也周南君子好逑與公侯好仇義同从人九聲。巨鳩切三部

儡ㄌㄟˇ

儡相敗也。西征賦注引作壞敗之皃寡婦賦注引作敗也無相字道德經傅奕本儡儡兮其不足以無所歸陸氏釋文曰儽一本作儡敗也欺也說文音雷西征賦曰寮位儡其隆替寡婦賦容貌儡以頓顇注引禮記喪容儡儡今禮記作纍纍非也从人畾聲。讀若雷。魯回切十五部按李善引說文洛罪反

咎ㄐㄧㄡˋ

咎災也。災當是本作𢦏天火曰災引伸之凡失意自天而至曰災釋詁曰咎病也小雅伐木傳曰咎過也北山箋云咎猶罪過也西伯戡黎鄭注咎惡也呂覽移樂篇注咎殃也方言咎謗也从人各。會意其久切三部各者相違也。說从各之意

仳ㄆㄧˇ

仳別也。王風中谷有蓷傳云爾从人比聲。芳比切十五部詩曰有女仳離。

倃ㄐㄧㄡˋ

倃毀也。疑咎字可以包之但廣韵引已如此从人咎聲。其久切三部

催ㄏㄨㄟ

催仳催。逗醜面。淮南曰粉白黛黑弗能爲美者嫫母仳催也廣雅曰仳催醜也四子講德論作倭傀从人隹聲。許惟切十五部按仳頻脂切二字皆平聲高誘曰仳讀人得風病之痱催讀近虺痱舊作靡今正

值ㄓˊ

值持也。持各本作措措者置也非其義今依韵會所據正韵會雖譌待然轉刻之失耳陳風值其鷺羽傳曰值持也引伸爲當也凡彼此相遇相當曰值亦持之意也史漢多用直爲之姚察云古字例以直爲值是也價值亦是相當意从人直聲。直吏切一部一曰逢遇也。小徐有此五字實則持義足晐之疑淺人所增也

侂ㄊㄨㄛ

侂寄也。此與託音義皆同俗作托非也玉篇引論語可以侂六尺之孤从

僔ㄗㄨㄣˇ 倦ㄐㄩㄢˋ 傮ㄗㄠ 偶ㄡˇ 弔ㄉㄧㄠˋ

人庑聲。他各切五部庑古文宅。見宀部僔聚也。小雅十月之交曰噂沓背憎傳曰噂猶噂噂沓猶沓沓箋云噂噂沓沓相對談語許於口部既引之云聚語矣此復引詩字从人云聚也謂聚人非聚語蓋三家詩或文叢引之耳廣雅僔僔衆也叢艸亦曰䔿䔿从人尊聲。慈損切十三部詩曰。僔沓背憎。倦罷也。罷者遣有罪也引伸爲休息之偁倦與力部券義少別鉉等於券下注曰今俗作倦義同葢不檢人部固有倦耳从人卷聲。渠眷切十四部傮終也。大雅似先公酋矣釋詁毛詩傳皆曰酋終也酋卽遒字正義作遒遒訓迫亦訓終如亂亦訓治也傮之古音與遒同亦訓終葢古遒傮通用从人曹聲。作曹切玉篇又祀牢切古音在三部偶桐人也。偶者寓也寓於木之人也字亦作寓亦作禺同音假借耳按木偶之偶與二枱並耕之耦義迥別凡言人耦射耦嘉耦怨耦皆取耦耕之意而無取桐人之意也今皆作偶則失古意矣又俗言偶然者當是俄字之聲誤从人禺聲。五口切四部

八篇上 三七

弔問終也。謂有死喪而問之也禮記曰弔者東面致命曰寡君聞君之喪寡君使某如何不淑曲禮知死者傷鄭注曰說者有弔辭曰皇天降災子遭罹之如何不淑曾子問父喪稱父母喪稱母鄭注云父使人弔之辭云某子聞某之喪某子使某如何不淑母則若云宋蕩伯姬聞姜氏之喪伯姬使某如何不淑此皆問終之辭淑善也如何不善者欲其善也故引伸之謂善爲弔魯莊公使人弔宋大水云若之何不弔卽如何不淑也左傳哀公誄孔子旻天不弔先鄭注周禮大祝引作昊天不淑此弔淑通用之徵應劭王肅皆訓弔爲善粊誓無敢不弔卽無敢不善也凡書大誥多士君奭詩節南山瞻卬逸周書祭公解左傳莊十一年襄十三年十四年二十三年昭二十六年哀十六年漢書翟義傳所云不弔者皆謂不善大誥君奭之弗弔天三字連讀多士之弗弔旻天四字連讀皆猶小雅之不弔昊天鄭云不善乎昊天也葢弔之爲善今失其傳矣以上王氏引之說玉裁按辵部𨑥至也凡經文無𨑥但有弔弔或訓至如天保傳弔至也節南山傳云弔至也箋云至猶善也粊誓無敢不弔鄭云弔猶善也至與

佋ㄕㄠˋ 㑗ㄕㄣ 僊ㄒㄧㄢ 仚ㄒㄧㄢ 僰ㄅㄛˊ

善義本相近古非必作𨑥而後訓至也𨑥者小篆分別之字从人弓。三字今補會意多嘯切二部古之葬者厚衣之以薪。此偁易毄辭說人持弓會敺禽之故故人持弓會敺禽也。故字舊作从今正吳越春秋陳音謂越王曰弩生於弓弓生於彈彈起古之孝子古者人民樸質飢食鳥獸渴飲霧露死則裹以白茅投於中野孝子不忍見父母爲禽獸所食故作彈以守之故歌曰斷竹續竹飛土逐肉按孝子歐禽故人持弓助之此釋弔从人弓之意也倉頡造字當黃帝時既易之以棺椁矣而葬文猶取衣薪弔文猶依逐肉反始不忘本也禮也者反其所自生弓葢往復弔問之義。小徐有此八字葢別一說也當有一曰字左傳有相問以弓者故云然佋廟佋穆。父爲佋。南面。子爲穆。北面。从人召聲。市招切按此篆雖經典釋文時偁之然必晉人所竄入晉人以凡昭字可易爲曜而昭穆不可易也乃讀爲上招切且又製此篆竄入說文使天下皆作此是猶漢人改蘭臺漆書以合己也且生曰父曰母

八篇上 三八

死曰考曰妣考妣則字當从鬼从示也从人何居當刪去㑗神也。按神當作身聲之誤也廣雅曰孕重妊娠身㑗也玉篇曰㑗妊身也大雅曰大任有身傳曰身重也箋云重謂懷孕也身者古字㑗者今字一說許云神也葢許所據古義今不可詳从人身聲。此舉形聲包會意失人切十二部僊長生僊去。僊去疑當爲䙴去莊子曰千歲猒世去而上僊小雅婁舞僊僊傳曰僊僊數也數舞僊僊然按僊僊舞袖飛揚之意正引伸假借之義也从人䙴。䙴升高也長生者䙴去故从人䙴會意䙴亦聲。相然切十四部按上文偓佺仙人也字作仙葢後人改之釋名曰老而不死曰仙仙䙴也䙴入山也故其制字人旁作山也成國字體與許不同用此知漢末字體不一許擇善而從也漢碑或从䙴或从山漢郊祀志僊人羨門師古曰古以僊爲仙聲類曰仙今僊字葢仙行而僊廢矣仚人在山上皃。引伸爲高舉皃顏元孫引鮑明遠書勢云鳥仚魚躍从人山。山亦聲也呼堅切廣韵許延切十四部僰犍爲蠻夷也。犍各本作

僥儥佂𠤎𠤤真化匕

僥ㄐㄧㄠ 儥ㄉㄨㄟ 佂ㄍㄨㄤ 𠤎ㄏㄨㄚ 𠤤ㄧ

僰今依漢碑从木司馬相如傳曰唐蒙使略通夜郎西僰中文穎曰夜郎僰中皆西南夷後以爲牂柯犍爲二郡按犍爲郡有僰道縣卽今四川敘州府治也其人民曰僰王制屛之遠方西方曰僰東方曰寄鄭注僰當爲棘棘之言逼使之逼寄於夷戎按記文僰字鄭不以爲西南夷故易爲棘經傳之棘多訓亟也故曰棘之言逼使與寄字一例釋文云棘又作僰於此知記本作僰鄭易爲棘也唐初本已誤从人棘聲。蒲北切一部

僥南方有焦僥人。長三尺。短之極也。見魯語焦魯語作僬以說文及山海經正之則从人非是人當作民魯語作氏民之誤也據郭注山海經兩引魯語一作民一作人人皆唐避諱改耳韋曰僬僥西南蠻之別名海外南經曰焦僥國在三首東大荒南經曰有小人名曰焦僥之國許系之南方蓋本山海經**从人堯聲。**五聊切二部

儥市也。汲古閣及集韵類篇皆作市宋刻葉抄及廣韵作市今按市爲長其字从對則無口亟意蓋卽今之兌換字也**从人對聲。**都隊切十五部

佂遠行也。楚辭曰衷佂佂而南征注佂佂遑遽貌按王注是也**从人狂聲。**居況切十部按許書蓋本終於僰僥二篆儥佂非其次也恐後人益之儥佂訓遠行亦未確此下大徐補件字訓分也按牛下云物中分也从八牛件乃半之誤體今仍刪

文二百四十五去件則二百四十四 **重十四**

八篇上　兲

𠤎變也。變者更也凡變𠤎當作𠤎教化當作化許氏之字指也今變𠤎字盡作化化行而𠤎廢矣大宗伯以禮樂合天地之化百物之產注曰能生非類曰化生其種曰產按虞荀注易分別天變地化陽變陰化析言之也許以𠤎釋變者渾言之也**从到人。**到者今之倒字人而倒變𠤎之意也呼跨切十七部**凡𠤎之屬皆从𠤎。**

𠤤未定也。按未行字也大雅靡所止疑傳云疑定也箋云止息禮十七篇多云疑立鄭於士昏禮云疑止跔靜離立自定之皃於鄉飲酒禮云疑讀如[illegible][illegible]佁然從於趙孟之佁疑止句立自定之皃於鄉射禮云疑止也有矜莊之色釋言疑休戾也郭云戾止也疑者亦止按已上疑字卽說文之𠤤字非說文訓惑之疑也疑𠤤字相似學者識疑不識𠤤於是經典無𠤤於許書定也之上增之未字矣𠤤从矢聲其字在古音十五部故桑柔以與資維階爲韵鄭注禮讀如仡若疑字古音在一部其字从子从止从𠤤省會意非矢聲也**从𠤎**變𠤎而後定也**矢聲。**按大徐語期切此皆誤也當同儀禮魚乙切桑柔與資維階韵則讀如尼釋文音魚涉切非也十五部**矢古文矢字。**矢篆下不載

真ㄓㄣ

真僊人變形而登天也。此眞之本義也經典但言誠實無言眞實者諸子百家乃有眞字耳然其字古矣古文作𡗜非倉頡以前已有眞人乎引伸爲眞誠凡稹鎭瞋謓䐜塡寘闐嗔滇鬒瑱顚愼字皆以眞爲聲多取充實之意其顚槇字以頂爲義者亦充實上升之意也愼字今訓謹古則訓誠小雅愼爾優游予愼無罪傳皆云誠也又愼爾言也大雅考愼其相箋皆云誠也愼訓誠者其字从眞人必誠而後敬不誠未有能敬者也敬者愼之弟二義誠者愼之弟一義學者沿其流而不溯其原矣故若詩傳箋所說諸愼字謂卽眞之假借字可也**从𠤎目乚。**變形故从𠤎目獨言目者道書云養生之道耳目爲先耳目爲尋眞之梯級韋昭云僊佺方眼乚匿也讀若隱仙人能隱形也**八。**謂篆體之下也**所㠯乘載之。**八者六之省下基也抱朴子曰乘蹻可以周流天下蹻道有三一曰龍蹻二曰氣蹻三曰鹿盧蹻蹻去喬切眞从四字會意側鄰切十二部

𡗜古文眞。汗簡作𡗜

八篇上　早

𡗜。化ㄏㄨㄚ

化教行也。教行於上則化成於下賈生曰此五學者既成於上則百姓黎民化輯於下矣老子曰我無爲而民自化**从𠤎人。**上𠤎之而下從𠤎謂之化化篆不入人部而入𠤎部者不主謂𠤎於人者主謂𠤎人者也今以化爲變𠤎字矣**𠤎亦聲。**呼跨切十七部

文四　重一

匕ㄅㄧ

匕相與比敘也。比者密也敘者次弟也以妣籀作𡛔秕或作祉秕或作秕等求之則比亦可作匕也此製字之本義今則取飯器之義行而本義廢矣**从反人。**相與比敘之意也卑履切十五部**匕**

匙ㄔˊ　𠤏ㄅㄠˇ　𠤗ㄑㄧˇ　頃ㄑㄧㄥ　匘ㄋㄠˇ

亦所㠯用比取飯○㠯者用也用字衍比當作匕漢人曰匕黍稷匕牲體凡用匕曰匕也匕卽今之飯匙也少牢饋食禮注所謂飯橾也少牢饋食禮廩人摡甑甗匕與敦注曰匕所以匕黍稷者也此亦當卽飯匙按禮經匕有二匕飯匕黍稷之匕葢小經不多見其所以別出牲體之匕十七篇中屢見喪用桑爲之祭用棘爲之又有名疏名挑之別葢大於飯匙其形製略如飯匙故亦名匕鄭所云有淺斗狀如飯橾者也以之別出牲體謂之匕載猶取黍稷謂之匕黍稷也匕牲之匕易詩亦皆作匕大東傳震卦王注皆云匕所以載鼎實是也禮記雜記乃作枇本亦作朼鄭注特牲引之而曰朼畢同材曰朼載葢古經作匕漢人或作朼非器名作匕匕載作朼以此分別也若士喪士虞特牲有司篇匕載字皆作朼乃是淺人竄改所爲鄭注易亦云匕牲體薦鬯未嘗作朼牲體也注中容有木旁之朼經中必無劉昌宗分別非是**一名柶**木部曰禮有柶柶匕也所以取飯**凡匕之屬皆从匕○**

匙　匕也○方言曰匕謂之匙蘇林注漢書曰北方人名匕曰匙元應曰匕或謂之匙今江蘇所謂𣖻匙湯匙也亦謂之調羹實則古人取飯載牲之具其首葢銳而薄故左傳矢族曰匕昭廿六年傳是也側曰匕首周禮桃氏注是也亦作鍉元應曰方言作提**从匕是聲○**是支切十六部地理志朱提縣讀如此字

𠤏　相次也○从匕十○十者數之具也比敘之則必有其次矣博抱切鴇亦作䳈包聲古音在三部則鴇古音亦在三部也**鴇从此○**

𠤗　頃也○頃者頭不正也小雅大東跂彼織女傳曰跂隅皃按隅者陬隅不正而角織女三星成三角言不正也許所據作𠤗今本乃改爲俗企字音同而義不同矣**从匕支聲○**去智切十六部**匕頭頃也○**說从匕之意小徐無此四字**詩曰𠤗彼織女○**

頃　頭不正也○匕頭角而不正方故頭不正从匕曰頃引伸爲凡傾仄不正之偁今則傾行而頃廢專爲俄頃頃畝之用矣謚法敏以敬愼曰頃甄心動懼曰頃[illegible]勤追懼曰頃**从匕頁○**頁者頭也匕其頭是不正也義主於不正故入匕部不入頁部去營切十一部

匘　頭髓也○髓者骨中脂也頭髓者頭骨中脂也左傳晉侯夢與楚子搏楚子伏己而盬其腦注如俗語相罵云嘑汝腦矣服語正謂吸其頭髓也**从匕○**句**匕○**逗**相匕箸也○**匕箸猶比箸箸直略切釋从匕之意**巛㠯象髮○**巛卽髮也見皆字下**囟象囟形○**囟形各本作㽞形今依韵會本正囟者頭之會腦之葢也頭髓在囟中故囟曰腦葢囟字上開象小兒囟不合故曰象形頭髓不可象故言其比箸於髮與囟以三字會意奴晧切古音當在三部考工記作𠛬乃譌體俗作腦

卬ㄤˊ　卓ㄓㄨㄛˊ　卓。　艮ㄍㄣˋ

卬　望也○鉉無也非卬與仰義別仰訓舉卬訓望今則仰行而卬廢且多改卬爲仰矣小雅車舝曰高山卬止箋云卬慕過秦論常以十倍之地百萬之衆卬關而攻秦俗本作卬作仰皆字誤聲誤耳晉語如川然有原以御浦而後大孔晁本作卬浦牛亮反言川仰浦而大人仰教而成廣雅仰恃也仰亦卬之誤大雅傳曰顒顒卬卬盛皃引伸之義也釋詁毛傳皆曰卬我也語言之段借也**欲有所庶及也○从匕卪○**匕同比庶及意庶及猶庶幾也卪者其欲庶及之所也伍岡切十部亦讀去聲**詩曰高山卬止○**

卓　高也○論語如有所立卓爾凡言卓犖謂殊絕也亦作卓躒按稽部稽特止也辵部逴遠也人部倬著大也皆一義之引伸覲禮匹馬卓上九馬隨之注卓讀如卓王孫之卓卓猶的也以素的一馬爲上素的一馬謂白馬也鄭意白馬出衆故謂之卓史記多段淖爲卓**早匕爲卓○**此上當有從匕早三字匕同比早比之則高出於後比之者矣**匕卪爲卬○皆同意○**意舊作義今正此與凡云某與某同意同也竹角切古音在二部

古文卓○漢隸及今隸从卜用古文而小篆廢矣又疑古文恐是篆文之誤

艮　很也○很者不聽從也一曰行難也一曰盭也易傳曰艮止也止可兼很三義許不依孔子訓止者止下基也艮也孔子取其引伸之義許說字之書嫌云止則義不明審故易之此字書與說經有不同實無二義也方言曰艮堅也釋名曰艮限也**从匕目○**會意古恨切十三部**匕目○**逗**猶目相匕○**目相匕卽目相比謂若怒目相視也**不相下也○**很之言也**易曰艮其限○**艮九三爻辭獨引艮其限者以限與艮音

从ㄘㄨㄥˊ　從ㄘㄨㄥˊ　并ㄅㄧㄥ　比ㄅㄧˇ　夶。毖ㄅㄧˋ

義皆同也。匕目爲𠂤。匕音化目爲眞。亦言二字同意

文九惟匙取匕飯之意以下皆取比敘之意、重一

从　相聽也。聽者聆也。引伸爲相許之偁。言部曰許聽也。按从者今之從字。從行而从廢矣。周禮司儀客从拜辱於朝。陸德明本如此。許書凡云从某。大徐作从。小徐作從。江氏聲曰作从者是也。以類相與曰从。从二人。疾容切。九部。以今音言之。从亦可去聲。凡从之屬皆从从。

從　隨行也。以从辵。故云隨行。齊風並驅從兩肩兮傳曰。從。逐也。逐亦隨也。釋詁曰。從。自也。其引伸之義也。又引伸訓順。春秋經從祀先公。左傳曰順祀先公。是從訓順也。左傳使亂大從。王肅曰。從。順也。左傳大伯不從。是以不嗣。謂不肯順其長幼之次也。引伸爲主從。爲從橫。爲操從。亦假縱爲之。从从辵。舊作辵从。今正。从辵者。隨行也。主从不主辵。故不入辵部。从亦聲。慈用切。九部。按大徐以去韵別於平韵。非也。當疾容切。

并　相从也。从舊作從。今正。从。合也。兼也。从从幵聲。府盈切。十一部。一曰从持二干爲并。干舊奪。今依韵會本補。上言形聲。此言會意。干經典用爲竿。如孑孑干旄是也。二人持二竿。是人持一竿。并合之意。或曰當出幵篆。解云幵或从人。人持二干爲幷。人持二干爲幷者。猶又持二禾爲秉也。俗并字之所本也。漢隸作幷。

文三

比　密也。今韵平上去入四聲皆錄此字。要密義足以括之。其本義謂相親密也。餘義俌也。及也。次也。校也。例也。類也。頻也。擇善而從之也。阿黨也。皆其所引伸。許書無篦字。古祇作比。見蒼頡篇。釋名。漢書匈奴傳。周禮或叚比爲庀。二人爲从。反从爲比。猶反人爲匕也。毗二切。按四聲俱收。其義本一。其音強分耳。唐人詩多讀入聲者。十五部。凡比之屬皆从比。夶　古文比。按蓋从二大也。二大者。二人也。

毖　慎也。釋詁曰。毖。慎也。大雅爲謀爲毖傳曰。毖。慎也。从比必聲。兵媚切。古音如必。十

丘ㄑㄧㄡ　冀ㄐㄧˋ　北ㄅㄛˋ　虛ㄒㄩ　坵。

二部。周書曰無毖于卹。大誥文。某氏傳云。無勞於憂。

文二　重一

北　乖也。乖者戾也。此於其形得其義也。軍奔曰北。其引伸之義也。謂背而走也。韋昭注國語曰。北者。古之背字。又引伸之爲北方。尚書大傳。白虎通。漢律厤志皆言北方伏方也。陽氣在下。萬物伏藏。亦乖之義也。从二人相背。博墨切。一部。凡北之屬皆从北。

冀　北方州也。周禮曰。河內曰冀州。爾雅曰。兩河閒曰冀州。據許說。是北方名冀。而因以名其州也。叚借爲望也。幸也。蓋以冀同覬也。覬者。欲幸也。从北異聲。几利切。古音在一部。

文二

丘　土之高也。大司徒注曰。土高曰丘。非人所爲也。釋丘曰。非人爲之丘。之丘謂非人力所爲也。从北从一。會意。去鳩切。古音在一部。讀如欺。漢時讀入今之尤韵。故禮記嫌名注曰。宇與禹。丘與區之類。漢時區亦去鳩切也。一地也。釋从一之意。人凥在北南。故从北。釋从北之意。中邦之凥在昆侖東南。昆侖下當有丘字。嫌人居不必在丘南。故言倉頡造字之初取意於此。一曰四方高中央下爲丘。淮南墬形訓注曰。四方而高曰丘。象形。與上會意別。凡丘之屬皆从丘。坵　古文从土。从土猶从一。

虛　大丘也。昆侖丘謂之昆侖虛。昆侖丘。丘之至大者也。釋水曰。河出昆侖虛。海內西經曰。海內昆侖之虛。在西北。帝之下都。卽西山經昆侖之丘。實惟帝之下都也。水部曰。泑澤在昆侖虛下。按虛者。今之墟字。猶昆侖今之崐崘字也。虛本謂大丘。大則空曠。故引伸之爲空虛。如魯少皞之虛。衛顓頊之虛。陳大皞之虛。鄭祝融之虛。皆本帝都。故謂之虛。又引伸之爲凡不實之稱。邶風其虛其邪。毛曰。虛。虛也。謂此虛字乃謂空虛。非丘虛也。一字有數

屔ㄋㄧˊ　㐺ㄧㄣˊ　眾ㄓㄨㄥˋ　聚ㄐㄩˋ　臮ㄐㄧˋ

義數音則訓詁有此例如許書巳巳也謂此辰巳之字其義爲巳甚也虛訓空故丠亦訓空如漢書丠亭是自學者罕能會通乃分用墟虛字別休居邱於二切而虛之本義廢矣古者九夫爲井。四井爲邑。四邑爲丠。丠謂之虛。此又引小司徒職文言丠亦名虛皆說虛篆从丠之意也丠虛語之轉易升九三升虛邑馬云虛丠也虛猶聚也居也引伸爲虛落今作墟鄘風升彼虛矣傳曰虛漕虛也从北虍聲。邱如切又朽居切五部

屔 反頂受水丠也。釋丠曰水潦所止泥丠釋文曰依字又作屔郭云頂上洼下者孔子世家叔梁紇與顏氏女禱於尼丠得孔子孔子生而首上圩頂故因名曰丠字仲尼按白虎通曰孔子反宇是謂尼丠德澤所興藏元通流蓋頂似尼丠故以類命爲象屔是正字泥是古通用字尼是假借字水潦所止是爲泥淖儀禮注曰淖者和也劉熙述張禹之說仲者中也尼者和也孔子有中和之德故曰仲尼張固從泥淖得解顏氏家訓乃曰至如仲尼居三字之中兩字非體三蒼尼旁益丠說文尸下施几如此之類何由可從玉裁謂若言騃俗則難依若言古義則不可不知也又漢碑有作仲泥者淺人深非之豈知其合古義哉从丠从泥省。不但曰尼聲必曰从泥省者說水潦所止之意也泥亦聲。奴低切十五部

文三　重一

㐺 眾立也。玉篇作眾也从三人。會意國語曰人三爲眾凡㐺之屬皆从㐺。讀若欽崟。山部曰崟山之岑崟也欽崟蓋卽岑崟公羊傳及上林賦又皆有嶔巖字从㐺讀如崟魚音切七部

眾 多也。从㐺目。眾意。之仲切九部古平聲

聚 會也。公羊傳曰會猶冣也注云冣聚也按一部曰冣積也積以物言聚以人言其義通也古亦叚聚爲冣从㐺取聲。才句切古音在四部一曰邑落曰聚。平帝紀立學官郡國曰學縣道邑侯曰校鄉曰庠聚曰序張晏曰聚邑落名也韋昭曰小鄉曰聚按邑落謂邑中村落

臮 眾與詞也。與詞各本誤倒今依廣韵正眾與者多與也所與非一人也詞者意內言外之謂或假洎爲之如鄭詩謹爾無逸奚洎小人是也亦假暨爲之如公羊傳及者何與也會及暨皆與也暨猶暨暨也釋詁曰暨與也釋訓曰暨不及也按不及也卽公羊所謂猶暨暨也从㐺自聲。其冀切按冀當作洎十五部虞書曰。虞當作唐說見禾部臮咎繇。堯典文今書作暨

古文臮。此篆轉寫旣久今不可得其會意形聲姑從宋本作

文四　重一

壬ㄊㄧㄥˇ　徵ㄓㄥ　朢ㄨㄤˋ　𡈼ㄧㄣˊ

壬 善也。从人士。會意他鼎切十一部士。事也。說从士之意人各事其事是善也一曰象物出地挺生也。壬挺疊韵此說象形與前說別上象挺出形下當是土字也古土與士不甚可分如此凡壬之屬皆从壬。

徵 召也。召者評也周禮司市典祀注鄉飲酒禮注鄉射禮注皆曰徵召也按徵者證也驗也有證驗斯有感召有感召而事以成故士昏禮注禮運注又曰徵成也依文各解義則相通从壬从微省。會意微卽㪇也陟陵切六部壬微爲徵。嫌上文未顯故又明之巳上九字各本譌奪不可讀今補正行於微而聞達者卽徵也。聞各本作文今依韵會訂又說壬徵之意言行於隱微而聞達挺著於外是乃感召之意也

古文徵。

朢 月滿也。此與望各字望从朢省聲今則望專行而朢廢矣與日相望。以疊韵爲訓原象曰日光月而月乃有光人自地視之惟於望得見其光之盈朔則日之兆月其光濁日下民不可得見餘以側見而闕佀朝君。似各本譌以今正韵會作月望日如臣朝君於廷此釋从臣从壬之意也从月从臣从壬。合三字會意不入月部者古文以从臣壬見尊君之義故箸之無放切十部壬。朝廷也。說此壬爲廷之叚借字與壬本義別

古文朢省。大[元][illegible]作謹亦古文也

𡈼 近求也。近求浸淫之意也小徐無近字廣韵曰貪也从爪壬。會意余箴切七部爪壬。舊奪爪字今補徼幸也。

𠂔王言挺其𠂔妄有所取徼幸之意

文四　重二

重　厚也。厚者㫗也厚斯重矣引伸之爲鄭重重疊古祗平聲無去聲　从王東聲。柱用切九部　凡重之屬皆从重。

量　稱輕重也。稱者銓也漢志曰量者所以量多少也衡權者所以均物平輕重也此訓量爲稱輕重者有多少斯有輕重視其多少可槩推其重輕也其字之所以从重也引伸之凡料理曰量凡所容受曰量　从重省曏省聲。呂張切十部按亦去聲

量　古文。

文二　重一

臥　伏也。伏大徐作休誤臥與寑異寑於牀論語寑不尸是也臥於几孟子隱几而臥是也臥於几故曰伏尸篆下曰象臥之形是也此析言之耳統言之則不別故宀部曰寑者臥也曲禮云寑毋伏則謂寑於牀者毋得俯伏也引伸爲凡休息之偁　从人臣取其伏也。臣下曰象屈服之形故以人臣會意吾貨切十七部　凡臥之屬皆从臥。

監　臨下也。小雅毛傳監視也許書瞻視也監臨下也古字少而義晐今字多而義別監與鑒互相假　从臥䘓省聲。古銜切八部

𧈡　古文監从言。會意

臨　監也。各本作監臨也乃複字未刪而又倒之今正　从臥品聲。力尋切七部

𦣞　楚謂小兒嬾𦣞。玉篇作楚人謂小嬾曰𦣞此有兒衍字也　从臥食。會意尼厄切十六部

文四　重一

身　躳也。呂部曰躳身也二字爲互訓躳必入呂部者躳謂身之傴主於脊骨也　从人申省聲。大徐作象人之身从人厂聲按此語先後失倫厂古音在十六部非聲也今依韵會所據小徐本正韵會从人之上有象人身三字亦非也申籀作𠂤故从其省爲聲失人切十二部　凡身之屬皆从身。

軀　體也。體者十二屬之總名也可區而別之故曰軀　从身區聲。豈俱切古音在四部

文二

㐆　歸也。疊韵爲訓　从反身。此如反人爲匕反从爲比於機切十五部　凡㐆之屬皆从㐆。

殷　作樂之盛偁殷。此殷之本義也如易豫象傳是引伸之爲凡盛之偁又引伸之爲大也又引伸之爲衆也又引伸之爲正也中也　从㐆殳。依廣韵訂樂者樂其所自成故从㐆殳者干戚之類所以舞也不入殳部者義主於㐆也於身切古音十三部廣韵於斤切是也　易曰殷薦之上帝。豫象傳曰雷出地奮豫先王以作樂崇德殷薦之上帝以配祖考鄭注王者功成作樂以文得之者作籥舞以武得之者作萬舞各充其德而爲制祀天地以配祖考者使與天同饗其功也

文二

衣　依也。疊韵爲訓依者倚也衣者人所倚以蔽體者也　上曰衣。下曰常。常下帬也　象覆二人之形。孫氏星衍曰當作二厶厶古文肱也玉裁謂自人部至此部及下文老部尸部字皆从人衣篆非从人則無由次此故楚金疑義篇作命云說文字體與小篆有異今人小篆作仌乃是變體求工耳下文表襲裘裔四古文皆从命則知古文从二人也今人作卒字亦从二人何以云覆二人也云覆二人則貴賤皆覆上下有服而覆同也於稀切十五部　凡衣之屬皆从衣。

裁　制衣也。刀部曰制者裁也二字爲轉注韓非子曰管仲善制割賓胥無善削縫隰朋善純緣制割者前裁之謂也裁者衣之始也引伸爲裁度風裁　从衣𢦏聲。昨哉切一部

衮　天子亯先王。句　卷龍繡於下常。周禮司服曰王之吉服享先王則衮冕鄭仲師云衮卷龍衣也豳風衮衣繡裳傳曰衮衣卷龍衣也卷龍謂龍拳

八篇上　四七

八篇上　四八

曲禮記袞衣字皆作卷鄭於王制釋之曰卷俗讀也其通則曰袞葢袞與卷古音同故記假卷爲袞也鄭云周制以日月星辰畫於旌旗而冕服九章初一曰龍次二曰山次三曰華蟲次四曰火次五曰宗彝皆畫於衣次六曰藻次七曰粉米次八曰黼次九曰黻皆繡於裳則袞之衣五章裳四章凡九也許於糸部引書山龍華蟲作繢云會五采繡也此又云繡龍於裳其釋黺則曰畫粉也皆與鄭正相反葢鄭說未出以前許所據之說多不可攷矣 幅一龍蟠阿上鄉。鄉今向字小徐作卿誤幅一龍謂每幅一龍也凡裳前三幅後四幅然則繡龍者七與蟠阿曲皃也上鄉所謂升龍也鄭注覲禮云上公袞無陞龍然則惟天子袞有升龍也龍曲體而卬首故曰蟠阿上鄉白虎通引傳云天子升龍諸侯降龍賈公彥云此據衣服言若旌旗則諸侯畫交龍一象其升一象其下復 从衣台聲。台見口部及水部古文沇州字也袞以爲聲故禮記作卷荀卿作袞王純碑以袞爲兖州字各本作公聲篆體作衮公與袞雖雙聲非同部今正按爾雅音義曰袞說文云从衣从台台羊兗反或云从公衣从台當作台聲或云从公衣五字非許語也詩明云天子衣矣十四部

𧝓 ㄓㄢˇ

𧝓 丹縠衣也。縠細縐也鄘風瑳兮瑳兮其之展也毛詩傳禮有展衣者以丹縠爲衣馬融從之許說同先後鄭注周禮及劉氏釋名皆云展衣白後鄭云展衣以禮見王及賓客之服字當爲襢襢之言亶亶誠也按詩周禮作展段借字也玉藻喪記作襢後鄭從之許作𧝓蓋禮家文字不同如此 从衣㠭聲。知扇切十四部

褕 ㄩˊ

褕 褕翟。逗二字舊奪褕字今依毛詩補 羽飾衣。鄘風玼兮玼兮其之翟也毛傳曰翟褕狄闕狄羽飾衣也釋文褕字又作褕狄字又作翟依說文則毛傳本作褕作翟也羽部曰翟山雉其衣曰褕翟闕翟故知爲羽飾衣也毛許云羽飾衣未詳其制內司服褘衣褕狄闕狄玉藻之記同鄭仲師云褕狄闕狄畫羽飾則褘爲畫後鄭謂褘褕卽爾雅之翬雉搖雉字狄卽翟字褘衣搖翟皆刻繒爲之形而采畫之箸於衣以爲飾因以爲名闕翟刻而不畫後鄭與毛異亦與大鄭異葢毛許謂褘褕闕爲衣服之名褕闕系以翟故釋爲羽飾褕者正字揄者段借字也後鄭則謂揄者段借字搖者正字也許無搖雉之說鄭不取褕字然搖與翟十四雉中二雉之名經何不言搖衣而偁搖又言翟也其說似尚當審定矣 从衣俞聲。羊朱切古音在四部 一曰直裾謂之襜褕。方言襜褕江淮南楚謂之橦褣自關而西謂之襜褕釋名荊州謂禪衣曰布襜亦曰襜褕言其襜襜宏裕也師古注急就篇及雋不疑傳曰直裾禪衣也史記索隱曰謂非正朝衣如婦人服也

袀 ㄐㄩㄣ

袀 元服也。各本無此篆而袗篆下云元服也葢誤合二爲一正與鼎部鼏鼏同今依文選閑居賦服以齊元李善注所引說文正左傳卜偃曰童謠云袀服振振服虔曰袀服黑服也吳都賦六軍袀服劉注曰袀阜服也士昏禮女從者畢袗元袀元言衣色月令孟冬乘元路鄭云今月令作袗似當爲袀聲之誤也按今士昏禮月令袀皆譌作袗知其字形相近易誤矣又鄭釋士昏杜釋左傳皆釋袀爲同此謂袀卽均之假借字耳 从衣勻聲。讀若均。李善引說文音均葢有讀若均三字也十二部廣韵居勻切

袗 ㄓㄣˇ

袗 禪衣也。各本作元服也今按論語當暑袗絺綌陸云本又作袗下曲禮注引論語作袗孔安國曰暑則單服玉藻振絺綌不入公門鄭云振讀爲袗袗禪也依此二注定其解 一曰盛服。㐱本訓稠髮凡㐱聲字多爲濃重上林賦磐石振崖孟康曰振袗致也以石致川之厓也是振與㐱稹字義同孟子被袗衣袗衣亦當謂盛服趙云畫衣者不得其說姑依皐陶謨作絺繡言之耳然則袗亦可訓盛服若大徐作元服小徐作袨服引鄒陽上書袨服釋之當是脫誤之後改元爲袨傳會成說武力鼎士袨服叢臺之下服虔以太盛元黃服釋之不知袨本元之異字武士元服卽所謂六軍袀服也 从衣㐱聲。之忍切十三部

裖。

裖 袗或从辰。

表 ㄅㄧㄠˇ

表 上衣也。上衣者衣之在外者也論語當暑袗絺綌必表而出之孔曰加上衣也皇云若在家則裘葛之上亦無別加衣若出行接賓客皆加上衣當暑絺綌可單若出不可單則必加上衣也嫌暑熱不加故特明之玉藻表裘不入公門鄭曰表裘外裘也[illegible]褻於褻禪絺綌外裘二者形且褻皆當表之乃出引伸爲凡外箸之稱 从衣毛。會意毛亦聲也陂嬌切二部

裏襁襋襮褗裺衽褸⿰衤疌裣褘

古者衣裘故㠯毛爲表。說从衣毛之意也古者衣裘謂未有麻絲衣羽皮也衣皮時毛在外故裘之制毛在外以衣毛製爲表字示不忘古

⿰衤麃。古文表从麃。麃聲

裏 ㄌㄧˇ

衣内也。引伸爲凡在内之偁 从衣里聲。良止切一部

襁 ㄑㄧㄤˇ

負兒衣。从衣強聲。居兩切按古繈緥字从糸不从衣淺人不得其解而增襁篆於此叚令許有此字當與褓篆爲類矣當刪說詳糸部

襋 ㄐㄧˊ

衣領也。領者頸項也因以爲衣在頸之名魏風要之襋之毛傳曰要褸也襋領也按裳之上曰要衣之上曰領皆以人體名之也士喪禮云襋者左執領右執要 从衣棘聲。棘之言亟也領爲衣之亟者故曰襋己力切一部亦作裓 詩曰要之襋之。

襮 ㄅㄛˊ

黼領也。白與黑相次文謂之黼黼領刺黼文於領也唐風素衣朱襮釋器曰黼領謂之襮毛傳曰襮領也諸侯繡黼丹朱中衣箋云繡當爲綃綃黼丹朱中衣中衣以綃黼爲領丹朱爲純也按或借爲表暴字云表襮 从衣暴聲。蒲沃切三部 詩曰素衣朱襮。

褗 ㄧㄢˇ

褗領也。三字句褗領各本譌褗領字之誤也今正方言曰袚謂之褗郭曰卽衣領也臧先生云袚卽玉藻深衣曲袷之袷字交領也爾雅黼領謂之襮孫炎曰繡刺黼文以褗領也士昏禮注卿大夫之妻刺黼以爲領如今偃領矣偃卽褗字褗領古有此語廣韵曰褗衣領也 从衣匽聲。於幰切十四部

裺 ㄧㄢˇ

褗謂之裺。蓋奄覆之義方言曰裺謂之襦又曰懸裺謂之緣又曰繞循謂之襦裺皆不與許同 从衣奄聲。依檢切八部

衽 ㄖㄣˋ

衣裣也。凡朝祭喪服衣與裳殊深衣不殊喪服記曰衽二尺有五寸鄭曰衽所以掩裳際也上正一尺燕尾一尺五寸凡用布三尺五寸玉裁按朝祭服同玉藻注所謂或殺而下屬衣則垂而放之者也玉藻衽當旁鄭曰謂裳幅所交裂也江氏永曰以布四幅正裁爲八幅上下皆廣一尺一寸各邊削幅一寸得七尺二寸旣足要中之數矣下齊倍於要又以布二幅斜裁爲四幅狹頭二寸在上寬頭二尺在下各邊削幅一寸亦得七尺二寸共得一丈四尺四寸此四幅連屬於裳之兩旁所謂衽當旁也玉裁按此注所謂或殺而上屬裳則縫之以合前後者也此二者皆謂之衽凡言衽者皆謂裳之兩旁鄭曰凡衽者或殺而下或殺而上是以小要取名焉小要者喪大記云君蓋用漆三衽三束是也假借爲衽席衽席者今人所謂褥也語之轉 从衣壬聲。如甚切七部

褸 ㄌㄩˇ

衽也。方言曰褸謂之衽注衣襟也或曰裳際也又曰褸謂之袛注卽衣衽也按郭云衣襟者謂正幅云裳際者謂旁幅謂衽爲正幅者今義非古義也衽者殺而下者也故引伸之衣被醜弊或謂之褸裂或謂之襤褸或謂之緻 从衣婁聲。力主切古音在四部

⿰衤疌 ㄑㄧˋ

裣緣也。緣衣純也純之允切深衣曰具父母大父母衣純以績具父母衣純以青如孤子衣純以素純袂緣純邊廣各寸半詩青青子衿毛曰青衿青領也正謂緣以青也蓋古者深衣右自領及衽左自落亦及衽皆緣之故曰裣緣 从衣疌聲。七入切八部

裣 ㄐㄧㄣ

交衽也。釋器曰衣眥謂之襟孫郭皆曰襟交領也鄭風青青子衿毛曰青衿青領也方言衿謂之交按裣之字一變爲衿再變爲襟字一耳而爾雅之襟毛傳方言之衿皆非許所謂裣也爾雅詩傳方言皆自領言之深衣曲袷如矩以應方注袷交領也古者方領如今小兒衣領玉藻袷二寸注曲領也曲禮天子視不上於袷玉藻侍於君視帶以及袷注皆云交領也袷者交領之正字其字从合左傳作襘从會與从合一也交領宜作袷而毛詩爾雅方言作衿殆以衿袷爲古今字與若許云裣交衽也此則謂掩裳際之衽當前幅後幅相交之處故曰交衽裣本衽之偁因以爲正幅之偁正幅統於領因以爲領之偁此其推移之漸許必原其本義爲言凡金聲今聲之字皆有禁制之義禁制於領與禁制前後之不相屬不妨同用一字 从衣金聲。居音切七部漢石經青青子裣

褘 ㄏㄨㄟ

蔽厀也。按蔽厀非韠也許釋韠市皆云所以蔽前鄭注禮同褘以蔽前而非專蔽厀也方言曰蔽厀江淮之閒謂之褘或謂之袚魏宋南楚之閒謂之大巾自關東西謂之蔽厀齊魯之郊謂之袡許不云褘者韠也則知許不謂一物也釋名曰褘所以蔽厀前也婦人蔽厀亦如之亦不以爲一物而已與許異 从衣韋聲。許歸切十五部 周禮曰。王后之服褘衣。謂畫袍。

衭ㄈㄨ　襲ㄒㄧˊ　袍ㄆㄠˊ　襺ㄐㄧㄢˇ

周禮內司服王后之六服褘衣揄狄闕狄鞠衣展衣緣衣許揄作褕展作襢見上文以褘衣系之褘下弟二義者許必有所受矣袍當作衣大鄭曰褘衣畫衣引祭統君卷冕夫人副褘此古說也至後鄭注乃後褘讀爲翬

襲衭也。襲衭葢古語或伺當作衭逗襲也句廣韵曰衭衣前襟鍇曰今俗猶言之少儀劒則啓櫝葢襲之加夫襓與劒焉鄭曰夫襓劒衣也夫或爲煩皆發聲按鄭旣謂夫襓是劒衣又云夫是發聲葢不能定其說也而廣雅曰衭襓袱劒衣也夫加衣旁卽許此字亦是韜藏意韋部曰韜劒衣也。从衣夫聲。甫無切五部。

左衽袍。小斂大斂之前衣死者謂之襲士喪禮乃襲三稱注曰遷尸於襲上而衣之凡衣死者左衽不紐按喪大記小斂大斂祭服不倒皆左衽結絞不紐襲亦左衽不紐也袍褻衣也記曰纊爲繭縕爲袍也許曰袍繭也士喪禮襲衣有爵弁服皮弁服褖衣注褖衣所以表袍者子羔之襲繭衣裳與稅衣爲一是也斂始於襲襲始於袍故單言袍也襲字引申爲凡掩襲之用若記曰帛爲褶士喪禮古文作襲叚借字也喪大記玉藻用禮今文作褶注曰褶袷也有表裏而無著許依古文禮故不收褶字凡經典重襲之義如繇襲于夢武王所用祥襲則行不襲則增修德而改卜皆當作褶褶義之引申。从衣龖省聲。似入切七部。籒文襲不省。

襺也。秦風與子同袍釋言毛傳皆曰袍襺也玉藻曰纊爲襺縕爲袍注曰衣有著之異名也記文袍襺有別析言之渾言不別也古者袍必有表後代爲外衣之偁釋名曰袍丈夫箸下至跗者也袍苞也苞內衣也婦人以釋作義亦然也。从衣包聲。薄襃切古音在三部。論語曰衣敝縕袍。敝各本作弊誤論語子罕篇文

袍衣也。从衣繭聲。古典切十二部玉藻作繭者字之叚借也絮中往往有小繭故絮得名繭　㠯絮曰襺㠯縕曰袍。旣渾言而又析言之也玉藻言纊許言絮者糸部曰纊絮也鄭注玉藻縕謂新綿及舊絮故纊專爲新綿許縕謂紼故纊爲絮不分新舊糸部曰縕紼也紼亂枲也亂枲卽亂麻蒯通傳注及廣韵云亂麻是也孔安國論語縕袍注亦曰枲著孔許與鄭異似孔許爲長

褋ㄉㄧㄝˊ　袤ㄇㄠˋ　襘ㄍㄨㄟˋ　褧ㄐㄩㄥˇ　袛ㄉㄧ　裯ㄔㄡˊ

春秋傳曰盛夏重襺。襄二十一年左傳曰薳子馮方暑掘地下冰而牀焉重襺衣裘許檃栝其語

南楚謂禪衣曰褋。九歌曰遺余褋兮澧浦方言曰禪衣江淮南楚之間謂之褋關之東西謂之禪衣按屈原賦當用南楚語王逸云襜襦殆非也。从衣枼聲。各本作葉而篆體乃作褋是改篆而未改說解也枼者薄也禪衣故从枼方言廣雅玉篇廣韵皆作褋至集韵乃云褋省作褋正誤於已改之說文耳今正徒叶切八部

衣帶㠯上。此古義也少得其證今則從義行而古義廢矣帶者上衣下常之介也。从衣矛聲。莫候切四部。一曰南北曰袤東西曰廣。周髀算經曰天地之廣袤史記曰蒙恬築長城廣袤萬餘里廣雅袤長也。籒文袤从楙。

帶所結也。昭十一年左傳叔向曰衣有襘帶有結視不過結襘之中所以道容貌也杜注襘領會結帶結也玉藻曲禮深衣皆謂交領曰袷襘卽袷會合同義且叔向視不過結襘之中卽曲禮視天子不上於袷不下於帶玉藻侍君視帶以及袷也然則杜注得之許合襘結二者爲一似誤矣杜注當仍賈服之舊。从衣會聲。古外切十五部。春秋傳曰衣有襘。

檾衣也。衣字舊無今補檾者枲屬績檾爲衣是爲褧也許意如是若鄭箋衛風云褧禪也不言禪用何物鄭風箋云褧禪也葢以禪縠爲之與許說異縠者細絹也以絲而非以枲矣鄭說本玉藻玉藻中庸作絅禮經作顈皆假借字也。詩曰衣錦褧衣。衛碩人鄭丰同示反古。此許釋詩也毛傳曰衣錦錦文衣也夫人德盛而尊嫁則錦衣加褧襜中庸曰衣錦尙絅惡其文之箸也鄭以中庸箋詩許云示反古意亦略同古者麻絲之作葢先麻而後絲故衣錦尙褧歸眞反樸之意。从衣耿聲。去穎切廣韵口迥切十一部

袛裯。逗短衣也。方言曰汗襦江淮南楚之閒謂之褶自關而西或謂之袛裯自關而東謂之甲襦陳魏宋楚之閒謂之襜襦或謂之禪襦後漢羊續傳其資藏惟有布衾敝袛裯鹽麥數斛。从衣氐聲。都衣切十五部。

衣袂袛裯。依全書之例此當云袛裯

八篇上

襤ㄌㄢˊ 䙡ㄉㄨㄛˋ 裻ㄉㄨ 袪ㄑㄩ 褎ㄒㄧㄡˋ

也衣袂二字蓋誤衍召南抱衾與裯毛曰裯禪被也从衣周聲都牢切古音在三部讀如周祗裯雙聲字也

襤裯謂之襤褸裯謂祗裯九辨被荷裯之晏晏王曰祗裯也方言曰裯謂之襤郭注祗裯敝衣亦謂襤褸按說文褸字疑衍祗裯亦名襤耳不如郭說也襤逗無緣衣也衣字依韵會補方言又曰無緣之衣謂之襤楚謂無緣之衣曰襤故祗裯無緣則謂襤也巾部幨下曰楚謂無緣衣也襤與幨同从衣監聲魯甘切八部

䙡無袂衣謂之䙡方言文从衣惰省聲徒臥切十七部

裻衣躳縫躳从呂自後言身也躳與裻雙聲下文曰裻背縫亦即此字也方言作襛繞循謂之襛襱郭云衣督脊也莊子作督緣督以爲經李云緣順也督中也衣躳縫者深衣云負繩及踝以應直是也从衣毒聲讀若督冬毒切三部

袪衣袂也鄭風遵大路唐風羔裘傳皆曰袪袂也按袪有與袂析言之者深衣注曰袪袂口也喪服記注曰袪袖口也檀弓注曰袪袖緣口也深衣喪服且袂與袪並言蓋袂上下徑二尺二寸至袪則上下徑尺二寸其義當分別也若詩之兩言袪則無庸分別定本唐風傳曰袪袂末也此非是傳下文言本末本謂羔裘末謂豹袖非謂袂本袪末也从衣去聲去魚切五部一曰袪褱也褱者袌也此義未見其證方言曰袿謂之裾郭云裾或作袪按下文云裾衣袌也此云袪袌也則知古有假袪爲裾者矣袪得訓袌故或曰藏去或曰弃或曰袪皆其義也藏物必去此而藏彼故其義亦爲擭却兒寬傳李奇注曰袪開也散也凡褰開曰袪若毛傳云袪袪彊健皃亦於从去得義古無从示之祛至集韵而後有之唐石經以車袪袪从衣不誤袪尺二寸喪服記玉藻皆有此句上蓋奪禮記曰三字春秋傳曰披斬其袪僖五年左傳文杜注亦曰袪袂也

褎袂也唐風羔裘傳曰褎猶袪也承上章言之褎引伸爲盛飾皃邶風傳曰褎如盛服皃董仲舒傳曰褎然爲舉首皃傳曰樂安褎褎生民傳曰褎長也箋云枝葉長也皆其義也从衣采聲聲蓋衍字采非聲衣之有褎猶禾之有采故曰从衣采似又切三部

袖 袂ㄇㄟˋ 褢ㄏㄨㄞˊ 裒ㄅㄠˋ 褱ㄏㄨㄞˊ 襜ㄔㄢ

袖俗褎从由由聲

袂褎也从衣夬聲彌弊切十五部郭景純云襳即袂字

褢褎也褢之爲言回也裕之高下可以運肘袂之長短反詘之及肘一曰臧也此義與褱近从衣鬼聲戶乖切十五部

裒褢也論語子生三年然後免於父母之懷馬融釋以懷抱即褢裒也今字抱行而裒廢矣抱者引堅也从衣包聲此舉形聲包會意薄保切古音在三部

褱俠也俠當作夾轉寫之誤亦部曰夾盜竊褱物也从亦有所持俗謂蔽人俾夾是也腋有所持褱藏之義也在衣曰褱在手曰握今人用懷挾字古作褱夾从衣眔聲眔从隶省聲十五部戶乖切一曰橐

襜衣蔽前釋器曰衣蔽前謂之襜此謂衣非謂蔽厀也引伸之凡衣或曰襜褕或曰襜襦皆取蔽義又引伸之凡所用蔽謂之襜巾車皆有容蓋大鄭曰容謂幨車山東謂之裳幃或曰潼容幨即襜字也詩毛傳曰帷裳婦人之車帷裳即裳幃也士昏禮婦車有裧襍記其轄有裧裧亦即襜字从衣詹聲處占切八部

袥ㄊㄨㄛˋ 衸ㄒㄧㄝˋ 袉ㄉㄨㄛˋ 裾ㄐㄩ

袥衣衸廣雅衩衸袥褋膝也玉篇褋膝褰衸也按褋膝者褰衩在正中者也故謂之袥言其開拓也亦謂之衸言其中分也袥之引伸爲推廣之義元䇲曰天地開闢宇宙袥坦廣雅釋詁曰袥大也今字作開拓拓行而袥廢矣廗與袥音義同从衣石聲他各切五部

衸袥也廣韵十六怪云褊膝裙也乃褋膝裙衸也五字之誤从衣介聲胡介切十五部

袉裾也士昏禮主人爵弁纁裳緇袘注曰纁裳者衣緇衣不言衣與帶而言袘者空其文明其與衣皆用緇袘謂緣袘之言施以緇緣裳象陽氣下施按袘即袉之異體鄭云裳緣許云裾者許謂衣褎曰袉經言緇袉則緇衣可知也緇衣未有無褎者也从衣它聲唐左切十七部玉篇曰俗作袘論語曰朝服袉紳鄉黨篇文今論語作拕作拕即手部拕字禮記云申加大帶於上是也許所據作袉假借袉爲拕也此在引經說假借之例

裾衣袌也袌各本作袍今依韵會正上文云袌褱也褱物謂之褱因之衣前衿謂之褱方言襌衣有褱者趙魏之間

八篇上

謂之袥衣郭云前施褏囊也房報切按前施褏囊即謂右外衽方言無褏者謂之裎衣則今之對衽衣無右外衽者也褻衣無褏禮服必有褏上文之衸衸謂無褏者唐宋人所謂衩衣也公羊傳曰反袂拭面涕沾袍此袍當作褏何注曰衣前襟也釋器衣皆謂之襟衱謂之裾衱同袷謂交領褏連於交領故曰衱謂之裾郭景純曰衣後襟非也釋名裾在後之說非是 **从衣居聲。讀與居同。** 从居者中可居物也非謂在後常見踞九魚切五部

諸衺也。 按當云諸衺衣褏也篇韵可證後漢書光武帝紀皆冠幘而服婦人衣諸于繡𦇧注引前書音義曰諸于大掖衣如婦人之袿衣按大掖謂大其褏也方言袿謂之裾于者衺之假借字 **从衣于聲。** 羽俱切五部

絝也。 絝者脛衣也按周禮玉府注云燕衣服者巾絮寢衣袍襗之屬論語紅紫不以為褻服鄭注云褻衣袍襗秦風與子同澤傳曰澤潤澤也箋云襗褻衣近汙垢釋名曰汗衣近身受汗垢之衣也詩謂之澤受汗澤廣韵此字三見一曰褻衣一曰袗襗一曰衣襦亦皆不云絝。按毛云潤澤也箋云襗褻衣此箋毛作潤澤故箋冢襗而釋之潤澤衣名也 **从衣睪聲。** 徒各切五部玉篇云說文大各切則大徐用舊音也襗篆舊在衸下袉上今移此與下三篆相屬

絝也。 昭廿五年左傳曰公在乾侯徵褰與襦杜曰褰絝也方言曰絝齊魯之間謂之䙱按今方言作䙱俗字也褰之本義謂絝俗乃假為騫衣字騫虧也古騫衣字作騫今假褰而褰之本義廢矣 **从衣寒省聲。** 去虔切十四部字林已偃反 **春秋傳曰徵褰與襦。**

絝踦也。 方言曰絝齊魯之間謂之䙱或謂之襱郭注今俗呼絝踦為襱音鮦魚按絝踦對下文絝上言絝之近足狹處也 **从衣龍聲。** 丈冢切九部

襱或从賣。 賣聲也三部與九部合音為近如急就篇華洞樂皇象碑及廣韵作華䙱樂

絝上也。 漢朱博傳功曹官屬多褻衣大袑不中節度絝上對上絝踦言股所居也大之則寬緩 **从衣召聲。** 市沼切二部

衣博大也。 **从衣尋聲。** 他感切古音在七部篇韵皆亦似林切

衣博裾。 博裾謂大其褏囊也漢書褒衣大袑謂大其衣絝之上也引伸之為凡大之偁為褒美 **从衣保省聲。** 博毛切古音在三部隸作褒作褏 **保古文保。**

緥也。 小雅斯干曰載衣之裼傳曰裼緥也此謂裼即褅之假借字也易聲啻聲古音同在十六部故借但裼字為褅字釋文曰韓詩作禘禘集韵云或褅字韓詩用正字毛詩用假借字也緥者小兒衣也 **从衣啻聲。** 他計切十六部 **詩曰載衣之褅。**

衣正幅。 凡衣及褎不衺殺之幅曰端左傳端委杜注禮衣端正無殺故曰端周禮士有元端素端鄭云端者取其正也按褍者正幅之名非衣名巾部幅下曰正褍裂 **从衣耑聲。** 多官切十四部

重衣皃。 **从衣圍聲。** 羽非切十五部 **爾雅曰䙡䙡襀襀。** 今爾雅無此文釋訓洄洄惛也釋文云洄本或作幗引字林幗重衣皃按玉篇作佪佪惛也而潛夫論云佪佪潰潰並用爾雅文字林幗即䙡字據潛夫論則爾雅故有潰潰字許所見潰作襀襀字見周禮夏采職故書杜子春易為綏許不從故書故無襀篆

重衣也。 也作皃者誤凡古書也皃二字互譌者多矣引伸為凡重之偁複與復義近故書多用復為複呂覽水澤復注曰復或作複東重累也詩陶復陶穴鄭注月令曰古者複穴 **从衣复聲。** 方六切三部 **一曰褚衣。** 褚見下文裝衣也

衣厚禔禔。 禔禔與媞媞義略同爾雅曰媞媞安也篇韵又曰衣服端正皃 **从衣是聲。** 杜兮切十六部

衣厚皃。 凡農聲之字皆訓厚醲酒厚也濃露多也襛衣厚皃也引伸為凡多厚之偁召南曰何彼襛矣唐棣之華傳曰襛猶戎戎也按韓詩作茙茙即戎戎之俗字耳戎取同聲得其義 **从衣農聲。** 汝容切九部 **詩曰何彼襛矣。** 詩俗本作襛誤

新衣聲。 此當依玉篇先鵠切子虛賦翕呷萃蔡張揖曰萃蔡衣聲也萃蔡讀如倅縩二音綷亦雙聲字 **一曰背縫。** 此則冬毒切與上裻義同深衣負繩及踝注云謂裻與後幅相當之縫也按後幅當是裳幅之誤衣與裳正中之縫相接也晉語衣之偏裻章曰裻在中左右異故曰偏引伸為凡中之偁近人堂涂壮

衧襗褰襱袑襑　褍䙡複禔襛裻

有二分注曰分其裻旁之脩以一分爲峻也今本作督五經文字引作裻古多假督爲裻 从衣叔聲。三部

袳 衣張也。張篇韵皆作長非按袳之言侈也經典罕用袳字者多作移作侈表記曰衣服以移之注云讀如禾氾移之移猶廣大也周禮注曰大夫已上移袂少牢饋食禮曰主婦被錫衣移袂注云移者益半士妻之袂以益之 从衣多聲。尺氏切古音在十七部 春秋傳曰公會齊侯于袳。桓十五年文左氏經作公會宋公衛侯陳侯于袲公羊經作公會齊侯宋公衛侯陳侯于侈穀梁經與左同許偁左也左無齊侯許言齊侯者容今左傳有奪袲與移同

裔 衣裾也。裾各本及篇韵皆作裙今正元應書卷十四曰說文云裔衣裾也以子孫爲苗裔者取下垂義也按帔曰襃裳曰下裳此衣裳謂下裳故方言離騷注皆曰裔末也方言又曰裔祖也亦謂其遠也方言又曰裔夷狄之緫名郭云邊地爲裔按左傳衞侯卜繇曰裔焉大國言邊於大國也裔之義如此言衣裾得以通之若言衣裾則何以解焉小徐云裾衣邊簉小徐作注時本作裾 从衣 此字衣在上正謂其末下垂 冏聲。余制切十五部

𧘝 古文裔。几聲

衯 長衣皃。子虛賦衯衯裶裶郭璞曰皆衣長皃也集韵曰或書作衮疑作衮者是 从衣分聲。撫文切十三部

裵 長衣皃。此卽子虛賦裶字也若史記子虛賦弭節裵回漢郊祀志神裴回若留放乃長衣引伸之義後漢書蘇竟傳注云裴回謂縈繞淹留是也俗乃作俳佪徘徊矣 从衣非聲。薄回切按當芳非切十五部舊在埶篆之後今移此

袁 長衣皃。此字之本義今祇謂爲姓而本義廢矣古與爰通用如袁盎漢書作爰盎是也王風有兔爰爰傳曰爰爰緩意遠轅等字以袁爲聲亦取其意也 从衣叀省聲。叀从古文叀而省羽元切十四部

䙚 短衣也。釋名曰三百斛曰䑠䑠貂也貂短也今俗語尚呼短尾曰貂尾許書無貂當作䙚以短衣之義引伸也 从衣鳥聲。都僚切二部 春秋傳曰有空䙚。曰疑衍空疑當作公卽昭廿五年左傳之季公鳥也

褺 重衣也。凡古云衣一襲者皆一褺之假借褺讀如重疊之疊文選王命論思有短褐之襲李注引說文襲重衣也王命論本作褺李注時不誤淺人妄改文選耳漢書敘傳作短褐之褻師古釋以親身之衣不知爲褺字之誤也古書之難讀如此 从衣執聲。徒叶切八部 巴郡有褺江縣。今地理志郡國志巴郡下皆作墊江縣葢淺人所改也據孟康曰音重疊之疊知漢書本不作墊江也褺江縣在今四川重慶府合州嘉陵江涪江渠江會於此入大江水如衣之重複然故以褺江名縣

襡 短衣也。篇韵皆襡與襩爲二字義別韵會合而一之非是晉書夏統傳使妓女服袿襡 从衣蜀聲讀若蜀。市玉切三部

䙅 衣至地也。从衣斲聲。竹角切三部

襦 短衣也。方言襦西南蜀漢之閒謂之曲領或謂之襦釋名有反閉襦有單襦有要襦顔注急就篇曰短衣曰襦自膝以上按襦若今襖之短者袍若今襖之長者 从衣需聲。人朱切古音在四部 襦之言濡也猶襗之言澤也 一曰㬎衣。一曰與一名同非別一義也日部曰安㬎溫也然則㬎衣猶溫衣也內則衣不帛襦袴注曰不用帛爲襦袴爲大溫傷陰氣也釋名曰襦耎也言溫耎也

褊 衣小也。引伸爲凡小之偁 从衣扁聲。方沔切十四部

袷 衣無絮。此對以絮曰襺以緼曰袍言也 从衣合聲。古洽切七部小戴記以爲交領之字

襌 衣不重。此與重衣曰複爲對 从衣單聲。都寒切十四部

襄 漢令解衣而耕謂之襄。而字依韵會補此襄字所以从衣之本義惟見於漢令也引伸之爲除去爾雅釋言詩牆有茨出車傳皆曰襄除也周書謚法云辟地有德曰襄凡云攘地攘夷狄皆襄之假借字也又引伸之爲反復大東傳云襄反也謂除此而復乎彼也釋言又曰襄駕也此驤之假借字凡云襄上也襄舉也皆同又馬注皋陶謨曰襄因也謚法因事有功曰襄此又攘之假借字有因而盜曰攘故凡因皆曰攘也今人用襄爲輔佐之義古義未嘗有此 从衣𤕦聲。息良切十部

𧞸 古文襄。不能得其會意形聲所在

被 寢衣長一身有半。論語鄉黨篇曰必有寢衣長一

衾 襐 衵 褻 衷 袾

身有半孔安國曰今被也鄭注曰今小臥被是也引伸爲横被四表之被。**从衣皮聲。**皮義切古音在十七部。

大被。釋名曰衾广也其下廣大如广受人也寢衣爲小被則衾是大被。**从衣今聲。**去音切七部。

襐飾也。各本作飾也奪襐今補此三字爲句如偓佺離黃之類淺人泛謂爲複字可刪而刪之耳巾部飾字下云襐飾也亦三字爲句廣韵曰襐未笄冠者之首飾也。**从衣象聲。**徐兩切十部。

日日所常衣。衵服見宣九年左傳。**从衣从日日亦聲。**人質切十二部。

私服。私褻疊韵論語曰紅紫不以爲褻服引伸爲凡昵狎之偁假借爲媟字。**从衣埶聲。**私列切十五部。**詩曰是褻袢也。**鄘風君子偕老文今詩褻作紲按毛傳云是當暑袢延之服當暑二字釋褻也。

裏褻衣。褻衣有在外者衷則在內者也引伸爲折衷假借爲中字。**从衣中聲。**陟弓切九部。**春秋傳曰皆衷其衵服。**宣九年左傳文。

好佳也。好下奪也字好者美也佳者善也廣韵曰朱衣也按廣韵蓋用說文古本故其字从朱衣所引詩則假袾爲姝也。**从衣朱聲。**昌朱切古音在四部。**詩曰靜女其袾。**邶風靜女文今詩袾作姝女部引詩作㛂。

八篇上

袓 裨 袢

事好也。事好猶言學好也嫺部引詩衣裳䙕䙕方言曰珇好也珇美也然則袓與䙕珇音義略同。**从衣且聲。**才與切五部。

接也。此也字依玉篇補手部曰接交也。**益也。**會部曰朇益也土部曰埤增也皆字異而音義同覲禮侯氏裨冕注曰裨冕者衣裨衣而冠冕也裨之爲言埤也天子六服大裘爲上其餘爲裨按本謂衣也引伸爲凡埤益之偁。**从衣卑聲。**府移切十六部。

衣無色也。衣字依玉篇補日部曰普日無色也袢讀若普則音義皆同女部曰姅婦人汚也義亦相近。**从衣半聲。**博幔切十四部。**一曰。**此二字衍文。**詩曰是紲袢也。**鄘風君子偕老文紲當同褻豕下作褻毛傳曰言是當暑袢延之服也袢延疊韵如方言之襜褕漢時有此語揩摩之意外展衣中用縐絺爲衣可以揩摩汗澤故曰褻袢褻袢專謂縐絺也暑天近汗之衣必無色故知一曰爲衍文矣。**讀若普。**毛詩以展袢顏媛爲韵側知袢當依釋文符袁反延讀如字普音於雙聲得之許讀如此。

雜 褽 裕 襞

五采相合也。與辭字義略同所謂五采彰施於五色作服也引伸爲凡參錯之偁亦借爲聚集字詩言襍佩謂集玉與石爲佩也漢書凡言襍治之猶今云會審也。**从衣集聲。**此篆蓋本从衣雥故篆者以木移左衣下作雜久之改雥爲隹而仍作雜也徂合切七部。

袨也。此袨當訓袨席左傳歸國子之元寘之新篋裹之以元纁加組帶焉杜曰褽薦也與許云袨也義同。**从衣尉聲。**聲字今補於胃切十五部。

衣物饒也。引伸爲凡寬足之偁方言裕道也東齊曰裕。**从衣谷聲。**羊孺切古音在三部亦作裦。**易曰有孚裕無咎。**晉初六爻辭今經有作罔虞翻王弼同則未知許所據孟易獨異與抑字譌與。

韏衣也。韋部曰革中辨謂之韏革中辨者取革中分其廣摺疊之廣雅曰韏曲也又曰韏詘也衣之襞如革之韏故曰韏衣士冠禮皮弁服素積注曰積猶辟也以素爲裳辟蹙其要中子虛賦襞積褰縐張揖曰襞積簡齰也襞經傳作辟積俗作積簡俗作襇襞亦謂之襵襵之涉反。**从衣辟聲。**必益切十六部。

八篇上

衦 裂 袈 袒

摩展衣也。摩展者摩展其襵縐而展之也石部碾下曰以石衦繒也衦之用與熨略同而異。**从衣干聲。**古案切廣韵公但切十四部。

繒餘也。巾部曰帎㡓裂也㡓殘帛也帴繒耑裂也內則曰衣裳綻裂方言曰南楚凡人貧衣被醜敝或謂之襤裂皆繒餘之意引伸爲凡分散殘餘之偁或假烈爲之方言曰烈餘也晉衛之閒曰烈齊語衣車待游車之裂韋注云裂殘也古作裂通作列。**从衣列聲。**良辥切十五部。

敝衣。敝各本作弊誤今正㡓者敝衣帤者敝巾絮者敝絮各依所从而解之易既濟六四繻有衣袽虞翻曰袽敗衣也然則袽即袈字糸部引易需有衣絮又見袈與絮可通用也晁說之曰袽又作絮玉裁謂袽絮皆袈之誤字耳。**从衣奴聲。**女加切古音在五部女居切。

衣縫解也。許書無綻字此即綻字也許書但裼字作但不

衾襐衵褻衷袾袓裨袢雜褽裕襞衦裂袈袒

補ㄅㄨˇ　襬ㄓˇ　褫ㄔˇ　臝ㄌㄨㄛˇ　裸。裎ㄔㄥˊ　裼ㄒㄧ

作袒。今人以袒爲但裼字，而但袒二篆本義俱廢矣。內則曰：衣裳綻裂。綻或作綻。鄭曰：綻猶解也。綻尙未解而近於解，故曰猶。俗語引伸爲袍滿襜裂之偁。按袒爲衣縫解，故从衣；組爲補縫，故从糸。音同而義相因也。**从衣旦聲。**丈莧切。十四部。

補 **完衣也。**既袒則宜補之，故次之以補。引伸爲凡相益之偁。**从衣甫聲。**博古切。五部。

襬 **紩衣也。**系部曰：紩者，縫也。縫者，以鍼紩衣也。方言曰：襬褕其敝者謂之緻。注云：緻縫納敝，故之名也。丁履反。按緻卽襬字。黹爲鍼刺，襬爲縫敝衣，與補組二字義略同。**从衣黹。**會意。**黹亦聲。**諸几切。十五部。

褫 **奪衣也。**奪當作敓。許訓奪爲遺失，訓敓爲彊取也。此等恐非許原文，後人以今字改古字耳。周易訟上九：或錫之鞶帶，終朝三褫之。侯果曰：褫，解也。鄭元、荀爽、翟元皆作三拕之句。翟訓拕爲奪。淮南書曰：秦牛缺遇盜，拕其衣。高注：拕，奪也。拕者褫之假借字。十七十六二部音最近也。引伸爲凡敓之偁。**从衣虒聲。讀若池。**直离切。十六部。

臝 **但也。**但各本作袒，今正。左傳：欲觀其裸。正義曰：裸謂赤體無衣也。大戴禮曰：倮蟲三百六十，聖人爲之長。王制：臝股肱。注曰：擐衣出其臂脛也。按人部曰：但，裼也。謂免上衣露裼衣。此裸裎皆訓但者，裸裎者但之尤甚者也。**从衣臝聲。**郎果切。十七部。

裸 **臝或从果。**果聲也。俗作臝，致爲不通。

裎 **但也。**但各本作袒，今正。裎之言呈也，逞也。孟子：袒裼裸裎。亦作程。士喪禮注：倮程。**从衣呈聲。**丑郢切。十一部。

裼 **但也。**但各本作袒，今正。人部曰：但者，裼也。故此云裼者，但也。是爲轉注。序云：五曰轉注。建類一首，同意相受，考老是也。老部曰：老者，考也。考者，老也。是之謂建類一首，同意相受。凡全書中異部而互訓者視此。裼訓但，但訓裼，其一耑也。在許當時確知訓裼之字作但不作袒。自許至今，經傳子史皆爲袒裼，不爲但裼。賴許書僅存，可識字之本形本義。以今字改之，則古形古義不傳。且上文云：袒，衣縫解也。裸裎裼下皆云袒也，不皆爲衣縫解乎。是許之不通甚矣。考諸經傳，凡中衣之外上衣，裘則有裼衣。裼衣之外上衣。玉藻：裘之裼也，見美也。服之襲也，充美也。鄭曰：裼者，免上衣，見裼衣。凡當盛禮者，以充美爲敬；非盛禮者，以見美爲敬。禮尙相變也。按襲裘之衣曰裼。行禮袒其上衣，見裼衣，謂之裼；不露裼衣，謂之襲。鄭注玉藻曰：袒而有衣曰裼，以別於無衣曰袒也。經傳凡單言裼者，謂免上衣也；凡單言袒者，謂免衣肉袒也。肉袒或謂之袒裼。釋言、毛傳皆曰：袒裼，肉袒也。是也。許君肉袒字作膻，在肉部，而袒作但，與裼互訓。裼爲無上衣之但，臝裎爲無衣之但。臝裎亦肉膻也。字與鄭異，而義同。裼襲之制，詳見聘禮注疏。**从衣易聲。**先擊切。十六部。禮注曰：古文禮裼皆爲賜。詩斯干假借爲禱字。

衺ㄒㄧㄝˊ　襭ㄒㄧㄝˊ　擷。袺ㄐㄧㄝˊ　褿ㄘㄠˊ

衺 **𡙇也。**交部曰：𡙇者，衺也。二篆爲互訓。小徐本作紕也，非是。𡙇今字作回，衺今字作邪。毛詩傳曰：回，邪也。**从衣牙聲。**似嗟切。古音在五部。

襭 **以衣衽扱物謂之襭。**扱，收也。周南：采采芣苢，薄言襭之。爾雅曰：扱衽謂之襭。毛傳同。**从衣頡聲。**胡結切。十二部。

擷 **襭或从手。**

袺 **執衽謂之袺。**周南：采采芣苢，薄言袺之。爾雅曰：執衽謂之袺。毛傳同。**从衣吉聲。**格八切。十二部。

褿 **帴也。**巾部曰：帴，帬也。一曰帔也。一曰婦人脅衣。**从衣曹聲。**昨牢切。又七刀切。三部。

裝ㄓㄨㄤ　裹ㄍㄨㄛˇ　裛ㄧˋ　齎ㄗ　裋ㄕㄨˋ

裝 **裹也。**束其外曰裝，故著絫於衣亦曰裝。**从衣壯聲。**側羊切。十部。

裹 **纏也。**纏者，繞也。**从衣果聲。**古火切。十七部。

裛 **纏也。**各本作書囊也。今依西都賦、琴賦注、後漢書班固傳注所引正。巾部曰：帙，書衣也。帙亦作袠。廣雅：裛謂之袠。今本殆據廣雅改耳。若依今本，則當云帙也。**从衣邑聲。**於業切。七部。

齎 **緶也。裳下緝。**各本無裳下二字，今依韵會補。依釋名當作緝下。緝下，橫縫緝其下也。緶者，緶衣也。緝同緶，漢時通用。論語鄉黨孔注曰：衣下曰齊。玉藻：縫齊倍要。正義曰：齊謂裳之下畔。深衣：下齊如權衡以應平。注曰：齊，緝也。禮喪服疏衰裳齊。疏云：衰裳旣就，乃始緝之。故言齊在衰裳下，不比言斬在衰上也。按經傳多假齊爲之，亦省作齋。**从衣齊聲。**卽夷切。十五部。

裋 **豎使布長襦。**豎與裋同。豎使謂僮豎也。淮南高注曰：豎，小使也。顏注貢禹傳曰：裋褐謂僮豎所著布長襦也。方言曰：襜褕，其短者謂之裋褕。韋昭注王命論云：裋謂短襦也。本方言。**从衣豆**

褔ㄩˇ　褐ㄏㄜˊ　衰ㄙㄨㄛ

聲。常句切古音在四部。

褔 編枲衣。謂取未績之麻編之爲衣與艸雨衣相類衣之至賤者也。一曰頭褔。月下曰小兒鑾夷頭衣也頭褔蓋即頭衣儔冒共頭耳。一曰次裹衣。方言曰繄袼謂之褔郭曰即小兒次衣也驕洛溫三音次裹今俗語尚如此小兒服之衣外以受次者。从衣區聲。於武切又於侯切四部。

褐 編枲韤。取未績之麻編之爲足衣如今艸鞵之類。一曰粗衣。文選籍田賦注作粗衣廣韵及孟子正義作短衣誤也趙注孟子曰褐以毳織之若今馬衣者也或曰枲衣也一曰粗布衣按趙云以毳與邠風鄭箋云毛布合馬衣即左傳定八年之馬褐也枲衣亦謂編枲爲衣褐賤者之服也。从衣曷聲。胡葛切十五部。

衰 艸雨衣。雨衣有不艸者左傳成子衣製杖戈杜曰製雨衣按言製則非艸爲若今油布衣。秦謂之萆。艸部曰萆雨衣一曰衰衣此則著萆爲秦語也小雅何蓑何笠傳曰蓑所以備雨笠所以禦暑公羊傳不蓑城也何云若今以艸衣城齊語注云襏襫蓑衣也襏或草字亦作薛六韜蓑薛簦笠衰俗从艸作蓑而衰遂專爲等衰衰經字衰經本作縗衰其假借字也以艸爲雨衣必層次編之故引伸爲等衰後世異其形異其音古義茲昧矣。从衣象形。謂𣏟也穌禾切十七部。

𧘝。古文衰。

卒ㄗㄨˊ

卒 隸人給事者爲卒。俗本者下有衣字宋本及御覽韵會玉篇皆無此謂人也非謂衣也方言楚東海之閒亭父謂之亭公卒謂之弩父或謂之褚注曰卒者主擔幔弩導幨因名。古㠯染衣題識故从衣一。此十字依韵會所據小徐本衣有題識如左傳云叔孫氏之甲有物杜云物識也徽字下云若今救火衣周禮司常注云今亭長著絳衣此亭卒以染衣題識之證也从一者象題識也臧沒切十五部。

褚ㄔㄨˇ　製ㄓˋ

褚 卒也。方言云卒或謂之褚是也郭云言衣赤褚音赭。从衣者聲。丑呂切五部。一曰裝也。裝各本作製誤今依玉篇廣韵正左傳鄭賈人將寘荀罃褚中以出此謂衣裝也凡裝綿曰著丑呂切其字當作褚小正七月灌荼灌聚也荼萑葦之秀爲將褚之也褚之者裝衣也將各本作蔣字之誤也

製 裁衣也。从衣制聲。征例切十五部按此篆處非其次當本在裁篆之下。

祓ㄅㄛˊ　襚ㄙㄨㄟˋ　𧘂ㄉㄧㄠ

祓 蠻夷衣。左衽衣。从衣犮聲。北末切十五部。一曰蔽厀。方言曰蔽厀江淮之閒謂之褘或謂之祓郭音沸。

襚 衣死人也。士喪禮君使人襚注襚之言遺也公羊傳曰車馬曰賵貨財曰賻衣被曰襚注襚猶遺也遺是助死之禮知生者賵賻知死者贈襚。从衣遂聲。徐醉切十五部。春秋傳曰楚使公親襚。襄二十九年左傳文楚欲使襄公親衣死人故下文魯行君臨臣喪之禮以報之也。

𧘂 棺中縑裏也。喪大記曰君裏棺用朱綠用雜金鐟大夫裏棺用元綠用牛骨鐟士不綠正義云君用朱繒貼四面綠繪貼四角大夫四面元四角綠士不綠悉用元按如其說則當云士元不當云不綠也且顏師古定本綠皆作琢謂鐟琢繒則著於棺則士不琢尤爲不辭蓋綠與琢皆字之誤古本三綠皆正作𧘂以縑裏棺曰𧘂縑幷絲繒也君朱𧘂以三色金鐟椓著之大夫元𧘂以牛骨鐟椓著之士賤不𧘂則不用鐟士喪禮纖悉畢載而不言裏棺可證也鄭曰鐟所以椓著裏金部曰鐟所以綴著物者與鄭合鐟與𧘂皆據喪大記而言。从衣弔聲。讀若雕。都僚切二部。

裞ㄕㄨㄟˋ　褮ㄧㄥˊ

裞 贈終者衣被曰裞。从衣兌聲。輸芮切十五部按此字僅見漢書朱建傳蓋襚之或字淺人所增非許本書所有也。

褮 鬼衣也。鬼衣猶寓衣明器之屬也鬼部曰魃鬼服也引韓詩傳鄭交甫逢二女魃服釋器曰衸謂之褮郭云衣開孔非許義也。从衣熒省聲。讀若詩曰葛藟縈之。一曰若靜女其袾之袾。之袾當作之靜於營切十一部。

䘰ㄕㄢ　褭ㄋㄧㄠˇ

䘰 車溫也。車溫玉篇作車䡹襌廣韵曰帑襌牛領上衣蓋當作車溫襌如帑幡襌襌詩傳袢延之比皆重疊字也今本奪一字。从衣延聲。式連切十四部。

褭 㠯組帶馬也。百官志注曰秦爵二十等三曰簪褭御駟馬者按於本義引伸之因以爲馬名要褭古之駿馬也。从衣从馬。衣馬以組帶馬之意也。奴鳥切二部。

褔褐衰卒褚製祓襚𧘂裞褮䘰褭

裘ㄑㄧㄡˊ　求　䰛ㄒㄧˋ　老ㄌㄠˇ　耋ㄉㄧㄝˊ　耄ㄇㄠˋ　耆ㄑㄧˊ

文一百一十六今增 重十一

裘 皮衣也。从衣象形。各本作从衣求聲。一曰象形。淺人妄增之也。裘之制毛在外。故象毛文與衰同意。皆从衣而象其形也。巨鳩切。古音在一部。凡裘之屬皆从裘。求 古文裘。此本古文裘字。後加衣爲裘。而求專爲干請之用。亦猶加艸爲蓑。而蓑爲等差之用也。求之加衣。葢不待小篆矣。

䰛 裘裏也。表其毛而爲之裏。附於革也。詩曰羔羊之皮。素絲五它。皮言其表也。羔羊之革。素絲五緎。革言其裏也。羔羊之縫。素絲五總。合言其表裏也。其裏之所用未詳。从裘鬲聲。讀若擊。楷革切。十六部

文二 重一

老 考也。序曰五曰轉注。建類一首。同意相受。考老是也。學者多不解。戴先生曰老下云考也。考下云老也。此許氏之恉爲異字同義舉例也。一其義類。所謂建類一首也。互其訓詁。所謂同意相受也。考老適於許書同部。凡許書異部而彼此二篆互相釋者視此。如寱窒也。窒寱也。但裼也。裼但也之類。老考以疊韵爲訓。七十曰老。曲禮文。从人毛匕。匕音化。按此篆葢本从毛匕。長毛之末筆非中有人字也。韵會無人字。言須髮變白也。說會意之恉。盧晧切。古音在三部。凡老之屬皆从老。

耋 年八十曰耋。釋言。耋老也。毛傳云。耋老也。八十曰耋。按馬融注易。服虔注左傳皆云七十曰耋。葢耋訓老。故七十八十皆得偁也。从老省。至聲。小篆既从老省矣。今人或不省非也。下同。古音至讀如絰。徒結切。十二部

耄 年九十曰耄。今作耄。从老省毛聲。耗今音讀蒿去聲。葢蒿聲毛聲古可通用也。曲禮八十九十曰耄。注云老惛忘。引左傳老將知而耄及之。按其字亦作眊。亦作旄。从老蒿省聲。从蒿者取蒿目之意。莫報切。二部

耆 老也。曲禮六十曰耆。許不言者。許以耆爲七十已上之通偁也。鄭注射義云。耆耆皆老也。古多假借爲嗜字。又按士喪禮。士虞禮。魚進鬐。注鬐脊也。古文鬐爲耆。許書髟部無鬐字。依古文禮故不錄今文禮之字也。徐鉉沾附。未識此意。許於禮經古文今文之字。依一則廢一。从老省。旨聲。渠脂切。十五部

耇ㄍㄡˇ　者ㄉㄧㄢˇ　耈ㄕㄡˋ　壽ㄕㄡˋ　考ㄎㄠˇ　孝ㄒㄧㄠˋ　毛ㄇㄠˊ

耇 老人面凍黎若垢。釋詁曰。耇老壽也。小雅毛傳曰。耇壽也。孫炎曰。耇面凍黎色如浮垢。老人壽徵也。儀禮注曰。耇凍梨也。方言曰。東齊曰眉。燕代之北郊曰梨。秦晉之郊。陳兗之會曰耇鮐。按方言又曰麋黎老也。麋黎卽卷一之眉梨。凍黎謂凍而黑色。或假梨爲之。尚書黎老作犂老。亦假借也。孫炎注本作面凍梨。見南山有臺大誓二正義。本無如字。釋名及方言注乃云如凍梨。非也。从老省。句聲。古厚切。四部

者 老人面如點處。謂老人面有黑癜之處也。點者小黑也。从老省。占聲。丁念切。古音在七部。讀若耿介之耿。雙聲也。

耈 老人行才相逮。才僅也。今字作纔。纔相逮者。兩足僅能相及。言其行遲步小也。从老省。易省。象形。各本作易省行象。誤。今正。此非易省。乃象步小相迫之狀也。讀若樹。與駐聲義略同。今俗語尚如此。常句切。四部

壽 久也。久者從後灸之也。引伸爲長久。此用長久之義也。从老省。𠷎聲。𠷎見口部。今篆體作𠷎誤。殖酉切。三部

考 老也。凡言壽考者。此字之本義也。引伸之爲成也。考槃。江漢。載芟。絲衣。毛傳是也。凡禮記皇考。春秋考仲子之宮。皆是也。又假借爲攷字。山有樞。弗鼓弗考。傳曰考擊也是也。凡言考校考問字。皆爲攷之假借也。从老省。丂聲。苦浩切。古音在三部

孝 善事父母者。禮記孝者畜也。順於道不逆於倫。是之謂畜。从老省。从子。子承老也。說會意之恉。呼教切。二部

文十

毛 眉髮之屬及獸毛也。眉者目上毛也。髮者首上毛也。而者須也。須者而也。頤下之毛也。髯者頰須也。𩑶口上須也。及獸毛者。貴人賤畜也。象形。莫袍切。古音二部。凡毛之屬皆从

毴ㄖㄨㄥˇ 𣬼ㄏㄢˋ 毨ㄒㄧㄢˇ 𣯶ㄇㄣˊ 氈ㄓㄢ

毴 毛盛也。从毛隼聲。而尹切又人勇切按而尹卽玉篇之而允也書釋文氄徐而允反又如兖反俗本允兖字皆譌作充而集韵類篇因有而隴如容兩切矣古音當在十五部如隼之在十五十三兩部也 虞書曰。虞當作唐說詳禾部 鳥獸毴髦。堯典文髦毛古同用今書毴作氄馬云溫柔皃

𣬼 獸豪也。豪者豕鬣如筆管者也引伸爲毛之長者之偁𣬼古書多作翰尚書大傳之西海之濱取白狐青翰鄭曰翰長毛也長楊賦藉翰林以爲主人韋昭曰翰筆也善曰說文云毛長者曰翰按翰當作𣬼葢說文古本有毛長者曰𣬼五字在獸豪也之下曲禮雞曰翰音注翰猶長也其引伸之義也 从毛倝聲。侯旰切十四部

毨 選也。二字依韵會 仲秋鳥獸毛盛。可選取㠯爲器。毨選雙聲堯典鳥獸毛毨鄭注毨理也毛更生整理周禮中秋獻良裘王乃行羽物鄭注良善也仲秋鳥獸毛毨因其良時而用之按許說兼包鄭二義 从毛先聲。讀若選。蘇典切古音在十三部

𣯶 㠯毳爲𦅫。毳獸細毛也𦅫西胡毳布也 色如𧄒。故謂之𣯶。與𧄒雙聲 𧄒。禾之赤苗也。詳艸部𧄒取其同赤故名略同 从毛𦿆聲。莫奔切古音在十四部 詩曰。毳衣如𣯶。王風文今詩𣯶作璊毛曰璊𧄒也按許云毳𦅫謂之𣯶然則詩作如𣯶爲長作如璊則不可通矣玉部曰璊玉䞓色也禾之赤苗謂之𧄒璊玉色如之是則𣯶與璊皆於𧄒得音義許偁詩證毳衣色赤非證𣯶𥩈體也淺人改从玉爲从毛失其指矣抑西胡毳布中國自古有之斷非法服毛傳曰大車大夫之車也天子大夫四命其出封五命如子男之服乘其大車檻檻然服毳冕以決訟是則詩所云毳衣者周禮之毳冕非西胡毳布也許專治毛詩豈容昧此疑此六字乃淺人妄增非許書固有然鄭司農之注周禮曰毳罽衣也至後鄭乃云毳畫虎蜼謂宗彝也是則自康成以前皆謂毳爲𦅫衣毛公但云毳冕而不言何物許說正同大鄭耳

氈 撚毛也。手部曰撚者蹂也撚毛者蹂毛成氈也周禮掌皮曰共其毳毛爲氈古多假旃字 从毛亶聲。諸延切十四部

毳ㄘㄨㄟˋ 𣰎ㄈㄟ 尸ㄕ 㞟ㄉㄧㄢˋ 居ㄐㄩ

文六

毳 獸細毛也。掌皮注曰毳毛毛細縟者 从三毛。毛細則叢密故从三毛衆意也此芮切十五部 凡毳之屬皆从毳。

𣰎 毛紛紛也。紛紛者多也非分雙聲𣰎𣰎猶紛紛也廣韵曰細毛 从毳非聲。甫微切十五部

文二

尸 陳也。陳當作敶攴部曰敶列也小雅祈父傳曰尸陳也按凡祭祀之尸訓主郊特牲曰尸陳也注曰此尸神象當從主訓之言陳非也玉裁謂祭祀之尸本象神而陳之而祭者因主之二義實相因而生也故許但言陳至於在牀曰屍其字从尸从死別爲一字而經籍多借尸爲之 象臥之形。臥下曰伏也此字象首俯而曲背之形式脂切十五部 凡尸之屬皆从尸。

㞟 侍也。侍者儲待也大元假爲天地奠位之奠 从尸奠聲。堂練切古音在十一部

居 蹲也。足部曰蹲居也二字爲轉注今足部改居爲踞又妄添踞篆訓云蹲也總由不究許書條理罔知古形古義耳立部竣下亦曰居也亦同義而譌爲偓竣也葢俗本之紛亂如此說文有凥有居凥處也从尸得几而止凡今人居處字古祇作凥處居蹲也凡今人蹲踞字古祇作居廣雅釋詁二凥也一條釋詁三踞也一條晝然分別曹憲曰按說文今居字乃箕居字近之矣但古人有坐有跪有蹲有箕踞跪與坐皆厀著於席而跪聳其體坐下其髀詩所謂啓處四牡傳曰啓跪也處居也四牡不遑啓處采薇出車作不遑啓居居皆當作凥許凥下云處也正本毛傳引伸之爲凡凥處字也若蹲則足底著地而下其髀聳其厀曰蹲其字亦作竣原壤夷俟謂蹲踞而待不出迎也若箕踞則髀著席而伸其脚於前是曰箕踞趙佗箕踞見陸賈聞賈言乃蹷然起坐是也箕踞爲大不敬三代所無居篆正謂蹲也今字用蹲居字爲凥處字而凥字廢矣又別製踞字爲蹲居字而居之本義廢矣 从尸古聲。各本作古者居从古乖於全書之例淺人

⿸尸足。 屓ㄒㄧˋ 屑ㄒㄧㄝˋ 展ㄓㄢˇ 屆ㄐㄧㄝˋ 尻ㄎㄠ 㞘ㄊㄨㄣˊ 脽。 臀。 ⿸尸旨ㄑㄧˋ 尼ㄋㄧˊ

因下云俗居从足而竄改爲譌誤耳今正九魚切五部 ⿸尸足 俗居从足。小徐本如此不誤大徐本篆作⿸尸足斯非也小徐云⿸尸足一本从居則小徐時固有兩本 屓 臥息也。西京賦吳都賦皆用屓字說者謂作力之皃也奰見大部奰俗譌贔屓俗譌屭又譌贔今學者罕知其本字矣屓之本義爲臥息鼻部所謂鼾也用力者必鼓其息故引伸之爲作力之皃屓息也音義略同 从尸自。徐鍇曰自鼻也小徐作自聲許介切按本虛器切十五部 屑 動作切切也。方言曰屑屑不安也秦晉謂之屑屑又曰屑勞也屑㥛也邶風不我屑以毛傳曰屑潔也 从尸㑒聲。私列切十二部按俗从肖非 展 轉也。展者未轉而將轉也陸德明云字林作輾然則周南作輾轉非古也毛傳曰展誠也方言曰展信也此因展與亶音近假借 从尸展布四體之意 襄省聲。知衍切十四部 屆 行不便也。此與艐義相近艐船著沙不行也 一曰極也。釋言曰屆極也蕩閟宮毛傳同釋詁方言皆曰艐至也郭云艐古屆字按謂古用艐今用屆也艐屆雙聲 从尸凷聲。古拜切十五部 尻 脽也。按釋名以尻與臀別爲二漢書結股腳連脽尻每句皆合二物也尻今俗云溝子是也脽今俗云屁股是也析言是二統言是一故許云尻脽也通俗文䠋者皆云尻骨謂之八髎釋名曰尻廖也所在廖牢深也 从尸九聲。苦刀切古音在三部 㞘 髀也。髀者股外也此云髀者專言股後 从尸下丌尻几。尻各本作居誤今正丌下基也㞘者人之下基尻几者猶言坐於牀木部曰牀安身之几坐也尻下曰从尸得几而止皆謂牀也徒魂切十三部 脽 㞘或从肉隼。隼聲也與肉部脽字義同字異 臀 㞘或从骨殿聲。今周易春秋考工記皆作臀从肉臀後曰殿即臀之假借字也 ⿸尸旨 尻也。从尸旨聲。詰利切十五部 尼 從後近之。尼訓近故古以爲親暱字高宗肜日曰典祀無豐于尼釋文尼女乙反尸子云不避遠尼尼近也正義釋詁云即尼也孫炎云即猶今也尼近也郭璞引尸子悅尼而來遠自天寶間衞包改釋尼爲昵開寶間陳諤又

屖ㄒㄧ 屝ㄈㄟˋ 屍ㄕ 屠ㄊㄨˊ 屧ㄒㄧㄝˋ 屋ㄨ 屇ㄔㄚ 㞒ㄓˊ 㞉ㄖㄢˇ 屒ㄓㄣˇ

改釋文尼爲昵而賈氏羣經音辨所載猶未誤也尼之本義從後近之若尼山乃取於圩頂水潦所止泥之假借字也孟子止或尼之尼止也與致遠恐泥同泥濘之假借字也 从尸匕聲。女夷切古音在十五部 屇 屇㞒。二字各本無今依全書通例補 從後相躡也。躡各本作㞒今依玉篇訂以後次前積壘之謂之屇㞒吳都賦作墧塌楚立除立二切晉曰枝柯相重疊皃廣韻曰重累土也廣韻亦單用屇字訓㩜非此義 从尸臿聲。楚洽切八部廣韻云初戢切 㞒 屇㞒也。从尸乏聲。直立切七部 㞉 柔皮也。周禮所謂攻皮也函人職曰革欲其柔滑而腛脂之則䏓廣雅曰㞉弱也是與䏓音義同 从尸又。會意 又申尸之後也。从尸謂皮也从又謂申其後也申者引伸之意此九字大小徐本皆不完今補大徐作㞉而曰或从又疑从又爲是人善切十五部小 ⿸尸⿱厂又 屒 伏皃。未聞 一曰屋宇也。與宀部宸音義同尸象屋形 从尸辰聲。珍忍切十三部 屖 屖遟也。三字爲句玉篇曰屖今作栖然則屖遟即陳風之棲遟也毛傳曰棲遟遊息也 从尸辛聲。先稽切古音在十二部 屝 履屬。屝者履也足所依也云屬者屝之麤者曰屝也方言曰屝麤履也釋名曰齊人謂草履曰屝按喪服傳菅屨者菅菲也杜注左傳曰屝草屨也菲者屝之假借字 从尸非聲。扶沸切十五部 屍 終主也。終主者方死無所主以是爲主也曲禮曰在牀曰屍今經傳字多作尸同音假借也亦尚有作屍者 从尸死。死者終也尸者主也故曰終主式脂切十五部 屠 刳也。刳判也 从尸者聲。同都切五部 屧 履之荐也。之各本作中今依元應所引訂此藉於履下非同履中苴也荐者藉也吳宮有響屧廊東宮舊事有絳地文履屧百副即今婦女鞵下所施高底其字本音他頰切轉爲他計切今餘閭有抽屜本即屧字 从尸枼聲。穌叶切八部 屋 凥也。凥各本作居誤今正凡凥處於尸得几之字引伸不當用蹲居字也屋者室之覆也引申之凡覆於上者皆曰屋天

屓屑展屆尻㞘⿸尸旨尼屇㞒㞉屒屖屝屍屠屧屋

屋。
臺。
屛ㄆㄧㄥˊ 層ㄘㄥˊ

子車有黃屋詩夒屋小帳也从尸。句尸所主也。凡尸皆得訓主屋从尸者人為屋主也一曰尸象屋形。此从尸之又一說也上象覆旁象壁从至。句至所止也。屋室皆从至。室下亦曰至所止也烏谷切三部屋籀文屋从厂。厂呼旱切臺古文屋。按此字葢即手部古文握字見於淮南書淺人補入此耳屛屛蔽也。此復舉字之未刪者蔽也小雅萬邦之屛傳曰屛蔽也引伸為屛除按古無平仄之分从尸幷聲。必郢切十一部層重屋也。曾之言重也曾祖曾孫皆是也故从曾之層為重屋考工記四阿重屋注曰重屋複笮也後人因之作樓木部曰樓重屋也引伸為凡重疊之偁古亦假增為之从尸曾聲。昨棱切六部

文二十三　重五

桐城章甫校字

屛
層

尺ㄔˇ　咫ㄓˇ

說文解字第八篇下

金壇段玉裁注

尺 十寸也。寸十分也。禾部曰：𥝩髮爲程，一程爲分，十分爲寸。又曰：律數十二，十二禾秒而當一分，十分而寸。漢志曰：九十分黃鐘之長，一爲一分，十分爲寸，十寸爲尺，十尺爲丈，十丈爲引，而五度審矣。人手卻十分動脈爲寸口。寸部下亦曰：人手卻一寸動𧖴謂之寸口。鄭注周禮曰：脈之大候要在陽明寸口。疏云：陽明在大拇指本骨之高處與第二指間。寸口者，大拇指本高骨後一寸是也。按大拇指本高骨後一寸許，所謂人手卻十分也。卻者，㡿也。㡿者，拓也。人手竟又開拓十分，得動脈之處是曰寸口。凡寸之度取象於此。十寸爲尺。十其長是爲尺。尺，逗所㠯指尺規榘事也。指尺當作指㡿，聲之誤也。指㡿猶標目也。用規榘之事非尺不足以爲程度。尺居中，下可㡿寸分，上可包丈引也。漢志曰：寸者，忖也。尺者，蒦也。尺、㡿、蒦三字同韵。从尸，主也。从乙。會意。昌石切。古音在五部。古書亦乙借赤爲之。毛晃曰：宋時案牘如此。乙，逗所識也。漢武帝讀東方朔上書，未盡，輒乙其處，題識之意也。以榘尺記識所度，故從乙。周制寸尺咫尋常仞諸度量皆㠯人之體爲法。寸法人寸口，尺起於寸，咫法中婦人手，尋八尺也，法人兩臂之長，常倍尋。或曰常當作丈。周制八寸爲尺，十尺爲丈，人長八尺，故曰丈夫。人部曰：仞，伸臂一尋也。是仞尋無二，而此尋仞並舉，疑許主七尺曰仞之說。人部之解出後人改竄，非許原文。說詳人部。凡尺之屬皆从尺。

咫 中婦人手長八寸謂之咫。賈逵、韋昭注國語，杜預注左傳說皆同。案咫之言猶近也。晉語：吾不能行也咫。楚語：是知天咫。周書：大子晉視道如咫。周尺也。通典引白虎通曰：夏法日，日數十也，日無不照，尺所度無不極，故以十寸爲尺。殷法十二月，言一歲之中無所不成，故以十二寸爲尺。周據地而生，地者陰也，以婦人爲法，婦人大率奄八寸，故以八寸爲尺。按奄字未詳，疑是手之譌字。上文曰十寸爲尺，此及夫字下云周制八寸爲尺，別周制之異乎古也。王制曰：古者以周尺八尺爲步，今以周尺六尺四寸爲步。鄭注曰：周尺之數未之詳聞。案禮制周猶以十寸爲尺，蓋六國時多變亂法度，或言周尺八寸，以步更爲八八六十四寸。鄭意八寸爲尺，周末始有之，與許說異。然許亦曰：諸侯力政，分爲七國，田疇異畮，車涂異軌，律令異法。則其說亦未嘗不合也。左傳天威不違顏咫尺，咫尺並言，不云二尺也。國語、列子皆言其長尺有咫，亦不言其長二尺也。是可證周未嘗八寸爲尺矣。从尺只聲。諸氏切。十六部。

文二

尾ㄨㄟˇ

尾 微也。微當作敚。敚，細也。此以㬪韵爲訓，如門，捫也；戶，護也之例。方言曰：尾，盡也。尾，梢也。引伸訓爲後，如晉語歲之二七其靡有微兮，古亦叚微爲尾。从到毛在尸後。到者，今之倒字。無斐切。十五部。今隸變作尾。古人或飾系尾，未聞。鄭說韍曰：古者佃漁而食之，衣其皮，先知蔽前，後知蔽後。後王易之以布帛，而獨存其蔽前者，不忘本也。按蔽後卽或飾系尾之說也。西南夷皆然。後漢書西南夷列傳曰：槃瓠之後，好五色衣服，製裁皆有尾形。按尾爲禽獸之尾，此甚易解耳，而許必以尾系之人者，以其字從尸，人可言尸，禽獸不得言尸也。凡全書內嚴人物之辨每如此。人飾系尾而禽獸似之，許意如是。凡尾之屬皆从尾。

屬ㄕㄨˇ　屈ㄑㄩ

屬 連也。連者，負車也。今字以爲聯字。屬，今韵分之欲、市玉二切，其義實通也。凡異而同者曰屬。鄭注司徒序官云：州、黨、族、閭、比者，鄉之屬別。注司市云：介次，市亭之屬別小者也。凡言屬而別在其中，如稅曰稻屬、秏曰稻屬是也。言別而屬在其中，如稗曰禾別是也。从尾，取尾之連於體也。蜀聲。之欲切。三部。今作屬。

屈 無尾也。韓非子曰：鳥有翢翢者，重首而屈尾。高注淮南云：屈讀如秋雞無尾屈之屈。郭注方言隆屈云：屈尾。淮南屈奇之服，許注云：屈，短也；奇，長也。凡短尾曰屈。玉篇巨律切，元應書、廣韵衢勿切，今俗語尚如是。引伸爲凡短之偁。山短高曰崛，其類也。今人屈伸字古作詘申，不用屈字，此古今字之異也。鈍筆曰掘筆，短頭船

尿 ㄋㄧㄠˋ　履 ㄌㄩˇ　𩏂。屨 ㄐㄩˋ　𡳐 ㄌㄧˋ　𡱿 ㄒㄩˋ　屩 ㄐㄩㄝ　屐 ㄐㄧ

曰擺頭皆字之假借也。从尾出聲。九勿切十五部按九勿當作備勿乃合俗分屈屈爲二字不知屈乃屈之隸變

尿 人小便也。从尾水。會意古書多假溺爲之奴弔切二部

文四

履 足所依也。履依疊韵古曰屨今曰履古曰履今曰鞵名之隨時不同者也引伸之訓踐如君子所履是也又引伸之訓祿詩福履綏之毛傳曰履祿也又引伸之訓禮序卦傳詩長發傳是也履禮爲疊韵履祿爲雙聲从尸服履者也。从彳夊。夊楚危切彳夊皆行也从舟象履形。合四字會意良止切按良止誤也當依篇韵力几切十五部一曰尸聲。別一說也凡履之屬皆从履。

𩏂 古文履从頁从足。履重首故从頁

屨 履也。晉蔡謨曰今時所謂履者自漢以前皆名屨左傳踊貴屨賤不言履賤禮記戶外有二屨不言二履賈誼曰冠雖敝不以苴屨亦不言苴履詩曰糾糾葛屨可以履霜屨舄者一物之別名履者足踐之通稱按蔡說極精易詩三禮春秋傳孟子皆言屨不言履周末諸子漢人書乃言履詩易凡三履皆謂踐也然則履本訓踐後以爲履名古今語異耳許以今釋古故云古之屨卽今之履也周禮屨人掌爲舄屨鄭云複下曰舄禪下曰屨古人言屨以通於複今世言屨以通於禪俗易語反與方言屝屨麤屨也履其通語也从履省婁聲。九遇切古音在四部一曰鞮也。革部鞮下曰屨也二字爲轉注方言曰禪者謂之鞮

𡳐 履下也。謂履之之底也行地經歷者今人言履歷當用此字从履省歷聲。郎擊切十六部

𡱿 履屬。从履省予聲。徐呂切五部廣韵徐預切

屩 屐也。屐大徐作履非也今依小徐史記孟嘗君傳躡屩虞卿傳及漢書王褒傳作蹻假借字也釋名曰屩蹻也出行著之蹻蹻輕便因以爲名應劭曰木屩臣瓚曰以繩爲屩徐廣曰蹻草履也按屩蓋輕便可遠行之履非法服之履遠臣瓚徐廣說是从履省喬聲。居勺切古音在二部平聲

屐 屩也。从履省支聲。奇逆反古音在十六部按釋名云屐搘也爲兩足搘以踐泥也又云屩不可踐泥也屐踐泥者也然則屐與屩有別

文六　重一

舟 ㄓㄡ　俞 ㄩˊ　船 ㄔㄨㄢˊ　肜 ㄔㄣ　舳 ㄓㄡˊ

舟 船也。邶風方之舟之傳曰舟船也古人言舟漢人言船毛以今語釋古故云舟卽今之船也不傳於柏舟而傳於此者以方之爲泭而非船也古者共鼓貨狄刳木爲舟剡木爲楫以濟不通。郭注山海經曰世本云共鼓貨狄作舟易辭曰刳木爲舟剡木爲楫舟楫之利以濟不通致遠以利天下蓋取諸渙共鼓貨狄黃帝堯舜閒人貨狄疑卽化益化益卽伯益也考工記故書舟作周象形。職流切三部凡舟之屬皆从舟。

俞 空中木爲舟也。淮南氾論訓古者爲窬木方版以爲舟航高注曰窬空也方並也舟相連爲航也按窬同俞空中木者舟之始並版者航之始如椎輪爲大路之始其始見本空之木用爲舟其後因刳木以爲舟凡穿窬廁牏皆取義於俞中孚傳曰利涉大川乘木舟虛从亼从舟从巜。合三字會意羊朱切古音在四部巜水也。巜下曰水流澮澮也說从巜之意

船 舟也。二篆爲轉注古言舟今言船如古言屨今言鞵舟之言周旋也船之言泝沿也从舟㕣聲。各本作鉛省聲非是口部有㕣字水部有沿字㕣聲今正食川切十四部

肜 船行也。夏曰復胙商曰肜周曰繹卽此字取舟行延長之意也其音以戎切其字毛詩箋作融从舟彡聲。丑林切七部

舳 艫也。各本艫上有舳字今補此三字爲句非以艫釋舳也韵會所據本不誤从舟由聲。直六切三部漢律名船方長爲舳艫。長當作丈史漢貨殖傳皆曰船長千丈注者謂總積其丈數蓋漢時計船以丈每方丈爲一舳艫也此釋舳艫之謂二字不分析者也下文分釋謂船尾舳謂船頭艫此分析者也一曰船尾。船舊作舟今正此單謂舳字也方言曰舟後曰舳舳所以制水也郭

艫ㄌㄨˊ　舠ㄨˋ　艐ㄗㄨㄥ　朕ㄓㄣˋ　舫ㄈㄤˇ

云今江東呼柁爲舡按舡名船其尾曰柁柁仲長統郭璞皆用柁字而淮南子作杕船之有柁如車之有轄主乎運轉

艫舳艫也此二字不分析之說也从舟盧聲洛乎切五部一曰船頭此單謂艫字也方言曰舟首謂之閤閭郭云今江東呼船頭屋謂之飛閭是也釋名曰舟其上屋曰廬象廬舍也其上重室曰飛廬在上故曰飛也按此皆許所謂船頭曰艫艫閭古音同耳李斐注武帝紀亦云舳船後持柁處艫船頭刺櫂處說與許同而小爾雅艫船後也舳船前也吳都賦劉注本之與許異葢小爾雅呼設柁處爲船頭也

舠船行不安也方言說舟曰僞謂之扤扤不安也郭云僞音訛船動搖之皃也扤吾敎反按舠者正字扤者假借字也書阮陧易臲卼皆不安也从舟刖省聲聲字舊奪今補讀若兀五忽切十五部廣韵曰俗作舩

艐船著沙不行也沙字各本奪今依廣韵一東三十三箇所引補大人賦張揖注曰艐著也尸部屆行不便也郭注方言云艐古屆字按釋詁方言皆曰艐至也不行之義之引伸也从舟㚇聲子紅切九部讀若辜此音與子紅爲雙聲與屆亦雙聲漢時語如是

朕我也闕此說解既闕而妄人補我也二字未知許說字之例也按朕在舟部其解當曰舟縫也从舟灷聲何以知爲舟縫也考工記函人曰視其朕欲其直也戴先生曰舟之縫理曰朕故札續之縫亦謂之朕所以補許書之佚文也本訓舟縫引伸爲凡縫之偁凡言朕兆者謂其幾甚微如舟之縫如龜之坼也目部瞽字下云目但有朕也謂目但有縫也釋詁曰朕我也此如卬吾台余之爲我皆取其音不取其義趙高之於二世乃曰天子所以貴者但以聞聲羣臣莫得見其面故號曰朕比傳朕字本義而言之遂以亡國凡說文字不得其理者害必及於天下趙高王安石是也云从舟灷聲者人部佚字亦云灷聲今說文雖無灷字然論例當有之凡勝騰滕賸縢皆以朕爲聲則朕古音當在六部矣今音直禁切六部與七部合韵取近也

舫船也各本作船師也今依韵會所據本舫祇訓船舫人乃訓習水者觀張揖之訓榜人可得其理矣篇韵皆曰竝兩船是認船爲方也舫行而方之本義廢矣舫之本義亦廢矣爾雅釋言曰舫舟也其字作舫不誤又曰舫泭也其字當作方俗本作舫舫釋水大夫方舟亦或作舫則與毛詩方泭也不相應愚謂爾雅一書多俗字與古經不相應由習之者多率肊改之也明堂月令曰舫人月令六月命漁師伐蛟鄭注今月令漁師爲榜人按榜人即舫人舫正字榜假借字許所據即鄭所謂今月令也子虛賦榜人歌張揖注曰榜船也月令命榜人榜人船長也張所據亦作榜人舫人二字舊奪今補習水者張揖所謂船長杜詩所謂長年吳都賦曰篙工楫師選自閩禺从舟方聲甫妄切十部

般ㄅㄢ

般辟也人部僻下曰辟也此辟字義同投壺曰賓再拜受主人般旋曰辟主人阼階上拜送賓般旋曰辟般步干反還音旋辟徐扶亦反論語包氏注足躩如盤辟皃也盤當作般般辟漢人語謂退縮旋轉之皃也大射儀賓辟注曰辟逡遁不敢當盛釋言曰般還也還者今之環字旋也荀爽注易曰盤桓者動而退也般之本義如是引伸爲般遊般樂象舟之旋說从舟之意从舟从殳會意殳令舟旋者也令韵會作命說從殳之意殳謂所以刺船者也北潘切按當云薄官切十四部

𦨖ㄈㄨˊ　服ㄈㄨˊ

古文般从攴各本作从支誤今正从攴猶从殳也

服用也關雎箋曰服事也一曰車右騑所目舟旋騑毛刻作騎誤馬部曰騑驂也旁馬也古者夾轅曰服馬其旁曰驂馬此析言之許意謂渾言皆得名服馬也獨言右騑者謂將右旋則必策冣右之馬先向右左旋亦同舉右以晐左也舟當作周馬之周旋如舟之旋故其字从舟从舟𠬝聲房六切古音在一部古文服从人从舟从人者凡事如舟之於人冣切用也凡事皆當如人之操舟也

䑟ㄓㄡ

䑟小船也从舟周聲各本無此字衞風曾不容刀釋文曰說文作䑟小船也正義曰說文作䑟小船也今據補於末其形从正義

文十二補䑟則十三　重二

方ㄈㄤ

方併船也周南不可方思邶風方之舟之釋言及毛傳皆曰方泭也今爾雅改方爲舫非其義矣併

船者竝兩船爲一。釋水曰大夫方舟，謂併兩船也。泭者編木以爲渡，與併船異事。何以毛公釋方不曰併船而曰泭也？曰：併船、編木，其用略同，故俱得名方。方舟爲大夫之禮，詩所言不必大夫，則釋以泭可矣。若許說字，則見下从舟省而上有竝頭之象，故知併船爲本義，編木爲引伸之義。又引伸之爲比方，子貢方人是也。秦風百夫之防，毛曰防比也，謂防卽方之假借也。又引伸之爲方圓、爲方正、爲方向。又假借爲旁。上部曰旁溥也。凡今文尙書作旁者，古文尙書作方。爲大也。生民實方實苞，毛曰方極畝也，極畝大之意也。又假借爲甫。召南維鳩方之，毛曰方之方有之也。方有之猶甫有之也。**象兩舟省總頭形。**兩當作网。下象兩舟併爲一，上象兩船頭總於一處也。府良切。十部。通俗文連舟曰舫，與許說字不同，蓋方正字俗用舫。**凡方之屬皆从方。**

汸　方或从水。

斻　方舟也。舟字蓋衍。衛風一葦杭之，毛曰杭渡也。杭卽斻字。詩謂一葦可以爲之舟也。舟所以渡，故謂渡爲斻。始皇臨浙江，水波惡，乃西百二十里從狹中渡，其地因有餘杭縣。杜篤論都賦造舟於渭北杭涇流，章懷後漢書作北斻，注云說文斻字在方部，今流俗不解，遂與杭字相亂者，誤也。是說誠然。杭之作杭久矣，章懷偶一正之而不能盡正也。李南傳向度宛陵浦里斻，馬蹏足，亦係章懷改杭爲斻，而地理郡國二志餘杭縣未之或改也。杭亦作航。方言曰舟或謂之航。杭者，說文或抗字。**从方亢聲。**胡郎切。十部。**禮：天子造舟，諸侯維舟，大夫方舟，士特舟。**大雅詩傳及釋水同。李巡曰：比其舟而渡曰造舟，中央左右相維持曰維舟，併兩船曰方舟，一舟曰特舟。孫炎曰：造舟，比舟爲梁也；維舟，連四舟也。釋水及公羊傳注此下又有庶人乘泭句。

文二　重一

儿　古文奇字人也。此蒙人部而言。人者天地之性最貴者也。此籒文象臂脛之形。其作儿者，則古文奇字之儿也。如大下曰天大地大人亦大，故大象人形，古文大也；大下曰籒文大，則例正同。大與儿之義已見於大與儿之下，故皆不必更言其義。今俗本古文奇字之上妄添仁人也三字，是爲蛇足。同字而必異部者，異其从之之字也。**象形。孔子曰：儿在下，故詰詘。**儿在各本作在人，今依玉篇訂。各本作屈，誤，今正。舉孔子說證象形也。籒文兼象臂脛，古文奇字則惟象股腳。詰詘猶今云屈曲也。如鄰切。十二部。**凡儿之屬皆从儿。**

兀　高而上平也。从一在儿上。儿各本作人，今正。一在儿上，高而平之意也。凡从兀聲之字多取孤高之意。**讀若夐。**夐今韵在四十四諍，古音在元寒部。今韵十月者，元之入也。兀音同月，是以朗亦作䠒。其平聲讀如涓，在十四部。今音五忽切。**茂陵有兀桑里。**地理志右扶風有茂陵縣，郡國志同。許多言鄉言亭，此言里者，蓋周秦舊名。

兒　孺子也。子部曰孺乳子也。乳子，乳下子也。禮記謂之嬰兒，女部謂之嫛婗。兒孺雙聲。引伸爲凡幼小之偁。**从儿，象小兒頭囟未合。**謂象體囟也。囟者，頭會𡿺蓋也。小兒初生，𡿺蓋未合，故象其形。汝移切。十六部。

允　信也。釋詁、毛傳皆曰允信也。詩仲允，漢表作中術。**从吕儿。**大徐作从儿吕聲，吕非聲也，今依韵會所據小徐本。吕，用也。任賢勿貳是曰允。此會意字。余準切。十三部。

兌　說也。說者，今之悅字，其義見易。大雅行道兌矣，傳曰兌成蹊也。松柏斯兌，傳曰兌易直也。此引伸之義。老子塞其兌，閉其門，借爲閱字，閱同穴。**从儿㕣聲。**㕣與沇古同字同音。兌爲㕣聲者，古合音也。大外切。十五部。

充　長也。高也。廣韵曰美也，塞也，行也，滿也。**从儿育省聲。**三部與九部合音也。昌終切。九部。

亮　明也。从儿高省。各本無此，依六書故所據唐本補。蓋卽晁氏以道所見唐本也。古人名亮者字明。人處高則明，故其字从儿高。明者可以佐人，故釋詁曰亮相導也。典謨多用亮字。大雅涼彼武王，傳曰涼佐也。此假涼爲亮也。韓詩正作亮。孟子曰君子不亮，惡乎執？此假亮爲諒也。力讓切。十部。

文六　今增亮，則文七。

兄 長也。古長不分平上其音義一也長短滋長長幼皆無二義兄之爲長以疊韵爲訓也小雅兄也永歎傳曰兄茲也大雅倉兄塡兮傳曰兄滋也職兄斯引職兄斯弘傳曰兄茲也又小雅僕夫兄瘁箋云兄茲也又大雅亂兄斯削箋云而亂茲甚茲與滋義同茲者草木多益也滋者益也凡此等毛詩本皆作兄俗人乃改作从水之況又譌作况陸氏音義不能諟正畫一正僞錯出且於常棣云作兄者非由未知茲益乃兄之本義故耳兄之本義訓益許所謂長也許不云茲者許意言長則可晐長幼之義也矢部矤下曰兄詞也謂加益之詞此滋長之義也無逸無皇曰今文尚書作毋兄曰王肅本皇作況注曰況滋韋昭注國語云況益也皆兄訓益之證引伸之則爾雅曰男子先生爲兄後生爲弟先生之年自多於後生者故以兄名之猶弟本義爲韋束之次弟以之名男子後生者也莫重於君父故有正字兄弟之字則依聲託事古兄長與兄益無二音也淺人謂兄之本義爲男子先生則主從倒置豈弟之本義爲男子後生乎世之言小學者知此而後可與言說文可與言經義顧希馮玉篇不知此則直云男

子先生爲兄男子後生爲弟而已以兄弟二部次於男部女部閒觀其列部之次第可以知其不識字義 从儿从口。口之言無盡也故以儿口爲滋長之意今音許榮切古音在十部讀如荒轉爲去聲許訪切今人謂兄爲況老乃古語也用況者於古爲假借貺況皆俗字貺以意製左國多用之况乃況之變寂爲後出 凡兄之屬皆从兄。

兢 競也。競者彊語也小雅無羊傳曰矜矜兢兢以言堅彊也釋文此義其冰反 从二兄。會意 二兄競意。說從二兄之意 从丰聲。丰讀若介此取雙聲也二丰皆聲也讀若矜。居陵切六部漢時矜讀如今韵矣 一曰兢。此復舉兢字各本誤作競今依葉抄本集韵類篇無此字 敬也。小雅戰戰兢兢傳曰戰戰恐也兢兢戒也小徐本無此五字玉篇引亦無

文二

先 首笄也。竹部曰笄簪也二字爲轉注古言笄漢言先此謂今之先卽古之笄也古經無簪字惟易豫九四朋盍簪鄭云速也實寁之假借字張揖古今字詁寁作撍埤蒼云撍疾也寁撍同字京作撍經文之簪古無釋爲笄者又士喪禮復者一人以爵弁服簪衣于衺注云簪連也然則此實鐕之假借字金部曰鐕可以衣箸物者凡經典此二簪字外無言簪者 从儿。匕象形。此非相與比敘之匕乃象先之形也先必有岐故叉曰叉俗作釵釋名曰叉枝也因形名之也篆右象其叉左象其所抵以固弁者側琴切七部 凡先之屬皆从先。

簪 俗先 今俗行而正廢矣 从竹从朁。朁聲

兟 兟兟各本譌簪今依玉篇集韵正 銳意也。先主入故兩先爲銳之意兓兓其言所謂意內而言外也凡俗用鑯尖字卽兓字之俗 从二先。子林切七部

文二　重一

皃 頌儀也。頁部曰頌皃也此曰皃頌儀也是爲轉注頌者今之容字必言儀者謂頌之儀度可皃象也凡容言其內皃言其外引伸之凡得其狀曰皃析言則容皃各有當如叔向曰貌不道容是也絫言則曰容貌如動容貌斯遠暴慢是也 从儿。白象面形。上非黑白字乃象人面也莫教切二部 凡皃之屬皆从皃。

額 皃或从頁豹省聲。按此蓋易籀文之皃爲頁

貌 籀文皃从豸。大徐本作从豹省今字皆用籀文

覍 冕也。按當云冕屬轉寫奪屬字耳冠下云弁冕之總名也云總名則弁與冕固有分矣冕下云大夫以上冠也云大夫以上冠則士無冕可知士有爵弁非冕也依禮器則夏殷之士有冕周之士爵弁亦冕之亞也周禮掌弁冕之官但曰弁師 周曰覍。殷曰吁。夏曰收。吁宋本及五音韵譜如此此古本也五經文字曰字林作冔經典相承隸省作冔然則冔字又出字林後許書安得有冔白虎通作謁吁謁皆大義士冠禮記曰周弁殷冔夏收鄭曰弁名出於槃槃大也言所以自光大也冔名出於幠幠覆言所以自覆飾也收言所以收斂髮也郊特牲亦曰周弁殷冔夏收弁者爵弁非冕也而王制有

虞氏皇而祭夏后氏收而祭殷人冔而祭周人冕而祭不言弁言冕鄭曰皇冕屬則收冔皆冕屬可知大雅厥作祼將常服黼冔傳曰冔殷冠也夏后氏曰收周曰冕亦不以周弁配夏收殷冔而言周冕故知士冠禮郊特牲之周弁非不可云周冕蓋周之爵弁卽夏殷之收冔收冔卽夏殷之冕周禮司服弁師二職皆不言爵弁其諸爵弁包於冕與鄭曰爵弁制如冕黑色但無繅耳玉裁謂周覍殷吁夏收皆冕也爵弁卽夏殷之冕則韋弁皮弁亦冕屬也故許以冕屬釋之

从皃象形。謂篆體小也蓋象皮弁之會鄭曰會縫中也皮變切十四部按弁古音同盤其引伸之義爲法如顧命率循大卞是也亦爲大如鄭云所以自光大是又假借爲昪樂字如詩小弁傳曰弁樂也卽衛風傳之盤樂也弁樂之反爲弁急如左傳邾莊公卞急是也

弁 或覍字。今則或字行而正字廢矣覍爲籒文則覍本古文也人象上覆之形弁之譌俗爲卞由隸書而貤謬也

覍 籒文覍从𠬞。上象形。从𠬞者敬以承之也

文二　重四

兆 廱蔽也。廱當作邕俗作壅此字經傳罕見音與蠱同則亦蠱惑之意也晉語曰在列者獻詩使勿兜疑兜或當爲兜韋曰兜惑也**从儿象左右皆蔽形。**左右當作ナ又謂冂也**凡兆之屬皆从兆。讀若瞽。**公戶切五部

兜 兜鍪。逗**首鎧也。**鎧者甲也鍑屬曰鍪首鎧曰兜鍪謂其形似鍪也冃部曰冑兜鍪也古謂之冑漢謂之兜鍪長楊賦鞮鍪生蟣蝨李善曰鞮鍪卽兜鍪也玉裁謂鞮鞻也鍪兜鍪也**从兆从皃省。**會意當侯切四部**皃象人頭形也。**說从皃省之意皃之上覆象人面

文二

先 前進也。前當作歬不行而進曰歬凡言歬者緩詞凡言先者急詞也其爲進一也**从儿之。**之者出也引伸爲往也穌前切古音在十三部讀若先聲之詵**凡先之屬皆从先。**

兟 進也。五經文字儿部曰兟色巾反見詩按此謂大雅甡甡其鹿也今大雅作甡傳曰甡甡衆多也但玉篇云辡多也亦作詵駪兟甡字同是衆多之義可作兟據五經文字則張參所據大雅作兟蓋竝先爲衆進之意今石刻五經文字此字已泐而馬刻本乃譌爲兟蓋因宋槧模糊而譌耳也今所臻切十三部**从二先。贊从此。闕。**闕謂其讀若

文二

禿 無髮也。喪服四制曰禿者不髽明堂位注曰齊人謂無髮爲禿楬周禮醫師注曰庛頭瘍亦謂禿也引伸之凡不銳者曰禿釋名曰沐禿皆無上皃之稱沐者管子云沐涂樹之枝謂刊落之也**从儿上象禾粟之形。取其聲。**按粟當作秀以避諱改之也禾下云成秀也然則秀禾爲轉注象禾秀之形者謂禾秀之穎屈曲下𠂢莖屈處圜轉光潤如折釵股禿者全無髮首光潤似之故曰象禾秀之形秀與禿古音皆在三部故云禿取秀之聲爲聲也許書兩言取其聲世下曰从卅而曳長之亦取其聲謂取曳聲也此云象禾秀之形取其聲謂取秀聲也皆會意兼形聲也其實秀與禿古無二字殆小篆始分之今人禿頂亦曰秀頂是古遺語凡物老而椎鈍皆曰秀如鐵生衣曰銹他谷切**凡禿之屬皆从禿。王育說。**謂以上說爲王育也**蒼頡出見禿人伏禾中。因目制字。未知其審。**因一時之偶見遂定千古之書契禿人不必皆伏禾中此說殆未然矣廣韵禿下曰說文云無髮也从儿上象禾粟之形文字音義云倉頡出見禿人伏於禾中因以制字廣韵不以倉頡云云爲說文語則知古本無倉頡以下十七字而王育說三字爲結上之辭全書例固如此攷字音義者唐書藝文志有元宗開元文字音義三十卷是也

穨 禿皃。周南曰我馬虺隤釋詁及毛傳曰虺隤病也禿者病之狀也此與𠂤部之隤迥別今毛詩作隤譌字也又小雅維風及頹

見ㄐㄧㄢˋ 視ㄕˋ ⿰目𠂢。眡。

覼ㄌㄧˋ 覣ㄨㄟ ⿰兒見ㄧˋ 覶ㄌㄨㄛˊ 䚄ㄌㄨˋ ⿰爰見ㄒㄩㄢˋ 覝ㄌㄧㄢˊ ⿰員見ㄩㄣˋ

毛傳曰頹風之焚輪者也與釋天同 从秃貴聲。此从貴聲今俗字作頹失其聲矣杜回切十五部

文二

視也。析言之有視而不見者聽而不聞者渾言之則視與見聞與聽一也耳部曰聽聆也聞知聲也此析言之 从目儿 用目之人也會意古甸切十四部 凡見之屬皆从見。

瞻也。目部曰瞻臨視也視不必皆臨則瞻與視小別矣渾言不別也引伸之義凡我所爲使人見之亦曰視士昏禮視諸衿鞶注曰視乃正字今文作示俗誤行之曲禮童子常視毋誑注曰視今之示字小雅視民不恌箋云視古示字也按此三注一也古作視漢人作示是爲古今字示下曰天垂象見吉凶所以示人也許書當本作視人以疊韵爲訓經淺人改之耳 从見示聲。大徐無聲字神至切十五部

古文視。 亦古文視。此氐聲與目部眡氐聲迥別氐聲古音在十五部氐聲在十六部自唐宋至今多亂之眡見周禮

求視也。覼字各本奪今補求視者求索之視也李善注吳都賦引倉頡篇曰覼索視之皃也亦作覶 从見麗聲。讀若池。郎計切十六部

好視也。和好之視也 从見委聲。取委順之意於爲切十六部

旁視也。目部曰睨衺視也二字音義皆同 从見兒聲。五計切十六部

好視也。女部曰嫷順也覶與嫷義近玉篇曰覶褸委曲也古書亦作覶縷詳言之意 从見𤔔聲。洛戈切古音當在十四部

笑視也。嫣笑之視也目部曰睩目睞謹也廣韵曰䚄眼曲䚄也 从見彔聲。力玉切三部

大視也。目部曰睅大目也故⿰爰見爲大視 从見爰聲。況晚切十四部

察視也。密察之視也高帝紀廉問師古注曰廉察也字本作覝其音同耳按史所謂廉察皆當作覝廉行而覝廢矣 从見𠓜聲。𠓜見火部从入二爲羊之羊爲聲非从入一爲干也篆體沿誤今皆正之 讀若鎌。力鹽切七部

外博衆視也。舊視

礙。

觀ㄍㄨㄢ 㝵ㄉㄜˊ 覽ㄌㄢˇ

⿰來見ㄌㄞˋ ⿰是見ㄊㄧˊ ⿰票見ㄆㄧㄠˋ ⿰朿見ㄘˋ 覰ㄑㄩˋ

上有多字今依廣韵刪衆多之視所視者衆也貟物數也䫉物數紛䫉亂也⿰員見同音而義近博大通也外大通而多所視也 从見員聲。讀若運。王問切十三部

諦視也。宷諦之視也穀梁傳曰常事曰視非常曰觀凡以我諦視物曰觀使人得以諦視我亦曰觀猶之以我見人使人見我皆曰視一義之轉移本無二音也而學者強爲分別乃使周易一卦而平去錯出支離殆不可讀不亦固哉小雅采綠傳曰觀多也此亦引伸之義物多而後可觀故曰觀多也猶灌木之爲藂木也 从見雚聲。古玩切按玩當作完十四部

古文觀从囧。

取也。从見寸。會意多則切一部 寸度之亦手也。說从寸兼此二解按彳部㝵爲古文得此爲小篆義不同者古今字之說也在古文則同得在小篆則訓取也說詳女部之嫿

觀也。以我觀物曰覽引伸之使物觀我亦曰覽史記孟荀列傳爲開第康莊之衢高門大屋尊寵之覽天下諸矦賓客言齊能致天下賢士也此覽字無讀去聲者則觀字何必鋸析其音乎 从見監。會意 監亦聲。盧敢切八部

內視也。史記趙良曰內視之謂明於从來取意 从見來聲。洛代切一部

顯也。顯當作㬎㬎顯古今字㬎者衆明也从日中見絲然則題者之爲言亦察及微杪也小雅題彼脊令傳曰題視也題者題之假借字毛云視許云㬎者此葢轉寫奪字當云㬎視如覼下求視亦奪視字察及飛鳥是爲明㬎之視鄭箋云題之爲言睇也則謂題同睇非許意睇者小邪視也與題音義皆不同 从見是聲。杜兮切玉篇亦達麗切十六部

目有察省見也。目偶有所見也何者有意覭者無心今俗語尚云覭與目部之瞟音義皆同 从見票聲。方小切二部方係類隔

⿰朿見覰。逗雙聲字也 闚觀也。闚者閃也閃者闚頭於門中也易觀六二曰闚觀利女貞廣韵曰窺觀爲闚 从見朿聲。七四切十五部玉篇此咨切小徐本及廣韵集韵類篇皆譌作束非是

覻覰也。三字依全書通例補淺人刪之耳覰古多假狙爲之周禮蜡氏注曰蜡讀如狙司之狙狙

覯ㄍㄡˋ　⿰甚見ㄉㄢ　覭ㄇㄧㄥˊ

司卽覰伺也史漢狙擊秦皇帝應劭云狙伏伺也方言自關而西曰素或曰狙三倉狙伺也通俗文伏伺曰狙是則覰狙古今字如今本少此三字則覰之本義隱也一曰二字今補拘覰逗此亦漢時語未致密也。致今之緻字許書無緻謂粗疏从見虘聲。七句切按當依廣韵七慮切五部

覭小見也。如溟之爲小雨皆於冥取意釋言曰冥幼也从見冥聲。莫經切十一部爾雅曰覭髳弗離。釋詁文今本弗作茀非古也郭云孫叔然字別爲義按許單出覭字而釋之則孫與合

⿰甚見內視也。隸釋張壽碑⿰甚見⿰甚見虎視不折其節⿰甚見與眈音義皆同眈下曰視近此曰內視从見甚聲。丁含切古音在七部

覯遇見也。覯與遇疊韵辵部曰遘遇也覯从見則爲逢遇之見召南草蟲曰亦既見止亦既覯止傳曰覯遇也此謂覯同遘鄭箋云既覯謂已昏也引易男女覯精萬物化生鄭意以覯卽見無俟重言毛云遇也實含會合之義故引而伸之必俟脫纓燭出昏禮既成乃自信可以寧父母心此申毛非異毛也鄭所據

⿰賓見ㄅㄧㄣ　覢ㄕㄢˇ　覹ㄨㄟˊ　覘ㄓㄢ　⿰歸見ㄎㄨㄟˋ

易作覯精今皆作構蓋失之矣从見冓聲。古后切四部

⿰歸見注目視也。專注之視也於从歸取義从見歸聲。渠追切十五部

覘闚視也。闚各本作窺今依廣韵訂左傳公使覘之杜曰覘視也檀弓晉人之覘宋者鄭曰覘闚視也國語公使覘之韋曰覘微視也檀弓我喪也斯沾假沾爲覘从見占聲。敕豔切釋文勑廉反七部春秋傳曰。公使覘之信。左傳成十七年

覹司也。司者今之伺字許書無伺司下當有視字廣韵曰覹伺視也於从微取意覹同覹从見微聲。無非切十五部

覢暫見也。猝作之見也倉頡篇云覢覢視皃按與目部之睒音義皆同从見炎聲。失冄切八部春秋公羊傳曰。覢然公子陽生。言公羊者以別於左氏謂之春秋傳也此哀公六年公羊傳文何本覢作闚注云闚出頭皃許所據不同也

⿰賓見⿰賓見覢。各本佚此二字今依全書通例補集韵十七眞曰⿰賓見覢暫見暫見也。从見賓聲。必刃切十二部按⿰賓見覢異

覭⿰甚見覯⿰歸見覘覹覢⿰賓見⿰樊見⿰民見⿰鹵見覙⿱冃見覬覦⿰春見⿰侖見覺⿰衎見靚

⿱冃見ㄇㄥˊ　覙ㄔㄣ　⿰鹵見ㄧㄡˇ　⿰民見ㄇㄧˊ　⿰樊見ㄈㄢˊ

部而疊韵⿰賓見當依集韵紕民切

⿰樊見覢也。从見樊聲。讀若幡。附袁切十四部小徐本篆作⿰緐見

⿰民見病人視也。从見民聲。讀若迷。按各本篆作⿰氐見解作氐聲氐聲則應讀若低與讀若迷不協攷廣韵十二齊曰⿰民見病人視皃集韵曰⿰民見⿰氐見二同類篇曰⿰民見⿰氐見二同集韵類篇⿰民見又民堅切訓病視蓋古本作⿰民見民聲讀若眠者其音變讀若迷者雙聲合音也唐人諱民偏旁省一畫多似氏字始作⿰民見繼又譌作⿰氐見乃至正譌並存矣今改从正體莫兮切古音在十一部

⿰鹵見下視罙也。曲禮曰凡視下於帶則憂左傳曰單子視下言徐按云下視㴱者謂下視㴱窈之處从見鹵聲。讀若攸。以周切三部

覙私出頭視也。閃下曰闚頭門中也闖下曰馬出門皃也音義皆略同从見㐱聲。讀若郴。丑林切七部

⿱冃見突前也。前當作歬與冡音義略同冡重冃故入冃部此重突前故入見部从見冃。莫紅莫沃二切古音當在　部閒按錯本冃部又有覓字鉉本及　韵有覓無覓集

靚ㄐㄧㄥˋ　⿰衎見ㄐㄧˊ　覺ㄐㄩㄝˊ　⿰侖見ㄧㄠˋ　⿰春見ㄔㄨㄥ　覦ㄩˊ　覬ㄐㄧˋ

韵二字兼有

覬𣄢幸也。欠部𣄢下曰𣄢幸也覬𣄢疊韵古多作幾漢人或作覬亦作冀於从豈取意豈下曰欲也从見豈聲。几利切十五部

覦欲也。覦欲疊韵廣韵曰覬覦欲得也从見俞聲。羊朱切古音在四部

⿰春見視不明也。此與心部惷愚也音義同从見春聲。丑尨切九部一曰直視。別一義於从春取義

⿰侖見視誤也。从見侖聲。弋笑切二部

覺悟也。悟各本作寤今正心部曰悟者覺也二字爲轉注㝱部曰寐覺而有言曰寤非其義也何注公羊趙注孟子皆曰覺悟也左傳以覺報宴杜曰覺明也引伸之抑傳曰覺直也此因覺與梏疊韵雙聲而言又引伸之斯干傳曰有覺言高大也从見學省聲。古岳切三部一曰發也。此義亦見廣雅卽發覺人之意

⿰衎見目赤也。从見衎省聲。衎毛刻作暂誤今依宋本才的切十六部

靚召也。廣雅釋言曰令召靚也曹憲云恥敬反亦爲靚妝之靚似政反恥敬則召靚之靚也今多云靚卽倩則其

親覲覜覒覕覗覴覞覵䨴欠

親 ㄑㄧㄣ

字矣廣韵曰古奉朝請亦作此字按史記漢書皆作朝請徐廣云律諸侯春朝曰朝秋曰請郭注上林賦云靚粧粉白黛黑也从見青聲。疾正切按當依盲悲耿切十一部親至也。至部曰到者至也到其地曰至情意懇到曰至父母者情之最至者也故謂之親从見亲聲。七人切十二部李斯刻石文作親左省一畫

覲 ㄐㄧㄣˋ

覲諸侯秋朝曰覲勤勞王事也。覲勤也二字音等今補大宗伯以賓禮親邦國春見曰朝秋見曰覲鄭曰覲之言勤也欲其勤王之事按鄭與許合疊韵爲訓異義朝名公羊說諸侯四時見天子及相聘皆曰朝以朝時行禮卒而相逢於路曰遇古周禮說春曰朝夏曰宗秋曰覲冬曰遇謹案禮有覲經詩曰韓侯入覲書曰江漢朝宗于海知其朝覲宗遇之禮從周禮說鄭駁曰此皆有似不爲古昔覲禮諸侯前朝皆受舍於朝朝通名也秋之言覲據時所用按此條許鄭本無異不得云駁也鄭目錄云朝宗禮備覲遇禮省是以享獻不見焉是鄭謂周禮四者名殊禮異也从見堇聲。渠吝切十三部

覜 ㄊㄧㄠˋ

覜諸侯三年大相聘曰覜。王制曰諸侯之於天子也比年一小聘三年一大聘五年一朝鄭曰此大聘與朝晉文霸時所制也異義云公羊說諸侯比年一小聘三年一大聘五年一朝天子左氏說十二年之間八聘四朝再會一盟許愼謹案公羊說虞夏制左氏說周禮傳曰三代不同物明古今異說鄭駁之云三年聘五年朝文襄之霸制周禮大行人各以服數來朝其諸侯歲聘閒朝之屬說無所出晉文公強盛諸侯耳非所謂三代異物也按大宗伯時聘曰問殷覜曰視鄭注殷覜謂一服朝之歲以朝者少諸侯乃使卿以大禮衆聘焉一服朝在元年七年十一年鄭說殷覜不用三年大聘之說許則以周禮之覜即三年大聘故大行人曰王之所以撫邦國諸侯者歲徧存三歲徧覜五歲徧省省與覜同閒歲而舉所謂三年大聘下於上上於下皆得曰覜故曰相許說與周禮不相違也覜視也。釋詁文覜訓視故从見小行人曰存覜省聘問臣之禮也按五者皆得訓視从見兆聲。他弔切二部

覒 ㄇㄠˋ

覒擇也。玉篇引詩左右覒之按毛詩作芼擇也葢三家詩有作覒者廣韵邪視也从見毛聲。

覕 ㄇㄧㄝˋ

讀若苗。莫袍切二部廣韵莫報切覕蔽不相見也。覕之言閟也祕也蔽覕雙聲从見必聲。莫結切十二部

覗 ㄕ

覗司人也。司者今之伺字釋詁曰戚施面柔也郭云戚施之疾不能仰面柔之人常俯似之亦以名云釋文云戚施字書作覗覷同按面柔之人不敢正視必伺人顏色故云爾但許無覗字許義不必同爾雅从見它聲。讀若馳。式支切古音在十七部

覴 ㄉㄡ

覴目蔽垢也。目部所謂蔽兜也兜卽覴字从見䀠聲。讀若兜。當侯切四部

文四十五　重三

覞 ㄐㄧㄢˋ

覞並視也。廣韵曰普視此今義也从二見。弋笑切按祭義見以蕭光見閒以俠甒注云見及見閒皆當爲覸字之誤也覸不見於許書蓋卽覞字謂蕭光與燔燎並見俠甒與肝肺首心並見也見者視也覞應古莧切十四部凡覞之屬皆从覞。

覵 ㄑㄧㄢ

覵很視也。很者不聽從也从覞肩聲。苦閑切十四部齊景公之勇臣有成覵者。孟子滕文公篇作成覸趙注曰成覸勇果者也廣韵曰覵人名出孟子按成覵淮南齊俗訓作成荊覵爲荊猶攷工記故書顧或作牼也

䨴 ㄒㄧˋ

䨴見雨而比息。比下曰密也密息者謂鼻息數速也道途遇雨急行則息必頻喘矣此字讀如歙正與䨴爲卧息屑爲卧息咽爲息呬爲呻皆讀虛器切同各本比作止篇韵同或又作上似不若宋刊葉抄二本作比爲長从覞雨。从覞雨者莫衆多於雨也讀若歙。虛器切十五部

文三

欠 ㄑㄧㄢˋ

欠張口气悟也。悟覺也引伸爲解散之意口部嚏下曰悟解气也鄭注周易草木皆甲宅曰皆讀如人倦解之解人倦解所謂張口气悟也謂之欠亦謂之嚏曲禮君子欠伸正義云志疲則欠體疲則伸通俗文曰張口運氣謂之欠㰟按詩願言則嚏傳曰嚏劫也孫毓同崔靈恩集注云毛訓嚏爲㰟今俗人云欠欠㰟㰟是也

不作㪟字人體倦則伸志倦則㰦玉裁謂許說多宗毛許釋嚏爲悟解气蓋用毛說也㰦音邱㨿切欠㰦古有此語今俗曰呵欠又欠者气不足也故引伸爲欠少字 象气从儿上出之形 彡與三同李陽冰改篆作彡乃是古文宪耳云上象人開口下象气出非也去劒切八部 凡欠之屬皆从欠

欽 欠皃 凡气不足而後欠欽者倦而張口之皃也引伸之乃欲歆然如不足謂之欽欽詩晨風憂心欽欽傳曰思望之心中欽欽然小雅鼓鍾欽欽傳曰欽欽言使人樂進也皆言沖虛之意尚書欽哉皆令其惟恐失之也釋詁曰欽敬也攷虞夏商書言欽周書則言敬虞夏商書皆欽敬錯見上曰欽若昊天下曰敬授民時又欽哉不曰敬哉蓋欽與敬意略同而晉有別也周書言敬哉不言欽哉惟多方曰有夏之民叨懫日欽劓割夏邑立政帝欽罰之欽字兩見某氏傳皆訓爲敬未知合書意否 从欠金聲 去音切七部欽歎欲歡皆雙聲疊韵字皆謂虛而能受也

欠皃 廣韵曰迷惑不解理此今義也 从欠䜌聲 洛官切十四部

欯 喜也 廣韵曰笑也 从欠吉聲 許吉切十二部

吹 出气也 从欠从口 昌垂切古音在十七部按吹已見口部宜刪此

欨 吹也 一曰笑意 从欠句聲 況于切古音在四部

歑 温吹也 與呼音同義異 从欠虖聲 虎烏切五部

吹气也 从欠或聲 於六切古音在一部玉篇火麥切是也

歟 安气也 如趨爲安行䳐爲馬行疾而徐音同義相近也今用爲語末之辭亦取安舒之意通作與論語與與如也 从欠與聲 以諸切五部

翕气也 翕合也廣韵作歙氣 从欠翕聲 虛業切八部

歕 吹气也 歕歕與口部之吸噴義相似而異 从欠賁聲 普魂切十三部

歇 息也 息者鼻息也息之義引伸爲休息故歇之義引伸爲止歇 一曰气越泄 泄當作渫此別一義越渫猶漏溢也七發曰精神越渫百病咸生李引高注呂氏春秋曰越散也引鄭元毛詩箋曰渫發也 从欠曷聲 讀若香臭盡歇 許謁切十五部

歡 喜樂也 从欠雚聲 呼官切十四部孟子借驩爲歡

欣 笑喜也 言部訢下曰喜也義略同按萬石君傳僮僕訢訢如也晉灼云訢古欣字晉所據說文似與今本不同 从欠斤聲 許斤切十三部

弞 笑不壞顏曰弞 各本篆作弞今正考廣韵弞式忍切笑不壞顏也集韵類篇同今按曲禮笑不至矧注云齒本曰矧大笑則見此然則笑見齒本曰矧大笑也不壞顏曰弞小笑也二義不當同音淺人因己與弓略相似妄合之耳玉篇於欸欣二文下曰弞呼來切笑不壞顏也此希馮時所據說文也於欷歔二文之閒曰弞式忍切笑不壞顏也此孫強陳彭年所據譌本說文也學者可以悟矣廣雅弞笑也楚辭吳都賦作咍。齒本曰矧謂矧即齗之叚借也大戴高柴執親之喪未嘗見齒盧注曰哂則齒見笑則矧見按論語夫子哂之馬曰哂笑也蓋哂即矧盧語未覈說文無哂後人因哂矧造弞耳 从欠已聲 各本作引省聲式忍切今正呼來切一部

欸 意有所欲也 屈原賦曰悃悃款款王注心志純也按古款與窾通用窾者空也款亦訓空空中則有所欲也釋器款足者謂之鬲小司馬引舊說款足謂空足也又引申子款言無成 从欠𥧶省 臣鉉等曰𥧶塞也意有所欲而猶未塞款款然也按空則宜窒苦管切十四部

款或从柰 取柰何之意

幸也 幸者吉而免凶也覬下曰欲幸也欲與覬音義皆同今字作冀古音不同 从欠气聲 居气切十五部 一曰口不便言 此謂與吃同也口部曰吃言蹇難也

欲 貪欲也 欲者衍字貝部貪下云欲也二篆爲轉注今貪下作欲物也亦是淺人增字凡此書經後人妄竄蓋不可數計獨其義例精密迄今將二千年猶可推尋以復其舊是以取目云後有達者理而董之也感於物而動性之欲也欲而當於理則爲天理欲而不當於理則爲人欲欲求適可斯已矣非欲之外有理也古有欲字無慾字後人分別之製慾字殊乖古義論語申棖之欲克伐怨欲之欲一从心一不从心可徵古者之未能盡一矣欲从欠者取慕液之意从谷者取虛受之意易曰君子以徵忿窒欲陸德明曰欲孟作谷晁說之曰谷古文

欽 歡 欣 弞 款 欲

歌 歂 歍 ⿰鼀欠 欶 欦 歋 歊 欻 欪 ⿰䍃欠 歗 歎 歖 欸 ⿰此欠 歐 歔

歌ㄍㄜ 謌。 歂ㄔㄨㄢˊ 歍ㄨ ⿰鼀欠ㄗㄨˋ 噈。 欶ㄙㄨˋ 欦ㄒㄧㄢ 歋ㄧˊ 歊ㄒㄧㄠ 欻ㄒㄩ

欶字見氏所據釋文不誤今本改爲孟作浴非也 从欠谷聲。余蜀切三部 歌 詠也。言部曰詠歌也二字爲轉注 从欠哥聲。古俄切十七部 謌 歌或从言。歌永言故从言可部曰哥聲也古文以爲謌字 歂 口气引也。廣韵引字林同左傳多有名歂者 从欠耑聲。讀若輇。車部曰有輻曰輪無輻曰輇市緣切十四部 歍 心有所惡若吐也。心有所惡若欲吐而實非吐也山海經曰其所歍所尼郭曰歍嘔猶噴吒范注太元曰歍歍逆吐之聲也按此所謂喑噁噁即歍之或字也喑於鳩切噁烏路切喑噁言其未發也吒吒言其已發也太元則歍歍之歍謂吐歍謂欲吐未吐 从欠烏聲。哀都切五部 一曰歍⿰鼀欠。二字舊奪今依廣韵一屋蹴字下補 口相就也。 ⿰鼀欠 歍⿰鼀欠也。其義已在上文故但曰歍⿰鼀欠而已此全書之通例 从欠鼀聲。才六切廣韵子六切三部 噈 俗⿰鼀欠从口从就。會意兼形聲 欶 愁然也。此以疊韵爲訓心部曰愁憂也欶然心口不安之皃也 从欠尗聲。才六切三部 孟子曰。曾西欶然。見公孫丑篇今作蹵趙注蹵然猶蹵踖也蹵踖同踧踖 欦 含笑也。欦含疊韵 从欠今聲。丘嚴切廣韵許兼切七部 歋 人相笑相歋瘉。後漢書王霸傳市人皆大笑舉手邪揄之李注說文曰歋瘉手相笑也歋音弋支反瘉音踰或音由按據此注似許書本有瘉篆然許本無瘉則無从欠瘉聲之字可知方言本無正字不妨下字作瘉瘉之或从歈或作瘉或作揄或作歈猶歋之或作擨或作邪或作揶或作擨耳此謂人相笑故字从欠李注引手相笑恐是因正文而誤 从欠虒聲。以支切十六部 歊 歊歊。鍇本複一歊複舉字之未删者耳 气上出皃。上字依李善兩都賦注補楊雄解嘲曰泰山之高不嶕嶢則不能浡滃雲而散歊烝亦作歊漢書敘傳曲陽歊歊師古曰氣盛也按今本作歊非祭義假蒿字爲之鄭曰蒿謂氣烝出皃也 从欠高。高亦聲。許嬌切二部 欻 有所吹起。

欪ㄔ ⿰䍃欠ㄧㄠˊ 歗ㄒㄧㄠˋ 歎ㄊㄢˋ ⿰難欠。 歖ㄒㄧ 欸ㄞˇ ⿰此欠ㄗˇ 歐ㄡˇ 歔ㄒㄩ

从欠炎聲。讀若忽。西京賦欻從背見薛注欻之言忽也按此篆乃譌从炎非聲葢本从舝聲譌而爲炎莫能諟正倘去聲字說以从炎會意亦恐非也許勿切十五部 欪 欪欪。戲笑皃。此今之嗤笑字也廣韵蚩欪嗤爲二字殊誤其云嗤又作歎不知皆欪之俗耳文賦曰雖濬發於巧心或受欪於拙目李善曰欪笑也與嗤同今本譌寫乘謬 从欠㞢聲。許其切按當亦之切一部蚩亦从㞢㞢聲 ⿰䍃欠 ⿰䍃欠⿰䍃欠。气出皃。按詩君子陶陶傳曰陶陶和樂皃疑正字當作⿰䍃欠又鬱陶字亦當作此 从欠䍃聲。余招切古音二部三部皆可 歗 吹也。吹大徐作吟 从欠肅聲。蘇弔切古音在三部口部以歗爲籀文嘯矣此重出者葢小篆亦从欠作也 詩曰。其歗也謌。今召南其嘯也歌小雅白華歗歌傷懷本亦作嘯 歎 吟也。謂情有所悅吟歎而歌詠。悅當作說謂情已下十字各本無今依李善注盧諶覽古詩所引補葢演說文語也古歎與嘆義別歎與喜樂爲類嘆與怒哀爲類如樂記云一唱而三歎有遺音者矣又云長言之不足故嗟歎之嗟歎之不足故不知手之舞之足之蹈之論語喟然歎曰皆是此歎字檀弓曰戚斯嘆嘆斯辟詩云而無永嘆嘅其嘆矣傶我寤嘆皆是嘆字 从欠鷬省聲。他案切十四部 ⿰難欠 籀文歎不省。 歖 卒喜也。卒疑當作猝 从欠从喜。許其切一部喜部曰歖古文喜此重出未聞葢如女部嬰之例 欸 訾也。按訾者呰之字誤訾者思稱意也訾者訶也分見言部口部玉篇欸者呰也可正訾字之譌廣韵十六怪曰欸聲十六哈曰欸也玉篇曰恚聲正與訶義合口部有唉字譍也與欸義別項羽本紀亞父受玉斗拔劒撞而破之曰唉孺子不足與謀此正怒聲字當作欸方言欸然也南楚凡言然者曰欸或曰譍此正訓譍字當作唉 从欠矣聲。烏戒切又烏開切一部 ⿰此欠 歐也。从欠此聲。前智切十五十六部 歐 吐也。海外經歐絲之野一女子跪據樹歐絲 从欠區聲。烏后切四部 歔 欷也。二字雙聲 从欠虛聲。朽居切五部

欷ㄒㄧ 歜ㄔㄨˋ ⿰卤欠ㄧㄡˇ ⿰渴欠ㄎㄜˇ ⿰𦤎欠ㄐㄧㄠˋ ⿰嗇欠ㄙㄜˋ ⿲米焦欠ㄐㄧㄠˋ ⿰緘欠ㄐㄧㄢ

一曰出气也。與口部噓略同 欷 歔也。欷亦作唏史記紂為象箸而箕子唏 从欠希聲。香衣切十五部

歜 盛气怒也。引伸為凡氣盛之偁左傳饗有昌歜杜注曰昌歜昌蒲葅也孔氏沖遠云相傳昌歜之音為在感反偏檢書傳昌蒲之草無此別名玉裁謂此非草名也乃葅名也周禮昌本言取其根左傳昌歜言昌陽氣辛香以為葅其氣觸鼻故名昌歜歜之讀在敢反者語之轉也歜與歌同在三部音轉皆可入八部是以玉篇云歜亦徂感切昌蒲葅也葢古本左傳有作昌歜者二字可相假借皆可讀屋沃本韵之音非必定當在敢反也 从欠蜀聲。尺玉切三部

⿰卤欠 言意也。有所言之意也意內言外之意 从欠从卤。卤氣行皃 卤亦聲。讀若酉。與久切三部

⿰渴欠 欲歠歠。从欠渴聲。此舉形聲包會意渴者水盡也音同竭水渴則欲水人⿰渴欠則欲飲其意一也今則用竭為水渴字用渴為飢⿰渴欠字而⿰渴欠字廢矣渴之本義廢矣晉語忨日而⿰渴欠歲心部引春秋忨歲而⿰渴欠日韋昭曰⿰渴欠遲也遲讀為遲久之遲急待之意也苦葛切十五部

⿰𦤎欠 所歌也。廣韵無所字所歌也當作⿰𦤎欠楚歌也四字上林賦激楚結風郭璞曰激楚歌曲也文穎曰楚地風氣本自漂疾歌樂者猶復依激結之急風為節其樂促迅哀切也按激楚古葢作⿰𦤎欠楚楚作所者聲之誤淺人又刪去⿰𦤎欠字耳 从欠噭省聲。噭當作嗷 讀若嗷呼。口部曰嗷呼也呼當作嘑此謂⿰𦤎欠音同嗷也古弔切二部古亦讀如激玉篇公的切

⿰嗇欠 悲意。意內言外之意 元應書云通俗文小怖曰⿰嗇欠公羊傳⿰嗇欠然而駭是也按今公羊作色然 从欠嗇聲。所力切一部合諸書攷之⿰嗇欠下當云小怖也从欠嗇聲引公羊傳⿰嗇欠然而駭又出⿰𦤎欠篆下當云悲意从欠與聲今本舛奪故廣韵集韵仍之⿰嗇欠注悲意火弔切非也類篇⿰𦤎欠注馨叫切悲意是也

⿲米焦欠 盡酒也。此與酉部釂音義皆同 从欠⿰米焦聲。子肖切二部

⿰緘欠 堅持意。堅各本作監今依篇韵正从緘者三緘其口之意 口閉也。从欠緘聲。曰閉說从欠緘之意當云从欠緘緘亦聲此舉形聲包會意耳古咸切七部

欷歜⿰卤欠⿰渴欠⿰𦤎欠⿰嗇欠⿲米焦欠⿰緘欠⿰辰欠⿰鰥欠歃欶歁欿欱歉⿰骨欠欭欬

⿰辰欠ㄕㄣˇ ⿰鰥欠ㄍㄨㄢ 歃ㄕㄚˋ 欶ㄕㄨㄛˋ 歁ㄎㄢˇ 欿ㄊㄢˇ 欱ㄏㄜ 歉ㄑㄧㄢˋ ⿰骨欠ㄨㄚ 欭ㄧˋ 欬ㄎㄞˋ

⿰辰欠 指而笑也。呂覽舜為天子轉轉⿰辰欠⿰辰欠莫不載悅高注曰⿰辰欠⿰辰欠動而喜也又作陳陳殷殷無二切皆譌字耳⿰辰欠葢即⿰辰欠字轉寫从夂吳都賦東吳王孫辴然而咍劉注云辴大笑皃引莊周齊桓公辴然而笑辴即⿰辰欠字之異者俗譌作辴 从欠辰聲。讀若蜃。時忍切十三部

⿰鰥欠 ⿰鰥欠干。逗 不可知也。⿰鰥欠干各本作昆干今依篇韵正⿰鰥欠干葢古語讀如寬寒二音不可知之意也若云汗曼 从欠鰥聲。古渾切十三部

歃 歠也。歃者歠也凡盟者歃血 从欠臿聲。山洽切八部 春秋傳曰。歃而忘。隱七年左傳歃如忘服虔曰如而也臨歃而忘其盟載之辭言不精也許作而者古如而通用許所據與服異

欶 吮也。口部曰吮欶也二篆為轉注通俗文含吸曰欶 从欠束聲。所角切三部

歁 食不滿也。从欠甚聲。讀若坎。苦感切七部

欿 欲得也。孟子附之以韓魏之家如其自視欿然則過人遠矣張鎰曰欿音坎內顧不足而有所欲也玉裁按孟子假欿為坎請視盈若虛也大元雷推欿當即坎窞也今本大元欿字譌不可識 从欠臽聲。讀若貪。他含切七部

欱 歠也。欱與吸意相近與歠為對東都賦曰欱野歕山 从欠合聲。呼合切七部

歉 歉食不滿也。歉疑當作嗛謂口銜食不滿也引伸為凡未滿之偁穀梁傳曰一穀不升謂之嗛古多假嗛為歉 从欠兼聲。苦簟切七部

⿰骨欠 咽中息不利也。元應本作气息不利多气字咽者嗌也咽中息不利若⿰骨欠而非聲也通俗文大咽曰歇咽讀去聲與許義不合 从欠骨聲。烏八切十五部

欭 嚘也。口部曰嚘者語未定皃欭嚘為雙聲王風中心如噎傳曰噎謂噎憂不能息也[illegible]噎憂即欭嚘之假借字不能息謂气息不利也鄭風不傳曰不能息憂不能息也憂亦即嚘字老子終日號而不嗄玉篇作不嚘云嚘气逆也大元柔兒于號三歲不嚘皆謂气窒塞不利廣韵噎歍歎也 从欠因聲。乙冀切古音在十二部

欬 屰气也。周禮疾醫冬時有嗽上氣疾注曰嗽欬也上氣逆喘也按嗽本亦作

歎歙欲㰯㰻欥次歁欺歆㱃歠次羨

歎　歙　欲　㰯　㰻　欥　次

歙者含吸也含吸之欲其下而气乃逆上是曰歙許書以歙包嗽口部無嗽俗又作嗽倉頡篇齊部謂嗽曰歙从欠翕聲苦荅切一部

且唾聲且唾者聯唾也一曰小笑此與字林之謚音義同集韵類篇皆作小兒蓄奪笑字从欠㱿聲許壁切十六部

縮鼻也糸部曰縮者蹴也歙之言攝也从欠翕聲許及切十六部丹陽有歙縣陽當作楊字之誤也地理志郡國志丹楊郡歙縣今江南徽州府歙縣休寧縣皆其地也今徽人讀式涉切

蹴鼻也卽縮鼻也廣雅曰欲吐也此謂欲卽歐之假借字左傳吾伏弢嘔血杜曰嘔吐也本又作喀按嘔喀卽歐欲字从欠谷聲於糾切三部讀若爾雅曰麔豭短脰麔見釋獸篇麔非麔豭一獸名今本作上文之麔牡麔鹿牡麔也欲讀如此麔

愁皃从欠幼聲於虯切三部按口部云呦之或字篇韵此義上聲於糾切

咄欪逗此疊韵古語也無慙一曰無腸意猶無腸心也按廣韵云訶也蓋謂訶咄从欠出聲讀若中丑律切十五部

詮詞也詮具也淮南詮言訓高注曰詮就也就萬物之指以言其徵事之所謂道之所依也詮詞者凡詮解以爲詞如欥求厥寧欥中和爲庶幾是也釋言遹述也毛詩悉蟀傳曰聿遂也文王傳曰聿述也古聿遹同字述遂同字爾雅言述而遂在其中毛公或言遂或言述因文分別也毛詩多言聿獨文王有聲四言遹而毛無傳毛意遹卽聿聿訓遂故鄭箋以述別之遂者因事之詞亦專詞韓詩及曹大家注幽通賦及杜注左傳皆云聿惟也此專詞也欥其正字聿遹曰皆其假借字也因詞專詞皆詮詞也从欠曰會意气悟而出詞也曰亦聲余律切十五部詩曰欥求厥寧今大雅欥作遹班固幽通賦欥中龢爲庶幾兮文選作聿詩曰喪歌國見睍曰消見睍曰流韓詩皆作聿

不前不精也前當作歬不歬不精皆居次之意也从欠二聲當作从二从欠从二故爲次七四切古音在十二部讀如漆是以曾漆室之女或作次室周禮巾車數字杜子春讀爲桼也

歁　欺　歆

古文次蓋象相次形

飢虛也飢者餓也濂者水之虛康者屋之虛歁者餓腹之虛从欠康聲苦岡切十部

詐欺也大徐作詐欺也今依韵會正言部曰詐者欺也此曰欺者詐也是爲轉注从欠者猶从言之意从欠其聲去其切一部

神食气也大雅曰履帝武敏歆傳曰歆饗也許用毛義而不云饗也者嫌食部以鄉飲酒釋饗故易其文神食气故其字从欠也引伸爲意悅之意皇矣無然歆羨傳釋爲貪羨楚語曰楚必歆之賈逵曰歆貪也韋曰歆猶貪也周語民歆而德之韋曰歆猶欣欣喜服也按鄭箋生民首章云心體歆歆然亦是以欣釋歆从欠音聲許今切七部

文六十五　重五　小徐重四

㱃

歠也易蒙卦虞注曰水流入口爲飲引伸之物謂之飲如周禮四飲是也與人飲之謂之飲俗讀去聲如左傳飲之酒是也又消納無迹謂之飲漢書朱家傳飲其德猶隱其德也从欠酓聲从酉今聲見酉部於錦切七部隸作飲凡㱃之屬皆从㱃

古文㱃从今水从水今聲也

古文㱃从今食从食今聲也隸用此

歠

㱃也二篆爲轉注與口部啜義異从㱃省不立㱃部則歠字無所附倘云从欠从酒省則所㱃不獨酒也叕聲昌說切十五部

吷

歠或从口从夬夬聲也莊子吹劍首者吷之而已矣用此字許劣切

文二　重二

次　㳄　羨

慕欲口液也有所慕欲而口生液也故其字从欠水从欠水會意敘連切十四部俗作涎郭注爾雅作涎凡次之屬皆从次

次或从侃侃聲也

籒文次如𣓫𣓫皆籒文

貪欲也大雅無然歆羨毛傳云無是貪羨此羨之本義也假借爲衍字如大雅及爾游羨傳曰羨溢也周禮以其餘爲羨鄭司農云羨饒也皆是亦假借爲延字典瑞璧羨注云長也

玉人注云徑也皆由延訓長假此爲延也墓中道曰羨道晉延亦取羨長之義若江夏郡沙羨縣晉灼則係方語

从㳄羑省。按羑當作㳄似面切十四部 羑呼之羑。文王所拘羑里。此釋从羑會意之恉而轉寫奪誤不完當云羑者羑評之羑文王所拘羑里作羑其十四字別羑羑二文也羑里之羑進善也見羊部羑相訹評也見厶部有所羨者必好惡無節於內知誘於外故从㳄羑省然羑之古文作羑則云从羑爲是十四字蓋庾儀聲爲之

歠也。从㳄厂聲。厂抴也明也見十二篇 讀若移。以支切按凡厂聲之字皆在古音十六部

厶利物也。周公曰竊賄爲盜盜器爲姦米部曰盜自中出曰竊 从㳄皿。會意 㳄欲也。欲皿爲盜。依韵會本說从㳄之意徒到切二部

文四 重二

飲食屰气不得息曰旡。屰气各本作气屰今依篇韵正不得息者咽中息不利毛傳於王鄭皆曰㤅不得息是也屰气故从反欠旡之字經傳無徵大雅桑柔曰如彼遡風亦孔之僾傳曰僾唈也釋言同箋云使人唈然如鄉疾風不能息也今觀許書則知旡乃正字僾乃假借字凡云不得息者如歎字㤅字㤅字唈字皆雙聲像意然則旡必讀於未切也僾之訓彷佛見也毛鄭何從知其訓唈然不能息則以有旡字在也僾从㤅聲㤅从旡聲可得其同音假借之理矣凡古文字之可考者如此或問釋言毛詩傳唈字當作何字曰此即旡字也於唈古多作邑如史記商君傳漢書杜鄴師丹傳可證古音七八部與十五部關通相假之理也毛謂僾旡也此即壺𡔷也之例謂壹即𡔷之假借也 从反欠。居未切十五部按居未當作於未 凡旡之屬皆从旡。

古文旡。觀此則知小篆欠作旡與此爲一正一反正是古文欠也蓋今本欠有小篆而失古文矣餘从小篆者也壽者从古文者也今隸旡作旡从古文而小譌也

屰惡驚詞也。玉篇無惡字誤遇惡驚駭之聲曰㱝猶見鬼驚駭之聲曰懸也假借爲禍字史記漢書多假㱝爲禍㱝即禍也 从旡咼聲。讀若楚人名多夥。多部曰齊謂多爲夥蓋齊楚皆有此語也陳勝世家曰楚人謂多爲夥故天下傳之乎果切十七部

事有不善言⿰旡京也。故从旡按水部曰涼薄也細繹上下文乃周禮六飲之涼當作𣹳酒也許則爲事有不善之言若亮則爲明也諒則爲信也四字在說文義別而古經傳多相假 爾雅⿰旡京薄也。按爾雅無此文爾雅二字後人所增耳⿰旡京薄也許以足上文意有未盡之語桑柔毛傳杜注左傳小爾雅皆云涼薄也涼即⿰旡京字廣雅釋詁曰⿰旡京薄也薄即薄字 从旡京聲。力讓切按篇韵皆力章力向二切十部

文三 重一

三十七部 文六百一十一 今人部去件舟部補舸儿部補亮

重六十三 凡八千五百三十九字

八篇下 毛

八篇下 夭

高郵王引之校字

㳄盜旡⿰旡咼⿰旡京

頁ㄧㄝˋ　頭ㄊㄡˊ　顏ㄧㄢˊ

說文解字第九篇上

金壇段玉裁注

𩑋 頭也。从百从儿。古文䭫首如此。按此十二字蓋後人所改竄非許氏原文原文當云頁古文䭫首字如此从百从儿共十一字䭫字見下文䭫部䭫者小篆依常例當於䭫下出頁解云古文䭫而以如是立文則从頁之九十三文無所附故別出頁爲部首正如儿卽古文奇字人宂卽籀文大而皆必別出之爲部首云儿古文奇字人也云宂籀文大改古文也皆不必再釋儿字宂字頁字之義後人乃於儿下贅之云仁人也頁下贅之云頭也而例亂其文皆由不知許氏立言之變例故兩頁部不廁首部後而列於前者蒙八篇从儿之字爲次也小篆百古文作𩠐小篆䭫古文作頁今隸則百用古文䭫用楷字而百頁䭫皆不行矣从百儿爲頁首字如从气儿爲欠从目儿爲見會意字本與䭫同音康禮切十五部今音轉爲胡結切 凡頁之屬皆从頁。大徐本此下有百者䭫首字也小徐本百作頁此古注謂頁卽䭫字也要非許語今刪

頭 百也。百各本作䭫今正小篆作百說文據小篆爲書故敘曰今敘篆文合以古籀也漢人多用䭫不用百者自係一時相習而然許造字書則有定體百下曰頭也頭下曰百也是曰轉注禮記曰頭容直頭頸必中也 从頁 皆以䭫爲取重故字多从頁 豆聲。度侯切四部

顏 眉之閒也。各本作眉目之閒淺人妄增字耳今正眉與目之閒不名顏釋言曰猗嗟名兮目上爲名郭注云眉眼之閒西京賦名作略薛注曰眉睫之閒是不謂之顏也若云兩眉閒兩目閒則兩目閒已是鼻莖謂之頞又非顏也面下曰顏前也色下曰顏气也是可證顏爲眉閒醫經之所謂闕道書所謂上丹田相書所謂中正印堂也按庸風揚且之皙也子之清揚揚且之顏也傳曰揚眉上廣也清視清明也揚且之顏者廣揚而顏角豐滿也毛云顏角蓋指全顏而言中謂之顏旁謂之角由兩眉閒以直上皆得謂之顏醫經一額曰顏曰庭是也國語角犀豐盈亦角謂旁犀謂中犀牛一角在鼻一角在頂故相法有骨自印堂至頂者曰伏犀貫頂若方言云顙頟顏顙也湘江之閒謂之䫜中夏謂之頟東齊謂之顙汝潁淮泗之閒謂之顏此則依方語通謂頟爲顏非毛詩意也小雅顏之厚矣凡羞媿喜憂必形於顏謂之顏色故色下曰顏气也 从頁彥聲。五姦切十四部

𩔁。頌ㄙㄨㄥˋ

𩔁 籒文。鈕樹玉曰各本篆體右作覺誤也此从古文百

頌 皃也。皃下曰頌儀也與此爲轉注不曰頌也而曰頌儀也者其義小別也於此同之於彼別之也古作頌皃今作容皃古今字之異也容者盛也與頌義別六詩一曰頌周禮注云頌之言誦也容也誦今之德廣以美之詩譜曰頌之言容天子之德光被四表格于上下無不覆燾無不持載此之謂容於是和樂興焉頌聲乃作此皆以容受釋頌似頌爲容之假借字矣而毛詩序曰頌者美盛德之形容以其成功告於神明者也此與鄭義無異而相成鄭謂德能包容故作頌序謂頌以形容其德但以形容釋頌不作形頌則知假容爲頌其來已久以頌字專系之六詩而頌之本義廢矣漢書曰徐生善爲頌曰頌禮甚嚴其本義也曰有罪當盜械者皆頌繫此假頌爲寬容字也 从頁公聲。余封切又似用切九部按古祇余封一切

額。　𩑛ㄉㄨㄛˊ　顱ㄌㄨˊ　𩕄ㄩㄢˋ　顛ㄉㄧㄢ　頂ㄉㄧㄥˇ

額 籒文。疑从皆

𩑛 𩑛顱首骨也。此五字各本作顱也二字今依全書通例正骨部曰髑髏頂也𩑛顱卽髑髏語之轉也𩑛顱亦疊韵玉篇引博雅聲類作𩑛顱恐有誤戰國策云頭顱僵仆相望於境 从頁乇聲。徒谷切按此音誤也廣韵一屋無此字十九鐸音徒落切是不誤矣五部

顱 𩑛顱也。各本作𩑛顱首骨也五字今依全書通例正漢書武五子傳作盧 从頁盧聲。洛乎切五部

𩕄 顚頂也。篇韵皆云𩕄顛二同按說文義異 从頁巽聲。穴部曰巽讀若僞魚怨切十四部

顛 頂也。見釋言國語班序顛毛注同引伸爲凡物之頂如秦風有馬白顛傳曰白顛的顙也馬以顛爲頂也唐風首陽之顛山頂亦曰顛也顛爲冣上倒之則爲冣下也故大雅顛沛之揭傳曰顛仆也論語顛沛馬注曰僵仆也離騷注曰自上下曰顛廣雅曰顛末也 从頁眞聲。都秊切十二部

頂 顛也。頂顛異部疊韵字故顛倒樂府或作丁倒引伸爲凡在冣上之

傳故廣雅云頂上也按頂之假借字作定詩周南麟之定釋言毛傳皆曰定題也毛傳一本作顛也亦與爾雅無不合蓋角歟橫生以顁爲頂故秦風白顛傳曰的顙亦以顁釋顛 从頁丁聲。都挺切十一部 䪱 或从𩠐作。鍇曰从古文百也舊作𩠐誤 𩕄 籀文从鼎。鼎聲也

顙 頟也。方言中夏謂之頟東齊謂之顙九拜中之頓首必重用其顙故凡言稽顙者皆謂頓首非稽首也公羊傳曰再拜顙者即拜而後稽顙也何曰顙者猶今叩頭按叩頭者經之頓首也 从頁桑聲。蘇朗切十部

題 頟也。釋言毛傳曰定題也引伸爲凡居前之偁 从頁是聲。杜兮切十六部

頟 顙也。釋名曰頟鄂也有垠鄂也引伸爲凡有垠鄂之偁如喪服疏引大戴禮云大功已上唯唯小功已下頟頟然皋陶謨晝夜頟頟釋名云頟頟然僤之韓碑云頟頟蔡城 从頁各聲。五陌切古音在五部今隸作額

頞 鼻莖也。鼻謂之準鼻直莖謂之頞史記唐舉相蔡澤曰先生曷鼻巨肩魋顏蹙齃既言鼻又言頞者曷同遏遏鼻言其內不通而鼻蹙齃則言在外鼻莖也鼻有中斷者蔡澤諸葛恪之相是也有憂愁而蹴縮者孟子言蹙頞是也有病而辛頞者此言其內酸辛素問所言是也 从頁安聲。烏割切十五部釋名曰頞鞍也偃折如鞍也知固可讀如安 齃 或从鼻曷。曷聲也

頯 權也。權者今之顴字戰國策眉目準頞權衡犀角偃月其字正作權易夬九三壯于頯王云面權也翟云面顴頰間骨也鄭作頯頯夾面也王與許說同國策謂之權衡者象其平也按大元覩次四頯須姝爲韵今本頯作頯誤肉部曰䐜者面頯也儀禮釋文引說文䐜章允反漢高祖隆準準與䐜音同故應劭曰隆高也準頰權準也入聲音拙則字又作頄 从頁𢍏聲。渠追切按古音仇在三部是以鼽才作仇也三篇廾部𢍏从肉聲讀如逵逵同馗讀如仇

頰 面旁也。面者顏前也顏前者兩眉間兩目間已下至頰間也其旁曰頰面部曰䪼頰也易咸上六咸其輔頰舌輔即䪼之假借字也凡言頰車者今俗謂牙牀骨牙所載也與䪼言頰不同 从頁夾聲。古叶切八部 𩓨 籀文頰。各本

右作覞誤今依集韵正又左體之夾今改从籀文大

頣 頰後也。頰後謂近耳及耳下也 从頁艮聲。古恨切十三部廣韵古很切

頷 顄也。公羊傳呼獒而屬之獒亦躇階而從之祁彌明逆而踆之絕其頷何云以足逆躢曰踆頷口也按玉篇引作絕其頷此謂以足逆躢之遂使獒之頷不能噬也方言頷頤頜也南楚謂之頷秦晉謂之頜頤其通語也 从頁合聲。胡感切按依方言則緩言曰頷急言曰頷當讀如合也玉篇公答切七部

顄 頤也。匠下曰顄也匠者古文頤與此爲轉注王莽傳作顄正字也方言作頷於說文爲假借字 从頁𢎘聲。胡男切七部顄同

頸 頭莖也。从頁巠聲。居郢切十一部

領 項也。按項當作頭碩人柔虒傳曰領頸也此許所本也釋名國語注同領字以全頭言之不當釋以頭後若廣雅領頸項也合宜分別者渾言之其全書之例類皆然矣衣之曲袷謂之領亦不謂衣後也仲尼燕居注領猶治也淮南書高注領理也皆引伸之義謂得其首領也龜策傳用領爲蓮異部假借 从頁令聲。良郢切古音在十二部

項 頭後也。頭後者在頭之後後項雙聲故項橐亦曰后橐也肉部曰脰項也公羊傳搏閔公之脰何云脰頸也齊人語此當曰項而曰頭者渾言則不別小雅四牡項領傳曰項大也此謂項與准同 从頁工聲。胡講切九部

䪴 玉枕也。玉枕各本作項䪴小徐作項枕廣韵作頊䪴云頊魚欲切僧經本作玉枕許說同一譌爲項䪴再譌爲頊䪴皆非也沈氏彤許放內經甲乙經作釋骨曰顀之後橫起者曰頭橫骨曰枕骨其兩旁尤起者曰玉枕骨玉枕骨即偃臥著枕之處單評曰䪴玉篇引蒼頡云垂頭之皃此別一義 从頁冘聲。章衽切八部

顀 出頟也。謂頟胅出向前也元應曰今江南言傾頭肬總乃以傾爲後枕之名按後枕即上文之䪴也 从頁隹聲。直追切十五部

䫌 曲頤也。曲頤者頤曲而微向前也揚雄傳顩頤師古曰曲頤也按廣頤曰既曲頤曰䫌頤狀之不同也 从頁不聲。薄回切古音在一部

顩 𪙊皃也。𪙊者齒差也篇韵皆云顩顩不平也顩邱檢切字當

顙題頟頞頯頰頣頷顄頸領項䪴顀䫌顩

⿰尹頁ㄩㄣˇ 頵ㄩㄣ ⿰員頁ㄩㄣˋ ⿰兼頁ㄧㄢˊ　碩ㄕˊ 頒ㄅㄢ　顒ㄩㄥˊ　⿰羔頁ㄑㄧㄠ 顝ㄎㄨ

⿰尹頁 頵 ⿰員頁 ⿰兼頁 碩 頒 顒 ⿰羔頁 顝 願 顤 頎 ⿰敖頁 ⿰岳頁 ⿰㬅頁 ⿰霝頁 顡 頑 ⿰頁枝

作顉羊聲按許說頷之本義文選解嘲頷頤乃假頷爲顩也从頁齒差必形於外故从頁僉聲魚檢切七部

⿰尹頁面目不正皃玉篇曰面不平廣韵曰面斜从頁尹聲余準切十三部

頵頭頵頵大也按鍇本作頭頵也與文選注合然恐有奪字耳文選長笛賦重巘增石簡積頵砡春秋楚君有名頵者从頁君聲於倫切十三部李善引說文于閔切

⿰員頁面色⿰員頁⿰員頁皃皃當依玉篇作也从頁員聲讀若隕于閔切十三部

⿰兼頁頭⿰兼頁長也四字當作頭陝面長皃五字玉篇云頭⿰兼頁面長皃⿰兼頁亦講字廣韵面長皃則少頭陝二字文選解嘲顩頤折頞⿰兼頁韋昭曰面長曰顩欹甚切玉篇引蒼頡云顩面長銳顩之皃益解嘲及蒼頡皆以顩爲⿰兼頁也从頁兼聲五咸切七部

碩頭大也引伸爲凡大之偁釋詁毛傳皆曰碩大也簡兮傳曰碩人大德也碩與石二字互相借从頁石聲常隻切古音在五部

頒大頭也小雅魚藻曰魚在在藻有頒其首傳曰頒大首皃若之華牂羊墳首傳曰墳大也此假墳爲頒也孟子頒白者不負戴於道路此假頒爲䰉也周禮匪頒之式鄭司農云匪分也頒讀爲班布之班謂班賜也此假頒爲班也从頁分聲布還切按古音在十三部符分切一曰鬢也鬢者頰髮也引伸之頰亦曰頒玉藻笏大夫以魚須文竹鄭云文猶飾也大夫士飾竹以爲笏按須乃頒之誤故釋文音班崔靈恩作魚班知唐初故作頒須無音班之理魚頒者謂魚頰骨考工記注曰之而頰領也是也詩曰有頒其首證前一義

顒大頭也引伸之凡大皆有是偁小雅六月其大有顒傳曰顒大皃大雅卷阿傳曰顒顒溫皃卬卬盛皃釋訓曰顒顒卬卬君之德也又其引伸之義也从頁禺聲魚容切按禺聲本在四部此四部九部合音也詩曰其大有顒

⿰羔頁大頭也玉篇引蒼頡云頭大也廣雅曰⿰羔頁大也从頁羔聲口幺切二部

顝大頭也廣雅曰顝大也思元賦顝羈旅而無友舊注顝獨也此與九辨塊獨守此無澤之塊同皆於音求之玉篇引蒼頡云相抵觸廣雅云醜也皆引伸之義从頁骨聲讀若魁苦骨切十五部玉篇口骨口回二切廣韵同

願ㄩㄢˋ　顤ㄧㄠˊ 頎ㄑㄧˊ　⿰敖頁ㄠˊ ⿰岳頁ㄩㄝˋ　⿰㬅頁ㄇㄟˋ ⿰霝頁ㄌㄧㄥˊ 顡ㄞˋ 頑ㄨㄢˊ　⿰頁枝ㄍㄨㄟ

願大頭也本義如此故从頁今則本義廢矣鄭風願言思子中心養養傳曰願每也此每如春秋外傳懷私爲每懷賈誼賦品庶每生之每按毛詩願字首見於終風願言則嚏而無傳則毛意謂與今人語同耳釋詁曰願思也方言曰願欲思也鄭風鄭箋曰願念也皆與今語合丂部曰寧願詞也用部曰甯所願也心部曰憖肎也凡言願者蓋寧甯憖三字語聲之轉自詩所用已如是而二子乘舟語意尤深故傳別言之實非異也从頁原聲魚怨切十四部

顤高長頭玉篇下有皃字靈光殿賦李注顤顟大首深目之皃从頁堯聲五弔切二部

頎頭佳皃此本義也引伸爲長皃衛風碩人其頎齊風頎若長兮傳皆曰頎長皃又曰敖敖猶頎頎也古假頎爲懇如檀弓頎乎其至是也从頁斤聲渠希切按古音在十三部如旂本讀同芹然則頎人何以讀衣也曰頎人頎讀入微韵衣讀如殷皆可讀又若鬢讀又若者謂讀若芹矣又有此讀也按頎篆併解各本奪今依小徐本及集韵類篇韵會所引訂補

⿰敖頁⿱敖頁顤高也當云頭高也廣韵云頭長从頁敖聲五到切二部亦作⿱敖頁

⿰岳頁前面岳岳也前當作岕岕面猶俗云當面李白詩山從人面起靈光殿賦神仙岳岳於棟閒李注岳岳立皃从頁岳聲岳古文嶽五角切古音在二部

⿰㬅頁昧前也前當作岕昧當作昧昧於當岕論語所謂正牆面而立也从頁㬅聲讀若昧莫佩切十五部

⿰霝頁面瘦淺⿰霝頁⿰霝頁也从頁霝聲郎丁切十一部

顡頭蔽顡也蔽顡疊韵字蓋古語也集韵曰謂頭癡錢氏大昕曰春秋戰國人名有蒯聵者疑即此蔽顡字从頁豙聲五怪切十五部

頑梱頭也木部曰梱梡木未析也梡梱木薪也凡物渾淪未破者皆得曰梱凡物之頭渾全者皆曰梱頭梱頑雙聲析者銳梱者鈍故以爲愚魯之偁左傳曰心不則德義之經爲頑从頁元聲五還切十四部

⿰頁枝小頭⿰頁枝⿰頁枝也⿰頁枝之言嫢也嫢

顆ㄎㄜ 頢ㄍㄨㄚ 頲ㄊㄧㄥˇ 頠ㄨㄟˇ 頷ㄏㄢˋ 頨ㄩㄢˇ 頍ㄎㄨㄟ

者細也从見枝聲。讀若規。又己恚切徐云又者謂居隨切矣又有此切也十六部亦作頍亦作頼

顆 小頭也。引伸為凡小物一枚之偁珠子曰顆米粒曰顆是也賈山傳蓬顆蔽冢晉灼曰東北人名土塊為蓬顆按此即淮南書宋玉風賦之堁字許注淮南曰堁塵塵也从見果聲。苦惰切十七部

頢 短面也。廣韵曰小頭皃从見昏聲。五活切又下括切十五部廣韵古活切

頲 狹頭頲也。疑當作頲頲也假借為挺直之挺釋詁曰頲直也从見廷聲。他挺切十一部

頠 頭閑習也。閑當作嫺字之誤也引伸為凡嫺習之偁釋詁曰頠靜也頠與女部之婉義略同从見危聲。語委切十六部

頷 面黃也。離騷苟余情其信姱以練要兮長顑頷亦何傷王注顑頷不飽皃本部顑字下云飯不飽面黃起行也義得相足今則頷訓為頤古今字之不同也从見含聲。胡感切七部李善注離騷音呼感反

頨 面不正也。从見爰聲。于反切十四部

頍 舉頭也。此頍之本義也故其字从頁士冠禮緇布冠缺項注缺讀為頍頍圍髮際結項中隅為四綴以固冠今未冠笄者著卷幘頍象之所生也滕薛名蔮為頍如鄭說則頍所以支冠舉頭之義之引伸也小雅有頍者弁傳曰頍弁皃弁皮弁也惟舉頭曰頍故義弁亦曰頍義之相因而引伸者也从見支聲。丘弭切十六部詩曰。有頍者弁。頍弁篇

𩔳 内頭水中也。内者入也入頭水中故字从見叟與水部之叟義同而別今則叟頭廢而叟專行矣从見叟叟亦聲。烏沒切十五部

顧 還視也。還視者返而視也檜風箋云迴首曰顧析言之為凡視之偁鄉黨賓不顧矣謂還視也車中內顧苞氏謂前視不過衡軛旁視不過輢較則顧猶視也又引伸為臨終之命曰顧命又引伸為語將轉之詞从見雇聲。古慕切五部

順 理也。理者治玉也玉得其治之方謂之理凡物得其治之方皆謂之理理之而後天理見焉條理形焉非謂空中有理非謂性即理也順者理也順之所以理之未有不順民情而能理者凡訓詁家曰從順也曰愻順也曰馴順也此六書之轉注曰訓順也此六書之假借凡順慎互用者字之誤从見川。人自頂以至於踵順之至也川之流順之至也故字从見川會意而取川聲小徐作川聲則舉形聲包會意訓馴字皆曰川聲也食閏切十三部

𩔊ㄓㄣˇ 顲ㄌㄧㄣˊ 顓ㄓㄨㄢ 頊ㄒㄩ 顉ㄢˇ

𩔊 顏色𩔊顲慎事也。慎事玉篇廣韵作順事疑南宋改耳从見㐱聲。之忍切十三部廣韵亦章刃切

顲 𩔊顲也。从見粦聲。良刃切玉篇來軫切二篆今作須顲十二部一曰頭少髮。廣韵廿一震曰須顲頭少髮顲疑頭少髮單承顲字言十六軫說是也

顓 頭顓顓謹皃。此本義也故从頁白虎通曰謂之顓頊何顓者專也頊者正也言能專正天之道也按叀者小謹也今字作專亦假顓作專如淮南云顓民法言云顓蒙漢書言顓顓獨居一海之中皆是从見耑聲。職緣切十四部

頊 頭頊頊謹皃。此本義也故从見引伸為正也白虎通又曰冬其帝顓頊顓頊者寒縮也从見玉聲。許玉切三部

顉 低頭也。低當作氐氐者說文之低字也左傳襄廿六年衛獻公反國大夫逆於竟者執其手而與之言道逆者自車揖之逆於門者頷之而已釋文頷本又作頜按依許則頷頜皆非也杜注搖頭亦非既不執手而言又不自車揖之則在車首肎而已不至搖頭也釋文本又作頷正是本又作顉之譌列子湯問曰顉其頤則歌合律郭璞遊仙詩洪厓頷其頤注引列子亦作頷引廣雅顉動也顉皆顉之譌故云五感反若本顉字則當云胡感反也頷其頤者開口則低其頭靈光殿賦顉若動而蹇跽今本亦譌頷从見金聲。五感切古音在七部春秋傳曰。迎于門顉之而已。

頓ㄉㄨㄣˋ

頓 下首也。按當作頓首也三字為句周禮太祝九拜一曰稽首二曰頓首三曰空首三者分別劃然不當頓為二字皆訓之曰下首明矣鄭曰稽首拜頭至地也頓首拜頭叩地也空手拜頭至手所謂拜手也吉拜拜而後稽顙謂齊衰不杖以下者凶拜稽顙而後拜謂三年服者玉裁按九拜以前三者為體後六者為用如六書以指事象形形聲會意四者為體轉注假借二者為用也凡經言拜手言拜皆周禮之空首手部拜字下曰首至

顆頢頲頠頷頨頍𩔳顧順𩔊顲顓頊顉頓

手何注公羊傳曰頭至手曰拜手皆與周禮空首注合凡經言稽首小篆作䭬古文作頁經傳無異解何注公羊云頭至地曰稽首與周禮注合凡經傳言頓首言稽顙或單言顙皆九拜之頓首何注公羊曰顙猶今叩頭檀弓稽顙注曰觸地無容皆與周禮頓首注合頭至手者拱手而頭至於手頭與手俱齊心不至地故曰空首若稽首頓首則拱手皆下至地頭亦皆至地而稽首尚稽遲頓首尚急遽頓首主於以顙叩觸故謂之稽顙或謂之顙周禮之九拜不盡知而稽首者吉禮也頓首者凶禮也空首者吉凶所同之禮也經傳立文凡單言拜及下屬稽首稽顙言拜言拜手者皆空首也言拜手稽首者空首而稽首也言拜而後稽顙者空首而頓首也言稽顙而後拜者頓首而空首也言稽顙而不拜者頓首而不空首也經於吉賓嘉曰稽首未有言頓首者也於喪曰稽顙亦未有言頓首者也然則稽顙之即頓首無疑矣有非喪而言頓首者非常事也顙乎凶事也如申包胥之九頓首而坐以國破君亡穆嬴頓首於宣子以太子不立與季平子稽顙於叔孫昭子以君亡昭公子家駒再拜顙於齊侯以失國正同也若陳無宇稽顙於欒施以排患釋難禮之過也無宇之詐也沿至秦漢以頓首為請辠之辭中山策司馬熹之頓首別於陰姬公之稽首漢人文字存者蔡邕戍邊上章云朔方髡鉗從臣邕稽首再拜上書皇帝陛下末云臣頓首死辠稽首再拜以聞蔡質所記立宋皇后儀首云尚書令臣囂等稽首言末云臣囂等誠惶誠恐頓首死辠稽首再拜以聞許沖進說文解字首云召陵萬歲里公乘臣沖䭬首再拜上書皇帝陛下末云臣沖誠惶誠恐頓首頓首死辠死辠䭬首再拜以聞皇帝陛下皆頓首與稽首分別稽首為對數之辭**从頁**首叩地故从頁**屯聲**都困切十三部凡言供頓頓宿皆取屯聚意而假頓為之又多假頓為鈍

頫ㄈㄨˇ

頫 低頭也○低當作氐西京賦伏櫺檻而頫聽聞雷霆之相激辭綜曰頫低頭也上林賦頫杳眇而無見李善引聲類頫古文俯字**从頁逃省○**逃者多媿而俯故取以會意从逃猶从兔也

匡謬正俗引張揖古今字詁云頫今之俯俛也蓋俛字本从免俯則由音誤而製用府為聲字之俗而謬者

俛。

故許書不錄俛舊音無辨切頫玉篇音靡卷切正是一字一音而孫強輩增說文音俯四字不知許正讀如免耳古音在十三十四部之閒大徐云方矩切者俗音也**大史卜書頫仰字如此○**卜或作公誤匡謬正俗引正作卜漢藝文志蓍龜十五家四百一卷大史卜書當在其內言此者以正當時多作俛俯非古也**楊雄曰○人面頫○**此蓋摘取楊所自作訓纂篇中三字以證从頁之意頫本謂低頭引伸為凡低之偁

俛 頫或从人免○匡謬正俗引及小徐皆作俗頫字篆體或改作俛解作从人免以从免聲而讀同俯為鍇不知舊讀同免過秦論俛起阡陌之中李善引漢書音義音免史記倉公傳不可俛仰音免龜策列傳首俛索隱正義皆音免元應書兩云俛仰無辨切廣韵俛亡辨切俯俛也玉篇人部俛無辨切俯俛也此皆俛之正音而表記俛焉日有孳孳釋文音勉毛詩黽勉李善引皆作僶俛俛與勉同音故古假為勉字古無讀俛如府者也頫音問俛

頣ㄔㄣˇ

頣 舉目視人皃○目當依廣韵作眉舉眉揚眉也**从頁臣聲○**式忍切十二部

𩕄ㄓㄢˇ

⿰善頁 倨視人也○倨者不遜也**从頁善聲○**旨善切十四部

頡ㄒㄧㄝˊ

頡 直項也○淮南修務訓王公大人有嚴志頡頏之行者無不憛悇癢心而悅其色矣此頡頏正謂強項也亢部旂下曰直項莽旂淮南之頡頏即說文之頏也直項者頡之本義若邶風燕燕于飛頡之頏之傳曰飛而下曰頡飛而上曰頏此其引伸之義直項為頡頏故引伸之直下直上曰頡頏**从頁吉聲○**胡結切十二部

䪼ㄓㄨㄛˊ

䪼 頭䪼頲也○䪼頲疊韵古語頭菌蠢皃若高祖隆準服虔準音拙應劭曰頰權準也師古曰頲權頰字豈當借準為之按服但云準音拙耳權頲之名又出漢後也**从頁出聲○**之出切十五部**讀又若骨○**云又者謂出聲則讀若拙矣又讀若骨也

顥ㄏㄠˋ

顥 白皃○漢郊祀歌曰西顥沆碭西都賦曰鮮顥氣之清英顥與昊音義略同**从景頁○**景者日光也日光白从景頁言白首也按上文當云白首皃李善注文選引聲類顥白首皃聲類蓋本許書今許書乃為淺人刪首字耳郊祀歌西都賦及楚辭則皆引伸假借也胡老切二部**楚詞曰○**詞當作辭

類ㄈㄢˊ 䫆ㄐㄧㄥ 頨ㄆㄧㄢ 顗ㄧˇ 顅ㄑㄧㄢ 頵ㄎㄨㄣ

許書皆作楚詞天白顥顥。見大招王逸曰顥顥光貌按此當廁白首人也之下寫者亂之耳土部堋下引左傳朝而堋在前引虞書堋淫于家在後可證許偁古之例南山四顥。南四八目廣韵作商皇甫士安高士傳曰四晧皆河內軹人或在汲一曰東園公二曰角里先生三曰綺里季四曰夏黃公秦始皇時退入藍田山作歌乃共入商雒隱地肺山漢高徵之不至深自匿終南山不能屈己按曰藍田山曰商雒地肺山曰終南山東西相接八百里實一山也詩傳曰終南周之名山中南也左傳作中南史漢謂之南山揚雄解嘲曰四晧采榮於南山說文作南山不誤張良傳注商山四晧宋時浙本作南山顥。此字今補白首人也。以是爲白首之證他書作四晧者通假字也

類大醜皃。醜可惡也从頁樊聲。附袁切十四部

䫆好皃。頭好也从頁爭聲。疾正切十一部詩所謂䫆首。䫆首當作螓首見衛風碩人傳曰螓首顙廣而方箋云螓謂蜻蜻也按方言蟬小者謂之麥蚻有文者謂之蜻蜻孫炎注爾雅引方言有文者謂之螓然則螓蜻一字也引古罕言所謂者假令詩作䫆首則徑偁詩句不言所謂

頨頨妍也。三字爲句頨妍疊韵大徐改爲頭妍此郎改頓首爲下首之比妍安也頨義如周易之翩翩東都賦翩翩巍巍顒顒翼翼从頁翩省聲。讀若翩。按此當紕延切古音在十二部篇韵王矩一切蓋有認爲羽聲者耳廣韵注云孔子頭也又附會以爲孔子圩頂之圩

顗謹莊皃。莊者壯盛字之假借也釋詁曰顗靜也義相足从頁豈聲。魚豈切十五部

顅頭鬢少髮也。髟部曰鬜者鬢禿也此音義皆同蓋實一字矣而以顅从頁故云頭鬢謂頭上及鬢夾也鬜从髟故單言鬢考工記數目顅脰故書顅或作牼鄭司農曰牼讀爲鬜頭無髮之鬜司農意謂鳥頭毛短也鄭注明堂位曰齊人謂無髮爲禿楬釋名曰禿無髮沐禿也毼頭生瘡曰瘕毼亦然也楬與毼皆即鬜字許說周禮與先鄭同後鄭易之曰顅長脰也非許義證以莊子其脰肩肩則後鄭是也肩肩即顅从頁肩聲。苦閑切十四部周禮曰。數目顅脰。

頵無髮也。廣韵曰頵

類䫆頨顗顅頵頯頛顊䫔魌頗頄

頵ㄎㄨ 頛ㄌㄟˋ 顊ㄆㄧ 䫔ㄒㄧˋ 魌ㄎㄨㄟˇ 頗ㄆㄛ 頄ㄧㄡ

者頵顅也頵者禿也五囷切一曰耳門也。別義从頁囷聲。按毛刻作囷聲篆左从囷不誤凡囷聲之字亦入寬韵矣苦昆切十三部

頯禿也。禿本訓無髮此則用其引伸之義也考工記作其鱗之而注曰之而頰頌也按頰謂鱗屬之面旁頌謂鱗屬之頤頯圍潤光滑故謂之禿古語如是魚游泳必動其頰與頯所謂作其之而也玉篇頯者頰下也是其字可作頯而淺者謂爲穨字从頁气聲。苦骨切十五部按周禮釋文云許慎口忽反禿也劉古本反正義曰舊讀頌字沽罪反劉炫以爲當音壺玉裁謂坂本壺字蓋誤當作壼

頛頭不正也。釋魚左倪不類周禮類作靁蓋皆頛之假借字也从頁耒。會意耒頭傾。說从耒之意亦聲。耒亦聲盧對切十五部廣韵無讀又若春秋陳夏齧之齧。又有此音即與左倪右倪之倪同也曰陳夏齧之齧當許時讀春秋此齧必與他齧不同也陳夏齧見春秋經昭廿三年正義考世本齧者徵舒曾孫杜云元孫

顊傾首也。首元應引作頭元應引蒼頡篇云頭不正也又引淮南子左顒右倪按釋魚左倪右倪郭注行頭左俾右俾俾亦作庳皆非是其字正當作顊故釋文背計反也从頁卑聲。匹米切十六部

䫔司人也。司者今之伺字一曰恐也。从頁契聲。讀若楔。楔或作禊誤今依古本正今楔讀先結切䫔胡計切韵書之分別也十五部

魌頭不正也。从頁鬼聲。口猥切十五部

頗頭偏也。引伸爲凡偏之偁洪範曰無偏無頗遵王之義人部曰偏者頗也以頗引伸之義釋偏也俗語曰頗多頗久頗有偁言偏多偏久偏有也古借陂爲頗如洪範古本作無偏無陂顏師古匡謬正俗李善文選注所引皆作陂可證迄乎天寶乃據其時所用本作頗而詔改爲陂一若古無作陂者不學而作聰之過也陂義古皆在歌戈部則又不知古音之過耳从頁皮聲。滂禾切十七部又匹我切言部曰詖古文以爲頗字言古文之假借也

頄顫也。从頁尤聲。按元應書兩引說文皆作頄是其字从頁又聲今本說文作頄尤聲非古也篇韵皆沿俗本之誤耳元應

顫顑顲煩顡頪顇顐頦䫏籲顯顛百

引說文云謂掉動不定也。蓋演說文語。通俗文曰四支寒動謂之顫疢。于救切。古音在一部。

疢　顫或从疒。按此篆亦當作疢，从疒又聲。據元應書及廣韵可證。元應曰今作疣，知淺人以今體改古體耳。

顫　頭不定也。不定各本作不正，今正。頏項皆不寧之皃。上文積顫頹頗四篆言頭不正，此則義別。頭不定故从頁。引伸爲凡不定之偁。从頁亶聲。之繕切。十四部。

顑　顑顲。逗。二字各本無，今依全書通例補疊韵字。食不飽面黃起行也。離騷長顑頷亦何傷，王注顑頷不飽皃。按許之顑顲即顑頷也。離騷假借頷爲顲。許書單出頷篆云面黃也，此恐淺人所增。廣韵顑顲瘦也。从頁咸聲。下感、下坎二切。七部。廣韵苦感切，又作顑，呼唵切。讀若戇。

顲　顑顲也。各本作面顑顲皃，今依全書通例正。从頁㐭聲。盧感切。七部。

煩　熱頭痛也。詩曰如炎如焚。陸機詩云身焚頭且痛。从頁火。會意。一曰焚省聲。焚，火部作樊，此謂形聲也。附袁切。十四部。

顡　癡顡。逗。各本奪顡字，今依玉篇廣韵補。不聰明也。廣韵曰顡，癡惡也。此今義也。从頁豪聲。五怪切。十五部。據廣韵此說文舊音也。

頪　難曉也。謂相佀難分別也。頪類古今字。類本專謂犬，後乃類行而頪廢矣。廣雅云頪疾也。从頁米。頁猶種也，言種類多如米也。米多而不可別，會意。一說黔首之多如米也，故曰元元。盧對切。十五部。按六書故引唐本从迷省。一曰鮮白皃。从粉省。鮮猶新也。粉者白之甚者也。

顇　顦顇也。許書無顦篆，大徐增之，非也。錢氏大昕曰面部之醮當是正字。小雅或盡瘁事國，傳云盡力勞病以從國事。左傳引詩曰雖有姬姜無棄蕉萃，杜曰蕉萃陋賤之人。楚辭漁父顏色憔悴，王曰皯黴黑也。班固荅賓戲朝而榮華，夕而焦瘁。其字各不同。今人多用憔悴字。許書無憔篆，悴則訓憂也。从頁卒聲。秦醉切。十五部。

顐　繫頭殟也。歺部曰殟者暴無知也。今本譌作胎敗，則此以殟釋顐遂不可通。集韵類篇引此條有謂頭被繫無知也七字，當是古注語。玉篇引孔子云問焉則顐然。顐，不曉也。按與心部之惛音義略同。从頁昏聲。莫奔切。十三部。

頦　醜也。廣雅同。篇韵云頤下，非許義。从頁亥聲。戶來切。一部。按廣雅柯開切。

䫏　醜也。此䫏之本義。从頁其聲。去其切。一部。今逐疫有䫏頭。此舉漢事以爲證也。周禮方相氏注云冒熊皮者，以驚毆疫癘之鬼，如今魌頭也。淮南書視毛嬙西施猶䫏醜也，高注云䫏頭也。方相氏黃金四目，衣赭稀世之䫏貌。䫏醜言極醜也。風俗通曰俗說亾人魂氣游揚，故作魌頭以存之。言頭魌魌然盛大也。或謂魌頭爲觸壙，殊方語。按魌䫏字同，頭大故从頁也。亦作倛。靈光殿賦仡欺惪以雕欣，李注欺惪大首也。今本作欺惪，蓋誤。

籲　呼也。呼當作評。言部曰評者召也。口部曰召者評也。周書乃有室大競籲俊尊上帝。某氏曰招呼賢俊與共尊事上天。商書率籲衆戚出矢言，某氏曰籲，和也。率和衆憂之人出正直之言。按和之訓未知何出，蓋謂籲同龠，龠以和衆聲也。夫下文自我王來至底綏四方，皆民不欲從之言。姚氏鼐之說是也。籲衆戚出矢言，正謂不欲從之民相評急出誓言，爲盤庚數民命衆張本。注疏殊謬。

从頁籥聲。讀與籥同。羊戍切。古音在二部，讀如姚。商書曰率籲衆戚。見盤庚上。戚今本作感，俗字也，衛包所改。

顯　頭明飾也。故字从頁。飾者妝也。女部曰妝飾也是也。頭明飾者，冕弁充耳之類。引伸爲凡明之偁。按㬎謂衆明，顯本主謂頭明飾，乃顯專行而㬎廢矣。日部㬎下曰古文以爲顯字。由今字假顯爲㬎，乃謂古文假㬎爲顯也。此古今字之變遷所必當深究也。从頁㬎聲。此舉形聲包會意。呼典切。十四部。

顛　選具也。選擇而共置之也。顛選疊韵。六部曰巽具也，顛具也。人部曰僎具也。是巽顛顛僎四字義同。玉篇曰顛古文作選。从二頁。二頁具之意也。士戀切。十四部。

文九十三　宋本九十三，毛刻九十二，今删顯字補頄字，仍九十二。

重八

百　頭也。頭下曰百也，與此爲轉注。自古文首行而百廢矣。白虎通、何注公羊、王注楚辭皆曰首頭也。引伸之義爲始也、本也。儀禮古文假借手爲首。象形。象人頭之側面也。左象前，右象後。書九切。三部。凡百

䐓 ㄖㄡˊ

之屬皆从百。䐓 面和也。和當作龢 龢調也 咊相應也 許書分別畫然 今人淆之 抑詩輯柔爾顏 傳曰 輯和也 泮水載色載笑 傳曰 色溫潤也 玉篇曰 野王案 柔色以蘊之 是以今爲柔字 按今字柔行而䐓廢矣 从百肉。骨剛肉柔 故从百肉 會意 肉亦聲 讀若柔。耳由切 三部

文二

面 ㄇㄧㄢˋ

面 顏前也。顏者兩眉之中閒也 顏前者謂自此而前則爲目爲鼻爲目下爲頰之閒 乃正鄉人者 故以與背爲反對之偁 引伸之爲相鄉之偁 又引伸之爲相背之偁 易窮則變 變則通也 凡言面縛者 謂反背而縛之 偭从面 从百象人面形。謂囗也 左象面 彌箭切 十四部 凡面之屬皆从面。

靦 ㄊㄧㄢˇ

靦 面見人也。各本無人 今依毛詩正義補 面見人 謂但有面相對 自覺可愧也 小雅何人斯 有靦面目 傳曰 靦姡也 女部曰 姡面靦也 按心部曰 青徐謂慙曰㥏 音義皆同 而一从心者 慙在中 一从面者 媿在外 韋注國語曰 靦面目之見也 从面見。此以形爲義之例 見亦聲。他典切 十四部 詩曰。有靦面目。

䩄 ○

䩄 或从旦。旦聲也 玉篇曰 埤蒼 䩄同靦 字書作[illegible]

䩉 ㄈㄨˇ

䩉 頰也。頰者面旁也 面旁者 顏前之兩旁 大招 靨輔奇牙 宜笑嫣只 王注 言美頰有靨䩉 口有奇牙 嫣然而笑 尤媚好也 淮南書 奇牙出 靨輔搖 高注 靨輔 頰邊文 婦人之媚也 又曰 靨輔在頰則好 在顙則醜 注 靨䩉者 頰上窔也 由此言之 靨䩉在頰 故䩉與頰可互偁 古多借輔爲䩉 如毛詩傳曰 倩好口輔也 此正謂靨䩉 咸上六 咸其輔頰舌 艮六五 艮其輔 其字皆當作䩉 葢自外言曰䩉 曰頰 曰靨䩉 自裏言則上下持牙之骨謂之䩉車 亦謂牙車 亦謂頷車 亦謂頰車 亦謂臁車 亦謂之輔 亦謂之頰 許言䩉頰也者 言其外也 易言䩉頰 言䩉言其褢也 䩉車非外之䩉 頰車非外之頰 此名之當辨者也 諸家說左傳輔車相依 用牙車爲訓 而許君不同 說詳車部 ○按艮卦虞注云 輔面頰骨 上頰車也 面頰骨 今俗語尚如是 上頰車卽頰骨 在上持牙者 服虔注左傳謂之上頷車 然則在下持牙者亦得曰下頰車 下頷車矣 必云上頰車上頷車者 言䩉則言上是也 頰車與古言則必動 故咸艮爻辭取此 从面甫聲。符遇切 五部

醮 ㄐㄧㄠ

醮 面焦枯小也。玉篇引楚辭云 顏色醮顇 希馮所據古本也 漢外戚傳 嫶妍大息 歎稚子兮 晉灼曰 三輔謂幽愁面省瘦曰嫶冥 嫶妍猶嫶冥也 按嫶卽醮字 省同痟 从面焦。此舉會意包形聲 卽消切 二部

文四 重一

丏 ㄇㄧㄢˇ

丏 不見也。象壅蔽之形。壅各本作𠮨 今正 其實許書當作邕也 禮經之參侯道 居侯黨之一 西五步 鄭曰 容謂之乏 所以爲獲者御矢也 周禮鄭司農注云 容者乏也 待獲者所蔽 按乏與丏篆文相似 義取蔽矢 豈禮經本作丏與 彌兗切 古音在十二部 以㝵賓字知之 凡丏之屬皆从丏。

文一

首 ㄕㄡˇ

首 古文百也。各本古文上有百同二字 妄人所增也 許書絕無此例 惟麻下云與林同 亦妄人所增也 今刪正 義已見上矣 故祇言古文百 如儿下曰古文奇字人 介下曰籒文大 覓下曰古文䭫 皆此例也 不見𦣻於百篆之次者 以有从𦣻之篆 不得不出之爲部首也 今字則古文行而小篆廢矣 巛象髮。說百上有巛之意 象髮形也 小篆則但取頭形 髮謂之鬊。鬊字舊奪 今補 鬊卽巛也。當作巛卽鬊也 與𠫓卽易突字也例同 鬊之訓髮隋也 渾言之則爲髮 偁此八字葢別一字說 上文謂象形 此謂巛卽山川字 古音同春 故可假爲鬊字 會意 凡𦣻之屬皆从𦣻。

䭫 ㄑㄧˇ

䭫 䭫首也。三字句 各本作下首也 亦由妄人不知三字句之例而改之 今正 頓首䭫首爲周禮九拜之二 大耑在漢末時上書言事者 必分別其辭 則二者形狀之不同 所用行禮之分別 許時人人知之 故小雅大雅稽首 毛皆無傳 許亦但曰 此篆謂䭫首 此篆謂頓首而已 周禮䭫首本又作稽 許沖上書前作稽首 後作䭫首 恐今之經典轉寫譌亂者多矣 鄭曰 䭫首句 拜頭至地也 頓首 拜頭叩地也 葢䭫首者 拱手至地 頭亦至於地 而頞不必觸地 與頓首之必以顙叩地異矣 䭫首者 稽遲其首也 頓首亦

斷ㄉㄨㄢˋ　剸。　県ㄒㄧㄠ　縣ㄒㄩㄢˊ

曰𩕄顙。𩕄顙者。稽遲其顙也。此吉凶之大辨也。今人作名剌必曰頓首拜。是以凶禮施於賓禮嘉禮。且頓首而拜。非卽喪禮之稽顙而後拜乎。亦謬禮者所當知矣。詳見頁部手部。古者吉賓嘉皆𩠐首。無言頓首者。喪則𩕄顙。無言𩠐首者。以是知𩠐顙卽頓首也。諸侯於天子𩠐首。大夫士於諸侯𩠐首。大夫士於鄰國之君𩠐首。家臣於大夫不𩠐首。以避君也。君之於臣拜手。君於臣𩠐首者。重其臣也。洛誥云成王拜手稽首是也。**从𩠐旨聲。**康禮切。十五部。按此下不云皃古文𩠐者。已別出之爲部首矣。

𩠐截首也。首字各本奪。今補。斤部曰。斷者截也。戈部曰。截者斷也。截首則字从斷首。會意。集韻類篇皆云斷首是也。廣雅。𩠐。斷也。此引伸爲凡截之偁也。**从斷首。**舊誤。今正。斷亦聲。此舉會意包形聲也。大丸切。十四部。

剸　或从刀專聲。王褎傳。水斷蛟龍。陸剸犀革。卽蘇秦傳之水斷牛馬。陸截鵠鴈也。剸與刀部剬義相近。古亦借爲專擅字。小徐本無此篆。

文三　重一

県　到首也。到者今之倒字。此亦以形爲義之例。**賈侍中說。**偁官不偁名者。尊其師也。**此斷首到縣県字。**廣韻引漢書曰。三族令先黥劓斬左右趾。県首菹其骨。按今漢書刑法志作梟。蓋非許所見之舊矣。県首字當用此。用梟於義無當。不言从到首者。形見於義。如珏下不言从二玉也。古堯切。二部。

凡県之屬皆从県。

縣　繫也。繫當作系。繫者繫䌈也。一名惡絮。許書本非此字明矣。許自序云據形系聯。不作繫也。系篆下云繫也。當卽縣也之譌。二篆爲轉注。古縣挂字皆如此作。引伸之則爲所系之偁。周禮縣系於遂。邑部曰。周制天子地方千里。分爲百縣。則系於國。秦漢縣系於郡。釋名曰。縣。縣也。縣係於郡也。自專以縣爲州縣字。乃別製从心之懸挂。別其音。縣去懸平。古無二形二音也。顏師古云。古縣邑字作寰。亦爲臆說。**从系持県。**會意。胡涓切。十四部。

文二

須ㄒㄩ　頿ㄗ　髥ㄖㄢˊ　顊ㄅㄟ　𩕢ㄆㄟ　彡ㄕㄢ

須　頤下毛也。各本譌作面毛也三字。今正。禮記禮運正義曰。案說文云。耐者鬚也。鬚謂頤下之毛。象形字也。今本而篆下云頰毛也。須篆下云面毛也。語皆不通。毛篆下云眉髮之屬。故眉解目上毛。須解頤下毛。須在頰者謂之𩓾。不謂之而。釋須爲面毛。則尢無理。須在頤下。頿在口上。𩓾在頰。其名分別有定。釋名亦曰。口上曰髭。口下曰承漿。頤下曰鬚。在頰耳旁曰髯。與許說合。易賁六二。賁其須。侯果曰。自三至上有頤之象。二在頤下。須之象也。引伸爲凡下垂之偁。凡上林賦之𩣭蘇。吳都賦之流蘇。今俗云蘇頭。皆卽須字也。俗假須爲需。別製鬚鬚字。**从頁彡。**彡者毛飾畫之文。須與頿每成三綹。形似之也。相俞切。古音在四部。讀如接。釋名曰。鬚。秀也。**凡須之屬皆从須。**

頿　口上須也。在口上在頰亦得名須。而正名百物則曰頿曰髥。左傳曰。至於靈王生而有頿。是爲頿王。釋名曰。頿。姿也。爲姿容之美也。**从須此聲。**卽移切。十五十六部。或作髭。

𩓾　頰須也。頰。面旁也。釋名曰。隨口動搖冄冄然也。封禪書有龍垂胡𩓾下迎黃帝。詳文意。乃泛謂須。**从須冄。**會意。**冄亦聲。**汝鹽切。七部。俗作䫇髯。

顊　須髮半白也。兼言髮者類也。此孟子頒白之正字也。趙注曰。頒者斑也。頭半白斑斑者也。卑與斑雙聲。是以漢地理志卑水縣。孟康音斑。蓋古鼙讀如斑。故亦假大頭之頒。藉田賦士女頒斌。李注頒斌相雜之皃也。其引伸之義也。王制諸侯曰頖宮。頖蓋鼙字之異體。故假爲泮水之泮。廣韵又借卧髻之髮爲鼙。**从須卑聲。**府移切。十六部。讀如班。則十四部。

𩕢　短須髮皃。西京賦說猛獸鬃髵。薛曰。鬃髵作毛鬣也。鬃卽鼙字。須鬃短則植。猛獸毛鬣植。**从須否聲。**敷悲切。古音在一部。

文五

彡　毛飾畫文也。巾部曰。飾者㕞也。飾畫者。㕞而畫之。毛者聿也。亦謂之不律。亦謂之弗。亦謂之筆。所以畫者也。其文則爲彡。手之列多略不過三。故以彡象之也。毛所飾畫之文成彡。須髮皆毛屬也。故皆以爲彡。

之屬而从彡象形。所銜切七部凡彡之屬皆从彡。形象也。各本作象形也今依韵會本正象當作像謂像似可見者也人部曰像似也似像也形容謂之形因而形容之亦謂之形六書二曰像形者謂形其形也四曰形聲者謂形其聲之形也易曰在天成象在地成形分偁之實可互偁也左傳形民之力假爲塑模字也易其形渥假爲剭字也从彡有文可見故从彡幵聲。戶經切十一部按枅笄字皆古今切研字五堅切幵聲古音俟考

㐱稠髮也。稠者多也禾稠曰穊髮稠曰㐱其意一也从彡謂髮人聲。之忍切十二部詩曰。㐱髮如雲。鄘風君子偕老文今詩作鬒蓋以或字改古字傳曰鬒黑髮也疑黑字亦非毛公之舊許多襲毛不應有異左傳昔有仍氏生女黰黑而甚美黰正謂稠髮髮多且黑而見甚美也服杜皆云美髮爲黰不言黑髮

鬒㐱或从髟眞聲。黰又其或體

修飾也。巾部曰飾者㕞也又部曰㕞者飾也二篆爲轉注飾即今之拭字拂拭之則發其光采故引伸爲文飾女部曰妝者飾也用飾引伸之義此云修飾也者合本義引伸義而兼舉之不去其塵垢不可謂之修不加以縟采不可謂之修修之从彡者洒㕞之也藻繪之也修者治也引伸爲凡治之偁匡衡曰治性之道必審己之所有餘而強其所不足从彡攸聲。息流切三部經典多假肉部之脩

彰彣彰也。彣各本作文今正文逪畫也與彣義別古人作彣彰今人作文章非古也尚書某氏傳呂覽注淮南注廣雅皆曰彰明也通作章从彡章。會意謂文成章章亦聲。諸良切十部

彫琢文也。琢者治玉也玉部有琱亦治玉也大雅追琢其章傳曰追彫也金曰彫玉曰琢毛傳字當作琱凡琱琢之成文曰彫故字从彡今則彫行而琱廢矣从彡治玉成文也周聲。都僚切二三部

彮清飾也。清飾者謂清素之飾也上林賦靚莊刻飾郭璞曰靚莊粉白黛黑也刻飾刻畫髣髴也按靚莊即彮妝之假借字彮與水部之瀞義略同从彡青聲。疾郢切十一部按丹部曰彤者丹飾也从丹彡彡其畫也疑此當云彮青飾也从彡青青亦聲蓋謂以青色飾畫之文也彤不入彡部彮不入青部者錯見也

㣎細文也。細文文之細者故字从彡㝬彡者文也㝬者際見之白際者壁際也壁之細者也引伸爲凡精美之偁周頌曰維天之命於穆不已傳曰穆美也大雅傳曰穆穆美也釋訓曰穆穆肅肅敬也皆其義也古本作㣎今皆从禾作穆假借字也古昭穆亦當用㣎从彡㝬省。各本有聲字誤也今正莫卜切三部廣韵莫六切

弱橈也。橈者曲木也引伸爲凡曲之偁直者多強曲者多弱易曰棟橈本末弱也弱與橈疊韵上象橈曲。謂弓也彡象毛氂橈弱也。曲似弓故以弓像之弱似毛氂故以彡像之弱物幷。不能獨立故从二㢆。而勺切古音在二部

文九　重一

彣戫也。有部曰戫有彣彰也是則有彣彰謂之彣彣與文義別凡言文章皆當作彣彰作文章者省也文訓逪畫與彣義別从彡文。以毛飾畫而成彣彰會意文亦聲無分切十三部凡彣之屬皆从彣。

彥美士有彣。彣作文非是今正人所言也。言彥疊韵釋訓曰美士爲彥郭曰人所言詠也鄭風傳曰彥士之美稱人所言故曰彥有文故从彣大學彥或作盤古文假借字从彣厂聲。厂山石之厓巖人可居者也呼旱切彥魚變切十四部

文二

文錯畫也。錯當作逪逪畫者这逪之畫也考工記曰青與赤謂之文逪畫之一耑也逪畫者文之本義彣彰者彣之本義義不同也黃帝之史倉頡見鳥獸蹏迒之迹知分理之可相別異也初造書契依類象形故謂之文象交文。像兩紋交互也紋者文之俗字無分切十三部凡文之屬皆从文。

斐分別文也。謂分別之文曰斐衛風有匪君子傳曰匪文章皃小雅萋兮斐兮傳曰萋斐文章相錯也考工

記注曰匪采貌也皆不言分別許云分別者渾言之則爲文析言之則爲分別之文以字从非知之也非違也凡从非之屬輩別也靠相違也

从文非聲。此舉形聲包會意數尾切十五部

易曰。君子豹變。其文斐也。革上九象傳文今易作蔚虞曰蔚蔉也許所據蓋孟易

辬 駁文也。謂駁襍之文曰辬也馬色不純曰駁引伸爲凡不純之偁辬之字多或體易卦之賁字上林賦之斒字史記璸斒漢書文選玢豳俗用之斑字皆是斑者辬之俗今乃斑行而辬廢矣又或假班爲之如孟堅之得氏以楚人謂虎文曰班卽虍部虨字也作辬近是而漢書作班頭黑白半曰頒亦辬之假借字許知爲不純之文以从辡知之辨辯字皆从辡

从文辡聲。此舉形聲包會意布還切十四部

斄 微畫文也。文各本奪今補此謂微畫之文曰斄也凡今人用豪氂當作此字經解曰差若豪氂謬以千里乃是假借字知爲微畫之文者以从𠩺知之𠩺者坼也微之意也

从文𠩺聲。此舉形聲包會意里之切一部

文四

髟 長髮猋猋也。猋與髟疊韵猋猋當依玉篇作髟髟通俗文曰髮垂曰髟潘岳秋興賦斑鬢髟以承弁按馬融長笛賦特麤昏髟注髟長髦廣成頌曰羽旄紛其髟䌂纚之假借字也

从長彡。彡猶毛也會意五經文字必由反在古音三部麥部髮从此爲聲可得此字之正音矣音轉乃爲必凋切匹妙切其云所銜切者大謬誤認爲彡聲也

一曰白黑髮襍而髟。依李善秋興賦注補此八字而似當作曰

凡髟之屬皆从髟。

髮 頭上毛也。各本作根也廣韵巳然以釋名廣雅正之乃拔也之誤要此二字可不必有耳毛部曰毛者眉髮之屬故眉下曰目上毛須下曰頤下毛則髮下必當有頭上毛也四字且下文云鬢者頰髮不先言頭上何以別其在頰者乎今依玉篇廣韵語正

从髟犮聲。方伐切十五部

𩠐 髮或从首。

𩑶 古文。蓋象角鬝之形

鬢 頰髮也。謂髮之在面旁者也晉語美鬢長大則賢韋昭曰鬢髮穎也明道本如是他本穎作類非髮穎者穎禾末近於采似人頸故錐刀皆有穎髮亦有穎髮以項爲下上至於頂至於囟蓋而旁至於頰則謂之鬢鬢者髮之濱也似禾穎之在末禾之老先采而後華髮之老而白也先鬢而餘髮繼之項髮最後韋語俗多不解故詳說之釋名曰在頰耳旁曰髯其上連髮曰鬢鬢曲頭曰距

从髟賓聲。必刃切十二部

鬗 髮長皃。皃字依玉篇訂引伸爲凡長之偁如郊祀歌曰掩回轅鬗長馳鬗猶今言道里鬗鬗也如淳曰音樠

从髟㒼聲。讀若蔓。母官切十四部

𩯭 髮長也。集韵曰𩯭𩯭髮長皃廣韵曰𩯭鬢髮疎皃

从髟監聲。魯甘切八部

讀若春秋黑肱以濫來奔。左氏春秋經昭公三十一年冬黑肱以濫來奔讀如此濫也

𩭤 髮好也。廣韵有皃字

从髟差聲。千可切十七部廣韵昨何切

鬈 髮好也。廣韵作皃齊風盧令曰其人美且鬈傳曰鬈好皃傳不言髮者傳用其引伸之義許用其本義也本義謂髮好引伸爲凡好之偁凡說字必用其本義凡說經必因文求義則於字或取本義或取引伸假借有不可得而必者矣故許於毛傳有直用其文者凡毛許說同是也有相近而不同者如毛曰鬈好皃許曰鬈好皃毛曰癹而下曰頍許曰直項也是也此引伸之說也有全違者如毛曰匪文章皃許曰器似竹匧毛曰干澗也許曰犯也是也此假借之說也經傳有假借字書無假借

从髟卷聲。衢員切十四部

詩曰。其人美且鬈。

髦 髦髮也。三字句各本刪髦字作髮也二字此如巂下之刪巂作周燕也離下之刪離倠下之刪倠江河等下之刪江河等字皆不可通今補元應佛書音義卷二引說文髦髮也謂髮中之髦也卷五引說文髦髮也髮中豪者也下句乃古注語上句亦奪一髦字不可讀髮中之秀出者謂之髦髮漢書謂之壯髮馬鬣偁髦亦其意也詩三言髦士爾雅毛傳皆曰髦俊也釋文云毛中之長豪曰髦士之俊傑者借譬爲名此引伸之義也古亦假髦爲毛字旣夕禮注曰今文髦爲毛是今文禮叚毛爲髦也

从髟毛。髮之秀者曰毛猶角之好者曰角毛亦聲莫袍切二部

𩬊 ㄇㄧㄢˊ　𩭩 ㄔㄡˊ　𩯁 ㄋㄧˇ　䯱 ㄆㄡˊ　𩬳 ㄇㄡˊ　髳。　鬋 ㄐㄧㄢ

𩬊髮皃。元應曰凡鬘字皆當作𩬊。从髟㝵聲。讀若宀。莫賢切。十二部。

𩭩髮多也。彡部曰㐱者稠髮也。稠髮當作𩭩。此則說𩭩之義。小雅曰彼君子女綢直如髮。傳曰密直如髮也。是則綢乃𩭩之假借字。从髟周聲。直由切。三部。

𩯁髮皃。从髟爾聲。此字亦取爾會意。如華盛之字作薾。皆取麗爾之意也。讀若江南謂酢母爲𩯁。此江南之方言也。淡之江南謂豫章長沙二郡。𩯁無異字者。方言固無正字。知此俗語則髮皃之字之音可得矣。奴禮切。十五十六部。酢今之醋字。廣雅媚母也。音與𩯁同。

䯱髮皃。从髟音聲。步矛切。四部。

𩬳髮至眉也。鄘風髧彼兩髦。傳曰髧兩髦之皃。髦者髮至眉。子事父母之飾。許所本也。內則拂髦。注云髦用髮爲之。象幼時鬌。其制未聞。既夕禮曰既殯主人脫髦。注云兒生三月翦髮爲鬌。男角女羈。否則男左女右。長大猶爲之飾存之。謂之髦。所以順父母幼小之心。至此尸柩不見。喪無飾。可以去之。髦之形象未聞。玉藻親沒不髦。注云去爲子之飾。按鄭既言髦之用。而云其制未聞者。謂其狀不可詳也。毛云髮至眉。鬌以髮兩緫下垂至眉。像嬰兒夾囟之角。髮下垂。父母在不失其嬰兒之素也。依禮經曰脫。依內則注曰拂。髦振去塵箸之。是假他髮爲之。許引毛詩作𩬳。今則詩禮皆作髦。或由音近假借。𩬳與髦義古畫然不同。从髟敄聲。亡牢切。古音在三部。廣韵莫浮切。詩曰紞彼兩𩬳。今詩紞作髧。釋文云本又作优。按紞冕冠塞耳者。𩬳垂似之也。

髳𩬳或省。漢令有髳長。髳卽𩬳字。而羌髳字祇从矛。牧誓庸蜀羌髳微盧彭濮。小雅如蠻如髦。傳曰蠻南蠻也。髦夷髦也。箋云髦西夷別名。按詩髦卽書髳。髳長見漢令。蓋如趙佗自稱蠻夷大長。亦謂其酋豪也。

鬋女鬢垂皃也。招䰟曰盛鬋不同制。王云鬋鬢也。制法也。言九侯之女裝飾兩結垂鬢下髮。形貌詭異。又長髮曼鬋豔陸離些。注曼澤也。言美人長髮工結。鬢鬋滑澤。其狀豔美。儀皃陸離而難形也。按張揖注上林賦亦云刻畫鬋鬢。鬋主謂女鬢。不施於男子也。曲禮不蚤鬋。士虞禮蚤翦。翦或爲鬋。鬋皆翦之假借字也。喪大記爪手翦須可證。曲禮注翦鬋。釋文作翦鬋非是。从髟前聲。作踐切。十二部。

鬑 ㄌㄧㄢˊ　𩯭 ㄐㄧㄝˊ　鬄 ㄊㄧˋ　髢。　髲 ㄅㄧˋ　𩭝 ㄘˋ　鬠 ㄍㄨㄛ

鬑鬋也。一曰長皃。此別一義。謂須髮之長。古陌上桑曰爲人絜白皙。鬑鬑頗有鬚。从髟兼聲。讀若慊。力鹽切。七部。

𩯭束髮尐小也。尐小二字各本作少。廣韵十六屑十七薛引作少小。二字少乃尐之誤。今正。尐與𩯭疊韵。面小亦謂之𩯭尐。通俗文曰露髻曰𩯭。露髻者。士喪禮婦人髽于室。注云既去纚而以髮爲大紒。如今婦人露紒。其象也。注喪服亦云髽露紒也。然則露髻。漢人語。謂不用纚髮之縱。露髮爲髻也。今乃婦人無不露髻者矣。二京賦解訓𩯭亦云露頭髻。按鄭云大髻。許云尐小者。其辭異。其爲粗率之意一也。从髟截聲。子結切。十五部。

鬄髲也。鄘風不屑髢也。箋云髢髲也。不絜者不用髲爲善。左傳衛莊公見己氏之妻髮美。使髡之以爲呂姜髢。按鬄與髢義別。音亦有異。从髟易聲。大計切。古音在十六部。从易爲正。大徐又載先彳切。誤。

髢鬄或从也聲。古易聲在十六部。也聲在十七部。合韵最近。此字今音大計切。於也聲得之。地亦也聲。

髲益髮也。各本作鬄也二字。今正。鄘風正義引說文云髲益髮也。言人髮少。聚他人髮益之。下十字古注語。髲字不見於經傳。假被字爲之。召南被之僮僮。傳曰被首飾也。箋云禮主婦髲鬄。少牢饋食禮主婦被錫。注曰被錫讀爲髲鬄。古者或鬄賤者刑者之髮。以髲婦人之紒爲飾。因名髲鬄焉。周禮所謂次也。按如鄭說。則詩禮之被皆卽髲也。以鬄爲髲。卽是以鬄爲鬄。許云益髮。不謂爲禮服。鄭說不同者。髲本髮少裨益之名。因用爲禮服之名。鄘風不屑髢也。自謂髮髻不假益髮爲髻。要燕居則纚笄總而已。禮服笄總之後。必分別加副編次於上爲飾。副編次皆假他髮爲之也。周禮追師之次。禮經曰髲鬄。詩曰被。从髟皮聲。平義切。古音在十七部。

𩭝用梳比也。比者今之篦字。古祇作比。用梳比謂之𩭝者。次第施之也。凡理髮先用梳。梳之言疏也。次用比。比之言密也。周禮追師爲副編次。注云次者次第髮長短爲之。疑次卽𩭝。从髟次聲。此舉形聲包會意。七四切。十五部。

鬠絜髮也。絜各本譌作潔。今依玉篇韵會正。絜麻一耑也。引伸爲圍束之偁。絜髮指

九篇上

束髮也按士喪禮主人髺髮記作括髮謂小斂訖去纚爲露紒也婦人之髽亦是去纚而髽與男子之髺髮相等則髺爲凶禮矣然許於髽曰喪髺於髽不云喪髽者髺髮稍云束髮內則喪服之總深衣之束髮士喪禮之髺同爲一非髺即髺字之異者髺非喪服之專偁也故士喪禮之用組以組束髮也深衣之用錦以錦束髮也喪服小記之始死括髮以麻以麻束髮也喪服之布總以布束髮也其他縞總素總以縞素束髮也是皆得謂之髺非凶禮之專辭也士喪禮注曰髺古文作括髺古文作括禮經皆髺毓禮皆作括髮則用古文與周禮注引髺用組作拊从髟昏聲○古活切十五部

臥結也○結今之髻字也士冠禮采衣紒注云古文紒爲結按許書皆作結鄭注總皆作紒鄭依今文禮許依古文故糸部有結無紒也臥髻者葢謂寢時盤髮爲之令可不散从髟般聲○讀若槃○薄官切十四部

結也○廣韵云露髻从髟付聲○方遇切四部

𩭿帶逗結頭飾也○各本奪二字今依西京賦注補𩭿帶二字爲何如方言之髯帶所以繞於髻上爲飾者西京賦朱𩭿薛注以絳帕額按薛注帕乃帕之誤帕即𩭿字其字之本義乃飾髻上也故从髟从髟莫聲○莫駕切古音在五部

屈髮也○當依廣韵屈上有髻字屈者無尾也引伸爲凡短之偁方言絡頭帕頭也紗繢鬢帶髤帶帑幧頭也自關而西秦晉之郊曰絡頭南楚江湘之閒曰帕頭自河以北趙魏之閒曰幧頭或謂之帑或謂之崦其偏者謂之鬢帶或謂之䰉帶按鬢者髻短髮之偁方言之䰉帶謂帕頭帶於髻上也帕頭之制自項中而前交於額卻繞髻从髟貴聲○丘媿切十五部

簪結也○𩬤結者旣簪之髻也許以笄與旣互訓而笄有固冠弁之笄有固髮之笄子事父母櫛縱笄總拂髦此固髮爲髟之笄也縱者所以韜髮韜之而後髻之髻之而後簪之旣簪之髻曰𩬤按𩬤葢即今文禮之紒从髟介聲○簪之如介畫然故从介古拜切十五部按曹憲注廣雅曰按說文𩬤即籒文髻字也

髮鬣鬣也○囟部巤下曰毛巤也象髮在囟上及毛髮巤巤之形巤巤動而直上皃所謂頭髮上指髮上衝冠也辭賦家言

旌旗獵獵是其假借字也許意巤爲今馬鬣字鬣爲頭動之字今則鬣行而巤廢矣人部曰儠者長壯儠儠也字意略同今左氏傳長儠作長鬣杜以多須釋之殊誤須下垂不得偁鬣凡上指者偁鬣从髟巤聲○此舉形聲包會意良涉切八部

或从毛○許說毛者通乎獸毛而言故馬豕之髮亦曰鬣周禮巾車鬣字故書爲駐亦或爲鬣按駐鬣皆即鬣字也隸體多假葛爲鬣

或从豕○曲禮曰豕曰剛鬣豕部曰豕鬣如筆管者曰豪是或从豕之意也

鬣也○亦謂髮鬣鬣也二篆雙聲从髟盧聲○洛乎切五部

髴此復舉字之未删者若侶也○侶者像也若侶者絫言之髴與人部仿佛之佛義同許無髣字後人因髴製髣从髟弗聲○敷勿切十五部

亂髮也○此與艸部茸義略同从髟耳聲○各本作茸省聲今正此於雙聲取聲也而容切九部

髮墮也○鉉本墮作隋廣韵云髮落是也內則曰三月之末擇日翦髮爲鬌男角女羈鬌本髮落之名因以爲存髮不翦者之名故鄭注云鬌所遺髮也方言廣雅有毻字江賦注所引字書有毻字皆謂落毛與鬌義相近从髟隋省聲○鍇本隋作墮皆通此舉形聲包會意也內則音義曰丁果反徐大果反是古音在十七部匡謬正俗引呂氏字林玉篇切韵並直垂反則轉入十六部矣大徐引唐韵直追切在脂韵非也宋廣韵直垂切則同陸法言切韵

鬌髮也○士喪禮曰巾柶鬊爪埋于坎喪大記君大夫鬊爪實于綠中注曰鬊亂髮也漢書曰黑雲如猋風亂鬊按鬊爲鬌髮而省字下曰髮謂之鬊巛即鬊也則髮在頭者亦非不可云鬊矣从髟春聲○舒閏切十三部

鬜秃也○考工記顧脰注曰顧故書或作牼鄭司農云牼讀爲鬜頭無髮之鬜按大鄭改牼爲鬜而今書作顧頁部云顧頭鬜少髮也是鬜顧音義皆同顧即鬜也明堂位注曰齊人謂無髮爲秃楬釋名曰秃無髮沐秃也毼頭生瘡曰瘕毼亦然也毼與楬皆即鬜也从髟閒聲○苦閒切十四部經典釋文鬜有苦嗐枯曷二反明堂位釋文楬有苦嗐苦八二反

鬀髮也○此篆今經典不見而五經文字曰鬄聽亦反見詩風注所云詩

髡 ㄎㄨㄣ

鳳注謂宋蔡箋也今箋云禮記主婦髲鬄釋文作鬄張參所見作鬄爲是蓋鄭旣注禮乃箋詩自用其禮經注之說也少牢饋食禮曰主婦被錫注云被錫讀爲髲鬄古者或鬄賤者刑者之髮以髲婦人之紒爲飾因名髲鬄焉周禮所謂次也周禮追師注引少牢饋食禮主婦髲鬄與詩箋皆自用其改易之字而俗人多識髢少識鬄且誤認爲一字於是二禮及詩注皆改鬄爲鬀爲髢夫鬀髢同字訓髲髮者益髮也今俗所謂頭髲也鬄者鬄髮也然則鄭云鬄髮以髲婦人之紒卽鬄髮以髲婦人之紒也偁經云髲鬄直重字而已於義安乎推詳召南正義孔沖遠所見禮注詩箋不誤而顏師古毛詩定本誤也若毛詩音義云鬄本亦作髢徒帝反劉昌宗吐歷反沈湯帝反夫徒帝爲髢之反語吐歷湯帝二反則爲鬄之反語詩音義之云劉昌宗吐歷反卽少牢音義之云劉土歷反也蓋陸氏於鬄髢未辨亦溷爲一字致後來之誤鬄字見他書者大元增文八兼貝以役往益來鬄釋文云鬄以刀出髮也司馬遷傳鬄毛髮嬰金鐵受辱師古鬄音吐計反文選作剔毛髮韓非曰嬰兒不鬄首則腹痛莊子馬蹄燒之剔之剔皆鬄之省也至若由鬄之本義而引伸之則爲解散士喪禮特豚四鬄注曰鬄解也今文鬄爲𩮜禮經此鬄周禮記作肆皆託歷反本非鬄字也而今之禮經作鬄則亦譌字而已矣ㄱ或問大雅皇矣攘之剔之何謂也曰釋文云字或作鬄詩本作鬄譌之則爲鬄俗之則爲剔非古有剔字也又周頌狄彼東南釋文云狄韓詩作鬄除也鬄亦鬄之譌鄭箋云狄當作剔用韓說也抑用遏鬄方箋云當作剔蓋鄭不廢剔字**从髟从刀**以刀除髮會意也**易聲。**他歷切十六部按小徐本作从髟剔聲此甚誤大徐本不誤而毛氏扆改爲从刀剔聲則誤中又誤矣許於刀部無剔字故此篆斷非剔聲也漢時有剔字許不錄者禮古文作鬄今文作剔許於此字從古文故不取今文也凡許於禮經依古文則遺今文依今文則遺古文猶鄭依古文則存今文於注依今文則存古文於注也剔者鬄之省俗據莊子音義呂忱乃錄剔於字林云剃也然則呂謂郎俗鬄甚明今人好用剔字以之當手部他歷切之擿字蓋非古矣

髡 鬀髮也。楚辭涉江接輿髡首王注云髡剔也剔者俗鬄字周禮髡者使守積注云此必

髡 鬀 ㄊㄧˋ ⿱髟並 ㄅㄤˋ ⿱髟彔 ㄈㄟˋ 髽 ㄓㄨㄚ

王之同族不宮者宮之爲翦其類髡之而已而部曰罪不至髡完其而鬄曰耏**从髟兀聲。**苦昆切十三部

髡 或从元。元亦兀聲也故亦从元聲古或假完爲髡如漢刑法志完者使守積王制注同

鬀 鬄髮也。鬀俗作剃**从髟弟聲。**必次弟除之故从弟此亦形聲包會意他計切十五部**大人曰髡。**謂有罪者**小兒曰鬀。**周禮雉氏注曰雉讀如鬀小兒頭之鬀韓非曰嬰兒不剔首則腹痛亦鬀也蓋自古小兒鬀髮**盡及身毛曰鬄。**此又析言三字之不同也上文則渾言之

⿱髟並 鬢也。从髟並聲。蒲浪切十部按並聲本在十部今俗謂卒然相遇曰掽如滂去聲字當作⿱髟並也

⿱髟彔 ⿱髟並也。忽見也。按⿱髟並也二字衍文集韻類篇增一曰二字於忽見之上尢非是**从髟彔聲。**芳未切十五部此舉形聲包會意也下文說从彔之意**彔籒文魅。**鬼部曰彔籒文魅此彔古文魅也與此不合立部彔下亦曰彔籒文鬽**亦忽見意。**故⿱髟彔从之

髽 喪結也。鄭注喪服曰髽露紒也猶男子之括髮斬衰括髮以麻則髽亦用麻也蓋以麻自項而前交於額卻繞紒如箸幓頭焉注奔喪曰去纚大紒曰髽注檀弓曰去纚而紒曰髽禮戴先生曰婦人當男子括髮免則髽齊斬之髽皆布總**女子髽衰。**禮謂禮經也喪服經曰女子子在室爲父布總箭笄髽衰三年按布總箭笄髽衰者以布束髮竹爲笄其髻則露髻不用纚韜髮也許所稱者此經謂斬衰之服也齊衰亦髽**弔則不髽。魯臧武仲與齊戰於狐鮐。魯人迎喪者始髽。**弔則不髽爲下文張本也檀弓注曰禮婦人弔服大夫之妻錫衰士之妻則疑衰與皆吉笄無首素總是婦人弔禮不當髽檀弓曰魯婦人之髽而弔也自敗於壺鮐始也記禮變之始也襄四年左傳亦曰邾人莒人伐鄫臧紇救鄫侵邾敗於狐鮐國人逆喪者皆髽魯於是乎始髽檀弓注曰其時家家有喪髽而相弔後遂因之爲弔服矣**从髟坐聲。**莊華切十七部

文三十八　重七

髡鬀⿱髟並⿱髟彔髽

后ㄏㄡˋ

后 繼體君也。釋詁毛傳皆曰后君也許知爲繼體君者后之言後也開刱之君在先繼體之君在後也析言之如是渾言之則不別矣易象下傳曰后以施命誥四方虞云后繼體之君也此許說也蓋同用孟易經傳多假后爲後大射注引孝經說曰后者後也此謂后卽後之假借 象人之形。謂上體𠂆也𠂆蓋八字橫寫不曰从八而曰象人形者以非立人也下文卮解亦曰象人 从口。胡口切四部 易曰。后以施令告四方。此用遘象傳說从口之意傳曰天下有風遘后以施命誥四方鄭作詰許作告按此條各本作象人之形施令以告四方故厂之从一口發號者君后也後人所竄不成文理上體旣象人又何得云从余制切之厂且从一乎今以下卮字解文法更定則宜有易曰審矣 凡后之屬皆从后。

呞ㄏㄡˋ

呞 厚怒聲。厚當作𠩺𠩺與呞疊韵諸書用呴字卽此字也聲類曰呴嗥也俗作吼 从后口。各本作口后誤今正厚怒故从后后之言厚也聲出於口故从口會意不云从口后聲系之口部者許定此爲后口會意如古文厚之从后土也 后亦聲。呼后切四部

文二

司ㄙ

司 臣司事於外者。外對君而言君在內也臣宣力四方在外故从反后鄭風邦之司直傳曰司主也凡主其事必伺察恐後故古別無伺字司卽伺字見部曰覹司也覗司人也人部曰伏司也候司望也頁部曰頫司人也犬部曰猌司也豸下曰欲有所司殺皆卽今之伺字周禮師氏媒氏禁殺戮之注皆云司猶察也俗文作覗凡司其事者皆得曰有司 从反后。惟反后乃鄉后矣息茲切一部 凡司之屬皆从司。

詞ㄘˊ

詞 意內而言外也。有是意於內因有是言於外謂之詞此語爲全書之凡例全書有言意者如䛐言意欺無腸意歡悲意㦃飃意之類是也有言詞者如欥詮詞也者別事詞也皆俱詞也𠷎詞也魯鈍詞也智識詞也曾詞之舒也乃詞之難也尒詞之必然也矣語已詞也矤兄詞也[illegible]詞也[illegible]并惡[illegible]詞也[illegible]并鬼[illegible]詞也臮衆與詞也之類是也意卽意內詞卽言外言意而詞見言詞而意見意者文字之義也言者文字之聲也詞者文字形聲之合也凡許之說字義皆意內也凡許之說形說聲皆言外也有義而後有聲有聲而後有形造字之本也形在而聲在焉形聲在而義在焉六藝之學也詞與辛部之辭其義迥別辭者說也从𤔔辛𤔔辛猶理辜謂文辭足以排難解紛也然則辭謂篇章也詞者意內而言外从司言此謂摹繪物狀及發聲助語之文字也積文字而爲篇章積詞而爲辭孟子曰不以文害辭不以詞害辭也孔子曰言以足志詞之謂也文以足言辭之謂也大行人故書汁詞命鄭司農云詞當爲辭此二篆之不可掍一也 从司言。司者主也意主於內而言發於外故从司言陸機賦曰辭呈材以效伎意司契而爲匠此字上司下言者內外之意也郭忠恕佩觿曰詞朗之字是謂𥡴行本作詈服李文仲字鑑曰詞朗崩秋字說文作詈服朗一妹是可證古本不作詞今各本篆作詞誤也似茲切一部

文二

卮ㄓ

卮 圜器也。內則注曰卮匜酒漿器 一名觛。角部曰觛者小卮也急就篇亦卮觛並舉此渾言析言之異也項羽本紀項王曰賜之卮酒則與斗卮酒斗卮者卮之大者也與下文[illegible]肩言生意同 所㠯節飲食。飲食在是節飲食亦在是也故从卪 象人。謂上體似人字橫寫也 卪在其下也。卮从人卪與后从人口同意章移切十六部 易曰。君子節飲食。頤象傳文偁此說从卪之意古多假節爲卪 凡卮之屬皆从卮。

⿸卮專ㄕㄨㄢˋ

⿸卮專 小卮有耳蓋者。急就篇皇象本榑櫨椑榹榑卽⿸卮專也有耳蓋謂有耳有蓋也 从卮專聲。市沇切十四部

⿸卮耑ㄔㄨㄟˊ

⿸卮耑 小卮也。顏師古急就篇槝榼椑榹槝卽⿸卮耑也 从卮耑聲。讀若捶擊之捶。廣韵之累切大徐言沇切由十四部轉入十六部也

文三

卪 瑞信也○瑞者以玉爲信也周禮典瑞注曰瑞節信也典瑞若今符璽郎掌節注曰節猶信也行者所執之信邦節者珍圭牙璋穀圭琬圭琰圭也按是五玉者皆王使之瑞卪引伸之凡使所執以爲信而非用玉者皆曰卪下文是也 守邦國者用玉卪○守都鄙者用角卪○鄭云謂諸侯於其國中公卿大夫王子弟於其采邑有所使亦自有節也 使山邦者用虎卪○土邦者用人卪○澤邦者用龍卪○鄭云謂使卿大夫聘於天子諸侯行道所執之信也是三卪者皆以金爲之鑄虎人龍象焉必自以其國所多者於以相別爲信 門關者用符卪○貨賄用璽卪○道路用旌卪○鄭云門關司門司關也貨賄者主通貨賄之官謂司市也道路者主治五涂之官謂鄉遂大夫也凡民遠出至於邦國邦國之民若來入由門者司門爲之節由關者司關爲之節其商則司市爲之節其以徵令及家徙則鄉遂大夫爲之節符節者如今宮中諸官詔符也璽節者今之印章也旌節今使者所擁節是也已上八句皆周禮掌節職文此三句許意蓋與鄭注不同云門關者者蒙上文使字而言謂使於門關者也 象相合之形○若卪篆則兩合矣子結切十二部 凡卪之屬皆从卪○

令 發號也○号部曰號者嗃也口部曰嗃者號也發號者發其號嗃以使人也是曰令人部曰使者令也義相轉注引伸爲律令爲時令詩箋曰令善也按詩多言令毛無傳古文尚書言靈見般庚多士多方般庚正義引釋詁靈善也蓋今本爾雅作令非古也凡令訓善者靈之假借字也 从亼卪○號嗃者招集之卪也故从亼卪會意力正切古音在十二部

𠨘 輔信也○相輔之信也信者卪也从比故以輔釋之周禮掌節掌守邦節而辨其用以輔王命 从卪比聲○當云从比卪比亦聲古音在十五部大徐毗必切 虞書曰𠨘成五服○臯陶謨文今尚書作弼

卶 有大慶也○慶各本作度今依廣韵正慶者行賀人也大慶謂大可賀之事也凡从多之字訓大釋詁曰庶侈也是其義 从卪多聲○讀若侈○充豉切古音在十七部

卪令𠨘卶𠨲卲厄厀卷卻卸𠨍𠨐

九篇上

𠨲 宰之也○未聞蓋謂主宰之也主宰之則制其必然故从必按衛風有斐君子釋文云韓詩作𠨲美皃蓋卽此字而今本釋文及廣韵皆譌从邑作邲廣韵六至云邲好皃五質云邲地名在鄭又美皃其譌甚矣 从卪必聲○兵媚切古音在十二部玉篇無此字廣韵亦有邲無𠨲

卲 高也○廣雅釋詁同法言曰公儀子董仲舒之才之卲也又曰賢皆不足卲也 从卪召聲○寔照切二部

厄 科厄○逗疊韵字 木卪也○卪各本作節誤今正凡可表識者皆曰卪竹之卪曰節木之卪曰科厄易曰艮於木爲多節科厄胅起之皃 从卪厂聲○五果切玉篇牛戈切十七部按厂聲在十六部合韵冣近也 賈侍中說㠯爲厄○逗 裹也○別一義不連科字 一曰厄○逗 蓋也○又一義不連科字

厀 脛頭卪也○肉部曰腳脛也脛胻也厀者在脛之首股與腳閒之卪也故从卪 从卪桼聲○息七切十二部俗作膝

卷 厀曲也○卷之本義也引伸爲凡曲之偁大雅有卷者阿傳曰卷曲也又引伸爲舒卷論語邦無道則可卷而懷之卽手部之捲收字也又中庸一卷石之多注曰卷猶區也又陳風碩大且卷傳曰卷好皃此與齊風傳鬈好皃同謂卽一字也權弓女手卷然亦謂好皃 从卪𢍏聲○十四部巨員切大徐云居轉切

卻 卪卻也○各本作節欲也誤今依玉篇欲爲卻又改節爲卪卪卻者節制而卻退之也 从卪谷聲○去約切古音在五部俗作却

卸 舍車解馬也○舍止也馬以駕車止車則解馬矣一說解馬謂騎解搴方言曰發舍車也東齊海岱之閒謂之發宋趙陳魏之閒謂之稅郭注今通言發寫按發寫卽發卸也寫者卸之假借字曲禮曰器之溉者不寫其餘皆寫義正同卸今卸爲通用俗語 从卪止行止有節 午聲○依韵會所據小徐本 讀若汝南人寫書之寫○司夜切古音在五部

𠨍 二卪也○義取於形 巽从此○見丌部 闕○謂其讀若未聞也大徐云士戀切者取巽僎僝等字之音義爲之廣韵亦云𠨍具也士戀切

𠨐 卪也○闕○按玉篇曰說文云闕蓋本祇有

印　𠨍　抑。　色

字其形反卪其義其音則蓋闕今本說其義云卪也說其音云則候切皆肊爲之非許意

文十三

印　執政所持信也。凡有官守者皆曰執政其所持之卪信曰印古上下通曰璽周禮璽節注曰今之印章按周禮守邦國者用玉節守都鄙者用角節謂諸侯於其國中公卿大夫於其采邑用之是卽用印之始也季武子於周禮爲守都鄙者而以璽書達於魯君是古有印明矣蓋以簡牘書之而寓書於遠必用布帛檢之以璽泥卪之至用縑素爲書而印之用更廣漢官儀諸侯王黃金璽駝鈕文曰璽列侯黃金印龜鈕文曰章御史大夫金印紫綬文曰章中二千石銀印龜鈕文曰章千石至四百石皆銅印文曰印 从爪卪。會意手所持之卪也左傳司馬握節以死於刃切十三部 凡印之屬皆从印。

𠨍　按也。按當作按印也淺人刪去印字耳按者下也用印必向下按之故字从反印淮南齊俗訓曰若璽之抑埴正與之正傾與之傾璽之抑埴卽今俗云以印印泥也此抑之本義也引伸之爲凡按之偁內則而敬抑搔之注曰抑按也又引伸之爲凡謙下之偁賓筵傳曰抑抑愼密也假樂傳曰抑抑美也抑傳曰抑抑密也猗嗟傳曰抑美色論語三用抑字皆轉語詞於按下之意相近抑詩國語作懿戒懿同抑抑此皇父懿厥哲婦懿亦同抑鄭云抑之言噫有所痛傷之聲也 从反印。用印者必下向故緩言之曰印急言之曰𠨍詩賓筵抑與祕韻假樂與秩韻古音在十二部𠨍卽印之入聲也今音於棘切入二十四職

抑　俗从手。既从反爪矣又从手蓋非是

文二　重一

色　顏气也。顏者兩眉之閒也心達於气气達於眉閒是之謂色顏气與心若合符卪故其字从人卪記曰孝子之有深愛者必有和气有和气者必有愉色有愉色者必有婉容又曰戎容盛氣顚實陽休玉色孟子曰仁義禮智根於心其生色也睟然見於面此皆从人卪之理也生色而後見於面所謂陽氣浸淫幾滿大宅許曰面

卿　𠨧　艵　艴

顏前也是也魯頌載色載笑傳曰色溫潤也大雅令儀令色箋云善威儀善顏色也內則曰柔色以溫之玉藻曰色容莊色容顛顛色容厲肅論語曰色難色思溫色勃如也正顏色引伸之爲凡有形可見之偁 从人卪。此部不與从人爲伍而與从卪爲伍者重卪也所力切一部 凡色之屬皆从色。

古文。

艴　色艴如也。按此當作艴怒色也孟子曾西艴然不悅趙曰艴慍怒色也 从色弗聲。蒲沒切十五部 論語曰色艴如也。見鄉黨篇今論語作勃木部引論語作孛蓋必有古魯齊之別在其閒矣或曰依論語則非怒色也不知怒者盛氣之偁不嫌同詞孟子王勃然變乎色不與今鄉黨同詞乎

艵　縹色也。縹者帛青白色也李善注神女賦頩薄怒以自持引方言頩怒色青兒今方言無此語玉篇引楚辭玉色艵以脕顏今遠遊作頩頩與艵同也按許不云怒色但云縹色者人或色青不必怒也遠遊玉色艵以脕顏謂光澤鮮好不謂怒色大招說美人亦云青色直眉 从色幷聲。普丁切十一部

文三　重一

𠨧　事之制也。从卪𠨧。卪𠨍今人讀節奏合乎節奏乃爲能制事者也 凡𠨧之屬皆从𠨧。闕。此闕謂闕其音也其義其形既憭矣而讀若某則未聞也今說文去京切玉篇廣韵皆云說文音卿此蓋淺人肊以卿讀讀之卿用𠨧爲義形不爲聲形也玉篇子兮切取卪字平聲讀之廣韵子禮切取卪上聲讀之蓋其音必有所受之矣

卿　章也。此以疊韵爲訓白虎通曰卿之爲言章也章善明理也 六卿。天官冢宰。地官司徒。春官宗伯。夏官司馬。秋官司寇。冬官司空。周禮之六卿也周禮曰治官之屬太宰卿一人教官之屬大司徒卿一人禮官之屬大宗伯卿一人政官之屬大司馬卿一人刑官之屬大司寇卿一人其則事官之屬大司空卿一人也天子六鄉鄉老二鄉則公一人鄉大夫每鄉卿一人卽此六卿也 从𠨧皀聲。皀下曰又讀若香卿字正从此讀爲聲也古音在十

部讀如羌今音去京切烏部鶊字㫐聲則在古音七部

文二

辟　法也。法當作灋小雅辟言不信大雅無自立辟傳皆曰辟法也又文王有聲箋抑箋周禮鄉師注戎右注小司寇注曲禮下注皆同引伸之爲罪也見釋詁謂犯法者則執法以罪之也又引伸之爲辟除如周禮閽人爲之辟孟子行辟人以及辟寒辟惡之類是也又引伸之爲盤辟如禮經之辟鄭注逡遁是也又引伸爲一邊之義如左傳曰闢西辟是也或借爲辟或借爲避或借爲譬或借爲闢或借爲壁或借爲襞 从卩辛。節制其辠也。節當作卩俗所改也以卩制說卩以辠說辛辛从辛辛辠也故辛亦訓辠 从口。句 用法者也。用法上當再出口字以用法說从口辟合三字會意必益切十六部 凡辟之屬皆从辟。

𨐨　法也。各本作治也今依尚書釋文正金縢云我之弗辟某氏云治也馬鄭音避謂避居東都說文作𨐨云必亦反法也 从辟井。制字下引易曰井者法也辟亦聲必益切十六部 周書曰我之不𨐨。許所據壁中古文也蓋孔安國以今字讀之乃易爲辟字馬鄭所注者從孔讀不今尚書作弗

嬖　治也。丿部曰乂芟艸也今則乂訓治而嬖廢矣詩作艾小雅小旻傳曰艾治也 从辟乂聲。魚廢切十五部 虞書曰。當作唐書說詳禾部 有能俾嬖。見堯典今嬖作乂蓋亦自孔安國以今字讀之巳然矣許𨐨嬖字秦漢不行小篆不用倉頡等篇不取而許獨存之者尊古文經也尊古文也凡尊經尊古文之例視此

文三

勹　裹也。今字包行而勹廢矣 象人曲形有所包裹。包當作勹淺人改也布交切以包苞匏字例之古音在三部 凡勹之屬皆从勹。

匔　曲脊也。此論語鄉黨聘禮記鞠躬之正字也聘禮鞠躬亦作鞠窮史記魯世家作匑匑徐廣云見三蒼謹敬兒也音穹窮廣雅亦曰匑匑謹敬也漢書注曰鞠躬謹敬也蓋上字巳弓切下字巨弓切爲曡韵如左傳鞠窮之卽营藭耳上字亦讀巳六切仍是聯緜字孔注論語曰斂身許曰曲脊蓋未有謹敬而不傴僂者也許無鞠躬字者以匔躬爲正字鞠則匔之假借字也鞠躬行而匔廢矣 从勹䩵省聲。巨六切三部音轉入九部

匍　手行也。今人以手摸索其語溥乎切當作此字 从勹甫聲。薄乎切五部

匐　伏地也。匐伏疊韵釋名曰匍匐小兒時也匍猶捕也藉索可執取之言也匐伏也伏地行也人雖長大及其求事盡力之勤猶亦稱之詩曰凡民有喪匍匐救之是也按二篆可合用可析言 从勹畐聲。蒲北切一部

匊　在手曰匊。唐風椒聊之實蕃衍盈匊小雅終朝采綠不盈一匊毛皆云兩手曰匊此云在手恐傳寫之誤手部曰持握也握搤持也搤捉也捉搤也把握也然則在手曰捉曰搤曰握曰持曰把不曰匊也據篇韵所言則許書之譌久矣玉篇曰古文作臼此語尤誤臼者叉手也叉者手指相錯也廣韵以兩手奉物訓臼誤矣方言曰掬離也燕之外郊朝鮮洌水之閒曰掬此方俗殊語不係乎本字也 从勹米。會意米至散兩手兜之而聚居六切三部俗作掬

勻　少也。少當作币字之誤也币者匊也匊者币徧也徧者币也是可以得勻之義矣廣韵曰勻徧也齊也作少必譌 从勹二。羊倫切十二部

勼　聚也。釋詁曰鳩聚也左傳作鳩古文尚書作逑辵部曰逑斂聚也莊子作九今字則鳩行而勼廢矣 从勹九聲。此當作从勹九九亦聲轉寫奪之 讀若鳩。居求切三部

旬　徧也。小徐無也字非是大雅王命召虎來旬來宣傳曰旬徧也菀彼桑柔其下侯旬傳曰旬言陰均也周禮均人豐年則公旬用三日焉注曰旬均也讀如營營原隰之營易坤爲均今書亦有作旬者內則旬而見注曰旬當爲均嫡妾同時生子以生先後見之也易說卦坤爲均今亦或作旬按旬與均音義皆略同土部曰均平徧也又按許書古文鈞作銞儀禮今文絢作約知古旬勻二篆相假爲用 十日爲旬。此徧中之一義也而必言之者說此篆从勹日之意也日之數十自甲至癸而一徧 从勹日。勹日猶勹十也

詳遵切。十二部。

古文。按从日勻會意。

褱也。此當爲抱子抱孫之正字。今俗作抱。乃或捊字也。衣部之袌則訓褱也。从勹人。薄晧切。廣韵薄報切。古音在三部。

膺也。肉部曰膺匈也。二篆爲轉注。膺自其外言之無不當也。匈自其中言之無不容也。無不容故从勹。从勹凶聲。許容切。九部。今字胷行而匈廢矣。

匈或从肉。

帀徧也。徧衍文當刪。帀下曰匔也。與此爲轉注。帀則無不徧者。不待言徧也。匔與周義別。口部曰周者密也。周自其中之密言之。匔自其外之極復言之。凡圜周方周周而復始。其字當作匔。謂其極而復也。凡圜冪方冪冪積謂之周。謂其至密無疏罅也。左傳以周疏對文。是其義。今字周行而匔廢。槩用周字。或又作週。殊爲乖舛。名之當正者也。有帀而不密者。有密而不帀者。故其字宜辨也。宙者舟輿所極復。匔與宙音義皆相近。易曰周流六虛。蓋自古叚周爲匔矣。从勹舟聲。職流切。三部。

帀也。匌之言合也。帀而與帀合矣。海賦曰。磊匌匌而相豗。按釋詁曰。敆合也。郃乃地名。於義無取。當爲匌字之假借也。从勹合。合亦聲。侯閤切。七部。

飽也。从勹象腹𣪘聲。己又切。又乙庶切。按己又是也。三部。民祭。句祝曰厭匓。祝或作紀。非。厭當作猒。飽也。求鬼神之猒飫也。

重也。今則復行而𠣺廢矣。从勹復聲。扶富切。三部。廣韵匹北切。或省彳。集韵云古作𠣜。按小徐本有𠣺無𠣜。云从勹复聲。

高墳也。土部曰墳者墓也。墓之高者曰冢。周禮冢人掌公墓之地是也。按釋山云。山頂曰冢。鄭注冢人云。冢封土爲丘壟。象冢而爲之。此從爾雅說也。許以冢爲高墳之正偁。則不用爾雅說。引伸之。凡高大曰冢。釋山及十月之交傳山頂曰冢。乃借冢偁耳。釋詁曰。冢大也。太子曰冢子。太宰曰冢宰。从勹。墓取勹義。豖聲。知隴切。九部。按豖聲本在三部。此合音也。古音豖必可讀如獨矣。

文十五　重三

妊也。二字各本無。今推文意補。下文十三字乃說字形。非說義。則必當有說義之文矣。女部曰。妊者孕也。子部曰。孕者褱子也。引伸之爲凡外褱之偁。亦作苞。皆假借字。凡經傳言苞苴者。褱之曰苞。藉之曰苴。象人褱妊。巳在中。象子未成形也。勹象褱其中。巳字象未成之子也。勹亦聲。布交切。古音在三部。元气起於子。子人所生也。子下曰。十一月陽气動。萬物滋。人以爲偁。男左行三十。女右行二十。俱立於巳。爲夫婦。左右當作ナ又。男自子左數次丑次寅次卯爲左行。順行。凡三十得巳。女自子右數次亥次戌次酉爲右行。逆行。凡二十亦得巳。至此會合。故周禮令男三十而娶。女二十而嫁。是爲夫婦也。褱妊於巳。巳爲子。下巳字衍。巳部曰。巳者巳也。四月陽气巳出。陰气巳藏。萬物見。成文章。故夫婦會合而褱妊。是爲子也。十月而生。十月上當有子字。易本命曰。天一地二人三。三三而九。九九八十一。一主日。日數十。故人十月而生。男起巳至寅。女起巳至申。故男年始寅。女年始申也。淮南氾論曰。禮三十而娶。高云。三十而娶者。陰陽未分時俱生於子。男從子數左行三十年立於巳。女從子數右行二十年亦立於巳。合夫婦。故聖人因是制禮。使男三十而娶。女二十而嫁。其男子自巳數左行十得寅。故人十月而生於寅。男子數從寅起。女自巳數右行十得申。亦十月而生於申。故女子數從申起。高說與許說同。神仙傳王綱云。陽生立於寅。純木之精。陰生立於申。純金之精。夫以木投金。無往不傷。是以金不爲木屈。而木常畏於金。按今日者卜命。男命起寅。女命起申。此古法也。自元气至此。又詳說从巳之意。凡包之屬皆从包。

兒生褁也。包謂母腹。胞謂胎衣。小雅。不屬于毛。不離于裏。箋云。今我獨不得父皮膚之氣乎。獨不處母之胞胎乎。釋文。胞音包。今俗語同胞是也。其借爲脬字。則讀匹交切。脬者旁光也。腹中水府也。从肉包。包子之肉也。不入肉部者。重包也。包亦聲。匹交切。古音在三部。

瓠也。瓠下曰。匏也。與此爲轉注。匏判之曰蠡。曰瓢。曰巹。邶風傳曰。匏謂之瓠。謂異名同實也。豳風傳

茍 ㄐㄧˋ　着。敬 ㄐㄧㄥˋ　鬼 ㄍㄨㄟˇ

曰壺瓠也此謂壺即瓠之假借字也从包从瓠省。瓠省舊作瓠聲誤韵會作从夸包聲亦誤今正从包瓠者能包盛物之瓠也不入瓠部者重包也包亦聲薄交切古音在三部包。逗取其可包藏物也。說从包之意藏當作臧

文三

茍自急敕也。急與茍雙聲敕與茍疊韵急者褊也敕者誡也此字不見經典惟釋詁𨔵駿肅亟遄速也釋文云亟字又作茍同居力反經典亦作棘同是其證可謂一字千金矣而通志堂刻乃改爲急字葢誤仞爲从艸之苟也急不得反居力與亟棘音大殊幸抱經堂刻正之或欲易禮經之苟敬爲茍則又繆。小雅六月古作我是用戒亦作我是用棘俗本改作急與飭服國不韵正同此从芊省从勹口。从勹口三字各本作从包省从口五字誤也己力切一部勹口。逗各本無勹字今補猶慎言也。說从勹口之意从羊與義善美同意。各本羊字誤今刪說从羊之意羊者祥也凡茍之屬皆从茍。

茍古文不省。

敬肅也。聿部曰肅者持事振敬也與此爲轉注心部曰忠敬也戁敬也憼敬也恭肅也憜不敬也義皆相足後儒或云主一無適爲敬夫主一與敬義無涉且文子曰一也者無適之道淮南詮言曰一者萬物之本也無敵之道也適即敵字非他往之謂从攴茍。攴猶迫也迫而茍也居慶切十一部

文二　重一

鬼人所歸爲鬼。以疊韵爲訓釋言曰鬼之爲言歸也郭注引尸子古者謂死人爲歸人左傳子產曰鬼有所歸乃不爲厲禮運曰魂氣歸於天形魄歸於地从儿由象鬼頭。自儿而歸於鬼也从厶。厶二字今補厶讀如私鬼陰气賊害故从厶。陰當作侌此說从厶之意也神陽鬼陰陽公陰私居偉切十五部凡鬼之屬皆从鬼。

𥛠。䰠 ㄕㄣˊ　魂 ㄏㄨㄣˊ　魄 ㄆㄛˋ　魅 ㄔˋ　魖 ㄒㄩ

𥛠古文从示。

䰠神也。當作神鬼也神鬼者鬼之神者也故字从鬼申老子曰其鬼不神封禪書曰秦中最小鬼之神者中山經青要之山䰠武羅司之郭云䰠即神字許意非一字也从鬼申聲。食鄰切十二部

魂陽气也。陽當作昜白虎通曰魂者沄也猶沄沄行不休也淮南子曰天气爲魂左傳子產曰人生始化曰魄既生魄陽曰魂用物精多則魂魄強从鬼云聲。各本篆體作魂今正李文仲字鑑曰說文本下形上聲今作魂右形左聲如詞朗崩秋說文本作朗服嘣烁今從聲變又召字形在左則爲叨含字聲在右則爲吟字聲稍改則爲別字按李氏在元時猶見說文舊本故䰟魂等字不誤今則大徐本皆作魂惟小徐本作䰟廣韵集韵韵會亦作䰟乃乾隆閒汪啟淑刻小徐書剪劃俗刻說文之篆文付梓人而抄本䰟字不可復見矣是故刻書不可不慎也䰟之必云上言下者意內言外之象也䰟之必鬼下云上者陽氣沄沄而上之象也曰云聲者舉形聲包會意戶昆切十三部

魄陰神也。陰當作侌陽言气陰言神者陰中有陽也白虎通曰魄者迫也猶迫迫然箸於人也淮南子曰地氣爲魄祭義曰氣也者神之盛也魄也者鬼之盛也鄭云氣謂噓吸出入者也耳目之聰明爲魄郊特牲曰魂氣歸於天形魄歸於地祭義曰死必歸土此之謂鬼其氣發揚於上神之箸也是以聖人尊名之曰鬼神按魂魄皆生而有之而字皆从鬼者魂魄不離形質而非形質也形質亡而魂魄存是人所歸也故从鬼从鬼白聲。孝經說曰魄白也白明白也魂芸也芸芸動也普百切古音在五部

魅厲鬼也。厲之言烈也厲鬼謂虐厲之鬼厲或作癘非左傳曰其何厲鬼也月令注曰昴有大陵積尸之氣氣佚則厲鬼隨而出行虛危有墳墓四司之氣爲厲鬼將隨強陰出害人西山經剛山是多神䰠䰠即此魅字郭云㒺魅之類也恥二反或作㱠今本山海經傳譌舛依集韵類篇正从鬼失聲。丑利切按失聲古音在十二部集韵類篇又丑栗切

魖秏鬼也。秏舊作耗今正秏者毛之無之言東京賦曰殘夔魖與罔象夔木石之怪也罔象水之怪也與魖爲三物从

魃 ㄅㄚˊ　鬽 ㄇㄟˋ　魅。𢑚。　鬾 ㄐㄧˋ

鬼虛聲。形聲包會意朽居切五部 魃 旱鬼也。大雅雲漢曰旱魃爲虐傳曰魃旱神也此言旱鬼以字从鬼也神鬼統言之則一耳山海經曰大荒之中有山名曰不句有黃帝女妭本天女也黃帝下之殺蚩尤不得復上所居不雨妭即魃也詩正義不引此而引神異經神異經乃不知何人假託東方朔者郭傳山海經不云妭即詩之旱魃而云音如旱魃之魃疏矣女部曰妭婦人美皃然則山海經爲假借字 从鬼犮聲。蒲撥切十五部 周禮有赤魃氏除牆屋之物也。周禮秋官之屬赤犮氏掌除牆屋以蜃炭攻之以灰灑毒之鄭云赤犮猶言捇拔也主除蟲豸自埋者按許作赤魃蓋其所據本不與鄭同其云除牆屋之物讀精物鬼物之物故毆之之官曰赤魃氏說義亦與鄭異蓋賈侍中說與 詩曰旱魃爲虐。

鬽 老物精也。各本作精物今依蕪城賦王莽傳二注正論衡曰鬼者老物之精也漢藝文志有神鬼精物之語則作精物亦通周禮以夏日至致地示物鬽注曰百物之神曰鬽引春秋傳螭鬽魍魎按今左傳作魅釋文本作鬽服虔注云魅怪物或云魅人面獸身而四足好惑人山林異氣所生 从鬼彡。密祕切十五部 彡鬼毛。說从彡之意彡者毛飾畫之文因以爲毛之偁 魅 或从未。从未爲聲 𩲃 籒文从彖首从尾省聲。彖首謂彖也彖之頭也或曰當是𢑚首尾聲猶未聲也按此篆今譌爲二𢑚古文也𢑚籒文也與解語不相應亦與彡部立部不相應今刪正鬽當是古文則𢑚爲籒文審矣○七篇彔下云刻木彔彔也盧谷切與此相似而非一字从彖首當是从𢑚省彖當作彖彖轉寫失其眞

鬾 鬼服也。衣部曰褮鬼衣也周禮大喪廞裘注曰廞興也若詩之興謂象似而作之凡爲神之偶衣物必沽而小耳 一曰小兒鬼。漢舊儀顓頊氏有三子生而亾去爲疫鬼一居江水爲瘧鬼一居若水爲魍魎蜮鬼一居人宮室區隅善驚人爲小兒鬼按此條東京賦注所引較完亦尙有奪字後漢書禮儀志注所引則不可讀東京賦八靈爲之震慴況鬾蜮與畢方薛解云鬾小兒鬼也畢方父老神也 从鬼支聲。奇寄切十六部按二義同音李善東京賦注巨宜切廣韵以鬼服去聲小兒鬼平聲非也 韓詩傳曰。鄭交甫逢二女鬾服。蓋韓詩內傳語也文選江賦注引韓詩內傳鄭交甫漢皋臺下遇二女請其佩二女與佩交甫懷之循探之即亡矣南都賦注引韓詩外傳鄭交甫遇二女佩兩珠大如荊雞之卵七發注引韓詩序曰漢廣悅人也漢有游女不可求思薛君曰謂漢神也許所偁亦說此詩之語

虪 ㄏㄨ　魕 ㄐㄧ　䰭 ㄖㄨˊ　𩲡 ㄏㄨㄚˋ　䰐 ㄋㄨㄛˊ　䰱 ㄆㄧㄣˊ　醜 ㄔㄡˇ　⿺鬼巢 ㄔㄠ

虪 鬼皃。从鬼虎聲。虎烏切五部 魕 鬼俗也。謂好事鬼成俗也淮南人閒訓曰荊人鬼越人魕高云鬼好事鬼也魕魕祥也景十三王傳治宮室魕祥伏虔曰魕祥求福也史記正義引顧野王云魕祥吉凶之先見也按伏讀魕同祈顧讀爲知幾其神之幾皆好事鬼之意耳玉藻少儀二篇魕字乃旣幾之假借小食也 从鬼幾聲。渠稀切十五部各書从示作禨同 淮南傳曰。吳人鬼越人魕。淮南傳謂鴻烈也吳今鴻烈作荊列子說此事亦作楚疑荊字是

䰭 鬼鬽聲䰭䰭不止也。从鬼需聲。奴豆切四部當依廣韵人朱乃侯二切

𩲡 鬼變也。鬼之變匕也 从鬼化聲。呼駕切十七部

䰐 見鬼驚詞。見鬼而驚駭其詞曰䰐也䰐爲奈何之合聲凡驚詞曰那者即䰐字如公是韓伯休那是也左傳棄甲則那亦是奈何之合聲 从鬼難省聲。讀若詩受福不儺。小雅桑扈受福不那傳曰那多也此作不儺疑字之誤或是三家詩諾何切十七部

䰱 鬼皃。此蓋與覰䫖之義相近 从鬼賓聲。符眞切十二部

醜 可惡也。鄭風無我魗兮鄭云魗亦惡也是魗即醜字也凡云醜類也者皆謂醜即疇之假借字疇者今俗之儔類字也內則曰鼈去醜鄭云醜謂鼈竅也謂即爾雅白州驠之州字也 从鬼 非眞鬼也以可惡故从鬼 酉聲。昌九切三部○按此下大徐補一魋篆以言部有⿰言魋篆从魋聲也但許書故有一字从二聲之例且釋獸云魋如小熊竊毛而黃是當命爲从隹鬼聲入隹部不當入鬼部肊解之曰神獸也

⿺鬼巢 各本無此篆孝元應書五引說文⿺鬼巢字助交切訓捷健也又引廣雅⿺鬼巢捷也聲類⿺鬼巢疾也蓋後人以勦代⿺鬼巢而說文⿺鬼巢字

亾矣玉篇曰魑剌經爲害之鬼也說文訓當云鬼捷皃疑魑篆卽魑篆之譌 从鬼堯聲。玉篇士交切廣韵楚交切

文十七 刪魖補魑 重四 今魅之重文刪一則重三

甶 ㄈㄨˊ 畏 ㄨㄟˋ 𢼄。禺 ㄩˊ

甶 鬼頭也。象形。敷勿切十五部 凡甶之屬皆从甶。

畏 惡也。从甶虎省。虎上體省而儿不省儿者似人足而有爪也於貴切十五部 鬼頭而虎爪可畏也。說會意

𢼄 古文省。下象爪形

禺 母猴屬。爪部曰爲者母猴也夊部曰夒一曰母猴也郭氏山海經傳曰禺似獼猴而大赤目長尾今江南山中多有說者不了乃作牛字按左傳魯公爲檀弓作公叔禺人可證爲禺是一物也 頭佀鬼。故从甶 从甶从内。牛具切古音在四部讀如偶

文三 重一

厶 ㄙ 篡 ㄘㄨㄢˋ 羑 ㄧㄡˇ 誘。

厶 姦衺也。衺字淺人所增當刪女部曰姦者厶也二篆爲轉注若衺者𧘝也𧘝者衺也亦二篆爲轉注不與姦厶相淆也公私字本如此今字私行而厶廢矣私者禾名也 韓非曰倉頡作字。自營爲厶。見五蠹篇今本韓非營作環二字雙聲語轉營訓帀居環訓旋繞其義亦相通自營爲厶六書之指事也八厶爲公六書之會意也息夷切十五部 凡厶之屬皆从厶。

篡 屰而奪取曰篡。奪當作敓奪者手持隹失之也引伸爲凡遺失之偁今吳語云奪落是也敓者彊取也今字奪行敓廢但許造說文時蓋然分別書中不應自相刺謬凡讀許書當先校正有如此者屰而敓者下取上也 从厶姦謀也。算聲。初宦切十四部

羑 相訹呼也。呼當作評評召也言部曰訹者羑也羑與訹二篆爲轉注今人以手相招而口言羑正當作此字今則誘行而羑廢矣 从厶羑。羊部曰羑者進善也訹之若進善然故从羑與久切三部

誘 或从言秀。秀聲也召南曰有女懷春吉士誘之傳曰誘道也按道卽導字大雅天之牖民傳曰牖道也是則傳謂牖誘同字大雅牖民韓詩外傳樂記作誘民古二字多通用釋詁曰誘進也儀禮誘射鄭曰誘猶教也樂記知誘於外鄭曰誘猶道也引也葢善惡皆得謂之誘論二字之本義牖訓窗明誘訓相訹固有不同故羑必从厶訹下曰相評誘也許意誘不必以正似板傳爲正字野有死麕傳爲假借字惡無禮之詩必非訹誘之誘也

𧦝 或如此。从盾者盾下曰所以扞身蔽目葢取自隱藏以招人之意宋玉曰若姣姬揚袂鄣日而望所思

羑 古文。羊部有此云進善也此云羑之古文說古文以羑爲羑也古文本但有羑字後乃有羑字訓爲相訹評則羑字專爲進善矣

文三 重三

嵬 ㄨㄟˊ 巍 ㄨㄟˊ

嵬 山石崔嵬高而不平也。各本作高不平也四字今依南都賦李注訂有高而上平者兀下曰高而上平爾雅曰夷上洒下曰㶒是也周南陟彼崔嵬釋山曰石戴土謂之崔嵬毛傳曰崔嵬土山之戴石者說似互異依許云高不平則毛傳是矣惟土山戴石故高而不平也岨下云石山戴土亦與毛同 从山鬼聲。此篆可入山部而必立爲部首者巍从此也五灰切十五部

巍 高也。高者必大故論語注曰巍巍高大之稱也左傳卜偃曰萬盈數也巍大名也雉門外闕高巍巍然謂之象巍按本無二字後人省山作魏分別其義與音不古之甚 从嵬委聲。牛威切按古音當在十六部

文二

說文解字第九篇上

受業長洲徐頲校刊

山ㄕㄢ 嶽ㄩㄝˋ 岳。岱ㄉㄞˋ

說文解字第九篇下

金壇段玉裁注

山 宣也。謂能宣散气生萬物也。九字依莊子釋文訂。散當作㪔。有石而高。象形。所閒切。十四部。凡山之屬皆从山。

嶽 東岱。見下。南靃。南靃者衡山也在今湖南衡州府衡山縣西北風俗通曰衡山一名霍山爾雅釋山曰霍山爲南嶽尚書大傳白虎通皆舉霍山毛傳則曰南嶽衡許宗毛者也曰南霍正皆謂今湖南之衡山郎漢地理志長沙國湘南縣東南之禹貢衡山也封禪書漢武帝元封四年巡南郡至江陵而東登禮灊之天柱山號曰南嶽此郭景純所謂武帝以衡山遼曠移其神於天柱者葢自是天柱始有霍山之名而衡山不曰霍山矣許言霍者從其溯偁也天柱山者今安徽六安州霍山縣南之霍山是也西嶽。見下北恆。爾雅曰恆山爲北嶽毛傳曰北嶽恆禹貢職方之恆山也在今直隸省定州曲陽縣中大室。大各本作泰今正古書大字俗或讀他蓋切改爲太又改爲泰蓋不可盡正矣爾雅曰嵩高爲中嶽封禪書郊祀志皆曰中嶽嵩高也按禹貢曰外方左傳曰大室國語曰崇山崇之字亦作崈亦作嵩故崇山亦曰崇高山亦曰嵩高山地理志潁川郡崈高縣武帝置以奉大室山是爲中岳古文以崇高爲外方山也大室崇高錯舉可見一山數名郎今河南河南府登封縣北之嵩山也王者之所目巡狩所至。目用也王者所用至此而巡狩也巡狩者巡所守也天子適諸侯曰巡狩按堯典二月至于岱宗五月至于南嶽八月至于西嶽十有一月至于北嶽不言中嶽也而封禪書郊祀志述堯典皆云中嶽嵩高也何氏注公羊則偁堯典而補其文曰還至嵩如初禮應劭風俗通則曰中嶽嵩高也王者所居故不巡焉其說乖異从山獄聲。五角切三部

岳 古文象高形。今字作岳古文之變

岱 大山也。大作太者俗改也域中最大之山故曰大山作太作泰皆俗釋山曰泰山爲東嶽毛傳曰東嶽岱堯典至于岱宗封禪書郊祀志曰岱宗泰山也禹貢職方皆曰岱在今山東泰安府泰安縣北从山代聲。徒耐切一部

島ㄉㄠˇ 峱ㄋㄠˊ 嶧一ˋ 嵎ㄩˊ 嶷一ˊ

島 海中往往有山可依止曰島。禹貢鳥夷皮服某氏傳讀爲島與馬鄭注如字不同衛包徑改經爲島字非也从山鳥聲。韵會作鳥省聲非讀若詩曰蔦與女蘿。小雅頍弁文都皓切二部玉篇丁了多老二切

峱 峱山也。舊奪峱字也字今補三字句在齊地。上文五嶽不言在者人所共知不待言也齊風還曰遭我乎峱之閒兮傳曰峱峱山也地理志引作嶩師古云亦作嶩音皆乃高反从山狃聲。奴刀切古音在三部詩曰。遭我于峱之閒兮。今詩于作乎漢書作虖

嶧 葛嶧山也。地理志東海郡下邳葛嶧山在西古文以爲嶧陽郡國志下邳國下邳縣葛嶧山本嶧陽山按今在江蘇省淮安府邳州西北六里非山東兖州府鄒縣東南二十五里之嶧山也魯頌保有鳧嶧傳曰嶧嶧山也左傳邾文公卜遷于嶧杜云嶧邾邑魯國鄒縣北有嶧山哀七年邾衆保于嶧杜云嶧邾山也史記秦始皇上鄒嶧山刻石頌功德地理志魯國騶縣嶧山在北此山字作繹从系不从山與東海葛嶧山字从山不同史記作鄒嶧漢志作嶧山乃譌字也秦時石刻字作繹在東海下邳。此用永平以前地志也从山睪聲。羊益切古音在五部夏書曰。嶧陽孤桐。禹貢青州文

嵎 封嵎之山也。在吳楚之閒汪芒之國。魯語孔子曰防風氏者汪芒氏之君也守封嵎之山者也韋云封封山嵎嵎山在今吳郡永安縣按據許則封嵎乃一山名耳今封嵎二山在浙江省湖州府武康縣東實一山也楚當依玉篇作越邑部曰在夏爲防風氏在殷爲汪芒氏孔子謂防風氏爲汪芒氏之君者以今釋古之例謂夏之防風氏其國在殷之汪芒氏也从山禺聲。噳俱切四部

嶷 九嶷山也。舜所葬。海內經南方蒼梧之丘蒼梧之淵其中有九嶷山舜之所葬在長沙零陵界中郭云山今在零陵營道縣南其山九溪皆相似故云九疑古者總名其地爲蒼梧也在零陵營道。山在今湖南永州府寧遠縣南

六十里桂陽州藍山縣西南五十里。从山疑聲。語其切。一部。按諸書多作九疑。惟山海經作嶷。音疑。而郭注亦作九疑。

𡸣 𡸣山也。禹貢崏山道江。夏本紀作汶山。封禪書曰瀆山蜀之汶山也。在蜀湔氐西徼外。地理志蜀郡湔氐道。禹貢崏山在西徼外。江水所出。郡國志同。今四川直隸茂州西北有湔氐廢縣。𡸣山在茂州西北五百里。江水所出。即𨺗山之南首。連峯千里不絕。蜀西之山皆𡸣也。水部曰江水出蜀湔氐徼外𡸣山入海。从山㪅聲。武巾切。古音在十三部。按此篆省作崏。隸變作汶。作文。作岐。作㟭。俗作𡸣。作岷。漢蜀郡有汶江道。漢元鼎六年置汶山郡。亦作文山郡。汶文皆即𡸣字之叚借也。考工記貉踰汶則死。自謂魯北之水。殷敬順乃疑爲岷江。殊誤。

屼 屼山也。三字句。各本無屼字。淺人所刪。乃使文理不完。許書之例。以說解釋文字。若屼篆爲文字。屼山也爲說解。淺人往往氾謂複字而刪之。如髦篆下云髦髮也。巂篆下云巂周。河篆江篆下云河水江水。皆刪一字。今皆補正。玉篇廣韵皆曰女屼山名。按中山經曰中次九經岷山之首曰女几之山。凡岷山之首自女几之山至于賈超之山。凡十六山。許立文𡸣屼系聯。與山經合。豈古本作女屼山與。或曰溺水之所出。溺各本作弱。誤。今正。水部曰溺水自張掖刪丹西至酒泉合黎。餘波入于流沙。桑欽說不云出女屼山也。此云或曰者。廣異聞。按集韵類篇引說文山名。一曰女屼山。弱水所出。與今本異。恐未可從。从山几聲。居履切。十五部。

巀 巀嶭山也。四字句。在左馮翊池陽。左字各本無。今補。地理志左馮翊池陽。惠帝四年置。巀嶭山在北。漢池陽故城在今陝西西安府三原縣西北二十里。嵯峨山在西安府涇陽縣北四十里。即巀嶭山也。巀嶭嵳峩。語音之轉。本謂山巖皃。因以爲山名也。楊雄長楊賦曰椓巀嶭而爲弋。从山𢧵聲。才葛切。十五部。按語轉爲嵳。

嶭 巀嶭山也。从山辥聲。五葛切。十五部。按語轉爲峩。

嵏 九嵏山也。在左馮翊谷口。左字各本無。今補。地理志曰左馮翊谷口。九嵏山在西。谷口故城今在西安府醴泉縣東北七十里。九嵏山今在縣東北五十里。有九峯俱峻。从山㚇聲。子紅切。九部。按此篆各本在峨嵯二篆之後。非其次。今依玉篇次弟正。又按古書皆作嵏山在左。

崋 崋山也。在弘農華陰。地理志京兆尹華陰。大華山在南。豫州山。郡國志弘農郡華陰故屬京兆。有大華山。漢之華陰。今陝西同州府華陰縣是其地。泰華山在縣南十里。即西嶽也。从山𠌶聲。各本作𦾔省聲。今正。𠌶即𠌶聲也。胡化切。古音在五部。按西嶽字各書皆作華。華行而崋廢矣。漢碑多有从山者。

崞 崞山也。在鴈門。地理志鴈門郡領縣十四。有崞縣。葢以山名縣也。不言某縣者。略也。今崞縣故城在山西直隸代州崞縣西三十五里。崞山在縣西南四十里。从山𩫖聲。古博切。五部。

崵 首崵山也。在遼西。各本無首字。今依玉篇及伯夷列傳正義王貢兩龔鮑傳注所引正。地理志遼西郡令支有孤竹城。郡國志同。應劭曰故伯夷國。按許意首崵山即伯夷叔齊餓於首陽之下也。馬融注論語。曹大家注幽通賦。戴延之西征記。說夷齊首陽各不同。从山昜聲。與章切。十部。一曰嵎銕崵谷也。銕宋本作鐵。此郎堯典之嵎夷暘谷也。土部引書宅嵎夷。日部引書暘谷。皆謂古文尚書也。此云嵎銕崵谷。則今文尚書也。堯典釋文曰尚書考靈曜及史記作禺銕。尚書正義曰夏侯等書宅嵎夷爲宅嵎鐵。夏本紀索隱曰嵎夷今文尚書及帝命驗並作禺鐵。凡緯書皆同今文尚書。金部曰銕古文鐵。

岵 山有屮木也。屮舊作草。誤。今正。有當作無。釋山曰多草木岵。無草木峐。釋名曰山有草木曰岵。岵怙也。人所怙取以爲事用也。山無草木曰屺。屺圮也。無所出生也。許書同爾雅。釋名。吳都賦兩岵童。用字亦宗爾雅。而毛詩魏風傳曰山無草木曰岵。山有草木曰屺。與爾雅互異。竊謂毛詩所據爲長。岵之言瓠落也。屺之言荄滋也。岵有陽道。故以言父。無父何怙也。屺有陰道。故以言母。無母何恃也。毛又曰父尚義。母尚恩。則屬辭之意可見矣。許宗毛者也。疑有無字本同毛。後人易之。从山古聲。侯古切。五部。詩曰。陟彼岵兮。魏風陟岵。

屺 山無屮木也。無當作有。从山己聲。墟里切。一部。釋山作峐。三蒼字林聲類並云峐

嶨ㄒㄩㄝ 嶅ㄠ 岨ㄑㄩ 岡ㄍㄤ 岑ㄘㄣ 崟ㄧㄣ 崒ㄗㄨㄟ 巒ㄌㄨㄢ 密ㄇㄧ

卽屺字音起詩曰陟彼屺兮。魏風陟岵

嶨山多大石也。釋山曰多大石嶨許所據字从山也廣韵引爾雅字亦从山許石部有礐訓石聲與此義別从山學省聲。胡角切三部

嶅山多小石也。釋山曰多小石磝許所據字从山也魯有具敖二山晉師在敖鄗二山之閒敖鏊卽嶅字以多小石得名从山敖聲。五交切二部

岨石戴土也。周南卷耳曰陟彼砠矣本亦作砠釋山曰石戴土謂之崔嵬土戴石爲岨毛傳云崔嵬土山之戴石者石山戴土曰砠二文互異而義則一戴者增益也釋山謂用石戴於土上毛謂土而戴之以石釋山謂用土戴於石上毛謂石而戴之以土以絲衣戴弁例之則毛之立文爲善矣石在上則高不平故曰崔嵬土在上則雨水沮洳故曰岨許於嵬下同毛此岨下亦同毛也詩爾雅作砠許作岨主謂山故字从山重土故不从石从山且聲。七余切五部詩曰陟彼岨矣。

岡山脊也。釋山曰山脊岡周南傳曰山脊曰岡从山网聲。古郎切十部

岑山小而高。釋山曰山小而高曰岑釋名曰岑嶄也嶄然也从山今聲。鉏箴切七部

崟山之岑崟也。子虛賦岑崟參差日月蔽虧又揚雄蜀都賦張衡南都賦皆有嶜岑字李善讀崟爲岑从山金聲。魚音切七部

崒崒。此複舉字之未刪者危高也。言危殆之高也釋山曰崒者厜㕒厜㕒亦作嵳峩按小雅十月之交箋曰崒者崔嵬是鄭所據爾雅厜㕒作崔嵬也惟土山戴石故易崩耳漸漸之石曰漸漸之石維其卒矣箋云卒者崔嵬也謂山巔之末也是鄭謂卒爲崒之假借字子虛賦隆崇崒崒从山卒聲。醉綏切十五部按廣韵六術崒慈卹切六脂崔醉綏切大徐誤也

巒山小而銳。釋山曰巒山墮說者謂爲一條許於巒墮別爲二條毛公釋墮亦不云巒也蓋爾雅巒墮二物許云山小而銳巒之解也毛云山之隋隋小者隋之解也後儒合爲一者非是劉淵林注蜀都賦曰巒山長而狹也一曰山小而銳也兼用爾雅說文而爾雅之讀與毛許異矣从山䜌聲。洛官切十四部

密山如堂者。土部曰堂殿也釋山曰山如堂者密郭引尸子松柏之鼠不知堂密之有美樅按密主謂山假爲精密字而本義廢矣从山宓聲。美畢切十二部按廣韵密下引說文山脊也密下云山形如堂蓋有誤玉篇云密同密

岫ㄒㄧㄡ 。𥦖 陖ㄐㄩㄣ 嶞ㄉㄨㄛ

岫山有穴也。有字各本奪今依文選張景陽雜詩注補有穴之山謂之岫非山穴謂之岫也東京賦王鮒岫居薛解云山有穴曰岫然則岫居言居有穴之山从山由聲。似又切三部

𥦖籀文从穴。

陖高也。高上當有陖字轉寫奪之耳高者崇也陖者陗高也凡斗上曰陗陖从陵則義與陵同同一高而有危高陵高九高短而高巍高大而高之別大雅崧高維嶽駿極于天傳曰駿大也中庸孔子閒居注皆曰峻高大也然則大雅之駿用叚借字从山陖聲。此舉形聲包會意私閏切十三部

峻陖或省。今經典作此字

嶞山之嶞嶞者。周頌曰嶞山喬嶽毛傳曰嶞山山之嶞嶞小者也嶞嶞狹長之皃凡圜而長者謂之嶞圜方而長者謂之隋方字或作橢毛傳方銎曰斯隋銎曰斧鄭注

嶘ㄓㄢ 崛ㄐㄩㄝ 崇ㄔㄨㄥ

月令曰隋曰竇方曰窖注鬺器曰楕禁如今方案隋長長皆用隋字爾雅蟦貝小而橢平準書食貨志三曰復小橢之皆用橢字此說山則用隋字疑當同毛傳作隋隋小者今奪小字耳隋隋疑當作隋隋隋卽隓字詩釋文曰隓字又作隓从山憜省聲。讀若相推落之隓。徒果切十七部

嶘尤高也。乙部曰尤者異也京部曰尤者異於凡也尤高謂之嶘今字作峨从山棧聲。士限切十四部

崛山短而高也。而字舊無今依廣韵補短高者不長而高也不長故从屈屈者無尾也無尾之物則短張揖上林賦注曰崛崎斗絕也从山屈聲。衢勿切十五部屈省作崛

崇山大而高也。各本作巍高也三字今正大雅崧高維嶽釋山毛傳皆曰山大而高曰崧孔子閒居引詩崧作嵩釋名作山大而高曰嵩崧嵩二形皆卽崇之異體韋注國語云古通用崇字太平御覽及徐鍇皆引其語詩序曰崇丘萬物得極其高大也此崇之故訓也河東賦瞰帝唐之嵩高脈隆周之大寧嵩高卽崇高也漢碑曰如山如岳嵩如不傾謂崇而不

巁ㄌ一ˋ 巖一ㄢˊ 嵒一ㄢˊ 㠥ㄌㄟˇ 嶵ㄗㄨㄟˇ

領也中嶽爲貢謂之外方桒名大室漢武帝始謂之崇高山因以山下戸三百爲之奉邑名曰崇高縣武帝紀郊祀志地理志封禪書可證崇字地里志作崈體之小異耳史漢或崇嵩錯出要無礙爲一字惟後漢書靈帝紀熹平五年復崇高山爲嵩高山語大可疑證以東觀紀堂谿典請雨因上言改之名爲嵩高山是則非復崇高爲嵩高乃改崇高爲嵩高葢其時六書之學不明謂嵩與崇別而改之沿至今日尚仍其誤李賢注云前書武帝祠中嶽改嵩高爲崇高前書未嘗有此文武帝改大室爲崇高武帝以前但曰大室不曰嵩高也崇高本非中嶽之專偁故漢人以崇爲祀嵩爲中嶽强生分別許造說文不取嵩字葢其時固憭然也崇之引伸爲凡高之偁大雅福祿來崇傳曰崇重也禮經崇酒注崇充也邶風崇朝其雨傳曰崇終也皆音近假借○或問釋山嵩高爲中嶽非古名嵩高之證與曰嵩卽崇字封禪書曰秦有大室祠大室嵩高也此謂秦之大室卽漢之崇高也釋山之嵩高葢漢人語非本經故許嶽字下言大室不言崇高 从山宗聲。鉏弓切九部此篆舊在嵒篆之後解云嵬高也必轉寫之誤今依玉篇移其次依毛傳釋名易其解

巁 巍高也。从山蠆聲。虫部作蠆毒蟲也从虫上象形依隸體从萬則誤 讀若厲。力制切十五部玉篇廣韵作𡾊云巍也

巖 厓也。各本作岸也今依太平御覽所引正厂部曰厓者山邊也厓亦謂之巖故厂下云山石之厓巖人可居也戰國策巖下有貫珠者漢書遊於巖廊之上皆謂殿下小屋如厓巖之下可居也天子之堂九尺諸侯七尺其上曰巖廊其下曰巖下 从山山部之巖主謂山厓石部之礹主謂積石嚴聲。五緘切八部按此篆之上舊有峯篆乃大徐所增古祇用夆夆啎也

嵒 山巖也。西京賦曰下嶄巖以嵒齬 从山品聲。大徐無聲按嵒與石部之碞別五咸切七部 讀若吟。

㠥 㠥嶵。逗疊韵字也 山皃也。各本外誤今依全書通例補正西京賦曰上林岑以㠥嶵按㠥嶵卽纍嵬也 从山纍聲。落猥切十五部俗作嵔按二篆同在十五部則應作㠥纍聲

嶵 㠥嶵也。从山辠聲。徂賄切十五部文選篇韵皆作嶵

峼ㄍㄠˋ 隓ㄉㄨㄛˇ 嵯ㄘㄨㄛ 峨ㄜˊ 崝ㄔㄥ 嶸ㄖㄨㄥˊ 陘ㄏㄨㄥˊ 崩ㄅㄥ 𡶭○ 岪ㄈㄨˊ 嶅ㄨˋ 嶢一ㄠˊ

峼 山皃。一曰山名。从山告聲。古到切篇韵皆口沃切三部

隓 山皃。从山隓聲。徒果切十七部按隓者小篆文之墮也隓从者从墮之省也是則隓隓墮一字不當爲二

嵯 嵯峨。逗二字各本無今依全書通例補 山皃。釋山厜㕒又作嵳峩 从山差聲。昨何切十七部

峨 嵯峨也。从山我聲。五何切十七部

崝 崝嶸。逗 山皃也。各本不完今補方言曰崝高也郭云崝嵤高峻之皃也崝今字作崢 从山青聲。七耕切十一部按七耕當作士耕

嶸 崝嶸也。从山榮聲。戸萌切十一部亦作嵤

陘 陘谷也。三字句各本刪陘字今補廣韵曰陘口莖切或作硎谷名在麗山昔秦密種瓜處按秦冬月種瓜谷中溫處瓜實因使諸生往視說之發機阬諸生事見尚書正義所引衛宏詔定古文官書序漢書儒林傳注藝文類聚卷八十七同而師古作阬谷正義及類聚作硎谷實則陘谷也 从山巠聲。戸經切十一部

崩 山壞也。引伸之天子死曰崩 从山朋聲。方滕切六部按隸體山在朋上

𡶭 古文从𨸏。

岪 山脅道也。脅者兩膀也山如人體其兩旁曰脅水經注曰江水又東逕赤岬城引淮南子徜徉於山岬之旁注云岬山脅也楚辭招隱士云坱兮圠山曲岪王注云岪盤結屈也結屈許書作詰詘山脅之道然也 从山弗聲。符勿切十五部

嶅 山名。按此篆許書本無後人增之許書果有是山則當廁於山名之類矣顏氏家訓柏人城東有山世或呼爲宜務山予讀柏人城內漢桓帝時所立碑銘云上有嶤嶅王喬所仙嶤字遂無所出嶅字依諸字書卽旄丘之旄也嶅字字林一音忘付反今依附俗名當音權務經典釋文曰字林有嶅亡周反一音毛嶅丘也又有嶅亡附反一音毛亦云嶅丘也據顏陸之書字林乃有嶅字則許書之本無此顯然矣旄丘見詩爾雅曰前高曰旄丘劉成國曰如馬舉頭垂髦依字林嶅丘卽旄丘乃丘名非山名也 从山敄聲。亡遇切古音在三部

嶢 焦嶢。山高皃。楊雄傳曰泰山之高不嶕嶢則不能浡滃雲而散歊烝嶕古祇作焦

巁巖嵒㠥嶵峼隓嵯峨崝嶸陘崩岪嶅嶢

嶭　崔 ㄘㄨㄟ　屾 ㄕㄣ　嵞 ㄊㄨˊ

从山堯聲。古僚切二部 嶭 山陖也。从山肰聲。慈頁切十部 陬隅，高山之𠨍也。自部曰隅者陬也陬者隅也孟子虎負嵎是知嵎者高山之𠨍也嵎即隅字趙注曰虎依陬而怒 𠨍各本作節今正山之𠨍曰岊猶竹𠨍曰節木𠨍曰科厄也劉逵注吳都賦引此謂之許氏記字 从山𠨍。會意𠨍亦聲子結切十二部

崔 大高也。齊風南山崔崔傳曰崔崔高大也此云大高未知孰是嵬下曰山石崔嵬高而不平也亦即毛傳之土山戴石曰崔嵬也 从山隹聲。鉉無聲字今補昨回切十五部按小徐無此篆大徐此篆在部末非其次玉篇亦本無崔字於部末補之疑許蓋本無此莊子山林之畏佳佳即今之崔也但人部有催手部有推則山部當有崔矣

文五十三 今刪崔則五十二　重四

屾 二山也。此說義而形在是如珏之例 凡屾之屬皆从屾。闕。此闕謂闕其讀若也今音所臻切恐是臆說

嵞 會稽山也。左傳禹會諸矦於塗山執玉帛者萬國魯語昔禹致羣神於會稽之山防風氏後至禹殺而戮之二傳所說正是一事故云嵞山即會稽山嵞塗古今字故今左傳作塗封禪書云管仲曰禹封泰山禪會稽吳越春秋曰禹登茅山以朝羣臣乃大會計更名茅山爲會稽封禪書又云秦幷天下自殽以東名山五大室恒山太山會稽湘山劉向上封事曰禹葬會稽葢大禹以前名嵞山大禹以後則名會稽山故許以今名釋古名也杜注左傳云塗山在壽春東北非古說也會稽山在今浙江省紹興府治東南十二里 一曰九江當涂也。民俗㠯辛壬癸甲之日嫁娶。一曰者別一義謂嵞山在九江當塗也地理志九江郡當塗應劭曰禹所娶塗山氏國也郡國志九江郡屬縣有當塗有平阿平阿有塗山按平阿本當塗地漢當塗即今安徽省鳳陽府懷遠縣縣東南有塗山非今在江南太平府治之當塗也咎繇謨曰予創若時娶于塗山辛壬癸甲鄭注云登用之年始娶于塗山氏三宿而爲帝所命治水水經注引呂氏春秋禹娶塗山氏女不以私害公自辛至甲四日復往治水故江淮之俗以辛壬癸甲爲嫁娶日也許云當塗民俗以辛壬癸甲之日嫁娶正與呂覽合鄭注尚書亦同呂覽尚書辛壬癸甲言娶塗山所歷之四日也縣之名當塗者葢以嵞山得名嵞塗古今字 从屾余聲。同都切五部 虞書曰。予娶嵞山。咎繇謨文合二句爲一句如東方昌矣之類此證後說也

九篇下　九

文二

屵 ㄜˋ　岸 ㄢˋ　崖 ㄧㄞˊ　𡾏 ㄉㄨㄟ　嶏 ㄅㄟˋ

屵 岸高也。屵之言巘巘然也廣韵高山狀 从山厂。厂亦聲。五葛切十五部 凡屵之屬皆从屵。

岸 水厓洒而高者。各本無洒字今依爾雅補釋丘曰望厓洒而高岸夷上洒下不漘李巡曰夷上平上洒下陗下故名漘孫炎曰平上陗下故名曰漘不者蓋衍字據李孫之釋漘則知李孫之釋岸亦必曰陗下而高上也陗下者謂其體斗陗平上高上者謂其顛有崔嵬平坦之不同嵬下曰高不平也對夷上言也洒釋爲陗者洒即陵之假借二字古音同自部曰陵者陗高也陗者陵也凡斗立不可上曰陗詩新臺有洒傳曰洒高峻也峻同陵郭景純昧於其義乃釋高曰陵陵非高之謂也釋洒曰水深水之深淺何與於厓不得冠以望厓矣爾雅言厓許言水厓者申爾雅之說別於山邊之厓也衞風淇則有岸小雅高岸爲谷其本義也大雅誕先登于岸傳曰岸高位也其引伸之義也箋云岸訟也小雅小宛傳曰岸訟也此皆借岸爲犴獄字也 从屵干聲。五旰切十四部

崖 高邊也。辵部曰邊行垂崖也土部曰垂者遠邊也按垂爲遠邊崖爲高邊邊之義謂行於此二者此二者因名邊矣其字从屵也故爲高邊 从屵圭聲。五佳切十六部 此與厂部之厓義別

𡾏 高也。玉篇曰亦作陮按自部曰陮隗高也義同字異 从屵隹聲。都回切十五部玉篇徒罪切

嶏 崩也。列子黃帝篇目所偏視晉國爵之口所偏肥晉國爵之殷敬順釋文云肥皮美切說文字林皆作嶏又作圮皆毀也按古肥與非通口所偏肥猶云口所偏非耳不必援此也嶏與圮亦

九篇下　十

嶏 ㄆㄟˋ　广 ㄧㄢˇ　府 ㄈㄨˇ　廱 ㄩㄥ

字非一。从𡵂肥聲。符鄙切。十五部。嶏崩聲。从𡵂配聲。讀若費。蒲沒切。十五部。按此蓋卽嶏之或體耳。玉篇有嶏無嶏。可證。廣韵傍佩切。

文六

广 因厂為屋也。厂各本作广。誤。今正。厂者山石之厓巖。因之為屋。是曰广。廣韵琰儼二韵及昌黎集注皆作因巖。可證因巖卽因广也。从广。各本無此二字。今補。象對刺高屋之形。刺各本作刺。今正。讀七亦切。謂對面高屋森聳上刺也。首畫象巖上有屋。凡广之屬皆从广。讀若儼然之儼。魚儉切。八部。

府 文書藏也。文書所藏之處曰府。引伸之為府史胥徒之府。周禮府六人史十有二人。注云。府治藏。史掌書者。又大宰以八法治官府。注云。百官所居曰府。从广付聲。方矩切。古音在四部。

廱 天子饗飲辟廱。饗飲謂鄉飲酒也。食部曰。饗者鄉人飲酒也。辟廱者天子之學也。在郊。禮記文王世子曰。凡大合樂必遂養老。天子視學設三老五更羣老之席位焉。注云。以鄉飲酒禮言之。席位之處則三老如賓。五更如介。羣老如衆賓。必也。又云。遂養老者。用大合樂之明日也。鄉飲酒鄉射之禮明日乃息司正。徵唯所欲。以告於先生君子可也。是養老之象類。是則天子養老之禮卽鄉飲酒之禮。水部泮下曰。諸侯鄉射之宮。鄉謂鄉飲酒。射謂鄉射。魯頌泮宮箋云。在泮飲酒者。徵先生君子與之行飲酒之禮。而因以謀事也。永錫難老者。長賜之取壽考。如王制所云八十月告存。九十日有秩也。是則天子諸侯養老皆用鄉飲酒禮。韓詩說辟廱所以教天下。春射秋饗。尊事三老五更。許但云饗飲者。舉鄉飲以該鄉射也。大雅曰。於樂辟廱。毛傳曰。辟廱水旋丘如璧。以節觀者也。魯頌傳曰。天子辟廱。諸侯泮宮。五經異義。公羊說天子三。諸侯二。天子有靈臺以觀天文。有時臺以觀四時施化。有囿臺觀鳥獸魚鼈。諸侯當有時臺囿臺。諸侯卑。不得觀天文。無靈臺。皆在國之東南二十五里。東南少陽用事。萬物著見。用二十五里者。吉行五十里。朝行暮反也。韓詩說辟廱者天子之學。圓如璧。壅之以水。示圓。言辟取辟有德。不言辟水言辟廱者。取其廱和也。所以教天下春射秋饗。尊事三老五更。在南方七里之內。立明堂於中。五經之文所藏處。蓋以茅草。取其潔清也。左氏說天子靈臺在太廟之中。壅之靈沼。謂之辟廱。諸侯有觀臺。亦在廟中。皆以望嘉祥也。毛詩說靈臺不足以監視。靈者精也。神之精明稱靈。故稱臺曰靈臺。稱囿曰靈囿。沼曰靈沼。謹按。公羊傳左氏說皆無明文。說各無以正之。元之聞也。禮記王制。天子命之教。然後為學。在公宮之左。大學在郊。天子曰辟廱。諸侯曰泮宮。天子將出征。受命於祖。受成於學。出征執有罪。反釋奠於學。以訊馘告。然則太學卽辟廱也。詩頌泮水云。既作泮宮。淮夷攸服。矯矯虎臣。在泮獻馘。淑問如皋陶。在泮獻囚。此復與辟廱同義之證也。大雅靈臺一篇之詩。有靈臺。有靈囿。有靈沼。有辟廱。其如是也。則辟廱及三靈皆同處在郊矣。囿也。沼也。同言靈於臺下。為囿為沼可知。小學在公宮之左。大學在西郊。王者相變之宜。衆家之說各不昭晳。當然於郊差近之耳。在廟則遠矣。王制與詩其言察察。亦足以明之矣。从广雝聲。於容切。九部。

九篇下　十一

庠 ㄒㄧㄤˊ　廬 ㄌㄨˊ

庠 禮官養老。夏曰校。殷曰庠。周曰序。孟子滕文公篇曰。夏曰校。殷曰序。周曰庠。史記儒林傳同。漢書儒林傳則云。夏曰校。殷曰庠。周曰序。許同漢書。疑今孟子史記有誤。孟子曰。庠者養也。从广羊聲。似陽切。十部。

廬 寄也。秋冬去。春夏居。大雅。于時廬旅。毛傳曰。廬寄也。小雅。中田有廬。箋云。中田。田中也。農人作廬焉。以便其田事。春秋宣十五年公羊傳注曰。一夫受田百畝。公田十畝。廬舍二畝半。凡為田一頃十二畝半。八家而九頃。共為一井。在田曰廬。在邑曰里。春夏出田。秋冬入保城郭。漢食貨志曰。一井八家共之。各受私田百畝。公田十畝。是為八百八十畝。餘二十畝以為廬舍。在野曰廬。在邑曰里。春令民畢出在壄。冬則畢入。其詩曰。四之日舉止。同我婦子。饁彼南畮。又曰。十月蟋蟀入我牀下。嗟我婦子。聿為改歲。入此室處。所以順陰陽。備寇賊。習禮文也。孟子曰。五畝之宅。趙注。廬井邑居各二畝半以為宅。冬入保城二畝半。故為五畝也。按許意廬與下文廛義互相足。在野曰廬。在邑曰廛。皆二畝半也。引伸之。凡寄居之處皆曰廬。周禮。十里有廬。廬有飲食。左傳。立戴公以廬於

九篇下　十二

庭ㄊㄧㄥˊ　廇ㄌㄧㄡˋ　庉ㄉㄨㄣˋ　庌ㄧㄚˇ　廡ㄨˇ　⿸广舞。⿸广虜ㄌㄨˇ　庖ㄆㄠˊ　廚ㄔㄨˊ　庫ㄎㄨˋ　廏ㄐㄧㄡˋ

晉語僃小人皆有闕廬以避燥溼寒暑皆是 从广盧聲。古亦與廬相假借力居切五部

庭 宮中也。下文曰中庭則此當曰中宮俗侀之耳中宮宮之中如詩之中林林中也廴部曰廷中朝也朝不屋故不从广宮者室也室之中曰庭詩曰殖殖其庭曰子有廷內日洒掃庭內檀弓孔子哭子路於中庭注曰寢中庭也凡經有謂堂下爲庭者如三分庭一在南正當作廷爲義相近爾雅釋詁詩大田韓奕閔予小子傳曰庭直也引伸之義也庭者正直之處也 从广廷聲。特丁切十一部

廇 中庭也。中庭者庭之中也月令中央土其祀中霤注曰中霤猶中室也古者復穴是以名室爲霤正義引庾蔚之云復者謂地上累土爲之穴則穿地也復穴皆開其上取明故雨霤之是以後因名室爲中霤也按釋名曰室中央曰中霤古者寢穴後室之句霤當今之棟下直室之中古者霤下之處也月令呂覽鄭劉皆作中霤許則霤謂屋水流廇謂中室畫分二字葢既有宮室以後則霤在屋垂而屋中謂之廇以存古釋宮曰杗廇謂之梁葢言室內之制賦家所謂藻井其是與 从广留聲。力救切三部

庉 樓牆也。樓者重屋也 从广屯聲。徒損切十三部

庌 廡也。从广牙聲。五下切古音在五部 周禮曰：夏庌馬。夏官圉師職文注曰故書庌爲訝鄭司農云當爲庌元謂庌廡也所以庇馬涼也按許亦用仲師說

廡 堂周屋也。各本作堂下元應引作堂周廊曰廡今從之釋名曰大屋曰廡幽冀人謂之庌說與許異許謂堂之四剎爲屋也洪範晉語蕃廡皆假廡爲蕪也 从广無聲。文甫切五部

⿸广舞 籀文从舞。

⿸广虜 廡也。从广⿸广虜聲。讀若鹵。郎古切五部

庖 廚也。王制三爲充君之庖注曰庖今之廚也周禮庖人注曰庖之言苞也苞裹肉曰苞苴 从广包聲。薄交切古音在三部

廚 庖室也。室各本作屋今依御覽 从广尌聲。直株切古音在四部

庫 兵車藏也。此庫之本義也引伸之凡貯物舍皆曰庫 从車在广下。會意車亦聲苦故切五部

廏 馬舍也。从广𣪘

序ㄒㄩˋ　⿱九皀。　廦ㄅㄧˋ　廣ㄍㄨㄤˇ　廥ㄍㄨㄟˋ　庾ㄩˇ　屛ㄅㄧㄥˇ　廁ㄘˋ

聲。居又切三部 周禮曰：馬有二百十四匹爲廏，廏有僕夫。四當爲六字之誤也夏官校人曰乘馬一師四圉三乘爲皁皁一趣馬三皁爲繫繫一馭夫六繫爲廏廏一僕夫六廏成校校有左右注曰二耦爲乘四匹也自乘至廏其數二百一十六匹易乾爲馬此應乾之策也

古文从九。此从古文叀而九聲也

序 東西牆也。釋宮曰東西牆謂之序按堂上以東西牆爲介禮經謂階上序端之南曰序南謂正堂近序之處曰東序西序古假杼爲序尚書大傳天子賁庸諸侯疏杼鄭注云牆謂之庸杼亦牆也李善文選注引雜書天球河圖在東杼又攴部曰敘次弟謂之敘經傳多假序爲敘周禮儀禮序字注多釋爲次弟是也又周頌繼序思不忘傳曰序緒也此謂序爲緒之假借字 从广予聲。徐呂切五部

廦 牆也。與土部之壁音義同 从广辟聲。比激切十六部

廣 殿之大屋也。土部曰堂殿也倉頡篇曰殿大堂也廣雅曰堂堭合殿也殿謂堂無四壁漢書胡建傳注無四壁曰堂皇是也覆乎上者曰屋無四壁而上有大覆蓋其所通者宏遠矣是曰廣引伸之爲凡大之偁詩六月雝傳皆曰廣大也 从广黃聲。古晃切十部

廥 芻稾之藏也。天官書其南衆星曰廥積如淳漢書注曰芻稾積爲廥也史記正義曰芻稾六星在天苑西主積稾草者 从广會聲。古外切十五部

庾 水槽倉也。漢書孝文紀應劭注同謂水轉穀至而倉之也 从广臾聲。以主切古音在四部 一曰倉無屋者。無屋無上覆者也小雅楚茨傳曰露積曰庾甫田箋云庾露積穀也周語野有庾積韋注庾露積穀也釋名說同胡廣漢官解詁云在邑曰倉在野曰庾

屛 蔽也。此與尸部之屛義同而所謂各異此字从广謂屋之隱蔽者也廣雅曰圊圂屛廁也急就篇曰屛廁清溷糞土壤屛與屛通溷與圂通圊與清通下文云廁清也則屛亦謂廁戰國策云宋王鑄諸侯之象使侍屛匽周禮注云匽路廁也 从广并聲。必郢切十一部

廁 清也。清圊古今字釋名曰廁言人雜廁在上非一也或曰溷言溷濁也或曰圊言至穢之處宜

廛ㄔㄢˊ　庋ㄏㄨㄢˊ　廇ㄘㄨㄥ　㢋ㄔˇ　廉ㄌㄧㄢˊ　庛ㄔㄚˊ

常修治使潔淸也按凡云雜廁者猶云溷雜急就篇說文敍皆曰分別部居不雜廁是也古多假廁爲側如史記張釋之傳北臨廁漢書汲黯傳上踞廁視之是也从广則聲。初吏切一部

廛　二畝半也。一家之尻。二各本作一尻各本作居今正按說巳見凥篆注合漢食貨志公羊傳何注詩南山箋孟子梁惠王篇趙注知古者在野曰廬在邑曰里各二畝半趙注九明里卽廛也詩伐檀毛傳曰一夫之居曰廛遂人夫一廛先鄭云廛居也後鄭云廛城邑之居載師以廛里任國中之地後鄭云廛里者若今云邑居廛民居之區域也里居也毛鄭皆未明言二畝半要其意同也許於廛不曰二畝半於廛曰二畝半以錯見互足从广里八土。里者尻也八土猶分土也亦謂八夫同井也以四字會意直連切十四部

庋　屋牡瓦也。牡各本作牝也各本作下今正廣韵二十七删曰屋牡瓦名是也屋瓦下載者曰牝昌邑王傳之版瓦也上覆者曰牡玉篇瓿牡瓦也瓿廣雅作甋今俗猶以圜而匕甓之瓦曰瓪庋之言似環也瓿之言似篇也一曰維綱也。系部曰纇持綱紐也庋與纇音相近从广閔省聲。讀若環。戶關切十四部

九篇下　十五

廇　屋階中會也。謂兩階之中湊也西京賦曰刊層平堂設切厓隒今之階隒石必長石居中兩邊闢台篇韵皆作屋中會無階字非是从广悤聲。倉紅切廣韵又作孔切九部

㢋　廣也。上文殿之大屋曰廣矣此廣則其引伸之義也凡讀說文者必知斯例而後無所庢廣雅曰㢋大也今人曰侈斂古字作㢋廉从广侈聲。尺氏切古音在十七部春秋國語曰俠溝而㢋我。吳語王孫雒曰齊宋徐夷曰吳既敗矣將夾溝而㢋我韋注旁擊曰㢋按旁擊者開拓自廣之意也夾古書多作俠

廉　仄也。此與㢋爲對文謂偪仄也廉之言斂也堂之邊曰廉天子之堂九尺諸侯七尺大夫五尺士三尺堂邊皆如其高賈子曰廉遠地則堂高廉近地則堂卑是也堂邊有隅有棱故曰廉廉隅也又曰廉棱也引伸之爲淸也儉也嚴利也許以仄晐之仄者圻咢陖陗之謂今之筭法謂邊曰廉謂角曰隅从广兼聲。力兼切七部

庛　開張屋也。謂屋之開張者也从广秅聲。宅加切古音在五部今字作秖殊誤濟陰有庛縣。地理志濟陰郡有秅孟康音妒此古音也

龐ㄆㄤˊ　底ㄉㄧˇ　庢ㄓˋ　廮ㄧㄥˇ　废ㄅㄛˊ　庳ㄅㄧˋ

龐　高屋也。謂屋之高者也故字从广引伸之爲凡高大之偁小雅四牡龐龐傳曰龐龐充實也从广龍聲。薄江切九部詩音義鹿同反徐扶公反

底　山尻也。尻各本譌作居今正山當作止字之誤也字从广故曰止尻玉篇曰底止也下也廣韵曰底下也止也皆本說文釋詁曰底止也又曰底止徯待也晉語戾久將底注曰底止也左傳昭元年勿使有所壅閉湫底服注底止也杜注底滯也楚語夫民氣縱則底底則滯注曰底著也按底訓止與厂部底訓柔石引伸之訓致也至也迥別俗書多亂之小雅伊于胡底箋云底至也俗本多作胡底一曰下也。下爲底上爲蓋今俗語如是與前一義相足高唐賦曰不見其底虛聞松聲列子無底之谷名曰歸墟从广氐聲。都禮切十五部按釋詁替戾底底尼定曷遏止也釋文及唐石經不誤郭注底義見詩傳謂靡所底止伊于胡底傳曰底至也郭又引國語戾久將底此爲底字作注也釋文底音丁禮反底音之視反今蕲旨二韵區別亦如是

九篇下　十六

庢　礙止也。石部曰礙者止也凡庢礙當作此字今俗作窒礙非也七發曰發怒庢沓言水初發怒礙止而涌沸也叉右扶風有盩庢縣山曲曰盩水曲曰庢从广至聲。陟栗切十二部

廮　安止也。从广嬰聲。於郢切十一部鉅鹿有廮陶縣。地理志郡國志同

废　舍也。詩召南甘棠曰召伯所茇傳曰茇草舍也周禮大司馬中夏教茇舍注云茇讀如萊沛之沛茇舍草止之也軍有草止之法按許書艸部茇艸根也此废訓舍也與毛鄭說異以其字从艸从广別之耳同音故義相因茇废實古今字也毛傳又云草行曰跋跋卽茇之假借字漢禮樂志拔蘭堂拔舍止也卽废之假借字从广犮聲。蒲撥切十五部詩曰召伯所废。此蓋用三家詩字作废故與毛作茇訓草舍異

庳　中伏舍。謂高其兩旁而中低伏之舍也从广卑聲。便俾切十六部一曰屋卑。卑各本作庳今依韵會訂左傳曰宮室卑庳引伸之

廛庋廇㢋廉庛龐底庢廮废庳

凡畢皆曰庳周禮其民豐肉而庳或讀若逋。雙聲

庇ㄅㄧˋ 蔭也。蔭艸侌也引伸之爲凡覆庇之偁釋言曰庇休蔭也从广比聲。必至切十五部按周禮注庇具也左傳國語亦有庇字注或云具也或云治也攷周禮故書庇作比許從故書故說文無庇

庶ㄕㄨˋ 屋下衆也。諸家皆曰庶衆也許獨云屋下衆者以其字从广也釋言曰庶侈也侈鄭箋作胗此引伸之義又引伸之釋言曰庶幸也詩素冠傳同又釋言曰庶幾尚也从广炗。光取衆盛之意商署切五部炗古文光字。見火部

庤ㄓˋ 儲置屋下也。庤與偫音義同芸置屋下者以其字从广也周頌庤乃錢鎛傳曰庤具也从广寺聲。直里切一部

廙ㄧˋ 行屋也。行屋所謂幄也許書巾部無幄篆周禮帷幕幄帟注云四合象宮室曰幄王所居之帳也疏引顏延之纂要四合象宮曰幄巾部曰帳張也木部曰橦者帳柱也帳有梁柱可移徙如今之蒙古包之類廙字本義如是魏晉後用爲翼字如魏丁廙字敬禮是用爲小心翼翼字也篇韵皆曰廙敬也从广異

聲。與職切一部

廔ㄌㄡˊ 屋麗廔也。麗廔讀如離婁二音囧字下曰窗牖麗廔闓明也長門賦靈光殿賦皆作離樓謂在屋在牆囪牖穿通之皃玉篇作麗廔从广婁聲。洛侯切四部一曰所以種也。所以二字各本奪今補種之用切謂以廔貯穀播種於地也木部曰椶種樓也廣韵耬種具也皆即廔字

雇ㄌㄨㄟˊ 屋從上傾下也。雇之言推也从广隹聲。都回切十五部

廢ㄈㄟˋ 屋頓也。頓之言鈍謂屋鈍置無居之者也引伸之凡鈍置皆曰廢淮南覽冥訓四極廢高注廢頓也古謂存之爲置棄之爲廢亦謂存之爲廢棄之爲置公羊傳曰去其有聲者廢其無聲者鄭曰廢置也于去聲者爲廢謂廢留不去也左傳廢六關王肅家語作置六關淮南子舜葬蒼梧不變其肆高注不煩市井之所廢莊子曰廢一於堂廢一於室仲尼弟子列傳子貢好廢擧與時轉貨貨殖列傳作廢著齎財徐廣曰箸猶居也讀如貯廢之爲置如徂之爲存苦之爲快亂之爲治去之爲藏从广發聲。方肺切十五部古可入聲

廇ㄧㄡˋ 久屋朽木。朽同歺見歺部周禮內饔牛夜鳴則廇先鄭云廇朽木臭也內則鄭注云廇惡臭也引春秋傳一薰一廇許說同先鄭久屋而後有朽木故字从广从广酉聲。與久切三部周禮曰。牛夜鳴則廇臭如朽木。

廑ㄐㄧㄣˇ 少劣之尻。尻舊作居誤今正少劣之居故从广引伸之義與人部之僅同古多用廑爲僅亦用爲勤字文選長楊賦注引古今字詁曰廑今勤字从广堇聲。巨斤切十三部

廟ㄇㄧㄠˋ 尊先祖皃也。尊其先祖而以是儀皃之故曰宗廟諸書皆曰廟皃也祭法注云廟之言皃也宗廟者先祖之尊皃也古者廟以祀先祖凡神不爲廟也爲神立廟者始三代以後从广朝聲。聲字蓋衍古文从苗爲形聲小篆从广朝謂居之與朝廷同尊者爲會意眉召切二部

庿 古文。見禮經十七篇凡十七篇皆作庿注皆作廟

㡯ㄐㄩ 人相依㡯也。从广且聲。子余切五部按篇韵皆七賜切則與且聲不相應廣雅無㡯有康音七賜切玉篇㡯字亦不次於援引說文之處疑許本無㡯

廅ㄧㄝˋ 屋迫也。廅之言過也从广曷聲。於歇切十五部

斥ㄔˋ 卻屋也。卻屋者謂開拓其屋使廣也與上屋迫成反對廣韵引作卻行也非是卻屋之義引伸之爲斥逐爲充斥魏都賦注引倉頡曰斥廣也又引伸爲指斥穀梁僖五年傳曰目晉侯斥殺是也从广屰聲。廣韵引無聲字非是昌石切古音在五部俗作岸作斥幾不成字

廞ㄑㄧㄣ 陳輿服於庭也。周禮故書廞爲淫鄭司農云淫讀爲廞廞陳也許說同先鄭釋詁曰廞興也後鄭注周禮云廞興也興作之說同爾雅按易淫爲廞古音同在七部也釋廞爲興古六部七部合音也从广欽聲。讀若歆。許今切七部

廖ㄌㄧㄠˋ 空虛也。从广膠聲。此今之廖字洛蕭切古音在三部

文四十九　重三

厂ㄏㄢˇ 山石之厓巖人可尻。尻舊作居今正厓山邊也巖者厓也人可居者謂其下可居也

厈。 厓ㄞˊ 厜ㄔㄨㄟˊ 㕒ㄨㄟˊ 厰ㄧㄢˊ 厬ㄍㄨㄟˇ 厎ㄓˇ 砥。 厲ㄌㄧˋ

厓其上則謂之广象形。謂象嵌空可居之形呼旱切十四部凡厂之屬皆从厂。厈籀文从干。象形而从干聲厓山邊也。高邊則曰崖从厂圭聲。五佳切十六部厜厜㕒。逗山顛也。顛者頂也俗造巔字唐風作首陽之巔謬甚釋山曰崒者厜㕒又作厜㕒又作嵳峩許書釋嵳峩曰山皃釋厜㕒曰山頂不曰同字也从厂垂聲。姊宜切古音在十七部㕒厜㕒也。从厂義聲。魚爲切古音在十七部厰崟也。崟者山之岑崟也一曰地名。蓋公羊傳殽之嶔巖是也嶔崟即厰字从厂敢聲。魚音切古音在八部隸作厰厬仄出泉也。小雅有冽氿泉釋水曰氿泉穴出穴出仄出也毛傳側出曰氿泉按側出泉之字詩爾雅作氿許作厬水醮之字今爾雅作厬許作氿正互相易水部氿篆下引爾雅水醮曰氿則知許所據與今本絕異水厓枯土爲氿字側出泉當作厬字矣从厂晷聲。讀若軌。居洧切古音在三部讀如九氿亦讀如九是以二字通用厎柔石也。柔石石之精細者鄭注禹貢曰厲摩刃石也精者曰砥尚書大傳其檴天子斲其材而礱之加密石焉注曰礱厲之也密石砥之也按厎者砥之正字後人乃謂砥爲正字厎與砥異用強爲分別之過也厎之引伸之義爲致也至也平也有假借耆字爲之者如周頌耆定爾功傳曰耆致也是也从厂氐聲。職雉切十五部按此字从氐聲俗从氏誤也古音氐聲在十六部氏聲在十五部不容稍誤唐以來知此者鮮矣五經文字石刻譌作厎少一畫不可從顧亭林與潘次耕書分別厎厎不同義不知古無从氏之厎厎與底爭首筆之有無末筆則從同也厎與底音義均別广部詳之砥厎或从石。今字用此而厎之本義廢矣毛詩大東周道如砥孟子作厎厲旱石也。旱石者剛於柔石者也禹貢厲砥砮丹大雅取厲取鍛引伸之義爲作也見釋詁又危也見大雅民勞傳虞注周易又烈也見招魂王注俗以義異異其形凡砥厲字作礪凡勸勉字作勵惟嚴厲字作厲而古引伸假借之法隱矣凡經傳中有訓爲惡訓爲病訓爲鬼者

厓厜㕒厰厬厎厲厥厱厤𠪋居厗𠫀𠪂

厲。 厥ㄐㄩㄝˊ 厱ㄌㄢˊ 厤ㄌㄧˋ 𠪋ㄒㄧˋ 居ㄏㄨˋ 厗ㄊㄧˊ 𠫀ㄌㄚˋ 𠪂ㄧˋ

謂厲即癘之假借也訓爲遮列者謂厲即迾之假借也周禮之厲禁是也有訓爲涉水者謂厲即濿之假借如詩深則厲是也有訓爲帶之垂者如都人士垂帶而厲傳謂厲即烈之假借也烈餘也从厂蠆省聲。按說文蠆與萬篆形絕異厲从蠆省聲則字當作𠩺而隸體蠆作蠆𠩺作厲皆从萬非也後人以隸改篆則又篆皆从萬矣漢隸存者作蠆作厲可考也今篆體及說解皆正力制切十五部厲或不省。今各本篆从萬下虫非是漢人隸多作厲不省厥發石也。發石故从厂引伸之凡有撅發皆曰厥山海經曰相柳之所抵厥郭云抵觸厥掘也孟子若崩厥角稽首趙云厥角者叩頭以額角犀撅地也晉灼注漢書曰厥猶豎也叩頭則額角豎按厥角者謂額角如有所發角部觲下云角有所觸發是也以上皆厥之本義若釋言曰厥其也此假借也假借盛行而本義廢矣从厂欮聲。欮或瘚字舉形聲該會意也俱月切十五部厱厱諸。逗治玉石也。淮南說山訓玉待礛諸而成器高注曰礛諸攻玉之石礛即厱字也廣韵曰礛礸青礪从厂僉聲。魯甘切七部高誘曰礛讀曰廉氏之廉讀若藍。厤治也。甘部曆下云从甘厤厤者調也按調和即治之義也厤从秝秝者稀疏適秝也从厂秝聲。郎擊切十六部𠪋石利也。謂石鋭也漢書馮奉世傳器不犀利如淳曰今俗刀兵利爲犀後漢張衡傳犀舟注同按石之利如砮砥厎厲厝是也犀與𠪋雙聲假借石利之義引伸之凡利皆曰𠪋犀宋本漢書作犀从厂異聲。讀若枲。胥里切一部居美石也。从厂古聲。侯古切五部廣韵又當古切厗唐厗石也。四字句唐厗雙聲字石名也廣韵齊韵唐韵皆作磄厗又曰銻銻火齊也玉篇曰厗古銻字从厂犀省聲。杜兮切十五部按犀固辛聲然則厗亦辛聲也蓋古辛亦讀如今西𠫀石聲也。謂石崩之聲吳都賦曰拉擸雷硠崩巒弛岑拉即𠫀字也玉篇曰𠫀亦拉字拉者折也柆木折也从厂立聲。盧荅切七部𠪂石地惡也。集韵類篇皆曰碣𠪂石地按石部曰碣石地惡也二篆疊韵从

厂兒聲。五厤切十六部

厱 石地也。厱者堅閉之意 从厂金聲。讀若紟。巨今切七部

庯 石閒見也。閒讀去聲閒見謂突兀忽見人部傁下云閒見是也庯史假逋字爲之魏書北史溫子昇傳皆云子昇詣梁客館不修容止謂人曰詩章易作逋峭難爲字當作庯廣韻引字林云庯峭好形兒也峬即庯之隸變凡字書因時而作故說文庯字林作峬說文祇有殷字林有甦近世波俏之語又音字之遷移也 从厂甫聲。讀若敷。芳無切五部

厝 厲石也。各本作厲石今正小雅鶴鳴曰他山之石可以爲錯傳曰錯錯石也今本少一錯字可以琢玉舉賢用滯則可以治國下章曰他山之石可以攻玉傳曰攻錯也錯古作厝厝厝石謂石之可以攻玉者爾雅玉曰琢之玉至堅厝石如今之金剛鑽之類非厲石也假令是厲石則當次厎厲二篆之下而不當次此矣金部鑢下云錯銅鐵也錯亦當作厝謂剉礪之 从厂昔聲。蒼各切又七互切五部按詩書厝與措錯義皆別而古多通用如抱火厝之積薪之下假厝爲措也 詩曰：佗山之石可㠯爲厝。

厖 石大也。石大其本義也引伸之爲凡大之偁釋詁曰厖大也左傳民生敦厖周語敦厖純固是也又引伸之爲厚也商頌爲下國駿厖毛傳是也或假此厖爲尨襍字荀卿引商頌厖作蒙 从厂尨聲。莫江切九部

屵 岸上見也。岸者厓陖而高也岸上見故从厂屮會意上見者望之而見於上也 从厂从屮省。按之省二字當作屮弓部弢下曰屮垂飾與鼓同意皆以屮象上見者而豈下曰陳樂立而上見也从屮九爲明證岸上見故以屮象之淺人乃改爲屮省耳廣韻云說文作屵亦誤又按屮與屮皆謂艸初生故凡上出者可以屮象之周禮作其鱗之而之謂上出而謂下垂此从屮省與肯从屮皆是也 讀若躍。以灼切二部

㕉 辟也。㕉與陜音同義近 从厂夾聲。胡甲切八部

仄 側傾也。傾下曰仄也此仄下云傾也是之謂轉注古與側昃字相假借 从人在厂下。會意阻力切一部

夨 籒文从夨。夨亦聲。夨傾頭也昃亦作吳當是籒文昃字

廦 仄也。仄俗本譌作反今依篇韻正今人言偪仄乃當作廦仄 从厂辟聲。普擊切十六部廣韻之石切

厞 隱也。隱者蔽也特牲饋食禮佐食徹尸薦俎敦于西北隅几在南厞有司徹有司官徹饋饌于室中西北隅設右几厞鄭云厞隱也喪大記甸人取所徹廟之西北厞薪用爨之按室西北隅曰屋漏厞者又西北隅隱蔽之處也屈原賦隱思君今厞側厞蓋同厞禮注曰古文厞作茀 从厂非聲。扶沸切十五部詩音義引沈重云許慎凡非反計沈所見說文當有讀若某之云矣

厭 笮也。竹部曰笮者迫也此義今人字作壓乃古今字之殊土部壓訓壞也寔也無笮義凡喪服言厭之所厭皆笮義喪冠謂之厭冠謂冠出武下也周禮巾車王后厭翟注云次其羽使相迫也禮經推手曰揖引手曰厭厭即尚書大傳家語之葉拱家語注云兩手薄其心古文禮揖厭分別今文禮厭皆爲揖鄭不之從而禮經有厭譌作撎者周禮大祝疏覓作引手曰撎斷不可從撎爲跪而舉頭下手與厭爲立而引手箸胷不相涉也檀弓死而不弔者厭注行止危險之下已上皆笮之義其音於輒切 从厂猒聲。於輒切又一剡切八部按厭之本義笮也合也與壓義尚近於猒飽也義則遠而各書皆假厭爲猒足猒憎字猒足憎失其正字而厭之本義罕知之矣 一曰合也。周語克厭天心韋注厭合也韋注漢書敘傳亦同按蒼頡篇云伏合人心曰厭字苑云厭眠內不祥也此合義之一耑寐下云寐而厭也是也俗字作魘徐鉉用爲新附字誤矣山海經服之使人不厭郭云不厭不厭夢也此厭字之取古者也其音一剡切

厃 仰也。从人在厂上。會意魚毀切十六部危字从厃卪會意 一曰屋梠也。秦謂之楣。齊謂之厃。楣各本作桷今依木部訂木部曰楣者秦名屋櫋聯也謂屋櫋聯秦謂之楣也木部又曰齊謂之檐楚謂之梠此云齊謂之厃者蓋齊人或云檐或云厃也

文二十七　重四

丸 圜也。也字各本無今依韵會補以疊韵爲訓也今丸藥其一耑也商頌松桷丸丸傳曰丸丸易直也

⿰丸咼ㄨㄟˇ　⿰丸而ㄋㄨㄛˊ　⿰夗丸ㄈㄢˋ　危ㄨㄟˊ　𢻻ㄑㄧ　石ㄕˊ　磺ㄏㄨㄤˊ

按詞其滑易而調直也丸義之引伸也大雅松柏斯兌傳亦云兌易直也兌與丸古叠音同而義同矣傾側而轉者。从反仄。圜則不能平立故从反仄以象之仄而反復是爲丸也胡官切十四部凡丸之屬皆从丸。

⿰丸咼 鷙鳥食已吐其皮毛如丸。玉裁昔宰巫山縣親見鴟鳥所吐皮毛如丸从丸咼聲。讀若骫。於跪切十六部

⿰丸而 丸之孰也。俗所謂熟言旋轉之易也从丸而聲。奴禾切十七部按而聲而奴禾切者如耎之从而合音也

⿰夗丸 闕。謂其義其形其音說皆闕也廣韵入二十五願芳万切引說文其義闕其義二字乃廣韵所增耳玉篇同○芳萬切則與嬔婏二字同音集韵云子顯切引李舟云說文闕

文四

危 在高而懼也。引伸爲凡可懼之偁喪大記注危棟上也从𠂊人在厓上自卩止之。入在厓上四字依韵會補魚爲切十六部凡危之屬皆从危。

𢻻 𢻻陒也。此複舉字之未刪者元應所引云𢻻陒傾側不安也此乃以注家語入正文耳非是阜部陒下云𢻻也與此爲轉注廣韵云𢻻者不正也陒者陒隅不安皃俗用崎嶇字正此二字之隸變𢻻爲不正故箸之訓曰飯𢻻言𢻻衺之以入飯於口中也宥坐之器曰𢻻器虛則𢻻中則正滿則覆也今俗作攲又譌欹去之遠矣周禮奇衺之民注曰奇衺譎觚非常周禮之奇正𢻻之假借字从危支聲。去其切按去其當依廣韵作去奇十六部

文二

石 山石也。或借爲碩大字或借爲柘字柘百二十斤也在厂之下。口象形。常隻切古音在五部凡石之屬皆从石。

磺 銅鐵樸石也。文選注二引及玉篇無石字樸木素也因以爲凡素之偁銅鐵樸者在石與銅鐵之閒可爲銅鐵而未成者也不言金玉者舉銅以該精也周

⿰丸咼　⿰丸而　⿰夗丸　危　𢻻　石　磺　碭　碝　砮

碭ㄉㄤˋ　碝ㄖㄨㄢˇ　砮ㄋㄨˇ

禮卝人掌金玉錫石之地而爲之厲禁以守之注云卝之言礦也金玉未成器曰礦未成器謂未成金玉从石黃聲。讀若穬。古猛切古音在十部按各本此下出卝篆解云古文礦周禮有卝人按周禮鄭注云卝之言礦也賈疏云經所云卝是總角之卝字此官取金玉於卝字無所用故轉從石邊廣之字語甚明析卝之言礦卝非礦字也凡云之言者皆就其雙聲疊韵以得其轉注假借之用卝本說文卵字古音如關亦如緺引伸爲總角卝兮之卝又假借爲金玉樸之礦皆於其雙聲求之讀周禮者經謂卝卽礦字則非矣又或云與角卝之字有別亦誤至於說文卵字本作卝不作卵五經文字曰卝古患反見詩風說文以爲古卵字九經字樣曰卝卵上說文下隸變是說文卵字作卝唐時不誤確然可證五經文字又云卝字林不見可證卝變爲卵始於字林今時說文作卵不作卝則五季以後據字林改說文者所爲也說文既無卝乃有淺人於石部妄增之卝果是古文礦則鄭何必云之言賈何必云此官取金玉於卝字無所用哉今於卵部正之於石部刪之學者循是以求之許書之眞面可見矣○五經文字云說文以爲古卵字謂說文作卝乃古卵也九經字樣語甚明

碭 文石也。地里志梁國碭縣山出文石應劭云碭山在東師古云山出文石故以名縣也按以碭名山又以碭名縣本爲文石之名从石昜聲。徒浪切十部

碝 石次玉者。子虛賦碝石武夫張揖曰皆石之次玉者碝石白如冰半有赤色武夫赤地白采蔥龍白黑不分按此注有奪誤如冰半謂如冰片也有赤色宜依山海經注作有赤色者蔥龍白黑不分亦宜依山海經注作色蔥龍不分了西都賦曰碝磩采致从石耎聲。而沇切十四部按耎多譌需故山海經誤作碝玉藻誤作瓀

砮 石可目爲矢鏃。砮石之名淺人以爲複字刪之則不完鏃當作族族矢鋒也禹貢荊州梁州皆貢砮賈逵注國語曰砮矢鏃之石也按砮本石名韋昭注石砮云砮鏃也以石爲之乃少誤从石奴聲。乃都切五部夏書曰。梁州貢砮丹。禹貢荊州貢厲砥砮丹梁州貢砮磬此乃許君筆誤國語曰。肅愼氏貢楛矢石砮。見魯語楛

礜ㄩˋ　碣ㄐㄧㄝˊ　𥓑。　磏ㄌㄧㄢˊ　碫ㄉㄨㄢˋ

當作枯字之誤也說詳木部枯下礜毒石也。疑本作礜石也三字爲句後人改之礜石石名周禮注曰今醫方有五毒之藥作之合黃埜置石膽丹沙雄黃礜石慈石其中燒之三日三夜其煙上著以雞羽埽取之以注創惡肉破骨則盡出本艸經曰礜石味辛有毒西山經曰礜可以毒鼠郭云蠶食之而肥按今世無此物出漢中。本艸曰生漢中山谷及少室从石與聲。羊茹切五部

碣特立之石也。碣之言傑也東海有碣石山。碣石山見禹貢地理志右北平郡驪成縣大碣石山在縣西南非東海郡也東海字疑誤从石曷聲。渠列切十五部𥓑古文。

磏厲石也。與厲音義略同赤色。廣韻曰磏赤礪石也礛磏青礪也从石兼聲。讀若鎌。力鹽切七部

碫碫石也。碫篆舊作碬九經字樣所引說文已然今依詩釋文及玉篇正碫石本作厲石自詩釋文所引已然今正大雅取厲取碫今本作取鍛當依釋文本又作碫毛傳曰碫逗碫石也今本奪一字箋云碫石此釋傳所以爲鍛質也箋意此石可爲椎段之椹質是則碫石者石名椎段字今多用鍛古祇作段考工段氏爲鑄器禮經段脩字皆作段是也段與厲絕然二事碫石厲石必是二物尚書粊誓段乃戈矛厲乃鋒刃段之欲其質之堅也厲之欲其刃之利也詩取厲取鍛亦明明分別言之毛傳亦旣確指云碫石矣豈許君於此乃忽溷淆之訓碫爲厲石乎揆厥所由由許依傳云碫石也三字爲句而刪複字者乃妄改爲厲字猶上礜篆下本云礜石也而刪複字者妄改爲毒石夫碫豈可爲厲礜豈可槪以毒哉大抵淺人於複字之不可刪者或刪或改刪之則如鸛周之夫鸛離黃之去離改之則如碫石之改爲厲石䭫首頓首之改爲下首知刪者難知改者尤難○或問廣雅何以云碫礪也曰此自廣雅之誤廣雅之例每合異類之相近者爲一此則異類而迥別者也○又按上文云磏礪石赤色據淮南注礛讀廉氏之廉淮南礛諸許作厱諸然則磏即厱礛三字一也以馬赤白色曰騢玉小赤曰瑕海賦瑕石詭暉蜀都賦吳都賦皆有瑕英江賦璧立赮駁言之則厲石赤色名碫宜矣礫篆恐當爲碫篆古本碫碫皆有而致舛譌如鼎部之鼏鼏二篆衣部之袗袀二篆皆以形似致合爲一字○又按椎段古祇用段不用鍛鍛者小冶也凡用鍛爲椎段者非古詩之碫石鄭箋謂可爲段質許意不如是許謂此石可段物故引鄭公孫段字子石古今物不同今之無碫石猶之無砭終矣从石段。段亦聲。各本作从石段聲四字今正會意兼形聲也殳部曰段椎物也丁亂切故爲會意碫都亂切十四部春秋傳舊有曰字今刪正鄭公孫段字子石。段各本作碬乎加切繆甚矣而改爲碫字者恐亦尚未是葢此引經說字之例舉公孫段字子石以證碫之从段石會意也春秋傳多古文段者碫之古文也

礫ㄌㄧˋ　𥕽ㄍㄨㄥˇ　磧ㄑㄧˋ

礫小石也。釋名小石曰礫礫料也小石相枝柱其間料料然出內氣也楚辭王逸注兩云小石爲礫西京賦薛注石細者曰礫从石樂聲。郎擊切古音在二部

𥕽水邊石也。从石巩聲。居竦切古音在三部春秋傳曰闕𥕽之甲。左傳昭十五年定四年皆作鞏杜注闕鞏國所出鎧

磧水陼有石者。陼丘水中高者也三蒼曰磧水中沙堆也吳都賦劉注曰磧礫淺水見沙石之皃从石責聲。七迹切十六部

碑ㄅㄟ　䃍ㄉㄨㄟˋ　磒ㄩㄣˇ

碑豎石也。聘禮鄭注曰宮必有碑所以識日景引陰陽也凡碑引物者宗廟則麗牲焉其材宮廟以石窆用木檀弓公室視豐碑三家視桓楹注曰豐碑斲大木爲之形如石碑於椁前後四角豎之穿中於閒爲鹿盧下棺以繂繞天子六繂四碑前後各重鹿盧也諸侯四繂二碑大夫二繂二碑士二繂無碑按此檀弓注即聘禮注所謂窆用木也非石而亦曰碑假借之偁也秦人但曰刻石不曰碑後此凡刻石皆曰碑矣始皇本紀上鄒嶧山立石上泰山立石下皆云刻所立石其書法之詳也凡刻石必先立石故知豎石者碑之本義宮廟識日影者是从石卑聲。府眉切當依廣韵彼爲切十六部

䃍陊也。陊者落也䃍與隊音義同隊者從高隊也廣韵曰礧䃍物墜也从石㒸聲。徒對切十五部

磒落也。磒與隕音義同隕者從高下也春秋經僖公十有六年隕石于宋五左穀作霣許所據左傳作磒釋詁隕磒落也郭云磒猶隕也从石員聲。本義石落也故从石于敏切十三部

⿰石炙 ㄙㄨㄛˇ　硞 ㄑㄩㄝˋ

春秋傳曰。磒石于宋五。偁此者說从石之意 碎石磒聲。磒書作隕今正其聲⿰石炙然⿰石炙 从石炙聲。所責切古音在五部 石聲。今爾雅釋言硞鞏也郭云硞然堅固邢昺曰硞苦學切當从告說文別有硞苦八切石堅也按邢語剖別甚精釋文苦角切故邢曰苦學切四覺韻字多從屋韻轉入如四江韻字多從東韻轉入告聲在古音三部屋韻是以硞轉入覺韻據陸氏反語則知陸本作硞不作硞廣韻玉篇皆曰硞苦角切硞恪八切集韻類篇克角一切內亦有硞無硞皆可證而釋文注疏唐石經皆譌作硞則與陸氏苦角之音不合矣且硞之與鞏音切近以九韵與東韵切近而硞與鞏不相關也硞斷無苦學之音硞斷無苦八之音此一定之音理學者不知古音不可與讀古者此也江賦曰幽磵積岨礐硞確礐硞當上音學下音角○或問何不正音之苦角爲苦八而謂正文字誤也曰音義積古相傳之學陸氏多從舊當陸時字固未誤也○五經文字曰硞口八反又苦角反見爾雅知張時爾雅已誤而張云吉聲之字可有口八口角二反是其不知音理也

从石告聲。苦角切三部

硍 ㄎㄥ

石聲。从石艮聲。此篆各本作硠从石良聲魯當切今正按今子虛賦礧石相擊硠硠礚礚史記文選皆同漢書且作琅以音求義則當爲硍硍而決非硠硠何以明之此賦言水蟲駭波鴻沸涌泉起奔揚會礧石相擊硍硍礚礚若雷霆之聲聞乎數百里之外謂水波大至動搖山石石聲磤天硍硍者石旋運之聲也礚礚者石相觸大聲也硍篇韵音諧眼切古音讀如痕可以見石旋運大聲而硠硠字祇可見濤朗小聲非其狀也音不足以見義則斷知其字之誤矣江賦曰巨石硉矹以前却又曰觸曲崖以縈繞駭奔浪而相礧皆即此賦之意漢桂陽太守周憬碑灑水之邪性順導其經脉斷硍溢之電波弱陽侯之汹涌此用子虛賦也而硠作硍可證予說之不繆釋名曰雷硍也如轉物有所硍雷之聲也取爲明證左思吳都賦拉擸雷硍崩巒弛岑雷即子虛礧石之礧硍亦用子虛賦字也而俗本譌作硠李善不能正且曰音郎於是韓愈本之有乾坤擺雷硠之句蓋積譌之莫悟也久矣至於許書之本有此篆可以字林證之周禮典同釋文曰字林硍音限云石聲此必本諸說文說文必本子虛賦也至於許書本無硠字以硠从良聲當訓爲清澈之聲非石聲思玄賦伐河鼓之磅硠古作旁琅未可知也古音在十三部○周禮典同高聲硍注曰故書硍爲硍杜子春讀硍爲鏗鎗之鏗硍字見於經典者惟此

礐 ㄒㄩㄝˊ　磕 ㄎㄜˋ

石聲也。此與山部嶨義別爾雅假礐爲嶨耳江賦曰幽磵積岨礐硞確注云皆水激石險峻不平之皃按當云水激石聲也 从石學省聲。胡角切三部

石聲也。高唐賦曰礫礫礫而相摩兮巆震天之礚礚子虛賦曰礧石相擊硠硠礚礚甘泉賦曰登長平兮雷鼓磕今俗用爲磕破磕□字讀苦盍切 从石盍聲。篆體本如此俗字則從蓋聲口太切十五部按玉篇磕與碩相屬云碩磕石聲廣韵亦云碩磕石聲是皆碩磕之誤也

硈 ㄐㄧㄚˊ　硻 ㄎㄥ

石堅也。从石吉聲。格八切古音在十二部按廣韵恪八切 一曰突也。別一義

餘堅也。也各本作者今依廣韵集韵類篇正按硈下當云石堅聲硻下當云餘堅聲皆轉寫之譌蓋自硍至磿八篆皆皃石聲下文訓堅之聲與此訓堅聲之硻硈義固別也論語曰鄙哉硜硜乎又云硜硜然小人哉其字皆當作硻硻段借古文磬字耳硜者古文磬字也鏗爾舍琴亦當爲硻爾又樂記石聲磬磬當爲硻釋名磬者磬也其聲磬磬然堅緻當作硻硻然堅緻 从石堅省聲。按此當云臤聲淺人所改也臤堅也讀若鏗鏘之鏗硻口莖切按古音在十二部眞耕之合也俗作硜韓退之詩用之

磿 ㄌㄧˋ

石聲也。左思蜀都賦原□鬼彈飛丸以礌礰集韵曰礰即磿字磿爲石聲者謂其聲歷歷然玉篇曰石小聲是也周禮遂師抱磿後鄭云磿者適歷執紼者名也是叚磿爲歷史記樂毅傳故鼎反乎磿室戰國策作歷室○蜀都賦語見太平御覽世說新語注引左思別傳作鬼彈飛丸以礌礉按鬼彈見水經注若水篇非佳物也故改定之本無此語 从石厤聲。郎擊切十六部

磛 ㄔㄢˊ

礹石也。按磛礹二篆之解似當依玉篇更正磛下云磛礹山石皃也礹下云磛礹也乃合全書之例今本乃爲淺人所亂耳蓋磛礹古多用爲連緜字上林賦嶄巖參差郭云皆峯嶺之皃高堂賦登巉巖而下望西都賦蹷嶄巖皆即此二篆

也古二篆分用者小雅漸漸之石傳曰漸漸山石高峻此礹之假借字也節南山傳曰節高峻皃巖巖積石皃此礹之假借字也巖詩音義作巖謂巖爲或本今按許書則巖者厓也礹者山石皃音同而義別詩當作巖爲長从石斬聲。鉏銜切八部礹石山也。从石巖主謂山故从山礹主謂石故从石詩曰維石巖巖嚴聲。諸書多假巖爲礹如高唐上林是也五銜切八部礊堅也。从石毄聲。楷革切十六部确礊也。依韵會訂确卽今之埆字與土部之墧音義同上中有麻傳曰上中墝埆之處也墝埆謂多石瘠薄犾部曰獄确也召南傳曰獄埆也謂堅剛相訟其引伸之義也鉉等曰今俗作確从石角聲。胡角切三部殸确或从殸。殸聲管子地負剛而不瞉瞉薄也當是瞉之誤磽礊也。與土部之墽音義同墽下曰磽也孟子地有肥磽趙曰磽薄也从石堯聲。口交切二部硪石巖也。巖厓也石巖石厓也玉篇作礒从石我聲。五河切十七部碞磛碞也。磛碞各本作礹嵒非是今依集韵類篇正磛碞猶上文之磛礹積石高峻皃也周書召誥畏于民碞某氏曰碞僭也葢謂碞卽僭之假借字耳从石品。品象石之磛礹品亦聲也五銜切七部周書曰。畏于民碞。各本碞作嵒誤今依集韵類篇正讀與巖同。磬石樂也。石樂各本作樂石誤今正樂下云五聲八音總名也瑟下云弦樂也籥龠下皆云管樂也則此當云石樂信矣匡謬正俗所引已作樂石其誤已久或疑樂石字見秦繹山刻石不知與此無涉也彼謂可樂之石此謂製石之樂白虎通曰磬者夷則之氣也从石。句声象縣虡之形。各本声作殸上屬今正壴下云陳樂立而上見也从屮此从屮謂虡之上出可見者崇牙樹羽是也一象栒之横丨象虡之植ㄗ象編磬係焉也或曰ㄗ象磬之股丨象磬之鼓磬之懸股横出而鼓直凡言磬折者取象於此程氏瑶田通藝錄言之詳矣殳所㠯擊之也。所以二字今補說从殳之意磬从石殳會意而又象其形也苦定切十一部古者毋句氏作磬。毋各本作毋今正朙堂位注引世本作曰無句作磬風俗通山海經注廣雅皆作毋句古無毋通句其俱反殸籀文省。非籀省篆乃篆加籀也硜古文从巠。各本篆體誤今依汗簡正樂記曰石聲磬磬以立辨史記樂書作石聲硜硜以立別葢硜本古文磬字後以爲堅确之意是所謂古今字論語子擊磬於衛下文旣而曰鄙哉硜硜乎亦不以爲一字要之論語非不可作鄙哉磬磬也釋名曰磬者磬也其聲磬磬然堅緻也礙止也。列子黃帝篇作硋从石疑聲。五溉切古音在一部硩上擿山巖空青珊瑚陊之。擿各本作摘今按手部擿搔也搔刮也當正作擿陊各本作隓今按吳都賦硩陊山谷正用許語當正作陊空青見本艸經珊瑚見玉部陊落也周禮硩蔟氏掌覆妖鳥之巢鄭司農云硩讀爲擿蔟讀爲爵蔟之蔟謂巢也先鄭擿音剔謂如今人以竿毀鳥巢也後鄭申其說曰元謂硩古字从石析聲硩古字者謂硩擿爲古今字也从石析聲者謂古人以石上擲毀物故从石析會意而析亦聲也許意空青珊瑚皆石也取石故其字从石而覆巢用此字乃引伸之義也从石析聲。析各本作折篆體作硩今正按周禮音義云硩音摘它歷反徐丈列反沈勑徹反李又思亦反知周禮寫本故不同徐邈沈重本作硩从折聲李軌本作硩从析聲以先鄭讀爲擿許云上擿山巖準之擿與析古音同在十六部葢作硩者是作硩者非今本周禮說文作硩皆誤本許以擿訓硩以疊韵爲訓也集韵先的切依李音大徐丑列切依沈音周禮有硩蔟氏。周禮下有曰字者衍文硟㠯石衦繒也。衦各本作扞今正衣部衦下曰衦摩展衣也廣韵二仙曰硟衦繒石也急就篇有硟字注曰硟以石輾繒色尤光澤也今俗謂之砑从石延聲。各本作延聲篆體作硟今依脠梴字正尺戰切十四部碎䃺也。䃺各本作礦其義迥殊矣䃺所以碎物而非碎也今正米部曰䃺碎也二篆爲轉注䃺各書假靡爲之孟子假糜爲之碎者破也䃺者破之甚也義少別而可互訓瓦部曰甄者破也音義同从石石可碎物物亦可碎石兼此二義卒聲。蘇對切十五部破石碎也。瓦部曰甄者破也然

礱ㄌㄨㄥˊ　研ㄧㄢˊ　䃺ㄇㄛˊ　磑ㄨㄟˋ　碓ㄉㄨㄟˋ　䃊ㄊㄚˋ　磻ㄆㄢˊ　⿰石箸ㄓㄨㄛˊ

則碎瓶㼽三篆同義引伸爲碎之偁古有假破爲坡者如衛風傳云泮坡也亦作陂亦作破 从石皮聲。普過切十七部

礱 䃺也。下文云䃺者石磑也此云䃺也者其引伸之義謂以石䃺物曰礱也今俗謂磨穀取米曰礱 从石龍聲。盧紅切九部 天子之桷椓而礱之。椓當依類篇所引作斵穀梁傳晉語尚書大傳公羊何注皆作斵可證尚書大傳曰桷天子斵其材而礱之加密石焉大夫達菱士首本庶人到加鄭云礱礪之也密石砥之也菱棱也棱者謂斵其通體成棱首本者斵其首也韋注晉語亦云先粗礱之加以密砥是可證厲底之分將細矣

研 䃺也。亦謂以石䃺物曰研也手部曰摩者䃺也䃺者摩也爲轉注此亦研與䃺爲轉注䃺摩以手故从手研䃺以石故从石 从石幵聲。五堅切十四部亦作硯

䃺 石磑也。䃺今字省作磨引伸之義爲研磨俗乃分別其音石磑則去聲模臥切研磨則平聲莫婆切其始則皆平聲耳按詩如琢如磨釋器毛傳皆曰玉謂之琢石謂之磨詩釋文磨本又作䃺詩爾雅皆言治石非謂以石治物然則作䃺是矣釋元應引爾雅作石謂之䃺乃善本 从石靡聲。模臥切十四部

磑 䃺也。从石豈聲。五對切十五部 古者公輸班作磑。廣韵云世本曰公輸般作磑語必出世本作篇矣班與般古通是以檀弓作般孟子注作班

碓 所目舂也。所目二字各本無今補舂者擣粟也杵臼所以舂本斷木掘地爲之師其意者又皆以石爲之不用手而用足謂之碓桓譚新論宓犧制杵臼之利後世加巧借身踐碓按其又巧者則水碓水磑失聖人勞其民而生其善心之意矣 从石隹聲。都隊切十五部

䃊 舂已復擣之曰䃊。䃊之言沓也取重沓之意廣雅䃊舂也 从石以石舂沓聲。徒合切八部

磻 目石箸隿繳也。隿者繳射飛鳥也繳者生絲縷系矰矢而以隿繳也以石箸於繳謂之磻戰國策被礛磻引微繳折清風而抎矣 从石番聲。博禾切十四十七二部合音也玉篇廣韵䃊字同此

⿰石箸 斫也。斫者其器所以斫地因謂之斫也釋器曰斫謂之鐯鐯字又作櫡依許則當作⿰石箸郭云钁也金部钁者大鉏也然則必以金爲之安得从石蓋上古始爲之用石如砮砭之類或以其可斫地擨石故从石歟 从石箸聲。張略切五部

硯ㄧㄢˋ　砭ㄅㄧㄢ　⿰石鬲ㄏㄜˊ　砢ㄌㄨㄛˇ　磊ㄌㄟˇ　長ㄔㄤˊ　𠑷　𠑹　肆ㄙˋ

硯 石滑也。謂石性滑利也江賦曰綠苔鬖髿乎研上李注研與硯同按字之本義謂石滑不澁今人研墨者曰硯其引伸之義也 从石見聲。五甸切十四部

砭 目石刺病也。以石刺病曰砭因之名其石曰砭石東山經高氏之山其下多箴石郭云可以爲砭針治癰腫者素問異法方宜論東方其治宜砭石王云砭石謂以石爲鍼按此篇以東方砭石南方九鍼並論知古金石並用也後世乃無此石矣 从石乏聲。方廉方驗二切七部

⿰石鬲 石地惡也。此與厂部之⿸厂鬲音義略同類篇曰⿰石鬲⿸厂鬲石地管子沙土之次曰五塥塥疑同⿰石鬲 从石鬲聲。下革切十六部

砢 磊砢也。磊砢二字雙聲上林賦曰水玉磊砢張揖云磊砢魁礨皃也又說樹曰坑衡閜砢郭璞云閜砢相扶持也世說新語曰其人磊砢而英多 从石可聲。來可切十七部

磊 石皃。皃各本作也今依廣韵訂石三爲磊猶人三爲衆磊之言絫也古音在十六部楚辭石磊磊兮葛蔓蔓 从三石。落猥切古音在紙韵是以亦作磥

文四十九　重五　按廣韵十二齊引說文磾染繒黑石出瑯邪山

長 久遠也。久者不暫也遠者不近也引伸之爲滋長長幼之長今音知丈切又爲多餘之長度長之長皆今音直亮切兒下曰長也是滋長長幼之長也 从兀从匕。會意匕呼霸切 亾聲。二字各本在變匕之下今依韵會正直良切十部 兀者高遠意也。說从兀之意儿部曰兀者高而上平也 久則變匕。匕各本作化今正說从匕之意匕下曰變也 𠂆者到亾也。到各本作倒今正說𠂆卽亾字亾而倒變匕之意 凡長之屬皆从長。

𠑷 古文長。

𠑹 亦古文長。

肆 極陳也。陳當作敶敶列也極陳者窮極而列之也傳注有但言陳者如楚茨或肆或將傳

礱研䃺磑碓䃊磻⿰石箸硯砭⿰石鬲砢磊長肆

𩬅。　镾ㄇㄧˊ　镻ㄉㄧㄝˊ　勿ㄨˋ

肆或肆之筵傳鄉飲酒禮鄉射禮燕禮注是也經傳有事取極意者凡言縱恣者皆是也釋言曰肆力也毛傳大明皇矣傳曰肆疾也皆極陳之義之引伸也又釋詁曰肆故也肆今也毛詩緜傳思齊傳曰肆故今也此以爲語詞也其他或以肆爲遂或以肆爲肄或以肆爲肆蓋皆假借 **从長**崧高其風肆好傳曰肆長也按極陳之則其勢必長此字之所以从長也 **隶聲。**息利切十五部

𩬅或从髟。亦取長髟之意

镾久長也。镾今作彌蓋用弓部之璽代镾而又省王也彌行而镾廢矣漢碑多作彌可證镾之本義爲久長其引伸之義曰大也遠也益也深也滿也徧也合也縫也竟也其見於詩者大雅生民卷阿傳皆曰彌終也周禮小祝假爲敉史記禮書假爲彌 **从長爾聲。**武移切十五十六部

镻镻也。各本誤今正此用釋魚文也虫部曰蝁镻也二篆爲轉注今各本镻篆下作虺屬者非是 **蛇毒長。从長**說从長之意郭璞云蝁者蝮屬以上七字今本作蛇惡毒長也从長七字甚譌舛釋文引蛇毒長也無惡字亦可證今本之誤 **失聲。**徒結切十二部

文四　重三

勿州里所建旗。九旗之一也州里當作大夫士周禮司常大夫士建物師都建旗州里建旗許於旗下旣偁州里建旗矣則此偁大夫士建勿必也蓋亦一時筆誤耳大司馬鄉家載物注云鄉家大夫也鄉射禮旌各以其物注襍帛爲物大夫士之所建也士喪禮爲銘各以其物注襍帛爲物大夫之所建也文弗切十五部經傳多作物而假借勿爲毋字亦有借爲沒字者禮記勿勿乎其欲其饗之勿勿卽沒沒猶勉勉也 **象其柄。**謂右筆也 **有三游。**謂彡也三游別於旂九游旗七游旟六游旐四游 **襍帛。**句 **幅半異。**司常曰通帛爲旜襍帛爲物注云通帛謂大赤從周正色無飾襍帛者以帛素飾其側白殷之正色凡九旗之帛皆用絳按許云幅半異直謂正幅半赤半白鄭則云以素飾側釋名則云以襍色綴其邊爲翅尾說各不同似許爲長 **所㠯趣民。**趣者疾也色純則緩色駁則急故襍帛所以促民 **故遽偁勿勿。**遽韻會作宂遽二字

𣃦。　昜ㄧㄤˊ　冄ㄖㄢˇ　而ㄦˊ　耏ㄦˊ

偁舊作稱今正宂遽偁勿勿此引伸假借子下曰十一月陽氣動萬物滋人以爲偁亦是此例 **凡勿之屬皆从勿。**

𣃦勿或从㫃。經傳多作物蓋𣃦之訛也

昜開也。此陰陽正字也陰陽行而侌昜廢矣闢戶謂之乾故曰開也 **从日一勿。**从勿者取開展意與章切十部 **一曰飛揚。一曰長也。一曰彊者眔皃。**

文二　重一

冄毛冄冄也。冄冄者柔弱下垂之皃須部之䫇取下垂意女部之姌取弱意離騷老冄冄其將至此借冄冄爲宂宂詩荏染柔木傳曰荏染柔意也染卽冄之假借凡言冄言姌皆謂弱 **象形。**而琰切七部 **凡冄之屬皆从冄。**

文一

而須也。象形。各本作頰毛也象毛之形今正頰毛者須部所謂䫇須之類耳禮運正義引說文曰而須也須謂頤下之毛象形字也知唐初本須篆下頤毛也而篆下云須也二篆相爲轉注其象形則首畫象鼻耑次象人中次象口上之頾次象承漿及頤下者蓋而爲口上口下之總名分之則口上爲頾口下爲須須本頤下之專偁頾與承漿與頰䫇皆得偁須是以而之訓曰須也象形引伸假借之爲語詞或在發端或在句中或在句末或可釋爲然或可釋爲如或可釋爲汝或釋爲能者古音能與而同叚而爲能亦叚耐爲能如之切一部 **周禮曰作其鱗之而。**考工記梓人文鄭云之而頰頌也戴先生云鱗屬類側上出者曰之下垂者曰而此以人體之偁施於物也按顧氏玉篇以而部次於毛毳冄之後角皮之前則其意訓而爲頰毛絕非許意 **凡而之屬皆从而。**

耏罪不至髡也。罪當作辠高帝紀令郎中有罪耐以上請之應劭曰輕罪不至於髡完其耏鬢故曰耏古耏字从彡髮膚之意也杜林以爲法度之字皆从寸後改如是言耐罪以上皆

耐。　豕ㄕˇ　豬ㄓㄨ 布。

當先請也耐音若能按耐之罪輕於髡髡者斲髮也不斲其髮僅去須鬢是曰耐亦曰完謂之完者言完其髮也刑法志曰當髡者完爲城旦舂王粲詩許歷爲完士一言猶取乘江遂曰漢令謂完而不髡曰耐然則應仲遠言完其耏鬢正謂去其鬢而完其髮耳**从彡而。而亦聲。**彡拭畫之意此字从彡而彡謂拂拭其而去之會意字也而亦聲當如之切一部大徐奴代切非是**耏或从寸。諸法度字从寸。**此爲罪名法度之類故或从寸也應仲遠高帝紀注意謂耏郎而鬢字用爲耏罪字至杜林以後乃改从寸作耐許說不如是耐漢人叚爲能字本如之切後變音奴代切古音能讀如而今音耐能皆奴代切

文二　重一

豕　彘也。彑部彘豕也是二篆爲轉注小雅傳曰豕豬也毛渾言之許分別言名豕名彘名豬之故**竭其尾故謂之豕。**此與後蹏廝故謂之彘相對成文於其音求其義也立部曰竭者負舉也豕怒而豎其尾則謂之豕**象毛足而後有尾。**毛當作頭四二字轉寫之誤馬象下曰象馬頭髦尾四足之形象篆下曰象耳牙四足之形羊篆下曰从丫象四足尾之形豕首畫象其頭次象其四足末象其尾**讀與豨同。**左傳封豕長蛇淮南書作封豨脩蛇式視切十五部廣韵施是切**按今世字誤目豕爲彘。以彘爲豕。何目明之。爲啄琢从豕。蠡从彘。皆取其聲目是明之。**此三十三字未必爲許語而各本譌舛特甚今正之啄琢用豕絆足行之豕爲聲俗乃作啄琢是豕誤爲豕也蠡从彑部訓豕之彖爲聲俗乃作蠡是彖誤爲彖也故皆爲今世字誤彑部曰彖讀若弛許書蚰部之蠡心部之惕皆从彖爲聲在古音十六部各本譌云今世字誤以豕爲彘以彘爲豕何以明之爲啄琢从豕蠡从彘皆取其聲不可讀或正之又不知彖之本彖聲而非从豕也**凡豕之屬皆从豕。　豕　古文。**古文與亥同字說詳亥部按此下當有象毛足三字豬希下云象毛足也ノ象髦ク象足ク象爪字也

豬　豕而三毛叢尻者。尻舊作居今正三毛叢尻謂一孔生三毛也說見蘇頌本艸圖經犀下今之豕皆然**从豕者聲。**陟魚切五部

豰ㄏㄨˋ　豯ㄒㄧ　豵ㄗㄨㄥ　豝ㄅㄚ

豰　小豚也。豚者小豕也左傳晉有先穀字彘子蓋穀即豰字釋獸曰貔白狐其子豰異物而同名也**从豕㱿聲。**步角切三部

豯　生三月豚。此當句下當有一曰二字爲別一義**腹奚奚皃也。**奚奚各本作豯豯今正亣部曰奚大腹也以疊韵爲訓方言曰豬其子或謂之豯**从豕奚聲。**胡雞切十六部

豵　生六月豚。从豕從聲。子紅切九部**一曰一歲曰豵。**曰字今補召南傳豳傳大司馬職先鄭注皆云一歲曰豵釋獸曰豕生三豵**尚叢聚也。**以疊韵爲訓

豝　牝豕也。釋獸召南傳皆曰豕牝曰豝**从豕巴聲。**伯加切古音在五部**一曰二歲豕。**豕字今補大司馬先鄭注云二歲爲豝**能相杷拏者也。**者字今依韵會補杷舊作把譌今正杷者掊也拏牽引也以疊韵爲訓**詩曰。一發五豝。**召南騶虞文今詩一作壹

九篇下

豣ㄐㄧㄢ　豶ㄈㄣˊ　豭ㄐㄧㄚ　豛ㄧˋ　豧ㄨㄟˋ

豣　三歲豕。齊風還曰並驅從兩肩兮傳云獸三歲曰肩豳七月獻豣于公傳曰三歲曰豣豣肩一物豣本字肩假借也大司馬先鄭注云四歲爲肩**肩相及者也。**也字今補此以疊韵爲訓肩相及者謂與二歲之豕肩相差次**从豕幵聲。**古賢切古音在十一部**詩曰。並驅從兩豣兮。**今詩豣作肩周禮注引豳風亦作肩

豶　羠豕也。羠騬羊也騬犗馬也犗騬牛也皆去勢之謂也或謂之劇亦謂之犍許書無此二字周易大畜六五豶豕之牙虞翻曰劇豕稱豶今俗本劇譌作劇**从豕賁聲。**符分切十三部

豭　牡豕也。左傳野人歌曰既定爾婁豬盍歸吾艾豭此豭爲牡豕之證也方言曰豬北燕朝鮮之間謂之豭郭云猶云豭斗也**从豕叚聲。**古牙切古音在五部

豛　上谷名豬豛。謂上谷評豬曰豛也上谷漢郡名領沮陽等縣十五沮陽在今直隸保安州**从豕役省聲。**營隻切十六部

豧　豶也。豧豶釋獸文郭云俗呼小豶豬爲豧子按蓋豶豕之

小者也。从豕隋聲。以水切。按當依廣韵羊捶切。古音在十七部。豬與豰音同。疑豬卽豰之或字。

豤 豕齧也。豕字今補。人之齧曰齦。字見齒部。豕之齧曰豤。豤音同而字異也。考工記髻墾薜暴不入市。注云。豤頓傷也。此引伸假借字。今本作墾非。从豕艮聲。康狠切。十三部。

豷 豕息也。息者喘也。豷與屑咽竅音義皆同。而有人豕之別。从豕壹聲。許利切。十二部。春秋傳曰。生敖及豷。襄四年左傳文。今左傳敖作澆。論語及亦鄩作奡。

豧 豕息也。从豕甫聲。芳無切。五部。

豢 吕穀圈養豕也。圈者養畜之閑。圈養者圈而養之。圈豢疊韵。樂記注曰。以穀食犬豕曰豢。月令注曰。養牛羊曰芻。犬豕曰豢。少儀假圂爲豢。从豕𢍏聲。胡慣切。十四部。

豠 豕屬。凡言屬者類而別也。別而類也。廣雅曰。豠豕也。从豕且聲。疾余切。五部。

豲 豕屬也。三字依戴氏侗六書故所偁唐本。益晁氏說之所據也。篇韵皆云豲豕屬。則爲唐本信矣。二徐本皆云逸也。乃以下文逸周書割一字爲之。韵會又增之云豕之逸也。更可笑矣。廣雅說豕屬有豲。豲非豪豬也。或以豪豬說之。殊誤。从豕原聲。讀若桓。三字舊在㺄下。今移此。胡官切。十四部。逸周書曰。豲有爪而不敢以㺄。見周書周祝解。今周書爪作蚤。蚤齧人跳蟲也。爪覆手也。皆假借字。許則又爲本字。㺄者有所杷也。

豨 豕走豨豨也。豨豨走皃。以其走皃名之曰豨。方言。豬北燕朝鮮之間謂之豭。關東西謂之彘。或謂之豕。南楚謂之豨。許說其本義。故次於此。方言說其引伸之義也。下文言封豨。則亦引伸之義。从豕希聲。虛豈切。十五部。古有封豨脩虵之害。上古有此害也。左傳申包胥曰。吳爲封豕長蛇。以荐食上國。淮南書說封豨脩蛇。卽封豕長蛇也。

豖 豕絆足行豖豖也。豖豖絆行之皃。孟子曰。如追放豚。既入其苙。又從而招之。趙曰。招。胃也。按胃之謂絆其足。經文招字與豖古音相近。招之卽豖之也。此猶州吁卽祝吁。从豕繫二足。繫當作係。此从豕而象形也。丑六切。三部。廣韵丑玉切。

豦 鬬相丮不解也。鬬當作鬥。兩丮相對也。丮持也。不言持言丮者。以疊韵爲訓也。从豕虍。此會意。虍者虎文也。故卽以爲虎字。豕虎之鬬。當作鬥。不相捨。說會意之恉。讀若蘮蒘艸之蘮。蘮蒘當作蘮挐。之蘮當作之挐。蓋本無末二字。後人增之而誤耳。蘮蒘竊衣。見釋艸。強魚切。五部。司馬相如說。豦封豕之屬。此別一說也。毛詩傳曰。封大也。封豕大豕也。上林賦操蜚遽。遽或作虡。廣韵引作虡。其卽豦歟。一曰虎兩足舉。此又別一義。

豙 豕怒毛豎也。毅妄怒也。从此會意兼形聲。一曰殘艾也。艾當作乂。乂或作刈。芟艸也。殘乂者。剿夷之也。从豕辛省。各本無省字。篆體从辛豕。今按五經文字毅下云从辛省。正从辛省之譌。以毛豎如食辛辣也。會意。魚既切。十五部。

豩 二豕也。豳从此。許書豳豩二篆皆用豩爲聲也。然則其讀若尚略可識矣。古音當在十三部。闕。謂其義其音皆闕也。二豕乃兼頑鈍之物。故古有讀若頑者。大徐伯貧切。又呼關切。

文二十二 詩音義引說文豩字。爾雅音義引字林豩字。未知說文本有此字否也。重一

㣇 脩豪獸。毛詩六月韓奕傳曰。脩長也。周秦之文攸訓爲長。其後乃叚脩爲攸。而訓爲長矣。豪豕鬣如筆管者。因之凡髦鬣皆曰豪。釋獸曰。𨽻脩豪。㣇者正字。𨽻者俗字。或作肆者叚借字也。按此言獸。與下文豪豕非一物。顏氏注漢書曰。豪豬一名㣇。非也。一曰河內名豕也。謂河內評豕爲㣇。猶上谷之評豭也。河內漢郡名。領懷縣等縣十有八。今懷慶衛輝以及彰德府南境皆是其地。从彑。象頭銳。下象毛足。乃者象其髦也。毛當作髦。巾象足。凡㣇之屬皆从㣇。讀若弟。羊至切。十五部。

𢑚 籒文。𢑚 古文。

𧰲 豕屬。从㣇冒聲。呼骨切。十五部。

𧰶 豕。逗鬣如筆管者。𧰶字各本無。今補。𧰶豕。豕名。西山經之豪彘。長楊賦之豪豬也。西山經曰。竹山有獸焉。其狀如豚而白毛。大如笄而黑端。郭云。貆豬也。能以脊上豪射物。按本是豕名。因其鬣如筆管。遂以名其鬣。

蝟。

豪。 𧰨ㄨㄟˋ 𢑱ㄙˋ 𢑱。 彑ㄐㄧˋ 彘ㄓˋ 𧰲ㄕˇ 𢑚ㄒㄧㄚˊ 彖ㄊㄨㄢˋ

凡言豪俊豪毛又皆引伸之義也俗乃別豪俊字从豕豪毛字从毛出南郡。漢郡名領江陵等縣十有八今荊州府北至襄陽府境是其地从希高聲。乎刀切二部豪篆文从豕。篆各本作籀非是今正𧰶爲籀文則希爲古文𧰶古文也豪則小篆改希从豕以豪附𧰶此正以上附二之例下文以豚附𧰼亦其類孫強輩增竄玉篇所據說文已是誤本矣𧰨𧰨蟲也。𧰨字各本無今補也字依廣韵補釋獸曰𧰨毛刺其字俗作蝟作猬周易拔茅茹以其𧰨鄭云勤也以爲謂之叚借也王弼云類也以爲會之叚借也似豪豬而小。从希而小二字依廣韵補有毛刺似豪豬故从希也上文云𧰶籀文希此正从籀文胃省聲。于貴切十五部蝟或从虫作。爾雅亦入之釋獸𢑱希屬。从二希。息利切十五部𢑱古文𢑱。虞書曰。虞當作唐說詳禾部𢑱類于上帝。堯典文許所據蓋壁中古文也伏生尚書及孔安國以今文讀定之古文尚書皆作肆太史公史記作遂然則漢人釋肆爲遂郎爾雅之肆故也壁中文作𢑱乃肆之假借字也此引書說叚借與敔郎好蒦郎蒦爲一例

九篇下 兲

文五 重五

彑豕之頭。篇韵曰彙類今義也象其銳而上見也。象形也凡彑之屬皆从彑。讀若罽。罽者籀文銳故音相通也居例切十五部

彘豕也。與豕篆下彘也爲轉注後蹏廢謂之彘。廢鈍置也彘之言滯也豕前足僅屈伸後足行步蹇劣故謂之廢从彑从二匕矢聲。直例切十五部彘足與鹿足同。說从二匕之意也鹿㲋能足皆从二匕

𧰲豕也。从彑从豕。讀若弛。式視切按古音在十六十七部間廣韵尺氏切是也蠡从彖聲悆从心彖聲古音皆在十六部今韵蠡入薺悆入佳皆不誤而字形从彖則誤

𢑚豕也。从彑下象其足。讀若瑕。乎加切按小徐本此爲彖之古文篇韵皆無此字

彖豕走也。玉篇作豕走悅也恐是許書古本如此周易卦辭謂之彖爻辭謂之象繫辭傳曰彖也者才也虞翻曰彖說三才彖者言乎象者也虞翻曰八卦以象告彖說三才故言乎象也古人用彖字必系叚借而今失其說劉瓛曰彖者斷也从彑从豕省。通貫切十四部

𧰨希彑彘𧰲𢑚彖 𧱏豸

文五 小徐作四

𧰼ㄊㄨㄣˊ 豚。 𧱏ㄨㄟˋ 豸ㄓˋ

𧰼小豕也。方言豬其子或謂之豚或謂之貕从古文豕。各本作从希省象形五字非也今正从又持肉以給祠祀也。凡祭宗廟之禮豕曰剛鬣豚曰腯肥又手也徒魂切十三部凡𧰼之屬皆从𧰼。各本𧰼作豚誤今正豚篆文从肉豕。上古文此小篆也亦以上附二之例不入豚於豕部附以古文𧰼者以有从𧰼之𧱏則不得不立此部首也爾雅音義曰籀文作豚玉篇亦曰豚者籀文皆誤恐學者惑焉故著於此

𧱏豚屬。从𧰼衛聲。讀若罽。于歲切十五部

九篇下 罕

文二 重一

豸獸長脊行豸豸然。欲有所司殺形。總言其義其形故不更言象形也或曰此下當有象形二字司今之伺字許書無伺凡獸欲有所伺殺則行步詳寀其脊若加長豸豸然長皃文象其形也周禮射人以貍步張三侯注云貍善搏者也行則止而儗度焉其發必獲是以量侯道法之也許言獸者謂凡殺物之獸也釋蟲曰有足謂之蟲無足謂之豸按凡無足之蟲體多長如蛇蚓之類正長脊義之引伸也上林賦曰陂池貏豸郎子虛賦之罷池陂陀西京賦曰增嬋蜎以此豸按貏豸謂迆邐之長此豸謂婀娜之長亦皆長義之引伸古多叚豸爲解廌之廌以二字古同音也廌與解古音同部是以廌訓解方言曰廌解也左傳庶有豸乎釋文作廌引方言廌解也正義作豸引方言豸解也今本釋文廌譌爲鳩今本方言廌譌爲懯音胡計切蓋古書之難讀如此

池爾切十六部凡豸之屬皆从豸。

豹 似虎圜文。豹文圜易曰君子豹變其文蔚也豹一名程从豸勺聲。北教切二部

貙 貙獌似貍。各本下有者字今刪正貍篆下曰似貙其狀互見也釋獸貙似貍又曰貙獌似貍犬部獌下曰狼屬引爾雅貙獌似貍然則此獌爾雅貙似貍獌衍文耳貙常以立秋日祭獸吳都賦注曰虎屬从豸區聲。敕俱切古音在四部

貚 貙屬也。从豸單聲。徒干切十四部

貔 豹屬。大雅韓奕傳曰貔猛獸也尚書某氏傳曰貔執夷虎屬也釋獸曰貔白狐舍人曰名白狐也按方言曰貔陳楚江淮之間謂之貅北燕朝鮮之間謂之貊關西謂之貍郭云貔未聞語所出玉裁謂方言所說貍也非貔也爾雅所說白狐葢亦貍類非貔也而皆得貔名者俗語之相混也說文毛傳尚書傳則皆貔之本義也出貉國。北方貉國也从豸毘聲。房脂切十五部詩曰。獻其貔皮。大雅韓奕周書曰。如虎如貔。牧誓貔猛獸。按上文豹屬當作貍屬許以貍屬爲貔本義以猛獸爲詩書之貔也於全書之例知之

豼 或从比。比聲

豺 狼屬。狗聲。釋獸曰豺狗足許云狗聲似許長其聲如犬俗評豺狗从豸才聲。士皆切古音在一部當入咍韻

貐 猰貐。猰大徐作猰廣韵引許作猰無猰篆者疑許本作契無豸旁後人加之从貙虎爪。依許當作叉食人迅走。以上釋獸說如此从豸俞聲。以主切古音在四部爾雅音義曰韋昭餘彼反按彼字必俟字或候字之誤集韵類篇不知其誤乃云貐尹捶切入四紙葢古書之龔繆有如此者

貘 似熊而黃黑色。出蜀中。即諸書所謂食鐵之獸也見爾雅上林賦蜀都賦注後漢書爾雅謂之白豹山海經謂之猛豹今四川川東有此獸薪采攜鐵飯甑入山每爲所齧其齒則奸民用爲僞佛齒从豸莫聲。莫白切古音在五部字亦作貊亦作狛

𧳜 猛獸也。猛當作𧳜三字爲句𧳜見上林賦郭璞曰𧳜似牛領有肉堆即犎牛也按即爾雅之犦牛也字亦作犝亦作犝漢書作庸从豸庸聲。

余封切九部

貜 𤞞貜也。廣韵引作𤞞未知孰是葢合二字爲獸名與犬部玃字義別从豸矍聲。王縛切五部

貀 貀獸。貀字各本無今補無前足。前當作歬貀無前足釋獸文从豸出聲。女滑切十五部漢律能捕豺貀購錢百。錢百各本作百錢今正爾雅郭注律捕虎一購錢三千其狗半之葢亦沿漢律也購者以財有所求也

貈 似狐善睡獸也。凡狐貉連文者皆當作此貈字今字乃皆假貉爲貈造貊爲貉矣从豸舟聲。下各切按此切乃貉之古音非此字本音也其字舟聲則古音在三部邠詩貈貍裘爲韵一部三部合音也論語曰。狐貈之厚以居。鄉黨篇文居當作凥

貆 貈之類。从豸亘聲。按此篆舊系貈篆下云貈之類然則亦必人而豕種者而經傳不言有貆人則知轉寫譌舛耳釋獸曰貈子貆可援以證許書矣今更正而移其次於此胡官切十四部

豻 胡地野狗。禮記玉藻周禮巾車注皆云豻胡犬也正義皆云胡當作狐與犬合所生按犬有名狼名狐者見廣雅但此注胡犬證以說文高誘淮南注熊豕生禮記正義云胡地野狗則其字不當作狐決矣从豸干聲。五旰切十四部

犴 豻或从犬。詩曰。宜犴宜獄。小雅小宛文毛詩作岸釋文曰韓詩作犴云鄉亭之繫曰犴朝廷曰獄李善文選注亦引韓詩按毛詩傳曰岸訟也此謂岸爲犴之假借也獄从二犬故犴與獄同意皐矣箋亦曰岸訟也本小宛傳

貍 伏獸。似貙。伏獸謂善伏之獸鄭注大射云貍善逸詩貍之言不來也其詩有射諸侯首不朝者之言因以名篇皇侃以爲舊解云貍之取物則伏下其頭然後必得言射亦必中如貍之取物矣上文云貙似貍此云貍似貙言二物相似即俗所謂野貓从豸里聲。里之切一部

貒 貒獸也。各本無貒字今補三字爲一句釋獸曰狐貍貒貈醜其足蹯其跡厹貒子貗似豕而肥。各本無此四字今依韵會所據及爾雅音義所引補从豸耑聲。讀若湍。他耑切十四部

貛 野豕也。从豸雚聲。呼官切十四部按内

部引爾雅狐貍貒貈醜貒作貛葢貒貛本一字貛乃貒之或體淺人删去上文似豕而肥四字乃注野豕也三字於此以分別之耳其物非有二集韵類篇亦合爲一字宜正之曰貒或从雚聲

貁 一ㄡˋ

貁鼠屬善旋○按當作禺屬善倒縣周禮爾雅山海經有蜼字許無蜼貁即蜼廣雅曰狖蜼也是也釋獸曰蜼卬鼻而長尾周禮注曰蜼禺屬卬鼻而長尾郭景純曰蜼似獼猴而大黃黑色尾長數尺末有兩岐雨則自縣於樹以尾塞鼻零陵南康人呼之音餘建平人呼之音相贈遺之遺又音余救反皆土俗輕重不同耳淮南覽冥注曰狖猨屬長尾而卬鼻吳都賦劉注引異物志曰狖猨類露鼻尾長四五尺居樹上雨則以尾塞鼻是以狖者貁之俗省蜼貁爲古今字許不取蜼用今字也與鼠部之鼲鼬分別爲三物从豸宂聲○此宂散之宂俗譌作穴聲篆體亦誤今正宂之古音在三部余救切三部

貂 ㄉㄧㄠ

貂鼠屬大而黃黑出胡丁零國○郭氏山海經注曰今扶餘國即濊貊故地在長城北去元兔千里出名馬赤玉大珠如酸棗也从豸召聲○都遼切二部

貉 ㄇㄛˋ

貉北方貉○各本奪貉字今補此與西方羌从羊北方狄从犬南方蠻从虫東南閩越从虫東方夷从大參合觀之鄭司農云北方曰貉曰狄周禮大句貉祭表貉注云貉讀爲十百之百豸種也○从豸長脊獸之種也故从豸各聲○莫白切古音在五部下各切俗作貊孔子曰○貉之言貉貉惡也○七字一句各本作貉之爲言惡也今依尚書音義五經文字正尚書音義作貊貊淺人所改耳貉與惡疊韵貉貉惡皃○貂貉二篆各本在豻篆之後貈貍篆之前今以虫部之蠻閩次於以虫爲象之末大部之狄次於犬末羊部之羌次於羊末人部之僥次於人末大部夷字次於大末依類求之移易次此必有合乎古本矣

文二十　重二小徐本文十七容有誤也其曰重三必合貒貛爲一字矣

𤉡 ㄙˋ

𤉡如野牛○青色○其皮堅厚可制鎧○青色各本作而青其皮堅厚可制鎧各本無此七字今補論語季氏疏爾雅釋獸疏詩何草不黃正義春秋左傳宣二年正義皆有此七字皆作青色或作青毛釋獸曰兕似牛許云如野牛者其義一也野牛即今水牛與黃牛別古謂之野牛爾雅云似牛者似此也郭注山海經曰犀似水牛豬頭庳腳兕亦似水牛青色一角重三千斤考工記函人爲甲犀甲七屬兕甲六屬犀甲壽百年兕甲壽二百年象形○謂上象其頭下象其足尾也徐姊切十五部𤉡頭二字今補與禽离頭同○禸部禽下亦曰禽离兕頭相似今人作楷𤉡作凶禽离作凶其頭不同矣篆法古當同凡𤉡之屬皆从𤉡○

兕。

兕古文从儿○葢亦謂其似人肵也虎足亦與人足同今字兕行而𤉡不行漢隸作光經典釋文云本又作光

文一　重一

易 一ˋ

易蜥易○蝘蜓○守宮也○虫部蜥下曰蜥易也蝘下曰在壁曰蝘蜓在艸曰蜥易釋魚曰蠑螈蜥蜴蜥蜴蝘蜓蝘蜓守宮也郭云轉相解博異語別四名也方言曰守宮秦晉西夏謂之守宮或謂之蠦𧒂或謂之蜥蜴其在澤中者謂之易蜴南楚謂之蛇醫或謂之蠑螈東齊海岱謂之螔蜥北燕謂之祝蜓桂林之中守宮大者而能鳴謂之蛤解按許舉其三者略也易本蜥易語言假借而難易之義出焉鄭氏贊易曰易之爲名也一言而函三義簡易一也變易二也不易三也按易象二字皆古以語言假借立名如象即像似之像也故許先言本義而後引祕書說云祕書者明其未必然也象形○上象首下象四足尾甚微故不象羊益切十六部古無去入之分亦以豉切今俗書蜥易字多作蜴非也按方言蜥易其在澤中者謂之易蜴郭云蜴音析是可證蜴即蜥字非羊益切小雅胡爲虺蜴毛傳曰蜴螈也釋文蜴星歷反字又作蜥說文引詩正作蜥毛語正與方言合方言易蜴南楚謂之蛇醫或謂之蠑螈謂在澤中者也螈即虫部之蚖字蛇醫也陸璣云蜴一名蠑螈水蜴也或謂之蛇醫如蜥易然則蜥易者統名倒言易蜥及單言蜥者別其在澤中者言也祕書說曰○日月爲易○祕書謂緯書目部亦云祕書𥈶从戌按參同契曰日月爲易剛柔相當陸氏德明引虞翻注參同契云字从日下月象侌易

貁貂貉𤉡易

象豫

也。謂上从日象陽下从月象陰緯書說字多言形而非其義此雖近理要非六書之本然下體亦非月也一曰从勿。又一說从旗勿之勿皆字形之別說也凡易之屬皆从易。

文一

象南越大獸。獸之冣大者而出南越長鼻牙。有長鼻長牙以上七字依韵會所據小徐本三年一乳。左傳定四年正義作三年一乳字按古書多假象爲像人部曰像者似也似者像也像从人象聲許書一曰指事二曰象形當作像形全書凡言象某形者其字皆當作像而今本皆从省作象則學者不能通矣周易繫辭曰象也者像也此謂古周易象字卽像字之假借韓非曰人希見生象而案其圖以想其生故諸人之所以意想者皆謂之象似古有象無像然像字未製以前想像之義已起故周易用象爲想像之義如用易爲簡易變易之義皆於聲得義非於字形得義也韓非說同俚語而非本無其字依聲托事之恉象耳牙四足尾之形。象當作像耳牙疑當作鼻耳尾字各本無今補徐兩切十部凡象之屬皆从象。

豫象之大者。此豫之本義故其字从象也引伸之凡大皆偁豫故淮南子史記循吏傳魏都賦皆云市不豫價周禮司市注云防誑豫皆謂賈物者大其價以愚人也大必寬裕故先事而備謂之豫寬裕之意也寬大則樂故釋詁曰豫樂也易鄭注曰豫喜豫說樂之見也亦借爲舒字如洪範豫恒燠若卽舒恒燠若也亦借爲與字如儀禮古文與作豫是也賈侍中說不害於物。賈侍中名逵許所從受古學者也侍中說豫象雖大而不害於物故寬大舒緩之義取此字从象非許諧則从象不可解予聲。羊茹切五部俗作預 古文。

文二　重一

四十六部　文四百九十六　重六十四宋本四作三

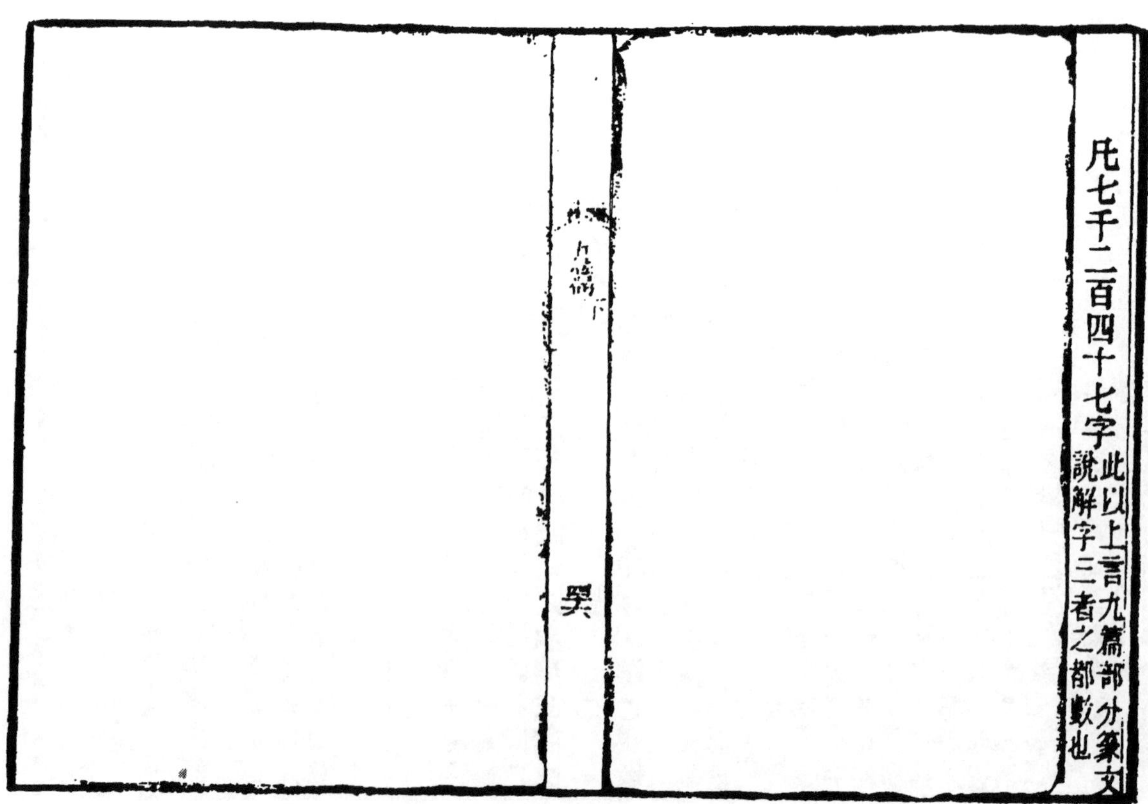
凡七千二百四十七字此以上言九篇部分篆文說解字二者之都數也

影。影。
馬ㄇㄚˇ　騭ㄓˋ　馬ㄏㄨㄢˊ

說文解字第十篇上

金壇段玉裁注

馬怒也武也。以曡韵爲訓亦門聞也戶護也之例也象馬頭髦尾四足之形。古籀文皆以彡象髦石建奏事事下建讀之曰誤書馬字與尾當五今乃四不足一上譴死矣莫下切古音在五部凡馬之屬皆从馬。影古文。影籒文馬與影同有髦。說文各本籒文古文皆作影無別據玉篇古文作影籒文作影是古文从希加髦籒从彡加髦故云二者同有髦也毛髦覆於頸故象覆形

騭牡馬也。釋嘼曰牡曰騭牝曰騇郭云今江東呼駁馬爲騭按騭古叚陟爲之小正四月執陟攻駒陟騭古今字謂之騭者陟升也牡能乘牝月令所謂累牛騰馬皆乘匹之名月令三月遊牝小正四月執騭事實相因也若釋詁曰騭陞也郭注引方言魯衛之閒曰騭洪範惟天陰騭下民馬融曰騭升也升猶舉也舉猶生也漢五行志引經服虔曰騭音陟應劭曰騭升也此等騭字皆登陟字之假借爾雅以釋詩書者也故陟騭並列而統曰陞也方言騭郅跂洛躋踚登也魯衛曰郅郭注爾雅引之郅作騭蓋郭當日所見不誤後人或用其音改其本字耳方言與爾雅同義从馬陟聲。銓本此下有讀若郅三字此必後人羼入非許原文也陟聲古音在今職韵郅聲古音在今質韵相隔甚遠諸家訓登子慎音陟騭之爲之翼切無可疑矣蓋自僞孔安國解尚書云騭定也意謂馬質之假借而陸德明乃曰之逸反師古乃音質尤而效之者且改方言之騭爲郅增竄讀若郅三字於許書世有善讀書者必能心知其意矣一部

馬馬一歲也。从馬一。絆其足。絆其足三字蓋衍文衹當云从馬一而已一說曻下云从馬二其足此當作一其足絆字牘韵書字書皆作曻疑非是不當从十也讀若弦。小徐作絃一曰若環。戶關切十四部按今玉篇有爲茍一切集韵類篇收入耕韵皆讀若駭之本也集韵類篇又收入咍韵未詳又按絃蓋弦字弦是也釋嘼阮駒音義曰阮字林作駒音同廣韵駒胡涓切馬一歲語必本諸字林益字林始變馬爲駒也

駒馬二歲曰駒。三歲曰駣。周禮廋人教駣攻駒鄭司農云馬三歲曰駣二歲曰駒月令曰犧牲駒犢舉書其數犢爲牛子則駒馬子也小雅老馬反爲駒言已老矣而孩童慢之也孩詩駒四見而漢廣株林皇皇者華於義皆當作驕乃與毛傳說文合不當作駒依韵讀之則又當作駒乃入韵不當作驕深思其故蓋角弓用字之本義南有喬木株林皇皇者華則皆讀若求其韵不得改驕爲駒也駒未可駕車故三詩斷非用駒本義駣字既見周禮何以連類言之不錄此篆也曰疑周禮故書本作兆或借羊部挑爲之許解中駣字蓋非許君原文後人依周禮改之耳不當如玉篇擅增也从馬句聲。舉朱切古音在四部

馬八馬八歲也。初學記引何承天纂文同从馬八。八亦聲。合二徐本訂博拔切古音在十二部

騆馬一目白曰騆。一字韻目部曰瞯戴目也爾雅釋文引倉頡篇瞯目病也廣韵曰瞯人目多白也是則人目白曰瞯馬目白曰騆騆即从瞯省爾雅釋嘼騆作瞯二目白魚。二當作一按釋嘼曰一目白騆二目白魚魯頌毛傳正義本作二目白曰魚釋文本作一目白曰魚以理覈之蓋唐本是孔本非毛傳是爾雅誤傳言一目者以別於二目也假令二目白則傳不言二許本毛則必上句言目白下句言一目白毛本爾雅則知爾雅轉寫失其眞也魚字林作䱇許無䱇字類篇之从馬閒聲。戶閒切十四部字林作騆

騏馬青驪文如綦也。如綦各本作如博綦不通今依李善七發注阮應書卷二卷四卷入正凡馬言色者如下文深黑色淺黑色全體之色也其言某處黑某處白發白色發赤色一耑之色也言𧕻毛者謂其毛異色相錯非比異色成片段者也其曰文者獨此而已謂異色成枝條相交如文之錯畫然下文青驪馬爲駽謂其全體青黑色此云青驪文如綦謂白馬而有青黑紋路相交如綦也綦糸部作綥白蒼文也綦者青而近黑秦風鄭箋曰騏綦文也魯頌傳曰蒼騏曰騏蒼騏卽蒼綦謂蒼文如綦也曹風其弁伊騏傳曰騏騏文也正義作綦文顧命騏弁鄭注曰青黑曰騏本作綦弁

駒ㄐㄩ　馬八ㄅㄚ　騆ㄒㄧㄢˊ　騏ㄑㄧˊ

古多叚騏爲綦从馬其聲。渠之切一部

驪馬深黑色。魯頌傳曰純黑曰驪按引伸爲凡黑之偁亦叚黎黎爲之从馬麗聲。呂支切十六部

駽青驪馬。謂深黑色而戴青色也魯頌有駜曰駜彼乘駽釋嘼毛傳皆曰青驪曰駽从馬肙聲。火元切十四部按當火縣切詩曰。駜彼乘駽。

騩馬淺黑色。漢舊儀有天地大變丞相上病使者奉策書駕騩駱馬卽時布衣步出府免爲庶人丞相有他過使者奉策書駕騅騩馬卽時步出府乘棧車牧馬歸按乘騩者取無色之意从馬鬼聲。俱位切十五部

駵赤馬黑髦尾也。髦各本作毛今依廣韵正髦者髮也髮之長者偁髦因之馬鬣曰髦魯頌傳曰赤身黑鬣曰駵从馬丣聲。丣各本作畱篆體作驑大誤今依五經文字玉篇廣韵正力求切三部

騢馬赤白襍毛。襍毛者謂異色之毛襍亂相廁也或作襍色非是魯頌有騢釋嘼毛傳皆曰彤白襍毛曰騢从馬叚聲。乎加切古音在五部謂色似鰕魚也。此當作色似鰕魚四字系襍毛之下如驔下文如鯊魚一例鰕魚謂今之蝦亦魚屬也蝦畧有紅色凡叚聲多有紅義是以瑕爲玉小赤色此六字葢舊注之僅存者

騅馬蒼黑襍毛。黑當作白釋嘼毛傳皆云蒼白襍毛曰騅蒼者青之近黑者也白毛與蒼毛相閒而生是爲青馬雖深於青白襍毛之驄未黑也若黑毛與蒼毛相閒而生則幾深黑矣釋言曰菼騅也王風傳曰菼薍也萑之初生者艸部曰薍者萑之初生一曰騅此以同色名之觀萑葦之初生之色則知蒼白之不可易矣。六書故云徐本作白正謂唐本不作白也从馬隹聲。職追切十五部

駱馬白色黑鬣尾也。釋嘼曰白馬黑鬣駱詩音義曰樊孫爾雅竝作白馬黑鬣尾也然則許正同樊孫本矣魯頌毛傳亦曰白馬黑鬣曰駱按今毛詩有驒有駱有騝有雒毛曰黑身白鬣曰雒正與白身黑鬣曰駱互異正義曰定本集注及徐音皆作駱釋文亦云雒本或作駱然則本二物相似而同名淺人惑之乃妄改字从馬各聲。盧各切五部

駰馬陰白襍毛黑。黑字宋本

十篇上　三

舊本皆同汲古毛氏改黑作也以合爾雅毛傳然而非是釋嘼魯頌傳皆云陰白襍毛曰駰郭云陰淺黑也今之泥驄或云目下白或云白陰皆非也陰淺黑本叔然說然則許葢襍毛之下釋云陰淺黑也如虦下虎竊毛謂之虦苗竊淺也正足例既說者惑於白陰之說謂馬私處白而襍黑毛因致溺奪不可讀苟求其故由不解陰之爲淺黑耳廣韵曰駰馬陰淺黑色有脫从馬因聲。於眞切十二部詩曰。有駰有騢。魯頌駉文

驄馬青白襍毛也。白毛與青毛相閒則爲淺青俗所謂蔥白色詩曰有瑲蔥衡釋器曰青謂之蔥从馬悤聲。千公切九部

驈驪馬白跨也。跨者兩股之閒也釋嘼毛傳皆曰驪馬白跨曰驈从馬矞聲。食聿切十五部詩曰。有驈有騜。魯頌駉文按毛詩作皇許無騜字字林乃有之此騜後人所改耳韵會作有皇是也爾雅作黃白騜亦是俗本

駹馬面顙皆白也。面者顏前也釋嘼曰面顙皆白惟駹按言惟者以別於上文的顙白顛白達素縣也面顙白其他非白也故从尨周禮駹車借爲尨襍字也从馬尨聲。莫江切九部

騧黃馬黑喙。釋嘼曰白馬黑脣駩黑喙騧如爾雅之文則是白馬黑喙也秦風傳曰黃馬黑喙曰騧許本之豈今爾雅奪黃馬二字與郭云今之淺黃色者爲騧馬从馬咼聲。古華切十七部宋明帝以騧字似禍改从瓜遂於古音不合

䮽籒文騧。咼聲冎聲同在十七部

驃黃馬發白色。發白色者起白點斑駁也釋嘼曰黃白曰騜毛詩祇作皇然則皇即騜與牛部犥下曰牛黃白色與驃音止同也一曰白髦尾也。謂黃馬而白鬣尾也从馬㮾聲。毗召切二部

駓黃白襍毛也。各本作黃馬白毛今正六書通引唐本作黃馬白襍毛此唐本衍馬字淺人不刪馬字而刪襍字耳釋嘼毛傳皆曰黃白襍毛曰駓字林作駓从馬丕聲。古作丕字中直貫下或作丕是以論曹魏者曰丕之字不十也詩釋文此字本作駓字林乃作駓敷悲切古音一部

驖馬赤黑色。此與青驪馬句法同謂黑色而帶赤色也驖不見爾雅秦風驖

十篇上　四

騂　馰　駁　馵　驔

驖孔阜傳曰驖驪也驪者深黑色許說小異漢人或叚鐵爲之前書地理志叚𢧜爲之从馬𢧜聲。他結切十二部詩曰四驖孔阜。秦風駟驖文今詩四作駟按詩四牡四騵皆作四惟駟介俴駟乃作駟駟一乘也故言馬四則但謂之四言施乎四馬者乃謂之駟

騂馬頭有白發色。大徐作馬頭有發赤色者非是篇韻皆云馬白額至脣集韻曰馬流星貫脣則爲馬頭發白色矣廣韵曰騂騂馬行此今義也按東京賦作半漢从馬岸聲。五旰切十四部

馰馬白額也。秦風有馬白顚傳曰白顚的顙也釋嘼曰的顙白顚郭云戴星馬也說卦傳曰爲的顙虞翻曰的白額額也按的顙之馬謂之馰易釋文云的說文作馰从馬勺聲。舊作的省聲的聲亦勺聲也今正都歷切古音在二部一曰駿也。駿馬之良材者易曰爲馰顙。

駁馬色不純。純同醇雀覿曰不襍曰純釋嘼曰駵白駁邠風毛傳同謂騂馬發白色也許說不同者許意馬異色成片段者皆得曰駁引伸之爲凡色不純之偁从馬爻聲。北角切古音在二部與駮各字

馵馬後左足白也。左當作ナ釋嘼毛傳皆曰後左足白曰馵說卦傳曰震爲馵足从馬。二其足。謂於足以二爲記識如馬於足以一爲記識也非一二字變篆爲隸篆既作馵則馬作馵與篆大乖矣石經作馵讀若注。之戍切古音在三部讀如祝

驔驪馬黃脊。魯頌有驔有魚釋嘼曰驪馬黃脊曰驔爾雅音義云驔說文作驔音覃是則爾雅之驔卽驔之異體許於此篆用爾雅不用毛傳也毛傳曰豪骭曰驔此卽驔之異說詩音義引字林云驔又音覃豪骭曰驔是則字林豪骭一義不作驔也今說文乃別有騽篆訓云豪骭前與毛詩不合後與字林不合此葢必非許原文許原文或驔下有一曰豪骭之文或驔篆後有重文作騽之葢皆不可定後人乃以兩義分配兩形耳从馬覃聲。讀若覃。徒玷切七部按覃之古音如淫其入聲則如熠古音又如琰其入聲則如習故驔騽必一字鳥之鶤鵗蟲之熠燿其理一也許此下當有一曰馬豪骭五字又出一騽篆解云驔或从習廣韵二十六緝騽字下云馬豪骭又驪馬黃脊玉篇騽字下曰驪馬黃脊又馬豪骭亦可證二義分二形之非矣

騂馰駁馵驔驠騽䮂騛驁驥駿

驠　騽　䮂　騛　驁　驥　駿

驠馬白州也。山海經曰乾山有獸其州在尾上今本譌作川廣雅曰州豚臀也郭注爾雅山海經皆云州竅也按州豚同字俗作尻國語之龍漦史漢貨殖傳之馬噭皆此也蜀志周羣傳諸毛繞涿居署曰潞涿君語相戲謔涿亦州豚同音字也釋嘼曰白州驠从馬燕聲。於甸切十四部

騽馬豪骭也。骭者骹也骹者脛也高誘注淮南曰骭自膝以下脛以上也豪骭謂骭上有脩豪也魯頌傳曰豪骭曰驔正義本作豪骭白白行从馬習聲。似入切七部按此篆宜刪正玉篇驔騽二篆相接葢說文之舊

䮂馬毛長者也。者字依文選長楊賦注補此謂馬毛長者名翰也多借翰字爲之翰行而鶾廢矣尚書大傳之西海之濱取白狐靑翰注曰長毛也文選長楊賦翰林主人注引說文毛長者曰翰曲禮雞曰翰音注曰翰猶長也常武詩如飛如翰箋云鳥中豪俊葢其字皆當作翰引伸假借之字也从馬倝聲。侯旰切十四部

騛馬逸足者也。者字今補逸當作兔廣韵曰騛兔馬而兔走玉篇曰騛兔古之駿馬也呂氏春秋高注曰飛兔要褭皆馬名也日行萬里馳若兔之飛因以爲名也从馬飛。會意飛亦聲甫微切十五部司馬法曰飛衞斯輿。司馬法今佚此偁司馬法說从飛之意也

驁駿馬。句絕謂駿馬之名也大射禮公入驁注曰驁夏亦樂章也以鍾鼓奏之按驁夏葢取翱翔之意凡奇士偁豪俊者可作驁俊如尚書獒可爲酋豪字也㠯壬申日死。乘馬忌之。忌此日也从馬敖聲。五到切二部

驥千里馬也孫陽所相者。孫陽字伯樂秦穆公時人其所與有九方皐卽九方歅戰國策汗明說春申君是伯樂相驥事按小徐說伯樂卽王良卽郵無恤大繆从馬冀聲。几利切古音在一部天水有驥縣。地理志天水郡冀縣郡國志漢陽郡冀縣漢陽卽天水也故城在今陝西鞏昌府伏羌縣東史皆作冀不作驥左傳冀之北土馬之所生許葢據此說字形从冀馬會意許本作冀縣謂此卽左傳生馬之地淺人改之

駿馬之良

驍ㄒㄧㄠ　騅ㄔㄨㄟˊ　驕ㄐㄧㄠ　騧。　騋ㄌㄞˊ

材者。引伸爲凡大之偁釋詁毛傳皆曰駿大也毛傳見文王崧高噫嘻从馬夋聲。子峻切十三部

驍良馬也。周禮良馬與駑馬爲對文良馬兼上文種馬戎馬齊馬道馬田馬言也周易曰良馬逐逐左傳云以其良馬二亦精駿之偁按上文云駿馬之良材者此云良馬卽兼上文而言也魯頌傳曰駉駉良馬腹幹肥張也引伸爲勇捷之偁从馬堯聲。古堯切二部詩曰驍驍牡馬。陸氏德明所見說文如此詩釋文曰駉說文作驍按堯聲同聲之類相去甚遠無由相涉大雅崧高四牡蹻蹻傳云蹻蹻壯皃魯頌泮水傳云蹻蹻言彊盛也蓋古本說文堯聲下有詩曰四牡驍驍六字乃崧高之異文或轉寫譌作驍驍牡馬而陸氏乃有駉說文作驍之語矣

騅馬小皃。从馬垂聲。讀若箠。之壘切按當依廣韵之累切十六十七部騙籀文从𠂹。辵部遷以爲聲

驕馬高六尺爲驕。漢廣言秣其馬言秣其駒傳曰六尺以上爲馬五尺以上爲駒按此駒字釋文不爲音陳風乘我乘駒傳曰大夫乘駒箋云馬六尺以下曰駒此駒字釋文作驕引沈重云或作駒後人改之皇皇者華篇內同小雅我馬維駒釋文云本亦作驕據陳風小雅則知周南本亦作驕也蓋六尺以下五尺以上謂之驕與駒義迥別三詩義皆當作驕而俗人多改作駒者以駒與蔞株濡諏爲韵驕則非韵抑知驕其本字音在二部於四部合韵不必易字就韵而乖義乎陸氏於三詩無定說彼此互異由不知古義也毛云大夫乘驕以此推之當是天子乘龍諸侯乘騋卿乘馬从馬喬聲。舉喬切二部詩曰我馬維驕。皇皇者華二章也可以此訂周南譌字一曰野馬。凡驕恣之義當是由此引伸旁義行而本義廢矣女部曰嬌驕也心部曰怚驕也皆旁義也俗製嬌僑字

騋馬七尺爲騋。八尺爲龍。周禮廋人曰馬八尺以上爲龍七尺以上爲騋六尺以上爲馬鄘風騋牝三千毛傳馬七尺以上曰騋鄭司農以月令駕蒼龍說周禮龍俗作駹从馬來聲。洛哀切一部詩曰騋牝驪牝。下牝字各本作牡今正詩曰騋牝三千毛傳曰騋牝驪牝騋馬與牝馬也釋嘼曰騋牝驪

七　十篇上

驩ㄏㄨㄢ　驗ㄧㄢˋ　𩥫ㄒㄧㄡ　𩣡ㄘˇ　媽ㄨㄣˊ　駁ㄓ　駜ㄅㄧˋ　駫ㄐㄩㄥ

牝今爾雅譌作驪牡而音義不誤可攷音義曰騋牝頻忍反下同下同者卽謂驪牝也此以驪牝釋詩之騋牝驪與騋以雙聲爲訓謂騋馬驪色亦兼牝馬也此與詩曰不騋不來也合偁詩爾雅正同若鄭注周禮則引騋句絕牝驪牝元句絕駒句絕褭驂句絕孫叔然讀亦如是

驩馬名。古叚爲歡字从馬雚聲。呼官切十四部

驗馬名。今用爲譣字證也徵也效也不知其何自始驗行而譣廢矣从馬僉聲。魚窆切七部

𩣡馬名。从馬此聲。雌氏切十六部

𩥫馬名。从馬休聲。許尤切三部

媽媽馬媽字今補赤鬣縞身。目若黃金。名曰吉皇之乘。各本名曰之下有媽字今刪正海內北經曰犬封國曰大戎國有文馬縞身朱鬣目若黃金名曰吉量之乘量一作良郭注引周書六韜大傳說其狀略同周書作名曰吉黃之乘六韜作名曰雞斯之乘周成王時犬戎獻之。成各本作文誤今正許引成王時周靡獻[illegible][illegible]成王時蜀人獻大翰成王時揚州獻鯛皆逸周書王會篇也王會篇又言犬戎文馬是其事矣或因尚書大傳散宜生之犬戎取美馬駮身朱鬣雞目者獻紂乃改此成王爲文王而不顧其文義从馬文文亦聲。無分切十三部大徐左馬右文作駮春秋傳曰媽馬百駟。見宣二年左傳作文馬按許書當作文馬此言春秋傳之文馬非周書之媽馬也恐人惑故辯之文馬。二字今補畫馬也。杜注亦云畫馬爲文四百匹孔子世家文馬三十駟亦謂畫馬西伯獻紂以全其身。此八字葢或取尚書大傳事箋記於此遂致誤入正文文理不貫當刪要自春秋傳以下恐皆非許語

駁馬彊也。从馬支聲。章移切十六部

駜馬飽也。魯頌有駜曰有駜有駜傳曰駜馬肥彊皃馬肥彊則能升高進遠臣彊力則能安國按許義小別鄭箋亦云此言僖公用臣必先致其祿食祿食足而臣莫不盡其忠也从馬必聲。毗必切十二部詩曰有駜有駜。

駫馬肥盛也。各本作盛肥今依廣韵訂从馬光聲。古熒切古音在十部詩曰駫

八　十篇上

驍 騅 驕 騋 驩 驗 𩣡 𩥫 媽 駁 駜 駫

駫牡馬。各本作四牡駫駫陸氏德明所見作駫駫牡馬按音牧之坰野自當是牧字周禮凡馬特居四之一又不當云良馬有騭無驛也詩釋文曰駉古熒反說文作驍又作駫同作驍又三字當刪云說文作駫同玉篇亦曰駫古熒切駉同則知說文作駫駫牧馬而讀古熒反十部十一部之音轉也以今攷之實則毛詩作駫駫許偁駫駫而後人譌亂作駉駉陸所見說文不誤今本說文則誤甚耳毛傳曰駫駫良馬腹榦肥張也許言肥盛卽腹榦肥張从馬光會意而光亦聲

騯ㄆㄥˊ 騯馬盛也。也當作皃从馬旁聲。旁溥也此舉形聲包會意薄庚切古音在十部詩曰。四牡騯騯。小雅北山四牡彭彭傳曰彭彭然不得息大雅烝民四牡彭彭箋云彭彭行皃大明四騵彭彭箋云馬强疑皆非許所偁鄭風清人駟介旁旁箋許偁此而駟介轉寫譌四牡耳許所據旁作騯毛傳本有騯騯盛皃之語後逸之二章曰麃麃武皃三章曰陶陶驅馳皃則知首章當有騯騯盛皃矣

駠ㄤˊ 駠駠。馬怒皃。从馬卬聲。吾郎切十部廣韵平聲

驤ㄒㄧㄤ 驤馬之低仰也。低當作氐馬之或俛或仰謂之驤吳都賦四騤龍驤古多叚襄爲驤从馬襄聲。息良切十部

驀ㄇㄛˋ 驀上馬也。吳都賦曰驀六駮上馬必捷故引伸爲猝乍之偁从馬莫聲。莫白切古音在五部

騎ㄑㄧˊ 騎跨馬也。兩髀跨馬謂之騎因之人在馬上謂之騎今分平去二音曲禮曰前有車騎正義曰古人不騎馬故經典無言騎者今言騎當是周末時禮按左傳左師展將以昭公乘馬而歸此必謂騎也然則古人非無騎矣趙旃以其良馬二濟其兄與叔父非單騎乎从馬奇聲。渠羈切古音在十七部

駕ㄐㄧㄚˋ 駕馬在軛中也。毛傳曰軛烏噣也烏噣卽釋名之烏啄轅有衡衡橫也橫馬頸上其扼馬頸者曰烏啄下向叉馬頸似烏開口向下啄物時也駕之言以車加於馬也从馬加聲。古訝切十七部

辂。 辂籒文駕。从牛釋名曰軛所以扼牛頸也各聲者古音五部與十七部相合如春秋傳以輅爲詻是其理也

騑ㄈㄟ 騑驂也。旁馬也。各本無上也字不可通今補攷禮記正義文選注引說文或作旁馬也三字或作驂旁馬也四字正由有二也字而奪一耳騑馬經典皆謂之驂故曰驂也下文云駕三馬曰驂許意古爲駕三馬之名後乃駕四駕六其旁馬皆得驂名矣故又申之曰旁馬旁者冡上在軛中言之不當衡下者謂之驂亦謂之騑駕三駕四所同也若小雅傳曰騑騑行不止之皃別爲一義从馬非聲。甫微切十五部

駢ㄆㄧㄢˊ 駢駕二馬也。平帝本紀曰詔光祿大夫劉歆等襍定婚禮四輔公卿大夫士郎吏家屬皆以禮娶立軺併馬服虔曰立軺小車也併馬驪駕也按驪讀同伉儷非馬深黑色木部榗下曰讀若驪駕是也併馬謂之儷駕亦謂之駢併駢皆从幷謂並二馬也左傳渾良夫乘中佃兩牡蓋是駕二毛詩說士駕二禮王度記亦言士駕二王肅云夏后氏駕兩謂之麗駢之引伸凡二物幷曰駢从馬幷聲。部田切古音在十一部

驂ㄘㄢ 驂駕三馬也。驂三疊韵爲訓詩干旄良馬四之良馬五之良馬六之傳曰四之御四馬也五之驂馬五轡也六之四馬六轡也然則毛公有駕三之說矣王肅云古者一轅之車駕三馬則五轡其大夫皆一轅車夏后氏駕兩謂之麗殷益以一騑謂之驂周人又益以一騑謂之駟本從一驂而來亦謂之驂經言驂則三馬之名五經異義天子駕數易孟京春秋公羊說天子駕六詩毛說天子至大夫同四士駕二詩云四騵彭彭武王所乘龍旂承祀六轡耳耳魯僖所乘四牡騑騑周道倭遲大夫所乘謹按禮王度記曰天子駕六諸侯與卿同駕四大夫駕三士駕二庶人駕一說與易春秋同駁曰元之聞也周禮校人掌王馬之政凡頒良馬而養乘之乘馬一師四圉四馬爲乘此一圉者養一馬而一師監之也尚書顧命諸侯入應門皆布乘黃朱言獻四黃馬朱鬣也旣實周天子駕六校人則何不以馬與圉以六爲數顧命諸侯何以不獻六馬易經時乘六龍者謂陰陽六爻上下耳豈故爲禮制王度記云天子駕六者自是漢法與古異大夫駕三者於經無以言之依鄭駁則古無駕三之制孔晁云馬以引重左右當均一轅車以兩馬爲服旁以一馬驂之則偏而不調非人情也林林曰乘我乘驕傳曰大夫乘驕則毛以大夫亦駕四也且殷之制亦駕四故王基云商頌約軧錯衡八鸞鏘鏘是則殷駕四不駕三也按詩箋曰驂兩騑也

檀弓注曰騑馬曰驂蓋古者駕四兩服馬夾輈在中左右各一騑馬左右皆可以三數之故謂之驂以其整齊如翼言之則謂之騑驂本非謂駕三也顧王度記曰大夫駕三故訓傳亦言驂馬五轡則謂是古有其說故許釋驂爲駕三然許不偁王度記天子駕六以下云云於騑下亦云驂也是說文晚成不堅執異義之說其說經非不與鄭合矣 从馬參聲。倉含切古音在七部

駟 一乘也。周禮校人鄭司農注云四匹爲乘按乘者覆也車軛覆乎馬上曰乘馬必四故四馬爲一乘不必已駕者也引伸之凡物四曰乘如乘矢乘皮乘韋乘壺皆是駟者馬一乘之名鄭清人箋云駟四馬也按詩言四牡言四騏言四驪言四騵言四駱言四黃皆作四下一字皆馬名也言駟介言俴駟皆作駟謂有所以加乎駟者也今詩作駟驖駟驖而于旄疏引異義公羊隱元年疏說文駟字下皆不誤 从馬四聲。息利切十五部

駙 副馬也。副者貳也漢百官公卿表奉車都尉掌御乘輿車駙馬都尉掌駙馬皆武帝初置晉尚公主者並加之師古曰駙副馬也非正駕車皆爲副馬 从馬付聲。符遇切古音在四部 一曰近也。附近字今人作附或作傅依此當作駙 一曰疾也。與趨音義皆相近

⿰馬皆 馬和也。和當作龢孫卿曰六馬不和則造父不能以致遠 从馬皆聲。戶皆切十五部

駊 駊騀也。逗二字疊韵 馬搖頭也。也廣韵作皃駊騀於顛俄皆近 从馬皮聲。普火切十七部

騀 駊騀也。从馬我聲。五可切十七部此二篆併解各本譌外今依全書通例及玉篇所載訂正

駋 馬行皃。此當曰駋駋馬行皃淺人刪之也牛徐行曰㸰㸰馬徐行曰駋駋今人俗語如是矣 从馬㕣聲。土刀切古音在三部按篇韵皆左㕣右馬作駋初學記引何承天纂文作駋

篤 馬行頓遲也。頓如頓首以頭觸地也馬行箸實而遲緩也古段借篤爲竺字以皆竹聲也二部曰竺厚也篤行而竺廢矣釋詁曰篤固也又曰篤厚也毛詩椒聊大明公劉傳皆曰篤厚也凡經傳篤字固厚二訓足包之釋詁篤竺並列皆訓厚釋名曰篤築也築堅實稱也厚後也有終後也蓋篤字之代竺久矣 从

馬竹聲。冬毒切三部

騤 馬行威儀也。馬行上當有騤騤二字詩三言四牡騤騤采薇傳曰彊也桑柔傳曰不息也烝民傳曰猶彭彭也各隨文解之許檃栝之云馬行威儀皃於疊韵取義也 从馬癸聲。渠追切十五部 詩曰。四牡騤騤。

⿱與馬 ⿱與馬⿱與馬二字今補 馬行徐而疾也。从馬與聲。此篆各本作⿱學馬解云學省聲於角切今正玉篇⿱學馬弋魚弋庶二切馬行徐而疾次騤下駸上正與說文同然則古本與玉篇同可知矣廣韵平聲九魚⿱與馬以諸切馬行皃去聲九御⿱與馬羊洳切馬疾行皃集韵九魚⿱與馬下曰說文馬行徐而疾引詩四牡⿱與馬⿱與馬類篇⿱與馬羊諸羊茹二切說文馬行徐而疾引詩四牡⿱與馬⿱與馬是可證宋初大徐本不誤玉篇廣韵皆有⿱學馬字訓馬腹下鳴不言出說文集韵類篇皆於⿱學馬下云乙角切引說文馬行徐而疾也一曰馬腹下聲是當丁度司馬光編書時說文已或譌舛乃誤以爲一字兩義今本說文篆用⿱學馬解用⿱與馬正與鼎部鼏篆鼏解衣部袗篆袀解同誤葢本有⿱學馬篆解馬腹下聲當與⿱與馬篆爲伍耳論語注曰與與威儀中適之皃心部曰懙趨步懙懙也蘇林漢書注曰懙懙行步安舒也是可以證⿱與馬⿱與馬之解矣五部 詩曰。四牡⿱與馬⿱與馬。依集韵類篇王伯厚詩攷所引說文補今詩無此句小雅車攻大雅韓奕皆云四牡奕奕古音奕之平聲讀弋魚切葢即其異文也

駸 馬行疾皃。馬行上當本有駸駸字皃各本作也今依篇韵正小雅四牡傳曰駸駸驟皃驟者馬捷步也 从馬侵省聲。子林切七部 詩曰。載驟駸駸。

馺 馬行相及也。以疊韵爲訓西京賦薛解曰馺娑駘盪枍詣承光皆臺名按馺娑駘盪皆以馬行皃皃之高也 从馬及。及亦聲。合二徐本訂穌合切七部 讀若爾雅曰小山馺。大徐本此下有大山峘三字葢淺人所增耳小山馺今爾雅作小山岌許所據古本也讀若二字葢賸

馮 馬行疾也。从馬仌聲。皮冰切六部按馬行疾馮馮然此馮之本義也展轉他用而馮之本義廢矣馮者馬蹏箸地堅實之皃因之引伸其義爲盛也大也滿也懣也如左傳之馮怒離騷之馮心以及天問之馮翼惟象淮南

䮒ㄋㄧㄝˋ　騃ㄞˊ　驟ㄗㄡˋ　䮷ㄍㄜˊ　颿ㄈㄢˊ　驅ㄑㄩ　敺。

書之馮馮翼翼地理志之左馮翊皆謂充盛皆冨字之合音叚借冨者滿也或叚爲凭字凡經傳云馮依其字皆當作凭或叚爲淜字如易詩論語之馮河皆當作淜也俗作憑非是

䮒馬步疾也。按今人專輒字作輒似當作輒爲近之 从馬耴聲。尼輒切八部

騃馬行仡仡也。人部曰仡勇壯也吉日儦儦俟俟人部作伾伾俟俟韓詩作駓駓騃騃李賢注馬融傳引韓詩駓駓騃騃或羣或友李善注西京賦引韓詩章句曰趨曰駓行曰騃按毛傳亦曰趨則伾伾行則俟俟毛用叚借字韓乃正字也騃騃與俟俟音義同俟大也皆鉏里切方言曰癡騃也乃讀五駭切俗語借用之字耳 从馬矣聲。一部

驟馬疾步也。步下曰行也走下曰趨也行下曰人之步趨也然則行兼步與趨言之此馬行馬步馬走之別也小雅曰載驟駸駸按今字驟爲暴疾之詞古則爲屢然之詞凡左傳國語言驟者皆與屢同義如宣子驟諫公子商人驟施於國是也左傳言驟詩書言屢論語言屢亦言亟其意一也亟之本義敏疾也讀去吏切爲數數然數數然即是敏疾驟之用同此矣數之本義計也讀所角切爲數數然乃又引伸爲凡迫促之意好學者必心知其意於此可見也驟字曲禮叚騶爲之 从馬聚聲。鉏又切古音在四部徐仙民毛詩音反爲在遘古音也

䮷馬疾走也。廣韵作走疾 从馬匃聲。古達切十五部

颿馬疾步也。馬之行疾於風故曰追奔電逐遺風 从馬風聲。此當云从馬風風亦聲或許舉聲包意或轉寫奪屚不可知也符嚴切廣韵符咸扶汎切七部按今有帆字船上幔以使風者也自杜注左傳已用此字不必借颿

驅驅馬也。各本作馬馳也今正此三字爲一句驅爲篆文此三字言其義許之例如此驅馬常言耳盡人所知故不必易字以注之也驅馬自人策馬言之革部曰鞭驅也是其義也 从馬區聲。豈俱切古音在四部俗作駈

敺古文驅从攴。攴者小擊也今之扑字鞭箠策所以施於馬而驅之也故古文从攴引伸爲凡駕馭追逐之偁周禮以靈鼓敺之以炮土之鼓敺之孟子爲淵敺魚爲叢敺爵爲湯武敺民皆用古文其實皆可作

馳ㄔˊ　騖ㄨˋ　䮦ㄌㄧˋ　騁ㄔㄥˇ　駾ㄊㄨㄟˋ　駃ㄧˋ　駻ㄏㄢˋ　駧ㄉㄨㄥˋ　驚ㄐㄧㄥ　駭ㄏㄞˋ　䮰ㄏㄨㄤ　騫ㄑㄧㄢ　鷽ㄩㄝˋ　駐ㄓㄨˋ　馴ㄒㄩㄣˊ

驅與殳部之毆義別

馳大驅也。詩每以馳驅並言許穆夫人首言載馳載驅下言驅馬悠悠馳亦驅也較大而疾耳 从馬也聲。直离切古音在十七部

騖亂馳也。从馬敄聲。亡遇切古音在三部

䮦次弟馳也。次弟成行列之馳也故从列 从馬列聲。力制切十五部玉篇作駠

騁直馳也。節南山傳曰騁極也 从馬甹聲。丑郢切十一部

駾馬行疾來兒也。大雅緜曰混夷駾矣傳曰駾突也箋云混夷惶怖驚走奔突入柞棫之中 从馬兌聲。他外切十五部 詩曰昆夷駾矣。今詩昆作混按昆恐是譌字孟子亦作混

駃馬有疾足也。奔軼絕塵字當作駃今人用佚逸字當作駃於此知駃篆下馬逸足之斷爲譌字矣 从馬失聲。大結切十二部按當依廣韵夷質切

駻馬突也。駻之言悍也淮南書作馯高曰馯馬突馬也 从馬旱聲。侯旰切十四部

駧馳馬洞去也。洞者疾流也以疊韵爲訓 从馬同聲。徒弄切九部

驚馬駭也。驚與警義別小雅徒御不警傳曰不驚警也俗多譌驚 从馬敬聲。舉卿切十一部

駭驚也。从馬亥聲。侯楷切古音在一部經典亦作駴戒聲亥聲同在一部也

䮰馬奔也。奔者走也 从馬巟聲。呼光切十部按篇韵皆左巟右馬作䮰

騫馬腹墊也。墊各本作縶自篇韵已然小徐作熱則更誤今正土部曰墊者下也引春秋傳墊隘馬腹墊正俗所云肚腹低陷也仲尼弟子列傳閔損字子騫是其義矣考工記小體騫腹謂之羽屬詩無羊天保傳皆曰騫虧也干部曰虧者气損也按詩騫裳字本用此見詩左傳釋文謂褰衣不使盈滿也俗借褰絝字爲之習者不知其非矣 从馬寒省聲。去虔切十四部

鷽馬腹下聲也。从馬學省聲。於角切三部按許書不必有此字姑備於此聲廣韵作鳴

駐馬立也。人立曰侸俗作住馬立曰駐 从馬主聲。中句切古音在四部

馴馬順也。古馴訓順三字互相叚借皆川聲也古文尚書五品

駗ㄓㄣ 驙ㄓㄢ 騺ㄓˋ 驧ㄐㄩˊ 騬ㄔㄥˊ 馻ㄐㄧㄝˋ 騷ㄙㄠ 驏ㄓㄢˇ 馽ㄓˊ

不悉史記殷本紀及兩漢書及周禮地官注悉皆作訓而五帝本紀作五品不馴馴之本義爲馬順引伸爲凡順之偁。从馬川聲。此舉形聲包會意詳遵切十三部

駗驙。二字雙聲各本皆刪今依玉篇補馬載重難也。俗本重難下有行字非謂馬所負何者重難也从馬㐱聲。張人切十二部

驙駗驙也。从馬亶聲。張連切十四部易曰。乘馬驙如。周易屯六二屯如邅如乘馬班如亶俗作邅宋時經典釋文不誤許所據易葢上句作駗如驙如乘馬二字當爲誤文

騺馬重皃也。晉世家惠公馬騺不行卽左傳晉戎馬還濘而止今本史記作騺譌字也而秦本紀作馬騺不誤部曰䮙騺不行也今本亦譌騺莊子馬蹄篇闉扼騺曼崔云拒扼頓遲也今刻釋文亦譌从鳥而集韵類篇不誤車之前重曰摯馬重曰騺其音義一也廣雅騺駤止也駤卽騺从馬執聲。各本訦譌執篆體上从執則失其聲矣今皆正陟利切十五部亦勑利切

驧馬曲脊也。勹部曰匊者曲脊也音義皆同从馬匊聲。巨六切三部玉篇作𩥃

騬犗馬也。牛部曰犗者騬牛也其事一故其訓互通从馬乘聲。食陵切六部

馻系馬尾也。此當依玉篇作結馬尾廣韵作馬尾結也結卽今之髻字大元曰車軨馬馻可以周天下范注軨轄繫馻尾結也釋文馻音介馬尾髻也按遂行必髻其馬尾馻與紒音義同詩曰駟介左傳曰不介馬而馳疑介卽古文馻从馬介聲。古拜切十五部

騷摩馬也。各本摩馬上有擾也一曰四字淺人所增也今刪正人曰搔馬馬曰騷其意一也摩馬如今人之刷馬引伸之義爲騷動大雅常武傳曰騷動也是也檀弓注曰騷騷爾大疾若屈原列傳曰離騷者猶離憂也此於騷古音與憂同部得之騷本不訓憂而擾動則生憂也故曰猶从馬蚤聲。穌遭切古音在三部

驏馬轉臥土中也。韓詩外傳曰其馬佚而驏吾園而食吾葵从馬展聲。張扇反十四部按各本無此篆藝文類聚引說文有之今依玉篇列字次弟補於此

馽絆馬足也。足字依韵會補糸部曰絆者馬縶也是爲轉注小雅白駒傳曰縶絆也周頌有客箋同莊子連之以羈馽卽此字从馬〇其足。〇象絆之形隸書作馽失其意矣陟立切七部春秋傳曰韓厥執馽前。前當作歬語見成公二年左傳今左作執縶馬前葢古本正作執馽前改易誤衍耳許意絆是物馽是人用物據傳文則謂絆爲馽讀若輒。

縶馽或从糸執聲。

駘ㄊㄞˊ 駔ㄗㄨˇ 騶ㄗㄡ

駘馬銜脫也。銜者馬勒口中者也脫當作捝捝解也馬銜不在馬口中則無以控制其馬崔實政論曰馬駘其銜是也銜脫則行遲鈍廣雅曰駑駘也是也又引伸爲寬大之意漢有臺名駘盪及春色駘蕩是也从馬台聲。徒哀切一部亦徒亥切

駔壯馬也。壯各本作牡今正李善文選注引皆作壯戴仲達引唐本說文作奘馬也皆可證此猶牙下壯齒譌牡齒耳士部曰壯者大也介部奘者駔大也釋言曰奘駔也郭云今江東呼爲大駔而猶麤也按駔本大馬之偁引伸爲凡大之偁故駔篆下云奘馬而奘篆下但云駔大許書義例之精密如此从馬且聲。魏都賦注引說文千助反葢本音隱篇韵皆徂古切五部大徐子朗切相傳下文別一義之音也一曰駔會也。舊作馬蹲駔今依後漢郭太傳注所引正注引說文駔會也謂合兩家之買賣如今之度市也下十三字葢系舊注駔會如今之牙行會俗作儈史記節駔會漢書作節駔儈漢書音義云駔亦是儈也後漢書王君公儈牛自隱徐廣曰駔音祖朗切馬儈也廣韵引晉令儈賣者皆當著巾白帖額言所儈賣及姓名一足白履一足黑履葢駔者本平會買賣馬之偁因以爲平會凡物之偁呂氏春秋段干木晉國之駔

騶廄御也。按騶之段借作趣周禮詩書之趣馬月令左傳謂之騶一用段借一用本字也周禮乘馬一師四圉三乘爲阜阜一趣馬三阜爲毄毄一馭夫六毄爲廄廄一僕夫趣馬掌贊正良馬而齊其飲食掌駕說之頒鄭曰趣馬趣養馬者也按趣者疾也掌疾養馬故曰騶其字从芻馬正謂養馬也左傳程鄭爲乘馬御六騶屬焉使訓羣騶知禮杜注云六騶六閑之騶月令季秋命僕及七騶咸駕鄭云七騶謂趣馬主爲諸官駕說者也周禮趣馬統於馭夫馭夫統於廄之僕夫故約言之曰廄馭漢書材官騶發蘇林讀爲騶

驛ㄧˋ　馹ㄖˋ　騰ㄊㄥˊ　騅ㄏㄜˋ　駉ㄐㄩㄥ

如淳讀爲菆 从馬芻聲。此舉形聲包會意。側鳩切。四部。驛置騎也。言騎以別於車也。馹爲傳車。驛爲置騎。二字之別也。周禮傳遽注曰。傳遽若今時乘傳騎驛而使者也。蓋乘傳謂車。騎驛謂馬。玉藻注云。傳遽以車馬給使者也。車謂傳。馬謂遽。渾言則傳遽無二。析言則傳遽分車馬。亦可證車騎從古而有。非經典所無。許傳下云遽也。遽下云傳也。此渾言也。驛下云置騎也。馹下云傳也。此析言也。置騎猶孟子言置郵。俗用駱驛。从馬睪聲。羊益切。古音在五部。馹傳也。各本傳上有驛字。淺人所增。今刪正。辵部曰。遽者傳也。人部曰。傳者遽也。釋言曰。馹傳遽也。許用釋言文。左傳文十六年。襄廿一年。昭五年。國語晉語。韋杜注皆曰。馹傳也。爾雅舍人注曰。馹尊者之傳也。呂覽注曰。馹傳車也。按馹爲尊者之傳用車。則遽爲卑者之傳用騎可知。舍人說與許合。俗字用馹爲驛。故左傳文十六年傳注。馹字皆譌驛。成五年。以傳召伯宗。注曰。傳驛也。驛亦馹之譌。从馬日聲。人質切。十二部。从日者。謂如日之健行。騰傳也。傳與上文傳同。皆張戀切。引伸爲馳也。爲騰驤也。从馬朕聲。徒登切。六部。一曰犗馬也。上文犗馬謂之騬。則是騰爲騬之叚借字也。亦有叚騰爲乘者。如月令累牛騰馬。讀乘匹之乘。騅苑名也。苑見下文。騅苑蓋漢苑三十六所之一也。一曰馬白頟。與駒音義皆同。鳥之白曰睢。白牛曰[illegible]。从馬隺聲。下各切。古音在二部。駉牧馬苑也。苑所以養禽獸也。景帝紀。匈奴入上郡。取苑馬。武帝紀。罷苑馬。百官公卿表曰。大僕邊郡六牧師苑令各三丞屬焉。如淳曰。漢儀注。大僕牧師諸苑三十六所。分布北邊西邊。以郎爲苑監。官養馬三十萬匹。地理志。北地郡靈州有河奇苑。號非苑。歸德有堵苑。白馬苑。郁郅有牧師苑。師古曰。苑謂馬牧也。駉之義蓋同。閑牧馬之處謂之閑。亦謂之駉。从馬冋。各本有聲字。今刪。此重會意。同亦聲。古熒切。五經文字工營反。十一部。詩曰。在冋之野。冋各本作駉。淺人不知許書之例者所改也。今正。魯頌曰。駉駉牧馬。在坰之野。坰或冋字。冂古文冋字。邑外謂之郊。郊外謂之野。野外謂之林。林外謂之冋。詩言牧馬在冋。故偁爲从馬冋會意之

十篇上　老

駪ㄕㄣ　駮ㄅㄛˊ　駃ㄐㄩㄝˊ　騠ㄊㄧˊ　驘ㄌㄨㄛˊ　騾。　驢ㄌㄩˊ　䮈ㄇㄥˊ　驒ㄊㄨㄛˊ

解。與麗下[illegible]下相下去下引易買下引孟子說字形正同。馬在冋爲駉。猶艸木麗於地爲麓也。駪馬衆多皃。皇皇者華云。駪駪征夫。傳曰。駪駪衆多之皃。按毛不曰馬者。以詩言人也。其引伸之義也。許言馬者。字之本義也。以其字从馬。㚇部引詩莘莘征夫。从馬先聲。所臻切。十三部。駮駮獸。駮字今補。如馬。倨牙。食虎豹。云如馬。則非眞馬也。自駮以下皆非眞馬。故次於部末。如馬倨牙食虎豹。釋嘼毛傳同。秦風言六駮者。據所見而言也。从馬交聲。北角切。古音在二部。駃駃騠。逗馬父驘子也。謂馬父之騾也。言馬父者。以別於驢父之騾也。今人謂馬父驢母者爲馬騾。謂驢父馬母者爲驢騾。不言驢母者。疑奪。蓋當作馬父驢母驘也六字。孟康曰。駃騠生七日而超其母。从馬夬聲。古穴切。十五部。騠駃騠也。从馬是聲。杜兮切。十六部。驘驢父馬母者也。者字今補。崔豹曰。驢爲牡。馬爲牝。卽生騾。馬爲牡。驢爲牝。生駏驉。抱朴子曰。世不信騾乃驢馬所生。云各自有種。況乎仙者難知之事哉。从馬羸聲。洛戈切。十七部。今字作騾。騾或从羸。羸亦聲也。驢驢獸。二字今補。侶馬。長耳。从馬盧聲。力居切。五部。按驢騾駃騠騊駼驒騱。大史公皆謂爲匈奴奇畜。本中國所不用。故字皆不見經傳。蓋秦人造之耳。若鄉射禮閭中注云。閭獸名。如驢一角。或曰如驢岐蹄。引周書北堂以閭。閭斷非驢也。而或以爲一物。何哉。䮈驢子也。何承天纂文同。从馬冡聲。莫紅切。九部。驒驒騱。逗野馬屬。屬各本作也。今依大平御覽正。依爾雅則騊駼爲野馬。故許謂驒騱爲野馬屬。郭注子虛賦曰。野馬如馬而小。驒騱駏驉類也。从馬單聲。古音在十四部。郭璞張守節皆音顛。大徐代何切。乃下文別一義之音也。一曰驒馬。二字各本奪。今補。驒騱合二字爲一物。此單言驒爲一物名之。宜正者也。青驪白鱗。青黑色之馬。起白片如鱗然。釋嘼曰。青驪驎驒。魯頌毛傳同。郭云。色有淺深。斑駁隱粼。今之連錢驄也。郭意與許略異。文如鼉魚也。謂如鼉魚青黑而白斑也。鼉見黽部。謂之

十篇上　大

驛馹騰騅駉駪駮駃騠驘驢䮈驒

騱ㄒㄧ 騊ㄊㄠˊ 駼ㄊㄨˊ 驫ㄅㄧㄠ 廌ㄓˋ ⿸廌孝ㄐㄧㄠˋ 薦ㄐㄧㄢˋ

魚者水蟲皆得名魚也似鰕魚則曰鰕似鼉魚則曰驒音各相同也徒河反十四十七部之合音 騱 驒騱也。依韵會訂 从馬奚聲。胡雞切十六部 騊 騊駼。逗 北野之良馬也。釋嘼曰騊駼馬野馬如淳漢書注曰騊駼野馬也師古曰騊駼出北海中其狀如馬非野馬也楊雄傳前番禺後陶塗師古曰國名出騊駼按如淳用爾雅爲訓顏氏駮之誤矣騊駼爲北野之良馬故謂之野馬 从馬匋聲。徒刀切古音在三部 駼 騊駼也。从馬余聲。同都切五部 驫 眾馬也。廣雅曰驫驫走皃也吳都賦驫駥驫矞善曰眾馬走皃也 从三馬。甫虯切三部篆文音風幽切

文一百一十五 今補騊駼二篆則當云一十七 重八

廌 解廌獸也。四字一句 佀牛。一角。各本皆作似山牛今刪正玉篇廣韵及大平御覽所引皆無山也 古者決訟。令觸不直者。下者字依玉篇補神異經曰東北荒中有獸見人鬥則觸不直聞人論則咋不正名曰獬豸論衡曰獬豸者一角之羊性識有罪皋陶治獄有罪者令羊觸之按古有此神獸非必皋陶賴之聽獄也廣韵曰字林字樣作解廌廣雅作獬豸陸作解豸陸謂陸法言切韵也廌與解曡韵與豸同音通用廌能止不直故古訓爲解左傳宣十七年庶有廌乎杜注廌解也釋文本作廌正義本作豸陸云廌解之訓見方言孔云豸解也方言文今方言卷十二廌解也悉必廌之誤字既誤後乃反以胡計耳左釋文大書廌字俗改爲鴆莫能諟正 象形。謂象其頭角也 从豸省。此下當有豸亦聲宅買切十六部 凡廌之屬皆从廌。

⿸廌孝 解廌屬也。蓋亦神獸 从廌孝聲。古孝切二部按廣韵作[illegible]玉篇作⿸廌孝皆从孝

薦 獸之所食艸。艸部曰荐艸席也與此義別而古相叚借左氏傳戎狄荐居服虔云荐艸也言狄人逐水艸而居徙無常處是則子慎謂荐卽薦之叚借字也莊子麋鹿食薦釋文引三蒼注曰六畜所食曰薦凡注家云薦進也者皆荐之叚借字荐者藉也故引伸之義爲進也陳也 从廌艸。會意作甸

灋ㄈㄚˇ 法。 金。 鹿ㄌㄨˋ 麚ㄐㄧㄚ 麟ㄌㄧㄣˊ 麀ㄧㄡ 𪊫。

切十三部 古者神人以廌遺黃帝。粲評曰解廌單評曰廌 帝曰。何食何處。曰食薦。當作艸 夏處水澤。冬處松柏。此說从廌艸之意初造字時因廌食艸成字後乃用爲凡獸所食艸之偁不入艸部者重廌也

灋 荆也。荆者罰辠也易曰利用荆人以正法也引伸爲凡模范之偁木部曰模者法也竹部曰范者法也土部曰型者鑄器之法也 平之如水。从水。說从水之意張釋之曰廷尉天下之平也 廌所以觸不直者去之。从廌去。下廌字今依韵會補此說从廌去之意法之正人如廌之去惡也方乏切八部 法 今文省。許書無言今文者此葢隸省之字許書本無或增之也如艸部本有斮無折 金 古文。

文四 重二

鹿 鹿獸也。鹿字今補三字句韵會作山獸 象頭角四足之形。盧谷切三部 鳥鹿足相比。从比。依韵會訂說从比之意也上言爪象其足矣此當有一曰二字鳥鹿皆二足相距密不同他獸相距寬故鳥从匕鹿从比比密也古匕與比通用故槩之曰从比 凡鹿之屬皆从鹿。

麚 牡鹿也。釋嘼曰鹿牡麚 从鹿叚聲。古牙切古音在五部俗作[illegible] 以夏至解角。月令仲夏之月日長至鹿角解

麟 大牡鹿也。牡各本及集韵類篇皆譌牝今正玉篇曰麟大麚也是也子虛賦射麋腳麟謂此按許此篆爲大麚麐篆爲麒麐經典用仁獸字多作麟葢同音叚借 从鹿粦聲。力珍切十二部

麀 牝鹿也。釋嘼曰鹿牡麚牝麀小雅吉日傳曰鹿牝曰麀按引伸爲凡牝之偁大雅靈臺傳曰麀牝也左傳思其麀牡曲禮父子聚麀皆謂卽牝字也詩一言駭牝三言麀鹿皆取生息蕃多之意 从鹿牝省。會意按牝本从匕聲讀扶死反麀音葢本同後人以鹿聲呦呦改其音並改其字作麀耳於虯切三部

𪊫 或从幽聲。按上二篆鉉本在部末鍇本無知古本次此鍇本奪而未補鉉本則補而

緛於後也今更正

麌　麛也。各本麛上有鹿字今依李善刪吳都賦翳薈無麢鷚李善麢音須引說文麛也按廣韵麢入十一虞麌入二十九換以許讀若偄訂之是許本从耎而从需者乃轉寫譌俗也古音需聲在五部耎聲在十四部从鹿耎聲。讀若偄弱之偄。奴亂切十四部

麛　鹿子也。釋嘼曰鹿子麛字亦作麑論語麑裘郎麛裘國語注曰鹿子曰麛麋子曰麇按麇王制祇作夭注云少長曰夭从鹿弭聲。莫兮切十六部兒聲同部也

麉　鹿之絕有力者。釋獸文从鹿幵聲。古賢切十二部今爾雅作麉

麒　麒麟仁獸也。各本無麒麟二字今依初學記補公羊傳曰麟者仁獸也何注狀如麕一角而戴肉設武備而不爲害所以爲仁也麟者木精毛詩傳曰麟信而應禮左傳服虔注麟中央土獸土爲信信禮之子修其母致其子視明禮修而麟至思睿信立而白虎擾言從乂成而神龜在沼聽聰知正而名川出龍貌恭性仁則鳳皇來儀此左氏毛氏說與公羊說不同也五經異義許慎謹案禮運云麟鳳龜龍謂之四靈龍東方也虎西方也鳳南方也龜北方也麟中央也是異義謂麟爲信獸從左毛說矣而此云仁獸何也異義早成說文解字晚定此云仁獸用公羊說以其角端戴肉不履生蟲不折生艸也鄭駁異義曰五事言作從從作乂言於五事屬金孔子作春秋故應以金獸性仁之瑞鄭說與奉德侯陳欽說略同鄭云金獸性仁許云仁獸與鄭駁無異但鄭君黨錮事解箋毛詩信而應禮乃依毛說與駁異義相違是知學固與年而從矣麐身牛尾一角。爾雅釋獸文从鹿其聲。渠之切一部廾部曰杜林以畁爲麒

麐　牝麒也。張揖注上林賦曰雄曰麒雌曰麟其狀麇身牛尾狼題郭璞曰麒似麟而無角从鹿吝聲。力珍切按吝聲古音在十三部經典麒麟無作麐者惟爾雅从吝而亦云本又作麟許書別麟麐爲二又別麒麟之牡牝未知許書古本固如此不玉篇廣韵皆麟麐爲一字許書蓋本無麐字淺人所增今於麒篆下補麒麟二字於仁獸之上而刪麐篆併解說則於古經傳及爾雅皆無不合單評麟者大牡鹿也評麒麟者仁獸也麒麟可單評麟麐者麟之

麕。　　麖。

麋ㄇㄧˊ　麎ㄔㄣˊ　麔ㄐㄧㄡˋ　𪊲ㄐㄧˇ　麂。　麇ㄐㄩㄣ　麞ㄓㄤ　麠ㄐㄧㄥ　麃ㄅㄧㄠ　麈ㄓㄨˇ

或字

麋　鹿屬。从鹿米聲。武悲切十五部麋冬至解角。月令仲冬日短至麋角解夏小正十有一月隕麋角

麎　牝麋也。釋獸曰麋牡麔牝麎吉日其祁孔有箋云祁當作麎麎麋牝也大司馬注鄭司農曰五歲爲慎後鄭云慎讀爲麎麋牝曰麎按麎在漢時必讀與祁音同故後鄭得定詩之祁爲麎字林麎讀上尸反徐音同沈市尸反皆本古說也爾雅音義引字林上尸反宋本不誤俗改爲上刃反蓋古書之難讀如此从鹿辰聲。植鄰切十三部

麔　麋牡者。見釋獸从鹿咎聲。其久切三部

𪊲　大麋也。麋各本誤麇今正釋獸曰麐大麕旄毛狗足郭云旄毛者獵長也山海經注曰麂似麞而大猥毛狗腳狗足。从鹿旨聲。居履切十五部

麂　或从几。几聲中山經如此作

麇　麞也。釋獸曰麕牡麌牝麜其子麆許書皆無其字蓋麌麜皆後人所箸也从鹿囷省聲。蓋小篆省囷爲禾也居筠切古音在十三部

麕　籒文不省。今詩如此作

麞　麋屬也。伏侯古今注曰麞有牙而不能噬考工記續人山以章鄭云章讀爲獐獐山物也齊人謂麇爲獐陸機詩疏云麐麞也青州人謂之麞按麐異於麇者無角从鹿章聲。諸良切十部

麠　大麃也。牛尾一角。麠各本作鹿誤今正釋獸云麠大麃牛尾一角許所本也史武帝紀漢郊祀志皆曰郊雍獲一角獸若麃然武帝所獲正是麠蓋麃似麠無角大麃有一角則謂之麠當時有司因一角附會爲麟也从鹿畺聲。舉卿切古音在十部

麖　或从京。蜀都吳都二賦如此作此與鱷或从京正同

麃　麞屬。鉉本作麃屬鍇本作麞屬今依韵會本麃者麞屬也麞者麋屬也韋昭曰楚人謂麋爲麃蓋麃似麞而無角陸機詩疏曰四足之美有麃兩足之美有鵽从鹿𤐫省聲。薄交切二部詩鄭風駟介麃麃傳云武兒蓋麃麃之叚借字也

麈　麋屬。說文自麋至麈皆說麋屬乾隆三十一年　純皇帝目驗御園麈角於冬至皆解而麋角不解敕改時憲書麋角解之麋爲麈臣因知今所謂麈正古所謂麋也吳都賦注云旄麈有尾故鄭

麌麛麉麒麐麋麎麔𪊲麂麇麕麞麠麖麃麈

麑ㄋㄧˊ 麙ㄧㄢˊ 麢ㄌㄧㄥˊ 麈ㄍㄨㄟ 麝ㄕㄜˋ 麌ㄩˊ 麗ㄌㄧˋ

丽。 𠀀。

之从鹿畺聲。居良切古音在四部 麑狻麑獸也。釋獸曰狻麑如虦貓食虎豹 从鹿兒聲。五雞切十六部按此篆與犬部狻篆疑皆後人所增 麙山羊而大者細角。此七字文理不順疑有誤當作山羊而大角者 从鹿咸聲。胡毚切七部按釋獸說麙與此絕異 麢大羊而細角。釋獸曰麢大羊山海經作麢本艸作羚羊 从鹿靁聲。郎丁切十一部 麈鹿屬从鹿圭聲。古攜切十六部 麝如小麇臍有香。釋獸曰麝父麕足郭云腳似麞 从鹿䠶聲。神夜切古音在五部 麌侶鹿而大。楊雄蜀都賦麌麌鹿麝 从鹿吳聲。羊茹切五部 麗旅行也。此麗之本義其字本作丽旅行之象也後乃加鹿耳周禮麗馬一圉八麗一師注曰麗耦也禮之儷皮左傳之伉儷說文之儷駕皆其義也兩相附則爲麗易曰離麗也日月麗乎天百穀艸木麗乎土是其義也麗則有耦可觀叒部曰麗爾猶靡麗也是其義也兩而介其間亦曰麗離封之一陰麗二陽是也 鹿之性見食急則必旅行。此說从鹿之意也見食急而猶必旅行者義也小雅呦呦鹿鳴食野之苹傳曰鹿得蓱呦呦然鳴而相呼懇誠發乎中以與嘉樂賓客當有懇誠相招呼以成禮也北史裴安祖聞講鹿鳴而兄弟同食古文祇作丽後乃加鹿之意如是 从鹿丽。各本丽下有聲字今正从鹿五經文字作从鹿省蓋張氏所據如是故隸書多作麗少一畫郎計切十五部 禮麗皮納聘。蓋鹿皮也。聘禮曰上介奉幣儷皮士冠禮主人酬賓束帛儷皮儷卽麗之俗鄭注儷皮兩鹿皮也鄭意麗爲兩許意麗爲鹿其意實相通 丽古文。士冠注曰古文麗爲䍦 𠀀篆文麗字。古本皆作篆文毛刻作籀文集韻類篇曰古作丽丽玉篇又乖異不同廣韻則麗丽各字疑丽者古文麗者籀文丽者小篆也然小篆多用麗爲形聲

文二十六 𪊽今刪 重六

十篇上

按此部各本麢下麐上有𪊽篆云鹿迹也从鹿速聲桑谷切無論橫亙令上下二篆不相接釋獸曰麇其跡𪊽鹿其迹速又作𪊽麇其迹解兔其迹迒廣雅總之曰𪊽踈解亢迹也疎曹憲匹迹反是可以證古爾雅之作速不作速卽加鹿亦當作𪊽不从速辵部曰速籀文迹速無妨專爲鹿迹之名卽作𪊽亦必匹迹切在十六部不得从速桑谷切在三部也許書有𪊽篆必是後人據誤本爾雅所羼入今刪正集韻踈或迹字資昔切

又按麒麟作麒麐而麟爲別一字求之古文往往不合麐爲牝麒何以經傳不評麒但評麟且又何不言牡曰麒也鳥部以鳳居首此亦當鹿篆之下出麒篆解云麒麟仁獸也麇身牛尾一角从鹿其聲又出麟篆解云麒麟也从鹿粦聲一曰麟大牡鹿也又出麐篆解云或从吝聲以下乃次麤篆乃合今本恐非古本耳改𪊽篆爲𪋻篆次於麗篆之下解云鹿迹也从鹿速速籀文迹乃合

麤ㄘㄨ 塵ㄔㄣˊ 𪋻。 㲋ㄔㄨㄛˋ

麤行超遠也。鹿善驚躍故从三鹿引伸之爲鹵莽之偁篇韵云不精也大也疏也皆今義也俗作鹿今人槩用粗粗行而麤廢矣粗音徂古切 从三鹿。三鹿齊跳行超遠之意字統云警防也鹿之性相背而食慮人獸之害也故从三鹿楊氏與許乖異如此倉胡切五部 凡麤之屬皆从麤。

塵鹿行揚土也。羣行則揚土甚引伸爲凡揚土之偁土部曰埃塵也塺塵也坋塵也釋詁塵久也卽桑柔傳之塡久也東山傳烝寘也箋云古者聲寘塡塵同也又甫田傳曰尊者食新農夫食陳按寘塡塵陳四字同音皆訓久當是塡爲正字塡者寘也寘則安定寘鎭與塡同塵陳皆段借字也 从麤土。不入土部者重麤也直珍切十二部 𪋻籀文。揚土上散故从二土在上

文二 重一

㲋㲋獸也。㲋字今補三字句 侶兔青色而大。中山經綸山其獸多閭麈麢㲋郭注

十篇上

㲋。毚ㄔㄢ ⿱㲋吾ㄒㄧㄝ ⿱㲋夬ㄐㄩㄝ 兔ㄊㄨ 逸ㄧ 冤ㄩㄢ 娩ㄈㄢ ⿱兔⿰兔兔ㄈㄨ

㲋似兔而鹿脚青色音綽按㲋乃㲋之俗體耳集韵別為兩字非也象形。頭與兔同。足與鹿同。合二形為一形也丑略切按言部曰訬讀若㲋則古音在二部凡㲋之屬皆从㲋。籒文。

狡兔也。小雅巧言傳曰毚兔狡兔也按狡者少壯之意兔之駿者。駿者良才者也从㲋兔。兔之大者則為㲋之類士咸切八部

獸名。从㲋吾聲。讀若寫。司夜切古音在五部

⿱㲋夬獸也。三字句侣狌狌。曲禮曰狌狌能言不離禽獸諸家說狌狌如狗聲如小兒啼其字亦作猩猩玉篇廣韵皆曰⿱㲋夬似貍疑似狌狌三字當作似貍二字从㲋夬聲。古穴切十五部

文四 重一

兔獸也。各本作獸名今正三字句象兔踞。兔字今補踞俗字也當作居後其尾形。其字象兔之蹲後露其尾之形也湯故切五部俗作菟兔頭與㲋頭同。凡兔之屬皆从兔。

十篇上 畫

失也。此以疊韵為訓亡逸者本義也引伸之為逸游為暇逸从辵兔。會意夷質切十二部兔謾訑善逃也。說从辵兔之意謾訑皆欺也謾音蠻訑言部作詑音大和切兔善逃故从兔辵猶隹善飛故奪从手持隹而失之皆亡逸之意

屈也。屈不伸也古亦叚宛為冤从冂兔。會意冂音莫狄切覆也於袁切十四部兔在冂下不得走。益屈折也。枉曲之意取此

兔子也。釋獸曰兔子娩本或作嬎按女部曰嬎生子齊均也此云娩兔子也則二字義別矣郭云俗評曰㝃娩疾也。此上當有一曰二字从女兔。芳萬切十四部按爾雅音義匹萬反又匹附反恐當前一音為是後一音非

疾也。玉篇廣韵皆曰急疾也今作趕少儀曰毋拔來毋報往注云報讀為赴疾之赴拔赴皆疾也按赴趕皆⿱兔⿰兔兔字今字⿱兔⿰兔兔趕皆廢矣从三兔。與三馬三鹿三犬三羊三魚取

毚⿱㲋吾⿱㲋夬兔逸冤娩⿱兔⿰兔兔免莧犬狗獀

免ㄇㄧㄢ 莧ㄏㄨㄢ 犬ㄑㄩㄢ 狗ㄍㄡ 獀ㄙㄡ

意同兔善走三之則更疾矣芳遇切古音葢在三部闕。此闕謂闕其讀若也然其音固傳矣

兔逸也。从兔不見足。會意。許書失此字而形聲多用為偏旁不可闕也今補免兔之異異於其足能鹿㲋从比鳥兔从匕兔象其蹲居之形有足有尾其字當橫視之兔之走最迅速其足不可諟見故免省一畫兔不見獲於人則謂之免孫子云始如處女敵人開戶後如脫兔敵不及拒是也此二字之別也引伸之凡逃逸者皆謂之免假借為袒免為免⿱免廾依毛詩與酒韵古音在十三部轉入十四部也今音忙辨切錢氏大昕云兔免當是一字漢人作絻誤分之似未然俛从免自是會意

文五 今補免篆則為文六

山羊細角者。从兔足。从苜聲。苜部下曰从丫从目莧从苜胡官切十四部苜在十五部合音取近俗作羱凡莧之屬皆从莧。讀若丸。寬字从此。寬用爲聲

十篇上 美

文一

狗之有縣蹏者也。有縣蹏謂之犬叩氣吠謂之狗皆於音得義此與後蹄廢謂之彘三毛聚居謂之豬蝸尾謂之豕同明一物異名之所由也莊子曰狗非犬司馬彪曰同實異名夫異名必由實異君子必貴游藝也象形。苦泫切十四部孔子曰。視犬之字如畫狗也。又曰牛羊之字以形聲今牛羊犬小篆即孔子時古文也觀孔子言犬即狗矣渾言之也凡犬之屬皆从犬。

孔子曰。狗叩也。叩气吠以守。吠以當作以吠許書有扣無叩扣訓牽馬也疑古本有叩字而許逸之叩屬也从卩口聲叩气者出其气也一說叩即敂之俗敂者擊也凡以此擊彼皆曰敂犬敂气吠亦是以內禦外鴻範五行傳注曰犬畜之以口吠守者也屬言按釋獸云未成豪狗與馬二歲曰駒熊虎之子曰狗同義皆謂稚也从犬句聲。古厚切四部

南越名犬獿獀也。獿獀疊韵

尨狡獶猲獢獫⿰犭主猈猗狊⿰犭音默猝猩㺌獥猥獿⿰犭翏⿰犭參獎⿰犭戔狦狠

尨 狡 獶 猲 獢 獫 ⿰犭主 猈 猗

字南越人名犬如是今江浙尚有此語从犬叜聲。所鳩切三部

尨犬之多毛者。釋獸毛傳皆曰尨狗也此渾言之許就字分別言之也引伸爲襍亂之偁小戎箋曰蒙尨是也牛白黑襍毛曰牻襍語曰哤皆取以會意从犬彡。會意彡以言其多毛也莫江切九部詩曰。無使尨也吠。召南野有死麇文

狡少犬也。犬各本作狗今依急就篇注事類賦注作犬淮南俶眞訓狡狗之死也割之有濡高注狡少也引伸爲狂也滑也疾也健也从犬交聲。古巧切二部匈奴地有狡犬。巨口而黑身。周書王會解匈奴以狡犬狡犬者巨身四尺果顏注急就篇曰狡犬匈奴中大犬也巨口而赤身

獶犬惡毛也。爾雅旄毛郭云獶長也从犬農聲。奴刀切古音在九部乃容反

猲猲獢。各本奪此二字今依全書通例補雙聲字也短喙犬也。見釋畜毛詩傳从犬曷聲。許謁切十五部毛詩作歇爾雅又作獦今爾雅釋文作獦乃轉寫譌字也詩釋文曰說文音火遏反詩曰。載獫猲獢。秦風四驖文爾雅曰。短喙犬謂之猲獢。釋畜文此引詩又引爾雅可以證不楳不來也驕犯驕犯也二條皆有譌奪

獢猲獢也。从犬喬聲。許驕切二部毛詩又作驕

獫長喙犬也。見釋畜毛詩傳一曰黑犬黃頭。別一義从犬僉聲。虛檢切七部詩釋文引說文力劒反

⿰犭主黃犬黑頭。廣雅說犬屬有⿰犭主从犬主聲。讀若注。之戍切古音在四部

猈短脛犬。犬舊作狗今正說解中例云犬也猈之言卑也言矲猎也从犬卑聲。薄蟹切十六部

猗犗犬也。犬曰猗如馬曰騬牛曰犗羊曰羠言之不妨通互耳有用爲歎辭者齊風傳曰猗嗟歎辭商頌傳曰猗歎辭是也衛風傳曰猗猗美盛皃檜風傳曰猗儺柔順也節南山傳曰猗長也皆以音叚借也有叚爲兮字者魏風淸且漣猗淸且直猗淸且淪猗是也有叚爲加字者小雅猗于畝丘是也有叚爲倚字者小雅有實其猗是也从犬奇聲。於离切古音在十七部

狊 ⿰犭音 默 猝 猩 㺌 獥 猥 獿 ⿰犭翏 ⿰犭參 獎 ⿰犭戔 狦 狠

狊犬視皃。从犬目。古闃切古十六部按爾雅須屬鳥曰狊此謂鳥振其毛羽如犬張目也鼻播須狊皆謂須眉髮巤之而毛奮之鼓動也故渠之曰須屬

⿰犭音竇中犬聲。犬鳴竇中聲⿰犭音⿰犭音然也从犬音。音亦聲。乙咸切七部

默犬暫逐人也。叚借爲人靜穆之偁亦作嘿从犬黑聲。讀若墨。莫北切一部

猝犬从艸暴出逐人也。叚借爲凡猝乍之偁古多叚卒字爲之从犬卒聲。麤沒切十五部

猩猩猩犬吠聲。遠聞犬吠聲猩猩然也从犬星聲。桑經切十一部按禮記爾雅皆有猩猩記曰猩猩能言猩猩亦作狌狌許不錄狌字猩字下亦不言獸名豈以形作如犬因之得名故與

㺌犬吠不止也。从犬兼聲。讀若檻。胡黯切七部一曰兩犬爭也。於兼犬取意

獥小犬吠。从犬敫聲。荒檻切八部南陽新野有獥鄉。野各本作亭今正南陽郡新野縣見地理志郡國志今河南南陽府新野縣南有漢新野故城

猥犬吠聲。此本義也廣韵曰鄙也今義也从犬畏聲。烏賄切十五部

獿獿。逗此複舉字之未刪者獿也。又部夒今作獿作猱獿則別一字別一義从犬夒聲。女交切古音在三部

⿰犭翏犬⿰犭翏⿰犭翏咳吠也。廣雅曰擾也从犬翏聲。火包切古音在三部

⿰犭參犬容頭進也。也當作皃漢書曰容頭過身从犬參聲。山檻切七部按此字集韵類篇皆云疏犄切犬容頭進皃不言出說文小徐無此篆一曰賊疾也。賊疾疑有誤

獎嗾犬厲之也。口部曰嗾使犬聲也厲之猶勉之也引伸爲凡勸勉之偁方言曰自關而西秦晉之閒相勸曰獎或曰獎中心不欲而由旁人之勸語亦曰獎凡相被飾亦曰獎从犬將省聲。即兩切十部俗作獎

⿰犭戔犬齧也。犬字今補从犬戔聲。初版切十四部

狦惡健犬也。廣雅曰狠也从犬刪省聲。所晏切十四部廣韵又平聲

狠犬鬥

⿰犭番 ㄈㄢˊ　狋 ㄧˊ　⿰犭斤 ㄧㄣˊ　獡 ㄕㄨㄛˋ　獷 ㄍㄨㄤˇ　狀 ㄓㄨㄤˋ　奘 ㄗㄤˋ　獒 ㄠˊ　獳 ㄋㄡˋ　狧 ㄊㄚˋ

聲。犬各本作吠今依宋本及集韵正門各本作鬭今正今俗用狠爲很許書很狠義別从犬艮聲。五還切古音在十三部

⿰犭番犬門聲。門字今正从犬番聲。附袁切十四部

狋犬怒兒。漢書東方朔傳曰狋吽牙者兩犬爭也从犬示聲。漢書五伊反玉篇魚饑切十五部大徐語其切非也一曰犬難附。附各本譌得今依集韵類篇正附猶近也代郡有狋氏縣。地理志郡國志同孟康曰狋音權氏音精讀又若銀。上文云示聲則在脂微而又讀入文眞部或曰當作讀若銀在下文从犬斤聲之下

⿰犭斤犬吠聲。九辨猛犬狺狺而迎吠王注謚倭虛呼而在側也狺即⿰犭斤字从犬斤聲。語斤切十三部

獡犬獡獡不附人也。良犬宋獡以此得名亦作猎作捉从犬舄聲。南楚謂相驚曰獡。方言曰獡驚也宋衛南楚凡相驚曰獡或曰透透式六反讀若愬。式略切五部古愬讀如謝

獷犬獷獷不可附也。呂氏春秋荆文王得茹黃之狗說苑作如黃廣雅犬屬有楚黃廣韵作楚獷經典釋文作楚獷寶一字也引伸爲凡麤惡兒之偁漢書曰獷獷亡秦从犬廣聲。古猛切古音在十部漁陽有獷平縣。地理志郡國志同服虔曰音鞏

狀犬形也。引伸爲形狀如類之引伸爲同類也从犬爿聲。鉏亮切十部

奘妄彊犬也。从犬从壯壯亦聲。徂朗切十部

獒犬知人心可使者。知一作如公羊傳曰靈公有周狗謂之獒何注周狗可以比周之狗所指如意者按周狗爾雅注及博物志或譌作害狗不可爲據也釋嘼曰犬高四尺曰獒从犬敖聲。五牢切二部春秋傳曰公嗾夫獒。

獳怒犬兒。宣六年左傳文从犬需聲。讀若槈。奴豆切又乃侯切四部或作獿者譌字也

狧犬食也。爾雅牛曰齝羊曰齥麋鹿曰齸鳥曰嗉寓鼠曰嗛當補之曰犬曰狧犬食主舌他物主喉也漢吳王濞傳曰狧穅及米史記作舐舐見舌部以舌取食也食爾反狧讀如荅與字異音而同義顏注云狧古舐字乃大誤从犬舌聲。小徐衍聲字讀如比目魚鰈之鰈。魚部不收鰈字而此有之爾雅鰈本或作鰨蓋許書鰨即鰈也他合切八部亦作猪

狎 ㄒㄧㄚˊ　狃 ㄋㄧㄡˇ　獪 ㄎㄨㄞˋ　犯 ㄈㄢˋ　猜 ㄘㄞ　猛 ㄇㄥˇ　犺 ㄎㄤˋ　⿰犭去 ㄑㄧㄝˋ　怯。　獜 ㄌㄧㄣˊ　獧 ㄐㄩㄢˋ　倏 ㄕㄨˋ　狟 ㄏㄨㄢˊ

狎犬可習也。引伸爲凡相習之偁古段甲爲之衛風傳曰甲狎也此言段借也从犬甲聲。胡甲切八部

狃犬性忕也。忕大徐作驕非忕習也余制切心部作愧習也愧即忕之譌也狃本謂犬性之忕引伸段借爲凡忕習之偁鄭風傳曰狃習也國語韋注左傳杜注皆曰狃忕也从犬丑聲。女久切三部

獪狡獪也。从犬會聲。方言劋蹶獪也秦晉之間曰獪楚謂之劋或曰蹶楚鄭曰蔿或曰姡又曰央亡嚜尿姡獪也又曰屛怔獪也郭云獪古狡狤字从犬會聲。古外切十五部按此篆蓋本謂犬段借之言人大徐本在狡獟二篆間非是今依小徐及玉篇次於此

犯侵也。本謂犬段借之謂人从犬巳聲。防險切七部

猜恨賊也。本謂犬段借之謂人从犬青聲。倉才切古在十一部

猛健犬也。段借爲凡健之偁从犬孟聲。莫杏切古音在十部

犺健犬也。本謂犬引伸謂人廣韵曰猰犺不順从犬亢聲。苦浪切十部

⿰犭去多畏也。本謂犬段借謂人从犬去聲。去劫切古音蓋在五部

怯杜林說⿰犭去从心。今字皆用伯山說也

獜健也。廣韵引犬健也今本奪犬字从犬粦聲。力珍切十二部詩曰盧獜獜。齊風文毛詩作令令纓環聲許蓋取三家詩也

獧疾跳也。跳者躍也一曰急也。獧狷古今字今論語作狷孟子作獧是也論語曰狂者進取狷者有所不爲也大徐別增狷篆非从犬睘聲。古縣切十四部

倏犬走疾也。依韵會本訂引伸爲凡忽然之詞或段儵字爲之从犬攸聲。讀若叔。式竹切三部

狟犬行也。廣韵作大犬也从犬亘聲。胡官切十四部周書曰尚狟狟。牧誓文今作桓桓許用孔壁中古文也釋訓曰桓桓威也魯頌傳曰桓桓威武兒然則狟狟者桓桓之段借字此亦

犻⿰犭易⿰來犬犮戾獨⿰犭谷獮獵獠狩臭獲獘獻

以敢爲好以奭爲螫以塱爲疾以圖爲繹之例

犻 過弗取也。此有誤字玉篇但云犬過廣韵但云犬過拂取疑當合之曰犬過拂取 从犬朮聲。讀若孛。蒲沒切十五部篇韵皆步內切

⿰犭易 犬張耳皃。从犬易聲。陟革切十六部

⿰來犬 犬張齗怒也。齗齒本也 从犬來聲。此从犬來會意聲字衍當刪 讀又若銀。又字衍魚僅切古音在十二部

犮 犬走皃。依篇韵訂 从犬而丿之。曳其足則剌犮也。丿余制切抴也抴引也剌犮行皃剌音辣犮與癶音義同癶下曰足剌癶也蒲撥切十五部

戾 曲也。了戾乖戾很戾皆其義也引伸之訓爲罪見釋詁詩毛傳又訓爲至訓爲來訓爲止訓爲待訓爲定皆見釋詁毛傳皆於曲引伸之曲必有所至故其引伸如是釋言曰疑休戾也 从犬出戶下。會意郎計切十五部 犬出戶下爲戾者身曲戾也。各本少犬出戶下爲五字今補正戶下猶戶閾戶之下必有閾閾高則犬出必曲身又或戶闔犬擠出亦必偏曲其身此說戾字會意本義叚借用廣而本義廢矣

獨 犬相得而鬥也。鬥各本作鬬今正凡爭鬥字許作鬥鬬者遇也其義各殊今人乃謂鬬正鬥俗非也其 从犬蜀聲。徒谷切三部 羊爲羣犬爲獨。犬好鬥好鬥則獨而不羣引伸叚借之爲專壹之偁小雅正月傳曰獨單也孟子曰老而無子曰獨周禮大司寇注曰無子孫曰獨中庸大學皆曰愼其獨戾獨等字皆叚借義行而本義廢矣 一曰北嚻山有獨⿰犭谷獸如虎。白身豕鬣尾如馬。山海經北山經曰北嚻之山有獸焉其狀如虎而白身犬首馬尾彘鬣名曰獨⿰犭谷郭圖讚亦云虎狀馬尾號曰獨⿰犭谷

⿰犭谷 獨⿰犭谷獸也。从犬谷聲。此篆上文言獨⿰犭谷而終之依全書之例則當次於獲以下余蜀切三部郭音谷

獮 秋田也。釋天曰秋獵爲獮鄭君韋昭薛綜杜預皆曰獮殺也釋獮爲殺者以疊韵爲訓古音獮與壐同也若明堂位叚省爲獮取其雙聲耳 从犬取殺獵獮獮之意 壐聲。各本篆作壐云壐聲非是依左傳釋文正此从小篆文非从獮文也息淺切古音在十五部

禰 獮或从示。宗廟之田也。故从豕示。此篆文及解疑皆有譌不能遽定姑仍其舊

獵 放獵逐禽也。放小徐作畋畋平田也非許義韵會作效效疑校之譌校獵見吳都賦蓋卽孟子之獵較也校獵二字逗以逐禽釋之蔡邕月令章句曰獵捷也白虎通曰四時之田總名爲獵毛詩不狩不獵箋云冬獵曰狩宵田曰獵此因經文重言而分別之也引伸爲凌獵爲捷獵 从犬巤聲。良涉切八部

獠 獵也。許渾言之釋天析言之曰宵田爲獠管子四稱篇獠獵畢弋 从犬尞聲。力照切二部

狩 火田也。火各本作犬不可通今依韵會正釋天曰冬獵爲狩周禮左傳公羊穀梁夏小正傳毛詩傳皆同又釋天曰火田爲狩許不偁冬獵而偁火田者火田必於冬王制曰昆蟲未蟄不以火田故言火以該冬也孟子曰天子適諸侯曰巡狩巡狩者巡所守也此謂六書叚借以守爲狩有叚守爲狩者如明夷于南狩天王狩于河陽皆或作守是也 从犬守聲。書究切三部 易曰。明夷于南狩。明夷九三爻辭

臭 禽走臭而知其迹者犬也。走臭猶言逐氣犬能行路蹤迹前犬之所至於其气知之也故其字从犬自自者鼻也引伸叚借爲凡气息芳臭之偁 从犬自。尺救切三部

獲 獵所獲也。故从犬引伸爲凡得之偁 从犬蒦聲。胡伯切古音在五部

獘 頓仆也。人部曰仆者頓也謂前覆也人前仆若頓首然故曰頓仆 从犬敝聲。毗祭切十五部 春秋傳曰。與犬犬獘。僖四年左傳文引此證从犬之意也獘本因犬仆製字叚借爲凡仆之偁俗又引伸爲利弊字遂改其字作獘訓困也惡也此與改獘爲斃正同

斃 或从死。經書頓仆皆作此字如左傳斃於車中與一人俱斃是也今左傳犬獘亦作犬斃蓋許時經書斃多作獘

獻 宗廟犬名羹獻。犬肥者以獻。此說从犬之意也曲禮曰凡祭宗廟之禮犬曰羹獻按羹之言良也獻本祭祀奉犬牲之偁引伸之爲凡薦進之偁按論語鄭注曰獻猶賢也獻得訓賢者周

犴ㄧㄢˋ 獟ㄧㄠˋ 狾ㄓˋ 狂ㄎㄨㄤˊ 㤮 類ㄌㄟˋ 狄ㄉㄧˊ

禮注獻讀爲儀是以伏生尚書民儀有十夫古文尚書作民獻咎繇謨古文萬邦黎獻漢孔宙碑費鳳碑斥彰長田君碑皆用黎儀字皆用伏生尚書也班固北征頌亦用民儀字从犬鬳聲。許建切十四部犴獟犬也。从犬幵聲。五甸切十四部一曰逐虎犬也。廣韵曰逐獸犬蓋唐人避諱改獟犴犬也。二篆爲轉注从犬堯聲。五弔切二部狾狂犬也。左傳哀十二年國狗之瘈無不噬也杜云瘈狂也按今左傳作瘈非古也許所見作狾从犬𣂔聲。𣂔各本作折篆體亦誤今正征例切十五部春秋傳曰。狾犬入華臣氏之門。襄十七年左傳曰國人逐瘈狗瘈狗入于華臣氏無之門二字漢五行志作狾狂狾犬也。二篆爲轉注段借之爲人病之偁从犬㞷聲。巨王切十部㤮古文从心。按此字當从古文作小篆變爲从犬非也類種類相佀唯犬爲甚。說从犬之意也類本謂犬相佀引伸段借爲凡相佀之偁釋詁毛傳皆曰類善也釋類爲善猶釋不肖爲不善也左傳刑之頗類段類爲纇从犬頪聲。廣韵引無聲字按此當云頪亦聲頪難曉也力遂切十五部狄北狄也。北各本作赤誤今正赤狄乃錯居中國狄之一種耳許書蠻部曰南蠻曰東南閩越大部曰東方夷羊部曰西方羌豸部曰北方貉則此必言北狄狄與貉皆在北而貉在東北狄在正北釋地曰九夷八狄七戎六蠻謂之四海八蠻在南方六戎在西方五狄在北方李巡云五狄者一曰月支二曰穢貊三曰匈奴四曰單于五曰白屋王制明堂位皆言東夷南蠻西戎北狄本犬種。此與蠻閩本虫種貉本豸種羌本羊種一例狄之爲言淫辟也。此與孔子曰貉之言貉貉惡也一例蠻與貉辟與狄皆疊韵爲訓風俗通云狄父子嫂叔同穴無別狄者辟也其行邪辟其類有五按辟者今之僻字从犬亦省聲。徒歷切十六部按亦當作朿李陽冰云蔡中郎以豐同豐李丞相持朿作亦所謂持朿作亦者指逖狄二字言逖籀文作逷狄之古文籀文亦必作⿰犭朿是以詩瞻卬狄與刺韵屈原九歎狄與積擊策蹟

狻ㄙㄨㄢ 玃ㄐㄩㄝˊ 猶ㄧㄡˊ 狙ㄐㄩ

適蹟益韵古音在十六部也若从亦聲則古音在五部而非其韵然自李斯變古籀爲篆文其形已誤而其聲至今不誤聖人諭書名之澤長矣狻狻麑。逗如虦苗食虎豹。苗各本作貓今依虎部正虦苗謂淺毛也釋獸曰虎竊毛謂之虦苗狻麑如虦苗食虎豹許所本也於此詳之故麑部麑下祇云狻麑也全書之例如此凡合二字成文者其義詳於上字同部異部皆然从犬非犬而从犬者猶或行或飛或毛或蠃或介或鱗皆从虫也以下同夋聲。素官切十四部見爾雅。玃大母猴也。大各本無今依爾雅釋文元應書廣韵補釋獸曰玃父善顧郭云貑玃也似獼猴而大色蒼黑能攫持人善顧盼按張揖注上林賦曰玃似獼猴而大善攫持人好顧盼。七字依元應補攫俗作玃誤从犬矍聲。俱縛切五部爾雅曰。玃父善顧。各本此下有攫持人也四字正由上奪而衍於此今刪猶玃屬。釋獸曰猶如麂善登木許所說謂此也曲禮曰使民決嫌疑定猶豫正義云說文猶玃屬豫象屬此二獸皆進退多疑人多疑惑者似之故謂之猶豫按古有以聲不以義者如猶豫雙聲亦作猶與亦作冘豫皆遲疑之皃老子豫兮如冬涉川猶兮若畏四鄰離騷心猶豫而狐疑以猶豫二字皃其狐疑耳李善注洛神賦乃以猶獸多豫狐獸多疑對說王逸注離騷絕不如此禮記正義則又以猶與豫二獸對說皆郢書燕說也如九歌君不行兮夷猶王逸即以猶豫解之要亦是雙聲字春秋經猶三望猶朝于廟猶釋今謂可巳而不巳者曰猶即猶豫猶夷之意也釋詁曰猷謀也釋言曰猷圖也召南傳曰猶若也說文圖者畫也計難也謀者慮難也圖謀必酷肖其事而後有濟故圖也謀也若也爲一義周禮以猶鬼神示之居猶者圖畫也是則皆從遲疑鄭重之意引伸之魏風毛傳猷可也可之義與庶幾相近庶幾與今語猶者相近也釋詁又曰猷道也以與由音同秩秩大猷漢書作大繇可證釋詁又云猷巳也謂巳然之詞亦即猶三望之類也从犬酋聲。以周切三部今字分猷謀字犬在右語助字犬在左經典絕無此例一曰隴西謂犬子爲猶。此別一義益證从犬之意狙玃屬。

犴獟狾狂類狄狻玃猶狙

十篇上　犬

猴ㄏㄡˊ　㺃ㄍㄡˋ

莊子狙公賦芧司馬彪云狙一名獦牂似猨而狗頭喜與雌猴交崔譔向秀謂之猵狙釋文狙七餘反从犬且聲。親去切五部按親去切非也本七餘切自假借爲覰字而後讀去聲周禮蜡氏注狙司卽覰伺也倉頡篇曰狙伺候也史漢狙擊秦皇帝伏虔應劭徐廣皆曰狙伺也方言自關而西曰索或曰狙郭注云狙伺也此皆千恕切一曰犬暫齧人者。犬下各本有也字今依李善劇秦美新注删李云且餘反一曰犬不齧人者。此亦當且餘反

猴夒也。夒上當有母猴二字夒下曰獸也一名母猴爲下曰母猴也玃下曰大母猴也禺下曰母猴屬也穀下曰食母猴母猴乃此獸名非謂牝者沐猴獼猴皆語之轉字之譌也陸佃據柳子厚之言曰蝯靜而猴躁其性迥殊按許書亦猴與蝯別析言之也若蝯下曰禺屬禺下曰母猴屬毛傳曰猱猿屬猱卽說文之夒字是二者可相爲屬而非一物也爾雅曰猱蝯善援謂二者一類从犬侯聲。乎溝切四部

㺃犬屬。疑犬屬之上當有穀玃二字淺人妄删之詳於此故豸部但曰穀玃也腎巳上黃腎巳下黑。食母猴。上林賦郭樸注同此而腰以前黃腰以後黑奪去四字當校補南都賦注李善引說文按史漢文選之上林賦文選之南都廣韵一屋說此物皆作穀从豕廣韵十八藥又引說文殺玃作穀玃尋許書穀爲小豚非一物一字也將由寫者亂之从犬穀聲。讀若構。火屋切三部

狼ㄌㄤˊ　狛ㄆㄛˋ　獌ㄨㄢˋ

狼似犬。銳頭白頰。高前廣後。詳其狀可識別也毛傳曰狼獸名釋獸曰狼牡貛許謂貛卽猯从犬良聲。魯當切十部

狛如狼。善驅羊。从犬白聲。讀若蘗。當言柏今人黃蘗字作黃柏正雙聲之轉也甯嚴讀之若淺泊。甯嚴蓋博訪通人之一也洦淺水皃見水部俗作泊非也古音傍各切狛大徐匹各切玉篇白駕切廣韵作吠亦白駕切古音在五部

獌狼屬。从犬曼聲。舞販切十四部爾雅曰。貙獌佀貍。釋獸曰貙佀貍郭云今貙虎也大如狗文似貍釋獸又曰貙獌似貍郭云今山民呼貙虎之大者爲貙豻按郭語則二條一物也故許貙下獌下皆偁貙獌似貍郭注子虛賦云蟃蜒大獸似貍長百尋則以西京賦巨獸百尋者批而一之恐附會矣

狐ㄏㄨˊ　獺ㄊㄚˋ　猵ㄅㄧㄢ　獱。　猋ㄅㄧㄠ

狐祆獸也。鬼所乘之。爾雅音義無之字有三德。其色中和。小前大後。廣韵作豐後死則丘首。音義廣韵皆作首丘謂之三德。御覽有此四字从犬瓜聲。戶吳切五部

獺水狗也。小徐作小狗大徐作如小狗今依廣韵訂食魚。大徐上有水居二字乃上文作如小狗因妄增从犬賴聲。他達切十五部

猵獺屬。楊雄蜀都賦作猵羽獵賦江賦作獱郭樸三蒼解詁云獱似狐青色居水中食魚从犬扁聲。布玄切十二部按易翩與鄉韵服虔獱音賓李善獱音頻古扁聲賓聲同在十二部也今韵乃猵入先獱入眞矣

獱或从賓。

猋犬走皃。引伸爲凡走之偁九歌猋遠舉兮雲中王注猋去疾皃爾雅扶搖謂之猋作此字从三犬。此與驫麤蟲同意甫遙切二部

文八十三　重五

㹜ㄧㄣˊ　獄ㄙ　獄ㄩˋ

㹜网犬相齧也。网各本作兩今正从二犬。義見於形也語斤切十三部凡㹜之屬皆从㹜。

獄司空也。此空字衍司者今之伺字以司釋獄以疊韵爲訓也許書無伺字以司爲之玉篇獄注云察也今作伺覗按希馮直以獄爲伺覗之古字蓋用許說也其字从㹜蓋謂兩犬吠守伺察之意从㹜臣聲。息茲切一部司事者必臣動有言形聲中有會意后司字亦从口也復說獄司空。此句上有奪字某復者姓名也某復說獄司空曰獄別一義也周禮司救役諸司空注如漢法城旦春鬼薪白粲之類儒林列傳大后怒曰安得司空城旦書乎徐廣曰司空掌刑徒之官也如淳說都司空主罪人應劭漢官儀曰綏和元年罷御史大夫官法周制初置司空議者又以縣道官獄司空故覆加大爲大司空是則漢時有都司空有獄司空皆主罪人皆有治獄之責以其辡獄也故从㹜㹜者獄之省

獄确也。召南傳曰獄埆

鼠ㄕㄨˇ 鼸ㄈㄢˊ 𪕉ㄏㄜˊ 鼢ㄈㄣˊ 蚡。 鼭ㄆㄧㄥˊ 鼶ㄙ 𪕒ㄌㄧㄡˊ 鼫ㄕˊ

也㺇同㺇堅剛相持之意 从㹜从言。魚欲切三部 二犬所㠯守也。說从㹜之意韓詩曰宜犴宜獄鄉亭之繫曰犴朝廷曰獄獄字从㹜者取相爭之意許云所以守者謂陛牢拘罪之處也

文三

鼠 穴蟲之總名也。其類不同而皆謂之鼠引伸之爲病也見釋詁毛詩正月作癙雨無正作鼠貧、一字也 象形。上象首下象足尾書呂切五部 凡鼠之屬皆从鼠。

鼸 鼸鼠也。三字爲句各本皆刪一字淺人所爲也以下皆同廣雅謂之白鼸王氏念孫曰鼸之言皤也 从鼠番聲。讀若樊。附袁切十四部 或曰鼠婦。此別一義釋蟲曰蟠鼠負蟠卽鼸字負卽婦字今之瓮底蟲也虫部又云蛜威委黍委黍鼠婦也

𪕉 𪕉鼠出胡地皮可作裘。从鼠各聲。下各切五部

鼢 地中行鼠伯勞所化也。中字依爾雅釋文補化各本作作今依廣韵所引字林正釋獸有鼢鼠郭云地中行者陶隱居云鼢鼠一名隱鼠一名鼢鼠常穿耕地中討掘卽得蘇頌圖經曰卽化爲鴽者也按依許氏說百勞化田鼠而田鼠化鴽物類遞嬗有如斯矣方言謂之鼢鼠鼢卽犁字自其場起若耕言之則曰犁鼠 一曰偃鼠。此一曰猶一名也偃之言隱也俗作鼴莊子云鼴鼠飲河止於滿腹 从鼠分聲。房吻切十三部莊子釋文引說文籀音扶問反

蚡 或从虫分。周禮艸人墳壤用麋故書墳作蚠鄭司農云多蚠鼠也

鼭 鼭令鼠也。四字句令平聲鼭令疊韵字 从鼠平聲。薄經切十一部

鼶 鼶鼠也。三字句見小正九月 从鼠虒聲。息移切十六部

𪕒 竹鼠也。如犬。後世所謂竹𪕒也莊子作鼦又作貓 从鼠丣聲。各本作留省聲今正力求切三部

鼫 五技鼠也。能飛不能過屋。能緣不能窮木。能游不能渡谷。三句一韵 能穴不能掩身。能走不能先人。二句一韵 此

鼨ㄓㄨㄥ 鼤。 䶉ㄜˋ 貖。 鼷ㄒㄧ 鼩ㄑㄩˊ 鼸ㄑㄧㄢˇ 䶃ㄏㄢˊ 鼬ㄧㄡˋ 䶂ㄓㄨㄛˊ

之謂五技。五字依詩碩鼠正義補釋獸鼠屬有鼫鼠孫炎云五技鼠也舍人樊光同易晉九四晉如鼫鼠九家易以五技鼠釋之荀爽云梧鼠五技而窮詩魏風碩鼠碩鼠無食我黍鄭箋云碩大也不言五技是詩碩鼠非鼫鼠崔豹古今注乃云螻蛄一名鼫鼠有五能而不成技術此語殊誤螻蛄不妨名鼫鼠要不得云有五技也倘許謂螻蛄則此篆必次於部末如黽部之蠅鼀馬部之驘驢駒駼等字矣 从鼠石聲。常隻切古音在五部

鼨 豹文鼠也。釋獸曰鼨鼠豹文鼮鼠郭讀以豹文下屬云鼠文采如豹者漢武帝時得此鼠孝廉郎終軍知之賜絹百匹按文選注藝文類聚皆引竇氏家傳載此事系之光武時竇攸以豹文鼮鼠則同惟唐書盧若虛傳云時有獲異鼠者豹首虎聽大如拳職方辛怡諫謂之鼮鼠而賦之若虛曰非也此許愼所謂鼮鼠豹文而形小一坐盡驚玉裁謂他人讀爾雅皆豹文鼮鼠爲句終軍竇攸辛怡諫從之許讀爾雅鼨鼠豹文爲句盧若虛從之其是非就難定也許有鼨無鼮疑爾雅六字爲一物 从鼠冬聲。職戎切九部

𪕶 籀文省。冬古文終

䶉 鼠屬。从鼠益聲。於革切十六部

貖 或从豸作。

鼷 小鼠也。何休公羊傳注云鼷鼠鼠中之微者玉篇云有螫毒食人及鳥獸皆不痛今之甘口鼠也 从鼠奚聲。胡雞切十六部

鼩 精鼩鼠也。四字一句爾雅謂之鼩鼠郭注小鼱鼩也亦名鼷鼩漢書東方朔傳如淳注曰鼱鼩小鼠也音精劬按爾雅釋文字林有鼱字 从鼠句聲。其俱切古音在四部

鼸 䶃也。爾雅鼸鼠郭云以頰裏藏食者 从鼠兼聲。丘檢切七部

䶃 鼠屬。廣韵謂之䶃鼠 从鼠今聲。讀若含。胡男切七部

鼬 如鼠。如鼠小徐作如鼦鼦乃俗貂字貂鼠屬也 赤黃色尾大食鼠者。見小正爾雅今之黃鼠狼也 从鼠由聲。余救切三部

䶂 胡地風鼠。郭注爾雅䶂鼠云形大如鼠頭似兔尾有毛青黃色好在田中食粟豆關西呼爲䶂鼠見廣雅音雀按廣雅云䶂鼠鼫鼠與景純皆合䶂鼫爲一物以說文正之鼫與䶂迥非一物也蓋俗語有移

鼠鼸𪕉鼢鼭鼶𪕒鼫鼨䶉鼷鼩鼸䶃鼬䶂

其名者耳 从鼠勺聲。之若切古音在二部

𪕬鼠屬。从鼠冗聲。而隴切九部按此字或讀余救切要與鼬非一物

𪕮鼠。侶雞。鼠尾。从鼠此聲。即移切十五十六部

鼲鼠。出丁零胡。皮可作裘。魏志注引魏略云丁零國出名鼠皮青昆子白昆子皮王氏引之云昆子即鼲子也後漢書鮮卑有貂豽鼲子皮毛柔輭天下以爲名裘按今俗語通曰灰鼠聲之轉也如揮翬皆本軍聲 从鼠軍聲。乎昆切十三部

䶂斬䶂鼠。黑身白腰若帶。手有長白毛。侶握版之狀。類蝯蜼之屬。見上林西京賦諸家說其狀乖異不同其字或作螹胡或作獑胡或作獑猢或作[illegible] 从鼠胡聲。戶吳切五部

文二十 重三

能熊屬。左傳國語皆云晉侯夢黃能入於寢門韋注曰能似熊凡左傳國語能作熊者皆淺人所改也 足侶鹿。故皆从比也䏍足䏍足亦同 从肉。猶能之从肉也 㠯聲。奴登切古者在一部由之而入於咍則爲奴來切由一部而入六部則爲奴登切其義則一也 能獸堅中。故偁賢能。賢古文作臤臤堅也 而彊壯偁能傑也。此四句發明段借之恉賢能能傑之義行而本義幾廢矣子下曰十一月陽氣動萬物滋人以爲偁亦此例也韋朋來西烏五篆下說解皆此例 凡能之屬皆从能。

文一

熊熊獸。侶豕。山尻。俗作居 冬蟄。見夏小正 从能。炎省聲。按炎省聲則當在古音八部今音羽弓切雄諸火始餤餤漢書作庸庸淮南書東北曰炎風一作融風皆古音之證左傳正義曰張叔反論云賓爵下革田鼠上騰牛哀虎變鯀化爲熊久血爲燐積灰生蠅或疑熊當爲能王劭曰古人讀雄與熊皆于陵反張叔用舊音傳元瀚通賦與終韻用新音也玉裁謂熊不妨古反于陵要之反論必是能字春秋左氏敬嬴公穀作頃熊蓋炎熊嬴三字雙聲 凡熊之屬皆从熊。

羆如熊。黃白文。見釋獸 从熊。罷省聲。以一能當二能也彼爲切古音在十七部 [illegible]古文从皮。

文二 重一

火焜也。焜各本作燬今正下文曰焜火也爲轉注 南方之行。炎而上。與木曰東方之行金曰西方之行水曰北方之行相儷成文 象形。大其下銳其上呼果切古音在十五部 凡火之屬皆从火。

炟上諱。漢章帝名也伏侯古今注曰炟之字曰著按許書本不書其篆但曰上諱後人補書之奕於此者尊上也玉篇曰爆也廣韵曰火起也其字从火旦聲當割切十四十五部

焜火也。从火尾聲。許偉切十五部 詩曰。王室如焜。周南汝墳文今詩作燬毛傳燬火也按爾雅亦作燬釋言曰燬火也詩釋文曰燬音毀齊人謂火曰燬郭樸又音貨字書作焜說文同一音火尾反夫曰燬說文作焜則說文之有焜無燬可知矣曰焜一音火尾反則焜本音燬可知矣方言曰爆火也楚轉語也猶齊言焜也燬焜實一字方言齊曰焜郎爾雅郭注之齊曰燬也俗乃強分爲二字二音且肊造齊人曰燬吳人曰焜之語又於說文別增燬篆廁此德明所據不如此

燬火也。从火毀聲。春秋傳曰。衛侯燬。許偉切按此篆許所本無當刪

燹火也。韵會引字林曰逆燒也 从火豩聲。穌典切十三部

焌然火也。以火燒物曰然 从火夋聲。子寸切又倉喬切十三部 周禮曰。遂籥其焌。周禮菙氏曰凡卜以明火爇燋遂龡其焌契以授卜師注云焌讀如戈鐏之鐏謂之契柱燋火而吹之也士喪禮楚焞置於燋在龜東楚焞即契所用灼龜也燋謂炬其存火三字當依士喪禮注作所以然火者也 焌火在前。㠯焞焯龜。此許引周禮而釋其焌之義似有舛誤依鄭注則契即楚焞楚焞柱於炬然之

用以灼龜焌者謂吹而然之也

尞 柴祭天也。示部祡下曰燒柴尞祭天也。是祡尞二篆爲轉注也。燒柴而祭謂之祡，亦謂之尞，亦謂之槱。木部曰槱，柴祭天神。周禮槱燎字當作槱尞。凡祡尞作柴燎者，皆誤字。从火昚。會意。力照切。二部。昚，古文愼字。見心部。祭天所㠯愼也。說从昚之意。

然 燒也。通叚爲語詞，訓爲如此，爾之轉語也。从火肰聲。如延切。十四部。俗作燃，非是。

䕼 或从艸難。徐鉉等曰：艸部有此字，此重出。與火部無涉也。按篆當作⿱艹⿰火難，或古本作⿱艹⿰火難，轉寫奪火。引漢五行志巢⿰火難墜地，廣韵引陸佐公石闕銘荆酷⿰火難炭。

爇 燒也。从火蓺聲。徐鉉等曰：說文無蓺字，當从火从艸，熱省聲。按埶卽聲，不必云熱省。如劣切。十五部。春秋傳曰：爇僖負羈。僖廿八年左傳曰：爇僖負羈氏。

燔 爇也。按許⿰炙番與燔字別。⿰炙番者，宗廟火炙肉也。此因一从火一从炙而別之。毛於瓠葉傳曰：加火曰燔。於生民傳曰：傳火曰燔。古文多作燔，不分別也。从火番聲。附袁切。十四部。

燒 爇也。二篆爲轉注。从火堯聲。式昭切。二部。

烈 火猛也。大雅曰：載燔載烈。傳曰：傳火曰燔，貫之加于火曰烈。商頌曰：如火烈烈。引伸爲光也、業也。又方言曰：餘也。按烈訓餘者，盛則必盡，盡則必有所餘也。又鄭風火烈具舉，傳曰：烈，列也。此謂烈卽列之叚借字。列者，古迾字也。从火列聲。良薛切。十五部。

炪 火光也。類篇作火不光。集韵六術曰：炪爕，煙皃。類篇同。又九迄曰：炪爕，煙出也。煙盛則光蔽此。此蓋與上火猛作反對語。从火出聲。職悅切。十五部。商書曰：予亦炪謀。盤庚上文。此與叚敢爲好、叚狟狟爲桓桓、叚蒑爲竹蒑同。壁中古文叚炪爲拙也。今尚書作拙者，蓋孔安國以今字讀之也。讀若巧拙之拙。其同音也，故相叚借。

熚 熚㷊火皃。熚㷊疊韵字，如木部之畢沸。从火畢聲。卑吉切。十二部。

㷊 熚㷊也。玉篇云：火盛皃。廣韵云：鬼火。从火孛聲。敷勿切。十五部。籒文㷊字。見言部。

烝 火气上行也。此烝之本義。引申之則烝進也，如詩信南山、甫田傳，泮水箋是也。又引申之則久也、衆也。久之義，如釋詁曰烝塵也，東山傳曰烝寘也，常棣傳曰烝塡也，皆是。鄭云古聲寘塡塵同是也。衆之義，如東山曰烝在栗薪傳、烝民傳是也。又引申之則君也，釋詁及文王有聲傳是也。又厚也，泮水傳曰烝烝，厚也，是也。左傳凡下婬上謂之烝。从火丞聲。煑仍切。六部。經典多叚蒸爲之者。

烰 烝也。詩生民：烝之浮浮。釋訓曰：烰烰，烝也。毛傳曰：浮浮，氣也。按爾雅不傳詩全句，故曰烝也而已。毛釋詩全句，故曰浮浮，氣也。許於此當合二古訓爲解曰：烰烰，烝皃。謂火氣上行之皃也。或轉寫者刪之耳。从火孚聲。縛牟切。三部。詩曰：烝之烰烰。今詩作浮浮。

煦 烝也。方言：煦煆，熱也，乾也。吳越曰煦煆。按熱，廣雅作爇，誤。樂記注曰：以氣曰煦。一曰赤皃。日部曰：昫，日光出溫也。按昫煦古通用。煦益日出之赤色。一曰溫潤也。首一義足兼之。文選注引韓詩章句：煦，暖也。从火昫聲。香句切。古音在四部。廣韵又况州切。方言注讀如州吁之吁。

熯 乾皃。乾讀如干。此與日部暵同音同義。从火猶从日也。易說卦傳王肅、王弼本作燥萬物者莫熯乎火。說文日部及徐邈本作莫暵。字有分見而實同者，此類是也。从火漢省聲。人善切。十四部。依楚茨音義，人善、呼旦二反。詩曰：我孔熯矣。小雅楚茨文。此傳詩說叚借也。楚茨毛傳曰：熯，敬也。熯本不訓敬，而傳云爾者，謂熯卽戁之叚借字也。心部曰：戁，敬也。長發傳曰：戁，恐也。是其義也。

炥 火皃。按此篆當是爕之或體。从火弗聲。普活切。十五部。廣韵符弗切。

熮 火皃。从火翏聲。洛蕭切。古音在三部。逸周書曰：味辛而不熮。逸字衍，當刪。九經字樣引無逸字，可證。周書七十一篇之周書，今本未見有此句。呂覽本味篇曰：辛而不烈。周書作不熮，字異義同。方言注曰：熮，痛皆辛螫也。按此等字皆雙聲同義，而熮爲尤近。

焛 火皃。从火𠓜省聲。𠓜見門部。作兩者誤。讀若粦。良刃切。十二部。

⿱雁火 火色也。韓子：齊伐魯，索讒鼎，以其鴈往。齊人曰：鴈也。魯人曰：眞也。鴈鼎卽⿱雁火之叚借字，如今之作僞古物曰燒瘢貨是也。俗

作𤆡 从火雁聲。讀若鴈。五晏切十四部

熲 火光也。小雅不出於熲傳曰熲光也箋云不得出於光明之道按火光者字之本義傳不言火但言光者其引申之義也 从火頃聲。古迥切十一部

爚 火光也。光各本作飛今依文選琴賦景福殿賦注元應書卷九正西都賦震震爚爚雷奔電激震震謂雷爚爚謂電也李善引字指曰爚爚電光也按此字或借爲爍字或借爲鑠字或作爍者俗體也 从火龠聲。以灼切二部 一曰爇也。又一義

熛 火飛也。元應引三蒼云熛迸火也呂氏春秋云突泄一熛而焚宮燒積班固答賓戲借熛爲之 从火𤐫聲。讀若摽。甫遙切二部當必遙切按同部票熛二字同音同義熛卽票聲似票正熛俗故集韵類篇韵會皆合二爲一然李善元應所引皆有熛字玉篇亦分載不容改併

熇 火爇也。大雅板傳曰熇熇然熾盛也易家人嗃嗃鄭云苦熱之意是嗃卽熇字也釋文曰劉作熇熇 从火高聲。火屋切古音在二部 詩曰多將熇熇。

烄 交木然也。交烄疊韵下篇曰交木然之以尞柴天也 从火交聲。古巧切二部

羙 小爇也。爇或作熱誤節南山釋文正義引作熱亦誤節南山曰憂心如惔古本毛詩作如羙故毛傳曰羙燔也瓠葉傳曰加火曰燔許曰燔爇也爇加火也是毛訓作爇許則別之云小爇耳方言廣雅曰羙明也此引伸之別一義 从火羊聲。羊各本誤作干篆體亦誤今正干部曰人一爲干入二爲羊羊讀若飪羙从羊聲故古音在七部郭璞曲志音洋入廣韵則直廉切今各書持調作炎炎 詩曰憂心如羙。如羙各本作炎炎今正節南山釋文正義皆引憂心如炎

燋 所㠯然持火也。持火者人所持之火也少儀執燭抱燋凡執之曰燭未爇曰燋燋卽燭也士喪禮注曰燎大燋大燋卽大燭也大燭樹於地燭則執於手人所持之火以燋然之燋者古爲之卜之用燋其一尚也士喪禮楚焞置於燋在龜東注云楚荆也荆焞所以鑽灼龜者燋炬也所以然火者也周禮菙氏凡卜以明火爇燋遂炊其焌契以授卜師杜子春云明火以陽燧取火於日也按以苣然契契卽楚焞以楚焞灼龜而作其兆是卜之次弟也 从火焦聲。卽消切二部又子約反 周禮曰以明火爇燋也。

炭 燒木未灰也。未灰大徐作餘 从火屵聲。各本作岸省聲今依小徐本屵从厂聲厂呼旱切也他旱切十四部

羨 束炭也。从火差省聲。讀若齹。𪗋齒部作齹恐誤楚宜切古音在十七部

𤎩 交灼木也。从火教省聲。讀若狡。按玉篇廣韵皆曰𤎩同烄必本諸說文不知今本說文何以析爲二交灼之語亦不可通上文炭下曰燒木未灰則灰篆必上聯炭羨二篆間以𤎩炦決非古本

炦 火气也。从火犮聲。蒲撥切十五部

灰 死火餘𤾾也。漢書曰死灰獨不復然乎 从火又。會意呼恢切古音在一部 又手也。火旣滅可以執持。說从又之意

㶳 灰㶳煤也。通俗文曰積煙曰㶳煤玉篇曰㶳煤煙塵也廣韵曰㶳煤灰入屋也 从火台聲。徒哀切一部按本部無煤土部有塺字玉篇㶳煤二文相接

煨 盆中火。玉篇作盆中火𤏸廣韵曰𤏸者埋物灰中令熟也通俗文曰熱灰謂之𤏸煨許無𤏸字今俗謂以火溫出冬閒花曰唐花卽𤏸字也 从火畏聲。烏灰切十五部

熄 畜火也。畜當从艸蓄也熄取滋息之意 从火息聲。相卽切一部 亦曰滅火。小徐無此四字滅與畜義似相反而實相成止息卽滋息也孟子曰王者之迹熄而詩亡詩亡然後春秋作

烓 行竈也。从火圭聲。古支清合韵 讀若冋。冋汲古閣作同誤口迥切十六部

煁 烓也。小雅白華曰樵彼桑薪卬烘于煁釋言曰煁烓也毛傳曰煁烓竈也郭樸云今之三隅竈按鄭箋云桑薪薪之善者不以炊爨養人反以燎於烓竈用炤事物而已然則行竈非爲飲食之竈若今火鑪僅可炤物自古名之曰烓亦名之曰煁或叚諶爲之春秋傳裨諶字竈知諶卽煁字也漢書人表又作卑湛 从火甚聲。氏任切七部詩釋文市林反

燀 炊也。从火單聲。充善切十四部 春秋傳曰燀之㠯

炊ㄔㄨㄟ 烘ㄏㄨㄥ 齌ㄐㄧˋ 熹ㄒㄧ 煎ㄐㄧㄢ 熬ㄠˊ ⿱敖麥。炮ㄆㄠˊ ⿴衣火ㄨㄣ 熷ㄗㄥ

爇。左傳昭公二十年文。炊爨也。爨下曰炊也齊謂炊也爨从火吹省聲。昌垂切古音在十七部。烘尞也。云尞者燔柴之義之引伸也小雅白華卬烘于煁毛傳及釋言皆曰烘燎也从火共聲。呼東切詩釋文引說文巨凶甘凶二反詩曰。卬烘于煁。齌炊餔疾也。餔日加申時食也晚飯恐遲炊之疾速故字从火引伸爲凡疾之用離騷曰反信讒而齌怒王注云疾怒从火齊聲。在詣切十五部熹炙也。炙者抗火炙肉也此熹之本義引申爲熱也左傳或叫于宋大廟曰譆譆出出杜曰譆譆熱也此同音叚借也又與熙相叚借从火喜聲。許其切一部煎熬也。方言熬聚煎㷩鞏火乾也凡有汁而乾謂之煎東齊謂之鞏从火前聲。子仙切十四部熬乾煎也。方言熬火乾也凡以火而乾五穀之類自山而東齊楚以往謂之熬从火敖聲。五牢切二部⿱敖麥⿱敖麥或从麥作。炮毛炙肉也。炙肉者貫之加於火毛炙肉謂肉不去毛炙之也瓠葉傳曰毛曰炮加火曰燔閟宮傳曰毛炰豚也周禮封人毛炰之豚鄭注毛炰豚者爓去其毛而炰之內則注曰炮者以塗燒之爲名也禮運注曰炮裹燒之也按裹燒之即內則之塗燒鄭箋詩禮言毛炮者毛謂燎毛炮謂裹燒毛公則謂連毛燒之曰炮爲許所本六月韓奕皆曰炰鼈箋云炰以火孰之也鼈無毛而亦曰炰則毛與炮二事鄭說爲長矣炰與缹皆炮之或體也韓奕之炰徐仙民音甫九反大射篇注炮鼈或作炰或作缹是知炰缹爲古今字通俗文曰燥煮曰缹燥煮謂不過湯也裹燒曰炮燥煮亦曰炮漢人燥煮多用缹字缹聲包聲古音同在三部从火包聲。薄交切古音在三部⿴衣火炮炙也。炮炙異義皆得曰⿴衣火也以微火溫肉。依廣韵所引本玉篇同既云炮炙又云以微火溫肉者嫌炮炙爲毛燒故又見之言不必毛燒也微火溫肉所謂缹也今俗語或曰烏或曰煨或曰㷄皆此字之雙聲疊韵耳从火衣聲。烏痕切十三部此於古韵得之熷置魚筩中炙也。筩斷竹也置魚筩中蓋炙之事與烝相類而从火曾聲。

⿱稫火ㄅㄧˋ 爆ㄅㄠˋ ⿱福火。煬ㄧㄤˋ ㄏㄨˋ㸌 爛ㄌㄢˋ 燗。爢ㄇㄧˊ 尉ㄨㄟˋ ⿱龜火ㄐㄧㄠ

作滕切六部⿰火稫以火乾肉也。周禮鮑人注曰鮑者於煏室中糗乾之出於江淮也此當作⿰火稫室中⿰火稫乾之漢書貨殖傳注引作於煏室乾之可證煏即⿰火稫字小顏不解糗字故刪之耳糗者熬米麥也引申爲凡熬之偁語亦可通⿰火稫室漢時有此制賈公彥云煏土爲室非也陸德明云皮逼反與周禮毛詩煏音福音逼不同與師古煏音蒲北反合然則陸本當亦作⿰火稫今釋文乃轉寫作煏非是⿰火稫方言作⿰火稫凡以火而乾五穀之類自山而東齊楚以往謂之熬關西隴冀以往謂之⿰火稫秦晉之閒或謂之聚省作煏又或作焙而異其音玉篇作煏無⿰火稫从火福聲。臣鉉等曰福聲當是稫省聲之誤符逼切一部按符逼當爲蒲逼⿱福火籒文不省。按小徐無爆灼也。謂火飛所炙也从火暴聲。蒲木切三部廣韵北教切火裂也煬炙燥也。从火易聲。余亮切十部諡法好內遠禮煬去禮遠衆煬㸌灼也。从火隺聲。胡沃切古音在二部爛火孰也。此火字依節南山生民二正義補方言自河以北趙魏之閒火孰曰爛爛者食飪也飪者大孰也孰則火候到矣引伸之凡淹久不堅皆曰爛孰則可燦然陳列故又引伸爲粲爛从火蘭聲。郎旰切十四部隸作爛不从艸燗或从閒。此如詩蕑即蘭爢爛也。古多叚糜爲之糜訓糝糜訓爛義各有當矣孟子糜爛其民而戰之文選荅客難至則糜耳皆用叚借字也从火靡聲。靡爲切古音在十七部尉从上按下也。按者抑也百官公卿表應劭注曰自上安下曰尉武官悉以爲偁張釋之傳曰廷尉天下之平也車千秋傳尉安黎庶師古曰尉安之字本無心後俗所加从𡰥又持火。會意𡰥古文仁𡰥又猶親手也於胃切十五部所以申繒也。合二徐本訂說手持火之意也字之本義如此引申之爲凡自上按下之偁通俗文曰火斗曰尉⿱龜火灼龜不兆也。从龜火。从灼會此會意也春秋傳曰。卜戰龜⿱龜火不兆。左傳哀二年卜戰龜焦無不兆二字按許所據蓋有不兆與下文以故兆而相背而焦作⿱龜火則淺人所改也焦者火所傷也龜

焦曰褎許引傳說龜火會意如引壹其屋艸木麗于地同**讀若焦**。音義皆同卽消切古音在三部讀如揫故𤎚以爲聲

灸ㄐㄧㄡˇ

灸灼也。今以艾灼體曰灸是其一耑也引伸凡柱塞曰灸考工記廬人灸諸牆注云灸猶塞也以柱兩牆之閒輓而內之本末勝負可知也古文作久許引周禮久諸牆士喪禮皆木桁久之注云久當爲灸灸謂以蓋案塞其口按久灸皆取附著相拒之意凡附著相拒曰久用火則曰灸鄭用方言許說造字本意**从火久聲**。舉形聲包會意也舉友切三部

灼ㄓㄨㄛˊ

灸也。灸各本作炙誤今正此與上灸篆爲轉注炙謂炮肉灼謂凡物以火附著之如以楚焞柱龜曰灼龜其一耑也七諫注曰黜污也灼灸也猶身有病人黜灸之醫書以艾灸體謂之壯壯者灼之語轉也淮南注曰然也廣雅曰爇也素問注曰燒也其義皆相近凡訓灼爲明者皆由經傳段灼爲焯桃夭傳曰灼灼華之盛也謂灼爲焯之段借字也周書焯見三有俊心今本作灼見**从火勺聲**。之若切二部

煉ㄌㄧㄢˋ

鑠冶金也。冶毛本作治誤今依宋本鑠冶者鑠而冶之愈消則愈精高注戰國策曰練灌治絲也正與此文法同金部曰鍊治金也此加鍊者正爲字从火**从火柬聲**。郎電切十四部

燭ㄓㄨˊ

庭燎大燭也。燎當作尞大各本譌作火今正若韵會庭燎燭也尤善小雅毛傳曰庭燎大燭也燕禮宵則庶子執燭於阼階上司宮執燭於西階上甸人執大燭於庭閽人爲大燭於門外周禮司烜氏凡邦之大事共墳燭庭燎鄭云墳大也郊特牲曰庭燎之百由齊桓公始也鄭云庭燎之差公蓋五十侯伯子男皆三十文出大戴禮按未爇曰燋執之曰燭在地曰燎廣設之則曰大燭曰庭燎大燭與庭燎非有二也周禮秦言墳燭庭燎故鄭注以門外門內別之周禮故書作蕡燭先鄭云蕡燭麻燭也賈公彥曰古者未有麻燭故鄭從墳訓大古庭燎依慕容所爲以葦爲中心以布纏之飴蜜灌之若今蠟燭玉裁謂古燭蓋以薪蒸爲之麻蒸亦其一端麻蒸其易然者必云古無麻燭蓋非許以熜次燭炧之閒蓋得之矣**从火蜀聲**。之欲切三部

熜ㄗㄨㄥˇ

然麻蒸也。麻蒸析麻中榦也亦曰菆菆一作廏古者燭多用葦鄭注周禮曰燋炬也許曰苣束葦燒之也亦用麻故先鄭注周禮曰蕡燭麻燭也先鄭意蕡卽麻字鄭注士喪禮曰燭用蒸蒸卽謂麻榦弟子職曰蒸閒容蒸**从火悤聲**。作孔切九部

炧ㄒㄧㄝˋ

燭𦘔也。曲禮所謂燭跋弟子職所謂燭堲跋者謂近手所餘堲者謂燒過之燼**从火也聲**。徐野切古音在十七部

𦘔ㄐㄧㄣˋ

火之餘木也。各本作火餘也今依唐初元應本火之餘木曰𦘔死火之𦘔曰灰引伸爲凡餘之偁左傳收合餘燼大雅箋災餘曰燼方言蓋餘也周鄭之閒曰蓋或曰孑蓋者叚借字也**从火聿聲**。臣鉉等曰聿非聲疑从律省徐吝切十二部俗作燼**一曰薪也**。方言自關而東秦晉之閒燒薪不盡曰蓋

焠ㄘㄨㄟˋ

堅刀刃也。王襃傳淸水焠其鋒郭樸三倉解詁曰焠作刀鑒也焠子妹切鑒工練切師古云焠謂燒而內水中以堅之也按火而堅之曰焠與水部淬義別文選譌作淬非也天官書曰火與水合曰焠**从火卒聲**。七內切十五部

煣ㄖㄡˇ

屈申木也。謂曲直之也今毄辭傳考工記皆作揉蓋非古也手部無揉字漢書食貨志煣木爲耒**从火柔柔亦聲**。人久切三部

焚ㄈㄣˊ

燒田也从火林。各本篆作樊解作从火棥棥亦聲今正按玉篇廣韵有焚無樊焚符分切至集韵類篇乃合焚樊爲一字而集韵卅二元因單出樊字符袁切竊謂棥聲在十四部焚聲在十三部份古文作彬解云焚省聲是許書當有焚字況經傳焚字不可枚舉而未見有樊知火部樊卽焚之譌元應書引說文焚燒田也字从火燒林意也凡四見然則唐初本有焚無樊不獨篇韵可證也

燫ㄌㄧㄢˊ

火燫車网絕也。此爲考工記作注也輪人曰凡揉牙外不廉而內不挫旁不腫謂之用火之善注曰廉絕也挫折也腫瘣也按廉者燫之段借絕謂火絕記文之外謂火內謂正當火處旁謂不當火處燫之不善則當火處撓減而不當火處暴起畏此二病或絕火而更燫假令火未嘗少絕而無此二病是眞善用火也車网卽牙也牙木部作枒玉篇曰燫將火不絕此義與火絕相輔**从火兼聲**。力鹽切七部**周禮曰燫牙外不燫**。

燎ㄌㄧㄠˊ

放火也。此與尞義別盤庚曰若火之燎于原大雅曰瑟彼柞棫民所燎矣箋云人熂燎除其

票ㄆㄧㄠ　𤒎ㄗㄠ　𤓢ㄐㄧㄠ　焦。　烖ㄗㄞ　灾。　扷。　災。　煙ㄧㄢ　烟。　䵳。　𡨦。　焆ㄩㄝ　熅ㄩㄣ　炟ㄉㄧ

秀草小雅燎之方揚箋云火田曰燎元應引說文有火田爲燎王制曰昆蟲未蟄不以火田 从火尞聲。力小切二部按詩釋文引說文字林尞力召反燎力小反

爂火飛也。此與熛音義皆同玉篇廣韵亦然引申爲凡輕鋭之偁周禮草人輕爂用犬注謂地之輕脃者也漢有票姚校尉票騎將軍票姚荀悅漢紀作票鷂服虔音飄搖小顏二字皆去聲非古也平聲者古音去聲者今音耳今俗閒信券曰票亦尙存古義凡从票爲聲者多取會意 从火囪。與䙴同意。按當作从火䙴省䙴省卄爲一也䙴卽䙴之或體䙴訓升高火飛亦升高故爲同意方昭切二部

𤒎焦也。今俗語謂燒壞曰𤒎凡物壞亦曰𤒎 从火曹聲。作曹切古音在三部

𤓢火所傷也。从火雥聲。卽消切二部按廣韵雥徂合切玉篇才币走合二切今以許書焦字从雥聲訂之則知雥之古音讀如揫如椒雧者會意字非用雥聲後人昧其本音乃以雜字之反語爲雥之反語非也戴氏侗乃疑作雧乃得聲矣

焦或省。按廣韵雧爲籒文此必有所據

十篇上

罷

烖天火曰烖。春秋宣十六年夏成周宣謝火左傳曰人火之也凡火人火曰火天火曰災按經多言災惟此言火耳引申爲凡害之偁十五年傳曰天反時爲災地反物爲妖民反德爲亂亂則妖災生 从火𢦏聲。祖才切一部今惟周禮作烖經傳多借菑爲之菑或譌爲蓄

灾或从宀火。火起於下菑其上也

災籒文从巛。亦會意亦形聲

扷古文从才。形聲

煙火气也。陸璣連珠曰火壯則煙微 从火垔聲。烏前切十二部

烟或从因。因聲

䵳籒文从宀。

𡨦古文。汲古閣少首筆从冂誤今從廣韵集韵類篇正

焆焆焆煙皃。从火肙聲。因悅切古音在十四部

熅鬱煙也。鬱當作鬱鬱與熅聲義皆同煙熅猶壹壹也 从火昷聲。於云切十三部

炟望見火皃。依篇韵補見字炟然猶旳然也 从火𣅀聲。𣅀見日部望遠合也从日匕各本篆體作炟皀聲按皀聲讀若遁又讀若香於馰不爲皀聲𣅀聲與勺聲則古音同在三部葉抄宋本及五音韵譜作炟𣅀聲獨爲不誤玉篇廣韵集韵類篇作炟皆誤 讀若馰顙之馰。馰顙見說卦傳詳馬部都歷切二部

燂ㄑㄧㄢ　焞ㄔㄨㄣ　炳ㄅㄧㄥ　焯ㄓㄨㄛ　照ㄓㄠ　煒ㄨㄟ　炵ㄔ　熠ㄧ　煜ㄩ

燂火熱也。廣雅燂煗也攷工記弓人撟角欲孰於火而無燂注云燂炙爛也故書燂或作朕 从火覃聲。大甘切又徐鹽切七部

焞明也。鄭語史伯曰黎爲高辛氏火正以淳燿敦大天明地德光照四海故命之曰祝融崔瑗河閒相張平子碑云遷大史令實掌重黎歷紀之度亦能焞燿敦大天明地德光照有漢今本國語作淳漢碑作焞與許所據合韋云淳大也燿明也下文云敦大則焞燿自皆當訓明士喪禮楚焞所以鑽灼龜者楚荊也焞蓋亦取明火之意引申之又訓盛采芑傳曰焞焞盛也漢時有敦煌郡應劭地理風俗記曰敦大也煌盛也唐時乃作燉煌見元和郡縣志燉乃唐人俗字非焞之異體也 从火𦎫聲。他昆切十三部毛詩吐雷切音之轉也 春秋傳曰。傳當作國語 焞燿天地。檃括鄭語

炳明也。易曰大人虎變其文炳也 从火丙聲。兵永切古音在十部

十篇上

平

焯明也。从火卓聲。之若切二部 周書曰焯見三有俊心。立政文今尙書作灼古義焯灼不同

照明也。與昭音義同 从火昭聲。之少切二部

煒盛明皃也。各本作盛赤也今依元應書正詩靜女彤管有煒傳曰煒赤皃此毛就彤訓之盛明之一耑也王莽傳青煒登平赤煒頌平白煒象平元煒和平服虔曰煒音暉如淳曰青煒青氣之光輝也 从火韋聲。于鬼切十五部 詩曰彤管有煒。邶風

炵盛火也。凡言盛之字从多 从火多聲。昌氏切古音在十七部

熠盛光也。詩熠燿宵行傳曰熠燿燐也燐熒火也又倉庚于飛熠燿其羽箋云羽鮮明也 从火習聲。羊入切七部 詩曰熠熠宵行。豳風東山文宋本葉抄本作熠燿王伯厚詩攷異字異義條舉說文熠熠宵行而文選張華勵志詩涼風振落熠熠宵流注引毛傳熠熠粦也疑皆熠燿之誤當依詩音義爲正小徐本熠燿下無宵行二字

煜燿也。此以雙聲爲訓 从火昱

票𤒎𤓢烖煙焆熅炟燂焞炳焯照煒炵熠煜

燿ㄧㄠˋ 煇ㄏㄨㄟ 炯ㄐㄩㄥˇ 爗ㄧㄝˋ 爓ㄧㄢˋ 炫ㄒㄩㄢˋ 煌ㄏㄨㄤˊ 焜ㄎㄨㄣ 光ㄍㄨㄤ 熱ㄖㄜˋ 炗。灮。 熾ㄔˋ

聲。余六切古音在七部昱从立聲煜从昱聲本音皆在七部廣韵廿六緝煜爲立切古音也

燿 照也。从火翟聲。弋笑切二部

煇 光也。小雅庭燎傳曰煇光也日部曰暉光也二字音義皆同煇與光互訓如易象傳君子之光其暉吉也是也析言之則煇光有別如管輅荅劉邠云不同之名朝旦爲煇日中爲光玉藻揖私朝煇如也登車則有光是也史記斷戚夫人手足去眼煇耳此段煇爲熏也 从火暉者日之光煇者火之光軍聲。況韋切古音在十三部庭燎與晨旂韵是也俗作輝

炯 光也。从火冋聲。古迥切十一部

爗 盛也。十月之交曰爗爗震電傳曰爗爗震電皃按凡光之盛曰爗 从火曅聲。筠輒切七部 詩曰。爗爗震電。小雅

爓 火爓也。各本作火門也門乃爓之壞字耳今正文選蜀都賦高爓飛煽於天垂善引說文爓火焰也音豔焰即爓之省六書故引唐本說文火爓爓也較李善所據多一爓字今人云光燄者作此字爲正古多段炎爲之如左傳其氣炎以取之司馬相如傳末光絕炎揚雄傳景炎炘炘皆是又郊祀歌長離前掞光燿明晉灼曰掞即光炎字亦段借也爓與燄篆義別 从火閻聲。余廉切八部按當以瞻切

炫 爓燿也。爓燿謂光爓燿明也封禪文段炫爲之 从火玄聲。胡畎切十四部廣韵去聲

煌 煌煇也。此依韵會本今大小徐本各奪一字非也皇皇者華傳曰皇皇猶煌煌也朱芾斯皇傳曰皇猶煌煌也 从火皇聲。胡光切十部

焜 煌也。甘泉賦樵蒸焜上李善引字書焜燿火皃 从火昆聲。胡本切十三部

光 明也。左傳周內史釋易觀國之光曰光遠而自他有燿者也 从火在儿上。光明意也。說會意目在儿上則爲見气在儿上則爲欠口在儿上則爲兄皆同意古皇切十部

炗 古文。

灮 古文。庶字从此會意

熱 𥁕也。𥁕各本作溫今正許意溫爲水名凡𥁕煗字皆當作𥁕𥁕仁也从皿飼囚引申之則爲𥁕煖毛詩傳曰𥁕溫而若燃溫而焚 从火埶聲。如列切十五部

熾 盛也。从火戠聲。昌志切一部

㦵。 燠ㄩˋ 煖ㄋㄨㄢˇ 煗ㄋㄨㄢˇ 炅ㄐㄩㄥˇ 炕ㄎㄤˋ 燥ㄗㄠˋ 烕ㄒㄩㄝˋ 焅ㄎㄨˋ 燾ㄊㄠˊ 爟ㄍㄨㄢˋ

㦵 古文。

燠 熱在中也。洪範庶徵曰燠曰寒古多段奧爲之小雅日月方奧傳曰奧煖也 从火奧聲。烏到切古音在三部亦於六切奧者宛也熱在中故以奧會意此舉聲以見意也

煖 𥁕也。𥁕各本作溫今正說卦傳日以烜之烜亦作晅蓋即煖字也 从火爰聲。況袁切十四部今人讀乃管切同煗

煗 𥁕也。𥁕各本作溫今正 从火耎聲。乃管切十四部今通用煖

炅 見也。从火日。古迥切按此篆義不可知廣韵作光也似近之从日火亦不可曉蓋後人羼入如西部有覀之比廣韵十二霽曰後漢太尉陳球碑有城陽炅橫漢末被誅有四子一姓炅一姓香一姓桂一姓炔四字皆九畫集韵桂氏譜曰桂貞爲秦博士始皇阬儒改姓香其孫改爲炅弟四子改爲炔是則有肊製炅爲姓者恥其不古竄入許書非無證也廣韵云四字皆九畫按桂字十畫其三字皆八畫蓋六朝木旁多作扌圭作五畫然則當云四字皆八畫也

炕 乾也。謂以火乾之也五行志曰君炕陽而暴虐師古曰凡言炕陽者枯燗之意謂無惠澤於下也釋木曰守宮槐葉晝聶宵炕郭云晝日聶合而夜炕布 从火亢聲。苦浪切十部

燥 乾也。易曰水流溼火就燥 从火喿聲。蘇到切二部

烕 滅也。小雅正月曰赫赫宗周褒姒烕之傳曰烕滅也 从火戌。會意詩釋文引有聲字許劣切十五部 火死於戌。火生於寅盛於午死於戌 陽气至戌而盡。陽氣當作昜气此二句說會意之恉 詩曰。赫赫宗周。褒姒烕之。女部無姒字

焅 旱气也。與酷音義略同 从火告聲。苦沃切三部

燾 溥覆照也。中庸曰辟如天地之無不持載無不覆幬注云幬或作燾按左傳亦云如天之無不幬杜注幬覆也蓋幬是段借字幬訓禪帳帳主覆也燾从火故訓爲溥覆照周禮司几筵注敦讀曰燾燾覆也 从火壽聲。徒到切古音在三部

爟 取火於日官名。日當作木周禮夏官司爟掌行火之政令四時變國火以救時疾季春出火季秋內火鄭司農說以鄹子曰春取榆柳之火夏取棗杏之火季夏取

桑柘之火秋取柞楢之火冬取槐檀之火是取火於木之事也若秋官司烜氏以夫遂取明火於日以鑒取明水於月與司爟所職不同淮南子氾論訓注爟火取火於日之官也引周禮司爟云云是高注亦當爲𤏩字 从火亘聲。古玩切十四部 周禮曰司爟掌行火之政令。舉火曰爟。小徐本此四字在周禮之上今依韵會所據小徐本訂呂覽本味篇湯得伊尹爝以爟火高注云周禮司爟掌行火之政令爟火者所以祓除其不祥置火於桔槔爝以照之爟讀曰權衡之權又贊能篇桓公迎管仲祓以爟火高注略同亦曰爟讀如權字攷史記封禪書漢書郊祀志皆曰通權火又曰權火舉而祠張晏云權火烽火也狀若井挈皐其法類稱故謂之權火欲令光明遠照通於祀所也漢祀五時於雍五里烽火如淳曰權舉也按如云爟舉也許云舉火曰爟高云爟讀曰權然則爟爟一也 或从亘。周禮秋官司烜氏注云讀如衛侯燬之燬故書烜爲垣鄭司農云當爲烜按依許則烜卽爟字亘聲爟聲同在十四部也許本與先鄭說同 各本無𤈦字今依文選注補𤈦各本作燧今正 候表也。謂伺候之表 邊有警則舉火。孟康曰𤈦如覆米𥤚縣著挈皐頭有寇則舉之燧積薪有寇則燔然之也裴駰顏師古取其說張揖曰晝舉𤈦夜燔燧李善取其說廣韵夜曰𤈦晝曰燧葢有譌按孟張說𤈦燧爲二許說部曰𤈦塞上亭守𤈦火者也則爲一葢許以燧从𨸏故釋曰塞上亭 从火逢聲。敷容切九部 苣火祓也。苣束葦燒之也祓除惡之祭也 呂覽本味篇湯得伊尹祓之於廟爝以爟火贊能篇桓公迎管仲祓以爟火 从火爵聲。子肖切二部 呂不韋曰湯得伊尹爝以爟火釁以犧猳。高誘曰以牲血塗之曰釁 暴乾也。也上大徐衍火字乾音干賈誼傳曰日中必熭顏之推云此語出大公六韜言日中時必須暴曬不爾者失其時也熭與暴疾字異 从火。从火猶从日也火卽日也 彗聲。于歲切十五部 燥也。文選劉琨贈盧諶詩注引此下有謂爆燥也四字葢庾儼默注語釋詁又曰熙興也周語叔向釋昊天有成命之詩曰緝明熙廣也毛傳本之爰擄釋詁熙光也云廣當爲光按文王傳曰緝熙光明也敬之傳曰光廣也是古光廣義通燥者熙之本義又訓興訓光者引申之義也 从火巸聲。巸見匝部許其切一部

文一百一十二　重十五

火光上也。洪範曰火曰炎上其本義也雲漢傳曰炎炎熱氣也大田傳曰炎火盛陽也皆引申之義也 从重火。會意于廉切八部 凡炎之屬皆从炎。 火行微燄燄也。微當作𢼸雒誥曰無若火始燄燄廣韵曰燄火初著也左傳注引書作燄燄漢書梅福傳引書作庸庸此篆與光爓字別焰者俗爓字也 从炎臽聲。以冉切八部 炎光也。大徐作火光誤 从炎西聲。各本篆體作𤍠解云舌聲鉉疑當是甜省聲非也此與木部之栝皆从西之誤今正谷部曰西舌皃讀若三年導服之導一曰讀若沾古音在七八部導服卽禫服也鉉曰以冄切集韵他點他店切 侵火也。疊韵爲訓也近火者有畏意 从炎㐭聲。讀若桑葚之葚。力荏切七部 火行也。廣韵作皃也 从炎占聲。舒贍切七部 於湯中爚肉也。爚當作瀹玉篇韵會作瀹則俗用字也瀹者內肉及菜湯中薄出之瀹讀也禮有司徹乃燅尸俎鄭注燅溫也古文燅皆作尋記或作尋春秋傳若可尋也亦可寒也按燅者正字尋者同音叚借字云記或作尋者郊特牲血腥爓祭注云爓或爲尋是也爓亦叚借字也所引春秋傳哀公十二年左傳文賈注云尋溫也服注云尋之言重也溫也寒歇也郊特牲之注云爓或爲尋見有司徹疏今本禮記作爓或爲腍誤也有司徹注中尋字唐人譌作燖亦非也論語注溫尋也又中庸溫故而知新注曰溫讀如燖溫之溫尋本皆無火旁 从炎从熱省。小徐下有聲字誤也此會意徐鹽切七部 或从炙作。廣韵曰燅說文同上此古本說文之異也炙卽炙 大熟也。此與又部燮篆義別 从又持炎辛。會意蘇俠切八部 辛者物熟

粦黑黸⿰黑會黯黶黳⿰黑旦⿰黑箴⿰黑易黲黤黝黗點黚⿰黑金黦

粦

味也。辛下曰秋時萬物成而孰金剛味辛此說从辛之意也廣韵曰孌孰也文字指歸从辛又炎按文字指歸蓋用許說耳

粦兵死及牛馬之血爲粦。列子天瑞曰馬血之爲轉鄰也人血之爲野火也張注此皆一形之內自變化也淮南氾論訓曰老槐生火久血爲粦許注兵死之士血爲鬼火見詩正義高注血精在地暴露百日則爲粦遙望炯炯若然火也又說林訓曰抽簪招粦有何爲驚高注粦血似野火招之應聲而至血灑汗人以簪招則不至博物志戰鬥死亡之處有人馬血積年化爲粦粦著地入草木皆如霜露不可見有觸者著人體便有光拂拭便散無數又有吒聲如煼豆

粦鬼火也。詩東山熠燿宵行傳曰熠燿粦也粦熒火也熒火謂其火熒熒閃賜猶言鬼火也詩正義引陳思王螢火論曰熠燿宵行章句以爲鬼火或謂之粦章句者謂薛君章句是則毛韓古無異說毛詩字本作熒或乃以褌蟲之熒火即熠當之且或改熒爲螢改粦爲蟒大非詩義古者鬼火與即熠皆謂之熒火絕無螢字也粦者鬼火故从炎舛

从炎舛。錯曰舛者人足也按詩言宵行謂其能相背而行良刃切十二部

十篇上

文八　重一

黑

黑北方色也。四字各本無依青赤白三部下云東方色南方色西方色黃下亦云地之色則當有此四字明矣今補

火所熏之色也。熏者火煙上出也此語爲从炎起本

从炎上出囪。會意囪古文囪字在屋曰囪大徐本此下增囪古䆫字許本無之呼北切一部隸作黑

凡黑之屬皆从黑。

黸　⿰黑會

黸齊謂黑爲黸。經傳或借盧爲之或借旅爲之皆同音段借也旅弓旅矢見尚書左傳俗字改爲玈

从黑盧聲。洛乎切五部

⿰黑會沃黑色也。沃引申之義爲肥美沃黑者光潤之黑也女部曰媧女黑色也按沃黑玉篇廣韵皆作淺黑疑沃字誤淺字長

从黑會聲。惡外切十五部

黯　黶

黯深黑也。別賦黯然銷魂其引申之義

从黑音聲。乙減切七部

黶中黑也。謂黑在中也大學注厭讀爲黶黶者閉藏皃也其引申之義也

从黑厭聲。於琰切八部

黳　⿰黑旦　⿰黑箴

黳小黑子。師古漢書注曰黑子今中國通呼爲黶子吳楚謂之誌誌記也按黶黳雙聲

从黑殹聲。烏雞切十五部

⿰黑旦白而有黑也。从黑旦聲。當割切十四十五部五原有莫⿰黑旦縣。

⿰黑箴雖晳而黑也。晳者人色白也則⿰黑箴專謂人面

从黑箴聲。古咸切七部

古人名⿰黑箴字晳。仲尼弟子列傳曾蒧字晳奚容蒧字子晳又狄黑字晳蒧皆⿰黑箴之省論語曾晳名點則同音假借字也

⿰黑易　黲

⿰黑易赤黑也。从黑易聲。讀若煬。餘亮切十部

黲淺青黑色也。淺青之黑也通俗文曰暗色曰黲玉篇曰今謂物將敗時顏色黲也

从黑參聲。七感切七部

黤　黝

黤青黑色也。謂青色之黑也

从黑奄聲。於檻切八部

黝微青黑色也。謂微青之黑也微輕於淺矣黝古多段幽爲之小雅隰桑有阿其葉有幽傳曰幽黑色也周禮牧人

十篇上

陰祀用幽牲先鄭云幽讀爲黝黑也守祧其祧則守祧幽堊之先鄭亦云幽讀爲黝黑也今本皆轉寫幽黝誤譌矣玉藻一命縕韍幽衡再命赤韍幽衡鄭云幽讀爲黝黑謂之黝

从黑幼聲。於糾切三部

爾雅曰地謂之黝。釋宮文又釋器曰黑謂之黝孫炎注云黝青黑

黗

黗黃濁黑也。謂黃濁之黑也廣雅云黗黑也黗黃也蓋二字音義同偏旁異耳檀弓有黗字廣韵曰魯公子名亦黃色也然則黗字亦同

从黑屯聲。他衮切十三部

點　黚

點小黑也。今俗所謂點涴是也或作玷

从黑占聲。多忝切七部

黚淺黃黑也。淺黃之黑與黃濁之黑相對成文地理志犍爲郡黚水作此字許水部作黔水音同故也

从黑甘聲。巨淹切七部

讀若染繒中束緅黚。此句有譌字未聞

⿰黑金　黦

⿰黑金黃黑也。謂黃色之黑玉篇曰記林切黃色如金也廣韵居吟切淺黃色也

从黑金聲。古咸切七部

黦黑有文也。从黑冤聲。讀若飴登字。豆部曰登豆飴

⿱算黑ㄔㄨㄚˇ　⿱幵黑ㄐㄧㄢ　黠ㄒㄧㄚˊ　黔ㄑㄧㄢˊ　黕ㄉㄢˇ　黨ㄉㄤˇ

也食部曰飴米櫱煎也於月切十四十五部亦作䵷按周禮染人夏纁玄注云故書纁作䵟䵟卽黦也唐宋人詩詞多用黦字如韋莊淚沾紅袖黦之類王氏念孫曰淮南時則訓天子衣苑黃高注云苑讀登飴之登春秋繁露民病心腹宛黃許字異而義同

⿱算黑黃黑而白也。謂黃黑而發白色也从黑算聲。一曰短黑。別一義讀若以芥爲齏名曰芥荃也。艸部曰荃芥脃也是其物也脃荃⿱算黑三字音同初刮切十四十五部

⿱幵黑黑皴也。皮部無皴字見於此戰國策墨子百舍重繭往見公輸般淮南書申包胥累繭重胝七日七夜至於秦庭皆借繭爲⿱幵黑也从黑幵聲。古典切十二部

黠堅黑也。黑之堅者也石部曰硈石堅也亦吉聲也引申爲奸巧之偁貨殖列傳云桀黠奴謂其性堅而善藏也方言曰慧自關而東趙魏之閒謂之黠或謂之鬼从黑吉聲。胡八切十二部

黔黎也。黎履黏也與黳雜字同音故借爲黑義耇下曰老人面凍黎若垢謂凍黑也俗作黧小徐本作黧乃用俗字改許也从黑今聲。巨淹切七部秦謂民爲黔首謂黑色也。秦始皇本紀二十六年更名民曰黔首應劭曰黔亦黎黑也祭義明命鬼神以爲黔首則正義云此孔子言非當秦世錄記之人在後變改之耳按本紀秦山刻石親巡遠黎刻碣石門黎庶無繇向治周語也瑯邪臺刻石三言黔首之衆刻石會稽刻石各言黔首者一皆用秦制也周謂之黎民。大雅雲漢禮記大學黎民皆訓衆民釋詁曰黎衆也詩桑柔傳曰黎齊也宋人或以黑色訓黎民殊謬許言此者證秦以前無黔首之偁耳非謂黎黔同義易曰爲黔喙。說卦傳文謂民也按黔鄭作黚喙鼂以道呂東萊所據釋文作彖蓋喙之轉寫異體或古叚彖爲喙之故與

黕滓垢也。滓者澱也垢者濁也荀卿曰人心譬如槃水正錯而勿動則湛濁在下而淸明在上楊倞曰湛濁謂沈泥滓也按湛卽黕之叚借字文選注引魏文帝愁霖賦曰玄雲黕其四塞借黕爲黑皃引申之義也从黑冘聲。都感切八部

黨不鮮也。新鮮字當作鱻屈賦遠遊篇時曖曃其曭莽王注曰日月晻黮而無

⿱算黑⿱幵黑黠黔黕黨黷黵黴黜⿱般黑黱儵黬黰黮

黷ㄉㄨˊ　黵ㄉㄢˇ　黴ㄇㄟˊ　黜ㄔㄨˋ

光也然則黨䣊古今字方言曰黨知也楚謂之黨郭注黨朗解寤皃此義之相反而成者也釋名曰五百家爲黨黨長也一聚所尊長也此謂黨同尙从黑尙聲。多朗切十部

黷握持垢也。垢非可握持之物而入於握持是辱也古凡言辱者皆卽黷故鄭注昏禮曰以白造緇曰辱字書辱亦作黷从黑賣聲。徒谷切三部易曰再三黷。蒙卦辭古字多叚借通用許所據易作黷今易作瀆崔憬曰瀆古黷字也玉裁按鄭注云瀆褻也瀆褻許女部作嬻媟若依鄭義則瀆爲叚借字嬻爲正字也黷訓握垢故从黑吳都賦

黵大污也。从黑詹聲。當敢切八部

黴中久雨青黑也。楚辭九歌顏黴黎以沮敗淮南說山訓曰晉文公棄荏席後黴黑从黑微省聲。武悲切十五部集韵或作黴蓋古體

黜貶下也。玉篇云貶也下也按當作貶也下色也五字貶也者黜陟之義也下色也者爲从黑張本也古或叚詘絀爲之从黑出聲。丑律切十五部

⿱般黑ㄆㄢˊ　黱ㄉㄞˋ　儵ㄕㄨ　黬ㄩˋ　黰ㄉㄧㄢˋ　黮ㄊㄢˇ

⿱般黑⿱般黑嫣。逗下色也。也當依玉篇作皃⿱般黑嫣疊韵字从黑般聲。薄官切十四部

黱畫眉墨也。依小徐有墨字玉篇作黑黱者婦人畫眉之黑物也釋名曰黛代也滅眉毛去之以此畫代其處也通俗文曰點青石謂之點黛服虔劉熙字皆作黛不與許同漢人用字不同之微也黛者黱之俗楚辭國策遂無作黱者从黑朕聲。徒耐切按朕聲本在七部六部合音轉入一部又變其體爲黛如螟蟘字古亦作螟螣

儵青黑繒發白色也。古亦叚爲倏忽字又釋訓儵儵嘒嘒罹禍毒也釋小弁踧踧周道鳴蜩嘒嘒也从黑攸聲。式竹切三部

黬羔裘之縫也。召南羔羊之革素絲五緎傳曰革猶皮也緎縫也許所據詩作黬从黑或聲。于逼切一部

黰黰謂之垽。土部曰垽澱也水部曰滓澱也澱滓垽也是澱黰二篆異部而實一字也故爾雅釋器作澱謂之垽垽。逗滓也。黕滓垢也異字而同義从黑殿省聲。當作戾聲堂練切十三部

黮桑葚之

剠。

黭ㄧㄢˇ　黥ㄑㄧㄥˊ　黵ㄧㄢˇ　黟ㄧ

黭黥黵黟

黮也。桑葚見艸部葚黑曰黮故泮水卽以其色名之毛傳曰黮桑實也謂黮卽葚之叚借字也許與毛小別矣廣雅黑也則引申爲凡黑之偁方言云私也亦引申之義也從黑甚聲。他感切七部

黭果實黭黯黑也。荀卿子黭然而雷擊之注黭然卒至之皃此叚借字也從黑弇聲。烏感切七部

黥墨刑在面也。此刑亦謂之墨周禮司刑注曰墨黥也先刻其面以墨窒之從黑京聲。渠京切古音在十部

剠黥或从刀作。刀之而墨之也會也

黵者忘而息也。方言廣雅皆曰黵忘也忘而息宋人所謂黑甜也故从黑今人所用慙字卽此字之變也从黑敢聲。於檻切八部

黟黑木也。周書王會篇夷用闒木古今注烏文木出波斯國南方艸木狀文木樹高七八丈色正黑如水牛角从黑多聲。烏雞切古音在十七部丹楊有黟縣。地理志本作黟師古所據作黝乃誤本耳今安徽徽州府黟縣是其地

文三十七　重一

說文解字第十篇上

受業黟縣胡積城校字

補炮注詩言炮者四瓠葉閟宮是也言炰者二六月韓奕是也多以爲偏旁小異而不知本有二字瓠葉有兔斯首炮之燔之傳曰毛曰炮說文曰炮毛炙肉也鄭注禮記曰裹燒之曰炮禮運以炮以燔以亨以炙則炮者取豚若牂刲之刳之實棗於其腹中編萑以苴之涂之以堇涂炮之涂皆乾擘之蓋炮必連毛故閟宮曰毛炮傳曰毛炮豚也今詩閟宮作炰乃誤字也炰乃烝煑之名其異體作炰服虔通俗文曰燥煑曰炰六月韓奕皆言炰鼈鼈無毛非可炮者於烝煑宜鄭注禮經大射儀言焙鼈膾鯉宋嚴州本不誤宋本單行儀禮疏不誤內則言濡鼈濡同胹胹爛也鼈斷不可言炮毛詩作炰與炮異體蓋古本相傳如此乃炰之古字也炰之語如今言煨俗語如烏炮字火在旁故炰火在下以別之說文有炮無炰蓋本兼有二字如裹袍蝥蛾蠹棘東巢杳之例而劃其一炰或變爲炰又變爲熇包聲缶聲古音同在尤幽部集韵四十四有炰炰二形同俯九切蓋於韓奕正義得之廣韵集韵五交炮炰二形同蒲交切誤也經典釋文炰字不作音亦誤說文炙下云炮炙也以微火溫肉此炮必炰之誤炰炙者以炰法爲炙非炮也炮下云毛炙者連毛燒之以爲炙非燒肉之炙也炙下云炮肉者炮肉非炮毛也自說文失去炰篆誤認炮炰一字而其義晦久矣肉加於火上曰燔貫肉加於火曰炙生民作烈貫之鑊曰亨凡炮燔炙錯鐐不用鑊炰煑烹烝用鑊○陳煥曰大射儀蕃庶蕃注有炮鼈膾鯉雉兔鶉鴽釋文炮薄交反或作炰炰同音缶此陸本炮作炮而附焙炰字也賈正義曰知有焙鼈膾鯉者按六月詩云吉甫燕喜既多受祉又云飲御諸友炰鼈膾鯉故知有此也此賈本作焙而釋以六月之炰也賈疏單行宋本今現存黃氏丕烈所今注疏則焙譌炮炰亦譌炮矣六月字作炰正義不言炰同炰而韓奕炰鼈鮮魚正義曰按字書炰毛燒肉也炮非句誤也炰烝也服虔通俗文曰燥煑曰炰然則炰與炰別誤句而此及六月云炰鼈者音皆作缶鑄難然則炰與炰以火執之謂烝煑之也據此疏則炰別於炮而音缶與炰同字貫云音皆作缶者必據漢魏六朝相傳舊音而言陸氏於二詩不云炰音缶於禮別炰炰爲二字疏矣孔正義引字書炮毛燒肉也炰裘也所謂字書郎說文蓋說文本有炰字而今佚之

囪ㄔㄨㄤ 四。悤ㄘㄨㄥ 焱ㄧㄢˋ 熒ㄧㄥˊ 燊ㄕㄣ

說文解字第十篇下

金壇段玉裁注

囪 在牆曰牖。片部曰牖穿壁以木爲交窗也在屋曰囪。屋在上者也象形。此皆以交木爲之故象其交木之形外域之也楚江切古音在九部今竈突囱讀倉紅切凡囪之屬皆从囪。[古文]古文。黑字會字从此黑从炎上出田故受之以囪部

悤 [seal]多遽悤悤也。从囪从心。各本作从心囪今正从囪从心者謂孔隙既多而心亂也故其字入囪部會意不入心部形聲段令入心部則當爲心了悟之解矣囪亦聲。倉紅切九部

文二 重一 各本囪篆上有窗篆解云或从穴按廣韵四江曰窻說文作窗通孔也今於穴部正窻作窗於此刪窗故舊云重二今云重一

焱 [seal]火華也。古書焱與猋二字多互譌如曹植七啟風厲猋舉當作焱舉班固東都賦焱焱炎炎當作焱焱炎炎王逸曰猋去疾皃也李善注猋不別二字从三火。凡物盛則三之以冉切八部廣韵以贍切凡焱之屬皆从焱。

熒 [seal]屋下鐙燭之光也。鐙者錠也鐙以膏助然之燭以麻蒸然之其光熒熒然在屋之下故其字从冖冖者覆也熒者光不定之皃今江東人俗語如役高注淮南每云熒惑是也泲水出沒不常故尚書泆爲熒作此字周禮其川熒雒左傳閔二年宣十二年杜預後序熒澤廣風箋熒澤左傳杜注熒陽玉篇熒字下曰亦熒陽縣漢韓勑後碑劉寬碑陰鄭烈碑皆云熒陽唐盧藏用紀信碑亦作熒陽隋書王劭傳上表言符命曰龍闕於熒陽者熒字三火明火德之盛也然則熒澤熒陽古無作滎者尚書禹貢釋文經宋開寶中妄改熒爲滎而經典史記漢書水經注皆爲淺人任意竄易以爲水名當作滎不知泲水名熒自有本義於絕小水之義無涉也从焱冂。以火華照屋會意戶扃切

燊 [seal]盛皃。木部槀字下曰眾盛也此與同

炙ㄓˋ 繙ㄈㄢˊ 銕。

意从焱在木上。會意讀若詩曰莘莘征夫。讀如此莘字也今毛詩皇皇者華駪駪征夫馬部駪下不引詩而此引作莘莘招魂引作侁侁侁亦作莘莘音相近也所臻切十二十三部古文伷。一曰嶷。此六字譌誤不可通一曰役也。役上當有讀若二字

文三

炙 [seal]炙肉也。炙肉各本作炮肉今依楚茨傳正小雅楚茨傳曰炙炙肉也瓠葉傳曰炕火曰炙正義云抗舉也謂以物貫之而舉於火上以炙之按炕者俗字古當作抗手部曰抗扞也方言曰抗縣也是也瓠葉言炮言燔言炙傳云毛曰炮加火曰燔抗火曰炙燔炙不必毛也抗火不同加火之逼近也此毛意也箋云凡治兔之首宜鮮者毛炮之柔者炙之乾者燔之此申毛意也然則鳧鷖楚茨行葦燔炙並言皆必異義生民傳曰傳火曰燔貫之加於火曰烈貫之加於火卽抗火也生民之烈卽炙也禮運注曰炮裹燒之也燔加於火上也炙貫之火上也三者正與瓠葉傳相合然則炙與炮之別異又可知矣許宗毛義故炙下云炙肉也用楚茨傳爲文卽瓠葉傳之抗火曰炙也不用瓠葉而用楚茨者其字从肉故取炙肉之文也火部曰爇炙也炮毛炙肉也衷炮炙也負置魚筩中炙也皆是其引申之義爲逼近熏炙如桑柔傳曰赫炙也是从肉在火上。有弗貫之加火上也此可以得抗火之意之石切古音在五部○炙讀去聲則之夜切一義一字耳或乃別其義併異其形長孫訥言曰差之一畫詎惟千里見炙从肉莫問厥由氤意形聲固當从夕及其晤矣彼乃乖斯若靡馮焉他皆倣此據此知小徐本火部有炙字云炙也从火夕聲蓋唐以前或用羼入許書凡炙之屬皆从炙。[seal]籀文。徐鍇曰今東京文有此字豈謂東京賦與今文選東京賦作燔炙

繙 [seal]宗廟火孰肉。今世經傳多作燔作膰惟許書作繙火部燔下云爇也是詩作燔爲段借字他經作膰乃俗耳許稱左傳作繙左傳釋文云膰周禮又作繙皆古文之存焉者也異義左氏說脤社祭之肉盛之以蜃宗廟之肉名曰膰說文作祳繙用左氏說祳下曰

囪悤焱熒燊炙繙

燎　赤　赨　𤆍。　𧹞　赧　赬

祉肉盛以蜃故曰脤天子所以親遺同姓𤎅下云宗廟火孰肉也天子所以饋同姓古本當如此今本爲寫者舛誤耳必云炙孰者爲其字从火**天子所㠯饋同姓。**各本作以饋同姓四字在有事𤎅焉之下非也今正大宗伯鄭注云脤膰社稷宗廟之肉以賜同姓之國同福祿也兄弟有共先王者鄭與許同用左氏說也若傳所云賜齊侯胙又云宋先代之後天子有事膰焉有喪拜焉是亦有歸膰異姓者**从炙。**毛公曰傳火曰燔又曰加火曰燔其事與炙相類也**番聲。**附袁切十四部**春秋傳曰。天子有事𤎅焉。**僖廿四年左傳文傳此者證古經作𤎅不作燔又以見有歸𤎅異姓之禮

燎　炙也。其義同炙其音同燎**从炙。尞聲。讀若䙴燎。**漢時蓋有此語力照切二部

文三　重一

赤　南方色也。爾雅一染謂之縓再染謂之竀三染謂之纁鄭注士冠禮云朱則四入與按是四者皆赤類也鄭注易曰朱深於赤按赤色至明引申之凡洞然昭著皆曰赤如赤體謂不衣也赤地謂不毛也**从大火。**火者南方之行故赤爲南方之色从大者言大明也昌石切古音在五部俗借爲尺**凡赤之屬皆从赤。**

𤆍　古文从炎土。火生土

赨　赤色也。管子地員篇其種大苗細苗赨莖黑秀箭長尹注赨卽赤也**从赤。蟲省聲。**金部鉵䖵部䗈鬲部融與此皆蟲省聲知以虫爲蟲自古有之也徒冬切九部

𧹞　日出之赤也。从赤。㱿聲。按古本篆文當是上體从殸下體从赤火沃切三部篇韵皆呼木切

赧　面慙而赤也。而字依韵會趙注孟子曰赧赧面赤心不正皃也司馬貞引小爾雅曰面慙曰赧**从赤。𠬪聲。**𠬪或作艮非也女版切十四部隴王劭曰古音人扇反今音奴板反**周失天下於赧王。**尚書中候赧爲然鄭注云然讀曰赧

赬　赤色也。周南傳曰赬赤也爾雅釋器一染謂之縓再染謂之赬三染謂之纁郭曰縓今之紅也赬染赤也纁絳也按糸部云縓帛赤黃色也絳大赤也糸部引爾雅正作赬周禮注引爾雅又襄十七年左傳作竀叚借字也士喪禮經作赬**从赤。巠聲。**敕貞切十一部**詩曰。魴魚赬尾。**周南汝墳文今詩作赬

赬。　浾　䞁。　泟。　赭　𧹛　赫

赬　赬或从貞。貞聲

䞁　或从丁。丁聲

浾　棠棗之汁也。从赤水。各本轉寫舛誤今正浾與赬音雖同而義異別爲一字非卽赬字也棠棗汁皆赤故从赤水會意敕貞切十一部

泟　浾或从正。正聲

赭　赤土也。邶風赫如渥赭卽秦風之顏如渥丹故箋訓赭爲丹古秦風毛亦作渥赭是以韓詩作沰沰與赭音義皆同也管子地數篇云上有赭者下有鐵是赭之本義爲赤土也引申爲凡赤**从赤。者聲。**之也切古音在五部

𧹛　赤色也。从赤。𠦝聲。讀若浣。胡玩切十四部

赫　大赤皃。大各本作火今正此謂赤非謂火也赤之盛故从二赤邶風赫如渥赭傳曰赫赤皃此赫之本義也若生民傳曰赫顯也出車傳赫赫盛皃常武傳网云赫赫然盛也節南山傳赫赫顯盛也淇奧傳赫有明德赫赫然以及雲漢傳赫赫旱氣也桑柔傳赫炙也皆引申之義也又按皕部曰奭盛也是詩中凡訓盛者皆叚奭爲赫而采芑瞻彼洛矣二傳曰奭赤皃卽簡兮傳之赫赤皃正謂奭卽赫之叚借也爾雅釋訓奭奭本作赫赫二字古音同矣或作赩如白虎通引赩韐有赩李注文選亦引毛傳赩赤皃**从二赤。**呼格切古音在五部音郝奭古音亦如郝

文九　重四舊作文八重五

大

大　天大地大人亦大焉。依韵會訂**象人形。**老子曰道大天大地大人亦大人法地地法天天法道按天之文从一大則先造大字也凡人之文但象臂脛大文則首手足皆具而可以參天地是爲大徒蓋切十五部

亣　古文亣也。亣下云古文亣亣下云籀文大此以古文籀文互釋明祇一字而體稍異後來小篆偏旁或从古或从籀故不得不殊爲二部亦猶从儿从人必分系二部也然則小篆作何字曰小篆作古

奎ㄎㄨㄟ 夾ㄐㄧㄚ 奄ㄧㄢ 夸ㄎㄨㄚ ⿱大亘ㄏㄨㄢ 㚕ㄨㄚ

文也凡大之屬皆从大。

奎 兩髀之閒。奎與胯雙聲奎宿十六星以像似得名从大。兩髀之閒人身寬闊處故从大首此篆者蒙上人形言也圭聲。苦圭切十六部

夾 持也。持者握也握者搤也搤者捉也捉物必以兩手故凡持曰夾左傳曰夾輔成王古多叚俠爲夾公羊注曰滕薛俠轂从大夾二人。夾各本作俠俠者傳也非其義今正夾者盜竊褱物也从亦有所持夾褱物故从二入夾持人故从二人大者人也一人而二人居其亦猶一人二亦閒褱物也故曰从大夾二人古狎切八部

奄 覆也。大有餘也。釋言曰荒奄也弇同也弇蓋也古奄弇同用覆蓋同義詩皇矣傳曰奄大也執競傳曰奄同也鄭箋詩奄皆訓覆許云覆也大有餘也二義實相因也覆乎上者往往大乎下故字从大周官經謂宦者爲奄以精氣閉藏名之覆蓋義之引申也又欠也。三字未詳方言曰奄息也李密陳情表曰氣息奄奄从大申。會意依檢切八部申展也。說从申之意申下曰神也古屈伸多作詘信不作伸申今則作申俗又作伸申本義不訓展也故必特釋之

夸 奢也。奢者張也疊韵同義从大亏聲。苦瓜切古音在五部

⿱大亘 奢⿱大亘也。當是本作⿱大亘奢也⿱大亘字爲逗轉寫倒之今經傳都無⿱大亘字有桓字商頌長發傳曰桓大也撥治也箋云廣大其政治此可以證桓即⿱大亘之叚借字桓弓桓楹注亦云大楹周禮桓圭同解周書謚法辟土服遠曰桓辟土兼國曰桓皆是大義釋訓曰桓桓威也泮水傳曰桓桓威武貌詩序曰桓講武類禡也蓋此等桓字亦⿱大亘之叚借字大之義可以兼武也桓之本義爲亭郵表自經傳皆借爲⿱大亘字乃致桓行⿱大亘廢矣非許書尚存孰能識其本始非長發傳尚存何以觀其會通淺人乃易長發傳云桓武撥治是謂桓必無訓大之理而不知周公之六書有叚借也又按洪範傳曰咺威儀容止宣著也亦謂咺即⿱大亘之叚借宣著者亦大之意也許書口部咺有本義漢人作傳注不外轉注叚借二者必得其本字而後可說其叚借欲得其本字非許書莫由也从大亘聲。胡官切十四部

㚕 㚕大也。此謂窊下之大也从大瓜聲。烏瓜切古音在五部

五

十篇下

奯ㄏㄨㄛ 戴ㄓ 夽ㄩㄣ 奃ㄉㄧ ⿱大介ㄐㄧㄝ ⿱大此ㄘ ⿱大弗ㄅㄧ 奄ㄔㄨㄣ 契ㄑㄧ

奯 空大也。此謂空中之大與豁義略同篇韵云大目也从大歲聲。讀若詩施罛濊濊。濊濊各本或作濊濊或作泧泧皆誤說詳水部呼括切十五部

戴 大也。此謂秩秩然之大也地理志四驖作四戴从大𢦏聲。讀若詩戴戴大猷。小雅巧言文戴戴當作秩秩今毛詩正作秩秩傳曰秩秩進知也呈在十一部秩在十二部古合音爲取近是以戴讀如秩直質切

奅 大也。此謂虛張之大廣韵曰起臁也从大丣聲。各本作卯聲今正按漢書與丣通用其字當力救切古音在三部讀从卯乃匹皃切矣

夽 大也。此謂楓物之大从大云聲。讀若䨺。䨺錯本作鄦無此字蓋由䨺作鄦而又誤耳魚吻切十三部

奃 大也。此謂根柢之大从大氐聲。讀若氐。都兮切十五部

⿱大介 大也。此謂分畫之大方言曰⿱大介大也東齊海岱之閒曰⿱大介或曰幠按經傳多叚介爲之釋詁曰介大也詩生民小明傳皆曰介大也士冠禮注易晉虞注左傳貴介弟介㝈注吳語介福注孟子不以三公易其介離騷堯舜耿介注同从大介聲。讀若蓋。古拜切十五部

⿱大此 瞋大聲也。各本無聲字今依玉篇廣韵補瞋大聲者謂張目而大聲若言喑噁叱咤千人皆廢也疑瞋下奪目字又按瞋張目也瞋大史所謂目眥盡裂也聲誤衍从大此聲。火戒切十五部

⿱大弗 大也。此謂矯拂之大周頌佛時仔肩傳曰佛大也此謂佛即⿱大弗之叚借也小雅廢爲殘賊毛傳一本廢大也釋詁云廢大也此謂廢即奰之叚借字也从大弗聲。讀若予違汝弼。皋陶謨文謂讀若此弼也房密切古音在十五部玉篇作奰作猷

奄 大也。此謂敦厚之大从大屯聲。讀若鶉。鶉當作離常倫切音在十三部

契 大約也。約取纏束之義周禮有司約大約劑書於宗彝小宰聽取予以書契大鄭云書契符書也後鄭云書契謂出予受入之凡要凡簿書之最目獄訟之要辭皆曰契引春秋傳王叔氏不能舉其契按今人但於買賣曰文契經傳或叚契爲栔如爰契我龜傳曰契開也是也又叚爲挈字如死生契闊傳曰契闊

十篇下

大

奎夾奄夸⿱大亘㚕奯戴夽奃⿱大介⿱大此⿱大弗奄契

勤苦也又契契寤嘆傳曰契契憂苦也皆取提挈勤苦之意也从大㓞聲。苦計切十五部易曰後世聖人易之㠯書契。世各本作代避唐諱也今正易毄辭傳文

夷東方之人也。从大从弓。各本作平也从大从弓東方之人也淺人所改耳今正韵會正如是羊部曰南方蠻閩从虫北方狄从犬東方貉从豸西方羌从羊西南僰人焦僥从人蓋在坤地頗有順理之性惟東夷从大大人也夷俗仁仁者壽有君子不死之國按天大地大人亦大大象人形而夷篆从大則與夏不殊夏者中國之人也从弓者肅愼氏貢楛矢石砮之類也以脂切十五部出車節南山桑柔召旻傳皆曰夷平也此與君子如夷有夷之行降福孔夷傳夷易也同意夷卽易之叚借也易亦訓平故叚夷爲易也節南山一詩中平易分釋者各依其義所近也風雨傳曰夷悅也者平之意也皇矣傳曰夷常也者謂夷卽彝之叚借也凡注家云夷傷也者謂夷卽痍之假借也周禮注夷之言尸也者謂夷卽尸之叚借也尸陳也其他訓釋皆可以類求之

文十八

亦人之臂亦也。玉篇今作掖按手部掖者以手持人臂投地也一曰臂下也一曰臂下之語蓋淺人據俗字增之耳徐鉉等曰亦今別作腋按廣韵肘腋作此字俗用亦爲語䛐乃別造此肉部曰胳亦下也肱亦下也今禮記深衣袼之高下注云袼衣袂當腋之縫袼腋乃皆俗字人臂兩重臂與身之閒則謂之臂亦臂與身有重疊之意故引申爲重絫之䛐公羊傳大火爲大辰伐爲大辰北辰亦爲大辰何注云亦者兩相須之意按經傳之亦有上有所蒙者有上無所蒙者論語不亦說乎亦可宗也亦可以弗畔亦可以爲成人矣皆上無所蒙皇侃曰亦猶重也此等皆申重贊美之䛐亦之言猶大也甚也若周頌亦有高廩亦服爾耕鄭箋云亦大也是謂亦卽奕奕之叚借也夰部曰奕大也又或叚爲射或叚爲易从大象兩亦之形。謂左右兩直所以象無形之形羊益切古音在五部凡亦之屬皆从亦。

夾盜竊褱物也。从亦有所持。兩亦下有物盜竊褱之意失冄切七部俗謂蔽人俾夾是也。蔽人俾夾蓋漢時有此語蔽人者人所不見人部俾下曰門持人也手部挾下曰俾持也曹大家用陝輸趙壹傳作陝揄疑陝卽夾字宏農陝字从此。漢宏農陝縣在今河南陝州从夾之字絕少故著之陝隘字从𨸏夾

文二

夨傾頭也。人部曰傾者夨也夨象頭傾因以爲凡傾之偁从大象形。象頭不直也阻力切十一部凡夨之屬皆从夨。

奊頭傾也。玉篇引蒼頡云仡仡也从夨吉聲。讀若孑。古屑切十二部

奊頭衺骫奊態也。頭衺者頭不正骫奊者頭不正之皃也左傳齊有慶奊卽慶繩蓋以頭邪爲名以繩直爲字名字相應也賈誼傳奊詬無節叚奊爲謑从夨圭聲。胡結切古音在十六部

吳大言也。大言之上各本有姓也亦郡也一曰吳八字乃妄人所增今刪正檢韵會本正如是周頌絲衣魯頌泮水皆曰不吳傳箋皆云吳譁也言部曰譁者讙也然則大言卽謂譁也孔沖遠詩正義作不娛史記孝武本紀作不虞皆叚借字大言者吳字之本義也引伸之爲凡大之偁方言曰吳大也九章齊吳榜以擊汏王注齊擧大櫂从夨口。大言非正理也故从夨口五乎切五部何承天改吳作吴音胡化反其繆甚矣

𡗿古文如此。从口大

文四　重一

小徐本有吳字作交五非是昃已見日部吳者隸體也然廣韵亦吳昃並見

夭屈也。从大象形。象首夭屈之形也隰有萇楚傳曰夭少也桃夭傳曰夭夭桃之少壯也凱風傳曰夭夭盛皃也月令注曰少長曰夭此皆謂物初長可觀也物初長者尙屈而未申叚令不成遂則終於夭而已矣故左傳國語注曰短折曰夭國語注又曰不終曰夭又曰夭折也孟康注五行志曰用人不以次弟爲夭皆其引申之義也論語子之燕居申申如也夭夭如也上句謂其中下句謂其屈不屈不中之閒其斯爲聖人之容乎於

兆切二部按亦於喬切古平上無異義後人乃別之**凡夭之屬皆从夭。**

喬　高而曲也。爾雅釋詁詩伐木時邁傳皆曰喬高也釋木曰上句曰喬句如羽喬漢廣傳曰喬上竦也按喬不專謂木淺人以說木則作橋如鄭風山有橋松是也以說山則作嶠釋山鋭而高嶠是也皆俗字耳許云高而曲即爾雅之上句如羽木有如是者他物亦有如是者**从夭从高省。**會意以其曲故从夭巨嬌切二部依小徐本無詩曰南有喬木六字

幸　吉而免凶也。吉者善也凶者惡也得免於惡是爲幸**从屰从夭。**屰者不順也不順從夭死之事會意胡耿切十一部**夭。**逗**死之事。**左傳所謂夭札不終其天年者也**死謂之不幸。**依韵會本死爲不幸則免死爲幸

奔　走也。走者趨也釋宮曰室中謂之時堂上謂之行堂下謂之步門外謂之趨中庭謂之走大路謂之奔此析言之耳渾言之則奔走趨不別也引申之凡赴急曰奔凡出亡曰奔其字古或叚賁或叚本毛詩予曰有本走陸德明本如是**从夭卉聲。**大徐作賁省聲非此十三部十五部合音博昆切十三部**與走同意俱从夭。**此說从夭之意走者屈其足故从夭止奔之从夭意同也凡行疾則屈腳疾

文四

交　交脛也。交脛謂之交引申之爲凡交之偁故爻下曰交也烄下曰交木然也教下曰交灼木也楷下曰木參交以枝炊䉛者也衿下曰交衽也凡兩者相合曰交皆此義之引申叚借耳楚茨傳東西曰交邪行曰造这遺字之叚借也小雅交交桑扈箋云交交猶佼佼飛往來皃而黃鳥小宛傳皆曰交交小皃則與本義不同蓋方語有謂小交交者**从大象交形。**謂从大而象其交脛之形也古爻切二部**凡交之屬皆从交。**

𩏂　衺也。衣部衺下曰𩏂也二篆爲轉注經典叚回字爲之小旻謀猶回遹傳曰回邪也大明厥德不回傳曰回違也回皆𩏂之叚借字小旻言其轉注大明言其叚借故傳語不同大明傳違卽𩏂字𩏂久不行

俗乃作違經典多作回口部曰回轉也乃回之本義必有許書而後知回衺之本字作𩏂桓大之本字作查傻咆之本字作夬倘不能觀其會通則許書徒存而已矣**从交韋聲。**羽非切十五部

絞　縊也。糸部縊下曰縊絞也二篆爲轉注古曰絞曰縊者謂兩繩相交非獨謂經死禮喪服絞帶者繩帶也兩繩相交而緊謂之絞論語直而無禮則絞好直不好學其蔽也絞馬融曰絞刺也鄭云急也刺庢達切乖剌也與鄭義無異急則無不乖剌者也皇侃陸德明乃讀爲譏刺七賜反其繆甚矣**从交糸。**會意交糸者兩絲相切也此篆不入糸部者重交也交亦聲古巧切二部

文三

尢　𡯁也。各本少也字遂不可讀今補𡯁者蹇也尢本曲脛之偁引申之爲曲脊之偁故人部僂下曰尪也**曲脛人也。**人字依九經字樣補𡯁者多由曲脛故言此爲下象偏曲張本**从大象偏曲之形。**謂从大而象一脛偏曲之形也烏光切十部**凡尢之屬皆从尢。**

尪　篆文从㞷。篆文各本作古文今正尢者古文象形字尪者小篆形聲字此亦古文二篆文丄之例必取古文爲部首者以其屬皆从古文也尪見左傳檀弓鄭注釋爲面鄉天或云短小曰尪本从㞷聲省作尪

尳　厀病也。从尢骨骨亦聲。戶骨切十五部按此篆當是本在部末與𡯁爲類而尢𡯁也𡯁蹇也乃正相屬

𡯁　蹇也。足部曰蹇者𡯁也二篆爲轉注𡯁俗作跛或以沾入足部致正俗複出非也今之經傳有跛無𡯁王制公羊穀梁傳皆作跛**从尢皮聲。**布火切十七部

𡯂　𡯂𡯂。各本作𡯁𡯂今依宋本說文宋刻集韵三十八箇正**行不正也。从尢左聲。**則箇切十七部類篇遺哥子我切

尥　行不正也。从尢㫃聲。讀若燿。弋笑切二部

尷　尲尬行不正也。各本奪尲尬二字今依全書通例補又補行字集韵二十五沾廣韵二十六咸皆云尲尬行不正也可證今蘇州俗

尬ㄍㄚˋ 尥ㄌㄧㄠˋ ⿺尣是ㄊㄧˊ ⿺尣巂ㄒㄧ 尪ㄩ ⿺尣羸ㄌㄨㄛˇ

語謂事乖剌者曰尲尬 从尣兼聲。古咸切七部

尬 尲尬也。雙聲字 从尣介聲。公八切又古拜切十五部按今俗語去聲

尥 行脛相交也。行而脛相交則行不便利高注淮南郭注方言王注素問皆曰了戾謂纏繞不適集韵五交曰尥牛行足外出也是其意也今俗語有此 从尣勺聲。力弔切二部此下舊有牛行腳相交爲尥小徐本無乃讀者箋記語耳

⿺尣是 ⿺尣是不能行爲人所引曰⿺尣是⿺尣巂。疊韵字也與提攜義相近 从尣从爪覆手曰爪是聲。都兮切十六部玉篇作尲

⿺尣巂 ⿺尣是⿺尣巂也。从尣从爪巂聲。戶圭切十六部

尪 股尪也。尪之言紆也紆者詘也 从尣亐聲。乙于切五部

⿺尣羸 厀中病也。从尣羸聲。郎果切十七部廣韵去聲

文十二 重一

壺ㄏㄨˊ 𡔲ㄩㄣ

壺 昆吾圜器也。缶部曰古者昆吾作匋壺者昆吾始爲之聘禮注曰壺酒尊也公羊傳注曰壺禮器腹方口圜曰壺反之曰方壺有爵飾又喪大記狄人出壺大小戴記投壺皆壺之屬也 象形。謂壺 从大象其蓋也。奄下曰蓋也大有餘也戶姑切五部 凡壺之屬皆从壺。

𡔲 壹𡔲也。从凶从壺。壺不得渫也。虞翻以否之閉塞釋絪縕趙岐亦以閉塞釋志壹氣壹於云切十三部 易曰。天地壹𡔲。繫辭傳文今周易作絪縕他書作烟熅氤氳蔡邕注典引曰烟烟熅熅陰陽和一相扶皃也張載注魯靈光殿賦曰烟熅天地之蒸氣也思元賦舊注曰烟熅和皃許據易孟氏作壹乃其本字他皆俗字也許釋之曰不得渫也者謂元氣渾然吉凶未分故其字从吉凶在壺中會意合二字爲雙聲疊韵實合二字爲一字文言傳曰與鬼神合其吉凶然則吉凶即鬼神也繫辭曰三人行則損一人一人行則得其友言致一也壹𡔲構精皆釋致一之義其轉語爲抑鬱

文二

壹一 懿一ˋ

壹 嫥壹也。嫥各本作專今正嫥下云壹也與此爲轉注 从壺吉。吉亦聲。於悉切十二部俗作壹 凡壹之屬皆从壹。

懿 嫥久而美也。嫥者壹也釋詁詩烝民傳皆曰懿美也周書謚法曰柔克爲懿溫柔聖善曰懿許益之以專久者爲其字从壹也專壹而後可久可久而後美小爾雅及楚辭注懿深也詩七月傳曰懿深筐也深即專壹之意也 从壹从恣省聲。从恣省聲四字蓋或淺人所改竄當作从心从欠壹亦聲从心从欠所謂持其志無暴其氣美在其中而暢於四支也壹亦聲者國語衛武公作懿戒以自儆韋注懿讀曰抑大雅之抑詩也大雅懿厥哲婦箋云有所痛傷之聲也金縢對曰信懿馬云猶噫也小雅抑此皇父箋云抑之言噫古懿抑同用懿抑壹三字同音可證古音讀如一十二部今乙冀切

文二

㚔ㄋㄧㄝˋ 睪一ˋ

㚔 所㠯驚人也。从大从𢆉。各本作从羊五經文字曰說文从大从𢆉𢆉音干今依漢石經作幸又曰執者說文執者經典相承凡報之類同是則張氏所據說文與今本迥異如是今隸用石經體且改說文此部皆作幸非也今皆正干者犯也其人有大干犯而觸罪故其義曰所以驚人其形从大干會意 一曰大聲也。此別一義 凡㚔之屬皆从㚔。一曰讀若瓠。五字未詳疑當作一曰讀若執在讀若籋之下 一曰俗語㠯盜不止爲㚔。又一義按玉篇此義不系說文廣韵引說文亦無此語十字恐後人所沾大徐本疊㚔字 讀若籋。尼輒切七部

睪 司視也。司者今之伺字廣韵作伺 从目各本作从横目今依廣韵韵衆蜀蠲篆下皆但言从目 从㚔。會意字㚔者罪也羊益切古音在五部今隸作睪凡从睪之字同 今吏將目捕辠人也。今各本譌令今正此以漢制明之故曰今漢之吏人擕帶眼目捕罪人如虞詡令能縫者傭作賊衣以采線縫賊裾有出市里者吏輒禽之是

也。辠各本作罪，今依廣韵。

執　捕辠人也。辠各本作罪，今依廣韵。手部曰：捕者，取也。引申之爲凡持守之偁。从丮㚔。會意。㚔亦聲。之入切。七部。今隸作執。

圉　囹圄。逗。所㠯拘辠人。㚔爲辠人，口爲拘之，故其字作圉。他書作囹圄者，同音相叚也。圉者，守之也，其義別。說文宋本作囹圄者，非是。月令：仲春命有司省囹圄。孟秋命有司繕囹圄。注曰：囹圄，所以禁守繫者，若今別獄矣。蔡邕云：囹，牢也。圄，止也。所以止出入，皆罪人所舍也。崇精問曰：獄，周曰圜土，殷曰羑里，夏曰均臺，囹圄何代之獄？焦氏荅曰：月令秦書，則秦獄名也。漢曰若盧，魏曰司空是也。按蔡說囹圄皆罪人所舍云皆，則不必一地。是以口部曰：圄，獄也。不連囹言。此言囹圄錯見以明之。从口㚔。會意。魚舉切。五部。今隸作圉。一曰圉，垂也。義見左傳、爾雅毛傳。一曰圉人，掌馬者。義見左傳、周禮注、禮記注。按小徐本無此十二字，當是古本如此。邊垂者，可守之地。養馬者，守視之事。疑皆圉字引申之義，各書叚圉爲之耳。

盩　引擊也。引而擊之也。从㚔攴見血也。會意。張流切。三部。今隸作盩。扶風有盩厔縣。說者曰：山曲曰盩，水曲曰厔。按即周旋折旋字之叚借也。在今陝西西安府盩厔縣東三十里，地名終南鎮。元和郡縣志：終南縣城，即漢盩厔縣故城也。厔俗作庢，非。

報　當辠人也。司馬彪百官志曰：廷尉掌平獄，奏當所應。凡郡國讞疑罪，皆處當以報。史記張釋之列傳曰：廷尉奏當，一人犯蹕，當罰金。又曰：廷尉當是也。又路溫舒上書曰：奏當之成。司馬貞引崔浩云：當謂處其罪也。按當者，漢人語。報亦漢人語。漢書張湯傳曰：訊鞫論報。蘇林注蘇建傳：白報論也。斷獄爲報，是則處分其罪以上聞曰奏當，亦曰報也。引申爲報白，爲報復。又叚爲赴疾之赴，見少儀、喪服小記。今俗云急報是也。从㚔从𠬝。會意。博号切。古音在三部。今隸作報。𠬝，逗。服辠也。𠬝見又部，音服，治也。小徐作㞋，晉展誤甚。此說从𠬝之意，以今字今言通之也。

𥷺　窮治辠人也。治各本作理，唐人所改也。今依篇韵正。辠各本作罪，今依廣韵正。文王世子注曰：讀書論法曰鞫。正義云：讀皆讀囚人之所犯罪狀之書，用法謂以

法律平斷其罪。周禮小司寇讀書用法。先鄭云：如今讀鞫已乃論之。漢書功臣侯表：坐鞫獄不實。如淳云：鞫者，以其辭決罪也。張湯傳：訊鞫論報。張晏云：鞫，一吏爲讀狀，論其報行也。刑法志：遣廷史與郡鞫獄。如淳云：以囚辭決獄爲鞫，謂疑獄也。按鞫者，俗𥷺字，譌作鞠。古言鞫，今言供，語之轉也。今法具犯人口供於前，具勘語擬罪於後，即周之讀書用法，漢之以辭決罪也。鞫與窮一語之轉，故以窮治罪人穪鞫。引申爲凡窮之偁。谷風、南山、小弁傳曰：鞫，窮也。公劉傳曰：究也。節南山傳曰：盈也。究盈亦窮之意。蓼莪傳曰：養也。養與窮相反而成，如亂可訓治，徂可訓存，苦可訓快。若采芑傳曰：鞫，告也。此則謂鞫即告之叚借字。文王世子告於甸人，亦是叚告爲鞫也。从㚔人言。會意。㚔人言者，犯罪人之言也。竹聲。居六切。三部。按此字隸作鞫，經典從之，俗多改爲鞠，大誤。

𥷺　或省言。

文七　重一　此部八篆俗寫皆改㚔爲卒。

奢　張也。張者，施弓弦也。引申爲凡充庰之偁。侈下曰：一曰奢也。从大者聲。式車切。古音在五部。凡奢之屬皆从奢。

奓　籒文。按籒會意，篆形聲。西京賦有奓虛公子者，心奓體泰。薛注言公子生於貴戚，心志奓溢，體安驕泰也。未嘗云奓即侈字。李善引聲類云奓侈字也，疑李登始爲此說，初非許意。平子文章用籒文奢也。廣韵讀陟加切。

奲　富奲奲皃。當作奲奲富皃。按此字單聲而入十七部，丁可切，正如鼉、驒亦單聲也。篇韵昌者一切，殆非是。與朶同音，故小徐云謂重而垂也。毛詩桑扈、那二傳皆曰：那，多也。釋詁同。國語富都那豎，韋注：那，美也。那不知其本字，以許書折衷之，則奲爲本字，那爲叚借字耳。俗用嚲字訓垂下皃，亦疑奲之變也。从奢單聲。丁可切。十四、十七部合音也。

文二　重一

亢　人頸也。史漢張耳列傳：乃仰絕亢而死。韋昭曰：亢，咽也。蘇林云：肮，頸大脈也，俗所謂胡脈。婁敬傳：搤其亢。張晏曰：亢，喉嚨也。按釋鳥曰：亢，鳥嚨。此以人頸之偁爲鳥頸之偁也。亢之引申爲高也、舉也、當也。从大

暴ㄅㄠ 𡘪ㄏㄨ 夲ㄊㄠ 䘣ㄍㄤ 頏。

䘣夲𡘪暴粇奏皋

省工人象頸脈形。下冂蘇林說與此合古郎切十部按亦胡郎切亦下浪切俗作肮作吭凡亢
之屬皆从亢。頏亢或从頁。此字見於經者邶風曰燕燕于飛頡之頏之毛傳曰飛而
上曰頡飛而下曰頏解者不得其說玉裁謂當作飛而下曰頡飛而上曰頏轉寫互譌久矣頡與頁同音頁古文䭫
飛而下如䭫首然故曰頡之古本當作頁之頏即亢字亢之引申爲高也故曰頏之古本當作亢之於音尋義斷無
飛而下曰頡者若楊雄甘泉賦柴虒參差魚頡而鳥胻李善曰頡胻猶頡頏也師古曰頡胻上下也皆以毛詩頡頏
爲訓象潛譎鳥於天亦可證頡下頏上矣俗本漢書胻譌从日作斷集譎入諸府訓即燕燕之頡字俗字之不可
問有如此者楊雄解嘲鄒衍以頡亢而取世資漢書作亢文選作頡頏正亢頏同字之證頁部曰頡者直項也亢者人
頸然則頡亢正謂直項淮南修務訓王公大人有嚴志頡頏之行者無不憚悇癢心而悅其色矣此正用直項之訓
解嘲之亢亦正謂鄒衍彊項傲物而世猶師貣之也亢頏用字之本義東方朔畫贊云苟出不可以直道也故頡頏
以傲世亦取直項之義䘣直項莽䘣皃。當作莽䘣直項皃或曰淮南書有嚴志頡頏之行頏
即䘣字也頁部曰頏直項从亢从夋。會意夋，倨也。說从夋之意語見夂部亢亦聲。岡朗
切又胡朗切十部按大徐篆左亢右夋今依小徐玉篇廣韵左夋右亢

文二　重一

夲進趣也。趣者疾也从大十。會意大十者，者字依廣韵補猶兼十人也。
說从大十之意言其進之疾如兼十人之能也凡夲之屬皆从夲。讀若滔。土刀切二部
𡘪疾也。上林賦藰莅卉歙又卉然興道而遷義郭璞曰卉猶勃也西京賦奮隼歸鳧沸卉軿訇薛綜曰
奮迅聲也卉皆𡘪之叚借从夲卉聲。呼骨切十五部拜从此。暴疾有所趣也。
趣當作趨引申爲凡疾之偁从日出夲廾之。會意廾者竦手也薄報切二部按此與㬥二篆形義

十篇下　十五

㪍。

粇ㄩㄣ 奏ㄗㄡ 屛。 皋ㄍㄠ

皆殊而今隸不別此篆主謂疾故爲夲之屬暴主謂日晞故爲日之屬粇進也。於部旐下曰導車所
載全羽以爲允句允進也許意謂即粇之省也从夲从中。中者進之意也允聲。余準切十三部易
曰粇升大吉。升初六爻辭鄭曰升上也荀爽云謂一體相隨允然俱升九家易曰謂初失正乃與二陽
允然合志俱升允然者升之見不訓信蓋古本作粇升也奏奏。此復舉字之未刪者進也。六月傳曰
奏爲也其引申之義也从夲从𠬞竦手也進之意从中。則候切四部中上進之義。
說粇奏皆从中之意𡙸古文。𢍃亦古文。皋气皋白之進也。當作
皋气白之進也皋者複舉字之未刪者也皋謂气白之進故其字从白夲气白之進者謂進之見於白气衛然者也
皋與臭同音臭訓大白日部皞訓皓旰皓旰者白皃也皞昭字俗寫多从白頁部顥訓白皃皋有訓澤者小雅鶴鳴
傳曰皋澤也澤與皋析言則二統言則一如左傳鳩藪澤牧隰皋並皋析言也鶴鳴傳則皋即澤澤藪之地極望數

十篇下　十六

白沆瀣皛溔皆白气也故曰皋又引申爲凡進之偁則如禮祝曰皋是也或叚皋爲櫜如伏注左傳皋比即樂記之
建櫜或叚爲高如明堂位皋門注云皋之言高也从白夲。會意古勞切古音在三部禮，句謂禮經也
祝曰皋，士喪禮復者一人升自前東榮中屋北面招以衣曰皋某復三注曰皋長聲也禮運亦云皋某復按
聲長必緩故左傳魯人之皋注云緩也召旻皋皋釋訓曰刺素食也毛曰頑不知道也皆緩之意也登謌曰
奏。謌或歌字也登歌堂上歌也禮經或言歌或言樂或言奏貢皆奏也故皋奏皆从夲。祝也登歌
也皆有進意說皋奏二篆从夲之意周禮曰：詔來鼓皋舞。樂師職文今周禮作來瞽先鄭云鼓
或作鼛皋當爲告後鄭云皋之言號大祝職云來瞽令皋舞後鄭曰皋讀爲卒嗥呼之嗥來嗥者皆謂呼之入漢書
高祖告歸之田服虔曰告音如嗥東觀漢記田邑傳作號歸蓋古告皋嗥號四字音義皆同

文六　重二

夰 放也。放者逐也。从大八。句八逗分也。各本从大而八分也今正夰者大分之意也古老切二部凡夰之屬皆从夰。

臩 舉目驚臩然也。廣韵引埤蒼目驚臩臩然襍記下曰兔喪之外行於道路見似目瞿聞名心瞿二瞿當作臩詩齊風狂夫瞿瞿傳曰無守之皃唐風良士瞿瞿傳曰瞿瞿然顧禮義也亦當作臩臩从夰从䀠。會意䀠左右視也䀠亦聲。九遇切五部

奡 嫚也。嫚者侮傷也傲者倨也奡與傲音義皆同引伸爲排奡多力皃从百从夰。傲者昂頭故从首夰亦聲。古到切二部虞書曰：若丹朱奡。皋陶謨文朱當作絑讀若傲。論語：奡湯舟。憲問篇文依宋本及集韵類篇作湯今作盪非湯卽盪陣字盪陣音湯

昦 春爲昦天，元气昦昦也。春爲昦天釋天文元气昦昦者釋昦字之義黍離毛傳曰蒼天以體言之元氣廣大則稱昊天仁覆閔下則稱旻天自上降鑒則稱上天據遠視之蒼蒼然則稱蒼天李巡孫炎郭璞本爾雅及劉熙釋名皆作春蒼夏昊許君五經異義鄭君駁異義所據爾雅及歐陽尚書皆作春昊夏蒼鄭君云春氣博施故以廣大言之許君尚書堯典羲和以昊天總勑四時故知昊天不獨春也許君作異義時是毛傳非爾雅歐陽尚書鄭君駁之而許造說文於昊下旻下皆用爾雅參合毛傳略同鄭說說文解字爲定說也从日夰。會意夰亦聲。胡老切古音在三部

⿱臦夰 驚走也。一曰往來皃。皃大徐作也非从夰臦聲。各本無聲字今補俱往切十部周書曰：伯⿱臦夰。孔壁多得十六篇古文尚書有冏命書序曰穆王命伯冏爲太僕正作冏命周本紀曰穆王閔文武之道缺乃命伯⿱臦夰申誡大僕之政作⿱臦夰命葢⿱臦夰冏古通用也許此引周書或系書序或系逸書十六篇文皆未可知古文臦古文冏字。七字當作古文以爲冏字六字轉寫譌舛也

文五

亣 籒文大改古文。謂古文作大籒文乃改作亣也本是一字而凡字偏旁或从古或从籒不一許爲字書乃不得不析爲二部猶人儿本一字必析爲二部也顧野王玉篇乃用隸法合二部爲一部遂使古籒之分不可致矣亦象人形。亦者亦古文也大象人形此亦象人形其字同則其音同也而大徐云大徒葢切亣他達切分別殊誤古去入不分凡今去聲之字古皆入聲大讀入聲者今惟有會稽大末縣獨存古語耳實則凡大皆可入非古文去籒文入之謂凡亣之屬皆从亣。

奕 大也。大雅奕奕梁山傳曰奕奕大也詩周頌箋云亦大也叚亦爲奕从大亦聲。羊益切古音在五部詩曰：奕奕梁山。

奘 駔大也。馬部駔下曰壯馬也士部壯下曰大也奘與壯音同與駔義同釋言曰奘駔也此許所本也孫樊本作將且也从大壯，壯亦聲。徂朗切十部

臭 大白也。各本白下有澤字其誤不知始於何時獸名白澤故非經典卽有此物孰別其大小乎全書之例於形得義之字不可勝計臭以白大會意則訓之曰大白也猶下文大在一上則爲立耳淺人妄增玉篇廣韵仍之說石鼓文者又引爲證古來郢書燕說類多如此从大白。不入白部者重大也古老切二部凡皢皎皦皛皋皜晧臭訓白之字皆同音部但臭字廣韵又昌石切集韵又昌石施隻二切皆訓白澤未詳其由古文以爲澤字。此說古文叚借也叚借多取諸同音亦有不必同音者如用臭爲澤用丂爲亏用屮爲艸之類又按澤當作皋古澤睪皋三字相亂皋者气皋白之進也皋臭義相近音同

奚 大腹也。豕部豯下曰豚生三月腹豯豯皃古豯奚通用周禮職方氏豯養杜子春讀豯爲奚許艸部作奚養从大𥣫省聲。胡雞切十六部𥣫，籒文系。見十二篇系下

耎 稍前大也。稍者出物有漸也稍前大者前較大於後也从大而聲。讀若畏偄。謂若偄也而沇切十四部古凡耎聲字皆在十四部需聲字皆在四部後人多亂之

⿱𡆧大 大皃。从大𡆧聲。𡆧讀若書卷之卷見四篇或曰拳勇字。拳當作捲手部捲气勢也引國語有捲勇或說⿱𡆧大卽捲勇字許偁之也隼下云一曰鵻字是其例讀若傿。鉉本上有一曰二字衍乙獻切十四部

壯大也。从三大三目。會意。二目爲㬮。㬮各本作奰，誤，今正。三目爲奰。益大也。說會意之恉。張衡、左思賦皆用奰屓字而譌作㬮屓，俗書之不正如此。屓見尸部，臥息也。許器反。一曰迫也。別一義。讀若易虙羲氏。今易繫辭作包犧氏，孟氏、京氏作伏戲，許作虙羲，鄭大卜注、應氏風俗通同。虙古音讀如密，奰古音同，今音平祕切。詩曰。不醉而怒謂之奰。大雅蕩曰：內奰于中國。毛傳曰：不醉而怒謂之奰。於壯義迫義皆近。不言詩傳曰者，猶書曰仁覆閔下則偁旻天，不言書傳；易曰地可觀者莫可觀於木，易曰井者法也，不言易說也。

文八

丈夫也。从大一。从一大則爲天，从大一則爲夫。於此見人與天同也。天之一冒大上爲會意，夫之一毌大首爲象形，亦爲會意。一㠯象兂。兂，首笄也。俗作簪。依御覽立補。冠而後簪，人二十而冠，成人也。十二字此說以一象簪之意。甫無切。五部。周制八寸爲尺。尺部曰：中婦人手長八寸謂之咫，周尺也。十尺爲丈。十部曰：丈，十尺也。从又持十。人長八尺。見考工記。故曰丈夫。此說人偁丈夫之恉。凡夫之屬皆从夫。

規巨有法度也。各本無規巨二字，今補。於此說規矩二字之義，故工部巨下但云規巨也。此許全書之通例也。囟部巤下曰巤齋也，故囟部齋下曰巤齋也，正同此。圜出於方，方出於矩，古規矩二字不分用，猶威儀二字不分用也。凡規巨威儀有分用者，皆互文見意。非圜不必矩，方不必規也。濾者，制也。度者，濾制也。規矩者，有濾度之謂也。葰部曰：規葰，商也。一曰葰，度也。凡有所圖度匡正皆曰規。左傳規求無度。陶淵明文欣然規往。左傳曰大夫規誨。詩序曰沔水規宣王也。从夫見。會意。丈夫所見也。公父文伯之母曰：女智莫如婦，男智莫如夫。字統曰：丈夫識用必合規矩，故規从夫。居隨切。十六部。

竝行也。从二夫。會意。輦字从此。讀若伴侶之伴。伴侶許無。

此義侶字許無，當作旅。薄旱切。十四部。

文三

侸也。侸各本作住，今正。人部曰：侸者，立也。與此爲互訓。淺人易爲住字，亦許書之所無。从大在一之上。在各本作立，今正。鉉曰：大，人也；一，地也。會意。力入切。七部。凡立之屬皆从立。

臨也。臨者，監也。經典莅字或作涖，注家皆曰臨也。道德經釋文云：古無莅字，說文作𥪕。按莅行而𥪕廢矣。凡有正字而爲叚借字所敓者類此。从立隶聲。力至切。十五部。

磊竨。疊韻字，今俗語猶有之。重聚也。从立𦎧聲。丁罪切。十五部。

直也。用爲發耑、耑緒字者，叚借也。从立耑聲。多官切。十四部。

等也。等者，齊簡也。故凡齊皆曰等。齊語竱本肇末，韋注：竱，等也。肇，正也。謂先等其本以正其末。按孟子曰：不揣其本而齊其末。揣蓋竱之叚借字。耑聲、專聲同部。趙注云揣量，似失之。木部揣下曰：一曰度也。孟子正當从木作椯。俗書謂偁量曰敁數，丁兼、丁括切，卽竱語之轉也。从立專聲。旨沇切。十四部。按字苑音剸，李舟切韵音端。春秋傳曰。宋本如是，今本傳作國語。竱本肇末。

敬也。敬者，肅也。商頌傳曰：竦，懼也。此謂叚竦爲愯也。愯者，懼也。𠬞下曰：竦手。謂手容之恭，上其手也。周南毛傳曰：喬，上竦也。从立从束。會意。息拱切。九部。束自申束也。古書多言申束。韓非引周書曰：申之束之。申俗作伸。申之使舒，束之使促，常相因互用也。

亭安也。亭者，民所安定也。故安定曰亭。安，其字俗作停，作渟。亭與竫疊韵。凡安靜字宜作竫，靜其叚借字也。靜者，審也。从立爭聲。疾郢切。十一部。

立竫也。謂立容安竫也。安而後能慮，故釋詁、毛傳皆曰：靖，謀也。从立青聲。疾郢切。十一部。一曰細皃。古文尚書𢧵𢧵善諞言，伏生今文作諓諓善竫言，見公羊傳。王逸注楚辭引作諓諓靖言。葢竫、靖、諓古通用。靖言謂小人巧言。戈部引周書戔戔巧言，亦謂秦誓也。山海經大荒東經曰東

𥩲。竢ㄙˋ 竘ㄑㄩˇ 竵ㄨㄞ 竭ㄐㄧㄝˊ 頚ㄒㄩ 𥫔。嬴ㄌㄨㄛˇ 竣ㄐㄩㄣˋ 䇑ㄈㄨˋ 䇓ㄑㄩㄝˋ 竨ㄅㄞˋ

海之外大荒之中有小人國名靖竢待也。彳部曰待竢也是爲轉注經傳多叚俟爲之俟行而竢廢矣俟大也。从立矣聲。牀史切一部。𥩲或从巳。巳聲矣聲同在一部。竘健也。淮南人閒訓室始成竘然善也高注竘高壯皃此與健之訓合一曰匠也。方言曰竘治也吳越飾皃爲竘或謂之巧廣雅竘治也又曰竘巧也此與匠之訓合从立句聲。讀若齲。巨羽切按高誘音口郭璞同許意讀若糗廣韵麌厚韵兼收古音在四部周書有竘匠。葢謂周書七十一篇也竘匠之文佚攷竵不正也。从立𠕒聲。火𡯁切古音在十六部俗字作歪竭負舉也。凡手不能舉者負而舉之禮運五行之動迭相竭也注竭猶負戴也豕部曰竭其尾李尤翰林論云木氏海賦壯則壯矣然首尾負竭狀若文章亦將出未成而然也从立曷聲。渠列切十五部頚立而待也。依韵會補立而二字今字多作需作須而頚廢矣雨部曰需頚也遇雨不進止頚也引易雲上於天需需與頚音義

十篇下

皆同樊遲名須須者頚之叚借頚字僅見漢書翟方進傳从立須聲。相俞切古音在四部𥫔或从芻。須聲芻聲同在四部嬴㾐也。㾐者㾐也从立嬴聲。力臥切十七部竣居也。各本作僤竣也說者謂卽僤佺今正尸部曰居蹲也足部曰居蹲也郭注山海經徐廣史記音義皆曰踆古蹲字許書之竣葢與蹲音義皆同也居謂倨倨謂僤竣乃復舉字倒於下遂爲僤竣矣古書之譌舛可正者類如此固在好學深思心知其意也廣韵曰倨也此居謂倨之證从立夋聲。七倫切十三部國語曰有司已事而竣。今齊語作已於事竣注竣退伏也按毛詩云不皇啟凥故已於事而後卽安䇑見鬼鬽皃。从立从彔。會意彔籀文鬽字。見鬼部讀若虙羲氏之虙。鬽聲在十五部必聲在十二部音相近也當讀如密今音房六切非也䇓驚皃。與猎音義同猎見方言从立昔聲。七雀切五部竨短人立竨竨皃。竨竨短皃竨之字或作罷周禮

膟。甾。巤ㄌㄧㄝˋ 囟ㄒㄧㄣˋ 替。朁。普ㄆㄨˇ 竝ㄅㄧㄥˋ 竲ㄗㄥ

典同注陂讀爲人短罷之罷司弓矢庳矢注鄭司農讀爲人罷短之罷或作矲方言曰啙矲短也桂林之中謂短矲郭注言矲雉也按矲皮買反雉苦買反今本方言雉譌作猎典同釋文雉譌作矮依集韵類篇宋余仁仲周禮所載釋文明葉林宗所寫釋文正之雉从矢佳聲非雉字也从立卑聲。傍下切按當薄蟹切十六部竲北地高樓無屋者。北地郡也高樓上不爲覆曰竲禮運曰夏則居曾巢鄭曰暑則聚薪柴居其上也此竲之始也禮運本又作增从立曾聲。士耕切按當依廣韵作滕疾陵二切六部

文十九　重二

竝併也。人部併下曰竝也二篆爲轉注鄭注禮經古文竝今文多作併是二字音義皆同之故也古書亦多用爲傍字者傍附也从二立。蒲迥切十一部凡竝之屬皆从竝。普廢也。各本奪也字不可讀今補廢者卻屋也卻屋言空屋人所不居故普廢同義一偏下也。此又爲一義相竝而一邊庳下則其勢必至同下所謂陵夷也凡陵夷必有漸而然故曰履霜堅仌至从竝白聲。他計切古音鐵十二部

十篇下

替或从曰。朁或从兟从曰。从兟猶从竝也兟見八篇

文二　重二

囟頭會匘葢也。首之會合處頭髗之覆葢元應引葢下有額空二字額空謂額腔也內則注曰夾囟曰角象形。內則正義引此云囟其字象小兒腦不合也按人部兒下亦云从儿上象小兒頭腦未合也九經字樣曰說文作囟隸變作囟鬣腦等字从之細思等字亦从之玫夢英書偏傍石刻作囟宋刻書本皆作囟今人楷字譌囟又改篆體作囟所謂象小兒腦不合者不可見矣息進切十二部凡囟之屬皆从囟。膟或从肉宰。葢俗字甾古文囟字。內則正義所引說文疑在此字之下巤毛巤也。象髮在囟上。謂囟也背下曰巛象髮髮部之鬣鬣卽巛也及毛髮

竢竘竵竭頚嬴竣䇑䇓竨竲竝普囟巤

巤巤之形也。謂𠂔象毛髮巤巤之形也。良涉切。八部。玉裁按巤與鬛葢正俗字。巛即髮。不當復从髟矣。髟部鬛之爲增竄無疑。此與籒文子字同意。意字舊奪今補。子部曰：孚古文子。从巛象髮也。𡿺者籒文子。然則此籒字當作古。

𡿺　毗䐈。逗。各本奪此二字今訂補。元應引許毗䐈人䐈也。按肉部䐈下曰毗䐈也。正以毗䐈之解已見囟部。全書之大例如此。人䐈也。急就篇作膍毗字。段借之用。如詩節南山采菽毛傳皆曰膍厚也。箋云毗輔也。方言毗懣也。毗廢也。毗明也。皆是。从囟。囟取通气也。人䐈可以通气如囟門之通气然。从比聲。房脂切。十五部。

文三　重二

思　容也。容也各本作容也。或以伏生尚書思心曰容說之。今正。皃曰恭。言曰從。視曰明。聽曰聰。思心曰容。謂五者之德。非可以恭釋皃。以從釋言。以明聰釋視聽也。谷部曰容者深通川也。引容畎澮距川。引申之凡深通皆曰容。思與容雙聲。此亦門捫也。戶護也。髮拔也之例。謂之思者。以其能深通也。至若尚書大傳次五事曰思心。思心之不容。是謂不聖。劉向董仲舒班固皆以寬釋容。與古文尚書作五曰思。思曰睿。爲異本。詳予所述尚書撰異。从心从囟。各本作囟聲。今依韵會訂。韵會曰自囟至心如絲相貫不絕也。然則會意非形聲。細以囟爲聲固非之咍一部字也。息茲切。一部。凡思之屬皆从思。

慮　謀思也。心部曰念常思也。惟凡思也。懷念思也。想覬思也。𢡱同思之和也。同一思而分別如此。言部曰慮難曰謀。與此爲轉注。口部曰圖者畫也。計難也。然則謀慮圖三篆義同。左傳曰慮無他。書曰無慮。皆謂計畫之纖悉必周。有不周者非慮也。从思虍聲。良據切。五部。

文二

心　人心土藏也。補也字。在身之中。象形。息林切。七部。博士說以爲火藏。土藏者古文尚書說。火藏者今文家說。詳肉部肺下。凡心之屬皆从心。

息　喘也。口部曰喘疾息也。喘爲息之疾者。析言之。此云息者喘也。渾言之。人之氣急曰喘。舒曰息。引伸爲休息之偁。又引伸爲生長之偁。引伸之義行而鼻息之義廢矣。詩曰使我不能息兮。傳曰憂不能息也。黍離傳曰噎憂不能息也。此息之本義也。其他詩息字皆引伸之義也。許書齂臥息也。呬息也。眉臥息也。歔咽中息不利也。旡飲食屰气不得息也。覞部䚇見雨而比息也。皆本義也。从心自。自者鼻也。心气必從鼻出。故从心自。如心思上凝於囟。故从心囟。皆會意也。相即切。一部。各本此下有自亦聲三字。自聲在十五部。非其聲類。此與思下云囟聲。皆不知韵理者所爲也。

情　人之侌气有欲者。董仲舒曰情者人之欲也。人欲之謂情。情非制度不節。禮記曰何謂人情。喜怒哀懼愛惡欲。七者不學而能。左傳曰民有好惡喜怒哀樂。生於六氣。孝經援神契曰性生於陽以理執。情生於陰以繫念。从心青聲。疾盈切。十一部。

性　人之昜气性。句。善者也。論語曰性相近也。孟子曰人性之善也。猶水之就下也。董仲舒曰性者生之質也。質樸之謂性。从心生聲。息正切。十一部。

志　意也。从心㞢。㞢亦聲。按此篆小徐本無。大徐以意下曰志也補此爲十九文之一。原作从心之聲。今又增二字。依大徐次於此。志所以不錄者。周禮保章氏注云志古文識。蓋古文有志無識。小篆乃有識字。保章注曰志古文識。識記也。哀公問注曰志讀爲識。識知也。今之識字。志韵與職韵分二解。而古不分二音。則二解義亦相通。古文作志。則志者記也。知也。惠定宇曰論語賢者識其大者。蔡邕石經作志。多見而識之。白虎通作志。左傳曰以志吾過。又曰且日志之。又曰歲聘以志業。又曰吾志其目也。尚書曰若射之有志。士喪禮志矢注云志猶擬也。今人分志向一字。識記一字。知識一字。古祇有一字一音。又旗幟亦即用識字。則亦可用志字。詩序曰詩者志之所之也。在心爲志。發言爲詩。志之所之不能無言。故識从言。哀公問注云志讀爲識者。漢時志識已殊字也。許心部無志者。葢以其卽古文識而識下失載也。職吏切。一部。

意　志也。志卽

恉ㄓˇ 悳ㄉㄜˊ 悳。 應ㄧㄥ 愼ㄕㄣˋ 昚。 忠ㄓㄨㄥ 慤ㄑㄩㄝˋ ⿱顡心ㄇㄠˋ 快ㄎㄨㄞˋ 愷ㄎㄞˇ 㥦ㄑㄧㄝˋ 念ㄋㄧㄢˋ

識心所識也意之訓爲測度爲記訓測者如論語毋意毋必不逆詐不億不信億則屢中其字俗作億訓記者如今人云記憶是也其字俗作憶大學曰欲正其心者先誠其意誠謂實其心之所識也如惡惡臭如好好色此之謂自謙鄭云謙讀爲慊慊之言厭也按厭當爲猒猒者足也 从心音。會意於記切一部古音入聲於力切 察言而知意也。說从音之意

[恉] 意也。今字或作旨或作指皆非本字也許序曰曉學者達神恉 从心旨聲。職雉切十五部

[悳] 外得於人內得於己也。此當依小徐通論作內得於己外得於人內得於己謂身心所自得也外得於人謂惠澤使人得之也俗字叚德爲之德者升也古字或叚得爲之 从直心。洪範三德一曰正直直亦聲多則切一部

[悳] 古文。

[應] 當也。當田相值也引伸爲凡相對之偁凡言語應對之字即用此太徐言部增譍字非也諾下讎下唉下對下譍字皆當改正 从心䧹聲。於陵切六部

[愼] 謹也。言部曰謹者愼也二篆爲轉注未有不誠而能謹者故其字从眞小雅愼爾優游予愼無罪傳皆曰誠也詳八篇眞下 从心眞聲。時刃切十二部

[昚] 古文。昚字从此釋文序錄偁昚徽五典是陸氏所據堯典作昚自衛包改作愼開寶中乃於尚書音義中刪之

[忠] 敬也。敬者肅也未有盡心而不敬者此與愼訓謹同義 盡心曰忠。各本無此四字今依孝經疏補孝經疏唐元行沖所爲唐本有此 从心中聲。陟弓切九部

[慤] 謹也。廣韵曰謹也善也愿也誠也據韵會大司寇注愿愨愼也用叚借字愨者慤之俗字也 从心㱿聲。苦角切三部

[⿱顡心] 美也。从心顡聲。莫角切二部

[快] 喜也。引申之義爲疾速俗字作駃 从心夬聲。苦夬切十五部

[愷] 樂也。蓼蕭傳曰豈樂也豈同愷 从心豈聲。苦亥切古音在十五部按豈部有此篆解曰康也疑此重出乃後人增竄

[㥦] 快也。漢文帝紀曰未有㥦志 从心匧聲。苦叶切八部今作愜

[念] 常思也。方言曰念思也又曰念常思也許云懷念思也左傳引夏

怤ㄈㄨ 憲ㄒㄧㄢˋ 憕ㄔㄥˊ 戁ㄋㄢˇ 忻ㄒㄧㄣ ⿰忄重ㄔㄨㄥˊ 惲ㄩㄣˋ 惇ㄉㄨㄣ 忼ㄎㄤˋ 慨ㄎㄞˇ

書曰念茲在茲釋茲在茲名言茲在茲允出茲在茲惟帝念功 从心今聲。奴店切七部

[怤] 思也。从心付聲。甫無切五部

[憲] 敏也。敏者疾也謚法博聞多能爲憲引申之義爲法也又中庸引詩憲憲令德以憲憲爲顯顯又大雅天之方難無然憲憲傳曰憲憲猶欣欣也皆叚借也 从心目心目竝用敏之意也 害省聲。許建切十四部按害在十五部此合音也

[憕] 平也。从心登聲。直陵切六部

[戁] 敬也。敬者肅也商頌不戁不竦傳曰戁恐竦懼也敬則必恐懼故傳說其引申之義若小雅我恐熯矣傳曰熯敬也此謂詩叚熯爲戁 从心難聲。女版切十四部

[忻] 闓也。闓者開也此言闓不言開者闓與忻音近如昕讀若希之類也忻謂心之闓發與欠部欣謂笑喜也異義廣韵台爲一字今義非古義也 从心斤聲。許斤切十三部 司馬法曰善者忻民之善閉民之惡。今司馬法佚此語謂開其善心閉其惡心是爲最善也

[⿰忄重] 遲也。遲重之字當作此今皆叚重字爲之今字也 从心重聲。直隴切九部

[惲] 重厚也。厚當作𣆪𣆪厚字當如此今皆作渾厚非是渾者混流聲也今俗云水渾 从心軍聲。於粉切十三部

[惇] 厚也。厚當作𣆪凡惇厚字當作此今多作敦厚叚借非本字敦者怒也詆也一曰誰何也雒誥惇大成裕 从心𦎧聲。都昆切十三部

[忼] 忼慨也。各本奪忼字今補 忼慨壯士不得志於心也。各本移入慨篆下又奪於心二字今依玉篇及文選注補正 从心亢聲。苦浪切又口朗切十部俗作慷戰國策羽獵慷慨一本作忼慷葢因忼有異體而一複一奪也 一曰易忼龍有悔。按一曰易三字乃易曰二字之誤淺人所改也忼之本義爲忼慨而周易乾上九忼龍則叚忼爲亢亢之引申之義爲高子夏傳曰亢極也廣雅曰亢高也是今易作亢爲正字許所據孟氏易作忼叚借字也凡許引經說叚借如無有作攷盟讒說曰圛皆是淺人以忼龍與忼慨義殊乃妄改爲一曰矣

[慨] 忼慨也。依全書通例正忼慨雙聲也他書亦

恉悳應愼忠慤⿱顡心快愷㥦念怤憲憕戁忻⿰忄重惲惇忼慨

叚慨爲之作忼慨。从心旣聲。苦溉切十五部。

悃 悃愊逗至誠也。依玉篇廣韵後書章帝紀詔悃愊亦雙聲字也。从心困聲。困一本作囷篆作悃非也古困聲在眞文韵音變遂入竜韵非困聲在眞文困聲在竜各有畛域也苦本切十三部。

愊 悃愊也。各本作誠志也今依全書通例訂。从心畐聲。芳逼切一部玉篇普力切。

愿 謹也。咎繇謨曰愿而恭。从心原聲。魚怨切十四部。

慧 儇也。人部曰儇慧也二篆爲轉注慧古多叚惠爲之。从心彗聲。胡桂切十五部。

憭 慧也。方言愈或謂之慧或謂之憭郭云慧憭皆意精明按廣韵曰了者慧也蓋今字叚了爲憭故郭注方言已云慧了他書皆云了了若論字之本義則了爲尥也尥者行脛相交也。从心尞聲。力小切二部。

恔 憭也。廣韵互訓按方言恔快也東齊海岱之閒曰恔孟子於人心獨無恔乎趙注恔快也快卽憭義之引申凡明憭者必快於心也。从心交聲。吉了切又下交切二部按此字廣韵去聲云恔出孟子集韵類篇則平聲引說文作恔上聲引作恔疑古本分二字。

懕 靜也。靜當作竫亭安也此篆或作嫕見後漢書傳寫誤爲嫕洞簫賦曰清靜厭瘱神女賦曰澹清靜其愔瘱李善引韓詩曰瘱悅也引蒼頡篇曰瘱密也引曹大家列女傳注曰瘱深邃也。从心㾜聲。疒部㾜夾聲苦叶切而瘱於計切者合音也或曰古音讀如邑。

悊 敬也。口部哲下曰知也悊與哲義殊口部云哲或从心作悊蓋淺人妄增之因古書聖哲字或从心而合之也。从心折聲。陟列切十五部。

悰 樂也。此哀樂字也選詩戚戚苦無悰。从心宗聲。藏宗切九部。

恬 安也。莊子曰以恬養知以知養恬。从心西聲。各本篆作恬解作甛省聲今正谷部西下曰舌皃从谷省象形他念切按許書木部栝及此恬字本从西聲轉寫从舌乃改爲甛省聲矣徒兼切七部。

恢 大也。从心灰聲。苦回切十五部。

恭 肅也。肅者持事振敬也尚書曰恭作肅此以肅釋恭者析言則分別渾言則互明也論語每恭敬析言如居處恭執事敬貌思恭事思敬皆是

从心共聲。俱容切九部。

憼 敬也。敬之在心者也。从心敬敬亦聲。居影切十一部。

恕 仁也。孔子曰能近取譬可謂仁之方也矣孟子曰强恕而行求仁莫近焉是則爲仁不外於恕析言之則有別渾言之則不別也仁者親也。从心如聲。商署切五部。

𢖼 古文省。从女聲。

怡 龢也。各本作和今正龢者調也玉篇曰怡者悅也樂也古多叚台字禹貢祗台德先鄭注云敬和。从心台聲。與之切一部。

慈 㤅也。㤅各本作愛今正下文曰㤅惠也恵部曰惠仁也人部曰仁親也。从心茲聲。茲从艸疾之切一部。

忯 㤅也。忯各本作愛今正釋訓曰忯忯㤅也。从心氏聲。巨支切十六部按忯字不見於詩書。

憪 忯憪逗不𢝊事也。𢝊各本作憂今正。从心虒聲。讀若移。移爾切十六部玉篇余氏余支二切廣韵亦兼此二切。

恮 謹也。廣韵也作兒。从心全聲。此緣切十四部。

恩 惠也。从心因因亦聲。依韵會訂烏痕切十三部。

懘 高也。集韵曰㟙嵽山形音義同。一曰極也。別一義。一曰困劣也。又一義樂記則無怗懘之音注云怗懘弊敗不和之皃懘卽懘之譌俗用嵽字廣韵曰極困也亦卽懘之俗。从心帶聲。特計切十五部。

憖 肎也。各本作問也玉篇作閒也左傳音義引字林閒也閒者肎之誤問者閒之誤十月正義引憖肯從心也當是引憖肎也从心猌聲誤以也字倒於從心之下不成文理耳今依肎字小爾雅曰憖願也晉語伯宗妻曰憖庇州犁焉韋注曰憖願也願與肯義略同用部曰甯所願也丂部曰寧願詞也皆與憖雙聲。謹敬也。李善注思元賦引字林此訓玉篇引說文無此韵會謹作愼。从心猌聲。魚覲切十二部。一曰說也。說悅古今字。一曰且也。且各本作甘今依玉篇訂十月之交鄭箋云憖者心不欲自强之詞左傳不憖遺一老杜注云憖且也五行志應劭注曰憖且辭也小爾雅曰憖强也且也。春秋傳曰昊天不憖。左氏傳哀十六年文魯哀誄孔子曰旻天不弔

不愁遺一老許槩括其辭亦京方昌矣之類又曰兩軍之士皆未憖文十二年傳杜注憖缺也釋文憖魚覲反又魚轄反是則憖與缺雙聲叚借卽方言所謂傷也而郭注方言云詩曰不憖遺一老亦恨傷之言也似於文理不協

懬 ㄎㄨㄤˋ

懬闊也廣大也各本作廣也大也今依詩泮水釋文訂魯頌泮水曰憬彼淮夷釋文云憬說文作懬按許闊也一曰廣大也此懬之本義毛云憬遠行也卽其引伸之義也由其廣大故必遠行然則毛詩自作懬今作憬者或以三家詩改之也元帝紀眾僚久懬未得其人假懬爲曠字从心廣廣亦聲苦謗切十部一曰寬也依鍇本四字在此詩曰懬彼淮夷各本無此六字今依詩釋文補葢許所據毛詩如此憬下所偁葢三家詩

悈 ㄐㄧㄝˋ

悈飭也飭各本作飾古書飾飭多互譌不可勝正力部曰飭致堅也悈與戒義同警也釋言曰悈褊急也許言部諽字下曰飭也讀若悈葢悈音紀力反與苟戒棘亟音義皆同而方言曰悈革老也此又因擊敘之義而引伸之也从心戒聲居拜切古音在一部司馬灋曰有虞氏悈於中國中國國中也今司馬法天子之義篇作有虞氏戒於國中

㥯 ㄧㄣˇ

㥯謹也从心𢀛聲於靳切十三部

慶 ㄑㄧㄥˋ

慶行賀人也賀下曰以禮相奉慶也是二篆爲轉注也賀从貝故云以以禮相奉慶从夊故云行賀人从心夊謂心所喜而行也从鹿省此三字今補丘竟切古音在十部讀如羌音轉讀如卿吉禮以鹿皮爲贄士冠禮聘禮皆儷皮鄭注兩鹿皮也鹿部曰禮麗皮納聘葢鹿皮也故从鹿省此說从鹿省之意

愃 ㄒㄩㄢ

愃寬閑心腹皃閑各本作嫺今正嫺者習也非其義郭注方言曰今江東呼快爲愃相緣反从心宣聲況晚切十四部詩曰赫兮愃兮衞風淇奧文毛詩作咺傳云威儀容止宣著也韓詩作宣顯也許作愃而義亦異

愻 ㄒㄩㄣˋ

愻順也凡訓順之字作愻古書用字如此凡愻順字从心凡遜遁字从辵今人遜專行而愻廢矣學記不陵節而施之謂孫劉向書作遜此未經改竄之字也論語孫以出之孫不孫以爲勇者皆愻之叚借从心孫聲蘇困切十三部唐書曰五品不愻謂堯典也說詳禾部許所據古文如此愻者順也故尚書大傳作五品不訓五帝本紀作五品不馴訓與馴皆順也

𢡃 ㄙㄜˋ

𢡃實也邶風其心塞淵毛傳塞瘞也崔集注本作實也今以許書𢡃之作實爲是矣詩秉心塞淵王猷允塞皆同鄭箋云塞充實也今文尚書文塞晏晏鄭注考靈耀云道德純備謂之塞道德純備充實之意也咎繇謨剛而塞夏本紀作剛而實按㠭部曰𡫳窒也穴部曰窒𡫳也𡫳實也𡫳廢而俗多用塞塞隔也非其義也至若燕燕定之方中堯典咎繇謨諸塞字又皆當作𢡃卽曰叚借亦當叚𡫳而不當叚塞也从心𡫳聲各本作塞省聲今正𡫳窒也𡫳聲中有會意先則切一部虞書曰剛而𢡃

恂 ㄒㄩㄣˊ

恂信心也毛詩叚洵字爲之如洵美且都洵訏且樂鄭箋皆云洵信也釋詁曰詢信也注引方言宋衛曰詢皆叚詢爲恂也至若論語恂恂如也王肅注溫恭皃漢書李將軍恂恂如鄙人史記作悛悛如鄙人此皆逡巡字之叚借而非正字也从心旬聲相論切十二部

忱 ㄔㄣˊ

忱誠也誠者信也詩大明曰天難忱斯毛曰忱信也言部諶下曰誠諦也引詩天難諶斯古忱與諶義近通用从心冘聲氏任切七部詩曰天命匪忱大雅蕩曰天生烝民其命匪諶毛曰諶誠也許作忱是亦可徵二字互用也

惟 ㄨㄟˊ

惟凡思也方言曰惟思也又曰惟凡思也慮謀思也願欲思也念常思也許本之曰惟凡思也念常思也懷念思也想冀思也思部慮謀思也凡許書分部遠隔而文理參五可以合觀者視此凡思謂浮泛之思生民載謀載惟箋云諏謀其日思念其禮按經傳多用爲發語之詞毛詩皆作維論語皆作唯古文尚書皆作惟今文尚書皆作維古文尚書作惟者唐石經之類可證也今文尚書作維者漢石經殘字可證也俗本匡謬正俗乃互易之大誤又魯詩作惟與毛詩作維不同亦見漢石經殘字从心隹聲以追切十五部

懷 ㄏㄨㄞˊ

懷念思也念思者不忘之思也釋詁方言皆曰懷思也詩卷耳野有死麕常棣傳同若邶風傳曰懷傷也釋詁曰至也匪風皇矣傳曰歸也皇皇者華板傳皆曰和也皆引申之義可以意會者也古文又多叚褱爲懷

惀ㄌㄨㄣˊ 想ㄒㄧㄤˇ 㥾ㄙㄨㄟˋ 慉ㄒㄩˋ 意ㄧˋ 𢡟。 悹ㄍㄨㄢˇ 憀ㄌㄧㄠˊ 愙ㄎㄜˋ

惀想㥾慉意悹憀愙愯懼怙恃慒悟憮㤅㥠慰

者从心襄聲。戶乖切。古音在十五部。惀欲知之皃。廣韵混韵注曰心思求曉事。从心侖聲。盧昆切。十三部。想覬思也。覬各本作冀。今正。欠部曰钦𣣌也。見部曰覬钦𣣌也。覬思者覬望之思也。周禮眡祲十曰想。从心相聲。息兩切。十部。㥾深也。深當作突。許書深爲水名。突爲突淺字。穴部突下曰深也。言突深古今字。以今字釋古字也。㥾與邃音義皆同。从穴者爲室之深。从心者爲意思之深。从心𥦗聲。徐醉切。十五部。慉起也。邶風谷風傳曰慉興也。起與興義同。今本傳作養者非也。小雅蓼莪箋云畜起也。此謂拊我畜我之畜乃慉之叚借。从心畜聲。許六切。三部。詩曰能不我慉。許所據如此。與能不我知能不我甲句法同也。能讀爲而。意滿也。方言曰𧭧滿也。廣雅曰𧭧滿也。漢蔣君碑餘悲馬億。皆意之叚借字也。从心啻聲。於力切。一部。一曰十萬曰意。詩楚茨傳萬萬曰億。豐年傳數萬至萬曰億。鄭箋云十萬曰億。注王制云億今十萬。韋昭注鄭語楚語曰賈唐說皆以萬萬爲億。今數也。後鄭十萬爲億。古數也。其詳在說文解字讀。經傳皆作億。無作意者。叚借字也。𢡟籀文省。上从言省。悹憂也。悹各本作憂。今正。廣韵廿四緩引詩傳悹悹無所依。今大雅板傳作管管。又篇韵皆云悹悹憂無告也。今詩板釋訓皆作灌灌。按發無告之謂。正字作懽。見下文。不當作悹。从心官聲。古玩切。十四部。憀憀然也。三字句。憀然猶了然也。類篇曰力求切。頼也。且也。按聊者憀之叚借字。方言俚聊也。漢書其畫無俚之至耳。戰國策民無所聊。凡聊頼可作憀頼。从心翏聲。洛蕭切。古音在三部。力求切。愙敬也。釋詁商頌毛傳皆曰恪敬也。从心客聲。當作从心客。客亦聲。苦各切。五部。今字作恪。春秋傳曰以陳備三愙。左傳襄廿五年文。按不引商頌而引此者。以禮从心客會意也。五經異義。公羊說存三王之後。所以通夫三統之義。禮戴說天子存二代之後。猶尊賢也。古春秋左氏說周家封夏殷二王之後以爲上公。封黃帝堯舜之後謂之三恪。許慎謹案云治魯詩丞相

愯ㄙㄨㄥˇ 懼ㄐㄩˋ 愳。 怙ㄏㄨˋ 恃ㄕˋ 慒ㄘㄨㄥˊ 悟ㄨˋ 𢛩。 憮ㄨˇ 㤅ㄞˋ 𢟪。 㥠ㄒㄩˋ 慰ㄨㄟˋ

韋玄成治易施讎等說引外傳曰三王之樂可得觀乎。知王者所封三代而已。不與左氏說同。鄭駁之云所存二王之後者。命使郊天以天子之禮祭其始祖受命之王。自行其正朔服色。恪者敬也。敬其先聖而封其後。與諸侯無別殊異。何得比夏殷之後。按許不偁公羊說戴說而偁古左氏。亦不與異義同。蓋異義先成。說文晚定。用左氏說。與鄭同。愯懼也。與竦音義略相近。从心雙省聲。息拱切。九部。春秋傳曰駟氏愯。昭公十九年左傳文。今本作聳。後人所易也。又昭六年左傳聳之以行。漢書刑法志引作愯。晉灼曰古悚字。按漢書雙不省。又魏都賦吳蜀二客愯焉相顧。張載注愯懼也。引左傳駟氏愯。張用說文也。俗本譌爲𢥠。懼恐也。恐下曰懼也。是爲轉注。从心瞿聲。其遇切。五部。愳古文。眀者左右視也。形聲兼會意。怙恃也。韓詩云怙頼也。从心古聲。侯古切。五部。恃賴也。韓詩云恃負也。从心寺聲。時止切。一部。慒慮也。見釋言。从心曹聲。藏宗切。今音也。廣韵又似由切。古音也。宜三部。爾雅音義曰字書作悰。然說文悰慒並出。悟覺也。見部覺下曰悟也。是爲轉注。按古書多用寤爲之。从心吾聲。五故切。五部。𢛩古文悟。憮㤅也。㤅各本作愛。今正。韓鄭曰憮。方言亟憐憮俺愛也。宋衛邠陶之閒曰憮。或曰俺。又曰韓鄭曰憮。釋詁曰憮撫也。一曰不動。別一義。論語夫子憮然。孟子夷子憮然。三蒼曰憮然失意皃也。趙岐曰憮然猶悵然也。皆於此義近。从心無聲。文甫切。五部。郭璞茲甫反。㤅惠也。叀部曰惠仁也。仁者親也。从心旡聲。八篇㱃食屰气不得息曰旡。古文作㤅。此用古文爲聲也。許君惠㤅字作此。愛爲行皃。乃自行而㤅廢。轉寫許書者遂盡改㤅爲愛。全非許憮㤅二篆相聯之意。烏代切。十五部。𢟪古文。既者旡聲。即旡聲也。㤅者古文愛。唐人乃用爲伊余來塈民之攸塈之塈。其𩕁繆有如此者。詩之塈乃呬之叚借。息也。㥠知也。此與音部韽音義皆同。从心胥聲。私呂切。五部。慰安也。方言慰凥

𢡟　篹　怞　楳　忞

也。江淮青徐之閒曰慰。从心尉聲。於胃切。十五部。一曰恚怒也。別一義。恚恨也。小雅以慰我心。毛曰。慰、怨也。韓詩作以愠我心。愠、恚也。𢡟謹也。从心𣪊聲。讀若毳。此芮切。十五部。篹𢥴箸也。按箸必是譌字。不可解。疑當作足部之躇。𢥴躇猶今人所用躊躇也。皆裵回不決之皃。故从心。从心篹聲。按篹當依竹部作𥳓。云省聲。直由切。三部。怞朖也。未聞。疑是佷也之誤。檜傳云。悼、動也。鼓鍾傳云。妯、動也。菀柳傳云。蹈、動也。三字音義略同。从心由聲。直又切。三部。詩曰。憂心且怞。小雅鼓鍾文。今毛詩作妯。毛云動也。鄭云悼也。楳楳撫也。楳乃復字未刪者。憮各本作撫。今正。方言。楳、憐也。上文。憮、悉也。悉與憐同義。从心某聲。讀若侮。亡甫切。古音在一部。忞自勉彊也。各本少自勉二字。韵會有之。與篇韵合。大雅亹亹文王。毛傳曰。亹亹、勉也。亹即忞之俗。釁从分聲。亹亹即忞忞之段借也。从心文聲。武巾切。十三部。周書曰。在受德忞。立政

十篇下

慔　愐　怢

文。今尚書作敯。釋詁。敯、強也。許所據古文不同。讀若旻。慔勉也。勉者、彊也。釋訓曰。懋懋慔慔。勉也。从心莫聲。莫故切。五部。按爾雅音義云。亦作慕。今說文慔慕分列。或恐出後人改竄。愐勉也。釋詁曰。亹沒勔勉也。方言曰。釗薄勉也。南楚之外曰薄努。自關而東周鄭之閒曰勔釗。按毛詩黽勉亦作僶俛。韓詩作密勿。爾雅作蠠沒。蠠本或作蠠。蠠即宓。然則韓詩正作蜜勿。轉寫誤作密耳。爾雅釋文云。勔本作僶。又作黽。是則說文之愐爲正字。而作勔作蠠作蠠作蜜作密作黽作僶。皆其別字也。今則不知有愐字。而愐字廢矣。从心面聲。彌珍切。古音在十四部。怢習也。此篆各本作愧。解云曳聲。今正。詩四月正義。䔄釋文。皆引說文怢習也。是唐初本有怢篆。而元應書卷十三云。怢又作愧。引字林愧習也。倉頡篇愧明也。然則說文作怢。字林變作愧。實一字。淺人用字林改說文耳。犬部狃下曰。犬性怢也。可證許書故有怢篆。冊怢之見於經傳不可枚舉。陸德明時世反。又市制反。又時設反。字林作愧。則與世反。十五部。○又按愧蓋本作世。唐人避諱於偏旁世字多改爲㥯。集韵類篇皆㥯㤴爲重文。

懋　悉。慕　悛　㥶　懙　慆　懕

懋勉也。古多段茂字爲之。从心楙聲。莫候切。三部。虞書曰。虞當作唐。見木部。時惟懋哉。堯典文。今作惟時。未知孰是。𢛳或省。慕習也。習其事者。必中心好之。从心莫聲。莫故切。五部。悛止也。方言。悛、改也。自山而東或曰悛。或曰懌。从心夋聲。此緣切。十三部。㥶肆也。廣雅曰。毅也。怠也。从心隶聲。他骨切。十五部。廣韻又他內切。懙趣步懙懙也。趣、疾走也。懙懙謂疾而舒也。馬部𩦺下曰。馬行徐而疾。義正相類。漢書長倩懙懙。蘇林曰。懙懙、行步安舒也。論語與與如也。馬注曰。與與、威儀中適之皃。與與即懙懙之段借。欠部𣢟、安气也。从心與聲。余呂切。五部。廣韵又平聲。慆說也。說今之悅字。尚書大傳。師乃慆。注曰。慆、喜也。可證許說。蟋蟀傳曰。慆、過也。東山傳曰。慆慆言久也。皆引申之義也。古與滔互段借。从心舀聲。土刀切。古音在三部。懕安也。小戎傳曰。

十篇下

憺　怕　恤

厭厭、安靜也。湛露傳曰。厭厭、安也。釋文及魏都賦注引韓詩愔愔和悅之皃。按愔見左傳祈招之詩。蓋愔即懕之或體。懕乃懕之段借。載芟有厭其傑。厭厭其苗。亦懕之段借。廣韵。稖稖、苗美也。用載芟傳也。从心厭聲。於鹽切。按古音讀如音。在七部。詩曰。懕懕夜飲。湛露文。按此則許所據从心。憺安也。子虛賦曰。憺乎自持。按人部曰。倓、安也。音義皆同。从心詹聲。徒敢切。八部。怕無僞也。僞各本作爲。今按許以爲訓母猴。僞訓作也。是許書作爲字皆當作作僞也。今本人部僞下曰詐也。淺人所改耳。子虛賦曰。怕乎無爲憺怕。俗用澹泊爲之。段借也。澹作淡。尤俗。从心白聲。李善蒲各切。五部。徐鉉曰匹白切。又葩亞切。按匹白者今音之轉。葩亞者用雅字爲俗字之俗音也。今人所云怕懼者。乃迫之語轉。恤憂也。惪各本作憂。今正。釋詁及小雅杕杜祈父傳皆曰。恤、憂也。按血部曰。卹、憂也。比部引周書無毖于卹。今尚書作恤。恤與卹音義皆同。又疑古祗有卹。恤其或體。收也。當依玉篇作救也。从心血聲。辛聿切。十二部。

懟篹怞楳忞慔愐怢懋慕悛㥶懙慆懕憺怕恤

忓 極也。極者屋之高處。干者犯也。忓者以下犯上之意。从心干聲。古寒切。十四部。

懽 喜款也。懽款疊韵。款者意有所欲也。欠部曰。歡者喜樂也。懽與歡音義皆略同。从心雚聲。古玩切。十四部。廣韵曰。懽同歡。呼官切。爾雅曰。懽懽愮愮。憂無告也。釋訓文。懽懽卽大雅之老夫灌灌。傳曰。灌灌猶款款也。懽本訓喜款。而憂者款款然之誠。亦與喜樂之款款同其誠切。許說其本義。爾雅說其引申之義也。

偶 懽也。懽讀如歡。蒙上懽篆而云也。从心禺聲。噳俱切。古音在四部。此與愚各字。猶愳與懼各字也。琅邪朱虛有偶亭。見地理志。故城在今山東青州府臨朐縣東六十里。按漢時縣道國邑千五百八十七。鄉六千六百二十二。亭二萬九千六百三十五。其名皆著於籍。故許氏得偁鄉亭之名。班氏但舉縣道國邑之名也。

惄 飢餓也。餓當作意。釋言曰。惄。飢也。李巡云。惄宿不食之飢也。周南傳曰。惄。飢意也。爲許所本。从心叔聲。奴歷切。古音在三部。一曰㥑也。㥑各本作憂。今正。釋詁及小弁傳曰。惄。思也。舍人云。惄志而不得之思也。方言曰。惄。溼。憂也。自關而西秦晉之閒。凡志而不得。欲而不獲。高而有墜。得而中亡。謂之溼。或謂之惄。按惄與㥑義略同也。詩曰。惄如輖飢。輖各本作朝。誤。今依李仁甫本訂。毛傳曰。輖。朝也。謂輖卽朝之段借字也。周南汝墳文。

㤹 勞也。此與人部御音義皆同。本一字耳。詳彼注。从心卻聲。其虐切。古音在五部。

憸 憸詖也。憸蓋險之字誤。詖同頗。古文以詖爲頗也。憸利於上佞人也。立政曰。國則罔有立政用憸人。馬融曰。憸利佞人也。从心僉聲。息廉切。七部。

愒 息也。此休息之息。上文息篆訓喘息。其本義。凡訓休息者。引申之義也。釋詁及甘棠傳皆曰。憩。息也。憩者愒之俗體。民勞傳又曰。愒。息也。非有二字也。又釋言曰。愒。貪也。此愒字乃濊之段借。如左傳玩歲而愒日。許引作忨歲而濊日。公羊傳。不及時而葬曰愒。愒。急也。亦卽濊字也。从心曷聲。去例切。十五部。

𢡱 精戇也。未聞。玉篇廣韵云。寢熟也。从心毳聲。千短切。篇韵呼骨切。十五部。

㤷 疾利口也。疾惡也。謂疾惡利口之人也。般庚。相時㤷民。猶胥顧于箴言。謂惟憎惡利口之人尚能相與稍顧清議。女部孅訓詖也。漢書孅笑與㤷義略同。从心从冊。小徐作冊聲。誤。按當讀如刪。大徐息廉切。非也。篇韵皆同其誤久矣。詩曰。相時㤷民。詩無此語。尚書般庚上曰。相時憸民。集韵引說文作商書相時㤷民。豈丁度等所見不誤與。玉篇廣韵集韵類篇皆不言憸㤷爲一字。立政兩言憸人。釋文曰。憸本又作㤷。是則當爲一字矣。而㤷从冊。葢从刪省聲。如珊姍字之比。漢石經尚書殘碑此字作散。散卽散。疑古文般庚作㤷。今文般庚作散。異字同音。㤷訓疾利口。與憸訓詖邪。異字異音異義。不知者乃與而一之。般庚或作憸民。立政或作㤷人。皆淺者所爲耳。無容同字而許異訓也。凡釋文云本又作之下。往往出古字。序內所云兼采說文字詁以示同異者。此云本又作㤷。正用說文。仍舊說未寀定。般庚有㤷而立政無㤷也。

急 褊也。褊者衣小也。故凡窄陿謂之褊。釋言曰。褊。急也。从心及聲。居立切。七部。

辡 㥑也。㥑各本作憂。今正。从心辡聲。方沔切。十二部。一曰急也。此義少見。左傳曰。邾莊公弁急而好絜。弁葢辡之段借字。杜云。弁。躁疾也。玉藻。弁行剡剡起屨。釋文正義皆曰。弁。急也。

㥛 急性也。各本作疾也。今依韵會正。釋言曰。悈。褊急也。釋文。悈本或作極。又作亟。同。紀力反。按極正㥛之譌。㥛與急雙聲同義。㥛字不見於經。有段亟爲之者。如詩經始勿亟。箋云。亟。急也。是也。有段戒爲之者。如鹽鐵論引六月我是用戒。謝靈運撰征賦作用棘。是也。有段悈爲之者。如釋言悈急也是也。有段棘爲之者。如素冠傳六月出車文王有聲箋皆曰。棘。急也。是也。有段革爲之者。如禮器非革其猶。檀弓夫子之病革矣注皆曰。急也。是也。傳箋注以段借法釋經。从心亟聲。舉形聲包會意也。己力切。一部。一曰謹重皃。此義之相反而相成者也。急則易遲。列子謇極凌誶。注。極。吃也。

懁 急也。獧下曰。一曰急也。此與義音同。論語狷。孟子作獧。其實當作懁。齊風。子之還兮。傳曰。還。便捷之皃。走部曰。趯。疾也。其義皆近。从心睘聲。讀若絹。古縣切。十四部。

㤜 恨也。㤜卽孟子悻字也。孟

子則怒悻悻然見於其面趣以恚怒釋之又引論語悻悻然小人哉今論語作硜硜从心至聲○胡頂切十一部

㤺ㄒㄧㄢˊ

㤺急也○孩人性急也从心弦○性褊者佩弦以自急弦亦聲○胡田切十二部河南密縣見地理志故城在今河開封府密縣東七十里有㤺亭○

慓ㄆㄧㄠˇ

慓疾也○廣雅急也弓人曰於挺臂中有柎焉故剽注云剽疾也此謂剽卽慓之叚借也从心票聲○敷沼切二部亦平聲

愞ㄖㄨㄢˇ

愞駑弱也○也上本有者今刪駑當作奴許書無駑字蓋祇云奴馬也从心耎聲○乃亂切十四部此篆各本作懦从心需聲人朱切乃淺人所改今正偄與人部偄音義皆同弱也本乃亂切音轉爲乃過切廣韻獮韻偄而兗切換韻偄奴亂切過韻偄乃臥切玉篇心部偄乃亂乃過二切皆訓弱也此自古相傳不誤之字也因形近或譌爲愞再譌爲懦其始尚分偄懦爲二字二音故玉藻注云舒偄者所畏在前也釋文云偄乃亂反又奴臥反怯偄也又作懦人于反弱也皇云學士是其分別井然而轉寫偄譌爲懦故五經文字曰懦人于反又乃亂反見禮記注於是有懦無偄而以偄之反語入於懦下廣韻廣韻懦字下人朱切又乃亂切其誤正同又考僖二年左傳偄字穀梁傳偄字釋文轉寫皆譌作懦凡經傳偄字皆譌作懦不可勝正偄通作耎亦或借蝡漢書西南夷傳選耎後書章帝八王傳西羌傳選偄史記律書選蝡方言注偄撰今無不作懦者蓋需耎二聲古分別畫然需聲在古音四部人于切耎聲在古音十四部乃亂切而自張參以來改耎爲需不能復正說文心部之偄手部之擩皆經淺人任意竄改以合里俗世有好學深思心知其意者必以愚言爲然也

恁ㄖㄣˊ

恁下齎也○未聞按後漢書班固典引曰亦宜勤恁旅力李賢注引說文恁念也當用以訂正廣雅曰恁思也廣韻玉篇亦曰念也恁念爲疊韻廣雅又云恁弱也則與詩荏染同音通用耳从心任聲○如甚切七部李善如深切

㤞ㄊㄜˋ

㤞失常也○从心代聲○他得切一部此字不古說見下

怚ㄐㄩˋ

怚驕也○此與女部㜘驕也音義同㜘下今本作嬌乃嬌之俗字耳从心且聲○子去切五部

悒ㄧˋ

悒不安也○大戴禮曰君子終身守此悒悒盧注憂念也蒼頡篇曰悒悒不暢之皃也其字古通作邑俗作唈爾雅云優唈也謂憂而不得息也从心邑聲○邑者人所聚也故凡鬱積之義从之於汲切七部

悆ㄩˋ

悆忘也○此義未聞恐有譌字憛也○者含深也含深者欲之甚也淮南修務訓高注云憛悆貪欲也賈誼新書勸學篇孰能無悆憛養心而篇二國聞之者見之者垂羡而相告人悆憛悆皆古今字悆猶憛悆也若廣雅云悆憛懷憂也此則其引申之義凡求得未有不患失者从心余聲○羊茹切五部周書曰有疾不悆○金縢文今本作弗豫許所據者壁中古文今本則孔安國以今文字易之也悆喜也○喜者樂也此引書而釋之必釋之者以書義與字本義別也凡曰圛升雲半有半無引布重莫席而釋之虎如貔而釋之曰貔猛獸引朕與讀說珍行而釋之曰塱疾惡也皆此例

忒ㄊㄜˋ

忒更也○从心弋聲○他得切一部按人部代更也弋聲忒與音忒疑也瞻卬傳曰忒差也皆一義之區別忒也參差不相值也不相值卽更改之意凡人有過失改常謂之忒本無忒字各本有忒篆注云失常也从心代聲代亦弋聲則音義皆同此蓋淺人妄增如虫部蟘改爲蟘皆其類忒篆宜刪廣韻無引申爲已甚俗語用之或曰大他佐切或太或曰忒俗語曰忒殺忒之叚借或作貣

憪ㄒㄧㄢˊ

憪愉也○廣韻曰憪心靜然則今人所用閒靜字當作此云愉者卽下文愉愉如也之愉謂愉怕之从心閒聲○戶閒切十四部

愉ㄩˊ

愉薄也○薄本訓林薄蠶薄而叚爲淺泊字泊此水部作洦凡言厚薄皆阜薄也當作薄樂也轉寫奪樂字謂淺薄之樂也引申之凡薄皆云愉唐風他人是愉傳曰愉樂也禮記曰有和氣者必有愉色此愉之本義也毛不言薄者重樂也鹿鳴視民不恌傳曰恌愉也許書人部作佻愉也周禮以俗敎安則民不愉鄭注愉謂朝不謀夕此引申之義也淺人分別之別製偷字从人訓爲偷薄訓爲苟且訓爲偷盜絕非古字許書所無然自山有樞鄭箋云愉讀曰偷偷取也則不可謂其字不古矣从心俞聲○羊朱切古

懱ㄇㄧㄝˋ 愚ㄩˊ 戇ㄓㄨㄤˋ 㥽ㄘㄞˇ 惷ㄔㄨㄤ 懝ㄞˋ 忮ㄓˋ 悍ㄏㄢˋ 態ㄊㄞˋ 怪ㄍㄨㄞˋ 像ㄉㄤˋ 慢ㄇㄢˋ 怠ㄉㄞˋ 懈ㄒㄧㄝˋ 憜ㄉㄨㄛˋ

晉在囗部論語曰私覿愉愉如也鄉黨篇文覿者儥之俗字愉愉聘禮作俞俞論語鄭注云愉愉容色和也正薄樂之義

懱輕易也易當作傷人部曰傷輕也懱者輕易人蔑視之也剝之初六曰蔑貞凶馬云蔑無也鄭云輕慢鄭謂蔑卽懱之叚借字也从心蔑聲莫結切十五部商書曰㠯相陵懱今商書無此文陵讀如在上位不陵下之陵

愚戇也愚者智之反也从心禺會意禺亦聲慶俱切古音在四部禺母猴屬母字舊奪今補許書夒下爲下夒下皆曰母猴卽沐猴獮猴一語之轉而由部禺下曰母猴屬此卽用彼語淺人刪母非也獸之愚者已上八字說从禺之意

戇愚也與上互訓从心贛聲陟絳切古音在八部按師古張陳王周傳注曰舊音下紺反今音讀竹巷反此音有古今之證也

㥽𢝊也篇韵皆云恨也从心采聲倉宰切一部

惷愚也見哀公問表記从心舂聲丑江切古音在九部徐仙民昌容反

懝騃也騃本訓馬行仡仡引申爲疑立之皃又引申之則方言曰癡騃也懝騃卽方言之癡騃广部曰癡不慧也从心疑會意疑亦聲五溉切一部一曰惶也惶者恐也

忮很也很者不聽从也雄雉瞻卬傳皆曰忮害也害卽很義之引申也或叚伎爲之伎之本義爲與許人部伎下引詩鞫人伎忒言叚借也从心支聲之義切十六部

悍勇也从心旱聲侯旰切十四部

態意態也各本作意也少一字今補意態者有是意因有是狀故曰意態猶詞者意內而言外有是意因有是言也意者識也从心能會意心所能必見於外也能亦聲一部 𢤰或从人

怪異也从心圣聲古壞切一部

像放也从心象聲徒朗切十部

慢惰也从心曼聲謀晏切十四部一曰慢不畏也

怠慢也从心台聲徒亥切一部

懈怠也古多叚解爲之从心解聲古隘切十六部

憜不敬也今書皆作惰韋元成傳供事靡憜師古曰憜古惰字从心𡐦省聲𡐦者篆文隓字見𨸏部按肉部有隋字則此當云隋聲也徒果切十七部春秋傳曰執玉憜僖公十一年左傳曰天王使召武公內史過賜晉侯命受玉憜許受作執按國語作晉侯執玉卑蓋或二書相涉之故 惰憜或省𨸏今俗皆如此作 媠古文漢書韋元成傳無媠爾儀張敞傳被輕媠之名若方言媠美也南楚之外曰媠則方俗殊語耳

慫ㄙㄨㄥˇ 怫ㄈㄨˊ 忦ㄒㄧㄝˋ 忽ㄏㄨ 忘ㄨㄤˋ 懣ㄇㄢˊ 恣ㄗˋ 愓ㄉㄤˋ 憧ㄔㄨㄥ 悝ㄎㄨㄟ

慫驚也从心從聲讀若悚悚當作竦許書有竦無悚息拱切九部

怫鬱也鬱各本作欝誤鬱者芳艸築以煮之引申爲凡抑鬱之偁瓠子歌曰魚弗鬱兮柏冬日弗者怫之借字从心弗聲符弗切十五部

忦忽也从心介聲呼介切十五部孟子曰孝子之心不若是忦萬章篇文今本夫公明高以孝子之心爲不若是恝注云恝無愁之皃張古黠切丁音昕按忦恝古今字

忽忘也古多叚曶爲之曶俗作智从心勿聲呼骨切十五部

忘不識也識者意也今所謂知識所謂記憶也从心亡聲依韵會本武方切十部

懣忘也懣兜也疑當作懣兜忘也懣兜蓋古語之皃也猶今人曰糊塗不省事从心㒼聲母官切十四部

恣縱也縱者緩也一曰捨也从心次聲資四切古音在十二部

愓放也與像音義同方言婸愓遊也江沅之閒謂戲爲婸或謂之愓按廣韵作婸从心易聲徒朗切十部方言音一曰平也玉藻行容惕惕注直而疾見也

憧意不定也咸九四曰憧憧往來劉表章句曰憧憧意未定也說與許同从心童聲尺容切九部

悝啁也啁口部曰啁嘐也啁卽今之嘲字悝卽今之詼字謂詼諧啁調也今則詼嘲行而悝啁廢矣東京賦曰悝繆公於公室李注悝猶嘲也从心里聲苦回切古音在一部春秋傳有孔悝衛孔圉之子也見左傳哀公十五年許偁此者證悝字漢人少用也一曰病也釋詁曰悝憂也又曰痗病也蓋憂與病相因悝痗同字耳詩悠悠我

十篇下

憰 㤮 怳 惀 㦟 悸 憿 懖

里傳曰里病也是則段借里爲悝

憰權詐也。此與言部譎音義皆同彼以言此以心从心矞聲。古穴切十五部

㤮誤也。廣韵曰㤮惑也又曰誤人也从心狂聲。居況切十部

怳狂之皃。廣韵曰儆怳从心兄聲。各本作況省聲乃不知古音者所改今正許往切十部

惀變也。今此義多用詭非也詭謿責从心危聲。過委切十六部

㦟有二心也。古多段借攜爲之从心巂聲。戶圭切十六部

悸心動也。衛風垂帶悸兮傳曰垂其紳帶悸悸然有節度也此未知以悸爲何字之段借凡若此類思而未得者可姑闕之但心知其必是段借斯可矣从心季聲。其季切十五部

憿幸也。幸者吉而免凶也引申之曰次幸亦曰憿幸俗作僥倖徼倖儌倖皆非也凡傳言徼福者皆當作憿福爲正从心敫聲。古堯切二部

懖善自用之意也。距字各本無依尚書音義所引補許書無拒距卽今拒字从心銽聲。古活切十五部商書曰今女懖懖。般庚上篇文馬云拒善自用之意許同之鄭云難告之意其義略同其字皆作懖未嘗作聒也衛包因鄭云懖讀如聒耳之聒竟改經文作聒聒開成石經從之學者取以改孔氏正義陸氏釋文至宋人乃有訓聒聒爲讙讙多言者

𩐈古文从耳。蓋壁中文如是孔安國易从耳爲从心蓋由伏生尚書如是

忨 惏 懜 愆

忨貪也。貪者欲物也忨與翫義皆略同从心元聲。五換切十四部春秋傳曰忨歲而㵣日。按左傳昭元年曰翫歲而愒日日部引之國語作忨日而歇歲韋曰忨偷也㵣遲也此所解疑用外傳文然杜注翫愒皆貪也釋文曰翫字又作忨則許所據左傳如是

惏河內之北謂貪曰惏。內字衍小徐作河之北卽河內也惏與女部婪音義同賈注左傳曰惏嗜也方言曰惏殘也陳楚曰惏从心林聲。盧含切古音在七部

懜不明也。从心夢聲。夕部夢不明也此舉形聲包會意武亙切六部

愆過也。過者度也凡人有所失則如或梗之有不可徑過處故謂之過从心衍聲。去虔切十四部

𡨦或从寒省。寒聲

諐籒文。从言侃聲過在多言故从言

寒 諐 慊 惑 怋 怓

慊疑也。疑者惑也故下文受之以惑今字多作嫌按女部嫌者不平於心也一曰疑也不平於心爲嫌之正義則嫌疑字作慊爲正今則嫌行而慊廢且用慊爲歉非是又或用慊爲愿尤非是大學此之謂自謙注曰謙讀爲慊慊之言猒也凡云之言者皆就字之本音本義而轉之猒足非慊之本義也至若鄭本周易爲其慊於陽故稱龍焉鄭注云慊讀爲羣公溓之溓古書篆作立心與水相近讀者失之故作慊溓襍也陰謂此上六也陽謂今消息用事乾也上六爲蛇得乾氣襍似龍此鄭注則易慊爲溓皆不用字之本義也从心兼聲。戶兼切七部

惑亂也。亂者治也疑則當治之古多段或爲惑从心或聲。胡國切一部

怋怓也。从心民聲。呼昆切按古音當在十二部讀若民如今音則與惛無別矣

怓亂也。大雅民勞毛傳曰惽怓大亂也惛當作怋从心奴聲。女交切古音在五部詩曰以謹惛怓。怋各本作惽今正民勞釋文曰惽說文作怋陸本如是今本作說文作昏誤也怋怓爲連緜字說文古本當是怋篆下云怋怓亂也故篆下云怋怓也而引詩在怋篆下

惷 惛 忥 𢡺 憒 忌 忿 悁

惷亂也。从心春聲。尺允切十三部春秋傳曰王室日惷惷焉。昭二十四年左傳文今本作王室實蠢蠢焉杜注動擾皃一曰厚也。別一義

惛不憭也。憭慧也从心昏聲。呼昆切十三部

忥癡皃。癡不慧也故忥與惛爲伍从心气聲。許既切十五部

𢡺夢言不慧也。哀二十四年左傳曰是𢡺言也釋文曰字林作𢡺云夢言意不慧也按左傳作𪙊是段借字从心衛聲。于歲切十五部

憒亂也。大雅召旻潰潰回遹傳曰潰潰亂也按潰潰者憒憒之段借也後人皆用憒憒从心貴聲。胡對切十五部

忌憎惡也。从心己聲。渠記切一部

忿悁也。忿與憤義不同憤以气盈爲義忿以狷急爲義从心分聲。敷粉切十三部

悁

悁。 慸 恚 怨 命。 怒 憝 慍 惡 憎 怖 忍 像

忿也。悁之言狷也狷急也澤陂曰中心悁悁傳曰悁悁猶悒悒也从心肙聲。於緣切十四部一曰憂也。惪各本作憂今正惪愁也

㦖 籒文。

慸 恨也。从心黎聲。郎尸切十五部一曰怠也。

恚 怒也。怒各本作怨今依大雅緜正義正下文曰怒者恚也二篆互訓从心圭聲。於避切十六部

怨 恚也。从心夗聲。於願切十四部

𢙢 古文。按此篆體蓋有誤集韵類篇云古作𢘄又班馬字類韵會皆引史記封禪書百姓怨其法字作𢙢今史記無有如此書蓋古字日郎於亡矣

怒 恚也。从心奴聲。乃故切五部按古無努字祇用怒

憝 怨也。从心敦聲。徒對切古音在十三部周書曰凡民罔不憝。康誥文今作凡民自得罪寇攘姦宄殺越人于貨暋不畏死罔弗憝孟子引作凡民罔不譈

慍 怨也。怨各本作怒大雅緜傳曰慍恚也正義云說文慍怨也恚怒也有怨者必怒之故以慍爲恚然則唐初本作怨甚明車舝以慰我心韓詩作以慍我心慍恚也與毛緜傳合毛閒關傳曰慰怨也蓋毛詩亦作慍後人譌爲慰耳从心昷聲。於問切十三部

惡 過也。人有過曰惡有過而人憎之亦曰惡本無去入之別後人強分之从心亞聲。烏各切五部

憎 惡也。从心曾聲。作滕切六部

怖 恨怒也。小雅白華念子懆懆視我邁邁毛傳曰邁邁不悅也釋文云韓詩及說文皆作怖怖韓詩云意不悅好也許云很怒也今說文作恨似宜作很邁者怖之叚借非有韓許則毛詩不可通矣許宗毛而不廢三家詩从心朮聲。蒲昧切十五部詩曰。視我怖怖。

忍 怒也。从心刃。各本作刃聲今刪正从心刃謂心中含怒如懷刃也李陽冰云當从刅省聲非是本部固有忍篆矣讀若顡。魚既切十五部

像 怨恨也。廣雅像恨也本此从心彖聲。讀若膎。戶佳切十六部按彖各本誤作彖篆體誤作㥾今改正彖聲在十四部彖讀若弛在十六部蠡欚皆彖聲故同在十六部也今俗作蠡欚此彖部下所謂今世字誤以彖爲彖也口部喙篆疑亦本從彖聲

恨 ㄏㄣˋ 懟 ㄉㄨㄟˋ 悔 ㄏㄨㄟˇ 愷 快 懣 憤 悶 惆 悵 愾 懆

恨 怨也。从心皀聲。胡艮切十三部

懟 怨也。今與憝音義皆同謂爲一字許不尒者敦聲古在十三部从心對聲。丈淚切十五部

悔 悔恨也。按悔乃復舉字之未刪者韵會無當从之悔者自恨之意从心每聲。荒內切古音在一部

愷 小怒也。从心壴聲。充世切按廣韵愷在十三祭引說文小怒也尺制切恆在四十四有四十九宥小怒也芳否敷救二切集韵則祭韵有愷有恆愷二同匹九切類篇從之而無恆字蓋恆愷三字同以說文音或作豉及說文愷字廣韵作愷求之定爲一字異體古音壴尌樹豎皆讀近受愷斷不讀充世切也音者相與語唾而不受也天口切與小怒義亦相近

快 不服懟也。按當作不服也懟也奪一也字遂不可解矣集韵作不服對也尤非快蓋傲強之意方言曰鞅倖懟也集韵於陽韵曰快然自大之意攷王逸少蘭亭序曰快然自足自來石刻如是本非快字而學者尠知之或叚鞅爲之方言是也周亞夫傳曰此鞅鞅非少主臣从心央聲。於亮切十部

懣 煩也。煩者熱頭痛也引申之凡心悶皆爲煩問喪曰悲哀志懣氣盛古亦叚滿爲之从心滿。滿亦聲廣韵莫旱切十四部大徐莫困切

憤 懣也。从心賁聲。房吻切十三部

悶 懣也。从心門聲。莫困切十三部

惆 失意也。荀卿子惆然不嗛陸機歎逝賦心惆焉而自傷廣雅曰惆痛也从心周聲。敕鳩切三部

悵 望恨也。望其還而不至爲恨也从心長聲。丑亮切十部

愾 大息皃。大各本作太皃各本作也皆誤今正古無太息連文者後人爲之也口部嘆下曰大息也大息者呼吸之大者也呼外息也吸內息也曹風下泉愾我寤嘆箋或作歎者誤箋云愾嘆息之意許云大息者謂嘆云皃者謂愾也祭義曰入戶而聽愾然必有聞乎其嘆息之聲是也若哀公問則愾乎天下矣注云愾至也此叚愾爲訖从心氣聲。許既切陸引說文火既反十五部詩曰。愾我寤嘆。

懆 愁不安也。當依韵會本作懆懆愁也懆訓愁慘訓毒音義皆殊

十篇下

愴 怛 㥁 憯 慘 悽 恫 悲 惻 惜 愍 慇 㥋

而爲者多亂之白華作懆見於許書月出正月抑皆作慅入韵且毛傳曰懆懆憂不樂也慅慅猶慼慼也正爲許說所本而陸氏三者皆云七感反其憒亂有如此者 从心喿聲 七早切二部 詩曰念子懆懆 小雅白華文

愴 傷也 愴訓傷猶創訓傷也祭義曰必有悽愴之心 从心倉聲 初亮切十部

怛 憯也 匪風中心怛兮傳曰怛傷也甫田勞心怛怛傳曰怛怛猶忉忉也按上章傳曰忉忉憂勞也此因其義相同故曰猶 从心旦聲 得案切又當割切在十四十五部

㥁 怛或从心在旦下 詩曰信誓㥁㥁 衞風氓傳文按詩曰信誓旦旦傳曰信誓㥁㥁然謂旦卽㥁之段借字箋云言其懇惻款誠是也許偁詩傳而云詩曰者此詩曰不醉而怒謂之㚖虞書曰仁覆閔下則偁旻天之例也㥁㥁下當有然字

憯 痛也 从心朁聲 七感切古音在七部

慘 毒也 害也 从心參聲 七感切古音在七部

悽 痛也 从心妻聲 七稽切十五部

恫 痛也 大雅思齊傳曰恫痛也康誥恫瘝乃身 从心同聲 他紅切九部 一曰呻吟也 呻吟見口部匡謬正俗曰太原俗呼痛而呻吟爲通喚周書恫瘝是其義江南謂呻喚關中謂呻恫按前說可包後說此等恐皆後人入也

悲 痛也 按憯者痛之深者也恫者痛之專者也悲者痛之上騰者也各從其聲而得之 从心非聲 府眉切十五部

惻 痛也 从心則聲 初力切一部

惜 痛也 从心昔聲 思積切古音在五部

愍 痛也 與閔義殊 从心敃聲 眉殞切十三部

慇 痛也 柏舟耿耿不寐如有隱憂傳曰隱痛也此謂隱卽慇之段借痛憂猶重憂也桑柔憂心慇慇釋訓慇慇憂也謂憂之切者也凡經傳隱訓痛者皆柏舟詩之例 从心殷聲 於巾切古音在十三部樊光於謹反

㥋 痛聲也 閒傳斬衰之哭若往而不反齊衰之哭若往而反大功之哭三曲而偯注曰一舉聲而三折也偯聲餘從容孝經哭不偯鄭注云氣竭而息聲不委曲按音義皆云說文作悠然則許云痛聲者委曲自見其痛於聲非痛之至者也 从心依聲 於豈切十五部 孝經曰哭不㥋 此許所學孔氏古文也作偯者俗字也

簡 簡簡在也 各本作簡存也三字今正釋訓曰存存簡簡在也許本之今爾雅作存存萌萌在也郭云未見所出音武庚反可謂疏於孝敬矣釋文曰施亡朋反字或作𢡠廣韵引爾雅存存簡簡在也音武登切玉篇艸部引爾雅存存簡簡在也音莫耕切又曰𢡠同簡或作萌玉裁按簡與簡相似而竹艸不同又後人音切與讀簡大異蓋簡者簡之譌竹誤而爲艸也𢡠者簡之譌門誤而爲明也又誤而去心作萌而郭反以武庚玉篇從之又誤而以萌爲萌而陳博士施乾反以莫登廣韵本之此展轉訛繆之故段令景純解讀許書何難正其形說其音義也論語簡在帝心卽簡字之段借 从心簡省聲 讀若簡 古限切十四部

慅 動也 月出勞心慅兮常武徐方繹騷傳曰騷動也此謂騷卽慅之段借字也二字義相近騷行而慅廢矣 从心蚤聲 穌遭切古音在三部 一曰起也 義別

感 動人心也 許書有感無憾左傳漢書憾多作感蓋憾淺於怨怒才有動於心而已 从心咸聲 古禫切古音在七部

忧 心動也 各本作不動也今正玉篇曰心動也廣韵曰動也與頁部之煩義近 从心尤聲 讀若祐 于救切古音在一部

慦 怨慦也 各本作怨仇也今正廣韵亦作怨慦謂怨惡之也慦與咎音同義別古書多段咎字爲之咎行而慦廢矣 从心咎聲 此與人部倃皆訓歸咎於彼舉形聲包會意也 其久切三部

悁 𢝊皃 以下𢝊字卄二見倂上文四見各本皆作憂淺人用俗行字改之也許造此書依形立解斷非此形彼義牛頭馬脯以自爲矛盾者𢝊者愁也憂者和行也如今本則此卄餘篆將訓爲和行乎他書可用段借許自爲書不可用段借 从心員聲 王分切十三部

怮 𢝊皃 从心幼聲 於虯切三部

忦 𢝊也 从心介聲 此與上介下心之字義別五介切十五部

恙 𢝊也 古相問曰不恙曰無恙皆謂無憂也 从心羊聲 余亮切十部

惴 𢝊懼也 釋訓

愴怛憯慘悽恫悲惻惜愍慇悠簡慅感忧慦悁怮忦恙惴

毛傳皆曰惴惴懼也許意惴不足以盡之故增惪字从心耑聲。之瑞切古音在十四部詩曰惴惴其慄。詩者秦風黃鳥文慄當作栗轉寫之誤也古戰栗堅栗皆作栗戰栗及禮經栗階皆取栗駭之意

⿱鈞心 惪也。从心鈞聲。常倫切十二部廣韻作恂

怲 惪也。釋訓曰怲怲憂也毛傳曰怲怲憂盛滿也怲怲與彭彭音義同故云憂盛滿从心丙聲。兵永切古音在十部讀如旁詩曰。憂心怲怲。

惔 惪也。从心炎聲。此以形聲晐會意徒甘切八部詩曰。憂心如惔。節南山憂心如惔許所據作憂心如炎引之以明會意也此豐麗引易之例今更正炎者火光上也憂心如之故其字作惔雲漢如惔如焚亦如炎之誤毛傳曰惔燎之也

惙 惪也。釋詁毛傳同从心叕聲。陟劣切十五部詩曰。憂心惙惙。召南草蟲文一曰意不定也。

慯 惪也。周南卷耳傳曰傷思也此傷卽傷之段借思與憂義相近也方言傷廣雅作傷从心傷省聲。各本作傷省聲今正式亮切十部按舊音式羊切見廣韻

愁 惪也。或借爲揫字鄉飲酒義曰秋之爲言揫也是从心秌聲。士尤切三部

愵 惪皃。毛詩惄如輈飢韓詩作愵如方言愵憂也自關而西秦晉之閒或曰惄蓋古惄愵通用从心弱聲讀與惄同。奴歷切古音在二部

惂 惪困也。从心臽聲。苦感切八部

悠 惪也。釋訓曰悠悠洋洋思也小雅悠悠我里傳曰悠悠憂也按此傳乃悠之本義渭陽悠悠我思無傳蓋同釋訓若黍離悠悠蒼天傳曰悠悠遠意此謂悠同攸攸同倏古多段攸爲倏長也逐也从心攸聲。以周切三部

悴 惪也。方言悴傷也傷卽慯字从心卒聲讀與易萃卦同。秦醉切十五部

慁 惪也。昭六年左傳曰主不慁賓杜云慁患也从心圂聲。胡困切十三部一曰擾也。禮記儒行不慁君王陸賈傳無久慁公爲也

慸 楚潁之閒謂惪曰慸。从心埶聲。力至切按古音在一部玉篇廣韻皆

力之切至韵本無此字至集韵乃並見之至二韵大徐力至二字乃力之之誤也

忓 惪也。卷耳云何吁矣傳曰吁憂也此謂吁卽忓之段借也于部曰吁驚詞也本義不訓憂何人斯曰云何其吁都人士曰云何盱矣盱亦忓之段借毛無傳疑卷耳本亦作盱也盱張目也釋詁盱憂也盱本或作忓从心于聲讀若吁。况于切五部

忡 惪也。按也當作皃釋訓曰忡忡憂也毛傳曰忡忡猶衝衝也从心中聲。敕中切九部詩曰。憂心忡忡。召南草蟲文

悄 惪也。按也當作皃釋訓曰悄悄憂也毛傳曰悄悄憂皃从心肖聲。親小切二部詩曰。憂心悄悄。邶柏舟文

慽 惪也。小明曰政事愈戚傳曰戚迫也又曰自詒伊戚傳曰戚憂也按下傳謂戚卽慽之段借字也戚者戉也从心戚聲。倉歷切古音在三部或書作慼

惪 愁也。上文云愁惪也此云惪愁也二篆互訓不知何時淺人盡易許書惪字許於文部曰憂和行也从文惪聲非和行則不得从文矣又引詩布政憂憂於此知許所據詩惟此作憂其他訓愁者皆作惪自段憂代惪則不得不段優代憂而商頌乃作布政優優者饒也一曰倡也从心頁。錯本下衍聲字非惪心形於顏面故从頁。此九字鉉本無之錯本有韵會引同今汪啓淑所刻錯本惪篆奪去惪篆已下又奪一葉少惪至惢三十三篆惟姑蘇顧氏黃氏所藏舊抄不奪少此會意如息从心自由心達於鼻思从心囟由心徹於囟也於求切三部

患 惪也。从心上貫吅吅亦聲。此八字乃後人所改竄古本當作从心毌聲四字毌貫古今字古形橫直無一定如目字偏旁皆作罒患字上从毌或橫之作申而又析爲二中之形蓋恐類於申也春秋槃露曰心止於一中者謂之忠持二中者謂之患患人之中不一者也蕫氏所說固非字之本形矣古毌多作串廣韵曰串穿也親串卽親毌貫習也大雅串夷載路傳曰串習也蓋其字本作毌爲摜字之段借也廣韵又謂炙肉之器爲串初限切亦毌字之變也患胡丱切十四部舊多讀平聲

閦 古文从關省。以關省爲聲也關从𢍜聲𢍜从廾聲廾者

十篇下

恖。恇ㄎㄨㄤ　㥦ㄑㄧㄝ　懾ㄓㄜ　憚ㄉㄢ　悼ㄉㄠ　恐ㄎㄨㄥ　志。慴ㄓㄜ　怵ㄔㄨ　惕ㄊㄧ　悐。供ㄍㄨㄥ　核ㄏㄞ　惶ㄏㄨㄤ　悑ㄅㄨ　怖。慹ㄓ　𢥞ㄑㄧ

从說文卯字。恖亦古文惪。恇怯也。犬部曰㹤多畏也杜林作怯素問尺虛者行步恇然王注恇然不足樂記衆不匡懼此叚匡爲恇也。从心匡。匡亦聲。去王切十部按匡亦二字衍。㥦思皃。从心夾聲。苦叶切八部。懾失气也。失气言則曰讋。从心聶聲。之涉切八部。一曰心服也。心字依元應書補。憚忌難也。憚惡而難之也詩亦叚爲癉字大東哀我憚人是也。从心單聲。徒案切十四部。一曰難也。當作難之也難讀去聲今本奪之字凡畏難曰憚以難相恐嚇亦曰憚昭十三年左傳曰憚之以威周禮暴內陵外則壇之壇書或爲憚大鄭讀從憚之以威之憚西京賦曰驚蝄蜽憚蛟蛇。悼懼也。陳楚謂懼曰悼。方言悽憮矜悼憐哀也齊魯之閒曰矜陳楚之閒曰悼趙魏燕代之閒曰悽自楚之北郊曰憮秦晉之閒或曰矜或曰悼按方言甚明了許易哀爲懼未詳方言又曰悼傷也秦謂之悼皆不甚訓懼檜風中心是悼傳曰悼動也於懼義相合小雅上帝甚蹈傳曰蹈動也謂蹈卽悼之叚借也故鄭申之云蹈讀曰悼。从心卓聲。徒到切二部。恐懼也。从心巩聲。丘隴切九部。志古文。慴懼也。从心習聲。讀若疊。之涉切七部。怵恐也。孟子云怵惕。从心术聲。丑律切十五部。惕敬也。从心易聲。他歷切十六部。悐或从狄。狄聲也漢書王商傳如此作。供戰栗也。栗舊作慄今正大學曰恂栗也戰國策曰戰戰栗栗日慎一日方言蛩烘戰慄也荊吳曰蛩烘蛩烘又恐也注蛩恭兩音。从心共聲。此與上共下心之恭字義別戶工切又工恐切九部。核苦也。通俗文思愁曰核廣雅核痛也。从心亥聲。胡槩切一部。惶恐也。从心皇聲。胡光切十部。悑惶也。从心甫聲。普故切五部。怖悑或从布聲。慹悑也。莊子齊物論哀樂慮歎變慹司馬彪云慹不動皃桂馥曰不當作心。从心執聲。之入切七部。𢥞

憊ㄅㄟ　痡。惎ㄐㄧ　恥ㄔ　㥏ㄊㄧㄢ　忝ㄊㄧㄢ　慙ㄘㄢ　恧ㄋㄩ　怍ㄗㄨㄛ　憐ㄌㄧㄢ　𢙈ㄌㄧㄢ　忍ㄖㄣ　㣼ㄇㄧㄢ

憊也。此與憊篆轉注。从心毄聲。苦計切十六部。憊𢥞也。通俗文疲極曰憊。从心葡聲。蒲拜切十五部今周易公羊傳皆作憊。痡憊或从疒。惎毒也。左用字有用其本義者如定四年惎閒王室哀元年惎澆能之注云惎毒也此用其本義也宣十二年晉人惎之脫注云惎教也此叚惎爲記也記誡也。从心其聲。渠記切一部。周書曰來就惎惎。書無此文蓋卽秦誓未就予忌也惎忌音同義相近其餘乖異不敢肊說蓋必有譌奪。恥辱也。曰辱恥也二篆爲轉注。从心耳聲。敕里切一部。㥏青徐謂慙曰㥏。方㥏慙也荊揚青徐之閒曰㥏若梁益秦晉之閒言心內慙矣山之東西自愧曰恧秦晉。从心典聲。他典切十二部。忝辱也。小雅小宛曰無忝爾所生傳云忝辱也。从心天聲。他典切按从天爲聲則古音在十二部蓋或㥏之或體耳自字林讀他念切而失其本音矣。慙媿也。女部曰媿慙也二篆爲轉注。从心斬聲。昨甘切八部。恧慙也。从心而聲。女六切古音在一部音轉入三部屋韵。怍慙也。从心乍聲。依小徐本在各切五部。憐哀也。从心粦聲。落賢切十二部。𢙈泣下也。無聲出涕曰泣。从心連聲。从心者哀出於也从連者不可也連亦聲力延切十四部。易曰泣涕𢙈如。屯上六爻辭泣涕易作泣血雨無正傳曰無聲曰泣血檀弓注曰泣無聲如血出而九家虞翻注易乃云血流出目未知孰是𢙈如易作漣如者瀾之或字蓋許所據爲長。忍能也。能者熊屬能獸堅中故賢者偁能而彊壯偁能傑凡敢於行曰能今俗所謂能幹也敢於止亦曰能今俗所謂能耐也能耐本一字俗殊其音忍之義亦兼行止敢於殺人謂之忍俗所謂忍害也敢於不殺人亦謂之忍俗所謂忍耐也其爲能一也仁義本無二事中皆必兼斯二者先王不忍人之心不忍人之政。从心刃聲。而軫切十三部。㣼厲也。蓋淬厲之意。一曰止也。周禮弭災兵左傳弭兵之

彌郊特牲有由辟焉之辟皆當作此字**从心弭聲。讀若沔。**彌兗切按弭在弓部亦作弭古音在十六部佪亦當在十六部讀若沔者音之轉耳

忞懲也。古多用乂艾爲之而忞廢矣**从心乂聲。**魚肺切十五部

懲忞也。二篆爲轉注古亦段徵爲懲**从心徵聲。**直陵切六部

憬覺悟也。从心景聲。俱永切**詩曰憬彼淮夷。**魯頌文按上文云悟覺也憬當與悟爲鄰且毛詩作憼故訓遠行皃憬蓋出三家詩淺人取以改毛許書葢本無此篆或益之於此

文二百六十三　重二十三

惢心疑也。魏都賦曰神惢形茹**从三心。**今俗謂疑爲多心會意今花蘂字當作此蘂蘂皆俗字也**凡惢之屬皆从惢。讀若易旅瑣瑣。**旅初六爻辭惢讀如此瑣也按古音在十十六部今才規才累二切是也

繠垂也。各本作垂誤今正左傳曰佩玉繠兮余無所繫之旨酒一盛兮余與褟之父睨之杜云繠然服飾備也按繠然垂意左氏繠繫睨爲韵古音十六部也**从惢糸。**各本下有聲字今刪此會意字糸者所以系而垂之也不入糸部者重惢也惢亦聲如壘切古音在十六部

文二

四十部　文八百一十　重八十八宋本作八十七

凡萬四字此第十篇分部及篆體及說解各都數

說文解字第十篇下

儀徵阮　元校字

說文解字第十一篇上一

金壇段玉裁注

水　準也。準古音追上聲此以疊韵爲訓如戶護尾微之例釋名曰水準也準平也天下莫平於水故匠人建國必水地北方之行。月令曰大史謁之天子曰某日立冬盛德在水象衆水竝流中有微陽之气也。火外陽內陰水外陰內陽中畫象其陽云微陽者陽在內也微猶隱也水之文與☵卦略同式軌切十五部凡水之屬皆从水。

汃　西極之水也。从水八聲。府巾切十二部爾雅曰西至於汃國謂之四極。釋地曰東至於大遠西至於邠國南至於濮鉛北至於祝栗謂之四極釋文邠本或作豳說文作汃同彼貧反案汃之作豳聲之誤也作邠則更俗矣而可證唐以前早有以邠代豳者許意西極汃國必以汃水得名言水必先汃與邑部言地先鄯善皆自西而東如禹貢之先弱水黑水也許不以溺水先於河者水莫尊於河與江也南都賦砏汃輣軋李善汃音八引埤蒼汃大聲也此假借別爲一義其音亦可讀如邠砏汃疊韵也

河　河水。各本水上無河字由盡刪篆下複舉隸字因并不可刪者而刪之也許君原本當作河水也三字河者篆文也河水也者其義也此以義釋形之例毛傳云治水也渭水也此釋經之例出敦煌塞外昆侖山。句發原注海。敦鍇作燉鉉作焞皆誤今正唐朝乃作燉煌見元和郡縣志前此皆作敦酈氏書引應劭地理風俗記曰敦大也煌盛也地理志郡國志皆有敦煌郡縣六首敦煌許但云敦煌謂郡也明之沙州衞今甘肅之安西州敦煌縣玉門縣皆漢郡地也史記大宛傳曰于窴之西水皆西流注西海其東水東流注鹽澤鹽澤潛行地下其南則河源出焉多玉石河此四字當作爲積石河注中國鹽澤去長安可五千里又曰張騫死後漢使窮河源河源出于窴其山多玉石采來天子案古圖書名河所出山曰崑崙云漢書西域傳曰西域以孝武時始通本三十六國東則接漢阸以玉門陽關西則限以蔥嶺其南山東出金城與漢南山屬焉其河有兩源一出蔥嶺一出于闐于闐在南山下其河北流與蔥嶺河合東注蒲昌海蒲昌海一名鹽澤者也去玉門陽關千三百餘里千字依水經注廣袤三四此字依小司馬增百里其水亭居冬夏不增減皆以爲潛行地下南出於積石爲中國河云地理志曰金城郡河關縣積石山在西南羌中河水行塞外東北入塞內至勃海郡章武入海過郡十六行九千四百里按于闐今之和闐也班云積石山者即禹貢之道河積石今甘肅西寧府西南境之大積石也許云出敦煌塞外者即班志云河水行塞外也云昆侖山者即馬班所云出蔥嶺于窴天子案古圖書名其山曰崑崙也云發原注海者釋水文即志所云東北入塞內至章武入海也史漢所云古圖書者謂禹本紀山海經皆云河出昆侖也馬班皆不信禹本紀山海經之言而許云出昆侖山者許從漢武帝所名也塞外之山至高大者皆可謂之昆侖故武帝取以名蔥嶺于闐山而不取荒誕之說爾雅釋水曰江河淮濟爲四瀆四瀆者發源注海者也河出崑崙虛色白所渠并千七百一川色黃爾雅但言出崑崙虛而絕無禹本紀山海經荒誕之言故許取爲說从水可聲。乎哥切十七部

泑　泑澤。澤上補一字在昆侖虛下。宋本河泑下皆作昆侖趙鈔本侖作崙非虛字各本無今依太平御覽所引補昆侖虛見爾雅山海經水經丘部曰虛大丘也昆侖丘謂之昆侖虛山海經西山經曰不周之山東望泑澤河水所潛也其源渾渾泡泡西山經之泑澤郭景純酈善長皆云即史漢之鹽澤一名蒲昌海者也云河水所潛即史漢書所謂潛行地下南出於積石也泑澤岠于闐山漢武名之昆侖者不甚遠故曰在昆侖虛下从水幼聲。讀與㕭同。㕭同呦於糾切三部

涷　涷水。水上補涷字以下皆同出發鳩山入河。北山經曰又北二百里曰發鳩之山漳水出焉東流注于河水經注濁漳篇曰漳水又東涷水注之涷水西出發鳩山東逕余吾縣故城南又東逕屯留縣故城北又東流注于漳故許慎曰水出發鳩山入關從水東聲也案酈注作入關不可通說文云入於河亦與水道不合又但云出發鳩山不言發鳩所在郡縣蓋許所據山海經作涷水出焉東流

注于河故許仍舊立文如下文涻出北嚻山入邙澤亦全用北山經語涷作漳正如今北山經作涔許作涻及木部引樜出發鳩山今作柘之比渤涷字皆出山海經故類舉之耳若依水經注則涷入濁漳濁漳徑入海不入河發鳩山淮南子注水經山海經注皆云在上黨長子縣長子縣西今山西潞安府長子縣西五十里有發鳩山。从水東聲。德紅切。九部。按方言瀧涿謂之霑漬瀧涿亦曰瀧涷又爾雅楚辭有涷雨王云暴雨也。

涪 ㄈㄨˊ

涪水。句以下同 出廣漢剛邑道徼外。南入漢。地理志曰廣漢郡剛氏道郡國志曰廣漢屬國都尉領陰平道甸氏道剛氏道此作剛邑蓋誤百官公卿表曰列侯所食縣曰國皇大后皇后公主所食曰邑有蠻夷曰道然則志偁甸氏道剛氏道湔氏道皆以其有氏而道之志於剛氏道下曰涪水出徼外南至墊江入漢過郡二行千六十九里過郡二者廣漢巴郡也墊江屬巴郡按剛氏道徼外蓋在今四川龍安府松潘廳境內地舊松潘衛也衛東有小分水嶺涪水出焉東南流經龍安府之平武縣江油縣彰明縣又經綿州又經潼川府之三臺縣射洪縣遂寧縣至重慶府之合州城南嘉陵江合渠江自東北來會合流至重慶府城北入大江合州漢之墊江縣也嘉陵江卽西漢水也許云南入漢謂入嘉陵江也水經云涪水出廣魏涪縣西北南至小廣魏與梓潼水合梓潼水出其縣北界西南入於涪又西南至小廣魏南入於墊江云出涪縣北與志異者水經稍近言也墊江縣名而云入於墊江者以地名名水也說州之水見於史者涪水謂之內水今之涪江也雒水合綿水謂之中水今在潼州州城北入大江水道提綱謂之沱江者是也外水今之大江也。从水咅聲。縛牟切。三部。

潼 ㄊㄨㄥˊ

潼水。出廣漢梓潼北界。南入墊江。墊各本作墊今正廣漢郡梓潼前後二志同前志曰梓潼五婦山馳水所出南入涪行五百五十里應劭注云潼水所出南入墊江水經曰梓潼水出其縣北界西南入於涪又西南至小廣魏南入於墊江按馳水潼水梓潼水異名同實五婦山卽今四川保寧府劍州州西北五十里之五子山今劍州及綿州之梓潼縣蓋漢梓潼地潼水出五子山之西大山東南流經今梓潼縣又經潼川府之驛亭縣又至射洪縣東南之獨坐山入涪江今謂之潼江射江潮江許云南入墊江卽謂今射洪東南入涪江涪江下流至重慶府之合州合嘉陵江也漢志墊江應劭音徒浹反孟康音重慶之重許書衣部云褺重衣也巴郡有墊江縣此縣爲嘉陵江渠江涪江會合之地水如衣之重複故曰墊江其字音褺漢人乃譌作昏墊之墊觀應孟之音則知漢書字固从衣也云入墊江者其縣其水道名也今四川忠州之墊江縣則漢巴郡臨江縣地與漢墊江相距甚遠。又按涪下曰南入漢者言至墊江而入西漢水也潼下曰南入墊江者言入西漢水在墊江境也錯見互相足。又按地理志水經之羌水下合白水又合西漢水卽今四川保寧府昭化縣城北合嘉陵江之白水也羌水亦謂之墊江者蓋昔人以其委名其源魏晉吐谷渾南豺登其國西彊山觀墊江源今洮州衛西南三百四十里西嵹山羌水所出。从水童聲。徒紅切。九部。

江 ㄐㄧㄤ

江水。出蜀湔氏徼外崏山。入海。蜀郡湔氏道二志同前志曰湔氏道禹貢崏山在西徼外江水所出東南至江都入海過郡九行七千二

百六十里今本九作七行七千作行二千今依徐鍇所引正過郡九者蜀郡犍爲巴郡南郡長沙江夏廬江丹陽廣陵國也湔氏徼外崏山卽禹貢岷山封禪書謂之瀆山李膺益州記謂之羊膊嶺今四川龍安府松潘廳卽松潘衛衛北二百三十里大分水嶺是也流經茂州成都府眉州嘉定府敘州府瀘州重慶府忠州夔州府湖廣之宜昌府荊州府岳州府武昌府漢陽府黃州府江西之九江府江南之安慶府池州府太平府江寧府鎭江府常州府諸境至北岸通州南岸蘇州府昭文縣境入海此禹貢漢志所謂北江入海也。从水工聲。古雙切。九部。

沱 ㄊㄨㄛˊ

江別流也。召南曰江有沱。釋水曰水自江出爲沱。毛傳曰沱江之別者。按今說文衍流字宜刪。沱爲江之別如渤澥爲海之別立文正同。禹貢某氏注云沱江別名江別名謂江之別出者之名也。別皆彼列切。出崏山東。句 別爲沱。禹貢曰岷山道江東別爲沱按荊州梁州皆有沱地理志蜀郡郫下曰禹貢江沱在西東入江汶江下曰江沱在西南東入江皆謂梁州沱也於南郡枝江曰江沱在西東入江謂荊州沱也

道江之東別爲沱自當謂梁州者鄭注尚書不信地理志所說以今水道言之水道提綱曰江至灌縣曰都江分爲二派其南流者正派也其東流經郫縣新繁成都新都金堂南經簡州資陽資縣富順至瀘州復入江者沱江也沱江會北來綿雒諸水而南入江曰中水是首受江尾入江與漢志合然此郫之沱耳汶江之沱尚當在其上流未審今何水从水它聲。徒何切十七部

浙江水東至會稽山陰爲浙江。會稽郡山陰二志同今浙江省紹興府山陰縣是其地今俗皆謂錢唐江爲浙江不知錢唐江地理志水經皆謂之漸江江至會稽山陰古曰浙江說文浙漸二篆分舉劃然後人乃以浙名冒漸葢由二水相合如吳越春秋越王至浙江之上史記楚威王盡取故吳地至浙江始皇至錢唐臨浙江皆謂是也今則江故道不可攷矣欽金氏榜禮箋曰班志南江在會稽吳縣南東入海楊州川北江在毗陵北東入海楊州川中江出丹陽蕪湖西南東至陽羨入海楊州川毗陵之北江卽今大江其蕪湖之中江吳縣之南江逕流湮廢據班志丹陽石城下云分江水首受江東至餘姚入海過郡二行千二百里說文江水至會稽山陰爲浙江闞駰十三州志曰江水至會稽與浙江合晉灼亦云水經江水又東至石城縣分爲二其一東北流過毗陵縣北爲北江其一又東至會稽餘姚縣東入於海酈注沔水篇曰江水自石城東出爲南江又東逕宣城之臨城縣南又東逕安吳縣又東逕寧國縣南又東逕故鄣縣南安吉縣北又東北爲長瀆歷湖口又歷烏程縣南通餘杭縣則與浙江合又東逕餘姚縣故城南又東注於海所謂地理志江水自石城東出逕吳國南爲南江者也榜謂分江水合三江言之爲南江猶岷江合言之爲北江班氏備列南江中江北江以應職方楊州其川三江其於石城著南江源委猶於湔氐道著北江源委故志於中江言出蕪湖西南東至陽羨入海至南江北江但云東入海以入海之地已互見於石城湔氐道也是分江水爲南江卽志文考之證明鄭注能說南江而不能說中江耳从水折聲。旨熱切十五部

涐水出蜀汶江徼外。東南入江。蜀郡汶江見前志後志云蜀郡汶江道前志蜀郡青衣下云大渡水東南至南安入渽汶江下云渽水出徼外南至南安東入江過郡三行三千四十里水經曰大江又東南過犍爲武陽縣青衣水沬水從西南來合而注之又曰青衣水出青衣縣西蒙山東與沬水合至犍爲南安縣入江沬水出廣柔徼外東南過旄牛縣北又東至越巂靈道縣出蒙山南東北與青衣水合東入於江注曰江水又東南逕南安縣西縣治青衣水會衿帶二水矣縣南有峨眉山有濛水卽大渡水也水發蒙谿東南與渽水合渽水出徼外逕汶江道南至南安入大渡大渡水又東入江按經曰武陽注曰南安二縣壤接犍爲南安者今四川嘉定府治附郭縣曰樂山是也蜀郡汶江縣者今四川茂州治是其地凡言徼外者皆謂去其郡縣境不甚遠如廣漢剛氐道徼外蜀湔氐徼外皆是徼者張揖曰塞也以木柵水爲蠻夷界也漢志青衣縣下有大渡水而無青衣水葢今之青衣水班所謂大渡水也今之大渡河班所謂渽水也凡水以互受而名亂舉如是矣凡地理志不言沬水但言大渡水入渽渽水至南安入江水經華陽國志張揖注漢書皆曰沬水與青衣水合入江然則諸家云沬水與青衣水合者卽班志之大渡水與渽水合也以今水道言之今之青衣江出雅州府蘆山縣東伏牛山西麓東南流經榮經縣東雅州府城北名山縣南洪雅縣南夾江縣西至嘉定府西境與陽江合者諸家之青衣水班志之大渡水也今之大渡河出小金川司大金川司至上下魚通合打箭鑪河經瞻對經關合越巂河經峩眉縣西南大峩山前又經二峩山麓至嘉定府西南境青衣江自西北來會者諸家所云沬水班固所云渽水也大渡河自北而西而西南而東而東北曲行千五百里地云過郡三者蜀郡越巂犍爲也云行三千四十里三千或是二千之誤凡唐宋史云大渡河者皆謂地理志之渽水卽司馬相如傳之沬水从水𢦏聲。各本篆作濊解作我聲音五何切字之誤也今更正按作涐則與漢志不合遂有欲改志作涐者攷漢志師古注曰渽音哉葢沿音義舊文玉篇涪瀆渽江沱湔浙沬溫灊湞淹沮涂沅其十五字聯屬皆浙江之類與說文正合而濊字則廁於部末孫強陳彭年襍收字中此與木部梔字可正梔字之誤正同水經注云呂忱曰濊水出蜀許愼以爲涐水也从水𢦏聲分別許呂古今異體俗改渽爲涐非是廣韵

十六咍曰湔水名出蜀此用字林集韵十六咍類篇水部皆云湔或作淺此許字之佚見於古籍者祖才切一部

湔ㄐㄧㄢ

湔 **湔水出蜀郡緜虒玉壘山東南入江。**郡字衍前志曰蜀郡緜虒後志曰蜀郡緜虒道有蠻夷曰道前志省文耳前志曰緜虒玉壘山湔水所出東南至江陽入江過郡三行千八百九十里又曰廣漢郡緜竹縣紫巖山緜水所出東至新都北入雒廣漢郡雒縣章山雒水所出南至新都谷字誤入湔過郡三者蜀郡廣漢犍爲也湔水緜水雒水三水互受通偁水經云又東過江陽縣南雒水從三危山東過廣魏雒縣南東南注之是即漢志之湔水兼緜雒至江陽入江者也三危山益即漢志之玉壘山水經以雒爲湔也江陽今四川瀘州緜虒玉壘山當在松潘廳境內蜀都賦曰廓靈關以爲門包玉壘而爲宇劉逵注玉壘山名湔水出焉在成都西北岷山盼在後故曰宇靈關在前故曰門也今水道緜水由緜竹縣至漢州合雒水雒水由什邡縣至漢州合緜水其下流經簡州資陽縣資縣內江縣富順縣至瀘州城與大江會於漢志水經皆無不合特其名或異耳此史所謂中水也其上游據酈氏云湔水入江有湔堋湔堰湔澳諸偁故今謂中水爲沱江但秦李冰所造非禹故道漢志亦不謂湔爲沱 **从水前聲。**子仙切十二部 **一曰湔半澣也。**各本作手澣之今依水經注引字林手作半依集韵玉篇之作也此別一義半澣者澣衣不全濯之僅濯其垢處曰湔今俗語猶如此此相沿古語如云湔裙是也廣韵湔洗也一曰水名此用說文而互易其先後耳字林益全襲說文語而酈書於湔水出緜虒玉壘山下引呂忱云一曰半浣水也下注江此妄增水字謂半浣爲湔水別名亦其涉獵者博不無抵梧濯者澣也湔者半澣也說文爲辭之法

沫ㄇㄛˋ

沫 **沫水出蜀西南徼外東南入江。**蜀謂蜀郡也不言何縣者未審也沫水即淺水兩列之蓋許有未審 **从水末聲。**莫割切十五部按瀙下云一曰沫也沫謂水泡江賦說水鳥云拊拂瀑沫

溫ㄨㄣ

溫 **溫水出犍爲符。**句 **南入黔水。**犍依王氏朱本從木隸釋曰漢碑犍爲皆作犍爲是也符各本作涪誤今正地理志犍爲郡符下云溫水南至鄨入黚水黚水亦南至鄨入江按黚黔音同黔水即黚水水經於江水曰又東過枳縣西延江水從牂柯郡北流西屈注之枳縣今重慶府涪州治也枳與涪陵縣壤接今涪州城東北有黔江南自貴州合諸水入焉亦曰烏江亦曰涪江亦曰涪陵江此水自西而東而北源流二千三百里詳見水道提綱會貴州大定貴陽遵義平越石阡思南六府及湖廣施南半府西川西陽黔江彭水南川涪州諸水實巨川也水經注延江篇曰溫水一曰煖水出犍爲符縣而南入黚水黚水亦出符縣南與溫水會俱南入鄨水江水篇曰華陽記曰枳縣在江州巴郡東四百里治涪陵水會皆烏江之源委也漢志今本疑有奪字以水經注正之疑當云溫水至鄨入黚水黚水亦出符至鄨北入江鄨非入江之地今云至鄨入江非倒也水經之延江水於江水一條曰枳縣西注江於延江條曰至沅陵縣入於沅酈氏有一水枝分之說但許不言黔水所入班但言黚水入江不言何處入江古人略之蓋其愼也水道提綱綜術最詳而最之古籍猝難互證犍爲符縣今四川瀘州合江縣其地也 **从水𥁕聲。**烏蒐切十三部今以爲溫煖字許意當用𥁕爲溫煖

灊ㄑㄧㄢˊ

灊 **灊水出巴郡宕渠。西南入江。**巴郡宕渠二志同今順慶府渠縣東北七十里有宕渠城是也前志宕渠下曰灊水西南入江不曹水出東北南入灊水經於江水曰又東北至巴郡江州縣東強水涪水漢水白水宕渠水五水合南流注之酈云宕渠水即潛水渝水矣水經又曰潛水出巴郡宕渠縣又南入於江按許云西南入江則此水必合嘉陵江至合州入江未詳今之何水鄭注禹貢梁州曰漢別爲潛其穴本小水積成澤流與漢合蜀都賦演以潛沫劉逵云禹貢梁州沱潛既道有水從漢中沔陽縣南流至梓潼漢壽縣入穴中通岡山下西南潛出今名伏水舊說云禹貢潛水也劉澄之酈道元說與逵略同或以今保寧府廣元縣之由七盤關經神宣驛又經龍洞口至朝天驛北穿穴而出入嘉陵之水證之此水甚小殆非是況所由非宕渠也班許皆不釋禹貢以灊水系諸宕渠縣云西南入江許云出宕渠班則不云出宕渠然則灊是入西漢以入江之水今不能定爲何水耳 **从水灊聲。**昨鹽切七部

沮ㄐㄩ

沮 **沮水出漢中房陵。東入江。**

漢中郡房陵二志同左傳之麇國成大心敗麇師於防渚闞駰曰防卽房陵也今湖北鄖陽府房縣是其地左傳定四年吳人敗楚及郢楚子出涉雎哀六年昭王曰江漢雎漳楚之望也前志房陵下曰東山沮水所出東至郢入江應劭南郡臨沮注曰沮水出漢中房陵東入江水經曰沮水出漢中房陵縣東山東南過臨沮縣界又東南過枝江縣東南入於江今此水出房縣西南二百里之景山經當陽縣合南漳水至荆州府城西南周寅店入江顧景范曰其字正作沮左傳作雎皆七餘反後譌爲柤讀曰租字與音俱變矣今襄陽沮水左右地皆曰沮中亦謂之柤中襄陽記柤中在上黃畍吳志赤烏四年諸葛瑾取柤中魏志正始四年諸葛瑾攻柤中正是一事 从水且聲。子余切五部按經典釋文漢書注皆曰七餘反

滇 ㄉㄧㄢ

滇 益州池也。二志皆云益州郡滇池縣前志滇池縣下滇池澤在西北南中志曰有澤水周迴二百里所出深廣下流淺狹如倒流故曰滇池今雲南雲南府附郭昆明縣府城南之滇池是也城西南八十里爲海口大河卽滇池導流之處也下流至武定府注於金沙江金沙江在四川敘州府入江 从水眞聲。都年切十二部

涂 ㄊㄨˊ

涂 涂水出益州牧靡南山。西北入繩。繩各本譌作澠今正牧前志作收後志作牧華陽國志竟作升李奇曰靡音麻收靡卽升麻常璩曰升麻縣山出好升麻收升牧三字皆同紐釋益州太守碑牧靡字三見晉書亦作牧矣益州郡牧靡二志同前志曰南山臘涂水所出西北至越巂入繩過郡二行千二十里水經注若水篇曰若水又東涂水注之水出建寧郡之收靡縣南山縣山竝卽草以立名山在縣東烏句山南五百里山生收靡可以解毒涂水導源臘谷西北流至越巂入若水按涂水出臘谷故漢志謂之臘涂水漢志說文皆云入繩而水經注云入若水者善長云若水又逕越巂大莋縣入繩繩水出徼外南逕旄牛道至大莋與若水合自下亦通謂之繩水矣諸書錄記羣水或言入若又言注繩正是異水沿注通爲一津隨納通稱也水道提綱曰金沙江卽古繩水鴉龍江一名打冲河卽古若水金沙江出番地至雲南姚安府大姚縣境合鴉龍江至四川敘州府治宜賓縣西南境入於江金沙自犂石山發源至雲南麗江府境已四千二百餘里自麗江至四川敘州府又二千五百餘里源遠流長所受大水數十小水無數其爲大江上源無疑也玉裁謂多以金沙爲大江正源然非禹貢嶓山道江之旨禹貢於河源江源皆舉其近者聖人不尙遠略之意牧靡今何縣涂水今何水未審 从水余聲。同都切五部按古道塗塗壁字皆作涂

沅 ㄩㄢˊ

沅 沅水出牂柯故且蘭。東北入江。牂柯郡故且蘭二志同且音苴子閭反前志故且蘭下曰沅水東南至益陽入江過郡二行二千五百三十里按益陽屬長沙國漢志東南以地望準之當從說文作東北過郡二當作三謂牂柯武陵長沙國也水經曰沅水出牂柯故且蘭縣爲旁溝水又東至鐔成縣爲沅水東過無陽縣又東北過臨沅縣南又東至長沙下雋縣西北入于江水道提綱曰沅水數源一曰鎮陽江出貴州平越府東北之黃平州南金鳳山一曰清水江其源有二北曰平越府西北之豬梁江南曰都勻府西南之馬尾河古稱沅水出故且蘭必指豬梁江及豬梁所納之卡龍河也清水江與鎮陽江合於黔陽縣西經常德府治武陵縣西南而入洞庭湖源流貫二千三百餘里古稱辰西敘无漸五溪皆入焉 从水元聲。愚袁切十四部

淹 ㄧㄢ

淹 淹水出越巂徼外。東入若水。越巂郡屬益州二志同巂音先蘂反今四川語言讀如西上聲佩觿謂字作嶲與巂不同者謬說也同字異音耳不言何縣徼外者未審也水經曰淹水出越巂遂久縣徼外東南至青蛉縣又東過姑復縣南東入於若水然則淹水亦合金沙江以入江者也越巂郡今四川寧遠府是其地 从水奄聲。英廉切八部廣韵淹下曰漬也滯也久留也敗也

溺 ㄋㄧˋ

溺 溺水自張掖刪丹西至酒泉合黎。餘波入于流沙。禹貢曰弱水既西又曰道弱水至于合黎餘波入于流沙張掖郡刪丹二志同前志刪丹下曰桑欽以爲道弱水自此西至酒泉合黎又張掖郡居延下曰居延澤在東北古文以爲流沙水經曰合離山在酒泉會水縣東北流沙地在張掖居延縣東北今甘肅舊山丹衛卽刪丹廢縣舊甘州衛西北千二百里有故居延城故居延城東北有居延海衛西北四十里有合黎山衛西有弱水胡氏渭禹

貢雖掮曰溺水正流入居延海其餘波則入流沙流沙非居延也**从水弱聲**而灼切二部按今人用為休沒字溺行而休廢矣又用為人小便之尿字而水名則皆作弱**桑欽所說**漢書儒林傳孔氏古文尚書安國授都尉朝朝授膠東庸生庸生授清河胡常少子常授虢徐敖敖授王璜及平陵塗惲子真子真授河南桑欽君長地理志偁桑欽說五水部引桑欽說三桑經典釋文作乘

洮ㄊㄠ

洮水出隴西臨洮東北入河隴西郡臨洮二志同前志臨洮下曰洮水出西羌中北至枹罕東入西枹罕縣金城郡東入西西字衍當依水經注作東入河水經曰河水又東入塞過敦煌酒泉張掖郡南又東過隴西河關縣北洮水從東南來流注之酈注引段國沙州記曰洮水與墊江水俱出嵹臺山山南即墊江源山東即洮水源按嵹臺山即西頃山也墊江即入西漢水之白水也今甘肅蘭州府狄道州州西南二百二十里有臨洮城漢縣也今洮河出洮州衛西南邊外之西傾山東北流經狄道州南至蘭州府西境入河曰洮口行八百餘里**从水兆聲**土刀切二部按洮為地名水名極多又為洮頮又為洮汰洮米皆用此字

涇ㄐㄧㄥ

涇水出安定涇陽幵頭山東南入渭禹貢雍州曰涇屬渭汭周禮職方氏曰雍州其川涇前志曰安定郡涇陽幵頭山在西禹貢涇水所出東南至陽陵入渭過郡三行千六十里雍州川陽陵縣左馮翊過郡三者安定扶風馮翊也今甘肅平涼府附郭平涼縣府西南有故涇陽城漢縣也幵頭山亦作笄頭山始皇紀作雞頭山在今平涼府西南四十里今涇水出山之涇谷經涇州又經陝西邠州長武縣至西安府高陵縣西南二十里入渭曰涇口大致東南流也涇濁渭清故詩曰涇以渭濁涇水溉田之利自秦漢鄭國白公而後迄於唐宋元明皆修復白渠**雝州之川也**周禮職方氏文班氏述地理志由采獲舊聞考迹詩書推表山川以綴禹貢周官春秋故每言禹貢某山禹貢某水某州川某州浸許意略同**从水巠聲**古靈切十一部按爾雅直波為徑釋名作直波曰涇云涇徑也言如道徑也莊子涇流之大司馬彪云涇通也大雅鳧鷖在涇鄭箋曰涇水中也與下章沙訓水旁為反

十一篇上一

十一

封謂水中流徑直孤往之波也今蘇州嘉興謂瀆曰某涇某涇亦謂其可徑通

渭ㄨㄟ

渭水出隴西首陽渭首亭南谷東南入河隴西郡首陽二志同首陽縣今甘肅蘭州府渭源縣當是其地禹貢曰道渭自鳥鼠同穴入于河前志首陽下曰禹貢鳥鼠同穴山在西南渭水所出東至船司空入河過郡四行千八百七十里雍州寖過郡四者天水扶風京兆馮翊也水經曰渭水出隴西首陽縣渭谷亭南鳥鼠山注曰渭水出隴西首陽縣首陽山渭首亭南谷山在鳥鼠山西北縣有高城嶺嶺上有城號渭源城渭水出焉東北流逕首陽縣西與別源合別源出鳥鼠山渭水谷禹貢所謂渭出鳥鼠者也按酈注蓋本說文較說文多首陽山三字疑今說文奪去酈依說文故以首陽山南谷與鳥鼠山為二以今地志言之皆在渭源縣西相距甚近今渭水出此經鞏昌府及寧遠縣伏羌縣秦安縣秦州清水縣寶雞縣岐山縣扶風縣武功縣盩厔縣鄠縣咸陽縣西安府臨潼縣高陵縣渭南縣朝邑縣至華陰縣北入於河古所謂渭汭左傳閔二年虢公敗犬戎於渭隊服虔曰隊謂汭也杜預本作渭汭**从水胃聲**云貴切十五部洞簫賦注引埤蒼沸渭不安皃**杜林說夏書**五字何**以為出鳥鼠山**後漢書杜林傳曰林於西州得桼書古文尚書一卷雖遭艱困握持不離出以示衛宏徐巡等宏巡益重之於是古文遂行此云杜林說夏書謂林說古文尚書禹貢也云以為出鳥鼠山者冡上省文謂杜云渭水出隴西首陽縣之鳥鼠山鳥鼠山與首陽山南谷同縣而異地故別為異說也**雝州浸**職方氏文鄭曰浸可以為陂灌溉者

漾ㄧㄤ

漾水出隴西獂道東至武都為漢獂各本作柏字之誤也今依水經注所引說文正前志獂道屬天水後志屬漢陽漢陽即天水也獂道不屬隴西當作氐道乃與漢志合水經注漾水篇曰許慎呂忱闞駰並言漾水出隴西獂道東至武都為漢水不言氐道然獂道在冀之西北又隔諸川無水南入疑出獂道之為謬矣按禹貢曰嶓冢道漾東流為漢又東為滄浪之水前志隴西郡氐道下曰禹貢養水所出至武都為漢武都郡武都下曰東漢水受氐道水一名沔過江夏謂之夏水二條相屬為[illegible]

十一篇上一

十二

隴西郡西下又曰禹貢嶓冢山西漢所出南入廣漢白水東南至江州入江鄭注尚書道漾引地理志漾水出隴西氏道至武都爲漢至江夏謂之夏水注梁州沱潛云潛蓋西漢出嶓冢東南至巴郡江州入江行二千七百六十里又云漢別爲潛其穴本小水積成澤流與漢合大禹自導漢疏通即爲西漢水也班鄭皆謂東漢西漢同出嶓冢西漢者別於漢而曰西漢東流者本無東傳班志武都下云東漢者淺人增字鄭注云潛蓋西漢今尚書正義倒爲漢西皆非也班鄭所云今水道不合故異說紛然金氏榜禮箋曰後儒言漢水源者咸求之于嶓冢榜以漢志攷之嶓冢導漾惟据禹貢漢水言耳周職方荊州漢水則不導源於嶓冢故志於武都沮下曰沮水出武都沮縣東狼谷南至沙羨南入江過郡五行四千里荊州川說文水經後漢郡國志皆云然蓋漾水轂流不與漢相屬由來久矣志言禹貢漾水出隴西氏道縣至武都爲東漢水一名沔過江夏謂之夏水入江此明禹貢漢水故道若魏郡鄴東故大河館陶屯氏河之類班氏自謂采獲舊聞考跡詩書推表山川以綴禹貢周官春秋下及戰國秦漢者如是非謂漢代遷流之道東漢水仍上受氏道水也水經說西漢水曰漾水出隴西氏道縣嶓冢山東至武都沮縣爲漢水東南至江州縣東南入于江漾水既轂東流勢必西入徙以氏道無可考見後世莫能定其孰爲漾水而與東漢水不相屬得水經校之益明後儒考漢志不詳于漢源求嶓冢不得因旁漢水之山強名之爲嶓冢亦近誣矣漢志禹貢嶓冢山在隴西西縣西漢水所出南入廣漢白水東南至江州入江不見于氏道然於氏道言禹貢漾水所出東至武都爲漢正釋經嶓冢導漾東流爲漢明氏道亦得有嶓冢山是山峯岫延長西氏道皆其盤迴之地準之地望氏道當在西縣東志已于西縣著嶓冢山氏道例不重出水經言漾水出隴西氏道嶓冢山郭景純山海經注亦言嶓冢在武都氏道縣南何與漢志互明西漢水鄭書注以爲禹貢梁州之潛以上受漢別故得西漢水之稱後乃併其上流出嶓冢者名之爲西漢水矣玉裁謂金氏之言可爲異說析衷許云出隴西氏道至武都爲漢水許非用班志而與志同皆釋尚書禹時漢源也不言嶓冢山者言氏道而嶓冢在其中與志同也武都者漢武都郡之武都縣今甘

漾。 漢ㄏㄢ 湪。 浪ㄌㄤ 沔ㄇㄧㄢ

肅鞏昌府成縣西北百里有仇池城城東南有漢武都故城 **从水羕聲。** 余亮切十部按韓詩江之漾矣以爲羕之假借

瀁 古文从養。 漾者小篆瀁者壁中古文如是今尚書作漾者漢人以篆文改古文也漢書作養者今文尚書用假借字也史記作瀁蓋亦本作養而或加之水旁因合乎古文淮南書作洋高誘曰洋或作養

漢 漾也。 尚書某氏傳曰泉始出山爲漾按漾言其微漢言其盛也蕭何曰語曰天漢其名甚美 **東爲滄浪水。** 禹貢文水經曰沔水又東過鄖縣南又東北流又屈東南過武當縣東北注曰縣西北四十里水中有洲名滄浪洲庾仲雍漢水記謂之千齡洲非也是世俗語譌音與字變矣地記曰水出荊山東南流爲滄浪之水余按禹貢言又東爲滄浪之水不言過而言爲者明非他水決入也蓋漢沔水自下有滄浪通稱耳纏絡鄢郢地連紀都咸楚都矣漁父歌之不違水地玉裁按鄭注尚書滄浪之水言今謂夏水來同故世變名焉本未嘗謂他水決入若地記云出荊山是他水決入矣 **从水難省聲。** 按鷬難嘆字從𦰩聲則漢下亦云𦰩聲是矣難省聲蓋淺人所改不知文殷元寒合韵之理也呼旰切十四部

𣶒 古文漢如此。 按古文從戌從大或者今之國字也

浪 滄浪水也。 按據此解可證前後某篆下皆當云某水也淺人刪之存一水字非是 **南入江。** 禹貢曰又東爲滄浪之水過三澨至于大別南入于江許以漾浪沔三篆全屬道漾經文記禹時漢水故道也其下流爲滄浪水入江與今水道同其源出隴西氏道嶓冢山至武都者今不可攷 **从水良聲。** 來宕切十部按當平聲今但爲波浪字

沔 沔水出武都沮縣東狼谷。東南入江。 武都沮縣二志同今陝西漢中府略陽縣是其地有沮水出焉前志沮縣下曰沮水出東狼谷後志沮縣下曰沔水出東狼谷水經曰沔水出武都沮縣東狼谷中鄭注曰沔水一名沮水引闞駰云以其初出沮洳然故曰沮水是則前志之沮水水經說文之沔水皆云出沮縣東狼谷實一水也前志曰南至沙羨南入江過郡五行四千里過郡五者武都漢中南陽南郡江夏也水經亦歷敘沔水所過之縣而曰又南至江夏沙羨

縣南入於江許說沔與漢志水經同此漢時漢水之道與禹貢時其源不同其委則一常璩云始源曰沔玉裁謂漢言其盛沮與沔皆言其微沔者發源緬然之謂尙書周官春秋傳曰漢漢時曰沮水曰沔水是爲古今異名水經且謂西漢水曰漢水謂禹貢漢水曰沔水許亦云涪水入漢不云入西漢云沔水入江云淯水入沔則許漢沔分偁同水經班云沮水荆州川職方荆州之川江漢然則班謂沮卽東漢亦明矣且志雖有西漢東漢之目而曰東漢水一名沔凡漢中下云旬水入沔淮水入沔筑水入沔㕣賨下云淯水入沔湔水入沔甲水入沔右扶風下云褒水入沔廣漢下云白水入漢涪水入漢分別書然亦謂東漢爲沔西漢爲漢今漢水出陝西寧羌州經沔縣褒城縣漢中府城固縣洋縣西鄉縣石泉縣漢陰縣紫陽縣興安州洵陽縣白河縣湖廣舊上津縣竹山縣鄖西縣鄖陽府均州光化縣穀城縣襄陽府宜城縣安陸府荆門州潛江縣天門縣沔陽州漢川縣至漢陽府城東北合於大江今曰漢口古曰夏口曰沔口左傳謂之夏汭寧羌州距今略陽縣二百二十里析言之沮沔各爲一水渾言之則或統呼沮或

統呼沔也 **从水丏聲。** 彌兖切十二部小雅沔彼流水毛傳沔水流滿也按許云湎水滿也詩之沔爲湎之假借 **或曰入夏水。** 水經注夏水篇云江津豫章口東有中夏口是夏水之首江之汜也屈原賦所謂夏首按今湖北荆州府附郭江陵縣府東南二十五里有夏水口是也水經夏水東至江夏雲杜縣入于沔注云當其決入之所謂之堵口按堵口當在今湖北漢陽府沔陽州境內沔水與夏水合至漢陽府入江或曰沔口或曰夏口然則入夏水卽入江也劉澄之永初山川記云夏水是江流沔非沔入夏今按二水相合互受通偁謂沔入夏亦無不可

湟ㄏㄨㄤˊ

湟水出金城臨羌塞外。東入河。 金城郡臨羌二志同舊西寧衞西二百八十里有故臨羌城前志臨羌下曰西北至塞外有西王母石室僊海鹽池北則湟水所出東至允吾入河允吾下曰逆水出參街谷東至枝陽入湟浩亹下曰浩亹水出西塞外東至允吾入湟按水經河水又東過金城允吾縣北注言湟水浩亹水逆水源流皆甚詳水道提綱曰青海在今西寧府邊西五百餘里古名西海郞鮮水也今爲厄魯特等二十三旗地靑海東卽湟水古所謂湟中地北卽大通河古所謂浩亹水東南會湟水入黃河也湟水卽洛都水源出今西寧府西北邊外至今蘭州西境入黃河按允吾音鈆牙今甘肅蘭州府府西北三百里有故鈆吾城是也浩亹音閤門僊海卽西海古音西讀如仙 **从水皇聲。** 乎光切十部

汧ㄑㄧㄢ

汧水出右扶風汧縣西北。句**入渭。** 右扶風汧二志同前志汧下曰吳山在西古文㠯爲汧山雍州山又曰汧水出西北入渭後志汧下曰有吳嶽山本名汧汧水出按前志不云汧水出汧山後志乃云爾汧故城當卽今陝西鳳翔府隴州州治東南汧源廢縣括地志曰故汧城在隴州南三里汧山在今隴州西北禹貢之岍周禮之嶽山也汧陽河卽古汧水出焉東南流經汧陽縣至寶雞縣縣東三十里合於渭班許皆於西北句絕此水自西北而東南也 **从水幵聲。** 苦堅切十二部

澇ㄌㄠˋ

澇水出右扶風鄠北。入渭。 右扶風鄠見邑部上林賦曰終始灞滻出入涇渭酆鄗潦潏紆餘委蛇經營乎其內蕩蕩乎八川分流相背而異態潘岳

關中記曰涇渭灞滻酆鄗潦潏所謂八川李善曰潦卽澇水也水經曰渭水又東過槐里縣南又東澇水從南來注之今陝西西安府鄠縣縣西三里澇水出南山澇谷北流經故萯陽宮西入長安縣界入渭故曰北入渭水道提綱曰渭水東經鄠縣北境咸陽縣城東南又東北有豐水自西來合諸水北流注之諸水者澇水滈水潏水 **从水勞聲。** 魯刀切二部史漢文選皆作潦惟封禪書正作澇按今用爲旱澇字

漆ㄑㄧ

漆水出右扶風杜陵岐山東。入渭。 二志皆杜陵屬京兆尹杜陽屬右扶風此杜陵當作杜陽杜陽今陝西鳳翔府麟遊縣是其地周公劉居豳今陝西邠州是其地漢之漆栒邑二縣也太王遷郊今鳳翔府岐山扶風二縣是其地漢之杜陽南美陽北也大雅曰民之初生自土漆沮傳曰漆漆水沮沮水也又曰周原漆沮之閒也周頌潛傳又曰漆沮岐州之二水也據毛說則漆沮二水實在岐周之地小雅吉日傳但云漆沮之水麀鹿所生其解必同大雅周頌許云漆水出杜陽正岐周地也此漆沮在涇西禹貢道渭又東過漆沮則在涇東與岐周無涉玉裁謂水經

滻 ㄔㄢˇ

日漆水出扶風杜陽縣俞山東北入於渭正與說文合惟岐作俞耳酈氏引開山圖曰岐山在杜陽北長安西有渠謂之漆渠酈又云漆水出杜陽縣之漆溪謂之漆渠漆合岐水與橫水合東注雍水又合杜水南注於渭郭樸山海經注云今漆水出岐山皆與水經合而前志右扶風漆縣下云漆水在縣西以地望準之蓋此漆水出豳地縣以水爲名西南流至周郊地南漢杜陽美陽境而入渭實出今之邠州西南流至麟遊扶風開入渭也大雅云率西水滸箋云循漆沮水側傳又云周原漆沮之閒也是此水源委自豳至郊漢人皆審知形勢今則茫昧難詳矣闞駰十三州志云漆水出漆縣西北至岐山東北入渭正與毛詩傳箋合許及水經云出杜陽岐山者容舉其近源言之邑部云郊在右扶風美陽中水鄉此以岐山系杜陽者岐山在杜陽之南美陽之北周原在岐山之陽故詩謂曰周原者岐山陽地屬杜陽郡國志注所引如是**从水桼聲。**四字依水經注所引在此小徐本从某某聲往往開在兩義之中不同大徐皆小徐爲古本也親吉切十二部**一曰漆城池也。**小徐本如是與水經

注所引合大徐本作一曰入洛蓋淺人讀酈注沮水篇者改之洛水雍州之浸下文出歸德北夷畍中者卽涇東之漆沮水也涇西之漆不得入洛中隔涇水矣一曰者別一義城隍有水曰池城池謂之漆蓋古有是名酈兼引此句猶其兼引一曰漸半漸之謬**滻水出京兆藍田谷。入霸。**霸宋本汲古閣初印皆同霸灞古今正俗字許書無灞史漢皆作霸水京兆尹藍田二志同故城在今陝西西安府藍田縣縣治西十一里前志京兆尹南陵下曰文帝七年置沂水出藍田谷北至霸陵入霸水霸水亦出藍田谷北入渭師古曰沂音先歷反按此乃大謬沂者滻字之誤水經注引志可證張揖注上林賦亦曰霸出藍田西北而入渭滻亦出藍田谷北至霸陵入霸水經曰渭水又東過長安縣北又東過霸陵縣北霸水從縣西北流注之注云霸者水上地名也古曰滋水秦穆公霸世更名滋水爲霸水以顯霸功水出藍田縣藍田谷逕藍田縣東又左合滻水又北長水注之又北會兩川又北左納漕渠又東逕新豐縣右會故渠故渠卽經所謂東過霸陵縣霸水從縣西北流注之者也今無水

洛 ㄌㄨㄛˋ

又北逕秦虎圈東又北入於渭水張守節曰雍州藍田縣滻水卽荊谿狗枷之下流也按酈注說長水出杜縣白鹿原西北流謂之荊谿又西北左合狗枷川注於霸俗謂之滻水非也史記霸滻長水盡得比大川之禮此可證張氏之誤矣水道提綱曰滻水上源卽藍水也出藍田縣藍關之西南山秦嶺經西安府境東而北有滻水西南自太乙山東南之西王谷嶺及秦嶺三源合而北流又東北流來會既合滻水東北至高陵縣南境入渭曰灞口**从水產聲。**所簡切十四部按史漢作產**洛水出左馮翊歸德北夷畍中。東南入渭。**左馮翊三字當作北地二字前志北地郡歸德下洛水出北蠻夷中入河入河者入渭以入河也此總舉其源委也左馮翊褱德下曰洛水東南入渭此言其入渭之處也許之例舉源地不舉委地然則當云出北地歸德無疑矣今甘肅慶陽府安化合水二縣漢歸德地也今陝西同州府朝邑縣有懷德城漢縣也括地志云洛水源出慶州洛源縣白於山方輿紀要曰洛水出慶陽府合水縣北二十里白於山東北流經廢洛源縣又經保

安縣安塞縣甘泉縣鄜州又南經洛川縣南中部縣東而沮水入焉沮水自中部縣子午嶺東南流而入於洛水卽說文瀘水出北地直路西東入洛也自是洛水亦兼沮水之稱又南流經宜君縣過耀州合漆水歷三原縣富平縣白水縣又東南流經澄城縣同州府至朝邑縣南入渭水水道提綱云舊合渭入河自明時改流徑入河不南入渭今洛口南去渭口三十里按水經注本有雍州洛水篇今亡之矣禹貢道渭節謂之漆沮職方雍州其浸渭洛小雅瞻彼洛矣傳曰洛宗周之浸也左傳國語皆云三川震韋杜以涇渭洛爲三川**从水各聲。**盧各切五部按雍州洛水豫州雒水其字分別自古不紊周禮職方豫州其川熒雒雍州其浸渭洛正義本不誤逸周書職方解地理志引職方正同雒不見於詩瞻彼洛矣傳曰洛宗周浸水也此職方氏文也洛不見於左傳傳凡雒字皆作雒如傳七年伊雒之戎宣三年楚子伐陸渾之戎遂至於雒是也淮南墬形訓曰洛出獵山據高注謂雍州水也雒出熊耳據高注謂豫州水也漢地理志宏農上雒下云禹貢雒水出冢領山東北至鞏入河豫州川盧氏下云伊水出熊

耳山東北入雒。黽池下云穀水出穀陽谷東北至穀城入雒。新安下云禹貢澗水在東南入雒。河南穀成下云禹貢瀍水出替亭北東南入雒。此謂豫州水也。左馮翊襄德下云洛水東南入渭。北地歸德下云洛水出北蠻夷中入河。直路下云沮水出東西入洛。此謂雍州水也。已上皆經數千年尚未誤者。而許書水部下不舉豫州水。尤爲二字分別之證。後人書豫水作洛。其誤起於魏。裴松之引魏略曰。黃初元年詔以漢火行也。火忌水。故洛去水而加佳。魏於行次爲土。土水之牡也。水得土而乃流。土得水而柔。故除佳加水。變雒爲洛。此丕改雒爲洛。而又妄言漢變洛爲雒。以揜己紛更之咎。且自詭於復古。自魏至今皆受其欺。周禮春秋在漢以前。誰改之乎。尚書有豫水無雍水。而蔡邕石經殘碑多士作雒。鄭注周禮引召誥作雒。是今文古文尚書皆不作洛。鄭蔡斷不擅改經文也。自魏人書雒爲洛。而人輒改魏以前書籍。故或致數行之內雒洛錯出。卽如地理志引禹貢。既改爲洛矣。則上雒下曰禹貢雒水不且前無所承乎。若郊祀志汧洛從水。後文宜帝以四時祀江海雒水。成王郊於雒邑字皆從佳。又當時二字確然分別之證也。

淯水出宏農盧氏山。東南入沔。宏農郡盧氏。二志同。今河南河南府盧氏縣是其地。前志盧氏下曰。有育水南至順陽入沔。順陽者南陽之博山也。中山經曰。攻離之山淯水出焉。南流注于漢。依文選注。水經曰。淯水出宏農盧氏縣攻離山。東南過南陽西鄂縣西北。又東過宛縣南。又屈南過淯陽縣東。又南過新野縣西。又南過鄧縣東南入於沔。今河南南陽府府城東三里俗名白河者是。由南陽達於新野。府境諸水悉會焉。又南至湖廣光化縣。又東經故鄧城東南而入漢水。水道提綱云。漢水經襄陽府城北樊城南。有白河唐河東北自河南新野合南陽府諸縣及鄧州水南流。又合西來之淯河東來棗陽之滾河來會。齊氏所謂白河卽淯水也。南陽之水淯最大。水經注云。合魯陽關水洱水梅谿水朝水棘水瀙水湍水比水白水入漢。南都賦曰。淯水盪其胸。推淮引湍。三方是通。知淯最大。齊氏召南以趙河當之。非也。許謂西漢爲漢。謂東漢爲沔。故涪下曰入漢。淯下曰入沔。漢志水經之例亦同。从水育聲。余六切。三部。按漢志作育。或曰出酈山西。

前志南陽酈下曰。育水出西北。南入漢。漢當作沔。蓋出酈山者與出盧氏山者異源而同流。故班許皆兼述之也。酈故城在今河南南陽府內鄉縣縣東北。

汝水出宏農盧氏還歸山。東入淮。宏農盧氏見上。前志汝南郡定陵下曰。高陵山汝水出。東南至新蔡入淮。過郡四。行千三百四十里。水經曰。汝水出河南梁縣勉鄉天息山。酈云。地理志曰出高陵山。卽猛山也。亦言出南陽魯陽縣之大盂山。又言出宏農盧氏縣還歸山。博物志曰。汝出燕泉山。竝異名也。余以永平中除魯陽太守。旣在遷見。不容不述。今汝水出魯陽縣之大盂山蒙柏谷。西卽盧氏畍也。其水東北流逕太和城西。又東逕堯山西嶺下。水流兩分。一東逕堯山南爲滍水。一東北出爲汝水。東流至原鹿縣入於淮。所謂汝口。據酈說。得諸親見。大盂山之西卽盧氏畍。此許云出盧氏還歸山所出也。凡言水源者。或數源竝合而偏舉其一。或遠源罕見而旁舉其近。是以每多乖異。前志云出定陵入淮於新蔡。皆在汝南郡。而云過郡四。班固知不始於高陵山矣。過郡四者。蓋南陽河南潁川汝南也。方輿紀要曰。今汝水出汝州魯山縣西南七十里大盂山。東北流出縣北。經伊陽縣汝州南。又東南經寶豐縣郟縣南。入南陽府裕州畍。經葉縣北。又東入許州之襄城郾城縣南。而入汝寧府西平縣境。東南流經上蔡縣西汝陽縣北。又東經新蔡縣西息縣北。至江南潁州南而注於淮。蓋非復漢以前故道矣。水道提綱曰。汝水舊從舞陽縣北而南入西平畍。自元末於澗河堨斷其流。使東歸潁。於是西平雲莊諸石二山之水明時亦塞。今水道與古全異。卽名稱亦隨時不同。所謂瀙溵澺汝溱潩。亦難確鑿指證。但據時俗所見敘次源流耳。从水女聲。人渚切。五部。

潩水出河南密縣大隗山。南入潁。河南郡密。二志同。今河南開封府密縣。縣東南三十里有故密城。大騩山卽具茨山。在今河南開封府新鄭縣縣西南四十里。蓋山與密接畍。前志密下曰。有大騩山。潩水所出。南至臨潁入潁。水經曰。潩水出河南密縣大騩山。東南入於潁。今潩水自新鄭大騩山南流。經許州長葛縣流入許州北二里。又南經許州臨潁縣而合於潁。一名魯固河。又名清流河是也。从水異聲。與職切。一

部酈曰時人謂之敕水非也敕淇音相類故字從聲變爾按師古曰淇又音昌力反李吉甫曰淇水俗名勑水

汾 ㄈㄣˊ

𣲖 汾水出大原晉陽山。西南入河。太原郡晉陽二志同今山西太原府太原縣縣治東北有太原舊城城中舊有三城一曰大明城古晉陽城也左傳有六名曰大夏曰大原曰大鹵曰夏墟曰晉陽曰鄂其實一也周禮河內曰冀州其浸汾潞左傳曰新田有汾澮以流其惡又曰宣汾洮前志曰大原郡晉陽晉水所出東入汾汾陽汾水所出西南至汾陰入河水經曰汾水出大原汾陽縣北管涔山至汾陰縣北西注於河按許云出晉陽山與志水經不合者志水經舉其遠源許舉其近源也汾出管涔山東南過晉陽縣東晉水從縣南東流注之許意謂晉水卽汾水之源所謂晉陽山者葢卽縣甕山在今太原縣西南十里晉水所出也杜注左傳曰汾水出太原與許合今汾水出靜樂縣管涔山經陽曲縣至太原縣城東晉水入焉又經清源縣東南徐溝縣北又經交城縣文水縣平遙縣汾陽縣孝義縣介休縣靈石縣霍州趙城縣洪洞縣臨汾縣襄陵縣太平縣曲沃縣至絳州城南澮水入焉又經稷山縣河津縣至榮河縣北境入河在龍門之南五十里曰汾口於古水道無大異 从水分聲。符分切十三部按大雅汾王之甥毛曰汾大也此謂汾卽墳之假借也 或曰出汾陽北山。漢志水經說見上鄭注周禮亦曰汾出汾陽 冀州浸。周禮職方氏文

澮 ㄎㄨㄞˋ

𣹅 澮水出河東彘霍山。西南入汾。河東彘三字鉉奪錯本誤作河西二字今正前志河東郡彘後志曰永安故彘前志彘下曰霍大山在東冀州山今山西霍州州東南霍山禹貢之大岳也水經曰澮水出河東絳縣東澮交東高山西至王澤注於汾水不言出霍山者水經舉其近源許舉其遠源也水道提綱曰澮河源出翼城縣東南山西流經中衛鎭又西稍北至城南又西經曲沃縣南又西至絳州城南入汾方輿紀要翼城縣有澮高山有澮水入曲沃縣畍至絳州南入汾 从水會聲。古外切十五部按今文尚書以畎澮爲巜巜見谷部巜下又曰水流澮澮也澮澮卽活活

沁 ㄑㄧㄣˋ

𣲵 沁水出上黨穀遠羊頭山。東南入河。上黨郡穀遠二志同今山西沁州沁源縣縣城南故穀遠城漢縣也前志穀遠下曰羊頭山世靡谷沁水所出東南至滎陽入河過郡三行九百七十里三郡上黨河內河南也水經曰沁水出上黨涅縣謁戾山南過穀遠縣東至滎陽縣北東入於河按水經及注皆云至滎陽入河師古據唐時在懷州武陟入河疑轉寫錯誤非也古水道與唐時不同耳山海經水經舉涅謁戾山班許舉穀遠羊頭山者羊頭卽謁戾也戴先生曰山在今武鄉縣西百二十里西北接祁縣平遙縣西南接沁源縣一名麓臺山迤邐而西爲綿山其北爲介休縣西爲靈石縣皆謁戾山也今沁水出沁州沁源縣西北百里之綿山東谷西南流經平陽府岳陽縣東又折而東南經澤州府沁水縣東又南經陽城縣東而入河南懷慶府界濟源縣東北又南經府城北又東南經武陟縣東修武縣西而入於河與唐時入河處同 从水心聲。七鳩切七部經典釋文引郭樸三蒼解詁曰音狗沁之沁沁今譌作沁

沾 ㄓㄢ

𣴓 沾水出上黨壺關。東入淇。上黨郡壺關二志同今山西潞安府附郭長治縣府治卽漢壺關地前志壺關下曰有羊腸坂沾水東至朝歌入淇水經注淇水篇曰淇水出沮洳山衡激橫山又東北沾水注之水出壺關縣東沾臺下東流注淇水今山西潞安府壺關縣東南有沾水是 一曰沾。逗 益也。沾添古今字俗製添爲沾益字而沾之本義廢矣添從忝聲忝從天聲古音當在眞先部也楚辭大招不沾薄只王曰沾多汁也薄無味也其味不濃不薄適甘美也漢曹全碑惠沾渥白石神君碑澍雨沾洽魏受禪表元澤雲行罔不沾渥皆卽今之添字竊疑小雅既霑既足古本當作沾既優既渥言厚也既沾既足言多也 从水占聲。他兼切二義同七部檀弓假爲覘字史記陳丞相世家滑稽列傳假爲霑字

潞 ㄌㄨˋ

𤃀 冀州浸也。周禮職方氏曰冀州其浸汾潞鄭云潞出歸德此謂潞卽洛耳按班許皆云洛出歸德北夷畍中漢歸德在今甘肅慶陽府境洛水在今陝西同州府境入河非冀州地也且雍州既曰其浸洛矣安得又爲冀浸鄭注於雍州云洛出懷德冀州云潞出歸德葢由株守地理志而未思志歸德下言其源懷德下言其委一水兩言不當改洛爲潞以爲冀州自雍入冀古無此水

以為之許但云冀州浸不言何出何入不欲強為之說蓋此浸自周初迄漢湮沒不彰古今變遷大類如斯如大河故瀆沛水枯絕洞水不出皤冢皆無可疑者班許皆不言潞之源流此可以正鄭注矣酈氏駁曰潞縣有潞水為冀州浸卽漳水也善長亦謂無他大川可以為浸潞漳水耳此非許意也周禮川浸並言則非一物 **上黨有潞縣。** 上黨郡潞縣二志同今山西潞安府潞城縣縣東北四十里有故潞城漢縣蓋治此春秋宣十五年晉師滅赤狄潞氏以潞子嬰兒歸前志曰潞縣故潞子國也按潞國以水得名 **从水路聲。** 洛故切五部

漳 ㄓㄤ

漳水名。从水章聲。 韵會所據鍇本如此諸良切十部水名二字古本當作濁漳水也三十字 **濁漳出上黨長子鹿谷山。東入清漳。** 上黨郡長子二志同本晉邑見左傳國語今山西潞安府長子縣縣西南有故長子城是也前志長子下曰鹿谷山濁漳水所出東至鄴入清漳水經曰濁漳水出上黨長子縣西發鳩山酈曰漳水出鹿谷山與發鳩連麓而在南淮南子謂之發苞山故異名互見也按今濁漳水出山西長子縣西五十里之發鳩山經潞安府潞城縣襄垣縣黎城縣入河南林縣畍合於清漳禹貢所謂衡漳也 **清漳出沾山大要谷。北入河。** 上黨郡沾二志同師古曰沾音他兼反今山西平定州樂平縣縣西南三十里有沾縣故城前志沾下曰大黽谷清漳水所出東北至阜成入大河大衍過郡五行千六百八十里冀州川過郡五者上黨魏郡清河信都勃海也水經曰清漳水出上黨沾縣西北少山大要谷至武安縣黍窖邑入於濁漳按志言濁漳入清漳清漳入河經言清漳入濁漳濁漳合虖沱入海乖異者當緣作水經時與作志時異也許云入河與志合王氏應麟曰漳水舊入河周定王五年河徙而南故漳水不入河而自達於海王氏特臆度之詞依班許則漢時未嘗不入河也今清漳出樂平縣西南二十里之少山經和順縣遼州河南涉縣至林縣交漳口合濁漳既合之後入直隸畍移徙分合自昔不常今則一派至山東臨清州入運河一派在直隸新河縣入北泊會滹沱至天津入海詳見水道提綱 **南漳出南郡臨沮。** 南郡臨沮二志同今湖北襄陽府南漳縣縣西南六十里有臨沮故城是也左傳曰江漢雎漳楚之望也雎卽出漢中房陵之沮水見上文前志臨沮下曰禹貢南條荆山在東北漳水所出東至江陵入陽水陽水入沔行六百里按志不言沮者以漳該沮也其云陽水蓋謂沮水也水經曰漳水出臨沮縣東荆山東南至枝江縣北烏扶邑入於江酈氏曰今漳水於當陽縣之東南百里餘而右會沮水也按今漳水源自鄖陽府房縣景山至保康縣境會沮水

淇 ㄑㄧˊ

淇水出河內共北山。東入河。 韵會引作東至黎陽入河此用漢書增三字也說文之例舉所出之郡縣不舉入河入江之郡縣所出之地不變者多下流古今多變故略之也河內郡共二志同共音恭今河南衛輝府輝縣治古共城也前志共下曰北山淇水所出東至黎陽入河北山今輝縣西北蘇門山共別阜曰共山是也詩曰毖彼泉水亦流於淇又曰泉源在左淇水在右泉謂淇之源也今淇水自彰德府林縣流入衛輝府淇縣境入衛河而入海與古入河者迥異 **或曰出隆慮西山。** 隆慮漢諱殤帝改曰林慮此不改者書成於和帝永元十二年已前也前志河內郡隆慮後志作林慮慮音閭今河南彰德府林縣是其地西山者今林縣西北二十五里隆慮山是也水經曰淇水出河內隆慮縣西大號山東北入於海山海經注亦曰今淇水出汲郡隆慮縣大號山東過河內縣南為白溝 **从水其聲。** 渠之切一部山海經作濝

蕩 ㄉㄤˋ

蕩水出河內蕩陰。東入黃澤。 河內郡蕩陰二志同蕩音湯古音也後人省艸古有羑里城西伯所拘也今河南彰德府湯陰縣西南有故蕩陰城前志蕩陰下曰蕩水東至內黃入黃澤今本奪入黃二字水經曰蕩水出河內蕩陰縣西山東東北至內黃縣入於黃澤注云蕩水合羑水長沙溝逕內黃城南東注白溝按內黃黃澤在今直隸內黃縣水道提綱曰衛河經湯陰縣東畍湯河出湯陰縣西山中東流經縣城北東入衛河則與古水道大異 **从水蕩聲。** 徒朗切十部按古音吐郎切假借為浩蕩字古音亦同

沇 ㄧㄢˇ

沇水出河東垣東王屋山。 謂垣縣東之王屋山水經云垣縣東王屋山是也 **東為泲。** 各本作河東東垣誤倒一字今依水經正周禮職方

氏注山海經注皆云東垣衍字耳漢志眞定縣故東垣非此地若晉史宋志後魏志隋志之東垣則今河南府之新安縣也河東郡垣二志同今山西絳州垣曲縣河南懷慶府濟源縣是其地垣曲縣縣西北二十里有垣縣城是也前志垣下曰禹貢王屋山在東北沇水所出東南至武德入河軼出熒陽北地中又東至琅槐入海過郡九行千八百四十里過郡九者河東河內陳畱梁國濟陰泰山濟南齊郡千乘也水經曰濟水出河東垣縣東王屋山爲沇水東至溫縣西北爲濟水南當鞏縣北南入於河王屋山今在濟源縣西八十里沇水所出北山經曰王屋之山𤃩水出焉郭云𤃩沇聲相近卽沇水也尙書某氏傳曰泉源爲沇流去爲濟按泉出沮洳曰沇引伸爲沇州口部曰九州之渥地也故以沇名焉 从水允聲。以轉切十四部

㕣。

㕣 古文沇如此。各本篆作㕣誤今正臣鉉等曰口部已有此重出按口部小篆有㕣然則鉉時不從水旁也口部㕣下曰山閒㕣泥地從口從水敗皃蓋㕣字在古文則爲沇水沇州在小篆則訓山閒㕣泥地如㕣字在籀文則訓順在小篆則訓𦰩皆同形而古今異義也古文作㕣小篆作沇隸變作兖此同義而古今異形也

泲ㄐㄧˇ

泲 沇也。東入于海。按沇泲二篆之解文體與漾漢㶾三篆同皆用禹貢文也禹貢曰道沇水東流爲濟入于河泆爲熒東出於陶丘北又東至于菏又東北會于汶又北東入于海今泲水不特入河以後經文所謂不可致詳考郡國志曰河東垣有王屋山兖水出河內溫濟水所出王莽時大旱遂枯絕水經注曰濟水故瀆在溫當王莽之世川瀆枯竭其後水流逕通津渠勢改尋梁脈水不與昔同是在西漢已後所謂東流爲濟入于河者已非禹蹟之舊矣許云東入于海此謂禹時故道獨行達海故謂之瀆今之大淸河小淸河非無泲水在其閒而混淆莫辨漢水之源今與經絕殊泲水之流軼出地中而爲巨川今又與經絕殊也 从水𠂔聲。子禮切十五部按四瀆之泲字如此作而尙書周禮春秋三傳爾雅史記風俗通釋名皆作濟毛詩邶風有泲字而傳云地名則非水也惟地理志引禹貢職方作泲而泰山郡下云甾水入泲禹貢汶水入泲齊郡下云如水入泲河南郡下云狠湯渠首受泲東郡臨邑下云有泲廟然以濟南濟陰名郡志及漢碑皆作濟則知漢人皆用濟班志許書僅存古字耳風俗通說四瀆曰濟出常山房子贊皇山東入泲鄭氏譏其誤亦可證泲字之久不行矣

洈ㄍㄨㄟ

洈 洈水出南郡高城洈山。東入繇。城前志作成水經注作城南郡高成下曰洈山洈水所出東入繇繇水南至華容入江過郡二行五百里水經江水篇曰又東南當華容縣南灃水入焉又東南油水從西南來注之油水篇曰油水出武陵孱陵縣西畍東過其縣北又東北入於江油水卽說文下文之油水非漢志之繇水也漢志洈入繇繇入江此在江北而南入南郡高城華容在江北也油水入江在江南而北入孱陵在江南也然則繇油同音而絕不相涉酈注油水篇乃云孱陵縣白石山油水所出東逕其縣西與洈水合洈出高城縣洈山東逕其縣下東至孱陵縣入油水殊爲褻志語而謬誤葢江北之洈水繇水不可攷乃以江南之油水當之也山海經曰宜諸之山洈水出焉南流注於漳 从水危聲。過委切十五部師古音危

溠ㄓㄚ

溠 溠水在漢南。職方氏曰豫州其浸波溠注云春秋傳曰楚子除道梁溠營軍臨隨則溠宜屬荊州在此非也按傳文見莊四年職方荊州浸潁湛豫州浸波溠許書於湛曰豫州浸於溠曰荊浸葢正經文之誤與鄭說溠正同也杜預曰溠水在義陽厥縣西東南入鄖水釋例曰厥縣西有溠水源出縣北從縣西東南至隨縣入鄖水水經注曰溠水出隨縣西北黃山南逕㶁西縣西又東南㶁水入焉又東南逕隨縣故城西又南流注於溳溳入夏水方輿紀要曰今溠水出德安府隨州西北二百里之栲栳山東南流至州北百十里有㶁城河流合焉至安貢鎭入溳水道提綱曰漢水至漢川縣溳口塘北有溠溳諸水北自隨州南流會德安府雲夢應城數縣水來注之源流長五百餘里玉裁謂職方謂爲一州之浸正指溳溠合流長五百餘里而言也 从水差聲。側駕切古音在五部 荊州浸也。春秋傳曰。脩涂梁溠。見上

洭ㄎㄨㄤ

洭 洭水出桂陽縣盧聚。南出洭浦關爲桂水。縣字依韵會補此水出桂陽郡桂陽縣郡縣同名故曰桂陽縣如邑部鄜下云河南縣之例南出二字各本作山字今依水經正桂陽郡桂陽二志

泲洈溠洭

溱ㄓㄣ

同今廣東廣州府連州州治卽漢縣地也前志桂陽下曰滙水南至四會入鬱過郡二行九百里二郡桂陽南海也水經曰滙水出桂陽縣盧聚東南過含滙縣南出滙浦關爲桂水按前志南海中宿縣有滙浦關酈注亦云尒今志文闕作官桂陽下滙作匯皆譌字也今滙水出連山縣東南流經連州英德縣清遠縣合湞水經三水縣至廣州府城西入西江以入鬱班所謂入鬱今廣東之北江也其出滙浦關在今清遠縣酈氏曰桂水者滙之別名也 从水匯聲。去王切十部按滙水亦曰湟水史記出桂陽下匯水滙者滙之譌漢書作下湟水是也酈氏引山海經湟水今山海經云潢水出桂陽西北山東南注肄水入敦浦西潢者湟之聲誤敦者郭之字誤水經注引作郭浦郭浦卽滙浦也音相近

溱 溱水出桂陽臨武入滙。滙各本作匯今正桂陽郡臨武二志同今湖南桂陽州臨武縣縣東五十里臨武故城是也前志臨武下曰秦水東南至湞陽入滙行七百里水經曰溱水出桂陽臨武縣南繞城西北屈東流東至曲江縣安樂邑東屈西南流過湞陽縣出滙浦關與桂水合東入於海志之秦水卽溱水也經之出滙浦關與桂水合桂水卽滙水許云滙水出滙浦關爲桂水是也班許皆云溱入滙酈注則云滙入溱酈蓋本山海經經曰肄水出臨武武作晉譌西南而東南注海入番禺西湟水出桂陽西北山東南注肄水入郭浦西酈曰肄水蓋溱水之別名也今人謂湞水出南雄保昌縣西南經始興縣曲江縣英德縣而翁江滙水入之此正漢志水經說文之溱水乃誤謂之湞耳溱水從東北來滙水自西右注之湞水自東左注之湞水者今之翁江也班許皆滙爲綱溱入滙滙入鬱注海許云湞入溱班及水經不言湞者水差小也方輿紀要曰舊志云溱水出湖廣臨武縣西南經曲江縣西北流合武水經英德縣此正古之溱水水經注及元和郡縣志又謂之始興大江 从水秦聲。側詵切十一部按經典鄭國溱洧字皆如此作鄭風溱與人韵則不當作潧也地理志鄭水作溱與水作秦又方輿紀要載舊志云溱與尋同音故水經注觀峽亦名秦峽也據此可證溱水讀如秦國前志秦爲古字

湞ㄓㄣ

湞 湞水出南海龍川。西入溱。南海郡龍川二志同今廣東惠州府龍川縣是其地應劭注漢書曰湞水出南海龍川西入秦水經溱水注曰溱水出峽左則湞水注之水出南海龍川縣西逕湞陽縣南右注溱水故應劭曰湞水西入秦按此正今之翁江也出韶州府翁源縣西南流至英德縣城東南合溱水今俗謂之合湞水齊氏召南曰此水源流三百餘里受巨溪甚多漢書所謂下湞水 从水貞聲。陟盈切十一部

深ㄕㄣ

深 深水出桂陽南平。西入營道。桂陽郡南平零陵郡營道二志同今湖南桂陽州藍山縣縣東五里有南平城水經曰深水出桂陽盧聚西北過零陵營道縣營浦縣泉陵縣至燕室邪入於湘酈云桂陽縣本隸桂陽郡後割屬始興縣有盧溪盧聚山在南平縣之南九疑山之東玉裁謂盧聚山在南平之南經舉其遠源許舉其近源滙出盧聚南流入海深出盧聚西北流入湘以入江是分馳不同也湘水篇經注皆不言深水蓋呂忱言深水導源盧溪西入營水亂流營波同注湘津故湘水篇言營不言深耳今深營二水源委未聞漢營道營浦縣皆氏於水以字林訂說文則當作入營不必有道字泉陵縣卽今湖南永州府零陵縣今瀟水合諸水於此入湘深水營水在其中也 从水罙聲。式針切七部按此無深淺一訓者許意深淺字當作罙許罙下

汨ㄇㄧˋ

汨 長沙汨羅淵也。長沙下葢奪羅字許例郡縣兼書前志長沙國羅後志長沙郡羅應劭曰楚文王從羅子自枝江居此今湖南長沙府湘陰縣縣東北六十里有羅縣城是也岳州府平江縣縣南三十里亦有羅城云古羅子國也水經注湘水篇曰湘水又北汨水注之汨水出豫章艾縣桓山西南逕吳昌縣北又西逕羅縣北謂之羅水又西逕玉笥山又西爲屈潭卽汨羅淵也屈原懷沙自沈於此又西逕汨羅戍南西南注於湘春秋之羅汭世謂之汨羅口按今湘陰縣北七十里汨羅江是也 从水冥省聲。莫狄切古音十一部與十六部合韵 屈平所沈水。小徐本如此

⿰氵買ㄇㄞˋ

⿰氵買 ⿰氵買水出豫章艾縣。凡縣字皆後人所增古本必無也 西入湘。豫章郡艾二志同左傳吳公子慶忌所居今江西寧都州州西百里有艾城是也水經湘水篇曰又北過羅縣西⿰氵買水從東來流注之⿰氵買水又別爲篇曰⿰氵買水出豫章艾縣西過長

沙羅縣西又西至磊石山入於湘水按水經言⿰氵買不言汨諸書多言汨不言⿰氵買依廣韵廿三錫汨⿰氵買⿰氵覓三形同春秋莒君密州左傳密作買亦是買聲近密之證考之於今則由江西寧都州逕湖南平江縣至湘陰縣入湘者但有汨水則無⿰氵買水則⿰氵買汨之為古今字憭然酈氏云汨出艾縣逕羅縣皆與經言⿰氵買同惟云⿰氵買水入湘曰東町口汨水入湘曰汨羅口汨羅口在⿰氵買口之北磊石山又在羅口之北經言⿰氵買水至磊石山入湘非是⿰氵買尚在羅口南注湘耳此言甚辯依水道提綱汨水出平江縣西北至歸義驛又西分為二支一支西流稍北於山麓西入湘一支北流數十里西北入湘曰屈潭亦曰汨羅口正酈之東町汨羅二口非有二水也酈蓋未溯上游不辨異文同物許書蓋本同水經有⿰氵買無汨而後人妄增汨字故其文不類許書屈原所沈例所不載且許既有⿰氵買字云買聲豈得冥省聲又為一字乎**从水買聲**莫蟹切今莫狄切作汨十六部

湘 ㄒㄧㄤ

湘 **湘水出零陵縣陽海山北入江**縣字今補凡郡縣同名則言縣以該之也零陵郡零陵二志同前志零陵下曰陽海山湘水所出北至酃入江過郡二行二千五百三十里過郡二者零陵長沙也又有離水東南至廣信入鬱下衍林字并行九百八十里水經曰湘水出零陵始安縣陽海山東北流過下雋縣西又北至巴丘山入於江酈曰陽海山即陽朝山山在始安縣北縣故零陵之南部也湘灕同源南為灕水北則湘川今廣西桂林府興安縣南九十里俗謂之海陽山即陽海山也湘水出焉北流經全州入湖南畍經東安縣零陵縣祁陽縣常寧縣衡陽縣衡山縣湘潭縣善化縣至喬口資水來會又經湘陰縣至磊石山分為二派又合入洞庭湖曰湘口漢志云至酃入江未詳按離水字本不從水旁後人益之耳許書所無**从水相聲**息良切十部按詩召南于以湘之假借為鬺字

油 ㄧㄡˊ

油 **油水出武陵孱陵西東南入江**武陵郡孱陵二志同今湖北荊州府公安縣縣西二十五里有孱陵故城是也水經曰油水出武陵孱陵縣西畍東過其縣北又東北入於江注云逕公安縣西北流注於大江然則許云東南入江南當作北明矣江水篇經云江水又東南當華容縣涌水入焉又東南油水從西南來注之注云右合油口油水東有景口景口東有淪口淪水南與景水合又東通澧水及諸陂湖按今荊州府虎渡口北江之南岸有支津南通公安諸湖水古油水必在其間江表傳曰劉備為荊州牧立營油口五代梁開平四年馬殷遣將侵荊南軍於油口今公安縣北舊有油口巡司是其水今雖湮沒非無可考也**从水由聲**以周切三部按經史曰油然作雲曰雲之油油曰禾黍油油曰油油以退玉藻注曰油油悅敬皃俗用為油膏字

潭 ㄊㄢˊ

潭 **潭水出武陵鐔成王山東入鬱林**林字賸當刪俗人不知鬱為水名漢志淮水入鬱離水入鬱亦皆沾林矣王集韵引作玉韵會引作五漢志作玉未審當何從武陵郡鐔成二志同前志鐔成下曰玉山潭水所出東至阿林入鬱過郡二行七百二十里過郡二者武陵鬱林也今廣西潯州府阿林廢縣漢縣也鬱林郡廣鬱下曰鬱水首受夜郎豚水東至番禺郡四會入海過郡四行四千三十里過郡四者牂柯蒼梧鬱林南海也潭水即今福祿江源出苗地東南至今貴州黎平府西為古州江東至永從縣南合彩江為福祿江入廣西畍至柳城縣為柳江又東南經象州至潯州府城北曰潯江此為廣西之右江亦曰北江合廣西左江亦曰南江即所謂入鬱也唐始置潯州以北潯江為名潯江即古潭水古二字同音因改其字耳今人上流為柳江下流為潯江漢人統曰潭下流亦曰溜潭與溜寶一水也按鬱水今嶺外之盤江由雲南貴州廣西至廣東為西江入海者也淮南書曰始皇使尉屠睢發卒五十萬為五軍一軍守鐔成之嶺一軍守九疑之塞一軍處番禺之都一軍守南埜之畍一軍結餘干之水皆謂今之嶺也漢鐔成縣故城在府之明漢縣今之湖南沅州府黔陽縣王山蓋在嶺故潭水流嶺外東入鬱也嶺北之水多入沅**从水覃聲**徒含切應劭音淫七部按今義訓為深取從覃之意也或訓水側與浔同也

溜 ㄌㄧㄡˋ

溜 **溜水出鬱林郡**不言縣者有未審也鬱林郡在今廣西前志有中畱縣師古曰畱力救反水名蓋中畱潭中皆以水得名也後志及宋書州郡志作中溜字從水疑前志亦當從水元和郡縣志曰貞觀八年改南昆州為柳州因柳江為名柳州即今柳州府柳江出苗地至今貴州古州永從縣生苗畍中東

南入廣西至柳城縣曰柳江至象州會於鬱江柳江卽古潭水後世誤其字耳。从水畱聲。力救切三部按今俗謂爲水急流

潓 潓水出廬江入淮。出疑當作在漢廬江郡今安徽廬州府南至安慶府之境是其地潓水未詳 从水惠聲。胡計切十五部

灌 灌水出廬江雩婁北入淮。廬江郡雩婁二志同前志雩婁下曰決水北至蓼入淮灌水亦北至蓼入決過郡二行五百一十里遝郡二者廬江六安國也水經注決水自安豐縣故城西北遝蓼縣故城東又西北灌水注之水導源廬江金蘭縣西北東陵鄉大蘇山東北遝蓼縣故城西而注決水決水又北入於淮按前志廬江郡下云金蘭西北有東陵鄉淮水出依鄦注則金蘭者縣名兩志無此縣志云淮水出乃灌水出之誤葢出金蘭東陵鄉遝雩婁至蓼入決也鄦云灌水俗謂之澮水又云決水北入於淮俗謂之澮口葢灌澮聲相倫習俗害眞余鄦時已與古名全違今則更難詳矣方輿紀要曰雩婁今安徽潁州府霍丘縣西南八十里有雩婁故城左傳襄廿六年楚人侵吳及雩婁昭五年薳啓彊待命於雩婁是其地也蓼縣城在霍丘縣西北決水卽今史河灌水今自河南固始縣東流經霍丘縣西合史水入淮是也 从水雚聲。古玩切十四部按今字以爲灌注灌溉之字

漸 漸水出丹陽黟南蠻中。東入海。丹陽郡黟二志同今安徽徽州府黟縣是其地云漸水出黟南之蠻夷中則今錢塘江之北源南源皆見矣前志黟下曰漸江水出南蠻夷中東入海水經曰漸江水出三天子都北過餘杭東入於海按班許水經皆曰漸江水酈氏注則曰漸江葢水經以後無稱漸江者其前則山海經吳越春秋史記皆曰漸江山海經有出於漢人者漢人之書地理志說文爲謹嚴據許立文曰江至會稽山陰爲浙江謂淛江也曰漸江水出丹陽黟南蠻中謂今錢唐江也分別畫然葢浙江者淛江之委漸江者錢唐江源流之總稱二水古於山陰相合故可統名之曰浙江後世水道絕不相通而錢唐江獨冒浙江之名失其本號耳水道提綱曰浙水有南北二源北曰徽港卽新安江出歙縣黟縣績溪休寧諸山南源有二一曰衢港卽信安江出開化江山二縣山一曰婺港卽東陽江出東陽縣山南北二港在嚴州府治建德縣合流而北經桐廬縣富陽縣至蕭山縣西南合浦陽江經杭州府城東南至龕赭二山之閒入海班許云黟南蠻中今之北源南源皆包舉矣 从水斬聲。慈冉切八部按走部有趭字訓進也今則皆用漸字而趭廢矣

泠 泠水出丹陽宛陵。西北入江。丹陽郡宛陵二志同今安徽寧國府附郭宣城縣漢故縣也前志宛陵下曰清水西北至蕪湖入江按許之泠水卽班之清水應劭零陵泠水道下注引說文此條則應氏未知清泠異名同實也泠水卽今宣城縣西六十里之青弋江元和郡縣志青弋水在宣州西九十九里水道提綱曰江水又東北爲蕪湖縣西北之魯港口魯明江南匯旌德太平石埭涇縣諸水東北流經宣城西北境曰青弋江折而西北流經蕪湖城南而西北注之是爲魯港口此水三源東南源出旌德南南源出太平南西南源出石埭西北 从水令聲。郎丁切十一部按凡清泠用此字凡樂工泠人左傳用此字

⿰氵箄 水在丹陽。未聞 从水箄聲。匹卦切十六部

溧 溧水出丹陽溧陽縣。縣字俗所沾丹陽郡溧陽二志同據舊志漢縣葢在今江蘇江寧府高淳縣南十五里之固城前志溧陽下應劭曰溧水所出南湖也方輿紀要曰今溧水在今溧陽縣北四十里卽永陽江也祥符圖經溧水承丹陽湖東入長蕩湖丹陽湖卽應劭之南湖也張鐵曰溧水卽永陽江之上源大江之水南會於此江上有渚曰瀨渚又謂之陵水范睢說秦昭王子胥出昭關至陵水是也自瀨渚東流爲瀨溪鄉戍誤曰爛溪入長蕩湖又分流東行爲吳王濬葢五代時楊行密漕運所經也自東壩築而丹陽湖之水不復入於溧水永陽江之源流亦滋晦矣水利攷永陽江一名穎陽江古名中江按中江者前志丹陽郡蕪湖下云中江出西南東至陽羨入海楊州川謂禹貢職方三江之一也今蕪湖河東接太平府南之黃池河又東接溧水縣之固城丹陽石臼諸湖未築東壩以前諸湖匯長蕩湖而入太湖而入於海此正古中江之道今則壩西諸水俱西流入江與古絕異又按禹貢三江既入惟北江徑入海中江則合太湖以入海南江則合漸江爲漸江以入海既合之後則謂太

謂爲江謂漸江爲江故班志直云入海不云入大湖可勿疑也**从水栗聲**。力質切十二部

瀷　水出河南密縣東入潁。从水翼聲。與職切一部按此瀷字之異體後人收入如瀷汩之實一字也淮南書曰澤受瀷而無源許愼云瀷湊漏之流也見文選注但造說文不收瀷字

潕　水出南陽舞陰。東入潁。南陽郡舞陰二志同今河南南陽府泌陽縣縣北十里有舞陰故城水經曰潕水出潕陰縣西北扶予山東過其縣南又東過西平縣北又東過郾縣南又東過定潁縣北東入於汝酈云潕水過潕陰縣北不出其南又去郾縣遠不得過今水道提綱敘汝水不言潕水源流惟方輿紀要引舊志云潕水出泌陽縣北白平地湧出如飛舞然東北流逹舞陽縣東南爲三里河又東入於汝未知今水道然否水經入汝許云入潁乖異俟攷**从水無聲。**文甫切五部按水名作潕縣以水得名而舞陰舞陽字作舞當依漢志

激　激水出南陽魯陽入父城。南陽郡魯陽二志同今河南汝州魯山縣有魯陽故城是父城大徐作城父誤潁川郡父城二志同今河南汝州郟縣西四十里有父城故城是也城父縣前志屬沛郡後志屬汝南郡今安徽潁州府亳州東南七十里有城父故城是也左傳昭十九年楚大城城父大子建居之哀十六年大子建自城父奔宋服注及呂覽愼行篇高注闞駰十三州志史記楚世家正義皆說此事作城父杜注及酈氏汝水篇注裴駰注五子胥傳李吉甫元和郡縣志說此事皆作父城未審當何從而此條激入父城與水經注所引合則激非城父也汝水篇注曰汝水又逕郟縣故城南激水注之水出魯陽縣之將孤山至父城與出魯陽北山之桓水會亂流東北至郟入汝按今汝水出嵩縣天息山東經伊陽縣汝州寶豐縣郟縣襄城縣而沙河來會尙與古水道不殊激水入汝亦必同古水道也**从水敫聲。**五勞切二部

瀙　瀙水出南陽舞陰中陽山。入潁。舞陰二徐皆作舞陽今正前志舞陰下曰中陰山瀙水所出東至蔡入汝水經曰瀙水出潕陰縣東上界山東過吳房縣南又東過灈陽縣南又東過上蔡縣南東入於汝酈云山海經謂之視水

郭注視當爲瀙出蔵山許愼云出中陽山皆山之殊目也按志云中陰許云中陽乖異難酈注引作陽然中陰二字正蔵之反語與中山經云出蔵山者合疑作陰是也方輿紀要曰瀙水自唐縣東北流達舞陽縣南又東南經泌陽縣東北又東經泌陽之象河關入汝寧府遂平縣境未知今水道然否也齊氏召南曰汝水舊從舞陽縣北而南入西平𣴎自元末於郾河堨斷其流使東歸潁於是西平雲莊諸石二山之水明時亦塞今水道與古全異卽名稱亦隨時不同所謂灈瀙潕汝溱潧亦難確鑿指證但據時俗所見敘次源流耳玉裁案顧氏祖禹所臆舉尙或據舊志爲說不如齊氏據現在者言也**从水親聲。**七吝切十二部

淮　淮水出南陽平氏桐柏大復山。東南入海。南陽郡平氏二志同今河南南陽府桐柏縣縣西北四十里有故平氏城前志平氏下曰禹貢桐柏大復山在東南淮水所出至淮陵入海過郡四行三千二百四十里水經曰淮水出南陽平氏縣胎簪山東北過桐柏山東過江夏廬江九江下邳諸郡至廣陵淮浦縣入於海按桐柏大復以四字爲山名漢志說文風俗通酈注皆云桐柏大復山應劭注地理志云復陽縣在桐柏大復山之陽是也後世地志析爲二山乃非是禹貢祇云桐柏省言之也古經史所舉之山皆舉其全勢後人乃以一支一節當之若水經所謂胎簪亦卽桐柏耳作水經者別爲二亦非也今淮水出河南桐柏縣桐柏山東流經羅山縣息縣固始縣光州又入江南盱眙縣潁州府霍邱縣潁上縣壽州懷遠縣鳳陽府臨淮縣五河縣盱眙縣泗州至淸河縣合於河經山陽縣阜寧縣安東縣至雲梯關入於海古水道河於冀州入海不與淮同入海淮之古水道今未有異淮自平氏至入海大致東北行東多北少許云東南字誤**从水隹聲。**戶乖切十五部按禹貢濰水漢書作維水其作淮者誤

滍　滍水出南陽魯陽堯山。東北入汝。南陽魯陽見上前志魯陽下曰魯山滍水所出東北至定陵入女水經曰滍水出南陽魯陽縣西之堯山東北過潁川定陵縣西北東入於汝今沙河源出魯山縣西境之堯山東經寶豐縣葉縣舞陽縣汝水西北自襄城來會俗曰沙河卽古滍水也左傳僖三十

瀷潕激瀙淮滍

三年楚人與晉師夾泜水而軍杜云泜水出魯陽縣東經襄城定陵入汝杜謂泜卽滍也又襄十八年楚伐鄭涉於魚齒之下杜預皆謂所涉卽滍水也 **从水蚩聲** 直几反按直几當作直里古音在一部

澧ㄌㄧˇ

澧水出南陽雉衡山東入汝 南陽郡雉二志同雉音七爾反今河南南陽府治南陽縣府北八十里有故雉城漢縣也前志雉下曰衡山澧水所出東至郾入汝郾顏本譌作鄽云音廛非也水經注曰汝水又東南逕郾縣故城北又東得醴水口醴水出南陽雉縣衡山卽山海經中山經之衡山馬融廣成頌曰面據衡陰在雉縣界故世謂之雉衡山東南流逕葉縣故城北又東注葉陂又東逕郾縣故城南左入汝按馬融傳注引中山經又東三十里曰雉山澧水出焉又東五十里曰宜山又東四十五里曰衡山然則分之爲雉衡二山合之則單評衡山李賢曰衡山在今鄧州向城縣北杜佑曰北重山在向城縣北卽是三鵶之第一又北分嶺山嶺北卽三鵶之第二鵶也其第三鵶入臨汝郡魯山縣界杜之三鵶蓋卽古衡山也今澧水未詳 **从水豐聲** 盧啟切十五部此條衡山非南岳澧水非入洞庭之澧水入洞庭之水水經別爲篇其字本作醴禹貢江又東至於醴衛包始改爲澧鄭注醴爲陵云今長沙有醴陵縣馬融王肅醴爲水名夏本紀地理志皆作醴尙書正義史記索隱引楚詞濯余佩兮醴浦正作醴水經注出雉衡山者從酉出武陵者從水正是互譌也

溳ㄩㄣˊ

溳水出南陽蔡陽東入夏水 南陽郡蔡陽二志同故城當在今湖北德安府隨州境內夏水見上文沔字下水經曰溳水出蔡陽縣東南過隨縣西又南過江夏安陸縣西又東南入於夏酈云溳水出縣東南大洪山山在隨郡之西南竟陵之東北槃基所跨廣員百餘里今溳水出大洪山之陰東南經隨州應山縣安陸縣雲夢縣應城縣至漢川縣溳口入漢源流長五百里入漢卽古之入夏水也今漢夏不分 **从水員聲** 王分切十三部按水徑德安府治卽古鄖國也鄖蓋以水得名水經注曰隨水至安陸縣故城西入於溳故鄖城也左傳定四年吳敗楚於柏舉及於淸發蓋溳本[illegible]淸水之曰矣

淠ㄆㄧˋ

淠水出汝南弋陽垂山東入淮 汝南郡弋陽二志同今河南光州州東北有故弋陽城水經淮水篇曰淮水東過期思縣北又東北淠水注之水出弋陽南垂山西北流歷陰山關西北出山又東北流逕新城戍東又東北得詔虞水口又東北注淮俗曰白鷺水按今之白露河也出光州南三十里之南岳山北流又東入固始縣界合春河注於淮春河卽水經注之詔虞水也水經注曰泚水字或作淠但說文有淠無泚前志有泚無淠不得混爲一水 **从水畀聲** 匹備切又匹制切十五部按大雅傳曰淠舟行貌箋云淠淠然涇水中之舟又小雅傳曰淠淠衆也

澺ㄧˋ

澺水出汝南上蔡黑閭澗入汝 汝南上蔡縣二志同今河南汝寧府上蔡縣縣西南十里故蔡城是水經注汝水篇曰汝水又東南逕新蔡縣故城南又東南左會澺水水上承汝水別流於奇雒城北爲黃陂東流於上蔡岡東爲蔡塘又東逕平輿縣故城南爲澺水又東南左迆爲葛陂又東出爲鮦水俗謂之三丈陂陂東注爲富水澺水正流自葛陂東南逕新蔡縣故城東而東南流注於汝方輿紀要曰澺水在汝寧府東四十里俗名洪河源出西平縣水道提綱曰南汝水至新蔡縣之東南有洪河自西北來會洪河出舞陽縣東南之筆夾山經西平縣上蔡縣汝陽縣至新蔡縣南入汝大致東南流也按於古水道不改 **从水意聲** 篆文各本作澺此云意聲集韵類篇皆云說文作濇蘇作澺是宋時古本如此今據正於力切一部

⿰氵囟ㄒㄧˋ

⿰氵囟水出汝南新郪入潁 汝南郡新郪見前志後志曰汝南郡宋公國周名郪丘漢改爲新郪章帝建初四年徙宋公於此今安徽潁州府治阜陽縣縣東八里有新郪城水經注潁水篇曰細水上承陽都陂陂水枝分東南出爲細水東逕新陽縣故城北又東南逕宋縣故城北縣卽所謂郪丘者也又南逕細陽縣又東南逕細陽縣故城南引地理志細水出細陽縣東南入潁按今⿰氵囟水不得其詳 **从水囟聲** 穌計切古音當在十二部前志及鄭作細⿰氵囟細古今字皆从囟聲也

灈ㄑㄩˊ

灈水出汝南吳房入瀙 汝南郡吳房二志同孟康曰本房子國楚靈王遷房於楚吳王闔閭弟夫槩奔楚封於此爲棠谿氏以封吳故曰吳房今吳房城棠谿亭是按昭十三年杜注房滅於楚後平

潁

王遷之於荆山今河南汝寧府遂平縣治故吳房城也水經曰灈水出汝南吳房縣西北奥山東過其縣北入於汝酈云灈水東逕灈陽故城西東流入瀙亦逕其縣南又東入於汝今遂平縣縣西七十里奥來山蓋水經之奥山也方輿紀要曰灈水在遂平縣南東北流入汝水道提綱曰灈水今難確鑿指證 **从水瞿聲。** 其俱切五部

潁 潁水出潁川陽城乾山。東入淮。 各本作乾山韵會引作耿山晉書音義引作陽城少室陽乾山則兼用水經漢志改說文也爾雅音義引字林作陽城乾山與今說文合潁川以水名郡字當從水而漢碑郡名多從禾蓋漢時相習如此寫如女陽女陰舞陽舞陰以水名縣而不作汝濦字也恐漢志說文古本郡名亦當從禾耳潁川郡陽城二志同今河南河南府登封縣縣東南四十里有陽城廢縣前志陽城下曰陽乾山潁水所出東至下蔡入淮過郡三行千五百里荆州浸過郡三者潁川淮陽沛郡也水經曰潁水出潁川陽城縣西北少室山東南至慎縣東南入於淮水道提綱曰今潁水源出登封縣北嵩山西南之少室山東南經密縣禹州分爲二派一經新鄭縣至臨潁縣一經襄城縣至臨潁縣二支復合經商水縣合汝水又合蔡陽水至陳州府南分爲二派一爲過河一爲沙河過河至江南太和縣與沙河合又經潁上縣與淮水合曰潁口皆東南流也水經曰至慎縣入淮慎縣故城在今潁上縣 **从水頃聲。** 余頃切十一部 **豫州浸。** 職方氏曰荆州其浸潁湛豫州其浸波溠許潁下湛下皆曰豫州浸而溠下曰荆州浸此非筆誤蓋案地形互易之也

洧

洧 洧水出潁川陽城山。東南入潁。 前志陽城下曰陽城山洧水所出東南至長平入潁過郡三行五百里過郡三者潁川南陽汝南也按據志則陽城縣有陽城山許不復言陽城如河南縣宏農縣之例水經曰洧水出河南密縣西南馬領山東南至習城西折入於潁酈曰亦言出陽城山蓋馬領之統目焉習城西折入潁即地理志至長平縣入潁者也方輿紀要曰今洧水出登封縣陽城山經密縣至禹州新鄭縣合溱水爲雙洎河又經長葛縣洧川縣鄢陵縣扶溝縣至西華縣入潁大致東南流也一統志曰洧水本至西華入潁宋時導之自扶溝入蔡左傳襄十一年濟隧九年陰坂廿六年涉於樂氏說者云皆謂洧津也 **从水有聲。** 榮美切古音在一部

濦

濦 濦水出潁川陽城少室山。東入潁。 水經曰濦水出隱強縣南澤中東入潁酈云濦水出潁川陽城縣少室山東流注於潁而亂流東南逕臨潁縣西北又東逕濦陽城北又東逕濦強縣故城南汝水於奇雒城西別東派時人謂之大濦水左合小濦水東逕西華縣故城南至女陽縣故城北東注於潁按前志汝南郡濦強以濦水得名今大濦水在郾城縣南至商水縣東二十里合潁水小濦水在臨潁縣西南東流合於潁水 **从水㥯聲。** 於謹切十三部亦音殷其字一變爲濦再變爲溵

過

過 過水受淮陽扶溝浪湯渠。東入淮。 湯韵會作蕩前志作浪湯師古上音浪下音徒浪反水經注作蒗蕩渠集韵作蒗蕩渠皆音同字異耳淮陽國扶溝見前志淮陽國孝明帝更名陳國而扶溝改屬陳留扶樂縣屬陳國今河南開封府扶溝縣漢縣地也前志扶溝下曰渦水首受狼湯渠東至沛郡向入淮過郡三行千里水經曰淮水又東過當塗縣北過水從西北來注之又曰陰溝水出河南陽武縣蒗蕩渠東南至沛爲過水又東南至下邳淮陵縣入於淮酈云淮水於荆山北過水東南注之注言下邳淮陵入淮誤矣按淮水篇酈注曰淮水逕當塗縣故城北又東北又北沙水注之經所謂蒗蕩渠也於荆山北過水東南注之據酈所云是渠水過水以次入淮也今過水在安徽鳳陽府懷遠縣入淮其上流詳見水道提綱等書非漢志說文水經傳迹矣 **从水過聲。** 古禾切十七部

泄

泄 泄水受九江博安洵波。北入氐。 前志九江郡博鄉此云博安與水經合洵波當作芍陂氐當作比水經曰泄水出博安縣北過芍陂西與沘水合西北入於淮注云博安縣地理志之博鄉縣也泄水自縣上承沘水於麻步川西北出歷濡谿謂之濡水自濡谿逕安豐縣北流注於淠亦謂之濡須口按淠即沘字見沘水篇注洵波無考疑作芍陂水經云過芍陂則非受也疑當作水受九江博安洵波句洵即過水出者下四字當作過芍陂北入比六字然無左證又與酈云上承沘者不合亦所謂闕疑載疑而已 **从水世**

聲○余制切五部毛詩大雅傳曰泄泄猶沓沓也此謂假泄爲詍也

汳 汳水受陳畱浚儀陰溝至蒙爲雝水東入於泗○雝當作獲字之誤也陳畱郡浚儀二志同晉地道記云衛之儀邑蘇林曰故大梁城梁惠王始都此今河南開封府祥符縣縣城西北浚儀廢縣是也蒙二志皆屬梁國春秋左傳宋有蒙門蒙澤今河南歸德府治商邱縣府東北四十里有蒙城是也前志河南郡熒陽下曰卞水在西南梁國蒙下曰獲水首受甾獲渠東北至彭城入泗水經曰汳水出陰溝於浚儀縣北又東至梁郡蒙縣爲獲水餘波南入睢陽城中獲水出汳水於梁郡蒙縣北又東過蕭縣南睢水北流注之又東至彭城縣北東入於泗按水經至蒙爲獲水許書當同不當云爲雝水也下文雝篆下云河雝水也用爾雅河出爲雝語然則自河出卽爲雝非自河出爲汳旣而爲雝也且許言汳受陰溝則非受河矣曰陰溝曰浪蕩渠曰汳水獲水許能言其分合今當河流絫徙之後不可得而言方輿紀要曰汳水或謂卽禹貢之雝水春秋之邲水秦漢之鴻溝上與河泲通下與泗淮通隋以前自歸德府至蕭縣碭山縣閒入泗隋以後則自歸德至泗州兩城閒入淮宋時東南之漕大都由汴以達畿邑故汴河之經理爲詳自後則運廢矣禹貢錐指曰元至元中河從出陽武縣南奪濄入淮而新鄉之流遂絕及泰定元年改從汴渠至徐州城東北合泗以入淮卽今河所行是也然則今之大河開封而下徐州而上皆故汴也从水反聲○皮變切十四部漢志作卞後漢書作汴按卞者弁之隸變也變汳爲汴未知起於何代恐是魏晉都雒陽惡其從反而改之舊音切芳萬今則併其音改之也

潧 潧水出鄭國○鄭國謂周之鄭國卽漢之新鄭也鄭語曰前華後河右洛左濟主芣騩而食溱洧水經曰潧水出鄭縣西北平地酈云出鄶城西北雞絡塢下東南流左合滋水又南左會承雲山水又東南逕鄶城西謂之栭泉水又南注於洧世亦謂之爲鄶水也今溱水在河南開封府密縣東北流經新鄭縣西北南流合洧水爲雙泊河而洧盛溱涸矣从水會聲○側詵切十二部按會聲則在六部而經傳皆作溱秦聲鄭風褰裳涉溱與豈無他人爲韵學者疑之玉裁謂說文水經皆云潧

水在鄭溱水出桂陽蓋二字古分別如是後來因鄭風與鄶合韵遂形聲俱變之耳詩曰○潧與洧方汍汍兮○汍音丸藥之丸各本作渙渙今正此鄭風文也今毛詩作渙渙春水盛也釋文曰韓詩作洹洹音丸說文作汍音父弓反按作汍父弓反音義俱非葢汍汍之譌汍汍與洹洹同漢志又作灌灌亦當讀汍汍皆水盛沄旋之貌引此詩者爲潧字之證知今經傳皆非古本廣韵曰詩作溱洧誤

淩 淩水在臨淮○前志臨淮郡後志爲下邳國前志泗水國淩應劭曰淩水所出入淮南後志淩屬廣陵郡水經注淮水篇淮水左逕泗水國南淩水出淩縣東流逕其縣故城東而東南流注於淮是曰淩口今江蘇徐州府宿遷縣東南五十里有淩城淩水未詳从水夌聲○力膺切六部廣韵曰淩歷也今字今義也

濮 濮水出東郡濮陽○南入鉅野○東郡濮陽二志同前志濮陽下曰衛成公自楚丘徙此故帝丘顓頊虛杜預曰帝丘昆吾氏因之故曰昆吾之虛今直隸大名府開州西南濮陽故城是也鉅野二志屬山陽郡前志鉅野下曰大壄澤在北兗州藪卽西狩獲麟之所爾雅十藪之一今山東曹州府鉅野縣漢舊縣也自隋以後濟流枯竭大野漸微元末爲河所決河徙後遂涸爲平陸濮水者殷紂時師延作靡靡之樂已而自沈之水也前志陳畱郡封丘下曰濮渠水首受泲東北至都關入羊里水水經注濟水篇言濮渠故瀆自濟東北流爲高梁陂又東逕匡城北又東北逕酸棗縣故城南又東逕蒲城北又東逕韋城南又東逕長垣縣故城北又東分爲二瀆北濮出焉濮渠又東逕須城北又東逕濮陽故城南又東逕離狐縣故城南又東逕葭密縣故城北又東北逕鹿城南又東與句瀆合與濟同入鉅野按酈所云卽許所說故道也今濮河自河南封邱縣流徑長垣縣北東明縣南又東經開州東南合洪河入山東濮州界俗譌爲普河方輿紀要曰今濟絕河遷濮水源流不可復考矣从水僕聲○博木切三部牧誓左傳之濮人百濮則在江漢之南

濼 濼齊魯閒水也○春秋桓十八年公會齊侯於濼三經三傳皆同杜曰濼水在濟南歷城縣西北入濟水經注濟水篇曰濟水又逕盧縣故城北又逕什城北又東北右會玉水又東北濼

水入焉水出歷城縣故城西南春秋桓公十八年公會齊侯於濼是也俗謂之娥英水合大明湖歷水北流注於濟齊乘曰小清河之在歷城者卽古濼水按今山東濟南府歷城縣小清河源出縣西東經章邱鄒平長山新城入青州府高苑縣至博興縣合時水入海而章邱以下於塞濼水東北入大清河 **从水樂聲。** 盧谷切古音在二部經典釋文引說文匹沃反此蓋音隱文也元應曰凡陂池山東名爲濼匹博切鄴東有鸕鷀濼是也幽州呼爲淀音殿按濼泊古今字如梁山泊是也 **春秋傳曰。公會齊侯于濼。**

漷 ㄎㄨㄛ

漷 **漷水在魯。** 春秋經襄十九年取邾田自漷水公羊傳曰其言自漷水何以漷爲竟也何言乎以漷爲竟漷移也何云魯本與邾婁以漷爲竟漷移入邾婁𠹌魯隨而有之諸侯土地本有度數不得隨水隨水有之當坐取邑水經注泗水篇曰漷水出東海合鄉縣西南流入邾又逕魯國鄒山東南而西南流左傳所謂嶧山詩所謂保有鳧嶧者也又西南逕蕃縣故城南又西逕薛縣故城北夏車正奚仲之國也又西至湖陸縣入於泗按合鄉蕃薛故城皆在今山東滕縣不云在魯邾婁之閒從云水在魯者邾婁魯附庸非敵故立文如是一統志曰漷水源出滕縣東北百里述山西流會諸泉水逕縣南又西會南梁河入運河舊名南沙河西南流入泗不與南梁會自淸河東徙過其南流乃北出趨薛會南梁以入運河也 **从水郭聲。** 苦郭切五部

淨 ㄐㄧㄥ

淨 **魯北城門池也。** 公羊傳閔二年桓公使高子將南陽之甲立僖公而城魯或曰自鹿門至于爭門者是也或曰自爭門至于吏門者是也魯人至今以爲美談曰猶望高子也鹿門者魯南城之東門爭門者魯北城之門天子十二門通十二子諸侯大國當是九門侯攺淨者北城門之池其門曰爭門則其池曰淨从爭旁水也廣韵曰埩七耕切魯城北門池也說文作淨蓋古書有作埩門者矣城北誤倒 **从水爭聲。** 士耕切十一部又才性切按今俗用爲瀞字釋爲無垢薉切以才性今字非古字也

濕 ㄕ

濕 **濕水出東郡東武陽入海。** 東郡東武陽二志同今山東曹州府朝城縣東南有東武陽城是也前志東武陽下曰禹治漯水東北至千乘入海過郡三行千二十里過郡三者東郡平原千乘也水經曰河水又東北過高唐縣東注云河水於縣漯水注之漯水上承河水於東武陽縣東南而北逕武陽新城東又逕東武陽故城南又北逕陽平縣故城東又北絕莘道城之西北又東北逕樂平縣故城東又北逕聊城縣故城西又東北逕淸河縣故城北又東北逕文鄉城東南又東北逕博平縣故城南又東北逕瑗縣故城西又東北逕高唐縣故城東又東北逕漯陰縣故城北又東北逕著縣故城南又東北逕崔氏城北又東逕鄒平縣故城北又東北逕建信縣故城北又東北逕千乘縣二城閒又東北爲馬常坑亂河枝流而入於海按此班許所說故道也河渠書禹以爲河所從來者高水湍悍難以行平地數爲敗乃廝二渠以引其河漢書音義曰二渠其一出貝丘西南南折者也其一則漯川出貝丘者王莽時遂空唯用漯耳玉裁謂濕水故瀆今不可詳 **从水㬎聲。** 它合切七部按日部㬎讀若唫此㬎所以在七部也漢隷以濕爲燥溼字乃以漯爲沛濕字累者俗㬎字在十六部於音殊遠隔也 **桑欽云出平原高唐。** 平原郡高唐二志同今山東濟南府禹城縣西南有高唐故城左傳襄十九年廿五年昭十年哀十年之高唐也前志高唐下曰桑欽言漯水所出酈注河水篇云按竹書穆天子傳兩言㬎水尋其沿歷逕趣不得近出高唐也桑氏所言蓋津流所出𣵀於是閒也玉裁按桑欽其源之近者耳今禹城縣㬎水已不可詳

泡 ㄆㄠ

泡 **泡水出山陽平樂東北入泗。** 山陽郡平樂見前志志云侯國泡水東北至沛入泗水經注泗水篇曰黃溝又東逕平樂縣又東右合泡水卽豐水之上源也水上承大薺陂東逕貰城北又東逕己氏縣故城南又東逕邛城縣故城南又東逕單父縣故城南又東逕平樂縣右合泡水自下豐泡竝得通稱故地理志曰平樂泡水所出又東逕豐縣故城南又東逕沛縣故城南於城南東注泗地理志曰泡水自平樂東北至沛入泗者也按今泡河自今山東單縣流逕江蘇豐縣北又東逕沛縣吟渚城東南至泗亭驛而合於泗 **从水包聲。** 匹交切按今俗曰包河古音在三部又流貌也或曰浮漚也

菏 ㄍㄜ

菏 **菏水在山陽湖陵南。** 各本水上衍澤字陵下奪南字今依尚書音義止前志山

陽湖陵下曰禹貢菏水在南濟陰郡下曰禹貢菏澤在定陶東水經曰菏水在山陽湖陸縣南菏澤在濟陰定陶縣東是豫州菏澤徐州菏水畫然二事依水經及注菏水雖源於菏澤而與菏澤迥別釋文於徐州引說文水出山陽湖陵南是菏澤也今本說文淺人增澤大誤矣山陽郡湖陵見前志王莽改曰湖陸光武仍曰湖陸至章帝復湖陸之號今山東兗州府魚臺縣東南六十里有湖陵故城與江南沛縣接吟前志湖陵下曰禹貢浮於淮泗通於荷荷水在南不但言荷水在南而必舉此禹貢文者明此荷水非豫州及道沇水之荷澤也水經曰濟水又東至乘氏縣西分爲二其一東南流者過乘氏縣南又東過昌邑縣北又東過金鄉縣南又東過東緡縣北又東過方與縣北爲荷水又東過湖陸縣南東入於泗水酈氏云尙書曰浮于淮泗達于荷是也按此經注所說故道今多湮塞不可詳**禹貢浮于淮泗達于菏。**不稱道菏澤沇水又東至於菏者彼爲菏澤此爲菏水與班意同也不言夏書言禹貢者正襲班語也尙書古文疏證曰自淮而泗自泗而菏然後由菏入沛以達於河徐之貢道也上文沇州浮于濟漯達于河又青州便浮于汶達于濟不復言達于河又徐州浮于淮泗達于菏不復言達于濟至揚州則浮于江海達于淮泗且不復言達于菏不復言者蒙上文也聖經之書法也**从水苛聲。**古俄切十七部按當左形右聲篆體取結構乃似上艸下河耳五經文字云菏見夏書古本亦作荷玉裁謂古尙書史記漢書水經注皆作荷或是假借或是字誤不可定而應劭曰尙書荷水一名湖陵注漢曰荷胡阿反是則湖陵以荷水得名荷與湖語之轉至若今史記漢書俗本尙書作浮于淮泗達于河皆誤字也郡國志注譌作荷

泗ㄙ

泗水受泲水東入淮。地理志濟陰乘氏下曰泗水東南至睢陵入淮過郡六行千一百一十里又魯國卞縣下曰泗水出縣北縣字依水經注補西南至方與入泲過郡三行五百里青州川出乘氏者其遠源出卞者其近源過郡三當作過郡二過郡二者魯山陽也水經曰泗水出魯卞縣北山西南過魯縣北又西過瑕丘縣東屈從縣東南流漷水從東來注之又南過平陽縣西又南過高平縣西洸水從西北來流注之又南過方與縣東菏水從西來注之又屈東南過湖陸縣南涓涓水從東北來流注之又東過沛縣東又東南過彭城縣東北又東南過呂縣南又東南過下邳縣西又東南入於淮此舉卞縣以下所經二郡也卞縣今山東兗州府泗水縣縣東五十里卞故城是也許不言水所出但云受泲水則又舉其源之至近者也水經言濟水又東過湖陸縣南東入於泗水前志泗水至方與入泲一謂濟入泗一謂泗入泲酈氏泗水篇注云泗濟合流故地記或言濟入泗泗亦言入濟互受通稱故地理志有南梁水入濟之文玉裁謂許言泗受濟水則與班殊與水經合也今泗水出縣東陪尾山西流逕曲阜北八里又西南流逕滋陽縣東五里轉南流與曲阜縣之沂水合入金口閘又南流逕鄒縣西南五十里又南至濟寧州天井閘入運河禹貢錐指曰泗水自泗水縣歷曲阜滋陽濟寧鄒縣魚臺滕縣沛縣徐州邳州宿遷桃源至清河縣入淮此禹跡也今其故道自徐州以南悉爲黃河所占一統志引志云金口之堰修而泗水盡入於漕**从水四聲。**息利切十五部按毛詩傳曰自目曰涕自鼻曰泗

洹ㄏㄨㄢˊ

洹水在齊魯閒。齊當依水經注所引說文字林作晉左傳成七年聲伯夢涉洹杜曰洹水出汲郡林慮縣東北至魏郡長樂縣入清水又水經曰洹水出上黨泫氏縣東過隆慮縣北又東北出山過鄴縣南又東過內黃縣北東入於白溝林慮縣即隆慮縣今河南彰德府林縣是其地也今洹水自山西長子縣流入經林縣東北流經安陽縣北又東流經內黃縣西北入衛河水道提綱曰衛河又東北經彰德府治安陽縣東南吟有洹河自西北來會其南岸即內黃縣西境也水經之白溝今衛河在內黃者皆即淇水許當云在晉衛之閒云在晉魯閒者魯衛相近以魯聲伯夢涉而云也**从水亘聲。**羽元切十四部玉篇曰汍同

灉ㄩㄥ

河灉水也。也字依水經注補水經曰瓠子河出東郡濮陽縣北河酈云尙書雝沮會同爾雅曰水自河出爲灉許愼曰雝者河雝水也是酈意以瓠子河爲尙書之雝也按自河出爲灉濟爲澭汶爲潕洛爲波漢爲潛淮爲滸江爲沱過爲洵潁爲沙汝爲濆見於釋水其見於說文者則沱也潛也灉也洵也河之別爲灉如江之別爲沱沱非一沱則灉亦非一灉凡首受河之水皆可名之矣**在宋。**

說者以汳水當之。从水雝聲。於容切九部。

澶 ㄊㄢˊ

澶淵水也。也字今補。在宋。春秋經襄二十年盟于澶淵。三十年會于澶淵。宋災故。杜曰澶淵在頓丘縣南。今名繁汙。此衛地。又近戚田。按頓丘今直隸大名府清豐縣西南二十五里頓丘故城是也。澶淵卽緐水。在河南彰德府內黃縣東二十六里。史記廉頗拔魏緐陽。漢置縣。屬魏郡。應劭曰在緐水之陽也。張晏曰其畍爲緐淵。按緐與澶疊韵。汙與淵雙聲。緐陽故城在今內黃縣東北二十七里。實衛地而云在宋者。葢以春秋書宋災故而云然。未爲宋也。○又按澶淵高氏士奇春秋地名攷爲詳。从水亶聲。市連切十四部。吳都賦注曰澶恬安流貌。

洙 ㄓㄨ

洙水出泰山葢臨樂山。北入泗。泰山郡葢二志同。今山東沂州府沂水縣西北七十里有葢城是也。前志葢下曰臨樂于山。洙水所出。西北至葢入池水。水經曰洙水出泰山葢縣臨樂山。西南至卞縣入於泗。按此條水經與志迥殊。志云臨樂于山者。謂勃海郡臨樂縣之于山也。沂其源而言。故下文云至葢。非謂洙出葢也。而經注皆删于字。謂臨樂爲葢縣山名。其亦誤矣。池注引作泗。云或作池。葢字誤。夫經注皆云泗水出卞縣。不云出葢縣。又皆云洙水至卞入泗。不云至葢入泗。然則卽改池爲泗。亦於水道不合。安知班時無池水。抑或不知何字之誤。而竟作泗字也。杜預釋例云出魯國東北。西南入沇水。下合泗。乃作沇字。俟攷。葢洙水在班時已非古道。故其書法不同他水。至桑酈時更昧於臨樂之源。乃誣班爲出葢。觀春秋莊九年浚洙。知其易湮也。許亦云出泰山葢臨樂山北入泗。恐非許氏原文。淺人用水經改竄之。今洙水在曲阜縣北四里。上不得其源。下流不入泗而入沂。又迥非酈氏之舊。葢以湮沒而以昰冒之耳。从水朱聲。市朱切四部。

沭 ㄕㄨˋ

沭水出青州浸。出下有奪文。集韵類篇徑删浸字。非是。當補琅邪東莞南入泗七字。周禮青州其浸沂沭。注云沭出東莞。前志琅邪郡東莞。術水南至下邳入泗。過郡三。行七百一十里。青州浸。東莞今山東沂州府沂水縣治西北東莞故城是也。水經曰沭水出琅邪東莞縣西北大弁山。東南過其縣東。又東南過莒縣東。又南過陽都縣東。入於沂。酈曰脊瀆入泗。非入沂也。今沭水出沂水縣北臨朐縣南之沂山。東南流徑莒州東。又西南流徑蘭山縣東。又南徑郯城縣東。又西南流入江南沭陽縣畍。分爲二派。下流入海泗。非舊道矣。从水术聲。食聿切十五部。前志作術。云青州浸。其所據臧方當如是作。

沂 ㄧˊ

沂水出東海費東。西入泗。東海郡費見前志。春秋魯季氏邑。今山東沂州府費縣西北二十里費故城是也。臧方氏曰青州其山鎭曰沂山。其浸沂沭。鄭曰沂山沂水所出也。在葢。前志泰山郡葢下曰沂水出。水經曰沂水出泰山葢縣艾山。許云出東海費東。說乖異者。葢沂山卽東泰山。是山盤回數縣。今沂水出沂水縣之雕厓山。卽沂山西峯也。又西北接大弁山。卽沭水所出也。前志曰沂水南至下邳入泗。水經曰沂水出泰山葢縣艾山。南過琅邪臨沂縣東。又南過開陽縣東。又東過襄賁縣東。屈從縣南西流。又屈南過郯縣西。又南過良成縣西。又南過下邳縣西。南入於泗。許云西入泗。疑當作南入。然酈善長所據已作西矣。今沂水出雕厓山。東南流逕沂水縣西。又南流逕蘭山縣東。又南流逕郯城縣西。又南流入江南邳州畍。从水斤聲。魚衣切。古音在十三部。按漢人多以爲圻堮之圻。一曰沂水出泰山葢。此卽班鄭水經之說也。許分爲二義。則不謂雕厓山卽沂山矣。如渭下之謂渭首亭與鳥鼠山爲二說。青州浸。

洋 ㄧㄤˊ

洋水出齊臨朐高山。東北入鉅定。齊郡臨朐。後志作齊國臨朐。今山東青州府臨朐縣其地也。前志臨朐下曰石膏山。洋水所出。東北至廣饒入鉅定。水經注巨洋水篇曰巨洋水又逕臨朐縣故城東。又東北逕委粟山。又東北洋水注之。水西出石膏山西北石澗口。東南逕逢山祠西。又東南歷逢山下。卽石膏山也。巨洋水又東北逕劇縣故城西。又東北逕益縣故城東。又東北積而爲潭。枝津出焉。謂之百尺溝。西北流注於巨淀。又東北逕壽光縣故城西。又東北注於海。按班許曰洋水。卽水經及注之巨洋水也。班許以出臨朐石膏山者爲正源耳。許云高山。卽石膏山也。前志齊郡有廣饒鉅定二縣。馬車瀆水首受鉅定。然則鉅定本水名。因以爲縣名。定淀古今字。魏都賦張注曰淀者如淵而淺是也。廣饒鉅定故城皆在今山東青州府樂安縣境。今樂安縣東北四十里淸水泊郇古鉅定湖巨洋水今曰瀰河源出今臨朐縣南沂山西麓北流逕臨朐縣東又北歷益都縣又東北流逕壽光東又東北會黑塚泊入於海今南陽水亦名長沙水源出益都縣西南石膏山東北至城西折而東繞城北又東流入瀰河

从水羊聲。似羊切十部按毛詩衛風傳曰洋洋盛大也魯頌傳曰洋洋眾多也鄭與章切

濁ㄓㄨㄛˊ

濁水出齊郡。上文不言郡此字蓋淺人增之厲媯山東北入鉅定。厲當作廣媯當作爲皆字之誤齊郡廣見前志後志作齊國廣今山東青州府益都縣西南四里有廣縣故城是也前志廣下曰爲山濁水所出東北至廣饒入鉅定水經注曰濁水又東北逕廣饒縣故城南又東北馬車瀆水注之水首受巨淀淀卽濁水所注也呂忱曰濁水一名溷水出廣縣爲山一名冶嶺山東北流逕廣固城西城在廣縣西北四里又東北流逕堯山東又東北流逕東陽城北合陽水卽長沙水也又北逕臧氏臺西又北逕益城西又北流注巨淀今北陽水源出益都縣西南九迴山卽古爲山東北流逕城北又東北逕壽光縣四十里又北入淸水泊卽古濁水也

从水蜀聲。直角切三部按濁者淸之反也詩曰涇以渭濁又曰載淸載濁

漑ㄍㄞˋ

漑水出東海桑瀆覆甑山東北入海。東當作北瀆當作犢皆字之誤也北海郡桑犢見前志今山東萊州府濰縣有桑犢故城水經注之桑犢亭也前志桑犢下云覆甑山漑水所出東北至都昌入海今濰縣東南四十里漑源山卽覆甑山也水經注亦謂之塔山寰宇記曰天寶六載勅改爲漑源山今漑水自漑源山北流至昌邑縣境入海卽東萊河也亦曰東丹河

从水旣聲。古代切古音在十五部按多借爲溉概字一曰灌注也。此依韵會本注下曰灌也洪下曰漑灌也洞簫賦迴江流川而漑其山李注引說文漑猶灌也與今本異

濰ㄨㄟ

濰水出琅邪箕屋山東入海。琅邪郡箕見前志故城當在今山東沂州府莒州境前志箕下云禹貢濰水北至都昌入海過郡三行五百二十里兗州寖也水經曰濰水出琅邪箕縣濰山東北過東武縣西又北過平昌縣東又北過高密縣西又北過淳于縣東又東北過都昌縣東又東北入於海按屋山在今莒州西北九十里水經注曰濰山屋山及淮南子云出覆舟山實一山也今濰水出莒州西東北箕屋山東南流入青州府諸城縣盱逕萊州府高密縣盱又北逕安邱縣東又北流入萊州府昌邑縣盱又東北入海曰淮河口與古水道合漢都昌城在今昌邑縣西

徐州浸。徐當作兗職方氏河東曰兗州其浸盧維鄭云盧維當爲雷雍班志則云維兗州浸不改字也許云兗州浸亦同

夏書曰濰淄其道。許水部無淄字此淄蓋俗加水旁耳周禮作甾漢志作甾古字也濰甾其道禹貢青州文

从水維聲。以追切十五部按地理志述禹貢作維今版本作惟誤琅邪箕下云禹貢維水葢上文言也其靈門下橫下折泉下皆作淮則轉寫之誤葢班从今文尚書作維許从古文尚書作濰左傳襄十八年作維音義曰本又作濰今山東土語與淮同音故竟作淮字

浯ㄨˊ

浯水出琅邪靈門壺山東北入濰。琅邪郡靈門見前志今山東沂州府莒州北百二十里有靈門城前志靈門下曰壺山浯水所出東北入淮淮當作維字之誤也水經注曰濰水又北

逕平昌縣故城東又北浯水注之水出浯山世謂之巨平山許愼言水出靈門山世謂之浯汶矣其水東北逕姑幕縣故城東又東北逕平昌縣故城北又東北流注於濰水今浯水自莒州流入諸城縣盱東北流逕安丘縣東南入濰水

从水吾聲。五乎切五部

汶ㄨㄣˋ

汶水出琅邪朱虛東泰山東入濰。琅邪郡朱虛見前志後志屬北海國今山東青州府臨朐縣東六十里有朱虛故城前志朱虛下云東泰山汶水所出東至安丘入維水經曰汶水出朱虛縣泰山北過其縣東又北過淳于縣西又東北入於濰謂之東汶以別於禹貢汶水也按東泰山卽封禪書黃帝封東泰山今沂山是也今東汶河源出臨朐縣南沂山東北谷東流近穆陵關折東北流數十里折東流百五十里至安邱縣西南境折東北流經縣城西北又東流數十里與濰水會

从水文聲。亡運切十三部按二汶水在齊漢人㟭山㟭江字作汶山汶江以古音同讀如文之故謂之假借可也考工記貉踰汶則死淮南子同鄭云汶水在魯北鄭注以入汶水篇考工記多齊語則謂入泲之汶無疑也

治ㄔˊ

殷敬順𥿋爲異說殊非是。桑欽說汶水出泰山萊蕪西南入泲。此謂禹貢汶水也上文淯水灅水沂水皆舉別說皆謂一水而說源有不同也此則畫然二水源流皆異泰山郡萊蕪二志同前志萊蕪下曰原山禹貢汶水出西南入泲桑欽所言水經於濟水曰又東北過壽張縣西畍安民亭南汶水從東北來注之於汶水曰又西南過壽張縣北又西南至安民亭入於濟按酈沛水合汶於安民亭今東平州西南十里安山鎮卽古亭也今汶水出今山東泰安府萊蕪縣東北七十里之原山亦名馬耳山西南流經縣城西北又經泰安府南境又經寧陽縣北境至汶上縣北之蒨村壩又經汶上西南境之南旺分流南北南流者四分以接徐沛北流者六分以接臨清自明永樂中宋禮開會通河以及 國朝運河皆全資汶水而入泲之故道湮矣前志朱虛下但云汶水萊蕪下則云禹貢汶水然則出朱虛入濰者非禹貢汶水也

治水出東萊曲城陽丘山南入海。城當作成字之誤也東萊郡曲成二志同今山東萊州府掖縣東北六十里有曲成故城前志曲成下曰陽丘山治水所出南至沂入海按沂字疑誤一本作至臨沂尤誤當作計斤二字今掖縣東南三十里有陽邱山亦名馬鞍山今治水名小沽河自掖縣馬鞍山南流至平度州東南與出登州府黃縣之大沽河合流逕卽墨至膠州之麻灣口入海一統志曰左傳昭二十年姑尤以西杜注姑水尤水皆在城陽郡東南入海齊乘姑卽大沽河尤卽小沽河玉裁謂尤古音讀如貽與治同在第一部齊乘之言可信也

从水台聲。直之切一部按今字訓理葢由借治爲理

浸ㄐㄧㄣˋ

浸水出魏郡武安東北入呼沱水。魏郡武安二志同今河南彰德府武安縣西南五十里有武安城前志武安下曰滯水東北至信都國東昌入虖池河過郡五行六百一十里

从水𡨋聲。子鴆切七部按沈浸浸淫之字多用此隷作浸

𡨋籒文。寑見宀部

湡ㄩˊ

湡水出趙國襄國之西山東北入浸。趙國襄國二志同今直隷順德府邢臺縣西南有襄國故城商祖乙遷於邢周時邢國皆在此前志襄國下曰西山渠水所出東北至廣平國任縣入滯按渠水當是湡水之譌一統志曰澧河源出邢臺縣東南東流逕南和縣西南又東北逕任縣東至隆平縣入胡盧河卽百泉水也方輿紀要曰百泉水葢卽澧河之上源引志云百泉水一名湡水又名鴛鴦水隋志以爲㴲水也鴛鴦水在南和縣西見魏都賦注

从水禺聲。噳俱切古音在四部顏師古音藕又音牛吼反

㴲ㄙ

㴲水出趙國襄國東入湡。前志襄國下云又有蓼水馮水皆東至廣平國朝平入湡按馮水當是㴲水之譌字之誤也廣平國南和下云列葭水東入㴲葢湡㴲二水今不可別矣㴲入湡湡入浸浸入虖沱虖沱移徙不常故道今不可攷水經注虖沱篇佚

从水虒聲。息移切十六部

渚ㄓㄨˇ

渚水在常山中丘逢山東入湡。常山郡中丘見前志中丘下云逢山長谷諸水所出東至張邑入濁按諸當作渚濁當作湡皆字之誤也張邑卽廣平國之張也中丘渚水俟攷

从水者聲。章與切五部

爾雅曰小州曰渚。釋水文州洲古今字召南傳曰渚小洲也水岐成渚

洨ㄒㄧㄠˊ

洨水出常山石邑井陘東南入于泜。于衍字也常山郡石邑見前志井陘謂石邑之井陘山也今直隷正定府獲鹿縣西南有石邑城戰國時趙邑也前志石邑下曰井陘山在西洨水所出東南至廮陶入泜井陘縣下應劭注曰井陘山在南然則井陘縣在石邑之西井陘山在石邑西南井陘縣南也井陘山之東南則石邑地也今洨河出獲鹿縣南東流逕欒城縣西又南入趙州畍舊志云下流至寧晉縣注於胡盧河上源四泉交合故謂之洨也

从水交聲。下交切二部師古曰音效又音爻

沛國有洨縣。沛國洨見後志前志作沛郡洨凡言有者皆別於上文之義應劭云洨縣洨水所出南入淮是別一洨水也師古曰音肴

濟ㄐㄧˇ

濟水出常山房子贊皇山東入泜。常山郡房子見前志後志云常山國房子今直隷正定府贊皇縣是其地前志房子下曰贊皇山石濟水所出東至廮陶入泜後志曰贊皇山在縣西南六十里濟水所出按此水名與四瀆之泲字各不同而經傳皆作濟風俗通遂誤以常山房子之水列入四瀆

十一篇上一 晃

十一篇上一 平

而云廟在東郡臨邑縣豈知班志臨邑下云有泲廟字固作泲乎今本前志石濟水石字疑衍以說文風俗通後志正之皆不當有石字一統志曰舊志云槐水出黃沙嶺流經贊皇縣西北十里入元氏縣聆合泜水又東南歷高邑柏鄉達寧晉縣入胡盧河卽古大陸澤玉裁謂槐水卽古濟水也贊皇山在今贊皇縣西南**从水齊聲。**子禮切十五部今字以爲濟渡字

泜ㄔˊ

泜水在常山。前志常山郡元氏下曰沮水首受中丘西山窮泉谷至堂陽入黃河按沮當作泜北山經注云今泜水出中丘縣西窮泉谷東注於堂陽縣入於漳水以郭正班知沮爲字之誤風俗通云濟水出常山房子贊皇山東入沮此亦泜譌作沮也由書氏作互遂譌且耳班志入黃河亦當依郭作濟漳攷水經注濁漳過堂陽縣而河水不徑堂陽元和志曰泜水在贊皇縣西南二十五里卽韓信斬陳餘處今泜水在元氏縣源出封龍山東南流經縣西南六十里紙屯村入槐河泜與濟互受通稱**从水氐聲。**直尼切十五部按蘇林音祇晉灼音邸師古音脂又丁計反兼用二音也司馬貞曰今俗呼此水音如邸

濡ㄖㄨˊ

濡水出涿郡故安。東入涞。涞各本作漆涞二字今正戴先生曰易水篇注云許愼曰濡水入涞涞卽巨馬之異名與巨馬河注巨馬河卽涞水也正合今水經注涞譌深說文涞譌漆涞二字皆字之誤耳涿郡故安二志同今直隸易州州東南有故安故城是戰國時燕與趙易土燕以武陽與趙卽此也前志故安下曰閻鄉易水所出東至范陽入濡并州浸濡水亦至范陽入涞今本漢志脫濡字師古謬爲之注非也水經注易水篇曰易水逕范陽縣故城南又東與濡水合水出故安縣西北窮獨山南谷東流與源泉水合又東南流逕樊於期館西荊軻館北又東逕武陽城西北又東逕紫池堡又東得白楊水口又東合檀水又東南流於容城縣西北大利亭東南合易水而注巨馬水也故地理志曰易水至范陽入濡又曰濡水合渠許愼曰濡水合涞涞渠二號卽巨馬之異名按酈引濡水入渠卽濡水亦至范陽入涞之句也今本作涞酈本作渠今勝酈本酈有濡字則又酈本勝今凡書之當參伍以求其是者如此濡水今在易州北卽北易水也東南入保定府定興縣界爲沙河一曰東南流入容城縣境**从水需聲。**人朱切五部按左傳昭七年盟於濡上釋文云說文女于反是晉隱舊說此水斷不作乃官反也師古注漢書於故安下云濡乃官反殊誤漁陽郡白檀下濡水出北蠻夷中遼西郡肥如下玄水東入濡水濡水南入海陽此則酈注濡水篇所謂濡難聲相近今謂之灤河者音乃官反是矣其字葢本作渜譌而爲濡。今字以濡爲漯濡經典皆然

㶟ㄌㄟˇ

㶟水出右北平俊靡。東南入庚。俊各本作浚今依二志作俊右北平俊靡二志同今直隸順天府遵化州州西北有俊靡故城是前志右北平無終下曰浭水西至雍奴入海俊靡下曰灅水南至無終東入庚浭與庚一字也水經注鮑丘水篇曰鮑丘水北逕雍奴縣東又東庚水注之水出右北平徐無縣北塞中而南流得黑牛谷水又西南流灅水注之水出右北平俊靡縣東南流與溫泉水合又東南逕石門峽又東南流謂之北黃水又屆而南爲南黃水又西南逕無終山藍水注之又西南入於庚水庚水又南逕北平城西而南入鮑丘水鮑丘水又東巨梁水注之鮑丘水至雍奴縣北屆東入海欽程氏瑤田通藝錄曰今灅水自遵化州西北四十五里鮎魚石關外入口東經溫泉鄺所謂與溫泉水合也又東迤南十五里曰水門口鄺所謂石門峽也又西南入梨河梨河卽庚水也庚水既得灅水又稍西而淋河南入之淋河鄺所謂藍水也鮑丘水今之潮河也潮河合泃水庚水東流有還鄉河西南入之鄺所謂巨梁水也流俗多誤以古正之如此灅梨一聲之轉灅水俗呼梨河因使所入之庚水冒稱梨河而巨梁河亦冒稱庚水**从水壘聲。**力軌切十五部

沽ㄍㄨ

沽水出漁陽塞外。東入海。漁陽下當有縣字說見邑部漁陽郡漁陽二志同今直隸順天府密雲縣西南三十里漁陽故城是也前志漁陽下曰沽水出塞外東南至泉州入海行七百五十里水經曰沽河從塞外來南過漁陽狐奴縣北西南與濕餘水合爲路河又東南至雍奴縣西爲笥溝又東南至泉州縣與清河合東入於海清河者派河尾也按凡日出某縣塞外某縣徼外某縣某方蠻夷中者皆言其來之遠不可得其地名故系之某縣也此云漁陽塞外則非出漁陽矣今直隸之白河卽沽河也白河遠出宣化府獨石口

沛 ㄆㄟˋ　浿 ㄆㄞˋ　瀤 ㄏㄨㄞˊ　㶟 ㄌㄟˇ

之獨石水合赤城水龍門水東南流逕密雲縣西與潮河合潮河古鮑丘水也既得潮河西南逕懷柔縣東南南經順義縣東至通州城北東南三面俗稱古潞水又南逕舊漷縣西又逕香河縣西南又東南逕武清縣東又東南入天津縣畍合諸大川由直沽入海與酈注所述不甚異程氏瑤田曰俗謂沽水及酈注之獨固門漁水竝山皆在今之薊州者繆甚玉裁謂方輿紀要謂漢漁陽在今薊州亦大繆

从水古聲。古胡切五部今字以爲沽買字伐木鄭箋曰酤買也字从酉

沛水出遼東番汗塞外西南入海。番音盤汗音寒遼東郡番汗二志同今奉天府遼陽州漢遼東郡治也番汗未聞前志番汗下曰沛水出塞外西南入海沛水亦未聞

从水宋聲。普蓋切十五部今字爲顛沛跋之假借也大雅蕩傳曰沛拔也是也拔當作跋又本部滐下云沛之也即孟子沛然莫之能禦意蓋勃然之假借也

浿水出樂浪鏤方東入海。樂浪音洛郎樂浪郡鏤方二志同鏤方未聞前志樂浪郡浿水縣下曰浿水西至增地入海水經曰浿水出樂浪鏤方東南過臨浿縣東入於海酈按漢志是說文及水經非也酈云其水西流逕故樂浪朝鮮縣即樂浪郡治而西北流故地理志曰浿水西至增地縣入海浿水今朝鮮國之大通江在平壤城北平壤城即古王險城漢之朝鮮縣也隋書曰平壤城南臨浿水

从水貝聲。普拜切十五部

一曰出浿水縣。此即前志說也浿水縣未聞

瀤北方水也。北山經曰獄法之山瀤澤之水出焉

从水褱聲。戶乖切十五部

㶟水出鴈門陰館絫頭山東入海。沈約宋書曰陰館前漢作觀後漢晉作館按今前書不作觀蓋淺人改也鴈門郡陰館二志同今山西代州州北四十里陰館城是在句注陘北絫頭山在今朔州代州之閒前志陰館下曰絫頭山治水所出東至泉州入海過郡六行千一百里水經曰㶟水出鴈門陰館縣東北過代郡桑乾縣南又東過涿鹿縣北又東過出山過廣陽薊縣北又東至漁陽雍奴縣西入笥溝按治水㶟水異名同實武五子傳作台水台即治也前志代郡且如下于延水出塞外東至廣寧入治鮚本平舒下祁夷水北至桑乾入治小顏本治皆譌沽始故二音其繆甚矣酈云地理志于延水東至廣寧入治非是謂于延逕廣寧故城南又逕茹縣故城北又逕鳴雞山西又逕且居縣故城南乃後注於㶟水不當云在廣寧入治也新按水經注改治作沽不免誤會今直隸永定河即桑乾河即古㶟水也源出山西朔州馬邑縣洪濤山會灰河經馬邑縣山陰縣應州大同府渾源州陽高縣天鎮縣廣靈縣蔚州入直隸畍經西寧縣懷安縣保安州懷來縣昌平州宛平縣良鄉縣固安縣永清縣霸州天津府至大沽北入於海

从水纍聲。力追切十五部按此篆疑當是從水絫聲其山曰絫頭山故其水曰漯水今字絫作累又與㬎相亂水經注作㶟水者漯作㶟乃又譌也漯餘水亦譌作㶟餘又或譌作溫餘

一曰治水也。各本作或曰今依集韵類篇作一曰謂漯水一名治水見漢志酈氏亦云一曰治水師古曰治弋之反

濾 ㄓㄚ

濾水出北地直路西東入洛。北地郡直路見前志今未聞前志直路下曰沮水出東西入洛水經曰沮水出北地直路縣東過馮翊祋祤縣北東入於洛按前志當云出西東入今本誤倒洛者上文出北地歸德北夷界中東南入渭之水也酈注謂沮水下流合銅官注鄭渠而東入洛自鄭渠湮廢沮水故道難考矣今沮水出陝西鄜州中部縣西北子午山東流經駱駝岡翟道山南俗曰沮水有子午河自西來會又東有慈烏河西南來會東南流經縣城南又東稍北三十餘里入洛河蓋非班許水經所謂也禹貢道渭自鳥鼠同穴東會于灃又東會于涇又東過漆沮入于河尚書某氏傳云漆沮一水名亦曰洛水水經渭水又東過華陰縣北注云洛水入焉闞駰以爲漆沮之水也是則洛水之下流古稱漆沮炳焉可信尚書傳云漆沮一水名亦曰洛水正義申之曰孔以爲洛水一名漆沮文理甚明言一水名者正恐人疑爲二水也今版本皆作二水名然則亦曰洛水者謂漆乎謂沮乎不可通矣若周頌傳云漆沮岐周之二水也此言涇西之漆沮爲二水以別於涇東之漆沮爲一水雅頌皆舉涇西之二水禹貢舉涇東之一水各不同也酈曰濁水入沮至白渠俗謂之漆水又謂之爲漆沮水此洛水所以得名漆沮與

从水虘聲。側加切古音在五部

子余切。與出漢中房陵之沮各字。漢書水經不別。𣲖泒水起鴈門葰人戍夫山。葰人縣，後志無。前志屬太原郡。此屬鴈門者，二郡境相接，容有改屬也。葰，如淳音瑣，師古音山東北入海。寡反。史記周勃樊噲二傳作霍人。左傳襄十年之霍人也。今山西代州繁峙縣南有葰人故城。戍夫山卽泰戲之山。山海經北山經曰泰戲之山，虖沱之水出焉，而東流注於漊水。郭云今虖沱水出鴈門鹵城縣南武夫山。李吉甫曰泰戲山一名武夫山，在繁峙縣東南，虖沱水出焉。通典虖沱水出繁峙縣東南泒阜山。明統志謂之小泒山、大泒山。然則戍夫卽武夫卽泰戲也。泒水卽虖沱之源也。从水瓜聲。古胡切。五部。𣵀滱水起北地靈丘。東入河。北地當作代郡。前志曰代郡靈丘。今山西大同府靈邱縣東有靈丘故城。靈丘下曰滱水東至文安入大河，過郡五，行九百四十里。水經曰滱水出代郡靈丘縣高氏山，東南過廣昌縣南，又東南過中山上曲陽縣北，恒水從西來注之，又東過唐縣南，又東過安憙縣南，又東過安國縣北，又東過博陵縣南，又東北注於易。今直隸唐河卽古滱水也。出大同府渾源州南，今翠屏山卽古高氏山，東南流入靈邱縣，又東南流入直隸易州廣昌縣界，由倒馬關流入，逕完縣西北、唐縣西南界，又東南過定州，入慶都縣南界，又逕祁州南，會沙、滋二水，又東北逕博野、蠡二縣南，又東北逕高陽縣東，又北逕安州東，入白洋淀。一統志曰：據水經注，蓋滱水故道本由今清苑縣東南與濡、博諸水合流注易，後徙而東，不入縣境。按前志云入大河，有誤。大河之名亦非志所有。从水寇聲。苦候切。四部。滱水卽漚夷水。漚當作嘔。并州川也。職方氏并州其川虖池嘔夷。鄭曰：嘔夷，祁夷與？出平舒。按前志平舒下云祁夷水北至桑乾入治（治灅灅今本作灅誤）。今出大同府廣靈縣之壺流河也。與靈丘之滱河劃然二事。班云滱河并州川，是亦誤。滱卽嘔夷，爲許所本。古寇聲區聲同部。𣵽淶水起北地廣昌。東入河。北地當作代郡。代郡廣昌見前志。後志屬中山國。今直隸易州廣昌縣縣北有廣昌故城。職方氏曰并州其浸淶易。鄭云淶出廣昌。前志廣昌下曰淶水東南至容城入河，過郡三，行五百里。

并州浸。水經曰巨馬河出代郡廣昌縣淶山。巨馬河卽淶水也。東過迺縣北，又東南過容城縣北，又東過勃海東平舒縣東，入於海。酈云巨馬水於東平舒北南入於滹沱，而同歸於海也。今淶水一名巨馬河，源出廣昌縣南，東流轉南逕易州淶水縣東，又南入保定府定興縣，盱至縣南爲白溝河，又東南逕容城縣東北，又東逕新城縣南，又東南逕雄縣西，又東入保定縣界，非酈注舊迹也。从水來聲。洛哀切。一部。并州浸。𣵪泥水出北地郁郅北蠻中。北地郡郁郅見前志。今甘肅慶陽府安化縣治卽郁郅故城也。前志郁郅下曰泥水出北蠻夷中。泥陽下應注曰泥水出郁郅北蠻中。一統志曰東河在安化縣東，卽白馬水也。元和志延慶縣西臨白馬州。寰宇記白馬水出北塞夷中。引水經注六洛川南逕尉李城東北合馬嶺水，號白馬水。明統志東河來自沙漠，至安化城北合懷安及蘆溝水，南流至合水縣爲馬蓮河。東河及下流馬蓮河皆卽古泥水也。按馬蓮卽馬嶺之轉語。从水尼聲。奴低切。十五部。按今字皆用爲塗泥字。𣶊湳西河美稷保東北水。宋本及集韵類篇皆同。一本無北字。西河郡美稷見前志。今蒙古鄂爾多斯左翼中旗東南有漢美稷故城，在故勝州之西南也。檀弓注曰：保，縣邑小城。保堡古今字。水經注河水篇曰：河水又南，樹頹水注之。河水又左得湳水。水出西河郡美稷縣，東南流，又東南流入長城東，咸水入之，又東南渾波水注之，又東逕西河富昌縣故城南，又東流入於河。按漢富昌城在鄂爾多斯左翼前旗界。湳水未審今鄂爾多斯何水也。从水南聲。乃感切。古音在七部。酈曰羌人因湳水爲姓。𣸂漹水出西河中陽北沙南入河。北沙，水經注引作之西。西河郡中陽二志同。戴先生曰：水經河水南過西河圁陽縣東，又南過離石縣西，又南過中陽縣西，又南過土軍縣西。據地望考之，中陽西濱河，當在今汾州府寧鄉縣境。趙世家秦取我西都及中陽是也。道元乃云中陽故城在東，東翼汾水，不濱於河也。元和志於孝義縣下云魏移西河郡中陽於今理。此條可證明水經之中陽，其所本之書道元偶失檢。道元汾水篇注所言鄔澤北起大陵，南接鄔正，今平遙之西，孝義之東。

介休之北最爲洿下汾川轉徙不常之地說文之𣶃水乃入河非入汾漢中陽西濱黃河說文亦一證道元就𣶃字與鄔字牽合謂𣶃水卽鄔澤謬矣玉裁按𣶃水今未得其證 从水焉聲。乙乾切十四部

湩 河津也。在西河西。河津名湩猶涇津孟津也在西河西謂在西河郡之西今未詳其地 从水垂聲。土禾切十七部按口部以爲唾重文

瀕 瀕水也。未詳 从水旟聲。以諸切五部

洵 過水出也。各本譌作過水中也今正釋水曰水自過出爲洵大水溢出別爲小水之名也水經注引字林曰洵過水也經有假借洵爲均者如洵直且侯是也有假爲恂者如洵美且都洵訏且樂是也有假爲敻者如于嗟洵兮卽韓詩之于嗟敻兮是也有假爲泫者國語無洵涕是也 从水旬聲。相倫切十二部

涻 涻水。水名 出北嚻山入卬澤。卬俗本作邙誤今依舊抄繫傳本北山經曰鉤吾之山又北三百里曰北嚻之山涔水出焉而東流注於卬澤許所據涔作涻如柘作樜鳳作𪆐皆與今本不同也其地未詳 从水舍聲。始夜切古音在五部

汈 汈水也。集韵類篇引說文有出上黨三字又沴汈與澳涊同沴汈溼相箸也亦垢濁也 从水刃聲。乃見切古音在十二部

淔 淔水也。集韵類篇曰出潁川 从水直聲。恥力切一部

淁 淁水也。从水妾聲。七接切八部

涺 涺水也。从水居聲。九魚切五部

湶 湶水也。从水泉聲。其冀切十五部

沋 沋水也。廣韵曰在高密按益卽左傳尤水上文之治水也 从水尤聲。羽求切古音在一部

洇 洇水也。从水因聲。此字玉篇及小徐皆作湮困聲廣韵洇湮竝收集韵類篇引說文互異而今存宋本皆作洇因聲於眞切毛斧季改爲困聲苦𧶠切非是十一部

淉 淉水也。从水果聲。古火切十七部

湏 湏水也。从水貨聲。讀若瑣。穌果切在十七部

浝 浝水也。从水尨聲。莫江切九部

氵乳 氵乳水也。从水乳聲。乃后切四部或以爲酒醽維醽之醽

泈 泈水也。廣韵集韵皆曰在襄陽 从水宊聲。宊古文終。職戎切九部古文終見仌部

洦 淺水也。顏氏家訓曰遊趙州見柏人城北有一小水土人亦不知名後讀城西門徐整碑云洦流東指案說文此字古泊字也泊淺水貌此水無名直以淺貌目之或當卽以洦爲名乎玉裁按顏書今本譌誤爲正之可讀如此說文作洦隸作泊亦古今字也犬部狛字下云讀若淺泊淺水易停故泊又爲停泊淺作薄故泊亦爲厚薄字又以爲憺怕字今韵以泊入鐸以洦入陌由不知古音耳但上下文皆水名此字次第不應在此蓋轉寫者以從百從千類之 从水百聲。匹白切按當作旁各切五部

汘 汘水也。从水千聲。倉先切十二部

洍 洍水也。从水𦣝聲。詳里切一部 詩曰江有洍。此蓋三家詩下文引江有汜則毛詩也云汜水別復入水也而證以江有汜此言轉注也云洍水名而證以江有洍此言假借也引書作敄莫席皆此例

澥 勃澥海之別也。宋本作郣今本及集韵類篇皆作勃別下宋本葉本趙本五音韵譜類篇集韵皆無名字毛斧季妄增之然文選注巳誤多矣毛詩傳曰沱江之別者也海之別猶江之別勃澥屬於海而非大海猶沱屬於江而非大江也說文或言屬或言別言屬而別在其中言別而屬在其中此與稗下云禾別正同周禮注州黨族閭比者鄉之屬別則屬別竝言也漢書子虛賦音義曰勃澥海別枝也齊都賦注曰海旁曰勃斷水曰澥潛丘劄記曰今海自山東登州成山折而西遷寧海州福山蓬萊招遠縣又西遷萊州掖縣昌邑濰縣又西遷靑州壽光樂安諸城縣北界折而西北遷濟南利津霑化海豐縣又北遷直隸河間鹽山滄北靜海縣東界又北至天津衛折而東遷順天寶坻豐潤縣又東遷永平灤州樂亭盧龍昌黎縣又東出山海關遷遼東寧遠廣寧衞南界折而南遷海蓋復金四衛西界又折而東遷金州南界有旅順口南與登州海口相對皆謂之勃海太史公多言勃海河渠書謂永平府之勃海也封禪書謂登萊兩府之勃海也蘇秦列傳指天津衛之海言朝鮮列傳指海之在遼東者言勃海之水大矣非專謂近

海ㄏㄞˇ　漠ㄇㄛˋ

海
漠

物海部者也玉裁按此於大海爲別枝 从水解聲。胡買切十六部 一說澥卽澥谷也。集韵類篇皆作一曰澥谷也五字此別一義也律歷志曰黃帝使泠綸自大夏之西昆侖之陰取竹之解谷孟康曰解脫也谷竹溝也取竹之脫無溝節者也一說昆侖之北谷名也按漢書解谷說文作澥廣韵作嶰

天池也。見莊子消搖游 以納百川者。爾雅九夷八狄七戎六蠻謂之四海此引伸之義也凡地大物博者皆得謂之海 从水每聲。呼改切一部按海篆當與澥篆相屬各本譌廁漢篆後今正

北方流沙也。漢書亦假幕爲漠 一曰清也。毛詩傳曰莫莫言清靜 从水莫聲。慕各切五部

補注 漆 漆水出右扶風杜陽。作陵者誤 岐山東入渭。休寧汪氏龍曰山海經翰次之山漆水出焉地理志右扶風漆縣漆水在縣西水經漆水出右扶風杜陽縣俞山東北入於渭十三州地理志漆水出漆縣西北至岐山東入渭戴先生言漆水北流注於涇此涇西之漆水注涇以入渭者也此與緜詩之漆無涉十三州地理志有水出杜陽縣岐山北漆溪謂之漆渠西南流注岐水水經注杜水出杜陽山東南流合漆水水出杜陽之漆溪謂之漆渠南流合岐水至美陽縣注於雍水隋書地理志扶風普潤縣有漆水此涇西之漆合杜岐雍以入渭者也是卽緜詩之漆詩首章謂太王始居杜漆沮之地非謂公劉此漆非說文出右扶風杜陽岐山東入渭之漆也 一曰入洛。汪氏龍曰四字二徐皆有不當刪此涇東之漆與上文涇西二漆水截然爲三水經注鄭渠在太上皇陵東南濁水入爲[illegible]俗謂之漆水又謂之漆沮其水東流注於洛水此說文所謂入洛也 一曰漆城池。

說文解字第十一篇上二

金壇段玉裁注

溥大也。見釋詁。从水尃聲。滂古切五部。

氵闇水大至也。水大廣韵作大水。从水闇聲。乙感切七部。

洚洚水也。堯典咎繇謨皆言洪水。釋詁曰洪大也。引伸之義也。孟子以洪釋洚。許以洚釋洪。是曰轉注。大壑曰洪。字亦作洪。从水共聲。戶工切九部。

洚水不遵道。孟子滕文公篇書曰洚水警予。洚水者洪水也。告子篇水逆行謂之洚水。洚水者洪水也。水不遵道正謂逆行。推其逆行是以絕大。洚洪二字義實相因。一曰下也。此別一義。洚與夅降音義同。从水夅聲。戶工切。又下江切。九部。

衍水朝宗于海皃也。鉉無皃字非。海淖之來。旁推曲暢。兩厓渚涘之閒不辨牛馬。故曰衍。引伸爲凡有餘之義。假羨字爲之。从水行。衍字水在旁。衍字水在中。在中者盛也。會意。以淺切十四部。

潮水朝宗于海也。禹貢荊州江漢朝宗于海。鄭以周禮春見曰朝夏見曰宗釋之。古說則謂潮也。論衡書虛篇辨子胥驅水爲濤事曰。天地之性上古有之。經江漢朝宗于海。唐虞之前也。又曰。濤之起也隨月盛衰。小大滿損不齊同。虞翻注易習坎有孚曰。水行往來朝宗于海。不失其時。如月行天。注行險而不失其信曰。水性有常。消息與月相應。皆與許說合。朝宗于海者。謂彼此相迎受。洚水之時。江漢不順軌。不與海通。海淖不上至。禹治之。江漢始與海通。於揚州曰三江既入。謂江漢之入海也。於荊州曰江漢朝宗于海。謂海淖上達直至荊州也。江漢之水下赴海。淖上迎。呼吸相通。恩禮相受。二州之文相爲表裏。古說如是。朝宗于海。謂海水來朝。見尊禮也。从水朝省。會意。隸不省。直遙切二部。按說文無濤篆。蓋濤即淖之異體。濤古當音稠。卓者翰聲。卽舟聲。文選注引倉頡篇濤大波也。蓋淖者古文。濤者秦字。枚乘七發觀濤。卽爲觀淖。

濥水脈行地中濥濥也。濥濥動皃。寅下曰。正月陽氣動。泉欲上出。髕寅於下也。淮南天文訓曰。指寅則萬物螾蛀螾動生皃。皆其義也。江賦曰。潛濥之所汩漏。蜀都賦曰。濥以潛沫。劉注。水潛行曰濥。此二水伏流。故曰濥。按今文選作濱誤。从水寅聲。弋刃切十二部。

滔水漫漫大皃。堯典浩浩滔天。按漫漫當作曼曼。許書無漫字。从水舀聲。土刀切。古音在三部。

涓小流也。凡言涓涓者。皆謂細小之流。从水肙聲。古懸切十四部。爾雅曰。汝爲涓。見釋水。亦大水溢出別爲小水之名也。郭本作濆。蓋非。濆。水厓也。

混豐流也。盛滿之流也。孟子曰。源泉混混。古音讀如袞。俗字作滾。山海經曰。其源渾渾泡泡。郭云。水濆涌也。袞咆二音。渾渾者。假借渾爲混也。今俗讀戶袞胡困二切。訓爲水濁。訓爲雜亂。此用混爲溷也。說文混溷義別。从水昆聲。胡本切十三部。

潒水潒瀁也。瀁者古文爲漾水字。隸爲潒瀁字。是亦古今字也。潒瀁疊韵字。搖動之流也。今字作蕩漾。从水象聲。讀若蕩。徒朗切十部。

漦順流也。順下之流也。釋言曰。漦盝也。盝同漉洒之漉。國語史記龍漦。韋昭曰。漦。龍所吐沫。按龍沫必徐徐漉下。故亦謂之漦。一曰水名。未詳。从水𠩺聲。俟甾切一部。

汭水相入皃。皃各本作也。今依玉篇廣韵正。上下文皆水皃。則皃字是也。水相入皃者。汭之本義也。周禮職方之汭。卽漢志右扶風汧縣之芮水名也。大雅之汭亦作芮。毛云。水厓也。鄭云。汭之言內也。尚書嬀汭渭汭。某氏釋爲水北。雒汭某氏釋爲雒入河處。左傳漢汭滑汭雒汭滑汭。杜氏或云水內也。或云水之隈曲曰汭。大意與大雅鄭箋相近。鄭箋之言云者。謂汭卽內也。凡云某之言某。皆在轉注假借閒。从水內。與枘同意。內亦聲。而銳切十五部。

潚深淸也。謂深而淸也。中山經曰。澧沅之風。交潚湘之浦。水經注湘水篇曰。二妃出入潚湘之浦。潚者。水淸深也。湘中記云。湘川淸照五六丈。下見底石如摴蒱矢。五色鮮明。是納潚湘之名矣。據善長說。則潚湘者。猶云淸湘。其字讀如肅。亦讀如蕭。自景純注中山經云。潚水今所在未詳。始別潚湘爲二水。俗又改潚爲瀟。其謬日甚矣。詩鄭風。風雨潚潚。毛云。暴疾也。羽獵賦。風廉雲師。吸嚊潚率。二京賦。飛罕潚箾。思

十一篇上二 一

十一篇上二 二

溥灂洪洚衍潮濥滔涓混潒漦汭潚

演ㄧㄢˇ 渙ㄏㄨㄢˋ 泌ㄅㄧˋ 活ㄏㄨㄛˊ 𣹟。湝ㄐㄧㄝ 泫ㄒㄩㄢˋ 淲ㄅㄧㄠ 減ㄩˋ

元賦迅焱潚其媵我義皆與毛傳同水之清者多駛方言云清急也是則說文毛傳二義相因从水肅聲。子叔切按子字疑誤廣韻息逐切二部演長流也。毛傳演之言引也故爲長遠之流周語注曰水土氣通爲演引伸之義也一曰水名。未詳从水寅聲。以淺切古音在十二部渙散流也。各本作流散今正分散之流也毛詩曰渙渙春水盛也周易曰風行水上渙又曰說而後散之故受之以渙渙者離也从水奐聲。呼貫切十四部泌俠流也。俠者粵也三輔謂輕財者爲粵俠流者輕快之流如俠士然魏都賦李注引作駛流非善本陳風泌之洋洋毛曰泌泉水也上林賦曰偪側泌瀄司馬彪曰泌瀄相楔也邶風毖彼泉水毛曰泉水始出毖然流也毖即泌之假借字从水必聲。兵媚切古音必在十二部郭樸音筆活流聲也。衛風北流活活毛傳曰活活流也按傳當作流貌其音戶括切引伸爲凡不死之稱邶風不我活兮孟子民非水火不生活是也許書當亦本作流貌淺人妄改竄之耳从水昏聲。古活切按古當作戶活當作括衛風音義曰如字是也十五部𣹟活或从聒。此字當是既改貌爲聲讀古活切乃製此字非許書本有也湝水流湝湝也。小雅淮水湝湝毛曰湝湝猶上文湯湯也廣雅曰湝湝流也从水皆聲。古諧切十五部一曰湝水寒也。此依宋本詩曰。風雨湝湝。今鄭風淒淒邶風傳曰淒寒風也許引詩證寒義所據與今本異或是兼采三家泫湝流也。湝當作潸字之誤也檀弓曰孔子泫然流涕魯語無洵涕韋曰無聲涕出爲洵涕按洵者泫之假借字也文選詩曰花上露猶泫从水元聲。胡畎切古音在十二部上黨有泫氏縣。上黨郡泫氏二志同音工懸反今山西澤州府高平縣治卽漢泫氏故縣淲水流貌。小雅滮池北流毛曰滮流貌从水彪省聲。隸不省皮彪切三部詩曰滮池北流。池宋本作沱非是減疾流也。急疾之流也江賦潿減濫漚是其義也毛詩築城伊減假借減爲洫也从水

瀏ㄌㄧㄡˊ 濊ㄏㄨㄛˋ 滂ㄆㄤ 汪ㄨㄤ 漻ㄌㄧㄠˊ 泚ㄘˇ 況ㄎㄨㄤˋ 沖ㄔㄨㄥ

戉聲。于逼切一部瀏流清貌。鄭風曰溱與洧瀏其清矣毛曰瀏深貌謂深而清也釋名曰綠瀏也荆泉之水於上視之瀏然綠色此似之也从水劉聲。力久切三部詩曰。瀏其清矣。濊礙流也。有礙之流也衛風施罛濊濊毛曰罛魚罟濊濊施之水中按施罟而水仍流故曰礙流礙流者言礙而不礙也韓詩云流貌與毛許一也濊又訓多水貌司馬相如傳湛恩汪濊从水歲聲。各本篆作濊云薉聲今正呼括切十五部按釋文不云說文作濊證一玉篇劌濊二字相連與說文同濊下云呼括切水聲又於衛於外二切多水貌不云有二字證二廣韵十三末濊水聲濊上同證三類篇濊又呼括切礙流也引詩施罟濊濊證四是知妄人改礙流之字爲濊而別補濊篆於部末云水多貌呼會切不知部末至瀕萍等篆已竟水多非其次也今刪正詩曰。施罟濊濊。罟當作罛濊濊今本作濊濊大繆滂沛也。小雅曰俾滂沱矣从水旁聲。普郎切十部汪深廣也。謂深而又廣也後漢書叔度汪汪若千頃陂江賦澄瀅汪洸晉語曰汪是土也韋云汪大貌从水㞷聲。俗作汪烏光切十部一曰㴇逞池也。左傳祭仲殺雍糾尸諸周氏之汪杜云汪池也通俗文曰停水曰汪按今俗語謂小水聚曰汪漻清深也。謂清而深也南都賦曰漻淚淢汩按李善引韓詩內傳漻清貌也葢鄭風毛作瀏韓作漻許謂二字義別今文選注內字譌外从水翏聲。洛蕭切古音在三部泚清也。此本義也今詩新臺有泚毛曰泚鮮明貌此假泚爲玼也从水此聲。千禮切十五部況寒水也。未得其證毛詩常棣桑柔召旻皆曰兄滋也矢部矤下曰兄詞也古矧兄比兄皆用兄字後乃用況字後又改作况作况从水兄聲。許訪切十部沖涌繇也。繇搖古今字涌上涌也搖旁搖也小雅曰攸革沖沖毛云沖沖垂飾貌此涌搖之義豳風傳曰沖沖鑿冰之意義亦相近召南傳曰忡忡猶衝衝也忡與沖聲義皆略同也凡用沖虛字者皆盅之假借老子道盅而用之今本作沖是也尚書沖人亦空虛無所知之意从水中聲。

汎ㄈㄢˋ 沄ㄩㄣˊ 浩ㄏㄠˋ 沆ㄏㄤˋ 泬ㄒㄩㄝˊ 濞ㄆㄧˋ 灂ㄓㄨㄛˊ 滃ㄨㄥ 滕ㄊㄥˊ

讀若動。直弓切九部

汎浮皃。皃當作也邶風汎彼栢舟毛曰汎流貌廣雅曰汎汎氾氾浮也从水凡聲。孚梵切按古音在七部如風字亦凡聲也上林賦汎淫爲疊韵音轉爲扶弓反

沄轉流也。回轉之流沄沄然也釋言曰沄沆也郭云水流漭沆从水云聲。讀若混。按沖讀若動沄讀若混者古音動混不同今音也王分切十三部

浩澆也。按澆當作沆字之誤也澆者洪也洪非浩義沄浩沆同義而又雙聲故三篆相聯从水告聲。胡老切古音在三部虞書曰。虞當作唐洪水浩浩。堯典洪水與浩浩不相屬爲句渠栝畢之耳

沆莽沆。逗大水也。西京賦滄池漭沆薛云漭沆猶洸瀁亦寬大也南都賦漭沆洋溢吳都賦海賦皆云沆瀁羽獵賦云沆茫義皆同从水亢聲。胡朗切十部一曰大澤貌。風俗通山澤篇曰傳曰沆者莽也言其平望莽莽無涯際也沆澤之無水斥鹵之類也今俗語亦曰沆水經注巨馬河篇曰巨馬水又東徑督亢澤荊軻轉之督亢地圖也引風俗通沆莽也云云是則沆通作亢矣

泬水從孔穴疾出也。从水穴。釋水曰氿泉穴出按此會意字其韓詩之回泬楚辭之泬寥皆假借也穴亦聲。呼穴切十二部

濞水暴至聲。上林賦滂濞沆溉司馬彪曰滂濞水聲也洞簫賦澎濞慷慨一何壯士高唐賦濞洶洶其無聲按滂濞雙聲澎與滂同从水鼻聲。匹備切十五部

灂水之小聲也。古書多瀺灂連文瀺士湛反灂士卓反雙聲字高唐賦巨石溺溺之瀺灂注引埤蒼瀺灂水流聲貌上林賦瀺灂霄隊司馬貞引說文水之小聲也李善引字林瀺灂小水聲也疑說文本有二篆上云水之小聲也从水毚聲下云瀺灂也从水爵聲全書之例如此單用灂字者江賦溯濤渠灂謂大波相激之聲从水爵聲。士角切二部

滃水流疾聲。上林賦汩急漂疾急郭音許立反然則卽滃字也小雅滃滃訿訿釋訓云莫供職也从水翁聲。許及切七部

滕水超踊也。踊依韵會本从足超踊皆跳也跳躍也小雅百川沸騰毛曰沸出騰乘也騰者滕之假借玉篇引百川沸滕周易滕口說引伸之義从水朕聲。徒登切六部

潏ㄐㄩㄝˊ 洸ㄍㄨㄤ 波ㄅㄛ

潏涌出也。上林賦潏潏淈淈李善皆引說文證之應劭晉灼注上林賦云潏涌出聲也江賦潏湟淴泱南都賦泿滑瀎潏潛滙洞出一曰水中坻人所爲爲潏。釋水曰小沚曰坻人所爲爲潏一曰潏水名。在京兆杜陵。京兆尹杜陵二志同故城在今陝西西安府咸寧縣東南潘岳關中記曰涇渭霸滻豐鎬潦潏上林賦所謂八川分流也師古上林賦注曰地理志鄠縣有潏水北過上林苑入渭而今之鄠縣則無此水許愼云潏水在京兆杜陵此卽今所謂沈水從皇子陂北流經昆明池入渭者也蓋爲字或从水旁穴與沈字相似俗人因名沈水乎按水經注渭水又東北逕渭城南有沈水自南注之亦謂是水謂潏水也故呂忱曰潏水出杜陵縣亦曰高都水王氏五侯壞決高都是也是則當酈時已名沈水小顏推求其故殆因潏之聲誤爲泬泬之字誤爲沈由俗人不識泬字遂名之沈水沿譌積習往往如此小顏之說善矣而戴先生按水經注乃盡改沈水爲泬水則又無以證古今之異名同實且使小顏之前固作泬水則小顏何不顯證之而作疑辭乎一統志今潏水在西安府長安縣南源出南山自咸寧縣界流入又西北入渭水。按酈注沈水沈蓋沈字之誤李善注上林賦曰潏水出杜陵今名沈水自南山黃子陂西北流經至昆明池入渭司馬貞注上林語全同亦作今名沈水單行索隱如此沈從允聲余準切潏矞聲食聿切二字相爲雙聲疊韵唐初呼沈水字異而音實同耳小顏與李善同時其注漢書蓋亦本作今所謂沈水轉寫作沈字由俗書沈字似沈也惟小顏不知潏沈同聲而指爲泬字之誤是爲無稽之談集韵沈庾準切水名謂潏水也若沈水東流爲沛則讀以轉切矣从水矞聲。古穴切十五部

洸水涌光也。江賦曰澄澹汪洸又曰流映揚焆謂涌而有光也邶風曰有洸有潰毛曰洸洸武也潰潰怒也大雅武夫洸洸毛曰洸洸武貌此引伸假借之義从水光。光亦聲。古黃切十部詩曰。有洸有潰。

波水涌流也。左傳其波及晉國者莊子夫孰能不波皆引伸之義也又假借爲陂字見漢書

澐瀾淪漂浮濫氾泓湋測湍淙激洞瀿洶涌湁

澐ㄩㄣˊ 瀾ㄌㄢˊ 漣。 淪ㄌㄨㄣˊ 漂ㄆㄧㄠ 浮ㄈㄨˊ 濫ㄌㄢˋ 氾ㄈㄢˋ

从水皮聲。博禾切十七部

澐 江水大波謂之澐。專謂江水也玉裁昔署理四川南谿縣攷故碑大江在縣有揚溪灘 从水雲聲。王分切十三部

瀾 大波爲瀾。魏風河水清且漣猗釋水引作瀾云大波爲瀾毛傳云風行水成文曰漣按傳下文云淪小風水成文則瀾爲大可知與爾雅無二義也凡瀾漣當作此瀾字 从水闌聲。洛干切十四部

漣 瀾或从連。古闌連同音故瀾漣同字後人乃別爲異字異義異音，

淪 小波爲淪。魏風河水清且淪猗釋水曰小波爲淪毛傳曰小風水成文轉如輪也韓詩曰從流而風曰淪釋名曰淪倫也水文相次有倫理也 从水侖聲。力迍切十三部 詩曰。河水清且淪猗。猗各本作漪今正毛詩漣猗直猗淪猗猗與兮同漢石經魯詩殘碑作兮可證後人妄加水作漪吳都賦乃有漪瀾漪瀾濯明月於漣漪之句其繆甚矣 一曰沒也。微子篇今殷其淪喪某氏曰淪沒也按釋言淪率也小雅淪胥以鋪此以淪爲率之假借也古率讀如律於淪雙聲

十一篇上二　七

漂 浮也。謂浮於水也鄭風風其漂女毛曰漂猶吹也按上章言吹因吹而浮故曰猶吹凡言猶之例視此漂潎水中擊絮也莊子曰洴澼絖 从水票聲。匹消切又匹妙切二部

浮 氾也。各本氾作汎今正木華海賦浮天無岸李注引說文浮氾也按上文云汎浮也是汎浮二字互訓與氾濫二字互訓義別汎浮二篆當類廁今本多非許之舊 从水孚聲。縛牟切三部

濫 氾也。氾者廣延也商頌左傳皆云賞不僭刑不濫魯語濫於泗淵皆其引伸之義 从水監聲。盧瞰切八部 一曰濡上及下也。此因濫與淋聲近淋訓以水沃則濫訓略同 詩曰。觱沸濫泉。觱小徐作滭此詩小雅大雅皆有之今作檻泉者字之假借也毛曰觱沸泉出貌檻泉正出也濫泉由小以成大故偁以證氾義 一曰清也。此又別一義與濫蔭相反而相成也者

氾 濫也。元應引此下有謂普博也四字楚辭卜居將氾氾若水中之鳧乎王逸云氾氾普愛衆也若水中之鳧羣戲遊也論語汎愛衆此假汎爲氾 从水巳聲。

泓ㄏㄨㄥˊ 湋ㄨㄟˊ 測ㄘㄜˋ 湍ㄊㄨㄢ 淙ㄘㄨㄥˊ 激ㄐㄧ 洞ㄉㄨㄥˋ 瀿ㄈㄢ 洶ㄒㄩㄥ 涌ㄩㄥˇ 湁ㄔˋ

孚梵切七部

泓 下深貌。下深謂其上似淺陿其下深廣也揚子其中宏深其外肅括月令其器閎鄭云閎謂中寬象土含物泓之義略同 从水弘聲。烏宏切古音在六部

湋 回也。以疊韵爲訓 从水韋聲。羽非切十五部

測 深所至也。深所至謂之測度其深所至亦謂之測猶不淺曰深度深亦曰深也今則引伸之義行而本義隱矣呂覽皆乎其深而不測高云測盡也此本義也考工記桼欲測鄭云測猶清也此引伸之義也 从水則聲。初側切一部

湍 疾瀨也。瀨水流沙上也疾瀨瀨之急者也趙注孟子曰湍者圜也謂湍湍縈水也趙語爲下文決東決西張本 从水耑聲。他耑切十四部

淙 水聲也。水聲淙淙然 从水宗聲。藏宗切九部

激 水礙衺疾波也。當依衆經音義作水流礙邪急曰激也水流不礙則不衺行不衺行則不疾急孟子激而行之可使在山賈子曰水激則旱兮矢激則遠 从水敫聲。古歷切古音在二部 一曰半遮也。此亦有礙之意與微邀音義略同

十一篇上二　八

洞 疾流也。此與辵部迵馬部駉音義同引伸爲洞達爲洞壑 从水同聲。徒弄切九部

瀿 大波也。从水緐聲。孚袁切十四部

洶 洶涌也。各本無洶洶字今依高唐賦注補相如賦曰洶涌滂潰左思賦曰濞焉洶洶楊雄賦曰洶洶旭旭天動地岋 从水匈聲。許拱切九部

涌 滕也。滕水超踊也二篆宜相連今本益非古也 从水甬聲。余隴切九部 一曰涌水在楚國。左傳莊十八年閻敖游涌而逸楚子殺之杜曰涌水在南郡華容縣華容今湖北荊州府監利縣地涌水在今江陵縣東南自監利縣流入夏水支流也水經曰江水又東南當華容縣南涌水入焉鄭云水自夏水南通於江謂之涌口

湁 湁湒。逗 鬻也。上林賦潏潏淈淈湁潗鼎沸索隱引周成雜字曰湁潗水沸之貌也潗與湒同湒又訓雨下故不類廁於此鬻沸古今字鼎沸者言水之流如鬻鼎沸也按此蓋引上林成語如人部引徵御受屈今本奪鼎字 从水拾聲。丑入切七部

涳ㄎㄨㄥ 汋ㄓㄨㄛˊ 瀱ㄐㄧˋ 渾ㄏㄨㄣˊ 洌ㄌㄧㄝˋ 淑ㄕㄨˊ 溶ㄖㄨㄥˊ 澂ㄔㄥˊ 清ㄑㄧㄥ 湜ㄕˊ

涳直流也○从水空聲○哭工切又苦江切九部 汋激水聲也○从水勺聲○市若切古音在二部釋名汋澤也有潤澤也自臍以下曰水腹水汋所聚也胞主以虛承汋也蓋皆借爲液字又楚詞汋約即莊子淖約 井一有水一無水謂之瀱汋○見釋水劉氏釋名說其義曰瀱竭也汋有水聲汋汋也然則瀱謂一無水汋謂一有水 瀱井一有水一無水謂之瀱汋也○从水罽聲○居例切十五部按釋水文已見上文此但云瀱汋也已足不當複舉攷釋名作罽不从水說文當同之瀱篆乃淺人所增耳爾雅作瀱亦非古本瀱訓竭於音得之 渾溷流聲也○溷作混者誤溷亂也鄭善長謂二水合流爲渾濤今人謂水濁爲渾 从水軍聲○戶昆切十三部 一曰洿下也○洿下曰一曰窊下也 洌水清也○案許書有洌冽二篆毛詩有冽無洌冽彼下泉傳云冽寒也有冽氿泉傳云冽寒意二之日栗冽傳云栗冽寒氣也皆不从水東京賦元泉洌清薛曰洌清澄皃 从水列聲○良薛切十五部 易曰○井洌寒泉食○井九五爻辭下云絜也崔憬云清且絜也皆與許合經云洌寒故崔云既寒且絜 淑清湛也○湛沒也湛沈古今字今俗云深沈是也釋詁曰淑善也此引伸之義 从水叔聲○殊六切三部 溶水盛也○甘泉賦溶方臯於西清善曰溶盛皃也按今人謂水盛曰溶溶 从水容聲○余隴切又音容九部 澂清也○澂之言持也持之而後清方言曰澂清也澂澄古今字禮運澄酒在下字作澄鄭云澄酒與周禮沈齊字雖異蓋同物也周易君子以徵忿徵者澂之假借字蜀才作澄鄭云徵猶清也必云猶者正謂澂不訓清澂之斯清故王弼訓止也 从水徵省聲○直陵切六部 清朖也○澂水之皃○朖者明也澂而後明故云澂水之皃引伸之凡潔曰清凡人潔之亦曰清同瀞 从水青聲○七情切十一部 湜水清見底也○各本作底見依詩釋文正邶風曰涇以渭濁湜湜其止毛云涇渭相入而清濁異按毛本作止鄭乃作沚毛意涇以人渭而形

潣ㄇㄧㄣˇ 滲ㄕㄣˋ 潿ㄨㄟˊ 溷ㄏㄨㄣˋ 淈ㄍㄨˇ 漩ㄒㄩㄢˊ 漼ㄘㄨㄟˇ 淵ㄩㄢ

己濁且以己形渭之湜湜然清激喻君子以新昏而不潔己且以己而益見新昏之可安止者水之激定也鄭易止爲沚云小渚曰沚湜湜持正皃喻君子得新昏故謂己惡己之持正守勿如沚然不動搖是其訓湜字比傳是字之解爲之非水清見底之謂矣 从水是聲○常職切古音在十六部 詩曰○湜湜其止○今古各本及玉篇集韵類篇皆作止毛詩舊文也傳於蒹葭云小渚曰沚於此無文可以證矣鄭箋當有止讀爲沚之文淺人刪之而竝改經文 潣水流浼浼皃○浼浼當作潣潣淺人所以改也一說潣浼古今字故浼浼釋潣潣河水浼浼見鄘風浼之本義訓汙鄘風之浼浼即潣潣之假借浼聲古讀如門與潣音近毛傳曰浼浼平地也即潣潣之義也 从水閔聲○眉殞切十三部 滲下漉也○司馬相如封禪文滋液滲漉楊雄河東賦澤滲灕而下降今俗云滲漏 从水參聲○所禁切七部 潿不流濁也○謂蓄濁不流去也左傳曰有汾澮以流其惡 从水圍聲○羽非切十五部此於聲見義 溷亂也○離騷世溷濁而不分兮王曰溷亂也濁貪也 一曰水濁皃○此別一義今人不分 从水圂聲○胡困切十三部 淈濁也○今人汩亂字當作此按洪範汩陳其五行某氏曰汩亂也書序汩作汩治也屈賦汩鴻謂治洪水治亂正一義即釋詁之淈治也某氏注爾雅引詩淈此羣醜其勿反 从水屈聲○古忽切十五部 一曰滑泥○多汁成泥 一曰水出皃○上林賦潏潏淈淈 漩回泉也○杜詩撇漩捎濆無險阻漩夔州土人讀去聲謂峽中回流大者其深不測舟遇之則旋轉而入江賦所謂盤渦谷轉也濆土人讀如瀵謂峽中回流漸平則突涌如山江賦所謂溭淢濆瀑也斯二者必撇之捎之而行不可正犯杜用峽中語言入詩 从水旋省聲○似沿切十四部按廣韵又辭戀切 漼深也○小雅有漼者淵毛傳曰漼深皃 从水崔聲○七罪切十五部 詩曰○有漼者淵○ 淵回水也○顔回字子淵 从水象形○下文釋象形 左右謂川岸也中謂卄象水皃○烏懸切十

瀰澹潯泙泏瀳㴝滿滑濇澤淫瀸泆潰沴淺洔渻淖

淵。囦。

瀰ㄋㄧˇ 澹ㄉㄢˋ 潯ㄒㄩㄣˊ 泙ㄆㄧㄥ 泏ㄓㄨˊ 瀳ㄐㄧㄢˋ 㴝ㄓˋ 滿ㄇㄢˇ 滑ㄏㄨㄚˊ 濇ㄙㄜˋ 澤ㄗㄜˊ 淫ㄧㄣˊ 瀸ㄐㄧㄢ

二部 淵或省水。古文从口水。口其外而水其中江賦潰滉囦泫用囦字

水滿也。依詩釋文補水字邶風曰河水瀰瀰毛云瀰瀰盛皃玉篇曰洋亦瀰字按盧氏文弨曰漢地理志邶詩云河水洋洋字从芊姓爲聲謂新臺也俗譌爲洋洋師古謂邶無此句 从水爾聲。奴禮切古音在十六部

澹澹水搖皃也。東京賦注高唐賦注引皆有澹澹字皃字亦依東京賦注補高唐賦曰水澹澹而盤紆東京賦曰淡水澹澹俗借爲淡泊字繇當作搖 从水詹聲。徒敢切八部

旁深也。今人用此字取義於旁而已 从水尋聲。徐林切七部

谷也。廣韵曰水名玉篇曰谷名 从水平聲。符兵切十一部

水皃。廣韵曰水出皃文子曰原流泏泏沖而不盈 从水出聲。讀若窋。竹律切十五部

水至也。至疑當作巟巟大也廣韵曰水荒曰洊洊者瀳之異文周易曰水洊至習坎洊雷震釋言荐再也荐同洊 从水薦聲。讀若尃。今音在甸切古音十三部

土得水沮也。魏風毛傳云沮洳其漸洳者衆經音義引倉頡篇云沮者漸也許君洳字下未舉此義今俗謂水稍稍侵物入其內曰漸當作此字 从水衔聲。讀若麩。竹隻切十六部

盈溢也。从水㒼聲。莫旱切十四部

利也。古多借爲汩亂之汩 从水骨聲。戶八切十五部

不滑也。止部曰歰不滑也然則二字雙聲同義七發邪氣襲逆中若結轖此假轖爲濇也 从水嗇聲。色立切按當依職韵所力切一部

光潤也。又水艸交厝曰澤又借爲釋字 从水睪聲。丈伯切古音在五部

浸淫隨理也。浸淫者以漸而入也司馬相如難蜀父老曰六合之內八方之外浸淫衍溢史記作浸潯 从水㸒聲。余箴切七部 一曰久雨曰淫。月令曰淫雨蚤降左傳曰天作淫雨鄭曰淫霖也雨三日以上爲霖

潰也。公羊傳莊十七年齊人瀸于遂瀸者何瀸積也衆殺戍者也積本又作漬何曰積死非一之辭

泆ㄧˋ 潰ㄎㄨㄟˋ 沴ㄌㄧˋ 淺ㄑㄧㄢˇ 洔ㄓˇ 渻ㄒㄧㄥˇ 淖ㄋㄠˋ

莊傳文及說文皆當作積爲長許云漬漚也瀸篆不與漬篆聯可以知許說矣 从水韱聲。子廉切七部 爾雅曰泉一見一否爲瀸。釋水文此與上文別一義

水所蕩泆也。蕩泆者動盪犇突而出禹貢道沇水入于河泆爲熒本作泆周禮疏師古漢書注所引不誤且史記水經注皆作泆惟漢地理志作軼軼車相出也正與泆義同左傳彼徒我車懼其侵軼我又曰迭我殽地迭卽泆軼之假借也凡言淫泆者皆謂太過其引伸之義也衛包改禹貢之泆爲溢淺人以滿釋之固可歎矣 从水失聲。夷質切十二部

漏也。漏當作屚屋穿水下也左傳凡民逃其上曰潰此引伸之義小雅大雅毛傳皆曰潰遂也此皆叚假遺爲遂 从水貴聲。胡對切十五部

水不利也。河東賦秦神下讋跖魂負沴服虔曰沴河岸之坻也晉灼申之曰沴濇也按坻礙水令水不行故謂之沴 从水㐱聲。郎計切按㐱聲本音當在十二部鄭謂沴爲殄是也今音郎計者依如淳音拂戾之戾也 五行傳曰。若其沴作。其當作六字之誤也五行傳謂伏生洪範五行傳也若六沴作見洪範五行傳文鄭曰沴殄也服虔曰沴害也司馬彪引五行傳說曰氣之相傷謂之沴

不深也。許於深下但云水名不云不淺而測下淺下突下可以補足其義是亦一例按不深曰淺不廣亦曰淺故考工記曰以博爲帴帴者淺之假借又馬鄭古文尚書賁淺納日馬云淺減也馬意讀爲𢧵減之𢧵謂伺日入也 从水戔聲。七衍切十四部

水暫益且止未減也。此義未見葢與待偫峙字義相近爾雅釋水亦借爲沚字 从水寺聲。直里切一部

少減也。今減省之字當作渻古今字也女部又曰媘者減也媘渻音義皆同左傳有渻竈人姓名也。一曰水門。此義未見玉篇云一曰水門名廣韵集韵則云一曰水名 从水省聲。息井切十一部 又水出丘前謂之渻丘。爾雅釋丘文也釋名作阯上阯基阯也按阯上疑本作址上古楮址字同故渻丘亦爲楮丘

泥也。左傳曰有淖於前乃皆左右相違於淖杜注同倉頡篇云

濢ㄘㄨㄟˋ 溽ㄖㄨˋ 涅ㄋㄧㄝˋ 滋ㄗ 溜ㄏㄨㄟˋ 浥ㄧˋ

深泥也字林云濡甚曰涅按泥淖以土與水合和爲之故淖引伸之義訓和儀禮嘉薦普淖注曰普淖黍稷也普大淖和也德能大和乃有黍稷也劉瓛述張禹之義曰仲者中也尼者和也言孔子有中和之德故曰仲尼葢漢人尼與泥通用故漢碑仲尼字或作泥又按許泥爲水名不箸塗泥之解於此補見是與深同例也魏晉以後泥淖字作埿**从水卓聲。**奴敎切二部

濢**小溼也。**小蓋下之譌篇韵皆云下溼從古本也**从水翠聲。**遵誄切十五部按篇韵皆云且遂切下溼也遵誄切汁漬也

溽**溽暑溼暑也。**溽暑二字依李善注悼亡詩補月令季夏土潤溽暑鄭曰潤溽謂塗溼也潤溽雙聲字記言土塗溼而暑上烝也塗讀如雨雪載塗之塗許以溼暑釋記溽暑後人妄刪非是大雅雲漢傳曰藴藴而暑隆隆而雷蟲蟲而熱此暑熱之別暑言下溼熱言上燥也謂之溽者濃也厚也儒行注曰恣滋味爲溽月令溽本或作辱**从水辱聲。**而蜀切三部

涅**黑土在水中者也。**者字依論語釋文補論語孔注涅可以染皁者按水部曰澱者滓垽也滓者澱也土部曰垽者澱也黑部曰驟謂之垽垽滓也皆與涅義近**从水土日聲。**奴結切十二部

滋**益也。**艸部茲下曰艸木多益也此字从水茲爲水益也凡經傳增益之義多用此字亦有用茲者如常棣召旻傳云兄茲也桑柔傳云兄茲也祇是一義**从水茲聲。**各本篆文作滋解作兹聲誤也今正說詳四篇下𢆶篆下子之切一部**一曰滋水出牛飲山白陘谷東入呼沱。**此謂水名也地理志常山郡南行唐牛飲山白陸谷滋水所出東至新市入虖池水南行唐故城在今直隸正定府行唐縣縣治北新市故城在今正定府治西北四十里一統志曰滋河源出山西五臺縣東南流逕正定府靈壽縣北行唐縣南又東歷正定藁城二縣北無極縣南又東北入定州深澤縣界古與滹沱合流今折而東北與滹沙二水合不入滹沱矣

溜**青黑皃。**皃字依廣韵訂**从水留聲。**各本篆文作溜解作留聲此以隸體改篆也篇韵皆曰𣶭今作溜今據正其音當依廣韵荒內切十五部大徐呼骨切

浥**溼也。**

沁。

沙ㄕㄚ 瀨ㄌㄞˋ 濆ㄈㄣˊ 涘ㄙˋ 汻ㄏㄨˇ 氿ㄍㄨㄟˇ 漘ㄔㄨㄣˊ

召南毛傳曰厭浥溼意也**从水邑聲。**於及切七部

沙**水散石也。**詩正義作水中散石非是水經注引與今本同凡古人所引古書有是有非不容偏信大雅傳云沙水旁也許云水散石與毛不異石散碎謂之沙引伸之凡生澁皆爲沙如內則鳥沙鳴是**从水少。**會意**水少沙見。**釋其會意之恉所加切十七部古音娑從石作砂者俗字也古丹沙祇用此**楚東有沙水。**此別一義也水經注渠水篇曰渠水又東南流逕開封縣睢渙二水出焉右則新溝注之即沙水也音蔡許慎正作沙音言楚東有沙水謂此水也

沙**譚長說沙或从尐。**少尐二字皆見小部尐者少也

瀨**水流沙上也。**九歌石瀨兮淺淺伍子胥書有下瀨船漢有下瀨將軍應劭漢書注曰瀨水流沙上也臣瓚曰瀨湍也吳越謂之瀨中國謂之磧按瀨之言瀨也水在沙上湍灘而下滲也埤倉云湍灘流也**从水賴聲。**洛帶切十五部

濆**水厓也。**詩大雅鋪敦淮濆傳曰濆厓也周南遵彼汝墳傳曰墳大防也畫然分別周禮大司徒職曰墳衍原隰注曰水涯曰墳而常武箋亦釋濆爲大防是鄭謂古經假借通用也許則謹守毛傳**从水賁聲。**符分切十三部**詩曰。敦彼淮濆。**敦彼當是鋪敦之誤箋釋爲陳屯

涘**水厓也。**爾雅釋丘王風秦風傳皆曰涘厓也**从水矣聲。**牀史切一部**周書曰。王出涘。**周頌思文箋曰武王渡孟津白魚躍入于舟出涘以燎正義引大誓云維四月太子發上祭于畢下至于孟津之上太子發升舟中流白魚入于王舟王跪取出涘以燎之按今文尚書古文尚書皆有大誓非枚頤本之大誓也許引大誓者三此與手部攴部也

汻**水厓也。**大雅率西水滸傳曰滸水厓也釋丘曰岸上滸**从水午聲。**呼古切五部

氿**水厓枯土也。**按今爾雅水醮曰厬仄出泉曰氿許書仄出泉曰厬水厓枯土曰氿與今爾雅正互易依毛詩有冽氿泉似今爾雅不誤也**从水九聲。**居洧切古音在三部**爾雅曰。水醮曰氿。**釋水文今本作厬音義云字又作漱

漘**水厓也。**魏風傳漘厓也爾雅曰厓

浦ㄆㄨˇ 沚ㄓˇ 沸ㄈㄟˋ 潨ㄓㄨㄥ 派ㄆㄞˋ 汜ㄙˋ

夷上洒下㴾按夷上謂上平也洒下謂側水邊者斗峭 从水脣聲。常倫切十三部 詩曰。寘河之漘。集韻類篇皆河上有諸韵會同

水瀕也。瀕下曰水厓人所賓附也大雅率彼淮浦傳曰浦厓也 从水甫聲。滂古切五部

小渚曰沚。召南傳曰沚渚也此渾言之秦風傳爾雅釋水曰小渚曰沚此析言之也 从水止聲。諸市切一部 詩曰。于沼于沚。

畢沸。逗 濫泉也。畢一本从水作滭上林賦滭弗蘇林曰滭音畢則古非無滭字也泉下小徐有也按也當作皃詩小雅大雅皆有觱沸檻泉之語傳云觱沸泉出皃檻泉正出釋水曰濫泉正出正出涌出也司馬彪注上林賦曰滭弗盛皃也按畢沸疊韵字毛詩觱檻皆假借字今俗以沸爲鬻字 从水弗聲。分勿切十五部

上林賦滭弗一本作浡

小水入大水曰潨。大雅傳曰潨水會也按許說申毛若鄭箋云潨水外之高者也有瘞埋之象則謂潨與祟同恐非詩意 从水眾聲。此形聲包會意徂紅切九部 詩曰。鳧鷖在潨。

別水也。吳都賦百川派別劉逵注引字說曰水別流爲派 从水𠂢𠂢亦聲。匹賣切十六部按衆經音義兩引說文𠂢水之衺流別也以釋派韵會曰派本作𠂢从反永引鍇云今人又增水作派據此則說文本有𠂢無派今鍇鉉本水部派字當刪

水別復入水也。上水字衍文召南傳曰決復入水也謂既決而復入之水也自其水出而不復入者釋水自河出爲灉已下是也決而復入者汜是也釋名曰汜已也如出有所爲畢已而復入也按古以無已釋已如祀之解曰祭無已是也故汜之字从巳 从水巳聲。詳里切一部 詩曰。江有汜。一曰汜窮瀆也。此別一義釋丘曰窮瀆汜郭云水無所通者漢書張良閒從容步游下邳汜上服虔讀爲圯音頤楚人謂橋曰圯此漢人易字之例也應劭曰汜水之上此不易字謂窮瀆無水之上也下文直墮其履汜下良下取履其爲無水之瀆了然史記本亦作汜小司馬云姚察見史記有作土旁者云有則知史記不皆作土旁也義本湯㰐諸家說皆不察

湀ㄍㄨㄟˇ 滎ㄒㄧㄥˊ 濘ㄋㄧㄥˋ 洼ㄨㄚ 窪ㄨㄚ 潢ㄏㄨㄤˊ 沼ㄓㄠˇ 池ㄔˊ

湀辟。逗 流水處也。流鉉作深非釋水曰湀闢流川 从水癸聲。求癸切十五部

字林音圭

滎濘。逗 絕小水也。滎篆本在濘篆下今移正滎濘二字各本無今依全書通例補李善注七命引說文濘絕小水也奴泠切可以證今本之誤但尚奪滎字耳甘泉賦梁弱水之濎濙服虔曰崑侖之東有弱水渡之若濎濙耳善曰汀濙小水也引字林濙絕小水也按甘泉賦之濎濙七命之汀濘皆謂小水也濙濘義同濙即許之滎字一爲熒省一不省也若熒澤熒陽古皆作熒不作滎唐碑宋槧尚多不誤近今乃皆作滎潛丘劄記乃云說文絕小水之絕爲爾雅正絕流曰亂之絕與禹貢泲入河泆爲滎相發明其荒謬有如此者中斷曰絕絕者窮也引伸爲極至之用絕小水者極小水也此六書不可以本義滅其引伸之義者也許書陘者山絕坎也此中絕之絕絕小水非其倫也然則熒澤字從火之義若何曰泲之顯伏不測如火之熒熒不定也 从水熒省聲。戶扃切十一部

滎濘也。从水寧聲。乃定切十一部按濙濘疊韵此當依七命注奴泠切後人謂淖爲泥濘讀乃定切義與音皆非古矣

深池也。史漢皆云得神馬渥洼水中莊子齊物論云似洼者 从水圭聲。一佳切又於瓜切按古音在十六部

清水也。未詳 从水窐聲。一穎切又屋瓜切按古音在十六部 一曰窊也。穴部曰窊污衺下地也

積水池也。左傳潢污行潦之水服虔曰畜小水謂之潢水不流謂之污行潦道路之水 从水黃聲。乎光切十部廣韵引釋名曰潢染書也乎曠切唐有裝潢匠

池也。召南傳曰沼池也張揖廣雅同按衆經音義兩引作小池也 从水召聲。之少切二部按沼之言招也招外水豬之

陂也。从水也聲。此篆及解各本無今補按徐鉉等曰池沼之池通用江沱字今別作池非是學者以爲確不可易矣攷初學記引說文池者陂也从水也聲依𨸏部陂下一曰池也衣部褫讀若池𢼸之則池與陂爲轉注徐堅所據不誤又攷左傳隱三年正義引應劭風俗通云池者陂也从水也聲風俗通一書訓詁多襲說文然則應所見固

有池篆別於沱篆顯然徐堅所見同應而孔穎達引風俗通不引說文者猶上文引廣雅沼池也不系諸說文耳逮其後說文佚此而淺人謂沱池無二夫形聲之字多含會意沱訓江別故从它沱之言有它也停水曰池故从也也本訓女陰也詩謂水所出爲泉所聚爲池故曰池之竭矣不云自瀕泉之竭矣不云自中豈與沱同字乎漢碑作池沼字皆從也廣雅曰沼池也池沼也二字互訓與許合直離切古音在十七部今本初學記也聲誤爲它聲今本左傳正義陂也誤爲陂池皆淺人所改

湖 大陂也。 自部曰陂一曰池也然則大陂謂大池也古言鴻隙大陂言汪汪若千頃陂皆謂大池也池以鍾水湖特鍾水之大者耳 **从水胡聲。** 戶吳切五部 **揚州浸有五湖。** 職方氏曰揚州其澤藪曰具區其浸五湖鄭曰具區五湖在吳南按經具區五湖分析言之五湖之非具區明矣鄭云皆在吳南則其相聯屬可知也 **浸。** 逗 **川澤所仰以溉灌者也。** 上文言渭雝州浸汾冀州浸潞冀州浸溠荊州浸沭沂皆青州浸五湖揚州浸下文曰湛豫州浸皆據職方爲言此總釋浸字以補浸篆下所未備也鄭曰浸可以爲陂灌溉者按可以爲陂謂可以爲池也許云川澤所仰以溉灌者謂職方其澤藪其川其浸三者析言之川流或竭澤水本希藉浸水亭蓄者多可以灌注之故必兼言浸也上文溉字下曰溉灌注也風俗通曰湖者言流瀆也四面所猥也川澤所仰以溉灌也用許語

汥 水都也。 水都者水所聚也民所聚曰都汥之證未詳 **从水支聲。** 章移切十六部

洫 十里爲成。成閒廣八尺深八尺謂之洫。 考工記匠人文也匠人溝洫之制惟歙程氏瑤田通藝錄能發明之洫亦作淢韓詩築城伊洫毛詩作淢傳曰淢成溝也箋云方十里曰成淢其溝也按門闕之字古文作闞是或與血異部而音通也溝洫對文則異散文則通故毛曰成溝 **从水血聲。** 況逼切按古音在十二部入聲今入職韵者以毛詩作淢之故 **論語曰。盡力于溝洫。** 論語泰伯篇今本于作乎

溝 水瀆也。 也字依元應補 **廣四尺。深四尺。** 匠人職曰九夫爲井井閒廣四尺深四尺謂之溝 **从水冓聲。** 古侯切四部

瀆 溝也。 謂井閒廣四尺深四尺者也 **从水賣聲。** 徒谷切三部 **一曰邑中曰溝。** 曰字依元應補不必井閒亦不必廣四尺深四尺者也按瀆之言竇也凡水所行之孔曰瀆小大皆得稱瀆釋水曰注澮曰瀆又曰江河淮濟爲四瀆水經注謂古時水所行今久移者曰故瀆

渠 水所居也。 渠居疊韵風俗通亦云渠者水所居也 **从水㮡聲。** 小徐云㮡即柜字見木部又堯廟碑以柜爲渠彊魚切五部

瀶 谷也。 泉出通川爲谷谷亦稱瀶也 **从水臨聲。讀若林。** 力尋切七部 **一曰寒也。** 與凜音義略同

湄 水艸交爲湄。 小雅居河之湄釋水毛傳皆曰水草交爲湄 **从水眉聲。** 武悲切十五部

洐 溝行水也。从水行。 此以會意包形聲戶庚切古音在十部

澗 山夾水也。 釋山毛傳皆云小雅秩秩斯干毛云干澗也此謂詩假借干爲澗也 **从水閒聲。** 古莧切十四部 **一曰澗水出宏農新安。東南入雒。** 雒各本作洛今正地理志曰宏農郡新安禹貢澗水在東南入雒禹貢雒水出宏農郡上雒冢領山東北至鞏入河按地理志禹貢雒水字作雒凡云伊水入雒穀水入雒澗水入雒瀍水入雒凡云上雒縣雒陽縣字皆不作洛也且志文前後相應此云禹貢雒水則前文稱禹貢逾于雒伊雒瀍澗既入于河道雒自熊耳古本必皆作雒斷不作洛也且志稱職方豫州川曰滎雒雍州浸曰渭洛二字分別畫然可以證上稱禹貢亦必分別畫然惟豫雒雍洛不同字故北地歸德下云洛水出北蠻夷中直路下云沮水出東西入洛左馮翊褱德下云洛水東南入渭與雒水字迥別學者以是求之可以知黃初一詔之欺人矣漢新安縣故城在今河南河南府澠池縣東澗水在今澠池縣東合於穀水而互受通稱同至今洛陽縣西南入洛水

澳 隈厓也。其內曰澳。其外曰鞫。 鞫舊作隈今正爾雅說厓岸曰隩隈厓內爲隩外爲鞫郭以隈字上屬厓字下屬以許訂之郭非是自部隈下曰水曲隩也隩下曰水隈厓也亦隈厓聯文隩與澳字異而音義同今毛詩瞻彼淇奧字作奧

澩ㄒㄩㄝˊ 學○ 灘ㄊㄢ 灘○ 汕ㄕㄢˋ 決ㄐㄩㄝˊ 灓ㄌㄨㄢˊ 滴ㄉㄧ 注ㄓㄨˋ

古文假借也。毛詩曰：奧，隈也。此言水曲之裏淵奧然也。大雅芮鞫之即，箋云：水之內曰澳，水之外曰鞫。鞫謂水曲之表國穹然也。鞫之雙聲爲居窮切，故傴僂之狀曰鞫窮，曰匑窮。水曲之表如弓，故曰鞫。韓詩漢志作阸，字林作垠。俗本爾雅改鞫爲隈，因或取以改說文耳。**从水奧聲。**於六切。三部。

[篆]夏有水冬無水曰澩。釋山曰：山上有水埒，夏有水冬無水澩。謂山上夏有停潦，冬則乾也。**从水學省聲。讀若學。**胡角切。三部。**[篆]澩或不省。**

[篆]水濡而乾也。鸂字古義如此。後人用爲沙灘。灘此之謂古今字也。沙灘字亦或作潬。**从水鸂聲。**詩釋文引說文他安反，大徐益以呼旰切，非也。十四部。**詩曰：鸂其乾矣。**王風文。今毛詩作暵，蓋非也。一章曰鸂其乾矣，二章曰鸂其脩矣，脩且乾也。三章曰鸂其溼矣。知鸂兼濡與乾言之。毛傳曰：菸皃。菸者，一物而濡之乾之，則於色無色也。**[篆]俗鸂从隹。**

[篆]魚游水皃。小雅南有嘉魚，烝然汕汕。傳曰：汕，樔也。詩不从毛，蓋三家之說。**从水山聲。**所晏切。十四部。**詩曰：烝然汕汕。**

[篆]下流也。各本作行流，眾經音義三引皆作下流。下讀自上下下之下，胡駕切。決水之義引伸爲決斷。**从水夬聲。**古穴切。眾經音義三引說文胡玦切。十五部。**廬江有決水出大別山。**地理志廬江郡雩婁：決水北至蓼入淮，又有灌水亦北至蓼入決。水經注：決水自安豐縣故城西北逕蓼縣故城東，又西北灌水注之，又北入於淮。決水即今史河，詳灌字下。按漢志六安國安豐縣下曰：禹貢大別在西南。許云決水出大別山，即安豐之大別山也。漢安豐今爲固始及霍丘。

[篆]灓扁流也。宋姚宏曰：戰國策王季歷葬於楚山之尾，灓水齧其墓。謂墓爲山尾扁流所沮敗也。孔衍春秋後語改爲鸞水，注云：宜鄗縣有鸞水。誤甚。王季葬鄗南。**从水䜌聲。**洛官切。十四部。

[篆]水注也。埤倉有渧字，讀去聲，即滴字也。**从水啻聲。**都歷切。十六部。

[篆]灌也。大雅曰：挹彼注茲。引伸爲傳注，爲六書轉注。注之云者，引之有所適也。故釋經以明其義曰注，交互之而其義相輸曰轉注。釋

泭ㄈㄨ 潢ㄏㄨㄤˊ 淜ㄆㄥˊ 𦨘○ 津ㄐㄧㄣ 澨ㄕˋ 湝ㄗㄜˊ 沃ㄨㄛˋ

故，釋言、釋訓皆轉注也。有假注爲咮者，如注星即咮星是也。**从水主聲。**之戍切。古音如豆，在四部。○按漢唐宋人經注之字無有作註者。明人始改注爲註，大非古義也。古惟註記字从言，如左傳敘諸所記註、韓愈文市井貨錢註記之類。通俗文云：記物曰註。廣雅：註，識也。古起居註用此字，與注釋字別。

[篆]溉灌也。自上澆下曰沃，故下文云澆者沃也。周禮、左傳皆言沃盥是也。水沃則土肥，故云沃土。水沃則有光澤，故毛傳云沃沃，壯佼也；又云沃，柔也。**从水芺聲。**烏酷切。古音在二部。隸作沃。

[篆]所以攤水也。攤當作雝塞也。廣雅曰：湝，隁也。**从水昔聲。**所責切。古音在五部。衛志倉故反。**漢律曰：及其門首洒湝。**蓋謂墊水於人家門前有妨害也。

[篆]埤增水邊土人所止者。土部曰：埤，增也；增，益也。酈善長曰：左傳文十六年楚軍次於句澨，定四年左司馬戌敗吳師於雍澨，昭二十三年司馬薳越縊於薳澨。服虔或謂之邑，又謂之地。京相璠、杜預亦云水際及邊地名也。今南陽淯陽二縣之閒，淯水之濱，有南澨、北澨矣。**从水筮聲。**筮，小篆作簭。時制切。十五部。**夏書曰：過三澨。**禹貢文。水經曰：三澨地在南郡邔縣北沱。酈注云：地說曰沔水東行過三澨合流，觸大別山阪。故馬融、鄭元、王肅、孔安國等咸以爲三澨水名也，惟許慎說異。按水經釋爲地，與許合。水經者，或謂桑欽所作。然則許正用孔氏古文尚書說也。

[篆]水渡也。商書微子曰：若涉大水，其無津。俗本妄增涯字。按經傳多假借津爲盡潤字，周禮其民黑而津是。**从水𦘔聲。**將鄰切。十二部。隸省作津。**[篆]古文津从舟淮。**按當是从舟，从水，進省聲。

[篆]無舟渡河也。小雅傳曰：徒涉曰馮河，徒搏曰暴虎。爾雅釋訓、論語孔注同。淜正字，馮假借字。**从水朋聲。**皮冰切。六部。

[篆]小津也。謂渡之小者也，非地大人衆之所。小一作水，非。**从水橫聲。**戶孟切。按玉篇戶航切爲長。古音在十部。**一曰以船渡也。**方言曰：方舟謂之潢。郭云：楊州人呼渡津航爲杭，荊州人呼潢，音橫。廣雅：潢，筏也。

[篆]編木以渡也。周南：江之永矣，不可

渡ㄉㄨˋ 沿ㄧㄢˊ 泝ㄙㄨˋ 遡。洄ㄏㄨㄟˊ 泳ㄩㄥˇ 潛ㄑㄧㄢˊ

方思傳曰方泭也卽釋言之舫泭也爾雅字多從俗毛釋木曰大夫方舟士特舟庶人乘泭方言曰泭謂之䉵䉵謂之筏筏秦晉之通語也廣韵曰大曰䉵小曰泭按論語乘桴于海假桴爲泭也凡竹木蘆葦皆可編爲之今江蘇四川之語曰䉵 从水付聲。芳無切古音在四部

濟也。上文濟篆下無此義此補見邶風傳曰濟渡也方言曰過度謂之涉濟凡過其處皆曰渡假借多作度天體三百六十五度謂所過者三百六十五也 从水度聲。徒故切五部

緣水而下也。禹貢沿于江海達于淮泗鄭本沿作松字之誤也馬本作均依今文尚書也均者沿之假借字如三年閒反巡過其故鄉若鄉巡作鉛假鉛爲巡其理一也 从水㕣聲。與專切十四部㕣古文沿 春秋傳曰王沿夏。左傳昭十三年曰王沿夏將欲入鄢

逆流而上曰㴑洄。秦風傳曰逆流而上曰遡洄順流而涉曰遡游釋水同涉作下 㴑向也。向當作鄉淺人所改也漢人書向背字皆作鄉不作向中庸素隱注曰素讀爲攻城攻其所傃之傃傃猶鄉也按遡者從其朔傃者從其素故字从朔从素 水欲下違之而上也。此釋洄字之義洄違疊韵 从水㴑聲。桑故切五部

㴑或从辵朔。朔亦聲也

㴑洄也。从水回聲。以形聲包會意戶灰切十五部

潛行水中也。周南不可泳思釋水毛傳皆曰潛行爲泳下文云潛涉水也涉徒行厲水也 从水永聲。爲命切古音在十部

涉水也。上文云潛行水中對下文浮行水上言之邶風傳云由厀以上爲涉然則言潛者自其厀以下沒於水言之所謂泳也左傳哀十七年越子以三軍潛涉又按潛汓等字後人不甚分明若水經注江水篇云有潛客泳而視之見水下有兩石牛此則謂潛全沒水中矣 一曰藏也。此今日通行義釋言曰潛深也方言曰潛涵沈也 从水朁聲。昨鹽切七部 一曰漢爲潛。釋水文劉逵注蜀都賦云禹貢梁州沱潛既道有水從漢中沔陽縣南流至梓潼漢壽縣入大穴中通岡山下西南潛出今名伏水舊說云禹貢潛水也郭樸

淦ㄍㄢˋ 汵。泛ㄈㄢˋ 汓ㄑㄧㄡˊ 泅。砅ㄌㄧˋ 濿。湊ㄘㄡˋ 湛ㄓㄢˋ

爾雅音義同此說

水入船中也。水入船中必由朕而入淦者浸淫隨理之意 从水金聲。古暗切古音在七部 一曰泥也。謂塗泥

淦或从今。今聲

浮也。邶風曰汎彼柏舟亦汎其流上汎謂汎汎浮皃也下汎當作泛浮也汎泛古同音而字有區別如此左傳僖十三年汎舟之役亦當作泛 从水乏聲。孚梵切古音在七部

浮行水上也。若今人能划水者是也列子曰習於水勇於泅 从水子。子猶小也浮於水上望之甚小也似由切三部 古文或以汓爲沒字。此古文小篆之別也其義其音其形皆別矣按善水者或沒或浮皆無不可則不妨同字同音也

汓或从囚聲。

履石渡水也。謂若今有水汪甃瓴石而過水之至小至淺者也 从水石。會意力制切十五部 詩曰深則砅。此稱邶風言假借也毛詩曰深則厲釋水曰以衣涉水爲厲又曰繇帶以上爲厲此竝存二說也毛傳依之定本改云以衣涉水爲厲謂由厀以上也合爲一說謬矣履石渡水乃水之至淺尚無待於揭衣者其與深則厲絕然二事明矣厲砅二字同音故詩容有作砅者許稱以明假借如尚書以作弦爲作好以莫席爲蔑席之比經典釋文引韓詩至心曰厲玉篇作水深至心曰砅至心卽由帶以上之說也葢韓詩作深則砅許稱之與戴先生乃以橋梁說砅如其說許當徑云石梁不當云履石渡水矣詩言深則厲淺則揭喻因時之宜倘深待石梁則有不能渡者矣禹貢厲砥亢應引作砅砥僞說命用汝作厲未序國語補音引詩作砅汗簡云砅古文濿此可見古假砅爲厲非一處矣

砅或从厲。厲者石也從水厲猶從水石也引伸之爲凡渡水之偁如大人賦云橫厲飛泉以正東是也字多作厲○厲旣改作厲則此亦當作濿

水上人所會也。引伸爲凡聚集之偁 从水奏聲。倉奏切四部

沒也。古書浮沈字多作湛湛沈古今字沈又沈之俗也下文云沒湛也二字轉注 从水甚聲。按直林切七部大徐宅減切未知古義古音也凡湛字引伸之義甚多其音不一要其古音則同直林切

湮休沒溾滃泱淒渰溟涑瀑澍湒濟潦濩涿

湛° 湮 休 沒 溾 滃 泱 淒 渰

而已一曰湛水豫州浸。州各本作章今依地理志注集韵所引訂正職方氏荆州其浸潁湛豫州其浸波溠許系溠於荆系湛於豫蓋以正經文之互譌也鄭注云湛未聞許系諸豫蓋必實有所指矣水經汝水篇注曰汝水又東南逕繁巨城南而東南出湛水出犨縣北魚齒山西北東南流歷魚齒山爲湛浦春秋傳襄十六年楚晉戰於湛阪蓋卽湛水以名阪也又東南逕蒲城北又東入汝周禮鄭注曰未聞蓋偶有不照按許意亦正謂斯水也杜元凱云昆陽縣北有湛水東入汝今河南南陽府葉縣北二十里有昆陽城 湛古文

湮沒也。釋詁湮落也落與沒義相近 从水垔聲。於眞切十二部

休沒也。此沈溺之本字也今人多用溺水水名字爲之古今異字耳玉篇引孔子曰君子休於口小人休於水顧希馮所見禮記尚作休 从水人讀與溺同。奴歷切古音蓋在二部

沒湛也。湛各本作沈淺人以今字改之也今正沒者全入於水故引伸之義訓盡小雅曷其沒矣傳云沒盡也論語沒階孔安國曰沒盡也凡貪沒乾沒皆沈溺之引伸 从水𠬛聲。莫勃切十五部

溾沒也。从水畏聲。烏恢切十五部按此字疑後人所增

滃雲气起也。易林潼滃蔚薈扶首來會謂雲起也江賦氣滃渤以霧杳有假翁爲滃者周禮醯齊注盎猶翁也成而翁翁然蔥白色 从水翁聲。烏孔切九部

泱滃也。射雉賦天泱泱以垂雲善曰毛詩英英白雲毛萇曰英英白雲皃泱與英古字通按泱滃雙聲 从水央聲。於良切十部徐爰曰音英音之轉也

淒雨雲起也。各本作雲雨誤今依初學記太平御覽正雨雲謂欲雨之雲唐人詩晴雲雨雲是也按詩曰淒其以風毛傳淒寒風皃又曰風雨淒淒蓋淒有陰寒之意小雅有渰淒淒皃急雨欲來之狀未嘗不兼風言之許以字从水但謂之雨雲 从水妻聲。七稽切十五部 詩曰有渰淒淒。今詩作萋萋非也呂覽漢書玉篇廣韵皆作淒淒

渰雨雲皃。各本作雲雨皃今依初學記太平御覽正毛傳曰渰雲興皃顏氏家訓定本集注作陰雲恐許所據徑作雨雲渰漢書作黤按有渰淒淒

溟 涑 瀑 澍 湒 濟 潦 濩 涿

謂黑雲如鬌淒風怒生此山雨欲來風滿樓之象也既而白雲彌漫風定雨甚則興雲祁祁雨我公田也詩之體物瀏亮如是 从水弇聲。衣檢切七部

溟小雨溟溟也。太元經密雨溟沐玉篇曰溟濛小雨莊子南溟北溟其字當是本作冥 从水冥聲。莫經切十一部

涑小雨霝皃。霝各本作零今正涑涑亦雨聲 从水束聲。所責切十六部俗作潄

瀑疾雨也。暴疾有所趣也故从水从暴爲疾雨 从水暴聲。平到切二部 詩曰終風且瀑。詩邶風文按毛詩終風且暴傳曰暴疾也卽指風言許所據蓋三家詩 一曰沫也。沫一作沬誤馬融長笛賦曰山水猥至㵣瀑噴沫噴沫水跳沫也㵣瀑噴沫皃蜀都賦亦曰龍池㵣瀑漬其隈漬當作噴江賦曰拊拂瀑沫 一曰瀑霣也。雨部曰霣雨也齊人謂靁爲霣

澍時雨也所以樹生萬物者也。依魏都賦注後漢明帝紀注補五字樹舊譌澍今正樹澍以疊韵爲訓雝蜀父老曰羣生澍濡 从水尌聲。常句切古音在四部

湒雨下也。廣雅云湒湒雨也毛詩其角湒湒宋本釋文如是假借爲角皃 从水咠聲。姊入切七部 一曰沸涌皃。上文云湁湒湁也

濟久雨涔資也。亦作涔潰 一曰水名。廣韵曰在常山郡 从水資聲。才私切又卽夷切十五部

潦雨水也。各本作雨水大皃今依詩采蘋正義文選陸機贈顧彥先詩注衆經音義卷一訂曲禮釋文亦曰雨水謂之潦雨水謂雨下之水也左傳曰水潦將降召南于彼行潦傳曰行潦流潦也按傳以流釋行服注左傳乃云道路之水趙注孟子乃云道旁流潦以道釋行似非潦水流而聚焉故曰行潦不必在道旁也 从水尞聲。盧皓切二部俗借澇水字爲之

濩雨流霤下皃。皃宋本無非霤屋水流下也今俗語評簷水溜下曰滴濩乃古語也或假濩爲鑊如詩是刈是濩是也或假爲護如湯樂名大濩是也 从水蒦聲。胡郭切五部

涿流下滴也。周禮壺涿氏注壺瓦鼓也涿擊之也按擊瓦鼓之聲如滴然故曰壺涿今俗謂一滴

𣅄 瀧 渿 滈 漊 溦 濛 沈 洅

日一涿音如篤卽此字也又作沰音當洛反廣雅沰磓也隹㝫書上火不落下火滴沰周禮掌舍注云柜受居溜水涑橐者也橐卽沰之假借 从水豖聲。竹角切古音在三部 上谷有涿鹿縣。鹿字各本奪今補涿縣在涿郡不在上谷也地理志上谷郡涿鹿今涿鹿故城在直隸宣化府保安州南明志謂之軒轅城涿郡涿今涿縣故城在順天府涿州州治

奇字涿。古文奇字也 从日乙。从日者謂於日光中見之乙葢象滴下之形非甲乙字

雨瀧瀧也。也大徐作皃今依小徐及廣韻瀧瀧雨滴皃也音轉讀爲湏湏平聲方言曰瀧涿謂之霑漬郭云瀧涿猶瀨滯也瀨滯當作瀑滯埤倉云滯瀑瀧也通俗文云霝滴謂之瀑滯又廣韻集韻皆云瀧涷沾漬也瀧涷卽瀧涿也荀卿書東籠而退楊倞云東籠卽瀧涷 从水龍聲。力公切九部

渿沛也。玉篇同未聞一本作沛之廣韻集韻類篇同亦未聞按渿沛當係瀑滯之字譌又佚滯篆耳與上文三篆同義故廁於此 从水柰聲。奴帶切十五部瀑郎計切滯都計切今俗語多如此

久雨也。引伸爲水皃上林賦翯乎滈滈吳都賦滈汗六州之域借爲京兆鎬水字 从水高聲。乎老切二部

雨漊漊也。漊漊猶縷縷也不絕之皃 一曰汝南人。廣韻有人字 謂飲酒習之不醉曰漊。曰字依韻會訂謂不善飲者每日飲少許久久習之漸能不醉其方言曰漊 从水婁聲。力主切古音在四部

小雨也。今人槩作微廣韻集韻皆曰溦溦小雨按爾雅谷者溦假借字也 从水敳聲。各本作微省聲今正無非切十五部

溦雨皃。溦各本作微今正皃各本作也今依玉篇正溦濛濛三字一讀之轉豳風曰零雨其濛傳云濛雨皃廣韻空濛小雨廣雅作霥霥俗字也 从水蒙聲。莫紅切九部

陵上滈水也。謂陵上雨積停潦也古多假借爲湛沒之湛如小雅載沈載浮是又或借爲瀋字檀弓爲榆沈是也 从水冘聲。直深切又尸甚切八部 一曰濁黕也。黑部曰黕滓垢也黕沈同音通用

靁震洅洅也。从水靁震雨中故从水再聲。作代切一部

淊 涵 洳 瀀 涔 漬 漚 浞 渥 漼

泥水淊淊也。从水舀聲。胡感切八部 一曰繅絲湯。繅絲必用湯湯名曰淊

水澤多也。所受潤澤多也 从水圅聲。胡男切七部 詩曰僭始旣涵。小雅巧言文傳曰僭數涵容也按涵訓容者就受澤多之義而引伸之

漸溼也。魏風彼汾沮洳傳曰汾汾水也沮洳其漸洳者洳澤間字沮子預反猶溼也 从水挐聲。人庶切五部

澤多也。與優義近瞻卬傳曰優渥也優卽瀀之假借矣 从水憂聲。於求切三部 詩曰旣瀀旣渥。小雅信南山文今詩作優

漬也。淮南書牛蹄之涔謂水之漬於牛跡中者也毛詩潛有多魚韓詩作涔爾雅曰槮謂之涔毛傳曰潛槮也說者云槮卽罧字韓詩曰涔魚池也此皆涔之別義 从水岑聲。鉏箴切七部 一曰涔陽渚在郢。屈原九歌望涔陽兮極浦王逸曰涔陽江碕名附近郢按許曰在郢王曰附近郢許云渚名王云江碕名皆不云有涔水謂近郢漬大江之洲漬耳近儒說未可信

漚也。謂浸漬也古多假爲骴字公羊傳大瘠禮記注引作大漬公羊傳瀸者何漬也衆殺戍者也周禮蜡氏掌除骴故書骴作脊鄭司農云脊讀爲漬謂死人骨也漢志國亡捐瘠孟康曰肉腐爲瘠按骴漬脊瘠四字古同音通用當是骴爲正字也 从水責聲。前智切十六部

久漬也。言久漬者略別於漬也上統言此析言互相足也陳風可以漚麻傳曰漚柔也考工記漚其絲注曰楚人曰漚齊人曰涹或假漚字爲之如左傳鄁人漚菅者周禮注引作繪人漚菅是也 从水區聲。烏候切四部

小濡皃也。濡者溼也上文濡篆下來擧此義故此及雨部補見小雅曰旣霑旣足藍足卽浞之假借也 从水足聲。士角切古音在三部

霑也。小雅旣優旣渥考工記欲其柔滑而腥脂之注腥讀如沾渥之渥按渥之言厚也濡之深厚也邶風傳曰渥厚漬也 从水屋聲。於角切古音在三部

灌也。漼與洪義同 从水崔聲。尸角切又公沃

洽ㄑㄧㄚˋ 濃ㄋㄨㄥˊ 瀌ㄅㄧㄠ 溓ㄌㄧㄢˊ 濂。泐ㄌㄜˋ 滯ㄓˋ 泜ㄓˇ

切三部 洽 霑也。大雅民之洽矣傳曰洽合也此謂毛詩假洽爲合也釋詁曰郃合也郃卽洽毛詩在洽之陽稱引者多作在郃之陽是也 从水合聲。侯夾切七部 濃 露多也。小雅蓼蕭傳曰濃濃厚皃按酉部曰醲厚酒也衣部曰襛衣厚皃凡農聲字皆訓厚 从水農聲。女容切九部 詩曰。零露濃濃。瀌 瀌瀌雨雪皃。依韵會所據小徐本訂小雅角弓曰雨雪瀌瀌見晛曰消廣雅瀌瀌雪也劉向傳作麃 从水麃聲。甫嬌切二部 溓 溓溓薄仌也。溓溓二字依文選注補潘岳寡婦賦曰水溓溓以微凝按食部鎌下云讀若風溓溓益當云讀若風溓之溓風溓謂風之蹇凌也 或曰中絕小水。玉篇廣韵作大水中絕小水出也當是古人所見完本後奪誤爲四字耳謂大水中絕小水之流而出也八字一句公羊傳曰周公盛魯公燾羣公溓何以書盛者新穀燾者冒也故上以新也溓者連新於陳上財令半相連耳此溓引伸之義也公羊疏本作溓今本公羊作廩誤鄭注周易引羣公溓見詩采薇正義 又曰淹也。晁以道云唐本有此四字楊上善注素問云溓水靜也於此義相近淹篆下無此義於此補見 从水兼聲。力鹽切七部按宋晁以道所據唐本力兼反楊上善素問注廉檢反李善文選注力檢反 濂 或从廉。晁以道云唐本有見樓攻媿集 泐 水之理也。各本水下有石字今刪自部曰阞地理也从自木部曰朸木之理也从木然則泐訓水之理从水無疑矣淺人不知水有理又見下文引周禮說石乃妄增一字水理如地理木理可尋其字皆从力力者人身之理也 从水阞聲。形聲包會意也大徐無聲字盧則切一部 周禮曰。石有時而泐。考工記文石隨其理而解散石之理如水之理故借用泐字水理猶地理故泐以阞會意形聲 滯 凝也。凝俗冰字周禮廛人凡珍異之有滯者鄭司農云貨物沈滯於廛中不決泉府貨之滯於民用者故書滯爲癉杜子春云癉當爲滯 从水帶聲。直例切十五部 泜 箸止也。箸直略切箸止有所箸而止也土部坻下曰箸也與此字皆从氐徐楚金引左傳物乃坻伏按左傳自作坻伏杜曰坻止也尋其義當作坻與泜義略同蓋唐宋以來氏氐溷淆多矣 从水氐聲。按玉篇之是切廣韵諸氏切十六部大徐直尼切誤認爲坻字耳

十一篇上二

㶁ㄍㄨㄛˊ 澌ㄙ 汔ㄑㄧˋ 涸ㄏㄜˊ ⿰氵⿰鹵舟。消ㄒㄧㄠ 潐ㄐㄧㄠˋ 渴ㄐㄧㄝˊ 漮ㄎㄤ 溼ㄕ

㶁 水裂去也。謂水分裂而去也韓愈文用㶁㶁字 从水虢聲。古伯切古音在五部 澌 水索也。方言曰澌索也郭注云盡也按許說其本義楊說其引伸之義也索訓盡者索乃之假借字入室搜索有盡意也方言曰鏃賜也賜者澌之假借亦作賜 从水斯聲。息移切十六部 汔 水涸也。大雅民勞傳曰汔危也周易汔至亦未繘井小狐汔濟虞翻曰汔幾也皆引伸之義水涸爲將盡之時故引伸之義曰危曰幾也 从水气聲。許訖切詩音義引說文巨乞反十五部 或曰泣下。別一義 詩曰。汔可小康。前說引伸之義 涸 渴也。渴盡也渠列切釋詁曰涸渴也俗本作竭月令仲秋之月水始涸 从水固聲。讀若狐貈之貈。按貈从舟聲今人以貉爲之音下各切別作貊字音莫白切皆非古也此涸下當云讀若貉恐音既變之後桑經改竄耳下各切五部 ⿰氵⿰鹵舟 涸亦从水鹵舟。未聞其意 消 盡也。未盡而將盡也 从水肖聲。相幺切二部 潐 盡也。荀卿書其誰能以己之潐潐受人之搉搉者哉楊倞曰潐盡也潐潐謂竊盡明於事猶楚辭之察察 从水焦聲。子肖切二部按焦者火所傷義近盡故訓盡則以焦會意 渴 盡也。渴竭古今字古水竭字多用渴今則用渴爲㵣字矣 从水曷聲。佩觿曰說文字林渴音其列翻按大徐苦葛切非也十五部 漮 水虛也。爾雅音義引作水之空也蓋許用釋爾雅舊說故爲分別之詞釋詁曰漮虛也虛師古引作空康者穀皮中空之謂故从康之字皆訓爲虛歁下曰饑虛也㝩下曰屋㝩㝗也詩酌彼康爵箋云康虛也方言曰康空也長門賦㯓梁虛梁也急就篇顏注曰⿰車康謂輿中空處所用載物也水之空謂水之中心有空處 从水康聲。苦岡切十部 溼 幽溼也。从一。句 覆也。覆土而有水故溼也。凡溼之所从生多生於上有覆而氣

十一篇上二

湆　洿　汙　湫　潤　準

不漢故从一上水會意从㬎省聲失入切七部今字作濕

湆幽溼也从水音聲去急切七部五經文字云湆從泣下月大羹也湆從泣下日幽深也今禮經大羹相承多作下字或傳寫久譌不敢改正按湆字不見於說文則未知張說何本儀禮音義引字林云湆羹汁也玉篇廣韵同然則本無異字肉之精液如幽溼生水也廣雅羹謂之脏皆字之或體耳

洿濁水不流也服虔注左傳云水不流謂之汙按汙卽洿之假借字孟子梁惠王作洿滕文公作汙元應引說文濁水不流池也引字林濁水不流曰洿宜有池為長一曰窊下也窊本作窳今改从水夸聲哀都切五部

汙薉也艸部曰薉者蕪也地云蕪薉水云汙薉皆謂其不潔清也此冢上濁水不流池類言之大徐本移涗篆於汙篆前不知下文潤涗涗類列略同方言廁於此則非其次矣从水亏聲烏故切按當哀都切五部義與洿略同一曰小池為汙池之小者汙池見孟子滕文公一曰涂也與杅義略同木部曰杅所以涂也

湫隘下也當作湫隘湫下也此舉左傳湫隘字而釋湫如毛傳云文茵文虎皮也之例杜預亦云湫下隘小下文增訓高燥為湫之反昭三年左傳服注湫愁也十二年杜注湫愁隘也皆引伸之義一曰有湫水在周地未聞春秋傳曰晏子之宅湫隘事見左傳昭三年安定朝那有湫淵淵各本作泉唐人避諱改也今正安定郡朝那二志同朝追輸切朝那故城在今甘肅平涼府附郭平涼縣西北前志云有湫淵祠蘇林云淵方四十里停不流冬夏不增減不生艸木一統志曰朝那湫今在平涼府固原州西南从水秋聲子了切又卽由切三部

潤水曰潤下語見洪範从水閏聲如順切十三部

準平也謂水之平也天下莫平於水水平謂之準因之製平物之器亦謂之準漢志繩直生準準者所以揆平取正是也因之凡平均皆謂之準考工記準之然後量之易繫辭易與天地準是也从水隼聲之允切按隼卽雖字雖从隹聲準古音在十五部讀之壘切考工記故書準作

汀　汓（杻。）　瀵　淖　瀞　濺　泧　洎

水準五經文字云字林作淮按古書多用淮蓋魏晉時恐與淮字亂而別之耳

汀平也謂水之平也水平謂之汀因之洲渚之平謂之汀李善引文字集略云水際平沙也乃引伸之義耳从水丁聲他丁切十一部

汀或从平

汓水吏也謂水駛也駛疾也其字在說文作駛不解者譌為吏耳一本作利義同錢氏大昕云吏當作文海賦踧汓注云蹙聚也廣韵云蹜汓水文聚踧蹜同按廣韵上聲人九切引說文同入聲女六切云水文聚又溫也从水丑聲人九切三部

瀵水漫也漫各本作浸今依集韵訂說文水部無浸當作曼曼者引也瀵者水之引而息出也曼瀵聲類相近从水糞聲讀若粉方問切廣韵匹問切十三部爾雅曰瀵大出尾下釋水文郭云今河東汾陰縣有水口如車輪濆沸涌出其深無限名之曰瀵郃陽縣復有瀵亦如之相去數里而夾河河中陼上又有一瀵瀵源皆潛相通按地理志上谷郡潘縣師古普半反全氏祖望據水經注河水過蒲阪下引帝王世紀曰舜都蒲阪或言都平陽及瀵正前志潘當作瀵

淖新也謂水色新也如玉色鮮曰玼廣韵曰新水狀也从水辠聲七辠切十五部

瀞無垢薉也此今之淨字也古瀞今淨是之謂古今字古籍少見韵會云楚辭收潦而水清注作瀞按今文選本作百川靜洪興祖本作百川清皆與黃氏所見異古書多假清為瀞从水靜聲疾正切十一部

濺濺滅二字各本奪今依全書例補飾滅皃飾各本作拭今正又部曰㕞飾也巾部曰飾㕞也許書無拭字飾拭古今字今本說文又部作拭而五經文字所引不誤拭滅者拂拭滅去其痕也濺滅今京師人語如此音如麻沙釋名曰摩娑猶末殺也手上下之言也巾部幭字下曰讀如末殺之殺末殺字林作抹摋卽濺滅也異字而同音義从水蔑聲莫達切古在十二部入聲

泧濺泧也从水戉聲讀若椒樧之樧按音所八切十五部大徐云火活切非也

洎灌釜也灌者沃也沃今江蘇俗云燠烏到切廣韵三十七號窔燠釜以水添釜也周禮士師

湯ㄊㄤ 渜ㄋㄨㄢˇ 洝ㄢˋ 洏ㄦˊ 涗ㄕㄨㄟˋ 涫ㄍㄨㄢˋ 涾ㄊㄚˋ 汏ㄊㄞˋ

洎鑊水注云洎謂增其沃汁呂覽多洎之少洎之左傳去其肉而以其洎饋正義云洎者添釜之名添釜以爲肉汁遂名肉汁爲洎从水自聲。其冀切按當依釋文其器反十五部

湯 熱水也。从水昜聲。土郎切十部又始陽切湯湯水盛

渜 湯也。士喪禮渜濯棄于坎注沐浴餘潘水渜作涤作涤荆沔之間語疏潘水既經溫煑謂之渜已將沐浴謂之濯。今北方㵒河漢志水經作灡水乃官切正渜之誤耳耎多譌濡濡詳手部渜洝古皆平聲猶安雖从水耎聲。乃管切十四部

洝 渜水也。日部曰安雖溫也然則洝渜猶安雖皆疊韵字从水安聲。烏旰切十四部

洏 洝也。洏與渜音近耎從而聲也从水而聲。如之切一部一曰煑孰也。肉部曰胹爛也然則洏與胹同也內則作濡蕃字之誤注曰凡濡謂煮之以汁和也

涗 財盈水也。考工記曰以涗水漚其絲注云故書涗作湄鄭司農云湄水溫水也元謂涗水以灰所泲水也玉裁按湄當作渜集韵云渜或作湄是也大鄭從渜故釋之曰溫水鄭從說故依禮記涗齊貴新之涗釋爲以灰所泲水其說殊矣許則字從涗而釋從大鄭依許說則內則祭統涗字不可解从水兌聲。輸芮切十五部周禮曰以涗漚其絲。

涫 灊也。春秋繁露燔以涫湯韓詩外傳作沸湯然則涫灊一也周禮注曰今燕俗名湯熱爲觀觀卽涫今江蘇俗語灊水曰滾水滾水卽涫語之轉也从水官聲。古丸切十四部酒泉有樂涫縣。二志同故城在今甘肅肅州高臺縣西北鎮夷城西南

涾 涫溢也。今河朔方言謂灊溢爲涾。河朔河北也从水沓聲。徒合切八部

汏 淅灡也。淅字廣文選注王元長擧秀才文注引無淅字可證士喪禮祝淅米于堂注淅汏也釋詁曰汏墜也汏之則沙礫去矣故曰墜也九章齊吳榜以擊汏吳大也榜櫂也言齊同用大櫂擊水而行如汏酒於水中也凡舟子之用櫂振力擊之乃徐拕之如汏然今蘇州人謂搖曳洒之曰汏音如俗語之大在箇韵从水大聲。徒蓋切十五部大徐云又代何切按凡沙汏淘汏用淅米之義引伸之或寫作汰多點者誤也若左傳汏侈汏輈字皆卽泰字之假借寫作汰者亦誤

灡ㄐㄧㄢˇ 淅ㄒㄧ 滰ㄐㄧㄤˋ 溲ㄙㄡ 浚ㄐㄩㄣˋ 瀝ㄌㄧˋ 漉ㄌㄨˋ 淥○ 潘ㄆㄢ

灡 淅也。從簡者柬擇之意從析者分別之意故二字轉注从水簡聲。古限切十四部

淅 汏米也。毛詩傳曰釋淅米也爾雅溞溞淅也孟子注曰淅漬米也凡釋米淅米漬米汏米瀾米淘米洮米漉米異稱而同事淅箕謂之籅从水析聲。先擊切十六部

滰 浚乾漬米也。自其方泟未淘言之曰漬米不及淘抒而起之曰滰乾音干从水竟聲。其兩切十部孟子曰孔子去齊滰淅而行。萬章篇文今滰作接當是字之誤

溲 浂沃也。浂沃各本作浸沃今依國語補音宋刊本訂浂沃者澆沃而汏酒之若今人言溲麪是也士虞禮明齊溲酒注明齊新水也言以新水溲釀此酒也此溲卽沃汏之義从水叜聲。疏有切三部

浚 抒也。抒者挹也取諸水中也春秋經浚洙孟子使浚井左傳浚我以生義皆同浚之則深故小弁傳曰浚深也从水夋聲。私閏切十三部

瀝 漉也。

从水歷聲。郎擊切十六部一曰水下滴瀝也。鉉本有一曰水下滴瀝六字鍇本無今按文選魯靈光殿賦李注引水下滴瀝之也則鉉本是許意瀝漉皆訓自下而上之滴瀝則爲自上而下之故殊其義

漉 浚也。月令仲春毋竭川澤毋漉陂池注順陽養物也从水鹿聲。盧谷切三部一曰水下皃也。鉉本無今依鍇本封禪文滋液滲漉後世言漉酒是此義

淥 漉或从彔。彔聲也考工記作盝三部

潘 淅米汁也。內則曰其間面垢燂潘請靧鄭云潘米瀾也按瀾者灡之省力旦反从水番聲。普官切十四部經典釋文芳袁反一曰潘水在河南滎陽。滎各本作滎誤今正滎陽故城在今河南開封府滎澤縣西南水經注濟水篇云晉書地道志濟自大伾入河與河水鬭南泆爲滎澤尚書滎波旣豬孔安國曰滎澤波水已成遏豬闞駰曰澤名也故呂忱曰播水在滎陽謂是水也昔大禹塞其淫水而於滎陽下引河東南以通淮泗按所引呂忱語謂字林也字林多本說文且說文字林之例手部播

字不應旁及水名然則字林正作潘字水在滎陽與說文合馬鄭王尚書皆作熒播謂卽滎澤許呂則潘別爲一水與熒爲二僞孔傳釋熒爲澤名波爲水名正同也鄭注周禮熒雒波溠爲四云波讀爲播引禹貢熒播旣都則注書一之注周禮亦二之矣僞孔本作波依周禮改尚書也許作潘謂潘其正字播其假借字也今潘水未聞

瀾　潘也。此字以從蘭與大波之瀾別而古書通用周禮槀人注雖其潘瀾戔餘不可褻內則注潘米瀾也从水蘭聲。洛干切十四部按周禮禮記音義皆云去聲

泔　周謂潘曰泔。今各處語言同此荀卿子曰曾子食魚有餘曰泔之从水甘聲。古三切古音在七部

滫　久泔也。荀卿子蘭槐之根是爲芷其漸之滫君子不近庶人不服其質非不美也所漸者然也大戴禮同謂久泔[illegible][illegible]也內則滫瀡注秦人溲曰滫此則別是溲液之類與久泔異實同名秦人方言也从水脩聲。息流切又思酒切三部

澱　滓垽也。釋器曰澱謂之垽土部曰垽澱也黑部曰顯謂之垽按顯與澱異字而音義同實則一字从水殿聲。堂練切十三部

十一篇上二

淤　澱滓濁泥也。方言水中可居爲洲三輔謂之淤其引伸之義也从水於聲。依據切五部

滓　澱也。釋名曰緇滓也泥之黑者曰滓此色然也廣雅曰澱謂之滓按古亦假滓爲緇从水宰聲。阻史切一部

淰　濁也。義與澱淤滓相類禮運曰龍以爲畜故魚鮪不淰注淰之言閃也凡云之言者皆假其音以得其義蓋濁其本義閃其引伸假借之義也衆經音義引埤倉淰水無波也杜詩山霧戎戎濕溪雲淰淰寒戎戎言其流動淰淰言其凝濇水無波之義之引伸也从水念聲。乃忝切七部禮記音義審閃二音

瀹　漬也。此蓋謂納於汙濁也故廁於此孟子瀹濟漯言浚治其汙濁也瀹與鬻同音而義近故皆假瀹爲鬻今人曰煠助甲切古人曰瀹亦作汋詳鬻部从水龠聲。以灼切二部

⿰氵⿱罒焦　釃酒也。釃下酒也卽今之漉酒也以筐曰釃一曰浚也。此亦同瀝漉義可兩兼从网水會意焦聲。讀若夏書天用剿絕。剿當依刀部作劋今本从力尤誤子小切二部

⿱殸水　側出泉也。側出者旁出如醡出然故其字與[illegible]滑爲類爾雅釋水曰氿泉穴出穴出仄出也毛傳側出曰氿泉許厂部曰厬仄出泉也厬與氿音同字異⿱殸水者厬之一名也从水殸聲。去挺切十一部殸籒文磬字。

湑　莤酒也。小雅伐木云釃酒有藇傳曰以筐曰釃以藪曰湑又云有酒湑我傳曰湑莤之也按毛許釃莤皆有別酉部云莤者禮祭束茅加於裸圭而灌鬯酒是爲莤與鄭大夫甸師注合是則毛傳湑訓以藪莤之藪謂艸如祭之用茅也故亦曰莤一曰浚也。此亦同漉瀝義可兩兼湑浚雙聲一曰露皃也。小雅蓼蕭云零露湑兮傳曰湑湑然蕭上露皃从水胥聲。私呂切五部詩曰。有酒湑我。又曰。零露湑兮。

湎　湛於酒也。湛各本作沈此等皆後人以習用改之耳沈休於酒周易所謂飲酒濡首亦不知節也韓詩云飲酒閉門不出客曰湎樂記流湎以忘本其引伸之義也从水面聲。彌兗切十四部按鄭注酒誥曰飲酒齊色曰湎

十一篇上二

大雅天不湎爾以酒箋云天不同女顏色以酒有沈湎於酒者是乃過也鄭意此字从面會意故釋云齊色謂同飮者至於同色也許則謂形聲周書曰。罔敢湎于酒。酒誥文

漿　酢漿也。周禮酒正四飲漿人掌共王之六飲皆有漿注云漿今之酨漿也內則注云漿酢酨也按酉部云酨酢漿也則漿酨二字互訓从水將省聲。卽良切十部

古文漿。从爿聲也

涼　薄也。涼廁於此者謂六飲之涼與漿爲類也鄭司農云涼以水和酒也元謂涼今寒粥若糗飯襍水也許云薄也蓋薄下奪一酒字以水和酒故爲薄酒此用大鄭說也引伸之爲凡薄之稱如職涼善背號多涼德毛杜皆云涼薄是也薄則生寒又引伸爲寒如北風其涼是也至字林乃云涼微寒也唐般敬順引之廣韵玉篇皆云涼俗凉字至集韵乃特出凉字注云薄寒曰涼从水京聲。呂張切十部

淡　薄味也。醲之反也酉部曰醲厚酒也又淊淡亦作淊淡水滿皃揚雄賦秬鬯泔淡應劭曰泔淡滿也按泔淡訓滿謂淡爲贍之假借从水炎聲。徒敢

涒　澆　液　汁　滒　灝　溢　洒　滌

切入部

涒食已而復吐之。未聞江賦[illegible][illegible]潤水兒从水君聲。他昆切十三部

爾雅曰。大歲在申曰涒灘。釋天文高誘曰涒大也灘循也萬物皆大循其情性也

澆沃也。沃爲澆之大澆爲沃之細故不類廁凡醲者澆之則薄故其引伸之義爲薄漢書循吏傳澆淳散樸从水堯聲。古堯切二部

液盡也。皿部曰盡气液也按樂記注曰永歎淫液歌遲之也考工記春液角鄭司農液讀爲醳謂重醳治之此皆引伸之義也从水夜聲。羊益切古音在五部

汁液也。古經傳多假汁爲叶方言曰斟協汁也北燕朝鮮冽水之閒曰斟自關而東曰協關西曰汁此兼瀋汁和叶而言如台朕賚畀卜陽予也之例汁液必出於和協故其音義通也从水十聲。之入切七部漢汁邡縣用此字

滒多汁也。淮南原道訓曰甚淖而滒高云滒亦淖也饘粥多瀋者曰滒讀歌謳之歌按今江蘇俗語謂之稠也从水哥聲。讀若哥。古俄切十七部

灝豆汁也。豆者未从水顥聲。乎老切二部廣韵曰灝溔水勢遠也

溢器滿也。禮經一溢米注二十兩曰溢按謂二十兩溢者謂滿於一斤十六兩之外也後人因製鎰字从水益聲。以形聲包會意也夷質切古音在十六部

洒滌也。下文云沬洒面也浴洒身也澡洒手也洗洒足也今人假洗爲洒非古字按古有假洒爲峻陗之峻者如詩新臺有洒爾雅望匽洒而高岸夷上洒下漘毛詩洒高峻也从水西聲。先禮切按西聲當在古音十三部古文㠯爲灑埽字。各本奪㠯字今依全書通例補凡言某字古文以爲某字者皆謂古文假借字也洒灑本殊義而雙聲故相假借凡假借多疊韵或雙聲也毛詩洒埽四見傳云洒灑也鄭注周禮隸僕韋注國語皆同皆釋假借之例若先鄭云洒當爲灑則以其義分而正之以漢時所用字正古文也

滌洒也。皿部曰盪滌器也引伸爲凡清滌之習如七月傳曰滌場埽地雲漢傳曰滌滌旱氣也山無木川無水是从水條聲。徒歷切古音在二部周禮條狼氏樂記條蕩其聲皆假條爲滌周禮凡酒脩酌假脩爲滌也

瀸　瀋　渳　⿰氵篡　漱

瀸和也。小雅爾羊來思其角濈濈傳曰聚其角而息濈濈然也按毛意言角之多益言聚而和也如輯之訓聚兼訓和从水戢聲。阻立切七部

瀋汁也。左傳哀三年曰無備而官辦者猶拾瀋也杜云瀋汁也陸德明云北土呼汁爲瀋按禮記檀弓爲榆沈假沈爲瀋从水審聲。昌枕切七部春秋傳曰猶拾瀋也。按瀋篆當廁於汁篆下乃得其次寫者亂之耳玉篇廁於液灝之下

渳飲歃也。周禮王崩大肆以秬鬯渳杜子春讀渳爲泯以秬鬯浴屍也按浴屍則斆屍口鼻與飲歃義相近从水弭聲。緜婢切十六部

⿰氵篡飲歃也。歃歠也从水篡聲。各本篆作潠解作巽聲今按玉篇廣韵皆作⿰氵篡知古說文如此作集韵類篇始誤从俗本說文耳衫洽切又先活切宋本皆如此今各本衫洽改作巽俗古音在十四部卽今之涮字也涮所患切一曰吮也。吮欶也

漱盪口也。漱者欶之大也盪口者吮刷其口中也曲禮諸母不漱裳假漱爲湅也从水欶聲。以形

泂　滄　⿰氵靚　淬　沐　沬

聲包會意所右切三部

泂滄也。此義俗从仌作泂篇韵泂皆訓冷是也大雅泂酌彼行潦毛曰泂遠也此謂泂卽迥之假借从水冋聲。戶褧切十一部

滄寒也。周書周祝解曰天地之閒有滄熱列子湯問一兒曰日初出滄滄涼涼仌部滄字音義同从水倉聲。七岡切十部

⿰氵靚冷寒也。冷寒者冷之寒同寒而有別也世說新語曰劉眞長始見王丞相時盛暑之月丞相以腹熨彈棊局曰何乃渹劉既出人問見王公云何劉曰未見他異惟聞作吳語耳注云吳人以冷爲渹太平御覽引此事渹作⿰氵靚集韵類篇皆云⿰氵靚渹二同楚慶切吳人謂冷也今吳俗謂冷物附他物其語如鄭國之鄭卽⿰氵靚字也从水靚聲。七定切十一部廣韵楚敬切

淬滅火器也。滅火器者蓋以器盛水濡火使滅其器謂之淬與火部之焠義略相近故焠通作淬从水卒聲。七內切十五部

沐濯髮也。引伸爲芟除之義如管子云沐涂樹之枝釋名云沐禿無上兒之稱从水木聲。莫卜切三部

沬洒

頮。　浴ㄩˋ　澡ㄗㄠˇ　洗ㄒㄧㄢˇ　汲ㄐㄧˊ　淳ㄔㄨㄣˊ　淋ㄌㄧㄣˊ　渫ㄒㄧㄝˋ

面也 律歷志引顧命曰王乃洮沬水師古曰沬洗面也禮樂志霑赤汗沬流赭晉灼曰沬古靧字檀弓瓦不成味鄭云味當作沬沬靧也疾此沬謂瓦器之沬如洗面之光澤也 从水未聲 荒內切十五部

頮 古文沬从𠬞水从頁 各本篆作湏解作从頁今正尚書王乃洮頮水釋文曰說文作沬云古文作頮文選頮血飲泣李注曰頮古沬字李注本作古文沬字奪文耳陸語允可證說文作頮從兩手匊水而洒其面會意也內則作靧從面貴聲蓋漢人多用靧字沬頮本皆古文小篆用沬而頮專爲古文或奪其𠬞因作湏矣

浴 洒身也 老子浴神不死河上公曰浴養也夏小正黑鳥浴浴也者飛乍高乍下也皆引伸之義也 从水谷聲 余蜀切三部

澡 洒手也 皿部曰盥澡手也儒行篇曰澡身而浴德其引伸之義按或假繰爲澡如禮記繅斿繅纓是荀卿又作慅纓 从水喿聲 子晧切二部

洗 洒足也 洒俗本作灑誤今依宋本正內則曰面垢燂潘請靧足垢燂湯請洗此洒面曰靧洒足曰洗之證也洗讀如跣足之跣自後人以洗代洒滌字讀先禮切沿至近日以洒代灑轉同詩禮之用矣 从水先聲 穌典切十三部

汲 引水也 各本有於井二字今依元應引及玉篇訂其器曰缾曰罋其引之繩曰綆曰繘井九三曰可以汲引伸之凡擢引皆曰汲廣雅曰汲取也古書多用汲汲爲彶彶同音假借 从及水 本作从水从及今訂 及亦聲 居立切七部小徐本从水及聲

淳 渌也 上文曰渌或灑字似淳淋二篆宜類廁恐轉寫者亂之也內則考工記注皆曰淳沃也按㡛氏而沃之即上文之灑淳其帛也內則淳熬淳毋之名因沃之以齊也然則許云渌也謂渌之後一義 从水𦎫聲 常倫切按當依經典釋文之純反常倫乃不澆之訓純醇二字之假借也假借行而本義廢矣十三部

淋 以水沃也 今俗語皆爾郭樸注三倉曰淋漉水下也 从水林聲 力尋切七部 一曰淋淋山下水也 謂山下其水也與下文決下水也義同七發曰洪淋淋焉若白鷺之下翔

渫 除去也 井九三曰井渫不食荀爽曰渫去穢濁清潔之意也按凡言泄漏者即此義之引伸變其字爲泄耳 从水枼聲 私列切十五部按枼聲或在十五部或在八部蓋二部之通融雖以枝數葉从世聲

澣ㄏㄨㄢˇ　浣。　濯ㄓㄨㄛˊ　涑ㄙㄨˋ　潎ㄆㄧˋ　𣽊ㄇㄤˊ

澣 濯衣垢也 周南箋云澣謂濯之半澣曰湔見上文 从水榦聲 胡玩切十四部篇韻皆上聲按作澣者今俗字也

浣 今澣从完 小徐本如此按儀禮古文假浣爲盥公羊傳亦有此字

濯 澣也 崧高傳曰濯濯光明也靈臺傳曰濯濯娛遊也皆引伸之義也有假洮爲濯者如鄭注顧命之洮爲澣衣成事是也周禮故書以濯爲祧爾雅以濯爲珧史漢以輯濯爲楫櫂皆古文假借 从水翟聲 直角切二部

涑 澣也 涑亦假漱爲之公羊傳臨民之所漱浣也何曰無垢加功曰漱去垢曰浣齊人語解云無垢加功謂但用手斗漱去垢蓋用足物故內則云冠帶垢和灰請漱衣裳垢和灰請澣鄭云手曰漱足曰澣是也若然則涑與澣別而許不別者許渾言何析言也毛詩周南箋云汙煩也煩撋之用功深澣謂濯之耳是則澣對汙言又分深淺實則何之去垢即毛詩之汙何之無垢加功即毛詩之澣古人因義立文後人因文改義耳上文湔篆下云一曰手澣已依水經注訂手爲半依諸家用手曰涑之云則作手固未嘗非是 从水束聲 速侯切三部 河東有涑水 左傳曰伐我涑川水經曰涑水出河東聞喜縣東山黍葭谷今涑水出山西絳州絳縣陳村峪伏流復出西入聞喜縣畍又西南入夏縣畍經安邑縣北西流入蒲州府猗氏縣畍又西南經臨晉縣南虞鄉縣北永濟縣西南入五姓湖又西南入黃河按左傳音義此水徐仙民息錄反字林音速

潎 於水中擊絮也 擊當爲擎擎潎同音手部曰擎敝也一曰擊也似敝義於此爲近考工記注曰湔漂絮莊子曰洴澼絖皆謂於水面漂擊之竹部曰箈潎絮簀也糸部曰紙絮一箔也然則擊絮乃造紙之先聲亦謂之漂史記韓信釣於城下諸母漂漂與潎雙聲爲轉注漂孚妙切玉篇及曹憲注廣雅乃合潎漂爲一字同切孚妙誤矣 从水敝聲 匹蔽切十五部秋興賦游鯈潎潎魚游水皃引伸之義也

𣽊 涂也 謂涂墍也通俗文曰泥塗謂之溇頒 从水从土尨聲讀

灑　汛　染　泰　夳　潤

若隴○按隴字葢譌龍聲不得讀如隴也灑又見土部玉篇亦在土部引說文木貢切元應溈須上莫董切下胡動切大徐亡江切違之言蒙不得讀若隴也水部本無此字淺人增之妄增此讀若也

灑汛也○凡埽者先灑弟子職云實水於盤攘臂袂及肘堂上則播灑室中握手是也引伸爲凡散之稱从水麗聲○山豉切十六部音變爲所賣切音轉爲沙下切

汛灑也○卂疾飛也水之散如飛此以形聲包會意也揚雄劇秦美新云況盡汛埽前聖數千載功業汛埽卽灑埽也俗用爲潮汛字从水卂聲○息晉切十二部按汛與灑互訓而殊音洒則經典用爲灑之假借然謂洒卽汛之假借則於古音尤合葢洒从西聲西古音如詵也小顏注東方朔傳洒埽云洒音信此謂卽汛字也云又山豉反此謂卽灑字也此等必皆漢書音義舊說

染以繒染爲色○此據周禮染人言也染人掌染絲帛繒者帛也不言絲者舉帛以該絲也夏纁元秋染夏从水杂聲○此當云从水木从九裴光遠曰从木木者所以染梔茜之屬也从九九者染之數也按裴說近是禮一入爲縓再入爲赬三入爲纁朱則四入五入爲緅元則六入七入爲緇字从九者數之所究言移易本質必深入之也而剡切八部

泰滑也○此以疊韵爲訓字从廾水水在手中下濇甚利也與辵部達字義近皆他達切周易泰通也否塞也左傳汏輈及鼓跗著于丁寧汏輈以貫笠轂皆滑之意也滑則寬裕自如故引伸爲縱泰如論語泰而不驕是也又引伸爲泰侈如左傳之汏侈西京賦之心奓體泰是也汏卽泰之隸省隸變而與淅米之汏同形作汏者誤字作从廾水會意大聲○他蓋切十五部按隸作泰字形字音字義皆與古絕異

夳古文泰如此○按當作夳从亽取滑之意也从大聲轉寫恐失其眞矣後世凡言大而以爲形容未盡則作太如大宰俗作太宰大子俗作太子周大王俗作太王是也謂太卽說文夳字夳卽泰則又用泰爲太展轉貤繆莫能諟正

潤海岱之閒謂相汚曰潤○方言汜浼潤洼洿也自關而東或曰洼或曰汜東齊海岱之閒或曰浼或曰潤按洿汚古通用子雲義取汚薉許說及廣雅皆从之郭注以洿池釋之非也从水閵聲○余廉切八部

浼　灒　㵞　湩　洟　汗　泣　涕

浼汙也○孟子公孫丑篇曰爾焉能浼我哉趙注惡人何能汙我也从水免聲○武罪切古音免聲字多在十三部詩曰河水浼浼○邶風新臺文毛傳曰浼浼平地也按浼浼與亹亹同如亹亹文王卽勉勉文王也文選吳都賦清流亹亹李注引韓詩亹亹水流進皃此必毛詩浼浼之異文今李注奪一亹字非許引此詩者有假借之義也孟子曰汝安能浼我○此證本義

灒污灑也○謂用污水揮灑也釋元應曰江南言灒子旦反山東言灒子見反史記廉藺傳作濺楊泉物理論作嘍皆音子旦反一曰水中人也○中讀去聲此與上文無二義而別之者此兼指不污者言也上但云灒則不中人从水贊聲○則旰切十四部

㵞腹中有水气也○从水愁聲○士尤切三部

湩乳汁也○見列子穆天子傳或借湩字爲之漢書匈奴傳湩酪之便美是也管子湩然擊鼓士忿怒借湩爲鼕也周禮注湩容卽毛詩傳之童容也从水重聲○多貢切九部

洟鼻液也○易萃上六齎咨涕洟鄭注自目曰涕自鼻曰洟檀弓垂涕洟正義目垂涕鼻垂洟詩陳風涕泗滂沱毛傳自目曰涕自鼻曰泗泗卽洟之假借字也古書弟夷二字多相亂於是謂自鼻出者曰涕而自目出者別製淚字皆許不取也素問謂目之水爲淚謂腦滲爲涕王褒童約目淚下落鼻涕長一尺曹娥碑泣淚掩涕驚動國都漢魏所用已如此从水夷聲○他計切十五部周易音義他禮反又音夷

汗身液也○身各本作人今依太平御覽訂易渙汗其大號劉向說曰汗出而不反者也从水干聲○侯旰切十四部漢餘汗縣字如此讀如干

泣無聲出涕者曰泣○依韵會所據小徐本訂者別事詞也哭下曰哀聲也其出涕不待言其無聲出涕者爲泣此哭泣之別也尚書大傳曰微子將往朝周過殷之故墟志動心悲欲哭則爲朝周俯泣則近婦人推而廣之作雅聲謂之麥秀歌从水立聲○去急切七部素問以爲[illegible]字

涕泣也○按泣也二字當作目液也三字轉寫之誤也毛傳皆云自目出曰涕[illegible]韵皆云目汁泣非

潸ㄕㄢ 湅ㄌㄧㄢˋ 讞ㄋㄧㄝˋ 渝ㄩˊ 減ㄐㄧㄢˇ 滅ㄇㄧㄝˋ

其義从水弟聲。他禮切十五部潸涕流皃。小雅大東曰潸焉出涕毛云潸涕下皃从水散省聲。所姦切十四部詩曰潸焉出涕。焉韵會作然

湅灡也。周禮染人凡染春暴練注云暴練練其素而暴之按此練當作湅湅其素者質也即㡛氏之湅絲湅帛也巳湅之帛曰練糸部練下云湅繒也是也㡛氏如法湅之暴之而後絲帛之質精而後染人可加染湅之以去其瑕如灡米之去康粊其用一也故許以灡釋湅戰國策蘇秦得大公陰符之謀伏而誦之簡練以爲揣摩簡練者灡湅之假借也高誘曰簡汰也練濯治也正與許云灡淅也淅汏米也湅灡也相符合許不以湅灡二篆爲伍者灡謂米湅謂絲帛也金部冶金曰鍊猶治絲帛曰湅从水柬聲。郎甸切十四部

讞議辠也。文王世子獄成有司讞於公其死罪則曰某之罪在大辟其刑罪則曰某之罪在小辟鄭曰成平也讞言白也按今本注作讞之言白也之字衍以徐邈云言也正義云言白也正之當是本作言也白也正義省一也字耳言與讞雙聲疊韵王制百官各以其成質於三官大司徒大司馬大司空以百官之成質於天子此云以成讞於公猶以成質於天子也故其字从水獻其讞如水之平而獻於上也所質既下爲受質所讞不當而上更讞之亦爲讞蓋本下獻上之詞又轉爲上平下之詞矣漢書云諸獄疑於人心不厭者輒讞之是从水獻。與灋同意。灋以三體會意讞以二體會意灋下云平之如水从水讞之从水同也讞以會意包彡聲灋則專會意魚列切十四十五部之合音

渝變污也。釋言曰渝變也鄭風傳箋翔注易杜注左傳皆同許謂滲而變污从水俞聲。羊朱切四部一曰渝水在遼西臨渝東出塞。遼西郡臨渝二志同臨渝故城無考前志臨渝下曰渝水首受白狼東入塞外又有侯水北入渝同郡交黎縣下曰渝水首受塞外南入海按水經注遼水篇詳白狼水渝水侯水今渝水未詳一統志於永平府曰古今水道變遷所當闕疑

減損也。古書多假咸爲減从水咸聲。古斬切古音在七部

滅盡也。从水威聲。此舉形聲包會意亡列切十五部

漕ㄘㄠˊ 泮ㄆㄢˋ 漏ㄌㄡˋ 澒ㄏㄨㄥˋ

漕水轉穀也。穀各本譌穀今依韵會平準書索隱蕪城賦注訂如淳漢書注曰水轉曰漕百官志曰大倉令主受郡國傳漕穀从水曹聲。在到切古音在三部一曰人之所乘及船也。乘下疑奪車字蕪車亦得稱漕或云及蓋誤字按史記索隱作一云車運曰轉水運曰漕十字當從之

泮諸侯饗射之宮。諸侯上當有泮宮二字饗大徐作鄉今依小徐饗者謂鄉飲酒也詩行葦鄉泮水皆言諸侯鄉飲酒之禮見鄭箋古者養老之禮卽鄉飲酒之禮也公劉先射而後養老故曰饗射廱篆下曰天子饗飲辟廱亦謂鄉飲酒不言射者言饗以關射五經異義引韓詩說辟雍所以教天下春射秋饗尊事三老五更魯頌曰思樂泮水又曰旣作泮宮毛曰泮水泮宮之水也天子辟廱諸侯泮宮王制曰天子曰辟廱諸侯曰頖宮鄭云辟明也廱和也所以明和天下頖之言班也所以班政教也許書無頖字蓋禮家製頖字許不取也小戴三云頖宮西南爲水。東北爲牆。从水半。魯頌箋云辟廱者築土雝水之外圓如璧四方來觀者均也泮之言半也蓋東西門以南通水北無也白虎通曰獨南面禮儀之方有水耳半亦聲。普半切十四部詩迨冰未泮傳云泮散也此假泮爲判也隰則有泮傳云泮坡也此假泮爲畔也

漏以銅受水刻節晝夜百節。百節各本作百刻今依韵會所據小徐本訂晝夜以百節之故爲刻者百因謂百刻矣周禮挈壺氏凡喪縣壺以代哭者皆以木火守之分以日夜注云以水守壺者爲沃漏也以火守壺者夜則視刻數也分以日夜者異晝夜漏也漏之箭晝夜共百刻冬夏之閒有長短焉文選注引司馬彪曰孔壺爲漏浮箭爲刻下漏數刻以考中星昏明星焉按晝夜百刻每刻爲六小刻每小刻又十分之故晝夜六千分每大刻六十分也其散於十二辰每一辰八大刻二小刻共得五百分也此是古法樂記百度得數而有常注云百度百刻也靈樞經漏水下百刻以分晝夜从水屚取屚下之義屚亦聲。此依韵會而更考定之如此屚屋穿水下也故云取屚下之義盧后切四部今字皆假漏爲屚

澒丹沙所化爲水銀也。

萍　汩

萍

汩

本艸經曰鎔化還復爲丹然則本丹之所化明矣後代燒煅麤末朱砂爲之淮南書高注曰自潁水銀也廣雅曰水銀謂之澒字一作汞說者分別之云汞水銀滓**从水項聲。**呼孔切九部

萍苹也。苹蓱二篆見艸部篇韵皆云萍蓱同字疑許書本有蓱無萍小正毛詩爾雅皆作苹爾雅毛傳皆曰蓱也萍卽蓱之俗字周禮萍氏疑本作苹氏鄭則說文艸部苹下曰蓱也蓱下曰苹也與水部萍下曰苹也爲轉注不當有萍篆**水艸也。从水苹。**水艸也三字釋从水之意**苹亦聲。**薄經切十一部

汩治水也。天問不任汩鴻師何以尚之王云汩治也鴻大水也引伸之凡治皆謂汩書序汩作汩治也汩本訓亂如亂之訓治故洪範汩陳其五行汩亂也上文淈訓濁而釋詁云淈治也郭景純云淈汩同**从水曰聲。**于筆切十五部俗音古忽切訓汩沒汩亂

文四百六十五朱本五作八今刪[illegible]篆補池篆　**重二十三**今補[illegible]篆

十一篇上二　畢

說文解字第十一篇上二

受業胡積城校字

說文解字第十一篇下

金壇段玉裁注

沝　二水也。即形而義在焉。闕。此謂闕其聲也。其讀若不傳。今之壘切者以意爲之。凡沝之屬皆从沝。

㳅　水行也。从沝㐬。會意。力求切。三部　㐬，突忽也。㐬之本義謂不順忽出也。引申之爲突忽。故流从之。

流　篆文从水。流爲小篆則㳅爲古文籒文可知。此亦二上之例也。或問曰何不以流涉入水部而附㳅𣼰爲重文乎。曰如是則沝無所附。沝不附水部之末而爲部首者。以說㳅部也。

𣼰　徒行厲水也。厲各本作濿。誤。濿或砅字也。砅本履石渡水之偁。引申爲凡渡水之偁。釋水曰。𦂈膝以上爲涉。毛傳同。許云徒行者。以別於以車及方之舟之也。許意詩所言揭厲。皆徒行也。皆涉也。故字从步。从沝步。會意。時攝切。八部

涉　篆文从水。

文三　重二

瀕　水厓人所賓附也。厓今之涯字。附當作駙。馬部曰駙近也。瀕賓以疊韵爲訓。瀕今字作濱。召旻傳曰瀕厓也。采蘋北山傳皆曰濱厓也。今字用頻訓數攷。桑柔傳曰頻急也。廣雅曰頻頻比也。此從附近之義引申之。本無二字二音。而今字妄爲分別。積習生常矣。顰戚不歬而止。从頁从涉。顰戚各本作頻戚。今正。此以顰戚釋从頁之意也。將涉者或因水深顰眉蹙頞而止。故字从涉頁。符眞切。按當必鄰切。十二部。凡頻之屬皆从頻。

顰　涉水顰戚也。戚古音同蹙。迫也。各本作蹙誤。顰戚謂顰眉蹙頞也。許必言涉水者。爲其字之从瀕也。从頻卑聲。符眞切。按从卑聲則古音在十六部。易頻復本又作嚬。王弼眞韻僎累皆以嚬蹙釋之。鄭作卑。陸云音同。按諸家作頻者。下卑。鄭作卑。省上頻。古字同音叚借。則鄭作卑爲是。諸家作頻非。顰本在支韵。不在眞韵也。自各書省爲頻。又或作嚬。又莊子及通俗文叚嚬爲顰。而古音不可復知。乃又改易音義云。鄭作顰。幸晁氏以遵古周易。呂氏伯恭古易音訓所據音義皆作卑。晁云卑古文也。今文作顰。攷古音者得此眞一字千金矣。

文二

く　水小流也。水部曰。涓小流也。く與涓音義同。釋名曰。山下根之受霤處曰甽。甽吮也。吮得山之肥潤也。按此爲禹貢羽畎岱畎之說解。亦即小流之義。周禮匠人爲溝洫。梠廣五寸。梠許之耜字也。見木部。各本作梠誤。二梠爲耦。一耦之伐。廣尺深尺謂之く。倍く謂之遂。倍遂曰溝。倍溝曰洫。倍洫曰巜。已上攷工記匠人職文。說詳鄭注及程氏瑤田通藝錄。今周禮く作畎。巜作澮。與許所據不同者。後人所改也。く巜三篆下皆宜曰象形。而古不言者。省文也。姑泫切。十四部。凡く之屬皆从く。

甽　古文く从田川。文疑當作籒文。葢く巜皆古文也。按鄭注攷工記曰。甽畎也。謂甽畎古今字。甽即今之畎字也。田之川也。四字小徐有。而田疇作甽。

畎　篆文く从田犬聲。畎爲小篆。則く甽爲古籒可知。此亦先二後上之例。六畎爲一畮。漢食貨志曰。趙過能爲代田。一畮三甽。古法也。后稷始甽田。以二耜爲耦。廣尺深尺曰甽。長終畮。一畮三甽。一夫三百甽。而播種於甽中。按長終畮者。長百步也。六尺爲步。步百爲畮。播種於甽中者。甽中猶甽閒。播種於兩甽之閒也。深者爲甽。高者爲田。皆廣尺。三百甽積廣六百尺。長百步亦長六百尺。故一夫百畮。其體正方。許云六畎爲一畮者。謂其地容六畎耳。與一畮三畎之制非有二也。畎與田來歲互易。即代田之制也。六尺爲步。步百爲畮。見田部。

文一　重二

巜　水流澮澮也。澮澮當作㳑㳑。毛傳曰。㳑㳑流也。水部曰。㳑㳑水流聲也。古昏聲會聲多通用。

水流涓涓然曰く潛潛然則曰巜巜大於く矣此字之本義也因以名井田之制方百里爲巜。廣二尋深二仞。考工記匠人文尋仞依許寸部人部說皆八尺今周禮作澮許所據作巜後人以水名易之也古外切十五部凡巜之屬皆从巜。

粼 ㄌㄧㄣˊ

水生厓石間粼粼也。厓者山邊也从巜粦聲。力珍切十二部

文二

川 ㄔㄨㄢ

毌穿通流水也。毌各本作貫毌穿物持之也穿通也巜則毌穿通流又大於巜矣水有始出謂川者如爾雅水注川曰谿許云泉出通川爲谷是也有絕大乃謂川者如皋陶謨く巜距川攷工記澮達於川是也本小水之名因以爲大水之名虞書曰。謂古文皋陶謨濬く巜距巛。距各本作距今正今尚書作畎澮距川者後人所改也言深く巜之水會爲川也。此偁尚書釋之以見尚書之川與川字有間矣川今昌緣切古音在十三部讀如春雲漢之詩是也凡川之屬皆从川。

巠 ㄐㄧㄥ

水𦣝也。巠之言濥也濥者水𦣝行地中濥濥也故从川在地下从川在一下。一地也。會意壬省聲。古靈切十一部一曰水冥巠也。冥巠水大皃今字作溟涬司馬注莊曰涬溟自然氣也

巠。

古文巠不省。

巟 ㄏㄨㄤ

水廣也。引申爲凡廣大之偁周頌天作高山大王荒之傳曰荒大也凡此等皆段荒爲巟也荒蕪也荒行而巟廢矣从巛亡聲。呼光切十部易曰。包巟用馮河。泰九二爻辭今易作荒陸云本亦作巟

𡿯 ㄩˋ

水流皃。皃舊作也今依篇韵正江賦潨㵄㵄溳李云參差相次也㵄即𡿯詩黍稷彧彧彧者𡿯之變段𡿯爲彧也从巛或聲。于逼切一部亦胡國切

𡿭 一ˋ

水流也。此與水部汩義異汩治水也上林賦曰汩乎混流又曰汩急漂疾方言汩疾行也注云汩汩急皃于筆切此用汩爲𡿭也廣韵合爲一非从巛曰聲。于筆切十五部

𡿧 ㄌㄧㄝˋ

水流𡿧𡿧也。从巛列省聲。大徐曰𠛱字从𡿧此疑誤當是从歺省小徐本作歺省聲良薛切十五部

邕 ㄩㄥ

四方有水自邕成池者是也。邑各本奪依韵會補成各本作城誤依廣韵韵會正自邕當作自擁轉寫之誤擁者抱也池沼多由人工所爲惟邕之四旁有水來自擁抱旋繞成池者是爲邕以擁釋邕以疊韵爲訓也故其字从川邑引申之凡四面有水皆曰邕周頌曰于彼西雝傳曰雝澤也大雅曰於樂辟雝鎬京辟雝傳曰水旋丘如璧曰辟雝水經注釋漁陽郡雍奴曰四方有水爲雍不流爲奴皆邕字之段借也从巛邑。川圍邑會意讀若雝。於容切九部

邕。

籒文邕如此。

𡿦 ㄗㄞ

害也。害者傷也𡿦害字本如此作玉篇云天反時爲𡿦今凡作灾災菑皆段借字也災行而𡿦廢矣周語曰陽塞而在陰川原必塞原塞國必亡以一塞川是爲害川故字从一雝川从一雝川。雝壅古今字王莽傳邕涇水不流亦段邕爲壅此會意也祖才切一部春秋傳曰川雝爲澤凶。宣十二年左傳文此偁傳說會意之恉也知莊子曰周易師之臨曰師出以律否臧凶川雝爲澤天且不整所以凶也與偁艸木麗於土說麗从艸麗偁豐其屋說寷从宀豐同

侃 ㄎㄢˇ

剛直也。論語鄉黨與下大夫言侃侃如也孔曰侃侃和樂皃也蓋謂即衎衎之段借字从㐰。㐰古文信也。見言部从巛。取其不舍晝夜。信則可恆會意空旱切十四部論語曰。子路侃侃如也。見先進篇今作子路行行如也冉有子貢侃侃如也蓋許氏筆誤

州 ㄓㄡ

水中可凥者曰州。凥各本作居今正者字今補周南在河之州釋水毛傳皆曰水中可居者曰州水匊繞其旁。从重川。水字今補匊繞各本作周遶誤今正匊者帀也會意職流切三部俗作洲昔堯遭洪水民凥水中高土。故曰九州。州本州渚字引申之乃爲九州俗乃別製洲字而小大分係矣詩曰。在河之州。關雎文證州之本義也一曰州疇也。以疊韵爲訓疇耕治之田也各疇其土

而生也。人各耕治以爲生此說州之別一義其實前義內可包

州 古文州。此偁前後左右皆水

文十　重三

泉 水原也。釋水曰濫泉正出正出涌出也沃泉縣出縣出下出也氿泉穴出穴出仄出也毛傳亦云檻泉正出側出曰氿泉許作濫泉厬泉召旻曰泉之竭矣不云自中傳曰泉水從中以益者也引申之古者謂錢曰泉布許云古者貨貝而寶龜周而有泉至秦廢貝行錢 象水流出成川形。同出而三岐略似巛形也疾緣切十四部 凡泉之屬皆从泉。

𦈢 泉水也。泉水者泉出之水也淮南書云其鑒於流𦈢而鑒於澄水許注云楚人謂水暴溢爲𦈢𦈢卽𦈢字泉水暴溢曰𦈢也 从泉緐聲。讀若飯。符萬切十四部古讀平聲

文二

灥 三泉也。凡積三爲一者皆謂其多也不言从三泉者不待言也 闕。此謂讀若未詳闕其音也今音詳遵切依附泉之雙聲爲之 凡灥之屬皆从灥。

厵 水本也。各本作水泉本也今刪正月令百源注曰泉水始所出爲百源[illegible]許曰原泉許曰原泉孟子原泉混混是也 从灥出厂下。厂者山石之厓巖會意愚袁切十四部

原 篆文从泉。此亦先二後上之例以小篆作原知厵乃古文籒文也後人以原代高平曰邍之邍而別製源字爲本原之原積非成是久矣

文二　重一

永 水長也。引申之凡長皆曰永釋詁毛傳曰永長也方言曰施於衆長謂之永 象水巠理之長永也。巠者水脈理者水文于憬切古音在十部 詩曰江之永矣。周南漢廣文 凡

永之屬皆从永。

羕 水長也。引申之爲凡長之偁釋詁曰羕長也 从永羊聲。余亮切十部 詩曰江之羕矣。漢廣文毛詩作永韓詩作羕古音同也文選登樓賦川既漾而濟深李注引韓詩江之漾矣薛君曰漾長也漾乃羕之譌字

文二

𠂢 水之衺流別也。流別者一水岐分之謂禹貢曰漾東流爲漢沇東流爲泲江東別爲沱此衺流別之始釋水詳之自河出爲灉濟爲濋已下是也衺流別則其勢必衺行故曰衺流別𠂢與水部派音義皆同派後出耳衺流別則正流之長者較短而巠理同也故其字从反永 从反永。匹卦切十六部 凡𠂢之屬皆从𠂢。讀若稗縣。禾部曰琅邪有稗縣今地理志作椑縣誤也小徐本作蜀稗縣非蜀郡有[illegible]

衇 血理分衺行體中者。理分猶分理序曰見鳥獸蹏迒之迹知分理之可相

別異衺行體中而大候在寸口人手卻十分動脈爲寸口也 从𠂢从血。會意不入血部者重𠂢也𠂢亦聲莫獲切十六部

脈 衇或从肉。

䘑 籒文。

覛 衺視也。釋詁曰覛胥相也郭云覛謂相視也按覛與目部䀈通用古詩脈脈不得語李善引爾雅及注作覛今文選譌作脈非也覛不入見部者重𠂢也 从𠂢从見。會意𠂢亦聲莫狄切廣韵莫獲切十六部俗有尋覓字此篆之譌體

𧖴 籒文。

文三　重三

谷 泉出通川爲谷。釋水曰水注川曰谿注谿曰谷許不言谿者許以谿專係之山谿無所通也川者毌穿通流之水也兩山之閒必有川焉詩進退維谷叚谷爲鞫毛傳曰谷窮也卽邶風傳之鞫窮也 从水半見出於口。此會意古祿切三部亦音浴 凡谷之屬皆从谷。

谿 山

豁⿰谷翏䜫谹⿰千谷㕡仌冰凍⿰月⿱龹仌凘凋冬冶凔冷⿰冫函凜凊

豁　⿰谷翏　䜫　谹　⿰千谷　㕡　濬。濬。　仌　冰

瀆無所通者。瀆各本作瀆今正自部曰隫通溝也讀若洞古文作瀆釋山曰山瀆無所通谿然則許作隫明矣 从谷奚聲。苦兮切十六部

通谷也。通迵之谷也文選注曰華延洛陽記云城南五十里有大谷舊名通谷引申爲凡疏達之偁 从谷害聲。呼括切十五部

空谷也。廫廓之谷也大雅曰大風有隧有空大谷 从谷翏聲。洛蕭切古音在三部

大長谷也。司馬相如傳曰巖巖深山之谾谾兮晉灼曰谾音籠古䜫字蕭該曰谾或作䜫長大皃也徐廣谾音力工反與晉說同白駒傳曰空谷大谷也 从谷龍聲。讀若聾。盧紅切九部

谷中響也。此與弘屋響也義近攷工記其聲大而宏司農注謂聲音大也引申爲凡大之偁史記司馬相如傳必將崇論谹議 从谷厷聲。戶萌切古音在六部

望山谷千千青也。各本千字作谸今正高唐賦俯覗山巔肅何芊芊李注云說文曰谸望山谷千千青也千與芊古字通按千芊爲古今字俗用芊改千楚詞及陸機文賦皆用千眠字南都賦作阡眠謝朓詩遠樹曖阡阡廣雅乃有芊芊字耳 从谷千聲。倉絢切十二部古讀平聲

深通川也。深之使通也㕡與叡睿音義皆相近故今文洪範曰思心曰睿睿作聖古文曰思曰睿睿作聖 从𣦵谷。會意私閏切十三部 𣦵殘也。殘猶穿也 谷阬坎意也。𣦵謂穿之谷取阬坎之意阬坎深意也已上十一字依韵會本 虞書曰：睿畎澮距川。川部旣偁咎繇謨濬く巜距川矣此又偁而字異何也葢前爲古文尚書此爲今文也以濬く皆倉頡古文知之

睿或从水。

古文睿。从水从睿睿古文叡也叡深明也通也

文八　重二

凍也。仌凍二篆爲轉注統評之曰仌凍如月令冰凍消釋是也 象水冰之形。冰各本作凝今正謂象水初凝之文理也筆陵切六部 凡仌之屬皆从仌。

水堅也。易象傳初六履霜陰始凝也馴致其道至堅冰也古本當作陰始冰也至堅仌也釋器冰脂也孫本冰作凝按此可證詩膚如凝脂本作冰脂以冰代仌乃別製凝字經典凡凝字皆冰之變也 从水仌。會意魚陵切六部

俗冰从疑。以雙聲爲聲

凝。　凍　⿰月⿱龹仌　凌。凘　凋　冬　冬。　冶　凔　冷　⿰冫函　凜　凊

仌也。初凝曰仌仌壯曰凍又於水曰冰於他物曰凍故月令曰水始冰地始凍 从仌東聲。多貢切九部

仌出也。仌出者謂仌之出水文棱棱然輕讀爲力膺切重讀則里孕切今俗語猶尒豳詩三之日納于凌陰傳曰凌陰冰室也此以冰釋凌以室釋陰非謂⿰月⿱龹仌爲仌室也鄭注周禮凌人經云凌冰室也似失之 从仌朕聲。六部 詩曰：納于⿰月⿱龹仌陰。七月文

⿰月⿱龹仌或从夌。夌聲也

流仌也。謂仌初結及已釋時隨流而行也 从仌斯聲。息移切十六部

半傷也。傷創也半傷未全傷也 从仌。仌霜者傷物之具故从仌 周聲。都僚切二部三部

四時盡也。冬之爲言終也考工記曰水有時而凝有時而釋故冬从仌 从仌从夂。會意夂亦聲都宗切九部 夂古文終字。見糸部

古文冬从日。

銷也。銷者鑠金也仌之融如鑠金然故鑄亦曰冶易野容誨淫陸德明本作冶容按野冶皆𦔳之叚借也張衡賦言妖蠱今言妖冶 从仌台聲。聲葢衍台者悅也仌台悅而化會意冶今音羊者切古音讀如與在五部或曰台雙聲也故以爲聲

寒也。此與水部滄音義皆同枚乘上書曰欲湯之滄絕薪止火而已按方言曰凔淨也二字當从冫與郎滄字淨郎清字 从仌，仌者寒之象也故訓寒之字皆从仌 倉聲。初亮切十部

寒也。从仌令聲。魯打切十一部

寒也。从仌函聲。胡男切八部

凜凜依文賦注補二字 寒也。引申爲敬畏之偁俗字作懍懍 从仌廩聲。力稟切七部

寒也。曲禮曰凡爲人子之禮冬溫而夏凊 从仌青聲。七正切十一部凜凊二篆舊在凍篆之前非其次也今更正凡全書內多有竄正者學者依此求之

滭ㄅㄧˋ 泼ㄈㄨˊ 凓ㄌㄧˋ 冽ㄌㄧㄝˋ 雨ㄩˇ 𠕲。 靁ㄌㄟˊ 𩆊。 𩇓。 𩇔。

滭 滭泼。二字今補。風寒也。豳風七月一之日觱發。傳曰觱發風寒也。按觱發皆叚借字。滭泼乃本字。猶水部畢沸今詩作觱沸。或許所據毛詩不同今本。或許采三家詩。皆未可定也。詩曰。一之日滭泼。七字今補。从仌畢聲。卑吉切。十二部。

泼 滭泼也。三字今正。从仌犮聲。分勿切。十五部。

凓 凓冽。二字今補。寒皃。皃各本作也。今依大東正義及小徐本。毛傳曰。凓冽寒氣也。古亦單用凓字。春秋繁露謂媟寒曰凓凓。詩曰。二之日凓冽。七字今補。亦豳風七月文也。今詩作栗烈。考詩冽彼下泉。箋引七月二之日栗冽。是孔本與許同。而陸釋文作栗烈。與許異。且云說文作颲颲。其實風部未嘗引詩也。五經文字仌部有凓。知其所據詩作凓。从仌㮚聲。力質切。十二部。

冽 凓冽也。三字今正。古單用冽字者。如詩冽彼下泉。傳曰冽寒也。有冽氿泉。傳曰冽寒意也。素問曰風寒冰冽。从仌列聲。各本篆作瀨。解作瀨聲。音洛帶切。今正。按瀨字郎廣韵玉篇皆無之。而孔沖遠大東正義。李善注高唐賦風賦。皆引說文字林冽字。是今本冽譌爲瀨顯然也。良辥切。十五部。

文十七　重三

雨 水從雲下也。引申之凡自上而下者偁雨。一象天。冂象雲。水霝其閒也。丰者水字也。王矩切。五部。凡雨之屬皆从雨。𠕲 古文。象形。

靁 霒昜薄動生物者也。霒各本作陰陽。今正。動下各本有靁雨二字。不辭。今依韵會本正。薄音博。迫也。陰陽迫動。即謂靁也。迫動下文所謂回轉也。所以回生萬物者也。从雨畾。象回轉形。許書有畾無畾。凡積三則爲衆。衆則盛。盛則必回轉。二月陽盛。靁發聲。故以畾象其回轉之形。非三田也。韵書有畾字。訓田閒。誤矣。凡許書字有畾聲者。皆當云靁省聲也。魯回切。十五部。凡古器多以回爲靁。𩆊 籀文靁。閒有回。當作畾閒有回等畾。回靁聲也。說畾閒有回之意。𩇓 古文靁。𩇔 古文

霣ㄩㄣˇ 𩃐。 霆ㄊㄧㄥˊ 霅ㄓㄚˊ

霣 齊人謂靁爲霣。各本齊上有雨也二字。按自靁篆至震篆皆言靁電。自霝篆至霚篆皆言雨。叚令霣之正義爲雨。則當次於彼閒。今刪。韵會本亦無此二字。齊人謂靁曰霣。方俗語言如此。靁古讀如回。回與員語之轉。公羊傳星霣如雨。叚爲隕字。从雨員聲。于敏切。十三部。一曰雲轉起也。別一義。雲回轉而起。名之霣者。略與雲同音也。古文云作員。讀若昆。大徐無此三字。𩃐 古文霣如此。古當作籀。員下云籀文作𪔂。鼎下云籀文以鼎爲貝是也。𡢁者籀文妘。𠟭者籀文則。皆是以鼎爲貝。

霆 靁餘聲鈴鈴。句 所以挺出萬物。聲下有也字者誤衍。鈴與挺皆以疊韵爲訓。靁所以生物而其用在餘聲鈴鈴然者。禮記曰。地載神氣。神氣風霆。風霆流形。庶物露生。从雨廷聲。特丁切。十一部。古多讀上聲。

霅 霅霅震電皃。霅各本作震。今依韵會本。霅霅。聲光磔沓之皃。按馬融廣成頌。霅爾雹落。霅音素洽反。今俗語云霎時閒。霎即霅之俗字。从雨譶省聲。省譶爲言。如省蟲爲虫也。丈甲切。八部。一曰霅衆言也。依韵會本六字在此。譶疾言也。霅以爲聲。或訓霅爲衆言。則是从言从雨會意矣。吳都賦曰。𩅰霅驚捷。

電ㄉㄧㄢˋ 𩂣。 震ㄓㄣˋ

電 霒昜激燿也。孔沖遠引河圖云。陰陽相薄爲靁。陰激陽爲電。電是靁光。按易震爲靁。離爲電。月令靁乃發聲。始電。詩十月之交。春秋隱九年。言震電。詩采芑。常武。雲漢。言靁霆。震靁一也。電霆一也。穀梁傳曰。電霆也。古義霆電不別。許意則統言之謂之靁。自其振物言之謂之震。自其餘聲言之謂之霆。自其光燿言之謂之電。分析較古爲愜心。靁電者一而二者也。从雨从申。靁自其回屈言。電自其引申言。申亦聲也。小徐本作雨申聲。堂練切。古音在十二部。讀如陳。𩂣 古文電如此。申部曰。𢆳籀文申。又部曰。𠬪古文申。乖牾不合。依此則當作古文申。

震 劈歷振物者。劈歷。疾雷之名。釋天曰。疾靁爲霆。倉頡篇曰。霆。霹靂也。然則古謂之霆。許謂之震。詩十月之交。春秋隱九年。僖十五年。皆言震。振與震疊韵。春秋正義引作震物爲長。以能震物而謂之震也。引申之凡動謂之震。辰下曰震也。从雨

滭泼凓冽雨靁霣霆霅電震

𩆝。 雪ㄒㄩㄝˇ 霄ㄒㄧㄠ 霰ㄒㄧㄢˋ ⿱雨見。雹ㄅㄛˊ ⿱雨㗊。霝ㄌㄧㄥˊ 𩃏ㄌㄨㄛˋ 零ㄌㄧㄥˊ ⿱雨鮮ㄙ

辰聲。章刃切。十三部。古多讀平聲。春秋傳曰。震夷伯之廟。左氏僖十五年經傳皆有之。必引此者。以爲劈歷震物之證也。史記殷武乙暴靁震死。神道設敎之至顯者也。𩆝籀文震。

雪冰雨說物者也。冰各本作凝。今正。凝者冰之俗也。釋名曰。雪。綏也。水下遇寒氣而凝。綏綏然下也。故許謂之冰雨說。今之說字。物無不喜雪者。說與雪疊韵。从雨彗聲。相絕切。十五部。

霄雨霰爲霄。雨猶零也。釋天曰。雨霓爲霄雪。此霄字本義。若淮南書上游於霄霓之野。高讀如紺綃之綃。此則別爲一義。乃今義行而古義罕用矣。霄亦以消。从雨肖聲。相邀切。二部。齊語也。亦方俗語言如此。

霰稷雪也。謂雪之如稷者。毛詩傳曰。霰。暴雪也。暴當是黍之字誤。俗謂米雪。或謂粒雪。皆是也。曾子曰。陽之專氣爲霰。詩箋云。將大雨雪。始必微溫。雪自上下。遇溫氣而團。謂之霰。久之寒勝則大雪矣。从雨散聲。穌甸切。十四部。⿱雨見霰或从見。見聲。

雹雨仌也。仌舊作冰。今正。雨仌謂自上而下之仌也。曾子曰。陰之專氣爲雹。劉向曰。盛陽雨水溫暖而湯熱。陰氣脅之不相入。則轉而爲雹。故沸湯之在閉器而湛於甘泉。則爲冰。此其驗也。左氏傳曰。聖人在上無雹。雖有不爲災。从雨包聲。蒲角切。古音在三部。⿱雨㗊古文雹如此。象其磊磊之形。

霝雨霝也。霝各本作零。今依廣韵正。霝與零義殊。許引東山霝雨。今作零雨。譌字也。定之方中靈雨既零。傳曰。零。落也。零亦當作霝。霝亦叚靈爲之。鄭風零露漙兮。正義本作靈。箋云。靈。落也。靈落卽霝落。雨曰霝落。艸木曰零落。从雨。吅象零形。郎丁切。十一部。詩曰。霝雨其濛。豳風東山文。

𩃏雨零也。此下雨本字。今則落行而𩃏廢矣。从雨各聲。盧各切。五部。

零徐雨也。徐各本作餘。今依玉篇廣韵及太平御覽所引纂要訂。謂徐徐而下之雨。小雅。興雲祁祁。傳曰。祁祁。徐也。箋云。古者陰陽和。風雨時。其來祁祁然而不暴疾。引申之義爲零星。爲剝零。从雨令聲。郎丁切。古音在十二部。讀如鄰。

⿱雨鮮小雨財零也。財當作才。

霢ㄇㄛˋ 霂ㄇㄨˋ ⿱雨酸ㄙㄨㄢ ⿱雨戔ㄐㄧㄢ ⿱雨眾ㄓㄨㄥ 霃ㄔㄣˊ ⿱雨兼ㄌㄧㄢˊ ⿱雨圅ㄏㄢˊ 霖ㄌㄧㄣˊ ⿱雨乑ㄧㄣˊ ⿱雨眞ㄗ

取初始之義。今字作纖。从雨鮮聲。讀若斯。息移切。十六部。鮮聲在十四部。而讀如斯者。以雙聲合音也。列子。鮮而食之。卽析而食之也。斯析音義同。

霢霢霂。句小雨也。信南山曰。益之以霢霂。釋天毛傳皆曰。霢霂。小雨也。釋名曰。言裁霢歷霑漬。如人沐頭。惟及其上枝而根不濡也。按霢霂者。溟濛之轉語。水部溟下曰。小雨溟溟也。濛下曰。濛濛微雨也。从雨脈聲。莫獲切。十六部。

霂霢霂也。此雙聲字。从雨沐聲。莫卜切。三部。

⿱雨酸小雨也。从雨酸聲。素官切。十四部。

⿱雨戔溦雨也。溦各本作微。今正。水部曰。溦。小雨也。今人謂小雨曰廉纖。卽⿱雨戔也。从雨戔聲。子廉切。七部。又讀若芟。又字衍。一說謂讀若殲矣。又讀若芟也。

⿱雨眾小雨也。从雨眾聲。職戎切。九部。明堂月令曰。⿱雨眾雨。月令無此文。惟季春行秋令。淫雨蚤降。注云。今月令曰。衆雨。漢人衆讀平聲。卽許所據之⿱雨眾雨也。但記文淫雨。鄭注云。霖雨。許不當以小雨釋⿱雨眾。似小必是誤字。

霃久陰也。月令。季春行秋令。則天多沈陰。沈卽霃之叚借也。沈行而霃廢矣。从雨沈聲。直深切。七部。

⿱雨兼久雨也。⿱雨兼之言淹也。从雨兼聲。力鹽切。七部。

⿱雨圅久雨也。从雨圅聲。胡男切。八部。

霖凡雨三日已往爲霖。左傳隱九年。春王三月癸酉。大雨霖。以震。書始也。庚辰。大雨雪。亦如之。書時失也。凡雨自三日以往爲霖。平地尺爲大雪。按許直用傳文爲說也。已當作以。㠯三日以往。謂雨三日又不止。不定其日數也。雨三日止。不得謂霖矣。韋注國語亦曰。雨三日以上爲霖。若宋人注尚書云。三日雨爲霖。失古義矣。釋天。久雨謂之淫。淫謂之霖。从雨林聲。力尋切。七部。

⿱雨乑霖雨也。南陽謂霖⿱雨乑。俗本作謂霖雨曰⿱雨乑。全書多類此者。今不可盡正矣。其字从乑。乑者。衆立也。故雨多取之。是可以證⿱雨乑雨之爲霖。而非小雨矣。淫雨卽衆雨之叚借。从雨乑聲。銀箴切。七部。按舉形聲闕會意。

⿱雨眞雨聲。从雨眞聲。讀若資。眞聲而讀若資者。合音也。故廣韵作⿱雨資。卽夷切。十五部。

霱ㄩˇ 䨲ㄐㄧㄢ 霑ㄓㄢ 䨣ㄖㄢˇ 霤ㄌㄧㄡˋ 屚ㄌㄡˋ 䨙ㄍㄜˊ 霽ㄐㄧˋ 霋ㄑㄧ 霩ㄎㄨㄛˋ 露ㄌㄨˋ 霜ㄕㄨㄤ

部

霱 雨皃方語也。方上葢奪北字集韵曰霱火五切北方謂雨曰霱呂靜說按呂氏韵集所據說文爲完善 从雨禹聲。讀若禹。王矩切五部按如今音雨霱皆切王矩何以見爲殊語依集韵當作讀若虎玉篇尤句切

䨲 小雨也。从雨僉聲。子廉切七部

霑 雨䨣也。小雅既霑既足 从雨沾聲。張廉切七部

䨣 濡也。濡此義水部失載於此見之今人多用霑染濡染染行而䨣廢矣染者以繒染爲色非䨣義 从雨染聲。而剡切八部

霤 屋水流也。水部曰溓霤下皃也釋名曰中央曰中霤古者覆穴後室之霤當今之棟下直室之中古者霤下之處也 从雨留聲。力救切三部

屚 屋穿水入也。今字作漏漏行而屚廢矣漏者以銅受水刻節也 从雨在尸下。尸者屋也。尸部屋下云尸象屋形會意盧后切四部

䨙 雨濡革也。雨濡革則虛起今俗語若朴 从雨革。會意 讀若膊。匹各切五部霸字以爲聲

霽 雨止也。釋天濟謂之霽濟古多訓止者如厲風濟則衆竅爲虛是也許云雨止者以詁訓字易其本字也凡止曰濟雨止則有霽字洪範曰雨曰濟今古文皆如是是倘書用濟爲霽也 从雨齊聲。子計切十五部

霋 霽謂之霋。从雨妻聲。七稽切十五部

霩 雨止雲罷皃。淮南天文訓道生於虛霩虛霩生宇宙今俗字作廓廓行而霩廢矣 从雨郭聲。苦郭切五部

露 潤澤也。澤與露曡韵五經通義曰和氣津凝爲露蔡邕月令曰露者陰之液也按露之言臚也故凡陳列表見於外曰露亦叚路爲之如孟子神農章羸露字作路是也 从雨路聲。洛故切五部

霜 喪也。以曡韵爲訓 成物者。豳風九月肅霜傳曰肅縮也霜降而收縮萬物秦風白露爲霜傳曰白露凝戾爲霜然後歲事成按霜雨露皆所以生物霜亦所以生物而非殺物者故其用在霜殺物之後詩言雨雪雰雰益之以霢霂生我百穀其證也惟霜爲䊌斂萬物之用許列字首霜爲動萬物者莫疾乎此也大之以雪乃大之以霢霂謂冬雪而

霧ㄨˋ 雺。 霾ㄇㄞˊ 霿ㄇㄥˋ 霓ㄋㄧˊ

後春雨也大之以露露春夏秋皆有之秋深乃凝霜也大之以霜而歲功成矣歲功以雪始以霜終 从雨相聲。所莊切十部

霚 地气發天不應曰霚。曰霚二字今補霚今之霧字釋天曰地氣發天不應曰霧霧者俗字霧一本作霿非也釋名曰霧冒也氣蒙冒覆地之物也開元占經引元命包陰陽亂爲霧 从雨 亦雨之頪也故从雨地气發而天應之則雨矣 敄聲。亡遇切古音在三部从矛聲故霚讀如矛

雺 籒文霚省。洪範曰蒙古文尚書作曰雺徐邈音亡鉤反宋世家作曰霧霧即霚霚者雺之小篆

霾 風而雨土爲霾。依釋天補三字邶風終風且霾釋天曰風而雨土爲霾傳曰霾雨土也釋名曰霾晦也 从雨貍聲。莫皆切古音在一部 詩曰：終風且霾。

霿 天氣下地不應曰霿。釋天曰天氣下地不應曰霿今本作曰雺或作曰霧皆非也霿釋名作蒙開元占經作濛釋名曰蒙日光不明蒙蒙然也開元占經引郗萌曰在天爲濛在人爲霧日月不見爲濛前後人不相見爲霧按霚與霿之別以郗所言爲確許以霿系天气以霚系地气亦分別井然大氐霚下霿上霚溼霿乾霚讀如務霿讀如蒙霚之或體作霧霿之或體作蒙不可亂也而爾雅自陸氏不能諟正譌舛不可讀如玉篇云霿天氣下地不應也霧地氣發天不應也蓋本爾雅而與今文互易則又在陸氏前矣其他經史霚霿二字往往淆譌要當以許書爲正○開元占經引月令仲冬行夏令氛霧冥冥今月令作氛霧冥冥乃霿之誤也○衛包倘書曰蒙恒風若漢五行志作霿尚書大傳作瞀劉向曰瞀眊眊亂也按此霿字引申叚借之義也本音茂轉音蒙易傳蒙者蒙也亦霿之叚借

霿 晦也。晦本訓月盡引申爲日月不見之偁釋天曰霿謂之晦許言此者欲人知霿與霚異也 从雨瞀聲。莫弄切亦平聲瞀亦敄聲而入九部者合音也

霓 屈虹青赤或白色。或字陸德明作也一曰三字非也韵會白下無色字是也屈當作詘許書云詘詘者謂詘曲屈非其義許意詘曲之虹多青赤或有白色者皆謂之霓釋天曰螮蝀虹也霓爲挈貳郭云雙出色鮮盛者爲雄曰虹闇者爲雌曰霓據此則青赤爲

虹白色爲霓。然析言有分，渾言不別，故趙注孟子曰霓虹也。虹見則雨，楚辭有白霓。霒气也。从雨。霓爲陰氣將雨之兆，故从雨。一从虫作蜺，猶虹从虫也。兒聲。五雞切。十六部。如淳五結切，郭璞五擊切，沈約郊居賦雌蜺連蜷，深恐人讀爲平聲。

䨘　寒也。从雨埶聲。都念切。七部。或曰早霜也。讀若春秋傳墊阨。成六年，襄九年、廿五年皆云墊隘。阨者阨之隸變。阨隘古通用。此謂䨘音同墊耳，非謂春秋傳有䨘隘也。而九經字樣云䨘音店，寒也，傳曰䨘隘。引說文而失其眞，遂致爲經作音而非其實。以經典絕無䨘字也。

雩　夏祭樂於赤帝以祈甘雨也。公羊傳曰：大雩者何？旱祭也。月令仲夏之月，大雩帝，用盛樂。乃命百縣雩祀百辟卿士有益於民者，以祈穀實。注曰：雩，吁嗟求雨之祭也。雩帝謂爲壇南郊之旁，雩五精之帝，配以先帝也。自鞀鞞至柷敔皆作，曰盛樂。凡他雩用歌舞而已。春秋傳曰：龍見而雩。雩之正當以四月。按鄭言五精之帝，高誘注時則訓曰帝上帝也。許獨云赤帝者，以其爲夏祭而言也。以祈甘雨，故字从雨。以于嗟而求，故从亏。服虔曰：雩，遠也。亦於从于得義也。从雨亏聲。羽俱切。五部。

翌　雩或从羽。或字如此作。雩舞羽也。說从羽之意。周禮樂師有羽舞，有皇舞。鄭司農云：羽舞者析羽。皇舞者以羽覆冒頭上，衣飾翡翠之羽。舞師云：教皇舞，帥而舞旱暵之事。按皇舞亦羽舞也。故字或作翌，而雩或作䨏。

需　䇓也。䇓者，待也。以疊韵爲訓。易彖傳曰：需，須也。須卽䇓之叚借也。左傳曰：需，事之賊也。又曰：需，事之下也。皆待之義也。凡相待而成曰需。遇雨不進止䇓也。从雨而。遇雨不進，說从雨之意。而者䇓之意。此字爲會意。各本作而聲者，非也。公羊傳曰：而者何？難也。穀梁傳曰：而，緩辭也。而爲遲緩之辭，故从而。而訓須，須遲䇓。从而猶从䇓也。春秋經：己丑，葬我小君頃熊，雨不克葬。庚寅，日中而克葬。是从雨而之證也。相俞切。古音在四部。易曰：雲上于天，需。易需卦象傳文。此偁易以證从雨之意。雲上于天者，雨之兆也。宋衷曰：雲上于天，需時而降雨。

䨏　水音也。江氏聲曰：五聲羽屬水，許字作䨏，與各書不同。今按此當謂流水之音耳。从雨羽聲。王矩切。五部。

文四十六　六，宋本作七。　重十一

雲　山川气也。天降時雨，山川出雲。从雨。云象回轉之形。回上各本有雲字，今刪。古文祇作云，小篆加雨於上，遂爲半體會意、半體象形之字矣。云象回轉形，此釋下古文雲爲象形也。王分切。十三部。凡雲之屬皆从雲。

云　古文省雨。古文上無雨，非省也。二葢上字，象自下回轉而上也。正月：昏婣孔云。傳曰：云，旋也。此其引伸之義也。古多叚云爲曰，如詩云卽詩曰是也。亦叚員爲云，如景員維河，箋云員古文作云。昏姻孔云，本又作員。聊樂我員，本亦作云。尙書云來，衛包以前作員來。小篆妘字，籒文作䢵。是云員古通用，皆叚借風雲字耳。自小篆別爲雲，而二形迥判矣。

亦古文雲。此取初古文象回轉之形者。其字引而上行，書之所謂觸石而出，膚寸而合也。變之則爲云。

霒　雲覆日也。今人陰陽字，小篆作霒昜。霒者雲覆日，昜者旗開見日。引申爲兩儀字之用。今人作陰陽，乃其中之一耑而已。霒字今僅見大戴禮記文王官人篇、素問五帝政大論。从雲今聲。於今切。七部。

侌　古文霒省。古文雲本無雨耳，非省也。陰字从此。

亦古文霒。此取初古文也。侌則以小篆法整齊之，云亦同。

文二　重四

魚　水蟲也。象形。魚尾與燕尾相佀。其尾皆枝，故象枝形，非从火也。語居切。五部。凡魚之屬皆从魚。

鰖　魚子已生者也。謂魚卵生於水艸閒，初孚有魚形者。云已生，對未生言之。魚子未生者曰鯤，鯤卽卵字。卵說文作卝，古音讀如關，亦可讀如昆。內則濡魚卵醬，鄭讀鯤或作攔。鯤醬者，魚卵醬也。內則讀卵如字，未嘗不協。凡未出者爲卵，已出者爲子。鯤卽魚卵，故說文以卝包之，而魚部無鯤字。鰖則已出於卵者也。从魚隋聲。各本作鰖省聲。按肉部有隋字，今正。徒果切。十七部。集韵

隨。 鮞ㄦˊ 魼ㄑㄩ 魶ㄋㄚˋ 鰨ㄊㄚˇ 鱒ㄗㄨㄣ 魿ㄌㄧㄣˊ 鰫ㄖㄨㄥˊ

類篇又鄭規切音之轉也。隨籒文鰖。从𩻛徐氏鉉筆迹相承小異條云史籒筆迹如此也陸者从籒文陸字而省一左也。

鮞魚子也。魚子謂成細魚者上文曰魚子已生者謂初出卵此云魚子則成細魚矣凡細者偁子魯語曰魚禁鯤鮞韋注曰鯤魚子也鮞未成魚也韋意鯤是卵未孚者鮞是已孚而尚未成魚者許則鯤已孚又別為鮞鱦二形。按爾雅曰鯤魚子也鱦小魚也為韋所本許無鯤字者以卝包之擴內則之卵醬也許有鮞無鱦者鱦从繩省聲之與蒸合音最近鱦者鮞之俗字也爾雅鄭皆云鯤魚子爾雅意魚子即魚卵今人俗語猶如是若西京賦摷鯤鮞薛注鯤魚子也鮞細魚族類也此與鄭內則注鯤魚子也皆謂出卵者為魚子失爾雅本義若莊子評絕大之魚為鯤此則齊物之寓言所謂汪洋自恣以適己者一曰魚之美者東海之鮞。鮞之別一義見呂覽本味篇伊尹語高注曰鮞魚名也木部欘下禾部秏下皆言伊尹曰此不言者緒文从魚而聲。如之切一部五經文字人六切

魼魚也。舊刪魼字今補此如河篆下云河水也之例漢書上林賦禺禺魼鰨郭樸注云比目魚也按郭說未知其審犬部狧字下有比目魚鰈同爾雅而魚部無鰈字玉篇廣韵合魼鰈為一字非也从魚去聲。去魚切五部

魶魚佀鼈無甲。有尾無足口在腹下。从魚納聲。按此篆玉篇作魶廣韵作魶史記上林賦有魶字云魶一作鰨奴荅切八部

鰨虛鰨也。漢書上林賦魼鰨史記作鰈魶魶一作鰨注家皆以魼鰨為二魚許亦別魼與虛鰨為二虛非魼鱋之異文也郭注云鰨鯢魚也似鮎有四足聲如嬰兒按許下文云鯢刺魚也不類列一處則鰨之非鯢明矣从魚㬰聲。土盍切八部

鱒赤目魚也。見豳風釋魚曰鮅鱒毛傳曰鱒大魚也陸璣郭樸皆云鱒似鯶赤眼从魚尊聲。慈損切十三部

魿魿魚也。亦三字句周禮其動物宜鱗物劉本作魿音鱗按劉本段魿為鱗耳非川澤祇生此魚也集韵曰鱗通作魿本劉从魚令聲。力珍切十二部

鰫鰫魚也。鄭注內則云今東海鰫魚有骨名乙在目

鮞魼魶鰨鱒魿鰫鱮鮪䱍鯍鮥鯀鰥

鱮ㄒㄩ 鮪ㄨㄟˇ 䱍ㄍㄥˇ 鯍ㄇㄥˊ 鮥ㄌㄨㄛˋ 鯀ㄍㄨㄣˇ 鰥ㄍㄨㄢ

旁狀如篆乙食之鯁人不可出从魚容聲。余封切九部

鱮鱮魚也。从魚胥聲。相居切五部

鮪鮥也。毛詩衛風傳曰鮪鮥也許本之陸璣疏曰鮪魚形似鱣而青黑頭小而尖似鐵兜鍪口亦在頷下其甲可以摩薑大者不過七八尺益州人謂之䱍鮪大者為王鮪小者為鮛鮪一名鮥肉色白味不如鱣也郭氏山海經傳曰鮪即鱏也似鱣而長鼻體無鱗甲按即今之鱘魚也周禮春獻王鮪。天官䱷人文注曰王鮪鮪之大者引月令季春薦鮪于寢廟西京賦曰王鮪岫居薛綜陸璣李奇酈道元皆言鮪自南方江中來至河南鞏穴又入河度龍門蓋古事如此不然鮪出江中何以西周能薦鮪也从魚有聲。榮美切古音在一部讀如以

䱍䱍鯍。逗䱍字淺人刪之今補鮪也。鮪字各本無今依全書通例補上林賦䱍鯍漸離郭注曰䱍鯍鮪也李善注吳都賦同按劉逵注蜀都賦曰鮪䱍鯍也古人言鱣鮪多有不別者如山海經傳亦云鮪即鱏也當是以為一類而渾言之周雒謂之鮪。蜀謂之䱍鯍。十字各本譌作周禮謂之䱍五字今補正李奇注上林曰周洛曰鮪蜀曰䱍鯍陸詩疏曰益州人謂之䱍鯍按蜀有之者出於江也周雒有之者出發穴入河也䱍鯍雙聲字从魚亙聲。各書多作䱍省立心也古恒切六部

鯍䱍鯍也。从魚㐬聲。武登切古音當在十部讀如芒音轉入蒸登部而字形亦改為鱛矣

鮥叔鮪也。此見釋魚許本之叔鮪者鮪之小者也對王鮪為辭江賦亦以叔鮪王鱣儷句叔字林作鮛俗字也郭注爾雅曰鮪鱣屬也今宜都郡自京門以上江中通出鱏鱣之魚有一魚狀似鱣建平人呼鮥子即爾雅之鮥也按今川江中尚有鮥子魚昔在南溪縣巫山縣食之叔鮪名鮥則王鮪不名鮥而以鮥注鮪者何也渾言析言不同故互注而又別其大小也从魚各聲。盧各切今語正如此五部

鯀鯀魚也。从魚系聲。此未詳為何魚系聲讀古本切亦未詳所以恐古音不同今讀也禹父之字古多作鮌作鯀禮記及釋文作鯀廣韵曰禹父鯀尚書本作鮌按鮌乃鯀譌

鰥鰥魚也。見齊風毛詩曰大魚也謂鰥與魴皆

鯉ㄌㄧˇ　鱣ㄓㄢ　鱣。　鱄ㄓㄨㄢˇ　鮦ㄓㄨㄥˇ

大魚之名也鄭箋乃讀鰥為爾雅鯤魚子之鯤殆非是鰥多叚借為鰥寡字鰥寡字葢古祇作矜矜卽憐之叚借从魚眔聲。古頑切古音在十三部齊風與雲韵可證也眔古讀同隶十三十五部合音也

鯉鱣也。此兒釋魚毛傳於鱣云鯉也於鯉不云鱣者鯉者俗通行之語不待注也舍人云鯉一名鱣毛云鯉鱣也爾雅古說如此自陸璣說鱣身形似龍銳頭口在頷下背上腹下皆有甲縱廣四五尺今於孟津東石磧上釣取之大者千餘斤而郭注乃分鯉鱣為二云鱣大魚似鱏而短鼻口在頷下體有邪行甲無鱗肉黃大者長二三丈此卽今江中及關東之黃魚也如其言則鱣絕非鯉矣周頌有鱣有鮪鰷鱨鰋鯉鱣鯉並言似非一物而箋云鱣大鯉也然則凡鯉曰鯉大鯉曰鱣猶小鮪曰鮥大鮪曰鮪謂鱣與鯉鮥與鮪不必同形而要各為類也許意當亦如是。按他家說鱣鮪同類而有短鼻長鼻肉黃肉白之分爾雅毛鄭許則短鼻長鼻肉黃肉白者統以鮪鮥包之而惟三十六鱗之魚謂之鯉亦謂之鱣古人多云鱣鮪出鞏穴渡龍門為龍今俗語云鯉魚跳龍門葢牽合為一非一日矣从魚里聲。良止切一部

十一篇下　九

鱣鯉也。衛風毛傳曰鱣鯉也許本之以鮪鮥例之此當同鄭曰大鯉也葢鱣與鯉同類而別異猶鮥與鮪同類而別異从魚亶聲。張連切十四部

鱣籀文鱣。从宛蟺為聲

鱄鱄魚也。士喪禮魚鱄鮒九鱄鮒皆常用之魚也故春秋有名鱄字子魚者呂覽曰魚之美者洞庭之鱄今本作鱒非也廣韵鱄出洞庭湖山海經曰鱄魚其狀如鮒而彘尾江賦亦有鱄鱄與鱒葢非一物从魚專聲。旨兖切十四部郭樸音轉如團扇之團

鮦鮦魚。舊作魚名今正許書之例不言某名也釋魚曰鰹大者鮦小者鮵許無鰹鮵字一曰鱅也。此一曰猶今言一名也許書一字異義言一曰一物異名亦言一曰不嫌同辭也此六字本相接誤解者失其義中閒以从魚同聲四字今正本艸經蠡魚一名鮦魚陸德明所據作蠡釋魚鱧郭注鮦也此由不考鱧非蠡之故若釋文云鱧又作蠡則淺人所改耳毛詩傳曰鱧鮦也正義云諸本或作鱧鯇作鯇則與舍人爾雅不異按作鯇不誤淺人認鱧為蠡因改鯇為鮦也蠡卽鱺鱺與鱧異物異

蠡ㄌㄧˇ　䱾ㄌㄡˊ　鰜ㄐㄧㄢ　鯈ㄔㄡˊ　䱱ㄊㄡˊ　鯾ㄅㄧㄢ　鯿。　魴ㄈㄤˊ

字陶通明說本艸曰蠡今皆作鱧字此郭誤注爾雅之由也許以鱯魱鱧鯇為一魚蠡鮦為一魚蠡卽今俗所謂烏魚或曰烏鱧頭有七星之魚也爾雅鱧鯇為一鱧鮦為一鱧鯇為一古說本不誤而郭氏妄疑之鱧鯇又非下文之鱧鮦鯇也而郭氏妄合之。此當直云鱺也上四字淺人所加當刪鮦卽今頭有七星之魚俗云烏鱧其字正當作蠡或釋魚郭本作鱧鮦也舍人本作蠡鯇也毛詩魚麗或作鱧鮦也與郭合或作鱧鯇也與舍人合詳詩正義初疑郭自釋鱧為鮦非爾雅正文作鱧鮦但陸璣詩疏正引爾雅曰鱧鮦也許慎謂之鱧魚然則爾雅正文實有如此本為許所本今詩疏謂之蠡魚譌作謂之鱧魚从魚同聲。讀若絝襱。絝襱見衣部丈冢切故鮦亦直隴切九部鮦陽縣則音轉讀若紂

蠡鮦也。正與鮦篆轉注本艸作蠡魚省作蠡陶貞白云今皆作鱧字按此名之所以不正也从魚蠡聲。蠡作蠡少一畫者誤今盧啟切古音在十六部與豊聲在十五部不同

䱾䱾魚也。三字今正一名鯉。一名鰜。二名皆當作一曰此一名鯉耳非卽

十一篇下　十

三十六鱗之鯉也从魚婁聲。洛侯切四部

鰜鰜魚也。三字今正按當作鰜魚也玉篇曰鰜大青魚類篇曰鰜魚大而青是為一物也廣韵云比目魚因鳥有鶼皮傳耳从魚兼聲。古甜切七部

鯈鯈魚也。周頌箋云鰷白鰷也爾雅鮂黑鰦郭云卽白鯈魚江東呼為鮂莊子鯈魚出游從容按白鯈卽今白鰷條山海經北山篇彭水鯈魚其狀如雞而赤毛三尾六足四首其音如鵲此異物非常有者也晉水鯈魚其狀如鯈鯈者白鯈魚也玉篇合二物為一疏矣从魚攸聲。其字亦作鮴亦作鰷俗作鯈其音皆直由切大徐同在三部今音迢

䱱䱱魚也。从魚豆聲。天口切四部亦作鮭

鯾鯾魚也。爾雅郭注曰江東呼魴魚為鯾海內北經大鯾居海中郭曰鯾卽魴也从魚便聲。房連切古音在十一部

鯿鯾或从扁。便扁聲同

魴赤尾魚也。周南曰魴魚頳尾釋魚曰魴魾傳曰魚勞則尾赤按此傳當有魴魚也三字以魴勞赤尾與如燬非謂魴必頳尾也左傳如魚頳尾衡流而方

鯉
鱣
鱄
鮦
蠡
䱾
鰜
鯈
䱱
鯾
魴

鰟 鱮 鮍 鰱 魩 鮒 ⿰魚巠 ⿰魚脊

羊亦謂其囷頓許以赤尾魚釋魴殆失之魴即鰟魚也許列字亦二篆相比近而不言爲一 从魚方聲。符方切十部

【鰟】籀文魴从㫄。此依小徐及玉篇

【鱮】鱮魚也。齊風其魚魴鱮傳曰魴鱮大魚箋云鱮似魴而弱鱗陸疏曰鱮似魴厚而頭大其頭尤大而肥者徐州人謂之鰱廣雅曰鱮鰱也 从魚與聲。徐呂切五部

【鰱】鰱魚也。按許列字亦二篆相比近而不言爲一 从魚連聲。力延切十四部

【鮍】鮍魚也。从魚皮聲。敷羈切古音在十七部

【魩】魩魚也。廣雅魩鱮也謂魩亦名鱮鱅之類也 从魚幼聲。讀若幽。於糾切三部按廣雅玉篇於堯切

【鮒】鮒魚也。鮒見易禮鄭注易曰鮒魚微小虞翻曰鮒小鮮也王逸注大招及廣雅皆云鰿鮒也 从魚付聲。符遇切古音在四部

【⿰魚巠】⿰魚巠魚也。尚書大傳曰大都⿰魚巠魚鄭注大都門都⿰魚巠魚今江南以爲鮑 从魚巠聲。仇成切十一部

【⿰魚脊】⿰魚脊魚也。今人所常食也 从魚脊聲。資昔切十六部按或作鰿責脊亦十六部也或作鯽非是

鱺 鰻 鱯 魾 鱧 ⿰魚果 鱨

【鱺】鱺魚也。此即今人謂鰻爲鰻鱺之字也與鱧鱯鱧皆不同類篇云小鯛也此用郭注爾雅語 从魚麗聲。郎兮切十六部

【鰻】鰻魚也。亦二篆相比近而不言爲一蓋許於此等在疑信之閒 从魚曼聲。母官切十四部

【鱯】鱯魚也。郭注釋魚曰鱯似鮎而大白色按今江中多有之俗謂爲同魚聲之誤耳水經注河陽縣度口水有二源一曰清檢一曰濁檢清水出鱯濁水出鮐常以二月八月取華陽國志鱯譌爲鰻 从魚蒦聲。胡化切古音在五部

【魾】大鱯也。其小者名鮡。見釋魚丕訓大此會意兼形聲也爾雅魴魾亦謂魴之大者爲魾 从魚丕聲。敷悲切古音在一部

【鱧】鱯也。釋魚毛傳鱧鯇爲一許鱧鱯爲一各有所受之也 从魚豊聲。盧啓切十五部

【⿰魚果】鱧也。齊韵曰⿰魚果似鮎與說文合 从魚果聲。胡瓦切十七部

【鱨】揚也。揚各本从木誤魚麗傳曰鱨揚也陸疏曰今黃頰魚也似燕頭魚身形厚而長大頰骨正黃魚之大而有力解飛者徐州人謂之揚按山海經之鰄郭云黃頰魚也 从魚嘗聲。市羊切十部

鱏 鯢 鰼 鰌 鯇 魠 鮆

【鱏】鱏魚也。郭景純說鮪即鱣也許意不尒故二篆劃分異處劉注蜀都賦曰鱏魚出江中頭與身正半口在腹下亦與陸璣所說鮪狀正同鱏今字作鱘見陳藏器本艸 从魚覃聲。余箴切七部師古曰今俗語讀尋 傳曰伯牙鼓琴鱏魚出聽。傳曰者諸書多有之不定爲何書也諸書或作鱏魚或作淫魚或作潛魚皆出聲近傳意謂大魚耳淫者大也

【鯢】剌魚也。剌盧達切或作刺者誤剌魚者乖剌之魚謂其如小兒能緣木史漢謂之人魚釋魚曰鯢大者謂之鰕郭云今鯢魚似鮎四腳前似獮猴後似狗聲如小兒啼大者長八九尺別名鰕按此魚見書傳者不下數十處而人不之信少見則多怪也余在雅州親見之廣雅魶鯢也亦謂此集韵有魶字刺之俗 从魚兒聲。形與聲皆如小兒故从兒舉形聲包會意也五雞切十六部

【鰼】鰌也。見釋魚郭云今泥鰌按山海經之鰼魚別是一物 从魚習聲。似入切七部

【鰌】鰼也。从魚酋聲。七由切三部

【鯇】鯇魚也。釋魚鱧鯇也毛傳同許於鱧下云鱯也不云鯇也故鯇篆劃分異處蓋其所傳不同鯇鱓古今字今人曰鱓子讀如混多食之 从魚完聲。戶版切舊音也十四部又胡本切今音也音轉而形改爲鱓矣

【魠】哆口魚也。哆者張口也上林賦鰅鰫鰬魠郭注魠鱯也一名黃頰郭語恐非許意鱯是黃頰則當與鱨爲伍廣雅曰魧鰽魠也以魠爲名取開拓之意 从魚乇聲。他各切五部

【鮆】刀魚也。歙而不食。各本作飲而不食刀魚也今依韵會本漢書貨殖傳顏注正如此下多者字刀魚今人語尚如此以其形像刀也俗字作魛尚書大傳有魚刀蓋即此飲而不食故其形纖側而味清雋春出江中人多食之山海經云苕水注於具區其中多鮆魚郭云鮆魚狹薄而長頭大者尺餘太湖中今饒之郭不係江係太湖者以經云具區也今太湖中尚時有之又按釋魚鮤鱴刀郭云今之鮆魚亦呼爲魛魚郭說蓋非鄭注周禮辨物爲鱴刀含漿之屬鱴刀含漿必皆蚌蛤之類故

鱮鰱鮍魩鮒⿰魚巠⿰魚脊鱺鰻鱯魾鱧⿰魚果鱨鱏鯢鰼鰌鯇魠鮆

鮀ㄊㄨㄛˊ 鮎ㄋㄧㄢˊ 鰋ㄧㄢˇ 鮷ㄊㄧˊ 鰋○ ⿰魚賴ㄌㄞˋ ⿰魚朁ㄘㄣˊ ⿰魚翁ㄨㄥ ⿰魚臽ㄒㄧㄢˋ 鱖ㄍㄨㄟˋ

譌之種物不得因一刀字附會也○周禮正義云孫注爾雅刀魚與鱭別然則孫讀鱭爲逗刀爲句郭蓋同九江有之○九江潯陽江東至於醴以下也从魚此聲○徂禮切十五十六部漢書音義曰楚人言薺魚

鮀 鮎也○釋魚毛傳皆曰鯊鮀也許以鯊系樂浪潘國釋鮀爲鮎於古說不同蓋有所受之也春秋傳名鮀者字子魚玉裁又按鯊見於詩爾雅毛傳皆曰鯊鮀也許當無異說不當訓鮀爲鮎而以鯊爲出樂浪潘國蓋鮎鰋也鰋鮎也許同爾雅毛傳而鮀下訓沙也亦與古同毛詩鯊本作沙故說文無鯊字鮀下云沙也淺人以爲怪遂竄改錯亂如此諸書紀載雖有鯋字从沙省聲此樂浪潘國之魚非詩之沙也故不相牽混許書之精嚴如此○邪風莎雞古祇作沙○釋魚開卷鯉鱧爲一鰋鮎爲一鯊鮀爲一許說皆同惟鱧鯇爲一許說不同○舍人云鯊石鮀也郭云今吹沙小魚也體圓而有點文从魚它聲○徒何切十七部

鮎 鰋也○釋魚及魚麗傳曰鰋鮎也孫炎云鰋一名鮎郭別鰋鮎爲二非也从魚占聲○奴兼切七部

鰋 鮀也○謂之鰋者以其偃額也偃者仰也玉裁按鮀也乃鮎也之誤妄人所改也从魚晏聲○於幰切十四部

鰋或从匽○今經典皆如此作

鮷 大鮎也○从魚弟聲○此字詩爾雅釋文廣韵作鮧从夷文選蜀都賦及玉篇作鮷未知孰是以夷弟篆體易譌也山海經傳曰今亦呼鮎爲鮷字林曰青州人呼鮎鯷郭注爾雅曰鮎別名鯷江東通呼鮎爲鮧蓋鮷鯷鮷三形一字同大兮反而鮧則別一字別一音不當合而一之杜兮切十五部

⿰魚賴 ⿰魚賴魚也○从魚賴聲○洛帶切十五部

⿰魚朁 ⿰魚朁魚也○此是魚名類篇謂即小魚爲魿之魿非也从魚朁聲○鉏箴切七部

⿰魚翁 ⿰魚翁魚也○从魚翁聲○烏紅切九部

⿰魚臽 ⿰魚臽魚也○从魚臽聲○戶賺切八部

鱖 鱖魚也○篇韵皆曰大口細鱗有斑文即今人所食之鱖魚也而釋魚鱊鮬鱖鯞郭云小魚也似鮒子而黑俗呼爲魚婢江東呼爲妾魚羅端良以今之彭皮當之玉裁謂鯞音同婦鱊鱖音近鮬鯞音近鱖婦即今俗謂之鬼婆子是也非別有細魚鯞音章酉反非

鯫ㄗㄡ 鱓ㄕㄢˋ 鮸ㄇㄧㄢˇ 魵ㄈㄣˊ ⿰魚虜ㄌㄨˇ 鰸ㄑㄩ 鯜ㄑㄧㄝˋ ⿰魚巿ㄅㄟˋ

从魚厥聲○居衛切十五部

鯫 白魚也○白而小之魚也史記鯫千石徐廣曰鯫鯫魚也張守節曰鯫小魚也按鯫是小魚之名故小人謂之鯫生師古於漢書作鯫字音輒蓋未然从魚取聲○士垢切四部漢書鯫生服虔曰鯫音淺鯫小人兒也淺鯫漢人有此語通作鄹釋名奏者鄒也鄒狹小之言也又居約矜而鄒者曰陷虜淺鯫即淺鄒俗人不曉乃讀爲音淺句絕矣

鱓 鱓魚也○今人所食之黃鱓也黃質黑文似蛇異苑云死人髮化其字亦作鱓俗作鱔或叚鮮字爲之如蟬篆下云非蛇鮮之穴無所底是也或叚鱣爲之如楊震傳鳥銜三鱣是也各本此下有皮可爲鼓四字由古以鼉皮冒鼓鼉鱓皆从單聲古書如呂覽等皆叚鱓爲鼉淺人猶讀古書率尒妄增不知字各有本義許書但言本義則此四字可刪於黽部而不可贅於此也今刪正从魚單聲○常演切十四部

鮸 鮸魚也○隋煬責貢四方海錯幾盡首曰鮸魚按今江浙人所食海中黃花魚乾之爲白鯗即此魚也一名石首魚首中有二石許云出薉邪頭國者蓋許據所見載籍言之江賦鰋鯊順時而往還注云字林曰鰋魚出南海頭中有石一名石首然則此魚又名鰋南海亦有之出薉邪頭國○薉邪頭國穢貊也从魚免聲○亡辨切古音在十三部

魵 魵魚也○釋魚曰魵鰕謂魵魚一名鰕魚也出薉邪頭國○陳氏魏志范氏後漢書東夷傳皆曰濊國海出班魚皮今一統志朝鮮下亦云介班魚即魵魚也郭注爾雅云出穢邪頭國見呂氏字林郭注但偁字林不偁說文豈所謂逐末忘本者非邪从魚分聲○符分切音轉如頒十三部

⿰魚虜 ⿰魚虜魚也○出樂浪潘國○樂音洛浪音郎樂浪番國眞番也番音潘从魚虜聲○郎古切五部

鰸 鰸魚也○狀似鰕○俗本作蝦誤無足○鰕有足鰸則似鰕而無足集韵類篇奪無字非也長寸○大如叉股○叉今釵字出遼東○从魚區聲○豈俱切古音在四部

鯜 鯜魚也○出樂浪潘國○从魚妾聲○七接切八部

⿰魚巿 ⿰魚巿魚也○出樂浪潘國○从魚

朱聲。博蓋切十五部

⿰魚匊魚也。出樂浪潘國。从魚匊聲。居六切三部一曰⿰魚匊魚出九江。九江錢本作江東爾雅音義引無東皆非也有兩乳。一曰溥浮。上一曰別其義⿰魚匊卽今之江豬亦曰江豚樂浪潘國與九江同產此物云一曰者截異說然其地也下一曰猶今言一名也溥浮俗字作鱄鮒音姑覆浮二反鱄一作鱄吳東門謂鱄鮒門卽今蘇州葑門也鱄魚鱄是疑亦江豚之類也謂之海豚

魦魚也。出樂浪潘國。从魚沙省聲。詩小雅有鯊則爲中夏之魚非遠方外國之魚明甚蓋詩自作沙字吹沙小魚也樂浪潘國之魚必出於海自作魦字其狀不可得而言也或云卽鯊魚然魦鯊二篆不相連屬也所加切十七部

鱳魚也。出樂浪潘國。从魚樂聲。盧各切古音在二部

鮮魚也。出貉國。按此乃魚名經傳乃叚爲新鱻字又叚爲尟少字而本義廢矣从魚羴省聲。相然切十四部

鰅魚也。皮有文。上林賦郭注曰鰅魚有文彩按長卿謂八川之中有之侈靡過其實也據下文樂浪乃有之然平子賦南都亦曰鰅鱅鰅鱅是南陽有之出樂浪東暆。見日部神爵四年初捕收輸考工。捕當作搏搏索取也今人用捕字漢人多用搏字神爵孝宣帝年號百官公卿表少府屬官有考工捕此魚輸考工者用其皮飾器也周成王時揚州獻鰅。見周書王會篇蓋漢時揚州地已無此物矣今王會篇作禺禺攷上林賦鰅與禺禺爲二物作禺禺非是从魚禺聲。魚容切按禺聲古音在四部漢書注音顒徐廣李善音鰫

鱅魚也。史記上林賦鰅鱅鰬魠漢書文選鱅皆作鰫非是據許書鰫鱅判然二物且郭注上林云鱅常容反與鰫字音正同叚令从容聲則不得反以常容矣郭云鱅似鰱而黑陸璣云鱮徐州人謂之鰱或謂之鱅从魚庸聲。蜀容切九部

鰂烏鰂魚也。四字句烏俗本作鰞今正陶貞白云是鷃烏所化其口腹猶相似腹中有墨能吸波噀墨令水溷黑自衛劉淵林云腹中有藥謂其背骨今名海螵蛸是

也从魚則聲。昨則切一部吳都賦作鰂他書作鯽

鯽或从卽。此乃俗鯽字以卽聲古音在十二部也今人用爲鯽魚字

鮐海魚也。各本也作名今依史記正義漢書注文選七命注正鮐亦名侯鮐卽今之河豚也吳都賦王鮪侯鮐以王侯相儷改作鯸者非貨殖傳鮐鮆千斤鮐狀如科斗背上青黑有黃文詩黃髮台背毛曰台背大老也箋云台之言鮐也大老則背有鮐文是謂台爲鮐之叚借字今爾雅作鮐背从魚台聲。徒哀切一部

鮊海魚也。从魚白聲。旁陌切古音在五部玉篇讀平亞切廣韵禡韵作鮁讀若書白不黑。未知所出大玄昆次三曰昆白不黑不相親也疑用此語

鰒海魚也。郭注三倉曰鰒似蛤一偏著石廣志曰鰒無鱗有殼一面附石細孔雜雜或七或九本艸曰石決明一名鰒魚李時珍云與石決明同類殊種从魚复聲。蒲角切三部

鮫海魚也。皮可飾刀。今所謂沙魚所謂沙魚皮也許有魦字云从沙省蓋卽此魚陳藏器曰沙魚狀皃非一皆皮上有沙堪揩木如木賊蘇頌曰其皮可飾刀靶按其皮可磨錯故通謂之錯魚音措各切有鐇錯有橫骨在鼻前如斤斧形者也有出入鮨子朝出求食莫還入母腹中者也淮南子鮫革犀兕爲甲胄中山經有鮫魚郭云卽此魚中廣黿鼉鮫龍本又作蛟从魚交聲。古肴切二部

⿰魚畺海大魚也。此海中魚最大者字亦作鯨羽獵賦作京京大也从魚畺聲。渠京切古音在十部春秋傳曰取其⿰魚畺鯢。宣公十二年左氏傳文劉淵林注吳都賦裴淵廣州記皆云雄曰鯨雌曰鯢是此鯢非刺魚也

鯨⿰魚畺或从京。古京音如姜

鯁魚骨也。故其字从魚與骨部骾字別而骨骾字亦多借骾爲之爾雅曰魚枕謂之丁魚腸謂之乙魚尾謂之丙今益之曰魚骨謂之鯁魚甲謂之鱗魚臭謂之鮏从魚更聲。古杏切古音在十部

鱗魚甲也。甲者鎧也魚鱗似鎧亦有無鱗有甲之魚鱣是也从魚粦聲。力珍切十二部

鮏魚臭也。魚气也與肉部胜義別字俗作鯹从魚生聲。桑經切十一部

⿰魚匊魦鱳鮮鰅鱅鰂鮐鮊鰒鮫⿰魚畺鯁鱗鮏

鱢 鮏臭也从魚喿聲穌遭切二部周禮曰膳膏臊按此六字當作讀若周禮曰膳膏臊八字蓋臊从肉見肉部云豕膏臭也與先鄭說同然則許所據周禮不作膳膏鱢鱢與鮏同義

鮨 魚䏰醬也䏰字衍䏰者豕肉醬也引申爲魚肉醬則偁魚䏰可矣公食大夫禮牛鮨注曰內則鮨爲膾然則膾用鮨謂此經之醢牛鮨即內則之醢牛膾也軒而切之爲膾更細切之則成醬爲鮨矣鮨者膾之取細者也牛得名鮨猶魚得名䏰也鄭曰今文鮨作鰭按鰭是叚借字說文有耆無鰭出蜀中謂魚醬獨蜀中有之从魚旨聲旨夷切十五部一曰鮪魚名鮪魚名當作鮨魚也三字一句謂有魚名鮨也

鮺 藏魚也釋名曰鮓菹也以鹽米釀魚爲菹孰而食之也按古作鮺之法令魚不朽壞故陶士行遠遺其母卽內則之魚膾䏿而切之者也南方謂之魿北方謂之鮺此一說也周禮注曰荊州之鮺魚然則南方亦言鮺一曰大魚爲鮺小魚爲魿此又一說也此十字舊在下篆鮺也之下今依廣韵移倂从魚差省聲側下切十七部俗作鮓

魿 鮺也渾言不別析言則別之从魚今聲徂慘切古音在七部廣韵昨淫切玉篇才枕才箴二切

鮑 饐魚也饐飯傷溼也故鹽魚溼者爲饐魚周禮籩人有鮑注云鮑者於煏室中糗乾之出於江淮師古注漢書曰鮑今之鮿魚也鄭以爲於煏室乾之非也秦始皇載鮑亂臭則是鮿魚耳而煏室乾者本不臭也鮿於業反按玉篇作裛魚皆當作浥耳浥浥溼也釋名曰鮑腐也埋藏淹使腐臭也从魚包聲薄巧切古音在三部

魿 蟲連行紆行者考工記梓人注曰連行魚屬紆行蛇屬按紆者詘也縈也蛇行必縈曲从魚令聲郎丁切古音在十二部

鰕 鰕魚也三字句各本作魵也今正鰕者今之蝦字古謂之鰕魚如鼉曰鼉魚馬部騢下云色似鰕魚驒下云文如鼉魚郭注爾雅云今青州呼鰕魚爲鰝皆其證鰕篆是此物正字不訓以鰕魚則騢之似鰕魚驒之狀似鼉爲似何物乎況鰕篆之下緊接鰝篆釋云大鰕鰝爲今之大鰕無可疑者若如各本則鰝不爲大魵乎由釋魚有魵鰕之文郭曰出穢邪頭國與說文魵解同淺人遂改鰕篆之解爲魵也不知許立文之例以類相從鰕果是魵則鰕篆必次魵篆後不次鰝篆前至於物有同名異實者如爾雅鰕三見鰝大鰕則今之蝦也魵鰕則穢邪頭之魚也鯢大者謂之鰕則今有四脚之魚也而皆謂之鰕豈可合而一之乎鰕本有長須水蟲之正字古亦借瑕爲之凡叚聲如瑕鰕騢等皆有赤色古亦用鰕爲雲赮字从魚故爾雅鰕在釋魚叚聲乎加切古音在五部

鰝 大鰕也見釋魚郭云鰕大者出海中長二三丈鬚長數丈今青州呼鰕魚大者爲鰝鰕吳都賦曰單鰝鰕从魚高聲胡倒切二部

鮥 當互也見釋魚今爾雅互作鮔郭云海魚也似鯿而大鱗肥美多鯁今江東呼其最大長三尺者爲當鮔鮔音胡按集韵類篇模韵鮔字注云吳人以爲珍卽今時魚亦釋郭注誠謂時魚也時魚七之作鰣或作鯑廣韵亦曰鰣魚似魴肥美江東四月有之但依許氏立文之例求其義則鰕至鮚六字皆字从魚而實非魚者故殿於魚部之末如蠅鼅鼄竈必居黽尾黿鼉騤騟必廁馬後也然則許說爲何物不可知而必與郭說異亦猶鮆刀鄭云薺物郭乃云薺魚互俗作鮔蓋非是當是罜之省者罜䍡見网部从魚各聲其久切三部按字林作鮥鮇鮪也鮥當鮔也與爾雅說文互易乃鮥鮥字之互譌耳而五經文字乃云鮥其救反又音洛洛乃鮥音鮥豈有洛音哉凡五經文字可議處類此○釋文云字林作鮥音洛今洛誤格

魧 大貝也貝海介蟲也居陸名猋在水名函釋魚曰大者魧尚書大傳曰散宜生得大貝如車渠車渠車网也車网者輮也江賦字作蚢从魚故爾雅介蟲皆入釋魚亢聲一曰魚膏別一義讀若剛古郎切十部文選胡剛切

鮩 蚌也蚌者蜃屬亦名鮩从魚丙聲兵永切古音在十部

鮚 蚌也地理志會稽郡鄞縣有鮚埼亭師古曰鮚蚌也長一寸廣二分有一小蟹在其腹中埼曲岸也其中多鮚故以名亭按此名瑣鮚瑣者小也鮚之小者江賦瑣鮚腹蟹注引南越志曰瑣蛣長寸餘大者長二三寸腹中有蟹子如榆莢合體共生皆爲蛣取食从魚吉聲巨乙切十

二部文選字作鮚漢律會稽郡獻鮚醬二斗。二斗二字依廣韵補廣韵斗誤升小徐本作三斗

鮅 魚名。从魚必聲。毗必切按自鮅至鮵十篆蓋皆非許書所本有以魚部鰿鯆爲魚子自魼至鱷皆魚名自鯁至鮑皆泛言魚之體魚之用自鰕至鮚皆字从魚而實非魚者至此而魚部畢矣不當又舉魚名及魚之狀皃故知必淺人所增也釋魚云鮅鱒系一魚二名儻許錄鮅字便當與鱒相聯由許時爾雅本無鮅字但作必必則例不錄

鱹 魚名。从魚瞿聲。九遇切

鯸 魚名。从魚矦聲。乎鉤切按吳都賦鯸鮐當是本作矦鮐故與王鮪相儷廣雅鯸鮔即矦鮐之俗字也叚令許錄鯸字則當廁於鮐篆之上

鯛 骨耑脃也。从魚周聲。都僚切如其義則當與鯁篆相屬篇韵皆曰魚名何也

鯙 烝然鯙鯙。从魚卓聲。都教切按詩南有嘉魚烝然罩罩傳曰罩罩籗也音義罩張教反此傳詩作鯙鯙不言其義篇韵皆不載其字大徐云都教切者非唐韵有此字此音乃傳合毛詩音義爲此音耳集韵類篇攷韵亦無此字惟覺韵有此字訓曰魚名蓋其可疑如此

鮁 鱣鮪鮁鮁。从魚犮聲。北末切按毛詩鱣鮪發發傳曰發發盛皃音義云補末反韓詩作鮁是作鮁者非毛非韓不可信又不言其義篇韵皆無鮁字其可疑如此

鮇 鯕魚出東萊。从魚夫聲。甫無切依玉篇當作鮇鯕魚

鯕 魚名。从魚其聲。渠之切按其訓當云鮇鯕也廣韵七之又單出鯕字云鯿魚

鮡 魚名。从魚兆聲。治小切按字見爾雅鱯之小者也叚令許錄此字當與鱯篆相屬

魞 魚名。从魚乙聲。呼跨切

鱻 新魚精也。云精者即今之鯖字廣韵云煮魚煎食曰五侯鯖煎食作煎肉者誤謂以新魚爲肴也周禮𩽹人辨魚物爲鱻薧鄭司農曰鮮生也薧乾也詩思文正義引鄭注尚書曰眾鱻食謂魚鼈也引申爲凡物新者之偁庖人六畜六獸六禽亦偁鱻薧史言數見不鮮許書玼下云新玉色鮮也㶂下云不鮮也其字蓋皆本作鱻凡鮮明鮮新字皆當作鱻自漢人始以鮮代鱻如周禮經作鱻注作鮮是其證至說文全書不用叚借字而玼下㶂下亦皆爲淺人所改今則鮮行而鱻廢矣 从三魚。相然切十四部 不變魚也。也字今補此釋从三魚之意謂不變其生新也他部如麤驫猋等皆謂其生者鱻則謂其死者死而生新自若故曰不變

文一百三　重七

鰲 二魚也。此即形爲義故不言从二魚二魚重而不竝易所謂貫魚也魚行必相隨也晉語暇豫之吾吾不如烏烏韋注吾讀如魚韓文公詩用魚魚雅雅豈即本國語乎从二魚與从三魚不同三魚謂不變其新二魚謂連行可觀語居切五部 凡鰲之屬皆从鰲。所以不併入魚部必立此部者以有瀺字从鰲也

瀺 捕魚也。搏舊作捕今正搏索持也漢人用搏字多如此捕魚字古多作魚如周禮𩽹人本作魚此與取鼈者曰鼈人取獸者曰獸人同也左傳公將如棠觀魚者魚者謂捕魚者也呂氏春秋淮南鴻烈高注每

云漁讀如論語之語讀如相語之語尋其文義皆由本文作魚故爲讀若以別諸水蟲周禮音義𩽹本作魚又音御御音即高氏之語音也然則古文本作魚作𩽹其籀文乎至小篆則始爲漁矣周禮當从古作魚人作𩽹者次之作𩽹者非也 从鰲水。必从鰲者捕魚則非一魚也鰲水者魚之驚透於水也語居切五部

漁 篆文瀺从魚。後篆文者亦先二後上之例也

文二　重一

燕 燕燕元鳥也。各本無燕燕二字今補乙下曰燕燕也齊魯謂之乙隹部巂下曰巂周者燕也邶風傳曰燕燕乙也商頌傳曰元鳥乙也釋鳥曰巂周燕燕乙也古多叚燕爲宴安宴享 籋口故以廿像之 布翄故以北像之 枝尾。與魚尾同故以火像之 象形。於甸切十四部 凡燕之屬皆从燕。

文一

龍 鱗蟲之長。能幽能明，能細能巨，能短能長。四句一韵。春分而登天，秋分而潛淵。二句一韵。毛詩蓼蕭傳曰：龍，寵也。謂龍卽寵之叚借也。匀傳曰：龍，和也。長發同。謂龍爲邕和之叚借字也。从肉。與能从肉同。𦣞肉飛之形。𦣞肉二字依韵會補。無此則文理不完。六書故所見唐本作从肉从飛及童省。按从飛謂㇉飛省也。从及謂㇉反古文及也。此篆从飛，故下文受之以飛部。童省聲。謂童也。力鍾切。九部。凡龍之屬皆从龍。

靇 龍也。雙聲轉注。从龍霝聲。郎丁切。十一部。

龕 龍皃。此篆之本義也。叚借爲悅亂字。今人用𢧵堪字，古人多叚龕。文選注引尚書孔傳曰：龕，勝也。从龍今聲。各本作合聲，篆體亦誤。今依九經字樣正。古音在七部侵韵，今音入八部覃韵。口含切。

𪚯 龍耆脊上𪚯𪚯也。士喪禮載魚左首，進鬐。注曰：鬐，脊也。古文鬐爲耆。按此鄭从今文而疊古文於注也。許髟部無鬐，此出耆者，許於此字從禮古文，不從禮今文也。耆者老也，老則脊隆，故凡脊曰耆，或作鬐，因馬鬣爲此字也。龍魚之脊上出者如馬鬣然。上林賦曰：揵鰭掉尾。郭云：鰭，背上鬣也。鰭亦耆之今字。渾言之，耆卽脊；析言，耆在脊上。𪚯𪚯，龍耆皃。从龍幵聲。古賢切。十二部。

龖 飛龍也。廣韵曰：龍飛之狀。从二龍。凡𩐁聲字从此省聲。讀若沓。徒合切。八部。

文五

飛 鳥翥也。羽部曰：翥者，飛舉也。古或叚蜚爲飛。象形。像舒頸展翄之狀。甫微切。十五部。凡飛之屬皆从飛。

翼 翄也。羽部曰：翄者，翼也。二篆爲轉注。翼必兩相輔，故引申爲輔翼。卷阿傳曰：道可馮依以爲輔翼也。行葦鄭箋云：在前曰引，在旁曰翼。又凡敬者必如兩翼之整齊，故毛傳曰：翼，敬也。鄭箋云：小心翼翼，恭愼皃。从飛異聲。與職切。一部。

𩙣 籒文翼。小徐有此三字。

𦐊 篆文翼从羽。先籒後篆者，亦先二後上之例也。翼爲飛之屬。

文二　重一

非 韋也。韋各本作違，今正。違者，離也。韋者，相背也。自違行韋廢，盡改韋爲違。此其一也。非以相背爲義，不以離爲義。从飛下翄，謂从飛省而下其翄。取其相背也。翄垂則有相背之象，故曰非韋也。甫微切。十五部。凡非之屬皆从非。

𩇨 別也。別者，分解也。从非己。舊己下有聲字，今刪。己猶身，非己猶言不爲我用。會意。非亦聲。非尾切。十五部。

靡 披靡也。披各本作披，今正。披靡疊韵字。旌下曰：旌旗披靡也。項羽傳：漢軍皆披靡。顏師古、張守節皆普彼反。蓋其字本作披，从木，析也。寫者譌从手。披靡，分散下垂之皃。易中孚九二曰：吾與爾靡之。孟、王皆曰：散也。凡物分散則微細，引申之謂精細可喜曰靡麗。爾下曰：麗爾猶靡麗也，是也。又與亡字、無字皆雙聲，故謂無曰靡。从非麻聲。文彼切。古音在十七部。

靠 相韋也。韋各本作違，今正。相韋者，相背也。故从非。今俗謂相依曰靠，古人謂相背曰靠，其義一也。猶分之合之皆曰離。从非告聲。苦到切。古音在三部。

陛 陛牢謂之獄。五字句。各本作牢也二字，今依韵會本訂。牛部曰：牢者，閑養牛馬圈也。引申之，凡閉罪人者曰陛牢。郎夏均臺，殷羑里，周圜土，秦囹圄，漢若盧也。法言曰：狴犴使人多禮字作狴。猶鄉亭之繫曰犴，朝廷曰獄，字皆从犬。所㠯拘非也。从非，說从非之意。陛省聲。邊兮切。十五部。

文五

卂 疾飛也。引申爲凡疾之偁。故㨗下曰：卂，㨗也。辵部迅从卂。从飛而羽不見。飛而羽不見者，疾之甚也。此亦象形。息晉切。十二部。凡卂之屬皆从卂。

煢 回疾也。回轉之疾飛也。引申爲煢獨，取裴回無所依之意。或作惸，作㷀，作嬛。毛傳曰：煢煢，無所依也。从卂，營省聲。

渠營切十一部

文二

二十一部　文六百八十五　重六十三宋本三作二

凡九千七百六十九字已上十一篇分部及篆文重文及說解字之都數也

說文解字第十一篇下

十一篇下　重　受業黟縣胡積城校字

說文解字第十二篇上

乙孔乳不否至

金壇段玉裁注

乙ㄧˇ

乚 燕燕乙鳥也 燕燕見前篇元鳥二字淺人所增 齊魯謂之乙取其鳴自謼象形也 舊作呼今依韵會正也字今依韵會補謼者評也號也山海經說鳥獸多云其名自號燕之鳴如云乙燕乙雙聲莊子謂之鷾鴯鷾亦雙聲也既得其聲而像其形則爲乙燕篆像其籋口布翄枝尾全體之形乙篆像其于飛之形故二篆皆曰像形也乙象翅開首竦橫看之乃得本與甲乙字異俗人恐與甲乙亂加鳥旁爲鳦則贅矣本音烏拔反十五部入於筆切者非是 凡乙之屬皆从乙

鳦○

鳦 乙或从鳥 按此蓋非古字今爾雅毛傳皆如此作

孔ㄎㄨㄥˇ

孔 通也 通者達也於易卦爲泰孔訓通故俗作空穴字多作孔其實空者竅也作孔爲叚借 嘉美之也 各本無此四字由淺人謂與下複而刪之今依韵會補也當作詞詞者意內而言外也通爲吉塞爲凶故凡言孔者皆所以嘉美之毛傳曰孔甚也是其義甚者尤安樂也或曰詩言亦孔之醜豈嘉美之乎曰此卽今甚字通於美惡之意也 从乙子 會意康董切按此字未見三代用韵之文但以肉好卽邊孔求之疑孔古音在三部故吼孔以爲聲 乙請子之候鳥也 月令仲春元鳥至至之日以大牢祠于高禖天子親往注云高辛氏之世元鳥遺卵娀簡吞之而生契後王以爲媒官嘉祥而立其祠焉 乙至而得子嘉美之也 說从乙子會意之恉 故古人名嘉字子孔 此又以古人名字相應說孔訓嘉美之證見於左傳者楚成嘉字子孔鄭公子嘉字子孔春秋經宋孔父左傳云孔父嘉何休云經稱字按孔父字孔故後以爲氏

乳ㄖㄨˇ

乳 人及鳥生子曰乳獸曰產 生部曰生進也產生也渾言之此復析言之孺下曰乳子也按古書之文多通偁 从孚乙 會意而主切古音在四部 乙者乙鳥明堂月令乙鳥至之日祠于高禖以請子故乳从乙 此說从孚乙會意之恉孚者卵卽孚也乙者請子之候鳥也 請子必以乙至之日者乙春分來秋分去開生之候鳥帝少昊司分之官也 左傳曰元鳥氏司分也此說月令請子必以元鳥至之日之恉

文三 重一

不ㄅㄨˋ

不 鳥飛上翔不下來也 凡云不然者皆於此義引申叚借其音古在一部讀如德韵之北音轉入尤有韵讀甫鳩甫九切與弗字音義皆殊音之殊則弗在十五部也義之殊則不輕弗重如嘉肴弗食不知其旨至道弗學不知其善之類可見公羊傳曰弗者不之深也俗韵書謂不同弗非是又詩鄂不韡韡箋云不當作柎柎鄂足也古聲不柎同 从一一猶天也 他處云一地也此以在上知爲天 象形 謂不也象鳥飛去而見其翅尾形音見上 凡不之屬皆从不

否ㄈㄡˇ

否 不也 不者事之不然也否者說事之不然也故音義皆同孟子萬章曰然則舜僞喜者與孟子曰否注孟子言舜不詐喜也又咸丘蒙問舜南面而立瞽瞍亦北面而朝之孟子曰否注言不然也又萬章曰堯以天下與舜有諸孟子曰否注堯不與之又萬章問曰人有言伊尹以割烹要湯孟子曰否然也萬章又問孔子於衛主癰疽孟子曰否然也萬章又問百里奚自鬻於秦養牲者孟子曰否然注皆曰否不也不如是也注以不如是釋否然今本正文皆譌作否不然語贅而注不可通矣否字引申之義訓爲不通如易之泰否堯典之否德小雅之否難知也論語之予所否者皆殊其音讀符鄙切要之古音則同在弟一部 从口不 會意 不亦聲 方久切古音在一部

文二

至ㄓˋ

至 鳥飛從高下至地也 凡云來至者皆於此義引申叚借引申之爲懇至爲極至許云到至也臻至也假至也此本義之引申也又云親至也竅至也此餘義之引申也 从一 一猶地也

至。　到ㄉㄠˋ　臻ㄓㄣ　𦤶ㄓˋ　臺ㄊㄞˊ　臸ㄖˋ

一在下故云 象形。謂𠫓也不象上升之鳥首鄉上至象下集之鳥首鄉下脂利切古音讀如質在十二部 不上去而至下。句 來也。瑞麥之來爲行來之來 凡至之屬皆从至。

[篆]古文至。

[篆]至也。大雅曰靡閟不到論語兩言民到于今釋詁曰到至也 从至刀聲。都悼切二部

[篆]至也。見釋詁古亦叚溱爲之 从至秦聲。側詵切十二部

[篆]忿戾也。从至至而復孫。會意也 孫遁也。二孫字大徐作遜非古無遜字凡春秋詩書遜遁字皆作孫傳曰孫之爲言孫也不作爲言遜爾雅作遜遁也爲後人所改之俗字許辵部有遜篆亦是後人臆增孫遁也此子孫字引申之義孫之於王父自覺其微小故逡巡遁避之意取諸此至而復逡巡者忿戾之意也 周書曰。有夏氏之民叨𦤶。尚書多方文今本無氏字𦤶作懫按𦤶作懫者天寶閒衞包改也釋文𦤶作懫宋開寶閒改也釋文曰懫勑二反說文之二反不云說文作𦤶知其大字本不作懫矣禮記大學心有所忿懥注云懥怒皃或作懫按懥懫不見許書衞包以意改經非必懫卽𦤶也 𦤶讀若摯。釋文云說文之二反此音懸舊音也大徐丑利切十五部或曰古音當在十二部

[篆]觀四方而高者也。釋名曰觀觀也於上觀望也觀不必四方其四方獨出而高者則謂之臺大雅經始靈臺釋宮毛傳曰四方而高曰臺傳意高而不四方者則謂之觀謂之闕也釋名臺持也築土堅高能自勝持也古臺讀同持心曰靈臺謂能持物淮南子其所居神者臺簡以游大清注臺持也又臺無所鑒謂之狂生注臺持也此皆作臺自可通或作古文𡍲古文𡍲與臺形相似 从至从高省。與室屋同意。按臺不必有屋李巡注爾雅曰臺上有屋謂之謝然則無屋者謂之臺築高而已云與室屋同意者室屋篆下皆云从至者所止也是其意也 㞢聲。徒哀切一部

[篆]到也。不言至言到者到者至之得地者也辵部曰邇近也从臸聲然則二至當重不當竝 从二至。會意至亦聲人質切十二部

到臻𦤶臺臸西𧟄

西ㄒㄧ　棲。　卤。卤。　𧟄ㄒㄧ

文六　重一

[篆]鳥在巢上也。象形。下象巢上象鳥會意上下皆非字也故不曰會意而曰象形鳥在巢上者此篆之本義今音先稽切古音讀如詵讀如僊如西施亦作先施漢書曰西遷也古音在十二十三部 日在西方而鳥西。上西卽下文東西之西也下西西之本義也 故因㠯爲東西之西。此說六書叚借之例叚借者本無其字依聲託事古本無東西之西寄託於鳥在巢上之西字爲之凡許言以爲者類此韋本訓相背而以爲皮韋烏本訓孝鳥而以爲烏呼來本訓瑞麥而以爲行來朋本古文鳳而以爲朋攩子本訓十一月昜气動萬物滋而以爲人偁後人習焉不察用其借義而廢其本義乃不知西之本訓鳥在巢韋之本訓相背朋之本訓爲鳳逐末忘本大都類是微許君言之烏能知之 凡西之屬皆从西。

[篆]西或从木妻。蓋从木妻聲也从妻爲聲蓋製此篆之時已分別西爲東西棲爲鳥在巢而其音則皆近妻矣詩可以棲遲漢嚴發碑作衡門西遲然則雞棲于塒雞棲于桀古本必作雞西論語爲是棲棲古本亦必作西西

[篆]古文西。

[篆]籒文西。按卤下曰从西省若籒文西如此則卤正从籒文卤矣

[篆]姓也。从西圭聲。戶圭切按許書自女部姬姜等十二字而外未有云姓者古之神聖母感天而生故字从女是以姬姜等十二字皆从女其他繼別爲氏或以字或以官或以邑雖亦可謂之姓而其字不容列於說文黃帝姬姓而黃帝之子十二姓者除姬姞字外酉祁己滕箴任荀僖儇依十字許皆不云姓是也惟大部奚下云姓也邵也爲妄人所增而此𧟄篆解云姓也雖篆文亦屬僞羼蓋必有妄人以許書無其姓爲恥而竄入之傳寫遂莫之察許果有此篆必釋其本義不徒云姓也小徐云張說梁四公子記[illegible]𧟄闖依廣韵梁四公子字作𧟄與𧟄各字

文二當云文一　重三

鹵　西方鹹地也。从𠧪省。省字衍此承上文𠧪部从𠧪之籒文也謂卤也囗象鹽形。大徐本無囗小徐譌作圂凡既从某而又象其形謂之合體之象形多不成字其成字者則會意也轉寫者以其不成字而刪之致文理不可讀皆當依此補之合體象形有半成字半不成字者如鹵从卤而又以囗象之是也有兩不成字者如𠧪以弓象鳥以囟象巢是也卤郎古切五部安定有鹵縣。地理志安定郡鹵縣東方謂之㡯。西方謂之鹵。禹貢青州海濱廣斥謂東方也安定有鹵縣謂西方也大史公曰山東食海鹽山西食鹽鹵然對文則分析散文則不拘鹹地俱產鹽引申之春秋經大原亦曰大鹵釋名地不生物曰鹵凡鹵之屬皆从鹵。

鹺　鹹䤈也。䤈字各本缺淺人謂複字而刪之也今補曲禮凡祭宗廟之禮鹽曰鹹鹺鄭注大鹹曰鹺今河東云按鹹䤈古語不容刪字从鹵差省聲。昨河切十七部河內謂之鹺。鄭言河東皆魏地沛人言若虘。五字當作讀若郁郡人言郕六字郁郡鄜縣字本作鄜其土音讀在何切鹺之讀如此也鄜見邑部

鹹　銜也。以疊韵爲訓北方味也。酸苦辛甘下不著某方之味此著之者錯見也从鹵咸聲。胡毚切古音在七部

文三

鹽　鹵也。天生曰鹵。人生曰鹽。十字各本作鹹也二字今正鹽之味鹹鹽不訓爲鹹元應書三引說文天生曰鹵人生曰鹽當在此處上冠以鹵也二字則渾言析言者備矣周禮鹽人掌鹽之政令有出鹽直用不湅治者有湅治者从鹵監聲。余廉切古音在八部古者夙沙初作鬻海鹽。夙大徐作宿古宿夙通用左傳有夙沙衛呂覽注曰夙沙大庭氏之末世困學紀聞引魯連子曰古善漁者宿沙瞿子又曰宿沙瞿子善煮鹽許所說蓋出世本作篇所謂人生曰鹽也凡鹽之屬皆从鹽。

盬　河東鹽池也。地理志河東郡安邑鹽池在西南郡國志亦云安邑有鹽池左氏傳曰郇瑕氏

之地沃饒而近盬服虔注云盬鹽池也土俗裂水沃麻分灌川野畦水耗竭土自成鹽卽所謂鹹鹺也而味苦號曰盬田杜注左氏郭注穆天子傳皆曰盬者鹽池然則盬池古者謂之盬亦曰盬田周禮因以爲鹽不湅治之偁又引申之詩以爲不堅固之偁周禮苦良苦讀爲盬謂物之不佳者也袤五十一里。廣七里。周百十六里。左傳正義後漢書注所引同惟水經注涑水篇引作長五十一里廣六里周一百一十四里爲異魏都賦注猗氏南鹽池東西六十四里南北七十里郡國志注引楊佺期洛陽記河東鹽池長七十里廣七里水經注曰今池水東西七十里南北七十里參差乖異蓋隨代有變从鹽省古聲。公戶切五部

鹼　鹵也。廣韵千廉切水和鹽也从鹽省此篆明明从鹵不如何以云从鹽省僉聲。魚欠切七部

文三

戶　護也。以疊韵爲訓半門曰戶。象形。侯古切五部凡戶之屬皆从戶。

戹　古文戶从木。从木而象其形按此當是籀文加木惟古文作戶故此部文九皆从戶也

扉　戶扇也。釋宮曰闔謂之扉門闔門扇也然則門戶一也从戶非聲。甫微切十五部

扇　扉也。月令乃脩闔扇注云用木曰闔用竹葦曰扇按析言如此渾言之則不拘从戶羽。依韵會本从羽者如翼也式戰切十四部

房　室在旁也。凡堂之內中爲正室左右爲房所謂東房西房也引申之俎亦有房从戶焦氏循曰房必有戶以達於堂又必有戶以達於東夾西夾又必有戶以達於北堂方聲。符方切十部

戾　輜車旁推戶也。輜車者衣車也前後有蔽旁有可開之戶从戶大聲。讀與釱同。徒蓋切十五部

戹　隘也。隘者陋也陋者陝也陝者隘也从戶乙聲。按聲字衍或於雙聲取音此从甲乙之乙取乙乙難出之意也於革切十六部

肁　始開

也。引申爲凡始之偁。凡經傳言肇始者皆肁之叚借。肇行而肁廢矣。釋詁、毛詩傳皆曰肇始也。戈部曰肇擊也。**从戶聿。**聿於語詞有始義。故从聿。治小切。二部。

扆 戶牖之閒謂之扆。釋宮曰：牖戶之閒謂之扆。凡室戶東牖西。戶牖之中閒是曰扆。詩禮多叚依爲之。**从戶衣聲。**於豈切。十五部。

𢨋 閉也。士喪禮注曰：徹帷𢨋之。事畢則下之。襍記注曰：既出則施其𢨋。鬼神尚幽闇也。據此二注，𢨋爲褰舉之義。與東都賦袪黼帷同。疑閉當作開。一說𢨋在開閉之閒。故兼此二義。**从戶劫省聲。**口盍切。按劫省聲疑當作去聲。儀禮音義劉昌宗羌據反，可據也。玉篇亦有羌據一反。

扃 外閉之關也。關者以木橫持門戶也。曲禮入戶奉扃注曰：奉扃敬也。孔疏曰：奉扃之說多家。今謂禮有鼎扃，所以關鼎。今關戶之木與關鼎相似。凡常奉扃之時必兩手向心而奉之。今入戶雖不奉扃，木其手若奉扃然。以其手對戶若奉扃言拳敬也。玉裁謂下文言戶開亦開，戶闔亦闔，知戶闔而入用兩手推戶爲奉扃，若戶開而入，則兩手不偏可矣。戶扃蓋以木橫著於戶爲之機，令外可閉者。鼎關字正作鼏。禮古文叚扃爲之。車上所以止旗者亦曰扃。**从戶同聲。**古熒切。十一部。

文十　重一

門 聞也。以疊韵爲訓。聞者謂外可聞於內，內可聞於外也。**从二戶。象形。**此如門从二孔，不必有反孔字也。莫奔切。十三部。**凡門之屬皆从門。**

閶 閶闔二字今補。離騷、大人賦、淮南子、西京賦、靈光殿賦、大象賦皆云閶闔。王逸、高誘、薛綜、韋昭、李善注皆曰閶闔天門也。八風西方曰閶闔風。**天門也。从門昌聲。**尺量切。十部。**楚人名門皆曰閶闔。**皆字依韵會補。

闈 宮中之門也。釋宮曰：宮中之門謂之闈。周禮保氏使其屬守王闈。注：闈，宮中之巷門。**从門韋聲。**羽非切。十五部。

閻 閻謂之樀。今釋宮檐謂之樀。許所據爾雅有異本作閻。**樀，**

廟門也。木部樀，戶樀也。此樀義不同，謂廟門也。故閻从門。吳語：王背檐而立，大夫向檐。韋云：檐謂之樀。樀，門戶。韋注戶當作也。國語、爾雅字皆當作閻。郭以屋梠釋樀，非是。**从門詹聲。**余廉切。八部。

閎 巷門也。閭者，里中道也。然則閎猶閻也。釋宮：衖門謂之閎。郭引左傳盟諸僖閎。云閎，衖頭門。**从門厷聲。**戶萌切。古音在六部。

閨 特立之戶，上圜下方，釋宮曰：宮中之門謂之閨。其小者謂之閤。**有似圭。从門圭，**會意。**圭亦聲。**古攜切。十六部。

閤 門旁戶也。釋宮曰：小閨謂之閤。按漢人所謂閤者，皆門旁戶也。皆於正門之外爲之。前書注曰：閤，內中小門也。公孫宏傳：起客館，開東閤以延賢人。師古云：閤者，小門也。東向開之，避當庭門而引賓客，以別於掾史官屬也。亦行之。南閤者，如許沖云臣父故大尉南閤祭酒是也。有云內閤者，如晉書衛玠爲太傅西閤祭酒是也。唐時不臨前殿，御便殿，謂之入閤，謂立仗於前殿，喚仗則自東西閤入也。凡上書於達官曰閤下，猶言執事也。今人乃誤爲閣下。**从門合聲。**古沓切。八部。

闟 樓上戶也。齊風傳曰：闥，門內也。許書無闥。闥即今闟字。西京賦說神明臺曰：上飛闥而仰眺。西都賦說井幹樓曰：排飛闥而上出。**从門翕聲。**徒盍切。八部。此二闥皆樓上戶，在高處，故名之曰飛。

閈 閭也。左傳、爾雅釋文、左傳正義、蕪城賦注、玉篇、廣韵引皆作閭。至爾雅疏乃誤爲門，今正。下文曰：閭，里門也。漢書：綰自同閈。應注：楚名里門曰閈。招魂：去君之恒幹。王注：或作恒閈。閈，里也。楚人名里曰閈。按惟左傳高其閈閎，閈用爲凡門之偁。**从門干聲。**侯旰切。十四部。**汝南平輿里門曰閈。**當許時，古語猶存於汝南平輿也。

閭 里門也。周制二十五家爲里。其後則人所聚居爲里，不限二十五家也。里部曰：里，凥也。里門曰閭。**从門呂聲。**力居切。五部。**周禮五家爲比，五比爲閭。閭，侶也。二十五家相羣侶也。**侶當作旅。旅，衆也。此引周禮言閭之古義。見大司徒職。

閻 里中門也。別於閭閈爲里外門也。**从門臽聲。**余廉切。八部。**壛 閻或**

扆𢨋扃門閶闈閻閎閨閤闟閈閭閻

闤闠闉闍闕閞閉闔闑閾閬闢闖闡開闓閜閘閟

闠ㄏㄨㄟˋ　闉ㄧㄣ　闍ㄉㄨ　闕ㄑㄩㄝˋ　閞ㄅㄧㄢˋ　閉ㄒㄧㄝˋ　闔ㄏㄜˊ　闑ㄋㄧㄝˋ　閾ㄩˋ　閾。

从土。闠市外門也。薛綜西京賦注曰闤市營也闠中隔門也劉逵蜀都賦注曰闤市巷也闠市外內門也崔豹古今注曰市牆曰闤市門曰闠李善引倉頡篇曰闠市門也按諸家皆有闤字而許不錄葢以還環包之市之營域曰環其外門曰闠从門貴聲。胡對切十五部

闉闉闍。二字今依詩正義補城曲重門也。城曲各本作城內今依詩正義正鄭風曰出其闉闍傳曰闉曲城也闍城臺也正義曰釋宮云闍謂之臺闍是城上之臺謂當門臺也闍既是城之門臺則知闉是門外之城即今之門外曲城是也故云闉曲城闍城臺按毛分言之許併言之者許意說字从門之恉也有重門故必有曲城其上爲門臺即所謂城隅也故闉闍字皆从門而詩曰出其闉闍謂出此重門也城曲曲城意同从門垔聲。於眞切十三部詩曰。出其闉闍。

闍闉闍也。从門者聲。當孤切五部

闕門觀也。釋宮曰觀謂之闕此觀上必加門者觀有不在門上者也凡觀與臺在於平地則四方而高者曰臺不必四方者曰觀其在門上者則中央闕然左右爲觀曰兩觀周禮之象魏春秋經之兩觀左傳僖五年之觀臺也若中央不闕則跨門爲臺禮器謂之臺門左傳謂之門臺是也此云闕門觀也者謂門有兩觀者偁闕从門欮聲。去月切十五部

閞門欂櫨也。欂櫨柱上枅也枅屋欂櫨也閞則門柱上枅之名从門弁聲。皮變切十四部

閉門扉也。从門介聲。胡介切十五部

闔門扉也。月令乃脩闔扇公羊傳齒著乎門闔釋宮闔謂之扉从門盍聲。胡臘切八部一曰閉也。下文曰閉闔門也易曰闔戶謂之坤

闑門梱也。木部曰梱門橜也相合爲一義釋宮橜謂之闑古者門有二闑二闑之閒謂之中門惟君行中門臣由闑外賈公彥聘禮疏所言是也禮古文闑作槷从門臬聲。魚列切十五部

閾門榍也。木部曰榍者門限也相合爲一義釋宮曰柣謂之閾柣郭千結反即榍字也禮古文閾作或此皆段借字也从門或聲。于逼切一部論語曰。行不履閾。鄉黨文

閬ㄌㄤˋ　闢ㄆㄧˋ　闢。　闖ㄨㄟˇ　闡ㄔㄢˇ　開ㄎㄞ　闓ㄎㄞˇ　闓。　閜ㄒㄧㄚˇ　閘ㄓㄚˊ　閟ㄅㄧˋ

閾古文閾从洫。从洫聲此猶大雅毛詩築城伊淢淢即洫之古文韓詩正作洫

閬門高也。文選甘泉賦注引作門高大之皃也自部曰阬閬也此曰閬門高皃相合爲一義凡許書異部合讀之例如此大雅迺立皋門皋門有伉傳曰王之郭門曰皋門伉高皃按詩伉當是阬之譌甘泉賦閌閬閬其寥郭兮閌亦即阬字許書無閬从門良聲。來宕切十部巴郡有閬中縣。見漢地理志

闢開也。引申爲凡開拓之偁古多段借辟字从門辟聲。房益切十六部

闢虞書曰。闢四門。按此六字當在从門辟聲之下虞書當作唐書說詳禾部从門从𠬞。按此上當依匡謬正俗玉篇補古文闢三字𠬞者今之攀字引也今俗語以手開門曰攀開讀如班古文於此會意書序東郊不開馬本作闢張揖古今字詁云開闢古今字舊讀開爲開非也詳匡謬正俗自衛包徑改闢爲開而古文之見於尚書者滅矣

闖闢門也。魯語闖門與之言皆不踰閾韋注闖闢也从門爲聲。韋委切古音在十七部國語曰。闖門而與之言。謂公父文伯之母與季康子

闡開也。从門單聲。昌善切十四部易曰。闡幽。繫辭傳文

開張也。張者施弓弦也門之開如弓之張門之閉如弓之弛从門开聲。按大徐本改爲从門从开以开聲之字古不入之咍部也玉裁謂此篆开聲古音當在十二部讀如攓帷之攓由後人讀同闓而定爲苦哀切

開古文。一者象門閉从𠬞者象手開門

闓開也。本義爲開門引申爲凡啓導之偁心部曰忻者闓也从門豈聲。苦亥切古音在十五部

閜大開也。引申爲凡大之偁上林賦曰谽呀豁閜司馬彪云谽呀大皃豁閜空虛也方言閜栝也其大者謂之閜从門可聲。火下切十七部大栝亦爲閜。五字葢後人所增

閘開閉門也。謂樞轉軋軋有聲从門甲聲。烏甲切八部

閟閉門也。引申爲凡閉之偁載馳閟宮傳曰閟閉也又段爲祕字閟宮箋曰閟神也此謂閟即祕之段借也示部曰祕神也从門必聲。兵媚

切古音在十二部。春秋傳曰。閟門而與之言。六字當是閟而以夫人言之誤見左傳莊公卅二年閟爲句謂孟任不從也而以夫人言謂莊公以立爲夫人爲辭也

閣 所㠯止扉者。釋宮曰所以止扉謂之閣郭注門辟旁長橜也引左傳高其閈閎而又云閣長杙卽門橜也按郭云門辟旁長橜者謂門開則邊旁有兩長橜使其止而不過也云卽門橜者謂左傳之閣卽他經之闑兩扉中之橜也是二者皆所以止扉皆謂之閣但左傳主謂中門者耳許閣訓門橜閣訓所以止扉則畫然二義許本諸釋宮今本釋宮譌爲閣陸氏音義不辯是非云本亦作閣音各郭注本無此字不知郭氏於衖門謂之閎下引左盟諸僖閎於所以止扉謂之閣下引左高其閈閎郭作注時閣絕未誤爲閎注亦絕無誤也顏師古匡謬正俗分別閎閣二字不同所引左傳作閈閎所引爾雅及注皆作閣今雅雨堂刻本譌亂不可讀左傳高其閈閎猶門也高其門則所以止扉亦必高蓋晉館門不容車失於狹小致子產壞垣故士文伯說門雖小而甚高此處無取閈閎連文陸氏音義亦誤從閎轉云讀者因爾雅或作閣因改左傳作各音與爾雅音義皆爲顚倒見其誤不可不正也閣本訓直橜所以扞格者引申之橫者可以庋物亦曰閣如內則所云天子諸侯大夫士之閣漢時天祿石渠閣皆所以閣書籍皆是也閣字之義如此故凡止而不行皆得謂之閣爾雅作謂之閎於所以止扉何涉乎。子產何以毀垣因門不容車也亦因門閎高也觀孫叔敖患民卑車因教閭里高其梱居半歲民悉自高其車此非閎高而車不得入之證乎故郭云左傳之閎卽門橜也。左傳閈閎杜注閎門也此必有誤杜本乃誤本郭景純顏師古所據本不誤陸之音義孔之正義皆據誤本爲之。又左傳閈字沈重云閉也此必古說蓋閈閎猶禮記之扞格也閈本不从門後人因閎亦加門耳。蔡邕月令章句於脩鍵閉云鍵門牡所以止扉亦謂之剡移鄭注亦云鍵牡閉牝按蔡謂鍵爲門牡許則云閣爲門牡蓋閣居闑之下門之中漢書所謂門牡者而閣居兩旁扉以一長杙上貫於過門板下拄於地故云所以止扉古謂之剡移有闑有閣又有閣者愼於待暴也故曰高其閈閎厚其牆垣以無憂客使閣亦得稱牡而與闑異物。閣與閣皆開門乃用之不比閣爲死物謂梱卽閣誤矣从門各聲。古洛切五部

十二篇上　十一

閣閒閜閼闟閻闀闌閑

閒ㄒㄧㄢˊ　閑。閜ㄜ　閼ㄜˋ　闟ㄧㄡˊ　閻ㄧㄚ　闀ㄒㄧㄤˋ　闌ㄌㄢˊ　閑ㄒㄧㄢˊ

閒 隙也。隙者壁際也引申之凡有兩邊有中者皆謂之隙隙謂之閒閒者門開則中爲際凡罅縫皆曰閒其爲有兩有中一也攷工記說鐘銑與銑之閒曰銑閒篆與篆之閒鉦與鉦之閒曰篆閒鼓閒鉦閒病與瘳之閒曰病閒語之小止曰言之閒閒者稍暇也故曰閒暇今人分別其音爲戶閑切或以閑代之閒者隙之可尋者也故曰閒廁曰閒迭曰閒隔曰閒諜今人分別其音爲古莧切釋詁毛傳曰閒代也釋言曰閒俔也人部曰俔閒見也厂部曰厝石閒見也今音皆去聲凡自其單出言之曰閒从門月。會意也門開而月入門有縫而月光可入皆其意也古閑切十四部

閒 古文閒。此篆各本體誤汗簡等書皆誤今攷正與古文恒同中从古文月也

閜 門傾也。此與上閜篆各字各義或合爲一非也上林賦說大木之狀阬衡閜砢索隱引郭樸云阬衡閜砢者揭蘖傾敧皃也按此閜字當作閜與谽呀豁閜義不同閜砢讀惡可來可二反玉篇引賦正作閜从門阿聲。烏可切十七部

閼 遮擁也。遮者遏也擁者褱也古書壅遏字多作擁閼如許所說則同義異字也。从門於聲。此於雙聲取音烏割切十五部爾雅歲在卯曰單閼讀如蟬蔫

闟 開閉門利也。今俗語云自由自便當作此字从門繇聲。各本作繇聲許有䌛無繇今正按此篆當音由唐韵乃旨沇切未詳一曰縷十紘也。按紘字有譌紘者冠卷非其義疑當作總漢律曰綺絲數謂之絩布謂之總總者謂布縷之數八十縷爲一總卽禾部之稯稯禮經之升也縷者麻縷也

閻 門聲也。从門曷聲。乙鎋切十五部按駱駝鳴聲圖字當作闞

闀 門響也。響疑當作鄉鄉者今之向字門鄉者謂門所向釋宮兩階閒謂之鄉集韵四十一漾引作謂之闀从門鄉聲。許亮切十部

闌 門遮也。謂門之遮蔽也俗謂藥檻爲闌引申爲酒闌字於遮止之義演之也从門柬聲。洛干切十四部

閑 闌也。引申爲防閑古多借爲清閒字又借爲嫺習字从門中有木。會意

十二篇上　十二

閉ㄅㄧˋ　閡ㄏㄜˊ　闇ㄢˋ　關ㄍㄨㄢ　𨷲ㄩㄝˋ　闐ㄊㄧㄢˊ　闛ㄊㄤˊ　閹ㄧㄢ

戶閉切十四部

閉 闔門也。闔下曰閉也與此爲轉注又闔下曰閉門也按左傳高其閈閎疑閈乃閉字之誤 从門。句 才所㠯歫門也。从門而又象撐歫門之形非才字也博計切十五部玉裁按才不成字云所以歫門依許全書之例當云才象所以歫門之形乃合而無象形之云則當是合二字會意故王逸少書黃庭經三用閉字即今閉也而中从午蓋許書本作从門午午所以歫門舂字下曰午杵者也然則此午亦是杵省歫門用直木如杵然轉寫失眞乃昧其本始矣

閡 外閉也。有外閉則爲礙 从門亥聲。五溉切一部

闇 閉門也。借以爲幽暗字 从門音聲。烏紺切七部

關 以木橫持門戶也。通俗文作櫎引申之周禮注曰關界上之門又引申之凡曰關閉曰機關曰關白曰關藏皆是凡立乎此而交彼曰關毛詩傳曰關關和聲也又曰關關設舉兒皆於音得義者也 从門𢇍聲。古還切十四部

𨷲 關下牡也。關者橫物即今之門櫎關下牡者謂以直木上貫關下插地是與關有牝牡之別漢書所謂牡飛牡亡者謂此也月令曰脩鍵閉慎管籥注曰鍵牡閉牝也管籥搏鍵器也然則關下牡謂之鍵亦謂之籥籥即𨷲之叚借字析言之則鍵與𨷲有二渾言之則一物也金縢啟籥見書亦謂𨷲閉兆書者古無鎖鑰字蓋古祇用木爲不用金鐵故說文鍵下祇云鉉不云門牡 从門龠聲。以灼切二部

闐 盛皃也。謂盛滿於門中之皃也詩曰振旅闐闐孟子作塡玉藻盛氣顛實叚顛爲闐也 从門眞聲。待年切十二部

闛 闛闛盛皃也。謂盛滿於門中之皃也楊雄賦西馳闛闛此叚闛爲闛也大司馬注鼓聲不過闛此叚闛爲闛闛即鼓部之鼜也鼜聲不過闛闛即鼓部之鼜也 从門堂聲。徒郎切十部

閹 門豎也。門字今依御覽補豎猶孺也周禮注曰豎未冠者之官名凡文王世子之內豎左傳之使牛爲豎皆是司門則曰門豎故从門 宮中奄昏閉門者。昏各本作閽今正周禮注曰奄精氣閉藏者今謂之宦人他豎不必奄人此豎則奄人也故从奄一說當依小徐作閹閹閉門者一說當作宮中掩門者

閽ㄏㄨㄣ　闚ㄎㄨㄟ　閃ㄕㄢˇ　闌ㄌㄢˊ　⿱二門ㄓㄣˋ　閱ㄩㄝˋ　闋ㄑㄩㄝˋ　闞ㄎㄢˋ

从門奄聲。此當言从門奄奄亦聲英廉切八部

閽 常㠯昏閉門隸也。周禮注曰隸給勞辱之役者周禮閽人王宮每門四人囿游亦如之注云閽人司昏晨以啓閉者刑人墨者使守門按古閽與勳音同易厲閽心馬作熏荀以熏爲勳而易爲勳漢光祿勳鄭一人胡廣曰勳猶閽也主殿宮門戶之職 从門昏。會意 昏亦聲。呼昆切十三部

闚 閃也。此與窺義別窺小視也 从門規聲。去隓切十六部

閃 闚頭門中也。禮運魚鮪不淰注云淰之言閃也 从人在門中。會意王在門中則重王故入王部人在門中則重門入門部失冉切古音蓋在七部。舊此篆在⿱二門篆後今移正

闌 妄入宮亦也。亦舊作掖師古注漢曰掖門在兩旁如人臂掖依許字例當作亦也漢書以闌爲闌字之叚借成帝紀闌入尙方掖門應劭曰無符籍妄入宮曰闌又或作蘭列子宋有蘭子張湛注曰凡物不知生之主曰蘭殷敬順曰史記無符傳出入謂之闌此蘭子謂以技妄遊 从門繇聲。讀若闌。洛干切十四部

⿱二門 登也。登上車也凡有所上皆曰登 从門二。會意臣鉉等曰下言自下而登上也按从門二當作从門丄丄篆當作⿱丄門篇韵⿱丄門字可證直刃切十二部从此爲聲者有閵闠蘭 二古文下字。見二部 讀若軍敶之敶。觀此可以知陣字之俗矣

閱 具數於門中也。具者供置也數者計也計者會也筭也云於門中者以其字从門也周禮大閱注曰簡軍實也左氏春秋大閱傳曰簡車馬也引申爲閱歷又引申爲明其等曰閥積其功曰閱手部揲下曰閱持也易揲之以四謂以四四更迭數之也古叚閱爲穴詩蜉蝣堀閱傳曰堀閱容閱也閱即穴宋玉賦空穴來風莊子作空閱來風司馬彪云門戶孔空風善從之道德經塞其兑閉其門兑即閱之省詩我躬不閱傳云閱容也言我躬不能見容如無空穴以自處也 从門兑聲。弋雪切十五部

闋 事已閉門也。引申爲凡事已之偁詩俾民心闋傳曰闋息也禮記有司告以樂闋 从門癸聲。傾雪切十五部

闞 望也。望者出亡在外望其還也望有倚門倚閭

闊ㄎㄨㄛˋ 閔ㄇㄧㄣˇ 憃。 闖ㄔㄨㄤˇ 耳ㄦˇ 耴ㄓㄜˊ

者故从門大雅闞如虓虎謂其怒視从門敢聲。苦濫切八部闊疏也。去部曰疏通也闊之

本義如是不若令義訓爲廣也从門猶㑥之从囪活聲。苦括切十五部閔弔者在門

也。引申爲凡痛惜之辭俗作憫邶風覯閔既多豳風鬻子之閔斯傳曰閔病也从門文聲。眉殞切十

三部𢡮古文閔。按此篆篇韵不載恐不足據小徐篆作憃然則大徐上體从古文民今寫譌甚汗簡

正从古文民闖馬出門皃。引申爲突兀驚人之辭公羊傳曰開之則闖然公子陽生也何云闖

出頭皃韓退之詩曰喁喁魚闖萍从馬在門中。讀若郴。許讀平聲今去聲丑禁切七部俗語

轉若[illegible]

文五十七　重六

耳主聽者也。者字今補凡語云而已者急言之曰耳在古音一部凡云如此者急言之曰爾在古

十二篇上　圭

音十五部如世說云聊復爾耳謂且如此而已是也二字

音義絕不容相混而唐人至今譌亂至不可言於古經傳

亦任意塡寫致多難讀卽如論語一經言云爾者謂如此

也言譴爾率爾鏗爾者爾猶然也言無隱乎爾一日長乎

爾爾猶汝也言汝得人焉爾乎言得人於此否也公羊傳

三年問焉爾皆訓於此也全經惟有前言戲之耳乃而已

之訓今俗刻作汝得人焉耳乎乃極爲可笑曹操曰俗語

云生女耳耳是不足之詞此古說之存者也音轉讀爲仍

如耳孫亦曰仍孫是也象形。而止切一部凡耳之屬皆从耳。耴耳垂也。

垂各本作𡍮今正从耳下垂象形。丁今補陟葉切八部春秋傳曰秦

公子耴者其耳下垂也故㠯爲名。今按左氏傳秦無公子耴惟鄭七穆子良之子公孫耴

輒字子耳以許訂之古本左傳當作公孫耴白虎通所謂

旁其名爲之字聞名卽知其字聞字卽知其名也左傳云

以類命爲象生而耳垂因名之耴猶生而夢神以黑規其

臀因名之黑臀吳都賦魚鳥聲耴耴音牛乙切非此字

[耳占]ㄉㄧㄢ 耽ㄉㄢ 聃ㄉㄢ [耳甘]。 聸ㄉㄢ 耿ㄍㄥˇ 聯ㄌㄧㄢˊ 聊ㄌㄧㄠˊ

[耳占]小垂耳也。从耳占聲。丁兼切七部耽耳大垂也。淮南墜形訓夸

父耽耳在其北高注耽耳耳垂在肩上耽讀衣褶之褶或作攝以兩手攝其肩之耳也按許書本無聑字耽卽聑也

今本於耽篆之外沾一聑篆誤矣从耳冘聲。丁含切八部詩曰士之耽兮。衞風氓文

此引詩說叚借也毛傳曰耽樂也耽本不訓樂而可叚爲媅字女部曰媅者樂也聃耳曼也。曼者

引也冂曼者耳如引之而大也如曼肩曼睩之曼史記老子列傳曰姓李氏名耳字耼史記索隱老子音義後漢書

桓帝紀注文選遊天台山賦注所引皆如此今本史記作名耳字伯陽謚曰耼後人妄改者也字伯陽見唐固國語

注从耳冉聲。他甘切七部[耳甘]聃或从甘。甘聲聸垂耳也。从耳

詹聲。都甘切八部南方有聸耳國。古祇作耽一變爲聸耳再變則爲儋耳矣耿耳

箸頰也。頰者面旁也耳箸於頰曰耿耿之言黏也黏於頰也邶風耿耿不寐傳曰耿耿猶儆儆也憂之聯綴

十二篇上　夫

於心耿義於此凡云耿者謂專壹也杜林說皮傳耿光而非字義从耳烓省聲。烓小徐作炯大徐本

㷠皆作烓烓讀若冋見火部耿古杏切十一部杜林說耿光也。古文尙書曰文王之耿光離騷注曰

耿光也文曰耿明也从火。依韵會訂聖省聲。凡字皆𠂇形又聲。杜說非也。

徐鍇曰此說或後人所加聯連也。連者負車也負車者以人輓車人與車相屬因以爲凡相連屬之偁

周人用聯字漢人用連字古今字也周禮官聯以會官治鄭注聯讀爲連古書連作聯此以今字釋古字之例从

耳从絲。四字今補會意力延切十四部从耳。耳連於頰。故从耳从絲。絲連不

絕也。故又从絲聊耳鳴也。楚辭曰耳聊啾而慌慌王注云聊啾耳鳴也此聊之本義故字从耳

若詩泉水傳云聊願也箋云聊且略之辭也方言曰俚聊也戰國策民無所聊此等義相近皆叚聊爲憀也憀者憀

賴也又詩傳椒聊椒也不言聊爲語詞葢單評曰椒絫評曰椒聊楚詞亦云懷椒聊之蔎蔎爾雅曰朻者聊朻卽求

椒椒實成叢叢

从耳丣聲丣各本譌作卯篆體亦譌今正洛蕭切古音在三部讀如劉

聖ㄕㄥˋ

通也邶風母氏聖善傳云聖叡也小雅或聖或不傳云人有通聖者有不能者周禮六德教萬民智仁聖義忠和注云聖通而先識洪範曰睿作聖凡一事精通亦得謂之聖从耳聖从耳者謂其耳順風俗通曰聖者聲也言聞聲知情按聲聖字古相叚借呈聲式正切十一部

聰ㄘㄨㄥ

察也察者覈也聰察以雙聲爲訓从耳悤聲倉紅切九部

聽ㄊㄧㄥ

聆也凡目所及者云視如視朝視事是也凡目不能徧而耳所及者云聽如聽天下聽事是也从耳悳會意耳悳者耳有所得也𡈼聲他定切十一部

聆ㄌㄧㄥˊ

聽也二篆轉注匡謬正俗載俗語云聆瓦聆者聽之知微者也文王世子曰夢帝與我九聆此叚聆爲鈴夢天以九个鈴與己也从耳令聲郎丁切古音在十二部

職ㄓˊ

記㪁也㪁舊作微今正記猶識也纖㪁必識是曰職周禮太宰之職大司徒之職皆謂其所司凡言司者謂其善伺也凡言職者謂其善聽也釋詁曰職主也毛傳同見詩蟋蟀十月之交周禮職方亦作識方从耳戠聲之弋切一部

聒ㄍㄨㄚ

讙語也讙者譁也从耳昏聲古活切十五部

聥ㄩˇ

張耳有所聞也廣雅驚也从耳禹聲王矩切五部

聲ㄕㄥ

音也音下曰聲也二篆爲轉注此渾言之也析言之則曰生於心有節於外謂之音宮商角徵羽聲也絲竹金石匏土革木音也樂記曰知聲而不知音者禽獸是也从耳殸聲書盈切十一部殸籀文磬見石部

聞ㄨㄣˊ

知聲也往曰聽來曰聞大學曰心不在焉聽而不聞引申之爲令聞廣譽从耳門聲無分切十三部

䎽。

古文从昏昏聲

聘ㄆㄧㄣˋ

訪也汎謀曰訪按女部曰娉問也二字義略同从耳甹聲匹正切十一部

聾ㄌㄨㄥˊ

無聞也从耳龍聲盧紅切九部

聳ㄙㄨㄥˇ

生而聾曰聳方言聳聾也生而聾陳楚江淮之閒謂之聳荊揚之閒及山之東西雙聾者謂之聳又古多叚聳爲慫方言曰聳悚也又曰聳欲也荊吳之閒曰聳自關而西秦晉之閒相勸曰聳中心不欲而由旁人之勸語亦謂之聳从耳從省聲息拱切九部

聹ㄗㄞˇ

益梁之州謂聾爲聹秦晉聽而不聰聞而不達謂之聹方言曰聹聾也梁益之閒謂之聹秦晉之閒聽而不聰聞而不達謂之聹从耳宰聲作亥切一部

聵ㄎㄨㄟˋ

聾也國語曰聾聵不可使聽韋云耳不別五聲之和曰聾生而聾曰聵从耳貴聲五怪切十五部

𦖻。

聵或从㕡許書㕡聲之字三而遺㕡篆

𦗗。

或从豙作豙應改辛省豙見豕部

聉ㄋㄧㄝˋ

無知意也此意內言外之意無知者其意聉者其聲也方言曰聳之甚秦晉之閒謂之聉注曰言聉無所聞知也疑方言之正文本作謂之聉今本譌从耳出聲讀若孽五滑切十五部

明ㄩㄝˋ

墮耳也見方言从耳月聲魚厥切十五部

𦗚ㄨㄚˋ

吳楚之外凡無耳者謂之𦗚方言曰吳楚之外郊凡無有耳者謂之𦗚其言𦗚者若秦晉中土謂墮耳者明也言若斷耳爲盟斷耳卽墮耳盟當作明字之誤也从耳闋聲五刮切十五部

聅ㄔㄜˋ

軍法㠯矢毌耳也从耳矢會意恥列切十五部司馬灋曰小辠聅之中辠刖之大辠剄之

聝ㄍㄨㄛˊ

軍戰斷耳也大雅攸馘安安傳曰馘獲也不服者殺而獻其左耳曰馘魯頌在泮獻馘箋云馘所格者之左耳春秋傳曰㠯爲俘聝左傳成三年文从耳或聲古獲切古音在一部

馘。

聝或从首今經傳中多从首

𦗥ㄇㄧˇ

乘輿金耳也金耳俗本作金飾馬耳舊本作金馬耳玉篇同今依廣韵五支四紙作乘輿金耳訂正乘輿者天子之車也金耳者金飾車耳也西京賦戴翠帽倚金較薛注金較黃金以飾較也崔豹古今注曰車耳重較也史記禮書彌龍徐廣曰乘輿車金薄繆龍爲輿倚較繆者交錯之形車耳刻交錯之龍飾以金椎乘輿爲然與文虎伏軾龍首衡軛畫爲三事史記之彌卽許之𦗥者本字彌者同音叚借字淺人不得其解乃妄改而不可通矣𦗥非人耳

耹ㄑㄧㄣˊ　聑ㄊㄧㄝˋ　聶ㄋㄧㄝˋ

也故其字殿焉从耳麻聲。讀若湎水。一曰若月令靡艸之靡。亡彼切廣韵亦忙皮切古音在十七部音轉入十六部靡字古多在十六部用故段靡爲𦖋

耹國語曰。回祿信於耹遂。闕。國語今見周語闕者謂其義其音其形皆闕也韋注耹遂地名宋庠音禽後漢書楊賜傳引作黔遂黔亦今聲也而說苑引國語作亭遂竹書帝癸三十年作聆隧災是其字从令从今不可定而許書此篆或後人所偶記註於此者

聑安也。長笛賦曰瓠巴聑柱从二耳。會意二耳之在人首帖妥之至者也凡帖妥當作此字帖其段借字也丁帖切八部文選注引說文丁篋切

聶附耳私小語也。口部咠下曰聶語也按二篆皆會意以口就耳則爲咠咠者己二耳在旁彼一耳居閒則爲聶史記魏其武安傳曰乃效女兒呫聶耳語韋曰呫聶附耳小語聲从三耳。尼輒切八部

文三十二　重五

十二篇上　九

𩠐。
𦣞一　頤。　𦣝一

𦣝顄也。頁部曰顄頤也二篆爲轉注𦣝者古文頤也鄭易注曰頤中有口車輔之名也震動於下艮止於上口車動而上因輔嚼物以養人故謂之頤頤養也按鄭意謂口下爲車口上爲輔合口車輔三者爲頤左氏云輔車相依車部云輔人頰車也序卦傳曰頤者養也古名頤字眞晉枚頤字仲眞李頤字景眞枚頤或作梅頤誤也象形。此文當橫視之橫視之則口上口下口中之形俱見矣與之切一部凡𦣝之屬皆从𦣝。

頤篆文𦣝。此爲篆文則知𦣝爲古文也先古文後篆文者此亦先二後上之例不如是則𦣞篆無所附也

𩠐籒文从首。𦣝本象形如籒文篆文則从首从頁而後象其形也

𦣞廣頤也。頤各本作𦣝今正許書主篆文也廣頤曰𦣞引申爲凡廣之偁周頌昊天有成命傳曰緝明也熙廣也熙乃𦣞之段借字也熙从火其義讙爍不謂廣也毛傳於文王曰緝熙光明也與昊天有成命傳不同而敬之傳曰光廣也然則光卽廣二傳義本同不得如鄭箋云廣爲光字之誤周內史說周易曰光遠而自他有燿者也然則光卽廣可知大戴禮積厚者流光卽流廣也釋詁緝熙光也卽周語叔向所云緝明熙廣也毛公兼取之爲傳學者宜觀其會通凡詁訓有析之至細者有通之甚寬者非好學深思心知其意不能盡其理也熙訓廣而熙乃𦣞之段借然則古經熙字可作𦣞者多矣。文王毛傳曰緝熙光明也此係釋詁而必兼言明者欲與叔向之語不相潰也昊天有成命傳直用叔向語者以叔向固釋此詩也敬之緝熙于光明傳曰光廣也者以緝熙旣訓光明則光明於光明文理難通故此光必訓廣也然則文王敬之熙訓光昊天有成命熙訓廣未嘗不析之甚細矣从𦣝巳聲。與之切一部

戺。

戺古文𦣞从戶。按此古文从戶疑當作从尸凡人體字多从尸不當从戶也顧命夾兩階戺某氏云堂廉曰戺廣雅云戺切[illegible]此因堂邊圻堮象人下頷之廣闊故借以爲名而讀牀史切。又按九經字樣云說文作𡰥經典作戺然則今本說文異於唐時也然唐時已从戶則亦誤矣

文二　重三

𠂬。
指ㄓˇ　拇ㄇㄨˇ　掌ㄓㄤˇ　手ㄕㄡˇ

手拳也。今人舒之爲手卷之爲拳其實一也故以手與拳二篆互訓象形。象指掌及擘也書九切三部凡手之屬皆从手。

𠂬古文手。

掌手中也。手有面有背背在外則面在中故曰手中左傳云有文在手者在掌也釋名云水泆出所爲澤曰掌水渟處如手掌中也詩或王事鞅掌傳曰鞅掌失容也箋云鞅猶何也掌謂捧之也玉裁按凡周禮官名掌某者皆捧持之義从手尚聲。諸兩切十部

拇將指也。將指謂手中指也大射禮右巨指鉤弦注云右巨指右手大擘也又設決朱極三注云三者食指將指無名指小指短不用左傳定十四年闔廬傷將指取其一屨注云其足大指見斬遂失屨易咸初六咸其拇馬鄭薛虞皆云拇足大指也合三經而言之手以中指爲將指爲拇足以大指爲將指爲拇此手足不同偁也許謂手中指易拇荀作母从手母聲。莫厚切古音在一部

指手指也。手非指不爲用大指曰巨指曰巨擘次曰食指曰嚔鹽指中曰將指次曰無名指次曰小指段借爲指心部曰恉意也

十二篇上　手

拳掔攕揱摳攐撎揖

拳ㄑㄩㄢˊ 掔ㄨㄢˋ 攕ㄕㄢ 揱ㄕㄨㄛˋ 摳ㄎㄡ 攐ㄑㄧㄢ

从手𢍏聲。職雉切十五部拳手也。合掌指而爲手故掌指二篆廁手拳二篆之間卷之爲拳故檀弓曰執女手之拳然从手𢍏聲。巨員切十四部掔手掔也。各本作手擊今正掔者手上臂下也肉部曰臂者手上也肘者臂節也又部曰厷者臂上也是則肘以下手以上渾言之曰臂析言之則近手處曰掔士喪禮設決麗于掔注云掔手後節中也云後節中者肘以上爲前節則肘以下爲後節後節之中以上爲臂則以下爲掔也俗作捥左傳涉佗捘衛侯之手及捥非古字也从手取聲。依韵會此四字在此取見目部烏貫切十四部揚雄曰掔握也。此蓋揚雄倉頡訓纂一篇中語握者搤持也楊說別一義凡史漢云搤掔扼腕者皆掔字言持手游民也攕好手皃。魏風葛屨曰摻摻女手可以縫裳傳曰摻摻猶纖纖也漢人言手之好曰纖纖如古詩云纖纖擢素手傳以今喻古故曰猶其字本作攕俗改爲摻非是遵大路傳曰摻擥也是摻字自有本義孔氏正義引說文摻參此音反聲訓爲斂操桌七遙反聲訓爲奉也是唐初說文確有摻字之證自淺人摻操不分而奪摻篆亦猶鼏鼏不分而奪鼏篆袀袗不分而奪袀篆也知摻之有本義則知用爲攕字之非矣从手韱聲。所咸切七部詩曰攕攕女手。揱人臂皃。考工記輪人曰望其輻欲其揱爾而纖也注云揱纖殺小皃也鄭司農讀爲紛容揱參之揱𠂆謂如桑螵蛸之蛸按紛容揱參出上林賦从手削聲。所角切二部周禮曰輻欲其揱尒。大徐無尒字非也今記作爾詩所見作尒尒者本字爾之必然也爾者叚借字也爾行而尒廢矣摳繑也。按糸部曰繑絝紐也與摳義絕遠疑是矯字之譌矣部曰矯柔箭箝也摳之義爲矯枉一曰摳衣。各本下有升堂二字今依韵會刪正攐篆下曰摳衣也然則此當云一曰攐衣曲禮曰摳衣趨隅摳提也衣裳也論語注云攝齊者摳衣也从手區聲。口侯切四部攐摳衣也。高注淮南曰攐縮也按詩言褰裳當作此篆攐訓絝非其義也亦有作𧞣者謂虔其下體之衣較作褰爲長从手𡨄聲。按此篆與攑篆別者以从衣也

十二篇上

撎ㄧˋ 揖ㄧ

當云从手衣寒省聲會意兼形聲去虔切十四部撎擧首下手也。六字各本作擧手下手也五字今正西征賦注玉篇引說文有拜字左傳成十六年釋文引字林擧首下手皆是也凡不跪不爲拜跪而擧其首推下其手是曰肅拜漢人曰揖周禮九拜九曰肅拜先鄭注云肅拜但俯下手今時揖是也鄭注少儀曰肅拜拜不低頭也云但俯下手云不低頭正與擧首下手合今本說文既譌而少儀注又刪不字作拜低頭乃終古昧其禮矣程氏瑤田曰言擧首者以別於䭫首頓首空首三拜皆必下其首也按此婦人之拜也婦人以肅拜當男子之空首少儀云婦人吉事雖有君賜肅拜是也以手拜當男子之稽首少儀之手拜士昏禮之拜扱地是也以稽顙當男子之頓首喪服小記之爲夫與長子稽顙是也肅拜與成十六年之肅不同肅不連拜介者不拜長揖而已不拜者不跪也肅拜則跪而擧首下手也○南宋張淏雲谷襍記引程氏攷古編云國史王貽孫傳大祖嘗問趙普拜禮何以男子跪而婦人不跪普訪禮官無有知者貽孫曰唐天后朝婦人始拜而不跪普問所出曰大和中有幽州從事張建章著渤海國記備言其事予按程氏自僃後周天元大象二年詔內外命婦皆執笏其拜宗廟及天臺皆俯伏如男子據此詔特令於廟朝跪其他拜不跪矣豈武后時并廟朝不跪建章記之未詳耶周昌諫帝廢太子呂后見昌爲跪謝戰國策蘇秦嫂蛇行匍匐四拜自跪而謝隋志皇帝冊后后先拜後起皇帝後拜先起則唐以前婦拜皆跪伏也玉裁按婦人拜亦無不跪者肅拜跪而擧首不俯伏雖拜君賜亦然天元時令拜宗廟天臺俯伏如男子可以證常拜之跪而不必俯伏也至於天后而始不跪孫甫唐書曰武后欲尊婦人始易今拜从手壹聲。於計切古音在十二部讀如壹揖攘也。攘汲古閣改作讓誤此與下文攘推也相聯爲次鄭禮注云推手曰揖凡拱其手使前曰揖凡推手小下之爲土揖推手小擧之爲天揖推手平之爲時揖也成十六年敢肅使者則若今人之長揖从手咠聲。伊入切八部一曰手箸匈曰揖。此別一義上言揖以爲讓謂手遠於胸此言手箸於胸曰揖者箸直略切禮經有揖有厭厭一涉切推手曰揖引手曰厭推者推之

十二篇上

攘ㄖㄤˊ 拱ㄍㄨㄥˇ 撿ㄐㄧㄢˇ 捧ㄅㄞˋ

遶胸引者引之箸胸如鄉飲酒主人揖先入此用推手也賓厭眾賓此用引手也謙若不敢前也今文厭皆作揖則今文禮有揖無厭許君於禮或從古文或從今文此手箸胸曰揖葢於此從今文不從古文是以統謂之揖亦推手引手隨宜而用今人謙讓亦兼有此二者周禮疏儀禮疏厭或作撎譌字不可從

推也。推手使前也古推讓字如此作上曲禮注曰攘古讓字許云讓者相責讓也攘者推也从古也漢書禮樂志盛揖攘之容藝文志堯之克攘司馬遷傳小子何敢攘皆用古字凡退讓用此字引申之使人退讓亦用此字如攘寇攘夷狄是也

从手襄聲。汝羊切按當人樣切十部

斂手也。斂當作撿與下篆相聯爲文尚書大傳曰拱則抱鼓皇侃論語疏曰拱沓手也九拜皆必拱手而至地立時敬則拱手如檀弓孔子與門人立拱論語子路拱而立玉藻臣侍於君垂拱是也行而張拱曰翔凡拱不必皆如抱鼓也推手曰揖則如抱鼓拜手則斂於抱鼓稽首頓首則以其斂於抱鼓者下之引手曰厭則又較斂於拜手凡沓手右手在內左手在外是謂尚左手男拜如是男之吉拜如是喪拜反是左手在內右手在外是謂尚右手女拜如是女之吉拜如是喪拜反是喪服記袪尺二寸注曰袪袖口也尺二寸足以容中人之併兩手也吉時拱尚左手喪時拱尚右手合內則奔喪檀弓尚左尚右之文繹之可以知拱時沓手之宜矣拱古文叚借作共鄉飲酒禮注曰共拱手也○尚書大傳注曰兩手搤之曰拱然則桑穀一暮大拱孟子拱把之桐梓皆非沓手之拱拱之小者也趙岐云合兩手徐鍇云兩手大指頭相拄

从手共聲。居竦切九部

拱也。凡斂手宜作此字

从手僉聲。良冉切七部

首至手也。各本作首至地也今正首至地謂䭫首拜中之一不可該九拜拜之名生於空首故許言首至手周禮之空首他經謂之拜手鄭注曰空首拜頭至手所謂拜手也何注公羊傳曰頭至手曰拜手某氏注尚書大甲召誥曰拜手首至手也何以謂之頭至手足部曰跪者所以拜也既跪而拱手而頭俯至於手與心平是之謂頭至手荀卿子曰平衡曰拜是也頭不至於地是以周禮謂之空首空首者對䭫首頓首之頭著地言也許言曰拜手省言曰拜拜本專爲空首之偁引申之則䭫首頓首肅拜皆曰拜䭫首者何也拜頭至地也既跪而拱手下至於地而頭亦下至於地荀卿所謂下衡曰䭫首白虎通鄭注周禮何注公羊某氏注尚書召誥趙注孟子皆曰拜頭至地曰䭫首是也頓首者拜頭叩地也既跪而拱手下至於地而頭不徒下至地且叩觸其顙是之謂頓首荀卿所謂至地曰䭫顙也周禮之頓首即他經之䭫顙故周禮注云頓首頭叩地士喪禮檀弓䭫顙鄭注云頭觸地叩觸一也凡言拜手䭫首言拜䭫首者先空首而後䭫首也先言拜而後䭫顙者先空首而後頓首也言䭫顙而後拜者先頓首而後空首也言䭫顙而不拜者徒頓首而不空首也空首䭫首頓首三拜爲經振動吉拜凶拜奇拜褒拜肅拜爲緯振動者戰栗變動之拜有不必爲此三拜而爲此三拜者也吉拜者拜之常也當拜而拜當䭫首而䭫首是也凡䭫首未有用於凶者也凶拜者何也拜而後䭫顙䭫顙而後拜皆是也凡頓首未有不用於凶者也奇拜者一拜也一䭫首一頓首亦是也簡少之詈也褒拜者拜不止於再也䭫首頓首不止於再者亦是也多大之詈也肅拜者婦人之拜不低頭者也總計之曰九拜凡云拜手者頭至手故其字从手作𢷎

从手𠦪。𠦪見夲部疾也徐鍇曰从𠦪者言進趨之疾按釋名曰拜於丈夫爲跌跌然屈折下就地也蒲怪切十五部

古文𢷎从二手。𢪒从二手而比聲凡拜必兼用首手足三者而造字者重手故从手䭫首頓首則重頭故从首頁○又汗簡曰𢪒出說文是則从二古文手也但楊雄說[illegible]从兩手作拜豈不相混乎

楊雄說𢷎从兩手下。葢爰禮等所說楊所作訓纂篇中字如此凡空首首至手而平衡手未嘗下於心也䭫首頓首則下矣楊葢兼三拜而製此字也見於周禮者作𢷎他經皆同子雲作

搯捾也。捾乃複舉字誤移搯下耳義理與抉㧖同今人剜字當作此大徐附剜於刀部非也

从手官聲。烏括切十四部

一曰援也。援者引也

捾也。魯語公父文伯母戒文伯之妻曰無洵涕無搯膺韋注搯叩也膺胷也按韋注卽俗所謂椎心喪禮有擗拊心也則叩胷亦未爲失此正謂哀之甚如欲挑出心肝者然韋祇言其大致而已今人俗語

搯ㄊㄠ 捾ㄨㄛˋ 拜 𢷎

掔推捘排擠抵摧拉挫扶牂持挈拑揲

掔ㄍㄨㄥˇ　推ㄊㄨㄟ　捘ㄐㄩㄣˋ

亦云搯出文選長笛賦搯膺擗摽李善引國語及韋注而云苦洽反殊誤苦洽切當是掐字从臽聲爪刺也下引魏書程昱傳昱於魏武前忿爭聲氣忿高邊人搯之乃止是則从臽之掐於搯膺搴不相涉也韓子文搯擢胃腎亦是用搯膺字通俗文搯出曰掏爪按曰搯掏即搯也許不錄搯　从手舀聲。土刀切古音在三部　周書曰。師乃搯。尚書大誓文漢大誓有今文古文之別合於伏生二十八篇者後得之大誓今文也馬鄭所注者孔壁之大誓古文也尚書大傳師乃慆鄭云慆喜也此今文大誓也許所偁作師乃搯此古文大誓也如古文流爲雕今文作流爲烏之比詳古文尚書撰異　搯者搯兵刃㠯習擊刺也。搯各本作拔詩清人釋文引作抽今據正此釋大誓搯字之義以明與訓搯之搯不同也凡說文旣說字義而引經又釋其義者皆以明說經與說字不同如圛訓回行商書之曰圛則訓圛者升雲半有半無堲訓以土增大道唐書之朕堲讒說殄行則訓堲疾惡也莫訓火不明周書之布重莫席則訓纖蒻席也此亦同此例搯本訓指而大誓之搯訓抽兵刃以習擊刺搯與抽同於六書爲叚借故必箸之　詩曰。左旋右搯。左右當作ナ又搯各本作抽自陸氏作詩音義時已誤今正此引詩鄭風清人文爲抽兵刃之證也毛曰右抽者抽矢以軼箋云御者習旋車車右抽刃引之證軍中有此儀武王丙午逮師逮作還者誤尚未渡孟津故抽兵刃習擊刺凡引經說字不必見本字如引突如其來如證不順忽出引龍戰于野證陰極陽生引先庚三日證庚更事也皆是此例此又引抽證抽耳若作右搯則詩曰左旋右搯六字當在周書曰師乃搯之下而今本爲不辭

掔　擁也。从手巩聲。居竦切九部按此篆已見丮部爲巩之或字此不當重出當是淺人所增刪之可也掔訓擁則當與擁篆相聯爲文增之者廁非其所矣

推　排也。今六脂十五灰殊其音義古無二音二義也　从手隹聲。他回切十五部按廣韵又隹湯回二音

捘　推也。謂排擠也　从手夋聲。子寸切十三部左傳音義子對反　春秋傳曰。捘衛侯之手。定八年左傳曰將歃涉佗捘衛侯之手及捥此謂衛侯欲先歃涉佗執其手卻之由指擘逆推及於擊也杜云血及捥非

排ㄆㄞˊ　擠ㄐㄧˇ　抵ㄉㄧˇ　摧ㄘㄨㄟ　拉ㄌㄚ　扶ㄈㄨˊ　𢻞。牂ㄐㄧㄤ　持ㄔˊ　挈ㄑㄧㄝˋ　拑ㄑㄧㄢˊ　揲ㄕㄜˊ

排　擠也。今義列也　从手非聲。步皆切十五部

擠　排也。左傳知擠于溝壑矣杜云隊也隊今之墜字謂排而墜之也商書微子作隮引左傳亦作隮隮者躋之俗　从手齊聲。子計切十五部

抵　擠也。排而相歫也　从手氐聲。丁禮切十五部

摧　擠也。釋詁毛傳皆曰摧至也卽抵之義也自推至摧六篆同義　从手崔聲。昨回切十五部　一曰挏也。挏者推引也　一曰斵也。斵者斫也今此義行而上二義廢矣詩室人交徧摧我傳曰摧沮也此折之義也

拉　摧也。公羊傳搚幹而殺之何曰搚折聲也按搚亦作拉此上文摧一曰折也之義　从手立聲。盧合切七部

挫　摧也。此亦上文摧一曰折也之義考工記揉牙內不挫注云挫折也詩乘馬在廄摧之秣之傳曰摧挫也箋云挫今莝字也傳箋今本譌舛今正之如是　从手坐聲。則臥切十七部

扶　左也。左俗本改作佐非左下曰手相助也　从手夫聲。防無切五部

𢻞　古文扶从攴。

牂　扶也。古詩好事相扶將當作扶牂字之叚借也凡云將順其美當作牂順詩百兩將之傳曰將送也天不我將箋云將猶養也皆於牂義爲近玉篇曰牂今作將同　从手爿聲。七良切十部廣韵卽良切

持　握也。从手寺聲。直之切一部

挈　縣持也。縣者系也胡消切下文云提挈也則提與挈皆謂縣而持之也今俗語云挈帶古叚借爲契絜字如契挈我龜傳云挈開也又如絜字下云樂浪挈令　从手㓞聲。苦結切十五部

拑　脅持也。謂脅制而持之也凡脅之爲制猶膺之爲當也鬼谷子有飛鉗鉗卽拑字　从手甘聲。巨淹切八部

揲　閱持也。閱者具數也更迭數之也匹下曰四丈也从八匚八揲一匹按八揲一匹則五五數之也五五者由一五二五數之至於八五則四丈矣毄辭傳曰揲之以四以象四時謂四四數之也四四者由一四二四數之至若干四則得其餘矣凡傳云三三兩兩十十五五者皆放此閱持者旣得其數而持之故其字从手

摯ㄓˋ 操ㄘㄠ 𢹿ㄐㄩˊ 捦ㄑㄧㄣˊ 搏ㄅㄛˊ 㩒。 據ㄐㄩˋ 攝ㄕㄜˋ

从手枼聲。食折切十五部按枼聲或在八部或在十五部由古此二部相合同一世聲而彼此皆用之

摯 握持也。握持者搤持也周禮六贄字許書作贄又鳥部鷙鳥字皆或叚摯爲之 从手執。會意也脂利切十五部

操 把持也。把者握也操重讀之曰節操曰琴操皆去聲 从手喿聲。七刀切二部

𢹿 爪持也。覆手曰爪謂覆手持之也徐鉉等曰今俗別作掬今按本部自有掬掬其俗體耳其義訓兩指撮非訓爪持 从手瞿聲。居玉切古音在四部

捦 急持衣裣也。此篆古叚借作禽俗作擒作捦走獸總名曰禽者以其爲人所捦也又按此解五字當作急持也一曰持衣裣也九字乃合必傳寫有譌奪矣 从手金聲。巨今切七部

㩒 捦或从禁。禁聲

搏 索持也。索各本作索今正入室搜曰索索持謂摸索而持之周禮環人搏諜賊釋文云搏音博又房布反劉音付射人注貍善搏者也行則止而擬度焉其發必獲釋文云搏音傅劉音付士師注胥讀爲宿偦之偦偦謂司搏盜賊也釋文云搏音博劉音付小雅車攻箋田獵搏獸也釋文云搏音傅舊音付按小司徒注之伺捕盜賊卽士師注之司搏盜賊也一用今字一用古字古捕盜字作搏而房布反又音付猶後人所謂捫摸搽也本部搏捕二篆皆收捕訓取也又部取下云捕也是與索持義迥別今則捕行而搏廢但訓爲搏擊又按搏擊與索取無二義凡搏擊者未有不乘其虛怯扼其要害者猶執盜賊必得其巢穴也本無二義二音至若考工記之搏埴虞書之拊搏此則拍字之叚借 从手尃聲。補各切此今音也陸氏說又房布切劉音付皆古音也五部 一曰至也。此別一義蓋搏亦爲今之附近字許則云駙者近也左傳則作傅

據 杖持也。謂倚杖而持之也杖者人所據則凡所據皆曰杖據或作据楊雄傳三摹九据晉灼曰据今據字也按何氏公羊傳注據亦皆作据是叚借拮据字 从手豦聲。居御切五部

攝 引持也。謂引進而持之也凡云攝者皆整飭之意論語攝齊史記侯生攝弊衣冠襄十四年左傳曰不書者情也書者攝也注云能自攝整詩攝以威儀傳曰言相攝佐者以威儀也論語官事不攝注云攝猶兼也皆引持之意 从手聶聲。書涉切八部

抩ㄊㄢ 抪ㄆㄨ 挾ㄒㄧㄚˊ 捫ㄇㄣˊ

抩 幷持也。謂兼二物而持之也秝部曰秉持一禾兼持二禾兼者會意字抩者形聲字抩與兼音略同 从手冄聲。他含切七部

抪 捫持也。謂捫按而持之也金部鋪下云箸門抪首也抪首者人所捫摸處也 从手布聲。普胡切五部

挾 俾持也。俾持謂俾夾而持之也亦部夾下曰盜竊褱物也俗謂蔽人俾夾然則俾持正謂藏匿之持如今人言懷挾也孟子挾貴挾賢挾長挾有勳勞挾故此皆本義之引申音胡頰切若詩禮之挾矢周禮之挾日音皆子協反挾日干本作帀日左傳作浹謂十日徧也禮注方持弦矢曰挾謂矢與弦成十字形也皆自其交會處言之古文禮挾皆作接然則接矢爲本字挾矢爲叚借字與 从手夾聲。各本作夾聲篆體亦从二人今皆正从二入以形聲中有會意也胡夾切八部

捫 撫持也。撫安也一曰揗也揗安揗而持之也大雅莫捫朕舌傳曰捫持也渾言不分析也若王猛捫蝨之類又專謂摩挲 从手門聲。莫奔切十三部 詩曰。莫捫朕舌。大雅抑文

擥ㄌㄢˇ 擸ㄌㄧㄝˋ 握ㄨㄛˋ 𡍮。 撣ㄉㄢˋ 把ㄅㄚˇ 搹ㄜˋ

擥 撮持也。謂總撮而持之也 从手監聲。盧敢切八部

擸 理持也。謂分理而持之也 从手巤聲。良涉切八部

握 搤持也。按下文云搤一曰握也 从手屋聲。於角切三部

𡍮 古文握。淮南詮言訓臺無所鑒謂之狂生高注臺持也所鑒者玄德也持無所鑒所持者非玄德故謂之狂生合文選任彥昇哭范僕射詩注及今本淮南子可得其眞矣俶眞訓曰其所居神者臺簡以游大清此臺亦疑臺之誤

撣 提持也。提持猶縣持也太玄撣繫其名撣訓觸別一義 从手單聲。讀若行遲驒驒。驒驒未見所出蓋卽詩之嘽嘽駱馬傳曰嘽嘽喘息之皃馬勞則喘息徒旱切十四部

把 握也。提者搤持也孟子注曰拱合兩手也把以一手把之也 从手巴聲。博下切古音蓋在五部

搹 把也。喪服苴絰大搹注曰搹扼也中人之扼圍九寸此言中人滿手把之其圍九寸

摯操𢹿捦搏據攝抩抪挾捫擥擸握撣把搹

則其徑約計三寸也喪服傳朝一溢米夕一溢米王肅劉逵皆云滿手曰溢與鄭異按此謂溢爲搹之叚借字也然搹溢字見一章數行內不應異用則知鄭說爲長。从手鬲聲。於革切十六部

扼　搹或从戹。按今隸變作扼猶軶隸變作軛也許云扼者搹之或字而鄭注禮云搹扼也者漢時少用搹多用扼故以今字釋古字非於詩有異也

挐　牽引也。从手如聲。按各本篆作挐解作奴聲別有挐篆解云持也从手如聲女加切二篆形體互譌今正挐字見於經者僖元年獲莒挐三傳之經所同也其義則宋玉九辯曰枝煩挐而交橫王注柯條糾錯而[illegible][illegible]招魂稻粢穱麥挐黃粱些王注挐糅也王逸九思殽亂兮紛挐注君任佞巧蔽疾忠信交亂紛挐也左思吳都賦攢柯挐莖李注引許愼注淮南子云挐亂也凡若此等皆於牽引義爲近而漢霍去病傳昏漢匈奴相紛挐此與九思紛挐同謂漢與虜相亂也而師古注乃云紛挐亂相持搏也以亂挐紛以相持搏釋挐大非語意竊意其時說文已同今本故顏從而傅會耳蓋其字本如聲讀女居切其義爲牽引廣韵九魚挐注牽引未嘗作挐說文挐訓持卽今所用攫挐字也其字奴聲讀女加切廣韵麻韵挐挐兩收淆亂其義玉篇有挐無挐訓爲持也乃同今本說文孫強輩所改耳一曰巳也。此四字小徐本有

攜　提也。古多叚爲攜字从手巂聲。戶圭切十六部

提　挈也。挈者縣持也攜則相竝提則有高下而互相訓者渾言之也从手是聲。杜兮切十六部

捚　拈也。从手耴聲。丁愜切八部

拈　捚也。篇韵皆云拈取也从手占聲。奴兼切七部

摛　舒也。蜀都賦摛藻掞天庭魏都賦摛翰則華縱春葩太玄經幽攡萬類字作攡从手离聲。丑知切古音在十七部

捨　釋也。釋者解也按經傳多叚舍爲之从手舍聲。書冶切古音在五部

擪　一指按也。洞簫賦挹抐擫擸李注言中抐也莊子外物擪其噦一作壓南都賦彈琴擫籥李注引說文按擫擫皆同擪从手厭聲。於協切七部

按　下也。以手抑之使下也印部曰抑者按也从手安聲。烏旰切十四部

控　引也。引者開弓也引申之爲凡引遠使近之偁詩控於大邦傳曰控引也此卽左傳所謂控告也又抑磬控忌傳曰騁馬曰磬止馬曰控按騁馬曰磬者如大明傳之俔磬也極辭也止馬曰控者是亦引之使近之意也从手空聲。苦貢切九部詩曰。控于大邦。[illegible]匈奴引弓曰控弦。依羽獵賦注訂此引匈奴方語以證控引一也漢書於匈奴或言引弓或言控弦一也

揗　摩也。廣雅曰揗順也廣韵曰手相安慰也今人撫循字古蓋作揗循者行順也淮南曰引揗萬物高注引揗拔擢也讀允恭之允从手盾聲。食尹切十三部廣韵詳遵切

掾　緣也。緣者衣純也既夕禮注飾衣領袂口曰純引申爲凡夤緣邊際之偁掾者緣其邊際而陳掾也陳掾猶經營也易卦辭曰彖謂文王繫卦以得其義然則彖者掾之叚借字與漢官有掾屬正曰掾副曰屬漢舊注東西曹掾比四百石餘掾比三百石屬比二百石此等皆與輔其旁者也故曰掾从手彖聲。以絹切十四部

拍　拊也。釋名曰拍搏也手搏其上也按許釋搏曰索持則古經搏訓拍者字之叚借考工記搏埴之工注曰搏之言拍也云之言者見其義本不同也从手百聲。普百切古音在五部讀如粕

拊　揗也。揗者摩也古作拊揗今作撫循古今字也堯典曰擊石拊石拊輕擊重故分言之又皐陶謨搏拊樂器名明堂位作拊搏从手付聲。芳武切古音在四部

掊　杷也。杷各本作把今正木部曰杷者收麥器也引申爲凡用手之偁掊者五指杷之如杷之杷物也史漢皆言掊視得鼎師古曰掊手杷土也杷音蒲巴反其字从木按今俗用之刨字也大雅曰曾是掊克傳曰掊克自伐而好勝人也以自伐釋掊以好勝人釋克未得其解定本掊作倍正義謂己兼倍於人而自矜伐似定本爲是矣然孟子書亦作掊克趙注但云不良也知詩本不作掊毛意謂掊爲倍之叚借字掊有聚意與捊音義近有深取意則不同捊也毛詩釋文云掊克聚歛也此謂同捊也方言曰掊深也郭注云掊克深能以深釋掊以能釋尅此亦必古說但皆非毛義方言掊訓深與許說合○六書故引唐本作捊也不若顏氏本作杷从手

捋ㄌㄜˋ 撩ㄌㄧㄠˊ 措ㄘㄨㄛˋ 插ㄔㄚ 掄ㄌㄨㄣˊ 擇ㄗㄜˊ 捉ㄓㄨㄛ 搤ㄜˋ 挻ㄔㄢ

音聲。父溝切。廣韵薄侯切。古音在一部。今鹽官入水取鹽爲掊。百官志注引胡廣曰鹽官掊坑而得鹽。

取易也。按捋與寽二篆義別。寽見𠬪部，云五指寽也。五指寽者，如用指取禾采之穀也。捋則訓取易，而義不同。詩薄言捋之。捋采其劉。傳曰捋取也。此捋之本義也。若董逌詩詁曰以指歷取也。朱子詩集傳曰捋取其子也。此於今之俗語求其義，而不知今之俗語許書自有本字。凡訓詁之宜審愼如此。寽下云五指捋也。宋本云五指持也。皆未是。廣韵六術云寽持取。今寽禾是。是則許當本作五指持取也。五指持而取之，於義乃合。从手寽聲。郎括切。十五部。

理之也。之字依元應書卷十五補。下云謂撩捋整理也。今多作料量之料。通俗文曰理亂謂之撩理。从手尞聲。洛蕭切。二部。

置也。置者赦也。立之爲置，捨之亦爲置。措之義亦如是。經傳多段錯爲之。賈誼傳段厝爲之。从手昔聲。倉故切。五部。

刺內也。內各本作內，今正。內者入也。刺內者，刺入也。漢人注經多段捷字扱字爲之。从手臿聲。楚洽切。八部。

擇也。晉語君掄賢人之後有常位於國者而立之。韋注掄擇也。周禮凡邦工入山林而掄材不禁。鄭注掄猶擇也。按鄭意掄之本訓不爲擇，故曰猶。从手侖聲。盧昆切。十三部。

柬選也。柬者分別簡之也。簡者存也。今小徐本作僞選，乃是譌字。韵會作揀，乃是俗字。辵部選下曰一曰選擇也。从手睪聲。丈伯切。古音在五部。

搤也。从手足聲。側角切。三部。一曰握也。上文云搤者搤持也，與此爲轉注。

捉也。婁敬傳曰搤其亢拊其背。楊雄傳曰搤熊羆拕豪豬。搤其咽炕其氣，皆謂捉持之。師古云搤與扼同。依許則搤扼音雖同而義迥別也。从手益聲。於革切。十六部。

長也。商頌松桷有挻。傳曰挻長兒。此許所本也。字林云挻長也，丑連反。此又本許也。自鸖詩者譌从木作梴，又以梴竄入說文木部，而終古長誤矣。此義丑連反。若老子挻埴以爲器，其訓和也，柔也。其音始然反，音羶。其俗字作埏。見於詩老子音義，甚明，而今本爲誤。又方言挻取也。凡取物而逆謂之篡，楚部或謂之挻。此義音羊羶反。从手延，延亦聲。小徐本作从手延聲四字。式連切。按當作丑延切。十四部。篆體右蓋从延，延丑連切，解當依小徐作从手延聲四字。

揃ㄐㄧㄢˇ 搣ㄇㄧㄝˋ 批ㄗˇ 揤ㄐㄧˊ 捽ㄗㄨˊ 撮ㄘㄨㄛ

搣也。搣之訓見下。揃謂搣也。急就篇沐浴揃搣寡合同。莊子眥搣可以休老。本亦作揃搣。揃搣者，道家修養之法。故莊云可以休老。史游與沐浴寡合同頻言。寡合同卽箸精寡慾之說也。若士喪禮士虞禮之蚤揃，蚤讀爲爪，謂斷爪。揃讀爲翦，許作鬋，謂鬋須也。士虞禮揃或爲鬋。曲禮亦作蚤鬋，注云鬋鬢也。釋鬋爲剃理鬢髮，是禮經揃字爲剃若鬋之段借，而不用揃之本義。顏師古注急就曰揃搣謂鬄拔眉髮也。蓋去其不齊整者。顏氏誤以禮經之揃釋莊史之揃搣，是誤以段借爲本義也。訓詁不通其源，斯誤有如此者。莊子釋文引三倉云揃猶翦也。云猶翦，則翦非本義。三倉不妨言段借，惟說文解字不言段借。从手前聲。卽淺切。十四部。

批也。批各本作批，小徐本及集韵類篇廣韵作批，今正。批者批之譌，批者批之譌也。手部批批二篆義別。批下云一曰批搣頰旁也。與此曰搣批也相爲轉注。廣韵玉篇皆曰搣者摩也。然則搣頰旁者，謂摩其頰旁。養生家之一法。故莊子曰靜默可以補病，眥搣可以休老。眥搣卽㧗搣之段借字。一本作揃搣。釋文引字林搣批也，千米反。批亦㧗之誤。若作批，則撓之俗字，訓反手擊也，亦誤。按廣韵玉篇云摩也，此字本義。廣韵又曰批也，批卽批之誤。又曰捽也，捽卽批之解也。又云手拔也。玉篇云莊子云揃搣拔除也。是皆用師古急就篇注而誤。蓋訓詁之難如此。从手威聲。亡列切。十五部。

捽也。捽之訓在下。按元應書兩引說文批撖也，撖居逆反，謂撖撠取也。又引通俗文掣挽曰批。按元應本較今本爲長。但許本無撖，祗用戟，是亦以俗字改許書也。从手此聲。側氏切。十五十六部。此與下手上此字義別。

捽也。从手卽聲。子力切。古音在十二部。魏郡有揤裴侯國。漢地理志作卽王子侯表作揤裴。此則今本地理志誤也。

持頭髮也。金日磾傳日磾捽胡投何羅殿下。孟康曰胡音互。捽胡若今相僻臥輪之類也。晉灼曰胡頸也。捽其頸而投殿下也。从手卒聲。昨沒切。十五部。

四圭也。漢律厤志曰量多少者不失圭撮孟康曰六十四黍爲圭按廣韵圭下云孟子曰六十四黍爲一圭十圭爲一合孟子卽孟康經典釋文序錄有孟子注老子二卷或曰孟康也康字公休孫子筭經六粟爲一圭十圭爲一撮十撮爲一抄十抄爲一勺十勺爲一合說與孟異本艸序例曰凡散藥有云刀圭者十分方寸匕之一准如梧桐子大也一撮者四刀圭也十撮爲一勺十勺爲一合此葢醫家用四圭爲撮之說可相發明 从手最聲。倉括切十五部 亦二指撮也。大徐作一曰兩指撮也按許此別爲一義而應仲遠注漢云圭自然之形陰陽之始四圭曰撮三指撮之也不說是二義三指所撮爲四圭則四圭甚少殆卽孫子所謂六粟爲圭乎二十四粟三指可撮也小徐本作二指二疑三之誤大徐本又改爲兩耳圭者瑞玉上圜下方故應云自然之形陰陽之始易之數陰變於六故六粟曰圭

𢯱 撮也。此蒙三指撮而言不蒙四圭也 从手𥷚省聲。居六切三部按字之同音者有三此謂三指撮也臼謂叉手也匊謂在手也

摕 撮取也。謂撮而取之亦蒙三指撮言也有司徹乃摭于魚腊俎俎釋三个其餘皆取之古文摭爲摕儀禮宋本嘉靖本單行疏本釋文宋本皆如是俗本作今文摭爲摭者非也凡言撮者皆謂少取禮經依古文爲是西京賦摕飛鼯亦謂撮取薛解云捎取之也文賦意徘徊而不能揥揥當是摕之誤今俗語云捎帶者當作摕 从手帶聲。讀若詩曰蝃蝀在東。謂讀若蝃也都計切十五部經典釋文之舌切李善大結切

㨖 摕或从折从示。蓋从折而示聲 兩手急持人也。其義有別廣韵不云二形一字

捊 引堅也。堅各本作取今正詩釋文作堅今本譌爲取土二字非也堅義同聚引堅者引使聚也玉篇正作引聚也大雅捄之陾陾傳曰捄虆也陾陾衆也箋云捄捊也度投也築牆者捊聚壤土盛之以虆而投諸版中此引聚之正義箋與傳互相足賓筵之仇鄭讀爲𣏟此捄鄭釋爲捊皆於其音之相近得其義也常棣原隰裒矣傳云裒聚也此重聚不重引故不言引但言聚也裒者捊之俗易君子以裒多益寡鄭荀董蜀才作捊云取也此重引故但言取也 从手孚聲。步侯切三部 詩曰。原隰捊矣。六字小徐本有玉篇引亦有

抱 捊或从包。古音孚聲包聲同在三部後人用抱爲裒褎字葢古今字之不同如此

揜 自關以東取曰揜。取上俗本有謂字今依宋本方言曰掩索取也自關而東曰掩自關而西曰索或曰狙按許所據方言葢作揜李善注子虛上林賦引方言亦作揜也今廣雅掩取也字作掩 从手弇聲。衣檢切七部 一曰覆也。弇葢也故从弇之揜爲覆凡大學揜其不善中庸誠之不可揜皆是

授 予也。手者推予也象相予之形 从手受。手付之令其受也故从手受 受亦聲。殖酉切三部

承 奉也。受也。𠬞部曰奉者承也是二篆爲轉注也受部曰受者相付也凡言承受承順承繼又詩頌箋曰承止也皆奉之訓也凡言或承之羞承之以劒皆相付之訓也左傳曰蔡大夫恐昭侯之又遷也承此叚承爲懲也 从手卪𠬞。合三字會意署陵切六部

挋 給也。給者相足也士喪禮曰乃沐櫛挋用巾又曰浴用巾挋用浴衣注曰挋晞也清也按晞者乾之也浴用巾既以巾拭之矣而復以浴衣挋之謂抑按之使乾此乾彼溼可互相足故曰給也爾雅曰挋拭刷清也渾言之也析言之則一挋與拭不同故許書㕞飾也㨷飾也爲一義挋給也又爲一義 从手臣聲。章刃切十二部 一曰約也。約者纏束也此挋之別一義也

㨷 飾也。飾各本作拭今正又部曰㕞者飾也巾部曰飾者㕞也飾拭正俗字自淺人盡改許書之飾爲拭而字例晦矣㨷與挋爲伍則非妝飾也周禮遺人以恤民之囏阨注云故書囏阨作㨷阨按此古文叚借字也 从手堇聲。居焮切十三部

抪 㨷也。今人用拂拭字當作此抪許作抪飾也拂者過擊也非其義 从手朮聲。普活切十五部。此篆舊次攩篆之下非古也今移此

攩 朋羣也。此鄉黨黨與本字俗用黨者叚借字也鳥部朋下曰古文鳳也鳳飛羣鳥從以萬數故以爲朋攩字儒林傳唯京氏爲異黨師古曰黨讀曰儻按儻當作攩 从手黨聲。多朗切十部

接 交也。交者交脛也引申爲凡相接之偁周禮廩

近。

挏ㄉㄨㄥˋ 招ㄓㄠ 撫ㄈㄨˇ 捪ㄇㄧㄣˊ 揣ㄔㄨㄞˇ 抧ㄓˇ 摜ㄍㄨㄢˋ 投ㄊㄡˊ 擿ㄊㄧˋ

人挼盛讀爲一扱再祭之扱从手妻聲子葉切八部挏推引也推各本作擑今依廣韵韵會本推讀如或推或輓之推謂推之使前也从手同聲徒總切九部漢有挏馬官作馬酒見百官公卿表禮樂志應劭曰主乳馬取其乳汁挏治之味酢可飲因以名官如淳曰主乳馬以韋革爲夾兜受數斗盛馬乳挏其上肥因名曰挏馬官今梁州亦名馬酪爲馬酒顏氏家訓曰此謂撞擣挺挏之今爲酪酒亦然按挺挏字見淮南子招手評也評各本作呼今正呼者外息也評者召也不以口而以手是手評也鄭有苦葉傳曰招招號召之皃按許書召者評也號者嗁也是用手用口通得云招也从手召聲止搖切二部撫安也从手無聲芳武切五部一曰揗也揗各本作循今正揗者摩也拊亦訓揗故撫拊或通用古文撫从亡辵捪撫也此篆上訓揗之撫而言今人所用抆字許土部捪下所用捪字皆卽捪字也从手昏聲武巾切十三部一曰摹也摹者規也揣量也量者稱輕重也稱者銓也銓者衡也从手耑聲此以合音爲聲初委切十四十五部按方言常絹反是此字古音也木部有椯字箠也一曰度也一曰剟也聲義皆與此篆同而讀兜果切又今人語言用敁敠字上丁兼切下丁括切知輕重也亦揣之或體其音爲耑之雙聲度高曰揣方言同左傳揣高卑杜注云度高曰似按國語搏本擊末搏卽孟子揣其本之揣其義同也一曰捶之捶者以杖擊也椯訓箠揣訓捶其意一也抧開也从手只聲讀若抵掌之抵抵各本作抵今正抵側手擊也抵掌者側此手擊彼手掌也諸氏切十六部摜習也此與辵部遦音義皆同古多叚貫爲之从手貫聲古患切十四部春秋傳曰摜瀆鬼神昭二十六年左傳文今本作貫杜曰貫習也投擿也下文云擿投也二篆爲轉注巷伯傳曰投棄也从手殳聲度矦切四部大徐作从殳非擿搔也此義音則詩象之揥也傳曰揥所以摘髮

十二篇上 卌三

挏招撫捪揣抧摜投擿搔扴摽挑抉撓擾挶

搔ㄙㄠ 扴ㄐㄧㄚˊ 摽ㄆㄧㄠˋ 挑ㄊㄧㄠ 抉ㄐㄩㄝˊ 撓ㄋㄠˊ 擾ㄖㄠˇ 挶ㄐㄩˊ

也釋文云揥敕帝反摘他狄反本又作擿非也擿音直戟反按以許說繩之則作擿爲是擿正音他狄反也以象骨搔首因以爲飾名之曰揥故云所以擿髮鄭後人玉導玉搔頭之類也廣韵十二齊曰揥者揥枝整髮釵許書無揥从手適聲讀如剔十六部一曰投也與上文投者擿也爲轉注此義音直隻切今字作擲凡古書用投擲字皆作擿許書無擲搔刮也刮各本作括今正括者絜也非其義刮者掊杷也掊杷正搔之訓也內則疾痛苛養敬抑搔之注曰抑按搔摩也摩馬曰騷其聲同也又疒部疥搔瘍也瘍之需手搔者謂之搔瘍俗作瘙瘍釋文正義已如此从手蚤聲穌遭切古音在三部扴刮也此與搔義同刮小徐作揩誤大徐不誤廣韵曰扴者揩扴物也易介于石馬本作扴云觸小石聲按扴于石謂摩礣于石也从手介聲古黠切十五部摽擊也左傳長木之斃無不摽也杜云摽擊也柏舟傳曰摽拊心皃从手票聲符少切二部左釋文敷蕭普交二切一曰挈門壯也關壯一物也見門部挈者提而启之也葉鈔本關作門挑撓也下文云撓者擾也擾者煩也挑者謂撥動之左傳云挑戰是也从手兆聲土凋切二部一曰摷也摷者拘擊也小徐摷下有爭國語曰郤至挑天周語單襄公語韋本作佻天注云佻偷也今按佻天之功以爲己力與左傳天實置之而二三子以爲己力語意正同然則許意爲一曰摷爭作證抉挑也抉者有所入以出之也从手夬聲於說切十五部撓擾也此與女部嬈字音義皆同从手堯聲奴巧切二部一曰捄也捄篆下曰一曰擾也是撓擾捄三字義同擾煩也煩者熱頭痛也引申爲煩亂之偁訓馴之字依許作擾而古書多作擾擾得訓馴猶亂得訓治徂得訓存苦得訓快皆窮則變變則通之理也周禮注曰擾猶馴也言猶者字本不訓馴从手夒聲而沼切古音在三部今作擾从憂俗字也挶戟持也戟持者手如戟而持之也左傳褚師出公戟其手杜云抵徙手屈肘如戟形鄭注斯干如矢斯棘云如人挾弓矢戟其肘按古

十二篇上 卌四

者軛之制其𨋏謂之擐擐體斜倚出故人下其肘有可剩其捥與手似之亦謂之軛鴟鴞傳曰拮据撠挶也字本作戟俗加手旁非是謂有所操作曲其肘如戟而持之也。从手局聲。居玉切 三部

据（ㄐㄩ）戟挶也。鴟鴞予手拮据傳曰拮据撠挶也公羊注叚据爲據 从手居聲。九魚切 五部

擖（ㄑㄧㄚ）刮也。此與扴音義略同 从手葛聲。口八切 十五部 一曰撻也。撻見下文

摘（ㄓㄜˊ）拓果樹實也。拓者拾也拾者掇也掇者拾取也果樹實者有果之樹之實也拓之謂之摘引申之凡他取亦曰摘此篆與擿音義殊 从手啻聲。他歷切又竹歷切按竹歷切是也他歷則爲擿之音矣十六部宋本竹歷今本改竹厄以同廣韵 一曰指近之也。別一義

搳（ㄒㄧㄚ）擖也。與擖篆互聯綴 从手害聲。胡秸切 十五部

摲（ㄕㄢ）斬取也。各本斬取二字作暫今正斬者截也謂斷物也暫非其義禮器有摲而播也長楊賦摲邑蒼頡篇曰摲拍取也鄭曰摲之言芟也按芟刈艸也摲本訓芟夷禮器注謂於此少與得分以與彼是爲芟殺有所與摲殺上貴之分以布徧於賤者謂之摲而播故廣雅本之爲說曰摲者次也是鄭注禮之義而非摲之本義也 从手斬聲。昨甘切 八部 廣韵作摲斬取也山檻切

拹（ㄒㄧㄝ）摺也。公羊傳曰使公子彭生送桓公於其乘焉拹幹而殺之幹者脅骨也何曰拹者折聲也拹或作拉者或體也摺或作拉者叚借字 从手劦聲。虛業切 七部 一曰拉也。上文曰拉者摧也

摺（ㄓㄜˊ）敗也。者毀也今義爲摺疊 从手習聲。之涉切 八部

揫（ㄐㄧㄡ）束也。束者縛也鄉飲酒義曰西方者秋秋之爲言愁也愁讀爲揫揫按韋部䊒收束也或从要作䊒或从秋手作揫揫即揫然則此篆實爲重出也 从手秌聲。即由切 三部 詩曰百祿是揫。商頌長發文今詩作遒傳曰遒聚也

摟（ㄌㄡ）曳聚也。此當作曳也聚也各本奪上也字山有樞曰弗曳弗摟傳曰摟亦曳也此曳訓所本也曳者臾曳也釋詁曰摟聚也此聚訓所本也趙注孟子曰摟牽也此曳義之引申也 从手婁聲。洛侯切 四部

抎（ㄩㄣˇ）有所失也。成公二年左傳石稷謂孫良夫曰子國卿也隕子辱矣許所據作抎正謂失也戰國策范睢引微綦折清風而抎矣此叚抎爲隕也史記東粵列傳不戰而耘利莫大焉謂閩粵不戰而失其王頭此叚耘爲抎也 从手云聲。于敏切 十三部 春秋傳曰抎子辱矣。

披（ㄆㄧ）從旁持曰披。士喪禮設披注曰披絡柳棺上貫結於戴人君旁牽之以備傾虧又執披者旁四人注曰前後左右各二人此從旁持之義也五帝本紀黃帝披山通道徐廣曰披他本亦作陂字蓋當音詖陂者旁其邊之謂也按披陂皆有旁其邊之意中散能知之而索隱云披音如字謂披山林艸木而行以通道也此則司馬貞不知古義之言蓋俗解謂披爲開廣韵云披開也分也散也木部柀訓析也柀籀字如此作而淺人以披訓析改柀靡爲披靡莫有能諟正者 从手皮聲。敷羈切舊彼義切 古音在十六部

擵（ㄔˋ）引縱曰擵。爾雅釋文作引而縱之曰擵引開弓也縱緩也一曰舍也按引縱者謂宐遠而引之使近宐近而縱之使遠皆爲擵掣也不必如釋文所據爾雅曰粤夆掣曳也俗字作擿作扯聲形皆異矣 从手瘛省聲。尺制切 十五部 俗作掣

𢪷（ㄗˋ）積也。小雅車攻曰助我舉柴傳曰柴積也箋云雖不中必助中者舉積禽也柴許所據作𢪷此聲責聲古同在十六部以疊韵爲訓 从手此聲。前智切 詩釋文引說文士賣反出音隱 詩曰助我舉𢪷。西京賦作舉觜薛注觜死禽獸將腐之名 一曰搣頰旁也。一曰二字廣韵及小徐本及集韵類篇皆有之是也無此則與上文積也矛盾而積也即釋車攻又非引曰圖引經說而釋之之比上文搣下云𢪷也此𢪷下云搣頰旁也是二篆爲轉注亦考老之例搣頰旁可以休老見莊子莊子亦作背嫭叚借字

掉（ㄉㄧㄠˋ）搖也。掉者搖之過也搖者掉之不及也許渾言之 从手卓聲。徒弔切 二部 春秋傳曰尾大不掉。左傳昭十一年文

搖（ㄧㄠˊ）動也。从手䍃聲。余招切 二部

搈（ㄖㄨㄥˊ）動搈也。動搈漢時語廣雅曰搈動也 从手容聲。余隴切 九部

擿（ㄓˋ）當也。廣雅曰擿當也 从手貳聲。

揂ㄐㄧㄡ 掔ㄑㄧㄢ 捀ㄈㄥ 攑ㄑㄧㄢ 揚ㄧㄤˊ 敭。 舉ㄐㄩˇ 掀ㄒㄧㄢ 揭ㄐㄧㄝ 拯ㄓㄥˇ

直利切曹憲引說文直二反按作直異切者誤

揂 聚也。商頌百祿是遒傳曰遒聚也按傳謂此遒爲揂之叚借字 从手酋聲。即由切三部

掔 固也。掔之言堅也緊也謂手持之固也或叚借爲牽字如史記鄭襄公肉袒掔羊即左傳之牽羊也俗用慳吝字亦爲掔之俗 从手臤聲。苦閑切十四部 讀若詩赤舄掔掔。掔掔當依豳風作几几傳曰几几絇皃掔在十二部几在十五部云讀若者古合音也

捀 奉也。奉者承也 从手夆聲。敷容切九部

攑 舉也。从手舉 此篆各本作舉云對舉也从手與聲以諸切下文出擧數二篆即出擧篆云對舉也居許切不特義同形聲亦皆不甚異讀許者往往疑焉今按玉篇列字次第捀下揚上作攑上言切舉也說文捀下揚上則作舉顯是攑篆之譌蓋希馮作玉篇時所據說文未誤也說文本有攑無舉後人自譌外耳廣韵廿二元亦曰攑舉也上林賦毛詩箋漢書音義通俗文皆有攑攑即此攑篆也字从手舉會意卽言切十四部

揚 飛舉也。从手昜聲。與章切十部

敭 古文揚从攴。漢碑用敭歷他文用歇歷皆用今文尚書般庚之優賢揚歷也

舉 對舉也。對舉謂以兩手舉之故其字从手與ナ手與又手也 从手與聲。居許切五部 一曰輿也。小徐有此四字按輿卽舁轉寫改之左傳使五人輿豭從己舁之叚借也舁者共舉也共者非一人之辭也舉之義亦或訓爲舁俗別作舉舉入說文音以諸切非古也

掀 舉出也。掀之言軒也 从手欣聲。虛言切古音在十三部虛斤切 春秋傳曰掀公出於淖。成十六年左傳文釋文曰掀𢿢舉之則公軒起也徐許言反一曰掀引也胡根反○又按陸引字林云火氣也蓋呂氏所見昭十八年左傳作行火所掀與今本作欣不同亦謂火氣高舉也

揭 高舉也。見於詩者匏有苦葉傳曰揭褰裳也碩人傳曰揭揭長皃蕩傳曰揭見根皃 从手曷聲。去例切又基竭切十五部

拯 上舉也。出休爲拯。从手丞聲。易曰拯馬壯吉。各本篆作拯解無出休爲拯四字丞聲作升聲拯馬作抍馬今皆正易明夷釋文曰丞音拯救之拯說文云舉也子夏作抍字林云抍上舉音承然則說文作拯字林作抍在呂時爲古今字陸引無上字而李注羽獵賦引有之李注謝靈運擬鄴中集詩曹植七啓潘岳九錫文傅亮修張良廟教王巾頭陁寺碑皆引說文出溺爲拯是古本確有此四字方言曰𨇨拼拔也出休爲抍出火爲𨇨方言之𨇨字多經轉寫改作拼卽以今字改古字之一抑或子雲固如此作許不之錄耳用拯馬壯吉周易明夷六二爻辭其字今作拯陸氏德明作丞云拯救之拯猶艮不承其隨云承音拯救之拯左傳目於眢井而承之云承拯救之拯也葉林宗抄文淵閣宋本不誤通志堂抱經堂皆改大字爲拯殊非集韵拼承拯拯丞五形同字丞承卽取諸艮隨二卦釋文類篇丞作承今本釋文改丞爲拯遂使集韵類篇之本原泯沒矣羽獵賦丞民乎農桑李引聲類丞亦拯字此丞之證也列子使弟子竝流而承之張注承音拯引方言出溺爲承此承之證也玉篇曰承聲類云拼字然則聲類之作丞作承固難考集韵曰承者承之或體玉篇曰拼音蒸又上聲蓋古多讀平聲今則讀上聲古音在六部陸云音拯救之拯玉篇廣韵皆云蒸上聲不作反語者廣韵云無韵切也無韵切者此韵字少廣殘殘又皆難識也

撜。振ㄓㄣˋ 扛ㄍㄤ

撜 拯或从登。拯各本作拼今正丞聲登聲皆六部也升聲亦六部而此篆古从丞从登不从升者丞登皆有上進之意形聲中有會意經典登作升皆叚借字升升之本義實於上舉無涉

振 舉救之也。之字依韵會補諸史籍所云振給振貸是其義也凡振濟當作此字俗作賑非也匡謬正俗言之詳矣 从手辰聲。章刃切十三部 一曰奮也。此義則與震略同采芑傳曰入曰振旅振鷺傳曰振振羣飛皃七月傳曰莎雞羽成而振訊之皆此義麟止殷其雷傳曰振振信厚也則此義之引申蓋未有不信厚而能奮者

扛 橫關對舉也。以木橫持門戶曰關凡大物而兩手對舉之曰扛項羽力能扛鼎謂鼎有關以木橫貫鼎耳而舉其兩耑也卽無橫木而兩手舉之亦曰扛卽兩人以橫木對舉一物亦曰扛字林𢫬舁也匡謬正俗曰音譌故謂扛爲剛有造掆字者故爲穿鑿也西京賦作舡鼎舡卽舩魏大饗碑作舩鼎舩者

揂掔捀攑揚舉掀揭拯振扛

扮ㄅㄢˋ　撟ㄐㄧㄠˇ　捎ㄕㄠ　擁ㄩㄥˇ　擩ㄖㄨˇ

扛之叚借字也。从手工聲。古雙切九部

扮　握也。大元曰地則虛三以扮天之十八也扮猶并也。从手分聲。讀若粉。房吻切十三部

撟　舉手也。引申之凡舉皆曰撟古多叚矯爲之陶淵明曰時撟首而遐觀王逸注楚辭曰撟舉也。从手喬聲。居少切二部 一曰擅也。擅專也凡矯詔當用此字

捎　自關已西凡取物之上者爲撟捎。取物之上謂取物之顛也捎之言梢也方言曰撟捎選也自關而西秦晉之閒凡取物之上謂之撟捎按今俗語云捎帶是也西京賦注曰捎者捎取之考工記捎其藪捎溝注曰捎除也其引申之義 从手肖聲。所交切二部

擁　裹也。各本作抱也今正抱者說文之或捊字也裹見衣部裹也改裹爲抱大失許例公食大夫禮擁簠粱注云擁抱也吳語官師擁鐸注云擁抱也漢書注曰南方謂抱小兒爲雍樹雍者擁之叚借字 从手雝聲。於隴切九部按玉篇作𢹬蓋古體也抱之則物必在前故上雝下手

擩　染也。如染繒爲色也 从手耎聲。而泉反十四部 周禮曰六曰擩祭。各本篆作擩解作擩聲引周禮作擩祭今正古音耎聲在十四部需聲在四部其音畫然分別後人乃或擩亂其偏旁本从耎者譌而从需而音由是亂矣周禮大祝九祭六曰擩祭士虞禮特牲饋食禮少牢饋食禮有司徹四篇經文凡用擩字二十唐石經周禮士虞皆作擩特牲少牢有司皆作擩參差乖異此非經字不一乃周禮士虞經淺人妄改也郭璞而沿反李善而緣反劉昌宗而元反徐德明而泉反皆耎聲之正音也杜子春讀如虞芮之芮郭璞而悅反劉昌宗而誰反顏師古如闕反陸德明而劣反皆耎聲之音轉也古音十四十五部最相近之理也今則周禮禮經漢書子虛賦注皆誤从需玉篇擩而主切廣韵麌韵作擩切而主薛韵作擩切如劣不知其本爲一字而五經文字云擩如悅反字書無此字見禮經擩汝主反見周禮是則唐開成石經正用張參之說故周禮與儀禮異字不知何以就禮經中士虞與他篇又異字也張氏云周禮作擩汝主反今按周禮釋文曰而泉反一音而劣反劉又而誰反絕無汝主一反不可以證陸氏周禮之本作擩乎士虞禮釋文曰如悅反劉而元反又而誰反與特牲少牢有司音義皆同亦不言而主反又不可以見士虞之本作擩乎其云字書無擩字則其所據說文已爲俗改之本有擩無擩而不知說文古本之有擩無擩也禮經注曰擩染也李奇子虛賦注曰染擩也

十二篇上

揄ㄩˊ　擊ㄆㄢˊ　擭ㄏㄨㄛˋ　拚ㄆㄢˋ　擅ㄕㄢˋ

揄　引也。漢郊祀歌曰神之揄臨壇宇師古云揄引也史記揄長袂廣韵揄揚說言也皆其引申之義大雅或舂或揄叚揄爲舀也 从手俞聲。羊朱切古音在四部

擊　擊擭。逗 不正也。廣韵擊擭宛轉也今義也 从手般聲。薄官切十四部

擭　擊擭也。从手蒦聲。一號切古音在五部 一曰布擭也。此即今之布濩字也劉逵注吳都賦曰布濩遍滿兒 一曰握也。握者搤持也西京賦擭獑猢薛云擭謂握取之也今本握譌掘元應不誤

拚　拊手也。拊揗也揗拊也此不但言拊言拊手者謂兩手相拍也今人謂歡拚是也漢書吳都賦皆云拚射孟康曰手搏爲拚此則謂兩人手相搏也 从手弁聲。皮變切十四部俗作抃

擅　專也。專當作嫥嫥者壹也 从手亶聲。時戰切十四部

揆ㄎㄨㄟˊ　擬ㄋㄧˇ　損ㄙㄨㄣˇ　失ㄕ　挩ㄊㄨㄛ　撥ㄅㄛ　挹ㄧˋ　抒ㄕㄨ

揆　度也。各本作葵也今依六書故所據唐本正度者法制也因以爲揆度之度今音分去入古無二也小雅天子葵之傳曰葵揆也謂叚葵爲揆也 从手癸聲。求癸切十五部

擬　度也。今所謂揣度也 从手疑聲。魚已切一部

損　減也。水部曰減者損也二篆爲轉注 从手員聲。蘇本切十三部

失　縱也。縱者緩也一曰捨也在手而逸去爲失兔部曰逸失也古多叚爲逸去之逸亦叚爲淫泆之泆 从手乙聲。以甲乙之乙爲聲式質切十二部

挩　解挩也。今人多用脫古則用挩是則古今字之異也今脫行而挩廢矣 从手兌聲。他括切十五部

撥　治也。公羊傳撥亂世反諸正何注曰撥猶治也何言猶者何意撥之本義非治撥之所以爲治也許則直云治 从手發聲。北末切十五部

挹　抒也。大雅曰洞酌彼行潦挹彼注茲 从手邑聲。於汲切七部

抒　挹也。凡挹彼注茲曰抒斗部曰斜抒也𣂢抒屚也㪿挹也

扮撟捎擁擩揄擊擭拚擅揆擬損失挩撥挹抒

抯ㄓㄚ　攫ㄐㄩㄝˊ　扟ㄕㄣ　拓ㄓˊ　摭。攈ㄐㄩㄣˋ　拾ㄕˊ　掇ㄉㄨㄛ　擐ㄏㄨㄢˋ　揯ㄍㄥ　摍ㄙㄨㄛ

水部曰浚抒也漉浚也㪅抒井㪅也左傳難必抒矣此叚抒爲紓紓者緩也服虔本正作紓 从手予聲。神與切五部

抯 挹也。方言曰抯摣取也南楚之閒凡取物溝泥中謂之抯亦謂之摣 从手且聲。讀若樝棃之樝。樝棃見木部側加切古音在五部按方言抯摣實一字也故許有抯無摣

攫 扟也。蒼頡篇曰攫搏也通俗文曰手把曰攫淮南子曰鳥窮則搏獸窮則攫按衆經音義卷五卷十二引說文同而注之曰扟居逆切是其所逮說文作丮轉寫譌作扟耳丮者持也 从手矍聲。居縛切五部

扟 从上挹取也。取字各本無依玄應補通俗文云從上取曰扟 从手卂聲讀若莘。所臻切十二部

拓 拾也。有司徹篇乃摭于魚腊俎俎釋三个其餘皆取之摘下云拓果樹實也儀禮摭古文作摭此實非字因變聲而異 陳宋語。方言摭取也陳宋之閒曰摭 从手石聲。之石切古音在五部

摭 拓或从庶。石聲庶聲皆古音五部

攈 拾也。魯語收攈而烝韋云攈拾也漢刑法志蕭何攈摭秦法取其宜於時者作律九章 从手麇聲。居運切十三部亦作捃

拾 掇也。史記貨殖傳曰齮有拾仰有取射有決拾毛傳曰決所以鉤弦也拾遂也拾韝左臂郎俗所謂收拾也曲禮拾級聚足鄭曰拾讀爲涉聲之誤也 从手合聲。是執切七部

掇 拾取也。周南傳曰掇拾也 从手叕聲。都括切十五部

擐 毌也。毌各本作貫今正毌穿物持之也今人發毌而專用貫矣杜注左傳韋注國語皆曰擐貫也 从手睘聲。胡慣切十四部 春秋傳曰擐甲執兵。成二年左傳文

揯 引急也。淮南書曰大弦揯則小弦絕 从手恆聲。古恆切六部

摍 蹴引也。蹴猶迫也古多叚蹴爲之蹴引者蹴迫而引取之摍古叚縮爲之毛詩傳曰鄰之釐婦夜暴風雨室壞趨而至顏叔子納之而使執燭放乎旦而蒸盡縮屋而繼之釋文云縮本作摍同按武梁祠堂碑云摍笮是也戰國策淖齒管齊之權縮閔王之筋縣之廟梁宿昔而死亦即摍字摍屋即左傳所謂抽屋也 从手宿聲。所六切三部

擭ㄑㄧㄢ　援ㄩㄢˊ　擂ㄔㄡ　抽。誘。擢ㄓㄨㄛˊ　拔ㄅㄚˊ　揠ㄧㄚˋ　揭ㄉㄠˇ　攣ㄌㄩㄢˊ　挺ㄊㄧㄥˇ　擭ㄐㄧㄢ　探ㄊㄢ　撢ㄊㄢˋ　挼ㄋㄨㄛˊ

擭 相援也。从手虔聲。巨言切十四部

援 引也。大雅以爾鉤援毛傳鉤援鉤梯也所以鉤引上城者又無然畔援傳曰無是畔道無是援取 从手爰聲。雨元切十四部

擂 引也。鄭風左旋右抽傳曰左旋講兵右抽抽矢以射竹部曰籀讀書也籀有笑傳曰讀抽也方言曰抽讀也尚書克由繹之大史公自序紬史記石室金匱之書紬即籀也籀之言抽也 从手畱聲。敕鳩切三部

抽 擂或从由。由聲也擂或本作籀文非也

誘 擂或从秀。秀字古本當不出篆體偏旁作秀則可證古於偏旁不諱也

擢 引也。毛傳曰擢所以擢舟也擢舟謂引舟也 从手翟聲。直角切古音在二部

拔 擢也。从手犮聲。蒲八切十五部

揠 拔也。孟子宋人有閔其苗之不長而揠之者趙云揠挺拔之欲亟長也方言揠擢拂戎拔也自關而西或曰拔東齊海岱之閒曰揠 从手匽聲。烏黠切十四十五部

揭 手椎也。以手爲椎而椎之 一曰築也。木部曰築擣也二篆爲轉注築者必用築非徒手也故爲別 从手壽聲。都晧切古音在三部小徐本篆作擣解云壽聲

攣 係也。係者絜束也易小畜有孚攣如馬曰連也虞曰引也攣者係而引之其義近擢 从手䜌聲。呂員切十四部

挺 拔也。左傳周道挺挺直也月令挺重囚寬也皆引申之義 从手廷聲。徒鼎切十一部

擭 拔取也。南楚語。莊子至樂篇攓蓬而取之司馬注曰攓拔也方言曰攓取也南楚曰攓又曰楚謂之攓 从手寒聲。九輦切十四部 攓攓二通又音騫 楚辭曰朝攓阰之木蘭。阰各本作批今依韵會與楚辭合但說文無阰字耳句見離騷王逸曰搴取也阰山名

探 遠取之也。探之言深也易曰探嘖索隱 从手罙聲。他含切古音在七部

撢 探也。周禮撢人掌撢序王意以語天下釋文曰與探同按許書則義同而各自爲字 从手覃聲。他紺切古音在七部

挼 推也。推各本作推今依玉篇韵會文選注

抯攫扟拓攈拾掇擐揯摍擭援擂擢拔揠揭攣挺擭探撢挼

撆ㄆㄧㄝ　揻ㄏㄢˋ　搦ㄋㄨㄛˋ　掎ㄐㄧˇ　揮ㄏㄨㄟ　摩ㄇㄛˊ　㩻ㄧㄢˊ

元應竝書音義正推者擠也周禮守祧禮經士虞特牲少牢隋祭或作隋作墮或作挼或作綏隋當是正字挼綏當是叚借鄭云下祭曰墮墮之言猶墮下也挼隋聲妥聲同在古十七部許云挼推也推亦有墮下之義挼篆疊韵雙聲皆當妥聲下挼㨎一解則更當从妥不待言矣 **从手妥聲。** 各本作委聲今正徐鉉曰俗作挼非乃因說文無妥而爲此謬說也奴禾切十六十七部 **一曰兩手相切摩也。** 元應引無摩字阮孝緒字略云頰捫猶挼抄今人多用此義而字作挪

撆　飾也。 各本作別也不可通今正文選洞簫賦注引撆飾也飾者㕞也見巾部飾者今之拭字葢一本作㕞其義一也而字形一譌爲㕞再譌遂爲別矣此攷覈者所宜知也拭與拂義略同蔡邕篆勢曰揚波振撆文選撆波而濟撤同撆文史記刺傳毀而敝席孟荀傳襒席皆謂拭席皆撆之異體也 **从手敝聲。** 芳滅切十五部 **一曰擊也。** 此別一義韵會作擊也一曰拂也拂即飾易其先後耳

揻　搖也。 搖宋本作摇誤 **从手咸聲。** 胡咸切古音在七部鉉曰今別作撼非是

搦　按也。 按者抑也周禮矢人橈之以眡其鴻殺之稱注曰橈搦其榦謂按下之令曲則强弱見矣元應書曰搦猶捉也此今義非古義也古義搦同橈 **从手弱聲。** 尼革切釋文女角切古音在五部

掎　偏引也。 一本作偏引一足也見李賢司馬貞所引此依左傳注增二字耳左傳曰譬如捕鹿晉人角之諸戎掎之杜注云掎其足也國語掎止晏萊韋云從後曰掎子虛賦腳麟司馬彪云腳掎也詩伐木掎矣傳曰伐木者掎其顛 **从手奇聲。** 居綺切古音在十七部

揮　奮也。 按奞部奮下曰翬也翬下曰大飛也此云奮也揮與翬義略同元應引此下有謂奮訊振去之也七字葢庾儼默注語 **从手軍聲。** 許歸切十三十五部

摩　揅也。 揅各本作研今正此以揅與摩互訓石部研之訓䃺也手部揅之訓摩也義各有屬無容淆之摩揅之功精於䃺研挼下曰兩手相切摩也學記曰相觀而善之謂摩凡毛詩爾雅如琢如摩周禮刮摩字多从手俗从石作磨不可通 **从手麻聲。** 莫婆切十七部

㩻　摩也。从手研聲。 宋本

𢱭ㄆㄧ　攪ㄐㄧㄠˇ　搑ㄖㄨㄥˇ　撞ㄓㄨㄤˋ　捆ㄧㄣ　扔ㄖㄥˊ　括ㄍㄨㄚ　抲ㄏㄜ　擘ㄅㄛˋ　撝ㄏㄨㄟ

無此字今依小徐集韵類篇補易極深研幾蜀才作揅五堅切十四部

𢱭　反手擊也。 左傳曰宋萬遇仇牧于門批而殺之玉篇所引如是今左傳作批俗字也 **从手毘聲。** 匹齊切十五部俗作批

攪　亂也。 毛傳同 **从手覺聲。** 古巧切古音在三部 **詩曰祇攪我心。** 小雅何人斯文衹各本譌作祇誤我行其野傳曰衹適也唐人凡此訓必从衣氏

搑　推擣也。 漢書而僕又搑以蠶室師古曰搑音人勇反推也謂推致蠶室之中也如顏說則搑者推之段借字 **从手茸聲。** 而隴切九部

撞　丮擣也。 丮者疾也 **从手童聲。** 宅江切九部

捆　就也。 捆與因音義同今則因行而捆廢矣 **从手因聲。** 於眞切十二部

扔　捆也。 捆各本作因今正扔與仍音義同老子曰爲之而莫之應則攘臂而扔之 **从手乃聲。** 如乘切六部

括　絜也。 絜者麻一耑也引申爲絜束之絜凡物圍度之曰絜賈子度長絜大是也束之亦曰絜凡經言括髮者皆謂束髮也髟部曰髻者絜髮也然則束髮曰髻括爲凡物總會之偁毛詩傳曰括至也其引申之義也易括囊借爲昏字也 **从手昏聲。** 古活切十五部

抲　抲。 此複舉字之未刪者 **撝也。从手可聲。** 虎何切十七部 **周書曰盡執抲。** 小徐本抲下有獻字葢誤衍酒誥文今尚書抲作拘字之誤也此如許所言苛之字止句也後漢書郡國志荷水譌爲苛水正同周書當盡執爲逗下云抲以歸於周謂指撝以歸於周也

擘　撝也。 禮記燔黍捭豚釋文云捭卜麥反注作擗又作擘皆同按卑聲辟聲皆在十六部故記作捭注作擘今注亦作捭矣擘豚謂手裂豚肉也又周禮旊人注曰辟讀如藥黃檗之檗破裂也按辟乃擘之段借西京賦云剖析豪釐擘肌分理李善引周禮注作擘豈其所據與今不同歟內則曰塗皆乾擘之喪大記絞一幅不辟內則膾爲辟雞皆假辟爲擘也若孟子以仲子爲巨擘巨擘謂手大指也凡大指主開餘四指主合故謂之巨擘 **从手辟聲。** 博戹切十六部今俗語謂裂之曰擘其字如此

撝　裂也。 易撝謙馬曰撝猶離也按撝謙者溥散其謙無所往

捇 ㄏㄜˋ　扐 ㄌㄜˋ

而不用謙裂義之引申也曲禮爲國君削瓜者華之注曰華中裂之也華音如花撝古音如呵故知華即撝之叚借也 从手爲聲。許歸切按歸必是規字之誤此字必在五支不得入八微也古音在十七部 一曰手指撝也。敘曰比類合誼以見指撝易撝謙注曰指撝皆謙凡指撝當作此字

捇 裂也。周禮有赤犮氏注云赤犮猶捇拔也捇拔蓋漢時有此語 从手赤聲。呼麥切釋文朵昔反古音在五部

扐 易筮再扐而後卦。易繫辭傳文也卦今易作掛釋文云京作卦云再扐而後布卦蓋許同京也大衍之數五十其用四十有九分而爲二以象兩掛一以象三揲之以四以象四時歸奇於扐以象閏五歲再閏故再扐而後掛虞翻曰奇所掛一策扐所揲之餘不一則二不三則四取奇以歸扐扐并合掛左手之小指爲一扐則似閏月定四時成歲故歸奇於扐以象閏者也已一扐復分掛如初揲之歸奇於初扐并掛左手次小指閒爲再扐則再閏也又分扐揲之如初而掛左手第三指閒成一變則布卦之一爻謂已二扐又加一掛爲三并重合前二扐爲五歲故五歲再閏再扐而後掛據虞則字作掛者謂再爲分二掛一或作卦者謂於此起卦爻皆可通也凡數之餘曰扐王制祭用數之仂喪用三年之仂鄭皆以爲數之什一仂扐蓋同字考工記云以其圍之防捎其藪假防爲之鄭以爲三分之一然則權度多少中其節謂之扐無定數也 从手力聲。盧則切一部

技 摹 拙 ㄓㄨㄛˊ　揝 ㄊㄚˋ

技 巧也。工部曰巧者技也二篆爲轉注古多叚伎爲技能字人部曰伎與也 从手支聲。渠綺切十六部

摹 規也。規者有法度也以法度度之亦曰規廣韵曰摹者以手摹也楊雄傳參摹而四分之三摹九据或手在旁作摸今人謂之摸揲讀入聲實一字摹與模義略同韵會此下有謂所規倣也五字蓋廣韵注語之存者倣當作放 从手莫聲。莫胡切五部

拙 不巧也。不能爲技巧也 从手出聲。職說切十五部

揝 縫指揝也。縫指揝者謂以鍼紩衣之人恐鍼之桼其指用韋爲韜韜於指以藉之也揝之言重沓也射韝亦謂之臂揝 从手沓聲。讀若眔。徒合切八部 一曰韋韜。

捇扐技摹拙揝摶㨶捄拮搰掘掩概揟

摶 ㄊㄨㄢˊ　㨶 ㄏㄨˊ　捄 ㄐㄧㄡˋ　拮 ㄐㄧㄝˊ

謂如射韝韜於臂者

摶 以手圜之也。各本作圜也語不完今依韵會所據補以手圜之者此篆之本義如禮經云摶黍曲禮云摶飯是也因而凡物之圜者曰摶如考工記摶以行石摶身而鴻相笴欲生而摶是也俗字作團古亦借爲專壹字左傳云若琴瑟之摶壹秦瑯邪臺刻石曰摶心揖志是也專壹許女部作嫥壹 从手專聲。度官切十四部

㨶 手推之也。从手圂聲。戶骨切十三十五部

捄 盛土於梩中也。木部曰梩者徙土輂也或作梩大雅捄之陑陑傳曰捄蘽也陑陑衆也箋云築牆者捊聚壤土盛之以蘽而投諸版中孟子蘽梩蓏言趙曰蘽梩籠臿之屬可以取土者也許說專爲捄大雅而言 从手求聲。舉朱切古音在三部 一曰捊也。各本作援今依韵會本正捊者引堅也於前義相近捊之乃後盛之 詩曰捄之陑陑。大雅緜文陑音而亦作陑各本作陾誤今依玉篇

拮 口手共有所作也。豳風予手拮据傳曰拮据撠挶也手病口病故能免於大鳥之難韓詩曰口足爲事曰拮据韓之足即毛之手也許蓋合毛韓爲此訓 从手吉聲。古屑切十二部 詩曰予手拮据。鴟鴞文

搰 ㄏㄨˊ　掘 ㄐㄩㄝˊ　掩 ㄧㄢˇ　概 ㄍㄞˋ　揟 ㄒㄩ

搰 掘也。吳語夫諺曰狐埋之而狐搰之是以無成功韋注搰發也玉篇云左傳搰褚師定子之墓本亦作掘 从手骨聲。戶骨切十五部

掘 搰也。二篆疊韵轉注按凡字書韵書謂掘亦作闕者似是而非也左傳闕地及泉闕地下冰而牀焉國語闕爲深溝通於商魯之閒韋云闕穿也凡云闕者皆謂空之與掘義別 从手屈聲。衢勿切十五部

掩 歛也。小上曰掩。釋器圜弇上謂之鼒弇上當作掩上 从手奄聲。衣檢切八部

概 滌也。滌者洒也洒先禮切詩概之釜鬵傳曰概滌也今本作溉者非凡周禮禮經概字本皆从手釋文不誤而俗本多譌 从手既聲。古代切古音在十五部 詩曰概之釜鬵。匪風文

揟 取水沮也。沮玉篇廣韵作具非也取水之具或以木或以瓦缶則製字不當从手矣沮今之渣字集韵九麻曰柞滓也亦作渣取水渣者必澱之濾之如釃酒然

播ㄅㄛ 𢿷。 挃ㄓ 撴ㄓ 扤ㄨ 抈ㄩㄝ 摎ㄐㄧㄡ 撻ㄊㄚ 虘。 捘ㄌㄧㄥ

則揟與水部之湑音義皆同今所謂濾水也周禮謂伺捕盜賊爲胥亦此意淺人不得其解遂改沮爲具非製字之意 从手胥聲。相居切五部 武威有揟次縣。見漢地理志郡國志孟康曰揟子如反又音者

播種也。種者埶也埶者種也堯典曰播時百穀 从手番聲。補過切十四十七部 一曰布也。周禮瞽矇注曰播謂發揚其音 古文播。九歌𦱤芳椒兮成堂補注𦱤古播字

挃穫禾聲也。周頌良耜曰穫之挃挃傳曰挃挃穫聲也 从手至聲。陟栗切十二部 詩曰穫之挃挃。

撴刺也。刺者直傷也方言曰撴到也廣雅曰撴至也 从手致聲。陟利切十五部 一曰刺之財至也。財今纔字甘泉賦曰洪臺掘其獨出兮撴北極之嶟嶟

扤動也。詩正月天之扤我傳曰扤動也考工記是以大扤 从手兀聲。五忽切十五部

抈折也。晉語其爲本也固矣故不可抈也韋云抈動也按依韋注是謂此抈爲扤之叚借字也其本義則訓折舊音云抈音月又五括反 从手月聲。魚厥切十五部

摎縛殺也。縛殺者以束縛殺之也凡縣死者曰縊亦曰雉經凡以繩帛等物殺人者曰縛殺亦曰摎亦曰絞廣韵曰摎者絞縛殺也多絞字爲長今之絞罪即古所謂摎也引申之凡繩帛等物二股互交皆得曰摎曰絞亦曰糾喪服曰絞帶又曰殤之經不摎垂注云不絞其帶之垂者周禮襍記注皆云環經者一股纏而不糾丩部曰糾三合繩也檀弓作繆經繆即摎之叚借故注云繆讀爲不摎垂之摎也喪服及檀弓注摎垂字今本爲爲摎木之摎遂不可通矣惟玉篇不誤 从手翏聲。居求切亦力周切三部

撻鄉飲酒罰不敬撻其背。周禮閭胥凡事掌其比觵撻罰之事故書或言觵撻之罰事鄭云觵撻者失禮之罰觵用酒其爵以兕角爲之撻扑也按鄭但云失禮許必系之鄉飲酒者禮莫大於此惟此可登時行觵撻也 从手達聲。他達切十五部 古文撻。从虍者言有威也 周書曰遽㠯記之。周當作虞此臯陶謨文壁中古文作遽也

播挃撴扤抈摎撻捘抨捲扱摷挨撲撽扚

抨ㄆㄥ 捲ㄐㄩㄢ 扱ㄔㄚ 摷ㄐㄧㄠ 挨ㄞ 撲ㄆㄨ 撽ㄑㄧㄠ 扚ㄉㄧㄠ

捘止馬也。捘馬猶勒馬也疑易拯馬壯拯乃捘之叚借 从手夋聲。子峻切六部

抨彈也。彈大徐誤作撣今依小徐及元應正彈者開弓也開弓者弦必反於直故凡有所糾正謂之彈廣雅曰彈拼也拼即抨布莖切元應曰抨彈繩墨也補耕切又普耕切江南音也按孟康漢書注曰引繩以抨彈 从手平聲。普耕切十一部

捲气埶也。謂作气有勢也此與拳音同而義異小雅巧言無拳無勇毛傳曰拳力也齊語桓公問曰於子之鄉有拳勇股肱之力秀出於衆者韋云大勇爲拳此皆叚拳爲捲蒸與古本字異齊風箋云權勇壯也權者捲之異體 从手卷聲。巨員切十四部按五經文字本部權字下曰从手作捲者古拳權字从手之權字書韵書皆不錄惟盧令鄭箋云鬈讀當爲權權勇壯也又吳都賦覽將帥之權勇李注云毛詩無拳無勇權與拳同此刪處字今雖譌作權从木然可知其必五經文字所謂从手之字也是可以知字書韵書遺漏之古字甚多莫之能補古書之譌繆亦甚多莫之諟正也 國語曰有捲勇。齊語文廣韵引說文有上有子字 一曰捲收也。此別一義即今人所用舒卷字也論語卷而懷之叚卷字爲之廣韵書卷字亦當作捲此義音居轉切

扱收也。收者捕也曲禮以箕自鄉而扱之此扱之本義也儀禮注云扱栖此插之叚借字也 从手及聲。楚洽切七部

摷拘擊也。拘止而擊之也集韵類篇作擊也拘也非是又謂此即鈔之別體亦非許意也以下十七篆皆言擊而取後釋擊曰扑也許書文法往往如是 从手巢聲。子小切廣韵作摷楚交切二部漢書命摷絕而不長叚摷爲剿也

挨擊背也。列子攩挨挨抌張注曰烏駭反推也 从手矣聲。於駭切一部今俗音平聲

撲挨也。撲與扑樸義皆別今人溷之廣韵一屋云拂箸今義也 从手菐聲。蒲角切廣韵普木切一部

摮旁擊也。公羊傳曰公怒以斗摮而殺之注摮猶擊也摮謂旁擊頭項莊子撽以馬捶 从手敖聲。苦弔切二部小徐本手在左旁

扚疾擊也。疾速擊之也史記天官書扚雲索隱曰劉氏音時酌反說文音丁了反許慎注

扶 抵 抰 ⿰扌保 捭 捶 搉 摬 拂 摼 抌 㩓

淮南云扚引也按扚當从手今本譌从木从手勺聲。都了切二部

扶 笞擊也。笞所以擊也扶之見左傳者多矣从手失聲。敕栗切十二部

抵 側擊也。戰國策抵掌而談東京賦抵璧於谷解嘲介涇陽抵穰侯按抵字今多譌作扺其音義皆殊國策夏無且以藥囊提荊軻史記薄太后以冒絮提文帝提皆抵之段借字也从手氏聲。諸氏切十六部與扺在十五部不同

抰 以車鞅擊也。鞅者馬頸靼也鞅抰疊韵从手央聲。於兩切十部

⿰扌保 衣上擊也。擊集韵類篇皆作攴攴者小擊也从手保聲。方口切三部方字類隔當作彼

捭 兩手擊也。謂左右兩手橫開旁擊也引申之爲鬼谷子之捭闔捭之者闢也闔之者閉也禮記燔黍捭豚段捭爲擘字从手卑聲。北買切十六部

捶 以杖擊也。內則注曰捶擣之也引申之杖得名捶猶小擊之曰扑因而擊之之物得曰扑也擊馬者曰箠从手垂聲。之壘切壘當作垂十六部

搉 敲擊也。敲橫搉也搉即粲之㳷變搉與敲疊韵又雙聲也廣雅曰揚搉都凡也別一義从手隺聲。苦角切二部

摬 中擊也。擊之而中也中玉篇作傷从手竟聲。一敬切古音在十部倚兩切

拂 過擊也。徐鍇曰擊而過之也刀部曰刜擊也與拂義同从手弗聲。敷勿切十五部

摼 擣頭也。廣韵曰撞也从手堅聲。讀若論語鏗尒舍琴而作。讀若二字衍文也尒大徐作爾琴大徐作瑟今皆正舊抄繫傳本作琴論語先進篇釋文曰鏗苦耕反投琴聲是則陸氏論語本作舍琴而作下文云本今作瑟者後人所增語廣韵曰摼琴摼口莖切玉篇曰摼口耕切琴聲引論語摼爾舍琴而作摼蓋摼之異體大徐摼口莖切按堅聲古音在十二部

抌 深擊也。深淺字許作突抌深疊韵字刺客列傳左手把其袖右手揕其匈揕即抌字徐廣曰一作抗按抗乃抌之譌耳从手冘聲。竹甚切七部讀若告言不正曰抌。宋本無告字曰抌之抌未知何字之誤

㩓 傷擊也。傷擊

擊 扞 抗 杭 捕 簎 撚 挂

者擊之而傷也故其字从手毀从手毀，毀亦聲。小徐無毀亦字許委切十五部

擊 攴也。攴下曰小擊也二篆爲轉注攴訓小擊擊則兼大小言之而但云攴也者於攴下見析言之理於擊下見渾言之理互相足也攴之𢒼變爲扑手部又也又下曰手也因之經籍物皆謂之扑此經典扑字之義也咎繇謨古文夏擊今文尚書擊爲隔同音段借从手毄聲。古歷切十六部

扞 忮也。忮當作枝枝持字古書用枝亦用支許之字例則當作榰許之榰柱他書之榰拄也支部敤下云止也扞義當略同忮訓很非其義周南干城傳曰干扞也左傳亦以扞城其民釋干城孫炎以自蔽扞釋爾雅扞字許盾下云所以扞身蔽目然則扞字之訓可定矣廣韵扞下曰以手扞又衛也玉篇亦曰扞衛也字亦作捍祭法能禦大菑能捍大患則祀之魯語作扞从手干聲。矦旰切十四部

抗 扞也。既夕禮注曰抗禦也左傳曰以亢其讎注云亢猶當也亢爲抗之段借字周禮綱惡馬注云綱讀爲以亢其讎之亢書亦或爲亢亢禦也禁也綱亦亢之段借字也引申之義爲高

抗既夕注曰抗舉也从手亢聲。苦浪切十部

杭 抗或从木。若既夕禮抗木橫三縮二其字固可从木矣今人用此字讀胡郎切乃杭之譌變地名餘杭者乃秦政舟渡處也

捕 取也。此與搏義別从手甫聲。薄故切五部

簎 刺也。刺者直傷也周禮鼈人以時簎魚鼈龜蜃鄭司農云簎謂以杈刺泥中搏取之魯語里革曰鳥獸孕水蟲成獸虞於是乎禁罝羅矠魚鼈以爲夏犒韋云矠擉也按矠本矛屬此段借矠爲簎也許所據國語作簎與周禮同从手籍省聲。士革反按周禮音義劉倉伯反徐倉格反沈槍昔反李賢馬融傳注七亦反古音在五部春秋國語曰：簎魚鼈。

撚 執也。執者捕罪人也引申爲凡持取之偁廣韵曰撚者以手撚物也从手然聲。乃殄切十四部一曰蹂也。蹂者獸足蹂地也

挂 畫也。畫葉本作宣李文仲字鑑亦作宣六書故云唐本作絓玉篇亦作懸也特牲禮曰實于左袂挂于季指卒角鄭云挂袪以小指者便卒角也易繫辭傳分而爲二以

扶抵抰⿰扌保捭捶搉摬拂摼抌㩓擊扞抗捕簎撚挂

挖ㄊㄨㄛ 捈ㄊㄨ 抴ㄧˋ 揙ㄅㄧㄢ 擨ㄐㄩㄝ 攎ㄌㄨˊ 挐ㄋㄚˊ 搵ㄨㄣˋ 搒ㄅㄥˋ 挌ㄍㄜˊ

象兩掛一以象三孔疏曰掛其一於冣小指閒皆於縣義合古本多作畫者此等皆有分別畫出之意陸德明云掛別也後人乃云懸挂俗製掛字耳許訓畫者古義疊韵爲訓唐本訓縣非古也禮注云古文掛作卦从手圭聲。古賣切十六部

挖 曳也。申部曰束縛捽抴爲臾又曰臾者臾曳也然則臾之義略同抴一說臾本作抴後人避諱改之南越傳拕舟而入水論語加朝服拕紳易終朝三褫之鄭本作拕以拕爲褫也高誘注淮南遇盜拕其衣云拕奪也从手它聲。託何切十七部廣韵又徒可切

捈 臥引也。臥引謂橫而引恭。之也廣雅曰捈舒也从手余聲。同都切五部

抴 捈也。厂下曰抴也臾下曰束縛捽抴也抴與臾音義皆同檀弓負手曳杖釋文臾作抴俗刻誤从木非也九歌桂櫂兮蘭抴王逸曰櫂楫也抴船旁板也按毛詩傳云楫所以櫂舟也故因謂楫爲櫂櫂者引也船旁板曳於水中故因謂之抴俗字作櫂作栧皆非是也从手世聲。余制切十五部俗作拽

揙 㨨也。从手扁聲。婢沔切古音在十二部

擨 㠯手有所把也。以各本誤从把各本誤把今正把本訓收麥器引申之用手捊聚亦曰把通俗文曰手把曰掊手把曰攫此把與把之別也內則不涉不擨擨揭衣也擨之義與掘不同韵書淆之非也从手厥聲。居月切十五部

攎 挐持也。挐各本作拏誤廣韵攎下云攎斂从手盧聲。洛乎切五部

挐 持也。从手奴聲。各本篆作拏解作如聲此與前文訓牽引之拏互譌也今正須拏紛拏字當从如女居切拏攫字當从奴女加切古音同在五部而形異猶糸部有絮絮二篆也一曰誣也。方言曰嘷哰謰謱拏也郭注言諸拏也女加反又曰拏揚州會稽之語也或謂之惹或謂之淹許言部曰謱拏羞窮也方言及言部字皆从奴亦可證篆體作拏之繆

搵 沒也。沒者湛也謂湛浸於中也集韵引字林搵抐沒也抐奴困切从手𥁕聲。烏困切十三部又烏沒切

搒 掩也。廣韵曰笞打今義从手旁聲。北孟切古音在十部

挌 擊也。凡今用格鬥字當作此後漢陳寵傳斷獄者急於篣格酷烈之痛注引此說文周禮注曰若今時無故入人室宅廬舍上人車船牽引人欲犯法者其時格殺之無罪公羊定四年注曰挾弓者懷格意也莊卅一年注古者方伯征伐不道諸侯交格而戰者誅絕其國此等格字皆當从手从手各聲。古覈切古音在五部

拲ㄍㄨㄥˇ 掫ㄗㄡ 捐ㄐㄩㄢ 掤ㄅㄥ 抒ㄩ 摩ㄏㄨㄟ 捷ㄐㄧㄝˊ

拲 兩手共同械也。周禮掌囚上罪梏拲而桎鄭司農云拲者兩手共一木也从手共聲。此舉形聲包會意居竦切九部周禮曰。上辠梏拲而桎。

𣓌 拲或从木。猶桎梏字

掫 夜戒守有所擊也。一本無守字有所擊謂鼓類也襄廿五年左傳陪臣干掫有淫者杜云干掫行夜也昭廿年傳賓將掫杜云掫行夜也周禮鎛師掌固皆云夜三鼜杜子春云謂擊鼓行夜戒守也春秋傳所謂賓將趣趣與鼜音相近許不云擊鼓而云有所擊者凡有聲可警覺者皆是若欜亦行夜所擊者也从手取聲。子侯切四部春秋傳曰。賓將掫。

捐 棄也。𠦒部曰棄捐也二篆爲轉注从手肙聲。與專切十四部按俗音居專切

掤 所㠯覆矢也。鄭大叔于田傳曰掤所以覆矢也左傳公徒釋甲執冰而踞冰者掤之叚借字賈逵服虔皆曰冰犢丸蓋也杜預云或說犢丸是箭筩其蓋可以取飲从手朋聲。筆陵切六部詩曰。抑釋掤忌。

抒 指摩也。摩各本作麾俗今正抒摩爲雙聲山海經曰有人方抒弓射黃蛇从手亏聲。億俱切五部亦何于切

摩 旌旗。巾車曰木路建大麾鄭云大麾不在九旗中以正色言之則黑夏后氏所建按凡旌旗皆得曰麾故許以旌旗釋麾叚借之字作戲淮陰侯傳項羽木紀皆曰戲下是也所㠯指摩也。謂从手之意凡旗之所指曰指麾師之耳目在乎旗鼓也坶誓曰右秉白旄以麾小雅曰麾之以肱从手靡聲。許爲切古音在十七部俗作麾

捷 獵也。以疊韵爲訓謂如逐禽而得之也軍獲得也。小雅一月三捷傳曰捷勝也箋云往則庶乎一月之中三有勝功春秋經齊侯來獻戎捷易晝日三接內則接以大牢鄭注皆讀爲捷勝也是古文叚借字也又按大雅征夫捷捷言樂事也

扣 掍 搜 換 掖 摻 𠦬

又有譬傳曰業大板也捷業如鋸齒皆其引申之義从手疌聲。疾葉切八部春秋傳曰齊人來獻戎捷。莊三十一年左氏公穀皆作齊侯按作人近是不必親來

扣 牽馬也。周禮田僕凡田王提馬而走諸侯晉大夫馳注曰提猶舉也晉猶抑也使人扣而舉之抑之皆止奔也馳放不扣史記伯夷叔齊扣馬而諫从手口聲。苦后切四部

掍 同也。方言掍同也宋衛之閒或曰掍漢人賦多用掍字从手昆聲。古本切十三部

搜 衆意也。其意爲衆其言爲搜也魯頌泮水曰束矢其搜傳曰五十矢爲束搜衆意也此古義也與考工記注之藪略同鄭司農云藪讀爲蜂藪之藪後鄭云蜂藪者衆輻之所趨也一曰求也。索下曰入家搜也从手叜聲。所鳩切三部詩曰束矢其搜。

換 易也。从手奐聲。胡玩切十四部

掖 以手持人臂也。各本臂下有投地二字今依左傳音義刪正左傳衛人伐邢二禮從國子巡城掖以赴外殺之赴當是仆之誤正義曰說文云掖持臂也謂執持其臂投之城外也釋文曰說文云以手持人臂曰掖陸孔所據皆無投地二字淺人傳合左文增之不知掖人者不必皆投地也詩衡門序曰僖公愿而無立志故作是詩以誘掖其君鄭云掖扶持也是可證矣从手夜聲。羊益切古音在五部一曰臂下也。此義字本作亦或借掖爲之非古也儒行逢掖之衣高后本紀見物如蒼犬據其掖俗亦作腋

摻 斂也。从手參聲。各本無摻篆及解今依鄭風遵大路正義所引補詩摻執子之祛傳曰摻擥也正義引說文摻參聲斂也操桑聲奉也益因俗二字相亂故分引之今本無摻篆亦由南朝以來摻操不別之故凡許書鼎部鼐鼐相似而失其一衣部袗袀相似而失其一水部沱池相似而有沱無池皆此類所斬切古音在七部

文二百六十六宋作六十五今增摻文　重十九

𠦬 背呂也。呂下曰脊骨也脊兼骨肉言之呂則其骨言之如是渾言之則統曰背呂猶俗云背脊也象脅肋形。脅者兩膀也肋者脅骨也此四字當作象形二字象形謂丨象背呂居中而一象人要𠬢則象背左右脅肋之形也古懷切凡𠦬之屬皆从𠦬。讀若乖。此三字大徐無玉篇云俗作乖按俗作乖當在丫部菲字注中

脊 背呂也。釋名曰脊積也積續骨節脈絡上下也从𠦬从肉。兼骨肉而成字也資昔切十六部

文二

說文解字第十二篇上

十二篇上

受業黟縣胡積城校字

女　姓

說文解字第十二篇下

金壇段玉裁注

婦人也。男丈夫也女婦人也立文相對喪服經每以丈夫婦人連文渾言之女亦婦人析言之適人乃言婦人也左傳曰君子謂宋共姬女而不婦女待人婦義事也此可以知女道婦道之有不同者矣言女子者對男子而言子皆美偁也曰女子子者系父母而言也集韵曰吳人謂女爲婄牛居切青州呼女曰婄五故切楚人謂女曰女奴解切皆方語也 象形。王育說。不得其居六書何等而惟王育說是象形也葢象其揜斂自守之狀尼呂切五部小徐王育說三字在从女下 凡女之屬皆从女。

人所生也。白虎通曰姓者生也人所稟天氣所以生者也吹律定姓故姓有百按詩振振公姓傳曰公姓公生也不如我同姓傳曰同姓同祖也昭四年左傳問其姓釋文云女生曰姓姓謂子也定四年蔡大夫公孫生公穀皆作公孫姓

古之神聖人母感天而生子。故偁天子。五經異義詩齊魯韓春秋公羊說聖人皆無父感天而生左氏說聖人皆有父謹案堯典以親九族卽堯母慶都感赤龍而生堯安得九族而親之禮讖云唐五廟知不感天而生元之聞也詩言感生得無父有父則不感生此皆偏見之說也商頌曰天命玄鳥降而生商謂娀簡吞鳦子生契是聖人感生見於經之明文劉媼是漢大上皇之妻感赤龍而生高祖是非有父感神而生者也同駁且夫蒲盧之氣嫗煦桑蟲成爲己子況乎天氣因人之精就而神之反不使子賢聖乎是則然矣又何多怪按此鄭君調停之說許作異義時從左氏說聖人皆有父造說文則云神聖之母感天而生不言聖人無父則與鄭說同矣 因生㠯爲姓。从女生。因生以爲姓若下文神農母居姜水因以爲姓黃帝母居姬水因以爲姓舜母居姚虛因以爲姓是也感天而生者母也故姓从女生會意其子孫復析爲衆姓如黃帝子二十五宗十二姓則皆因生以爲姓也 生亦聲。息正切十一部按古平聲 春秋傳曰。天子因生㠯賜姓。大小徐本互異由淺人不學以爲重複故大徐本刪因生以爲姓五字小徐刪春秋傳以下十一字皆非也傳者隱八年左傳文無駭卒羽父請謚與族公問族於衆仲對曰天子建德因生以賜姓胙之土而命之氏杜曰因其所由生以賜姓也按人各有所由生之姓其後氏別旣久而姓幾湮有德者出則天子立之令姓其正姓若大宗然如周語帝胙四岳國賜姓曰姜氏曰有呂陳胡公不淫故周賜之姓謂媯姓命氏曰陳鄭叔安裔子董父事帝舜帝賜之姓曰董氏曰豢龍葢此三者本皆姜媯董之子孫故予之以其姓又或特賜之姓前無所承者如史記白虎通禹祖昌意以薏苡生賜姓姒氏殷契以玄鳥子生賜姓子氏斯皆因生以賜姓也必兼春秋傳之說而姓之義乃完姒字不見於許書葢古祇作以古書亦有作似者

姜　姬　姞　嬴　姚

神農居姜水。因㠯爲姓。晉語司空季子曰昔少典娶于有蟜氏生黃帝炎帝黃帝以姬水成炎帝以姜水成成而異德故黃帝爲姬炎帝爲姜韋注成謂所生長以成功也渭水篇注曰岐水又東逕姜氏城南爲姜水引帝王世紀炎帝神農氏姜姓母女登遊華陽感神而生炎帝長於姜水是其地按姜姬字葢後所製 从女羊聲。居良切十部

黃帝居姬水。因水爲姓。从女𦣞聲。居之切一部

黃帝之後伯鯈姓也。國語晉胥臣曰季曰黃帝之子得姓者十四人爲十二姓姞其一也詩都人士作吉南燕密須姞姓國也 后稷妃家。左傳鄭文公賤妾曰燕姞夢天使與己蘭曰余爲伯鯈余而祖也以是爲而子既而生穆公名之曰蘭文公卒石癸曰姞吉人也后稷之元妃也今公子蘭姞甥也天或啓之必將爲君遂立之古今人表云姞人棄妃直以姞人爲姓名 从女吉聲。巨乙切十二部

帝少暤之姓也。按秦徐江黃鄭莒皆嬴姓也嬴地理志作盈又按伯翳嬴姓其子臯陶偃姓偃嬴語之轉耳如姚皇女英世本作女瑩大戴禮作女匽亦一語之轉 从女嬴省聲。依韵會作嬴今各本作嬴省聲非也以成切十一部

虞舜居姚虛。因㠯爲姓。帝王世紀云舜母名握登生舜於姚墟因姓姚氏也世本

舜姓姚氏从女兆聲。余招切二部或爲姚嬈也。下文曰嬈者苛也史篇吕爲姚易也。王莽傳徵天下史篇文字孟康曰史籒所作十五篇也許三偁史篇皆說史篇者之辭易益治也廣雅姚娧皆好也荀卿子美麗姚冶楊注引說文姚美好皃今說文無此語

虞舜尻嬀汭因吕爲氏。氏各舊本及集韵類篇皆同毛斧季剜改爲姓非也舜既姚姓則嬀爲舜後之氏可知按依史記當云因以爲氏姓尋姓氏之禮姓統於上氏別於下鄭駁五經異義曰天子賜姓命氏諸侯命族族者氏之別名姓者所以統繫百世不別也氏者所以別子孫之所出故世本之篇言姓則在上言氏則在下也此由姓而氏之說也既別爲氏則謂之氏姓故風俗通潛夫論皆以氏姓名篇諸書多言氏姓氏姓之見於經者春秋隱九年天王使南季來聘穀梁傳曰南氏姓也季字也南爲逗氏姓也三字爲句此氏姓之明文也史記陳杞世家舜爲庶人時堯妻之二女居於嬀汭其後因爲氏姓姓嬀氏五帝本紀曰自黃帝至舜禹皆同姓帝禹爲夏后而別氏姓姓姒氏今史記衍一姓字此氏姓之例與陳世家同契爲商姓子氏棄爲周姓姬氏此皆氏姓之明文也左傳曰陳胡公不淫故周賜之姓使祀虞帝賜之姓者賜姓曰嬀也叚令嬀不爲姓何以不賜姓姚而賜姓嬀乎凡言賜姓者先儒以爲有德者則復賜之祖姓使紹其後故后稷賜姓曰姬四岳堯賜姓曰姜董父舜賜姓曰董秦大費賜姓曰嬴皆予以祖姓也其有賜姓而本非其祖姓者如鄭氏駁異義云炎帝姓姜大皞之所賜也黃帝姓姬炎帝之所賜也是炎帝黃帝之先固自有姓而炎帝黃帝之姜姬實爲氏姓之肇始夏之姓姒商之姓子亦同然則單云姓者未嘗不爲氏姓單云氏者其後以爲姓古則然矣至於周則以三代以上之姓及氏姓爲昏姻不通之姓而近本諸氏於官氏於事氏於王父字者爲氏不爲姓古今之不同也舉舜尻嬀汭因爲氏姓以發其凡凡訓詁家曰姓某氏者皆於此起例从女姚之从女以握登也嬀之从女以釐降二女也爲聲。居爲切古音在十七部

祝融之後姓也。祝融者顓頊之子黎也國語曰其後八姓己董彭秃妘曹斟芈也妘姓鄔鄶路偪陽是也又世本曰鄅妘姓也大戴禮云鄶人云卽妘字从女云聲。王分切十三部

籒文妘从員。員籒文作鼎古音同云小徐本篆作⿰女鼎

殷諸侯爲亂。昭元年左傳曰王伯之令也猶不可壹於是乎虞有三苗夏有觀扈商有姺邳周有徐奄皆謂當時作亂之諸侯也疑姓也。嫌姺是國名故曰疑疑者不定之詈也姺从女蓋以姓爲國名从女先聲。所臻切古音在十三部廣韵入二十七銑春秋傳曰。商有姺邳。

人姓也。廣韵曰嬊姓也从女然聲。奴見切十四部

人姓也。廣韵玉篇皆曰妞姓也从女丑聲。呼到切按古音在三部讀如狃好之古音讀如朽是以尙書叚𡛷爲好也商書曰。無有作𡛷。鴻範文今尙書𡛷作好此引經說叚借也𡛷本訓人姓好惡自有眞字而壁中古文叚𡛷爲好此以見古之叚借不必本無其字是爲同聲通用之肇耑矣此如朕堲讒說叚堲爲疾尙狟狟叚狟作桓布重莧席叚莧爲織蒻之義曰圛叚圛爲升雲半有半無之義皆偁經以明六書之叚借也而淺人不得其解或多異說蓋許書之湛晦久矣

人姓也。从女其聲。去其切一部杜林說娸醜也。醜者可惡也按頁部曰䫏醜也杜說蓋以娸爲䫏頭字也。以上十一篆皆冡姓而言

少女也。廣韵曰美女从女毛聲。坼下切古音在五部丁故切是也

謀也。以疊韵爲訓謀合二姓者也。慮難曰謀周禮媒氏注曰媒之言謀也謀合異類使和成者从女某聲。莫桮切古音在一部

酌也。斟酌二姓者也。斟者酌也酌者盛酒行觴也斟酌二姓者如挹彼注玆欲其調適也孟子曰不待父母之命媒妁之言从女勺聲。市勺切二部

女適人也。白虎通曰嫁者家也婦人外成以出適人爲家按自家而出謂之嫁至夫之家曰歸喪服經謂嫁於大夫曰嫁適士庶人曰適此析言之也渾言之皆可曰適皆可曰嫁从女家聲。古訝切古音在五部

取婦也。取彼之女爲我之婦也經典多叚取爲娶从女取

婚姻妻婦妃媲妊娠㛘嬔嫛婗母嫗

婚ㄏㄨㄣ 𡝩。姻ㄧㄣ 婣。妻ㄑㄧ 𡜊。婦ㄈㄨˋ 妃ㄈㄟ 媲ㄆㄧˋ 妊ㄖㄣˋ

聲。說形聲包會意也此從小徐本七句切古音在四部

婚 婦家也。釋親曰婦之父爲婚婦之黨爲婚兄弟 禮娶婦㠯昏時。婦人会也。故曰婚。禮謂禮經也士昏禮曰凡行事必用昏昕注曰用昕使者用昏壻也郊特牲曰昏禮不用樂幽陰之義也 从女昏。昏亦聲。呼昆切十三部

𡝩 籒文婚如此。其會意形聲不可勢說車部之䡣巾部之𢄊皆以爲聲

姻 壻家也。釋親曰壻之父爲姻婦之父母壻之父母相謂爲婚姻壻之黨爲姻兄弟周禮六行孝友睦婣任恤注云婣者親於外親引申之義也 女之所因。故曰姻。因者就也 从女因。因亦聲。於眞切十二部

婣 籒文姻从𣶒。𣶒聲也周禮如此作

妻 婦與己齊者也。妻齊以疊韵爲訓此渾言之也曲禮曰庶人曰妻析言之也 从女从屮从又。七稽切十五部 又逗持事妻職也。釋从又之意 屮聲。說从屮之故鉉等以不應既云从屮又云屮聲刪此二字

𡜊 古文妻从肖女。肖古文貴字。古文貴不見於貝部恐有遺奪

婦 服也。亦以疊韵爲訓婦主服事人者也大戴禮本命曰女子者言如男子之教而長其義理者也故謂之婦人婦人伏於人也是故無專制之義有三從之道曲禮曰士之妃曰婦人析言之也 从女持帚灑埽也。說會意房九切古音在一部服古音同

妃 匹也。匹者四丈也禮記納幣一束束五兩兩五尋注云十箇爲束兩兩合其卷是謂五兩八尺曰尋按四丈而兩之各得二丈夫婦之片合如帛之判合矣故帛四丈曰兩曰匹人之配耦亦曰匹妃本上下通偁後人以爲貴偁耳釋詁曰妃媲也引申爲凡相耦之偁左傳曰嘉耦曰妃其字亦叚配爲之太元作娶其云娶執者卽左傳之嘉耦曰妃怨耦曰仇也 从女己。各本下有聲字今刪此會意字以女儷己也芳非切十五部

媲 妃也。釋詁曰妃媲也此云媲妃也見相爲轉注 从女毘聲。匹計切十五部

妊 孕也。孕者裹子也 从女壬。壬亦聲。如甚切七部按廣韵惟見去聲

十二篇下 五

娠ㄕㄣ 㛘ㄓㄡ 嫛ㄧ 婗ㄋㄧˊ 母ㄇㄨˇ 嫗ㄩˋ

娠 女妊身動也。凡从辰之字皆有動意震振是也妊而身動曰娠別詞也渾言之則妊娠不別詩大任有身生此文王傳曰身重也蓋妊而後重重而後動動而後生 从女辰聲。失人切十三部 春秋傳曰。后緡方娠。哀元年左傳曰后緡方娠逃出自竇歸于有仍生少康焉方娠者方身動去產不遠也其字亦叚震爲之昭元年左傳邑姜方震大叔是也若生民載震載夙傳曰震動也箋云遂有身則以妊解之 一曰宫婢女隸謂之娠。方言曰燕齊之閒養馬者謂之娠宫婢女廝謂之娠郭注娠音振女廝婦人給使者

㛘 婦人妊娠也。娠各本作身今依廣韵十虞正廣雅曰㛘傳也 从女芻聲。側鳩切古音在四部 周書曰。至于㛘婦。梓材文今作屬婦許所據則壁中文也崔子玉淸河王誄惠於㛘媰亦取諸古文

嬔 生子齊均也。謂生子多而如一也玄應書曰今中國謂蕃息爲嬔息音芳萬切周成難字云嬔息也按依列篆次弟求之則此篆爲免身當云从女免生 从女免生。小徐作从女鮏聲大徐作从女从生免聲恐皆誤以免爲聲尤非玄應在唐初已誤矣今正 讀若幡。依小徐本今音芳萬切以平讀去耳十四部

嫛 嫛婗也。各本婗上刪嫛字今補此三字句嫛婗合二字爲名不容分裂釋名人始生曰嬰兒或曰嫛婗嫛是也言是人也婗其啼聲也雜記曰中路嬰兒失其母焉注嬰猶鷖彌也按鷖彌卽嫛婗語同而字異耳 从女殹聲。烏雞切十五部

婗 嫛婗也。从女兒聲。五雞切十六部 一曰婦人惡皃。此則專謂婗字

母 牧也。以疊韵爲訓牧者養牛人也以譬人之乳子引伸之凡能生之以啓後者皆曰母 从女象褱子形。褱袌也象兩手袌子也 一曰象乳子也。廣韵引倉頡篇云其中有兩點者象人乳形豎通者卽音無按此就隸書釋之也莫后切古音在一部

嫗 母也。樂記煦嫗覆育萬物鄭曰以氣曰煦以體曰嫗詩毛傳柳下惠嫗不逮門之女亦以體曰嫗之意不逮門者不及入門荀卿所謂與後門者同衣卽此也凡人及鳥生子曰乳皆必

十二篇下 六

嫗　姁　姐　姑　威　妣

以體嫗之方言伏雞曰抱郭云江東呼蓲央富反按蓲卽嫗也母之呼嫗由此高帝本紀曰有一老嫗夜哭从女區聲。衣遇切古音在四部

嫗母老偁也。母大徐作女非也高帝母曰劉媼文穎曰幽州及漢中皆謂老嫗爲媼孟康曰長老尊稱也左師謂太后曰媼愛燕后賢於長安君禮樂志媼神蕃釐后土富媼張晏曰媼老母偁也坤爲母故偁媼从女盈聲讀若奧。按从盈蓋與嫗同意形聲中有會意也盈聲而讀如奧者方俗語音之轉耳烏晧切古音當在十三部

姁嫗也。然則姁亦母偁也師古曰呂后名雉字娥姁从女句聲。况羽切四部

姐蜀人謂母曰姐。方言也其字當蜀人所製淮南謂之社因類記之也社與姐音近从女且聲讀若左。𠂇卽今ナ字也今茲也切古音當在五部

姑夫母也。釋親曰婦偁夫之父曰舅稱夫之母曰姑姑舅在則曰君舅君姑沒則曰先舅先姑按聖人正名之義名有可叚借通用者有不可叚借通用者可叚借者舅姑是也故母之昆弟爲舅

夫之父亦曰舅妻之父曰外舅夫之母曰姑男子偁父之姊妹亦曰姑偁妻之母曰外姑蓋白虎通云舅者舊也姑者故也舊故之者老人之偁也故其偁可氾用之不可叚借者父母是也故同姓有父母異姓無父母夫之父母未聞偁父母也姑之夫未聞偁父也姑未聞偁母也母之兄弟未聞偁父也母之兄弟之妻未聞偁母也從母之夫未聞偁父也惟外祖父外祖母則以父之父母例之而得偁從母則以父之昆弟偁從父例之而得偁從母之子亦以從父昆弟例之而得偁凡同姓五服之外及異姓之親祇偁兄弟無偁昆弟者古人偁謂之嚴也今天下之名不正者多矣盍反諸經乎許於舅舉母之昆弟於姑舉夫母各舉男女所取尊以發舅姑之例也姑之字叚爲語詞卷耳傳曰姑且也从女古聲。古胡切五部

威姑也。引伸爲有威可畏从女戌聲。按小徐本作戌聲而復以會意釋之於非切十五部漢律曰婦告威姑。惠氏定宇曰爾雅君姑卽威姑也古君威合音差近

妣殁母也。殁正作歾終也曲禮曰生曰父曰母曰妻死曰考曰妣曰嬪析

妣　姊　妹　娣　媦　嫂

言之也釋親曰父曰考母曰妣渾言之也从女比聲。卑履切十五部妣籒文妣省。

姊女兄也。釋親曰男子謂先生爲姊後生爲妹邶詩問我諸姑遂及伯姊傳曰父之姊妹稱姑先生曰姊从女朿聲。將几切十五部

妹女弟也。衞風東宮之妹傳曰女子後生曰妹从女未聲。莫佩切十五部按釋名曰姊積也妹昧也字當从未白虎通曰姊者咨也妹者末也又似从末

娣同夫之女弟也。小徐本有夫之二字而尚少同字今補同夫者女子同事一夫也釋親曰女子同出謂先生爲姒後生爲娣孫郭皆云同出謂俱嫁事一夫王度記曰諸侯娶一國則二國往媵之公羊傳白虎通皆曰諸侯娶一國則二國往媵之以姪娣從姪者何兄之子也娣者何女弟也大雅韓奕傳曰諸侯一娶九女二國媵之諸娣衆妾也按女子謂女兄弟曰姊妹與男子同而惟媵己之妹則謂之娣蓋別於在母家之偁以明同心事一君之義也禮喪服經皆言妹無言娣者今大徐本作女弟也非是小徐本又妹娣二篆互譌而娣下曰女弟也妹下曰

夫之女弟也楚金以班昭女誡姨妹之偁注之夫夫之姊呼女妐夫之妹呼女叔見鄭氏昏義注夫之妹呼女叔猶夫之弟呼叔也呼妹則名不正矣今本爾雅轉寫女叔誤爲女妹不可不正。或問俱嫁一夫謂先生爲姒古未聞以姊媵者何以有先生者也曰二國往媵容有小國容有年稍長者又問娣異名以別於妹矣何姪不爲異名乎曰姪之名以別於男子之謂猶子早爲異名矣不煩更異也曰釋親又言長婦謂稚婦爲娣婦娣婦謂長婦爲姒婦見於傳者姒爲娣之偁何也曰此所謂名之可以叚借通偁者也如兄弟之偁同姓異姓皆得偁之也娣姒偁長者曰姒少者曰娣與坐以夫齒之禮竝行不悖从女弟聲。形聲中會意徒禮切十五部

媦楚人謂女弟曰媦。方言之不同也从女胃聲。云貴切十五部春秋公羊傳曰楚王之妻媦。桓二年公羊傳文

嫂兄妻也。鄭注喪服曰嫂者尊嚴之嫂猶叟也叟老人之偁也按古者重男女之別故於兄之妻尊嚴之於弟之妻卑遠之而皆不爲服男子不爲兄弟之妻服猶女子

姪ㄓˊ　姨ㄧˊ　娿ㄜ　娒ㄇㄨˇ　媾ㄍㄡˋ　姼ㄔˇ

不爲夫之兄弟服也女子於夫之姊妹則相服小功者相與居室之親也**从女叜聲**形聲中有會意穌老切古音在三部

女子謂兄弟之子也各本作兄之女也不完今依爾雅正釋親曰女子謂晜弟之子爲姪喪服大功章曰女子子適人者爲衆昆弟姪丈夫婦人報傳曰姪者何也謂吾姑者吾謂之姪經言丈夫婦人同謂之姪則非專謂女也公羊傳曰二國往媵以姪娣從謂婦人也左傳曰姪其從姑謂丈夫也不謂之猶子者女外成別於男也今世俗男子謂兄弟之子爲姪是名之不正也**从女**此从女者謂系乎姑之偁也許誤會用公羊兄之女也爲訓非是**至聲**从至者謂雖適人而於母家情摯也形聲中有會意也徒結切十二部

妻之女弟同出爲姨釋親曰妻之姊妹同出爲姨孫曰同出俱已嫁也此獨言女弟者以弟姨疊韵也釋名曰妻之姊妹曰姨姨弟也言與己妻相長弟也按長弟謂次弟也後世謂母之姊妹曰姨母**从女夷聲**以脂切十五部

女師也詩言告師氏毛傳師女師也古者女師教

以婦德婦言婦容婦功李善引漢書音義曰婦人年五十無子者爲傅**从女加聲**此說形聲**杜林說加教於女也**杜說會意**讀若阿**烏何切十七部按列女傳華孟姬楚昭伯嬴傳皆言保阿內則篇喪服經注皆言可者鄭云可者賤於諸母謂傅姆之屬蓋可者即阿阿即娿也

女師也士昏禮注曰姆婦人年五十無子出而不復嫁能以婦道教人者左傳宋大災宋伯姬卒待姆也何注公羊曰禮后夫人必有傅母所以輔正其行衛其身也選老大夫爲傅選老大夫妻爲母按母即娒也**从女每聲讀若母同**今音每與母殊古音同在一部耳故許作娒字林及禮記音義作姆也莫后切古音在一部

重婚也重婚者重疊交互爲婚姻也杜注左傳曰重婚曰媾按字从冓者謂若交積材也曹風不遂其媾毛傳曰媾厚也引伸之義也**从女冓聲**形聲中有會意古厚切四部**易曰匪寇婚媾**屯六二爻辭

美女也廣韵曰姑姼輕薄皃此今義也方言曰謂父妣曰母姼稱父考曰父

⿰女氏　妭ㄅㄛˊ　嫨ㄒㄧ　婢ㄅㄧˋ　奴ㄋㄨˊ　⿰亻女　⿰女弋ㄧˋ　⿰女甘ㄑㄧㄢˊ

姼音多此方俗里語也**从女多聲**尺氏切古音在十七部

姼或从氏氏聲在十六部合音冣近

美婦也廣韵引婦人美皃大徐作婦人美也按廣韵曰妭鬼婦引文字指歸云女妭禿無髮所居之處天不雨此謂旱魃也魃在鬼部與此各字而俗亂之**从女犮聲**蒲撥切十五部

女隸也周禮作奚段借字也酒人女酒三十人奚三百人鄭注古者從坐男女沒入縣官爲奴其少才智者者字今增以爲奚奚今之侍史官婢或曰奚官女守祧女祧每廟二人奚四人鄭曰奚女奴也**从女奚聲**胡雞切十六部

女之卑者也內則父母有婢子鄭曰所通賤人之子是婢爲賤人也而曲禮自世婦以下自偁曰婢子左傳秦穆姬言晉君朝以入則婢子夕以死是貴者以婢子自謙婢亦稱婢子與內則婢子不同也鄭注曲禮曰婢之言卑也**从女卑**會意**卑亦聲**據韵會小徐無此三字便俾切十六部

奴婢皆古辠人周禮曰其奴男子入于辠隸女

子入于舂稾秋官司厲文鄭司農云謂坐爲盜賊而爲奴者輸於辠隸舂人稾人之官也由是觀之令之爲奴婢古之辠人也故書曰予則奴戮汝論語曰箕子爲之奴春秋傳曰斐豹隸也著於丹書元謂奴從坐而沒入縣官者男女同名按許用仲師說入罪隸者奴入舂稾者可呼婢引伸之凡水不流曰奴木之類近根者奴毛傳曰帑子也左傳鳥帑鳥尾也駑馬下乘也其字皆當作奴皆引伸之義也**从女又**男女皆在焉故从女又所以持事也會意乃都切五部

古文奴

婦官也廣韵曰漢有鉤⿰女弋夫人居鉤弋宮漢書亦作弋玉裁按如淳曰姬音怡衆妾之總稱也引漢官姬妾數百贊曰漢祿秩令及茂陵書姬內官也位次婕妤下贊說淳音皆是也婦官字當作⿰女弋漢時借姬爲之音怡如姒姒本作以春秋亦用弋爲之皆一聲之轉然也音怡而用爲衆妾之偁則又方俗語言如是**从女弋聲**與職切一部

甘氏星經曰天官書曰昔之傳天數者在齊甘公徐廣曰或曰甘公名德也本是魯人按藝文志無甘氏星經有甘德長柳

媧ㄨㄚ 𡢁〇 娀ㄙㄨㄥ 娥ㄜˊ 嫄ㄩㄢˊ 嬿ㄧㄢˋ 婀ㄜ 嬃ㄒㄩ

古㚖十一卷云楚人大白號上公。句妻曰女媊。居南斗食厲。天下祭之曰明星。天官書曰。大白大臣也。其號上公。妻曰女媊。居南斗食厲。未聞。論衡所引山海經。度朔山二神人主閱領萬鬼。鬼之惡害人者。執以葦索而用飤虎。殆與相類。大白偁明星。詩毛傳曰。日且出。謂明星爲啟明。日既入。謂明星爲長庚。封禪書。地理志。陳倉有上公明星祠。蓋祀大白也。此云天下祭之曰明星。蓋祀女媊也。或曰。雖有南北斗大白諸布之廟矣。則上公明星之祠蓋祀女媊。从女前聲。昨先切。十二部。廣韵卽移切。

媧 古之神聖女化萬物者也。媧化疊韵。司馬貞三皇本紀曰。三皇說者不同。譙周以燧人爲皇。宋均以祝融爲皇。鄭康成依春秋緯注禮記云。女媧三皇承伏羲者。皇甫謐亦同。从女咼聲。古蛙切。古音在十七部。

𡢁 籒文媧从𦣝。𦣝聲亦同十七部。

娀 帝高辛之妃偰母號也。偰見人部。高辛氏之子。堯司徒。殷之先也。商頌。天命元鳥。降而生商。傳曰。春分元鳥降。湯之先祖有娀氏女簡狄配高辛氏帝。帝率與之祈於郊禖而生契。故本其爲天所命。以元鳥至而生焉。按有娀諸家說爲國名。長發鄭箋云。有娀氏之國亦始廣大。許氏偰母號者。以其國名爲之號。故長發傳曰。有娀契母也。是亦以爲號。从女戎聲。息弓切。九部。詩曰。有娀方將。

娥 帝堯之女。舜妻娥皇字也。曲禮曰。男子二十冠而字。女子許嫁笄而字。从女我聲。五何切。十七部。秦晉謂好曰娙娥。方言。娥嬿好也。秦曰娥。秦晉之閒凡好而輕者謂之娥。漢武帝制倢伃娙娥傛華充依。各有爵位。

嫄 邰國之女。周棄母字也。邰譌作台誤。今正。邑部曰。邰者。炎帝之後。姜姓所封。周棄外家國也。裴駰引韓詩章句曰。姜姓原字。按史記作原。从女原聲。愚袁切。十四部。

嬿 女字也。毛詩燕婉之求。傳曰。燕。安。婉。順也。韓詩作嬿婉。嬿婉好皃。見西京賦注。从女燕聲。于甸切。十四部。

婀 女字也。从女可聲。讀若阿。烏何切。十七部。

嬃 女字也。

婕ㄐㄧㄝˊ 嬩ㄩˊ 孁ㄌㄧㄥˊ 嫽ㄌㄧㄠˊ 㛄ㄧ 婤ㄓㄡ 姶ㄜˋ 妀ㄐㄧˇ 妵ㄊㄡˇ 㚻ㄐㄧㄡˇ 㚷ㄦˇ 始ㄕˇ 媚ㄇㄟˋ

樊噲以呂后女弟呂須爲婦。須卽嬃字也。周易。歸妹以須。鄭云。須。有才智之稱。天文有須女。按鄭意須與諝胥同音通用。諝者。有才智也。从女須聲。相俞切。古音在四部。楚詞曰。詞當作辭。女嬃之嬋媛。屈原賦離騷篇文。賈侍中說。楚人謂姊爲嬃。賈語蓋釋楚辭之女嬃。王逸、袁山松、酈道元皆言女嬃屈原之姊。惟鄭注周易屈原之妹名女須。詩正義所引如此。妹字恐姊字之譌。

婕 女字也。師古漢書注曰。倢伃字或从女。其音同耳。从女疌聲。子葉切。八部。

嬩 女字也。倢伃之伃。蓋亦可用此。人部曰。伃。婦官也。从女與聲。讀若余。以諸切。五部。

孁 女字也。漢婦官十四等中有娛孁。孁蓋可作靈。从女霝聲。郎丁切。十一部。

嫽 女字也。廣韵。相嫽嬈也。此今義也。按毛詩傳及許人部曰。僚。好皃。蓋亦可用此字。方言。釗嫽好也。从女尞聲。洛簫切。二部。

㛄 女字也。十四等中充依。依蓋可用此字。从女衣聲。讀若依。於稀切。十五部。

婤 女字也。从女周聲。職流切。三部。

姶 女字也。从女合聲。烏合切。七部。春秋傳曰。嬖人婤姶。昭公七年左氏傳曰。衛襄公夫人姜氏無子。嬖人婤姶生孟縶。一曰無聲。別一義。

妀 女字也。玉篇云。妲改。从女己聲。居擬切。一部。

妵 女字也。昭廿一年左氏傳。宋華妵居於公里。从女主聲。天口切。四部。

㚻 女字也。从女久聲。舉友切。古音在一部。小徐本作奺。廣韵曰。亦作奺。

㚷 女字也。字各本作號。今依玉篇廣韵。从女耳聲。仍吏切。一部。

始 女之初也。釋詁曰。初。始也。此與爲互訓。初。裁皆衣之始也。基者。牆之始也。凡言之者皆分別之譻。有段殆爲始者。七月毛傳云。殆。始也。是也。从女台聲。詩止切。一部。按凡始事有急緩之殊。不得云有二義。令人乃爲之二音。緩者讀去聲。月令紀節物用始字十餘。而蟬始鳴獨市志反。其亦膚入自擾也矣。

媚 說也。說今悅字也。大雅。毛傳曰。媚。愛也。从

嫵媄⿰女畜嫷姝好嬹嬮⿰女殳姣嬽娧媌嫿婠娙⿰女贊𡢻妴婉

嫵ㄨˇ 媄ㄇㄟˇ ⿰女畜ㄒㄩˋ 嫷ㄉㄨㄛˇ 姝ㄕㄨ 好ㄏㄠˇ 嬹ㄒㄧㄥˋ 嬮ㄧㄢ ⿰女殳ㄕㄨ 姣ㄐㄧㄠ

女眉聲。美祕切。十五部。

嫵 媚也。上林賦嫵媚孅弱。李善引埤倉曰嫵媚悅也。按嫵媚可分用。張敞傳長安中傳京兆眉憮。憮卽嫵字。蘇林曰憮音嫵。北方人謂眉好爲詡畜。从女無聲。文甫切。五部。

媄 色好也。按凡美惡字可作此。周禮作媺。蓋其古文。从女美聲。小徐本如是。無鄙切。十五部。

⿰女畜 媚也。⿰女畜有媚悅之義。凡古經傳用畜字多有爲⿰女畜之叚借者。蘇林曰北方人謂畜好爲詡畜。又如禮記孝者畜也。順於道不逆於倫。是之謂畜。孟子曰詩曰畜君何尤。畜君者好君也。呂覽曰周書曰民善之則畜也。不善則讎也。高注畜好也。說苑尹逸對成王曰夫民善之則畜也。不善則讎也。又孔子曰夫通達之國皆人也。以道導之則吾畜也。不以道導之則吾讎也。此等皆以好惡對言。畜字皆取⿰女畜媚之義。今則無有用⿰女畜者矣。从女畜聲。丑六切。三部。按當依廣韵許竹切。

嫷 南楚之外謂好曰嫷。方言曰嫷美也。南楚之外曰嫷。郭注言婑嫷也。曹植七啓形媠服兮揚幽若。媠卽嫷之省。心部之古文憜也。張敞傳被輕嫷之名。皆引伸之義也。从女憜省聲。憜省聲卽嫷省聲也。徒果切。十七部。

姝 好也。邶風傳曰姝美色也。衛風傳曰姝順皃。齊風傳曰姝初昏之皃。各隨文爲訓也。从女朱聲。昌朱切。古音在四部。

好 媄也。各本作美也。今正。與上文媄爲轉注也。好本謂女子。引伸爲凡美之偁。凡物之好惡。引伸爲人情之好惡。本無二音。而俗強別其音。从女子。會意。呼皓切。古音在三部。

嬹 說也。說今之悅字。李善注潘岳關中詩、顏延年和謝靈運詩皆引說文嬹悅也。謂興與嬹古同也。今惟漢功臣表有甘泉侯嬹。許孕反。从女興聲。許應切。六部。

嬮 好也。謂嬮嬮也。从女厭聲。於鹽切。七部。

⿰女殳 好也。此與姝音義皆同。从女殳聲。昌朱切。古音在四部。詩曰。靜女其⿰女殳。邶風靜女文。今毛詩作姝。傳云姝美色也。蓋許所見毛詩異。與抑取諸三家與。

姣 好也。姣謂容體壯大之好也。史記長姣美人。按古多借佼爲姣。如月令養壯佼。陳風澤陂箋佼大。皆姣字也。小雅白華箋云姣大之人。陳風佼人字又作姣。方言云自關而東河濟之間凡好謂之姣。从女交聲。胡茅切。二部。按切非也。當依廣韵古巧切。

嬽ㄩㄢ 娧ㄉㄨㄟˋ 媌ㄇㄠˊ 嫿ㄏㄨㄚˋ 婠ㄨㄢ 娙ㄧㄥ ⿰女贊ㄗㄢˋ 𡢻ㄌㄨㄢˊ 孌。 妴ㄩㄢˇ 婉ㄨㄢˇ

嬽 好也。上林賦柔橈嬽嬽。郭樸曰皆骨體耎弱長豔皃也。今文選譌作嫚嫚。漢書不誤。史記作嬛嬛。則是別本。按今人所用娟字當卽此。从女䙴聲。委員切。十四部。讀若蜀郡布名。按糸部⿰糸彗蜀白細布也。其字彗聲。以合韵得音。

娧 好也。召南舒而脫脫兮。傳曰脫脫舒皃。按脫蓋卽娧之叚借。此謂舒徐之好也。从女兌聲。杜外切。十五部。

媌 目裏好也。目裏好者。謂好在匡之裏也。凡方言言順、言矊、言鑠、言盱、言揚。皆謂目之好外見也。惟媌狀目裏。方言曰媌好也。自關而東河濟之閒謂之媌。按此謂纖細之好也。从女苗聲。莫交切。二部。

嫿 靜好也。靜者審也。廣韵曰嫿分明好皃。神女賦曰既姽嫿於幽靜。魏都賦曰風俗以韰果爲嫿。从女畫聲。呼麥切。十六部。

婠 體德好也。从女官聲。一完切。十四部。讀若楚郤宛。謂讀如此宛也。左傳有楚郤宛。

娙 長好也。體長之好也。故其字从巠。上文曰秦晉謂好爲娙娥。漢婦官十四等有娙娥。武帝邢夫人號娙娥。从女巠聲。五莖切。十一部。

⿰女贊 白好也。色白之好也。通俗文服飾鮮盛謂之⿰女贊⿰女贊。贊類⿰女贊綺也。皆引伸之義也。从女贊聲。則旰切。十四部。

𡢻 順也。邶風傳曰孌好皃。齊風傳曰婉孌少好皃。義與許互相足。从女䜌聲。力沇切。十四部。詩曰。婉兮𡢻兮。齊風甫田。曹風候人。

孌 籀文𡢻。宋本如此。趙本毛本刪之。因下文有孌慕也。不應複出。不知小篆之孌爲今戀字。訓慕。籀文之孌爲小篆之𡢻。訓順。形同義異。不嫌複見也。據全書之例。亦可𡢻後不重出。而於慕也之下益之云籀文以爲𡢻字。凡言古籀以爲某字者。亦可附於某字之下。如艸篆下可出屮篆云古文艸。巧篆下可出丂篆云古文巧。其道一也。今毛詩作孌。正用籀文。

妴 婉也。从女夗聲。於阮切。十四部。

婉 順也。鄭風傳曰婉然美也。齊風傳曰婉好眉目也。从女宛聲。於阮切。十四部。春秋傳曰。太子痤婉。襄二十六年左

姛ㄊㄨㄥˇ 嫣ㄧㄢ 姌ㄖㄢˇ 嫋ㄋㄧㄠˇ 孅ㄒㄧㄢ 嫇ㄇㄧㄥˊ 媱ㄧㄠˊ 嬛ㄒㄩㄢ 姽ㄍㄨㄟˇ 委ㄨㄟˇ

傳文按傳云棄生佐惡而婉大子痤美而很佐卽宋元公也此所稱外誤一時記憶不精耳按集韵類篇皆作大子佐婉葢依傳改正而又失之不知佐非大子也

𡜋直項皃。从女。同聲。他孔切廣韵徒揔切九部

嫣長皃。詩毛傳頎頎長皃頎與嫣聲相近也文選嫣然一笑注引王逸云嫣笑皃然大招字作嗎許書無嗎字从女。焉聲。於建切十四部廣韵亦平聲

姌弱長皃。上林賦嫵媚姌嫋郭樸曰姌嫋細弱也小顏云謂骨體按毛詩曰荏染柔意也荏染卽姌也从女。冄聲。而剡切七部

嫋姌也。九歌嫋嫋兮秋風王曰嫋嫋秋風搖木皃按楚辭讀上聲上林賦讀入聲實無二義也从女弱聲。形聲中有會意奴鳥切二部

孅兌細也。兌各本作銳集韵類篇皆作兌兌者悅也漢書曰古之治天下至孅至悉也孅與纖音義皆同古通用从女。韱聲。息廉切七部

嫇嫈嫇也。廣韵嫈下作嫈嫇元應引字林嫈嫇心態也卽許書嫈下之小心態也九思作嫈嫇疑今本說文有外誤从女。冥聲。莫經切十一部一曰嫇嫇小人皃。

媱曲肩行皃。九思音案衍兮要媱舞容也廣韵曰媱美好从女。䍃聲。余招切二部

嬛材緊也。材緊謂材質堅緻也緊者纏絲急也上林賦便嬛綽約郭樸曰便嬛輕利也从女。瞏聲。許緣切十四部春秋傳曰嬛嬛在疚。哀十六年左傳公誄孔子文按宀部引詩煢煢在疚此引傳嬛嬛在疚正與今詩春秋煢嬛字互易魏風又作睘睘傳曰無所依也葢依韵當用熒聲之煢而或用嬛睘者合音通用如瓊本在十四部今入十一部也

姽閑體行姽姽也。閑各本作閒今正閑者幽閒也神女賦志解泰而體閑既姽嫿於幽靜李引說文曰姽靖好皃五果切與今本異从女。危聲。過委切十六部

委委隨也。辵部曰隨從也毛詩羔羊傳曰委蛇者行可從迹也君子偕老傳曰委委者行可委曲從迹也按隨其所如曰委委之則聚故曰委輸曰委積所輸之處亦稱委故曰原委从女禾聲。十六十七部合音最近故讀於

婐ㄜˇ ⿰女厄ㄋㄨㄜˇ ⿰女占ㄔㄢ ⿱沾女ㄔㄢ 妗ㄔㄢ ⿰女簋ㄐㄧㄠˇ 婧ㄑㄧㄥ 姘ㄆㄧㄥ 妭ㄈㄚˊ 嫙ㄒㄩㄢˊ 嬜ㄐㄧ 姡ㄏㄨㄛˊ

詭切也詩之委蛇卽委隨皆疊韵也

婐婐⿰女厄也。三字句今本刪婐字非也婐⿰女厄與旖施音義皆同俗作婀娜从女。果聲。烏果切十七部一曰果敢也。小徐有此五字果敢爾雅倉頡篇皆作惈一曰女侍曰婐。孟子盡心篇二女果趙曰果侍也依許說則果當女旁讀若騧。一曰若委。大徐本以从女果聲綴此下孟軻曰舜爲天子二女婐。

⿰女厄婐⿰女厄也。疊韵字一曰弱也。从女。厄聲。五果切十七部按當依廣韵奴果切

⿰女占小弱也。从女。占聲。一曰女輕薄善走也。讀若占。一曰多技埶也。齒㑇切七部

⿱沾女⿱沾女妗也。依玉篇補⿱沾女字三字句也廣韵作妗⿱沾女从女。沾聲。丑廉切七部

妗⿱沾女妗也。疊韵字从女。今聲。火占切七部一曰善笑皃。玉篇曰⿱沾女妗善笑皃按集韵俗謂舅母曰妗巨禁切舅之妻不僻母云舅母亦里語也

⿰女簋竦身也。竦者敬也从立束自申束也竦身取自申之意凡言夭嬌者當用此字从女。簋聲。讀若詩糾糾葛屨。之讀如此糾字簋字古音正如是在三部今嬌居夭切音之轉也

婧竦立也。女有字婧者列女傳曰妾婧者齊相管仲之妾也从女。青聲。七正切十一部廣韵子盈切一曰有才也。讀若韭菁。韭菁韭華也見艸部

姘靜也。从女。井聲。疾正切十一部

妭婦人皃。从女。丏聲。房法切七部

嫙好也。齊風子之還兮韓詩作嫙嫙好皃从女。旋聲。似沿切十四部

嬜材也。廣雅嬜好也玉篇引詩有嬜季女引說文材也按毛詩作齊敬也顧氏或取諸三家詩取人材整齊之意从女。齊聲。祖雞切十五部玉篇引說文子奚切廣韵同

姡面醜也。各本作面醜今正醜者可惡也與靦恥義隔面靦者詩云有靦面目是也面部靦下曰面見人也面見人如今人言無面目相見其義彼此相成此許例也爾雅毛傳皆云靦姡也此云姡靦也是之謂轉注今人亦尚有著

姛嫣姌嫋孅嫇媱嬛姽委婐⿰女厄⿰女占⿱沾女妗⿰女簋婧姘妭嫙嬜姡

嬥嫢媞婺嫺媐婜娭媅娓嫡孎嬽媕媣嫥如嫧娕

嬥ㄉㄧㄠˋ 嫢ㄍㄨㄟ 媞ㄕˋ 婺ㄨˋ 嫺ㄒㄧㄢˊ 媐ㄒㄧ 婜ㄑㄧㄢ 娛ㄩˊ 娭ㄒㄧ

婚婚之語。从女昏聲。古活切十五部

嬥 直好皃。直好直而好也。嬥之言擢也。詩佻佻公子。魏都賦注云佻或作嬥。廣韵曰嬥嬥往來皃。韓詩云嬥歌巴人歌也。按韓詩云三字當在嬥嬥之上。其下六字乃張載注左語也。此皆別義。从女翟聲。徒了切二部一曰嬈也。下文嬈下云一曰嬥也。二篆爲轉注。

嫢 媞也。媞者諦也。諦者審也。从女規聲。讀若癸。居隨切十六部秦晉謂細嫢。宋本如是。方言曰嫢笙揫摻皆細也。自關而西秦晉之閒謂細而有容曰嫢。

媞 諦也。諦者審也。審者悉也。詩好人提提。傳云提提安諦也。釋訓媞媞安也。孫炎曰行步之安也。檀弓吉事欲其折折爾。注云安舒皃。按折者提之譌。提者媞之叚借字也。从女是聲。承旨切十六部。按詩爾雅皆大兮反。廣韵同。而注云說文又時尒切。然則說文舊音在紙韵也。一曰妍黠也。妍者技也。黠者桀黠也。黠之引申之義也。一曰江淮之閒謂母爲媞。方俗殊語也。廣韵承紙切。又音啼。

婺 不繇也。繇者隨從也。不繇者不隨從也。今此字無用者矣。惟婺女星名。婺州地名。从女敄聲。亡遇切。古音在三部

嫺 嫺雅也。三字句。各本刪嫺字。非也。依玉篇廣韵本作嫺雅。相如傳雍容嫺雅。雅之叚借之義爲素也。嫺雅今所謂嫺習也。嫺古多借閒爲之。鄭風棣棣。毛傳曰棣棣富而閑也。今本作閑習。杜注左所引無習字。葢古本也。習則能暇。故其字从閒。从女閒聲。戶閒切十四部

媐 說樂也。說者今之悅字。按老子史記天下熙熙字皆當爲媐媐。今熙行而媐廢矣。熙者燥也。謂燥燥也。其義別。从女巸聲。許其切一部

婜 美也。从女臤聲。苦閑切。古音在十二部

娛 樂也。古多借虞爲之。从女吳聲。虞俱切五部

娭 戲也。戲者三軍之偏也。一曰兵也。嬉戲則其餘義也。左傳子玉曰請與君之士戲。固以戲爲戲矣。上林賦娭遊往來。善曰娭許其切。然則今之嬉字也。今嬉行而娭廢矣。从女矣聲。遏在切。按此音非也。篇韵皆許其切一部一曰卑賤名也。廣韵曰婢人賤偁。出倉頡篇。按篇韵皆不言遏在切。

媅ㄉㄢ 娓ㄨㄟˇ 嫡ㄉㄧˊ 孎ㄓㄨˊ 嬽ㄩㄢ 媕ㄧㄢ 媣ㄖㄢˇ 嫥ㄓㄨㄢ 如ㄖㄨˊ 嫧ㄗㄜˊ 娕ㄔㄨㄛˋ

媅 樂也。衞風無與士耽。傳曰耽樂也。小雅和樂且湛。傳曰湛樂之久也。耽湛皆叚借字。媅其眞字也。叚借行而眞字廢矣。从女甚聲。丁含切。古音在七部

娓 順也。順者理也。尾主於順。故其字从尾。按此篆不見於經傳。詩易用亹亹字。學者每不解其何以會意形聲。徐鉉等乃妄云當作娓。而近者惠定宇氏從之。按李氏易集解及自爲周易述皆用娓娓。抑思毛鄭釋詩皆云勉勉。康成注易亦言沒沒。亹之古昔讀如門。勉沒皆疊韵字。然則亹爲亹之譌體。亹爲勉之叚借。古音古義於今未泯。不當以無知妄說擅改宣聖大經。从女尾聲。讀若媚。無匪切十五部

嫡 孎也。从女啻聲。都歷切十六部。按俗以此爲嫡庶字。而許書不尒。葢嫡庶字古衹作適。者之也。所之必有一定也。詩天位殷適。傳曰紂居天位而殷之正適也。凡今經傳作嫡者。葢皆不古。

孎 謹也。謹者愼也。祭義洞洞乎屬屬乎如弗勝。廣雅洞洞屬屬敬也。屬葢孎之省。从女屬聲。之欲切。篇韵皆陟玉切三部讀若人不孫爲孎。各本孎上有不字。宋本無者是也。孎當作倨。人部曰倨不孫也。可據孎讀如倨。雙聲合音。

嬽 宴嬽也。邶風燕婉之求。傳曰宴安婉順也。西京賦曰嬿婉美好之皃。按古宛冤通用。婉嬽音義皆同。从女冤聲。於願切十四部

媕 女有心媕媕也。从女弇聲。衣檢切七部

媣 諟也。諟者理也。从女染聲。而剡切七部

嫥 壹也。壹下云嫥也。與此爲轉注。凡嫥壹字古如此作。今則專行而嫥廢矣。專者六寸薄也。紡專也。从女專聲。職緣切十四部一曰女嫥嫥。篇韵皆云可愛之皃。

如 從隨也。從隨即隨從也。隨從必以口。从女者。女子從人者也。幼從父兄。嫁從夫。夫死從子。故白虎通曰女者如也。引伸之凡相似曰如。凡有所往曰如。皆從隨之引伸也。从女从口。人諸切五部

嫧 齊也。謂整齊也。方言嫧鮮好也。南楚之外通語也。从女責聲。側革切十六部

娕 謹也。謹者愼也。按史記申屠嘉傳娖娖廉謹。說者多云娖即娕字。玉篇廣韵皆不謂一字也。从

嬐 嬪 𡠗 㛮 晏 嬗 嫴

女柬聲。讀若謹敕數數。未詳。錢氏大昕云數數卽娓娓。小顏云持整之皃。測角切。三部。

嬐 敏疾也。从女僉聲。息廉切七部。一曰莊敬皃。

嬪 服也。堯典曰釐降二女于嬀汭嬪于虞。大雅曰摯仲女任自彼殷商來嫁于周曰嬪于京。傳曰嬪婦也。按婦者服也。故釋嬪亦曰服也。老子賓與臣同義。故詩曰率土之賓莫非王臣。嬪與婦同義亦其理也。从女賓聲。符眞切。十二部。

𡠗 至也。以雙聲疊韵釋之。从女執聲。各本作埶聲篆作𡠗非也今正从執埶則非聲矣。脂利切。十五部。周書曰大命不𡠗。周當爲商字之誤也。此西伯戡黎文。陸氏釋文云𡠗本又作摯是墜。氏所見尙有作𡠗者。某氏傳云至也。與許說同也。讀若摯同。鍇本作執誤今正。一曰虞書雉𡠗。此別一義。謂𡠗卽今贄字。引堯典一死贄以明之。鄭康成曰贄之言至所以自致。是其義相近。虞書當作唐書。詳禾部。

㛮 俛伏也。俛者低頭也。伏者伺也。从女沓聲。他合切。八部。一曰服意也。服各本作伏。今依集韵類篇正。俛服之意也。

晏 安也。安者竫也。今經傳無晏字。从女从日。女系日下。陰統乎陽也。婦從夫則安。會意。烏諫切。十四部。宴匽从以爲聲。詩曰以晏父母。今毛詩無此。葢周南歸寧父母之異文也。毛傳曰寧安也。詩詩上文言告言歸。歸謂嫁也。方嫁不當遽圖歸寧。則此歸字作以字爲善。謂可用以安父母之心。草蟲未見君子憂心沖沖。箋云在塗而憂憂不當君子無以寧父母故心衝衝然。葛覃曷澣曷否二句。箋云言常自絜清以事君子。正謂能事君子則能寧父母心。二箋義互相足也。

嬗 緩也。今人用嬋字亦作此。从女亶聲。時戰切。十四部。一曰傳也。孟子孔子曰唐虞禪夏后殷周繼。依許說凡禪位字當作嬗。禪非其義也。禪行而嬗廢矣。嬋者嬋聯之意。

嫴 保任也。急就篇疾病保辜謼呼號。師古曰保辜者各隨其輕重令毆者以日數保之。限內致死則坐重辜也。按保辜唐律今律皆有之。辜者嫴之省。嫴與保同義疊字。師古以坐重辜解之誤矣。春秋公羊傳注曰古者保辜。鄭伯髡原爲大夫所傷以傷辜死。君親無將見辜者。辜內當以弒君論之。辜外當以傷君論之。辜皆當作嫴。原許君之義實不專謂罪人保嫴。謂凡事之估計豫圖耳。廣雅曰嫴搉都凡也。是其理也。从女辜聲。古胡切。五部。

媻 娑 姷 侑 姰 姕 妓 嬰

媻 奢也。奢者張也。趙注孟子廣雅釋詁皆曰般大也。媻之从般亦取大意。子虛賦媻姍勃窣借用此爲小蹣跚字。从女般聲。薄波切。按當依廣韵薄官切。古音在十四部。一曰小妻也。小徐有此五字。廣韵同。小妻字史多有之。見漢書枚乘傳外戚傳佞幸傳後書陽球傳。漢時名之不正者。

娑 舞也。陳風東門之枌曰婆娑其下。市也婆娑。爾雅及毛傳皆曰婆娑舞也。詩音義曰婆步波反。說文作媻。爾雅音義但云娑素何反。不爲婆字作音。葢陸所據爾雅固作媻娑。魯頌傳曰犧尊有沙飾也。鄭志張逸曰犧讀爲沙。沙鳳皇也。不解鳳皇何以爲沙。答曰刻畫鳳皇之象於尊。其形婆娑然。按今經傳媻娑字皆改作婆娑。詩爾雅卽以媻娑連文。恐尙非古也。然古書中用婆娑字者不少。存此說以俟攷訂可耳。从女沙聲。素何切。十七部。詩曰市也媻娑。

姷 耦也。耕有耦者取相助也。故引伸之凡相助曰耦。姷之義取乎此。周禮宮正以樂侑食。鄭曰侑猶勸也。按勸卽助。左傳王享醴命晉侯宥。杜云旣饗又命晉侯助以束帛以助歡。宥古經多叚宥爲侑。毛詩則叚右爲之。傳曰右勸也。从女有聲。讀若祐。于救切。古音在一部。

侑 姷或从人。今通用此體。

姰 均適也。均舊作鈞今正。男女併也。併者竝也。按篇韵皆訓姰爲狂。相倫黃練二切。今義今音也。从女旬聲。讀若旬。居勻切。十二部。

姕 婦人小物也。小物謂用物之瑣屑者。今人用些字取數細之意。卽姕之俗體也。从女此聲。卽移切。古音當在十六部。詩曰婁舞姕姕。小雅賓之初筵文。婁舊作屢今正。姕姕詩作傞傞。傳曰傞傞不止也。古此聲差聲最近。鄘風玼兮玼兮或作瑳兮瑳兮。

妓 婦人小物也。今俗用爲女伎字。从女支聲。讀若蚑。蚑各本作跂今正。虫部曰凡生之類行皆曰蚑。渠綺切。十六部。

嬰 繞也。各本作賏飾也。今正。貝部

嬰頸飾也嬰與賏非一字則解不應同孫綽天台山賦方解纓絡李引說文嬰繞也纓與嬰通陸機赴洛中道作詩世網嬰我身李引說文嬰繞也唐初本可據繞者纏也一切纏繞如賏之纏頸故其字从賏越絕書嬰榮楯以白璧司馬法大夫嬰弓山海經嬰以百圭百璧謂陳之以環祭也又燕山多嬰石言石似玉有符采嬰帶也凡史言嬰城自守皆謂以城圍繞而守也凡言嬰兒則嫛婗之轉語 从女賏賏貝連也頸飾○各本作其連也今正又移頸飾二字於此此六字釋以賏會意之恉於盈切十一部

𡜟 三女爲𡜟○唐風綢繆曰今夕何夕見此粲者毛傳三女爲粲大夫一妻二妾 𡜟○逗 美也○周語有三女奔密康公其母曰夫獸三爲羣人三爲衆女三爲粲夫粲美之物也衆以美物歸女而何德以堪之 从女歺聲○大徐作奴省聲按經傳作粲段借字陸德明曰字林作粲漢晉字之變遷也倉案切十四部

媛 美女也人所欲援也○鄘風邦之媛也傳曰美女爲媛援者引也謂人所欲引爲己助者也鄭箋詩云邦人所依倚以爲援助也援媛以疊韵爲訓 从女爰聲○依小徐本無爰引也三字王眷切十四部 詩曰○邦之媛兮○君子偕老文兮今詩作也許作兮又偁玉之瑱兮可證許所據也字皆作兮

娉 問也○凡娉女及聘問之禮古皆用此字娉者專詞也聘者汜詞也耳部曰聘者訪也言部曰汜謀曰訪故知聘爲汜詞也若夫禮經大曰聘小曰問渾言之皆曰聘此必有所專適非汜詞也至於聘則爲妻則又造字所以从女之故而經傳槩以聘代之聘行而娉廢矣 从女甹聲○匹正切十一部

娽 隨從也○史記平原君列傳曰公等錄錄因人成事王劭云錄錄借字說文娽娽隨從之皃也依王本多四字 从女彔聲○力六切三部

妝 飾也○此飾篆引伸之義也宋玉賦曰體美容治不待飾裝上林賦靚粧刻飾粧者俗字裝者假借字 从女爿聲○側羊切十部

孌 慕也○从女䜌聲○此篆在籒文爲嫋順也在小篆爲今之戀慕也凡許書複見之篆皆不得議刪廣韵卅三線曰戀慕也孌戀爲古今字廣韵力眷切十四部大徐力沇切廣韵二十八獮此切訓美好

媟 嬻也○與下篆爲轉注媟與日部暬義似同而實異宋人合爲一字非也方言曰媟狎也漢枚乘傳曰以故得媟黷貴幸今人以褻衣字爲之褻行而媟廢矣 从女枼聲○私列切十五部

嬻 媟嬻也○單言之曰媟曰嬻絫言之曰媟嬻國語陳侯淫於夏氏不亦嬻姓矣乎惟明道本不誤今人以溝瀆字爲之瀆行而嬻廢矣黑部有黷握持垢也義亦與嬻別 从女賣聲○徒谷切三部

䆷 短面也○淮南書曰聖人之思脩愚人之思叕高注叕短也方言䠣短也注䠣䠣短小皃䆷篆葢形聲兼會意 从女竅聲○丁滑切十五部

嬖 便嬖○逗 愛也○玉篇作便僻也廣韵曰愛也卑也妾也按經傳中不外此三義 从女辟聲○博計切十六部

嫛 難也○大東傳曰契契憂苦也擊鼓傳曰契闊勤苦也按契與嫛音近廣韵嫛音契 从女毄聲○苦賣切十六部

妎 妬也○字林亦云疾妎妬也按楚語弭其百苛殄其讒慝韋注曰弭止也殄覆也明道本不誤謂解除之也今本譌作妎其讒慝文理不可通 从女介聲○胡蓋切十五部

妬 婦妬夫也○从女石聲○各本作戶聲篆亦作妒今正此如柘橐蠹等字皆以石爲聲戶非聲也當故切五部

媢 夫妬婦也○大學曰媢疾以惡之鄭曰媢妬也顏氏家訓曰太史公論英布曰禍之興自愛姬生於妬媚漢書外戚傳亦云成結寵妾妬媚之誅此二媚字竝當作媢五宗世家亦云常山憲王后妬媢王充論衡云妬夫媢婦生則忿怒鬭訟按顏所舉惟英布傳是此字本義其餘皆與妬不分別尚書祇作冒 从女冒聲○莫報切古音在三部 一曰梅目相視也○梅當作怒周語曰道路以目按杜詩用抉眼郎易之反目也許目部云映涓目也梅目或映目之誤所謂裂眥又按梅當作侮訓目相侮也史記曰目笑之

媄 巧也○此與祆各字今用媄爲祆非也 詩曰○桃之媄媄○女子笑皃○木部巳偁桃之枖枖矣此作媄媄益三家詩也釋爲女子笑皃以明媄之別一義 从女芺聲○於喬切二部俗省作妖

佞 巧讇高材也○巧者技也讇者諛也从

嫈 嫪 婟 姿 ⿰女虘 妨 妄 婾 ⿱汙女 娋 ⿰女朵 妯 嫌 媘 婼

女仁聲○小徐作仁聲大徐作从信省按今音佞乃定切故徐鉉張次立疑仁非聲攷晉語佞之見佞果喪其田詐之見詐果喪其路古音佞與田韻則仁聲是也十二部音轉入十一部

嫈 小心態也○見娸篆下 从女熒省聲○烏莖切十一部

嫪 婣也○聲類云嫪戀惜也 从女翏聲○郎到切古音在三部

婟 嫪也○爾雅鷙澤虞郭注今婟澤鳥常在澤中見人輒鳴喚不去按此二篆爲轉注 从女固聲○胡誤切五部

姿 態也○態者意也姿謂意態也 从女次聲○即夷切十五部

⿰女虘 驕也○驕俗本作嬌小徐不誤古無嬌字凡云嬌即驕也文選琴賦或怨⿰女虘而躊躇幽憤詩恃愛肆姐姐即⿰女虘之省李善皆引說文⿰女虘嬌也與魏文帝箋蹇姐名昌姐亦⿰女虘字按心部怚驕也音義皆同 从女虘聲○子豫切五部

妨 害也○害者傷也 从女方聲○敷方切十部亦去聲

妄 亂也○ 从女亡聲○巫放切十部

婾 巧黠也○按偷盜字當作此婾 从女俞聲○託侯切四部

⿱汙女 婁○逗疊韵字 貪也○貪者欲物也 从女污聲○胡古切五部

娋 小小侵也○侵者漸進也凡用稍稍字謂出物有漸凡用娋娋字謂以漸侵物也方言娋姊也方俗語也 从女肖聲○息約切按當依篇韵所教切

⿰女朵 量也○廣韵作揣云稱量 从女朶聲○丁果切十七部

妯 動也○小雅憂心且妯釋詁毛傳皆曰妯動也箋云妯之言悼也方言妯擾也人不靜曰妯按心部引詩憂心且怞 从女由聲○徒歷切古音在三部廣韵丑鳩切方言妯娌度六切

嫌 不平於心也○心部曰慊疑也嫌與慊義別 从女兼聲○戶兼切七部 一曰疑也○此謂二篆義同

媘 減也○減者損也按水部又曰渻少減也然則媘渻音義皆同作省者叚借字也自行省而媘渻廢矣許書凡云省改省作省應以媘正之 从女省聲○所景切十二部

婼 不順也○毛詩傳曰若順也此字从若則當訓順而云不順也此猶祀从巳而訓祭無巳也 从女若聲○丑略切五部

婞 嫳 嫸 娺 ⿰女酓 ⿱阿女 妍 娃 ⿱陜女 妜

春秋傳有叔孫婼○魯大夫也

婞 很也○很者不聽從也王逸離騷注同 一曰見親○小徐有此四字按凡親幸嬖幸當作此婞 从女幸聲○胡頂切十一部 楚詞曰鯀婞直○離騷文此證很義

嫳 易使怒也○廣韵嫳輕薄之皃 从女敝聲讀若擊擊○擊擊見手部匹滅切十五部

嫸 好枝格人語也○枝格見丰部謂不欲人語而言他以枝格之也廣韵曰嫸偏枝 一曰靳也○謂靳固也左傳注曰戲而相媿曰靳 从女善聲○旨善切十四部

娺 疾悍也○敏疾而勇也廣韵曰婠嫚好皃 从女叕聲讀若唾○今丁滑切十五部許讀若唾者合音也

⿰女酓 含怒也○ 一曰難知也○ 从女酓聲○五感切七部 詩曰碩大且⿰女酓○陳風澤陂文今詩作儼傳曰矜莊皃一作儼太平御覽引韓詩作⿰女酓⿰女酓重頤也廣雅釋詁曰⿰女酓美也葢三家詩有作⿰女酓者許偁以證字形而已不謂詩義同含怒難知二解也

⿱阿女 媕⿱阿女也○媕⿱阿女雙聲字韵會作陰阿李燾本作陰⿱阿女集韵類篇同廣韵曰媕⿱阿女不決媕音庵 从女阿聲○烏何切十七部

妍 技也○技者巧也釋名曰妍研也研精於事宜則無蚩繆也蚩癡也按此爲今用妍媸字所本方言自關而西秦晉之故都謂好曰妍 一曰不省錄事也○省錄謂檢點收錄也魏書劉祥言事蒙遜曰劉裕入關敢妍妍然也斬之此正謂其不曉事也 从女幵聲○五堅切十四部 一曰難侵也○ 讀若研○ 一曰慧也○ 一曰安也○

娃 圜深目皃也○洼深池也窐甑空也凡圭聲字義略相似 从女圭聲○於佳切十六部 或曰吳楚之閒謂好娃○方言娃美也吳楚衡淮之閒曰娃故吳有館娃之宮

⿱陜女 不媚前卻⿱陜女⿱陜女也○後漢書班昭女誡曰動靜輕脫視聽陜輸陜輸不定皃 从女陜聲○失冉切七部

妜 鼻目閒皃○謂若眉語曰成然也 从女夬聲○於說切十五部廣韵於決切 讀若煙火炔炔○火部無此字蓋即焆焆煙

孈ㄕㄨㄟ 嬑ㄧˋ ⿰女恚 嫼ㄇㄛˋ ⿰女戉ㄩㄝ 嫖ㄆㄧㄠ ⿰女坐ㄘㄨㄛˊ 姎ㄤˋ 媁ㄨㄟ 婎ㄏㄨㄟ ⿰女玆ㄒㄧㄢˊ 媥ㄆㄧㄢ 嫚ㄇㄢˋ ⿰女臿ㄔㄚ 嬬ㄒㄩ

見之或體也。[illegible]音因悅切。孈 愚戇多態也。戇者愚也。愚者戇也。从女巂聲。讀若隓。式吹切。篇韻移爾胡卦二切。十六部。隓篆文作墮。十六十七合音最近。⿰女恚 不說也。說者今之悅字。心部曰恚者恨也。⿰女恚从恚聲。形聲中有會意。从女恚聲。於避切。十六部。嫼 怒皃。从女黑聲。呼北切。一部。按此字廣韻烏黠切。嫉怒也。則黑非聲矣。玉篇莫勒切。奴也。奴者怒之誤。⿰女戉 輕也。从女戉聲。王伐切。十五部。嫖 輕也。與人部僄音義皆同。漢霍去病票姚校尉。票姚讀如飄搖。謂輕疾也。荀悅漢紀作票鷂。音亦同耳。古多平聲。後代乃多改爲去聲。師古讀頻妙羊召二切。殊失古意。證以杜子美詩益可見矣。从女票聲。匹招切。二部。⿰女坐 訬疾也。訬者訬擾也。漢書述曰江都輕訬。謂輕薄爲訬也。⿰女坐與訬雙聲。又女字也。穆天子傳盛姬之喪叔⿰女坐爲主。从女坐聲。昨禾切。十七部。廣韻醋御切。姎 女人自偁姎我也。各本我上奪姎。今補。後漢書西羌傳注。廣韻三十三蕩皆引女人自偁姎我。姎我[illegible]文如吳人自偁阿儂耳。从女央聲。烏浪切。按後漢書胡朗反。廣韻烏朗切。十部。媁 不說皃。說今悅字。恚也。小徐有此二字。从女韋聲。羽非切。十五部。廣韻音威。婎 姿婎。疊韵字。恣也。恣各本作姿。今正。按心部恣者縱也。諸書多謂暴厲曰恣睢。睢讀香季切。亦平聲。睢者仰目也。未見縱恣之意。蓋本作姿婎。或用恣睢爲之也。集韵類篇皆云姿婎自縱皃。此許義也。今用睢爲語詞。有縱恣之意。蓋本當作婎。叚睢爲之耳。睢行而婎廢矣。一曰醜也。與人部仳倠醜面之倠通用。从女隹聲。許惟切。集韵類篇自縱義讀虎癸切。十五部。⿰女玆 有守也。从女弦聲。胡田切。十二部。媥 輕皃。从女扁聲。芳連切。十二部。嫚 侮傷也。傷各本作易。今正。人部曰侮者傷也。傷者輕也。嫚與心部之慢音同義別。凡嫚人當用此字。从女曼聲。謀患切。十四部。⿰女臿 疾言失次也。所謂[illegible]言。从女臿聲。讀若懾。丑聶切。八部。嬬

易。

嫉ㄅㄧˇ 嬯ㄊㄞˊ ⿰女覃ㄋㄧㄢˇ ⿰女參ㄘㄢˇ 婪ㄌㄢˊ 嬾ㄌㄢˇ 婁ㄌㄡˊ 婁。 娎ㄒㄧㄝˋ ⿰女夾ㄒㄧㄝˋ

弱也。嬬之言濡也。濡柔也。一曰下妻也。下妻猶小妻。後漢書光武紀曰依託爲人下妻。周易歸妹以須。釋文云須荀陸作嬬。陸云妾也。从女需聲。相俞切。古音在四部。娝 不肖也。从女否聲。讀若竹皮筥。筥竹箸也。見竹部。匹才切。一部。篇韵布美切。嬯 遲鈍也。集韵嬯當來切。卽此字也。今人謂癡如是。从女臺聲。徒哀切。一部。闒嬯亦如此。謂其字亦如此作也。闒嬯未聞。廣韵闒跆連手唱歌也。⿰女覃 下志貪頑也。从女覃聲。讀如深。乃忝切。七部。篇韵式荏切。⿰女參 婪也。从女參聲。七感切。七部。婪 貪也。此與心部之惏音義皆同。从女林聲。盧含切。七部。杜林說卜者擹相詐譺爲婪。擹譺各本作擹驗。今正。擹者許之譺字。譺者許之驗字也。讀若潭。嬾 懈也。懈者怠也。集韵類篇作懈也怠也。非是。从女賴聲。洛旱切。此音於合韵得之。古音葢在十五部。俗作懶。一曰⿰臥食也。大徐作臥也。小徐作臥食。今正。臥部曰楚謂小嬾曰⿰臥食。从臥食。因之或奪一字。或析爲二字耳。婁 空也。凡中空曰婁。今俗語猶如是。凡一實一虛層見疊出曰婁。人曰離婁。窗牖曰麗廔。是其意也。故婁之義又爲數也。此正如窗牖麗廔之多孔也。而轉其音爲力住切。俗乃加尸旁爲屢字。古有婁無屢也。毛詩婁豐年。傳曰婁亟也。亟者數也。角弓式居婁驕。箋云婁斂也。此則謂爲摟之叚借也。从毋从中女。按从毋猶从無也。無者空也。从中女謂離卦離中虛也。皆會意也。婁空之意也。婁空連讀。洛侯切。四部。一曰別一義婁務逗愚也。務讀如瞀。婁務卽子部之敄瞀。故云愚也。說詳彼注。籀文婁从人中女臼聲。古文婁如此。按此上體當是从囧部窗牖麗廔闓明之意也。娎 娎娎也。娎當是複舉字。玉篇云娎喜也。廣韵云娎喜皃。从女折聲。許列切。八部。⿰女夾 得志⿰女夾⿰女夾也。篇韵皆云此義。邸協切。是與愜音義皆同也。从女夾聲。呼帖切。八部。一曰⿰女夾息

孈嬑⿰女恚嫼⿰女戉嫖⿰女坐姎媁婎⿰女玆媥嫚⿰女臿嬬娝嬯⿰女覃⿰女參婪嬾婁娎⿰女夾

也○一曰少气也○篇韵皆云此義呼嫖切廣韵也作皃

嬈 ㄋㄧㄠˇ 苛也○苛者小艸也引申爲瑣碎之偁元應曰苛煩也擾也嬈亦惱也苛音何可切 一曰擾也○此也字補 戲弄也○元應引三倉嬲乃了切弄也惱也按嬲乃嬈之俗字故許不錄嵇康與山巨源書足下若嬲之不置李善云嬲擿嬈也音義與嬈同奴了切近孫氏星衍云嬲即嫐字艸書之譌然嵇康艸蹟作嫐元應引三倉故有嬲字則未可輕議 从女堯聲○奴鳥切二部 一曰嬥也○上文嬥下曰嬈也二篆爲轉注亦考老之例然嬥之訓嬈即謂苛也擾也不當此有一曰嬥也四字

嫛 ㄏㄨㄟˇ 惡也○許意蓋謂毀物爲毀誹人爲嫛 一曰人皃也○从女毀聲○許委切十六部

姍 ㄕㄢ 誹也○漢書姍笑三代說者謂即訕字也 从女刪省聲○所晏切十四部 一曰翨僂也○未聞

媨 ㄘㄨˋ 醜也○醜者可惡也 一曰老嫗也○婦人之老者曰嫗不必母也 从女酋聲○讀若蹴○七宿切三部

嫫 ㄇㄛˊ 嫫母○逗母莫后切 古帝妃都醜也○都猶冣也民所聚曰都故凡數曰都詣極亦曰都漢書古今人表嫫母黃帝妃生蒼林衛鄭詩四子講德論皆作嫫姆講德論曰嫫姆倭傀善殊者不能揜其醜 从女莫聲○莫胡切五部按郭注方言莽音嫫母之嫫是其讀模上聲嫫母爲雙聲也師古音謩似未協

婓 ㄈㄟ 往來婓婓也○當依廣韵作婓婓往來皃玉篇也亦作皃小雅毛傳曰騑騑行不止之皃與婓音義皆同 从女非聲○芳非切十五部 一曰大醜皃○

孃 ㄋㄧㄤˊ 煩擾也○煩熱頭痛也擾煩也今人用擾攘字古用孃賈誼傳作搶攘莊子在宥作傖囊楚詞作恇攘俗作劻勷皆用叚借字耳今攘行而孃廢矣又按廣韵孃女良切母稱娘亦女良切少女之号唐人此二字分用畫然故耶孃字斷無有作娘者今人乃罕知之矣 一曰肥大也○方言䑋郭音壤盛也秦晉或曰䑋凡人言盛及其所愛偉其肥䑋謂之䑋郭注云肥䑋多肉按肉部既有䑋字矣此與彼音義皆同也漢書壤子王莽代壤即䑋孃字 从女襄聲○女良切十部按前後二義皆當音壤

嬒 ㄍㄨㄞˋ 女黑色也○黑部曰黯沃黑色也音同義近 从女會聲○古外切十五部 詩曰嬒兮蔚兮○蔚風候人文今詩作薈毛傳曰薈蔚雲興皃按艸部既偁薈兮蔚兮矣此或爲三家詩或本作讀若詩曰薈兮蔚兮今有外奪皆未可定也

媆 ㄋㄨㄢˇ 好皃○此謂柔媆之好也補前文諸好所未備 从女耎聲○形聲中有會意而沇切十四部俗作嫩按俗音奴困切又改其字作嫩於形聲無當

媕 ㄧㄢˇ 誣挐也○方言挐揚州會稽之語也或謂之惹或謂之諺注言誣諺也又曰誣諺與也吳越曰誣荊齊曰諺與猶秦晉言阿與也按媕諺同字挐上从如李仁甫本如是廣韵同 从女奄聲○依劫切八部

爁 ㄌㄢˋ 過差也○差忒者不相値也凡不得其當曰過差亦曰爁今字多以濫爲之商頌不僭不濫傳曰賞不僭刑不濫也左氏曰賞僭則懼及淫人刑濫則懼及善人其字皆可作爁濫行而爁廢矣 从女監聲○盧瞰切八部 論語曰小人窮斯爁矣○衛靈公篇文今作濫

嫯 ㄠˋ 侮傷也○傷各本作易非是前文曰嫚侮傷也字與慢別此云嫯侮傷也字與傲別今則傲行而嫯廢矣 从女敖聲○五到切二部

婬 ㄧㄣˊ 厶逸也○厶作私非也今正厶音私姦袤也逸者失也失者縱逸也婬之字今多以淫代之淫行而婬廢矣 从女壬聲○余箴切七部

姘 ㄆㄧㄣ 除也○按詩作之屏之其菑其翳論語曰屏四惡屏皆謂除也依許則屏蔽也姘除也義各有當經傳皆用屏屏行而姘廢矣莊子至貴國爵幷焉注幷棄除也是又叚幷爲之 从女幷聲○普耕切十一部按今屏除之義讀上聲 漢律齊民與妻婢姦曰姘○此別一義也民各本作人今正高注淮南曰齊民凡人齊於民也禮士有妾庶人不得有妾故平等之民與妻婢私合名之曰姘有罰此姘取合幷之義

奸 ㄐㄧㄢ 犯婬也○此字謂犯姦婬之罪非即姦字也今人用奸爲姦失之引申爲凡有所犯之偁左傳多用此字如二君有辛臣奸旗鼓之類 从女干聲○形聲中有會意干犯也故字从干古寒切十四部

姅 ㄅㄢˋ 婦人污也○謂月事及免身及傷孕皆是也廣韵曰姅傷孕也傷孕者懷子傷也

从女半聲。博慢切。廣韵又音判。十四部。漢律曰：見姅變不得侍祠。按見姅變如今俗忌入產婦房也。不可以侍祭祀。內則曰：夫齋則不入側室之門。正此意。漢律與周禮相爲表裏。

娗 ㄊㄧㄥˇ

女出病也。按病下當有容字。廣雅曰：娗娗，容也。然則謂女出而病容娗娗然也。廣韵有娗無婷。唐喬知之、杜甫詩皆用娉婷字。娉婷皆讀平聲。疑娗婷同字。長好皃。从女廷聲。徒鼎切。十一部。

婥 ㄋㄠˋ

女病也。廣韵曰：婥約，美皃。此今字今義也。从女卓聲。奴教切。二部。廣韵昌約切。

娷 ㄓㄨㄟˋ

諉也。言部曰：諉，絫也。又曰：諉，絫也。按絫者，若今言以此絫人也。娷與諉音義皆同。可附見於言部。从女垂聲。竹恚切。十六部。

嬈 ㄋㄠˇ

有所恨痛也。恨者，怨也。痛者，病也。从女𡿺省聲。形聲中有會意也。嬈之从𡿺者，與思之从囟同意。奴晧切。古音當在三部。俗作惱。樂府作懊憹。今汝南人有所恨言大嬈。舉方俗殊語爲證。

媿 ㄎㄨㄟˋ

慙也。慙下曰：媿也。二篆爲轉注。亦考老之例。从女鬼聲。俱位切。十五部。按此亦形聲中有會意。

愧。媿或从恥省。按即謂从心可也。

奻 ㄋㄨㄢˊ

訟也。从二女。訟者，爭也。周易睽傳曰：二女同居，其志不同行。革傳曰：二女同居，其志不相得。此奻从二女之意也。女還切。十四部。

姦 ㄐㄧㄢ

厶也。厶下曰：姦衺也。二篆爲轉注。引申爲凡姦宄之偁。俗作奸。其後竟用奸字。从三女。三女爲粲，亦三女爲姦，是以君子遠色而貴德。古顏切。十四部。

𢡌。古文姦。从旱心。大徐作从心旱聲。

妥 ㄊㄨㄛˇ

安也。从爫女。妥與安同意。說文失此字。偏旁用之。今補。釋詁曰：妥，安止也。又曰：妥，安坐也。此二條略同。以止也坐也爲句。坐者，止也。止也見土部。毛詩、禮經、禮記皆以安坐訓妥。禮記詔妥尸。古者尸無事則立，有事而後坐。似爾雅安坐連讀。竊謂爾雅妥安坐止四字互訓。士虞、特牲、少牢妥尸，皆謂安之使之坐。故士虞、少牢安之而後坐。特牲先坐而後安之。若士相見，安而後傳言，固即時然後言。易其心而後語之意，不必坐而後言也。今有理宜敷陳之言，豈能侍君命席乎。故士虞、少牢兼安也坐也二義。士相見祇取安義。毛詩傳：妥，安坐也。以義必兼坐。如肆故今也義得兼故與今。若檀弓退然如不勝衣，退或爲妥，則二字雙聲。安與蛻、脫、綏聲義皆近。如花安爲花落，凡物落必安止於地也。知安與妥同意者，安女居於室，妥女近於手，好女與子妃皆以男女人之大欲存焉，故从之會意。他果切。十七部。綏以爲聲。

文二百三十八 三。小徐作五。今增妥。 重十四

毋 ㄨˊ

止之詞也。詞依禮記釋文補。詞者，意內而言外也。其意禁止，其言曰毋也。古通用無。詩書皆用無。士昏禮：夙夜毋違命。注曰：古文毋爲無。是古文禮作無，今文禮作毋也。漢人多用毋，故小戴禮記、今文尚書皆用毋。史記則竟用毋爲有無字。又按詩毋教猱升木，字作毋。鄭箋：毋，禁辭。从女一。會意。武扶切。五部。女有姦之者，一禁止之令勿姦也。各本但有从女有奸之者六字。今補十字。禁止之令勿姦，此說从一之意。毋與乍同意。乍下云：止也。从亡一。一有所礙之也。然則毋下亦當从女一，一有所礙之。其義可互證。曲禮釋文、大禹謨正義皆引說文云：其字从女，內有一畫，象有姦之形，禁止之勿令姦。古人云毋，猶今人言莫也。此以己意增改而失許意。葢許以禁止令勿姦說从一，陸、孔以有姦之者說从一，不知女有姦之者五字爲从一以禁止張本。唐人之增改，今本之舛落，皆繆。而唐本可摘以正今本。凡毋之屬皆从毋。

毐 ㄞˇ

士之無行者。各本作人無行也。今依顏氏五行志注所引正。士之無行者，故其字从士毋。古多叚毋爲有無字。毋即無。婁之訓空也，亦从毋。會意。毐之本義如此，非爲嫪毐造此字也。从士毋。會意。賈侍中說。按此四字當上屬讀之。今人下屬讀之，非也。秦始皇母與嫪毐婬。舊从水旁，今正。坐誅。故世罵婬曰嫪毐。此舉無行之極者爲證。事詳史記。但據師古五行志注云：嫪毐，許慎作嫪毐，與今史記、漢書本不同。嫪當依本字讀，居虯反。然則許自作嫪，史漢自作嫪。今本史漢改同許作嫪，非古也。其人本姓郿嫪氏之嫪，力周、居由二切。許云罵之之詞，則無怪乎取其姓同音之字改爲嫪。嫪之本音亦力周切也。

嫪者媚也今俗謂嫪人所私之人爲姻嫪乃古語也讀若媄○依許許其切今遇在切廣韵又音哀音之變也一部

文二

民眾萌也○萌古本皆不誤毛本作氓非古謂民曰萌漢人所用不可枚數今周禮以興耡利甿許耒部引以興耡利萌愚謂鄭本亦作萌故注云變民言萌異外內也萌猶懵懵無知皃也鄭本亦斷非甿字大氐漢人萌字漢人多改爲氓如周禮音義此節摘致氓是也繼又改氓爲甿則今之周禮是也說詳漢讀攷民萌異者析言之也以萌釋民者渾言之也从古文之象○仿佛古文之體少整齊之也凡許書有从古文之形者四曰革曰弟曰民曰酉說見革下彌鄰切十二部凡民之屬皆从民○𠂆古文民○蓋象萌生緐廡之形

氓民也○詩氓之蚩蚩傳曰氓民也方言亦曰氓民也孟子則天下之民皆悅而願爲之

十二篇下 圭

氓矣趙注氓者謂其民也按此則氓與民小別蓋自他歸往之民則謂之氓故字从民亡从民亡聲○讀若盲○武庚切古音在十部

文二 重一

丿又戾也○象ナ引之形○又ナ各本作右左今正戾者曲也右戾者自右而曲於左也故其字象自左方引之丿音義略同擎書家八法謂之掠房密切又匹蔑切十五部凡丿之屬皆从丿○

乂芟艸也○艸部曰芟乂艸也二篆爲轉注周南曰是刈是濩周頌曰奄觀銍艾艾者乂之叚借字銍者所以乂也禾部曰穫乂穀也是則芟艸穫穀總謂之乂鄭箋詩云芟末曰艾刀部有刈金部有鎌有鉏所以芟艸也銍則穫禾短鎌也引申之乂訓治也見諸經傳許辥部云嬖治也引唐書有能俾嬖則嬖爲正字从丿乀相交○象左右去之會意也魚廢切十五部

刈乂或从刀○乂者必用鉤鎌之屬也

弗撟也○撟各本作撟今正撟者舉手也引申爲高舉之用撟者揉箭箝也引申爲撟拂之用今人不能辨者久矣弗之訓撟也今人撟弗皆作拂而用弗爲不其誤蓋亦久矣公羊傳曰弗者不之深也固是撟義凡經傳言不者其文直言弗者其文曲如春秋公孫敖如京師不至而復晉人納捷菑于邾弗克納弗與不之異也禮記雖有嘉肴弗食不知其旨也雖有至道弗學不知其善也弗與不不可互易从丿乀丿乀皆有撟意从韋省○韋者相背也故取以會意謂或左或右皆背而撟之也分勿切十五部

乀ナ戾也○从反丿○讀與弗同○自左而曲於右故其字象自右方引之乀音義略同拂書家八法謂之磔分勿切十五部或問乀篆何以不次乂弗之前也曰此以丿爲部首故必从丿字列畢而後列反背之形乂弗皆系之从丿也

文四 重一

厂抴也○抴者捈也捈者臥引也臥引者橫引之明也○此義未聞象抴引之形○依此則明也當爲衍文余制切十六部凡厂之屬皆从厂○虒字从此○按虒字从虎而以爲聲又若系从系厂聲寫者短之乃與右戾之丿相溷曳字从申厂聲寫者亦不察皆當改正者也

十二篇下 圭

弋橜也○木部橜下曰弋也二篆爲轉注爾雅曰橜謂之杙按俗用杙爲弋顧用弋爲隿射字其誤久矣杙者劉杙也不爲橜弋字弋象形故不从木也象折木衺銳者形○者各本作著不可通今正古箸與者無二字箸卽者字折木之衺銳者爲橜故上體象其衺銳厂象物挂之也○凡用橜者爲有所表識所謂楬橜也故有物挂之又若舟之狀戕亦是所以系舟也故用厂爲合體之象形與職切一部

文二

乁流也○从反厂○讀若移○移从多聲在十七部亦用於十六部乁與厂古音同在十六部也弋支切凡乁之屬皆从乁○

也女侌也○此篆女陰是本義叚借爲語詞本無可疑

乜

者而後人妄疑之許在當時必有所本之不容以少見多怪之心測之也**从乁象形。乁亦聲。**小[illegible]徐有乁聲二字無从乁二字依例則當云从乁故又補三字从乁者流也乁亦聲故其字在十六十七部之閒也余者切玉篇余爾切

乜 秦刻石也字。秦始皇本紀二世元年皇帝曰金石刻盡始皇帝所爲也今襲號而金石刻辭不稱始皇帝其於久遠也如後嗣爲之者不稱成功盛德顏氏家訓載開皇二年長安掘得秦鐵稱權有鐫銘與史記合其於久遠也也字正作乜俗本譌作世辭尙功歷代鐫銘款識載秦權一一秦斤一文與家訓大同而權作乜斤作殹又知也殹通用鄭樵謂秦以殹爲也之證也殹蓋與兮同兮也古通故毛詩兮也二字他書所稱或互易石鼓汧殹沔沔汧殹卽汧兮

文二　重一

氏ㄕˋ

氏 巴蜀名山岸脅之自旁箸欲落墮者曰氏。十六字爲一句此謂巴蜀方語也自大徐無小徐作堆俗字耳今正自小𠂤也箸直略切小𠂤之旁箸於山岸脅而狀欲落墮者曰氏其字亦作坻亦作阺𠂤部曰秦謂陵阪曰阺阺與氏音義皆同楊雄解嘲曰響若坻隤應劭曰天水有大坂名曰隴坻其山堆傍箸崩落作聲聞數百里故曰坻隤韋昭曰坻音若是理之是以上見文選注今本漢書作阺隤師古曰阺音氏巴蜀名山旁堆欲墮落曰氏應劭以爲天水隴氐失之矣氐音丁禮反玉裁按顏說殊非古隴阺亦作隴坻與巴蜀之氏形小異而音義皆同阺坻字同氏聲或从氐聲而丁禮切者字之誤也劉逵注吳都賦坻頹曰天水之大阪名曰隴坻因爲隴坻之曲說與應仲遠同坻韋音是阺顏音氏皆不誤攷氏亦作是見夏書禹貢曰西頃因桓是來鄭注云桓是隴阪名其道般桓旋曲而上故曰桓是今其下民謂阪爲是絕句謂曲爲桓也絕句各本譌今按此則桓是卽隴阺亦可作隴氏昭昭然矣古經傳氏與是多通用大戴禮昆吾者衞氏也以下六氏字皆是之叚借而漢書漢碑叚氏爲是不可枚數故知姓氏之字本當作是叚借氏字爲之人第習而不察耳姓者統於上者也氏者別於下者也是者分別之詞也其字本作是漢碑尙有云姓某是者今乃專爲姓氏字而氏之本義惟許言之淺人以爲新奇之說矣**氏崩聲聞數百里。象形。**謂𠂆象傍於山脅也氏之附於姓者類此**乁聲。**乁讀若移氏篇韵皆承紙切十六部大徐承旨切非也**凡氏之屬皆从氏。楊雄賦響若氏隤。**

氒ㄐㄩㄝˊ

氒 木本也。木部曰木下曰本本亦曰氒氒者言其厥然大也古多用厥弋字爲之列子曰吾處也若厥株駒株駒木根也殷敬順曰厥說文作氒按玉篇亦作氒隸變也**从氏丅。本大於末也。**各本無下本二字小徐作从氏而大於末也亦誤今正从氏下者氏猶是謂此木之下下者木本也木㪹大於上體故製其字从氏下**讀若厥。**居月切十五部

文二

氐ㄉㄧˇ

氐 至也。氐之言抵也凡言大氐猶大都也**本也。**小徐本有此二字氐爲本故柢以會意國語曰天根見而水涸韋曰天根亢氐之閒**从氏下箸一。**箸直略切會意也許書無低字底一曰下也而昏解云从日氐省氐者下也是許說氐爲高低字也廣韵都奚切玉篇丁兮切十五部大徐丁禮切**一逗地也。**一之用甚多故每分別解之**凡氐之屬皆从氐。**

⿰氐垔ㄧㄣ

⿰氐垔 臥也。按篇韵皆音印又音致仆也疑認爲氐聲而易其音耳**从氐垔聲。**於進切十三部

⿰氐失ㄉㄧㄝˊ

⿰氐失 觸也。廣韵跌栗切手拔物也**从氐失聲。**徒結切十二部

⿱臼氐ㄏㄠ

⿱臼氐 闕。小徐作家本無注鍇云一本無此篆此云家本無注疑許沖之言也按廣雅釋詁云⿱臼氐誤也曹憲乎孝反然則其字从氐𦥑省聲形音義皆可攷篇韵音皓古音在三部

文四

戈ㄍㄜ

戈 平頭戟也。攷工記冶氏爲戈廣二寸內倍之胡三之援四之倨句外博重三鋝鄭曰戈今句孑戟也或謂之雞鳴或謂之擁頸內謂胡以內接柲者也長四寸胡六寸援八寸戈句兵也主於胡也俗謂之曼胡以

此鄭司農云援直刃也胡其子按依先鄭戈有直刃則非平頭也宋黃氏伯思始疑鄭注近程氏瑤田攷戈刃如劒橫出而俯倨所謂援八寸也援之下近柲爲胡連上爲刃所謂胡六寸也其橫毌於柲而外出者凡四寸所謂內倍之也戈戟之金非冒於柲之首皆爲之內橫毌外出且於胡之近柲處爲三孔縷縛於柲以固之古戈戟時有存者覈之可知也說詳通藝錄按許說戈爲平頭戟从弋以一象之然則戈刃之橫出無疑也橫出故謂之援援引也凡言援者皆謂橫引之直上者不曰援也且戈戟皆句兵矛刺兵殳毄兵殳嫥於毄者也矛嫥於刺者也戟者兼刺與句者也戈者兼句與毄者也用其橫刃則爲句兵用橫刃之喙以喙人則爲毄兵毄與句相因爲用故左氏多言戈擊若晉中行獻子夢厲公以戈擊之齊王何以戈擊子之解其左肩鄭子南逐子晳擊之以戈衞齊氏用戈擊公孟公魯以背蔽之斷肱以中公孟之肩魯昭公將以戈擊僚柤楚盜以戈擊昭王王孫由余以背受之中肩越靈姑浮以戈擊闔廬傷將指齊簡公執戈將擊陳成子衞石乞孟黶敵子路以戈擊之斷纓皆言擊不言刺惟盧蒲癸以寢戈自後刺子之言刺蓋癸與王何同用戈癸適近子之故言刺王何去子之稍遠故言擊且二人一在後一在前相爲掎角也若長狄之僑如魯富父終甥摏其喉以戈殺之由長狄長三丈旣獲之不能殺之故自下企上以舂其喉也自下舂其喉計長狄長不過二丈容旣獲之後身橫於地而殺之摏亦擊也方言曰戈楚謂之釨凡戟而無刃秦晉之閒謂之釨或謂之鏝吳揚之閒謂之戈東齊秦晉之閒謂其大者曰鏝胡其曲者謂之鉤釨鏝胡方言釨鉤鏝字皆轉寫譌俗古祇作句子曼云無刃者謂無直刃也云句子者謂其爲句兵取義於無有臂之子也云曼胡者取義於曲處如願領之肥大也詳釋鄭注本無不同所引先鄭乃不可從

从弋。謂柲長六尺六寸。**一衡之。象形。**衡各本作橫依許全書例正弋之首一橫之而已矣先鄭云援爲直刃胡其子非也古禾切十七部

凡戈之屬皆从戈。

肇 ㄓㄠˋ

肈　上諱。按許原書無篆體但言上諱後人乃補此篆說詳示部上諱者漢和帝諱也後漢書作肇李賢引伏無忌古今注曰肈之字曰始音兆許愼說文肈音大小反上諱也伏許並漢時人而帝諱不同蓋應別有所據玉裁按古有肈無肇从戈之肈漢碑或从殳俗乃从夂作肇而淺人以竄入許書攴部中玉篇曰肇俗肈字五經文字戈部曰肈作肇訛廣韵有肈無肇伏侯古今注時斷無从夂之肇李賢注後漢書亦斷不至認肈肇爲二字蓋伏侯作肁與許作肈不同和帝命名之義取始肁者始開也引申爲凡始故伏云諱肁而易之字作始實則漢人肁字不行祇用肈字訓始如詩生民傳夏小正傳可證外閒所諱者肈也故許云諱肈此則伏許不同之由章懷之所疑而今日後漢書正文作肇譌也李舟切韵云肈擊也其字从戈肁聲形音義皆合直小切許諱其字故不爲之解今經典肈字俗譌从夂不可不正戈部妄竄之肇今已芟去

戟 ㄐㄧˇ

戟　有枝兵也。兵者械也枝者木別生條也戟爲有枝之兵則非若戈之平頭而亦非直刃似木枝之衺出也戈刃之倨句平而稍侈故曰外博戟則大侈倨句一矩有半故可刺可句攷工記冶氏戟廣寸有半寸內三之胡四之援五之倨句中矩與刺重三鋝鄭曰戟今三鋒戟也內長四寸半胡長六寸援長七寸半三鋒者胡直中矩言正方也鄭司農云刺謂援也元謂刺者著柲直前如鐏者也戟胡橫貫之胡中矩則援之外句磬折與通藝錄曰內三之謂戟柄橫出柲外者四寸有半也胡四之謂上連刃直而下垂者長六寸也援五之謂衺上之刃長七寸半也刺者謂橫出之內有鋒也倨句中矩者謂刺橫胡直正方之形也不言援之倨句言刺之倨句者戟爲句兵中矩者主於句也據二儀實錄雙枝爲戟獨枝爲戈以爲證說與鄭注大乖異然恐程說近是方言匽戟廣雅作偃戟偃者仰也據衺上之刃名之也周禮棘門明堂位越棘大弓左傳子都拔棘以逐之棘皆訓戟棘者刺也戟有刺故名之曰棘衺首爲援則橫者爲棘爲刺也張揖注子虛賦曰雄戟胡中有鉅者鉅同矩蓋於直垂之胡中爲橫出者是曰鉅鉅亦有鋒故方言三刃枝郭注云今戟胡[illegible]中有小子刺者所謂雄戟也然則合援與刺與矩是爲三刃枝鄭所謂三鋒戟者又不如是古制茫昧難知但曰援者衺非直刃凡左傳言公戟其手詩毛傳言指据戟挶也許書言撠持也据戟挶也史言須鞬如戟皆取衺出不取直上是則信而有徵耳方言曰戟無刃吳揚之閒謂之戈然則戟者戈之

有刃者也戟亦非直刃謂之有刃者何其刃橫與直也少儀曰戈有刃者櫝戈之分別有刃無刃古矣左傳狂狡輅鄭人鄭人入於井倒戟而出之獲狂狡此用援刺鄭人不中鄭人擊柲刺而上也或以戟鉤欒樂斷肘而死則援與胡皆兼鉤刺之用矣靈輒倒戟以禦公徒而免趙盾此主於用援也許云有枝兵者援刺皆得云枝**从戈榦省**省作聲者誤今依徐鍇正从榦猶从弋謂柲長丈有六尺也从戈者其器戈之屬也紀逆切按大徐有讀若棘三字非也釋名戟格也傍有枝格也古音秦風與澤作爲韍古音在五部讀如腳**周禮戟長丈六尺**攷工記曰車戟常

戛戟也廣雅曰戛戟也本此西京賦立戈迆戛薛解云戈謂句孑戟也戛長孑也與許不合康誥不率大戛釋詁戛常也此謂戛同楷皋陶謨戛擊鳴球明堂位作揩擊揚雄賦作拮隔此謂戛同扴皆六書中之段借**从戈百**百者頭也謂戟之頭略同戈頭也會意古黠切十五部**讀若棘**按棘在一部相去甚遠疑本作讀若孑而誤○戟戛二篆與戈篆同類立文本相近惟因上諱之字例必部首以下篆一字出之故使戈戟二篆相隔各本乃又移戎戣戰三篆於戟前非也今正

戎兵也兵者械也月令乃教於田獵以習五戎注五戎謂五兵弓矢殳矛戈戟也按周禮司兵掌五兵鄭司農云戈殳戟酋矛夷矛鄭云此車之五兵也步卒之五兵則無夷矛而有弓矢兵之引申爲車卒步卒故戎之引申亦爲卒旅兵可相助故引申之義小雅烝也無戎傳曰戎相也又引申爲戎狄之戎又民勞傳戎大也方言戎大也宋魯陳衛之閒語又鄭詩箋云戎猶女也猶之云者以戎汝雙聲而通之也戎有讀若汝者常武之詩是也又有讀若鯀者常棣之詩是也**从戈甲**金部曰鎧者甲也甲亦兵之類故从戈甲會意如融切九部**中古文甲字**日部早篆下及此小徐皆有此五字大徐皆刪之由古文甲小篆甲所異甚微故也漢隸書早字平頭如小篆本平頭古文乃出頭作卑轉寫既久恐不能別於日部及此刪去五字於甲篆則用出頭者爲小篆別取汗簡所載異體爲古文皆非也今一一正之

戣周制侍臣執戣立於東垂兵也見周書顧命其氏傳曰戣瞿音義隔鄭云戣瞿蓋今三鋒矛王肅則曰皆平葬之名許不言何兵略同子雍也**从戈癸聲**渠追切十五部

𢦥盾也盾下曰瞂也按瞂字必淺人所改循全書之例必當云𢦥也二篆爲轉注淺人不識𢦥爲干戈字讀侯旰切乃改爲瞂瞂見毛詩非常語不當以瞂釋盾干戈字本作𢦥干犯也𢦥盾也俗多用干代𢦥干行而𢦥廢矣方言盾自關而東或謂之瞂或謂之干關西謂之盾孔安國論語注云干盾也𢦥本讀如干淺人以其旱聲乃讀與戰同而不知旱聲等字古音皆讀同干也毛詩兔罝采芑傳云干扞也謂干爲扞之段借干非不可去聲**从戈旱聲**玉篇廣韵皆云𢦥盾古寒切廣韵廿八翰未嘗出𢦥字是依唐韵不誤者也不知大徐侯旰切用何等唐韵耳十四部

賊敗也敗者毀也毀者缺也左傳周公作誓命曰毀則爲賊又叔向曰殺人不忌爲賊**从戈則聲**此云則聲貝部又云敗賊皆从貝會意據从貝會意之云是賊字爲用戈若刃毀貝會意而非形聲也說稍不同以周公誓命言則用戈毀則正合會意昨則切一部今字从戎作賊

戍守邊也春秋曰公子買戍衛**从人持戈**會意傷遇切按古音讀如戍在三部四部衛公叔戍世本作朱古音朱讀如州

戰鬥也鬥各本作鬬今正鬥者兩士相對兵杖在後也左傳曰皆陳曰戰戰者聖人所慎也故引申爲戰懼**从戈單聲**之扇切十四部

戲三軍之偏也偏若先偏後伍偏爲前拒之偏謂軍所駐之一面也史漢項羽紀高帝紀皆曰諸侯罷戲下各就國師古曰戲軍之旌旗也音許宜反亦讀曰麾又竇田灌韓傳灌夫率壯士兩人及從奴十餘騎馳入吳軍至戲下所殺傷數十人師古曰戲大將之麾也讀與麾同又音許宜反按顏說必本舊音義似與許說小異然相去不遠度舊音義必有用許說者矣**一曰兵也**一說謂兵械之名也引申之爲戲豫爲戲謔以兵杖可玩弄也可相鬥也故相狎亦曰戲謔大雅毛傳曰戲豫逸豫也**从戈䖒聲**香義切古音蓋在十七部讀如摩虘从豆从虍虘从鬲从虍虍皆謂器之飾非聲也

戜利也利者銛也**一曰剔也**剔當作鬄詳彡部**从戈呈聲**徒結切按

或截𢦟戕戮戡戭𢦏戩𢦔

或ㄩˋ 域。 截ㄐㄧㄝˊ 𢦟ㄎㄢ 戕ㄑㄧㄤˊ 戮ㄌㄨˋ 戡ㄎㄢ

呈聲當在十一部而大部戴金部鐵遷用爲聲則十一部十二部合音冣近之理也山海經或國或民國今譌作戴

或邦也。邑部曰邦者國也葢或國在周時爲古今字古文祇有或字既乃復製國字以凡人各有所守皆得謂之或各守其守不能不相疑故孔子曰或之者疑之也而封建日廣以爲凡人所守之或字未足盡之乃又加口而爲國又加心爲惑以爲疑惑當別於此乳寖多之理也既有國字則國訓邦而或但訓有漢人多以有釋或毛公之傳詩商頌也曰域有也傳大雅也曰圍所以域養禽獸也域卽或攷工記梓人注或有也小雅天保箋鄭論語注皆云或之言有也高誘注淮南屢言或有也毛詩九有韓詩作九域緯書作九圍葢有古音如以或古音同域相爲平入从口羽非切戈㠯守其一。从三字會意于逼切廣韵分域切兩逼或切胡國非也一部一。逗地也。解从一之意域或或从土。既从口从一矣又从土是爲後起之俗字

截斷也。斤部曰斷者截也二篆爲轉注商頌九有有截箋云九州齊壹截然大雅截彼淮浦傳云截治也从戈雀聲。昨結切十五部按雀聲在二部於古音不合葢當於雙聲合韵求之

𢦟殺也。殺者戮也按漢魏六朝人或堪戡龕四字不甚區別左傳王心弗堪漢五行志作王心弗戡勝也从戈今聲。口含切古音在七部商書曰。西伯既𢦟黎。西伯戡黎文今作戡黎許所據作𢦟黎邑部𨚴下又引西伯戡𨚴其乖異或因古文今文不同與爾雅曰堪勝也郭注引書西伯堪黎葢訓勝則堪爲正字或段𢦟或段戡又或段龕皆以同音爲之也

戕槍也。槍者歫也歫謂相抵爲害小雅曰子不戕傳曰戕殘也此戕之正義下又稱左氏例爲別一義它國臣來弒君曰戕。春秋宣十八年邾人戕鄫子於鄫左氏傳曰凡自虐其君曰弒[illegible]師[illegible]自外曰戕賈注邾使大夫往殘賊之按襄卅一年左傳曰閽戕戴吳閽越俘也戴吳吳餘祭也故亦曰戕从戈爿聲。在良切十部

戮殺也。殺下曰戮也二篆爲轉注古文戮段翏爲之又勠力字亦段戮爲勠从戈翏聲。力六切三部

戡刺也。刺者直傷也平

直皆得云刺經史多段此爲堪勝字从戈甚聲。竹甚口含二切按竹甚古音也七部

戭長槍也。槍者歫也謂以長物相刺通俗文曰剚木傷盜曰槍按槍非古兵器戟亦非器名取槍歫之義耳今之用金曰槍者則古之矛也故戭字廁於此不與器物爲伍从戈寅聲。弋刃以淺二切按刃當作忍弋忍古音也十二部春秋傳有檮戭。高陽氏才子八愷之一也見左傳文十八年漢書作敳集韵無敳

𢦏傷也。傷者刅也此篆與烖菑音同而義相近謂受刅也从戈才聲。祖才切一部凡烖載𢦏之類以爲聲

戩滅也。滅者盡也盡之義兼美惡故滅之義亦兼美惡凡盡皆得云滅亦皆得云戩也天保曰俾爾戩穀朱子曰戩盡也穀善也此注甚合古義爾雅履戩祓福也此謂樛木之福履天保之戩穀卷阿之祓祿皆得訓福履本不訓福與福連文則可訓福矣戩祓本不訓福與穀祿連文則亦可訓福矣皆於兩字摘一字以釋兩字之義毛公仍之曰戩福也而履祿也芾小也則不相襲矣古人之文貴善讀之所謂不以文害辭不以辭害志許於戩不襲爾雅毛傳斯善讀爾雅毛傳者也今之能善讀者葢尠矣从戈晉聲。即淺切古音在十二部讀如翦詩曰。實始戩商。魯頌閟宮文今詩作翦按此引詩說段借也毛傳曰翦齊也許刀部曰𠝣齊斷也𠝣之字多段翦爲之翦卽𠝣戩者𠝣之段借毛云𠝣齊也者謂周至於大王規模氣象始大可與商國並立故曰𠝣之緜詩古公以下七章是也非翦伐之謂若不適毛傳許書之例竟謂大王滅商豈不事辭俱窒礙乎毛意謂戩卽𠝣許說其本義以明轉注復引詩字以明段借兩公之例皆尋釋全書而可得不則以文害辭謂大王有翦商之志矣夫詩明言翦商而見大王之德盛後儒言之翦商之志而大王之心遂不可問鳴呼是非不知訓詁之禍也哉

𢦔絕也。絕者刀斷絲也引申爲凡斷之稱斷之亦曰𢦔與韱義相近从从持戈。二人持戈會意子廉切七部一曰田器古文。一說謂田器字之古文如此作也田器字見於全書者銛鈂鈐鐮皆田器與𢦔同音部未審爲何字之古文疑銛字近之此如銚本田器斗部作斛云出爾雅古一字不

武 ㄨˇ　戢 ㄐㄧˊ　戠 ㄓ　戔 ㄐㄧㄢ

闕鑯也一讀若咸。一曰讀若詩攕攕女手。咸攕古音皆在七部

𢦹楚莊王曰。莊上諱也不當用古莊壯通用諡法圓取壯非取艸周書兵甲亟作莊睿圉克服莊勝敵志強莊武而不遂莊皆壯字也後人以莊代之耳此莊王必本作壯若諱莊之字曰嚴乃漢法許則從左氏古文與下云莊都說亦當作壯晉語有壯馳茲甚古姓本作壯後乃盡改為莊夫武定功戢兵。故止戈為武。宣十二年左傳文此楚莊王語以解武義莊王曰於文止戈為武是倉頡所造古文也稱取定功戢兵者以合於止戈之義也文之會意已明故不言从止戈文甫切五部大雅履帝武敏傳曰武迹也此武之別一義也

𢧢藏兵也。周頌時邁曰載戢干戈載櫜弓矢傳曰戢聚也櫜韜也聚與藏義相成聚而藏之也戢與輯音同輯者車輿也可聚諸物故毛詩戢為聚周南傳亦云揖揖會聚也周語夫兵戢而時動動則威觀則玩玩則無震戢與觀正相對故許易毛曰藏以其字从戈故曰藏兵从戈咠聲。阻立切七部詩曰載戢干戈。

𢦔闕。从戈从音。大徐如此小徐無从戈从音有職從此古職字古之職役皆執干戈十四字蓋後人箋記之語非許語也其義其音皆蓋闕矣攷屬易朋盍簪虞翻本簪作戠云戠聚會也舊讀作撍作宗鄭文云荀作撍京作宗陰宏道云張揖字詁𢧵撍同字按此戠當以音為聲故與簪聲宗聲為伍然尚書厥土赤埴古文作赤戠是戠固在古音第一部也一部內亦从音音未必非聲蓋七部與一部合韵之理之弋切一部

戔賊也。此與殘音義皆同故殘用以會意今則殘行而戔廢矣篇韵皆云傷也殘與殄通故周禮注曰雖其潛潛戔餘不可棄也周易束帛戔戔子夏傳作殘殘皆殄餘之意也从二戈。會意昨干切十四部周書曰戔戔此偁周書秦誓文也今書截截善諞言言部引之古文尚書也此稱戔戔截截之異文今文尚書也春秋公羊傳曰惟諓諓善竫言俾君子易怠劉向九歎曰讒人諓諓孰可愬兮王逸注引書諓諓靖言漢書李尋傳曰昔秦穆公說諓諓之言任仡仡之勇諓即戔許作戔為本字他家作諓加之言旁也巧言也。也字今補按公羊音義引賈逵外傳注曰諓諓巧言也許正用侍中說釋戔戔與上賊義少別此正如圓訓回行而引洪範曰圛釋之曰升雲半有半無也垄訓以土增大道而引堯典堲讒說釋之曰疾惡也皆是一例或本稱戔戔竫言又曰戔戔巧言也轉寫有奪文未可定耳

文二十六　重一

戉 ㄩㄝˋ　戚 ㄑㄧ

戉大斧也。一本奪大字非斧所以斫也从戈𠃌聲。王伐切十五部俗多金旁作鉞司馬灋曰。夏執玄戉。殷執白戚。周左杖黃戉。又把白髦。周書坶誓作秉白旄此作把白髦者蓋司馬法之文有不同也毛詩傳曰秉把也手部曰把握也髦者旄之叚借字凡戉之屬皆从戉。

𢧵戉也。大雅曰干戈戚揚傳云戚斧也揚鉞也依毛傳戚小於戉揚乃得戉名左傳戚鉞秬鬯文公受之戚鉞亦分二物許則渾言之耳戚之引伸之義為促迫而古書用戚者俗多改為蹙誤思親戚亦取切近為言非有異義也大雅戚戚兄弟傳曰戚戚內相親也小雅戚戚靡所騁箋云戚戚縮小之貌其義本相通而淺人於節南山必易其形與音矣戚訓促迫故又引申訓憂小明自詒伊戚傳曰戚憂也度古祇有戚後乃別製慼字从戉尗聲。倉歷切古音在三部

文二

我 ㄨㄛˇ

𢦐施身自謂也。不但云自謂而云施身自謂者取施與我古為疊韵施讀施捨之施謂用己廁於眾中而自稱則為我也施者旗貌也引申為施捨者取義於旗流下來也釋詁曰卬吾台予朕身甫余言我也又曰朕予躬身也又曰台朕賚畀卜陽予也或以賚畀卜予不同義愚謂有我則必及人故賚畀卜亦在施身自謂之內也口部曰吾我自稱也女部曰姎女人自稱姎我也毛詩傳曰言我也卬我也論語二句而吾我互用毛詩一句而卬我錯稱蓋同一我義而語音輕重緩急不同施之於文若自其口出或說我。逗頃頓也。謂傾

側也頁頭不正也頓下首也故引申爲頃側之意賓筵側弁之俄箋云俄傾皃人部曰俄頃也然則古文以我爲俄也古文叚借如此

从戈手。合二成字不能定其會意形聲者以手字不定爲何字也五可切十七部

手古文垂也。垂當作𠂹𠂹垂在十七部然則我以爲形聲也

一曰古文殺字。我从殺則非形聲會意亦難說也殺篆下載古文三有一略相似者

凡我之屬皆从我。

𢦏 古文我。

義 己之威義也。言己者以字之从我也己中宮象人腹故謂身曰己義各本作儀今正古者威儀字作義今仁義字用之儀者度也今威儀字用之誼者人所宜也今情誼字用之鄭司農注周禮肆師古者書儀但爲義今時所謂義爲誼是謂義爲古文威儀字誼爲古文仁義字故許各仍古訓而訓儀爲度凡儀象儀匹引申於此非威儀字也古經轉寫旣久有襍糅難辨據鄭許之言可以知其意威義古分言之者如北宮文子云有威而可畏謂之威有儀而可象謂之義詩言令義令色無非無義是也威義連文不分者則隨處而是但今無不作儀矣毛詩威義棣棣不可選也傳曰君子望之儼然可畏禮容俯仰各有宜耳棣棣富而閑習也不可選物有其容不可數也義之本訓謂禮容各得其宜禮容得宜則善矣故文王我將毛傳皆曰義善也引申之訓也

从我从羊。威儀出於己故从我董子曰仁者人也義者我也謂仁必及人義必由中斷制也从羊者與善美同意宜寄切古音在十七部

羛 墨翟書義从弗。墨翟書藝文志所謂墨子七十一篇也今存者五十三篇羛無作羛者蓋歲久無存焉爾从弗者蓋取矯弗合宜之意

魏郡有羛陽鄉。讀若錡。此以地名證羛字又箸其方音也凡古地名多依音俗方語如遂勾呼涿陭卑水呼斑水對陽呼紂陽大末呼闔末剝吁舌判反鄒呼騶鄒之騶曲逆呼去遇如是者不可枚數鮮陽讀若錡同也然注家皆讀羛陽虛宜切與錡音稍不同也

今屬鄴。本內黃北二十里鄉也。按此十二字乃後人箋記之語非許語也鄴內黃皆魏郡屬縣羛陽鄉本在內黃北二十里司馬紹統郡國志曰魏郡內黃有羛陽聚劉注世祖破五校處光武紀大破五校於羛陽降之李注羛陽聚屬魏郡故城在今相州堯城縣東諸本有作莘者誤也左傳晉荀盈如齊逆女還卒於戲陽杜注內黃縣北有戲陽城按漢晉皆在內黃北魏地形志無內黃縣當是倂於鄴則羛陽亦在鄴矣故知必後人箋記語也戲羛音同許宜反左氏傳有戲陽速則戲陽又爲氏姓

文二　重二

亅 ㄐㄩㄝˊ

亅 鉤逆者謂之亅。鉤者曲金也司馬相如列傳猶時有銜橛之變集解引徐廣云鉤逆者謂之橜索隱引周遷輿服志云鉤逆者爲橜皆謂橜爲亅之叚借字也淸道而行中路而馳斷無枯木朽株之難故知必謂鉤也

象形。象鉤自下逆上之形玉篇引說文衢月切大徐同十五部

凡亅之屬皆从亅。讀若橜。

乚 ㄐㄩㄝˊ

乚 鉤識也。鉤識者用鉤表識其處也褚先生補滑稽傳東方朔上書凡用三千奏牘人主從上方讀之止輒乙其處二月乃盡此非甲乙字乃正乚字也今人讀書有所鉤勒即此內則魚去乙鄭曰乙魚體中害人者名也今東海鰫魚有骨名乙在目狀如篆乙食之鯁人不可出此亦非甲乙字乃狀如篆乚也魚腸名乙耳不當別有乙也戉斧之字从乚爲聲

从反亅。讀若窡。大徐作讀若捕鳥罬玉篇引說文居月切大徐同十五部

文二

珡 ㄑㄧㄣˊ

珡 禁也。禁者吉凶之忌也引申爲禁止白虎通曰琴禁也以禁止淫邪正人心也此疊韵爲訓

神農所作。世本文也宋書樂志曰琴馬融笛賦云宓羲造世本云神農所造也瑟馬融笛賦云神農造世本云宓羲所造也按風俗通廣雅皆同世本季長說誤山海經郭傳引世本伏羲作琴神農作瑟恐系轉寫舛錯

洞越。句

練朱五弦。洞當作迵迵者通達也越謂琴瑟底之孔迵孔者琴腹中空而爲二孔通達也越音活或作䞀練朱五絃者虞書傳曰古者帝王升歌淸廟之樂大琴練弦達練者其質朱者其色鄭注樂記淸廟之瑟

鑫。 瑟ㄙㄜˋ 𤕘。 乚ㄧㄣˇ 直ㄓˊ 㮅。 亡ㄨㄤˊ 乍ㄓㄚˋ

朱弦云練朱弦也練則聲濁五者初制琴之弦數 周時加二弦 文王武王各加一弦 象形 象其首身尾也上圜下方故象其圜巨今切七部 凡珡之屬皆从珡 鑫古文珡从金 以金形聲字也今人所用琴字乃上从小篆下作今聲

瑟 庖犧所作弦樂也 弦樂猶磬曰石樂清廟之瑟亦練朱弦凡弦樂以絲爲之象弓弦故曰弦淇奧傳曰瑟矜莊貌旱麓箋曰瑟絜鮮貌皆因聲叚借也瑟之言肅也楚辭言秋氣蕭瑟 从珡 琴之屬故从琴 必聲 所櫛切十二部 𤕘古文瑟 玩古文琴瑟二字似先造瑟字而琴从之

文二 重二

乚 匿也 匿者亡也 象迟曲隱蔽形 迟曲見辵部隱蔽見𨸏部象逃亡者自藏之狀也 凡乚之屬皆从乚 讀若隱 於謹切十三部

直 正見也 左傳曰正直爲正正曲爲直其引申之義也見之審則必能矯其枉故曰正曲爲直 从十目乚 謂以十目視乚乚者無所逃也三字會意除力切一部今隸作直

㮅 古文直或从木如此 囧猶目也从木者木從繩則正

文二 重一

亡 逃也 逃者亡也二篆爲轉注亡之本義爲逃今人但謂亡爲死非也引申之則謂失爲亡亦謂死爲亡孝子不忍死其親但疑親之出亡耳故喪篆从哭亡亦叚爲有無之無雙聲相借也 从入乚 會意謂入於迟曲隱蔽之處也武方切十部 凡亡之屬皆从亡

乍 止亡詈也 各本作止也一曰亡也六字今正作無亡義後人離析所改耳補詈字者如毋下云止詈也亦本有詈而後人刪之作與毋同意毋者有人姦女而一止之其言曰毋亡者有人逃亡而一止之其言曰作皆咄咄逼人之語也亡與止亡者皆必在倉猝故引申爲倉猝之稱廣雅曰暫也孟子今人乍見孺子將入於井左傳桓子乍謂林楚文意正同而左傳俗本改乍爲作 从亡一 會意鉏駕切古音在五部 一 逗 有所礙也 礙者止也說从一之意毋字从一亦是有所礙之之意

望ㄨㄤˋ 無ㄨˊ 无。 匄ㄍㄞˋ

望 出亡在外望其還也 還者復也本義引申之爲令聞令望之望 从亡朢省聲 按望以朢爲聲朢以望爲義其爲二字較然也而今多亂之巫放切十部亦平聲

無 亡也 凡所失者所未有者皆如逃亡然也此有無字之正體而俗作無無乃橆之隸變橆之訓豐也與無義正相反然則隸變之時昧於亡爲其義橆爲其聲有聲無義殊爲乖繆古有叚橆爲橆者要不得云本無二字漢隸多作橆可證也或叚亡爲無者其義同其音則雙聲也 从亡橆聲 按不用莫聲而用橆聲者形聲中有會意凡物必自多而少而無老子所謂多藏必厚亡也武夫切五部古音武夫與莫胡二切不別故無模同音其轉語則水經注云燕人謂無爲毛楊子以曼爲無今人謂無有爲沒有皆是也

无 奇字無也 謂古文奇字如此作也今六經惟易用此字 通於元者 元俗刻作无今依宋本正禮運曰是謂合莫注引孝經說曰上通元莫正義云上通元莫者孝經緯文言人之精靈所感上通元元氣寂寞引之者證莫爲虛無也正本元字作无謂虛無寂寞義或然也按此注疏今本譌誤不可讀而北宋本可據正疏正本字當是定本之誤謂鄭引上通元莫顏師古定本作元莫也依許云通於元者虛无道也則孝經緯必作元莫矣甚其義謂上通元始故其字形亦用元篆上毌於一 虛无道也 謂虛无之道上通元氣寂寞也玉篇曰无虛无也奇字之无與篆文之橆義乃微別許說其義非僅說其形也 王育說天屈西北爲无 此稱王育說又无之別一義也亦說其義非說其形屈猶傾也天傾西北地不滿東南見列子及素問天傾西北者謂天體不能正圜也

匄 气也 气者雲气也用其聲叚借爲气求气與字俗以气求爲入聲以气與爲去聲匄訓气亦分二義二晉西域傳气匄亡所得此气求之義也當去聲又曰我匄若馬此气與之義也當入聲要皆強爲分別耳左傳公

匸ㄒㄧˋ 區ㄑㄩ 匿ㄋㄧˋ 㔷ㄌㄡˋ 匽ㄧㄢˇ

子棄疾不強匃叉子產曰世有盟誓毋或匃奪皆言气求也通俗文曰求願曰匃則是求之曰气匃因而與之亦曰气匃也今人以物與人曰給其實當用匃字廣韵古達切其字俗作丐與丏不同廣韵曰二字同非是**亡人爲匃。逯安說。**此稱逯安說以說字形會意逯安亦通人之一也从亡人者人有所無必求諸人故字从亡从人古代切按廣韵古太切亦古達切十五部

文五　重一

匸　衺徯有所夾藏也。夾各本作俠今正衺者𧙕也徯者待也夾者盜竊褱物也逃衺相待有所竊藏故其字从乚兩上復有一覆之**从乚。上有一覆之。**會意**凡匸之屬皆从匸。讀若徯同。**徯各本譌傒今正胡禮切十六部

區　踦區。逗疊韵**藏隱也。**踦區猶兇部𠂤部之㥯彼言傾側不安也此言委曲包藏也區之義內藏多品故引申爲區域爲區別古或叚丘字爲之如區蓋亦作丘蓋區宇亦作丘宇是也或叚爲句曲字如樂記區萌達即月令之句者畢出萌者盡達也**从品在匸中。**會意豈俱切古音在四部鄭注禮記嫌名曰若禹與雨丘與區之類是可證古音同邱也**品**逗**衆也。**品下曰衆庶也

匿　亡也。廣韵曰藏也微也亡也陰姦也**从匸若聲。**此取雙聲爲形聲也**讀若羊騶箠。**此有譌奪當云讀若羊箠鍪之鍪金部曰鍪者羊箠耑鐵也說詳金部鍪讀若至至古音同質匿讀若鍪即讀若質也古亦讀尼質切在十二部不在一部也今音乃女力切

㔷　側陋也。各本作側逃也今依玉篇逃作陋玉篇曰又作陋是知側陋卽㔷與之側陋謂陋藏不出者也**从匸丙聲。**按丙聲不可通大徐云當是从內會意傳寫之誤玉裁按或从谷部之西聲𠦝部皆从西聲而讀若陸陸與陋音相近也盧候切西部廣韵無此字**一曰箕屬。**其器未詳

匽　匿也。匽之言隱也周禮宮人爲之井匽鄭司農云匽路廁也後鄭云匽豬謂霤下之池瀦水而流之者按二說皆謂隱蔽之地也**从匸晏**

医ㄧ 匹ㄆㄧˇ 匚ㄈㄤ 匠ㄐㄧㄤˋ

聲。於蹇切十四部

医　臧弓弩矢器也。臧各本作盛今依廣韵此器可隱臧兵器也**从匸矢。**會意**矢亦聲。**小徐有此三字於計切十五部**春秋國語曰兵不解医。**齊語文今國語作翳叚借字韋曰翳所以蔽兵也按古翳隱翳薈字皆當於医義引申不當借華蓋字也翳行而医廢矣

匹　四丈也。按四丈之上當有布帛二字雜記曰納幣一束束五兩兩五尋鄭曰納幣謂昏禮納徵也十箇爲束貴成數兩兩合其卷是謂五兩八尺曰尋五兩兩五尋則每卷二丈也合之則四十尺今謂之匹猶匹偶之云與周禮凡嫁子娶妻入幣純帛無過五兩鄭曰五兩十端也每端二丈按二丈爲一端二端爲兩每兩爲一匹長四丈五兩則五匹爲一束也凡古言束帛者皆此制凡言匹敵匹耦者皆於二端成兩取意凡言匹夫匹婦者於一兩成匹取意兩而成匹判合之理也雖其半亦得云匹也馬稱匹者亦以一牝一牡離之而云匹猶人言匹夫也○按字之本義有難定者如禮記注今謂之匹猶匹偶之云與是以匹偶爲本義而帛二兩爲引申之義也與許說迥異四丈爲匹之云三代時經傳不見其字从八八者別也夫婦有別故謂之匹从匸亦取別嫌明微意與鄭意或當如是**从匸八。**謂八之數隱其中會意**八揲一匹。**說从八之意揲者閱持也閱持者更迭持之而具數也筮者揲之以四此揲之以八八八尺者五而得四丈故其字从八所以揲之以八者度人之兩臂爲尋今人於布帛猶展兩臂度之也**八亦聲。**古音八讀如必普吉切十二部

文七

匚　受物之器。此其器蓋正方文如此作者橫視之耳直者其底橫者其四圍右其口也廣韵曰或曰受一斗曰匚按口部云圍規也今人皆作圍作圍方本無正字故自古叚方爲之依字匚有榘形固可叚作方也**象形。凡匚之屬皆从匚。讀若方。**府良切十部

𠥓　籀文匚。

匠　木工也。工者巧飾也百工皆稱工稱匠獨舉木工者其字从斤也以木工之偁引申爲凡工之偁也**从**

匸區匿㔷匽医匹匚匠

匧ㄑㄧㄝ 篋○ 匡ㄎㄨㄤ 筐○ 匜ㄧ

匧匡匜匴⿷匚贛匪⿷匚倉⿷匚攸⿷匚異匫匬匱匵

匚斤○會意疾亮切十部斤○逗所目作器也○說从斤之意

匧臧也○小徐本如是大徐無臧字木部臧下曰匧也是二篆為轉注臧字似衍玉篇作臧也乃篋之誤若文選應璩百一詩任昉奉和范僕射詩李注皆引說文篋笥也此則所據本不同自當以小徐本為善耳戰國策乃夜發書陳篋數十从匚夾聲○苦叶切八部

篋匧或从竹○按廣韵曰匧藏也篋箱篋也分一字為二而剩去臧字之所係也

匡飯器○句小徐有也字筥也○謂即筥也竹部曰筥𥫱也𥫱一曰飯器容五升𥫱有三義而筥匡取此一義耳匡不專於盛飯故詩采卷耳以頃匡求桑以懿匡匡之引申叚借為匡正小雅王于出征以匡王國傳曰匡正也蓋正其不正為匡凡小不平曰匡刺革其匡刺亦曰匡也詩有頃匡謂匡之半淺半深不平者故謂之頃所謂匡刺也匡刺見攷工記注从匚㞷聲○去王切十部

筐匡或从竹○今人亦分匡筐為二義

匜佀羹魁○斗部曰魁羹枓也枓勺也匜之狀似羹勺亦所以挹取也柄中有道可目注水酒○道者路也其器有勺可以盛水盛酒其柄空中可使勺中水酒自柄中流出注於盥槃及飲器也左傳奉匜沃盥杜曰匜沃盥器也此注水之匜也內則敦牟卮匜非餕莫敢用鄭曰卮匜酒漿器此注酒之匜也今大徐本無酒字小徐有之韵會剩酒而以盥器二字冠於佀羹魁之上妄甚若左傳釋文引說文無酒字因經注但言盥耳从匚此器蓋亦正方也聲○此形聲中有會意从也者取其流也移尒切按篇韵平聲古音十六十七部皆可讀

十二篇下 兕

匴ㄙㄨㄢˇ ⿷匚贛ㄍㄨㄥˋ

匴淥米籔也○淥者浚也浚者抒也抒者挹也籔者籅也籅者漉米籔也然則匴與籅二字一物也謂淅米則移於此器內浚乾之而待炊所謂漉淅也士冠禮爵弁皮弁緇布冠各一匴注匴竹器名今之冠箱也古文匴為纂按淥米之籔籅非可盛冠此必異物同名或別有正字俟考从匚算聲○蘇管切十四部

⿷匚贛小桮也○木部曰桮⿷匚贛也二篆為轉注而桮下見渾言之⿷匚贛此見析言之義兩處互相足而後義全此許立文之例也⿷匚贛下亦可云桮也桮下亦可云大⿷匚贛也是互相足之謂也門部云大桮為閜故小桮為⿷匚贛矣方言曰盃椷盞温閜⿷匚贛桮也自關而東趙魏之閒曰椷或曰盞或曰温按椷蓋即許之⿷匚贛音同字異許則椷訓匧各有本義也从匚贛聲○古送切按廣韵又音感正音也八部郭注方言椷讀如封緘略有輕重耳

⿰木贛○ 匪ㄈㄟˇ

⿰木贛⿷匚贛或从木○

匪器佀竹匧○小徐秪云如篋小雅承筐是將傳曰筐篚屬所以行幣帛也按此筐與飯器之筐異名同實故毛訓之曰匪屬也小雅言匡禹貢禮記言匪應劭漢書注曰漢書作棐應劭曰棐竹器也方曰箱隋曰棐隋者方而長也他果反古盛幣帛必以匪匪篚古今字有借匪為斐者如詩有匪君子是也有借為分者周禮匪肦鄭司農云匪分也是也有借為非者如詩我心匪鑒我心匪石是也有借為彼者如左傳引詩如匪行邁謀杜曰匪彼也荀子引匪交匪舒即詩彼交匪紓是也从匚非聲○非尾切十五部按竹部曰篚車笭也非匪之異體故不錄於此逸周書曰○實元黃于匪○按此句今惟見孟子滕文公篇引書其上文云綏厥士女篚厥元黃昭我周王見休惟臣附于大邑周似必為周書趙氏亦云從有攸以下道武王伐紂時皆尚書逸篇之文也

十二篇下 平

⿷匚倉ㄘㄤ ⿷匚攸ㄊㄧㄠˊ ⿷匚異ㄧˋ 匫ㄏㄨ 匬ㄊㄡˊ 匱ㄎㄨㄟˋ 、 匵ㄉㄨˊ

⿷匚倉古器也○古器有名⿷匚倉者从匚倉聲○七岡切十部

⿷匚攸田器也○艸部曰莜耘田器也⿷匚攸與莜音義皆同蓋一物也从匚攸聲○徒聊切古音在三部

⿷匚異田器也○玉篇云大鼎也廣韵⿷匚異訓大鼎从匚異聲○與職切一部

匫古器也○畢尚書沅得曶鼎豈其器即匫與从匚曶聲○呼骨切十五部

匬甌匬器也○大徐無匬字非是甌者小盆也甌匬二字為名則非甌也玉篇云余主切器受十六斗按下篇𤮊謂即論語與之庾之庾苞注十六斗為庾也然禮經作十六斗為籔今文籔作逾从匚俞聲○度侯切四部廣韵無此字

匱匣也○匱之義引申為竭大雅孝子不匱永錫爾類傳曰匱竭也凡物淥藏之則有若無實若虛故匱之引申為竭為竭之竭水竭也乏反其正也从匚貴聲○求位切十五部俗作櫃史記石室金匱字作鐀

匵匱也○木部曰櫝匱也是則匵與櫝音義皆同實一物也論語曰韞匵而藏

匣ㄒㄧㄚ 匯ㄏㄨㄟ 匛ㄐㄧㄡ 柩。匶。 匰ㄉㄢ 曲ㄑㄩ

借又曰龜玉毀櫝中其實一字也引申之亦為小棺从匚賣聲。徒谷切三部

匣 匱也。廣韵曰箱匣也古亦借押為之押檻也从匚甲聲。按此不注古文甲字則从小篆甲也胡甲切八部

匯 器也。謂有器名匯也禹貢曰東匯澤為彭蠡又曰北會于匯舊說匯者回也此匯之別一義依許爾貢李之例此亦可稱禹貢而釋之曰匯回也今按匯之言圍也大澤外必有陂圍之如器之圍物古人說淮水曰淮圍也匯从淮則亦圍也尙書東匯澤為彭蠡謂東有圍受衆水之彭蠡非謂漢水回而成澤也東為北江謂漢水合江又東合彭蠡為北江也从匚淮聲。胡罪切十五部

匛 棺也。木部曰棺者關也所以掩屍此云棺也二篆義同曲禮曰在牀曰屍在棺曰柩是棺柩義別虛者為棺實者為柩析言之也柩或可以評棺棺不可以評柩是以許於柩曰棺也於棺下不云柩也以立文不得用考老之例也从匚久聲。各本有柩無匛今依玉篇補玉篇曰匛棺也亦作柩蓋希馮在梁時所據說文如是以後柩行匛廢遂變許書之舊而郭忠恕列匛為古文夏竦說匛為孫強集夏疑玉篇作匛不出於希馮而出於孫強也匛蓋古文而小篆仍之者檀弓曰有虞氏瓦棺夏后氏堲周殷人棺椁周人牆置翣瓦棺堲周皆以土不以木易曰後世聖人易之以棺椁後世聖人謂黃帝堯舜然則土棺始於黃帝堯舜仍之倉頡造字从匚从久白虎通云柩久也久不復變也造字之初斷不从木許言久聲者以形聲包會意也巨救切三部

柩 匛或从木。蓋殷人用木以後乃有此字

匶 籀文从舊。从舊猶从久也舊之言久也周禮用匶字

匰 宗廟盛主器也。周禮司巫祭祀共匰主杜子春云匰器名主木主也許云宗廟盛主器亦用杜說从匚單聲。都寒切十四部周禮曰。祭祀共匰主。匰主謂主之匰鄭曰大祝取主陳之器則退也

文十九　重五今增匛則重六

曲 象器曲受物之形也。匚象方器受物之形側視之凵象圓其中受物之形正視之引申之為凡委曲之稱不直曰曲詩曰予髮曲局又曰亂我心曲箋云心曲心之委曲也又樂章為曲謂音宛曲而成章也周語曰士獻詩瞽獻曲韋云曲樂曲也毛詩傳曰曲合樂曰歌徒歌曰謠韓詩曰有章曲曰歌無章曲曰謠按曲合樂者合於樂器也行葦傳曰歌者比於琴瑟也卽曲合樂曰歌也匪玉切三部凡曲之屬皆从曲。或說曲蠶薄也。曲見月令方言漢書周勃傳詳艸部薄下其物以萑葦為之七月傳曰豫畜萑葦可以為曲也其字俗作苖又作笛

𠃊 古文曲。小徐無

囯ㄑㄩ 骫曲也。骫者骨耑骫奊也曲當作凹今人用委曲字古用骫凹其字从骨从玉謂如骨玉之堅而柔之使橈也廣韵作匼匽也从凵玉聲。區玉切三部

𠚕ㄊㄠ 古器也。从曲𠙹聲。土刀切古音在三部

文三　重一小徐無重一

甾ㄗ 東楚名缶曰甾。太史公曰自彭城以東東海吳廣陵此東楚也缶下曰瓦器所以盛酒漿秦人鼓之以節歌象形然則缶既象形矣甾復象形實一物而語言不同且實一字而書法少異耳玉篇作甾近之若廣韵謂卽艸部之甾字風馬牛不相及也甾上从一雝川此象缶之頸少殺安得云同字今隸當作甾象形也。口大而頸少殺側詞切一部凡甾之屬皆从甾。

甾。古文甾。

疀ㄔㄚ 斛也。斛者斛旁有庛也甾之類故其字从甾古田器也。此上當有一曰二字斛下亦引爾雅斛謂之疀古田器也此別一義叚斛疀為銚臿也許書金部作銚臿乃其正字今之鍫也江沅說从甾疌聲。楚洽切八部

畚ㄅㄣ 蒲器也。𤬪屬所吕盛糧。糧各本作種今正周禮挈壺氏挈畚以令糧大鄭云縣畚於稟叚之處後鄭云畚所以盛糧之器故以畚表稟左傳宣二年正義引說文蒲器可以盛糧左傳釋文詩正義引艸器所以盛種種字蓋非稟為種字則當云穀種不得但言種也何休注公羊云畚草器杜注左傳以草索為之蒲與艸不相妨糧者穀也从甾弁聲。布忖切古音在十四部

𤬪ㄆㄥ 㡉也。蒲席

匣匯匛匰曲囯𠚕甾疀畚𤬪

盧ㄌㄨˊ　鑪。　罏。

岍也幡下曰載米岍也岍下曰㡛也所以盛米然則四篆一物也 **从甶井聲** 薄經切十一部 **杜林㠯爲竹筥** 筥箱也箱飯器 **楊雄㠯爲蒲器** 杜有倉頡訓纂一篇倉頡故一篇揚有倉頡訓纂一篇其說不同如此此與𤮒二篆皆䌛引揚杜二家說 **讀若軿車**

盧 畚也 畚者小口𤮒也 **从甶虍聲讀若盧同** 洛乎切五部 **籀文盧如此** 甾由一也 **𥃲篆文** 按𥃲與盧二體必當互易淺人所改也盧必古文故盧以爲聲且二字皆从由無庸用先古後籀。篆之例故二體當互易而盧下應曰古文

文五　重三

瓦ㄨㄚˇ

瓦 土器已燒之總名 土部坏下曰一曰瓦未燒瓦謂已燒者也凡土器未燒之素皆謂之坏已燒皆謂之瓦毛詩斯干傳曰瓦紡專也此瓦中之一也古史攷曰夏時昆吾氏作瓦按有虞氏上陶瓦之不起於夏時可知也許書缶部曰古者昆吾作匋壺系之昆吾圜器韋昭云昆吾祝融之孫陸終第二子名樊爲己姓封於昆吾衛是也然則昆吾作匋謂始封之昆吾非夏桀之昆吾也廣韵引周書神農作瓦器當得其實說詳缶部凡燒瓦器之竈曰窯 **象形也** 象卷曲之狀五寡切古音在十七部讀如阿 **凡瓦之屬皆从瓦**

瓬ㄈㄤˇ

瓬 周家摶埴之工也 摶作搏者誤今正考工記曰摶埴之工陶旊鄭曰摶之言拍也埴黏土也按手部摶索持也拍拊也是摶之本義不訓拍故鄭以之言通之 **从瓦方聲** 分兩切十部 **讀若抵破之抵** 抵不成字轉寫譌舛考工記注大鄭讀爲甫始之甫後鄭讀如放於此乎之放許云方聲則讀同後鄭放於此乎今公羊放作昉

甄ㄓㄣ

甄 匋也 匋者作瓦器也董仲舒曰如泥之在鈞惟甄者之所爲陳留風俗傳曰舜陶甄河濱其引申之義爲察也勉也考工記叚借爲震捽字 **从瓦垔聲** 居延切按本音側鄰切十二十三部合轉乃入仙韵非二韵有異義

甍ㄇㄥˊ

甍 屋棟也 棟者極也屋之高處也方言瓴謂之甑廣雅作甍謂之甑徐夢一聲之轉之蒸合韵之理棟自屋中言之故从木甍自屋表言之故从瓦爾雅方言謂之甑者屋極爲分水之脊雨水各從高處而下也釋名曰甍蒙也在上覆蒙屋也左傳子之按桷動於甍未詳其說 **从瓦夢省聲** 莫耕切古音在六部按惟此篆主謂屋瓦故先之

甑ㄗㄥˋ

甑 甗也 考工記陶人爲甑實二鬴厚半寸脣寸七穿按甑所以炊烝米爲飯者其底七穿故必以箅蔽甑底而加米於上而餴之而餾之 **从瓦曾聲** 子孕切六部 **籀文甑从𩰲**

甗ㄧㄢˇ

甗 甑也一穿 各本作一曰穿也小徐本在鬳聲之下今正按甑空名窐見穴部不得云又名甗也陶人爲甗實二鬴厚半寸脣寸鄭司農云甗無底甑無底卽所謂一穿葢甑七穿而小甗一穿而大一穿而大則無底矣甑下曰甗也渾言之此曰甑也一穿析言之渾言見甗亦評甑一析言見甑非止一穿參差互見使文義相足此許訓詁之一例也或曰當依小徐鬳聲之下作一曰甑一穿也六字山之似甗者曰甗詩陟則在甗傳曰甗小山別於大山也釋名曰甗甑也甑一孔者甗形孤出處似之也按此謂似甑體而已爾部曰重甗大上小下若甑曰鬵然則甑形大上小下山名甗者亦爾俗作𪔰非爾雅小山別大山曰鮮詩皇矣同字作鮮者甗之叚借文選吳都賦作巘李注古買反此因爾雅鮮或作巘又譌作巘也 **从瓦鬳聲讀若言** 魚蹇切十四部

瓵ㄧˊ

瓵 甌瓿謂之瓵 爾雅釋器文史記貨殖傳蘖麴鹽豉千合徐廣曰或作台器名有瓵孫叔然云瓵瓦器受斗六升台當爲瓵音貽按今史記譌舛爲正之如此所引孫叔然者爾雅注也 **从瓦台聲** 與之切一部

瓽ㄉㄤˋ

瓽 大盆也 盆者盎也瓽其大者也漢書揚雄酒箴冋爲瓽所轠 **从瓦尙聲** 丁浪切十部

甌ㄡ

甌 小盆也 方言罃甀謂之盎自關而西或謂之盆或謂之㼜其小者謂之升甌又曰甂陳魏宋楚之閒謂之題自關而西謂之甂其大者謂之甌按許亦同方言謂甌爲盆而郭景純疑方言與爾雅說甒不合 **从瓦區聲** 烏侯切四部

瓮ㄨㄥˋ

瓮 罌也 罌者缶也缶者小口罌也然則瓮者罌之大口者也方言曰甀瓮瓿甊也自關而西晉之舊

十二篇下

瓨ㄍㄤ　㼝ㄨㄢˇ　瓴ㄌㄧㄥˊ　㼰ㄆㄧˊ　甂ㄆㄧㄢ　瓿ㄆㄡˇ　㼦ㄖㄨㄥˊ　甓ㄆㄧˋ　甃ㄓㄡˋ　甈ㄋㄧㄝˋ　𤮊。

都河汾之閒其大者謂之甀其中者謂之瓿甊自關而東趙魏之郊謂之瓮或謂之甖甇卽罌字 从瓦公聲。烏貢切九部按小徐瓨下讀若翁三字當在此

瓨 佀罌長頸。受十升。史漢貨殖傳皆曰醯醬千瓨按醯醬者今之醋也別於下文之醬升當作斗漢書注古本有作斗者 从瓦工聲。讀若洪。小徐作翁古雙切九部按篇韵皆戶江切字亦作缸

㼝 小盂也。盂者飲器也方言曰盂宋楚魏之閒或謂之盌 从瓦夗聲。烏管切十四部方言作盌俗作椀

瓴 罋也。佀缾者。罋大徐作瓮蓋非高祖本紀曰譬猶居高屋建瓴水如淳曰瓴盛水瓶也居高屋之上而幡瓴水言其向之勢易也建音蹇晉灼曰許愼云瓴罋似瓶者也按缶部云罌汲缾也瓴同物而非罌瓮 从瓦令聲。郎丁切十一部

㼰 罌謂之㼰。方言廣雅罌皆作甇 从瓦卑聲。部迷切十六部

甂 佀小瓿。大口而卑。用食。方言甂陳魏宋楚之閒謂之題自關而西謂之甂淮南書曰狗彘不擇甂甌而食玉篇曰小盆大口而卑下 从瓦扁聲。芳連切古音在十二部

瓿 甂也。玉篇瓿甂小罌也廣韵同 从瓦音聲。蒲口切四部

㼦 器也。廣韵罌也 从瓦容聲。與封切九部

甓 令適也。大徐適作甓陳風中唐有甓傳曰甓令適也釋宮同郎丁都歷二反爾雅作瓴甋俗字也土部墼字解亦云令適考工記注作令甓實一物也詳墼字注 从瓦辟聲。扶歷切十六部 詩曰。中唐有甓。陳風防有鵲巢文 讀若樂。

甃 井壁也。井壁者謂用甎爲井垣也周易井九四曰井甃无咎又上六井收荀作井甃莊子曰跂甃之涯 从瓦秋聲。側救切三部

甈 康瓠。句按當有謂之瓠三字 破罌也。康之言空也瓠之言壺也空壺謂破罌也罌已破矣無所用之空之而已釋器曰康瓠謂之甈甈之言滯而無用也法言曰甄陶天下者其在和乎剛則甈柔則坏此引申之義也 从瓦臬聲。魚列切十五部廣韵五計切玉篇邸滯切

𤮊 甈或从埶。埶聲古與臬聲同是以臬多叚埶爲之

𤮹ㄔㄤ　𤬮ㄌㄧㄝˋ　𤭓ㄏㄢˊ　𤭢ㄙㄨㄟˋ　瓪ㄅㄢˇ　弓ㄍㄨㄥ　弴ㄉㄨㄣ

𤮹 瑳垢瓦石也。瑳俗作磋今依宋本作瑳亦叚借字耳其字當用厝厝厲石也詩曰它山之石可以爲厝用瓦石去垢曰𤮹方言注曰磢錯也淡與磢同海賦曰飛澇相磢江賦曰奔溜之所磢錯磢卽𤮹 从瓦爽聲。初兩切十部

𤬮 蹈瓦聲。甄甄也。大徐無甄甄也三字小徐作蹈瓦甄也元應作蹈瓦聲躡躡也今按躡躡當作甄甄通俗文瓦砂聲曰甄玉篇甄甄躡瓦聲 从瓦耎聲。零帖切廣韵又良涉切八部按古音當在十四部

𤭓 治橐榦也。冶各本作治今正冶橐謂排橐排讀普拜切其字或作鞴或作韛冶者以韋囊鼓火老子之所謂橐也其所執之柄曰𤭓榦猶柄也𤭓或譌作瓴而廣韵以排囊柄釋之玉篇以似瓶有耳釋𤭓引許者治皆譌治而其義湛韡終古矣排囊之柄古用瓦爲之故字从瓦後乃以木爲之故集韵作㮯从木 从瓦今聲。胡男切古音在七部他書譌作瓴

𤭢 破也。破上當有瓦字从破下曰石瓶也此曰瓦破也是二篆爲轉注而形各有所从瓶與碎音同義與碎者䃺也瓶則破而已不必䃺也今則碎行而瓶廢矣 从瓦卒聲。穌對切十五部

瓪 敗瓦也。依小徐有瓦字今俗所謂瓦瓪是此字也今人語如瓣之平聲耳玉篇廣韵皆曰瓪牝瓦也此今義非許義广部曰庋屋牝瓦也牡瓦牝瓦見九章算經及漢書說詳庋下 从瓦反聲。布綰切十四部

文二十五　重二

弓 窮也。補此二字以疊韵爲訓之例也 以近窮遠者。者字今補 象形。居戎切古音在六部讀如肱 古者揮作弓。郭景純引世本曰牟夷作矢揮作弓此等皆當出世本作篇揮黄帝臣 周禮六弓。王弓弧弓以射甲革甚質。夾弓庾弓以射干侯鳥獸。唐弓大弓以授學射者。夏官司弓矢文也說詳鄭注甚質今作椹質按故書作椹大鄭云椹當爲椹許書無椹字蓋許從鄭鄭本作甚也丅今作斮 凡弓之屬皆从弓。

弴

瓨甇瓴瓶甂瓿㼦甓甃甈𤮊𤮹𤬮𤭓𤭢瓪弓弴

弭弲弧弨⿰弓雚彄⿰弓繇張彏弸彊彎引

弭

畫弓也。大雅敦弓旣堅傳曰敦弓畫弓也天子畫弓按荀卿子天子彫弓諸侯彤弓大夫黑弓禮也公羊傳何注曰禮天子雕弓諸侯彤弓大夫嬰弓士盧弓盧弓郎弦弓黑弓也嬰弓陸德明云見司馬法按嬰卽江賦之嬰字蓋朱黑相閒而嬰繞也彤弓毛傳曰朱弓也以講德習射彫弓者蓋五采畫之凡經傳言彫有謂刻鏤者如玉謂之彫金謂之鏤禮記玉豆彫篹論語朽木不可彫是也有謂繪畫者如此彫弓是也彡部曰彫琢文也古繪畫與刻畫無二字諸侯彤弓則天子當五采石鼓詩有秀弓秀卽繡五采備謂之繡或曰天子之弓但刻畫爲文也兩京賦彫弓斯彀薛云彫弓謂有刻畫也弴與彫語之轉敦弓者弴之叚借字詩禮又叚追爲之敦弴可讀如自不得竟讀彫也孟子作弤亦雙聲字从弓𦎫聲。都昆切十三部

弭　弓無緣可以解轡紛者。釋器曰弓有緣者謂之弓無緣者謂之弭孫云緣謂縈束而漆之弭謂不以縈束骨飾兩頭者也小雅象弭魚服傳曰象弭弓反末也所以解紛者箋云弓反末彆者以象骨爲之以助御者解轡紛宜骨也按紛猶亂今詩作紒亦通紒者今之結字許合爾雅毛詩爲說也弭可以解紛故引申之訓止凡云弭兵弭亂者是也从弓耳聲。緜婢切按古音當在一部而入紙韵在十六部者以或从兒聲也

⿰弓兒　弭或从兒。兒聲也猊蓋此篆之正體故亦作彌爾兒聲同故周禮彌災兵漢書彌亂亦猊字也弭節亦作靡節郊特牲有由辟焉辟亦弭字

弲

弲　角弓也。角弓謂弓之傳角者也詩曰觲觲角弓相角居角之法詳於弓人按今詩騂騂角弓釋文曰騂說文作弲音火全反此陸氏之偶誤蓋角部稱觲觲角弓陸當云說文作觲而誤云作弲也弲自謂角弓不謂弓謂利雒陽名弩曰弲。此弲之別一義从弓肙聲。烏玄切按陸云說文火全反十四部

弧

弧　木弓也。易曰弦木爲弧考工記凡爲弓冬析幹凡徐柘爲上檍次之檿桑次之橘次之木瓜次之荊次之竹爲下按木弓謂弓之不傳以角者也弓有專用木不傳角者後世聖人初造弓矢之遺法也引申之爲凡紆曲之稱斲人曰凡揉幹欲其孫而無弧深从弓瓜聲。戶吳切五部一曰往體寡來體多曰弧弓。弓字今補弓人曰往體寡來體多謂之王弓之屬利射革與質注云射深者用直此又直焉於射堅宜也王弓合九而成規弧弓亦然按王弓之屬者言王弓以包弧弓也弧者直而稍紆之謂弧弓亦天子之弓王弓亦直而稍紆則王弓弧弓得互稱也

弨

弨　弓反也。小雅彤弓弨兮傳曰弨弛兒按詩正義引說文有謂弛之而弓反六字蓋出庾儼默說弛者弓解也弓反者詩所云翩其反矣也弓反爲弨之本義弛之則亦反矣从弓召聲。尺招切二部詩曰彤弓弨兮。彤弓文

⿰弓雚

⿰弓雚　弓曲也。陸德明云說文音權然則與拳曲音義略同爾雅曰菼薍其萌虇陸云本或作⿰弓雚非⿰弓雚說文云弓曲也按偏旁多後人所加作虇者正是古本艸初生句曲也从弓雚聲。九院切十四部按古平聲

彄

彄　弓弩耑弦所凥也。耑者頭也兩頭隱弦處曰彄亦引申他用詩箋云韘所以彄沓手指从弓區聲。恪侯切四部

⿰弓繇

⿰弓繇　弓便利也。繇之言由也所謂自由自便也从弓繇聲。讀若燒。式招切二部

張

張　施弓弦也。施各本作施今正施敹也張弛本謂弓施弦解弦引申爲凡作輟之稱禮記曰張而不弛文武弗能也弛而不張文武弗爲也一張一弛文武之道也从弓長聲。陟良切十部

彏

彏　弓急張也。廣韵曰弓弦急皃从弓矍聲。許縛切五部廣韵又居縛切

弸

弸　弓彊兒。法言弸中彪外引申之義也从弓朋聲。父耕切古音在六部

彊

彊　弓有力也。引申爲凡有力之稱又叚爲勥迫之勥从弓畺聲。巨良切十部

彎

彎　持弓關矢也。凡兩相交曰關如以木橫持兩扉也矢栝檃於弦而鏑出弓背外是兩耑相交也孟子曰越人關弓而射之左傳將注豹則關矣皆謂引弓將滿是之謂彎或叚貫爲關从弓絲聲。烏關切十四部

引

引　開弓也。開下曰張也是門可曰張弓可曰開相爲轉注也施弦於弓曰張鉤弦使滿以竟矢之長亦曰張是謂之引凡延長之偁開導之偁皆引申於此小雅楚茨大雅召旻毛傳皆曰引長也从弓丨。此引而上行之丨也爲會

弙ㄨ　弘ㄏㄨㄥˊ　𢐀ㄒㄧˇ　弛ㄕˇ　㢮。　弢ㄊㄠ　弩ㄋㄨˇ　彀ㄍㄡˋ

意丨亦象矢形余忍切十二部

弙　滿弓有所鄉也。鄉今向字漢人無用向者廣雅曰弙張也大荒南經有人方扜弓射黃蛇郭曰扜挽也音紆按此叚扜爲弙也弙與彎雙聲　从弓亏聲。哀都切五部

弘　弓聲也。集韵曰弸弦弓聲也或作彋按弦彋皆卽此篆也甘泉賦曰帷弸彋其拂汨兮蘇林云弸音石墮井弸爾之弸彋音宏李善曰弸彋風吹帷帳之聲也是則弓聲之義引申爲他聲經傳多叚此篆爲宏大字宏者屋深故爾雅曰宏大也　从弓厶聲。厶古文厷字。見又部胡肱切六部

𢐀　弛弓也。弛弓者𢐀之義𢐀非弛字也玉篇以爲今之彌字廣韵以爲玉名皆非是　从弓璽聲。斯氏切十五十六部

弛　弓解弦也。弦字各本無今補引申爲凡懈廢之稱　从弓也聲。施氏切十六部

㢮　弛或从虒。虒聲亦在十六部

弢　弓衣也。左傳多言弢詩言韔秦風傳曰韔弓室也鄭風作鬯傳曰鬯弓弢弓也然則弢與韔與韣同物故許皆以弓衣釋之月令曰帶以弓韣少儀曰弓則以左手屈韣執拊是又名韣而可屈則以韋爲之也革部又曰韇所以盛弓矢方言曰弓謂之韇或謂之韥丸廣雅韇弓藏也韥䩮矢藏也合三書言之韇韥丸乃藏弓矢所通稱也　从弓叏。叏當作叉土刀切二部　叏垂飾與鼓同意。叏當作屮月部肯下曰出其飾也厂部屵下曰岸上見也㞋下曰陳䡛立而上見也屵以屮象其冠㞋以屮象其首然則叏蓋从屮者皆象其飾叏从从又則謂手擊之叏从又則謂手執之也此云與鼓同意乃使二篆之意可以互證

弩　弓有臂者。从弓奴聲。奴古切五部　周禮四弩。夾弩。庾弩。唐弩。大弩。司弓矢文也弩統於弓故官但言弓

彀　張弩也。射雉賦注引作張弓弩也詩釋文正義作張弓皆非孟子趙注亦但云張弩盖本謂弩引申移之弓耳射雉賦捧黃間以密彀亦謂弩也孟子曰羿之教人射必志於彀學者亦必志於彀趙云彀張也張弩向的者用思專時也又曰羿不爲拙射變其彀率趙云彀率張向表率之正體望之極思用巧之時不可變也按趙注本謂用巧如朱注云弓滿也剌專謂用力而非必中矣大雅敦弓旣句句讀倨句之句毛傳曰天子之弓合九而成規是此弓倨多句少言句以見其倨也不得云句卽彀　从弓𣪊聲。古侯切四部

彍ㄍㄨㄛˋ　彃ㄅㄧˋ　彈ㄉㄢˋ　弓。　發ㄈㄚ　𢏚ㄧˋ　彆ㄅㄧㄝˋ

彍　滿弩也。滿弩者張而滿之或作彉滿非也吾丘壽王傳曰十賊彍弩百吏不敢前師古云引滿曰彍晉語韋注云張羅斟去壘五十步而陳周軍之前後左右彍弩注矢以誰何謂之羅閣唐開元中繼府兵彍騎十萬人彍同彍　从弓黃聲。讀若郭。按陽唐無入以魚虞模之入爲入故彍讀若郭與韓詩鞹廓也同一例郭卽今廓字古無二音如轂下云萬物郭皮甲而出是也五部古音當讀古讀切在十部

彃　䠶也。䠶者弓弩發於身而中於遠也亦謂之彈　从弓畢聲。卑吉切十二部　楚辭曰。夫𢏚焉彃日也。屈原賦天問篇文今本無夫也二字𢏚作羿郭氏山海經傳云莊周云昔者十日並出艸木焦枯淮南子云堯乃令羿射十日中其九日日中烏盡死又引離騷羿焉彃日烏焉落羽又引歸藏鄭母經昔者羿善射畢十日果畢之按畢卽彃字

彈　行丸也。左傳晉靈公從臺上彈人而觀其辟丸也引申爲凡抨彈糾彈之偁　从弓單聲。徒案切十四部亦平聲

弓　或說彈从弓持丸如此。各本篆形作弴今正汗簡云弓彈字也出說文又佩觿集韵皆有弓字蓋古本說文从弓而象丸形與玉部杇玉字同意

發　䠶發也。詩曰壹發五豝引申爲凡作起之偁　从弓發聲。方伐切十五部

𢏚　帝嚳䠶官。夏少康滅之。云夏少康滅之則邑部窮下云夏后時諸侯夷羿國也羽部羿下云亦古諸侯也皆卽此𢏚帝嚳射官爲諸侯自鉏遷於窮石所謂有窮后羿也滅夏后相而篡其位寒浞殺而代之浞生澆及豷少康及后杼滅之有窮由是遂亡𢏚與羿古蓋同字而堯時射師彈十日者高誘云此堯時羿非有窮后羿　从弓开聲。五計切古音當在十一部　論語曰。𢏚善䠶。憲問篇文按今論語作羿羿之譌也

彆　弓戾也。从弓敝聲。方結反亦方血反又邊之入聲按此依詩采薇釋文正義所引說文補弓戾者謂弓很戾不調鄭箋詩象弭云弓反

弙弘𢐀弛弢弩彀彍彃彈發𢏚彆

弜ㄐㄧㄤˋ　弼ㄅㄧˋ　弻。　𢐂。𢐄。　弦ㄒㄧㄢˊ　盭ㄌㄧˋ

末彎者以象背偽之意與小異

文二十七今補彎　重三

彊也。重也。重當作緟見糸部重弓者彊之意也緟疊之意也詩交韔二弓傳曰交二弓於韔中也从二弓。其兩切按此音後人以意爲之也凡弜之屬皆从弜。闕。謂其讀若不聞也

輔也。輔者車之輔也引申爲凡左右之偁釋詁曰弼俌也人部曰俌輔也俌輔音義皆同也詩曰交韔二弓竹閉緄縢傳云交韔交二弓於韔中也閉紲緄繩縢約也小雅騂騂角弓翩其反矣傳曰騂騂調利兒不善紲檠巧用則翩然而反也士喪禮注曰柲弓檠弛則縛之於弓裹備損傷以竹爲之詩所謂竹柲緄縢木部曰榜所以輔弓弩檠榜也檠則曰檠曰榜曰柲曰閉者竹木爲之曰紲曰縢者縛之於弛弓以定其體也弓必有輔而後正人亦然故輔謂之弼从弜西聲。徐鍇曰西非聲按非也西下曰一讀若誓弼字从此誓與弼同十五部也房密切玉篇曰今字作弻

古文弼如此。从重西者取會意西舌兒也弛弓之檠如卩中之舌二弓則二舌矣重西以見二弓也

亦古文弼。攴小擊也榜之則不無扑擊

弼或如此。弗者矯也故从弗弗亦聲

文二　重三

弓弦也。弓弦以絲爲之張於弓因之張於琴瑟者亦曰弦俗別作絃非也弦有急意故董安于性緩佩弦以自急心部曰㤀急也从弓。象絲軫之形。謂㐆也象古文絲而系於軫軫者系弦之處後人謂琴系弦者曰軫胡田切十二部今字作弦。按軫當作袗从車者譌也袗者轉也方言軫戾也軫乃袗之叚借字絲袗言弦戾也凡弦之屬皆从弦。

弼戾也。按此乖戾正字今則戾行而盭廢矣戾訓犬出戶下而身曲戾其意略近故以戾釋盭史記漢書多用盭字从弦省从盩。此會意字

玅ㄇㄧㄠˋ　𢑥ㄧˋ　系ㄒㄧˋ　𦃃。𦅧。孫ㄙㄨㄣ

盭了戾之也。大徐刪此五字小徐盭作盭了作引今正了戾雙聲字淮南原道訓注曰抮了戾也方言袗戾也注謂相了戾也王砅注素問段成式酉陽雜俎皆用了戾也許意山曲曰盭水曲曰厔扶風有盭厔縣取此義是盭有詘曲之意故此篆从盩非用引擊之意也今淮南注了戾道藏不誤而俗刻作引戾正與此誤同讀若戾。郎計切十五部

急戾也。陸機賦弦幺徽急疑當作弦紗从弦省少聲。於霄切二部按類篇曰弶笑切精微也則爲今之妙字妙或作紗是也

不成遂急戾也。不成遂者不成就也因之急戾是曰𢑥从弦省曷聲。讀若瘞。於罽切十五部廣韵作𢑥非

文四　玉篇以弦字入弓部盭紗𢑥皆入幺小之幺部非許君分別立弦部之意也弦善戾故从弦無取幺小之義

縣也。縣各本作繫非其義今正縣部曰縣者系也引申爲凡總持之偁故系與縣二篆爲轉注系者垂統於上而承於下也系與係可通用然經傳係多謂束縛故係下曰絜束也其義不同系之義引申爲世系周禮瞽矇世帝繫小史奠繫世皆謂帝繫世本之屬其字借繫爲之當作系大傳繫之以姓而弗別亦系之叚借从糸糸細絲也縣物者不必纍也丿聲。丿余制切抴也厂字从之系字亦从之形聲中有會意也胡計切十六部凡系之屬皆从系。

系或从毄處。从處而毄聲也毄亦在十六部故古係繫字亦多以毄爲之

籀文系从爪絲。此會意也覆手曰爪絲縣於掌中而下垂是系之意也

子之子曰孫。爾雅釋親文也子卑於父孫更卑焉故引申之義爲孫順爲孫遁字本皆作孫經傳中作遜者皆非古也至部臸下解曰从至至而復孫孫遁也字作孫不作遜此許書無遜之證春秋經夫人孫于齊公孫于齊公羊傳曰孫猶孫也內諱奔謂之孫穀梁傳曰孫之爲言猶孫也諱奔也云猶孫者謂如孫之退然自處於卑小詩公孫碩膚箋云孫讀當如公孫于齊之孫孫之言孫遁也周公孫遁辟此成功之大美書

縣ㄇㄢ　繇ㄧㄡ　由。

序帝堯將孫于位亦謂遜遁此等字今皆俗改爲遜絕非古字古義惟孫順字唐書作愻見心部而俗亦以遜爲之

从系子。系於子也會意思魂切十三部 系。遲 續也。釋孫从系之意系部曰繼者續也系猶繼也

縣聯微也。聯者連也微者眇也其相連者甚微眇是曰緜引申爲凡聯屬之偁大雅緜緜瓜瓞傳曰緜緜不絕皃又引申爲絲絮之偁因其猥弱而名之如糸部絮下云敝緜也鄭注禮記云纊新緜也是也又引申爲薄弱之偁如淮南王安諫伐閩粵曰粵人緜力薄材不能陸戰是也 从系帛。謂帛之所系也系取細絲而積細絲可以成帛是君子積小以高大之義也武延切十四部

繇隨從也。辵部曰從隨行也隨從也繇與隨從三篆爲轉注从系者謂引之而往也爾雅釋故曰繇道也詩書繇作猷叚借字小雅匪大猶是經大雅遠猶辰告傳皆曰猶道也書大誥猷爾多邦猷亦道也道路及導引古同作道皆隨從之義也繇之譌體作繇亦用爲繇役字係役者隨從而爲之者也 从系有所系而隨從之也 䍃聲。余招切按此音非也當以周切三部

由或繇字。古繇由通用一字也各本無此篆全書由聲之字皆無根柢今補按詩書論語及他經傳皆用此字其象形會意今不可知或當从田有路可入也韓詩橫由其畝傳曰東西曰橫南北曰由毛詩由作從

文四　重二 今補由則重三

三十六部　文七百八十一 宋本作七百七十九文　重八十 宋本作重八十四　凡九千二百三字 此總舉第十二篇部及文及重文及說解字四者之都數也

說文解字第十二篇下　受業黟縣胡積城校字

縣 繇

說文解字第十三篇上

金壇段玉裁注

糸ㄇㄧˋ　𢆯。繭ㄐㄧㄢˇ　絸。繅ㄙㄠ　繹ㄧˋ　緒ㄒㄩˋ　緬ㄇㄧㄢˇ　純ㄔㄨㄣˊ　綃ㄒㄧㄠ

糸　細絲也○絲者蠶所吐也細者微也細絲曰糸糸之言蔑也蔑之言無也**象束絲之形○**此謂古文也古文見下小篆作糸則有增益**凡糸之屬皆从糸讀若覛○**莫狄切十六部

𢆯　古文糸○

繭　蠶衣也○衣者依也蠶所依曰蠶衣蠶不自有其衣而以其衣衣天下此聖人之所取法也**从糸从虫从芇○**芇聲各本作黹省不得爲繭會意韵會萬省聲萬上从二十幷亦芇也五經文字曰从虫从芇芇音綿許書廾部有芇字相當也讀若宀張參所據本是矣今據正虫者蠶也芇者僅足蔽其身也工珍反十四部

絸　古文繭从糸見○見聲也

繅　繹繭爲絲也○从糸巢聲○穌遭切二部俗作繰乃帛如紺色之字

繹　抽絲也○抽者引也引申爲凡駱驛溫尋之稱驛傳曰繹繹善走也**从糸睪聲○**羊益切古音在五部

緒　絲耑也○耑者艸木初生之題也因爲凡首之稱抽絲者得緒而可引引申之凡事皆有緒可纘**从糸者聲○**徐呂切五部

緬　𢼸絲也○𢼸各本作微今正緬之引申爲凡縣邈之稱穀梁莊三年傳曰改葬之禮緦舉下緬也**从糸面聲○**弭沇切十四部

純　絲也○論語麻冕禮也今也純孔安國曰純絲也此純之本義也故其字从糸按純與醇音同醇者不澆酒也叚純爲醇字故班固曰不變曰醇不襍曰粹崔覲說易曰不襍曰純不變曰粹其意一也美絲美酒其不襍同也不襍則壹壹則大故釋詁毛傳鄭箋皆曰純大也文王純亦不已即周易之純粹也詩之純束讀如屯國語之稛左傳之縻皆其字也禮之純釋爲緣實即緣之音近叚借也**从糸屯聲○**常倫切十三部**論語曰○今也純儉○**子罕篇文

綃　生絲也○韵會作生絲繒也今按言綃名則非其交依鄭君則實繒名當云生絲也一曰繒名生絲未湅之絲也已湅之繒曰練未湅之絲曰綃以生絲之繒爲衣則曰綃衣古經多作宵作繡特牲禮主婦纚笄宵衣注曰宵衣染之以黑其繒本名曰綃詩有素衣朱綃記有冠綃衣凡婦人助祭者同服也少牢禮注曰大夫妻尊亦衣綃衣而侈其袂玉藻曰君子狐青裘豹褎冠綃衣以裼之注曰綃綺屬也郊特牲繡黼丹朱中衣注曰繡讀爲綃綃繒名也引詩素衣朱綃合此數條知宵繡皆叚借字以此生絲織繒曰綃仍從絲得名也故或云繒名或云綺屬綺即文繒也**从糸肖聲○**相幺切二部

䋈ㄎㄞ　絖ㄏㄨㄤ　紇ㄏㄜˊ　紙ㄉㄧ　絓ㄍㄨㄚˋ　纅ㄩㄝˋ　繀ㄙㄨㄟˋ　經ㄐㄧㄥ

䋈　大絲也○从糸皆聲○口皆切十五部

絖　絲曼延也○曼延疊韵字曼引也延行也絖之言网也巾部有幌幌氏湅絲幌絖古葢一字**从糸巟聲○**呼光切十部按當讀如荒

紇　絲下也○謂絲之下者也**从糸气聲○**下沒切十五部**春秋傳有臧孫紇○**

紙　絲滓也○滓者澱也因以爲凡物渣滓之稱**从糸氏聲○**都兮切十五部按此篆與紙別紙氏聲在十六部

絓　繭滓絓頭也○謂繅時繭絲成結有所絓礙工女蠶功畢後別理之爲用也引申爲挂礙之稱按集韵類篇皆作繭滓也一曰絓頭此古本也一曰絓頭者一名絓頭也**从糸圭聲○**胡卦切十六部**一曰以囊絮湅也○**別一義謂以囊盛絲絮其中於水湅之也湅各本作練今正湅絮莊子所謂洴澼絖史記所謂漂攷工記注所謂湖漂絮水部澈下云於水中擊絮是也

纅　絲色也○謂絲之色光采灼然也考工記曰絲欲沈注云如在水中時色今人謂之漂亮**从糸樂聲○**以灼切二部

繀　著絲於筟車也○竹部曰筟筳也筳繀絲筦也筟車亦曰繀車方言曰繀車趙魏之閒謂之轣轆東齊海岱之閒謂之道軌箸絲於筳謂之繀**从糸崔聲○**穌對切十五部

經　織從絲也○從絲二字依太平御覽卷八百二十六補古謂橫直爲衡從毛詩云衡從其畝是也字本不作縱後人妄以代之分別其音有蒸容足容之不同韓詩作橫由其畝其說曰東西耕曰橫南北耕曰由由即從也何必讀如縱乎織之從絲謂之經必先有經而後有緯是故三綱五常六藝謂之天地之常經大戴禮曰南北曰經東西曰緯抑許云

織 𢇍。 紝 絍。 綜 綹 緯 緷

殺縱也縱經也縱死何言經死也謂以繩直縣而死從絲之義之引申也平者立者皆得謂之從按獨言從絲者蒙上文繫言帛以謂布之有從縷同也 **从糸巠聲**。九丁切十一部

織 作布帛之總名也。布者麻縷所成帛者絲所成作之皆謂之織許此部別布於絲自織篆至紝篆二十六字皆言布也而有不可分者如織篆是也經與緯相成曰織古叚爲識字如詩之織文徽識也 **从糸戠聲**。之弋切一部

𢇍 樂浪挈令織。从糸从式。樂浪漢幽州郡名也挈令者漢張湯傳有廷尉挈令韋昭曰在板挈也後書應劭傳作廷尉板令史記又作絜令漢燕王旦傳又有光祿挈令挈當作栔栔刻也樂浪郡栔於板之令也其織字如此錄之者則字合於六書之法則無不可用也如錄漢令之鬲作䍙

紝 機縷也。鬻曰絲麻曰縷縷者機也機者縷也喪服言縷若千升孟子以麻縷絲絮並言皆謂麻也然亦有麻絲並言縷者機縷是也機縷今之機頭內則曰執麻枲治絲繭織紝組紃紝合麻枲絲繭言之左傳魯賂楚以執斲執鍼織紝皆百人杜曰織紝織繒布者 **从糸壬聲**。如甚切七部按此字經典及玉篇廣韵皆平聲唐韵有上聲一切耶抑二徐誤耳

絍 紝或从任。

綜 機縷也。此亦兼布帛言之也元應書引說文機縷也謂機縷持絲交者也下八字蓋庾儼默注又引三倉綜理經也謂機縷持絲交者也屈繩制經令得開合也按今俗謂之綜引申之義爲兼綜爲錯綜太元經曰乃綜于名 **从糸宗聲**。子宋切九部

綹 緯十縷爲綹。此亦兼布帛言之也故篇韵曰緯十絲曰綹文互相足也許言縷不言絲者言縷可以包絲言絲不可以包縷也 **从糸咎聲。讀若柳**。力九切三部

緯 織衡絲也。衡各本作橫今正凡漢人用字皆作從衡許曰橫闌足也不對植者言也云織衡絲者對上文織從絲爲言故言絲以見縷經在軸緯在杼木部曰杼機之持緯者也引申爲凡交會之稱漢人左右六經之書謂之秘緯 **从糸韋聲**。云貴切十五部

緷 緯也。此亦兼布帛言之也緯亦稱緷者語之轉也微文二部每互轉爾雅百羽謂之緷古本反按此緷字正許書褰字之假借玉篇云緷大束也是也 **从糸軍聲**。王問切十三部

繢 統 紀 繈 纇

繢 織餘也。此亦兼布帛言之也上文機縷爲機頭此織餘爲機尾繢之言遺也故訓爲織餘織餘今亦呼爲機頭可用系物及飾物急就篇繢總爲一類是也顏王注未諦今則此義矣 **一曰畫也**。四字依韵會補今所傳小徐繫傳本此卷全闕黃氏作韵會時所見尚完知小徐本有此四字也畫者介也今謂之畫繢畫雙聲考工記曰設色之工畫繢鍾筐㡛又曰畫繢之事襍五采皆謂謨曰月星辰山龍華蟲作繪鄭注曰繪讀曰繢讀曰猶讀爲易其字也以爲訓畫之字當作繢也繪訓五采繡故必易繪爲繢鄭司農注周禮引論語繢事後素 **从糸貴聲**。胡對切十五部

統 紀也。淮南泰族訓曰繭之性爲絲然非得女工煮以熱湯而抽其統紀則不能成絲按此其本義也引申爲凡綱紀之稱周易乃統天鄭注云統本也公羊傳大一統也何注統始也 **从糸充聲**。他綜切九部玉篇一音桶

紀 別絲也。別絲各本作絲別棫樸正義引紀別絲也又云紀者別理絲縷今依以正別絲者一絲必有其首別之是爲紀衆絲皆得其首是爲統統與紀義互相足也故許不析言之禮器曰衆之紀也紀散而衆亂注曰紀者絲縷之數有紀也此紀之本義也引申之爲凡經理之稱詩綱紀四方箋云以罔罟喻爲政張之爲綱理之爲紀洪範九疇四五紀斗牽牛爲星紀史記每帝爲本紀謂本其事而分別紀之也詩滔滔江漢南國之紀毛傳曰其神足以綱紀一方箋云南國之大川紀理衆水使不壅滯 **从糸己聲**。居擬切一部

繈 觕纇也。觕見角部各本作觕非也今正觕訓角長引申爲凡粗長之稱絲節粗長謂之繈孟康曰繈錢貫也其引申之義也又引申爲繈緥呂覽明理篇道多繈緥高注繈緥小兒被也繈格上繩也又直諫篇繈緥注繈褓格繩緥小兒褓也褓卽縷格卽絡織縷爲絡以負之於背其繩謂之繈高說取分則博物志云織縷爲之廣八寸長二尺乃謂其絡末及其繩也凡繩觕者謂之繈 **从糸強聲**。居兩切十部

纇 絲節也。節者竹約也引申爲凡約結之稱絲之約結不解者曰纇引申之凡人之愆尤皆曰

織紝綜綹緯緷繢統紀繈纇

纇。左傳忿纇無期是也。亦叚纇爲之。昭十六年傳曰刑之頗纇。服虔讀纇爲類。解云纇不平也。从糸頪聲。盧對切。十五部。

紿 絲勞卽紿。卽當爲則。古書卽則多互譌。絲勞敝則爲紿。紿之言怠也。如人之勞怠然。古多叚爲詒字。言部曰詒者相欺詒也。从糸台聲。徒亥切。一部。

納 絲溼納納也。納納溼意。劉向九歎衣納納而掩露。王逸注納納濡溼貌。漢[illegible]東傳阿邑人主。蘇林曰邑音人相悒納之悒。按悒納當作悒納。媕阿之狀。於濡溼義近也。古多叚納爲內字。內者入也。从糸內聲。奴荅切。古音亦在十五部。

紡 紡絲也。紡各本作網。不可通。唐本作拗。尤誤。今定爲紡紡絲也三字句。乃今人常語耳。凡不必以他字爲訓者其例如此。絲之紡猶布縷之績縷也。左傳莒婦人紡焉以度而去之。蓋緝布縷爲繩亦用紡名也。晉語執而紡於庭之槐。亦謂以紡縷繩縛之也。聘禮賓裼迎大夫賄用束紡。鄭曰紡紡絲爲之。今之縳也。縳見下文。白鮮支也。據此是紡絲專用作絹也。从糸方聲。妃兩切。十部。

絕 斷絲也。斷之則爲二。是曰絕。引申之凡橫越之曰絕。如絕河而渡是也。又絕則窮。故引申爲極。如言絕美絕妙是也。許書𠂤部云陘山絕坎也。是中斷之義也。水部曰滎絕小水也。是極至之義也。閻氏百詩乃以絕河釋滎。以釋禹貢。不知禹貢滎澤自古作从三火之熒。後人乃譌爲滎。从刀糸。斷絲以刀也。會意。卪聲。以上五字今定。情雪切。十五部。

𢇍 古文絕。象不連體絕二絲。象形也。

繼 續也。虞翻注易曰繼統也。从糸𢇍。各本篆文作繼。解作从糸𢇍。則不可通。今正。此會意字。从糸𢇍者。謂以糸聯其絕也。自傳寫譌亂。併篆體改之。因又刪𢇍篆矣。古詣切。十五部。

𢇍 繼或作𢇍。反𢇍爲𢇍。大徐無篆文。但有一曰反𢇍爲𢇍六字。不可了。小徐本云或作𢇍。反𢇍爲𢇍。今依以補一篆文。乃使文從字順矣。反之而成字者。如反已爲㠯。反人爲匕。反正爲乏是也。小徐本見韵會莊列皆云得水爲𢇍。此篆見古書者惟此。而非詩作𢇍。

續 連也。連者負車也。聯者連也。皆其義也。釋詁曰繼也。从糸賣聲。似足切。三部。

賡 古文續。从庚貝。咎繇謨乃賡載歌。釋文加孟皆行二反。賈氏昌朝云唐韵以爲說文誤。徐鉉曰今俗作古行切。按說文非誤也。許謂會意字。故从庚貝會意。庚貝者貝更迭相聯屬也。唐韵以下皆謂形聲字从貝庚聲。故當皆行反也。不知此字果从貝庚聲。許必入之貝部或庚部矣。其誤起於孔傳以續釋賡。故遂不用許說。抑知以今字釋古文。古人自有此例。卽如許云曷誰也。非以今字釋古文乎。毛詩西有長庚。傳曰庚續也。此正謂庚與賡同義。庚有續義。故古文續字取以會意也。仍會意爲形聲。其音亂有如此者。

纘 繼也。豳風載纘武功。傳曰纘繼也。中庸武王纘大王王季文王之緒。注曰纘繼也。或叚纂爲之。从糸贊聲。作管切。十四部。

紹 繼也。釋詁同。从糸召聲。市沼切。二部。一曰紹緊糾也。緊者纏絲急也。糾者三合繩也。

𦀡 古文紹从卩。今本譌。依玉篇廣韵衎飭故正。

繟 偏緩也。緩正作𦅾。繟也。毛詩檀車幝幝。毛曰幝幝敝皃。釋文云韓詩作繟繟。蓋物敝則緩。其義相通。从糸單聲。昌善切。十四部。

綎 緩也。綎之言挺也。挺有緩意。綎與綖義別。韵會誤合爲一字。从糸盈聲。讀與聽同。他丁切。十一部。

經 綎或从呈。

縱 緩也。一曰捨也。各本作舍也。由俗以舍捨通用也。今正。捨者釋也。从糸從聲。足用切。九部。後人以爲從衡字者非也。

紓 緩也。小雅彼交匪紓。傳曰紓緩也。左傳多用紓字。其義皆同。亦叚抒爲之。从糸予聲。傷魚切。五部。

繎 絲勞也。勞玉篇作縈。蓋玉篇爲是。與下文紆義近也。或曰縈篆何以不次此。曰後文緈縈等篆皆統於繩。繎紆則謂絲也。廣韵作絲勞皃。从糸然聲。如延切。十四部。

紆 詘也。詘者詰詘也。今人用屈曲字。古人用詰詘。亦單用詘字。易曰往者詘也。來者信也。詘謂之紆。考工記連行紆行。亦或叚抒爲之。左傳曰盡而不汙。从糸亏聲。億俱切。五部。一曰縈也。縈者環之相積。紆則曲之而己。故別爲一義。緈下云紆未縈繩可讀。

緈 直也。廣韵云緈婞。从糸幸聲。讀若陘。胡頂切。十一部。

纖

細ㄒㄧˋ 緢ㄇㄧㄠˊ 縒ㄘ 繙ㄈㄢ 縮ㄙㄨㄛ 紊ㄨㄣˋ 級ㄐㄧˊ

細也。細者𢼸也。魏風摻摻女手，韓詩作纖纖女手。毛傳曰：摻摻猶纖纖也。尚書厥篚玄纖縞，鄭注：纖，細也。漢文紀遺詔纖七日釋服，服虔注：纖，細布。凡細謂之纖，其字或作孅，漢食貨志如此。荀卿子孅驪，列子作盜驪，穆天子傳盜驪，郭注爲馬細頸。驪，黑色也。廣雅作駣驪。駣者駣駣脩長之謂。盜駣同聲，纖駣同義也。从糸韱聲。息廉切。七部。

細　𢼸也。𢼸者眇也。眇，今之妙字。从糸囟聲。穌計切。十五部。

緢　旄絲也。旄各本作旄，俗所改也。旄者，犛牛尾也。凡羽旄古當作羽旄。犛絲者，犛牛尾之絲至細者也，故次於纖細二篆。賈子容經：跘旋之容，旄如濯絲。旄同緢，言緢如濯絲也。从糸苗聲。武儦切。二部。周書曰：惟緢有稽。甫刑文。今本緢作貌，僞孔傳云惟察其貌。按許所據壁中文，蓋謂惟豪釐是審也。

縒　參縒也。參或曑字。此曰參縒，木部曰槮差，竹部曰篸差，又曰參差管樂，皆長短不齊皃也，皆雙聲字。集韵類篇皆引說文參縒也，謂絲亂皃。韵會於差字下引說文參差絲亂皃，蓋古本有此三字。从糸差聲。楚宜切。古音在十七部。

繙　繙冤也。三字句。各本無繙字，冤作冤，今補正。玉篇繙下曰冤也，集韵引說文同。蓋謂繙字爲複字而刪之，不知繙冤爲疊韵古語。集韵類篇皆曰繙縨亂也，是冤俗作縨也。巾部有幡帑二篆，亦是疊韵。小兒拭觚布也，此謂亂也。仍當補亂字。下文二篆皆訓亂。从糸番聲。附袁切。十四部。

縮　亂也。釋詁曰：縮，亂也。通俗文云：物不申曰縮。不申則亂，故曰亂也。不申者申之則直。禮記：古者冠縮縫。孟子：自反而縮。皆謂直也。亂者治之。詩曰：縮版以載。爾雅毛傳皆曰：繩之謂之縮之。治縮曰縮，猶治亂曰亂也。从糸宿聲。所六切。三部。一曰蹴也。蹴者，蹴也。蹴者，蹈也。蹈者，踐也。踐者，蹵也。凡足掌迫地不遽起曰蹵。足以蹵物謂之蹴。蹴而起之也。論語：足縮縮如有循。鄭注曰：舉前曳踵行也。曳踵行，不遽起，故曰縮縮。俗作蹜蹜，非。踵，足跟也。

紊　亂也。从糸文聲。亡運切。十三部。商書曰：有條而不紊。般庚上文。

級　絲次弟也。本訓絲之次弟，故其字从糸。引申爲凡次弟之偁。潛之次弟，曲禮云拾級聚足，連步以上是也。尊卑之次弟，賈生云等級分明而天子加焉，故其尊不可及是也。後漢書注：秦法斬首多者進爵一級，因謂斬首爲級。从糸及聲。居立切。七部。

總ㄗㄨㄥˇ 暴ㄐㄩˋ 約ㄩㄝ 繚ㄌㄧㄠˊ 纏ㄔㄢˊ 繞ㄖㄠˋ 紾ㄓㄣˇ 繯ㄏㄨㄢˊ 辮ㄅㄧㄢˋ 結ㄐㄧㄝˊ 縎ㄍㄨˇ

總　聚束也。謂聚而縛之也。悤有散意，糸以束之。禮經之總，束髮也。禹貢之總，禾束也。引申之爲凡兼綜之偁。从糸悤聲。作孔切。九部。俗作揔，又譌作摠。

暴　約也。革部曰直轅暴縛，暴當爲暴大。車之衡約之而已，不必三束。从糸具聲。居玉切。三部。

約　纏束也。束者，縛也。引申爲儉約。从糸勺聲。於略切。二部。

繚　纏也。从糸尞聲。盧鳥切。二部。

纏　繞也。从糸廛聲。直連切。十四部。

繞　纏也。从糸堯聲。而沼切。二部。

紾　紾轉也。紾字各本無，今補。此三字句，與上文繙冤也一例。淺人刪之，如離黃倉庚也之刪離，巂周燕也之刪巂耳。紾轉疊古語。鄭司農考工記注之紾縛，卽紾轉二字也。凡了戾曰紾轉，亦單評曰紾，亦曰軫軫肸力。考工記：老牛之角紾而昔。鄭司農云：紾讀爲抮轉之抮。孟子兩云紾兄之臂，趙注皆云戾也。淮南原道訓抮抱，高注：了戾也。抮抱，廣雅作軫轇，云轉戾也。方言曰：軫，戾也。郭注：相了戾也，江東音善。从糸㐱聲。之忍切。十二部。按周禮釋文云：劉徒展反，許愼尙展反，又徒展反。此說文舊音也。尙展一反，卽景純所謂江東音善也。徒展一反，於今語言爲近。

繯　落也。落者，今之絡字。古段落不作絡。謂包絡也。莊子落馬首，漢書虎落，皆作落。木落乃物成之象，故曰落成，曰包落，皆取成就之意也。馬融傳曰：繯橐四野之飛征。李注引說文，又引國語繯於山有牢，賈逵注云：繯，還也。按還環古今字，古用還不用環。國語繯於山有牢，今本譌作環山於有牢，韋注曰：環，繞也。山於誤倒，環爲俗字，益非韋氏之誤，而淺人轉寫所致也。知古書之貤繆不可知者多矣。从糸瞏聲。胡畎切。十四部。李賢又胡串反。

辮　交也。元應引作交織之也。終軍傳曰：解辮髮，削左衽。三孶段編爲之。从糸辡聲。分而合也，故从辡。形聲中有會意也。頻犬切。十四部。

結　締也。从糸吉聲。古屑切。十二部。古無髻字，卽用此。見髟部。

縎　結也。結不解。玉篇云。从

細緢縒繙縮紊級總暴約繚纏繞紾繯辮結縎

締 縛 繃 絿 絅 紙 ⿰糸贏 給 綝 縪 終 𠔾

糸骨聲。古忽切十五部。締，結不解也。解者判也。下文曰紐結而可解也。故結而不可解者曰締。从糸帝聲。特計切十六部。縛，束也。束下曰縛也。與此為轉注。引申之所以縛之之物亦曰縛。从糸尃聲。符钁切五部。繃，束也。从糸崩聲。補盲切古音在六部。墨子曰。漢志墨子七十一篇名翟為宋大夫在孔子後。禹葬會稽桐棺三寸葛以繃之。今墨子節葬篇此句三見皆作緘古蒸侵二部音轉取近也鄭注禮記曰齊人謂棺束為緘。絿，急也。毛詩傳曰絿急也左傳杜注從之後儒好異乃以緩釋絿字義於字音不洽矣絿之言糾也。从糸求聲。巨鳩切三部。詩曰不競不絿。商頌長發文。絅，急引也。此本義也中庸詩曰衣錦尚絅此叚借為褧字也。从糸冋聲。古熒切十一部。紙，㪔絲也。㪔各本作散今正㪔分離也水之衺流別曰𠂢別水曰派血理之分曰衇㪔絲曰紙廣韵曰未緝麻也。从糸𠂢聲。匹卦切十六部。

十三篇上 九

⿰糸贏，不均也。此與纇雙聲其義亦相近。从糸贏聲。力臥切十七部。給，相足也。足居人下人必有足而後體全故引申為完足相足者彼不足此足之也故从合。从糸合聲。形聲亦會意也。居立切七部。綝，止也。蓋古以綝為禁字釋詁曰綝善也。从糸林聲。讀若郴。丑林切七部。縪，止也。考工記玉人曰天子圭中必注曰必讀如鹿車縪之縪謂以組約其中央為執之以備失隊按鹿車即繼車東齊海岱之間謂之道軌廣雅曰道軌謂之鹿車鹿車下鉄陳宋淮楚之間謂之畢所謂鹿車縪也與用組約圭中央皆所以止者又詳革部鞸下。从糸畢聲。卑吉切十二部。終，絿絲也。按絿字恐誤疑下文⿰糸集字之譌取其相屬也廣韵云終極也窮也竟也其義皆當作冬冬者四時盡也故其引申之義如此俗分別冬為四時盡終為極也窮也竟也乃使冬失其引申之義終失其本義矣有夂而後有冬而後有終此造字之先後也其音義則先有終之古文也。从糸冬聲。職戎切九部。𠔾，古

文終。有夂而有𠔾夂而後有終。⿰糸集，合也。合者亼口也因為凡兩合之偁衆絲之合曰⿰糸集如衣部五采相合曰襍也。从糸集。雧當作雧會意亦形聲也。讀若捷。姊入切七部。紈，素也。素者白致繒也紈即素也故从丸言其滑易也商頌毛傳曰丸丸易直也釋名曰紈渙也細澤有光渙渙然也。从糸丸聲。胡官切十四部紈篆舊在終篆前非也今依玉篇次此與繒為伍玉篇必仍許也。繒，帛也。七篇帛下曰繒也是為轉注春秋傳叚為鄫字。从糸曾聲。疾陵切六部。綷，籒文繒从宰省。宰省聲也不曰辛聲定為宰省聲者辛與曾有真蒸之別宰省與曾為之蒸之相合通轉取近者也。楊雄以為漢律祠宗廟丹書告也。也字依韵會補綷為祠宗廟丹書告神之帛見於漢律者字如此作楊雄甘泉賦曰上天之縡謚即謂郊祀丹書告神者此則从宰不省者也。緭，繒也。从糸胃聲。云貴切十五部。絩，綺絲之數也。言綺以見凡繒也綺者文繒也文繒

十三篇上 十

絲尚有數則餘繒可知其若干絲為一絩未聞。漢律曰綺絲數謂之絩布謂之總。禮經布八十縷為升禾部曰布八十縷為稯漢王莽傳一月之祿十稯布二匹孟康曰稯八十縷也今按總即稯也稯即升也皆謂八十縷召南羔羊五總傳曰總數也。綬組謂之首。司馬紹統輿服志乘輿黃赤綬五百首諸侯王赤綬三百首相國綠綬二百四十首公侯將軍紫綬百八十首九卿中二千石二千石青綬百二十首千石六百石黑綬八十首四百石三百石二百石黃綬六十首凡先合單紡為一系四系為一扶五扶為一首五首為一文文采淳為一圭首多者系細首少者系麤。从糸兆聲。治小切二部。綺，文繒也。謂繒之有文者也文者錯畫也錯畫謂逘遺其介畫繒為迻遺方文謂之文綺引申之曰文延結綺窗曰疆場綺分皆謂似綺文。从糸奇聲。祛彼切古音在十七部。縠，細縳也。縳之細者也詩瑳兮瑳兮其之展也蒙彼縐絺是紲袢也傳曰禮有展衣者以丹縠為衣蒙彼也絺之靡者為縐靡謂如漿粹然細之至

⿰糸集 紈 繒 綷 緭 絩 綺 縠

締縛繃絿絅紙⿰糸贏給綝縪終⿰糸集紈繒緭絩綺縠

縳ㄓㄨㄢˋ　縑ㄐㄧㄢ　綈ㄊㄧˊ　練ㄌㄧㄢˋ　縞ㄍㄠˇ　纚ㄕ　紬ㄔㄡˊ

也箋云縐絺絺之蹙蹙者是也此謂褻衣縐絺外服丹縠衣縠與縐絺正一類也今之縐紗古之縠也周禮謂之沙注謂之沙縠疏云輕者爲沙縐者爲縠按古祇作沙無紗字**从糸㱿聲。**胡谷切三部

縳，白鮮卮也。卮各本作色今正下文云縞鮮卮也今本譌鮮色則此色誤亦同卮與支音同縞爲鮮支縳爲鮮支之白者聘禮束紡注曰紡紡絲爲之今之縛也周禮素沙注曰素沙者今之白縛也釋文皆引說文居掾反聲類以爲今正緰字按據許則縳與緰各物音近而義殊二禮之鄭注自謂縳不謂緰也縳以其質堅名之字从專緰以色如麥稍名之字从肙李登作聲類時已失其傳矣若羽人十摶爲縳左傳縳一如瑱又皆卷縳之義非字之本義**从糸專聲。**持沇切十四部

縑，幷絲繒也。謂駢絲爲之雙絲繒也呂氏春秋昔吾所亡者紡緇也今子之衣禪緇也以禪緇當紡緇予豈有不得哉任氏大椿曰禪緇即單緇也余謂此紡即方也竝絲曰方猶併船曰方此紡非紡之本義後漢輿服志及古今注竝云合單紡爲一系者同此方絲所謂兼絲也**从糸兼聲。**形聲中有會意古甜切七部

綈，𠪚繒也。𠪚各本作厚今正管子輕重戊篇管子對桓公曰魯梁之民俗爲綈公服綈既又對桓公宜服帛去綈然則帛薄綈厚可知也史記范雎傳索隱曰蓋今之絁按非也綈即許之縒字**从糸弟聲。**杜兮切十五部

練，湅繒也。湅者灡也灡者淅也淅者汏米也湅繒汏諸水中如汏米然考工記所謂湅帛也已湅之帛曰練引申爲精簡之偁如漢書練時日練章程是也**从糸柬聲。**郎甸切十四部

縞，鮮卮也。各本作鮮色今正漢地理志師古注縞鮮支也司馬相如傳正同顏語多本說文彼時未誤蓋支亦作卮因譌色也廣雅繁總鮮支縠絹也許謂縞即鮮支鄭風縞衣綦巾毛曰縞衣白色男服也王逸曰縞素也任氏大椿釋繒曰孰帛曰練生帛曰縞**从糸高聲。**古老切二部

纚，粗緒也。粗者疏也粗緒蓋亦繒名廣韵云繒似布俗作絁玉裁按蓋今之綈紬**从糸璽聲。**式支切十六部

紬，大絲繒也。大絲較常絲爲大也左傳衛文公大帛之冠大帛謂大絲繒後

十三篇上　十一

綮ㄑㄧˇ　綾ㄌㄧㄥˊ　縵ㄇㄢˋ　繡ㄒㄧㄡˋ　絢ㄒㄩㄢˋ

漢書大練亦謂大絲練也獨斷說飛翰以緹紬廣八尺長注地今繒帛通呼爲紬不必大絲也段借爲抽字史記紬石室金匱之書徐廣音抽師古漢書音胄皆是也音胄謂同籀也籀者讀書也釋名曰紬抽也抽引絲端出細緒也與許說迥異**从糸由聲。**直由切三部

綮，致繒也。致送詣也凡細膩曰致今之緻字也**一曰徵識信也。有齒。**各本識作幟俗字也今正巾部漢人多用致不作緻致繒曰綮未聞其證曰徵者徵識也徵識信蓋謂綮戟綮綮通用也漢匈奴傳曰綮戟十師古曰綮戟有衣之戟也以赤黑繒爲之古今注曰綮戟殳之遺象以木爲之後世滋偽無復典刑以赤油韜之亦謂之油戟亦謂之綮戟王公以下通用之以前驅按用赤黑繒故曰綮其用同徵識故曰徵識信**从糸啟省聲。**各本作攲聲攲不成字按木部棨下曰啟省聲則此亦當云啟省聲今依韵會正康禮切十五部

綾，東齊謂布帛之細者曰綾。方言同**从糸夌聲。**力膺切六部

縵，繒無文也。春秋繁露庶人衣縵引申之凡無文皆曰縵左傳乘縵注車無文者也漢食貨志縵田注謂不甽者也**从糸曼聲。**莫半切十四部

繡，五采備也。考工記畫繢之事襍五采五采備謂之繡鄭氏古文尚書曰予欲觀古人之象日月星辰山龍華蟲作繢宗彝藻火粉米黼黻希繡此古天子冕服十二章希讀爲黹或作絺字之誤也按今人以鍼縷所紩者謂之繡與畫爲二事如考工記則繡亦系之畫繪同爲設色之工也畫繪與文字又爲一事故許以觀古人之象說遷修舊文也**从糸肅聲。**息救切三部

絢，詩云。素以爲絢兮。逸詩見論語八佾篇馬融曰絢文貌也鄭康成禮注曰采成文曰絢注論語曰文成章曰絢許次此篆於繡繪閒者亦謂五采成文章與鄭義略同也鄭注繪事後素云畫繪先布眾采然後以素分其閒以成其文朱子則云後素後於素也謂先以粉地爲質而後施五采據許絢在繡繪閒繡繪皆五采也蓋許用白受采之指與**从糸旬聲。**許掾切古音在十二部按唐元度九經字樣絢絢同字注云上

十三篇上　十二

縳縑綈練縞纚紬綮綾縵繡絢

繪緀䋛絹綠縹綪絑纁絀絳綰縉

說文从筍聲下經典相承隸省按𥿄不見於他書疑唐氏所據未確也惟儀禮注云絇今文作約然則絇出禮古文許用禮古文故不錄禮今文玉篇約同上衕本禮注也集韵𥿄同絇此本廣氏也

繪 **繪**（篆）會五采繡也。𥿄繪疊韵今人分咎繇謨繪繡爲二事古者二事不分統謂之設色之工而已古者繢訓畫繪訓繡說見鑽下 **虞書曰。山龍華蟲作繪。**咎繇謨文 **論語曰。繪事後素。**八佾篇文此皆證繪繡無二事也 **从糸會聲。**黃外切十五部

緀 **緀**（篆）帛文皃。帛各本作白今依韵會正韵會用小徐本也 **詩曰。緀兮斐兮。成是貝錦。**小雅巷伯文今詩緀作萋毛傳曰萋斐文章相錯也貝錦文也箋云錦文者如餘泉餘蚔之貝文也按爾雅餘貾黃白文餘泉白黃文 **从糸妻聲。**七稽切十五部

䋛 **䋛**（篆）繡文如聚細米也。繡謂畫也米䋛疊韵今咎陶謨作粉米許所見壁中古文作䋛黹部云黺畫粉也此云䋛繡文如聚細米也皆古文尚書說也此不言虞書者經文已見於七篇矣畫粉爲衛宏說此蓋衛說與 **从糸米。米亦聲。**莫禮切十五部

絹 **絹**（篆）繒如麥䅌色。色字今補色譌也而俗刪之耳自絹至綟廿三篆皆言繒帛之色而此色字先之聲類溷轉絹爲一字由不考其義之殊也䅌者麥莖也䅌色如麥莖青色也射雉賦曰麥漸漸以擢芒又曰闟閭藹葉四月時也繒色似之曰絹漢人叚爲繯字 **从糸肙聲。**吉掾切十四部

綠 **綠**（篆）帛青黃色也。綠衣毛傳曰綠閒色玉藻正義曰五方閒色綠紅碧紫騮黃是也木青剋土黃東方閒色爲綠綠色青黃也火赤剋金白南方閒色爲紅紅色赤白也金白剋木青西方閒色碧碧色白青也水黑剋火赤北方閒色紫紫色黑赤也土黃剋水黑中央閒色騮黃騮黃色黃黑也 **从糸彔聲。**力玉切三部

縹 **縹**（篆）帛白青色也。白青各本作青白今正此金剋木之色所剋當在下也縹禮記正義謂之碧釋名曰縹猶漂漂淺青色也有碧縹有天縹有骨縹各以其色所象言之也 **从糸票聲。**敷沼切二部

綪 **綪**（篆）帛青經縹緯。經者從絲緯者衡絲 **一曰育陽染也。**育陽漢南郡屬縣縣在育水北故曰育陽育與綪疊韵育水水部作淯水 **从糸育聲。**余六切三部

十三篇上　圭

絑 **絑**（篆）純赤也。純同醇厚也赤南方色也按市下云天子朱市諸侯赤市然則朱與赤深淺不同豳風我朱孔陽傳曰朱深纁也陽明也許云纁者淺絳絳者大赤蓋純赤大赤其異者微矣鄭注禮經曰凡染絳一入謂之縓再入謂之䞓三入謂之纁朱則四入與是朱爲深纁之說也凡經傳言朱皆當作絑朱其叚借字也朱者赤心木也 **虞書丹朱如此。**丹朱見咎繇謨許所據壁中古文作丹絑益六經之絑僅見此處朱行而絑廢矣 **从糸朱聲。**章俱切古音在四部

纁 **纁**（篆）淺絳也。考工記鍾氏三入爲纁爾雅一染謂之縓再染謂之䞓三染謂之纁鄭注禮曰纁裳淺絳裳也 **从糸熏聲。**許云切十三部周禮故書纁作䌤

絀 **絀**（篆）絳也。此絀之本義而廢不行矣韵會絳作縫非也古多叚絀爲黜 **从糸出聲。**丑律切十五部

絳 **絳**（篆）大赤也。大赤者今俗所謂大紅也上文純赤者今俗所謂朱紅也朱紅淡大紅濃大紅如日出之色朱紅如日中之色日中貴於日出故天子朱市諸侯赤市赤即絳也 **从糸夅聲。**古巷切九部

綰 **綰**（篆）惡絳也。惡下各本衍也今刪此如柴下云惡米也繫下云惡絮也謂絳色之惡者也 **从糸官聲。**烏版切十四部 **一曰綃也。**綃各本作絹今正网部䍐一曰綰也二篆爲轉注老考互訓之例也䍐字不行多叚綃爲之周禮𦌾氏注置其所食之物於綃中鳥來下則掎其腳是也但他書容可同音相代𢓭人將此䍐改作絹則似絹可訓繒如麥䅌色全書之條理不可知矣讀許者不可不思 **讀若雞卵。**卵古讀如關綰音亦如是說詳卵部

縉 **縉**（篆）帛赤色也。南都賦引臣瓚云赤白色玉篇亦云帛赤白色淺赤白則爲下文之紅矣 **从糸晉聲。**即刃切十二部 **春秋傳曰。縉雲氏。**春秋文十八年左傳文黃帝以雲紀故爲雲師而雲名服虔曰夏官爲縉雲氏 **禮有縉緣。**凡許云禮者謂禮經也今之所謂儀禮也十七篇無縉緣侯攷緣以絹切玉藻曰童子之飾也緇布衣錦緣錦紳并紐錦束髮皆朱錦也朱錦爲緣豈即縉緣

十三篇上　古

與綪赤繒也○定四年左傳分康叔以綪茷茷即旆也杜曰綪大赤取染草名也禮記注作蒨旆蒨即茜也以茜染○故謂之綪○茜者茅蒐也韋部又曰茅蒐染韋一入曰韎然則必數入而後謂之綪今不得其詳矣茜與綪合韵而同音故茜染謂之綪也从糸青聲○倉絢切古音在十一部茜在十三部以雙聲合韵

緹帛丹黃色也○謂丹而黃也下文云縓帛赤黃色丹與赤不同者丹者如丹沙與赤異其分甚微故鄭注草人曰赤緹縓色也酒正五齊四曰緹齊注曰緹者成而紅赤若今下酒矣按紅赤者赤而白緹齊不純赤故謂之紅赤緹齊俗作醍見禮運从糸是聲○他禮切十六部

衹緹或作衹○从衣氏聲也古氏與是同用故是聲亦从氏聲此篆與衣部衹襧之衹大別其義則彼訓短衣其音則氏聲在十五部氏聲在十六部也按唐石經周易祇既平詩祇攪我心亦祇以異左傳祇見疏也論語亦祇以異以及凡訓適之字皆从衣氏蓋有所受之矣張參五經文字經典字蓍之祇杜也衣部曰祇止移切適也廣韵本孫愐唐韵曰祇章移切適也玉篇衣部亦曰祇之移切適也舊字相承可據如是至集韵云祇章移切適也始从示然恐轉寫轉刊之誤耳至類篇則祇祇二文皆訓適至韵會而从示之祇訓適矣此其遞譌之原委也祇之訓適以其音同在十六部而得其義凡古語書皆取諸字音不取字本義皆叚借之法也攷毛公我行其野傳曰祇適也鄭何人斯箋論語注曰祇適也服虔左傳襄廿九年解云祇適也王弼注坎卦曰祇辭也顏師古竇嬰傳注曰祇適也此古字古言之存者章章也自宋以來刊版之書多不省照衣改從示者不少學者所宜訂正錢氏大昕養新錄乃云說文無祇字五經文字承玉篇之誤未免千慮一失耳祇譌祇俗又作祇唐人詩文用之讀如支今則改用只讀如質此古今推移之變也若史記韓安國傳云禔取辱耳此用祇之同音字如周易祇既平他家作禔而異其義要是同音○顏元孫干祿字書石本祇祇注云上神祇巨移反下適祇章移反是則祇字起於唐初益六朝俗字

縓帛赤黃色也○赤黃者赤而黃也禮喪服注曰縓淺絳也練冠而麻衣縓緣三年練之受飾也檀弓注曰縓纁之類一染謂之縓○再染謂之赬○三染謂之纁○三句爾雅釋器文考工記祇言三入不言一入再入爾雅可補記文所未備記云鍾氏染羽以朱湛丹秫三月而熾之淳而漬之三入爲纁鄭注記與爾雅同色耳染布帛者染人掌之依鄭則染人染布帛與鍾氏染羽同用朱漸丹秫也古以茜染者謂之韎謂之緹以朱及丹秫染者謂之縓赬纁者赤色也纁者淺絳之也玉藻之縕韍即韎韐也縕即縓之段借字也韎亦謂之縓从糸原聲○七絹切十四部

紫帛青赤色也○青當作黑顏容春秋釋例曰火畏於水以赤入於黑故北方閒色紫也論語皇疏玉藻正義略同此作青者蓋如禮器注所云秦二世時語民言從之至漢末猶存與許說必無誤轉寫亂之耳从糸此聲○將此切十五部亦十六部

紅帛赤白色也○春秋釋例曰金畏於火以白入於赤故南方閒色紅也論語曰紅紫不以爲褻服按此今人所謂粉紅桃紅紅也从糸工聲○戶公切九部

繱帛青色也○爾雅青謂之蔥蔥即繱也謂其色蔥蔥淺青也深青則爲藍矣市部曰大夫赤市蔥衡用玉藻文也潘岳耤田賦繱犗服於縹軛廣雅綃一名繱作總者誤从糸悤聲○倉紅切九部

紺帛深青而揚赤色也○而字依文選注補揚當作陽猶言表也釋名曰紺含也青而含赤色也按此今之天青亦謂之紅青許言陽劉言含其意一也以纁入深青而赤見於表是爲紺賈氏考工疏云纁入赤汁則爲朱不入赤汁而入黑汁則爲紺賈說非也入深青乃爲紺入黑乃爲緅矣从糸甘聲○古暗切古音在七部

綥帛蒼艾色也○蒼者艸色也艾者仌臺也蒼艾色謂蒼然如艾色是爲綥毛傳曰綦巾蒼艾色許所本也鄭變則云綦綦文也綦文者文錯畫也象交文今作紋是也不純綦而紋路蒼畫爲十字相交是爲綦文曹風其弁伊騏傳曰騏騏文也秦風傳曰騏綦文也魯頌傳蒼騏曰騏顧命騏弁鄭注曰青黑曰騏玉藻綦組綬注曰綦文襍色也皆謂蒼文也从糸畀聲○畀各本作畀併篆體作畀今正此用艸部之畀爲聲非用丌部之畀爲聲也艸部之畀从由缶之由爲聲非由非鬼頭之田也

由在古音弟一部。由在古音弟十五部。此不可或紊者也。其亦古音弟一部也。故綥字亦作綦。經典用之。徐鉉以補說文或體。許本書無之。渠之切。一部。玉篇作綥。**詩曰。縞衣綥巾。未嫁女所服。**鄭風出其東門文。傳曰。縞衣白色男服也。綦巾蒼艾色女服也。箋云。縞衣綦巾。所爲作者之妻服也。鄭與毛異。許用毛說。而以未嫁二字申毛恉。**一曰不借綥。**不借亦作薄借。薄音博。禮喪服傳曰。繩屨者繩菲也。注云。繩菲今時不借也。急就篇作不借。釋名作搏腊。同耳。周禮弁師注曰。組綦讀如薄借綦之綦。不借綦若今云艸鞵襻也。士喪禮組綦注云。綦屨係也。所以拘止屨也。讀如馬絆綦之綦。內則屨著綦注亦云。綦屨繫也。按許不云一曰屨系。而舉不借綦者。以俗語易曉也。如今小兒鞵帶。**綦　綥或从其。**大徐所補。玫玉部有璂。艸部有綦。則當依大徐補也。

綦。

繰ㄙㄠ

繰　帛如紺色。如紺色者。謂如紺而別於紺也。廣雅系諸青類。蓋比紺色之青更深矣。禮記用爲深治字。他書用爲繰繹字。**或曰深繒。**深繒疑有譌舛。繒不得言深也。**从糸喿聲。讀若喿。**親小切。二部。按廣雅音早。廣韵同。

緇ㄗ

緇　帛黑色也。黑者北方色也。火所熏之色也。考工記。三入爲纁。五入爲緅。七入爲緇。鄭注曰。玄色者在緅緇之閒。其六入者與。**从糸甾聲。**側持切。一部。按玉藻大夫佩水蒼玉而純組綬。注。純當爲緇。古文緇字或作糸旁才。又周禮媒氏純帛。注。純實緇字也。古緇以才爲聲。祭統王后蠶於北郊以供純服。注。純以見緇色。論語今也純。鄭讀爲緇。鄭意今之紂字俗譌爲純耳。然則許書當爲紂篆。解云古文緇从糸才聲。而缺者。豈從今書不從故書之例與。

纔ㄘㄞˊ

纔　帛雀頭色也。今經典緅字許無。纔即緅字也。考工記。三入爲纁。五入爲緅。七入爲緇。注。染纁者三入而成。又再染以黑則爲緅。緅今禮俗文作爵。言如爵頭色也。又復再染以黑。乃成緇矣。士冠禮爵弁服注。爵弁者冕之次。其色赤而微黑。如爵頭然。或謂之緅。依鄭則爵緅纔三字一也。三字雙聲。巾車雀飾注曰。雀黑多赤少之色。玉裁按。今目驗雀頭色赤而微黑。**一曰微黑色如紺。**句 **纔**逗 **淺也。**前一說謂黑多。後一說謂微黑。不同。鄭注考工巾車謂黑多。注士冠禮謂微黑。亦不同也。其實雀頭微黑而已。纔淺亦於雙聲求之。猶纔之訓淺也。江沅曰。今用爲才字。乃淺義引伸。**讀若讒。从糸毚聲。**士咸切。八部。

綅ㄊㄢˇ

綅　帛騅色也。騅者蒼白色也。詳馬部。釋言曰。菼騅也。王風毛傳曰。菼騅也。蘆之初生者也。艸部曰。薍者雚之初生。一曰騅。帛色如薍。故謂之騅色。謂之綅也。取其與薍同音也。**从糸剡聲。**土敢切。八部。**詩曰。毳衣如綅。**王風大車文。按此十字當作从糸薍省。詩曰。毳衣如薍。說會意之恉。復證之以詩。如蘗臺引易之例。若如今本。則色固綅矣。何云如綅。凡傳詩毛氏。毛用作菼。何云傳毛。

綟ㄌㄧˋ

綟　帛莀艸染色也。莀各本譌戾。韵會譌艾。今正。艸部。莀艸可以染留黃。染成是爲綟。綟與莀疊韵。與留雙聲。留黃或作騮黃。或作流黃。皇侃作緇黃。蓋即雞黃之色。其色黎黑而黃也。漢百官公卿表。諸侯王金璽盭綬。如淳曰。盭音戾。綠也。以綠爲質。晉灼曰。盭艸名也。似艾可染綠。因以爲綬名。按綠近黃。綠爲質而染黑。故曰騏黃。中央之閒色。何承天纂文云。綟紫色。非也。漢制綠綟綬在紫綬之上。紫綬一名緺綬。其色青紫。**从糸莀聲。**按莀聲當作莀省。會意包形聲也。郎計切。十五部。

紑ㄆㄡ

紑　白鱻衣皃。鱻各本作鮮。今正。許例新鮮字如此作也。毛詩傳曰。紑衣祭服也。紑絜鮮皃。**从糸不聲。**匹丘切。古音在一部。**詩曰。素衣其紑。**周頌作絲衣。絲衣乃篇名。素恐譌字。此謂士爵弁服。元衣纁裳。非白衣也。本義謂白鮮。引申之爲凡新衣之偁。

緂ㄊㄢ

緂　白鱻衣皃。从糸炎聲。充彡切。八部。廣韵他甘切。**謂衣采色鮮也。**六字蓋非許語。依玉篇則白鮮衣皃四字當作衣采色鮮也五字。

繻ㄒㄩ

繻　繒采色也。此本義也。左傳紀裂繻。大夫以裂繻爲名。此繻乃輸之叚借。巾部曰。輸繪崙裂也是也。終軍傳。關吏與軍繻。林曰。繻帛邊也。舊關出入皆以傳。傳因裂繻頭合以爲符信也。即左氏裂繻字。正當作輸。是以二傳作綸。**从糸需聲。**相俞切。古音在四部。**讀若繻有衣。**周易既濟六四文。蓋有譌奪。證之以繫篆下所偁。則繻當作需。衣下奪絮字。

縟ㄖㄨˋ

縟　繁采飾也。飾各本作色。今依文選西京賦月賦景福殿賦劉越石荅盧諶詩注正。緐本訓馬髦飾。引申之爲緐多。飾本訓㕞也。引申之爲文飾。喪服傳曰。喪成人者其文縟。喪未成人者其文不縟。注曰。縟猶數也。按數如數罟之數。**从糸辱聲**。而蜀切。三部。○按自緐二篆至此皆言文采與色之不同。

纚 ㄕˇ

纚　冠織也。冠織者爲冠而設之織成也。凡繒布不須翦裁而成者謂之織成。內則注曰。纚韜髮者也。士冠禮曰。纚廣終幅長六尺。注曰。纚今之幘梁也。終充也。纚一幅長六尺。足以韜髮而結之矣。禮經贊者奠纚而後設纚。賓正纚乃加冠。是以纚韜髮而後冠也。此纚蓋織成繒帛廣二尺二寸。長祇六尺。不待翦裁。故曰冠織。漢制齊三服冠獻冠幘縱正。是織成者。注云如方目紗。按引申之网有名纚者。薛綜曰。纚網如箕形。狹後廣前。西京賦曰纚鰥鰥。吳都賦曰纚鰥鯊。○釋名。纚以韜髮者也。以纚爲之。因以爲之名。按劉語似誤。本爲韜髮之偁。纚乃以爲帛偁。如劉語乃倒其先後矣。**从糸麗聲。**所綺切。十六部。亦作縰。同。問喪雞斯即笄纚之叚借也。**謂巳繒帛韜髮。**六字各本無。依集韵類篇韵會所引皆有。蓋古注之存者。

紘 ㄏㄨㄥˊ

紘　冠卷維也。維字今依玉篇補。卷經典釋文起權反。玉藻縞冠玄武。注曰。武冠卷也。古者冠與卷殊。襍記注曰。秦人曰委。齊東曰武。喪大記注曰。武吉冠之卷也。冠卷不得偁紘。故知冠卷下有維字。必爲古本矣。周禮弁師注。朱紘以朱組爲紘也。紘一條屬兩端於武。又曰。紐小鼻在武上。笄所貫也。士冠禮注曰。有笄者屈組爲紘。垂爲飾。無笄者纓而結其絛。按有笄者謂冕弁。無笄者謂冠。許一部冠下曰。弁冕之總名也。則此云冠卷維者。謂冕弁之紘。以一組自頤下而上屬兩耑於武者也。蓋笄貫於武。紘實屬於笄首耳。許以笄統於卷。故曰冠卷維。許鄭說略同。戴先生說冠無笄有武。冕弁有笄無武。紘屬於笄。說更明了。○引申之。凡中寬者曰紘。如月令其器圜以閎。閎讀爲紘。淮南書有八紘。**从糸厷聲。**戶萌切。古音在六部。

紭○

紭　紘或从弘。

紞 ㄉㄢˇ

紞　冕冠塞耳者。魯語王后親織玄紞。韋曰。紞所以縣瑱當耳者。齊風充耳以素乎而。充耳以青乎而。充耳以黃乎而。箋云。素青黃謂所以縣瑱者。或名爲紞。織之人君五色。臣則三色而已。瓊華瓊瑩瓊英謂縣紞之末。所謂瑱也。玉裁按紞所以縣瑱。瑱所以塞耳。紞非塞耳者也。大戴禮黈統塞耳。所以揜聰。黈黃色也。統同纊。薛綜東京賦注曰。黈纊言以黃緜大如丸縣冠兩邊當耳。不欲妄聞不急之言。此薛氏緣辭生訓。大戴統字乃紞之譌。形之誤也。黃色之紞下垂充耳。人君紞五色。故或單舉玄。或單舉黃。以該他色。自紞譌爲統。漢初諸儒不能辨證。禮緯客難東京賦諸書又改作纊。因起薛氏繆說。而呂忱顏師古從之。用黃綿塞耳。禮之所無。士喪禮曰。瑱用白纊。豈有生時以纊充耳者。如淳漢書注曰。以玉爲瑱。以黈纊縣之。如語亦欠明了。古文用字斷無有呼條纊爲纊者。許書冕冠塞耳者。當作冕冠所以縣塞耳者。乃與鄭箋詩韋注國語合。鄭韋析言之。許渾言之耳。引申之義爲衾紞。鄭云被識也。按今人語謂之當頭。卽當耳之意。又紞如打五鼓。亦謂當鼓面有聲也。**从糸冘聲。**都感切。七部。

纓 ㄧㄥ

纓　冠系也。冠系。可以系冠者也。系者係也。以二組系於冠卷。結頤下是謂纓。與紘之自下而上系於笄者不同。冠用纓。冕弁用紘。纓以固武。卽以固冠。故曰冠系。玉藻之記曰。玄冠朱組纓。天子之冠也。緇布冠繢緌。諸侯之冠也。玄冠丹組纓。諸侯之齊冠也。玄冠綦組纓。士之齊冠也。許此冠字專謂冠。不該冕弁。**从糸嬰聲。**於盈切。十一部。

紻 ㄧㄤˇ

紻　纓卷也。此卷亦起權反。卷本訓厀曲。引申爲凡曲之偁。纓卷謂纓之曲繞也。是爲紻。**从糸央聲。**於兩切。十部。

緌 ㄖㄨㄟˊ

緌　系冠纓者。各本作系冠纓也。韵會無也字。皆非。今正。纓與纓無異材。垂其餘則爲緌。不垂則臿於纓卷閒。內則冠緌纓。注曰。緌者纓之飾也。正義曰。結纓頷下以固冠。結之餘者散而下垂謂之緌。按玉藻曰。有事然後緌。檀弓曰。喪冠不緌。拔其餘也。引申之爲旌旂之緌。以旄牛尾爲之。古字或作蕤。或叚綏爲之。**从糸委聲。**儒佳切。古音在十六部。

緄 ㄍㄨㄣˇ

緄　織成帶也。各本無成字。依文選七啓注、後漢南匈奴傳注補。玉篇帶誤韋。凡不待翦裁者曰織成。緄帶見後漢書。蓋非三代時物也。詩小戎竹閉緄縢。毛傳曰。緄繩也。此古義也。而許不取之。過矣。漢碑用爲袞字。**从糸昆聲。**古本切。十三部。

紳 ㄕㄣ

紳　大帶也。巾部帶下曰。紳也。與此爲轉注。革部鞶下云。大帶也。男子帶鞶。婦人帶絲。帶下云。紳也。男子鞶帶。婦人帶絲。皆於古大帶革帶不分

繟綬組緺縌纂紐綸

別是其琉也古有革帶以系佩韍而後加之大帶紳則大帶之垂者也玉藻曰紳長制士三尺子游曰參分帶下紳居二焉許云紳帶之垂者也言其屈而重也許但云大帶亦是渾言不析言許意以革帶統於大帶以帶之垂者統於帶互言不分別也 从糸大帶用素練故从糸申聲。失人切十二部

繟 ㄔㄢˇ

繟 帶緩也。繟之言緩也韓詩檀車繟繟毛詩作嘽嘽 从糸單聲。昌善切十四部

綬 ㄕㄡˋ

綬 韍維也。韍古文作市韍也韍維謂所以維韍者釋器曰璲瑞也此謂玉瑞也又曰璲綬也郭云即佩玉之組所以連繫瑞者因通謂之璲今本字譌古者韍佩皆系於革帶佩玉之系謂之璲俗字爲繸又謂之綬韍之系亦謂之綬爾雅渾言之許析言之言韍可以蔽佩也謂之綬者故佩與革帶之閒有聯而受之者故曰綬玉藻曰天子佩白玉而元組綬公侯佩山元玉而朱組綬大夫佩水蒼玉而純組綬世子佩瑜玉而綦組綬士佩瓀玟而縕組綬孔子佩象環五寸而綦組綬是其制也司馬氏輿服志曰五伯迭興戰兵不息於是解去韍佩留其係璲以爲章表故詩曰鞙鞙佩璲此之謂也至秦乃以采組連結於璲光明章表轉相結受故謂之綬漢承不改夫大東所言其時未嘗去玉綬見玉藻爾雅非至秦漢乃有此名古之所謂綬者璲也秦漢之繸也秦漢之所謂綬者所以代古之韍佩也非古之綬也然則許曰綬韍維也又曰組綬屬也此古之綬也又曰繸綬維也緺綬紫青色也綸青絲綬也此秦漢之綬也秦漢改韍佩爲綬遂改綬爲繸此名之遷移當正者也 从糸受聲。殖酉切三部

組 ㄗㄨˇ

組 綬屬也。屬當作織淺人所改也組可以爲綬組非綬類也綬織猶冠織織成之幘梁謂之纚纚成之綬材謂之組玉藻綬必連組曰元組綬朱組綬是也內則曰織紝組紃周禮典絲掌組詩曰執轡如組傳曰組織組也執轡如組御衆有文章言能制衆動於近成於遠也按詩意非謂如組之柔謂如織組之經緯成文御衆縷而不亂自始至終秩然能御衆者如之也織成之後所用韍佩之系其大者也 其小者以爲冠纓。各本冠作冕今依七啓李注急就顏注正冕用紘冠用纓冕可偁冠冠不得偁冕也玉藻曰元冠朱組纓天子之冠也緇布冠繢緌諸侯之冠也元冠丹組纓諸侯之齊冠也元冠綦組纓士之齊冠也綬與纓同材故許言纓不言綬纓以組之細者爲之大爲組綬小爲組纓其中之用多矣與絲所供所受之組是也 从糸且聲。則古切五部

緺 ㄍㄨㄚ

緺 綬紫青色也。各本無色今依後漢南匈奴傳大平御覽正百官公卿表曰丞相金印紫綬高帝十一年更名相國綠綬徐廣曰似紫紫綬名緺綬其色青紫何承天云緺青紫色也按綟者水尅火之閒色仅因水生木而色青是爲紫青色 从糸咼聲。古蛙切古音在十七部

縌 ㄋㄧˋ

縌 綬維也。此綬謂漢之綬也乘輿長丈九尺九寸至四百石三百石二百石長丈五尺百石長丈二尺者是也綬維謂之縌乘輿至二千石皆長三尺二寸千石至二百石皆長三尺者是也司馬彪曰縌者古佩璲也佩綬相迎受故曰縌按當曰與綬相迎受故曰縌縌之言逆也漢之縌古之綬也漢之綬猶古之韍佩也縌篆其創於李斯輩與 从糸逆聲。宜戟切古音在五部

纂 ㄗㄨㄢˇ

纂 似組而赤。漢景帝紀曰錦繡纂組害女紅者也臣瓚引此爲注按組之色不同似組而赤者則謂之纂釋詁曰纂繼也此謂纂即纘之叚借也近人用爲撰集之偁 从糸算聲。作管切十四部

紐 ㄋㄧㄡˇ

紐 系也。今本系下曰係也係者結束也 一曰結而可解。結者締也締者結不解也其可解者曰紐喪大記曰小斂大斂皆左衽結絞不紐正義云生時帶並爲屈紐使易抽解若死則無復解義故絞束畢結之不爲紐也 从糸丑聲。女久切三部

綸 ㄍㄨㄢ

綸 糾青絲綬也。各本無糾字今依西都賦李注急就篇顏注補糾三合繩也糾青絲成綬是爲綸郭璞賦云青綸競糾正用此語緇衣注曰綸今有秩嗇夫所佩也釋艸綸似綸郭曰今有秩嗇夫所帶糾青絲綸法言五兩之綸李軌云綸糾青絲綬也今本法言改糾爲如不可通矣攷輿服志乘輿黃赤綬諸侯王赤綬諸國貴人相國皆綠綬公侯將軍紫綬九卿中二千石二千石青綬千石六百石黑綬四百石三百石二百石黃綬百石青紺綸一采宛轉繆織長丈二尺按繆即糾字自黃綬以上綬之廣皆尺六寸皆計其首首多者系細首少者系粗皆必經緯織成至百石而不計其首合青絲繩辮織之有經無緯謂之宛

轉繩若今人用絲繩如箸粗爲帶者也緇衣曰王言如絲其出如綸王言如綸其出如綍小雅曰之子于釣言綸之繩召南曰其釣維何維絲伊緡傳云緡綸也綸之繩緡言糾之繩矣後人用以代經論字遂使其義不傳从糸侖聲。古還切古音在十三部

綎 系綬也。系當作絲廣韻曰絲綬帶綎玉篇曰絲綎綬也按此綎蓋綬之類而已非印綬之綬从糸廷聲。他丁切十一部

絙 緩也。緩當作綬玉篇絙下曰絙綬也此亦綬之類也从糸亘聲。胡官切十四部

暴 頸連也。頸當作領玉篇作領連是也謂聯領於衣也衣部曰襮黼領也毛傳曰襮領也領謂之襮連領謂之暴玉篇以爲同字也从糸暴省聲。補各切古音在二部

紟 衣系也。聯合衣襟之帶也今人用銅鈕非古也凡結帶皆曰紟玉藻紳韠結三齊注云結約餘也結或爲紟未本如此韋注國語曰帶甲者紟鏇也紟今本譌衿荀卿非十二子曰其纓禁緩叚禁爲紟也按襟交衽也俗作衿今人衿紟不別又喪禮紟舉被也乃紟之別一義亦因可以固結之義引申之从糸今聲。居音切七部按又巨禁切

絵 籒文从金。玉篇古文四聲韵皆作絵

緣 衣純也。此以古釋今也古者曰衣純見經典今曰衣緣緣其本字純其叚借字也緣者沿其邊而飾之也深衣曰純袂緣純邊廣各寸半袂緣猶袂口也廣各寸半者表裏共三寸也既夕禮注曰飾裳在幅曰韠在下曰緆緣之義引申爲因緣負緣而俗遂分別其音矣从糸彖聲。以絹切十四部

纀 常削幅謂之纀。爾雅釋器文也郭云削殺其幅深衣之裳也按許書之削當作消纀之言僕也僕之言附也从糸僕聲。博木切三部

絝 脛衣也。今所謂套褲也左右各一分衣兩脛古之所謂絝亦謂之褰亦謂之襗見衣部若今之滿當褲則古謂之幝亦謂之幒見巾部此名之宜別者也从糸夸聲。苦故切五部按此字疑當同胯踦作絝今皆作褲

繑 絝紐也。紐者系也脛衣上有系系於幝帶曰繑从糸喬聲。牽遙切二部

緥 小兒衣也。衣部曰裼緥也斯干載衣之裼傳曰裼褓也褓緥之俗字

古多云小兒被也李奇曰小兒大藉師古曰卽今小兒緥古多叚借保褓字从糸保聲。博抱切古音在三部

繜 蔽貉中女子無絝。目帛爲脛空。用絮補核。名曰繜衣。狀如襜褕。無絝者無左右各一之絝也帛依急就篇當作布空脛古今字核當作覈果覈之引申也帛爲脛腔褲以絮而裹之若今江東婦之卷胖胖音如滂去聲是名繜衣亦曰母繜急就篇曰襌衣蔽膝布母繜蓋蔽厀繜衣襜三者相似故曰狀如襜衣部曰襜衣蔽前也又曰直裾謂之襜褕此當曰狀如襜不當有褕字从糸尊聲。子昆切十三部

紴 絛屬。按急就篇紱縀紃三字相聯必三者爲一類也縀蓋本作紴篆形皮叚相似而譌縀乃又譌緞說者因以緞後帖緞耳未知是否从糸皮聲。讀若被。或讀若水波之波。博禾切十七部

絛 扁緒也。廣雅作編緒漢書及賈生新書作偏諸葢上字作編下字作諸爲是諸者謂合衆采也賈誼傳曰今民賣僮者爲之繡衣絲履偏諸緣服虔曰偏諸如牙條以作履緣又白縠之表薄紈之裏緁以偏諸晉灼曰以偏諸緁著衣然則偏諸之爲絛明矣雜記注曰紃若今時絛也毛詩左傳正義曰王后親織玄紞卽今之絛繩必用雜采線織之按紴絨蓋其闊者絛其陿者紃其圜者从糸攸聲。土刀切古音在三部

絨 采彰也。彰者彣彰也爲五采彣彰可以緣飾之物也一曰車馬飾。一曰謂一名也飾各本作飭今正師古漢書注曰偏諸若今之織成以爲要襻及褾領者也古謂之車馬帬其上爲乘車及騎從之象急就篇絨注曰絨織采爲之一名車馬飾卽今之織成也按二注皆用許爲訓顏意偏諸卬絨也一作飾不同者後人改之耳从糸戉聲。王伐切十五部

縱 絨屬。急就篇條繢總爲類師古曰總一作縱說文作縱按羔羊素絲五總傳曰總數也豈卽縱與从糸從省聲。足容切九部

紃 圜采也。采彰扁諸圜采蓋古有是名而漢語猶然圜采以采線辮之其體圜也內則織紝組紃注曰紃條也雜記紃以五采注曰紃施諸縫中若今時條也孔穎達曰似繩者爲紃从糸川聲。祥遵

緟ㄔㄨㄥˊ 纕ㄖㄤˊ 纗ㄏㄨㄚˋ 綱ㄍㄤ 棢◦ 縜ㄩㄣˊ 綅ㄑㄧㄣ

緟纕纗綱縜綅縷綫絉縫緁紩緛組

切十三部 **緟 增益也○** 增益之曰緟經傳統叚重爲之非字之本如易之重卦彖傳言重巽又言洊雷震習坎明兩作離兼山艮麗澤兌皆謂緟之也今則重行而緟廢矣增益之則加重故其字从重許書重文若干皆當作緟文 **从糸重聲○** 直容切九部 **纕 援臂也○** 援臂者捋衣出其臂也王制適四方蠃股肱注云謂捋衣出其臂脛蕭該云攘當作擐擐是穿著之名非出臂之義陸德明曰擐舊音患今宜音宣依字作揎字林云揎捋臂也先全反玉裁按援揎古今字揎俗又作揎鄭作擐擐揎許作援二聲古同耳字書韻書有从尋聲之字今以詛楚文石刻攷之其云亦應受皇天上帝及大沈久湫之幾靈德賜克劑楚師釋爲受釋爲援皆可蓋適云古受字非也援援臂者援引也引臂而上之也是爲纕臂裹訓解衣故其字从襄糸今則攘臂行而纕臂廢矣攘乃讓字 **从糸襄聲○** 汝羊切十部廣韻攘臂平聲 **纗 維綱中繩也○** 綱者网之紘也又用繩維之左右皆有繩而中繩居要是曰纗思玄賦舊注云纗系也蓋引申之爲凡系之偁思玄賦曰纗幽蘭之秋華

十三篇上

李善引通俗文曰繫幃曰纗幃者今之香囊也通俗文各本作說文今以意改 **从糸巂聲○讀若畫○** 戶圭切廣韻又胡卦切十六部 **或讀若維○** 維疑當作綏 **綱 网紘也○** 各本作維紘繩也今依棫樸正義正紘者冠維也引申之爲凡維系之偁孔穎達云紘者网之大繩尚書曰若网在綱有條而不紊詩曰綱紀四方箋云以网罟喻之張之爲綱理之爲紀 **从糸岡聲○** 古郎切十部 **棢 古文綱○** 古文四聲韻作棡棢二形棢从古文系也 **縜 綱紐也○** 紐者結而可解也大曰系小曰紐綱之系网也必以小繩毌大繩而結於网是曰縜引申爲凡紐之偁梓人爲侯上綱與下綱出舌尋縜寸焉注云縜所以繫侯於植者也縜籠綱者按綱繩彌大故以小繩毌大繩爲紐連於侯其用與网一也 **从糸員聲○** 爲贊切十三部 大鄭曰讀如竹筠皮之筠 **周禮曰縜寸○** **綅 綫也○** 各本綫上有絳字今依閟宮釋文正義正以綫訓綅不言色也綅既爲絳綫則經不必言朱矣閟傳禫而綅禫記注禫既祭乃服禫服朝服綅冠鄭曰黑經白

縷ㄌㄩˇ 綫ㄒㄧㄢˋ 線◦ 絉ㄒㄩㄝˋ 縫ㄈㄥˊ 緁ㄑㄧㄝˋ 緝◦ 紩ㄓˋ 緛ㄖㄨㄢˇ 組ㄓㄢˋ

緯曰綅別一義 **从糸侵省聲○** 子林切七部又息廉反 **詩曰○貝冑朱綅○** 魯頌閟宮文傳曰貝冑貝飾也朱綅以朱綅綴之按毛意謂以朱綫綴貝於冑耳正義謂綴甲非也 **縷 綫也○** 此本謂布縷引申之絲亦名縷 **从糸婁聲○** 力主切古音在四部 **綫 縷也○** 鄭司農周禮注曰線縷也此本謂布縷引申之絲亦偁綫 **从糸戔聲○** 私箭切十四部 **線 古文綫○** 周禮縫人作線鮑人同注曰故書線作綜當爲糸旁泉讀爲絤按線作綜字之誤也絤則鄭時行此字漢功臣表不絕如綫晉灼曰綫今線縷字蓋晉時通行線字故云今許時古線今綫晉時則爲古綫今線蓋文字古今轉移無定如此 **絉 縷一枚也○** 一枚猶一箇也 **从糸穴聲○** 乎決切十二部 **縫 以鍼紩衣也○** 鍼下曰所以縫也召南羔羊之縫傳曰縫言縫殺之大小得其宜引申之義也 **从糸逢聲○** 符容切九部 **緁 緶衣也○** 下文緶下曰緶衣也與此爲轉注衣部曰裔者緶也喪服傳曰斬者何不緝也齊者何緝也齊卽裳緝卽

十三篇上

緁叚借字也緁者緶其邊也 **从糸疌聲○** 七接切八部 **緝 緁或从習○** 習聲與疌聲相近也 **紩 縫也○** 與上文縫爲轉注黹下曰鍼縷所紩衣也凡鍼功曰紩 **从糸失聲○** 直質切十二部 **緛 衣戚也○** 戚今之蹙字也古多用戚無蹙字考工記曰不微至無以爲戚速詩鄭箋云縐絺絺之戚戚者今俗改作蹙衣戚衣部所謂襞韋部所謂韏子虛賦襞積褰縐紆徐委曲鬱橈谿谷張揖注曰襞積簡齰也褰縮也縐戚也其縐中文理弗鬱迴曲有似於谿谷也按簡古字襇繝皆今字縐訓戚與鄭箋合俗本譌裁而小顏小司馬皆不得其解甚矣古書之難讀也衣戚亦曰韏衣是爲緛引申之爲凡戚之偁素問曰大筋緛短小筋弛長緛短謂戚而短也緛以衣喻弛以弓喻 **从糸耎聲○** 而沇切十四部 **組 補縫也○** 補者完衣也古者衣縫解曰袒見衣部今俗所謂綻也以鍼補之曰組內則云衣裳綻裂紉箴請補綴是也引申之不必故衣亦曰縫組古豔歌行曰故衣誰當補新衣誰當綻賴得賢主人覽取爲我組謂故衣誰則補之新衣誰則縫之賴有

繕　結　纍　縭　緱　繄

賢主婦見而爲補縫之也綻字古亦作組後人改之**从糸旦聲**。丈莧切十四部

繕　補也。周禮繕人注曰繕之言勁也善也叔于田序注云繕之言善也曲禮招搖在上急繕其怒注曰急猶堅也繕讀曰勁按許言補其本義也而中含善勁二義故鄭云之言不必如曲禮注之改讀也**从糸善聲**。時戰切十四部

結　衣堅也。各本無此三字以論語曰結衣長短右袂冠於从糸之上今補正玉篇注曰堅也廣韵有注曰堅結皆本諸說文古本非能杜撰也自後人不知許有引經說叚借之例則訓論語之結衣爲堅衣而不可通乃刪其本義徑引論語使結爲褻之或體殊不思結果褻或字則當於衣部褻篆之下出一結篆云褻或从舌聲不得債償如是且上文云補縫也下文云緻得理也堅義正與補緻相合列字之次弟可攷者如是衣堅者今蘇州人所謂勁箸也**从糸舌聲**。舌以柔而存天下之至柔馳騁天下之至則从舌非無意也私列切十五部**論語曰。結衣長。短右袂**。鄉黨篇文今論語結衣作褻裘衣部曰褻私服也然則論語自訓私服而作結者同音叚借也許偁之者說六書之叚借也如孜人姓也而偁無有作孜堋喪葬下土也而偁堋淫于家尚書則叚孜爲好叚堋爲朋也

纍　綴得理也。綴者合箸也合箸得其理則有條不紊是曰纍樂記曰纍纍乎端如貫珠此其證也**一曰大索也**。論語作縲字之誤注云黑索也亦誤作累如孟子係累其子弟是亦作羸如易大壯羸其角馬云大索也鄭虞作纍引申之不以罪死曰纍見揚雄反離騷注**从糸畾聲**。畾聲卽畾省聲也力追切十五部按纍絫二字大不同纍在十五部大索也其隸變不得作累絫在十六部增也引申之延及也其俗體作累古所不用

縭　吕絲介履也。介者畫也謂以絲介畫履閒爲飾也蓋卽周禮之繶絇**从糸离聲**。力知切古音在十七部

緱　刀劍緱也。廣韵曰刀劍頭纏絲爲緱也按謂人所把處如人之喉然**从糸侯聲**。古侯切四部

繄　戟衣也。所以韜戟者猶盛弓弩矢器曰医也叚借爲語詞左傳王室之不壞繄伯舅是賴民不易物惟德繄物毛詩伊可懷也箋云伊當作

繕結纍縭緱繄縿徽䋤紉繩

縿　徽　䋤　紉　繩

繄繄猶是也**从糸殹聲**。烏雞切十五部**一曰赤黑色繒**。赤當依玉篇作青巾車王后安車彫面繄總注曰繄讀爲鳧鷖之鷖鷖總者青黑色以繒爲之鄭司農說也

縿　旌旗之游所屬也。各本失所屬二字今補㫃部曰游旌旗之流也周禮巾車注云正幅爲縿游則屬焉正義曰正幅爲縿爾雅文又覲禮正義爾雅說旌旗正幅爲縿唐後爾雅奪正幅爲縿四字邢疏不能攷補縿是旌旗之體游則屬焉故孫炎注曰爲旒於縿郭璞曰縿衆旒所箸戴先生曰游箸縿垂者也交龍鳥隼之屬皆畫於縿爾雅曰纁帛縿鄭本之曰九旗之帛皆用絳上有弧以張縿之幅見覲禮明堂位考工記下以人維之周禮節服氏六人維王之太常爾雅維以縷是也所以太常必維之者正恐其游長曳地毛詩素絲紕之大夫旌旗之游亦維持之也游屬於縿而統於縿然㫃部游下不云旌旗之縿也則知縿下斷不云旌旗之游理合析言不得渾言矣**从糸參聲**。所銜切古音在七部

徽　衺幅也。卽詩之邪幅也傳曰邪幅偪也所以自偪束也箋云邪幅如今行縢也偪束其脛自足至厀按內則謂之偪許云謂之徽未見所出蓋猶蔽厀謂之禕與釋詁曰徽善也止也大雅箋云美也自偪束之義之引申也**一曰三糾繩也**。三糾謂三合而糾之也斗部曰糾三合繩易係用徽纆劉表曰三股曰徽兩股曰纆一說糾本三股三糾當爲九股**从糸微省聲**。許歸切十五部

䋤　扁緒也。見條下**一曰膂要**。俗作膂**鉤帶**。**从糸𣂚聲**。𣂚者籀文折字并列切十五部

紉　單繩也。單各本及集韵作繟非其義李文仲字鑑作繟今依廣韵佩觿作單太平御覽引通俗文曰合繩曰糾單展曰紉織繩曰辮大繩曰絚釋元應引字林單繩曰紉單對合言之凡言綸言糾皆合三股二股爲之紉則單股爲之玉篇曰紉繩縷也展而續之方言曰續劉續也楚謂之紉蓋單股必以他股連接而成離騷曰紉秋蘭以爲佩注紉索也內則紉鍼請補綴亦謂綫接於鍼曰紉**从糸刃聲**。女鄰切古音在十三部

繩　索也。索下云繩也艸有莖葉可作繩索也故从朩糸繩可以縣可以束可以爲閑故釋訓曰兢兢繩

綪縈絇縋絭緘縢編維絥⿰糸正綊緐繮紛

⿰糸爭ㄓㄥ　縈ㄧㄥˊ　絇ㄐㄩ　縋ㄓㄨㄟˋ　絭ㄐㄩㄢˋ　緘ㄐㄧㄢ　縢ㄊㄥˊ

繩戒也周南傳曰繩繩戒愼也**从糸蠅省聲**食陵切蠅字入黽部者謂其虫大腹如黽類也故蠅以黽會意不以黽形聲繩爲蠅省聲故同在古音第六部黽則古音如芒在第十部

⿰糸爭紆未縈繩未縈繩謂未重疊繞之如環者紆者詘也少少詘曲之而已將縈繩先詘曲之引申爲凡紆曲之偁士喪禮陳襲事于房中西領南上不綪注云綪讀爲⿰糸爭⿰糸爭屈也江沔之閒謂縈收繩索爲⿰糸爭按許紆下一曰縈也此卽江沔之閒語也此云紆未縈繩用詘訓也凡器物曲陳之皆曰⿰糸爭**一曰急弦之聲**聲⿰糸爭⿰糸爭然也**从糸爭聲讀若旌**側莖切十一部

縈收卷也卷居轉切各本作卷非也今依韵會玉篇正凡舒卷字古用卷曲之卷今用气勢之捲非也收卷長繩重疊如環是爲縈於營切今俗語尙不誤詩周南葛藟縈之傳曰縈旋也**从糸熒省聲**於營切十一部

絇纑繩絇也纑者布縷也繩者索也絇糾合之謂以讀若鳩知之謂若纑若繩之合少爲多皆是也廣韵絇九遇切絲絇也唐會眞記崔氏書曰奉寄采絲一絇元稹詩曰芬絲不絕絇正讀九遇切是唐人多用此語若屨絇禮經及禮記皆作絇周禮作句鄭云著舄屨之頭以爲行戒句當爲絇聲之誤也玉裁按許不言屨飾但言纑繩絇許意屨絇字當從周禮作句爲正取拘止之意**从糸句聲讀若鳩**古音在四部今其俱切

縋以繩有所縣也縣者系也以繩系物垂之是爲縋縋之言垂也玄應引縣下有鎭**春秋傳曰夜縋納師**見左傳襄十九年**从糸追聲**持僞切按當持位切古音在十五部

絭纕臂繩也纕各本作攘今正纕者援臂也臂褎易流以繩約之是繩謂之絭絭有叚絭爲之者史記滑稽列傳帣韝鞠䠞徐廣云帣收衣袖也又有叚卷爲之者列女傳趙津女娟攘卷操檝卷卽絭也禾部曰䅑絭束也一部曰冠絭也是引申爲凡束縛之偁**从糸𢍏聲**居願切十四部

緘所以束篋也所以二字今補篋者笥也束者縛也束之者曰緘引申之齊人謂棺束曰緘喪大記作咸**从糸咸聲**古咸切古音在七部

縢緘也亦所以束者也周書

編ㄅㄧㄢ　維ㄨㄟˊ　絥ㄈㄨˊ　鞴。茯。　⿰糸正ㄓㄥ　綊ㄒㄧㄚˊ　緐ㄈㄢˊ　⿰糸弁。　繮ㄐㄧㄤ　紛ㄈㄣ

有金縢凡艸之藟木之藟曰縢俗作籐**从糸朕聲**徒登切六部

編次簡也以絲次弟竹簡而排列之曰編孔子讀易韋編三絕冊字下曰象其札一長一短中有二編之形然則駢比其簡上下用絲編二是以有得青絲編考工記者也禮之編茅爲鼏周禮王后之編列髮爲之亦猶是法也**从糸扁聲**布玄切十二部

維車蓋維也車蓋之制詳於考工記而其維無考許以此篆專系之車蓋蓋必有所受矣引申之凡相系者曰維轂維綴維是也管子曰禮義廉恥國之四維**从糸隹聲**以追切十五部

絥車絥也郊祀志雍五時路車各一乘駕被具西時畦時禺車各一乘禺馬四匹駕被具師古曰駕車備馬之飾皆具按駕車之飾此所謂絥也被馬之飾革部所謂鞁也**从糸伏聲**平祕切古音在一部

茯絥或从艸

鞴絥或从革葡聲葡聲伏聲同在弟一部

⿰糸正⿰糸正綊逗各本少此二字今依全書通例補**乘輿馬飾也**乘輿天子車飾亦妝飾之飾⿰糸正綊字今無所攷傅玄乘輿馬賦注今不傳**从糸正聲**諸盈切十一部

綊⿰糸正綊也其義已釋於上故此但云⿰糸正綊也凡緜連字不可分釋者其例如此**从糸夾聲**胡頰切八部

緐馬髦飾也馬髦謂馬鬣也飾亦妝飾之飾蓋集絲條下垂爲飾曰緐引申爲緐多又俗改其字作繁俗形行而本形廢引申之義行而本義廢矣至若鄭注周禮禮記之繁纓繁讀爲鞶帶之鞶謂今馬大帶也此易字之例其說與許說絕殊**从糸每**各本下有聲字非也今删每者艸盛上出故从糸每會意猶之蘩字亦以每緐會意也附袁切十四部**春秋傳曰可以稱旌緐乎**哀廿三年左傳文

⿰糸弁緐或从弁以弁形聲**弁籀文弁**見兒部

繮馬紲也釋名曰韁疆也繫之使不得出疆限也**从糸畺聲**居良切十部

紛馬尾韜也韜劍衣也引申爲凡衣之偁釋名曰紛放也防其放弛以拘之也揚子言車軨馬馻馬馻謂結束馬尾豈韜之而後結之與羽獵賦注紛旗流也尙書敹乃干傳曰施汝盾紛繫

紂ㄓㄡˋ 緧ㄑㄧㄡ 絆ㄅㄢˋ 䋬ㄒㄩ 紖ㄓㄣˋ 縼ㄒㄩㄢˋ 縻ㄇㄧˊ 紲ㄒㄧㄝˋ 䌕。

用績紛字皆引申叚借也。从糸分聲。撫文切十三部。

紂 馬緧也。方言曰車紂自關而東周洛韓鄭汝潁而東謂之緻或謂之曲綯或謂之曲綸自關而西謂之紂。从糸肘省聲。除柳切三部。

緧 馬紂也。考工記必緧其牛後注云緧讀爲緧關東謂紂爲緧按亦作鞦商王紂古文尚書作受。从糸酋聲。七由切三部。

絆 馬縶也。馬部䮎下曰馬絆也與此爲轉注小雅縶之維之傳曰縶絆維縶也周頌曰言授之縶以縶其馬箋云縶絆也按縶謂繩用此繩亦謂之縶此凡字之大例有客其取明者也引申爲凡止之偁。从糸半聲。博慢切十四部。

䋬 絆前兩足也。莊子馬蹏篇連之以羈䋬崔云絆前兩足也吳都賦䋬麋麖劉注同。从糸須聲。相主切古音在四部按向秀云馬絆音諫集韻入二腫。漢令蠻夷卒有䋬。疑有奪字殊下云蠻夷長有罪當殊之此應云蠻夷卒有罪當䋬之。

紖 牛系也。牛系所以系牛者也周禮封人作絼鄭司農云絼著牛鼻繩所以牽牛者今時謂之雉與古者名同後鄭云絼字當以豸爲聲按絼讀如豸池爾切漢人呼雉即絼也絼變作紖而讀丈忍切仍絼雉之雙聲今人讀紖余忍切則非也少儀曰牛則執紖。从糸引聲。讀若矤。直引切十二部。

縼 以長繩系牛也。玉篇云以長繩系牛馬放之也。从糸旋聲。辭戀切十四部。

縻 牛轡也。縻本馬轡也大車駕牛者則曰牛縻是爲縻潘岳賦曰洪縻在手凡言羈縻勿絕謂如馬牛然也。从糸麻聲。靡爲切古音在十七部。

䌕 縻或从多。多聲麻聲同十七部。

紲 犬系也。犬字各本無今補少儀犬則執緤牛則執紖馬則執靮注曰緤紖靮皆所以繫制之者按許以此篆次於牛系牛緤之後其爲用少儀顯然也緤本犬系引申之馬亦曰緤故上文繮下曰馬紲也若紲本謂馬則宜次於韁篆後矣。从糸世聲。私列切十五部。春秋傳曰臣負羈紲。春秋僖廿四年左傳文服虔注曰一曰犬韁曰紲古者行則有犬按如服說則紲之本義也卹廿說紲馬韁則紲引申之義也服云犬韁許云馬紲

十三篇上 圭

紂緧絆䋬紖縼縻紲纆絚繘綆絠繳繴緍絮

緤。 纆ㄇㄛˋ 絚ㄍㄥ 繘ㄩˋ 繘。 繘。 綆ㄍㄥˇ 絠ㄍㄞˇ 繳ㄓㄨㄛˊ 繴ㄅㄛˋ 緍ㄇㄧㄣˊ 絮ㄒㄩˋ

文意正同。

緤 紲或从枼。枼亦世聲也。

纆 索也。易係用徽纆劉表曰三股曰徽兩股曰纆字林曰兩合曰糾三合曰纆。从糸黑聲。莫北切一部按从黑者所謂黑索拘攣罪人也今字从墨。

絚 大索也。通俗文大索曰絚。一曰急也。淮南子曰張瑟者小弦絚大弦絚高氏注曰絚急也王逸注九歌曰絚急張弦也如月之恆傳曰恆弦也本亦作絚沈重古恆反按手部揯引急也絚與揯音義皆同。从糸恆聲。古恆切六部亦作絙非从亘之絙也亦古鄧切。

繘 綆也。易井卦汔至亦未繘井羸其瓶鄭云繘綆也方言曰繘自關而東周洛韓魏之閒謂之綆或謂之絡關西謂之繘。从糸矞聲。余聿切十五部。

繘 古文从絲。

繘 籀文繘。从絲又从曰也曰者叉手也。

綆 汲井綆也。汲者引水於井也綆者汲水索也何以盛水則有缶缶部曰罋汲缾也是也何以引缾而上則有綆春秋傳具綆缶是也。从糸更聲。古杏切古音在十部讀如岡。

絠 彈彄也。彈者開弓也彄者弓弩耑弦所居也弦與弓弩於發矢時相離是名絠。从糸有聲。弋宰切又古亥切一部。

繳 生絲縷也。生絲爲縷也凡蠶者爲絲麻者爲縷繳絲細縷蠡故糾合之絲得偁縷。謂縷系矰矢而㠯隿䠶也。李善文賦注所引有此十字今按有此乃完當作生絲縷系矰矢而㠯隿䠶也其十一字矢部曰矰者隿䠶矢也隹部曰隿者繳䠶飛鳥也繳者繁繳也。从糸敫聲。之若切古音在二部。

繴 繴謂之罿罿謂之罬罬謂之罦捕鳥覆車也。見釋器及网部。从糸辟聲。博厄切十六部。

緍 釣魚繁也。繁本施於鳥者而鉤魚之繩似之故曰釣魚繁召南曰其釣維何維絲伊緍傳曰緍綸也謂糾絲爲繩也。从糸昏聲。武巾切十三部。吳人解衣相被謂之緍。方言緍緜施也秦曰緍趙曰緜吳越之閒脫衣相被謂之緍緜按大雅荏染柔木言緍之絲傳曰緍被也是其爲古義古訓不始方言也。

絮 敝緜也。緜者聯微也因以爲絮之偁敝者敗衣也。

十三篇上 圭

因以爲執之偁緜執絲也是之謂絮凡絮必絲爲之古無今之木緜也以絮納袷衣閒爲袍曰褚亦曰裝褚亦作著以麻緼爲袍亦曰褚从糸如聲息據切五部絡絮也今人聯絡之言葢本於此包絡字漢人多叚落爲之其實絡之引申也揚雄傳曰緜絡天地以絮喻也一曰麻未漚也陳風曰東門之池可以漚麻傳曰漚柔也箋云於池中柔麻使可緝績作衣服按未漚者曰絡猶生絲之未湅也从糸各聲盧各切五部纊絮也玉藻纊爲繭注曰纊今之新緜也按鄭釋纊爲新緜者以別於縕之爲新緜及舊絮也許則謂纊爲絲絮不分新故謂縕爲麻縕與鄭説異从糸廣聲苦謗切十部春秋傳曰皆如挾纊春秋宣十二年左傳文絖纊或从光紙絮一箈也箈各本譌苫今正箈下曰潎絮簀也潎下曰於水中擊絮也後漢書曰蔡倫造意用樹膚麻頭及敝布魚網以爲紙元興元年奏上之自是莫不從用焉天下咸稱蔡侯紙按造紙昉於漂絮其初絲絮爲之以箈荐而成之

今用竹質木皮爲紙亦有緻密竹簾荐之是也通俗文曰方絮曰紙釋名曰紙砥也平滑如砥从糸氏聲諸氏切十六部⿰糸咅治敝絮也敝絮猶故絮也从糸咅聲芳武切古音在四部繫繫⿰糸虒也一曰惡絮一曰猶一名也繫⿰糸虒讀如谿黎疊韻字音轉爲緈纖緈苦堅切廣韻十二齊一先皆曰緈纖惡絮是也釋名曰煮繭曰莫莫幕也貧者著衣可以幕絮也或謂之牽離煮熟爛牽引使離散如絮也按此與煮繭絓頭不同物編太平御覽者合而一之誤矣从糸毄聲大徐古詣切非也此字之本音見周易釋文云直作毄下系者音口奚反集韻繫牽兮切引說文繫⿰糸虒今惡絮陸德明丁度非不言之憭然也而六朝以後舍系不用而叚繫爲系遂使繫之本義薶蘊終古至鼎臣奉敕校定此書亦徑云古詣切何後率如是尚自謂用唐韻不知唐韻霽韻內之繫非許書之繫⿰糸虒也十六部⿰糸虒繫⿰糸虒也从糸虒聲郎兮切十六部一曰維也此別一義謂⿰糸虒亦訓維系緝績也自緝篆至絣篆皆說麻事麻事與蠶事相

似故亦从糸凡麻枲先分其莖與皮曰木因而漚之取所漚之麻而林之林之爲言微也微纖爲功析其皮如絲而撚之而劇之而後爲縷是曰績亦曰緝亦絫言緝績孟子曰妻辟纑趙注曰緝績其麻曰辟按辟與擘肌分理之擘同謂始於析麻皮爲絲也引申之用纑以縫衣亦爲緝如禮經云斬者不緝也齊者緝也是也又引申之爲積厚流光之偁大雅傳曰緝熙光明也是也从糸咠聲七入切七部絘績所未緝者各本作績所緝也今依廣韻正兩纑相接而後爲緝未撚接之前㩜絑纖微諸纑以儲脩之是爲絘令其次弟可用也引申之周禮有絘布鄭司農云列肆之稅布从糸次聲七四切十五部績緝也豳風八月載績傳曰載績絲事畢而麻事起矣績之言積也積短爲長積少爲多故釋詁曰績繼也事也業也功也成也左傳曰遠績禹功大雅曰維禹之績傳曰績功也从糸責聲則歷切十六部纑布縷也言布縷者以別乎絲縷也績之而成縷可以爲布是曰纑禮經縷分別若干升以爲麤細五服之縷不同也趙岐曰纑

湅麻曰纑麻部䌖下曰未湅治纑也然則湅治之乃曰纑葢纑有不湅者若斬衰齊衰大功小功之縷皆不湅繐衰之縷則湅之若吉服之縷則無不湅者不湅者曰繐湅者曰纑統呼曰縷从糸盧聲洛乎切五部紨布也謂布名一曰粗紬謂大絲繒之粗者漢書武五子傳賜延年女羅紨从糸付聲防無切五部繐蜀細布也左思蜀都賦黃潤比筒注黃潤謂筒中細布也揚雄蜀都賦曰筒中黃潤一端數金从糸彗聲祥歲切十五部絺細葛也葛者絺綌艸也其絺績之一如麻枲其所成之布細者曰絺粗者曰綌葢艸有不同如今之葛布有黃艸葛其粗者也从糸希聲丑脂切十五部綌粗葛也从糸谷聲綺戟切古音在五部⿰巾谷綌或从巾縐絺之細者也者字依御覽補詩曰蒙彼縐絺鄘風君子偕老文傳曰蒙覆也絺之靡者爲縐按靡謂紋細皃如水紋之靡靡也米部曰糜碎也凡言靡麗者皆取精義謂其極細此毛說與鄭說

絟ㄑㄩㄢ 紵ㄓㄨˋ 𦁇° 緦ㄙ 𢇁° 緆ㄒㄧ

之不同也 **一曰戚也。** 戚各本作蹴蹴者躡也非其義蓋本作戚俗作蹙又改爲蹴耳今正鄭箋云縐絺絺之蹙蹙者此鄭說之異毛也戚戚者如今之縐紗然上文云緅衣戚也子虛賦襞積褰縐張揖注云縐戚也 **从糸芻聲。** 側救切四部

絟 細布也。 江都王傳遺帝荃葛師古曰字本作絟千全反又千劣反江南筩布之屬皆爲荃也 **从糸全聲。** 此緣切十四部

紵 檾屬。 檾者枲屬也陳風曰東門之池可以漚紵 **細者爲絟。布白而細曰紵。** 各本作粗者爲紵今依元應書正卷十二十五略同也周禮典枲掌布緦縷紵之麻草之物白而細疏曰紵古亦借爲褚衣之褚 **从糸宁聲。** 直呂切五部

𦁇 紵或从緒省。

緦 十五升抽其半布也。 各本無抽其半三字當由不通人刪之今補緦者布名猶大功小功皆布名也經云緦麻三月者注云緦麻緦布衰裳而麻經帶也今本注內刪下緦字則不可通矣傳曰緦者十五升抽其半有事其縷無事其布曰緦凡布幅廣二尺二寸禮經布八十縷爲升即許之布八十縷爲稯也斬衰三升三升有半齊衰四升緦衰小功之縷四升有半大功八升若九升小功十升若十一升緦布朝服之縷七升有半升數各不同而皆合二尺二寸之度以成布十五升去半者十五升朝服之升數也去其半則爲七升有半朝服用十五升其布密緦用其半其布疏謂之緦者鄭曰治其縷細如絲也傳所謂有事其縷也緦衰用小功之縷而升數不及半緦用朝服之縷而升數祇取半皆聖人因宜適變之精意 **一曰兩麻一絲布也。** 此說非也鄭注喪服曰或曰有絲朝服用布何衰用絲乎 **从糸思聲。** 息茲切一部

𢇁 古文緦从思省。 思各本作糸誤今正

緆 細布也。 布一本作麻古亦呼布爲麻也燕禮冪用綌若錫鄭注今文錫爲緆錫易也治其布使滑易也按今文其本字古文其叚借字也子虛賦被阿緆即列子之衣阿錫許意從禮今文故錄緆字喪服錫衰傳曰錫者何也麻之有錫者也錫者十五升抽其半無事其縷有事其布曰錫按據是則錫之與緦但一事其縷一事其布爲少異耳其爲十五升之半則同也何

繐ㄙㄨㄟˋ ⿸麻易° 緰ㄩˊ 縗ㄘㄨㄟ 絰ㄉㄧㄝˊ

以緦下偁傳以釋之而緆下不偁傳也曰緦在五服之內故聖人特製其字錫衰不在五服內故聖人用錫之名不別製字錫衰之錫與細布之錫其實不同也蓋古者布十五升爲取細十五升布成治之使滑易是曰緆錫衰則半十五升而治之亦名曰錫實非錫也是以傳之釋經也先之曰錫者何也麻之有錫者也有讀爲又言麻既爲布矣而又加灰易之此言錫之本義也繼之曰錫者十五升抽其半無事其縷有事其布曰錫此釋錫衰之錫也兩言錫者意各有在許作字書釋緆本義故祇曰細麻而不必詳十五升去半之錫蓋用傳前說以包後說矣 **从糸易聲。** 先擊切十五部

⿸麻易 緆或从麻。 先鄭曰錫麻之滑易者劉熙曰錫易也治其麻使滑易也古說謂治麻曰錫

繐 細疏布也。 禮經曰繐衰裳牡麻絰既葬除之者傳曰繐衰者何以小功之繐也注云治其縷如小功而成布四升半細其縷者以恩輕也升數少者以服至尊也凡布細而疏者謂之繐今南陽有鄧繐按小功十升若十一升成布而此用小功之縷四升半成布是爲縷細而布疏其名曰繐者布本有一種細而疏者曰繐但不若繐衰之大疏而繐衰之名繐實用其意故鄭舉凡布以名之劉氏釋名說繐衰亦曰細而疏如繐也許云細疏布亦謂凡布不主繐衰與錫本爲細布名而錫衰之錫取以爲名正同故皆不引禮傳 **从糸惠聲。** 私銳切十五部按此篆各本在前絙纍二篆之閒非其次也今移此以正之

緰 緰貲逗 **布也。** 謂布名急就篇服瑣緰帶與繒連師古曰緰帶布之尤精者也帶貲同 **从糸俞聲。** 度侯切四部

縗 衰服衣。 衰字各本無今補凡服上曰衣下曰裳禮言衰裳連言即衣裳也以衰統負板辟領等爲言也 **長六寸。博四寸。直心。** 喪服記曰衰長六寸博四寸注云廣袤當心也前有衰後有負板左右有辟領孝子哀戚無所不在按縗經典多叚借衰爲之 **从糸衰聲。** 倉回切古音在十七部

絰 喪首戴也。 喪服經苴絰注曰麻在首在要皆曰絰絰之言實也明孝子有忠實之心故爲制此絰服焉首絰象緇布冠之缺項要絰象大帶又有絞帶象革帶按經傳首要皆言絰而首章傳苴絰大搹去五分一以

緶ㄆㄧㄢˊ　㡟ㄇㄛˋ　⿰糸封ㄅㄥ　緉ㄌㄧㄤˇ　絜ㄐㄧㄝˊ　繆ㄇㄡˊ　綢ㄔㄡˊ　絮ㄋㄨˊ

爲帶齊衰之絰斬衰之帶也云云然則在首爲絰在要爲帶絰特舉絰以統帶耳故許以衰首戴釋絰猶言當心之縗則負板辟領皆統其中也 从糸至聲。徒結切十二部

緶 交枲也。謂以枲二股交辮之也交絲爲辮交枲爲緶 一曰緁衣也。上文緁下云緶衣也此云緶緁衣也是爲轉注 从糸便聲。房連切十一部

㡟 履也。履者足所依也方言曰絲作之者謂之履麻作之者謂之不借或謂之屨或謂之䩮角或謂之䡓或謂之㞕或謂之㡟履其通語也 一曰青絲頭履也。上義謂麻作之此義謂青絲爲頭 讀若阡陌之陌。許書無阡陌葢當作什佰也一曰以下十三字當在从糸戶聲之下 从糸戶聲。大徐亡百切郭景純下瓦反一音臺古音在五部

⿰糸封 枲履也。枲者麻也急就篇屨屩絜麤今俗語屨之判合爲絜讀如邦 从糸封聲。博蠓切九部

緉 履兩枚也。齊風葛屨五兩屨必兩而後成用也是之謂緉 一曰絞也。一日猶一名也方言緉緉絞也關之東西或謂之緉絞通語也按緉之言兩也緉之言雙也絞之言交也 从糸兩兩亦聲。各本兩作兩篆作緉非當正力讓切十部

絜 麻一耑也。一耑猶一束也耑頭也束之必齊其首故曰耑人部係下云絜束也是知絜爲束也束之必圍之故引申之圍度曰絜束之則不被曼故又引申爲潔淨俗作潔經典作絜 从糸㓞聲。古屑切十五部

繆 枲之十絜也。枲即麻也十絜猶十束也亦段爲謬誤字亦段爲謚法之穆 一曰綢繆也。唐風綢繆束薪傳曰綢繆猶纏緜也鴟鴞鄭箋同皆謂束縛重疊 从糸翏聲。武彪切三部

綢 繆也。謂枲之十絜一曰綢繆二義皆與繆同也今人綢繆字不分用然詩都人士單用綢字曰綢直如髮毛傳以密直釋之則綢即稠之段借也 从糸周聲。直由切三部按此二篆疑有譌亂

絮 絜縕也。絜縕謂束縕也束縕見蒯通傳 一曰敝絮也。敝絮謂孰絲也前說謂麻此謂絲 从糸奴聲。女余切五部 易曰需有衣絮。既濟六四爻辭按此篆舊在縕篆之前彼上下文皆言絲絮非其類今移次於此

縕ㄩㄣ　紼ㄈㄨˊ　絣ㄅㄥ　紕ㄆㄧ　𦄵ㄐㄧˋ　縊ㄧˋ　綏ㄙㄨㄟ

縕 紼也。玉藻纊爲繭縕爲袍注曰纊新緜也縕今之纊及故絮也纊及故絮皆謂以新緜合故絮裝衣鄭說與許異衣部曰以絮曰襺以縕曰袍許絲絮不分新舊槩謂之縕以亂麻謂之縕孔安國釋論語曰縕枲著也許所本也蒯通傳束縕乞火師古曰縕亂麻 从糸𥁕聲。於云切十三部亦上去聲

紼 亂枲也。枲各本作系不可通今正亂枲者亂麻也可以裝衣可以然火可以緝之爲索故采尗毛傳曰紼繂也言用紼爲索也 从糸弗聲。分勿切十五部

絣 氐人殊縷布也。漢武都郡應劭曰故白馬氐羌華陽國志曰武都郡有氐傁殊縷布者葢殊其縷色而相閒織之絣之言駢也 从糸并聲。北萌切十一部自紨篆至此篆皆說麻事也

紕 氐人𦄵也。氐人所織毛布也周書伊尹爲四方獻令正西以紕罽爲獻後漢西南夷傳冉駹夷能作毞毲即紕也華陽國志同禮記用紕爲紕繆字 从糸 毛似糸故从糸 比聲。讀若禹貢玭珠。卑履切十五部亦平聲玭珠見玉部注

𦄵 西胡毳布也。西胡見玉部琊注毳者獸細毛也用織爲布是曰𦄵亦叚罽爲之 从糸罽聲。居例切十五部

縊 絞也。絞各本作經庸人所改也今正交部曰絞縊也與此爲轉注絞縊必兩股辮爲之喪服傳曰喪之經不摎垂葢不成也不摎垂謂不絞也經本訓從絲爲一股縊死必兩股爲之以其直縣也故亦謂之經許解縊必不云經也左傳曰若其有罪絞縊以戮手部曰摎縛殺也 从糸益聲。於賜切十六部 春秋傳曰夷姜縊。桓十六年左傳文

綏 車中靶也。靶各本作把玉篇作車中靶也廣韻引說文同按靶是把非靶者轡也轡在車前而綏則系於車中御者執以授登車者故別之曰車中靶也少儀曰車則脫綏執以將命綏本系於車中故可脫郭璞注子虛賦曰綏所執以登車論語曰升車必正立執綏周生烈曰正立執綏所以爲安按引申爲凡安之偁 从糸妥聲。聲字各本無今補妥字見禮經小雅許偁遺之今已補於女部毛公曰妥安坐也綏以妥會意即以妥形聲古音在十七部

彝ㄧˊ 彝。 䋫。 素ㄙㄨˋ 𢑱ㄐㄩˊ 約ㄩㄝˋ 䋫ㄕㄨㄛˋ 𦅫ㄔㄨㄛˋ 綽。 𦅫ㄏㄨㄢˇ 緩。

部今音息遺切

彝 宗廟常器也。彝本常器故引申爲彝常大雅民之秉彝傳曰彝常也 从糸。糸綦也。綦許書所無當作𦃃周禮幎人以疏布巾幎八尊以畫布巾幎六彝彝尊必以布覆之故从糸也 廾持之。之字今補廾竦手也尊下亦曰廾以奉之 米器中實也。酒者米之所成故从米 从彑象形。各本作彑聲非也今依韵會正彑者豕之頭銳而上見也爵从鬯又而象雀之形彝从糸米廾而象毀鳥獸之形其意一也故云與爵相似 此與爵相侶。相似猶同意也以脂切十五部 周禮六彝。雞彝。鳥彝。黃彝。虎彝。蜼彝。斝彝。㠯待祼將之禮。見春官司尊彝

𢑱 𢑱 皆古文彝。

文二百四十八宋本八今本九 重三十一

十三篇上 卅九

素 白致繒也。繒之白而細者也致者今之緻字漢人作注不作緻近人改爲緻又於糸部增緻篆皆非也鄭注襍記曰素生帛也然則生帛曰素對湅繒曰練而言以其色白也故爲凡白之偁以白受采也故凡物之質曰素如故下一曰素也是也以質未有文也故曰素食曰素王伐檀毛傳曰素空也 从糸𠂹。取其澤也。澤者光潤也毛潤則易下𠂹故从糸𠂹會意桑故切五部 凡素之屬皆从素。

𦃃 素屬。从素𠬞聲。居玉切三部

約 白約。逗 縞也。縞者鮮支也急就篇有白約顏注曰謂白素之精者其光約約然也 从素勺聲。以灼切二部

䋫 素屬。素當作索見米部繩索也从素之字古亦从糸故䋫字或作繂或作綍采朩毛傳曰綍繂也謂麻繩也今說文譌作素屬乃不可通矣 从素猶从糸也 率聲。所律切十五部

𦅫 𦅫也。淇奧毛傳曰綽緩也 从素卓聲。昌約切二部

綽 𦅫或省。今多如此作

𦅫 𦅫也。糸部曰綽緩也然則緩綽也 从素爰聲。胡管切十四部大徐管作玩非

緩 𦅫或省。今多如此作

絲ㄙ 轡ㄆㄟˋ 𢇍ㄍㄨㄢ 率ㄕㄨㄞˋ 虫ㄏㄨㄟˇ

文六 重二

絲 蠶所吐也。吐者寫也 从二糸。息茲切一部 凡絲之屬皆从絲。

轡 馬轡也。从絲从車。各本篆文作𦆂解作从絲从𠟭五經文字同中从軸末之𠟭也惟廣韵六至轡下云說文作𦆂此蓋陸法言孫愐所見說文如此而僅存焉以絲運車猶以𢇍轡車故曰轡與連同意祇應从車不煩从𠟭也今據以正誤 與連同意。見連輦二字下兵媚切十五部 詩曰。六轡如絲。小雅皇皇者華文此非以證轡字乃以釋从絲之意也六轡如絲毛傳曰言調忍也如絲則是以絲運車故其字从絲車凡引經說會意之例如此

𢇍 織𢇍絲𠬞杼也。織字下各本衍絹字玉篇又誤緝今刪以絲各本誤作从糸卌作貫今正杼者機之持緯者毌穿物持之也以絲貫於杼中而後織是之謂𢇍杼之往來如關機合開也 从絲省卝聲。卝者𠦃字也鉉等云古磺字非也古還切十四部

卝 古文𠦃字。

文三

各本無此五字今補說詳𠦃部

十三篇上 四十

率 捕鳥畢也。畢者田网也所以捕鳥亦名率按此篆本義不行凡衛訓將衛也達訓先導也皆不用本字而用率又或用帥如緜傳云率循也北山傳云率衜也其字皆當作達是也又詳帥下左傳藻率服虔曰禮有率巾卽許書之帥也 象絲网。謂㐅 上下其竿柄也。上其竿之蓋者下其柄也畢网長柄 所律切十五部 凡率之屬皆从率。

文一

虫 一名蝮。爾雅釋魚蝮虫今本虫作虺 博三寸。首大如擘指。釋魚文擘指大指也郭云此自一種蛇人自名爲蝮虺今蝮蛇細頸大頭焦尾色如艾綬文文閒有毛似豬鬣鼻上有鍼大者長七

蝮ㄈㄨˋ 螣ㄊㄥˊ 蚺ㄖㄢˊ 螼ㄑㄧㄣˇ 螾ㄧㄣˇ

八尺一名反鼻非虺之類此足以明此自一種蛇矣此注見斯干正義及小顏田儋傳注郭意爾雅之蝮今無此物今之蝮蛇非爾雅之蝮蛇也　象其臥形。虫篆象臥而曲尾形它篆下云虫也象冤曲垂尾形許偉切十五部　物之微細。或行或飛。或飛二字依爾雅釋文補　或毛或蠃。蠃見衣部但也俗作蠃非　或介或鱗。以虫爲象。按以爲象言以爲象形也从虫之字多左形右聲左皆用虫爲象形也月令春其蟲鱗夏其蟲羽中央其蟲倮虎豹之屬恆淺毛也秋其蟲毛冬其蟲介許云或飛者羽也古虫蟲不分故以蟲諧聲之字多省作虫如融赨是也鱗介以虫爲形如螭虯蝕蚌是也飛者以虫爲形如蝙蝠是也毛蠃以虫爲形如蝯蜼是也　凡虫之屬皆从虫。

蝮　虫也。是曰轉注考老之例也招魂曰蝮蛇蓁蓁　从虫。复聲。芳目切三部玉裁按虫蝮二篆說解蓋有疑焉許它下解云虫也从虫而長象冤曲垂尾形虫篆下說云象其臥形然則虫乃不垂尾之它它乃垂尾之虫二篆實一字也乃解虫爲蝮援爾雅博三寸頭大如擘以實之依爾雅之形則頭廣一寸身廣三寸必四足之它乃有此形而許所云象其臥象其冤曲垂尾者必無足之它而非四足之它也無足爲它之常形故其臥曰虫舒之曰它而黿鼉篆从它篆之上體亦未嘗非虫篆之上體也然則以蝮訓虫似非許意矣況爾雅蝮虫在釋魚陸云今作虺尋其形皃非無足之它諸書皆云至毒則即字林所謂蝝蟘之類故景純亦云今俗細頭大頭之蝮它非爾雅之蝮它許書以雖虺蜥蜴蚖六篆同四足者類記蓋許意虫爲無足它虺爲四足它各不相涉爾雅古本作蝮虫乃是借虫以爲虺博三寸首大如擘者乃虺之形非虫之形許書虫篆下作它也象其臥形而無蝮虫也从虫復聲之云則文從字順矣蝮字恐古爾雅祇作復故知許不當有

螣　神它也。荀卿曰螣蛇無足而飛毛詩叚借爲蟘字　从虫。朕聲。徒登切六部

蚺　大它。可食。从虫。冄聲。人占切七部

螼　螾也。釋蟲曰螼蚓蜸蚕許謂螼也蚓也蜸蚕也一物三名也蚓許作螾　从虫。堇聲。弃忍切十三部

螾　側行者。考工記卻行仄行鄭曰卻行螾衍之屬仄行蟹屬與許異今觀丘蚓寘卻行非側行鄭說長也丘蚓俗曰曲蟺漢巴郡有朐忍縣以此蟲得名丘朐曲一語之轉也或謂朐忍爲朐䏰讀如蠢潤二音遠失之矣　从虫。寅聲。余忍切十二部

蚓　螾或从引。

螉　螉蝬。螉蝬二字各本無此今補　蟲在牛馬皮者。爾雅釋文引字林螉蝬似蠅蟲在牛皮者字林本說文也郭氏爾雅注蚣蝑一作蜙蝬此謂蚣蝑春黍　从虫。翁聲。烏紅切九部

蝬　螉蝬也。从虫。從聲。子紅切九部

蠁　知聲蟲也。十部曰肸蠁布也釋蟲曰國貉蟲蠁廣雅曰土蛹蠁蟲　从虫。鄉聲。許兩切十部

蚼　司馬相如說从向。鄉向聲同也按春秋羊舌肸字叔向說者向讀上聲蓋向者蚼之省也以肸蠁爲名字

蛁　蟲也。謂蟲名也按玉篇以蛁蟧釋之非也蛁自蟲名下文蚗下蛁蟧別一蟲名凡單字爲名者不得與雙字爲名者相牽混蛁蟧即蛁蟧不得以釋蛁也　从虫。召聲。都僚切二部

⿱冣虫　蟲也。謂蟲名　从虫。冣聲。祖外切十五部

蛹　繭蟲也。按許於繭曰蠶衣也於絲曰蠶所吐也於蠶曰任絲蟲也於蛹曰蠶化飛蛾也蛹之爲物在成繭之後化蛾之前非與蠶有二物也立文不當曰繭蟲當曰繭中蠶也乃使先後如貫珠然疑轉寫必有譌亂　从虫。甬聲。余隴切九部

螝　蛹也。見釋蟲顏氏家訓曰莊子螝二首螝即古虺字見古今字詁按字詁原文必曰古螝今虺以許書律之古字叚借也　从虫。鬼聲。讀若潰。胡罪切十五部

蛕　腹中長蟲也。从虫。有聲。戶恢切古音在一部

蟯　腹中短蟲也。倉公列傳診其病曰蟯瘕　从虫。堯聲。如招切二部

雖　似蜥易而大。易各本作蜴誤今正此字之本義也自借以爲語詞尟有知其本義者矣常棣云每有良朋又云雖有兄弟傳云每雖也凡人窮極其欲曰恣睢雖即睢也按方言守宮在澤中者東齊海岱謂之螔蟔注云似蜥易大而有鱗蟔字疑雖之誤　从虫。唯聲。息遺切十五部

虺　㠯注鳴者。者字今補注者

蚓ㄧㄣˇ 螉ㄨㄥ 蝬ㄗㄨㄥ 蠁ㄒㄧㄤˇ 蚼 蛁ㄉㄧㄠ ⿱冣虫ㄗㄨㄟˋ 蛹ㄩㄥˇ 螝ㄏㄨㄟˇ 蛕ㄏㄨㄟˊ 蟯ㄖㄠˊ 雖ㄙㄨㄟ 虺ㄏㄨㄟˇ

蝘。

蜥ㄒㄧ　蝘ㄧㄢˇ　蜓ㄉㄧㄢˋ　蚖ㄩㄢˊ　蠸ㄑㄩㄢˊ　螟ㄇㄧㄥˊ　蟘ㄊㄜˋ

味字之段借詩用考工記文也梓人職云以注鳴者鄭云精列屬與許不同也上文雖下云似蜥易下文蜥下云蜥易則虺爲蜥易屬可知矣今爾雅以爲虫蝮字詩曰。胡爲虺蜥。小雅節南山文今詩蜥作蜴蜴即蜥字也从虫兀聲。許偉切十五部

蜥易也。易下曰蜥易蝘蜓蝘蜓守宮也渾言之此分別蜥易蝘蜓蠑螈爲三析言之也方言曰守宮秦晉西夏或謂之蠦蝘或謂之蜥易从虫析聲。先擊切十六部蜥亦作蜴詩胡爲虺蜥今作虺蜴其音同也

在壁曰蝘蜓。在艸曰蜥易。析言之从虫匽聲。於殄切十四部

蝘或从蚰。

蝘蜓也。从虫廷聲。徒典切古音在十一部一曰螾蜓。一曰謂一名也

榮蚖。逗蛇醫。榮蚖之異名也釋魚曰蠑螈蜥易也小雅節南山傳曰蜴螈也蜴當作易螈當作蚖榮蚖或單評蚖史記龍漦化爲元蚖以入王後宮是也方言曰其在澤中者謂之易蜴音析南楚謂之蛇醫或謂之蠑螈東齊海岱謂之螔螏以注鳴者。謂與虺皆以味鳴也从虫元聲。愚袁切十四部

蟲也。謂蟲名未詳何物釋蟲有蠸輿父守瓜一曰大螫也。螫者蟲行毒也大螫者大行毒也讀若蜀都布名。糸部曰蠲蜀細布也此謂大螫之讀若蠲从虫雚聲。巨員切十四部

蟲食穀心者。吏冥冥犯法即生螟。心各本譌葉今依開元占經正釋蟲毛傳皆曰食心曰螟食葉曰蟘食根曰蟊食節曰賊云吏冥冥犯法即生螟正爲食心言之惟食心故从虫冥會意从虫冥。冥亦聲。此从宋本及小徐本莫經切十一部按鉉本於此下妄增又螟蛉三字宋本所無且螟蠕桑蟲也見下文字不作蛉

蟲食苗葉者。見爾雅毛傳吏气貣則生蟘。貣各本作貸今正气貣皆求也貝部曰貣從人求物也冥螟貣蟘皆疊韵左傳曰妖由人興也人無釁焉妖不自作故螟蟘蟊之害皆由吏鄭箋大田云明君以正己而去之正己可去則不正可招李巡孫炎皆謂出政所致也从虫貣。貣亦聲。各本篆作蟘解作从虫貣貣亦聲今正徒得切一部叚賸字爲之一部與六部合聲也詩曰。去其螟蟘。小雅大田文今詩作賸叚借字也

蟣ㄐㄧˇ　蛭ㄓˋ　蝚ㄖㄡˊ　蛣ㄐㄧㄝˊ　蚰ㄑㄩ　蟫ㄊㄢˊ　蛵ㄒㄧㄥ　蜭ㄏㄢˊ　蟜ㄐㄧㄠˇ　䖸ㄘˋ　蛙ㄨㄚ

蝨子也。蝨齧人蟲也子其卵也戰國策作幾瑟叚借字一曰齊謂蛭曰蟣。釋魚蛭蟣注曰今江東呼水中蛭蟲入人肉者爲蟣从虫幾聲。居豨切十五部

蟣也。此蒙上蟣字第二義釋之似後人所移原書當不在是水蛭者今之馬黃既是水物當與下蛟螭蚪蝌爲類蛭蟣釋魚文从虫至聲。之日切十二部

蛭蝚。逗至掌也。釋蟲文郭云未詳本艸經水蛭味鹹一名至掌是名醫謂即水蛭也从虫柔聲。耳由切三部

蛣蚰。逗蝎也。釋蟲曰蝎蛣𧌑也郭云水中蠹蟲按下文蝎蝤蠐也不識何以不類記从虫吉聲。去吉切十二部

蛣蚰也。从虫出聲。區勿切十五部今爾雅作𧌑

白魚也。今衣書中白蟲有粉如銀者是也一名蛃魚本艸經謂之衣魚从虫覃聲。余箴切七部

丁蛵。逗疊韵負勞也。釋蟲文郭曰即蜻蛉也江東呼狐黎所未聞按許意非蜻蛉也許下文蛉下云蜻蛉也一名桑根不與此爲伍則許意不謂蜻蛉可知从虫巠聲。戶經切十一部

毛蠹也。釋蟲文蠹者木中蟲也蜭居木中其形外有毛能食木故曰毛蠹是爲蜭蜭之言陷也从虫臽聲。乎感切八部

蟲也。謂蟲名按上蜭下䖸同類也則蟜當亦蜭䖸之類耳从虫喬聲。居夭切二部

毛蟲也。不曰毛蠹者不居木中但食葉也釋蟲云蟔蛅蟴郭云䖸屬也今青州人呼䖸爲蛅蟴孫叔然云八角螫蟲失之按今俗云刺毛者是也食木葉體有棱角有毛有采色毛能螫人叔然說不誤也其老而成蛹則外有殼如雀卵然本艸經謂之雀甕或出成蛾放子如蠶子或即卵育於殼中故本艸云雀甕蛅蟴房也蛅蟴音髯斯从虫𢦏聲。讀若笥。三字依爾雅釋文補千志切一部本艸作蚝音同

蠆也。史記律書北至於蛙蛙者主毒螫殺萬物也蛙而蔵之九月也从虫圭聲。烏蝸切十六部篇韵

蚔ㄑㄧˊ 蠆ㄔㄞˋ 蠆◦ 蝤ㄑㄧㄡˊ 蠐ㄑㄧˊ 蝎ㄒㄧㄝ

書口圭切 蚔 畫也。此篆與蝨子之蚳迥別孟子書當是蚔畫畫卽畫大夫以蚔畫爲名也 从虫氏聲。巨支切十六部

蠆 毒蟲也。左傳曰蠭蠆有毒詩曰卷髮如蠆通俗文曰蠆長尾謂之蠍蠍毒傷人曰蛆蛆張列反或作蜇旦聲非且聲也 象形。按不曰从虫象形而但曰象形者虫篆有尾象其尾也蠍之毒在尾詩箋云蠆螫蟲也尾末揵然似婦人髮末上曲卷然其字上本不从萬以苗象其身首之形俗作蠆非且與壯蝎字混丑芥切按字林他割反囧應書他達切皆蠆音也十五部

蠆或从䖵。蠍尾有單鉤者有雙鉤者故或从䖵

蝤 蝤蠐也。詩衛風領如蝤蠐傳曰蝤蠐蝎蟲也爾雅同按下文云蝎蝤蠐也然則二者爲轉注 从虫酋聲。字秋切三部

蠐 蠐螬也。釋蟲蟦蠐螬郭云在糞土中者也是二者似同而異宋掌禹錫蘇頌亦蠐螬與蝤蠐蝎不同許意謂蝤蠐蝎爲一物而蠐下不云蝎也蓋亦不謂一物矣 从虫脊聲。徂兮切十五部

蝎 蝤蠐也。釋蟲曰蝎桑蠹桑中蠹也按上文許云蛣蚍蝎也不類廁於此者許意蛣蚍別爲一物也蓋一類而種別者多矣 从虫曷聲。胡葛切十五部

強ㄑㄧㄤˊ 𧖮◦ 蚚ㄑㄧˊ 蜀ㄕㄨˇ 蠲ㄐㄩㄢ

強 蚚也。下云蚚強也二字爲轉注釋蟲曰強醜捋郭曰以腳自摩捋假借爲彊弱之彊 从虫弘聲。此聲在六部而強在十部者合韵也巨良切

籀文強从䖵从彊。篆此則強者古文秦刻石文用強是用古文爲小篆也然以強爲彊是六書之叚借也

蚚 強也。从虫斤聲。巨衣切古音在十三部

蜀 葵中蠶也。葵爾雅釋文引作桑詩曰蜎蜎者蠋蒸在桑野似作桑爲長毛傳曰蜎蜎蠋皃蠋桑蟲也傳言蟲許言蠶者蜀似蠶也淮南子曰蠶與蠋相類而愛憎異也桑中蠶卽蠋蜎 从虫。上目象蜀頭形。中謂勹象其身蜎蜎。市玉切三部 詩曰蜎蜎者蜀。豳風文今左旁又加虫非也

蠲 馬蠲也。馬蠲亦名馬蚿亦名馬蚈亦名馬蠸見呂覽仲夏紀淮南時則訓高注而爾雅釋蟲蛝馬蝬郭注馬蠲蚼俗呼馬蝬方言曰馬蚿大者謂之馬蚰蚿同字也莊子謂之蚿多足蟲也今巫山夔州人謂之艸鞵絆亦曰百足蟲茅茨陳朽則多生之故淮南呂覽皆曰腐艸化爲蚈高注曰蚈讀如蹊徑之蹊是也其注淮南云一曰熒火乃備異說鄭注戴記腐艸爲熒曰熒飛蟲熒火也蓋非古文古說 从虫罒象形。不云从蜀者物非蜀類又書無蜀部也 益聲。益聲在十六部故蠲之古音如圭韓詩吉圭爲饎毛詩作吉蠲蠲乃圭之叚借字也唐詩水掇文蠲動亦尙讀如圭音轉乃讀古懸切 明堂月令曰腐艸爲蠲。許所據者古文古說

螕ㄅㄧ 蠖ㄏㄨㄛˋ 蝝ㄩㄢˊ

螕 齧牛蟲也。今人謂齧狗蟲語亦同通俗文曰狗蝨曰螕 从虫毘聲。邊兮切十五部

蠖 尺蠖。逗疊韵字 詘申蟲也。詘各本作屈非今正詘者詰詘也詘也易繫辭曰尺蠖之詘以求信也信古伸字釋蟲曰蠖尺蠖注今蝍蝛方言曰蠀蛾謂之蚇蠖注又呼步屈 从虫蒦聲。烏郭切五部

蝝 復陶也。釋蟲曰蝝蝮蜪俗字从虫也國語曰蟲舍蚳蝝韋注蝝蝮蜪也可以食按此說蓋與下文二說畫然爲三郭注爾雅則牽合董說耳復陶未知於今何物 劉歆說蝝蚍蜉子也。此與下董說皆說春秋也宣十五年冬蝝生五行志曰劉歆以爲蝝蚍蜉之有翼者食穀爲災按志云有翼此云子亦異 董仲舒說蝝蝗子也。何注公羊曰蝝卽螺也始生曰蝝大曰螺五行志曰董仲舒劉向以爲蝗始生也螺卽蝗字董何說同也 从虫象聲。與專切十四部

螻ㄌㄡˊ

螻 螻蛄也。今之土狗也 从虫婁聲。洛侯切四部 一曰螜天螻。釋蟲文郭注云螻蛄也按依郭則此一曰猶一名耳但恐郭注未安方言蟦蠐或謂之蝖螜或謂之天螻則非螻蛄也許書無螜字

蛄ㄍㄨ 蠪ㄌㄨㄥˊ 蛾ㄜˊ

蛄 螻蛄也。孟子蠅蚋姑嘬之蚋一作蜹或云蜹姑卽螻蛄也 从虫古聲。古乎切五部

蠪 蠪丁螘也。按此當於蠪丁爲逗各本刪蠪字者非也讀爾雅者以丁螘爲句亦非蠪丁螘之一名耳爾雅丁作玎 从虫龍聲。盧紅切九部

蛾 羅也。蛾羅見釋蟲許次於此當是螘一名蛾古書說蛾爲蟻者多矣蛾是正字蟻是或體許意此蛾是螘䖵部之𧒈是

螘ㄧˇ 蚳ㄔˊ ⿱氐䖵。 ⿰虫⿱辰土。 蠜ㄈㄢˊ 蟀ㄕㄨㄞˋ 蝒ㄇㄧㄢˊ 蟷ㄉㄤ 蠰ㄖㄤˊ 蜋ㄌㄤˊ 蛸ㄕㄠ 蛢ㄆㄧㄥˊ

蠶蠶二字有別郭注爾雅蛾羅爲蠶蛾非許意也爾雅蛾字本或作蟻蛾古因二字雙聲通用要之本是一物非叚借也 从虫我聲。五何切十七部今音則魚綺反在十六部

螘 蠶蠶也。俗作蚍蜉非是今正蚰部曰蠶蠶大螘也析言之也渾言之則凡螘皆曰蠶蠶爾雅蚍蜉大螘小者螘亦是析言 从虫豈聲。魚綺切按當魚豈切古音在十五部廣韻入尾韻者古音也入紙韻者緣蟻字而合之也

蚳 螘子也。釋蟲曰螘子蚳郭云蟻卵也周禮饋食之豆有蚳醢鄭曰蚳蛾子國語蟲舍蚳蝝韋注同 从虫氏聲。直尼切十五部 周禮有蚳醢。天官醢人文 讀若祁。

籒文蚳从䖵。

古文蚳从辰土。从土者出之土中也从辰者辰聲也古氏聲辰聲相假祇振字通用是其例

蠜 自蠜也。召南趯趯阜螽傳曰阜螽蠜也趯趯躍也 从虫樊聲。附袁切十四部

蟀 悉蟀也。唐風蟋蟀在堂傳曰蟋蟀蛬也按許書無蛬字今人叚蛩爲之 从虫帥聲。所律切十五部按蟋蟀皆俗字

蝒 馬蜩也。與釋蟲同凡言馬者謂大馬蜩者蜩之大者也方言曰蟬其大者謂之蟧或謂之蝒馬蜩馬二字誤倒此篆不與下文蜩蟬蜋蛁諸篆爲伍不得其故恐是淺人亂之耳 从虫面聲。武延切十四部

蟷 蟷蠰。逗 不過也。皆蟷蠰別名 从虫當聲。都郎切十部

蠰 蟷蠰也。从虫襄聲。汝羊切十部

蜋 堂蜋也。堂蜋與蟷蠰一語小異耳 从虫良聲。魯當切十部 一名斫父。斫各本作蜥今依爾雅音義正堂蜋臂有斧能斫故曰斫父郭云江東呼爲石蜋石即斫今江東呼斫郎

蛸 蟲蛸。逗 堂蜋子。月令仲夏之月螳蜋生注云螳蜋螵蛸母也鄭志王瓚問曰爾雅莫貈螳蜋同類物也今沛魯以南謂之蟷蠰三河之域謂之螳蜋燕趙之際謂之食疣齊濟以東謂之馬敫然名其子則同云螵蛸是以注云螵蛸母也按堂蜋卵附於木堅韌不可動至小暑而子蟲生焉 从虫肖聲。相邀切二部按蟲字从䖵故入䖵部凡一物二字而異部者例此

蟜ㄩˋ 蟥ㄏㄨㄤˊ 蟴ㄙ 蛅ㄓㄢ 蜆ㄒㄧㄢˇ 蜰ㄈㄟˊ 蝍ㄐㄩㄝˊ 蜾ㄍㄨㄛˇ

蛢 蟜蟥。逗 以翼鳴者。蟥各本作蝗今正釋蟲曰蛂蟥蛢郭云甲蟲也大如虎豆綠色今江東呼黃瓶按蛂蟥即蟜蟥也以翼鳴者見考工記梓人鄭注翼鳴發皇屬發皇即蛂蟥也 从虫幷聲。薄經切十一部

蟜 蟜蟥蛢也。蛢字今補此轉注之例也 从虫喬聲。余律切十五部

蟥 蟜蟥也。从虫黃聲。乎光切十部

蟴 蛄蟴。逗 強羊也。羊釋文所引及宋本如此當音陽益今江東人謂麥中小黑蟲爲羊子者是也鉉本作蛘李仁甫本作芈皆非是釋蟲曰蛄蟴強蛘郭云今米穀中蠹小黑蟲是也建平人呼爲蛘子蛘亡婢反郭音恐未諦方言蛄蟴謂之蟓羊字亦正作羊郭注廣之以江東名蛩音加建平人呼蛘子音芈姓不得改方言正文作蛘也爾雅正文恐亦本作羊 从虫施聲。式支切古音在十七部

蛅 蛅斯。逗 墨也。釋蟲云螺蛅蟴郭云載屬按許載下云毛蟲也此乃食木葉之蟲非木中之蠹其卵育自藏之殼曰雀甕宜與載象類列 从虫占聲。職廉切古音在七部

蜆 縊女也。與釋蟲同郭云小黑蟲赤頭喜自經死故曰縊女 从虫見聲。胡典切十四部

蜰 盧蜰也。按爾雅蜚蠦蜰爲一物許書蜚在蟲部蜰在虫部不言一物許蓋有所見也唐本艸說蜚蠊味辛辣而臭漢中人食之一名蠦蜰 从虫肥聲。符非切十五部

蝍 渠蝍。逗 一曰天社。社一作柱廣韻誤作神按渠蝍即蛣蜣雙聲之轉玉篇謂蜣蝍同字是也釋蟲曰蛣蜣蜣蜋莊子云蛣蜣之智在於轉丸陶隱居云喜入人糞中取屎丸而卻推之俗名爲推丸羅願云一前行以後兩足曳之一自後而推致爲乃坎地納丸不數日有蜣一蝡自其中出玉裁謂此物前卻推丸故曰渠蝍一曰猶一名也廣雅曰天柱蛣蜣也 从虫卻聲。以形聲包會意其虐切五部

蜾 蜾蠃。逗疊韻 蒲盧。句疊韻釋蟲毛傳同 細要土蠭也。天地之性。細要純雄。無子。詩曰。螟蛉有子。蜾蠃負之。小雅小宛曰螟蛉有子蜾蠃負之毛傳曰螟蛉桑蟲也蜾蠃蒲盧也負持也箋云蒲盧取桑蟲之子負持而去煦嫗養之

螘蚳蠜蟀蝒蟷蠰蜋蛸蛢蟜蟥蟴蛅蜆蜰蝍蜾

蜾。 蠃ㄌㄨㄛˇ 蛉ㄌㄧㄥˊ 蛺ㄐㄧㄚˊ 蜨ㄉㄧㄝˊ 蚩ㄔ 盤ㄅㄢ 蝥ㄇㄠˊ 蟠ㄆㄢˊ 蛜ㄧ

蠃蛉蛺蜨蚩盤蝥蟠蛜蜙蝑蟅蝗蜩蟬蜺

以成其子喻有萬民不能治則能治者將得之中庸注曰蒲盧果蠃土蜂也蒲盧取桑蟲之子去而變化以成爲己子列子曰純雌其名大腰純雄其名穉蜂淮南曰貞蟲之動以毒螫高注貞蟲細要蜂蜾蠃之屬無牝牡之合曰貞揚子曰取螟蛉祝曰類我類我戴先生曰古語謂隨變而成養曰蒲盧蒲盧又見大戴禮山海經小正曰雉入于淮爲蜃蜃者蒲盧也从虫咼聲古火切十七部

蜾 蝸或从果果聲也

蠃 蠃也从虫𣎆聲郎果切十七部一曰虒蝓此謂單言蠃則謂虒蝓也虒蝓見下文蝓篆下按下文蝸篆下蠃也此當云一曰蝸也而云一曰虒蝓者一物三名舉其易知者也

蛉 螟蛉逗疊韵桑蟲也小雅毛傳文釋蟲同按上文云蜀桑中蠶謂蠹其中者也此桑蟲似步屈其色青細或在艸葉上土蜂取之寘木空中或書卷閒筆筒中七日而成其子里語曰呪云象我象我詩義疏云爾从虫霝聲郎丁切十一部

蛺 蛺蜨也疊韵爲名今俗云胡蝶見莊子从虫夾聲兼叶切八部

蜨 蛺蜨也从虫疌聲徒叶切八部俗作蝶

蚩 蚩蟲也蚩字今補此三字句謂有蟲名蚩也叚借爲妛之蚩蚩毛傳曰蚩蚩敦厚之皃玉篇曰癡也此謂毛詩又曰笑也此謂叚蚩爲欰也从虫㞢聲赤之切一部

盤 盤蝥逗雙聲毒蟲也本艸經蟲部下品曰斑貓味辛寒有毒一名龍尾諸家云大豆葉上取之長五六分甲上黃黑斑文烏腹尖喙按斑貓俗字也从虫般聲布還切十四部

蝥 盤蝥也从虫敄聲莫交切按古音當如木在三部俗依本艸讀耳蟲部曰蟊亦或从敄

蟠 鼠婦也釋蟲曰蟠鼠負負又作婦本艸經曰鼠婦一名負蟠郭樸曰甕器底蟲按此遂生蟲今蘇州人所謂鞵底蟲也蟠音附袁切借爲蟠曲字如樂記云禮樂之極乎天而蟠乎地方言曰未陞天龍謂之蟠龍此讀如盤舟部般旋字之叚借也从虫番聲附袁切十四部

蛜 蛜威蛜各本作蛜今正蛜威疊韵字逗委黍句委黍逗鼠婦也豳風伊威在室毛傳曰伊威委黍也釋蟲同按釋蟲以蟠

蜙。 蜙ㄍㄨㄥ 蝑ㄒㄩ 蟅ㄓㄜˋ 蝗ㄏㄨㄤˊ 蜩ㄊㄧㄠˊ 蜩。 蟬ㄔㄢˊ 蜺ㄋㄧˊ

鼠婦與伊威委黍蠹爲二條不言一物蛜威卽今之地鼈蟲與鼠婦異物本艸經曰鼠婦一名蛜蝛以其略相似耳本艸經以鼠婦與䗪蟲爲二條分下品中品實則䗪卽鼠婦蓋一物而略有異同今難細別耳許書之蟠謂蝥絕非鼠婦大平御覽乃引說文曰蟠蛜鼠婦也依他書增一字不可據从虫伊省聲於脂切十五部

蜙 蜙蝑逗雙聲舂黍也詩釋文曰楊雄許愼皆云舂黍陸氏所據有此三字今補周南傳曰斯螽蜙蝑也豳風傳曰螽斯蜙蝑也釋蟲曰蜇螽蜙蝑舍人曰今所謂舂黍也方言曰舂黍謂之蜙蝑詩斯螽卽螽斯爾雅蜇卽斯蜙蝑舂黍皆雙聲蜙舂蝑黍又疊韵陸璣疏曰幽州人謂之舂箕蝗類也㠯股鳴者考工記梓人文鄭曰股鳴蜙蝑動股屬七月曰五月斯螽動股从虫松聲息恭切九部陸氏引許愼思弓反

蜙 蜙或省毛詩如此作

蝑 蜙蝑也从虫胥聲相居切五部陸氏引許愼先呂反

蟅 螽也螽各本譌作蟲今正方言曰蟒朱魏之閒謂之蚮南楚之外謂之蟅蟒或謂之蟅郭注卽蝗也蟅音近詐蟒音莫梗反亦呼蚱蜢按卽今北人所謂蛨蚱江南人謂之蝗蟲蟅蟒蚱蜢一語之轉許書上文云蜙蝑下文曰蝗螽也蝗也故列字之大如此若廣雅本艸所云蟅者皆非許意从虫庶聲之夜切古音在五部

蝗 螽也䖵部曰螽蝗也是爲轉注漢書五行傳曰介蟲之孼者謂小蟲有甲飛揚之類陽氣所生也於春秋爲螽今謂之蝗按螽蝗古今語也是以春秋書螽月令再言蝗蟲月令呂不韋所作从虫皇聲乎光切十部陸氏引說文榮庚反又爾雅釋文華孟反皆音之轉也

蜩 蟬也豳風傳曰蜩螗也大雅如蜩如螗傳曰蜩蟬也螗蝘也小雅鳴蜩嘒嘒傳曰蜩蟬也不同者或渾言或析言蟬之類不同也夏小正傳曰唐蜩者匽爾雅曰蜩蜋蜩螗蜩許書無螗字螗蓋蟬之大者也當依小正作唐从虫周聲徒聊切古音在三部詩曰五月鳴蜩七月文

蜩 蜩或从舟古周舟通用

蟬 㠯旁鳴者考工記梓人文鄭云旁鳴蜩蜺屬正義云蟬鳴在脅从虫單聲市連切十四部

蜺 寒

蜩也。方言小而黑者謂之蜺又曰蟪謂之寒蜩寒蜩瘖蜩也不言蜺與寒蜩爲一許本爾雅爲說釋蟲曰蜺寒蜩月令七月寒蟬鳴鄭曰寒蟬寒蜩謂蜺也郭樸云寒螿也 从虫兒聲。五雞切十六部或段爲虹霓字

螇鹿。逗 蛁尞也。尞舊作蟟許書無此字淺人增虫耳今作尞音聊釋蟲曰蜓蚞螇螰方言曰蛥蚗齊謂之螇螰楚謂之蟪蛄或謂之蛉蛄秦謂之蛥蚗自關而東謂之虭蟧或謂之蝭蟧或謂之蜓蚞西楚與秦通名也按蛥蚗卽許之蛜蚗蛜當音伊虭蟧音如貂料卽許之蛁尞也蜓蚞音如廷木許無蚞字蝭蟧夏小正作蝭蟧字宜支遰二音今江東俗語倘如此辭章家作遰了二字是也小正七月寒蟬鳴傳曰蝭蟧也與上文五月良蜩唐蜩爲各物方言亦以蛥蚗與蟬爲各物然則許之蜺螇螰與蜩蟬蓋亦有別矣 从虫奚聲。胡雞切十六部

蛜蚗。逗方言作蛥蚗蛥音折蚗音于列反蛥多聲不當音折訛方言有誤當從許作蛜音伊 蛁尞也。按蛁尞與虭蟧蜓蚞螇螰皆關雙聲疊韵 从虫夬聲。於悅切廣韵古穴切十五部

蛃蚗。逗各本皆作蛜蚗則與篆文不屬今依廣韵二仙所引正 蟬屬。按爾雅蛃者馬蜩方言蟬大者謂之蛃馬玉篇廣韵皆曰蛃卽蛃字然則許之蛃蚗卽爾雅之馬蜩也前文蛃篆及解顯系淺人羼入故失其次字之恉 讀若周天子赧。謂赧王 从虫丙聲。武延切十四部

蜻蛚也。按揚雄李巡陸璣郭樸玉篇廣韵皆云蟋蟀一名蜻蛚但許書不與上文蟋篆爲伍蓋不以爲一物與鄭注考工記曰以注鳴者精列屬 从虫列聲。良薛切十五部

蜻蛚也。从虫青聲。子盈切十一部按蜻蛚二篆當先蜻後蛚後人倒之下先蜻蛉則同此蜻如蛜蚗同蛜威之蛜螟蟘同食穀之螟也

蜻蛉也。戰國策曰六足四翼飛翔乎天地之閒方言曰蜻蛉謂之蝍蛉郭云江東謂之狐黎淮南人呼蟌蛜音康伊按淮南書水蠆爲蟌卽蜻蛉也今人作蜻蛉蜻蜓 从虫令聲。郎丁切十一部 一曰桑根。一曰猶一名也今本作一名

蔑蠓也。各本蔑作蠛無此字今正蔑之言末也微也爾雅作蠛非古也釋蟲曰蠓蠛蠓孫炎曰此蟲小於蚊郭圖讚曰小蟲似蚋風春雨磑謂其飛上下如春則天風回旋如磨則天雨陸佃引郭語互易之非也史記蜚鴻滿野索隱引高誘曰飛鴻蠛蠓也按古鴻蒙爲疊韵故高君知鴻爲蠓也楊雄賦浮蠛蠓而撇天蠛蠓猶鴻蒙也細至於蠓則其外皆鴻蒙矣故其字从蒙 从虫蒙聲。莫孔切九部

蟲蜋也。蟲字在蚰部故於此釋其義而蚰部曰蟲蜋也皆文勢之自然也 一曰浮游朝生莫死者。一曰猶一名也浮游各本作蜉蝣俗人所改耳蝣字許書無蜉字雖有亦非今正釋蟲曰蜉蝣渠略曹風毛傳曰蜉蝣渠略也朝生夕死其狀詳陸璣詩疏爾雅注渠略叚借字 从虫京聲。离灼切五部

秦晉謂之蜹楚謂之蟁。蟁作蚊俗今王蟁在蚰部故不類列於此也此爲方俗殊語以舉例也 从虫芮聲。而銳切十五部

蠨蛸。逗雙聲 長股者。釋蟲曰蠨蛸長踦豳風毛傳同踦當作蹢其足長故謂之長踦許則顯之曰長股者也此鼅鼄之一種俗謂喜母 从虫肅聲。古音肅在三部今音穌彫切俗寫作蠨蛸古音消今音所交切此古今之轉變也蛸篆已見上文爲蟲蛸字故此不再出

蛸蟲也。有蟲名蛸也 从虫省聲。息正切十一部

蛶商何也。釋蟲曰蛶螪何郭云未詳陸云商羊反字林之亦反按字林近古之亦反則字本作螪而許書當作啇何矣 从虫寽聲。力輟切十五部

蠅胆也。肉部曰胆蠅乳肉中也蜡胆音義皆通 周禮蜡氏掌除骴。蜡氏秋官職也鄭曰蜡骨肉臭腐蠅蟲所蜡也蜡讀如狙司之狙按狙司卽覷伺也蠅蟲所蜡卽蠅乳肉中之說乳者生子也蠅生子爲蛆蛆者俗字胆者正字蜡者古字已成爲蛆乳生之曰胆曰蜡齊民要術作浥魚法勿令蠅胆其意同也釋蟲蠹醜螸蠹千據反卽蜡字之異者也廣韵音誤而字不誤今爾雅各本誤郭云螸者剖母背而生今大蠅有如是者蠶蛹變而爲蛾亦是裂殼而出蜡字禮記郊特牲借爲八蜡字尋八蜡本當作昔昔老也息老物也故字林作䄍李仁甫說文作蜡年終祭名斯爲巨謬本艸以蜡爲水母之名 从虫

螇蚗蛃蛚蜻蛉蠓蜋蚋蠨蛸蛶蜡

蝡（ㄖㄨㄢˇ） 蚑（ㄑㄧˊ） 蠉（ㄒㄩㄢ） 蚩（ㄔ） 螸（ㄩˊ） 蝙（ㄕㄢˋ） 蛻（ㄊㄨㄟˋ） 蠚（ㄏㄜˋ） 螫（ㄕˋ） 蝁（ㄜˋ） 蛘（ㄧㄤˊ）

蝡蚑蠉蚩螸蝙蛻蠚螫蝁蛘蝕蛟螭虯蜦

肙聲。此當依廣韵七戀切五部自大徐鉏臠切遂有改其義曰年終祭名者矣蓋唐韵祇有蜡祭音義不可以釋此猶蠑古詣切不可以釋蠑蠑也

動也。動者作也蟲之動曰蝡 从虫耎聲。而沇切十四部

徐行也。凡生之類行皆曰蚑。依李善洞簫琴二賦注補徐字及凡生以下八字凡蟲行曰蚑周書曰蚑行喘息小弁曰鹿斯之奔維足伎伎本亦作跂毛傳曰舒皃箋云伎伎然舒者留其羣也按其字當作蚑蚑毛傳鄭箋正與徐行說合也漢書跂跂脈脈善緣壁其字亦當作蚑蚑凡生之類者或行或飛或毛或蠃或介或鱗皆是也 从虫支聲。巨支切十六部

蟲行也。凡蟲行曰蠉上蚑爲徐行則蠉爲疾行也羽部曰翾小飛也 从虫睘聲。香沇切十四部

蟲申行也。各本作曳行以讀若騁定之則伸行爲是今正許本無伸字祇作申故譌爲曳也 从虫中聲讀若騁。中讀若徹中聲而讀騁者以雙聲爲用也依說文在十一部今讀丑善切

螽醜螸。螽俗本作蠭今依宋本李燾本集韵正釋蟲曰螽醜螸音義曰螽施乾作螽施所據與許合 垂腴也。腴者腹下肥也螽之類皆垂其腴矣 从虫欲聲。余足切三部篇韵皆羊朱切

蠅醜蝙。釋蟲文字祇作扇 扇搖翼也。也字依宋本補 从虫扇聲。式戰切十四部

它蟬所解皮也。 从虫兌聲。兌聲各本作稅省聲淺人改耳今正輸芮切十五部

螫也。蠚螫蓋本一字若聲赦聲同部也或讀呼各切山東行此音或讀式亦切關西行此音見釋元應書今人乃以此篆切呼各下篆切式亦分而二之 从虫若省聲。呼各切五部

蟲行毒也。周頌曰自求辛螫古亦叚奭爲之史記有如兩宮螫將軍漢書作奭將軍是也或云蛆音知列切亦作蜇 从虫赦聲。施隻切古音在五部

蛈也。俗本作蛈蛈今依宋本及集韵正長部曰蛈蝁也與此爲轉注詳長部下 从虫亞聲。烏各切五部

騷蛘也。騷各本作搔今正疥字下曰騷也亦作搔搔劃也非其意唐人所引作

蝕（ㄕˊ） 蛟（ㄐㄧㄠ） 螭（ㄔ） 虯（ㄑㄧㄡˊ） 蜦（ㄌㄨㄣˊ）

痒瘙見号韵乃俗字許所無依義當作騷騷擾也毛云動也騷痒者擾動於肌膚間也元應引禮記蛘不敢搔俗多用痒癢養字蓋非也蛘从虫者往往有蟲潛於膚故疥字亦或作蛘作蚧 从虫羊聲。余兩切十部

敗創也。敗者毀也創者傷也毀壞之傷有蟲食之故字从虫春秋經曰鼷鼠食郊牛角又曰日有食之字或作蝕 从虫人食食亦聲。乘力切一部按可云飾省聲

龍屬無角曰蛟。各本作龍之屬也四字今依韵會正龍者鱗蟲之長蛟其屬無角則屬而別也郭氏山海經傳曰似蛇四腳細頸頸有白嬰大者數圍卵生子如一二斛甕能吞人按蛟或作鮫然鮫者魚名其字不相代也 从虫交聲。依韵會本四字在此古肴切二部 池魚滿三千六百蛟來爲之長能達魚而飛。韵會有而字 置笱水中卽蛟去。達者先導也曲竹捕魚曰笱

若龍而黃。南都賦曰憚夔龍怖蛟螭李注引說文蛟螭若龍而黃按李注蛟字誤衍左思吳都賦或藏蛟螭劉注云蛟螭水神也一曰雌龍一曰龍子似亦謂蛟螭爲一物然上林賦蛟龍赤螭文穎曰龍子爲螭張揖曰赤螭雌龍也皆劉說所本張左之賦皆不謂蛟螭一物也許謂离爲山神螭爲若龍而黃與諸家說異司馬相如曰赤螭揚雄解嘲曰翠虯絳螭之將登乎天不謂其色黃矣 北方謂之地螻。呂氏春秋曰黃帝之時天先見大螾大螻史記封禪書黃帝得土德黃龍地螾見地螻之說其本此與非螻蛄也 从虫离聲。丑知切古音在十七部 或云無角曰螭。六字疑後人所增非許書本有蓋既改虯下爲有角則注此爲無角

龍無角者。各本作龍子有角者今依韵會所據正然韵會尚誤多子字李善注甘泉賦引說文虯龍無角者他家所引作有角皆誤也王逸注離騷天問兩言有角曰龍無角曰虯高誘注淮南同張揖上林賦注後漢書馮衍傳注玉篇廣韵皆曰無角曰虯絕無龍子有角之說惟廣雅云有角曰龍卽虯字無角曰螭卽螭字其說乖異恐轉寫之譌不爲典要 从虫丩聲。渠幽切三部

它屬也。它者虫也象宛曲垂

蜧。 蠊ㄌㄧㄢˊ 蜃ㄕㄣˋ 盒ㄍㄜˊ

見形蜦卽其屬也黑色潛於神淵之中能興雲致雨。依甘泉江賦二注訂淮南書曰犧牛粹毛宜於廟牲其於以致雨不若黑蜦高云黑蜦神蛇潛於神淵能興雲雨从虫侖聲。讀若戾艸。戾各本譌戾今正戾見艸部侖聲而讀戾者雙聲也十三部與十五部音轉冣近也力計切大徐力屯切蜧蜦或从戾。淮南書如此作蠊海蟲也。長寸而白。可食。按自蠊至蝓八篆爲一類皆介蟲也其外有殼蠊其小者也長寸而白謂其殼可食謂其中肉也本艸所謂蜮蟅似蛤而長扁蜮與蠊音同玉篇曰蠊小蚌可食从虫兼聲。讀若嗛。按嗛戶監切則當依玉篇胡緘切古音當在七部大徐廣韵力鹽切蜃大蛤。依韵會訂此二字羅氏願曰月令九月雀入大水爲蛤十月雉入大水爲蜃比雀所化爲大故稱大蛤也按鄭注禮記曰大蛤曰蜃韋注國語曰小曰蛤大曰蜃高注呂覽曰蜃蛤也高渾言之鄭韋析言之蜃與蚌雖屬而別郭注爾雅云蚌卽蜃蜃之用詳於周禮左傳玉部曰珧蜃甲也所以飾

物瑒蜃屬天子佩刀玉琫珧珌士瑒琫珧珌雉入水所匕。五字依廣韵所據各本作雉入海化爲蜃按自夏小正九月雀入于海爲蛤十月玄雉入于淮爲蜃故國語趙簡子所說正同而呂氏月令皆言入大水鄭於季秋則曰大水海也於孟冬則曰大水淮也皆本小正爲說知許斷不作雉入淮矣从虫辰聲。時忍切十三部玉篇作蜃入虫部蛤蜃屬。蜃而有大小之別也有三。目下皆生於海。三者生於海別於生淮者也厲千歲雀所匕。千當作十雀十歲則爲老矣月令所云爵入大水爲蛤也高誘注時則訓連上賓字讀云賓雀者老雀也棲人堂宇之閒如賓客者秦人謂之牡厲。本艸經蟲魚上品有牡蠣海蛤者百歲燕所匕也。本艸經蟲魚部上品有海蛤陶隱居云以細如巨勝潤澤光淨者好圖經云久爛者爲海蛤未爛有文理者爲文蛤也此又其一也魁蛤一名復絫老服翼所匕也。服翼蝙蝠也詳爾雅方言釋魚魁陸注曰本艸云魁狀如海蛤圓而厚外有理縱橫卽今之蚶

蠊蜃盒蠯蚌蠇蝸蝓

蠯ㄆㄧˊ 蚌ㄅㄤˋ 蠇ㄌㄧˋ 蝸ㄍㄨㄚ 蝓ㄩˊ

也按宋人謂之瓦屋子今浙人食之亦名瓦隴子以其紋理名之此其一也以上三十二字今本有譌奪依爾雅音義正从虫合聲。古沓切八部蠯陛也。陛各本作蜌今爾雅同韵會作陛卽蚌語之轉也當依玉部作珧珧蚌之有聲者也釋魚曰蜌蠯許無蜌字故先蠯而以陛釋之郭云今江東呼蚌長而狹者爲蠯陶隱居注本艸之蜯蛤也蜯音亭蜌蒲幸切卽蠯字周禮鼈人醢人皆有蠯鄭司農云蠯蛤也杜子春云蠯蜯也蜯卽蚌字蚌蛤有異故二家說不同許用杜說也故下文受之以蚌脩爲蠯。圜爲蠇。毛詩傳曰脩長也長者謂之蠯圜者謂之蠇从虫庳聲。蒲猛切十一部按庳聲而讀入十一部者支清之合音也蚌蜃屬。蜃當作蠯釋魚曰蚌含漿鄭注鼈人云貍物亦謂蠯刀含漿之屬按珠出於蚌玉部曰珧蚌之有聲者从虫丰聲。步項切九部蠇蚌屬。佀蠊微大。蠊卽上文長寸而白者據本艸經牡蠣條注則此物有絕大者不得云佀蠊微大也且蛤下作厲云秦謂之牡厲似蛤屬有厲蚌屬有蠣其字不必同不

煩以本艸牽合也許所聞或與後人不盡合讀書不貴盡信出海中。今民食之。从虫萬聲。讀若賴。力制切十五部蝸蝸。此複舉篆文之未刪者也當依韵會刪蠃也。蠃者今人所用螺字釋魚曰蚹蠃螔蝓鄭注周禮醢人蠃螔蝓許上文蠃下亦云一曰蠃螔蝓此物亦名蝸故周禮儀禮蠃醢內則作蝸醢二字疊韵相轉注薛綜東京賦注曰蝸者螺也崔豹曰蝸陵螺蝸本咼聲故蝸牛或作瓜牛徐仙民以力戈切蝸似未得也力戈乃蠃字反語耳今人謂水中可食者爲螺陸生不可食者曰蝸牛想周漢無此分別蠃古多段蠡爲之从虫咼聲。古華切十七部舊音當如過此篆舊在蠯蚌二篆閒今按蠃卽螔蝓前文蠃篆下言之故移使相聯蝓虒蝓也。虒蝓讀移臾二音今生牖壁閒處無殼有兩角無足延行地上俗評延遊卽虒蝓古語也本艸經作蛞蝓云一名陵螺後人又出蝸牛一條據本經則蛞蝓卽蝸牛合之釋蟲及鄭注周禮許造說文皆不云蠃與螔蝓爲二蓋螺之無殼者古亦評螺有殼者正評螔蝓不似今人語言分別評也陸佃

蜎ㄩㄢ 蟺ㄕㄢˋ 蚴ㄧㄡˇ 蟉ㄌㄧㄡˊ 蟄ㄓˊ 蚨ㄈㄨˊ 𧍢ㄐㄩˊ 蝦ㄏㄚˊ

宛宗爽分別之說仍非古言古義**从虫肙聲。**羊朱切古音在四部**肙也。**肙各本作蜎仍復篆文不可通攷肉部肙下云小蟲也今據正韵會引說文井中蟲也恐是據爾雅注改肙蜎蠲古今字釋蟲蜎蠉蠉本訓蟲行叚作肙字耳郭云井中小蛣蟩赤蟲一名孑孑廣雅曰孑孑蜎也周禮刺兵欲無蜎注云蜎掉也謂若井中蟲蜎蜎詩毛傳曰蜎蜎蠋皃蜀桑蟲也其引申之義也今水缸中多生此物俗謂之水蛆其變爲蟁**从虫肙聲。**形聲中有會意狂兖切十四部**宛蟺也。**宛轉臥也引申爲凡宛曲之稱宛蟺疊韵蓋謂凡蟲之冤曲之狀篇韵皆云蜜蟺蚯蚓也雖蚓有此名而非許意上文蜎蜎曲之物也故承之以蟺**从虫亶聲。**常演切十四部**蚴蟉也。**三字句疊韵也司馬相如大人賦驂赤螭青虬之蚴蟉蜿蜒謂宛轉之皃也按篇韵皆曰龍皃依賦文爲訓耳非許有龍皃二字也**从虫幽聲。**於虯切亦上聲三部漢書作蚴**蚴蟉也。从虫翏聲。**力幽切亦上聲三部**臧也。**藏者善也善必自隱故別無藏字凡蟲之伏爲蟄周南曰螽斯羽蟄蟄兮傳曰和集也其引申之義也**从虫執聲。**直立切七部**青蚨。**逗**水蟲可還錢。**其事見鬼谷子淮南萬畢術搜神記陳藏器本艸拾遺未知今何有此物否鬼谷子曰若蚨母之從其子也出無門入無朕獨往獨來莫之能止此謂青蚨之還錢與萬畢搜神所說正合也而陶隱居以蛭蟷在穴中釋之此由誤認蚨爲蚨遂以爾雅王蚨蜴爲注酉陽雜俎亦云青蚨鬼谷子謂之蚨母郢書燕說博學者尤難免矣**从虫夫聲。**房無切五部**𧍢䵷。**逗**詹諸。**句黽部曰鼀黿詹諸也其鳴詹諸其皮鼀鼀其行黿黿此則又名𧍢鼀釋魚作鼀䵷蟾諸鼀䵷即𧍢鼀一語之轉**㠯脰鳴者。**攷工記梓人文脰項也鄭曰脰鳴鼃黽屬按鼃黽與𧍢鼀別而屬也故下文受之以蝦蟆**从虫匊聲。**居六切三部籥韵渠竹切**蝦蟆也。**蝦蟆見於本艸經背有黑點身小能跳接百蟲解作呷呷聲舉動極急蟾蜍身大背黑無點多痱磊不能跳不解作聲行動遲緩絕然二物陳藏器蘇頌皆能詳言之許

十三篇上

蟆ㄇㄚˊ 蠵ㄏㄨㄟ 蟺。 螹ㄐㄧㄢ 蟹ㄒㄧㄝˋ 鮮。 蛫ㄍㄨㄟˇ 蜮ㄩˋ

於此但云蝦蟆不云𧍢鼀也亦謂其似同而異**从虫叚聲。**乎加切古音在五部古或借爲霞字與魚鰕字从魚別**蝦蟆也。从虫莫聲。**莫遐切古音在五部**觜蠵。**二字各本無今補此以疊韵爲名角部觜下曰一曰觜蠵也未言何物此蒙其文釋之曰大龜**大龜也。**龜之取大者爾雅十龜二曰靈龜注曰涪陵郡出大龜甲可以卜緣中叉叉今之蝳字謂其邊可爲蝳也似瑇瑁俗評爲靈叉今大觜蠵龜也一名靈蠵能鳴吳都賦曰摸瑇瑁捫觜蠵按觜蠵與瑇瑁二物也**㠯胃鳴者。**攷工記梓人文鄭本作胃鳴云榮原屬賈馬作胃賈云靈蠵也按許得古學於賈侍中故亦作胃用賈說矣**从虫巂聲。**戶圭切十六部觜卽移切**司馬相如說蠵从夐。**从夐聲也夐在十四部合韵蓋凡將篇中所載異體**螹離也。**三字句螹史記文選同漢書作漸上林賦說水族曰鮫龍赤螭鮋鰽螹離司馬彪曰螹離魚名也張揖曰其形狀未聞按許以此次於蠵螹二篆間必介蟲之類周人或以螹離爲名取於物爲假也斬爓字或作螹胡非也**从虫斬聲。**慈染切八部玉篇才廉切**有二敖八足。**敖俗作螯作贅廣韵曰贅蟹大腳也螯蟹屬然則俗作螯尤誤也敖出游也故其大腳曰敖今本大戴禮作螯非**旁行。**攷工記梓人仄行郎旁行也鄭亦云蟹屬**非它鮮之穴無所庇。**庇者蔭也鮮者今之鱓字鮮者魚名見魚部魚之似蛇者也常演切又作䱇今大戴禮作鮣或誤䱇荀子作蟺許書古本多作鮮蓋漢人多叚貉阿鮮魚之字爲之本無正字也元應曰鱓又作鱔鮮二形同勸學篇曰蟹二螯八足非蛇鱓之穴而無所寄者用心躁也**从虫解聲。**胡買切十六部廣韵曰蟹說文作蠏知古如此作**蠏或从魚。****蟹也。**廣雅蜻蟹蛫也其雄曰蜋螘其雌曰博帶**从虫危聲。**過委切十六部按以上四篆皆互物也**短弧也。**弧各本作狐今正毛公班固張揖陸璣杜預范甯皆曰短弧今推五行志左傳釋文作弧不誤矣小雅爲鬼爲蜮傳曰蜮短弧也左傳釋文曰短弧又作狐按此因其以氣射害人故謂之短弧作

十三篇上

蟈。 䖘ㄜˋ 蛧ㄨㄤˇ 蜽ㄌㄧㄤˇ

狐弄也其氣爲矢則其體爲弧佀鼈三足。洪範傳陸璣疏皆云兩㠯气䠶害人。陸疏云人在岸上影見水中投人影則殺之師古曰短弧即射工也亦呼水弩陸氏佃羅氏願皆曰口中有橫物如角弩聞人聲以气爲矢用水勢以射人隨所箸發創中影亦病也从虫或聲。于逼切一部

蜮又从國。國聲亦或聲也周禮蟈氏鄭司農云蟈讀爲蜮蜮蝦蟆也月令曰螻蟈鳴故曰掌去鼃黽鼃黽蝦蟆屬周禮經注本如此今本經作蟈氏注曰蟈當爲蜮此譌謬倒易不可通之本後鄭依司農易字故注曰蟈今御所食蛙也字从虫國聲蜮乃短弧與所以申明先鄭易字之恉也許不從先鄭說者也故謂蟈即蜮字之異者蜮氏去蟈即去短狐也葢周禮故書作蜮亦或作蟈先鄭從或本許則謂蟈與蜮無二義也

佀蜥易長一丈。當同鼊下云長丈許水潛吞人即浮。出日南也。劉注吳都賦曰異物志云鱷魚長二丈餘有四足似鼉喙長三尺甚利齒虎及大鹿渡水鱷擊之皆中斷生子則出在沙上乳卵卵如鴨子亦有黃白可食其頭琢去齒旬日間更生廣州有之按據劉注則不必日南郡乃有其物也从虫屰聲。吾各切五部俗作鰐鱷

蛧蜽。逗疊韵山川之精物也。精物者易所謂精氣爲物也主謂精氣結成之物鬼部曰鬽老精物也或作物精非是精氣爲物謂精靈之聚者游魂爲變謂飄㵱者皆鬼神之情狀也國語木石之怪曰夔蝄蜽水之怪曰龍罔象韋注蝄蜽山精好敩人聲而迷惑人也杜注左氏罔兩曰水神益因上文螭訓山神故訓罔兩爲水神猶韋因國語水怪爲龍罔象故訓蝄蜽爲山精也許兼言山川爲長矣又賈注國語曰罔兩罔象言有夔龍之形而無實體許云精物殆亦與賈說異淮南王說。謂劉安蛧蜽狀如三歲小兒。赤黑色。赤目長耳美髮。元應書引赤目下有赤爪二字从虫网聲。文兩切十部按蛧蜽周禮作方良左傳作罔兩孔子世家作罔閬俗作魍魎國語曰。木石之怪夔蛧蜽。魯語文許意夔罔爲一物如龍一足

蛧蜽也。从虫兩聲。按兩聲之

䖘蛧蜽蝯蠗蜼蚼蛩蟨

蝯ㄩㄢˊ 蠗ㄓㄨㄛˊ 蜼ㄨㄟˋ 蚼ㄍㄡˇ 蛩ㄑㄩㄥˊ 蟨ㄐㄩㄝˊ

字疑古祇从网後人改之良獎切十部

善援。以疊韵爲訓援者引也釋獸曰猱蝯善援許意以蝯善攀援故偁蝯夒則蝯之屬而已故不言夒禺屬。田部曰禺母猴屬蝯即其屬屬而別也郭氏山海經傳曰蝯似獼猴而大臂腳長便捷色有黑有黃其鳴聲哀㮇子厚言猴性躁而蝯性緩二者迥異从虫爰聲。雨元切十四部干祿字書曰猿俗猨通蝯正

禺屬。亦與母猴屬而別也按爾雅釋獸自麋鹿至闕泄目爲寓屬此對下篇釋畜言之畜者人所養也寓屬者皆寄在於野不爲人養者而淺者謂即說文所謂禺屬何其謬哉猱蝯玃父可謂禺屬其他亦可謂禺屬乎上林賦蛭蜩蠗蝚棲息乎其間郭樸云蠗猱似獼猴而黃蠗猱二物郭并言之非也惟史記作蠗漢書譌作玃司馬貞曰西山經皋塗之山有獸名蠗是此字攷其所說之狀非蝯猴類其字今譌作玃依郭注則當作玃未可取爲證也从虫翟聲。直角切二部司馬貞曰字林音狄

如母猴。猶言禺屬也禺者母猴屬許書多言母猴母猴獼猴沐猴一聲之轉周禮蜼彝鄭曰蜼禺

屬卬鼻長尾。釋獸文也卬者望欲有所庶及也張揖注上林曰蜼似母猴卬鼻而長尾郭注爾雅山海經皆曰似獼猴尾長數尺有岐鼻露向上雨即自縣樹以尾塞鼻从虫隹聲。余季切十五部按山海經注曰音遺又音誄注爾雅曰零陵南康人呼餘建平人呼相贈遺之遺又音余救切皆土俗輕重不同耳左思吳都賦劉注引異物志說狖與郭說蜼同狖余幼切正因蜼有余救一切而別製字耳異物志譙允南所作

北方有蚼犬食人。海內北經蚼犬如犬青食人從首始郭注蜪音陶或作蚼音鉤按作蚼爲是正許所本也周書渠搜以鼩犬能飛食虎豹鼩同蚼借鼩鼩字爲之耳大戴禮作渠搜貢虛犬虛犬亦音之轉也今本周書作鼩犬依文選王融曲水詩序正从虫句聲。古厚切四部

蛩蛩。獸也。四字句子虛上林賦皆有蛩蛩張揖曰蛩蛩青獸狀如馬按史記作邛邛一曰秦謂蟬蛻曰蛩。方俗殊語也蛩之言空也从虫巩聲。渠容切九部

鼠也。當作蟨鼠也三字句鼠名此葢用呂氏春

蝙ㄅㄧㄢ 蝠ㄈㄨˊ 蠻ㄇㄢˊ 閩ㄇㄧㄣˊ 虹ㄏㄨㄥˊ 蚺 螮ㄉㄧˋ 蝀ㄉㄨㄥ 蠥ㄋㄧㄝˋ

秋蟨鼠前兔後之說 一曰西方有獸前足短○與蛩蛩巨虛比其名曰蟨○釋地曰西方有比肩獸焉與邛邛岠虛比爲邛邛岠虛齧甘艸即有難邛邛岠虛負而走其名謂之蟨按司馬相如賦曰蹷蛩蛩轔距虛張揖曰蛩蛩狀如馬距虛似鸁而小說苑亦云二獸而郭樸云距虛即邛邛變文互言之引穆天子傳邛邛距虛日前五百里邛距雙聲似郭說長 从虫厥聲○居月切十五部

蝙蝠○逗 服翼也○蝙蝠服翼二字皆在蝠篆下今依全書通例移此蝙蝠服翼釋蟲文方言曰蝙蝠自關而東謂之服翼或謂之飛鼠或謂之老鼠或謂之僊鼠自關而西秦隴之閒謂之蝙蝠北燕謂之蟙蠌音職墨 从虫扁聲○布懸切古音在十二部

蝠 蝙蝠也○从虫畐聲○方六切古音在一部

蠻 南蠻○職方氏八蠻爾雅九夷八狄七戎六蠻謂之四海王制云南方曰蠻詩角弓如蠻如髦傳曰蠻南蠻也采芑蠢爾荊蠻傳曰荆蠻荊州之蠻也 它種○从虫 說从虫之所由以其蛇種也蛇者虫也蠻與閩皆人也而字从虫故居部末如貉之居豸末狄之居犬末羌之居羊末爲 䜌聲○莫還切十四部詩傳曰緜蠻小鳥皃韓詩曰文皃

閩 東南越○釋名曰越夷蠻之國也度越禮義無所拘也職方氏七閩鄭司農曰南方曰蠻後鄭曰閩蠻之別也引國語閩芈蠻矣 它種○从虫門聲○武巾切古音在十三部月令注叚爲蟁字

虹 螮蝀也○釋天曰螮蝀謂之雩螮蝀虹也毛傳同 狀似虫○虫各本作蟲今正虫者它也虹似它故字从虫 从虫工聲○戶工切九部 明堂月令曰虹始見○季春文

籒文虹从申○會意申部曰申籒文申 申電也○電者陰陽激燿也虹似之取以會意

螮 螮蝀○逗雙聲 虹也○與虹篆轉注 从虫帶聲○都計切十五部今詩作蝃爾雅作螮

蝀 螮蝀也○从虫東聲○多貢切廣韵平上二聲九部

蠥 衣服歌謠艸木之怪謂之祅○禽獸蟲蝗之怪謂之蠥○怪者異也地反物爲祅漢五行志曰凡艸物之類謂之妖妖猶夭胎言尚微蟲豸之類謂之孼孼則牙孼矣及六畜謂之旤言其著也及人謂之痾痾病皃言浸深也甚則異物生謂之眚自外來謂之祥祥猶禎也氣相傷謂之沴沴猶臨莅不和意也許所說較異葢所傳有不同矣禽獸蟲蝗之字皆得从虫故蠥从虫諸書多用孼俗作孽 从虫辥聲○魚列切十五部

文一百五十三 重十五 宋本如此毛斧季增蚌於蚤篆後云古文蚤改十五爲十六非也

說文解字第十三篇上 受業黟縣胡積城校字

說文解字第十三篇下

金壇段玉裁注

蚰ㄎㄨㄣ　蠶ㄘㄢˊ　⿱我蚰ㄜˊ　⿱叉蚰ㄗㄠˇ　蚤。　⿱卂蚰ㄕ　蝨。　螽ㄓㄨㄥ　⿱展蚰ㄓㄢˇ　螺。　蠽ㄐㄧㄝ

蟲之緫名也。蟲下曰有足謂之蟲無足謂之豸析言之耳渾言之則無足亦蟲也虫下曰或行或飛或毛或蠃或介或鱗皆以虫爲象故蟲皆从虫而虫可讀爲蟲蟲之緫名偁蚰凡經傳言昆蟲卽蚰蟲也日部曰昆同也夏小正昆小蟲傳曰昆者衆也猶魂魂也魂魂者動也小蟲動也月令昆蟲未蟄鄭曰昆明也許意與小正傳同从二虫。二虫爲蚰三虫爲蟲蚰之言昆也蟲之言衆也古魂切十三部凡蚰之屬皆从蚰。讀若昆。

任絲蟲也。任俗譌作吐今正任與蠶以疊韵爲訓也言惟此物能任此事美之也絲下曰蠶所吐也从蚰朁聲。昨含切古音在七部讀如簪

蠶匕飛蟲。匕各本作化今正匕者變也蠶吐絲則成蛹於繭中蛹復化而爲⿱我蚰按此⿱我蚰與虫部之蛾羅主謂螘者截然不同而郭氏釋爾雅蛾羅爲蠶蛾非許意也从蚰我聲。五何切十七部或从虫。

齧人跳蟲也。齧噬也跳躍也蝨但齧人蚤則加之善躍故著之惡之甚也从蚰叉聲。子皓切古音在三部叉古爪字。按此四字妄人所沾不言古文而言古某字許無此例且叉手足甲也爪丮也未嘗謂叉爲爪之古文直由俗謂爪爲手足甲乃謂叉爲其古字徑注之於此不可不刪去蚤或从虫。經傳多叚爲早字

齧人蟲。古或叚蟣瑟作蟣蝨蟣者蝨子也从蚰卂聲。所櫛切十二部

蝗也。蝗下曰螽也是爲轉注按爾雅有阜螽草螽蜤螽蟿螽土螽皆所謂螽醜也蜤螽詩作斯螽亦云螽斯毛許皆訓以蚣蝑皆螽類而非螽也惟春秋所書者爲螽从蚰𠔀聲。職戎切九部𠔀古文終字。見糸部螽或从虫眾聲。公羊經如此作

⿱展蚰蟲也。蟲上補⿱展蚰字三字一句蟲名也从蚰展省聲。知衍切十四部

小蟬蜩也。謂蟬之小者也釋蟲曰蠽茅蜩郭云江東呼爲茅蠽似蟬而小青色方言曰蟬其小者謂之麥蚻郭云如蟬而小青色今關西呼麥蠽按茅麥雙聲蠽蚻同字郭云蠽音癰癤之癤从蚰㦰聲。子列切亦音札十五部按其字从蚰故與虫部蟬蜩等異處

蠿ㄓㄚˊ　蟊ㄇㄠˊ　⿱寍蚰ㄋㄧㄥˊ　⿱曹蚰ㄘㄠˊ　[illegible]ㄏㄜˊ　⿱𤰞蚰ㄆㄧㄠ　蚤。　蠭ㄈㄥ　𧖟ㄇㄧˋ　𧖟。

蠿蟊。逗作网鼄蟊也。黽部曰鼅鼄鼄蟊也一物三名釋蟲曰次蟗鼅鼄鼅鼄鼄蟊按次蟗卽許之蠿蟊鼅鼄卽許之鼄蟊也次古音同漆故與蠿音近蟗縛牟切故與蟊音近爾雅字譌蟗而釋文云或作蝃郭音秋蓋誤甚矣或曰蟗从出聲卽郭注之蝃字集韵之⿰虫出字爾雅之次蟗卽許之蠿字是說近之然陸氏音義未能言之也作网鼄蟊謂卽今能作罔之蛛蝥也从蚰𢇍聲。側八切十五部𢇍古文絕字。文各本奪今補見糸部

蠿蟊也。从蚰矛聲。此字與蟲部食艸根者絕異莫交切古音謀在三部

⿱寍蚰蟲也。蟲上補⿱寍蚰字三字句蟲名也廣韵云螻蛄从蚰寍聲。奴丁切十二部

蠀⿱曹蚰也。蠀字見虫部从蚰曹聲。財牢切古音在三部

螻蛄也。螻蛄見虫部一名蟿从蚰[illegible]聲。胡葛切十五部

⿱𤰞蚰蛸也。三字句蛸字見虫部从蚰𤰞聲。匹標切按爾雅釋文音俾又婢貽反在十六部與蛸雙聲非疊韵也⿱𤰞蚰或从虫。

飛蟲螫人者。左傳蠭蠆有毒按釋蟲言土蠭木蠭無單言蠭者許書則蜾蠃下云細腰土蠭也卽爾雅之土蠭然則此單言蠭卽爾雅之木蠭也本艸經露蜂房亦謂木上大黃蠭窠也其房大者如甕小者如桶云露蠭正對土蠭在地中言之許謂土蠭爲細要純雄其飛蟲螫人者則謂大黃蠭竝非細要純雄無子者內則檀弓謂之范俗作蠭其子可食故內則庶羞雀鷃蜩范从蚰逢聲。敷容切九部古文省。

蠭甘飴也。飴者米櫱煎也蠭作食甘如飴之凡蠭皆有蠠方言蠭大而蜜者謂之壺蠭郭云今黑蠭穿竹木作孔亦有有蜜者是則蠭飴名蠠不主謂今之蜜蠭也叚借爲蠠沒字釋詁曰蠠沒勉也亦作蠠沒韓詩作蜜勿毛詩作僶勉一曰螟子。螟見虫部食穀心者其子曰蠠从虫鼏

蚰蠶⿱我蚰⿱叉蚰⿱卂蚰螽⿱展蚰蠽蠿蟊⿱寍蚰⿱曹蚰[illegible]⿱𤰞蚰蠭𧖟

蜜。 𧖴ㄑㄩˊ 蟁ㄨㄣˊ 𧕎。 蚊。 蝱ㄇㄥˊ 蠹ㄉㄨˋ 𧒬。 蠡ㄌㄧˊ 彖。 𧐐ㄑㄧㄡˊ 𧓉。

聲。鼏鼎蓋也冥入聲非橫關鼎耳之鼏音扃也彌必切按其音平則在十一部如冥入則在十二部如密 𠖥或从宓。宓聲今通用此體 亘𧖴蜾也。三字句蜾字見虫部 从䖵巨聲。強魚切五部 𧖴齧人飛蟲。齧人而又善飛者 从䖵民聲。無分切十三部此字民聲則當十二部疑古本祇有𧖴而𧕎乃後人所製也 𧕎或从昏。昏从氐省氐者下也俗沾一曰民聲而𧖴篆上亦沾𧖴篆矣 昏時出也。說會意之言而形聲在其中 蚊俗𧖴从虫从文。虫部曰秦晉謂之蜹楚謂之蚊 𧈅齧人飛蟲。人當作牛楚語譬如牛馬處暑之既至䖟㠉之既多而不能掉其尾韋云大曰䖟小曰㠉說苑曰蠹蝝仆柱梁蚊䖟走牛羊史記搏牛之䖟不可以破蟣蝨淮南書曰䖟䖟不食駒犢今人俗謂齧牛者爲牛䖟本艸經有木䖟蜚䖟 从䖵亡聲。武庚切古音在十部讀如芒 蠹木中蟲。在木中食木者也今俗謂之蛀音注左傳曰公聚朽蠹 从䖵橐聲。當故切五部 𣛦蠹或从木。象蟲在木中形。譚長說。上形聲此會意 蠡蟲齧木中也。此非蟲名乃謂蠹之食木曰蠹也朱子注孟子曰蠡者齧木蟲則誤矣蠡之言務也如刀之務物蠡段借之用極多或借爲蠃蚌字或借爲瓢蠡字楚辭覽芷圃之蠡蠡又借爲禾黍離離字孟子曰以追蠡趙注曰追鐘鈕也鈕擘齧處深矣蠡蠡欲絕之皃此又以蠡同離同劙方言曰劙解也又曰蠡分也皆其義也不知段借之恉乃云鐘鈕如蟲齧而欲絕是株守許書之辭而未能通許書之意矣 从䖵彖聲。彖見彑部讀若弛非通貫切之彖也此久誤今正篆文併說解盧啟切十六部 𧔖古文。按此古文與篆不別疑古文从豕 𧐐多足蟲也。周禮赤犮氏凡隙屋除其貍蟲鄭曰貍蟲䗪肌求之屬按䗪見本艸經一名地鼈今俗所謂地鼈蟲也似鼠婦肌求本或作蛷多足之蟲今俗所謂蠼衣蟲也通俗文曰務求謂之蚑蛷廣雅曰蛷螋蠨蛷也元應曰關西呼蛷螋爲蚑蛷蚑蛷卽鄭所謂肌蛷也陶隱居陳藏器作蠷螋音仇蘇 从

十三篇下 三

蠠𧖴𧕎蝱蠹蠡𧐐𧓉𧔥蠢螱蟲蟊

𧓉ㄈㄨˊ 蝥。 蜉。 𧔥ㄐㄩㄢˋ 蠢ㄔㄨㄣˇ 𢦏。 螱ㄨㄟˋ

䖵求聲。巨鳩切三部 蛷𧐐或从虫。 𧓶螘也。虫部螘蚍蜉大螘也此不言大螘者義見於上一字全書之例如是也蚍蜉大螘釋蟲文郭云俗呼爲馬蚍蜉按馬之言大也 从䖵橐聲。縛牟切三部 蜉𧓉或从虫从孚。孚聲古音讀如浮 𧔥蟲食也。雋之言吮也吮欶也鳥曰嗉寓鼠曰嗛昆蟲曰雋 从䖵雋聲。子兖切十三部 蠢蟲動也。此與蝡義同以轉注之法言之可云蝡也引申爲凡動之偁詩言蠢爾荊蠻毛傳曰蠢動也鄉飲酒義曰東方者春春之爲言蠢也產萬物者也注云蠢動生之皃亦叚春爲之考工記張皮侯而棲鵠則春以功注云春讀爲蠢作也出也蠢與心部惷訓亂義異 从䖵春聲。形聲中有會意尺尹切十三部 𢦏古文蠢从𢦏。𢦏之言才也始也 周書曰我有𢦏于西。大誥曰有大艱于西土西土人亦不靜越茲蠢𢦏爲壁中古文眞本其辭不同者蓋許櫽栝其辭如此也 ○ 螱飛螘。从䖵尉聲。爾雅螱飛螘釋文曰說文字林从䖵今據補於貴切十五部

文二十五 今增螱則二十六

重十三

十三篇下 四

蟲ㄔㄨㄥˊ 蟊ㄇㄠˊ

蟲有足謂之蟲。無足謂之豸。有舉渾言以包析言者有舉析言以包渾言者此蟲豸析言以包渾言也蟲者蝡動之總名前文既詳之矣故豸祇引爾雅釋蟲之文豸者獸長脊行豸豸然欲有所伺殺形也本謂有足之蟲因凡蟲無足者其行但見長脊豸豸然故得叚借豸名今人俗語云蟲豸詩溫隆蟲蟲毛傳曰蟲蟲而熱也按蟲蟲蓋融融之叚借韓詩作烔許所不取 从三虫。人三爲众虫三爲蟲蟲猶众也直弓切九部 凡蟲之屬皆从蟲。 蟊蟲食艸根者。其蝥當作苗小雅去其螟螣及其蟊賊釋蟲食苗根蟊毛傳食根曰蟊螟蟥已見虫部螟是介屬螟蟊是蠃屬 从蟲。象形。謂上體象此蟲纏繞於苗稼之形與䖵部𧕋蟊字从䖵矛聲不同也今人則蟊叚蟊爲之矣莫浮切三部 吏抵冒取民

蝥。

蛑。𧕁ㄆㄧˊ 蚍。蠠ㄇㄧㄣˋ 蜚ㄈㄟˇ

抵當作牴觸也冒者冡而前也吏不卹其民彊與財則生。而取民財則生此抵冒亦見董仲舒傳冒古音茂以蚤韵爲訓

蟊或从敄。敄聲也此則與虫部蝥蟊同字

古文蟊从虫从牟。牟聲竹邑相張君碑蛑賊不起凡漢人言侵牟皆蛑之叚借

𧕁蠹。逗雙聲蠹見蚰部大螘也。爾雅文从蚰比聲。房脂切十五部

蚍或从虫比聲。方言作蚍蜉

蠠也。蠹之一名从蚰冂聲。當依篇韵从二武巾切十三部按此蚊之一名耳不當仍讀蚊當依篇韵艮刃切

蜚臭蟲負蠜也。按臭蟲下有奪字當云臭蟲也一曰負蠜也蜚然二說如虫部蝝下之蝝三說也春秋莊二十九年秋有蜚左氏傳曰爲災也公羊傳曰紀異也穀梁傳曰一有一亡曰有漢五行志劉歆以爲負蠜也性不食穀食穀爲災按子駿蓋演左氏說也劉向以爲蜚色青近青眚非中國所有南越盛暑男女同川澤淫風所生爲蟲臭惡是時嚴公取齊淫女爲夫人既入淫於兩叔故蜚至按子政蓋演穀

粱之說而何休范甯皆從之也許列臭蟲於先而負蠜次之許意子政說長也負蠜與蠜畫然二物釋蟲曰蛗螽蠜也毛傳同許同此一物也釋蟲曰草螽今爾雅作蠜負蠜也毛傳則云草蟲常羊也釋常羊即負蠜鄭箋云艸蟲鳴則阜螽躍而從之是以謂之負蠜也劉子駿及許之負蠜即艸蟲也即常羊也左氏之所以釋蜚也至於臭蟲生南越而有於中國子政之說則然亦如有蜮有鸜鵒來巢皆本非所有公穀之所以釋蜚也釋蟲曰蜚蠦蜰郭云臭蟲負盤也攷本艸經蜚蠊注家云辛辣而臭漢中人食之一名盧蟹一名負盤郭注亦謂此而許虫部蟹下但言盧蟹不言蜚也似許不以盧蟹與臭蟲爲一物本艸之蜚蠊非必淫气所生劉向所以說經者又未必蜚蠊也故所云盧蟹者蓋本艸之蜚蠊此云臭蟲者未必爲本艸之蜚蠊也蠜蠜二字允不當牽混从蚰非聲。房未切十五部

蜚或从虫。今春秋三經皆如此作古書多叚爲飛字

蠱腹中蟲也。中蟲皆讀去聲廣韵集韵皆曰蟲直衆切蟲食物也亦作蚛腹中蟲者謂腹內中蟲食之毒也自外而入故曰中自內而

蜚。

蠱ㄍㄨˇ

𧕁蠠蜚蜚蠱風

蝕故曰蠱此與虫部腹中長蟲腹中短蟲讀異周禮庶氏掌除毒蠱注云毒蠱蟲物而病害人者賊律曰敢蠱人及敎令者棄市左氏正義曰以毒藥藥人令人不自知今律謂之蠱元應屢引說文蠱腹中蟲也謂行蠱毒也下五字蓋默注語顧野王輿地志曰主人行食飲中殺人人不覺也字从箸蠱於飲食器中會意

春秋傳曰。皿蠱爲蠱晦淫之所生也。晦淫俗本作淫溺誤今依宋本正春秋傳者昭元年左氏傳文醫和視晉侯疾曰是爲近女室疾如蠱非鬼非食惑以喪志天有六氣淫生六疾陰淫寒疾陽淫熱疾風淫末疾雨淫腹疾晦淫惑疾明淫心疾女陽物而晦時淫則生內熱惑蠱之疾於文皿蠱爲蠱穀之飛亦爲蠱在周易女惑男風落山謂之蠱皆同物也和言如蠱者蠱以鬼物飲食害人女色非有鬼物飲食也而能惑害人者故曰如蠱人受女毒一如中蠱毒然故數辭謂之蠱容張平子賦謂之妖蠱謂之蠱媚皆如蠱之說也言於文皿蠱爲蠱者造字者謂蠱在皿中而飲人郎以人爲皿而饒其中康謂之蠱米亦皿也女或男風落山男亦皿也山亦皿也故云皆同物也此

皆蠱之引申之義梟磔死之鬼亦爲蠱。梟磔各本作梟桀史記封禪書索隱引樂彥云左傳皿蠱爲蠱梟磔死之鬼亦爲蠱梟當作県斷首倒縣磔事也殺人而申張之也強死之鬼其魂能依於人以爲淫厲是亦以人爲皿而害之也此亦引申之義序卦傳曰蠱者事也伏曼容注曰蠱惑亂也萬事從惑而起故以蠱爲事引大傳乃命五史以書五帝之蠱事从蟲从皿。會意公戶切亦去聲五部聲類弋者切音冶

皿物之用也。物上當有蠱字皿所以盛飲食行蠱者也此說从皿之意

文六　重四

風ㄈㄥ

風八風也。東方曰明庶風。東南曰清明風。南方曰景風。西南曰涼風。西方曰閶闔風。西北曰不周風。北方曰廣莫風。東北曰融風。樂記八風從律而不姦鄭曰八風從律應節至也左氏傳夫舞所以節八音而行八

䬒颵飆飄颯飂𩗗䬑𩗢颺颲颲它

風服注八卦之風也乾音石其風不周坎音革其風廣莫艮音匏其風融震音竹其風明庶巽音木其風清明離音絲其風景坤音土其風涼兌音金其風閶闔易通卦驗曰立春調風至春分明庶風至立夏清明風至夏至景風至立秋涼風至秋分閶闔風至立冬不周風至冬至廣莫風至白虎通調風作條風條者生也明庶者迎衆也清明者芒也景者大也言陽氣長養也涼寒也陰氣行也閶闔者咸收藏也不周者不交也言陰陽未合化矣廣莫者大莫也開陽氣也按調風條風融風一也八卦八節八方一也通卦驗始於調風許終於融風者許依易八卦之次終於艮也艮者萬物之所以成終而成始也風之用大矣故凡無形而致者皆曰風詩序曰風風也教也風以動之教以化之劉熙曰風氾也放也**从虫。凡聲。**凡古音扶音切風古音孚音切在七部今音方戎切**風動蟲生。故蟲八日而匕。**依韵會此十字在从虫凡聲之下此說从虫之意也大戴禮淮南書皆曰二九十八八主風風主蟲故蟲八日化也謂風之大數盡於八故蟲八日而化故風之字从虫**凡風之屬皆**

[illegible]° 䬒ㄌㄧㄤˊ

从風。 **古文風。** **北風謂之䬒。**爾雅南風謂之凱風東風謂之谷風北風謂之涼風西風謂之泰風毛傳於詩凱風谷風皆用爲訓桑柔之大風則不言何風而箋以西風釋之若邶詩北風其涼本無涼風字故毛但曰寒涼之風而已不用爾雅也陸氏爾雅音義曰涼本或作䬒許所據爾雅同或作本**从風京聲。**各本作涼省聲俗人所改涼䬒皆京聲今正呂張切十部

颵ㄒㄩㄝˋ

小風也。玉篇作兒廣韵之颵即此字也**从風朮聲。**翾聿切十五部

飆ㄅㄧㄠ

扶搖風也。司馬注莊子云上行風謂之扶搖釋天曰扶搖謂之猋郭云暴風從下上按爾雅月令用古字陸云字林作飆不言說文此等舉一以包二耳**从風猋聲。**甫遙切古音在三部

颮°

古文飆。各本作颮或从包今正班固西都賦颮颮紛紛李善李賢注皆引颮古飆字

飄ㄆㄧㄠ

回風也。回者般旋而起之風莊子所謂羊角司馬云風曲上行若羊角也釋天云迴風爲飄匪風毛傳同按何人斯傳曰飄風暴起之風依文爲義故不云回風**从風**

票聲。撫招切二部

颯ㄙㄚˋ

風聲也。各本作翔風也今依文選風賦注正廣韵同九歌曰風颯颯兮木蕭蕭風賦曰有風颯然而至翔風非字意也**从風立聲。**穌合切七部

飂ㄌㄧㄠˊ

高風也。呂氏春秋有始覽曰西方曰飂風**从風翏聲。**力求切三部

𩗗ㄏㄨ

疾風也。廣雅作颸廣韵曰颸爲𩗗之俗然則作颸者乃𩗗之省也按古有颸字亦訓疾風楚飢切見楚辭及吳都賦**从風忽。忽亦聲。**呼骨切十五部

䬑ㄩˋ

大風也。从風胃聲。王忽切十五部玉篇于貴切

𩗢ㄧˋ

大風也。从風日聲。日各本作日月之日非聲也今併篆體正于筆切十五部

颺ㄧㄤˊ

風所飛揚也。揚者飛舉也**从風昜聲。**與章切十部

颲ㄌㄧˋ

颲颲。二字各本無今補疊韵字也逗**風雨暴疾也。从風利聲。讀若栗。**力質切十二部

颲ㄌㄧㄝˋ

颲颲也。各本作列風也今正詩二之日栗烈說文仌部作凓冽今本列譌瀨陸氏音義不偁仌部而曰說文作颲颲蓋由疊韵音同而譌也然可以證古本之颲颲緜聯矣廣韵五質颲下曰颲颲暴風十七薛颲下曰風雨暴至亦可爲證**从風列聲。讀若烈。**良薛切十五部按凡烈風當作此字其譌也爲別風

文十三　重二

它ㄊㄨㄛ

虫也。从虫而長。象冤曲𠂹尾形。𠂹各本作垂今正𠂹者艸木華葉𠂹也引申爲凡物下𠂹之偁垂者遠邊非其義冤曲者其體垂尾者其末它象其臥形故詘尾而短它象其上冤曲而下垂尾故長詘尾謂之虫垂尾謂之它它與𠂹古音同也詩維虺維蛇女子之祥吳語爲虺弗摧爲蛇將若何虺皆虫之叚借皆謂或臥或垂尾耳臥者較易制曳尾而行者難制故曰爲虺弗摧爲蛇將若何也託何切十七部今人蛇與它異義異音蛇食遮切**上古艸居患它。故相問無它乎。**上古者謂神農以前也相問無它猶後人之不恙無恙也語言轉移則以無別故當之而其字或叚佗爲之又俗作他經典多作它猶言彼也

許言此以說叚借之例羔羊傳曰委蛇行可從迹也亦引申之義也**凡它之屬皆从它。**

蛇。**它或从虫。**它篆本以虫篆引長之而已乃又加虫左旁是俗字也

文一　重一

龜 ㄍㄨㄟ

舊也。此以疊韵爲訓門聞戶護之例龜古音姬亦音鳩舊古音臼亦音忌舊本鵖舊字叚借爲故舊即久字也劉向曰蓍之言耆龜之言久龜千歲而靈蓍百年而神以其長久故能辨吉凶白虎通語略同龜之大者曰鼇敖與久音相近**外骨內肉者也。**外骨考工記梓人文鄭云龜屬**从它。龜頭與它頭同。**此如龜頭與它頭同魚尾與燕尾同兔頭與㲋頭同㲋足能足與鹿足同虎足與人足同兕頭與禽頭离頭同皆其物形相似故製字同之也此說从它之意也**天地之性。廣肩無雄。龜鼈之類。以它爲雄。**列子曰純雌其名大䗝純雄其名稺蜂張注大䗝龜鼈之類也稺小也許注蟰蠃亦偁列子按以它爲雄則其子皆它子也故字从它此从它之又一說也**象足甲尾之形。**从它者象它頭而已左象足右象背甲叀者象尾居追切古音在一部讀如基音轉讀如鳩**凡龜之屬皆从龜。**

古文龜。象形而不从它

⿰冬龜 ㄊㄨㄥˊ

龜名。當作⿰冬龜龜也三字句**从龜冬聲。**徒冬切九部

𠔠古文終字。見糸部

⿰冄龜 ㄖㄢˇ

龜甲邊也。公羊傳曰龜青純何注純緣也謂緣甲顧也千歲之龜青顧明于吉凶也樂記史記樂書皆曰青黑緣者天子之寶龜也按顧者⿰冄頁之省⿰冄頁之叚借字劉淵林注蜀都賦引譙周異物志曰涪陵多大龜其甲可以卜其緣中又今[illegible]字似瑇瑁名曰蠵又郭注爾雅亦用其語而今本多譌字緣者甲之邊也甲文象木戴孚甲之象故介蟲外骨謂之甲**从龜冄聲。**汝閻切七部**天子巨⿰冄龜。尺有二寸。**此以下出三正記見白虎通天子下當有龜字巨當作歫漢志元龜歫冄長尺二寸冄叚借字也孟康曰冄龜甲緣也歫至也度背兩邊緣尺二寸也按兩邊相距尺二寸故知元龜尺二寸謂其廣不謂其脩也魯頌毛傳曰元龜⿰冄龜尺二寸**諸侯尺。大夫八寸。士六寸。**皆謂兩邊相距

文三　重一

黽 ㄇㄧㄣˇ

鼃黽也。周禮蟈氏掌去鼃黽鄭司農云蟈蝦蟇也月令曰螻蟈鳴鼃黽蝦蟇屬書或爲掌去蝦蟇元謂蟈今御所食蛙也齊魯之閒謂鼃爲蟈黽耿黽也蟈與耿黽尢怒鳴爲聒人耳故去之按蛙即鼃字依大鄭說則鼃黽二字爲一物依後鄭說則鼃即蟈爲一物黽乃耿黽爲一物依許黽下曰鼃黽也似同大鄭說然有當辯者許果合二字爲一物則黽篆下當云鼃黽蝦蟆也鼃下云鼃黽也乃合全書之例而蝦蟆篆居虫部此則𨈖舉鼃篆釋曰蝦蟆黽篆下則曰鼃黽也是許意鼃黽爲一物鼃爲一物凡兩字爲名一字與他物同者不可與他物牽混知鼃黽非鼃也許之鼃黽即鄭之耿黽鼃古音圭與耿雙聲故得爲一字叚許曰鼃黽耿黽單評曰黽爾雅鼃䵷蟾蠩在水者黽是則詹諸之類而以在水中爲別也許鄭之單言鼃即本艸所謂鼃一名長股陶云俗名土鴨南人名蛤子善鳴者蛙宗奭曰其色青腹細後腳長善躍大其聲曰蛙小其聲曰蛤此鼃與鼃黽之別皆在水中而善鳴故周禮設官去之黽之叚借爲黽勉**从它象形。**謂从它象其頭下象其大腹也莫杏切古音在十部讀如芒**黽頭與它頭同。**言頭而餘爲腹可知矣黽本無尾故風俗通辯蝦蟇掉尾蕭蕭乃夏馬之字誤**凡黽之屬皆从黽。**

籒文黽。古文祇象其頭腹籒文又象其長足善跳

鼃 ㄨㄚ

蝦蟇屬。屬各本作也今依韵會九佳所據小徐本正廣韵同蝦蟆見虫部蝦蟆與詹諸小別鼃則與蝦蟆大別而其形相似故言屬而別見漢書武帝紀元鼎五年鼃蝦蟆鬬是可知其別矣鼃者周禮所謂蟈今南人所謂水雞亦曰田雞鼃蛤皆其鳴聲也故宋人詩多云吠蛤亦云蛙聲閣閣**从黽圭聲。**烏媧切古音十六部按當音乖字亦作蛙[illegible]作蛙

鼀 ㄘㄨˋ

圥鼀。竝疊韵**詹諸也。**虫部曰⿰虫匊鼀詹諸也一物四名曰⿰虫匊鼀曰圥鼀曰詹

十三篇下　九

十三篇下　十

龜⿰冬龜⿰冄龜黽鼃鼀

鼀○ 䵴ㄕ 鼈ㄅㄧㄝ 黿ㄩㄢ 鼉ㄊㄨㄛ 䵺ㄒㄧ 𪓐ㄑㄩ 蠅ㄧㄥ 鼅ㄓ

鼀鼈黿鼉䵺𪓐蠅鼅鼄鼂卵

諸曰鼀䵴許主名詹諸而詳釋之其鳴詹諸○蝦蟆能作呷呷聲蟾蜍不能作聲詹諸象其聲吃之音此言所以名詹諸也其字俗作蟾蠩又作蟾蜍其皮鼀鼀○鼀鼀猶蹙蹙也其身大背黑多痱磊此言所以名鼀先鼀也蝤之義蓋取於拳局其行先先○先先舉足不能前之皃蟾蜍不能跳躍先闕上椎鈍非鋭物也故以狀其行此言所以名先鼀也从黽先意會先亦聲七宿切三部鼀或从酋○酋聲先聲同在三部

䵴 䵴鼀○逗詹諸也○詩曰得此䵴鼀○邶風新臺文今詩作戚施毛傳曰戚施不能仰者釋言曰戚施面柔也言其行䵴䵴○此五字當在詩曰之上小徐自糸至卵部今皆不傳不可攷矣䵴䵴猶施施也王風毛傳曰施施難進之意此言所以名䵴鼀也从黽爾聲○式支切古音在十六部十七部之閒

鼈 甲蟲也○考工記注外骨龜屬内骨鼈屬按鼈骨較龜稍内耳實介屬也故肖易鼈蟹蠃蚌龜爲一屬从黽敝聲○并列切十五部

黿 大鼈也○今目驗黿與鼈同形而但分大小之別从黽元聲○愚袁切十四部

鼉 水蟲○佀蜥易○長丈所○所字依太平御覽補丈所猶丈許也大雅靈臺傳曰鼉魚屬馬部驒下曰青驪白鱗文如鼉魚許依毛詩之鼉魚也皮可爲鼓○四字本在魚部鱓下由古多用鱓爲鼉而淺人注之也今移此詩鼉鼓韸韸史記樹靈鼉之鼓从黽單聲○徒何切古在十四部唐干切

䵺 水蟲也○薉貉之民食之○蓋猶中國之食鼃黽謂之水雞也从黽奚聲○胡雞切十六部

𪓐 鼈屬頭有兩角○以頭有二角別於鼈也蓋亦可食出遼東○从黽句聲○其俱切古音在四部讀如鉤篇韵皆作鼅按吳都賦有鼅鼊注鼅鼊屬也如瑇瑁此與單名鼅者各物

蠅 營營青蠅○小雅青蠅文傳曰營營往來皃蟲之大腹者○从黽虫○虫猶蟲也此蟲大腹故其字从黽虫會意謂腹大如黽之蟲也其音則在六部余陵切故繩爲蠅省聲非許之精詣則必仍爲形聲字遂使古音不可攷矣

鼅 鼅鼄○逗雙聲鼄蝥也○各本奪鼄字今補鼄蝥疊韵蛛部曰𧒭蝥作网鼄蝥也此曰鼅鼄鼄蝥也以見一物三名如蝃下鼄下鼉下皆曰詹諸也之例方言鼅鼄鼄蝥也自關而西秦晉之閒謂之鼅鼄自關而東趙魏之郊謂之鼅鼄或謂之蠾蝓蠾蝓者侏儒語之轉也北燕朝鮮洌水之閒謂之蟱蝓按蠾蝥即爾雅之次蟗音浮斷非从出也鼅鼄同爾雅鼄蝥即爾雅之鼄蝥郭曰今江東呼蝃蝥蝃音掇蝥時江東評蝃蝥蝃即鼄促言之耳蝃或作蚰本艸亦作蛛章悅反蝥音謀又音無从黽亦蟲之大腹者也故从黽𣥂省聲○陟离切十六部

蜘 或从虫○

鼄 鼅鼄也○从黽朱聲○陟輸切四部

蛛 鼄或从虫○

蜘○ 蛛○ 鼄ㄓㄨ 鼂ㄔㄠ 鼂○ 卵ㄌㄨㄢ

鼂 匽鼂也○讀若朝○陟遙切二部楊雄說匽鼂蟲名○蓋見楊雄倉頡訓纂廣韵亦引倉頡篇云蟲名按爲何蟲許亦不憭也夏小正言匽之興不得援以證匽鼂此㠯爲乃說叚借之例杜林用鼂爲朝旦字蓋見杜林倉頡故攷屈原賦甲之鼂吾以行王逸曰鼂旦也左傳衛大夫史朝風俗通作史鼂之後爲鼂姓漢書鼂姓又作晁是古叚鼂爲朝本無不合許云非是未審他處亦未見此例也若木部欂下杜林以爲椽桷字斗部斡下杜林以爲軺車輪斡亦未辯其非是矣蓋叚借之學明其爲借字非眞字而眞字存不明其爲借字而析爲眞字而眞字借字之義皆廢矣伯山蓋謂鼂夕爲眞字故辯以防之也杜林㠯爲朝旦非是○从黽从旦○蓋亦蟲之大腹者故从黽其从旦之意不能詳也

𪓰 古文从皀○古文各本作篆文今依玉篇正凡先古籀後篆者皆由文勢不得不尒此非其比也廣韵古本亦必先鼂後鼂云曰古文今本二大字轉寫譌舛集韵類篇依大徐而誤皀見日部讀若窈古文从黽皀聲

文十三 重五

卵 凡物無乳者卵生○乙部曰人及鳥生子曰乳獸曰產此云凡物無乳者卵生按此乳字與乙部乳字義少異此乳謂乳汁也惟人及四足之獸有之故其子胎生羽蟲鱗蟲介蟲及一切昆蟲皆無乳汁其

子卵生故曰凡物無乳者卵生然則何以言人及鳥生曰乳獸曰產也此乳猶抱也嫗也方言北燕朝鮮洌水之閒謂伏雞曰抱爵子及雞雛皆謂之鷇其卵伏而未孚始化謂之涅鄭注樂記曰以體曰嫗惟鳥於卵伏之抱之旣孚而或生哺之有似人之抱哺其子凡獸之恩勤遜於是故以鳥之將子與人竝言乳實乳汁之義之引申許泥乙爲鳥故訓乳曰人及鳥也子部曰穀乳也此乳汁之乳字及孺皆曰乳子也此乳哺之乳此云無乳者卵生亦指謂乳汁也 **象形。**此冡上黽象形言之卵未生則腹大卵陰陽所合天地之襍也故象其分合之形盧管切十四部糸部縮下云讀若雞卵蓋古卵讀如管也 **凡卵之屬皆从卵。卝 古文卵。**各本無今依五經文字九經字樣補五經文字曰卝古患反見詩風字林不見又古猛反見周禮說文以爲古卵字九經字樣曰說文作卝隸變作卵是唐本說文有此無疑但張引說文古文卵則古文字未安張之意當云卝卵上說文下隸變乃上字譌舉其重文之古文非是然正可以證唐時說文之有卝汗簡以卝爲古文卵字與凬爲古文風𠁣爲古文龜皆據本書郭氏所見說文尚完好也卵之古音讀如管引申之內則濡魚卵醬鄭曰卵讀爲鯤鯤魚子也或作攔韋注國語亦云鯤魚子也內則之魚子言其未生者魯語之魚子言其已生者其意一也又引申之爲詩總角卝兮之卝毛傳曰卝幼穉也此謂出腹未久故仍得此偁如卵之未生已生皆得曰鯤也又引申之周禮有卝人鄭曰卝之言礦也金玉未成器曰卝此謂金玉錫石之樸韞於地中而精神見於外如卵之在腹中也凡漢注云之言者皆謂其轉注段借之用以礦釋卝未嘗曰卝古文礦亦未嘗曰卝讀爲礦也自其雙聲以得其義而已卝固讀如管讀如關也自劉昌宗徐仙民讀侯猛虢猛反謂卽礦字遂失注意而後有妄人敢於說文礦篆後益之曰卝古文礦周禮有卝人則不得不敢於卵篆後徑刪卝古文卵是猶改蘭臺桼書以合其私其誣經誣許率天下而昧於六書不當膺析言破律亂名改作之誅哉弁从卝聲關从弁聲許說形聲井井有條如是

毈 卵不孚也。爪部曰孚者卵卽孚也从爪子不孚者卵坼不成樂記曰卵生者不殰鄭曰殰裂也今齊人語有云殰者按殰卽毈也呂氏春秋雞卵多毈管子五行篇羽卵者不段段段爲之 **从卵段聲。**徒玩切十四部按當讀如鍛

文二 重一 二字今補

二 地之數也。易曰天一地二惟初大始道立於一有一而後有二元气初分輕清昜爲天重濁侌爲地 **从耦一。**耦各本作偶誤今正偶者桐人也凡云偶爾用之耦者二人竝耕之偁故凡奇耦字用之古書或不拘許必從其朔也大徐本無一字非耦一者兩其一也兩畫當均長今人上短下長便是古文上字三篆亦三畫均長而至切十五部 **凡二之屬皆从二。弍 古文二。**

亟 敏疾也。攴部曰敏者疾也疾者本無其字依聲託事之字也後人以捷當之今人亟分入聲去聲入之訓急也去之訓數也古無是分別數亦急也非有二義詩亟其乘屋箋云亟急也詩多叚棘爲亟如棘人欒欒傳曰棘急也我是用棘非棘其欲皆同禮記作匪革其猶革亦亟之叚借字也釋言曰悈急也亦作悈皆亟字之異者耳 **从人口又二。二，天地也。**徐鍇曰乘天之時因地之利口謀之手執之時不可失疾也玉裁謂天地之道恆久而不已手病口病夙夜匪懈君子自強不息人道之所以與天地參也故从人从二紀力切又去吏切一部

恆 常也。常當作長古長久字祗作長淺人稍稍分別乃或借下帬之常爲之故至集韵乃有一曰久也之訓而廣韵皆無之此俗字之不可不正者也時之長與尺寸之長非有二義 **从心舟在二之閒上下。**上下猶往復也 **心以舟施恆也。**謂往復遙遠而心以舟運旋歷久不變恆之意也亩下曰舟車所極覆也此說會意之恉胡登切六部俗本心上增一字非 **𠄨 古文恆从月。**此篆轉寫譌舛旣云从月則左當作月不當作夕也若汗簡則左作舟而右亦同此不可曉又按門部之古文閒作閒葢古文月字略似外字古文恆直是二中月耳 **詩曰如月之恆。**小雅天保文此說从月之意非謂毛詩作亙也傳曰恆弦也按詩之恆本亦作縆謂張弦也月上弦而就盈於是有恆久之義故古文从月

亘 求回也。

回各本作亘今正以回釋亘以雙聲爲訓也回者轉也亘字經典不見易屯卦磐桓磐亦作盤亦作槃義當作般桓義當作亘般者辟也亘者回也馬融云槃桓旋也是二字皆叚借也凡舟之旋曰般旌旗之指麾曰旋車之運曰轉瓢柄曰斡皆其意也 从二从回。會意須緣切按古音讀如桓十四部 回古文回見口部 象亘回之形。亘回雙聲猶回轉也 上下所求物也。上下謂二所求在上則轉而上所求在下則轉而下此說从回从二之意

竺 厚也。㫗各本作厚今正許意厚薄字當作㫗山陵之㫗乃作厚不容一之爾雅毛傳皆曰篤厚也今經典絕少作竺者惟釋詁尙存其舊叚借之字行而眞字廢矣篤馬行鈍遲也聲同而義略相近故叚借之字專行焉 从二加厚之意 竹聲。冬毒切三部

凡 冣括而言也。冣各本作最最者犯而取也非其義今正冣者積也才句切括者絜也絜者束也絜者麻一耑也束之成一耑也冣括者總聚而絜束之也意內言外曰詞其意冣括其言凡也春秋繁露曰號凡而略名目而詳目者偏辨其事也凡者獨舉其大也享鬼神者號一曰祭之散名春曰祠夏曰礿秋曰嘗冬曰烝獵禽獸者號一曰田田之散名春苗秋獮冬狩按周禮多言凡六典凡也治典教典禮典政典刑典事典目也鄭注言冣目者謂其總數也若其他言凡祭祀凡賓客凡禮事凡邦之弔事言師掌官成以治凡亦皆聚括之謂舉其凡則若网在綱杜預之說春秋曰傳之義例總歸諸凡凡之言氾也包舉氾濫一切之稱也 从二。二耦也。耦各本作偶今正一二者天地之大數也故从二 从弓。弓古文及字。見又部及逮也从及者取括束之意浮芝切古音在七部讀扶音切按篆體右像古文及之半而左引筆下垂內从一非从二也與說解不相應夫許既列之二部明言从二不宜乖異如是蓋轉寫既久譌奪之由尠有深思者許以先篆後古籀爲經例先古籀後篆爲變例變例之興起於部首部首爲二則从二之凡當先列从一之凡當後之故定其文當作弓取括而言也从二二耦也从弓弓古文及此下又云凡篆文弓李斯省改古文漢人行之故許立文必如是妄人不知一移一奪乃使倉頡所造千古放佚許

君凡例委於艸莽矣。江沅曰右旁作乁乃古文及之省也厂乃二之形而以上筆引長配右也當云从古文及省則得之矣

文六　重二　按凡有古文有小篆則當重三

土 地之吐生萬物者也。吐土疊韵釋名曰土吐也吐萬物也 二象地之上地之中。上各本作下誤今依韵會正地之上謂平土面者也土二橫當齊長士字則上十下一上橫直之長相等而下橫可隨意今俗以下長爲土字下短爲士字絕無理 丨物出形也。此所謂引而上行讀若囟也合二字象形爲會意它魯切廣韵引文字指歸曰無點按文字指歸蓋以無點者它魯切有點者徒古切田地主也釋氏書閒土必讀如杜是也五部 凡土之屬皆从土。

地 元气初分。輕清易爲天。重濁会爲地。元者始也陰陽大論曰黃帝問於岐伯曰地之爲下否乎岐伯曰地爲人之下大虛之中者也黃帝曰馮乎岐伯曰大氣舉之也按地之重濁而包舉乎輕清之氣中是以不墜 萬物所敶列也。敶各本作陳今正攴部曰敶者列也凡本無其字依聲託事者如萬蟲終古叚借爲千萬雖唐人必用万字不可從也若本有其字如叚陳國爲敶列在他書可而許書不可地與敶以雙聲爲訓 从土地以土生物故从土 也聲。坤道成女玄牝之門爲天地根故其字从也或云从土乙力其可笑有如此者徒四切古音在十七部漢書或叚爲第但也之第

墬 籀文地从𨸏土彖聲。從小徐本惟彖字小徐作彖非其聲也今正作彖从𨸏言其高者也从土言其平者也彖見彑部蠡豫墬皆以爲聲在古音十六部地字古音本閒於十六十七兩部也若大徐作从隊𨸏部隊音徒玩切其繆愈難糾矣漢人多用墬字者傳寫皆誤少一畫

坤 地也。易之卦也。象傳曰地勢坤君子以厚德載物說卦傳曰坤順也按伏羲取天地之德爲卦名曰乾坤 从土申。會意苦昆切十三部 土位在申也。此說从申之意也說卦傳曰坤

也者地也萬物皆致養焉故曰致役乎坤坤正在申位自倉頡造字已然後儒乃臆造乾南坤北爲伏羲先天之學說卦傳所定之位爲文王後天之學甚矣人之好怪也或問伏羲畫八卦即有乾坤震巽等名與不曰有之伏羲三奇謂之乾三耦謂之坤而未有乾字坤字傳至於倉頡乃後有其字坤震特造之乾震坎離艮兌以音義相同之字爲之故文字之始作也有義而後有音有音而後有形音必先乎形名之曰乾坤者伏羲也字之者倉頡也畫卦者造字之先聲也是以不得云三即坤字

垓 ㄍㄞ

垓　兼晐八極地也。晐各本作垓今正晐俗作該日部晐下曰兼晐也此用其義釋垓以疊韵爲訓也凡西方所至謂之四極八到所至謂之八極淮南書曰八紘之外乃有八極非此義也兼備八極之地謂之垓　从土亥聲。古哀切一部　國語曰。天子居九垓之田。鄭語曰王者居九畡之田收經入以食兆民韋云九畡九州之極數也又楚語天子之田九畡以食兆民韋云九畡九州之內有畡數也食兆民民耕而食其中也天子曰兆民按畡者垓字之異也韋云有垓數者即風俗通千生萬萬生億億生兆兆生經經生垓

墺 ㄠˋ

墺　四方之土可定居者也。各本作四方土可居也少三字今依李善西都賦注正禹貢四墺既宅今作隩者衛包改也僞孔傳曰四方之土可居矣土部引夏書四墺既宅廣韵三十七号墺字注曰四墺四方土文選西都賦天地之隩區李注引此說文如班賦本从土唐以後人乃改之如今本尚書釋文之作隩耳周語宅爲九隩注云隩內也其字从𨸏　从土奧聲。於六切三部按音轉多讀於報切

㘺。　古文墺。蓋壁中禹貢如是與

堣 ㄩˊ

堣　堣夷。逗　在冀州暘谷。暘各本作陽今正日部曰暘日出也引虞書曰暘谷則此當作暘可知也山部崵下曰首崵山在遼西一曰嵎鐵崵谷也嵎鐵崵三字皆與此異嵎當作禺蓋堣夷暘谷者孔氏古文如是禺銕暘谷者今文尚書如是今堯典作宅嵎夷曰暘谷依古文而堣譌嵎恐衛包所改耳玉篇廣韵皆作堣可證堯典音義曰尚書考靈曜及史記作禺銕尚書正義卷二曰夏侯等書古文宅堣夷堣作嵎者譌爲宅嵎銕嵎銕即禺銕之異字凡緯書皆用今文故知許土部所偁爲古文山部爲今文尚書如昧谷爲古文柳穀爲今文正同詳見古文尚書撰異堣夷暘谷許明云在冀州山部曰首崵山在遼西一曰嵎鐵崵谷一曰猶一名非有二物遼西正在冀州然則堯典之堣夷非禹貢青州之嵎夷司馬貞注禹貢云今文尚書及帝命驗竝作禺鐵在遼西此謂堯典也陸氏引馬云嵎海隅也夷萊夷也馬釋堯典始以禹貢釋之而僞孔傳大意從之羲和測日不必遠至海外也僞孔云日出於谷而天下明故稱暘谷似以此暘谷爲日初出東方湯谷合而一之其謬不亦甚乎　立春日。句　日值之而出。日正當堣夷而出乃許所聞尚書古義如此　从土禺聲。噳俱切五部　尚書曰。宅堣夷。許之例不云尚書此當云唐書改之者作虞書其說見不部

坶 ㄇㄨˋ

坶　朝歌南七十里地。周書曰。武王與紂戰于坶野。此書序文也今書序紂作受坶作牧詩大明矢于牧野正義引鄭書序注云牧野紂南郊地名禮記及詩作坶野古字耳此鄭所見詩禮記作坶書序祇作牧也許所據序則作坶蓋所傳有不同坶作㙁者字之增改也每亦母聲也　从土母聲。莫六切三部徐邈曰牧一音茂

坡 ㄆㄛ

坡　阪也。𨸏部曰坡者曰阪此二篆轉注也又曰陂阪也是坡陂二字音義皆同也坡謂其陂陀毛詩隰則有泮傳曰泮坡也此釋叚借之法謂泮即坡之雙聲叚借也鄭不從其說而易之曰讀爲畔　从土皮聲。滂禾切十七部

坪 ㄆㄧㄥˊ

坪　地平也。舊鈔小徐本作坪廣韵坪地名今義也　从土平。平亦聲。小徐無平亦二字皮命切十一部亦平聲

均 ㄐㄩㄣ

均　平徧也。平者語平舒也引申爲凡平舒之偁徧者帀也平徧者平而帀也言無所不平也小雅節南山傳曰均平也古多叚旬爲均亦叚鈞爲均　从土勻。勻者帀也故以會意　勻亦聲。小徐無勻亦二字居勻切十二部

壤 ㄖㄤˇ

壤　柔土也。大雅陶復陶穴毛傳陶其土而復之陶其壤而穴之九章筭術今有穿地積一萬尺問爲堅壤各幾何荅曰爲堅七千五百尺爲壤一萬二千五百尺穿地四爲壤五爲堅三爲墟四劉徽注壤謂息土堅謂築土周禮辨十有二壤之名物而知其種以教稼穡樹蓺注壤

垓墺堣坶坡坪均壤

塙ㄑㄩㄝˋ　墽ㄑㄧㄠ　壚ㄌㄨˊ　垶ㄒㄧㄥ　埴ㄓˊ

亦土也以萬物自生言則言土土猶吐也以人所耕而樹藝言則言壤壤和緩之皃某氏注尚書曰無塊曰壤周禮草人墳壤用麋勃壤用狐鄭云墳壤潤解勃壤粉解釋名曰壤瀼也肥濡意也按言物性之自然壤異乎堅土言人功則凡土皆得而壤之壤與柔弱雙聲㲉梁曰有食之傳曰吐者外壤食者內壤闕然不見其壤有食之者也麋信云齊魯之閒謂鑿地出土鼠作穴出土皆曰壤按蟲鼠所出字亦作塲作𡑞音失羊反見方言亦取柔意今俗語謂弱曰壤漢書壤子王梁代壤謂肥䁔也　从土襄聲。如兩切十部

塙　堅不可拔也。堅者剛土也拔者擢也不可拔者不可擢而起之也易文言曰確乎其不可拔潛龍也虞翻曰確剛皃也鄭曰堅高之皃按今易皆作確攷釋文曰說文云高至㲉辭夫乾確然示人易矣釋文曰說文云高至皆不言說文作隺是則陸所據易二皆作隺而今本俗誤也許意隺訓高至塙訓堅不可拔文言字作隺而義从塙㲉辭乃義如其字　从土高聲。苦角切古音在二部今俗字作確乃确字之變耳

墽　磽也。石部曰磽者磐石也磐者堅也墽之義同磽則兼謂土石堅䃘耳其字亦作墝何注公羊云墝埆不生五穀曰不毛　从土敫聲。口交切二部

壚　黑剛土也。各本無黑字依韵會則小徐有尚書正義所引同今補釋名曰土黑曰壚盧然解散也周禮草人埴壚用豕鄭云埴壚黏疏者以黏釋埴以疏釋壚黑部曰齊謂黑為黸古文作旅許於黸得其義云黑而剛則疏之義亦見矣　从土盧聲。洛乎切五部

垶　赤剛土也。草人凡糞種騂剛用牛故書騂為挈杜子春挈讀為騂謂地色赤而土剛強也按馬部無騂字子春易字作解必塙然易為垶字而許用其說入說文也然則相承作騂又譌作騂者乃大繆耳　从土觲省聲。息營切十一部

埴　黏土也。禹貢厥土赤埴墳周禮草人埴壚攷工記搏埴之工孔傳鄭注皆曰埴黏土也釋名土黃而細密曰埴埴膱也黏昵如脂之膱也按禹貢埴字鄭本作戠而讀為熾熾赤皃也見禹貢音義及蜀都賦丹沙赩熾李注又太平御覽三十七引東晉會稽謝沈古文尙書注徐州土赤戠墳戠音志又禹貢正義曰戠埴音義同埴為黏土故土黏曰戠葢孔本本亦作戠惟孔釋戠為黏土鄭易戠為熾釋為赤皃見經文亦戠惟讀為異耳據釋文則韋昭所注漢地理志亦作戠而今漢書作埴晉書成公綏天地賦云海岱赤熾華梁青黎何超音義熾尺志反此又戠之加火旁者也戠熾埴皆埴之異字　从土直聲。常職切一部按廣韵常職昌志二切今江浙俗語皆用昌志一切

坴ㄌㄨˋ　⿱土軍ㄏㄨㄣˊ　墣ㄆㄛˋ　圤。　凷ㄎㄨㄞˋ　塊。　堛ㄆㄧˋ　⿰土叜ㄗㄨㄥ　塍ㄔㄥˊ

坴　土凷坴坴也。坴坴大凷之皃　从土尢聲。力竹切三部　讀若逵。大徐本逵作逐誤也坴讀如逵與龜讀七宿切意同　一曰坴梁地。始皇本紀三十三年發諸嘗逋亾人贅壻賈人略取陸梁地為桂林象郡南海以適遣戍字作陸按坴梁葢其地多土凷而土性強梁也

⿱土軍　土也。土葢凷之誤集韵凷字亦作⿱土軍類篇⿱土軍亦苦會切墣也葢自⿱土軍至堛𠀤重文六篆皆言凷此土也二字淺人所改　从土軍聲。戶昆切十三部　雒陽有大⿱土軍里。雒作洛非今正說詳水部洛下大⿱土軍雒陽里名此卑為⿱土軍篆之證也漢王子侯表土軍侯郢客師古曰土軍西河之縣說者以為洛陽土軍里非也按土軍里乃大⿱土軍里之誤依此注疑大本作土土⿱土軍里或有作土軍里者故說漢書者或偶用之

墣　凷也。吳語曰涓人疇枕王以墣淮南書曰土之勝水也非以一墣塞江　从土菐聲。匹角切古音在三部

圤　墣或从卜。卜聲亦在三部

凷　墣也。是曰轉注喪服傳曰寢苫枕凷　从土凵　凵屈象形。小徐本如是屈者無尾也凷之形略方而體似無尾者故从土而象其形苦對切十五部

塊　俗凷字。依爾雅釋文

堛　凷也。釋言凷堛也郭引枕王以堛堛即墣之異文禮運蕢桴注曰蕢讀為凷聲之誤也凷堛也　从土畐聲。芳逼切一部

⿰土叜　種也。種者埶也⿰土叜者以禾穜入土也廣雅曰⿰土叜種也即⿰土叜種字之異體也　从土叜聲。子紅切九部　一曰內其中。引申之義謂以此入彼中皆得曰⿰土叜也大槷中木謂之總杵曰謂之舂亦此意

塍　稻田中畦埒也。集韵類篇宋本作稻中畦也今本及文選注作稻田畦也韵會作稻中畦埒也今合訂之如此畦五十畝之介也埒

者庫垣亦所以爲畍稻田中作介畫以蓄水取義於此謂之塍必言稻中者禾黍不必爲此惟稻必蓄水以養之周禮稻人以遂均水以列舍水鄭曰遂田首受水小溝也列田之畦埒也開遂舍水於列中按列讀如遮迾之迾非八所行之畛陌也許鄭說正同今四川謂之田繩子江浙謂之田縆縆亦繩也西都賦溝塍刻鏤 从土朕聲。食陵切六部

坺 坺土也。坺字各本無今補厶下曰絫坺土爲牆壁凡初出於田爲坺土稍治之乃爲凷 一臿土謂之坺。一下各本有日字今依玄應書卷二十廣韵十三末正木部曰枱臿也鍪臿詳見木金二部一臿所起之土謂之坺今人云坺頭是也耒部曰耕廣五寸爲伐二伐爲耦與考工記二耜爲耦一耦之伐廣尺深尺謂之畎稍不同鄭云畎土曰伐伐卽坺依考工記二耜之土爲伐許云一枱之土爲伐卽此云一臿土謂之坺也惟臿與枱不同物耳 从土犮聲。本在塵皃下今移此蒲撥切十五部 詩曰武王載坺。商頌長發文今詩作旆傳曰旆旗也按毛詩當本作坺傳曰坺旗也謂坺爲旗者謂坺卽旆之同音叚借也此如小宛訓題爲視謂題卽睼之叚借斯干訓革爲翼謂革爲鞠之叚借若此之類不可枚數淺學者少見多怪乃改坺爲旆以合旗訓葢亦久矣許之引此詩則偁經說叚借之例如引無有作𡚁說𡚁卽好引朕堲讒說說堲卽疾 一曰塵皃。坺之言蓬勃也

十三篇下

坄 匋竈窗也。匋各本作陶今正缶部曰匋者瓦器竈也穴部曰窗者通空也燒瓦器之竈上必通孔謂之坄者其火熒然而出也士喪禮爲垼於西牆下東鄉注云垼塊竈旣夕記云垼用塊注云塊堛也葢土喪之竈土由爲之以煮沐浴者之潘水不似人家廚竈必令通爲之且僅通孔可煮而已故謂之坄不謂之竈也坄禮經作垼古文禮作役 从土役省聲。營隻切十六部

基 牆始也。自部曰阯者基也此蒙基而釋之牆始者本義也引申之爲凡始之偁釋詁周語毛詩傳皆曰基始也禮經古文借基爲期年字 从土其聲。居之切一部

垣 牆也。此云垣者牆也渾言之牆下曰垣蔽也析言之垣蔽者牆又爲垣之蔽也垣自其大言之牆自其高言之 从土亘聲。雨元切十四部

𩫖 籒文垣从𩫏。

圪 牆高皃也。大雅皇矣曰崇墉言言傳曰言言高大也又曰崇墉仡仡傳曰仡仡猶言言也依說文本作圪圪 詩曰崇墉圪圪。从土气聲。魚迄切十五部

堵 垣也。儒行曰儒有一畝之宮環堵之室注云宮謂牆垣也堵面一堵也面一堵者謂面各一堵也依鄭說堵與垣別大氏散文則通對文則別也 五版爲堵。詩毛傳曰一丈爲板五板爲堵此五經異義所謂古周禮古春秋說也異義今戴禮及韓詩說八尺爲板五板爲堵五堵爲雉板廣二尺積高五板爲一丈五堵爲雉雉長二十丈何休注公羊取韓詩說古周禮及古春秋左氏傳說一丈爲板板廣二尺五板爲堵一堵之牆長丈高丈三堵爲雉一雉之牆長三丈高一丈以度長者用其長以度高者用其高也諸說不同鄭辨之云左氏傳鄭莊公弟段居京城祭仲曰都城過百雉國之害也先王之制大都不過三國之一中五之一小九之一今京不度非制也古之雉制書傳各不得其詳今以左氏說鄭伯之城方五里積千五百步也大都三國之一則五百步也五百步爲百雉則知雉五步五步於度長三丈則雉長三丈也雉之度於是定可知矣玉裁按鄭駁異義取古周禮春秋說一丈爲板計之適合未嘗自立說六尺爲板也追箋詩則主用古說參以公羊傳五板而堵五堵而雉而定爲板長六尺鄭意公羊五板而堵者高一丈也五堵而雉者廣三丈也何注公羊取韓詩說八尺爲板五板而堵爲四十尺五堵而雉爲二百尺說各乖異似古周禮春秋毛詩說爲善高一丈廣三丈爲雉不必板定六尺也許君異義未詳其於古今孰從此云五板爲堵古今說所同也葢言板廣二尺五板積高一丈爲堵而已其長幾尺爲板幾堵爲雉皆於古今說未敢定 从土者聲。當古切五部

十三篇下

𩫴 籒文从𩫏。

壁 垣也。釋名壁辟也辟禦風寒也按壁自其直立言之 从土辟聲。比激切十六部

𡐨 匊垣也。匊各本作周今正匊帀也周密也義異匊垣謂垣之圍帀者也西都賦曰繚以周牆四百餘里西京賦曰繚亘緜聯薛注繚亘猶繞了也按魏都賦亦曰繚亘開圜今本皆譌作繚垣非也繚亘雙聲字 从土尞聲。力沼切二部

篇不去二聲 **堨** **壁閒隙也** 隙者壁際也壁際者壁之鼻也亦曰堨此古義也今義堨也讀同塞遏後人所用俗字也 **从土曷聲讀若謁** 此古音也十五部大徐魚列切廣韻烏曷切 **埒** **庳垣也** 庳者中伏舍也引申之爲卑也按廣韻引孟康云等庳垣也似孟氏所據爲長等者齊等也卑垣延長而齊等若一是之謂埒引申之爲涯際之偁如淮南道有形埒是也又爲圜環之偁如爾雅水潦所還埒丘又馬埒是也又爲相等之偁如史記富埒天子之類是也孟康顏籀並出漢書音義今宜依以補等字 **从土寽聲** 力輟切十五部 **堪** **地突也** 突者犬從穴中暫出也因以爲𡋾突之偁俗乃製凹凸字地之突出者曰堪淮南書曰堪輿行雄以起雌許注曰堪天道輿地道也見文選注甘泉賦屬堪輿以壁壘張晏曰堪輿天地總名也按張說未安堪言地高處無不勝任也所謂雄也輿言地下處無不容納也所謂雌也引申之凡勝任皆曰堪古段戡伐爲之 **从土甚聲** 口含切古音在七部 **堀** **突也** 突爲犬從穴中暫出因謂穴中可居曰突亦曰堀俗字作窟古書中堀字多譌掘如秦國策窮巷堀門齊策堀穴窮巷今皆譌爲掘鄒陽書伏死堀穴向不誤也曹風蜉蝣堀閱此蓋自來古本如是毛云堀閱容閱也箋云堀地解閱謂其始生時也唐以後本盡改爲掘字遂謂許所據爲異本矣陸機云蜉蝣陰雨時從地中出鄭樸云生糞土中然則未嘗掘地也堀閱容閱皆聯緜字也箋則云堀於地中解閱而出矣風賦堀堁揚塵謂突起之堁 **从土屈聲** 各本篆作堀解作屈省聲而別有堀篆篆於部末解云兔堀也从土屈聲此化一字爲二字兔堀非有異義也篆从屈隸省作屈此其常也豈有篆文一省一不省分別其義者今正此篆之形而刪彼篆苦骨切十五部 **詩曰蜉游堀閱** 曹風蜉蝣文堀閱容閱也容閱如孟子之容悅 **堂** **殿也** 殿者擊聲也段借爲宮殿字者釋宮室曰殿有殿鄂也殿鄂卽禮記注之沂鄂沂說文作垠作圻釋名釋形體亦曰臀殿也高厚有殿鄂也古音㞒聲斤聲㠯聲互通合音作幾作譏是以禮記形幾謂有沂鄂堂之所以偁殿者正謂前有陛四緣皆高起沂鄂顯然故名之殿許以殿釋堂者以今釋古也古曰堂漢以後曰殿古上下皆偁堂漢上下皆偁殿至唐以後人臣無有偁殿者矣初學記謂殿之名起於始皇紀曰作前殿葉大慶攷古質疑博引說苑諸書以證古有殿名要其所引皆漢人所作書也卽六韜亦豈眞周人書哉 **从土尚聲** 徒郎切十部 **坣** **古文堂如此** 蓋从尚省 **臺** **籒文堂从尚京省聲** 从尚不省則異乎古文邑部䣊地名从籒文堂也篆文以爲从尚則聲在其中故省其京省 **垛** **門堂孰也** 門字孰字今補正攷工記門堂三之二室三之一鄭曰門堂門側之堂也釋宮曰門側之堂謂之塾孫炎郭樸皆曰夾門堂也堂無塾門堂乃有塾刪去門字於制不可通矣孰經典皆作塾以孰加土猶以孰加火耳謂之孰者白虎通云所以必有塾何欲以飾門因取其名明臣下當見於君必孰思其事是知其字古作孰而已後乃加之土也謂之垛者何也朵者木下垂門堂伸出於門之前後略取其意後代有朵殿今俗謂門兩邊伸出小牆曰垛頭其遺語也孰之側於正堂之脩廣得三之二其室於正堂之脩廣得三之一北向堂者爲孰得堂脩廣三之一南向者亦爲孰亦得堂脩廣三之一故曰門堂三之二也室三之一者北向南向兩孰之中共一室室得堂脩廣亦三之一與門之脩廣等顧命曰先路在左塾之前次路在右塾之前此謂北面之孰也士虞禮七俎在西塾之西絲衣自堂徂基毛傳云基門塾之基此皆謂南面之孰也士冠禮筮與席所卦者具饌於西塾此南面之塾也擯者元端負東塾此北面之塾也尚書大傳曰上老平明坐於右塾庶老坐於左塾餘子畢出然後歸夕亦如之蓋謂北面之塾也食貨志春將出民里胥平旦坐於右塾鄰長坐於左塾蓋謂南面之塾也凡孰之可攷者如此孰字依白虎通及崔豹古今注則正作孰俗作塾皆可近儒或曰當作㙭㙭之音義皆與孰迥隔若後漢書劉寬傳畫伯升像於塾且起射之東觀記廣漢書並作㙭此乃所傳之異不得云㙭卽塾字也畫伯升於門牆之山頭而射之故曰畫於塾山頭者俗語牆之冢高處也據李賢引字林曰塾門側堂也是知漢後多用塾字此說文字林之分古今也 **从土朵聲** 丁果切十七部 **坫** **屛也** 陳氏禮書曰坫之別凡有

⿱浝土 垷ㄒㄧㄢˋ 墐ㄐㄧㄣˋ 墍ㄐㄧˋ 堊ㄜˋ 墀ㄔˊ

四記曰反坫出尊論語曰邦君爲兩君之好有反坫此反爵之坫也記曰崇坫康圭此奠玉之坫也記又曰士於坫一此庋食之坫也士冠禮爵弁皮弁緇布冠各一匴執以待於西坫南大射將射工遷於下東坫之東南士喪禮牀笫夷衾饌於西坫南既夕禮設棜於東堂下南順齊於坫此堂隅之坫也爾雅曰垝謂之坫郭云坫端也在堂隅按端本作墆高皃也以土爲之高可屏蔽故許云屏也其字俗作店崔豹曰店置也所以置貨鬻物也 从土占聲 都念切七部

⿱浝土 涂也 涂塗泥埿皆古今字水部涂字下遺涂泥一解則木部曰杇所以涂也此部六言涂金部曰錯金涂也皆不得其轉注矣詩雨雪載涂毛傳曰涂凍釋也小正凍塗傳曰凍下而澤上多也詩角弓傳曰塗者泥也通俗文曰泥塗謂之浝須泥塗必兼水土爲之故字兼从水土浝人又入之水部非也 从土浝聲 當作从土水尨聲力嶂切按此音非也玉篇曰說文木貞切九部

垷 涂也 以下五涂字皆涂泥引申之義也涂泥可以附物者也故引伸之用以附物亦曰涂詩角弓曰如塗塗附傳曰塗泥也附著也按上塗謂泥下塗附連讀謂箸鄭箋則謂以塗塗木桴涂附謂之垷廣雅垷拭也卽垷字之異也 从土見聲 胡典切十四部

墐 涂也 內則曰塗之以謹塗注曰謹當爲墐聲之誤也墐塗涂有穰草也按合和黍穰而塗之謂之墐塗取乾則易壁也 从土堇聲 渠吝切十三部按禮記音義音斤

墍 卬涂也 卬各本作仰今正卬涂擧首而涂之郢人施廣領大袖以仰塗是也周書杍材曰旣勤垣墉惟其塗墍茨按以艸蓋屋曰茨塗墍茨者涂其茨之下也故必卬涂摽有梅傳墍取也假樂傳墍息也皆叚借字 从土旣聲 其冀切按當云其旣切十五部

堊 白涂也 以白物涂白之也周禮曰其祧則守祧幽堊之注云幽讀爲黝黝黑也堊白也爾雅曰地謂之黝牆謂之堊郭云黑飾地白飾牆也釋名曰堊亞也亞次也先泥之次以白灰飾之也按謂涂白爲堊因謂白土爲堊古用蜃灰周禮其白盛之蜃注云謂飾牆使白之蜃也今東萊用蛤謂之叉灰云 从土亞聲 烏各切五部

墀 涂地也 巾部曰幭墀地以巾扪之也凡涂地爲墀今因謂地爲墀矣 从土犀聲 直尼切十五部 禮天子赤墀 葢出禮緯含文嘉之文爾雅地謂之黝然則惟天子以赤飾堂上而已故漢未央殿青瑣丹墀後宮則玄墀而彤庭也漢典職儀曰以丹漆地故稱丹墀張載注魏都曰丹墀以丹與將離合用塗地也按將疑是將字

墼ㄐㄧ 坌ㄅㄣˋ 埽ㄙㄠˋ 在ㄗㄞˋ 坐ㄗㄨㄛˋ

墼 令適也 瓦部甓下曰令甓也按令甓卽令適也甓適墼三字同爾雅釋宮曰瓴甋謂之甓郭云甗甎也陳風中唐有甓傳曰甓令適也字作令適零嫡二音加瓦者俗字也甗甎亦皆俗字甎古祇作專如斯干傳曰瓦紡專也寸部專下曰一曰紡專也皆可證陸德明云字林作塼此許呂各因時作字書之例許意在存古呂意在宜今也韋注吳語曰員曰囷方曰鹿然則鹿專者言其方正也亦曰墼 一曰未燒者 者各本作也今依玉篇正韵會作未燒磚也燒謂入於匋匋瓦器竈也上文一義謂已燒之專曰墼此一義謂和水土入模範中而成者曰墼別於凷而未經匋竈也喪服柱楣注屋下累墼爲之此必未燒者也枕凷則未墼者也厽部垒下曰墼也葢亦謂未燒者今俗語謂未燒者曰土墼 从土毄聲 古歷切十六部

坌 埽除也 坌字曲禮作糞少儀作拚又皆作攘糞卽華部之糞字與坌音同義略同拚其叚借字也少儀曰汎埽曰埽埽席前曰拚此析言之也許以埽除釋坌以坌釋埽渾言之也弟子職旣拚盥漱謂埽席前也汎拚正席謂廣坌內外不止席前也小雅伐木箋亦以灑攘釋灑埽 从土弁聲 讀若糞 方問切古音在十四部

埽 坌也 坌各本譌棄今正此二篆爲轉注也 从土帚 會意帚亦聲也穌老切古音在三部

在 存也 存恤問也釋詁徂在存也在存察也按虞夏書在訓察詧在與伺音同卽存問之義也在之義古訓爲存問今義但訓爲存亾之存 从土才聲 昨代切一部

坐 止也 止下基也引申爲住止凡言坐落坐罪是也引申爲凥地而坐小雅不遑啓處傳曰啓跪處居也古謂跪爲啓謂坐爲凥爲處凥俗作居引申謂凡止箸爲坐 从畱省从土 會意徂臥切十七部 土所止也 此與畱同意 釋从土之意从土不必土猶畱从田不必田皆謂所止也故曰同意

十三篇下 丟

十三篇下 美

⿱浝土垷墐墍堊墀墼坌埽在坐

㘴古文坐。今古文行而小篆廢矣止必非一人故从二人左傳鍼莊子爲坐凡坐獄訟必兩造也

坻箸也。韵會作箸止也箸直略切者字之段借也行之既久乃不可變矣凡言者者別事詞也有所箸之謂也故凡言箸皆者引申之義左傳昭廿九年物乃坻伏鬱湮不育杜注坻止也此坻字見於經者而開成石經譌作坻其義迥異楚金所見左傳故未誤尋其所由蓋唐初已有誤坻者故釋文曰坻音旨又音丁禮反後一音則已譌爲坻凡字切丁禮者皆氐聲也今版本釋文及左傳及廣韵四紙皆作坻坻行而坻廢矣从土氐聲。諸氏切十六部與十五部之坻異義

塡窒也。窒各本作塞塞隔也非其義也窒下云窒也窒下云窒也寘亦窒也塡與寘音義同窒之則堅固其義引申爲久大雅倉兄塡兮傳曰塡久也常棣烝也無戎傳曰烝塡也東山烝在桑野傳曰烝寘也而爾雅釋詁則曰塵久也是塡寘塵三字音同故鄭箋東山云古者聲塡寘塵同也塵爲叚借字蓋古經有作塵者今新陳字作陳非古也而古音之存者也詩詞內作鎮亦是此字从土眞聲。陟鄰切今待年切十部

坦安也。論語曰君子坦蕩蕩按魯讀爲坦湯湯此如陳風子之湯兮傳曰湯蕩也謂湯爲蕩之段借字也司馬相如賦段壇爲坦从土旦聲。他但切十四部

坒地相次坒也。依小徐及玉篇廣韵作次坒大徐作次比衛大夫貞子名坒。句有誤北宮貞子名喜不名坒又衛有褚師比證聲子不證貞子从土比聲。毗至切十五部

堤滯也。滯者水也按此篆與坻篆音義皆同國語曰戾久將底底箸滯淫左傳曰勿使有所壅閉湫底杜云底滯也釋詁底底皆訓止也底字與坻堤字音雖別而義略同俗用堤爲隄則非从土是聲。丁禮切按本在紙韵讀如氏後乃轉入薺韵十六部

壎樂器也㠯土作句六空。空本作孔今正詩伯氏吹壎毛傳土曰壎周禮小師掌教鼓塤大鄭云塤六孔後鄭云塤燒土爲之大如鴈卵爾雅曰大塤謂之嘂白虎通曰樂記云壎坎音也在十一月从土熏聲。況袁切古音在十三部白虎通曰壎之爲言勳

封爵諸侯之土也。謂爵命諸侯以是土也詩毛傳之子嫁子也之事祭事也莊子之人也即是人也然則之土言是土也其義之土故其字从之土引申爲凡畛域之僻大司徒注曰封起土畍也封人注曰聚土曰封謂壝埒及小封疆也冢人注曰王公曰丘諸臣曰封又引申爲大也又引申爲緘固之僻从之土从寸。合三字會意府容切九部寸守逗其制度也。此說从寸之意凡法度曰寸尊字寺字下皆曰有法度公侯百里伯七十里子男五十里。此用孟子及王制之說所謂制度也𡉚籒文封从丰土。从土丰聲也㞷古文封省。無寸也从㞢土則與㞢部讀若皇者同字猶豕亥古文同作丕也艸木妄生字之在土上之之本義也爵諸侯之土字从之土之之引申段借義也

壐王者之印也。印者執政所持信也王者所執則曰璽按周禮貨賄用璽節注云璽節主以通貨賄璽節者今之印章也左傳季武子璽書追而與公冶皆非謂王者蓋古者尊卑通僻至秦漢而後爲至尊之僻故始皇本紀乃爲璽書賜公子扶蘇中車府令趙高行符璽事蔡邕獨斷曰皇帝六璽皆玉螭虎紐許此語檃漢制也㠯主土。以上八字依玉篇所引此說从土之意也从土爾聲。斯氏切十五十六部璽籒文从玉。蓋周人已刻玉爲之曰籒从玉則知从土者古文也

墨書墨也。聿下曰所以書也楚謂之聿吳謂之不律燕謂之弗秦謂之筆此云墨書墨也蓋筆墨自古有之不始於秦括也箸於竹帛謂之書竹木以桼帛必以墨用帛亦必不起於秦漢也周人用璽書印章必施於帛而不可施於竹木然則古不專用竹木信矣引申之爲晉於是始墨肉食者無墨爲貪以敗官爲墨从土黑。小徐曰會意大徐有黑亦聲三字莫北切一部

垸㠯桼𩞁灰丸而𩯭也。𩞁各本作和今正丸大徐無今依小徐桼者木汁可以𩯭物也丸者圜也傾側而轉者𩯭者𩯭桼也說詳桼部灰者燒骨爲灰也元應梵書音義曰通俗文曰燒骨以桼曰垸倉頡訓詁曰垸以桼和之今中國言垸江南言𩩲𩩲音瑞垸胡灌切玉裁按許𩯭下云桼垸周禮巾車杜子春云軟讀爲垸桼之桼輪人注鄭

型 埻 塒 城 墉 𩫨。 𩫖。 堞

云丸漆之𩞄以黍合和燒骨之灰摶而丸之以鬃搽物丸與垸疊韵爲訓丸而鬃之旣乾如沙砂不光潤乃摩之鄭所云丸漆之乾乃以石摩平之也旣摩乃復黍之許於䰍下所云黍垸已復黍之也如此數四乃後𩞄丹臒今時黍工亦略同此垸或叚浣爲之如角人注骨入黍浣者受之以量也或叚睆爲之如檀弓華而睆孫炎云睆黍也叔然乃指其冣後光潤者而言 **从土完聲。**胡玩切十四部 **一曰補垣也。**此依小徐本月令曰脩宮室坏垣牆補城郭左傳曰繕完葺牆以待賓客

型 鑄器之灋也。以木爲之曰模以竹曰范以土曰型引申之爲典型叚借刑字爲之俗作刑非是詩毛傳廛云刑法也又或叚形爲之左傳引詩形民之力而無醉飽之心謂程量其力之所能爲而不過也 **从土刑聲。**戶經切十一部

埻 埻的也。各本無此二字今補木部臬下曰射墪的也此與爲轉注亦有單言墪者的明也亦有單言的者 **射臬也。**周禮司裘注曰以虎狼豹麋之皮飾侯側又方制之以爲墪謂之鵠著於侯中墪卽埻之叚借字也詩小雅以勺爲的呂氏春秋曰射而不中反修于招高云予招埻藝也按于當作于藝同臬戰國策以其類爲招春秋後語作以其頸爲招文選詠懷詩注引作以其頸爲的招卽的字 **从土𦎫聲。讀若準。**之允切十三部

塒 雞棲於垣爲塒。釋宮鑿垣而棲爲塒王風傳同按許意與古異連雞棲於庳垣不必鑿穴也 **从土時聲。**市之切一部

城 㠯盛民也。言盛者如黍稷之在器中也 **从土成。**左傳曰聖王先成民而後致力於神 **成亦聲。**氏征切十一部

𩫨 籀文城从𩫖。

墉 城垣也。皇矣以伐崇墉傳曰墉城也崧高以作爾庸傳曰庸城也庸墉古今字也城者言其中之盛受墉者言其外之牆垣具也毛統言之許析言之也周易曰乘其墉又曰公用射隼於高墉之上 **从土庸聲。**余封切九部

𩫖 古文墉。五篇曰𩫖度也民所度尻也字音古博切此云古文墉者蓋古讀如庸秦以後讀如郭如豕亥同丌字訓顧訓基同嬰字之比

堞 城上女垣也。女之言小也𠂤部陴下曰城上俾倪女牆也堞與陴異字而同義左傳𡐦之環城傳於堞杜曰堞女牆也古之城以土不若今人以專也土之上閒加以專牆爲之射孔以伺非常曰俾倪曰陴亦曰堞左傳盧蒲嫳攻崔氏崔氏堞其宮而守之弗克此謂於宮牆之上又加俾倪也 **从土枼聲。**按从枼者如葉之薄於城也亦有會意焉今字作堞徒叶切八部

坎 墊 坻 渚。 汷。 壏 垎

坎 陷也。陷者高下也高下者高而入於下也因謂阱謂坎井部曰阱者大陷也穴部曰窞坎中更有坎也易曰坎陷也習坎重險也毛詩傳曰坎坎擊鼓聲按此謂坎坎爲𨇵𨇵之叚借字也 **从土欠聲。**苦感切八部

墊 下也。謂地之下也臯陶謨曰下民昏墊因以爲凡下之偁方言曰凡柱而下曰埕屋而下曰墊馬部云𩣶馬腹墊也漢後用爲墊江縣字 **从土執聲。**都念切七部 **春秋傳曰墊隘。**左傳文成六年襄九年廿五年凡三見

坻 小渚也。爾雅曰小州曰渚小渚曰沚小沚曰坻毛詩周南秦傳曰水中可居者曰州渚小州也坻小渚也小渚曰沚今按毛傳不應坻沚同訓若云坻小沚也小渚曰沚則於爾雅合許水部渚下引爾雅小州曰渚小沚下云小渚也皆與爾雅毛傳同則此小渚亦當作小沚明矣坻者水中可居之冣小者也 **从土氏聲。**直尼切十五部與十六部之坁迥別 **詩曰宛在水中坻。**秦風蒹葭文

汷 坻或从水从夊。夊聲

渚 坻或从水耆。耆聲

壏 下入也。此與下溼曰隰義略同吳都賦曰㙐壏蹸挼李注曰㙐壏枝柯相重疊皃也按太沖之㙐壏卽許書之屆戹楚立除立二切 **从土㬎聲。**敕立切按當依廣韵直立切七部

垎 水乾也。乾音干玉篇廣韵皆作土乾也爲長謂土中之水乾而無潤也王逸九思冰凍兮垎澤自注垎竭也寒而水澤竭成冰按水澤竭所謂乾也今楚辭作洛澤廣韵集韵十九鐸皆引冬冰兮洛澤誤甚 **从土各聲。**胡格切古音在五部讀如貉 **一曰堅也。**按乾與堅義相成水乾則土必堅齊民要術曰溼耕堅垎數年不佳謂耕溼田則土堅垎不佳也學記曰發然後禁則扞格而不勝注曰格讀如凍洛之洛扞格堅不可入之皃正義云言格是堅彊難如地之凍則堅彊難入故

型埻塒城墉堞坎墊坻壏垎

云如湅塔之塔但今人謂地堅爲塔也正義本注是湅塔陸德明本是湅塔陸非孔是管子沙土之次曰五塥塥蓋謂堅塔 以土增大道上。增益也此與茨同意以艸次於屋上曰茨以土次於道上曰垐 从土次聲。疾資切古音在十二部 古文垐。見於經者曰夏后氏堲周注云火熟曰堲引弟子職右手折堲是鄭與許異也 从土卽。古次卽同在十五部而次古讀如漆故卽聲後改爲次聲而唐書叚堲爲疾也今音疾資切 虞書曰龍朕堲讒說殄行。堯典文虞當作唐說在禾部 堲疾惡也。此釋經以說叚借謂堲卽疾之叚借如蔑席爲竹蔑之叚借作敢爲好之叚借也古音讀如疾廣韵子栗將七二切是也徐仙民讀在力反乃失古義矣

增益也。會益者饒也會下曰會益也是可叚會爲之 从土曾聲。作滕切六部

埤增也。詩北門曰政事一埤益我傳曰埤厚也此與會部朇衣部裨音義皆同凡从曾之字皆取加高之意會部曰會者益也是其意也凡从卑之字皆取自卑加高之意所謂

天道虧盈益謙君子捊多益寡也凡形聲中有會意者例此 从土卑聲。符支切十六部

坿益也。呂氏春秋七月紀坿牆垣高注坿讀如符坿猶培也十月紀坿城郭高注坿益也令高固也按今多用附訓益附乃附婁讀步口切非益義也今附行而坿廢矣 从土付聲。符遇切古音在四部

塞隔也。自部隔下云塞也是爲轉注俗用爲窒䆲字而塞之義䆲之形俱廢矣廣韵曰邊塞也明堂位四塞世告至注云四塞謂夷服鎭服蕃服在四方爲蔽塞者按鄭注所謂天子守在四夷也戰國策齊有長城巨防足以爲塞呂氏春秋天下有九塞所謂守在四竟也邶風鄘風傳曰塞瘞也塞充實也皆謂塞爲寋之叚借字也 从土䆲聲。大徐作从土从䆲先代切一部按此切音蓋因俗通用此字故以此切別於穌則切也舊音本無不同

圣汝潁之閒謂致力於地曰圣。此方俗殊語也致力必以手故其字从又土會意 从又土。讀若兔鹿窟。按許有窋無窟此當作堀苦骨切十五部

垍堅土也。堅者剛也

堅土周禮所謂彊檃鄭云彊堅者是也按檃一作壚管子壚土之次曰五壚五壚之狀芬焉若糠以肥說與鄭異 讀若冀。冀在一部而用爲聲者取雙聲 从土自聲。其冀切按當曰几利切十五部

埱气出土也。气之出土滃然故埱與歜音義皆略同引申爲凡气出之偁或叚借俶爲埱周頌曰有飶其香有椒其馨傳曰飶芬香也椒猶飶也按椒沈作俶尺叔反沈說善矣若作埱尤合飶與埱皆謂香气突出觸鼻非謂椒聊也 一曰始也。俶下云一曰始也此與音義皆同 从土叔聲。昌六切三部

埵堅土也。玉篇云确也 讀若朵。从土埀聲。丁果切十七部

㙈地也。未詳 从土侵省聲。各本作㑴聲無此字今正籀文侵亦省作㑴也子林切七部

埾積土也。捊下曰引取也引申爲凡聚之偁各書多借爲聚字白虎通琮之爲言埾也象萬物之宗埾也今乃譌爲聖 从土聚省聲。聚形聲包會意也才句切古音在四部

堢保也。保集韵類篇作堡俗字也檀弓公叔禺人遇負杖入保者息月令四鄙入保注皆云都邑小城曰保許云保謂之堢 一曰高土也。一曰二字今本無依小徐集韵類篇補此別一義 讀若毒。許時音讀如此 从土咅聲。今都晧切古音在三部

十三篇下

培培敦。逗 土田山川也。左傳祝鮀曰分魯土田倍敦釋文曰倍本亦作陪許所見作培爲是矣杜云倍增也敦厚也左氏但言土田而魯頌曰錫之山川土田附庸大雅曰告于文人錫山土田毛傳曰諸侯有大功德賜之名山土田附庸魯頌箋云策命伯禽使爲君於東加賜之以山川土田及附庸令專統之王制曰名山大川不以封諸侯附庸則不得專臣也按封建所加厚曰培敦許合詩以釋左也引申爲凡裨補之偁 从土咅聲。蒲回切按古音在一部

埩治也。治土曰埩廣韵曰埩魯城北門池也公羊傳作爭許水部作淨 从土爭聲。疾郢切十一部廣韵側莖切其埩門字士耕切

墇擁也。擁者褱也褱許之抱字謂圍抱以擁水也疑當作邕邕俗作雝廣韵墇塞也壅又擁之俗此與障音同義小異祭法魯語鯀鄣洪水

⿰土則ㄘㄜˋ　垠ㄧㄣˊ　圻。　墠ㄕㄢˋ　垑ㄔˇ

當作此墇字韋昭曰防也从土章聲。之亮切十部廣韵亦平聲⿰土則過遮也。未聞从土則聲。初力切一部垠地垠咢也。咢字各本無今補元應書卷八引圻地圻咢也文選七發注引圻地圻咢也咢者後人增土咢則許書本然淺人以咢為怪因或改或刪耳按古者邊畍謂之垠咢周禮典瑞鄭人禮記郊特牲少儀哀公問五注皆云圻鄂圻或作沂張平子西京賦作垠鍔注引許氏淮南子注曰垠鍔端厓也甘泉賦李注曰鄂垠鄂也按垠亦作圻或作沂者皆叚借字淮南書亦作埜玉篇曰古文也咢作鄂作鍔者皆叚借字或作壥作埓者異體也咢者譁訟也叚借之毛詩鄂不韡韡鄭箋本作咢毛傳曰咢猶咢咢然言外發也箋云承華者曰咢不當作柎柎咢足也毛意本謂花瓣外出者鄭驂則以詩上句為華不謂蒂故謂咢為下系於蒂而上承華瓣者毛云咢猶今人云齾齾毛鄭皆謂其四出之狀長笛賦注字林始有从冖之鄂垠咢字之別體也俗冖乃混殽故作鄂不作鄂物之邊畍有齊平者有高起者有捷業如鋸齒者故統評之曰垠咢有單言垠單言咢者如甘泉賦既云亾鄂又曰無垠是也故許以地垠咢釋垠廣韵曰圻圻咢又岸也正本說文从土艮聲。語斤切十三部廣韵又語巾切一曰岸也。岸者水厓陵而高者也亦曰垠圻垠或从斤。斤聲也古斤聲與幾聲合韵最近故周禮故書畿為近田部曰以遠近言之則言畿也鄭曰畿猶限也是王畿可作王圻王圻亦可作王垠也墠野土也。野者郊外也野土者於野治地除艸鄭風東門之墠墠即墠字傳曰除地町町者町町平意左傳楚公子圍逆女於鄭鄭人請墠聽命楚人曰若野賜之是委君況於草莽也可見墠必在野也鄭子產草舍不為壇壇即墠字可見墠必除草也周書為三壇同墠此壇高墠下之證也祭法王立七廟二祧一壇一墠注曰封土曰壇除地曰墠此壇墠之別也築土曰封除地曰墠凡言封禪亦是壇墠而已經典多用壇為墠古音略同也从土單聲。常衍切十四部垑恃也。廣韵曰垑恃土地也疑所見是完本恃土地者自多其土地故字从多土玉篇垑治土地名恐有錯誤矣釋詁曰恀恃也謂自多之意一說爾雅恀本作

壘ㄌㄟˇ　垝ㄍㄨㄟˇ　陒。　圮ㄆㄧˇ　⿰酉非。　垔ㄧㄣ　陻。　垔。　塹ㄑㄧㄢˋ　埂ㄍㄥˇ　壙ㄎㄨㄤˋ　塏ㄎㄞˇ

垑故許同之从土多聲。尺氏切古音在十七部壘軍壁也。萬二千五百人為軍行軍所駐為垣曰軍壁壘之言絫也壘與垒字音義皆別周禮量人營軍之壘舍鄭云軍壁曰壘晉語趙鞅使尹鐸壘晉陽壘培韋曰壘壁曰培从土畾省聲。各本作畾聲無此字今正力委切按力委誤也當依廣韵力軌切十五部垝毀垣也。當曰垝垣毀垣也衛風氓曰乘彼垝垣傳曰垝毀也下文云毀缺也从土危聲。過委切十六部詩曰乘彼垝垣。陒垝或从𨸏。圮毀也。廣韵岸毀又覆也从土己聲。符鄙切古音在一部虞書曰虞當作唐說在禾部方命圮族。堯典文⿰酉非圮或从手配省非聲。大徐作从手从非配省聲未知孰是此篆即屵部之嶏嶏字其音義皆略同也垔塞也。按此字古書多作堙作陻眞字乃廢矣左傳井堙木刊服注周語陻高陻庳韋注皆同此从土西聲。於眞切古音在十三部商書曰大徐尚書曰小徐書曰皆誤鯀垔洪水。周書鴻範文左傳與許例云商書陻垔或从𨸏。垔古文垔如此。上从古文西塹阬也。江沅曰阬閬也閬門高大之皃門之高大阬之深廣相似也故𨸏部阬閬也即緜傳之阬高貌古毛詩葢作皐門有阬耳塹則與阬之深廣同義玉裁按江說是也左氏傳注塹溝塹也廣韵曰遶城水也史記李斯列傳陗塹之勢異塹乃漸之叚借謂斗直者與陂陀者之勢不同也从土斬聲。依韵會如此七豔切八部一曰大也。大下疑奪一字今無攷埂秦謂阬為埂。秦謂阬塹曰埂二字音略同此與釋詁阬壑隍漮虛也同義若廣韵曰吳人謂堤封為埂今江東語謂畦埒為埂此又別一方語非許所謂从土更聲。讀若井汲綆。古杏切古音在十部壙塹穴也。謂塹地為穴也墓穴也周禮方相氏及墓入壙以戈擊四隅鄭曰壙穿地中也从土廣聲。苦謗切十部一曰大也。孟子曰水之就下獸之走壙塏高燥也。燥者乾也左傳請更諸爽塏者

杜曰爽明也塏燥也从土豈聲。苦亥切十五部

毀 缺也。缺者器破也因爲凡破之偁从土毀省聲。許委切十六部

毀 古文毀从王。

壓 壞也。此與厂部厭義絕不同而學者多不能辨廣韵壓下云鎮也降也笮也乃皆厭之訓也一曰塞補也。从土厭聲。烏狎切七部

壞 敗也。敗者毀也从土褱聲。下怪切十五部按毀壞字皆謂自毀自壞而人毀之人壞之其義同也不必有二音

敹 籒文壞从攴。

𡊴 古文壞省。褱省聲也

坷 坎坷也。坎坷雙聲謂不平也从土可聲。康我切十七部梁國寧陵有坷亭。郡國志梁國寧陵故屬陳留

𡐦 𡐦也。與缶部之罅音義皆同从土虖聲。許諤切古音在五部

隖 𡐦或从𨸏。

坼 裂也。裂者繒餘也因以爲凡隙之偁从土㡿聲。丑格切古音在五部讀如託詩曰。不坼不𠠲。大雅生民文今詩作副許作𠠲者所據用籒文也毛傳曰不坼不副言易也

坱 塵埃也。塵者鹿行土也引申爲土飛揚之偁坱者塵埃廣大之皃也賈誼賦曰大鈞播物兮坱圠無垠王逸楚辭注曰坱霧昧皃从土央聲。於亮切十部按文選烏黨切篇韵皆同

塺 塵也。楚辭愈氣霧其如塺王逸曰塺塵也按塺之言蒙也从土麻聲。亡果切十七部廣韵去聲

塿 塺土也。从土婁聲。洛侯切四部俗書附婁作培塿

坋 塵也。凡爲細末糝物若被物者皆曰坋如左氏芥其雞賈逵云季氏擣芥爲末播其雞羽可以坌郈氏雞五行志棄灰於道者黥孟康云商鞅以棄灰於道必坋人坋人必鬥故設黥荆以絕其源貨殖傳胃脯晉灼云㷔羊胃以末椒薑坋之皆是也其音則後漢東夷傳注引說文蒲頓反爲長今俗語如蓬去聲按坋之言被也从土分聲。房吻切十三部一曰坋大防也。周南傳曰墳大防也許釋墳爲墓然則汝墳乃叚借字也此義音當平聲

𡋯 塵也。塵玉篇作塵𡋯之言沸也从土非聲。房未切十五部

埃 塵也。莊子曰野馬也塵埃也生物之以息相吹也槩言之曰塵埃从土矣聲。烏開切一部

𡏳 塵埃也。埃當从玉篇作𡏳𡏳之言翳也从土殹聲。烏雞切十五部

垽 澱也。水部曰澱滓垽也是二篆爲轉注二字義同音亦同部从土沂聲。魚僅切十三部

垢 濁也。濁水部曰水名也而濁穢字用之从土后聲。古厚切四部

壇 天陰塵起也。依玉篇補起字較完詩曰。壇壇其陰。邶風終風文今詩壇作曀毛傳曰如常陰曀曀然許所據作壇其訓曰天陰塵蓋兩部所云天气下地不應曰霧霧晦也从土壹聲。於計切十二部

坏 丘一成者也。一各本作再成正水經注曰河水又東逕成皋大伾山下爾雅山一成謂之伾許愼呂忱等並以爲丘一成也孔安國以爲再成曰伾據此是俗以孔傳改易許書今本非善長所見也一曰瓦未燒。今俗謂土坏古語也瓦者土器已燒之總名然則坏者凡土器未燒之總名也此與墼字異義同但墼專謂塼耳國語趙簡子使尹鐸墮晉陽壘培尹鐸增之韋注曰壘墼曰培此培字正坏之叚借月令坏垣牆坏城郭注曰坏益也是又叚坏爲培也从土不聲。芳桮切古音在一部

垤 螘封也。螘封者其土似封畍之高故謂之封周禮注聚土曰封此亦其意也詩毛傳曰垤螘冢也按垤之言突也从土至聲。徒結切十二部詩曰。鸛鳴于垤。豳風東山文雚各本作鸛今依雚部所引詩更正

坦 益州部謂螾場曰坦。郡國志自漢中至犍爲屬國郡國十二益州刺史部也螾丘蚓也場失羊切俗作塲古作壤穀梁傳吐者外壤食者內壤徐邈音傷信皆作場音傷是也螾場謂其外吐之土方言曰梁宋之閒蚍蜉犁鼠之場謂之坻螾場謂之坦郭云其糞曰坦按醫書謂之蚓樓今土面虛起者是也許云益部與梁宋之閒不合疑方言宋當作益从土且聲。七余切五部又七豫切

埍 徒隸所居也。徒隸賤者偁一曰女牢。陛牢所以拘罪者也其拘女者曰埍一曰亭部。蓋謂鄉亭之繫也韓詩宜犴宜獄云鄉亭之繫曰犴朝廷曰獄从土肙聲。古泣

壑ㄒㄧㄚˊ　瘞ㄧˋ　堋ㄅㄥˋ　塋ㄧㄥˊ　墓ㄇㄨˋ

切十四部

壑　四突出也。从土叡聲。胡八切十五部

瘞　幽薶也。艸部曰薶者瘞也。二篆爲轉注。幽者隱也。隱而薶之也。糸言之則曰瘞薶。**从土㾜聲。**於罽切十五部。疑古音當在八部。合韵也。

堋　喪葬下土也。謂葬時下棺於壙中也。是名曰堋。**从土朋聲。**方鄧切六部。**春秋傳曰。朝而堋。**昭十二年左傳文。葬鄭簡公事也。**禮謂之封。**禮謂禮經。所謂儀禮十七篇也。既夕禮乃窆。主人哭踊無算。注云。窆下棺也。今文窆爲封。按許於禮經有從今文者。有從古文者。此云禮謂之封。則從今文也。小戴記一書於禮經多從今文。故此字皆作封。無作窆者。檀弓縣棺而封。鄭云。封當爲窆。鄭以封於義不親切。故欲依禮古文及周官易其字也。**周官謂之窆。**周官者。漢志所謂周官經。漢人謂之周禮也。遂人及窆陳役。鄭司農云。窆謂下棺時。禮記謂之封。春秋謂之堋。皆葬下棺也。聲相似。鄉師注略同。蒸侵東三韵相爲通轉。故三字音相近。大鄭云聲相似是也。語言之小異耳。此皆謂下棺。或以不封不樹亦改讀爲窆。則誤矣。窆見穴部。**虞書曰。堋淫于家。亦如是。**大徐無亦如是三字。遂致不可通。上偁春秋傳禮周官。說轉注也。堋封窆異字同義也。惟封略近叚借。此偁皋陶謨。說叚借也。謂叚堋爲朋。其義本不同而形亦如是作也。堋淫于家。卽朋淫于家。故孔安國以今文字讀之。定爲朋字。朋淫卽羣居終日。言不及義。恆舞于宮。酣歌于室。徇于貨色也。不知此恉。乃或以楚王戊私姦服舍釋之。夫下棺之地。非持服之舍也。其說害之乖刺何如哉。故不知有偁經說叚借之例。不可與讀說文。

塋　墓地。地各本作也。今正。玉篇及文選李注引皆作地。漢書音義如淳曰。塋冢田也。詩葛藟于域。毛傳。域塋也。按塋之言營也。營者帀居也。經營其地而葬之。故其字从營。**从土營省**會意**亦聲。**此從小徐也。余傾切十一部

墓　丘墓也。墓字今補。丘謂之虛。故曰丘墓。亦曰虛墓。檀弓曰。虛墓之閒。未施哀於民而民哀是也。周禮有冢人。有墓大夫。鄭曰。冢封土爲丘壠。象冢而爲之。墓冢塋之地。孝子所思慕之處。然則丘自其高言。墓自其平言。渾言之則曰丘墓也。墓之言規模也。方言凡葬而無墳謂之墓。所以墓謂之墲。注引漢劉向傳初陵之墲。今漢書作初陵之橅。**从土莫聲。**莫故切五部

墳ㄈㄣˊ　壠ㄌㄨㄥˇ　垗ㄓㄠˋ　壇ㄊㄢˊ　場ㄔㄤˊ

墳　墓也。此渾言之也。析言之則墓爲平處。墳爲高處。故檀弓孔子曰。古者墓而不墳。邯鄲淳孝女曹娥碑曰。丘墓起墳。鄭注禮記曰。墓謂兆域。今之封塋也。土之高者曰墳。此其別也。方言曰。冢秦晉之閒謂之墳。或謂之培。或謂之堬。或謂之埰。或謂之埌。或謂之壠。自關而東謂之丘。小者謂之塿。大者謂之丘。此又別國方言之不同也。墳之義多引申叚借用之。如厥土黑墳。公置之地地墳。此引申之用也。如遵彼汝墳。借墳爲坋。周禮墳衍。借墳爲濆也。**从土賁聲。**符分切十三部

壠　丘壠也。高者曰丘壠。周禮注曰。冢封土爲丘壠也。曲禮適墓不登壠。注曰。爲其不敬。壠冢也。墓塋域。是則壠非謂墓畍也。郭注方言曰。有畍埒似耕壠。以名之。此恐方語而非經義也。壟畝之偁。取高起之義。引申之耳。**从土龍聲。**力歱切九部

垗　畔也。畔者田畍也。畍者竟也。兆畔雙聲。**爲四畤畍。祭其中。**畤各本譌時。集韵類篇又譌時。今正。四畤謂四面有埒也。周禮小宗伯。兆五帝於四郊。鄭曰。兆爲壇之塋域。然則四面爲垠埒也。引申爲孝經之宅兆。樂記之綴兆。垗古叚肈爲之。尚書大傳。兆十有二州。鄭云。兆域也。爲塋域以祭十二州之分星也。而古文堯典作肈。大雅以歸肈祀。鄭云。肈郊之神位也。是讀爲兆也。商頌肈域彼四海。箋云。肈當作兆。畍祭其中。畍當作介。介畫也。**从土兆聲。**兆者分也。形聲中有會意也。治小切二部。**周禮曰。垗五帝於四郊。**今周禮作兆。許作垗者。蓋故書今書之不同也。○此篆本在堋篆後。今移此。乃條理秩然。

壇　祭壇場也。祭法注。封土曰壇。除地曰墠。楚語屛攝之位。壇場之所。韋注。屛攝爲祭祀之位也。除地曰場。漢孝文帝紀。其廣增諸祀壇場珪幣。師古曰。築土爲壇。除地爲場。按墠卽場也。爲場而後壇之。壇之前又必除地爲場。以爲祭神道。故壇場必連言之。宋本作祭場也。無壇字。非是。若祭法壇與墠則異地。場有不壇者。壇則無不場也。**从土亶聲。**徒干切十四部

場　祭神道也。也廣韵作處。玉篇引國語屛攝之位曰壇。今譌場。壇之所除地曰場。**一曰山**

壑瘞堋塋墓墳壠垗壇場

圯垂圭垚堯堇艱

圯ㄧˊ　垂ㄔㄨㄟˊ　圭ㄍㄨㄟ

田不耕者。田部云疇不生也疇與疇義相近方言曰坻場也李善曰浮壤之名也音傷按不耕則浮壤起矣是卽蚍蜉犂鼠壤場之字也一曰治穀田也。豳風七月曰九月築場圃傳曰春夏爲圃秋冬爲場箋云場圃同地也周禮場人注曰場築地爲墠季秋除圃中爲之故許云治穀之田曰場从土易聲。直良切十部

圯東楚謂橋。大史公曰彭城以東東海吳廣陵此東楚也史漢張良嘗閒從容步游下邳圯上服虔曰圯音頤楚人謂橋爲圯按字當作圯史漢叚圯爲之故服子愼讀如頤也或云姚察見史記本有从土旁者應劭曰圯水之上謂窮瀆無水之上也則應說从水作汜爲合與从土訓橋異詳水部汜下从土巳聲。與之切一部

垂遠邊也。𨸏部曰邊者行垂崖也垂者遠邊也崖者高邊也邊本謂行於垂崖因之垂崖有遠邊高邊之偁厓有山邊之偁矣逍遙游翼若垂天之雲崔云垂猶邊也其大如天一面雲也漢書千金之子坐不垂堂謂坐不於堂之邊也垂本謂遠邊引申之凡邊皆曰垂俗書邊垂字作陲乃由用垂爲𠂹不得不用陲爲垂矣自部曰陲危也則無邊義从土𠂹聲。是爲切古音在十七部

圭瑞玉也。瑞者以玉爲信也上圜下方。圭之制上不正圜以對下方言之故曰上圜上圜下方法天地也故應劭曰圭自然之形陰陽之始也以圭爲陰陽之始故六十四黍爲圭四圭爲撮十圭爲一合量於此起焉方言曰蠹始也多不得其解愚謂蠹從圭聲與圭同音蠹始也卽圭始也公執桓圭九寸。桓玉部作瓛此不改者依周禮文也鄭曰雙植謂之桓桓圭以宮室之象爲瑑飾侯執信圭伯執躬圭皆七寸。鄭曰信當爲身身圭躬圭皆象以人形爲瑑飾九寸七寸謂其長也子執穀璧男執蒲璧皆五寸。二玉以穀以蒲爲瑑飾五寸謂其徑也㠯封諸侯。詳周禮大宗伯典瑞玉人天子以封諸侯諸侯守之以主其土田山川故字从重土从重土。重土者土其土也古畦切十六部楚爵有執圭。此說楚制之乖異也其事散見各書若國策之景翠莊辛淮南之蒯依非子發說苑之鄂君子晳呂覽之

珪。　垚ㄧㄠˊ　堯ㄧㄠˊ　㚘。

能得五員者皆楚執圭者也高注淮南曰楚爵功臣賜以圭謂之執圭比附庸之君珪古文圭从玉。古文从玉謂須玉以命諸侯守此土田培敦也小篆重土土而省玉蓋李斯之失與今經典中圭珪錯見○圭珪移於部末者許例當如此也

文一百三十一　今去堀　重二十六

垚土高皃。依韵會所據本與廣韵合从三土。會意吾聊切二部凡垚之屬皆从垚。

堯高也。堯本謂高陶唐氏以爲號白虎通曰堯猶嶢嶢嶢嶢至高之皃按焦嶢山高皃見山部堯之言至高也舜山海經作俊俊之言大也皆生時臣民所偁之號非謚也从垚在兀上高遠也。會意兀者高而上平也高而上平之上又增益之以垚是其高且遠可知也吾聊切二部𡍶古文堯。此从二土而二人在其下小徐本汗簡古文四聲韵尙不誤汲古閣乃大誤

文二　重一

墐。
堇ㄐㄧㄣˇ　𡎸。　艱ㄐㄧㄢ　𡎺。

堇黏土也。內則塗之以謹塗鄭曰謹當爲墐聲之誤也墐塗塗有穰草也按鄭注墐當爲堇轉寫者誤加土耳玉篇引禮堇涂是希馮時不誤也鄭謂土帶穰曰堇許說不尒蓋土性黏者與埴異字同義也从黃省从土。从黃者黃土多黏也會意巨斤切十三部按徐仙民篇韵皆居隱切凡堇之屬皆从堇。𡎸古文堇。古文从黃不省𡎸亦古文。此篆各本皆譌今依難字古所用形聲更正

艱土難治也。引申之凡難理皆曰艱按許書無墾字疑古艱卽今墾字貇亦艮聲也从堇艮聲。古閑切古音在十三部𡎺籀文艱从喜。必有喜悅之心而後不畏其艱而後無不治也故从喜此字見周禮

文二　重三

里 ㄌㄧˇ

里尻也。鄭風無踰我里傳曰里居也二十五家爲里周禮載師廛里鄭云廛里者若今云邑居矣里居也縣師郊里鄭云郊里郊所居也遺人鄉里鄭云鄉里鄉所居也遂人曰五家爲鄰五鄰爲里穀梁傳曰古者三百步爲里毛詩亦借里爲悝悝病也 从田从土。有田有土而可居矣良止切一部 一曰土聲也。一說以推十合一之士爲形聲 凡里之屬皆从里。

釐 ㄌㄧˊ

釐家福也。家福者家居獲祐也易曰積善之家必有餘慶漢孝文帝紀詔曰今吾聞祠官祝釐皆歸福於朕躬如淳曰釐福也賈誼傳受釐宣室是也如說最合應劭注釐爲祭餘肉失之師古直謂釐爲禧之叚借字禧與釐雖同在古音弟一部然義各有當釐字从里里者家居也故許釋爲家福與禧訓禮吉不同春秋三經僖公史記作釐公叚借字耳有叚釐爲氂者經解云差若毫釐釐或作氂是也有叚釐爲賚者大雅釐爾女士傳曰釐予也釐爾圭瓚傳曰釐賜也有叚釐爲理者堯典允釐百工是也 从里𠩺聲。里之切一部

野 ㄧㄝˇ

野郊外也。邑部曰距國百里曰郊冂部曰邑外謂之郊郊外謂之野野外謂之林林外謂之冂詩召南邶風傳皆曰郊外曰野鄭風傳曰野四郊之外也論語質勝文則野包咸曰野如野人言鄙略也 从里予聲。羊者切古音在五部

埜。

𡌛古文野从里省从林。亦作埜

文三　重一

田 ㄊㄧㄢˊ

田敶也。各本作陳今正敶者列也田與敶古皆音陳故以疊韵爲訓取其敶列之整齊謂之田凡言田田者即陳陳相因也陳陳當作敶敶陳敬仲之後爲田氏田即陳字叚田爲陳也 樹穀曰田。種菜曰圃樹果曰園見口部 象形。各本作象四今依韵會正今人謂爲从口从十非許意也此象甫田之形毛公曰甫田謂天下田也待年切古音如陳十二部 口十。逗 千百之制也。此說象形之恉謂口與十合之所以象阡陌之一縱一橫也各本作阡陌自部無此二字今正周禮遂人曰凡治野夫閒有遂遂上有徑十夫有溝溝上有畛百夫有洫洫上有涂千夫有澮澮上有道萬夫有川川上有路以達于畿百夫之涂謂之爲百千夫之道謂之爲千言千百以包徑畛路也南畝則畛縱遂橫溝縱洫橫澮縱川橫遂徑畛涂道路縱橫同東畝則畛橫遂縱溝橫洫縱澮橫川縱徑畛涂道路之橫縱同之故十與口皆象其縱橫也阡陌則俗字也 凡田之屬皆从田。

町 ㄊㄧㄥˇ

町田踐處曰町。玉裁按此踐字疑淺人所增廣韵青韵注曰田處迴韵注曰田墥墥者俗區字田處者謂人所田之處淺人以二字古與乃因下文町疃爲禽獸踐處妄增之左傳町原防杜曰原防不得方正如井田別爲小頃町賈逵曰原防之地九夫爲町三町而當一井急就篇頃町界畝顏注平地爲町一曰町治田處也西京賦編町成篁薛注町謂畝畝也釋名州國篇曰鄭町也其地多平町町然也論衡町町若荊軒之廬詩毛傳曰墥除地町町者皆謂平坦於踐義不相涉 从田丁聲。他頂切十一部廣韵有平聲

㽭 ㄖㄨㄢˊ

㽭城下田也。所謂附郭之田也張晏云城旁地也 一曰㽭郤地。郤當作隙古隙郤字相叚借曲禮郤地即隙地也地各本譌作也今正河渠書溝洫志皆云故盡河堧棄地韋昭曰河堧謂緣河邊地食貨志趙過試以離宮卒田其宮堧地師古曰堧餘地史記五宗世家臨江王侵廟堧垣爲宮史記鼂錯列傳漢書申屠嘉傳鼂錯傳皆云錯鑿大上皇廟堧垣古者廟有垣垣外有堧堧之竟復有垣以闌之是爲堧垣臨江王鼂錯皆侵毀堧垣者也堧者河外宮廟外俗邊隙地也其字作堧同 从田耎聲。而緣切十四部又乃臥切按此字从需者譌玉篇云㽭正壖俗堧正壖俗是也

疇 ㄔㄡˊ

疇耕治之田也。耕者犂也耤其田而治之其田曰疇有謂麻田曰疇者劉向說苑蔡邕月令章句韋昭國語注如淳漢書注同此別爲一說非許義也有謂疇爲畔埒小畔際者劉逵蜀都注張載魏都注之說亦非許義許謂耕治之田爲疇耕治必有耦且必非一耦故賈逵注國語曰一井爲疇杜預注左傳曰並畔爲疇並畔則二井也引申之高注國策韋注漢書疇類也王逸注楚辭二人爲匹四人爲疇張晏注漢書疇等也如淳曰家業世世相傳爲疇放國語人與人相疇家與家相疇戰國策曰夫物各

疁畬𤳳畸瘥畮甸畿畦

疇。　疁ㄌㄧㄡˊ　畬ㄩˊ

有疇漢書曰疇人子弟疇其爵邑王粲賦騁畝寘疇畐植賦命疇嚋侶菑自晉以前無不用从田之疇絕無用从人之儔訓類者此古今之變不可不知也楊倞注荀卿乃云疇當爲儔矣**从田𠃬象耕田溝詰詘也**依韵會本訂耕田溝謂畎也不必正直故云詰詘直由切三部隸作疇**𢎨疇或省**口部疇以𢎨爲聲老部壽以𢎨爲聲也**疁燒種也**篇韵皆云田不耕火種也謂焚其艸木而下種蓋治山田之法爲然史記曰楚越之地或火耕杜甫夔府詩燒畬度地偏**从田翏聲**力求切三部**漢律曰疁田茠艸**二者皆農事茠或薅字見蓐部**畬二歲治田也**二各本作三今正周易音義云畬馬曰田三歲說文云二歲治田此許作二之證攷釋地曰一歲曰菑二歲曰新田三歲曰畬小雅周頌毛傳同馬融孫炎郭樸皆同鄭注禮記坊記許造說文處歸注易无妄皆云二歲曰畬許全書多宗毛公而意有未安者則不從此其一也菑艸部云反耕田也反耕者初耕反艸一歲爲然二歲則用力漸舒矣畬之言舒也三歲則爲新田**从田余聲**以諸切五部**易曰不菑畬田**田汲古以爲衍而空一字宋本皆有之葘凶字之誤許所據與坊記所引同也周易无妄六二爻辭

𤳳ㄖㄡˊ　畸ㄐㄧ　瘥ㄘㄨㄛˊ　畮ㄇㄡˇ

𤳳龢田也考工記車人爲耒堅地欲直庛柔地欲句庛地官草人墳壤用豕鄭曰墳壤潤解也曰柔地曰潤解皆龢田之謂對剛土而言**从田柔**會意**柔亦聲**耳由切三部**鄭有𤳳地名也**鄭語史伯對桓公曰若克二邑鄔蔽補丹依𤳳歷華君之土也韋注言克虢鄶則此八邑皆可得也**畸殘田也**殘各本作殘今正殘者賊也殘者禽獸所食餘也因之凡餘謂之殘今則殘行而殘廢矣殘田者餘田不整齊者也凡奇零字皆應於畸引申用之今則奇行而畸廢矣**从田奇聲**居宜切古音在十七部**瘥殘薉田也**薉字依集韵類篇韵會所據補殘而且蕪之田也是曰瘥**从田差聲**昨何切十七部**詩曰天方薦瘥**小雅節南山文毛詩作瘥傳云薦重瘥病許此所引薦或三家詩也**畮六尺爲步步百爲畮**司馬

十三篇下

畞。　甸ㄉㄧㄢˋ

法如是王制曰方一里者爲田九百畮謂方里而井**秦田二百四十步爲畮**秦孝公之制也商鞅開阡陌封疆則鄧展曰古百步爲畮漢時二百四十步爲畮按漢因秦制也**从田每聲**莫后切古音在一部**畞畮或从十久**十者阡陌之制久聲也每久古音皆在一部今惟周禮作畮五經文字曰經典相承作畝干祿字書曰畝通畮正**甸天子五百里內田**禹貢五百里甸服周語曰先王之制邦內甸服韋注云邦內謂天子畿內千里之地商頌曰邦畿千里維民所止王制曰千里之內曰甸京邑在其中央故夏書曰五百里甸服則古今同矣甸王田也服服其職業也自商以前邦畿內爲甸服武王克殷周公致大平因禹所弼除甸內更制天下爲九服千里之內謂之王畿王畿之外曰侯服侯服之外曰甸服祭謀父諫穆王稱先王之制猶以王畿爲甸服者甸古名世俗所習也故周襄王謂晉文公曰昔我先王之有天下也規方千里以爲甸服是也周禮亦以蠻服爲要服足以相況也按周制王畿千里不在九服而亦未嘗不從古曰甸服也

畿ㄐㄧ　畦ㄒㄧ

若小司徒九夫爲井四井爲邑四邑爲丘四丘爲甸鄭云甸之言乘也讀如維禹敶之之敶別一義毛詩維禹甸之傳曰甸治也**从勹田**各本作从田包省小徐作包省聲今正勹裹也布交切何之外九服重重勹之故从勹田堂練切十二部**畿天子千里地**即天子五百里內田也五百里自其一面言千里自其四面言爲方百里者百也商頌邦畿千里傳曰畿疆也大司馬九畿注曰畿猶限也**以遠近言之則言畿**遠字依小徐本遠者及也九畿注曰故書畿爲近鄭司農云近當言畿按故書作近猶他書段圻作畿耳許言以遠近言之則曰畿者謂畿取近天子故稱畿與近合音最切古惟王畿偁畿甸服外無偁畿者至周而侯甸男采衞蠻夷鎮藩皆曰畿有以其遞相傳近轉移段借名之非古也故許以近釋畿畿之言垠也故亦作圻邶風薄送我畿傳曰畿門內也謂門限也小雅如畿如式傳曰畿期也禮記丹漆雕幾注曰幾坿垸也古幾畿通用**从田幾省聲**形聲中包會意巨衣切十五部**畦田五十畮曰畦**離騷畦畱夷與揭車

王逸注五十畝曰畦蜀都賦劉注曰楚辭倚沼畦瀛王逸曰瀛澤中也班固以爲畦田五十畝也此蓋班固釋畦留夷之語今俗本文選逸之按孟子曰圭田五十畝然則畦从圭田會意兼形聲與又用爲畦畛史記千畦薑韭韋昭曰畦猶壟也 从田圭聲。戶圭切十六部

田三十畮曰畹。大徐本三作二誤魏都賦下畹高堂張注云班固曰畹三十畝也此蓋孟堅離騷章句滋蘭九畹之解也王注乃云十二畝曰畹或曰田之長爲畹恐非是 从田宛聲。於阮切十四部

田界也。田界者田之竟處也左傳子產曰行無越思如農之有畔其過鮮矣一夫百畝則畔爲百畝之界也引申爲凡界之偁或叚泮爲之氓詩曰隰則有泮傳曰泮坡也坡即陂箋云泮讀爲畔畔涯也經典多借爲叛字論語佛肸以中牟畔大雅無然畔援傳曰無是畔道無是援取 从田半聲。薄半切十四部

竟也。竟俗本作境今正樂曲盡爲竟引申爲凡邊竟之偁界之言介也介者畫也畫者介也象田四界聿所以畫之介界古今字爾雅曰疆界垂也按垂遠邊也 从田介聲。形聲中有會意古拜切十五部此篆上田下介小徐舊本五經文字篇韵漢碑可據

竟也。竟俗本作境今正 一曰百也。百今之陌字 趙魏謂百爲㽘。方語也 从田亢聲。古郎切十部按此古郎今讀古郎因諱朗改爲郎也鼎臣時未嘗諱朗字

兩百閒道也。百者百夫洫上之涂也兩百夫之閒而有洫洫上有涂兩千夫之閒而有澮澮上有道所謂阡也洫橫則澮縱涂橫則道縱故道在中縱而左右各十涂皆橫是謂兩陌閒道是之謂畷郊特牲饗農及郵表畷注云郵表畷謂田畯所以督約百姓於井閒之處引詩爲下國畷郵按畷之言綴也聚涂所綴也於此爲田畯督約百姓之處若街彈室者然曰郵表畷 百廣六尺。百字各本無今補所以知必有百者鄭注周禮云徑容牛馬畛容大車涂容乘車一軌道容二軌路容三軌軌者徹也攷工記曰徹廣六尺涂容一軌是陌容六尺也道容二軌是阡容丈二尺也許祗言陌之廣使徑畛道路之廣皆可意知 从田叕聲。陟劣切十五部

井田閒百也。井田閒者謂十夫閒也兩十夫之閒猶井閒也徑畛涂道路皆可謂之陌阡故曰井田閒陌遂人曰十夫有溝溝上有畛周頌曰徂隰徂畛毛傳曰畛埸也按埸者彊埸也信南山疆埸有瓜是也古祗作易左傳曰封畛土略謂疆界 从田㐱聲。之忍切十二部

天地五帝所基止祭地也。止依韵會正下基也以基止釋畤以疊韵爲訓也所基止祭地謂祭天地五帝者立基止於此而祭之之地也畤不見於經秦人因周制垗五帝於四郊依附爲之垗字音謂遂製畤字耳考封禪書秦襄公居西垂作西畤祠白帝其後文公都汧作鄜畤郊祭白帝其後德公居雍宣公作密畤於渭南祭青帝靈公作吳陽上畤祭黃帝作下畤祭炎帝獻公作畦畤櫟陽祀白帝漢高祖立黑帝祠命曰北畤按密上下三畤及鄜畤及北畤謂之雍五畤祭青黃赤白黑五帝之地也先言天地者秦畤謂五帝即天地故曰唯雍四畤上帝爲尊秦之郊見即祭畤也 从田寺聲。周市切一部 右扶風雝有五畤。地理志右扶風雍下曰有五畤按雍祇有四畤密畤吳陽上畤下畤北畤也史記雍五畤漢志右扶風有五畤蓋兼鄜縣之鄜畤祀白帝而言鄜雖屬左馮翊而馮翊扶風故皆內史地故得統偁之史記於高祖未立北畤前曰雍四畤蓋亦謂密上下鄜四畤是以四畤上親郊見而西畤畦畤上不親往別白言之也 好畤。鄜畤。皆黃帝時築。築各本作祭今依韵會訂封禪書曰自未作鄜畤也而雍旁故有吳陽武畤雍東有好畤皆廢自古以雍州積高神明之隩故立畤郊上帝蓋黃帝時嘗用事雖晚周亦郊焉其語不經見縉紳者不道按史公作吳陽武畤而許作鄜畤與史漢不合傳聞之異也 或云秦文公立。秦文公立鄜畤史漢皆云尒而舉爲疑辭且若好畤亦文公立者皆傳聞之異也

經略土地也。昭七年左傳芋尹無宇曰天子經略諸侯正封古之制也杜注經營天下略有四海故曰經略正封封疆有定分也禹貢曰嵎夷既略凡經界曰略左傳曰吾將略地又曰略基阯引申之規取其地亦曰略地凡舉其要而用功少皆曰略略者對詳而言 从田各聲。离約切古音在五部

田相值也。

畯ㄐㄩㄣˋ 甿ㄇㄥˊ 疄ㄌㄧㄣˋ 留ㄌㄧㄡˊ 畜ㄔㄨˋ 蓄。 疃ㄊㄨㄢˇ

值者持也田與田相持也引申之凡相持相抵皆曰當報下曰當皋人也是其一耑也流俗妄分平去二音所謂無事自擾 从田尙聲 都郎切十部

農夫也 釋言曰畯農夫也孫炎云農夫田官也詩七月田畯至喜傳曰畯田大夫也周禮籥章以樂田畯注鄭司農云田畯古之先教田者按田畯教田之官亦謂之田月令命田舍東郊鄭曰田謂田畯主農之官也亦謂之農郊特牲大蜡饗農鄭曰農田畯也田畯教田之時則親而尊之詩三言田畯至喜是也死而爲神則祭之周禮之樂田畯大蜡饗農是也 从田夋聲 子峻切十三部

田民也 甿爲田民農爲耕人其義一也民部曰氓民也此从田故曰田民也唐人諱民故氓之蚩蚩周禮以下劑致氓石經皆改爲甿古祇作萌故許引周禮以興耡利萌萌古本如是鄭云變民言萌異外內也萌猶懵懵無知皃 从田亡聲 武庚切古音在十部

轢田也 轢車所踐也子虛賦掩兔轔鹿字从車上林賦車徒之所閵轢又叚閵爲之足部曰蹸轢也義相近 从田粦聲 良刃切十二部

止也 稽下曰稽畱止也 从田丣聲 田所止也猶坐从土也力求切三部

田畜也 田畜謂力田之畜積也貨殖列傳曰富人爭奢侈而任氏獨折節爲儉力田畜田畜人爭取賤賈任氏獨取貴善非田畜所出弗衣食艸部曰蓄積也畜與蓄義略同畜从田其源也蓄从艸其委也俗用畜爲六畜字古叚爲好字如說苑尹逸對成王曰民善之則畜也不善則讎也晏子對景公曰畜君何尤畜君者好君也謂畜卽好之同音叚借也 淮南王曰元田爲畜 王大徐作子此如引楚莊王止戈爲武說會意也元田猶畇畇原隰也丑六切亦許六切三部

魯郊禮畜从田从茲茲益也 魯郊禮已見鳥部此許據魯郊禮文證古文从茲乃合於田畜之解也艸部曰茲艸木多益也从艸絲省聲古文本从茲小篆乃省其艸而淮南王乃認爲元字矣此小篆省改之失也今本上从玆則與茲益之云不貫矣故正之如此

禽獸所踐處也 踐者履也獸足蹂地曰厹其所蹂之處曰疃本不專謂鹿詩則言鹿而已 詩曰町疃鹿場 豳風東山文毛傳曰町疃鹿迹也謂鹿迹所在也楚辭九思鹿蹊兮躖躖與疃蓋一字疃亦作畽郡國志廣陵郡東陽劉昭云縣多麋引博物志十百爲羣掘食艸根其處成泥名曰麋畯民人隨此畯種稻不耕而穫其收百倍今後漢書譌爲畯埤雅引此又譌畯然因埤雅可以校正也 从田童聲 土短切十四部此音之轉也古音蓋在九部

暘ㄔㄤˋ 畕ㄐㄧㄤ 畺ㄐㄧㄤ 疆。 黃ㄏㄨㄤˊ 䵍ㄒㄧㄢ 𡕛。

不生也 今之暘蓋卽此字之隸變詩文菑暘穀傳曰暘穀長穀也月令命之曰暘月注曰暘充也蓋皆義之相反而相生者也 从田易聲 丑亮切十部

文二十九 重三

比田也 比密也二人爲从反从爲比比田者兩田密近也 从二田 會意 凡畕之屬皆从畕 闕 闕大徐本無非也此謂其音讀闕也大徐居良切小徐玉篇同以畺之音皮傅之而已竊謂田與田相乘所謂陳陳相因也讀如敶列之敶

界也 七月萬壽無疆傳曰疆竟也田部曰界竟也然則畺界義同竟境正俗字信南山我疆我理傳曰疆畫經界也理分地理也鄭曰乃疆乃理江漢曰于疆于理其義皆同經界出於人爲地理必因地防二者必相因而至不知地防則水不行 从畕三其介畫也 介各本作界今正介畫也畫介也二字義同居良切十部

畺或从土彊聲 今則疆行而畺廢矣惟周禮有畺

文二 重一

地之色也 元者幽遠也則爲天之色可知易曰夫元黃者天地之襍也天元而地黃 从田 土色黃故从田 炗聲 乎光切十部 炗古文光 見火部 凡黃之屬皆从黃

古文黃

赤黃色也 赤黃者赤色敝而黃也色字依類篇補 一曰輕傷人䵍姁也 傷各本作易今正傷者傷也傷者輕也此謂輕侮人者其狀䵍姁也後漢書曹大家女誡

⿰黃耑（ㄊㄨㄢ） ⿰黃有（ㄏㄨㄟˇ） 黇（ㄊㄧㄢ） 黊（ㄏㄨㄚˊ） 男（ㄋㄢˊ） 舅（ㄐㄧㄡˋ） 甥（ㄕㄥ）

視聽陝輸注云陝輸不定皃盍郎葴姁也語同字異耳。从黃夾聲。許兼切八部

⿰黃耑 黑黃色也。黑黃各本作黃黑疑當作黑黃黑色之敝而黃也詩我馬元黃傳曰元馬病則黃正此意若黃黑則壮克水之色謂之驪黃 从黃耑聲。他耑切十四部

⿰黃有 青黃色也。青色敝而黃也 从黃有聲。呼辠切古音在一部

黇 白黃色也。白色之敝而黃也 从黃占聲。他兼切七部

黊 鮮明黃色也。依篇韵補色字上文皆非正黃色惟此爲鮮明正黃耳艸部䕲以爲聲 从黃圭聲。戶圭切廣韵胡瓦切十六部

文六 重一

男 丈夫也。夫下曰周制八寸爲尺十尺爲丈人長一丈故曰丈夫白虎通曰男任也任功業也古男與任同音故公侯伯子男王莽男作任 从田力。言男子力於田也。會意農力於田自王公以下無非力於田者那含切古音在七部 凡男之屬皆从男。

舅 母之兄弟爲舅。釋親曰母之晜弟爲舅毛傳同按周人謂兄爲晜也舅之言舊也猶姑之言故也父之昆弟偁父母之昆弟不得偁父故偁舅凡同姓可偁父凡異姓不可偁父故舅之也今俗人言舅父者非也母之父母曷爲曰外王父外王母與父之父母偁王父王母故母之父母得偁王父王母而外以別之也父之昆弟偁從父故母之姊妹偁從母也舍是則異姓無有偁父母者也異姓可偁舅故婦偁夫之父曰舅男子偁妻之父曰外舅母之從父昆弟曰從舅又偁父之舅曰大舅見後漢書大者今太字 妻之父爲外舅。男子於妻之父亦言舅對妻之舅吾父爲偁也母之昆弟不曰外舅者妻黨之別於母黨也 从男臼聲。其九切三部

甥 謂我舅者吾謂之甥。釋親文此泛釋甥義也若母之昆弟爲吾舅則謂吾爲甥矣若妻之父爲吾外舅則亦謂吾爲甥矣釋親妻黨曰姑之子爲甥舅之子爲甥妻之晜弟爲甥姊妹之夫爲甥注謂平等相甥非也姑之子吾父母得甥之舅之子吾母姪之吾父得甥之妻之昆弟吾父母得甥之姊妹之夫吾父母壻之而得甥之是四者皆舅吾父者也舅者舊之偁甥者後生之偁故異姓尊卑異等者以此相偁爾雅類列於此亦以見舅之子妻之昆弟偁吾父皆曰舅不似後世俗呼也其立文如此者從其便也自來不得其解則謂平等相甥吾姊妹之夫吾父既甥之矣吾又呼之爲甥此豈正名之義乎姑之子爲外兄弟舅之子爲內兄弟妻之昆弟爲婚兄弟姊妹之夫爲姻兄弟既正其名矣又安得淆之乎外孫亦偁彌甥姊妹之孫離孫也亦偁從孫甥皆見左傳釋名妻之昆弟曰外甥一條㝡爲無理 从男生聲。所更切十一部

文三

十三篇下 晃

力（ㄌㄧˋ） 勳（ㄒㄩㄣ） 勛 功（ㄍㄨㄥ） 助（ㄓㄨˋ） 勴（ㄌㄩˋ） 勑（ㄌㄞˋ）

力 筋也。筋下曰肉之力也二篆爲轉注筋者其體力者其用也非有二物引申之凡精神所勝任皆曰力 象人筋之形。象其條理也人之理曰力故木之理曰朸地之理曰防水之理曰泐林直切一部 治功曰力。周禮司勳文 能禦大災。國語祭法文引以釋治功曰力也 凡力之屬皆从力。

勳 能成王功也。司勳曰王功曰勳鄭云輔成王業若周公 从力熏聲。許云切十三部

勛 古文勳从員。員聲也周禮故書勳作勛鄭司農云勛讀爲勳勳功也按此先鄭以今字釋古文也故書勛字學者不識故先鄭云此即小篆之勳

功 以勞定國也。司勳曰國功曰功鄭曰保全國家若伊尹許則舉祭法文以釋之也詩以奏膚公傳曰膚大也公功也此謂段公爲功也 从力工聲。古紅切九部

助 左也。左个之佐字左下曰手相左助也二篆爲轉注右下曰手口相助也易傳曰右者助也按左右皆爲助左者以ナ助又右者以手助口疑此解當云左右也傳寫奪右字商頌曰實左右商王傳云左右助也 从力且聲。牀倨切五部

勴 助也。从力非。力去其非也 慮聲。良倨切五部

勑 勞也。此當云勞勑也淺人刪一字耳此勞依今法讀去聲孟子放勳曰勞

十三篇下 幸

⿰黃耑⿰黃有黇黊男舅甥力勳功助勴勑

劼務勥勱勉劭勖勸𠢐勍勁勝勶勠勨動[畾力]劣勞

之來之詩序曰萬民離散不安其居宣王能勞來還定安集之來皆勑之省俗作徠从力來聲。洛代切一部俗誤用爲敕字

劼 愼也。愼者謹也廣韻曰用力也又固也勤也从力吉聲。巨乙切十二部按篇韻皆格八切巨乙非也周書曰。劼毖殷獻臣。酒誥文按此篆解小徐本譌舛不可讀

務 趣也。趣者疾走也務者言其促疾於事也从力敄聲。亡遇切古音在三部

勥 迫也。迫者近也按所謂實偪處此也勥與彊義別彊者有力勥者以力相迫也凡云勉勥者當用此字今則用強彊而勥廢矣从力強聲。巨良切按此音非也當依廣韻玉篇其兩切十部古文从彊。按以虫部彊籀文強訂之古當作彊

勱 勉力也。勉者勥也亦作邁左傳引夏書皐陶邁種德邁勉也从力萬聲。莫話切按古音當在十四部周書曰。用勱相我邦家。立政文今書邦作國讀與厲同。厲亦萬聲也漢時如此讀

勉 勥也。勥舊作彊非其義也凡言勉者皆相迫之意自勉者自迫也勉人者迫人也毛詩黽勉韓詩作密勿爾雅作蠠沒大雅毛傳曰亹亹勉也周易鄭注亹亹猶沒沒也从力免聲。亡辨切古音當在十三部

劭 勉也。釋詁同漢成帝詔曰先帝劭農蘇林曰劭音翹精異之意也晉灼曰劭勸勉也按卩部卲高也卲與劭相似轉寫容有互譌者如應仲遠之名當是卲字此蘇林所說當亦是卲農爾雅方言皆曰釗勉也釗當是劭之段借字从力召聲。讀若舜樂韶。爾雅釋文云或上遙反用許讀也今皆寔照切二部

勖 勉也。釋詁同邶風以勖寡人傳曰勖勉也方言釗薄勉也秦晉曰釗或曰薄南楚之外曰薄努自關而東周鄭之閒曰勔釗齊魯曰勗按勖古讀如茂與懋音義皆同故般庚懋建大命予其懋簡相爾今文尚書懋皆作勖見隸釋石經殘碑心部曰懋勉也从力冒聲。許玉切三部按許玉非也古音同茂俗寫此字形尤譌轉不通周書曰。勖哉夫子。坶誓文

勸 勉也。廣韻曰獎勉也按勉之而悅從亦曰勸从力雚聲。去願切十四部

𠢐 彊力也。彊力各本作勥力非今依玉篇廣韻正俗語勥彊彊讀去聲从力厥聲。瞿月切十五部

勍 彊也。春秋傳曰。勍敵之人。彊者引有力也引申爲凡有力之偁春秋傳者僖二十二年左傳文杜亦曰勍強也按勍與人部之倞字音義皆同而勍獨見左氏从力京聲。渠京切古音讀如彊在十部

勁 彊也。廣韻勁健也从力巠聲。吉正切十一部。按以上三篆移其舊次

勝 任也。任者保也保者當也凡能舉之能克之皆曰勝本無二義二音而俗強分平去从力朕聲。識蒸切六部亦去聲

勶 發也。發者䠶發也引申爲凡發去之偁勶與徹義別徹者通也勶謂除去若禮之有司徹客徹重席詩之徹我牆屋其字皆當作勶不訓通也或作撤乃勶之俗也从力徹。會意謂以力通之也徹亦聲。丑列切十五部

勠 并力也。勠力二字依後漢劉虞傳注引補文賦注引賈逵國語解詁曰勠力并力也許所本也并者相從也併者竝也并併古通用矣左傳國語或云勠力同心或云勠力一心皆謂數人共致力爲尚書傳訓云陳力斯失之古書多有誤作戮者从力翏聲。稆康力幽反呂靜韻集讀同飂尚書音義引說文力周反按文賦匪予力之所勠與流求爲韵此相傳古音也今音力竹切字林音

勨 緐緩也。緐蓋今之傜字言傜役緩也與勠爲反對之詞从力象聲。余兩切十遼部

動 作也。作者起也从力重聲。徒總切九部

古文動从辵。

[畾力] 推也。推依今音他回切[畾力]者以物磊磊自高推下也古用兵下礧石李陵傳作壘石晁錯傳具藺石如淳注曰城上雷石周禮注亦作雷唐書李光弼傳播石車又作擂其實用[畾力]爲正字也故許書之字可用而不用者多矣子虛賦曰礧石相擊硠硠礚礚亦當作[畾力]从力靁省聲。舊作畾聲今依小徐正盧對切十五部

劣 弱也。弱者橈也从力少。會意力輟切十五部

勞 勮也。勮各本从刀作劇今訂从力文選北征賦注引說文劇甚也恐是許書本作勮用力甚也後因以爲凡甚之詞又譌其字从刀耳以俟明

勞。 劇ㄐㄩˋ 勀ㄎㄜˋ 勩ㄧˋ 勦ㄐㄧㄠˇ 券ㄐㄩㄢˋ 勤ㄑㄧㄣˊ 加ㄐㄧㄚ

者定之**从力熒省熒火燒冂用力者勞**熒舊作熒今正此析熒字而釋之冂一謂燒屋也斯時用力者最勞矣或改冂作門者誤魯刀切二部**古文如此**如此大徐作从悉篆體作䒮今依玉篇汗簡古文四聲韵所據正汗簡與玉篇中雖小異下皆从力竊謂古文乃从熒不省未可知也

務也務者趣也用力尤甚者**从力豦聲**其據切五部音轉爲渠力切字譌从刀作劇

尤劇也劇大徐作極小徐作勮今正勀又勮之尤者也剋者以力制勝之謂故其事爲尤勞許書勀與克義不同克者肩也肩者任也以春秋所書言之如辛巳雨不克葬戊午日下昃乃克葬如晉人納捷菑于邾弗克納此克之義也如鄭伯克段于鄢傳曰得儁曰克此勀之義也勀之字譌而从刀作剋猶勮之譌而从刀也經典有克無勀百家之書克剋不分而勀乃廢矣**从力克聲**苦得切一部

勞也毛詩傳同按凡物久用而勞敝曰勩明楊慎苔中官問謂牙牌摩損當用鎀字今按非也當用勩字今人謂物消磨曰勩是也蘇州謂衣久著曰勩著**从力貰聲**余制切十五部**詩曰莫知我勩**小雅雨無正文

勞也从力巢聲子小切又楚交切二部**春秋傳曰安用勦民**昭九年左傳叔孫昭子曰詩云經始勿亟庶民子來焉用速成其以勦民也許槩栝其辭按刀部剿字亦作剿禮記毋勦說與此从力字絕不同俗多淆之

勞也輈人終日馳騁左不楗書楗或作券鄭云券今倦字也據此則漢時已倦行券廢矣**从力𠔉聲**今皆作倦蓋由與契券从刀相似而避之也渠眷切十四部

勞也慇其勤亦曰勤**从力堇聲**巨巾切按巾當作斤十三部

語相譄加也譄各本作增今正增者益也義不與此同譄下曰加也誣下曰加也此云語相譄加也知譄誣加三字同義矣誣人曰譄亦曰加故加从力論語曰我不欲人之加諸我也吾亦欲無加諸人馬融曰加陵也袁宏曰加不得理之謂也劉知幾史通曰承其誣妄重以加諸韓愈爭臣論曰吾聞君子不欲加諸人而惡訐以爲直者皆得加字

勢ㄏㄠˊ 勇ㄩㄥˇ 戒。 勃ㄅㄛˊ 恿。 勡ㄆㄧㄠˋ 劫ㄐㄧㄝˊ 飭ㄔˋ 劾ㄏㄜˊ 募ㄇㄨˋ

本義引申之凡據其上曰加故加巢即架巢**从力口**謂有力之口也會意古牙切十七部

健也健者伉也此豪傑眞字自叚豪爲之而勢廢矣豪豕鬣如筆管者**从力敖聲讀若豪**五牢切按當乎刀切二部

气也气雲气也引申爲人充體之气之偁力者筋也勇者气也气之所至力亦至焉心之所至气乃至焉故古文勇从心左傳曰共用之謂勇**从力甬聲**余隴切九部

或从戈用

古文勇从心孟子曰志氣之帥也

排也排者擠也今俗語謂以力旋轉曰勃當用此字論語色勃如也許所引乃本字本義謂䡴孛盛气也今論叚借勃字殊失其指**从力孛聲**蒲沒切十五部

劫也以力脅止人而取其物也貢誼傳曰盜者白晝大都之中剽吏而奪之金貨殖傳曰攻剽椎埋按此篆諸書多从刀而許刀部剽下曰一曰剽劫人也是在許時固从力从刀並行二形不必有是非矣**从力票聲**匹妙切二部

人欲去以力脅止曰劫脅猶迫也俗作愶古無其字用脅而已以力止人之去曰劫不專謂盜而盜罪人於國門之外亦劫也太史公曰劫人作姦**或曰以力去曰劫**用力而逃也**从力去**依韵會補此三字二義皆力去也此篆从力而俗作刼从刀蓋刀與力相淆之𠃨固多矣居怯切八部

致臤也臤者堅也致者送詣也致之於堅是之謂飭攷工記曰審曲面勢以飭五材謂五材皆必堅緻也又曰飭力以長地材謂整頓其人力也凡人物皆得云飭飭人而筋骸束矣飭物而器用精良矣其字形與飾相似故古書多有互譌者飾在外飭在內其義不同竊謂許書工下云巧飾也當作巧也飭也飭即記所謂飭五材辨民器謂之百工不徒修飾其外而已凡經傳子史之譌皆可以意正之**从人力食聲讀若敕**恥力切一部飭與敕義略相近敕誡也

灋有辠也法者謂以法施之廣韵曰劾推窮罪人也**从力亥聲**按此字俗作刻从刃恐从刀則混於刀部之刻也胡槩切一部亦入海韵代韵

廣求之也依光武紀注增之字**从**

力莫聲。莫故切五部

劦協勰協

文四十　重六

劦 同力也。同力者龢也。龢調也。从三力。會意。胡頰切。按此字本音戾力制切十五部。淺人妄謂與協勰協同音而不知三字皆以劦會意非以形聲也。惟不以劦爲聲故三字皆在八部。而劦"之劦協則音力制切在十五部。山海經曰。惟號之山。其風若劦。北山經曰母逢之山北望雞號之山其風如飈郭傳飈急風皃也音戾或云飄風也按郭本與許所據不同郭江賦用飈字許意蓋謂其風如并力而起也凡劦之屬皆从劦。

協 同心之龢也。同心一如同力故从劦心會意从劦心。胡頰切八部

勰 同思之龢也。同思一如同力从劦思。胡頰切八部

協 同衆之龢也。各本作衆之和同非是今正同衆之和一如同力从劦十。十衆也胡頰切八部

叶 古文協从口十。字見周禮大史協事注曰故書協作叶杜子春云叶協也書亦或爲協或爲汁大行人協辭命注故書協辭命作汁辭命鄭司農云汁當爲叶書或爲叶按十口所同亦同衆之意

叶 叶或从曰。口曰一也

文四舊誤一　重二舊誤五

二十三部　文七百宋本六百九十九　重一百二十四

凡八千三百九十八字以上總第十三篇部數文數說解字宋本四作三數之都數也

說文解字第十三篇下

受業鄦縣胡積城校字

金 銀 鐐 鋈 鉛 錫 鈏 銅

說文解字第十四篇上

金壇段玉裁注

金 五色金也。凡有五色皆謂之金也下文白金青金赤金黑金合黃金爲五色 **黃爲之長。**故獨得金名 **久薶不生衣。百鍊不輕。**此二句言黃金之德 **從革不韋。**舊作違今正韋背也從革見鴻範謂順人之意以變更成器雖屢改易而無傷也五金皆然 **西方之行。**以五行言之爲西方之行 **生於土。从土。ナ又注象金在土中形。**謂土旁二筆也 **今聲。**下形上聲居音切七部 **凡金之屬皆从金。** **金** 古文金。象形而不諧聲

銀 白金也。黃金既專金名其外四者皆各有名爾雅曰黃金謂之璗其美者謂之鏐然則黃金自有名而許以璗系諸玉部云金之美者與玉同色與釋器不合何也璗爲金而字从玉許書主釋字形故其說如此也爾雅又曰白金謂之銀其美者謂之鐐此則許所本也 **从金艮聲。**語巾切十二部

鐐 白金也。爾雅別之曰其美者許不別也毛詩傳曰大夫鐐琫而鏐珌 **从金尞聲。**洛蕭切二部

鋈 白金也。从金沃省聲。大徐沃省聲小徐沃聲考說文芺聲之字未有省艸者鋈字今三見於毛詩小戎毛傳曰沃白金也而車部軜下詩曰沃以觼軜引詩正作沃不作鋈知古本毛詩祇作沃沃即鐐之叚借字古芺聲尞聲同部也金部本有鐐無鋈淺人乃依今毛詩補之烏酷切二部

鉛 青金也。从金㕣聲。與專切十四部

錫 銀鉛之閒也。周禮卝人注曰鉚也職方氏曰鐵也鐵字說文無經典多叚錫爲賜字凡言錫予者即賜之叚借也 **从金易聲。**先擊切十六部

鈏 錫也。見釋器 **从金引聲。**羊晉切十二部

銅 赤金也。銅色本赤今之白銅黜化爲之耳食貨志曰金有三等黃金爲上白金爲中赤金爲下孟康曰赤金丹陽銅也按丹陽銅即吳王濞傳章郡銅山貨殖傳章山之銅也

十四篇上　一

鏈 鐵 銕 鋚 鏤 鐼 銑 鋻

从金同聲。徒紅切九部

鏈 銅屬。應劭曰鏈似銅與許說合 **从金連聲。**力延切十四部

鐵 黑金也。从金𢧜聲。天結切十二部 **鐵** 鐵或省。 **銕** 古文鐵从夷。按夷蓋弟之誤也

鍇 九江謂鐵曰鍇。从金皆聲。苦駭切十五部

鋚 鐵也。一曰轡首銅也。別一義小雅鞗革沖沖毛傳曰鞗革轡首也按鞗轡也當作鋚轡首飾也轉寫奪去二字耳下文云沖沖垂飾皃正承轡首飾而言許釋鋚爲轡首銅鋚即鞗字詩本作攸轉寫誤作鋚故革皆古文叚借字也古金石文字作攸勒或作鋚勒轡首銅者以銅飾轡首也革部勒下云馬頭絡銜也即毛傳所謂轡首也周頌載見箋云鶬謂金飾正與轡首銅之訓合大雅韓奕鞹以爲鞃淺以爲幦鋚以飾勒金以飾軛四事文意一例鋚勒謂以銅飾轡之近馬頭處鋚之沖沖然也 **从金攸聲。**以周切三部

鏤 剛鐵也。可以刻鏤。鏤本剛鐵之名剛鐵可受鐫刻故鐫刻亦曰鏤釋器曰金謂之鏤鏤鋟也詩鏤膺鏤錫箋皆訓刻金許以可以刻鏤釋鏤此即已已也申申也之例也今則引申之義行而本義廢矣禹貢梁州貢鏤某氏傳亦云剛鐵 **从金婁聲。**盧候切四部 **夏書曰梁州貢鏤。一曰鏤釜也。**方言鍑江淮陳楚之閒謂之錡或謂之鏤

鐼 鐵屬。从金賁聲。讀若熏。小徐本讀若訓火運切十三部

銑 金之澤者。澤者光潤也釋器曰絕澤謂之銑晉語玦之以金銑者寒之甚矣韋注銑猶洒也洒洒寒皃言於太子無溫潤也許言其光潤韋言寒皃皆謂金之精者耳似異而非異 **也。从金先聲。**穌典切古音在十三部 **一曰小鑿。**鑿所以穿木也 **一曰鐘兩角謂之銑。**考工記鳧氏曰兩欒謂之銑鄭注銑鍾口兩角按古鐘羨而不圜故有兩角

鋻 剛也。劉各本譌剛今正刀部曰劉刀劍刃也刃下曰刀堅也故劉與堅爲轉注王褒聖主得賢臣頌曰清水淬其鋒李善引三倉解詁云淬作刀堅也文選俗本譌爲鋻 **从金臤聲。**此形聲中有會意也堅者土之臤緊者絲

十四篇上　二

金銀鐐鋈鉛錫鈏銅鏈鐵鍇鋚鏤鐼銑鋻

鏐錄鑄銷鑠鍊釘錮鑲鎔鋏鍛鋌鐃鏡鉹鈃鍾鑑

鏐 錄 鑄 銷 鑠 鍊 釘 錮 鑲 鎔 鋏 鍛

之叚堅者金之叚彼二字入叚部會意中有形聲也古甸切十二部

鏐 金屬也。一曰劉也。剝者裂也剝訓裂知鏐與劉義同音別方言盞分也注謂分割也此即鏐之叚借方言又曰劉解也亦即此字从金翏聲。里西切十五部

錄 金色也。錄與綠同音金色在青黃之閒也叚借爲省錄字慮之叚借也故錄囚即慮囚云庸錄者猶無慮也言其錄猥从金彔聲。力玉切三部

鑄 銷金也。从金壽聲。之戍切古音在三部亦讀如祝

銷 鑠金也。从金肖聲。相邀切二部

鑠 銷金也。从金樂聲。書藥切二部

鍊 冶金也。冶大徐本譌作治今正湅治絲也練治繒也鍊冶金也皆謂灡湅欲其精非第冶之而已冶者銷也引申之凡治之使精曰鍊从金柬聲。此亦形聲包會意郎甸切十四部

釘 鍊鉼黃金也。周禮職金旅於上帝則共其金版饗諸侯亦如之注曰鉼金謂之版此版所施未聞按今爾雅鉼金謂之鈑鈑系版之譌則鉼當是餅之譌也凡物區之曰餅鍊鉼鍊而成之从金丁聲。當經切十一部今人用此字則古錠字之義也

錮 鑄塞也。塞作塞誤今正凡銷鐵以窒穿穴謂之錮左傳曰子反請以重幣錮之漢書曰下錮三泉从金固聲。此亦形聲包會意古慕切在五部

鑲 作型中腸也。型者鑄器之法也其中腸謂之鑲猶瓜中腸謂之瓤也鑲亦用爲句鑲兵器也別一義見釋名从金襄聲。汝羊切十部

鎔 冶器灋也。冶者銷也鑄也董仲舒傳曰猶泥之在鈞唯甄者之所爲猶金之在鎔唯冶者之所鑄師古曰鎔謂鑄器之模範也今人多失其義从金容聲。余封切九部

鋏 可吕持冶器鑄鎔者也。冶器者鑄於鎔中則以此物夾而出之此物金爲之故从金从金夾聲。古叶切八部讀若漁人夾魚之夾。夾二徐作莢非今正周禮井夾取矢一曰若挾持。一謂讀若挾持之挾

鍛 小冶也。小冶謂小作鑪鞴以冶金如嵇康之鍛竈是也冶之則必椎之故曰鍛鍛叏部曰段椎物也鍛从段

〈十四篇上〉 三

鋌 鐃 鏡 鉹 鈃 鍾 鑑

金會意兼形聲考工記段氏爲鎛器段即鍛也詩之碫石則鍛質也从金段聲。丁貫切十四部

鋌 銅鐵樸也。樸木素也因以爲凡素之偁小徐作朴非也石部曰磺銅鐵樸鋌與礦義同音別亦謂之鋌淮南書曰苗山之鋌从金廷聲。徒鼎切十一部

鐃 鐵文也。謂鐵之文理也从金堯聲。呼鳥切二部

鏡 景也。景者光也金有光可照物謂之鏡此以疊韵爲訓也鏡亦曰鑑雙聲字也从金竟聲。居慶切古音在十部

鉹 曲鉹也。从金多聲。尺氏切古音在十七部一曰鬵鼎。鬲部曰鬵鉹也與此爲轉注讀若擠。一曰詩云侈兮哆兮。宋本皆如此今本作哆兮侈兮一曰下當奪若字謂讀若哆也小徐作一曰若詩曰侈兮之侈同

鈃 似鍾而長頸。鍾俗本作鍾今從宋本鍾者酒器見下此以相聯爲文矣用此知古酒鍾有腹有頸蓋大其下小其上也从金幵聲。戶經切古音當在十二部

鍾 酒器也。古者此器蓋用以宁酒故大其下小其頸自鍾傾之而入於尊自尊勺之而入於觶故量之大者亦曰鍾引申之義爲鍾聚从金重聲。職容切九部

鑑 大盆也。盆者盎也凌人春始治鑑注云鑑如甀大口以盛冰置食物於中以禦溫氣春而始治之按鄭云如甀醢人作醢云塗置甀中則鑑如今之甕許云大盆則與鄭說不符疑許說爲是且字从金必以金爲之也从金監聲。革懺切八部一曰鑑諸。逗可吕取明水於月。鑑諸當作鑑方諸也轉寫奪字耳周禮司烜氏以夫遂取明火於日以鑒取明水於月注夫遂陽遂也鑒鏡屬取水者世謂之方諸淮南書方諸見月則津而爲水高注方諸謂陰燧大蛤也孰摩令熱月盛時以向月下則水生以銅盤受之下水數滴高說與許鄭異考工記以鑒燧之齊併言則鑑之爲鏡可知也鄭云鏡屬又注考工記云鑒亦鏡也詩云我心匪鑒毛傳曰鑒所以察形蓋鏡主於照形鑑主於取明水本系二物而鏡亦可名鑒是以經典多用鑑字少用鏡者鑑亦叚監爲之是以毛詩宜鑒於殷大學作儀監鄭箋詩云以殷王賢愚爲鏡注大學云監視殷時之

〈十四篇上〉 四

事各依文爲說而已尚書監字多有同鑒者

鐈 佀鼎而長足○从金喬聲○巨嬌切二部

鐩 陽鐩也○从金隊聲○按此字非其次疑後人因上說方諸而增之周禮秋官本作遂

鋞 昷器也○昷各本作溫今正許書溫系水名昷訓仁也昷訓仁故引申爲昷煖字煖下曰昷也鼏下曰安鼏昷也凡經史可借用溫而許書不宜自相矛盾凡讀許書者知此則九千三百餘文之說解絕無不可通之處矣蓋非用其字之本義卽用其字之引申之義斷無有風馬牛不相及者也溫訓水名此云溫器也是爲風馬牛不相及矣昷器者謂可用煖物之器也 圜而直上○而字依廣韵補 从金巠聲○戶經切十一部

鑴 瓮也○瓦部曰瓮大盆也然則鑴與鑑同物周禮眡祲十煇三曰鑴鄭注鑴讀爲童子佩鑴之鑴謂日旁氣刺日也按今本周禮注鑴譌金旁非是鑴者佩角銳耑可以解結故鄭讀鑴爲觿今本作讀如亦非也 从金巂聲○戶圭切十六部

鑊 鑴也○少牢饋食禮有羊鑊有豕鑊鑊所以煑也 从金蒦聲○胡郭切五部

鍑 如釜而大口者○如而二字依玄應補釜者鬴之或字鬲部曰鬴鍑屬是二篆爲轉注也方言曰釜自關而西或謂之鍑 从金复聲○方副切三部

鍪 鍑屬○从金敄聲○莫浮切三部

錪 朝鮮謂釜曰錪○方言鍑北燕朝鮮洌水之閒或謂之錪或謂之鉼 从金典聲○他典切十二部

銼 銼鑹○二字依全書通例補疊韵字 鍑也○从金坐聲○昨禾切十七部

鑹 銼鑹也○从金羸聲○魯戈切十七部

鉶 器也○此禮器也魯頌毛傳曰羹大羹鉶羹也按大羹煑肉汁不和貫其質也鉶羹肉汁之有菜和者也大羹盛之於登鉶羹盛之於鉶鉶羹菜和謂之芼其詳在禮經鉶經典亦作鈃此猶荆罰字本从井作荆非正字也內饔職鉶作荆亦叚借字 从金荆聲○戶經切十一部

鎬 昷器也○从金高聲○乎老切二部 武王所都○在長安西上林苑中○字亦如此○此於例不當載而特詳之者說叚借之例也土部堋下引春秋傳矣而又曰虞書堋淫於家亦如是謂書朋淫之字亦如此作也武王都鎬本無正字偁用鎬字爲之耳一本有其字之叚借一本無其字之叚借也鎬京或書鄗乃淺人所爲不知漢常山有鄗縣

鏖 昷器也○昷各本作溫今正下同廣韵曰鏖銅瓮也今江東尚有鏖鏊之語與火部以微火溫肉之𤓽義同或作爊或作鏖集韵曰盡死殺人曰鏖糟漢霍去病合短兵鏖皋蘭下是也 一曰金器○則非炊物器 从金麀聲○於刀切古音在三部 讀若奧○小徐有此三字

銚 昷器也○今煮物瓦器謂之銚子讀徒弔切是也 从金兆聲○以招切二部 一曰田器○周頌庤乃錢鎛傳曰錢銚也許下文錢下亦曰銚也古田器銚釋器方言皆作斛釋器曰斛謂之疀郭云卽古鍫字方言曰斛燕之東北朝鮮洌水之閒謂之斛趙魏之閒謂之臿銚斛臿三字同卽今鍫字也七遙反亦湯料反今人俗語正切七遙

鋀 酒器也○未聞或曰卽行葦之大斗非是毛傳大斗長三尺謂勺柄長三尺也 从金豆象器形○大口切四部

鋀 鋀或省金○斲字用爲聲

鐎 鐎斗也○卽刀斗也孟康曰以銅作鐎器受一斗晝炊飯食夜擊持行名曰刀斗荀悅曰刀斗小鈴如宮中傳夜鈴也蘇林曰形如鋗以銅作之無緣受一斗故云刀斗鐎卽鈴也廣韵曰溫器三足而有柄 从金焦聲○卽消切二部

鋗 小盆也○廣韵曰銅銚 从金肙聲○火玄切十四部

鏏 鼎也○淮南說林訓水火相憎鏏在其閒五味以和注曰鏏小鼎又曰鼎無耳爲鏏 从金彗聲○讀若彗○于歲切十五部

鍵 鉉也○謂鼎扃也以木橫關鼎耳而舉之非是則既炊之鼎不可舉也故謂之關鍵引申之爲門戶之鍵閉門部曰關以木橫持門戶也門之關猶鼎之鉉也 从金○此本爲門而字从金者系於鼎而言之也卽易言金鉉則鍵有金飾之者矣 建聲○渠偃切十四部 一曰車舝○各本作轄今正轄雖亦訓鍵而非正字也舛部曰舝車軸耑鍵也謂縱貫於軸耑如鼎鉉之貫於鼎耳

鉉 所目舉鼎也○所以二字今補攷古關於

鋊ㄩˋ 鎣ㄧㄥˊ 鑯ㄐㄧㄢ 錠ㄉㄧㄥˋ 鐙ㄉㄥ

舉鼎下增具字今刪正手部曰扛橫關對舉也謂橫關於兩耳露其耑以兩手對舉之非是則難扛也 从金冂聲。胡犬切十二部按易音義有古冥古螢二反則讀同扃 易謂之鉉。禮謂之鼏。音 扃與鼏音審畫然二物二事易謂之鉉者周易鼎六五黃耳金鉉上九鼎玉鉉是也古說皆云鉉貫於耳顏師古獨云鉉者鼎耳非鼎扃也其說甚誤易言黃耳金鉉則耳與鉉非一物明矣云禮謂之鼏者士冠禮設扃鼏鄭注今文扃爲鉉古文鼏爲密一部皆然攷工記匠人亦作扃許所見禮經扃作鼏即鼎部所云橫關鼎耳而舉之者也鼏與扃皆以冂爲聲扃訓外閉之關音義皆同若鼏則訓鼎蓋古音如密今音如覓說詳鼎部許引易禮以博異名猶土部堋下云禮謂之封周官謂之窆也凡單言禮者皆謂禮經今之儀禮也據鄭則禮今文爲鉉矣許何以鉉專系易也許於禮經之字古文是者則從古文今文是者則從今文此從古文作鼏故曰禮謂之鼏也如士喪禮今文銘皆爲名從今文故不錄銘字聘禮士喪禮今文赴作訃從古文故言部不錄訃字士虞少牢特牲古文酳皆作酌許从古文故酉部不錄酳字既夕禮今文窆爲封從今文則以窆專系周官也

鋊 可㠯句鼎耳及鑪炭。句讀如鉤鉤鼎耳舉之鉤鑪炭出之之器也 从金谷聲。讀若浴。余足切三部 一曰銅屑。食貨志民盜摩錢以取鋊

鎣 器也。謂摩鋥之器也以金爲之爾雅注曰鐫鐫膏巾鎣刀 从金熒省聲。讀若銑。烏定切十一部

鑯 鐵器也。鍫銳利之器郭注爾雅用爲今之尖字融上鐵頂者 从金韱聲。子廉切七部 一曰鑴也。鑴大徐誤作鑴鑴者穿木琢石也

錠 鐙也。廣韵曰豆有足曰錠無足曰鐙元應引聲類無豆字誤矣 从金定聲。丁定切十一部

鐙 錠也。祭統曰夫人薦豆執校執醴授之執鐙注曰校豆中央直者也鐙豆下跗也執醴者以豆授夫人執其下跗夫人受之執其中央直者按跗說文作柎闌足也鐙有柎則無足曰鐙之說未可信豆之遺制爲今俗用燈盞徐氏兄弟遂以膏鐙解說文誤矣生民傳曰木曰豆瓦曰登豆薦菹醢登薦大羹箋云祀天用瓦豆陶器質也然則瓦登用於祭天廟中之鐙范金爲之故其字从金 从金登聲。都滕切六部

䤠。 鍻。 錡ㄧ

鏶ㄐㄧˊ 鍱ㄧㄝˋ 鏟ㄔㄢˇ 鑪ㄌㄨˊ 鏇ㄒㄩㄢˋ ⿰金虒ㄊㄧ 鐪ㄌㄨˇ 釦ㄎㄡˋ 錯ㄘㄨㄛˋ ⿰金御ㄩˇ

鏶 鍱也。从金集聲。秦入切七部

䤠 鏶或从咠。咠聲

鍱 鏶也。此謂金銅鐵椎薄成葉者 齊謂之鍱。从金枼聲。與涉切七部

鏟 鏶也。从金產聲。初限切十四部 一曰平鐵。謂以剛鐵削平柔鐵也廣韵曰鏟平木器也凡鏟削多用此字俗多用剗字

鑪 方鑪也。方對下圜言之凡爇炭之器曰鑪定公三年左傳邾莊公自投於牀廢於鑪炭爛遂卒 从金盧聲。洛乎切五部

鏇 圜鑪也。元應曰周成難字作檈謂以繩轉軸裁木爲器曰檈按圜鑪之義之引申也古文苑美人賦金帀熏香說者以爲圜鑪 从金旋聲。辝戀切十四部

⿰金虒 器也。从金虒聲。杜兮切十六部

鐪 煎膠器也。煎熬也膠作之以皮故熬之而後成 从金虜聲。郎古切五部

釦 金飾器口。謂以金涂器口許所謂錯金今俗所謂鍍金也漢舊儀大官尚食用黃金釦器中官私官尚食用白銀釦器後漢和熹鄧皇后紀蜀漢釦器班固西都賦元墀釦切謂金涂門限也切者門限吳語三軍皆譁釦以振旅譁曰譁釦喧呼此釦乃叚借字 从金口。口亦聲。會意苦厚切四部

錯 金涂也。涂俗作塗又或作搽謂以金措其上也或借爲措字措者置也或借爲摩厝字厝者厲石也或借爲逪造字東西曰逪邪行曰逪也 从金昔聲。倉各切五部

⿰金御 鉏⿰金御也。鉏音牀呂切⿰金御音魚巨切疊韵字齒部齟齬齒不相値也鉏⿰金御蓋亦器之能相抵拒錯摩者故廣韵以不相當釋鉏⿰金御周禮玉人注云駔牙左傳人有名鉏吾者皆此二者之同音叚借 从金御聲。魚舉切五部

鋙 ⿰金御或从吾。吾古讀如魚

錡 鉏⿰金御也。豳風既破我斧又缺我錡傳曰鑿屬曰錡此蓋所謂鉏⿰金御者與字或作奇 从金奇聲。魚綺切古音在十七部按豳風音義巨宜反 江淮之閒謂釜錡。大徐錡上有曰字召南維錡及釜傳曰錡釜屬有足曰錡方言曰鍑江淮陳楚之閒謂之錡郭

鍤ㄔㄚ 鉥ㄕㄨˋ 鍼ㄓㄣ 鈹ㄆㄧ 鎩ㄕㄚ 鈕ㄋㄧㄡˇ 玨 銎ㄑㄩㄥ 鈭ㄗ 錍ㄆㄟ 鏨ㄗㄢˋ 鐫ㄐㄩㄢ

云或曰三脚釜也音技按詩左傳皆錡釜並舉然則本以有足別於釜而江淮語同之耳

鍤 𩫏衣鍼也。𩫏各本作郭今正郭者齊之郭氏虛也𩫏者城𩫏民所度居也古無廓字秪用郭字其實當用𩫏如設下云𩫏皮甲而出此云𩫏衣皆謂妖廓張衣於版以鍼密數其過使伸直今之洽裘者正如此是曰𩫏衣其鍼曰鍤鍤之言深入也以爲鍫臿字者失之遠矣 从金臿聲。楚洽切八部

鉥 綦鍼也。綦疑當作長管子一女必有一刀一錐一箴一鉥房注鉥時橘切長鍼也玉篇亦曰長鍼 从金朮聲。食聿切十五部

鍼 所㠯縫也。縫者以鍼紩衣也竹部箴下曰綴衣箴也以竹爲之僅可聯綴衣以金爲之乃可縫衣 从金咸聲。職深切七部今俗作針

鈹 大鍼也。元應曰醫家用以破癰 从金皮聲。敷羈切古音在十七部 一曰劒而刀裝者。劒兩刃刀一刃而裝不同實劒而用刀削裹之是曰鈹左傳曰夾之以鈹

鎩 鈹有鐔也。鐔劒鼻也云鈹有鐔者則知鈹有不爲鼻者矣如刀裝之鈹不爲鼻者也賈誼曰鉏櫌棘矜非銛於句戟長鎩張衡曰植鎩懸䥕用戒不虞曰長曰植則鎩有柄有柄故不爲鼻薛綜解一曰鋋似兩刃刀鋋謂其上出之鋒也淮南書飛鳥鎩羽許注曰鎩殘也左思賦亦曰鳥鎩翮此等鎩字乃引申之義鎩可殘羽故凡見殘者曰鎩公羊作撥宋萬臂撥仇牧碎其首何云側手擊曰撥 从金殺聲。所拜反十五部廣韵又所八切

鈕 印鼻也。从金丑聲。女久切三部

玨 古文鈕从王。璽之籀文从玉古文印鈕字从玉蓋初作印時惟以玉爲之也

銎 斤斧穿也。穿者通也詩釋文作斧空也三字謂斤斧之孔所以受柄者豳風毛傳曰方銎曰斨隋銎曰斧隋謂狹長 从金巩聲。曲恭切九部

鈭 鈭錍斧也。斧之一種也廣韵字 从金此聲。即移切十六部

錍 鈭錍也。从金卑聲。府移切十六部

鏨 小鑿也。从金斬。斬亦聲。藏濫切八部

鐫 破木鐫也。謂破木之器曰鐫也因而破木謂之鐫矣 从金雋聲。

鍤 鉥 鍼 鈹 鎩 鈕 銎 鈭 錍 鏨 鐫 鑿 銛 鈂 鈋 鐅 錢 钁 鉏

鑿ㄗㄨㄛˊ 銛ㄒㄧㄢ 鈂ㄔㄣˊ 鈋ㄍㄨㄟˇ 鐅ㄆㄧㄝ 錢ㄑㄧㄢ 钁ㄐㄩㄝ 鉏ㄔㄨˊ

子全切十三部 一曰琢石也。此破木引申之義耳凡似此者皆淺人所增也 讀若瀸。瀸在閉口音非其類

鑿 所㠯穿木也。所以二字今補穿木之器曰鑿因之既穿之孔亦曰鑿矣考工記曰量其鑿深以爲輻廣九辨圜鑿而方枘音家讀曹報反 从金糳省聲。在各切古音在二部

銛 臿屬。臿大徐作鍤則是郭衣鍼矣臿者舂去麥皮也叚借爲發臿即上文田器之銚也其屬亦曰銛俗作杴廣韵曰古作檢或作欣皆即銛字引申爲銛利字賈誼曰莫邪爲鈍鉛刀爲銛漢書音義曰銛利也又按方言曰銛取也此引申叚借之義也孟子以言銛之以不言銛之今本譌作餂 从金舌聲。舌者口舌字非聲當作西古見也他念切在三篇各部木部炊竈木之柄此西屬之鍤皆用爲聲篆體亦當改正此息廉切七部八部 讀若棪。桑欽讀若鐮。

鈂 臿屬也。从金冘聲。讀若沈。直深切七部

鈋 臿金也。从金危聲。過委切十六部 一曰鈋瑩鐵也。瑩當作鎣猶明也

讀若毀行。毀大徐作跛

鐅 河內謂臿頭金也。郭注方言曰江東謂鍫刃爲鐅 从金敝聲。芳滅切十五部按當依郭氏普蔑反

錢 銚也。古者田器。詩毛傳云介見上文銚字下云古田器者古謂之錢今則但謂之銚謂之臿不謂之錢而錢以爲貨泉之名 从金戔聲。詩曰庤乃錢鎛。周頌臣工文卽淺切十四部 一曰貨也。大徐無此四字按貝部下曰古者貨貝而寶龜周而有泉至秦廢貝行錢檀弓注曰古者謂錢曰泉布周禮泉府注鄭司農云故書泉或作錢外府注云其藏曰泉其行曰布取名於水泉其流行無不遍周語景王二十一年將鑄大錢韋曰古曰泉後轉曰錢王莽謂秦漢乃叚借錢爲泉周禮國語早有錢字是其來已久錢行而泉廢矣昨先切或曰此不當有一曰貨也四字貝下當云至秦廢貝行泉王莽時錢文尚曰大泉五十曰貨泉

钁 大鉏也。鉏之大者曰钁 从金矍聲。居縛切五部

鉏 立薅斫也。斫也各本作所用也今依廣韵正薅者披去田艸也斫者

鈐鏞鏺鉵鑼鐮鍥鉊銍鎮鉆銸鉗鈦鋸鐕錐鑱銳鏝鑽鑢銓銖

鈐ㄑㄧㄢˊ 鏞ㄉㄨㄛˋ 鏺ㄆㄛ 鉵ㄊㄨㄥˊ 鑼ㄅㄟ 鐮ㄌㄧㄢˊ 鍥ㄑㄧㄝˋ 鉊ㄓㄠ 銍ㄓˋ 鎮ㄓㄣˋ 鉆ㄔㄢ

斤也斤以斫木此則斫田艸者也云立薅者古薅艸坐爲之其器曰槈其柄短若立爲之則其器曰鉏其柄長槈之用淺鉏之用可深故曰斫釋名曰齊人謂其柄曰橿橿然正直也頭曰鶴似鶴頭也橿見木部 从金且聲。士魚切五部俗作鋤按此篆原在下文鉵鑼之閒非其次也故今移此

鈐 鈐鏞。逗 大犂也。耜者耕也鈐鏞雙聲 一曰類梠。各本作梠誤今正梠耒耑也耒者手耕曲木也耒梠與耜之別一以人一以牛也說文作枱他書作梠若梠者臿也則當云類臿而已 从金今聲。巨淹切七部

鏞 鈐鏞也。从金隋聲。徒果切十七部

鏺 兩刃有木柄可㠯刈艸。兩刃如劍然兩邊有刃乂芟艸也字或作刈 从金發聲。讀若撥。普活切十五部按芟字與此音同義近

鉵 枱屬也。枱大徐作梠今正蓋大徐耒下云耒梠而木部枱音弋之切此部之誤亦同 从金蟲省聲。讀若同。徒冬切九部

鑼 枱屬也。枱大徐作梠非 从金罷聲。讀若嬀。彼爲切古音在十七部廣韵作鑼

鐮 鍥也。从金兼聲。力鹽切七部俗作鐮

鍥 鐮也。方言曰刈鉤江淮陳楚之閒謂之鉊或謂之鐹自關而西或謂之鉤或謂之鐮或謂之鍥鍥郭音結刀部曰刎鐮也即方言之刈鉤也 从金契聲。苦結切十五部

鉊 大鐮也。見方言 从金召聲。止搖切二部方言鐮謂之鍣其字从苕取其象苕秀也亦音苕廣雅作此鉊誤矣 鐮或謂之鉊。張徹說。

銍 穫禾短鐮也。周頌奄觀銍艾傳曰銍穫也按艾同乂穫也銍所以穫也淺人刪所以二字禹貢二百里納銍某氏曰銍艾謂禾穗亦謂所穫之穗爲銍 从金至聲。陟栗切十二部

鎮 博壓也。博當作簙局戲也壓當作厭笮也謂局戲以此鎮壓如今賭錢者之有椿也未知許意然否引申之爲重也安也壓也 从金眞聲。陟刃切十二部

鉆 鐵銸也。周禮典同注飛鉆涅闇疏引鬼谷子飛鉗 从金占聲。敕淹切古音在七部讀如砧劉氏渠金反 一曰膏車

銸ㄓㄜˊ 鉗ㄑㄧㄢˊ 鈦ㄉㄧˋ 鋸ㄐㄩˋ 鐕ㄗㄢ 錐ㄓㄨㄟ 鑱ㄔㄢˊ 銳ㄖㄨㄟˋ 劂。 鏝ㄇㄢˋ 鑽ㄗㄨㄢ 槾。 鑢ㄌㄩˋ 銓ㄑㄩㄢˊ 銖ㄓㄨ

鐵鉆。謂脂其車轂者以器納轄濡膏而染轂中也其器曰鉆鐵爲之

銸 鉆也。此與竹部箝義同音近 从金耴聲。陟葉切八部

鉗 㠯鐵有所劫束也。劫者以力脅止也束者縛也 从金甘聲。巨淹切七部

鈦 鐵鉗也。鐵御覽作歷平準書鈦左趾鈦踏腳鉗也狀如跟衣著足下重六斤以代刖 从金大聲。特計切十五部

鋸 槍唐也。槍唐蓋漢人語廣韵引古史考曰孟莊子作鋸 从金居聲。居御切五部

鐕 可㠯綴著物者。喪大記君裏棺用朱綠用襍金鐕大夫裏棺用元綠用牛骨鐕注鐕所以琢著裏按今謂釘者皆是非獨棺釘也 从金朁聲。則參切七部

錐 銳也。此門閫也戶護也之例 从金隹聲。職追切十五部

鑱 銳也。从金毚聲。士銜切八部

銳 芒也。芒者艸耑也艸耑必鐵故引申爲芒角字今俗用鋒鋩字古祇用夆芒 从金兌聲。以芮切十五部

劂 籒文銳从厂剡。从剡厂聲蔚剡字从此

鏝 鐵杇也。杇所以涂也秦謂之杇關東謂之槾从木是則木爲者曰杇金爲者曰鏝許以从木从金別之也戰國策豫讓刃其杅杅而有刃知古者通偁 从金曼聲。母官切十四部

槾 鏝或从木。已見木部

鑽 所㠯穿也。本是器名因之謂穿亦曰鑽 从金贊聲。借官切十四部

鑢 厝銅鐵也。厝作錯誤厝者厲石也故以爲凡砥厲之字厲銅鐵謂之鑢故其字从金周禮注作鑪 从金慮聲。良據切五部

銓 稱也。稱各本作衡今正禾部稱銓也與此爲轉注乃全書之通例稱即今秤字衡者牛觸橫大木其角權衡字經典用之許不介蓋古權衡二字皆叚借字權爲垂之叚借古十四部與十七部合音是以若干爲若柯桓表爲和表斞灌爲斞戈毛詩觀爲多之借單聲之蠶鄲入戈韵垂古音陀叚權爲之俗乃作錘若衡則叚借之橫字栟衡者一角一橫之謂 从金 稱錘以金爲之故从金 全聲。此緣切十四部

銖 權十分黍之重也。各本作權十分黍之重也

今正權五權也五權銖兩斤鈞石也厶部曰絫十黍之重也此云銖權十絫黍之重也兩部曰兩二十四銖爲一兩斤本無其字以斫木之斤爲之十六兩也鈞三十斤也禾部曰秝百二十斤也按許說與漢律厤志合志曰一龠容千二百黍重十二銖兩之二十四銖爲兩十六兩爲斤三十斤爲鈞四鈞爲石此許所本言十絫絫者謂百黍也必言黍者蒙十黍之重爲絫而言又使兩斤鈞秝黍數可計也若禾部稱下云十二粟爲一分十二分爲一銖則用淮南天文訓與律厤志別爲一說粟者禾實也以今禾黍驗之粟輕於黍違甚程氏瑤田說 **从金朱聲。** 市朱切四部

鋝 ㄌㄩㄝˋ

鋝 十一銖二十五分銖之十三也。 各本十一銖作十銖二十五分銖奪銖字今依尚書音義漢蕭望之傳注廣韵十七薛正十一銖計黍千一百云二十五分銖之十三者此用命分之法百黍以四除之凡二十五而除盡命爲二十五分二十五分之十三得五十二黍命爲二十五分銖之十三合十一銖共爲黍千一百五十二 **从金寽聲。** 力輟切十五部 **周禮曰。重三鋝。** 考工記弓人文 **北方㠯二十兩爲三鋝。** 三各本無戴仲達作一今依東原師補正師說曰無三字者誤也攷尚書僞孔傳及馬融王肅皆云鍰重六兩鄭康成云鍰重六兩大半兩鋝卽鍰賈逵云俗儒以鋝重六兩此俗儒相傳譌失不能覈實脫去大半兩言之說文多宗賈侍中故曰北方二十兩爲三鋝正謂六兩大半兩爲一鋝也按三鋝爲黍四萬八千

鍰 ㄏㄨㄢˊ

鍰 鋝也。 尚書釋文引六鋝也六誤衍鄭注攷工記曰許叔重說文解字云鋝鍰也今東萊稱大半兩爲鈞十鈞爲環環重六兩大半兩鍰鋝似同矣周禮職金正義曰夏侯歐陽說墨罰疑赦其罰百率古以六兩爲率古尚書說百鍰鍰者率也一率十一銖二十五分銖之十三也百鍰爲三斤鄭玄以爲古之率多作鍰玉裁按古文尚書呂刑作鍰今文尚書作率亦作選或作饌史記周本紀作率尚書大傳一饌六兩作饌漢書蕭望之傳金選之法作選皆今文尚書也今文謂率六兩說古文者謂鍰六兩大半兩許用古文說者也百鍰爲三斤正與十一銖二十五分銖之十三數相合 **从金爰聲。** 戶關切十四部 **書曰。** 古本作書曰趙本作虞書曰今按當作周書曰 **罰百鍰。** 呂刑文東原師曰鍰鋝篆體易譌說者合爲一恐未然也鍰當爲十一銖二十五分銖之十三攷工記作垸其叚借字鋝當爲六兩大半兩史記作率漢書作選其假借字二十五鍰而成十二兩三鋝而成二十兩呂刑之鍰當爲鋝弓人膠三鋝當爲鍰一弓之膠三十四銖二十五分銖之十四不得多至二十兩也

鍿 ㄗ

鍿 六銖也。 爲黍六百鄭注禮記儒行曰八兩爲鍿高注詮言訓曰六兩曰鍿倍鍿曰錘風俗通義曰銖六則錘錘睡也二錘則鍿鍿熾也二鍿則兩也廣韵曰八銖爲鍿其說皆乖異不與許合惟高注說山訓曰六銖曰鍿八銖曰錘與許說合與詮言注乖異疑說山之注乃許注之僅存者也 **从金甾聲。** 甾者或菑字也側持切一部

錘 ㄔㄨㄟˊ

錘 八銖也。 爲黍八百諸家說異見上後人謂稱之權爲錘漢志所謂以輕重爲宜圜而環之今之肉倍好者也古字祇當作垂謂有物垂之而使平 **从金垂聲。** 直垂切古音在十七部

鈞 ㄐㄩㄣ

鈞 三十斤也。 斤者十六兩也三十斤爲銖萬一千五百二十爲絫二十七萬六千四百八十漢志曰鈞者均也陽施其氣陰化其物皆得其成就平均也按古多叚鈞爲均 **从金勻聲。** 居勻切十二部

鋆。

鋆 古文鈞。从旬。 古旬勻多通用

鈀 ㄅㄚ

鈀 兵車也。从金巴聲。 伯加切古音在五部 **司馬灋曰。晨夜內鈀車。** 今司馬法無此文方言箭廣長而薄鎌謂之錍或謂之鈀 **一曰鐵也。** 別一義此依韵會本

鐲 ㄓㄨㄛˊ

鐲 鉦也。 周禮鼓人以金鐲節鼓鄭注鐲鉦也形如小鐘軍行鳴之以爲鼓節大鄭云讀如濁其源之濁 **从金蜀聲。** 直角切三部 **軍灋。司馬執鐲。** 周禮作公司馬執鐲杜子春云公司馬謂五人爲伍伍之司馬也

鈴 ㄌㄧㄥˊ

鈴 令丁也。 令平聲令丁疊韵字晉語十一注丁寧令丁謂鉦也吳語十九丁寧令丁謂鉦也今國語皆譌令丁字而存於舊音補音廣韵曰鈴似鐘而小然則鐲鈴一物也古謂之丁寧漢謂之令丁在旂上者亦曰鈴 **从金令聲。** 郞丁切古音在十二部

鉦 ㄓㄥ

鉦 鐃也。似鈴。柄中。 句 **上下通。** 鐲鈴鉦鐃四者相似而有不同鉦似鈴而異於鈴者鐲鈴似鐘

鐃ㄋㄠˊ　鐸ㄉㄨㄛˊ　鑮ㄆㄛˊ

有柄爲之舌以有聲鉦則無舌柄中者柄半在上半在下稍稍寬其孔爲之抵拒執柄搖之使與體相擊爲聲鼓人以金鐃止鼓注曰鐃如鈴無舌有柄執而鳴之以止擊鼓按鐃卽鉦鄭說鐃形與許說鉦形合詩新田傳曰鉦以靜之與周禮止鼓相合 **从金正聲。** 諸盈切十一部

鐃　小鉦也。 鉦鐃一物而鐃較小渾言不別析言則有辨也周禮鼓人不言鉦詩言鉦不言鐃不得以大小別之大司馬仲冬大閱乃鼓退鳴鐃且卻左傳陳子曰吾聞鼓不聞金亦謂聞鼓進聞鐃退也 **从金堯聲。** 女交切二部 **軍灋卒長執鐃。** 見大司馬職五人爲伍五伍爲兩五兩爲卒

鐸　大鈴也。 鼓人以金鐸通鼓注鐸大鈴也謂鈴之大者說者謂軍法所用金鈴金舌謂之金鐸施令時所用金鈴木舌則謂之木鐸按大司馬職曰振鐸又曰摝鐸鄭謂摝掩上振之鐸之制同鈴 **从金睪聲。** 徒洛切五部 **軍灋五人爲伍。五伍爲兩。兩司馬執鐸。** 見大司馬職

鑮　大鐘淳于之屬。所㠯應鐘磬也。 大鐘下當有也字鄭注周禮禮經皆云鑮似鐘而大國語韋注云鑮小鐘也葢誤鄭云似鐘則非鐘也故許既云大鐘而又云淳于之屬淳于國語周禮注作錞于周禮作錞乃矛戟之鐓也鼓人以金錞和鼓注曰錞錞于也圜如碓頭大上小下樂作鳴之與鼓相和疏謂出於漢之大予樂官韋注吳語曰唐尙書云錞于鐲非也錞于與鐲各異物今按古鐘制惰圜錞于如碓頭正圜許云淳于之屬益鑮正圜大於編鐘爲後代鐘式正圜之始云所以應鐘磬者大射儀笙磬西面其南笙鐘其南鑮頌磬東面其南頌鐘其南鑮鐘磬編縣鑮特縣於此知鑮所以應鐘磬淳于以和鼓事正相類 **堵㠯二金樂則鼓鑮應之。** 當作堵無鑮全樂則鼓鑮應之周禮曰凡縣鐘磬半爲堵全爲肆注曰鐘磬編縣之二八十六枚而在一虡謂之堵鐘一堵磬一堵謂之肆天子宮縣諸侯軒縣卿大夫判縣士特縣諸侯之卿大夫半天子之卿大夫西縣鐘東縣磬士亦半天子之士縣磬而已今按大射儀樂人所陳諸侯之軒縣全樂有鑮者也若諸侯之卿大夫則二堵而分東西諸侯之士且僅有一堵皆不成肆皆無鑮左傳晉侯賜魏絳以二肆之半鐘一堵磬一堵及一鑮也此君之特賜故有鑮 **从金薄聲。** 匹各切五部周禮國語字作鎛乃是以鎛鑮字

鏞ㄩㄥ　鐘ㄓㄨㄥ　銿。　鈁ㄈㄤ　鎛ㄅㄛˊ

鏞　大鐘謂之鏞。 爾雅文大雅商頌毛傳皆同惟商頌字作庸古文叚借考工記曰大鐘十分其鼓閒以其一爲之厚 **从金庸聲。** 余封切九部

鐘　樂鐘也。 當作金樂也 **秋分之音。萬物穜成。故謂之鐘。** 萬故謂之鐘五字今補鏞猶鼓者春分之音萬物郭皮甲而出故謂之鼓笙者正月之音物生故謂之笙管者十二月之音物開地牙故謂之管也鐘與穜疊韵 **从金童聲。** 職茸切九部經傳多作鍾叚借酒器字 **古者垂作鐘。** 葢出世本作篇

銿　鐘或从甬。 鐘柄曰甬故取以成字甬亦聲

鈁　方鐘也。 廣韵曰鍑屬今義也 **从金方聲。** 形聲包會意府良切十部

鎛　鎛鱗也。 也衍 **鐘上橫木上金華也。** 縣鐘者直曰虡橫曰筍攷工記云鱗屬以爲筍明堂位云夏后氏之龍簨虡注云飾簨以鱗屬又於龍上刻畫之爲重牙然則橫木刻爲龍而以黃金涂之光華爛然是之謂鎛鱗鎛之言薄也迫也以金傅箸之也徐廣之言車亦曰金薄繆龍徐楚金以金博山釋之隋書音樂志云近代加金博山於簨上此非許所謂淮南說金尊云華藻鎛鮮鎛之意略同耳鎛訓迫故田器曰鎛周頌之鎛毛曰鎒也鄭注攷工記曰田器正謂鎒迫地拔艸而有此偁釋名以爲鎛亦鉏類鎛迫也今本釋名作鑮非 **从金尃聲。** 補各切五部 **一曰田器。詩曰庤乃錢鎛。** 周頌文

鍠ㄏㄨㄤˊ　鎗ㄑㄧㄤ

鍠　鐘聲也。从金皇聲。 乎光切十部 **詩曰鐘鼓鍠鍠。** 周頌文今詩作喤喤毛傳曰和也按皇大也故聲之大字多从皇詩曰其泣喤喤喤喤厥聲玉部曰瑝玉聲也執競以鼓統於鐘總言鍠鍠

鎗　鎗鏓。 二字各本無今依全書例補之雙聲字也 **鐘聲也。** 引申爲他聲詩采芑八鸞鎗鎗毛曰聲也韓奕作將將烈祖作鶬鶬皆叚借字或作鏘鏘乃俗字漢書禮樂志鏗鎗藝文志作鏗鏘廣雅作鎗鎗 **从金倉聲。** 楚庚切按古音七羊反在十部

鏓　鎗鏓也。 學記曰善待問者如撞鐘

錚ㄓㄥ 鏜ㄊㄤ 鏧ㄑㄧㄥ 鐔ㄊㄢˊ 鏌ㄇㄛˋ

叩之以小者則小鳴叩之以大者則大鳴待其松容然後盡其聲注曰松容謂重撞擊也鎗鏓善狀鐘聲今匙用此者。从金悤聲。倉紅切九部一曰大鏧中木也。中木也各本作平木者玉篇廣韵竟作平木器今正鏧非平木之器馬融長笛賦鏓硐隤墜李注云說文曰鏓大鏧中木也然則以木通其中皆曰鏓也今按中讀去聲許正謂大鏧入木曰鏓與種植舂杵聲義皆略同詩曰鑿冰沖沖傳曰沖沖鑿冰之意今四川富順縣卬州鑿鹽井深數十丈口徑不及尺以鐵爲杵架高絙而鑿之俗偁中井中讀平聲其實當作此鏓字囪者多孔蔥者空中聰者耳順義皆相類凡字之義必得諸字之聲者如此釋名曰轞言輻轞入轂中也轞入正總入之譌

錚 金聲也。後漢書曰鐵中錚錚鐵堅則聲異也玉篇云錚同鎗非是从金爭聲。側莖切十一部

鏜 鐘鼓之聲也。鼓部曰鼞鼓聲也引詩擊鼓其鼞爲其字之从鼓也此引詩擊鼓其鏜蓋有韓毛之異與邶風傳曰鏜擊鼓聲也許以其从金故先之以鐘曰鐘鼓之聲相如賦作闛鞈司馬法曰鼓聲不過閶皆叚借字从金堂聲。土郎切十部詩曰擊鼓其鏜。

鏧 金聲也。从金輕聲。苦定切十一部篇韵皆有去盈切讀若春秋傳鏧而乘它車。昭公廿六年左氏傳文今左傳作鏧而乘他車則不可通矣鏧蓋即脛字亦或作踁林雍既斷足乃以脛築地而行故謂之脛

鐔 劒鼻也。攷工記曲禮少儀所謂劒首也通藝錄曰劒鼻謂之鐔鐔謂之珥又謂之環一謂之劒口有孔曰口視其旁如耳然曰珥面之曰鼻對末言之曰首玉裁按莊子說劒凡五事曰鋒鍔脊鐔夾鋒者其耑許書之鍔字左傳所謂劒末也鍔者其刃許之剟字脊者其身中隆處記因之有兩從臘廣之偁也鐔者其鼻玉部所謂設瓏處也夾者其柄鐔在其耑記所謂莖許刀部所謂劒也印鼻劒鼻瓜鼻皆謂鼻者鼻猶初也始生子爲鼻子从金覃聲。徐林切七部廣韵徒含切

鏌 鏌釾逗大戟也。大徐無大戟字小徐及臣瓚賈誼傳注李善羽獵賦注李賢杜篤傳注引許皆同淺人但知鏌邪爲劒故刪之也應劭司馬貞顏師古皆主劒

釾ㄧㄝˊ 鏢ㄅㄧㄠ 鈒ㄐㄧˊ 鋋ㄕㄢˊ 鈗ㄉㄨㄟˋ

說非許意史記趙良司馬相如皆云干將之雄戟張揖曰吳王劒師干將所造者也然則干將莫邪古說皆謂戟矣从金莫聲。慕各切五部

釾 鏌釾也。从金牙聲。以遮切古音在五部疊韵字也漢郭究碑作鄒杜篤傳注引同

鏢 刀削末銅也。削者刀鞞也私妙切俗作鞘刀室之末以銅飾之曰鏢鞞用革故其末飾銅耳而高誘注天文訓云標讀如刀末爲鏢通俗文曰刀鋒爲鏢皆自刀言不自刀室言與許說異矣从金票聲。撫招切二部

鈒 鋋也。廣韵云戟也又云鈒鏤皆非古義从金及聲。穌合切七部

鋋 小矛也。矛者酋矛長二丈建於兵車者也其小者可用戰曰鋋毋誓立爾矛是也鄭風酋須有二矛秦風有厹矛方言曰矛或謂之鋋師古注漢書曰鋋鐵把短矛也从金延聲。市連切十四部

鈗 侍臣所執兵也。从金允聲。周書曰一人冕執鈗。讀若允。按顧命作執銳僞孔傳云銳矛屬也陸氏音義云銳以稅反不言說文作鈗讀若允與其說文作鈖作錢作𨪙作凭作詫詳引許書之例不合此可疑一也顧氏玉篇無鈗字有銳字云徒會切矛也在鈒鋋之下鉈鏦錟之上正與說文列字次弟同惟易鈗爲銳耳此可疑二也漢書長揚賦兖鋋瘢耆張俶引說文同今本以釋兖謂兖當作鈗是說文今本至南唐張俶乃見之與小徐本同此可疑三也廣韵十七準無鈗字惟十四泰鋭杜外切矛也是可知陸法言切韵孫愐唐韵皆無鈗矣此可疑四也集韵十四太鋭徒外切矛屬毛氏禮部韵略黃氏韵會皆同以至毛居正六經正誤云鋭矛屬許氏說文音兌廣韵徒外切今音以稅切非也當從說文廣韵音兌珂九經三傳沿革例云顧命執鋭說文以爲兵器注中釋爲矛屬是則南宋時所據許書古本尚有釋鋭爲兵器讀若兌者非純用大小徐本也此可疑五也竊謂顧命本作鋭說文亦本有鋭無鈗鋭篆廁於鋋下鈗上訓曰矛屬从金兌聲周書曰一人冕執鋭一曰芒也亦出廁篆訓云籒文鋭也今校說文當如是改移而徑刪鈗篆。又徒外切者執鋭舊音必許云讀若兌故相沿如此音也以稅切者訓芒之鋭音尚書音義以稅反恐是李昉陳鄂所擅改而非

錚鏜鏧鐔鏌釾鏢鈒鋋鈗

鉈ㄊㄨㄛˊ 鏦ㄘㄨㄥ 錄。 錟ㄊㄢˊ 鋒ㄈㄥ 鐓ㄉㄨㄟˋ 鐏ㄗㄨㄣ 鏐ㄌㄧㄡˊ 鍭ㄏㄡˊ

陸氏本書也 鉈 短矛也。方言曰矛吳揚江淮南楚五湖之閒謂之鍦或謂之鋋或謂之鏦按鍦卽鉈字廣雅作鍦晉書丈八鉈矛左右盤 从金它聲。食遮切古音在十七部 鏦 矛也。从金從聲。七恭切九部今楚江切 錄 鏦或从彖。非聲也未詳元應曰字詁云古文錄穳二形今作穳同麤亂切字林云穳小矛也按錄與鏦當是各字而同義从金彖聲今說文轉寫有誤 錟 長矛也。本義也史記錟戈在後又非錟於句戟長鎩叚爲銛利字也劉伯莊云四廉反而毛晃讀同剡 从金炎聲。讀若老耼。徒甘切八部 鏠 兵耑也。兵械也耑物初生之題引申爲凡物之顛與末凡金器之尖曰鏠俗作鋒古亦作夆山之顛曰夆古無峯字 从金逢聲。敷容切九部 鐓 矛戟柲下銅鐏也。柲欑也欑積竹杖也矛戟之矜以積竹杖爲之其首非銅裹而固之恐易散故有銅鐏故字从金秦風毛傳曰錞鐏也 从金敦聲。徒對切古音在十三部方言鐏謂之釬注曰或名爲鐓音頓元應書卷廿一引說文作鐓而謂梵經作錞乃樂器錞于字然則東晉唐初說文作鐓可知玉篇廣韵皆鐓爲正字錞注同上曲禮進矛戟者前其鐓釋文云又作錞而已舊本皆作辜聲篆作錞今更正 詩曰厹矛泆鐓。秦風文厹各本作厹今正泆今詩作鋈車部引詩泆以觼軜字亦作泆許書無鋈字之證也以白金固鐓謂鋈銀於銅也 鐏 柲下銅也。曲禮曰進戈者前其鐏後其刃進矛戟者前其鐓注云後刃敬也三兵鐏鐓雖在下猶爲首也銳底曰鐏取其鐏地平底曰鐓取其鐓地按鐏地可入地鐓地箸地而已知古鐓讀如敦也鄭析言之許渾言不析者葢銳鈍皆可爲非必戈銳而矛戟鈍也曲禮或互文耳 从金尊聲。徂寸切十三部 鏐 弩眉也。从金翏聲。力幽切三部 一曰黃金之美者。見爾雅釋器鄭本尚書厥貢鏐鐵注同漢地理志亦作鏐韋昭云紫磨金 鍭 矢金族翦羽謂之鍭。族各本作鏃今正㫃部曰族矢鏠也束之族族也是可以證矣大雅傳曰鍭矢參亭參亭者考工記所謂一在前二

鏑ㄉㄧ 鎧ㄎㄞˇ 釬ㄏㄢˋ 錏ㄧㄚ 鍜ㄒㄧㄚˊ 鐧ㄐㄧㄢˋ 釭ㄍㄤ 銴ㄕˋ

在後也釋器曰金鏃翦羽謂之鍭 从金矦聲。乎鉤切四部按此篆鍇無鉉有攷儀禮記作鍭矢羽部翭羽本也一曰羽初生皃翦羽生也一曰矢羽然則翭矢以翦羽得名不以金族爲義小徐本是大徐非也當從小徐删正○按爾雅翦羽不翦羽依許說一有羽一無羽也孫炎訓翦爲斷非 鏑 矢鏠也。謂矢族之入物者古亦作鍉是聲啇聲同部也 从金啇聲。都歷切十六部 鎧 甲也。甲本十干之首从木戴孚甲之象因引申爲甲冑字古曰甲漢人曰鎧故漢人以鎧釋甲 从金豈聲。苦亥切古音在一部 釬 臂鎧也。管子戒曰弛弓脫釬房注釬所以扞弦按房非也禮射時箸左臂者謂之遂亦謂之拾若戰陣所用臂鎧謂之釬兩臂皆箸之又非無事時所箸臂衣謂之韝也 从金干聲。矦旰切十四部 錏 錏鍜。逗疊韵字也 頸鎧也。漢制法志三屬之甲蘇林曰三屬者兜鍪也盆領也髀褌也按盆疑當作益領卽錏鍜許兜部曰兜兜鍪首鎧也月部曰冑兜鍪也此云錏鍜頸鎧也則與蘇說三屬同矣 从金亞聲。烏牙切古音在五部 鍜 錏鍜也。从金叚聲。乎加切古音在五部 鐧 車軸鐵也。此與䡖異義䡖者車軸耑鍵也謂以鐵鍇毌軸頭而制之也若車軸之在釭中者以鐵鍱裹之謂之鐧釋名曰輨閒也閒釭軸之閒使不相摩也按釭中亦以鐵鍱裹之則鐵與鐵相摩而轂軸之木皆不傷乃名鐵之在軸者曰鐧在轂者曰釭 从金閒聲。古莧切十四部 釭 車轂中鐵也。木部曰橾車轂中空也今攷工記作藪大鄭云藪讀爲蜂藪之藪謂轂空壺中也按壺中謂三十輻所趨非以鐵鍱裹之擢其易傷也其裏之之鐵鍱曰釭因之壺中亦曰釭釋名曰釭空也其中空也方言曰自關而西謂之釭引申之凡空中可受者皆曰釭漢書曰昭陽宮壁帶爲黃金釭函藍田璧是也俗謂膏鐙爲釭亦取凹處盛膏之意如方言釭亦曰鍋也釭有鐵則軸又易傷故又有鐧 从金工聲。古雙切九部本音工 銴 車樘結也。木部曰樘衺柱也古音堂今音丑庚切考工記注曰堂讀如牚距之牚車牚之牚然則車樘蓋人語也急就篇釋名作棠劉熙曰棠

樘也在車兩旁䡊𨍭使不得進御也今按其結曰鏊其制未詳鏊可以系車䡊者 从金折聲讀若誓。時制切十五部 一曰銅生五色也。如古銅器朱翠之色 釳 乘輿馬頭上防釳。乘輿天子之車防古多作方方釳者其名下言其制 插㠯翟尾鐵翮。句 象角。句 所㠯防网羅釳去之。司馬彪輿服志曰乘輿金根安車立車皆方釳插翟尾劉注引顏延之幼誥曰釳乘輿馬頭上防釳角所以防綱羅釳以翟尾鐵翮象之也玉裁按得顏語而後象角之義明翮者羽莖也蔡邕獨斷曰方釳鐵也廣數寸在馬鬉後有三孔插翟尾其中薛解西京賦曰方釳謂轅旁以五寸鐵鏤鍚[illegible]中央低兩頭高如山形而貫中以翟尾結著之轅兩邊恐馬相突也蔡云在馬髦後薛云在轅兩邊馬髦之後正負轅與也與許云在馬頭上者不同依西京賦既言金鍐又言方釳蔡邕曰金鍐者馬冠也高廣各五寸上如玉華形在馬髦前則馬頭上有金鍐方釳不在馬頭也鍐取㚇字之義㚇者嵏盎也然許云以防网羅𦊱㝵則應在馬頭上許意馬頭無金㚇有方釳 从金气聲。許訖切十五部 鑾 人君乘車四馬鑣八鑾。鑣上當有四字每鑣二鑾四馬故四鑣四鑣故八鑾也鑣者馬銜也銜者馬勒口中也許云人君乘車四馬者人君兼天子諸侯言此破天子駕六之說也五經異義易孟京春秋公羊說天子駕六毛詩說天子至大夫同駕四士駕二詩云駟騵彭彭武王所乘龍旂承祀六轡耳耳魯僖所乘四牡騑騑周道倭遲大夫所乘謹按禮王度記曰天子駕六諸侯與卿大夫駕四大夫駕三士駕二庶人駕一與易春秋同鄭駁曰周禮校人掌王馬之政凡頒良馬而養乘之乘馬一師四圉四馬為乘此一圉養一馬而一師監之也尚書顧命諸侯入應門皆布乘黃朱言獻四黃馬朱鬛也既實周天子駕六校人則何不以馬與圉以六為數顧命諸侯何以不獻六馬易經時乘六龍者謂陰陽六爻上下耳豈故為禮制王度記云今天子駕六者自是漢法與古異大夫駕三者於經無以言之玉裁謂許造說文云人君駕四馬與異義異與鄭駁同此說文為許晚年定論之一證也云四鑣八鑾者此破鑾在衡之說也秦風正義

曰鸞和所在經無正文經解注引韓詩內傳曰鸞在衡和在軾又大戴禮保傅篇文與韓詩說同故鄭依用之蓼蕭傳曰在軾曰和在鑣曰鸞不易之異義載禮戴氏詩毛氏二說謹案云經無明文且殷周或異故鄭亦不駁商頌烈祖箋云鸞在鑣以無明文且殷周或異故鄭為兩解玉裁謂鄭箋駟鐵云置鸞於鑣異於乘車也烈祖箋大馭注則云鸞在衡許本無定說而造說文云四鑣八鑾宗毛氏此又說文為許晚年定論之二證也八鑾三見詩字作鸞 鈴象鸞鳥之聲。此釋名鑾之義鸞者亦神之精赤色五采雞形鳴中五音頌聲作則至爲鈴系於馬銜之兩邊聲中五音似鸞鳥故曰鑾小雅鑾刀傳曰鑾刀刀有鑾者言割中節也禮記曰聲和而後斷也今詩亦作鸞刀矣若崔豹古今注云五輅衡上金雀者鸞也鸞口銜鈴故謂之鑾司馬氏輿服志云乘輿鸞雀立衡即韓詩戴禮在衡曰鑾之說而爲之鳥形恐非古矣 聲龢則敬也。聲字今補龢字今正玉藻曰君子在車則聞鸞和之聲行則鳴佩玉是以非辟之心無自入也 从金鸞省。此舉會意包形聲洛官切十四部 鉞 車鑾聲也。从金戉聲。詩曰鑾聲鉞鉞。徐鉉等曰今俗作鐬以鉞作斧戉之戉非是呼會切十五部玉裁按詩采芑鸞聲噦噦傳曰中節也泮水鸞聲噦噦傳曰言其聲也釋文不言有作鐬者鼎臣何以云今作鐬與玫玉篇廣韵皆有鐬字注呼會切鈴聲也而泮水噦噦呼會反鑾聲即鈴聲然則古本毛詩非無作鐬鐬者故篇韵猶存其說鐬爲正字采芑噦噦呼惠反殆叚借字許訓噦爲气啎見於內則詩不得以狀鑾聲或叚借可也以戉聲之字狀鸞聲尤殊不類鐬从歲歲从戉聲戉聲歲聲則與鑾聲相似詩言和鑾雝雝宮聲也車鑾行舒徐聲也八鑾鏘鏘鑾聲鉞鉞鳴玉鑾之秋秋商聲也車將止舌與鈴相摩聲也疑古毛詩泮水本作鉞鉞後乃變爲鐬字許所據作鉞戉聲乎律切變爲鐬呼會切當鼎臣兄弟時說文鉞篆譌鉞而鼎臣兄弟乃仍以呼會切之審味其遷移原委矣鉞字之存於今者爲鐬聲爲鐬鉞 鐊 馬頭飾也。韓奕傳曰鏤鍚有金鏤其鍚也箋云眉上曰鍚刻金飾之今當盧也按人眉目閒廣揚曰揚故馬眉上飾曰鍚盧即顱字 从金陽聲。

銜ㄒㄧㄢˊ　鑣ㄅㄧㄠ　○　⿰角麃　鉣ㄐㄧㄝˊ　鈇ㄈㄨ　釣ㄉㄧㄠˋ　⿱埶金ㄓˋ

銜鑣鉣鈇釣⿱埶金鋃鐺鋂鍡鑸鎎鋪

輿章切十部今經典作鍚詩曰鉤膺鏤鍚○一曰鍱車輪鐵也○鍱車輪謂以鐵鍱附
車輪箸地匊帀處也其鍱謂之鍚銜馬勒口中也○也當作者革部曰勒馬頭落銜也落謂絡
其頭銜謂關其口統謂之勒也其在口中者謂之銜落以
輅為之輅生革也銜以鐵為之故其字从金引申為凡口
含之用从金行○會意戶監切蓋金亦聲在七部銜者所吕行馬者也○所以字今補凡
馬提控其銜以制其行止此釋从行之意鑣馬銜也○馬銜橫毌口中其兩耑外出者系以鑾鈴叉巾
部曰幘馬纏鑣扇汗也蓋扇汗亦繞於兩耑从金麃聲○補嬌切二部⿰角麃鑣或从角○
蓋古或以角之至堅者為之鉣組帶鐵也○按組上疑當有馬字从金劫省聲○讀
若劫○居怯切八部鈇所莝刀也○各本作莝所刀今按尹翁歸傳注作所莝刀後漢馮魴傳
注但云莝刀近是而倘奪字莝者斬芻也斬芻之刀今之
鍘刀禮記屢言鈇鉞秋官掌戮注曰斬以鈇鉞若今要斬

十四篇上　卅三

殺以刀刃若今棄市古多訓鈇為椹質文選冊魏公九錫
文引倉頡篇鈇椹質也鉞斧也公羊傳曰不忍加之鈇鑕
鑕卽質何休云斬腰之刑范雎曰何當椹質要待斧鉞漢
王所傳暴勝之將斬訢訢已伏質而仰言因壯而貰之然
則斬人皆胸伏椹質說倉頡者謂椹質為鈇以古詩斬芻
之質謂之稾砧隱語夫字言之說倉頡者是也然則許此
解當云莝刀質也俗人不得其解因刪去質字耳若五經
文字云鈇音斧又與斧同則茲謬誤後漢獻帝紀加鈇鉞
虎賁注引倉頡篇鈇斧也此奪去椹質也鈇四字為俗誤所本从金莝刀之質古蓋鐵為之夫聲○甫無
切五部讀上聲者非釣鉤魚也○鉤者曲金也以曲金取魚謂之釣从金勺聲○多嘯切二
部⿱埶金羊箠也○耑有鐵○也字依廣韵補箠者所以擊馬也因之擊羊者謂之羊箠其耑有鐵
故字从金淮南道應訓曰白公罷朝而立倒杖策錣上貫
頤高注云策馬捶端有針以刺馬謂之錣倒杖策故錣貫
頤也又氾論訓注曰錣揣頭箴按錣卽許之⿱埶金字捶同箠
耑者箠也馬箠亦耑有鐵其用同也曲禮所謂策彗卹勿

鋃ㄌㄤˊ　鐺ㄉㄤ　鋂ㄇㄟˊ　鍡ㄨㄟˇ　鑸ㄌㄟˇ　鎎ㄒㄧˋ　鋪ㄆㄨ

从金埶聲○讀若至○脂利切十五部廣韵入至緝二韵是入緝韵誤也鋃鋃鐺○逗疊
韵字瑣也○瑣俗作鎖非瑣為玉聲之小者引申之彫玉為連環不絕謂之瑣漢以後罪人不用纍紲以鐵為連
環不絕係之謂之鋃鐺遂製鎖字漢西域傳陰末赴琅當
德謂以長鎖鎖趙德也正文本無鎖字今本乃作鎖琅當
德殊為不辭琅當叚借字也若宮室青瑣以
青畫戶邊為瑣文故楚辭注曰文如連瑣从金良聲○魯當
切十部鐺鋃鐺也○从金當聲○都郎切十部今俗用為酒鎗字楚庚切鋂大
環也○一環毌二者○環各本作瑣毌原作貫今正盧令三章曰盧重鋂傳曰鋂一環貫二也上文重
環傳云子母環謂以一環毌一環此云一環毌二以一毌
二則一環差大故許知為大環也玉篇廣韵皆云大環用
許之舊詩正義引說文鋂環也一環貫二由其以大環貫
小環釋子母環遂刪此大字而云環尚未誤也非綿連者
不得云瑣犬飾以纓環不以瑣且犬既有紲矣何為施以
大鋃鐺乎○削會一環貫二者五字在每聲之下蓋此五

十四篇上　卅四

字後人所增从金每聲○莫桮切古音在一部詩曰○盧重鋂○齊風文鍡鍡鑸○
逗疊韵字不平也○莊子有畏壘之山史記作畏累虛玉篇云鍡鑸亦作碨礧从金畏聲○烏賄切十
五部鑸鍡鑸也○从金壘聲○洛猥切十五部鎎怒戰也○怒則有氣戰則用兵
故其字从金氣氣者气之叚借字也从金愾省○此會意而愾省亦聲也今本作氣聲乃上下不毌許既切
十五部哀公問音義曰愾許乞反又許氣反春秋傳曰○諸侯敵王所愾○愾各本作鎎今
正春秋傳者文公四年左傳文杜曰敵猶當也愾恨怒也
心部曰愾大息从心氣是則王所愾王所怒也敵王所怒
故用金革此引以證會意之恉與引艸木麗乎地說麗引
豐其屋說寷引莫可觀於木說相引在同之野說駉同意
許於愾下云从心氣氣亦聲是謂氣卽气字此作从金氣
春秋傳敵王所愾亦無不合凡此校正私謂必符許意知
我罪我所不討也鋪箸門抪首也○抪各本作鋪依舞賦李注正手部曰抪捫持也捫持者古

者箸門爲贏形謂之椒圖是曰鋪首以金爲之則曰金鋪以青畫瑣文鏤中則曰青瑣見西京蜀都賦注按大雅鋪敦淮濆箋云陳屯其兵於淮水之上此謂叚鋪爲敷也今人用鋪字本此江漢淮夷來鋪傳曰鋪病也則謂叚鋪爲痡也**从金甫聲。**普胡切五部

鐉（ㄑㄩㄢ）**所吕鉤門戶樞也。**門戶樞有不利轉者以此鉤轉之也**一曰治門戶器也。**別一義**从金巽聲。**此緣切十四部按玉篇釋爲六兩所劣切者此尚書大傳鐉訓六兩誤字

鈔（ㄔㄠ）**叉取也。**又者手指相遣也手指突入其閒而取之是之謂鈔字从金者容以金鐵諸器刺取之矣曲禮曰毋剿說剿卽鈔字之叚借也今謂竊取人文字曰鈔俗作抄**从金少聲。**楚交切二部

錔（ㄊㄚ）**吕金有所冒也。**冒各本作冐凡覆乎上者頭衣之義之引申耳帽下曰蔽髮鍇也錔取重沓之意故多借沓爲之漢外戚傳切皆銅沓黃金塗謂以銅冒門限以黃金塗銅也高注呂覽郈氏金距云以利鐵作假距沓其距上卽服注左傳以金錔距也手部揩下曰亦曰韜也**从金沓聲。**形聲包會意他荅切八部

銽（ㄍㄨㄚ）**斷也。**未聞**从金昏聲。**古活切十五部

鉻（ㄍㄜ）**鬄也。**鬄者鬀髮也亦謂之鉻俗作剃作鬀**从金各聲。**盧各切五部

鏟（ㄓㄢ）**伐擊也。从金亶聲。**旨善切十四部

鏃（ㄗㄨ）**利也。**今用爲矢鏃之族與許不同疑後所增字**从金族聲。**作木切三部

鈌（ㄐㄩㄝ）**刺也。从金夬聲。**於決切十五部

鏉（ㄕㄡ）**利也。**玉篇廣韵云鐵生鏉也亦曰鉎此今義非古義也古云鐵繡作釆**从金欶聲。**所右切三部

鐂（ㄌㄧㄡ）**殺也。**般庚重我民無盡劉君奭咸劉厥敵左傳成十三年虔劉我邊垂釋詁劉殺也書孔傳左杜注同**从金刀**此會意从金刀殺義未著必从金刀而後著**丣聲。**丣者古文酉也力求切三部此篆二徐皆作鐂別無劉篆鐂古書罕用古未有姓鐂者且與殺義不協其義訓殺則其文定當作劉楚金疑脫劉篆又疑鐂之丣下本作刀轉寫譌田後說是也竹部有藰劉聲水部有瀏劉聲又劉劉杙又劉向劉歆以許訂許此必作劉若無劉字劉聲無本矣今輒更正篆文以截斷衆疑至若此字丣聲非丣聲絕無可疑者二徐固皆不誤葢凡丣聲之字皆取疊韵而又雙聲丣丣皆在古音第三部而各有其雙聲故二聲不可淆混東漢一代持卯金刀之說謂東卯西金從東方王於西也此乃讖緯鄙言正馬頭人人持十屈中止句一例所謂不合孔氏古文謬於史籀之野言許之所以造說文者正爲此等矯而煣之隱而梧之使六書大明以視何休之恃此說經其相去何如也正劉爲劉許君之志也或疑其有忌諱而隱之夫改字以惑天下後世君子不出於此

鍲（ㄇㄧㄣ）**業也。賈人占鍲。从金昏聲。**武巾切十二部按此字必後人所增必當刪者史漢賈人緡錢字从系李匪曰緡絲也以貫錢也引詩維絲伊緡如淳引胡公云緡錢爲緡者詩云氓之蚩蚩抱布貿絲故謂之緡也不知何人因二千一算改爲緡字正如矢族改爲鏃耳以業訓之尤不可通

鉅（ㄐㄩ）**大剛也。**孫卿議兵篇曰宛鉅鐵鍦慘如蠭蠆史記禮書本之曰宛之鉅鐵施鑽如蠭蠆徐廣云大剛曰鉅按引申爲鉅大字**从金巨聲。**其呂切五部

鎕（ㄊㄤ）**鎕銻。**逗雙聲字**火齊也。**玉部曰玫瑰火齊也然則鎕銻卽玫瑰也廣韵火齊似雲母重沓而開色黃赤似金出日南齊讀去聲**从金唐聲。**徒郎切十部

銻（ㄊㄧ）**鎕銻也。从金弟聲。**杜兮切十五部

鈋（ㄜ）**吪圜也。**吪動也謂本不圜變化而圜也廣韵曰鈋刓也去角也**从金化聲。**五禾切十七部

鐜（ㄉㄨㄟ）**下垂也。**鐜之言隤也故爲下垂**一曰千斤椎。**椎所以擊也周禮注槍雷椎椁千斤椎若今衆舉以築地者是也秦始皇造鐵鐓重不可勝刻作力士像以祭之鐓乃可移動若朱亥袖四十斤鐵椎張良爲鐵椎重百廿斤皆其細也**从金敦聲。**都回切古音敦十三部按下丞千斤椎二義皆鐓之餘義矛戟柲下銅鐏下丞而重引伸之爲此二義葢後人分別增一篆改鐓篆爲鐏耳似刪之無不可者

鍒（ㄖㄡ）**鐵之耎也。**耎猶偄也偄者弱也鍒正爲鉅之反**从金柔柔亦聲。**耳由切三部

錭（ㄊㄠ）**鈍也。**今俗謂挫抑人爲錭鈍讀如刀**从金周聲。**徒刀切古音在三部

鈍（ㄉㄨㄣ）**錭也。**古亦叚頓爲之**从金屯聲。**徒困切十

鐉鈔錔銽鉻鏟鏃鈌鏉劉鍲鉅鎕銻鈋鐜鍒錭鈍

三部。

銻 利也。周易喪其資斧。子夏傳及衆家竝作齊。應劭云齊利也。然則銻爲正字。齊爲叚借字。从金弟聲。讀若齊。徂奚切。十五部。

錗 側意。司部曰。䛥者意內而言外也。側意猶側䛥。錗卽今之歪字。唐人曰天邪。从金委聲。女恚切。十六部。

文百九十七 按鍇本百九十六。無錗字。張次立補之。 重十三

幵 平也。凡岐頭兩平曰幵。幵字古書罕見。禹貢道岍及岐。許書無岍字。葢古祇名幵山。後人加之山旁。必岐頭平起之山也。用幵爲聲之字。音讀多岐。如妍麗鳽研汧雃在先韵。音之近是者也。如并刑形邢釿入淸靑韵。此轉移之遠者也。如筓枅入齊韵。此轉移更遠者也。幵从二干。古音仍讀如干。何以證之。籀文栞讀若刊。小篆作栞。然則干幵同音可知。荆罰字本从井。刑剄字从幵。畫然異字異音。今則經不知有从井之字。以刑代荆。音義兩失。而凡刑聲幵聲之字盡失古音。得吾說存之。而後大略可證。象二干對搆。原作構。今正。上平也。干卽竿之省。古賢切。古音在十四部。凡幵之屬皆从幵。

十四篇上 毛

文一

勺 料也。二字依元應書卷四補。木部料下云勺也。此云勺料也。是爲轉注。考老之例也。考工記勺一升。注曰勺尊斗也。斗同枓。枓謂挹以注於尊之枓也。士冠禮注亦云尊斗所以斟酒也。今皆譌尊升。不可通矣。詩酌以大斗。毛云長三尺。謂其柄。所㠯挹取也。所以二字依息夫躬傳顏注補。顏之訓詁多取諸許也。挹者抒也。勺是器名。挹取者其用也。斟所以則體用兩矣。象形。中有實。與包同意。外象其哆口。有柄之形。中一象有所盛也。與包同意。謂包象人褢子。勺象器盛酒漿。其意一也。李陽冰曰。勺从勹。褢之勹失之。勺象張口。豈同弇口哉。此字當依考工記上灼反。中庸市若反。篇韵時灼市若切。大徐之若切非也。今俗語猶時灼切。二部。俗作杓。凡勺之屬皆从勺。

与 賜予也。賜予也。予推𢌿人也。一勺爲与。下从勺。一者推而予之。余呂切。五部。此與予同意。大徐作此与與同。小徐作此卽與同。惟小徐袪妄內作與予皆同。近是。今正。以一推勺。猶以丿推囚也。故曰同意。與。攩與也。从舁。義取共舉。不同与也。今俗以與代与。與行而与廢矣。

文二

几 凥几也。凥各本作踞。今正。凥几者。謂人所凥之几也。凥。処也。処。止也。古之凥今悉改爲居。乃改云居几。既又改爲蹲踞俗字。古人坐而凭几。蹲則未有倚几者也。几俗作机。左傳設机而不倚。周易渙奔其机。皆俗字。象形。象其高而上平可倚。下有足。居履切。十五部。周禮五几。玉几。彫几。彤几。髤几。素几。周禮司几筵職文。髤几今周禮作漆几。葢許所據不同。髤者桼也。凡几之屬皆从几。

凭 依几也。依者倚也。凭几亦作馮几。叚借字。臥則隱几。从任几。三字今正。任几猶言倚几也。會意。皮冰切。六部。周書曰。凭玉几。顧命文。今尙書作憑。衞包所改俗字也。古叚借祇作馮。凡馮依皆用之。讀若馮。馮从馬仌聲。故其讀同也。

十四篇上 兲

凥 処也。各本作処。今正。凡尸得几謂之凥。尸卽人也。引申之爲凡凥処之字。既又以蹲居之字代凥。別製踞爲蹲居字。乃致居行而凥廢矣。方言廣雅凥処字皆不作居。而或妄改之。許書如家凥也。宋凥也。寁凥之速也。寠無禮凥也。窘夅凥也之類。皆改爲居。而許書之脈絡不可知矣。从尸几。會意。九魚切。五部。尸得几而止也。釋會意之恉。較舊本增三字。孝經曰。仲尼凥。孝經首章首句也。今作居。許君受魯國三老所獻。衞宏所校古文孝經如是。釋文引鄭本亦作凥。顏氏家訓云。仲尼居三字之中。三倉尼旁益丘。說文尸下施几。如此之類。何由可從。甚爲紕繆。鄭所據者古文眞本。凥字亦是孔子命名取字本義。何云不可從也。凥 逗 謂閒凥如此。此釋孝經之凥。卽小戴之孔子閒居也。鄭目錄曰。退朝而處曰燕居。退燕避人曰閒居。閒居而與曾子論孝。猶閒居而與子夏說愷弟君

処ㄔㄨˇ　處　且ㄐㄩ

子故孝經之凥謂閒凥閒凥卽凥義之引申但閒凥之時實凭几而坐故直曰仲尼凥也如此謂尸得几

止也。人遇几而止引申之爲凡凥処之字俗分別其上去 从夊几。夊讀若黹從後致也人兩脛後有致之者至乎几而止故字从夊几昌與切五部 夊得几而止也。此釋會意之恉以上八字與舊本不同今更正如此又以上三篆皆會意而不入人部尸部夊部者重几也

處或从虍聲。今或體獨行轉謂処俗字

文四　重一

且 所㠯薦也。所㠯二字今補薦當作荐今不改者存其舊以示人推究也薦訓獸所食艸荐訓薦席薦席席艸席也艸席可爲藉謂之荐故凡言藉當曰荐而經傳薦荐不分凡藉義皆多用薦實非許意且古音俎所以承藉進物者引申之凡有藉之詞皆曰且凡語助云且者必其義有二有藉而加之也云姑且苟且者謂僅有藉而無所加粗略之詞也凡經注言且字者十有一鄉飲酒禮注同姓則以伯仲別之又同則以且字別之言同姓之中有伯仲同者則呼某甫也少牢饋食禮注伯某之某且字也士喪禮父某甫注云某甫且字也若言山甫孔甫士虞禮適爾皇祖某甫注云某甫且字也若言尼甫又曲禮有天王某甫注云某甫且字也檀弓嗚呼哀哉尼甫注云因且字以爲之謚禮記陽童某甫注云某甫且字也坊記魯春秋猶去夫人之姓曰吳其死曰孟子卒注云孟子之子蓋其且字又公羊傳宣十五年王札子殺召伯毛伯注云札者冠且字也桓四年天王使宰渠伯糾來聘注云宰渠伯糾天子下大夫繫官氏且字定四年劉卷卒注云劉卷氏采不名且字古言表德之字謂之且字往往可證者如是蓋古二十而冠祇云某甫五十而後以伯仲某甫者所以藉伯仲也故鄭注禮之某甫如是何注春秋之札卷糾皆爲且字與鄭無不合作正義者多不能憭致轉寫多譌而其不譌者固可攷而知也經注之且字非許書則不憭矣若周頌傳曰萋且敬愼皃且此也則毛公傳兼故訓者也 从几。句 足有二横。句 一

迺 其下地也。横音光卽桄字今俗語讀光去聲是也合鄭閟宮箋明堂位注言之有虞氏斷木爲四足而已夏后氏中足爲横距之象周人足閒有横横下有跗似乎堂後有房故云大房按跗許作柎闗足也闗足者謂圜之足空其底之下也造字之時象其直者四横者二凡置於地故以一象地子余切又千也切古音皆在五部 凡且之屬皆从且。

古文㠯爲且。又㠯爲几字。上㠯爲二字衍文也古文且字無二横者鄭注明堂位曰有虞氏以梡斷木爲四足而已夏后氏始中足爲横距是也又以爲几字者古文叚借之法几亦箸於地故几且同字古文字少此字大徐本捝去从小徐本補入

俎 禮俎也。謂䆁之俎也 从半肉在且上。仌爲半肉字如酉谷有半水字會意字也魯頌傳曰大房半體之俎也按半體之俎者少牢禮上利升羊載右胖下利升豕右胖載於俎是也故曰禮俎半部曰胖半體肉也側呂切五部

𩰪 且往也。且往言姑且往也匆遽之意 从且。此不用且之本義如登登不用豆之本義 㡿聲。昨誤切五部篇韵字體皆不同

文三　重一

斤ㄐㄧㄣ　斧ㄈㄨˇ　斨ㄑㄧㄤ

斤 斫木斧也。此依小徐本凡用斫物者皆曰斧斫木之斧則謂之斤 象形。横者象斧頭直者象柄其下象所斫木舉欣切十三部 凡斤之屬皆从斤。按此篆象形之下當有一曰十六兩也六字乃入金部銖鈞兩部兩禾部秝合成五權十黍爲絫附見於絫下斗二升曰斛附見於斛下說文之例正如此班固說五權曰斤明也卽爾雅毛傳之斤斤察也

斧 所㠯斫也。所㠯二字今補斧之爲用廣矣斤則不見於他用也蓋其制有異矣白與黑相次文曰黼黼蓋如畫斧然故亦曰斧藻 从斤父聲。方矩切五部

斨 方銎斧也。銎者斤斧空也毛詩傳曰隋銎曰斧方銎曰斨隋讀如妥謂不正方而長也 从斤爿聲。七羊切十部 詩曰又缺我斨。豳風破斧文按許不偁七月偁此者明斧斨之

斫 斪 斸 斲 釿 所 斯 斮 斷 斦 新 斦 斗 斛 斝

用不專伐木也

斫擊也。擊者攴也。凡斫木斫地斫人皆曰斫矣。从斤石聲。之若切。古音在五部

斪斪斸。逗所㠯斫也。各本無斪斸所㠯四字。今補。爾雅斪斸謂之定。斪斸合二字成文。斪之言鉤也。斸之言斫也。考工記車人注作句欘。斤斧所以斫木。斪斸所以斫地。从斤句聲。其俱切。四部

斸斪斸也。原作斫也。今依全書通例正。木部有欘字。所以斫也。齊謂之茲其。蓋實一字。从斤屬聲。職玉切。三部

斲斫也。从斤𠁁聲。小徐有聲。錯曰非聲。鉉曰𠁁器也。斤以斲之。皆不知古音者也。古音三部四部同入。今音斫入三覺。竹角切

㔶斲或从丮畫聲。大徐作从畫从丮。篆體作㔶。今依玉篇正。畫聲猶𠁁聲也。

釿劑斷也。劑者齊也。小徐無斷字。釋名曰。釿者謹也。板廣不可得制削。又有節。則用此釿之。所以詳謹。令平滅斧迹也。六書故曰。釿魚斤切。似鍚而小。按此篆葢从斤金聲。讀若呻吟之吟。其義謂以斤斧之屬制斲金鐵物也。今俗閒謂戾斷堅爲釿斷。當卽此字。劉成國以謹也釋之。葢已失其義。誤其音。非許入斤部之恉矣。从斤金聲。聲字今補。古音在七部。大徐宜引切。

所伐木聲也。伐木聲乃此字本義。用爲處所者。叚借爲処字也。若王所行在所之類是也。用爲分別之詞者。又从処所之義引申之。若予所否者。所不與舅氏同心者之類是也。皆於本義無涉。是眞叚借矣。从斤戶聲。疏舉切。五部。詩曰伐木所所。小雅伐木文。首章伐木丁丁。傳曰丁丁伐木聲。次章伐木許許。傳曰許許柿皃。此許許作所所者。聲相似。不用柿皃之說。用伐木聲之說者。葢許以毛爲君。亦參用三家也。今按丁丁者斧斤聲。所所則鋸聲也。

斯析也。以疊韵爲訓。陳風曰。墓門有棘。斧以斯之。傳曰。斯析也。叚借訓爲此。亦疊韵也。殷其靁傳曰。斯此也。从斤其聲。其聲未聞。斯字自三百篇及唐韵在支部無誤。而其聲在之部。斷非聲也。息移切。十六部。詩曰斧㠯斯之。

斮斬也。斬者截也。截者斷也。所用衺斮。截用正。从斤昔聲。側略切。古音在五部。

斷截也。戈部截下曰斷也。今人斷物讀上聲。物已斷讀去聲。引申之義爲決斷。讀丁貫切。从斤𢇍。會意。徒玩切。十四部。廣韵徒管切。𢇍古文絕。見糸部。

𠡟古文斷。从㠯。㠯古文叀字。見叀下。周書曰𠜕𠜕猗無它技。秦誓文。許所據壁中古文也。

𣃔亦古文斷。

斦柯擊也。柯廣韵作相。从斤良聲。來可切。按此音恐誤。古音當讀如㼦。十部。

新取木也。取木者新之本義。引申之爲凡始基之偁。釆芑傳曰。田一歲曰菑。二歲曰新田。其一耑也。从斤亲聲。當作从斤木辛聲。非從亲聲也。息鄰切。十二部。

斦二斤也。闕。二斤也言形而義在其中。爾雅毛傳曰。斤斤明也。葢其義與斦者。言其義。其音未之聞也。大徐語斤切。質字从此。

文十五　重三

斗十升也。賈昌朝作升十之也。此篆叚借爲斗陗之斗。因斗形方直也。俗乃製陡字。象形。有柄。上象斗形。下象其柄也。斗有柄者。葢象北斗。當口切。四部。許說俗字。人持十爲斗。魏晉以後作升。似升非升。似斤非斤。所謂人持十也。凡斗之屬皆从斗。

斛十斗也。律厤志曰。量者躍於龠。合於合。登於升。聚於斗。角於斛。考工記。豆實三而成𣪍。𣪍受斗二升。𣪍部亦曰。斗二升曰𣪍。然則謂𣪍卽斛者謬也。从斗角聲。胡谷切。三部。

斝玉爵也。夏曰醆。小徐如此。大徐作琖。皆許所無。周禮量人音義曰。琖側産反。劉昌宗本作湔音同。按古當用琖字。後人以意加酉。殷曰斝。周曰爵。見明堂位及毛詩傳。魯祀周公。爵用玉琖仍雕。周禮祭統皆云玉爵。然則三代皆飾玉可知。故許統云玉爵也。禮運醆斝及尸君。非禮也。鄭云。先王之爵。惟魯與王者之後得用之。其餘諸侯用時王之器而已。大雅洗爵奠斝。箋云。用殷爵者。尊兄弟也。明堂位注曰。斝畫禾稼也。从斗冂象形。二徐本皆譌。今正之如此。从斗而上象其形也。與爵同意。爵从鬯从又而戶象形。斝从斗而冂象形。故云同意也。此三爵者。其狀各異。今惟爵有存者耳。古雅

切古音在五部。或說斝受六升。考工記爵受一升而已觳斝未聞也或說斝容六升故字从斗

料 量也。量者稱輕重也稱其輕重曰量稱其多少曰料其義一也知其多少斯知其輕重矣如稻重一秅爲粟二十斗是也引申之凡所量度豫儲之物曰料讀去聲 从米在斗中。米在斗中非盈斗也視其淺深而可料其多少此會意 讀若遼。洛蕭切二部廣韵又去聲

斞 量也。此量讀五量之量 从斗臾聲。以主切古音在四部 周禮曰桼三斞。桼各本譌求今正攷工記弓人文鄭注斞輕重未聞許亦但云量也一弓之膠甚少與論語攷工記之庾絕異

斡 蠡柄也。此蠡非蟲齧木中乃本無其字依聲叚借之字見瓢字下又見蓋字下方言則从瓜作𧍝矣楊雄曰瓢也郭云瓠勺也判瓠爲瓢以爲勺必執其柄而後可以挹物執其柄則運旋在我故謂之斡引申之凡執柄樞轉運皆謂之斡賈誼鵩鳥賦云斡流而遷張華勵志詩云大儀斡運皆是也或叚借筦字楚詞云筦維焉繫天極焉加或作斡字程氏瑤田云考工記旋蟲謂之斡蓋斡之譌也 从斗。斡亦料之類故从斗 倝聲。烏括切古音在十四部匡謬正俗云斡音筦不音烏活反引陸士衡愍思賦爲證按其字倝聲則顏說是也然俗音轉爲烏括切又作𣄸作斛亦於六書音義無甚害也 楊雄杜林說皆㠯爲軺車輪斡也。漢志楊雄倉頡訓纂一篇杜林倉頡訓纂倉頡故各一篇軺車者小車也小車之輪曰斡亦取善轉運之意亦本義之引申也

魁 羹斗也。斗當作料古斗料通用然許例以義爲別料勺也抒羹之勺也史記趙襄子使廚人操銅料以食代王及從者行斟陰令宰人以料擊殺代王斟者羹汁也魁頭大而柄長毛詩傳曰大斗長三尺是也引申之凡物大皆曰魁如檀弓不爲魁游俠傳曰閭里之俠原涉爲魁翟方進傳芋魁百官志里有里魁皆是北斗七星魁方杓曲魁象首杓象柄也若國語注小阜曰魁即說文㠯字之叚借亦未嘗不取料首之意 从斗鬼聲。苦回切十五部

斠 平斗斛量也。月令角斗甬正權槩鄭注角正皆謂平之也角者斠之叚借字今俗謂之校音如教因有書校讎字作此者音義雖近亦大好奇矣 从斗冓聲。古岳切古在三部四部之入聲

斟 勺也。勺玉篇廣韵作酌按許以盛酒行觴爲酌則水漿不日酌料日勺用料挹注亦曰勺詩泂酌彼行潦挹彼注茲則勺酌古通也勺之謂之斟引申之盛於勺者亦謂之斟方言斟汁也北燕朝鮮洌水之閒曰斟左傳羊斟不與趙世家張儀列傳廚人進斟是也又引申之凡增益謂之斟方言曰斟益也南楚凡相益而又少謂之不斟凡病少愈而加劇亦謂之不斟或謂之何斟言雖少損無所益也勺之斟之多少在己故凡𣀔分曰斟勺今多用斟酌○左傳華元殺羊食士其御羊斟不與此羊斟謂羊汁也宋世家說此事云華元殺羊以食士其御羊羹不及可以證左傳之解矣傳當本作其御羊羊斟不與上羊其名也故字叔牂君子謂羊斟非人也其羊斟之謂乎二斟字衍文淮南子作羊羹不斟謂不益也呂覽察微篇羊斟爲人名亦是淺人增斟也 从斗甚聲。職深切七部

斜 抒也。抒各本从木今正手部曰抒者挹也挹者抒也水部浚抒也革部韇所以抒井也臼部舀抒臼也凡以斗挹出之謂之斜故字从斗音轉義移乃用爲衺俗人乃以人之衺正作邪物之衺正作斜其可歎有如此者 从斗余聲 讀若茶。茶當作余今似嗟切古音在五部

斞 挹也。挹亦抒也詩箋酌注皆用斞皆謂挹酒於尊中也如鄭說則賓遳之仇乃此字之叚借 从斗臾聲。舉朱切古音蓋在三部故鄭得以易仇字

料 量物分半也。量之而分其半故字从斗半漢書士卒食半菽孟康曰半五斗器名也王劭曰言半量器名容半升也今按半即料也廣韵料注五升然則孟康語升誤斗王劭語斗誤升當改正集韵云一曰升五十謂之料當有誤人日食五升菽略同周官之人月二鬴也字从半斗即以五升釋之許意不尒 从斗半半亦聲。博幔切十四部

[illegible] 量溢也。大徐無旁非旁者溥也形聲包會意 从斗旁聲。普郎切十部

[illegible] 抒扁也。扁各本作滿誤元應作漏爲是依許義當作扁謂抒而扁之有所注也元和汪元亮曰今賣酒家汲酒於甕中之器名曰酒端傾入於扁宛而注於酒瓶是其物也通俗文曰汲取曰[illegible]

从斗䜌聲。 俱願切十四部

𣂔 相易物俱等爲斢。从斗蜀聲。 昌六切三部今南俗有此語而篇韵皆丁豆切按小徐本無此篆

庣 斛旁有庣也。 庣各本作斛今正旁有庣謂斛中有覽於方尺之甃若作有斛是斛外有物名斛矣漢律厤志曰量者龠合升斗斛也其法用銅方尺而圜其外旁有庣焉鄭氏曰庣過也算方一尺所受一斛過九氂五豪然後成斛劉徽注九章算術曰晉武庫中所作銅斛其篆書字題斛旁云律嘉量斛方一尺而圜其外庣旁九氂五豪冪一百六十二寸深一尺積一千六百二十寸容十斗及斛底律嘉量斗方尺而圜其外庣旁九氂五豪冪一百六十二寸深一寸積一百六十二寸容一斗升居斛旁合龠在斛耳上與律厤志同按庣旁者謂方一尺而又覽九氂五豪也不覽九氂五豪則不容十斗故製字从斗庣會意 **从斗庣聲。** 形聲中包會意也土雕切二部庣字不見於許書今按卽窱之異體穴部曰窱深肆極也釋言曰窱肆也又曰窱閒也毛傳曰窈窱幽閒也此以幽釋窈以閒釋窱窱訓肆則爲過乎方尺訓閒則爲方尺又覽九氂五豪从广與从穴同也今篆體去其首筆則非是爾雅釋文玉篇廣韵皆作斛 **一曰突也。** 此卽鄭氏過也之意也 **一曰斛利也。** 此又一義 **爾雅曰斛謂之疀。古田器也。** 斛者金部銚之段借字銚者田器此云古田器者所以明六書之段借也詳銚下

升 十合也。 十合各本作十龠誤今正律厤志曰合龠爲合十合爲升十升爲斗十斗爲斛而五量嘉矣作十龠則不可通古經傳登多作升古文段借也禮經注曰布八十縷爲升升字當爲登今之禮皆爲升俗誤已行久矣按今俗所用又作陞經有言升不言登者如周易是也有言登不言升者左傳是也 **从斗象形。** 斛左耳爲升右耳爲合龠以象耳形也各本作亦象形非識蒸切六部 **合龠爲合。合龠容千二百黍。** 十字各本無今補不補則五量推升斗斛見於本書且失其相參之數矣參下云增也一曰十黍之重正爲銖字張本鬲下云鼎屬實五斛又云一斗二升曰斛正爲角部斛下無此義故補之亼部合下無一曰十龠爲合之文龠部下無一曰龠容千二百黍之文此與之當補正同鬲下幷沾足也合龠爲合見律厤志而尚書正義引作十龠月令正義引作合通典引作十六典說唐制作合是漢書古本不同要以下文云合者合龠之量躍於龠合於合廣雅二龠曰合斷之知十龠之非矣古者一分一合謂之判合段是十龠則此量不得名合不得云合於合合二龠爲合猶之十二銖兩之爲兩也

文十七 小徐十六

矛 酋矛也。建於兵車長二丈。 見考工記記有酋矛夷矛酋矛常有四尺夷矛三尋鄭注酋夷長短酋之言遒也酋近夷長矣按許不言夷矛者兵車所不建不常用也魯頌箋云兵車之法左人持弓右人持矛中人御 **象形。** 考工記謂之刺兵其刃當直而字形曲其首未聞直者象其柲左右蓋象其英鄭風傳云重英矛有英飾也魯頌傳云朱英矛飾也按矛飾蓋縣毛羽據鄭箋則毛傳云重喬累荷也者所以縣毛羽也莫浮切三部 **凡矛之屬皆从矛。**

𢦼 古文矛从戈。

𥎵 矛屬。 廣韵曰短矛 **从矛良聲。** 力當切十部

䂆 矛屬。从矛害聲。 苦蓋切十五部

矠 矛屬。 魯語矠魚鼈以爲夏槁韋云矠擑也擑刺魚鼈以爲槁儲也按此矠字引申之義也周禮作簎魚鼈注云謂杈刺泥中搏取之莊子揭鼈於江東京賦毒冒不蔟皆音近義同者也 **从矛昔聲。讀若笮。** 士革切古音在五部按當依周禮槍昔反國語七亦反

矜 矛柄也。 方言曰矛其柄謂之矜釋名曰矛冒也刃下冒矜也下頭曰鐏鐏入地也按曲禮戈曰鐏矛戟曰鐓金部鐓言之不別也矜本謂矛柄故字从矛引申爲戈戟柄故過秦論棘矜郎戟柄字从令聲令聲古音在眞部故古段矜爲憐毛詩鴻鴈傳曰矜憐也言段借也釋言曰矜苦也其義一也若矜夸矜持矜式無羊傳矜矜以言堅彊苑柳傳矜危也皆自矛柄之義引申之蓋矛柄最長直立於地坶誓曰偁爾戈立爾矛此謂戈柄短矛柄長也故諸義皆由是引申 **从矛令聲。** 各本篆作矜解作

紐ㄋㄧㄡˇ　車ㄐㄩ　軒ㄒㄩㄢ　䡅

云今聲。今依漢石經論語、溧水校官碑、魏受禪表皆作矜。正之。毛詩與天臻民旬壎等字韵。讀如鄰，古音也。漢韋元成戒子孫詩始韵心。晉張華女史箴、潘岳哀永逝文始入蒸韵。由是巨巾一反僅見方言注、過秦論李注、廣韵十七真。而他義則皆入蒸韵。今音之大變於古也。矛柄之字改而爲穜。云古作矜。他義字亦皆作矜。从今聲。又古今字形之大變也。徐鉉曰居陵切又巨巾切。此不達其原委之言也。

紐 刺也。从矛丑聲。女久切。三部。篇韵女六切。

文六　重一

車 輿輪之緫名也。車之事多矣。獨言輿輪者，以轂輻牙皆統於輪，軾較軫軹轛皆統於輿，輈與軸則所以行此輿輪者也。故倉頡之制字，但象其一輿兩輪一軸。許君之說字，謂之輿輪之緫名。言輪而軸見矣。渾言之則輿輪之緫名，析言之則惟輿偁車。以人所居也。故攷工記曰輿人爲車。夏后時奚仲所造。左傳曰：薛之皇祖奚仲居薛，以爲夏車正。杜云：奚仲爲夏禹掌車服大夫。然則非奚仲始造車也。明堂位曰：鉤車，夏后氏之路也。毛詩元戎傳曰：元，大也。夏后氏曰鉤車，先正也。殷曰寅車，先疾也。周曰元戎，先良也。箋云：鉤者，鉤股曲直有正也。俗本譌甚，今依釋名及音義改正。蓋奚仲時車制始備，合乎句股曲直之法。古史攷云：少昊時加牛，禹時奚仲加馬。蓋爲之說耳。象形。謂象兩輪一軸一輿之形。此篆橫視之乃得。古音居，在五部。今尺遮切。釋名曰：古者曰車聲如居，言行所以居人也。今日車聲近舍。車，舍也。行者所處若屋舍也。韋昭辯釋名曰：古惟尺遮切，自漢以來始有居音。按三國時尚有歌無麻，遮字祇在魚歌韵內，非如今音也。古音讀如祛，以言車之運行，不讀如居，但言人所居止。老子當其無有車之用，音義去於反，此車古音也。然考工記輿人爲車，是自古有居音。韋說未悟也。凡車之屬皆从車。䡅 籒文車。从戈者，車所建之兵莫先於戈也。从重車者，象兵車聯綴也。重車則直戈矣。

軒 曲輈藩車也。謂曲輈而有藩蔽之車也。曲輈者，戴先生曰：小車謂之輈，大車謂之轅。人所乘欲其安，故小車暢轂梁輈。大車任載而已，故短轂直轅。艸部曰：藩者，屛也。服虔注左傳、薛綜解東京賦、劉昭注輿服志皆云車有藩曰軒，皆同許說。許於藩車上必云曲輈者，以輈穹曲而上，而後得言軒。凡軒舉之義引申於此。曲輈所謂軒轅也。杜注左傳於軒皆曰大夫車。定九年曰犀軒卿車。从車干聲。虛言切。十四部。藩俗作轓。

輜ㄗ

輜 輜軿。逗。衣車也。五字依定九年左傳正義所引。衣車謂有衣蔽之車。并釋名所云所以載衣服之車也。倉頡篇曰：軿，衣車也。霍光傳曰：昌邑王略女子載衣車。李善二京賦注引張揖云：輜重有衣車也。左傳陽虎載葱靈。杜曰：葱靈，輜車名。賈逵曰：葱靈，衣車也。有葱有靈。軿車前衣也。車後爲輜。九字依文選任彥昇策秀才文、劉孝標廣絕交論二注所引。前有衣爲軿車，後有衣爲輜車。上文渾言之，此析言之也。軿之言屛也，輜之言載也。二篆互文見義。輜亦有蔽，軿亦可載，故每渾言不別。列女傳齊孟姬曰：立車無軿，非敢受命。此軿爲蔽前之證也。釋名曰：軿車，四面屛蔽，婦人所乘。云四面，未諦。又曰：有邸曰輜，無邸曰軿。邸如四圭有邸之邸，讀如底。宋書禮志引字林：軿車有衣蔽無後轅，其有後轅者謂之輜。劉昭注輿服志引同，而奪四字。有後轅無後轅，即有邸無邸之說。此於前衣後衣之外別爲一說。从車甾聲。側持切。一部。

軿ㄆㄧㄥˊ

軿 輜軿也。各本上解作軿車前衣車後也，此解作輜車也，皆誤。今依全書通例正之。輜軿俗多聯舉，故備析言渾言之解。周禮苹車之萃。鄭曰：苹猶屛也，所用對敵自隱蔽之車也。杜子春云：苹車當爲軿車。據此則兵車亦有軿車矣。从車幷聲。薄丁切。廣韵又部田切。按古音當在十四部。

輼ㄨㄣ

輼 臥車也。史記始皇崩於沙丘，不發喪，棺載輼涼車中，百官奏事，宦者輒從輼涼車中可其奏。漢霍光傳載光尸柩以輼輬車。孟康曰：如衣車，有窻牖，閉之則溫，開之則涼，故名之輼輬車也。師古曰：輼輬本安車，可以臥息，後因載喪，飾以柳翣，故遂爲喪車耳。輼者密閉，輬者旁開窻牖，各別一乘，隨事爲名。後人旣專以載喪，又去其一，總爲藩飾，而合二名呼之耳。按顏說是也。本是二車，可偃息者，故許分解曰臥車。始皇本紀上渾言曰輼輬車，下言上輼車臭，以屍實在輼車，不在輬車也。

輬ㄌㄧㄤˊ 軺ㄧㄠˊ 輕ㄑㄧㄥ 輶ㄧㄡˊ 輣ㄆㄥˊ 軘ㄊㄨㄣˊ 𨏉ㄔㄨㄥˊ 轈ㄔㄠˊ 輯ㄐㄧˊ

輬軺輕輶輣軘𨏉轈輯輿幔軓

古二車隨行推意所適从車盈聲烏魂切十三部

輬臥車也史記作涼从車京聲呂張切十部

軺小車也漢平帝紀立軺併馬服虔曰立軺立乘小車也从車召聲以招切二部

輕輕車也三字句周禮輕車之萃鄭曰輕車所用馳敵致師之車也漢之發材官輕車亦謂兵車輕本車名故字从車引申爲凡輕重之輕作音者乃以經之輕車讀遣政反古無是分別矣从車巠聲去盈切十一部

輶輕車也輶車即輕車也本是車名引申爲凡輕之偁大雅德輶如毛箋云輶輕也此引申之義也从車酉聲以周切三部詩曰輶車鑾鑣秦風四驖文傳曰輶輕也此本義也

輣樓車也樓各本作兵今正光武紀衝輣撞城李賢引許愼云輣樓車也李注文選亦曰樓車前書敘傳注鄧展作兵車乃或用以改許書耳从車朋聲薄庚切古音在六部

軘兵車也軘車見左傳宣十二年襄十一年服虔曰屯守之車杜預曰兵車名从車屯聲徒魂切十三部

𨏉陷敶車也敶者列也見攴部於此可見古戰陣字用此矣用陳者叚借字也作陣者俗字也大雅與爾臨衝傳曰臨臨車也衝衝車也釋文曰說文作𨏉陷陣車也定八年左傳主人焚衝釋文亦云爾前後漢書衝𨏉衝皆即𨏉字李善曰衝字略作𨏉从車童聲尺容切九部

轈兵車高如巢以望敵也左傳正義引兵高車加巢以望敵與釋文及今本不同今本爲長篇韵皆云若巢亦今本也今左傳作巢車杜曰巢車車上爲櫓此正言櫓似巢不得言加巢宣十五年傳晉使解揚如宋楚子登諸樓車服虔曰樓車所以窺望敵軍兵法所謂雲梯者杜曰樓車車上望櫓从車巢聲此形聲包會意鉏交切二部春秋傳曰楚子乘轈車成十六年左傳文乘今本作登依九經字樣所引爲古本

輯車輿也各本作車和輯也大誤今正自轈篆以上皆車名自輿篆至輣篆皆車上事件其閒不得有車和之訓許書列字次弟有倫可攷而知也叚令訓爲車和則此篆當與軾轛輢輒輟軫轐諸篆爲類列子湯問篇膺殷敬順釋文引說文輯車輿也殷氏所見未誤大元齎上九崇崇高山下有川波其人有輯航可與過測曰高山大川不輯航不克也此輯謂輿山必輿川必航而後可過是古義見於子雲之書非無可徵也輿之中無所不居無所不載因引申爲斂義喪大記檀弓之輯杖輯屨是也又爲和義爾雅輯和也版詩毛傳同公劉傳曰和睦也引申義行本義遂廢淺人少可多怪改易許書此字从車之指遂不可得而聞矣从車咠聲秦入切七部

輿ㄩˊ 幔ㄇㄢˋ 軓ㄈㄢˋ

輿車輿也車輿謂車之輿也攷工記輿人爲車注曰車輿也按不言爲輿而言爲車者輿爲人所居可獨得車名也軾較軫軹轛皆輿事也从車舁聲以諸切五部

幔衣車蓋也上文之輜軿是也四圍爲衣上爲蓋皆以蔽輿也故廁於輿下集韵云一曰戰車以遮矢也从車曼聲幔之言幔也莫半切十四部

軓車軾前也杜子春注大馭職司農注輈人後鄭注少儀皆曰軓謂車軾前也秦風陰靷鋈續傳曰陰揜軓也戴先生云車旁曰輢式前曰軓皆揜輿版也軓以揜式前故漢人亦呼曰揜軓詩謂之陰攷工記輈人軓前十尺書或作軋大馭祭軋杜子春云軋當爲軓禮記少儀祭范鄭曰大馭作祭軓軓與范聲同按其字蓋古文作軋今字作軓叚借作范范又譌范此歧出之由也鄭於少儀注謂軾前於輈注云軓是軓法也謂輿下三面材輢軾之所封持車正也其說亦互異攷工注取範圍之意謂軾前及兩輢所封皆爲軓析言之則曰軾前从車凡聲大徐但云音範廣韵防鋄切古音在七部周禮曰立當前軓周禮大行人上公立當車軹侯伯立當前侯諸子立當車衡前侯自唐石經已下皆譌作前疾而詩小雅疏論語疏皆作前侯不誤此偁前軓從來謂前侯之異文今按非也蓋周禮車軹本作前軓前軓者前乎軓也自車軓以至車衡八尺幾半而前侯介其中前侯者前乎下垂拄地者也其相去尺寸之差也若作車軹謂專頭則自軹至前侯凡七尺五寸有餘而自前胡歫衡四尺有餘而已恐非也軹軓軌三字互譌甚多戴先生集中曾作文辨之今又知許引周禮軓字爲是軹乃字形之誤若侯誤爲軓聲形皆無當也⊙又按周禮注車軹軹也最不可通依輢

人大馭注正之則必經文作軓注云車軓軌也以今字注古字也舊迷漢讀攷說未了今於此正之。

軾ㄕˋ

軾，車前也。此當作車輿前也不言輿者輿人爲車車卽輿也輿之在前者曰軾在旁者曰輢皆輿之體非與輿二物也戴先生曰軾與較皆車闌上之木周於輿外非橫在輿中較有兩在兩旁軾有三面故說文渾言之曰車前軾卑於較者以便車前射御執兵亦因之伏以式敬玉裁謂輿圍圍旁謂之輢前謂之軾軾卑於較二尺二寸說詳先生考工記圖**从車式聲。**賞職切一部經傳多作式者古文叚借也

輅ㄌㄨˋ

輅，車軨前橫木也。婁敬傳脫輓輅蘇林曰輅音凍洛之洛一木橫遮車前二人挽之三人推之劉昭注輿服志曰韵集云輓前橫木曰輅按輓前當依許作軨前輓輅之車用人不用牛馬疑有轅無輓也禮經既夕篇賓奉幣由馬西當前輅注曰輅轅縛所以屬引疏曰謂以木縛車轅上以屬引於上而挽之是喪車亦有轅無輓輅之見於經者此而已矣若左傳梁由靡虢射輅秦伯狂狡輅鄭人皆謂車前相接可以禦之此輅引申之義也故杜曰輅迎也應劭注漢云輅謂以木當胷以挽車廣韵用之改其字作輅形與義皆非以木當胷乃今之絳板與輅各物解嘲云婁敬委輅脫輓謂委車前橫木脫絳板輅非胷前木也**从車各聲。**洛故切五部按當依蘇林孟康廣韵音胡格反乃合若近代用輅爲路車字其義俗不足道也

較ㄐㄧㄠˋ

較，車輢上曲銅也。各本作車騎上曲銅也今依李善西京賦七啓二注正攷工記車人以其廣之半爲之式崇以其隧之半爲之較崇較高五尺五寸高於軾者二尺二寸也戴先生曰左右兩較故衛風曰猗重較兮毛傳重較卿士之車因詩辭傳會耳非禮制也玉裁按較之制葢漢與周異周時較高於軾高處正方有隅故謂之較較之言角也至漢乃圜之如半月然故許云車上曲鉤曲鉤言句中鉤也圜之則亦謂之車耳其飾則雀豹云文官青耳武官赤耳西京賦云戴翠帽倚金較荀卿及史記禮書云彌龍以養威彌徐書作麝解云乘輿金耳也皆謂較爲龍形而飾以金司馬氏輿服志乘輿金薄繆龍爲輿倚較是其義也下文公列侯安車倚鹿然則較爲尊卑自周已然故劉熙曰較在箱上爲辜較也重較其較重卿所乘也毛公謂重較卿士之車必有所受之矣惟較可事推尊卑故其引申爲計較之較亦作校俗作挍凡言校讎可用較字史籍計較字亦用覺**从車交聲。**古岳切古音讀如交在二部今字作較周禮故書校作推

䡊ㄈㄢˇ

䡊，車耳反出也。車耳卽較也其反出者謂之䡊反出謂圖角有邪倚向外者也漢景帝詔吏六百石以上皆長吏也或不更服出入閭里與民無異令長吏二千石車朱兩轓千石至六百石朱左轓應劭曰車耳反出所以爲之藩屛翳塵泥也二千石雙朱其次乃偏朱其左䡊以簟爲之或用革按此說師古非之是也轓與䡊兩物兩字轓蔽也許軒下云曲輈藩車字作藩詩之茀周禮之蔽左傳以藩載欒盈輿服志畫轓黑轓朱轓是也䡊之反出者曰䡊景帝紀自謂車蔽不得以車耳釋之也**从車反，反亦聲。**府遠切十四部

轛ㄉㄨㄟˋ

轛，車橫軨也。謂車闌也木部橫下曰闌木也攷工記曰參分軹圍去一以爲轛圍注兵車之轛圍二寸八十一分寸之十四轛式之植者橫者也鄭司農云謂車輿軨立者也按許云橫軨也橫訓闌則直者衡者皆在內矣漢人從衡字祇作衡不作橫橫者枕也後鄭又云轛者以其鄉人爲名按字所以从對與**从車對聲。**追萃切十五部廣韵作轛都隊切

周禮曰：參分軹圍，去一㠯爲轛圍。輿人職文按鄭云輢之植者以者也輿轛末同名許君軹下云車輪小穿不言別義而此引參分軹圍之文令學者疑葢其疏也

輒ㄓㄜˊ

輒，車兩輢也。兩各本作兩今正車兩輢謂之輒按車必有兩輢如人必有兩耳故从耴耴耳垂也此篆在輢篆之先故輢篆下但云車旁而不言兩凡許全書之例皆以難曉之篆先於易知之篆如輴下云車輿也而後出輿篆輒下云車兩輢也而後出輢篆是也廣韵作車相倚也乃字之誤不可從凡專輒用此字者此引申之義凡人有所倚恃而妄爲之如人在輿之倚於輢也**从車耴聲。**陟葉切八部

輢ㄧˇ

輢，車旁也。謂車兩旁式之後較之下也注家謂之輢按輢者言人所倚也前者對之故曰轛旁者倚之故曰輢兵車戈殳戟矛皆插於車輢輢之上曰較**从車奇聲。**於綺切古音在十七部

𨏶ㄔㄨㄣˊ

𨏶，車約𨏶也。巾車職云孤乘夏篆卿乘夏縵大夫

轖軨輑軫

曰夏赤也。篆讀爲圭瑑之瑑。夏瑑轂有約也。元謂夏瑑五采畫轂約也。夏縵亦五采畫。無瑑耳。玉裁謂鄭說夏瑑卽許之約軝。毛公所謂長轂之軝朱而約之也。但許君篆作䡅以約軝系之輿下。文以約軝系之轂。與二鄭逈異。依許意葢謂轛輢軨等皆有物纏束之謂之約䡅。以赤畫之謂之夏䡅。鄭雖赤畫而無約。謂之夏縵。䡅之言巡也。巡繞之意。讀此許之周禮說也。**从車川聲。**敕倫切。古音在十三部。**周禮曰。孤乘夏䡅。**故書作綠。或爲篆。此字形之異也。許所據篆作䡅。此聲相近而異也。**一曰下棺車曰䡅。**禮經有輴車。玉篇廣韵皆謂䡅輴同字也。士喪禮遷於祖用軸。注曰。軸，輁軸也。軸狀如轉轔。刻兩頭爲軹。輁狀如長牀。穿桯前後著金而關軸焉。天子諸侯以上有四周謂之輴。天子畫之以龍。按惟天子諸侯殯葬朝廟皆用輴。許云下棺車。謂天子諸侯窆用輴也。

轖 ㄙㄜˋ

轖。車籍交革也。各本革作錯。李善七發注。顏師古急就篇注作交革。今從之。車籍各本作車籍。七發注同。急就注廣韵作車藉。皆不可通。今以意正之曰車箱。箱與籍字形之誤也。毛大東傳曰。服，牝服也。箱，大車之箱也。鄭曰。大車，平地任載之車。竹部曰。箱，大車牝服也。按箱本謂大車之輿。引申之而凡車之輿皆得名箱。此箱不謂大車也。交革者，交猶遝也。謂以去毛獸皮鞔其外。攷工記棧車欲弇。注曰。爲其無革鞔不堅易坼壞也。飾車欲侈。注曰。飾車，革鞔輿也。大夫以上革鞔輿。巾車職士乘棧車。注曰。棧車不革鞔而漆之。王之玉路金路象路皆以革鞔而有玉金象之飾。因有玉金象之名。革路鞔之以革而漆之。無他飾。故偁革路。木路不鞔以革。漆之而已。故偁木路。凡革鞔謂之轖。故急就篇曰。革轖髤漆油黑蒼。髤漆油黑蒼又在革轖之外。巾車言孤卿夏大夫墨是也。許所云約䡅者，葢在未鞔革之前約以固之。鞔之則格空遮蔽。故曰轖。轖之言嗇也。引申之爲結塞之偁。故枚乘七發曰。邪氣襲逆。中若結轖也。**从車嗇聲。**所力切。一部。

軨 ㄌㄧㄥˊ

軨。車轖閒橫木。車轖閒，蒙上文言之。猶言車輿閒也。木部曰。橫，闌木也。車轖閒橫木，謂車輢之直者衡者也。軾與車輢皆以木一橫一直爲方格成之。如今之大方格然。楚辭倚結軨兮長大息。涕潺湲兮下霑軾。戴先生曰。軨者，軾較下縱橫木總名。卽攷工記之軹轛也。結軨謂軨之橫從交結。倚軨而涕霑軾。則是倚於輢內之軨。故其涕得下霑軾也。玉裁按惟此軨乃許所謂。若曲禮僕展軨效駕。軨卽輪。亦作轔。士喪禮注所云轉轔。展軨謂使馬稍動車輪也。東京賦疏轂飛軨。薛解曰。飛軨以緹紬油一作廣八尺。拄挂作長拄地。左青龍右白虎。繫軸頭。取兩邊飾。二千石亦然。但無畫耳。此葢漢制。師古取以注急就篇之軨。殊誤。急就軹軾軫竝言。正謂橫直結軨耳。**从車令聲。**郎丁切。古音在十二部。

轜◦

轜 軨◦ 司馬相如說軨从霝◦ 葢亦凡將篇字也。按古令或作霝。作靈零或作霝。苓或作蘦。皆令霝通用之證。左傳陽虎載葱靈寢於其中而逃。葱葢本作囪。初江切。靈卽轜也。文選四十八注引尚書大傳曰。未命爲士不得有飛軨。鄭注。軨，如今窗車也。李尤小車銘曰。軨之嗛虛。疏達開通。葢古者飾車鞔革。更有不鞔革者。露其窗櫺。與木部櫺楯閒子。

輑 ㄐㄩㄣˇ

輑。軺車前橫木也。軺車，小車也。木部曰。橫，闌木也。軺車前橫木，謂小車軾輢之直者衡者也。方言曰。輑謂之軸。按軸字恐有誤。**从車君聲。讀若羣。**羣大徐作帬。牛尹切。十三部。方言牛忿反。**一曰讀若褌。**

軫 ㄓㄣˇ

軫。車後橫木也。木部。橫，闌木也。輿人注曰。軫，輿後橫者也。方言曰。軫謂之枕。秦風小戎俴收傳曰。收，軫也。近戴先生曰。輿下之材合而成方。通名軫。故曰軫之方也以象地也。鄭注專以輿後橫木爲軫。以輢式之所尌三面材爲軓。又以軓爲任正者。如其說。宜記於輿人。今輈人爲之。殆非也。輿人爲式較軹轛軫輢軓。輈人爲輈衡軸伏兔。記不言輢軓衡伏兔之度。輢軓，輿揜版耳。衡圍準乎軸。伏兔取節於輈。當兔省文互見。桐城姚氏鼐曰。記曰。軫之方以象地。葢軫方六尺六寸。記曰。參分車廣，以其一爲隧。葢以二尺二寸爲輿後。其前廣如軫而深四尺四寸。以設立木焉。是爲收。毛公曰。收，軫也。謂輿深四尺四寸收於軫矣。非謂軫名收也。玉裁按似姚氏之說爲完。合輿下三面之材與後橫木而正方。故謂之軫。亦謂之收。軫从㐱。密緻之言也。中庸振河海而不泄。注曰。振猶收也。以振與軫同音而得其義。故曰猶。鄭未嘗不謂合四面爲軫矣。六分車廣，以一爲軫圍。輢軾所尌之圍亦在其中矣。渾言之四面曰軫。析言之輢軾所尌曰軓。輢後曰軫。又析言之軾前曰軓。

轐　𨏖　軸　輹　輮

許言車後橫木可知車後非無植者衡者以揆於輢或其制庳於軾耳不獨有合於三面材者也从車㐱聲。之忍切十三部

轐 車伏兔也。戴先生曰伏兔謂之轐易小畜九二輿脫輻大畜九二輿脫輹大壯九四壯於大輿之輹說文轐車伏兔也輹車軸縛也釋名屐似人屐也又曰伏兔在軸上似之也又曰輹輹伏也伏於軸上也按轐輹實一字其下有革以縛於軸今易小畜作輻系傳寫者誤輻在轂與牙之閒非可脫者玉裁謂劉成國合輹於伏兔非也依許則伏兔名轐車軸之縛名輹迥然二物轐之言僕也毛傳曰僕附也爲伏兔之形附於軸上以輅固之輈菑於兩伏兔閒者名曰當兔 从車菐聲。博木切三部 周禮曰加軫與轐焉。考工記文鄭司農云轐讀如旃僕之僕謂伏兔也

𨏖 車伏兔下革也。謂以輅固之於軸上也輅者生革可以爲纏束也 从車𢐀聲。𢐀古文婚字。各本作古昏字今正女部婚篆下曰𢐀籀文婚若依女部則此當作籀文婚字全書惟此篆及巾部𢄔篆用爲聲而今本𢄔篆又譌从𡠄矣 讀若閔。眉殞切十三部按此音謂縛之緜密也與毛詩之緜緜韓詩之民民同義廣韵既有𨏖云車伏兔下革又有䡅云車軚兔下軶明是一而二之軶字必誤

軸 所目持輪者也。所以者三字今補軸所以持輪引伸爲凡機樞之偁若織機之持經者亦謂之軸是也小雅杼柚其空今本作柚乃俗誤耳若方言土作謂之杼木作謂之軸亦是引申之義杼作杼軸作柚皆非也方言杼軸與大東無涉 从車由聲。直六切三部

輹 車軸縛也。謂以革若絲之類纏束於軸以固軸也縛者束也古者束輈曰楘曰歷錄東軸曰輹亦曰鞪約轂曰約軧衣衡曰𥼶皆所以爲固皆見於許書輈束箸於外故詩箸其數軸束隱於輿下故不知其數釋名曰轐復也重復非一之言也輻當爲轐轉寫譌耳或曰輻當爲輹之誤若屐下云又曰輹輹當爲轐 从車复聲。芳六切三部 易曰輿說輹。說各本作脫許書必當用說今依周易正周易小畜九三大畜九二文也馬云車下縛也與許合其非轐明矣或作腹者叚借字或作輻者譌字

輮 車网也。今本作車軔篇韵皆作車輞輞譌爲軔見爾雅釋文輞从車旁葢俗古祇作网耳或曰許本有輞篆解曰車輞也在輮篆之上今軔篆即輞之誤然許有軔篆諸家引之疑未能明也車网者輪邊圍繞如网然攷工記謂之牙牙也者以爲固抱也又謂之輮行澤者反輮行山者仄輮大鄭曰牙世閒或謂之罔釋名曰輞罔也罔羅周輪之外也關西曰輮言曲揉也按牙亦作枒木部枒下曰一曰車网會也所以名牙者合衆曲而爲之如䘸佩之牙亦曲體也亦謂之渠俗作輮尚書大傳大貝如車渠是也車网木必擇材攷工記注曰今世牙以櫄爾雅注曰杻橿材中車輞又赤楝中爲車輞 从車柔聲。人九切三部按輮之言肉也凡物邊爲肉中爲好

𨍩　輪　轂　輥

𨍩 車輮規也。規者圜之匡郭也考工記曰規之以眡其圜萬之以眡其匡注曰輪中規則圜矣等爲萬蔞以運輪上輪中萬蔞則不匡剌也按此謂作輮之范 一曰一輪車。今江東多用一輪車篇韵皆奪一 从車熒省聲讀若煢。渠營切十一部

輪 有輻曰輪。云有輻者對無輻而言也輪之言倫也从侖侖理也三十輻兩兩相當而不迆故曰輪 無輻曰輇。鄭注周禮蜃車云禮記或作槫或作輇或注士喪禮曰載柩車周禮謂之蜃車禮記謂之團或作輲或作槫聲讀皆相同耳未聞其正注禮記大夫載以輲車云輲讀爲輇或作槫注喪大記士葬用國車云輇字或作團是以又誤爲國輇車柩車也又士喪禮注云其車之轝狀如牀中央有轅前後出設前後輅轝上有四周下則前後有軸以輇爲輪按鄭於禮經禮記兩引許叔重說文解字曰有輻曰輪無輻曰輇而以輲蜃團槫皆即輇字但許不言喪車無輻也戴先生曰輇者輪之名輲者車之名不宜溷而一之注喪大記改輲爲輇亦誤詳見釋車 从車侖聲。力屯切十三部

轂 車輻所湊也。湊者水上人所會也引申爲凡會之偁老子曰三十輻共一轂轂中空曰椽見木部 从車𣪊聲。古祿切三部

輥 轂齊等皃也。等者齊簡也因爲凡齊之偁齊者等也輥者轂勻整之皃也戴先生曰齊等者不梜減也輮木圜甚 从車昆聲。昆者同也此舉形聲包會意也古本切十三部 周禮曰望

轐𨏖軸輹輮𨍩輪轂輥

軝軹害輻軑輨轅輈

軝ㄑㄧˊ

其轂欲其眼。考工記輪人文鄭本作眼注曰眼出大皃也今按鄭本當是作睍睍者目出皃也轂之圜似之與許說略同 軝 長轂之軝也。目朱約之。小雅斯干傳曰軝長轂之軝也朱而約之長轂者小戎所謂暢轂也傳曰暢轂長轂也大車轂長尺五寸兵車田車乘車轂長三尺二寸五分三尺二寸之長一爲賢得六寸四分三爲軹得尺九寸二分虛其一者菑以置輻也參分三尺二寸之長二在外一在內以置其輻二在外而三爲軹者在是一在內而一爲賢者在是考工記此軹字卽毛詩之軝字軹者同音叚借字也取此尺九寸二分者以革約之而朱其革詩所謂約軝也考工記詳之曰容轂必直陳篆必正施膠必厚施筋必數幬必負榦既摩革色青白謂之轂之善說者曰容者治轂爲之形容也篆轂約也幬負榦者革轂相應無贏不足也既摩革色青白者謂丸桼之乾而以石摩平之革色青白善之徵也玉裁按容如製甲必先爲容之容先爲容轂之笵盛轂於中以治之飾之陳篆者刻畫其文而以革鞔若絲嵌約之而後施膠施筋而後幬之以渾革而丸桼之而摩之

軹ㄓˇ 軝。

革色青白而後朱畫之容轂以下渾轂所同也幬而朱之軝所獨也本是幬而朱之毛云朱而約之許云以朱約之者旣朱則似先朱其革其意一也詩曰約軝錯衡皆謂文也錯衡文衡也文衡者巾部曰帑車衡上衣也葢爲衣而畫之。軹卽軝說本歙程氏瑤田通藝錄其說最確於古音最合而古無有言之者孰謂今人不勝古人也 从車氏聲。渠支切十六部 詩曰。約軝錯衡。小雅采芑商頌烈祖文箋云約軝轂飾也 𩊚 軝或从革。以革鞔故从革 軹 車輪小穿也。輪當作轂輪人職曰五分其轂之長去一以爲賢去三以爲軹鄭司農云賢大穿也軹小穿也後鄭又改記文作去二爲賢程氏辨其非是詳見通藝錄許同先鄭 从車只聲。諸氏切十六部輪人爲輿參分較圍去一以爲軹圍注曰軹輢之植者衡者也與轂末同名轂末卽謂車輪小穿也按輢軨謂之軹軹之言積也枳也積枳多小意而止也以狀軹圜之小可說其意而轂末小穿取此名其意不可說

害ㄨㄟˋ

害 車軸耑也。耑者物初生之題也因以爲凡領之偁車軸之末見於轂

轊。
輻ㄈㄨˊ 軑ㄉㄧˋ 輨ㄍㄨㄢˇ 轅ㄩㄢˊ 輈ㄓㄡ

外者曰害害之言遂也出也如鄭說轂末小穿曰軹而害出於此穿外然古說軹害多不分如大馭右祭兩軹故書軹爲一軒杜子春云軒當作軹軹謂兩轊也是非合轂末軸末爲一乎今按少儀曰祭左右軌大馭曰祭兩軹於事實同少儀曰祭範大馭曰祭軌範軌於聲同本無不合祭兩轊所以祭輪也祭軌所以祭輿也言輪輿而全車在是矣轂末曰軹乃大鄭翔說子春未嘗謂轂末曰軹此注當是本作故書軒爲軹杜子春云軹當作軒軒謂兩轊也或讀軒爲簪笄之笄葢兩害左右出轂外如笄之出髮然有鐵鍪以鍵之又似笄之毌髮也故其字从幵取上平岐頭之意若轂末之穿不可冒此名況當杜時軹訓兩輢而不訓轂末小穿兩輢非所當祭故易爲軒漢時故有軒字也漢時亦有訓軹爲害者如劉熙曰軹指也如指而見於轂頭也非訓軹爲害乎杜以軒改軹聖人正名之義也然則作說文者當云軒害也从車幵聲讀若笄害車軸耑也从車象形乃合而乃舍軒存害軹不爲輢之直者衡者而訓爲車轂小穿軌不作軓祇作軌皆使古形古訓散佚無徵豈所謂涉獵廣博或有抵牾者與抑從今書則不錄故書如儀

禮之從今文則不錄古文與 从車象形。謂以口象轂耑之孔而以車之中直象軸之出於外于歲切十五部。五經文字作軎繫擊之類從之又曰轊 杜林說。倉頡訓纂一篇倉頡故一篇說如此 轊 軎或从彗。从車彗聲 輻 輪轑也。以上六篆言轂而及軸末之出於轂者故遂以湊於轂者終之也輻凡三十 从車畐聲。方六切三部 軑 車輨也。離騷曰齊玉軑而竝馳王逸釋爲車轄非也玉篇廣韵皆云車轄轄皆輨之誤也 从車大聲。特計切十五部 輨 轂耑錔也。錔者以金有所冒也轂孔之裏以金裹之曰釭轂孔之外以金表之曰輨輨之言管也方言曰關之東西曰輨南楚曰軑趙魏之間曰錬鏅軑音大錬音東 从車官聲。古滿切十四部 轅 輈也。攷工記輈人爲輈車人爲大車之轅是輈與轅別也許渾言之者通偁則一也轅之言如攀援而上也 从車袁聲。雨元切十四部 輈 轅也。从車舟聲。張流切三

輂 軏 軶 輝 軥 轙 鐵 軜

部。𨏈 籒文輈。从籒文。

輂 直轅車轒也。按依車部轒當作系曲轅車。且此趣列字次弟應論車轅，不應論衡縛。韵會作直轅車也，無轒字爲是，當從之。直轅車，大車也。从車具聲。居玉切。古音如舊。三部。

軏 車轅耑持衡者。衡者，橫木長六尺六寸，以施軛駕馬頸者也。持衡者曰軏，則衡與轅耑相接之關鍵也。戴先生曰：大車鬲以駕牛，小車衡以駕馬。轅耑持鬲，其關鍵名輗；輈耑持衡，其關鍵名軏。轅所以引車，必施輗軏然後行。信之在人，亦交接相持之關鍵，故孔子以輗軏喻信。从車元聲。魚厥切。元之入聲也。古音在十四十五部。

軶 轅前也。曰轅前者，謂衡也。自其橫言之謂之衡，自其扼制馬言之謂之軶。隸省作軛。毛詩韓奕作厄，士喪禮今文作厄，叚借字也。車人爲大車作鬲，亦叚借字。西京賦作槅。木部曰：槅，大車枙也。枙當作軶。从車戹聲。於革切。十六部。

輝 軶軥也。軶軥之異名曰輝。輝之言圍也，下圍馬頸也。廣韵曰：還也，車相避也。與古義異。从車軍聲。乎昆切。十三部。

兕　十四篇上

軥 軶下曲者。軶木上平而下爲兩坳，加於兩服馬之頸，是曰軥。韓奕毛傳曰：厄，烏噣也。小爾雅曰：衡，扼也。扼下者謂之烏啄。釋名曰：槅，扼也，所以扼牛頸也。馬曰烏啄，下向叉馬頸，似烏開口向下啄物時也。噣啄同字。軶與軥同體。左傳射兩軥而還。服注：車軶兩邊叉馬頸者。从車句聲。古候切。四部。亦平聲。

轙 車衡載轡者。釋器曰：載轡謂之轙。郭云：車軶上環，轡所貫也。四馬八轡，除驂馬內轡納於軾前之觼，在手者惟六轡。驂馬外轡復有游環以與服馬四轡同入軶上大環，以便總持。大環謂之轙。東京賦：龍輈華轙。此本義也。郊祀歌：靈總總，象輿轙。如淳曰：轙者，僕人嚴駕待發之意。此引申之義也。整船亦曰艤，同轙意。从車義聲。魚綺切。古音在十七部。

鐵 轙或从金獻。从金者，環以金爲之。獻聲與義聲古合音。漢書廣韵又音儀。取近即犧尊獻尊同音之理。今爾雅鐵謂之鑣，與轙異字。

軜 驂馬內轡系軾前者。各本作繫，繫見系部，非其義也。今正。驂馬兩內轡爲環系諸軾前，故御者衹六轡在手。秦風毛傳曰：軜，驂內轡也。是則軜之言內也，謂內轡也。其所入軾前之環曰觼。角部曰：觼，環之有舌者是也。詩言觼軜者，言施觼於軜也。大戴禮六官以爲轡，司會均入以爲軜。此引申叚借之義也。从車內聲。奴荅切。入部。按內聲當在十五部，而十五部字之入入部者，自古然矣。詩曰：漢吕觼軜。今小戎作鋈。小徐本先輔後軜，今易之。

輔 春秋傳曰：輔車相依。凡許書有不言其義徑舉經傳者，如䢔下云詞之䢔矣，鶴下云鶴鳴九皋聲聞于天，艴下云色艴如也，絢下云詩云素以爲絢兮之類是也。此引春秋傳僖公五年文。不言輔義者，義已具於傳文矣。小雅正月曰：其車既載，乃棄爾輔。傳曰：大車既載，又棄其輔也。無棄爾輔。傳曰：員，益也。正義云：大車，牛車也。爲車不言作輔，此云棄輔，則輔是可解脫之物，蓋如今人縛杖於輻以防輔車也。今按：呂覽權勲篇曰：宮之奇諫虞公曰：虞之與虢也，若車之有輔也，車依輔，輔亦依車，虞虢之勢是也。此即詩無棄爾輔之說也。合詩與左傳，則車之有輔信矣。引申之義爲凡相助之偁。今則借義行而本義廢，尟有知輔爲車之一物者矣。人部曰：俌，輔也。以引申之義釋本義也。今則本字廢而借字行矣。面部曰：䩉，頰車也。面䩉自有本字，周易作輔，亦字之叚借也。今亦本字廢而借字行矣。春秋傳輔車相依，許尉之於此者，所以說車之本義也，所以說左氏也，謂輔與車必相依倚也。他家說左者以頰與牙車釋之，乃因下文之脣齒而傅會耳，固不若許說之善也。从車甫聲。扶雨切。五部。

卒　十四篇上

人頰車也。小徐本著此四字於甫聲下，與上文意不相應，又無一曰二字以別爲一義，知淺人妄謂引傳未詮而增之也。面部既有䩉頰也之文，則必不用借義爲本義矣。若大徐本移輔篆於部末，解曰人頰車也，从車甫聲，而無春秋傳曰輔車相依八字，輔非眞車上物，厠末似合許例，然無解於面部業有䩉篆也。校許宜刪去四字。

轑 車蓋弓也。輪人爲蓋，蓋弓二十有八，以象恆星也。鄭注曰：弓者，蓋橑也。蓋弓曰轑，亦曰橑。橑者，椽也。形略相似也。重葠亦偁重轑，張敞傳殿屋重轑是也。釋名曰：轑，蓋叉也。叉者今爪字，非叉字。玉部瑵下曰：車蓋玉瑵，以玉爲爪也。詳彼注。从車尞聲。盧晧切。二部。一曰輻也。輻三十湊轂，亦如椽然，故亦得

輂軏軶輝軥轙軜輔轑

轅名其物皆系於車者也故皆从車

衛 車搖也○未聞以篆之次第詳之此篆當亦謂車上一物而今失傳車搖當是譌字从車行○一曰衍省聲○小徐無行一曰三字古緬切十四部

𨊻 𨊻 車後登也○廣韵十六蒸四十二拯皆曰𨊻軺車後登出字林今按不言出說文恐是呂氏後增之字非許書也古車無不後登者从車丞聲○讀若易抍馬之抍○抍馬見周易明夷六二爻辭署陵切六部

載 乘也○乘者覆也上覆之則下載之故其義相成引申之謂所載之物曰載如詩載輸爾載下載音才再反是也引申為凡載物之偁如詩汎汎楊舟載沈載浮中庸天地之無不持載是也又叚借之為始才之叚借也才者艸木之初也夏曰載亦謂四時終始也又叚借為事詩上天之載毛傳曰載事也是也又叚為語詞詩載馳載驅毛傳載辭也春日載陽箋云載之言則也从車𢦏聲○作代切一部韵會此下有易曰大車以載六字

軍 圜圍也○於字形得圜義於字音得圜義凡渾輝揮等軍聲之字皆兼取其義四千人為軍○王氏鳴盛說此句必譌按唐釋元應引字林四千人為軍是呂忱之誤也許書當作萬有二千五百人為軍見周禮大司馬職旅篆下云軍之五百人為旅師篆下云二千五百人為師既皆偁之則此必偁無可疑者百人為卒廿有五人為兩不偁者以其制於字義相遠耳若万二千五百人以為圜圍乃此篆之所由製从包省从車○包省當作勹勹裹也勹車會意也舉云切十三部車○逗兵車也○上車各本誤軍今正此釋从車之意惟車是兵車故勹車為軍也

軷 出將有事於道○必先告其神○立壇四通○尌茅以依神為軷○此言軷之義既祭犯軷○句轢牲而行為範軷○此言範軷之義周禮大馭犯軷注曰行山曰軷犯之者封土為山象以菩芻棘柏為神主既祭之以車轢之而去喻無險難也春秋傳曰跋涉山川故書軷作罰杜子春云罰當為軷軷讀為別異之別謂祖道轢軷磔犬也詩云載謀載惟取蕭祭脂取羝以軷詩家說曰將出祖道犯軷之祭也聘禮曰乃舍軷飲酒於其側禮家

說亦謂道祭玉裁按尌立也各本作樹今正犯軷轢牲而行大徐作軷轢於牲而行非也山行之神主曰軷因之山行曰軷庸風毛傳曰草行曰跋水行曰涉郎此山行曰軷也凡言跋涉者皆字之同音叚借鄭所引春秋傳本作軷涉山川今人輒改之从車犮聲○蒲撥切十五部詩曰○取羝以軷○大雅生民文毛傳曰軷道祭也

範 範軷也○三字句其義已見上故祇云範軷也从車笵省聲○大徐音犯廣韵防錽切七部讀與犯同○不曰讀若犯而曰與同者其音義皆取犯讀若則但言其音而已按車軓字本作軓从車巳聲鄭說曰軓法也與下三面材輢式之所尌持車正也然則周易範圍字當作軓或作笵而範其叚借字也釋文曰範鄭曰範法也馬王肅張作犯違此亦範犯同音通用之證也

䡾 載高皃○䡾䡾車載高皃衛風庶姜孽孽毛云孽孽盛飾韓詩作䡾䡾長皃呂覽宋王作為蘖臺高誘曰蘖當作䡾詩曰庶姜䡾䡾高長皃然則韓為本字毛為叚借字爾雅蘖蘖孽孽戴也亦載高之意也西京賦飛檐䡾䡾从車獻聲○俗改作䡾省聲不知古音者所為也五葛切十五部

轄 車聲也○轂與軸相切聲也史記大人賦輵轄漢書轄作螛張揖曰輵轄搖目吐舌見則史記為譌字矣从車害聲○胡八切十五部廣韵又苦蓋切一曰轄○逗鍵也○鍵下曰鉉也一曰車轄此鍵轄二篆為轉注也牽下曰車軸耑鍵也然則牽轄二篆異字而同義同音

轉 還也○還大徐作運非還者復也復者往來也運訓迻徙非其義也還郎今環字从車專聲○知戀切十四部亦陟兗切淺人分別上去異義無事自擾

輸 委輸也○委者委隨也委輸者委隨輸寫也以車遷賄曰委輸亦單言曰輸引申之凡傾寫皆曰輸輸於彼則彼羸而此不足故勝負曰羸輸不足則如墮壞然故春秋鄭人來輸平公羊穀梁皆曰輸者墮也左傳作渝渝變也从車俞聲○式朱切古音在四部廣韵又傷遇切

輖 重也○謂車重也小雅戎車既安如輊如軒毛曰輊摯也考工記大車之轅摯鄭曰摯輖也士喪禮軒輖中鄭曰輖墊也摯墊輊同字輖雙聲許書有輖摯而已摯者依聲託事字也軒言車輕輖言車重引申

輩ㄅㄟ　軋ㄧㄚ　報ㄋㄢ　轢ㄌㄧ　軌ㄍㄨㄟ

爲凡物之輕重故禮經以之言矢周南叚輖爲輊字故毛傳曰輖輊也而說詩者或以本義釋之。从車周聲。職流切三部

輩 若軍發車百兩爲輩。兩各本作兩今正車之偁兩者謂一車兩輪無取二十四銖之兩此許之字例也若軍發車百兩爲輩蓋用司馬法故言故以若發聲今司馬法存者尟矣引申之爲什伍同等之偁如鄭注宮正云使之輩作輩學相勸帥也。从車非聲。非者兩翄形聲中有會意俗从北非聲也補妹切十五部

軋 輾也。輾大徐作轢非也匈奴傳曰有罪小者軋大者死顏曰謂輾轉轢其骨節按本謂車之輾於路引申之爲勢相傾。从車乙聲。此从甲乙爲聲非从燕乙也惟今韵則入十四黠耳烏轄切古音當在十二部

報 轢也。輾其俗字也。从車𠬝聲。軋从乙者言其難乙乙也報从𠬝者言其易也𠬝者柔皮也尼展切十四部

轢 車所踐也。踐者履也軷下曰轢牲而行是也。从車樂聲。歷各切宋本如此郎擊切今本如此古音在二部

軌 車徹也。支部曰徹者通也車徹者謂輿之下兩輪之閒空中可通故曰車徹是謂之車軌軌之名謂輿之下隋方空處老子所謂當其無有車之用也高誘注呂氏春秋曰兩輪之閒曰軌毛公匏有苦葉傳曰由輈以下曰軌合此二語知軌所在矣上距輿下距地兩旁距輪此之謂軌毛云由輈以下則輿下之輈軌也輈下之軸軌也虛空之處未至於地皆軌也濡軌者水濡輪閒空虛之處而至於軸而至於輈則必入輿矣故濟盈斷無有濡軌之水者禮義之大防也毛何以不言兩輪之閒而言由輈以下乎曰兩輪之閒自廣陿言之凡言度涂以軌者必以之由輈以下自高庳言之詩言濡軌晏子言其深滅軌以之中庸車同軌兼廣陿高庳言之徹廣六尺積崇三尺三寸天下同之同於天子所制之度也穀梁傳車軌塵卽曲禮之驅塵不出軌謂其塵之高廣一如軌之高廣而不過也車人徹廣六尺自其裏言之匠人注徹廣八尺自其表言之曰由輈以下曰軌曰兩輪之閒曰軌自其裏言之少儀祭左右軌史記車不得方軌自其表言之自軌徹之說不明訓之以地上之迹迹非不名軌徹也而迹豈軌徹也邶詩不能通乃以軌字易軌字而毛傳由輈以下復改作由輈以上郢書燕說沇䤨千年矣許云車徹固已了然如後人之憒憒則許當云軌車蹤也蹤車迹也巳矣故大史公言好學深思不若卜子言近思。从車九聲。軌从九者九之言鳩也聚也空中可容也形聲中有會意古音居酉反在三部今音居洧反

蹤ㄗㄨㄥ　軼ㄧ　䡩ㄎㄥ

蹤 車迹也。兩輪之迹也迹者步處也因引申爲凡迹之偁兩輪之迹亦謂之軌徹而非軌徹之體也莊子曰夫迹履之所出而迹豈履也蹤之言從也有所從來也又可從是以求其質也蹤古字祇作從羔羊傳曰委蛇委蛇行可從迹也君子偕老傳曰委委行可委曲從迹也俗變爲蹤再變爲踪固不若用許書蹤字矣。从車從省。大徐有聲字非也此以會意包形聲也卽容切九部

軼 車相出也。車之後者突出於前也楚辭軼迅風於清源禹貢沇水入于河泆爲熒漢志作軼鄭注司刑曰過失若舉刃欲斫伐而軼中人者皆本義之引申段借也。从車失聲。形聲中有會意夷質切十二部

䡩 車䡩宏聲也。宏大徐作鍧非小徐作鍧集韵作輷亦誤今正谹谷中響也宏屋響也宏弓聲也車聲䡩宏借弓聲之字耳䡩宏大聲。从車眞聲。廣韵口莖切按廣雅作䡩玉篇作䡩皆卽此字也古音眞聲之字在十二部 讀若論語鏗尒舍琴而作。琴各本作瑟今正陸元朗所據論語作琴小徐手部亦作舍琴 一曰讀若掔。按臤聲堅聲與眞聲同在十二部

䡹ㄓ　軭ㄎㄨㄤ　軔ㄖㄣ　輟ㄔㄨㄛ

䡹 車抵也。抵者擠也擠者排也車抵於是而不過是曰䡹如馬之不前曰犇鷙詳犇部鷙與車重之輊䡹輕䡹本各義與輖又殊音而集韵總合爲一字誤矣小徐引潘岳賦如䡹如軒今按潘作輊不作䡹也。从車埶聲。陟利切十五部

軭 車戾也。戾者曲也考工記曰萬之以眡其匡也注云等爲萬蔞以運輪上輪中萬蔞則不匡剌也軭不專謂輪凡偏戾皆是。从車匡聲。巨王切十部

軔 所目礙車也。所目二字今補元應時巳失之離騷朝發軔於蒼梧王逸曰軔支輪木也。从車刃聲。而振切十三部字林如戰反按此篆大徐在輟篆之前者輟下輔譌作軔遂先之以軔也

輟 車小缺復合

者也。此與辵部之連成反對之義。連者負車也。聯者連也。連本訓輦而爲聯合之偁。其相屬也小缺而復合則謂之輟。引申爲凡作輟之偁。凡言輟者取小缺之意也。論語耰不輟。从車叕聲。形聲中有會意。陟劣切。十五部。按网部輟爲罬之重文。

䡨 礙也。礙者止也。从車多聲。康禮切。古音在十七部。

轚 車轄相擊也。轄者鍵也。鍵在車頭。謂車耑相擊也。諸書亦言車轂相擊。从車毄。會意。殳部曰毄者相擊中也。毄亦聲。古歷切。十六部。周禮曰舟輿擊互者。秋官野廬氏凡道路之舟車轚互者敘而行之。注曰謂於迫隘處也。穀梁傳曰御轚者不得入。

篹 治車軸也。治篇韵皆作篹。兩字句。鏇轉規劃之意。从車算聲。所眷切。十四部。

軻 椄軸車也。椄各本作接。今正。椄者續木也。軸所以持輪。而兩木相椄則危矣。故引申之爲適曰轗軻。趙邠卿曰孟子名軻。字則未聞也。而廣韵曰孟子居貧轗軻。故名軻。字子居。从車可聲。康我切。十七部。

𨎮 車堅也。堅者剛也。从車殸聲。殸籒文磬。此形聲中有會意也。口莖切。十一部。

軵 反推車令有所付也。反推車者謂不順也。付與也。本可不與而故欲與之。至於遂推車以與之而不顧。此說其字之會意也。故其字从車付。从車付。會意。讀若茸。茸宋本小徐本作胥。非也。淮南氾論訓曰相戲以刃者大祖軵其肘。高云軵擠也。讀近茸急察言之。可知此茸之不誤矣。廣韵曰軵推車也。而隴切。或作搑。按手部搑推擣也。漢司馬遷傳而僕又茸之蠶室。師古曰茸人勇反。推也。謂推致蠶室之中也。是搑茸軵三字通用。集韵云軵或作[illegible]或作軌。皆必有據。若淮南說林訓倚者易軵也。注云軵讀軵濟之軵。覽冥訓廝徒馬圉軵車奉饟。注云軵推也。讀楫拊之拊。譌字不可識。然大約以付爲形聲。是高時固有兩讀也。大徐而隴切。九部。

輇 蕃車下庳輪也。蕃當作藩。藩車見軒字下。庳者屋卑也。因以爲凡卑之偁。藩車而下爲卑輪。蓋所謂安車。輪卑則車安矣。未知是否。从車全聲。讀若饌。市緣切。十四部。一曰無輻也。見輪下。

輗 大車轅

耑持衡者也。輗與衡相接之關鍵也。墨子曰吾不知爲車輗者巧也。用咫尺之木不費一朝之事而引三十石之任。此與小車之軏同用而異名。許不與軏篆爲伍者。大車別於小車也。自輗至轃五篆皆言大車。前文軬篆當亦廁此處。从車兒聲。五雞切。十六部。

輨 輗或从宜。宜聲在十七部。與十六部合韵取近。

梘 輗又从木。

軝 大車後也。大車以載任器。牝服長八尺。謂較也。其後必崇其闌。與三面等。非若小車之後也。故曰軝。軝之言底也。从車氐聲。都禮切。十五部。

轃 大車簀也。此以雙聲爲訓。簀者牀棧也。大車之藉似之。小車謂之茵。車重席也。以虎皮者謂之文茵。大車謂之轃。竹木爲之。从車秦聲。讀若臻。側詵切。十二部。

轒 淮陽名車穹隆轒。淮陽漢國。有縣九。今開封府陳州以南是其地。車穹隆即車蓋弓也。方言曰車枸簍宋魏陳楚之閒謂之筷。或謂之簝籠。秦晉之閒自關而西謂之枸簍。西隴謂之𥴶。南楚之外謂之篷。或謂之隆屈。郭云即車弓也。按許之穹隆即簝籠也。許之轒蓋即橧字。與抑淮陽謂之轒爲方言所不載也。釋名曰隆彊。或曰車弓。長楊賦碎轒輼。轒輼別一義也。从車賁聲。符分切。十三部。按此篆當與上轑蓋弓也爲伍。轒言其分。轑言其合也。廁此者後人亂之。

輓 大車後壓也。壓當依玉篇作厭。厭笮也。所以鎮大車後者。从車宛聲。於云切。古音當在十三部。篇韵云轒輓兵車。漢書文選作轒輼。

輂 大車駕馬者也。者字今補。小司徒正治輂輦。注曰輂駕馬。所以載任器。與許說同。云大車駕馬者言者。以別於駕牛也。古大車多駕牛。其駕馬者則謂之輂。按左氏傳陳畚挶。挶者土轝。漢五行志作蘗。是梮乃蘗之或字也。史河渠書山行即橋。一作檋。夏本紀正作檋。漢溝洫志作山行則梮。韋昭曰梮木器。如今轝牀。人舉以行也。然則周禮輂之制四方。如車之輿。故曰輂。或作轝。或駕馬。或人舉。皆宜用之。从土則謂之土轝。即公羊之筍。史記之徧與也。用之舁人則謂之橋。橋即漢書輿轎而越嶺之轎字也。左氏正義謂梮字从手。其說非是。禮經椇挶即輂字之異者。注云梮狀如長牀是也。夏禹四載乘輂。蓋亦馬引之。不然何

輂ㄔㄞˊ 輦ㄋㄧㄢˇ 輓ㄨㄢˇ 軖ㄎㄨㄤˊ 轘ㄏㄨㄢˋ 斬ㄓㄢˇ

以云輂始乘人車攷古者所當辨也从車共聲。居玉切按共聲古音在九部士喪禮輂九勇反是也淺人不知爲同字

䡛連車也。謂車牽聯而行有等差也左傳差車官名一曰卻車抵堂爲䡛。東京賦皇輿宿駕䡛於東階薛解曰䡛之言卻也謂卻於東階下天子未乘之時也从車䢅省聲。讀若遲。士皆切按李善音柴是也古音在十七部

輦輓車也。謂人輓以行之車也小司徒輂輦注曰輦人輓行所以載任器也司馬法云夏后氏謂輦曰余車殷曰胡奴車周曰輜輦夏后氏二十人而輦殷十八人而輦周十五人而輦故書輦作連鄭司農云連讀爲輦按夫部扶竝行也輦字从此輦設輅於車前用索輓之故从車扶會意扶在前車在後故連字下曰負車連輦古今字周禮管子皆作連此車名輦輓此車之人名輦者爾雅曰徒御不驚徒輦者也毛傳同又詩我任我輦毛傳曰任者輦者釋名曰輦人所輦也从車扶。扶在車前引之也。會意力展切十四部

輓引車也。引車曰輓引申之凡引皆曰輓左傳曰或輓之或推之欲無入得乎史記借爲晚字从車免聲。無遠切十四部俗作挽

軖紡車也。紡者紡絲也凡絲必紡之而後可織紡車曰䡱通俗文曰繅車曰軖尼心切別是一物繅與紡二事也木部曰檷者絡絲柎竹部曰籆所以收絲者系部曰維箸絲於筟車也又在繅之後紡之前俟再攷此非車也其偁車者何其用同乎車也其物有車名故其字亦从車从車㞷聲。讀若狂。巨王切十部一曰一輪車。別一義

轘車裂人也。周禮條狼氏誓僕右曰殺誓馭曰車轘注曰車轘謂車裂也从車睘聲。胡慣切十四部按大徐云睘渠營切非聲當从環省此惑於毛詩青青睘睘爲韵而不知詩之睘睘乃煢煢之雙聲叚借也春秋傳曰轘諸栗門。宣公十一年左傳文

斬截也。截者斷也首部𣃔截也周禮掌戮注曰斬以鈇鉞若今要斬也殺以刀刃若今棄市也本謂斬人引申爲凡絕之偁从車斤。會意側減切八部斬法車裂也。此說从車之意葢古用車裂後人乃法車裂之意而用鈇鉞故字亦从車斤者鈇鉞之類也

十四篇上 丟

輀ㄦˊ 轟ㄏㄨㄥ 𠂤ㄉㄨㄟ 𡴎ㄋㄧㄝˋ 官ㄍㄨㄢ

轜喪車也。从車重而。而亦聲。各本篆作輀解作从車而聲今更正文選注玉篇廣韵龍龕手鑑皆作轜从重而者葢喪車多飾如喪大記所載致爲緐縟而者須也多飾如須之下垂故从重而亦以而爲聲也如之切一部

轟轟轟。二字依文選注補羣車聲也。从三車。呼宏切古音在十二部李善曰倉頡篇云軥軥衆車聲也呼萌切今爲輷字音田元應曰轟今作輷字書作軥同呼萌切按古字作軥今字作輷玉篇作輷皆當在眞臻部也

文九十九 重八

𠂤小𠂤也。小𠂤𠂤之小者也廣雅本之曰𠂤細阜也今譌舛不可讀矣小𠂤曰𠂤國語叚借魁字爲之周語夫高山而蕩以爲魁陵糞土賈逵韋昭皆曰小阜曰魁即許之𠂤也賈逵注見海賦其字俗作堆堆行而𠂤廢矣氏下云山岸脅之堆旁箸欲落墮者曰氏小徐作堆大徐則删之士冠禮注追猶堆也是追即𠂤之叚借字李善注七發曰追古堆字詩追琢其章追亦同𠂤葢古治金玉突起者爲𠂤穿穴者爲琢𠂤語之轉爲敦如爾雅之敦丘俗作墩詩敦彼獨宿傳以敦敦然釋之皆是也象形。象小於𠂤故𠂤三成𠂤二成都回切十五部凡𠂤之屬皆从𠂤。

𡴎危高也。从𠂤屮聲。讀若臬。魚列切十五部

官吏事君也。从宀𠂤。會意古丸切十四部𠂤猶眾也。𠂤不訓眾而可聯之訓眾以宀覆之則治眾之意也此與師同意。人眾而帀口之與事眾而宀覆之其意同也

文三

說文解字第十四篇上

受業黟縣胡積城校字

十四篇上 丟

說文解字第十四篇下

金壇段玉裁注

𨸏，大陸也。也字今補。釋地毛傳皆曰大陸曰阜。李巡曰高平曰陸，謂土地豐正名爲陸。陸土地獨高大名曰阜。阜最大名爲陵。引申之爲凡厚凡大凡多之稱。秦風傳曰阜大也。鄭風傳曰阜盛也。國語注曰阜厚也。皆由土山高厚演之。山無石者。象形。山下曰有石而高象形。此言無石以別於有石者也。詩曰如山如阜。山與𨸏同而異也。釋名曰土山曰阜。象形者象土山高大而上平可層絫而上。首象其高下象其三成也。房九切。三部。凡𨸏之屬皆从𨸏。𨺅，古文。上象絫高下象可拾級而上。

陵，大𨸏也。釋地毛傳皆曰大阜曰陵。釋名曰陵隆也。體隆高也。按引申之爲乘也、上也、躐也、侵陵也、陵夷也，皆夌字之叚借也。夊部曰夌越也。一曰夌遲也。夌遲即陵夷也。从𨸏夌聲。力膺切。六部。

䧢，大𨸏也。以其昆干鄉遠爲言。从𨸏鯀聲。胡本切。十三部。

阞，地理也。攷工記曰凡溝逆地阞謂之不行。注云溝謂造溝。阞謂脈理。按力者筋也。筋有脈絡可尋。故凡有理之字皆从力。阞者地理也。朸者木理也。泐者水理也。手部有扐亦同意。从𨸏力聲。盧則切。一部。

陰，闇也。闇者閉門也。閉門則爲幽黯。故以爲高明之反。水之南、山之北也。从𨸏。穀梁傳曰水北爲陽，山南爲陽。注云日之所照曰陽。然則水之南、山之北爲陰可知矣。水經注引伏虔曰水南曰陰。公羊桓十六年傳注曰山北曰陰。按山北爲陰，故陰字从𨸏。自漢以後通用此爲霒字。霒古文作侌。夫造化侌昜之气本不可象，故霒與陰、昜與陽皆叚雲日山𨸏以見其意而已。侌聲。於今切。七部。

陽，高明也。闇之反也。从𨸏。不言山南曰昜者，陰之解可錯見也。山南曰陽，故从𨸏。毛傳曰山東曰朝陽，山西曰夕陽。昜聲。與章切。十部。

陸，高平地。釋地毛傳皆曰高平曰陸。从𨸏坴聲。土部坴下曰土塊坴坴也。然則陸从坴者，謂其有土無石也。大徐作从𨸏从坴坴亦聲。力竹切。三部。𨻶，籒文陸。从古文𨸏省，从籒文𠧪。不从土者，从𨸏而土見矣。

阿，大陵曰阿。釋地毛傳皆曰大陵曰阿。从𨸏可聲。烏何切。十七部。一曰阿，曲𨸏也。毛詩菁菁者莪在彼中阿，傳云大陵曰阿。考槃在阿，傳曰曲陵曰阿。各隨其宜解之也。大雅有卷者阿，傳曰卷曲也。然則此阿謂曲𨸏也。引申之凡曲處皆得偁阿。是以緜蠻傳曰丘阿，丘之曲阿。室之當棟處曰阿。考工記四阿若今四注屋。左傳椁有四阿。毛傳偏高曰阿丘。許書言谷口上阿也。皆是也。曲則易爲美。故隰桑傳曰阿然美皃。凡以阿言私曲、言昵近者，皆引申叚借也。

陂，阪也。陂與坡音義皆同。凡陂必邪立，故引申之義爲傾邪。子虛賦罷池陂陀，言旁穨也。易無平不陂。洪範無偏無陂。从𨸏皮聲。彼爲切。古音在十七部。一曰池也。池各本作沱，誤。今依韵會正。說詳水部。池與沱形義皆別。此云陂者池也，故水部有池篆云陂也。正考老轉注之例。詩惟召南言沱，餘多言池，不可消圂。許書沼，池也。洼，深池也。潢，積水池也。湖，大陂也。泆，水都也。漥，一曰窊也。洿，一曰窊下也。義皆同物，豈可改爲沱乎。陂得訓池者，陂言其外之障，池言其中所蓄之水。故曰㓹壚嘗息大澤之陂，謂大澤之旁也。曰叔度汪汪若千頃陂，即謂千頃池也。湖訓大陂，即大池也。陳風彼澤之陂，傳曰陂，澤障也。月令注曰畜水曰陂。凡經傳云陂池者，兼言其內外，或分析言之，或舉一以互見。許池與陂互訓，渾言之也。陂有叚波爲之者，如漢諸侯王表曰波漢之陽，西域傳曰傍南山北波河。

阪，坡者曰阪。釋地毛傳皆曰陂者曰阪。許云坡者曰阪，然則坡陂異部同字也。說卦傳其於稼也爲反生，叚借反爲阪也。从𨸏反聲。府遠切。十四部。一曰澤障也。陂爲澤障，故阪亦同。一曰山脅也。山脅，山胛也。呂覽阪險原隰，高注阪險，傾危也。小雅阪田，箋曰崎嶇墝埆之處也。

陬，阪隅也。謂阪之角也。正月爲陬，亦謂寅方在東北隅也。引申爲凡隅之偁。陬與隅疊韵爲訓。从𨸏取聲。子侯切。四部。

隅，陬也。與陬爲轉注。廣雅曰陬角也。小雅箋曰丘隅，丘角也。上言阪，此不言阪者，不主謂阪之隅也。考工記宮隅城隅，謂角浮

思也大雅惟德之隅傳曰隅廉也今人謂邊為廉角為隅古不別其字亦作嵎作湡。从𨸏禺聲。噳俱切古音在四部偶乎聲

險　阻難也。从𨸏僉聲。虛檢切七部

限　阻也。廣韻度也齊也眕也皆其引申之義。从𨸏艮聲。乎簡切古音在十三部。一曰門榍也。此別一義而前義可包之木部曰榍門限也是為轉注其字俗作桌作庋

阻　險也。从𨸏且聲。大射儀且左還毋周注曰古文且為阻堯典古文黎民阻飢鄭注云阻讀曰阻是皆古文叚借字也側呂切五部

陮　陮隗。逌高也。陮隗猶崔嵬亦猶絫𡾊疊韻字也。从𨸏隹聲。都辠切十五部

隗　陮隗也。从𨸏鬼聲。五辠切十五部

阭　高也。从𨸏允聲。余準切玉篇余㕣切十三十四部。一曰石也。

阸　磊隓也。各本奪隓字今補磊隓猶𡾊礙也疊韻字。从𨸏絫聲。洛猥切古音在十六十七部之閒垂上聲

陗　陖也。凡斗直者曰陗李斯列傳曰樓季也而難五丈之限跛䍧也而易百仞之高陗塹之勢異也塹當為漸陂陀者曰漸斗直者曰陗凡斗出者曰㞕陗斗俗作陡古書皆作斗。从𨸏肖聲。七笑切二部

陖　陗高也。謂斗直而高也卑者雖直不得云陖矣山部㕙或作峻高也此陖陗高也是峻陖之別也專言高者或未必陗矣陖古叚借洒字為之邶風曰新臺有洒傳曰洒高峻也峻即陖之同音通用傳意謂經之洒即陖之叚借也西聲夋聲古音同在十三部釋丘曰望厓洒而高岸夷上洒下漘洒而高謂體斗直而頂高出也夷上洒下謂頂平不高出而體亦斗直也李巡注甚明了而郭樸說誤。从𨸏夋聲。私閏切十三部

隥　仰也。仰者舉也登陟之道曰隥亦作墱西都賦陵墱道而超西墉西京賦墱道邐倚以正東薛曰墱閣道也按閣道謂凌空如棧道者。从𨸏登聲。都鄧切六部此以形聲包會意

陋　阸陝也。陋者塞也陝者隘也㞕部曰隘者陋也然則陋與隘為轉注陋陝者如漫漫狹隘也故从𨸏引申為凡鄙小之偁貢子曰反雅為陋淮南注曰陋鄙小也。从𨸏㔷聲。盧候切四部

陝　隘也。从𨸏夾聲。侯夾切八部俗作陿峽狹

僎。

陟　登也。釋詁曰陟陞也毛傳曰陟升也陞者升之俗字升者登之叚借禮喪服注曰今文禮皆登為升俗誤已行久矣據鄭說則古文禮皆作登也許此作登不作升者許書說解不用叚借字也漢人用同音字代本字既乃不知有本字所謂本有其字依聲託事者然也。从𨸏步。謂緣𨸏而步也𨸏有層次可尋是謂會意竹力切一部

𨺅　古文陟。

陷　高下也。高下者高與下有懸絕之勢也高下之形曰陷故自高入於下亦曰陷義之引申也易曰坎陷也謂陽陷陰中也凡深浸其中曰陷。从𨸏臽聲。大徐作从𨸏从臽臽亦聲戶猪切八部。一曰陊也。

隰　阪下溼也。釋丘曰下溼曰隰又曰陂者曰阪下者曰隰蓋上隰指平地言之下隰指阪言之阪形固高而其四旁窊溼處亦謂之隰也許用後說者以其字从𨸏也。从𨸏㬎聲。似入切七部

隑　敧隑也。各本奪隑字今補危部敧篆下曰敧隑也此亦曰敧隑也敧隑以雙聲成文謂傾側不安不能久立也不容剩一字矣敧隑他書作崎嶇漢碑亦作崛。从𨸏區聲。豈俱切古音在四部

隤　下隊也。繫辭曰夫乾確然示人易矣夫坤隤然示人簡矣許冂部曰隺高至也引易夫乾隺然然則正與下隊作反對語按隤與穨音同而義異如李陵傳隤其家聲斷不可作穨矣。从𨸏貴聲。杜回切十五部

隊　從高隊也。隊墜正俗字古書多作隊今則墜行而隊廢矣大徐以墜附土部非許意釋詁隊落也釋文从墜而以隊附見顚矣左傳曰以成一隊杜注百人為隊蓋古語一隊猶言一堆物墮於地則聚因之名隊為行列之偁後人以墜入至韵以隊入隊韵而莫測其原委矣。从𨸏㒸聲。徒對切十五部按當云直類切

降　下也。此下為自上而下故厠於隊隕之閒釋詁曰降落也古多叚降為夅久部曰夅服也此今人讀下江切之正字詩召南我心則降毛傳曰降下也春秋經郕降于齊師何注曰降者自伏之文又齊人降鄣穀梁傳曰降猶下也皆夅之叚借字也分為平去韵而昧其原委矣以地言曰降故从𨸏以人言曰夅故从夂干相承。从𨸏夅聲。此亦形聲

險限阻陮隗阭阸陗陖隥陋陝陟陷隰隑隤隊降

包會意古巷切九部隕從高下也。釋詁曰隕下落也毛傳曰隕隋也隋卽陊字从𠂤員聲。于敏切十三部易曰。有隕自天。姤九五爻辭陧危也。危者在高而懼也秦誓曰邦之杌陧易作臲卼許出部之槷黜不安也皆字異而音義同从𠂤从毀省。會意徐巡吕爲陧凶也。後漢書杜林傳曰沛南徐巡始師事衛宏後更受林學林於西州得桼書古文尚書一卷以傳衛宏徐巡於是古文遂行陧凶也此巡之說秦誓也賈侍中說陧𣻈度也。此葢亦賈侍中說古文秦誓也侍中受古文尚書於塗惲撰歐陽大小夏侯尚書古文尚書同異集爲三卷陧與臬雙聲臬者射埻的也有法度之意尚書立政篇臬訓法左傳陳之藝極藝亦臬之叚借賈謂陧爲臬之叚借故云法度也此條可以證六書叚借依賈說則杌陧連文杌當同扤訓搖動班固說不安也。班固字孟堅右扶風安陵人楚令尹鬬班之後按漢書子文生於瞢中而虎乳之楚人謂乳穀謂虎於檡故名穀於檡字子文楚人謂虎文班其子以爲號秦之棫楚遷晉代之閒因氏爲云謂虎文班班卽許書辨字之叚借今之班字也今本漢書奪去文字則文義不貫矣班爲白虎通義又爲離騷章句見於劉逵張載所引此說陧不安也恐亦說尙書語許本之曰危也周書曰。邦之阢陧。秦誓文上偁三家說而後偁經者明此書爲說字之書特偁經爲證也阢當是轉寫之誤當是本作杌或作兀未可定也今尙書作杌陧周易作劓刖作臲卼鄭注字作倪仉許出部作槷黜其文不同如此阢者石戴土也非此之用讀若虹蜺之蜺。蜺雨部作霓虫部蜺寒蜩也於此知漢人已叚借蜺爲霓矣霓平韵讀五兮翻入韵讀五的翻又五結翻陧當切五結十五部

阤小崩也。大曰崩小曰阤吳都賦曰崩巒阤岑此其義也子虛賦曰登降阤靡上林賦曰巖阤甗錡皆謂欹傾也後人多用陊爲之古書或用䧅爲之从𠂤也聲。丈爾切又弋爾切古音在十七部隓敗城𠂤曰隓。从𠂤𡏳聲。許書無𡏳字葢或古有此文或絫左爲聲皆未可知𡐦爲篆文則隓爲古籀可知也山部嶞曰隓聲肉部隋曰隓省

堕。

籒皆用此爲聲也小篆隓作𡐦隸變作墮俗作隳用墮爲𡐦落之義用隳爲傾壞之義習非成是積習難反也許書曰墮事墮本敗城𠂤之偁故其字从𠂤引申爲凡阤壞之偁許規切古音在十七部𡐦篆文。小篆則从土隋聲也先古籀後小篆者是亦先二後上之例也爲不入墒於土部而墒爲重文也其字本从𠂤以壞𠂤爲義而壞城𠂤之故入𠂤部而墒爲重文也⿰阝頃仄也。仄下曰側傾也頃者頭不正也故从頁傾者人之仄也故从人⿰阝頃者山𠂤之仄也故从𠂤禹貢西頃葢可作此字从𠂤頃聲。大徐作从𠂤从頃頃亦聲形聲兼會意也去營切十一部陊落也。艸部曰艸曰苓木曰落引申之凡自上而下皆曰落石部碆下曰上摘山巖空青珊瑚陊之吳都賦曰碆陊山谷按今字叚墮爲陊而叚陊爲阤義雖略相近而實本不同召南毛傳盛極則隋落者梅也又叚隋爲陊从𠂤多聲。徒果切十七部阬閬也。閬者門高大之皃也引申之凡孔穴深大皆曰閬阬釋詁云虛也地之孔穴虛處與門同故曰閬也以疊韵爲訓詩曰臯門有伉然則門

亦得偁阬也。今按閬訓迂遠疑本作阨俗作閬又譌閬耳阬塹亦阨阻也土部曰塹者阬也然則阬者塹也爲轉注从𠂤亢聲。客庚切古音在十部讀如康俗字作坑隫通溝。句西都賦曰通溝大漕潰渭洞河以防水者也。小徐及廣韵本如此隫與瀆不同瀆从水主謂水故解曰溝也隫从𠂤主謂地故曰通溝以防水防水猶禦水也通洞之溝水去迅速無滯不爲災通之言洞也洞者疾流也故其字讀若洞四瀆字當作此亦作四竇从𠂤賣聲。徒谷切三部讀若洞。大徐洞作瀆非也此許所聞舊音急就篇乘風縣鐘華洞樂皇象碑本洞作隫衣部襩或从賣聲作⿱賣衣𨽏古文隫从谷。釋山曰山隫無所通谿防隄也。周禮稻人曰以防止水注云偃豬者畜流水之陂也防者豬旁隄也引申爲凡備禦之偁禮記鄭目錄云名曰坊記者以其記六藝之義所以坊人之失者也防之俗作坊从𠂤方聲。符方切十部𨸛防或从土。俗字所由作坊也俗又以坊爲邑里之名隄唐也。唐塘正俗

阯ㄓˇ 陘ㄒㄧㄥˊ 址。 附ㄈㄨˋ

字唐者大言也叚借爲陂唐乃又益之土旁作塘矣隄與唐得互爲訓者猶陂與池得互爲訓也其實窊者爲池爲唐障其外者爲陂爲隄从𨸏是聲。都兮切十六部按或作隄此猶隮之定卽隮之題也

阯基也。止下曰下基也阯與止音義皆同止者艸木之基也阯者城阜之基也从𨸏止聲。諸市切一部

址阯或从土。左傳曰略基址

陘山絕坎也。釋山曰山絕陘按今爾雅奪坎字郭注云連山中斷絕非是陘者領也孟子作徑云山徑之蹊趙注山徑山領也楊子法言作山陘之蹊皆卽陘字凡巠聲之字皆訓直而長者河北八陘一曰軹關陘二曰太行陘三曰白陘四曰滏口陘五曰井陘六曰飛狐陘七曰蒲陰陘八曰軍都陘戴先生水地記曰此皆兩山中隔以成隘道也軹關之山與太行中隔沁水其山脈來自大岳白陘之山與大行中隔丹水其山脈自發鳩別而東井陘滏口之山與白陘中隔漳水其山脈自清漳之源沾嶺別而東飛狐蒲陰之山與井陘中隔滹沱其山脈來自北岳軍都之山與蒲陰中隔桑乾水其山脈自大同府之外陰山別而東太行之名尤顯著故偁大行八陘元和郡縣圖志引述征記曰大行山首始於河內北至幽州凡有八陘後代史志地記多本其說於軹關已北軍都已南諸山縣目以大行其亦不違於理矣先生所論八陘取爲明析而山絕坎之訓亦明凡天下之地勢兩山之閒必有川焉則兩川之閒必有山焉是爲坎象坎者陷也陷者高下也高在下閒爲陷陘者一山在兩川之閒故曰山絕坎絕猶如絕流而渡之絕其莖理亙於陷中也从𨸏巠聲。戶經切十一部

附附婁逗疊韵字小土山也。左傳襄二十四年子大叔曰部婁無松柏杜注部婁小阜服虔曰喻小國風俗通義引左傳釋之曰言其卑小部者阜之類今齊魯之閒田中少高卬名之爲部矣按或作培塿依許則傳文本作附婁字从𨸏其本義也上蒲口反下路口反玉篇曰說文以坿爲坿益字从土此附作步口切小土山也玉裁謂土部坿益也增益之義宜用之相近之義亦宜用之今則盡用附而附之本義廢矣从𨸏付聲。符又切按此音非也當云蒲口切四部春秋傳曰附婁無松柏。左氏

阺ㄉㄧˇ 阢ㄨˋ 隒ㄧㄢˇ 阸ㄜˋ 隔ㄍㄜˊ 障ㄓㄤˋ 隱ㄧㄣˇ 隩ㄩˋ 隈ㄨㄟ 書ㄑㄢˇ 䧍ㄒㄧㄝˋ

傳多古文許所見未誤

阺秦謂陵阪曰阺。大𨸏曰陵坡曰阪秦人方言皆曰阺也漢書楊雄解嘲曰響若坻隤應劭云天水有大坂名曰隴坻其山堆旁箸崩落作聲聞數百里故曰坻隤按仲遠誤說文則巴蜀名山岸脅之旁箸欲落墯者曰氏氏崩聞數百里秦謂陵阪曰阺其字則氏與阺不同其語言則秦與巴蜀不同且氏主謂石故崩聲聞遠阺主謂土陵阪皆土阜也氏或譌作坻韋昭音若是理之是不誤阺字或作坻音丁兮丁禮二反高唐賦臨大阺之稸水是其正字也自仲遠合而一之古音十六十五部之別亦淆矣凡氏聲在十六部凡氐聲在十五部从𨸏氐聲。丁禮切十五部

阢石山戴土也。戴小徐作載釋山曰石戴土謂之崔嵬然則崔嵬一名阢也从𨸏兀聲。五忽切十五部玉篇午回切

隒崖也。崖者高邊也按今俗語謂邊曰隒當作此字王風傳曰溓者厓也濟者水隒也蓋平者曰厓高起者曰隒釋山云重甗隒从𨸏兼聲。讀若儼。魚檢切七部八部

阸塞也。塞先代切與𡫳塞字別塞者隔也阸之言扼也从𨸏戹聲。於革切古音在十六部

隔塞也。塞先代切各本作障今依西京賦注所引作塞也與土部塞隔也爲轉注廣韵亦曰塞也西京賦曰隴坻之隘隔閡華戎从𨸏鬲聲。古覈切十六部

障隔也。从𨸏章聲。之亮切十部

隱蔽也。艸部曰蔽茀小皃也小則不可見故隱之訓曰蔽若孟子隱几字則當爲㥯𠬪部曰㥯有所據也从𨸏㥯聲。於謹切十三部

隩水隈厓也。厓山邊也引申之爲水邊隩厓謂曲邊也釋丘曰厓內爲隩外爲鞫毛詩瞻彼淇奧傳曰奧隈也奧者隩之段借字也又芮鞫之卽毛曰芮水厓也鞫究也鄭曰芮之言內也水之內曰隩水之外曰鞫漢書作隈字林作墺从𨸏奧聲。烏到切按當於六切三部

隈水曲也。各本作水曲隩也今依西都海賦二注訂从𨸏畏聲。烏恢切十五部

書書逗此蓋古語小塊也。塊俗凷字从𨸏从臾臾古文蕢字。見艸部艸器也謂一蕢之土而已去衍切十四部

䧍

阯陘附阺阢隒阸隔障隱隩隈書䧍

水衡官谷也。未詳大衡官見漢書百官公卿表又天文志解谷晉灼曰谷名蓋非此从𨸏解聲。胡買切十六部一曰小谿。此別一義兩𨸏閒小谿曰𨺒如小山別大山曰嶰也谿者山瀆之無所通者也

隴。天水大阪也。地理志天水郡有隴縣郡國志漢陽郡永平十七年天水郡更名也隴縣有大阪名隴坻按坻即上文阺字也从𨸏龍聲。力鍾切九部

⿰阝衣。酒泉天⿰阝衣阪也。地理志酒泉郡天⿰阝衣縣師古曰此地有天⿰阝衣阪故以名从𨸏衣聲。於希切十五部

陜。宏農陜也。地理志宏農郡陜縣後志同今河南直隸陜州有廢陜縣古虢國王季之子所封也。左傳曰虢仲虢叔王季之穆也國語稱文王敬友二虢杜預以爲皆文王母弟馬融云虢叔同母弟虢仲異母弟今按同母異母不可知據許云王季之子可也地理志曰陝故虢國東虢在滎陽賈逵曰虢仲封東虢制是也虢叔封西虢虢公是也鄭語西有虞虢韋曰虢虢叔之後西虢也又濟雒河潁之閒虢鄶爲大韋曰虢東虢也虢仲

之後按地理志及說文皆但云陝故虢國不目爲西虢者蓋東周時東虢已滅於鄭不須分別也春秋晉滅虢謂在陝之西虢王季之子虢叔之後从𨸏夾聲。十篇亦部下曰宏農陝字从此失冄切八部

⿰阝無。宏農陝東陬也。陬者隅也从𨸏無聲。武扶切五部

⿰阝卷。河東安邑陬也。从𨸏卷聲。居遠切十四部

陭。上黨陭氏阪也。地理志上黨郡有陭氏縣蓋因有陭氏阪以名也今本郡國志作猗氏因河東猗氏而誤从𨸏奇聲。於离切按當依漢書於義切古音在十七部

隃。北陵西隃鴈門是也。此八字用爾雅釋地郭注曰鴈門山是也史記趙世家作先俞古西先同音也地理志鴈門郡秦置句注山在陰館按句注山一名西陘山一名鴈門山今在山西代州西北二十五里有鴈門關从𨸏俞聲。傷遇切古音在四部

阮。代郡五阮關也。地理志代郡有五原關阮者正字原者叚借字也成帝紀作五阮關如淳曰近捲反从𨸏元聲。虞遠切十四部

⿰阝告。大𨸏也。前云大𨸏曰陵矣此公大𨸏曰⿰阝告未聞一曰右扶風郿有⿰阝告𨸏。⿰阝告又爲𨸏名从𨸏告聲。苦沃切三部

陚。丘名。从𨸏武聲。方遇切五部

⿰阝貞。丘名。从𨸏貞聲。陟盈切十一部

⿰阝丁。丘名。从𨸏丁聲。讀若丁。當經切十一部

⿰阝爲。鄭地阪。从𨸏爲聲。許爲切釋文于詭切古音在十七部春秋傳曰將會鄭伯於⿰阝爲。於當作于⿰阝爲今經傳皆作鄬襄七年十有二月公會晉侯宋公陳侯衛侯曹伯莒子邾子于鄬三經同左氏傳曰及將會于鄬子駟相又不禮焉句本無鄭伯字許以此敘鄬事故增此二字凡引古書不無異同者倣此

陼。如渚者陼丘。水中高者也。釋水曰水中可居者曰州小州曰渚釋丘曰如渚者陼丘謂在水中高而平如水中小州然也許本之爲說今爾雅作小洲曰陼如陼者陼丘洲渚通用从𨸏者聲。當古切五部

陳。宛丘也。韵會有也舜後嬀滿之所

封。毛傳譜曰陳者大皞虙戲氏之墟帝舜之冑有虞閼父者爲周武王陶正武王賴其利器用與其神明之後封其子嬀滿於陳都於宛丘之側是曰陳胡公按今河南陳州府治是其地許必言宛丘者爲其字从𨸏也毛傳曰四方高中央下曰宛丘郎釋丘之宛中曰宛丘也陳本大皞之虛正字俗叚爲敶列之敶陳行而敶廢矣从𨸏从木大皞以木德王故字从木申聲。直珍切十二部

⿰阝申。古文陳。按古文从申不从木

陶。再成丘也。在濟陰。釋丘曰一成爲敦丘再成爲陶丘禹貢曰道沇水東流爲濟入于河泆爲熒東出于陶丘北地理志曰濟陰郡定陶縣禹貢陶丘在西南按定陶故城在今山東曹州府定陶縣西南古陶丘在焉从𨸏匋聲。徒刀切古音在三部夏書曰東至于陶丘。禹貢文陶丘有堯城。堯嘗所凥。故堯號陶唐氏。謂堯始居於陶丘後爲唐侯故曰陶唐氏也

⿰阝⿱召土。耕㠯臿浚出下壚土也。耕謂耕者也臿當依十二篇甾部作疀古田器斗部引爾

陪ㄆㄟˊ 隙ㄒㄧˋ 際ㄐㄧˋ 陔ㄍㄞ 陛ㄅㄧˋ 阼ㄗㄨㄛˋ 階ㄐㄧㄝ 除ㄔㄨˊ 阽ㄧㄢˊ

臿之喫是也郭樸曰喫古鍫鍤字後者抒也抒者坺也坺者桑斛土也耕者用鍫抒取地下黑斛土謂之坺釋名曰鍤插也插地起土也或曰銷或曰鏵其板曰葉鏵即木部之苿苿者兩刃臿也一曰耕休田也。謂發田易耕者从𨸏从土召聲。之少切二部阽壁危也。引申爲凡物之危漢文帝詔曰或阽於死亡如淳曰阽近邊欲墮之意从𨸏壁高故从𨸏占聲。余廉切古音在七部服虔音反坫之坫孟康音屋檐之檐除殿陛也。殿謂宮殿殿陛謂之除因之凡去舊更新皆曰除取拾級更易之義也天保何福不除傳曰除開也从𨸏取以漸而高之意余聲。直魚切五部階陛也。因之凡以漸而升皆曰階木部曰梯木階也从𨸏皆聲。古諧切十五部阼主階也。階之在東者古者天子踐阼臨祭祀故國君曰阼从𨸏乍聲。昨誤切五部陛升高階也。升登古今字古叚升爲登也自卑而可以登高者謂之陛賈誼曰陛九級上廉遠地則堂高陛無級廉近地則堂卑獨斷曰羣臣與至尊言不敢指斥故呼在陛下者而告之从𨸏坒聲。旁禮切十五部陔階次也。近階之處也小雅有南陔序曰南陔孝子相戒以養也束皙詩曰循彼南陔言采其蘭是用階次之說矣而禮經賓出奏陔夏注曰以爲行節序以戒鄉陔皆取引申叚借之義从𨸏亥聲。古哀切一部際壁會也。兩牆相合之縫也引申之凡兩合皆曰際際取壁之兩合猶閒取門之兩合也詩菀柳鄭箋瘵接也此謂叚瘵爲際从𨸏祭聲。子例切十五部隙壁際也。今本際下有孔字依文選沈約詠月詩注正左傳曰牆之隙壞誰之咎也際自分而合言之隙自合而分言之引申之凡坼裂皆曰隙又引申之凡閒空皆曰隙叚借以郤爲之从𨸏𡭴會意也𡭴者際見之白𡭴亦聲。綺戟切古音在五部陪重土也。左傳曰分之土田陪敦注曰陪增也敦厚也諸侯之臣於天子曰陪臣取重土之義之引申也一曰滿也。从𨸏咅聲。薄回切古音在一部四部之閒一曰陪臣陪備也。小徐本有

阽除階阼陛陔際隙陪隊陾陴隍阹陲隝院陯陙陵

陵ㄐㄧㄢ 陯ㄌㄨㄣˊ 院ㄩㄢˋ 隝ㄨˇ 陲ㄔㄨㄟˊ 阹ㄑㄩ 隍ㄏㄨㄤˊ 𩫖。 陴ㄆㄧˊ 陾ㄖㄥˊ 隊ㄉㄨㄢˋ 陙ㄔㄣˊ

此字隊道邊庳垣也。未聞从𨸏彖聲。徒玩切十四部按篇韵皆丈轉切陾築牆聲也。从𨸏耎聲。如乘切六部詩曰捄之陾陾。大雅緜文毛傳曰捄虆也陾陾眾也度居也言百姓之勸勉也登登用力也箋云捄捊也度猶投也築牆者捊聚壤土盛之以虆而投諸版中箋與傳不異箋之投即傳之居詩之捄謂捊土度謂投版中然後乃築之登登然則毛傳謂陾陾眾也爲長許謂築牆聲似非是又其篆从耎聲則與如乘切相去甚遠依玉篇手部作捄之陑陑則之韵而聲可轉入蒸韵如耳孫之即仍孫也益其字从𨸏故許必云築牆以傳合之而聲則或譌爲耎聲陴城上女牆俾倪也。土部曰堞城上女垣也凡小者謂之女女牆即女垣也俾倪疊韵字或作睥睨或作埤堄皆俗字城上爲小牆作孔穴可以窺外謂之俾倪左傳宣十二年守陴者皆哭杜注陴城上俾倪釋名云城上垣曰俾倪言於其孔中俾倪非常亦曰陴陴裨也言裨助城之高也亦曰女牆从𨸏卑聲。符支切十六部𩫖籀文陴从𩫏。隍城池也。池之在城外者也有水曰池無水曰隍矣。矣字依水經注補周易泰上六城復于隍虞注曰隍城下溝無水稱隍有水稱池从𨸏皇聲。乎光切十部易曰城復于隍。阹依山谷爲牛馬圈也。司馬相如上林賦揚雄傳左思吳都賦皆有此字郭樸李奇劉淵林注皆略同許从𨸏去聲。去魚切五部陲危也。許義垂訓遠邊陲訓危以垂从土陲从𨸏之故今義訓垂爲懸則訓陲爲邊邊陲行而邊垂廢矣从𨸏垂聲。是爲切古音在十七部隝小障也。障隔也埤蒼云小障曰隝通俗文營居爲隝一曰庳城也。庳猶卑也从𨸏烏聲。安古切五部院堅也。从𨸏完聲。王眷切十四部按宀部爲寏之或體陯山𨸏陷也。今則淪行而陯廢矣从𨸏侖聲。盧昆切十三部廣韵力迍切陙水𨸏也。水集韵作小从𨸏辰聲。食倫切十三部陵水𨸏

𨺅ㄙㄨㄟˋ　𨻵ㄩㄝˋ　𨼩ㄞˋ　隘∘　𨽍ㄙㄨㄟˋ　燧∘　𠫓　絫ㄌㄟˇ

也。从𨸏𦤶聲。慈衍切十四部

文九十二　重九

𨺅 兩𨸏之閒也。从二𨸏。似醉切按此字不得其音大徐依𨸏讀也廣韵玉篇扶救切又依𨸏音讀也 凡𨺅之屬皆从𨺅。

𨻵 𨸏突也。突者穿也謂兩𨸏閒空闕處也 从𨺅夬聲。於決切十五部

𨼩 陋也。𨸏部曰陋者阸陝也阸者塞也陝者隘也然則四字相爲轉注 从𨺅𦍒聲。烏懈切十六部按此舉形聲包會意如人之咽喉也 𦍒籀文嗌字。此見口部嗌下各本譌作隘今正

隘 篆文𨼩从𨸏益。篆各本作籀今正𨼩籀文也隘小篆也先籀而後篆者爲其字之从兩𨸏也

𨽍 塞上亭守㷭火者也。注見火部㷭下彼云㷭燧候表也總釋此二篆此云塞上亭守㷭火者謂邊塞之上守望㷭火之亭故其字从𨺅在阸隘之閒也 从𨺅从火遂聲。徐醉切十五部

燧 篆文𨽍省。此爲小篆則知上爲籀文矣

文四　重二

𠫓 絫坺土爲牆壁。絫者今之累字土部曰一臿土謂之坺臿者今之鍫以鍫取田閒土塊令方整不散今里俗云坺頭是也亦謂之版光累之爲牆壁野外軍壘多如是民家亦如是矣軍壘則謂之壘 象形。像坺土積壘之形其音力詭切在古十六部大徐力軌切非也凡古𠫓聲之字在十六部畾聲之字在十五部此必當辨者也玉篇云𠫓尚書以爲參字按此謂西伯戡黎乃罪多參在上或作𠫓也 凡𠫓之屬皆从𠫓。

絫 增也。增者益也凡增益謂之積絫絫之隸變作累累行而絫廢古書時見絫字乃不識爲今之累字㠯儯切亦如是 从𠫓糸。會意糸細絲也積細絲成緧積坺土成牆其理一也不入糸部入𠫓部重𠫓也玉篇乃以入糸部矣 𠫓亦聲。力軌切按當云力詭切在十六部 一曰二字今增玉篇作又 十黍之重也。十黍爲絫而五權從此起十絫爲一銖二十四銖爲兩十六兩爲斤三十斤爲鈞四鈞爲石石許作秝

垒ㄌㄟˇ　四ㄙˋ　𦉪∘　亖∘　宁ㄓㄨˋ

垒 絫墼也。墼者令適未燒者也已燒者爲令適今俗謂之塼古作專未燒者謂之墼今俗謂之土墼坺土則又未成墼者積坺土爲牆曰𠫓積墼爲牆曰垒此音同義異之字也土部曰壘墼曰壘此又音義皆異之字也玉篇之注甚誤故旐之禮喪服翦屏枉楣注曰於中門之外垒墼爲之今本垒皆譌壘急就篇墼壘亦當作垒盜俗字𠫓畾之不分者多矣 从𠫓土。會意不入土部者重𠫓也 𠫓亦聲。各本無此三字今依上篆補力軌切古在十六部劣委反

文三

四 侌數也。自一篇列一部三部十三篇列二部二篇列八部三篇列十部數未備也故於此類列之 象四分之形。謂口像四方八像分也息利切十五部 凡四之屬皆从四。

𦉪 古文四如此。小篆略改之

亖 籀文四。此筭法之二二如四也二字兩畫均長則三字亦四畫均長今人作篆多誤觀禮四享鄭注曰四當爲三晉作三四字或皆積畫字相似由此誤聘禮注朝貢禮純四只鄭志荅趙商問四當爲三周禮內宰職注天子巡守禮制幣丈八尺純四籾鄭志荅趙商問亦云四當爲三左傳是四國者專足長也劉炫謂四當爲三皆由古字積畫之故按說文之例先籀文次古文此恐轉寫誤倒

文一　重二

宁 辨積物也。辨今俗字作辦音蒲莧切古無二字二音也周禮以辨民器辨具也分別而具之故其字从刀積者聚也宁與貯蓋古今字周禮注作作積著釋宮門屛之閒曰宁郭云人君視朝所宁立處毛詩傳云宁立久立也然則凡云宁立者正積物之義之引申俗字作佇作竚皆非是以其可宁立也故謂之宁齊風作著 象形。其旁有榘其下有阯其上有顛辨積之形也直呂切五部 凡宁之屬皆从宁。

⿰由宁ㄓㄨˋ

⿰巾盾也。所㠯盛米也。今本盛上有載。依廣韵刪。巾部曰：⿰巾盾載米⿰由宁也。二篆爲轉注。今俗以⿰巾盾爲之。俗語如遁，卽⿰巾盾字也。以竹爲之。俗語如巨卽斷字也。皆所以盛米。从宁甾。甾，缶也。十二篇曰：東楚名缶曰甾。此必著爲缶者，嫌其與艸部从巛田之甾相似也。⿰巾盾之宁物，猶甾之宁物也。故从宁甾。會意。不入甾部者，重宁也。宁亦聲。陟呂切。五部。

文二

叕ㄓㄨㄛˊ

綴聯也。以綴釋叕，猶以糸釋厽也。聯者，連也。象形。陟劣切。十五部。凡叕之屬皆从叕。

綴ㄓㄨㄟˋ

合箸也。元應書作合令箸也。箸，直略切。古多叚綴爲贅。从叕糸。聯之以絲也。會意。叕亦聲。陟衛切。十五部。

文二

十四篇下　去

亞ㄧㄚˋ

醜也。此亞之本義。亞與惡音義皆同。故詛楚文亞駝，禮記作惡池；史記盧綰孫他之封惡谷，漢書作亞谷。宋時玉印曰周惡夫印，劉原甫以爲卽條侯亞父。象人局背之形。像醜惡之狀也。衣駕切。古音在五部。賈侍中說㠯爲次弟也。別一義。易上繫言天下之至賾而不可惡也，荀爽惡作亞，云次也。尚書大傳王升舟入水，鼓鍾惡，觀臺惡，將舟惡。鄭注：惡讀爲亞。亞，次也。皆與賈說合。凡亞之屬皆从亞。

⿱亞日ㄧㄚˋ

闕。謂形音義之說皆闕也。大徐衣駕切。按，而字讀如晉，則其音傳矣。

文二

五ㄨˇ

五行也。古之聖人知有水火木金土五者，而後造此字也。从二。像天地。侌昜在天地閒交午也。此謂乂也。卽釋古文之意。水火木金土相尅相生，陰陽交午也。疑古切。五部。凡五之屬皆从五。

乂。

古文五如此。小篆益之以二耳。古文像陰陽午貫之形。毛詩七月鳴蜩，王肅云當爲五月。正爲古文五與七相近似。

文二　重一

六ㄌㄧㄡˋ

易之數，侌變於六，正於八。此謂六爲陰之變，八爲陰之正也。與下文言七九一例。八篆已見二篇，故類言之。六爲陰之變，九爲陽之變。聖人以九六繫爻，而不以七八。金氏榜曰：乾鑿度謂七八爲彖，九六爲變。故彖占七八，爻占九六。一爻變者以變爻占，是爻古九六也。六爻皆不變及變兩爻以上者占之彖辭，是彖占七八也。公子重耳筮得貞屯悔豫皆八，董因筮得泰之八，穆姜筮得艮之八。凡陰不變者爲八也。从入八。會意。力竹切。三部。凡六之屬皆从六。

文一

七ㄑㄧ

昜之正也。易用九不用七，亦用變不用正也。然則凡筮陽不變者當爲七。但左傳國語未之見。从一。微侌從中衺出也。謂乀。親吉切。十二部。凡七之屬皆从七。

文一

十四篇下　共

九ㄐㄧㄡˇ

昜之變也。列子、春秋繁露、白虎通、廣雅皆云：九，究也。象其屈曲究盡之形。許書多作詰詘，此云屈曲，恐後人改之。舉有切。三部。凡九之屬皆从九。

馗ㄎㄨㄟˊ

九達道也。釋宮曰：九達謂之馗。韓詩：施于中馗。佀龜背。故謂之馗。龜背中高而四下，馗之四面無不可通，似之。龜古音如姬，如鳩；馗古音如求。以疊韵爲訓也。大徐本此下有馗高也三字，非是。从九首。會意。首猶向也。故道字亦从首。九亦聲。古音在三部。今渠追切。

逵。

馗或从辵坴。今毛詩作此字。逵高也。故从坴。故字今增。徐楚金云：坴，高土也。會意。玉裁按：坴亦聲。

文二　重一

禸ㄖㄡˇ 蹂。 禽ㄑㄧㄣˊ 离ㄔ

禸禽离萬禹䖸禼嘼獸

禸 獸足蹂地也。足箸地謂之禸。以蹂釋禸。以小篆釋古文也。先古文後小篆者。上部先二之例也。象形。謂厶 九聲。人九切。三部。尒疋曰。小徐作爾雅曰是也。此蓋後人所改耳。狐貍貛貉醜。其足蹞。其迹厹。釋獸文。狐貍貛今作貍狐貒。郭注厹指頭處也。蓋渾言之。凡迹皆曰厹。分析言之則各有名。如爾雅所說。凡厹之屬皆从厹。蹂 篆文厹。爾雅音義云古文爲蹂。由不知說文之例而改之。从足柔聲。

禽 走獸總名。釋鳥曰二足而羽謂之禽。四足而毛謂之獸。許不同者。其字从厹。厹爲獸迹。鳥迹不云厹也。然則倉頡造字之本意謂四足而走者明矣。以名毛屬者名羽屬。此乃偁訓之轉移段借。及其久也。遂爲羽屬之定名矣。爾雅自其轉移者言之。許指造字之本言之。凡經典禽字有謂毛屬者。有謂羽屬者。有兼舉者。故白虎通曰禽者何。鳥獸之總名。从厹象形。厹以像其足迹。凶以像其首。今聲。巨今切。七部。禽离兕頭相佀。此猶魚尾同燕尾。能足同鹿足之意也。

离 山神也。也字今補。獸形。形各本作也。今正。左傳螭魅罔兩。杜注螭山神獸形。周禮地示物魅。正義引服虔左傳注螭山神獸形。上林賦蛟龍赤螭。如淳注曰螭山神也。獸形。按山神之字本不从虫。从虫者乃許所謂若龍而黃者也。今左傳作螭魅。乃俗寫之譌。東京賦作魑魅。亦是俗字。徐鉉於鬼部增魑字。誤矣。薛綜二京解云魑魅山澤之神也。與許服說同。本是山神而形如獸。故其字从厹。若今本作神獸。則大誤矣。从禽頭。謂凶也。从厹。獸形則頭足皆獸矣。从屮。从屮若巂字之首。像其冠耳。謂當从山。从山者謂其爲山神也。許丑知切。古音在十七部。大徐呂支切。歐陽喬說。离猛獸也。此別一義。西都賦拕熊螭。李注引歐陽尚書說曰螭猛獸也。漢書儒林傳歐陽生事伏生。世世相傳。至曾孫高字子陽。傳孫地餘。地餘子政。由是尚書世有歐陽氏學。藝文志歐陽章句三十一卷。許云歐陽喬者。蓋即高也。喬高通用。許作离。李善作螭者。俗亂之也。此蓋說今文尚書。史記作如豺如離。可證离離古通用。周禮正義引服氏左傳注螭山神獸形。或曰如虎而噉虎。二說並列。正同許氏。若俗本說文前說改爲山神獸也。則與後說不別矣。

萬ㄨㄢˋ 禹ㄩˇ 禼。 䖸ㄈㄟˋ 离ㄒㄧㄝˋ 嶌。 嘼ㄒㄧㄡˋ 獸ㄕㄡˋ

萬 蟲也。謂蟲名也。段借爲十千數名。而十千無正字。遂久段不歸。學者昧其本義矣。唐人十千作万。故廣韵万與萬別。从厹。蓋其蟲四足像獸。象形。與虫部蠆同象形。蓋萬亦蠆之類也。無販切。十四部。

禹 蟲也。夏王以爲名。學者昧其本義。从厹。蓋亦四足。象形。王矩切。五部。𠃓 古文禹。見漢書。

䖸 周成王時州靡國獻䖸。人身反歱。足跟也。作踵者誤。自笑。笑即上脣弇其目。食人。已上見周書王會篇。郭璞云亦見尚書大傳。北方謂之土螻。博異名。西山經說土螻狀如羊而四角。不同此。爾雅曰。䖸䖸如人。被髮。讀若費。一名梟陽。許作梟陽。宋本及爾雅音義可證也。他書多作梟字者。从厹象形。囟像其首。目像其手。攸人符未切。十五部。爾雅釋文引許扶味反。

禼 蟲也。殷元王以爲名。見漢書。俗改用偰契字。从厹象形。讀與偰同。私列切。十五部。𠧢 古文禼。

文七 重三

嘼 嘼牲也。爾雅釋文引字林嘼犍也。說文嘼牲也。今本說文作犍也。乃後人以字林改說文耳。嘼牲二字連文。禮記左傳皆云名子者不以畜牲是也。牛部犍之字下亦曰嘼牲也。圈下曰養嘼之閑。[illegible]下曰讀若嘼牲之嘼。今俗語多云畜牲。嘼今多用畜者。俗書段借而然。爾雅釋獸釋嘼必異其名者。陸德明曰嘼是嘼養之名。獸是毛蟲總號。故釋嘼唯論馬牛羊雞犬。釋獸通說百獸之名。按尚書武成歸嘼今作歸獸。二字不分久矣。凡畜養古作嘼養。象耳頭足厹地之形。象耳謂㔾。象頭謂田。象足厹地謂古也。許救切。三部。凡六畜當用此。音今專讀丑六切。非也。古文嘼。下从厹。謂古文作嘼也。言此者。謂古文本从厹象足蹂地。小篆變易其形。特取整齊易書耳。故以古文之形釋小篆。凡嘼之屬皆从嘼。

獸 守備者

也。以疊韵爲訓能守能備如虎豹在山是也一曰兩足曰禽。四足曰獸。十字見爾雅音義與釋鳥云二足而羽謂之禽四足而毛謂之獸合許於鳥字下曰長尾禽總名也與此同與禽字下異从嘼。从犬。少儀有守犬守禦宅舍者也故从之會意舒救切三部

文二

甲 ㄐㄧㄚ

甲東方之孟昜气萌動。史記厤書曰甲者言萬物剖符甲而出也漢書律厤志曰出甲於甲月令注曰日之行春東從青道發生月爲之佐時萬物皆解孚甲月令曰孟春之月天氣下降地氣上騰天地和同艸木萌動今本小篆作甲古文作命今正說詳戈部戎字下从木。戴孚甲之象。孚者卵孚也孚甲猶今言殼也凡艸木初生或戴種於顛或先見其葉故其字像之下像木之有莖上像孚甲下覆也古狎切八部衛風毛傳曰甲狎也言甲爲狎之叚借字也又大雅會朝清明毛傳曰會甲也會讀如襘物之薈也會朝猶言

第一朝此於雙聲取義貨殖傳蓋一州漢書作甲一州大一經曰。攷藝文志陰陽家有大壹兵法一篇五行家有泰一陰陽二十三卷泰一二十九卷然則許偁大一經者葢此類人頭空爲甲。空各本作空今依集韵作空爲善空腔古今字許言頭空殹空頟空脛空皆今之腔也人頭空謂髑髏也凡甲之屬皆从甲。

宁。

宁古文甲。始於一。見於十。歲成於木之象。宋本作始於十見於千或疑當作始於下見於上

文一　重一

乙 ㄧˇ

乙象春艸木冤曲而出。侌气尚彊。其出乙乙也。冤之言鬱曲之言詘也乙乙難出之皃史記曰乙者言萬物生軋軋也漢書曰奮軋於乙文賦曰思軋軋其若抽軋軋皆乙乙之叚借軋从乙聲故同音相叚月令鄭注云乙之言軋也時萬物皆抽軋而出物之出土艱屯如車之輾地澁滯與

丨同意。謂與自下通上之丨同意也乙自下出上礙於陰其書之也宜倒行於筆切十二部按李善乙音軋乙承甲。象人頸。以下皆家大一經曰言之凡乙之屬皆从乙。

乾 ㄑㄧㄢˊ

乾上出也。此乾字之本義也自有文字以後乃用爲卦名而孔子釋之曰健也健之義生於上出上出爲乾下注則爲溼故乾與溼相對俗別其音古無是也从乙。乙物之達也。達則上出矣釋从乙之恉物倝聲。倝者日始出光倝倝也然則形聲中有會意焉渠焉切又古寒切十四部

乾。

乾籀文乾。倝益籀文倝故籀文朝籀文乾皆从之

亂 ㄌㄨㄢˋ

亂不治也。从乙𤔔。乙治之也。各本作治也从乙乙治之也从𤔔文理不可通今更正亂本訓不治不治則欲其治故其字从乙乙以治之謂詘者達之也轉注之法乃訓亂爲治如武王曰予有亂十人是也𤔔部𤔔不治也幺子相亂受治之也文法正同亦爲後人改竄不可讀郎段切十四部

尤 ㄧㄡˊ

尤異也。从乙又聲。羽求切古音在一部讀如怡

文四　重一

丙 ㄅㄧㄥˇ

丙位南方。句萬物成炳然。句侌气初起。昜气將虧。鄭注月令曰丙之言炳也萬物皆炳然箸見律書曰丙者言陽道箸明律厤志曰明炳於丙从一入冂。合三字會意陽入冂伏臧將虧之象也兵永切古音在十部一者昜也。釋篆體之一丙承乙。象人肩。冡大一經凡丙之屬皆从丙。

文一

丁 ㄉㄧㄥ

丁夏時萬物皆丁實。丁實小徐本作丁壯成實律書曰丁者言萬物之丁壯也律厤志曰大盛於丁鄭注月令曰時萬物皆強大象形。當經切十一部丁承丙。象人心。冡大一經凡丁之屬皆从丁。

戊ㄨˋ　成ㄔㄥˊ 戚。　己ㄐㄧˇ　乇。　巹ㄐㄧㄣˇ　㠱ㄐㄧˋ

文一

戊 中宮也。鄭注月令曰戊之言茂也萬物皆枝葉茂盛律厤志曰豐楙於戊 象六甲五龍相拘絞也。六甲者漢書日有六甲是也五龍者五行也水經注引遁甲開山圖曰五龍見教天皇被迹榮氏注云五龍治在五方爲五行神鬼谷子盛神法五龍陶注曰五龍五行之龍也許謂戊字之形像六甲五行相拘絞也莫候切三部俗多譌 戊承丁。象人脅。象大一經 凡戊之屬皆从戊。

成 就也。从戊丁聲。氏征切十一部

𢦩 古文成从午。

文二　重一

己 中宮也。戊己皆中宮故中央土其日戊己注曰己之言起也律厤志曰理紀於己釋名曰己皆有定形可紀識也引申之義爲人己言己以別於人者己在中人在外可紀識也論語克己復禮爲仁克己言自勝也 象萬物辟藏詘形也。辟藏者盤辟收斂字像其詰詘之形也此與巳止字絕不同宋以前分別自明以來書籍開大亂如論語莫己知也斯己而已矣唐石經不譌宋儒乃不能了居擬切一部 己承戊。象人腹。象大一經 凡己之屬皆从己。

己 古文己。己亥譌三豕者己與三形似也

巹 謹身有所承也。承者奉也受也按禮記借爲合巹字巹見豆部 从己丞。會意丞卽承也 讀若詩云赤舄几几。几几各本作己己非韵昏義釋文作几几今據以正之許讀同几今居隱切十五十三部之轉也

㠱 長居也。居各本作踞俗字也尸部曰居者蹲也長居謂箕其股而坐許云㠱居者卽他書之箕踞也玉篇云㠱卽跽字長跪也非許意許於㠱見部跽下云長跪也與㠱別 从己其聲。讀若杞。暨已切一部按集韵㠱古國名衛宏說與杞同蓋衛宏以㠱爲杞宋之杞此出唐人所謂衛宏官書多不可信卽如此條乃因許讀而附會之也

巴ㄅㄚ　𢀳ㄅㄚ　庚ㄍㄥ　辛ㄒㄧㄣ　辠ㄗㄨㄟˋ　辜ㄍㄨ

文三　重一

巴 蟲也。謂蟲名 或曰食象它。山海經曰巴蛇食象三歲而出其骨 象形。伯加切古音在五部按不言从己者取其形似而翻之非从己也 凡巴之屬皆从巴。

𢀳 搹擊也。搹者反手擊也今之琵琶古當作搹𢀳 从巴帚。闕。闕者闕其會意形聲之說也大徐博下切按此字當是从帚巴聲

文二

庚 位西方。律書曰庚者言陰氣更萬物律厤志斂更於庚月令注曰庚之言更也萬物皆肅然更改秀實新成 象秋時萬物庚庚有實也。庚庚成實皃服虔漢書注曰庚庚橫皃也字象形古行切古音在十部讀如岡 庚承己。象人𪗋。象大一經按小徐駁李陽冰說从干𢆉象人兩手把干立不可從今各本篆皆從陽冰非也中口者象人𪗋 凡庚之屬皆从庚。

文一

辛 秋時萬物成而孰。律書曰辛者言萬物之新生故曰辛律厤志曰悉新於辛釋名曰辛新也物初新者皆收成也 金剛味辛。謂成孰之味也 辛痛卽泣出。故以爲辠辛字 从一䇂。一者陽也陽入於辛謂之愆陽息鄰切十三部 䇂辠也。辛痛泣出辠人之象凡辠辛辜辥辭皆从辛者由此 辛承庚。象人股。象大一經 凡辛之屬皆从辛。

辠 犯灋也。从辛自。辛自卽酸鼻也徂賄切十五部 言辠人戚鼻苦辛之憂。戚今之蹙字此釋从辛自之恉 秦以辠似皇字。改爲罪。此志改字之始也古有叚借而無改字罪本訓捕魚竹网从网非聲始皇易形聲爲會意而漢後經典多從之非古也

辜 辠也。周禮殺王之親者辜之鄭注辜之言

𣧎。 辥ㄒㄩㄝ 辤ㄘˊ 辭。 辝ㄘˊ 𤔲。 辡ㄅㄧㄢˇ 辯ㄅㄧㄢˋ 壬ㄖㄣˊ

枯也。謂磔之。按辜本非常重罪，引申之凡有罪皆曰辜。从辛古聲。古乎切。五部。𣧎 古文辜从死。从古文死也。

辥 辠也。此字古書內罕見。从辛𡴆聲。𡴆見𠂤部。私列切。十五部。

辤 不受也。聘禮辭曰非禮也敢，注曰辭不受也。按經傳凡辤讓皆作辭，說字固屬叚借，而學者乃罕知有辤讓本字，或又用辤爲辭說而愈惑矣。禮經一書多言辭，曰謂其文辭如是也。聘禮之辭曰非禮也敢，則於辭爲逗，謂辤則其辭如是也。故鄭特注之以別於他處之言辭曰者。哀六年左傳五辭而後許，釋文曰辭本又作辤。从受辛。會意。受辛宜辤之也。釋會意之恉。世說新語蔡邕題曹娥碑黃絹幼婦外孫齏臼，解之曰齏臼所以受辛，辤字也。按此正當作辭，可證漢人辤辭不別耳。似茲切。一部。辝 籀文辤。和悅以御之，故从台。

辭 說也。今本說譌訟，廣韵七之所引不誤，今本此說譌爲訟，訟詾字下訟譌爲說，其譌正同。言部曰：說者，釋也。从𤔔辛。會意。似茲切。一部。𤔔辛猶理辜也。釋會意之恉。依小徐本正。𤔲 籀文辭从司。易繫辭本亦作𤔲。

十四篇下

文六　重三

辡 辠人相與訟也。从二辛。會意。方免切。十二部。凡辡之屬皆从辡。

辯 治也。治者理也。俗多與辨不別。辨者判也。从言在辡之閒。謂治獄也。會意。符蹇切。十二部。

文二

壬 位北方也。侌極昜生。月令鄭注：壬之言任也，時萬物懷任於下。律書曰：壬之爲言任也，言陽气任養萬物於下也。律麻志曰：懷任於壬。釋名曰：壬，妊也，陰陽交，物懷妊，至子而萌也。故易曰：龍戰于野。坤上六爻辭。戰者接也。釋易之戰字。引易者，證陰極陽生也。乾鑿度曰：陽始於亥，乾位在亥。文言曰：爲其兼於陽，故稱龍。許君以亥壬合德，亥壬包孕，陽气至子則滋生矣。象人褢妊之形。如林切。七部。承亥壬，㠯子生之敘也。故舉坤上六爻辭。坤上六在亥。壬與巫同意。巫像人兩袖舞，壬像人腹大也。壬承辛，象人脛。脛任體也。冢大一經。凡壬之屬皆从壬。

文一

𥤮ㄍㄨㄟˇ 癸。 子ㄗˇ 𢀈。 𢀇。 孕ㄩㄣˋ 㝃ㄇㄧㄢˇ

𥤮 冬時水土平，可揆度也。揆癸疊韵。律書曰：癸之爲言揆也，言萬物可揆度。律麻志曰：陳揆於癸。象水從四方流入地中之形。居誄切。十五部。𥤮承壬，象人足。冢大一經。凡𥤮之屬皆从𥤮。癸 籀文从𣥠从矢。癸像人足，故从𣥠矢。聲𥤮本古文，小篆因之不改，故先篆後籀。而艸部葵作𦹦，手部作揆，知古形聲兼取二形也。

十四篇下

文一　重一

子 十一月昜气動，萬物滋。律書：子者，滋也，言萬物滋於下也。律麻志曰：孳萌於子。人以爲偁。人各本譌入，今正。此與以朋爲朋攩，以韋爲皮韋，以烏爲烏呼，以來爲行來，以西爲東西，一例。凡言以爲者，皆許君發明六書叚借之法。子本陽气動萬物滋之偁，萬物莫靈於人，故因叚借以爲人之偁。象形。象物滋生之形，亦象人首與手足之形也。即里切。一部。凡子之屬皆从子。𢀈 古文子，从巛，象髮也。象髮與𡿺同意。𢀇 籀文子。囟有髮，巛也。臂，爪也。脛，人也。在几上也。木部曰：𣏟者，安身之几坐也。

孕 褢子也。从子乃聲。乃聲二字各本作从几，誤，今正。艸部芳字、人部仍字皆乃聲。管子孕作𦊻，从繩省聲，可證也。以證切。六部。

㝃 生子免身也。从子免。按許書無免字，據此條則必當有免字，偶然逸之，正如由字耳。免聲當在古音十四

辥辤辭辡辯壬𥤮子孕㝃

字ㄗˋ　穀ㄋㄡˋ　孿ㄌㄨㄢˊ　孺ㄖㄨˊ　季ㄐㄧˋ　孟ㄇㄥˋ　禾。孼ㄋㄧㄝˋ　孳ㄗ

部或音問則在十三部與免聲之在五部者迥不同矣但立乎今日以言六書免由皆不能得其象形會意不得謂古無免由字也冤則會意兼形聲亡辯切十四部

字 乳也。人及鳥生子曰乳獸曰犍引申之爲撫字亦引申之爲文字敘云字者言孳乳而浸多也 从子在宀下。會意 子亦聲。疾置切一部

穀 乳也。上文之乳謂生子也此乳者謂既生而乳哺之也左傳曰楚人謂乳穀其音乃苟切今本左傳作穀漢書作穀或作彀或作穀者非也音亦如構 从子𣪊聲。大徐古候切非也當乃苟奴豆切三部 一曰穀瞀也。各本刪穀字今補此三字一句穀瞀疊韵荀子儒效篇作溝瞀漢書五行志作傋霿楚辭九辯作怐愗廣韵五十候作怐愗又作穀瞀又作嫯瞀其字皆上音寇下音茂其義皆謂愚蒙也山海經注穀瞀穀亦穀之譌此別一義也故言一曰

孿 一乳兩子也。此謂人也孿之言連也 从子䜌聲。呂患切十四部

孺 乳子也。以疊韵爲訓凡幼者曰孺子此其義也爾雅曰孺屬也亦以同音爲訓屬者聯也 一曰輸孺也。輸孺尚小也。此二孺字各本無廣韵有之文義乃完於此見刪字者之無理亦猶燕燕也黃倉庚也之類也輸孺疊韵字孺讀如儒方言十二曰孺輸愚也郭注孺輸猶懦撰也孺卽儒輸也荀子修身篇偷儒憚事偷儒卽輸孺 从子需聲。而遇切四部

季 少偁也。叔季皆謂少者而季又少於叔 从子稚省稚亦聲。居悸切十五部

孟 長也。从子皿聲。莫更切古音在十部讀如芒爾雅孟勉也此借孟爲猛

孟 古文孟如此。

孼 庶子也。玉藻公子曰臣孼鄭注孼當作枿聲之誤也玉裁按此記文本作枿注曰枿當作孼後人因注改經又因經改注師古匡謬正俗未之知也凡木萌旁出皆曰櫱人之支子曰孼其義略同故古或通用固不必指爲聲誤何注公羊曰庶孼衆賤子猶樹之有孼生得其義矣 从子辥聲。魚列切十五部

孳 孳孳彶彶生也。孳孳二字各本無今依元應書補支部孜下曰孜孜彶彶也此云孳孳彶彶生也孜孳二字古多通用堯典鳥獸孳尾某氏傳曰乳化曰孳然則蕃生之義當用孳故从茲無息之義當用孜故从攴 从子茲聲。按此篆从艸木多益之茲猶水部之滋也形聲中有會意五經文字云从茲非也茲本在先韵耳子之切亦音字一部凡許書茲滋鷀孳茲鎡各本篆體皆謬今皆更正

𢇇。　孤ㄍㄨ　存ㄘㄨㄣˊ　𡥈ㄐㄧㄠˋ　疑ㄧˊ　了ㄌㄧㄠˇ　孑ㄐㄧㄝˊ

𢇇 籒文孳从絲。謂絲聲也茲从艸絲省聲故小篆茲聲籒文絲聲一也

孤 無父也。孟子曰幼而無父曰孤引申之凡單獨皆曰孤孤則不相酬應故背恩者曰孤負孤則人輕賤之故鄭注儀禮曰不以己尊孤人也 从子瓜聲。古乎切五部

存 恤問也。恤恩也收也爾雅曰在存也在存省士察也今人於在存字皆不得其本義 从子在省。大徐本作才聲今小徐本作在聲依韵會所引正楚金注曰在亦存也會意徂尊切十三部

𡥈 放也。放各本譌作效今依宋刻及集韵正放仿古通用許曰放逐也仿相似也𡥈訓放者謂隨之依之也今人則專用仿矣敎字學字皆以𡥈會意教者與人以可放也學者放而像之也放分兩切 从子爻聲。古肴切二部按玉篇曰公孝切也說文又音交然則古肴切者出於說文音隱

疑 惑也。惑亂也 从子止匕矢聲。此六字有誤匕矢皆在十五部非聲疑止皆在一部止可爲疑聲匕部有𠤕未定也當作从子𠤕省止聲以子𠤕會意也語其切一部

文十五　重四

了 尥也。尥行脛相交也牛行腳相交爲尥凡物二股或一股結糾紾縳不直伸者曰了戾方言軫戾也郭注相了戾也淮南原道訓注楊倞荀卿注王砅素問注段成式酉陽雜組及諸書皆有了戾字而或妄改之方言曰佻縣也郭注了佻懸物皃丁小反按他書引皆作了亅亦卽許之了尥也叚借爲憭悟字 从子無臂。象形。象其足了戾之形盧鳥切二部 凡了之屬皆从了。

孑 無又臂也。引申之凡特立爲孑詩曰孑孑干旄又曰靡有孑遺方言曰戟而無刃秦晉之間謂之釨釨卽孑字左傳正作孑 从

了乚象形。居桀切十五部 孓無右臂也。大荒西經有人名曰吳回奇左是無右臂郭注郵奇肱也又大荒之山有人爲是顓頊之子三面一臂郭任無左臂也廣雅孑孓蜎也郭樸云井中小結蟩赤蟲也 从了丿象形。居月切十五部

文三　朱夢英書說文偏旁五百四十字有孑部而無孓部誤也郭忠恕與夢英書曰說文字源惟有五百四十部孑字後校在孑部按孑字乃了字之譌當云孑在了部

孨謹也。大戴禮曰博學而孱守之正謂謹也引申之義爲弱小史記吾王孱王也韋昭曰仁謹皃與許合孟康曰冀州人謂懦弱爲孱此引申之義其字則多叚孱爲孨 从三子。會意服虔音鉏閑反孟康音如剗從之孱見十四部 凡孨之屬皆从孨。讀若翦。旨沇切十四部

孱迮也。此按迮當爲窄今之窄字也 从孨在尸下。士連切十四部廣韵又士山切 一曰呻吟也。呻吟見口部

孴盛皃。文選魯靈光殿賦曰芝栭欑羅以戢孴李注戢孴眾皃 从孨从日。讀若薿薿。一曰若存。今魚紀切李善乃立切 𣍘籀文孴从二子。句絕 一曰𣍘即奇字𣍘。俗本曰多譌曰

文三　重一

𠫓不順忽出也。謂凡物之反其常凡事之屰其理突出至前者皆是也不專謂人子 从到子。到今倒字倒子會意也他骨切十五部 易曰。突如其來如。不孝子突出。不容於內也。此引易而釋之以明从倒子會意之恉也離九四曰突如其來如焚如死如棄如鄭注曰震爲長子爻失正突如震之失正不知其所如不孝之罪五刑莫大故有焚如死如棄如之刑如淳注王莽傳亦曰焚如死如棄如謂不孝子也皆與許合許葢出於孟氏矣子之不順者謂之突如造文者因有𠫓字施諸凡不順者 𠫓即易突字也。倉頡之𠫓即易之突字非謂倉頡時已見爻辭正謂周易之突即倉頡之𠫓也此爻辭之用叚借也突之本義謂犬從穴中暫出𠫓之本義謂不順故曰用叚借按小徐本有此六字大徐本刪之由其不知許意也若近惠氏定字校李鼎祚周易集解改作㐬如其來如則爲紕繆矣 凡𠫓之屬皆从𠫓。

㐬或从到古文子。半古文子也倣㐬爲倒古文子大徐於此下安即易突字四字惠氏之譏本此

育養子使作善也。孟子曰中也養不中才也養不才 从𠫓。不从子而从倒子者正謂不善者可使作善也 肉聲。余六切三部 虞書曰。虞書當作唐書說在禾部 教育子。堯典文今尚書作冑子故鄭注王制作冑注周官大司樂作育王肅注尚書作冑今文作育古文作冑也傳言曰育稚也故史記作教稚子鄭風毛傳亦曰鬻稚子稚子也稚者當養以正二義實相因

毓育或从每。周禮周易蒙卦皆作此字每艸盛也養之則盛矣

疏通也。疋部曰延通也疏與延音義皆同皆从疋者疋所以通也鄭注月令明堂位薛解西京賦張注靈光殿賦皆訓疏爲刻鏤古延疏疏三字通用㐬疏之引申爲疏闊分疏疏記 从㐬从疋。疋亦聲。所菹切五部

文三　重二

丑紐也。律麻志曰紐牙於丑釋名曰丑紐也寒氣自屈紐也淮南天文訓廣雅釋言皆曰丑紐也糸部曰紐系也一曰結而可解十二月陰氣之固結已漸解故曰紐也 十二月萬物動用事。後漢書陳寵傳曰十二月陽氣上通雉雊雞乳地以爲正殷以爲春 象手之形。人於是舉手有爲又者手也从又而聯綴其三指象欲爲而柔冽氣寒未得爲也敕九切三部 日加丑亦舉手時也。上言月此言日每日太陽加丑亦是人舉手思奮之時各本譌作時加丑今改正 凡丑之屬皆从丑。

肚食肉也。故从丑肉食肉必用手 从丑肉。會意不入肉部者重丑也 丑亦聲。女久

羞ㄒㄧㄡ

切三部

羞 進獻也。宗廟犬名羹獻犬肥者獻之犬羊一也故从羊引申之凡進皆曰羞今文尚書次二曰羞用五事羞進也 从羊丑。會意不入羊部者重丑也 羊所進也。說从羊之意从丑者謂手持以進也 丑亦聲。息流切三部

文三

寅ㄧㄣ

寅 髕也。髕字之誤也當作濥史記淮南王書作螾律書曰寅言萬物始生螾然也天文訓曰斗指寅則萬物螾高注螾動生皃律厤志曰引達於寅釋名曰寅演也演生物也廣雅曰寅演也晉書樂志曰正月之辰謂之寅寅津也謂物之津塗按漢志廣雅演字皆濥之誤水部曰濥水脈行地中濥濥也演長流也俗人不知二字之別濥多誤爲演以濥釋寅者正月陽氣欲上出如水泉欲上行也螾之爲物詰詘於黃泉而能上出故其字从寅律書天文訓以螾釋寅 正月昜气動。句 去黃泉。欲上出。侌尚強也。杜注左傳曰地中之泉故曰黃泉陰上強陽不能徑遂如宀之屋於上故从宀 象宀不達。髕寅於下也。髕寅字之誤也當作濥濥或曰當作螾螾宀象陰尚強臾象陽氣去黃泉欲上出弋眞切十二部 凡寅之屬皆从寅。

鐢。

鐢 古文寅。下从土上象其形

文一 重一

卯ㄇㄠ

卯 冒也。二月萬物冒地而出。律書曰卯之爲言茂也言萬物茂也律厤志曰冒茆於卯天文訓曰卯則茂茂然釋名曰卯冒也載冒土而出也蓋陽氣至是始出地 象開門之形。字象開門也莫飽切古音在三部 故二月爲天門。卯爲春門萬物已出 凡卯之屬皆从卯。

兆。

兆 古文卯。按十干十二支之字皆古文也非後人所能造者而丣爲春門丣爲秋門尤顯明然則兆酉皆古文而異者也

文一 重一

辰ㄔㄣ

辰 震也。三月昜气動。靁電振。民農時也。物皆生。震振古通用振奮也律書曰辰者言萬物之蜄也律厤志曰振美於辰釋名曰辰伸也物皆伸舒而出也季春之月生氣方盛陽氣發泄句者畢出萌者盡達二月靁發聲始電至三月而大振動豳風曰四之日舉止故曰民農時 从乙匕。匕呼跨切變也此合二字會意乙象春艸木冤曲而出陰氣尚強其出乙乙至是月陽氣大盛乙乙難出者始變化矣 匕象芒達。匕字依韵會補芒達芒者盡達也 厂聲。鉉等疑厂呼旱切非聲按厂之古音不可攷文冕與元寒音轉亦取近也今植鄰切古音在十三部 辰房星。天時也。此將言从二先說其故也晶部曟字下曰房星爲民田時者从晶辰聲或省作晨此房星之字也而此云辰房星辱下云房星爲辰田候也則字亦作辰爾雅房心尾爲大辰是也韋注周語曰農祥房星也房星晨正爲農事所瞻仰故曰天時引申之凡時皆曰辰釋訓云不辰不時也房星高高在上故从上 从二。二古文上字。凡辰之屬皆从辰。

辰。

辰 古文辰。

辱ㄖㄨ

辱 恥也。心部曰恥辱也此之謂轉注儀禮注曰以白造緇曰辱 从寸在辰下。會意寸者法度也而蜀切三部 失耕時。故从辰 於封畺上戮之也。故从寸 辰者農之時也。故房星爲辰。說从辰之意 田候也。

文二 重一

巳ㄙ

巳 巳也。律書曰巳者言萬物之巳盡也律厤志曰巳盛於巳淮南天文訓曰巳則生巳定也釋名曰巳畢布巳也辰巳之巳既久用爲巳然巳止之巳故卽以巳然之巳釋之序卦傳蒙者蒙也比者比也剝者剝也毛詩傳曰虛虛也自古訓故有此例卽用本字不叚異字也小雅斯干箋云似讀爲巳午之巳巳續妣祖者謂巳成其宮廟也此可見漢人巳午與巳然無二音其義則異而同也廣雅釋言巳已也乃淺人所改近大興朱氏重刻汲古閣

巳

說文改爲己也亦誤四月昜气巳出陰气巳臧。今藏字萬物見。句成彣彰。故曰巳也故巳爲它。象形。巳不可像也故以蛇象之蛇長而冤曲垂尾其字像蛇則象陽巳出陰巳藏矣此六字一句讀它者蛇也不者古文冡也此近十二屬之說而與論衡物勢篇義各不同詳里切一部凡巳之屬皆从巳。

㠯用也。用者可施行也凡㠯字皆此訓从反巳。與巳篆形勢略相反也巳主乎止㠯主乎行故形相反二字古有通用者羊止切一部又按今字皆作以由隸變加人於右也賈侍中說。己意巳實也。象形。己各本作巳今正己者我也意者志也己意巳實謂人意巳堅實見諸施行也凡人意不實則不見諸施行吾意巳堅實則或自行之或用人行之是以春秋傳曰能左右之曰以謂或ナ或又惟吾指撝也賈與許無二義云象形者巳篆上實下虛㠯篆上虛下實由虛而實指事亦象形也一說象己字之上而實其下

文二

午

午啎也。啎者屰也五月侌气啎屰昜冒地而出也。啎屰各本作午逆今正律書曰午者陰陽交故曰午律麻志曰咢布於午天文訓曰午仵也陰氣從下上與陽相仵逆也廣雅釋言午仵也按仵即啎字四月純陽五月一陰屰陽冒地而出故製字以象其形古者橫直交互謂之午義之引申也儀禮度而午法云一縱一橫曰午象形。各本無此二字今補此與矢同意。矢之首與午相似皆象貫之而出也疑古切五部凡午之屬皆从午。

啎

啎屰也。屰各本作逆今正逆迎也屰不順也今則逆行而屰廢矣相迎者必相屰古亦通用逆爲屰攷儀禮之啎受爾雅釋名之梧丘太史公書之魁梧枝梧漢書之抵梧皆是啎之譌字啎屰也迎也遻也不識啎字乃多妄改管子七臣七主篇事無常而法令申不許則失國勢戰國策有積許呂覽明理篇亂世之民長短頡許百疾高注許迎也字皆左吾右午啎之或體也姚宏云字書無

巳午啎未申朄

之過矣从午吾聲。五故切五部

文二

未

未味也。口部曰味者滋味也六月滋味也。韵會引作六月之辰也律書曰未者言萬物皆成有滋味也淮南天文訓曰未者味也律麻志曰昧薆於未釋名曰未昧也日中則昃向幽昧也廣雅釋言曰未味也許說與史記同五行木老於未。天文訓曰木生於亥壯於卯死於未此卽昧薆之說也象木重枝葉也。老則枝葉重疊故其字象之無沸切十五部凡未之屬皆从未。

文一

申

申神也。神不可通當是本作申如巳巳也之例謂此申酉之篆即今引申之義也淺人不得其例妄改爲神攷諸古說無有合者律書曰申者言陰用事申則萬物故曰申律麻志曰申堅於申天文訓曰申者申之也皆以申釋申爲許所本而今本淮南改申之作呻之其可歎一而已或曰神當作身下云陰氣成體釋名晉書樂志玉篇廣韵皆云申身也許說身字从申省聲皆其證此說近是然恐尚非許意七月侌气成體自申束。韵會無體字陰气成謂三陰成爲否卦也古屈伸字作詘申亦叚信其作伸者俗字或以屚入許書人部耳韓子外儲說曰申之束之今本申譌紳申者引長束者約結廣韵曰申伸也重也从臼自持也。臼又手也申與晨要同意當是从丨以象其申从臼以象其束疑有奪文丨卽余制切之丿字也失人切十二部吏以餔時聽事。申旦政也。餔者日加申時食也申旦政者子產所謂朝以聽政夕以修令公父文伯之母所謂卿大夫朝攷其職夕序其業士朝而受業夕而習復也凡申之屬皆从申。

古文申。虹陳篆下如此

籀文申。小篆改此作申朄晨字从此

朄

朄擊小鼓引樂聲也。周禮小師鼓朄鄭司農云朄小鼓名周頌應田縣鼓箋云田當作朄朄小鼓在大鼓

秀應聲之屬也聲轉字誤變而作田从申束聲。羊晉切按依許則古音在十四部

臾 束縛捽抴爲臾曳。束縛也縛束也捽持頭髮也抴捈也捈臥引也曳字各本無今補束縛而牽引之謂之臾曳凡臾係臾死獄中皆當作此字臾曳者臾之本義周禮臾弓往體多來體寡往多殆卽牽引之意與凡云須臾者殆方語如是不關本義从申从乙。乙象艸木冤曲从申从乙者引之又冤曲之也羊朱切古音在四部

曳 臾曳也。臾曳已見上文故但云臾曳也此許之通例也臾曳雙聲猶牽引也引之則長故衣長曰曳地从申丿聲。丿見十二篇余制切抴也象抴引之形此形聲包會意也余制切十五部

文四　重二

酉 就也。就高也律書曰酉者萬物之老也律麻志曰畱孰於酉天文訓曰酉者飽也釋名曰酉秀也秀者物皆成也八月黍成可爲酎酒。此舉一物以言就黍以大暑而種至八月而成猶禾之八月而孰也不言禾者爲酒多用黍也酎者三重酒也必言酒者古酒可用酉爲之故其義同曰就也凡从酒之字當別酒部解曰从酒省許合之疏矣象古文酉之形也。古文酉謂丣也仿佛丣字之形而製酉篆此與弟从古文弟之形民从古文民之形革从古文革之形爲一例周伯琦乃謂不可解矣與久切三部凡酉之屬皆从酉。

丣 古文酉从丣。从丣一以閉之丣爲春門萬物已出。丣爲秋門萬物已入。一閉門象也。管子幼官篇春三卯同事秋三卯同事惠氏士奇云春當作三丣秋當作三丣取許書爲說也虞翻別傳曰翻奏鄭玄解尚書違失云古大篆丣字讀當爲柳古柳丣同字而以爲昧甚違不知蓋闕之義玉裁按壁中古文尚書作昧谷鄭注尚書依之今文尚書作柳穀鄭注周禮縫人取之今文古文本有齵難合一者也鄭本不誤而仲翔謂其改丣爲昧其他三事亦皆仲翔誤會說詳古文尚書撰異凡酉桺聊劉字从丣

酒 就也。所以就人性之善惡。賓主百拜者酒也淫酗者亦酒也从水酉。以水泉於酉月爲之酉亦聲。子酉切三部一曰造也。造古讀如就吉凶所造起也。古者儀狄作酒醪禹嘗之而美遂疏儀狄。見戰國策杜康作秫酒。又見巾部曰少康作箕帚秫酒少康者杜康也按許書事物原始皆用世本此皆出世本

䤖 麴生衣也。方言曰𪍿麴也郭注云音蒙有衣麴从酉麴所以爲酒也故字从酉冡聲。包會意莫紅切九部

醞 孰𪍿也。从酉甚聲。余箴切七部

釀 醞也。作酒曰釀。周禮酒人掌爲五齊三酒釀猶作也从酉襄聲。女亮切十部

醞 釀也。引申爲醞藉詩小宛箋禮記禮器注漢書匡張孔馬傳贊皆曰醞藉師古云謂如醞釀及薦藉道其寬博重厚也今人多作蘊藉失之遠矣毛詩叚借溫字从酉昷聲。於問切十三部

畚 酒疾孰也。从酉弁聲。芳萬切十四部

酴 酒母也。米部䊆酒母也此酴亦訓酒母則今之酵也玉篇曰麥酒不去滓飲也从酉余聲。讀若廜。同都切五部

釃 下酒也。小雅曰釃酒有藇又曰有酒湑我傳曰以筐曰釃以藪曰湑湑莤之也引申爲分疏之義溝洫志云釃二渠以引河是也司馬相如傳借灑从酉麗聲。所綺切十六部一曰醇也。不澆酒也按醇蓋誤字當作淳水部曰淳者淥也淥者浚也其義與下酒同耳而分爲二者言淳言淥則不專謂酒也淳見儀禮攷工記內則之純反

䣺 䣺酒也。玉篇曰以孔下酒也按謂消消而下也从酉肙聲。古元切古音在十四部廣韵去聲

䤙 䣺也。廣韵曰下酒也按謂滴瀝而下也在水部作瀝在酒部作䤙周禮量人作歷古文叚借从酉鬲聲。郎擊切十六部

醴 酒一宿孰也。周禮酒正注曰醴猶體也成而汁滓相將如今恬酒矣按汁滓相將葢如今江東人家之白酒滓卽糟也滓多故酌醴者用柶醴甘故曰如今恬酒恬卽甛也許云一宿孰則此酒易成與禮經以醴敬賓曰醴賓注多改爲禮賓从酉

十四篇下

豊聲。盧啟切 十五部

醪 汁滓酒也。米部曰：糟，酒滓也。許意此爲汁滓相將之酒，醴爲一宿孰之酒，與鄭異。从酉翏聲。魯刀切 古音在三部

醇 不澆酒也。澆，沃也。凡酒沃之以水則薄，不襍以水則曰醇，故厚薄曰醇澆。醇襍亦即此字，一色成體謂之醇，純其叚借字。从酉𦎫聲。常倫切 十三部

醹 厚酒也。大雅：酒醴維醹。傳曰：醹，厚也。此以疊韵爲訓。从酉需聲。而主切 古音在四部 詩曰：酒醴維醹。

酎 三重醇酒也。廣韵作三重釀酒，當从之。謂用酒爲水釀之，是再重之酒也。次又用再重之酒爲水釀之，是三重之酒也。杜預注左傳曰：酒之新孰重者曰酎。鄭注月令曰：酎之言醇也，謂重釀之酒也。醇者其義，釀者其事實。金壇于氏明季時以此法爲酒。从酉肘省聲。各本作从時省，今紂、府篆皆曰肘省聲，今據正。除柳切 三部 廣韵音胄，李仁甫本同涂柳切 明堂月令曰：孟秋天子飲酎。秋當作夏。天子飲酎見月令孟夏文也。諸侯嘗酎見左傳。

醠 濁酒也。周禮作盎，古文叚借也。鄭曰：盎猶翁也，成而翁翁然，蔥白色，如今酇白矣。釋文云：酇白，今之白醝酒也，宜作醝。按鄭曰五齊泛醴尤濁，縮酌者盎以下差清，此非與許不合也。但云差清則固濁也。盎清於醴而濁於緹沈，即緹沈亦非全清也。淮南說林訓：清醠之美。高注：醠，清酒。亦與鄭意同。从酉盎聲。烏浪切 十部

醲 厚酒也。洪範次三曰農用八政，鄭曰：農讀爲醲。然則凡厚皆得爲醲也。从酉農聲。女容切 九部

䤋 重釀酒也。从酉耳聲。而容切 此篆各本作酣，解云酒也，从酉茸聲，而容切。廣韵、玉篇皆有䤋無酣。重釀也。玉篇列字正與說文次弟相合，然則古本說文作䤋可知矣。廣雅亦云：䤋，汝東切。今據以更正。仍更切一部 ○又按艸部之茸亦耳聲也，則䤋可而容切

酤 一宿酒也。曰：商頌既載清酤。酤，酒也。小雅無酒酤我，傳曰：酤，一宿酒也。一曰買酒也。論語、鄉黨作沽。从酉古聲。古乎切 五部 亦上聲

[illegible] 酒也。玉篇曰：酒厚。从酉鬻省聲。陟離切 十六部

[illegible] 泛齊行酒也。泛齊見周禮酒正，鄭曰：泛者，成而滓泛泛然，如今宜成醪矣。行酒未聞，疑是貨物行散之行，謂行用之酒也。行酒上疑當有一曰二字。从酉監聲。盧瞰切 八部

䤈 酒味淫也。淫者，侵淫隨理也。謂酒味淫液深長。从酉贛省聲。古禫切 八部 讀若春秋傳曰美而豔。見左傳桓元年、文十六年。謂讀同豔。

酷 酒味厚也。依廣韵訂。引申爲已甚之義。白虎通曰：酷，極也。教令窮極也。从酉告聲。苦沃切 三部

酓 酒味苦也。廣韵、玉篇、集韵、小徐本皆同。汲古閣所據宋本奪此篆此解，而毛扆補之於部末。夏本紀用爲欒字，叚借也。从酉今聲。於剣切 古音在七部

醰 酒味長也。廣韵、玉篇皆云酒味不長也，不是膬字。集韵云：酒味苦也。由宋時說文以酓義系醰篆而奪酓篆之故耳。汲古初刻時正如此。或曰古酓覃同部，疑無二字。然小徐本分列畫然。小徐作𥜥長味也。按洞簫賦：良醰醰而有味。李注引字林：醰，甛同長味也。同是膬字。从酉覃聲。徒紺切 古音在七部 按文選注大含切

酥 酒色也。謂酒之顏色也。廣韵曰：酒氣。从酉朩聲。普活切 十五部

配 酒色也。本義如是，後人借爲妃字，而本義廢矣。妃者，匹也。从酉己聲。己非聲也，當本是妃省聲，故叚爲妃字。又別其音，妃平配去。滂佩切 十五部

酏 酒色也。从酉弋聲。與職切 一部

酌 盛酒行觴也。盛酒於觶中以飲人曰行觴。投壺云：命酌曰請行觴。解賓曰觴。詩曰：我姑酌彼金罍。取行觴之意。曰泂酌彼行潦，取盛之意。从酉勺聲。之若切 二部 形聲包會意

醮 冠娶禮祭也。士冠禮：若不醴則醮用酒，三加凡三醮。鄭曰：酌而無酬酢曰醮。士昏禮：父醮子命之迎，婦則酌之以醴。虗婦使人醮之，酌之以酒。鄭曰：酒不酬酢曰醮。依鄭說非謂祭也，而許云冠娶禮祭，事屬可疑。詳經文不言祭也，蓋古本作冠娶禮也，一曰祭也。轉寫有奪，與祭者別一義，不蒙冠婚。宋玉高唐賦：醮諸神，禮太一。此後世醮祀之始見也。从酉焦聲。子肖切 二部

𥜏 醮或从示。按依此則有祭義審矣。

[illegible] 歃

酳 醻 醋 酬 醠 釂 酣 酖 醧

酳醻醋醠釂酣酖醧

酒也。歃歠也歠飲也歃謂小飲之从酉晉聲。子朕切七部

酳 少少飲也。士昏禮注酳漱也酳之言演也安也漱所以絜口且演安其所食特牲少牢注意略同曲禮注以酒曰酳按禮記皆作酳許書作酌玉篇云酌酳同字是也攷士虞禮注少牢禮注皆云古文酳作酌特牲注云今文酳皆爲酌三酌字必皆酌之字誤其一云今文者則古文之誤許於此字用古文禮故从酌禮記多用今文禮故記作酳酳从允省聲从酉勻聲。余刃切十二部

醻 獻醻主人進客也。楚茨箋曰始主人酌賓爲獻賓既酌主人主人又自飲酌賓曰醻至旅而爵交錯以徧彤弓傳曰醻報也謂報客之酢也瓠葉傳曰醻道飲也謂主人必自飲如今俗之勸酒也从酉𠷎聲。市流切三部

酬 醻或从州。州聲

醋 客酌主人也。瓠葉傳曰酢報也彤弓箋曰主人獻賓賓酢主人主人又飲而酌賓謂之醻从酉昔聲。在各切五部按諸經多以酢爲醋惟禮經尚仍其舊後人醋酢互易如種穜互易

醠 飲酒俱盡也。从酉𥁕聲。迷必切十二部

釂 飲酒盡也。酒當作爵此形聲包會意字也曲禮注曰盡爵曰釂按欠部㰉酒盡也與此音義同而本部醮釂則各義水部曰澌盡也謂水也从酉爵聲。大徐嚼省聲非也子肖切二部

酣 酒樂也。張晏曰中酒曰酣引申爲凡飽足之偁从酉甘聲。胡甘切古音在七部

酖 樂酒也。酒樂者因酒而樂樂酒者所樂在酒其義別也毛詩叚耽及湛以爲酖氓傳曰耽樂也鹿鳴傳曰湛樂之久也引申爲凡樂之偁左傳曰宴安酖毒不可懷也從來謂即鴆字竊謂非也所樂非其正即毒也謂之酖毒从酉冘聲。丁含切古音在七部

醧 宴厶飲也。厶各本作私今正宴私各本作私宴今正小雅楚茨諸父兄弟備言燕私傳曰宴而盡其私恩也尚書大傳曰既侍其宗然後得燕私燕私者何也祭已而與族人飲飲而不侍醉是不親醉而不出是不敬湛露傳曰夜飲不燕私也宗子有事則族人皆侍不醉而出是不親也醉而不出是渫宗也侍牲饋食禮注曰尚書傳曰宗室有事族人皆侍終日大宗已侍於賓奠然後燕私燕私者何也祭已而與族人飲也皆燕私之證今湛露傳亦譌爲私燕矣宴私之飲謂之醧見韓詩魏都賦愔愔醧讌張載注云韓詩曰賓爾籩豆飲酒之醧能者飲不能者已謂之醧東都賦登降飫宴之禮既畢李善引薛君韓詩章句曰曰飲酒之禮跣而上坐者謂之宴衿林鏃上徐堅初學記引韓詩說取詳曰夫上飲之禮不脫屨而即序者謂之禮織跣而上坐者謂之宴能飲者飲不能飲者已謂之醧齊顏色均衆寡謂之沈閉門不出客謂之湎鉻好誠詩君子可以宴可以醧不可以沈不可以湎許云醧宴私之飲也正謂跣而升堂能飲則飲不能則已本韓詩爲說也而毛詩常棣醧作飫釋言曰飫私也毛傳曰飫私也不脫屨升堂謂之飫毛之飫字於韓爲醧毛以不脫屨升堂釋飫韓分別飫醧之名數典獨詳以國語攷之周語𠨭侯曰夫禮之立成者爲飫昭明大節而已少曲與焉是以爲之日惕其欲教民戒也原公曰禘郊之事則有全烝王公立飫則有房烝親戚燕饗則有殽烝夫王公諸侯之有飫也將以講事成章建大德昭大物也故立成禮烝而已飫以顯物燕以合好歲飫不倦時宴不淫是則飫之禮大於宴醧故飫主於敬宴醧主於和飫必立成宴醧必坐飫在晝宴在夜飫必屨而升堂宴醧必跣所以建大德昭大物公之至者不得云私宴醧主飲酒以親親親故曰宴私且周語分別其禮曰王公立飫則有房烝親戚饗宴則有殽烝是則王公立飫同異姓皆在焉不專親戚宴醧則惟同姓而已故常棣湛露楚茨之燕私皆同姓也然則常棣當作醧不當作飫了然可見矣故許於醧曰宴私飲也用韓詩說也而非與毛說異也何以言之蓋常棣醧爲正字飫爲音近叚借字以韵言之區聲與豆具孺同部而芺聲不同部毛韓各有所受往往毛多古字韓爲今字此一條韓爲正字毛爲叚借字如斯干如鳥斯革革訓翼韓作䩯訓翅亦韓正字毛叚借也毛云飫私也者用爾雅釋言文葢作爾雅時常棣詩已作飫矣故爾雅云飫私也而毛仍之毛公知詩非國語之飫也故足之曰脫屨升堂謂之飫即韓之脫屨升坐謂之宴也宴醧是一事言宴而醧在其中言脫屨升堂而能者飲不能者已在其中矣以詩爾雅之飫別國語之飫以脫屨升堂說爾雅之私毛義也下文又曰九族會曰和孺屬也王與

醵ㄐㄩˋ ○ ⿰酉巨 酺ㄆㄨˊ 醅ㄆㄟ 醉ㄗㄨㄟˋ 醺ㄒㄩㄣ 醟ㄩㄥˋ 酗ㄒㄩˋ

親戚燕則尙毛是爲燕醧而非國語之飫可知矣今毛傳
作不脫屨升堂謂之飫者由不善讀毛者摭取國語及韓
詩說妄增不字自漢巳然鄭君不能辯乃强爲之說曰驟
朝爲公於堂爲私非古燕私之義也又云圖非常議大疑
爲私非國語說也且兄弟旣具箋云九族從上至高祖下
至元孫之親也屬者以昭穆相次序妻子好合箋云王與
族人燕則宗婦內宗之屬亦從后於房中是鄭明知詩言
燕私不得參之以立成之飫揔由此詩字作飫而義實醧
讀者不據韓詩不攷燕飫之別莫得其解許君食部飫下
云燕食也亦依附毛義而失之角弓傳曰饇飽也饇卽飫
此飫之本義也 从酉區聲。依據切古音在四部讀如嫗玉篇廣韵作醧於娛切 醵 會飲酒
也。禮器注曰合錢飲酒曰醵 从酉豦聲。其虐切古音在五部其庶反 ⿰酉巨 醵或从巨。
巨聲也 酺 王惪布大飲酒也。禮器注引王居明堂禮曰仲秋乃命國醵葢醵酺略同也
漢文帝紀酺五日文穎曰音步漢律三人以上無故飲酒罰金四兩今詔橫賜得令會聚飲食五日也伏虔音蒲按
周禮族師祭酺注酺者爲人物烖害之神別一義 从酉甫聲。薄乎切五部 醅 醉飽也。
後人用潑醅字謂酒未泲也與古義絕殊 从酉咅聲。讀若僰。匹回切古音在一部四部閒
醉 卒也。卒其度量不至於亂也。以疊韵爲訓 从酉卒。此以會意包形
聲卒亦聲也將遂切十五部 一曰酒潰也。此別一義潰當爲潰之誤若今醉[illegible]醉醱之類 醺
醉也。謂酒氣熏蒸 从酉熏聲。聲字當删許舉會意包形聲耳許云切十三部 詩曰：公尸
來燕醺醺。大雅鳧鷖文今詩作來止熏熏上四章皆云來燕則作燕宜也醺醺恐淺人所改毛傳熏熏和
悅也許以來燕熏熏釋此篆之从酉熏正與釋豐釋麗釋
荆釋薦之引易同例此亦引經釋會意之例也學者不悟
久矣 醟 酗酒也。無逸曰酗于酒德 从酉熒省聲。爲命切十一部 酗 酒醟
也。依尙書釋文訂書作酗某氏傳曰以酒爲凶曰酗周禮司救注亦云酗醟 从酉句聲。香遇切古音在

醵酺醅醉醺醟酗醒醫莤

十四篇下 卅七

醒ㄒㄧㄥˇ 醫ㄧ 莤ㄧㄡˇ

四部 醒 病酒也。小雅憂心如醒傳曰病酒曰醒 一曰醉而覺也。節南山正義引說文
無一曰二字葢有者爲是許無醒字醉中有所覺悟卽是
醒也故醒足以兼之字林始有醒字云酒解也見衆經音
義葢義之歧出字之日增多類此 从酉星聲。直貞切十一部 醫 治病工也。周禮有醫
師食醫疾醫瘍醫獸醫 从殹从酉。四字各本無今補許書之例必先舉篆之从某从某或从某某聲而
下又釋其从某之故往往云故从某者是也葢人所不僚
者則釋之此从殹从酉於六書爲會意於其切古音在一
部與殹字在十五部不同 殹 惡姿也。此說从殹之故殳
此以殹會意彼以殹形聲也 部曰殹擊中聲也
初不訓惡姿而疒部瘀劇聲也劇聲謂疲極之聲此从殹
者瘀之省也如會下云會益也會卽增堅下云王朝廷也
利下禾卽龢利下未卽味又 醫之性然得酒而使。謂醫工
辛卽辠尸卽屖皆叚借之法 之性多
如是 故从酉。故字今補此說从酉之故以醫者多愛酒也 王育說。以上王說也 一曰殹
病聲。亦謂瘀之省 酒所目治病也。故从酉殹前說殹酉各義後說合酉殹一義 周禮
有醫酒。酒人辨四飲之物二曰醫醫非酒也而謂之酒者醫亦酒類也言此者此亦醫字从酉之一說醫本
酒名也內則作醷 古者巫彭初作醫。此出世本巫彭始作治病工 莤 禮。句 祭
束茅加於祼圭而灌鬯酒。是爲莤。像神歆之也。飲字各本作歆非今
依韵會正周禮甸師祭祀共蕭茅鄭大夫云蕭或爲莤莤
讀爲縮束茅立之祭前沃酒其上酒滲下去若神飲之故
謂之縮縮浚也故齊桓公責楚不貢苞茅不入王祭不共
無以縮酒許說本鄭大夫也惟鄭不言是祼儀耳許云加
於祼圭者謂加於祼圭之勺也 从酉艸。以酒灌艸會意也所六切三部按周禮禮記內則二鄭所引左傳皆
作縮然則縮者古文叚借字莤者小篆新造字故毛公伐
木傳曰湑莤之也以藪曰湑說者謂藪艸也而周禮蕭茅
或作莤皆漢人所用字或疑古文酉作丣則莤卽艸部之
茆故古文尙書以茆爲縮不知汗簡所載古文尙書皆妄

十四篇下 卅八

醨ㄌㄧˊ 䤃ㄔㄢˇ 酸ㄙㄨㄢ 䤀ㄉㄞˋ ⿰酉畯。 醶ㄧㄢˋ 酢ㄘㄨˋ 酏ㄧˊ 醬ㄐㄧㄤˋ ⿰爿酉。

人所爲好書六書兩不知其所以然者也春秋傳曰爾貢苞茅不入王祭不供。無以莤酒。春秋僖四年左氏傳文偁之以證縮酌用茅也鄭大夫注周禮鄭注郊特牲引傳皆作縮酒傳個二本不同一曰莤榼上塞也。塞各本作塞乃邊塞字耳榼酒器也以艸窒其上孔曰莤此別一義醨薄酒也。薄對厚言上文醇醲酎皆謂厚酒故謂厚薄爲醇醨今人作漓乃俗字也屈原賦曰何不餔其糟而歠其釃从酉离聲。讀若離。呂支切古音在十七部䤃酢也。二字[illegible]从酉韱聲。初減切七部酸酢也。月令春三月其味酸鴻範曲直作酸从酉夋聲。素官切十四部關東謂酢曰酸。⿰酉畯籀文酸从畯。畯聲也䤀酢漿也。水部漿下曰酢漿也酢漿謂䤀也䤀漿二篆爲轉注鄭注內則曰漿酢䤀也許書漿下當是酢䤀也後人改之耳鄭注周禮四飲曰漿今之䤀漿也絫言之曰䤀漿从酉𢦏聲。徒奈切一部醶酢漿也。漿䤀醶三者同物从酉僉聲。魚窆切七部今俗作釅酢醶也。酢本䤀漿之名引申之凡味酸者皆謂之酢上文䤃酢也酸酢也皆用酢引申之義也从酉乍聲。倉故切五部今俗皆用醋以此爲醻酢字酏黍酒也。周禮四飲四曰酏注曰今之粥也酏飲粥稀者之淸也禮記內則黍酏注曰酏粥也或以酏爲醴注曰釀粥爲醴也按飲非酒也故五齊三酒掌於酒人六飲掌於漿人而許酏下曰黍酒醫下曰醫酒盞許意與鄭說不同故賈侍中酏爲粥淸爲別一說賈與鄭合也从酉也聲。移爾切古音蓋在十七部釋文以支反一曰甛也。謂恬酒賈侍中說。酏爲鬻淸。鬻饘也俗作粥耳鄭云酏飲粥稀者之淸也本此凡鬻稀者謂之酏用爲六飲之一厚者謂之餰取稻米舉糔溲之小切狼臅膏以與稻米爲餰用爲醢人羞豆之實周禮謂餰爲酏鄭旣援內則以正之矣醬醢也。从肉酉。从肉者醢無不用肉也酒以和醬也。此說从酉之故爿聲。卽亮切十部今俗作醬⿰爿酉古

⿰爿⿱酉皿。 醢ㄏㄞˇ ⿱艹⿰鹵酉。 醔ㄇㄡˋ ⿰酉俞ㄊㄡˊ ⿰酉畢ㄅㄧˋ ⿰酉喬ㄐㄩˇ ⿰酉京ㄌㄧㄤˊ ⿰酉斬ㄐㄧㄢˋ ⿰酉任ㄖㄢˇ 酹ㄌㄟˋ

文醢如此。⿰爿⿱酉皿籀文。作之陳之皆必以器故从皿醢肉醬也。周禮醢人掌醢醓醢麋臡鹿臡麇臡蠃醢蜃醢蚳醢魚醢兔醢鴈醢凡醢皆肉也鄭曰作醢及臡者必先膊乾其肉乃後莝之襍以粱麴及鹽漬以美酒塗置甀中百日則成矣此醬从肉从酉之信也許訓醯云皿醢訓凡醢曰肉醬就字形別之耳从酉盍聲。大徐作从酉盍盍者䀋之或字呼改切一部⿱艹⿰鹵酉籀文。从艸謂芥醬榆醬之屬也从鹵謂鹽也从盍醬从盍聲也醔⿰酉俞。逗榆醬也。榆醬用榆人爲之榆人者榆子中人也齊民要術曰作榆子醬法治榆子人一升擣末篩之清酒一升醬五升合和一月可食之景差大招吳酸蒿蔞王逸注曰或云醬醔⿰酉俞卽榆醬也从酉敄聲。莫候切三部⿰酉俞醔⿰酉俞也。从酉俞聲。田候切四部按或音茂逗或音牟頭或音模塗皆疊韵也⿰酉畢擣榆醬也。擣築也擣而爲之謂之⿰酉畢从酉畢聲。蒲計切古音在十二部⿰酉喬醬也。廣雅同玉篇曰醯醬也醯醬亦見廣雅从酉喬聲。居律切十五部⿰酉京襍味也。周禮漿人六飲鄭司農云涼以水和酒也玄謂涼今寒粥若糗飯襍水也內則有濫無涼鄭曰以諸和水也以周禮六飲校之則濫涼也紀莒之閒名諸爲濫按許作⿰酉京卽周官內則之涼字也襍味者卽以諸和水說也乾者爲桃諸梅諸水漬爲桃濫於釋名可得其義也內則正義曰諸者衆襍之辭又按廣雅云⿰酉京醬也疑襍味下本有醬字故廁於此若六飲之涼則已見水部从酉京聲。呂醳切十部按當呂張切⿰酉斬闕。慈冄切八部⿰酉任闕。而剡切七部按依玉篇廣韵上字下當云⿰酉斬⿰酉任味薄也从酉漸聲下字下當云⿰酉斬⿰酉任也从酉任聲二篆疊韵而今本但注闕字疑許書本無此二篆酹餟祭也。食部餟下曰酹祭也與此爲轉注廣韵曰以酒沃地史記其下四方地爲餟食蓋餟酹皆於地餟謂肉故漢書作醊酹謂酒故从酉从酉寽聲。郎外切十五部此篆舊在醶醉之閒非其次也故移於此

文六十七　重八

酋 繹酒也。繹之言昔也昔久也多下曰从重夕夕者相繹也故重夕爲多然則繹酒謂日久之酒對昔爲疾孰酒醴酤爲一宿酒言之繹俗作醳周禮酒人三酒注曰事酒酌有事者之酒其酒則今之醳酒也昔酒今之酋久白酒所謂舊醳者也清酒今中山冬釀接夏而成郊特牲舊澤之酒注曰澤讀爲醳舊醳之酒謂昔酒也玉裁按許云繹酒葢兼事酒昔酒言之事酒謂繹酒昔酒謂舊繹之酒也酋之義引申之凡久皆曰酋久則有終大雅似先公酋矣傳曰酋終也 从酉。水半見於上。謂八也酋上與谷上正同皆曰水半見繹酒糟滓下湛水半見於上故像之字秋切三部 禮有大酋。掌酒官也。禮謂明堂月令仲冬乃命大酋注曰酒孰曰酋大酋者酒官之長也 凡酋之屬皆从酋。

尊 酒器也。凡酒必實於尊以待酌者鄭注禮曰置酒曰尊凡酌酒者必資於尊故引申以爲尊卑字猶貴賤本謂貨物而引申之也自專用爲尊卑字而別製罇樽爲酒尊字矣 从酋廾以奉之。廾者竦手也奉者承也設尊者必竦手以承之祖昆切十三部 周禮六尊。犧尊。象尊。著尊。壺尊。大尊。山尊。以待祭祀賓客之禮。見周禮司尊彝職犧作獻鄭司農云獻讀爲犧犧尊飾以翡翠象尊以象鳳皇或曰以象骨飾尊著尊著略尊也或曰著尊著地無足壺者以壺爲尊春秋傳曰尊以魯壺大尊大古之瓦尊山尊山罍也按毛詩閟宮犧尊卽獻尊也故許同大鄭作犧以待祭祀司尊彝詳之矣大行人賓客之禮亦必用彝饗禮食禮亦必用尊故約之曰以待祭祀賓客之禮

尊 尊或从寸。此與寺从寸意同有法度者也

文二　重一

戌 威也。九月易气微。萬物畢成。易下入地也。威大徐作滅非火部曰威滅也本毛詩傳火死於戌陽氣至戌而盡故威从火戌此以威釋戌之恉也律書曰戌者萬物盡滅淮南天文訓戌者滅也律厤志畢入於戌釋名戌恤也物當收斂矜恤之也九月於卦爲剝五陰方盛一陽將盡陽下入地故其字从土卢含一 五行土生於戊。盛於戌。戊午合德天文訓曰土生於午壯於戌死於寅 从戊一。戊者中宮亦土也一者一陽也戊中含一會意也 一亦聲。辛聿切十二部 凡戌之屬皆从戌。

文一

亥 荄也。十月微易起接盛侌。律厤志曰該閡於亥天文訓曰亥者閡也釋名曰亥核也收藏萬物核取其好惡眞僞也許云荄也者荄根也陽氣根於下也十月於卦爲坤微陽從地中起接盛陰卽壬下所云陰極陽生故易曰龍戰於野戰者接也 从二。二古文上字也。謂陰在一上也 一人男一人女也。其下从二人一人男一人女像乾道成男坤道成女 从乚象褢子咳咳之形也。咳與亥音同胡改切一部 春秋傳曰。亥有二首六身。左傳襄三十年文孔氏左傳正義曰二畫爲首六畫爲身按今篆法身祇有五畫葢周時首二畫下作六畫與今篆法不同也 凡亥之屬皆从亥。

𢑚 古文亥。各本篆體譌繆今依宋本舊本更正希豕字皆與豕形略相似 亥爲豕。猶巳下云巳爲蛇也 與豕同。謂二篆之古文實一字也豕之古文見九篇豕部與亥古文無二字故呂氏春秋曰子夏之晉過衛有讀史記者曰晉師三豕涉河子夏曰非也是己亥也夫己與三相近豕與亥相似至於晉而問之則曰晉師己亥涉河也 亥而生子。復從一起。此言始一終亥亥終則復始一也一下以韵語起此以韵語終

文一　二

五十一部　文六百三　重七十四　凡八千七百一十七字

德清許宗彥校字

說文解字第十四篇下

說文解字第十五卷

後漢書儒林傳作說文解字十四篇捨敘而言也許沖及隋志唐志皆云十五卷合敘而言也大史公自序班氏序傳皆別自爲篇

金壇段玉裁注

敘曰。二字舊在下文此十四篇之上今審定移置於此左傳宣十五年正義引說文序云倉頡之初作書可證史記漢書法言太元敘皆殿於末古箸書之例如此許書十四篇既成乃述其箸書之意而爲五百四十部敘目記其文字都數作韵語以終之畧放大史公自序云 **古者庖犧氏之王天下也。仰則觀象於天。俯則觀法**當作灋**於地。視鳥獸之文。與地之宜。近取諸身。遠取諸物。於是始作易八卦。㠯垂憲象。及神農氏結繩爲治而統其事。**謂自庖犧以前及庖犧及神農皆結繩爲治而統其事也毄辭曰易之興

也其於中古乎虞曰興易者謂庖犧也庖犧爲中古則庖犧以前爲上古黃帝堯舜爲後世聖人按依虞說則傳云上古結繩而治者神農以前皆是云後世聖人易之以書契者謂黃帝孝經緯援神契云三皇無文是五帝以下始有文字 **庶業其緐。**其同荀卿書之綦猶極也 **飾僞萌生。**萌生謂多也以上言庖犧作八卦雖卽文字之肇耑但八卦尙非文字自上古至庖犧神農專恃結繩事緐僞茲漸不可枝爲下黃帝造書契張本 **黃帝之史倉頡。**倉或作蒼按廣韵云倉姓倉頡之後則作蒼非也帝王世紀云黃帝史官倉頡衛恆四體書勢云昔在黃帝創制造物有沮誦倉頡者始作書契以代結繩蓋二人皆黃帝史也諸書多言倉頡少言沮誦者文略也按史者記事者也倉頡爲記事之官思造記事之法而文生焉 **見鳥獸蹏迒之迹。知分理之可相別異也。**分理猶文理 **初造書契。**高誘注呂覽曰蒼頡生而知書寫倣鳥跡以造文章 **百工㠯乂。**乂治也 **萬品㠯察。蓋取諸夬。夬揚于王庭。**

言文者宣教明化於王者朝廷。文卽謂書契也此引易彖辭而釋之 **君子所㠯施祿及下。居德則忌也。**居德依許字例當作尻悳而不必改正者十四篇皆釋造字之恉其說解必用本義之字而不用叚借有爲後人所亂者則必更正之敘則許所自製之文不妨同彼時通用之字亦使學者知古今字詁不同故知敘字不必同十四篇字也施祿及下謂能文者則祿加之居德則忌謂律己則貴德不貴文也 **倉頡之初作書。蓋依類象形。故謂之文。**依類象形謂指事象形二者也指事亦所以象形也文者逪畫也逪造其畫而物像在是如見迒而知其爲兔見速而知爲鹿也 **其後形聲相益。卽謂之字。**形聲相益謂形聲會意二者也有形則必有聲聲與形相軵爲形聲形與形相軵爲會意其後爲倉頡以後也倉頡有指事象形二者而已其後文與文相合而爲形聲爲會意謂之字如易本祇八卦卦與卦相重而得六十四卦也 **文者物象之本。**各本無此六字依左傳宣十五年正

義補 **字者言孳乳而寖多也。**孳者汲汲生也人及鳥生子曰乳寖猶漸也字者乳也周禮外史禮經聘禮論語子路篇皆言名左傳反正爲乏止戈爲武皿蟲爲蠱皆言文六經未有言字者秦刻石同書文字此言字之始也鄭注二禮論語皆云古曰名今曰字按名者自其有音言之文者自其有形言之字者自其滋生言之大行人屬瞽史諭書名外史達書名於四方此韵書之始也中庸曰書同文此字書之始也周之韵書不傳而毛詩及他經韵語固在周之字書不傳而許君說文可補其闕。按析言之獨體曰文合體曰字統言之則文字可互稱左傳止戈皿蟲皆曰文是合體爲文也許君某部言文若干謂篆文言凡若干字謂說解語是則古篆通謂之文己語則謙言字也 **箸於竹帛謂之書。**箸各本作著今正从竹此字古祇作者者別事詞也別之則其事昭焯故曰者明而俗改爲著明別之則箸與事相黏連軵麗故引申爲直略切之附者張略切之衣者而俗亦皆作附著衣著或云說文無著改爲箸皆未得其原也者於竹帛附著而著明之於竹帛也古者大事書之於

偁小事備讀職禮記曰百名以上書於策不及百名書於方古用竹木不用帛用帛蓋起於秦秦時官獄職務繁初有隸書以趨約易始皇至以衡石量書決事此非以縑素代竹木不可許於此兼言帛者蓋槩括秦以後言之書書如也○謂如其事物之狀也聿部曰書者箸也謂昭明其事此云如也謂每一字皆如其物狀㠯迄五帝三王之世○改易殊體○迄當爲訖訖止也迄俗此等蓋皆後人所改然漢碑多用迄或許不廢此字黃帝爲五帝之首自黃帝而帝顓頊高陽帝嚳高辛帝堯帝舜爲五帝夏禹商湯周文武爲三王其間文字之體更改非一不可枚舉傳於世者槩謂之倉頡古文不皆倉頡所作也封于泰山者七十有二代○靡有同焉○于當作於泰當作大封大山者七十二家見管子韓詩外傳司馬相如封禪文史記封禪書封禪書曰古者封泰山禪梁父者七十二家而夷吾所記者十有二焉無懷氏虙羲氏神農炎帝黃帝顓頊帝俈堯舜禹湯周成王也援神契曰三皇無文而無儀虙羲在五帝前易云有文字乎五帝以前亦有記識而

已非必成字黃帝以下乃各著其字故槩括之曰七十二代靡有同焉周禮八歲入小學○大戴禮保傅篇曰古者年八歲而出就外舍學小藝焉履小節焉束髮而就大學學大藝焉履大節焉盧景宣注曰外舍小學謂虎門師保之學也大學王宮之東者束髮謂成童白虎通曰八歲入小學十五入大學是也此大子之禮尚書大傳曰公卿之大子大夫元士嫡子年十三始入小學見小節而踐小義年二十而入大學見大節而踐大義此世子入學之期也又曰十五始入小學十八入大學謂子性晚成者至十五入小學其早成者十八入大學內則曰十年出就外傅居宿於外學書計者謂公卿以下教子於家也玉裁按食貨志曰八歲入小學學六甲五方書計之事白虎通曰八歲毀齒始有識知入學學書計許亦曰周禮八歲入小學皆是泛言教法非專指王大子內則六年教之數與方名巳識字巳知算矣至十歲乃就外傳講求六書之理九數之法故曰十年學書計與他家云八歲入小學異者所傳不同也周禮無八歲入小學之文因保氏併系之周禮保氏教國子先㠯六

書○周禮保氏教國子六藝五曰六書國子者公卿大夫之子弟師氏教之保氏養之而世子亦齒焉六書者文字聲音義理之總匯也有指事象形形聲會意而字形盡於此矣字各有音而聲音盡於此矣有轉注叚借而字義盡於此矣異字同義曰轉注異義同字曰叚借有轉注而百字可一義也有叚借而一字可數義也字形字音之書若大史籀著大篆十五篇殆其一耑乎字義之書若爾雅其取著者也趙宋以後言六書者匈衿陿隘不知轉注叚借所以包括詁訓之全謂六書爲倉頡造字六法說轉注多不可通戴先生曰指事象形形聲會意四者字之體也轉注叚借二者字之用也聖人復起不易斯言矣一曰指事○劉歆班固首象形次象事指事即象事鄭眾作處事非也指事者○視而可識○察而見意○見意各本作可見今依顏氏藝文志注正意舊音如憶識意在古音第一部以下每書二句皆韵語也丄丅是也○丄丅各本作上下非今正此謂古文也有在一之上者有在一之下者視之而可識爲上下察之而見上下之意許於丄部曰丄高也此指事丅底也此

指事序復舉以明之指事之別於象形者形謂一物事晐眾物專博斯分故一舉日月一舉丄丅丄丅所晐之物多日月祇一物學者知此可以得指事象形之分矣指事亦得偁象形故乙丁戊己皆指事也而丁戊己皆解曰象形子丑寅卯皆指事也而皆解曰象形一二三四皆指事也而四解曰象形有事則有形故指事皆得曰象形而其實不能溷指事不可以會意殽合兩文爲會意獨體爲指事徐楚金及吾友江艮庭往往認會意爲指事非也二曰象形○象當作像像者侶也象者南越大獸也自易大傳巳叚借矣劉歆班固鄭眾亦皆曰象形象形者○畫成其物○隨體詰詘○日月是也○詰詘見言部猶今言屈曲也日下曰實也大陽之精象形月下曰闕也大陰之精象形此復舉以明之物莫大乎日月也有獨體之象形有合體之象形獨體如日月水火是也合體者从某而又象其形如眉从目而以𠃜象其形箕从竹而以甘象其形衰从衣而以冄象其形𤱪从田而以㔽象耕田溝詰屈之形是也獨體之象形則成字可讀軵於从某者不成字不可讀說解中往往經淺人

例之此等字半會意半象形一字中兼有二者會意則兩體皆成字故與此別

三曰形聲劉歆班固謂之象聲形聲即象聲也其字半主義半主聲半主義者取其義而形之半主聲者取其聲而形之不言義者不待言也得其聲之近似故曰象聲曰形聲鄭衆作諧聲諧詥也非其義

形聲者以事爲名取譬相成江河是也事兼指事之事象形之物言物亦事也名即古曰名今曰字之名譬者諭也諭者告也以事爲名謂半義也取譬相成謂半聲也江河之字以水爲名譬其聲如工可因取工可成其名其別於指事象形者指事象形獨體形聲合體其別於會意者會意合體主義形聲合體主聲聲或在左或在右或在上或在下或在中或在外亦有一字二聲者有亦聲者會意而兼形聲也有省聲者既非會意又不得其聲則知其省某字爲之聲也

四曰會意劉歆班固鄭衆皆曰會意會者合也合二體之意也一體不足以見其義故必合二體之意以成字

會意者比類合誼以見指撝武信是也誼者人所宜也先鄭周禮注曰今人用義古書用誼誼者本字義者段借字指撝與指麾同謂所指向也比合人言之誼可以見必是信字比合戈止之誼可以見必是武字是會意也會意者合誼之謂也凡會意之字曰从人言曰从止戈人言止戈二字皆聯屬成文不得曰从人从言从戈从止而全書內往往爲淺人增一从字大徐本尤甚絕非許意然亦有本用兩从字者固當分別觀之有似形聲而實會意者如拘鉤笱皆在句部不在手金竹部莽葬莫不入犬日死部茻糾不入丼糸部之類是也

五曰轉注劉歆班固鄭衆亦皆曰轉注轉注猶言互訓也注者灌也數字展轉互相爲訓如諸水相爲灌注交輸互受也轉注者所以用指事象形形聲會意四種文字者也數字同義則用此字可用彼字亦可漢以後釋經謂之注出於此謂引其義使有所歸如水之有所注也里俗作註字自明至今刊本盡改舊文其可嘆矣

轉注者建類一首同意相受考老是也建類一首謂分立其義之類而一其首如爾雅釋詁第一條說始是也同意相受謂無慮諸字意恉略同義可互受相灌注而歸於一首如初哉首基肇祖元胎俶落權輿其於義或近或遠皆可互訓釋而同謂之始是也獨言考老者其顯明親切者也老部曰老者考也考者老也以考注老以老注考是之謂轉注葢老之形从人毛匕屬會意考之形从老丂聲屬形聲而其義訓則爲轉注全書內用此例不可枚數但類見於同部者易知分見於異部者易忽如人部但裼也衣部裼但也之類學者宜通合觀之異字同義不限於二字如裼嬴裎皆曰但也則與但爲四字窒窴皆曰塞也則與塞爲三字是也爾雅首條初爲衣之始哉爲才之段借字才者艸木之初首爲人體之始基爲牆始肇爲肁之段借肁者始開祖爲始廟元爲始胎爲婦孕三月俶爲始也落之爲始義以反而成權輿之爲始葢古語是十一者通謂之始非一其首而同其異字之義乎許云考者老也老者考也舉其切近著明者言之其他若初才首基肁祖元胎俶落權輿等字之皆爲始未嘗不義同爾雅也有參差其辭者如初下曰始也始下曰女之初也同而異異而同也有綢目其辭者如詞爲意內言外而矤爲兄詞者爲別事詞爲鈍詞曾爲詞之舒介爲詞之必然矣爲語已詞乃爲

之難是也有云之言者如孔子云貉之言貉貉惡也狄之言淫辟也是也凡經傳內云之言亦云之爲言者視此云猶者如不下云一猶天也爾下云麗爾猶靡麗也本下云大十猶兼十人也苟下云勹口猶慎言也㚔下云㚔猶齊也是也凡傳注中云猶者視此有以段借爲轉注者如會下云曾益也曾即增邑下云匕合也匕即比䢔下云允進也允即䢔是也凡爾雅及傳注以段借爲轉注者視爾雅訓哉爲始謂哉即才之段借也毛傳訓瑕爲遠謂瑕即遐之段借也故轉注中可包段借必二之者分別其用也既段借而後與段義之字相轉注未段借則與本義之字相轉注也轉注之說晉衛恒唐賈公彥宋毛晃皆未誤宋後乃異說紛然戴先生荅江愼修書正之如日月出矣而爝火猶有思復然者由未知六書轉注段借二者所以包羅自爾雅而下一切訓詁音義而非謂字形也玉裁按衛恒四體書勢曰轉注者以老注考也此申明許說也而今晉書譌爲老壽考也則不可通毛晃曰六書轉注謂一字數義展轉注釋而後可通後世不得其說

六曰假借劉歆班固鄭衆皆作假借六書之次第鄭衆一

象形二會意三轉注四處事五假借六諧聲所言非其敘劉歆班固一象形二象事三象意四象聲五轉注六假借與許大同小異竊以劉班許所說爲得其傳蓋有指事象形而後有會意形聲有是四者爲體而後有轉注假借二者爲用戴先生曰六者之次第出於自然是也學者不知轉注則亦不知假借爲何用矣假當作叚又部曰叚借也然則人部當云借叚也叚借者古文初作而文不備乃以同聲爲同義轉注專主義猶會意也叚借兼主聲猶形聲也

假借者。本無其字。依聲託事。令長是也。託者寄也謂依傍同聲而寄於此則凡事物之無字者皆得有所寄而有字如漢人謂縣令曰令長縣萬戶以上爲令減萬戶爲長令之本義發號也長之本義久遠也縣令縣長本無字而由發號久遠之義引申展轉而爲之是謂叚借許獨舉令長二字者以今通古謂如今漢之縣令縣長字卽是也原夫叚借放於古文本無其字之時許書有言以爲者有言古文以爲者皆可薈萃舉之以者用也能左右之曰以凡言以爲者用彼爲此也如來周所受瑞麥來麰也而以爲行來之來烏孝鳥也而以爲烏呼字朋古文鳳神鳥也而以爲朋攩字子十一月陽氣動萬物滋也而人以爲偁韋相背也而以爲皮韋西鳥在巢上也而以爲東西之西言以爲者凡六是本無其字依聲託事之明證本無來往字取來麥字爲之及其久也乃謂來爲來往正字而不知其本訓此許說叚借之明文也其云古文以爲者洒下云古文以爲灑埽字疋下云古文以爲詩大雅字丂下云古文以爲巧字臤下云古文以爲賢字𣃨下云古文以爲魯衛之魯哥下云古文以爲歌字詖下云古文以爲頗字圛下云古文以爲醜字奚下云古文以爲車轄字𢾺下云周書以爲討字此亦皆所謂依聲託事也而與來烏朋子韋西六字不同者本有字而代之與本無字有異然或叚借在先製字在後則叚借之時本無其字非有二例惟前六字則叚借之後終古未嘗製正字後十字則叚借之後遂有正字爲不同耳許書又有引經說叚借者如𢿏人姓也而引商書無有作𢿏謂鴻範叚𢿏爲好也𦵼火不明也而引周書布重𦵼席釋云蒻席也謂顧命叚𦵼爲蔑也堲古文垐以土增大道上也而引唐書朕堲讒說殄行釋云堲疾惡也謂堯典叚

堲爲疾也圛回行也而引商書曰圛釋云圛者升雲半有半無謂鴻範叚圛爲駱驛也枯槀也而引夏書惟箘輅枯釋云木名謂叚枯槀之枯爲木名也此皆許偁經說叚借而亦由古文字少之故與云古文以爲者正是一例大氐叚借之始始於本無其字及其後也既有其字矣而多爲叚借又其後也且至後代譌字亦得自冒於叚借博綜古今有此三變以許書言之本無難易二字而以難鳥蜥易之字爲之此所謂無字依聲者也至於經傳子史不用本字而好用叚借字此或古古積傳或轉寫變易有不可知而如許書每字依形說其本義其說解中必自用其本形本義之字乃不至矛盾自陷而今日有絕不可解者如慐爲愁憂爲行和既畫然矣而愁下不云慐也云憂也𡨄爲窒塞爲隔既畫然矣而窒下不云𡨄也云塞也但爲禓袒爲衣縫解既畫然矣而禓下不云但也云袒也如此之類在他書可以託言叚借在許書則必爲轉寫譌字蓋許說義出於形有形以範之而字義有一定有本字之說解以定之而他字說解中不容與本字相背故全書譌字必一一諟正而後許免於誣許之爲是書也以漢人通借緐多不可究詰學者不識何字爲本字何義爲本義雖有倉頡爰歷博學凡將訓纂急就元尚諸篇楊雄杜林諸家之說而其篆文既亂襍無章其說亦零星閒見不能使學者推見本始觀其會通故爲之依形以說音義而製字之本義昭然可知本義既明則用此字之聲而不用此字之本義者乃可定爲叚借本義明而叚借亦無不明矣

及宣王大史籀著大篆十五篇。與古文或異。大史官名籀人名也省言之曰史籀漢藝文志云史籀十五篇自注周宣王大史作大篆十五篇又云史籀篇者周時史官教學童書也然則其姓不詳記傳中凡史官多言史某而應劭張懷瓘顏師古及封演聞見記郭忠恕汗簡引說文皆作大史史籀或疑大史而史姓恐未足據大篆十五篇亦曰史籀篇亦曰史篇王莽傳徵天下史篇文字孟康云史籀所作十五篇古文書也此古文二字當易爲大篆大篆與倉頡古文或異見於許書十四篇中者備矣凡云籀文作某者是也或之云者不必盡異也蓋多不改古文者矣籀文字數不可知尉律諷籀書九千字乃得爲史此籀字訓讀書與宣王大史籀非

可牽合或因之謂籒文有九千字誤矣大篆之名上別乎古文下別乎小篆而爲言曰史篇者以官名之曰籒篇籒文者以人名之而張懷瓘書斷乃分大篆及籒文爲二體尤爲非是又謂籒文亦名史書尤非凡漢書元帝紀王尊傳嚴延年傳西域傳之馮嫽後漢書皇后紀之和熹鄧皇后順烈梁皇后或云善史書或云能史書皆謂便習隸書適於時用猶今人之工楷書耳而自應仲遠注漢已云史書周宣王大史籒所作大篆十五篇也殊爲繆解許偁史篇者三奭下云此燕召公名史篇名醜匋下云史篇讀與缶同姚下云史篇以爲姚易知史篇不徒載篆形亦有說解班志云建武時亡六篇唐元度云建武中獲九篇章帝時王育爲作解說所不通者十有二三許葢取王育說與**至孔子書六經。左丘明述春秋傳。皆㠯古文。**六經易書詩禮樂春秋也始見小戴經解莊子天運孔子書六經以古文者以壁中經知之左氏述春秋傳以古文者於張蒼所獻知之皆見下文古文大篆二者錯見此云皆以古文兼大篆言之六經左傳不必有古文而無籒文也下文云取史籒大篆或頗省改兼古文言之不必所省改皆大篆而無古文也秦書八體一曰大篆二曰小篆不言古文知古文已包於大篆中也王莽改定古文有六書一曰古文二曰奇字卽古文而異者三曰篆書卽小篆不言大篆知古文奇字二者內巳包大篆也吕氏春秋云倉頡造大篆是古文亦可偁大篆之證**厥意可得而說。**謂雖當詭更正文玩其所習蔽所希聞之世而眞古文之意未嘗不可說也**其後諸侯力政。不統於王。**其後謂孔子歾而微言絕七十子終而大義乖也**惡禮樂之害己而皆去其典籍。**見孟子**分爲七國。**韓趙魏燕齊楚秦**田疇異晦。**如周制六尺爲步步百爲晦秦孝公二百四十步爲晦**車涂異軌。**車之徹廣曰軌因以軌名涂之廣七國時車不依徹廣八尺之定制或廣或陝焉涂不依諸侯經涂七軌環涂五軌野涂三軌之制各以意爲之故曰車涂異軌也**律令異灋。**如商鞅爲左庶長定變法之令**衣冠異制。**如趙武靈王效胡服爲惠文冠前插貂尾叉服鞢齊王之側注冠楚王之

解豸冠是也**言語異聲。文字異形。**謂大行人屬瞽史諭書名聽聲音之制廢而各用其方俗語言各用其私意省改之文字也言語異聲則音韵岐文字異形則體製惑車同軌書同文之盛於是乎變矣**秦始皇帝初兼天下。丞相李斯乃奏同之。罷其不與秦文合者。**以秦文同天下之文秦文卽下文小篆也本紀曰二十六年書同文字**斯作倉頡篇。**藝文志曰倉頡一篇上七章秦丞相李斯作**中車府令趙高作爰歷篇。**志曰爰歷六章車府令趙高作車上當有中字伏儼曰中車府令主乘輿路車者也**大史令胡毋敬作博學篇。**志曰博學七章大史令胡毋敬作司馬彪曰大史令掌天時星厤胡毋姓也公羊音義史記索隱毋皆音無或作父母字非也李之七章趙之六章胡毋之七章各爲一篇漢志取目合爲倉頡一篇者因漢時閭里書師合爲三篇斷六十字以爲一章凡五十五章幷爲倉頡篇故也六十字爲一章者凡五十五然則自秦至司馬相如以前小篆祗有三千三百字耳淺人云倉頡大篆有九千字大篆之多三倍於小篆其說之妄不辨而可知矣**皆取史籒大篆。或頗省改。**省同媘女部曰媘少減也亦作渻水部曰渻減也省者減其緐重改者改其怪奇如民弟革酉皆象古文之形所謂改也書中載秦刻石也及二字此又刻石與其小篆異者如古文之有奇字也云取史籒大篆或頗省改者言史籒大篆則古文在其中大篆旣或改古文小篆復或改古文大篆或之云者不盡省改也不改者多則許所列小篆固皆古文大篆其不云古文作某籒文作某者古籒同小篆也其旣出小篆又云古文作某籒文作某者則所謂或頗省改者也**所謂小篆者也。**篆者引書之謂大史籒作者大篆則謂李斯等作者小篆以別之小篆藝文志作秦篆凡許書中云篆書者小篆也云籒文者大篆也**是時秦燒滅經書。滌除舊典。大發吏卒。興戍役。官獄職務緐。**皆詳始皇本紀**初有隸書。以趣約易。**趨疾走也**而古文由此絕矣。**藝文志曰是時始造隸書

矣起於官獄多事苟趨省易施之於徒隸也晉衛恆曰秦旣用篆奏事繁多篆字難成卽令隸人佐書曰隸字唐張懷瓘曰秦造隸書以赴急速爲官司刑獄用之餘尙用小篆焉按小篆旣省改古文大篆隸書又爲小篆之省秦時二書兼行而古文大篆遂不行故曰古文由此絕秦時刻石皆用小篆漢初人不識科斗其證也**自爾秦書有八體**。爾猶此也藝文志史籀十五篇下卽次之以八體六技而不言其篇數韋昭注八體用許說**一曰大篆**。不言古文者古文在大篆中也上云古文由此絕何也古文大篆雖不行而其體固在刻符蟲書等未嘗不用之也**二曰小篆**。其時所取重也**三曰刻符**。魏書江式表符下有書字符者周制六節之一漢制以竹長六寸分而相合**四曰蟲書**。新莽六體有鳥蟲書所以書幡信也此蟲書卽書幡信者**五曰摹印**。卽新莽之繆篆也**六曰署書**。木部曰檢者書署也凡一切封檢題字皆曰署題榜亦曰署冊部曰扁者署也从戶冊**七曰殳書**。蕭子良曰殳者伯氏之職也古者文既記笏武亦書殳按言殳以包凡兵器題識不必專謂殳漢之剛卯亦殳書之類**八曰隸書**。所以便於官獄職務也自刻符而下其漢志所謂六技與刻符旛信摹印署書殳書皆不離大篆小篆而詭變各自爲體故與左書偁六技

漢興有艸書。衛恆曰漢興而有艸書不知作者姓名至章帝時齊相杜度號善作之宋王愔曰元帝時史游作急就章解散隸體麤書之章艸之始也按艸書之偁起於艸槀趙壹云起秦之末殆不始史游其各字不連緜者曰章艸晉以下相連緜者曰今艸猶隸之有漢隸今隸也漢人所書曰漢隸晉唐以下楷書曰今隸艸書又爲隸書之省文字之變已極故許叢八體而附著之於此言其不可爲典要也漢趙壹有非艸書一篇**尉律**。謂漢廷尉所守律令也百官公卿表曰廷尉秦官掌刑辟藝文志曰漢興蕭何草律刑法志所謂蕭何捃摭秦法取其宜於時者作律九章也此以下至諷舉劾之說漢律所載取人之制**學僮十七已上**僮今之童字**始試**。句絕謂始應攷試也**諷籀書九千字乃得爲史**。史各本作吏今依江式傳正周禮注曰倍文曰諷竹部曰籀讀書也毛詩傳曰讀抽也方言曰抽讀也抽卽籀籀讀二文爲轉注倚書克由釋之由釋卽籀釋也史記云紬史記石室金匱之書如淳云抽徹舊書故事而次述之紬亦卽籀字也今本說文言部讀下云誦書也不合故訓誦乃籀之誤耳凡古卜筮抽繹卦爻本義而爲辭者因以籀名之今左傳作繇俗作繇許偁則作卜籀籀之說明而許所謂諷籀書者可明矣諷籀書九千字者諷謂能背誦尉律之文籀書謂能取尉律之義推演發揮而繕寫至九千字之多諷若今小試之默經籀書若今試士之時藝上云始試則此乃試之之事也藝文志試學童諷書九千字以上乃得爲史無籀字得爲史得爲郡縣史也周禮史十有二人注曰史掌書者又史掌官書以贊治注曰贊治若今起文書草也後漢書百官志郡大守郡丞縣令若長縣丞縣尉各置諸曹掾史**又以八體試之**。八體漢志作六體攷六體乃亡新時所立漢初蕭何艸律當沿秦八體耳班志固以試學童爲蕭何律文也自學僮十七至諷舉劾之許與班略異而可互相補正班云大史試學童許則云郡縣以諷籀書試之

又以八體試之而後郡移大史試之此許詳於班也班云諷書許則云諷籀書此亦許詳於班也班云六體許則云八體此許略於班也班云以爲尙書御史史書令史許云尙書史此班詳於許也班云吏民上書字或不正輒舉劾許不言吏民上書此亦班詳於許也班書之成雖在許前而許不必見班書固別有所本矣**郡移大史幷課**。句絕**冣者已爲尙書史**。大史者大史令也幷課者合而試之也上文試以諷籀書九千字謂試其記誦文理試以八體謂試其字迹縣移之郡郡移之大史大史合試此二者冣讀殿冣之冣其冣者用爲尙書令史也尙書令史十八人二百石主書藝文志曰以爲尙書御史史書令史云史書令史者謂能史書之令史也漢人謂隸書爲史書故孝元帝孝成許皇后王尊嚴延年楚王侍者馮嫽後漢孝和帝和熹鄧皇后順烈梁皇后北海敬王睦樂成靖王黨安帝生母左姬魏胡昭史皆云善史書大致皆謂適於時用如貢禹傳云郡國擇便巧史書者以爲右職又蘇林引胡公云漢官假佐取內郡善史書者給佐諸府也是可以知史書之必爲隸書向來注家

稱史書為大篆其繆可知矣石建自謂馬不足一馬援糾繆皋為四羊其可證也蓋漢承秦後切於時用莫若小篆隸書也志兼言御史令史御史之令史即百官志之蘭臺令史許不及之者以下文云字或不正輒舉劾之乃尚書屬職非御史所職也○光武紀注引漢制度曰帝之下書有四一曰策書二曰制書三曰詔書四曰誡敕策書者編簡也其制長二尺短者半之篆書起年月日稱皇帝以命諸侯王三公以罪免亦賜策而以隸書用尺一木兩行惟此為異也制書者帝者制度之命其文曰制詔三公皆璽封尚書令印重封露布州郡也詔書者詔告也其文曰告某官云如故事誡敕者謂敕刺史太守其文曰有詔敕某官他皆倣此按此知漢人除策諸侯王用木簡篆書外他皆用縑素隸書而已絕無用大篆之事也**書或不正輒舉劾之**○劾者用法以糾有罪也百官志曰民曹尚書主凡吏民今本奪民字上書事然則吏民上書字或不正輒舉劾正民曹尚書事而令史實佐之者也此以上言漢初尉律之法如此**今雖有尉律不課**○今者許謂當其時也謂不試以諷籀尉律九千字也**小學不修**○謂不以八體試之也漢志自史籀十五篇下至杜林倉頡故一篇總之為小學十家四十五篇謂之小學者八歲入小學所教也**莫達其說久矣**○莫解六書之說也玉裁按漢之取人蕭何初制用律及八體書迄乎孝武依丞相御史言用通一藝以上補卒史乃後吏多文學之士合說文藝文志及儒林傳參觀可見蓋始用律後用經而文學由之盛始試八體後不試第課閭里書師習之而小學衰矣故言今以惜之**孝宣皇帝時**○**召通倉頡讀者**○句絕此通倉頡讀者齊人而失其姓名藝文志云徵齊人能通倉頡讀者是也張敞從受之謂令張敞從此人學如鼂錯之從伏生受尚書張叔等十餘人詣京師受業博士或學律令也**張敞從受之**○藝文志曰倉頡多古字俗師失其讀宣帝時徵齊人能正讀者張敞從受之傳至外孫之子杜林為作訓故按云倉頡多古字者謂倉頡篇中大半古文大篆且周秦時所用音義在漢時則為古字如張揖古今字詁所記者是也俗師失其讀者失其音義也正讀者正其音義張敞字子高河東平陽人子

吉子竦字伯松博學文雅過於敞郊祀志曰美陽得鼎獻之有司多以為宜薦見宗廟張敞好古文字按鼎銘勒而上議曰此鼎殆周之所以褒賜大臣大臣子孫刻銘其先功臧之於宮廟者也不宜薦見宗廟制曰京兆尹議是**涼州刺史杜業**○業漢書作鄴似當從許作業杜鄴字子夏本魏郡繁陽人也其母張敞女從敞子吉學問得其家書吉子竦又從鄴學問亦著於世尤長小學鄴子林亦有雅材其正文字過於鄴竦**沛人爰禮**○沛依六篇邑部當作郝此亦從俗也亏部平下曰爰禮說其一端也**講學大夫秦近**○講學大夫新莽所設官名儒林傳篇秉陳俠歐陽政為王莽講學大夫秦近或曰即桓譚新論云秦近君說堯典篇目兩字至十餘萬言說曰若稽古三萬言者也**亦能言之**○謂已上共五人皆能說倉頡讀也杜業在哀帝時爰禮秦近皆在平帝及亡新時**孝平皇帝時**○**徵禮等百餘人**○**令說文字未央廷中**○**以禮為小學元士**○孝平紀元始五年徵天下通知逸經古記天文厤算鍾律小學史篇方術本艸及以五經論語孝經爾雅教授者在所為駕一封軺傳遣詣京師至者數千人王莽傳曰元始四年徵天下通一藝教授十一人以上及有逸禮古書毛詩周官爾雅天文圖讖鍾律月令兵法史篇文字通知其意者皆詣公車令記說廷中紀傳所說正是一事爰禮等百餘人說文字未央廷中正其時也禮等通小學史篇文字者也史篇孟康云史籀所作十五篇也玉裁按楊雄傳曰史篇莫善於倉頡是則凡小學之書皆得偁史篇藝文志曰至元始中徵天下通小學者以百數各令記字於庭中楊雄取其有用者以作訓纂篇**黃門侍郎楊雄**○楊从木或从手者誤本傳奏羽獵賦除為郎給事黃門**采吕作訓纂篇**○志曰訓纂一篇楊雄作楊雄傳曰史篇莫善於倉頡作訓纂**凡倉頡已下十四篇**○**凡五千三百四十字**○**羣書所載略存之矣**○凡者冣括也冣括者都數也倉頡已下十四篇謂自倉頡至於訓纂共十有四篇篇之都數也五千三百四十字字之都數也藝文志曰漢時閭里書師合倉頡爰歷博學三篇斷六十

字以爲一章凡五十五章幷爲倉頡篇此謂漢初倉頡篇祇有三千三百字也志又曰武帝時司馬相如作凡將篇無復字元帝時黃門令史游作急就篇成帝時將作大匠李長作元尙篇皆倉頡中正字也凡將則頗有出矣此謂三家所作惟凡將之字有出倉頡篇外者也志又曰至元始中徵天下通小學者以百數各令記字於庭中揚雄取其有用者以作訓纂篇順續倉頡又易倉頡中重復之字凡八十九章此謂雄所作訓纂凡三十四章二千四十字合五十五章三千三百字凡八十九章五千三百四十字也班但言章數許但言字數而數適相合不數急就元尙者皆倉頡中字既取倉頡可不之數也不數凡將者凡將字雖或出倉頡外而必晐於訓纂中故亦不之數也訓纂續倉頡而無復倉頡之字且易倉頡中自復者故五千三百四十字一無重復也然則何以云十四篇也合李斯趙高胡毋敬司馬相如史游李長揚雄所作而言之計字則無復計篇則必備也本祇有倉頡爰歷博學凡將急就元尙訓纂七目又析之爲十四其詳不可聞矣漢初蓋倉頡爰歷博學爲三倉班於倉頡一篇自注云上七章則爰歷爲中博學爲下可知也自揚雄作訓纂以後班固作十三章和帝永元中郎中賈魴又作滂喜篇梁庾元威云倉頡五十五章爲上卷揚雄作訓纂記滂喜爲中卷賈升郎更續記彥均爲下卷人併爲三倉元魏江式亦云是爲三倉蓋自張揖作三倉訓詁陸璣詩疏引三倉說郭樸作三倉解詁魏晉時早有三倉之偁韋昭注漢云班固十三章疑在倉頡下篇三十四章之內然則賈魴所作有三十四章而班之十三章在其中許所云五千三百四十字不數班賈所作也揚雄訓纂終於滂熹二字滂熹者言滂沱大盛賈魴用此二字爲篇目而終於彥均二字故庾氏云揚記滂喜賈記彥均隨志則云揚作訓纂賈作滂熹共賈一也眞與熹古通用熹者大盛之意彥音盤大也大學人之彥聖彥一作盤是也懷瓘書斷云倉頡訓纂八十九章合賈廣班三十四章凡百二十三章文字備矣按八十九章五千三百四十字又增三十四章二千四十字凡七千三百八十字許全書凡九千三百五十三文蓋五千三百四十字之外他采者三千十三字班賈之篇未嘗不在网羅之內且班賈而外亦且借歸漁獵之中班前於許賈則同時許卽不見班賈之書而未央廷中百餘人所說揚雄所未采凡將所出倉頡外藝文志所云別字十三篇者具焉是皆許之所本也自倉頡至彥均章皆六十字凡十五句句皆四言許引幼子承詔郭注爾雅引考妣延年是也凡將七言如蜀都賦注引黃潤纖美宜製禪藝文類聚引鐘磬竽笙筑坎侯是也急就今尙存前多三言後多七言元尙今無考若隨志所載班固太甲篇在昔篇蓋卽在十三章內崔瑗飛龍篇蔡邕聖皇篇黃初篇吳章篇蔡邕女史篇皆由其字已具三倉中故不得一列於三倉也若藝文志又偁倉頡傳一篇揚雄倉頡訓纂一篇杜林倉頡訓纂一篇杜林倉頡故一篇此四篇者又皆漢人釋倉頡五十五章之作五十五章四言爲句如今童子所讀千字文此四篇者如顏師古王伯厚之釋急就篇也自倉頡至彥均漢魏時蓋皆以隸書書之或以小篆書之皆閭里書師所敎習謂之史書

及亡新居攝。使大司空甄豐等校文書之部。校今之校字也古無挍字借校字爲之**自吕爲應制作。**王莽傳曰莽奏起明堂辟雍靈臺制度甚盛立樂經自言盡力制禮作樂事**頗改定古文。**頗者閒見之詞於古文閒有改定如𦥑字下亡新以爲𦥑从三日大盛改爲三田是其一也**時有六書。**與周禮保氏六書同名異實莽之六書卽秦八體而損其二也**一曰古文。孔子壁中書也。**下文詳之秦有小篆隸書而古文由此絕故惟孔子壁中書爲古文故六書首此**二曰奇字。卽古文而異者也。**分古文爲二儿下云古文奇字人也无下云奇字无也許書二見蓋其所記古文中時有之不獨此二字矣揚雄傳云劉歆之子棻嘗從雄學奇字按不言大篆者大篆卽包於古文奇字二者中矣張懷瓘謂奇字卽籀文其跡有石鼓文存非是**三曰篆書。卽小篆。**上文所謂小篆**秦始皇帝使下杜人程邈所作也。**按此十三字當在下文左書卽秦隸書之下上文明言李斯趙高胡毋敬皆取史籀大篆省改所謂小篆則作小篆之人旣顯白矣何容於此自相矛盾耶況蔡邕聖皇篇云程邈刪古立隸文而蔡劉衞恆羊欣江式庾肩吾王僧虔酈道元顏師古亦皆同辭惟傳聞不一或者時許書已誤是以衛巨山疑而未定耳下杜人程邈爲衙獄吏得罪幽繫雲陽增減大篆體去其緐複始皇善之出爲御史名書曰隸書下杜江式張懷瓘皆作下邽庾肩吾書品作下邳邈說文無此字蓋古祇作藐 **四曰左書。即秦隸書。** 左今之佐字小徐本作左而後大叔佐夏不盡一益許較從俗作佐後人或以古字改之而又不盡改也左書謂其法便捷可以佐助篆所不逮上文云初有隸書以趣約易不言誰作故此補之曰秦始皇帝使下杜人程邈所作也 **五曰繆篆。所以摹印也。** 摹規也規度印之大小字之多少而刻之繆讀綢繆之繆上文秦文八體五曰摹印 **六曰鳥蟲書。所以書幡信也。** 幡當作旛漢人俗字以幡爲之書旛謂書旗幟書信謂書符卩土文四曰蟲書此曰鳥蟲書謂其或像鳥或像蟲鳥亦稱羽蟲也按秦文八體尚有刻符署書殳書此不及之者三書之體不離乎摹印書旛之體故舉二以包三古文則析爲二以包大篆莽意在復古應制作故不欲襲秦制也 **壁中書者。** 巳下尊崇古籀

遂己作書之意故承壁中書而釋之 **魯恭王壞孔子宅。而得禮記。尚書。春秋。論語。孝經。** 劉歆移書讓大常博士曰魯恭王壞孔子宅欲以爲宮得古文於壞壁中逸禮三十有九書十六篇藝文志曰魯恭王壞孔子宅欲以廣其宮得古文尚書及禮記論語孝經凡數十篇皆古字也景十三王傳曰於其壁中得古文經傳按古文傳謂記及論語也許所謂得禮者禮古經也志言禮古經五十六卷出於魯淹中及孔氏與后氏戴氏經十七篇相似多三十九篇十七篇即唐以後所謂儀禮多出之三十九篇漢儒莫爲之注遂亡○記者謂禮之記也河間獻王傳禮與禮記爲二此亦當云禮禮記轉寫奪一禮字耳志云記百三十一篇七十子後學者所記也明堂陰陽三十三篇古明堂之遺事也王史氏二十一篇七十子後學者也隨志劉向考校經籍得記百三十篇明堂陰陽記三十三篇孔子三朝記七篇王史氏記二十一篇樂記二十三篇凡五種合二百十四篇經典釋文敘錄引劉向別錄云古文記二百十四篇是也謂之古文記則以上皆爲古文可知○尚書者志言尚書

古文經四十六卷爲五十七篇以考伏生經二十九篇得多十六篇劉歆亦云得古文逸書十六篇要之伏生所有以及所無皆爲古文矣○春秋蓋謂春秋經也志言春秋古經十二篇是也春秋經傳班志不言出誰氏據許下云北平侯張蒼獻春秋左氏傳意經傳皆其所獻古經與傳別然則班云春秋古經十三篇左氏傳三十卷皆謂蒼所獻也而許以經系之孔壁以傳系之北平侯恐非事實或曰春秋二字衍文○論語志云論語古二十一篇出孔子壁中兩子張篇是也齊論語則二十二篇魯論語則二十篇○孝經者志云孝經古孔氏一篇二十二章是也孝經一篇十八章漢長孫氏江翁后蒼翼奉張禹各自名家經文皆同唯孔氏壁中古文爲異○以上皆古文以其出於壁中故謂之壁中書晉人謂之科斗文王隱曰大康元年汲郡民盜發魏安釐王冢得竹書漆字科斗之文科斗文者周時古文也其字頭麤尾細似科斗之蟲故俗名之焉據此則科斗文乃晉人里語而孔安國敘尚書乃有科斗文字之偁其爲作僞固顯然可見矣 **又北平侯張蒼獻春秋左氏傳。** 孝惠三年乃除

挾書之律張蒼當於三年後獻之然則漢之獻書張蒼最先漢之得書首春秋左傳而平帝時乃立博士何也秦禁挾書而蒼身爲秦柱下御史遂藏左氏至漢弛禁而獻之亦可以知秦法之不行矣此亦壁中諸經之類也故類記之論衡說左傳卅篇出恭王壁中恐非事實 **郡國亦往往於山川得鼎彝。其銘即前代之古文。皆自相似。** 何休云亦者兩相須之意銘字不見於金部由古文士喪禮作名許從古文禮也而此作銘者不廢今字也佀像也郡國所得秦以上鼎彝其銘即三代古文如郊祀志上有故銅器問李少君少君曰此器齊桓公十年陳於柏寢巳而案其刻果齊桓公器又美陽得鼎獻之有司多以爲宜薦見宗廟張敞按鼎銘勒而上議凡若此者亦皆壁中經之類也皆自相似者謂其字皆古文彼此多相類 **雖叵復見遠流。** 流小徐本作沫蓋誤 **其詳可得略說也。** 元應引三倉曰叵不可也許可部無此字以可急言之即爲不可如試可乃巳即試不可乃巳也而此有叵字者不廢今字也雖不可再見古皆原流之

許而其詳亦可得略說之就恭王所得北平所獻以及郡國所得鼎彝古文略具於是故王莽時六書不得古文便以壁中書爲古文反古復始之道莫之能易也而世人大共非訾。禮記鄭注曰口毀曰訾目爲好奇者也。故詭更正文。詭當作恑恑變也鄉壁虛造不可知之書。鄉俗用向爲之變亂常行目燿於世。此謂世人不信壁中書爲古文非毀之謂好奇者改易正字向孔氏之壁憑空造此不可知之書指爲古文變亂常行以燿於世也正文常行世人謂秦隸書也諸生競逐說字解經誼。誼各本譌作詣今正誼義古今字藝文志曰後世經傳旣已乖離博學者又不思多聞闕疑之義而務碎義逃難便辭巧說破壞形體說五字之文至於二三萬言後進彌以馳逐故幼童而守一藝白首而後能言稱秦之隸書爲倉頡時書。云父子相傳。何得改易。謂諸生之爭逐說字解經義也稱秦隸書卽倉頡書云此積古以來父傳之子者安能有所改易而乃謂其非古文乃輒別造不可知之書爲古文也說字以解經本無不合患在妄說隸書之字如下文所舉乃猥曰馬頭人爲長。謂馬上加人便是長字會意曾不知古文小篆長字其形見於九篇明辨皙也今馬頭人之字罕見蓋漢字之尤俗者人持十爲斗。今所見漢隸字斗作升與升字什字相混正所謂人持十也斗見十四篇小篆卽古文也本是像形字虫者屈中也。蟲从三虫而往往段虫爲蟲許多云蟲省聲是也但虫蟲見十三篇本像形字所謂隨體詰詘隸字祇令筆畫有橫直可書本非从中而詘其下也如許書於民酉字曰从古文之體小篆有變古文令可書者隸書亦有變小篆令可書者其道一也廷尉說律。至目字斷法。猶之說字解經義也苛人受錢。苛之字止句也。通典陳羣劉卲等魏律令序曰盜律有受所監臨受財枉法雜律有假借不廉令乙有所呵人受錢科有使者驗賂其事相類故分爲請賕律按訶責字見三篇言部俗作呵古多以苛字荷字代之漢令乙有所苛人受錢謂有治人之責者而受人錢故

與監臨受財假借不廉使者得賂爲一類苛从艸可聲假爲訶字並非从止句也而隸書之尤俗者乃譌爲苛說律者曰此字从止句句讀同鉤謂止之而鉤取其錢其說無稽於字意律意皆大失今廣韵七歌曰苛止也虎何切玉篇止部云苛古文訶亦皆譌字耳而不若苛之甚若此者甚眾。不可勝數也皆不合孔氏古文。謬於史籀。文字以倉頡史籀爲正故必兼舉之不曰倉頡古文而曰孔氏古文者漢時惟孔子壁中書爲倉頡古文也鼎彝之銘則合於孔氏古文者也俗儒啚夫。啚俗本作鄙非啚者嗇也田夫謂之嗇夫翫其所習。蔽所希聞。不見通學。未嘗覩字例之條。字例之條謂指事象形形聲會意轉注段借六書也藝文志曰安其所習毀所不見終以自蔽此學者之大患也怪舊埶而善野言。埶今藝字也五音韵譜作執亦通目其所知爲祕妙。妙古作玅妙取精細之意故以目小之義引申段借之後人別製妙文蔡邕題曹娥碑有幼婦之言知其字漢末有之許書不錄者曉出之俗字也而不廢此字者可從者則不廢从女少聲於古造字之義有合古好从女子妥从女爪安从宀女妟从女日周禮嬓从女敫男女者人之大欲存焉故古造字多有取於此凡俗字不若馬頭人人持十之巳甚者許所不廢也究洞聖人之微恉。究窮也洞同迵迵者達也恉者意也又見倉頡篇中幼子承詔。幼子承詔蓋倉頡篇中之一句也倉頡篇例四字爲句今許書言部無詔字蓋許以誥字包之古曰誥秦漢曰詔義同音近因曰古帝之所作也。其辭有神僊之術焉。曰大徐作號幼子承詔蓋指胡亥卽位事俗儒啚夫旣謂隸書卽倉頡時書因謂李斯等所作倉頡篇爲黃帝之所作以黃帝倉頡君臣同時也其云幼子承詔者謂黃帝乘龍上天而少子嗣位爲帝也無稽之談漢人乃至於此哉其迷誤不諭。豈不悖哉。諭猶曉也悖亂也自世人大共非訾以下至此皆言尉律不課小學不修莫達其說之害蓋自不試以諷籀尉律九千字不課以八體書專由通一藝進身而不讀律則不知今矣

所習皆隸書而隸書之俗體又曰以滋蔓則不知古矣以其滋蔓之俗體說經有不爲經害者哉此許自言不得不爲說文解字之故孟子曰予豈好辯哉予不得已也古聖賢作述皆必有所不得已焉爾後魏江式亦以篆形謬錯隸體失眞追來爲歸巧言爲辯小兎爲䨲神蟲爲蠶皆不合古文大篆及許氏說請撰集字書號曰古今文字

書曰。予欲觀古人之象。虞書皋陶謨文言必遵修舊文而不穿鑿。尚書日月星辰山龍華蟲作會宗彝藻火粉米黼黻絺繡以五采彰施于五色作服日月以下像其物者實皆依古人之像爲之古人之像卽倉頡古文是也像形像事像意像聲無非像也故曰古人之像文字起於像形日月星辰山龍華蟲宗彝藻火粉米黼黻皆像其物形卽皆古像形字古畫圖與文字非有二事帝舜始取倉頡依類像形之文用諸衣裳以治天下故知文字之用大矣虙羲倉頡觀於天地人物之形而畫卦造書契帝舜法伏羲倉頡之像形以爲旗章衣服之飾大舜之智猶修舊不敢穿鑿況智不如舜者乎

孔子曰。吾猶及史之闕文。今亡矣夫。論語衛靈公篇文蓋非其不知而不問。人用己私。私當爲厶是非無正。巧說衺辭。使天下學者疑。蓺文志曰古制書必同文不知則闕問諸故老至於衰世是非無正人用其私故孔子曰吾猶及史之闕文也今亡矣夫蓋傷其寖不正

蓋文字者。經藝之本。上蓋釋論語之辭此蓋承上起下之辭六藝字古當祇作埶埶種也六經爲人所治如種植於其中故曰六藝後人種埶字作蓺六藝又加云作藝藝皆俗字許書當是用埶王政之始。歬人所㠯垂後。後人所㠯識古。故曰。本立而道生。知天下之至嘖而不可亂也。上句論語學而篇文下句易繫辭傳文今敘篆文。合㠯古籒。此㠯下至蓋闕如也自述作書之例也篆文謂小篆也古籒謂古文籒文也許重復古而其體例不先古文籒文者欲人由近古以攷古也小篆因古籒而不變者多故先篆文正所㠯說古籒也隸書則去古籒遠難以推尋故

必先小篆也其有小篆已改古籒古籒異於小篆者則以古籒駁小篆之後曰古文作某籒文作某此全書之通例也其變例則先古籒後小篆如一篇二下云古文丄丅下云篆文二先古文而後篆文者以旁帝字从二必立二部使其屬有所从凡全書有先古籒後小篆者皆由部首之故也

博采通人。至於小大。信而有證。小大論語云賢者識其大者不賢者識其小者是也中庸曰無徵不信可信者必有徵也徵證也證譣也許君博采通人載孔子說楚莊王說韓非說司馬相如說淮南王說董仲舒說劉歆說揚雄說爰禮說尹彤說逯安說王育說莊都說歐陽喬說黃顥說譚長說周成說官溥說張徹說甯嚴說桑欽說杜林說衛宏說徐巡說班固說傳毅說皆所謂通人也而賈侍中逵則許所從受古學者故不書其名必云賈侍中說

稽譔其說。稽留止也稽留而攷之也譔專教也譔與詮同詮具也稽攷詮釋或以說形或以說音或以說義三者之說皆必取諸通人其不言某人說者皆根本六藝經傳務得倉頡史籒造字本意因形以得其義與音而不爲穿鑿

將㠯理羣類。羣類謂如許沖所云天地鬼神山川艸木鳥獸蚰蟲襍物奇怪王制禮儀世間人事靡不畢載皆以文字之說說其條理也解謬誤。謂說形說音說義有謬誤者皆得解判之也曉學者。達神恉。曉者明之也達猶通也恉者意也達神恉者使學者皆通寀於文字之形之音之義也神恉者指事象形形聲會意轉注叚借神妙之恉也

分別部居。不相襍廁也。居當作凥凡凥處字古用凥後世乃用居爲之許從俗也廁猶置也分別部居不相襍廁謂分別爲五百四十部也周之字書漢時存者史籒十五篇其體式大約同後代三倉許所引史篇三姚下匋下奭下略如後代倉頡傳倉頡故秦之倉頡爰歷博學合爲倉頡篇者每章十五句每句四字訓纂滂熹同之凡將篇每句七字急就同之其體例皆襍取需用之字以文理編成有韵之句與後世千字文無異所謂襍廁也識字者略識其字而其形或譌其音義皆有所未諦雖有揚雄之倉頡訓纂杜林之倉頡訓纂倉頡故而散而釋之隨字敷演不得字形之本始字音字義之所以然許君以爲音生於義義箸

於形聖人之造字有義以有音有音以有形學者之識字必審形以知音審音以知義聖人造字實自像形始故合所有之字分別其部爲五百四十每部各建一首而同首者則曰凡某之屬皆从某於是形立而音義易明凡字必有所屬之首五百四十字可以統攝天下古今之字此前古未有之書許君之所獨創若網在綱如裘挈領討原以納流執要以說詳與史籒篇倉頡篇凡將篇亂雜無章之體例不可以道里計顏黃門曰其書檃栝有條例剖析窮根原不信其說則冥冥不知一點一畫有何意焉此最爲知許者矣蓋舉一形以統衆形所謂檃栝有條例也就形以說音義所謂剖析窮根源也是以史籒三倉自漢及唐遝至放失而說文遂嫥行於世如左公毛公之詩傳春秋傳皆後出而卒循獨永久勿替也按史游急就篇亦曰分別部居不襍廁而其所謂分別者如姓名爲一部衣服爲一部飲食爲一部器用爲一部急就之例如是勝於李斯胡毋敬趙高司馬相如揚雄所作諸篇散無友紀者故自述曰急就奇觚與衆異也然不無待於訓詁訓詁之法又莫若據形類聚故同一分別部居而功用殊矣

萬物咸覩靡不兼載。

許沖云天地鬼神山川艸木鳥獸蜫蟲襍物奇怪王制禮儀世間人事靡不畢載蓋史游之書以物類爲經而字緯之許君之書以字部首爲經而物類緯之也

厥誼不昭爰明以諭。

誼兼字義字形字音而言昭明也論告也許君之書主就形而爲之說解其篆文則形也其說解則先釋其義若元下云始也丕下云大也是也次釋其形若元下云从一从兀丕下云从一从不是也次說其音若兀爲聲不爲聲及凡讀若某皆是也必先說義者有義而後有形也音後於形者審形乃可知音即形即音也合三者以完一篆說其義而轉注段借明矣說其形而指事象形形聲會意明矣說其音而形聲段借愈明矣一字必兼三者三者必互相求萬字皆兼三者萬字必以三者彼此交通互求說其義而轉注段借明者就一字爲注合數字則爲轉注異字同義爲轉注異義同字則爲段借故就本形以說義而本義定本義既定而他義之爲借形可知也故曰說其義而轉注段借明也說其形而指事象形形聲會意明者說其形則某爲指事某爲象形某爲獨體之象形某爲合體某爲合二字之會意某爲合二字之形聲某爲會意兼有形聲皆可知也說其聲而形聲段借愈明者形聲必用此聲爲形段借必用此聲爲義

其偁易孟氏、書孔氏、詩毛氏、禮周官、春秋左氏、論語、孝經，

漢田何以易授丁寬寬授田王孫王孫授施讎孟喜梁丘賀喜授白光翟牧後漢洼丹陽鴻任安范升楊政皆傳孟氏易而虞翻自其高祖光至翻五世皆治孟易故仲翔孟學爲尤邃孟易者許君易學之宗也　孔氏有古文尚書孔安國以今文字讀之因以起其家司馬遷亦從安國問故遷書載堯典禹貢洪範微子金縢諸篇多古文說孔氏者許書學之宗也　毛公趙人也治詩爲河閒獻王博士毛氏者許學詩之宗也　高堂生傳士禮十七篇而禮古經五十六卷出壁中有大戴小戴慶氏之學許不言誰氏者許禮學無所主也古謂之禮唐以後謂之儀禮不言記者言禮以該記也周官經六篇王莽時劉歆置博士古謂之周官經許鄭亦謂之周禮不言誰氏者許周禮學無所主也　春秋古經十二篇左氏傳三十卷出壁中及張蒼家左氏者許春秋學之宗也　論語不言誰氏者學無所主也　孝經亦不言誰氏者學無所主也許沖以爲魯國三老所獻議郎衛宏所校　以上爲班志之六藝九種而不言樂者以禮周官該樂也偁者揚也揚者舉也許書內多舉諸經以爲證以爲明論厥誼之助

皆古文也。

此反對上文皆不合孔氏古文謬於史籒而言所謂萬物兼載爰明以諭者皆合於倉頡古文不謬於史籒大篆不言大篆者言古文以該大篆也所說之義皆古文大篆之義所說之形皆古文大篆之形所說之音皆古文大篆之音故曰皆古文也然則所偁六藝皆以言古文大篆即六藝之外所偁載籍如老子淮南王伊尹韓非司馬法之類六藝孟氏孔氏毛氏左氏外所偁諸家如韓詩魯詩公羊春秋之類亦皆以言古文大篆也且逐字說之不必有所偁者無非以言古文大篆之字形字音字義也上文萬物咸覩靡不兼載厥誼不昭爰明以諭正謂全書皆發揮古文言其偁易孟氏書孔氏詩毛氏禮周官春秋左氏論語孝經謂全書中明諭厥誼往往取證於諸經非謂偁引諸經皆壁中古文本也易孟氏之非壁中明矣古書之言古文者有二　謂

壁中經籍一謂倉頡所製文字雖命名本相因而學士當
區別如古文尚書古文禮此等猶言古本非必古本字字
皆古籀今本則絕無古籀字也且如許書未嘗不用魯詩
公羊傳今文禮然則云皆古文者謂其中所說字形字音
字義皆合倉頡史籀非謂皆用壁中古本明矣所說字形
字音字義皆合倉頡史籀則周禮保氏所教六書指事象
形形聲會意轉注叚借字例之條大明於天**其於所不知**
下俗儒啚夫述誤不論者可昭然共論矣
蓋闕如也。此用論語子路篇語蓋闕疊韵字凡論語言如
或單字孛如躩如是或重字申申如夭夭如是
或疊韵雙聲字踧踖如鞠躬如蓋闕如是蓋舊音如割漢
書儒林傳曰疑者丘蓋不言蘇林曰丘蓋者不言所不知
之意也如淳曰齊俗以不言所不知為丘蓋丘蓋荀卿書
作區蓋丘區闕三字雙聲許全書中多箸闕字有形音義
全闕者有三者中闕其二闕其一者分別觀之書凡言闕
者十有四容有後人增竄者如單下大也从吅𠀠吅亦聲
闕此謂从𠀠之形不可解也𨚖从反邑𨙨从反丮卪从反
卩卯从卩卪𣲘从二水灥从三泉皆云闕謂其音讀缺也
𠨍下直云闕謂形義音皆缺也戠下
云闕从戈从音謂其義及讀若缺也

說文解字第一

一部一

丄部二 古文上字蒙一而次之短畫在長畫之上有物在一之上也其別於二字者二兩畫長短均也各本二篆作上非

示部三 次示者示从二蒙二而次之也二者古文上

三部四 蒙示有三垂而以三次之

王部五 蒙三而次之从一毌三也

玉部六 亦蒙三而次之

玨部七 蒙王而次之凡竝之重之而又有屬者則別為部如玨之屬有班𤤮是也竝之重之而無屬則不別為部如祘在示部之末是也

气部八 文象形而次此者為其列多不過三

士部九 蒙上以一毌三次之以十合一

丨部十 王王中皆有丨以毌之故次之以丨

屮部十一 蒙引而上行之丨也

艸部十二 蒙屮而次之

蓐部十三 蒙艸而次之

茻部十四 蒙艸而次之

說文解字第二

小部十五 仍蒙丨而次之

八部十六 蒙小从八而次之以八余居八部而所屬有余蓋古本此下有余部

釆部十七 釆者八之類皆象分別之形也故次於此

半部十八 蒙八而次之

牛部十九 蒙半从八牛而次之

犛部二十 蒙牛而次之

告部二十一 蒙牛而次之

口部二十二 蒙告从口而次之

凵部二十三 張口也故次於此

吅部二十四 蒙口而次之

哭部二十五 蒙吅而次之

走部二十六 有形不相蒙者此是也

止部二十七 蒙走从止而次之

癶部二十八 蒙止𣥂二文而次之

步部二十九 亦蒙止𣥂二文次之

此部三十 蒙止而次之

正部三十一 蒙止而次之

是部三十二 蒙正而次之

辵部三十三 仍蒙止而次之

彳部三十四 蒙辵从彳而次之

廴部三十五 蒙彳而次之

㢟部三十六 蒙廴而次之兼蒙止

行部三十七 蒙彳部彳亍二文而次之

齒部三十八 仍蒙止而次之

牙部三十九 牙之形無所蒙而其屬物齒屬也故次於此

足部四十 仍蒙止而次之

疋部四十一 仍蒙止

品部四十二 遠蒙口而次之

龠部四十三 蒙品而次之

冊部四十四 蒙龠从冊而次之

說文解字第三

㗊部四十五 蒙品而次之

舌部四十六 仍蒙口

干部四十七 蒙舌从干而次之

谷部四十八 仍蒙口

只部四十九 仍蒙口

㕯部五十 仍蒙口

句部五十一 仍蒙口

丩部五十二 蒙句从丩而次之

古部五十三 仍蒙口

十部五十四 蒙古从十而次於此

卅部五十五 蒙十而次之

言部五十六 仍蒙口

誩部五十七 蒙言而次之

音部五十八蒙言而次之

䇂部五十九蒙言从辛而次之

丵部六十其形下體類辛而次之

菐部六十一蒙丵而次之

𠬞部六十二蒙菐从廾而次之

𠬜部六十三反𠬞故次之

共部六十四蒙廾而次之

異部六十五蒙廾而次之

舁部六十六蒙廾而次之

𦥑部六十七蒙舁从臼而次之

䢅部六十八蒙臼而次之

爨部六十九蒙臼蒙𠬞而次之

革部七十古文革从臼故蒙臼而次於此

鬲部七十一形象所蒙以物可鬲而次之

䰜部七十二蒙鬲而次之

爪部七十三蒙臼而次之

丮部七十四蒙同爪故次之

鬥部七十五蒙丮而次之

又部七十六臼之形从又从𠂇也故蒙臼而次之以又𠂇

𠂇部七十七

史部七十八蒙又而次之

支部七十九蒙又而次之

𦘒部八十蒙又而次之

聿部八十一蒙𦘒而次之

畫部八十二蒙聿而次之

隶部八十三仍蒙又

臤部八十四仍蒙又

臣部八十五蒙臤从臣而次之

殳部八十六仍蒙又

殺部八十七蒙殳而次之

几部八十八蒙殳从几而次之

寸部八十九仍蒙又

皮部九十仍蒙又

㼱部九十一蒙皮而次之

攴部九十二仍蒙又

教部九十三蒙攴而次之

卜部九十四　蒙攴从卜而次之
用部九十五　蒙卜而次之
爻部九十六　卦爻之事與卜相近故次於此
㸚部九十七　蒙爻而次之

說文解字第四

旻部九十八　仍蒙攴而次之
目部九十九　蒙旻从目而次之
䀠部一百　蒙目而次之
眉部一百一　蒙目而次之

盾部一百二　蒙目而次之
自部一百三　字形略與目字相似故次之
白部一百四　白與自一字如介與大一字
鼻部一百五　蒙自而次之
皕部一百六　蒙白部之百字而次之
習部一百七　蒙白而次之
羽部一百八　蒙習从羽而次之
隹部一百九　羽傳於隹故次之
奞部一百十　蒙隹而次之

萑部一百十一　蒙隹而次之
𦫳部一百十二　蒙萑从𦫳而次之
𥄕部一百十三　蒙𦫳而次之
羊部一百十四　蒙𦫳而次之
羴部一百十五　蒙羊而次之
瞿部一百十六　仍蒙䀠蒙隹而次之
雔部一百十七　仍蒙隹
雥部一百十八　仍蒙隹
鳥部一百十九　鳥與隹同物故次之

烏部一百二十　蒙鳥而次之
𠦒部一百二十一　形無所蒙
冓部一百二十二　上體與𠦒相似故次之
幺部一百二十三　形無所蒙
𢆶部一百二十四　蒙幺而次之
叀部一百二十五　蒙幺而次之
玄部一百二十六　蒙幺而次之
予部一百二十七　形略與幺相似故次於此
放部一百二十八　形無所蒙仍遠蒙攴也

𠬪部一百二十九遠蒙爪蒙又

𣦼部一百三十蒙𠬪从又

歺部一百三十一蒙𣦼从歺

死部一百三十二蒙歺而次之

冎部一百三十三亦蒙歺

骨部一百三十四蒙冎而次之

肉部一百三十五蒙骨从肉而次之

筋部一百三十六蒙肉而次之

刀部一百三十七不必蒙上

刃部一百三十八蒙刀而次之

㓞部一百三十九蒙刀而次之

丯部一百四十蒙㓞从丯而次之

耒部一百四十一蒙丯而次之

角部一百四十二角首與刀相似故蒙刀而次之

說文解字第五

竹部一百四十三不蒙上

箕部一百四十四蒙竹而次之

丌部一百四十五蒙箕之足而次之

左部一百四十六遠蒙三篇之𠂇

工部一百四十七蒙左从工而次之

㠭部一百四十八蒙工而次之

巫部一百四十九蒙工而次之

甘部一百五十不蒙上

旨部一百五十一蒙甘而次之

曰部一百五十二蒙甘从口而次之

乃部一百五十三不蒙上

丂部一百五十四與乃略相似故次之

可部一百五十五蒙丂而次之

兮部一百五十六蒙丂而次之

号部一百五十七蒙丂而次之

亏部一百五十八蒙丂而次之

喜部一百五十九不蒙上

壴部一百六十蒙喜从壴而次之

鼓部一百六十一蒙壴而次之

豈部一百六十二蒙壴从豆而次之

豆部一百六十三蒙上次之以豆

豊部一百六十四 蒙豆而次之

豐部一百六十五 蒙豆而次之

䖒部一百六十六 蒙豆而次之

虍部一百六十七 蒙䖒从虍而次之

虎部一百六十八 蒙虍而次之

虤部一百六十九 蒙虎而次之

皿部一百七十 不蒙上

凵部一百七十一 皿之類也故次之

去部一百七十二 蒙凵而次之

血部一百七十三 蒙皿而次之

丶部一百七十四 不蒙上

丹部一百七十五 蒙丶而次之

青部一百七十六 蒙丹而次之

井部一百七十七 井與丹形似故次之

皀部一百七十八 不蒙上

鬯部一百七十九 亦从匕故次之

食部一百八十 亦从匕故次之

亼部一百八十一 蒙食从亼而次之

會部一百八十二 蒙亼而次之

倉部一百八十三 蒙倉而次之

入部一百八十四 蒙亼而次之

缶部一百八十五 不蒙上而首略相似

矢部一百八十六 略有似缶處

高部一百八十七

冂部一百八十八 不蒙上以八之小篆作冋似高之下體故次之

𩫏部一百八十九 蒙高形相似

京部一百九十 蒙高而次之

亯部一百九十一 蒙高而次之

㫗部一百九十二 倒亯而次之

畗部一百九十三 蒙高而次之

㐭部一百九十四 仍蒙入

嗇部一百九十五 蒙㐭而次之

來部一百九十六 蒙嗇从來而次之

麥部一百九十七 蒙來而次之

夊部一百九十八 蒙麥从夊而次之

舛部一百九十九 蒙夊而次之

舜部二百 蒙舛而次之

韋部二百一 蒙舛而次之

弟部二百二 事近皮韋故次之

夂部二百三 形似夊故次之

久部二百四 形似夊故次之

桀部二百五 仍蒙舛

說文解字第六

木部二百六

東部二百七 蒙木而次之

林部二百八 蒙木而次之

才部二百九 不蒙上以下十餘部皆以艸木之事而類次

叒部二百十上 不蒙

之部二百十一上 不蒙

帀部二百十二 蒙倒之而次之

出部二百十三 形近之而次之

𣎵部二百十四上 不蒙

生部二百十五

乇部二百十六

𠂹部二百十七

𠌶部二百十八 蒙𠂹而次之

華部二百十九 蒙𠌶而次之

禾部二百二十 仍蒙木而次之

稽部二百二十一 蒙禾而次之

巢部二百二十二 仍蒙木

桼部二百二十三 仍蒙木

束部二百二十四 仍蒙木

㯻部二百二十五 蒙束而次之

囗部二百二十六 蒙束从口而次之

員部二百二十七 蒙口而次之

貝部二百二十八 蒙員从貝而次之

邑部二百二十九 仍蒙口而次之

𨛜部二百三十 蒙邑而次之

說文解字第七

日部二百三十一

旦部二百三十二 蒙日而次之

倝部二百三十三 蒙旦而次之

㫃部二百三十四 蒙倝从㫃而次之

冥部二百三十五 仍蒙日

晶部二百三十六 蒙日

月部二百三十七 月者日之類也故次之

有部二百三十八 蒙月而次之

朙部二百三十九 蒙月而次之

囧部二百四十 蒙朙从囧而次之

夕部二百四十一 蒙月而次之

多部二百四十二 蒙夕而次之

毌部二百四十三 不蒙上

𢎘部二百四十四 不蒙上

東部二百四十五 蒙𢎘而次之

卤部二百四十六 不蒙上

齊部二百四十七 不蒙上

朿部二百四十八 不蒙上遠蒙木也

片部二百四十九 亦遠蒙木

鼎部二百五十 蒙片而次之

克部二百五十一 不蒙上

彔部二百五十二 克之類也故次之

禾部二百五十三 不蒙上

秝部二百五十四 蒙禾而次之

黍部二百五十五 蒙禾而次之

香部二百五十六 蒙黍而次之

米部二百五十七 禾之類也故次之

毇部二百五十八 蒙米而次之

臼部二百五十九 蒙毇从臼而次之

凶部二百六十 形似臼故次之

朩部二百六十一 不蒙上

𣏟部二百六十二 蒙朩而次之

麻部二百六十三 蒙𣏟而次之

尗部二百六十四 不蒙上

耑部二百六十五 不蒙上

韭部二百六十六 不蒙上

瓜部二百六十七 不蒙上

瓠部二百六十八 蒙瓜而次之

宀部二百六十九 不蒙上

宮部二百七十蒙宀而次之
呂部二百七十一蒙宮从呂而次之
穴部二百七十二蒙宀而次之
㝱部二百七十三蒙宀而次之
疒部二百七十四蒙㝱从爿而次之
冖部二百七十五不蒙上
𠔼部二百七十六蒙冂而次之
冃部二百七十七蒙冃而次之
㒳部二百七十八蒙冂而次之

网部二百七十九蒙冂而次之
襾部二百八十蒙冂而次之
巾部二百八十一蒙冂而次之
巿部二百八十二蒙巾而次之
帛部二百八十三蒙巾而次之
白部二百八十四蒙帛从白而次之
㡀部二百八十五蒙巾而次之
黹部二百八十六蒙㡀而次之

說文解字第八

人部二百八十七不蒙上
𠤎部二百八十八倒人而次之
匕部二百八十九反人而次之
从部二百九十並人而次之
比部二百九十一反从而次之
北部二百九十二二人相背而次之
丘部二百九十三蒙北而次之
㐺部二百九十四从三人故次之
𡈼部二百九十五蒙人而次之

重部二百九十六蒙壬而次之
臥部二百九十七仍蒙人
身部二百九十八蒙人而次之
㐆部二百九十九反身也故次之
衣部三百衣从二人也故次之近蒙衣者多失其形
裘部三百一蒙衣而次之
老部三百二蒙人而次之
毛部三百三蒙老从毛而次之
毳部三百四蒙毛而次之

尸部三百五象人臥故次之

尺部三百六蒙尸而次之

尾部三百七蒙毛蒙尸而次之

履部三百八蒙尸而次之

舟部三百九蒙履从舟而次之

方部三百十蒙舟而次之

儿部三百十一仍蒙人

兄部三百十二蒙儿而次之

兂部三百十三蒙儿而次之

十五卷上

皃部三百十四蒙儿而次之

𠑹部三百十五蒙儿而次之

先部三百十六蒙儿而次之

禿部三百十七蒙儿而次之

見部三百十八蒙儿而次之

覞部三百十九蒙見而次之

欠部三百二十仍蒙儿

㱃部三百二十一蒙欠而次之

次部三百二十二蒙欠而次之

旡部三百二十三反欠故次之

說文解字第九

頁部三百二十四蒙儿而次之

𦣻部三百二十五蒙頁从百而次之

面部三百二十六蒙百而次之

丏部三百二十七形似雝蔽其面故次於此

首部三百二十八蒙頁而次之

県部三百二十九倒首故次之

須部三百三十蒙頁而次之

十五卷上

彡部三百三十一蒙須从彡而次之

彣部三百三十二蒙彡而次之

文部三百三十三蒙彣从文而次之

髟部三百三十四蒙彡而次之

后部三百三十五上不蒙

司部三百三十六反后故次之

卮部三百三十七形似后而次之

卪部三百三十八蒙卮从卪而次之

印部三百三十九蒙卪而次之

色部三百四十蒙卩而次之
卯部三百四十一蒙卩而次之
辟部三百四十二蒙卩而次之
勹部三百四十三不蒙上
包部三百四十四蒙勹而次之
茍部三百四十五蒙勹而次之
鬼部三百四十六不蒙上
甶部三百四十七蒙鬼頭而次之
厶部三百四十八蒙鬼从厶而次之

嵬部三百四十九蒙鬼而次之
山部三百五十蒙嵬从山而次之
屾部三百五十一蒙山而次之
屵部三百五十二蒙山而次之
广部三百五十三
厂部三百五十四蒙屵广从厂而次之
丸部三百五十五蒙厂部仄而次之
危部三百五十六蒙厂部产而次之
石部三百五十七蒙厂而次之

長部三百五十八不蒙上
勿部三百五十九
冄部三百六十不蒙上
而部三百六十一不蒙上
豕部三百六十二不蒙上
㣇部三百六十三豕之類也故次之
彑部三百六十四蒙㣇从彑而次之
豚部三百六十五蒙㣇而次之
豸部三百六十六足似豕故次之

𤉡部三百六十七足似豕故次之
易部三百六十八亦四足故次之
象部三百六十九亦四足故次之

說文解字第十

馬部三百七十亦四足故次之
廌部三百七十一亦四足故次之
鹿部三百七十二頭似廌故次之
麤部三百七十三蒙鹿而次之
㲋部三百七十四足似鹿而次之

兔部三百七十五字形似㲋而次之
萈部三百七十六足似兔而次之
犬部三百七十七形不蒙上皆四足類也故次之
㹜部三百七十八蒙犬而次之
鼠部三百七十九亦四足類故次之
能部三百八十足似鹿仍蒙鹿而次之
熊部三百八十一蒙能而次之
火部三百八十二蒙熊从火而次之
炎部三百八十三蒙火而次之

十五卷上

黑部三百八十四蒙炎而次之
囪部三百八十五蒙黑从古文囪而次之
焱部三百八十六仍蒙火
炙部三百八十七仍蒙火
赤部三百八十八仍蒙火
大部三百八十九蒙赤从大而次之
亦部三百九十蒙大而次之、
夨部三百九十一蒙大而次之
夭部三百九十二蒙大而次之

交部三百九十三蒙大而次之
尣部三百九十四蒙大而次之
壺部三百九十五蒙大而次之
壹部三百九十六蒙壺而次之
㚔部三百九十七蒙大而次之
奢部三百九十八蒙大而次之
亢部三百九十九蒙大而次之
夲部四百蒙大而次之
夰部四百一蒙大而次之

十五卷上

亣部四百二大之異體也故次之
夫部四百三蒙亣而次之
立部四百四蒙亣而次之
竝部四百五蒙立而次之
囟部四百六不蒙上
思部四百七蒙囟而次之
心部四百八蒙思从心而次之
惢部四百九蒙心而次之

說文解字第十一

水部四百十　上不蒙
沝部四百十一　蒙水而次之
瀕部四百十二　蒙林部涉而次之
𡿨部四百十三　以下十部皆水之類也
巜部四百十四　蒙く而次之
川部四百十五　蒙く而次之
泉部四百十六　蒙川而次之
灥部四百十七　蒙泉而次之
永部四百十八　蒙水而次之

𠂢部四百十九　蒙永而次之
谷部四百二十　仍蒙水
仌部四百二十一　水所成也故次之
雨部四百二十二　水之自天者也故次之
雲部四百二十三　蒙雨而次之
魚部四百二十四　水中物也故次之
𩺰部四百二十五　蒙魚而次之
燕部四百二十六　尾似魚故次之
龍部四百二十七　魚類也故次之

飛部四百二十八　蒙龍象飛形而次之
非部四百二十九　蒙飛而次之
卂部四百三十　蒙飛而次之

說文解字第十二

乚部四百三十一　以下四部蒙飛皆言鳥事
不部四百三十二
至部四百三十三
西部四百三十四
鹵部四百三十五　蒙卥而次之

鹽部四百三十六　蒙鹵而次之
戶部四百三十七　上不蒙
門部四百三十八　蒙戶而次之
耳部四百三十九　形似戶而次之
𦣝部四百四十
手部四百四十一
𠦬部四百四十二　以上皆人體事故類次之
女部四百四十三
毋部四百四十四　蒙女而次之

民部四百四十五

丿部四百四十六

𠂆部四百四十七

乁部四百四十八 反𠂆而次之

氏部四百四十九 蒙乁而次之

氐部四百五十 蒙氏而次之

戈部四百五十一

戉部四百五十二 蒙戈而次之

我部四百五十三 蒙戈而次之

亅部四百五十四

琴部四百五十五

乚部四百五十六

亡部四百五十七 蒙乚而次之

匸部四百五十八 蒙乚而次之

匚部四百五十九 形似匸而次之

曲部四百六十

甾部四百六十一

瓦部四百六十二

弓部四百六十三

弜部四百六十四

弦部四百六十五 蒙弓而次之

系部四百六十六

說文解字第十三

糸部四百六十七 蒙系从糸而次之

素部四百六十八 蒙糸而次之

絲部四百六十九

率部四百七十

虫部四百七十一

䖵部四百七十二

蟲部四百七十三

風部四百七十四

它部四百七十五 蒙虫而次之

龜部四百七十六 蒙它而次之

黽部四百七十七 蒙它而次之

卵部四百七十八 蒙黽下體之形而次之

二部四百七十九 不蒙上

土部四百八十 蒙二而次之

垚部四百八十一 蒙土而次之

堇部四百八十二 蒙土而次之

里部四百八十三 蒙土而次之

田部四百八十四 里从田故次之

畕部四百八十五 蒙田而次之

黃部四百八十六 蒙田而次之

男部四百八十七 蒙田而次之

力部四百八十八 蒙男从力而次之

劦部四百八十九 蒙力而次之

說文解字第十四

金部四百九十 不蒙上

幵部四百九十一 不蒙上

勺部四百九十二 不蒙上

几部四百九十三 不蒙上

且部四百九十四 蒙几而次之

斤部四百九十五 不蒙上

斗部四百九十六 不蒙上

矛部四百九十七 不蒙上

車部四百九十八 不蒙上自勺至此皆器物也

𠂤部四百九十九 不蒙上

𨸏部五百 蒙𠂤而次之

𨺅部五百一 蒙𨸏而次之

厽部五百二 不蒙上

四部五百三 不蒙上

宁部五百四 略似四而次之

叕部五百五 略似宁而次之

亞部五百六 略似叕而次之

五部五百七 四之類也故次之

六部五百八 五之類也故次之

七部五百九

九部五百十

禸部五百十一 蒙九而次之

嘼部五百十二 蒙禸而次之

甲部五百十三 不蒙上

乙部五百十四 十干爲類

丙部五百十五
丁部五百十六
戊部五百十七
己部五百十八
巴部五百十九 似己而次之
庚部五百二十
辛部五百二十一
辡部五百二十二 蒙辛而次之
壬部五百二十三

癸部五百二十四 以下十二支為類
子部五百二十五
了部五百二十六 蒙子而次之
孨部五百二十七 蒙子而次之
𠫓部五百二十八 蒙子而次之
丑部五百二十九
寅部五百三十
卯部五百三十一
辰部五百三十二

巳部五百三十三
午部五百三十四
未部五百三十五
申部五百三十六
酉部五百三十七
酋部五百三十八 蒙酉而次之
戌部五百三十九
亥部五百四十

說文解字第十五卷上　受業黟縣胡積城校字

說文解字第十五卷下

金壇段玉裁注

此十四篇。後漢書儒林傳亦云許愼作說文解字十四篇傳於世葢許不云十五卷也愼子沖乃合十四篇及敘偁十五卷以獻此後序錄家或云十四篇或云十五卷所以不同也五百四十部也。林罕字源偏旁小說增一部序云五百四十一字郭忠恕與夢英書云見寄偏旁五百三十九字張美和撰吳均增補復古編序說文以五百四十二字爲部容相傳部數稍有異同要異者甚尠可存而不論也九千三百五十三文。重一千一百六十三。今依大徐本所載字數覈之正文九千四百卅一增多者七十八文重文千二百七十九增多者百一十六文此由列代有沾註者今難盡爲識別而亦時可裁僞去太去甚略見注中解說凡十三萬三千四百四十一字。今依大徐所載說解字數凡十二萬二千六百九十九較少萬七百四十二字此可證說解中歷代妄刪字奪去字至於如此之多篆文多於本始說解少於本初其增損皆由後人今未可強說耳大史公自序內云凡百三十篇五十二萬六千五百字實兼自序言之然則許云解說十三萬三千四百四十一字者實兼敘言之其建首也。立一爲耑。耑物初生之題也引申爲凡始之偁謂始於一部方㠯類聚。物㠯羣分。類聚謂同部也羣分謂異部也同條牽屬。屬者連也共理相貫。貫古音冠其字古作毌毌者穿也同條共理謂五百四十部相聯綴也襍而不越。辵部曰𨒅踰也引易襍而不𨒅此作越越者彼依易文此依俗用也據形系聯。系者縣也聯者連也謂五百四十部次弟大略以形相連次使人記憶易檢尋如八篇起人部則全篇三十六部皆由人而及之是也雖或有以義相次者但十之一而已部首以形爲次以六書始於象形也每部中以義爲次以六書歸於轉注也後許爲字書者字林取目之先後今不傳獨此顧希馮玉篇其目以義爲次而乖[illegible]不可

通者如兄弟二目次於人儿父臣男民夫子我身女諸部之閒而不知兄之本義訓茲長不訓覨弟之本義訓韋束次弟不訓叔季訓覨訓叔季者其引申之義耳如顧目次則此二篆失其本義又如毛部而部次於羽角皮革之閒而不知毛謂眉髮之屬而謂人須引申乃用於鳥獸如顧目次此二篆失其本義誤以人體系諸物體也引而申之。古屈伸字多作詘信亦作申說文人部有伸篆解云屈伸近字也謂由一形引之至五百四十形也㠯究萬原。究者窮也謂天地鬼神山川艸木鳥獸蚰蟲襍物奇怪王制禮儀世閒人事莫不畢舉畢終於亥。畢猶竟也終古作冬冬者四時盡也引伸爲凡盡之偁後人叚終字爲之知化窮冥。知化窮冥卽易之知化窮神也于時大漢。于於也聖德熙明。毛傳曰緝熙光明也承天稽唐。敷崇殷中。謂光武封禪也襲奉天命稽攷唐堯故事巡守至于岱宗祡望秩于山川用布尊崇之禮大盛封泰山禪梁父升中于天刻石紀號也殷者盛也中猶成也告成功也遐邇被澤。渥衍沛滂。渥者霑也厚也衍如水潮之盛溢也滂者沛也沛之義不見於本篆下而古書多用之葢古祇作巿水之大至如艸木之盛後人乃叚沛水字爲之如𥁕暖字水突字後人乃叚溫深也廣業甄微。學士知方。謂光武立五經十四博士初建三雍明帝卽位親行其禮肅宗大會諸儒於白虎觀考詳同異又詔高才生受古文尚書毛詩穀梁左氏春秋以网羅遺逸孝和亦數幸東觀覽閱書林探嘖索隱。厭誼可傳。探取也嘖初也深也索者𡩡之叚借字小徐本作𡩡誼義古今字自于時大漢至此謂當此經學大明之時而惟小學不修其達其說歆其所習蔽所希聞故作此十四篇也粵在永元。困頓之季。漢和帝永元十二年歲在庚子爾雅曰歲在庚曰上章在子曰困頓孟陬之月。爾雅曰正月爲陬月朔日甲申。後漢書賈逵於和帝永元十三年卒時年七十二然則許之譔說文解字先逵卒一年用功伊始蓋恐失隊所聞也自永元庚子至建光辛酉凡歷二十二年而其子沖獻之曾曾小子。曾曾猶俗云層層也曾之言重也古者[illegible]孫適

曰曾孫是以詩謂成王爲曾孫左傳曰曾孫蒯聵敢昭告皇祖文王**祖自炎神。**炎帝神農氏也居姜水因以爲姓亦曰厲山氏厲山一作列山其後甫許申呂皆姜姓之後**縉雲相黃。**黃帝以雲紀官服虔曰其夏官爲縉雲氏賈逵左傳解詁云縉雲氏姜姓也炎帝之苗裔當黃帝時任縉雲之官也按韋昭云黃帝滅炎帝之子孫而有天下非滅神農也**共承高辛。**共音恭謂共工也國語共工虞於湛樂淫失其身庶民弗助禍亂並興賈侍中云共工炎帝之後姜姓也顓頊氏衰共工氏侵陵諸侯與高辛氏爭王也淮南原道訓云共工與高辛氏爭爲帝宗族殘滅繼嗣絕祀高注共工以水行霸於伏犧神農閒者非堯時共工也按共工當高陽高辛嬗代之時故淮南書或云與顓頊爭爲帝或云與高辛氏爭爲帝所云顓頊者亦謂帝顓頊高陽之後裔耳高注謂在伏犧神農閒非也張湛注列子云共工氏興霸於伏犧神農之閒其後苗裔恃其強與顓頊爭爲帝然則共工之後皆傳共工矣國語堯命禹治水共之從孫四岳佐之賈逵曰共共工也許摘共字訓爲共工實本國語云承高辛承者奉也受也謂其爭帝之事若言黃帝時有縉雲氏高辛時有共工夏禹時有大岳周時有呂叔此之謂世祿**大岳佐夏。呂叔作藩。**佐者左之俗字漢碑多作佐益既用左爲ナ則造佐爲左矣毛傳曰藩屏也艸部同屏者蔽也國語大子晉曰共之從孫四嶽佐伯禹皇天嘉之胙禹以天下賜姓曰姒氏曰有夏胙四岳國命爲侯伯賜姓曰姜氏曰有呂韋注以國爲氏也左傳言大岳亦言四岳外傳言四岳亦言四伯皆謂一人非謂四人毛傳云堯之時姜氏爲四伯掌四嶽之祀述諸侯之職於周則有甫有申有齊有許也按大嶽姜姓爲禹心呂之臣故封呂侯取其地名與心呂義合也呂侯歷夏殷之季而國微故周武王封文叔於許以爲周藩屏杜預世族譜云許姜姓與齊同祖堯四嶽伯夷之後也大子晉曰申呂雖衰齊許猶在蓋東遷之初申呂未滅東遷以後齊許偕盛矣此云呂叔謂文叔也文叔者出於呂故謂之呂叔**俾侯于許。**許邑部作鄦云炎帝大嶽之胤甫侯所封讀若許然則字當作鄦爲叔重氏姓而此祇作許者其字蓋自詩春秋已皆叚許爲之漢時地理亦作許縣故仍而不改不欲駭俗此所謂本有其字依聲託事者依託既久不便更張汎覽古書惟史記鄭世家僅存鄦字蓋司馬所見載籍或存古字也地理志申在南陽宛縣王符潛夫論云申城在南陽宛北序山之下宛西三十里有呂按漢宛縣今爲河南南陽府城漢許縣今在河南許州州東三十里有故許昌城鄦下言甫侯所封此云呂叔所侯者甫即呂也故詩言甫不言呂國語言呂不言甫尚書呂刑即甫刑呂叔甫侯皆謂文叔也今地理志作大叔周穆王時呂侯是其胄也

世祚遺靈。祚古作胙漢碑多作祚許從之世胙猶世祿也周語曰胙四岳國命爲侯伯許正用此胙字靈之言令也令善也古鼎彝銘以霝冬爲令終鄭箋毛詩曰靈善也**自彼徂召。**謂自許往遷汝南召陵縣也左傳僖四年昭十四年定四年之召陵漢爲縣屬汝南晉改屬潁川今河南許州郾城縣東四十五里有故召陵城漢時召陵有萬歲里許氏所居也又有郘里見於許書鄦篆說召陵曰召高也然則召同卲卩部曰卲高也是也**宅此汝瀕。**瀕厓也宅居也居此汝水之厓蓋自文叔以下二十四世當戰國初楚滅許之後有遷召陵者爲許君之先許詳此者放史記之自序其先也**竊卬景行。**詩曰高山卬止景行行止八篇云卬望欲有所庶及也引詩高山卬止此又檃栝二句而傳之景行大道也**敢涉聖門。**聖門謂凡造六藝之五帝三王周公孔子左氏及倉頡史籀之門庭也**其宏如何。節彼南山。**言大道聖門之大比於南山之高峻也節高峻皃山部曰岊高山之卩也詩之節蓋岊之叚借字**欲罷不能。**罷猶置也**既竭愚才。**此六句自言用功等於顏苦孔之卓也**惜道之味。**甘下曰美也从口含一一道也**聞疑載疑。**穀梁傳曰春秋信以傳信疑以傳疑少儀曰毋身質言語注云聞疑則傳疑水經注曰聞疑書疑立乎後漢以說古文字之形音義其不能無疑者眾矣聞疑而載之於書以俟後世賢人君子所以衛道也如不爲此則六書之學絕矣司馬氏不爲史記則孔子左氏春秋之學絕矣皆干城大道勇敢而爲之者也皆不以小疵揜其大醇**演贊其志。**演長流也故凡推廣之曰演文王演周易是也贊者見也易曰幽贊於神明而

生著孔子贊周易是也志者識也古志識同字演贊其志謂推演贊明惜道載疑所知識者也**次列微辭。**次猶敘也列猶敶也微同散散者眇也眇者今之妙字凡粗者爲惡精者爲妙易曰眇萬物而爲言文賦曰眇衆慮而爲言辭者說也次列微辭謂敘敶其散眇之說解也說文解字皆微辭也於文言說於字言解者互言之說者說釋也解者判也**知此者稀。**稀猶少也自許而前自許而後知此道味者少矣劉歆作七略班固述藝文志學者所奉爲高山景行者也而六藝略中以孝經爾雅小爾雅古今字爲孝經家以史籀八體倉頡凡將急就元尙訓纂別字倉頡傳倉頡訓纂倉頡故爲小學家於小學家言周官六書象形象事象意象聲轉注段借是矣而不知爾雅三卷小爾雅一篇古今字一卷此與小學家之倉頡傳楊雄倉頡訓纂杜林倉頡訓纂倉頡故同爲訓詁之書皆古六書之所謂轉注段借者不當畫而二之當合此爲小學類而以孝經五經雜議弟子職說合於論語家爲一家六藝九種易爲八種庶幾與傳分別井然不當分合外繆一至於斯也且曰象形象事象意象聲轉注段借六者

十五卷下　五

造字之本此語實爲巨繆指事象形形聲會意者造字之法也轉注段借者用字之法也有史籀八體倉頡凡將急就元尙訓纂別字等篇以著指事象形形聲會意之文字乃有倉頡傳倉頡訓纂倉頡故等篇又自古有爾雅三卷二十篇小爾雅一篇古今字一卷皆所以說轉注段借之用者其不當岐覶明矣一而二之至令學者膠柱鼓瑟謂小學專爲字形六書爲六樣字形而爾雅之學乃別一事晦盲沇痼莫能發其肓起其癈疾許說之迴異於班者終古曾莫之知故知許所云知此者稀者信也許以九千三百五十三文當爾雅史籀篇倉頡篇之字形以每字之義當爾雅倉頡傳倉頡故之訓釋以象某形从某形从某聲說其形以某聲讀若某說其音二者補古人所未備其書以形爲主經之爲五百四十部以義緯之又以音緯之後儒苟取其義之相同相近者各比其類爲一書其條理精密勝於爾雅遠矣後儒苟各類其同聲者介以三百篇古音之部分如是爲一書周秦漢之韵具在此矣故許一書可以爲三書○劉班之以爾雅小爾雅古今字別於史籀篇倉頡篇及釋倉頡篇者蓋謂爾雅小爾雅所言者六

經古字古義倉頡傳倉頡訓纂倉頡故所言者今字今義實有不同不知古今非有異字爾雅小爾雅所列之字未嘗出史籀十五篇倉頡凡將等篇外也但同此字而古今用者不同段借依託致繇故又有說古今字之書班既以古今字一卷附於爾雅矣則應合諸小學家顯然也又況爾雅小爾雅古今字三者皆以統攝六藝附之小學則當專附之孝經則不當若五經雜議十八篇弟子職一篇說三篇皆非小學之言亦非孝經之詁孝經於六藝名經而實傳故宜以孝經及說孝經各篇及五經雜議十八篇弟子職一篇說三篇合於論語家爲學者幼少所習之傳**儻昭所尤。**儻許書無此字漢書黨可徵幸段黨爲之或然之詞也尤者訧之段借字毛傳曰訧過也許曰訧辠也言此道既尟知者則稽譔此書誰以自信容或明昭過謬之處莫爲訂正乎**庶有達者。理而董之。**庶冀也達者通人也理猶治也董督也正也督者如衣之循其裻縫也董與裻雙聲督與裻疊韵非通人不能治之非通人治之不能正其譌缺自有說文以來世世不廢而不融會其全書者僅同耳食強爲注解者往往

十五卷下　六

眯目而道白黑其他字林字苑字統今皆不傳玉篇雖在亦非原書要之無此等書無妨也無說文解字則倉籀造字之精意周孔傳經之大恉薶縕不傳於終古矣玉裁之先百三公自河南隨宋南渡居金壇縣十六代至先王父諱文食貧力學善誨後進不倦著書法心得錄生先考諱世續事父母至孝卅二歲喪親終其身每祭必泣以赤貧好學厲行授徒嚴課程善開導謂食人之食而訓其子弟必求無媿於心每誦先王父詩句云不種硯田無樂事不撐鐵骨莫支貧已是律己教四子務讀經書勿溺時藝嘉慶六年生元孫義正　恩賜七葉衍祥扁並拜白金黃緞之　賜八年年九十四終於蘇反葬於金壇大垻頭著有物恆堂制義長子即玉裁也年十三學使者博野尹公諱會一錄取博士弟子授以朱子小學生平敬守是書年二十六舉於鄉歷任貴州玉屏四川巫山知縣四十六以父年已七十一遂引疾歸養五十五避橫逆奉父遷居蘇州閶門外下津橋始年二十八時識東原戴先生於京師好其學師事之遂成六書音均表五卷古文尚書撰異卅二卷詩經小學卅卷毛詩故訓傳略說卅卷復以向來

治說文解字者多不能通其條冊攷其文理因悉心校其譌字爲之注凡三十卷謂許以形爲主因形以說音說義其所說義與他書絕不同者他書多叚借則字多非本義許惟就字說其本義知何者爲本義乃知何者爲叚借則本義乃叚借之權衡也故說文爾雅相爲表裏治說文而後爾雅及傳注明說文爾雅及傳注明而後謂之通小學而後可通經之大義始爲說文解字讀五百四十卷既乃槩栝之成此注發軔於乾隆丙申落成於嘉慶丁卯剖析旣緐兟纇不免召陵或許其知己遠者仍俟諸後人○自其建首也至末皆用韵語耑分冊聯原此合古音弟十三十四部也冥明中滂方此合古音弟九弟十弟十一部也傳年申神辛蕃靈瀕門山此合古音弟十二弟十三弟十四部而靈讀爲令善字如易傳之貞清有時合用也能才疑辭尤之此古音之弟一部也漢人用韵自元成至桓靈大氐同此一之下曰道立於一化成萬物亥之下曰亥而生子復從一起於六書每事爲二句亦皆韵語也

召陵萬歲里。郡國志一里百家里魁掌之

公乘。漢仍秦制爵一爵曰公士八爵曰公乘公

乘者言其得乘公家之車也荀綽曰吏民爵不得過公乘公乘者軍吏之爵最高者也

艸莽臣沖。士相見禮曰凡自偁於君士大夫則曰下臣宅者在邦則曰市井之臣在野則曰艸茅之臣宅者謂致仕者去官而居宅茅古文作苗孟子作莽沖爵公乘而不仕故自偁艸莽臣

稽首再拜。稽篇末作䭫二徐本同不應一篇而乖異如此蓋沖本从俗皆作稽後人或以古字改之參差不壹凡許自序及沖上書用字皆同漢人不必合於其全書所謂古今字也其全書說解之語必依用本字本義令全書形與義盡一所謂成一家之言也首部曰䭫下首也是本字經傳及漢人多用稽是叚借字凡說解內俗本誤改者如龢調也故調下曰龢也不當作唱和之和𡫀窒也故窒下曰𡫀也不當作邊塞之塞但裼也故裼下曰但也不當作綻裂之袒𠣜帀徧也故帀下曰𠣜也不當作周密之周厶姦衺也故姦下曰厶也不當作禾名之私飾㕞也故㕞下曰飾也不當作許不錄之拭居蹲也故蹲下曰居也不當作俗用之踞佢立也故立下曰佢也不當作俗逗字之住䃺碎也故碎下曰䃺也不當作石磑之䃺縲綰也故綰下曰縲也不當作絹悟覺也故覺下曰悟也不當作寤灸灼也故灼下曰灸也不當作炙𢙢愁也故愁下曰𢙢也不當作行和之憂几若此類許必納鑿相應斷不矛盾自陷全書內有似此者皆淺人所竄改當從其朔者也

上書皇帝陛下。孝安帝也**臣伏見陛下神明盛德。承遵聖業。上考度於天。**考者攷之叚借字**下流化於民。先天而天不違。**違古祇作韋相背也**後天而奉天時。萬國咸寧。**萬本蟲名用爲數名所謂本無其字依聲託事而終未製字終古叚借者後世乃造丂字寧同寍寍安也所謂本有其字而叚借者**神人㠯和。**和當作龢此從俗作和**猶復深惟五經之妙。**惟思也許云孔子書六經此云五經者合樂於禮則爲五經也故莊子天運篇有六經之目禮記經解篇列詩書樂易禮春秋爲六大史公自序列易禮書詩樂春秋爲六藝文志列六藝略沖亦云六藝羣

書之詁而漢立五經博士惟樂無聞許君以五經傳說臧否不同於是撰爲五經異義然則云六經者古相傳之說也云五經者漢人所習也**皆爲漢制。**謂光武好經術立五經十四博士又以李封爲春秋左氏博士**博采幽遠。窮理盡性。㠯至於命。**章帝建初中大會諸儒於白虎觀考詳同異親臨偁制如石渠故事顧命史臣著爲通義又詔高才生受古文尚書毛詩穀梁左氏春秋**先帝**謂孝和帝**詔侍中騎都尉賈逵。修理舊文。殊藝異術。王教一耑。苟有可以加於國者。靡不悉集。**賈逵字景伯扶風平陵人也九世祖誼父徽從劉歆受左氏春秋兼習國語周官又受古文尚書於塗惲學毛詩於謝曼卿逵悉傳父業尤明左氏國語爲之解詁五十一篇章帝使出左氏傳大義長於二傳者具條奏之又詔撰歐陽大小夏侯尚書古文同異集爲三卷復令撰齊魯韓詩與毛氏異同并作周官解故和帝永元三年以爲左中郎將八年復爲侍中領騎都

尉內僃帷幄兼領祕書近署甚見信用云修理舊文殊藝異術靡不悉集者和帝紀云十三年春正月丁丑帝幸東觀覽書林閱篇籍博選術藝之士以充其官此皆用侍中說爲之安帝永初四年詔謁者劉珍及五經博士校定東觀五經諸子傳記百家藝術整齊脫誤是正文字此安帝之繼述先帝也沖名侍中者君前臣名也許六言賈侍中說不言賈逵說者弟子不敢名其師也左傳君子曰苟有可以加於國家者棄其邪可也沖語本左氏易曰。窮神知化。德之盛也。𣪠辭傳文書曰。人之有能有爲使羞其行。而國其昌。鴻範文羞進也俾此者上爲殊藝悉集作證下爲齋獻父書起本臣父故大尉南閣祭酒愼。故猶今言前任也閣各本譌作閤今正古書閤之誤閤者多矣閣爲閤閤小門閤爲庋閣之處太尉南閣祭酒謂太尉府掾曹出入南閣者之首領也百官志太尉掾史屬二十四人黃閤主簿錄省眾事黃閤卽南閣也沈約宋志三公黃閤者天子當陽朱門洞開三公近天

子引嫌故黃其閤陳元爲司空南閣祭酒見經典釋文言南閣以別於他曹今說文各本於弟一行署曰漢太尉祭酒許愼記太尉祭酒四字相聯不通如淳曰祭祠時尊長以酒沃酹故吳王濞於宗室中爲祭酒豈太尉有數人而叔重爲之祭酒乎其不然可知矣後漢書儒林傳曰許愼字叔重汝南召陵人也性淳篤少博學經籍馬融常推敬之時人爲之語曰五經無雙許叔重詁爲郡功曹舉孝廉再遷除洨長卒於家初愼以五經傳說臧否不同於是撰爲五經異義又作說文解字十四篇皆傳於世按史不言其爲大尉南閤祭酒由郡功曹舉孝廉卽應劭漢官儀云世祖詔自今以後審四科辟召及刺史二千石察茂才尤異孝廉之吏務盡實覈也凡史云故某官者皆謂最後致仕之一任沖云故太尉南閤祭酒不云故洨長然則疑洨長落職又至京師充三府掾已而歸里卒於家不得云終於洨長也後漢書獨行傳魯平先爲陳留大守後爲博士亦其證本從逵受古學。古學者古文尚書詩毛氏春秋左氏傳及倉頡古文史籀大篆之學也逵卒於

永元十三年許於逵受古學故江式論書表云逵卽汝南許愼古學之師也葢聖人不妄作。皆有依據。論語曰葢有不知而作之者我無是也今五經之道昭炳光明。蒙上深惟五經之妙博采幽遠逵復修理舊文許從賈受古學言之許於五經既有五經異義爲今學古學所折衷矣而文字者其本所由生。有文字而後有五經故曰本立而道生自周禮漢律。皆當學六書。貫通其意。於經獨言周禮者舉一以晐六藝也必兼言漢律者知古而不知今不可以爲政故四科辟召三日明達法令足以決疑且尉律之制諷籀書九千字乃得爲史又以八體試之自尉律不課小學不修至說律苛人受錢者妄生謬解六書不講以律誤人猶以經禍人也恐巧說衺辭使學者疑。藝文志曰後世經傳既已乖離博學者又不思多聞闕疑之義而務碎義逃難便辭巧說破壞形體愼博問通人。考之於逵。折衷於逵也作說

文解字。一書之名惟見沖奏中既曰說文又曰解字者古曰文今曰字言文字以晐古文籀文小篆三體言說解以全晐指事象形形聲會意轉注叚借六書每字先說解其義次說解其形次說解其音說釋也解判也後世從省但目爲說文六藝羣書之詁。周禮言三物者六德六行六藝也言六藝者禮樂射御書數也漢人言六藝者司馬遷劉歆班固謂六經也周之六藝主習其事漢之六藝主習其文文與事未有不相兼而習者抑周時以六藝檃栝技能爲六德六行之助孔子所云志道據德依仁游藝也漢時以六藝統攝古聖載籍晐六德六行六藝之大全漢之有六經實卽周之教民三物也周人所習之文以禮樂詩書爲急故左傳曰說禮樂而敦詩書王制曰春秋教以禮樂冬夏教以詩書而周易其用在卜筮其道取精微不以教人春秋則列國掌於史官亦不以教人故韓宣子適魯乃見易象與魯春秋此二者非人所常習明矣云魯春秋者獨得周公之法與晉史不同也孔子雅言惟詩書執禮而七十二子身通六藝謂或通其一二不必

一人而兼六藝也六藝足以攝羣書必兼言羣書者容有不見六藝而見羣書者也漢律亦羣書之一也詁者訓故言也凡前古所傳曰故言皆訓其意。訓者順其理而說之也而天地鬼神。山川艸木。鳥獸蛇蟲。襍物奇怪。王制禮儀。儀依許祇當作義此亦從俗用儀世閒人事莫不畢載。凡十五卷。凡者取括之詞也沖云十五卷則此敘別為一卷明矣許云十四篇者不數敘言之也沖云十五卷者兼舉敘也十三萬三千四百四十一字。不言五百四十部九千三百五十三文重千一百六十三者已詳於敘矣十三萬三千四百四十一字蓋兼每篇說解及敘言之敘亦說解也自敘凡五千三十字以今各篇所載說解字數十二萬二千六百九十九併此為十二万七千七百二十九於二許所謂十三万三千四百四十一字尚不足五千七百十二字慎前以詔書校書東觀。校者今之挍字經典祇作校許以詔書校書東觀不作

見本傳蓋安帝永初四年詔謁者劉珍及五經博士校定東觀五經諸子傳記百家藝術整齊脫誤是正文字儒林傳則云大后詔劉珍與劉騊駼馬融校定東觀五經諸子云云與和帝紀同馬融傳亦云永初四年拜為校書郎中詣東觀典校秘書蓋此時分司其事者不盡載許亦其一也許於和帝永元十二年已撰造說文歷十一年至永初四年復校書東觀其涉獵者廣故其書以博而精也又十有一年而書成推詳許之行事先後蓋其官終於大尉南閤祭酒故沖署曰故大尉南閤祭酒凡言故者皆謂方罷之一任漢詔書皆如此自祭酒解職而病而遣沖獻說文自是而卒於家曰今慎已病遣臣齎詣闕蓋自召陵遣沖也然則為汝長必在為大尉掾之先而校書東觀其在為大尉掾後與玉海曰洛陽宮殿名云東觀在洛陽南宮教小黃門孟生李喜等。元帝之世史游為黃門令並巴輿服志曰禁門曰黃闥中人主之故曰黃門官者傳日永平中中常侍四人小黃門十人迄乎延平中常侍至有十一人小黃門二十人教小黃門事亦受詔為之

孟生李喜小黃門二人名也以文字未定。未奏上。沖言當其時未奏上者以文字未定也既云文九千三百五十三重千一百六十三解說十三萬三千四百四十一字則文字已定矣何以云未定也古人著書不自謂是時有[illegible]改竄故未死以前不自謂成司馬闕其十篇班氏或譏當考皆以任重道遠死而後已許雖網舉目張而文字實繁間疑傳疑不無待於更正今有由聲片聲免聲而無正篆以及凡可疑者皆因未定而未竟也遠病且死則自謂不能致力而命子奏上矣今慎已病。遣臣齎詣闕。齎者持遺也詣送致也闕者東都之兩觀也東京賦曰建象魏之兩觀旌六典之舊章慎又學孝經孔氏古文說。以下至并上述附奏古文孝經說之意古文孝經者。孝昭帝時魯國三老所獻。藝文志曰古文尚書者出孔子壁中武帝末魯恭王壞孔子宅欲以廣其宮而得古文尚書及禮記論語孝經孔安國悉得其書以古文尚書獻之按志於禮論語孝經下皆

不言安國獻壁中文然則安國所得雖多而所獻者獨尚書一種而已淹中所出之禮古經魯國三老所獻之古文孝經皆郎恭王壁中所得而安國未獻者也孝經至昭帝時魯國三老乃獻之建武時。建武光武帝年號給事中議郎衞宏所校。云給事中議郎者議郎有不給事中者也百官志議郎六百石衞宏字敬仲東海人范史言作毛詩序為古文尚書作訓旨而不言其校古文孝經皆口傳。官無其說。謹撰具一篇并上。撰亦具也丌部曰巽具也古不从手此从手者隨俗也藝文志孝經古文二十二章與孝經十八章異劉向曰庶人章分為二曾子敢問章分為三又多一章凡二十二章班固曰孝經經文諸家皆同惟孔氏壁中古文為異父母生之續莫大焉故親生之膝下諸君說不安處古文字讀皆異桓譚新論云古孝經千八百七十一字今異者四百餘字按衞宏校而為之說未著書僅口傳故外閒有其說官徒有三老所獻而無其說也許學其說於宏沖傳其說於父乃撰而上之如公羊春秋自

子夏至漢景時胡毋子都乃箸竹帛而近世有僞造孔
安國孝經注者吁可怪也惜冲之說不傳耳許受古學
於賈侍中他經古學皆得諸侍中孝經學獨得諸衞宏
故必分別言之亦使孝經古文說官有其書以扶微學
臣冲誠惶誠恐。頓首頓首。死辠死辠。稽首再拜。以聞皇
帝陛下。起末皆云稽首再拜而末稽首之上云誠惶誠恐頓首頓首死罪死罪東漢人文字多如此見
於今者若蔡邕戍邊上章蔡質所記立宋皇后儀皆見
漢書注漢百石卒史碑見隸釋與此而四周禮九𢪛一
曰稽首吉拜也頭至地也二曰頓首凶拜卽稽顙也頭
叩地也三曰空首吉凶皆有之卽拜手也頭至手也稽
首頓首吉凶不相兼是以周制惟喪稽顙惟大變用頓
首如左傳穆嬴申包胥之頓首卽稽顙也獨斷曰漢承
秦法羣臣上書皆言昧死言王莽盜位慕古法去昧死
曰稽首光武因而不改意非不善也而仍兼言頓首死
罪爲請罪之辭遂使一簡一行之閒吉凶二拜並出殊爲非禮說詳釋拜建光元年九月己
亥朔二十日戊午上。建光元年安帝卽位之十五年歲在辛酉自和帝永元十二年歲在庚子至此凡廿二年召上書者汝南許冲詣左掖門外會。宋本無外字凡
言掖門者謂正門之旁門手部曰掖者一曰臂下也其字古作亦今作掖門之在旁如臂與脅之有閒也云左
掖門者謂北宮東面掖門對下朱雀掖門爲南面掖門言也會者謂上書者多皆會於此也令并齎
所上書。所上書謂說文解字十五卷孝經孔氏古文說一篇幷齎者合而齎上之也九月二十日冲所
言先達於上卽命至左掖門進所上二種十月十九日。中黃門饒喜。百官志中黃門
冗從僕射一人六百石中黃門比百石㠯詔書賜召陵公乘許冲布四十
匹。卽日受詔朱雀掖門。百官志曰北宮朱爵司馬主南掖門古今注曰永平二年十一
月初作北宮朱爵南司馬門敕勿謝。

說文解字第十五卷下

受業壻仁和龔麗正校字

嘉慶二十年歲次乙亥五月刊成

胞弟玉成　男驤　孫男美中　曾孫男義正
玉章　騊　美度　義方
玉立　美製　義曾同校字
美韞
美瓛

說文解字注後敘

段先生作說文解字注沅時為之校讎且慫恿其速成既成又日望其刻以行也癸酉之冬刻事甫就而沅適游閩至是刻將過半矣先生以書告且屬為後敘沅謂世之名許氏之學者夥矣究其所得未有過於先生者也許氏箸書之例以及所以作書之恉皆詳於先生所為注中先生亦自信以為於許氏之志什得其八矣沅更何所言哉先生命序之意蓋謂沅研誦其中十有餘年矣作彖以正其體編音均十七部以諧其聲必有能以約而說詳者沅於是即所見而隃之曰許書之要在明文字之本義而已先生發明許書之要在善推許書每字之本義而已矣經史百家字多叚借許書以說解名不得不專言本義者也本義明而後餘義明引申之義亦明叚借之義亦明形以經之聲以緯之凡引古以證者於本義於餘義於引申於叚借於形於聲各指所之罔不就理敳諡之譌衍羼竄之譌奪罔不灼知列字之次弟後人之坿益罔不畢見形聲義三者皆得其雜而不越之故焉縣是書以為旳而許氏箸書之心以明經史百家之文字亦無不由此以明孔子曰必也正名蓋必形聲義三者正而後可言可行也亦必本義明而後形聲義三者可正也沅先大父艮庭徵君生平服膺許氏箸尚書注疏既畢復從事於說文解字及見先生作而輟業焉沅之有事於校讎也先徵君之意也今先徵君音容既杳先生獨神明不衰靈光巋然書亦將傳布四方而沅學殖荒陋莫磬高深瞻前型之邈然幸後學之多賴愉快無極感慨從之至於許書之例有正文坿見于說解者有重文坿見于說解者此沅之私見而先生或當以為然者也坿于此以更質諸先生時嘉慶十有九年秋八月親炙學者江沅謹拜敘于閩浙節署

跋

煥聞諸先生曰昔東原師之言僕之學不外以字攷經以經攷字余之注說文解字也蓋竊取此二語而已經與字未有不相合者經與字有不相謀者則轉注叚借為之樞也先生自乾隆庚子去官後注此書先為長編名說文解字讀抱經盧氏雲椒沈氏曾為之序既乃簡練成注海內延頸望書之成已三十年於茲矣會徐直卿學士偕其友胡竹巖明經積城力任刊刻江子蘭師因率煥同司校讎

得朝夕誦讀而苦義蘊閎深非淺涉所能知也敬述先生所示箸書之大要分貽同人竊謂小學明而經無不可明矣乙亥三月受業長洲陳煥拜手敬書

說文解字讀序

文與字古亦謂之名春官外史掌達書名于四方秋官大行人九歲屬瞽史諭書名名者王者之所重也聖人曰必也正名乎鄭康成注周官論語皆謂古者謂之名今世謂之字字之大端形與聲而已聖人說字之形曰一貫三爲王推一合十爲士儿象人脛之形在人下故詰屈黍可爲酒从禾入水也牛羊之字以形舉也視犬之字如畫狗也此皆以形而言也其說字之聲曰烏盱呼也取其助氣故以爲烏呼狗叩也叩氣吠以守粟之爲言續也貉之爲言惡也皆以聲而言也春秋時人亦多能言其義如止戈爲武反正爲乏皿蟲爲蠱二首六身爲亥皆見於左氏傳故孔子曰今天下書同文知當時尚無有亂名改作者自隸書行而篆之意寖失今所賴以見制字之本源者惟漢許叔重說文而已後世若邯鄲淳江式呂忱顧野王輩咸宗尚其書唐宋以來如李陽冰郭忠恕林罕張有之流雖未

嘗不遵用而或以私意增損其間則亦未可爲篤信而能發明之者逮於勝國益猖狂滅裂許氏之學寖微我朝文明大啟前輩往往以是書提倡後學於是二徐說文本學者多知珍重然其書多古言古義往往有不易得解者則又或以其難通而疑之夫不通衆經則不能治一經況此書爲義理事物之所統彙而以寡聞尠見之胸用其私智小慧妄爲穿鑿可乎吾友金壇段若膺明府於周秦兩漢之書無所不讀於諸家小學之書靡不博覽而別擇其是非於是積數十年之精力專說說文以鼎臣之本頗有更易不若楚金爲不失許氏之舊顧其中尚有爲後人竄改者漏落者失其次者一一考而復之悉有左證不同肊說詳稽博辨則其文不得不繁然如楚金之書以繁爲病而若膺之書則不以繁爲病也何也一虛辭一實證也蓋自有說文以來未有善於此書者匪獨爲叔重氏之功臣抑亦以得道德之指歸政治之綱紀明彰禮樂而幽通鬼神可以砭諸家之失可以解後學之疑斯眞能推廣聖人正名之旨而其有益於經訓者功尤大也文弨年七十猶幸得見是書以釋見聞之陋故爲之序以識吾受益之

私云爾。乾隆五十有一年中秋前三日。杭東里人盧文弨

書於鍾山講舍之須友堂。

說文部目分韵

說文五百四十部始一終亥分屬十四篇猝難檢尋朱李仁甫五音韵譜本改依陸法言二百六韵編次較原書易得其部首今先生依始一終亥成注復命煥用仁甫法始東終乏爲目所以便學者也其或與廣韵小異者徐鼎臣音切用唐韵或不與廣韵同仁甫仍之耳嘉慶乙亥春三月長洲陳煥編

一東

東德紅切六上二　工古紅切五上五　豐敷戎切五上二十三　風方戎切十三下三　蟲直弓切十三下一　熊羽弓切十上十二　弓居戎切十二下二十一　宮居戎切七下十

三鍾

从疾容切八上四　龍力鍾切十一下十七　凶許容切七上三十止

四江

囪楚江切十下一

五支

支章移切三下十　厄章移切九上十四　𠂹是爲切六下八　皮符羈切三下二十一　乀弋支切十二下六　䖒許羈切五上二十四　危魚爲切九下七

六脂

隹職追切四上十二　尸式脂切八上十九止　厶息夷切九上二十五　夊楚危切五下二十四　雈息遺切四上十三　龜居追切十三下五　眉武悲切四上四

七之

之止而切六下二　甾側詞切十二下十九　而如之切九下十二　思息茲切十下二十三　絲息茲切十三上三　司息茲切九上十三　𦣞與之切十二上十　箕居之切五上二　丌居之切五上三　犛里之切二上六

八微

非甫微切十一下十九　飛甫微切十一下十八　衣於希切八上十四　㐆於機切八上十三　韋宇非切五下二十七　口羽非切六下十七

九魚

魚語居切上一下十四　鱻語居切十一下十五　凵去魚切五上二十九　且子余切十四上五　疋所葅切二下十一　舁以諸切三上二十二

十虞

亏羽俱切五上十六　𠌶況于切六下九　夫甫無切十下十九　毋武扶切十二下二　巫武扶切五上七　須相俞切九上七　几市朱切三下十九　殳市朱切三下十七

十一模

麤倉胡切十上四　壺戶吳切十下十一　虍荒烏切五上二十五　烏哀都切四上二十三止

十二齊

𡿺很奚切七上十七 西先稽切十二上四 禾古兮切六下十一 稽古兮切六下十二 兮胡雞切五上十四

十四皆

乖古懷切十二上十二

十五灰

嵬五灰切九上二十六止 𠂤都回切十四上十止 來洛哀切五下二十二 才昨哉切六上四止

十七眞

申失人切十四下三十七 身失人切八上十二 辰植鄰切十四下三十三 晨食鄰切三上二十四

臣植鄰切三下十六 人如鄰切八上一 儿如鄰切八下六 辛息鄰切十四下二十二 頻符眞切十一下二十一

民彌鄰切十二下三 [illegible]詩眞切二下七 寅弋眞切十四下三十一 巾居銀切七下二

十九臻

屾所臻切九下二

二十文

文無分切九上十 彣無分切九上九 雲王分切十一下十三

二十一欣

斤舉欣切十四上六 筋居銀切四下十六 堇巨斤切十三下十一 㹜語斤切十上九

二十二元

吅況袁切二上十二 言語軒切三上十二

二十三魂

蚰古魂切十三下一 門莫奔切十二上八 豚徒魂切九下十六

二十五寒

干古寒切三上三 𣦼昨干切四下十 丹都寒切五下一

二十六桓

丸胡官切九下六 雈胡官切四上十四 萈胡官切十上七 毌古丸切七上十三 𠦬北潘切四下一

耑多官切七下五

二十七刪

𠬜普班切三上十九

二十八山

山所閒切九下一 虤五閑切五上二十七 臤苦閑切三下十五

一先

先穌前切八下十一 田待年切十三下十三 幵古賢切十四上二 弦胡田切十二下二十三 玄胡涓切四下六

二仙

㳄敘連切八下十七 羴式連切四上十八 延丑連切二下六 䇂去虔切三上十五 宀武延切七下九 泉疾緣切十一下六 川昌緣切十一下五 叀職緣切四下五 員王權切六下十八

三蕭

卤徒遼切七上十六 県古堯切九上六 幺於堯切四下三 垚吾聊切十三下十 彪必凋切九上十一

五肴

爻胡茅切三下二十七 交古爻切十下九 包布交切九上二十一 勹布交切九上二十 巢鉏交切六下十三

六豪

高古牢切五下十三 毛莫袍切八上十七 刀都牢切四下十七 夲土刀切十下廿六

八戈

戈古禾切十二下九 禾戶戈切七上二十三 多得何切七上十二 它託何切十三下四

九麻

麻莫遐切七下三 巴伯加切十四下二十 奢式車切十下十四 車尺遮切十四上九 牙五加切二下九 華戶瓜切六下十 瓜古華切七下七

十陽

羊與章切四上十七 方府良切八下五 匚府良切十二下十七 亾武方切十二下十五 長直良切九上九 香許良切七上二十六 畕居良切十三下十卌 王雨方切一上五

十一唐

倉七岡切五下九 亢古郎切十下十五 尣烏光切十下十 黃乎光切十三下十五

十二庚

庚古行切十四下二十一 行戶庚切二下七 明武兵切七上九 生所庚切六下六 京舉卿切五下十六 卯去京切九上十八 兄許榮切八下七

十四清

晶子盈切七上六

十五青

青倉經切五下二 丁當經切十四下十七 冂古熒切五下十四 冥莫經切七上五

十六蒸

仌筆陵切十一下十一

十七登

能奴登切十上十一

十八尤

丠去鳩切八上七 裘巨鳩切八上十五 牛語求切二上五 酋字秋切十四下三十九 舟職流切八下四 雔市流切四上二十 矛莫浮切十四上八 幽於虯切四下四 丩居虯切三上八

二十一侵

心息林切十下二十四 壬如林切十四下二十四 兂側琴切八下八 林力尋切六上三 音於今切三上十四 㐺魚音切八上八 金居音切十四上一 琴巨今切十二下十三

二十二覃

男那含切十三下十六
二十三談
三穌甘切一上四 甘古三切五上八
二十四鹽
鹽余廉切十二上六 炎于廉切十上十四
二十七銜
彡所銜切九上八
二腫
廾居竦切三上十八

四紙
只諸氏切三上五 氏承旨切十二下七 豕式視切九下十三 是承旨切二下二 林之壘切十一下一 此雌氏切二上十六止 惢才規才累二切十下二十五止 豸池尒切九下十七 𠫬力几切三下二十八 毇許委切七上二十八止
五旨
旨職雉切五上十六 矢式視切五下十二 水式軌切十一上全部 死息姊切四下十二 兕徐姊切九下十八 黹陟几切七下二十六止 夂陟侈切五下二十九 履良止切八下三 厽力軌切十四下三 癸居誄切十四下二十五 几居履切十四上四 匕卑履切八上三
六止
止諸市切二上十三 齒昌里切二下八 耳而止切十二上九 史疏士切三下九 士鉏里切一上九 子卽里切十四下二十六 巳詳里切十四下三十四 里良止切十三下十二 喜虛里切十上十七 己居擬切十四下十九
七尾
尾無斐切八下二 豈墟豨切五上二十 虫許偉切十三上五止 鬼居偉切九上二十三
八語
鼠書呂切十上十 黍舒呂切七上二十五 宁直呂切十四下五 呂力舉切七下十一 女尼呂切十二下一 予余呂切四下七
九麌
羽王矩切四上十一 雨王矩切十一下十二 丶知庾切五上三十二止

十姥
土它魯切十三下九 鹵郎古切十二上五 虎呼古切五上二十六 古公戶切三上九 鼓工戶切五上十九 兆公戶切八下十 戶侯古切十二上七 五疑古切十四下八 午疑古切十四下三十五
十一薺
米莫禮切七上二十七 氐丁禮切十二下八 𧯛盧啓切五上二十二 匸胡禮切十二下十六
十二蟹
廌宅買切十上二
十五海

亥胡改切十四下四十一止　乃奴亥切五上十一

十六軫

廴余忍切二下五

十九隱

乚於謹切十二下十四

二十阮

㫃於幰切七上四

二十一混

𣎵胡本切六下十六　丨古本切一上十止

部目分韻　九

二十三旱

厂呼旱切九下五

二十四緩

卵盧管切十三下七

二十七銑

丏彌兖切九上四　犬苦泫切十上八　𡿨姑泫切十一下三

二十八獮

舛昌兖切五下二十五　孨旨兖切十四下二十八　㼱而兖切三下二十二　辡平免切十四下二十三

㠭知衍切五上六

二十九篠

鳥都了切四上二十二　了盧鳥切十四下二十七

三十小

小私兆切二上一　𠬪平小切四下九

三十一巧

卯莫飽切十四下三十二　爪側狡切三下四

三十二晧

丂苦浩切五上十二　夰古老切十下十七　夭於兆切十下八　冃莫保切七下十六　老盧晧切八上十六　艸倉老切一下二

部目分韻　十

三十三哿

可肯我切五上十三　我五可切十二下十一　𠂇臧可切三下八

三十四果

火呼果切十上十三

三十五馬

馬莫下切十上一　冎古瓦切四下十三　𦫳工瓦切四上十五　瓦五寡切十二下二十

三十六養

象徐兩切九下二十止　㒳良奬切七下十八　弜其兩切十二下二十二　亯許兩切五下十七　网文紡切七下十九　上時掌切一上二

三十七蕩

茻 摸朗切一下四止

三十八梗

丙 兵永切十四下十六 皿 武永切五上二十八 永 于憬切十一下八 囧 俱永切七上十

三十九耿

黽 莫杏切十三下六

四十靜

井 子郢切五下三

四十一迥

竝 蒲迥切十下二十一 鼎 都挺切七上二十 壬 他鼎切八上九

四十四有

有 云久切七上八 九 舉有切十四下十一 久 舉友切五下三十 韭 舉友切七下六 臼 其九切七上二十九 酉 與久切十四下三十八 缶 方久切五下十一 不 方久切十二上三 𨸏 房久切十四下一 𨺅 房久切十四下二 𦣻 書九切九上五 百 書九切九上二 手 書九切十二上十一 禸 人九切十四下十二 丑 敕久切十四下三十

四十五厚

𣆪 胡口切五下十八 后 胡口切九上十二 口 苦后切二上八 走 子苟切二上十二 斗 當口切十四上七

四十七寑

品 丕飲切二下十二 㐭 力甚切五下二十 㱃 於錦切八下十六

四十八感

𣐺 胡感切七上十五 𢎘 乎感切七上十四

五十琰

焱 以冄切十下二 冄 而琰切九下十一 广 魚儉切九下四

五十五范

凵 口犯切二上九

一送

㝱 莫鳳切七下十三

三用

用 余訟切三下二十六 重 柱用切八上十 共 渠用切三上二十

四絳

𨛜 胡絳切六下二十一止

五寘

朿 七賜切七上十八

六至

至 脂利切十二上三 示 神至切一上三 二 而至切十三下八 四 息利切十四下四 自 疾二切四

上六 自疾二切四上七 㣇羊至切九下十四 鼻父二切四上八 比毗二切八上五

七志

异羊吏切三上二十一

八未

未無沸切十四下三十六 气去既切一上八 旡居未切八下十八止

九御

去丘據切五上三十

十遇

句九遇切三上七 䀠九遇切四上三 瞿九遇切四上十九 壴中句切五上十八

十一暮

步薄故切二上十五 素桑故切十三上二 兔湯故切十上六 瓠胡誤切七下八

十二霽

弟特計切五下二十八 系胡計切十二下二十四止

十三祭

毳此芮切八上十八 彑居例切九下十五 厂余制切十二下五 㡀毗祭切七下二十五

十四泰

大徒蓋切十下五 貝博蓋切六下十九 會黃外切五下八 巜古外切十一下四

十五卦

𠂢匹卦切十一下九 𣏟匹卦切七下二

十六怪

丯古拜切四下二十

十八隊

耒盧對切四下二十一

十九代

隶徒耐切三下十四

二十一震

刃而振切四下十八 舜舒閏切五下二十六 盾食閏切四上五 𣎳匹刃切七下一 囟息進切十下二

十二 卂息晉切十一下二十止 寸倉困切三下二十 印於刃切九上十六

二十八翰

倝古案切七上三 半博幔切二上四 爨七亂切三上二十五止 旦得案切七上二

三十一襇

釆蒲莧切二上三

三十二霰

見古甸切八下十三 燕於甸切十一下十六 片匹見切七上十九

三十三線

面彌箭切九上三

部目分韻 圭

部目分韻 古

三十五笑
覞弋笑切八下十四
三十六效
敎古孝切三下二十四 皃莫教切八下九
三十七号
号胡到切五上十五 告古奧切二上七 冃莫報切七下十七
三十八箇
左則箇切五上四
三十九過
臥吾貨切八上十一
四十禡
襾呼訝切七下二十 亞衣駕切十四下七 匕呼跨切八上二
四十一漾
放甫妄切四下八 㽞丑諒切五下五
四十三映
誩渠慶切三上十三
四十五勁
正之盛切二下一

四十九宥
又于救切十三下七 嘼許救切十四下十三
五十候
冓古候切四下二 戊莫候切十四下十八 鬥都豆切三下六 豆徒候切五上二十一
六十梵
欠去劒切八下十五
一屋
哭苦屋切二上十一 谷古祿切十一下十 卜博木切三下二十五 攴普木切三下二十三 木莫卜切六上一 禿他谷切八下十二 彔盧谷切七上二十二 鹿盧谷切十上三 畐房六切又芳逼切五下十

目莫六切四上二 尗式竹切七下四 肉如六切四下十五 竹陟玉切五上一 六力竹切十四下
𦥑居玉切三上二十三 菐蒲沃切三上十七
三燭
束書玉切六下十五 蓐而蜀切一下三 足即玉切二下十 𠙹丘玉切十二下十八 玉魚欲切一上六
四覺
角古岳切四下二十二止 珏古岳切一上七 丵士角切三上十六
五質
日人質切七上一 率所律切十三上四 七親吉切十四下十 桼親吉切六下十四 一於悉切一上一
壹於悉切十下十二 乙於筆切十四下十五

六術
出 尺律切 六下四 戌 辛律切十 四下四十 聿 余律切三 下十二
八物
勿 文弗切 九下十 由 敷勿切九 上二十四 市 分勿切七 下二十二
十月
月 魚厥切 七上七 戉 王伐切十 二下十 曰 王伐切 五上十 旻 火劣切 四上一 亅 衢月切十 二下十二
十一沒
宊 他骨切十四 下二十九 骨 古忽切四 下十四
十二曷

屵 五葛切 九下三 㓩 五割切四 下十一 宂 他達切十 下十八
十三末
癶 北末切二 上十四 木 普活切 六下五
十四黠
㓞 恪八切四 下十九 乙 烏轄切十 二上一 八 博拔切 二上二 殺 所八切三 下十八 㕯 女滑切三
上六
十六屑
卪 子結切九 上十五 [illegible] 徒結切又讀若末 四上十六 頁 胡結切 九上一 穴 胡決切七 下十二 血
呼訣切五 上三十一 丿 匹蔑切又房密切 十二下四

十七薛
舌 食列切 三上二 屮 丑列切 一下一 叕 陟劣切十 四下六 桀 渠列切五下 三十一止
十八藥
龠 以灼切二 下十三 勺 之若切十 四上三 叒 而灼切 六下一 [illegible] 丑略切 二下三 皀 丑略切 十上五
谷 其虐切 三上四
十九鐸
𩫏 古博切五 下十五
二十陌
白 旁陌切七 下二十四 帛 旁陌切七 下二十三 乇 陟格切 六下七 丮 几劇切 三下五

二十一麥
麥 莫獲切五 下二十三 冊 楚革切二 下十四止 疒 女戹切七 下十四 革 古覈切 三十一 畫 胡麥切三
下十三
二十二昔
夕 祥易切七 上十一 尺 昌石切 八下一 赤 昌石切 十下四 炙 之石切 十下三 石 常隻切 九下八 彳
丑亦切 二下四 亦 羊益切 十下六 易 羊益切九 下十九 辟 必益切九 上十九
二十三錫
糸 莫狄切十 三上一 冖 莫狄切七 下十五 秝 郎擊切七 上三十四 鬲 郎激切 三下二 䰜 郎激切三
下三

二十四職

食 乘力切 五下六　夨 阻力切 十下七　色 所力切 九上十七　嗇 所力切 五下二十一　力 林直切 十三下十七　茍 己力切 九上二十二　皕 彼力切 四上九

二十五德

北 博墨切 八上六　黑 呼北切 十上十五止　克 苦得切 七上二十一

二十六緝

習 似入切 四上十　亼 秦入切 五下七　十 是執切 三上十　入 人汁切 五下十　㗊 阻力切 三上一　立 力及切 十下二十　邑 於汲切 六下二十　皀 皮及切 五下四

二十七合

卅 蘇沓切 三上十一　帀 子荅切 六下三　雥 徂合切 四上二十一

二十九葉

夲 尼輒切 十下十三　𦘒 尼輒切 三下十一

三十怗

劦 胡頰切 十三下十八止

三十二狎

甲 古狎切 十四下十四

說文部目分韵終

韵書始萌芽於魏李登聲類積三百餘年至隋陸灋言切韵梗槩之法乃具然皆就其時之語言音讀參校異同定其遠近洪細往往有意求密而用意太過強生區別至如虞夏商周之文六書之假借諧聲詩之比音協句以成歌樂茫乎未之考也唐初因灋言摭本爲選舉士人作律詩之用覩二百六韵中字數多者限以獨用字數少者合比近兩韵或三韵同用苟計字多寡而已宋吳棫作韵補於韵目下始有古通某古轉聲通某之云其分合最爲疎舛鄭庠作古音辨僅分陽支先虞尤覃六部近崑山顧炎武叓析

東陽耕蒸而四析魚歌而二故列十部吾郡老儒江愼修永於眞已下十四韵侵已下九韵各析而二蕭宵肴豪及尤侯幽亦爲二故列十三部古音之學以漸加詳如是前九年段君若膺語余曰支佳一部也脂微齊皆灰一部也之咍一部也漢人猶未嘗淆借通用晉宋而後乃少有出入迄乎唐之功令支注脂之同用佳注皆同用灰注咍同用於是古之截然爲三者罕有知之余聞而偉其所學之精好古有灼見卓識又言眞臻先與諄文殷魂痕爲二尤幽與侯爲二得十七部今官於蜀地且數年政事之餘優而成

是書曰六書音均表凡爲表者五摠述之意表各有序說既詳之矣其書始名詩經韵譜羣經韵譜嘉定錢學士曉徵爲之序茲易其體例且增以新知十七部蓋如舊也余昔感於其言五支六脂七之有分癸巳春寓居浙東取顧氏詩本音章辨句析而諷誦乎經文歎始爲之之不易後來加詳者之信足以補其未逮顧氏轉侯韵入虞江氏轉虞韵字入侯此江優於顧然顧氏藥鐸有分而江氏不分此顧優於江若夫五支異於六脂猶清異於眞也七之又異於支脂猶蒸又異於淸眞也寔千有餘年莫之或省者一旦

理解按諸三百篇劃然豈非稽古大快事歟時余畧記入聲之說未暇卒業今樂覩是書之成也不惟字得其古人音讀抑又多通其古義許叔重之論假借曰本無其字依聲託事夫六經字多假借音聲失而假借之意何以得訓詁音聲相爲表裏訓詁明六經乃可明後儒語言文字未知而輕憑臆解以誣聖亂經吾懼焉段君又有詩經小學書經小學說文考證十七部古韵表等書將繼是而出覩逃其難相與鑿空者於治經孰得孰失也乾隆丁酉孟春月休寧戴震序

予友金壇段君若膺六書音均表既成有問於予者曰是書何以作讀之將何用也曰是書爲古音而作也古今語言不同古音不明不獨三代秦漢有韵之文不能以讀其無韵之文假借轉注音義不能知立乎今日而譚三代秦漢之音是書爲之舌人也曰鄭氏庠陳氏第顧氏炎武江氏永之書何如曰鄭氏諸人之書善矣或分所當合或合所當分得是書而義始備也曰今官韵依劉淵之一百十七部而顧氏江氏及是書依陸氏灋言二百六部之舊何也曰必依二百六部之舊而後可由今韵以推古韵也如支脂之分爲三尤與侯元與魂痕各分爲二皆與三百篇合而一百十七部者厺之遠也曰是書何以於顧氏十部江氏十三部之後確然定爲十七部也曰詩三百篇之韵確有是十七部而顧氏江氏分析未備其平入分配多未審是書上溯三百篇下沿廣韵廣韵分爲數韵而三百篇合爲一韵者則爲一部三百篇在此部而廣韵遂入於他部是爲古今音轉移不同是書弟一表及弟四表古本音之義也然則一韵而廣韵析爲數韵者何也曰音之變也冬鍾之後而爲東支脂之之後而爲佳皆咍耕淸之斂而爲靑眞之斂而爲先十七部皆有是也弟二表何以作也曰今韵於同一諧聲之偏旁而互見諸部古音則同此諧聲卽爲同部故古音可審形而定也曰以古之本音正後人合韵協音之說之非矣而仍言合韵何也曰古與今異部是爲古本音如丘謀尤古在之咍部而今在尤幽部曹蓫茅滔古在尤幽部而今在蕭宵肴豪部是也古與古異部而合用之是爲古合韵如母字古在之咍部詩凡十七見而蝃蝀協雨與字古在蒸登部詩凡五見而大明協林心是也知其分而後知其合知其合而後愈知其分凡三百篇及三代秦漢之音研求其所合又因所合之多寡遠近及異平同入之處而得其次弟此十七部先後所由定而弟三表及弟四表古合韵之義也曰古四聲與今四聲不同何也曰古今部分之轉移不同若是其四聲之轉移不同猶是也其言表何也曰㬎諸外以示人也是太史公十表之義也其言音均何也曰古言均今言韵也韵韻皆不見於說文而韵字則見於薛尙功所載會侯鐘銘是也其冠以六書何也曰知此而古指事象形諧聲會意之文舉得其部分得其音韵知此而古假借轉注舉可通故曰六書音均表也然則

讀之而苦其難何也曰於今韻則依廣韻部分於字書則宗說文解字於古音則竊三百篇及羣經有韻之文於言古音之書則考顧氏音學五書江氏古韻標準以三百篇及周秦所用正漢魏以後轉移之音而歷代音韻沿革源流以見而陸氏部分之故以見而顧氏江氏之未協者以見彼吳氏棫楊氏愼毛氏奇齡之書無論矣問者曰有是哉遂書之以爲釋例

乾隆丁酉五月南匯吳省欽沖之甫

原序

金壇段君懋堂撰次詩經韻譜及羣經韻譜成予讀而善之廼序其端曰自文字肇啟即有音聲比音成文而詩教興焉三代以前無所謂聲韻之書然詩三百篇具在參以經傳子騷類而別之引而伸之古音可僂指而分也許叔重云倉頡初作書依類象形故謂之文其後形聲相益即謂之字文字者終古不易而音聲有時而變五方之民言語不通近而一鄉一聚猶各操土音彼我相嗤矧在數千年之久乎謂古音必無異於今音此夏蟲之不知有冰也然而去古浸遠則於六書諧聲之旨漸離其宗故惟三百篇之音爲最善而昧者乃執隋唐之韻以讀古經有所齟齬屢變其音以相從謂之叶韻不惟無當於今音而古音亦滋茫昧矣明三山陳氏始知攷毛詩屈宋賦以求古音近世崐山顧氏婺源江氏攷之尤博以審今段君復因顧江兩家之說證其違而補其未逮定古音爲十七部若網在綱有條不紊窮文字之源流辨聲音之正變洵有功於古學者已古人以音載義後人區音與義而二之音聲之不通而空言義理吾未見其精於義也此書出將使海內說經之家奉爲

圭臬而因文字音聲以求訓詁古義之興有日矣詎獨以存古音而已哉乾隆庚寅四月九日嘉定錢大昕書

戴東原先生來書

大箸辨別五支六脂七之如淸眞蒸三韻之不相通能發自唐以來講韻者所未發今春將古韻考訂一番斷從此說爲確論然執管欲作序者屢而苦於心不精姑俟稍安閒爲之目近極蘇擾也癸巳十月卅日震頓首

寄戴東原先生書 乙未十月

玉裁自幼學爲詩卽好聲音文字之學甲戌乙亥閒從同邑蔡丈一帆遊始知古韻大略庚辰入都門得顧亭林音學五書讀之驚怖其考據之博癸未遊於先生之門觀所爲江愼修行略又知有古韻標準一書與顧氏少異然實未能深知之也丁亥自都門歸憶古韻標準所稱元寒桓刪山先仙七韻與眞諄臻文欣魂痕七韻三百篇內分用不如顧亭林李天生所云自眞至仙古爲一韻之說與舍弟玉成取毛詩細繹之果信又細繹之眞臻二韻與諄文欣魂痕五韻三百篇內分用而江氏有未盡也蕭宵肴豪與尤侯幽分用矣又細繹之則侯與尤幽三百篇內分用而江氏有未盡也支脂之微齊佳皆灰咍九韻自來言古韻者合爲一韻及細繹之則支佳爲一韻脂微齊皆灰爲一韻之咍爲一韻而顧氏江氏均未之知也又細繹其平入之分配正二家之踳駁遂書詩經所用字區別爲十七部既攷其出入而得其本音又詳其斂侈而識其音變又察其高下遲速而知四聲古今不同又觀其會通而知協音合韻自古而有於諧聲推測其條理於假借轉注默會其指歸蘄縕千年一旦軒露成詩經韻譜羣經韻譜各一帙己丑再至都門程蕺園舍人賞之謂其書簡略無注釋不可讀是年冬寓法源寺側之蓮華菴鑪戶燒石炭從邵二雲孝廉借書竟爲注釋每一部畢孝廉輒取寫其副至庚寅二月書成錢辛楣學士以爲鑿破混沌爲作序三月銓授貴州玉屏縣壬辰四月三入都將先生館於洪素人戶部之居以是書請益先生云體裁尚未盡善玉裁旋奉 命發四川候補八月至蜀後署理富順及南溪縣事又辦理化林坪站務王師申討金酋儲偫輓輸無敢稍懈息然每處分公事畢漏下三鼓輒篝鐙改竄是書以爲常今年夏六月偕同

官朱雲駿入報銷局與趣略同暇益潛心商訂九月書成爲表五一曰今韵古分十七部表別其方位也二曰古十七部諧聲表定其物色也三曰古十七部合用類分表洽其恉趣也四曰詩經韵分十七部表臚其美富也五曰羣經韵分十七部表資其參證也改名曰六書音均表均卽古韵字也鶡冠子曰五聲不同均成公綏曰音均不恆陶者以鈞作器樂者以均審音十七部爲音均音均明而六書明六書明而古經傳無不可通玉裁之爲是書蓋將使學者循是以知假借轉注而於古經傳無疑義而恐非好學深思渺能心知其意也抑先生嘗言尤矦兩韵可無用分玉裁攷周秦漢初之文矦與尤相近而必獨用先生又言十七部次弟不能淺曉支脂之析爲三部能發自唐以來講韵者所未發但何以不判於一處而以之弟一脂弟十五支弟十六玉裁按十七部次弟出於自然非有穿鑿取弟三表細繹之可知也之咍音與蕭尤近亦與蒸近脂微齊皆灰音與諄文元寒近支佳音與歌戈近實韵理分劈之大耑先生又言顧亭林平仄通押之說未爲非所定四聲似覺張大甚玉裁按今四聲不同古猶古部分不同今抽繹遺

經雅記瑩可自信其非妄以上三者皆不敢爲苟同之論惟求研審音韵之眞而已夫郭璞爾雅注於烏尤宋祁唐書修於益州玉裁入蜀數年幸適有成書而所爲詩經小學書經小學說文考證古韵十七部表諸書亦漸次將成今輒先寫六書音均表一部寄呈座右願先生爲之序而糾其疵謬則幸甚幸甚玉裁頓首

六書音均表

四川候補知縣前貴州玉屏縣知縣臣段玉裁記

凡五萬二千三百二十五字

今韵古分十七部表

今世所存韵書廣韵最古廣韵二百六部蓋放於隋陸灋言[1]自唐初有同用獨用之功令以便屬文之士[2]至南宋劉淵新刊禮部韵略遂併同用之韵爲一韵而爲部百有七今取百有七部之書考求古音今音混淆未明無由討古音之源也宋鄭庠分古韵爲六部近崑山顧炎武據依廣韵部分分古韵爲十部而婺源江永又分爲十三部鄭氏東冬江陽庚青蒸入聲屋沃覺藥陌錫職爲一部支微齊佳灰爲一部魚虞歌麻爲一部眞文元寒刪先入聲質物月曷黠屑爲一部蕭肴豪尤爲一部侵覃鹽咸入聲緝合葉洽爲一部其說合於漢魏及唐之杜甫韓愈所用而於周秦未能合也顧氏考三百篇作詩本音二百六部分爲十東冬鍾江爲一部支脂之微齊佳皆灰咍入聲質術櫛物迄月沒曷末黠鎋屑薛麥昔錫職德爲一部魚虞模侯入聲藥鐸陌爲一部眞諄臻文欣元魂痕寒桓刪山先仙爲一部蕭宵肴豪尤幽入聲屋沃燭覺爲一部歌戈麻爲一部陽唐爲一部庚耕清青爲一部蒸登爲一部侵覃談鹽添咸銜嚴凡入聲緝合盍葉怗洽狎業乏爲一部較鄭氏爲密矣江氏訂其於三百篇所用有未合者作古韵標準二百六部分爲十三東冬鍾江爲一部支脂之微齊佳皆灰咍入聲麥昔錫職德爲一部魚虞模入聲藥鐸陌昔爲一部眞諄臻文欣魂痕入聲質術櫛物迄沒爲一部元寒桓刪山先仙入聲月曷末黠鎋屑薛爲一部蕭宵肴豪爲一部歌戈麻爲一部陽唐爲一部庚耕清青爲一部蒸登爲一部尤侯幽入聲屋沃燭覺爲一部侵入聲緝爲一部覃談鹽添咸銜嚴凡入聲合盍葉怗洽狎業乏爲一部較顧氏益密而仍於三百篇有未合者今既泛濫毛詩理順節解因其自然補三家部分之未備釐平入相配之未確定二百六部爲十七部表於左

[1] 戴東原編修聲韵考曰灋言書今不傳宋廣韵卷首猶題云陸灋言撰本長孫納言箋注而集韵韵例曰先帝時令陳彭年丘雍因灋言韵就爲刊益然則廣韵之二百六韵益灋言舊目

[2] 聲韵考曰唐封演聞見記云陸灋言撰爲切韵先仙刪山之類屬文之士苦其苛細國初許敬宗等詳議以其韵窄奏合而用之然則廣韵同用獨用之注乃唐初功令

弟一部	七之	六止	七志	二十四職
	十六咍	十五海	十九代	二十五德

弟二部	弟三部	弟四部	弟五部
三蕭 四宵 五肴 六豪	十八尤 二十幽	十九侯	九魚 十虞 十一模
二十九篠 三十小 三十一巧 三十二晧	四十四有 四十六黝	四十五厚	八語 九麌 十姥
三十四嘯 三十五笑 三十六效 三十七号	四十九宥 五十一幼	五十候	九御 十遇 十一暮
	一屋 二沃 三燭 四覺		十八藥 十九鐸

弟六部	弟七部	弟八部	弟九部
十六蒸 十七登	二十一侵 二十四鹽 二十五添	二十二覃 二十三談 二十六咸 二十七銜 二十八嚴 二十九凡	一東 二冬 三鍾 四江
四十二拯 四十三等	四十七寑 五十琰 五十一忝	四十八感 四十九敢 五十二豏 五十三檻 五十四儼 五十五范	一董 二腫 三講
四十七證 四十八嶝	五十二沁 五十五豔 五十六㮇	五十三勘 五十四闞 五十七陷 五十八鑑 五十九釅 六十梵	一送 二宋 三用 四絳
	二十六緝 二十九葉 三十怗	二十七合 二十八盍 三十一洽 三十二狎 三十三業 三十四乏	

第十部

十陽 十一唐

三十六養 三十七蕩

四十一漾 四十二宕

第十一部

十二庚 十三耕 十四清 十五青

三十八梗 三十九耿 四十靜 四十一迥

四十三映 四十四諍 四十五勁 四十六徑

第十二部

十七真 十九臻 一先

十六軫 二十七銑

二十一震 三十二霰

五質 七櫛 十六屑

第十三部

十八諄 二十文 二十一欣 二十三魂 二十四痕

十七準 十八吻 十九隱 二十一混 二十二佷

二十二稕 二十三問 二十四焮 二十六慁 二十七恨

第十四部

二十二元 二十五寒 二十六桓 二十七刪 二十八山 二仙

二十阮 二十三旱 二十四緩 二十五潸 二十六產 二十八獮

二十五願 二十八翰 二十九換 三十諫 三十一襉 三十三線

第十五部

六脂 八微 十二齊 十四皆 十五灰

五旨 七尾 十一薺 十三駭 十四賄

六至 八未 十二霽 十三祭 十四泰 十六怪 十七夬 十八隊 二十廢

六術 八物 九迄 十月 十一沒 十二曷 十三末 十四黠 十五鎋 十七薛

第十六部

五支 十三佳

四紙 十二蟹

五寘 十五卦

二十陌 二十一麥 二十二昔 二十三錫

第十七部

七歌 八戈 九麻

三十三哿 三十四果 三十五馬

三十八箇 三十九過 四十禡

弟一部弟十五部弟十六部分用說

廣韻上平七之十六咍上聲六止十五海去聲七志十九代入聲二十四職二十五德爲古韵弟一部上平六脂八微十二齊十四皆十五灰上聲五旨七尾十一薺十三駭十四賄去聲六至八未十二霽十三祭十四泰十六怪十七夬十八隊二十廢入聲六術八物九迄十月十一沒十二曷十三末十四黠十五鎋十七薛爲古韵弟十五部上平五支十三佳上聲四紙十二蟹去聲五寘十五卦入聲二十陌二十一麥二十二昔二十三錫爲古韵弟十六部

五支六脂七之三韵自唐人功令同用鮮有知其當分者矣今試取詩經韵表弟一部弟十五部弟十六部觀之其分用乃截然且自三百篇外凡羣經有韵之文及楚騷諸子秦漢六朝詞章所用皆分別謹嚴隨舉一章數句無不可證或有二韵連用而不辨爲分用者如詩相鼠二章齒止俟弟一部也三章體禮死弟十五部也魚麗二章鱧旨弟十五部也三章鯉有弟一部也板五章懠毗迷尸屎葵資師弟十五部也六章篪圭攜弟十六部也孟子引齊人言雖有智慧二句弟十五部也雖有鎡基二句弟一部也屈原賦寘與騏驥抗軛二句弟十六部也寧與黃鵠比翼二句弟一部也泰琅邪臺刻石自維廿六年至莫不得意凡二十四句以始紀子理士海事富志字載意韵弟一部也自應時動事至莫不如畫凡十二句以帝地懈辟易畫韵弟十六部也倘以相鼠齒與禮死成文魚麗鱧與旨爲韵則自亂其例而非韵玉裁讀坊本詩經竹竿二章泉源在左淇水在右女子有行遠父母兄弟每疑右爲古韵弟一部字弟爲弟十五部字二字古鮮合用及考唐石經宋本集傳明國子監注疏本皆作遠兄弟父母而後其疑豁然三部自

唐以前分別最嚴蓋如真文之與庚青與侵稍知韵理者皆知其不合用也自唐初功令不察支脂之同用佳皆同用灰咍同用而古之畫爲三部始湮沒不傳迄今千一百餘年言韵者莫有見及此者矣

古七之字多轉入於尤韵中而五支六脂則無有此三部分別之大槩也

職德爲弟一部之入聲術物迄月沒曷末黠鎋薛爲弟十五部之入聲陌麥昔錫爲弟十六部之入聲顧氏於三部平聲既合爲一故入聲亦合爲一古分用甚嚴即唐初功令陌麥昔同用錫獨用職德同用亦

未若平韵之掍合五支六脂七之爲一矣

弟二部弟三部分用說

下平三蕭四宵五肴六豪上聲二十九篠三十小三十一巧三十二晧去聲三十四嘯三十五笑三十六效三十七號爲古韻弟二部十八尤二十幽上聲四十四有四十六黝去聲四十九宥五十一幼入聲一屋二沃三燭四覺爲古韵弟三部詩經及周秦文字分用畫然顧氏誤合爲一部江氏古韵標準旣正之矣

顧氏於平聲合二部爲一故弟二部之字轉入於弟三部入聲者不能分別而箋識之也

弟三部之入聲顧氏割其半入魚模韵如屋讀烏獨讀廷之類皆漢後之轉音非古本音卽以侯合魚之誤也

弟三部弟四部弟五部分用說

下平十九侯上聲四十五厚去聲五十候爲古韵弟四部上平九魚十虞十一模上聲八語九麌十姥去聲九御十遇十一暮入聲十八藥十九鐸爲古韵弟五部詩經及周秦文字分用畫然顧氏誤合侯於魚爲一部江氏又誤合侯於尤爲一部皆攷之未精顧氏合侯於魚其所引據皆漢後轉音非古本音也侯古音近尤而別於尤近尤故入音同尤別於尤故合諸尤者亦非也

弟二弟三弟四弟五部漢以後多四部合用不甚區分要在三百篇故較然畫一載馳之驅侯不連下文悠曹憂爲一韵山有樞之樞榆婁驅愉不連下章栲杻埽考保爲一韵南山有臺之栒楰耇後不連上章栲杻壽茂爲一韵左氏傳專之渝攘公之羭不與下文薰臭爲一韵此弟四部之別於弟三部也株林之駒株不與馬野爲一韵板之渝驅不與怒豫爲一韵史記甌窶滿溝不與汙邪滿車爲一韵此弟四部之別於弟五部也

古弟二部之字多轉入於屋覺藥鐸韵中弟三部之字多轉入於蕭宵肴豪韵中弟四部之字多轉入於虞韵中弟五部平聲之字多轉入於麻韵中入聲之字多轉入於陌麥昔韵中此四部分別之大槩也

左氏傳鸜鵒童謠首二句鵒辱及末二句鵒哭弟三部也羽野馬弟五部也跦侯襦弟四部也巢遙勞驕弟二部也一謠而可識四部之分矣

弟五部弟十六部入聲分用說

第五部入聲與第十六部入聲周秦漢人分用晉宋而下多以第五部入聲之字韵入於第十六部鄭氏合藥陌錫爲一部未爲審矣

弟六部獨用說

下平十六蒸十七登上聲四十二拯四十三等去聲四十七證四十八嶝爲古韵弟六部自古獨用無異辭鄭庠合諸庚靑爲一部其說甚疏而南宋劉淵併證嶝入徑韵元陰時夫倂拯等入迥韵爲唐功令所未議合而以臆見誤合之者

弟七部弟八部分用說

下平二十一侵二十四鹽二十五添上聲四十七寑五十琰五十一忝去聲五十二沁五十五豔五十六㮇入聲二十六緝二十九葉三十怗爲古韵弟七部

下平二十二覃二十三談二十六咸二十七銜二十八嚴二十九凡上聲四十八感四十九敢五十二豏五十三檻五十四儼五十五范去聲五十三勘五十四闞五十七陷五十八鑑五十九釅六十梵入聲二十七合二十八盍三十一洽三十二狎三十三業三十四乏爲古韵弟八部廣韵平上去入末四韵其次弟本如是唐功令鹽添同用咸銜同用嚴凡同用上聲琰忝同用豏檻同用儼范同用去聲豔㮇同用陷鑑同用釅梵同用入聲葉怗同用洽狎同用業乏同用宋景德四年崇文院上校定切韵五卷明年大中祥符元年勅改名大宋重修廣韵同用獨用皆仍唐舊後三十一年爲景祐四年修禮部韵略以賈昌朝請韵窄者凡十三處許令附近通用盡合嚴於鹽添合凡於咸銜合儼於琰忝合范於豏檻合釅於豔㮇合梵於陷鑑合業於葉怗合乏於洽狎幷合欣於文合隱於吻合焮於問合迄於物又合廢於隊代爲十有三處今廣韵上去聲末四韵各本改同禮部韵略及集韵與平入聲齟齬此係禮部韵略頒行後校廣韵者依新例竄改遂相沿舛謬幸其參差不治尚可稽尋詳見聲韵攷詩三百篇分用畫然漢以後乃多合用非三百篇卽合用也顧氏合而一之江氏旣正之矣

弟九部獨用說

上平一東二冬三鍾四江上聲一董二腫三講去聲一送二宋三用四絳爲古韵弟九部古獨用無異辭江韵音轉近陽韵古音同東韵也鄭庠以東冬鍾江陽庚靑蒸合爲一部其說疏矣

弟十部獨用說

下平十陽十一唐上聲三十六養三十七蕩去聲四十一漾四十二宕爲古韵弟十部古獨用無異辭

弟十一部獨用說

下平十二庚十三耕十四淸十五靑上聲三十八梗三十九耿四十靜四十一迥去聲四十三映四十四諍四十五勁四十六徑爲古韵弟十一部古獨用無異辭

弟十二部弟十三部弟十四部分用說

上平十七眞十九臻下平一先上聲十六軫二十七

銑去聲二十一震三十二霰入聲五質七櫛十六屑爲古韵弟十二部十八諄二十文二十一欣二十三魂二十四痕上聲十七準十八吻十九隱二十一混二十二很去聲二十二稕二十三問二十四焮二十六慁二十七恨爲古韵弟十三部二十二元二十五寒二十六桓二十七刪二十八山下平二仙上聲二十阮二十三旱二十四緩二十五潸二十六產二十八獮去聲二十五願二十八翰二十九換三十諫三十一襉三十三線爲古韵弟十四部三百篇及羣經屈賦分用畫然漢以後用韵過寬三部合用鄭庠乃

以眞文元寒刪先爲一部顧氏不能深考亦合眞以下十四韵爲一部僅可以論漢魏閒之古韵而不可以論三百篇之韵也江氏考三百篇辨元寒桓刪山仙之獨爲一部矣而眞臻一部與諄文欣魂痕一部分用尚有未審讀詩經韵表而後見古韵分別之嚴唐虞時明明上天爛然星陳日月光華宏予一人弟十二部也南風之薰兮可以解吾民之慍兮弟十三部也卿雲爛兮禮縵縵兮日月光華旦復旦兮弟十四部也三部之分不始於三百篇矣

弟十二部入聲質櫛韵漢以後多與弟十五部入聲合用三百篇分用畫然如東方之日一章不與二章一韵都人士三章不與二章一韵可證

弟十七部獨用說

下平七歌八戈九麻上聲三十三哿三十四果三十五馬去聲三十八箇三十九過四十禡爲古韵弟十七部古獨用無異辭漢以後多以魚虞之字韵入於歌戈鄭氏以魚虞歌麻合爲一部乃漢魏晉之韵非三百篇之韵也

古弟十七部之字多轉入於支韵中

古十七部平入分配說

二十四職二十五德陸灋言以配蒸登韵攷毛詩古韵爲之咍韵之入聲

一屋二沃三燭四覺陸灋言以配東冬鍾江韵攷毛詩古韵爲尤幽韵之入聲

十八藥十九鐸灋言以配陽唐韵攷毛詩古韵爲魚虞模之入聲

二十六緝以下八韵古分二部其平入相配一也

五質七櫛十六屑灋言以配眞臻先韵與毛詩古韵合

六術八物九迄十月十一沒十二曷十三末十四黠

十五鎋十七薛濂言以配諄文欣元魂痕寒桓删山仙韵攷毛詩古韵爲脂微齊皆灰之入聲二十陌二十一麥二十二昔二十三錫濂言以配庚耕淸靑韵攷毛詩古韵爲支佳韵之入聲

今韵同用獨用未允說

濂言二百六部綜周秦漢魏至齊梁所積而成典型源流正變包括貫通長孫納言謂爲酌古沿今無以加者可稱濂言素臣如支脂之三韵分之所以存古類之所以適今用意精深後人莫測也今韵支脂之同用佳皆同用灰咍同用則第一部第十五部第十

六部之界蕭尤侯同用則第三部第四部之略泯眞諄同用元魂痕同用先仙同用則第十二部第十三部第十四部之區畫靡漫入聲質術同用屑薛同用則第十二部與第十五部相紛糅矣唐初功令蓋沿陳隋之習而不師古然如支與脂之同用則唐以前上自商頌下迄隋季未見有一篇蹈此者唐之杜甫熟精文選及庾信諸家故所爲近體詩用五支韵者凡二十七首不襍脂之一字其意蓋以許敬宗所定未善也若南宋劉淵併證嶝入徑韵元陰時夫併拯等入迥韵則第六部第十一部之大閑潰決唐功令所未議合而妄合之又與平聲齟齬其不學無術之甚矣唐以前支韵必獨用隨舉篇章皆足爲證文選所載不必覼縷卽如周興嗣千字文上和下睦夫唱婦隨巳下用十韵不襍脂之一字庾信楊柳歌用二十七韵不襍脂之一字唐人之謹守六朝家法者惟杜甫近體詩如陪鄭廣文遊何將軍山林萬里戎王子憶過楊柳渚二首重過何氏山雨尊仍在一首九日楊奉先會白水崔明府一首晦日尋崔戢李封一首元日寄韋氏妹一首秦州襍詩唐堯眞自聖一首過南鄰朱山人水亭一首過故斛斯校書莊燕入非傍舍一首送王侍御往東川放生池祖席一首寄戎州楊使君東樓一首雲安九日鄭十八攜酒陪諸公一首宿昔一首鸚鵡一首猿一首從驛次草堂復至東屯茅屋峽內二歸田客一首孟冬一首和江陵宋大少府暮雨後同諸公及舍弟宴書齋一首紫宸殿退朝口號一首秋興昆吾御宿自透迤一首傷春鶯入新年語一首贈崔十三評事公輔一首偶題一首同豆盧峯知字韵一首復愁江上亦秋色一首解悶憶過瀘戎摘荔枝一首承聞河北諸道節度入朝歡喜口號絕句漁陽突騎邯鄲兒一首凡五支韵必獨用韓愈答崔立之八十二韵亦獨用五支

古十七部本音說

三百篇音韵自唐以下不能通僅以爲協音以爲合

韵以爲古人韵緩不煩改字而已自有明三山陳第深識確論信古本音與今音不同如鳳鳴高岡而啁噍之喙盡息也自是顧氏作詩本音江氏作古韵標準玉裁保殘守闕分別古音爲十七部凡一字而古今異部以古音爲本音以今音爲音轉如尤讀怡牛讀疑丘讀欺必在第一部而不在第三部者古本音也今音在十八尤者音轉也舉此可以隅反矣

第一部之韵音轉入於尤第三部尤幽韵音轉入於蕭宵肴豪第四部侯韵音轉入於虞第五部魚虞模韵音轉入於麻第六部蒸韵音轉入於侵第七部侵

鹽韵音轉入於覃談咸銜嚴凡弟二部至弟五部弟六部至弟八部音轉皆入於東冬鍾弟九部東冬鍾韵音轉入於陽唐弟十部陽唐韵音轉入於庚弟十一部庚耕清青韵音轉入於眞弟十二部眞先韵音轉入於文欣魂痕弟十三部文欣魂痕韵音轉入於元寒桓刪山仙弟十三部弟十四部音轉皆入於脂微弟十五部脂微齊皆灰韵音轉入於支佳弟十六部支佳韵音轉入於脂齊歌麻弟十七部歌戈韵音轉亦多入於支佳此音轉之大較也

四江一韵東冬鍾轉入陽唐之音也不以其字襍廁之陽唐而別爲一韵繫諸一東二冬三鍾之後別爲一韵以著今音也繫諸一東二冬三鍾之後以存古音也長孫訥言所謂酌古沿今者是也其例甚善而他部又未能準是例惟二十幽一韵爲尤韵將轉入蕭之音十九臻一韵爲眞韵將轉入諄之音亦用此例之意

說文而下字林所載卽多說文所無苟有合於指事象形形聲會意之法攷文者所不廢也三百篇後孔子贊易老子言道德五千餘言用韵卽不必皆同詩漢代用韵甚寬離爲十七者幾不可別識晉宋而降迄於梁陳音轉音變積習生常區別既多陸韵遂定皆古今聲音之自然攷文者不能變今音而一反諸三代也

古十七部音變說

古音分十七部矣今韵平五十有七上五十有五去六十入三十有四何分析之過多也曰音有正變也音之斂侈必適中過斂而音變矣過侈而音變矣之者音之正也咍者之之變也（如同一台聲而怡飴在之韵咍怠在咍海韵）蕭宵者音之正也肴豪者蕭宵之變也（如同一肖聲而肖消在宵韵稍梢在肴韵同一高聲敲在肴韵蒿蒿在豪韵）尤侯者音之正也屋者音之變也（入聲沃燭爲正音屋韵過侈爲音變）

魚者音之正也虞模者魚之變也（如都古音豬荼古音舒之類）蒸者音之正也登者蒸之變也（如厶聲韵目證嶝二字皆登聲嶝字古音同證）侵者音之正也鹽添者侵之變也（如廉古音林占古音鍼）覃談咸銜者嚴凡之變也（嚴凡猶弟十四部之元韵覃談咸銜猶弟十四部之寒桓刪山也侵猶弟十二部之眞韵鹽添猶弟十二部之先韵）冬鍾者音之正也東者冬鍾之變也（鍾爲正音冬韵稍侈東韵過侈）陽者音之正也唐者陽之變也耕清者音之正也庚青者耕清之變也（庚音侈青音斂）眞者音之正也先者音之變也（如田古音陳填古音塵之類）諄文欣者音之正也魂痕者諄文欣之變也（如魂云聲蕓芸妘沄存文韵痕艮聲垠銀在欣韵）元者音之正也寒桓刪山仙者元之變也脂微者音之正也齊皆灰者脂微之

變也支者音之正也佳者支之變也歌戈者音之正也麻者歌戈之變也大略古音多斂今音多侈之變爲咍脂變爲皆支變爲佳歌變爲麻眞變爲先侵變爲鹽變之甚者也其變之微者亦審音而分析之音不能無變變不能無分明乎古有正而無變知古音之甚諧矣

古四聲說

古四聲不同今韻猶古本音不同今韻也攷周秦漢初之文有平上入而無去洎乎魏晉上入聲多轉而爲去聲平聲多轉爲仄聲於是乎四聲大備而與古不侔有古平而今仄者有古上入而今去者細意搜尋隨在可得其條理今學者讀三百篇諸書以今韻四聲律古人陸德明吳棫皆指爲協句顧炎武之書亦云平仄通押去入通押而不知古四聲不同今猶古本音部分異今也明乎古本音不同今韻又何惑乎古四聲不同今韻哉如戒之音亟慶之音羌高饗之音香至之音質學者可以類求矣

古平上爲一類去入爲一類上與平一也去與入一也上聲備於三百篇去聲備於魏晉或謂四聲起於永明其說非也永明文章沈約謝朓王融輩始用四聲以爲新變五字之中音韻悉異一句之內角徵不同梁武帝不好焉而問周捨曰何謂四聲捨曰天子聖哲是也帝謂卿以此四字成句是節行文四聲諧協之旨非多文如梁武不知平上去入爲何物而捨以此四字代平上去入也取宋書謝靈運傳論及南史沈約庾肩吾陸厥傳梁書王筠傳讀之自明

第二部平多轉爲入聲第十五部入多轉爲去聲第二部樂爵綽較虐謔藥鑿沃濯駁的翟溺翯躍蹻藐削溺等字繹三百篇皆平聲漢人不皆讀平矣至第十五部古有入聲而無去聲隨在可證如文選所載班固西都賦平原赤勇士厲而下以厲竄蹶折噬殺爲韻厲竄蹶讀入聲左思蜀都賦軌躅八達而下以達出室術驥瑟恤爲韻驥讀入聲吳都賦高門鼎貴而下以貴傑裔世轍設噬爲韻貴裔世讀入聲魏都賦均田畫疇而下以列鬆悅世爲韻鬆世讀入聲嵇首之蠢而下以傑闕設晣髮爲韻晣讀入聲郭璞江賦以駃月聒㓾豁碣爲韻駃讀入聲江淹擬謝法曹詩以汭別袂世爲韻汭袂讀入聲擬謝臨川詩以轍設絕澈晣決歲汭逝雪穴滅達說爲韻晣歲汭逝歲讀入聲灋言定韻之前無去不可入至灋言定韻以後而謹守者不知古四聲矣他部皆准此求之

古無去聲之說或以爲怪然非好學深思不能知也不明乎古四聲則於古諧聲不能通如李陽冰校說文於臯字曰自非聲徐鉉於裔字曰冏非聲是也於古假借轉注尤不能通如卒於畢郢之郢本程字之假借顛沛之沛本跋字之假借而學者罕知是也

古今不同隨舉可徵說

古音聲不同今隨舉可證如今人兄榮字讀入東韻朋棚字讀入東韻佳字讀入麻韻母富婦字讀入虞遇韻此音轉之徵也子字不讀卽里切側字不讀莊力切此音變之徵也上韻內之字多讀爲去韻此四聲異古之徵也今音不同唐音卽唐音不同古音之徵也

音韵隨時代遷移說
今人槩曰古韵不同今韵而已唐虞而下隋唐而上
其中變更正多槩曰古不同今尚皮傅之說也音韵
之不同必論其世約而言之唐虞夏商周秦漢初爲
一時漢武帝後洎漢末爲一時魏晉宋齊梁陳隋爲
一時古人之文具在凡音轉音變四聲其遷移之時
代皆可尋究
古音韵至諧說
明乎古本音則知古人用韵精嚴無出韵之句矣明
乎音有正變則知古人咍音同之先音同眞本無詰

屈聲牙矣明乎古四聲異今韵則知平仄通押去入
通押之說未爲審矣古文音韵至諧自唐而後昧玆
三者皆歸之協韵二字
古音義說
字義不隨字音爲分別音轉入於他部其義同也音
變析爲他韵其義同也平轉爲仄聲上入轉爲去聲
其義同也今韵例多爲分別如登韵之能爲才能咍
韵之能爲三足鼈之韵之台爲台予咍韵之台爲三
台星六魚之譽爲毀譽九御之譽爲稱譽十一暮之
惡爲厭惡十九鐸之惡爲醜惡者皆拘牽瑣碎未可

以語古音古義
古諧聲說
一聲可諧萬字萬字而必同部同聲必同部明乎此
而部分音變平入之相配四聲之今古不同皆可得
矣
諧聲之字半主義半主聲凡字書以義爲經而聲緯
之許叔重之說文解字是也凡韵書以聲爲經而義
緯之商周當有其書而亡佚久矣字書如張參五經
文字爿部茻部亯部以聲爲經是倒置也韵書如陸
法言雖以聲爲經而同部者蕩析離居矣

古假借必同部說
自爾雅而下詁訓之學不外假借轉注二耑如緇衣
傳適之館舍粲餐也適之館舍爲轉注粲餐爲假借
也七月傳壺瓠叔拾也叔拾爲轉注壺瓠爲假借也
粲壺自有本義假借必取諸同部故如眞文之與蒸
侵寒刪之與覃談支佳之與之咍斷無有彼此互相
假借者
古本音不同今音故如夏小正借養爲永詩儀禮借
錫爲圭古永音同養錫音同圭迨古音有正而無變
故如借田爲陳借荼爲舒古先韵之田音如眞韵之

陳棋韵之荼音如魚韵之舒也古四聲不同今韵故如俏害爲曷俏皆爲小見學記爲肖見漢書古害聲如曷小肖聲皆如宵也故必明乎此三者而後知假借

古轉注同部說

訓詁之學古多取諸同部如仁者人也義者宜也禮者履也春之爲言蠢也夏之爲言假也子孳也丑紐也寅津也卯茂也之類說文神字注云天神引出萬物者也祇字注云地祇提出萬物者也麥字注云秋種厚薶故謂之麥神引同十二部祇提同十六部麥薶同弟一部也劉熙釋名一書皆用此意爲訓詁

凡八千二百一十二字

表一終

古十七部諧聲表

六書音均表二

六書之有諧聲文字之所以日滋也攷周秦有韻之文某聲必在某部至嘖而不可亂故視其偏旁以何字為聲而知其音在某部易簡而天下之理得也許叔重作說文解字時未有反語但云某聲某聲即以為韻書可也自音有變轉同一聲而分散於各部各韻如一某聲而某在厚韻媒腜在灰韻一每聲而悔晦在隊韻敏在軫韻晦痗在厚韻之類參縒不齊承學多疑之要其始則同諧聲者必同部也三百篇及周秦之文備矣輒為十七部諧聲偏旁表補古六埶之散逸類列某聲某聲分繫於各部以繩今韻則本非其部之諧聲而闌入者憭然可攷矣

第一部 陸韻平聲之咍上聲止海去聲志代入聲職德

絲聲　台聲　枲聲　里聲
貍聲　來聲　思聲　其聲
𦣞聲　龜聲　芓聲　辝聲
又聲　有聲　九聲　右聲
而聲　丌聲　迟聲與十三部近別　㞢聲隸作之
事聲　蚩聲　市聲　某聲
才聲　𢦏聲　在聲　母聲

佩聲　久聲　臺聲　式聲
㠯聲隸作以　能聲　矣聲　疑聲
亥聲　郵聲　牛聲　茲聲
茲聲　畐聲　富聲　不聲
丕聲石經作丕　甾聲　巛聲　甾聲
辭聲　司聲　丘聲　采聲
友聲　否聲　咅聲　宰聲
啚聲　止聲　齒聲　巳聲
己聲　耳聲　士聲　喜聲
寺聲　時聲　史聲　吏聲
負聲　畁聲與十五部畀別　紑聲　戒聲
婦聲　舊聲　乃聲　異聲
北聲　食聲　戠聲　子聲
啬聲　意聲　再聲　葡聲
備聲　直聲　悳聲　丞聲
弋聲　則聲　賊聲　革聲
或聲　惑聲　息聲　亟聲
力聲　阞聲　棘聲　嗇聲
黑聲　匿聲　畟聲　色聲
塞聲　仄聲　夨聲　𠬝聲

服聲　麥聲　克聲　㝵聲
得聲　伏聲　牧聲　畐聲
茍聲　苟聲與四部茍別
右諧聲偏旁見於今韵他
部內者皆從弟一部轉入

弟二部陸韵平聲蕭宵肴豪上聲篠小巧晧去聲嘯笑效号

毛聲　樂聲　喿聲　澡聲
尞聲　小聲　[illegible]聲　少聲
𤐫聲隸作票　麃聲　㬥聲　暴聲二字隸通作暴
夭聲　芺聲　敫聲　卓聲
勞聲　龠聲　翟聲　爵聲
爻聲　虐聲　高聲　喬聲
刀聲　召聲　到聲　兆聲
苗聲　䍃聲　要聲　叉聲
肴聲　𡥈聲與三部孝別　教聲　芈聲
槖聲　巢聲　弔聲　堯聲
鼂聲　盜聲　勺聲　隺聲
弱聲　皃聲　貌聲　梟聲
号聲　號聲　了聲　受聲
皀聲

右諧聲偏旁見於今韵他
部內者皆從弟二部轉入

弟三部陸韵平聲尤幽上聲有黝去聲宥幼入聲屋沃燭覺

九聲　厹聲　尻聲　州聲
求聲　流聲　六聲　坴聲
[illegible]聲　休聲　舟聲偏旁石經作月　[illegible]聲
夒聲　汓聲　游聲　曹聲
攸聲　條聲　修聲　脩聲
肅聲　尗聲　叔聲　戚聲
[illegible]聲　秋聲　夲聲平同　翏聲
[illegible]聲　[illegible]聲　[illegible]聲　卯聲
丣聲　畱聲　周聲　矛聲
柔聲　攸聲　包聲　匋聲
焦聲　樵聲　[illegible]聲　[illegible]聲
𠷎聲　孚聲　幽聲　幽聲
酉聲　酋聲　臭聲　叜聲叟同
牢聲　爪聲　叉聲古文爪　蚤聲
丩聲　收聲　囚聲　秀聲
冃聲　冃聲　冒聲　好聲
報聲　手聲　老聲　牡聲

𠷎聲　[illegible]聲　雔聲　帚聲
𩠐聲古文百　百聲　頁聲亦古文百　道聲
守聲　夲聲　自聲隸作𠂤　𢀩聲
缶聲　由聲　冘聲冘聲字與八部冘十二部冘別　戊聲
丑聲　丂聲　考聲　保聲
𠈃聲古文保　簋聲　劉聲　肘聲
受聲　褎聲　韭聲　夒聲隸偏旁改同夒
臼聲　咎聲　艸聲　草聲俗作皁
夰聲　昊聲　孝聲　祝聲
鳥聲　谷聲　角聲　族聲

表二　五

屋聲　獄聲　哭聲　足聲
束聲　欶聲　匊聲　臼聲
學聲　竹聲　𥳓聲　復聲
肉聲偏旁石經作月　告聲　育聲　毒聲
𠧪聲　賣聲　辱聲　䢱聲
佰聲古文夙　曲聲　玉聲　奧聲
吉聲　㱿聲　蜀聲　木聲
玨聲　彔聲與十四部彔別　棗聲　逐聲
[illegible]聲　豖聲與十五部豕別　卜聲　攴聲隸作攵
局聲　夙聲說文作𡖋　鹿聲　參聲

𦏧聲隸作孰　禿聲　目聲
右諸聲偏旁見於今韵他
部內者皆從弟三部轉入

第四部陸韻平聲侯上聲厚去聲候

婁聲　句聲　朱聲　禺聲
壴聲　尌聲　廚聲　區聲
䖒聲　矦聲　八聲與十五部几別　殳聲
需聲　須聲　俞聲　芻聲
后聲　取聲　冣聲與十五部冣別　聚聲
後聲　臾聲　侮聲　口聲

表二　六

[illegible]聲　厚聲　付聲　府聲
[illegible]聲　奏聲　聲　主聲
斗聲　冓聲　豆聲　具聲
扁聲　寇聲　晝聲　部聲
鬥聲　斲聲
右諸聲偏旁見於今韵他
部內者皆從弟四部轉入

第五部陸韻平聲魚虞模上聲語麌姥去聲遇御暮入聲藥鐸

且聲　沮聲　者聲　奢聲
父聲　甫聲　尃聲與十四部尃別　浦聲

亏聲隸作于 咢聲 荂聲 夸聲
雩聲 瓠聲 夫聲 牙聲
叚聲與十四部段別 豭聲 家聲 車聲
巴聲 吳聲 虍聲 慮聲
盧聲 虘聲 虐聲 古聲
居聲 各聲 洛聲 路聲
瓜聲 烏聲 於聲古文烏 与聲
與聲 御聲 御聲 亦聲
躲聲射同 大聲 亞聲 惡聲
魚聲 魚聲 穌聲 舍聲

余聲 涂聲 素聲 眀聲
䜌聲 襾聲 賈聲 莫聲俗作暮
庶聲 度聲 席聲 麤聲
巨聲 渠聲 壺聲 奴聲
舁聲 圖聲 乎聲 乍聲
土聲 夕聲 無聲 毋聲
巫聲 石聲 疋聲與三部足別 馬聲
呂聲 鹵聲 下聲 女聲
処聲 羽聲 兆聲 雨聲
五聲 吾聲 亍聲 午聲

許聲 戶聲 雇聲 武聲
鼠聲 黍聲 禹聲 鼓聲
鼓聲 夏聲 宁聲 舄聲
隻聲 蒦聲 旅聲 寡聲
圖聲 蠱聲 若聲 魯聲
虜聲 屰聲 斥聲隸作斥俗作斥 朔聲
凵聲 兔聲 斝聲 睪聲
捀聲 谷聲與三部谷不同 卻聲 覃聲與十三部覃別
郭聲隸作郭 戟聲隸作戟 乇聲 笞聲
䅘聲 霍聲 炙聲 白聲

帛聲 尺聲 百聲 赤聲
赦聲 赫聲 咢聲說文作咢 壑聲
谷聲 鞏聲 霸聲 叒聲
乇聲

右諸聲偏旁見於今韻他
部內者皆從弟五部轉入

弟六部陸韻平聲蒸登上聲拯等去聲證嶝

瞢聲 夢聲 蠅聲 朋聲
弓聲 曾聲 升聲 雁聲
奔聲 朕聲 興聲 夌聲

亙聲與十四部亘別 恆聲 丞聲 烝聲
灷聲 徵聲 兢聲 厶聲古文厷
厷聲肱同 仌聲隸作 登聲 豋聲說文作[illegible]
乘聲 仍聲 爯聲 稱聲
巹聲 薨聲

右諧聲偏旁見於今韵他
部內者皆從第六部轉入

第七部 陸韵平聲侵鹽添上聲寑琰忝去聲沁豔㮇入聲緝葉怗

咸聲 緘聲 㐭聲 林聲
心聲 今聲 念聲 金聲

酓聲 欽聲 歆聲 凡聲
風聲 芉聲 南聲 卒聲與十一部幸別
枏聲 男聲 琴聲 彡聲
㝷聲 甚聲 音聲 兂聲
兓聲 朁聲 侵聲 錦聲
突聲與十五部[illegible]別 壬聲 任聲 品聲
㸒聲與二部[illegible]別 淫聲 占聲 黏聲
丑聲隸作之 三聲 參聲 㦰聲
韱聲 巳聲說文作马 氾聲 从聲
兼聲 㢘聲 僉聲 閃聲

西聲 栝聲 冄聲 亩聲
[illegible]聲 審聲 弇聲 歁聲
厭聲 咠聲 戢聲 及聲
立聲 溼聲 亼聲 㬎聲
隰聲 合聲 拾聲 邑聲
雥聲 雧聲 入聲 十聲
叶聲 聶聲 習聲 燮聲
龖聲 劦聲 協聲 [illegible]聲
廿聲 卅聲

右諧聲偏旁見於今韵他
部內者皆從第七部轉入

第八部 陸韵平聲覃談咸銜嚴凡上聲感敢豏檻儼范去聲勘闞陷鑑釅梵入聲合盍洽狎業乏

函聲 臽聲 [illegible]聲 監聲
鹽聲 炎聲 剡聲 熊聲
㷊聲 敢聲籀文敢字說文作[illegible] 嚴聲 巖聲
广聲 詹聲 斬聲 毚聲
甘聲 奄聲 [illegible]聲 欠聲
冘聲與冗別古冗在三部 妾聲 甲聲 枼聲
涉聲 [illegible]聲 業聲 疌聲

聑聲　㬎聲　耴聲與四部取別　夾聲
盇聲　扇聲　臿聲　毚聲
沓聲　帀聲
右諸聲偏旁見於今韵他
部內者皆從弟八部轉入

弟九部陸韵平聲東冬鍾江上聲董腫講去聲送宋用絳

中聲　躳聲　宮聲　東聲
重聲　童聲　龍聲　公聲
蟲聲　冬聲　夅聲　降聲
隆聲　丰聲　奉聲　夆聲

逢聲　用聲　甬聲　庸聲
从聲　從聲　匈聲　悤聲
同聲　農聲　邕聲　雝聲雍同
宋聲　戎聲　封聲　容聲
工聲　巩聲　空聲　送聲
充聲　共聲　雙聲　冢聲
蒙聲　凶聲　匈聲　兇聲
㚇聲　宗聲　崇聲　嵩聲
豐聲　眾聲　尨聲　厖聲
竦聲　冡聲　茸聲

右諸聲偏旁見於今韵他
部內者皆從弟九部轉入

弟十部陸韵平聲陽唐上聲養蕩去聲漾宕

王聲　行聲　衡聲　㞷聲
匡聲　往聲　狂聲　网聲
罔聲　黃聲　廣聲　昜聲
煬聲　陽聲　湯聲　爿聲
牆聲　將聲　臧聲　永聲
方聲　放聲　旁聲　皇聲
亢聲　兵聲　充聲　京聲

羊聲　羕聲　殸聲　襄聲隸作襄
庚聲　康聲　唐聲　皀聲
鄉聲　卿聲　上聲　亞聲
彊聲　強聲　兄聲　桑聲
爽聲　刅聲與十三部刃別　梁聲　彭聲
央聲　昌聲　囧聲　明聲
㒳聲　兩聲　倉聲　相聲
亯聲隸作亨享　向聲　尚聲　堂聲
象聲　皿聲　孟聲　卬聲
慶聲　丙聲　更聲　章聲

商聲 亡聲 巟聲 𢍏聲（隸作卷）
長聲 㿝聲（隸作良） 量聲 羕聲
誩聲 競聲 香聲 弜聲
秉聲 黽聲 亞聲 卿聲
竝聲 兄聲 匚聲

右諧聲偏旁見於今韵他
部內者皆從第十部轉入

第十一部（陸韵平聲庚耕清青上聲梗耿靜迥去聲映諍勁徑）

熒聲 丁聲 成聲 亭聲
正聲 生聲 盈聲 鳴聲
殸聲（籀文磬） 壬聲（與七部壬別） 廷聲 呈聲
戥聲 戴聲 青聲 鼎聲
名聲 平聲 寍聲 寧聲
甯聲 嬰聲 甹聲 敬聲
冂聲 冥聲 鼏聲 爭聲
頃聲 幵聲 幷聲 貞聲
霝聲 巠聲 井聲 耿聲
冂聲（古文作冋） 冏聲 𡴘聲（隸作幸） 晶聲
省聲

右諧聲偏旁見於今韵他部
內者皆從第十一部轉入

第十二部（陸韵平聲眞臻先上聲軫銑去聲震霰入聲質櫛屑）

秦聲 卂聲 人聲 儿聲（古文奇字人）
粦聲 瀕聲 寅聲 丏聲
𡧍聲 賓聲 開聲 身聲
旬聲 粤聲 信聲 辛聲
亲聲 新聲 令聲 天聲
田聲 千聲 年聲 因聲
命聲 申聲 陳聲 電聲
仁聲 眞聲 顚聲 佞聲

勻聲 訇聲 㒳聲 閵聲
進聲 扁聲 臣聲 臤聲
賢聲 堅聲 𢍃聲 弦聲
[illegible]聲 民聲 隶聲 𦘔聲
[illegible]聲（見一先） 牽聲 引聲 矜聲
[illegible]聲（見二十一震） 八聲 [illegible]聲 穴聲
匹聲 必聲 宓聲 瑟聲
𥁕聲 晉聲（从臼與五部臼別今作晉） 實聲 吉聲
壹聲 頡聲 質聲 七聲
疾聲 卪聲（隸省卩） 即聲 節聲

日聲　疾聲　臬聲　桼聲
漆聲　至聲　室聲　畢聲
一聲　乙聲　血聲　徹聲
逸聲　印聲　卬聲隸作抑　失聲
𠛱聲隸作别

右諸聲偏旁見於今韵他部
內者皆從弟十二部轉入

弟十三部陸韵平聲諄文欣魂痕上聲準吻隱混很去聲稕問焮慁恨

先聲　㫃聲　晨聲　眘聲
囷聲　麇聲　屯聲　春聲

門聲　般聲　分聲　糞聲
[illegible]聲　𣅀聲今作民　西聲　垔聲
免聲　昏聲不从民　孫聲　奔聲
賁聲　君聲　員聲　[illegible]聲
鯀聲　昆聲　𦎫聲　𢽳聲隸作敦
璊聲　川聲　雲聲　云聲
存聲　巾聲　侖聲　堇聲
壼聲　文聲　彣聲　吝聲
閔聲　豩聲　豳聲　軍聲
斤聲　刃聲　典聲　昷聲

温聲　縕聲　壹聲　熏聲
焚聲　彬聲　豚聲　盾聲
㐱聲　舛聲　縣聲　飧聲
寸聲　筋聲　蚰聲　尋聲
㥯聲　隱聲　乚聲　圂聲
櫜聲

右諸聲偏旁見於今韵他部
內者皆從弟十三部轉入

弟十四部陸韵平聲元寒桓刪山仙上聲阮旱緩潸產獮去聲願翰換諫襇線

叀聲　專聲　袁聲　瞏聲

釆聲與一部釆別　龹聲　卷聲　𠨬聲
[illegible]聲　厂聲　屵聲　彥聲
雁聲　鴈聲　旦聲　半聲
𢆉聲　言聲　泉聲　邍聲
[illegible]聲　難聲　厵聲同原　䜌聲
官聲　[illegible]聲　[illegible]聲　展聲
卵聲　爰聲　反聲　閒聲
亘聲隸作亘　宣聲　桓聲　見聲
連聲　莧聲　寬聲　丱聲張參曰說文以爲古卵字
[illegible]聲　[illegible]聲隸作[illegible]　夗聲　宛聲

𡿨聲篆文作畎 干聲 岸聲 屵聲
旱聲 妟聲 宴聲 匽聲
安聲 㬰聲 㫃聲 倝聲
𣦼聲 亶聲 曼聲 柬聲
闌聲 蘭聲 卵聲 雚聲
單聲 患聲 奐聲 夐聲
肩聲 弁聲覍同 毌聲 貫聲
番聲 潘聲 𤔔聲 閑聲
廛聲 丹聲 焉聲 肰聲
縣聲 然聲 元聲 完聲

冠聲 肙聲 山聲 戔聲
衍聲 憲聲 𣏟聲 散聲
潸聲 棥聲 樊聲 延聲
鬳聲 獻聲 㳄聲與十五部次別 羨聲
䜌聲 耑聲 段聲 燕聲
丸聲 虔聲 𦱥聲 鮮聲
襄聲 丱聲隸作[illegible] 𡨄聲隸作寒 褰聲
姦聲 面聲 般聲 煩聲
贊聲 祘聲 彖聲 筭聲
㕣聲與九部公別 沿聲 袁聲 班聲

建聲 算聲 𠦝聲 犬聲
刪聲 片聲 [illegible]聲與十六部巂別 㚘聲
允聲 夋聲 㒼聲 [illegible]聲
𤼾聲夕瓦誤 斷聲

右諧聲偏旁見於今韵他部內者皆從弟十四部轉入

弟十五部 陸韵平聲脂微齊皆灰上聲旨尾薺駭賄去聲至未霽祭泰怪夬隊廢入聲術物迄月沒曷末黠鎋薛

妻聲 飛聲 皆聲 𠂤聲
帥聲 歸聲 厶聲與六部厶別 私聲

夂聲 衣聲 鬼聲 嵬聲
甶聲 貴聲 畾聲 眔聲
𡕒聲 綏聲 枚聲 八聲
朮聲與十七部禾別 示聲 視聲 祁聲
殺聲 發聲 豈聲 微聲
非聲 口聲與四部口別 韋聲 幾聲
隹聲 崔聲 唯聲 隼聲同鵻
夷聲 匕聲 尼聲 旨聲
𥝌聲 耆聲 [illegible]聲 尾聲
犀聲 虫聲 屖聲 眉聲

畏聲　希聲　氐聲與十六部氏別　底聲
厎聲　雈聲　㡀聲　夊聲
師聲　威聲　癸聲　比聲
皀聲　米聲　㮚聲　辠聲
非聲　伊聲　委聲　回聲
𠥓聲古文同　尸聲　次聲　戾聲
利聲　㓠聲古文利　黎聲　毅聲
毀聲　尒聲　爾聲　镾聲
豊聲與九部豐別　𡖈聲　弟聲　朿聲
美聲　耒聲　此聲　火聲

古十五　表二　十九

水聲　矢聲　兕聲　二聲
履聲　肆聲　棄聲　奉聲
𢴩聲　兌聲　气聲　旡聲
既聲　㤅聲　愛聲　胃聲
吠聲　四聲　豕聲　豙聲
季聲　釆聲　惠聲　卒聲
未聲　市聲與一部巿別　位聲　率聲
朮聲　復聲古文作退　出聲　隶聲
彗聲　慧聲　凷聲　尉聲
犮聲　對聲　頪聲　類聲

內聲　孛聲　貝聲　乂聲
砅聲　蠇聲　厲聲　匃聲
曷聲　禼聲　𡴀聲　丰聲
㓞聲　契聲　害聲　折聲
哲聲　帶聲　戌聲　歲聲
薉聲　外聲　世聲　貰聲
欮聲　厥聲　威聲　祭聲
医聲　殹聲　𡿪聲　列聲
大聲　亣聲籀文大　癹聲　發聲
伐聲　乀聲　戉聲　亅聲

古十五　表二　二十

叕聲　寽聲　乎聲　𠯑聲隸作舌
聒聲　屮聲　𡵂聲　辥聲
埶聲　槷聲　獻聲　讞聲
桀聲　㚔聲與七部㚔十一部㚔別　逹聲　月聲
𠯑聲口古字从干　最聲　奪聲　截聲
秫聲　聿聲　律聲　弗聲
𠬝聲　乞聲　系聲　褱聲
妃聲　配聲　肥聲　兀聲
自聲　臬聲　白聲亦白字與五部白別　畀聲
朮聲秫省作朮　曳聲　㓡聲隸作制　鼻聲

叟聲　祟聲　毀聲　叡聲
竄聲　末聲　叏聲　勿聲
敝聲　器聲　埶聲與七部埶別　朮聲
㡀聲　彑聲　卣聲　彗聲
盇聲　繼聲　會聲　巜聲
杀聲　殺聲　介聲　甶聲
臬聲从兀　首聲　剌聲與十六部剌別　賴聲
骨聲　𠫓聲　突聲　乙聲與十二部乙別
曰聲與十二部曰別　乾聲　匃聲　址聲
厥聲籀文銳　劂聲　鬱聲　希聲
羲聲　卢聲　犖聲

音十六　表二　圭

右諧聲偏旁見於今韵他部
內者皆從弟十五部轉入

弟十六部陸韵平聲支佳上聲紙蟹去聲寘卦入聲陌麥昔錫

支聲　嶲聲　知聲　是聲
智聲　卑聲　斯聲　乁聲
氏聲　祇聲　𤕦聲　厂聲
虒聲　圭聲　佳聲　卮聲
奚聲　兒聲　規聲　䳓聲
䖐聲　彖聲與十四部彖別　蠡聲从彖非　𡉀聲

系聲　匸聲與十部匸別　豸聲　麗聲
危聲　兮聲　只聲　鬳聲
益聲　謚聲　帝聲　啻聲隸作商與十部商別
適聲　易聲　析聲　晳聲
朿聲與三部朿別　策聲　速聲籀文迹　責聲隸作責
刺聲　辟聲　鬲聲　蠡聲
鬄聲　脊聲　狊聲與三部狊別　鶪聲
解聲　厄聲　戹聲　狄聲
迹聲　秝聲　厤聲　歷聲
役聲　鬩聲　畫聲　𠂢聲

音　表二　圭

派聲　冊聲　毄聲　繫聲
系聲　𦁐聲　買聲

右諧聲偏旁見於今韵他部
內者皆從弟十六部轉入

弟十七部陸韵平聲歌戈麻上聲哿果馬去聲箇過禡

它聲　沱聲　佗聲　冎聲
咼聲　過聲　哥聲　爲聲
皮聲　丂聲　可聲　何聲
离聲　離聲　也聲　地聲
施聲　池聲　義聲　儀聲

義聲　加聲　嘉聲　多聲
宜聲　奇聲　猗聲　巹聲
麻聲　靡聲　我聲　羅聲
罹聲　詈聲　罷聲　羆聲
𠂹聲　垂聲　匕聲與十五部匕別　化聲
吹聲　𠂇聲　左聲　沙聲
瓦聲　隓聲　隋聲　墯聲
過聲　坐聲　禾聲　和聲
咼聲　果聲　裸聲　朵聲
萑聲　貨聲　瑣聲　惢聲
臥聲　戈聲　[illegible]聲　牛聲
[illegible]聲[illegible]

右諸聲偏旁見於今韵他部
內者皆從弟十七部轉入

右十七部諧聲凡不可知者及疑似不明者䦨之不以會意淆不以漢後音韵䜈溯洄沿流什得其八九矣

凡四千六百零一字

表二終

古十七部合用類分表　六書音均表三

今韻二百六部始東終乏以古韻分之得十有七部循其條理以之咍職德爲建首蕭宵肴豪音近之故次之幽尤屋沃燭覺音近蕭故次之侯音近尤故次之魚虞模藥鐸音近侯故次之是爲一類蒸登音亦近之故次之侵鹽添緝葉怗音近蒸故次之覃談咸銜嚴凡合盍洽狎業乏音近侵故次之是爲一類之二類者古亦交互合用東冬鍾江音與二類近故次之陽唐音近冬鍾故次之庚耕清青音近陽故次之是爲一類眞臻先質櫛屑音近耕清故次之諄文欣魂痕音近眞故次之元寒桓删山仙音近諄故次之是爲一類脂微齊皆灰術物迄月沒曷末黠鎋薛音近諄元二部故次之支佳陌麥昔錫音近脂故次之歌戈麻音近支故次之是爲一類易大傳曰方以類聚物以羣分是之謂矣學者誠以是求之可以觀古音分合之理可以求今韻轉移不同之故可以綜古經傳假借轉注之用可以通五方言語清濁輕重之不齊輒依其類表於左

類	部	韻
弟一類	弟一部	平聲之咍上聲止海 去聲志代入聲職德
弟二類	弟二部	平聲蕭宵肴豪上聲篠小巧晧去聲嘯笑效号
	弟三部	平聲尤幽上聲有黝去聲宥幼入聲屋沃燭覺
	弟四部	平聲侯上聲厚去聲候
	弟五部	平聲魚虞模上聲語麌姥去聲御遇暮入聲藥鐸
弟三類	弟六部	平聲蒸登上聲拯等去聲證嶝
	弟七部	平聲侵鹽添上聲寑琰忝去聲沁豔㮇入聲緝葉怗
	弟八部	平聲覃談咸銜嚴凡上聲感敢豏檻儼范去聲勘闞陷鑑釅梵入聲合盍洽狎業乏
弟四類	弟九部	平聲東冬鍾江上聲董腫講去聲送宋用絳
	弟十部	平聲陽唐上聲養蕩去聲漾宕
	弟十一部	平聲庚耕清青上聲梗耿靜迥去聲映諍勁徑

弟五類

- 弟十二部　平聲真臻先上聲軫銑去聲震霰入聲質櫛屑
- 弟十三部　平聲諄文欣魂痕上聲準吻隱混很去聲稕問焮慁恨
- 弟十四部　平聲元寒桓刪山仙上聲阮旱緩潸產獮去聲願翰換諫襉線

弟六類

- 弟十五部　平聲脂微齊皆灰上聲旨尾薺駭賄去聲至未霽祭泰怪夬隊廢入聲術物迄月沒曷末黠鎋薛
- 弟十六部　平聲支佳上聲紙蟹去聲寘卦入聲陌麥昔錫
- 弟十七部　平聲歌戈麻上聲哿果馬去聲箇過禡

古合韻說

古本音與今韻異是無合韻之說乎曰有聲音之道同源異派弇侈互輸協靈通氣移轉便捷分爲十七而無不合不知有合韻則或以爲無韻如顧氏於谷風之嵬萎怨思齊之造士抑之告則韓卬之鞏後易彖傳之文炳文蔚順以從君是也或指爲方音顧氏於毛詩小戎之參與中韵七月之陰與沖韵公劉之飲與宗韵小戎之音與膺弓縢興韵大明之興與林心韵易屯彖傳之民與正韵臨彖傳之命與正韵離騷之名與均韵是也或以爲學古之誤江氏於離騷之同調是也或改字以就韵如毛詩匏有苦葉改軌爲軌以韵牡無將大車改疷爲痻以韵塵劉原甫欲改讀也無戎之戎爲戍以韵務是也或改本音以就韵如毛詩新臺之鮮顧氏謂古音徙小雅杕杜之近顧氏謂古音悸是也其失也誣矣

古合韻次弟近遠說

合韵以十七部次弟分爲六類求之同類爲近異類爲遠非同類而次弟相附爲近次弟相隔爲遠

古異平同入說

入爲平委平音十七入音不能具也故異平而同入

職德二韵爲弟一部之入聲而弟二部弟六部之入音卽此也屋沃燭覺爲弟三部之入聲而弟四部及弟九部之入音卽此也藥鐸爲弟五部之入聲而弟十部之入音卽此也質櫛屑爲弟十二部之入聲亦卽弟十一部之入音術物迄月沒曷末黠鎋薛爲弟十五部之入聲亦卽弟十三部弟十四部之入音陌麥昔錫爲弟十六部之入聲而弟十七部之入音卽此也合韵之樞紐於此可求矣

弟二部與弟一部同入說

弟二部與弟一部合用最近毛詩儦儦俟俟韓詩作

駓駓駃駃說文作伾伾俟俟儦在弟二部駓伾在弟一部也史記太史公自序幽厲昏亂既卷酆鎬陵遲至赧洛邑不祀祀在弟一部鎬在弟二部合韵也漢書序傳元后娠母月精見表遭成之逸政自諸舅陽平作威誅加卿宰毋宰弟一部表弟二部舅弟三部合韵也弟二部入音同弟一部如太史公自序子羽暴虐漢行功德以弟二部之虐合韵弟一部之德讀如匿上林賦以弟二部之約弱削皪藐字合韵弟一部之飾服郁側字約讀如蔥削讀如息弱讀如食皪讀如力藐讀如墨此其同入之證也古音多斂自音

侈變爲音豪韵鮮能知其入音矣

弟六部與弟一部同入說

弟六部與弟一部合用最近其入音同弟一部如得來之爲登來螟蟘之爲螟螣得蟘在弟一部登螣在弟六部也陸韵以職德配蒸登非無見矣

弟四部與弟三部同入說

弟四部與弟三部合用最近其入音同弟三部

弟九部與弟三部同入說

弟九部入音同弟三部故陸韵以屋沃燭覺配東冬鍾江也

弟十部與弟五部同入說

弟十部入音同弟五部故陸韵以藥鐸配陽唐也

弟十一部與弟十二部同入說

弟十一部與弟十二部合用最近其入音同弟十二部如今文尚書辨秩史記作平程屈賦九章亦以程韵匹又儀禮古文鼏皆爲密今文尚書惟刑之謐哉史記作惟刑之靜程鼏靜在弟十一部秩匹密謐在弟十二部也陸韵以陌麥錫昔配庚耕清青於音理未審

弟十三部與弟十五部同入說

弟十三部弟十四部與弟十五部合用最近其入音同十五部如黽勉爲蠠沒亦爲蜜勿氤氳爲壹鬱勉氳弟十三部沒勿鬱弟十五部也毛詩以按徂旅孟子作以遏徂莒呂刑其罰百鍰史記作其罰百率按鍰弟十四部遏率弟十五部也

弟十七部與弟十六部同入說

弟十七部與弟十六部合用最近其入音同弟十六部

古諧聲偏旁分部互用說

諧聲偏旁分別部居如前表所列矣間有不合者如

裘字求聲而在弟一部輈字舟聲而在弟二部牡字土聲而在弟三部侮字每聲而在弟四部股投字殳聲而在弟五部仍孕字乃聲而在弟六部參字彡聲而在弟七部枼字世聲而在弟八部送字㑞聲而在弟九部彭字彡聲而在弟十部羸字𣎆聲而在弟十一部矜字今聲而在弟十二部存字才聲而在弟十三部憲字害省聲而在弟十四部截字雀聲而在弟十五部狄字亦省聲而在弟十六部𨙸字幵聲而在弟十七部此類甚多卽合韵之理也

古一字異體說

凡一字異體者卽可徵合韵之條理以弟十六部言之鬩或爲䰯逖古爲逷兒聲鬲聲狄聲易聲同在本部也芰或爲茤鬄或爲髢禓或爲祂覛或爲䡆或爲虒支聲易聲兒聲虒聲在十六部多聲也聲它聲在十七部此可見次弟相近合用之理鶗或爲鵜說本相如逑改爲迹起於李斯鬲聲朿聲在十六部亦聲亦聲在弟五部此可見次弟相遠合用之理他部皆準此求之

古異部假借轉注說

古六書假借以音爲主同音相代也轉注以義爲主同義互訓也作字之始有音而後有字義不外乎音故轉注亦主音假借取諸同部者多取諸異部者少轉注取諸同部異部者各半十七部爲假借轉注之維綱學者必知十七部之分然後可以知十七部之合知其分知其合然後可以盡求古經傳之假借轉注而無疑義異部假借如常棣借移爲傏大田借螣爲蟘文王有聲借淢爲洫雨無正借答爲對之類異部轉注如爱隱也曾重也[illegible]塞也之類

方言如萌蘖之蘖秦晉之閒曰肄水火之火齊言曰焜此同部轉注假借之理也如關西曰迎關東曰逆荊郊之鄙謂淫曰遙齊魯之閒鮮聲近斯趙魏之東實寔同聲此異部合韵之理也

六書說

文字起於聲音六書不外謠俗六書以象形指事會意爲形以諧聲轉注假借爲聲又以象形指事會意諧聲爲形以轉注假借爲聲又以象形指事會意諧聲轉注假借爲形以十七部爲聲六書猶五音十七部猶六律不以六律不能正五音不以十七部不能分別象形指事會意諧聲四者文字之聲韵鴻殺而得其轉注假借故十七部曰音均均者勻也徧也一部之內其音勻圓如一也均韵古今字轉注異字同

義假借異義同字其源皆在音均說文解字者象形指事會意諧聲之書也爾雅廣雅方言釋名者轉注假借之書也陸灋言切韵爲音韵之書然古十七部藏薶未悟不可以通古經傳之文今特表而出之箸其分合周秦漢人詁訓之精微後代反語雙聲疊韵音紐字母之學胥一以貫之矣

凡二千七百七十八字

表三終

詩經韻分十七部表　六書音均表四

十七部之分於詩經及羣經導其源派也諦觀毛詩用韻弟一部弟十五部弟十六部之分弟二弟三弟四弟五部之分弟十二弟十三弟十四部之分以及入聲之分配皆顯然不辨而自明孟子曰博學而詳說之將以反說約也宋蘇氏之言曰參伍錯綜八面受敵沛然應之而莫禦焉顧氏詩本音江氏古韻標準雖以三百篇爲據依未取三百篇之文部分而彙譜之也玉裁紬繹有年依其類爲之表因其自然無所矯拂俾學者讀之知周秦韻與今韻異凡與今韻異部者古本音也其於古本音有齟齬不合者古合韻也本音之謹嚴如唐宋人守官韻合韻之通變如唐宋詩用通韻不以本音蔑合韻不以合韻𢿱本音三代之韵昭昭矣凡本音鐵其字之旁以識之△凡合韻規其字之外以識之○

弟一部 陟韻平聲之咍上聲止海去聲志代入聲職德

絲治訧 邶綠衣三章　霾來來思 終風二章　思來 雄雉三章　淇思姬謀 泉水一章　異貽 靜女三章　尤思之 鄘載馳四章○此篇分章從朱　蚩絲絲謀淇丘期媒期 衛氓一章　思哉 六章　淇思之 竹竿一章　期哉塒來思 王君子于役一章　佩思來 鄭子衿二章

鋂偲 齊盧令三章　哉其之之思哉其之之思 魏園有桃一二章　期之 秦小戎二章　梅裘哉 終南一章　思佩 渭陽二章　梅絲絲騏 曹鳲鳩二章　貍裘 豳七月四章　騏絲謀 小雅皇皇者華二章　疚來 采薇三章　來疚 杕杜四章　來又 南有嘉魚四章　臺萊基期 南山有臺一章　來期思 白駒三章　時謀萊矣 十月之交五章　膴謀 小旻五章　箕謀 巷伯二章　丘詩之 七章　來疚 大東二章　裘試 四章　梅尤 四月四章　期時來 頍弁二章　能又時 賓之初筵二章　𠷈僛郵 四章　牛哉 黍苗二章　膴飴謀龜時茲 大雅緜三章　絲基 抑九章　富時疚茲 召旻五章　牛右 周頌我將　之思哉茲 敬之　紑俅基牛鼒 絲衣　駓騏伾期才 魯頌駉二章　○以

上平聲

采友 周南關雎四章○此分章從鄭　否母 葛覃三章　苢采苢有 芣苢一章　苢苢 二章三章同　趾子 麟之趾一章　沚事 召南采蘩一章　子子子 殷其靁一二三章　汜以以悔 江有汜一章　矣李子 何彼襛矣二章　裏已 邶綠衣一章　子否否友 匏有苦葉四章　沚以 谷風三章　久以 旄丘二章　子耳 四章　齒止止俟 鄘相鼠二章　右母 衛竹竿二章○從唐石經遠兄弟父母今本誤爲遠父母兄弟則非韵　背痗 伯兮四章　李玖 木瓜三章　涘母母有 王葛藟二章　李子子玖 丘中有麻三章　子里杞母 鄭將仲子一章　洧士 褰裳二章　晦已子喜 風雨三章　畝母 齊南山三章　子已止 魏陟岵一章　屺母 二章　食食 唐有杕之

杜一一章　采已涘右沚秦蒹葭三章　鯉子陳衡門三章　已矣
墓門一章　耜趾子畝喜豳七月一章　止杞母小雅四牡四章　杞
母杕杜三章　鯉有魚麗三章　有時六章　杞李子母子已南山
有臺三章　載喜右彤弓二章　沚喜菁菁者莪二章　里子六月二章
喜祉久友鯉矣友六章　芑畝試采芑一章　止試三章　有
俟友右子吉日三章　海止友母沔水一章　士止祈父二章　仕
子已殆仕節南山四章　士宰史㊉氏十月之交四章　里海八章
仕殆使子使友雨無正六章　止否小旻五章　克富又小宛二章　恥久
采負似三章　梓止母裏在小弁三章　祉已巧言二章
恃蓼莪三章　子子子子大東四章　紀仕有四月六章　杞子事

母北山一章　止起楚茨五章　理畝信南山一章　畝耔薿止士
甫田一章　止子畝喜右否畝有敏三章　戒事耜畝大田一章
止子畝喜四章　右有有似裳裳者華四章　友喜車舝一章　否
史恥怠賓之初筵五章　識又同上　食誨載食誨載食誨載
緜蠻一二三章　時右大雅文王一章　已子二章　止子四章　涘止子
大明四章　止右理畝事緜四章　母婦思齊一章　㊉造士五章
悔祉子皇矣四章　芑仕子文王有聲八章　祀子敏止生民一章
祀子二章　字翼三章　秠芑秠畝芑負祀六章　時祀悔
八章　時子既醉五章　士士子八章　紀友士子假樂四章　里
有公劉六章　饎子母泂酌一章　止士使子卷阿七章　式止晦

蕩五章　時舊七章　友子抑六章　李子八章　否事耳子
十章　子止悔十二章　里喜能忌桑柔十章　紀宰㊉氏右止
里雲漢七章　事式崧高二章　子里韓奕四章　理海江漢三章　子
似祉四章　子已六章　誨寺瞻卬三章　倍事四章　富忌五章
㊉茂止召旻四章　里里舊七章　鮪鯉祀福周頌潛　祀子
雝　祉母同上　以婦士耜畝載芟　耜畝良耜　始有
子魯頌有駜三章　子耳閟宮三章　熾富背試五章〇此篇分章從朱
喜母士有祉齒八章　有始子商頌元鳥　里止海同上　子
士長發七章〇以上上聲
得服側周南關雎三章　革緎食召南羔羊二章　側息殷其靁二章

側特忒鄘柏舟二章　麥北弋桑中二章　麥極載馳四章　極德
衛氓四章　側服有狐三章　麥國國食王丘中有麻二章　飾力直
鄭羔裘二章　食息狡童二章　克得得極齊南山四章　葍服魏葛
屨一章　棘食國極園有桃二章　輻側直億特食伐檀二章
麥德國國直碩鼠二章　翼棘稷食極唐鴇羽二章　棘域息
葛生二章　棘息息特秦黃鳥一章　翼服息曹蜉蝣二章　翼服
候人二章　棘忒忒國鳲鳩三章　㊉穋麥豳七月六章　克得伐柯一章
福食德小雅天保五章　翼服戒棘采薇五章　牧來載棘出車
一章　棘德湛露三章　飭服㊉急國六月一章　則服二章　翼服服
國三章　翼奭服革采芑二章　葍特富異我行其野三章　翼棘

革斯干四章 特克則得力正月七章 輻載意九章 德國雨無

正一章 域得極側何人斯八章 食北巷伯六章 德極蓼莪四章

載息大東三章 來服大東四章 息國北山四章 息直福小明五章

棘稷翼億食祀侑福楚茨一章 祀食福式稷敕極億四章

備戒㊀告五章 翼彧穡食信南山三章 ㊀螣賊大田二章 祀

黑稷祀福四章 翼福鴛鴦二章 棘極國青蠅二章 福德賓之

初筵四章 息暱極菀柳章 側極緜蠻三章 翼國大雅文王三章

億服四章 德福七章 翼福國大明三章 直載翼緜五章

載備祀福旱麓四章 德色革則皇矣七章 亟來囿伏靈臺二章

式則下武三章 德服下武四章 北服文王有聲六章 匐嶷食生民四章

背翼福行葦八章此分章從鄭○、德福既醉一章 子德假樂一章

福億二章 翼德翼則卷阿九章 息國極慝德民勞三章 克

服德力蕩三章 國德德側四章 ㊀告則抑二章 賊則八章

國忒德棘十二章 穡食桑柔六章 賊國力七章 極背

克力十五章 德直國崧高八章 則德烝民一章 德則色翼

式力二章 棘極江漢三章 德國六章 戒國常武一章 翼克

國五章 塞來六章 忒背極慝識織瞻卬三章 稷極周頌思文

德則魯頌泮水四章 德服馘五章 稷福㊀穋麥國穡閟宮一章

忒稷三章 國福商頌殷武四章 翼極五章 ○以上入聲

古本音

訧尤聲在此部詩綠衣一見今入尤 尤尤聲在此部詩載馳四月二見周易六見今入尤 郵郵聲在此部詩賓之初筵

一見今入尤 謀某聲在此部詩泉水皇皇者華巷伯緜五見左傳三見今入尤 丘丘聲在此部詩氓巷伯二見左傳一見戰

國策齊謠與箕頤能韵今入尤 裘裘聲在此部詩終南七月大東三見左傳一見學記一見今入尤 疚久聲在此部詩采薇杕杜

大東召旻四見今入宥 又又聲在此部詩南有嘉魚小宛賓之初筵四見今入宥 牛牛聲在此部詩黍苗我將絲衣三見易一

見屈賦二見今入尤 龜龜聲在此部詩緜一見易頤初九與頤韵漢褚少孫所引古傳下有靈龜與上有兔絲韵今入尤始見於史記龜策

傳班固幽通賦李尤辟雍賦宋謠曲歌 紑不聲在此部詩絲衣一見今入尤 富畐聲在此部詩我行其野小宛瞻卬召旻閟宮

五見易三見今入宥 友友聲在此部詩關雎匏有苦葉六月吉日沔水雨無正車舝假樂抑九見左傳閔二年與右韵屈賦橘頌與理韵今

入有 否否聲在此部詩葛覃匏有苦葉小旻甫田賓之初筵抑七見易二見今入有 有又聲在此部詩芣苢葛藟魚麗吉日四月

甫田裳裳者華公劉有駜閟宮元易十二見屈賦一見今入有 右右聲在此部詩竹竿采菽彤弓吉日甫田裳裳者華文王緜雲漢我將十

見左傳一見今入有宥 玖久聲在此部詩木瓜丘中有麻二見說文云讀若芑今入有 久久聲在此部詩旄丘六月蓼莪三見

易二見今入有 負負聲在此部詩小宛生民二見周書金縢丕之責史記作負子古負音近不今入有 婦婦聲在此部詩思齊載芟

二見屈賦一見今入有 秠丕聲在此部詩生民二見今入有 侑有聲在此部詩楚茨一見今入有 舊舊聲在此部詩

蕩召旻二見今入宥 服𠬝聲在此部詩關雎有狐葛屨蜉蝣候人采薇六月采芑大東文王下武文王有聲蕩泮水十六見易四見士冠禮

三見公冠篇一見武王踐阼篇一見爾雅釋訓一見今入屋 輻畐聲在此部詩伐檀正月二見今入屋 福畐聲在此部詩天保

小明楚茨大田鴛鴦賓之初筵文王大明旱麓行葦既醉假樂閟宮殷武十四見易五見士冠禮一見公冠篇一見考功記梓人一見爾雅釋訓

一見今入屋 牧牧聲在此部詩出車一見易一見屈賦一見今入屋 彧或聲在此部詩信南山一見公冠篇與飭服德福極韵今

入屋 囿有聲在此部詩靈臺一見說如弋司馬相如封禪文與喜韵張衡東京賦與事備韵葡如以今入宥韵屋韵益助於景差大招劉向

九歎 伏伏聲在此部詩靈臺一見易一見今入屋 葍畐聲在此部詩我行其野一見今入屋 匐畐聲在此部詩生民一見

今兼入屋 祐右聲在此部易二見今入宥 ○母母聲在此部詩葛覃竹竿蝃蝀將仲子南山陟岵四牡杕杜南山有臺沔水小

弁蓼莪北山思齊泂酌雝閟宮十七見今入厚 畝本作畮每聲在此部詩南山七月采芑信南山甫田大田緜生民載芟良耜十二見今入

厚○能（已聲在此部詩賓之初筵一見易二見今兼入登等）○敏（每聲在此部詩甫田一見生民三見今入軫）暱（匿聲在此部詩菀柳一見今入質）○霾（貍聲在此部詩終風一見今入皆如見於顏延之和謝靈運一首韻詩淮偕懷等字）鋂（每聲在此部詩盧令一見今入灰）媒（某聲在此部詩氓一見屈賦二見今入灰）梅（每聲在此部詩終南爲鳩四月三見今入灰）

龜（龜聲在此部今又入脂始見於魯頌七韻與騑饑飛韻）駓（丕聲在此部詩駉一見招魂與鴽牛災韻今入脂）伾（丕聲在此部詩駉一見今入脂）否（否聲在此部今又入旨）悔（每聲在此部詩江有汜皇矣生民抑四見屈賦二見今入隊）

洧（有聲在此部詩褰裳一見今入旨）晦（每聲在此部詩風雨蕩二見今入隊）秠（丕聲在此部今又入脂入旨）鮪（有聲在此部詩潛一見今入旨）佩（佩聲在此部詩子衿渭陽二見屈賦四見今入隊）痗（每聲在此部詩伯兮十月之交二見今入隊）戒（戒聲在此部詩采薇楚茨大田常武四見易一見屈賦二見秦泰山刻石文與治誨志事嗣韻今入怪）背（北聲在此部詩伯兮行葦桑柔瞻卬閟宮五見今入隊）誨（每聲在此部詩緜蟋蟀瞻卬四見左傳一見秦泰山刻石文與治志事嗣戒韻今入隊）

每（母聲在此部左傳僖二十八年與謀韻今入灰）鄙（啚聲在此部屈賦一見今入旨）怪（圣聲在此部屈賦二見今入怪）

七百十五　表四　十

薶（貍聲在此部左傳一見今入皆）備（葡聲在此部詩楚茨旱麓二見易一見屈賦一見今入至）憊（備聲在此部易二見今入怪）○革（革聲在此部詩羔羊采芑皇矣四見易三見秦琅邪臺刻石文與得極服式韻今入麥）麥（麥聲在此部詩桑中載馳丘中有麻碩鼠閟宮五見今入麥）馘（或聲在此部詩泮水一見今入麥）

古合韻

俅（本音在第三部絲衣以韻紑基牛鼒）造（本音在第三部[illegible]集傳與道咎爲韻是也思齊以韻士此正古合韻而顧氏云無韻矣）考古第一部與第三部合用不可枚數如老子持而盈之節已保守咎道爲韻屈原惜往日佩好代意爲韻遠遊疑浮爲韻賈誼鵩鳥賦憂疑爲韻班彪北征賦憂兩災爲韻班婕妤自悼賦以特思詩郵兹災期韻周求幽流休又以來期之韻流憂浮休首全篇以首韻基紀市圯皆之咍與尤幽合韻而支脂二部合尤幽者絶少是以之咍部內字多轉入於尤韻而支脂二部內字未嘗轉入於尤韻知古合韻即音轉之權輿也顧氏之與脂與支三部尤與蕭二部皆混合不分於思齊之造士以髦之茂止七月之穋麥抑之告則楚茨之備戒告皆不得其韻於漢人合用皆指爲混韻以爲漢之最多者無若班婕妤自悼賦蓋惜不知其分又以不知其合矣 茂（本音在第三部詩五見召旻以韻止正古合韻而顧氏亦云無韻）告（本音在第三部入聲詩四見楚茨以韻備戒抑以韻則爾雅釋訓以韻忒食則慝正古合韻顧氏於抑二章則云無韻於楚茨五章則以備戒位爲韻不知備戒字今韻在第十五部古韻在第一部第一部與第三部音近是以備戒與告合韻位字古今音皆在第十五部與第一部備戒字次第相遠而少通矣）穋（本音在第三部七月以韻麥閟宮以韻稷福麥國穡讀如力）肅（本音在第三部公劉篇以韻[illegible]服德極讀如力）毒（本音在第三部爾雅釋訓以韻德忒食讀如極）鞠（本音在第三部爾雅釋訓以韻慝職服賦恢以韻然讀如亟）

○膴（本音在第五部小旻以韻謀以韻時兹古合韻也韓詩小旻作民雖靡膴膴與謀則用本韻而非合韻）呶（本音在第五部賓之初筵以韻僛郵讀如疑）○螣（本音在第六部大田假借爲螣字以韻賊此合韻也說文引詩作蟘其螟蟘則在本韻）○急（本音在第七部六月以韻飭服熾國爾雅釋訓以韻福極德直力服息讀如亟）○用（本音在第九部易剝象傳以韻災尤載[illegible]象傳以韻災志事讀如以丕古合韻）○節（本音在第十二部離騷合韻服字讀如側此今韻即職字入職韻之所由也）○世（本音在第十五部離騷與曰韻爲韻世息合韻錢辛楣詹事說）出（本音在第十五部屈賦思美人合韻佩異態）沫（本音在第十五部離騷合韻兹字）○氏（本音在第十六部十月之交以韻士宰史雲漢以韻紀宰右止里亦古合韻也荀子賓珍隨珠不知佩兮佩亦第十六部字而以韻異媒之亦第一部與第十六部合韻）

七百二十五　表四

第二部（陸韻平聲蕭宵肴豪上聲篠小巧皓去聲嘯笑效號）

芼樂（周南關雎五章）藻潦（召南采蘋一章）悄小少摽（邶柏舟四章）

樂笑敖悼（終風一章）夭勞（凱風一章）籥翟爵（簡兮二章）旄郊（鄘干旄一章）

綽較謔虐（衛淇奧三章）敖郊驕鑣朝勞（衛碩人四章）

勞朝樂笑悼（氓五章）刀朝（河廣二章）桃瑤（木瓜二章）

苗搖（王黍離一章）樂樂（君子陽陽二章）消麃喬搖（鄭清人二章）

漂要（蘀兮二章）樂謔藥樂謔藥（溱洧一二章）倒召（齊東方未明一章）

驕忉（甫田一章）消儦敖（載驅四章）桃殽謠驕（魏園有桃一章）

苗勞郊郊號（碩鼠三章）鑿襮沃樂（唐揚之水一章）鑣驕（秦駟驖

桑三章 櫟駮樂晨風二章 巢苕忉陳風防有鵲巢一章 皎僚糾

悄月出一章 炤燎紹慘三章 搖朝忉檜羔裘一章 膏曜悼

三章 瀌嘌弔匪風一章 苗膏勞曹下泉四章 葽蜩豳七月四章

譙消翹搖嘵鴟鴞三章○消作脩誤 蒿昭恌傚敖小雅鹿鳴二章

郊旐旄出車二章 罩樂南有嘉魚一章 茁翿旄敖車攻三章

嗷勞驕鴻鴈三章 苗朝搖白駒一章 沼樂炤虐正月十一十二

章 勞囂十月之交七章 盜暴巧言三章 蒿勞蓼莪一章 號勞

北山五章 刀毛膋信南山五章 鷮教車舝二章 旳爵賓之初筵一章

藻鎬魚藻一章二三章同 敎傚角弓二章 瀌消驕角弓七章 苗膏

勞黍苗一章 沃樂隰桑二章 高勞朝漸漸之石一章 燎勞大雅旱麓

五章 廟保思齊三章 濯翯沼躍靈臺三章 舟瑤刀公劉二章

寮囂笑蕘板三章 虐謔蹻耄謔熇藥板四章 昭樂懆藐教

虐耄抑十一章○吳棫曰開元中修五經文字我心慘慘爲懆 削爵濯溺桑柔五章

藐蹻濯崧高四章 到樂韓奕五章 茁麃周頌載芟 樂樂樂

魯頌有駜一二三章 藻蹻蹻昭笑教泮水二章○以上平聲

古本音

襮襮聲在此部詩唐揚之水一見今入沃 暴㬥聲在此部詩終風巧言三見今兼入屋 沃芺聲在此部詩唐揚之水

隰桑二見韓詩外傳載夏桀之歌與樂蹻樂韵今入沃 熇高聲在此部詩板一見今入沃 翯高聲在此部詩靈臺一見今入覺

較爻聲在此部詩淇奧一見今入覺 駮爻聲在此部詩晨風一見今入覺 濯翟聲在此部詩靈臺桑柔崧高三見爾雅

釋魚蜃小者珧陸德明曰珧衆家本皆作濯知濯古音同珧也今入覺第二部古多平聲今多轉入他部爲入聲矣 樂樂聲在此部詩關雎

溱洧唐揚之水晨風南有嘉魚正月隰桑抑韓奕九見離騷與邈韵遠遊與摘韵今入覺 邈貌聲在此部屈賦一見今入覺 藐貌聲

在此部詩抑崧高二見今入覺○ 籥龠聲在此部詩簡兮一見今入藥 爵爵聲在此部詩簡兮賓之初筵桑柔三見今入藥·

綽卓聲在此部詩淇奧一見今入藥 虐虐聲在此部詩淇奧正月板抑四見今入藥 謔虐聲在此部詩淇奧溱洧板四

見今入藥 藥樂聲在此部詩溱洧板三見今入藥 櫟樂聲在此部詩晨風一見今入藥 濯翟聲在此部今又入藥

躍翟聲在此部詩靈臺一見今入藥 蹻喬聲在此部詩板崧高泮水四見今兼入藥 溺弱聲在此部詩桑柔一見今入

藥 削肖聲在此部詩桑柔一見今入藥 鑿鑿聲在此部詩唐揚之水一見宋玉九辨與固教樂高韵今入鐸 樂樂聲

在此部今又入鐸 熇高聲在此部今又入鐸 襮㬥聲在此部今又入鐸○按簡兮三章淇奧三章溱洧一二章唐揚之水一章

桑柔三章板四章抑十一章皆第二部平聲韵列之第五部入聲斯劉錯而不類矣○ 翟翟聲在此部詩簡兮一見今入陌 趯

翟聲在此部詩草蟲首二句喓喓趯趯爲韵今入錫 櫟樂聲在此部今又入錫 的勺聲在此部詩賓之初筵一見今入錫

弔弔聲在此部詩匪風一見今兼入錫 溺弱聲在此部今又入錫

古合韵

滔本音在第三部江漢與浮游求韵是也載驅四章合韵儦敖字 糾本音在第三部月出一章合韵皎僚悄字 蜩本音在第

三部王褒九懷與州儔牛流休悠浮求檮脩怞韵是也七月四章合韵葽字 譙本音在第三部鴟鴞以韵翛翹搖嘵字 保本音

在第三部詩四見思齊三章合韵廟字 舟本音在第三部公劉二章合韵瑤刀字○ 慘本音在第七部月出合韵照燎紹字

弟三部

陸韵平聲尤幽上聲有黝去聲宥幼入聲屋沃燭覺

鳩洲逑周南關雎一章 流求二章 逑仇兔罝二章 休求漢廣一章

舟流憂游邶柏舟一章 舟游求救谷風四章 漕悠游憂泉水

四章 悠漕憂鄘載馳一章 滺舟游憂衛竹竿四章 憂求憂

求憂求王黍離一二三章 脩歗歗淑中谷有蓷二章 蕭秋王采葛二章

潚膠瘳鄭風雨二章○潚作瀟誤 休慆憂休唐蟋蟀三章 聊條

聊條椒聊一二章　周游有杕之杜二章　收輈秦小戎一章　袍矛
仇無衣一章　荍椒陳東門之枌三章　蕭周曹下泉二章　茅綢豳七
月七章　銶遒休破斧三章　裒求小雅常棣二章　柔憂采薇二章
舟浮休菁菁者莪四章　矛酬節南山八章　憂休十月之交八章　流
休雨無正五章　觩柔敖求桑扈四章　浮流髦憂角弓八章　幽
膠隰桑三章　茅猶白華一章　臭孚大雅文王七章　求孚下武二章
揄蹂叜浮生民七章　曹牢匏公劉四章　游休酋卷阿二章　休
逑怓憂休民勞二章　柔劉憂桑柔一章　浮滔游求江漢一章
游騷常武三章　苞流五章　收瘳瞻卬一章　優憂六章　觩柔
敖休周頌絲衣　陶囚魯頌泮水五章　觩搜七章　球旒休絿柔

優酋商頌長發四章〇以上平聲
歸裯猶召南小星二章　包誘野有死麕一章　冒好報邶日月二章
手老擊鼓四章　軌牡匏有苦葉二章〇從考工記注禮記正義唐石經作軌改為軌以前
牡者非也　慉讎售谷風五章　埽道道醜鄘牆有茨一章　報好報
好報好衛木瓜一二三章　陶翿敖王君子陽陽二章　罦造憂覺
兔爰二章　好造鄭緇衣二章　狩酒酒好叔于田二章　鴇首手
阜大叔于田三章　軸陶抽好清人三章　手魗好遵大路二章　酒
老好女曰雞鳴二章　好報三章　茂道牡好齊還二章　栲杻埽
考保唐山有樞二章　皓繡鵠憂揚之水二章　褎究好羔裘二章
好好有杕之杜二章　阜手狩秦駟驖一章　阜手小戎二章　簋飽

權輿二章　缶道翿陳宛丘三章　皓懰受慅月出二章　棗稻酒
壽豳七月六章　蚤韭八章　務戎小雅常棣四章　埽簋牡舅咎
伐木二章　壽茂天保六章　罶酒魚麗一章二三章同　栲杻壽茂南山
有臺四章　草考湛露二章　櫜好酬彤弓三章　讎老猶醜采芑四章
好阜草狩車攻二章　戊禱好阜阜醜吉日一章　苞茂好
猶斯干一章　卯醜十月之交一章　猶集咎道小旻三章　道草擣
老首小弁二章　酬究七章　好草巷伯五章　受昊六章　酒咎
北山六章　鼛洲妯猶鼓鐘三章　飽首考楚茨六章　酒牡考信南
山五章　阜好莠大田二章　首阜舅頍弁三章　首酒魚藻三章
首酒瓠葉二章三章同　首炮酒酬四章　首醻飽苕之華三章

草道何草不黃四章　槱趣大雅棫樸一章　欲孝文王有聲三章　道草
茂苞褎秀好生民五章　祝究蕩三章　酒紹抑三章　苟讎
報六章　寶好桑柔六章　寶保崧高五章　考保烝民三章　道考
韓奕一章　首休考壽江漢六章　福保烈文　牡考周頌雝　壽
考同上　壽保載見　造疚考孝閔予小子　鳥蓼小毖　糾趙
蓼朽茂良耜　牡酒魯頌駉二章　茆酒酒老道醜泮水三章〇
以上上聲
谷谷周南葛覃一二章　角族麟之趾三章　角屋獄獄足召南行露
二章　樕鹿束玉野有死麕二章　鞫覆育毒邶谷風五章　束讀
讀辱鄘牆有茨三章　祝六告干旄三章　陸軸宿告衛考槃三章

告鞫 齊南山三章　曲藚玉玉族 魏汾沮洳三章　椈篤 唐椒聊二章
六燠 無衣二章　(驅)續轂馵玉曲 秦小戎一章　薁菽 豳七月六
章　屋穀 七章　蜀宿 東山一章　陸復宿 九罭三章　谷木 小雅
伐木一章　穀祿足 天保二章　穀玉 鶴鳴二章　谷束玉 白駒四章
穀粟穀族 黃鳥一章　蓫宿畜復 我行其野二章　祿僕祿屋 正月
三章　屋穀祿椓獨 十三章　粟獄卜穀 小宛五章　木谷 六章
鞫畜育復腹 蓼莪四章　濁穀 四月五章　奧蹙菽戚宿覆 小明
三章　(奏)祿 楚茨六章　霂渥足穀 信南山二章　木(附)屬 角弓
六章　綠匊局沐 采綠一章　束獨 白華一章　夙育(稷) 大雅生民一章
俶告 既醉三章　祿僕 七章　鹿穀谷 桑柔九章　迪復毒 十一

章　谷穀(垢) 十二章　肅穆 周頌雝　角續 良耜 ○以上入
聲

古本音

漕 曹聲在此部詩泉水載驅二見今入豪　歗 肅聲在此部詩中谷有蓷一見今入嘯　蕭 肅聲在此部詩采葛下泉二見
九歌山鬼與憂韻今入蕭　瀟 蕭聲在此部詩風雨一見今兼入蕭　膠 翏聲在此部詩風雨隰桑二見今入肴　慆 舀聲在此
部詩蟋蟀一見今入豪　聊 丣聲在此部詩椒聊一見戰國策民無所聊與上下相愁韻今入蕭　條 攸聲在此部詩椒聊一見今入
蕭　袍 包聲在此部詩無衣一見今入豪　荍 收聲在此部詩東門之枌一見張參五經文字云勤由反今入宵　椒 叔聲
在此部詩東門之枌一見今入宵　茅 矛聲在此部詩七月白華二見離騷與蕭韻今入肴　綯 匋聲在此部詩七月一見今入豪
舀 舀聲在此部詩生民或揄說文引作或舀今兼入小　曹 曹聲在此部詩公劉一見劉安招隱士與留咆韻今入豪　牢
牢聲在此部詩公劉一見今入豪　匏 包聲在此部詩公劉一見今入肴　滔 舀聲在此部詩江漢一見今入豪　騷 蚤聲
在此部詩常武一見今入豪　苞 包聲在此部詩斯干生民常武三見今入肴　陶 匋聲在此部詩君子陽陽清人泮水三見今入
肴豪　昴 卯聲在此部詩小星一見今入巧　包 包聲在此部詩野有死麕一見今入肴　冒 冒聲在此部詩日月一見今入
号　好 好聲在此部詩日月木瓜緇衣叔于田清人遵大路女曰雞鳴還羔裘彤弓吉日斯干巷伯大田生民桑柔十七見洪範一見今入
晧号　報 報聲在此部詩日月木瓜女曰雞鳴抑六見國語一見今入号　老 老聲在此部詩擊鼓女曰雞鳴采芑小弁泮水五見今入
晧　埽 帚聲在此部詩牆有茨山有樞伐木三見今入晧号　道 首聲在此部詩牆有茨還宛丘小旻小弁何草不黃生民韓奕泮水
九見洪範一見易十六見左傳一見今入晧　翿 壽聲在此部詩君子陽陽宛丘二見今入号　造 告聲在此部詩兔爰緇衣閔予
小子三見易一見今入晧号　鴇 𠦒聲在此部詩大叔于田一見今入晧　栲 考聲在此部詩山有樞南山有臺二見陸璣云許叔
重讀若栲今入晧　考 丂聲在此部詩山有樞[illegible]楚茨信南山棫樸閔予小子十見易二見越語上帝不考與時及時守韻
今入晧　保 保聲在此部詩山有樞崧高烝民三見今入晧　晧 告聲在此部詩唐揚之水月出二見今入晧　飽 包聲在此
部詩權輿苕之華三見易一見今入巧　稻 舀聲在此部詩七月一見今入晧　覺 學聲在此部詩兔爰一見左傳哀二十一

年與皋蹈憂韻今兼入效　慅 蚤聲在此部詩月出一見今入晧　棗 棗聲在此部詩七月一見今入晧　蚤 叉聲在此部詩
七月一見今入晧　櫜 咎聲在此部詩彤弓一見今入豪　茆 卯聲在此部詩泮水一見廣韻云說文作茆音柳今兼入巧
草 艸聲在此部詩湛露車攻小弁巷伯何草不黃生民六見左傳襄四年與州道擾獸牡韻今入晧　禱 壽聲在此部詩吉日一見
今入晧号　卯 卯聲在此部詩十月之交一見今入巧　擣 壽聲在此部詩小弁一見今入晧　昊 夰聲在此部詩巷伯一見
今入晧　鼛 咎聲在此部詩鼓鐘一見今入豪　皁 早聲在此部詩大田一見今入晧　炮 包聲在此部詩瓠葉一見今入
肴　孝 孝聲在此部詩文王有聲閔予小子二見今入效　寶 缶聲在此部詩桑柔崧高二見今入晧　鳥 鳥聲在此部
詩小毖一見今入篠　蓼 翏聲在此部詩良耜一見今入篠　告 告聲在此部詩干旄考槃南山既醉四見今兼入号　燠 奧聲
在此部詩唐無衣一見今兼入号　奧 奧聲在此部詩小明一見今兼入号　擾 夒聲在此部應劭音柔左傳一見今入小　皋
皋聲在此部左傳一見今入豪　蹈 舀聲在此部[illegible]左傳一見今入號　竈 竈聲在此部論語與奧韻周官經大祝二曰造故書作竈今入
号　巧 丂聲在此部屈賦一見今入巧　嫂 叜聲在此部屈賦一見今入晧　○牡 牡聲在此部詩還伐木信南山雝有瞽五

見左傳襄四年與州道艸擾獄韵今入厚　茂戊聲在此部詩斯干生民良耜五見今入候　戊戊聲在此部詩吉日一見今入候　〇孚孚聲在此部詩文王下武二見今入虞　孚孚聲在此部詩鳧鷖一見今入虞　務敄聲在此部詩常棣一見今入遇　畀畀聲在此部詩小戎一見集韵三燭內有此字是也今入遇　裕谷聲在此部易一見今入遇　〇逵坴聲在此部詩兔罝一見王粲從軍行與愁丘由流舟游收憂疇休讎韵古馗逵同字潘岳仇鮑照蕪城賦崢嶸古馗韵鑿遜孤趨雖廣字讀如衛後人誤以爲韵裏威飛依頹摧字入脂韵顧氏以逵在脂韵爲本音讀仇如其以合之誤　簋簋聲在此部詩權輿伐木二見今入旨　〇戚尗聲在此部詩小明一見今入錫　迪由聲在此部詩桑柔一見陸雲王粲二公詩亦音軸今入錫　覿賣聲在此部易一見今入錫

古合韵

入本音在第一部詩三見易二見而臨象傳韵道乾象傳韵道咎造首大過象傳韵醜咎離象傳韵咎道凡四見此古合韵也聲音之道隨時變遷孔子贊易時與三百篇音韵稍異是以一入字而同詩者二見異詩者四見也　福本音在第一部烈文合韵保字　疚本音在第一部閔予小子合韵造考孝字　在本音在第一部屈賦天問合韵守字　稷本音在第一部生民合韵夙育字　〇敖本音在第二部君子陽陽合韵翿字　髦本音在第二部角弓合韵浮流憂字　趙本音在第二部良耜與糾蓼朽茂合韵考工記鄭注引其鎛斯趙則在本韵　紹本音在第二部抑與酒合韵　〇揄本音在第四部生民合韵叟浮字說文引作或舀則在本韵　趣本音在第四部棫樸合韵槱字　苟本音在第四部抑與讎報合韵　驅本音在第四部小戎合韵續轂馵玉曲字張衡東京賦亦以驅觸屬爲韵　附本音在第四部角弓與木屬合韵　奏本音在第四部楚茨合韵祿字　垢本音在第四部桑柔合韵谷穀字　〇怓本音在第五部民勞合韵休逑憂字　〇軌本音在第七部匏有苦葉合韵牡字讀如九周官經注當从九說文作朹軌　集本音在第七部小旻合韵猶咎道字讀如就　任本音在第七部屈賦橘頌合韵醜字讀如蹴　〇戎本音在第九部常棣合韵務字　龍本音在第九部屈賦天問合韵遊字讀如留

第四部 陸韵平聲侯上聲厚去聲候

蔞駒周南漢廣三章　姝隅蹰邶靜女一章　驅侯載馳一章　殳驅衛伯兮一章　濡侯渝鄭羔裘一章　樞榆婁驅愉唐山有樞一章　芻隅逅逅綢繆二章　駒株陳株林一章　駒濡驅諏小雅皇皇者華二章　隅趨緜蠻二章　渝驅大雅板八章　隅愚抑章　〇以上平聲

笱後邶谷風三章　咮媾曹候人三章　豆飫具孺小雅常棣六章　枸楰耇後南山有臺五章　餱具無羊二章　瘉後口口愈侮正月二章　笱後小弁八章　樹數口厚巧言五章　裕瘉角弓三章　駒後饇取五章　附後奏侮大雅緜九章　禡附侮皇矣八章　句鍭樹侮行葦六章　主醹斗耇七章　厚主卷阿二章　漏覯抑七章　後鞏後瞻卬七章　后後周頌雝　后后商頌元鳥　〇以上上聲

古本音

咮朱聲在此部詩候人一見今兼入宥　晝晝聲在此部易一見今入宥　〇蔞婁聲在此部詩漢廣一見今兼入虞　駒句聲在此部詩漢廣株林皇皇者華角弓四見今入虞　姝朱聲在此部詩靜女一見今入虞　隅禺聲在此部詩靜女綢繆緜蠻抑四見今入虞　蹰廚聲在此部詩靜女一見今入虞　驅區聲在此部詩載馳伯兮山有樞皇皇者華板五見今入虞遇　殳几聲在此部詩伯兮一見今入虞　咮朱聲在此部今又入虞　濡需聲在此部詩羔裘皇皇者華二見今入虞　渝俞聲在此部詩羔裘板二見今入虞　樞區聲在此部詩山有樞一見今入虞　榆俞聲在此部詩山有樞一見今入虞　婁婁聲在此部詩山有樞一見今兼入虞　愉俞聲在此部詩山有樞一見今入虞　芻芻聲在此部詩綢繆一見今入虞　株朱聲在此部詩株林一見今入虞　諏取聲在此部詩皇皇者華一見今入虞　趨芻聲在此部詩緜蠻一見今入虞　愚愚聲在此部詩抑一見今入虞　具具聲在此部詩常棣無羊二見今入遇無羊具與餱韵古韵標準云與物韵謬甚　孺

需聲在此部詩常棣一見今入遇 枸句聲在此部詩南山有臺一見今入虞 楰臾聲在此部詩南山有臺一見今入虞
瘉俞聲在此部詩正月角弓二見今入虞 愈俞聲在此部詩正月一見今入虞 侮侮聲在此部詩正月緜皇矣行葦四
見左傳一見今入虞 取取聲在此部詩角弓一見離騷一見今兼入虞 樹尌聲在此部詩巧言行葦二見今入虞遇 數婁聲
在此部詩巧言一見今入虞遇 附付聲在此部詩緜皇矣二見今入遇 句句聲在此部詩行葦一見今兼入虞遇 主聲
在此部詩行葦卷阿二見易二見今入虞 醹需聲在此部詩行葦一見今入虞 傴區聲在此部詩角弓一見今入遇 揄
俞聲在此部左傳一見今入虞 儒需聲在此部左傳一見今入虞 邾朱聲在此部左傳一見今入虞 跦朱聲在此部左傳一
見今入虞 襦需聲在此部左傳一見今入虞 僂婁聲在此部左傳一見今兼入虞 傴區聲在此部左傳一見今入虞
俯府聲在此部左傳一見今入虞 鮒付聲在此部易一見今入遇 誅朱聲在此部易一見今入虞 遇禺聲在此
部易一見今入遇 皃几聲在此部屈賦卜居一見今入虞 軀區聲在此部卜居一見今入虞() 漢人以第四部入第五部合用者
如出於何所之歌以口後斗與所雨黍韵日出東南隅之
曲以隅樓鉤襦頭愚躕姝趨須株駒與數鋤餘夫居韵

古合韵

飫本音在第二部詩常棣合韵豆具孺字 ○裕本音在第三部角弓合韵瘉字 ○禡本音在第五部皇矣合韵附侮
字 ○鞏本音在第九部瞻卬合韵後後字讀若苟

弟五部

陸韵平聲魚虞模上聲語麌姥去聲御遇暮入聲藥鐸

砠瘏痡吁周南卷耳四章 華家桃夭一章 罝夫兔罝一二三章同
居御召南鵲巢一章 露夜露行露一章 牙家三章 華車何彼襛矣
一章 葭豝虞騶虞一章 故露邶式微一章 邪且邪且
狐烏車邪且北風一二三章 旟都鄘干旄二章 瓜琚衛木瓜一章
且且王君子陽陽一二章 蒲許揚之水三章 路袪惡故鄭遵大路
一章 車華琚都有女同車一章 蘇華都且山有扶蘇一章 闍荼
荼且蘆娛出其東門二章 著素華齊著一章 圃瞿夜莫東方未明
三章 洳莫度度路魏汾沮洳一章 莫除居瞿唐蟋蟀一章 袪
居故羔裘一章 夜居葛生四章 渠餘輿輿秦權輿一二章 華家
檜隰有長楚二章 瓜壺苴樗夫豳七月六章 据荼租瘏家鴟鴞
三章○從毛作祖今本多作租 胡膚狼跋一章 胡膚瑕二章 華夫小雅
皇皇者華一章 家帑圖乎常棣八章 固除庶天保一章 作莫家
故居故采薇一章 華車四章 華塗居書出車四章 牙居祈父
一章 楈故居家我行其野一章 除去芋斯干三章 魚旟無羊四章
徒夫十月之交四章 圖辜鋪雨無正一章 夫夜夕惡二章
都家七章 且辜憮巧言一章○唐石經作幠誤 憮辜同上 舍車

盱何人斯五章 廬瓜菹信南山三章 蒲居魚藻三章 餘旟盱
都人士五章 狐車何草不黃四章 徒家大雅緜五章 瑕入思齊四章
据柘路固皇矣二章 去呱訏路生民三章○此分章從朱 呼夜
蕩五章 度虞抑五章 去故莫虞怒雲漢六章 祖屠壺魚
蒲車且胥韓奕三章 居譽五章 車旟舒鋪江漢一章 惡斁
夜譽周頌振鷺 沮魚潛 駜魚袪邪徂魯頌駉四章 ○以上

平聲

楚馬召南漢廣二章 筥釜采蘋二章 下女三章 下處殷其靁三章
渚與與處江有汜二章 茹據愬怒邶柏舟二章 羽野雨燕燕
一章 土處顧日月一章 處馬下擊鼓三章 下苦凱風三章 羽

阻雄雉一章　雨怒谷風一章　處與旄丘二章　舞處簡兮一章　俁舞
虎組二章　盧楚鄘定之方中二章　雨(毋)蝃蝀二章　組五予干旄
二章　楚甫王揚之水二章　滸父父顧葛藟一章　野馬馬武鄭叔
于田三章　馬組舞舉虎所女大叔于田一章　射御二章　楚女
女揚之水一章　鱮雨齊敝笱二章　岵父魏陟岵一章　鼠黍女
顧女土土所碩鼠一章　鼠女女二章同　楚戶者者唐綢
繆三章　杜湑踽父杕杜一章　羽栩盬黍怙所鴇羽一章　楚
野處葛生一章　苦下與采苓二章　楚虎虎禦秦黃鳥三章　鼓
下夏羽陳宛丘二章　栩下東門之枌一章　紵語東門之池二章　顧
予墓門二章　馬野株林二章　羽楚處曹蜉蝣一章　股羽野宇

戶下鼠戶處豳七月五章　圃稼七章　雨土戶予鴟鴞二章　馬
野下東山一章　宇戶二章　羽馬四章　渚所處九罭二章　湑
鹽處小雅四牡二章　下栩鹽父三章　許藇羜父顧伐木二章　湑
酤鼓舞暇湑三章　盬處采薇三章　杜盬杕杜一章二章同　湑
寫語處蓼蕭一章　茹穫六月四章　鼓旅采芑三章　午馬麌所
吉日二章　羽野寫鴻雁一章　野渚鶴鳴二章　栩黍處父黃鳥三章
祖堵戶處語斯干二章　雨輔予正月十章　馬處十月之交四章
土沮小旻一章　扈寡小宛五章　怒沮巧言二章　者(謀)虎巷伯
六章　雨女予谷風一章　夏暑予四月一章　下土北山二章　土
野暑苦雨罟小明一章　除莫庶暇顧怒二章　處與女四章

祖祜信南山四章　鼓祖雨黍女甫田二章　湑寫寫處裳裳者華
一章　扈羽胥祜桑扈一章　譽射車舝二章　女舞三章　湑寫
四章　楚旅賓之初筵一章　鼓(奏)祖二章　語羖四章　筥子子
馬予黼采菽一章　股下紓予三章　鱮者采綠四章　御旅處
黍苗三章　虎野暇何草不黃三章　冔祖大雅文王五章　旅野女大明
七章　沮父緜一章○從漢書水經注作漆沮　父馬滸下女宇二章
怒旅旅祜下皇矣五章　許武祜下武五章　御斝行葦三章　渚
處湑脯下鳧鷖三章　野處旅語公劉二章　怒豫板八章　宇
怒處圉桑柔四章　沮所顧助祖予雲漢四章　馬土崧高五章
下甫蒸民一章　若賦二章　茹吐甫茹吐寡禦五章　舉舉助

補六章　土訏甫噳虎韓奕五章　滸虎土江漢三章　(土)祖父
(戎)常武一章　父旅浦土處緒二章　武怒虎虜浦所四章
瞽虡羽鼓圉(奏)舉周頌有瞽　祜嘏載見　馬旅馬有客　女
筥黍良耜　馬野者馬野者馬野者馬野者魯頌駉一二三四章
下舞有駜一章　武祖祜泮水四章　黍秬土緒閟宮一章　武
緒野虞女旅父魯宇輔二章　祖女三章　嘏魯許宇八章
鼓祖商頌那　祖祜所烈祖　武楚阻旅所緒楚殷武一二
章
○以上上聲
莫濩綌斁周南葛覃二章　石席邶柏舟三章　落若衛氓三章　席
作鄭緇衣三章　蘀伯蘀兮一章二章同　薄鞹夕齊載驅一章　碩

獲秦駟驖二章　澤戟作無衣二章　穫擇貉豳七月四章　駱若

度小雅皇皇者華四章　奕繹車攻四章　澤作宅鴻鴈三章　擇石

錯鶴鳴一章　藿夕客白駒二章　閣橐斯干三章　惡懌節南山八章

作莫度獲巧言四章　踖碩炙莫庶客錯度獲格作楚茨三章　碩若大田一章　洛洛洛瞻彼洛矣一二三章　白駱駱若裳裳者華三章　柏奕懌頍弁一章　炙酢瓠葉三章　赫莫獲度廓宅大雅皇矣一章　席酢行葦三章　炙臄咢四章　懌莫板二章　格度射抑七章　作獲赫桑柔十四章　伯宅崧高二章　碩伯八章

貊伯壑籍韓奕六章　(業)作常武二章　柞澤周頌載芟　駱雒繹斁作魯頌駉二章　博斁逆獲泮水七章　繹宅貊諾若閟宮七章　柏度尺舄碩奕作碩若九章　斁奕客懌昔作夕恪商頌那　○以上入聲

古本音

莽莽聲在此部屈賦二見今入蕩　○戲虘聲在此部屈賦遠遊一見今入支寘　綌谷聲在此部詩葛覃一見今入陌

斁睪聲在此部詩葛覃振鷺駉泮水那五見今入昔　石石聲在此部詩柏舟鶴鳴二見今入昔　席庶聲在此部詩柏舟行葦二見禮記三見今入昔

蓆席聲在此部詩緇衣一見今入昔　夕夕聲在此部詩載驅白駒雨無正那四見今入昔

碩石聲在此部詩駟驖楚茨大田崧高閟宮六見禮記一見今入昔　穫蒦聲在此部詩駟驖巧言楚茨大田皇矣桑柔泮水六見今入麥

澤睪聲在此部詩三見禮記一見今入陌　戟榦字聲在此部詩無衣一見今入陌　奕亦聲在此部詩車攻頍弁閟宮那四見今入昔

舄舄聲在此部詩車攻閟宮二見今入昔　繹睪聲在此部詩車攻駉閟宮三見今入昔　宅乇聲在此部詩鴻鴈皇矣崧高閟宮四見禮記一見今入陌

客各聲在此部詩白駒楚茨那三見今入陌　懌睪聲在此部詩節南山頍弁板那四見今入昔

炙炙聲在此部詩楚茨瓠葉行葦三見今入昔　踖昔聲在此部詩楚茨一見今入昔　格各聲在此部詩楚茨抑二見今入陌

白白聲在此部詩裳裳者華一見今入陌　柏白聲在此部詩頍弁閟宮二見今入陌　赫赤聲在此部詩皇矣桑柔二見今入陌

射射聲在此部詩大叔于田車攻抑三見今入昔　伯白聲在此部詩崧高韓奕三見今入陌　貊百聲在此部詩韓奕閟宮二見今入陌

籍耤聲在此部詩韓奕一見今入昔　柞乍聲在此部詩載芟一見今讀笮　逆屰聲在此部詩泮水一見今入陌

尺尺聲在此部詩閟宮一見今入昔　昔昔聲在此部詩那一見今入昔○韓愈讀昔以昔昔同音不知昔本音錯也

虩𧆞聲在此部易二見今入昔麥　啞亞聲在此部易一見今入陌　[illegible][illegible]聲在此部易一見今入陌

索索聲在此部易一見屈賦二見今兼入陌　帛白聲在此部禮記二見今入陌　擇睪聲在此部左傳一見今入陌

繹睪聲在此部屈賦二見今入昔　蹠庶聲在此部屈賦一見今入昔○按弟五部入聲與弟十六部入聲分用漢人十九首中青青陵上柏磊磊磵中石一章與明月皎夜光促織鳴東壁一章可徵也晉盧諶答魏子悌用弟十六部十二字而糅以脈昔字陶淵明參居以宅夕席昔與役析韵宋謝靈運南樓遲客詩以迫客夕與適隔擿析韵謝惠連雪賦以錯索奕隙席白與積璧韵謝莊月賦以斁與璧韵梁江淹擬陶潛以陌夕隙與適役積益韵此弟五部入聲入於弟十六部入聲之漸而法言之所因也

○華𠌶聲在此部詩桃夭何彼襛矣有女同車山有扶蘇萇長楚采薇出車八見易一見今入麻　家豭聲在此部詩桃夭長楚鴟鴞常棣采芑我行其野雨無正緜行露九見左傳三見今入麻

牙牙聲在此部詩祈父行露二見今入麻　車車聲在此部詩何彼襛矣北風有女同車采薇何人斯韓奕江漢七見易二見今兼入麻

葭叚聲在此部詩騶虞一見今入麻　豝巴聲在此部詩騶虞一見今入麻　邪牙聲在此部詩北風駉四見今入麻

瓜瓜聲在此部詩木瓜七月信南山三見左傳一見今入麻　且且聲在此部詩北風山有扶蘇出其東門巧言韓奕有客八見今兼入馬

罝且聲在此部詩兔罝一見今入麻　荼余聲在此部詩出其東門鴟鴞三見今兼入麻俗書誠一畫　闍者聲在此部詩出其東門一見今兼入麻

舍舍聲在此部詩何人斯一見禮記一見今入馬　騢叚聲在此部詩駉一見今入麻

馬馬聲在此部詩漢廣擊鼓叔于田大叔于田株林東山四牡吉日十月之交采菽緜崧高有客駉十八見易一見左傳一見今入馬

下下聲在此部詩采蘋殷其雷擊鼓凱風采苓宛丘東門之枌七月東山四牡北山采菽緜皇矣鳧鷖烝民有駜十七見易十八見今入馬

瑕叚聲在此部詩狼跋一見左傳一見今入麻　塗涂聲在此部詩出車一見今兼入麻　若若聲在此部詩七見今兼入馬

霞叚聲在此部風賦一見今入麻野予聲在此部詩燕燕叔于田葛生株林七月東山鴻雁鶴鳴小明何草不黄公劉十五見左傳一見今入馬者古文旅聲在此部詩綢繆巷伯采緑瞻卬六見今入馬夏夏聲在此部詩宛丘四月二見今入馬暇叚聲在此部詩伐木小明何草不黄三見今入禡寡寡聲在此部詩鴻雁蒸民小宛三見易一見今入馬嘏叚聲在此部詩載見閟宮二見今入馬寫舄聲在此部詩蓼蕭裳裳者華車舝四見今入馬夜亦聲在此部詩行露東方未明庭燎雨無正蕩振鷺六見今入禡炙炙聲在此部今又入禡射射聲在此部今又入禡柘石聲在此部詩皇矣一見今入禡斝斝聲在此部詩行葦一見今入馬稼家聲在此部詩七月一見今入禡作乍聲在此部詩七見今兼入箇詐乍聲在此部詩蕩一見今入禡假叚聲在此部士冠禮一見今入馬禡啞亞聲在此部今又入禡○第五部之字漢晉宋人入於第十七部合用皆讀如歌戈韵之音至梁陳閒第十七部音變析入麻韵而皆在麻韵矣

古合韵

母本音在第一部詩蝃蝀以韵雨此古合韵也謀本音在第一部詩巷伯以合韵者虎字土本音在第一部詩常武以合韵祖父戎字禮記射義引詩以合韵舉處所射譽字

奏本音在第四部詩賓之初筵以韵鼓祖有輯以韵譽虡羽鼓圉舉垢本音在第四部左傳宣十五年引諺合韵汙瑕字○入本音在第七部詩思齊合韵瑕字○業本音在第八部詩常武合韵作字○戎本音在第九部詩常武合韵祖父字○迎本音在第十部離騷合韵故字讀如魚廣本音在第十部樂記合韵旅鼓武雅語古下字春秋寶乾圖稷河爲界在齊呂塡闕八流以自廣

第六部陸韵平聲蒸登上聲拯等去聲證嶝

薨繩周南螽斯二章　掤弓鄭大叔于田三章　來贈女日雞鳴三章　薨夢憎齊雞鳴三章　升朋唐椒聊一章　膺弓縢興音秦小戎三章　興陵增小雅天保三章　恆升崩承六章　陵朋菁菁者莪三章　陵懲興沔水三章　興夢斯干六章　蒸雄兢崩肱升無羊三章　蒸夢勝憎正月四章　陵懲夢雄五章　勝崩陵懲十月之交三章　兢冰小旻五章　兢冰小宛六章　弓繩采綠三章　陾薨登馮興勝大雅緜六章　烝烝烝烝烝烝烝烝文王有聲一二三四五六七八章　登升生民八章　繩承抑六章　崩騰朋陵魯頌閟宮四章　乘縢弓綅增膺懲承五章　勝乘承商頌元鳥○以上平聲

古本音

弓弓聲在此部詩大叔于田小戎采綠閟宮四見左傳一見考工記一見今入東夢瞢聲在此部詩雞鳴斯干正月四見今入東送馮仌聲在此部詩緜一見今兼入東雄厷聲在此部詩無羊正月二見左傳一見今入東

古合韵

陾本音在第一部詩緜六章以韵薨登馮興勝字此古合韵來本音在第一部女日雞鳴合韵贈字讀如淩○凡古宮徵之爲無徵得來之爲登來耳孫之爲仍孫詩之訓爲承也上林賦儀持之音鋮懲陞淩言切韵貽字之入四十七證皆第一部第六部關通之義○

音本音在第七部小戎合韵膺弓縢興字綅本音在第七部閟宮合韵崩騰朋陵乘縢弓增膺懲承字○凡古音之爲音興之爲廞堋之爲窆崩之爲風戴勝亦爲戴鵀仍扨亦爲任叔皆第六部第七部關通之義○文言本音在第十三部第十四部屈賦天問以韵勝陵字

第七部陸韵平聲侵鹽添上聲寑琰忝去聲沁豔㮇入聲緝葉怗

覃覃周南葛覃一二章　林心兔罝三章　三今召南摽梅二章　風心邶綠衣四章　音南心燕燕三章　南心凱風一章　音心四章　音心雄雉二章　風心谷風一章　甚耽衛氓三章　衿心音鄭子衿一章　風林欽秦晨風一章　林南林南陳株林一章　鬵音檜匪風三章　芩琴琴湛心小雅鹿鳴三章　駸諗四牡五章　琴湛常棣七章　音心白駒四章　簟寢斯干六章　風南心何人斯四章　錦甚

卷伯一章 欽琴音南僭鼓鐘四章 琴心車舝五章 林湛賓之初筵二章 煁心白華四章 林興心大明七章 音男思齊一章 心音皇矣四章 林林生民三章 歆今八章 南音卷阿一章 僭心抑九章 風心桑柔六章 林譖九章 風心烝民八章 深今瞻卬七章 玷貶召旻三章 心南魯頌泮水六章 林黮音琛金八章 ○

以上平聲

揖蟄周南螽斯三章 及泣邶燕燕二章 溼泣泣及王中谷有蓷三章 合軜邑秦小戎二章 隰及小雅皇皇者華一章 合翕常棣七章 濈溼無羊一章 集合大雅大明四章 楫及棫樸三章 輯洽板二章

○以上入聲

古本音

[illegible] 鹹聲在此部今入[illegible] 三 三聲在此部詩摽梅一見今入談 南 羊聲在此部詩燕燕凱風株林何人斯鼓鐘卷阿泮水八見今入覃 湛 甚聲在此部詩鹿鳴常棣賓之初筵三見今入覃 男 男聲在此部詩思齊一見史記二百里任國卿二百里男邦今入覃 黮 甚聲在此部詩泮水一見今入感 合 合聲在此部詩小戎常棣大明三見今入合 洽 合聲在此部詩板一見今入洽 ○風 凡聲在此部詩綠衣晨風何人斯烝民谷風桑柔六見今入東

古合韻

興 本音在第六部大明以韻林心字 ○耽 本音在第八部詩氓假借作媅樂字 ○軜 本音盍在第十五部詩小戎以韻合邑字

第八部

陸韻平聲覃談咸銜嚴凡上聲感敢豏檻儼范去聲勘闞陷鑑釅梵入聲合盍洽狎業乏

檻菼敢王大車一章 菡儼枕陳澤陂三章 巖瞻惔談斬監小雅節南山一章 涵讒巧言二章 甘餤三章 藍襜詹采綠二章 巖詹魯頌閟宮六章 監嚴濫遑商頌殷武四章 ○以上平聲

葉涉邶匏有苦葉一章 葉韘韘甲衛芄蘭二章 業捷小雅采薇四章 業捷及大雅烝民七章 葉業商頌長發七章 ○以上入聲

古本音

枕 冘聲在此部詩澤陂一見易一見今入寢 瞻 詹聲在此部詩節南山一見今入豔 襜 詹聲在此部詩采綠一見今入豔 詹 詹聲在此部詩采綠一見今入鹽 葉 枼聲在此部詩匏有苦葉芄蘭長發三見今入葉 涉 涉聲在此部詩匏有苦葉一見今入怗 捷 疌聲在此部詩采薇烝民二見今入葉 接 妾聲在此部易一見屈賦二見今入葉 韘 枼聲在此部詩芄蘭二見今入怗

古合韻

及 本音在第七部詩烝民合韻業捷字 ○遑 本音在第十部詩殷武合韻監嚴濫字又桑柔以瞻韻相天問以嚴韻亡饗長急就章以談韻陽桑讓莊皆第八部第十部合韻也

第九部

陸韻平聲東冬鍾江上聲董腫講去聲送宋用絳

中宮召南采蘩二章 僮公三章 蟲螽忡降草蟲一章 墉訟訟從行露三章 縫總公羔羊三章 東公同小星一章 襛雝何彼襛矣一章 蓬豵騶虞二章 仲宋忡邶擊鼓三章 躬中式微二章 戎東旄丘三章 中宮中宮鄘桑中一章 葑東庸中宮三章 中宮定之方中一章 東蓬容衛伯兮二章 罿庸凶聰王兔爰三章 控送鄭大叔于田二章 松龍充童山有扶蘇二章 丰巷送丰一章

雙庸庸從齊南山二章　葑東從唐采苓三章　中驂秦小戎二章　同功豵公豳七月四章　同功七章　沖陰八章　東濛東濛東濛東濛東山一二三四章　蟲螽忡降仲戎小雅出車五章　濃沖雝同蓼蕭四章　顒公六月三章　攻同龐東車攻一章　調同五章　同從吉日二章　聰饔祈父三章　傭訩節南山六章　誦訩邦十章　從用邛小旻一章　共邛巧言三章　東空大東二章　雝重無將大車三章　同邦瞻彼洛矣三章　同功賓之初筵一章　蓬邦同從采菽四章　中降大雅旱麓二章　公恫邦思齊二章　恭邦共皇矣五章　衝庸七章　樅鏞鐘廱靈臺四章　鐘廱逢公五章　功崇豐文王有聲二章　廱東六章　幪唪生民四章　融終既醉三章　潨宗宗降崇鳧鷖四章　飲宗公劉四章　諶終蕩一章　蟲宮宗臨躬雲漢二章　邦功崧高二章　邦庸三章　同功常武六章　訌共邦召旻二章　中弘躬六章　邦崇功皇周頌烈文　工公臣工　雝容振鷺　雝公雝　訩功魯頌泮水六章　公東庸閟宮三章　蒙東邦同從功六章　共厖龍勇動竦總商頌長發五章○以上平聲

古本音

降巷雙邦龐厖字今韻析爲江絳韻卽弟九部轉入弟十部之音也

古合韻

調本音在弟三部讀如稠車攻以韻同字屈原離騷以韻同字東方朔七諫以韻同字皆讀如重此古合韻也潘岳藉田賦以茅韻農東晳勸農賦以曹韻農韓詩橫由其晦毛詩作橫從毛詩狃聲之訛漢書作畮史記儒林傳大宮尸鉶雖徐廣曰一作倜儻汝南鮦陽之鮦見廱韻亦見有韻皆弟三部弟九部關通之證江氏謂車攻調同非韻離騷七諫爲古人相效之誤其說似是而非　○顒本音在弟四部郭璞山海經注亦音娛也六月合韻公字　○弘本音在弟六部詩召旻合韻中躳字　應本音在弟六部易蒙彖傳以韻中中蒙功字比彖傳韻從中窮字恆象傳韻動字未濟象傳韻中終字　騰本音在弟六部禮記月令孟春以韻降同動字孟冬以韻降通冬字　○驂本音在弟七部詩小戎合韻中字　陰本音在弟七部詩七月合韻沖字　飲本音在弟七部詩公劉合韻宗字　諶本音在弟七部詩蕩合韻終字　臨本音在弟七部詩雲漢合韻蟲宮宗躳字　禽本音在弟七部易屯象傳以韻窮字比象傳以韻中中終字恆象傳以韻中容終凶功字　深本音在弟七部易恆象傳以韻中容終凶功字　心本音在弟七部易艮象傳合韻躳征終字　○皇本音在弟十部詩烈文合韻邦崇功字　○正本音在弟十一部易豫象傳合韻凶字艮象傳合韻躳終字

弟十部陸韻平聲陽唐上聲養蕩去聲漾宕

筐行周南卷耳一章　岡黃觥傷三章　荒將樛木二章　廣泳永方廣泳永方廣泳永方漢廣一二三章　方將召南鵲巢二章　陽遑殷其靁一章　裳亡邶綠衣章　頏將燕燕二章　方良忘日月三章　鏜兵行擊鼓一章　行臧雄雉四章　涼雱行北風一章　景養二子乘舟一章　襄詳詳長鄘牆有茨二章　唐鄉姜桑中一章　上上上一二三章　彊良兄鶉之奔奔一章　堂京桑臧定之方中二章　蝱行狂載馳三章○此分章從朱　湯裳爽行衞氓四章　廣杭望河廣一章　梁裳有狐一章　陽簧房王君子陽陽一章　牆桑兄鄭將仲子二章　黃襄行揚大叔于田二章　彭旁英翔清人一章　行英翔將姜忘有女同車二章　狂狂褰裳一二章　昌堂將丰二章　裳

行三章　湊揚臧野有蔓草二章　明昌明光齊雞鳴二章　昌陽
狼臧還三章　堂黃英著三章　明裳東方未明一章　兩蕩南山
二章　湯彭蕩翔載驅三章　昌長揚揚蹌臧猗嗟一章　霜裳
魏葛屨一章　方桑英英行汾沮洳二章　岡兄陟岵三章　堂康
荒唐蟋蟀一二三章同　行桑粱嘗常鴇羽三章　桑楊簧亡秦車
鄰三章　蒼霜方長央蒹葭一章　堂裳將忘終南二章　桑行
行防黃鳥二章　裳兵行無衣三章　陽黃渭陽一章　湯上望陳宛
丘一章　魴姜衡門二章　楊牂煌東門之楊一章　翔堂傷檜羔裘二
章　稂京曹下泉一章　陽庚筐行桑豳七月二章　桑斨揚
桑三章　黃揚裳同上　霜場饗羊堂觥疆八章　場行東山
二章　斨皇將破斧一章　魴裳九罭一章　簣將行小雅鹿鳴一章
享嘗王疆天保四章　剛陽采薇三章　方彭央方襄出車三章
陽傷遑杕杜一章　桑楊光疆南山有臺二章　瀼光爽忘蓼蕭二章
藏貺饗彤弓一章　方陽章央行六月四章　鄉央衡瑲皇
珩采芑二章　央光將庭燎一章　湯揚行忘沔水二章　桑粱明
兄黃鳥二章　牂牂斯干七章　牀裳璋喤皇王八章　霜傷將京
痒正月一章　行良常臧十月之交二章　向藏王向六章　盟長
巧言三章　霜行大東二章　漿長光襄五章　襄章箱明庚行六章
揚漿七章　彭旁將剛方北山三章　牀行四章　仰掌五章
將湯傷忘鼓鍾一章　蹌羊嘗亨將祊明皇饗慶疆楚茨二章

將慶六章　享明皇疆信南山六章　明羊方臧慶甫田二章
粱京倉箱粱慶疆四章　泱泱泱瞻彼洛矣一二三章　黃章
章慶裳裳者華二章　上怲臧頍弁一章　仰行車舝五章　抗張賓之
初筵一章　良方讓忘角弓四章　黃章望都人士一章　藏忘隰桑
四章　粱良白華七章　享嘗瓠葉一章　黃傷苕華一章　黃行將
何草不黃一章　常京大雅文王五章　上王方大明一章　商京行王
二章　粱光五章　王京行王商六章　洋煌彭揚王商明八章
伉將行緜七章　王璋棫樸二章　章相王方五章　兄慶
光喪方皇矣三章　京疆岡六章　陽將方王同上　王方七章
○同爾兄弟後漢書伏湛傳作弟兄入韵　王京下武一章　王京文王有聲七章
將明既醉二章　皇王忘章假樂二章　疆綱三章　康疆倉糧
囊光張揚行公劉一章　岡京三章　長岡陽五章　糧陽荒
同上　長康常卷阿四章　卬璋望綱六章　岡陽九章　康方
良明王民勞一章　明王板八章　商商商商商商蕩二三四
五六七八章　明卿四章　螗羹喪行方六章　尙亡抑四
章　兵方同上　將往競梗桑柔三章　王痒荒蒼七章　瞻相臧
腸狂八章　疆粻行崧高六章　將明烝民四章　彭鏘方七章
張王章衡錫韓奕二章　彭鏘光四章　湯洸方王江漢二章
祥亡瞻卬五章　罔亡罔亡六章　喪亡荒召旻一章　荒康行
周頌天作　方王饗我將　王康皇康方明喤將穰執競　王

章陽央鶬光享載見 王忘閔予小子 將明行敬之 香光載芟 皇黃彭疆臧魯頌駉一章 黃明有駜一章 皇揚泮水六章 王陽商閟宮二章 嘗衡剛將羹房洋慶昌臧方常四章 嘗將商頌那 疆衡鶬享將康穰享疆嘗將烈祖 商芒湯方玄鳥 商祥芒方疆長將商長發一章 衡王七章 鄉湯羌享王常殷武二章○以上平聲

古本音

行行聲在此部詩卷耳擊鼓雄雉北風載馳氓大叔于田有女同車丰汾沮洳鴇羽黍黃鳥蒹葭無衣七月東山鹿鳴六月沔彼流水十月之交大東北山車舝何草不黃大明緜公劉蕩崧高天作敬之三十二見易四十六見今兼入庚映 觥觵从角黃聲俗从光黃聲光聲在此部詩卷耳七月二見今入庚 泳永聲在此部詩漢廣三見今入映 永永聲在此部詩漢廣三見夏小正時有養日時有養夜郎永日永夜同音假借也今入梗

兵兵聲在此部詩擊鼓秦無衣抑三見左傳一見今入庚 景京聲在此部詩二子乘舟一見今入梗 兄兄聲在此部詩鶉之奔奔將仲子陟岵小雅黃鳥皇矣五見今入庚 京京聲在此部詩定之方中下泉正月甫田文王大明皇矣下武文王有聲公劉十一見左傳一見今入庚 蝱亡聲在此部詩載馳一見今入庚 彭彭字在此部詩清人載驅出車北山大明烝民韓奕駉八見今入庚 英央聲在此部詩清人有女同車著汾沮洳五見屈賦四見今入庚 明明聲在此部詩雞鳴東方未明小雅黃鳥大東楚茨信南山甫田大明既醉民勞板蕩烝民韓奕之有駜十六見書一見易十五見今入庚 庚庚聲在此部詩七月大東二見今入庚 衡行聲在此部詩采芑韓奕閟宮烈祖長發五見今入庚 珩行聲在此部詩采芑一見今入庚 喤皇聲在此部詩斯干執競二見今入庚 盟明聲在此部詩巧言一見今入庚 亨亯聲在此部詩楚茨瓠葉二見古亨通烹飪亨獻同字皆在此部今兼入庚 祊鬃从示彭聲或从方聲彭聲方聲在此部詩楚茨一見今入庚 慶慶聲在此部詩楚茨甫田裳裳者華皇矣閟宮七見易十二見士冠禮二見漢人始有讀入十一部者如彰皇矣今作閍成永延長今應天慶之類然尚爲平聲後此又讀去聲入映矣 怲丙聲在此部詩頍弁一見今入映 鄉聲在此部詩蕩一見左傳一見今入庚 羹羹聲在此部詩湯閟宮二見漢人急就篇與秋韻譖香藏霜鍚韻韻今入庚 競競聲在此部詩桑柔一見左傳一見今入映 梗更聲在此部詩桑柔一見今入梗 病丙聲在此部左傳一見老子得與亡孰病亡病爲韻今入映 堂尚聲在此部攷工記一見今兼入庚

古合韻

懲本音在第六部離騷以合韻常字○瞻本音在第八部詩桑柔合韻相臧狂字 嚴本音在第八部天問合韻亡饗長字○降本音在第九部九歌東君合韻襄狼漿翔行字○古人以第九部入第十部用者如老子五音令人耳聾聾讀如郎合韻盲爽狂字其合用最多者如東方朔七諫沈江兼用第十部二十四字而以第九部東同降功公聰江聰縱逢凶容重東豐十五字合韻莊忘哀時命用第十部二十字而以第九部相通容忠容凶宮聰同總十字合韻

弟十一部陸韻平聲庚耕清青上聲梗耿靜迥去聲映諍勁徑

縈成周南樛木一章 丁城兔罝一章 定姓麟之趾二章 盈成召南鵲巢三章 星征小星一章二章同 盈鳴邶匏有苦葉二章 盈鳴同上

旌城鄘干旄三章 青瑩星衛淇奧二章 清盈鄭溱洧二章 鳴盈鳴聲齊雞鳴一章 庭青瑩著二章 名清成正甥猗嗟二章 菁睘姓唐杕杜二章 鳴苹笙小雅鹿鳴一章 平寧生常棣五章 丁嚶伐木一章 鳴聲聲生聽平同上 定聘采薇二章 鳴旌車攻七章 征聲成八章 庭楹正冥寧斯干五章 定生寧醒成政姓節南山六章 領騁七章 平寧正九章 程經聽爭成小旻四章 令鳴征生小宛四章 冥頌無將大車二章 領屛桑扈二章 營成黍苗四章 平清成寧五章 青生苕華二章 生楨寧大雅文王三章 成生緜九章 屛平皇矣二章 營成靈臺一章 聲聲寧成文王有聲一章 正成七章 靈寧生民二章 涇寧

清馨成 鳧鷖一章 鳴生 卷阿九章 屏寧城 板七章 刑聽傾
蕩七章 政刑 抑三章 盈成 十章 甡聽 雲漢一章 星贏成
正寧 八章 營城成 崧高四章 平定爭寧 江漢二章 蟊驚 常武
三章 平庭 六章 城城 瞻卬三章 成禎 周頌維清 庭聲鳴聽
成 有瞽 庭敬 閔予小子 馨寧 載芟 盈寧 良耜 成聲平聲
聲 商頌那 成平爭 烈祖 聲靈寧生 殷武五章 ○以上平聲

古本音

平 平聲在此部詩八見今兼入先

古合韻

極 本音在弟一部易未濟象傳合韻正字 ○金 本音在弟七部周語引諺合韻城字 ○中 本音在弟九部訟象傳合韻成正字 ○言 本音在弟十部萃象傳合韻正命字乾文言傳合韻情字 ○令 本音在弟十二部詩小宛以韻鳴征生左傳所引逸詩以韻挺扃定士冠禮亦以歲之正以月之令爲韻此古合韻也 領 本音在弟十二部詩節南山合韻騁字桑扈合韻屏字
天命淵賢信民人賓 本音皆在弟十二部易彖象傳合韻形成貞寧生正平精情字 ○睘 本音在弟十四部詩杕杜合韻菁姓字一作睘睘則在本韻

第十二部 眞韻平聲眞臻先上聲軫銑去聲震霰入聲質櫛屑

蓁人 周南桃夭三章 麟麟麟 麟之趾一二三章 蘋濱 召南采蘋一章
淵身人 邶燕燕四章 洵信 擊鼓五章 薪人 凱風二章 榛苓人
人人 簡兮四章 天人天人 鄘柏舟一二章 零人田人淵千 定之方中三章 人姻信命 蝃蝀三章 天人天人天人 王黍離一二三章
薪申 揚之水一章 田人人仁 鄭叔于田一章 溱人 褰裳一章
薪人信 揚之水二章 顛令 齊東方未明二章 田人 甫田一章二章同
令仁 盧令一章 鄰命人 唐揚之水二章 薪天人人 綢繆一章
苓顛信 采苓一章顛俗作巔 ○鄰顛令 秦車鄰一章 天人身天人身天人身 黃鳥一二三章 榛人人年 曹鳲鳩四章 薪年 東山三章
駰均詢 小雅皇皇者華五章 田千 采芑二章同 天千 三章 淵闐 同上 天淵 鶴鳴二章 年溱 無羊四章 親信 節南山四章
電令 十月之交三章 天人 七章 天信臻身天 雨無正三章
天人人 小宛一章 陳人人天 何人斯三章 翩人信 巷伯三章
天人人 五章 薪人 大東三章 薪人 同上 天淵 四月七章
濱臣均賢 北山二章 塵(疧) 無將大車一章○一作疷無此字宋劉彝臆改疧以韻塵亦無此字攷唐石經正作疧與小雅白華疧字皆甚明畫顧亭林從劉說謂石經乃從諱民減畫之例非也
盡引 楚茨六章 甸田 信南山一章 賓年 三章 田千陳人年 甫田一章 (岡)薪 車舝四章 榛人 青蠅三章 命申 采菽三章
天臻矜 菀柳三章 田人 白華三章 薪人 四章 玄矜民 何草不黃二章
天新 大雅文王一章 (昭)天 七章 天莘 大明六章 天人 棫樸四章
天淵人 旱麓三章 民(嫄) 生民一章 堅鈞均賢 行葦五章
壼年胤 既醉六章 人天命申 假樂一章 天人命人 卷阿八章
旬民塡天矜 桑柔一章 翩泯燼頻 二章 天人臻 雲漢一章 天神申 崧高一章 田人 三章 身人 烝民四章 甸命 韓奕一章 (卣)人田命命年 江漢五章 田人 瞻卬二章 天人 三章 普引頻

召旻五章六章　人(訓)(刑)周頌烈文　人天韻　〇以上平聲

實室周南桃夭二章　結襭芣苢三章　七吉召南摽有梅一章　噎嚏

嚏邶終風三章〇從毛作嚏　(葛)節日旄丘一章　日室栗漆瑟鄘定之方中一章

日疾衛伯兮三章　實噎王黍離三章　室穴日大車三章　漆栗

栗室即鄭東門之墠二章　日室室即日齊東方之日一章　漆栗瑟

瑟日室唐山有樞三章　七吉無衣一章　日室葛生五章　漆栗瑟秦車鄰

耋車鄰二章　穴慄穴慄穴慄黃鳥一二三章　韠結一檜素冠三章

章　實室隰有萇楚三章　七一一結曹鳲鳩一章　(子)室豳鴟鴞一章

章　實室東山二章　垤室窒至三章　實日小雅杕杜一章　至

恤四章　徹逸十月之交八章　血疾室雨無正七章　恤至蓼莪三章

采菽

秘室瞻彼洛矣二章　設逸賓之初筵一章　抑怭秩三章　實吉

結都人士三章　瓞(生)大雅緜一章　穴室上同　(減)匹文王有聲三章

栗室生民五章　抑秩匹假樂三章　密即公劉六章　毖恤(熱)

桑柔五章　挃栗櫛室周頌良耜　〇以上入聲

古本音

即 即聲在此部詩東門之墠東方之日公劉三見易一見今入職　抑 抑聲在此部詩賓之初筵假樂二見屈賦一見今入職

洫 洫聲在此部詩築城伊洫與匹韻今入職　〇矜 矜字在此部詩菀柳何草不黃桑柔三見漢韋元成戒子孫詩韻心則入

侵韻晉張華女史箴韻與欽潘岳哀永逝文韻與冰并入蒸韻　〇苓 令聲在此部詩簡兮采苓二見自漢枚乘七發韻鴻鳴揚雄反離

騷韻榮今韻乃專入青矣　零 令聲在此部詩定之方中一見今入青　令 令聲在此部詩東方未明盧令車鄰十月之交四見今入

青　命 命聲在此部詩蝃蝀唐揚之水采菽假樂卷阿韓奕江漢六見今入映　佞 佞聲在此部詩[illegible]一見左傳佞夫公羊作年夫

今入徑　壼 壼聲在此部詩既醉一見今兼入混　〇翩 扁聲在此部詩巷伯桑柔二見易一見今入仙　偏 扁聲在此部今

入仙　〇至 至聲在此部詩東山杕杜蓼莪三見今入至〇杕杜四章來疚第一部平聲至恤第十二部入聲偕近邇第十五部上聲凡用

三韻蓼莪三章與恥久恃第一部上聲恤至第十二部入聲凡用二韻顧氏皆合為一韻不能分別　恤 血聲在此部詩杕杜蓼莪桑柔三見

今入術　設 設聲在此部詩賓之初筵一見今入薛　徹 徹聲在此部詩十月之交與逸韻今入薛　毖 必聲在此部詩桑柔

與恤韻今入至　暜 暜聲在此部詩召旻與引韻屈賦懷沙與抑韻莊子則陽篇與世偕行而不替與所行之備而不洫韻其字平讀如親

而近汀入讀如七而近鐵也張衡東京賦韻結節潘岳西征賦韻結節閉來逝古音十一十六屆內借字以暜諧聲今入霽〇召旻暜與引類為韻

不逆擇為韻懷沙黙鞠第一第三部合韻抑暜第十二部入聲部故弟一部上聲非黙鞠抑一韻暜韻故一韻也　曀 壹聲在此部詩終風

二見今入霽　嚏 疐聲在此部詩終風一見今入霽

古合韻

子 本音在第一部詩鴟鴞合韻室字　減 本音在第一部詩下武合韻匹字韓詩作築城伊洫則在本韻矣　〇卣 本音

在第三部詩江漢合韻人田命命年字　〇躳 本音在第九部詩文王合韻天字　〇岡 本音在第十部詩車舝合韻薪字

明 本音在第十部屈賦惜誦合韻身字　〇荆 本音在第十一部詩烈文合韻人(訓)字　生 本音在第十一部詩緜合韻瓞

字誶如瑟　正 本音在第十一部易蒙象傳合韻章賓韋民命吝字　平 本音在第十一部書洪範王道平平合韻偏字　倩 本音

在第十一部論語引詩合韻(盼)絢字　名 本音在第十一部離騷合韻均字哀郢合韻天字　程 本音在第十一部屈賦懷沙合韻匹

字　〇顛 本音在第十三部離騷合韻暜字學者多不得其韻矣　盼 本音在第十三部論語引詩合韻(倩)絢字　〇熱

本音在第十五部詩桑柔合韻毖恤字　葛 本音在十五部詩旄丘合韻節日字　〇威 本音在第十六部詩無將大車合韻疷字

弟十三部

陸韻平聲諄文欣魂痕上聲準吻隱混很去聲稕問焮慁恨

詵孫振周南螽斯一章　麕春召南野有死麕一章　婚孫何彼襛矣三章

門殷貧艱邶北門一章　洒浼殄新臺二章　奔君鄘鶉之奔奔二章

(倩)盼衛碩人二章　隕貧氓四章　漘昆昆聞王葛藟三章

嘽瑞奔大車二章 順問鄭女曰雞鳴三章 門雲雲存巾員出其東門一章 餴雲泂酌一章 輪漘淪囷離飧魏伐檀三章 羣 錞苑秦小戎三章 勤閔豳鴟鴞一章 晨煇旂小雅庭燎三章 羣 幝無羊一章 、鄰云慇正月十二章 先墐忍隕小弁六章 鄰門 云何人斯一章 雲雰信南山二章 芹旂采菽二章 慍問大雅緜八章 亹熏欣芬艱鳧鷖五章 訓順抑二章 慇辰(東)痻桑柔 川焚熏聞遯雲漢五章 雲門韓奕四章 典禋周頌維清 耘畛載芟 芹旂魯頌泮水一章 ○以上平聲

古本音

詵先聲在此部詩螽斯一見今入臻 振辰聲在此部詩螽斯一見今入真 蓁困聲在此部詩野有死蓁一見今入真 緡昏聲在此部詩何彼襛矣一見今入真 痻昏聲在此部詩桑柔一見今入真 貧分聲在此部詩北門殷二見今入真 巾巾聲在此部詩出其東門一見今入真 囷困聲在此部詩伐檀一見今入真 晨辰聲在此部詩庭燎一見今入真 辰辰聲在此部詩桑柔一見左傳一見今入真 先先聲在此部詩小弁一見屈賦二見今入先 墐堇聲在此部詩小弁一見今入真 忍刃聲在此部詩小弁一見今入軫 畛㐱聲在此部詩載芟一見今入軫 殄㐱聲在此部詩新臺一見今入銑 禋垔聲在此部詩維清一見今入真 典典聲在此部詩維清一見儀禮古文典為殄今入銑 閔文聲在此部詩鴟鴞一見今入軫 ○艱艮聲在此部詩北門何人斯鳧鷖三見今入山 殷㐆聲在此部詩北門一見今兼入山 員員聲在此部詩出其東門一見今兼入仙 川川聲在此部詩雲漢一見今入仙 餴餴字在此部詩泂酌一見今入山 盼分聲在此部詩碩人一見今入襉 ○煇軍聲在此部詩庭燎一見今入微 旂斤聲在此部詩庭燎采菽泮水三見左傳一見今入微 亹亹聲在此部詩鳧鷖一見今兼入尾 錞享聲在此部詩小戎一見今兼入隊 浼免聲在此部詩新臺一見今入賄 西西聲在此部禮記與巡韵劉向九歎與紛韵漢魏晉人多讀如下平一先之音今入齊 賁賁聲在此部左傳一見今兼入微

洒西聲在此部詩新臺一見顏師古東方朔傳注音信今入薺 ○洒今又入卦

古合韵

冰本音在第六部屈賦合韵門字 ○東本音在第九部詩桑柔合韵慇辰痻字 ○朔本音在第十部易革象傳合韵君字讀如份 ○倩本音在第十一部詩碩人合韵盼字 ○鄰本音在第十二部詩正月合韵云慇字 ○苑本音在第十四部詩小戎合韵羣錞字 ○蔚本音在第十五部易革象傳合韵君字讀如盦

第十四部 陸韵平聲元寒桓刪山仙上聲阮旱緩潸產獮去聲願翰換諫襉線

轉卷選邶柏舟三章 雁旦泮匏有苦葉三章 干言泉水三章 泉歎四章 孌管靜女二章 展袢顏媛鄘君子偕老三章 反遠載馳二章 僩咺諼僩咺諼衛淇奧一二章 澗寬言諼考槃一章 垣關關漣關言言遷氓二章 怨岸泮宴晏旦反六章 乾歎歎難王中谷有蓷一章 館粲館粲館粲鄭緇衣一二三章 園檀言將仲子三章 慢罕大叔于田三章 晏粲彥羔裘三章 旦爛雁女曰雞鳴一章 言餐狡童一章 墠阪遠東門之墠一章 ○墠作壇者誤 溥婉願野有蔓草一章 渙蕳觀觀觀溱洧一二章 還閒肩儇齊還一章 孌丱見弁甫田三章 環鬈盧令二章 孌婉選貫反亂猗嗟三章 閑閑還魏十畝之閒一章 檀干漣廛貆餐伐檀一章 粲爛旦唐葛生三章 旃然言焉旃然言焉旃然言焉采苓一二三章 園閑秦駟驖三章 菅言陳東門之池三章 蕳卷悁澤陂二章 冠欒慱檜素冠一章 泉歎曹下泉一二三章 同山山山山豳東山一二三四章 遠踐伐柯二章 原難歎小雅常棣三章

阪衍踐遠愆伐木三章　嘽痯遠杕杜三章　汕衍南有嘉魚三章
安軒閑原憲六月五章　園檀鶴鳴二章同一章　干山斯干一章
山泉言垣小弁八章　幡言遷巷伯四章　泉歎大東三章　熯愆
孫楚茨四章　翰憲難那桑扈三章　霰見宴頍弁三章　樊言青蠅一章
筵秩賓之初筵一章　筵共反幡遷僊三章　反遠角弓一章
遠然二章　菅遠白華一章　幡獻瓠葉二章　援羨岸大雅皇矣五章
閑言連安八章　垣翰文王有聲四章　原繁宣歎巘原公劉二章
泉原三章　泉單原五章　館亂鍛六章　澗澗上同
安殘綣反諫民勞五章　板癉然遠管亶遠諫板一章　難憲二章
藩垣翰七章　且衍八章　顏愆抑七章　言行九章
翰藩宣崧高一章　番嘽翰憲七章　完蠻韓奕六章　宣翰江漢四章
嘽翰漢常武五章　翰反反周頌執競　渙難訪落　駽燕魯頌有駜三章
山丸遷虔梴閑安商頌殷武六章　○以上平聲

古本音

肩 肩聲在此部詩還一見今入先　燕 燕聲在此部詩有駜一見今入先霰　見 見聲在此部詩甫田頍弁二見今入霰
霰 散聲在此部詩頍弁一見今入霰　宴 旻聲在此部詩氓頍弁二見今入霰　駽 肙聲在此部詩有駜一見今入先
顯 本音在此部左傳一見毛詩顯顯令德中庸作憲憲今入銑　○弨 弜聲在此部見傳三見今入恩　○羨 次聲在此部詩皇矣一見今入㒶
○番 番聲在此部詩崧高一見今入戈　皤 番聲在此部易一見今入戈　繇 繇聲在此部詩公劉一見今入戈
獻 虍聲在此部詩瓠葉一見今入歌　癉 單聲在此部詩板一見今入笴　儺 難聲在此部說文引求福不儺與翰憲難韵今入歌

古合韵

共 本音在第九部詩賓之初筵合韵筵反幡遷僊字　○行 本音在第十部詩抑合韵言字　○秩 本音在第十二部詩賓之初筵合韵筵字
實 本音在第十二部易蒙象傳合韵閟與字泰象傳合韵願亂字　翩 本音在第十二部屈賦湘君合韵淺閒字
進 本音在第十二部屈賦合韵願字　○孫 本音在第十三部詩楚茨合韵熯愆字　順 本音在第十三部易蒙象傳合韵巽字渙彖傳合韵願字
○那 本音在第十七部詩桑扈合韵翰憲難字說文作求福不儺則在本部

弟十五部

此部平聲脂微齊皆灰上聲旨尾薺駭賄去聲至未霽祭泰怪夬隊廢入聲術物迄月沒曷末黠鎋薛

萋飛喈周南葛覃一章　歸私衣三章　嵬隤罍懷卷耳二章　纍
綏樛木一章　枚飢汝墳一章　祁歸召南采蘩三章　薇悲夷草蟲三章
歸歸歸殷其靁一二三章　微衣飛邶柏舟五章　靁懷終風四章
遲違畿谷風二章　微歸微歸式微一二章　遺摧北門三章
喈霏歸北風二章　頎衣妻姨私衛碩人一章　荑脂蠐犀眉二章
懷歸懷歸懷歸王揚之水一二三章　懷畏懷畏懷畏鄭將仲子一二三章
衣歸丰四章　淒喈夷風雨一章　晞衣齊東方未明二章
崔綏歸歸懷南山一章　萋躋消躋坻秦蒹葭二章　衣
師無衣一二三章同　遲飢陳衡門一章　衣悲歸檜素冠二章　躋
飢曹候人四章　蓍師下泉三章　遲祁悲歸豳七月二章　歸
歸歸東山一二三四章　歸悲衣枚一章　畏懷二章　飛歸四章
衣歸悲九罭四章　騑遲歸悲小雅四牡一章　騑歸二章　威懷
常棣二章　薇歸采薇一二三章同一章　騤依腓五章　依霏遲飢悲

哀六章 遲萋喈祁歸夷出車六章 萋悲萋悲歸杕杜二章
纍綏南有嘉魚三章 晞歸湛露一章 (焞)雷威采芑四章 飛躋斯干
四章 師氏維毗迷師節南山三章 夷違五章 微微哀十月
之交一章 訿哀違依底小旻二章 威罪巧言一章 麋階伊幾
六章 穨懷遺谷風二章 鬼萎(怨)三章 凄腓歸四月二章 薇桋
哀六章 喈湝悲回鼓鍾二章 尸歸遲私楚茨五章 淒祁私
大田三章○從漢書說文玉篇廣韻作淒今作萋誤 茨師瞻彼洛矣一章 摧綏鴛鴦
四章 幾幾車舝三章 維葵膍戾采菽五章 枚回大雅旱麓六章
惟脂生民七章 罍歸泂酌二章 萋喈卷阿九章 懠毗迷尸屎
葵資師板五章 壞畏七章 咨咨咨咨咨咨咨蕩二三四五六
七八章 騤夷黎哀桑柔二章 資(疑)維階三章 推雷遺遺畏摧
雲漢三章 郿歸崧高六章 騤喈齊歸烝民八章 回歸常武六章
鴟階瞻卬三章 幾悲六章 追綏威夷周頌有客 飛歸魯頌有駜
二章 枚回依遲閟宮一章 違齊遲躋遲祗圍商頌長發三章○
以上平聲
尾 燬燬邇周南汝墳三章 瀰鷕邶匏有苦葉二章 菲體死谷風一章
薺弟二章 泲禰弟姊泉水二章 煒美靜女三章 泚瀰(鮮)
新臺一章 指弟鄘蝃蝀一章 體禮禮死相鼠三章 濟(閟)載馳二章
藟弟王葛藟一章二三章同 唯水齊敝笱三章 濟瀰弟載驅二章
弟偕死魏陟岵三章 火衣豳七月一章 火衣二章 火葦

三章 尾几狼跋一章 韡弟小雅常棣一章 偕(近)邇杕杜四章 鱧
旨魚麗二章 旨偕五章 泥弟弟豈蓼蕭三章 矢兕醴吉日四章
匕砥矢履視涕大東一章 穉火大田二章 穉穧三章 旨
偕賓之初筵一章 禮(至)二章 尾豈魚藻二章 濟弟大雅旱麓一章
葦履體泥行葦一章 弟爾几二章 依濟几依公劉四章 罪罪
瞻卬二章 秭醴妣禮皆周頌豐年 濟(積)秭醴妣禮載芟○以
上上聲
掇捋周南芣苢二章 肄棄汝墳二章 蕨惙說召南草蟲二章 伐茇
敗愒拜說甘棠一二三章○張參徐鉉皆云愒別作憩 塈謂摽有梅三章
脫帨吠野有死麕三章 出卒述邶日月四章 闊說擊鼓四章 闊
活五章 厲揭匏有苦葉一章 潰肄塈谷風六章 舝邁衛害泉水
三章 逝害二子乘舟二章 紕四畀鄘干旄一章 活濊發揭孽
朅衛碩人四章 說說氓三章 遂悸遂悸芄蘭一二章 朅桀
伯兮一章 厲帶有狐二章 穗醉王黍離二章 月佸桀括渴君子
于役二章 葛月采葛一章 艾歲三章 達闕月鄭子衿三章 月
闥闥發齊東方之日二章 桀(怛)甫田二章 季寐棄魏陟岵二章
外泄逝十畝之間二章 逝邁外蹶唐蟋蟀二章 比佽比佽杕杜
一二章 棣檖醉秦晨風三章 逝邁陳東門之枌三章 肺晢東門
之楊二章 萃誶墓門二章○誶今本誤作訊從王逸楚詞注引詩誶予不顧廣韻六至引歌以
誶止改正 發偈(怛)檜匪風一章 閱雪說曹蜉蝣三章 祋芾候人

一章　發烈褐歲豳七月一章　烈渴小雅采薇二章　旆瘁出車二章
泣率采芑一章二三章同　佽柴車攻五章　艾晣噦庭燎二章　惠
戾屆闋節南山五章　結厲滅威正月八章　滅戾勩雨無正二章
退遂瘁誶答退四章○誶今本誤作訊　出瘁五章　艾敗小旻五章　烈發
邁寐小宛四章　嘒淠屆寐小弁四章　蔚悴蓼莪二章　烈發
害五章　律弗卒六章　舌揭大東七章　烈發害四月三章　穗利
大田三章　秣艾鴛鴦三章　舝逝渴括車舝一章　淠嘒駟屆采菽
二章　愒瘵邁菀柳二章　撮髮說都人士二章　厲蠆邁四章
愛謂隰桑四章　外邁白華五章　卒沒出漸漸之石二章　世世大雅
文王二章　妹渭大明五章　拔兌駾喙緜八章　翳栵皇矣二章
拔兌對季季三章　類比四章　茀仡肆忽拂八章　月達
害生民二章　旆穟四章　軷烈歲七章　匱類既醉五章　位塈
假樂四章　溉塈泂酌三章　愒泄厲敗大民勞四章　蹶泄板二
章　類懟對內蕩三章　揭害撥世八章　疾戾抑一章　寐
內四章　舌逝六章　僾逮桑柔六章　隧類對醉悖十三章
舌外發烝民三章　惠厲瘵屆瞻卬一章　奪說二章　類瘁五章
活達桀周頌載芟　茷噦大邁魯頌泮水二章　大艾歲害閟宮五章
撥達達截發烈截商頌長發二章　旆鉞烈曷蘖達截伐
桀六章○以上入聲

古本音

哀衣聲在此部詩采薇十月之交小旻四月桑柔五見今入咍　豈微聲在此部詩蓼蕭魚藻二見本亦作愷今愷入海　愛㤅聲在此部詩隰桑一見今入代　僾愛聲在此部詩桑柔一見今入代　溉既聲在此部詩泂酌一見今入代　逮隶聲在此部詩桑柔一見今入代○鷕唯聲在此部詩有瀰濟盈有鷕雉鳴瀰鷕為韻經典釋文引說文以水反字林于水反廣韻注云又羊水切集韻五旨內有此字皆本音也今誤入三十小○牝匕聲在此部大戴禮與死韻老子谷神不死是謂元牝今兼入軫　率采芑一章二章三章皆以莅止率止為韻今兼入質○竄竄聲在此部易訟象傳一見宋玉高唐賦班固兩都賦潘岳西征賦張載七命各一見說文引虞書竄三苗今入換○坻氐聲在此部詩蒹葭一見今兼入紙　燬毀聲在此部詩汝墳一見今入紙　邇爾聲在此部詩汝墳小雅杕杜二見今入紙凡尒聲字漢人入十六部用如故人心尚爾韻綺被解此之類是也　瀰瀰聲在此部詩新臺一見匏有苦葉一見今兼入紙　泚此聲在此部詩新臺一見今兼入紙凡此聲字漢人多入十六部用　訿此聲在此部詩小旻一見今兼入紙　砥氐聲在此部厎或作砥詩大東作砥孟子引作底今分別厎在五旨砥在四紙　濔爾聲在此部詩載驅一見今入紙　爾尒聲在此部詩行葦一見今入紙　柴此聲在此部詩車攻一見今入佳○火火聲在此部詩七月大田四見今入果

古合韻

疑本音在第一部詩桑柔合韻資維階字○飽本音在第三部屈賦天問合韻繼懟逢字○答本音在第七部雨無正合韻退遂瘁誶退字新序漢書皆作對則在本韻○結本音在第十二部詩正月合韻厲滅威字　疾本音在第十二部詩抑合韻戾字　至本音在第十二部詩賓之初筵合韻禮字屈賦遠遊合韻比厲衛字　闋本音在第十二部詩載驅合韻濟字○近本音在第十三部詩小雅杕杜合韻偕邇字顧氏云近字本在脂微韻所謂以合韻或本音也　敦本音在第十三部詩北門合韻遺摧字　焞本音在第十三部詩采芑合韻雷威字漢書韋元成傳引作推推則在本韻　頎本音在第十三部詩碩人合韻衣妻姨私字○或以頎讀本音衣讀如殷合韻中庸戎衣鄭讀為殷白虎通云衣者隱也裳者障也微韻與文欣二韻轉移最近微韻中軍聲斤聲㫃聲之字皆自文欣韻中轉入○鮮本音在第十四部詩新臺合韻泚瀰字顧氏亦不辨為合韻矣　怨本音在第十四部詩谷風合韻嵬萎字讀如鬱此與北門之敦讀推采芑之焞讀推碩人之頎讀幾新臺之鮮讀斯杕杜之近讀幾正同[illegible]之字本音收而今韻入尾分聲

之壹本在第十三部而鄭司農讀徽於弟五類弟六類觀其會通可矣　怛本音在第十四部說文怛悬同字引詩信誓悬悬是也詩甫田以韵桀字匪風以韵發偈字此古合韵漢書王吉傳引匪風作中心怛兮則在本韵　○積本音在第十六部詩載芟合韵濟秭醴妣禮字　○蛇本音在第十七部屈賦東君合韵雷懷歸字遠遊合韵妃夷飛佪字　歌本音在第十七部屈賦遠遊合韵妃夷飛佪字讀如裴

弟十六部

陸韵平聲支佳上聲紙蟹去聲寘卦入聲陌麥昔錫

支觽知衛芄蘭一章　斯知陳墓門一章　枝知檜隰有長楚一章

斯提小雅小弁一章　伎雌枝知五章　易知祇何人斯六章　篪

知斯七章　卑疷白華八章　篪圭攜大雅板六章　○以上平聲

適益讁邶北門二章　提辟揥刺魏葛屨二章　翟鬄揥晳帝鄘君子偕老二章　簀錫璧

衛淇奧三章　甓鷊惕陳防有鵲巢二章

鶪績豳七月三章　局蹐脊蜴小雅正月六章　帝易大雅文王六章

辟剔皇矣二章　績辟文王有聲五章　益易辟辟板六章　帝辟

帝辟蕩一章　解易辟韓奕一章　幭厄二章　刺狄瞻卬五章

解帝魯頌閟宮三章　辟績辟適解商頌殷武三章　○以上入聲

古本音

觽觽聲在此部詩芄蘭二見今棄入齊　提是聲在此部詩葛屨小弁二見今棄入齊　攜巂聲在此部詩板一見今入齊

鬄本作鬄易聲在此部詩君子偕老一見今入齊　揥帝聲在此部詩君子偕老葛屨二見今入祭　帝帝聲在此部詩君子偕老文王蕩閟宮五見秦琅邪臺刻石與適辟易韵今入霽　圭圭聲在此部詩板一見今入齊　締帝聲在此部屈賦一見今入霽　繫毄聲在此部左傳一見今入霽　睨兒聲在此部左傳一見今入霽

古合韵

里本音在第一部周語富辰引言合韵里字　○翟本音在第二部詩君子偕老合韵鬄揥晳帝字讀如狄　○局本音在弟三部詩正月合韵蹐脊易字讀如具　○釋本音在第五部屈賦悲回風合韵積擊策蹟適愁適蹟益字　○壞本音在弟十五部周語彪傒引詩合韵支字　幭本音在弟十五部詩韓奕合韵軛字從他經作幦則在本韵考串覆笭既夕禮玉藻少儀公羊傳說文皆謂之幦毛詩幭厄二字皆假借厄卽軛毛傳厄烏噣也今譌為烏蠋詳見詩經小學　雌本音在弟十五部詩小弁合韵伎枝知字為此聲字入十六部之始矣　○離本音在弟十七部屈賦少司命合韵知字老子載營魄抱一能無離乎合兒疵為雌知韵又常德不離合雌谿兒韵離字入支韵盡入矣　螭本音在弟十七部屈賦涉江合韵知字

弟十七部

陸韵平聲歌戈麻上聲哿果馬去聲箇過禡

皮紽蛇召南羔羊一章　沱過過歌江有汜三章　為何為何為

何邶北門一二三章　離施新臺三章　河儀他鄘柏舟一章　珈佗

河宜何君子偕老一章　皮儀儀為相鼠一章　猗磋磨衛淇奧一章

阿邁歌過考槃二章　左瑳儺竹竿三章　離靡王黍離一二三章

同　羅為罹吪兔爰一章　麻嗟嗟施丘中有麻一章　宜為鄭緇

衣一章　加宜女曰雞鳴二章　吹和蘀兮一二章　何何齊南山三章四章同

左我唐有杕之杜一章　何多何多何多秦晨風一二三章　差

原麻娑陳東門之枌二章　池麻歌東門之池一章　陂荷何為沱

澤陂一章　縭儀嘉何豳東山四章　錡吪嘉破斧二章　何何伐柯

一章　鯊多小雅魚麗二章　多嘉四章　椅離儀湛露四章　莪阿

儀菁菁者莪一章　駕猗馳破車攻六章　何羆蛇斯干六章　羆蛇

七章　地裼瓦儀議罹九章　阿池訛無羊二章　猗何瘥多

嘉瑳節南山二章　河他小旻六章　猗何何小弁一章　掎杝佗

六章　禍我可 何人斯二章　議爲 北山六章　左宜 裳裳者華四章　羅宜 鴛鴦一章　何嘉他 頍弁一章　俄僛 賓之初筵四章　嘉儀 同上　阿難何 隰桑一章　阿何 緜蠻一章　波沱他 漸漸之石三章　峩宜 大雅棫樸二章　阿池 皇矣六章　賀左 下武六章　何嘉儀 既醉四章　沙宜多嘉爲 鳧鷖二章　阿歌 卷阿一章　多馳多歌 十章　儀嘉磨爲 抑五章　嘉儀 八章　寇可詈歌 桑柔十六章　皮羆 韓奕六章　犧宜多 閟宮三章　河宜何 商頌元鳥 ○以上平聲

古本音

地 也聲在此部詩斯干一見屈賦天問與歌韻橘頌與過韻上林賦與河馳韻讀如沱今入至○考地字周秦人亦入於十六部如莊子接

輿歌禍重乎地莫之知避秦琅邪臺刻石文陵水經地韻帝懈辟易畫字司馬相如子虛賦揜草蔽地韻絶乎心繫元命包曰地者易也皆讀如狄

差 差聲在此部詩東門之枌一見今兼入佳　○皮 爲聲在此部詩羔羊相鼠韓奕三見左傳一見今入支　蛇 它聲在此部詩羔羊斯干三見屈賦二見今兼入支　爲 爲聲在此部詩北門相鼠兔爰緇衣澤陂北山鳧鷖抑十見易一見今入支寘　離 离聲在此部詩新臺湛露二見屈賦四見今入支寘　施 也聲在此部詩新臺丘中有麻二見屈賦三見今入支寘　義 我聲在此部書一見易一見大戴禮一見今入寘　儀 義聲在此部詩柏舟相鼠東山湛露菁莪斯干賓之初筵既醉抑十見今入支　宜 多聲在此部詩君子偕老緇衣女曰雞鳴裳裳者華鴛鴦棫樸鳧鷖閟宮元鳥九見士冠禮一見易一見今入支　猗 奇聲在此部詩淇奧車攻節南山三見今入支紙　靡 麻聲在此部詩黍離三見易一見今入紙　罹 羅聲在此部詩兔爰斯干小弁三見今入支　吹 吹聲在此部詩蘀兮一見老子或呴或吹與隨羸墮韻今入支　嵳 差聲在此部今又入支佳卦　池 也聲在此部詩東門之池無羊皇矣三見屈賦一見今入支　陂 皮聲在此部詩澤陂一見莊子生於陵陂與施爲韻今入支寘唐元宗不知洪範遵王之義讀俄而改頗爲陂以合之又不知陂之本韻故也　縭 离聲在此部詩東山一見今入支　錡 奇聲在此部詩破斧一見今入支紙　椅 奇聲在此部詩湛露一見今入支　馳 也聲在此部詩車攻卷阿二見屈賦二見今入支　罷 罷聲在此部易一見今入支蟹　羆 罷省聲在此部詩斯干韓奕三見今入支　議 義聲在此部詩斯干北山二見今入寘　掎 奇聲在此部詩小弁一見今入紙　杝 也聲在此部詩小弁一見今入紙　詈 詈聲蓋在此部讀如羅詩桑柔一見今入寘　哆 多聲在此部詩巷伯與侈韻今入紙　侈 多聲在此部詩巷伯與哆韻今入紙　犧 義聲在此部詩閟宮一見今入支　墮 隓聲在此部書一見今兼入支　隨 隋聲在此部論語季隨與季騧韻今入支　騧 咼聲在此部論語季騧與季隨韻今兼入佳

古合韻

弱 本音在第二部易大過傳本末弱也合韻大者過也　○陸 本音在第三部易漸上九合韻儀字讀如羅○宋人改陸爲逵以韻儀不知今韻逵在脂儀在支古韻逵音仇儀音莪也　○寇 本音在第四部詩桑柔合韻可詈歌字讀如科　○路 本音在第五部大戴禮驪駒詩合韻爲字讀如羅爲漢以後第五部入第十七部合用之始　虧 虍聲字蓋在第五部屈賦離騷以韻離字天問以韻沙字蓋古合韻　○儺 本音在第十四部詩竹竿合韻左瑳字　原 本音在第十四部詩東門之枌合韻差麻娑字古獻尊之爲犧尊若

干之爲若柯娑娑之爲婆娑嘽嘽駱馬之爲痑痑駱馬皆此類　難 本音在第十四部詩隰桑合韻阿何字　○裼 本音在第十六部詩斯干以韻地瓦儀議罹字讀如拕此爲大第最近之合韻江氏改易地字古音謂地裼一韻瓦儀議罹一韻其說疏矣

凡二萬八千一百七十九字

表四終

羣經韻分十七部表　六書音均表五

第一部 平聲之咍上聲止海去聲志代入聲職德

災牛災 周易上經无妄六三 頤頤 頤初九 來思 下經咸九四 期

時 歸妹九四 丘思 渙六四 治事始 象上傳 志富載疑 象上

傳小畜 志備祐 大有 疑尤喜志 賁 災尤載(用) 剝

志富災之弑災 无妄 災尤志喜 大畜 災志備事否志

疑 象下傳遯 待尤之 蹇 志志疑喜祐志 損 事來之

志之志辭來 益 志喜疑事志富 升 之志 革 之

尤 鼎 災志事(用) 豐 災尤 旅 疑治 巽 疑志 兌

備疑時來久 既濟 來能謀能 繫辭下傳事知器已下 事試

治災治 文言傳乾 時災來息 襍卦傳 ○喜起熙 尚書皋陶謨帝舜歌

○時來之 士冠禮醮辭 ○時財能 大戴禮公冠篇祝成王冠辭 時

財時 武王踐阼篇觴銘 ○思辭哉 禮記曲禮上首節 裘箕 學記按列子

云古詩言良弓之子必先爲箕良冶之子必先爲裘知韻語也 ○姬旗丘 春秋左傳僖十五年

晉嫁伯姬筮辭 每謀 二十八年晉輿人誦 思來 宣二年宋城者謳 裘駘

襄四年魯人誦 謀志哉 昭十二年鄉人言南蒯將叛 薶謀之 哀五年萊人歌

○疑基 晉語叔向引諺 息來災之 越語范蠡引所聞 ○基時 孟子公孫

丑篇引齊人言 ○附 能佩 離騷 時態 同上 茲詞 同上 佩詒 同上

之之 同上 異佩 同上 疑之 同上 媒疑 同上 茲(沬) 同上

待期 同上 來思 九歌湘君 辭旗 少司命 貍旗思來 山鬼

謀之 天問 牛來 同上 尤之期之 同上 識喜 同上 佑

喜 同上 朓之 九章惜誦 志咍 同上 尤之 同上 持之 哀郢

時丘之 同上 期志 抽思 思媒 同上 貽詒 思美人 詒志

同上 之旹期 同上 能疑 同上 詩疑娭治之否 斯思之

尤之 惜往日 牛之 同上 之疑辭之 同上 志喜 橘頌 右

期 悲回風 怪來 遠遊 疑(浮) 同上 ○以上平聲

字字 周易上經屯六二 否否喜 否上九 福母 下經晉六二 趾

否子 鼎初六 (道)已始 象下傳恆 子婦 家人 起止始 襍卦傳

久止 同上 ○備字 士冠禮字辭 事嗣 士昏禮醮子命 ○理釐里

始 大戴禮保傅篇易曰正其本以下 負趾否 曾子制言上篇行則爲人負三句

疑士 五帝德篇其色郁郁四句 ○始釐里 禮記經解引易 起海子 孔子閒居

言五起 ○友右 春秋左傳閔二年卜辭 子止 僖二十五年衛禮至銘 子

使 襄四年魯人誦 誨殖嗣 襄三十一年鄭輿人誦子產 (世)息 昭三年讒鼎銘

杞子鄙恥已士 昭十二年南蒯鄉人歌 ○紀止 越語范蠡引所聞贏縮以

爲常節 起始 范蠡對越王人事不起弗爲之始 ○已殆 論語微子篇楚狂接輿歌

賚富 堯曰篇 ○附 在茝 離騷 畝芷 同上 茝悔 同上 悔

醢 同上 在理 同上 汜里 天問 子在 同上 在里 同上 趾

在止 同上 止殆 同上 止子 同上 子婦 同上 市似佑 [illegible]

同上 戒殆 同上 恃代 九章惜誦 志態 同上 以醢 涉江 [illegible]

改 懷沙 怪態 采有 同上 佩異態娭(出) 思美人 佩(好)代

意置載備異再識惜往日　友理橘頌　恃止同上　紀止
悲回風　意事卜居　○以上上聲
子克周易上經大有九三　纆棘得坎上六　翼食下經明夷初九　食
來祀困九二　食惻井九三　革塞食鼎九三　忒服象上
傳豫　忒服觀　革息得革象下傳革　福則震　昃食息
豐　克則直克得象上傳同人　牧得服則服得國謙
得德則蠱　食則得意息國則象下傳明夷　得直福困
惻福井　福則震　得戒同上　塞極節　革得極
則文言傳乾　食色伏飭雜卦傳　○極極福極極德極尚書洪範
五皇極已下　色德福極而康而色已下　側直極極無反無側已下
[illegible]
德直克克直克克克福食食食國忒六三德已下　○服
德福士冠禮始加祝辭　服德福再加皮弁祝辭　服德三加爵弁祝辭
○食福考工記梓人祭侯辭　極國則樂氏量銘　○司職大戴禮哀公問五義
篇若天之司二句　直黑曾子制言上篇蓬生麻中四句　服德武王踐阼篇劍銘
直得子張問入官篇枉而直之二句　祿或服德福極公冠篇孝昭冠辭○
或作戒誤　○職極服則禮記禮運篇禮行於郊以下　得翼國孔子閒居言五
起　○置置德服晉語公子縶引所聞　稷殖叔詹引諺　服國鄭語宣王
時謠　章　德力食極戰國策范雎對秦王　王　○食食息慝
孟子梁惠王篇今也不然節　來直翼得德滕文篇引放勳言　○福極德
直力服(塞)慝德(棘)忒食(告)則慝職(?)爾雅釋訓穆穆福也已下○

附服則離騷　息服同上　(飾)服同上　極服同上　極翼同上
極息側九歌湘君　極識天問　得極同上　億極同上　極
得同上　側佑句一韻○二　惑服同上　牧國同上　服直
九章惜誦　極得哀郢　北域側得息抽思　默(?)懷沙　戒得
惜往日　服國橘頌　默得悲回風　得則遠遊　息德同上
食翼卜居　○以上入聲

第二部　陸韻平聲蕭宵肴豪上聲篠小巧晧去聲嘯笑效号
咷笑周易上經同人九五　號笑下經萃初六　巢笑咷旅上九　○憍
逃大戴禮武王踐阼篇觴豆銘　○巢遙勞驕春秋左傳昭二十五年童謠　○撓
逃朝孟子公孫丑篇北宮黝節　濯樂滕文公篇引曾子言　○附遙姚離騷
[illegible]
遨樂同上　笑窕九歌山鬼　到照天問　燿鶩遠遊　撟樂同上
○以上平聲

第三部　陸韻平聲尤幽上聲有黝去聲宥幼入聲屋沃燭覺
柔憂求周易雜卦傳　柔憂同上　○游救大戴禮武王踐阼篇盥盤銘
矛蓋矛銘　柔求子張問入官篇優而柔之二句　○猶臭春秋左傳僖四年繇辭
湫攸昭十二年　○遊休孟子梁惠王篇晏子引夏諺　流憂梁惠王篇晏子
子言　○附游求離騷　留茅同上　流湫同上　猶洲修舟流
九歌湘君　蕭憂山鬼　(龍)游天問　流求同上　告救同上　憂
求同上　浮憂九章抽思　救告同上　悠憂思美人　流(昭)幽
聊由(?)惜往日　憂求游同上　求流橘頌　聊愁悲回風

游浮（通遊）匯由（同上）○以上平聲
道咎（周易上經小畜初九）酒缶㼄咎（坎六四）首醜（離上九）裕
咎（下經晉初六）狩首（明夷九三）酒咎首（未濟上九）道(入)（象上傳臨）
道咎造(入)首（象上傳乾）咎道（同人）考道咎（蠱）道醜
道（觀）咎道考道（復）(入)醜咎（大過）咎道(入)（離）咎
道（象下傳睽）咎道醜咎（解）咎道咎（夬）咎飽醜道保
（漸）咎道（節）咎道（既濟）保(母)（繫辭下傳有師保二句）○好道
（尚書洪範無有作好二句）○晧壽（大戴禮將軍文子篇常以晧晧是以眉壽）○雔保（春秋
左傳僖五年士蔿引所聞）州道草擾獸牡（襄四年周箴）皐覺跡變
（哀二十一年齊歌）○就憂猶咎（晉語引商銘）猶咎（與人誦惠公）[illegible]
臯（國人誦改葬共世子）考守（越語范蠡引所聞上帝不考時反是守）牡道究
（范蠡引所聞凡陳之道以下）○奥竈（論語為政篇王孫賈問）○附 好巧（離騷）
道考（天問）(在)守（同上）嫂首（同上）仇讎保道（九章惜誦）好
就（同上）(任)醜（橘頌）○以上上聲
告瀆告（周易上經蒙）復輹目（小畜九二九三○輹作輻誤）肉毒（噬嗑）
（六三）輹逐牿（大畜九三九二六四）逐復（下經睽初九）復夙（解）
木谷覿（困初六）足餗渥（鼎九四）陸復育（漸九三）木桷
（六四）屋覿（豐上六）○族睦（尚書堯典以親九族二句）○目腹復（春秋左傳
宣二年宋城謳）蹴目（成十六年筮辭）卜卜（昭三年引諺）鵒辱（昭二十五
年引童謠）鵒哭（同上）○濁足（孟子離婁篇引孺子歌）○附 育腹（天問）

竺燠（同上）欲祿（同上）復慼（九章哀郢）木足（思美人）屬穀
（遠游）○以上入聲
第四部（陸韻平聲侯上聲厚去聲候）
須濡（周易上經賁六二九三）○侯侯（考工記梓人祭侯辭）○渝輸（春秋左傳僖四
年繇）儒邾（襄四年魯人歌）跦侯襦（昭二十五年引童謠）(竇)踰（哀十
七年衛繇辭）○附 駒𩣡軀（卜居）○以上平聲
寇媾（周易上經屯六二）寇媾（賁六四）寇媾（下經睽上九）鮒漏
（井九二）主蔀斗（豐六二初九）蔀斗主（九四）聚聚（象下傳萃）
樹數（繫辭下傳不封不樹二句）晝誅遇（雜卦傳）○呴口（大戴禮武王踐阼篇）主藪（昭七年引
機銘）○僂傴俯丞侮口（春秋左傳昭七年引正考父鼎銘）
（武王誥諸侯）○附 詬厚（離騷）(屬)具（同上）(屬)數（天問）厚取（同上）
○以上上聲
第五部（陸韻平聲魚虞模上聲語麌姥去聲御遇暮入聲藥鐸）
輿廬（周易上經剝上九）穫畬（无妄六二）牙衢（大畜六五上九）華夫
（大過九五）孤夫膚（下經睽九四九五）孤塗車弧弧（上九）譽故
（蹇初六六二）膚且（夬九四）魚膚且魚瓜（姤九二九三九四九五）
徐車（困九四）魚虛（象下傳中孚）居虛（繫辭下傳動不居二句）度
懼故（其出入以度三句）譽懼（二多譽二句）居著（雜卦傳）○惡路
（尚書洪範無有作惡二句）○魚徒（大戴禮子張問入官篇水至清以下）○瑕家（春秋左傳
閔元年引諺）去餘 孤（僖十五年筮辭）孤弧姑逋家虛（伯姬嫁秦筮辭）

汀瑕(垢)宣十五年伯宗引諺　詐虞宣十五年宋盟楚書　家夫襄四年引
虞箴　豬豭定十四年宋野人歌　虛瓜夫辜哀十七年衛侯夢渾良夫歌　○
吾烏枯晉語優施歌　詐賂晉語輿人誦惠公　○豫助豫度孟子梁惠
王篇引夏諺　○如余且爾雅釋天月名　辜涂同上　○附　度路離騷
路步同上　(迎)故同上　狐家同上　車疏同上　都居同上
華居疏九歌大司命　鎡洿故天問　衛居如同上　故懼同上
如居九章涉江　如蕪哀郢　姑徂抽思　故慕懷沙　莫故
同上　鎡懼同上　度路思美人　度暮故同上　紆娛居悲回
風　都如遠游　居戲霞除同上　予居都閭同上　路度
同上　顧路同上　○以上平聲
七
雨處周易上經小畜上九　股馬下經明夷六二　輔序艮六五　處斧
旅九四　下若巽九二　下斧巽上九　土下象上傳離　下與女
象下傳咸　下與恆　所與艮　下普象上傳乾　與下隨
下與下剝　下與輔下大過　處下象下傳咸　下與困
下舍與井　雨暑女繫辭上傳鼓之以雷霆以下　處語繫辭上傳或出
或處以下凡用三韻　馬下下傳服牛乘馬以下　處宇雨上古穴居以下　虎
覩下文言傳乾　下舍同上　故旅下寡處襍卦傳　○祖社女
尚書甘誓用命賞于祖以下　女女赦湯誓予其大賚女以下　怒斁斁洪範
我聞在昔以下　斁膴五者來備以下　雨夏雨庶民惟星以下　○滑脯序
祜壽士冠禮醮辭　楚祖三醮辭　俶甫字辭　○所女考工記梓人祭侯辭

○賈野旅大戴禮曾子制言上篇近市無賈三句　馬下五帝德篇春夏乘龍以下
土雨所古祜公冠篇上天祝辭　土雨者下土祝辭　○舍固禮記
曲禮上將適舍二句　戶下將入戶二句　武虎怒前朱鳥節　土戶禮運
後坐有作節　戶下組鼓嚴祖(予)下所祜禮運元酒在室節　旅
(廣)鼓武雅語古下樂記子夏對魏文侯　夏露孔子閒居天有四時以下皆如
詩句　舉(土)處所射譽射義引詩曾孫侯氏下　○大戴禮投壺篇同　四正具舉上有
今日大射四字又設衍十一字　○社輔春秋左傳閔二年卜辭　父所筮辭　羽
野馬昭二十五年童謠　褚伍與襄三十年鄭人誦　○黍蕪晉語叔詹引諺
所禦野與越語范蠡引所聞往從其所以下　○夜夏論語微子篇八士二叔
○附　與莽序暮離騷　武怒舍故同上　予野同上　輔土
八
同上　圃暮同上　夜御下予佇妬同上　馬女同上　下女
同上　固惡寤古同上　女女同上　舉輔同上　女下同上
與予同上　渚下浦女與九歌湘君　渚予下湘夫人　浦者
與同上　下女予大司命　下予少司命　鼓篚娉舞東君
渚下浦予河伯　下雨予山鬼　馬鼓壄國殤　鼓舞與古
禮魂　所處羽天問　輔緒同上　怒固同上　下所九章惜誦
雨宇涉江　娉怒抽思　莽土懷沙　下舞同上　莽(草)思美人
處慮曙去悲回風　語曙遠游　○以上上聲
虩啞周易下經震　虩啞初九　索矍上六　作坼象下傳解　柝
咎繫辭下傳重門擊柝二句　薄射錯逆說卦傳雷風相薄以下　○度索大戴

禮子張問入官篇揆而度之二句　射莫投壺篇命射辭○席諾禮記曲禮上必慎唯
諾與母韻席爲韻　席作尺將即席以下韻言也　炙酪帛朔禮運以炮以燔以
下　席帛炙魄莫其居俎爵　宅塋作澤郊特牲大蜡辭　惡碩
大學引詩○度擇春秋左傳襄十一年引詩　索獲昭二十七年公子光引上國言○
作客狄諱范鞅對王天時不作弗爲人客○附索妒離騷　錯度同上
迫索同上　宅惡同上　若柏作九歌山鬼　度作天問　躲若
同上　擇白惜誦　搏薄同上　蹠客薄釋哀郢　作穫同上
莫塋遠遊○以上入聲

第六部陸韻平聲蒸登上聲拯等去聲證嶝

陵興周易上經同人九三　陵孕勝下經漸九五　升陵象上傳坎　凝
冰象上傳坤　乘興陵賁　恆承象下傳歸妹○弓興考工記弓人下
柎之弓二句○興崩大戴禮武王踐阼篇劍銘○乘弓朋春秋左傳莊二十二年引
詩　陵雄襄十年縣謠　繩陵興昭十二年齊侯投壺辭○登崩周語
引諺　懲興晉語輿人誦惠公○附弓懲凌雄九歌國殤　興膺天問
言勝陵文同上　膺仍九章悲回風○以上平聲

第七部陸韻平聲侵鹽添上聲寑琰忝去聲沁豔㮇入聲緝葉怗

心金周易繫辭上傳二人同心二句○黔心春秋左傳襄十七年宋謳　愔音金
心昭十二年引祈招之詩○附心淫離騷　風林九章涉江　心風哀郢
潭心抽思○以上平聲
附急立離騷　悒急天問○以上入聲

第八部陸韻平聲覃談咸銜嚴凡上聲感敢豏檻儼范去聲勘闞陷鑑釅梵人聲合盍洽狎業乏之

坎窞周易上經坎初六　坎枕窞六三○附敢憺九章抽思○以上
平聲
浹接周易象上傳蒙○附甲接九歌國殤　接涉九章哀郢○以上入
聲

第九部陸韻平聲東冬鍾江上聲董腫講去聲送宋用絳

龍用周易上經乾初九　墉攻同人九四　中應中蒙功象上傳蒙
窮中功需　從中應窮比　通同泰　通邦否　中
功坎　動應象下傳恆　同通睽　中窮功邦蹇　衆中
功解　窮終夬　中窮困　窮中功凶井　功邦中
窮漸　窮同中功渙　中窮通節　中邦中孚　中窮
既濟　中終應未濟　中窮終象上傳坤　禽窮屯　中終需
凶龍邦功師　功邦同上　中禽中終比　凶正豫
凶功中窮臨　凶中功坎　容公邦離　深中容
禽終凶功象下傳恆　窮中大壯　心窮正終艮　中窮功
中窮凶頤　中窮節　凶功繫辭下傳三多凶二句　終窮雜卦
傳○邦雍尚書堯典協和萬邦二句○容恭大戴禮武王踐阼篇帶銘○容恭
同王禮記曲禮上正爾容節　降應同動月令孟春　應降通冬月令
孟冬　從同邦孔子閒居言五起○中融春秋左傳隱元年鄭莊公歌　茸

公從 僖五年士蔿賦 ○功庸 越語范蠡引所聞聖人之功節皆韵語也 ○躬中窮
終 論語堯日篇 ○附 庸降 繫辭 縱巷 同上 同調 同上 降中
窮忡 九歌雲中君 ㊐堂 宮中 河伯 功同 天問 從通 同上 躬
降 同上 逢從 同上 ㊐沈 封 同上 中窮㊐行 九章涉江 江東 同上
同容 抽思 豐容 懷沙 江洶 悲回風 ㊐讒 從 卜居 忠窮
同上 凶 同上 ○以上平聲

第十部 陸韵平聲陽唐上聲養蕩去聲漾宕

囊裳黃 周易上經坤六四六五上六 荒亡行 泰九二 亡桑 否九五
光王 觀六四 亨尚 坎 壯罔 下經大壯九三 往亨 損
良望 歸妹六五 筐羊 上六 望亡 中孚六四 防牀 小過九二 疆
亨疆行常行慶疆 象上傳坤 行亨往行 小畜 剛亨明 履
明行亨 大有 亨明行 謙 亨明章行 噬嗑 亨往 賁
剛長象行 剝 行長 復 養養 頤 行往亨 大過
亨行長 象下傳遯 上明行 晉 行明行剛 睽 上行往
亨行 損 疆光慶行疆方行 益 剛光 夬 剛長章
行 姤 亨慶行 升 當亡 革 明行剛亨 鼎 行明
良 當剛 歸妹 剛明 旅 行剛 巽 亨行 小過 亨當
既濟 方光 象上傳坤 剛常 屯 明光長 同上 行常 需
長明 訟 常行當 師 傷上 比 明行當剛行當慶
履 當行當長 否 剛行 同人 當行剛亡長 豫 當

長當 臨 行剛當光當明 噬嗑 慶行 大畜 光上慶 頤
罔往當詳長 象下傳大壯 行當慶光 晉 當剛行慶
亡 睽 當明光長 夬 當光上 萃 明慶剛祥 困
當行 同上 剛當光行喪 震 常當行良行筐 歸妹 當
明行慶翔藏 豐 傷喪 旅 當慶當光 兌 當上當
長 中孚 當長上亢 小過 當行 未濟 象像 繫辭下傳易者象也以下
彰剛望 君子知微三句 方常行 初率其辭以下 藏明行 文言傳乾
剛方常光行慶殃 文言傳坤 剛行 雜卦傳 ○明良康 尚書
皐陶謨皐陶賡載歌 喪亡往 湯誓時日曷喪以下 黨蕩 洪範皇極之敷言
明昌 無虐煢獨以下 行光王 是訓是行以下 明章康 百穀用成以下 ○
疆慶 儀禮士冠禮三加爵弁祝辭 芳祥忘 士冠禮醴辭 慶疆 士冠禮三
醮辭 ○強防黨 考工記弓人辭幹強之六句 ○強亡強枉 大戴禮武王踐阼篇
丹書○按今本大戴禮作敬勝怠者吉怠勝敬者滅義勝欲者從欲勝義者凶學記正義以此四語爲丹
書之辭引大戴禮敬勝怠者強怠勝敬者亡則知今本乃後人所改從正義所引爲是凡事不強則枉不
敬則不正枉古平聲強枉爲韵敬正爲韵 傷長 楹銘 杖杖 觴豆銘 張良
常讓讓堂行張 投壺篇命射辭 ○堂揚 小戴禮曲禮上將上堂將入戶將即席等
皆韵語也 仰放 檀弓上子貢聞泰山其頹之歌而言 亨羊義祥 禮運然後退而
合亨以下 當昌祥當綱 樂記天地順而四時當以下 方將明 孔子閒居
言五起 ○鏘姜昌卿京 春秋左傳莊二十二年繇辭 亡昌 閔二年卜辭
競病 僖七年引諺 羊盍筐貺償相 僖十五年筮辭 上堂 文二

年狼跋引周志　商亡昭二十六年引詩　翔廣昭五年塞辭　唐常方
行綱亡哀六年引夏書　陽兵姜商九年卜辭○綱上周語單襄公引諺
當傷太子晉引諺　祥殃亡越語范蠡引所聞上帝不考以下皆韻語也
荒荒常范蠡對越王驕騁弋畋以下皆韻語也　皇常行陽匡常行陽
剛范蠡引所聞　○揚疆張光孟子滕文篇引大誓○陽明藏英爾雅釋天
祥　相壯陽釋天月名○附　英傷離騷　裳芳同上　荒章常
(遂)同上　殃長同上　當浪同上　桑羊同上　當芳同上　央
芳同上　長芳同上　行粻同上　鄉行同上　良皇琅芳槳
倡堂康九歌東皇太一　芳英央光章雲中君　望張湘夫人
堂房張芳衡同上　翔陽坑大司命　方桑明東君　裳
國殤 [illegible] 圭
狼(降)桀翔行同上　望蕩河伯　行傷國殤　明藏尙行天問
揚光同上○二句一韻　方桑同上　堂藏同上　尙匠同上
饗喪同上　藏羊同上　兄長同上　行將同上　方狂同上
將長同上　亡(嚴)饗長同上　長彰同上　杭芳九章惜誦　糧
芳同上　英光湘涉江　陽傷同上　當行同上　亡行哀郢
傷長抽思　亡光一作(完)○同上　章明懷沙　量藏同上　強像
同上　將當思美人　揚章同上　長像橘頌　傷倡忘長芳
章芳貺羊明悲回風　湯行同上　行鄉陽英壯放遠遊
行芒同上　涼皇同上　鄉行同上　長明(通)卜居○以上平
聲

弟十一部陸韻平聲庚耕清青上聲梗耿靜迥去聲映諍勁徑
盈平周易上經坎九五　井井井井甁下經井　(元)(天)形成(天)
(命)貞寧象上傳乾　(元)生(天)坤　生貞盈寧屯　(中)成正
(淵)訟　正(賢)(天)大畜　生平象下傳咸　成成恆　正定家人
(享)正(命)萃　(信)正革　成(命)(人)同上　成(民)節　貞
(天)中孚　正(民)象上傳屯　聽正需　正敬訟　正(命)臨
(賓)(民)平觀　正(命)正象下傳晉　井正成井　正聽艮
(極)正未濟　精生繫辭下傳男女構精二句　平傾危者使平二句　(亨)情
正精情(天)平文言傳乾　正定雜卦傳　○姓(明)虞書堯典平章百姓二句
○正(令)士冠禮三加爵弁祝辭　○敬正大戴禮武王踐祚篇丹書　聲旌投壺
[illegible] 表五　古
篇命射辭　寧靈公冠篇下士祝辭　經刑易本命篇東西爲緯以下　○清省
爭禮記曲禮冬溫而夏凊三句　成貞文王世子篇引語　成生經清平
寧樂記小大相成以下　正定定聲紀綱既正以下　霆形生孔子閒居地載
神氣以下　正清寧成生成政姓緇衣引詩　○挺扃(令)定春秋左傳
襄五年引逸詩　幸幸昭十六年引諺　○城(金)周語伶州鳩引諺　聽誠荆
生貞傾晉語國人誦改葬共世子　成榮叔詹引諺　生形征成刑越語
范蠡對越王逆節萌生以下　成形范蠡引所聞聖人之功節　○清纓孟子離婁篇引
孺子歌　○生嬴成寧正爾雅釋天　○附　情聽離騷　正征同上
征庭旌靈九歌湘君　青莖成少司命　旍星正同上　冥
鳴山鬼　聽刑天問　營成傾同上　營盈同上　寧情同上

情正九章惜誦 情路正聽抽思 星營上同 盛正懷沙 征
零成情程遠遊 榮人征上同 耕名身生貞人清楹
清醒鳴名貞上同 醒清漁父 清纓上同 ○以上平聲

第十二部 陸韻平聲眞臻先上聲軫銑去聲震霰入聲質櫛屑

田人周易上經乾九二 淵天人九四九五 鄰鄰泰六四 身人
下經民 人神象下傳豐 身仁象上傳復 奉賓奉民正命吝
象下傳姤 信身繫辭下傳尺蠖之屈四句 天田文言傳乾上 天
田人上不在天三句 親新信傳謙卦 進親顛上同 ○偏平尚書
洪範 ○天田年引少牢饋食禮祝嘏主人 ○人淵大戴禮武王踐阼篇盥盤銘
民年公冠篇祝雍辭祝成王冠一作近於仁遠於佞 ○新新新湯盤銘大學

表五 圭

○佞田晉語惠公輿人 ○倩盼絢論語八佾 親人人堯曰
篇 ○附名均離騷 艱晉上同 轄天人九歌大司命 民嬪
天問 疑親上同 人身九章惜誦 明身上同 天名哀郢 鎮
人 顛天悲回風 ○以上平聲
血穴周易上經需六四 實疾即下經鼎九二 實血歸妹上六 吉
失象上傳需 吉失訟 吉失比 吉失室小畜 吉失隨
失節象下傳家人 實節蹇 實節渙 吉節未濟 ○節
節節春秋左傳成十五年子臧引志 ○附 節日九歌東君 抑替九章懷沙
匹程上同 一逸遠遊 ○以上入聲

第十三部 陸韻平聲諄文欣魂痕上聲準吻隱混很去聲稕問焮慁恨

文文周易象上傳賁 君羣象上傳否 炳蔚君象下傳革 焚聞旅
存門繫辭上傳成性存存二句 縕醇繫辭下傳天地絪縕二句 ○訓訓尚書
洪範全篇多用韻語今略分見之各部中是彝是訓二語亦疊字爲韻也 ○純循大戴禮哀公問
五義篇穆穆純純以下六句三韻 聞孫武王踐阼篇矛銘 門存大戴禮驂駒詩
見漢書服虔注 ○西巡禮記祭義日出於東四句 神先雲孔子閒居清明在躬六句
○晨辰振旂賁焞軍奔春秋左傳僖五年童謠外傳同 ○附 忍順離騷
門雲九歌湘夫人 門雲紛大司命 雲先國殤 分陳天問
賓墳上同 云先上同先字非 ○無 貧門九章惜誦 聞忳上同
忍軫上同 聞患九章抽思 遠聞悲回風 雰媛上同 勤
聞遠遊 傳垠然存先門上同 門冰上同 天聞鄰上同 ○

表五 末

以上平聲

第十四部 陸韻平聲元寒桓刪山仙上聲阮旱緩潸產獮去聲願翰換諫襉線

邅班周易上經屯六二 班漣上六 皤翰賁六四 園戔賁六五
反連下經蹇九三六四 變面革上六 干言漸初六 衎衎六二
順實巽順象上傳蒙 願亂履 實願願亂泰 變巽
象下傳家人 亂變巽萃 巽願亂漸 順願渙 變願
中孚 言蘭繫辭上傳同心之言二句 變倦繫辭下傳通其變以下四句用二韻
遠遷易之爲書以下凡用六韻 言見言遷八卦以象告以下 散烜說卦
傳雷以動之四句 爛反襍卦傳 綫難上同 ○言愆聲士昏禮庶母命
女 ○然善大戴禮哀公問五義百姓淡然二句 殘然武王踐阼篇盥銘 ○安

顏言禮記曲禮上坐必安以下韵語也 斑拳檀弓下原壤登木而歌 旦患
坊記引逸詩 ○旦㬇左傳昭三年讒鼎銘 ○愆言昭四年子產引逸詩 ○然還
越語范蠡引所聞得時無怠節 遠反遠范蠡引所聞聖人之功節 ○反遠論語子罕
篇引逸詩 ○附 然安離騷 反遠同上 還盤同上 淺(翩)閒九歌
湘君 蘭言淺湘夫人 閒蔓閒山鬼 反遠國殤 暖寒言
天問 安遷同上 孌遠九章惜誦 拌援同上 言然同上 遠
壇同上 愆遷哀郢 敵見同上 反遠同上 願(進)抽思 摶
爛橘頌 仙延遠遊 ○以上平聲

第十五部 陸韵平聲脂微齊皆灰上聲旨尾薺駭賄去聲至未霽祭泰怪夬隊廢入聲術物迄月沒曷末黠鎋薛

師尸周易上經師六五 保維隨上六 稊妻大過九二 咨洟下經
萃上六 藜妻困六三 次資旅六二 ○頹壞萎禮記檀弓上孔子歌
矮衰檀弓下成人歌 違遲悲孔子閒居言五起 ○水瑰歸懷春秋
左傳成十七年子叔聲伯夢歌 淮坻師昭十二年晉侯投壺詞 ○懷歸違哀
微依妃晉語國人誦共世子改葬 ○衰追論語微子篇接輿歌 ○附 幃祇離騷
雷(蛇)懷歸九歌東君 歸懷河伯 懷肥天問 依議同上○二
句一韵 衰鬼九章涉江 懷悲遠遊 妃(歌)夷(蛇)飛徊同上 ○
以上平聲
視履尾周易上經履六三 胏矢噬嗑九四 死棄離九四 藟卼
下經困上六 娣履視娣歸妹初九九二六三 濟尾未濟 ○死牝大戴

禮易本命篇高者爲生四句 ○罪畀春秋左傳桓十年引周諺 尾幾文十七年引古
人言 尾裔哀十七年繇辭 ○附 死體天問 底雉同上 涕弭遠遊
○以上上聲
大利周易上經坤六二 退遂利下經大壯上六 遂饋家人六二 曳
掣劓睽六三 厲貝震六二 沛沫豐九三 內外(義)謂象下
傳家人 發大害象上傳坤 外敗需 竄掇訟 外大際
泰 害敗害哲大有 謂內臨 貴類悖頤 際大歲
坎 外害象下傳咸 害大末說同上 位愛謂家人 內貴
蹇 位退悖解 悖貴鼎 位快逮旅 外大位害
渙 契察夬繫辭下傳上古結繩以下 大廢其道甚大二句 位氣說卦

傳天地定位二句 逮悖氣物水火相逮以下 外內類退雜卦傳 ○
發網網發考工記弓人爲柎而發四句 ○廢世大戴禮武王踐阼篇丹書 害
大路檻 ○撥蹶越禮記曲禮上衣毋撥以下 悖佛學記其施之也悖二句 ○
外泄春秋左傳隱公元年鄭武姜歌 類(異)成四年引史佚之志 蔽萃匱成九
年引詩 器罪昭七年楚僕區之法 ○骨猾捽晉語伐驪戎兆 蔽察埶
越語范蠡引所聞贏縮以爲常節 ○達适突忽論語微子篇八士凡用三韵 ○慧
勢孟子公孫丑篇引齊人言 察歇泄孟子盡心篇 ○附 刈穢離騷 薉
折同上 艾害同上 枻雪末絕九歌湘君 裔澨逝蓋湘夫人
帶逝際少司命 繼(飽)蠥達天問 戮活同上 害敗同上
擊說同上 會殺同上○二句一韵 汏滯九章涉江 慨邁哀郢

歲逝抽思 濟示懷沙 汨忽同上 喟謂愛類同上 發

逢思美人 至比厲衞遠游 ○以上入聲

第十六部陸韻平聲支佳上聲紙蟹去聲寘卦入聲陌麥昔錫

儀卦易繫辭傳易有大極四句 ○覽里周語富辰引人言 支壞壞支周語

彪傒引詩 危埤晉語鄶銘引所聞 ○附 蘂纚離騷 離知九歌少司命

知螭九章涉江 ○以上平聲

益擊周易下經益上九 易適繫辭下傳上下無常四句 ○晳役春秋左傳襄十七年宋謳 繠繫睨哀十三年乞糧辭 ○附 隘績離騷 畫歷天問

解繲九章悲回風 積擊策蹟適愁適蹟益釋同上 軛蹟卜居 ○以上入聲

第十七部陸韻平聲歌戈麻上聲哿果馬去聲箇過禡

離歌嗟周易上經離九三 沱嗟六五 陸儀下經漸上九 和靡中孚九二 罷歌六三 過離小過上六 過弱象上傳傳過 爲嘉象下傳革 義何鼎 何過何小過 地宎繫辭下傳仰則觀象于天四句

化宎神而化之二句 ○脞隋墮尚書臯陶謨賡歌 頗義洪範○頗唐開元中改爲陂 ○嘉宎士冠禮字辭 ○義過大戴禮武王踐阼篇弓銘 路駕大戴禮驪駒詩見漢書服虔注 ○皮多那皮何春秋左傳宣二年宋謳 何多

羅襄八年引詩 ○隨騧論語微子篇八士二季 ○附 他化離騷 差頗同上 化離同上 馳蛇同上 離虧同上 可我同上 被離

爲九歌大司命 何離爲同上 池阿歌同上○或多河波二韻河伯章譌也

河波螭河伯 阿羅山鬼 爲化天問 加虧同上 施化同上 多何同上 歌地同上 宎嘉同上○嘉作喜非 嘉嗟施何同上 儀施九章抽思 化爲思美人 過地惜頌○失過一作過失譌 儀爲悲回風 馳蛇遠游 靡波同上 移波醨爲漁父 ○

以上平聲

凡八千五百五十五字

表五終

乾隆丙申鐫於富順官廨

後記

研治中國文字應當首先從事於抽讀許書；抽讀許書，不可沒有段氏的說文解字注。百餘年來，經韵樓原刻本日以稀少，商務印書館雖曾有影印本，但所加的句讀，錯誤很多，頗為識者所不滿。傅俞大綵女士，本傅孟真先生生平嘉惠學子的志趣，將先生藏書中的經韵樓原刻本說文解字注交藝文印書館影印行世。這是一件極值得讀書人稱頌和感謝的事情。

孟真先生讀這本書的時候，間有批語寫在書上。這些批語雖然極可寶貴，但大部分都不是初學的人所能領解的。今為免除讀者的疑殆計，一概沒有印出。

中華民國四十四年十月廿四日毛子水謹記。

說文解字段注本勘誤表

序號	勘　誤	頁　數	欄　目	行　數	說　明
1.	「巂」當作「矞」	10	下左	9右	注文
2.	「瓗」當作「巂」	11	上右	1	正文
3.	「罄」當作「聲」	12	上右	1右	注文
4.	「韻」當作「部」	16	上左	7左	注文
5.	「意」當作「音」	17	下右	7左	注文
6.	「列」當作「老」	22	下右	2右	注文
7.	「苞」當作「芑」	24	下右	5左	注文
8.	「部」當作「莚」	24	下左	4左	注文
9.	「茿」當作「筑」	26	下右	4	正文
10.	「莓」當作「苺」	26	下右	8	正文
11.	「機」當作「璣」	28	下左	3左	注文
12.	「蘜」當作「蘜」	33	下左	4右	注文
13.	「松」當作「私」	34	上右	6	正文
14.	「蕛」當作「蕛」	36	下左	1	正文
15.	「梯」當作「稊」	36	下左	2	正文
16.	「蕛」當作「蕛」	36	下左	3	正文
17.	「木」當作「禾」	40	下右	4右	注文
18.	「芑」當作「荳」	41	上左	7右	注文
19.	「芝」當作「芝」	41	上左	9右	注文
20.	當補「上」字	50	下		板心
21.	「或」當作「咸」	56	上右	3右	注文
22.	「語」當作「詞」	60	上右	3右	注文
23.	「夕」當作「夕」	61	下左	7右	注文
24.	「試」當作「絨」	62	上右	9左	注文
25.	「步」當作「里」	67	上右	3左	注文
26.	「二」當作「六」	70	下右	4左	注文
27.	當作「从辵䍃䍃亦聲」	72	上左	6	正文
28.	「迭」當作「軼」	74	上右	5右	注文
29.	「博」當作「尃」	89	下右	9	正文
30.	「東」當作「吏」	93	下左	7右	注文

31.	「洛」當作「召」	93	下左	9右	注文
32.	「皀」當作「攴」	95	上左	1左	注文
33.	「爪」當作「𠬪」	98	上右	5右	注文
34.	「而」當作「以」	111	下左	2右	注文
35.	「厷」當作「ㄥ」	116	上右	3	正文
36.	「左」當作「厷」	116	上右	4	正文
37.	「措」當作「指」	116	上右	5	正文
38.	「肇」當作「肈」	127	下左	8左	注文
39.	「貯」當作「眝」	135	上左	3右	注文
40.	「六」當作「七」	136	上左	9左	注文
41.	當作「从羽虫聲」	141	下右	1	正文
42.	「⿰翟隹」當作「⿰翏隹」	143	下右	9左	注文
43.	「大」當作「犬」	147	上右	1左	注文
44.	「□」當作「化」	151	上右	8左	注文
45.	「鳥」當作「畜」	152	下右	2左	注文
46.	「隹」當作「本」	155	下左	5右	注文
47.	「□」當作「詁」	173	下左	8右	注文
48.	「削」當作「刀」	182	上左	9右	注文
49.	「韓」當作「列」	184	下左	5左	注文
50.	「說」下當補「文」	193	上右	8左	注文
51.	「口」當作「曰」	194	下右	8	正文
52.	「方」當作「匚」	196	上右	2右	注文
53.	「筰」當作「莋」	197	上右	2左	注文
54.	「弟」當作「弔」	201	上左	1	正文
55.	「丂」當作「巧」	203	上左	1左	注文
56.	「總」當作「聰」	204	上右	1右	注文
57.	「寍」當作「宀」	205	下左	6左	注文
58.	「錫」當作「鐊」	221	上左	7右	注文
59.	「廿」當作「卅」	228	上右	9右	注文
60.	「十」下當補「四」	231	上左	3右	注文
61.	「且」當作「旦」	233	上左	1	正文
62.	「从」當作「似」	241	上左	8	正文
63.	「祥」當作「詳」	243	下右	6左	注文
64.	「吙」當作「昀」	249	下右	1左	注文

65.	「梔」當作「栀」	250	下左	2左	注文
66.	「覾」當作「姑」	251	上右	4右	注文
67.	「史漢」當作「漢書」	257	上右	6左	注文
68.	「葷」當作「荳」	257	上右	8右	注文
69.	「上」當作「木」	261	上右	8左	注文
70.	械字篆文當作「[illegible]」	263	上右	6	篆文
71.	「言」當作「音」	264	上左	6左	注文
72.	「木」當作「林」	274	上左	7	正文
73.	「宷」當作「宋」	275	上右	4左	注文
74.	「祐」當作「祜」	276	上左	6右	注文
75.	「古」當作「五」	277	下左	1左	注文
76.	「□」當作「一」	285	上右	7左	注文
77.	「三」當作「二」	291	下左	2右	注文
78.	「七」字衍文	298	上左	8右	注文
79.	「郡」當作「國」	300	上左	4左	注文
80.	「少」當作「小」	303	下左	2右	注文
81.	「先」當作「仙」	309	下右	7左	注文
82.	「於」當作「于」	309	下右	8左	注文
83.	「旌」當作「旄」	312	下左	5左	注文
84.	「旌」當作「旄」	312	下左	5左	注文
85.	「詩」當作「文」	328	上左	5右	注文
86.	「梨」當作「列」	329	上左	6	正文
87.	「女」當作「汝」	351	上左	1左	注文
88.	「古」當作「莫」	357	下右	2右	注文
89.	「再」當作「冓」	358	上右	9右	注文
90.	「暨」當作「塈」	362	上左	6左	注文
91.	「宧」當作「宦」	370	上右	3右	注文
92.	「傳」當作「篆」	370	下左	5左	注文
93.	「擯」當作「儐」	375	下左	6左	注文
94.	「近」當作「引」	381	下右	8左	注文
95.	「重」當作「屬」	392	上右	4	正文
96.	「衣」當作「兮」	395	下左	9右	注文
97.	「三」當作「八」	408	上右	8左	注文
98.	「合」當作「今」	408	下左	7左	注文

99.	「篇」當作「部」	412	下左	5左	注文
100.	「蹴」當作「噈」	416	上右	7左	注文
101.	顆字篆文當作「[illegible]」	422	上左	5	篆文
102.	「生」當作「全」	434	下左	2左	注文
103.	「[illegible]」當作「[illegible]」	438	上右	9左	注文
104.	「崛」當作「屈」	444	下左	6左	注文
105.	「堂」當作「唐」	455	下左	9左	注文
106.	豝字篆文當作「[illegible]」	459	下右	7	篆文
107.	「虎」當作「豸」	462	上右	2	正文
108.	「从」當作「似」	462	上左	3	正文
109.	「[illegible]」當作「㺥」	462	上左	9左	注文
110.	駓字篆文當作「[illegible]」	466	下左	6	篆文
111.	「干」當作「于」	471	下左	6右	注文
112.	「介」當作「大」	472	下右	7左	注文
113.	「兔」當作「兔」	477	下右	2	正文
114.	「兔」當作「兔」	477	下右	2左	注文
115.	「聲」當作「舉」	477	下左	5右	注文
116.	「之」當作「以」	484	下左	7左	注文
117.	「迴」當作「迥」	490	下右	5右	注文
118.	「歌」當作「歎」	493	下右	7右	注文
119.	「也」當作「意」	494	上右	5左	注文
120.	「十」字衍文	498	下右	6右	注文
121.	「伏」當作「服」	502	下左	1左	注文
122.	「子」當作「予」	506	上左	2左	注文
123.	「卪」當作「血」	511	下左	8左	注文
124.	「思」當作「患」	519	上左	6左	注文
125.	「陸」當作「陵」	542	上右	3左	注文
126.	「成」下當補「十」	542	下左	1右	注文
127.	「泉」當作「淵」	555	下左	4	正文
128.	瀑字篆文當作「[illegible]」	562	上左	左	篆文
129.	「當」當作「常」	562	下右	9右	注文
130.	「芮」當作「內」	568	下左	8右	注文
131.	「樸」當作「璞」	569	上左	7左	注文
132.	「豐」當作「豊」	583	上左	8	正文

133.	「烏」當作「鳥」	591	下右	6右	注文
134.	「敵」當作「欿」	595	下右	9右	注文
135.	「漢」下當補「書」	596	下右	7右	注文
136.	「本」當作「木」	614	下右	6右	注文
137.	「子」當作「予」	614	下左	1右	注文
138.	「網」當作「網」	628	上右	2右	注文
139.	「甲」當作「𠆤」	636	上左	6	篆文
140.	「系」當作「糸」	649	上右	2右	注文
141.	「絍」當作「任」	651	上左	2	正文
142.	「婞」當作「緈」	652	上左	9左	注文
143.	「南」下當補「陽」	656	下右	1右	注文
144.	「蟲」當作「鳥」	680	上右	5左	注文
145.	「叉」當作「叉」	681	上左	3	正文
146.	「俾」當作「裨」	681	下左	2右	注文
147.	「虫」當作「蚰」	681	下左	9	正文
148.	「忽」當作「勿」	684	下右	5右	注文
149.	「行」下當補「揚」	698	上左	1右	注文
150.	「衇」當作「脈」	752	上右	7左	注文
151.	「酒」當作「酉」	754	下左	6左	注文
152.	「和」當作「安」	766	下左	7左	注文
153.	「二」當作「五」	768	下左	5右	注文
154.	「三」當作「四」	769	下右	9右	注文
155.	「六」當作「十七」	793	下右	4右	注文

古籍景印叢書 H010

圈點段注　說文解字（附索引）

作　　者　（東漢）許慎

發 行 人　林慶彰
總 經 理　梁錦興
總 編 輯　張晏瑞
編 輯 所　萬卷樓圖書股份有限公司
臺北市羅斯福路二段 41 號 6 樓之 3
電話 (02)23216565
傳真 (02)23218698

發　　行　萬卷樓圖書股份有限公司
臺北市羅斯福路二段 41 號 6 樓之 3
電話 (02)23216565
傳真 (02)23218698
電郵 SERVICE@WANJUAN.COM.TW
香港經銷　香港聯合書刊物流有限公司
電話 (852)21502100
傳真 (852)23560735

ISBN 957-739-399-3
2020 年 9 月再版十刷
2002 年 8 月再版一刷
定價：新臺幣 600 元

國家圖書館出版品預行編目資料

圈點段注 說文解字 / (東漢)許慎著；(清)段玉裁注. -- 再版. -- 臺北市：萬卷樓, 民 91
面；　公分
含索引
ISBN 957-739-399-3
1.說文解字-註釋

802.223　　91012471